簡明日漢詞典

增訂版

簡明
日漢詞典

增訂版

商務印書館

簡明日漢詞典（增訂版）

作　　者：劉和民　陳　岩　蘇　華　劉金釧

責任編輯：黃家麗　郭肇敏

封面設計：張　毅

出　　版：商務印書館（香港）有限公司
　　　　　香港筲箕灣耀興道 3 號東滙廣場 8 樓
　　　　　http://www.commercialpress.com.hk

發　　行：香港聯合書刊物流有限公司
　　　　　香港新界大埔汀麗路 36 號中華商務印刷大廈 3 字樓

印　　刷：中華商務彩色印刷有限公司
　　　　　香港新界大埔汀麗路 36 號中華商務印刷大廈 14 字樓

版　　次：2018 年 5 月第 1 版第 2 次印刷
　　　　　© 2011 商務印書館（香港）有限公司
　　　　　ISBN 978 962 07 0298 3

　　　　　Printed in Hong Kong

目 錄

出版説明

　　早在二十多年前，本館編輯部曾約請當時大連外國語學院的陳岩、蘇華等先生編纂一部中型的日漢詞典，供港澳、中國大陸及其他海外地區讀者使用。當時編纂者跟出版社商定本書的編輯方針，主要是清晰簡明，與時並進。於是按照這樣的思路開始編寫，除了陳岩、蘇華之外，參加本書編寫的人員還有胡傳乃、盛凱、高曉華、蕭爽、徐甲申、馬鳳鳴、李成起、林樂常、連淑珍、劉軍、許真、劉唱梅等。書成之後，又蒙北京商務印書館副總編輯李思敬先生審閱。詞典出版之後，廣受歡迎。

　　二十年來，隨着社會不斷發展，新詞新語不斷湧現，為使《簡明日漢詞典》與時並進，本館再次約請作者，對這部詞典進行了修訂。

　　這次修訂，針對不同學科範疇增加 3,300 條，特別注重收錄資訊科技新詞，如：點擊率、電腦輔助設計、文字表情、解壓縮、人機對話等；經濟新詞，如：網絡營銷、保證金、仲裁人、包銷合同、詢盤、賣方市場等；生活話題新詞，如：環保意識、厄爾尼諾現象、空巢症候群、全球化等。

　　這次修訂為方便讀者從中文和日文的比較中學好用法，新增"用法提示"200條，點出日文與中文字詞含義的異同，並介紹常用搭配詞語及相關慣用語，讓讀注意日文字詞的搭配關係和使用情景，避免混淆。

　　在修訂中，根據時代變化和詞典編纂出版的發展，突出了如下基本編輯特點：

　　（一）收詞廣。本詞典雖屬中型詞典，收詞卻有約五萬條之多，五萬以上詞條對於包括日語教師在內的各行業日語工作者，對於初級和中級的日語學習者是完全敷用的；閱讀日文報刊，文學作品等各種日文資料也是完全敷用的。

　　某些詞組，包括語法結構上常見的所謂"慣用型"，例如"にかけて"，"とはいうものの"，"すみません"，"てはならない"……，本書也作為詞條收錄，以便於讀者查閱。

　　（二）詞目新。日語是一種造詞能力旺盛的語言，逐年不斷產生大量新詞。近年來科學技術迅速發展，社會生活迅速變化，這種傾向更為明顯，編寫辭書的人常苦於追隨不及。新詞中有許多是轉瞬即逝的"流行語"，也有不少加入到總詞彙庫中穩定下來。本書把屬於後一種的都盡量收錄，其中包括一些已經常識化，社會上廣泛使用的專業詞彙。

　　（三）譯詞、釋義簡明。譯詞、釋義是辭書的生命綫，也是最大的難點——雙語辭書尤其如此。日語和漢語是兩種語言。任何不同語言之間，要求在所指義、內含義、情景義等語義各層次上完全等同，除"光導纖維"、"大葉肺炎"之類專業詞外，幾乎是不可能的。因此譯詞只能做到相對的、基本的對應。在滿足這一要求的基礎上，譯入語（本書就是漢語）力求準確、貼切、得體，盡量使用

易懂、地道、常用的詞語。譯詞難於達到這個要求時，寧肯不譯而做解釋，或在譯詞之外做補充説明。義項的劃分除考慮作為日語的詞應分的義項外，也考慮譯語怎樣分更便於讀者理解和掌握，因此與原文辭書不盡一致。

本書還特別注意了詞的搭配關係和使用語境。在有限的篇幅內設簡短例證，除是為了更準確地闡明詞義外，也是為了實現這一意圖。

書後附"日語常用縮略語"及"漢字音訓讀法"，方便讀者快速查找日文讀音和含義。另附"日語活用語活用表"，可速查各種動詞活用形式。

以上可以説是本書的內容特點，也是編者和出版者努力的目標，編寫一本收錄詞語數量適中，方便實用的詞典是富有挑戰性的工作，參加編纂工作的作者竭盡所能，做了最大的努力。本詞典倘有不盡如人意之處，期望讀者不吝賜正，待再版時可以訂正，則編者、出版社和讀者幸甚。

商務印書館編輯出版部

凡 例

一、詞目

1. 本詞典的詞目按日語“五十音圖”的順序排列。活用詞的詞幹和詞尾之間用“‧”號隔開。如：

さむ‧い　　　　はたら‧く

2. 非外來語詞目用平假名書寫，外來語詞目用片假名書寫。

3. 有漢字的詞目，其漢字括在〔　〕號內置於假名詞目之後。漢字詞目有兩種或兩種以上寫法時，分別表示出其不同寫法，中間用“‧”號隔開。如：

き‧く〔利く‧効く〕

か‧える〔代える‧換える‧替える〕

4. 不單獨使用的詞（如接頭詞、接尾詞、助動詞等）用“-”號表示。用於其他詞前的，“-”號置於其後；用於其他詞後的，“-”號置於其前，如：

お-(おとうさん)

か-(かよわい)

-さん (ごくろうさん)

-られる (見られる)

5. 外來語詞目的原詞括在〔　〕號內置於假名詞目之後。原詞是英語的只寫出英語原詞；原詞是其他語言的註明其語種。如：

カフス〔cuffs〕

ニューフエース〔new face〕

ソナタ〔意 sonata〕

メリヤス〔西 medias〕

二、詞類

1. 詞類寫在（　）號內置於詞目之後。如：

こうり〔高利〕(名)

せんぷく〔潛伏〕(名‧自サ)

2. 一詞詞義相同分屬不同詞類的，分別標出其不同的詞類，中間用“‧”號隔開。如：

だんこ〔斷固〕(副‧形動)

あけくれ〔明け暮れ〕(名‧自サ‧副)

3. 一詞有幾種詞類，且因詞類不同而詞解不同時，用詞類序號 Ⅰ、Ⅱ、Ⅲ……表示其不同詞類。如：

じぶん〔自分〕I（名）……II（代）……

する〔為る〕I（自サ）……II（他サ）……III（補動）……

4. 詞類名稱援用日語名稱，但用漢語文字書寫（如“連体”寫作“連體”）。本詞典所設詞類略語如下：

略語符號	日語原名	略語符號	日語原名
（名）	名詞	（副）	副詞
（代）	代名詞	（連體）	連体詞
（形動）	形容動詞	（接）	接続詞
（自五）	五段活用自動詞	（感）	感動詞
（他五）	五段活用他動詞	（格助）	格助詞
（自上一）	上一段活用自動詞	（並助）	並立助詞
（自下一）	下一段活用自動詞	（接助）	接続助詞
（他上一）	上一段活用他動詞	（終助）	終助詞
（他下一）	下一段活用他動詞	（準體）	準体助詞
（自サ）	サ行変格活用自動詞	（接頭）	接頭語
（他サ）	サ行変格活用他動詞	（接尾）	接尾語
（自カ）	カ行変格活用自動詞	（造語）	造語成分
（補動）	補助動詞	（連語）	連語
（形）	形容詞		

三、詞解

1. 同一詞有兩個或兩個以上詞解時，用詞解序號①②③……來表示其不同詞解。

2. 同一詞解有幾種不同説法時，分別寫出其不同説法，中間用“，”號隔開。

3. 詞解需要加以説明時，其説明部分括在（　）號內，置於詞解之前或之後。

4. 一詞的詞解與另一詞的詞解完全相同時，不標出其詞解，而用 ⇨ 號表示參看另一詞條。

5. 同一詞有幾個詞解，各詞解除有共通的漢字外，有的詞解又可以使用另外的漢字時，除在漢字詞目處標出共用漢字外，在也使用別的漢字的詞解序號後，用（也寫“　”）的形式標出該詞解特用的漢字。如：

と・る〔取る〕（他五）①…②（也寫“捕る”）…③…④（也寫“採る”）…

6. 為準確理解詞義，必要時用“→”號表示近義詞，用“↔”號表示反義詞。

7. 為説明詞的使用範圍或語域，必要時在詞解前加略語，略語置於〈　〉號內。本詞典所設略語如下：

〈體〉體育	〈地〉地理・地質
〈心〉心理學	〈史〉歷史
〈哲〉哲學	〈數〉數學
〈經〉經濟・金融	〈劇〉戲劇
〈影〉電影・電視	〈物〉物理
〈化〉化學	〈醫〉醫藥
〈樂〉音樂	〈建〉建築
〈美術〉美術	〈宗〉宗教
〈語〉語言學	〈攝影〉攝影
〈法〉法律	〈服〉服裝・縫紉
〈生物〉生物	〈動〉動物
〈植物〉植物	〈天〉天文
〈俗〉俗語	〈俚〉俚語
〈昵〉親昵語	〈舊〉舊時用語
〈文〉文言	〈人名〉人名
〈國名〉國名	〈地名〉地名

四、例證

1. 本詞典部分詞解附有例證，例證前加“△”號。

2. 例證後附有中文譯文，例證與譯文之間用“/”號隔開。

3. 詞目在例證中出現時，用“～”號表示。活用詞在例證中有詞尾變化時，“～”號表示其詞幹部分，詞尾寫在“～”號之後。

五、漢字與標點符號

1. 本詞典使用日本文部省規定的“常用漢字”。

2. 例證和譯文分別使用日文和中文標點，但例證的最後標點略去。

3. 正文中出現的所有省略號簡寫為“…”。

本詞典在編寫過程中所使用的主要參考書目：

《例解新國詞辭典》三省堂

《新明解國語辭典》(第四版) 三省堂

《岩波日中辭典》岩波書店

《學研國語大辭典》學習研究社

《日漢大詞典》商務印書館

《コンサイス外来語辞典》三省堂

ア［亜］(名)("アジア"的略語)亞洲。△中央～／中亞。

あ－［亜］(接頭)亞,次,第二。△～熱帯／亞熱帯。△～硫酸／亞硫酸。△～大陸／次大陸。

あ (感)①(打招呼)喂。△～君,ちょっと／喂,你等一下。②(表吃驚或突然想起某事)啊,哦,哎呀。△～,財布を持って来なかった／哎呀,錢包忘帶了。

ああ (副)那樣,那麼。△～いうこと／那種事。△彼も昔は～ではなかったが／他從前並不是那樣。

ああ (感)①啊,呀,哎呀。△～,びっくりした／哎呀,嚇了我一跳。②是的,好的。△～,いいよ／好的,可以。

アーカイバー［archiver］(名)〈IT〉壓縮軟件。

アーキテクチャー［architecture］(名)①建築,建築學,建築樣式。②結構。③〈IT〉電腦整體設計,(軟件)架構,(電腦內部)結構。

アークとう［アーク燈］(名)弧光燈。

アーケード［arcade］(名)拱廊,拱街。

アーケオロジー［archeology］(名)考古學。

アース［earth］I (名)地球,大地。II (名・自他サ)地綫,接地。

アースコンシャス［earth-conscious］(名)珍惜自然,愛護地球,有地球意識。

アースデー［Earth Day］(名)地球日。

アーチ［arch］(名)①拱,拱形。△～型の橋／拱橋。②彩門,牌樓。③〈俗〉本壘打。

アーチェリー［archery］(名)〈體〉射箭。△～の選手／射箭運動員。

アーティスティック［artistic］(名・ダナ)①藝術(的)。②〈IT〉藝術效果。

アーティスト［artist］(名)藝術家,美術家,畫家。

アート［art］(名)美術,藝術。

アートイベント［art event］(名)藝術展示。

アートクリティック［art critic］(名)美術評論家。

アートし［アート紙］(名)銅版紙,藝術紙。

アーネストマネー［earnest money］(名)〈經〉保證金。

アービター［arbiter］(名)〈經〉仲裁人,調解人。

アーベイン［urbane］(ダナ)溫文爾雅的,有禮貌的。

アーベント［独 Abend］(名)①傍晚,黃昏。②晚會。

アーム［arm］(名)胳臂。△～バッグ／手提包。

アームチエア［armchair］(名)扶手椅。

アームチエアトラベラー［armchair traveler］(名)讀書旅行者。

アームレスト［armrest］(名)椅子扶手,扶手。

アーメン［amen］(感)〈宗〉阿門。

アーモンド［almond］(名)扁桃,扁桃仁。

アーリアじん［アーリア人］(名)雅利安人。

アール［法 are］(名・接尾)公畝。

あい［藍］(名)①〈植物〉藍,蓼藍。②靛藍,靛青。

あい［愛］(名)愛。△～を告白する／傾訴愛慕之情。△真理への～／對真理的愛。

あい－［相］(接頭)①相,互相。△～対する／相對。②(接動詞前)表示鄭重或加強語氣。△～すみません／很對不起。△～変わらず／仍舊,依然。

あいあいがさ［相合傘］(名)(男女)同打一把傘。

アイアン［iron］(名)①鐵,鐵器。②(高爾夫球)鐵頭球棒。

アイイー［IE］(名)〈IT〉("インターネットエクスプローラ"的縮略語)IE 瀏覽器。

あいいく［愛育］(名・他サ)精心撫育。

あいいれな・い［相容れない］(形)不相容。△氷炭～／水火不相容。

あいいろ［藍色］(名)深藍色。

あいいん［合印］(名)騎縫印。

アイウエア［eye wear］(名)眼鏡及配件(包括框架眼鏡和隱形眼鏡)。

あいうち［相打ち］(名)①(武術比賽)對打。②不分勝負。

あいう・つ［相打つ・相搏つ］(自五)激戰,搏鬥。

アイエムエフ［IMF］(名)國際貨幣基金組織。

アイエルオー［ILO］(名)國際勞工組織。

あいえん［愛煙］(名)愛吸煙。△～家／愛吸煙的人。

あいえんきえん［合縁奇縁］(名)緣分,意外之緣。

あいおい［相生］(名)①連理。△～の松／連理松。②白頭偕老。

アイオーシー［IOC］(名)國際奧委會。

あいか［哀歌］(名)哀歌,悲歌。

あいかぎ［合い鍵］(名)配的另一把同樣的鑰匙。

あいかた［相方］(名)同夥,夥伴。

あいかわらず［相変わらず］(副)依舊,仍然。△～元気です／仍很健康。

あいかん［哀感］(名)悲哀,悲傷。

あいかん［哀歓］(名)悲歡,悲喜。△～を共にする／休戚與共。

あいがん［哀願］(名・他サ)哀求,乞求。

あいがん［愛玩］(名・他サ)玩賞,欣賞。△～動物／玩賞動物。

あいき［愛機］(名)愛用的飛機、照相機,用慣的飛機、照相機。

あいぎ［合い着］(名)①春秋穿的西服。②穿在貼身衣和外衣之間的衣服。

あいきどう［合気道］（名）（日本武術的一種）合氣道。

あいきゃく［相客］（名）同桌吃飯或同住一個房間的不相識者。

アイキャッチャー［eye-catcher］（名）引人注目的圖片照片等。

アイキュー［IQ］（名）智商，智能指數。

あいきょう［愛敬・愛嬌］（名）① 可愛，招人喜歡。△～のある娘／惹人喜愛的姑娘。△この小猿は～者だ／這小猴子真討人喜歡。② 親切，熱情，好感。△を振りまく／熱情親切。笑容滿面。③（給顧客的）贈品，饒頭。

あいくち［合口・匕首］（名）匕首，短劍。

あいくち［合口］（名）談得來，投緣。△～がいい／談得來。

あいくるし・い［愛くるしい］（形）天真可愛，逗人喜愛。

あいけい［愛敬］（名・他サ）敬愛。△～の念を増す／増加敬愛之心。

あいけん［愛犬］（名）愛犬，喜歡狗。△～家／喜歡狗的人。

あいこ［相子］（名）平局，不分勝負。△勝負は～になった／比賽打成平局。

あいこ［愛顧］（名）光顧，惠顧。△相変らず御～のほどお願い致します／請照舊惠顧。

あいご［愛護］（名・他サ）愛護。△動物～デー／（3 月 20 日）愛護動物日。

あいご［相碁］（名）（圍棋）棋逢對手。

あいこう［愛好］（名・他サ）愛好。△写真～家／攝影愛好者。

あいごう［哀号］（名・自サ）號泣。

あいこく［愛国］（名）愛國。△～者／愛國者。△～心／愛國心。

あいことば［合言葉］（名）① 口令，暗語。△～で答える／用暗語回答。②（綱領性）口號。

アイコン［icon］（名）〈IT〉圖示。

アイコンタクト［eye contact］（名）目光接觸（指與另一個人的目光相接觸）。

あいさい［愛妻］（名）愛妻。△～家／疼愛妻子的人。

あいさつ［挨拶］（名・自サ）① 寒暄，問候，打招呼。△～をかわす／互致問候。△彼は～もせずに帰った／他連個招呼也沒打就回去了。② 致辭。△開会の～をする／致開幕辭。③ 回答。△知らせたのに何の～もない／通知他了，但卻沒有任何回音。

あいし［哀史］（名）哀史，苦難史。△女工～／女工苦難史。

あいじ［愛児］（名）愛子。

アイシー［IC］（名）〈電〉集成電路。

アイシーカード［IC (integrated circuit) card］（名）積體電路卡，IC 卡。

アイシービーエム［ICBM］（名）洲際彈道導彈。

あいしゃ［愛社］（名）熱愛（自己工作的）公司。△～精神／熱愛公司的精神。

あいしゃ［愛車］（名）（自己）心愛的車。

あいじゃく［愛着］（名・自サ）→あいちゃく

アイシャドー［eye shadow］（名）眼影粉。

あいしゅう［哀愁］（名）哀愁，悲哀。

あいしょ［愛書］（名）① 喜歡書。△～家／喜歡書的人。② 愛讀書。

あいしょう［相性・合性］（名）性情相投與否。△～がいい／性情相投。合得來。

あいしょう［愛称］（名）① 愛稱，昵稱。②〈俗〉綽號。

あいしょう［愛唱］（名・他サ）愛唱。△～歌／愛唱的歌。

あいしょう［愛誦］（名・他サ）愛讀，好吟詠。△詩を～する／好吟詩。

あいしょう［哀傷］（名・他サ）哀傷，悲傷。△～歌／哀歌。

あいしょう［相性］（名）〈IT〉相容（性）。

あいじょう［愛情］（名）① 愛情。② 喜愛。△仕事に～を持つ／熱愛工作。

あいじょう［愛嬢］（名）愛女。

あいじるし［合印］（名）①（區別敵我的）暗號。② 騎縫印。

あいじん［愛人］（名）情人，情夫，情婦。

アイシング［icing］（名）① 用冰冷卻。②（糕餅的）糖衣，酥皮，糖霜。③（冰）死球。

アイス［ice］（名）冰。

あいず［合図］（名・自サ）信號，打信號。△～を送る／打信號。

アイスウオーター［ice water］（名）加冰塊的水。

アイスキャンデー［ice candy］（名）冰棒。

アイスクリーム［ice cream］（名）冰淇淋。

アイスショー［ice show］（名）冰上（舞蹈，雜技）表演。

アイススケート［ice skating］（名）滑冰。

アイスバーン［德 Eisbahn］（名）積雪表面的硬殼。

あいすべき［愛すべき］（連體）可愛的。△～人物／可愛的人。

アイスホッケー［ice hockey］（名）冰球。

あいすまぬ［相済まぬ］（連語）① 不能罷休，不能完事，不能置之不理。△そんなことでは～／不能就那麼完事。② 對不起。△どうも～ことをいたしました／實在對不起。

アイスランド［Iceland］〈國名〉冰島共和國。

あい・する［愛する］（他サ）愛，喜愛。△美術を～／愛好美術。△～人のために／為了心上人。

あいせい［愛婿・愛壻］（名）愛婿。

あいせき［相席］（名・自サ）（不相識的人）同桌，同席。

あいせき［哀惜］（名・他サ）哀悼，悼念。△～の念に堪えない／不勝哀悼。

あいせき［愛惜］（名・他サ）愛惜。

あいせつ［哀切］（名・形動）悲切，悲痛。

アイゼン［德 Eisen］（名）（登山用）冰爪。

あいそ［哀訴］（名・他サ）哀求，乞求。

あいそ［愛想］（名）① 親切，和藹。△～がいい／和藹可親。△～がない／冷淡，不親切。△～がつきる／討厭，嫌棄，厭惡。△～をつか

す／討厭。嫌棄。厭惡。②招待，款待。△ど
うも～がなくてすみません／沒好好招待，很抱
歉。③恭維，奉承。△お～を言う／説奉承話。
④算賬。△ねえさん，お～／小姐，請算賬。

あいぞう［愛蔵］（名・他サ）珍藏。

あいぞう［愛憎］（名）愛憎。

あいそく［愛息］（名）愛子。

アイソクロナス［isochronous］（造語）〈IT〉等時
的，同步的。△～転送／等時傳輸。

あいそづかし［愛想尽かし］（名）嫌棄，厭惡。

アイソトープ［isotope］（名）〈理〉同位素。

あいだ［間］（名）①間，之間，中間。△学生
の～で人気がある／在學生中間受歡迎。②時
候，期間。△夏休みの～に旅行する／暑假期
間去旅行。③間隔，距離。△～をおく／隔一
定距離。④（人與人的）關係。△親子の～／父
（母）子間的關係。

あいたい・する［相対する］（自サ）①相對，
對面。②相待，對立。

あいたいちゅうもん［相対注文］（名）〈經〉相
互訂貨，交叉訂貨，雙邊貿易。

あいたいとりひき［相対取引］（名）〈經〉套購
套售交易，外國港口間貿易。

あいだがら［間柄］（名）（人與人的）關係，情
誼，交情。△親子の～／父（母）子關係。△親
しい～／親密的交情。

あいだぐい［間食い］（名・自他サ）間食。

あいたくちがふさがらない［開いた口が塞が
らない］（連語）目瞪口呆。

あいたしゅぎ［愛他主義］（名）利他主義。

あいたずさ・える［相携える］（自下一）互相
協助。

あいちゃく［愛着］（名・自サ）留戀，依依不
捨。△故郷に強い～を抱く／對故鄉無限留戀。

あいちょう［哀調］（名）悲調。

あいちょう［愛鳥］（名）愛鳥。△～週間／愛
鳥週。

あいつ［彼奴］（代）①那傢伙，那小子。②那
個（東西）。

あいついで［相次いで］（副）相繼，一個接一
個。△父と母が～亡くなった／父母相繼去世。

あいつ・ぐ［相次ぐ］（自五）相繼，連續，接
連。△災難が～／災難不斷發生。

あいづち［相槌］（名）搭腔，隨聲附和。△～を
打つ／對話時對對方的話做簡短的反應。點頭
稱是。

あいて［相手］（名）①夥伴，共事者。△話
し～／（和自己）説話的人。△結婚の～／（結
婚）對象。△ダンスの～をする／做舞伴兒。
②對方，對手，敵手。△こんどの～は，なか
なか手ごわい／這次的對手很難對付。③對
象。△婦人～の雑誌／以婦女為對象的雜誌。

アイデア［idea］（名）①想法，主意，念頭。△な
にかいい～はありませんか／有沒有甚麼好主
意？②〈哲〉觀念，理念。

アイデアプロセッサー［idea processor］（名）
〈IT〉創意軟件。

アイディー［ID］（名）身分證。

あいでし［相弟子］（名）同學，同窗，師兄弟。

アイデンティティ［identity］（名）自我，自我同
一性，自身主體性，個性，身分，（集體的）認
同。△～の喪失（そうしつ）／失去自我。

アイデンティティクライシス［identity crisis］
（名）自我喪失，失去自我。

アイデンティフィケーション［identification］
（名）確認身分，驗明，身分證明。

あいとう［哀悼］（名・他サ）哀悼。△～の辞を
述べる／致悼辭。

あいどく［愛読］（名・他サ）愛讀，好讀。△～
書／愛讀的書。△漱石の作品を～する／愛讀
漱石的作品。

アイドル［idol］（名）偶像，崇拜的對象。

アイドル［idle］（造語）〈IT〉空閑。△～タイ
ム／停機時間，空閑時間。

アイドルコラージュ［idol collage］（名）用女明
星的頭像與他人的裸體合成的照片。

あいなかば・する［相半ばする］（自サ）各半，
兼半。△功罪～／功罪參半。

あいにく［生憎］（副・形動）①不湊巧，偏偏。
△～な天気／天公不作美。△～かぜを引いて
欠席した／不湊巧，感冒了沒能參加。②對不
起。△お～さま／真不湊巧。真對不起。

アイヌ［Ainu］（名）（日本的少數民族）阿伊努人。

あいのこ［間の子・合の子］（名）①混血兒。
②雜種。③介於兩者之間的東西。△～弁当／
米飯配西餐菜的盒飯。

あいのて［合いの手］（名）①（日本歌曲與歌曲
間由三弦伴奏的）過門兒。②（為唱歌、跳舞打
拍子而）拍手，呼喊。③插話，穿插的事物。

あいのり［相乗り］（名）①同乘，同騎。△自
転車の～は危ない／騎自行車帶人危險。②合
夥做。

あいば［愛馬］（名）①愛馬。②常騎的馬。

あいはん［合判］（名）①騎縫印。②聯名蓋章。

あいばん［相判］（名）（紙張）十六開。

アイバンク［eye bank］（名）眼庫，角膜庫。

アイピーアドレス［IP（Internet Protocol）ad-
dress］（名）〈IT〉電腦網站位址，網址。

アイピーでんわ［IP 電話］（名）IP 電話。

あいびき［合い挽き］（名）牛肉、豬肉的混合絞
肉。

あいびき［逢い引き］（名・自サ）幽會。

あいびょう［愛猫］（名）①可愛的貓。②愛
貓。△～家／喜歡貓的人。

あいふ［合い符］（名）行李票，托運單。

あいぶ［愛撫］（名・他サ）愛撫，撫摩。△赤ん
坊を～する／撫摩娃娃。

あいふく［合い服］（名）春秋穿的西服。

あいふだ［合い札］（名）存物牌，對號牌。

アイブローペンシル［eyebrow pencil］（名）眉
筆。

あいべや［相部屋］（名）（在旅館中與別人）住
在同一房間。△人と～になる／和別人同住一
個房間。

あ
ア

あいぼ［愛慕］（名・他サ）愛慕。△〜の情／愛慕之情。

あいぼう［相棒］（名）夥伴，同夥。

アイホール［eye hole］（名）眼窩。

アイボリー［ivory］（名）① 象牙（製品）。② 象牙色。③ 象牙色厚光紙。

アイボリーホワイト［ivory white］（名）乳白色。

あいま［合間］（名）空隙，間歇。△勉強の〜に運動をする／利用學習的休息時間進行運動。

あいまい［曖昧］（形動）① 曖昧，含糊。△〜な返事／模棱兩可的回答。② 可疑，不正經。△〜屋／暗門子。窯子。

用法提示 ▼
在中文和日文的分別
中文有"男女之間態度含糊、關係不明"的意思；日文只表示"含糊，模棱兩可"。常見搭配：語言訊息、態度、界限等：
1. 話（はなし）、言葉（ことば）、表現（ひょうげん）、意味（いみ）、説明（せつめい）、見解（けんかい）、発音（はつおん）、返事（へんじ）、情報（じょうほう）
2. 印象（いんしょう）、気持（きも）ち、態度（たいど）、顔（かお）、笑（わら）い、姿勢（しせい）
3. 境目（さかいめ）、区切（くぎ）り中間色（ちゅうかんしょく）

あいまいもこ［曖昧模糊］（形動）模糊不清。△事態は〜としている／事情的結果模糊不清。

あいまって［相俟って］（副）① 相輔相成，互相結合。△両々〜いっそう効果があがった／相輔相成，效果顯著。② 趕到一起。△休日と好天が〜たいへんな人出だ／假日趕上好天，遊人特別多。

あいみたがい［相身互い］（名）（境遇相同的人）互相照顧，互相同情。△貧乏人は〜です／貧苦人互相周濟。

あい・みる［相見る］（自上一）① 互相看。② 相見，會面。

アイモ［eyemo］（名）攜帶式35毫米攝影機。

あいもかわらぬ［相も変らぬ］（連語）依然如故。

あいもち［相持ち］（名）① 均攤，分擔。△昼食代を〜にする／午餐費均攤。② 輪換拿。

あいやど［相宿］（名・自サ）住在同一旅館，住在同一房間。

あいよう［愛用］（名・他サ）愛用，常用。

あいよく［愛欲］（名）情慾。

あいむこ［相嫁］（名）妯娌。

あいよりあおし［藍より青し］（連語）青出於藍而勝於藍。

あいらく［哀楽］（名）哀樂，悲歡。△喜怒〜／喜怒哀樂。

あいらし・い［愛らしい］（形）可愛。

アイラッシュ［eyelash curler］（名）睫毛，假睫毛。

アイラッシュカーラー［eyelash curler］（名）睫毛夾。

アイリス［iris］（名）〈植物〉鳶尾屬植物。

アイル［aisle］（名）（交通工具等的）座席間的縱直通道。

アイルシート［aisle seat］（名）（列車、飛機等）過道旁的座席。

アイルランド［Ireland］I〈地名〉愛爾蘭島。II〈國名〉愛爾蘭。

あいれん［哀憐］（名）哀憐，憐憫。

あいろ［隘路］（名）① 隘路。② 難關。

アイローション［eye lotion］（名）（美容）洗眼水。

アイロニー［irony］（名）① 諷刺，挖苦。② 反語，反話。

アイロニカル［ironical］（ダナ）諷刺性的，反語性的。

アイロン［iron］（名）熨斗。△電気〜／電熨斗。△ズボンに〜をかける／熨褲子。

あいわ［哀話］（名）哀史，悲慘的故事。

あいわ・す［相合す］（自サ）和睦。△夫婦〜／夫妻和睦。

アインシュタイン［Albert Einstein］〈人名〉愛因斯坦（1897-1955）。美國理論物理學家。

あ・う［会う・遭う］（自五）① 會見，會面。△応接間で客と〜／在客廳裏會見客人。② 碰見，遇見。△意外な所で〜／在意外的地方相遇。③ 遭遇，碰上。△災難に〜／遇上災禍。

あ・う［合う］I（自五）① 準，對。△この時計は〜っていない／這個錶不準。② 一致，相同。△呼吸が〜／合得來。步調一致。③ 合適，適合。△この靴は，私の足によく〜／這雙鞋我穿着合腳。△このケーキは紅茶とよく〜／吃這個點心喝紅茶很對味。④ 合算，划得來。△千円では〜わない／一千日圓不合算。II（接尾）（接動詞連用形後）① 互相。△助け〜／相幫助。△話し〜／交談，會談。② 會，合。△落ち〜／聚會。匯合。

アウェー［away］（名）（"アウェーゲーム"的縮略語）（足球等體育專案的）客場。

アウタースペース［outer space］（名）宇宙空間。

アウタルキー［德 Autarkie］（名）自給自足，自力更生。

アウト［out］I（名）① 外面，外邊。② （網球、乒乓球）出界。③ （棒球）出局，死。④ 失敗。II（造語）外。△〜コーナー／（棒球）外角。

アウトウェア［outwear］（名）外套，上衣。

アウトオブデート［out-of-date］（名・ダナ）過時的，舊式的。↔ アップツーデート

アウトサイダー［outsider］（名）① 局外人。② （脱離工會法的）法外工會。③〈經〉非加盟者。

アウトプット［output］（名・スサ）〈經〉① 產出，產量。② 輸出。↔ インプット

アウトボックス［outbox］（名）〈IT〉發信箱。

アウトライン［outline］（名）輪廓，概況。

アウトレットストア［outlet store］（名）特賣店，廉價品專賣店，出售過時衣物的商店，庫存品廉價商店。

アウトロー [outlaw] (名) 無視法律 (的人)。

あうはわかれのはじめ [会うは別れの始め] (連語) 有聚必有散。

あうんのこきゅう [阿吽の呼吸] (名) ① (相撲) 運氣。② (兩個人共同行動、工作的) 步調。

あえぎあえぎ [喘ぎ喘ぎ] (副) 氣喘吁吁。△～坂道をのぼる/氣喘吁吁地爬坡。

あえ・ぐ [喘ぐ] (自五) ① 喘, 喘氣。② 掙扎。△不況に～/在不景氣中掙扎。

あえず [敢えず] (連語) (多接動詞連用形或動詞連用形加 "も" 後) ① 沒完。△言いも～/沒等説完。② 忍不住。△涙せき～/忍不住流淚。

あえて [敢えて] (副) ① 敢, 敢於, 膽敢。△～危険をおかす/敢於冒險。② (下接否定語) 未必, 不必, 不見得, 不一定。△～強制はしない/我並不強迫你。

あえな・い [敢えない] (形) ① 悲惨。△～最期をとげる/悲惨地死去。② 短暫。

あえもの [和え物] (名) 涼拌菜。

あ・える [和える] (他下一) 拌, 拌菜。△ほうれん草を胡麻で～/用麻醬拌菠菜。

あえん [亜鉛] (名) 鋅。

あえんか [亜鉛華] (名) 氧化鋅, 鋅白。

あお [青] I (名) ① 藍色。② 綠色。③ (交通信號) 綠燈。II (接頭) 年輕, 不成熟。△～二才/毛孩子。黃口小兒。

あおあお [青青] (副・自サ) 綠油油。△～ (と) した麦畑/綠油油的麥田。

あおあざ [青痣] (名) ① 青痣。② (被打得) 青腫。

あおあらし [青嵐] (名) (和歌, 俳句中用語, 初夏時的) 和風。

あおい [葵] (名) 〈植物〉葵科植物。

あお・い [青い] (形) ① 青, 藍, 綠。△～空/蔚藍的天空。△～野菜/綠色的蔬菜。② (臉色) 發青, 蒼白。△顔色が～/臉色蒼白。③ (果實) 未熟。

あおいきといき [青息吐息] (名) 長吁短嘆。

あおいとり [青い鳥] (名) 幸福鳥。

あおいろ [青色] (名) ① 蔚藍色。② 綠色。

あおう [亜欧] (名) 亞歐 (兩大洲)。

あおうなばら [青海原] (名) 蒼海, 碧海。

あおうま [青馬] (名) 鐵青馬。

あおうみがめ [青海亀] (名) 綠蠵龜, 大海龜。

あおうめ [青梅] (名) (未熟的) 青梅。

あおえんどう [青豌豆] (名) 青豌豆。

あおがい [青貝] (名) ① 夜光貝, 鸚鵡螺, 鮑魚等貝類的總稱。② ("青貝細工" 的略語) 貝雕, 螺鈿。

あおがえる [青蛙] (名) 青蛙。

あおかび [青黴] (名) 綠霉。

あおがり [青刈] (名) 收割未成熟的莊稼。

あおき [青木] (名) ① 綠樹。② 常綠樹。③ 〈植物〉珊瑚木。

あおぎなこ [青黄粉] (名) (淺綠色) 優質大豆粉。

あおぎり [青桐・梧桐] (名) 〈植物〉梧桐。

あお・ぐ [仰ぐ] (他五) ① 仰, 仰望。△天を～/仰望天空。② 尊, 推為。△指導者と～/推為領袖。③ 仰仗, 依賴。△援助を～/依賴援助。④ 請求。△教えを～/請教。⑤ 飲, 服。△毒を～/服毒。

あお・ぐ [扇ぐ] (他五) 搧。△扇子で～/搧扇子。

あおくさ [青草] (名) 青草。

あおくさ・い [青臭い] (形) ① 青菜味, 青草味。② 幼稚, 不成熟。△～意見/幼稚的意見。

あおくな・る [青くなる] (連語) (嚇得) 面如土色。

あおげ [青毛] (名) (馬的毛色) 鐵青。

あおこ [青粉] (名) ① 綠紫菜末。② (食品染色用) 芥菜葉末。

あおさ [石蓴] (名) (一種綠色海藻) 石蓴。

あおざかな [青魚] (名) (沙丁魚, 秋刀魚, 鮒魚等) 體色發青的魚。

あおざむらい [青侍] (名) 年輕的下級武士。

あおざ・める [青ざめる] (自下一) (臉色) 發青, 蒼白。△顔が～/臉變得刷白。

あおじ [青地] (名) (紡織品) 青地。

あおじ [青磁] (名) 藍地陶瓷器。

あおじそ [青紫蘇] (名) 〈植物〉白蘇。

あおじゃしん [青写真] (名) ① 藍圖。△～機/曬圖機。② 設想, 規劃。△この計劃は, まだ～の段階だ/這個計劃還只是個設想。

あおじろ・い [青白い] (形) ① 青白。② (臉色) 蒼白。△～顔/蒼白的臉。

あおしんごう [青信号] (名) (交通信號) 綠燈。

あおすじ [青筋] (名) 青筋。△～を立てて怒る/氣得青筋暴露。

あおそこひ [青そこひ] (名) 綠內障, 青光眼。

あおぞら [青空] I (名) 藍天。II (接頭) 露天, 室外。△～市場/露天市場。

あおた [青田] (名) 綠油油的稻田。

あおだいしょう [青大将] (名) 錦蛇, 黃頷蛇。

あおたがい [青田買い] (名) ① 買青苗。② 〈俗〉學生畢業前訂就業合同。

あおたがり [青田刈り] (名) 〈俗〉學生畢業前訂就業合同。

あおだけ [青竹] (名) 青竹。

あおだたみ [青畳] (名) 發綠的新草塾子。

あおだち [青立ち] (名) (水稻) 貪青。

あおっぱな [青っ洟] (名) 清鼻涕。

あおてんじょう [青天井] (名) ① 晴空, 露天。② (物價) 飛漲。

あおでんわ [青電話] (名) 綠色的市內公用電話。

あおどうしん [青道心] (名) 剛出家的和尚。

あおな [青菜] (名) 青菜。

あおなにしお [青菜に塩] (連語) 垂頭喪氣, 無精打采。

あおにさい [青二才] (名) 小毛孩子, 黃口小兒。△～のくせに出すぎたことを言うな/小毛孩子別説大話！

あおのり [青海苔] (名) 〈植物〉滸苔。

あ
ア

あおば［青葉］(名) 嫩葉，綠葉。

あおはあいよりいでてあいよりあおし［青は藍より出でて藍より青し］(連語) 青出於藍而勝於藍。

あおばえ［青蠅］(名) 綠豆蠅。

あおば・む［青ばむ］(自五) 發青，發綠。△柳が〜んできた／柳樹發綠了。

あおびかり［青光］(名) 青綠色的光。

あおひとぐさ［青人草］(名) 蒼生，百姓。

あおひょう［青票］(名)(日本國會投反對票用的) 藍票。

あおびょうたん［青瓢單］(名)① 青葫蘆。② 面黃肌瘦的人。

あおまめ［青豆］(名)① 青皮大豆。② 青豌豆。③ 毛豆。

あおみ［青味］(名)① 發青。② 青色，綠色，藍色。③(烹飪) 青菜碼。

あおみどろ［水綿］(名)〈植物〉水綿。

あお・む［青む］(自五)① 發青，發綠。②(臉色) 蒼白。

あおむ・く［仰向く］(自五) 仰臉。△〜いて天井を眺めた／仰望天花板。

あおむけ［仰向け］(名) 仰。△〜にねる／仰臥。

あおむ・ける［仰むける］(他下一) 仰起。△顔を〜／仰起臉。

あおむし［青虫］(名) 菜青蟲。

あおもの［青物］(名)① 青菜，蔬菜。△〜市場／菜市。②(沙丁魚、青花魚等) 青皮魚類。

あおやか［青やか］(形動) 綠油油。

あおやぎ［青柳］(名)① 綠柳。② 馬珂貝肉，蛤蜊肉。

あおり［煽り］(名)① 搧動，吹動，衝擊。△強風の〜で立ち木がたおれた／樹木被大風颳倒了。② 影響，打擊，牽累。△〜をくう／受影響。受牽累。③ 教唆，慫恿。

あお・る［煽る］(他五)① 搧。△火を〜／搧火。② 吹動。△幕が強風に〜られている／大風吹動帷幕。③ 煽動，鼓動。△学生を〜って事を起す／煽動學生鬧事。④ 哄抬。△相場を〜／哄抬物價。

あお・る［呷る］(他五) 大口喝。△酒をぐいぐい〜／咕嘟咕嘟地大口喝酒。

あか［赤］(名)① 紅。②(交通信號) 紅燈。③ 危險信號。④ 赤色分子。

あか［垢］(名)① 污垢。△〜がたまる／積灰。△〜を流す／洗澡。② 水銹。△水〜／水銹。

あか［閼伽］(名)(擺在佛像、墳墓前的) 供水。

あか［銅］(名) 銅。

あかあかと［明明と］(副) 明晃晃，亮堂堂。△〜灯がともった／燈燭通明。

あかあかと［赤赤と］(副) 通紅，紅彤彤。△〜燃えさかる火／熊熊烈火。

あか・い［赤い］(形)① 紅。△顔を〜くして怒る／氣得臉紅脖子粗。②(喻共產主義) 紅色。

あかいわし［赤鰯］(名)① 鹹沙丁魚。② 生銹的刀。③ 帶血絲的眼。

アカウンティング［accounting］(名)〈經〉① 會計。② 賬單。③ 決算。

あかえい［赤鱝］(名)〈動〉赤魟，鱝子魚。

あかがい［赤貝］(名) 赤貝。

あかがえる［赤蛙］(名) 中國林蛙。

あかがし［赤檻］(名)〈植物〉血櫧，大葉櫟。

あかがね［銅・赤金］(名) 銅。

あがき［足搔き］(名) 掙扎。△〜がとれない／一籌莫展。進退維谷。

あかぎれ［皸］(名) 皴裂。△手に〜が切れた／手皴裂了。

あが・く［足搔く］(自五)①(馬用前蹄) 刨地。② 掙扎。△こうなってはもう〜いてもむだだ／事到如今，掙扎也無濟於事。

あかくな・る［赤くなる］(連語)(羞得) 面紅耳赤。△恥しくて耳まで〜った／羞得面紅耳赤。

あかげ［赤毛］(名)① 紅毛，紅髮。② 紅色假髮。③ 棗紅馬。

あかご［赤子］(名) 赤子，嬰兒。△〜の手をひねる／易如反掌。不費吹灰之力。

あかざ［藜］(名)〈植物〉藜。△〜の羹 (あつもの)／粗茶淡飯。

あかざとう［赤砂糖］(名) 紅糖。

あかさび［赤錆］(名) 紅銹，鐵銹。

あかし［証し］(名)① 證據，證明。② 清白。△身の〜を立てる／證實自己的清白。

あかし［燈］(名)〈文〉燈，燈火。

あかし［明石］(名) 縐綢。

あかじ［赤字］(名)① 赤字，虧空。△〜になる／〜を出す／出赤字。②(校對) 紅字。△〜を入れる／加紅字。

アカシア［acacia］(名)〈植物〉洋槐，刺槐。

あかしお［赤潮］(名)(因存在浮游生物而呈紅褐色的海水) 赤潮，紅潮。

あかしくら・す［明し暮らす］(自五) 度日，過日子。△ぼんやりと〜している／糊裏糊塗地混日子。

あかじそ［赤紫蘇］(名)〈植物〉紅紫蘇。

あかして［飽かして］(連語) 不惜，豁出。△暇に〜旅行する／不惜時間出去旅行。△金に〜買いあさる／豁出錢來搶購。

あかじ・みる［垢染みる］(自上一) 髒。△〜みた身なり／骯髒的衣着。

あかじゅうたん［赤絨毯］(名) 紅地毯。

あかじよさん［赤字予算］(名)〈經〉預算赤字。

あかしんごう［赤信号］(名)①(交通信號) 紅燈。② 危險信號。△〜が出る／發出危險信號。

あかしんぶん［赤新聞］(名) 黃色報紙。

あか・す［明かす］(他五)① 説出，泄露，揭穿。△秘密を〜／揭穿秘密。② 徹 (夜)，過 (夜)。△看病で夜を〜した／照看病人熬了一夜。

あか・す［飽かす］(他五)① 使人討厭，令人厭煩。△話上手で人を〜さない／善於辭令，使人百聽不厭。②(用“〜に〜して”的形式) 不惜。△金に〜して／不惜金錢。

あかず［飽かず］（連語）① 不厭，不倦。△～ながめる／凝望。② 不滿足。△なお～思う／仍感不足。

あかだな［閼伽棚］（名）（擺供品的）供桌。

あかちゃ・ける［赤茶ける］（自下一）發紅，發黃。△～けた写真／舊得發黃的照片。

あかちゃん［赤ちゃん］（名）嬰兒。

あかチン［赤チン］（名）紅藥水。

あかつき［暁］（名）① 黎明，拂曉。②…之時，…之際。△当選の～には／當選之時。

あがったり［上がったり］（名）完蛋，糟糕，垮台。△雨で商売は～だ／由於下雨生意完蛋了。

あかつち［赤土］（名）紅土，紅壤。

アカデミー［academy］（名）① 科學院。② 學會。

アカデミスト［academist］（名）學究，學者，學會會員，院士，大學生，大學教師。

アカデミズム［academicism］（名）① 學究氣。② 學院派。

アカデミック［academic］（形動）學術性的，學究式的。

あかでんわ［赤電話］（名）（紅色）公用電話。

あかとんぼ［赤蜻蛉］（名）紅蜻蜓。

あがな・う［贖う］（他五）① 贖。△罪を～／贖罪。② 彌補，抵償。

あかぬけ［垢抜け］（名・自サ）不俗氣，俏皮，瀟灑。△～した喫茶店／很雅致的茶館。△踊りのステップを～ている／跳舞的步子很帥。

あかぬ・ける［垢抜ける］（自下一）俏皮，文雅，時髦。△あの人は近頃～けてきた／他近來也不土氣了。

あかね［茜］（名）〈植物〉茜，茜草。

あかねいろ［茜色］（名）暗紅色。

あかのたにん［赤の他人］（連語）陌生人。

あかはじ［赤恥］（名）恥辱。△～をかく／當眾出醜，丟人現眼。

あかはた［赤旗］（名）紅旗。

あかはだか［赤裸］（名）① 一絲不掛。② 白條（雞等）。

あかばな［赤鼻］（名）酒糟鼻子。

あかふだ［赤札］（名）（特價品、已售品上的）紅色標籤。

あかぶどうしゅ［赤葡萄酒］（名）紅葡萄酒。

アガペー［希 agapē］（名）（基督教）神愛，博愛。

あかぼう［赤帽］（名）① 紅帽子。②（日本車站上戴紅帽子的）搬運工。

あかまつ［赤松］（名）〈植物〉紅松。

あかみ［赤味］（名）紅色。△～がさす／泛紅。

あかみ［赤身］（名）① 瘦肉。② 紅色魚肉。

あか・める［赤める］（他下一）弄紅。△顔を～／臉紅起來。

あが・める［崇める］（他下一）崇拜，崇敬，敬仰。△先祖を～／敬奉祖先。

あからがお［赤ら顔・赭ら顔］（名）紅臉。

あからさま（形動）公開，露骨，明目張膽。△～に言えば…／直截了當地説…△～な挑発行為／明目張膽的挑釁行為。

あから・む［赤らむ］（自五）變紅，紅起來。△ほんのりと顔が～／臉微微發紅。

あから・む［明らむ］（自五）天亮。△東の空が～んできた／東邊的天空曚亮了。

あから・める［赤らめる］（他下一）使…發紅。△恥ずかしそうに顔を～めた／羞紅了臉。

あかり［明かり］（名）① 光，亮。△～がさす／有亮光。② 燈。△～をつける／點燈。

あがり［上がり］ Ⅰ（名）① 上升，上漲。△ここから道が～になる／這前面的路上坡。△物価の～下がりがはげしい／物價波動很大。② 進步，長進。△手の～が早い／技術進步很快。③（工作的）成果。△仕事の～がきれいだ／活兒幹得很漂亮。④ 收入，進項。△店の～が少ない／商店的收入不好。⑤ 結束。△今日はこれで～にしよう／今天到此結束吧。⑥ 做好，做完。△カレーライス一丁～／做好了一份咖喱飯。⑦（麻將、升官圖等遊戲）滿，和，贏。⑧（飯館給客人上的）茶。Ⅱ（接尾）① 出身。△軍人～／軍人出身。②剛結束。△雨～／剛剛停。△湯～／剛洗完澡。③ 上小學。△七つ～／七歲上小學。

あがりぐち［上がり口］（名）①（日式房屋二道門前的地方）門口。② 樓梯口。

あがりさがり［上がり下がり］（名）升降，起伏，漲落。

あかりさき［明り先］（名）（從自己的角度看）光射過來的方向。

あかりとり［明り取り］（名）天窗，採光的窗。

あがりめ［上がり目］（名）① 吊眼角。②（物價）見漲，有上漲的趨勢。

あがりゆ［上がり湯］（名）（洗完澡）沖洗用的溫水。△～を使う／用溫水淨身。

あが・る［上がる］ Ⅰ（自五）① 上，升，登。△幕が～／幕升起。△屋根に～／上屋頂。② 抬，舉（身體的一部分）。△頭が～らない／抬不起頭來。③ 上（學）。△来年学校に～／明年上學。④ 進入（家中）。△どうぞお～りください／請進。⑤ 上升，上漲，提高。△物価が～／物價上漲。△成績がだいぶ～った／成績提高了不少。⑥ 結束，完成，停止。△仕事が～／工作結束。△雨が～った／雨停了。⑦〈謙〉去。△こちらからお迎えに～ります／我去接您。⑧ 怯場，發憷。△試験場で～った／在考場上憷住了。⑨ 獲得，取得。△効果が～った／取得效果。⑩ 死。△魚が～った／魚死了。Ⅱ（他五）〈敬〉吃，喝，吸。△何を～りますか／您吃甚麼？Ⅲ（接尾）① 完。△刷り～／印完。② 極度。△震え～／發抖。△晴れ～／萬里無雲。

あかる・い［明るい］（形）① 明亮。△部屋が～くなる／屋子明亮起來。② 光明。△～い未来／光明的未來。③ 明朗，快活。△～い性質／開朗的性格。④ 光明正大。⑤ 通曉，熟悉。△法律に～／通曉法律。

あかるみ［明るみ］（名）① 明亮處。△急に～へ出たので、目がくらんだ／突然到亮地方來，

あ
ア

覺得晃眼。②公開的地方。△不正事件が～に
出る／舞弊事件暴露了。

あかるみにでる［明るみに出る］（連語）顯露
出來，暴露出來。△事件が～でた／事件真相
大白了。

あかる・む［明るむ］（自五）① 發亮，明亮。
△空が～／天曉亮。② 快活。△心が～／心裏
快活。

あかんたい［亜寒帯］（名）亞寒帶。

あかんべえ（名）（用手扒下眼皮做）鬼臉兒。
△～をする／做鬼臉兒。

あかんぼう［赤ん坊］（名）嬰兒，乳兒。

あき［秋］（名）秋，秋天。△～高く馬肥ゆ／秋
高馬肥。△～の日は釣瓶（つるべ）落し／秋天
的太陽落得快。

あき［空き・明き］（名）① 空隙，空白，空缺。
△席の～がない／座無虛席。△～をうめる／
填空。△傘の～があったら貸して下さい／有
富餘的傘借我一把。② 閑暇。△忙しくて～が
ない／忙得沒一點空閑兒。③ ～瓶／空瓶。

あき［飽き］（名）厭，膩。△～が来る／生厭。

あきあき［飽き飽き］（名・自サ）厭煩，厭膩。
△雨にはもう～した／雨下得真夠膩煩的。

あきあじ［秋味］（名）秋天捕的鮭魚（鱒魚）。

あきかぜ［秋風］（名）秋風。△～が吹く／颳秋
風。愛情變冷淡。

あきがら［空殻］（名）空殼，空容器。

あきかん［空缶］（名）空罐頭盒。

あきぐち［秋口］（名）入秋，初秋。

あきさめ［秋雨］（名）秋雨。

あきさめぜんせん［秋雨前線］（名）秋雨鋒。

あきす［空巣］（名）① 空巢。② 空宅。③ 溜門
賊。△～に入られた／家裏進了溜門賊。

あきずえ［秋末］（名）秋末，晚秋。

あきぞら［秋空］（名）秋天的天空。

あきだか［秋高］（名）① 秋收增產。②（因秋
收歉產而）米價上漲。

あきた・つ［秋立つ］（自五）入秋。

あきたりな・い［飽き足りない］（形）不滿
足，不滿意。△現状に～／不滿現狀。△殺し
ても～／殺了也不解恨。△多少～ところがあ
る／還不大稱心。（也說「あきたらない」）

あきち［空地］（名）空地。

あきっぽ・い［飽きっぽい］（形）沒常性。

あきない［商］（名）① 買賣，生意。② 銷售額。

あきな・う［商う］（他五）經商，做買賣。

あきのななくさ［秋の七草］（名）秋天開花的
七種草（狗尾草，胡枝子，葛，紅瞿麥，黃花龍
芽，貫葉洋蘭，桔梗）。

あきばこ［空箱］（名）空箱，空盒。

あきばれ［秋晴れ］（名）秋高氣爽的天氣。

あきびより［秋日和］（名）秋天晴朗的天氣。

あきびん［空瓶］（名）空瓶子。

あきま［空き間］（名）① 空隙。② 空房間。

あきまき［秋蒔き］（名）秋播，秋種。

あきまつり［秋祭り］（名）（日本神社的）秋祭。

あきむし［秋虫］（名）秋蟲。

あきめ・く［秋めく］（自五）有秋意。△冷い～
いた風／帶涼意的秋風。

あきめくら［明盲］（名）① 睜眼瞎。② 文盲。

あきや［空家］（名）空房子。

あきらか［明らか］（形動）① 明亮。△月の～
な夜／月光皎潔的夜晚。② 明顯，分明。△こ
れは～に彼の誤りだ／這分明是他的錯誤。

あきらめ［締め］（名）斷念，死心。△～がい
い／想得開。△どうも～がつかない／怎麼也
不死心。

あきら・める［締める］（他下一）死心，斷念。
△～のはまだ早い／現在還不能死心。

あきら・める［明らめる］（他下一）查明，弄
清。△理由を～／查明原因。

あ・きる［飽きる］（自上一）① 飽，夠，滿足。
△～ほど食べる／吃個夠。② 厭煩，厭膩。△何
度見ても～きない／百看不厭。

あきれかえ・る［呆れ返る］（自五）十分驚訝，
目瞪口呆。△彼がいいかげんなのには，～え
／他那個馬虎勁兒真令人吃驚。

アキレスけん［アキレス腱］（名）①〈解剖〉跟
腱。② 致命弱點。

あきれは・てる［呆れ果てる］（自下一）→あ
きれかえる

あき・れる［呆れる］（自下一）① 吃驚，驚愕，
愣住。△～れてものも言えない／驚得說不出
話來。② 厭煩。

あきんど［商人］（名）商人。

あく［悪］（名）① 惡，壞事。② 壞人。③ 弊端。

あく［悪汁］（名）① 木灰水。②（植物的）澀味。
③ 不隨和的個性。△～の抜けた人／好相處的人。

あ・く［明く・開く］（自五）開。△幕が～／
開幕。△店が～／商店開業。商店開門。△目
が～／眼睛睜開。

あ・く［空く］（自五）空，閑，缺。△～
いた席はひとつもない／一個空座位也沒有。
△手が～／有空。閑着。騰出手來。△自転車
が～いている／自行車閑着。△部長のポスト
が～／部長的職位空缺。

あ・く［飽く］（自五）① 滿足。△労して～こ
とを知らない／不辭辛苦。② 厭膩，厭煩。△～
なき野望／貪得無厭的野心。

アクアラング［aqualung］（名）水中呼吸器。

アクアリウム［aquarium］（名）水族館。

あくい［悪意］（名）① 惡意。△～を抱く／懷
惡意。② 壞的意思。△～にとる／向壞的方面
理解。

アクイジション［acquisition］（名）〈經〉買進，
收購，購置。

あくいん［悪因］（名）〈佛教〉惡因。△～→悪果／
惡有惡報。

あくうん［悪運］（名）①（做壞事而不遭報應的）
賊運。△～が強い／賊運亨通。② 厄運。

あくえいきょう［悪影響］（名）壞影響，不良
影響。

あくえき［悪疫］（名）瘟疫。△～が流行する／
瘟疫流行。

あくかんじょう［悪感情］（名）惡感。△彼女に～を抱く／對她抱惡感。

あくぎゃく［悪逆］（名）兇惡，殘暴。△～無道／暴虐無道。

あくぎょう［悪行］（名）惡行，壞事。△～にふける／淨幹壞事。

あくごう［悪業］（名）〈佛教〉惡業，前世作孽。△～のむくい／前世作孽的報應。

あくさい［悪妻］（名）壞老婆。

あくじ［悪事］（名）壞事。△～を働く／幹壞事。△～千里を走る／壞事傳千里。

あくじき［悪食］（名）吃怪東西（蛇、蠍等）。△～家／吃怪東西的人。

あくしつ［悪質］（名・形動）① 劣質。△～の紙／劣質紙。② 惡性，惡劣。△～ないたずら／惡作劇。

あくしつしょうほう［悪質商法］（名）有詐騙犯罪性質的經商方法（如電話推銷、傳銷、上門推銷等）。

アクシデント［accident］（名）事故，災禍，（不幸）事件。

あくしゅ［握手］（名・自サ）① 握手。△～をかわす／握手。② 和好，和解。△長年反目していた二人が～する／多年不和的兩個人和好了。

あくしゅう［悪臭］（名）臭味。△～を放つ／散發臭氣。

あくしゅう［悪習］（名）惡習。△～にそまる／染上惡習。

あくしゅみ［悪趣味］（名・形動）① 低級趣味。△～な服装／俗氣的服裝。② 惡作劇。△人をかついで喜ぶのは～だ／捉弄人取樂這是惡作劇。

あくじゅんかん［悪循環］（名）惡性循環。△～におちいる／陷入惡性循環。

あくしょ［悪書］（名）壞書。

あくしょ［悪所］（名）① 險路，難關。② 花街柳巷。△～通い／常出沒於花街柳巷。

あくじょ［悪女］（名）① 壞女人，悍婦。② 醜女。△～の深情け／醜女情深。令人為難的好意。

あくしょう［悪性］（名・形動）品性不端。△～おんな／淫婦。△～な男／酒色之徒。

あくじょうけん［悪条件］（名）惡劣條件。

アクション［action］（名）① 動作，行動。② （演員）演技，格鬥。△～映画／武打片。

あくしん［悪心］（名）歹意，邪念。△～を起す／起邪念。

あくせい［悪政］（名）苛政，暴政。△～にあえぐ／苦於暴政。

あくせい［悪声］（名）① 難聽的聲音。② 壞名聲，壞話。△～を放つ／説壞話。

あくせい［悪性］（名・形動）惡性。△～インフレ／惡性通貨膨脹。

あくせく（と）（副・自サ）① 忙忙碌碌。△生活のために～と働く／為生活奔走勞碌。② 心胸狹窄，小心眼兒。

アクセサリー［accessory］（名）① 首飾，裝飾品，服飾用品。△～をつける／帶上裝飾品。② 附件，附屬品。△カメラの～／照相機附件。

アクセシビリティー［accessibility］（名）可接近性，可親性，可達性。

アクセスけん［アクセス権］（名）資訊享用權，國民有獲得資訊的權力。

アクセプタンス［acceptance］（名）〈經〉承兑，認付，承保，承兑匯票。

アクセプト［accept］（名）〈IT〉接收。

アクセル［accelerator］（名）（汽車、飛機等的）加速器，加速踏板。△～をふむ／踩加速器。△～をふかす／加大油門。

あくせん［悪銭］（名）不義之財。△～身につかず／不義之財花得快。悖入悖出。

あくせんくとう［悪戦苦闘］（名・自サ）殊死搏鬥。

アクセント［accent］（名）① 〈語〉重音。△～がおかしい／怪腔怪調。② 外交問題に～をおく／把重點放在外交問題上。③ ポケットの形で～をつける／（時裝）用衣袋形狀突出造型特點。

あくた［芥］（名）塵芥。

あくたい［悪態］（名）惡語，髒話。△～をつく／惡語傷人。

あくたがわりゅうのすけ［芥川竜之介］〈人名〉芥川龍之介（1892-1927）日本小説家。

あくだま［悪玉］（名）（文學作品中的）壞人，壞蛋。↔ 善玉

あくたれ［悪たれ］（名）① 淘氣，胡鬧。△～小僧／淘氣包。調皮鬼。② 調皮蛋。△この～／你這個調皮蛋！③ 罵人。△髒話。△～をたたく／罵人。

アクチン［actin］（名）肌動蛋白，肌纖蛋白。

アクティベーション［activation］（名）〈IT〉啟動。

あくてん［悪天］（名）壞天氣。△～をついて出発／不顧惡劣的天氣出發。

あくてんこう［悪天候］（名）惡劣天氣。

あくど・い［悪どい］（形）① 過火，過濃，過艷。△～色／刺眼的顏色。△～味／口味太膩。② 惡劣，惡毒。△～商売／不擇手段的買賣。△～手口／毒辣手段。

あくとう［悪党］（名）惡棍，壞蛋。△この～め／你這個壞蛋！

あくどう［悪童］（名）頑童，調皮蛋。

あくとく［悪徳］（名）缺德，不道德。△～商人／奸商。△～をかさぬる／淨幹缺德的事。

あくにち［悪日］（名）凶日，不吉利的日子。

あくぬき［灰汁抜き］（名・他サ）焯（蔬菜、野菜以去掉澀味）。△ゼンマイの～／焯紫萁。

- あぐ・ねる（接尾）厭煩，厭膩。△考え～／想膩了。△さがし～／找煩了。

あくねん［悪念］（名）惡念，歹意。

あくば［悪罵］（名・他サ）惡罵，痛罵。△～を浴びせる／破口大罵。

あくび［欠伸］(名) 呵欠，哈欠。△〜が出る〜をする／打哈欠。△〜をかみころす／忍住哈欠。

あくひつ［悪筆］(名) 拙劣的字，字寫得不好。△〜ですみません／我字寫得不好，請原諒。

あくひょう［悪評］(名) 壞名聲。△〜を買う／招致批評。△〜が立つ／聲名狼藉。

あくびょう［悪病］(名) 惡疾。

あくびょうどう［悪平等］(名・形動) 虚假的平等，平均主義。

あくふう［悪風］(名) 惡習，壞風氣。△〜に染まる／染上惡習。

あくぶん［悪文］(名) 拙劣的文章，難懂的文章。△この文章は〜だ／這篇文章文筆拙劣。

あくへい［悪弊］(名) 惡習，陋習。△〜を一掃する／鏟除陋習。

あくへき［悪癖］(名) 惡癖。△〜をなおす／矯正惡癖。

あくへん［悪変］(名・自サ) 變壞，惡化。△天気が〜した／天氣變壞了。

あくま［悪魔］(名) 惡魔，魔鬼。△〜のように冷酷な男／魔鬼般冷酷無情的人。

あくまで［飽くまで］(副) ① 堅決。△〜反対する／堅決反對。② 徹底，到底。△〜も戦う／鬥爭到底。

あくむ［悪夢］(名) 惡夢。△〜にうなされる／被惡夢魘住了。△〜を見る／做惡夢。

-あぐ・む［接尾］→あぐねる

アクメ［法 acmé］(名) 最盛期，最高潮。

あくめい［悪名］(名) 臭名，壞名聲。△〜高い／臭名昭著。

あくやく［悪役］(名) 反派角色。

あくゆう［悪友］(名) ① 壞朋友。△〜に誘われる／受壞朋友的勾引。② (作反語) 老朋友，好朋友。

あくよう［悪用］(名・他サ) 濫用。△地位を〜して，金をもうける／利用地位中飽私囊。

あぐら［胡座］(名) 盤腿坐。△〜をかく／盤腿坐。穩坐。△鼻が〜をかく／扁鼻子。△古いのれんの上に〜をかく／躺在老字號的招牌上不求進取。吃老本兒。

あくらつ［悪辣］(形動) 毒辣，惡毒。△〜な手口／毒辣的手段。

あぐらばな［胡座鼻］(名) 塌鼻子。

あぐらをかく［胡座をかく］(連語) ① 盤腿坐。② 穩坐不動。△名声の上に〜／仗着有點名氣，高高在上。

アグリーメント［agreement］(名) 協議，協定，同意。△〜を得た／達成協議。

あくりょう［悪霊］(名) 惡鬼，冤魂。△〜にたたられる／中邪。冤魂作祟。

あくりょく［握力］(名) 握力。△〜がある／握力大。△〜計／握力計。

アクリル［acryl］(名)〈化〉丙烯。△〜樹脂／丙烯酸酯脂。△〜系繊維／丙烯腈系纖維。

あくる［明くる］(連體) 翌，第二。△〜朝／翌晨。△〜年／第二年。

あくれい［悪例］(名) 壞先例。△〜をつくる／開一壞先例。△〜を残す／留下壞先例。

アグレッシブ［aggressive］(ダナ) 攻撃性的。

アグレマン［法 agréman］(名) (駐在國對派遣使者的) 同意。

あくろ［悪路］(名) 險路，難走的路。

アクロバット［acrobat］(名) ① 雜技。② 雜技演員。

あけ［明け］(名) ① 天亮，黎明。△〜の明星／啟明星。晨星。② 期滿，終了。△休み〜／假期結束。△忌み〜／服孝期滿。△梅雨〜／出梅。

あげ［上げ］(名) ① 舉，抬，提，漲。△値〜／提價。△賃〜／漲工資。△〜幅／上漲幅度。② (因衣服長大而) 縫上褶子，褶子。△〜をおろす／放開褶子。

あげ［揚げ］(名) ① 炸豆腐。② 油炸 (的食品)。△さつま〜／炸紅薯。

あげあしをとる［揚足を取る］(連語) 抓話把柄。△人の〜／抓別人的話把兒。

あげあぶら［揚げ油］(名) 炸東西的油。

あげおろし［上げ下ろし］(名・他サ) ① 舉起和放下。△箸の〜にもうるさい／説道多。吹毛求疵。② 裝卸。△荷物の〜／貨物的裝卸。

あけがた［明け方］(名) 黎明，拂曉。

あげく［揚げ句・挙げ句］(名) 最後，結果。△その〜に身上をつぶした／結果弄得傾家蕩產。△〜の果て／弄到最後。到頭來。△さんざん逃げまわった〜，つかまらずにすんだが／東逃西竄，總算沒給逮住…。

あけくれ［明け暮れ］(名・自サ) ① 日夜，朝夕。△病院での〜／在醫院裏的日日夜夜。△〜心配ばかりしている／一天到晚總放心不下。② 埋頭。△研究に〜する／埋頭研究。

あけく・れる［明け暮れる］(自下一) ① 度日。△なみだに〜／終日以淚洗面。② 埋頭，專心。△内部抗争に〜／專搞内部鬥爭。

あげしお［上げ潮］(名) 漲潮。△〜にのる／一帆風順。趨勢。

あけしめ［開け閉め］(名) 開關 (門窗、閥門等)。

あげず［上げず］(連語) (多用 "三日にあげず" 的形式) 不到…，隔不上…。△三日に〜遊びに来る／三天兩頭來玩。

あけすけ［明け透け］(形動) 坦率，不隱諱。△〜にものを言う／説話直率。

あげぜん［上げ膳］(名) (給客人) 上飯。

あげぜんすえぜん［上げ膳据え膳］(連語) 坐享其成。

あげぞこ［上げ底］(名) (外觀大，容積小的饋贈用) 高底盒。

あけたて［開け閉て］(名・他サ) 開關 (拉門、門窗)。△戸の〜を静かにする／輕輕地開門關門。

あげだま［揚げ玉］(名) (炸東西時的) 油渣滓。

あけっぱなし［開けっ放し］(名・形動) ① 敞開。△戸が〜になっている／門大開着。② 坦率，直率。△〜の性分／直性子。

あけっぴろげ［明けっ広げ・開けっ広げ］（名・形動）坦率，直率，心直口快。△～な人／心直口快的人。

あげつら・う［論う］（他五）議論，辯論，爭論。

あけて［明けて］（副）過了年，轉過年。△～60歳になる／過了年就六十歳了。

あげて［挙げて］（副）舉，全，都。△国を～祝う／舉國慶祝。

あけてもくれても［明けても暮れても］（連語）每天，始終。△～ぐちをこぼしている／整天發牢騷。

あげなべ［揚げ鍋］（名）平底煎鍋。

あげに［揚荷］（名）（從船上）卸貨，卸下的貨。

あけにそま・る［朱に染まる］（連語）滿身是血，血淋淋。

あけのみょうじょう［明けの明星］（名）晨星，啟明星。

あげはちょう［揚羽蝶］（名）〈動〉鳳蝶。

あけはな・す［開け放す］（他五）①（門、窓）大敞大開。②（所有的門、窓）全開着。

あけはな・つ［開け放つ］（他五）→あけはなす

あけび［木通］（名）〈植物〉木通，野木瓜。

あけぼの［曙］（名）黎明，拂曉。△近代文明の～／近代文明的曙光。

あげまき［揚巻］（名）〈動〉蟶。

あげもの［揚げ物］（名）油炸食品。

あ・ける［明ける］（自下一）①天亮。△夜が～けた／天亮了。②新的一年開始。△～けましておめでとう／新年好！△年が～けた／新的一年開始了。③期滿。△休暇が～けた／假期結束了。△年季が～／出師。△滿師。梅雨が～／出梅。

あ・ける［明ける・空ける］（他下一）①空出，騰出，留出，倒出。△一行～けて書く／空一行寫。△時間を～／騰出時間。△水を～／倒出水。△部屋を～／騰出房子。不在家。②開。△穴を～／開洞。鑽孔。出虧空。

あ・ける［開ける］（他下一）開，打開。△窓を～／打開窓。△目を～／睜開眼。△店を～／開店。開業。

あ・げる［上げる・挙げる］（他下一）①舉，抬。△手を～／舉手。△頭を～／抬頭。△帆を～／揚帆。△幕を～／揭幕。②檢舉，逮捕。△犯人を～／逮捕犯人。

あ・げる［上げる・揚げる］（他下一）①升起，放。△国旗を～／升國旗。△花火を～／放焰火。②（從船上）卸貨。△荷を～／卸貨。抽，吸。△ポンプで水を～／用泵抽水。③讓進，吸。△客を書斎に～／把客人讓進書齋。④嘔吐。△船に酔って～／暈船嘔吐。

あ・げる［上げる］（他下一）①提高。△値段を～／提價。△腕を～／提高技術。②增加。△スピードを～／加快速度。③發聲。△歡呼の声を～／發出歡呼聲。④讓…上學。△息子を大学に～／送兒子上大學。⑤（敬）給。△君にこの絵を～げよう／這幅畫送給你吧。△こ

の本を貸して～げよう／這本書借給你吧。⑥（給神佛）上供。△仏壇に線香を～／向佛壇上香。

あ・げる［挙げる］（他下一）①舉行。△式を～／舉行儀式。②舉出。△例を～／舉例。③推舉。△候補者を～／推舉候選人。④發動。△兵を～／舉兵。⑤用盡。△全力を～／竭盡全力。⑥取得，完成。△成果を～／取得成果。△仕事を～／完成工作。

あ・げる［揚げる］（他下一）炸。△フライを～／炸魚（肉、土豆）。

あけわたす［明け渡す］（他五）讓出，交出。△城を～／開城投降。

あご［顎・腭］（名）①腭。△上（うわ）～／上腭。②下巴。△～をなでる／摸着下巴。洋洋得意。

あこう［榕・雀榕］（名）榕樹。

アコーディオン［accordion］（名）手風琴。

あごがひあが・る［顎が干上がる］（連語）無法糊口，吃不上飯。

あこがれ［憧れ］（名）憧憬，嚮往。△～の的／嚮往的目標。△～ハワイを訪ねる／訪問嚮往已久的夏威夷。

あこが・れる［憧れる］（自下一）憧憬，嚮往。△まだ見ぬ土地に～／嚮往着那塊陌生的地方。△海に～／嚮往大海。

あこぎ［阿漕］（形動）貪婪，貪得無厭。△～な商売／唯利是圖的買賣。

あごでつかう［顎で使う］（連語）頤使，頤指氣使。

あごひげ［顎鬚］（名）鬍，山羊鬍子。

あこやがい［阿古屋貝］（名）〈動〉珠母貝。

あごをだす［顎を出す］（連語）精疲力盡。

あさ［麻］（名）麻。△～布／麻布。

あさ［朝］（名）早晨。△～から晩まで／從早到晩。△～が早い／起得早。

あさ‐［浅］（接頭）淺，輕，淡。△～黒い／淺黑色。

あざ［字］（名）（日本町、村內的區劃，有 “大字” 和 “小字” 之分）字。

あざ［痣］（名）①痣，痦子。②（跌打的）青腫處。△全身～だらけ／全身青一塊紫一塊的。

あさ・い［浅い］（形）①淺。△底が～／底淺。△～からぬ仲／交情不淺。②膚淺。△考えが～／見解膚淺。③淡。△色が～／色淺。色淡。（時間）短，少。△知りあってから日が～／相識不久。△経験が～／經驗不多。

あさいち［朝市］（名）（菜、魚）早市。

あさいと［麻糸］（名）麻綫。

アサイン［assign］（名）分配。

あさおき［朝起き］（名・自サ）①早起。△老人は～だ／老人起牀早。②早晨起來時的心情。△～のいい子／醒後高興的孩子。

あさおきはさんもんのとく［朝起きは三文の德］（連語）早起三朝當一工。早起好處多。

あさがえり［朝帰り］（名・自サ）（夜間外宿）早晨回家。

あ
ア

あさがお［朝顔］（名）〈植物〉牽牛花。

あさがけ［朝駆け］（名・自サ）①〈軍〉拂曉進攻。②（記者）清晨外出採訪。

あさがた［朝方］（名）早晨，清晨。△きのうの～地震があった／昨天早晨發生了地震。

あさぎ［浅黄］（名）淺黃（色）。

あさぎ［浅葱］（名）發綠的淺藍色。

あさぐろ・い［浅黒い］（形）淺黑，微黑。△～せいかんな顔／發黑而精悍的臉。

あざけ・る［嘲る］（他五）嘲笑，譏諷。

あささむ［朝寒］（名）（十月）早晨寒冷，晨寒。

あししお［朝潮］（名）早潮。

アサシン［assassin］（名）刺客。

あさすず［朝涼］（名）（五月時）早晨涼爽。

あさせ［浅瀬］（名）淺灘。△～に乗りあげる／擱淺。

あさだち［朝立ち］（名・自サ）早晨出發。

あさちえ［浅知恵・浅智慧］（名）淺見，膚淺。△女の～／女人的淺薄。

あさづけ［浅漬け］（名）暴醃的鹹菜。

あさって［明後日］（名）後天。△～の方／〈俗〉錯誤的方向。△～の方へ行く／南轅北轍。

あさっぱら［朝っぱら］（名）〈俗〉大清早，一大早。△～から何の用だ／這麼一大早的，有甚麼事？

あさつゆ［朝露］（名）朝露。

あさで［浅手・浅傷］（名）輕傷。△～を負う／受輕傷。

あざな［字］（名）①字，別名，別號。△孔子は～を仲尼といった／孔子字仲尼。②綽號。

あさなあさな［朝な朝な］（副）每天早晨。

あさなぎ［朝凪］（名）（海邊）清晨風平浪靜。

あさなゆうな［朝な夕な］（副）朝夕，終日，整天。△～あの人を思いつづける／朝夕思念他。

あさぬの［麻布］（名）麻布。

あさね［朝寝］（名・自サ）睡早覺。△～をして遅刻した／早晨起得晚，遲到了。

あさねぼう［朝寝坊］（名・自サ）睡早覺（的人）。△彼は～だ／他早晨起得晚。

あさはか［浅はか］（形動）膚淺，淺薄。△～な考え／淺薄的見解。

あさばん［朝晩］Ⅰ（名）早晚。△～はとくに冷えこむ／早晚特別冷。Ⅱ（副）朝夕，始終。△～考えつづけていることがある／有一件終日不斷思索的事。

あさひ［朝日・旭］（名）朝陽，旭日。△～がのぼる／旭日東升。

あさぶろ［朝風呂］（名）早晨洗澡。

あさぼらけ［朝ぼらけ］（名）〈文〉黎明，拂曉。

あさまいり［朝参り］（名）早晨參拜神社。

あさまし・い［浅ましい］（形）①卑鄙，無恥。△～了見／卑鄙的念頭。②悲慘。△～姿／可憐相。

あさみ［浅み］（名）水淺的地方，淺灘。

あざみ［薊］（名）〈植物〉薊。

あさみどり［浅緑］（名）淺綠色。

あざむ・く［欺く］（他五）①欺騙。△敵を～／誘騙敵人。②勝過。△昼を～明るさ／明如白晝。

あさめし［朝飯］（名）早飯。

あさめしまえ［朝飯前］（名）①早飯前。②輕而易舉。△そんなことは～だ／那種事易如反掌。

あざやか［鮮やか］（形動）①鮮明，鮮艷。△～な色彩／鮮艷的色彩。②精湛，美妙。△～なお手なみ／漂亮的手法。

あさやけ［朝焼け］（名）朝霞。

あさゆ［朝湯］（名）（老人語）→あさぶろ

あさゆう［朝夕］Ⅰ（名）早晚。△～はめっきり涼しくなった／早晚顯著地涼爽了。Ⅱ（副）朝夕，終日，經常。△～練習にはげんでいる／終日拚命練習。

あざらし［海豹］（名）海豹。

あさり［浅蜊］（名）〈動〉蛤仔，玄蛤。

あさ・る［漁る］（他五）搜尋，尋找。△餌を～／覓食。△資料を～／搜集資料。

アザレア［azalea］（名）〈植物〉杜鵑花，映山紅。

あざわら・う［嘲笑う］（他五）嘲笑，譏笑。△鼻先で～／嗤之以鼻。

あし［足・脚］（名）①腳。△～のうら／腳心。△～の甲／腳背。△～のゆび／腳指頭。②腿。△彼は～が早い／他走得快。△～が長い／腿長。△机の～／桌子腿兒。③交通工具。△～の便が悪い／交通不便。

あし［蘆・葦・芦］（名）蘆葦。

あ・し［悪し］（形）〈文〉惡，壞，劣，險。△良し～／好壞。

あじ［味］（名）①味，味道，滋味。△～がこい／味濃。△～をつける／調味。△～をみる／嚐嚐味道。②滋味，體驗，感受。△貧乏の～を知らない／不知道貧窮的滋味。③情趣。△～もそっけもない／枯燥無味。△～なことをする／露一手兒。△縁は異なもの～なもの／緣分不可思議。

あじ［鰺］（名）〈動〉鰺，竹莢魚。

アジア［Asia］（名）亞洲，亞細亞。

アジアおうしゅうかいぎ［アジア欧州会議］（名）亞歐會議。

あしあと［足跡］（名）①足跡，腳印。△～を残す／留下足跡。②蹤跡。△～をくらます／隱匿蹤跡。③業績，成就。△偉大な～／偉大的業績。

アジアニーズ［Asia needs］（名）亞洲四小龍，指韓國、台灣、香港、新加坡四國。（也作"アジアフォードラゴンズ"）

あしおと［足音］（名）腳步聲。△～をたてる／發出腳步聲。△春の～／春天的腳步聲。

あしか［海驢］（名）〈動〉黑海獅。

あしがある［足がある］（連語）（運動員）速度快。

あしかがたかうじ［足利尊氏］〈人名〉足利尊氏（1305-1358）。日本室町幕府的第一代將軍。

あしがかり［足掛かり］（名）①腳手架，踏腳

的地方。△～ひとつない絶壁／連個踏腳地方
都沒有的絕壁。② 綫索，門路。△小さな証拠
を～にして調査は進んでいった／從一個小證
據順藤摸瓜進行了調查。

あしかけ [足掛け] (名) (計算年數時按年頭計
算) 前後る…個年頭。△～ 3 年／前後三個年
頭。

あしかせ [足枷] (名) ① 腳鐐。△～をはめる／
帶腳鐐。② 桎梏，枷鎖。△改革の～となる／
成為改革的絆腳石。

あしがた [足形] (名) 腳印，足跡。

あしがため [足固め] (名・自サ) ① 練腿腳。
② 做準備。△充分な～をする／做好充分的準
備。

あしがつく [足がつく] (連語) ① 有下落，有
綫索。△盗品から犯人が足がついた／犯人從
臟物露了馬腳。② (食品) 腐爛。

あしがでる [足が出る] (連語) 出虧空，出赤
字。△一万円ぐらい足がでた／出了一萬多日
圓的赤字。

あしがはや・い [足が早い] (連語) ① 速度快。
② 暢銷。③ (食物) 易腐爛。

あしからず [悪しからず] (副) 請原諒，別見
怪。△どうか～／請原諒。請不要見怪。

あしがる [足軽] (名) (日本古時最下級武士)
步卒，走卒。

あじきな・い [味気ない] (形) →あじけない

あしくび [足首] (名) 腳腕子，腳脖子。△～を
ねんざした／扭傷了腳脖子。

あしげ [足蹴] (名) ① 腳踢。② 虐待。△恩人
を～にする／恩將仇報。

あしげい [足芸] (名) (雜技) 足技。

あじけな・い [味気ない] (形) 乏味，無聊，
沒趣。△～生活／乏味的生活。

あしこし [足腰] (名) 腿和腰，腰腿。△～をき
たえる／練腰腿。△～が立たない／癱瘓。

あじさい [紫陽花] (名) 〈植物〉綉球，八仙花。

あしざまに [悪ざまに] (副) 惡意地。△人を～
に言う／誹謗人。

あししげ・く [足繁く] (連語) 頻繁地。△～
通う／去得很勤。

アシスタント [assistant] (名) 助手，助理，助教。

アシスタントディレクター [assistant director]
(名) 副導演。

アシスト [assist] (名) 幫助，助殺，助攻。

あした [明日] (名) 明日，明天。

あしだ [足駄] (名) 高齒木屐。

アジタート [意 agitato] (名) 〈樂〉激情地。△
アレグロ／激情的快速演奏。

あしだい [足代] (名) 交通費。△～がかかる／
需要花車錢。

あしたはあしたのかぜがふく [明日は明日の
風が吹く] (連語) 車到山前必有路。到時候再
說。

あしだまり [足溜り] (名) ① 暫住的地方，落
腳的地方。△ここは学生たちの～だ／這裏是
學生們常聚會的地方。② 據點，根據地。△キ

ャンプを～にして地質調査を行う／以露營地
為基地進行地質調查。

あしついで [足序で] (名) 順路。△～に寄る／
順路去一趟。

あしつき [足付き] (名) 步伐，腳步。△よろよ
ろとした～／步履蹣跚。

あじつけ [味付け] (名・他サ) 調味。△～がい
い／味道調得好。

アシッド [acid] (名) 幻覺劑，迷幻藥。

アジテーション [agitation] (名) (政) 煽動，鼓
動，挑動。

あしでまとい [足手纏い] (名) 累贅，絆腳石。
△～になる／成為累贅。

アジト [agitation point] (名) 地下工作指揮部，
地下工作隱蔽處。

あしどめ [足留め・足止め] (名・他サ) 禁止外
出，禁止通行。△～をくう／被困住。

あしどり [足取り] (名) ① 腳步，步伐，步調。
△～を速める／加快腳步。② (交易) 行情動態。

あしながばち [足長蜂] (名) 〈動〉長足胡蜂。

あしなみ [足並み] (名) 步伐，步調。△～がそ
ろう／步伐整齊。步調一致。△～が乱れる／
亂了步調。

あしならし [足慣らし・足馴らし] (名) 練腿
腳。△病後の～をする／病後練習走路。

あしば [足場] (名) ① 腳手架。△～を組む／
搭腳手架。② 立足點。△～を失う／站不住腳。
△新体制の～を固める／鞏固新體制的基礎。
③ 交通情況。△～がいい／交通便利。△ぬか
るみで～が悪い／道路泥濘，不好走。

あしばや [足早] (形動) 走得快，腳步快。△～
にたち去る／迅速離去。

あしはら [葦原] (名) 葦塘。

あしび [馬酔木] (名) 〈植物〉梫木。

あしびょうし [足拍子] (名) 腳打拍子。△～
を取る／用腳打拍子。

あしぶえ [葦笛] (名) 蘆笛。

あしぶみ [足踏み] (名・自サ) ① 踏步。△～
進め／踏步走！② 腳踏。△～ミシン／腳踏縫
紉機。③ 停滯。△輸出が～している／出口無
增長。

アジプロ [agitprop] (名) 宣傳鼓動。

あしまかせ [足任せ] (名) 信步。△～に歩く／
信步而行。

あしまめ [足まめ] (形動) 腿勤。△～に歩きま
わる／不辭辛苦地到處奔波。

あじみ [味見] (名・他サ) 嘗味道。

あじもそっけもない [味もそっけもない] (連
語) 枯燥無味。

あしもと [足元・足許] (名) ① 腳下。△～に
御用心／請留神腳下。② 腳步。△～がふらら
つく／腳步不穩。③ 處境，立足點。△～を固め
る／鞏固立足點。

あしもとからとりがたつ [足元から鳥が立つ]
(連語) ① 事出突然。② 突然打起甚麼主意來。

あしもとにつけこむ [足元につけこむ] (連
語) 抓把柄，抓辮子。

あ
ア

あしもとにひがつく［足元に火がつく］（連語）① 大禍臨頭。② 火燒眉毛。

あしもとにもおよばない［足元にも及ばない］（連語）無法相比，望塵莫及。△彼女の〜／無法跟她相比。

あしもとをみられる［足元を見られる］（連語）被人看透弱點，被人抓住把柄。

あじもの［味物］（名）有味道的東西，好吃的東西。

あしゅ［亜種］（名）〈IT〉（電腦病毒的）變種。

あしよわ［足弱］（名・形動）① 腿腳軟弱。② 老人，婦女，兒童。

あしらい（名）① 對待，招待。△客〜／待客。② 配菜，菜碼。

あしら・う（他五）① 對待，應付。△鼻で〜／嗤之以鼻。△いい加減に〜／敷衍搪塞。② 配合，點綴。△菊に紅葉を〜った生け花／給菊花點綴上紅葉的插花。

アジ・る（他五）〈俗〉煽動，唆使。

あじろ［網代］（名）①（冬季捕魚用的）魚籬。② 竹蓆。

あじわい［味わい］（名）① 味，滋味。△独特な〜／獨特的味道。② 風趣，趣味。△〜がある／有風趣。△〜の深い作品／饒有趣味的作品。

あじわ・う［味わう］（他五）① 品嘗。△酒を〜／嘗酒。② 嘗受，體驗。△苦しみを〜／嘗盡辛酸。③ 欣賞，玩味。△詩を〜／欣賞詩句。

あしわざ［足業］（名）（柔道，相撲）足技。

あしをあらう［足を洗う］（連語）洗手不幹，改邪歸正。

あしをいれる［足を入れる］（連語）插手，插足。

あじをしめる［味を占める］（連語）嘗到甜頭兒。

あしをのばす［足を伸ばす］（連語）（比預定的地點）向更遠的地方去。△上京のついでに横浜まで〜いた／到東京去順便去了橫濱。

あしをはこぶ［足を運ぶ］（連語）專程前往。△彼はたびたび私の家に〜んだ／他常到我家來。

あしをひっぱる［足を引っ張る］（連語）① 扯後腿。② 牽制。

あしをぼうにして［足を棒にして］（連語）走得筋疲力盡。

あす［明日］（名）① 明天。△〜をも知れない命／生命危在旦夕。② 將來，日後。△〜の時代に備える／為下一個時代做準備。

あすかじだい［飛鳥時代］（名）〈史〉飛鳥時代。

あずか・る［与かる］（自五）① 參與，有關係。△〜って力がある／對…有貢獻。△私の〜り知らぬこと／與我無關的事。② 承蒙。△お招きに〜りまして光栄に思います／承蒙邀請，甚感榮幸。

あずか・る［預かる］（他五）① 收存，保管。△荷物を〜／保管行李。△人さまの〜りも

の／別人寄存的東西。② 擔任，承擔。△会計を〜／擔任會計工作。△人の命を〜／擔負與他人生命安全有關的重任。△台所を〜／擔負一家生活重擔。③ 保留。△氏名はしばらく〜っておく／姓名暫不公開。△この勝負は〜りとする／這場比賽不分勝負。

あずき［小豆］（名）小豆。△〜色／豆沙色。暗紅色。

あず・ける［預ける］（他下一）① 寄存，存放，委託保管。△金を銀行に〜／把錢存在銀行裏。△荷物を〜／存放行李。△子供を保育所に〜／孩子送託兒所。② 委託處理。△げたを〜／全權委託。△勝負を〜／讓人判定勝負。③（相撲）靠身。

あすこ（代）→あそこ

あずさ［梓］（名）①〈植物〉梓。② 印刷版。△〜にのぼす／付梓。出版。

アスター［aster］（名）〈植物〉① 紫菀屬植物。② 翠菊。

アスタチン［astatine］（名）（放射性元素）砹。

あずちももやまじだい［安土桃山時代］（名）〈史〉安土桃山時代。

アストリンゼントローション［astringent lotion］（名）緊膚水。

アストロノート［astronaut］（名）宇航員。

あすなろ［翌檜］（名）〈植物〉絲柏。

アスパラガス［asparagus］（名）〈植物〉石刁柏，蘆筍，龍鬚菜。

アスピリン［aspirin］（名）〈醫〉阿斯匹林。

アスファルト［asphalt］（名）瀝青，柏油。△〜フェルト／油氈紙。△〜の道路／柏油路。

アスベスト［德 Asbest］（名）石棉。

あずま［東・吾妻］（名）（日本）關東地方（的古稱）。

あずまうた［東歌］（名）（萬葉集十四卷和古今和歌集二十卷中所輯的）關東方言的和歌。

あずまや［東屋・四阿］（名）亭子，榭。

アスリート［athlete］（名）〈體〉運動員，選手。（多指田徑、游泳、球技等專案的比賽選手。）△トップ〜が集まった國際大會／頂級選手雲集的國際比賽。

あせ［汗］（名）① 汗。△〜がでる／出汗。△〜をかく／出汗。△〜がひく／消汗。△手に〜をにぎる／捏一把汗。提心吊膽。② 反潮。△壁が〜をかいた／牆壁反潮。

あぜ［畔・畦］（名）① 田埂。△〜道／田間小道。②（拉門框上兩道溝槽中間的凸出部分）槽間。

アセアン［ASEAN］（名）東南亞國家聯盟。

アセイズム［atheism］（名）無神論。

あせかき［汗かき］（名）愛出汗的人。

あせくさ・い［汗臭い］（形）有汗臭味。△〜着物／有汗味的衣服。

あぜくらづくり［校倉造り］（名）用長木材交叉搭起的建築物。

あせじ・みる［汗染みる］（自上一）汗濕，汗浸。△シャツが〜みた／襯衫被汗浸濕了。

あせしらず［汗知らず］(名) 痱子粉，爽身粉。

あせ・する［汗する］(自サ) 出汗。△額に〜して働く／辛勤勞動。

あせだく［汗だく］(名・形動) 渾身出汗。△〜になる／汗流浹背。

アセチレン［acetylene］(名)〈化〉乙炔。△〜ランプ／電石燈。

アセテート［acetate］(名)〈化〉醋酸纖維。

アセトアミド［acetamide］(名)〈醫〉乙酰胺。

アセトアルデヒド［acetaldehyde］(名)〈化〉乙醛。

アセトニトリール［acetonitrile］(名)〈化〉乙腈。

アセトモルフィン［acetomorphine］(名)〈醫〉二乙酰嗎啡，海洛因。→ヘロイン

あせとり［汗取り］(名)① 汗衫。② 擦汗軟紙，擦汗紗布。

アセトン［acetone］(名)〈化〉丙酮。

あせば・む［汗ばむ］(自五) 汗津津。△すこし急いで歩くと〜／稍走得急些就汗津津的。

あせび［馬酔木］(名) ⇨あしび

あせまみれ［汗塗れ］(名) ⇨あせみどろ

あせみずく［汗みずく］(形動) 渾身是汗，汗流浹背。△〜で働く／汗流浹背地幹活。

あせみずたらして［汗水垂らして］(連語) 流汗，汗流浹背。△〜稼いだ金／流血流汗賺來的錢。

あぜみち［畔道］(名) 田間小道。

あせみどろ［汗みどろ］(形動) 渾身是汗，汗流浹背。△顔が〜になっている／滿臉是汗。

あせも［汗疹・汗疣］(名) 痱子。△〜ができる／起痱子。

あせ・る［焦る］(自五) 焦急，急躁。△〜ってもしようがない／着急也沒有用。△勝を〜ってはならない／不要急於取勝。

あ・せる［褪せる］(自下一) 褪色。△色が〜／褪色。

あぜん［唖然］(形動) 啞然，目瞪口呆。△〜として立ちつくす／目瞪口呆地站着。

アセンド［ascend］(名)① 上升。② 騰貴。

アセンブリー［assembly］(名)① 集會，集合。② 裝配。

あそこ (代) 那裏。△〜に見えるのがぼくの家だ／那裏就是我的家。

あそば・す［遊ばす］Ⅰ (他五)① 讓…玩耍。△子供を公園で〜／讓孩子在公園裏玩兒。②(“する”的敬語) 做。△いかが〜しました／怎麼了？③ 閑置不用。△機械を〜しておく／放着機器不用。Ⅱ (接尾) 構成最高級敬語。△ご帰宅〜／回家。

あそび［遊び］(名)① 玩耍，遊戲。△〜に夢中になる／只顧玩。② 沒事，閑着。△今日は〜だ／今天休息。③(機器零件間的) 間隙。△ハンドルの〜／方向盤的空回間隙。

あそ・ぶ［遊ぶ］(自五)① 玩耍，遊戲，遊逛。△トランプをして〜／玩兒撲克。△杭州に〜／逛杭州。② 冶遊。③ 賦閑。△会社をやめて家で〜んでいる／辭了公司在家閑着。

④ 閑置。△せっかくの機械が〜んでいる／好好的機器閑着不用。

あだ［仇］(名) 仇人，冤仇。△〜を討つ／報仇。△〜に思う／仇恨。△〜を返す／報仇。△恩を〜で返す／恩將仇報。

あだ［徒］(名・形動) 徒然，白費。△親切が〜になる／白費一片好心。△〜やおろそか／不當回事，無所謂。

あだ［婀娜］(形動) 婀娜，嬌媚。

アダージョ［意 adagio］(名)〈樂〉緩慢，柔板。

あたい［値・価］(名)① 價格，價錢。② 價值。△一見の〜がある／值得一看。③〈數〉值。△xの〜／x的值。

あたい・する［値する］(自サ) 值得。△称賛に〜する／值得稱讚。

あだうち［仇討ち］(名・自サ) 報仇，復仇。

あた・える［与える］(他下一)① 給與，授與。△物を〜／給東西。△博士号を〜／授予博士學位。△時間を〜／給時間。② 使蒙受。△損害を与える／使之蒙受損失。

あだおろそか［徒おろそか］(連語) 不當回事。△ご恩のほど〜には思いません／您的好處我們牢記在心。

あたかも［恰も］(副)① 猶如。△〜昨日の事のようだ／宛如昨天的事。② 恰值。△時〜スキーのシーズン／正好是滑雪的季節。

アタキシー［德 Ataxie］(名)〈醫〉運動失調症。

あたくし［私］(代)(女性用語) →わたくし

あだざくら［徒桜］(名) 易謝的櫻花。

あたし［私］(代)(女性用語) →わたし

アダジオ［意 adagio］(名) →アダージョ

あたじけな・い (形) 非常小氣，非常吝嗇。

あたたか［暖か・温か］(形動) 溫暖。△〜な心／溫暖的心。

あたたか・い［暖かい・温かい］(形) 溫暖。△気候が〜／氣候溫暖。△〜家庭／和睦的家庭。△ふところが〜／手頭寬綽。

あたたま・る［暖まる・温まる］(自五) 暖和，溫暖。△風呂に入って〜／洗個澡暖和暖和。△心が〜話／暖人心的話。△懐が〜／手頭富裕。

あたた・める［暖める・温める］(他下一)① 暖，溫，熱，燙。△ご飯を〜／熱飯。△旧交を〜／重溫舊情。②(想法、作品等) 暫不發表。△十年も〜めていた原稿／保留了十年的稿件。

アタック［attack］(名・自他サ)① 進攻，攻擊。② 挑戰。△次の目標に〜する／向下一個目標挑戰。

アタッシエ［法 attaché］(名)(大使館軍事、情報) 官員，武官。

あたってくだけろ［当たって砕けろ］(連語) 豁出去闖闖看。

あだな［渾名・綽名］(名) 諢名，綽號。△〜をつける／起外號。

あだなさけ［徒情］(名)① 一時的親密。② 易變的愛情。

あだばな［徒花］(名)(不結果的) 謊花。

あ
ア

あたふた（副・自サ）慌張，慌忙。△〜とかけつける／慌忙趕到。

アダプター［adapter］（名）①〈機械〉接合器，適配器。②〈電〉拾音器。

あたま［頭］（名）①頭，腦袋。△〜を下げる／低頭，鞠躬，佩服，服輸。②頭腦，頭筋。△〜がいい／腦筋好。△〜がかたい／固執。△〜を使う／動腦。③頭髮。△〜をかる／理髮。④頭部，頂部。△富士山の〜／富士山頂。⑤頭目，首領。△田中氏を〜にすえる／推舉田中氏為首領。⑥人數。△〜をそろえる／湊齊人。⑦開頭。△〜から疑ってかかる／從一開始就懷疑。

あたまうち［頭打ち］（名）達到頂點。△給料が〜になる／薪金已達最高限度。△中高年齡層の就職問題は依然〜の状態が続いている／中老年的就業問題仍無好轉趨勢。

あたまがあがらない［頭が上がらない］（連語）抬不起頭來。△あの人には〜／在他面前抬不起頭來。

あたまがいたい［頭が痛い］（連語）①頭疼。②傷腦筋。△来年の入試を考えると〜／一想到來年的升學考試就犯愁。

あたまかくしてしりかくさず［頭隠して尻隠さず］（連語）藏頭露尾，顧頭不顧尾。

あたまがさがる［頭が下がる］（連語）欽佩，佩服。△山田さんの努力を見ると、〜思いがする／看到山田那種努力的情景，我很欽佩。

あたまかず［頭数］（名）人數。

あたまかずをそろえる［頭数を揃える］（連語）湊齊人數。

あたまかぶ［頭株］（名）首領，頭目。

あたまから［頭から］（副）①從開始。△〜大事にしている／從一開始就重視。②根本，完全。△〜相手にされない／根本不被理睬。

あたまきん［頭金］（名）定錢，押金，保證金。△〜を入れる／交押金。

あたまごなし［頭ごなし］（名）不問情由，不分青紅皂白。△〜にしかる／不分青紅皂白地斥責人。

あたまでっかち［頭でっかち］（名・形動）①大腦袋（的人）。②上大下小。△〜な花瓶／頭重腳輕的花瓶。△〜な組織／官多兵少的組織。△〜尻つぼみ／虎頭蛇尾。③空頭理論家。△〜の学者先生／五穀不分的學究。

あたまごし［頭越し］（名）①越過頭頂。△前の人の〜に荷物を渡す／越過前面人的頭頂遞行李。②越級。△〜交渉／越級交涉。

あたまにくる［頭にくる］（連語）生氣，惱火。△あいつの言うことはいちいち〜よ／他說的每句話都讓人惱火。

あたまわり［頭割り］（名）均攤。△費用は〜にしよう／費用按人均攤吧。

あたまをかかえる［頭を抱える］（連語）埋頭沉思，傷腦筋。

あたまをまるめる［頭を丸める］（連語）落髮，削髮。△〜めて僧になる／削髮為僧。

アダム［Adam］〈人名〉〈宗〉亞當。

あだやおろそか［徒やおろそか］（連語）→あだおろそか

あたら（副）〈文〉可惜，可嘆。△〜好機を逸した／白白錯過了一個好機會。△〜若い命を散らす／可惜送掉年輕的生命。

あたらし・い［新しい］（形）新的，新式的，新鮮的。△〜考え／新想法。△カーテンを〜くする／窗簾換新的。△この魚は〜／這魚新鮮。

あたらしがりや［新しがり屋］（名）趕時髦的人。

あたら・す［当らす］（他五）讓…擔任。

あたらずさわらず［当たらず障らず］（連語）八面玲瓏。

あたり［辺り］（名）①附近，周圍，一帶。△この〜／這一帶。△〜を見まわす／環視四周。△静岡〜／静岡一帶。②（時間、地點）大約，左右。△来年〜／大約來年。③之類的，像…那樣的。△委員長には林さん〜がいい／像林先生這樣的人適合當委員長。△その〜のことになると私には決定權がない／那一類的事情我就沒權決定了。

あたり［当たり］Ⅰ（名）①碰，撞。②觸感。△〜がやわらかい／觸感柔軟。③待人。△彼は〜がやわらかい／他為人隨和。④稱心，成功。△〜のくじ／中彩的彩票。△〜年／豐收年。△〜を取る／取得成功。⑤着落，綫索。△〜をつける／估量。△犯人の〜がつく／犯人有了綫索。Ⅱ（接尾）①中毒，受病。△食〜／食物中毒。△暑気〜／中暑。②每，平均。△一人〜一万円の手当／每人一萬日圓的津貼。

あたりさわり［当たり障り］（名）妨礙，影響。△〜のない答えをする／做模棱兩可（不痛不癢）的回答。

あたりちら・す［当たり散らす］（自五）遷怒，撒氣，發脾氣。△女房に〜／拿老婆撒氣。

あたりどし［当たり年］（名）①豐收年，大年。△柿の〜／柿子的大年。②順利的年頭，走運的年頭。

あたりはずれ［当たり外れ］（名）中與不中，成功與失敗。△〜の多い商売／時賺時賠的買賣。

あたりまえ［当たり前］（形動）①當然，理所當然。△国民として〜の義務／國民的理所當然的義務。②正常，普通。△〜の考え方／正常的想法。△ごく〜の人間／極普通的人。△〜にしていればいい／就照平常的樣子就行。（将棋を）〜に指す／（下將棋）平手。不讓子。

あたりや［当たり屋］（名）①走運的人。②生意興隆的商店。③（棒球）安打能手。

あたりやく［当たり役］（名）拿手戲，拿手角色。

アダリン［德 Adalin］（名）〈醫〉（催眠、鎮靜劑）阿達林。

あた・る［当たる］（自五）①碰上，撞上。△ボールがまどガラスに〜／球碰到窗玻璃上。

△強敵に～／碰上強敵。②中，命中。△預報が～／預報準確。③對待。△つらく～／苛待。④擔當，承擔。△会長の任に～／擔任會長。⑤當…之時。△新年に～って／值此新年之際。⑥中毒，受害。△毒に～／中毒。⑦相當於。△中国の省は日本の県に～／中國的省相當於日本的縣。⑧位於。△駅の南に～／位於車站的南邊。⑨對照，查封。△辞書に～ってみる／查查詞典看看。⑩成功，受歡迎。△芝居が～った／戲劇的演出獲得成功。⑪對抗，抵擋。△敵に～／抗敵。△難局に～／克服困難局面。⑫日曬，雨淋，火烤。△日に～／日照。△火に～／烤火。△雨に～／被雨淋。

アダルトグラフィック［adult graphic］（名）成人片，色情片。

アダルトサイト［adult site］（名）〈IT〉成人網站，黃色網站，色情網站。

あたるもはっけあたらぬもはっけ［当たるも八卦当たらぬも八卦］（連語）占卜問卦也靈也不靈。

あたん［亜炭］（名）褐煤。

アチーブメントテスト［achievement test］（名）成績測驗，學力測驗。

あちこち［彼方此方］Ⅰ（代）東一處西一處，各處。△～に花が咲いている／到處都開着花。Ⅱ（名・自サ）分歧，紛亂。△話が～して要領を得ない／説話前言不搭後語，不知所云。△事が～になる／事情弄得兩岔了。

アチドージス［德 Acidosis］（名）〈醫〉酸中毒。

あちゃらか（名）〈俗〉逗樂，逗趣，滑稽劇。△～芝居／滑稽劇，鬧劇。

アチャラづけ［アチャラ漬］（名）酸辣鹹菜。

あちらⅠ（代）那裏，那兒，那邊。△～をむいてください／請朝向那邊。△～のをください／請把那個給我。Ⅱ（名）外國（多指歐美）。△～の生活様式／外國的生活方式。

あちらがえり［あちら帰り］（名）〈俗〉從國外回來。

あちらこちら（代）→あちこち

あつ［圧］（名）壓，壓力。△～をかける／加壓。△～を加える／加壓。

あつ（感）啊，哎呀。△～，火事だ／哎呀！着火了！

あつあつ［熱熱］（名・形動）①很熱。②（愛情）火熱。△～の仲／打得火熱。

あつ・い［熱い］（形）①熱，燙。△～お茶／熱茶。②熱烈。△彼女と～くなる／和她熱呼起來。△お～仲／（男女）打得火熱。

あつ・い［暑い］（形）（天氣）熱。

あつ・い［厚い］（形）①厚。△～板／厚板子。△面の皮が～／臉皮厚。②深厚。△～くお礼を申しあげます／深表謝意。△～同情をよせる／寄與深厚同情。△信仰心に～／虔誠。

あつ・い［篤い］（形）病篤，病重。

あついた［厚板］（名）①厚板。②厚鋼板。

あつえん［圧延］（名・他サ）壓延，軋製。△～工場／軋鋼廠。

あっか［悪化］（名・自サ）惡化。△病状が～する／病情惡化。

あっか［悪貨］（名）劣幣。

あつかい［扱い］（名）①操作。△機械の～が悪い／機械的操作不當。②招待，對待。△客の～／待客。③調停，説和。△喧嘩の～／勸架。

あつか・う［扱う］（他五）①使用，操作。△この機械は～いにくい／這台機器難於操作。②處理，辦理。△事務を～／處理事務。③對待。△客を大切に～／殷勤待客。④經營，買賣。△この型の商品は～っておりません／本店不經營這種商品。⑤照料，護理。△病人を～／護理病人。⑥調停，説和。△喧嘩を～／勸架。

あっかはりょうかをくちくする［悪貨は良貨を駆逐する］（連語）劣幣排斥良幣。壞事物壓倒好事物。

あつかまし・い［厚かましい］（形）厚顏無恥。△～男／厚臉皮的傢伙。

あつがみ［厚紙］（名）厚紙，紙板。

あつがり［暑がり］（名）怕熱（的人）。△～屋／怕熱的人。

あっかん［圧巻］（名）壓卷之作，最精彩部分。△この映画の～は舞蹈会のシーンだ／這部影片最精彩的是舞會的場面。

あっかん［悪漢］（名）惡棍，無賴。

あつかん［熱燗］（名）燙酒，燙的酒。△～にしてくれ／請把酒燙一燙。

あっかんじょう［悪感情］（名）惡感。

あつぎ［厚着］（名・自サ）多穿，穿得多。△～をする／穿得多。

あつくるし・い［暑苦しい］（形）悶熱。△～部屋／悶熱的房間。

あっけ［呆気］（名）發獃，發愣。△～にとられる／目瞪口呆。

あつげしょう［厚化粧］（名・自サ）濃妝艷抹。

あっけな・い［呆気ない］（形）簡單，短促，不盡興，不過癮。△ゲームは～くすんだ／比賽沒起勁就結束了。△～死に方だ／怎麼説死就死了！

あっけにとられる［呆気に取られる］（連語）驚獃，愣住。△意外ななりゆきに～れた／結果出乎意料，弄得目瞪口呆。△彼はとっさのことで～れた／他一時蒙住了。

あっこう［悪口］（名）壞話，謾罵，誹謗。

あっこうぞうげん［悪口雑言］（名）破口大罵。△～のかぎりさつくす／極盡謾罵之能事。

あつさ［暑さ］（名）①暑熱（的程度）。△～に強い／不怕熱。②夏天。△～に向う／快到夏天了。

あつさ［厚さ］（名）厚薄，厚度。△～が５センチある／厚度有五公分。

アッサイ［意 assai］（形動）〈樂〉最。△アダジオ～／最慢速。

あっさく［圧搾］（名・他サ）壓縮。△～空気／壓縮空氣。

あっさくくうき［圧搾空気］（名）壓縮空氣。

あ
ア

あつささむさもひがんまで［暑さ寒さも彼岸まで］（連語）冷到春分，熱到秋分。

あっさつ［圧殺］（名・他サ）①壓死，砸死。②壓制，扼殺。△言論の自由を～する／壓制言論自由。

あっさり（副・自サ）①清淡，素淨。△～した料理／清淡的菜。②爽快，坦率。△～した人がら／坦率的人。③簡單，輕易。△～負けた／一下子就輸了。

あっし［圧死］（名・自サ）壓死，擠死。

あつじ［厚地］（名）厚布料。△～のカーテン／厚窗簾。

あっしゅく［圧縮］（名・他サ）壓縮。△～空気／壓縮空氣。△原稿を半分に～する／把原稿壓縮一半。

あっしょう［圧勝］（名・自サ）大獲全勝。

あっ・する［圧する］（他サ）壓，壓制，壓倒。△文名，一世を～／英才蓋世。

あっせい［圧制］（名）壓制，壓迫。△王の～に苦しむ／苦於國王的壓迫。

あっせい［圧政］（名）強權政治。

あっせん［斡旋］（名・他サ）斡旋，調停，介紹。△就職を～する／介紹工作。

あったか・い［暖かい・温かい］（形）⇨あたたかい

あったら［可惜］（副）可惜，可嘆。△～物／值得愛惜的東西。

あっち（代）⇨あちら

あづちももやまじだい［安土桃山時代］（名）〈史〉安土桃山時代。

あつで［厚手］（名）厚實。△～のコート／厚實的大衣。

あっというま［あっという間］（連語）轉瞬間，轉眼工夫。△～の出来事／刹那間發生的事。△～に見失った／轉眼就看不見了。

あっとう［圧倒］（名・他サ）壓倒。△敵を～する／壓倒敵人。

あっとうてき［圧倒的］（形動）壓倒的，絕對的。△～な強さ／絕對強大。

アットバット［at bat］（名）〈棒球〉擊球次數。

アットホーム［at home］（形動）（像在自己家裏似的）輕鬆，舒適，無拘束。△～な雰囲気／輕鬆的氣氛。

アットマーク［at］（名）〈IT〉符號@，表示商品的單價或用於電子信箱位址中。

アッパーカット［uppercut］（名）〈拳擊〉上鈎拳。

アッパークラス［upper class］（名）①上層社會。②高級。

あっぱく［圧迫］（名・他サ）壓，壓迫，壓制。△胸が～されて苦しい／胸被壓得很難受。△～を受ける／受壓迫。△言論の自由を～する／壓制言論自由。

あっぱれ［天晴れ］ I（形動）極好，令人佩服。△～なできばえ／做得真漂亮。 II（感）真好，真棒。△～，～／好極了！好極了！

アッピール［appeal］（名・自他サ）→アピール

アップ［up］（名・自他サ）①上升，提高。△レベル～／水平提高。△基本給を～する／提高基本工資。②（"クローズアップ"的略語）特寫。③（女性髮式之一）後髮上捲。

あっぷあっぷ（副・自サ）①（溺水時）拚命掙扎。△川に落ちて～している／掉到河裏拚命地掙扎。②窘迫，非常困難。△経営が～の状態だ／經營陷入困境。

アップグレード［up-grade］（名・ス自）〈IT〉升級。

アップダウン［up down］（名）人生起伏。

アップテンポ［up tempo］（名）快節奏，輕快的。

アップリケ［法 appliqué］（名・自サ）（縫紉）貼花，鑲邊兒。

アップルパイ［apple pie］（名）蘋果餡餅。

あつぼった・い［厚ぼったい］（形）厚實。△～服／厚實的衣服。

あつまり［集まり］（名）①集合，集會。△今日は人の～がいい／今天來的人多。△明日の～は午後 2 時からです／明天的會下午兩點開始。②集團，團體。△スポーツの好きな人の～／體育愛好者的團體。

あつま・る［集まる］（自五）集合，集中，聚集，匯合。△一点に～／匯集於一點。△同情が～／都寄與同情。△この一帯には銀行が～っている／這一帶集中了很多銀行。△～れ／（口令）集合！

あつみ［厚み］（名）厚度，厚實。△～がある／有厚度。厚實。

あつ・める［集める］（他下一）集中，收集，召集，匯集。△人材を～／搜羅人材。△切手を～／集郵。△資金を～／籌措資金。△生徒を～／召集學生。△注目を～／引人注目。

あつものにこりてなますをふく［羹に懲りて膾を吹く］（連語）懲羹吹虀。一朝被蛇咬，十年怕井繩。

あつやき［厚焼き］（名）烙得厚（的食品）。△～の煎餅／厚餅乾。

あつゆ［熱湯］（名）熱洗澡水。△～好き／好洗熱水澡（的人）。

あつらえ［誂え］（名）訂做（的東西）。△～の洋服／訂做的西服。

あつらえむき［誂え向き］（形動）正好，正合適，正合要求。△～の話／正對心思的事。△これは彼女に～のプレゼントだ／這禮物對她再合適不過了。

あつら・える［誂える］（他下一）①訂做。△洋服を～／訂做西服。②點（菜）。△料理を～／叫菜。

あつりょく［圧力］（名）壓力。△議会に～をかける／向議會施加壓力。△～団体／政黨以外有政治勢力的集團。

あつりょくけい［圧力計］（名）壓力計。

あつれき［軋轢］（名）傾軋，摩擦。△～を生じる／產生摩擦。△社内の～がひどい／公司內部互相傾軋的現象嚴重。

あて［当て］（名）①目標，目的。△～がはずれる／目的沒達到。△～もなく歩く／信步而行。

②指望，依靠。△他人の懐を～にする／經濟上依賴他人。△～にならない／靠不住。△就職の～がない／就業無着。③墊兒，護具。△すね～／護腿。

－あて［当て・宛て］（接尾）①寄給…。△学校～の手紙／寄給學校的信。②每…。△1人～3千円支はらう／每人支付三千日圓。

アディクション［addiction］（名）入迷，嗜好，癮。

あてうま［当て馬］（名）①試情牡馬。②虛設的候選人。△～を立てる／立虛設的候選人。

あてがいぶち［宛行扶持］（名）酌情付給的報酬。

あてが・う［宛てがう］（他五）①緊靠，貼上。△受話器を耳に～／把聽筒貼在耳朵上。②分配，分給。△子供におもちゃを～／給孩子玩具。

あてこすり［当て擦り］（名）譏諷，挖苦，指桑罵槐。△～を言う／指桑罵槐。奚落人。△彼への～／對他的挖苦。

あてこす・る［当て擦る］（自五）譏諷，挖苦，指桑罵槐。△彼は私のことをいろいろと～った／他含沙射影地奚落我。

あてごと［当事］（名）①指望的事，期待的事。△～ははずれやすい／期待的事容易落空。②謎語。

あてこ・む［当て込む］（他五）指望，期待。△お天気を～／盼望有個好天氣。

あてさき［宛先］（名）收件人姓名、地址。△～が不明で返送する／因地址不詳，信退回。

あてじ［当て字］（名）借用字，音譯字。

あてしょ［宛所］（名）（收信人）地址。△受取人～に尋ね当たらず／打聽不到收信人地址。

あてずいりょう［当て推量］（名）猜測，臆測。△とんでもない～だ／簡直是胡猜！

あてずっぽう［当てずっぽう］（名）→あてずいりょう

あてつけ［当てつけ］（名）→あてこすり

あてつ・ける［当てつける］（他下一）⇨あてこする

あてどな・い［当て所ない］（形）毫無目的。△～旅／毫無目的的旅行。△～くさまよう／到處流浪。

あてな［宛て名］（名）收信人姓名、地址。△～ははっきり書いてください／請把收信人地址、姓名寫清楚。

あてなし［当無し］（名）沒目的，沒目標。

あてにげ［当逃げ］（名）撞車（船）後逃跑。

あてにする［当にする］（連語）依靠，指望。△人の助けを～な／不要依靠別人的幫助。

あてにならない［当にならない］（連語）靠不住。△彼は～男だ／他是個靠不住的人。

アテネ［Atène］〈地名〉雅典。

アデノイド［adenoid］（名）〈醫〉扁桃體肥大，腺樣增殖。

アデノビールス［adenovirus］〈醫〉腺病毒。

あてはずれ［当外れ］（名）（期待）落空，（預見）不準。

あてはま・る［当て嵌まる］（自五）符合，適用。△条件に～／符合條件。△彼こそ偽善者ということばがそのまま～／偽君子這個詞對他是最恰當不過了。

あては・める［当て嵌める］（他下一）適用，應用，套用。△公式を～／套用公式。△規則に～めて処理する／照章辦事。

あてみ［当て身］（名）（柔道）擊中要害。

あてもの［当物］（名）①墊兒。②謎語。

あでやか［艶やか］（形動）艶麗，嬌艶。△～なよそおい／艶麗的裝束。

アデュー［法 adieu］（感）（長期離別時用）再見。

あた・れる［当てられる］（自下一）①中（毒）。△暑気に～／中暑。②羨慕（他人的愛情）。△あの2人にはすっかり～れた／真羨慕他倆的熱乎勁兒。

あ・てる［当てる］（他下一）①碰，撞。△的に～／打靶子。△馬に鞭を～／揮鞭驅馬。②安，放，貼。△ガーゼを～／包上紗布。△ひたいに手を～／把手放在腦門上。③烤，曬，淋，吹。△布団を日に～／曬被褥。④指名。△生徒に～てて答えさせる／叫學生回答。△先生に～てられた／被老師點名。⑤用作，充作。△生活費に～／充作生活費。△余暇を読書に～／利用閑暇時間讀書。⑥猜。△～ててごらん／你猜猜看。

あ・てる［宛てる］（他下一）寄給。△友人に～てて手紙を書く／給朋友寫信。

あてレコ［当てレコ］（名）（電影、電視）配音複製。

アテンション［attention］（名）注意，注意力，關心。

アテンド［attend］（名）出席，參加，陪同。

アテンポ［意 a tempo］（名）〈樂〉按原速。

あと［後］（名）①後，後面，後方。△～へ下がる／向後退。△～をふり返る／回頭看。回顧。△故鄉を～にする／離開家鄉。△一步も～へひかない／毫不退讓。→うしろ ↔ まえ ②以後，後來。△～にまわす／推到以後再辦。△彼は一番～からやってきた／他來得最晚。→のち ↔ さき ③今後，將來。△～がおそろしい／後果可怕。④後任，後繼者，後代。△～をうめる／充其後任。△～をつぐ／繼承。△～が絶える／絕後。⑤後事。△ぼくは帰るから，～はたのむよ／我回去了，以後的事就拜託你了。⑥其餘，此外。△～は皆で分けましょう／剩下的大家分吧。△～5分で終わる／還有五分鐘結束。⑦其次。△お～はどなたですか／下一位是誰？△～の列車／下一班車。

あと［跡］（名）①痕跡。△～が残る／留下痕跡。△努力の～が認められる／可以看出做過一番努力。②行蹤，下落。△～をくらます／潛逃。③遺業。△父の～をつぐ／繼承父業。

アド［ad］（名）廣告。

あとあし［後足・後脚］（名）後腿。

あとあじ［後味］（名）①（吃後）餘味。△～がいい／吃後口感好。②（事後）回味。△彼と仲

なおりをしたにはしたが，どうも～が悪い／
和他是和好了，但回味起來總有些不是滋味。

あとあしですなをかける［後足で砂を掛け
る］（連語）過河拆橋。

あとあと［後後］（名）以後，將來。△～のこと
まで考えて行動する／考慮好以後的事再行動。

あとおし［後押し］（名・他サ）① 推（的人）。
△荷車の～をする／推貨車。② 後援（者），
支持（者）。△私が君の～をする／我給你撑腰。

あとがえり［後帰り］（名）（順原路）返回。

あとがき［後書き］（名）①（書的）後記，跋。
②（信的）又及，附筆。

あとかた［跡形］（名）形跡，痕跡。△～もな
い／無影無蹤。

あとかたづけ［後片付け］（名）事後收拾，善
後處理。△食事の～をする／飯後收拾飯桌。

あとがま［後釜］（名）① 後任。△～にすわる／
繼其後任。② 後妻，繼室。

あとくされ［後腐れ］（名）事後留下的麻煩。
△～がないように／不要留下後患。

あとくち［後口］（名）① →あとあじ ②（順序
在）後邊。△その仕事は～に回そう／這件事往
後推一推吧。

あどけな・い（形）天真爛漫。△～寝顔／天真
可愛的睡臉。

あとさき［後先］（名）① 前後。△～から文の
意味を考える／從前後文推測句子的意思。
△話の～が合わない／説話前後不符。② 順
序。△～を誤る／弄錯次序。△話は～になり
ますが…／我的話也許説的有點亂…△～の考
えもなく／不想想後果。不顧一切。

あとじまい［後仕舞］（名）收拾，整理。

あとしまつ［後始末］（名・他サ）（事後）收拾，
整理，善待。△仕事の～をする／處理善後事
宜。

あとずさり［後退り］（名・自サ）後退，倒退，
退縮。△ 2，3 歩～した／往後退了兩三步。

あとぢえ［後知恵］（名）事後諸葛亮。△げす
の～／事後諸葛亮。

あとつぎ［跡継ぎ］（名）① 後代，後人。② 後
繼者，繼承人。

あとづけ［後付け］（名）①（書信後的）落款。
②（書後的）後記，附錄。

あととり［跡取り］（名）繼承人。△～息子／繼
承家業的兒子。嗣子。

あとのがんがさきになる［後の雁が先にな
る］（連語）後來居上。

あとのまつり［後の祭り］（連語）雨後送傘。

アドバーサリー［adversary］（名）敵手，敵人，
對手，對頭。

アドバイザー［adviser］（名）顧問，智囊。

アドバイザリー［advisory］（名）專家的勸告，
顧問。

アドバイザリーコミッティ［advisory com-
mitee］（名）諮詢委員會。

アドバイス［advice］（名・他サ）忠告，建議。

あとはのとなれやまとなれ［後は野となれ山

となれ］（連語）不管後事如何。車到山前必有
路。

あとばらい［後払い］（名・他サ）後付款，賒
購。△料金～／費用後付。

アドバルーン［ad balloon］（名）廣告氣球。

アドバンスト［advanced］（ダナ）① 在前面的。
② 超前的，先進的。③ 高級的。④ 開明的，
標新立異的。

アドバンテージ［advantage］（名）① 有利條件，
優勢。②（網球）領先。

あとひき［後引き］（名）貪吃，貪喝。△～上
戸／貪杯的人。

アドベンチャー［adventure］（名）冒險，冒險活
動。

アドホック［拉丁 ad hoc］（名）僅為某一目標
（而做）的，特別（的），△～委員會／特定委員
會，△～オーソリティー／（交通、上下水道等
的）事務當局。

あとまわし［後回し］（名）推遲，緩辦。△～
にする／推到以後再辦。

アドマン［ad man］（名）廣告員。

アトミック［atomic］（造語）原子的。△～エー
ジ／原子時代。△～パイル／原子反應堆。

アドミニストレーション［administration］（名）
① 行政，行政機關。②（總統制國家的）內閣，
政府。

アドミン［admin］（名）管理。

アトム［atom］（名）原子。

あとめ［跡目］（名）繼承人。△～を定める／決
定繼承人。

アトモスフェア［atmosphere］（名）氣氛。

あともどり［後戻り］（名・自サ）① 返回。△す
ぐ～した／立即返回來了。② 退步，惡化。△景
気が～する／景氣回落。

アトラクション［attraction］（名）加演節目。

アトラクティブ［attractive］（ダナ）有吸引力
的，引起注意的，引起興趣的，嫵媚動人的，
有迷惑力的。

アトラス［atlas］（名）地圖，地圖冊。

アトランダム［at random］（形動）任意，隨便，
胡亂。△～に取り出す／（採樣時）隨意抽取。

アトリエ［atelier］（名）工作室，畫室。

アトリビュート［attribute］（名）屬性，表徵。

アドリブ［拉 ad lib］（名）即興表演，臨時加演。

アドレス［address］（名）（收信人）姓名，地址。

アドレスちょう［アドレス帳］（名）〈IT〉地址
簿。

アドレスバー［address bar］（名）〈IT〉地址欄。

アドレナリン［德 Adrenalin］（名）腎上腺素。

あとをつぐ［跡を継ぐ］（連語）繼承。△父の～
いで医者になる／繼承父業當醫生。

あとをひく［後を引く］（連語）沒完沒了。△不
満が～／一直不滿。總是不滿。

あな［穴・孔］（名）① 穴，孔，眼兒，窟窿。△～
をほる／挖洞。△～をあける／打眼兒。穿孔。
△～があったら入りたい／（羞得）無地自容。
△～のあくほど見つめる／目不轉睛地注視。

あ
ア

② 漏洞，缺陷。△あのチームはショートが～
だ／那個棒球隊的游擊手弱。③ 空缺，虧空，
損失。△～をあける／出現虧空。△～をうめ
る／彌補虧空。④ 冷門。△～をねらう（想發
財而）找冷門。

アナーキスト［anarchist］（名）無政府主義者。

アナーキズム［anarchism］（名）無政府主義。

あなうま［穴馬］（名）（賽馬時）意外取勝的馬。

あなうめ［穴埋め］（名・自他サ）① 填坑。②
填補虧空。△赤字の～をする／彌補赤字。

アナウンサー［announcer］（名）播音員。

アナウンス［announce］（名・他サ）播音，廣
播。△迷子の～がある／廣播有個孩子走丟了。
△場内～／場内廣播。

あながち［強ち］（副）（下接否定語）未必，不
一定。△～偶然ではない／未必是偶然的。△彼
のしたことは～悪いとは言えない／他做的不
見得不對。

あなぐま［穴熊］（名）〈動〉獾。

あなぐら［穴蔵］（名）地窖。

アナクロニズム［anachronism］（名）落後於時
代，不合時宜的事物。

あなご［穴子］（名）〈動〉星鰻，康吉鰻。

あなじ［穴痔］（名）〈醫〉痔瘻。

あなた［貴方］（代）你（用於平輩或低於自己的
對象。婦女稱呼自己的丈夫）。～がた／你們。

あなた［彼方］（代）〈文〉彼處，那邊，遠方。

あなたまかせ［貴方任せ］（名）全靠別人，甩
手掌櫃的。△なんでも～にしないでくださ
い／不要甚麼事都靠別人。

あなづり［穴釣り］（名）鑿冰釣魚。

アナドル［announcer idol］（名）偶像級當紅女播
音員。

あなど・る［侮る］（他五）輕視，小看。△敵
を～／輕敵。△～りがたい／不可輕視。

あなば［穴場］（名）①（一般人釣不到魚的）好
地方。② 馬票出售處。

あなばち［穴蜂］（名）〈動〉細腰蜂。

アナフィラキシー［德 Anaphylaxie］（名）〈醫〉
過敏性反應。

アナリスト［analyst］（名）分析家，精神分析家，
證券分析家。

アナログ［analog］（名）用量顯示（數值）。

アナログシグナル［analog signal］（名）〈IT〉類
比信號。

あに［兄］（名）① 兄，哥哥。② 内兄，夫兄，
姊丈。

あにき［兄貴］（名）〈俗〉① 哥哥。②（流氓集
團中的）大哥，老大。

あにでし［兄弟子］（名）師兄。

アニバーサリー［anniversary］（名）紀念日，周
年紀念。

アニマルトラッキング［animal tracking］（名）
動物追蹤，野外動物觀測（活動）。

アニメ［anima］（名）（“アニメーション”的縮略
語）動畫片，動畫製作。

アニメーション［animation］（名）動畫片。

アニュアルリポート［annual report］（名）〈經〉
年度審計報告。

あによめ［兄嫁・嫂］（名）嫂子。

アニリン［德 Anilin］（名）〈化〉阿尼林，苯胺。

あね［姉］（名）① 姐姐。② 夫姊，妻姊。

あねったい［亜熱帯］（名）亞熱帶。

アネモネ［anemone］（名）〈植物〉銀蓮花屬。

あの（連体）那，那個。△～時／那時。△～件は
どうなりましたか／那件事怎麼樣了？

アノミー［anomie］（名）①（社會）反常狀態，混
亂。② 無法無天的行為。

あのよ［あの世］（名）來世，黃泉。△～へ行
く／命喪黃泉。

アノラック［anorak］（名）帶風帽的防寒衣。

アノレキシア［anorexia］（名）食慾缺乏，厭食。

アパート［apartment house］（名）公寓，公共住宅。

あばきた・てる［暴き立てる］（他下一）揭發，
揭穿。

あば・く［暴く］（他五）揭發，揭穿。△墓
を～／盜墓。△秘密を～／揭穿秘密。△罪
を～／揭發罪行。△陰謀を～／揭露陰謀。

あばずれ［阿婆擦れ］（名）潑婦，厚臉皮女人。

あばた［痘痕］（名）① 麻子。△～面／麻臉。
② 凹凸不平。△月の～／月球表面的坑窪。

あばたもえくぼ［痘痕も靨］（連語）情人眼裏
出西施。

あば（感）〈俗〉再見。

あばらぼね［肋骨］（名）肋骨。

あばらや［荒家］（名）① 破房子。②（謙）寒舍。

あばれがわ［暴水川］（名）常泛濫的河流。

あば・れる［暴れる］（自下一）亂鬧，橫衝直
撞。△馬が～／馬驚了。△酒に酔って～／耍
酒瘋。△新天地で大いに～／在新地盤上闖一
闖。

あばれんぼう［暴れん坊］（名）調皮鬼，淘氣
包。

アピール［appeal］（名・自他サ）① 呼籲。②（體
育競賽中向裁判員）抗議。③ 吸引力。△大眾
に～する／對羣眾有吸引力。△セックス～／
性的魅力。性感。

アビエーション［aviation］（名）航空，航空學，
飛機製造業。

あびきょうかん［阿鼻叫喚］（名）①〈佛教〉阿
鼻叫喚。② 呼救的慘叫聲。

あひさん［亜砒酸］（名）〈化〉亞砷酸。

あび・せる［浴びせる］（他下一）① 澆，潑。
△頭から水を～／從頭上潑水。②（不斷地）
施加，給予。△砲火を～／猛烈炮擊。△非難
を～／強烈譴責。

アビリティー［ability］（名）能力，力量，才幹，
本事，本領。

あひる［家鴨］（名）鴨子。

あ・びる［浴びる］（他上一）① 浴，淋。△シ
ャワーを～／洗淋浴。△水を～／沖涼。△朝
日を～／沐浴在晨光裏。② 受，遭，蒙。△喝
采を～／博得彩聲。△非難を～／受到非難。

あぶ［虻］（名）虻，牛虻。

アファメーション［affirmation］（名）斷言，肯定，證實，批准。

アフガニスタン［Afghanistan］〈國名〉阿富汗。

あぶく［泡］（名）→あわ（泡）。

あぶくぜに［泡銭］（名）不義之財。

アブストラクト［abstract］（名）① 抽象派（藝術）。② 摘要，拔萃。II〔ダナ〕抽象（的）

アブセンティーイズム［absenteeism］（名）無故或一貫的曠工；曠課。

アフターケア［aftercare］（名）① 病後調養。② →アフターサービス

アフターサービス（名）（和製英語）售後服務，保修。

アフターティスト［aftertaste］（名）餘味，回味。

アフターフォロー［after follow］（名）商品售後的保證修理。

あぶな・い［危ない］（形）① 危險。△今日の試合は～かった／今天的比賽真危險。② 令人擔心，靠不住。△彼の話はどうも～／他的話靠不住。△～空模様だ／怕是要變天。

あぶないはしをわたる［危ない橋を渡る］（連語）鋌而走險。

あぶなく［危なく］（副）① 險些，差一點兒。△～命をおとすところだっ／差點送了命。② 好歹，好容易。

あぶなげな・い［危なげない］（形）非常安全，萬無一失。△～プレー／萬無一失的比賽。

あぶなっかし・い［危なっかしい］（形）危險，令人擔心。△～足どり／令人擔心的行情。

アブノーマル［abnormal］（形動）異常，變態，不規範。

あぶはちとらず［虻蜂取らず］（連語）追二兔者不得一兔。

あぶみ［鐙］（名）鐙，馬鐙。

あぶら［油］（名）①（食用）油。△～でいためる／用油炒。②（非食用）油。△油の流出事故／漏油事故。△～をさす／注油。③ 幹勁。△～が切れた／沒勁兒了。

あぶら［脂］（名）脂肪。△～が乗る／上膘兒。

あぶらあげ［油揚げ］（名）① 油炸（的東西）。② 油炸豆腐。

あぶらあし［脂足］（名）汗腳。

あぶらあせ［脂汗］（名）虛汗，急汗，黏汗。△額に～をうかべる／出一頭急汗。

あぶらえ［油絵］（名）油畫。

あぶらえのぐ［油絵の具］（名）油畫顏料。

あぶらかす［油粕］（名）油粕，油渣。

あぶらがのる［脂が乗る］（連語）① 上膘。② 起勁。

あぶらがみ［油紙］（名）油紙。

あぶらぎ・る［脂ぎる］（自五）① 油光，油亮。△～った顔／油光光的臉。② 肥胖。△～った中年男／肥胖的中年男子。

あぶらけ［油気・脂気］（名）油氣，油性。△～のない髪／乾巴巴的頭髮。

あぶらさし［油差し］（名）① 注油器，油壺。② 注油工，加油工。

あぶらしょう［脂性］（名）皮膚多油。△～の人／油性皮膚的人。

あぶらぜみ［油蟬］（名）〈動〉大褐蜩。

あぶらっこ・い［脂っこい］（形）油膩。△～料理／油膩的菜。

あぶらで［脂手］（名）汗手。

あぶらでり［油照り］（名）悶熱。

あぶらな［油菜］（名）油菜。

あぶらみ［脂身］（名）肥肉。△豚の～／肥豬肉，板油。↔赤身。

あぶらむし［油虫］（名）① 蚜蟲。② 蟑螂。

あぶらや［油屋］（名）油店，賣油的。

あぶらをうる［油を売る］（連語）偷懶，磨蹭。

あぶらをしぼる［油を絞る］（連語）狠狠訓斥。

アプリオリ［拉 a priori］（名・形動）〈哲〉先驗的，先天的。

アフリカ［Africa］（名）非洲。

アフリカれんごう［アフリカ連合］（名）非洲聯盟，AU。

アフリカンアメリカン［African-American］（名）非籍美國人。

アプリカント［applicant］（名）志願者，申請人，請求者。

アプリケーション［application］（名）① 志願，申請。② 應用，適用。③〈IT〉電腦軟件，應用程式。

あぶりだし［焙り出し］（名）烤墨紙。

あぶりもの［炙り物］（名）烤的食品，烤魚。

あぶ・る［焙る・炙る］（他五）烤，焙，烘。△のりを～／烘紫菜。△手を～／烤手。

アプレゲール［法 après-guerre］（名）戰後派。

あぶれもの［あぶれ者］（名）① 失業者。② 流氓，無賴。

あふ・れる［溢れる］（自下一）① 溢出。△川が～／河水泛濫。△～ほど酒をつぐ／酒斟得滿滿的。② 洋溢，充滿。△自信に～／充滿自信。△魅力～人物／魅力十足的人。

あぶ・れる（自下一）〈俗〉① 失業，找不到工作。△仕事に～／失業。②（狩獵、釣魚）一無所獲。

アプローズ［applause］（名）拍手喝彩，稱讚，肯定。認可。

あべこべ（名・形動）反，相反，顛倒。△～になる／顛倒。△～の方向／相反的方向。

アベック［法 avec］（名）情侶。

アベニュー［法 avenue］（名）大街，林蔭道。

あべのなかまろ［阿倍仲麻呂］〈人名〉阿倍仲麻呂（698-770）。日本奈良時代的文學家，曾來中國唐朝留學。

アベマリア［法 Ave Maria］（感）〈宗〉萬福瑪利亞。

アベレージ［average］（名）① 平均，平均值。△～がさがる／平均值下降。②（棒球）打擊率。

あへん［阿片］（名）鴉片。

アペンディックス［appendix］（名）附錄，追加，附屬物。

アポイントメント［appointment］（名）① 約會，約定。② 委任的職位。③ 任命，委派。

あほう［阿呆］(名・形動) 傻, 傻瓜, 笨蛋。△あいつは～だ/那傢伙是個傻瓜。△～なことを言うな/別説傻話。

あほうどり［信天翁］(名)〈動〉信天翁。

アボーション［abortion］(名) ① 墮胎, 人工流産。② (計劃、工程等的) 中途失敗, 中止, 中輟的計劃 (或工程)。

アポステリオリ［拉 a posteriori］(名・形動) 後天的, 經驗的。

あほらし・い［阿呆らしい］(形) 糊塗, 愚蠢, 傻氣。

アポリア［希 aporia］(名) 難題。

アポロ［Apollo］(名) →アポロン

アポロン［Apollon］(名) (希臘神話中的太陽神) 阿波羅。

アマ［amateur］(名) ("アマチュア" 的略語) 業餘 (愛好者)。

あま［尼］(名) ① 尼姑, 修女。② (罵) 臭娘們, 臭丫頭。

あま［海女］(名) 海女。

あま［亜麻］(名) 亞麻。

あまあい［雨間］(名) 雨暫停的工夫。△この～に出掛けようか/趁現在雨停了走吧。

あまあし［雨脚・雨足］(名) 雨脚。△～がはやい/雨腳快。雨勢來得猛。

あま・い［甘い］(形) ① 甜的。△～菓子/甜點心。↔ からい。② 淡的。△きょうのみそ汁は～い/今天的醬湯淡。↔ からい。③ 甜蜜。△～言葉/甜言蜜語。△～声/甜美的嗓音。④ 不嚴, 寬鬆。△点が～/給分寬。△ねじが～/螺絲鬆。△父は末の妹に～/爸爸寵着小妹妹。△ナイフの刃が～/小刀不快。⑤ 單純, 天真, 幼稚。△考えが～/想法太天真。△～く見る/小看。輕視。

あまいしるをすう［甘い汁を吸う］(連語) 坐享其成。

あまえ［甘え］(名) 依仗對方的好意對自己行為不加約束的心態。△～をすてる/去掉嬌氣。

あま・える［甘える］(自下一) ① 撒嬌。△子供が親に～/小孩跟父母撒嬌。② 依仗。△お言葉に～えてお願いします/您既這麼説, 我就不客氣地求您了。△いつまでも人の親切に～えてはいられない/我不能老靠人家的好心混下去。

あまえんぼう［甘えん坊］(名) 撒嬌的孩子。

あまおおい［雨覆い］(名) 雨布, 苫布。

あまおぶね［海人小舟］(名) 扁舟。

あまがえる［雨蛙］(名) 雨蛙。

あまがさ［雨傘］(名) 雨傘。

あまがっぱ［雨合羽］(名) 雨衣, 雨斗篷。

あまから［甘辛］(名) 甜辣, 甜和辣。△～両刀使い/既愛吃甜食又愛喝酒。

あまから・い［甘辛い］(形) 甜辣, 甜鹹。

あまかわ［甘皮］(名) ① (樹木、果實的) 嫩皮。② (指甲根上的) 薄皮。

あまかんむり［雨冠］(名) (漢字的) 雨字頭。

あまぐ［雨具］(名) 雨具。

あまくだり［天下り］(名・自サ) ① 高級官吏辭官後到有關企業、團體內任職。② 上面的硬指令。△～人事/指令性的人事安排。

あまくち［甘口］(名・形動) ① (酒) 不辣。△～のワイン/柔和的葡萄酒。② (菜) 不鹹。→うすくち ↔ からくち ③ 喜吃甜食的人。

あまぐつ［雨靴］(名) 雨鞋。

あまぐも［雨雲］(名) 陰雲。△～がたれこめる/陰雲密佈。

あまぐもり［雨曇り］(名) 陰沉欲雨 (的天氣)。

あまぐり［甘栗］(名) 糖炒栗子。

あまけ［雨気］(名) 雨意。

あまごい［雨乞い］(名) 求雨, 祈雨。

あまざけ［甘酒］(名) 甜酒 (一種低度糯米酒)。

あまざらし［雨曝し］(名) 淋在雨中。△洗濯物が～になっている/洗的衣服叫雨淋着。

あまじたく［雨支度］(名) 準備雨具。

あま・す［余す］(他五) 餘下, 剩下, 留下。△～ところなく/無遺。全部。△大会まで～ところ 15 日だ/到開大會只剩十五天了。

あまず［甘醋］(名) 甜醋。

あまずっぱ・い［甘酸っぱい］(形) 甜酸。△～初恋の味/初戀時甘苦苦澀的滋味。

あまぞら［雨空］(名) ① 陰沉欲雨的天空。② 正在下雨的天空。

あまた［数多］(副)〈文〉許多。△～の部下を失った/失去很多部下。

あまだれ［雨垂れ］(名) 簷溜, 屋簷滴水。

あまだれいしをうがつ［雨垂れ石を穿つ］(連語) 水滴石穿。

あまちゃ［甘茶］(名) ①〈植物〉土常山。② 用土常山葉泡的茶。

アマチュア［amateur］(名) ① 業餘愛好者。△～劇団/業餘劇團。② 外行。△政治に関してはまったくの～だ/在政治方面完全是個門外漢。

あまっこ［尼っ子］(名) (罵) 小婊子。

あまつさえ［剰え］(副) (多用於消極方面) 不僅, 而且。△雨がはげしい, ～風も出てきた/雨很大, 而且颳起了風。

あまったる・い［甘ったるい］(形) 太甜。△～コーヒー/太甜的咖啡。△～声/嬌媚的聲音。

あまったれ［甘ったれ］(名) 嬌氣 (的人)。

あまった・れる［甘ったれる］(自下一) 撒嬌, 任性。

あまっちょろ・い［甘っちょろい］(形) (想法) 天真, 幼稚。

あまつぶ［雨粒］(名) 雨滴。

あまでら［尼寺］(名) ① 尼姑庵。② 女修道院。

あまど［雨戸］(名) 木板套窗。

あまどい［雨樋］(名) (屋簷下的) 水溜子。

あまとう［甘党］(名) 愛吃甜食的人。↔ からとう

あまなっとう［甘納豆］(名) 甜味發酵大豆。

あまに［亜麻仁］(名) 亞麻籽。△～油/亞麻籽油。

あまに［甘煮］(名) 加糖煮的食品。

あまねく［普く・遍く］(副) 遍, 普遍。△～知れわたる／盡人皆知。

あまのがわ［天の川・天の河］(名) 天河, 銀河。

あまのじゃく［天の邪鬼］(名) 故意與人作對的人, 脾氣彆扭的人。→へそまがり

あまのはら［天の原］(名) 太空, 蒼穹。

あまほうし［尼法師］(名) 尼姑。

あまみ［甘味］(名) 甜味。△～をつける／加甜味兒。

あまみず［雨水］(名) 雨水。

あままそ［甘味噌］(名) 甜醬。

あまもよう［雨模様］(名) ⇨あめもよう

あまもり［雨漏り］(名・自サ) 漏雨。

あまやか・す［甘やかす］(他五) 寵, 慣, 嬌養。△子供を～／慣孩子, 嬌養孩子。

あまやどり［雨宿り］(名・自サ) 避雨。

あまよけ［雨避け］(名) ① 雨布。② 避雨。

あまり［余り］I ① 餘, 剩, 剩餘。△～がでる／出餘數。△食事の～／剩飯剩菜。② (用"…のあまり"的形式) 太, 過分。△悲しさの～／由於太難過… II (副・形動) 太, 過分。△～大きい／太大。△～の暑さ／太熱。III (接尾) 餘, 多。△百人～／百餘人。

あまりある［余りある］(連語) ① 有餘。△5人の家族を養って～収入／養五口家有餘的收入。② 難以, 不堪。△想像しても～／難以想像。

あまりに［余りに］(副) 太, 過分。△～大きい／太大。

あまりにも［余りにも］(副) →あまりに

アマリリス［amaryllis］(名)〈植物〉朱頂蘭。

あま・る［余る］(自五) ① 餘, 剩, 剩餘。△人手が～／人手有餘。② 超過。△思案に～／想不出好主意。百思不得其解。△手に～／無能為力。解決不了。△身に～／受之有愧。△身に～光栄／無上光榮。△目に～／目不忍睹。看不過來。

アマルガム［amalgam］(名) 汞合金, 汞劑。

あまん・じる［甘んじる］(自上一) ① 安於, 滿足於。△薄給に～／安於低工資。② 甘心。△～じて罰を受ける／甘心受罰。

あみ［網］(名) 網。△～をはる／張網。△～をうつ／撒網。△～にかかる／落網。△定置～／定置網。△金～／鐵絲網。△法の～／法網。

あみ［醤蝦］(名)〈動〉糠蝦。

あみあげぐつ［編み上げ靴］(名) 高勒鞋。

あみあ・げる［編み上げる］(他下一) ① 從下往上織。② 織完。

アミーバ［amoeba］(名) ⇨アメーバ

あみうち［網打ち］(名・自サ) 撒網(的人)。

あみがさ［編み笠］(名) 草帽, 草笠。

あみき［編み機］(名) 編織機。

あみじゃくし［編杓子］(名) 漏勺。

あみシャツ［網シャツ］(名) 網眼襯衫。

あみだ［阿彌陀］(名) ① 阿彌陀佛。② 帽子戴在後腦勺上。△帽子を～にかぶる／帽子扣在後腦勺上。③ ("あみだくじ"的略語) 抓鬮。

あみだ・す［編み出す］(他五) 想出, 研究出。△新しい戦術を～／研究出一種新戰術。

あみだな［網棚］(名) (火車、汽車上放行李的) 網架。

あみど［網戸］(名) 紗窗。

アミノさん［アミノ酸］(名) 氨基酸。

あみのめ［網の目］(名) ⇨あみめ

あみばり［編み針］(名) ⇨あみぼう

あみぼう［編み棒］(名) 織針, 毛衣針。

あみめ［網目］(名) 網眼。△～から日光がもれる／從網眼透過日光來。△～模様／網狀圖案。

あみめ［編み目］(名) 編織品的網眼。△～があらい／織得針眼大。

あみもの［編み物］(名) 針織(品), 毛綫衣。△～教室／針織講座。

あ・む［編む］(他五) ① 編, 織。△セーターを～／打毛衣。② 編輯, 編排。△文集を～／編寫文集。

アムール［法 amour］(名) 愛, 戀愛。

アムネスティ［amnesty］(名) 大赦, 赦免。

アムンゼン［Roald Amundsen］〈人名〉阿蒙森(1872-1928)。挪威探險家, 第一個到達南極點的人。

あめ［雨］(名) 雨, 雨天。△～が降る／下雨。△～が上がった／雨停了。△～のち曇／雨轉陰。△このところずっと～だ／這陣子老是下雨。

あめ［飴］(名) 糖塊, 糖果。△～をしゃぶる／嘴裏含糖。

あめあがり［雨上がり］(名) 雨剛停。

あめあし［雨脚］(名) →あまあし

あめあられ［雨霰］(名) ① 雨和霰。② 雨點般。△弾丸が～と降る／彈如雨下。

あめいろ［飴色］(名) 琥珀色。

アメーバ［ameba］(名) 阿米巴, 變形蟲。

あめおとこ［雨男］(名) (謔語) 屬蠍的 (指某人一來就下雨)。

あめかぜ［雨風］(名) 風雨。△～を凌ぐ／經風雨。

あめがち［雨勝ち］(形動) 多雨, 常下雨。

あめだま［飴玉］(名) 糖球。

あめだまをしゃぶらせる［飴玉をしゃぶらせる］(連語) 投其所好。給點甜頭。

あめつゆをしのぐ［雨露を凌ぐ］(連語) 經風雨。

あめに［飴煮］(名) (烹飪) 拔絲。△薩摩芋の～／拔絲地瓜。

あめふってじかたまる［雨降って地固まる］(連語) 不打不成交。

あめふり［雨降り］(名) 下雨, 雨天。

あめもよい［雨もよい］(名) →あめもよう

あめもよう［雨模様］(名) ① 要下雨的樣子。② 多雨天氣。

あめゆき［雨雪］(名) 雨雪, 雨夾雪。

アメリカ［America］I〈國名〉美國。II〈地名〉美洲。

アメリカーノ［americano］(名) 美式咖啡。

アメリカがっしゅうこく［アメリカ合衆国］〈國名〉美利堅合衆國。

アメリカしろひとり［アメリカ白火取り］（名）〈動〉美洲白蛾。

アメリカナイズ［Americanize］（名）美國化，美式化。

アメリカンインディアン［American Indian］（名）美洲印第安人。

アメリカンサイズ［American size］（名）容量為350ml 的飲料水罐。

アメリカンフットボル［American football］（名）美式足球。

あめをしゃぶらせる［飴をしゃぶらせる］（連語）→あめだまをしゃぶらせる

あめんぼ［水黽］（名）〈動〉水黽，水馬。

あや［綾］（名）① 斜紋布。△〜織／斜紋布。△杉の〜／杉木的斜木紋。② 綾子。△〜錦／綾羅綢緞。

あや［綾・文］（名）① 情節。△事件の〜／事件的情節。② 修辭，辭藻。△ことばの〜／語言文采。

あやう・い［危うい］（形）危險。△〜ところを助かった／遇險時得救了。

あやうく［危うく］（副）險些，差一點，好容易。△〜命をおとすところだった／險些送了命。

あやおり［綾織り］（名）斜紋布。

あやかし（名）水妖。

あやかりもの［あやかり者］（名）（令人羨慕的）幸運兒。

あやか・る［肖る］（自五）效仿，願像…那樣。△しあわせそうな二人に〜りたい／願像他倆那樣幸福。△ぼくも君に〜りたい／我也想沾你的光。

あやし・い［怪しい］（形）① 異常，奇異。△〜物音／奇異的聲音。② 可疑。△〜男／可疑的人。③ 靠不住。△雲ゆきが〜／看樣子要變天。形勢不妙。④ 笨拙。△〜手つき／笨拙的手法。

あやし・む［怪しむ］（他五）懷疑，覺得奇怪。△人に〜まれるような行動をするな／不要做出令人懷疑的行動。

あや・す（他五）哄，逗。△赤ん坊を〜／哄孩子。

あやつりにんぎょう［操り人形］（名）① 提綫木偶。② 傀儡。

あやつ・る［操る］（他五）① 操縱。△機械を〜／操縱機器。△人を〜／操縱別人。② 掌握。△三か国語を〜／掌握三國語言。

あやとり［綾取り］（名）（遊戯）翻花鼓。

あやにしき［綾錦］（名）① 綾羅綢緞。②（秋天的）紅葉。

あやぶ・む［危ぶむ］（他五）擔心。△前途を〜／擔心前途。

あやふや（形動）含糊，曖昧。△〜な態度／曖昧的態度。

あやまち［過ち］（名）① 罪過，錯誤。△〜をおかす／犯錯誤。② 過失，差錯。△単なる〜にすぎない／只不過是個過失而已。

あやま・つ［過つ］（他五）弄錯，搞錯。△道を〜／走錯路。

あやまり［誤り］（名）錯誤。△〜をおかす／犯錯誤。

あやま・る［誤る］（自他五）① 弄錯，搞錯。△〜って人をきずつけた／誤傷了人。△方針を〜／弄錯方針。② 貽誤，耽誤。△身を〜／誤身。△人を〜おそれがある／有貽誤他人之虞。

あやま・る［謝る］（他五）道歉，謝罪。△過ちと知ったら〜らなくてはいけない／知道錯了就應當道歉。

あやめ［菖蒲］（名）〈植物〉馬藺，馬蓮。

あや・める［危める］（他下一）危害，傷害，殺害。△人を〜／害人。殺人。

あゆ［鮎］（名）〈動〉香魚。

あゆ［阿諛］（名・自サ）阿諛，奉承。△〜追従／阿諛逢迎。

あゆみ［歩み］（名）① 步伐，腳步。△〜が速い／腳步快。△〜が乱れる／步伐亂了。② 歷程，進展，發展。△国の〜／國家的歷史。

あゆみより［歩み寄り］（名）互相讓步。△〜を見せる／彼此表示讓步。

あゆみよ・る［歩み寄る］（自五）① 走近。△彼のいる方へ〜った／向他靠近。② 互相讓步。△労使が〜／勞資雙方互相讓步。

あゆ・む［歩む］（自五）走，步行。△近代国家の〜道／現代國家所走的道路。

あら（感）（婦女）唉呀。△〜，ひどい／唉呀真不像話！

あら－［荒］（接頭）① 荒。△〜野／荒野。② 粗，粗魯。△〜療治／大刀闊斧的治療。③ 烈，暴，兇。△〜馬／烈馬。△〜波／狂濤。

あら［粗］Ⅰ（名）① 碎屑，渣滓。△魚の〜／魚骨頭。② 毛病，缺點。△〜をさがす／挑毛病。Ⅱ（接頭）粗糙。△〜けずり／粗削。粗刨。Ⅲ（接頭）粗糙。粗加工。

アラー［Allah］（名）〈宗〉阿拉，真主。

アラーム［alarm］（名）警報，報警器，（鬧鐘的）鬧錶。

アラームクロック［alarm clock］（名）鬧鐘。

あらあら［粗粗］（副）大致，概略。△事情を〜知らせる／概略地介紹一下情況。

あらあらし・い［荒荒しい］（形）粗暴，粗野。△〜ふるまい／粗野的舉止。

あら・い［荒い］（形）① 粗暴，粗野。△気性が〜／脾氣粗暴。② 激烈，兇猛。△波が〜／浪大。△金づかいが〜／亂花錢。

あら・い［粗い］（形）① 粗糙。△〜く見積もる／粗略估計。② 稀疏。△網の目が〜／網眼大。

あらい［洗い］（名）① 洗，洗滌。△〜がきく／可以洗。△〜に出す／拿去洗。② 冷水浸的生魚片。

あらいぐま［洗熊］（名）〈動〉浣熊。

あらいこ［洗い粉］（名）① 洗頭粉。② 去污粉。

あ
ア

あらいざらい［洗い浚い］(副) 所有，全部。△なやみを～うちあける／傾訴心中的所有煩惱。

あらいざらし［洗い晒し］(名) 洗褪了色 (的衣物)。

あらいそ［荒磯］(名) 波濤洶湧的多岩石海濱。

あらいた・てる［洗い立てる］(他下一) ①洗淨。②揭穿，揭發。△旧悪を～／揭穿舊惡。△身元を～／揭穿老底。

あらいば［洗い場］(名) 洗東西的地方。

あらいもの［洗い物］(名) ①洗衣服。②要洗的衣物，洗過的衣物。

あら・う［洗う］(他五) ①洗，洗刷，沖洗。△手を～／洗手。②調查，清查。△容疑者の身元を～／清查嫌疑犯的身分。

あらうま［荒馬］(名) 烈馬，悍馬。

あらうみ［荒海］(名) 波濤洶湧的海。

あらが・う［抗う］(自五) 抗爭，反抗。△権威に～／與權威對抗。

あらかじめ［予め］(副) 預先，事先。△～知らせておく／預先通知。

あらかせぎ［荒稼ぎ］(名・自サ) 發橫財，發不義之財。△～をする／撈一大筆錢。

あらかた［粗方］(副) 大致，大部分。△客は，～帰った／客人大半回去了。△工事は～完成した／工程基本完工。

あらかべ［粗壁］(名) 只抹了底灰的牆。

アラカルト［法 à la carte］(名) 點的菜。

あらぎもをひしぐ［荒肝をひしぐ］(連語) 使大吃一驚。使嚇破膽。

あらぎょう［荒行］(名) 刻苦修行。

あらくれ［荒くれ］(名) 粗野，粗暴。△～男／粗野的人。

あらくれた［荒くれた］(連體) 粗野，粗暴，蠻橫。△～男／魯莽漢。

あらくれもの［荒くれ者］(名) 魯莽漢。

あらけずり［荒削り・粗削り］I (名・自サ) 粗削，粗刨。△～したままの木材／粗刨的木材。II (名・形動) 粗加工，粗綫條。△～な人がら／不拘小節的人。

あらごと［荒事］(名) (歌舞伎) 武打，武戲。△～師／武生。

あらさがし［粗探し］(名・自サ) 找毛病，找碴兒。

あらし［嵐］(名) 暴風雨。△～の前の静けさ／暴風雨前的平靜。

あらしごと［荒仕事］(名) ①力氣活，累活。②搶劫，行兇。

あらし・める［有らしめる］(他下一) 使之有，使之存在。△私を今日～めた恩人／使我有今天的恩人。

あらじょたい［新所帯］(名) 新成立的家庭，新婚家庭。

あら・す［荒らす］(他五) ①糟塌，毀壞。△作物を～／毀壞莊稼。②騷擾，搶劫，偷盜。△縄張りを～／擾亂他人的勢力範圍。

あらすじ［荒筋・粗筋］(名) 概況，梗概。

あらずもがな［非ずもがな］(連語) 多餘，多此一舉。

あらせいとう (名)〈植物〉紫羅蘭。

あらそ・う［争う］(他五) ①爭，爭奪，競爭。△隣国と～／與鄰國相爭。△議席を～／爭奪議席。②爭論，爭辯。△～べからざる事實／無可爭辯的事實。

あらそえない［争えない］(連語) ①無可爭辯。△～事實／無可爭辯的事實。②不服不行。△年は～／年齡不饒人。

あらそわれない［争われない］(連語) ⇨あらそえない

あらた［新た］(形動) 新，重新。△思い出を～にする／再次回憶。△人生の～な出發／生活道路上的新開端。△科学史に～な一頁が書き加えられる／在科學史上寫下新的一頁。→あたらしい

あらたか (形動) 效果顯著。△霊験～な神／非常靈驗的神。

あらだ・つ［荒立つ］(自五) 激烈，激化。△波が～／波濤洶湧。

あらだ・てる［荒立てる］(他下一) 使激烈，使激化。△事を～／把事情鬧大。

あらたま［粗玉］(名) 璞玉，粗玉。

あらたま・る［改まる］(自五) ①改變，更新。△年が～／歲序更新。新的一年開始。②鄭重，正經，客氣。△～った場面／鄭重的場面。③(病情) 惡化。△病勢が～った／病情惡化。

あらため［改め］(名) ①(多接名字下) 改，更改，改名。②(多接名詞下) 調查，盤問。△宗門～／宗教 (上的) 審查。

あらためて［改めて］(副) ①再次，另行。△～，また参ります／改日再來拜訪。②再，重新。△～言うまでもないことだ／無須再說。

あらた・める［改める］(他下一) ①改，改變。△欠点を～／改正缺點。△心を～／洗心革面。△日を～／改日。②查，檢查，查點。△数を～／點數。③鄭重，端正。△ことばを～／言辭嚴肅起來。

あらっぽ・い［荒っぽい］(形) 粗野，粗糙。△"おす！"というのはずいぶん～挨拶だ／"早安"說"おす"是粗魯的。

あらて［新手］(名) ①新手。△～をくり出す／派出新手。②新方法，新手段。△～の詐欺／用新花招進行的欺詐。

あらと［粗砥・荒砥］(名) 粗磨石。

あらなみ［荒波］(名) ①激浪，怒濤。②艱辛，風險。△世の～にもまれる／飽經風霜。

あらなわ［荒縄］(名) 草繩。△～でしばる／用草繩捆綁。

あらぬ (連体) 沒道理，沒根據。△～ことを口ばしる／信口雌黃。△～うわさ／流言蜚語。

あらぬか［粗糠］(名) 稻糠，穀糠。

あらぬり［粗塗り・荒塗り］(名) 打底子 (灰油)。

あらの［荒野・曠野］(名) 荒野，曠野。

あらばこそ［有らばこそ］(連語) 毫不，根本沒有。△たずねる人も～／根本無人造訪。

アラビア [Arabia] (名) 阿拉伯。

アラビアすうじ [アラビア数字] (名) 阿拉伯数字。

アラビアン [Arabian] (名) ① 阿拉伯人。② 阿拉伯(人)的。

アラビアンナイト [Arabian Nights] (名) (阿拉伯神話故事) 天方夜譚。

アラブ [Arab] (名) 阿拉伯民族，阿拉伯人。

アラブしゅちょうこくれんぽう [アラブ首長国連邦]〈國名〉阿拉伯聯合酋長國。

アラブせかい [アラブ世界] (名) 阿拉伯世界。

アラベスク [arabesque] (名) ① 阿拉伯音樂。② 阿拉伯圖案。

あらほうし [荒法師] (名) 精通武藝的和尚。

あらぼとけ [新仏] (名) (死後第一次在盂蘭盆節祭祀的) 新亡靈。

あらまき [新巻き] (名) 鹹鮭魚。

あらまし I (名) 梗概，概略。△計画の～/計劃的梗概。II (副) 大致。△～かたが付いた/大致解決了。

あらみ [新身] (名) 新打的刀。△～の刀/新打的刀。

あらむしゃ [荒武者] (名) ① 魯莽的武士。② 粗暴的人。△～ぶり/莽張飛。

アラモード [法 à la mode] (名) 最流行，最時髦。

あらもの [荒物] (名) 雜貨。△～屋/雜貨鋪。

あらゆる [連体] 一切，所有。△～場合/任何場合。△～手段を尽す/用盡一切方法。

あらら・げる [荒らげる] (他下一) 使變得粗暴。△声を～/厲聲。

あらりょうじ [荒療治] (名・他サ) ① 大刀闊斧的治療。② 大刀闊斧地解決。△この問題の解決には～が必要だ/這個問題的解決得大刀闊斧才行。

あられ [霰] (名) ① 霰。② (切成的) 小方塊，丁兒。△大根を～に切る/把蘿蔔切成丁兒。

あられもな・い [有られもない] (形) (多用於女性) 不像樣子。△～姿/不像個女人樣子。

あらわ [露わ] (形動) 露骨，裸露。△肌も～に/肌膚裸露。△不満を～に顔に出す/臉上明顯露出不滿。

あらわ・す [現す・表す] (他五) ① 現出，呈現。△姿を～/出現。△正体を～/現原形。② 表達，表示。△言葉で～/用語言表達。△態度に～/表現在態度上。

あらわ・す [著す] (他五) 著。△本を～/著書。

あらわれ [現われ] (名) ① 表現，結果。△努力の～/努力的結果。② 現象。

あらわ・れる [現れる・表れる] (自下一) ① 出現，現出。△真価が～/顯露出真正的價值。② 敗露，被發現。△悪事が～/壞事敗露了。

あらんかぎり [有らん限り] (連語) 所有，全部。△～の声をふりしぼる/扯着嗓子喊。△力を～出す/拿出全部力量。

あり [蟻] (名) 螞蟻。

アリア [aria] (名)〈樂〉詠嘆調。

ありあけ [有り明け] (名) (有殘月的) 拂曉。△～の月/拂曉的殘月。

アリアス [alias] (名) 別名。

ありあま・る [有り余る] (自五) 有餘，過多。△～物資をかかえている/擁有過多的物資。△～ほどの才能/用不完的才能。

ありありと (副) 清清楚楚，歷歷在目。△～目にうかぶ/歷歷在目。△不満の様子が～見えた/明顯地表現出不滿。

ありあわせ [有り合わせ] (名) 現成，現有。△～の食事/現成的飯。△～の金はこれしかない/現錢只有這些。

あり・うる [有り得る] (自下二) 能有，可能有。△～事故/可能發生的事故。

ありか [在処] (名) 下落。△～をつきとめる/查到下落。

ありかた [在り方] (名) ① 現狀。△今の政治の～/當今政治現狀。② 應有的狀態。△教育の～を求める/探求教育應有的方向。

ありがた・い [有り難い] (形) ① 値得感謝，值得慶幸。△君が来てくれたとは～/你來得正是時候。△～くいただきます/我愉快地收下了。② 尊貴，寶貴。△～お話をうかがった/聆聽了很有教益的話。

ありがたさ [有り難さ] (名) ⇨ありがたみ

ありがたなみだ [有り難涙] (名) 感激之淚。△～をこぼす/感激涕零。

ありがたみ [有り難み] (名) 寶貴，可貴，恩典。△病気になってはじめて健康の～が分る/得了病才懂得健康的寶貴。

ありがためいわく [有り難迷惑] (名) 令人為難的好意，帶來麻煩的好意。

ありがち [有り勝ち] (形動) 常有。△～な病気/常見病。

ありがとう [有り難う] (感) 謝謝。△～ございます/ (敬) 謝謝。

ありがね [有り金] (名) 現有的錢。△～をはたく/拿出所有的錢。

ありきたり [有り来り] (形動) 常見，普通。△～の考え/老一套的想法。△～のやり方では解決できない/用老辦法是解決不了的。

ありくい [蟻食] (名)〈動〉食蟻獸。

ありげ [有りげ] (形動) 好像有，似乎有。△自信な態度/似乎很自信的態度。

ありさま [有様] (名) 様子，情況。△この～では，成功はおぼつかない/照這様，成功的希望不大。△なんという～だ/成何體統！△来てみればこの～だ/來了一看，竟是這麼個鬼様子！

ありし [在りし] (連体) ① 以前的，往昔的，過去的。② 生前的，在世時的。△～日/生前。

ありじごく [蟻地獄] (名) ①〈動〉蟻獅。② 蟻獅穴。

ありしまたけお [有島武郎]〈人名〉有島武郎 (1878-1923)。日本小説家。

アリストクラシー [aristocracy] (名) ① 貴族政治，改良政治。② 上流階級，貴族階層。③ 貴族趣味。

あ
ア

アリストテレス［Aristotles］〈人名〉亞里斯多德。（前 384 — 前 322）。

ありだか［有り高］（名）現有數，現有額。

ありたけ［有り丈］（名・副）→ありったけ

ありづか［蟻塚］（名）蟻塚。

ありつ・く［自五］找到，得到。△仕事に～／找到工作。△食事に～／弄到飯吃。

ありったけ［有りったけ］Ⅰ（副）所有，一切，全部。△金を～出して買った／拿出所有的錢買下了。

ありてい［有り体］（名）如實。△～に申し述べよ／請如實講述。

ありとあらゆる［連体］所有，一切。△～兵器を使用して反撃した／動用了所有各種武器進行了反攻。

ありなし［有り無し］（名）有無。△ひまの～にかかわらず／不管有沒有時間。

ありのあなからつつみもくずれる［蟻の穴から堤も崩れる］（連語）千里之堤，潰於蟻穴。

ありのとわたり［蟻の門渡り］（名）〈解剖〉會陰。

ありのはいでるすきもない［蟻の這い出る隙もない］（連語）水泄不通，戒備森嚴。

ありのまま［有りの儘］（名・形動・副）如實，照樣。△～に言う／如實說。△～の自分を見てもらう／展示自己的真面貌。

アリバイ［alibi］（名）（案件發生時）不在現場（的證明）。△～がある／有證據證明不在現場。△～がくずれる／不能證明案件發生時不在現場。

ありふれた［有り触れた］（連体）常見，常有，平常。△～話／老生常談。△～風景／常見的景致。△～事／司空見慣事。

ありまき［蟻巻］（名）蚜蟲。

ありゅう［亜流］（名）亞流，模仿者，追隨者。△彼はピカソの～にすぎない／他不過是個模仿畢加索的畫家罷了。

ありゅうさんガス［亜硫酸ガス］（名）〈化〉二氧化硫。

ありよう［有様］（名）①樣子，實情，現狀。△～を言えば、経営は火の車だ／說實在的，經營十分困難。②應有狀態，理想狀態。△研究所の～／研究所的理想狀態。③（下接否定語）應有，會有，可能有。△そんな奇妙なことは～がない／不可能有那樣的怪事。

ありわらのなりひら［在原業平］〈人名〉在原業平（825 - 880）。日本平安時代和歌作家。

あ・る［有る・在る］Ⅰ（自五）①有。△あそこに池がある／那裏有個水池。②在。△本は机の上に～／書在桌子上。③發生。△昨日地震が～った／昨天發生了地震。④舉行。△あした小学校で運動会が～／明天小學舉行運動會。Ⅱ（補動）①（用 "…である" 的形式）是。△鯨は哺乳類で～／鯨魚是哺乳動物。②用 "てある" 的形式表示動作的存續。△洗濯物が干して～／曬着洗好的衣服。

ある［或る］（連体）某，有的。△～時／有時。

△～人／有的人。某人。

あるいは［或いは］Ⅰ（接）或，或者。△雨や雪でしょう／下雨或下雪吧。Ⅱ（副）或許，也許。△～一日延びるかもしれません／或許延期一天也說不定。

あるかぎり［有る限り］（副）一切，所有。△～の力／全部力量。

あるかなきか［有るか無きか］（連語）似有若無，微乎其微。△～の明り／微弱的亮光。

あるかなし［有るか無し］（連語）⇨あるかなきか

あるがまま（名・副）如實，照原樣。△～の姿／真實情況。△～に見る／客觀地看。

アルカリ［alkali］（名）〈化〉鹼。

アルカリせい［アルカリ性］（名）鹼性。△～反応／鹼性反應。

アルカロイド［alkaloid］（名）〈化〉生物鹼。

アルキメデス［Archimedes］〈人名〉阿基米德（前 287 — 前 212）。

アルキメデスのげんり［アルキメデスの原理］（名）阿基米德原理。

アルギンさん［アルギン酸］（名）〈化〉藻朊酸。

ある・く［歩く］（自五）走，步行。△駅までは～いて 20 分かかる／到火車站步行要二十分鐘。△世界中を～／周遊世界。

アルコール［alcohol］（名）①〈化〉酒精，乙醇。②酒。

アルコールフリー［alcohol-free］（名）不含酒精的化妝品。

アルゴン［Argon］（名）〈化〉氫。

あるじ［主］（名）主，主人。△一家の～／一家之主。△車の～／車主。

アルジェリア［Algeria］〈國名〉阿爾及利亞。

アルゼンチン［Argentina］〈國名〉阿根廷。

アルチスト［法 artiste］（名）藝術家。

アルちゅう［アル中］（名）酒精中毒（患者）。

アルツハイマーびょう［アルツハイマー病］（名）老年癡獃症。

アルト［意 alto］（名）〈樂〉女低音。

あるときばらい［有る時払い］（名）（借錢時不定還期）甚麼時候有錢甚麼時候還。△～の催促なし／幾時有幾時還，不催逼。

アルバイト［德 Arbeit］（名・自サ）①工讀，半工半讀。②副業。

アルバニア［Albania］〈國名〉阿爾巴尼亞。

アルバム［album］（名）影集。

アルピニスト［alpinist］（名）登山家，登山運動員。

アルファ［A・α］（名）①希臘字母表的第一個字母。②開始，最初。△～からオメガまで／從頭到尾。③（用 "プラスアルファ" 的形式）若干。△基本給プラス～／基本工資外加津貼。△プラス～をつける／給予補加。

アルファせん［α線］（名）阿爾法射綫。

アルファベット［alphabet］（名）①拉丁字母表。△～順に並べる／按字母表順序排列。②初步，入門。△～から練習する／從入門開始

練習。

アルプス [Alps]（名）① 阿爾卑斯山。② 日本阿爾卑斯山。

あるべき [有るべき]（連語）應有的。△人間の〜姿／人類應有的狀態。

アルペンきょうぎ [アルペン競技]（名）高山滑雪比賽。

アルペンスキー [德 Alpenski]（名）〈體〉高山滑雪。

アルボースせっけん [アルボース石鹼]（名）藥皂。

アルマイト [alumite]（名）氧化鋁，防蝕鋁，耐酸鋁。

あるまじき [有るまじき]（連語）不應有的。△〜行い／不應有的行為。

アルマジロ [armadillo]（名）〈動〉犰狳。

アルミ（名）⇨アルミニウム

アルミナ [alumina]（名）氧化鋁，鋁礬土。

アルミニウム [aluminium]（名）鋁。

あれ（感）哎呀。△〜，道をまちがえた／哎呀！走錯路了。

あれ（代）① 那個。△〜はなんですか／那是甚麼？② 他。△〜は山田ですよ／他是山田。③ 那件事。△君に頼んでおいた〜はどうなった／求你的那件事怎麼樣了？

あれ [荒れ]（名）① 天氣惡劣。△〜模様／要鬧天氣的樣子。△海はひどい〜だ／海上波濤洶湧。② 皸裂。△〜しょう／皮膚好皸裂。③ 混亂。△会議は大〜だった／會議鬧得天翻地覆。

アレイ [alley]（名）康樂球台。

あれい [亜鈴・啞鈴]（名）啞鈴。

あれがし（名）渴望，祈望。△幸〜といのる／祈求幸福。

アレキサンダー [Alexander]〈人名〉亞歷山大（大王）（前 356 − 前 323）。

アレキサンドライト [alexandrite]（名）變石。

あれくる・う [荒れ狂う]（自五）瘋狂，狂暴。△暴徒が〜／暴徒為非作歹。△〜波／洶湧的波濤。

アレグレット [意 allegretto]（名）〈樂〉稍快，小快板。

アレグロ [意 allegro]（名）〈樂〉快速，快板。

あれこれ（名・副）這個那個，這樣那樣，種種。△〜思いなやむ／百般憂慮。△〜と面倒を見る／多方照料。

あれしき（名）那麼一點點。△〜のことに参るものか／那麼一點小事算得了甚麼！

あれしょう [荒性]（名）皮膚好皸裂。

あれち [荒れ地]（名）荒地。△〜を開く／開墾荒地。

あれの [荒れ野]（名）荒野。△〜を開く／開荒。

あれはだ [荒れ肌・荒れ膚]（名）粗糙的皮膚。

あれは・てる [荒れ果てる]（自下一）荒蕪，荒廢。△〜てた庭／荒蕪了的庭院。

あれほど [彼程]（副）那樣，那麼。△〜固く約束したのにどうして来ないのか／我們約定得

好好的，你為甚麼不來？

あれもよう [荒れ模様]（名）① 要鬧天氣的樣子。② 要發脾氣的樣子。③ 要鬧事的樣子。

あれよあれよ（感）（對意外情況表示吃驚）哎呀哎呀。△〜という間に…／在驚慌失措的一瞬間…

あ・れる [荒れる]（自下一）① 激烈，狂暴，混亂。△酒を飲んで〜／喝了酒撒酒瘋。△生活が〜／生活放蕩。△会議が〜／會議發生混亂。② 鬧天氣。△海が〜／海上風急浪大。△天候が〜／氣候惡劣。③ 荒蕪。△田畑が〜／田地荒蕪。④ 皸裂。△肌が〜／皮膚皸裂。

アレルギー [德 Allergie]（名）〈醫〉過敏（反應）。

アレンジ [arrange]（名・他サ）① 整理。② 改編。③〈樂〉編曲。

アロガント [arrogant]（ダナ）傲慢無禮的。

アロハ [〈夏威夷〉aloha]（名）（"アロハシャツ"之略）夏威夷短袖襯衫。

アロマ [aroma]（名）① 芳香，香氣。②（藝術品的）別致風格，妙趣。

アロマオイル [aroma oil]（名）（用花或藥草製成的）香精，精油。

あわ [泡]（名）泡，沫，泡沫。△〜が立つ／起泡。起沫。△〜を立てる／使其起泡。△口角〜を飛ばす／說話滔滔不絕（說得嘴角噴唾沫星）。

あわ [粟]（名）粟，穀子，小米。

アワー [hour]（名）時間。△ラッシュ〜／上下班擁擠時間，客流高峰。

あわ・い [淡い]（形）① 淡，淺。△〜ブルーの服／淺藍色的衣服。② 淡薄，少許。△〜恋心／淡淡的戀情。

あわすかおがない [合わす顔がない]（連語）無顏相見。

あわせ [袷]（名）袷衣。

あわせて [併せて]（副）並，同時。△この見本も〜ご覧ください／請同時參看這個樣品。

あわせて [合わせて]（副）合計，共計，總共。△〜 20 万円になる／共計二十萬日圓。

あわせめ [合わせ目]（名）接縫，縫口。△着物の〜／衣服的接縫。

あわせも・つ [合わせ持つ]（他五）兼備。△智勇〜／智勇雙全。

あわ・せる [合わせる・併せる]（他下一）① 合，併。△手を〜／合掌。△力を〜／合力。② 對，對照。△答えを〜／對照答案。③ 統一，使一致。△調子を〜／統一步調。△時計を〜／對錶。④ 使相對。△目と目を〜／目光相對。△見合わせる／見面。

あわただしい [慌ただしい]（形）匆忙。△〜旅行／匆忙旅行。△〜政局／瞬息萬變的政局。

あわだつ [粟立つ]（自五）起雞皮疙瘩。

あわだつ [泡立つ]（自五）起泡，起沫。△〜たきつぼ／水花四濺的瀑布。

あわつぶ [粟粒]（名）小米粒（樣的東西）。

あわてふため・く [慌てふためく]（自五）驚慌失措。△〜いて逃げ出す／倉皇逃出。

あわてもの［慌て者］（名）冒失鬼。

あわ・てる［慌てる］（自下一）驚慌，慌忙。△急線に～ててかけつける／接到緊急通知慌忙趕到。

あわび［鮑］（名）鮑魚，鰒魚。

あわぶく［泡ぶく］（名）〈俗〉泡，氣泡。

あわもり［泡盛］（名）（琉球産）燒酒。

あわや（副）差點兒，險些兒。△～転落というところで助かった／差點兒要掉下去的時候得救了。

あわゆき［淡雪］（名）薄雪。

あわよくば（副）碰巧，碰運氣，走運的話。△～優勝できるかも／碰巧也許能得冠軍。

あわれ［哀れ］I（名）① 可憐，憐憫。△～を覚える／覺得可憐。② 情趣。△旅の～／旅行的情趣。II（形動）① 令人同情。△～な話／令人同情的事。② 悲慘。△～な暮らし／悲慘的生活。

あわれが・る［哀れがる］（自五）覺得可憐。

あわれっぽ・い［哀れっぽい］（形）可憐的。

あわれみ［哀れみ］（名）同情，可憐，憐憫。△～を感じさせる／令人同情。

あわ・れむ［哀れむ］（他五）同情，憐憫。△同病相～／同病相憐。△～べき人／可憐的人。

あん［案］（名）① 方案，計劃。△旅行の～を立てる／制定旅行計劃。△修正～／修正案。△～をねる／研擬方案。② 主意，意見。△～を出す／出主意。③ 預想，預料。△～のじょう／果然，不出所料。△～に相違する／出乎意料。

あん［餡］（名）① 餡兒。△～パン／夾餡麵包。△こし～／去皮豆沙餡兒。② 芡，滷。△～かけ／澆滷。

あん［庵］I（名）庵。△僧～／僧庵。II（接尾）（文人住所的雅號）庵。△松風～／松風庵。

あんあんり［暗暗裏］（副）暗中，背地裏。△～に事を運ぶ／暗中行事。

あんい［安易］（形動）① 容易，簡單。△～な道／捷徑。△～な方法／簡單的方法。② 輕率，漫不經心。△～な考え／輕率的想法。

あんいつ［安逸］（名・形動）安逸。△～をむさぼる／貪圖安逸。

アンインストール［uninstall］（名・ス他）〈IT〉卸載。

あんうつ［暗鬱］（形動）暗淡，陰鬱，憂鬱。

あんうん［暗雲］（名）烏雲。△～がただよう／烏雲籠罩。△～低迷／烏雲壓頂。

あんえい［暗影］（名）暗影，陰影。△～を投げかける／投下陰影。

あんか［行火］（名）腳爐。

あんか［安価］I（名・形動）廉價。△～な物／便宜貨。II（形動）沒價值。△～な同情／廉價的同情。

あんか［案下］（名）（書信）案下，足下。

あんが［安臥］（名・自サ）安臥。

アンカー［anchor］（名）① 錨。②（接力賽）最後一棒。

あんがい［案外］（形動・副）出乎意料。△～おいしい／特別好吃。△君は～力があるんだね／沒想到你還真有勁。

あんかけ［餡掛け］（名）澆汁，澆滷。

あんかん［安閑］（形動）安閑，悠閑。△～としてはいられない／不能無所事事。

あんき［暗記］（名・他サ）背。△単語を～する／背單詞。△丸～／死記硬背。△棒～／死記硬背。

あんき［安危］（名）安危。

あんき［安気］（形動）無憂無慮。△～な身分だ／無憂無慮的生活。

アンギーナ［德 Angina］（名）〈醫〉① 咽峽炎。② 急性扁桃腺炎。

あんぎゃ［行脚］（名・自サ）①〈佛教〉行腳，雲遊。△～僧／行腳僧。② 周遊。△全国を～／周遊全國。△音楽～／巡迴音樂演出。

あんきょ［暗渠］（名）暗溝。

あんぐ［暗愚］（名・形動）昏庸。

あんぐう［行宮］（名）行宮。

アングラけいざい［アングラ経済］（名）地下經濟活動。

アングル［angle］（名）（攝影的）角度。

アングロサクソン［Anglo-Saxon］（名）盎格魯撒克遜人。

あんくん［暗君］（名）昏君。

アンケート［法 enquête］（名）民意測驗，徵詢意見。△～に答える／填寫調查表。

あんけん［案件］（名）① 案件。△係争中の～／爭執中的案件。② 議案。

あんこ［餡こ］（名）① 餡兒。② 瓤。

あんこう［鮟鱇］（名）〈動〉鮟鱇。

あんごう［暗号］（名）暗號，密碼。△情報を～で送る／用暗號送情報。△～を解読する／破譯密碼。△～表／密碼表。△～電報／密碼電報。

あんごうか［暗号化］（名・ス自他）〈IT〉加密。△～ソフト／加密軟件

あんこうしょく［暗紅色］（名）暗紅色。

アンコール［法 encore］（名）（觀眾）喝彩，叫好，再來一個。△～に答える／應觀眾的喝彩再表演一個節目。

あんこく［暗黒］（名・形動）黑暗。△～時代／黑暗時代。△～街／下層社會。

アンゴラ［Angora］（名）① 安哥拉兔。② 安哥拉兔皮毛（織品）。

あんころ［餡ころ］（名）豆沙餡糰。

あんざ［安座］（名・自サ）盤腿坐，穩坐。

あんさつ［暗殺］（名・他サ）暗殺。△～をくわだてる／策劃暗殺。

あんざん［安産］（名・他サ）平安分娩。

あんざん［暗算］（名・他サ）心算。

あんざんがん［安山岩］（名）〈地〉安山岩。

アンサンブル［法 ensemble］（名）① 上下一套的女裝。②〈劇〉協調，統一。③〈樂〉合唱，合奏，小型合唱團，小型樂團。

あんじ［暗示］(名・他サ) 暗示。△～を与える/給予暗示。

あんじがお［案じ顔］(名) 愁容，擔心的様子。

あんししじゅつ［安死術］(名) 安死術。

あんしつ［暗室］(名) 暗室，暗房。

あんしゃちず［暗射地図］(名) 暗射地圖。

あんじゅう［安住］(名・自サ)① 安居。△～の地/安居之地。② 安於，滿足。△現状に～する/安於現状。

あんしゅつ［案出］(名・他サ) 想出，研究出。△新しい方法を～した/想出個新方法。

あんしょう［暗礁］(名) 暗礁。△～に乗り上げる/擱淺。

あんしょう［暗唱・暗誦］(名・他サ) 背誦。△詩を～する/背誦詩。

あん・じる［案じる］(他下一)① 擔心。△子供の健康を～/擔心孩子的健康。△彼の身の上が～じられる/他的安危令人放心不下。△～より産むはやすい/事情並不都像想的那麼難。② 想出。△策を～/想出一個辦法。

あんしん［安心］(名・形動・自サ) 安心，放心。△彼にまかせれば～だ/如果讓他辦，那就放心吧。△～感/感到放心。△～して眠る/放心睡覺。

あんず［杏子］(名) 杏子。

あん・ずる［案ずる］(他サ) ⇨あんじる

あんずるよりむむがやすし［案ずるより生むがやすし］(連語) 事情並不都像想的那麼難。

あんせい［安静］(名・形動) 安静，静臥。△医者は絶対～を命じた/醫生指示絶對静臥。

用法提示 ▼

在中文和日文的分別

和中文意思不同，日文表示病人為了恢復身體健康而安心静養。

1. 作定語安静な・安静の［状態（じょうたい）、時間（じかん）］

2. 作状語安静に［過（す）ごす、寝（ね）ている、体（からだ）を保（たも）つ］

3. 作賓語安静を［命（めい）じる、続（つづ）ける、保（たも）つ、心（こころ）がける］

あんぜん［安全］(名・形動) 安全。△～をおびやかす/威脅安全。△～かみそり/安全剃刀。

あんぜん［暗然］(形動) 黯然，悲傷。△～たる気持ち/黯然神傷。△～とした気分/黯淡的氣氛。

あんぜんき［安全器］(名)〈電〉保険盒。

あんぜんせい［安全性］(名) 安全性。△～の確保/確保安全。

あんぜんちたい［安全地帯］(名) 安全地帯。

あんぜんべん［安全弁］(名) 保険閥，安全閥。

あんそく［安息］(名・自サ) 安息。△〈宗〉△～び/安息日。星期日。

あんた［代]〈俗〉⇨あなた

あんだ［安打］(名)〈棒球〉安打，安全打。

アンダー［under］(名) 曝光不足。

アンダーシャツ［undershirt］(名)〈貼身〉襯衣，内衣。

アンダーライン［underline］(名)〈書刊重點部分畫的〉着重綫。

あんたい［安泰］(名・形動) 安泰，安寧。△お家～/祝府上安泰。

あんたん［暗澹］(形動) 黯淡。△～たる思い/思緒黯然。

アンダンテ［意 andante］(名)〈樂〉行板，緩慢地。

アンチ［anti］(接頭) 反，抗，非。△～テーゼ/反題。對立命題。△～軍国主義/反軍國主義。

あんち［安置］(名・他サ) 安放(佛像、珍寶、遺體等)。

アンチック［法 antique］(名)① 粗體鉛字。② 古代美術。

アンチテーゼ［德 Antithese］(名)〈哲〉反題，對立命題。

アンチボディー［antibody］(名) 抗體。

アンチミサイルミサイル［anti-missile missile］(名) 反導彈導彈。

アンチモニー［antimony］(名) ⇨アンチモン

アンチモン［antimon］(名)〈化〉銻。

あんちゃく［安着］(名・自サ) 安全抵達。△日本に～した/安全抵達日本。

あんちゅう［暗中］(名) 暗中，背地裏。△～飛躍/幕後活動。

あんちゅうもさく［暗中摸索］(名・自サ) 暗中摸索。

あんちょく［安直］(形動) 廉價，簡便。△昼飯は～にすまました/午飯隨便吃了點東西。△好きな酒だけでも彼の享楽心は～に満たされるのだ/只要有酒喝，他的享受慾很容易滿足。

あんちょこ (名)〈教科書的〉廉價簡明参考書。

アンツーカー［法 en-tout-cas］(名)① 紅沙土。② 晴雨兩用運動場。

あんてい［安定］(名・自サ)① 安定，穩定。△～を保つ/保持穩定。② 安穩，穩定。△～のよい家具/穩當的傢具。

アンテナ［antenna］(名) 天綫。

アンデルセン［Hans Christian Andersen］〈人名〉安徒生 (1805-1875)。

あんてん［暗転］(名・自サ)①〈劇〉暗轉。② 惡化。

あんど［安堵］(名・自サ) 安心，放心。△～の胸をなでおろす/一塊石頭落了地。

あんとう［暗闘］(名・自サ) 暗鬥。

あんどうひろしげ［安藤広重］〈人名〉安藤廣重 (1797-1858)。日本江戸時代的風俗畫畫家。

アンドロゲン［androgen］(名) 雄性激素。

アンドロメダだいせいうん［アンドロメダ大星雲］(名)〈天〉仙女座大星雲。

あんどん［行燈］(名) 紙燈籠。

あんな (連體) 那樣，那麼。△～悪い奴はめったにいない/那樣的壞蛋很少有。

あんない［案内］(名・他サ)① 嚮導，領路。△皆さんを会場へご案内します/我帶大家到

會場去。②指導，指南，入門。△入学〜／升學指南。③通知。△新規開店の〜／新開張的通知。

あんに［暗に］（副）暗中。△〜におわせる／暗示。△〜反対する／暗中反對。

アンニュイ［法 ennui］（名）厭倦，倦怠，無聊。

あんねい［安寧］（名）安寧，平穩。△〜を乱す／擾亂秩序。

あんのじょう［案の定］（副）果然，不出所料。△〜雨が降ってきた／果然下起雨來了。

あんのん［安穏］（名・形動）安穩，安閑，安逸。△〜な人生を送る／度過安穩的一生。

あんば［鞍馬］（名）〈體〉鞍馬。

あんばい［案配・按排］（名・他サ）安排，部署。△あとは適当に〜してください／其餘的事情適當安排一下。△時間をうまく〜する／把時間安排好。

あんばい［塩梅］（名）①（菜的）鹹淡，口味。△〜を見る／嘗鹹淡。②情形，狀況。△いい〜に晴れてきた／天公作美，天晴了。

アンパイア［umpire］（名）〈體〉裁判員。

あんばこ［暗箱］（名）（照相機）暗箱。

アンバランス［unbalance］（名・形動）不平衡，不均衡。

あんパン［餡パン］（名）夾餡麵包。

あんぴ［安否］（名）①安否。△〜を気づかう／擔心是否平安。②起居。△〜を問う／問安。請安。

アンビアンス［abiance］（名）周圍，外界，環境，氣氛。

あんぶ［鞍部］（名）山坳。

アンプ［amplifier］（名）〈電〉放大器，擴音器。

あんぷ［暗譜］（名・他サ）背樂譜。

アンフェア［unfair］（ダナ）非公正的，不公平的。

アンプル［ampoule］（名）〈醫〉安瓿。

アンブレラ［umbrella］（名）雨傘。

あんぶん［案分・按分］（名・他サ）（按比例）分配。△〜比例／分配比例。

あんぶん［案文］（名）底稿，草稿。

アンペア［ampere］（名）〈電〉安培。

あんぽう［罨法］（名・他サ）〈醫〉濕敷，罨敷。△冷〜／冷敷。

あんま［按摩］（名・他サ）按摩，按摩師。

あんまく［暗幕］（名）遮光窗簾。

あんまり I（形動）過分，過度。△それは〜だ／那太過分了。II（副）很，太。△〜暑い／太熱。

あんみつ［餡蜜］（名）（一種日本甜食）豆沙水果洋粉。

あんみん［安眠］（名・自サ）安眠，熟睡。△〜をさまたげる／妨礙睡眠。

あんめん［暗面］（名）黑暗面。△〜描写／描寫黑暗面。

あんもく［暗黙］（名）默不作聲。△〜のうちに認める／默認。△〜の了解／默契。

アンモナイト［ammonite］（名）菊石，鸚鵡螺化石。

アンモニア［ammonia］（名）〈化〉氨，阿摩尼亞。

アンモラル［unmoral］（ダナ）不道德的。

あんや［暗夜］（名）黑夜。

あんやく［暗躍］（名・自サ）暗中活動，幕後活動。

あんやにともしびをうしなう［暗夜に燈を失う］（連語）失去依靠。

あんゆ［暗喩］（名）暗喻，隱喻。

あんらく［安楽］（名・形動）安樂，舒適。△〜椅子／安樂椅。△〜死／安樂死。

あんらくし［安楽死］（名・自サ）安樂死。

アンラッキー［unlucky］（名・形動）不幸，倒霉。

あんるい［暗涙］（名）暗自流淚。△〜むせぶ／暗自哽咽悲泣。

い イ

い [亥] (名) ① 亥 (十二支之一, 野豬)。② 亥時 (午後十時起的兩小時)。

い [井] (名) 井。△～の中の蛙/井底之蛙。

い [医] (名) 醫, 醫術。△外科/外科醫生。

い [胃] (名) 胃。

い [異] I (名) 異, 不同。△～を立てる/立異。II [形動] 奇怪, 奇異。△～なこと/怪事。△～とするにたりない/不足為奇。

い [意] (名) ① 意向, 心意, 心情。△自分の～のままに振舞う/隨心所欲。△結婚する～はない/無意結婚。△～に介しない/不介意, 不在意。② (詞或句子表示的) 意義, 意思。△文～/句意。

い [威] (名) 威。△～を振う/逞威風。

い (終助) ① 在疑問句後增加親切的語氣。△それは何だ～/那是甚麼呀? ② 表示責難的語氣。△早くしろ～/你快點不好麼!

イアシェル [ear shell] (名) 〈動〉鮑魚。

いあつ [威圧] (名・他サ) 威懾, 壓制。△～を加える/施加威力。△～的な態度/盛氣凌人。

いあ・てる [射当てる] (他下一) 射中, 打中。△～的に真中に～/打中了靶心。

いアトニー [胃アトニー] (名) 〈醫〉胃弛緩。

イアピース [earpiece] (名) 耳機。

イアホーン [earphone] (名) 耳機, 收話機。

イアリング [earring] (名) 耳環, 耳飾。

いあわ・せる [居合わせる] (自下一) 在場。△ちょうどその席に～た/當時正好在座。

いあん [慰安] (名・他サ) 慰勞。△～旅行/慰勞旅行, 公費旅遊。

いい [良い] I (形) ① 好, 優良。△天気が～/天氣好。△気前が～/大方。② 適合。△水泳は健康に～/游泳有益於健康。△ちょうど～ときに来た/來的正是時候。③ 可以, 行。△それで～/那樣就可以。△もう帰っても～/可以回去了。④ 足夠了, 不必了。△酒はもう～/酒不要了。⑤ 正確, 對。△その答案は～と思うか/你認為那個答案對嗎? ⑥ 提醒對方注意。△～ですか, 読みますよ/注意了, 我要讀了。⑦ 用做反語。△～恥ざらしだ/真丟臉!△～年をして…/虧 (他, 你) 那麼大年紀…。II (接尾) 接在動詞連用形後表示"合適"。△このペンは書き～/這支鋼筆好用。

いい [唯唯] (形動トタル) 唯唯, 順從。△～として従う/唯命是從。

いいあい [言い合い] (名) 爭吵, 吵架。△そんなつまらぬ事で～をすることはないじゃないか/為那點小事值得吵嘴嗎?

いいあ・う [言い合う] (自他五) ① 爭吵, 吵嘴。② 議論, 討論。

いいあ・てる [言い当てる] (他下一) 說對, 猜中。

いいあやまり [言い誤り] (名) 說錯 (的話)。

いいあやま・る [言い誤る] (他五) 說錯。

いいあらそ・う [言争う] (自他五) 爭吵, 爭論。→口論する

いいあらわ・す [言い表わす] (他五) (用語言) 表達。

いいあわ・せる [言い合わせる] (他下一) 事先商量, 預先說定。△～せたように会員が反対する/會員不約而同地反對。

イーイーカメラ [E・E・camera] (名) 自動測光像機。

イーイーシー [EEC] (名) 歐洲經濟共同體。

いいえ (感) 不, 不是, 沒有。△おすきですか。～, きらいです/您喜歡嗎? 不, 不喜歡。→いや↔はい

いいお・く [言い置く] (他五) 留話, 留言。

いいおく・る [言送る] (他五) ① 轉告。② 函告。

いいおと・す [言い落とす] (他五) 忘說, 漏說。△だいじなことを～した/重要的事忘說了。

いいがいがある [言い甲斐がある] (連語) 不 (沒) 白說。

いいかえ・す [言い返す] (自他五) ① 應對, 答話。② 頂嘴, 還嘴。△負けずに～/不服輸地還嘴。→くちごたえする

いいか・える [言い換える] (他下一) 換句話說。

いいかお [良い顔] (名) ① 美貌, 漂亮。△なかなかの～だ/長得很漂亮, 面子寬。△彼はその土地では～だ/他在那裏吃得開。③ 好臉子。△～をしない/沒好臉。冷淡。

いいがかり [言い掛かり] (名) (找) 碴兒, 藉口。△～をつけてけんかを売る/找碴兒打架。

いいかげん [いい加減] I [形動] ① 適當, 恰當。△～なところで止めておきなさい/適可而止罷! ② 馬虎, 靠不住。△～な返事/敷衍搪塞的回答。II (副) 相當, 十分。△～, いやになる/很膩煩。III (連語) 正好, 適度。△ちょうど～の温度/溫度正合適。

いいかた [言方] (名) 說法, 表達方式。

いいか・ねる [言い兼ねる] (他下一) 說不出口, 不能說。

いいかわ・す [言い交わす] (他五) ① 互相寒喧。△朝のあいさつを～/互道早安。② 訂婚。

いいき [いい気] (連語) 沾沾自喜, 自以為是。△～になる/自鳴得意。

いいきか・せる [言い聞かせる] (他下一) 勸導, 囑咐。△かんでふくめるように～/苦口婆心地勸導。 (也說"言い聞かす")

いいきみ (名) 活該, 痛快。

いいき・る [言い切る] (他五) ① 斷定, 斷言。△正しいと, 彼は～った/他一口咬定說是正

確的。②説完。△まだ～らないうちに時間に
なった／話没説完就到時間了。

いいぐさ［言い草］（名）説法，説的話。△そ
の～が気にくわない／他那種説法惹人生氣。

いいくら・す［言い暮らす］（他五）不離口，
經常説。

いいくる・める［言いくるめる］（他下一）巧
言哄騙。→まるめこむ

いいこな・す［言いこなす］（他五）善於言談，
談得透徹。

いいこになる［いい子になる］（連語）装好人，
装没事。△自分ばかり～／只求自己當好人。

イーコマース［E-commerce］（名）〈IT〉電子商務

いいこ・める［言い込める］（他下一）駁倒。
→やりこめる

いいさす［言いさす］（他五）説到一半，話没説
完。

イーサネット［Ethernet］（名）〈IT〉乙太網，本
地區内的通訊網絡。

イージーオーダー（名）半成品（西服），需試
様的定做（西服）。

イージーベイメント［easy payment］（名）分期
付款。

イージーリスニング［easy listening］（名）和諧
又輕鬆的流行樂。

いいしぶ・る［言い渋る］（他五）不便説，不
好説。△ことのわけを～／不便明言事情的原
因。→言いよどむ

いいしれぬ［言い知れぬ］（連語）没法形容的，
無可名狀的。△～恐ろしさを感じた／感到説不
出的恐懼。

いいすぎ［言い過ぎ］（名）説過火，説過分。
△罪悪だと言っても～ではない／説是罪惡也
不算過分。

いいす・ぎる［言い過ぎる］（自他上一）説過
火，説過分。△小言を～た／責備得過火了。

イースター［Easter］（名）〈宗〉復活節。

イースターエッグ［Easter egg］（名）復活節彩
蛋。

イースターマンデー［Easter Monday］（名）復
活節後的第二天（在英國等是法定假日）。

いいすて［言い捨て］（名）説完就拉倒。△単な
る～に終る／只是説説而已。

いいす・てる［言い捨てる］（他下一）説完就
不管。△そう～て彼は立ち去った／他説完就
走了。

イースト［yeast］（名）酵母，麴。

イースト［east］（名）東，東方。

イーストコースト［East Coast］（名）美國東海
岸，大西洋岸。

イーゼル［easel］（名）畫架。

いいそこな・う［言い損なう］（他五）①説錯。
△せりふを～／説錯台詞。②忘説，未能説出。
△大切なことを～った／重要的事情忘説了。
③失言。

いいそび・れる［言いそびれる］（他下一）想
説而没能説出。△しかられるのがこわくて～

れた／因怕被訓斥，未能説出口。→言いそこ
なう

いいだくだく［唯唯諾諾］（副）唯唯諾諾。

いいだしっぺ［言い出しっぺ］（名）〈俗〉①先
提議的（人）。②誰先提議誰做。△～がやれ
よ／誰説的誰動手。

いいた・す［言い足す］（他五）補充説。

いいだ・す［言い出す］（他五）①開始説。②
説出口。△そのことはなかなか～せない／那
種事難説出口。

いいた・てる［言い立てる］（他下一）數説，
列舉，聲言。△欠点を～／數落人的缺點。△盛
んに～／極力主張。

いいちがい［言い違い］（名）説錯（話）。

いいちが・える［言い違える］（他下一）説錯。

いいちら・す［言い散らす］（他五）①亂説，
瞎説。△人の悪口を～／亂説別人的壞話。②
宣揚，揚言。

いいつか・る［言いつかる］（他五）被吩咐，
被命令。△社長から～った大事な用件／經理
交辦的重要工作。

いいつく・す［言い尽す］（他五）説盡，説完。
△言うべきことは～した／該説的都説了。

いいつくろ・う［言い繕う］（他五）用話掩飾。
△その場はなんとか～った／當時總算拿話遮
掩過去了。

いいつ・ける［言いつける］（他下一）①吩咐。
△仕事を～／吩咐工作。②告，告狀。△先生
に～／向老師告狀。→告げ口をする③説慣，
常説。△堅苦しい挨拶は～ない／我不習慣説
令人拘束的客套話。

いいつたえ［言い伝え］（名）傳説。→伝説

いいつた・える［言い伝える］（他下一）傳説。

いいつの・る［言い募る］（他五）越説越僵。

イーディー［ED（erectile dysfunction）］（名）
〈醫〉勃起功能障礙，陽痿。

いいとお・す［言い通す］（他五）一口咬定，
堅持到底。△あくまでも知らぬと～／一口咬
定説他不知道。

いいなお・す［言い直す］（他五）改口。

いいなか［いい仲］（名）〈俗〉（男女）相好。

いいな・す［言い做す］（他五）①花説柳説，
費盡唇舌地説。②説和，調停。

いいなずけ［許婚・許嫁］（名）未婚夫，未婚
妻。→婚約者，フィアンセ

いいならわし［言い習わし］（名）自古相傳的
説法。

いいなり［言いなり］（名）唯命是從，百依百
順。△なんでも人の～になる／凡事任人擺佈。

いいなりほうだい［言いなり放題］（名）唯命
是從。

いいぬけ［言い抜け］（名）遁詞，託詞。

いいぬ・ける［言い抜ける］（他下一）巧妙推
脱，支吾。

いいね［言い値］（名）要價，開價。↔付け値

いいのがれ［言い逃がれ］（名）遁詞，藉口。
△証拠があるから，～はきかない／因有證據

是推脱不了的。

いいのこ・す［言い残す］（他五）没説完。

いいはな・つ［言い放つ］（他五）① 断言，斬釘截鐵地説。② 信口開河。

いいはや・す［言い囃す］（他五）七嘴八舌地説。

いいは・る［言い張る］（他五）硬説，堅持主張。△無罪を～／堅持説無罪。→言い通す

イーピーばん［EP 盤］（名）（一分鐘四十五轉）慢速唱片，密紋唱片。→ドーナツ盤

イーピーレコード［EP record］（名）慢速唱片，密紋唱片。

いいひと［いい人］（名）① 好人，善良的人。② （對方也知道的）那人。△～からきいた／聽那個人説的。③ 情人。△～ができた／有了情人。

いいひらき［言い開き］（名・他サ）辯解，辯白。△～が立たない／没法辯白。

いいひろ・める［言い広める］（他下一）宣揚。

いいふく・める［言い含める］（他下一）仔細説明，耐心解釋。

いいふ・せる［言い伏せる］（他下一）駁倒，説服。

いいふら・す［言い触らす］（他五）宣揚，散播。△人の悪口を～／到處説人家的壞話。

いいふる・す［言い古す］（他五）説得不新鮮了。

いいぶん［言い分］（名）① 主張，意見。△～は言わしてやれ／有甚麼意見叫他説吧。△これはもっともな～だ／這話言之有理。② 不滿的意見。△これなら～はあるまい／這麼着就没有甚麼可説的了吧。

いいまか・す［言い負かす］（他五）説倒，駁倒。

いいまぎら・す［言い紛らす］（他五）支吾，敷衍，把話岔開。

いいまわし［言い回し］（名）説法，措詞。△うまい～／巧妙的措詞。△～がまずい／措詞欠佳。

イーメール［E-mail (electronic mail)］（名）〈IT〉電子郵件。

いいもら・す［言い漏らす］（他五）① 泄漏。△一言も他人に～な／一個字也不要泄漏給別人。② 忘説。→言いおとす

いいやぶる［言い破る］（他五）駁倒。

いいよう［言い様］（名）説法，表達方式。△ものは～だ／話要看怎麼説。△～のない美しさだ／無法形容的美麗。

いいよど・む［言いよどむ］（他五）吞吞吐吐。△せりふを忘れて～んだ／忘了台詞愣住了。

いいよ・る［言い寄る］（自五）（向女性）求愛。

イール［eel］（名）〈動〉鱔魚。

いいわけ［言い訳］（名・自サ）辯白，辯解。△～がたたない／没法交待。→言いのがれ

いいわた・す［言い渡す］（他五）① 宣判。△無罪を～／宣判無罪。② 命令，吩咐。△医者から絶対安静を～された／醫生吩咐絕對靜臥。

いいん［医院］（名）私人診所。

いいん［委員］（名）委員。

い・う［言う］Ⅰ（他五）① 説，講。△寝ごとを～／説夢話。△お礼を～／道謝。△～に～われない苦労／説不盡的苦。② 叫，稱為。△名を太郎と～／名叫太郎。Ⅱ（自五）作響。△戸ががたぴしと～／門咯嗒咯嗒作響。Ⅲ（補動）（多用“…という”的形式）① 據説。△ここは戦国時代の城跡だと～／據傳這裏是戰國時代的舊城址。② 表示上下兩詞是一個内容。△きみと～人はあきれた人だ／你這個人真糟糕。△君が正直だと～ことはだれでも知っている／你很正直，這誰都知道。③（用や“A とA”的形式）所有，全部。△温泉と～温泉はほとんど行ったことがある／所有的溫泉幾乎都去遍了。

いうまでもない［言うまでもない］（連語）不用説，不言而喻。

いえ［家］（名）① 房子。△～を建てる／蓋房子。② 家，家庭。△～に帰る／回家。③ 家業。△～を継ぐ／繼承家業。

いえい［遺影］（名）遺像，遺容。

いえがまえ［家構え］（名）房屋的構造，房子的外觀。

いえがら［家柄］（名）家世，門第。

いえき［胃液］（名）胃液。

いえじ［家路］（名）歸途。△～につく／踏上歸途。

イエス［yes］（感）是，對。△～マン／應聲蟲。↔ ノー

イエス［Jesus］（名）⇨イエスキリスト

イエス・キリスト［Jesus Christ］（名）〈宗〉耶穌基督。

いえすじ［家筋］（名）家世，血統。

イエズスかい［イエズス会］（名）〈宗〉耶穌會。

イエスマン［yes man］（名）應聲蟲。

いえだに［家だに］（名）〈動〉壁蝨，蜱。

いえで［家出］（名・自サ）出走，出奔。△～少女／離家出走的少女。

－いえども［雖も］（接助）雖然，即使…也…。△一銭の金と～むだにはしない／即使是一分錢，也不浪費。

いえなみ［家並］（名）① 成排的房子。② 每家，家家戶戶。△～に損害を受けた／家家遭受了損失。

いえぬし［家主］（名）① 戶主。② 房主，房東。→やぬし

いえばと［家鳩］（名）鴿子。

イエメン［Yemen］〈國名〉也門。

いえもと［家元］（名）茶道、花道、日本舞蹈等某一流派的創始人，宗師。

いえやしき［家屋敷］（名）房産。△～を売る／變賣房産。

い・える［癒る］（自下一）癒，痊癒。→なおる

イエロー［yellow］（名）黄顔色。

イエローカード［yellow card］（名）預防接種國際證書。

イエローカード［Yellow Card］（名）〈體〉表示警告的黄牌。

イエローページ [Yellow Pages]（名）(轉載公司、廠商等電話用戶的名稱及號碼，按行業劃分排列，並附有分類廣告的) 黃頁電話號簿，(電話號簿中的) 黃頁部分。

いえん [胃炎]（名）〈醫〉胃炎。

いおう [硫黄]（名）〈化〉硫黃。

いおり [庵]（名）庵，廬。

イオン [ion]（名）〈化〉離子。

いおんびん [い音便]（名）〈語〉"い" 音便。

いか [烏賊]（名）烏賊，墨魚。

いか [異化]（名・自他サ）〈生物〉異化。↔同化

いか [以下]（名）① (數量、程度等) 以下。△五歲～の小児は無料／五歲以下兒童免費。② (以某人為代表) 等。△社長～5名／經理等五人。③ (從此) 以下，以後。△～省略／以下從略。↔以上

いか [易化]（名・他サ）簡化。

いか [医科]（名）醫科。

いが（名）(栗子等) 帶刺的外殻。

いかい [位階]（名）勳位的等級。

いかい [医界]（名）醫學界。

いがい [以外]（名）除了…以外。△ぼく～はそのことを知らない／除了我，誰也不知道那件事。

いがい [意外]（名・形動）意外，出乎意料。△事件は～な方向に発展した／事情的發展出乎意料。→思いがけない

いがい [遺骸]（名）遺體。

いかいよう [胃潰瘍]（名）〈醫〉胃潰瘍。

いかが（副・形動）① 怎麼樣，如何。△もう一つ～ですか／再來一個怎麼樣？② 表示不贊成。△それは～なものかと思います／這我看有些問題。

いかがわし・い [如何わしい]（形）① 可疑的，不可靠的。△～男／行跡可疑的人。② 不正派的，低級庸俗的。△～場所に出入りする／出入於低級下流場所。

いかく [威嚇]（名・他サ）威嚇，恫嚇，威脅。△～に屈しない／不屈服於威脅。

いがく [医学]（名）醫學。△～博士／醫學博士。△西洋～／西醫。

いかくちょう [胃拡張]（名）〈醫〉胃擴張。

いがぐり [いが栗]（名）① 帶刺殻的栗子。② 推光的頭。△～頭／光頭。

いかけ [鋳掛け]（名）焊，焊補。△～屋／焊鍋匠。

いか・ける [射掛ける]（他下一）(向敵人) 射箭。

いかさま Ⅰ（名）虛假，欺騙。△この試合は～だ／這場比賽是騙局。△～師／騙子。→いんちき Ⅱ（副）〈文〉的確，實在。△～君のいうとおりだ／的確像你説的那樣。

いか・す（自五）〈俗〉真好，真帥。△あの人の帽子はちょっと～ね／他的帽子真帥勁。→かっこいい

いか・す [生かす]（他五）① 讓活着，留命。

△もう～しちゃおけない／不能再留他這條命。② (也寫 "活かす") 弄活，救活。△死にかけた犬を～すべがない／無法把快要死的狗救活。↔殺す ③ (也寫 "活かす") 有效地利用。△才能を十分に～／充分發揮才幹。

いかすい [胃下垂]（名）〈醫〉胃下垂。

いかぞく [遺家族]（名）遺族。

いかだ [筏]（名）筏子，木排。△～を流す／放木排。△～焼き／烤魚串。

いがた [鋳型]（名）鑄型，砂型。△～をとる／做模子。△～に流し込む／翻砂。△～にはめたよう／千篇一律。

いがたにはめる [鋳型にはめる]（連語）鑄進模子裏，把受教育者造成同一類型的人。△生徒を一つのいがたにはめようとする／想把學生變成像一個模子鑄出來的一樣。

いかつ [威喝]（名・他サ）威嚇。

いかつ・い [厳つい]（形）① 嚴厲。△～顔つき／嚴厲的面孔。② 粗糙，粗壯。△大きな～手／粗壯的大手。

いかなる [如何なる]（連体）任何的，怎樣的。△～迫害にも屈しない／不屈服於任何迫害。

いかに [如何に]（副）怎樣，如何。△～すべきかわからない／不知如何是好。△～急いでも間に合わない／怎麼趕也來不及。

いかにも [如何にも]（副）實在，的確。△～残念だ／實在遺憾。

いかほど（副）① 多少。△料金は～でしょう／費用是多少？② 怎麼，怎樣。△～努力しても追いつけない／怎麼努力也趕不上。

いがみあ・う [いがみ合う]（自五）互相仇視。

いかめし・い [厳しい]（形）① 莊嚴的，嚴肅的。△～式典／莊嚴的典禮。△～顔つき／嚴肅的面孔。② 森嚴。△～警備／戒備森嚴。

いカメラ [胃カメラ]（名）〈醫〉胃內照相機。

いかもの [いか物]（名）假東西，怪東西。△～食い／好吃怪東西 (的人)。△～師／騙子。

いかよう [いか様]（形動）如何，怎麼樣。△ご注文によっては～にでもお作りします／根據您的要求，甚麼樣都能做。

いから・す [怒らす]（他五）① 惹怒。△人を～／惹人生氣。② 瞪眼。△目を～して見る／怒目而視。③ 聳起。△肩を～／端起肩膀。

いかり [怒り]（名）氣憤，憤怒。△心の底から～がこみあげてくる／滿腔怒火湧上心頭。△～を買う (招く)／惹人生氣。

いかり [錨]（名）錨。△～をあげる／起錨。△～をおろす／拋錨。

いかりがた [怒り肩]（名）聳肩，端肩膀。↔なで肩

いか・る [怒る]（自五）① 發怒，生氣。② 挺起，聳起。

イカルス [Icarus]（名）① 希臘神話中的伊卡羅斯。(巧匠 Daedalus 之子，與其父雙雙以蠟翼黏身飛離克里特島，因飛得太高，蠟被陽光融化，墜愛琴海而死。) 伊卡魯斯小行星。

いか・れる（自下一）〈俗〉① 被迷住。△すっか

り彼女に～れている／完全叫她迷住了。②破旧。△この車もすこし～れてきた／這輛車也有點不行了。

いかん［如何］（名・副）如何。△理由の～を問わず／不問有甚麼理由。△～ともしがたい／無可奈何。

いかん［衣冠］（名）① 衣冠。② 日本平安時代官員的一種裝束。

いかん［尉官］（名）尉官。

いかん［偉観］（名）壯觀。

いかん［移監］（名・他サ）轉獄，轉監。

いかん［移管］（名・他サ）移交，移管。

いかん［遺憾］（名・形動）遺憾，可惜。△～の意を表す／表示遺憾。△～千万／萬分遺憾。

いかん（連語）⇨いけない

いがん［胃癌］（名）〈醫〉胃癌。

いき［生き］（名）① 新鮮。△～のよい魚／鮮魚。②（校對時）恢復已删去的字（寫作“イキ”）。△この字は～／此字保留了。③（圍棋）活。△この石は～がない／這個子兒活不了。

いき［行き］（名）① 去時，去路。△～は船，帰りは飛行機にしよう／去時坐船，回來坐飛機吧！② 開往。△青森～の列車／開往青森的列車。→ゆき

いき［息］（名）① 呼吸，氣息。△～がきれる／上不來氣。△～がつまる／喘不上氣來。△～をのむ／倒抽一口氣～が絶える／斷氣。△～を吹きかえす／緩緩氣來。② 步调，心情。△～が合う／合得來，對心思。

いき［粋］（名・形動）俊俏，瀟灑。△～な女／俏女人。△～ななりをしている／打扮得風度翩翩。

いき［意気］（名）① 意氣，氣概，氣勢。△～があがる／氣勢高漲。△～消沈／意氣消沉。△～揚揚／意氣風發。②志趣和性格。△～投合／情投意合。

いき［域］（名）境界，範圍。△名人の～に達する／達到專家的境界。

いき［遺棄］（名・他サ）遺棄。△死体を～／棄屍。

いぎ［威儀］（名）威嚴，尊嚴。△～をそこなう／有失尊嚴。△～を示す／顯示威嚴。△～を正す／態度嚴肅起來。

いぎ［異議］（名）異議。△～をとなえる／提出異議。→異存

いぎ［異義］（名）異義。

いぎ［意義］（名）① 意義，意思。△語の～／詞的意思。② 意義，價值。△～深い／意義深刻。

いきあ・う［行き会う・行き合う］（自五）遇見，碰見。△途中で先生に～った／在途中遇見了老師。

いきあたりばったり［行き当たりばったり］（名・形動）⇨ゆきあたりばったり

いきいき［生き生き］（副・自サ）活生生，生氣勃勃。△～した描写／生動描寫。△あの人はいつも～としている／他總是精神飽滿。

いきうつし［生き写し］（名）一模一樣。△あの子は父親に～だ／那孩子和他父親一模一樣。→うりふたつ

いきうまのめをぬく［生き馬の目を抜く］（連語）雁過拔毛。

いきうめ［生き埋め］（名）活埋。△～にする／活埋。

いきおい［勢い］Ⅰ（名）勢，勁頭，氣勢。△火の～が強い／火勢很旺。△～がいい／勁頭大。△すごい～で走ってきた／猛跑了過來。△酒の～にのってけんかをした／趁着酒勁打架。形勢，趨勢。△その～のおもむく所／大勢所趨。Ⅱ（副）勢必，自然而然。△酒にひたる人は～職務を怠るようになる／沉湎於酒的人，勢必玩忽職守。

いきおいこ・む［勢い込む］（自五）振奮，鼓足勁。

いきがあう［息が合う］（連語）合得來，情投意合。

いきがい［生きがい］（名）生存的意義，活頭兒。△～のある生活／有意義的生活。

いきか・う［行き交う］（自五）往來。△町は～人々でごった返している／街上來往行人熙熙攘攘。→往來する

いきかえ・る［生き返る］（自五）復活，蘇醒過來。

いきがかかる［息が掛かる］（連語）關係密切，支持，庇護。△その資金にはＡ社の息がかかっている／那筆款和Ａ公司有密切關係。△学長の息がかかっている／有校長做後台。

いきがかり［行き掛かり］（名）① 事情已經達到的情況，狀態。△～上引き受けざるを得なかった／事已至此，我不得不答應。② 臨走。→ゆきがかり

いきがけ［行き掛け］（名）順路，順便。△～に買物をする／順道買點東西。→ゆきがけ

いきがけのだちん［行き掛けの駄賃］（連語）趁機撈一把，順手牽羊。

いきかた［生き方］（名）生活方式，生活態度。△文化的な～／文明的生活方式。

いきかた［行き方］（名）① 走法，走的路徑。△一番近い～を教えてほしい／請告訴我最近的路。② 方法，做法。△～を変える／改變方法。→ゆきかた

いきがながい［息が長い］（連語）① 有耐性，堅持不懈。△～作家／不歇筆的作家。② 壽命長。

いきがね［生き金］（名）活錢，起作用的錢。

いきき［行き来］（名・自サ）① 往來，來往。△車の～がはげしい／往來的車多。② 交往，來往。△彼とは今は～をしていない／現在同他沒來往。→ゆきき

いきぎれ［息切れ］（名・自サ）① 氣喘，氣短。② 氣力不支，不能堅持到底。△長い仕事だから～しないように／這是一項長期工作，不要半途而廢。

いきぐるし・い［息苦しい］（形）① 呼吸困難，憋悶。② 氣氛沉悶，空氣緊張。

イ

いきごみ［意気込み］(名) 幹勁兒。△すさまじ
い～だ/幹勁十足。→意欲

いきご・む［意気込む］(自五) 幹勁十足，興
致勃勃。

いきさき［行き先］(名) ⇨ゆきさき

いきさつ［経緯］(名) 原委。△事件の～/事情
的來龍去脈。

いきじごく［生き地獄］(名) 活地獄，人間地獄。

いきじびき［生き字引］(名) 活字典，萬事通。

いきすぎ［行き過ぎ］(名) 過度，過火。△君の
やりかたは～だ/你的做法太過分了。

いきす・ぎる［行き過ぎる］(自上一) ① 路過，
經過。△自動車が家の前を～/汽車通過家門
口。② 走過頭兒。△停留場を二つ～ぎた/走
過了兩站。③ 過火，過頭兒。

いきせきき・る［息急き切る］(自五) 氣喘吁
吁。△～って駆け込んできた/氣喘吁吁地跑
了過來。

いきだおれ［行き倒れ］(名) 路倒。△～にな
る/鬧了路倒。→ゆきだおれ

いきたない［寝穢い］(形) 貪睡的，懶得起的。
△～くねむりこけている/睡得死死的。

いきち［生き血］(名) 鮮血。△人の～を吸う/
吮人膏血。

いきちがい［行き違い］(名) ① 走兩岔。△～
になる/走兩岔了。② 誤會，弄擰勁了。△こ
うなったのには，なにか～があるにちがいな
い/事情弄成這樣，準是有甚麼問題弄兩岔
了。→ゆきちがい

いきづかい［息づかい］(名) 呼吸 (的節奏)。
△～が荒い/呼吸急促。

いきつ・く［行き着く］(自五) ⇨ゆきつく

いきづ・く［息づく］(自五) ① 喘氣，呼吸。
△身を寄せ合ってひっそりと～/相依為命勉
強鍋活。② 嘆息，嘆氣。△大きく～/深深地
嘆口氣。③ 喘，呼吸急促。

いきつけ［行き付け］(名) ⇨ゆきつけ

いきづま・る［息詰まる］(自五) (緊張得) 喘
不上氣來。△～ような場面/令人窒息的緊張
場面。

いきとうごう［意気投合］(名・自サ) 情投意
合，意氣相投。

いきどおり［憤り］(名) 氣憤，憤怒。△～を
感じる (おぼえる)/感到氣憤。

いきどお・る［憤る］(自五) 憤恨，憤慨。→
怒る

いきとど・く［行き届く］(自五) ⇨ゆきとど
く

いきどまり［行き止まり］(名) ⇨ゆきどまり

いきながら・える［生き長らえる］(自下一)
繼續活下去。△妻の死後も長い間～えた/妻
子死後他又活了好久。→生き残る

いきなり (副) 突然，冷不防。△私は～頰をな
ぐられた/我冷不防挨了一個耳光。

いきぬき［息抜き］(名・自サ) ① 歇口氣，歇
息。△仕事の～に散歩する/散散步歇口氣。
② 室內通風裝置，通風口。

いきぬ・く［生き抜く］(自五) 掙扎着活下去，
度過艱苦的日子。

いきのこ・る［生き残る］(自五) 幸存。→生
きのびる

いきのねをとめる［息の根を止める］(連語)
① 殺死。② 扼殺。

いきの・びる［生き延びる］(自上一) 保住性
命，幸存。△危いところを～/死裏逃生。→
生き残る

いきはじ［生き恥］(名) 活着受辱。△～をさら
すよりは死んだほうがましだ/忍辱偷生不如
一死。

いきばり［意気張り］(名) 意氣用事。

いきば・る［息張る］(自五) (憋足氣) 使勁。

いきぼとけ［生き仏］(名) 活菩薩，活佛。

いきま・く［息まく］(自五) 氣勢洶洶。△た
だではおかぬと～/疾言厲色地説他決不善罷
甘休。

いき・む［息む］(自五) 鼓足勁，用力。△～ん
で持ち上げる/鼓足勁舉起來。△全身で～/
全身用力。→息ばる

いきもたえだえ［息も絶え絶え］(連語) 奄奄
一息，氣息奄奄。

いきもの［生き物］(名) 生物，活物。△～を殺
す/殺生。△言葉は～である/語言是有生命
的。

いきょ［依拠］(名・自サ) ① 依據，根據。△先
例に～する/根據慣例。② 依靠。△大衆に～
する/依靠羣眾。

いきょう［異教］(名)〈宗〉(基督教以外的) 異教。

いきょう［異郷］(名) 異郷，他郷。△～にさす
らう/漂泊他郷。

いきょう［異境］(名) 異境，外國。△～にあっ
て，故国を懐かしむ/身在異域，懷念祖國。
→異國。他国

いぎょう［偉業］(名) 偉大事業。△～を成し遂
げる/完成偉大事業。

いぎょう［遺業］(名) 遺下的事業。△父の～を
継ぐ/繼承父業。

いぎょう［異形］(名・形動)〈文〉奇形怪狀。
△～ないでたち/稀奇古怪的打扮。

いきょうと［異教徒］(名) 異教徒。

いきようよう［意気揚揚］(形動トタル) 揚揚
得意。

いきょく［委曲］(名) 詳情，原委。△～を尽し
て説明する/詳細説明原委。

いきょくどうこう［異曲同工］(名) 異曲同工。

イギリス［葡 Inglêz］〈國名〉英國。

イギリススパーナー［English spanner］(名) 活
動扳手。

イギリスびょう［イギリス病］(名)〈醫〉佝僂
病。

イギリスれんぽう［イギリス連邦］(名) 英聯
邦。

いきりたつ［いきり立つ］(自五) 憤怒，激昂。

いきりょう［生き霊］(名) 可以祟及仇家的活
人的魂魄。

い・きる［生きる］(自上一)① 活，生存。△～か死ぬかのせとぎわ／生死關頭。② 生活，過活。△その日その日をやっと～きている／勉強度日。③ 生效，起作用。△この法律はまだ～きている／這條法律依然有效。△～きた金を使う／把錢用在刀刃上。④ 生動。△この肖像画はまるで～きているようだ／這幅肖像畫得栩栩如生。⑤ 致力於。△音楽に～きた五十年／從事音樂五十年。⑥ (圍棋) 活。⑦ (棒球) 沒出局。⑧ (校對時把塗掉的字) 恢復。

いきわかれ［生き別れ］(名) 生離，生別。

いきわた・る［行き渡る］(自五)① 普及。△教育が～／教育普及了。② 周到。

いきをこらす［息を凝らす］(連語) 屏氣，憋住氣。→息を殺す

いきをころす［息を殺す］(連語) ⇨息を凝す

いきをつく［息をつく］(連語)① 呼氣，吐氣。② 鬆口氣。△～ひまもない／連歇口氣兒的工夫都沒有。

いきをつめる［息を詰める］(連語) ⇨息を凝らす

いきをぬく［息を抜く］(連語) 休息一下，喘口氣。→息を入れる。ひと息つく

いきをのむ［息をのむ］(連語) (因驚嚇) 喘不上氣，嚇得倒抽一口氣。

いきをひきとる［息を引き取る］(連語) 咽氣。

いきをふきかえす［息を吹き返す］(連語) 蘇醒，緩過氣來，復活。

い・く［行く］(自五)① (離開某地) 去。△おい，もう～こうか／喂，走吧。△東京へ～／去東京。△手紙を出しに～／去寄信。駅へ～道／通往車站的路。② (每天) 往來，上學。△三年間料理学校に～／上三年烹飪學校。③ (不用漢字) 到，到達。△通知が～ったはずだ／通知該到了。④ (不用漢字) 進行，進展。△うまく～／進展順利。⑤ (不用漢字) 滿足。△満足が～／感到滿足。△なっとくが～／理解。⑥ (歲月) 流逝，過去。△春が～き，夏が来る／春去夏來。⑦ 出嫁。△娘の～った先／女兒的婆家。

い・く［逝く］(自五) 去世。→逝去する

いく-［幾］(接頭) 幾，多少。△～人／幾人。△～日／幾日。△～千年／幾千年。

いぐい［居食い］(名・自サ) 坐食。△～すれば山も空し／坐吃山空。

イクウェーション［equation］(名)〈數〉方程式，等式。

いくえい［育英］(名) 教育英才。

いくえにも［幾重にも］(副) 反覆地，深深地。△～おわびします／深表歉意。

いくさ［戦］(名) 戰鬥，戰事。△勝ち負けは～のつきもの／勝敗乃兵家常事。

いぐさ［い草］(名)〈植物〉燈心草。

いくじ［育児］(名) 育兒。

いくじ［意気地］(名) 志氣，要強心。△～がない／沒志氣。不爭氣。△～無し／懦夫。→甲斐性

いくじいん［育児院］(名) 保育院。

いくじばこ［育児箱］(名) 保育箱。

イクスチェンジ［exchange］(名・ス他)〈IT〉互換，交換。

いくせい［育成］(名・他サ) 培養，培育。△技術者を～する／培養技術人員。

いくたの［幾多の］(連體) 許多，重重。△～困難をのりこえる／克服重重困難。

いくたび［幾度］(副) 幾次，好多次。△～も試みて成功にいたらなかった／試做了好幾次都沒成功。

いぐち［兎唇・欠唇］(名) 兔唇，豁嘴兒。

いくつ (名)① 幾個，多少，幾歲。△～ありますか／有幾個？△あの子は～になったのかな／那孩子幾歲了呢？② (常用 “いくつか”，“いくつも” 的形式) 多少，若干，幾個。△リンゴを～か買ってこい／買幾個蘋果來。

いくど［幾度］(副) 幾次，幾遍。△～もくり返す／反覆好幾回。

いくどうおん［異口同音］(名) 異口同聲。△～に答える／異口同聲地回答。

いくばくもない (連語) 沒有多少。△残りは～もない／所剩無幾。

いくび［猪首］(名) 短粗脖子。

いくぶん［幾分］Ⅰ (名) 一部分。△給料の～を送る／把工資的一部分寄去。Ⅱ (副) 多少，稍微。△～そういう傾向がある／多少有那種傾向。

イクラ［俄 икра］(名) 鹹鮭魚子，魚卵。

いくら［幾ら］Ⅰ (名) 多少，多少錢。△このリンゴは一個～ですか／這個蘋果一個多少錢。△～でもある／有的是。Ⅱ (副) (與 “～ても” “～でも” 呼應) 無論怎麼…也…。△～勉強してもわからない／怎麼用功也不懂。

いくらか［幾らか］(副) 多少，稍微。△前より～よくなった／比以前好些了。△～心が落ち着いた／心裏稍微踏實一點了。→多少

いけ［池］(名)① 池子，水塘。② 硯池。△硯の～／硯池。

いけい［畏敬］(名・他サ) 敬畏。△～の念をおさえがたい／不禁肅然起敬。

いけいれん［胃けいれん］(名)〈醫〉胃痙攣，胃絞痛。

いけがき［生け垣］(名) 樹籬，樹障子。△～をめぐらした庭／四周圍着樹籬的院子。

いけす［生けす］(名) 魚塘，養魚池，養魚槽。

いけすかな・い［いけ好かない］(形)〈俗〉非常討厭。△～じいさん／討厭的老頭子。

いけづくり［生け作り］(名) 生魚片切成片後恢復魚形盛出的菜。

いけど・る［生け捕る］(他五) 生擒，活捉。△猪を～／生擒野豬。

いけない (連語)① 不好，不對。△～子だ／壞孩子。② 不可以，不行。△来ては～／不准來。△そんなことをしては～／不要做那種事。③ 不行，沒希望。△病人はもう～／病人已經不行了。④ 不會喝酒。

イ

いけにえ［生けにえ］（名）① 活供品。△～を
ささげる／上供。② 犧牲品。

いけばな［生け花］（名）插花，生花。→華道

い・ける（自下一）① 好，不錯。△彼はスポー
ツも～／他體育也有兩下子。② 能喝酒。△あ
の男は～ロだ／他的酒量可相當大。↔ いけな
い③ 好吃。△この漬物はなかなか～／這個鹹
菜真好吃。→うまい

い・ける［生ける］（他下一）① 插。△花を～／
插花。②（也寫“埋ける”）封，埋。△炭火
を～／把炭火封住。△葱を土に～けておく／
把葱埋在土裏。

いける［生ける］（連體）活着的。△～しかば
ね／行屍走肉，活死人。

いけん［異見］（名）異議。

いけん［意見］（名・他サ）① 見解，意見。△～
を述べる／陳述意見。△～を聞く／聽取意見。
② 忠告，説教。△人に～する／給人提意見。
→注意。忠告，説教

いけん［違憲］（名）違反憲法。△この判決は明
かに～だ／這個判決分明是違反憲法的。

いげん［威厳］（名）威嚴。△～がある／有威
嚴。△～を保つ／保持威嚴。

いこ［遺孤］（名）遺孤。

いご［以後］（名）① 以後，之後。△五時～は受
け付けない／五點以後不受理。↔ 以前 ② 今
後，往後。△～は気をつけます／今後注意。
→今後

いご［囲碁］（名）圍棋。

いこい［憩い］（名）休息。△～の場／休息的地
方。→休息

いこ・う［憩う］（自五）休息。△木陰で～／在
樹蔭下休息。→休息する

いこう［以降］（名）以後，之後。△明治～／明
治以後。→以後 ↔ 以前

いこう［威光］（名）威望，威勢。△おやじの～
を笠にきる／倚仗老子的威望。→威信

いこう［移行］（名・自サ）轉移，過渡。△管轄
が区から市に～する／管轄權由區轉移到市。
△～期間／過渡期。△新制度への～に手間ど
る／過渡到新制度還要一些時間。

いこう［移項］（名・他サ）〈數〉移項。

いこう［意向］（名）意向，打算，意圖。△～
を打診する／探聽別人的意圖。△～を表明す
る／表明自己的意向。△政府はこの法律を改
正する～である／政府打算修改這個法律。

いこう［遺稿］（名）遺稿。→遺作

いこう［偉効］（名）良好的效果。

いこう［偉功］（名）卓越的功績。

イコール［equal］（名）①〈數〉等號。② 相等，
相同。△これできみとぼくの条件は～になっ
た／這樣你和我的條件就相同了。

いこく［異国］（名）異國，外國。△～情緒／異
國情調。→異境。異邦

いごこち［居心地］（名）心情，感覺。△このす
まいは～がよい／這個住處很舒適。△この職
場はどうも～がわるい／這個工作單位使人心

情不舒暢。

いこじ［依怙地］（名・形動）固執，執拗。△僕
がとめるとかえって～になる／我越阻攔，他
反而更固執。△～な人／性情固執的人。△千
代子は自分が美しくないということを絶え
ず～に考えていた／千代子一心認定自己長的
不美。△～さ／彆扭勁兒。

いこつ［遺骨］（名）遺骨。△～を拾う／收骨
灰。△～をおさめる／安放骨灰。

イコノロジー［iconology］（名）① 圖像學，肖像
學。②〈藝術上的〉象徵手法。

いこ・む［鋳込む］（他五）鑄，澆鑄。△活字
を～／鑄鉛字。

いこん［遺恨］（名）宿怨。△～をはらす／報舊
仇。→宿恨

いごん［遺言］（名）⇨ゆいごん

いざ（感）① 喂，咳。△～行こう／喂，快走吧。
② 一旦。△～という時／發生緊急情況時。
△～鎌倉／一朝有事，一旦情況緊急。△～と
能の乏
しさにおじけるのである／真到用的時候就深
感才能不夠了。書到用時方恨少。

いさい［委細］（名）詳情，一切。△～かまわ
ず／不管三七二十一。△～承知しました／詳
情盡悉。△～面談／詳情面談。→委曲，詳細

いさい［異彩］（名）異彩。△～を放つ／大放異
彩。→異色

いさい［偉才］（名）雄才，奇才。

いさお［勲］（名）功，功勞，功勳。△～をたて
る／立功。→てがら

いさかい［諍い］（名・自サ）爭論，口角。△～
をおこす／發生爭論。△家の中で～がたえな
い／家裏老鬧糾紛。→言いあらそい。口論

いざかまくら［いざ鎌倉］（連語）一旦發生大
事，一旦情況緊急。

いざかや［居酒屋］（名）小酒館，酒鋪。→酒
場。飲み屋

いさき（名）〈動〉雞魚。

いさぎよ・い［潔い］（形）① 純潔，清高，清
白。△～心／純潔的心靈。△～最期／死得其
所。② 果敢，乾脆。△自分のあやまりを～く
認める／坦白承認自己錯誤。

いさぎよしとしない［潔しとしない］（連
語）不肯，恥於。△途中で放棄するのを～／
不肯半途而廢。△金の問題などを持ち出すの
を～／不願涉及到金錢問題。

いさく［遺作］（名）遺作。→遺稿

いざこざ（名）糾紛，爭端。△～がたえない／
糾紛接連不斷。△～ごたごた。もめごと

いささか（副）微少，略微。△～祝意を表す／
略表賀意。△～の疑いもない／毫無疑問。△～
も相違ありません／毫無差錯。一絲不差。

いざなう［誘う］（他五）① 邀，邀請。△自宅
に～／請到自己家裏。② 引誘，誘惑。△悪の
道へ～／誘入邪途。→導く

いさまし・い［勇しい］（形）① 勇敢。△～兵
士／勇敢的戰士。② 雄壯，豪壯。△～歌声／
雄壯的歌聲。

いさみあし［勇み足］（名）①（相撲）腳先邁出場（輸了）。②因操之過急而失敗。△それは君の～だ／那是你操之過急了。

いさみた・つ［勇み立つ］（自五）振作，振奮。△勝利の報らせに人人は～った／勝利的消息使人們振奮起来。

いさみはだ［勇み肌］（名）（有）豪俠氣概（的人）。△～の男／豪俠之士。

いさ・む［勇む］（自五）⇨いさみたつ

いさ・める［諫める］（他下一）勸告，忠告。△たばこをやめるように父を～／勸父親戒煙。

いざよい［十六夜］（名）〈文〉陰暦十六夜晚（的月亮）。

いざり［蹙］（名）⇨いざる

いさりび［漁り火］（名）漁火。→漁火

いざ・る［蹙る］（自五）坐着踏行，跪行。△～りよって命乞いをする／跪着求饒命。△赤ん坊が～りはじめた／嬰兒會爬了。

いさん［胃酸］（名）〈醫〉胃酸。△～過多症／胃酸過多症。

いさん［胃散］（名）〈藥〉胃散。

いさん［遺産］（名）遺産。△文化～／文化遺産。△～を相続する／繼承遺産。

いし［石］（名）①石頭。△山から～を切り出す／開山採石。②寶石。△指輪の～／戒指的寶石。③圍棋子兒。△白の石をもつ／執白子兒。④（豁拳時的）石頭。△じゃんけんで～を出す／豁拳出石頭。⑤（人體內）結石。

いし［意志］（名）意志。△～が強い／意志堅強。△～薄弱／意志薄弱。

いし［意思］（名）意思，想法。△互いに～が通じる／彼此思想相通。△～表示／表明態度。△今のところ外遊する～はない／目前沒有出國的打算。

いし［医師］（名）醫師，醫生。→醫者

いし［遺志］（名）遺志。△父の～を継ぐ／繼承父親的遺志。

いし［縊死］（名・自サ）縊死，吊死。

いじ［遺児］（名）遺孤。△交通～／因車禍而失去父母的孤兒。→忘れ形見

いじ［維持］（名・他サ）維持。△現状を～する／維持現狀。△健康の～／保持健康。→保持

いじ［意地］（名）①倔強，固執。△～を通す／固執己見。△～を張ると人にきらわれる／意氣用事就惹惹人討厭了。△こうなれば～でもやりとげる／到了這個地步，為爭口氣也得完成它。②心術，用心。△～が悪い／心眼壞，心術不正。△～の悪い質問をする／提些別有用心的問題。③慾望。△～がきたない／貪得無厭。△食い～が張る／嘴饞。

いしあたま［石頭］（名）頑固，死腦筋。△あいつは～で融通がきかない／那個傢伙是個死腦筋，不會隨機應變。

いしうす［石臼］（名）石磨。△～で小麦をひく／用石磨磨小麥。

いしがき［石垣］（名）石頭牆。△城の～／石砌的城牆。

いしがけ［石がけ］（名）石崖。

いしがめ［石亀］（名）〈動〉龜。

いしかわたくぼく［石川啄木］〈人名〉石川啄木（1886-1912）。詩人，作家。

いしき［意識］（名・他サ）①知覺。意識。△～を失う／失去知覺。△～を取りもどす／恢復知覺。②認識，意識到。△自分の欠点を～する／認識自己的缺點。△彼の政治～は非常に高い／他的政治覺悟很高。

いじきたな・い［意地汚い］（形）嘴饞。貪得無厭。△金に～男／貪財之人。

いしきてき［意識的］（形動）有意識的，故意的。△～な犯罪／有意識的犯罪。故犯。→故意

いしきふめい［意識不明］（名）不省人事。△～になる／不省人事。

いしきり［石切り］（名）採石。△～場／採石場。

いしく［石工］（名）石匠，石工。

いじく・る（他五）⇨いじる

いしけり［石けり］（名）（遊戲）跳房子，跳間。

いじ・ける（自下一）畏縮，退縮，屬弱。△寒くて体が～けてしまう／冷得身子都僵了。△～けた少女／懦弱的姑娘。

いしけん［石拳］（名）豁拳。

いしころ［石ころ］（名）小石子兒。△～道／石子路。

いしずえ［礎］（名）①柱腳石。②基礎基石。△国家の～を築いた人々／奠定國家基礎的人。

いしだたみ［石畳］（名）①鋪石（的地）。△～の道／石板路。②石台階。

いしだん［石段］（名）石台階。

いしつ［異質］（名・形動）異質。△～な文化／不同的文化。↔同質

いしつ［遺失］（名他サ）遺失。

いしづき［石突き］（名）①傘把頭上的金屬箍。②蘑菇根莖。

いじっぱり［意地っ張り］（名・形動）固執，頑固。

いしつぶつ［遺失物］（名）失物。→忘れ物。落とし物

いじどうくん［異字同訓］（名）漢字不同讀音，意思相同。

いしにかじりついても［石にかじりついても］（連語）不怕任何勞苦。

いしにやがたつ［石に矢が立つ］（連語）有志者事竟成。

いしのうえにもさんねん［石の上にも三年］（連語）功到自然成。

いしばい［石灰］（名）石灰。△～を焼く／燒石灰。

いしばし［石橋］（名）石橋。△～をたたいて渡る／謹小慎微。

いしぶみ［碑］（名）石碑。

いしぼとけ［石仏］（名）石佛。

いじましい（形）小氣，小心眼兒。

いじめ［苛め・虐め］(名) 欺負，欺侮，凌辱，虐待。

いじ・める (他下一) 欺負，虐待，捉弄。△動物を〜めてはいけない／不要虐待動物。

いしもち［石持］(名)〈動〉石首魚，黃花魚。

いしゃ［医者］(名) 醫生，大夫。△歯〜／牙醫。△〜にかかる／看病。△〜に見てもらう／請醫生看病。→醫師

いしゃ［慰藉］(名他サ) 慰藉，安慰。△宗教に〜を求める／向宗教求安慰。

いじゃく［胃弱］(名)〈醫〉胃弱，消化不良。

いしゃのふようじょう［医者の不養生］(連語) 言行不一。

いしゃりょう［慰謝料］(名) 賠償費，贍養費，撫恤金。

いしゅ［異種］(名) 異種。↔ 同種

いしゅ［意趣］(名) 懷恨，怨恨。△〜をはらす／報復。

イシュー［issue］(名) ① 問題，議題，爭議，爭議點。② 發行，出版物。

いしゅう［異臭］(名) 異臭，怪味。

いしゅう［遺習］(名) 遺俗。

いじゅう［移住］(名・自サ) 移居。△海外へ〜する／移居海外。△〜民／移民。

いしゅがえし［意趣返し］(名・他サ) 報仇，復仇。→意趣晴らし。

いしゅく［萎縮］(名・自サ) 萎縮，發怵。△演壇に立つと〜する／一上講台就發怵。→いじける

いしゅく［畏縮］(名・自サ) 畏縮。

いしゅつ［移出］(名・他サ) 運出。△産地から米を〜する／由産地運出大米。↔ 移入

いじゅつ［医術］(名) 醫術，醫道。

いしょ［医書］(名) 醫書。

いしょ［遺書］(名) 遺書。△〜をしたためる／寫遺囑。→遺言状

いしょう［衣装］(名) ① 服裝。△〜棚／衣櫥。△〜だんす／衣櫃。② 戲裝。△〜方／服裝師。

いしょう［異称］(名) 異稱，別稱。→異名。別稱

いしょう［意匠］(名) ① 匠心，構思。△〜をこらす／苦心構思。② 式樣，圖案。△斬新な〜を考案する／設計斬新的式樣。→デザイン

いじょう［以上］I (名) ① (數量、程度等) 以上。△六歳〜／六歳以上。△百人〜参加した／參加的有百人以上。↔ 以下 ② 上述，上面。△〜を要約すると次のようになる／把上述歸納如下。↔ 以下 ③ 完了。II (接助) 既然…一旦…。△一旦決めた〜な変えられない／一旦決定就不能變更。△参加する〜は優勝したい／既然参加了當然想取勝。

いじょう［委譲］(名・他サ) 轉讓。△権限を〜する／轉讓權利。

いじょう［異状］(名) 異常，異狀。△別に〜はない／沒甚麼異常。一切正常。→異常

いじょう［異常］(名・形動) 異常，反常。△〜な行動／異常行動。△〜気象／反常氣象。↔ 正常

いじょう［移乗］(名・自サ) 換乘，改乘。

いじょうふ［偉丈夫］(名) 身材魁梧的人。△堂堂たる〜／魁偉的男子漢。

いしょく［衣食］(名) 衣食。△〜にはこと欠かない／不愁吃穿。△〜住／衣食住。

いしょく［異色］(名) 特色。△〜のある作品／有特色的作品。→異彩

いしょく［委嘱］(名・他サ) 委託，囑託。△調査を〜する／委託調查。△〜を受ける／受託。→委託。囑託

いしょく［移植］(名・他サ) 移植。△苗を〜する／移苗。△心臓〜／心臓移植。

いしょくじゅう［衣食住］(名) 衣食住。△〜に困らない／吃穿住都不愁。

いしょくたりてれいせつをしる［衣食足りて礼節を知る］(連語) 衣食足方能知禮節。

いじらし・い (形) ① 令人同情的，令人憐憫的。△なんて〜子だろう／怪可憐的孩子。② 天真可愛的。△〜顔／天真可愛的面孔。

いじ・る［弄る］(他五) ① 玩弄，擺弄。△機械を〜な／不要擺弄機器。② 侍弄。△庭を〜／侍弄庭院。③ 隨意改變。△人事を〜／隨意變動人事。

いしわた［石綿］(名) 石棉。

いじわる［意地悪］(名・形動) 心眼兒壞，刁難。△あいつは〜だ／那傢伙心眼兒壞。△人に〜をする／刁難人。

いじわる・い［意地悪い］(形) 心眼兒壞，心術不良。

いしん［威信］(名) 威信。△〜が地に落ちる／威信掃地。

いしん［維新］(名) 維新。△明治〜／明治維新。

いじん［異人］(名) 外國人。

いじん［偉人］(名) 偉人。

いしんでんしん［以心伝心］(名) 心照不宣，心領神會，心心相印。

いす［椅子］(名) ① 椅子。△安楽〜／安樂椅。△折たたみ〜／折椅。② 地位，官職。△社長の〜をねらう／謀取總經理的職位。

いすかのはしのくいちがい［いすかの嘴の食い違い］(連語) 事與願違。

いずこ (代名)〈文〉何處。

いずまい［居ずまい］(名) 坐的姿勢。△〜を正す／端坐。

いずみ［泉］(名) ① 泉，泉水。② 源泉。△知識の〜／知識的源泉。

イズム［ism］(名) 主義，學說。

いずも［出雲］〈地名〉出雲 (現島根縣東部)。

いずものおくに［出雲阿国］〈人名〉出雲阿國。(歌舞伎的始祖)。

いずものかみ［出雲の神］(名) 月下老人。

イスラエル［Israel］〈國名〉以色列。

イスラムきょう［イスラム教］(名)〈宗〉伊斯蘭教。

イスラムきょうわとう［イスラム共和党］
（名）伊斯蘭共和黨。

イスラムげんりしゅぎ［イスラム原理主義］
（名）伊斯蘭復興運動，伊斯蘭原理主義。

イスラムこっか［イスラム国家］（名）伊斯蘭
國家。

イスラムせいせんきこう［イスラム聖戦機
構］（名）伊斯蘭聖戰機構。

イスラムていこく［イスラム帝国］（名）〈史〉
伊斯蘭帝國。

いずれ I （代）哪個，哪一方面。△～か一つ選
ぶ／任選其一。II（副）① 反正，早晚。△彼
は～やってくる／他早晚會來的。② 不久，改
日。△～またうかがいます／改日再去拜訪。

いずれにしても（連語）反正，總之，不管怎樣。
△～もう一度会ってよく話をしよう／總之再
碰一碰頭好好談談吧。

いずれにせよ（連語）⇨いずれにしても

いずれも（連語）不論哪個都，全部。△甲乙～
捨てがたい／甲乙哪個也捨不得。

い・すわる［居座る］（自五）① 久坐不去，賴
着不走。△あの人に居すわられて困った／那
個人總坐着不走真不好辦。② 原職不動，留任。
△会長の席に 5 年も居すわっている／連任會
長職務達五年之久。

いせい［威勢］（名）① 朝氣，精神。△～がい
い／有朝氣，勁頭大。② 威風，威力。△～を
示す／炫耀威力。△～を振る／耍威風。

いせい［異性］（名）異性。↔同性

いせい［異姓］（名）異姓。↔同姓

いせい［遺精］（名・自サ）〈醫〉遺精。

いせいしゃ［為政者］（名）執政者。

いせえび［伊勢えび］（名）龍蝦。

いせき［伊跡］（名）遺跡。→遺址

いせき［移籍］（名・自他サ）① 遷移戶口，轉
戶籍。②（運動員）轉隊。

いせきはくぶつかん［遺跡博物館］（名）古跡
博物館。

いせつ［異説］（名）異說。△～を立てる／另立
一說。↔通説

いせものがたり［伊勢物語］〈書名〉伊勢物語。

いせん［緯線］（名）緯綫。→經綫

いぜん［以前］（名）① 以前。△昭和二十年～／
昭和二十年以前。↔以後。以降 ② 從前，過
去。△～ここに寺があった／從前這裏有一座
廟。

いぜん［依然］（形動トタル）依然，仍然，依
舊。△～として変化がない／依舊沒有變化。

いぜんけい［已然形］（名）〈語〉（文語活用形的
一種）已然形。

いそ（名）海，湖邊多岩石的地方。

いそいそ（副）高高興興地。△～出かける／
高高興興地出門。

いそう［移送］（名・他サ）移送，轉送。

いそう［位相］（名）①〈理〉相位。△月の～／
月球的相位。② 語言的差別。

いぞう［遺贈］（名・他サ）〈法〉遺贈。

いそうがい［意想外］（名・形動）意外，意想
不到。

いそうろう［居候］（名）食客，寄居。△親類
の家に～をする／寄居在親戚家。

いそがし・い［忙しい］（形）忙，忙碌。△目
がまわるほど～／忙得暈頭轉向。

いそが・す［急がす］（他五）催，催促。

いそがせる［急がせる］（他下一）催，催促。
△早く出発するように～／催他早點動身。

いそがばまわれ［急がば回れ］（連語）欲速則
不達。

いそぎあし［急ぎ足］（名）快步。△～で 30 分
かかる／快走需要半小時。

いそぎんちゃく（名）海葵。

いそ・ぐ［急ぐ］（自他五）急，趕，加快。△道
を～／趕路。△勝ちを～／急求求成。△帰り
を～／急着往回趕。△工事を～／加快工程進
度。

いぞく［遺族］（名）遺族，遺屬。

いそし・む［勤しむ］（自五）努力，勤奮。△仕
事に～／努力工作。△勉学に～／勤奮學習。
→はげむ

イソップものがたり［イソップ物語］〈書名〉
伊索寓言。

イソトープ［德 Isotope］（名）同位素。→アイソ
トープ

いそめ［磯蚯蚓］（名）海蛆。

いそん［依存］（名・自サ）依賴，依靠。△親
に～する／依賴父母。△相互～／相互依賴。

いそんひん［易損品］（名）易損壞的物品。

いた［板］（名）板，板子。△鉄の～／鐵板。△ガ
ラス板／玻璃板。

いた・い［痛い］（形）① 疼，疼痛。△頭が～／
頭疼。② 慘痛，慘。△～損失／慘重的損
失。③ 痛處，短處，要害。△～所をつく／揭
短。△耳の～話／刺耳的話。△～くも癢くも
ない／不痛不癢。

いたい［衣帯］（名）① 衣服和帶子。② 束衣帶。

いたい［遺体］（名）遺體。

いたい［異体］（名）① 異狀。② 異體。

いだい［偉大］（形動）偉大。△～な人物／偉大
的人物。

いたいいたいびょう［痛い痛い病］（名）（日本
公害病之一）疼痛病。

いたいたし・い［痛痛しい］（形）可憐，慘。
△～ほどやせている／瘦得可憐。

いたいめにあう［痛い目に逢う］（連語）吃苦
頭。

いたいめにあわせる［痛い目にあわせる］（連
語）給…難堪，給…厲害看。

いたがきたいすけ［板垣退助］〈人名〉板垣退
助（1837-1919）。明治時代的政治家。

いたがね［板金］（名）金屬板。

いたガラス［板ガラス］（名）平板玻璃。

いたく［委託］（名・他サ）委託。△～を受け
る／受託。△すべてを彼に～する／把一切託
付給他。

い
イ

いだ・く［抱く］(他五)①抱。△子供を～/抱孩子。→だく②懷有，抱有。△大志を～/胸懷大志。△希望を～/抱有希望。

いたくかこう［委託加工］(名)〈經〉委託加工，來料加工。

いたくもないはらをさぐられる［痛くもない腹を探られる］(連語)無緣無故地被懷疑。

いたけだか［居丈高］(形動)盛氣凌人，氣勢洶洶。

いたしかゆし［痛し痒し］(連語)左右為難，棘手。

いたじき［板敷き］(名)鋪地板的房間。→板の間

いた・す［致す］(他五)①"する"的謙遜語。⇨する②致，招致。△力を～/致力。△私の不徳の～ところです/這全是我無德望所致。

いたずら(名・形動)淘氣，調皮。△～な子/淘氣的孩子。△～をする/淘氣。△壁に～書きをする/在牆上胡寫亂畫。

いたずらこぞう［いたずら小僧］(名)淘氣鬼。

いたずらざかり［いたずら盛り］(名)正淘氣的年齡。

いたずらっこ［いたずらっ子］(名)淘氣包。

いたずらに(副)白白地，徒然。△～時間を費やす/白費時間。△～年を重ねる/虛度年華。

いただき［頂］(名)頂。△山の～/山頂。→頂上 →ふもと

いただ・く［頂く］Ⅰ(他五)①戴，頂在頭上。△星を～いて帰る/披星戴月而歸。②擁戴。△松本氏を会長に～いている/擁戴松本先生為會長。③領受。拜領。△ご返事を～きました/回信收到了。→頂戴する ↔ さしあげる④("食べる"、"飲む"的自謙語)吃，喝。△十分～きました/吃好了。Ⅱ(補助)(接動詞連用形，是"～てもらう"的謙敬説法)表示請求他人為自己做事。△紹介状を書いて～きたいのですが/請給我寫封介紹信。

いただ・ける［頂ける］(自下一)要得，相當不錯。△その考えは～けない/那種想法可要不得。△この酒は～/這酒還滿夠意思。

いたたまれない(連語)呆不下去，無地自容。△暑くて～/熱得呆不住。△恥かしくてその場に～くなる/羞得無地自容。

いたち(名)黃鼬，黃鼠狼。△～の最後っぺ/最後一招。

いたちごっこ(名)互相扯皮。→堂堂めぐり

いたって(副)非常，極其。△私は～元気です/我身體非常好。△経過は～順調だ/進展極其順利。

いだてん［韋駄天］(名)飛毛腿。

いだてんばしり［韋駄天走り］(名)飛跑。

いたのま［板の間］(名)鋪地板的房間。

いたば［板場］(名)①飯館的廚房。②廚師。

いたばさみ［板挾み］(名)左右為難。→ジレンマ

いたふね［板船］(名)(魚市的)魚肽子。

いたべい［板塀］(名)板牆。

いたまえ［板前］(名)廚師。→コック

いたまし・い［痛ましい］(形)令人痛心。慘不忍睹。△見るも～光景/慘不忍睹的情景。

いたみい・る［痛み入る］(自五)不敢當。於心不安。△御丁重なことで～ります/您這麼客氣，實在不敢當。→おそれいる

いた・む［悼む］(他五)哀悼，悼念。→哀悼する

いた・む［痛む］(自五)①疼痛。△腹が～/肚子痛。②痛苦，悲痛。△心が～/傷心，痛心。

いた・む［傷む］(自五)損壞。△トマトが～/西紅柿爛了。△～んだ部品/損壞了的零件。

いため［板目］(名)①板縫。②木板的曲綫紋理。

いためつ・ける［痛めつける］(他下一)整治，痛擊。△さんざん～けてやった/狠狠地整了他一下。

いた・める［炒める］(他下一)炒。

いた・める［痛める］(他下一)①弄痛，弄傷。△足を～めてよく歩けない/傷了腳，行走不便。②使痛苦。△母の胸を～/令母親傷心。

いた・める［傷める］(他下一)弄壞，損壞。△ひっこしで家具を～めた/搬家弄壞了家具。△信用を～/有損信譽。△ふところを～/掏腰包(花錢)。

いたり［至り］(名)①至，極。△痛快の～/痛快之極。②(由於…)所致。△若気の～と言いながらばかなことをしたものです/雖説是少不更事所致，但這事幹得太蠢了。

イタリア［Italy］〈國名〉意大利。

イタリック［italic］(名)〈IT〉斜體。△～體の活字/斜體字

いた・る［至る］(自五)①到達。△正午北京に～/中午到北京。②來到，來臨。△好機～/時機到來。③達到。△事ここに～っては策の施しようもない/事已至此，無計可施。

いたるところ［至る所］(名)到處，處處。

いたれりつくせり［至れり尽くせり］(連語)無微不至，熱情周到。

いたわし・い(形)可憐的，悲慘的。

いたわ・る(他五)①體貼，愛護。△年寄を～/愛護老人。②安慰，慰勞。

いたん［異端］(名)異端。△～視/視為異端。↔ 正統

いち［市］(名)市場，集市。△青物～/菜市。△～が立つ/舉行集市。

いち［一］(名)①〈數〉一。②第一，首要。△～に看病，二に薬/首要是護理，其次是用薬。③首位，第一位。△世界～/世界第一。△日本～/日本第一。→トップ

いち［位置］(名・自サ)①位置。△この～からよく見える/從這個位置看得很清楚。△市の中央に～する/位於市中心。②地位。△彼は社会的に重要な～を占めている/他在社會上佔有重要地位。

いちあん［一案］(名)一個(可以考慮的)方案。

△それも～だ／那倒也是個辦法。

いちい［檪］(名)〈植物〉紅豆杉。

いちい［一位］(名)首位，第一名。△～で当選した／以第一名當選。△～を占める／居首位。

いちいせんしん［一意専心］(連語)一意，專心致志。

いちいたいすい［一衣帯水］(名)一衣帶水。

いちいち (副)逐一地，一個一個地。△～相談してはいられない／不能逐個商量。→逐一

いちいん［一因］(名)原因之一。

いちいん［一員］(名)一員。△社会の～／社會的一員。

いちいんせい［一院制］(名)(議會)一院制。

いちえん［一円］(名)一帯。△関東～にわたって地震があった／關東一帯發生了地震。

いちおう［一応］(副)① 大致，大體。△～の調べはついた／大致調查清楚了。② 暫且，姑且。△～お知らせしておきます／先通知您一下。

いちおうもにおうも［一応も二応も］(連語)不止一次，再三。

いちがいに［一概に］(副)一概。△～そうは言えない／不能一概而論。

いちがつ［一月］(名)一月。

いちかばちか［一か八か］(連語)碰運氣，孤注一擲。△～やってみる／豁出來試試看。

いちからじゅうまで［一から十まで］(連語)自始至終。△こんどの件では～あの人のお世話になった／上次那件事，自始至終都是他幫的忙。

いちがんとなる［一丸となる］(連語)團結一致，抱成一團。

いちがんレフ［一眼レフ］(名)單反 (相機)。△デジタル～カメラ／數碼單反相機。

いちぎ［一義］(名)① 一個意思。② 一個道理。③ 首要。

いちぎてき［一義的］(形動)① 只有一種解釋。② 最重要的，根本的。

いちぎにおよばず［一議に及ばず］(連語)不值一提。

いちぐ［一具］(名)一副。一套。

いちぐう［一隅］(名)一角。△会場の～に売店を設けた／在會場的一角設了個小賣部。

いちぐん［一軍］(名)① 全軍。② (由正式選手組成的)職業棒球隊。↔ 二軍

いちげいにひいでる［一芸に秀でる］(連語)有一技之長。

いちケー［一K］(名)一室一廚 (的單元住房)。

いちげき［一撃］(名・他サ)一撃。

いちげん［一元］(名)① 一元。△～論／一元論。△～二次方程式／一元二次方程式。

いちげんいっこう［一言一行］(名)一言一行。△～を慎む／謹言慎行。

いちげんこじ［一言居士］(名)多嘴多舌的人。

いちけんしき［一見識］(名)高見。

いちげんろん［一元論］(名)一元論。↔ 二元論，多元論

いちご［苺］(名)草莓。

いちご［一語］(名)一語，一句話。△～も聞きもらすまいと耳を傾けている／一字不漏地傾聽着。

いちご［一期］(名)〈文〉一生。△～の大事／一生的大事。

いちごん［一言］(名)一言，一句話。△～で言えば／簡言之。△～の下にはねつける／一語駁回。→ひとこと

いちごんはんく［一言半句］(名)隻言片語。△～も礼を言わない／連句謝謝都不説。

いちごんもない［一言もない］(連語)無話可説。△そう言われると～／那就叫我無話可説了。

いちざ［一座］Ⅰ (名)① 戲班子。② 全體在座的人。Ⅱ (名・自サ)同座，同席。

いちじ［一次］(名)① 第一次，最初。△～試験／初試。②〈數〉一次。△～方程式／一次方程式。

いちじ［一時］(名)① 一段時間。△彼は～この町に滞在していた／他曾經在這個城鎮逗留過一個時期。② 當時。△～はどうなることかと心配した／當時我很擔心結果會怎麼樣。③ 暫時，臨時。△～お預かりします／暫時保管。△～の間に合わせ／將就一時。④ 一次。△～ばらい／一次付款。⑤ 一點鐘。△午後～／下午一點。

いちじあずかりしょ［一時預かり所］(名)行李寄存處。

いちじがばんじ［一事が万事］(連語)舉一反三，餘可類推。△彼は～この調子だ／他做甚麼都是這個樣。

いちじききゅうせい［一時帰休制］(名)(工廠等不景氣時)讓工人臨時休假的制度。

いちじく (名)〈植物〉無花果。

いちじざい［一次財］(名)以個人消費為對象的産品。

いちじさんぴん［一次産品］(名)〈經〉初級産品。

いちじしのぎ［一時しのぎ］(名)應付一時，敷衍一時。

いちじつ［一日］(名)① 一日，一天。② 某一天。△秋の～／秋季的一天。

いちじつせんしゅう［一日千秋］(連語)一日三秋。△～の思い／度日如年。

いちじつのけいはあさにあり［一日の計は朝にあり］(連語)一日之計在於晨。

いちじつのちょう［一日の長］(連語)一日之長，略有所長。

いちじてき［一時的］(形動)一時的，暫時的。

いちじに［一時に］(副)一下子，同時。→一度に

いちじのがれ［一時逃れ］(名)敷衍一時。△～の策／權宜之計。

いちじゅのかげ［一樹の蔭］(連語)邂逅 (偶然同在一樹下乘涼)。

いちじゅん［一旬］(名)一旬，十天。

いちじゅん［一巡］(名・自サ) 轉一圈。△展示会場を～する/在展覽會場轉了一圈兒。

いちじょ［一助］(名) 有所幫助。△…への～となる/有助於…

いちじょう［一場］(名)① 一席。△～の講演/一席講演。② 一場。△～の夢/一場夢。

いちじるし・い［著しい］(形) 顯著，明顯。△進歩の跡が～/進歩顯著。△～く不足している/顯然不夠。

いちじん［一陣］(名) 一陣 (風)。△～の風が起った/颳起了一陣風。

いちず［一途］(形動) 一心，一味地。△～な性質/死心眼。△妻を～に愛する/一個心眼兒地愛自己的妻子。→ひたすら。ひたむき

いちせいめん［一生面］(名) 新局面。

いちぞく［一族］(名) 一族，一家人。

いちぞん［一存］(名) 個人意見。△私の～では決めかねる/單由我個人意見決定不了。

いちだい［一代］(名) 一代，一世。

いちだい—［一大］(接頭) 一大。△～発見/一大發現。

いちだいき［一代記］(名) 傳記。

いちだいじ［一大事］(名) 大事件。△～が起った/發生了重大事件。→大事件

いちだん［一段］(名)① 一級，一層。△～ずつ階段をのぼる/一磴一磴地上樓梯。② 一段，一節。△～の大意/段落大意。

いちだんと［一段と］(副) 更加，越發。△～美しくなった/越發美麗了。△～発展した/進一歩發展了。

いちだんらく［一段落］(名・自サ) 一個段落。△仕事が～ついた/工作告一段落。

いちづけ［位置付け］(名) 定位，固定位置。

いちづ・ける［位置付ける］(他下一) 確定位置。

いちど［一度］(名) 一次。△一生に～行ってみたい/這輩子總得去一次。△～も見たことがない/從未見過。

いちどう［一同］(名) 大家，全體。△職員～/全體職員。

いちどうにかいする［一堂に会する］(連語) 會眾一堂。

いちどきに［一時に］(副) ⇨いちどに

いちどく［一読］(名・他サ) 讀一次。△～に値する/值得一讀。

いちどならず［一度ならず］(連語) 不止一次地。

いちどに［一度に］(副) 一下子。△つもりつもった不満が～爆発した/長期積累的不滿一下子爆發出來了。

いちなんさ（っ）てまたいちなん［一難去ってまた一難］(連語) 禍不單行。

いちにち［一日］(名)① 一天。△～ 8 時間働く/一天工作八小時。② 某一天。△秋の～/秋天的某日。③ 一整天。△昨日は～君をまっていた/昨天等了你整整一天。

いちにちおきに［一日置きに］(副) 隔一天。△～通院する/隔一天去一次醫院。

いちにちせんしゅう［一日千秋］(連語) 一日三秋。

いちにもににも［一にも二にも］(連語) 唯獨，唯有。△～健康が大切だ/健康比甚麼都重要。

いちにをあらそう［一二を争う］(連語) 數一數二。

いちにん［一任］(名・他サ) 完全委託，責成。

いちにんしょう［一人称］(名)〈語〉第一人稱。

いちにんまえ［一人前］(名)① 一份兒。△料理～/一份飯菜。② 成人，能頂一個人。△～になる/長大成人。△～の仕事ができる/能頂一個人幹活兒。

いちねん［一年］(名)① 一年。② 一年級。

いちねんき［一年忌］(名) 一周年忌日。

いちねんせい［一年生］(名) 一年級學生。

いちねんせいしょくぶつ［一年生植物］(名) 一年生植物。

いちねんそう［一年草］(名)〈植物〉一年生草本植物。

いちねんほっき［一念発起］(名・自サ) 決心完成某事。△～して中国語を始めた/下決心學中國話。

いちのう［一能］(名) 一種技能。△一芸～に秀でる/有一技之長。

いちば［市場］(名)① 市場，集市。△魚～/魚市。② 商場。→マーケット

いちばい［一倍］(名)① 一倍 (等於原數)。② 二倍。△人～努力する/加倍努力。

いちはやく［いち早く］(副) 迅速地，馬上。△～かけつけた/迅速趕到。

いちばん［一番］Ⅰ (名)① 第一名。△クラスで～になる/成為全班第一名。② 最好。△英語では彼が～だ/英語他頂好。Ⅱ (副) 最，頂。△私は赤が～好きだ/我最喜歡紅色。→もっとも

いちばんどり［一番鶏］(名) 頭遍雞叫。

いちばんのり［一番乗り］(名・自サ) 最先到達 (的人)。

いちひめにたろう［一姫二太郎］(連語) 頭胎姑娘二胎兒 (最好)。

いちびょうそくさい［一病息災］(連語) 小病不斷長命百歲。

いちぶ［一分］(名)① 一分，十分之一。② 絲毫。△～のすきもない/無隙可乘。

いちぶ［一部］(名)① 一部分。△事件の～を知る/了解事件的部分情況。② 一份，一本。△～の新聞/一份報紙。

いちぶいちりん［一分一厘］(名) 分毫。△～の狂いもない/分毫不爽。

いちぶしじゅう［一部始終］(名) 從頭至尾，一五一十。△～を物語った/原原本本地講了。

いちふじにたかさんなすび［一富士二鷹三茄子］(連語) 夢見富士山，夢見鷹，夢見茄子是吉利夢。

いちぶぶん［一部分］(名)一部分。→一部

いちべつ［一瞥］(名・他サ)一瞥，看一眼。△～もくれない／連一眼也不看。

いちべついらい［一別以来］(連語)分別以来。△～もう五年になる／分別已經有五年了。

いちぼう［一望］(名・他サ)一望，眺望。△～千里／一望無際。

いちぼく［一木］(名)一木，一棵樹。

いちまい［一枚］(名)一張，一塊，一枚，一件。

いちまいいわ［一枚岩］(名)磐石，堅固的岩石。△～の団結／牢不可破的團結。

いちまいかんばん［一枚看板］(名)① 一個團體的中心人物。△彼女は一座の～だ／她是這個劇團的台柱子。② 唯一招牌。△減税を～とする／把減税作口號。③ 唯一的一套好衣服。

いちまつ［一抹］(名)一點，一片。△～の不安／稍感不安。△～の雲／一片雲彩。

いちまつもよう［市松模様］(名)方格花紋。

いちみ［一味］(名)① 一夥。△～の強盗／一夥強盜。② 一味〈藥〉。△～の清風／一股清風。

いちみゃく［一脈］(名)一脈。△～相通じる／一脈相通。

いちめい［一命］(名)一命，性命。△～をとりとめた／保住了性命。

いちめい［一名］(名)① 又名，別名。② 一個人。△費用は～につき5000円／費用每人五千日圓。

いちめん［一面］(名)① 一面。△彼の言う事にも～の真理がある／他説的也有一面之理。② 一片。△街は～火の海と化した／街上成了一片火海。③ (報紙) 第一版。

いちめんしき［一面識］(名)一面之識。△～もない／没見過面。

いちめんてき［一面的］(形動)片面的。△～な見方／片面的看法。

いちもうさく［一毛作］(名)一年一熟。↔二毛作，多毛作

いちもうだじん［一網打尽］(連語)一網打盡。

いちもく［一目］(名・自他サ)① (看)一眼。△～瞭然／一目瞭然。② (棋盤上的)一目。

いちもくおく［一目置く］(連語)① (圍棋)弱方先下一子。② 敬人三分。△あの人には皆が～いている／大家都敬他三分。

いちもくさんに［一目散に］(副)一溜煙地。△～逃げだした／一溜煙地跑了。

いちもにもなく［一も二もなく］(連語)馬上，立刻。△父に相談したら，～賛成してくれた／和爸爸一商量，他二話没説就同意了。

いちもん［一文］(名)一文(錢)。△～の値うちもない／分文不值。

いちもん［一門］(名)① 一族，同族。② (佛教，學術等) 同宗，同門。

いちもんいっとう［一問一答］(名・自サ)一問一答。

いちもんじ［一文字］(名)① 一個字。△目に～

もない／目不識丁。② 一字形。△口を～に結ぶ／緊閉嘴。

いちもんなし［一文無し］(名)身無分文。

いちや［一夜］(名)① 一夜。② 某夜。

いちやく［一躍］(名・自サ)一躍。△～第一になる／躍居第一名。

いちやづけ［一夜漬け］(名)① 醃一夜就吃的鹹菜。② 臨陣磨槍。

いちゅう［意中］(名)心意。△相手の～をさぐる／試探對方的心意。

いちゅう［移駐］(名・自サ)(軍隊)移防。

いちゅうのひと［意中の人］(連語)意中人，心上人。

いちょ［遺著］(名)遺作，遺著。

イちょう［イ調］(名)〈樂〉A調。

いちょう［医長］(名)主任醫師。

いちょう［胃腸］(名)〈醫〉腸胃。△～をこわす／傷了腸胃。△～薬／腸胃薬。

いちょう［銀杏］(名)〈植物〉銀杏，公孫樹。

いちょう［移調］(名・他サ)〈樂〉變調。△ヘ調からニ調に～する／由F調變為D調。

いちよう［一葉］(名)一葉，一隻(小舟)，一張(紙)。△～落ちて天下の秋を知る／一葉知秋。

いちよう［一様］(形動)一樣，同樣。△～の扱い／同樣待遇。△～に賛成する／一致賛成。

いちようらいふく［一陽来復］(連語)① 冬去春來，一元復始。② 時來運轉。

いちよく［一翼］(名)① 一個方面。△～をになう／擔負一方面任務。② 膀臂。

いちらん［一覧］(名・他サ)① 瀏覽，略讀。△新聞をざっと～する／瀏覽報紙。② 一覽。△～表／一覽表。

いちらんせい［一卵生］(名)雙胞胎。

いちり［一理］(名)一定道理。△彼の言う事にも～ある／他説的也有一定道理。

いちり［一利］(名)一利。△～一害／有利也有弊。

いちりつ［一律］(名・形動)① 一律，一概。△～にとりしまる／一律取締。△～には論じられない／不能一概而論。② 無變化。△千編～／千篇一律。

いちりつ［市立］(名)市立。

いちりづか［一里塚］(名)里程碑，路標。

いちりゅう［一流］(名)① 一流，一級。△～のピアニスト／第一流的鋼琴家。△～ホテル／一級飯店。② 獨特，獨具。△彼～の文体／他獨特的文體。

いちりゅう［一粒］(名)一粒。

いちりゅうまんばい［一粒万倍］(名)一本萬利。

いちりょうじつ［一両日］(名)一兩天，最近。

いちりょうねん［一両年］(名)(今，明)一兩年。

いちりん［一輪］(名)① 一朵。△梅～／一朵梅花。

いちりんざし［一輪ざし］(名)小花瓶。

イ

いちりんしゃ [一輪車] (名) 獨輪車。
いちる [一縷] (名) 一縷，一綫。△～の望みを抱く/抱有一綫希望。→ひとすじ
いちるい [一類] (名) 一類，同類。
いちれい [一礼] (名・自サ) 一禮，行一個禮。△～して去る/行一個禮就走了。
いちれい [一例] (名) 一例。
いちれつ [一列] (名) 一列，一排。
いちれん [一連] (名) 一系列，一連串。△～の措置/一系列措施。△～の事件/一連串的事件。
いちれんたくしょう [一蓮托生] (連語) 同生死共命運。
いちろ [一路] Ⅰ (副) ① 直接地，徑直地。△～北京に向かって飛びたった/徑直飛往北京。△～帰国の途につく/直接回國。② 奮進。△～邁進する/勇往直前。Ⅱ (名) 一路，旅途。△～平安を祈る/祝一路平安。
いちろくぎんこう [一六銀行] (名) 〈俗〉當鋪。
いちろくしょうぶ [一六勝負] (名) ① 賭博。② 碰運氣。
いちをきいてじゅうをしる [一を聞いて十を知る] (連語) 聞一知十，觸類旁通。
いつ [何時] (形) 何時。△支払いは～でもよい/甚麼時候付款都行。△～ご出発ですか/您幾時動身？
いつう [胃痛] (名) 胃痛。
いっか [一家] (名) ① 一家，全家。② (學術等的) 一家，一派。△～をなす/自成一家。△～言/一家之言。
いっか [一過] (名・自サ) 一過，迅速通過。△台風～/颱風一過。
いつか [何時か] (副) ① 總有一天，不定甚麼時候。△～分るだろう/總有一天會明白。△～罰があたる/早晚要有報應。② 曾經。△～見たことがある/曾經見過。③ ⇨いつのまにか
いつか [五日] (名) 五號，五天。
いっかい [一介] (名) 一介。△～の書生/一介書生。
いっかいき [一回忌] (名) ⇨いっしゅうき
いっかいばらい [一回払い] (名) 〈經〉一次付清，整筆支付。
いっかく [一角] (名) ① 一隅，一個角落。△氷山の～/冰山的一角。△銀座の～/銀座的一個角落。② 三角形的一個角。
いっかく [一画] (名) ① (土地的) 一個地段。② (漢字的) 一畫。△一点～/一點一畫。
いっかくせんきん [一攫千金] (連語) 一獲千金，一下子發大財。
いっかげん [一家言] (名) 一家之言，自成一派。
いっかつ [一括] (名・他サ) 總結，匯總。△～購入/整批買進。△～審議/一並審議。
いっかつ [一喝] (名・他サ) 大聲喝斥。
いっかつけいやく [一括契約] (名) 〈經〉整筆合同，整筆訂約。
いっかん [一巻] (名) 一卷 (書)。
いっかん [一環] (名) 一環，一部分。

いっかん [一貫] (名・自サ) 一貫，自始至終。△～した政策/一貫的政策。△～して反対の立場をとる/一貫採取反對立場。
いっかんのおわり [一巻の終わり] (連語) ① 完結。② 了此一生。
いっき [一気] (名) 一口氣。
いっき [一期] (名) 一期，一屆。
いっき [一揆] (名) 〈史〉武裝暴動。△百姓～/農民起義。
いっきいちゆう [一喜一憂] (名・自サ) 忽喜忽憂，時好時壞。
いっきうち [一騎打ち・一騎討ち] (名) 一對一交鋒。
いっきかせい [一気呵成] (連語) 一氣呵成。△～にしあげる/一口氣做完。
いっきとうせん [一騎当千] (連語) 一人當千。
いっきに [一気に] (副) 一氣，一口氣。△～しあげる/一口氣做完。→ひといきに
いっきゅう [一休] (名) 〈人名〉一休 (1394-1481)。室町時代的禪僧。
いっきょ [一挙] (名) 一舉。△～一動/一舉一動。
いっきょいちどう [一挙一動] (名) 一舉一動。
いっきょう [一興] (名) 一種樂趣。△それも～だ/那不失為一種樂趣。
いっきょく [一曲] (名) 一曲。
いっきょく [一局] (名) 一局 (棋)。
いっきょしゅいっとうそく [一挙手一投足] (連語) ① 舉手之勞。△～の労を惜しむ/不肯出一點力氣。② 一舉一動。
いっきょに [一挙に] (副) 一舉。△敵を～粉砕する/一舉粉碎敵人。
いっきょりょうとく [一挙両得] (連語) 一舉兩得。→一石二鳥
いっく [一句] (名) ① 一首 (詩)。② 一句話。
いつ・く [居着く] (自五) ① 落戶。② 住慣。△～いたら，不便を感じなくなる/住慣就不覺得不方便了。
いつくし・む [慈しむ] (他五) 〈文〉憐愛，疼愛，愛惜。△子を～/疼愛孩子。
いっけい [一計] (名) 一計。△～を案ずる/心生一計。→一策
いっけい [一系] (名) 同一血統。
いっけつ [一決] (名・自サ) 作出決定。△衆議～/大家商定。△その場で～する/當場作出決定。
いっけん [一件] (名) ① 一件案子。△～記録/全案卷宗。② 那件事。△～はどうなったか/那件事辦得怎麼樣了？
いっけん [一見] (名・他サ) Ⅰ (名・他サ) 一看。△～して偽物とわかった/一看就看出是假的。△～の価値がある/值得一看。△百聞は～にしかず/百聞不如一見。Ⅱ (副) 乍一看。△その男は～紳士風だった/那個人乍一看像個紳士似的。
いっけん [一軒] (名) 一所，一棟，一戶。
いっけんや [一軒家・一軒屋] (名) 獨門獨戶

的房子, 孤零零的一間房子。△村はずれの〜／村頭的一間獨屋。

いっこ [一戸] (名) 一戶, 一家。△〜をかまえる／獨立門戶。

いっこ [一顧] (名・他サ) ① 回頭看, 一顧。△〜の価値もない／不值一看。② 考慮。△〜だにしなかった／不值得考慮。

いっこう [一行] (名) ① 一行 (人), 同行者。△代表団〜／代表團一行。△〜十人／一行十人。② 一個行為。△一言〜／一言一行。

いっこう [一考] (名・他サ) 考慮一下。△〜を要する／需要考慮一下。△〜にあたいする／值得考慮一下。

いっこう [一向] (副) ① (後接否定) 毫無…, 一直不 (沒) …。△〜に手紙が来ない／一直沒來信。△〜に効き目がない／毫無作用。② 完全, 全然。△〜に平気だ／滿不在乎。

いっこうしゅう [一向宗] (名) 〈佛教〉淨土真宗。

いっこく [一刻] Ⅰ (名) 一刻, 片刻。△〜も早く／盡快, 及早。△〜を争う／分秒必爭。△〜千金／一刻千金。Ⅱ (形動) 頑固, 執拗。

いっこく [一国] (名) 一國。

いっこじん [一個人] (名) (作為普通成員的) 個人, 私人。

いっこん [一献] (名) ① 便宴。△〜差上げたい／略備薄酒。② 一杯 (酒)。△〜お受けください／我敬您一杯。

いっさい [一切] Ⅰ (名) 一切, 全部。△この仕事の〜を君にまかせる／這項工作全部交給你了。Ⅱ (副) (後接否定) 一概。△〜知らない／根本不知道。△謝礼は〜いただきません／謝禮一概不收。△〜関係ない／毫無關係。

いっさい [一再] (副) 多次, 一再。△〜に止まらない／不止一次, 再三。

いつざい [逸材] (名) 卓越的人才。

いっさいがっさい [一切合切] (名・副) 一切, 所有。△戦争で財産の〜を失った／由於戰爭失去了所有財產。

いっさいならず [一再ならず] (連語) 一再, 多次。

いっさく [一策] (名) 一個計策, 一個計劃。

いっさく -[一昨] (接頭) (接年、日前) 前…△〜日／前天。△〜年／前年。△〜夜／前天夜裏。

いっさくさく -[一昨昨] (接頭) (接年日前) 大前…△〜年／大前年。

いっさつ [一札] (名) 一張字據。△〜入れる／提交一張字據。△念のために〜とる／立下字據為證。

いっさつたしょう [一殺多生] (名) ⇒いっせつたしょう

いっさんかたんそ [一酸化炭素] (名) 〈化〉一氧化碳。△〜中毒／煤氣中毒。

いっさんに [一散に] (副) 一溜煙地。△〜かけ出す／一溜煙地跑起來。

いつしか [何時しか] (副) 不知不覺。△〜夜も

ふけていた／不知不覺夜已深了。

いっしき [一式] (名) 一套。△大工道具〜／一套木工工具。

いっしそうでん [一子相伝] (名) 一子單傳, 祖傳。

いっしどうじん [一視同仁] (連語) 一視同仁。

いっしみだれず [一糸乱れず] (連語) 紋絲不亂, 秩序井然。

いっしもまとわず [一糸もまとわず] (連語) 一絲不掛。

いっしゃせんり [一瀉千里] (連語) 一瀉千里。

いっしゅ [一種] (名) 一種。△菊科の〜／菊科的一種。△〜独得のにおいがする／有一種獨特的氣味。

いっしゅう [一周] (名・自サ) ① 一周, 一圈。△〜 400 メートル／一圈四百米。② 繞一周, 繞一圈。△世界〜旅行／環球旅行。

いっしゅう [一蹴] (名・他サ) ① 拒絕, 頂回去。△無理な要求を〜する／拒絕無理要求。② 輕取。△相手を〜する／輕而易舉地戰勝對方。

いっしゅうき [一周忌] (名) 一周年忌日。

いっしゅくいっぱん [一宿一飯] (連語) 住一宿吃一頓飯。△〜の恩義にあずかる／蒙受留宿之恩。

いっしゅん [一瞬] (名・副) 一瞬, 一刹那。△〜の出来事／一瞬間發生的事。△〜思い出せなかった／一下子想不起來。→瞬間

いっしょ [一緒] (名) ① 一同, 一起。△〜に唱う／一塊兒唱。△〜ではそこまで御〜しましょう／那我陪您一段路吧。② 一樣。△君の意見もぼくと〜だ／你的意見也跟我一樣。③ 合在一起。△四国と九州を〜にしたぐらいの大きさ／四周和九州加在一起那麼大。△〜になる／結婚。

いっしょう [一生] (名) 一生, 一輩子, 終生。△〜独身で通した／過了一輩子獨身生活。△九死に〜を得る／九死一生。→生涯

いっしょう [一笑] (名・自サ) 一笑。△破顔〜／破顏一笑。△〜を買う／被人笑話。

いっしょうがい [一生涯] (名) 一輩子, 畢生。

いっしょうけんめい [一生懸命] (形動・副) ⇒いっしょけんめい

いっしょうさんたん [一唱三嘆] (名・自サ) 一唱三嘆。

いっしょうにふす [一笑に付す] (連語) 付之一笑, 一笑了之。

いっしょくそくはつ [一触即発] (連語) 一觸即發。

いっしょくた [一所くた] (名) 〈俗〉混淆不清, 葫蘆攪茄子。

いっしょけんめい [一所懸命] (形動・副) 拚命, 努力。△〜に働く／努力工作。

いっしをむくいる [一矢を報いる] (連語) 反擊, 報仇。

いっしん [一心] (名) ① 一心, 專心。△仕事に〜になる／埋頭工作。② 一條心, 同心。△〜同体／同心同德。

イ

いっしん［一身］(名)一身，自身。△全責任
を～に引き受ける／全部責任一人承擔。△衆
望を～に集める／眾望所歸。

いっしん［一新］(名・自他サ)一新。△面目
を～する／煥然一新。

いっしん［一審］(名)〈法〉一審，初審。

いっしんいったい［一進一退］(連語)忽好忽
壞。△病状は～だ／病情忽好忽壞。

いっしんきょう［一神教］(名)〈宗〉一神教。
↔多神教

いっしんじょう［一身上］(名)個人的情況。
△～の都合で退職する／由於個人的問題退職。

いっしんふらん［一心不乱］(連語)專心致志，
全神貫注。

いっすい［一睡］(名・自サ)一睡，睡一覺。
△昨夜は～もしなかった／昨晚一宿沒合眼。

いっすいのゆめ［一炊の夢］(連語)黃粱一夢。

いっ・する［逸する］(自他サ)①失去。△好
機を～／失去好機會。②脫離。△常軌を～
した行動／越出常軌的行為。

いっすん［一寸］(名)①一寸。②短距離，短
時間。△～足／邁小步走。△～のがれ／敷衍
一時。△～先／眼前。近處。

いっすんさきはやみ［一寸先は闇］(連語)前
途莫測。

いっすんのがれ［一寸逃れ］(名)敷衍一時。

いっすんのこういんかろんずべからず［一
寸の光陰軽んずべからず］(連語)一寸光陰不
可輕。

いっすんのむしにもごぶのたましい［一寸
の虫にも五分の魂］(連語)匹夫不可奪其志。

いっすんぼうし［一寸法師］(名)矮子。

いっせ［一世］(名)①〈宗〉一世（過去，現在，
未來三世之一）。②一生。

いっせい［一世］(名)①一生。②一個時代。
△～を風靡する／風靡一時。③（國王、皇帝
的）一世。

いっせいいちだい［一世一代］(連語)一生中
只有一次。△～の大仕事／一生一世唯一的一
件大事。

いっせいに［一斉に］(副)一齊，同時。△～
立ちあがる／一齊站起來。→いちどに

いっせいめん［一生面］(名)新局面。

いっせき［一夕］(名)一夕，一夜。

いっせき［一席］(名)①一席，講一席話。△～
設ける／設宴。②第一位，首席。△～となる／
得了第一。

いっせきがん［一隻眼］(名)(獨特的)眼力。

いっせきにちょう［一石二鳥］(連語)一箭雙
雕，一舉兩得。

いっせきをとうじる［一石を投じる］(連語)
打破平靜局面。

いっせつ［一説］(名)①一種學說。②另一學
説，不同學説。

いっせつたしょう［一殺多生］(連詞)〈佛教〉
殺一人而救眾人。

いっせつな［一刹那］(名)一刹那，一瞬間。

いっせん［一線］(名)①一條綫。②界綫。△～
を画する／劃清界綫。③第一綫。

いっせん［一戦］(名)一次戰鬥。△～を交え
る／交戰。

いっせんをかくする［一線を画する］(連語)
劃清界綫。→一線を引く

いっそ(副)莫如，索性。△苦しくて～死(に)
たい／這麼難受，倒不如死了好。△～のこと
やめてしまおう／乾脆拉倒吧。

いっそう［一層］(副)更，越發。△2月になっ
て～寒くなった／進入二月更冷了。

いっそう［一掃］(名・他サ)清除，根除。△不
信感が～される／徹底消除不信任的心理。△
弊風を～する／掃除壞風氣。

いっそくとびに［一足飛びに］(副)一躍。△平
社員から～課長になった／從普通職員一躍成
了科長。

いつぞや(副)上次，那天。△～はお世話にな
りました／上次承蒙關照了。

いったい［一体］Ⅰ(名)一體。△全員～とな
って働く／和衷共濟地工作。Ⅱ(副)①總的
來說。△今年の冬は～に寒い／今年冬天總的
來說比較冷。②到底，究竟。△～どうしたの
だ／到底是怎麼回事？△～ここをどこと心得
ているんだ／(表示譴責)你把這兒當成甚麼地
方了！③本來，根本。△～が(に)丈夫な人
ではなかった／本來就不是個壯實的人。

いったい［一帯］(名)一帶。△この辺り～は湿
地です／這一帶是沼澤地。

いったいぜんたい［一体全体］(副)到底，
究竟。△～どうするつもりだ／你究竟想怎麼
着？

いつだつ［逸脱］(名・自サ)脫離。△常軌を～
する／越出常軌。→脱線

いったん［一端］(名)一端，一頭兒。②一
部分。△所懐の～を述べる／略述所感。

いったん［一旦］(副)①一旦，萬一。△～緩
急あれば…／一旦有事…②一次。△～家に帰
ってから出かけよう／先回一趟家然後再去。
③既然。△～約束したことは必ず守る／既然
説定了一定照辦。

いっち［一致］(名・自サ)一致。△言行～／言
行一致。△満場～で賛成した／全場一致贊成。

いっちはんかい［一知半解］(連語)一知半解。

いっちゃく［一着］(名)①一件，一套(衣
服)。②(跑)第一名。

いっちゅうや［一昼夜］(名)一晝夜。

いっちょう［一丁］(名)①(菜刀等)一把。
△鋏～／一把剪子。②一塊。△豆腐～／一塊
豆腐。③(在飯店叫的食品)一份。

いっちょういっせき［一朝一夕］(連語)一朝
一夕。

いっちょういったん［一長一短］(連語)有長
處也有短處，有優點也有缺點。

いっちょうら［一張羅］(名)唯一的一件(好)
衣服。

いっちょくせん［一直線］(名)①一條直綫。

② 筆直。

いつつ［五つ］〈數〉①五,五個。②五歲。

いっつい［一対］(名) 一對。△好～／般配的夫妻。

いって［一手］(名)①一手。△仕事を～に引き受ける／把工作一手承包下來。②一着兒(棋)。△この～で勝敗が決する／這一着決勝負。③招數,辦法。△もうこの～しかない／只剩下這一着兒了。

いってい［一定］(名・自他サ)①統一。△服装を～する／統一服装。②一定,固定。△～の収入／固定的收入。

いってはんばい［一手販売］(名) 包銷。

いってき［一滴］(名) 一滴。

いってきます［行って来ます］(連語)①(每天離開家時的寒暄語)(我)走了。②去就回,去一趟。△ちょっと図書館に～／我去趟圖書館。

いってつ［一徹］(名・形動) 頑固,固執。△老いの～／老頑固。

いってはんばいけいやく［一手販売契約］(名)〈經〉包銷合同,總經銷合同。

いってまいります［行って参ります］(連語) ⇨いってきます

いってん［一点］(名)①(得分) 一分。②一個點。△人びとの目が～に集中する／人們的目光集中於一點。③絲毫。△～の疑いもない／毫無疑義。④(助數) 一件,一幅。

いってん［一転］(名・自サ) 突變,大變。△情勢が～した／形勢突變。△心機～／心情完全變化。

いってんき［一転機］(名) 一大轉機,一個轉折點。(也説“いちてんき”)

いってんにわかにかきくもる［一天俄かにかき曇る］(連語) 突然陰雲密布。

いってんばり［一点張］(名) 只是,一味。△不賛成の～／一味不賛成。△知らぬ存ぜぬの～で押し通した／一口咬定説不知道。△規則～／按死規定辦事。

いっと［一途］(名)①一條道。△この～しかない／只有這一條道。②一個勁兒。△増加の～をたどっている／不斷地增加。

いっとう［一等］Ⅰ(名)①一等,第一。△～賞／一等奬。△マラソン競走で～になった／越野賽跑得了第一。Ⅱ(副) 最。△これが～いい／這個最好。△彼女が～よく知っている／她最清楚。

いっとうしん［一等親］(名) ⇨いっしんとう

いっとうせい［一等星］(名)〈天〉一等星。

いっとうちをぬく［一頭地を抜く］(連語) 出人頭地,出類拔萃。

いっとうりょうだん［一刀両断］(連語) 當機立斷。

いっとき［一時］(名・副)①一時,一刻,一會兒。△～も油断できない／一刻也不能大意。②同時。△～に集まる／同時集合。③(過去的) 某個時候。△～の苦労を忘れたような顔を

している／他那様子像是把那時的勞苦都忘記了。

いっときのがれ［一時逃れ］(名) 敷衍一時。

いっとく［一得］(名) 有所得。△～一失／有得也有失。

いつとはなく［何時とはなく］(副) 不知不覺。△～秋になった／不覺又到了秋季。

いつなんどき［いつ何時］(名) 不論何時。

いつに［一に］(副) 完全。△今日の成功は～君の努力によるものだ／今天的成功完全歸功於你的努力。

いつになく［何時になく］(連語) 不同往常。△彼は～機嫌が悪かった／他不同往常,情緒不好。

いつのまにか［いつの間にか］(連語) 不知甚麼時候。△～彼女が部屋に入ってきていた／不知甚麼時候她已進屋裏來了。

いっぱ［一派］(名) 一派,一夥。△～をたてる／獨樹一幟。△A氏～／A氏一夥。

いっぱい［一杯］Ⅰ(名) 一杯,一碗。△～やるか／(咱們)來一盅(酒)吧。△ご飯～／一碗飯。Ⅱ(副)①滿。△箱～の古本／滿箱子舊書。△元気～／精神抖擻。△おなかが～になる／吃飽。△喜びで胸が～になる／滿心喜悦。②全部,整個。△あす～ひまがない／明天整天都沒空。△予算は～だ／預算快用完了。

いっぱい［一敗］(名) 一敗。

いっぱいくわす［一杯食わす］(連語) 騙人。

いっぱいちにまみれる［一敗地に塗れる］(連語) 一敗塗地。

いっぱく［一泊］(名・自サ) 住一宿。

いっぱく［一拍］(名)〈樂〉一拍。

いっぱし［一端］Ⅰ(名) 頂推上成手,滿夠條件。△～の職人／夠格上一個工匠。△子供のくせに～の大人のような口をきく／一個毛孩子竟説大人話。Ⅱ(副) 滿好。△～役に立つ／滿中用。

いっぱつ［一発］(名)①〈俗〉一次。△～やってみよう／來一回試試。②(棒球) 一次本壘打。

いっぱつかいとう［一発回答］(名) 資本家同工人在工資談判中只作一次答覆。

いっぱん［一半］(名) 一半。△～の責任を負う／負一半責任。

いっぱん［一般］(名) 一般,普通。△～に公開する／向公眾開放。△～の会社／普通的公司。↔特殊

いっぱん［一斑］(名) (豹的) 一斑,一個局部。△～を述べる／述其一端。

いっぱんしょうひぜい［一般消費税］(名) 一般消費税。↔個別消費税

いっぱんしょく［一般職］(名) 普通官職。

いっぱんてき［一般的］(形動) 一般的。△～な傾向／一般的傾向。

いっぱんに［一般に］(副) 一般説來。

いっぱんろん［一般論］(名) 一般論,泛論。

いつび［溢美］(名) 溢美,過譽。△～の言／溢美之詞。

い
イ

いっぴき［一匹］(名)(動物的)一隻，一條。△魚〜／一條魚。△猫〜／一隻貓。△男〜／一個男子漢。

いっぴきおおかみ［一匹狼］(名)單槍匹馬幹事的人。

いっぴつ［一筆］(名)①同一人的筆跡。②一筆。△〜画／一筆畫的畫。③簡短的文字。△〜啓上／敬啓者。

いっぴのちからをかす［一臂の力を貸す］(連語)助一臂之力。

いっぴん［一品］(名)①一個。②第一。△天下〜／天下無雙。

いっぴん［逸品］(名)佳品，傑作。

いっぴんりょうり［一品料理］(名)單點菜。

いっぷうかわる［一風変わる］(連語)(用"〜った"或"〜っている"的形式)與眾不同。△〜ったデザイン／獨出心裁的設計。

いっぷく［一服］Ⅰ(名)一服(藥)。Ⅱ(名自他サ)休息一下(抽一支煙)。

いっぷく［一幅］(名)一幅。△〜の絵／一幅畫。

いっぷく［一腹］(名)同母所生。↔異腹

いっぷくもる［一服盛る］(連語)下毒藥。

いつぶ・す［鋳潰す］(他五)熔化(金屬成品)。

いつぶん［逸聞］(名)逸聞。→逸話

いっぺん［一片］(名)①(只不過)一張。△〜の作文に終わる／最終也只是一紙空文。②一點點。△〜の雲もない／萬里無雲。

いっぺん［一変］(名・自他サ)大變，完全改變。△形勢が〜した／形勢大變。△態度を〜した／完全改變了態度。

いっぺん［一遍］Ⅰ(名)一遍，一回。Ⅱ(副助)純，全是。△正直〜の男／極正直的人。△通り〜の挨拶／純屬虛應故事的客套話。

いっぺんとう［一辺倒］(名)一邊倒。△親米〜の政策／一邊倒的親美政策。

いっぺんに［一遍に］(副)一下子。△〜全部はできない／不可能一下子全部完成。

いっぽ［一歩］(名)一步。△〜も譲らない／寸步不讓。△向上の〜をたどる／邁出進取的第一步。△完成の〜手前／即將完成。

いっぽう［一方］Ⅰ(名)①一方，一側。△〜通行／一側通行。△〜から言えばそれもやむを得ない／從一方面講，那也是不得已的。Ⅱ(副助)專…，只…，越來越〜。△病気は悪くなる〜です／病情越發嚴重。△物価はあがる〜だ／物價一個勁兒地上漲。Ⅲ(接)且説，再説，另一方面。

いっぽう［一法］(名)一個方法。△なにも言わないのも〜だ／一言不發倒也是一個方法。

いっぽう［一報］(名・他サ)通知，告知。

いっぽうつうこう［一方通行］(名)單行道。

いっぽうてき［一方的］(形動)片面的。

いっぽんか［一本化］(名・他サ)統一，綜合。△窓口の〜／統一窗口。

いっぽんぎ［一本気］(名・形動)直性子，死心眼兒。

いっぽんだち［一本立］(名・自サ)自立，獨立。

いっぽんちょうし［一本調子］(名・形動)單調乏味。

いっぽんばし［一本橋］(名)獨木橋。

いっぽんやり［一本槍］(名)一成不變，只此一招。△文法〜／光講語法。△正直〜／一向正直。

いつまで(副)到甚麼時候。△〜待っても来ない／等了好久好久也不來。△〜待てばいいですか／需要等到甚麼時候？

いつまでたっても(副)→いつまでも

いつまでも(副)經久，永遠。△ご恩は〜忘れません／永世不忘您的大恩。

いつも［何時も］(副)①經常，總是。△〜7時に起きる／經常是七點起牀。②平時，平常。△〜の年より寒い／比往年冷。

いつゆう［逸遊］(名・スサ)遊手好閑。

いつらく［逸楽］(名)逸樂，安樂。

いつわ［逸話］(名)趣聞，逸聞。

いつわり［偽り］(名)假，虛假，虛偽。△私の言う事に〜はない／我説的話沒有半點兒虛假。△〜の証言をする／作假證。

いつわ・る［偽る］(他五)①撒謊，假冒。△病気と〜って学校を休む／裝病曠課。△名を〜／冒名。②欺騙。△人を〜／騙人。

いて［射手］(名)射手。

イデア［idea］(名)①理想。②〈哲〉觀念，理念。⇨イデー

イディオット［idiot］(名)白癡。

イディオフォーン［idiophone］(名)打擊樂器。

イディオム［idiom］(名)〈語〉習語，成語。

イデー［徳 Idee］(名)→イデア

イデオロギー［Ideologie］(名)思想體系，意識形態。

いでたち［出立］(名)裝束，打扮。

いてつ［鋳鉄］(名)鑄鐵。→ちゅうてつ

いてつ・く［凍てつく］(自五)凍，上凍。△川が〜いた／河上凍了。

いてもたってもいられない［居ても立ってもいられない］(連語)坐立不安。

いでゆ［いで湯］(名)溫泉。△〜の町／溫泉街。→おんせん

い・てる［凍てる］(自下一)①凍。△〜てた通／封凍的道路。②冷。△今晩はひどく〜晩だ／今晚冷得厲害。

いてん［移転］(名・自他サ)①遷移。②轉讓。△権利の〜／轉讓權利。

イデン［Eden］(名)伊甸園，樂園。

いでん［遺伝］(名・スサ)(生理)遺傳。

いでんし［遺伝子］(名)(生理)遺傳因子。△〜工学／遺傳因子工程。

いでんしくみかえ［遺伝子組み換え］(名)〈生物〉DNA重組，基因重組，轉基因。

いでんしくみかえしょくひん［遺伝子組み換え食品］(名)〈生物〉轉基因食品。

いでんしこうがく［遺伝子工学］(名)〈生物〉基因工程，遺傳工程。

いでんしへんい［遺伝子変異］(名)〈生物〉基因突變。

いと［糸］(名) ① 綫，紗，絲。△～をつむぐ／紡綫(紗)。△くもの～／蜘蛛絲。② 弦。△琴の～／琴弦。③ 釣魚綫。△～を垂れる／釣魚。

いと［意図］(名・他サ) 意圖，打算，企圖。

いど［井戸］(名) 井。△～を掘る／打井。

いど［異土］(名) 異鄉，異國。

いど［緯度］(名) 緯度。

いとあやつり［糸操り］(名) 提綫木偶 (戲)。

いといり［糸入り］(名) 棉絲混紡品。

いと・う［厭う］(他五) ① 厭，嫌。△世を～／厭世。△～を～わず／不辭辛苦。② 保重。△からだをお～い下さい／請您保重身體。

いどう［異同］(名) 異同，差別。△両者に～はない／兩者沒有差別。

いどう［異動］(名・自他サ) 變動，調動。△人事～／人事調動。

いどう［移動］(名・自他サ) 移動，遷移，轉移。△～診療／巡回醫療。

いどうせいこうきあつ［移動性高気圧］(名) (氣象) 流動高氣壓。

いとうひろぶみ［伊藤博文］〈人文〉伊藤博文(1841-1909)。明治時代的政治家，日本第一任首相。

いとおし・い (形) ① 可愛。→かわいい ② 可憐。

いとおし・む (他五)〈文〉① 珍惜。△行く春を～／惜春。△わが身を～／愛惜自己。② 疼愛。③ 憐惜。

いとおり［糸織り］(名) 絲織品。

いどがわ［井戸側］(名) 井台。

いときりば［糸切り歯］(名) 犬齒。

いとく［威徳］(名) 威德。

いとくず［糸屑］(名) 綫頭，廢綫。

いとぐち［緒・糸口］(名) 綫索，頭緒。△事件解決の～が見つからない／找不到破案的綫索。△仕事の～がついた／工作有了頭緒。△話の～／話引子。

いとくり［糸繰り］(名) ① 紡綫。② 繰絲。

いとぐるま［糸車］(名) 紡車。

いとけな・い［稚い・幼けない］(形) 幼稚，天真。

いとこ［従兄弟・従姉妹・従兄・従弟・従姉・従妹・従子］(名) 堂兄弟，堂姐妹，表兄弟，表姐妹。

いとこちがい［いとこ違い］(名) 父母的堂(表)兄弟姊妹。

いどころ［居所］(名) 所在的地方，住處。△～が分らない／不知住處。△虫の～が悪い／情緒不佳。

いとし・い［愛しい］(形) ① 可愛。△～我が子／我可愛的孩子。② 可憐。

いとしご［愛し子］(名) 愛兒。

いとすぎ［糸杉］(名)〈植物〉側柏。

いとするにたりない［異とするに足りない］(連語) 不足為奇。

いとてき［意図的］(形動) 有意圖地，有目的地。

いとなみ［営み］(名) 活動，行為。△日日の～／每天的活動。△性の～／性行為。△冬の～／過冬的準備。

いとな・む［営む］(他五) 辦，經營。△大きな事業を～／辦大事業。△本屋を～／經營書店。△独立して生計を～／獨立謀生。

いとにしき［糸錦］(名) 絲錦。

いとのこ［糸鋸］(名) 鋼綫鋸。

いとへん［糸偏］(名) (漢字部首) 絞絲旁。

いとま［暇］(名)〈文〉① 閑暇。△応接に～もない／應接不暇。△数える～がない／不勝枚舉。② 休假。△～を願う／請假。△～を取る／請假。③ 解僱。△～を出す／解僱。④ 告辭。△お～致します／告辭了。

いとまき［糸巻き］(名) ① 纏綫板，綫軸，綫桄子。② (三弦等樂器) 弦軸。

いとまごい［暇乞い］(名・自サ) 辭行，告辭。△お～にまいりました／向您告辭來了。

いど・む［挑む］(自他五) 挑戰。△論爭を～／挑起爭論。△世界記録に～／向世界紀錄挑戰。

用法提示 ▼
在中文和日文的分別
日文有"挑戰"的意思，但沒有"挑，擔"的意思，日文用"担ぐ"表示"挑，擔"。

いとめ［糸目］(名) ① 風箏上的飄帶。△金に～をつけない／捨得花錢。② 陶器上刻的細紋。

いと・める［射止める］(他下一) ① 射中。△得到 (祈求的東西)。△彼女の心を～めた／贏得了她的愛情。

いとも (副) 非常。△～簡単に／極其簡單地。

いとやなぎ［糸柳］(名)〈植物〉垂柳。

いとわく［糸枠］(名) 纏綫的綫桄子。

いとわし・い［厭わしい］(形) 討厭，厭煩。△顔を見るのも～／看見他就煩。→うとましい

いとをひく［糸を引く］(連語) ① (發黏、發霉的食品) 拔絲。② 連續不斷。△牽綫。△かげで～／暗中操縱。

いな［否］Ⅰ (名) 否，不同意。△賛成か～かをはっきりききたい／贊成與否請明確回答。Ⅱ (感) 否，不。△～，ちがう／不，不對。

いな［異な］(連体) 離奇。△まことに～事があるものだ／真是一件怪事。

いない［以内］(名) 以內，之內。△投稿は八百字～に限る／投稿限八百字以內。↔ 以外

いなおりごうとう［居直り強盗］(名) 小偷被發覺索性明火執仗成為強盜。

いなお・る［居直る］(自五) ① 端坐。② 翻臉。→ひらきなおる

いなか［田舎］(名) ① 鄉下，鄉間。② 家鄉。△～へ帰る／回家鄉。

いなかくさ・い［田舎くさい］(形) 土氣，土裏土氣。

いなかじ・みる［田舎じみる］(自上一) 帶鄉村風味，鄉土氣息。

いなかっぺい［田舎っぺい］(名) 鄉下佬。

いなかなまり［田舎訛り］(名) 鄉音。

いなか・びる［田舎びる］(自上一) ⇨いなかじみる

いなかもの［田舎者］(名) 郷下人。

いながらにして［居乍らにして］(副) ① 在家裏(不出門)。△～天下の形勢を知る／不出門便知天下事。② 坐着(不動)。△～人を使う／坐着指手劃腳。

いな・す［往なす］(他五) ①(相撲) 一閃身使對方站立不穩。② 避開，躲過。△するどい質問を～／避開尖銳的質問。

いなずま［稲妻］(名) 閃電。△～が光る／打閃。△～形／閃電形。之字形。

いなせ (名・形動) 英俊。△～な若者／翩翩少年。

いなだ［稲田］(名) 稲田。

いな・く［嘶く］(自五)(馬) 嘶。

いなびかり［稲光］(名) 閃電。△～がする／打閃。→いなずま

いなほ［稲穂］(名) 稲穂。

いな・む［否む・辞む］(他五) ① 拒絕。② 否定。△～ことは出来ない／不能否定。

いなむら［稲叢］(名) 稲垜，稲堆。

いなめない［否めない］(連語) 不可否認。△これは～事実だ／這是不可否認的事實。

いなもの［異なもの］(連語)⇨いな

いなや［否や］I (名) ① 可否。△～の返事を聞く／詢問可否。② 不答應。△彼には～はないはず／他不會有異議的。II (副)(用△“…や～”“…が～”形式) 立刻，同時就。△私を見るや～逃げだした／一看見我拔腿就跑。

いなら・ぶ［居並ぶ］(自五) 挨着坐，排成一排坐。

いなり［稲荷］(名) ① 五穀神。② 狐仙。

いなりずし［稲荷鮨］(名) 油炸豆腐飯捲。

いにかいする［意に介する］(連語) 介意。△そんなことは全然～しない／那種事毫不介意。

いにかなう［意に適う］(連語) 合意，正中下懷。

イニシアチブ［initiative］(名) 主動，主動權。△～をとる／掌握主動。

イニシアル［initial］(名) 大寫首字母，姓名首字母。

イニシアルコスト［initial cost］(名)〈經〉① 開辦費，基本建設費，開辦(創辦)成本。② 原價。

イニシアルフィー［initial fee］(名) ① 定錢，押金，保證金。② 首次付款。

いにしえ［古］(名) 古時，古代。

イニシャル［initial］(形・名) I 最初的，開始的。II 聲母，首字母。

イニシャルフィー［initial fee］(名)〈經〉① 首次付款。② 押金，保證金。

いにそう［意に沿う］(連語) 順其心意。→意に適う

いにみたない［意に満たない］(連語) 不能叫人滿意。

いにゅう［移入］(名・他サ) ① 運進(國內或本地區)。△米を～する／進口大米。② 引進。△文化の～／引進文化。

いによう［遺尿］(名) 遺尿，尿牀。

いにん［委任］(名・他サ) 委託，委任。△～状／委任狀。

いぬ［戌］(名) ① 戌。② 戌時。③ 西北偏西。

いぬ［犬・狗］(名) ① 狗。△～の子／狗崽子。△～が吠える／狗叫。△～小屋／狗窩。② 走狗，奸細。△警察の～／警察的狗腿子。

いぬかき［犬書き］(名) 狗刨式(游泳)。

いぬくぎ［犬釘］(名) 道釘。

いぬくぐり［犬潜り］(名)(牆上的) 狗洞。

いぬころ［犬ころ］(名) 狗崽。

いぬじに［犬死に］(名・自サ) 白送死，白死。

いぬぞり［犬橇］(名) 狗拉雪橇。

いぬたで［犬蓼］(名)〈植物〉馬蓼。

いぬちくしょう［犬畜生］(名)(罵) 狗東西，畜生。

いぬとさるのなか［犬と猿の仲］(連語) 水火不相容。

いぬのとおぼえ［犬の遠吠え］(連語) 虛張聲勢。

いぬもあるけばぼうにあたる［犬も歩けば棒に当たる］(連語) 瞎貓碰死耗子。

いぬもくわない［犬も食わない］(連語) 連狗都不理。

いね［稲］(名)〈植物〉水稲，稲子。

イネーブル［enable］(名)〈IT〉有效。

いねかり［稲刈り］(名) 割稲子。

いねこき［稲扱き］(名) ① 脱稲粒，打稲子。② 脱穀機，打稲機。→脱穀

いねむり［居眠り］(名・自サ) 打瞌睡。

いのあるところをくむ［意のあるところを汲む］(連語) 體諒，體察。→意を汲む

いのいちばん［いの一番］(名) 第一，第一名。△～に駆けつけた／最先趕到。

いのこ・る［居残る］(自五) ① 留下不走。② 加班。

いのしし［猪］(名)〈動〉野猪。

イノセンス［innocence］(名) ① 清白，無罪。② 天真，單純。

いのち［命］(名) 命，生命。△～を落とす／喪生。△～の恩人／救命恩人。△～の瀬戸際／生死關頭。△君は私の～だ／你是我的命根子。

いのちあってのものだね［命あっての物種］(連語) 留得青山在，不怕沒柴燒。

いのちがけ［命懸け］(名・形動) 拚命，豁出命。△テストパイロットは～の仕事だ／試飛員是冒生命危險的工作。

いのちからがら［命からがら］(副) 險些喪命。△～逃げ出した／死裏逃生。

いのちごい［命乞い］(名・自サ) 乞求饒命。

いのちしらず［命知らず］(名) 不怕死，不要命。

いのちづな［命綱］(名) 安全帶，保險索，救生索。

いのちとり［命取り］(名) ① 致命。△～の病

気／致命的疾病。②失敗的決定性原因。△それが内閣の～になった／那件事要了内閣的命。

いのちのせんたく［命の洗濯］（連語）散心，休息。

いのちのつな［命の綱］（名）命根子。

いのちびろい［命拾い］（名・自サ）撿了一條命，九死一生。

いのちをかける［命をかける］（連語）⇨いのちがけ

いのなかのかわず［井の中の蛙］（連語）井底之蛙。

イノベーション［innovation］（名）技術革新。

イノベーター［innovator］（名）革新者，改革者。

いのまま［意のまま］（連語）随心所欲。→思いのまま

いのり［祈り］（名）祈禱，禱告。

いの・る［祈る］（他五）①禱告，祈禱。②祝願。△旅の無事を～／祝一路平安。

いはい［位牌］（名）牌位，靈牌。

いばしょ［居場所］（名）待的地方，所在地。△～がない／沒處落腳。△～をつきとめる／査明下落。→いどころ

いばしんえん［意馬心猿］（名）心猿意馬。

いはつ［衣鉢］（名）衣鉢。△～をつぐ／繼承衣鉢。

いばら［茨］（名）①〈植物〉荊棘。②艱難。

いば・る［威張る］（自五）擺架子，逞威風。

いはん［違反］（名・自サ）違反。△約束に～する／違約。

いはん［違犯］（名・自サ）違犯。

いびき［鼾］（名）鼾聲。△～をかく／打鼾，打呼嚕。

イヒチオール［德 Ichthyol］（名）〈醫〉魚石脂。

いびつ（名・形動）歪，歪斜。△～な箱／變形的盒子。△～な字／歪斜的字。

いひょう［意表］（名）意外，意料之外。△～に出る／出乎意料。

いびょう［胃病］（名）胃病。

いび・る（他五）欺負，虐待。

いひん［遺品］（名）遺物。

いふ［畏怖］（名・他サ）畏懼。△～の念をいだく／心懷畏懼。

いふ［異父］（名）異父。△～兄弟／異父兄弟。

イブ［eve］（名）〈宗〉聖誕節前夜。

イブ［Eve］（名）〈宗〉夏娃。

いふう［威風］（名）威風。△～堂堂／威風凜凜。△～あたりを払う／八面威風。

いふう［遺風］（名）遺風，舊習。

いふうどうどう［威風堂堂］（名）威風凜凜。

いぶかし・い［訝しい］（形）可疑，覺得奇怪。△～げな顔をする／顯出詫異的神色。

いぶか・る［訝る］（他五）納悶，懷疑。

いぶき［息吹］（名）氣息。△青春の～／青春的氣息。

いふく［衣服］（名）衣服。

いふく［異腹］（名）同父異母。

いふく［畏服］（名・自サ）畏服。

いふく［威服］（名・自サ）威服。

いぶくろ［胃袋］（名）〈俗〉胃。

いぶしぎん［燻し銀］（名）用硫黄燻過的銀器。

いぶ・す［燻す］（他五）①燻。△蚊を～／燻蚊子。②燻黑。

いぶつ［異物］（名）異物。

いぶつ［遺物］（名）①古物。②〈死者〉遺物。

イブニング［evening］（名）婦女晚禮服。

いぶ・る［燻る］（自五）冒煙。

いぶん［異聞］（名）珍聞，奇聞。

いぶん［遺文］（名）遺文。

いぶんか［異文化］（名）（生活方式，社會習慣，思維方式）不同的文化，異文化。

いぶんし［異分子］（名）異己分子。

いへき［胃壁］（名）胃壁。

いへん［異変］（名）異常變化。△暖冬～／反常的溫暖冬季。

イベント［event］（名）①事件，事變。②〈體〉比賽項目。

イベントマン［event man］（名）承擔活動或計劃演出的人。

いぼ［疣］（名）疣，瘊子。△～ができる／長瘊子。△がまの～／癩蛤蟆的疙瘩。

いぼ［異母］（名）異母。

いほう［医方］（名）醫術。

いほう［異邦］（名）異邦，外國。△～人／外國人。→異國

いほう［違法］（名）違法。△～行為／違法行為。→不法，無法

いほう［彙報］（名）彙編。

いぼう［威望］（名）威望。

いぼきょうだい［異母兄弟］（名）異母兄弟。

いぼじ［疣痔］（名）〈俗〉痔核。

いぼたのき［いぼたの木］（名）〈植物〉白蠟樹。

いま［今］I（名）①現在。△～がチャンスだ／現在正是機會。②剛才，方才。△～来たばかりだ／剛來。△～の人は誰ですか／剛才那個人是誰。③馬上，立刻。△～すぐ出来ます／馬上就好。△～帰ります／這就回去。II（副）再，更，另外。△～しばらくお待ちください／請再稍等一下。△～一度試してみよう／再試試看。△～ひとつ努力が足りない／努力得還不夠。

いま［居間］（名）起居室。

イマージョン［immersion］（名）學習外語的強化訓練。

いまいまし・い［忌ま忌ましい］（形）可恨，可惡。

いまごろ［今ごろ］（名）這時候。△去年の～／去年的這個時候。△～はもう着いているだろう／這會兒已經到了吧。

いまさら［今更］（副）到現在，事到如今。△～言うまでもない／不需要再説了。△～何を言っても追い付かない／事到如今説甚麼也無濟於事了。

いましがた［今し方］（副）剛剛，方才。△～きみに電話した／剛才給你打了電話。

い
イ

イマジネーション [imagination] (名) 想像力。

いましめ [戒め] (名) 規勸，教訓。

いましめ [縛め] (名) 縛，綁。△～を解く／鬆綁。

いまし・める [戒める] (他下一) 教訓，告誡。

いまだ [未だ] (副)〈文〉(後接否定) 未，尚未。△史上～かつてその例をみない／史無前例。△機～熟せず／時機尚未成熟。

いまだかつて [未だかつて] (副) (後接否定) 至今從未有過。△～ない大事業／前所未有的大事業。

いまだに [未だに] (副) (常接否定) 仍然，尚。△～返事がない／至今尚未回信。△～そうなっている／依然如故。

いまどき [今時] (名) ① 現在，當今。△～そんな考えは古い／現在那種想法已經過時了。② 這時候。△～来てももう遅い／這時候來已經晚了。

いまに [今に] (副) ① 一會兒，就要。△～帰ってきますよ／馬上就回來。② 不久，早晚。△～見ていろ／你等着瞧吧。

いまにも [今にも] (副) 馬上，眼看。△船は～沈みそうだった／船眼看就要沉下去了。

いまのところ [今の所] (名) 目前，眼下。

いまひとつ [今一つ] (連語) ① 再一個，又一個。△～どうぞ／請再來一個。② 一點 (不足之處)。△～努力が足りない／還努力得不夠。

いまふう [今風] (形動) 時興，現代式的。

いままで [今迄] (名) 過去，以往。△～にない豊作／從未有過的豐收。△～の生活を反省する／反省以往的生活。△～通り／照舊。

いまめかし・い [今めかしい] (形) 時興，新潮。

いまや [今や] (副) ① 現在正是。△～決断すべき時だ／現在正是下決斷的時候。② 眼看。△～沈没せんとす／眼看就要沉沒。

いまやおそしと [今や遅しと] (連語) 迫不及待地，望眼欲穿地。△～待ち構えている／急切地等待着。

いまよう [今様] (名) 時興。△～の髪型／時興的髮型。

いまわし・い [忌まわしい] (形) ① 討厭的，令人不快的。△～思い出／不愉快的往事。② 不祥。△～夢／惡夢。△～予感／不祥的預感。

いまわのきわ [今わの際] (連語) 臨終。

いみ [意味] (名・他サ) 意思，意義。△ことばの～／詞義。△ある～では／在某種意義上。△～深長／耐人尋味。△この際黙っているのは同意を～する／此時沉默就意味着同意。

いみあい [意味合い] (名) 含意，蘊藏的意思。

いみありげ [意味有りげ] (形動) 似乎暗示甚麼。△彼女は～に私を見た／她像有甚麼用意，對我使了個眼色。

いみきら・う [忌み嫌う] (他五) 忌諱，厭惡。

イミグレーション [immigration] (名) ① 移住，移民。② 入境檢查。

いみことば [忌み言葉] (名) 忌諱的話。如 "梨 (なし)" 説成 "ありのみ")。

いみじくも (副)〈文〉恰當，巧妙。△～言い表している／説得恰如其分。→よくも

いみしんちょう [意味深長] (形動) 意味深長，耐人尋味。

イミテーション [imitation] (名) 仿製品。△～の真珠／人造珍珠。

イミテーションゴルド [imitation gold] (名) 人造金，仿金。

イミテーションレザー [imitation leather] (名) 人造革。

いみな [諱] (名) 諡名，諡號。

いみょう [異名] (名) ① 別名。② 外號，綽號。△～を取る／起外號。→あだ名

いみん [移民] (名・自サ) 移民。

い・む [忌む] (他五) ① 忌，忌諱。② 討厭，厭惡。△～べき風習／可厭的習俗，陋俗。

いむ [医務] (名) 醫務。

いめい [異名] (名) 別名。

いめい [遺命] (名・自他サ) 遺命，遺言。

イメージ [image] (名) ① 形象。△～が浮かぶ／形象浮現於腦海。② 印象。△～を変える／改變印象。

イメージアップ [image up] (名・自他サ) 提高聲譽，改變形象。

イメージガール [image girl] (名) (廣告中的) 女模特兒。

イメージキャラクター [image character] (名) 廣告中增強企業及商品印象的形象代言人，形象大使，形象小姐。

イメージコンシャス [image conscious] (名) 形象意識。

イメージスキャナー [image scanner] (名)〈IT〉圖像掃描器，析像器。→イメージスキャナ

イメージダウン [image down] (名・自サ) 敗壞形象，名聲掃地。

イメージチェンジ [image change] (名・自他サ) 改變印象，轉變看法。

イメージチューブ [image tube] (名)〈IT〉移像管，顯像管。

イメージトレーニング [image training] (名) 形象訓練。

イメージプロセシング [image processing] (名)〈IT〉圖像處理。

いも [芋] (名) ① 薯的總稱。△さつま～／甘薯，△地瓜。じゃが～／馬鈴薯，土豆。△さと～／芋頭。△やまの～／山藥。② 塊根，地下莖。

いも (名) 禮籤。

いも [痘痕] (名) 痘痕，麻子。

いもうと [妹] (名) 妹妹。↔ 姉

いもがしら [芋頭] (名) 芋頭母。

いもがゆ [芋粥] (名) 甘薯粥。

いもざし [芋刺] (名) 用槍刺殺人。

いもちびょう [稲熱病] (名) 稲瘟病。

いもづる [芋づる] (名) 薯秧。

いもづるしき [芋づる式] (名) 連鎖式。△密輸入の一味は～に検挙された／走私團夥一個

個被順藤摸瓜地逮捕了。

いもの［鋳物］(名) 鑄件。△〜師／鑄造工。

いものこきょういく［芋の子教育］(名) 上流社會的子弟進普通平民學的學校。

いものにえたもごぞんじない［芋の煮えたも御存じない］(連語) 太沒常識。

いもむし［芋虫］(名)〈動〉蠋，蝶蛾的幼蟲。

いもめいげつ［芋名月］(名) 仲秋月。

いもり［井守］(名)〈動〉蠑螈。

いもをあらうよう［芋を洗うよう］(連語) 擁擠不堪。

いもん［慰問］(名・他サ) 慰問。△〜袋／慰問袋。

いや［厭・嫌］I (形動) 討厭。△勉強が〜だ／不愛學習。△〜なにおい／難聞的氣味。II (名) 不同意。△〜でも応でも／不管同意不同意。

いや (接) 表示否定自己前面的話或内心某種想法。△5人，〜6人だった／五個人，不，六個人。△〜なんでもないんですがね／不，其實倒也無所謂。

いや［否］(感) ① 表示否定。△〜そんなことはありません／不，沒那麼回事。② 表示驚嘆。△〜(いやあ) すばらしいな／好傢伙，真棒！

いやいや［嫌嫌］I (副) 勉強。△〜ながら承知した／勉強答應了。II (名) 幼兒搖頭 (表示不願意，不喜歡。) △あかん坊が〜をする／小娃娃搖搖頭。

いやおうなしに［否応なしに］(副) 不容分説，硬要。△〜連れて行かれた／不容分説硬被拽走了。

いやがらせ［嫌がらせ］(名) 討人嫌。△〜をする／故意找人麻煩。△〜を言う／說風涼話。

いやが・る［嫌がる］(他五) 討厭，不願意。

いやき［嫌気］(名) ⇨いやけ

いやく［医薬］(名) ① 醫藥。② 醫療和藥品。△〜の施しようがない／無法醫治。

いやく［違約］(名・自サ) 違約。△〜金／違約罰款。

いやく［意訳］(名・他サ) 意譯。↔ 直訳

イヤクリーナー［ear cleaner］(名) 挖耳杓。

いやけ［嫌気］(名) 討厭，不高興。△〜がさす／覺得厭煩。

いやし・い［卑しい］(形) ① 卑微，地位低。△〜生まれ／出身微賤。△〜身なり／衣着寒酸。② 庸俗。△〜笑い／賤笑。③ 下流，卑賤。△口が〜／嘴饞。△〜心／卑鄙的心。

いやしくも［苟も］(副) 假如。△〜戦うからには最後まで戦え／要戰就戰到底。

いやしくもしない［苟もしない］(連語) 認真，不馬虎。△一点一画も／一筆一畫也不馬虎。

いやし・める［卑しめる］(他下一) 鄙視。

いや・す［癒す］(他五) 醫治。△渇を〜／解渴。

いやでもおうでも［嫌でも応でも］(連語) → いやおうなしに

いやというほど (連語) 飽受，夠受的。△〜苦しい目にあった／飽受折磨。

いやに (副) 格外，非常。△今日は〜ご機嫌が

いいね／今天你格外高興啊！△〜気取／神氣十足。

イヤバルブ［ear valve］(名) 隔音耳塞。

イヤブック［year book］(名) 年鑑。

イヤホーン［earphone］(名) 耳機。

いやみ［嫌味］(名) 旁敲側撃。△〜を並べる／挖苦人。△〜たっぷりな言方／嘴損。

いやらし・い (形) 庸俗，下流。△上役におべっかばかり使う〜奴／一個只會拍馬屁的肉麻的傢伙。△女に向かって〜ことを言う／向女人說下流話。

イヤリング［earring］(名) 耳環。

いよいよ I (副) ① 越發，愈加。△〜風が激しくなってきた／風越來越大。→ますます ② 終於，到底。△〜お別れですね／終於要分別了。③ 果真。△〜それに違いない／果真沒錯。II (名) 緊要關頭。△〜という時の準備だ／以防萬一。

いよう［威容］(名) 威嚴。△〜を示す／顯示威嚴。

いよう［偉容］(名) 儀表堂堂。△堂堂たる〜／堂堂儀表。

いよう［医用］(名) 醫用，醫療用。

いよう［異様］(形動) 奇異，異常。△彼の目は〜に輝いた／他的眼睛放射出奇異的光彩。△〜な雰囲気／異常的氣氛。

いよう［遺容］(名) 遺容。

いよく［意欲］(名) 熱情。△学習への〜を高める／提高學習熱情。△〜をもやす／熱情高漲。△〜が足りない／幹勁不足。

いらい［以来］(副) ① 以來。△明治〜／明治以來。② 今後。△〜は慎みなさい／今後要慎重一些。

いらい［依頼］(名・自他サ) ① 委託。△〜状／委託證書。② 依賴，依靠。△〜心が強い／依賴心強。

いらいしん［依頼心］(名) 依賴心△〜心が強い／依賴心強。

いらいら (副・自サ) 焦躁，焦急。△気が〜する／煩躁。

いらか［甍］(名) ① 屋頂瓦。△〜の波／屋瓦的波浪。② 瓦房頂。

イラク［Iraq］〈國名〉伊拉克。

イラストレイター［illustrator］(名) 插圖畫家。

イラストレーション［illustration］(名) 插圖。(也説イラスト)

いらだたし・い［苛立たしい］(形) 煩躁。

いらだち［苛立］(名) 煩躁。

いらだ・つ［苛立つ］(自五) 焦躁，煩躁。△気が〜／心裏煩躁。△神経を〜たせる／令人焦躁不安。

いらっしゃい I (自五)“いらっしゃる”的命令形）請來。△こちらに〜／請到這邊兒來。△遊びに〜／請來玩。II (感)“いらっしゃいました”的略語）歡迎！

いらっしゃ・る I (自五)“居る”“行く”“来る”的敬語。II (補動) 接動詞，形容詞連用形

い
イ

＋“て”或形容動詞和“だ”的連用形之後，為“て
いる”、“である”的敬語。

イラン［Iran］〈國名〉伊朗。

いり［入り］（名）① 進入。△空路北京～／乘飛
機去北京。△日の～／日落。△客の～が悪い／
上座差。△梅雨の～／進入梅雨期。② 内有，
容納。△ミルク～のコーヒー／加牛奶的咖啡。
△１リットル～の容量／容量一升。③ 収入。
△～が多い／進項多。④ 開銷。△～がかさ
む／開銷大。

いりあい［入り相］（名）〈文〉日落，黄昏。△～
の鐘／晩鐘。→ゆうがた

イリーガル［illegal］（名）〈IT〉無效，非法。

いりうみ［入り海］（名）海灣。

いりえ［入江］（名）海灣，湖岔。

いりぐち［入り口］（名）入口。△路地の～／胡
同口兒。→出口

いりく・む［入り組む］（自五）錯綜複雑。

いりこ・む［入り込む］（自五）① 擠進。② 混
入，潜入。

イリジウム［iridium］（名）〈化〉銥。

いりしお［入り潮］（名）① 退潮。② 滿潮。

いりたまご［煎り卵］（名）炒雞蛋。

いりちが・う［入り違う］（自五）走兩岔了。

いりひ［入り日］（名）夕陽，落日。△～影／落
日餘輝。→夕日

いりびた・る［入り浸る］（自五）泡着不走。
△酒場に～／泡在酒館裏。

いりふね［入船］（名）進港船。

いりまじ・る［入り交じる］（自五）混雑，交
織。△赤や青が～っている／紅藍色夾雑着。

いりまめ［炒豆］（名）炒（黄）豆。

いりまめにはながさく［炒豆に花が咲く］（連
語）黄瓜秧上結出茄子。

いりみだ・れる［入り乱れる］（自下一）混雑，
混亂。△～れて戦う／混戦。

いりむこ［入り婿］（名）入贅，贅婿。

いりめ［入目］（名）費用，經費。

いりゅう［慰留］（名・自他サ）慰留，挽留。

イリュージョン［illusion］（名）幻影，幻想。

いりゅうひん［遺留品］（名）① 失物。△～預
り所／失物招領處。② 遺物。

いりょう［衣料］（名）衣料。

いりょう［医療］（名）醫療。△～器械／醫療器
械。△～費／醫療費。△～保険／醫療保険。

いりよう［入り用］（形動）需要，需用。△掃
除に～なもの／掃除用具。△いくらご～です
か／您需要多少錢？

いりょく［威力］（名）威力。

いりょく［意力］（名）意志力，毅力。

いりょく［偉力］（名）偉力，強力。

い・る［入る］Ⅰ（自五）〈文〉進入。△政界
に入ってもはや十年／進入政界已十年。△気
に～／看中。中意。② 達到某種狀態。△実
が～／果實成熟。△ひびが～／裂紋。關係發
生裂痕。Ⅱ（接尾）△接動詞連用形，表示處於
更激烈的狀態。△泣き～／痛哭。△寝～／熟睡。

い・る［要る］（自五）要，需要。△人手が～／
需要人手。△～だけあげる／要多少給多少。
△そんな心配は～りません／用不着那麼擔心。

い・る［煎る・炒る］（他五）炒，煎。△卵を～／
炒雞蛋。

い・る［居る］Ⅰ（自上一）①（人，動物）有，
在。△あの家には大きな犬が～／那家有一隻
大狗。△父は書斎に～／父親在書房裏。② 居
住。△いつまで東京にいますか／你在東京逗
留到甚麼時候？③ 坐。△～ても立ってもいら
れない／坐立不安。Ⅱ（補動）① 表示動作的持
續。△車が走って～／車在行駛。② 表示狀態
的持續。△大木が倒れて～／一棵大樹倒在那
裏。③ 表示動作的反覆或習慣。△私はいつも
この店で買物をして～／我總是在這家商店買
東西。

いる［射る］（他上一）① 射。△矢を～／射箭。
② 撃中。△的をいた意見／正中要害的意見。
③ 照射。△眼光人を～／目光逼人。

いる［鋳る］（他上一）鑄，鑄造。

いるい［衣類］（名）衣服，衣物。

いるか［海豚］（名）〈動〉海豚。

いるすをつかう［居留守を使う］（連語）謊稱
不在家。

イルミネーション［illumination］（名）燈飾，彩
燈。

いれい［威令］（名）嚴令。

いれい［異例］（名）破例，破格。△～の昇進／
破格提升。

いれい［慰霊］（名）祭奠，追悼。△～祭／追悼
會。

いれい［違令］（名・自サ）違令。

イレウオ［ileus］（名）〈醫〉腸梗阻。

いれかえ［入れ替え・入れ換え］（名）① 更換。
△部品の～をする／更換零件。②（戲、電影）
換場。

いれか・える［入れ替える］（他下一）換，更
換。△部屋の空気を～／換屋裏的空氣。△順
序を～／倒換次序。△心を～／改過自新。

いれかわり［入れ代り］（名）替換，掉換。

いれかわりたちかわり［入れかわり立ちかわ
り］（副）輪流不斷，絡繹不絕。△參觀者が～
あとを絶たない／參觀者絡繹不絕。

いれかわ・る［入れ代わる］（自五）替換。△役
人が～／官員更換了。△荷物の中身が～／貨
物的内容掉換了。△冬と春との～三月／冬去
春來的三月。

イレギュラー［irregular］〈形動〉不規則的。

いれこ［入れ子］（名）① 套盒。②（親生子女死
後收養的）養子。

いれごみ［入れ込み］（名）混坐（的場所）。

いれずみ［入れ墨］（名）紋身，刺青。

いれぢえ［入れ知恵］（名・自サ）出主意。

いれちが・う［入れ違う］Ⅰ（他五）裝錯。Ⅱ
（自五）走兩岔。

いれば［入れ歯］（名）假牙，義齒。△～をす
る／鑲牙。

いれふだ［入れ札］(名) 投標。→にゅうさつ

イレブンナイン［eleven nine］(名)（能達到99.999999999％ 程度的）純度極高、誤差極小。

いれめ［入れ目］(名) 假眼。

いれもの［入れ物］(名) 容器，器皿。

い・れる［入れる］(他下一) ① 放進，收進，送進。△フィルムを〜/裝膠卷。△誰も中に〜れない/誰也不讓進來。△新しく〜れた人/新採用的人。△娘を大学に〜/叫女見上大學。② 夾，插，加進。△口ばしを〜/插嘴。△疑を〜余地がない/不容置疑。△私を〜れて10人/算上我十個人。△手を〜/加工，修改。△力を〜/用力。③ 打開開關，點火。△スイチを〜/開電門。△ストーブに火を〜/生爐子。④ 沏，煮。△お茶を〜/沏茶。△コーヒーを〜/煮咖啡。

い・れる［容れる］(他下一) ① 容，容納。△5000人を〜大ホール/能容納五千人的大禮堂。② 採納，聽從。△忠告を〜/接受勸告。

いろ［色］(名) ① 色，顏色。△赤い〜/紅色。△〜をつける/上顏色。△〜が落ちる/掉色。△〜チョーク/色粉筆。② 臉色，膚色。△〜が白い/膚色白。△〜を失う/驚惶失色。△喜びの〜を隠せない/喜形於色。△〜を正す/正顏厲色。③ 景象，樣子。△秋の〜が深くなった/秋色已深。△疲労の〜が濃い/很疲勞的樣子。④ 種類。△これ1〜しかない/只有這一種。⑤ 女色，色情。

いろあい［色合い］(名) ① 色調。② 色彩，傾向。△政治的〜/政治色彩。

いろあ・せる［色褪せる］(自下一) 褪色。

いろいと［色糸］(名) 彩綫。

いろいろ［色色］(形動・副) 各種各様，各式各様。△人は〜だ/人各不同。△〜とたずねる/問長問短。→さまざま

いろう［慰労］(名・他サ) 酬勞，慰勞。

いろう［遺漏］(名) 遺漏。→手落ち。手ぬかり

いろえ［色絵］(名) ① 彩色畫。② 彩繪瓷器。

いろえんぴつ［色鉛筆］(名) 色鉛筆。

いろおち［色落］(名) 掉色。△〜がする/掉色。

いろおとこ［色男］(名) ① 美男子。② 情夫。

いろおんど［色温度］(名)〈理〉色溫。

いろおんな［色女］(名) ① 美女。② 情婦。

いろか［色香］(名) 女色。

いろがみ［色紙］(名) 彩紙，手工紙。

いろがら［色柄］(名) 花様，花紋。

いろがわり［色変り］(名) ① 變色。② 別具一格。

いろきちがい［色気違い］(名) 色情狂。

いろけ［色気］(名) ① 媚氣。△〜たっぷり/嬌媚。② 春心。△〜がつく/思春。③ 有女人助興。△〜ぬきの会合/無女人陪酒的宴會。④ 風趣。△〜のない返事/冷淡的回答。⑤ 興趣，野心。△あの人は政治にも〜がある/他對政治也躍躍欲試。

いろけし［色消］(名・形動) ①〈理〉消色差。② 殺風景。

いろこ・い［色濃い］(形) 十分明顯。△不安が〜/顯得很不安。

いろこい［色恋］(名) 戀愛。△〜沙汰/桃色事件，花案兒。

いろごと［色事］(名) ① 姦情。② 粉戲。

いろごとし［色事師］(名) ① 演粉戲的角色。② 色魔。

いろごのみ［色好み］(名) 好色。

いろざかり［色盛り］(名) 妙齢。

いろじかけ［色仕掛］(名) 美人計。

いろしゅうさ［色収差］(名) 色差。

いろずり［色刷り］(名) 套色印刷。

いろづ・く［色づく］(自五) ①（果實等成熟）掛色兒。② 情竇初開。

いろっぽ・い［色っぽい］(形) 妖媚，妖艶。

いろつや［色つや］(名) ① 色澤。△〜のよい真珠/色澤好的珍珠。② 氣色。△顔の〜がよい/氣色好。

いろどり［彩り］(名) ① 色彩。② 配色，配合。△〜がいい/色配得好。

いろど・る［彩る］(他五) ① 上色，着色。△山を〜紅葉/點染山色的紅葉。② 點綴，裝飾。△会場を花で〜/用鮮花裝點會場。

いろなおし［色直し］(名・自サ) ①（新郎、新娘在婚宴上）將禮服換上盛裝。② 重染。

イロニー［irony］(名) ① 諷刺。② 反話。

いろぬき［色抜き］(名) 脱色，漂白。

いろは［伊呂波・以呂波］(名) ①"伊呂波歌"中的前三個字。② 初步，基本。△〜も知らない/一竅不通。

いろはうた［伊呂波歌］(名) 伊呂波歌。

いろはガルタ［伊呂波ガルタ］(名) 伊呂波紙牌。

いろぶんかい［色分解］(名)〈IT〉色彩分解。

いろほせい［色補正］(名)〈IT〉色彩補償。

いろまち［色町］(名) 花街柳巷。

いろめ［色目］(名) 秋波，媚眼。△〜をつかう/送秋波。

いろめがね［色眼鏡］(名) ① 太陽鏡。→サングラス ② 偏見，成見。△〜で人を見る/戴着有色眼鏡看人。

いろめきた・つ［色めき立つ］(自五) 活躍起來。

いろめ・く［色めく］(自五) ① 活躍起來，緊張起來。② 動搖。

いろもの［色物］(名) 帶色的布。

いろもよう［色模様］(名)（印染的）彩色花様。

いろやけ［色焼け］(名) ①（皮膚）曬黑。②（布等）曬褪色。

いろよい［色よい］(連體) 合人心意的。△〜返事をする/作令人滿意的答覆。

いろり［囲炉裏］(名) 地爐。△〜を切る/砌地爐。

いろわけ［色分け］(名・他サ) ① 用顔色區別。△地図を国別に〜する/用顔色區分地圖上的國別。② 分類，分門別類。

いろをうしなう［色を失う］(連語) 驚惶失色。

いろをつける［色を付ける］（連語）① 上顔色。② 讓步，讓價。

いろをなす［色をなす］（連語）勃然變色。

いろん［異論］（名）不同意見。△～を唱える／提出異議。△～のあろうはずがない／不會有不同意見。

いろんな［色んな］（連体）〈俗〉各種各樣，形形色色。△～ことを知っている／知道許多事情。→いろいろ（な）

いわ［岩］（名）岩石。

いわい［祝い］（名）① 祝賀。△お～を言う／賀喜。△～誕生／做生日。② 賀禮。

いわ・う［祝う］（他五）祝賀，慶賀。△雑煮を～／慶賀新年。

いわ・える［結わえる］（他下一）綁，繫，紮。△紐で～／用繩繫上。

いわお［巌］（名）磐石。

いわかん［違和感］（名）不諧調的感覺，感到彆扭。

いわく［曰く］（名）〈文〉① 道，曰。② （隱諱的）內情，說道。△これには何か～があるにちがいない／我看這裏頭一定有甚麼文章。

いわし［鰯］（名）〈動〉沙丁魚。

いわしぐも［鰯雲］（名）捲積雲。

いわしのあたまもしんじんから［鰯の頭も信心から］（連語）精誠所至，金石為開。

いわしみず［岩清水・石清水］（名）岩縫流出的清水。

いわず［言わず］（連語）不說。△～して明かである／不言自明。△Aと～Bと～／不論是A是B。

いわずかたらず［言わず語らず］（連語）不言不語，沉默不語。

いわずもがな［言わずもがな］（連語）① 不說為妙，不該說。△～のことを言った／說了不該說的事。② 不言而喻，自不必說。

いわ・せる［言わせる］（他下一）叫…說。△彼に～と世の中には悪人はひとりも居ないということになる／若按他的說法，世上就沒一個壞人了。

いわだな［岩棚］（名）岩棚。

いわでも［言わでも］（連語）不說為妙，不該說。

いわでものこと［言わでもの事］（連語）不提為佳的事。

いわな［岩魚］（名）〈動〉嘉魚。

いわぬがはな［言わぬが花］（連語）不講為妙，不說倒好。

いわば［岩場］（名）岩壁。△～を登る／攀登岩壁。

いわば［言わば］（副）可以說。△ここは～私の第二のふるさとだ／這個地方可以說是我的第二故鄉。

いわはだ［岩肌］（名）岩石表面。

いわま［岩間］（名）石頭縫。

いわむろ［岩室］（名）（可住人的）石洞。

いわやま［岩山］（名）石頭山。

いわゆる［所謂］（連体）所謂。△あれが～ヒッピーだ／那就是所謂嬉皮派。

いわれ［謂れ］（名）① 緣故，理由。△なんの～もなく／無緣無故地。② 由來，來歷。△～のある品／有來歷的東西。

いわんかたなし［言わん方なし］（連語）無法形容。

いわんとすること［言わんとする事］（連語）想要說的話。△～が分らない／不知道想說甚麼。

いわんや［況や］（副）何況。△おとなでさえ難しい，～子供においておや／大人尚且困難，何況孩子。

いをけっする［意を決する］（連語）決意，下決心。

いをたてる［異を立てる］（連語）提出異議。

いをつよくする［意を強くする］（連語）增強信心。

いをとなえる［異を唱える］（連語）提出異議，提倡異說。

いをむかえる［意を迎える］（連語）討好，逢迎。

イン（名）界內球。↔アウト

いん［印］（名）印，圖章。△～をおす／蓋章。

いん［陰］（名）① 暗處，暗中。② 背陰處。↔陽

いん［韻］（名）韻。△～をふむ／押韻。

いん［殷］（名）〈史〉（中國）殷朝。

インアンドアウト［in and out］（名）時好時壞的，不定的。

いんい［陰萎］（名）〈醫〉陽萎。

いんイオン［陰イオン］（名）〈理〉陰離子。

いんいつ［淫逸］（名・形動）淫逸。

いんいつ［隠逸］（名）隱逸，隱居。

いんいん［殷殷］（形動トタル）（炮聲）隆隆。

いんう［陰雨］（名）陰雨，連綿雨。

いんうつ［陰鬱］（名・形動）陰沉，陰鬱。

いんえい［陰影］（名）① 陰影。② 含蓄的情趣。△～に富む文章／耐人尋味的文章。

いんおうご［印歐語］（名）〈語〉印歐語。

いんか［引火］（名・自サ）引火，點燃。

いんか［陰火］（名）鬼火。

いんが［印画］（名）洗照片，印相。

いんが［因果］I（名）① 因果，原因和結果。△～律／因果律。② 報應。△～応報／因果報應。II（形動）注定倒霉。△～な話／作孽。△～な身の上／不幸的身世。

いんが［陰画］（名）底片，底版。→ネガチブ ↔陽画

いんがい［員外］（名）定員之外，編外。△～教授／編外教授。

いんがい［院外］（名）國會之外。△～団／院外團體。

いんがおうほう［因果応報］（連語）因果報應。

いんかく［陰核］（名）〈解剖〉陰核。

いんがし［印画紙］（名）印相紙。感光紙。

いんかしょくぶつ［隠花植物］（名）〈植物〉隱花植物。

インカム［income］（名）收入，所得，收益。

インカムタックス［income tax］(名)〈經〉所得税。

いんがをふくめる［因果を含める］(連語) 説明原委 (勸人斷念)。

いんかん［印鑑］(名) ① 印鑒。△～証明／印鑒證明。② 圖章,印章。

インキ［ink］(名) ⇨インク

いんき［陰氣］(形動) 陰暗,陰鬱。△～な顔をする／愁眉苦臉。↔陽氣。

インキュベーター［incubator］(名) 早產兒保育箱。

いんきょ［隱居］(名・自サ) (退休後) 閑居。△楽～／安度晩年 (的人)。

いんきょく［陰極］(名) 陰極,負極。△～管／陰極管。△～線／陰極射線。↔陽極

いんぎん［慇懃］(形動) 殷勤,恭敬。

いんぎんぶれい［慇懃無礼］(連語) 貌似恭維,心實輕蔑。

インク［ink］(名) ① 墨水。② 印刷油墨。

インクァイアリー［inquiry］(名)〈經〉詢盤,詢價。

インクカートリッジ［ink cartridge］(名) 墨盒。

インクけし［インク消］(名) 消字靈。

インクジェットカラープリンタ［ink-jet color printer］(名) 彩色噴墨印表機。

インクジェットプリンタ［ink-jet printer］(名) 噴墨印表機。

インクスタンド［ink stand］(名) 墨水瓶台。

インクライン［incline］(名) 斜坡索車。

イングランド［England］〈國名〉英格蘭,英國。

イングリッシュガーデン［English garden］(名) 英國式庭園。

インクリボン［ink ribbon］(名) (記錄器) 紙帶,印表機墨帶。

インクリメント［increment］(名) 增加,遞增。

いんけい［陰莖］(名) 陰莖。

いんけつ［引決］(名・自サ) 引咎自殺。

いんけん［引見］(名・他サ) 接見。

いんけん［陰險］(名・形動) 陰險。

いんげんまめ［隱元豆］(名)〈植物〉菜豆,蕓豆,扁豆。

いんこ［鸚哥］(名)〈動〉鸚哥。

いんご［隱語］(名) 隱語,行話,黑話。

いんこう［咽喉］(名) ① 咽喉,嗓子。② 要道。△～の地／咽喉要道。

いんこう［引航］(名・他サ) 拖航。

いんこう［印行］(名・他サ) 印刷發行。

いんごう［因業］(形動) 殘酷無情,刻薄無情。

いんこく［印刻］(名・他サ) 刻圖章。

いんこく［陰刻］(名) 陰文 (印章)。

インゴット［ingot］(名) ① 錠,鋼錠。② 坯料,鑄塊。

インゴルフ［in golf］(名) 室內高爾夫球。

インサート［insert］Ⅰ (名・他サ) 插入。Ⅱ (名・ス自他)〈IT〉插入,插入字幕、廣告等物。→アペンド

インサートキー［insert key］(名)〈IT〉插入鍵。

いんざい［印材］(名) 印章料。

インサイド［inside］(名) ① (網球、排球) 界內球。↔アウトサイド ② 內部,(棒球) 本壘內角,(網球等的) 界內。

インサイドストーリー［inside story］(名) 揭露內情,揭露內情故事。

いんさつ［印刷］(名・他サ) 印刷。

いんさつでんしんき［印刷電信機］(名) 電傳打字電報機。

いんさつプレビュー［印刷プレビュー］(名)〈IT〉列印預覽。

いんさつようし［印刷用紙］(名)〈IT〉打印紙。

インザマッド［in the mud］(名) (電視) 圖像、音響不佳。

いんさん［陰慘］(形動) 淒慘。△～な光景／淒慘的情景。

いんし［因子］(名) 因子,因素。△遺伝～／遺傳因子。→ファクター

いんし［印紙］(名) 印花。△～税／印花税。

いんし［陰子］(名)〈理〉電子。

インジゴ［indigo］(名) 藍色 (繪畫顏料)。

いんしつ［陰湿］(形動) ① 陰濕。② 陰險刻毒,陰損。

インシデント［incident］(名) 發生的事,事情,事件,事故。

いんじゃ［隱者］(名) 隱士。

いんしゅ［院主］(名)〈宗〉(寺院的) 住持,方丈。

いんしゅ［飲酒］(名・自サ) 飲酒。△～にふける／沉湎於酒。

インシュアランス［insurance］(名) 保險,保險費。

いんしゅう［因習・因襲］(名) 因襲,舊習。△～にとらわれる／因循守舊。

インシュラリティ［insularity］(名) 島國根性,視野狹窄的想法。

インシュリン［insulin］(名)〈醫〉胰島素。

いんじゅん［因循］(名・形動) ① 因循,保守。△～姑息／因循姑息。② 猶豫不決,優柔寡斷。

いんしょう［印章］(名) 印章,圖章。

いんしょう［引証］(名・他サ) 引證。

いんしょう［印象］(名) 印象。△第一～／第一印象。

いんしょうしゅぎ［印象主義］(名)〈美術〉印象主義。

いんしょうてき［印象的］(形動) 印象深刻。△～な作品／印象深刻的作品。

いんしょく［飲食］(名・自他サ) 飲食。△～店／飲食店。

インショップ［inshop］(名) 店中店。

いんしん［音信］(名) ⇨おんしん

いんしん［殷賑］(形動) 興隆,繁榮。

いんしん［陰唇］(名) 陰唇。

いんすう［因数］(名)〈數〉因數。

いんずう［員数］(名) 名額。△～をそろえる／湊足名額。

いんすうぶんかい［因数分解］（名）因數分解。

インスタンス［instance］（名）〈IT〉例子，實例，事例，例圖。

インスタント［instant］（名・形動）速成。△～ラーメン／方便麵條。△～コーヒー／速溶咖啡。△～食品／快餐食品。

インスティテューション［institution］（名）島國性，島國根性。

インスティテュート［institute］（名）學會，協會，研究所。

インストーラー［installer］（名）〈IT〉安裝程式。

インストール［install］（名・ス他）〈IT〉安裝。

インストールプログラム［install program］（名）〈IT〉安裝程式。

インストールメント［installment］（名）① 分期付款。② 連載的第一部分。

インストラクション［instruction］（名）①〈IT〉指令。②〈心〉指示。

インストレーション［installation］（名）〈IT〉導入，安裝。

インスピレーション［inspiration］（名）靈感。

インスペクション［inspection］（名）① 視察，檢查，監視。②〈建〉（對建築物）進行評估，鑒定，（現常指購房時請專家同行進行鑒定）③ 特指高山。

インスペクター［inspector］（名）① 檢查員，視察員，督導者。②（田徑比賽的）監場員。

いんせい［院生］（名）研究生。

いんせい［隠棲］（名・自サ）隱居。

いんせい［陰性］（名）① 內向，消極。△～の性格／沉悶的性格。②〈醫〉陰性反應。↔ 陽性

いんせい［陰晴］（名）陰晴。

いんせい［隕星］（名）〈天〉隕星，隕石。

いんぜい［印税］（名）版稅。

いんせき［姻戚］（名）姻親。

いんせき［隕石］（名）隕石。

いんせき［引責］（名・自サ）引咎。△～辞職／引咎辭職。

インセキュリティー［insecurity］（名）① 不安全，無保障。② 不穩定，不牢靠。③ 不安，心神不寧。

インセスト［incest］（名）亂倫。

いんぜん［隠然］（形動トタル）潛在的，背後的。△～たる勢力／潛在的勢力。

いんぞく［姻族］（名）⇨いんせき

いんそつ［引率］（名・他サ）率領。△～者／領隊。

インソムニア［insomnia］（名）失眠症。

インターアクション［interaction］（名）相互作用。

インターオペラビリティ［interoperability］（名）互操作性，互用性，通用性。

インターカレッジ［intercollegiate game］（名）學院之間的、大學之間的、校際間的對抗賽。

インターセプト［intercept］（名）（足球等）斷球，截奪。

インターチェンジ［interchange］（名）高速公路出入口。

インターナショナリズム［internationalism］（名）國際主義。

インターナショナル［international］（名・形動）① 國際的。② 國際歌。

インターナル［internal］（ダナ）內部的，體內的，國內的。

インターネット［internet］（名）〈IT〉網絡，英特網。

インターネットエクスプローラ ⑫［Internet Explorer］（名）〈IT〉IE 瀏覽器。

インターネットオークション［Internet auction］（名）網上拍賣。

インターネットおたく［インターネットお宅］（名）〈IT〉網蟲，網迷。

インターネットカフェー［internet café］（名）〈IT〉網吧。

インターネットぎんこう［インターネット銀行］（名）〈IT〉網絡銀行，網上銀行。

インターネットセキュリティー［internet security］（名）〈IT〉網絡安全。

インターネットちゅうどく［インターネット中毒］（名）〈IT〉網蟲，網迷。（也作"ネット中毒"）

インターネットつうはん［インターネット通販］（名）〈IT〉網絡營銷。

インターネットバンキング［Internet banking］（名）〈IT〉網絡銀行。

インターハイ［interhigh］（名）高中校際體育比賽。全國高中運動會。

インターバル［interval］（名）①（棒球）投球間隔。② 幕間休息。

インターバンク［interbank dealing］（名）銀行間的外匯交易。

インターフェア［interfere］（名）〈體〉① 干擾對方競技。② 佔道，侵入其他選手的跑道。

インターフェース［interface］（名）① 介面，分介面。②（兩獨立系統間互相銜接並相互影響的）接合部位，邊緣區域。③〈IT〉介面，介面。

インタープリター［interpreter］（名）① 口譯者，翻譯者。②〈IT〉譯印機，解釋程式。

インタープリテーション［interpretation］（名）① 解釋，說明。② 表演，演奏。③ 翻譯，口譯。

インターホン［interphone］（名）內綫電話機，對講機。

インターレース［interlace］（名）〈IT〉交錯，交叉，組合。

インターロック［interlock］（名）互鎖，連鎖。

インターン［intern］（名）① 實習醫生。② 實習美容師。

インターンシップ［internship］（名）（大學生的）實習。

いんたい［引退］（名・自サ）引退。△政界から～する／退出政界。

インダストリアル［industrial］（名）工業的，產業的。

インタビュー［interview］（名・自サ）採訪，專訪。△受賞者に～する／採訪獲獎者。

インタビューアー［interviewer］（名）接見者，採訪者。

インタラクティブ［interactive］（名・ダナ）①互相作用的，互相影響的。②〈IT〉交互的，人機對話的。

インタラプト［interrupt］（名・ス自）中斷。

インタレスト［interest］（名）利益，利害關係。

インタレストグループ［interest group］（名）①興趣，愛好。②利害關係，利益。③利息，利率。

インタロゲーションマーク［interrogation mark］（名）問號。→クェスチョンマーク

インチ［inck］（名）英寸。

いんち［引致］（名・他サ）拘捕。

いんち［印池］（名）印泥盒。

いんちき（名・形動）作弊，作假。△～商品／冒牌商品。

いんちょう［院長］（名）院長。

インディアン［Indian］（名）印第安人。

インディアンサマー［Indian summer］（名）小陽春天氣，特指在美國、加拿大從晚秋到初冬的好天。

インディオ［indio］（名）（南美、中美的）印第安人。

インディビジュアリズム［individualism］（名）個人主義，利己主義。

インディペンデント［independent］（ダナ）①獨立的，自主的。②無所屬的。

インテグラル［integral］（名）①積分。②積分記號"∫"的叫法。

いんてつ［隕鐵］（名）隕鐵。

インデックス［index］（名）①索引。△～カード／索引卡片。②指標。③〈經〉指數。

インテリ（名）知識分子。△青白き～／白面書生。

インテリア［interior］（名）室内裝飾。

インテリアデザイン［interior design］（名）室内裝修設計。

インテリジェンス［intelligence］（名）智慧，知識。

インテリジェント［intelligent］（名・ダナ）①聰明的，有才智的，有靈性的。②〈IT〉智慧的。

インテル［intel］（名）〈IT〉英特爾，電腦晶片、網絡和通信產品的製造商。

インテレスト［interest］（名）〈經〉①利息，利率。②股權，所有權，產權。

インテロサット［intelsat］（名）國際通信衛星組織。

いんでんき［陰電氣］（名）〈理〉陰電，負電。↔陽電氣

いんでんし［陰電子］（名）⇨電子

インデント［indent］（名・ス自）〈IT〉縮進。

インド［india］〈國名〉印度。

いんとう［咽頭］（名）〈解剖〉咽頭。

いんとう［淫蕩］（形動）淫蕩。

いんどう［引導］（名）〈宗〉引導，超度亡魂的經文。

いんどうをわたす［引導を渡す］（連語）下最後結論。

いんとく［陰德］（名）陰德。

いんとく［隱匿］（名・他サ）隱匿。△～物資／隱匿物資。△犯人を～する／隱匿犯人。

イントネーション［intonation］（名）〈語〉語調，抑揚。

インドネシア［Indonesia］〈國名〉印度尼西亞。

イントロダクション［introduction］（名）①序，序言。②引導，介紹。③序曲。

いんとん［隱遁］（名・自サ）隱遁。

インナー［inner］（名）（足球）左右邊鋒。

インナーキャビネット［inner cabinet］（名）核心内閣。

インナーシティー［inner city］（名）市中心。

インナースペース［inner space］（名）①大氣圏内。②内心世界，下意識。

いんない［院内］（名）①院内。②（日本）參議院、眾議院的内部。

いんにく［印肉］（名）印泥，印色。

いんにこもる［陰にこもる］（連語）悶在裏面。

いんによう［陰に陽に］（連語）或明或暗，明裏暗裏。

いんにん［隱忍］（名・自サ）隱忍，忍耐，忍受。△～自重／隱忍持重。

いんねん［因縁］（名）①〈宗〉（前世）因縁。②因縁，關係。△しかし，～だね／也是命該如此。

いんねんをつける［因縁をつける］（連語）找碴兒。△お前なんかに因縁をつけられる覚えはない／你休想抓我的甚麼小辮子。

いんのう［陰囊］（名）陰囊。

いんばい［淫売］（名）賣淫。

インパクト［impact］（名）①衝擊，碰撞。②強烈影響。

インバランス［imbalance］（名）不平衡，不均衡，失調。

インパルス［inpulse］（名）①衝動，刺激，衝擊。②脈衝，衝量，衝力。

いんび［隱微］（名）隱隱約約，藏而不露。

いんぴ［隱避］（名・他サ）〈法〉隱庇。

インピーダンス［impedance］（名）（電）電阻（符號Ω）。

インビテーション［invitation］（名）招待，請束，邀請書。

インビトロファーティライゼーション［in-vitrofertilization］（名）體外受精。

いんぶ［陰部］（名）陰部。

いんぷ［淫婦］（名）淫婦。

インファイト［infighting］（名）（拳擊等的）近擊。

いんぷう［淫風］（名）淫風。

インフェリオリティーコンプレックス［infe-riority complex］（名）自卑感。

インフォーマル［informal］（名）①非正式的。②便裝。

インフォメーション [information] (名) ① 問訊處。② 情報，信息。

インフォメーションウォーフェア [information warfare] (名) 〈IT〉資訊戰。

インフォメーションサイエンス [information science] (名) 〈IT〉資訊科學。

インフォメーションセキュリティー [information security] (名) 〈IT〉資訊安全。

インフォメーションセンター [information center] (名) 資訊中心。

インプット [input] (名・自他サ) 輸入。

インフラ [infra] (名) ("インフラストラクチャー" 的縮略語) 基礎設施。

インフラストラクチャー [infrastructure] (名) 基礎，(社會、國家或一個地區居民賴以生存的) 基礎結構和設施 (如交通運輸、動力、通信、教育。

インプリメンテーション [implementation] (名) 執行，完成。

インフルエンザ [influenza] (名) 〈醫〉流感。

インフルエンス [influence] (名) 影響，效果，勢力，威信。

インフレ [inflation] (名) ("インフレーション" 的略語) 通貨膨脹。↔ デフレ

インフレーション [inflation] (名) ⇨ インフレ

インフレータブルボート [inflatable boat] (名) 充氣船，橡皮艇，漂流艇。

いんぶん [韻文] (名) 韻文。↔ 散文

いんぺい [隠蔽] (名・他サ) 隱瞞，掩蓋。△事實を～する／掩蓋事實。

インベストメント [investment] (名) 〈經〉投資。

インペリアル [imperial] (ダナ) ① 帝國的，皇帝地位的，最高 (權力) 的。② (商品等的) 特優的，特級的，特大的。

インペリアル [imperial] (名) 帝國的，皇帝的。

インベンション [invention] (名) 發明。

インポ (名) ⇨ インポテンツ

インボイス [invoice] (名) 貨票，發貨單。

いんぼう [陰謀] (名) 陰謀。

インポーター [importer] (名) 〈經〉進口商。

インポートライセンス [import licence] (名) 〈經〉進口許可證。

インポジター [impositor] (名) 幻燈放映機。

インポシブル [impossible] (ダナ) 不可能的。

いんぼつ [湮没] (名・自サ) 湮没，埋没。

インボックス [inbox] (名) 〈IT〉收件箱，收信箱。

インポテンツ [Impotenz] (名) 陽萎。

いんめつ [湮滅] (名・自サ) 毀滅，銷毀。△証拠を～する／銷毀證據。

いんもう [陰毛] (名) 陰毛。

インモラル [immoral] (ダナ) 不道德的，敗壞道德的，放蕩的。

いんもん [陰門] (名) 陰門。

いんゆ [引喩] (名) 引喩。△～法／引喩法。

いんゆ [隠喩] (名) 隱喩，暗喩。↔ 直喩。

いんよう [引用] (名・他サ) 引用。△～符／引號。△～文／引文。

いんよう [陰陽] (名) ① 陰陽。② 〈理〉陰極和陽極。

いんよう [飲用] (名・他サ) 飲用。

いんよく [淫慾] (名) 淫慾，肉慾。

インラインスケート [in-line skates] (名) 用鞋底滑輪曁成一列的溜冰鞋溜冰，直列式極限滑，直排輪溜。

いんらん [淫乱] (名) 淫亂。

いんりつ [韻律] (名) 韻律。

いんりょう [飲料] (名) 飲料。△清涼～／清涼飲料。

いんりょうすい [飲料水] (名) 飲用水。

いんりょく [引力] (名) 〈理〉引力。△万有～／萬有引力。↔ 斥力

いんれき [陰暦] (名) 陰暦，農曆。△～の正月／農曆正月。

いんわい [淫猥] (名・形動) 淫猥，猥褻。

う ウ

う［卯］（名）①（地支第四位）卯。②東方。③卯時。

う［鵜］（名）〈動〉鸕鷀，魚鷹。

う（助動）①表示意志。△今度はしっかりやろ〜／這回好好幹！②表示請對方一起行動。△一緒にいこ〜／一起去吧！③表示推測。△北国の冬は寒かろ〜／北方的冬天冷吧！④以“…うが”、“…うと”、“…うとも”、“…うものなら”的形式表示假想。△なにがおころ〜と，わたしの責任ではない／無論發生甚麼事情都不是我的責任。

うい−［初］（接頭）初，初次。△〜陣／初次上陣。

ウィーク［weak］（名）〈經〉疲軟，市價下跌。

ウィーク［week］（名）週，星期。

ウイークエンド［week end］（名）週末，週末假日。

ウイークデー［week day］（名）（除星期六、星期日的）平日。

ウイークポイント［weak point］（名）弱點，要害。

ウイークリー［weekly］（名）週報，週刊。

ウイークリーマガジン［weekly magazine］（名）週刊雜誌。

ウィークリーマンション［weekly mansion］（名）可以租用一週的公寓。

ウィーン［德 Wien］〈地名〉維也納。

ういういし・い［初初しい］（形）未經世故，純真。△〜乙女／純真無邪的少女。↔すれっからし

ういき［雨域］（名）降雨地區。

ういきょう［茴香］（名）〈植物〉茴香。

ウィザード［wizard］（名）〈IT〉①指南。②非常了解電腦硬件、軟件知識的人。

ういじん［初陣］（名）初次上陣。

ウイスキー［whisky］（名）威士忌（酒）。

ウィッチ［witch］（名）魔女。

ウイット［wit］（名）（談吐）機智，諧謔。→機知，當意即妙，機轉

ういてんぺん［有為転変］（名）〈宗〉世事變幻無常。△〜の世のなか／變幻無常的人世。↔万物流転

ウイナー［winner］（名）勝利者。

ういまご［初孫］（名）第一個孫子（女）。→はつまご

ウィルス［virus］（名）〈IT〉病毒，電腦病毒。

ウイルス［virus］（名）〈醫〉病毒。⇨ビールス，バイラス

ウイン［win］（名）贏，勝利。

ウインカー［winker］（名）汽車的方向指示燈。

ウインク［wink］（名・自サ）①使眼色，擠咕眼。②眉目傳情，送秋波。

ウイング［wing］（名）①翼，翅膀。②（舞台、建築物）兩側。③（足球）邊鋒。

ウィンタースポーツ［winter sports］（名）冬季戶外運動。

ウインチ［winch］（名）起重機。

ウインドウピリオド［window period］（名）〈醫〉空窗期，窗口期。

ウインドー［window］（名）〈IT〉窗口。

ウインドーシート［window seat］（名）飛機、列車靠窗的座位。

ウインドーショッピング［window-shopping］（名）不買任何東西，只欣賞瀏覽商店櫥窗。

ウインドーズ［Windows］（名）〈IT〉微軟的視窗作業系統。（也作“ウィンドウズ”）

ウインドサーフィン［windsurfing］（名）〈體〉水上滑艇。

ウーファー［woofer］（名）〈IT〉低音喇叭，低音揚聲器。

ウール［wool］（名）①羊毛。②毛綫。③毛織品。

うえ［上］（名）①上，上面。△下から〜を見る／從下往上看。↔下（した）②表面。△紙の〜に現われない意味／沒寫到紙上的言外之意。→表がわ。③（地位、等級、程度等）高。△〜の人／上司。④（年齡）大。△三つの兄／長三歲的哥哥。↔下⑤…方面。△仕事の〜での苦労／工作上的辛勞。→面⑥關於…△身の〜の話／關於身世的談話。⑦（用“…した上”的形式）加之，而且。△しかられた〜に罰金まで取られた／不但挨了訓，而且還被罰了款。⑧（用“…した上の形式”）…之後。△聞いた〜で決める／聽了之後再決定。

− うえ［上］（造語）表示對長輩的尊敬。△父〜／父親大人。△母〜／母親大人。

うえ［飢え・餓え］（名）飢餓。△〜死（に）／餓死。→飢餓，ひぼし

ウエア［wear］（造語）衣物，衣服。△スポーツ〜／運動服。

ウェアハウス［warehouse］（名）倉庫。

ウエアラブルコンピューター［wearable computer］（名）〈IT〉（手錶式電腦等）可佩帶的電腦。

ウェイティングリスト［waiting list］（名）〈經〉訂購單，訂貨單，待建專案。

ウエイトレス［waitress］（名）（餐廳等的）女服務員。→ウエートレス

ウェースト［waste］（名）浪費，廢棄物，廢物。

ウエーター［waiter］（名）男服務員，男侍者。

ウエート［weight］（名）①重量。②體重。③重點。△勉強に〜をおく／把重點放在學習上。

ウエーバー［Carl Mariavon Weber］〈人名〉韋貝爾（1786-1826）。德國作曲家。

ウエーブ［wave］（I 名）音波，光波，電波。△マイクロ〜／微波。II（名自サ）波浪式頭髮，波浪式燙髮。→カール

うえき［植木］（名）栽種的樹。△～の手入れをする／修剪花木。

うえきばち［植木鉢］（名）花盆。

うえこみ［植え込み］（名）①（栽植在庭院中的）樹叢。②栽種（薯類秧苗）。

ウェザー［weather］（名）氣候，天氣。

うえさま［上様］（名）①（收據上代替對方姓名的稱呼）台端。②（敬）大人。

うえした［上下］（名）①上和下。②顛倒。△運搬の間に～になった／搬運時弄顛倒了。

うえじに［飢え死（に）］（名・自サ）餓死。→餓死

ウエス［waste］（名）（油污的）廢物。

ウエスタン［Western］（名）①美國西部的。②（表現開拓美國西部時期的）西部電影、戲劇等。③（美國）西部音樂。

ウエスタンロール［western roll］（名）〈體〉滾式跳高。

ウエスト［waist］（名）①腰，腰部。②腰圍。△～が細い／腰細。

ウエストピッチ［waste pitch］（名）⇨ウエストボール

ウエストポーチ［waist pouch］（名）掛在腰間的小包。

ウエストボール［wasteball］（名）（棒球）棄球，棄投。

うえつけ［植え付け］（名・他サ）①移植。②插秧。

うえつ・ける［植え付ける］（他下一）①移植。②灌輸。△不信感を～／灌輸不信任感。

ウェット［wet］（ダナ）①濕的，多愁善感的，感情脆弱的。②濕的。

ウエット［wet］（形動）感傷，多愁善感。△～な性格／易傷感的性格。多愁善感。

ウエットランド［wetland］（名）（尤指為野生動物保存的）濕地，沼澤地。

ウエディング［wedding］（名）①結婚。②婚禮。

うえにはうえがある［上には上がある］（連語）天外有天。

ウエハース［wafens］（名）威化餅乾。

ウェブ［Web］（名）〈IT〉萬維網。（也作"ウェッブ"）

ウェブカメラ［web camera］（名）〈IT〉網絡鏡頭。

ウェブサイト［web site］（名）〈IT〉網站。

ウェブブラウザー［web browser］（名）〈IT〉瀏覽器。（也作"ウェブブラウザ"）

ウェブページ［web page］（名）〈IT〉網頁，頁面。

ウェブマスター［webmaster］（名）〈IT〉版主，站長，網站管理員。

ウェブログ［weblog］（名）〈IT〉博客，網絡日記。

うえぼうそう［植え疱瘡］（名）種痘。

う・える［飢える・餓える］（自下一）①飢餓。②渴望。△愛に～／渴望愛情。

う・える［植える］（他下一）①種植。②培植，移植（細胞、細菌等）。△種痘を～／種痘。③嵌入。△活字を～／排字。④灌輸。△排外思想を～／灌輸排外思想。

ウエルカム［welcome］（名）歡迎。

ウエルターきゅう［ウェルター級］（名）（拳擊）次中量級。

ウエルダン［well-done］（名）①（料理）牛排等烤得透，煮得熟。②太好了，做得好。

ウェルネス［wellness］（名）健康，身體好，良好。

ウエルバランス［well balanced］（名）①很平衡的，很均勻的。②思想穩健的，頭腦清醒的。

うえをしたへのおおさわぎ［上を下への大騒ぎ］（連語）鬧得天翻地覆。

うえん［迂遠］（名・形動）①（道路）迂迴。②不切實際。△～な空談／不切實際的空談。

うえん［有縁］（名）有緣。

うお［魚］（名）魚。△川～／河魚。△海～／海魚。

うおいちば［魚市場］（名）魚市。

うおうさおう［右往左往］（名・自サ）四處亂竄。

ウォー［war］（名）戰爭。

ウォーキング［walking］（名）①步行，走。②競走。

ウォーキングシューズ［walking shoes］（名）散步用鞋。

ウォーキングディクショナリー［walking dictionary］（名）活字典，知識淵博。

ウォークイン［walk-in］（名）①無預訂而來（的散客）。②電影場面中有點引人注目的臨時演員。

ウォークインクローゼット［walk-in closet］（名）大得能走進去的壁櫥等，衣帽收藏間。

ウオークマン［Walkman］（名）便攜式立體聲收錄機。

ウオーゲーム［war game］（名）①軍事演習。②（用模型士兵等研究戰術、戰略的）圖上（或沙盤等）軍事演習，錄影的戰爭遊戲。

ウォーター［water］（名）水。

ウォーターシューズ［water shoes］（名）水鞋（在水中、或做水上運動穿的軟底防滑鞋）。

ウオーニング［warning］（名）警告，提醒，預告，告誡。

ウオーミングアップ［warming-up］（名・自サ）〈體〉準備活動。

ウオーム［warm］（ダナ）暖的，溫暖的，暖和的。

ウオームカラー［warm color］（名）（紅色、黃色等）暖色。

ウォールがい［ウォール街］〈地名〉華爾街。

ウオールストリート［Wall Street］（名）華爾街（美國紐約市曼哈頓南部的一條街道，是美國金融機構的集中地，現常作金融市場或金融界的代名詞。）

ウォールペーパー［wallpaper］（名）〈IT〉壁紙，桌面背景。→かべがみ

うおがし［魚河岸］（名）⇨うおいちば

うおかす［魚滓］（名）魚滓。（剔去魚肉後剩下的魚頭、魚骨及臟器等，可作肥料）。

うおごころあればみずごころ［魚心あれば水心］（連語）你若有誠心，我也有實意。

ウオッカ [vodka]（名）伏特加（酒）。

ウオッチ [watch]（名）① 手錶，懷錶。② 看守，值班。

ウォッチドッグ [watchdog]（名）監視器。

ウオッチマン [watchman]（名）① 看守人員，警衛員。② 巡夜人員，值夜人員。

ウオッチング [watching]（名）（對動物生態、自然狀態等進行）觀察，注視。

うおのみずをえたよう [魚の水を得たよう]（連語）如魚得水。

うおのみずをはなれたよう [魚の水を離れたよう]（連語）如魚離水。

うおのめ [魚の目]（名）雞眼。

うおんびん [う音便]（名）〈語〉（形容詞的連用形的詞尾 "く" 變成 "う" 的）"う" 音便。

うか [羽化]（名・自サ）〈昆蟲〉羽化。

うかい [鵜飼い]（名）① 用魚鷹捕魚。②（用魚鷹捕魚的）漁夫。

うかい [迂回]（名・自サ）迂迴。△～して前進する／迂迴前進。△～路／迂迴道路。→遠まわり

うがい [嗽]（名・自サ）嗽口，含嗽。

うかうか（副・自サ）① 悠閑。△～と暮す／悠閑度日。② 不留神。△～と口車にのる／不留神上了當。

うかがい [伺い]（名）請示。△～を立てる／請示。△御機嫌～をする／請安。

うかが・う [伺う] Ⅰ（他五）（謙）請教，聽。△このことについて御意見を～いたい／想聽聽您對這個問題的意見。△忌憚のないところを～わせてください／請直言不諱地對我提出意見。△ご病気と～いましたがいかがですか／聽説您病了，好了嗎？Ⅱ（自五）拜訪。△お宅に～います／去府上拜訪。

うかが・う [窺う]（他五）① 窺視。△鍵穴から中を～／從鑰匙眼偷看中。△顔色を～／察言觀色。② 伺機。△すきを～／伺機。③ 看出。△この一事からも彼女の人柄が～われる／從這一件事也可以看出她的為人。

用法提示 ▼
在中文和日文的分別
中文的 "窺" 有 "暗中察看、伺機圖謀" 的意思，通常有貶義。日文不一定有貶義。

折（おり）、機会（きかい）、チャンス、きっかけ、隙（すき）、反撃（はんげき）の機（き）

うかさ・れる [浮かされる]（自下一）① 神志不清。△熱に～れてうわごとを言う／燒得説胡話。② 着迷，醉心於。△ゴルフ熱に～／迷上了高爾夫球。

うか・す [浮かす]（他五）① 使漂浮。△舟を水に～／使小船浮在水上。△腰を～／欠起身來。② 省出，餘出。△費用を 2 万円～／省出費用二萬日圓。

うかつ [迂闊]（形動）疏忽，稀裏糊塗。△～にも気づかなかった／稀裏糊塗沒察覺。△～に手出しはできない／不能輕易動手。

うが・つ [穿つ]（他五）① 挖，穿。△雨だれ石を～／滴水穿石。②〈舊〉穿（褲子、鞋等）。△袴を～／穿裙褲。→はく ③ 説穿，道破，看透。△～ったことを言う／一語道破。

うかとうせん [羽化登仙]（名）羽化登仙。

うかぬかお [浮かぬ顔]（連語）愁眉苦臉。

うかば・れる [浮かばれる]（自下一）①（死者）成佛，超度。△これで仏も～だろう／這樣，死者也就能瞑目了吧。② 有臉面，臉上有光。△成功しなかったら～れない／若不成功，臉上無光。

うかびあが・る [浮かび上がる]（自五）① 漂上來。② 出現，露出來。△捜査線上に彼の名が～った／捜査過程中出現了他的名字。③ 出頭。△下積からやっと～った／久居人下，總算出了頭。

うか・ぶ [浮かぶ]（自五）① 漂，浮。△空に～雲／飄在天空中的雲。② 浮現，現出。△臉に母の面影／浮現在眼前的母親的面容。↔ 消える ③ 想起。△名案が～／想出好主意。

うか・べる [浮かべる]（他下一）① 使漂浮。△湖上に舟を～／泛舟湖上。② 現出。△笑みを～／現出笑顔。③ 想起。△胸に～／浮現在心中。

うか・る [受かる]（自五）及第，考取。△試験に～／考試及格。↔ 落ちる，すべる

うかれめ [浮（か）れ女]（名）娼妓。

うか・れる [浮かれる]（自下一）樂不可支，喜不自勝。△～れて踊る／情不自禁地跳起舞來。→浮き浮きする ↔ しずむ

うがん [右岸]（名）右岸。↔ 左岸

ウガンダ [Uganda]〈国名〉烏干達。

うき [浮き]（名）①（釣魚用）浮標，浮子。② 救生圈。

うき [右記]（名）右記，以上。→上記，以上 ↔ 左記，以下

うき [雨季・雨期]（名）雨季。↔ 乾季

うきあが・る [浮き上がる]（自五）① 浮出。△魚が～／魚浮出水面。② 凸出，現出輪廓。△山のいただきが～ってきた／山頂現出輪廓。③ 脱離。△みんなから～／脱離羣眾。

うきあしだ・つ [浮き足立つ]（自五）① 驚慌。△これくらいのゲバで～っては困る／這麼點暴力就驚慌失措可不行。② 準備逃跑。△全体が～／全都要溜了。

うきいし [浮（き）石]（名）① 輕石，浮石。② 浮堆的岩石。

うきうき [浮き浮き]（副・自サ）樂不可支。

うきおり [浮（き）織（り）]（名）① 提花。② 提花織物。

うきがし [浮（き）貸（し）]（名・他サ）賬外貸款。

うきぎ [浮（き）木]（名）① 船，木筏。② 浮在水面的木頭。△～の亀／千載難逢。

うきくさ [浮き草]（名）①〈植物〉浮萍。②〈喻〉漂泊不定。△～のような生活／漂泊不定的生活。△～稼業／流動不定的職業。

うきぐも［浮き雲］(名) ① 浮雲。② 不安定，沒有着落。△～の生活／不安定的生活。

うきしずみ［浮き沈み］(名・自サ) ①(物體) 沉浮。②〈喩〉盛衰，榮辱。△～の多い人生／榮辱多變的人生。

うきしま［浮(き)島］(名) ① 湖泊中的島形草叢。②(海市蜃樓的)島形影像。

うきだ・す［浮き出す］(自五) ① 浮出。② 凸現，鮮明。△黒地に金文字を～にした看板／黑地上金字突出的招牌。

うきた・つ［浮き立つ］(自五) 喜洋洋。△春は人の心を～たせる／春天使人快活。→うきうきする

うきな［浮(き)名］(名) 艷聞。

うきはし［浮(き)橋］(名) 浮橋。

うきぶくろ［浮き袋］(名) ① 救生圈。② 魚鰾。

うきぼり［浮き彫り］Ⅰ (名) 浮雕。Ⅱ (他サ) 刻畫，凸出。△生活の苦しさが～にされた／生活的苦痛被刻畫出來。

うきみをやつす［憂き身をやつす］(連語) 沉迷，癡迷。△恋にうきみをやつす／為愛情而神魂顛倒。

うきめ［憂き目］(名) 痛苦的體驗。△～を見る／吃苦頭。△～に会う／遭到不幸。

うきよ［浮き世］(名) ①〈宗〉塵世，浮世。△～のはかなさ／浮世的無常。② 現世，社會，世上。△ままにならぬは～の習い／不如意事常八九。

うきよ-［浮世］(接頭)(江戸時代多用) 現代的，流行的。△～絵／浮世繪。△～草子／江戸時代的風俗小説。

う・く［浮く］(自五) ① 浮，漂。→浮かぶ ↔ しずむ ② 現出，浮現。△脂が顔に～／臉上現出油汗。③ 動搖，晃蕩。△前歯が～／門牙晃蕩了。④ 游離。△国民から～いた政治／脱離國民的政治。⑤ 富餘，省出。△交通費が～／省出交通費。⑥ 輕浮。△～いたうわさ／桃色新聞。⑦ 高興。△気が～／心情好。

うぐ［迂愚］(名・形動) 愚鈍。

うぐいす［鶯］(名) ①〈動〉黃鶯。② 歌喉美妙的女人。

うぐいすいろ［鶯色］(名) 茶綠色。

うけ［筌］(名) (捕魚的竹器) 筌。

うけ［受け］(名) ① 收，接。△～渡し／交接。② 答應。△気安く～する／欣然允諾。③ 評價，人緣。△～がいい(悪い)／人緣好(不好)。④ 防守。△攻めと～／攻擊與防守。

うけ［受け］(造語) 容器，支架。△郵便～／信箱。△軸～／軸承。

うけ［有卦］(名) 好運氣，紅運。

うけ［請け］(名) ("請け人"的略語) 保人。△～に立つ／擔保。

うけあ・う［請けあう］(他五) ① 承擔。② 保證。△品質はわたしが～います／質量我保證。

うけい・れる［受け入れる］(他下一) ① 接收(物品)。② 接受(意見，要求等)。△勧告を～／接受勸告。③ 接納(人員)。△難民

を～／接受難民。

うけうり［受け売り］(名・他サ) ① 轉賣。② 現買現賣，聽話學話。△ひとの～ばかりしている／淨照搬別人的。

うけおい［請負］(名) 包工。△～師／承包商。

うけお・う［請け負う］(他五) 承包，包工。

うけぐち［受(け)口］(名) ① 投物口。② 下唇突出的嘴，地包天。

うけたまわ・る［承る］(他五) ① 恭聽。② 遵從，接受。③ 敬悉。

うけつ・ぐ［受け継ぐ］(他五) 繼承。→ひき継ぐ

うけつ・ける［受け付ける］(他下一) ① 受理。△願書を～／受理申請書。→受理する ② 接受(要求，意見等)。△忠告さえ～けない／連忠告都聽不進去。③ (用"受け付けない"的形式表示) 接受不了，容納不了。△病人は食べものを～いない状態だ／病人處於不能進食的狀態。

うけと・める［受け止める］(他下一) ① 接住。△ボールを～／接住球。② 阻止。△刀を～／擋住刀。③ 正視。△この現実を～／正視這種現實。

うけとり［受取・受け取り］(名) ① 收，領。② 收據，收條。→受領証，領収書，レシート

うけとりにん［受け取り人・受取人］(名) 收件人，收取人。↔ 差し出し人

うけとりりそく［受取利息］(名)〈經〉存息。

うけと・る［受けとる・受け取る］(他五) ① 接，收，領。△手紙を～／接到信。② 理解，領會。△善意に～／善意地理解。△お世辞をまともに～／把奉承話當真。

うけなが・す［受け流す］(他五) ①(劍術等) 避開，擋開。② 搪塞，應付。△柳に風と～／巧妙地應付過去。△母の小言を柳に風と～／把母親的教訓當耳旁風。

うけにいる［有卦に入る］(連語) 走運。

うけみ［受け身］(名) ① 被動，守勢。△～になる／陷入被動。②〈語〉被動態。③ (柔道)免受傷害的跌倒方法。

うけもち［受け持ち］(名) ① 擔任，擔當。② 主管人。△一年生の～／一年級的班主任。

うけも・つ［受け持つ］(他五) 擔任，負責。

う・ける［受ける］Ⅰ (他下一) ① 收，接，接受。△注文を～／接受訂貨。② 受到，得到。△賞を～／得獎。③ 受，遭受。△害を～／受害。④ (也寫"承ける") 繼承。△家業を～／繼承家業。Ⅱ (自下一) 受歡迎。△世間に～／受社會歡迎。

う・ける［請ける］(他下一) ① 承包。② 贖回。△質ぐさを～／把當的東西贖回來。

うけわたし［受け渡し］(名・他サ) ① 交接。②〈經〉現款付貨。

うげん［右舷］(名) 右舷。↔ 左舷

うご［雨後］(名) 雨後。

うごうのしゅう［烏合の衆］(連語) 烏合之眾。

うごか・す［動かす］(他五) ① 移動。② 搖動。③ 改變，否定。△～しがたい事実／鐵的事實。

④ 開動。△エンジンを～/開動發動機。⑤ 動員，發動。△部下を～/發動部下。⑥ 動用。△大金を～/動用巨款。⑦ 打動，感動。△心を～/動人心弦。

うごき［動き］(名)① 動，活動。△～がとれない/動彈不得，進退維谷。② 變化，動向。△世界の～/世界的動向。

うご・く［動く］(自五)① 動，移動。② 搖動，擺動。△歯が～/牙活動了。③ 變動。△職場が～/換了工作崗位。④ 動搖。△決心が～/決心動搖了。⑤ 運轉。△就職のために～/為就職而活動。

うこさべん［右顧左眄］(名・自サ) 左顧右盼。→左顧右眄

うごのたけのこ［雨後の筍］(連語) 雨後春筍。

うごめか・す［蠢かす］(他五) 使動彈。△得意の鼻を～/洋洋得意。

うごめ・く［蠢く］(自五)① 蠕動。② 蠢動。→蠢動する

うこん［鬱金］(名)①〈植物〉鬱金。② 薑黃色。

うさぎ［兎］(名) 兔。

うさばらし［憂さ晴らし］(名・自サ) 消愁，解悶。△～に酒を飲む/借酒澆愁。

うさんくさ・い［うさん臭い・胡散臭い］(形) 可疑，奇怪。△～男/形跡可疑的人。△～そうな目で人を見る/用懷疑的眼光看人。

うし［牛］(名) 牛。

うし［丑］(名)①(地支第二位) 丑。② 丑時。

うし［齲歯］(名) 齲齒。

うじ［氏］(名)① 姓氏。② 家世。③ 氏族。

うじ［蛆］(名) 蛆。

うじがみ［氏神］(名)① 氏族神。② 地方守護神，土地爺。

うじこ［氏子］(名)① 氏族神的子孫。②(某一神社的) 信徒。

うしとら［艮・丑寅］(名) 東北方。

うしな・う［失う］(他五)① 丟失，失去。△気を～/失神。② 錯過(機會等)。△チャンスを～/錯過機會。③ 迷失。△道を～/迷路。④ 喪，亡。△父を～/喪父。

うしにひかれてぜんこうじ［牛に引かれて善光寺］(連語) 無心栽柳柳成蔭。

うしのあゆみ［牛の歩み］(連語) 遲緩。

うしのよだれ［牛の涎］(連語) 又細又長，冗長。

うしはうしづれうまはうまづれ［牛は牛連れ馬は馬連れ］(連語) 物以類聚。

うしみつ［丑三つ・丑満つ］(名)① 丑時三刻。② 半夜。△草木も眠る～時/萬籟俱寂時。

うじむし［うじ虫・蛆虫］(名) 蛆蟲。

うじょう［有情］(名)① 有感情。↔ 無情② 有感情的動物。↔ 非情

うじよりそだち［氏より育ち］(連語) 教育勝於出身。

うしろ［後ろ］(名)① 後面。△～をふりむく/回頭。↔ まえ，さき② 後部，後尾。③ 背面。△戸棚の～/櫃櫥的背面。④ 後背。△敵に～

を見せる/臨陣脱逃。

うしろあし［後ろ足］(名) 後腿。

うしろがみ［後ろ髪］(名) 腦後的頭髮。△～を引かれる/難捨難離。

うしろぐら・い［後ろ暗い］(形) 內疚。

うしろすがた［後ろ姿］(名) 背影。

うしろだて［後ろ盾］(名) 後盾。

うしろまえ［後ろ前］(名) 前後顛倒。△セーターを～に着る/毛衣的前後穿反了。

うしろむき［後ろ向き］(名)① 背着身子，背着臉。②(態度、行動等) 倒退。△～の政策/開倒車的政策。↔ 前向き

うしろめた・い［後ろめたい］(形) 內疚。→後ろぐらい

うしろゆびをさされる［後指を指される］(連語) 被人指脊梁骨。△私はけっして人にうしろゆびをさされるようなことはしていない/我決沒做過讓人背後説三道四的事。

うしをうまにのりかえる［牛を馬に乗り換える］(連語) 見風使舵。

うす［臼］(名)① 臼。② 石磨。

うす［薄］I(接頭)① 薄。△～ごおり/薄冰。② 淡，淺。△～紫/淺紫。③ 微。△～明り/微明。④ 總覺得。△～気味悪い/總覺得發瘆。II(接尾) 少，不多。△見込み～/希望不大。

うず［渦］(名)① 漩渦。△～をまく/打漩。△感情の～/感情的漩渦。② 漩渦狀。

うす・い［薄い］(形)① 薄。↔ 厚い② 淡，淺，稀。△味が～/味淡。△色が～/色淺。△髪が～/頭髮稀疏。↔ 濃い③(人情、交往等) 不深，淡漠。△人情が～/不深，淡漠。④ 缺乏。△関心が～/不太關心。△根拠は～/根據不足。

うすい［雨水］(名)① 雨水。②(節氣) 雨水。

うすいた［薄板］(名) 薄板。

うすうす［薄薄］(副) 稍微，模模糊糊。△～(と) 気づく/稍微有些察覺。△そのことは～知っていた/那事我略有所知。

うずうず (副・自サ) 躍躍欲試。

うすぎ［薄着］(名・自サ) 穿得單薄，穿得少。△伊達の～/愛俏不穿棉。↔ 厚着

うすぎたな・い［薄汚い］(形) 有點髒，不太乾淨。

うすきみわる・い［薄気味悪い］(形)① 瘆人。② 心裏不舒服。

うず・く［疼く］(自五) 陣陣作痛，針扎似地疼。△心が～/痛心。

うすくち［薄口］(名)① 薄。△～の紙/薄紙。② 清淡，淺淡。△～のしょうゆ/淡醬油。→甘口

うずくま・る［蹲る・踞る］(自五)① 蹲。②(獸類) 坐。

うすぐも［薄雲］(名) 薄雲。

うすぐもり［薄曇り］(名) 半陰天。

うすぐら・い［薄暗い］(形) 微暗。

うすげしょう［薄化粧］(名・自サ) 化淡妝。

うすじ［薄地］(名) 薄質 (的紡織品等)。

うずしお［渦潮］(名) 海水渦流。

うずたか・い (形) 堆得很高。

うすちゃ [薄茶] (名) ① 淡茶。② 淺茶色。

うすっぺら [薄っぺら] (形動) ① 單薄。△～なしきぶとん／很薄的褥子。② 淺薄。△～な人／淺薄的人。→軽薄, 浅薄 ↔ 重厚

うすで [薄手] I (名) ① 輕傷。△～を負う／負輕傷。② (織物, 陶器等) 薄。△～の茶碗／薄瓷碗。II (形動) 輕薄。

うすのろ [薄のろ] (名・形動) ① 遲鈍。② 獃頭獃腦。

うすばかげろう [薄羽かげろう] (名) 〈動〉蛟蛉。

うすび [薄日] (名) 微弱的陽光。

うすべり [薄べり] (名) 鑲邊的草蓆。

うずまき [渦巻き] (名) ① 漩渦。② 渦形, 螺旋形。

うずま・く [渦巻く] (自五) ① 打漩。② 翻滾起伏。△欲望が～／慾念橫流。③ 胸の中に怒りが～／怒火中燒。

うすま・る [薄まる] (自五) (含有成分) 變少。

うずま・る [埋まる] (自五) ① (被) 埋上。→うもれる ② 填滿。△穴が～／洞被填滿了。③ 擠滿。△広場は人で～／廣場上擠滿了人。

うずみび [埋 (み) 樋] (名) 地下水管。

うずみび [埋 (み) 火] (名) 埋在灰裏的炭火。

うすめ [薄目] (名) ① 瞇縫着眼睛。② 淡些, 薄些。△味を～にする／口味弄淡些。△パンを～に切る／麵包切薄些。

うす・める [薄める] (他下一) 稀釋。

うず・める [埋める] (他下一) ① 埋。△異郷に骨を～／埋骨異郷。△母の膝に顔を～て泣いた／伏在母親膝上哭泣。② 填滿。△紅葉が一面をまっかに～／層林盡染滿地紅, △滿目丹楓。空白を～／填補空白。→うめる

うずも・れる [埋もれる] (自下一) ① (被) 埋上。② (被) 埋沒。△～才能／被埋沒的才能。→うもれる

うすやき [薄焼 (き)] (名) (烘烤或油煎的) 薄片食品。↔ 厚焼き

うすよご・れる [薄汚れる] (自下一) 有點髒。→薄ぎたない

うすら- [薄ら] (接頭) 微, 薄, 有點兒。△～笑い／輕蔑的笑, 冷笑。

うずら [鶉] (名) 〈動〉鵪鶉。

うすら・ぐ [薄らぐ] (自五) ① 變淺, 變淡。② 漸少, 漸輕, 漸弱。△悲しみが～／悲痛漸輕了。→薄れる

うす・れる [薄れる] (自下一) ① 變薄, 變弱, 變少。② 衰退。△記憶力が～／記憶力衰退了。→薄らぐ

うすわらい [薄笑い] (名・自サ) 冷笑, 訕笑。

うせつ [右折] (名・自サ) 向右拐。

う・せる [失せる] (自下一) ① 丟失, 消失。② 〈舊〉死。③ 滾開。△早く～ろ／快滾開。

うそ [嘘] (名) ① 謊話。△～をつく／説謊。△～を言え／你撒謊！△～八百／鬼話連篇。△～から出たまこと／弄假成真。② 錯誤。

△～字／錯字, 胡寫的字。△～を教えてしまった／我告訴錯了！③ 不適宜。△こんな時に家を建てるのは～だ／這時候蓋房子是失策的。△その手で行かなくては～だ／就是應當採取那種辦法。④ (用 "～のよう" 的形式) 難以置信。△ゆうべの暴風雨が～のように晴れあがった秋空／秋日的晴朗天空, 就像沒有昨夜的暴風雨那回事似的。

うそ [鷽] (名) 〈動〉鶯。

うそ- (接頭) 有點兒。△～寒い／有點冷。

うそうそ (副・自サ) ① 東張西望。② 有點髒。△～した顔／髒臉兒。

うぞうむぞう [有象無象] (名) ①〈佛教〉宇宙萬物。② 芸芸眾生。

うそからでたまこと [嘘から出た真] (連語) 弄假成真。

うそつき [嘘吐き] (名) 好説謊 (的人)。

うそなき [嘘泣き] (名・自サ) 裝哭, 假哭。

うそのかわ [嘘の皮] (名) 謊話。△～がはがされる／謊言被揭穿了。

うそはっぴゃく [うそ八百・嘘八百] (名) 謊話連篇。

うそぶ・く [嘯く] (自五) ① 裝聾作啞。② 説大話。

うそもほうべん [嘘も方便] (連語) 説謊也是一種權宜之計。

うた [歌] (名) ① 歌, 歌曲。△～をうたう／唱歌。△～がうまい／歌唱得好。② 和歌, 短歌。③ (也寫 "唄") 謠曲。

うたあわせ [歌合わせ] (名) (日本平安時代) 賽和歌的遊戲。

うたい [謡] (名) 能樂的歌詞。→謡曲

うだい [宇内] (名) 宇內, 天下, 世界。

うたいあ・げる [歌い上げる] (他下一) ① (文學作品中) 抒發 (感情)。△青春の悲しみを～げた作品／充溢着青春傷感的作品。② 放聲歌唱。

うたいて [歌い手] (名) 歌手, 歌唱家。→かしゅ

うたいもんく [謳い文句] (名) 宣傳口號, 佳詞妙句。→キャッチフレーズ

うた・う [歌う] (他五) ① (也寫 "謡う・唄う") 唱, 歌唱。② (也寫 "詠う") 作詩, 作歌。③ (鳥) 鳴。

うた・う [謳う] (他五) ① 歌頌, 謳歌。② 主張, 強調, 明文規定。△条約に～／條約中明文規定。△法律で～／用法律明文規定。△…が共同声明に～われる／共同聲明中強調指出…。

うたがい [疑い] (名) ① 疑問。△～がない／沒有疑問。② 懷疑, 嫌疑。△収賄の～がかけられる／被懷疑受賄。

うたがいぶか・い [疑い深い] (形) 多疑, 疑心重。△～女／多疑的女人。△～そうな目で見ている／用極不相信的眼光注視着。

うたが・う [疑う] (他五) ① 懷疑, 不相信。△～余地がない／毋庸置疑。△我と我が目を～／我都不敢相信自己的眼睛。△彼の良心

を～／他有沒有良心得打個問號。→あやぶ
む↔信じる②疑是，猜想是。△いつも私ば
かり～われるのです／他們總猜疑是我幹的。
△～らくはこれ地上の霜かと／疑是地上霜。

うたかた［泡沫］(名)①泡沫。②轉瞬即逝。
△～の恋／夢幻般的愛情。

うたがら［歌柄］詩歌的格調。

うたがるた［歌がるた］(名) 百家詩紙牌。

うたがわし・い［疑わしい］(形)①可疑。②
不確切，説不定。△この記事は～／這條消息
靠不住。

うたぐりぶか・い［疑り深い］(形) 多疑，疑
心大。→うたがいぶかい

うたぐ・る［疑る］(他五) ⇨うたがう

うたごえ［歌声］(名) 歌聲。

うたごころ［歌心］(名)①詩意。②詩心，詩
情。

うたたね［うたた寝］(名・自サ) 打盹兒，瞌
睡。→いねむり，仮眠 (かみん)

うだつ［梲］(名) 梲。

うだつがあがらない［梲が上らない］(連語)
沒有出頭之日，不得翻身。

うたびと［歌人］(名)①和歌作家，詩人。②
歌手。

うたものがたり［歌物語］(名) 以和歌為中心
的短篇故事集。

うたよみ［歌詠み］(名) 和歌作家。→歌人

うだ・る［茹だる］(自五)①煮熟。②熱得發
昏。△～ような暑さ／令人發昏的酷熱。

うたわ・れる［謳われる］(他下一)①博得好
評。△令名を～／有口皆碑。②明文規定。

うち［内・中］(名)①内部，裏面。↔そと②
(時間) 以内，期間。△三日の～に終わる／三
天以内完成。△その～またお邪魔します／改
天再來拜訪。△日が暮れない～に／趁天還沒
黑時。△おしゃべりをしている～に家に着い
た／説着説着就到家了。③(範圍) 之中，以
内，以下。△一万円より～／一萬日圓以下。
④内心，心中。⑤(自己所屬的組織、團體)
我，我們。△～の学校／我們的學校。

うち［家・内］(名)①家屬，家裏人。△～じ
ゅうそろって出かける／全家一起出去。△～の
人／我的丈夫。△～の者／我妻子，家裏人。
↔よそ②家。△～のことが心配だ／掛念家
裏的事。→自宅③房子。△～を立てる／蓋房
子。→いえ。家屋

うち-［打ち］(接頭)①加強語氣。△～寄せ
る／湧來。②稍微。△～見る／稍微看看。③
完全。△～解ける／完全融洽。

うちあげ［打ち上げ］(名)①發射。②(演出，
比賽等) 結束。

うちあけばなし［打ち明け話］(名) 心裏話。

うちあ・ける［打ち明ける］(他下一) 坦率地
説出，吐露。△本心を～／倒出心裏話。△ぼ
くだけには～けてくれよ／只對我一個人，你
實説了吧。△～けた話，この商売はもうだめ
です／不瞞你説，這生意已經沒做頭了。

うちあ・げる［打ち上げる］(他下一)①發射，
打上去。△観測衛星を～／發射觀測衛星。△ボ
ールを～／把球彈向空中。②波浪把東西沖上
岸。③(表演、比賽、某項工作等) 結束。

うちあわせ［うち合わせ］(名) 事先商量。

うちあわ・せる［うち合わせる］(他下一)①
事先商量。△日程を～／商量日程。②使…相撞。

うちいり［討ち入り］(名) 殺入，攻入。

うちいわい［内祝い］(名)①家人内部的慶賀。
②家人送的賀禮。

うちうち［内内］(名・形動) 家裏，内部。△～
で父の還暦を祝う／家裏慶祝父親六十大壽。
△人事を～できめる／内定人事安排。→ない
ない

うちうみ［内海］(名)①内海，海灣。→ない
かい，入り海②湖

うちおと・す［打ち落とす］(他五)①砍下，
砍掉。②打落，打掉。③(也寫"撃落す")擊落。

うちおとり［内劣り］(名・自サ) 華而不實，
金玉其外，敗絮其中。

うちかえ・す［打ち返す］Ⅰ(他五)①還擊。
②翻地。③彈舊棉花。Ⅱ(自五)(波浪) 又沖
擊回來。

うちかけ［打ち掛け・褸襠］(名) 和式罩衫。

うちかさな・る［打ち重なる］(自五) 重疊。
△～不幸／一連串的不幸。

うちかた［打ち方］(名)①射撃。△～はじめ／
開槍！開炮！△～やめ／停止射撃！打法。

うちか・つ［うち勝つ・打ち勝つ］(自五)①
戰勝。△病苦に～／戰勝病魔。②克服。△困
難に～／克服困難。③(棒球等) 勝過，打過。
→投げ勝つ

うちかぶと［内兜］(名)①盔的裏面。②内
情，内幕。△～を見すかす／識破内幕。

うちがわ［内側］(名) 内側。→裏側，内部↔
外側

うちき［内気］(名・形動) 腼腆，羞怯，内向。
△～でろくにものも言えない／生性腼腆羞口。

うちきず［打ち傷］(名) 打傷，碰傷。

うちき・る［うち切る］(他五) 中止，截止。
△援助を～／停止援助。△審議を～って採択
に移る／停止討論付表決。△列車の運行が～
りになった／列車停運。

うちきん［内金］(名) 定金。△～として10万
円支払う／交十萬日圓做訂金。→手つけ

うちくだ・く［打ち砕く］(他五)①打碎，打
破。△頭を～かれて死んだ／頭部被砸碎而斃
命。△出世の夢が～かれる／出人頭地的夢想
破滅了。②淺顯。△～いて説明する／做淺顯
易懂的解釋。

うちくび［打ち首］(名) 斬首。

うちけし［うち消し］(名) 否定。△この語は下
に必ず～を伴う／這個詞後面一定要伴隨否定
詞語。

うちけ・す［うち消す］(他五)①否定，否認。
△彼は事件とのかかわりを強く～した／他堅
決否認參與此案有關係。↔肯定する

うちこ［打ち粉］(名) ① 磨刀粉。② 痱子粉。③ (擀面時用的) 浮面。

うちこ・む［打ち込む］(他五) ① 釘進, 砸進。② 澆灌 (水泥)。③ (網球, 乒乓球等) 叩球。④ (劍道) 猛攻。⑤ (圍棋) 往對方陣中佈子。⑥ (子彈等) 射入。⑦ (棒球、網球等) 練習擊球。

うちこ・む［うち込む］(自五) 熱衷於, 埋頭。△仕事に～／熱衷於工作。→没頭する

うちころ・す［打ち殺す］(他五) ① 打死。② (也寫"撃ち殺す") 撃斃, 槍斃。

うちこわ・す［打ち壊す］(他五) 砸壞, 搗毀。

うちだし［打ち出し］(名) ① 敲壓出凸紋。② (相撲, 戲劇等) 散場。△～太鼓／散場鼓。→はね

うちだ・す［うち出す］(他五) ① 敲壓出凸紋。② 提出 (主張等)。△解決策を～／提出解決方案。△対決姿勢を～／採取針鋒相對的態度。

うちた・てる［打ち立てる・打ち建てる］(他下一) 建立, 樹立, 奠定。△新国家を～／建立新國家。△基礎を～／打下基礎。

うちちがい［打ち違い］(名) ① 打錯 (的東西)。② 十字交叉。

うちつ・ける［打ち付ける］(他下一) ① 撞倒, 碰到…上。△ころんで頭を石に～けた／跌倒頭撞到石頭上了。② 釘在…上。△表札を門柱に～／把名牌釘在門柱上。

うちつづ・く［うち続く］(自五) 連續不斷。△～戦乱／連年戰亂。

うちづら［内面］(名) 對自家人的態度, 對內部人的態度。△～がいい／對自家人和藹。↔外面

うちでのこづち［打ち出の小づち・打ち出の小槌］(名) (日本傳説中的) 萬寶槌。

うちと・ける［打ち解ける］(自下一) 融洽。△～けたふんいき／融洽的氣氛。△～けて話しあう／親密交談。

うちどころ［打ち所］(名) ① 碰撞的地方。△～が悪かった／撞倒要害之處了。② (應打上記號的) 有問題之處。△非の～がない／無可非議。

うちどめ［打ち止め・打ち留め］(名) ① (演出, 比賽等) 結束。② (彈子球盤) 停止使用。

うちと・める［撃ち止める］(他下一) 打死, 撃中。△兎を一発で～めた／一槍就把兔子打死了。

うちと・る［討ち取る・打ち取る］(他五) ① (也寫"撃ち取る") (用武器) 殺死, 撃斃。② (比賽) 撃敗, 打敗。

うちぬ・く［打ち抜く］(他五) ① 打穿。② 眼, 鑿孔。△金属板に型を～／在金屬板上按定型開孔。

うちぬ・く［撃ち抜く］(他五) ① 撃穿。△弾丸が壁を～いた／子彈打穿了牆壁。② 堅持打到底。△ストライキを～／堅持罷工到底。

うちのめ・す［打ちのめす］(他五) 打垮。△さんざんに～／打得落花流水。

うちのり［内のり・内法］(名) ① (管、箱等)

内側的尺寸。② 柱與柱內側的距離, 門楣門檻間的距離。

うちばらい［内払い］(名) ① 預付一部分款。② 償還一部分欠款。

うちはら・う［打ち払う］(他五) ① 撣掉。△肩の雪を～／撣掉肩頭的雪花。② 驅散, 趕走。△妄想を～／去掉妄想。③ (也寫"撃ち払う") 撃退, 撃潰。

うちぶ［打ち歩］(名)〈經〉貼水, 升水。→プレミアム

うちぶところ［内懐］(名) ① 和服内襟, 懷裏。② 内情, 内幕, 内心。△～を見すかされる／被人看穿内幕。

うちべり［内減り・内耗］(名) ① (糧食加工的) 損耗, 損耗率。② 減少率, 減少量。

うちべんけい［内弁慶］(名・形動) 炕頭兒王, 在家是英雄在外是狗熊。→かげべんけい

うちぼり［内堀］(名) (城内的) 護城河。

うちまく［内幕］(名) 内幕。△～をあばく／揭穿内幕。→内情

うちまご［内孫］(名) 親孫子。↔そとまご

うちまた［内また・内股］(名) ① 大腿的内側。△～膏薬／腳踩兩隻船。② 腳尖裏走路, 内八字腳。↔そとまた

うちまわり［内回り］(名) (雙綫環行電車綫的) 内側綫。

うちみ［打ち見］(名) 稍微看一下, 乍看。△～には稍陰気に思われるけど／乍看表情有些陰鬱, 但是…

うちみ［打ち身］(名) 打傷, 碰傷, 毆傷。→打撲傷, 打ちきず

うちみず［打ち水］(名・自サ) 灑水, 灑的水。

うちやぶ・る［打ち破る］(他五) ① 打破。△因習を～／打破陳規。→打破する ② 打敗。→撃破する

うちゅう［宇宙］(名) ① 外層空間, 宇宙。②〈哲〉宇宙, 世界。

うちゅうおうかんき［宇宙往還機］(名) 太空梭。

うちゅうせん［宇宙線］(名) 宇宙射綫。

うちょうてん［有頂天］(名・形動) 忘乎所以, 欣喜若狂。△～になる／高興得忘乎所以。

うちわ［内輪］(名) ① 家裏, 内部。△～もめ／内訌。→うちうち ② 保守, 留有餘地。△～にみつもる／保守地估計。→少なめ ③ 内八字腳。↔外輪

うちわ［団扇］(名) ① 團扇。② ("軍配うちわ"的略語) 相撲的裁判扇。△～をあげる／宣佈得勝。

うちわけ［内訳］(名) 細目, 明細。△～書／清單。

うちわた［打ち綿］(名) ① 彈過的舊棉花。② 彈的皮棉。

うちわたし［内渡し］(名・他サ) 預付款。

うちわに［内鰐］(名) 腳尖朝裏走路, 内八字腳。↔外鰐

うちわもめ［内輪もめ］(名) 内訌。△～が絶

えない／內訌不斷。

う・つ［打つ］(他五) ① 打, 拍。△ほおを～／
打耳光。② 釘, 砸。△釘を～／釘釘子。④
注入, 扎進。△注射を～／打針, 注射。③ 敲,
撞響。△鼓を～／打鼓。△時計が6時を～／
鐘打六點。⑤ 擊(球)。⑥ 鍛造。△刀を～／
打刀。⑦ 灑。△水を～／灑水。△水を～った
よう／鴉雀無聲。⑧ 投, 撒。△投網を～／撒
網。⑨ 耕, 翻。△畑を～／耕地。⑩ 拍, 發。
△電報を～／打電報。⑪ 下棋, 賭博。△ばく
ちを～／賭博。⑫ 擀, 壓。△うどんを～／擀
麵條。⑬ 注上, 記上, 寫上。△句読点を～／
加標點。⑭ 演出。△芝居を～／演戲。⑮ 搓,
編。△緖を～／搓綾繩。⑯ 綁, 繫。△繩を～／
搓繩, 用繩子綁。⑰ 採取。△先手を～／先發
制人。⑱ 打動, 感動。△胸を～／打動心靈。
⑲ 強烈刺激。△鼻を～異臭／刺鼻子的怪味。
⑳ 指責。△非を～／責難。㉑ 灌注。△コンク
リートを～／灌水泥。㉒ 交付(一部分)。△手
金を～／交訂金。

う・つ［打つ・撃つ］(他五) 射擊。△大砲
を～／開炮。△鳥を～／打鳥。

う・つ［打つ・討つ］(他五) ① 殺。② 討伐。

うつうつ［鬱鬱］(形動トタル) 鬱鬱, 鬱悶。

うっかり (副・自サ) 不留神, 糊裏糊塗。△～
のりこした／不留神坐過了站。△彼の言うこ
とは～信用できない／他的話不可輕信。△～
者／馬大哈。

うづき［卯月］(名) 農曆四月。

うつくし・い［美しい］(形) ① 美麗, 漂亮。
△～景色／美景。△～声／悦耳的聲音。② 美
好, 高尚。△～友情／美好的友情。△～心／
美好的心靈。

うっくつ［鬱屈］(名・自サ) 抑鬱。△気持が～
する／心情抑鬱。

うっけつ［鬱血］(名・自サ)〈醫〉瘀血。

うつし［写し］(名) ① 抄寫, 摹寫。② 副本,
抄本。△～をとる／留副本。

うつ・す［写す］(他五) ① 抄寫, 摹寫, 摹繪。
△詩を～／抄詩。△手本を～／臨字帖。② 仿
製。△コロンブスの船を～した模型／仿照哥
倫布的船製造的模型。③ 拍照。△写真を～／
拍照片。

うつ・す［映す］(他五) ① 映, 照。△鏡に～
姿／映在鏡子裏的形象。② 放映。△スライド
を～／放幻燈。

うつ・す［移す］(他五) ① 移動, 挪動。② 搬,
遷。△都を～／遷都。③ 轉為。△実行に～／
付諸實行。④ 傳染。△風邪を～／傳染感冒。
⑤ 轉移, 改變。△心を～／變心。△視線を～／
轉移視綫。⑥ 度, 度過。△時を～さず実行す
る／立即實行。

うっすら (副) ① 稍微。△～と目を開く／微睜
雙目。② 薄薄地。△～と紅をひく／淡施胭脂。

うっせき［鬱積］(名・自サ) 鬱積, 鬱結。△不
満が～する／心中鬱積不滿。

うつぜん［鬱然］(形動トタル) ① (草木) 蒼鬱。

② 雄厚。△～たる勢力／不容忽視的勢力。③
鬱悶。△～として楽しまず／鬱鬱不樂。

うっそう［鬱蒼］(形動トタル) 蒼鬱, 葱鬱。
△～たる原始林／蒼鬱的原始森林。

うった・える［訴える］(他下一) ① 訴訟, 控
告。△加害者を～／控告加害者。→告訴する
② 訴説, 申訴。△苦痛を～／訴苦。③ 打動。
△人人の良心に～／訴諸人們的良心。△大衆
に～／鼓動羣眾。→アピールする ④ 訴諸, 行
使。△武力に～／訴諸武力。

うっちゃ・る (他五) ① 撈, 扔掉。△紙屑を
窗から～／從窗戶往外扔廢紙。② 棄之不管。
△あんな奴, ～っておけ／那小子, 不用理他！
③ (相撲) 把逼近境界的對手摔出界外。④ 在
最後一刻轉敗為勝。

うつつ［現つ］(名) ① 現實。△夢か～か／是
夢還是現實？② 正常的心態。△～に返る／
清醒過來。

うつつをぬかす［現つを抜かす］(連語) 神魂
顛倒。

うって［討手］(名) 追捕者。

うつて［打つ手］(連語) 對策, 方法。△もは
や～がない／已經無計可施。

うってかわ・る［うって変わる］(自五) 大變,
陡然, 變化。△昨日とは～った上天気／和昨
天截然不同的好天氣。△以前とは～ってよそ
よそしくなった／跟過去全然不同, 變得十分
冷淡。

うってつけ［打って付け］(名) 正合適, 恰好。
△きみに～の仕事／正適合你的工作。△彼に
は～の女性／跟他正相配的女性。→もってこ
い

ウッド［Wood］(名) ① 木材。② (高爾夫球) 木
製球棒。

うっとうし・い (形) ① (天氣) 陰沉。② (心情)
鬱悶。③ 不舒暢, 厭煩。△眼鏡が～／眼鏡真
麻煩。

うっとり (副・自サ) 陶醉, 心蕩神馳。△～聞
きほれる／聽得入迷。△～と見とれる／看得
入迷。△～した目差し／如醉如癡的眼神。

うつばり［梁］(名) 樑。

うつびょう［鬱病］(名) 憂鬱症。

うつぶせ［俯せ］(名) 俯臥, 趴着。↔ あおむ
け

うつぶ・せる［俯せる］I (自下一) 趴着, 俯
臥。II (他下一) 扣着, 倒置。△茶碗を～／扣
着放飯碗。

うっぷん［鬱憤］(名) 積憤。△～をはらす／發
泄積憤。→むしゃくしゃ

うつぼつ［鬱勃］(形動トタル) 旺盛。△～たる
鬪志／旺盛的鬥志。

うつむ・く［俯く］(自五) 低頭。△～いたま
ま黙っている／低頭不語。↔ あおむく

うつらうつら (副・自サ) ⇨ うとうと

うつりが［移り香］(名) 熏上的香氣。

うつりかわり［移り変わり］(名) 變遷, 變化。
△時代の～／時代的變遷。→推移

ウ

うつりかわ・る［移り変わる］（自五）推移，變遷。→推移する

うつりぎ［移気］（名・形動）見異思遷。△〜な性格／見異思遷的性格。→あきっぽい

うつ・る［写る］（自五）拍照。△よく〜カメラ／好使的照相機。△まん中に〜っているのが彼女だ／照片正中間的就是她。

うつ・る［映る］（自五）① 映，照。△鏡に顔が〜／臉映在鏡子裏。② 看，覺得。△人目にどう〜か／別人怎麼看？→映じる ③ 適稱，相稱。△着物によく〜帯／與和服相配的帶子。→似合う

うつ・る［移る］（自五）① 移動，遷移。△すまいが〜／遷居。→移動する ② 轉為，付諸。△さっそく実行に〜／馬上付諸行動。③ 傳染。△かぜが〜／感冒傳染。④ 染上，薫上。△においが〜／串味，沾上氣味。⑤ 轉移。△情が〜／移情。⑥（時間）推移，變遷。△時は〜って平成となった／時代推移，到了平成年代。

うつろ［虚ろ］（形動）① 空，空洞。△なかが〜になった木／變成空心的樹。② 空虚，獃滯。△〜な目をする／瞪眼發獣。

うつわ［器］（名）① 容器，器皿。→容器 ② 器量。△〜が大い／器量大。本事大。

うで［腕］（名）① 腕。② 臂，臂膊。△〜をくんで歩く／手挽手走。③ 本領，本事。△〜を磨く／練本領。△〜の見せどころ／露一手。△〜に覚えがある／有兩下子。④ 腕力，力氣。⑤ 支架，托架。

うでがあがる［腕が上がる］（連語）技術進步。↔ 腕がおちる

うでがおちる［腕が落ちる］（連語）技術退步。↔ 腕があがる

うでがたつ［腕が立つ］（連語）技能高超。

うでがなる［腕が鳴る］（連語）躍躍欲試，技癢。

うでぎ［腕木］（名）桁架，托架，橫木。

うできき［腕利き］（名）能手，幹將。→やり手

うでくび［腕首］（名）手腕。

うでぐみ［腕組み］（名・自サ）抱着胳膊。△〜をして考え込む／抱着胳膊沉思。

うでくらべ［腕比べ］（名）比本領，比力氣。

うでずく［腕ずく］（名）動武，動硬的。△〜でとり返した／動硬的奪回來了。

うでずもう［腕相撲］（名）扳腕子。

うでぞろい［腕揃い］（名）羣英薈萃。

うでだっしゃ［腕達者］（名・形動）① 有力氣（的人）。② 本事高強（的人）。

うでだて［腕立て］（名）動武，訴諸武力。

うでたてふせ［腕立て伏せ］（名）（體操）俯臥撑。

うでだめし［腕試し］（名）比試，試力氣，試本領。→力試し

うでっぷし［腕節］（名）① 腕關節。② 腕力。→腕力

うでどけい［腕時計］（名）手錶。

うでにおぼえがある［腕に覚えがある］（連語）自信有兩下子。

うでによりをかける［腕によりをかける］（連語）拿出看家本領。

うでまえ［腕前］（名）本事，才幹。△〜をひろうする／露一手給人看。△彼女の料理の〜はなかなかのものだ／她做菜的本事真不錯。

うでまくり［腕捲り］（名・自サ）① 挽袖子。② 幹勁十足。△〜で仕事にとりくむ／挌胳膊挽袖子幹活。△朝雨は女の〜／早晨的雨就像女人的幹勁兒——沒長性。

う・でる［茹でる］（他下一）煮。→ゆでる

うでわ［腕輪］（名）手鐲。

うでをきそう［腕を競う］（連語）比本領。

うでをこまねく［腕をこまねく］（連語）袖手旁觀。

うでをさする［腕をさする］（連語）摩拳擦掌。

うでをふるう［腕を振るう］（連語）大顯身手。

うてん［雨天］（名）雨天。↔ 晴天

うど［独活］（名）〈植物〉獨活。

うと・い［疎い］（形）① 疏遠。△去る者は日日に〜し／去者日以疏。② 生疏。△世事に〜／不諳世事。

うとう［右党］（名）① 保守黨。② 不善飲酒愛吃甜食的人。

うとうと（副・自サ）似睡非睡，迷迷糊糊。△〜と居眠りをする／迷迷糊糊地打盹。→うつらうつら

うどのたいぼく［独活の大木］（連語）大草包。

うとまし・い［疎ましい］（形）厭惡。△見るのも〜／看着都討厭。→いとわしい

うと・む［疎む］（他五）疏遠。△仲間から〜まれている／被同伴們疏遠了。→うとんじる

うどん［饂飩］（名）麵條。

うどんげ［優曇華］（名）①〈宗〉優曇花（三千年開一次花的想像的植物）。②（產在高處的花形）草蜻蛉卵。

うとん・じる［疎んじる］（他上一）疏遠，冷淡。→うとむ

ウナ（名）急電的略號。△〜電／加急電報。

うなが・す［促す］（他五）① 催促。△借金の返済を〜／催債。△注意を〜／提醒注意。→催促する ② 促進。△生長を〜／促進生長。→促進する

うなぎ［鰻］（名）〈動〉鰻鱺。

うなぎのぼり［うなぎ登り・うなぎ上り］（名）直綫上升。△物価は〜だ／物價直綫上升。

うなさ・れる（自下一）魘住，糊塗。△悪夢に〜／被惡夢魘住。△高熱に〜／發高燒神志不清。

うなじ［項］（名）項，脖頸兒。

うなじをたれる［項を垂れる］（連語）低頭。

うなず・く［頷く］（自五）點頭，同意。△軽く〜／輕輕點頭。△しきりに〜／連連點頭稱是。

うなず・ける［頷ける］（自下一）可以理解，能夠同意。△彼の話にはどこか〜けないところがある／他的話有些令人不能同意的地方。

△彼が反対するのも〜／他反對是可以理解的。

うなだ・れる〔うな垂れる〕(自下一)耷拉着腦袋。垂頭喪氣。△〜れて話を聞く／耷拉着腦袋聽。

うなどん〔鰻丼〕(名)大碗鰻魚蓋飯。

うなばら〔海原〕(名)大海，大洋。

うな・る〔唸る〕(自五)① 呻吟。→うめく ②(動物)吼，嘯。③ 轟鳴。△風が〜／風鳴鳴地叫。④ 有很多。△〜ほどある／有的是。⑤ 喝彩。

うに〔海胆〕(名)〈動〉海膽。

うに〔雲丹〕(名)海膽醬。

うぬ(代)①(貶)你。② 我。

うぬぼれ〔自惚れ〕(名)自命不凡。△〜が強い／不知天高地厚。

うぬぼ・れる〔自惚れる〕(自下一)自負，自命不凡。△名人だと〜／自詡為名人。△〜れた考え／不自量力的想法。→思いあがる

うね〔畝〕(名)壟。

うねうね(副・自サ)蜿蜒曲折。△〜(と)続く山脈／蜿蜒起伏的山脈。

うねま〔畝間〕(名)壟溝。

うねり(名)① 蜿蜒。② 大波浪。△台風が近づいて〜が大きくなった／颱風接近，浪濤大作。

うね・る(自五)① 彎曲，蜿蜒。△山道が〜って続く／山路蜿蜒不絕。②(波濤)起伏。

うのけ〔兎の毛〕(名)兔毛。△〜で突いたほどのすきもない／沒有絲毫空隙。無懈可擊。

うのはな〔卯の花〕(名)①〈植物〉水晶花。② 豆腐渣。

うのまねをするからす〔鵜の真似をする烏〕(連語)東施效顰，畫虎類犬。

うのみ〔鵜呑み〕(名)① 整吞，囫圇個兒吞。② 生吞活剝，囫圇吞棗。△人のことばを〜にする／生搬硬套別人的話。△この学問は身につかない／囫圇吞棗的知識是消化不了的。

うのめたかのめ〔鵜の目鷹の目〕(連語)瞪大眼睛。△皆して〜でねらっている／都在虎視眈眈地盯着。

うは〔右派〕(名)右派。→右翼 ⇔ 左派

うば〔乳母〕(名)乳母，奶媽。

うばい〔奪い合い〕(名)爭奪。

うばいあ・う〔奪い合う〕(他五)爭奪。△予算を〜／爭預算。

うば・う〔奪う〕(他五)① 奪，搶。△生命を〜／奪走生命。△熱を〜／冷卻。△権利を〜／剝奪權利。② 吸引。△目を〜／奪目。△心を〜われる／心被吸引去。

うばぐるま〔乳母車〕(名)嬰兒車。→ベビーカー

うばざくら〔姥桜〕(名)半老徐娘。

うぶ〔初〕(名・形動)① 純真，天真，幼稚。△まだ〜だ／還是個雛兒。② 不諳情事，情竇未開。△〜な生娘／純潔的少女。

うぶぎ〔産着・産衣〕(名)初生兒的衣服。

うぶげ〔産毛〕(名)胎毛。

うぶごえ〔産声〕(名)初生嬰兒的第一聲啼哭。

うぶごえをあげる〔産声を上げる〕(連語)① 降生，出生。②(新事物)產生。

うぶすながみ〔産土神〕(名)出生地守護神。→氏神

うぶや〔産屋〕(名)產房。

うぶゆ〔産湯〕(名)初生嬰兒第一次洗澡。初生嬰兒用的洗澡水。△〜を使わせる／給新生兒洗澡。

うま〔午〕(名)①(十二支的)第七位。②(方位)南。③ 午時。

うま〔馬〕(名)馬。△〜に乗る／騎馬。△馬車に〜をつける／把馬套在馬車上。△〜をつなぐ／拴馬。

うま・い〔旨い・甘い〕(形)① 好吃，味美。△〜い酒／美酒。△あのお菓子は〜そうだ／那種點心看起來好吃。→おいしい ② 高明，巧妙。△彼はテニスが〜／他網球打得不錯。△〜くだます／巧妙地欺騙。→上手 ③ 幸運，便宜，順利。△〜ことをする／佔便宜。△〜話／求之不得的好事。有利可圖的好事。△〜くいく／順利。

うまいしるをすう〔うまい汁を吸う〕(連語)佔便宜，揩油。

うまいち〔馬市〕(名)馬市。

うまおい〔馬追い〕(名)① 趕馱子(的人)，趕腳(的人)。② 趕馬進圈(的人)。③ ⇨ 馬追い虫

うまおいむし〔馬追虫〕(名)〈動〉癩蚤。

うまがあう〔馬が合う〕(連語)投緣，合得來。△あの人とは〜／和那個人對脾氣。

うまがえし〔馬返し〕(名)馬不能行走的險峻山路。

うまごやし(名)〈植物〉苜蓿。

うまずたゆまず〔倦まず弛まず〕(連語)孜孜不倦。△〜努力する／不懈地努力。

うまずめ〔石女〕(名)石女。

うまづら〔馬面〕(名)長臉，驢臉。

うまのせ〔馬の背〕(名)山脊。△〜を分ける／陣雨不過道。

うまのほね〔馬の骨〕(名)來歷不明的人。△どこの〜だか分らない／不知哪兒的野小子。

うまのみみにねんぶつ〔馬の耳に念仏〕(連語)馬耳東風，對牛彈琴。→馬耳東風

うまのり〔馬乗り〕(名)① 騎馬(的人)。② 跨，騎。

うまみ〔うまみ・うま味・旨み〕(名)① 美味。△〜をいかす／做出滋味來。② 妙處。△芸に〜がでてきた／演得有點味道了。③ 賺頭。△この商売は〜がない／這買賣沒賺頭。

うまや〔馬屋・厩〕(名)馬棚。→馬小屋

うま・る〔埋まる〕(自五)①(被)埋上。△土砂に〜った家／被土砂埋上的房子。→うずもれる，うもれる ② 填滿，佔滿。△席が〜／席位被填滿了。③ 補充，填補。△欠員が〜／缺額補齊。

うまれ〔生まれ〕(名)① 出生，誕生。△大正の〜／大正年間出生。② 出生地。△〜は東京

だ／出生地是東京。③ 出身，門第。△～がい
い／出身好。△高貴の～／高貴的門第。

うまれかわ・る ［生まれ変わる］（自五）① 轉
世，託生。△男に～りたい／來世想託生為男
子。② 脱胎換骨。△真人間に～／變成真正的
人。

うまれこきょう ［生まれ故郷］（名）出生地，
故郷。

うまれたて ［生れ立て］（名）剛生下來。△～
のとんぼ／剛出生的小蜻蜓。

うまれつき ［生まれつき］（名・副）生來，天
生。△～おこりっぽい／天生愛生氣。△強情
なのは～だ／倔脾氣是天生的。

うまれながら ［生まれながら］（副）生來，天
生。△～の悪人／天生的壞蛋。→うまれつき，
生来

うま・れる ［生まれる］（自下一）①（也寫 “産
まれる”）生，出生。△子供が～れた／孩子
出生了。△～れて初めて海を見た／生來初次
看見海。→誕生する ↔ 死ぬ ② 産生，誕生。
△新しい国家が～／新的國家誕生了。△希望
が～／有了希望。

うみ ［海］（名）① 海，海洋。△～をわたる／渡
海。△～にかこまれる／四面環海。② 茫茫一
片。△雲の～／雲海。③（硯台的）硯池。

うみ ［膿］（名）膿。△～をだす／排膿，鑷除積
弊。→のう

うみがめ ［海亀］（名）〈動〉海龜。

うみせんやません ［海千山千］（名）老江湖，
老油子。

うみだ・す ［生み出す・産みだす］（他五）①
生，産。△卵を～／生蛋。△子供を～／生孩
子。② 生産出，創造出。△新製品を～／生産
出新產品。△アイデアを～／想出主意。

うみて ［海手］（名）市街臨海的一面。↔ 山手

うみなり ［海鳴り］（名）海鳴。

うみねこ ［海猫］（名）〈動〉黑尾鷗。

うみのおや ［生みの親・産みの親］（名）① 生
身父母。↔ 育ての親 ② 創始人。△議会政治
の～／議會政治的創始人。

うみのおやよりそだてのおや ［生みの親より
育ての親］（連語）養育之恩大於生身之恩。

うみのこ ［生みの子］（名）親生子女。

うみのさち ［海幸］（名）海味，海產品。↔ 山
の幸

うみべ ［海べ］（名）海濱。→海岸，海浜

うみへび ［海蛇］（名）〈動〉① 海蛇。② 黑紋裸
胸鱔。

う・む ［生む］（他五）①（也寫 “産む”）生產。
△子を～／生孩子。△卵を～／生蛋。△～
する ② 創造出。△時代の～んだ英雄／時勢造
出的英雄。③ 産生。△疑惑を～／產生疑惑。

う・む ［倦む］（自五）厭倦。△～ことなく／孜
孜不倦地。△長旅に～／厭倦長途旅行。→あ
きる

う・む ［熟む］（自五）成熟。△柿が～／柿子成
熟。

う・む ［膿む］（自五）化膿。△傷口が～／傷口
化膿。→化膿する

うむ ［有無］（名）有無。△欠席者の～を調べ
る／檢查有無缺席者。△～相通じる／互通有
無。

うむをいわせず ［うむを言わせず］（連語）不
容分說。△うむをいわせずカバンをひったく
った／不容分說把皮包奪了去。

うめ ［梅］（名）梅，梅子。△～花／梅花。△～
の実／梅子。

うめあわせ ［埋め合わせ］（名）彌補，補償。
△～をする／補償。△赤字を～／填補赤字。

うめきごえ ［呻き声］（名）呻吟聲，哼哼聲。
△かすかな～が聞こえる／傳來隱約的哼哼聲。

うめ・く ［呻く］（自五）① 呻吟。△重傷に～／
因重傷而呻吟。② 苦吟（詩歌）。

うめくさ ［埋め草］（名）（報紙、雜誌的）補白。

うめしゅ ［梅酒］（名）青梅酒。

うめたて ［埋め立て］（名）填埋。△～地／人造
陸地。

うめた・てる ［埋め立てる］（他下一）（填河、
海、湖）造地。△海を～／填海造地。

うめづけ ［梅漬け］（名）① 醃梅子。② 梅汁醃
的生薑、蘿蔔。

うめぼし ［梅干し］（名）鹹梅乾。

うめぼしばばあ ［梅干し婆］（名）滿臉皺紋的
老太婆。

うめみ ［梅見］（名）賞梅。

う・める ［埋める］（他下一）① 埋。△土に～／
埋到土裏。② 填溝。△虫歯の穴を～／補牙。
△みぞを～／填滿。③ 補足。△欠員を～／補
缺。④ 兑水。△ふろを～／往澡盆裏兑涼水。

うもう ［羽毛］（名）羽毛。

うもれぎ ［埋もれ木］（名）① 陰沉木（埋在土中
半炭化的木頭）。② 被人遺忘，默默無聞。△一
生を～におわる／默默無聞地了此一生。

うもれぎにはながさく ［埋もれ木に花が咲
く］（連語）枯樹開花，枯木逢春。

うも・れる ［埋もれる］（自下一）①（被）埋上。
△雪に～れた線路／被雪埋上的鐵路。②（才
能等）埋沒。△～れた逸材／被埋沒的逸才。→
うずもれる

うやうやし・い ［恭しい］（形）恭恭敬敬。△～
く一礼する／恭恭敬敬地施一禮。

うやま・う ［敬う］（他五）尊敬。△神を～／
敬神。△人から～われる／受人尊敬。

うやむや （名・形動）含糊，曖昧，糊裏糊塗。
△～な返事／含糊不清的回答。△～におわ
る／不了了之。→あいまい

うゆう ［烏有］（名）烏有。△～に帰する／化為
烏有。

うようよ （副・自サ）成羣蠕動貌。△へびが～
いる／有許多咕咕容容的蛇。

うよきょくせつ ［紆余曲折］（名・自サ）①（道
路）彎彎曲曲，迂迴曲折。② 周折，曲折，波
折。△～を経て結論がでる／經過幾番周折得
出了結論。

うよく［右翼］(名) ① 右翅。② (隊列等的) 右翼。③ 右派，右翼。→右派 ④ (棒球) 右外場。

うら［浦］(名) ① 海灣，湖岔。② 海濱。

うら［裏］(名) ① 背面，反面。△葉の～/樹葉的背面。△紙の～/紙的反面。△～をかえす/翻過來。↔ おもて ② 後面。△～から入る/從後面進。△～にまわる/繞到後面。③ 衣服裏子。△着物に～をつける/給衣服掛裏子。④ 背後，內幕。△～であやつる/在幕後操縱。△なにか～があるらしい/似乎有甚麼隱情。△相手チームの～をかく/鑽對方隊的空子。⑤ (棒球) (攻守對換後的) 後半局。△七回の～/第七局後半場。⑥ 確認。△～をとる/〈俗〉對證查實。

うらうち［裏打ち］(名・他サ) ① 襯裏子，裱，褙。△拓本の～をする/裱拓本。△危機感に～される/背後有危機感。② 證實，保證。△実験をして～をする/通過實驗來證實。△十分な～がある/有充分的保證。

うらうら (副) 晴朗。△春の日が～と照る/春日的陽光暖洋洋地照着。

うらおもて［裏表］(名) ① 表裏，正面和反面。△紙の～をたしかめる/確認紙的正反面。△～をまちがえる/把正面和反面搞做錯了。→表裏 ② 裏外。△～のある人/表裏不一的人。△～のことを言う/説心口不一的話。→うらはら ③ 裏外顛倒。△シャツを～に着る/反穿襯衫。

うらかいどう［裏街道］(名) ① 便道，小道。↔ 表街道 ② 不務正業，歪門邪道。△人生の～を歩く/過着不務正業的生活。

うらがえし［裏返し］(名) ① 翻裏為面。△シャツを～に着ている/翻穿襯衫。② 反面。△暴力は甘えの～だ/暴力是嬌縱的另一面。

うらがえ・す［裏返す］(他五) ① 翻個兒，反過來。△～していえば/反過來説的話。△オーバーを～/大衣翻新。

うらがえ・る［裏返る］(自五) ① 翻裏為面。△シャツが～た/襯衫穿反了。② 叛變，倒戈。

うらがき［裏書き］(名・自他サ) ① 證明。△うわさを～する事実がある/有證明傳聞的事實。②(文件、票證、書畫等的) 背簽。△この～はにせものだ/這個背簽是偽造的。

うらかた［裏方］(名) ① 貴人之妻。②〈劇〉後台工作人員。↔ 表方 ③ 背地裏出力的人。

うらがなし・い［うら悲しい］(形) 凄涼。△～気がする/覺得有些傷感。→ものがなしい

うらが・れる［うら枯れる］(自下一) (草木) 枝葉尖梢枯萎。△～れた木立/尖梢枯萎的樹叢。

うらぎり［裏切り］(名) 叛變，背叛。△～は許さない/不得叛變。△～者/叛徒。

うらぎ・る［裏切る］(他五) ① 背叛。△友を～/背叛朋友。② 違背。△予想を～/出乎意料。

うらぐち［裏口］(名) ① 後門。→勝手口 ② 走後門。△～入学/走後門入學。

うらげい［裏芸］(名) 輕易不露的玩意兒。→隠し芸

うらごえ［裏声］(名) ① (男) 假嗓。② 低於日本三弦琴的歌聲。

うらごし［裏ごし・裏漉し］Ⅰ (名) 濾網。Ⅱ (他サ) 過濾。

うらさく［裏作］(名) 複種 (作物)。↔ 表作

うらざと［浦里］(名) 漁村。

うらさびし・い［うら寂しい］(形) 感到寂寞。△～漁村/凄涼的漁村。→うらがなしい

うらじ［裏地］(名) 襯布，衣服裏子。

うらじろ［裏白］(名) ①〈植物〉裏白。② 白裏子。

うらづけ［裏付け］(名) ① 證據。△犯行の～/做案的證據。△～捜査/搜查罪證。② 保證。△この計画には～となる予算がない/沒有保證這個計劃實施的預算。

うらづ・ける［裏付ける］(他下一) ① 襯裏子。② 證實，印證。③ 事實證明他的正確。△実践に～けられた理論/被實踐證實了的理論。

うらて［裏手］(名) 後面，背面。△敵の～に回る/繞到敵人背後。

うらどおり［裏通り］(名) 小巷，後街。↔ 表通り

うらない［占い］(名) ① 占卜，算命。△～があたる/卦算準了。② 相士，算命先生。→易，易者

うらな・う［占う］(他五) ① 占卜，打卦。△運勢を～/算命。② 預測。△成否を～/預測成功與否。

うらなり［末生り］(名) ① 在蔓梢上結果。↔ 本なり ② 面色蒼白 (的人)。

ウラニウム［uranium］(名)〈化〉鈾。→ウラン

うらにはうらがある［裏には裏がある］(連語) 內情複雜，話中有話。

うらにほん［裏日本］(名) 日本本州面臨日本海的地區。

うらぬの［裏布］(名) ① 衣服裏子。② 裏子布。

うらばなし［裏話］(名) 秘聞。△政界の～/政界秘聞。→秘話

うらはら［裏腹］(形動) 正相反，矛盾。△言うこととすることが～だ/言行不一。△口が心と～だ/口是心非。

うらぶ・れる (自下一) 落魄。△～れた姿/破落相。

うらぼん［盂蘭盆］(名) 盂蘭盆。→盆

うらまち［裏町・裏街］(名) 背巷，背胡同。

うらみ［怨み］(名) 怨恨，仇恨。△～を買う/得罪，招怨。△～をはらす/雪恨。△～骨髄に徹する/恨之入骨。△～を抱く/懷恨。△～を飲む/飲恨。

うらみ［憾み］(名) 遺憾，缺憾。

うらみごと［恨み言・怨み言］(名) 怨言。△～を並べる/發牢騷。

うらみち［裏道］(名) ① 胡同，抄道兒。② 非正道，邪道。③ 坎坷的人生道路。

うらみつらみ [恨みつらみ] (名) 千仇萬恨。△～が爆発する／積怨爆發。

うら・む [恨む・怨む] (他五) ① 恨，怨恨。△彼は君に誠意がないと言って～んでいる／他抱怨你沒有誠意。△天を～なかれ／不要怨天。

うら・む [憾む] (他五) 悔恨，遺憾。△我が身の軽率さが～まれる／懊悔自己輕舉妄動。△逸機が～まれる／遺憾錯失良機。

うらめ [裏目] (名) ① 曲尺背面的刻度。② 與骰子一面相對的那一面。

うらめし・い [恨めしい・怨めしい] (形) 可恨。△～そうな顔付／一臉怨氣。△この雨はまったく～／這場雨真可恨。

うらめにでる [裏目に出る] (連語) 事與願違。

うらもん [裏門] (名) 後大門。↔ 表門

うらやま [裏山] (名) ① 後山。② 山陰。

うらやまし・い [羨ましい] (形) 羨慕。△～成績／令人羨慕的好成績。△嫉妒。△～くてしょうがない／眼熱得不得了。

うらや・む [羨む] (他五) ① 羨慕。△人も～仲／人人羨慕的和睦夫妻。② 嫉妒，眼紅。△他家の繁栄を～／看別人家興旺就紅眼。

うららか [麗らか] (形動) ① 晴朗。△～な日和／艷陽天。② 舒暢。△～な気分／舒暢的心情。

ウラルアルタイごぞく [ウラルアルタイ語族] (名) 烏拉爾阿爾泰語族。

うらわか・い [うら若い] (形) (女孩) 年輕嬌嫩。△～乙女／嬌滴滴的少女。

うらわざ [裏技] (名) (只有少數人知道的) 特殊方法，巧妙招數，竅門，(狹義指打電腦遊戲的) 秘技，特殊攻略。

うらをかく [裏をかく] (連語) 將計就計，鑽空子。

ウラン [德 Uran] (名) 〈化〉鈾。

ウランのうしゅく [ウラン濃縮] (名) 鈾濃縮。

うり [瓜] (名) 瓜。

うり [売り] (名) 賣。△～に出す／出售。△～に出る／待售。

うりあげ [売り上げ・売上] (名) 營業額。△今日の～は最高だ／今天營業額最高。

うりある・く [売り歩く] (五自) 串街叫賣。△野菜を～／沿街叫賣蔬菜。

うりいそ・ぐ [売り急ぐ] (他五) 急於出售，拋售。△株を～／拋售股票。

うりおしみ [売り惜しみ] (名・他サ) 惜售。

うりおつは [売乙波] (名) 〈經〉賣方盤整、報價。

うりかい [売り買い] (名・他サ) 買賣。△株を～する／買賣股票。

うりきれ [売り切れ] (名) 售罄，賣完。△～になる／賣完了。△切符は向こう二週間～です／往後兩個星期的票都已售完。

うりき・れる [売り切れる] (自下一) 賣完，售光。△一日で～れた／一天就銷售一空。

うりぐい [売り食い] (名・自サ) 靠變賣家產度日。△～の生活／靠變賣家產度日的生活。

うりこ [売り子] (名) ① 店員。② (流動) 售貨員。

うりごえ [売り声] (名) 叫賣聲。

うりことば [売り言葉] (名) 挑釁性的話。↔ 買い言葉

うりことばにかいことば [売り言葉に買い言葉] (連語) 來言去語 (互相頂撞)。

うりこ・む [売り込む] I (他五) ① 推銷。△新製品を～／推銷新產品。△うりこみ合戦／爭奪顧客。② 自我宣傳，賺取信任。△イメージを～／樹立好的形象。△おのれを～ために上手にテレビを利用する／為了沽名釣譽巧妙利用電視。△社長に～んで重用されている／贏得總經理的青睞受到重用。③ 提供，出賣 (情報)。△敵の秘密を～／報告敵人的秘密。II (自五) ① 知名，有影響。△親切で～んだ店／以服務態度好而出名的鋪子。△～んだ商標／老牌子。

うりざねがお [うりざね顔・瓜実顔] (名) 瓜子臉。

うりさば・く [売りさばく・売り捌く] (他五) 推銷，賣掉。△一日で滞貨を～いた／一天就把滯銷貨賣光了。

うりそうば [売相場] (名) 〈經〉賣出價。

うりだし [売り出し] (名) ① 開始賣。△新製品の～／新產品的發售。② 甩賣，減價銷售。△大～／大減價。③ 初露頭角。△今～の女優／新紅起來的女演員。

うりだ・す [売り出す] I (他五) ① 開始賣。→発売する ② 甩賣，減價銷售。II (自五) 初露頭角，出名。△最近～した歌手／最近走紅的歌手。

うりたたき [売り叩き] (名) 〈經〉拍賣，廉價出售，拋售，甩賣。

うりたた・く [売り叩く] (他五) 廉價銷售，廉價拋售。

うりたて [売り立て] (名) 拍賣。△美術品の～／美術作品的拍賣。

うりつ・ける [売り付ける] (他下一) 強行銷售。△安物を～／強行推銷便宜貨。

うりつなぎ [売り繋ぎ] (名) ① (股票) 脫手。↔ かいつなぎ ② 變賣家產維持生活。

うりて [売り手] (名) 賣主，賣方。△～市場／賣方市場。↔ 買手

うりてしじょう [売手市場] (名) 〈經〉賣方市場，賣主市場。

うりとば・す [売り飛ばす] (他五) 忍痛賣掉。△山林を二束三文で～／把山林一文不值半文地賣掉了。

うりね [売値] (名) 銷售價。↔ 買値

うりのつるにはなすびはならぬ [瓜の蔓には茄子は生らぬ] (連語) 烏鴉生不出鳳凰。

うりば [売り場] (名) ① 售貨處，出售處。△切符～／售票處。② 出售的好時機。

うりはら・う [売り払う] (他五) 賣光，賣掉。△蔵書を～／賣掉藏書。

うりふたつ［瓜二つ］（連語）長得一模一様。△あの兄弟は～だ／那哥倆像是一個模子刻出來似的。

うりもの［売り物］（名）① 商品。△～に出す／出售。△品が悪く～にならない／質量低劣賣不出去。△あの家は～に出ている／那房子正待出售。②（演員）叫座的拿手戲。③ 吸引人的東西，做招牌的東西。△あの男は親切を～にしている／他那人以表現熱情博得人們的好感。△美貌を～にする女優／以美貌叫座的女演員。

うりょう［雨量］（名）降雨量。

うりよびね［売呼値］（名）〈經〉問價，報價。

うりわたし［売渡し］（名）〈經〉交售，供售，出售。

うる［粳］（名）粳。

うる［売る］（（他五））① 賣。△商品を～／出售商品。△信用を～／靠信用做生意。△なかみで～／憑內容叫賣。△ダースで～／論打賣。△高く～／賣高價。↔ 買う ② 叛賣。△国を～／賣國。△友を～／出賣朋友。③ 廣使人知。△名を～／揚名。△顔を～／面子大。④ 向對方施加某種作用。△喧嘩を～／找碴兒打架。△媚を～／獻媚。△恩を～／賣人情。

う・る［得る］（他下二）得到。△～所が大きい／收穫甚大。→える

－うる［得る］（接尾）可能，能夠。△あり～／可能有。

うるう［閏］（名）閏。△～年／閏年。△～月／閏月。

うるうどし［うるう年・閏年］（名）閏年。

うるおい［潤い］（名）① 滋潤。△～をたもつ／保持濕潤。△～のある声／圓潤的嗓音。② 補益。△わずかな金でも家計の～になる／錢雖不多，也可貼補家用。③ 情趣。△～のある文章／有情趣的文章。△～のある生活／閑適有趣的生活。

うるお・う［潤う］（自五）① 潤，濕。△久しぶりの雨で田畑が～った／田地得到及時雨的滋潤。② 受惠，沾光。△駅ができて商店が～／建了車站商店受惠。△ふところが～／手頭寬裕起來。

うるお・す［潤す］（他五）潤，潤濕。△のどを～／潤喉。

ウルグアイ［Uruguay］〈國名〉烏拉圭。

うるさ・い［五月蠅い］（形）①（聲音）嘈雜，吵鬧。△ラジオが～／收音機吵人。② 絮叨，挑剔。△～おやじ／碎嘴老爺子。△味に～／講究口味。→やかましい ③ 討厭，麻煩，礙事。△ハエが～／蒼蠅討厭。△手続が～／手續煩瑣。△かみの毛が～／頭髮礙事。△～ことばかりで世の中がいやになった／淨是些麻煩事，對世俗已經厭倦了。

うるさがた［うるさ型］（名）愛挑剔（的人）。△～の女房／愛説三道四的老婆。

うるし［漆］（名）①〈植物〉漆樹。② 漆。

うるち［粳］（名）粳米。↔ もち米

ウルトラ［ultra］（造語）超，極。△～右翼／極右翼。

ウルトラソニック［ultrasonic］（名）超聲波。

ウルトラナショナリズム［ultra nationalism］（名）極端國家主義。

ウルトラバイオレットレイ［ultravioletray］（名）紫外綫。

ウルトラレッドレイ［ultrared ray］（名）紅外綫。

うる・む［潤む］（自五）① 濕潤，朦朧。△月が～／月色朦朧。② 含淚。△目が～／眼淚汪汪。③（聲音）哽咽。△声が～／聲音哽咽。

うるわし・い［麗しい］（形）① 美麗，端麗。△みめ～／容貌美麗。② 舒暢，晴朗。△ごきげん～／心情舒暢。③ 美好，動人。△～友情／美好的友情。

うれい［憂い］（名）① 憂慮。△後顧の～／後顧之憂。△インフレ進行の～がある／通貨膨脹有發展之虞。②（也寫“愁い”）憂愁。△～にしずむ／憂心忡忡。

うれ・える［憂える］（他下一）擔憂，憂慮。△国を～／憂國。→案じる，心配する

うれくち［売れ口］（名）① 銷路。△～をさがす／找買主。②〈俗〉婆家。△やっと～が決まった／總算找到了婆家。

うれし・い［嬉しい］（形）高興，快活，歡喜。△～知らせ／喜報，好消息。△なみだが出るほど～／高興得幾乎落淚。△～くてたまらない／高興得不得了。↔ 悲しい

うれしいひめい［うれしい悲鳴］（連語）忙得直叫（但其實因為事情進展順利而無比高興），（滿心歡喜地）忙得連聲苦叫。△バザーの盛況に主催者が～をあげる／義賣會盛況空前。

うれしがらせ［嬉しがらせ］（名）取悦，使人歡喜。△～を言う／説好聽的話。

うれしなき［嬉し泣き］（名・自サ）高興得流淚。△再会の喜びに～する／喜得重逢，流下歡欣的眼淚。

うれしなみだ［うれし涙・嬉し涙］（名）喜淚。△～にくれる／喜淚直流。

うれすじしょうひん［売筋商品］（名）〈經〉暢銷商品。

うれだ・す［売れ出す］（自五）① 銷路漸廣。② 漸有名氣。

うれっこ［売れっ子］（名）紅角兒，紅人。△文壇の～／走紅作家。

うれのこり［売れ残り］（名）① 剩貨。△～の商品を安くうる／賤賣剩貨。②〈俗〉嫁不出去（的女人）。

うれゆき［売れ行き］（名）銷路。△～がいい／銷路好。

う・れる［売れる］（自下一）① 暢銷。△よく～本／暢銷書。△飛ぶように～／銷路極好。② 馳名，聞名。△名が～／聞名。

う・れる［熟れる］（自下一）熟，成熟。△よく～れた柿／熟透的柿子。

うろ［空・虚・洞］（名）洞，窟窿。△虫歯の～／蟲牙窟窿。△古木の～／老樹洞。

うろうろ（副・自サ）① 徘徊，轉來轉去。△盛り場を～する／在鬧市區閑蕩。② 急得亂轉。△突然の訃報に～する／被突然的訃告搞得手足無措。

うろおぼえ［うろ覚え］（名）模模糊糊的記憶，不確切的記憶。△～の電話番号／記不真切的電話號碼。

うろこ［鱗］（名）① 鱗。② 鱗狀。

うろこぐも［うろこ雲・鱗雲］（名）捲積雲。

うろた・える（自下一）驚慌失措。△悪事がばれて～えた／幹的壞事暴露，驚慌失措。→まごつく

うろつ・く（自五）徘徊，走來走去。△へんな男が近所を～いている／形跡可疑的人在附近轉來轉去。→うろうろする

うろぬ・く［疎抜く］（他五）間苗。△大根を～／間蘿蔔。

うわあご［上顎］（名）上顎。↔ 下顎

うわがき［上書き］（名・他サ）① 在郵件、箱子等表面上寫（的）字。→表書き ②〈IT〉覆蓋。

うわがみ［上紙］（名）① 包裝紙。② 封皮。

うわき［浮気］（名・形動・自サ）① 見異思遷。△～でまたお稽古ごとを変える／沒個常性，又改學別的玩意兒了。② 外遇。△～がやまない亭主／風流韻事不斷的丈夫。

うわぎ［上着］（名）①（也寫“表着”）外衣。②（也寫“上衣”）上衣。

うわぐすり［上薬］（名）釉子。

うわくちびる［上唇］（名）上唇。↔ したくちびる

うわぐつ［上靴］（名）室内穿的鞋，拖鞋。→上ばき

うわごと［譫言］（名）①（意識不清時發出的）譫語。△～に恋人の名を言う／昏迷中喊戀人的名字。△熱にうかされて～を言う／高燒燒得說胡話。② 胡說八道。

うわさ［噂］I（名）流言，傳言，風言風語。△～が立つ／有了流言。△～がながれる／流言傳開。△～が村中に広まった／風言風語傳遍全村。II（名他サ）背後議論。△他人の～をするのがすきだ／喜歡背後議論別人。△いま，君の～をしているところだ／現在正念叨你呢。

うわさをすればかげ［噂をすれば影］（連語）說曹操，曹操就到。

うわすべり［上滑り］I（名・自サ）表面光滑。II（形動）① 膚淺。△～な議論／膚淺的議論。△～な知識／皮相的知識。△～な東京見物／走馬觀花地遊覽東京。

うわずみ［上澄み］（名）溶液上部的澄清部分。△～をとる／撇清水（湯）。

うわず・る［上ずる］（自五）① 頭腦發熱，浮躁。△気分が～／心裏飄飄然。△～ったふるまい／浮躁的舉動。② 聲音變高變尖。△声が～／聲音變尖。

うわぜい［上背］（名）身長，身材。△～がある／個頭兒大。

うわちょうし［上調子］（形動）輕浮，不穩重。

△～なことばかりしている／淨做些不穩當的事。

うわつ・く［浮つく］（自五）忘乎所以，頭腦發熱。△調子がいいからといって～いた気持でいると，大失敗するぞ／雖說進展順利，如果忘乎所以就會遭到慘敗。△～いた態度／忘乎所以的態度。

うわつち［上土］（名）表土。↔ 底土

うわっつら［上っ面］（名）表面。△～だけで判断するな／不要光從外表來判斷。→うわべ，表面

うわっぱり［上っ張り］（名）罩衣，工作服。

うわづみ［上積み］（名・他サ）① 裝在上層（的貨物）。↔ 下積み ② 另添，外加。△本給に手当て分を～する／基本工資再加上津貼部分。

うわて［上手］I（名）高出一籌（的人）。△～に出る／擺架子。盛氣凌人。△語学では彼の方が一枚～だ／在外語方面他比我高一籌。△役者が一枚～だ／更有一手兒。

うわに［上荷］（名）①（車、船等）裝載的貨物。② 裝在上面的貨物。

うわぬり［上塗り］（名・他サ）① 抹最後一遍灰，塗最後一遍漆。②（壞事）更加一等。△恥の～／越發丟臉。

うわね［上値］（名）高出以前的價格。

うわのせ［上乗せ］（名・他サ）添上，補加。△料金の8%を～する／加價百分之八。

うわのそら［上の空］（名・形動）心不在焉。△～で授業を聞く／心不在焉地聽課。

うわば［上歯］（名）上齒。↔ 下歯

うわばき［上履き］（名）拖鞋。→うわぐつ

うわばみ［蟒］（名）① 蟒。② 酒豪。

うわべ［上べ・上辺］（名）表面，外表。△～つくろう／裝門面。裝樣子。△～だけの親切／僅僅表面熱情。

うわまえをはねる［上前を撥ねる］（連語）抽頭兒，剋扣。

うわまわ・る［上回る］（自五）超過，超出。△予想を～／超出預想。△昨年度を大幅に～利益／大幅度超過去年的收益。

うわむき［上向き］（名）① 朝上，仰。△～に寝る／仰臥。② 表面，外觀。③ 向好的方面發展。△景気が～になる／經濟狀況好轉。彼の運は～だ／他轉運了。

うわめづかい［上目遣い］（名）眼珠朝上看。△～に人を見る／翻白眼看人。

うわや［上屋］（名）① 防雨棚。② 貨場。

うわやく［上役］（名）上級，上司。→上司 ↔ 下役

うん［運］（名）運，運氣。△～がいい／運氣好。△～を天にまかせる／聽天由命。△～のつき／運數已盡。

うん（感）①（表示同意）嗯。②（呻吟聲）哼。△～と言って気を失った／哼了一聲就不省人事了。③（表示想起）哦。△～，そうだ／哦，是的。④（用力時發出的聲音）嘿。

うんえい［運営］（名・他サ）辦理，經營。△会

社を～する／辦企業。△～を誤る／管理不當。△その会は 10 人の委員により～されている／那個組織由十名委員主持工作。

うんか［浮塵子］(名)〈動〉浮塵子。

うんか［雲霞］(名) 雲霞。△～のごとき大軍／大軍如雲。

うんが［運河］(名) 運河。

うんかい［雲海］(名) 雲海。

うんき［運気］(名) 運氣。△～がいい／運氣好。△～は根気／運氣好壞要看毅力。

うんきゅう［運休］(名・自サ) 停航，停運，停開。

うんこう［運行］(名・自サ) 運行。△日月の～／日月的運行。△列車の～／列車的運行。

うんこう［運航］(名・自サ) 航行，飛行。

うんざり (副・自サ) 厭煩，膩煩。△甘いものばかりで～した／淨是甜食，膩透了。△見ただけで～する／一看就煩。

うんざん［運算］(名・他サ) 運算。

うんさんむしょう［雲散霧消］(名・自サ) 雲消霧散。

うんじょう［醞醸］(名・自他サ) ① 醸酒。② 醞醸。

うんしん［運針］(名)〈裁縫〉運針法，縫紉法。

うんすい［雲水］(名) ① 行雲流水。② 行腳僧。→行脚僧

うんせい［運勢］(名) 運氣，命運。△～をうらなう／算命。

うんそう［運送］(名・他サ) 運輸，運送。→輸送

うんだめし［運試し］(名) 碰運氣，撞大運。△～に宝くじを買う／買彩票碰碰運氣。

うんちく［蘊蓄］(名) 淵博的知識，高深的造詣。

うんちくをかたむける［蘊蓄を傾ける］(連語) 拿出全部學識。△蘊蓄を傾けて話す／拿出全部學識來説。

うんちん［運賃］(名) 運費。△～をあげる／提高運費。

うんちんこみわたしかかく［運賃込み渡し価格］(名)〈經〉離岸加運費價格。

うんちんほけんりょうこみかかく［運賃保険料込み価格］(名)〈經〉到岸價格。

うんてい［雲底］(名) 雲的底部。

うんでいのさ［雲泥の差］(連語) 天壤之別。

うんてん［運転］(名・自他サ) ① 操縱，駕駛。△自動車を～する／開汽車。△機械を～する／開機器。△このエレベーターは～中です／這個電梯現在開動着。② 周轉 (資金)。

うんてんしゅ［運転手］(名) (汽車、電車) 司機。

うんどう［運動］(名・自サ) ① (物體) 運動。△～の法則／運動定律。② 體育運動。△～不足／運動不足。③ (為某種目的) 活動，運動。△選挙～／選舉活動。△婦人～／婦女運動。

うんともすんともいわない［うんともすんとも言わない］(連語) 不置可否，一聲不響。

うんぬん［云云］I (名) 云云，等等。△これには深い事情があった～と言った／説是這裏有着深刻的原因等等。II (名・他サ) 説長道短，説三道四。△結果を～するのはまだ早過ぎる／對結果説三道四還為時過早。

うんのう［蘊奥］(名) 奥義，真髓。△～を極める／窮究奥義。

うんぱん［運搬］(名・他サ) 搬運。

うんぴつ［運筆］(名) 運筆，運筆方法。

うんぷてんぷ［運否天賦］(名) 命由天定，聽天由命。

うんまかせ［運任せ］(名) 碰運氣，聽天由命。

うんむ［雲霧］(名) 雲霧。

うんめい［運命］(名) 命運。△～に左右される／被命運所左右。△～を共にする／休戚與共。

うんめいきょうどうたい［運命共同体］(名) 命運共同體，同進退共存亡的集體。

うんめいろん［運命論］(名) 宿命論。

うんも［雲母］(名)〈礦〉雲母。

うんゆ［運輸］(名) 運輸，運送。△～省／運輸省。△～大臣／運輸大臣。

うんよう［運用］(名・他サ) 運用，活用。△法の～／法律的運用。

うんりょう［雲量］(名) 雲量。

え　エ

え［柄］(名)① 把兒，柄。△傘の～／傘把兒。
② 葉柄。

え［餌］(名)⇨えさ

え［絵］(名)畫兒，圖畫，繪畫，畫面。△～を
かく／畫畫兒。△油～／油畫。△～にかいた
ように美しい／美麗如畫。

え (感)①(肯定)唉，嗯，是。△～，そうです／
是，是的。②(吃驚，疑問)啊？怎麼？△～，
なんですって／啊？你説甚麼？△～，ほんと
うですか／啊？是真的嗎？

エア［air］(名)空氣，大氣。△～がぬける／跑
氣，撒氣。

エアーメール［air mail］(名)航空郵件。

エアエクスプレス［air express］(名)航空快遞。

エアカー［air car］(名)氣墊船。

エアカーテン［air curtain］(名)氣簾。

エアガール［air girl］(名)→エアホステス

エアガン［air gun］(名)氣槍。

エアクッション［air cushion］(名)氣墊。△～
船／氣墊船。

エアクリーナー［air cleaner］(名)空氣淨化器。

エアコン［air］(名)("エアコンディショナー"、
"エアコンディショニング"的縮略語)空調。

エアコンディショナー［air conditioner］(名)
(也稱"エアコン")空氣調節器。

エアコンディショニング［air conditioning］
(名)空調。

エアコンプレッサー［air compressor］(名)空氣
壓縮機。

エアサービス［air service］(名)空運。

エアシュート［air shoot］(名)(傳票、書籍等)
空氣壓縮傳送機。

エアステーション［air station］(名)航空維修
站，小型機場。

エアゾール［aerosol］(名)⇨エアロゾル

エアターミナル［air terminal］(名)機場大樓。

エアタイム［air time］(名)廣播時間。

エアチェック［air check］(名)從廣播中錄音(的
唱片)。

エアドア［air door］(名)氣門，氣簾。

エアドリル［air drill］(名)風鑽。

エアバス［airbus］(名)空中巴士(一種大容量噴
射式客機)。

エアバッグ［air bag］(名)① 氣囊。② 安全氣囊
(由塑膠製成，汽車碰撞時自動充氣，使車上的
人不致撞傷)。

エアパッド［air pad］(名)(美容)氣乳罩。

エアバルブ［air valve］(名)空氣閥。

エアハンマー［air hammer］(名)氣錘。

エアブラシ［air brush］(名)噴槍。

エアブレーキ［air brake］(名)空氣制動器，氣
閘。

エアフロント［air front］(名)天際，天邊，機場
周邊。

エアページェント［air pageant］(名)航空表演。

エアポート［air port］(名)機場。

エアポケット［air pocket］(名)(空)氣袋，氣潭。

エアホステス［airhostess］(名)客機女服務員，
空中小姐。

エアホン［airphone］(名)飛機電話。

エアポンプ［air pump］(名)氣泵。

エアメール［airmail］(名)航空郵件，航空信。

エアライン［airline］(名)① 航空公司。② 航綫。

エアログラム［aerogram］(名)航空信箋。

エアロゾル［aerosol］(名)〈化〉① 空氣溶膠。
② 煙霧劑。

エアロビクス［aerobics］(名)有氧健身操，有氧
健身(指跑步、散步、游泳等加強心肺功能的運
動)。

エアロベーン［aerovene］(名)風向風速儀。

えい (名)〈動〉魟魚，鰩魚。

えい (感)① 唉，哎呀。△～，しくじった／哎
呀，糟了。② 使勁的聲音。△～とばかり切り
つける／嘿的一聲就砍了過去。

えいい［鋭意］(副・名)鋭意，專心。△～研究
に努力する／專心致力於研究。

えいい［営為］(名)事業。

えいいん［影印］(名・他サ)影印。

えいえい［営営］(形動トタル)孜孜不倦，忙忙
碌碌。△～と働く／辛勤勞動。

えいえん［永遠］(名)永遠。△～の真理／永恆
的真理。

えいが［映画］(名)電影。△～をとる／拍電
影。△～を見る／看電影。△～を上映する／
放映電影。

えいが［栄華］(名)榮華。

えいがか［映画化］(名・他サ)拍成電影。△～
された小説／搬上銀幕的小説。

えいがかい［映画界］(名)電影界，影壇。

えいがかん［映画館］(名)電影院。

えいがかんとく［映画監督］(名)電影導演。

えいかく［鋭角］(名)〈數〉鋭角。△～三角形／
鋭角三角形。

えいがものがたり［栄花物語］(書名)《榮華物
語》。平安時代末期的歷史故事。作者不詳。主
要描寫藤原道長的奢華生活。

えいかん［栄冠］(名)桂冠，榮譽。△勝利
の～／勝利的桂冠。

えいき［鋭気］(名)鋭氣，闖勁，幹勁。△～を
くじく／挫其鋭氣。△～あたるべからず／鋭
不可擋。

えいき［英気］(名)英氣，才氣，活力，精力。
△～をやしなう／養精蓄鋭。

えいきごう［嬰記号］(名)〈樂〉升音符號。

えいきゅう［永久］(名) 永久，永遠，永恒。△〜不変／永世不變。

えいきゅうし［永久歯］(名) 恒齒。

えいきゅうしさん［永久資産］(名)〈經〉固定資産。

えいきょう［影響］(名・自サ) 影響。△〜がつよい／影響大。△〜をうける／受影響。△…に〜を及ぼす／給…影響。影響到…。

えいぎょう［営業］(名・自他サ) 營業，經商。△〜中／正在營業。△〜停止／停業。

えいぎょうきょか［営業許可］(名) 營業執照。△〜を取り消す／吊銷營業執照。

えいぎょうきょかしょう［営業許可証］(名)〈經〉營業執照。

えいぎょうしゅ［営業主］(名) 經營者，業主。(也讀作"えいぎょうぬし")

えいぎょうしゅうにゅう［営業収入］(名)〈經〉銷售額。

えいぎょうマン［営業マン］(名)〈經〉營業員。

えいきょうりょく［影響力］(名) 影響力。

えいけつ［英傑］(名) 英傑，英才。

えいけつ［永訣］(名・自サ) 永訣，永別。

えいこ［栄枯］(名) 枯榮，盛衰。

えいご［英語］(名) 英語，英文。

えいこう［栄光］(名) 光榮。

えいこう［曳航］(名・他サ) 牽引，拖航。

えいごう［永劫］(名) 永久，永遠。△未来〜／永久，永遠。

えいこうだん［曳光弾］(名) 曳光彈。

えいこく［英国］(名) →イギリス

えいこくふう［英国風］(名) 英國風格，英國式。

えいこせいすい［栄枯盛衰］(名) 興衰。

えいさい［英才］(名) 英才。△〜教育／英才教育。

えいし［英姿］(名) 英姿。

えいし［衛視］(名) (日本) 國會警衛。

えいじ［英字］(名) 英文。△〜新聞／英文報紙。

えいじ［嬰児］(名) 嬰兒。→赤んぼう

エイシアード［Asiade］(名) 亞運會。

えいじはっぽう［永字八法］(名) 永字八法。

えいしゃ［映写］(名・他サ) 放映。△〜機／電影放映機。△〜幕／銀幕。

えいじゅ［衛戍］(名) 衛戍。△〜地／衛戍區。

えいじゅう［永住］(名・自サ) 定居，落戶。△〜の地／定居之地。

えいしょう［詠唱］(名・他サ)〈樂〉① 詠嘆調。→アリア ② 詠唱，吟誦詩歌。

えい・じる［映じる］(自上一) ① 映，映照。△月が水に〜／月亮映在水中。② 留下印象。△東京は外国人の目にはどう〜だろう／東京會給外國人留下怎樣的印象呢？

えいしん［栄進］(名・自サ) 榮升。

エイズ［AIDS］(名)〈醫〉愛滋病。

えい・ずる［映ずる］(自サ) ⇨えいじる

えいせい［衛生］(名) 衛生。△不〜／不衛生。△公衆〜／公共衛生。

えいせい［衛星］(名) 衛星。△人工〜／人造衛星。

えいせい［永世］(名) 永世，永久。△〜中立国／永久中立國。

えいせいこく［衛星国］(名) 衛星國，附屬國。

えいせいちゅうけい［衛星中継］(名・他サ) 衛星中繼 (站)，衛星轉播。

えいせいちゅうりつこく［永世中立国］(名) 永久中立國。

えいせいテレビ［衛星テレビ］(名) 衛星電視。

えいぜん［営繕］(名・他サ) 修建，修繕 (建築物)。△〜課／修建科。

えいぞう［映像・影像］(名) ① 映像，影像。△〜がゆがむ／映像扭曲。△テレビの〜がぶれている／電視圖像搖晃不定。② 形象，印象。△亡き母の〜／亡母的形象。

えいぞく［永続］(名・自サ) 持續，持久。△〜性／持久性。

えいたつ［栄達］(名・自サ) 顯達，飛黃騰達。

えいだつ［穎脱］(名・自サ) 脫穎而出。

えいたん［詠嘆］(名・自サ) 讚嘆，感嘆。

えいだん［英断］(名) 英明的決斷。△〜をくだす／作出英明決斷。

えいち［英知］(名) 睿智，才智，洞察力。△〜をあつめる／集中智慧。

エイチアール［human relation］(名) 人際關係。

えいてん［栄転］(名・自サ) 榮升，榮遷。

エイト［eight］(名) ① 八。② (八人單槳有舵手) 賽艇。

えいトン［英トン］(名) 英噸，長噸。

えいねん［永年］(名) 長年，長時間。△〜勤続／在一個單位多年連續工作。

えいはつ［映発］(名・自サ) 相輝映。

えいびん［鋭敏］(形動) 敏銳。△〜な神経／靈敏的神經。△〜な頭脳／敏銳的頭腦。

えいぶん［英文］(名) ① 英文。△〜和訳／英文日譯。② 英國文學。

えいへい［衛兵］(名) 衛兵。

えいべつ［永別］(名・自サ) 永別。

えいほう［鋭鋒］(名) ① 尖聳的山峰。② 鋭利的 (鋒刃)，尖銳的 (言語)。△敵の〜をかわす／避開敵人的鋒芒。

えいポンド［英ポンド］(名)〈經〉英鎊。

えいポンドけん［英ポンド圏］(名)〈經〉英鎊區。

えいまい［英邁］(形動) 英明，卓越。

えいみん［永眠］(名・自サ) 長眠。

えいめい［英明］(形動) (君主) 英明。

えいめい［英名］(名) 英名。

えいやく［英訳］(名・他サ) 譯成英文。△和文〜／日文英譯。

えいゆう［英雄］(名) 英雄。

えいよ［栄誉］(名) 榮譽。

えいよう［栄養］(名) 營養。△〜を取る／攝取營養。

えいよう［栄耀］(名) 榮華富貴。

えいようか［栄養価］(名) 營養價值。△〜が高い／營養價值高。

えいようしっちょう［栄養失調］（名）營養失調。

えいようそ［栄養素］（名）營養素。

えいり［鋭利］（形動）① 鋭利，鋒利。② 尖鋭，敏鋭。△～な観察力／敏鋭的洞察力。

えいり［営利］（名）營利，謀利。

エイリアス［alias］（名）〈IT〉別名。

エイリアン［alien］（名）① 外國人。② 外星人，宇宙生物。③ 另類。

えいりん［営林］（名）經營管理森林。△～署／（日本政府）營林署。

えいりん［映倫］（名）“映畫倫理規定管理委員會”的略語：電影倫理規定管理委員會，影倫。

えいれい［英霊］（名）英靈。

えいれんぽう［英連邦］（名）⇨イギリス連邦

えいわ［英和］（名）用日語譯解英文。

ええ（感）①啊（表示應諾，理解）。△～，わかりました／啊，明白了。② 嗯（表示思索）。△あの人は、～，ちょっと名前が思い出せないな／那個人，嗯，名字一時想不起来。

エーアイ［AI (artificial intelligence)］（名）人工智能。

エーエー［A.A.］亞非。△～会議／亞非會議。△～グループ／亞非集團。

エーエム［AM］（名）調幅（廣播）。△～放送／調幅廣播。

エーエム［a.m. A.M.］（名）上午。

エーカー［acre］（名・接尾）英畝（4047 平方米）。

エーシー［a/c］（名）〈經〉賬戶。

エージェンシー［agency］（名）代理店，代理商，代辦處。

エージェント［agent］（名）① 代理商，代理人。② 間諜，特務。

エージグループ［age group］（名）年齡組，年齡羣（指社會人口中年齡相近的人形成的羣體）。

エージズム［ageism］（名）年齡歧視，對老年人的歧視（尤指在就業和住房方面）。（也作“エイジズム”）

エース［ace］（名）①（撲克牌中的）A 牌。② 第一流（隊員），主力（隊員），王牌。③〈體〉〈發球〉得一分。△サービス～／發球得分。

エーティーエム［ATM (automatic teller machine)］（名）自動櫃員機，自動存取款機。

エーテル［荷 ether］（名）①〈化〉醚，乙醚。△～麻醉法／乙醚麻醉術。②〈理〉以太，能媒。

エーデルワイス［德 Edelweiss］（名）〈植物〉火絨草。

エービーシー［ABC］（名）① ABC（英語頭三個字母）。② 初步，入門。△～から教える／從頭教起。

エープリルフール［Aprilfool］（名）愚人節（4月 1 日）。

エオニズム［eonism］（名）易裝癖。

えがお［笑顔］（名）笑臉。△～で迎える／笑臉相迎。△～をよそおう／裝出笑臉。

えかき［絵かき］（名）畫家，畫匠。

えが・く［描く］（他五）① 畫，繪。△にがお

を～／畫肖像。△人物を～／畫人物。② 描寫，描繪。△小説に～かれた美しい情景／小說中描寫的美麗景象。③ 想像。△心に～／想像。

えがた・い［得難い］（形）難得，來之不易。△～品／稀罕的東西。△～人材／難得的人材。△～経験／寶貴的經驗。

えがら［絵柄］（名）（工藝品的）圖案，圖樣。

えがらっぽい（形）苦澀。

えき［易］（名）① 易經。② 易，算卦。△～者／算卦先生，卜者。

えき［益］（名）① 有益，有用。△そんなことをしても、だれの～にもならない／做那樣的事對誰也沒好處。② 利益。△～の少ない仕事／利益很少的工作。

えき［液］（名）汁液，液體。

えき［駅］（名）火車站，新幹綫電車站。△～ビル／車站大廈。△始発～／起點站。△終着～／終點站。

えきいん［駅員］（名）車站工作人員。

えきおん［液温］（名）液體的溫度。

えきか［液化］（名・自他サ）〈理〉液化。△～ガス／液化石油氣。

えきが［腋窩］（名）腋窩。

えきぎゅう［役牛］（名）耕牛。

えきざい［液剤］（名）水劑，藥水兒。

エキサイト［excite］（名・自サ）興奮，激動。

エキジビション［exhibition］（名）展覽會，表演。△～ゲーム／表演賽，友誼賽。

えきしゃ［易者］（名）算卦先生，卜者。

えきしゅ［駅手］（名）車站搬運工。

えきじゅう［液汁］（名）（草木的）汁液。

えきしょう［液晶］（名）液晶。△～テレビ／液晶電視。△～パネル／液晶壁板。△～表示／液晶顯示。

えきじょう［液状］（名）液狀。

えきしょうディスプレー［液晶ディスプレー］（名）〈IT〉液晶顯示幕，液晶顯示器。

えきしょうテレビ［液晶テレビ］（名）液晶電視。

エキス［荷 extract］（名）①（藥和食物的）提取物。△梅肉の～／酸梅料。② 精華。△学問の～を集めた百科事典／匯集了學術精華的百科全書。

エキストラ［extra］（名）① 額外的（東西）。② 臨時演員。

エキスパート［expert］（名）專家，內行。

エキスパンダー［expander］（名）〈體〉擴胸器，拉力器。

エキスポ［expo (exposition)］（名）展覽會，博覽會，狹義指“萬國博覽會”，即世博會。（也作“エクスポ”）

えき・する［益する］（他サ）有用，有益。△住民に～ところが大きい／居民受益不淺。

エキセントリック［eccentric］（名・形動）反常，古怪。

エキゾチック［exotic］（形動）異國情調，異國風情。

えきたい［液体］(名) 液體。△〜酸素／液態氧。

えきちゅう［益虫］(名) 益蟲。

えきちょう［益鳥］(名) 益鳥。

えきちょう［駅長］(名) 站長。

えきでん［駅伝］(名) 長距離接力賽跑。

えきとう［駅頭］(名) 車站(附近)，車站前，站台。△〜でビラをくばる／在車站前散發傳單。

えきどめ［駅留］(名) 車站提取。△〜小荷物／車站提取的小件行李。

えきびょう［疫病］(名) 瘟疫，傳染病。

えきビル［えきビル］(名) 車站大樓，建築的一部分用作車站，其他部用作商場、旅館、餐館等。也作“ステーションビル”。

えきべん［駅弁］(名) 車站上賣的盒飯。

えきまえ［駅前］(名) 站前。△〜広場／站前廣場。

えきむ［役務］(名) 勞務。△〜費／勞務費。

えきり［疫痢］(名)〈醫〉嬰兒吐瀉症，嬰兒夏令腹瀉。

エクアドル［Ecuador］〈國名〉厄瓜多爾。

えぐ・い (形) 苦澀。

エクスキューズ［excuse］(名) 藉口，理由，辯解，解釋。

エクスクラメーションマーク［exclamation mark］(名) 感嘆號“！”。

エクスタシー［ecstasy］(名) 快感高潮。

エクスチェンジレート［exchange rate］(名) 匯兌率。

エクステリア［exterior］(名) 外部空間，門面，外觀。

エクスプローラ［Explorer］(名)〈IT〉資源管理器。

エクスプローラバー［explorer bar］(名)〈IT〉瀏覽器欄。

エクスペンシブ［expensive］(ダナ) 高價的，奢華的，昂貴的。

エクスペンス［expense］(名)〈經〉費用，支出。

エグゼクティブプロデューサー［executive producer］(名)〈電影〉執行製片。

エクセル［excel］(名) 優秀，勝出。

エクセレント［excellent］(ダナ) 優秀的，卓越的，一流的。

エクソダス［exodus］(名) 移民等大批出國。

えくぼ (名) 笑窩，酒窩。△あばたも〜／情人眼裏出西施。

えぐ・る［抉る］(他五) 挖，剜。△患部を〜／剜掉患處。△悲しみに心が〜られる／悲痛得心如刀絞。△肺腑を〜ようなことば／刺人肺腑的言詞。△真相を〜／揭穿真相。

えぐ・れる［抉れる］(自下一) 出窟窿，缺一塊。

えげつな・い (形) 下流，缺德。

エコ［eco］(接頭)“エコロジー”的略語，生態，環保。△〜サイド／生態滅絕。滅絕人寰。△〜システム／生態系(統)。△〜クッキング／節約材料烹飪法。△〜ビジネス／。

えこ［依怙］(名) ⇨えこひいき

エゴ［拉 ego］(名) ① 自我。② (“エゴイズム”的縮略語) 利己主義。

エゴイスト［egoist］(名) 利己主義者。

エゴイズム［egoism］(名) 利己主義。

えこう［回向］(名・自サ)〈宗〉(為死者) 祈求冥福。

エコー［echo］(名) ① (山等) 回聲。② 反響。

エコーサプレッサー［echo suppressor］(名)〈IT〉回聲抑制器，回波抑制器。

エコーバック［echo back］(名)〈IT〉回響，反饋。

えごころ［絵心］(名) 畫意，畫興。△〜があ　る／懂畫。會欣賞畫。△〜がわく／引起畫興。

エコンシャス［eco conscious］(名) 環保意識。

えこじ［依怙地］(名) 固執，意氣用事。

エコシステム［ecosystem］(名) 生態系統。

エコツアー［ecotour］(名) (為保護環境和振興經濟而進行的) 觀光旅行 (事業)，生態旅遊。

エコノフォン［economic phone］(名) 經濟型電話。

エコノミー［economy］(名) ① 省錢，經濟實惠。△〜クラス／普通座位。經濟艙。② 經濟。

エコノミーオブスケール［economies of scale］(名) (規模) 經濟。

エコノミークラス［economy class］(名)〈經〉經濟艙，二等。

エコノミック［economic］(形)〈經〉經濟的，實用的。

エコノミックアウトルック［economic outlook］(名)〈經〉經濟展望，經濟前景。

えこひいき (名・自他サ) 偏袒，偏向。△〜がない／公正，不偏袒。

えさ［餌］(名) ① 餌食。△馬の〜／馬料。△豚の〜／豬食。△〜をやる／餵食。② 誘餌。

えじき［餌食］(名) ① 餌食。△おおかみの〜になる／餵了狼。被狼吃掉。② 犧牲品。△惡德商人の〜にされた／被奸商刮個精光。

エジソン［Edison］〈人名〉⇨エディソン

エシック［ethic］(名) ① 倫理，道德。② 社會的價值體系。

エジプト［Egypt］〈國名〉埃及。

えしゃく［会釈］(名・自サ) 點頭，打招呼。△ふたりは互に〜をかわす程度だ／他倆只是點頭之交。

えしゃじょうり［会者定離］(名)〈宗〉會者定離。

エス (名) ⇨ ① イエスキリスト ② エスペランド

エスアールシー［SRC (steel frame reinforced concrete)］(名)〈建〉鋼架鋼筋混凝土。

エスエフ［SF］(名) 科學幻想小説。

エスオーエス［sos］(名) ① 呼救信號。△〜を出す／發出呼救信號。② 求救。

エスカルゴ［法 escargot］(名)〈動〉(食用) 蝸牛。

エスカレーション［escalation］(名) (戰爭等) 逐步升級。↔ デスカレーション

エスカレーター［escalato］(名) 自動扶梯，電動滾梯。

え
エ

エスカレート［escalate］(名) 逐步上升，逐步升級。

エスキモー［Eskimo］(名) 愛斯基摩人。

エスコート［escort］(名) 護衛，陪伴(尤指陪伴婦女的男性)。△玲子は、腕を曲げて、浜口の～を待った／玲子伸出胳膊等待濱口挽手陪伴她。

エステ［esthetic］(名) (除頭髮之外的所有) 美容美體。

エスティメーション［estimation］(名)〈經〉預算，概算。

エステティシャン［法 esthéticien］(名) ① 美學家。② 全身美容師。

エステル［ester］(名)〈化〉酯。

エスニシティ［ethnicity］(名) 民族性。

エスニック［ethnic］(ダナ) ① 種族的，人種的，少數民族的，異國風情的。② 少數民族。

エスニックスポーツ［ethnic sport］(名)〈體〉(有民族或地域特色的)傳統體育運動。

エスニックミュージック［ethnic music］(名) 民族音樂。

エスニックメディア［ethnic media］(名) 在外國發行的母語報紙與雜誌。

エスノナショナリズム［ethnology nationalism］(名) 民族主義，國家主義。

エスパー［esper］(名) 具有超能力的人。

エスばん［S判］(名) (衣服) 小號。

エスピーばん［SP盤］(名) 舊式標準唱片。(每分鐘七十八轉)

エスプリ［法 esprit］(名) 才智。

エスペラント［Esperanto］(名) 世界語。

えせ‐(接頭) 似是而非，假冒。△～学者／冒牌學者。

えそ (名)〈醫〉壞疽。△肺～／肺壞疽。

えぞ［蝦夷］(名)〈史〉① 阿伊努族的古稱。② 北海道的古稱。

えぞぎく (名)〈植物〉翠菊。

えぞまつ (名)〈植物〉針樅，寬鱗魚鱗松。

えそらごと［絵空事］(名) ① 虛構的事物。② 脫離現實(的事物)，空話。△そんな計画は～だ／那種計劃是紙上談兵。

えだ［枝］(名) ① 樹枝。△～がしげる／枝葉茂密。△～をそろえる／修剪樹枝。△かれ～／枯枝。② 分支。△～道／岔道，小道。

えたいのしれない［得体の知れない］(連語) 不知其本來面目，不可捉摸。△～人／來路不明的人。神秘人物。△～病気／古怪的病。

えだうち［枝打ち］(名) 剪枝。

えだにく［枝肉］(名) 去皮帶骨的(食用)肉。

えだは［枝葉］(名) ① 枝與葉。② 枝節，細枝末節。

えだぶり［枝振り］(名) 樹形。△～がいい／樹形好看。

えだみち［枝道］(名) ① 岔道兒。② 離開主題的枝節，旁岔兒。△話が～にそれる／話離開正題。

えたり［得たり］(名) 妙哉，好極。

えだわかれ［枝分れ］(名) 分岔，分枝。

エタン［德 Athan］(名)〈化〉乙烷。

エチオピア［Ethiopia］〈國名〉埃塞俄比亞。

エチケット［法 étiquette］(名) 禮貌，禮節。△～を守る／遵守社交禮節。

えちず［絵地図］(名) (用畫示意出名勝、古跡的) 繪畫地圖。

エチモロジー［etymology］(名) 語原學。

エチュード［法 étude］(名) ①〈美術〉習作。②〈樂〉練習曲。

エチルアルコール［德 Äthylalkohol］(名)〈化〉乙醇，酒精。

エチレン［德 Äthylen］(名)〈化〉乙烯。

えつ［悦］(名) 喜悅，高興。△～に入る／暗自高興，滿心喜歡。

えっきょう［越境］(名・自サ) 越過國境，越過邊界。△～入学／跨學區入學。

エッグ［egg］(名) 雞蛋。

エックスせん［X線］(名) X 線，倫琴射綫。

エッグドナー［egg donor］(名) 卵子提供者。

えづけ［餌付け］(名) 餵養馴化 (野生動物)。

えづ・ける［餌付ける］(他下一) 馴化 (野生動物)。

えっけん［越権］(名) 越權。△～行為／越權行為。

えっけん［謁見］(名・自サ) 謁見。→拝謁

エッジ［edge］(名)〈IT〉網絡終端。

エッジボール［edge ball］(名) (乒乓) 擦邊球。

エッセー［essay］(名) 小品文，隨筆。→随筆

エッセンス［essence］(名) ① 本質，精華。② 香精。△バニラ～／香草精。

エッチ［H］Ⅰ(形動) 好色，下流。△～な話／下流話。Ⅱ(名) 表示鉛筆芯硬度的符號。

えっちらおっちら (副) 腳步沉重。

エッチング［etching］(名)〈美術〉蝕刻法，蝕刻畫。

えっとう［越冬］(名・自サ) 度過冬天。△～資金／過冬費。

えつねん［越年］(名・自サ) 過年。

えつねんそう［越年草］(名) ⇨にねんそう

えっぺい［閲兵］(名・自サ) 閱兵。

えつぼにいる［笑壺に入る］(連語) 笑逐顏開。

えつらく［悦楽］(名) 歡樂，喜悅。△～に浸る／沉浸於歡樂之中。

えつらん［閲覧］(名・他サ) 閱覽。

えつらんしつ［閲覧室］(名) 閱覽室。

えて［得手］(名・形動) 拿手，擅長。△～のわざ／絕招。△～の料理／拿手菜。

エディション［edition］(名) 版。△ファースト～／初版。

エディソン［Thomas Alva Edison］〈人名〉愛迪生 (1847-1931)。

エディター［editor］(名) 主筆，編輯。

エディットボックス［edit box］(名)〈IT〉編輯框，輸入框。

エディトリアル［editorial］(名) 評論。

えてかって［得手勝手］(形動) 只顧自己不顧

別人，任性。

えてこう［えて公］（名）“猿”的擬人化説法：猿，猴。（也作“えてきち”）

えてして［得てして］（副）往往，每每。△ロの達者な人は～実行がともわない／嘴上説得好的人往往不實幹。

えてにほをあげる［得手に帆を揚げる］（連語）一帆風順。

エデュテインメント［edutainment］（名）教育娯樂。

エデン［Eden］（名）伊甸園，樂園。

えと［干支］（名）天干地支，干支。△来年の～は子だ／明年是鼠年。

えど［江戸］〈地名〉江戸（1868 年改稱東京）。

えとき［絵解き］（名・他サ）① 圖解，用圖説明。② 説明圖意（的文章或人）。③ 解謎。

えとく［会得］（名・他サ）掌握，領會。△新しいわざを～する／掌握新技術。

えどじだい［江戸時代］（名）〈史〉江戸時代，徳川時代。

エトセトラ［etcetera, etc.］（名）等等。

えどっこ［江戸っ子］（名）江戸人，東京人。

えどのかたきをながさきでうつ［江戸の敵を長崎で討つ］（連語）江戸的仇在長崎報。（比喩）在意外的地方或不相干的問題上報復。

えどまえ［江戸前］（名）江戸式，江戸派。△～のすし／江戸壽司。

えな［胞衣・胞］（名）胎盤。△～を納める／埋胎盤。

エナメル［enamel］（名）瓷漆，珐琅。

えにかいたもち［絵にかいた餅］（連語）畫餅。△～で飢えをしのぐ／畫餅充飢。

エニグマ［enigma］（名）謎，不可理解的事，不可理解的（人）物。

えにし［縁］（名）緣，姻緣。

エニシダ［西 hiniesta］（名）〈植物〉金雀花。

エヌオーシー［NOC］（名）國家奥林匹克委員會。

エヌピーオー［NPO］（名）非牟利（民間）組織。

エネルギー［德 Energie］（名）①〈理〉能，能量，能源。△～資源／能源資源。△太陽の～／太陽能。② 精力，活力。△～のある人／有活力的人。

エネルギッシュ［德 energisch］（形動）精力充沛。

えのき［榎］（名）〈植物〉朴樹。

えのぐ［絵の具］（名）（繪畫用的）顏料，水彩。△～を塗る／上色。△～を上かす／調色。

えのないところにえをすげる［柄のないところに柄をすげる］（連語）雞蛋裏挑骨頭。

エバ［拉 Eva］（名）〈神話中的〉夏娃。→イブ

えはがき［絵葉書］（名）美術明信片。

えび［蝦］（名）蝦。

えびごし［蝦腰］（名）羅鍋腰。

えびす［夷］（名）① 夷狄。② 未開化人，野蠻人。③ 魯莽的武士。

えびす［恵比寿］（名）七福財神之一。

えびすがお［えびす顔］（名）滿臉笑容。

エピソード［episode］（名）① 逸事，奇聞。② 一般情節，插曲，小故事。

えびちゃ［えび茶］（名）絳紫色。

えびでたいをつる［えびで鯛を釣る］（連語）用蝦米釣大魚，一本萬利。

エビデンス［evidence］（名）證件，證人。

エピローグ［epilogue］（名）①（音樂、戲唱等的）結尾部分，尾聲。②（事件等的）結果，結局。

エフエーキュー［FAQ (Frequently Asked Question)］（名）〈IT〉常見問題。

エフェクティブ［effective］（ダナ）效果的，有效的。

エフェクト［effect］（名）（電影等）音響效果。

エフエム［FM］（名）調頻。△～放送／調頻廣播。

えふで［絵筆］（名）畫筆。

エフビーアイ［FBI］（名）（美國）聯邦調查局。

エフビーアイ［Federal Bureau of Investigation］（名）（美國）聯邦調查局，FBI。

エプロン［apron］（名）① 圍裙。② 停機坪。③ 前舞台。

エペ［法 épée］（名）（擊劍）重劍。

えぼし［烏帽子］（名）古時男人日常戴的一種帽子。

エポック［epoch］（名）（新）時代，（新）時期。△～を画する／開創新時代。劃時代。△～メーキング／劃時代的。

エボナイト［ebonite］（名）硬質橡膠，黑硬橡皮，膠木。

エホバ［Jehovah］（名）〈宗〉耶和華，上帝。

エボリューション［evolution］（名）①（生物的）進化。② 發展。

えほん［絵本］（名）小人書，連環畫。

えま［絵馬］（名）（為了許願或還願而獻納給神社、寺院的畫有馬的）匾額。

エマージェンシー［emergency］（名）緊急事態，非常事態。

えまきもの［絵巻物］（名）畫卷。

エマリーボード［emery board］（名）（美容）修指甲用的砂紙。

エマルジョン［emulsion］（名）① 乳膠。②〈醫〉乳劑。③〈攝影〉感光乳劑。

えみ［笑み］（名）微笑，笑容。△～をうかべる／露出笑容。

エミーしょう［エミー賞］（名）金像獎（由美國電視藝術科學學會每年頒發給在電視表演、攝製或節目安排上有卓越成就者）。

エム［M］（名）①（學生語）錢。② 陰莖。③ 表示地震等級的符號。

え・む［笑む］（自五）① 笑，微笑。② 開花。△花の～ころ／含苞欲放的時候。③（果實成熟）裂開。

エムエスエー［MSA］（名）（美國）共同安全法。

エムケーエスたんいけい［MKS 単位系］（名）〈理〉以米（m）、公斤（kg）、秒（s）為基本單位的計量單位體系。

エムサイズ［M サイズ］（名）（衣服等）中號。

エムピー［MP］（名）美國憲兵。

エムピースリー[MP3（MPEG audio layer-3）]（名）MP3。

エムピーばん[エムピー盤]（名）密紋唱片。

エムボタン[Mボタン]（名）男褲的前鈕扣。

エメラルド[emerald]（名）①〈地〉綠寶石，綠鋼玉，五月生日寶石。②艷綠色。△～グリーン／翡翠綠。

エメリーボード[emery board]（名）指甲銼刀。

えもいわれぬ[えも言われぬ]（連語）難以形容的，妙不可言的。△～風情／難以描繪的風致。

エモーショナル[emotional]（ダナ）①感情上的，情緒上的。②訴諸感情的，表現強烈情感的，催人淚下的。③（易）動感情的，情緒激動的。

えもじ[絵文字]（名）①用簡單的畫所表示的文字（象形文字和羅馬字的基礎）。②代替文字的簡單的畫。

えもの[得物]（名）①手中的武器。②得心應手的武器。

えもの[獲物]（名）①獵物。②繳獲。戰利品。

えもんかけ[衣紋掛け]（名）和服衣架。→ハンガー

えようえいが[栄耀栄華]（名）榮華富貴。

えら[鰓]（名）①鰓。②〈俗〉下巴頦。△～の張った顔／方下頦的臉。

エラー[error]（名・自サ）錯誤，過失。

エラーコード[error code]（名）〈IT〉錯誤代碼。

えら・い[偉い]（形）①了不起，偉大。△～よ，よく最後までがんばった／好樣的！堅持下來了。△～そうな口を利く／說大話。②地位（身分）高。△会社でいちばん～のは社長だ／公司裏地位最高的是總經理。③嚴重，厲害。△～失敗／慘敗。△～事件／重大事件。

えらいさん[偉い様]（名）大人物。

えらがり[偉がり]（名）自大，自命不凡。△～屋／妄自尊大的人。

えら・ぶ[選ぶ]（他五）①選擇，挑選。△よいのを～／挑選好的。②選拔，選舉。△彼を代表に～／選他做代表。③區別，不同。△～ところがない／沒有區別。

えり[襟]（名）①領子。→カラー②後頸。

エリア[area]（名）區域，地區，範圍。△サービス～／有效作用區。

えりあか[襟垢]（名）衣領上的污垢。

エリアコード[area code]（名）地區電話代碼。

えりあし[襟足]（名）（脖頸兒的）髮際。

エリアスタディ[area study]（名）地區研究，鄉土研究。

エリート[法 élite]（名）優秀人材，尖子。△～意識／優越感。

えりがみ[襟髪]（名）頸後的頭髮。

えりくび[襟首]（名）後脖頸兒。

えりぐり[襟ぐり]（名）領口，開領。

えりごのみ[選り好み]（名・自サ）挑剔，挑挑揀揀。△食べ物の～をする／吃東西挑肥揀瘦。

えりしょう[襟章]（名）領章。

えりすぐ・る[えり選る]（他五）嚴選，精選。（也說"よりすぐる"）

エリゼーきゅう[エリゼ宮]（名）（法國）愛麗舍宮。

えりぬき[選り抜き]（名）⇨よりぬき

えりまき[襟巻き]（名）圍巾。

エリミネーター[eliminator]（名）（變交流電為直流電的）消除器。

えりもと[襟元]（名）脖子，頸。△～が寒い／脖子冷。

えりわ・ける[えり分ける]（他下一）挑選，區分，分類。△りんごを大さきで～／按個頭選蘋果。（也說"よりわける"）→選別する

えりをただす[襟を正す]（連語）正襟，集中精神。△～して聞く／注意傾聽。

える[得る]Ⅰ（他下一）①得，得到。△信頼を～／贏得信賴。△好評を～／博得好評。△志を～／得志。△人気を～／受歡迎。②理解。△その意を～ない／不解其意。△要領を～ない／不得要領。Ⅱ（接尾）（接動詞連用形後，肯定用"うる"否定用"えない"）可能。△ありうる／可能有。△ありえない／不可能有。△理解しうる／能夠理解。△言葉では言い表しえない／難以言表。

える[獲る]（他下一）①獵獲（野獸、魚、鳥等）。②繳獲，獲得。

え・る（他五）挑選，選擇。

エルエスアイ[LSI]（名）大規模集成電路。

エルエスアイ[LSI（large-scale-integration）]（名）〈IT〉大型積體電路。

エルエスデイー[LSD]（名）強幻覺劑。

エル・エヌ・ジー[LNG]（名）液化天然氣。

エルエル[LL]（名）①語言實驗室，語言電化教室。②（衣服、雞蛋等）特大號。

エルゴ・デザイン[ergonomics design]（名）"エルゴノミクスデザイン"的略語，人體工學設計。

エルゴノミックス[ergonomics]（名）人類工程學。

エルサイズ[Lサイズ]（名）⇨エルばん

エルサルバドル[西 El Salvador]〈國名〉薩爾瓦多。

エルサレム[Jerusalem]〈地名〉耶路撒冷。

エルシー[LC（letter of credit）]（名）〈經〉信用證。

エルディー[LD（laser disk）]（名）鐳射machine，光碟。

エルディー[LD（learning disability）]（名）學習障礙症。

エルディーケー[LDK（living room, dining room, kitchen）]（名）起居室兼餐廳廚房。△3～／三室一廳。

エルニーニョ[西 El Niño]（名）〈氣象〉厄爾尼諾現象。

エルばん[L判]（名）（衣服、雞蛋等）大號。

エルピー[LP]（名）（33⅓轉的）密紋唱片。

エルピーガス[LPガス]（名）①液化石油氣，天然氣。②液體丙烷。

エレガント [elegant]（形動）優雅的，高雅的，典雅的。△～な身なり／高雅的装束。

エレキギター [electric guitar]（名）〈樂〉電吉他。

エレクトーン [electone]（名）〈樂〉電子琴。

エレクトロニクス [electronics]（名）電子學。

エレクトロニックコマース [electronic commerce]（名）〈IT〉電子商務。

エレクトロニックバンキング [electronic banking]（名）〈IT〉電子銀行。

エレクトロニックライブラリー [electronic library]（名）〈IT〉電子圖書館。

エレクトロン [electron]（名）① 電子。② 特種鎂合金。

エレジー [elegy]（名）哀歌，輓歌。→悲歌，哀歌

エレベーター [elevator]（名）電梯，升降機。

エロ [erotic]（名・形動）（"エロチシズム"、"エロチック"的略語）色情的，情慾的。△～本／黃色書刊。

エログロえいが [エログロ映画]（名）黃色電影，色情，離奇影片。

エロジナスゾーン [erogenous zone]（名）（身體的）性感帶。

エロス [希 Eros]（名）① 厄洛斯（愛神）。② 愛情，性愛。③〈哲〉（對理想事物的）愛，渴望。

エロチカ [erotica]（名）色情書籍，色情（藝術）作品

エロチシズム [eroticism]（名）① 色情，情慾，性愛。② 描寫性愛的作品。

エロチック [erotic]（形動）① 情慾（的），色情（的）。

エロトマニア [erotomania]（名）色情狂，性慾異常。

エロビジネス [erobusiness]（名）賣淫。

えん [円]（名）① 圓（形）。△～をえがく／畫圓。② 日圓。

えん [宴]（名）酒宴。△～をもよおす／設宴。

えん [縁]（名）① 緣分。△ふしぎな～／奇緣。② 關係。△～を切る／斷絕關係。△～を求めて就職する／靠關係找工作。③ 機會。△これをご～によろしく／今後請多關照。④ 外走廊，長廊。

えん [艶]（名）鮮艷，香艷，嬌艷。△～を競う／爭艷。

えんいん [延引]（名・自サ）拖延，遲延。△事故で会議が～する／會議因故拖延。△ご返事が～いたしましてまことに申しわけありません／沒有及時覆信，很對不起。→遅延

えんいん [遠因]（名）間接原因。△過労が病気の～である／過度疲勞是病的間接原因。↔ 近因

えんう [煙雨]（名）煙雨，毛毛雨。△～けむる町なみ／煙雨茫茫的城鎮。→きりさめ

えんえい [遠泳]（名・自サ）長泳。

えんえき [演繹]（名・他サ）〈哲〉演繹，推論。↔ 帰納

えんえきほう [演繹法]（名）演繹法。↔ 帰納法

えんえん [炎炎]（形動トタル）熊熊。△～たる猛火／熊熊烈火。△～と燃える／熊熊燃燒。

えんえん [延延]（形動トタル）連綿不斷，長時間繼續，冗長。△～たる演説／冗長的演講。△～と続く行列／長長的隊伍。

えんえん [奄奄]（形動トタル）氣息奄奄。→気息奄奄

えんおう [鴛鴦]（名）鴛鴦。

えんか [塩化]（名・自サ）氯化。△～物／氯化物。△～ビニール／〈聚〉氯乙烯。

えんか [演歌]（名）日本風格的流行歌。

えんか [円価]（名）〈經〉日圓對外幣的牌價。

えんか [円貨]（名）日圓，日幣。

えんか [煙火]（名）① 炊煙。② 烽火。③ 焰火。

えんか [煙霞]（名）① 煙霞。② 自然景色，山水。△～の癖／愛好遊山玩水。

えんか [燕窩]（名）燕窩。

えんか [縁家]（名）姻親，親家。

えんか [嚥下]（名・他サ）嚥下。△～困難／吞嚥困難。

えんかあえん [塩化亜鉛]（名）〈化〉氯化鋅。

えんかアルミニウム [塩化アルミニウム]（名）〈化〉氯化鋁。

えんかアンモニウム [塩化アンモニウム]（名）〈化〉氯化銨。

えんかい [沿海]（名）沿海。△～漁業／近海漁業。↔ 遠洋

えんかい [宴会]（名）宴會。→酒宴，宴席，宴

えんかい [遠海]（名）遠洋。△～漁業／遠洋漁業。

えんがい [塩害]（名）海水浸漬。

えんがい [煙害]（名）煙害（煙塵造成的大氣污染）。

えんかく [沿革]（名）沿革，變遷。

えんかく [遠隔]（名）遠距離。△～の地／遙遠的地方。△～測定／遙測（術）。

えんかくそうさ [遠隔操作]（名・他サ）遠距離操縱，遙控。

えんかし [演歌師]（名）街頭歌手。

えんかすいそ [塩化水素]（名）〈化〉氯化氫。

えんかつ [円滑]（形動）① 圓滿，順利。△会議は～にとり行われた／會議圓滿地結束了。② 光滑。△表面は～だ／表面光滑。

えんかてつ [塩化鉄]（名）〈化〉氯化鐵。

えんかナトリウム [塩化ナトリウム]（名）〈化〉氯化鈉。

えんかビニール [塩化ビニール]（名）〈化〉氯乙烯，乙烯基氯。△～樹脂／〈聚〉氯乙烯樹脂。

えんかぶつ [塩化物]（名）〈化〉氯化物。

えんかマグネシウム [塩化マグネシウム]（名）〈化〉氯化鎂。

えんがわ [縁側]（名）外走廊，套廊。

えんかわせ [円為替]（名）〈經〉日圓匯率。

えんかん [鉛管]（名）鉛管。△～工／管子工。△～工事／管道工程。

えんがん［沿岸］(名) 沿岸，沿海。△～漁業／沿海漁業。△～貿易／沿海貿易。△～都市／沿海城市。△～防御／海防。

えんがん［遠眼］(名) 遠視眼。△～鏡／遠視眼鏡，花鏡。

えんき［延期］(名・他サ) 延期。

えんき［塩基］(名)〈化〉鹼。△～性／鹼性。

えんぎ［縁起］(名)① 縁起，起源。② 吉凶之兆。△～がいい／吉利。△～が悪い／不吉利。

えんぎ［演技］(名)① 演技，表演。② 花招，把戲。△彼女の涙は～だ／她流眼淚是作戲。

えんぎでもない［縁起でもない］(連語) 不祥之兆，不吉利。

えんぎもの［縁起物］(名) 吉祥裝飾物。

えんきょく［婉曲］(形動) 婉轉，委婉。△～に断る／婉言謝絶。△～な表現／婉轉的説法。

えんきょり［遠距離］(名) 遠距離。

えんきり［縁切り］(名・他サ) 斷絶關係。↔ 縁組み

えんぎをいわう［縁起を祝う］(連語) 祝福。

えんぎをかつぐ［縁起を担ぐ］(形動) 講究 (迷信) 吉利不吉利。

えんきん［遠近］(名) 遠近。

えんきんほう［遠近法］(名)〈美術〉配景畫法，透視畫法。

えんぐみ［縁組］(名・他サ)① 結成夫妻，結親。② 收養子女。△～養子／過繼 (養子)。

えんグラフ［円グラフ］(名) 圓形圖表。

エングレービング［engraving］(名) 雕刻。

えんぐん［援軍］(名)① 援軍，救兵。② 幫忙的人，支援。

えんげ［嚥下］(名・他サ) ⇨えんか

えんけい［円形］(名) 圓形。△～劇場／圓形劇場。↔ 方形

えんけい［遠景］(名)① 遠景。② 背景，後景。→背景 ↔ 近景

えんげい［園芸］(名) 園藝。△～植物／園藝作物，園藝植物。

えんげい［演芸］(名) 歌舞，曲藝表演，演出，演奏。

エンゲージリング［engagement ring］(名) 訂婚戒指。

えんげき［演劇］(名) 演劇，戲劇。

エンゲルけいすう［エンゲル係数］(名)〈經〉恩格爾係數 (表示伙食費在生活費中所佔的百分數)。

エンゲルス［Friedrich Engels］〈人名〉恩格斯 (1820-1895)。

えんげん［怨言］(名) 怨言。△～を放つ／發怨言。

えんげん［淵源］(名) 淵源。△～を尋ねる／溯本求源。

えんこ［自サ］①（幼児語）(伸腿) 坐。②（汽車）抛錨。

えんこ［円弧］(名)①〈數〉弧。② 弧形。△～測定器／圓弧測定器。

えんこ［縁故］(名) 親屬，親戚，故舊。△～

をたどる／投親靠友。△～関係／裙帶關係。② 關係。△同じ仕事をした～で親しくなった／因為做同樣工作的關係而親近起來。

えんご［縁語］(名) 相關語。

えんご［援護］(名・他サ)① 掩護。△砲兵隊の～の下に戦う／在炮兵掩護下作戦。② 救助，援救。△～の手をさしのべる／伸出援助的手。

えんごう［掩壕］(名)(軍事) 掩體，戰壕。

えんこうきんこう［遠交近攻］(名) 遠交近攻。△～の策／遠交近攻政策。

エンコーダー［encoder］(名) 編碼器。

えんごく［遠国］(名)① 遠處的國家。② 遠離京城的地區。

えんこん［怨恨］(名) 怨恨。△～を抱く／懷恨。

えんさ［怨嗟］(名・自サ) 抱怨，怨恨。△～の声がちまたにあふれる／怨聲載道。

えんざ［円座］(名)① 團坐，圍坐。△～をつくる／團團圍坐。② 蒲團，圓草墊。

えんざい［冤罪］(名) 冤罪，無辜之罪。△～を被る／蒙冤。△～をそそぐ／伸冤。平反。昭雪。△～に陥れる／誣陷人。冤枉人。

エンサイクロペディア［encyclopedia］(名) 百科事典，百科全書。

えんさき［縁先］(名)(日本建築) 外廊的邊緣。△お～で失礼します／我不進屋，在這兒告辭了。

えんさん［塩酸］(名)〈化〉鹽酸。

えんざん［演算］(名・他サ) 演算，計算，運算。→運算，計算

えんざんコード［演算コード］(名)(電算機) 操作碼。

えんし［遠視］(名) 遠視 (眼)。↔ 近視，近眼

えんじ［園児］(名) 托兒所，幼兒園的兒童。

えんじ［臙脂］(名)①（顔料）胭脂，胭脂紅。② 胭脂色，深紅色。

エンジェル［angel］(名) ⇨エンゼル

えんじつてん［遠日点］(名)〈天〉遠日點。↔ 近日點

エンジニア［engineer］(名) 工程師，技師。

エンジニアリング［engineering］(名)① 工程學，工程技術。② 操縱，管理。△ヒューマン～／(工業企業内的) 人事管理。

えんシフト［円シフト］(名)〈經〉日元兌換。

えんしゃ［遠写］(名)〈攝影〉遠距離拍攝。

えんじゃ［縁者］(名) 親屬，親戚，姻親。△～続き／親戚關係。→親戚，親類。

えんじゃくいずくんぞこうこくのしをしらんや［燕雀いずくんぞ鴻鵠の志を知らんや］(連語) 燕雀安知鴻鵠之志。

えんしゃっかん［円借款］(名)〈經〉日圓借款。

えんしゃほう［遠射砲］(名) 遠射程炮。

えんじゅ［槐］(名)〈植物〉槐樹。

えんじゅ［延寿］(名) 延壽，長壽。

えんしゅう［円周］(名)〈數〉圓周。△～率／圓周率。

えんしゅう［演習］(名)① 軍事演習。②（大

學裏的) 研究班討論會。③練習。△〜問題／練習題。

えんしゅうりつ [円周率] (名)〈數〉圓周率。

えんじゅく [円熟] (名・自サ) ① 純熟，熟練。② 成熟，老練。△〜した人物／老練的人。↔ 未熟

えんしゅつ [演出] (名・他サ) ① 導演。△バレーを〜する／導演芭蕾舞。△劇を〜する／導演戲劇。△〜台本／舞台腳本。△〜家／舞台監督。→監督 ② 組織安排。△きょうの結婚式の〜はすばらしかった／今天的結婚典禮組織得非常出色。

えんしゅつか [演出家] (名) 舞台監督，導演。

えんしょ [炎暑] (名) 酷暑。△〜の候，ご自愛ください／盛夏之季，請保重身體。

えんじょ [援助] (名・他サ) 援助，幫助。△〜を求める／求援。

エンジョイ [enjoy] (名・他サ) 享受，享樂。△休暇を〜する／歡度假日。△独身生活を〜する／享受獨身生活。

えんしょう [炎症] (名) 炎症，發炎。△傷口が〜を起こす／傷口發炎。

えんしょう [延焼] (名・自サ) 火勢蔓延。△たちまち隣り近所に〜した／火勢很快就蔓延到左鄰右舍。△〜をくいとめる／制止火勢蔓延。

えんしょう [煙硝] (名) ① 硝酸鉀，硝石。② 火藥，黑色火藥。

えんしょう [遠称] (名)〈語〉遠稱。

えんしょう [艶笑] (名) 香艷，詼諧。△〜咄／葷笑話。

えんじょう [炎上] (名・自サ) 燃燒，起火，焚毀。

えんしょくはんのう [炎色反応] (名)〈化〉火焰反應。

えん・じる [演じる] (他上一) ① 扮演。△主役を〜／演主角。② 做出，幹出。△大きな役割を〜／起到不小的作用。△醜態を〜／醜態百出。△はでな販売合戦を〜／進行了一場激烈的商戰。

エンジン [engine] (名) 發動機，引擎。△ディーゼル〜／內燃機。△柴油機。〜がかかる／引擎開動。△〜をかける／發動引擎。

えんじん [円陣] (名) ① 圓形的陣容。② 站成一個圓圈，圍在一起。

えんじん [厭人] (名) 孤僻，討厭與人交往。

えんじん [猿人] (名) 猿人。

エンジンカントリーズ [engine countries] (名) 帶頭的國家，領先國家。

エンジンストップ [engine stop] (名) ⇨エンスト

えんしんりょく [遠心力] (名)〈理〉離心力。△〜が働く／起離心作用。↔ 求心力，向心力

えんすい [円錐] (名)〈數〉圓錐。△〜体／圓錐體。

えんすい [塩水] (名) 鹽水。△〜湖／鹽水湖。

えんずい [延髄] (名)〈解剖〉延髓。△〜麻ひ／延髓性麻痹。

えんすいきょくせん [円錐曲線] (名)〈數〉圓錐曲綫，二次曲綫。

エンスト [engine stop] (名) 發動機熄火。△車が〜を起こした／汽車熄火了。

えん・ずる [怨ずる] (他サ) 報怨，怨恨。

えん・ずる [演ずる] (他サ) ⇨演じる

えんせい [遠征] (名・自サ) ① 〈軍隊〉遠征。△紅軍の〜／紅軍長征。② 到遠處去參加 (比賽，登山，探險等)。

えんせい [厭世] (名) 厭世。

えんセール [円セール] (名)〈經〉日元出售。

えんせき [宴席] (名) 宴席，酒席。△〜を設ける／設宴。→酒席

えんせき [遠戚] (名) 遠親。

えんせき [縁戚] (名) 姻親，親戚。→親類，親戚

えんぜつ [演説] (名・自サ) 演説，講演。△〜会／講演會。△立ち会い〜／辯論演説。→講演，スピーチ

エンゼル [angel] (名) 天使，安琪兒。

エンゼルプラン [angel plan] (名) (日本) 鼓勵生育援助計劃。

えんせん [沿線] (名) 沿綫。△〜各駅／沿綫各站。

えんせん [厭戦] (名) 厭戰。△〜気分／厭戰情緒。

えんぜん [宛然] (形動トタル) 宛然，恰如。

えんぜん [婉然] (形動トタル) 婉約，婀娜。

えんぜん [嫣然] (形動トタル) 嫣然。△〜とほほえむ／嫣然一笑。

えんそ [塩素] (名)〈化〉氯。△〜化／氯化。

えんそう [淵藪] (名) 淵藪，中心。△学芸の〜／文學藝術的中心。

えんそう [演奏] (名・他サ) 演奏。△エレクトーンを〜する／演奏電子琴。△〜会を催す／舉行音樂演奏會。

えんそうかい [演奏会] (名) 演奏會。→コンサート，音閣会

えんそうば [円相場] (名)〈經〉日元匯價。

えんそく [遠足] (名・自サ) 遠足，徒步旅行，郊遊。

えんそくこ [堰塞湖] (名)〈地〉堰塞湖，人工湖。

えんそさん [塩素酸] (名)〈化〉氯酸。△〜カリ／氯酸鉀。△〜ナトリウム／氯酸鈉。

えんそすい [塩素水] (名)〈化〉氯水。

えんそりょう [塩素量] (名)〈化〉氯含量。

エンターキー [enter key] (名)〈IT〉回車鍵，確認鍵。

エンターテイナー [entertainer] (名) 紅歌星，紅作家。△彼女は歌手から〜を目ざしている／她正想從一名普通歌手一躍成為紅星。

エンターテイメント [entertainment] (名) 娛樂，餘興。△〜に徹した映画／完全以娛樂為宗旨的影片。

エンタープライザー [enterpriser] (名)〈經〉企業家，事業家。

え
エ

エンタープライズ［enterprise］(名)〈經〉企業, 事業。

えんたい［延滯］(名・自サ) 拖延, 拖欠。△支払いが～している／付款已經過期。△～利子／過期利息。△～金／(過期未付的) 欠款。△～料／過期罰款。

えんだい［遠大］(形動) 遠大。△～な理想／遠大理想。△～に事を計る／高瞻遠矚。

えんだい［演台］(名) 講桌。

えんだい［演題］(名) 講演題目。△～未定／講演題目未定。

えんだい［縁台］(名) 長板凳。

えんだか［円高］(名)〈經〉日圓增值。↔ えんやす

えんタク［円タク］(名) (昭和初期的) 街頭出租汽車、攬坐汽車。(現均為計程車)。

えんたく［円卓］(名) 圓桌。

えんたくかいぎ［円卓会議］(名) 圓桌會議。

えんだて［円建て］(名)〈經〉以日圓為基準。△～相場／以日圓為基準的匯價。△～外債／(外國人在日本發行的) 日圓債券。△～輸出手形／用日圓結算的出口票據。

えんだん［煙弾］(名) 煙幕彈。

えんだん［演壇］(名) 講台, 講壇。△～に立つ／登台講演。

えんだん［縁談］(名) 婚事, 提親, 説媒。△～がある／有人提親。△～に応じる／同意議親。△～を取り消す／退婚。△～がこわれる／親事告吹。

えんち［園地］(名) 庭園, 園地。

エンチーム［德 Enzym］(名)〈化〉酶。

えんちゃく［延着］(名) 誤點, 晚點, 晚到。△～の郵便物／晚到的郵件。△列車は 2 時間～した／火車晚點兩個小時。

えんちゅう［円柱］(名)①圓柱。②〈數〉圓柱體。

えんちょう［延長］(名・自他サ)①延長。△期間を～する／延期。△直線を 2 倍に～する／把直綫延長到 2 倍。↔ 短縮。②延續, 繼續。△修学旅行は授業の～だ／訪學是上課的延續。③全長。△路線の～3 千キロ／綫路全長三千公里。

えんちょう［園長］(名) (幼兒園, 動物園等的) 園長。

えんちょうせん［延長戦］(名)〈體〉加時賽。

えんちょく［鉛直］(名・形動) 垂直。△～線／垂直綫。△～角／對頂角, 垂直角。→垂直

えんちょくふりこ［鉛直振り子］(名)〈理〉豎直擺。

えんづ・く［縁づく］(自五) 出嫁。△娘は遠方に縁づいた／女兒嫁到遠方。

えんづ・ける［縁づける］(他下一) 打發出嫁。

えんつづき［縁続き］(名) 親戚, 沾親。→身内, 親類, 親戚

えんてい［園丁］(名) 園丁, 園林工人。

えんてい［園庭］(名) 庭園。

エンティティ［entity］(名) 實體, 實存物。

エンディング［ending］(名) 結束, 結局, 終結。

エンデュランス［endurance］(名) 忍耐。

えんてん［炎天］(名) 烈日當空, 炎熱的天氣。

えんてん［宛転］(形動トタル)①緩慢旋轉。②順利進展。△～と進行する／進展順利。

えんでん［塩田］(名) 鹽田。

エンド［end］(名) 終局, 結束, 尾端。△ジ～終了, △劇終。ハッピー～／大團圓。△～ライン／(球場) 端綫。

エンド［end］(名)〈IT〉終端。

えんとう［円筒］(名)①圓筒。②〈數〉圓柱。

えんとう［遠島］(名)①遠離陸地的島嶼。②流放荒島。

えんどう［沿道］(名) 沿途。

えんどう［煙道］(名)①(鍋爐等的) 煙道。②(煙斗的) 煙管。

えんどう［羨道］(名) 墓道。

えんどう［豌豆］(名)〈植物〉豌豆。△青～／青豌豆。△からすの～／野豌豆。

えんどお・い［縁遠い］(形)①無緣。△文学には～／與文學無緣。△金に～仕事／不賺錢的工作。②找不到對象。△～娘／嫁不出去的姑娘。

エンドカーラー［end curler］(名) 捲髮器。

えんどく［鉛毒］(名)①鉛毒。②鉛中毒。△～疝／鉛中毒絞痛。

えんどく［煙毒］(名) (工廠排出的) 有毒氣體, 有害氣體。

えんとつ［煙突］(名) 煙囱, 煙筒。△～が煙る／煙筒倒煙。△～がつまる／煙筒堵了。

エントリー［entry］(名・自サ) 報名參加 (比賽), 參賽者名單。△～歌手／參賽歌手。

エンドレス［endless］(名) 無止境的, 環狀的。△～テープ／回轉式錄音帶, 環形紙帶。

えんにち［縁日］(名) 舉行廟會的日子。△～あきんど／趕廟會的商販。△～に出掛ける／趕廟會。

えんねつ［炎熱］(名) 炎熱, 酷暑。

えんねん［延年］(名) 延年益壽。△～草／延齡草。

えんのう［延納］(名・他サ) 遲繳, 過期繳納。△～許可／批准緩交。

えんのした［縁の下］(名) 外走廊下。

えんのしたのちからもち［縁の下の力持ち］(連語) 在背後出力的人, 無名英雄。

えんのたけのこ［縁の竹の子］(連語) 沒出息的人。

えんはいなもの［縁は異なもの］(連語) 姻緣天定, 緣分真不可思議的。

えんばく［燕麦］(名)〈植物〉燕麥。

エンパシー［empathy］(名)〈美術〉移情作用。

えんぱつ［延発］(名・自サ) (飛機, 火車等) 延遲出發。

えんばん［円盤］(名)①〈體〉鐵餅。②圓盤。△空飛ぶ～／飛碟。△～のこぎり／圓盤鋸。

えんばん［鉛版］(名)〈印〉鉛版。

エンハンス［enhance］(名・ス他) 增強, 提高。

えんばんなげ［円盤投げ］(名)〈體〉擲鐵餅。

えんび［艶美］(形動) 姣艷。

えんぴつ［鉛筆］(名) 鉛筆。△〜をけずる／削鉛筆。△色〜／彩色鉛筆。△〜けずり／削筆刀。

えんびふく［燕尾服］(名) 燕尾服。→モーニング

えんぶ［円舞］(名)① 圍成一圈跳的舞蹈。② 圓舞, 華爾茲舞。

エンファシス［emphasis］(名)〈IT〉加強, 強調符。

えんぶきょく［円舞曲］(名) 圓舞曲。→ワルツ

えんぷく［艶福］(名) 艷福。△〜家／有艷福的人。

エンプティ［empty］(名)〈IT〉空, 無意義的。

エンプティネスト［empty nest syndrome］(名) "空巢症候羣", 因兒女獨立或外出就學、就職而造成父母失去生存價值的心理症狀。

エンブロイダリー［embroidery］(名)① 綉花, 刺綉。②〔講話等〕潤色, 粉飾, 誇張。

えんぶん［塩分］(名) 鹽分。△〜をひかえたメニュー／節制鹽分的菜 (食) 譜。→しおけ

えんぶん［艶文］(名) 情書。

えんぶん［艶聞］(名) 艷事, 風流韻事。△〜を流す／傳播桃色新聞。

えんぺい［援兵］(名) 援軍。

えんぺい［掩蔽］(名・他サ)① 掩蔽, 掩蓋。△罪跡を〜する／掩蓋罪行。△〜ごう／掩蔽壕。②〈天〉遮蔽。△月が星を〜する／月亮遮蔽星星。

エンペラー［emperor］(名) 皇帝。

エンベロープ［envelope］(名) 信封。

えんぼう［遠望］(名・他サ) 遠望, 眺望。△〜がきく／能看得很遠。

えんぼう［遠謀］(名) 遠謀, 深慮。△深慮〜／深謀遠慮。

えんぽう［遠方］(名) 遠方。

エンボスかこう［エンボス加工］(名)(紡織) 壓花加工。

えんま［閻魔］(名) 閻王。△〜顔／可怕的面孔。

えんまく［煙幕］(名) 煙幕。

えんまくをはる［煙幕を張る］(連語)① 放煙幕。② 花言巧語掩蓋真象。

えんまちょう［閻魔帳］(名)① 生死簿。②(教師的) 成績、操行記錄手冊。③ (警察的) 犯罪手冊。△〜にのせる／記入黑名單。

えんまん［円満］(形動) 圓滿, 美滿, 完美。△〜な人物／完美的人。△〜な家庭／美滿的家庭。△〜に解決する／圓滿解決。

えんむ［煙霧］(名) 煙霧。→スモッグ

えんむすび［縁結び］(名) 結親, 結婚。△〜の神／月下老人。↔ 縁切り

えんめい［延命］(名) 延長壽命。△内閣の延命を策する／設法拖延延本期內閣的壽命。△〜薬／長生不老藥。

えんやす［円安］(名)〈經〉日圓貶值, 日圓對外比價偏低。

えんゆうかい［園遊会］(名) 遊園會。

えんよう［援用］(名・他サ) 援用, 引用。△条項を〜する／援引條款。

えんよう［遠洋］(名) 遠洋。△〜漁業／遠洋漁業。△〜航路／遠洋航綫。

えんらい［遠来］(名) 從遠方來。△〜の客／遠方來客。

えんらい［遠雷］(名) 遠處的雷鳴。

えんらく［宴楽］(名) 吃喝行樂。△〜を事とする／一味尋歡作樂。

エンリッチ［enrich］(名・他サ)① 強化食品, 添加多種維生素的食品。△〜食品／營養食品。

えんりょ［遠慮］Ⅰ(名・自サ)① 客氣。△〜のない批評／不客氣的批評。△〜なくお使いください／請不要客氣, 用吧。② 廻避, 謝絕。△出席を〜する／謝絕出席。△車內での喫煙はご〜ください／車內請勿吸煙。Ⅱ(名) 遠慮, 深謀遠慮。△〜を欠く／缺乏遠慮。

えんりょえしゃくもない［遠慮会釈もない］(連語) 毫不客氣地。

えんりょがち［遠慮がち］(形動) 講客氣, 謙虛。△〜な人／講客氣的人。△〜にしゃべる／説話很客氣。

えんりょなければきんゆうあり［遠慮なければ近憂あり］(連語) 人無遠慮必有近憂。

えんりょぶか・い［遠慮深い］(形) 非常客氣。

えんるい［縁類］(名) 親戚, 姻親。

えんるい［塩類］(名)〈化〉鹽類。△〜泉／鹽泉。

えんれい［艶麗］(形動) 艷麗, 妖嬈。

えんろ［遠路］(名) 遠路, 遠道。△〜はるばるやってきた友／千里迢迢來到此地的朋友。

えんをきる［縁をきる］(連語) 斷絕關係。

お　オ

お［尾］(名) ① 尾巴。△蛇の～/蛇尾。→しっ
ぽ ↔ 頭 ② 尾狀物。△彗星の～/彗星尾。

お［緒］(名) ① 繫繩，細帶。△下駄の～をすげ
る/穿木屐的帶。② 弦。△琴の～/琴弦。

お－［小］(接頭) ① 小。△～川/小河。② 少，
稍微。△～暗い/稍暗。

お－［御］(接頭) (接體言、用言) ① 表示尊敬，
鄭重。△ここに～名前を～書いてください/
請把名字寫在這兒。△今年～いくつになりま
すか/您今年多大歲數了。△お手紙/您的信。
② 以 “お…します” “お…いたします” 的形式，
表示謙遜。△荷物を～持ちします/我來拿行
李。③ 以 “お…なさい” 的形式，表示命令。
△さあ，～食べなさい/來，請吃。

お－［雄・牡］(接頭) 雄性，公的。△～牛/公
牛。△～鹿/雄鹿。

お［男］I (名) ① 男子。② 丈夫。II (接頭) 大
的，強的。△～滝/大瀑布。

おあいそ［お愛想］(名) ① 奉承話。△～を言
う/説奉承話。② 賬單。△～頼むよ/把賬算
一下。

おあいにくさま［御生憎様］(名) 對不起。△品
切れで～です/對不起，沒有貨了。

おあし［御足］(名)〈俗〉錢。△～が足りない/
錢不夠。→おかね

オアシス［oasis］(名) 綠洲。

おあずけ［お預］(名) 暫緩實行，延期。△結婚
は卒業まで～だ/結婚擱到畢業以後再説。

おあずけをくう［お預けを食う］(連語) 被擱
置。

おい［老］(名) ① 老，年老。△～を忘れる/忘
掉老年。② 老人。△～の繰り言/老人的嘮叨。
→年寄り

おい［甥］(名) 侄，外甥。↔ めい

おいうち［追い討ち・追い撃ち］(名) 追擊。
△敗走する敵に～をかける/追擊敗退的敵人。

おいえ［お家］(名) ① 貴府。② 諸侯的府邸。

おいえげい［お家芸］(名) ① 家傳絕技。△～
を披露する/表演家傳絕技。② 拿手好戲。

おいおい［追い追い］(副) ① 逐漸地。△病人
は～快方に向かっている/病人逐漸痊癒。②
逐一地。△～説明する/逐一説明。③ 不久，
近日。△詳しいことは～発表される/詳情
近日公佈。

おいおい I (感) 喂！喂！II (副) 嗚嗚。△～と
泣く/嗚嗚地哭。

おいかえ・す［追い返す］(他五) ① 擊退。△敵
を～/擊退敵人。② 趕回去，攆回去。△セー
ルスマンを～/趕走推銷員。→追い払う

おいか・ける［追い掛ける］(他下一) ① 追趕。
△泥棒を～/追趕小偷兒。② 接連。△～けて
難問題がおこった/一連發生了不少難題。

おいかぜ［追い風］(名) 順風。→順風，おいて
↔ むかい風

おいき［老(い)木］(名) 老樹。↔ 若木

おいく・ちる［老(い)朽ちる］(自上一) ①
(人) 衰老。②(樹木等) 老朽。

おいごえ［追肥］(名) 追肥。

おいこ・す［追い越す］(他五) 趕過。超過。
△前の車を～/超車。→追いぬく

おいこみ［追い込み］(名) ① 最後階段的努力。
△ゴール前で最後の～をかける/快到終點時
進行最後衝刺。② 趕進去。③(劇場等不對號
入座) 放進許多人。

おいこ・む［老い込む］(自五) 衰老。

おいこ・む［追い込む］(他五) ① 趕進。△魚
を網に～/把魚趕進網裏。② 使陷入困境。
△窮地に～まれた/陷入困境。③ 緊接前一行
排版。△改行せずに～/不另起行，接着排版。
→追いつめる

おいさき［老い先］(名) 殘年，餘生。△～短い
老人/餘生無幾的老人。

おいさき［生い先］(名) 前途，前程。△～頼も
しい若者/前程遠大的年輕人。→ゆくすえ

おいさらば・える［老いさらばえる］(自下一)
年老衰弱。

おいし・い［美味しい］(形) 好吃，可口，香。
△～お菓子/好吃的點心。↔ まずい

おいしげ・る［生い茂る］(自五) 叢生，茂盛。
△庭に雑草が～っている/院子裏雜草叢生。

おいすが・る［追い縋る］(自五) ① 追上纏住
不放。△～相手を振り切る/把釘住不放的人
甩掉。② 緊緊追趕。

オイスター［oyster］(名) 牡蠣。

おいせん［追い銭］(名) 多付的錢。△盜人
に～/賠了夫人又折兵。

おいそだ・つ［生い育つ］(自五) 成長，長大。

おいだ・す［追い出す］(他五) 趕出，攆出去。

おいたち［生い立ち］(名) ① 成長。② 身世。

おいた・てる［追い立てる］(他下一) ① 攆，
轟。② 催着搬家。△間借り人を～/攆走房客。

オイタナジー［德 Euthanasie］(名) 安樂死。

おいちゅうもん［追注文］(名) 追加定貨。

おいちら・す［追い散らす］(他五) 驅散。△野
次馬を～した/把起哄的羣眾驅散了。

おいつ・く［追い付く］(自五) 追上，趕上。△先
発の人に～いた/趕上了先出發的人。

おいつ・める［追い詰める］(他下一) 追逼。
△借金に～められる/被債權逼得走投無路。

おいて［追い風］(名) ⇨ おいかぜ

おいて［於て］⇨ において

おいてきぼり［置いてきぼり］(名) 撇下，丟

下不管。△仲間から〜にされた／被夥伴扔下了。(也説"おいてけぼり")

おいぬ・く［追い抜く］(他五) 超過，趕過。△前の車を〜／超車。→おいこす

おいのいってつ［老いの一徹］(連語) 老頑固。

おいはぎ［追い剥ぎ］(名) 劫道，攔路搶劫(的強盗)。

おいばね［追い羽根］(名) 羽毛毽子。

おいはら・う［追い払う］(他五) 轟走，趕走。△蠅を〜／趕蒼蠅。

おいぼ・れる［老いぼれる］(自下一) 衰老。

おいめ［負い目］(名) ① 欠債。② 内疚。△〜を感じる／感到内疚。→ひけめ

おいもと・める［追い求める］(他下一) 追求。△理想を〜／追求理想。

おいや・る［追いやる］(他五) 趕走，攆走。△遠くに〜／趕到遠處去。→おいはらう

オイル［oil］(名) ① 油。△サラダ〜／沙拉油。② 石油。△〜エンジン／石油發動機，柴油機。

お・いる［老いる］(自上一) 老，年老。△年〜いた母／老母。

オイルクロース［oil cloth］(名) 油布。

オイルシェール［oil shale］(名) 油頁岩。

オイルジャッキ［oil jack］(名) 油壓千斤頂。

オイルショック［oil shock］(名)〈經〉石油危機，石油衝擊。

オイルスキン［oil skin］(名) 防水布，油布。

オイルストーブ［oil stove］(名) 煤油爐。

オイルパワー［oil power］(名) 石油大國。

おいわけ［追分］(名) ① 岔道，岔道口。② →おいわけぶし

おいわけぶし［追分節］(名) 日本的一種哀怨的民謡。

お・う［負う］(他五) ① 揹。△赤ん坊を〜／揹小孩。② 擔負。△責任を〜／擔負責任。③ 負，受。△傷を〜／負傷。

お・う［追う］(他五) ① 追，趕。△あとを〜／追蹤。△〜いつ〜われつ／你追我趕。② 追求。△理想を〜／追求理想。△流行を〜／趕時髦。③ 遵循，循序。△順を〜って話す／按先後順序講。△日を〜って改善される／逐日改善。△先例に〜／遵遁先例。④ 驅趕。△仕事に〜われる／工作繁忙。△公職を〜われる／被開除公職。△牛を〜／趕牛。

おう［王］(名) ① 王，國王。② 大王。△百獣の〜／百獣之王。③ (將棋)王將。

おう［凹］(名) 凹。↔凸

おう［翁］(名) 老翁。△漁〜／漁翁。

おう［嫗］(名) 老嫗，老太太。

おうい［王位］(名) 王位。

おういつ［横溢］(名・自サ) 飽滿，充滿。△元気〜／精神飽滿。

おういん［押印］(名・自他サ) 蓋印。

おういん［押韻］(名・自サ) 押韻。

おうう［奥羽］(名)(日本) 東北地方。

おうえん［応援］(名・他サ) ① 援助，支援。△〜を求める／求援。△引越しの〜をす

る／幫人搬家。② 聲援，助威。△〜団／啦啦隊。

おうおうにして［往往にして］(副) 往往，常常。△人は〜自分の欠点には気がつかないものだ／人往往不見自己的缺點。

おうか［桜花］(名)〈文〉櫻花。△〜爛漫／櫻花爛漫。

おうか［謳歌］(名・他サ) 謳歌，歌頌。

おうが［横臥］(名・自サ) 横臥。

おうかくまく［横隔膜］(名)〈解剖〉横隔膜。

おうがた［凹型］(名) 凹型。↔ とつがた

おうかん［王冠］(名) ① 皇冠。② 瓶蓋。→口金

おうかん［往還］(名・自サ) ① 往來。△車の〜が激しい／車輛往來頻繁。② 街道。

おうぎ［扇］(名) 扇子。△〜であおぐ／搧扇子。→扇子

おうぎ［奥義］(名) 秘訣，訣竅。(也説"おくぎ")

おうぎがた［扇形］(名) 扇型。→せんけい

おうぎし［王義之］〈人名〉王義之 (303-379)。中國東晉的書法家。

おうきゅう［王宮］(名) 王宮。

おうきゅう［応急］(名) 應急，急救。

おうきゅうしょち［応急処置］(名) 緊急措施，急救處置。

おうぎょく［黄玉］黄寶石。→トパーズ

おうけ［王家］(名) 王族。

おうこう［王侯］(名) 王侯。

おうこう［往航］(名・自サ) 出航。↔ 歸航

おうこう［横行］(名・自サ) 横行，横行霸道。

おうこく［王国］(名) 王國。

おうごん［黄金］(名) ① 黄金。△〜の左腕／(左手投球、左手擊拳的)鐵腕臂。② 金錢。△〜万能の世相／金錢萬能的社會。

おうごんじだい［黄金時代］(名) 黄金時代。

おうごんぶんかつ［黄金分割］(名)〈數〉黄金分割 (1:1.618)。

おうざ［王座］(名) ① 王座，王位。② 首位。△〜につく／居首位。

おうさつ［殴殺］(名・他サ) 打死。

おうさつ［鏖殺］(名・他サ) 殺光。

おうさま［王様］(名) ① 國王。② 最高級的。△果物の〜／水果之王。

おうし［横死］(名・自サ) 横死，慘死。

おうじ［王子］(名) 王子。↔ 王女

おうじ［往時］(名) 往時，往昔。△〜をしのぶ／懷舊。

おうじ［皇子］(名) 皇子。↔ 皇女

おうじ［往事］(名) 往事。△〜を追想する／回憶往事。

おうじ［欧字］(名) ① 歐洲文字。② 羅馬字。

おうしつ［王室］(名) 王室。

おうじつ［往日］(名) 往日，昔日。

おうしゃ［応射］(名・自サ) 還擊，反擊。

おうじゃ［王者］(名) ① 王。△水上競技の〜／水上運動之王。② 帝王。

おうしゅ［応手］(名)①(棋)還着兒。②對策。

おうしゅう［応酬］(名・自サ)①還撃，回敬。△激しい議論の～／激烈的論戰。②推杯換盞。

おうしゅう［欧州］(名)歐洲。△～共同体／歐洲共同體。→ヨーロッパ

おうしゅう［押収］(名・他サ)〈法〉扣押，沒收。

おうしゅうれんごう［欧州連合］(名)歐洲聯盟，EU。

おうじょ［王女］(名)公主。↔王子

おうしょう［王将］(名)(象棋)將，帥。

おうしょう［応召］(名・自サ)應徵入伍。

おうじょう［王城］(名)①王宮。②王城，王都。→王宮

おうじょう［往生］(名・自サ)①〈佛教〉往生。△極楽～／往生極樂。②一籌莫展。△長雨で～した／久雨不停，毫無辦法。③死。△～をとげる／一命歸西。

おうじょうぎわ［往生際］(名)①臨終，臨死。②斷念。△～が悪い／想不開。

おうしょく［黄色］(名)黃顏色。

おうしょくじんしゅ［黄色人種］(名)黃種人。

おう・じる［応じる］(自上一)→おうずる

おうしん［往信］(名)去信。↔返信

おうしん［応診］(名・自他サ)應診。

おうしん［往診］(名・自サ)出診。△～料／出診費。

おうすい［王水］(名)〈化〉王水。

おう・ずる［応ずる］(自サ)①應對，回答。△質問に～／回答問題。②應允。△充分需要に～／充分滿足需要。③接受，響應。△挑戰に～／接受挑戰。④(用"～じて"形式)適應，按照。△時に～じて変える／隨機應變。

おうせい［王政］(名)君主制。

おうせい［旺盛］(形動)旺盛。△食欲が～だ／食慾旺盛。△元気～／精力充沛。

おうせいふっこ［王政復古］(名)〈史〉(明治維新)廢除幕府恢復天皇權力。

おうせつ［応接］(名・自サ)應接，接待。△来訪者に～する／接待來訪者。

おうせつにいとまがない［応接に暇がない］(連語)應接不暇。

おうせつま［応接間］(名)會客廳。

おうせん［応戦］(名・自サ)應戰。

おうせん［横線］(名)橫綫。↔縱線。

おうせんこぎって［横線小切手］(名)〈經〉劃綫支票，轉賬支票。

おうぞく［王族］(名)王族。

おうだ［殴打］(名・他サ)毆打。→なぐる

おうたい［応対］(名・自サ)應對，對答。

おうたい［横隊］(名)橫隊。△一列～／一列橫隊。↔縱隊

おうたいホルモン［黄体ホルモン］(名)〈醫〉黃體酮。

おうだく［応諾］(名・他サ)應諾，答應。△要請を～する／答應請求。→承諾

おうたこにおしえられ［負うた子に教えられ］(連語)受孺子之教。

おうだん［黄疸］(名)〈醫〉黃疸。

おうだん［横断］(名・他サ)①橫斷。△～面／橫斷面。②橫過。△長江を～する／橫渡長江。△～歩道／人行橫道。

おうち［凹地］(名)窪地。→くぼち

おうちゃく［横着］(名・自サ・形動)偷懶。△～をきめこむ／偷懶。

おうちゃくもの［横着者］(名)懶骨頭，懶漢。

おうちょう［王朝］(名)王朝。

おうちょう［応徴］(名・自サ)應徵。

おうつり［御移り］(名)答謝的禮品，回敬品。

おうて［王手］(名)(象棋)將軍。△～をかける／將一軍。

おうてっこう［黄鉄鉱］(名)黃鐵礦。

おうてをかける［王手をかける］(連語)將一軍。

おうてん［横転］(名・自サ)橫倒下。△～事故／翻車事故。

おうと［嘔吐］(名・他サ)嘔吐。△～をもよおす／令人作嘔。

おうどいろ［黄土色］(名)赭黃色。

おうとう［応答］(名・自サ)回答。△こちら本部，一号車～せよ／這裏是本部，一號車，請回答！

おうとう［桜桃］(名)櫻桃。

おうとう［黄桃］(名)黃桃。

おうどう［王道］(名)①王道。②捷徑。△科学の道に～なし／科學的道路上沒有捷徑。

おうどう［黄銅］(名)黃銅。

おうとつ［凹凸］(名)凹凸，坑坑窪窪。△～のはげしい道／坎坷不平的道路。△～レンズ／凹凸透鏡。

おうな［嫗・媼］(名)老嫗。↔おきな

おうねつびょう［黄熱病］(名)〈醫〉黃熱病。

おうねん［往年］(名)往年，往昔。→往時，昔日

おうのう［懊悩］(名・自サ)懊惱，煩惱。

おうばい［黄梅］(名)迎春花。

おうはん［凹版］(名)凹版。△～印刷／凹版印刷。↔凸版

おうばんぶるまい［椀飯振る舞い］(名)盛宴，大請客。(也說"おおばんぶるまい")

おうひ［王妃］(名)王妃。

おうふう［欧風］(名)歐洲風格，歐式。△～の建築／歐式建築。

おうふく［往復］(名・自サ)來回，往返。△～とも歩く／來回都步行。△～切符／往返票。

おうふくはがき［往復葉書］(名)往返明信片。

おうぶん［応分］(名)合乎身分，量力。△～の寄付をする／量力捐助。

おうぶん［欧文］(名)歐文，歐洲文字。↔和文

おうへい［横柄］(形動)傲慢無禮。△～な口をきく／口出不遜。

おうべい［欧米］(名)歐美。

おうへん［応変］(名)應變。△臨機～／隨機應變。

おうぼ［応募］(名・自サ) 應徵, 應募。△コンクールに～する／報名參賽。

おうぼう［横暴］(名・形動) 横暴, 蠻横。△～にふるまう／專横跋扈。△～な口をきく／説話粗暴。→亂暴

おうま［黄麻］(名)〈植物〉黄麻。

おうむ［鸚鵡］(名)〈動〉鸚鵡。

おうむがえし［鸚鵡返し］(連語) 鸚鵡學舌。

オウムしんりきょう［オウム真理教］(名) 奥姆真理教。(也作"アーレフ")

おうめんきょう［凹面鏡］(名)〈理〉凹面鏡。↔凸面鏡

おうよう［応用］(名・他サ) 應用。△～がきかない／不好使。△～問題／應用題。

おうよう［鷹揚］(形動) 大方。△～にかまえる／落落大方。

おうらい［往来］(名・自サ) ① 往來, 通行。△車がたえまなく～する／車輛川流不息。△友な好～／友好往來。② 道路, 大街。△家は～に面してやかましい／我家正對着大街, 吵鬧得很。

おうりょう［横領］(名・他サ) 貪污。△公金～／侵吞公款。

おうりん［黄燐］(名)〈化〉黄磷。

おうれつ［横列］(名) 横隊。△～に並ぶ／排成横隊。

おうレンズ［凹レンズ］(名)〈理〉凹透鏡。↔凸レンズ

おうろ［往路］(名) 去路。△～は飛行機にする／去時坐飛機去。↔帰路, 復路

オウンゴール［own goal］(名) ①（足球中射入自家球門的）烏龍球。② 無意中損害自己利益的行為。

おえつ［嗚咽］(名・自サ) 嗚咽。△～の声／嗚咽聲。→むせび泣き

お・える［終える］(自他下一) 作完, 完結, 完畢。△学校を～／畢業。△一生を～／度過一生。△宿題が～た／習題做完了 ↔ 始める

お・える［負える］(自下一) 能承擔, 能處理。△手に～えない／處理不了。管不了。

おお-［大］(接頭) ① 大, 廣, 多。△～空／天空。△～野／曠野。△～人数／人數眾多。②（程度）甚, 特別。△～あわて／特別着慌。③（輩數）高。△～兄／長兄, 大哥。

オーアール［OR operations research］(名)〈數〉運籌學。

おおあきない［大商い］(名) 大生意。

おおあざ［大字］(名) 日本"町"、"村"下的行政區。

おおあし［大足］(名) ① 大腳。△ばかの～／傻大腳。② 大步。△～に歩く／大步走。

おおあじ［大味］(形動) ①（食物）味道平常。② 粗糙。

おおあせ［大汗］(名) 大汗。△～をかく／流大汗。

おおあたり［大当り］(名・自サ) ① 中頭彩。②（演劇等）非常成功。△今回の興行は～だっ

た／這次演出大獲成功。

おおあな［大穴］(名) ① 大虧空, 嚴重損失。△～をあける／弄出大虧空。② 大冷門。△～をねらう／押大冷門。③ 大窟窿。△地面が陥没して～があく／地面塌陷出個大窟窿。

おおあめ［大雨］(名) 大雨。↔小雨

おおあり［大有り］(名) 有的是, 很多。

おおあれ［大荒れ］(名・自サ) ① 鬧得厲害。△～にあばれる／大鬧特鬧。② 暴風雨。

おお・い［多い］(形) 多。△水分の～果物／水分多的水果。△人口が～／人口眾多。↔少ない

おおい［覆い］(名) 罩子, 套子。△荷物に～をする／給貨物苫上苫布。△本に～をかける／包書皮。

おおいかく・す［覆い隠す］(他五) ① 遮蓋。② 掩蓋。△事実を～／掩蓋事實。

おおいかぶさ・る［覆い被さる］(自五) ① 被蒙上。② 揹上。△責任が～／擔責任。

おおいかぶ・せる［覆い被せる］(他下一) 蓋上, 蒙上。

おおいき［大息］(名) 長出氣, 深呼吸。

おおいそぎ［大急ぎ］(名) 火急, 緊急。

おおいに［大いに］(副) 很, 甚, 非常。△～賛成だ／我非常贊成。△それには～興味がある／對那大有興趣。

おおいばり［大威張り］(名) 沾沾自喜, 得意忘形。

おおいり［大入り］(名) 滿座, 叫座。△この映画はきっと～になる／這個片子一定叫座。

おお・う［覆う・被う］(他五) ① 蓋, 蒙, 遮掩。△むしろで死体を～／用草蓆蓋上屍體。△苔に～われた岩／長滿青苔的岩石。② 掩飾, 掩蓋。△非を～／掩蓋錯誤。③ 籠罩。△熱気が会場を～っていた／熱烈的氣氛充滿了會場。

おおうつし［大写し］(名・他サ) 特寫。△～の画面／特寫鏡頭。→クローズアップ

オーエル［OL］(名) 女辦事員, 女職員。

おおおじ［大おじ］(名) 大爺爺, 叔爺爺, 大外公, 叔外公。

おおかがみ［大鏡］(書名)《大鏡》。日本平安時代的歷史故事。

おおがかり［大掛かり］(形動) 大規模。△～に調査する／廣泛地調查。→大規模

オーガズム［orgasm］(名) 興奮達到頂點, 性高潮。

おおかぜ［大風］(名) 大風。

おおかた［大方］Ⅰ (名) ① 大部分, 大致。△仕事は～出来上がった／工作大部分做好了。② 一般。△～の評判／一般般的評論。△～の読者／一般讀者。Ⅱ (副) 大概, 大約。△彼は～知らないだろう／他大概還不知道吧。

おおがた［大形・大型］(名) 大型。△～のバス／大型客車。△～の台風／強颱風。

オーガナイザー［organizer］(名)（工人、農民運動或政黨的）組織者, 工會組織人。(也作"オルガナイザー")

オーガニゼーション [organization]（名）組織，團體，機構。

オーガニック [organic]（名・ダナ）① 有機的。△～ケミストリー／有機化學。② 有機農業的產品，（無農藥，無抗生素添加的）有機食品。

おおがね [大金]（名）巨款。

おおかみ [狼]（名）狼。

おおがら [大柄]（形動）① 身材高大。② 大花樣。△～の着物／大花的和服。↔ 小柄

おおかれすくなかれ [多かれ少なかれ]（連語）或多或少。△～みんなに責任がある／或多或少大家都有一定責任。

おおかわ [大川]（名）大河。

オーガンジー [organdy]（名）蟬翼紗。

おおきい [大きい]（形）① 大。△～建物／高大建築。△～声で読む／大聲讀。△姉はぼくより二つ～／姐姐比我大兩歲。② 誇大。△～事を言う／説大話。↔ 大きな ↔ 小さい

オーキシン [auxin]（名）植物生長激素。

おおきな [大きな]（連体）大的。△～荷物／大件行李。△～事を言うな／別説大話。△～顔をする／自大，滿不在乎。→大きい ↔ 小さな

おおぎょう [大形・大仰]（形動）誇張，誇大。△～なしぐさ／小題大作的舉動。

おおく [多く] Ⅰ（名）多。△より～の人に聞いてもらいたい／希望給更多的人聽。Ⅱ（副）多半。△～はそうならない／多半不會那樣。

オークション [auction]（名）拍賣，標售。

おおぐち [大口]（名）① 大嘴。△～をあける／張大嘴。② 大話。△～をたたく／説大話，吹牛皮。③ 大批，大宗。△～の寄付をする／捐了一筆巨款。

おおぐちをたたく [大口をたたく]（連語）説大話，吹牛皮。

おおくまざ [大熊座]（名）〈天〉大熊座。

おおくらしょう [大蔵省]（名）大藏省（財政部）。

おおくらしょうしょうけん [大蔵省証券]（名）〈經〉國庫券。

おおくらだいじん [大蔵大臣]（名）大藏大臣（財政部長）。

オーケー [OK] Ⅰ（感）行，好，可以。△～，きっと行くよ／行，我一定去。Ⅱ（名自サ）同意，贊成。△～をとる／取得同意。△～が出る／（表示）同意。批准。

おおげさ [大げさ]（形動）誇大，誇張。△少し～にいうと／如果説得誇張一點。△～な態度／小題大作。

オーケストラ [orchestra]（名）〈樂〉管弦樂隊。

おおごしょ [大御所]（名）① 權威。△文壇の～／文壇的權威。② 隱居的將軍和住所。

おおごと [大事]（名）大事，重大事件。

おおざっぱ [大ざっぱ]（形動）① 籠統。△～な考え方／籠統的想法。△～な人／粗枝大葉的人。② 大致。△～な見積り／大致的估計。

おおさわぎ [大騒ぎ]（名）大吵大鬧。

おおじ [大路]（名）大街，大路。↔ 小路。

おおし・い [雄雄しい]（形）英勇，雄壯。△～すがた／雄姿。↔ 女女しい

オージー [OG]（名）（學校中）高年級女生（女畢業生）。

オージー [OG office girl]（名）女辦事員。

おおしお [大潮]（名）大潮。↔ 小潮

おおじかけ [大仕掛け]（形動）大規模。△～な計画／龐大的計劃。→おおがかり

おおじだい [大時代]（名・形動）陳舊，陳腐。△～な言い方／陳詞濫調。

おおしも [大霜]（名）大霜。

オーシャン [ocean]（名）大洋，大海。

オーズ [oars]（名）① 槳，櫓。② 槳手。

おおすじ [大筋]（名）梗概，概略。△～で一致する／在主要問題上是一致的。

オーストラリア [Australia]〈地名〉① 澳洲。② 澳大利亞。

オーストリア [Austria]〈國名〉奧地利。

オーズマン [oarsman]（名）槳手。

おおずもう [大相撲]（名）① 專業相撲。②（相撲）勢均力敵。△～になる／勢均力敵。

おおせ [仰せ]（名）① 吩咐，命令。△～に従って／遵命，遵囑。② 您的話。△～の通りです／您説得對。

おおぜい [大勢]（名・副）許多人。△～の家族／大家庭。△～人が～来た／來了很多人。△～の前に立つとあがってしまう／站在眾人面前就心慌。

おおぜき [大関]（名）大關。（相撲等級第二位。）

-おお・せる（接尾）（接動詞連用形）作完，完成。△重大な任務をやり～せた／完成了重大任務。△だまし～／隱瞞到底。

おおそうじ [大掃除]（名・他サ）① 大掃除。②（喻）大清洗。

オーソドックス [orthodox]（名・形動）正統派，正統的，傳統的。

オーソドックスラバー [orthodox rubber]（名）正膠粒球拍。

オーゾナー [ozoner]（名）（可坐在車內觀看的）露天電影場。

おおぞら [大空]（名）廣闊的天空。

オーソリゼーション [authorization]（名）認可，承認。

オーソリティー [authority]（名）權威。

オーダー [order] Ⅰ（名）次序，順序。△～順に並べる／按次順排列。Ⅱ（他サ）定。△背広を～する／定做西服。△料理を～する／點菜。

オーダーメード [order made]（名）訂做的東西。△～の洋服／訂做的西服。

おおだい [大台]（名）①（股票等）百日圓單位。△株価が 700 円の～を割った／股票行市跌落到七百日圓以下。②（錢數等）大關。△人口が一億の～を越す／人口突破一億大關。

おおたちまわり [大立ち回り]（名）〈劇〉武打。

おおだてもの [大立て者]（名）① 要人。△政

界の～／政界的要人。②（戲團的）主要演員，
台柱。

おおだてもの［大立者］（名）〈經〉（企業界的）
巨頭，大王。

オータム［autumn］（名）秋，秋天。

オータムスーツ［autumn suit］（名）秋服，秋裝。

オータムセール［autumn sale］（名）〈經〉秋季大
減價，秋季大甩賣，秋季商品大賤賣。

オーチェルク［俄 Orcherk］（名）報告文學。

おおづかみ［大攬み］I（名・他サ）抓一大把。
II（名・形動）扼要，概括。△～に言えば／扼
要地說。→おおざっぱ

おおつごもり［大晦日］（名）〈文〉除夕。→お
おみそか

おおっぴら［大っぴら］（形動）① 明目張膽，
肆無忌憚。△～ふるまう／為所欲為。② 公開，
公然。△事が～になった／事情公開化了。

おおつぶ［大粒］（名）大粒，大顆。△～の汗／
大顆的汗珠。↔ 小粒

おおづめ［大詰め］（名）①〈劇〉最後一場。②
尾聲，結局。△いよいよ～に近づく／快要接
近尾聲。

おおて［大手］（名）①（城的）正門。↔ からめ
手②大戶頭，大企業。△～のメーカー／大廠
商。△～筋／大戶頭。③ 從正面進攻的部隊。

おおで［大手］（名）臂，胳臂。△～をひろげ
る／張開兩臂。△～を振って歩きまわる／大
搖大擺地走來走去。

オーディエンス［audience］（名）聽眾，視聽眾。

オーディオ［audio］（名）音頻，音響裝置。

オーディオカード［audio card］（名）〈IT〉音效
卡。

オーディオビジュアル［audiovisual］（ダナ）利
用視覺和聽覺的，視聽教學的。

オーディション［audition］（名）（歌手等的）試
聽，聲量檢查。△～を受ける／應考試聽（試
演）。

おおでき［大出来］（名）好成績，作得好。△こ
の絵は～だ／這幅圖畫得好。

オーデコロン［法 Eau de Cologne］（名）花露水。

オート［oat］（名）〈植物〉燕麥。

おおど［大戶］（名）大門，正門。△～をおろ
す／關上大門（閉店）。

おおどうぐ［大道具］（名）（舞台）大道具。↔
小道具

おおどおり［大通り］（名）大街，大馬路。△～
を大横切る／横穿大街。

おおどか［大どか］（形動）從容，大方，悠閑。
△～な寮生活／悠閑的獨身宿舍生活。△～な
性格／大方的性格。

オートクチュール［法 haute couture］（名）新潮
時裝。

オートクラシー［autocracy］（名）獨裁政治，專
制政治。

オートさんりん［オート三輪］（名）三輪卡車。

オートストップ［auto stop］（名）自動停止裝置。

オートドア［auto door］（名）自動門。

オートバイ［auto bicycle］（名）摩托車。

オートフォーカス［auto focus］（名）自動對焦裝
置。

オードブル［法 hors-d'oeuvre］（名）（西餐）冷盤。

オートプレーヤー［auto player］（名）自動唱機。

オートボート［autoboat］（名）汽艇。

オートマチック［automatic］I（名）自動手槍。
II（形動）自動的。△～コントロール／自動控
制。

オートマチックブレーキ［automatic brake］
（名）自動煞車裝置。

オートマット［automat］（名）自動售貨機，自動
售票機。

オートミール［oat meal］（名）燕麥粥。

オートメーション［automation］（名）自動化，
自動裝置，自動控制。

オートラーム［auto alarm］自動報警器。

オートレース［auto race］（名）（汽車、摩托車）
賽車。

オーナー［owner］（名）物主，所有者，業主，船
主。△～ドライバー／開家汽車的人。

オーナーズ［owner's］（名）所有者的，共有的。

おおなたをふるう［大鉈を振るう］（連語）大
砍，大刀闊斧地裁減（人員、經費等）。

オーナメント［ornament］（名）裝飾，點綴，裝
飾物，點綴品。

オーバー［over］I（名）大衣，外套。II（名自
他サ）超過，越過。△予算を～する／超過預
算。△～ネット／過網。III（形動）過分，誇
張。△～な表現／誇張的言詞。

オーバーアクション［overaction］（名）過度表
演性的，過度活躍的。

オーバーグラウンド［overground］（名）① 在地
面上的。② 公開的，為既存社會（或文化）所
接受的。

オーバーコート［over coat］（名）大衣。

オーバーサイズ［over size］（名）特大號。

オーバーシューズ［over shoes］（名）（防水）套
鞋。

オーバーシュート［overshoot］（名）① 做得過
分。②（軍）射擊過遠。

オーバータイム［over time］（名）① 加班加點。
②（比賽）超過時間。

オーバーナイター［over nighter］（名）首飾袋，
首飾匣。

オーバーナイト［overnight］（名）① 在這個夜
裏。② 一下子，在短時間內，突然。

オーバーネット［over net］（名）（排球）（手）過
網。

オーバーヒート［overheat］（名）①（發動機等
的）過熱。② 使太熱。

オーバーホール［overhaul］（名・他サ）（飛機、
汽車等的）檢修，拆修。△自動車を～にだす／
把汽車拿去檢修。

オーバーラップ［overlap］（名・自サ）重疊攝影。

オーバーワーク［over work］（名）過重的勞動。

おおばこ［車前草］（名）〈植物〉車前草。

お
オ

おおはば［大幅］I（名）寬幅（布）。II（形動）大幅度。△～な値上げ／大幅度漲價。

オーパル［opal］（名）蛋白石。

おおばん［大判］（名）①大張紙。②（江戸時代）橢圓形金銀幣。

おおばん［大番］（名）大號。△～の鞋／大號鞋。

おおばんぶるまい［大盤振る舞い］（連語）⇨おうばんぶるまい

オービー［OB］（名）畢業生，校友。

オービス［ORBIS］（名）（汽車超速自動拍照裝置）電子眼。

オービター［orbiter］（名）人造衛星，軌道飛行器。

オープナー［opener］（名）①開瓶器。②（棒球等的）第一局（或場）比賽，（板球等的）開賽擊球員。

おおぶねにのったきもち［大船に乗った気持ち］（連語）穩如泰山，安安穩穩。

おおぶり［大振り］I（名・他サ）（棒球）大甩。△バットを～する／大甩球棒。II（名・形動）大型，大號。↔小振り

おおぶろしきをひろげる［大風呂敷を広げる］（連語）説大話，大吹大擂。

オーブン［oven］（名）烤爐，烤箱。

オープン［open］I（名・自他サ）開場，開業。II（形動）公開的，坦率的。△～な態度／坦率的態度。

オープンウォータースイミング［（OWS）open water swimming］（名）〈體〉公開水域游泳，遠泳，長距離游泳。

オープンカー［open car］（名）敞篷汽車。

オープンカウント［open accout］（名）〈經〉定期結算賬戶。

オープンカレッジ［open college］（名）向社會開放的大學講座。

オープンキャンパス［open campus］（名）大學向報考志願者召開的説明會。

オープンゲーム［open game］（名）①沒有參賽限制的自由賽，公開賽。②（職業棒球）非正式比賽，表演賽。

オープンコンペティション［open competition］（名）〈體〉公開賽。

オープンセット［open set］（名）〈影〉外景佈景。

オープンドア［open door］（名）門戶開放。

オープンポート［open port］（名）開放港口，通商口岸。

オープンマリッジ［open marriage］（名）開放型（性自由）婚姻。

おおべや［大部屋］（名）①大房間。↔個室②（一般演員的）休息室。△～の女優／一般女演員。

オーボエ［oboe］（名）〈樂〉雙簧管。

おおまか［大まか］（形動）①不拘小節。△～な性格／不拘小節的性格。②粗略，大略。△費用を～に見積る／粗略地估算費用。

おおまじめ［大真面目］（名・形動）一本正經，丁是丁卯是卯。

おおまた［大股］（名）大步。△～に歩く／大步走。

おおまわり［大回り］（名）繞遠，繞大彎。

おおみ［大身］（名）刃又長又大。△～のやり／長刃矛。

おおみえ［大見得］（名）〈劇〉亮相。

おおみず［大水］（名）大水。△～が出る／發大水。→洪水

おおみそか［大晦日］（名）除夕。

おおみだし［大見出し］（名）大標題。

オーム［ohm］（名・助数）〈理〉歐姆。△～計／電阻表。

おおむかし［大昔］（名）遠古，古代。

おおむぎ［大麦］（名）〈植物〉大麥。

おおむこう［大向こう］（名）①（劇場）站票席。②觀眾。△～をうならせる／博得全場喝彩。

おおむね［概ね］（副）大概，大致。△～良好だ／大致良好。△～できあがった／大致完成了。

オームメーター［ohm meter］（名）歐姆表，電阻表。

おおめ［多目］（名・形動）多一些。△～に見つもる／往多估計些。△すこし～に入れる／多裝一些。↔少なめ

おおめだま［大目玉］（名）大眼珠。△～を食う／受申斥。

おおめにみる［大目に見る］（連語）不深究，寬容，原諒。

オーメン［omen］（名）前兆，兆頭。

おおもじ［大文字］（名）①（歐洲文字）大寫字母。②大號字。↔小文字

おおもて［大持て］（名）極受歡迎。

おおもと［大本］（名）根本。△～の問題／根本問題。△～をしっかりつかむ／抓住根本。→根本

おおもの［大物］（名）大人物，大亨。△政界の～／政界要人。→大立て者

おおもり［大盛り］（名）盛得滿滿的。△～のそば／大碗麵條。

おおや［大家］（名）房東，房主。

おおやけ［公］（名）①公家，公共。△～の場所／公共場所。②公開。△事件が～になった／事件公開化了。

おおやしま［大八洲］（名）日本列島，日本國的美稱。

おおゆき［大雪］（名）大雪。

おおよう［大様］（形動）⇨おうよう

おおよそ［大凡］（名・副）⇨およそ

オーラ［aura］（名）①氣氛，氛圍。②氣味，氣息。③靈氣，神秘的氣氛。

オーライ［all right］（感）好，行。→オーケー

おおらか［大らか］（形動）大方。△気持の～な人／心胸開闊的人。

オーラル［oral］（造語）口頭的，口述的。

オーラルコミュニケーション［oral communication］（名）口語表達，會話。

オーラルヒストリー [oral history] (名) ① 口述歴史。② 口述歷史書。

オーラルピル [oral pill] (名) 口服避孕藥。

オーラルメソッド [oral method] (名) 以會話形式教授外語。

オーリフォーン [auriphone] (名) 助聽器。

オール [oar] (名) 槳。△〜をこぐ／划槳。

オール [all] (造語) 全, 全部。△〜ナイト／通宵 (營養)。△〜バック／(髮型) 背頭。

オールウエザー [all-weather] (名) 全天候的。

オールズマン [oarsman] (名) (賽艇) 槳手。

オールディー [oldie] (名) 舊的東西, 令人懷念的東西, 以前流行的音樂。

オールテラインバイク [ATB (all terrain bike)] (名) 山地自行車。

オールドクロップ [old crop] (名) 陳年穀物。

オールドタイプ [old type] (名) 舊式, 老式。

オールドパワー [old power] (名) 老年人的力量, 老年人的影響。

オールドファッション [old-fashioned] (名) 過時的服裝。

オールドミス [old miss] (名) 老處女, 老姑娘。

オールナイト [all night] (名) ① 通宵, 徹夜。② 通宵營業。

オールパーパス [all-purpose] (名) 多目的的, 多用途的。

オールリスクス [all risks] (名)〈經〉綜合險, 一切險, 保全險。

オーロラ [aurora] (名)〈天〉極光。

おおわく [大枠] (名) 大框, 大致的輪廓。

おおわざもの [大業物] (名) 快刀。

おおわらい [大笑い] (名・自サ) ① 大笑。② 十分可笑。△それは〜だ／簡直可笑了。

おおわらわ [大わらわ] (形動) 拚命, 奮力。△〜になって働く／拚命地工作。

おか [丘] (名) 丘陵, 山崗。

おか [陸] (名) ① 陸地。△〜にあがる／上岸。② 硯心, 硯池。

おが [大鋸] (名) 大鋸。△〜を挽く／拉大鋸。

おかあさん [お母さん] (名) ① 媽媽。② (指自己的妻子) 孩子他媽。→お母さま ↔ お父さん

おかえし [御返し] (名) ① 答謝的禮物。△お祝いの〜／祝賀的回禮。② 找回的零錢。△200円の〜です／找您二百。③ 報復, 還手。

おかえりなさい [お帰りなさい] (連語) (對回家的人) 你回來了。

おがくず [大鋸屑] (名) 鋸末。

おかげ [御蔭] (名) ① 託福, 幸虧, 多虧。△あなたの〜で本当に助りました／多虧你的幫助, 實在感謝。② 由於, 因為。△毎日練習した〜でじょうずになった／由於天天練習, 長進了。△あんなことを言った〜でひどい目にあった／因為説了那樣的話, 可吃了苦頭。

おかげさまで [お陰様で] (連語) 託您的福。△〜みんな元気です／託您的福, 都很好。

おかし・い [可笑しい] (形) ① 可笑, 滑稽。

△〜ことを言って人を笑わせる／逗樂子。② 不正常。△からだの調子が〜／身體不大舒服。△〜音がする／有奇怪的聲音。③ 可疑。△〜そぶり／行動可疑。

おかしな (連体) ⇨おかしい

おかしらつき [尾頭付き] (名) (祭祀、祝賀用的) 帶頭尾的烤魚。

おか・す [侵す] (他五) 侵犯。△国境を〜／侵犯國境。△不治の病に〜される／得了不治症。

おか・す [冒す] (他五) 冒。△風雨を〜して出発した／冒着風雨出發了。△危険を〜／冒着危險。

おか・す [犯す] (他五) ① 犯。△罪を〜／犯罪。② 姦污, 強姦。△女を〜／姦污婦女。

おかず (名) 菜, 副食品。△〜をつくる／做菜。

おかた [御方] (名) 人的敬稱。△あの〜／那位。

おかっぱ [お河童] (名) 到耳際的女子短髮。

おかっぴき [岡っ引き] (名) (江戸時代的) 偵探。

おかどちがい [お門違い] (名) ① 認錯門, 找錯人。② 估計錯, 做錯, 説錯。△〜の返事をしている／所答非所問。

おかにあがったかっぱ [丘に上がった河童] (連語) 英雄無用武之地。

おかぶ [御株] (名) 拿手的勾當。△又例の〜が始まった／又來他那老一套了。

おかぶをうばう [お株を奪う] (連語) 搶着幹別人拿手的事。

おかぼ [陸稲] (名) 旱稻。

おかまい [お構い] (名) ① 招待。△どうぞ〜なく／請不要張羅。△何の〜も致しません／招待不周, 很對不起。② 理會, 在意。△人の迷惑も〜なしにしゃべる／不顧別人厭煩嘮叨個沒完。

おかみ [女将] (名) 女店主, 老闆娘。→マダム, ママ

おかみさん (名) ① →おかみ ②〈俗〉(我) 老婆。

おが・む [拝む] (他五) ① 拜, 叩拜。② (謙) 看。△秘蔵の宝物を〜ませてもらう／拜觀珍藏的寶物。→拝見する

おかめ (名) 醜女人。→おたふく

おかめはちもく [岡目八目] (連語) 旁觀者清。

おかもち [岡持ち] (名) (飯店送飯用的) 提盒。

おから (名) 豆腐渣。

オカリナ [ocarina] (名)〈樂〉奧卡利那笛。

オカルティック [occultic] (ダナ) 神秘的, 玄奧的, 超自然的, 有魔力的。

オカルト [occult] (名) 神秘 (現象), 超自然 (現象)。

おがわ [小川] (名) 小河。

おかわり [お代わり] (名・他サ) 添飯, 添酒, 添菜。△ごはんの〜をする／再盛一碗飯。

おかん [悪寒] (名) 寒顫。△〜がする／打寒顫。

おき [沖] (名) (離岸遠的) 海面, 海上, 湖上。△〜に出る／出海。

おき [燠・熾] (名) 紅火炭。

おき　オオ

－おき［置き］(接尾)(接数詞後)每，每隔。△一日～に来る／隔一天來一次。△一行～に書く／隔行寫。

おぎ［荻］(名)〈植物〉荻。

おきあい［沖合］(名)海上。△～漁業／海洋漁業。

おきあいじんこうとう［沖合人工島］(名)海上人工島。

おきあがりこぼうし［起き上がり小法師］(名)(玩具)不倒翁。

おきあがる［起き上がる］(自五)起來，站起來。△寝床の上に～／在牀上坐起來。

おきいし［置き石］(名)①庭院裏點綴的石頭。②石頭甬路。

おきかえる［置き換える］(他下一)換位置，調換。△XをYに～／把X換成Y。

おきがさ［置き傘］(名)(放在學校或工作單位的)備用傘。

おきご［置き碁］(名)(圍棋)授子棋，讓子兒。

おきごたつ［置き炬燵］(名)能移動的暖爐。↔きりごたつ

オキサイド［oxide］(名)〈化〉氧化物。

おきざり［置き去り］(名)丟下，撇下。△～にする／撇下。△～を食う／被撇下。

オキシゼンタンク［oxygen tank］(名)儲氧罐，氧氣瓶。

オキシダント［oxidant］(名)〈化〉強氧化劑。

オキシテトラサイクリン［oxytetracycline］(名)〈醫〉〈氧〉四環素，地霉素。

オキシドール［oxydol］(名)〈醫〉過氧化氫溶液。

オキシフル［oxyful］(名)〈醫〉⇨オキシドール

おきづり［沖釣り］(名・他サ)在海上釣魚。

おきて［掟］(名)規章，規矩。△～を守る／遵守規章。△～にそむく／違反規則。

おきてがみ［置き手紙］(名・自サ)留言，留條兒。

おきどけい［置き時計］(名)座鐘。

おきな［翁］(名)老翁。↔おうな

おぎな・う［補う］(他五)補充，填補。△欠員を～／補充空額。

おきなかし［沖仲仕］(名)碼頭工人。

おきなわ［沖縄］(名)〈地名〉沖縄。

おきにいり［お気に入り］(連語)稱心，合意。△～の万年筆／稱心的鋼筆。

おきぬけ［起き抜け］(名)剛起來。△～に散步する／一起牀就去散步。

おきば［置場］(名)放的地方，存放處。△自転車～／存車處。△恥しくて身の～がない／羞得無地自容。

おきばなし［置き放し］(名)丟下不管。

おきびき［置き引き］(名・自他サ)調包偷竊。

おきまり［お決り］(名)老一套。△～の手／老一套手法。△～の文句／陳詞濫調。

おきみやげ［置き土産］(名)①臨別贈品。②留下的事情。△借金を～にして行ってしまった／留下一筆債，人卻走了。

おきもの［置き物］(名)擺設，裝飾品。

おきゃん［お俠］(名・形動)野丫頭，假小子。

オキュリスト［oculist］(名)眼科醫生。

お・きる［起きる］(自上一)①起立，站起來。②起牀。③不睡。△毎晚 12 時まで～きています／每天晚上到十二點鐘才睡。④發生。△困ったことが～きた／出了麻煩事。

お・きる［熾きる］(自上一)燃燒。△ストーブがまだ～きている／爐火還着着。

おく［奥］(名)①裏頭，內部，深處。△山の～／山裏。②內宅。△お客を～に通す／把客人讓到裏屋。③奧秘，秘密。

お・く［置く］Ⅰ(他五)①放，置。②設置，設立。△保健室を～／設置保健室。③隔，間隔。△距離を～／隔開距離。④停，擱。△筆を～／擱筆。⑤除外。△きみを～いて適任者はいない／除你之外沒有合適的人。⑥僱用，留。△タイピストを～／僱用打字員。Ⅱ(自五)①(霜，露等)降，下。△霜が～／下霜。

おく［億］(助数)億。

おくがい［屋外］(名)屋外，室外。→戸外 ↔ 屋内。

おくがた［奥方］(名)尊夫人。

おくさま［奥様］(名)①夫人。②(備人稱女主人)太太。→夫人 ↔ だんなさま

おくさん［奥さん］(名)太太，夫人。

オクシデンタル［occidental］(ダナ)西洋的，西方的，西洋人的。

おくじょう［屋上］(名)屋頂，屋頂平台。△～庭園／屋頂花園。

おくじょうおくをかす［屋上屋を架す］(連語)疊牀架屋。

おく・する［臆する］(自サ)〈文〉畏懼，羞怯。△彼には～色もない／他毫無懼色。△人を見て～／見人就羞怯。

おくせつ［臆説］(名)臆說，假說。

おくそく［臆測］(名・他サ)臆測，猜測。△～を逞しゅうする／任意揣度。

おくそこ［奥底］(名)深處。△心の～を打ち明ける／說出心裏話。

オクターブ［法 octave］(名)〈樂〉八音度，一音階。

オクタボ［octavo］(名)八開本。

おくだん［臆断］(名・他サ)臆斷。△～をくだす／主觀臆斷。

オクタンか¥(名)〈化〉辛烷值。

おくち［奥地］(名)內地，內陸偏僻的地方。

おくづけ［奥付］(名)版權頁。

おくて［晩稲・晩生］(名)①晚稻，晚熟作物。②成熟晚的人。↔ わせ

おくでん［奥伝］(名)秘傳，秘訣。

おくない［屋内］(名)屋內，室內。↔ 屋外

おくに［お国］(名)①貴國。②貴鄉。△～はどちらですか／您的家鄉是哪兒？△～なまり／地方口音。△～言葉／方言。

おくにいり［お国入り］(名)衣錦還鄉。

おくにじまん［お国自慢］(名)誇耀自己的家鄉。

おくねん [憶念] (名) 深切的懷念。

おくのて [奥の手] (名) 絕招兒。△～を出す／使出絕招兒。

おくば [奥歯] (名) 槽牙，臼齒。↔まえば

おくばにものがはさまったよう [奥歯に物が挟まったよう] (連語) 説話吞吞吐吐。

おくび [噯気] (名) 嗝兒。△～が出る／打嗝兒。↔げっぷ

おくびにもださない [おくびにも出さない] (連語) 不露聲色，隻字不提。

おくびょう [憶病・臆病] (名・形動) 膽小，怯懦。△～風を吹かす／畏首畏尾。

おくぶか・い [奥深い] (形) ① 深。△～家／深宅大院。② 深遠，深奥。△～意義がある／具有深遠的意義。

おくま・る [奥まる] (自五) 深入到最裏面。△～った部屋／最裏面的房間。

おくみ [衽] (名) (和服) 大襟兒。

おくめん [臆面] (名) 害臊，腼腆。△～もない／厚臉皮，恬不知恥。

おくやみ [お悔やみ] (名) 弔喪，弔唁。△～に行く／去弔唁。△～をのべる／致悼詞。△～の電報／唁電。

おくゆかし・い [奥床しい] (形) 文雅。△～態度／雍容大方。△～住まい／幽雅的住宅。

おくゆき [奥行き] (名) ① (房屋等的) 進深。△～3メートル／進深三米。② (知識等的) 深度。

オクラ [okra] (名) 〈植物〉秋葵。

おくらいり [お蔵入り] (名・自サ) ① 收藏。② 暫不公開。△～になった映画／暫不公開放映的電影。

おくら・す [遅らす] (他五) ⇨おくらせる

おくら・せる [遅らせる] (他下一) 延緩，推遲。△返事を～／延緩答覆。△時計を十分～／把錶撥慢十分鐘。

おぐらひゃくにんいっしゅ [小倉百人一首] 〈書名〉《小倉百人一首》(和歌集)。

おくりおおかみ [送り狼] (名) ① 跟蹤人的狼。② 託言護送對女人居心不良的人。

おくりがな [送り仮名] (名) (為明確漢字讀音) 寫在漢字後面的假名。

おくりじょう [送り状] (名) 發貨單，託運單。

おくりだ・す [送出す] (他五) ① 送客。② 寄出，郵出。③ 送出 (畢業生)。

おくりとど・ける [送届ける] (他下一) 送到。

おくりな [諡] (名) 諡號。

おくりび [送り火] (名) 盂蘭盆會後的送神火。

おくりむかえ [送り迎え] (名) 迎送 (賓客)。

おくりもの [贈り物] (名) 贈品，禮物。△～をする／送禮。→プレゼント

おく・る [送る] (他五) ① 送。△荷物を～／送貨。△友人を駅まで～って行く／送朋友到車站。△玄関で客を～／在大門口送客。② 派遣。△適任者を～／派遣合適人選。③ 寄，匯。△本を～／寄書。△金を～／匯款。④ 度日。△毎日楽しい日を～／每天過着愉快的生活。

⑤ 傳遞，挪動。△回覧板を～／傳遞傳閱板。△1字次の行に～／往下一行挪一字。⑥ 標上，綴。△語尾を～／綴上詞尾。

おく・る [贈る] (他五) ① 贈送。△記念品を～／贈送記念品。② 授與。△名誉市民の称号を～られた／被授與名譽市民的稱號。

おくれ [遅れ] (名) 晚，遲。△～をとりもどす／趕回耽擱的時間。△列車は5分～で到着した／列車晚點五分鐘到達。

おくれげ [後れ毛] (名) 兩鬢攏不上的短髮。

おくればせ [後れ馳せ] (名) 不及時，為時已晚。△～ながら誕生日おめでとう／恕我晚了點，祝你生日快樂。

おく・れる [遅れる] (自下一) ① 晚，遲。△バスに～／沒趕上公共汽車。△学校に～／上學遲到。② 慢，落後。△とけいが～／錶慢。△流行に～／過時。不時興。

おくれをとる [後れを取る] (連語) 落後於人。

オクレントム [oculentum] (名) 〈醫〉眼膏。

オケ [orchestra] (名) 〈樂〉管弦樂 (團)。

おけ [桶] (名) 桶，木桶。

おけら [朮] (名) 〈植物〉蒼朮。

お・ける [於ける] (連語) ⇨における

おこがまし・い [烏滸がましい] (形) ① 不自量，冒昧。△～人／不自量的人。△～ようですがその役をやらせてください／很冒昧，請把那個任務交給我吧。② 愚蠢。△～話／蠢話。

おこし (名) 江米糖。

おこ・す [起こす] (他五) ① 使…起來，扶起。△身を～／起身。△倒れた木を～／把倒了的樹扶起來。② 叫醒。△朝早く～してください／早晨早點兒叫醒我。△寝た子を～／自找麻煩，無事生非。③ 引起。△好奇心を～／起好奇心。④ 發動。△クーデターを～／發動政變。△訴訟を～／起訴。⑤ 翻地。△畑を～／翻地。△荒地を～／開荒。

おこ・す [興す] (他五) 振興。△産業を～／振興實業。

おこ・す [熾す] (他五) 生，燒。△火を～／生火。

おごそか [厳か] (形動) 莊嚴，嚴肅，隆重。△～な態度／嚴肅的態度。△～に儀式を行う／隆重地舉行典禮。

おこた・る [怠る] (自他五) 怠慢，疏忽。△職務を～／玩忽職守。△注意を～／疏忽大意。

おことぞえ [御事添え] (名) 美言。△～をお願いします／請您多多美言。

おことば [御言葉] (名) (原意為) 您説的話，(又指) 天皇講的話。

おこない [行い] (名) ① 行動，行為。△～をつつしむ／謹言慎行。② 品行。△～を改める／改掉壞毛病。改邪歸正。

おこな・う [行う] (他五) 進行，舉行，實行。△運動会を～／舉行運動會。△この風習は今では世に～われなくなった／這種風俗現在已經沒有了。

用法提示 ▼
以下跟する搭配的名詞，也可用行う，意義與用
する相同。
- -
授業（じゅぎょう）、練習（れんしゅう）、訓
練（くんれん）、実験（じっけん）、討議（と
うぎ）、派遣（はけん）、調査（ちょうさ）、
検査（けんさ）、点検（てんけん）、調整（ち
ょうせい）、変更（へんこう）、検診（けんし
ん）、治療（ちりょう）、消毒（しょうどく）、
手術（しゅじゅつ）、研究（けんきゅう）、開
発（かいはつ）、改革（かいかく）、監視（か
んし）、登録（とうろく）、摘発（てきはつ）、
捜査（そうさ）、裁判（さいばん）、交渉（こ
うしょう）

おこのみやき［お好み焼き］(名) 一種鍋烙（煎菜餅）。

おこり［起こり］(名) ① 起源。△仮名の～／假名的起源。② 原因，起因。△火事の～は漏電だ／火災的原因是跑電。

おこり［瘧］(名) 瘧疾。

おごり［奢り］(名) ① 奢侈。△～をきわめる／極其奢侈。② 請客。△きょうはわたしの～です／今天我請客。

おこ・る［怒る］(自五) ① 生氣，發怒。△かんかんに～／大發雷霆。② 責備，訓斥。△母に～られた／捱了媽媽一頓罵。

おこ・る［起る］(自五) ① 發生，產生。△事故が～／發生事故。△風が～／起風。△静電気が～／產生靜電。② 復發。△持病が～／舊病復發。

おこ・る［興る］(自五) 興盛。△国が～／國家興盛。△新しい産業が～った／興起了新產業。

おご・る［奢る］Ⅰ (自五) 奢侈。△口が～／口味高。Ⅱ (他五) 請客。△今日は僕が～よ／今天我做東。

おご・る［驕る］(自五) 驕傲。△～平家は久しからず／驕兵必敗。

おこわ［御強］(名) 小豆糯米飯。

おサイフケイタイ［お財布携帯］(名) (用手機) 付款。

おさえ［押え・抑え］(名) ① 壓，壓東西的重物，鎮紙。△～がきかない／壓不住。② 威嚴，控制力。△部下に～がきかない／控制不住部下。

おさえこ・む［押さえ込む］(他五) ① (柔道) 壓住 (對手)。② 壓進去。

おさえつ・ける［押さえ付ける］(他下一) ① 按住。△上から～けられて動けない／從上面被緊緊地按住不能動彈。② 壓制。△反対を～／壓制反對意見。

おさ・える［押さえる・抑える］(他下一) ① 按住，壓住。△傷口を～／按住傷口。② 阻止，抑制。△流感が広がるのを～／防止流感蔓延。△価格を～／控制住價格。③ 忍住，控制。△涙を～／忍住眼淚。△怒りを～えきれない／怒不可遏。④ 壓制。△反対を～／壓制反對意見。⑤ 扣押。△財産を～／扣押財產。⑥ 抓住。

△要点を～／抓住要點。

おさおさ(副) (下接否定) 完全，大致，幾乎。△用意～怠りなし／準備得萬無一失。

おさがり［お下がり］(名) ① 撤下的供品。② 長輩穿用過的衣物。△この洋服は姉さんの～だ／這件洋服是撿姐姐的。③ 客人吃剩下的食物。

おさきぼうをかつぐ［お先棒を担ぐ］(連語) 當走狗。

おさげ［お下げ］(名) 辮子。

おさとがしれる［お里が知れる］(連語) 露相兒，露原形。

おさな・い［幼い］(形) ① 幼小。△～とき／小時候。② 幼稚。△～考え方／幼稚的想法。

おさなご［幼子］(名) 幼兒，嬰兒。

おさなごころ［幼心］(名) 童心，幼小心靈。→子ども心

おさなともだち［幼友達］(名) →おさななじみ

おさななじみ［幼馴染］(名) 童年的朋友，青梅竹馬。

おざなり［お座なり］(名・形動) 敷衍了事。△～な挨拶／虛套話。△あの計劃は～だ／那個計劃是敷衍了事的。△～を言う／用話搪塞。

おさま・る［収まる・納まる］(自五) ① 裝進。△本が本箱にうまく～／書正好裝進書箱裏。△元の鞘に～／言歸於好。② 交納。△会費が～／交納會費。③ 滿足，滿意。△こんな仲裁では両方とも～まい／這樣裁決恐怕雙方都不會滿意。

おさま・る［治まる・収まる］(自五) ① 平定。△天下が～／天下大治。② 平息。△火勢が～った／火勢平息下來了。△咳が～った／不咳嗽了。△風が～った／風停了。

おさま・る［修まる］(自五) (品行) 改好。△素行が～／改邪歸正。

おさむ・い［お寒い］(形)〈俗〉空洞，貧乏。△論文の内容が～／論文內容空洞無物。

おさめ・る［収める・納める］(他下一) ① 收，收存。△書類を金庫に～／把文件放進保險櫃裏。② 取得，獲得。△莫大な利益を～た／獲得巨額利潤。③ 交納，繳納。

おさめ・る［治める・収める］(他下一) ① 治，治理。△国を～／治國。② 平息，平定。△紛争を～／解決糾紛。

おさめ・る［修める］(他下一) 修，學習。△医学を～／學醫。△身を～／修身。

おさらい［御浚い］(名・他サ) ① 復習 (功課)。△日本語の～をする／復習日語。② (舞蹈等的) 練習。△踊の～会／日本舞蹈的練習會。

おさらば(感) ⇨さらば

おさん［お産］(名) 分娩。△～が軽い／不難產。△～が近づく／快到月子了。

おさん(名) →おさんどん

おさんどん［お三どん］(名) ① 做飯的女傭人。② 下廚房，做飯。△～のしたくにとりかかる／準備做飯。

おし［押し］(名)① 推。② 魄力，闖勁兒。△～の一手／硬幹。△～が強い／敢幹。③ 威力，威勢。△仲間に～がきく／在同事中間有威望。④ 鎮石。

おじ［伯父・叔父］(名) 伯父，叔父，舅父，姨夫。↔ おば

おしあいへしあい［押し合いへし合い］(名・自サ) 擁擠，推擠。

おしあ・う［押し合う］(自五) 擁擠。推擠。

おしあげポンプ［押し上げポンプ］(名) 壓水泵。

おしあ・ける［押し開ける］(他下一) 推開。△戸を～けて入る／推開門進去。

おし・い［惜しい］(形)① 捨不得。△命が～／惜命。△時間が～／珍惜時間。△なごりが～／惜別。② 可惜，遺憾。△～ところで時間ぎれになった／真可惜時間到了。

おじいさん［お祖父・お爺さん］(名)① 祖父，爺爺，外祖父，外公。② 老爺爺。↔ おばあさん

おしいただ・く［押し戴く・押し頂く］(他五)① 領受。△賞状を～／領獎狀。② 遵從。

おしい・る［押し入る］(自五) 闖進。

おしいれ［押し入れ］(名)(日本式房屋的) 壁櫥。

おしうり［押し売り］(名・他サ) 強賣，強行，推銷。

おしえ［押し絵］(名) 貼花，包花。

おしえ［教え］(名) 教，教育，教誨。△～を請う／請教。△父母の～を守る／遵守父母的教誨。

おしえご［教え子］(名) 弟子，學生。→弟子

おし・える［教える］(他上一)① 教，教授。△手をとるように～／手把手教。② 告訴。△道を～／指路。

おしか・ける［押しかける］(自下一)① 蜂擁而來。△デモ隊が国会に～／示威遊行隊伍擁向國會。② 不招自來(去)。

おじぎ［御辞儀］(名・自サ) 行禮，鞠躬。

おしきせ［御仕着せ］(名)①(僱主按季節) 發給傭人的衣服。② 照例給的東西。

おじぎそう［含羞草］(名)〈植物〉含羞草。

おしき・る［押し切る］(他五)① 切斷。② 排除。△反対を～って／不顧 (別人的) 反對…

おじけ［怖じ気］(名) 害怕，恐懼。△～がつく／膽怯，害怕。

おじけづ・く［怖じ気づく］(自五) 膽怯起來，害怕起來。

おしげもなく［惜し気もなく］(連語) 毫不可惜地，毫不惋惜地。

おしこ・む［押し込む］Ⅰ (他五) 塞，塞進。Ⅱ (自五) 闖進。

おしこ・める［押し込める］(他下一)① 塞進。② 關進，監禁。

おじさん［小父さん］(名)① 伯父，叔父，舅父，姑父，姨夫。②(對年長者) 伯伯，叔叔。

おしすす・める［推進める］(他下一) 推進，

推行。

おしせま・る［押迫る］(自五) 迫近。△年の瀬も～／年關在即。

おしたお・す［押倒す］(他五) 推倒。

おしたじ［御下地］(名)① 醬油。②(熬、燉食品的) 湯。

おしだし［押し出し］(名)① 推出。②(相撲中將對方) 推出界外。③(棒球中的) 犧牲打。④ 派頭，風度。△～がりっぱだ／儀表堂堂。

おしだ・す［押出す］(他五)① 擠出。△歯磨を～／擠牙膏。② 推出去。

オシタップ［washtub］(名) 洗衣盆。

おした・てる［押立てる］(他下一)① 豎起。△旗を～てて進む／高舉旗幟前進。② 用力推。③ 推舉。△委員長に～てられる／被推舉為委員長。

おしだま・る［押黙る］(自五) 默不作聲，一言不發。

おしちや［御七夜］(名) 小孩生後第七天夜晚(的慶賀日)。

おしつけがまし・い［押付けがましい］(形) 強加於人 (的態度)。

おしつ・ける［押し付ける］(他下一)① 壓住，按住。② 強制，強加。△責任を人に～／把責任推給別人。△主張を～／把自己的意見強加於人。

おしつぶす［押し潰す］(他五) 擠垮，壓碎。△ムギを～／把麥子壓碎。

おしつま・る［押し詰まる］(自五)① 臨近。△期限が～った／快到期了。② 臨近年末。△年の瀬も～ってきた／年關也迫近了。

おしつ・める［押詰める］(他下一)① 塞進。② 壓縮。△論旨を～／壓縮論文。③ 推到邊緣。

おして［押して］(副) 強，硬，勉強。△病気だけれども～出席した／雖然有病還是硬撐着出席了。

おしてしるべし［推して知るべし］(連語) 不問可知。

おしとお・す［押し通す］(他五) 堅持，固執。△知らぬなぜぬで～した／一口咬定說不知道。

おしどり［鴛鴦］(名)〈動〉鴛鴦。

おしなが・す［押流す］(他五) 沖走。△時代の波に～される／為時代的潮流所推動。

おしなべて［押し並べて］(副) 一般說。△今年の稲作は～悪い／今年的水稻一般說都不好。△ここの人たちは～親切だ／這裏的人差不多都很親切。

おしの・ける［押退ける］(他下一)① 推開，推掉。② 排擠，排除。△同僚を～けて局長の地位につく／甩掉眾同事當上局長。

おしのび［御忍び］(名)(有身分的人) 微服出行。

おしば［押し葉］(名)①(夾在書裏的) 乾葉。②(植物等的) 壓製標本。→おしばな

おしはか・る［推し量る］(他五) 推測，猜測。△人の心を～／猜測別人的心意。→推測する

おしばな［押し花］(名)①(夾在書裏的) 乾花。② 花的標本。→おしば

おしひら・く［押し開く］(他五) 推開。△ドアを～／推開門。

おしひろ・げる［押し広げる］(他下一) ① 推廣，擴張。② 支開。△テントを～／支開帳篷。

おしひろ・める［押し広める］(他下一) ① 推廣。△経験を～／推廣經驗。② 擴大。△取引きを～／擴大貿易。

おしふ・せる［押し伏せる］(他下一) 按倒。

おしべ［雄蕊］(名) 雄蕊。↔ めしべ

おしボタン［押しボタン］(名) 按鈕。電鈕。

おしぼり［御絞り］(名) 手中把。

おしまい［御仕舞い］(名) ① 完了。△これで～だ／到此結束。② 無望。△あの会社は営業不振で～だ／那家公司經營狀況不好，要完蛋了。

おしまく・る［押捲る］(他五) 壓倒，治服。△多数決で～／以多數票壓倒對方。

おしみな・い［惜しみ無い］(形) 不吝嗇的。△～拍手をおくる／報以熱烈的掌聲。

おし・む［惜しむ］(他五) ① 愛惜，珍惜。△寸暇を～／珍惜寸陰。△名を～／顧惜名譽。② 惋惜。△別れを～／惜別。③ 吝嗇。△骨を～／不願出力。△骨身～まず働く／不辭辛苦地工作。

おしむぎ［押し麦］(名) 麥片。

おしむらくは［惜しむらくは］(連語) 可惜的是，遺憾的是。

おしめ［襁褓］(名) ⇨ おむつ

おしもおされもしない［押しも押されもしない］(連語) 眾所公認的 (優秀的)。△～人物／優秀的人物。

おしもんどう［押し問答］(名・自サ) 爭論，口角。

おじや (名) 菜粥。雜燴粥。→ 雑炊

おしゃか (名)〈俗〉廢品。

おしゃぶり (名) 嬰兒玩弄的奶嘴兒。

おしゃべり［御喋り］(名・自) ① 嘮叨，說個沒完。② 聊天。△～に時間をつぶす／聊天打發時間。

おしゃま (名・形動) 早熟 (的少女)，少年老成。△～な子／早熟的女孩。

おしや・る［押遣る］(他五) ① 推到一旁。② 擱置不問。

おしゃれ［御洒落］(名・自サ・形動) 修飾打扮。△～をする／打扮。△～な人／愛打扮的人。

おじゃん (名)〈俗〉告吹。△せっかくの計画が～になった／挺好的計劃泡湯了。

おしょう［和尚］(名) 和尚。

おじょうさま［御嬢様］(名) ① 令愛。② 小姐。→ おじょうさん

おしょく［汚職］(名) 貪污，瀆職。

おじょく［汚辱］(名) 污辱，恥辱。

おしよ・せる［押し寄せる］Ⅰ (自下一) 湧上來。△波が～／浪打上來。△敵が～せてきた／敵人蜂擁而來。Ⅱ (他下一) 挪到近處。△道具を片隅へ～せておく／把工具挪到旁邊去。

おしろい［白粉］(名) 香粉。△～をつける擦粉。～下／粉底子。

おしろいばな［白粉花］(名)〈植物〉紫茉莉。胭脂花。

お・す［押す］(他五) ① 推。△車を～／推車。△ドアを～／推門 ↔ 引く ② 按，壓。△ベルを～／按電鈴。△つぼを～／按壓穴位。③ 蓋，摁。△はんこを～／蓋章。④ 壓倒。△世論に～されて／受到輿論的壓力。⑤ 強調。△だめを～／叮問。念を～／叮囑。⑥ 冒着，不顧。△病をへして出席する／抱病出席。

お・す［推す］(他五) ① 推想，猜測。△これらの事情から～と／根據這些情況來推測的話… ② 推舉。△A 氏を会長に～／推舉 A 先生做會長。

おす［雄］(名) 雄，公。△～の獅子／雄獅。

おすい［汚水］(名) 污水。△～を浄化する／淨化污水。

おずおず［怖ず怖ず］(副) 怯生生。△～ときりだす／怯聲怯氣地開了口。→ びくびく

オスカーしょう［オスカー賞］(名) 奧斯卡金像獎。

おすそわけ［御裾分け］(名・他サ) 分贈，與別人分享。△少しですが～します／這是人家送給我的，也分給你一點兒。

オステオヒョンドロパチー［德 Osteochon-dropathie］(名) 軟骨病。

オストリッチ［ostrich］(名)〈動〉鴕鳥。

おすなおすな［押すな押すな］(連語) 擁擠，熙熙攘攘。△～の盛況／人山人海。

オスミウム［osmium］(名)〈化〉鋨。

おすみつき［御墨付き］(名) 從權威人士處得到的保證。△社長の～／社長的保證。

オセアニア［Oceania］(名) 大洋洲。

おせおせ［押せ押せ］(名) ① (工作) 積壓。② 擁擠。③ 氣勢洶洶。

おせじ［御世辞］(名) 恭維 (話)，奉承 (話)。△～がうまい／會説話。會恭維人。△～笑い／陪笑。

おせち［御節］(名) ⇨ 御節料理。

おせちりょうり［御節料理］(名) (年節時作的) 菜餚。

おせっかい［御節介］(名・形動) 多管閑事。△～をやく／多管閑事。

おせわ［御世話］(名・他サ) ⇨ せわ

おせん［汚染］(名・自他サ) 污染。△大気～／大氣污染。

おぜんだて［御膳立て］(名・自サ) ① 備餐。△夕飯の～をする／準備晚飯。② 準備。△～が整う／準備齊全。△会議の～をする／做會議的籌備工作。

おそ［悪阻］(名)〈醫〉惡阻。孕吐。△妊娠～／孕吐。→ つわり

おそ・い［遅い］(形) ① 慢。△この電車は～／這電車很慢。② 晚，遲。△夜～くまで働く／工作到深夜。△もう～から失礼します／已經不早了，我該告辭了。③ 晚，來不及。△今悔しても～／後悔也來不及。

おそいかか・る［襲い掛かる］（自五）（突然）撲來，襲來。△野犬が～／野狗突然撲過來。

おそ・う［襲う］（他五）①襲，襲擊。△台風に～われる／遭到颱風襲擊。△敵を～／襲擊敵人。②繼承。△会長の地位を～／承襲會長的地位。

おそうまれ［遅生まれ］（名）（四月二日以後出生）晩生的人。↔早生まれ

おそかれはやかれ［遅かれ早かれ］（連語）早晩，遲早。△それは～実現するはずだ／那早晚會實現的。

おそざき［遅咲き］（名）（花）晚開。△～のさくら／晩開的櫻花。↔早咲き

おそじも［遅霜］（名）晚霜。↔早霜

おそなえ［御供え］（名）供品。

おそね［遅寝］（名）晚睡，睡得晚。↔早寝

おそばん［遅番］（名）晚班，上晚班的人。

オソフォン［osophone］（名）助聽器。

おそまき［遅蒔き］（名）晚播，晚種。↔早まき

おぞまし・い［悍しい］（形）討厭。△見るのも～／看着都討厭。→うとましい

おそまつ［御粗末］（形動）（“そまつ”的鄭重説法）粗糙，慢待。△～でした／慢待了。

おそらく［恐らく］（副）恐怕，也許，大概。△～失敗に終るだろう／恐怕要失敗的吧。△～そんな事にはなるまい／大概不至於那樣吧。

おそるおそる［恐る恐る］（副）誠惶誠恐，戰戰兢兢。

おそるべき［恐るべき］（連體）①可怕的。②驚人的。△～威力／驚人的威力。

おそれ［恐れ］（名）害怕，恐怖。△～をいだく／心裏害怕。△～を知る／害怕。

おそれ［虞れ］（名）有…危險。有…可能性。△豪雨の～がある／可能下暴雨。心配の～がない／不必擔心。

おそれい・る［恐れいる］（自五）①對不起，不好意思。△お忙しいところ～りますが／對不起，打擾您一下。②佩服。△いやあおみごと，～りました／太棒了！佩服佩服！③（反話）服了。△毎度の長話には～よ／每次都說個沒完，我算服了。

おそれおお・い［恐れ多い］（形）①不敢當，惶恐不安。②不勝感激。

おそれおのの・く［恐れ戦く］（自五）心驚膽戰。△終日～／惶惶不可終日。

おそ・れる［恐れる・畏れる・怖れる］（他下一）①懼怕。△何も～ない／無所畏懼。②擔心。△失敗を～／擔心失敗。

おそろし・い［恐ろしい］（形）①可怕。△～病気／可怕的病。△何も～ことはない／沒甚麼可怕的。②驚人。△～く速い／快得驚人。△～く暑い／真熱死人。

おそわ・る［教わる］（他五）受教，跟…學習。△先生に英語を～／跟老師學英語。

おそん［汚損］（名・自他サ）污損。

オゾン［ozone］（名）〈化〉臭氧。

おだいもく［御題目］（名）空洞的口號，（脱離實際的）主張。△～を唱える／空喊口號。

おたおた（副・自サ）慌裏慌張，心慌意亂。→もたもた

おたがいさま［御互い様］（名）彼此彼此。△苦しいのは～です／說困難彼此都一樣。

おたかくとまる［御高く止まる］（連語）擺架子，自抬身價。

おたく［御宅］（名）I ①您家，府上。△～はどちらですか／您的家在哪兒？②ご主人は～ですか／先生（您丈夫）在家嗎？②您丈夫，先生。△～はどちらへお勤めですおつとめひん／［御勤め品］〈經〉特價品。II（代）您那裏。△～の景気はいかがですか／您那裏買賣怎麼樣？

おだく［汚濁］（名・自サ）污濁。

おたけび［雄叫び］（名）吶喊。△～をあげる／高聲吶喊。

おたずねもの［御尋ね者］（名）逃犯，通缉犯。

おだてにのる［煽てに乗る］（連語）受人慫恿，受人煽動。

おだ・てる［煽てる］（他下一）①捧，奉承。△少し～てられるとすぐいい気になる／稍被吹捧就飄飄然。②煽動，挑唆。△だれかが～ている／有人煽動。

おだのぶなが［織田信長］〈人名〉織田信長（1534-1582）。戰國時代末期的武將。

おたふくかぜ［御多福風］（名）〈醫〉腮腺炎。

おだぶつ［御陀仏］（名）〈俗〉①死。△～になる／死了。②完蛋。△せっかくの計画が～になる／好不容易制定的計劃破產了。

おたまじゃくし［御玉杓子］（名）①勺子。②蝌蚪。③五綫譜。

おためごかし［御為ごかし］（名）表面為人，實際為己。△～を言う／送冤頭人情。

おだやか［穏やか］（形動）①平穩，平靜。△～な海／風平浪靜的海面。②穩健。△～な人柄／氣質穩健。性情溫和。

おだわらひょうじょう［小田原評定］（名）議而不決的會議，永無結果的討論。

おち［落ち］（名）①遺漏，漏洞。△帳簿の～を見つけた／發現了賬上的漏洞。△手続に～がある／手續上有漏洞。②下場。△せいぜい笑い者にされるのが～だ／只會落一場笑話。

おちあ・う［落ち合う］（自五）碰頭兒，會合。△友だちと駅で～／和朋友在車站碰頭兒。△二つの川が～／兩條河流匯合。

おちい・る［陥る］（自五）①落入，掉進。△川に～／掉進河裏。②陷入。△危篤に～／瀕於危篤。計略に～／中計。③陷落。△大阪城が～／大阪陷落。

おちうど［落人］（名）①潰軍，殘兵。②逃兵。

おちおち［落ち落ち］（副）（下接否定）安靜，安心。△心配で夜も～眠れない／擔心得晚上睡不着覺。

おちくぼ・む［落ち窪む］（自五）凹陷。

お
オ

おちこぼ・れる［落ち零れる］(自下一)①(裝)剩下，(收)漏。△リストから～たことば／詞表收漏的單詞。②沾光，得到便宜，得人餘惠。③落後，不够格。

おちこ・む［落ち込む］(自五)①掉進。△池に～／掉進池子裏。②窪陷。③陷入。△貧乏のどん底に～／陷入貧困的深淵。

おちつき［落ち着き］(名)①沉着，穩重。△～を失う／不沉着。△～がない／不穩重。②穩。△この机は～が悪い／這張桌子不穩。

おちつ・く［落ち着く］(自五)①定居，安頓。△田舎に～／在鄉下落户。△しりが～かない／坐不住。②沉着，穩重。△～いた態度／沉着的態度。△心が～かない／心神不定。△あわてないで～いて話してください／別着急，慢慢説。③平息，穩定。△さわぎが～いた／風波平息了。△～いた物価／穩定的物價。④歸結。△意見の～ところは一つだ／意見最後還是一致的。⑤調和。△～いた色／調和的色彩。

おちど［落ち度］(名)過錯。→あやまち，過失

おちの・びる［落ち延びる］(自上一)安全地逃到遠處。

おちば［落葉］(名)落葉。→らくよう

おちぶ・れる［落魄れる］(自下一)落魄，淪落。△乞食にまで～れた／淪為乞丐。

おちぼ［落ち穂］(名)落穗。△～を拾う／撿落穗。

おちめ［落ち目］(名)敗運，倒霉。

おちゃ［御茶］(名)茶，茶葉。△～をいれる／沏茶。

おちゃっぴい(名・形動)〈俗〉瘋丫頭，頑皮(的女孩兒)。

おちゃのこさいさい［御茶の子さいさい］(連語)輕而易舉，易如反掌。

おちゃらか・す(他五)戲弄，耍笑。

おちゃをにごす［御茶を濁す］(連語)敷衍，搪塞。

おちゅうど［落人］(名)潰軍，殘兵，逃兵。→おちうど

おちょうしもの［御調子者］(名)①輕浮的人。②光耍嘴皮子的人。

おちょぼぐち［御ちょぼ口］(名)櫻桃小口。

お・ちる［落ちる］(自上一)①掉，落。△川に～／掉進河裏。△日が～／日落。△雷が～／落雷。△橋が～／橋塌。②脱落。△色が～／掉色。△ボタンが～／鈕扣掉了。△この文は1字～ちている／這句話漏掉一個字。③失落。△城が～／城池陷落。△A大学に～／沒考上A大學。△選挙に～／落選。④下降，成績。△成績が～／成績下降。△速力が～／速度減慢。⑤陷入。△恋に～／墜入情網。△わなに～／中圈套。

おつ［乙］(名)①乙。②第二位。

おつ［乙］(形動)別致，風趣。△～ななりをしている／打扮得挺別致。△～なことを言う／説話俏皮。

おつかい［御使い］(名)①(替)跑腿(辦事，購物等)。△～、ごくろうさまです／多謝你替我跑了一趟。△～に行く／替人跑腿。②(自己)出去辦近買點東西(辦點事)。△～に行く／出去辦點事(主要用於傍晚時分)。

おっかな・い(形)〈俗〉可怕。△～夢を見た／做了個噩夢。→こわい，おそろしい

おっかなびっくり(副)〈俗〉提心吊膽。△～近寄っていった／提心吊膽地湊上前去。→こわごわ

おっかぶ・せる［押っ被せる］(他下一)①推卸。△責任を人に～／把責任推卸給別人。②盛氣凌人。△～ような態度で命令する／以強硬的態度下命令。③蓋上。△新聞紙を～／蓋上報紙。

おっくう［億劫］(形動)懶得做。△疲れて何をするのも～だ／累得甚麼都懶得做。

おつげ［御告げ］(名)神諭，天啟。

おっしゃ・る［仰しゃる］(自五)(敬)説，稱。△お名前は何と～いますか／請問尊姓大名？

オッター［otter］(名)〈動〉水獺。

おっちょこちょい(名・形動)毛手毛腳，冒冒失失。輕狂。

おっつけ［追っ付け］(副)不久，馬上。△～便りがあるだろう／隨後就會有信來吧。

おって［追っ手］(名)追趕者。△～をかける／派人追。△～が迫る／追兵逼近。

おって［追って］(副)隨後。△詳細は～通知する／詳情隨後通知。

おってがき［追って書き］(名)再啟，附言。→追伸

おっと［夫］(名)丈夫。↔妻

おっとせい［膃肭臍］(名)〈動〉膃肭獸，海狗。

おっとり(副・自サ)穩重大方。△～した人柄／性情穩重。

おっぱい(名)(幼兒語)奶，乳房。△～を飲ませる／餵奶。→ちち，ちぶさ

おてあげ［御手上げ］(名)束手無策，沒轍，服輸。△彼はもう～だ／他已經束手無策。△暑くて～だ／熱得受不了。

オデオン［法 odéon］(名)音樂堂，劇場。

おでこ(名)①前額。△～がひろい／大腦門兒。②鏒兒頭。

おてだま［御手玉］(名)①(女孩玩的)小布袋。②擲小布袋遊戲。

おてつき［御手付き］(名)①抓錯牌。②主人與女僕發生關係。與主人私通的女傭人。

おてつだい［御手伝い］(名)女傭人。

おてのうち［御手の中］(名)①您手中的東西。②您的本領。△～拝見／請您露一手。

おてのもの［御手の物］(名)拿手，擅長。△～料理／拿手好菜。△彼は暗算なら～だ／心算他很拿手。→得意

おでまし［御出座し］(名)(敬)出去，出來。△女王陛下が式場に～になる／女王陛下親臨會場。

おてもり［御手盛り］(名)①只為自己打算。

△～の案／本位主義的方案。② 自己盛飯。
△～でどうぞ／請自己盛。

おてやわらかに［御手柔らかに］（連語）手下
留情。△どうぞ～願います／請手下留情。

おてん［汚点］（名）污點。

おでん（名）五香菜串。

おてんきや［御天気屋］（名）喜怒無常的人。

おてんば［御転婆］（名）野丫頭，頑皮女孩。→
おきゃん

おと［音］（名）① 音，聲音。△大きな～をたて
る／發出巨響。△足～／脚步聲。② 名聲。△～
に聞えた醫者／大名鼎鼎的醫生。

おとうさん［御父さん］（名）① 父親。②（指
自己的丈夫）孩子他爸。→おとうさま

おとうと［弟］（名）弟弟。

おとおし［御通し］（名）⇨とおし

おどおど［怖怖］（副・自サ）怯生生，提心吊
膽。→びくびく

おとがい［頤］（名）下顎。△～を解く／大笑。
△～が落ちる／好吃。冷得打顫。→したあご

おどか・す［脅かす・威かす・嚇かす］（他五）
威脅，嚇。→おどす

おとぎ［御伽］（名）⇨おとぎばなし

おとぎぞうし［御伽草子］（名）室町時代到江
戸時代初期流傳於民間的童話故事。

おとぎばなし［御伽噺］（名）童話，故事。

おとくいさき［お得意先］（名）〈經〉客戶，顧
客。

オトクリキ［俄 отклик］（名）反響。

おど・ける［戯ける］（自下一）詼諧，逗樂子。
△～けた顔／做鬼臉。△～け者／滑稽的人。

おとこ［男］（名）① 男，男子。△～の子／男
孩。↔ 女 ② 男子漢。△～になる／成人。△よ
い～／好漢。③ 男子的體面。△～をあげる／
露臉。△～がすたる／丟臉。④ 情夫。↔ 女

おとこいっぴき［男一匹］（名）男子漢。

おとこおんな［男女］（名）男不男女不女。

おとこぎ［男気］（名）丈夫氣概，俠義，義氣。

おとこくさ・い［男臭い］（形）① 有男人氣概。
②（女人）假小子，女人像男人。③ 男人的體臭。

おとこぐるい［男狂い］（名）蕩婦。

おとこざかり［男盛り］（名）正當年的男人，
壯年。

おとこずき［男好き］（名）① 合乎男人口味。
② 多情的女人。

おとこだて［男だて］（名）雄糾糾（的男人）。

おとこで［男手］（名）男勞力。↔ 女手

おとこなき［男泣き］（名）英雄淚。

おとこはどきょうおんなはあいきょう［男
は度胸女は愛敬］（連語）男子重在膽量，女子
重在温順。

おとこひでり［男旱り］（名）男人荒，（女人）找
不到對象。

おとこぶり［男振り］（名）丈夫氣概。

おとこまえ［男前］（名）① 男人的風度，儀表
堂堂，美男子。② 男人的體面，聲譽。→好男
子

おとこまさり［男勝り］（名）（女人）勝過男人。
→女丈夫

おとこみょうり［男冥利］（名）有幸生為男子。

おとこやもめ［男鰥］（名）鰥夫，光棍漢。

おとこらし・い［男らしい］（形）（男人）像個
男人的樣子，不愧是個男子。

おとこをあげる［男を上げる］（連語）露臉。

おとさた［音沙汰］（名）音信，消息。△～もな
い／杳無音信。

おとしあな［落し穴］（名）① 陷阱。② 圈套。
△～にひっかかった／上了圈套。

おとし・いれる［陥れる］（他下一）① 陷害，
坑害。△人を～／陷害人。② 攻克。△敵の陣
地を～／攻克敵人陣地。

おとしご［落し子］（名）① 私生子。② 遺留下
的惡果。△戦争の～／戰爭遺孤。

おとしだま［御年玉］（名）壓歲錢。

おとしぬし［落し主］（名）失主。△～をさが
す／尋找失主。

おとし・める［貶める］（他下一）貶，貶低。

おとしもの［落とし物］（名）失物。△～をす
る／丟東西。△～を拾う／拾到失物。

おと・す［落す］（他五）① 扔下。△橋の上か
ら石を～／從橋上扔石頭。△爆弾を～／扔炸
彈。② 去掉，弄掉。△垢を～／去掉污垢。△茶
碗を～して割ってしまった／把茶碗摔碎了。
③ 漏掉。△一字を～した／漏掉一個字。④ 丟
失。△万年筆を～した／丟了鋼筆。⑤ 降低。
△声を～／放低聲音。△速力を～／減低速度。
⑥ 攻陷。△敵陣を～／攻下敵陣。⑦ 淘汰。
△志願者を～／淘汰報名者。

おど・す［脅す・威す・嚇す］（他五）嚇唬，恐
嚇，威脅。△～したりすかしたりする／威逼
利誘。→脅迫

おとずれ［訪れ］（名）來臨，訪問。△春の～を
待つ／等待春天的來臨。△友人の～／友人的
來訪。

おとず・れる［訪れる］（自下一）① 拜訪，訪
問。△友人を～／拜訪朋友。△中国を～／訪
問中國。② 到來，來臨。△まもなく春が～／
春天即將到來。

おとつい［一昨日］（名）⇨おととい

おととい［一昨日］（名）前天。

おととし［一昨年］（名）前年。

おとな［大人］（名）① 大人。△～になる／成
人。△～切符／大人票。② 懂事明理。△君の
方がぼくより～だ／你可比我懂事明理。

おとな・う［訪う］（自他五）〈文〉拜訪，訪問。
→おとずれる

おとなげな・い［大人気無い］（形）不像大人
樣，孩子氣。

おとなし・い［大人しい］（形）① 老實，温順。
△～子供／老實的孩子。△～く座っていなさ
い／給我乖乖地坐着。② 素，素淨。△～色／
顏色素。△～柄／花樣素淨。

おとな・びる［大人びる］（自上一）有大人氣。
△～びた口のきき方をする／説話像大人似的。

お
オ

おとにきく［音に聞く］(連語) 有名，聞名。

オドハンド［odd hand］(名) 臨時工。

おとひめ［乙姫］(名)(神話故事中的) 龍宮仙女。

おとめ［乙女］(名) 少女，姑娘。

オドメーター［odometer］(名)(汽車等的) 里程表，計程儀。

おとも［御供］(名・自サ) ① 陪伴。△途中まで～しましょう／我來陪您一段路。② 接送客人的汽車。

おどら・す［躍す］(他五) 使跳動。△喜びに胸を～／興高采烈。→躍らせる

おどら・す［踊らす］(他五) 操縱 (人)。

おどら・せる［躍らせる］(他下一) ⇨おどらす

おとり［囮］(名) ① 囮子，游子，鳥媒。② 誘餌。

おどり［踊り］(名) 舞蹈。△～を踊る／跳舞。

おどりあが・る［躍り上がる］(自五) 蹦起來，跳起來。

おどりかか・る［躍り懸かる・踊り懸かる］(自五) 撲上去，猛撲過去。

おどりこ［踊り子］(名) ① 舞女。②〈俗〉凶門。→ひよめき

おどりこ・む［躍り込む］(自五) ① 闖進。△敵陣に～／衝入敵陣。② 跳入。△水に～／跳入水中。

おどりじ［踊り字］(名) 重複字符號，疊字符號。

おどりだ・す［踊り出す］(自五) ① 開始跳 (舞)。② 登場。△政治の表舞台に～／登上政治舞台。

おどり・でる［踊り出る］(自下一) ① 舞着出場。② 躍進。△一躍トップに～／一躍而名列第一。

おどりば［踊り場］(名) ① 樓梯平台。② 舞場，跳舞的場地。

おと・る［劣る］(自五) 劣，差，次。△品質が～／質量差。△負けず～らず／不相上下。△まさるとも～らぬ／有過之而無不及。

おど・る［踊る］(自五) ① 跳舞。② 受人操縱。△黒幕に～らされる／被人幕後操縱。

おど・る［躍る］(自五) ① 跳躍。△胸が～／心情激動。△馬が～／馬蹦跳。② 亂。△字が～っている／字寫得歪歪扭扭。

おどろ［棘］(名) ① 叢生的雜草。② 亂蓬蓬的頭髮。

おとろえ［衰え］(名) 衰弱，減弱。

おとろ・える［衰える］(自下一) 衰弱，衰退，減退。△体力が～／體力衰弱。△記憶力が～／記憶力減退。

おどろか・す［驚かす］(他五) 嚇，使人吃驚。△君をあっと～ことがある／有件事會使你大吃一驚。

おどろき［驚き］(名) ① 驚，驚訝。△～の声をあげる／驚叫。②〈俗〉令人吃驚的事。

おどろ・く［驚く］(自五) ① 吃驚，驚恐。△～べき事件／駭人聽聞的事件。② 驚奇。△～に当らない／不值得大驚小怪。③ 出乎意料。△これは～いた／這可真沒想到。

おないどし［同い年］(名) 同歲。△僕と君とは～だ／我和你同歲。

おなか［御中・御腹］(名) 肚子。

おながれ［御流水］(名) 中止，告吹。△計画が～になる／計劃流產。△試合が～になる／比賽中止。

おなぐさみ［御慰み］(名) ① 逗趣兒。② 開心。△うまくいったら～だ／如果成功了，你倒可以開開心。

おなご［女子］(名) 女子，女孩子。

おなじ［同じ］I (形動) 一樣，同樣，相同。△～日の午後／當天下午。△～大きさに切る／切成一般大。II (副) 反正。△～行くなら早い方がいい／反正要走，早點為好。

おなじく［同じく］I (副) 一樣。△さっきと～処理してください／和剛才一樣處理。II (接助) 同一，相同。△二年一組，山田。～鈴木／二年一班，山田。同一班級鈴木。

おなじみ［御馴染］(名) 熟識，熟人。

オナニー［法 onanie］(名) 手淫。

おなみだ［御涙］(名) ① 眼淚。△～頂戴／令人傷感落淚 (的文藝作品)。② 微不足道。△～減税／微不足道的減稅。

おなら (名) 屁。

おなんどいろ［御納戸色］(名) 青灰色。

おに［鬼］I (名) ① 想像的頭上生角的食人怪物。② 冷酷無情的人。△仕事の～／只知道拼命幹活的人。△心を～にする／橫下一條心。③ 鬼魂。④ 捉迷藏遊戲蒙眼捉人者。II (造語) 冷酷嚴厲。△～監督／嚴厲的導演。△～課長／對下屬冷酷的科長。

オニオン［onion］(名) 洋葱，葱頭。

おにがでるかじゃがでるか［鬼が出るか蛇が出るか］(連語) 吉凶未卜。

おにがわら［鬼瓦］(名) 獸頭瓦。

おにぎり［御握り］(名) 飯糰子。

おにごっこ［鬼ごっこ］(名) 捉迷藏。

おににかなぼう［鬼に金棒］(連語) 如虎添翼。

おにのいぬまにせんたく［鬼の居ぬ間に洗濯］(連語) 閻王爺不在小鬼造反。

おにのかくらん［鬼の霍乱］(連語) 健康身體也有時害病。

おにのくびをとったよう［鬼の首を取ったよう］(連語) 十分得意。

おにのねんぶつ［鬼の念仏］(連語) 貓哭耗子假慈悲。

おにのめにもなみだ［鬼の目にも涙］(連語) 鐵石心腸也有慈祥的一面。

おにば［鬼歯］(名) 齙牙，虎牙。

おにばば［鬼婆］(名) 狠毒的老太婆。

おにび［鬼火］(名) 鬼火。

おにもじゅうはち（ばんちゃもでばな）［鬼も十八（番茶も出花）］(連語) 十七八無醜女。

おにもつ［御荷物］(名) (一個組織中) 多餘的廢物。

おにをすにしてくう［鬼を酢にして食う］(連語) 天不怕地不怕。

おね［尾根］（名）山脊。△～伝いに歩く／沿着山脊走。

おねじ［雄螺旋］（名）螺栓。↔めねじ

おねしょ（名・自サ）尿牀。

おねば［御粘］（婦女用語）米湯。

おの［斧］（名）斧子。

おのおの［各・各各］（名・副）各，各自。△人には～長所短所がある／人各有其長處和短處。△水は～自分で用意して下さい／水要各自準備。

おのずから［自ずから］（副）自然而然地。△よく読めば意味は～分るはずだ／只要細讀，意思自然會明白的。

おのずと［自ずと］（副）自然而然地。→おのずから

おのの・く［戦く］（自五）發抖，打顫。△寒さに～／冷得打顫。△不安に～／惶惶不安。

おのぼりさん［御上りさん］（名）進城遊覽的（鄉下人）。

オノマトピーア［onomatopoeia］（名）① 象聲詞。② 擬音。

おのれ［己］Ⅰ（名）本人，自己。△～の本分／自己的本分。△～を知る／自知。Ⅱ（代名）① 我。② 你。

おば［伯母・叔母］（名）伯母，姑母，嬸母，姨母，舅母。

おばあさん［御祖母さん］（名）祖母，外祖母。

おばあさん［御婆さん］（名）老奶奶，老婆婆，老大娘。

オパール［opal］（名）蛋白石。

おはうちからす［尾羽打ち枯らす］（連語）窮困潦倒。

おはぎ［御萩］（名）豆沙糯米飯糰。

おばけ［御化け］（名）鬼怪，妖精。△～屋敷／凶宅。

おはこ［十八番］（名）拿手。△～の料理／拿手的菜。△～の手品をする／表演拿手的戲法。

おばさん［小母さん］（名）① 大嬸，大娘。② "おば" 的敬稱。

おはじき［御弾き］（名）（遊戲）彈玻璃球。

おはち［御鉢］（名）飯桶，裝飯的容器。△～がからになった／飯桶空了。

おはちがまわってくる［御鉢が回ってくる］（連語）班兒輪到了。

おはつ［御初］（名）初次，頭一次。△～にお目にかかります／初次見面。

おばな［尾花］（名）〈植物〉芒。

おばな［雄花］（名）〈植物〉雄花。↔めばな

おはなばたけ［御花畑］（名）百花盛開的高山地帶。

おはやし［御囃子］（名）⇨はやし

おはよう［御早う］（感）早安，您早。

おはらいばこ［御払い箱］（名）① 解僱，免職。△～になる／被解僱。② 廢物。△古くなったセーターを～にする／把穿舊了的毛衣扔掉。

おはり［御針］（名）針線活。

オバリウム［ovarium］（名）〈醫〉卵巢。

おはりこ［御針子］（名）縫紉女工。

おび［帯］（名）和服衣帯。△～を結ぶ／結帯子。△～をとく／解帯子。

オピアム［opium］（名）鴉片。

おび・える［怯える・脅える］（自下一）害怕，懼怕。△不安に～／惶惶不安。→おののく

おびがね［帯金］（名）① 鐵箍，金屬箍。②（刀劍鞘上的）刀環。

おびかわ［帯革・帯皮］（名）① 皮帯，腰帯。→バンド ② 傳動皮帯。→ベルト

おびきだ・す［誘き出す］（他五）騙出來，誘出來。△～の計／調虎離山計。

おびきよ・せる［誘き寄せる］（他下一）誘到近處。△敵を近くまで～／誘敵到近處。

おびグラフ［帯グラフ］（名）柱狀（直綫）圖表。

おひさま［御日様］（名）太陽，日頭爺。

おひざもと［御膝下］（名）① 貴人的住處，貴人的身旁。② 天子或將軍的住地，帝都。

おびじめ［帯締め］（名）女和服衣帯上用的絲帯。→おびどめ

おひたし［御浸し］（名）涼拌青菜。

おびただし・い［夥しい］（形）① 很多，眾多。△～人出／人非常多。② 厲害，激烈。△～さわぎ／大風波。△きたないこと～／髒得厲害。

おびどめ［帯留め・帯止め］（名）（女和服帯上裝飾用的）帯扣。→おびじめ

おひとよし［御人好し］（名・形動）老好人，老實頭。

おびにみじかしたすきにながし［帯に短し襷に長し］（連語）高不成低不就。

おびのこ［帯鋸］（名）帯鋸。△～身／帯鋸條。

おびふう［帯封］（名）郵寄報紙、雜誌時捆綁用的紙帯。

おひや［御冷や］（名）涼水。

おびやか・す［脅かす］（他五）威脅。△国家の安全が～される／國家的安全受到威脅。△生命を～／威脅生命。

おひゃくどをふむ［御百度を踏む］（連語）① 拜廟一百次。② 多次央求。

おびょう［大鮃］（名）〈動〉大鮃魚。

おひらき［御開き］（名）（宴會、慶祝儀式等）結束，閉幕。△～にする／結束。

お・びる［帯びる］（他上一）① 佩帯。△剣を～／佩劍。② 肩負。△使命を～／負有使命。③ 帯，透。△赤みを～た紫／紅紫色。

おびれ［尾鰭］（名）尾鰭。

おひれをつける［尾鰭をつける］（連語）添枝加葉。△～けてしゃべる／添枝加葉地説。

おひろめ［御披露目］（名）宣佈，發表。→披露

オフ［off］（名）①（電門等）拉開，關閉。△電源を～にする／關閉電源。②（"シーズンオフ" 的略語）過時。

オファーシート［offer sheet］（名）〈經〉報價單。

オフィサー［officer］（名）① 軍官，將校，高級船員。② 政府職員，執行員。

オフィシアル［official］① 正式的。官方的。② 官員。公務員。

お
オ

オフィシャルサイト [official site]（名）〈IT〉官方網站。

オフィシャルスポンサー [official sponsor]（名）〈體〉官方贊助商。

オフィス [office]（名）辦公室，辦事處。

オフィスアワー [office hours]（名）辦公時間，工作時間，營業時間。

オフィスオートメーション [OA (office automation)]（名）〈IT〉事務自動化，辦公自動化。

オフィスガール [office girl]（名）女辦事員。→ OL

オフィスコンピューター [office computer]（名）（簡稱"オフコン"）〈IT〉辦公用電腦。

オフィスデスク [office desk]（名）辦公桌。

オフィスラブ [office love]（名）公司内戀愛。

オフィスレディー [office lady]（名）女職員，OL。

オフィスワイフ [office wife]（名）女秘書。

おぶ・う [負う]（他五）〈俗〉揹。△子供を～／揹小孩。→おう

オフェンス [offense]（名）〈體〉進攻，攻擊。↔ ディフェンス

オフかい [オフ会]（名）〈俗〉網友見面會。

おふくろ [御袋]（名）母親，娘。↔ おやじ

オフコース [of course]（名）當然。

オフコン（名）辦公用計算機。（"オフィスコンピューター"的略稱）

オブザーバー [observer]（名）觀察員，列席代表。

オフサイド [off side]（名）〈足球〉越位。

オフザジョブトレーニング [off-the-job training]（名）脱産培訓（Off-JT）。↔ オンザジョブトレーニング

おぶさ・る [負ぶさる]（自五）① 被…揹着。△子供は母に～って眠ってしまった／孩子叫母親揹着睡着了。② 依靠。△生活費を兄に～／生活費依靠哥哥。

オフシーズン [off-season]（名）淡季，過時，不合時令，不盛行，不流行。

オブジェ [法 objet]（名）〈美術〉題材作品。

オブジェクション [objection]（名）反對，異議，不服。

オプション [option]（名）① 選擇，取捨。②〈經〉暫定訂貨。③〈經〉期權。△～取引／期權交易。

オブストラクション [obstruction]（名）① 阻礙，妨礙。②〈體〉阻擋犯規。③ 阻撓議事，阻撓。

オフセット [offset]（名）膠印。

おふだ [御札]（名）護符，護身符。

オフタイム [off time]（名）① 八小時之外，下班時間。② 淡季。

おぶつ [汚物]（名）污物。

オプティカルアート [optical art]（名）歐普藝術，利用幾何學構圖產生錯視效果的抽象藝術。

オプティカルファイバー [optical glass fiber]（名）光導纖維。

オプティシャン [optician]（名）① 眼鏡店。②

驗光師。

オプティマル [optimal]（ダナ）最好的，做適合的。

オプティマルヘルス [optimal health]（名）最好的健康狀態。

オプティミズム [optimism]（名）樂觀主義。↔ ペシミズム

オプトメトリスト [optometrist]（名）視力矯正師，視力眼科專家。

オフバランス [off-balance]（造語）不平衡的，不穩定的。

オフピーク [off-peak]（名）非高峰時間，錯峰上下班。

オブラート [德 oblate]（名）糯米紙。△～で薬を包む／用糯米紙包藥。

オフライン [off line]（名）〈IT〉離綫，脱機，下綫。↔ オンライン

オブリゲーション [obligation]（名）義務，責任，債務。

オフリミット [off-limits]（名）禁止入内。↔ オンリミット

おふる [お古]（名）舊東西。

おふれ [御触れ]（名）告示，佈告。

オフレコ [off the record]（名）不得發表。△～談話／不得發表的談話。

オフロード [off-road]（名）① 沒有鋪裝的路。② 田野或海濱沙灘等。

おべっか（名）〈俗〉奉承，拍馬。△～を使う／拍馬屁，獻慇懃。

オペック [OPEC]（名）歐佩克。

オペラ [意 opera]（名）歌劇。

オペラグラス [opera glasses]（名）看戲用小型望遠鏡。

オペラコミック [opera comique]（名）喜歌劇。

オベリスク [法 obélisque]（名）（埃及的）方尖塔。

オペレーション [operation]（名）〈經〉投機買賣。

オペレーター [operator]（名）〈經〉① 經紀人。② 海運業者。③ 工廠主，經營者。

オペレッタ [意 operetta]（名）小歌劇。

おぺんちゃら（名）〈俗〉奉承話。△～を言う／説奉承話。→おべっか

おぼえ [覚え]（名）① 記憶。△～がよい／記性好。△顔に～がある／見過面。△身に～がある／經歷過。於心有愧。② 自信。△腕に～がある／有把握。③ 感覺。△足がしびれて、～がない／腳麻了，失去感覺。④ 信任。△主人の～がめでたい／很受東家的器重。⑤ 記錄。

おぼえがき [覚え書き]（名）① 記錄。② 備忘錄。

おぼえず [覚えず]（副）無意中，不知不覺中。→おもわず

おぼ・える [覚える]（他下一）① 感覺。△寒さを～／覺得冷。② 記住。△単語を～／記單詞。③ 學會，掌握。△自動車の運転を～えた／學會開汽車了。

おぼこ [未通女]（名）天真的。△～娘／天真的

女孩。

おぼし・い [思しい] (形) (用 "…と～" 的形式) 可能是, 像似。△ A 氏と～人物を見た／看見了像 A 氏的人。

オポジション [opposition] (名) ① 反對, 對抗, 敵對。② 在野黨。

おぼしめし [思し召し] (名) 〈敬〉① 想法。心意。②(對異性) 有意。△彼は彼女に～があるらしい／他似乎對她有意。

おぼしめ・す [思し召す] (他五) (敬) 想, 認為。

オポチュニスト [opportunist] (名) 機會主義者。

おぼつかな・い [覚束ない] (形) 靠不住。△彼の保証では～／單憑他作保靠不住。△～天気だ／靠不住的天氣。

おぼ・れる [溺れる] (自下一) ① 溺水, 溺死。② 沉溺, 沉迷。△酒色に～／耽於酒色。

おぼれるものはわらをもつかむ [溺れる者は藁をも摑む] (連語) 急不暇擇。

おぼろ [朧] (形動) 朦朧, 隱約。△～月夜／朦朧月夜。△～な人の影／隱隱約約的人影。

おぼろげ [朧気] (形動) 模糊。△幼い時のことは～ながら覚えている／幼年時的事情還模模糊糊地記得。→ぼんやり

おぼろつきよ [朧月夜] (名) 月色朦朧的夜晚。

おぼん [御盆] (名) 盂蘭盆會。

おまえ [御前] (代) 你 (對晚輩)。△～手伝っておやり／你幫他一把。

おまけ [御負け] (名) ① 減價。△百円の～／減價一百日圓。② 贈品, 饒頭。

おまけに (接) 而且, 再加上。△ころんで～足を折った／不但摔倒了, 還把腿摔折了。

おまちどおさま [御待ち遠様] (感) 讓您久等了。

おまつり [御祭] (名) ① ⇨まつり。② 釣魚綫和別人的攪到一起。

おまつり [お祭り] (名) 〈經〉交易會, 集市。

おまつりさわぎ [御祭り騒ぎ] (名) ① 廟會的嘈雜聲。② 亂吵亂鬧。

おまもり [御守り] (名) 護符, 護身符。

おまる [御虎子] (名) 便盆。

おまわり [御巡り] (名) 巡警, 警察。△～さん／警察。

おみおつけ [御御御付] (名) →みそしる

おみき [御神酒] (名) ① 供神的酒。△～を供える／供上敬神酒。② 〈俗〉酒。△～が少し入っている／灌了點酒。

おみくじ [御神籤] (名) 籤。△～をひく／求籤。

おみこし [御神輿] (名) 神輿。

おみこしをあげる [御神輿を上げる] (連語) 好容易站起來了。

おみずとり [御水取り] (名) (日本奈良東大寺的) 打水儀式。

おみそれ [御見逸れ] (名・他サ) ① 沒認出來。△～する所でした／差一點沒認出你來。② 小看了你。△お見事な腕前, ～いたしました／好本領！我真是有眼不識泰山。

オミット [omit] (名・他サ) 省略, 取消, 除掉。△反則で～される／因犯規罰下場。

おみなえし [女郎花] (名) 〈植物〉敗醬, 黃花龍牙。

おむすび [御結び] (名) 飯糰子。

おむつ [御襁褓] (名) 尿布。△～をあてる／墊尿布。△～カバー／尿布外套。

オムニバス [omnibus] (名) 短篇文集。△～映画／組合電影。

オムレツ [法 omelette] (名) 洋葱肉末軟煎蛋。

おめい [汚名] (名) 壞名聲。△～を雪ぐ／洗刷壞名聲。

おめおめ (副) 恬不知恥, 厚着臉皮。△～帰れない／沒臉回來 (去)。

オメガ [Ω・ω] (名) 最後, 末尾。△アルフアから～まで／從頭到尾。↔ アルフア

おめかし [御粧し] (名・自サ) 打扮。

おめがねにかなう [御眼鏡に適う] (連語) 受賞識。

おめし [御召し] (名) ① ("呼ぶ・招く乗る・着る" 的敬語) 呼喚, 乘, 坐, 穿。△着物を～になる／穿衣服。② 衣服。

おめずおくせず [怖めず臆せず] (連語) 毫不畏懼。△～意見を述べる／毫不畏懼地陳述意見。

おめだま [御目玉] (名) 挨説, 受申斥。△～を食う／挨説, 受申斥。

おめでた [御目出度] (名) 喜事。△お宅では～がおありだそうですね／聽説您家裏有喜事。△彼の奥さんは～だそうだ／聽説他夫人有喜了。

おめでたい [御目出度い] (形) ① →めでたい ② 過於老實, 實心眼。△あいつを信じるなんてきみも～ね／相信他那種人, 你也過於天真了。

おめでとう [御目出度う] (感) 恭喜。△新年～／新年好！△合格したそうで～／恭喜你考中了！

おめにかかる [御目に掛かる] (連語) (謙) 拜見, 會面。→お会いする

おめにかける [御目に掛ける] (連語) (謙) 給人看。→おみせする, ごらんに入れる

おめみえ [御目見得] (名・自サ) ① (演員) 初次亮相。② (商品) 初次上市。

おも [面] (名) 表面。△池の～／水池表面。

おもい [思い] (名) ① 想, 思考。△～をこらす／凝思, 苦思。△～にふける／沉思。② 希望, 願望。△～がかなう／如願, 遂心。△～のままにならぬ／不如願。③ 設想。△～もよらぬ／出乎意料。④ 愛慕。△～をよせる／有意, 愛上。⑤ 擔心, 不安。△～に沈む／憂愁。⑥ 仇恨。△～を晴す／雪恨。

おも・い [重い] (形) ① 重, 沉。△～物／重物。△足が～／腿沉。△口が～／不愛講話。② 嚴重。△病気が～くなる／病重了。③ 重大。△責任が～／責任重大。△私には荷が～すぎる／對我來説擔子太重。

おもいあが・る [思い上がる] (自五) 自命不凡, 狂妄。

おもいあた・る [思い当たる] (自五) 想起, 想到。△事件の原因については～ふしがある/關於事件的起因我想到一些情節。

おもいあま・る [思い余る] (自五) 拿不定主意。

おもいあわ・せる [思い合わせる] (他下一) 聯繫起來想。

おもいいた・る [思い至る] (自五) 想來想去最後想到。

おもいいれ [思い入れ] (名) ① 深思。② 〈劇〉沉思的表情。

おもいうか・べる [思い浮かべる] (他下一) 想起, 浮現在腦海。

おもいえが・く [思い描く] (他五) 想像。

おもいおこ・す [思い起こす] (他五) 想起。 →思い出す

おもいおもい [思い思い] (副) 各隨己意。△兄弟はそれぞれ～に自分の道を歩んだ/兄弟各走各的路。

おもいかえ・す [思い返す] (他五) ① 回想。② 重新考慮。→思いなおす

おもいがけず [思いがけず] (副) 沒想到。△～町で旧友に会った/沒想到在街上遇到了老朋友。

おもいがけな・い [思い掛けない] (形) 出乎意料, 沒想到。△～収穫/意想不到的收穫。 →予想外, 意外

おもいきった [思い切った] (連體) 果断的。△～ことをする/敢想敢幹。△～措置/快刀斬亂麻。

おもいきって [思い切って] (連語) 下決心, 断然。△～会社をやめた/一狠心辭掉了公司的工作。

おもいきり [思い切り] Ⅰ (名) 断念。△～の悪い男だ/想不開的人。Ⅱ (副) 盡情, 充分地。△～歌う/盡情歌唱。△夏休には～遊ぼう/暑假玩個痛快。

おもいき・る [思い切る] Ⅰ (他五) 断念, 死心。△～れない/想不開, 不死心。Ⅱ (自五) 決心。

おもいこ・む [思い込む] (他五) ① 深信不疑。△うそを本当と～/把謊話當真。② 認定, 拿定主意。△こうと～んざらてこでもうごかない/認準一條道老牛也拉不回來。

おもいしら・せる [思い知らせる] (他下一) 讓…知道 (明白)。△きっと～せてやるぞ/一定要教訓教訓他。

おもいし・る [思い知る] (他五) 體會到, 領會到。△自分の無力さをいやといろほど～た/痛感自己的力量不足。

おもいすごし [思い過し] (名) 過慮。△私は～をしていたようだ/看來我過慮了。

おもいだしたように [思出したように] (連語) 抽冷子想起來似的, 心血來潮。△彼は思いだしたように勉強する人だ/他這人是一時高

興就學習一下。他學習沒長性。△思いだしたように雨が降りだした/雨說下就下起來了。

おもいだ・す [思い出す] (他五) 想起來。△おおそれご～した/啊, 我想起來了。△その人の名前が～せない/想不起那人的名字。

おもいた・つ [思い立つ] (他五) 起…念頭。△～ったらすぐ実行にうつす/說做就做。△～日が吉日/哪天想幹, 哪天就是吉日。

おもいちがい [思い違い] (名・他サ) 想錯, 誤會。

おもいつき [思い付き] (名) 偶然想起的打算, 靈機一動。

おもいつ・く [思い付く] (他五) 想到, 想出。△新しい案を～いた/想出了新的辦法。△～いたことを 2、3 申し上げます/把幾件臨時想到的事說一說。

おもいつ・める [思い詰める] (他下一) 想不開。△～めて自殺する/想不開尋短見。

おもいで [思い出] (名) 回憶, 回想。△北京の～をつづる/寫北京的回憶。

おもいとどま・る [思い止まる] (他五) 打消念頭。

おもいなお・す [思い直す] (他五) 重新考慮。

おもいなし [思い做し] (名) 主觀的印象。△彼女は最近～か痩せたようだ/她近來似乎有點瘦了。

おもいのほか [思の外] (連語) 意外, 出乎意料。

おもいもよらず [思いも寄らず] (連語) 出乎意料。

おもいもよらぬ [思いも寄らぬ] (連語) 出乎意料, 萬沒想到。

おもいやり [思い遣り] (名) 關懷, 體諒。

おもいや・る [思い遣る] (他五) ① 體諒, 不難想像。△人の難儀を～/體諒別人的困難。② 繫念。△アメリカにいる子供のことを～/想到遠在美國的孩子。③ (用 "～られる" 形式) 擔憂。△先が～られる/前途不堪設想。

おもいをよせる [思いを寄せる] (連語) 對…有意, 愛上。

おも・う [思う] (他五) ① 想。△わたしはこう～/我是這麼想的。△夢にも～わなかった/做夢都沒想到。② 認為。△私は彼が間違っていると～/我認為是他錯了。③ 感覺。△さびしく～/感到寂寞。④ 想像。△～ったより軽い/比原來估計的輕。⑤ 思念, 掛念。△母国を～/懷念祖國。⑥ 希望。△～にまかせない/不能隨心如意。

おもうぞんぶん [思う存分] (副) 盡情, 盡興。△～腕をふるう/大顯身手。

おもうつぼ [思う壺] (名) 預料。△～にはまる/正中下懷。

おもうに [思うに] (副) 惟, 蓋, 想來…。

おも・える [思える] (自下一) 可以那樣想。△かならず来るように～/估計一定能來。

おもおもし・い [重重しい] (形) 嚴肅, 莊重。△～口調で話す/用嚴肅的口氣說。 ↔ かるが

るしい

おもかげ［面影］（名）（留在記憶中的）影子，面貌。△子供のころの～が残っている／還有小時候的模様。△昔の～はない／已無昔日風貌。

おもかじ［面舵］（名）右舷。△～いっぱい／右舵！

おもき［重き］（名）重要。△～をなす／居重要地位。有分量。

おもくるし・い［重苦しい］（形）沉悶，鬱悶。△気分が～／心情鬱悶。△～空気／沉悶的氣氛。

おもさ［重さ］（名）① 重量。△～をはかる／稱重量。② 重大。△責任の～／責任的重大。③〈理〉重力。

おもざし［面差し］（名）面龐。相貌。△～が祖父によく似ている／相貌很像祖父。

おもし［重石］（名）① 壓物石。② 秤砣，砝碼。③ 威嚴，尊嚴。

おもしろ・い［面白い］（形）① 有趣。△この～映画／有意思的電影。↔ つまらない ② 滑稽。△～顔つき／滑稽相。↔ つまらない ③ 愉快。△一日～く遊んだ／痛快地玩了一天。

おもた・い［重たい］（形）重，沉重。△～荷物／沉重的行李。

おもだ・つ［主立つ・重立つ］（自五）主要。△～った人／主要人物。→主要

おもちゃ（名）玩具。△～屋／玩具店。

おもちゃにする（連語）玩弄。

おもて［表］（名）① 表面，正面。△封筒の～に宛名を書く／把收信人姓名寫在封皮正面。△～の入口／正門。△着物の～／衣服面。↔ うら ② 外表。△～の理由／表面上的理由。③ 戶外，室外。

おもて［面］（名）① 臉。△～を伏せる／低下頭。△～を上げる／仰起臉。② 表面。△海の～／海面。

おもてかいどう［表街道］（名）主幹道。↔ 裏街道

おもてがき［表書き］（名）（信封等上面）寫的地址，姓名等。

おもてかた［表方］（名）（劇院等的）前台工作人員。

おもてかんばん［表看板］（名）招牌，幌子，表面的名義。

おもてさく［表作］（名）頭茬作物。△～は水稲で裏作は大麦だ／頭茬是水稲，二茬是大麦。↔ うら作

おもてざた［表沙汰］（名）① 公開化。△事が～になる／事情公開了。② 起訴。△～にする／打官司。

おもてだ・つ［表立つ］（自五）① 公開。△～って反対はしない／不公開反對。△～たないようにする／掩蓋起來。↔ 表ざたになる

おもてにほん［表日本］（名）日本本州面向太平洋的地帶。→裏日本

おもてむき［表向き］（名）① 公開，正式。△～にする／公開發表。② 表面上。△～の理由／表面上的理由。

おもてもん［表門］（名）正門。↔ 裏門

おもと［万年青］（名）〈植物〉萬年青。

おもな［主な］（連體）主要的。△～人物／主要人物。△～産業／主要産業。

おもなが［面長］（名・形動）長臉。

おもに［主に］（副）主要是。△～中国と取引をしている／主要是跟中國交易。

おもに［重荷］（名）重擔，負擔。△～をせおう／挑重擔。△～になる／成為負擔。→負担

おもにをおろす［重荷を降す］（連語）卸掉重擔，卸包袱。

おもね・る［阿る］（自五）阿諛奉承。

おもはゆ・い［面映ゆい］（形）不好意思。→てれくさい

おもみ［重み］（名）重量，分量。△～のあることば／有分量的話。

おもむき［趣き］（名）① 情趣。△～のある庭／雅致的庭園。△～のない文章／毫無情趣的文章。② 風格。風格不同。△～を異にする ③ 意思，内容。△お手紙の～承知しました／來函内情盡悉。

おもむ・く［趣く・赴く］（自五）① 赴，往。△単身任地へ～／單身上任。② 趨向。△病気が快方に～／病情日見好轉。

おもむろに［徐に］（副）徐徐地，慢慢地。△～立ちあがる／慢慢地站起來。△～口をひらく／慢慢地開口。

おももち［面持ち］（名）神色，表情。

おもや［母屋・母家］（名）正房，正屋。

おもやつれ［面やつれ］（名・自サ）面黄肌痩。

おもゆ［重湯］（名）煮得很爛的稀粥。→おかゆ

おもり［重り・錘］（名）① 鉛墜，沉子。△釣糸に～をつける／往釣魚線上安鉛墜。② 秤砣。

おもわく［思惑］（名）① 打算，意圖。△政治な～／政治意圖。△～がはずれる／打算落空。② 別人的評論。△人の～をかまわない／不顧別人的評論。

おもわし・い［思わしい］（形）如意。△～仕事／如意的工作。△病気が～くない／病不怎麼好。

おもわず［思わず］（副）不由得，不知不覺地。

おもわずしらず［思わず知らず］（連語）⇨おもわず

おもわせぶり［思わせ振り］（名・形動）裝模作様，作態，賣關子。△～な言い方／話裏有話。△～な女／喜歡賣弄的女人。

おもん・じる［重んじる］（他上一）注重，重視。△礼儀を～／注重禮節。△調査研究を～／重調査研究。↔ かろんじる

おもんずる［重んずる］（他サ）⇨おもんじる

おもんぱか・る［慮る］（他五）考慮，深思熟慮。△細かい点まで～／細細考慮。→熟慮する

おや［親］（名）① 父母，雙親。△生みの～／生身父母。↔ 子 ② 總根。△里芋の～／芋頭的

主根。③ 莊家。△今度は私が～だ／這次該我坐莊。④ 祖先。

おや〔感〕唷，喲。△～，あなたでしたか／哎唷，敢情是你呀！

おやがいしゃ〔親会社〕(名) 母公司。↔ こがいしゃ

おやがかり〔親掛り〕(名) 依靠父母的生活。

おやかた〔親方〕(名) 師傅。△大工の～／木匠師傅。

おやかたひのまる〔親方日の丸〕(連語) 官方有政府做後盾財大氣粗。

おやこ〔親子〕(名)① 父母和子女。② 雙聯。△～電話／(同號) 雙機電話。

おやこうこう〔親孝行〕(名・自サ・形動) 孝順父母。↔ 親不孝

おやこがいしゃ〔親子会社〕(名)〈經〉母子公司。

おやごころ〔親心〕(名) 父母心。

おやじ〔親父〕(名)① 父親，老子。② 老板，掌櫃。

おやしお〔新潮〕(名) ⇨ちしまかいりゅう

おやしらず〔親知らず〕(名)① 不知父母 (的兒童)。② 智齒。

おやす・い〔御安い〕(形)① 容易。△～御用だ／那太簡單了。② (男女) 關係不一般。

おやだま〔親玉〕(名) 頭目，首領。

おやつ〔御やつ〕(名) 間食，點心。

おやのこころこしらず〔親の心子知らず〕(連語) 兒女不知父母心。

おやのすねをかじる〔親の脛を嚙る〕(連語) 成人後靠父母養活。

おやのひかりはななひかり〔親の光は七光〕(連語) 沾父母的光。

おやばか〔親馬鹿〕(名) 糊塗父母。

おやばしら〔親柱〕(名) (欄杆兩端的) 大柱，粗柱。

おやふこう〔親不孝〕(形動・自サ) 不孝。

おやぶん〔親分〕(名) 首領，頭目。→かしら ↔ 子分

おやま〔女形〕(名) (歌舞伎) 扮演女角的男演員。

おやまのたいしょう〔御山の大将〕(連語) 稱王稱霸的人。

おやみ〔小止み〕(名) (雨雪) 稍停。△雨が～なく降る／雨下個不停。

おやもと〔親元・親許〕(名) 老家。→実家

おやゆずり〔親譲り〕(名) 父母遺留的，父母遺傳的。

おやゆび〔親指〕(名) 拇指。

およ・ぐ〔泳ぐ〕(自五)① 游泳。△海で～／在海裏游泳。② 穿行。△人ごみの中を～／在人羣中穿行。③ 鑽營。△巧みに政界を～／巧妙地政界鑽營。

およそ〔凡そ〕Ⅰ(名) 大體，概略。△～の見当は付いた／大致有了眉目。Ⅱ(副)① 大約。△身長は～ 180 センチ／身高大約一米八。② 凡是。△～人として子を思わぬものはない／

凡是人沒有不惦念孩子的。③ 簡直，實在。△その本は～つまらない／那本書實在沒意思。

およばずながら〔及ばずながら〕(副) 雖然能力有限…。(客套話)

およばない〔及ばない〕(連語)① 不必。△わざわざ本人が来るには及ばない／不必本人特意來。② 不及。△足もとにもおよばない／望塵莫及。

および〔及び〕(接) 及，和。△東京、横浜～大阪の 3 大都市／東京横濱以及大阪三大都市。

およびごし〔及び腰〕(名)① 彎腰探身。② 縮手縮腳。

およびもつかない〔及びもつかない〕(連語) 比不上。

およ・ぶ〔及ぶ〕(自五)① 達到。△力の～かぎり／力所能及。△参観者は十万人に～んだ／參觀者達十萬人。② 臨到。△事ここに～では／事已至此…(用 "～ばない" 形式) ⇨ およばない

およぼ・す〔及ぼす〕(他五) 波及。△被害を～／災害波及到。

オラトリオ〔意 oratorio〕(名) 清唱劇。

オランウータン〔orang oetan〕(名)〈動〉猩猩。

オランダ〔葡 Olanda〕〈國名〉荷蘭。

おり〔折り〕(名)① ⇨おりばこ。② 時節，時機。△～を見て／找機會。△～にふれて／偶爾，有時。

おり〔澱〕(名) 沉澱物，沉渣。△～が出る／有沉澱物。△酒の～／酒底。

おり〔檻〕(名) 鐵欄，籠子。△虎の～／老虎籠子。

おりあい〔折り合い〕(名)① 關係。△～がよい／相處得好。△夫婦の～／夫妻關係。② 和解。△～がつく／和解。△～をつける／調停。

おりあ・う〔折り合う〕(自五) 妥協，讓步。△値段が～った／價錢講妥了。△誰とでも～っていく／跟誰都處得來。

おりあしく〔折悪しく〕(副) 不湊巧。→あいにく ↔ 折よく

おりいって〔折り入って〕(副) 懇切。△～お願いしたいことがあります／有件事要特別懇求你。

オリーブ〔olive〕(名)〈植物〉橄欖。

オリーブいろ〔オリーブ色〕(名) 橄欖色。

おりえり〔折襟〕(名) 翻領。

オリエンタリズム〔orientalism〕(名) 東方風格，東方色彩，東方情調。

オリエンテーション〔orientation〕(名) 入學教育，入廠教育。

オリエンテーリング〔orienteering〕(名)〈體〉越野識途比賽。

オリエント〔Orient〕(名) 東方，東洋。

おりおり〔折折〕Ⅰ(名) 應時。△四季～の果物／四季應時的水果。Ⅱ(副) 時常。△～見かけることがある／時常看到。

オリオンざ〔オリオン座〕(名)〈天〉獵戶座。

おりかえし〔折り返し〕Ⅰ(名)① 折。△ズボ

ンの〜がいたんだ／褲角破了。②折回。△マ
ラソンの〜地点／馬拉松賽的折回地點。△〜
の列車／返回的列車。II（副）立刻。△〜回答
があった／立刻得到回信。

おりかえ・す［折り返す］I（他五）摺疊。II
（自五）①折回。②反覆。△〜して５回練習
する／反覆練習五次。→くり返す

おりかさな・る［折り重なる］（自五）重疊，
一個壓一個。

おりがし［折り菓し］（名）盒裝糕點。

おりかばん［折り鞄］（名）摺疊式皮包，文件
皮包。

おりがみ［折り紙］（名）①摺紙。△〜をして
遊ぶ／摺紙玩。②保票。△〜をつける／打保
票。△〜付きの人／可靠的人。

おりから［折りから］（名・副）正當那時。△お
寒い〜お身体を大切に／時值嚴寒，請多保重。

おりくち［降り口］（名）下降口，（樓梯）口。
△地下鉄の〜／地鐵的入口。（也説おりぐち）

おりこみ［折り込み］（名）（往報紙、雜誌中）
夾入的附錄或傳單，廣告。

おりこ・む［折り込む］（他五）①摺入。△袖
口を５センチ〜／把袖口摺進五公分。②夾
入。△びらを新聞に〜／把傳單夾在報紙裏。

おりこ・む［織り込む］（他五）①織入。△金
糸を〜／織進金線。②穿插進。△話に〜／穿
插插談話中。△コストに〜／打入成本。

オリジナリティー［originality］（名）獨創性。

オリジナル［original］I（形動）獨創的。△当店
の〜製品／我店的獨創產品。II（名）原物，原
作，原畫。

オリジナルシナリオ［original scenario］（名）
〈影〉創作的劇本。

おりしも［折しも］（副）正當那時候。△〜雪が
降ってきた／恰在此時下起雪來了。

オリジン［origin］（名）起源。

おりだ・す［織り出す］（他五）織出。

おりたた・む［折り畳む］（他五）摺疊。△着
物を〜／疊衣服。

おりた・つ［降り立つ］（自五）下去，下來。
△駅のホームに〜／下到站台上。

おりちょう［折り帳］（名）簽字，署名，印鑒。

おりづめ［折り詰め］（名）盒裝食品。△〜のべ
んとう／盒飯。

おりど［折り戸］（名）摺疊門。

おりひめ［織り姫］（名）⇨しょくじょ

おりふし［折節］（名）I（名）季節。△〜の移
り変わり／季節的變化。II（副）偶而，有時。
△〜たよりがある／有時來信。

おりま・げる［折り曲げる］（他下一）弄彎。
△指を〜げて数える／屈指計算。

おりめ［折目］（名）①摺痕。△ズボンの〜／
褲綫。②（事物的）段落。△〜ただしい／有禮
貌。

おりめ［織目］（名）（紡織品的）密度。△〜が
粗い／織得很粗。

おりもの［織物］（名）紡織品。△〜業／紡織業。

おりよく［折よく］（副）恰好。△〜ご在宅でし
た／恰好在家。

お・りる［下りる・降りる］（自上一）①下，
降，階段を〜／下樓梯。△山を〜／下山。△幕
が〜／落幕。終了。↔ あがる，のぼる②下
車。△車を〜／下車。③退位，下野。△役
を〜／下野。↔ のぼる④發下來。△許可が〜
た／批下來了。⑤降（霜、露）。△露が〜／
下露水。

オリンピア［Olympia］〈地名〉奧林匹亞。

オリンピック［Olympics］（名）奧林匹克。

お・る［折る］（他五）①折斷。△枝を〜／折
樹枝。△骨を〜／費力，骨折。②疊。△真
中から２つに〜／從當中對摺。③彎。△腰
を〜／彎腰。△話の腰を〜／打斷別人的話。
△我を〜／屈從。

お・る［居る］（自五）（補動）⇨いる

お・る［織る］（他五）織。△はたを〜／織布。
△むしろを〜／編蓆子。→編む

オルガン［organ］（名）風琴。

オルグ［org］（名）組織（者）。

オルケスタ［西 orquesta］（名）管弦樂（隊）。

オルゴール［德 Orgel］（名）八音盒。

オルターナティブ［alternative］（名）兩者挑一
的，可供選擇的，替換物。（也作“オールター
ナティブ”）。

オルタナティブスクール［alternative school］
（名）自由學校，注重學生自主性的學校。→フ
リースクール。

おれ［俺］（代）俺，我。

おれい［御礼］（名）謝意，謝禮。△〜を言う／
道謝。△〜のしるしです，お受け取り下さい／
只是表示一點謝意，請收下。

オレオレさぎ［オレオレ詐欺］（名）（冒充對方
家人的）電話匯款詐騙。

おれせんグラフ［折れ線グラフ］（名）曲綫圖
（表）。

お・れる［折れる］（自下一）①摺。△紙の端
が〜れている／紙角摺了。②折斷。△釘が〜
れた／釘子折了。△骨が〜／費力。③彎曲。
△道が〜／路拐個大彎。④讓步。△先方も大
分〜れてきた／對方也做了很大讓步。

オレンジ［orange］（名）橙子，橘子。△〜色／
橙黃色。△〜ジュース／橘子汁。

オレンジデー［Orange Day］（名）（4 月 14 日，
在情人節和“白色情人節”之後，兩個人在此日
互贈橙色的禮物，確認彼此的愛情）橙色情人節。

おろか［疎か］（副）（用“…は〜”的形式）不用
説。△〜は〜子供にまで知っている／不要説
大人，連孩子都知道。

おろか［愚か］（形動）愚蠢。△〜な考え／愚蠢
的想法。△〜者／糊塗蟲。

おろし［下ろし］（名）①礤碎的（東西）。△〜
大根／礤碎的蘿蔔。②初次使用。△仕立
て〜／穿新衣服。

おろし［卸］（名）批發。△〜小売／批發零售。
△〜値／批發價。

おろしうり［卸し売り］(名・他サ) 批發。△〜市場／批發市場。

おろしうりぎょうしゃ［卸売業者］(名)〈經〉批發商。

おろしがね［下ろし金］(名) 礦牀。

おろししょう［卸商］(名) 批發商。

おろ・す［下ろす・降ろす］(他五)① 拿下，搬下，放下。△商品をたなから〜／從貨架上把商品拿下來。△2階からホルを〜／把桌子從二樓搬下來。△手を〜／放下手。② 卸下，取出。△トラックから荷を〜／從卡車上卸貨。△乗客を〜／讓乘客下車。△貯金を〜／提取存款。③ 降（職）。△ポストを〜／降職。④ 打下。△虫を〜／打蟲。△おなかの子を〜／打胎。⑤ 落。△髪を〜／落髪。△木の枝を〜／砍下樹枝。

おろ・す［下ろす・降ろす・卸す］(他五) 礦碎，切開。△大根を〜／礦蘿蔔絲。△アシを三枚に〜／把魚切成三片。

おろ・す［卸す］(他五) 批發。

おろそか［疎か］(形動) 馬虎。△仕事を〜にする／工作馬虎。△學業を〜にする／荒廢學業。

おろち［大蛇］(名) 蟒。→うわばみ

おろわろ (副・自サ)① 不知所措。② 抽抽嗒嗒。△〜（と）泣く／抽抽嗒嗒地哭。

おわい［汚穢］(名) 糞污。△〜を汲み取る／掏糞。

おわり［終わり］(名) 結束，終點，末了。△〜を告げる／告終，結束。△初めから〜まで／從頭到尾，自始至終。△3月の〜／三月底。

おわりね［終値］(名)〈經〉收盤價。

おわ・る［終わる］Ⅰ(自他五) 完了，結束。△会議は4時に〜／會議四點鐘結束。△これで私の講義を〜ります／我的課就講到這裏。

おをひく［尾を引く］(連語) 影響到以後。

おをふる［尾を振る］(連語) 搖尾巴。

おん［音］(名)① 響聲。② 發音。③ 音讀。△〜と訓／音讀和訓讀。

おん［恩］(名) 恩，恩情。△〜をうける／蒙受恩情。△〜に報いる／報恩。△〜を施す／施恩。

おん－［御］(接頭) 表示敬意。△厚く〜礼申上げます／致以深切的謝意。

おんいき［音域］(名) 音域。△テノールの〜／男高音的音域。

おんいん［音韻］(名) 音韻。△〜学／音韻學。△〜論／音韻論。

おんが［温雅］(形動) 温文爾雅。

おんかい［音階］(名)〈音〉音階。△長〜／大音階。

おんがえし［恩返し］(名・自サ) 報恩。

おんがく［音楽］(名) 音樂。△〜を聞く／聽音樂。

おんがくか［音楽家］(名) 音樂家。

おんがくかい［音楽会］(名) 音樂會。

おんがくはいしん［音楽配信］(名) 音樂發信。

おんかん［音感］(名) 音感。△絶対〜／絕對音感。

おんがん［温顔］(名) 和顔悦色。→温容

おんぎ［恩義］(名) 恩義。△〜を感じる／感恩。

おんきせがまし・い［恩着せがましい］(形) 叫人感恩領情的態度。

おんきゅう［恩給］(名) 養老金。

おんきょう［音響］(名) 音響。△〜効果／音響效果。

おんぎょく［音曲］(名) 日本曲藝、歌曲的總稱。

おんくん［音訓］(名)〈語〉音讀和訓讀。

おんけい［恩恵］(名) 恩惠。△〜を受ける／受恩。△文明の〜に浴する／受文明之惠。

おんけつどうぶつ［温血動物］(名) 温血動物。↔冷血動物

おんけん［穏健］(形動) 穩健。△〜派／穩健派。↔過激

おんこ［恩顧］(名) 關照。△人の〜を蒙る／受人關照。

おんこう［温厚］(形動) 温厚。△〜な人柄／為人温厚。

おんこちしん［温故知新］(名) 温故知新。

おんさ［音叉］(名) 音叉。

オンザジョブトレーニング［on-the-job training］(名) 在職培訓 (OJT)

オンザマーク［on the mark］(名)〈體〉各就各位。

おんし［恩師］(名) 老師，恩師。

おんし［恩賜］(名) 恩賜。

オンシーズン［on season］(名) 旺季，繁忙時期，賺錢時期。

おんしつ［温室］(名) 温室。△〜咲きの花／温室裏的花。△〜育ち／嬌生慣養。

おんしつ［音質］(名) 音質。

おんしつそだち［温室育ち］(名) 嬌生慣養。

おんしゃ［恩赦］(名)〈法〉大赦。△〜にあずかる／被大赦。

おんしゅう［恩讐］(名) 恩仇。△〜の彼方／不計較恩仇。

おんじゅう［温柔］(名・形動) 温柔。△〜な性質／温柔的性格。

おんじゅん［温順］(名・形動) 温順。△〜な性質／性情温順。

おんしょう［恩賞］(名) 賞賜，獎賞。△〜にあずかる／受到賞賜。

おんしょう［温床］(名) 温牀。△〜できゅうりの苗を育てる／在温牀培育黄瓜秧。△悪の〜／罪惡的温牀。

おんじょう［温情］(名) 温情。△〜あふれる言葉／充滿温情的話。△〜主義／温情主義。

おんしょく［音色］(名) 音色。→ねいろ

おんしらず［恩知らず］(名・形動) 忘恩負義。

おんしん［音信］(名) 音信。△〜がとだえる／斷了音信。△〜不通／不通音信。

おんじん［恩人］(名) 恩人。△命の〜／救命恩人。

おんしんふつう［音信不通］(名) 杳無音信，不通音信。

お

オ

オンス [ounce] (名・助数) 盎司。

おんすい [温水] (名) 温水。↔ 冷水

おんすうりつ [音数律] (名) (詩的) 音節數的格律。

おんせい [音声] (名) 語音。△～学／語音學。

おんせいチャット [音声チャット] (名) 〈IT〉語音聊天。

おんせつ [音節] (名) 音節。

おんせつもじ [音節文字] (名) 音節文字。

おんせん [温泉] (名) 温泉，温泉浴場。△～に入る／洗溫泉。↔ いでゆ

おんぞうし [御曹司・御曹子] (名) 公子。

おんそく [音速] (名) 音速。△超～ジェット機／超音速噴氣式飛機。

おんぞん [温存] (名・他サ) ① 保存。△主力部隊を～する／保存主力部隊。② 保温。

おんたい [温帯] (名) 温帯。

おんたいていきあつ [温帯低気圧] (名) 温帶低氣壓。

おんだん [温暖] (形動) 温暖。

おんだんぜんせん [温暖前線] (名) 〈氣象〉暖鋒，暖鋒面。↔ 寒冷前線

おんち [音痴] (名) ① 五音不全 (的人)。② 感覺遲鈍。△におい～／嗅覺不靈的人。

おんちゅう [御中] (名) 公啓。△日本国外務省／日本國外務省公啓。

おんちょう [音調] (名) ① 音調。② 語調。③ 聲調。

おんちょう [恩寵] (名) 恩寵。△～を受ける／受恩寵。

おんてい [音程] (名) 〈樂〉音程。△～が狂う／音程不對。

おんてん [恩典] (名) 恩典。△～浴する／蒙受恩典。

おんど [音頭] (名) ① 領唱 (的人)。② 起頭，發起。△乾杯の～を取る／提議乾杯。

おんど [温度] (名) 温度。

おんとう [穏当] (形動) 穏妥。△～な処置／穏妥的處理。△～な意見／穏妥的意見。

おんどく [音読] (名・他サ) ① 朗讀。② 音讀。↔ 訓読

おんどけい [温度計] (名) 温度計。

おんどり [雄鶏] (名) 公雞。△～が時をつくる／公雞報曉。

オンドル [温突] (名) 火炕。

おんとろうろう [音吐朗朗] (副) 聲音洪亮。

おんどをとる [音頭を取る] (連語) 起頭，帶頭。△万歳の～／領頭高呼萬歲。

おんな [女] (名) ① 女，女人。△～向きの品／婦女用品。② (女人的) 容貌。△いい～／長相好。③ 情婦。△～ができる／有情婦了。↔ 男

おんなあるじ [女主] (名) 女主人。

おんながた [女形] (名) ⇨おやま

おんなぎらい [女嫌い] (名) 嫌惡女人的男人。

おんなぐるい [女狂い] (名) 色鬼。

おんなけ [女気] (名) 有女人在場時的氣氛。

おんなじ [同じ] (形動) ⇨おなじ

おんなじょたい [女所帯・女世帯] (名) 只有女人的家庭。↔ 男所帯

おんなずき [女好き] (名) 好色。

おんなだてら [女だてら] (名) 不合女人身分。△～に大酒を飲む／一個女人家竟喝大酒。

おんなで [女手] (名) ① 婦女。△～の仕事／適於婦女做的工作。△～一つで五つの子を育てた／單憑一個女人撫養了五個孩子。↔ 男手 ② 女人的筆跡。

おんなでんか [女天下] (名) 老婆當家。

おんなゆ [女湯] (名) 女澡堂，女浴室。

おんならし・い [女らしい] (形) 符合女人特性。↔ 男らしい

おんにきせる [恩に着せる] (連語) (幫了一點兒小忙，自以為施了大恩) 要人家感恩戴德。

おんにきる [恩に着る] (連語) 感謝。

おんねん [怨念] (名) 怨恨。

おんぱ [音波] (名) 音波，聲波。

オンパレード [on parade] (名) ① 全體出演。② 大遊行。

おんびき [音引き] (名) 按音序查字。↔ かくびき

おんびょうもじ [音標文字] (名) ① 表音文字。② 音標，發音符號。

おんびん [音便] (名) 〈語〉(日語的) 音便。

おんびん [穏便] (形動) 妥善，穏妥。△～な処理をお願いしたい／請妥善處理。△事を～にすます／大事化小。

おんぷ [音符] (名) 〈樂〉音符。△四分～／四分音符。

おんぷ [音譜] (名) 〈樂〉樂譜。→楽譜

おんぼろ (名・形動) 破爛，破舊。

おんみつ [隠密] I (形動) 秘密。△～に事を運ぶ／秘密進行 II (名) (江戸時代的) 密探。

おんめい [音名] (名) 音名。

おんやく [音訳] (名・他サ) 音譯。

オンユアマーク [On your mark] (名) 各就各位！

おんよみ [音読み] (名・他サ) 音讀。↔ 訓読

オンライン [on-line] (名) 〈IT〉在綫，聯機。↔ オフライン

オンラインぎんこう [オンライン銀行] (名) 〈IT〉網上銀行。

オンラインゲーム [on-line game] (名) 〈IT〉電子競技，網絡遊戲，在綫遊戲。

オンラインけっさい [オンライン決済] (名) 〈IT〉網上支付。

オンラインサービス [online service] (名) 〈IT〉在綫服務。

オンラインサインアップ [online sign up] (名) 〈IT〉網上登記。

オンラインシステム [on line system] (名) 聯機系統。

オンラインショッピング [online shopping] (名) 〈IT〉網絡購物，網上購物。→ネットショッピング

オンラインショップ［online shop］（名）〈IT〉在綫商店，網上購物商店。

オンラインしょてん［オンライン書店］（名）〈IT〉網上書店。

オンラインソフト［online software］（名）〈IT〉網絡軟件，聯機軟件。

オンラインとりひき［オンライン取引］（名）〈IT〉網上交易。

オンライントレード［online trade］（名）〈IT〉網上交易。

オンリミット［on limits］（名）自由出入（地帶）。

おんりょう［温良］（名・形動）温順，善良。

おんりょう［音量］（名）音量。△～を調節する／調節音量。

おんりょう［怨霊］（名）冤魂。△～にとりつかれる／冤魂附體。

おんわ［温和］（形動）温和，和暖。△気候の～な地方／氣候温暖的地方。△～な性質／温和的性情。→温順

オンワード［onward］（名）① 向前的，前進的。② 前進，向上。

おんをあだでかえす［恩を仇で返す］（連語）恩將仇報。

おんをうる［恩を売る］（連語）賣人情。

か　カ

- か Ⅰ（終助）① 表示詢問、疑問、反問。△いま何時です〜／現在幾點鐘？△地震はほんとうにこないのだろう〜／這裏果真不會有地震嗎？△そんな事，おれが知る〜／那種事我怎麼會知道！② 表示勸誘、建議。△映画を見に行かない〜／去看看電影吧。③ 表示命令。△さあ、早く答えないか／喂，快點回答！△冗談もいい加減にしないか／別開玩笑了！④ 表示感動、驚訝。△ううん、これが月の岩石〜／噢，這就是月亮上的岩石呀！Ⅱ（副助）① 與疑問詞一起用表示不確。△部屋の中にだれ〜いる／房間裏好像有人。② 表示帶有疑問的推定。△年のせい〜、どうも疲れる／或許是上了年紀，總覺得累。Ⅲ（並助）表示兩者必居其一。△三月〜四月に完成する／三月或者四月完成。△正しい〜いな〜が問題だ／問題在於是否正確。

- か –（接頭）接於形容詞前，表示給人這樣的印象。△〜ぼそい／纖細，微弱。△〜よわい／柔弱。軟弱。

- か［課］（名）① 課。△つぎの〜を予習する／預習下一課。② 科。△〜長／科長。

- か［日］（接尾）日。△三〜／三日。

- が Ⅰ（格助）（在名詞或相當於名詞的成分後）① 表明動作、性質和狀態的主體。△犬〜走る／狗跑。△風〜つよい／風大。△花〜きれいだ／花美麗。② 表明行為和感覺的對象。△山〜見える／能看見山。△子供は犬〜こわい／孩子怕狗。△くだもの〜すきだ／喜歡吃水果。③ 強調一事物與他事物的區別。△（雪ではなく）あられ〜降っているよ／（不是下雪）是下霰。（ねこではなく）△犬〜こわい／（不是貓）是狗可怕。Ⅱ（接助）接在活用語終止形後，表示後面將要有所敘述。① 前後兩項有轉折關係。△からだは小さい〜心は大きい／身體雖小，卻胸懷寬廣。△家じゅうさがした〜見つからなかった／家裏都找遍了，也沒找到。→けれど（も）② 接在助動詞"う"、"よう"、"だろう"之後，表示相反的結果。△何が何と言おう〜、私はやる／不論別人怎樣說，我也要幹。△雨だろう〜風だろう〜、練習つづけるんだ／不管颳風下雨，也要堅持練習。③ 提示話題。△顔色がわるい〜どうしたのか／你臉色不好，怎麼回事？△はじめて見ました〜、立派なものですね／我第一次見到這東西，可真不錯啊。Ⅲ（終助）表示含蓄。△彼はもう家に帰っているはずだ〜／他應該是已經回家了。

- が［蛾］（名）蛾。

- が［我］（名）自我。△〜がつよい／固執。個性強。△〜を通す／一意孤行。

- カー・クーラー［car cooler］（名）汽車的冷氣裝置。

- カー・ステレオ［car stereo］（名）汽車内的立體聲裝置。

- ガーゼ［德 Gaze］（名）紗布，藥布。

- カーソル［cursor］（名）〈IT〉游標。△〜キー／游標鍵，方向鍵。

- ガーター［garter］（名）① 吊襪帶。② 英國的嘉德勳章。

- かあちゃん［母ちゃん］（名）媽媽。

- かあつ［加圧］（名・自サ）加壓。△金属に〜して板状に延ばす／給金屬加壓壓成板狀。

- ガーディガン［cardigan］（名）對襟羊毛衫。

- ガーデナー［gardener］（名）園丁，園藝家，園林工人。

- カーテン［curtain］（名）① 幕布，窗簾。② 屏障。

- ガーデンハウス［garden house］（名）（庭院中的）亭子。

- カーテンレクチャー［curtain lecture］（名）（妻子對丈夫的）牀幃内訓，枕上訓話，私下訓話，枕邊風。

- カード［card］（名）① 卡片。② 紙牌。

- ガード［guard］（名）① 警衛，戒備。② 警衛人員。③ 防守（拳擊）。④ 後衛（籃球，足球）。

- カートゥーン［cartoon］（名）漫畫，漫畫電影，卡通。

- ガードマン［guardman］（名）警衛人員，保鏢。

- カードリーダー［card reader］（名）讀卡器。

- カートリッジ［cartridge］（名）① 裝在鋼筆内的墨水管芯。② 拾音頭。③ 盒式錄音磁帶，磁帶盒。

- ガードレール［guardrail］（名）① 道路護欄。② 護軌。

- カードローン［card loan］（名）（用銀行的自動取款機的）信用卡貸款。

- ガーナ［Ghana］〈國名〉加納。

- カーナビ［car navigation system］（名）〈IT〉（"オフィスコンピューター"的縮略語）（汽車内部）衛星導航系統。

- カーナビゲーション［car navigation］（名）汽車導航系統。

- カーニバル［carnival］（名）① 狂歡節。② 慶祝，狂歡。

- カーネーション［carnation］（名）〈植物〉麝香石竹，康乃馨（花）。

- ガーネット［garnet］（名）〈礦〉石榴石。→ざくろいし

- カーネル［kernel］（名）〈IT〉核心，内核。

- カーバイド［carbide］（名）① 碳化物。② 碳化鈣。

- カービングスキー［carving ski］（名）〈體〉面向入門者的寬板滑雪。

- カーペット［carpet］（名）地毯。→じゅうたん

- カーボン［carbon］（名）① 炭素。②〈電〉炭精棒。

- カーボン［carbon］（名）① 炭。② 複寫紙。

カーボンコピー［carbon copy］(名) ① 用複寫紙複寫。② 〈IT〉抄送（電子郵件），CC。

カール［curl］(名) 鬈髮。△～させる／使頭髮鬈曲。

ガール［girl］(名) 姑娘，女孩子，少女。△～フレンド／女朋友。△コール／應召女郎。

かい［甲斐］(名) 效果，意義。△苦心の～があった／沒白費心。△読みがいのある本／值得一讀的書。△薬石～なく本日亡くなった／醫治無效今天去世。

かい［貝］(名) 貝。

かい［櫂］(名) 船槳。△～をこぐ／划槳。→オール

かい［下位］(名) ① 排位在後。△～の選手／名次低的運動員。△彼の～に３人がついている／有三個人次於他。△～２けたを切りすてる／捨去最後兩位數。② 下位，次級。△～分類／下位分類。↔上位

かい［下意］(名) 下情。△～上達／下情上達。

かい［会］(名) ① 會議，集會。△～を開く／開會。△団體／團體。△同窓～／同學會。△徘句の～に入る／加入徘句研究會。

かい［回］(名) 回，次。△１～／一回。△９～裏のホームラン／第九局下半局的本壘打。△～をかさねる／累次。△なん～も行ったことがある／去過多次。

かい［階］(名) 樓層。△彼のへやはこの上の～です／他的房間在樓上。△40～建てのビル／四十層的大廈。

がい［害］(名) 害，害處，危害。△健康に～がある／對健康有害。△～を及ぼす／危害，危及。↔益

かいあく［改悪］(名) 改壞。△憲法の～／將憲法改壞。↔改善

がいあく［害悪］(名) 危害，毒害。△青少年に～をあたえる／毒害青少年。△広く～をながす／流毒甚廣。

かいあ・げる［買い上げる］(他下一) ① (政府)徵購，收購。△土地を～／徵購土地。② 購買。△1000円以上おかいあげの方に抽選券を１枚さしあげます／購物千日圓以上的顧客奉送獎券一張。

かいあさ・る［買いあさる］(他五) 搜購。△輸入品ばかり～／到處搜購進口貨。

がいあつ［外圧］(名) 外部壓力。△大国の～を受ける／受到來自大國的壓力。

かいあつ・める［買い集める］(他下一) 收買，收購。△古本を～／收買舊書。

かいい［会意］(名) 會意。(六書之一)

かいい［怪偉・魁偉］(形動) 魁偉。

かいいき［海域］(名) 海域。

かいいぬ［飼い犬］(名) 家犬。↔野犬

かいいぬにてをかまれる［飼い犬に手をかまれる］(連語) 養狗被狗咬了手。被平時多方照顧的人恩將仇報。

かいいん［会員］(名) 會員。

かいいん［海員］(名) 海員。

かいうけ［買受け］(名) 〈經〉買進，買入，購買。

かいうん［海運］(名) 海運。

かいえい［開映］(名・自サ) 開始放映。↔終映

かいえん［開演］(名・自サ) 開演。△芝居は晩の７時に～する／戲劇晚七點開演。↔終演

がいえん［外延］(名) 〈邏輯〉外延。△金屬という概念の～は金・銀・銅・鐵などである／金屬概念的外延就是金、銀、銅、鐵等。

かいおうせい［海王星］(名) 〈天〉海王星。

かいおき［買い置き］(名) 預先買下。△～の石けん／儲購的肥皂。△生ものだから～ができない／因為是鮮的，不能買下存放。

かいか［階下］(名) 樓下。△～の応接室／樓下的接待室。↔階上

かいか［開化］(名・自サ) 開化，進化。△文明～の今日／文化進步的今天。

かいか［開花］(名・自サ) ① 開花。△梅が～した／梅花開了。② 開花結果。△努力が～する／努力有了成果。

かいか［開架］(名) 開架。△～式図書館／開架式圖書館。↔閉架

かいが［絵画］(名) 繪畫。

がいか［外貨］(名) ① 外國貨幣。△～を獲得する／賺外匯。△～準備／外匯儲備。② 外國貨，進口貨。△～の排斥／抵制外國貨。

がいか［凱歌］(名) 凱歌。△～を奏する／奏凱，獲勝。

ガイガーけいすうかん［ガイガー計数管］(名) 〈理〉蓋革計數器。

かいかい［開会］(名・自サ) 開會。△～の辞／開幕詞。

かいがい［海外］(名) 海外，國外。△～放送／對外廣播。△～旅行／國外旅行。

がいかい［外海］(名) 外海。

がいかい［外界］(名) 外界，外部。△～の影響を受ける／受到外部的影響。

がいがい［皚皚］(形動トタル) 皚皚。△～たる銀世界／一片銀色世界。

かいがいし・い［甲斐しい］(形) ① 手腳勤快，積極肯幹。△～くたち働く／勤快地幹活。② 利索。△エプロン姿が～／繫圍裙顯得乾淨利落。

かいがいとうし［海外投資］(名) 〈經〉國外投資，海外投資。

かいがいとこう［海外渡航］(名) 到外國去，出洋。△～の手続き／出境手續。

かいがいぼうえき［海外貿易］(名) 〈經〉海外貿易。

かいがいほうそう［海外放送］(名) 對外廣播。△BBCの～番組／英國廣播公司的對外廣播節目。

がいかかくとく［外貨獲得］(名) 〈經〉創匯。

がいかかんじょう［外貨勘定］(名) 〈經〉外匯賬戶。

がいかかんり［外貨管理］(名) 〈經〉外匯管理。

がいかきき［外貨危機］(名) 〈經〉外匯危機。

かいかく［改革］(名・他サ) 改革。△農地～／土地改革。

がいかく［外角］(名) ①〈數〉外角。②〈體〉外角。△～低めの球／外角低球。③〈凸角〉突出角。

がいかく［外郭］(名) 外圍, 外廓, 輪廓。

がいかくだんたい［外郭団体］(名) 外圍團體。

かいかけ［買い掛け］(名・他サ) 賒購。△～金／賒購款。

がいかじゅんび［外貨準備］(名)〈經〉外匯儲備。

かいかた［買い方］(名) ① 購買的方法, 方式。② 買方。↔ 売り方

かいかつ［快活］(形動) 快活, 爽快, 開朗。

かいかつ［開豁］(形動) ① 豁達, 寬宏大量。② 開闊。△～な高原／開闊的高原。

がいかつ［概括］(名・他サ) 概括, 總括。

がいかてがた［外貨手形］(名) 外幣票據, 外幣匯票。

かいがてき［絵画的］(形動) 繪畫般的。△～な光景／繪畫般的景色。

かいかぶ・る［買いかぶる］(他五) 估計過高。△あの男を～っていたのがわたしの失敗のもとだ／對他估計過高是我失敗的原因。

かいがら［貝殻］(名) 貝殼。△～細工／貝雕。

かいかん［会館］(名) 會館。

かいかん［快感］(名) 快感。

かいがん［海岸］(名) 海岸, 海邊。

かいがん［開眼］(名・自サ) ①〈醫〉復明。△～手術／復明手術。② 悟道, 領悟真諦。△文学に～する／領悟文學真諦。→かいげん

がいかん［外観］(名) 外表。

がいかん［概観］(名・他サ) 概觀。△過去 1 世紀の歴史を～する／概觀一個世紀的歷史。

かいがんせん［海岸線］(名) 海岸綫。

かいがんだんきゅう［海岸段丘］(名)〈地〉海岸段地。

かいき［会期］(名) 會期。△～が延長する／延長會期。

かいき［回忌］(名) 忌辰。△満 2 年目の命日を三～という／(死後) 滿二周年時稱為三周年忌辰。

かいき［回帰］(名・自サ) 回歸。△祖国への～の念／想返回祖國的心情。

かいき［怪奇］(名・形動) 奇怪, 怪異。△～な人相／長相奇特。△～小説／恐怖小説。

かいき［開基］(名) ①〈佛教〉創建寺院 (的人)。△唐招提寺の～, 鑑真／唐招提寺的創建人, 鑑真。② 創立, 奠基。

かいぎ［会議］(名) 會議。

かいぎ［懐疑］(名) 懷疑。△～の目でみる／用懷疑的眼光看。

がいき［外気］(名) 戶外的空氣。△～にふれる／接觸戶外空氣。

かいきいわい［快気祝い］(名) 自家人祝賀病愈, 招待親友及有關人表示感謝。

かいきしょく［皆既食］(名)〈天〉全蝕, 月全蝕, 日全蝕。

かいきせん［回帰線］(名) 回歸綫。

かいぎゃく［諧謔］(名) 詼諧。

がいきゃく［外客］(名) 外國客人。

かいきゅう［階級］(名) ① 軍隊的級別。△2 ～特進／特別提升二級。② 社會階級。△支配～／統治階級。

かいきゅう［懐旧］(名) 懷舊。△～の念にふける／沉思往事。

かいきゅうとうそう［階級闘争］(名) 階級鬥爭。

かいきょ［快挙］(名) 果敢的行動, 令人稱快的行為。△前例のない～／史無前例的壯舉。

かいきょう［回教］(名) 回教, 伊斯蘭教。

かいきょう［海峡］(名) 海峽。

かいぎょう［改行］(名・自サ) 另起一行。△段落で～せよ／按文章段落另起一行。

かいぎょう［開業］(名・他サ) ① 開業, 開張。② 正在營業。

がいきょう［概況］(名) 概況。△～を知らせる／通知概況。△天気～／氣象概況。

かいぎょうい［開業医］(名) 私人開業醫生。

かいきん［皆勤］(名・自サ) 全勤, 出滿工。

かいきん［解禁］(名・他サ) 解除禁令。

かいきん［戒禁］(名)〈佛教〉戒律。

がいきん［外勤］(名・自サ) 外勤, 外勤人員。△～の社員／外勤職員。↔ 内勤

かいぐい［買い食い］(名) 小孩自己買零食吃。

かいくぐ・る (他五) 鑽, 鑽空子。△法の網を～／鑽法律的空子。△おおぜいの人のあいだを～ってそとに出た／鑽出人羣。

かいぐん［海軍］(名) 海軍。

かいけい［会計］(名) ① 會計。△～係／會計員, 管賬的。②〈飯店, 旅館〉結賬。△～をませた／已結賬。

かいけい［塊茎］(名)〈植物〉塊莖。

がいけい［外形］(名) 外形。

かいけいかんさ［会計監査］(名)〈經〉會計審計, 查賬。

かいけいしほ［会計士補］(名)〈經〉初級會計師, 助理會計師。

かいけいねんど［会計年度］(名) 會計年度。

かいけいのはじ［会稽の恥］(連語) 會稽之恥, 奇恥大辱。△～をすすぐ／雪會稽之奇恥。

かいけつ［怪傑］(名) 怪傑。△一代の～／一代怪傑。

かいけつ［解決］(名・他サ) 解決。△～のめど／解決的綫索。△～を見る／已解決。△～をつける／給以解決。

かいけつさく［解決策］(名) 解決問題的方案, 辦法。

かいけつびょう［壊血病］(名)〈醫〉壞血病。

かいけつほう［解決法］(名) 解決問題的方法。

かいけん［会見］(名・自サ) 會見。△～を申しこむ／請求會見。△記者～／記者招待會。

かいげん［改元］(名・他サ) 改元, 改年號。△昭和は平成と～される／改昭和為平成。

かいげん［開眼］(名・自サ) ⇨かいがん
かいげん［戒厳］(名) 戒嚴。
かいげんれい［戒厳令］(名) 戒嚴令。
かいこ［蚕］(名)〈動〉蠶。
かいこ［回顧］(名・他サ) 回顧。△～録／回憶録。
かいこ［解雇］(名・サ他) 解僱。△～手当／解僱費。
かいこ［懐古］(名・自サ) 懷古。△～趣味／懷古的愛好。
かいご［悔悟］(名・自サ) 悔悟。△～涙にくれる／涙下如雨, 痛悔前非。
かいご［介護］(名・ス他) 護理。
がいご［外語］(名) 外國語。
かいこう［回航］(名・自サ) ① 空船駛向某港。△修理のためにドックへ～する／開往船塢修理。② 巡廻航行。
かいこう［海溝］(名)〈地〉海溝。△フィリピン～／菲律賓海溝。
かいこう［海港］(名) 海港。
かいこう［開港］(名・自他サ) ① 開設海港, 空港。② 開闢對外貿易口岸。
かいこう［邂逅］(名・自サ) 邂逅。△思いがけぬ～／意想不到的偶然相遇。
かいごう［会合］(名・自サ) ① 聚會, 集會。△～を開く／舉行集會。②〈化〉締合。③〈天〉會合。
がいこう［外交］(名) ① 外交。△～関係を結ぶ／建立外交關係。② 對外事務。△保険会社の～員／保險公司的外勤人員。△彼はあれでもなかなかの～家だ／別看他那樣, 可相當有外交手腕。
かいこういちばん［開口一番］(副) 一開口便…△～、休会を宣した／一開口便宣佈休會。
がいこういん［外交員］(名) 外勤人員, 推銷員。△化粧品の～／化妝品推銷員。
がいこうかん［外交官］(名) 外交官。
がいこうじれい［外交辞令］(名) 外交辭令。△それは単なる～にすぎない／那不過是外交辭令罷了。
がいこうてき［外向的］(形動) 外向。△～型／外向型。↔ 内向的
がいこうてき［外交的］(形動) ① 外交方面。△～文書／外交公文。② 適合交際。△～な人／善於交際的人。
かいこく［島国］(名) 島國。
かいこく［開国］(名・自サ) 對外開放。↔ 鎖國。
がいこく［外国］(名) 外國。△～旅行／海外旅行。△～為替／外匯。△～郵便／國際郵件。
がいこくかわせ［外国為替］(名) 外匯, 國外匯兌。
がいこくご［外国語］(名) 外國語。△～専門学校／外語專科學校。
がいこくこうろ［外国航路］(名) 國際航線。
がいこくさい［外国債］(名) 外債。→外債
がいこくしほん［外国資本］(名) 外國資本, 外資。

がいこくじゅんれい［回国巡礼］(名) 到各地巡禮, 雲遊各方。
がいこくじん［外国人］(名) 外國人。
がいこくすうはい［外国崇拝］(名) 崇洋。△～思想／崇洋思想。
がいこくせいひん［外国製品］(名)〈經〉外國產品, 外國貨。
がいこくつうか［外国通貨］(名)〈經〉外幣。
がいこつ［骸骨］(名) 骸骨。
かいことば［買い言葉］(名) 還口, 反脣相譏。△売り言葉に～／你有來言, 我有去語。
かいごふくしし［介護福祉士］(名) 護理福利員。
かいこみ［買込み］(名)〈經〉大量購進。
かいごろし［飼い殺し］(名) ① 將家畜養到自然死亡。△老いた馬を～にする／把老馬養到死。② 將不起作用的職工、下人養起來。
かいこん［悔恨］(名・自サ) 悔恨。△～の念に責められる／悔恨自責。
かいこん［開墾］(名・他サ) 開墾。△山野を～する／開荒。
かいこん［塊根］(名)〈植物〉塊根。
かいさい［皆済］(名・他サ) 償清。△借金を～する／償清借款。
かいさい［開催］(名・他サ) 召開, 舉辦。△万国博を～する／舉辦萬國博覽會。
かいさい［快哉］(名) 快哉。△～を叫ぶ／大聲稱快。
かいざい［介在］(名・自サ) 介於…之間。△両国のあいだにはいくつかの解決すべき問題が～している／兩國之間存在若干有待解決的問題。
がいさい［外債］(名) 外債。
がいざい［外在］(名・自サ) 外在。△～的基準／外在的標準。△～批評／從文學以外的角度評論作品。
かいざいく［貝細工］(名) 貝雕, 貝殼工藝品。
かいさく［改作］(名・他サ) 改編。△小説を戲曲に～する／把小說改編成劇本。
かいさく［開削］(名・他サ) 開鑿, 挖掘。△運河を～する／開鑿運河。
かいさつ［改札］(名・自サ) 檢票。△発車の20分前に～をはじめる／開車前20分鐘開始檢票。
かいさつぐち［改札口］(名) 檢票口。
かいさん［海産］(名) 海產, 海產品。
かいさん［開山］(名) ①〈佛教〉開山祖, 鼻祖。② 創始人。
かいさん［解散］(名・自他サ) ① 解散。△国会が～になる／議會解散了。② 散會。△クラス会は10時に～した／班會已於10點散會。
かいざん［改竄］(名・他サ) 竄改, 塗改。△歴史の～／竄改歷史。△会計報告書を～する／塗改財會報表。
がいさん［概算］(名・他サ) 概算, 估算。△～で旅費を渡す／按概算發給旅費。
かいさんぶつ［海産物］(名) 海產品。

かいし［開始］(名・自他サ) 開始。

かいし［会誌］(名) 機關刊物。

かいし［芥子］(名)〈植物〉芥菜籽。

かいし［怪死］(名・自サ) 離奇的死。△～体／死得離奇的屍體。

かいし［懷紙］(名) 品茶或製作和歌時用的白紙。

かいし［外資］(名) 外國資本。

かいじ［快事］(名) 快事。

かいじ［怪事］(名) 怪事。

かいじ［海事］(名) 海上事務。

がいし［碍子］(名) 電瓷瓶, 絶緣子。

がいし［外紙］(名) 外國報紙。

がいじ［外耳］(名)〈醫〉外耳。△～炎／外耳炎。

がいじ［外事］(名) 外事。△～係／主管外事人員。

かいしかかく［開始価格］(名)〈經〉① 拍賣底價, 開拍價格。② 最低價格。

がいしきぎょう［外資企業］(名)〈經〉外資企業。

がいしけいきぎょう［外資系企業］(名)〈經〉外國公司, 外國企業。

がいじしんぶん［外字新聞］(名) (國内發行的) 外文報紙。

がいして［概して］(副) 一般, 大致上。△試運転は～好評だった／一般來説, 試車受到好評。△この土地の人は～色が白い／這地方的人大都長得白。

がいしどうにゅう［外資導入］(名) 引進外國資本。

かいしめ［買い占め］(名) 全部買下, 壟斷收購。△株の～／壟斷收購股票。

かいし・める［買い占める］(他下一) 全部買下。△一手に～／一手包購。

かいしゃ［会社］(名) 公司。△株式～／股份有限分司。△～の社員／公司職工。△合名～／無限公司。人合公司。

かいしゃ［膾炙］(名・自サ) 膾炙。△人口に～する／膾炙人口。

がいしゃ［外車］(名) 外國汽車。

かいしゃいん［会社員］(名) 公司職員, 工人。

かいしゃく［介錯］(名・他サ) ① 幫忙, 照顧 (的人)。② 古時為剖腹自殺者斷頭 (的人)。

かいしゃく［解釈］(名・他サ) 解釋。△正しい～／正確的解釋。△善意に～する／善意地理解。

かいしゃくルーチン［解釈ルーチン］(名) (電算機) 解釋程序, 譯碼程序。

がいじゅ［外需］(名) 外國的需求。↔ 内需

かいしゅう［回収］(名・他サ) 回收。△欠陷商品を～する／回收次品。△アンケートを～する／收回民意測驗表。△資金の～が不可能だ／資金是收不回來了。

かいしゅう［改宗］(名・自サ) 改宗, 改變信仰。

かいしゅう［改修］(名・他サ) 修理, 整修。△～工事／整修工程。

かいじゅう［怪獣］(名) 怪獣。

かいじゅう［海獣］(名) 海獣。

かいじゅう［懐柔］(名・他サ) 懷柔。△～策／懷柔政策。

がいしゅう［外周］(名) 外周, 外圍。↔ 内周

がいじゅう［害獣］(名) 害獣。

がいじゅういっしょく［鎧袖一触］(名) 不費吹灰之力 (即可破敵)。

がいじゅうないごう［外柔内剛］(名) 外柔内剛。↔ 内柔外剛

がいしゅつ［外出］(名・自サ) 出門, 外出。△ちょっと～してくる／出去一下, 馬上就回來。↔ 在宅

がいしゅつぎ［外出着］(名) 出門穿的衣服。

がいしゅつさき［外出先］(名) 去的地方, 去處。△～を言わずに出かけた／出去時没説到哪兒去。

かいしゅん［改悛］(名・自サ) 改悔, 改惡從善。

かいしゅん［回春］(名) ① 回春。② 起死回生。③ 返老還童。

かいしょ［会所］(名) 集會的場所。

かいしょ［楷書］(名) 楷書。

かいじょ［解除］(名・他サ) 解除。△武装を～する／解除武装。△契約を～する／廢除合同。

かいしょう［甲斐性］(名) 志氣, 要強心。△～がない／没出息。↔ いくじ

かいしょう［改称］(名・自他サ) 改稱。△東京帝国大学を東京大学と～する／把東京帝國大學改名為東京大學。

かいしょう［快勝］(名・自サ) 大勝。

かいしょう［解消］(名・自他サ) 解除, 取消。△契約を～する／取消合同。△赤字を～／消滅赤字。△しこりが～／消除隔閡。△発展的～／因事業發展而自行解散。

かいじょう［会場］(名) 會場。

かいじょう［海上］(名) 海上。△～交通／海上交通。

かいじょう［階上］(名) 樓上。↔ 階下

かいじょう［開城］(名・自サ) 開城投降。

がいしょう［外相］(名) 外交大臣, 外交部長。

がいしょう［外商］(名) ① 外國商人。② 外銷。

がいしょう［外傷］(名) 外傷。

がいしょう［街商］(名)〈經〉攤販。

かいじょううんそう［海上運送］(名)〈經〉海運。

かいじょうけん［海上権］(名) 制海權。

かいじょうほけん［海上保険］(名) 海上保險。

かいじょうルート［海上ルート］(名) 海上通道。

かいしょく［会食］(名・自サ) 聚餐。

かいしょく［解職］(名・他サ) 解職。

がいしょく［外食］(名・自サ) 在外吃飯。△お昼はほとんど～だ／午飯一般是在街上吃。

かいしん［会心］(名) 滿意。△～の作／得意之作。

かいしん［回心］(名)〈宗〉回心轉意, 重新信仰。

かいしん［回診］(名・自サ)〈醫〉(醫生) 查病房, 查房。

かいしん［改心］（名・自サ）改過自新。

かいしん［戒心］（名）戒心，警惕。△～の要がある／要有戒心。

かいしん［改新］（名・他サ）改革，革新。△政治制度を～する／改革政治制度。△大化の～／〈史〉大化革新。

かいじん［海神］（名）海神。

かいじん［怪人］（名）怪人，反常的人。

かいじん［灰燼］（名）灰燼。△～に帰する／化為灰燼。

がいしん［外心］（名）〈數〉外心。

がいしん［外信］（名）國外通信。

がいじん［外人］（名）外國人。

かいじんそう［海人草］（名）〈植物〉鷓鴣菜。

かいず［海図］（名）海圖。

かいすい［海水］（名）海水。△～着／游泳衣。

かいすいぎ［海水着］（名）泳裝，游泳衣。

かいすいよく［海水浴］（名）海水浴。

かいすう［回数］（名）回數，次數。

がいすう［概数］（名）概數。△一国の人口を～で表す／以概數表示一個國家的人口。

かいすうけん［回数券］（名）（每次撕一張的）本兒票。

かい・する［介する］（他サ）① 通過。△彼を～して希望を申し込んだ／通過他提出了要求。② 介。△意に～しない／不介意。

かい・する［解する］（他サ）理解。△ユーモアを～しない／不懂幽默。△彼はそのことばを拒絶と～した／他把那理解為拒絕了。

かい・する［会する］（自サ）集合，會面。△一堂に～／聚於一堂。

がい・する［害する］（他サ）① 傷害。△人の感情を～／傷人感情。② 妨礙。△治安を～／擾亂治安。③ 殺害。△人を～／害人。

かいせい［改正］（名・他サ）修正，修改。△法律を～／修改法律。

かいせい［改姓］（名・自他サ）改姓。（主要用於嫁後改夫家姓）

かいせい［快晴］（名）晴朗，萬里無雲。

かいせい［回生］（名）① 再生。△起死～の妙薬／起死回生的妙藥。②〈電〉再生。△～制御／再生控制。

かいせき［解析］（名・他サ）① 分析，剖析。△構文～／剖析句子結構。

がいせき［外戚］（名）母系的親戚。

かいせきりょうり［会席料理］（名）按每人一份訂菜的宴席。

かいせきりょうり［懐石料理］（名）（茶道）品茶前的簡單菜餚。

かいせつ［開設］（名・他サ）開設，開辦。

かいせつ［解説］（名・他サ）解說。△ニュース～／新聞解說。

がいせつ［外接］（名・自サ）〈數〉外切。

がいせつ［概説］（名・他サ）概述，概論。△日本語～／日本語概論。

かいせん［回船］（名）海上運輸船。

かいせん［回旋］（名・自サ）旋轉。△～運動／旋轉運動。

かいせん［回線］（名）〈電〉回路。

かいせん［改選］（名・他サ）改選。

かいせん［海戦］（名）海戰。↔ 陸戦

かいせん［疥癬］（名）〈醫〉疥癬。

かいせん［開戦］（名・自サ）開戰。↔ 終戦

かいぜん［改善］（名・他サ）改善。

がいせん［外線］（名）① 外綫電話。② 室外電綫。

がいせん［凱旋］（名・自サ）凱旋。

がいぜんせい［蓋然性］（名）蓋然性，可能性。△事故の起る～は小さい／發生事故的可能性小。

がいせんもん［凱旋門］（名）凱旋門。

かいそ［改組］（名・自サ）改組。△内閣の～／改組內閣。

かいそ［開祖］（名）〈佛教〉開山祖師。

かいそう［回送］（名・他サ）① 空車入庫，開回。② 轉寄（信），轉送。

かいそう［会葬］（名・自サ）參加葬禮，出殯。

かいそう［回想］（名・他サ）回憶，回想。

かいそう［改装］（名・他サ）① 改換包裝。② 改換裝潢。

かいそう［海草・海藻］（名）〈植物〉海草，海藻。

かいそう［階層］（名）階層。

かいぞう［改造］（名・他サ）改造，改組。△社会を～する／改造社會。△内閣を～する／改組內閣。

がいそう［外装］（名）① 包裝 ② 外部裝修。

かいぞうど［解像度］（名）〈IT〉解析度。

かいぞえ［介添え］（名）侍候，服侍（及其人）。△病人の～／服侍病人的人。

かいそく［会則］（名）會章。

かいそく［快速］（名）① 快速，高速度。② 快速電車。

かいぞく［海賊］（名）海盜。

かいぞくばん［海賊版］（名）〈IT〉盜版。

がいそふ［外祖父］（名）外祖父。

がいそぼ［外祖母］（名）外祖母。

かいぞめ［買い初め］（名）新年第一次購物。

かいぞん［買い損］（名）買錯，買上當。

がいそん［外孫］（名）外孫。

かいだ［快打］（名）（棒球）打得漂亮。△～をとばす／打得好。→クリーンヒット

かいたい［解体］（名・他サ）① 解散，瓦解。△組織を～する／解散組織。② 拆卸。△自動車を～する／拆卸汽車。③ 解剖。

かいたい［拐帯］（名・他サ）拐走。△公金を～する／攜公款潛逃。→もちにげ

かいたい［懐胎］（名・自サ）妊娠，懷胎。

かいだい［改題］（名・自他サ）改（書、電影等的）名。

かいたく［開拓］（名・他サ）① 拓荒。② 開闢，開拓。△市場を～する／開闢市場。

かいだく［快諾］（名・する）概允。△～をえる／承蒙概允。

かいたくち［開拓地］(名) 開墾地。

かいだし［買い出し］(名) 採購，辦貨。

かいた・す［買い足す］(他サ) 購置齊備。△不足している品物を～／購齊不足物品。

かいだ・す［掻い出す］(他サ) 汲出，淘出。△池の水を～／淘出池塘裏的水。

かいたた・く［買いたたく］(他五) 壓價購買。△うんと～いて高く売りつける／狠狠地殺價買來高價出售。

かいたて［買いたて］(名) 剛買之物。△～の帽子／剛買來的帽子。

かいだめ［買いだめ］(名・他サ) 囤積。

かいたん［塊炭］(名) 塊煤。↔ 粉炭

かいだん［会談］(名・自サ) 會談，面談。

かいだん［怪談］(名) 鬼怪故事。

かいだん［階段］(名) ① 樓梯，台階。△～を上がる (下りる)／上 (下) 樓梯。上 (下) 台階。△非常～／太平梯。② 階梯。△出世の～を上がる／步步高升。

がいたん［慨嘆］(名・自他サ) 痛惜，慨嘆。

かいだんきょうしつ［階段教室］(名) 階梯教室。

かいだんじ［快男児］(名) 好漢。

かいだんしき［階段式］(名) 階梯式。

ガイダンス［guidance］(名) 學校生活輔導。△進学についての～／升學指導。

かいだんふきぬき［階段吹き抜き］(名)〈建〉樓梯之間的豎井。

がいち［外地］(名) 外國，國外。△～勤務／派駐國外工作。

かいちく［改築］(名・他サ) 改建，翻修。

かいちゅう［回虫］(名) 蛔蟲。

かいちゅう［海中］(名) 海中。

かいちゅう［懐中］(名) ① 懷中，衣袋中。△～に入れる／裝入衣袋。△～が寂しい／手中空乏。沒錢。

がいちゅう［外注］(名・他サ) 向外部訂貨。

がいちゅう［害虫］(名) 害蟲。

かいちゅうでんとう［懐中電灯］(名) 手電筒。

かいちゅうどけい［懐中時計］(名) 懷錶。

かいちゅうもの［懐中物］(名) 腰包中的東西。△ご用心～／留神隨身攜帶的貴重物品。

かいちゅうもん［買注文］(名)〈經〉訂購，訂貨，訂購單。

かいちょう［会長］(名) 會長。

かいちょう［開帳］(名・他サ) ①〈佛教〉開龕。② 設睹局。

かいちょう［快調］(名・形動) ① 順利。△エンジンは～だ／引擎很正常。△～な出だし／旗開得勝。② 舒服。△今日は～だ／今天精神很好。

かいちょう［海鳥］(名) 海鳥。

がいちょう［害鳥］(名) 害鳥。↔ 益鳥

かいちん［開陳］(名・他サ) 陳述。△所信を～する／陳述自己的信念。

かいつう［開通］(名・自他サ) ① 通車，通航。② 架通電話。

かいつか［貝塚］(名) 貝塚。

かいつけ［買いつけ］(名) ① 經常去買。△～の本屋／經常去買書的書店。② 大量收購。△小麦の～／收購小麥。

かいつ・ける［買い付ける］(他下一) ① 大量收購。△まゆを～／採購蠶繭。② 經常去買。△日用品は近くの店で～けている／日用品常在附近的鋪子買。

かいつぶり［鳰鷉］(名)〈動〉鳰鷉。

かいつま・む (他五) 概括，抓住要點。△～んで言えば／要而言之。

かいて［買い手］(名) 買主，買方。△～市場／買方市場。

かいて［飼い手］(名) 飼養者。→かいぬし

かいてい［改定］(名・他サ) 修改，修訂。△～版／修訂本。

かいてい［海底］(名)〈地〉海底。△～電線 (ケーブル)／海底電纜。

かいてい［開廷］(名・自サ) 開庭。(審判) ↔ 閉廷

かいてい［階梯］(名) ① 階梯。② 途徑。③ 入門書。

かいてき［快適］(形動) 舒適。△～な乗りごこち／(車) 坐着舒服。

がいてき［外的］(形動) ① 外在，外部，外界的。△～条件／外部條件。② 物質的，肉體的。△～欲求／物質慾望。↔ 内的

がいてき［外敵］(名) 外敵。

かいてん［回転］(名・自サ) ① 旋轉。△車輪が～する／車輪轉動。△崖から落ちた車は一～して止った／從山崖上掉下來的汽車翻了個個停下來了。△45 ～のレコード／四十五轉唱片。② 頭腦靈活。△頭の～が速い／腦筋轉得快。③ 周轉。△資金の～／資金周轉。△客の～がいい／客人周轉率高。

かいてん［開店］(名・自サ) ① 開始營業。△～の時間／開門營業的時間。② 新店開張。→開業 ↔ 閉店

がいでん［外電］(名) 外電。△～によれば／據外電報導。

かいてんいす［回転椅子］(名) 轉椅。

かいてんきゅうぎょう［開店休業］(名) 開着門但沒生意。

かいてんし［回転子］(名)〈機械〉① 轉子。② 轉動體。

かいてんしきん［回転資金］(名) 周轉資金。

かいてんテーブル［回転テーブル］(名) ① 旋轉式工作台。② 轉動式大餐桌。

かいてんドア［回転ドア］(名) 轉門。

かいてんとう［回転灯］(名) 旋轉燈。

かいてんレシーブ［回転レシーブ］(名)〈體〉滾動接球。

カイト［kite］(名)〈經〉空頭支票。

ガイド［guide］(名) ① 嚮導。② 指南，入門書。③ 導航。

かいとう［会頭］(名) 會長。△商工会議所～／工商聯合會會長。

かいとう［回答］(名・自サ) 回答，答覆。△〜を求める／要求回答。△ベースアップの〜／對要求提高基本工資的答覆。→返答

かいとう［解答］(名・自サ) 解答，答案。△〜用紙／答卷。△2 題〜できなかった／兩道題沒答上來。

かいとう［解凍］(名・他サ) ① 解凍，化開。△冷凍食品を〜する／把冷凍食品化開。② 〈IT〉解壓縮。

かいとう［快投］(名) (棒球) 漂亮的投球。

かいとう［怪盗］(名) 怪盜，神出鬼沒的強盜。

かいとう［快刀］(名) 快刀。

かいどう［海道］(名) 濱海道路。

かいどう［海棠］(名) 〈植物〉海棠。

かいどう［会堂］(名) ① 教堂。② 集會廳。

かいどう［街道］(名) ① 大街，大道。② 人生道路。△人生のうら〜を歩む／一世不出頭。△出世〜をまっしぐら／青雲直上。

がいとう［外套］(名) 〈舊〉外套，大衣。→オーバーコート

がいとう［外燈］(名) 室外電燈。

がいとう［街燈］(名) 路燈。

がいとう［街頭］(名) 街頭。

がいとう［該当］(名・自サ) 符合、適合。△〜者／符合條件者。△刑法第 57 条に〜する／適用刑法第五十七條。

かいとうらんまをたつ［快刀乱麻を断つ］(連語) 快刀斬亂麻。

ガイド・ガール［guide girl］(名) 影劇院的女引座員。

かいどき［買い時］(名) 購買的好時機。△正月用品はいまが〜だ／買年貨現在正是時候。

かいどく［解読］(名・他サ) ① 譯解。△暗号を〜する／破譯密碼。② 解讀。△エジプト文字を〜する／解讀埃及文字。

かいどく［買い得］(名) 買得便宜，合算。△お〜品／酬賓商品。

がいどく［害毒］(名) 毒害。△〜を流す。／散佈流毒。

ガイド・ブック［英 guidebook］(名) 指導書。→手引

ガイド・ポスト［guidepost］(名) 路標。

ガイドライン［guide line］(名) (政府提出的經濟、國防政策等的) 基本方針，指標，大綱。△〜を示す／制定指標。△〜を見直す／重新認識指標。△〜に添った法の整備／與指標一致地進行法制建設。

かいとり［買い取り］(名・他サ) 買進。△〜価格／買價。

かいどり［飼い鳥］(名) ① 家禽。② 籠中鳥。

かいと・る［買い取る］(他五) 購入，買下。△故人の蔵書を〜／買下已故者的藏書。→買い入れる

かいな［腕］(名) 〈文〉腕，胳膊。

かいない［甲斐ない］(名) ① 無成效。② 無價值，不成器。

かいなで (名) 膚淺，平庸。△〜の学者／膚淺的學者。

かいなら・す［飼い慣らす］(他五) ① 飼養馴服。△チンパンジーを〜／將黑猩猩飼養馴服。② 豢養馴順。△社長に〜された社員／被經理調理順的公司職員。

かいなん［海難］(名) 海難，海險。

かいにゅう［介入］(名・自サ) 介入，干涉。△紛争に〜する／介入糾紛。△内政に〜する／干涉内政。→干渉

かいにん［解任］(名・他サ) 解除任務，解職。↔ 解職

かいにん［懐妊］(名・自サ) 妊娠，懷孕。

かいにんき［買い人気］(名) 〈貿〉爭購氣氛，看漲的形勢。

かいぬし［飼い主］(名) 飼養主。△犬には〜がわかる／狗認識主人。

かいね［買値］(名) 買價。↔ 売値

がいねん［概念］(名) 概念。

がいねんてき［概念的］(形動) ① 概念化的。② 概括的。

がいねんろん［概念論］(名) 〈哲〉概念論。

かいのう［皆納］(名・他サ) 繳清。△税金を〜する／繳清税款。

かいのせ［買い乗せ］(名) 〈貿〉增購。

かいば［飼い葉］(名) 飼草。

かいはい［改廃］(名・他サ) 改革和廢除。

がいはく［外泊］(名・自サ) 在外過夜。△無断〜／未經允許在外過夜。

がいはく［該博］(形動) 淵博。

かいばしら［貝柱］(名) ① 貝殼開合腱。② 乾貝。

かいはつ［開発］(名・他サ) ① 開發，開闢。△原始林の〜／開發原始森林。△宅地を〜／開闢住宅用土地。② 啟發。△創造力を〜する／挖掘創造力。③ 開創，研製。△新製品を〜する／研製新產品。

かいばつ［海抜］(名) 海拔。→標高

かいはん［改版］(名・他サ) ① 修訂。② 修訂的版本。

がいはんぼし［外反母趾・外反拇趾］(名) 腳趾外翻，大拇腳趾向第二腳趾彎曲。

かいひ［会費］(名) 會費。

かいひ［回避］(名・他サ) 規避，推卸。△責任を〜する／推卸責任。△互いに衝突を〜する／互相避免衝突。

かいひ［開披］(名・ス他) 打開封口的書信。

かいび［快美］(ダナ) 愉快甜美。△〜な旋律／優美的旋律。

がいひ［外皮］(名) 外皮。

かいびかえ［買い控え］(名) (買家因時機不到而) 不買 (或少買)，觀望。△不景気による〜／因經濟低迷，買家持幣觀望。

かいびゃく［開闢］(名) 開天闢地→創世

かいひょう［開票］(名・他サ) 開箱點 (選) 票，開票。△立会人立会の上で〜する／在監票人監視下開票。

かいひょう［界標］(名) 界石，界標。

かいひょう［解氷］(名・自サ) ① 解冰。② 化凍。

がいひょう［概評］(名・他サ) 概括的評論。△テストの結果を〜する／概括評定考試結果。

かいひん［海浜］(名) 海濱→海岸

がいひん［外賓］(名) 外賓。

がいぶ［外部］(名) ① 外部。△建物の〜／建築物外部。② 外界。△〜にもらす／泄露出去。↔ 内部

かいふう［海風］(名) ① 海風。②〈氣象〉海軟風。

かいふう［開封］(名・他サ) ① 拆封。△手紙を〜する／拆開書信。② 敞口。△カタログを〜で出す／以敞口信寄出樣本。

がいふう［凱風］(名) 南風。↔ 朔風

がいぶきおくそうち［外部記憶装置］(名)(電子計算機) 外存儲器。

かいふ［回付］(名・他サ) 遞交、送交。△書類の〜が遅れる／文件送遲了。△支払人に〜する／送交付款人。

かいふく［回復］(名・自他サ) ① 康復。△〜がはやい／康復很快。→治愈 ② 復原、挽回。△失った領土を〜する／收復失地。△得点を〜する／挽回得分。

かいふく［快復］(名・自サ) 痊癒。

かいぶつ［怪物］(名) 怪物。→ばけもの

かいぶん［回文］(名) 回文。

がいぶん［外分］(名・他サ)〈數〉外分。↔ 内分

がいぶん［外聞］(名) ① 體面。△〜が悪い／不體面。△〜を気にする／顧面子。△恥も〜もない／不顧羞恥。② 被別人知道。△〜をはばかる／怕傳出去。

かいぶんしょ［怪文書］(名) 匿名信、黑信。

かいへい［開平］(名・他サ)〈數〉開平方、求平方根。

かいへい［開閉］(名・他サ) 開關、開閉。△ドアの〜／開門關門。→あけたて

がいへき［外壁］(名) ① 外牆。② 火山口外壁。↔ 内壁

かいへん［改変］(名・他サ) 改變、改革。△制度の〜／改革制度。

かいへん［壊変］(名・自サ)〈理〉裂變、衰變。

かいべん［快便］(名) 大便通順。

かいほう［介抱］(名・他サ) 護理、服侍。△病人を〜する／護理病人。→看病

かいほう［会報］(名) 會報。

かいほう［快方］(名) 病情好轉。△病気が〜に向った／病見好了。

かいほう［開放］(名・他サ) ① 打開門戸、敞門。△〜無用／出入關門。② 開放。△博物館は一般に〜されている／博物館對外開放。

かいほう［解放］(名・他サ) 解放。△奴隷〜／解放奴隷。△政治犯を〜／釋放政治犯。△やっと仕事から〜された／總算從工作中解放出來了。

かいぼう［解剖］(名・他サ) ①〈醫〉解剖。△死體を〜する／解剖屍體。② 分析、剖析。△心理を〜する／分析心理。

かいほうてき［開放的］(形動) ① 開朗。△〜な性格／開朗的性格。② 開放式。△〜な建物／開放式建築物。

かいぼり［掻い掘り］(名・他サ) 淘乾、排乾。△沼の〜をして魚をとる／淘乾池水捕魚。

がいまい［外米］(名) 進口大米。↔ 内産米

かいまき［掻い巻き］(名) 薄小的棉睡衣。

かいまく［開幕］(名・自サ) 開幕。↔ 閉幕

かいま・みる［かいま見る］(他上一) 窺視。△戸の隙き間から〜／從門縫兒窺視。

かいみ［快味］(名) 痛快、快感。

かいみょう［戒名］(名)〈佛教〉戒名、法號。

かいみん［快眠］(名) 酣睡、熟睡。

かいむ［皆無］(名・形動) 全無、毫無。△可能性は〜だ／毫無可能。△出席者は〜の状態だ／全然無人參加。→絶無

がいむしょう［外務省］(名) 外務省、外交部。

がいむだいじん［外務大臣］(名) 外務大臣、外交部長。→外相

かいめい［改名］(名・自サ) 改名。△花子と〜した／改名為花子。

かいめい［晦冥］(名) 晦冥、昏暗。

かいめい［開明］(名・形動) ① 文明進化。② 聰明。

かいめい［階名］(名)〈樂〉音階名。→音名

かいめい［解明］(名・他サ) 闡明。△問題の〜にあたる／負責查清問題。→究明

かいめつ［壊滅］(名・自他サ) 毀滅。△〜危機に瀕する／瀕臨毀滅的危機。△政党が〜する／政黨崩潰。△〜的打撃／毀滅性的打擊。

かいめん［海面］(名) 海面。

かいめん［海綿］(名) 海綿→スポンジ

がいめん［外面］(名) ① 外面、表面。② 外觀。△〜は平静を装っている／表面假裝鎮靜。→外見

がいめんてき［外面的］(形動) 外表、表面上。△〜な特徴／外表特徵。△〜には整っているが、中味はばらばらだ／外面光、裏面糠。△〜な見方／只看表面現象。→表面的 ↔ 内面的

かいめんどうぶつ［海綿動物］(名)〈動〉海綿動物。

かいもく［皆目］(副) 完全 (不…)。△〜、けんとうもつかない／心中完全沒數。如墮五里霧中。△〜分らない／一點也搞不清楚。

かいもの［買い物］(名) ① 買東西。△〜に出かける／出去買東西。△〜上手／會買東西。△〜リスト／購物單。② 買到的東西。△たくさんの〜を抱えこ帰ってきた／抱了一大抱買的東西回來了。③ 買得上算的東西。△これはなかなか〜だった／這東西買得真便宜。

かいもん［開門］(名・他サ) 開門。↔ 閉門

がいや［外野］(名)〈體〉① 棒球外場。② 外場手。↔ 内野

かいやき［貝焼］(名) ① 帶殼烤貝。② 以貝代鍋燒菜。

かいやく［解約］（名・他サ）廢約。△～手数料／解除合同手續費。→キャンセル

かいやく［改訳］（名・他サ）重譯。

がいやしゅ［外野手］（名）（棒球）外場手。

かいゆ［快癒］（名・自サ）痊癒。→全快

かいゆう［回遊］（名自サ）①周遊。△～乗車券／環遊車票。→周遊②（魚）洄游。

がいゆう［外遊］（名・自サ）出國旅行。→洋行

がいゆうせい［外遊星］（名）〈天〉外行星。

かいよう［海洋］（名）海洋。△～性気候／海洋性氣候。↔大陸

かいよう［潰瘍］（名）〈醫〉潰瘍。△胃～／胃潰瘍。

がいよう［外洋］（名）遠洋。↔近海。

がいよう［概要］（名）概要。△～を述べる／述説概要。→あらまし

がいよう［外容］（名）外形，外表。

かいようおせん［海洋汚染］（名）海洋汚染。

がいようやく［外用薬］（名）外用藥。

かいよりはじめよ［隗より始めよ］（連語）請自隗始。

かいらい［傀儡］（名）①木偶。②傀儡。△～政権／傀儡政權。

がいらい［外来］（名）①外來，舶來。△～語／外來語。△～文化／外來文化。②門診（患者）。↔入院患者

がいらいご［外来語］（名）外來語。↔和語

かいらく［快楽］（名）快樂。△～主義／享樂主義。

かいらん［回覧］（名・他サ）傳閲。

かいらん［壊乱］（名・他サ）敗壞。△風俗を～する／敗壞風俗。

かいり［海里］（名・接尾）海里。（1海里=1852m）

かいり［乖離］（名・自サ）背離，脱離。△民心～／民心背離。△現実と理想との～／現實和理想相距甚遠。

かいりき［怪力］（名）大力，蠻力。→大力

かいりく［海陸］（名）海陸，水陸。

かいりくふう［海陸風］（名）〈氣象〉海陸風。

かいりつ［戒律］（名）戒律。△～を守る／遵守戒律。

がいりゃく［概略］（名）概況，梗概。→あらまし

かいりゅう［海流］（名）海流。

かいりょう［改良］（名・他サ）改良。△～をほどこす／施行改良。△品質～／提高質量。△～種／改良種。

かいりょうしゅぎ［改良主義］（名）改良主義。

がいりんざん［外輪山］（名）〈地〉二重火山的舊噴火壁。

かいれい［回礼］（名・自サ）四處拜訪。△年始の～をする／到各處拜年。

かいれき［改暦］（名）①改變暦法。②一元復始。

かいろ［回路］（名）電路，回路，綫路。△集積～／集成電路。

かいろ［海路］（名）海路。↔陸路

かいろ［懐炉］（名）懷爐。

がいろ［街路］（名）馬路，大街。

かいろう［回廊］（名）迴廊，長廊。

かいろうどうけつ［偕老同穴］（名）①白頭偕老。△～の契り／白頭偕老之盟。②〈動〉偕老同穴海綿。

カリグラフィー［calligraphy］（名）筆跡，筆法，書體，書法。

がいろじゅ［街路樹］（名）街道樹。

カイロプラクチック［chiropractic］（名）〈醫〉按摩脊柱療法。

がいろん［概論］（名・他サ）概論。

がいろんてき［概論的］（形動）概括的，要略的。△～に説明する／概括地説明。

カイロ宣言［カイロ宣言］（名）〈史〉開羅宣言。

かいわ［会話］（名・自サ）會話，交談，對話。△英～／英語會話。△～をかわす／交談。→對話

かいわい［界隈］（名）附近，一帶。△銀座～／銀座一帶。△この～では彼はちょっとした顔だ／他在這一帶頗有點名氣。→近辺

かいわり［かい割り］（名）子葉（由種籽剛發出的二片嫩葉）。

かいん［下院］（名）（二院制議會中之）下院。↔上院

か・う［支う］（他五）支撐，支持。△机の足に物を～／桌子腿下墊東西。△横からつっかい棒を～／從側面支上根木棒。

か・う［買う］（他五）①買。△ノートを～／買筆記本。↔売る②惹起，招致。△怒りを～／惹人生氣。→招く③器重，賞識。△彼の実力を～／賞識他的實力。④承擔，接受。△一役～，て出る／主動承擔任務。

か・う［飼う］（他五）飼養。△犬を～／養狗。→飼育する

カウボーイ［cowboy］（名）騎馬牧者，牧牛童。

かうん［家運］（名）家運。△～がかたむく／家運衰落。

ガウン［gown］（名）①寬鬆睡衣。②法官長袍。

カウンシル［council］（名）①會議，理事會，參議會。②（市鎮等的）委員會。

カウンセラー［counsellor］（名）個人生活指導員。

カウンター［counter］（名）①收款處，賬桌。②櫃台。③（拳撃）還撃。④（足球、冰球）反撃。

カウンターカルチャー［counterculture］（名）反主流主義，反傳統文化。→たいこうぶんか（對抗文化）

カウンターテロリズム［counterterrorism］（名）反恐措施。

カウンタートレード［counter trade］（名）〈經〉對等貿易。

カウンターバランス［counterbalance］（名）平衡（力），抗衡（力），均衡（力）。

カウンターフィット［counter feit］（名）〈經〉偽造品，仿製品，冒牌貨。

カウント［count］（名・他サ）①記數，記分。

△ボール〜／投球計數。② 點數。△〜をとる／對拳擊時被打倒一方）計秒。

かえうた［替え歌］(名) 舊譜填新詞的歌。

かえぎ［替え着］(名) 替換的衣服。

カエサル［Caeser］(名) →シーザー

かえし［返し］(名) ① 答謝，回贈。△お〜に私からも一つ／作為酬答我也來一個。△お祝いの〜／對對方祝賀的回禮。② 找零。△200円の〜／找回二百（日）圓。③ 報復。△〜に一発くらわした／回敬了他一拳。④（波浪，風，地震等）止而復發。⑤ 還。△本を〜に行く／還書去。

かえ・す［返す］Ⅰ(他五) ① 送回。△読みおわた本をたなに〜／將讀完的書送回書架。② 歸還。△金を〜／還錢。→返済する ③ 報答。△恩を〜／報恩。④ 復原。△白紙に〜／一筆勾銷。△むかしに〜／恢復過去的樣子。⑤ 返回。△きびすを〜／往回走。⑥ 翻過來。△うらを〜／把裏子翻過來。△田を〜／翻地，耕地。Ⅱ(接尾) ① 重複（動作）△読み〜／重讀。② 回敬。△言い〜／還嘴。△なぐり〜／還手。回擊。

かえ・す［帰す］(他五) 使…回去。△子供を家へ〜／叫孩子回家。△門の前でタクシーを〜した／在門前把出租汽車打發回去。

かえ・す［孵す］(他五) 孵化。△ひなを〜／孵小雞。→孵化

かえすがえす［返す返す］(副) ① 表示不勝遺憾。△〜（も）残念でならない／不勝遺憾之至。② 再三再四。△〜たのんだぞ／我可全託付給你了！

かえズボン［替えズボン］(名) 備用褲子。△この背広は〜付きです／這套西裝多配一條褲子。

かえだま［替え玉］(名) 替身，冒名頂替。△受験の〜になる／(考試) 給人當槍手。

かえって［却って］(副) 反倒，反而。△〜ご迷惑をおかけしました／反倒給你添了麻煩。

かえで［楓］(名)〈植物〉楓樹。

かえば［替え刃］(名) 備用刀片。

かえり［帰り］(名) ① 歸，回。△〜がおそい／回來得遲。② 歸途。△〜に寄る／歸途順路去一下。Ⅱ(接尾) 由…回來。△勤め〜／下班回來。△外国〜／國外歸來。

かえりうち［返り討ち］(名) 復仇不成反被殺害。△〜にする／把復仇者殺死。

かえりがけ［帰りがけ］(名) 臨回去的時候，歸途。△〜にちょっと寄ってくれ／回來時順便來一下。

かえりざい［返り材］(名)〈經〉退貨。

かえりざ・く［返り咲く］(自五) ① 一年之內花開二度。② 官復原職，東山再起。△大関に〜ざいた力士はすくない／重獲大關稱號的力士很少。→カムバック

かえりじたく［帰り支度］(名) 回去的準備。

かえりしな［帰りしな］(名) →かえりがけ

かえりてん［返り点］(名) (用日語讀漢文時) 讀音順序符號。

かえり・みる［顧みる］(他上一) ① 回頭看。△うしろの人を〜／回頭看後面的人。→ふりかえる ② 回顧。△歴史を〜／回顧歷史。③ 顧及。△危険を〜みない／不顧危險。△家庭を〜暇がない／沒時間顧家。

かえり・みる［省みる］(他上一) 反省。△おのれを〜／反躬自省。→反省する

かえる［蛙］(名)〈動〉青蛙。

かえ・る［返る］Ⅰ(自五) ① 還原。△もとに〜／恢復原狀。△忘れ物が〜／失物找回。② 回應。△こだまが〜／回聲反射過來。③ 反轉。△軍配が〜／勝敗判了個個兒。Ⅱ(接尾) 表示程度很高。△あきれ〜／極度驚訝。△しょげ〜／十分沮喪。

かえ・る［帰る］(自五) 歸，回來，回去。△家に〜／回家。△元の職務に〜／回到原來的工作崗位。

かえ・る［孵る］(自五) 孵化。

か・える［代る］(自下一) 代替，替換。△いのちには〜られない／替代不了性命。△書面をもって挨拶に〜えさせていただきます／書面向您致意。

か・える［替える・換える］(自下一) 更換，改換。△6月から夏服に〜／六月起更換夏裝。△小切手を現金に〜／把支票換成現金。△土地を金に〜／賣地換錢。△乗り〜／換車。

か・える［変える］(他下一) 改變，變更，變動。△かみがたを〜／改變髮型。△開会の時刻を〜えた／開會時間有變更。△場所を〜／換個地方。→変更

かえるおよぎ［蛙泳ぎ］(名)〈體〉蛙泳，平泳。

かえるのこはかえる［蛙の子は蛙］(連語)〈俗〉有其父必有其子。

かえるのつらにみず［蛙の面に水］(連語)〈俗〉水澆鴨背，不關痛癢。

かえん［火炎］(名) 火焰。△〜が窓からふき出る／火焰從窗口冒出。

かお［顔］Ⅰ(名) ① 臉，面孔。△〜をあげる／仰起臉。△〜をあわせる／見面。② 面貌。△〜がいい／長得漂亮。△上品な〜／相貌文雅。③ 表情。△〜をくもらす／愁眉不展。△すずしい〜をする／若無其事的樣子。→表情。④ 面子，臉面。△〜をつぶす／丟面子。△〜をたてる／給面子。→体面，面目 ⑤ 成員。△〜がそろう／人到齊了。△みんな知っている〜ばかりだ／都是熟人。△会場に彼の〜が見えない／會場上見不到他。△人待が お／像在等人。△主人がお／主子架子。

かおあわせ［顔合わせ］(名・自サ) ① 碰頭，會面。② 同台演出。③〈體〉交鋒。

かおいろ［顔色］(名) ① 臉色，面色。△〜がわるい／氣色不好。② 表情，神色。△〜ひとつ変えず／毫無懼色。

かおがうれる［顔が売れる］(連語) 有名氣。

かおがきく［顔が利く］(連語) 有面子，吃得開，有勢力。

かおかたち［顔形］(名) 容貌。→顔だち

かおがたつ［顔が立つ］(連語) 保住面子。→面目をたもつ

かおがつぶれる［顔が潰れる］(連語) 丢醜，丢面子。

かおがひろい［顔が広い］(連語) 交際廣。

かおからひがでる［顔から火が出る］(連語) 羞愧得臉上發燒。

かおく［家屋］(名) 房屋，住房。△～が流失する／房屋被沖走。→家，住宅

かおだち［顔立ち］(名) 容貌。

かおつき［顔つき］(名) ① 相貌，面龐。△～がお母さんそっくりだ／長相和媽媽一様。② 表情。△うれしそうな～／喜形於色的様子。

かおつなぎ［顔つなぎ］(名) ① 聯誼，保持交往。② 引見。

かおなじみ［顔なじみ］(名) 熟人。△彼とはむかしからの～だ／同他早就熟識。→顔見知り

かおにこうようをちらす［顔に紅葉を散らす］(連語) 羞得面紅耳赤。

かおにどろをぬる［顔に泥を塗る］(連語) 往臉上抹黑。

かおにんしき［顔認識］(名)(電腦、相機等) 人臉識別(功能)。

かおぶれ［顔触れ］(名) 成員，参加者。△～がそろう／成員到齊了。→メンバー

かおまけ［顔負け］(名・自サ) 遜色，甘拜下風。△歌手～の歌いっぷり／歌手都自愧不如的唱腔。△彼女の厚かましさにはほんとうに～した／她那臉皮厚得叫人替她害臊。

かおみしり［顔見知り］(名) 熟悉，熟人。△～になる／相識。→顔なじみ

かおみせ［顔見せ］(名・自サ) ① 初次見面。② 同台演出。△～興行／全班公演。

かおむけ［顔向け］(名) 見面。△～が出来ない／没臉見。

かおもじ［顔文字］(名)〈IT〉表情文字，文字表情，例如 "＾ o ＾"、"-__-；" 等。

かおやく［顔役］(名) ① 頭面人物，有頭有臉的人。② 地頭蛇。

かおり［香り・薫り］(名) 香氣。△～がいい／香氣宜人。△文学の～高い作品／很有文學味道的作品。

カオリン［kaolin］(名) 高嶺土。

かお・る［香る・薫る］(自五) 發出香氣。△たちばなが～／柑橘飄香。→におう

かおをうる［顔を売る］(連語) 沽名。△金を使って顔を売る／花錢沽名釣譽。

かおをかす［顔を貸す］(連語) 代人出面。

かおをきかす［顔を利かす］(連語) 憑勢力，靠情面。

かおをだす［顔を出す］(連語) 出頭露面。

かおをたてる［顔を立てる］(連語) 給面子，看…的情面。

かおをつなぐ［顔を繋ぐ］(連語) 代為引見，常常露面。

かおをなおす［顔を直す］(連語) 重描粉妝。

かおをふる［顔を振る］(連語) 背過臉去，不答應。

かおをよごす［顔を汚す］(連語) 丢面子，臉上抹黑。

がか［画架］(名) 畫架。→イーゼル

がか［画家］(名) 畫家。→絵かき

がが［峨峨］(形動トタル) 巍峨。△～たるアルプス／巍峨的阿爾卑斯山。

かかあ［嚊］(名) 老婆，老伴。

かかあでんか［嚊天下］(名) 老婆當家。△彼の家は～だ／他家是老婆説了算。

かがい［課外］(名) 課外。△～活動／課外活動。

がかい［瓦解］(名・自サ) 瓦解，崩潰。

かがいしゃ［加害者］(名) 加害者。↔ 被害者

かかえ［抱え］(名) 包僱。△お～の運転手／長期僱用的司機。

かかえこ・む［抱え込む］(他五) ① 雙手抱。△荷物を～／抱行李。② 擔負，承攬。△難問を～／承攬難題。→しょいこむ

かか・える［抱える］(他下一) ① 抱，夾。△包みを～／抱包裹。△こわきに～／夾在腋下。→だく，いだく ② 承擔，負擔。△病人を～／承擔服侍病人的重任。③ 僱備。△秘書を～／僱秘書。

カカオ［cacao］(名) 可可。

かかく［価格］(名) 價格。

かかく［過客］(名) 行旅者，過客。

かかく［家格］(名) 門第。

かがく［化学］(名) 化學。

かがく［科学］(名) 科學。△～者／科學家。△～小説／科學幻想小説。

ががく［雅楽］(名) 雅樂，宮廷音樂。

かがくきごう［化学記号］(名) 化學符號。

かかくさ［価格差］(名)〈經〉差價，價格差。

かがくしき［化学式］(名) 化學式。

かがくしゃ［科学者］(名) 科學家。△～は主に自然科学の研究者をさしていう／科學家主要指研究自然科學的人。

かがくせんい［化学繊維］(名) 化學纖維，人造纖維。→かせん

かがくちょうみりょう［化学調味料］(名) 化學調味品。

かがくてき［科学的］(形動) 科學(的)。△～な態度／科學態度。

かがくはんのう［化学反応］(名) 化學反應。

かがくひりょう［化学肥料］(名) 化學肥料。↔ 天然肥料

かがくへんか［化学変化］(名) 化學變化。

かかくリスト［価格リスト］(名)〈經〉價目表。

かか・げる［掲げる］(他下一) ① 懸，舉。△旗を～／懸掛旗幟。△看板を～／掛招牌。△松明を～／高舉火把。△すだれを～／挑簾子。② 刊登。△新聞に広告を～／在報紙上刊登廣告。③ 提出，高喊。△愛国のスローガンを～て戦う／高舉愛國的旗幟戰鬥。

かかし［案山子］(名) ① 稻草人。② 傀儡。△彼は会長といっても～同然だ／他雖名為會長，

卻只是個牌位。

かか・す［欠かす］(他五) 缺，缺少。△朝のマラソンを～したことはない／晨跑一天也沒間斷過。△毎日～さず出席する／每天都到會。

かかずら・う(自五) ① 牽連到，與…發生瓜葛。△めんどうな仕事に～／牽連到一件麻煩工作了。△おまえなんかに～っている暇はない／沒工夫跟你糾纏。② 拘泥。△小事に～って大事を忘れる／顧小失大。

かかと［踵］(名) ① 腳後跟。→きびす ② 鞋後跟。△～の高いくつ／高跟鞋→ヒール

かがみ［鏡］(名) ① 鏡子。△～をのぞく／照鏡子。△～にうつす／照鏡子。△～がくもる／鏡子蒙上一層水汽。

かがみ［鑑］(名) ① 模範，榜樣。△人の～となる／成為人們的榜樣。② 借鑒。△人の失敗をわが身の～とする／拿別人的失敗作自己的借鑒。

かがみいた［鏡板］(名) ① 鑲板。② 能樂舞台背後正面的壁板。

かがみこ・む［屈み込む］(自五) 向下蜷身。△じっとこたつに～／蜷身趴在暖爐上不動。

かがみびらき［鏡開き］(名) 一月十日把供神的年糕取下吃掉的習俗。

かがみもち［鏡もち］(名) (上供的) 圓形年糕。

かが・む［屈む］(自五) ① 弓身，彎腰。△腰の～んだおばあさん／彎了腰的老太婆。↔ のびる ② 蹲下。△部屋のすみに～／蹲在屋子角落。→しゃがむ

かが・める［屈める］(他下一) 使身體彎下。△身を～／弓下身來。△腰を～／彎下腰。

かがやかし・い［輝かしい］(形) ① 耀眼。② 輝煌。△～未来／光輝燦爛的未来。△～業績／輝煌的業績。

かがやか・す［輝かす］(他五) ① 使放光輝。△目を～／目光炯炯。② 炫耀。△名を全世界に～／揚名世界。

かがやき［輝き］(名) 光輝，輝耀。△ネオンの～／霓虹燈光的閃爍。

かがや・く［輝く］(自五) 放光輝。△目が喜びに～／眼裏閃耀着喜悦的光輝。△優勝の栄冠に～／榮獲冠軍。

かかり［係］(名) 擔任者，主管人。△～をきめる／決定負責人。△それは私の～ではない／那件事不歸我管。△～長／股長。△案内がかり／嚮導。

かかり［係り］(名)〈語〉① 一詞對另一詞的修飾。② 係助詞之略稱。

かかり［掛かり］(名) 費用。△なにかと～がかさむ／東一筆西一筆的開銷不小。→出費

かがり［篝］(名) ① 燃篝火的鐵籠。② →かがりび

－がかり（接尾）① 花費，需。△五日～／花費五日。△二人～／需二人。② 順便。△通り～に立ち寄る／順路訪問。③ 象…，似…。△芝居～で／像演戲似的。④ 依靠。△親～の身／靠父母生活的人。

かかりあい［掛り合い］(名) 瓜葛，牽連。△ぼくになんの～もない事だ／此事與我毫無關係。△～になると困る／我不願意牽涉進去。

かかりあう［掛り合う］(自・五) 牽涉。△そんなことに～っている暇はない／我可沒時間管那種事。

かかりいん［係員］(名) 擔任…的人員。△詳細は～にたずねること／詳細情況請詢問主管人員。

かかりうけ［係り受け］(名)〈語〉日語中句子成分的組合關係和修飾被修飾關係。

かかりきり［掛かりきり］(名) 埋頭只做一件事。

かかりじょし［係り助詞］(名)〈語〉係助詞。

かかりつけ［掛かり付け］(名) 經常就診。△～の医者／經常就診的醫生。

かがりび［篝火］(名) 篝火。△～をたく／燃起篝火。

かかりむすび［係り結び］(名)〈語〉係結。(日語文語前後呼應的關係)

かかる［斯かる］(連語)〈文〉斯，這種。△～行為は許されるべきでない／這種行徑不能容許。

かか・る［係る］(自五) ① 涉及，關係到。△本件に～訴訟／涉及本案的訴訟。△乗客の安全に～問題／關係到旅客安全的問題。② 繫於。△事の成敗は君の腕に～っている／事情成敗全看你的本事了。

かか・る［掛る・懸る・架る］(自五) ① 懸掛。△虹が～／出虹。△川に橋が～っている／河上架着橋。△やかんがこんろに～っている／水壺坐在爐子上。△えりのホックがうまく～らない／領扣扣不上。② 覆蓋。△一面に霧が～／大霧瀰漫。△ほこりが～らないとうに蓋をする／蓋上蓋免得落上灰塵。△カバーの～ったソファ／罩着套子的沙發。③ 蒙受。△嫌疑が～／受嫌疑。△迷惑が～／遇到麻煩。△しぶきが～／濺上了水。④ 陷入。△わなに～／落入圈套。⑤ 由…處理。△会議に～／提到會議上。△医者に～／看醫生。⑥ 花費。△金が～／費錢。△時間が～／費時間。⑦ 起動，發生作用。△電話が～／電話接通。△エンジンが～らない／引擎發動不起來。⑧ 開始。△仕事に～／着手工作。△支度に～／開始準備。II (接尾) 行將…△死に～／快要死了。

かか・る［罹る］(自五) 患，得病。△病気に～／得病。

かが・る［縢る］(他五) 縫紉。① 鎖。△ボタン穴を～／鎖扣眼。② 縫補。

－がかる［掛る］(自五) ① 類似，仿效。△芝居～った文句／做戲似的言詞。② 稍帶…。△青み～った紫／略帶青色的紫色。△不良～った娘／有幾分流氣的女孩子。

－かかわらず（連語）① 不論，不管，不拘。△晴雨に～／不論晴雨。② 儘管，雖然。△努力したにも～失敗した／儘管作出努力，但卻失敗了。

かかわり［係り］(名) 關係，牽連。△～がある／有牽連。△～が薄い／沒多大干系。△深

い～をもつ／有密切關係。△町や郊外の景色
は季節や天候に～なく美しかった／街裏和郊
外的風景不管甚麼季節，天氣如何，都很美。

かかわ・る［係わる・拘わる］(自五) ① 糾
纏，拘泥。△小事に～／拘泥於小事。→かか
ずらう ② △關係到，牽涉到…△命に～性命
攸關。△面倒なことには～りたくない／我不
願惹麻煩。△私などの～り知るところではな
い／不關我的事。

かかん［花冠］(名)〈植物〉花冠。

かかん［果敢］(形動) 果敢。△勇猛～に突進す
る／勇猛果敢地衝擊。→勇敢

かがん［河岸］(名) 河岸。△～工事／河岸工
程。△～整備／整修河岸。

かき［牡蠣］(名) 牡蠣，蠔。△～フライ／炸牡
蠣。

かき［垣］(名) ① 垣牆。△～をめぐらす／圍上
柵欄。② 隔閡，界限。△ふたりの間に～が出
来た／二人之間發生了隔閡。→かきね

かき［柿］(名) 柿子。

かき［火気］(名) ① 煙火。△～厳禁／嚴禁煙
火。② 火勢。△風が～をあおった／風助火勢。

かき［火器］(名) 火器。

かき［夏季］(名) 夏季，夏令。

かき［夏期］(名) 暑期。△～講習／暑期講習。
△～休暇／暑假。

かき［下記］(名) 下記，下述，下列。

かぎ［鍵］(名) ① 鑰匙。△～で錠をあける／用
鑰匙開鎖。② 鎖。△自転車の～／車鎖。△～
をあける／開鎖。③ 關鍵。△問題解決の～を
つかむ／掌握解決問題的關鍵。

かぎ［鉤］(名) ① 鉤子。△～でひっかける／用
鉤子鉤。② 鉤狀。△～針／鉤針。③ 引號（"")。

がき［餓鬼］(名) ①〈佛教〉餓鬼。② 小鬼頭，
小淘氣。△この～め／你這個小鬼！

かきあげ［かき揚げ］(名) 油炸什錦。

かきあ・げる［書きあげる］(他下一) ① 寫完，
寫成。△論文を～／將論文寫完。② 一一列入，
記上。△要求事項を全部～／將請求事項全部
列出。

かきあ・げる［掻き揚げる］(他下一) ① 梳上
去。△手で髪を～／用手攏頭髮。② 撥亮（油
燈）。

かきあじ［書き味］(名) 運筆的感受。△すばら
しい～／筆很好使。

かきあつ・める［かき集める］(他下一) 收攏
到一起，湊。△金を～／湊錢。△資金を～／
籌集資金。△落業を～／摟落葉。

かきあらわ・す［書き表 (わ) す］(他五) 寫出
來，表現出來。△いきさつをこまかに～／將
原委詳盡寫出。△印象を絵で～／用畫將印象
表現出來。

かきあわ・せる［かき合わせる］(他下一) 用
雙手合攏。△着物のえりを～／把和服的領子
合攏起來。

かきいだ・く［掻き抱く］(他五) 緊抱。△母
が子供をしっかりと～／母親摟緊孩子。

かきいれどき［かきいれ時］(名) 生意繁忙時
期，賺錢的旺季。

かきい・れる［書き入れる］(他下一) 填寫。
△合格者の氏名を～／填上及格的人的姓名。

かきうつ・す［書き写す］(他五) 抄寫，謄寫。
△碑文を～／抄寫碑文。

かきおき［書き置き］(名・他サ) ① 留言，留
字。△留守だったので～してきた／因為他沒
在家，留下一個條子就回來了。② 遺言，遺書。

かきおく・る［書き送る］(他五) 寫出來給別
人。△こちらの様子をこまごまと国の両親
に～った／把這邊的情形詳詳細細地寫信告訴
家鄉的雙親。

かきおと・す［書き落す］(他五) 寫漏，漏寫。
△送り仮名を～した／忘寫詞尾的假名了。

かきおろし［書き下ろし］(名)（未曾在雜誌等
發表過的）新寫的作品。

かきおろ・す［書き下ろす］(他五) 新寫。△単
行本として出版するために新たに～／專為出
版單行本而寫。

かきかえ［書き換え］(名) 更改（證書等的某些
內容）。△名義の～をする／辦更名手續。

かきか・える［書き替える］(他下一) 改寫，
重新寫。△契約書を～／更改合同。

かきかた［書き方］(名) 寫法。△この申込用紙
の～を教えてください／請告訴我這個申請單
怎麼填寫。

かぎかっこ［鉤括弧］(名) 單引號，雙引號。
（""和 ' '）。

かきくだ・す［書き下す］(自五) ① 依次寫下
去。② 一氣呵成。

かきけ・す［かき消す］(自五) 驟然消失。△～
ように姿が見えなくなった／忽然無影無蹤。

かきごおり［かき氷］(名) 刨冰。△～をつく
る／刨冰。

かきことば［書き言葉］(名) 文章語。↔ はな
しことば

かきこみ［書き込み］(名・ス自)〈IT〉帖子。

かきこ・む［書き込む］(他五) 記入，填寫。
△手帳に～／記入記事本。

かきこ・む［かき込む］(他五) 扒拉。△飯
を～／忽忽忙忙地扒拉飯。

かぎざき［かぎ裂き］(名) ① 鉤破，刮破。②
刮破的裂口。△ズボンの尻に～をこしらえ
た／褲子屁股上刮了個口子。

かきしる・す［書き記す］(他五) ① 記下來，
記錄下來。② 寫。

かきすて［書き捨て］(名) 寫完扔掉。

かきすて［書き捨て］(名) 扔掉不管。△旅のは
じは～／旅途之上不怕丟醜。

かきす・てる［書き捨てる］(自下一) ① 寫完
丟掉。② 胡亂寫。△～てたままでもりっぱな
文章だ／信筆所寫，也是一篇佳作。

かきそこな・う［書き損なう］(他五) 寫錯，
寫壞。

かきぞめ［書き初め］(名) 新年試筆。（一月二
日進行）

かきそん・じる［書き損じる］(他上一) 寫錯。

がきだいしょう［餓鬼大将］(名) 孩子王。→冒頭

かきだし［書き出し］(名)① 文章起首。→冒頭。△〜が一万円になる／賬單共一萬日圓。

かきだ・す［書き出す］(他五)① 寫出來。△勘定を〜／開出賬單。② 開始寫。③ 摘記。△問題点を〜／把問題摘出寫上。

かぎだ・す［嗅ぎ出す］(他五)① 嗅出，聞出。△警察犬が犯人を〜／警犬嗅出犯人。② 刺探出。

かきた・てる［掻き立てる］(他下一)① 煽動，挑動。△人の好奇心を〜／挑起人們的好奇心。② 撥旺炭火，撥亮燈芯。③ 攪拌。△卵をまぜて泡を〜／將雞蛋攪起泡沫。

かきた・てる［書き立てる］(他下一)① 大書特書。△新聞で盛んに〜／在報紙上大肆宣傳。② 列舉，一一寫出。

かきつけ［書き付け］(名)① 字條，便條。② 賬單。△〜を１本入れる／立一張字據。

かぎつ・ける［嗅ぎ付ける］(他下一)① 嗅出。△菓子のにおいを〜／聞出點心味兒。② 刺探出。△秘密を〜／探出秘密。

かぎっこ［鍵っ子］(名) 脖子上帶鑰匙的孩子。

(-…に) かぎって［限って］(連語) 只有，唯有。△彼に〜そんなことはしない／唯有他不做那種事。

かきつばた［杜若］(名)〈植物〉燕子花。

かきて［書き手］(名)① 筆者。② 寫或畫得出色的人。△彼はなかなかの〜だ／他是一個出色的作者。

かきとば・す［書き飛ばす］(他五)① 飛快地寫。②(將部分內容刪掉) 跳着寫。

かきとめ［書留］(名) 掛號信。△配達証明付／雙掛號。△〜にする／掛號。△これを〜でお願いします／這個請用掛號寄。

かきと・める［書き留める］(他下一) 寫下，記下。△要点を〜／將要點記下。

かきとり［書き取り］(名)① 抄寫，記錄。② 聽寫。

かきと・る［書き取る］(他五) 記下來，抄錄下來。

かきなお・す［書き直す］(他五) 改寫，重新寫(書)。

かきなが・す［書き流す］(他五) 信筆寫，輕鬆地寫。

かきなぐ・る［書きなぐる］(他五) 胡亂寫，塗鴉。→なぐり書きする

かきなら・す［掻き鳴らす］(他五) 彈，撥(琴弦)。△ギターを〜／彈吉他。

かきぬ・く［書き抜く］(他五)① 摘錄。△論文の要旨を〜／摘錄論文的要點。② 寫到底。

かきね［垣根］(名)① 籬笆，柵欄。② 牆根。③ 隔閡。△〜をはずす／消除隔閡。

かきのこ・す［書き残す］(他五)① 寫完留下來，寫給後人。△遺言を〜／留下遺囑。② 沒寫完。△時間がなくて２ページ分〜した／時間不够，剩了兩頁沒寫。

かぎのて［鈎の手］(名) 曲尺形。△廊下は〜になっている／走廊成一個直角。

かきのもとのひとまろ［柿本人麻呂］〈人名〉古代日本歌人(生卒年不詳)，有許多詩歌載於《萬葉集》。

かぎばな［鈎鼻］(名) 鷹鈎鼻子。→わしばな

かぎばり［鈎針］(名) 鈎針。↔ 棒針

かきま・ぜる［掻き混ぜる］(他下一) 攪拌。△卵を〜／攪爛蛋。△粉に砂糖と塩を加えて〜／麵裏加上糖和鹽拌勻和。

かきまわ・す［掻き回す］(他五)① 攪和，攪拌。② 攪亂。△会社の中を〜／把公司內部攪亂。△引出の中を〜／把抽屜裏翻騰得亂糟糟。

かきみだ・す［掻き乱す］(他五)① 攪亂，弄亂。△髪を〜／把頭髮弄亂。② 製造混亂，擾亂。△秩序を〜／擾亂秩序。

かきむし・る［掻きむしる］(他五) 揪，薅，揪掉，撓破。△頭を〜／撓頭。△髪の毛を〜／揪頭髮。△胸を〜られるよう／心如刀絞。

かきもち［欠き餅］(名)① 烤、炸年糕片。② 鹹薄片點心。

かきゃくせん［貨客船］(名) 客貨船。

かきゅう［下級］(名) 下級。↔ 上級

かきゅう［火急］(名・形動) 緊急。△〜の知らせ／緊急通知。→緊急，至急

かきゅうせい［下級生］(名) 下班生。↔ 上級生

かきょ［科挙］(名) 科舉。△〜制度／科舉制度。

かきょう［佳境］(名) 佳境。△話はいよいよ〜に入った／故事漸入佳境。

かきょう［架橋］(名・自他サ) 架橋。△〜作業／架橋作業。

かきょう［華僑］(名) 華僑。

かぎょう［家業］(名) 家傳的行業，祖業。△〜をつぐ／繼承祖業。

かぎょう［稼業］(名) 行業，行當。△弁護士〜もなかなかたいへんだ／律師這碗飯也不容易吃。

かぎょうへんかくかつよう［か行変格活用］(名)〈語〉動詞か行變格活用。

かきょく［歌曲］(名)〈音〉歌，歌曲。

かきよ・せる［掻き寄せる］(他下一) 扒，摟。△落ち葉を〜／把落葉摟到一處。

-(…に) かぎらず［…(に) 限らず］(連語) 無論，不管。△なにごとに〜，公明正大でなければならぬ／無論何事都必須光明正大。△誰に〜金はほしいものだ／不管是誰，總不免愛財。

-(…とは) かぎらない［(とは) 限らない］(連語) 不一定，未必。△そんなことがないとは〜／不一定沒有那種事。

-(…とも) かぎらない［(とも) 限らない］(連語) 也不一定，也難保。△あの人でないとも〜／也難保不是他。

かぎり［限り］(名)① 限度，止境。△〜がない／無限。△できる〜／盡量，△竭盡全力。

今日〜で退職する／今天退休。△その場〜の話だよ／這話哪説哪了。② 在…範圍内。△私の知っている〜では／就我所知…△非常の場合のはこの〜にあらず／緊急場合不在此限。③ 事物持續的條件。△仕事がある〜，はたらきつづける／只要有工作，我就繼續幹。△生命のつづく〜，祖国のために尽くす／只要活一天，就為祖國效力一天。

かぎりな・い［限りない］（形）① 無限，無止境，無邊無際。△〜青空／藍天無際。→はてしない ② 無比，極大。△〜悲しみ／無比的悲痛。

かぎ・る［限る］（他五）① 限定範圍。△〜られた時間／有限的時間。△人数を〜／限定人數。② 標明界限。△山の稜線が空を〜っていた／山脊的稜綫將天空和山脈分開。③ 最好。△旅行は秋に〜／旅行最好在秋天。④ 唯有，僅限於。△彼に〜ってそんなことはしない／唯有他不做那種事。⑤（與否定連用）不限於。△困っているのはきみだけとは〜らない／為難的並非只有你自己。⑥（與否定連用）不見得。△金持はかならずしも幸福とは〜らない／有錢不見得就幸福。△雨が降らないとも〜らない／難保不下雨。

かきわ・ける［書き分ける］（他下一）區別開寫。△この小説では人物がよく〜けてある／這部小説人物描寫各有特色。

かきわ・ける［掻き分ける］（他下一）用手向兩旁撥開。△人ごみを〜／用手分開人群。△草の根を〜けても探し出せ／藏在地縫裏也得給我找出來。

かきわす・れる［書き忘れる］（他下一）忘寫。△名前を〜／忘寫名字。

かきわり［書き割り］（名）〈劇〉佈景，大道具。

かきん［家禽］（名）家禽。↔野禽

か・く［欠く］（他五）① 缺少。△常識を〜／缺少常識。△必要〜べからず／必不可少。② 損壊。△ころんで前歯を〜いた／跌倒磕掉了門牙。△氷を〜／砸碎冰。

か・く［書く・描く］（他五）① 寫，寫作。△手紙を〜／寫信。△論文を〜／寫論文。② 畫。△絵を〜／畫畫兒。

か・く［掻く］（他五）① 搔，撓。△かゆいところを〜／搔癢。△髪を〜／梳頭。② 攪和。△からしを〜／攪和芥末。③ 扒，摟。△落葉を〜／摟落葉。△水を〜／划水。④ 做（某種特定動作）。△汗を〜／出汗。△いびきを〜／打呼嚕。△あぐらを〜／盤腿坐。△べそを〜／哭鼻子。⑤ 砍。△首を〜／砍頭。

か・く［舁く］（他五）抬。△かごを〜／抬轎。

かく［角］（名）① 四方形，四角形。② 角。△15度の〜をなす／成十五度角。③（日本將棋）角。

かく［格］（名）① 等級，檔次。△〜が高い／當檔。△おかげで私の〜も上がった／這麼一來我的身價也提高了。② 標準。△〜に合わない／不合格。③〈語〉格。△〜助詞／格助詞。

かく［核］（名）①〈植物〉核，種籽。② 細胞核。③ 核心。④ 原子核。⑤ 核武器之略。

かく-［各］（接頭）每，各。△〜方面／各方面。△〜駅停車／每站都停（的慢車）。

か・ぐ［嗅ぐ］（他五）聞，嗅。△においを〜／聞味兒。

かぐ［家具］（名）傢具。→調度

がく［学］（名）學問，學習。△〜に励む／努力學習。

がく［楽］（名）音樂。△〜の音がきこえる／傳來樂聲。

がく［額］（名）① 金額。△予算の〜／預算額。② 像框，畫框。△〜に入れる／裝入鏡框（畫框）。

がく［萼］（名）〈植物〉花萼。

かくあげ［格上げ］（名・他サ）提高地位、等級。△課長に〜する／提升為科長。→昇格 ↔格下げ

かくい［各位］（名）各位。△会員〜／各位會員！

がくい［学位］（名）學位。△〜を取る／取得學位。

かくいつてき［画一的］（形動）劃一的，無區別的，一刀切的。

かくいん［客員］（名）客座（講師、教授）。△〜教授／客座教授。（也說「きゃくいん」）

かくいん［閣員］（名）內閣成員。

がくいん［学院］（名）學院。

かくう［架空］（名・形動）虛構。△〜の人物／虛構的人物。

かくえき［各駅］（名）各站。△〜停車の列車／每站都停車的列車。

がくえん［学園］（名）① 自小學至高中一貫制的私立學校。② 校園。→キャンパス

かくおせん［核汚染］（名）核污染。

かくかく［斯く斯く］（副）如此這般。△〜の理由により明日は休校にする／因為這種原因，學校明日休息。

がくがく（副・自サ）① 顫動。△ひざが〜する／膝蓋抖動。② 鬆動。△いすの脚が〜する／椅子腿晃動。△歯が抜けそうで〜する／牙活動，要掉了。

かくかぞく［核家族］（名）（由夫婦與未婚子女組成的）小家庭。

かくぎ［閣議］（名）內閣會議。

がくぎょう［学業］（名）學業。△〜をおえる／完成學業。△〜をおろそかにする／荒廢學業。

かくぎり［角切り］（名）切成方塊兒。△大根を〜にする／把蘿蔔切成方塊兒。△〜の肉／成塊兒的肉。

かくぐんしゅく［核軍縮］（名）核裁軍。

がくけい［学系］（名）（區分領域的做學問的系統）學系。△理〜／理學系。△経済〜／經濟學系。

がくげい［学芸］（名）學術和藝術。△新聞の〜欄／報紙上的文藝欄。

がくげいかい［学芸会］（名）（小學生的）學習成績匯報演出會。

がくげき［楽劇］(名)音樂劇，歌劇。

かくげつ［各月］(名)每月。

かくげつ［隔月］(名)隔月。△～刊行物／雙月刊。

かくげん［格言］(名)格言。

かくご［覚悟］(名・自サ)精神準備，決心。△決死の～／不惜一死的決心。△～の上／早有思想準備。早已估計到。

かくさ［格差］(名)(資格、等級、價格等的)差距。△給与～／工資差別。△～が開く／差距拉大。△～を広げる(縮める)／擴大(縮小)差距。

かくざい［角材］(名)四棱木材，方木料，方子。

がくさいそしき［学際組織］(名)跨學科組織。

がくさいてき［学際的］(形動)跨學科的。△～な研究／跨學科研究。

かくさく［画策］(名・他サ)出謀劃策。△かげで～する／暗地裏出謀劃策。→策動

かくさげ［格下げ］(名・他サ)降格。△平社員に～された／被降為普通職員。↔格上げ。升格

かくさん［拡散］(名・自サ)①擴散。△核の～を防ぐ／防止核擴散。②〈理〉漫射。△～光／漫射光。③〈理〉滲濾。

かくさん［核酸］(名)(生物化學)核酸。

かくし［隠し］(名)①隱藏。②衣袋的舊稱。△外～／明兜兒。

かくし［客死］(名・自サ)客死(他鄉)。(也說“きゃくし”)

かくじ［各自］(名)各自。→めいめい

がくし［学士］(名)學士。△文～／文學士。

がくし［学資］(名)(包括生活費在内的)學習費用。

がくしいん［学士院］(名)“日本學士院”之略稱。

かくしき［格式］(名)①門第。△～が高い／門第高。②(高門第的)禮法，排場，門風。△～を重じる／重禮法。

がくしき［学識］(名)學識。△～経験者／有學識有經驗的人。

かくしきば・る［格式張る］(自五)講形式，講排場。△～った店でナイフやフォークの礼儀にしばられて食べるのがいやだ／使刀叉都得遵守一套規矩，我討厭在這種禮節繁瑣的飯店吃飯。

かくしげい［隠し芸］(名)平時不露、拿到會上做餘興表演的節目。

かくしごと［隠し事］(名)秘密，隱情。

かくしことば［隠し言葉］(名)隱語，黑話。

かくじだいてき［画時代的］(形動)劃時代的。

かくしだて［隠し立て］(名・自サ)隱瞞。

かくしだま［隠し玉］(名)秘密武器，秘密招數。

かくしつ［確執］(名・自サ)固執己見發生爭執。

かくしつ［角質］(名)(生物化學)角質。△～層／角質層。

かくじつ［隔日］(名)隔日。△～勤務／隔日上班。

かくじつ［確実］(形動)確實。△当選～／當選沒問題。△～に実行する／保證落實。△～な商売／可靠的行業。

かくじっけん［核実験］(名)核試驗。

かくして［斯くして］(接)這樣(一來)，於是。△～三年の歳月が流れた／這樣，三年過去了。

かくしどり［隠し撮り］(名・他サ)偷偷拍照。

かくしファイル［隠しファイル］(名)〈IT〉隱藏文件。

かくしもつ［隠し持つ］(五他)(暗中)掌握，擁有。

がくしゃ［学者］(名)學者。△～肌／學者氣質。

かくしゃく［矍鑠］(形動タルト)矍鑠。△～たる老人／精神矍鑠的老人。

かくしゅ［各種］(名)各種。△～学校／職業學校。△～とりそろえてあります／各色貨物一應俱全。

かくしゅ［馘首］(名・他サ)免職，革職，解僱。

かくしゅ［鶴首］(名・自サ)翹首盼望。

かくしゅう［隔週］(名)隔週。△～土曜休日／每隔一週星期六休息。

かくじゅう［拡充］(名・他サ)擴充。△設備を～する／增添設備。△組織を～する／擴大組織。

がくしゅう［学習］(名・他サ)學習。△～に励む／努力學習。△～者／學員。

がくしゅうしどうようりょう［学習指導要領］(名)教學大綱。

かくしゅがっこう［各種学校］(名)職業學校。

がくじゅつ［学術］(名)學術。

がくじゅつかいぎ［学術会議］(名)以振興學術為目的的日本政府的諮詢機構。

かくしょう［各省］(名)各省。(日本政府中央各部)

かくしょう［確証］(名)確鑿的證據。

がくしょう［楽章］(名)〈樂〉樂章。

がくしょく［学殖］(名)淵博的學問。

かくじょし［格助詞］(名)〈語〉格助詞。

かくしん［革新］(名・他サ)革新。△技術～／技術革新。△～政党／革新政黨。↔保守

かくしん［核心］(名)核心，要害，關鍵。△～にふれる／接觸到關鍵問題。△～をつく／抓住要害。

かくしん［確信］(名・他サ)①堅信。②有信心。△～に満ちあふれる／滿懷信心。△～をもって答える／非常有把握地回答。

かくじん［各人］(名)各人。△～各様／一人一樣。

かく・す［隠す］(他五)掩蓋，隱藏，隱瞞。△過失を～／掩蓋錯誤。△年を～／瞞年齡。△～よりあらわる／欲蓋彌彰。

かくすい［角錐］(名)〈數〉角錐。

かくすう［画数］(名)筆畫數。

かく・する［画する］(他り)①劃分。△一線を～／劃清界限。△一時期を～／劃時期。②策劃。△倒閣を～／策劃推翻內閣。

かくせい［隔世］(名)隔世。△～の感／隔世之感。△～遺伝／隔代遺傳。

かくせい［覚醒］(名・自サ)覺醒。△迷いから～する/從迷惘中醒悟。

がくせい［学制］(名)學制。

がくせい［楽聖］(名)大音樂家，樂聖。

がくせい［学生］(名)學生。～時代/學生時代。～ふく【～服】〔名〕學生服。校服。～ぼう【～帽】〔名〕學生帽。制服帽子。～わりびき【～割引】〔名〕(車、船、電影等)學生價。→がくわり(学割)

かくせいいでん［隔世遺伝］(名)隔代遺傳。

かくせいき［拡声器］(名)揚聲器。→スピーカー

かくせいざい［覚醒剤］(名)興奮劑。

がくせき［学籍］(名)學籍。

かくぜつ［隔絶］(名・自サ)隔絕。△世間から～された世界/與世隔絕的環境。

がくせつ［学説］(名)學説。

かくぜん［画然］(形動トタル)分明，清楚。△～たる区別/明顯的區別。

がくぜん［愕然］(形動トタル)愕然。△～として色を失う/大驚失色。

かくせんそう［核戦争］(名)核戰爭。

がくそう［学窓］(名)同窗共學的學校。△～をすだつ/畢業離校。

がくそう［学僧］(名)①有學問的僧侶。②正在學佛術的僧侶。

がくそく［学則］(名)校規。→校則

かくだい［拡大］(名・他サ)擴大。△規模が～する/規模擴大。△勢力を～する/擴張勢力。△1000倍に～する/放大一千倍。△～解釈/做誇大解釋。↔縮小

がくたい［楽隊］(名)樂隊。

かくだいきょう［拡大鏡］(名)放大鏡。→虫めがね，ルーペ

かくたる［確たる］(連體)確實，確切。△～証拠/確鑿的證據。

かくだん［格段］(名・形動)格外，特別。△～の差/顯著的差別。△～にすぐれている/格外優秀。

がくだん［楽団］(名)〈樂〉樂團。

かくだんとう［核弾頭］(名)核彈頭。

かくち［各地］(名)各地。

かくちく［角逐］(名・自サ)角逐，競爭。

かくちゅう［角柱］(名)①四棱柱。②〈數〉棱柱。

かくちょう［拡張］(名・他サ)擴張，擴大，擴充。△胃～/胃擴張。△軍備を～する/擴充軍備。△事業を～/擴大事業。

かくちょう［格調］(名)格調，風格。

がくちょう［学長］(名)大學校長。

がくちょう［楽長］(名)樂隊指揮。

かくちょうし［拡張子］(名)〈IT〉副檔名，尾碼名。

かくづけ［格付け］(名・他サ)分等級。△生産物の～をする/規定產品的價格等級。△Aクラスに～される/被定為A級。

かくて［斯くて］(接)於是，就這樣。△～戦いは終わった/就這樣，戰鬥結束了。

かくてい［確定］(名・他サ)確定。△方向を～する/確定方向。△～値段/〈經〉確盤。△～基準/最後依據。

かくていてき［確定的］(形動)確定無疑。△もはや勝利は～だ/勝利已成定局。

カクテル［cocktail］(名)①雞尾酒。△～パーティー/雞尾酒會。②(西餐的)飯前水果，冷盤。

カクテルグラス［cocktail glass］(名)雞尾酒酒杯。

カクテルこうせん［カクテル光線］(名)棒球場等地的照明光綫。

カクテルドレス［cocktail dress］(名)晚會女便服。

カクテルラウンジ［cocktail lounge］(名)(在俱樂部、旅館、機場等處的)供應雞尾酒等飲料的休息室，酒吧間。

がくてん［楽典］(名)樂典，西樂基礎課本。

かくど［角度］(名)①〈數〉角度。②角度。△ちがう～から考える/從另外的角度考慮。

かくど［確度］(名)確率，準確度。△～が高い/準確率高。→確率

がくと［学徒］(名)①學生。△～動員/(在戰爭中)動員學生出征。②學者，學子。△物理学の～/物理學家。

かくとう［格闘］(名・自サ)格鬥，拼搏。

かくとう［確答］(名・自サ)明確(的)答覆。△～をさける/迴避明確的答覆。

がくどう［学童］(名)小學生。→児童

かくとうぎ［格闘技］(名)格鬥技巧。

かくとく［獲得］(名・他サ)獲得，取得。△市民権を～する/取得市民權。△優勝を～/取得冠軍。

がくとく［学徳］(名)學問和品德。

がくない［学内］(名)大學內部。

かくに［角煮］(名)紅燉豬肉，燒魚塊。

かくにん［確認］(名・他サ)確認，證實。△身元を～する/判明身分。△情報を～する/證實信息。△～を取りつける/取得(對方)確認。

かくねん［隔年］(名)隔年，每隔一年。

がくねん［学年］(名)①學年。△～末試験/年終(學年)考試。②年級。△～主任/年級主任。

かくねんりょう［核燃料］(名)核燃料。

かくのうこ［格納庫］(名)①飛機庫。②大型倉庫。

がくばつ［学閥］(名)學閥。

かくば・る［角張る］(自五)①有棱角。△～った顔/方臉。②生硬，嚴肅。→四角ばる

かくはん［攪拌］(名・他サ)攪拌。△～機/攪拌機。

かくはん［拡販］(名)〈經〉推銷。

がくひ［学費］(名)學費。△～免除/免收學費。

かくひき［画引き］(名)(漢字詞典的)按筆畫查字。△～索引/漢字筆畫索引。

かくひつ［擱筆］(名・自サ)停筆，擱筆。↔起筆

がくふ［岳父］(名) 岳父，泰山。

がくふ［楽譜］(名) 樂譜。

がくぶ［学部］(名) 大學的院、系。△～長／院長。系主任。

がくふう［学風］(名) ① 學風。② 校風。

かくぶち［額縁］(名) ① 畫框。鏡框。② 門窗等裝飾框。

かくぶんれつ［核分裂］(名・自サ) ①〈理〉核裂變。②〈生理〉核分裂。

かくへいき［核兵器］(名) 核武器。△～保有／擁有核武器。

かくべえじし［角兵衛獅子］(名) 耍獅子。

かくへき［隔壁］(名) 間壁牆。△防火～／防火隔壁。

かくべつ［格別］I (副) 特別，特殊。△彼は～すぐれた選手ではない／他並非特別優秀的運動員。II (形動) 例外，特別。△今日の暑さは～だ／今天特別熱。△～の風味／特殊風味。△雪の日は～，ふだんは高速道路の方が迷い／平時是高速公路快──下雪例外。

かくほ［確保］(名・他サ) 確保。△資源を～する／確保資源。

かくほう［確報］(名) 準確的消息。△～をえる／獲得準確的消息。

かくぼう［角帽］(名) 舊時大學生方頂制帽。

がくほう［学報］(名) ① 學報。② 大學的校內通報。

がくぼう［学帽］(名) 學生帽。

かくほうめん［各方面］(名) 各個方面。△～の意見を聞く／聽取各方面意見。

かくほゆうこく［核保有国］(名) (有) 核國家。△非～／非核國家。

かくま・う［匿う］(他五) 隱匿，窩藏。△犯人を～／窩藏犯人。△亡命者を～／掩護流亡者。

かくまく［角膜］(名)〈醫〉角膜。△～移植／角膜移植。

かくまく［隔膜］(名) ①〈理〉膜片，光闌。②〈解剖〉膈肌。

かくミサイル［核ミサイル］(名) 核導彈。

かくめい［革命］(名) ① 革命。△～がおきる／發生革命。△～をおこす／鬧革命。② 大變革。△産業～／產業革命。△教育～／教育改革。

がくめい［学名］(名) ① 學術聲望。△～があがる／學術名望大振。② (動物、植物的) 學名。

かくめいてき［革命的］(形動) 革命 (的)。△～発明／革命性的發明。

がくめん［額面］(名) ① (貨幣等的) 面額。△～をわる／低於票面價值。② 毛算的金額。△～は多いが実質は少い／賬面上的毛數高，實際金額低。△彼の言うことは～通りには受け取れない／他的話有水分，不能全信。

かくも［斯くも］(副) 如此，這般。△本日は～盛大なる送別会をひらいていただき、ありがとうございます／今日承蒙舉行如此盛大的歡送會，不勝感謝。

がくもん［学問］(名) ① 學識，學問。② 學業。△～にはげむ／追求學問。③ 學術，科學。△～の世界／學術領域。

がくもんてき［学問的］(形動) 學術上 (的)。

がくや［楽屋］(名) ① 後台演員休息室。② 幕後。△政界の～／官場內幕。

がくやうら［楽屋裏］(名) 後台，內幕。△～での取引／幕後交易。

がくやおち［楽屋落ち］(名) 局外人不懂。△君のしゃれは～だ／你說的俏皮話局外人不懂。

かくやく［確約］(名・他サ) 約定，保證。△再度の日本訪問を～する／約定再次訪問日本。

かくやす［格安］(形動) 格外便宜。△お値段は～になっている／價錢格外便宜。

がくやすずめ［楽屋雀］(名) 戲劇通，戲劇界消息靈通人士。

かくやすひん［格安品］(名) 廉價品。

がくやばなし［楽屋話］(名) 秘事，私房話。

がくゆう［学友］(名) 學友，同學。△～会／同學會。

かくゆうごう［核融合］(名)〈理〉核聚變。△～反應／核聚變反應。

がくよう［学用］(名) 學習用，研究用。△～患者／同意提供身體做醫學研究的患者。

がくようひん［学用品］(名) 文具。→文房具

かぐら［神楽］(名) (古典舞樂) 神舞。

かくらん［攪乱］(名・他サ) 攪亂，擾亂。

かくり［隔離］(名・他サ) ① 隔離。△～病棟／隔離病房。② 隔絕。△世の中と～した山の中で暮らす／在與世隔絕的山中生活。

かくりつ［確立］(名・他サ) 確立，確定。△制度を～する／建立制度。△方針を～する／確定方針。

かくりつ［確率］(名) 概率，機率。△～が高い／概率高。→確度

かくりょう［閣僚］(名) 內閣大臣，內閣成員。

がくりょく［学力］(名) 學力。△～がつく／增長學力。

がくれい［学齢］(名) ① 受義務教育的年齡。(六歲) ② 學齡。(六歲至十五歲)

かくれが［隠れ家］(名) ① 隱居處。② 藏匿處。△犯人の～をつきとめる／查明犯人藏身之處。

がくれき［学歴］(名) 學歷。

かくれみの［隠れみの］(名) ① 隱身衣。② 遮蓋布，遮掩手段。△いそがしさを～にして顔を出さない／以忙為託辭不露面。

かく・れる［隠れる］(自下一) ① 隱藏。△かげに～／藏身於暗處。② 不顯露。△～た才能／被埋沒的才能。△～た意味／寓意。③ 駕崩。

かくれんぼう［隠れん坊］(名) 捉迷藏。

かぐろ・い［か黒い］(形) 烏黑，墨黑。

かくろん［各論］(名) 各論。↔総論

かぐわし・い［馨しい］(形) 芳香。△～花／芳香的花朵。

がくわり［学割］(名) 學生優待票。

かくん［家訓］(名) 家訓。

がくんと(副・自サ) ① 猛然，喀嚓一下。△急ブレーキで〜ときた／一個急刹車猛然停下。② 程度急劇提高。△〜深くなる／驟然變深。③ 突然無力。△〜とひざをつく／突然雙膝一軟跪倒。

かけ［掛］ I (名) ① 賒。△〜で買う／賒賬買貨。② 清湯麵。 II (接尾) ①(接動詞連用形после) 沒，…完，…中途。△食べ〜／沒吃完。△読み〜の本／讀了一半的書。②(接名詞after) 掛東西的架子。△洋服〜／西服衣架。

かけ［賭け］(名) 賭，賭博。△〜をする／打賭。△〜に勝つ／賭贏了。△〜が当る／打賭猜中。

かげ［影］(名) ① 影子。△障子にうつる人の〜／投在紙隔扇上的人影。② 映像。△水面に山の〜が映っている／水面上映出山的倒影。③ 形象，跡象。△〜をかくす／躲起来。△〜をひそめる／不露面。△その寺は今は見る〜もない／那座寺廟現在已經面目全非。△彼の態度にはすこしも非難の〜が見られない／他的態度看不出有絲毫責備的意思。④ 陰影。△死の〜を恐れる／害怕死亡的陰影。

かげ［陰］(名) ① 陰影。△木の〜で休む／在樹蔭裏休息。② 背後，後面。△戸に〜隠れる／藏在門後。③ 暗地，暗中。△〜であやつる／暗中操縱。△〜で悪口を言う／背後説壞話。△〜になり日向になり助ける／明裏暗裏幫助。④ 陰暗。△あの人はどこか〜がある／那人總叫人捉摸不透。⑤ 蔭庇。△お〜をこうむる／受到庇護。△寄らば大樹の〜／大樹底下好乘涼。

がけ［崖］(名) 崖，懸崖。△〜くずれ／山崖崩塌。

-がけ［掛け］(接尾) ① 穿着。△ゆかた〜／身着浴衣。②…成，折。△定価の八〜で売る／按原價八折賣出。③ 可坐(人數)△2人〜のベンチ／可坐二人的長椅。④…途中，…之前。△寝〜に一杯やる／睡前喝杯酒。△出〜に客が来た／正要出門來了客人。

かけあい［掛け合い］(名) ① 談判，交涉。△賃上げの〜／交涉提高工資。② 對口説唱。△〜漫才／對口相聲。

かけあ・う［掛け合う］(他五) ① 互相撩，潑，澆。△水を〜／互相潑水。② 談判，交涉。

かけあし［駆け足］(名) ① 跑步。△〜で家に帰る／跑步回家。② 匆忙地。△仕事を〜でやる／匆忙，草率地做事。

かけあわ・せる［掛け合わせる］(他下一) ① 相乘。△3と5を〜／三和五相乘。②(動，植物) 交配。

かけい［花茎］(名)〈植物〉花莖。

かけい［佳景］(名) 美景。

かけい［家系］(名) 血統，門第。△〜をたどる／尋根。

かけい［家計］(名) 家庭收支。△〜がくるしい／家境貧寒。△〜簿／家庭收支簿。

かけいぼ［家計簿］(名) 家庭收支簿。

かけうり［掛け売り］(名・自サ) 賒賣。△〜お断り／概不賒賬。 ↔ 掛け買い

かげえ［影絵］(名) 影畫，剪影。

かけおち［駆け落ち］(名・自サ) 私奔。△〜結婚／男女雙雙逃到外地結婚。

かけがい［掛け買い］(名・自サ) 賒買。 ↔ 掛け売り

かげがうすい［影が薄い］(連語) ① 無生氣，即將垮台。△かげのうすい内閣／搖搖欲墜的內閣。② 不顯眼。△彼は学校ではかげがうすい存在だ／他在學校毫不顯眼。

かけがえのない［掛け替えのない］(連語) 無可替換的。△かけがえのない人物を失った／失去了一位無可替代的人物。

かけがね［掛け金］(名) 門，窗上的掛鈎。

かげき［過激］(形動) 過激，過火。△〜な思想／激進的思想。△〜派／激進派。 ↔ 穏健

かげき［歌劇］(名) 歌劇。

かけきん［掛け金］(名) 定期積累(或繳納)的錢。△保険の〜／定期繳納的保險金。

かげくち［陰口］(名) 背地説壞話。△〜をきく／背地罵人。

かけごえ［掛け声］(名) ① 喝彩聲。△お客さんから〜がかかる／客人發出喝彩聲。→声援 ② 勞動號子。△〜をかける／喊號子。③ 空喊。△〜だけに終わる／空喊一陣完事。

かけごえだおれ［掛け声倒れ］(連語) 雷聲大雨點小。

かけごと［かけ事］(名) 賭博。

かけことば［掛詞］(名) 雙關語。

かけこ・む［駆け込む］(自五) 跑入。

かけざん［掛け算］(名)〈數〉乘法。 ↔ 割り算

かけじく［掛け軸］(名) (裝裱好的)豎式字畫，掛軸。

かけす(名)〈動〉松鴉。

かけず［掛け図］(名) 掛圖。

かけずりまわ・る［駆けずり回る］(自五) 東奔西跑。△募金に〜／為募捐四處奔走。

かげぜん［陰膳］(名) 上供的飯食。

かけそば［掛蕎麦］(名) 澆滷蕎麥麵條。

かけだし［駆け出し］(名) 新手，生手。△〜の記者／初出茅廬的記者。→新米

かけだ・す［駆け出す］(自五) ① 跑出去。② 開始跑。

かげち［陰地］(名) 背陰地方。

かけちが・う［掛違う］(自五) ① 兩岔，錯過。△〜って会えなかった／走兩岔去了，沒見着。② 不一致，互相矛盾。

かけつ［可決］(名・他サ) 通過。△予算案を〜する／通過預算方案。 ↔ 否決

かげつ［箇月・か月・ヵ月・ヶ月］(接尾)…個月。△3〜／三個月。

かけっくら［駆けっくら］(名) 賽跑。→かけくらべ

かけつけさんばい［駆けつけ三杯］(連語) 罰酒三杯。

かけつ・ける［駆付ける］(自下一) 趕到，急忙跑到。

かけつなぎ［掛繋ぎ］（名）套利。△〜取引／套利交易。

かけて［連語］→にかけて

かげでいとをひく［陰で糸を引く］（連語）背後操縱。

かげでしたをだす［陰で舌を出す］（連語）暗中嗤笑。

かけどけい［掛時計］（名）掛鐘。

かけとり［掛取り］（名）討賬，討債（的人）。

かげながら［陰ながら］（副）暗自，暗地。△〜案じている／暗自擔心。△〜ご成功をお祈りしています／暗地祝願您成功。

かげになりひなたになり［陰になり日向になり］（連語）明裏暗裏，人前人後（總在幫助）。

かけぬ・ける［駆抜ける］（自下一）① 跑着穿過。② 跑着追過去。

かけね［掛け値］（名）① 謊價。△〜なしの値段です／這是實價，不要謊。② 虛假，誇大。△〜のないところを言う／毫不誇張地説。

かけねなし［掛値なし］（名）〈經〉言不二價，不折不扣，貨真價實。

かげのかたちにそうように［影の形に添うように］（連語）形影不離。

かけはし［懸け橋］（名）吊橋，橋樑。△両国交渉の〜をする／充當兩國談判的橋樑。

かけはな・れる［懸け離れる］（自下一）相距太遠。△常識とは〜た考えかた／太不合常識的想法。

かけひ［筧］（名）引水筒。

かけひき［駆け引き］（名・自サ）① 討價還價。△〜がうまい／善於討價還價。② 策略，手腕。△〜を使わず誠意で当たれ／要以誠相待，不要耍手腕。

かげひなた［陰日向］（名）① 向陽與背陰。② 當面與背後。△〜なく働く／表裏如一地工作。→うらおもて

かげべんけい［陰弁慶］（名）→うちべんけい。

かげぼうし［影法師］（名）人影，影子。

かげぼし［陰乾し］（名・自サ）陰乾。

かけまわ・る［駆回る］（自五）① 轉圈跑。△運動場を〜／圍着運動場跑。② 四處奔跑。

かげむしゃ［影武者］（名）①（重要人物的）替身。② 幕後人物。→黑幕

かけめ［欠け目］（名）① 不够分量。② 缺欠。③（圍棋）假眼。

かけめ［掛け目］（名）① 重量。②（服飾）加針。

かけめぐ・る［駆巡る］（自五）→かけまわる

かげもかたちもない［影も形もない］（連語）無影無蹤。△行ってみたらかげもかたちもなかった／去那裏一看，影兒都沒有了。△かげもかたちもない嘘／沒影兒的事。

かけもち［掛け持ち］（名・他サ）兼職。△ふたつの学校を〜で教える／兼任兩校的教學。→兼任，兼務

かけもの［掛物］（名）①→かけじく。② 睡覺蓋的東西（被，毯子等）。

かけら［欠けら］（名）① 碎片。△ガラスの〜／玻璃碎片。② 一點點。△あいつには良心の〜もない／那傢伙一點良心也沒有。

かげり［陰り］（名）陰影，暗影。△〜のある顔／陰鬱的臉。△さきゆきに〜が見える／前景暗淡。

かけ・る［翔る］（他五）飛翔。△空を〜／在天空飛翔。

か・ける［欠ける］（自下一）① 出缺口。△刃が〜／刀刃出了豁口。② 缺少，欠。△メンバーが〜／成員未齊。△月が〜／月缺。→満ちる

か・ける［駆ける］（自下一）跑，奔跑。△決勝点まで〜／跑到終點。

か・ける［賭ける］（他下一）打賭，賭博。△金を〜／賭錢。△命を〜て／豁上性命。△名誉に〜て／拿名譽擔保。

か・ける［掛ける］（他下一）① 掛上，架上，放上。△壁に絵を〜／把畫掛在牆上。△肩に手を〜／手搭肩膀。△鍋をこんろに〜／把鍋坐在爐子上。△ベンチに腰を〜／坐在長凳上。△橋を〜／架橋。② 繫上。△紐を〜／繫繩。△ボタンを〜／扣鈕扣。③ 使發揮，固有作用。△ふるいに〜／過篩子。△はかりに〜／過秤。△電話を〜／掛電話。△足払いを〜／下絆子。△ストを〜／發動罷工。△ブラシを〜／用刷子刷。△エンジンを〜／發動引擎。△かぎを〜／鎖上。△裁判に〜／提起訴訟。△議案を委員会に〜／把議案提交委員會。④ 蓋，澆，撒。△ふとんを〜／蓋被。△水を〜／澆水。△砂糖を〜て食べる／撒上糖吃。⑤ 施動作於某人。△医者に〜／看醫生。△お目に〜／請人過目。△ペテンに〜／設騙局。△わなに〜／設圈套。△口を〜／搭話。△求事。進んで声を〜／主動打招呼。⑥〈数〉乘。△5に3を〜／五乘三。

- かける（接尾）（接動詞連用形）① 表示動作中止。△建てかけた家／蓋了一半的房子。△食べかけたりんご／吃了幾口的蘋果。② 表示將要發生（但未發生）。△電気が消えかけた／電燈差點滅了。

かげ・る［陰る］（自五）① 變暗。△日が〜／陽光變暗。② 陰暗。△表情が〜／表情變得陰鬱。→くもる

かげろう［陽炎］（名）煙靄。△〜がたつ／煙靄升起。

かげろう［蜉蝣］（名）①〈動〉蜉蝣。② 短命，無常。△〜の命／短暫的生命。

かげん［下弦］（名）下弦。△〜の月／下弦月。

かげん［下限］（名）① 下限，最低限。② 最近的年限。

かげん［加減］Ⅰ（名）①〈数〉加減法。② 程度，狀況。△おふろの〜を見る／看洗澡水溫度如何。△お〜は如何ですか／你身體怎麼樣？Ⅱ（名他サ）調節，調整。△ガスの火を〜／調節煤氣爐的火。△すこし〜して扱う／就合着點兒。△すこし〜して物を言いたまえ／説話要掂量着點兒。Ⅲ（接尾）① 程度。

△ばかさ～／胡塗勁兒。△腹のへり～で時間が分る／憑肚子餓的程度就知道是甚麼時間。②略微，ほろよい～／略有醉意。

かこ [過去] (名) 過去，既往。△～にさかのぼる／追溯過去。→以前，むかし

かご [駕籠] (名) 轎，肩輿。

かご [籠] (名) 筐、籃。△買い物～／菜籃。

かご [加護] (名) 保佑，守護。△神明の～を求める／祈求神明保佑。

かご [過誤] (名) 過錯。

がご [雅語] (名) 雅語。

かこい [囲い] (名) 園子，柵欄。△～をする／設圍牆。△～がきく／耐貯藏。

かこ・う [囲う] (他五) ① 圍起。△かなあみで～／用金屬網圍起。② 隱藏。△犯人を～／藏匿犯人。△女を～／蓄妾。③ 儲藏。△りんごを～／儲藏蘋果。

かこう [下降] (名・自サ) 下降。△～気流／下降氣流。↔ 上升

かこう [火口] (名) 〈地〉火山口。

かこう [加工] (名・他サ) 加工。△～食品／加工食品。

かこう [下向] (名・自サ) (景氣) 低落。

かこう [河口] (名) 河口。→かわぐち

かこう [可耕] (名) 可耕，能耕種。△～面積／可耕面積。

かこう [仮構] (名・他サ) 虛構，虛擬。

かこう [花梗] (名) 花梗。

かこう [河港] (名) 河港。↔ 海港

かこう [華甲] (名) 花甲，六十歲。

かこう [佳肴] (名) 佳餚。

かごう [化合] (名・自サ) 化合。△～物／化合物。

がこう [画工] (名) 畫匠。

がごう [雅号] (名) 雅號。

かこうがん [花崗岩] (名) 花崗岩。

かこうげん [火口原] (名) 〈地〉火山口底。△～湖／火口原湖。

かこうこ [火口湖] (名) 火山口湖。

がこうそう [鵞口瘡] (名) 〈醫〉鵝口瘡。

かこうち [可耕地] (名) 可耕地。

かごうつし [籠写し] (名) (書畫) 雙鉤。

かごうぶつ [化合物] (名) 化合物。

かこく [過酷・苛酷] (形動) 嚴酷，殘酷，苛刻。△～な労動／殘酷的勞動。△～な要求／苛刻的要求。

かこちょう [過去帳] (名) (寺廟保存的) 死人名冊。

かこ・つ [託つ] (他五) 發牢騷。△不運を～／抱怨不幸。

かこつ・ける [託ける] (自下一) 託故，藉口。△病気に～けて参加をことわる／託言有病，拒絕參加。

かごのとり [籠の鳥] (名) ① 籠中之鳥。△～のような生活／失去自由的生活。② 妓女。

かこみ [囲み] (名) ① 包圍。△～をやぶる／打破包圍。△～をとく／解圍。② 花邊文字。

△～記事／花邊新聞。

かこみきじ [囲み記事] (名) 花邊新聞。

かこ・む [囲む] (他五) 圍上，包圍。△食卓を～／同桌就餐。△敵を～／包圍敵人。△四囲を海に～まれる／四面環海。

かこん [禍根] (名) 禍根。

かごん [過言] (名) 誇大，誇張。△…と言っても～ではない／謂之…亦不為過。

かさ [笠] (名) ① 斗笠，草帽。② 傘狀物。△電燈の～／燈傘。

かさ [傘] (名) 傘。△～をさす／打傘。△～をすぼめる／收傘。△核の～／核保護傘。

かさ [暈] (名) 暈，日暈，月暈。

かさ [嵩] (名) ① 容積，體積。△～がはる／體積大。② 數量，量。△水の～が増す／水漲。

かさ [瘡] (名) ① 瘡。② 梅毒。

かざあな [風穴] (名) ① 通風孔。② 窟窿。③ 山中風洞。

かざあなをあける [風穴を開ける] (連語) ① 白刀子進去紅刀子出來。② 給以致命的打擊。③ 打破一統天下。

かさい [火災] (名) 火災。→火事

かざい [家財] (名) 家中財物。家產。

かさいけいほう [火災警報] (名) 火警。

かさいほうちき [火災報知器] (名) 火災報警器。

かさいほけん [火災保険] (名) 火災保險。

かざおれ [風折れ] (名) 吹折。△柳に～なし／柔能剋剛。

かさかさ (と) ((副・自サ)) ① 輕，薄物之間摩擦音。△かれ葉が～と音をたてる／枯葉摩擦發出聲音。② 乾巴巴。△～した肌／乾巴巴的皮膚。△～した生活／枯燥的生活。

がさがさ (と) (副・自サ) ① 沙沙響。△～と新聞を広げる／嘩啦嘩啦地將報紙打開。② 浮躁。△～した人／舉止浮躁的人。③ 乾巴巴。△～にひび割れた手／乾裂的手。

かざかみ [風上] (名) 上風，風吹來的方向。↔ 風下

かざかみに (も) おけない [風上に (も) 置けない] (連語) 頂風臭。

かさく [佳作] (名) 佳作。

かさく [家作] (名) 出租的房屋。→貸家

かさく [寡作] (名・形動) 作品少。△～な作家／少有作品的作家。↔ 多作

かざぐるま [風車] (名) ① 風車兒。② 風車。

かささぎ [鵲] (名) 〈動〉鵲，喜鵲。

かざしも [風下] (名) 下風。△～の家に延焼した／火災延燒到下風處的房子。↔ 風上

かざ・す [翳す] (他五) ① 用手在額上遮陰。△小手を～／手搭涼棚。② 舉過頭。△刀を～／舉着刀。③ 伸在…上。△火に手を～／伸手烤火。

がさつ (形動) 粗野，粗魯。△～者／粗人。△～な物言い／説話粗魯。

かざとおし [風通し] (名) ⇨かぜとおし

かさなりあ・う [重なり合う] (自五) 相重疊。

かさな・る [重なる] (自五) ① 重疊。△遠く

山が～っている／遠山重疊。② 重合，碰在一起。△日曜日と祭日が～／星期日和節日碰到一起了。△不幸が～／連遭不幸。禍不單行。

かさにかかる［嵩に懸かる］（連語）盛氣凌人，跋扈。

かさにきる［笠に着る］（連語）依仗，仗勢。△親の威光をかさにきている／仗老子勢力逞威風。

かさね［重ね］Ⅰ（名）重疊，重疊物。Ⅱ（接尾）層，套。△三～のたんす／三層式衣櫃。

かさねがさね［重ね重ね］（副）再三，多次。△～の不幸／禍不單行。△～おわび申上げます／深致歉意。

かさねぎ［重ね着］（名）套穿多件衣服。

かさねて［重ねて］（副）再一次。△～お願いいたします／再一次請求。

かさねもち［重ね餅］（名）雙層年糕。

かさ・ねる［重ねる］（他下一）① 重疊，摞。△皿を～／把碟子摞在一起。② 反覆，屢次。△失敗を～／屢遭失敗。練習を～／反覆練習。

かさのだいがとぶ［笠の台が飛ぶ］（連語）被砍掉腦袋。

かさば・る［かさ張る］（自五）體積大。△かるいが～荷物だ／這東西重量輕但是體積大。

かさぶた（名）瘡痂。

かざみ［風見］（名）風標。△～鶏／雞形風向標。見風使舵的人。風派。

かざみ［蠎蜅］（名）〈動〉梭子蟹。

かさ・む［嵩む］（自五）① 增大。△荷物が～／行李增大。→かさばる ② 增加開支。△費用が～／費用增多。

かざむき［風向き］（名）① 風向。△～を見る／觀看風向。② 情緒，心情。△彼女の～が悪い／她心緒不佳。③ 形勢。△試合の～がわるい／比賽的勢頭不妙。

かざり［飾り］（名）① 裝飾品，擺設。② 粉飾，華而不實。△文章に～が多い／文章裏虛誇的成分多。→裝飾，デコレーション

かざりけ［飾り気］（名）刻意打扮。△～のない態度／毫不做作的態度。△～のない言葉／樸實無華的語言。

かざりた・てる［飾り立てる］（他下一）極其華麗地裝飾。△彼女は寶石で身を～てた／她一身珠光寶氣，花枝招展。

かざりまど［飾り窓］（名）櫥窗，陳列窗。→ショーウインド

かざりもの［飾り物］（名）① 裝飾品，擺設。② 名義上的，虛設的。△あの社長は～さ／那個經理有名無實。

かざ・る［飾る］（他五）① 裝飾，裝潢。△身なりを～／裝飾打扮。② 添彩，生色。△最後を～／使最後場面生輝。△有終の美を～／善始善終。③ 裝樣子。△うわべを～／裝門面。△ことばを～／花言巧語。

かさん［加算］（名・他サ）① 合起來算。△一割～する／本金加一成。② 加法。↔ 減算，

ひき算

かざん［火山］（名）火山。△～が爆発する／火山爆發。

がさん［画賛］（名）題跋。畫上的讀語。

かさんかすいそ［過酸化水素］（名）〈化〉二氧化氫。

かざんがん［火山岩］（名）火山岩。

かさんぜい［加算税］（名）〈經〉① 懲罰税。② 附加税。

かざんたい［火山帯］（名）〈地〉火山帶。

かざんばい［火山灰］（名）〈地〉火山灰。

かし［河岸］（名）① 河岸。② 鮮魚市場。③ 遊樂場所。△～を変える／换一個地方玩。

かし［樫］（名）〈植物〉橡樹，檞。

かし［下肢］（名）下肢。↔ 上肢

かし［下賜］（名・他サ）賞賜。獻上。

かし［可視］（名）可見。△～光線／可視光綫。

かし［仮死］（名）〈醫〉假死。△～状態／假死狀態。

かし［菓子］（名）點心，糕點。△和～／日本式糕點。△駄～／粗點心。

かし［歌詞］（名）〈音樂〉歌詞。

かし［華氏］（名）華氏。↔ セ氏

かじ［舵、楫］（名）舵，楫。△～とり／舵手，艄公。△取り～／裏舵。△左舷。～をとる／掌舵。

かじ［鍛冶］（名）鍛造，打鐵。△～屋／鐵匠鋪。

かじ［火事］（名）火災。△～にあう／遭受火災。△～見舞／對失火者的慰問。→火災

かじ［家事］（名）① 家務，家政。△～に追われる／忙於家務。② 家中事情。△～の都合で欠勤する／因家中有事缺席。

かじ［加持］（名）① 神靈護持。② 僧侶為祈求佛力而念的咒語。

がし［餓死］（名・自サ）餓死。→飢え死に

がし［賀詞］（名）賀詞。

かしいえ［貸し家］（名）出租的房子。

かしいしょう［貸し衣裳］（名）供出租的衣服。

かじか［鰍］（名）〈動〉杜父魚。

かじかがえる［河鹿蛙］（名）〈動〉（日本特産蛙）金襖子。

かしかた［貸方］（名）〈經〉① 貸方。↔ 借方 ② 出借人。△～債主，債權人。

かしがまし・い［囂しい］（形）喧鬧。

かじか・む（自五）凍僵。△手が～／手凍僵。

かじき（名）〈動〉旗魚。

かしきり［貸し切り］（名）包租。△～バス／包的出租車。

かし・ぐ［炊ぐ］（他五）〈文〉炊，做飯。

かし・ぐ［傾ぐ］（自五）傾斜，歪。△船が～／船傾向一側。

かし・げる［傾げる］（他下一）歪，傾斜。側。△首を～／歪頭，納悶兒。

かしこ（感）〈信〉（婦女用語）謹上。

かしこ・い［賢い］（形）① 聰明。△～お子様ですね／好一個聰明的孩子。② 精明。△なかなか～やり方だ／這是很明智的作法。

か
カ

かしこま・る［畏まる］（自五）① 畢恭畢敬，拘謹。△～って話をきく／側耳恭聽。② 拘謹地坐着。△～らないで楽にしなさい／請不要拘束，隨便一點。③ 知道。△はい，～りました／是，知道了。

かしだおれ［貸し倒れ］（名）無法收回的借款，荒賬。

かしだしきんり［貸出金利］（名）〈經〉貸款利率。

かしだしげんど［貸出限度］（名）〈經〉貸款限度。

かしだしもうしこみ［貸出申込み］（名）〈經〉申請貸款。

かしだ・す［貸し出す］（他五）① 出借。△図書を～／出借圖書。② 貸款。

かしつ［過失］（名）過失，錯誤。△～をおかす／犯錯誤。△～致死／過失致死。→あやまち

かじつ［佳日］（名）吉日，良辰，佳期。

かじつ［果実］（名）果實。

かじつ［過日］（名）前幾天。△～は失礼しました／上次太對不起了。

がしつ［画室］（名）畫室。→アトリエ

かしつけ［貸し付け］（名）貸款。△～金／貸款。

かしつけきん［貸付金］（名）〈經〉貸款，借款，放款，墊款，預付。

かしつちし［過失致死］（名）過失致死。△～罪／過失致死罪。

かして［貸手］（名）出租者，貸款者。↔借り手

かじとり［舵取り］（名）① 舵手。② 領導者。

かしぬし［貸主］（名）債主，出租人。↔借り主

かじのあとのくぎひろい［火事の後の釘拾い］（連語）丟了西瓜揀芝麻。

かじのあとのひのようじん［火事の後の火の用心］（連語）亡羊補牢。

かじば［火事場］（名）火災現場。

かじば［鍛冶場］（名）鍛工車間，鐵匠鋪。

かじばどろぼう［火事場泥棒］（名）趁火打劫者。

かじぼう［梶棒］（名）車把，車轅，舵柄。

かしボート［貸ボート］（名）出租的小艇。

かしほん［貸し本］（名）出租的書。

かしま［貸間］（名）出租的房間。

かしまし・い［姦しい］（形）吵鬧，喧囂。△女が三人寄れば～／三個女人一台戲。

かしゃ［仮借］（名）假借（漢字用法）。

かしゃ［貨車］（名）貨車。

かしや［貸家］（名）出租的房子。

かじゃ［冠者］（名）日本狂言中年輕的僕從。

かしゃく［仮借］（名）① 寬恕。△～なく罰する／嚴懲不貸。② 假借。

かしゃく［呵責］（名）斥責。△良心の～にたえない／受不住良心的責備。

かしゅ［歌手］（名）歌手。→歌い手，シンガー

かじゅ［果樹］（名）果樹。

がしゅ［雅趣］（名）雅趣。△～ゆたか／富於雅趣。

カジュアル［casual］（名）輕便舒適。△～な洋服／輕便西裝。

カジュアルウエア［casual wear］（名）便裝。

カジュアルデー［casual day］（名）可穿便裝上班的日子。

かしゅう［歌集］（名）① 日本和歌集。② 歌曲集。

かじゅう［加重］（名・他サ）加重。△刑を～／加刑。

かじゅう［果汁］（名）果汁。△天然～／天然果汁。→ジュース

かじゅう［荷重］（名）負荷，載荷。△橋の～／橋樑負荷。

かじゅう［過重］（形動）過重。△～な仕事／過重的工作。

がしゅう［画集］（名）畫集。

カシューナッツ［cashew nuts］（名）腰果（仁）。

かじゅえん［果樹園］（名）果樹園。

がしゅん［賀春］（名）祝賀新年。

かしょ［箇所］Ⅰ（名）地方，…之處。△危険～／危險之處。Ⅱ（接尾）地方。△三～／三個地方。

かしょう［仮称］（名・自他サ）暫定名，臨時名稱。△～春ヵ丘公園／暫定名春之丘公園。

かしょう［河床］（名）河牀。

かしょう［過小］（形動）過小，過低。△～に評価する／評價過低。↔過大

かしょう［過少］（形動）過少，太少。△～な手あて／補貼太少。↔過剰，過多

かしょう［歌唱］（名・自サ）歌唱。

かじょう［過剰］（名・形動）過剰，過量。△～に生産する／生産過剰。△～人口／人口過剰。△自意識～／過分看重別人對自己看法。

かじょう［箇条］Ⅰ（名）條款，項目。△～書き／分條書寫。→条項Ⅱ（接尾）表示項，條，款等。△三～／三項。

がしょう［賀正］（名）慶賀新年。

がしょう［雅號］（名）雅號。

がじょう［牙城］（名）① 牙城（主將所在之城）。② 根據地。△～にせまる／兵臨城下。→本拠

がじょう［賀状］（名）賀信，賀函，賀年片。

がじょう［画帖］（名）畫冊，圖畫本。

かじょうがき［箇条書き］（名・自サ）分條款書寫。

かじょうさはん［家常茶飯］（名）① 家常便飯。② 尋常小事。

かしょうひょうか［過小評価］（名・他サ）估計過低。↔過大評価

かしょくのてん［華燭の典］（名）結婚典禮。

かしょぶんしょとく［可処分所得］（名）個人所得中去税後的部分，可支配收入。

かしら［頭］（名）① 頭，腦袋。△～に霜をおく／頭上生白髪。② 頭髪。△～をおろす／髪（為僧）③ 首領，首腦，頭子。△～にすわる

る／推為首領。④頭一個，最上，最初。△十歳の子をかしらに三人の子がいる／最大的十歳、共有三個孩子。

- かしら［終助］是否。△あしたは雪～／明天要下雪嗎？△どこ～売るところがあるだろう／總會有賣的地方吧。

かしらつき［頭付き］（名）帶頭的魚，整條魚。

かしらもじ［頭文字］（名）① 專有名詞的第一個字母。→イニシアル ② 首字母。→キャピタル

かじりつ・く［齧り付く］（自五）① 咬住。△犬が足に～／狗咬住腳。② 抱住，守住不放，堅持不懈。△字引に～／埋頭查字典。

かしりょう［貸し料］（名）租費，租金。

かじ・る［齧る］（他五）① 咬，啃。△りんごを～／啃蘋果。△親のすねを～／靠父母養活。② 學了一點，一知半解。△フランス語をすこし～ってみたが、ものにならなかった／學了一點法語，但只是一知半解。

かしわ［柏］（名）〈植物〉槲樹。

かしわ［黄鶏］（名）① 棕色羽毛的雞。② 雞肉。

かしわて［柏手］（名）擊掌合十。△～を打つ／擊掌合十拜神。

かしわもち［柏餅］（名）① 用槲樹葉包的帶餡的年糕。② 用一牀被子連鋪帶蓋。

かしん［花信］（句）花訊。→花便り

かしん［家臣］（名）家臣。△徳川の～／徳川家的家臣。

かしん［過信］（名・他サ）過於相信。△体力を～した結果、２年も入院した／由於過分相信自己的體力，住了兩年醫院。

かじん［佳人］（名）佳人。△～薄命／佳人薄命。→麗人

かじん［家人］（名）家人，家裏的人。

かじん［歌人］（名）和歌詩人。→歌詠み

がしんしょうたん［臥薪嘗胆］（名・自サ）臥薪嘗胆。

かす［粕］（名）酒糟。△～漬け／酒糟醃的鹹菜。

かす［滓］（名）① 沉澱物，渣滓。→おり ② 無用之物。△人間の～／人類的渣滓。→くず

か・す［貸す］（他五）① 借給，借出。△金を～／借錢給人。② 提供，幫助。△力を～／助一臂之力。③ 出租。△土地を～／出租土地。

か・す［課す］（他五）⇨かする

かず［数］（名）① 數，數目。△～をかぞえる／數數兒。② 多數。△～ある作品の中で一番広く読まれるもの／許多作品中讀者最多的書。△～をこなす／多多益善。③ 價值。△ものの～ではない／不值一提。

ガス［gas］（名）① 氣體。△炭酸～／二氧化碳氣。② 煤氣。△～レンジ／煤氣竈。③ 濃霧。△海上はひどい～だった／海上濃霧瀰漫。

かすい［仮睡］（名・自サ）假寐，打盹兒。

かすい［下垂］（名・自サ）下垂。△胃～／胃下垂。

かすい［花穂］（名）〈植物〉穗狀花序。

かすい［河水］（名）河水。

かずい［花蕊］（名）〈植物〉花蕊。

かすいぶんかい［加水分解］（名）〈化〉水解。

かすか［微か］（形動）① 微弱。△～に見える／隱約可見。→ほのか ② 貧窮，可憐。△～な暮らし／可憐的生活。

かすがい［鎹］（名）① 門插銷。② 鐵鋦子。△子は～／孩子是鞏固夫妻關係的紐帶。

かずかず［数数］Ⅰ（名）種種。△～の作品／各種作品。Ⅱ（副）許多。△品物を～とりそろえました／各色物品全部備齊。

カスカラサグラダ［拉 Cascara sagrada］（名）〈藥〉鼠李皮，卡斯卡拉。

かずしれない［数知れない］（連語）數不清。△被害にあった人は～／被害者不計其數。

ガスステーション［gas station］（名）加油站。

ガスストーブ［gas stove］（名）煤氣取暖烤爐。

カスター［caster］（名）〈食〉四味架。

カスタード［castard］（名）牛奶蛋糊。

カスタネット［castanets］（名）〈樂〉響板。

カスタマイズ［customize］（名・ス他）〈IT〉個性化，用戶化，客戶訂製。

カスタム［custom］（名）① 習慣。② 顧客。③ 海關。

ガスタンク［gas tank］（名）煤氣罐。

カステラ［葡 pão de Castella］（名）蛋糕。

カスト［德 Kaste］（名）⇨カースト

かずのこ［数の子］（名）乾青魚子。

かすみ［霞］（名）靄。△タ～／暮靄，晚霞。

かすみ［翳］（名）眼睛模糊不清。

かすみをくう［霞を食う］（連語）不食人間煙火。△かすみを食って生きるわけにもいくまい／又不能喝西北風活着。

かす・む［霞む］（自五）① 有霞。② 朦朧。△山が～んで見えた／遠山朦朧。△目が～／眼花。③ 不醒目，模糊。△新人のはなやかな活躍で、ベテランが～んでしまった／新手輩出，老將不引人注目了。

かす・む［翳む］（自五）眼睛看不清楚。△涙で目が～／淚眼模糊。

かすめと・る［掠め取る］（他五）掠奪，攫取。△権力を～／奪取政權。

かす・める［掠める］（他下一）① 瞞過，趁人不備。△人の目を～／瞞人眼目。△財布を～／趁人不備偷錢包。② 掠過，擦過。△つばめがのきしたを～て飛んだ／燕子從屋簷下掠過。③ 忽然浮現，閃現。△なつかしい気持が一瞬心を～た／懐念之情在心頭一閃。

かすり［絣］（名）帶有碎白點、或略顯井字、十字圖案的針織物。△紺がすり／藏藍色白紋花布。

かすりきず［かすり傷］（名）① 擦傷。→擦過傷 ② 較小的損失。△台風による被害は～程度だ／颱風的損失微乎其微。

かす・る［擦る］（他五）① 掠過，擦過。△バットに球が～／棒球擦過球棒。② 抽頭兒。

か・する［化する］（他サ）化為，變成。△空襲で焼け野原と～～した／因空襲而化為一片廢墟。

か・する［科する］(他サ) 科，判。△罰金
を～／科以罰金。→処する

か・する［課する］(他サ) 課，使擔負。△税金
を～／課税。△仕事を～／派給任務。

か・する［嫁する］(他サ) ① 出嫁。△農家の
長男に～／嫁給農家的長子。② 使出嫁。△す
でに～した娘／已經出嫁的姑娘。③ 轉嫁。
△人に責任を～／將責任轉嫁他人。

かす・れる［擦れる］(自下一) ① 墨或墨水在
紙或布類上寫出飛白。△字が～／寫的字露出
飛白。② 嘶啞。△声が～／聲音嘶啞。→かれ
る

ガスレンジ (名) 煤氣竈。

かぜ［風］I (名) 風。△～が吹く／颱風。△～
が出る／起風。△～が止む／風息了。△～が
強い／風大。△～の便り／風聞。△～をくら
って逃げる／一溜煙逃掉。II (接尾) 態度。
△役人を吹かせる／擺官架子。

かぜ［風邪］(名) 感冒。△～を引く／患感冒。

かぜあたり［風当り］(名) ① 風勢加給的強度。
△家が高台にあるので～が強い／房子在高
處，風大。② 人們的責難。△今そんなことを
すると世間の～が強い／現在做那種事太招風
了。

かせい［火星］(名) 火星。

かせい［火勢］(名) 火勢。△～が強い／火勢
旺。△～がおとろえる／火勢減弱。

かせい［加勢］(名・他サ) 援助，支援。△弱い
ほうに～する／站在弱者一邊。

かせい［仮性］(名)〈醫〉假性。△～近視／假
性近視。→疑似 ↔ 真性

かせい［苛政］(名) 苛政。

かせい［家政］(名) 家務事。△～科／家政學
科。

かぜい［課税］(名・他サ) 課税。

かせいがん［火成岩］(名) 火成岩。

かせいソーダ［苛性ソーダ］(名) 苛性鈉。

かせいふ［家政婦］(名) 女備人。→派出婦，お
手伝いさん

かせき［化石］(名) ① 化石。△木が～になる／
樹木變成化石。② 石頭似的。△～のような表
情／毫無表情。

かせぎ［稼ぎ］(名) ① 勞動，做工。△～に出
る／出去幹活。② 工錢。△～のいい仕事／賺
頭大的活兒。△とも～／雙職工。

かせぐ［稼ぐ］(他五) ① 幹活賺錢。△大金
を～／掙大錢。② 獲得，爭取。△時を～／爭
取時間。△点数を～／爭取多得分。得到賞識。
③ 採取有利行動。

かせぐにおいつくびんぼうなし［稼ぐに追い
つく貧乏なし］(連語) 手勤不怕沒飯吃。

かせつ［仮説］(名) 假設，假説。△～をたて
る／提出假説。

かせつ［仮設］(名) ① 臨時設置。△～ステー
ジ／臨時舞台。② 假定，假設。△幾何の問
題の～を式で表す／用公式表示幾何問題的
假設。

かせつ［架設］(名・他サ) 架設。△電話を～す
る／架設電話。

かぜとおし［風通し］(名) 通風。(也説 "かざ
とおし")

カセトメーター［cathetometer］(名) 測高計，高
差計。

かぜのかみ［風の神］(名) 風神。

かぜのこ［風の子］(名) 不怕風寒的孩子。△子
供は～／孩子多麼冷也在外邊玩兒。

かぜのたより［風の便り］(名) 風聞，由傳聞
而得知。△～に元気と聞いた／聽説你很好。

かぜのふきまわし［風の吹き回し］(連語) 情
況、心情的變化。△彼からさそわれるとはど
ういう風の吹き回しだろう／不知是甚麼風吹
得他來邀請我。

かぜひき［風邪引き］(名) 患感冒，患感冒的人。

かぜをくらう［風を食らう］(連語) 慌張逃去。
△かぜをくらって逃げる／一溜煙逃了。

かせん［下線］(名)〈IT〉字下線。△～を引く／
在字下畫線。

かせん［化繊］(名) 化學纖維。

かせん［河川］(名) 河川。

かせん［加線］(名)〈樂〉加綫。

かせん［架線］(名) 架綫，架起來的綫。

かせん［寡占］(名)〈經〉寡頭壟斷。△～価格／
壟斷價格。→独占

がぜん［俄然］(副) 俄然，突然。△入賞が有望
と聞いて、～はりきりだした／聽説獲獎有望，
頓時精神百倍。

かせんし［画仙紙］(名) 書畫用宣紙。

かせんしき［河川敷］(名) 按河川法規定的河
川佔用地。

かそ［過疎］(名) 人口過稀，過少。△～地帯／
人口過少地帶。↔ 過密

がそ［画素］(名)〈IT〉圖元。→ピクセル

かそう［下層］(名) ① 下層，低層。△～雲／
低層雲。② 社會的下層，底層。△～階級／下
層階級。

かそう［火葬］(名・他サ) 火化，火葬。△～
場／火葬場。→荼毗に付す

かそう［仮葬］(名) 臨時埋葬。暫厝。

かそう［仮想］(名・他サ) 假想，設想。△～敵
国／假想的敵對國。

かそう［仮装］(名・他サ) ① 假扮。△女に～
する／扮成女人。△～舞踏会／化裝舞會。②
偽裝。△～砲艦／偽裝炮艦。

かそう［家相］(名) 房子的風水。

かぞう［家蔵］(名) 家藏(的東西)。

がぞう［画像］(名) ① 畫像。② 影像，圖像。
△テレビの～が乱れる／電視圖像紊亂。

かそうげんじつ［仮想現実］(名)〈IT〉虛擬現
實。

かそうディスク［仮想ディスク］(名)〈IT〉虛
擬硬碟。

かそうメモリ［仮想メモリ］(名)〈IT〉虛擬記
憶體。

かぞえ［数え］(名) ⇨ かぞえどし

かぞえうた［数え歌］(名) 數數歌。

かぞえきれない［数えきれない］(連語) 不計其數。

かぞえた・てる［数え立てる］(他下一) 列舉。△欠点を～／列舉缺點。→数えあげる

かぞえどし［数え年］(名) 虚歳。

かぞ・える［数える］(他下一) ① 數，計算。△数を～／數數兒。△～ほどしかない／屈指可數。→勘定する ② 算得上。△これも難問の一つに～えられる／這也算是難解的問題之一。

かそく［加速］(名・自サ) 加速。△～度／加速度。↔減速

かぞく［家族］(名) 家屬、家庭成員。△核～／小家庭。

かぞく［華族］(名) 日本明治時代的貴族稱號。

かそくど［加速度］(名) ① 加速，加快。△人口が～的に増加する／人口快速増長。②〈理〉加速度。

かそせい［可塑性］(名) 可塑性。

カソリック［Catholic］(名) ⇨カトリック

ガソリン［gasoline］(名) 汽油。△～がきれる／汽油用完了。△～スタンド／汽油加油站。

かた［方］Ⅰ(名) ① 對人尊稱。△きっぷをお持ちでない～／沒有票的人。△あの～／那一位。② 方向。△西の～をさして進む／向西前進。Ⅱ(接尾) ① 方式。△読み～／讀法。② 在兩種以上關係中表示屬於哪一方。△父～／父親一方。③〈書信〉寫收信人姓名時，收信人所寄宿的户主姓名後加此字。

かた［片］Ⅰ(接頭) ① 一方，一對中的一個。△～手／一隻手。△～思い／單相思。② 不完全的。△～言／片言隻語。Ⅱ(名) 處理，解決。△～をつける／加以解決。

かた［形］(名) ① 形狀。△雨にぬれて帽子の～がくずれた／帽子被雨淋濕變了形。② 抵押。△借金の～に、時計をあずける／用錶作抵押借錢。

かた［肩］(名) ① 肩。△～をたたく／拍肩膀。△～がこる／肩發酸。△～をいからせる／聳肩。△～で息をする／呼吸急促。② 上端。△封筒の右～／信封的右上角。

かた［型］(名) ① 型，模。△～をとる／製模子。② 類型。△古い～の人間／老派人物。△～にはまった文章／八股腔的文章。③ 慣例。△～を破る／打破常規。④ 形式。△～にとらわれず／不拘形式。⑤〈武術、表演等的〉標準架式。

かた［過多］(名) 過多。

ガター［gutter］(名) ①〈道路的〉排水溝，街溝。②〈保齡球滾球綫兩邊的〉邊槽。

かた・い［固い・硬い・堅い］(形) ① 硬。↔やわらかい ② 堅固，牢實。△口が～／嘴嚴。△～くしばる／綁緊。△～く信ずる／堅信。③ 僵硬。△～表情／板着臉。△頭が～／死腦筋。△そう～くなるな／別那麼緊張(拘謹)。△それはお～ことだ／那太客氣了。

かだい［過大］(形動) 過大，過高。△～評価／估計過高。

かだい［課題］(名) 課題。

－がたい［難い］(接尾) 難以…。△忘れ～／難忘。△救い～／不可救藥。

かたいじ［片意地］(名) 倔強。△～を張る／使性子。

かたいっぽう［片一方］(名) ⇨かたほう

かたいなか［片田舎］(名) 偏僻鄉村。

かたいれ［肩入れ］(名・自サ) 支持，撐腰。

かたうで［片腕］(名) ① 一隻手。② 膀臂。△市長の～／市長的左膀右臂。

がたおち［がた落ち］(名) 大降，暴落。△売上げが～になる／銷售額猛降。

かたおもい［片思い］(名) 單相思。

かたおや［片親］(名) 父或母。△～のない子／雙親不全的孩子。

かたがき［肩書］(名) 頭銜。

かたかけ［肩掛］(名) 披肩。

かたがこらない［肩が凝らない］(連語) 輕鬆的。△肩のこらない読物／輕鬆的讀物。

かたがた［方方］(名) 諸位，各位。

－かたがた［接尾］順便，就便。

がたがた［副・自サ］① 打顫，哆嗦。② 吧嗒吧嗒響。③ 快散架子了。

かたかな［片仮名］(名) 日語的“片假名”。

かたがみ［型紙］(名)〈服〉模板，圖紙。

かたがわ［片側］(名) 一側。

かたがわり［肩変わり］(名・他サ) 替人承擔(責任、債務等)。

かたき［敵］(名) ① 仇敵。△～を討つ／報仇。△目の～／不共戴天的仇敵。② 對手。△恋がたき／情敵。

かたぎ［堅気］(名) 正經，正派。△～の商売／正經買賣。

かたぎ［気質］(名) 氣質，派頭。△昔～の老人／老派的老人。△職人～／匠人氣質。

かたきうち［敵討］(名) 報仇，復仇。→あだうち

かたく［家宅］(名) 住宅。

かたくな［頑な］(形動) 頑固。△～に口を閉ざす／堅決不開口。

かたくな・い［難くない］(形) 不難。△想像に～／不難想像。

かたくるし・い［堅苦しい］(形) 令人拘束的，刻板拘謹的。

かたぐるま［肩車］(名)〈小孩〉騎在肩上。

かたこと［片言］(名) 一言半語。△～の日本語／半半拉拉的日本話。

かたじけな・い［忝ない］(形) 十分感謝。

かたすかし［肩透］(名) 躲閃。△～を食う／撲空。

かたずつう［片頭痛］(名)〈醫〉偏頭痛。→へんずつう(偏頭痛)

かたすみ［片隅］(名) 角落，旯兒。

かたずをのむ［固唾を呑む］(連語) 屏息注視，緊張地等候。

かたたたき［肩たたき］(名) ① 捶肩。② 勸人退職，退職獎勵。
かたち［形］(名) 形狀，形式。△～がついた／成形了。△～がくずれる／走樣兒。△～の上では／表面形式上。△ほんの～ばかりですが／只是一點心意。
かたちづく・る［形作る］(他五) 形成，構成。
かたちんば［片ちんば］(名) ① 瘸腿。② 不成對兒，不配套。△靴が～だ／鞋不成對兒。
かたづ・く［片付く］(自五) ① 收拾好。② 收場，解決，完成。③ 出嫁。
がたつ・く (自五) ① 快要散架子。② 發出嘎吱嘎吱的響聲。
かたづ・ける［片付ける］(他下一) ① 收拾，拾掇，整理。② 處理完，做好，解決。△この問題から～けよう／先從這個問題動手解決吧。③ 嫁出去。④ 幹掉。
かたっぱしから［片端から］(連語) 挨個兒地。
かたつむり［蝸牛］(名)〈動〉蝸牛。
かたて［片手］(名) 一隻手。△～鍋／長柄鍋。
かたておち［片手落］(名) 偏向，不公。
かたてま［片手間］(名) 業餘。△～仕事／副業。
かたどおり［型通り］(名) 按慣例，照老套子。
かたとき［片時］(名) 一時一刻。△～も忘れることができない／念念不忘。
かたど・る［象る］(他五) 模仿，仿照。
かたな［刀］(名) 刀。
かたのにがおりる［肩の荷が下りる］(連語) 卸下包袱，如釋重負。
かたは［片刃］(名) 單刃。（也説“かたば”）↔ 両刃
かたはし［片端］(名) ① 一端，一頭兒。② 片段，一星半點兒。
かたばみ［酢漿］(名)〈植物〉酢漿草。
かたはらいた・い［片腹痛い］(形) 令人齒冷，貽笑於人。
かたひじは・る［片肘張る］(自五) 逞強。
かたぶつ［堅物］(名) 老正經，老教條兒。
かたほう［片方］(名) ① 一方，一面。△～の言い分だけをきく／只聽一面之詞。②（成雙的東西的）一個。△～の目が見えない／一隻眼睛看不見。
かたぼうをかつぐ［片棒を担ぐ］(連語) 入夥，搭幫。
かたまり［塊］(名) ① 塊兒。△雪の～／雪團兒。△肉の～／肉疙瘩。② 夥，羣。△学生の～／一羣學生。③ 不折不扣的東西。△嘘の～／彌天大謊。△欲の～／貪得無厭。
かたま・る［固まる］(自五) ① 凝固，結塊。△血が～った／血凝了。② 聚成一堆。③ 鞏固。△証拠が～／證據確鑿。△構想が～った／構思已確定下來。
かたみ［形見］(名) 遺念，遺物。△母の～の指輪／母親遺留的戒指。△若い日の～／使人想起年輕時的東西。
かたみがせまい［肩身が狭い］(連語) 臉上無光，沒面子。
かたみがひろい［肩身が広い］(連語) 露臉，體面。
かたみち［片道］(名) 單程。
かたむき［傾き］(名) ① 傾斜。② 傾向，趨勢。
かたむ・く［傾く］(自五) ① 傾。△日が～／日西斜。△船が～／船向一側歪。△家運が～／家運衰落。② 趨向。△大勢の意見が賛成に～／多數意見趨向贊成。
かたむ・ける［傾ける］(他下一) ① 傾，歪。△首を～／歪頭。△耳を～／傾聽。② 傾注。△全力を～／傾注全部力量。
かため［片目］(名) 一隻眼睛。
かた・める［固める］(他下一) ① 使凝聚。△土をふみ～／把土踩結實。△嘘で～めた話／全是瞎說。② 使堅固。△決心を～／下定決心。△身を～／成家。③ 加強防守。
かためん［片面］(名) 一面兒，單面兒。↔ 両面
かたやぶり［型破り］(名) 與眾不同，別出心裁，打破常規。
かたよ・る［偏る・片寄る］(自五) 偏。△～った考え／偏見。△どちらにも～らない／不偏不依。△～った評価／不公正的評價。
かたら・う［語らう］(他五) ① 談心。→話しあう ② 約。△旧友を～って旅に出る／約老朋友出去旅行。→さそう
かたり［騙り］(名) 詐騙，騙子。
かたりぐさ［語り草］(名) 談話資料，話柄。
カタル［德 Katarrh］(名)〈醫〉黏膜的炎症。
かた・る［語る］(他五) 講，談。△事件の一部始終を～／講述事情的經過。△～に足りる成果はまだない／還沒有值得一提的成果。
かた・る［騙る］(他五) 誆騙。△人の名を～／冒他人之名。△金を～／騙錢。
カタルシス［德 catharsis］(名) ① 悲劇的移情作用，淨化作用。② 宣泄抑鬱的感情。
カタログ［catalogue］(名) 商品目錄，產品樣本。
かたわ［片輪］(名) ① 殘疾。② 不完整，不均衡。
かたわら［傍ら］(名) ① 旁，旁邊。△～に置く／放在身旁。② 同時做。△仕事の～夜学に通う／一面工作一面上夜校。
かたわれ［片割れ］(名) 歹徒的一分子。
かたをいれる［肩を入れる］(連語) ⇨かたいれ
かたをもつ［肩を持つ］(連語) 偏向，撐腰。
かたん［下端］(名) 下端。↔ 上端
かたん［加担］(名・自サ) 參與（壞事）。△陰謀に～する／參加陰謀策劃。
かだん［花壇］(名) 花壇。
かだん［果断］(形動) 果斷。
カタンいと［カタン糸］(名)（縫紉機用）軸綫。
がたんと (副) 咯噔一下子，驟然。△売行が～落ちた／銷路一落千丈。
かち［価値］(名) 價值。
かち［徒］(名) 徒步。△川を～で渡る／趟水過河

かか
カ

－がち (接尾) 表示容易發生。△彼は病気～だ/他常愛生病。△遅れ～の時計/老愛慢的錶。

かちあ・う [かち合う] (自五) 碰到一起，趕到一起。△会議の時間が～った/會議的時間衝突了。△日曜日と祭日が～/星期日和節日趕到一天。

かちかち (に) (副) 硬棒。△～に凍る/凍得硬棒。△～の頭/花崗石腦袋。

かちき [勝気] (名) 要強，好勝。

かちく [家畜] (名) 家畜。

かちこ・す [勝越す] (自五) 勝多 (於負)。△2回～/多勝兩局。

かちどき [勝鬨] (名) 勝利的歡呼。△～をあげる/歡呼勝利。

かちと・る [勝取る] (他五) 爭取，贏得。

かちぬきせん [勝抜戦] (名) 淘汰賽。

かちぬ・く [勝抜く] (自五) ① 連勝。② 徹底勝利。

かちほこ・る [勝驕る] (自五) 勝利而興高采烈。

かちまけ [勝負け] (名) 勝敗。△～がつかない/不分勝負。

かちめ [勝目] (名) 勝利的希望，取勝的可能性。△～がない/没指望取勝。

かちゅう [花柱] (名) 〈植物〉花柱。

かちゅう [渦中] (名) 漩渦裏。△事件の～に巻きこまれる/捲到事件的漩渦中。

かちょう [家長] (名) 戶主。

かちょう [課長] (名) 科長。

がちょう [鵞鳥] (名) 〈動〉鵝。

カツ [cutlet] (名) 炸肉排。→カツレツ

かつ [且] I (副) 同時，一面…一面。△飲み・食う/邊喝邊吃。△～おどろき，～よろこぶ/又驚又喜。II (接) 且，並且，而且。△この魚はおいしいし～栄養もある/這魚好吃，而且有營養。

かつ [勝つ] (自五) ① 勝，戰勝。△試合に～/比賽獲勝。△敵に～/戰勝敵人。↔ 負ける (也寫"克つ")克服，戰勝誘惑。↔ 負ける ③ 突出，過烈。△赤みの～った色/顏色偏紅。④ 不能勝任，負擔不了。△この仕事は私には荷が～ちすぎる/這個工作我勝任不了。

かつ [活] (名) ① 活。△死中に～を求める/死裏求生。② 活力，精力。△～をいれる/起死回生，激發活力。

かつ [渇] (名) 口渴，渴。△～をいやす/止渴。△～を覚える/感到口渴。→かわき

かつあい [割愛] (名・他サ) 割愛。

かつあげ [名] 〈俗〉恐嚇。

かつ・える [飢える] (自下一) ① 飢餓。② 渴望。△母の愛に～/渴望母愛。△書物に～/渴望書籍。

かつお [鰹] (名) 鰹魚。

かつおぶし [鰹節] (名) (調味用) 木魚，木松魚。

かっか [閣下] (名) 閣下。

がっか [学科] (名) 學科。

がっかい [学会] (名) 學會。

がっかい [学界] (名) 學術界。

がっかい [楽界] (名) 音樂界。

かっかく [赫赫] (形動タルト) 赫赫，輝煌。△～たる光を放つ/發出燦爛的光輝。

かっかざん [活火山] (名) 活火山。↔ しかざん，きゅうかざん

かっかそうよう [隔靴搔癢] (名) 隔靴搔癢。

かつかつ (副) 勉強，剛剛。△二十人～/剛够二十人。

がつがつ (副・自サ) 如飢似渴地。△～ (と) 食べる/狼吞虎嚥地吃。△金に～する/見錢眼紅。

かっき [活気] (名) 活力，朝氣。△～にみちる/朝氣蓬勃。→生気

がっき [学期] (名) 學期。

がっき [楽器] (名) 樂器。

かっきてき [画期的] (形動) 劃時代的。

がっきゅう [学究] (名) 學究。

がっきゅう [学級] (名) 班級。→クラス

かっきょ [割拠] (名・自サ) 割據。△群雄～/羣雄割據。

かつぎょ [活魚] (名) 活魚。

かっきょう [活況] (名) 興隆，繁榮。△～を呈する/市場繁榮。

かっきり (副) 正好，恰好。△～十時/十點整。→きっかり

かつ・ぐ [担ぐ] (他五) ① 挑，扛。△銃を～/扛東西。△荷物を～/挑東西。② 擁戴。△会長に～/推為會長。③ 騙，捉弄。△すっかり～がれた/上了大當。④ 講迷信。△えんぎを～/講迷信。

がっく [学区] (名) 學校區。

かっくう [滑空] (名・自サ) 滑翔。△～機/滑翔機。

がっくり (副・自サ) (突然) 有氣無力地。△～とひざをつく/突然無力地跪下。△～と首をたれる/一下子耷拉了腦袋。

かっけ [脚気] (名) 〈醫〉腳氣病。

がっけい [学兄] (名) 〈信〉學兄。

かつげき [活劇] (名) ① 武劇。② 搏鬥。△～を演ずる/大打出手。

かっけつ [喀血] (名・自サ) 喀血。△結核で～する/患結核病咯血。

かっこ [括弧] (名・他サ) 括號，括弧。△～をつける/加括號。△～に入れる/放在括號裏。

かっこ [確固・確乎] (形動タルト) 堅定，堅決。△～たる信念/堅定的信念。

かっこう [恰好] I (名) 外形，形狀，外表。△～がいい/樣子好看。體面。△こんな～では人前に出られない/這身打扮怎麼見人。△歩く～があひるに似ている/走路的姿勢像隻鴨子。II (形動) 適當，恰好。△～なねだん/價錢正合適。III (接尾) (表示年齡，多用於中

年以上的人) 左右，上下。△三十～の婦人／
三十歳左右的婦女。

かっこう［郭公］(名)〈動〉① 郭公，布穀鳥。
② 杜鵑。

かっこう［滑降］(名・自サ)(滑翔機，滑雪)
滑降。△急～／急滑降。

がっこう［学校］(名) 學校。

かっこうがつく［格好がつく］(連語) 像樣子。

かっこうがわるい［格好が悪い］(連語) 難為
情，不好意思。

かっこうをつける［格好をつける］(連語) 敷
衍局面，裝門面。

かっこく［各国］(名) 各國。

がっこつ［顎骨］(名) 顎骨，下巴骨。

かっこむ［搔込む］(他五)(往嘴裏) 扒拉。→
かきこむ

かっさい［喝采］(名・自サ) 喝彩，歡呼。△拍
手～／拍手叫好。

がっさく［合作］(名・自他サ)① 合作，協力。
② 合著。

かっさつ［活殺］(名) 生殺，生與殺。△～自
在／有生殺之權。隨心所欲地處理。

がっさつ［合冊］(名・他サ) 合訂 (本)。

がっさん［合算］(名・他サ) 合計，共計。→加
算

かつじ［活字］(名) 鉛字。△～を組む／排鉛字
版。△～になる／印成文章。

かつじたい［活字体］(名) 印刷體。

かっしゃ［滑車］(名) 滑車，滑輪。

かっしゃ［活写］(名・他サ) 生動地描寫。

かっしゃかい［活社会］(名) 現實社會。

かっしゃく［滑尺］(名)(計算尺上的) 游標。

ガッシュ［法 gouache］(名) 水粉畫 (顏料)。

がっしゅうこく［合衆国］(名) 合衆國。△ア
メリカ～／美利堅合衆國。

がっしゅく［合宿］(名・自サ) 集訓。

かつじょう［割譲］(名・他サ) 割讓。

がっしょう［合唱］(名・他サ) 合唱。↔独唱

がっしょう［合掌］(名・自サ)① 合掌。△仏
前で～する／佛前合掌。② 〈建〉屋頂的人字架。

がっしょうづくり［合掌造り］(名)〈建〉人字
木屋頂建築。

かっしょく［褐色］(名) 褐色。→ブラウン

がっしり(副・自サ)①(身體) 健壯，壯實。△～
とした体格／健壯的體格。②(構造等) 堅固，
牢固。△～とした建物／結實的建築物。△～
と組み合う／緊密配合。

かっすい［渇水］(名・自サ) 水涸，枯水。△～
期／枯水季節。枯水期。

かっする［渇する］(自サ)① 水涸。② 口渴。
③ 渴求，特別缺少。

がっする［合する］ I (自サ) 合，一致。△二
つの川が～／兩條河流匯合。II (他サ) △合，
合併。△全部を～／全部併到一起。

かっせい［活性］(名)〈化〉活性。△～炭／活
性炭。

かっせいたん［活性炭］(名) 活性炭。

かっせき［滑石］(名) 滑石。

かつぜつ［滑舌］(名)(播音員等) 快讀練習，
練習發音。

かっせん［活栓］(名)① 活塞。② 閥門。

かっせん［割線］(名)〈數〉割綫。

かっせん［活線］(名) 火綫，帶電電綫。

かつぜん［豁然］(形動トタル)① 豁然。△～
と眼前に開く／豁然開朗。② 恍然。△～とし
悟る／恍然大悟。

がっせん［合戦］(名・自サ) 對打，交戰。△雪
がっせん／打雪仗。→かいせん

かっそう［滑走］(名・自サ) 滑行。△～路／飛
機跑道。△スキーで～する／穿滑雪靴滑行。

がっそう［合奏］(名・自他サ) 合奏。

カッター［cutter］(名)① 獨桅小帆船。② 配備
在輪船、軍艦等上的小船。③ 截斷器，刀具。
④ 銑牀。

カッターシャツ［turndown collar shirt］(名) 翻
領半袖襯衫。

カッターシューズ［low-heeled shoes］(名) 平底
女鞋。

かったい［癩］(名) 麻風病。→らいびょう

がったい［合体］(名・自サ)① 合併。△会社
が～する／公司合併。② 性交。

かったつ［闊達・豁達］(形動) 心胸開闊。

かつだつ［滑脱］(形動) 圓滑。△円転～／圓滑
周到。

かったる・い(形) 疲乏，四肢無力。

かったん［褐炭］(名)〈礦〉褐煤。

がっち［合致］(名・自サ) 一致，吻合。△事実
と～する／合乎事實。

かっちゃく［活着］(名・自サ)(植樹，移栽)
成活。△～率／成活率。

かっちゅう［甲冑］(名) 甲冑，盔甲。

がっちり(副・自サ)① 堅固，牢固。△～した
建物／堅固的建築物。② 嚴實，緊緊地。△～
と握手する／緊緊地握手。③ 花錢仔細。△～
屋／花錢仔細的人，會過日子的人。

ガッツ［guts］(名)① 精神，毅力。△～がある／
有毅力。②(喝彩聲，助威的喊聲) 加油，振作
起來！

がっつ・く(五自)①〈俗〉貪求。②(學生用語)
死用功。

ガッツポーズ［guts pose］(名) 振臂表示勝利。

かって［勝手］ I (名)① 廚房。△～仕事／炊
事工作。△～口／廚房門。② 生活。△～が苦
しい／生活困難。③ 情況。△～を知ってい
る／熟悉情況，了解情況。④ 方便。△～の悪
い家／居住不方便的房子。II (形動) 任意，任
性，隨便。△～にしたらいい／隨你的便。△～
な熱を吹く／信口開河。△自分～な理屈をつ
ける／強詞奪理。

かつて［曾て・嘗て］(副) 曾，曾經。△～どこ
かで会ったことがある／曾經在哪兒見過面。

カッティング［cutting］(名)①〈影〉剪輯。②
剪裁 (衣料)。③(乒乓球，網球) 削球。④ 理髪。

カッティングボード［cutting board］(名) 裁剪

台，裁衣桌。

かってかぶとのおをしめよ［勝って兜の緒を締めよ］(連語) 勝而勿驕。

かってきまま［勝手気まま］(形動) 為所欲為，任性。△〜のふるまい／為所欲為。→勝手放題

かってぐち［勝手口］(名) 廚房門，後門。

かってっこう［褐鉄鉱］(名) 褐鐵礦。

かつてない［曾てない］(連語) 未曾有過。△〜大慘事／從未有過的大慘案。

がってん［合点］(名・自サ) 同意，理解。△〜だ／同意了。

カット［cut］(名・他サ) ① 理髮。② 削球。③ 削減。④ 插圖。△〜を入れる／添小插圖。

かっと (副・自サ) ① (火勢，日光) 旺盛。△炭火が〜おこる／炭火旺盛。② 勃然大怒，發脾氣。△彼は〜なるたちだ／他的脾氣暴躁。③ (嘴，眼) 猛然張大。△両眼を〜見開く／突然兩眼大睜。

ガット［GATT (General Agreement on Tariffs and Trade)］(名) (1947 年在日内瓦簽訂的) 關稅及貿易總協定。

かっとう［葛藤］(名) 糾葛，糾紛。△精神的〜／内心鬥爭。

かつどう［活動］(名・自サ) 活動，工作。△課外〜／課外活動。△政治〜／政治活動。政治工作。

かつどうしゃしん［活動写真］(名)〈舊〉電影。→映画

カットオフ［cut off］(名) ① 切斷，截斷。② 讓音樂突然停止。

カットグラス［cut glass］(名) 雕花玻璃 (器)。

カットシーン［cut scene］(名)〈影〉鏡頭。

カットダウン［cut down］(名) 削減，縮小。

かっとば・す (他五) (棒球) 打得又高又遠。

カットバック［cut back］(名)〈影〉鏡頭急驟連續轉換，倒敍。

カットワーク［cutwork］(名) 雕綉。

カッパ［葡 capa. 合羽］(名) ① 防雨斗篷。② 油布，油紙。

かっぱ［河童］(名) ① 河童 (一種想像動物，水陸兩棲，形似幼兒)。②〈俗〉善於游泳的人。

かっぱ［喝破］(名・自他サ) 道破。

かっぱつ［活発・活潑］(形動) 活潑，活躍。△動きが〜になる／活動頻繁。

かっぱにすいえいをおしえる［河童に水泳を教える］(連語) 班門弄斧。

かっぱのかわながれ［河童の川流れ］(連語) ① 淹死會水的。② 猴子也有打樹上掉下來的時候。

かっぱのへ［河童の屁］(連語) 易如反掌。

かっぱらい［搔っ払い］(名・他サ) 盜竊，扒手，小偷。△〜を働く／偷盜。

かっぱら・う［搔払う］(他五) 偷，盜竊。

かっぱん［活版］(名) 活版 (印刷)。△〜印刷／活版印刷。

がっぴ［月日］(名) 月日。△生年〜／出生年月

日。△〜の付いていない手紙／沒寫日期的信。

がっぴょう［合評］(名・他サ) 共同評論，集體評論。

カップ［cup］(名) ① (帶把兒) 茶碗，茶杯。△コーヒー〜／咖啡杯。② 獎盃。△優勝〜／冠軍獎盃。③ 量杯，玻璃杯。

かっぷ［割賦］(名) 分期付款。△〜販売／分期付款出售。

かっぷきん［割賦金］(名)〈經〉分期付款金。

かっぷく［恰幅］(名) 身材，體態。△〜のいい人／身材魁梧的人。

かっぷく［割腹］(名・自サ) 剖腹 (自殺)。→切腹

カップケーキ［cup cake］(名) 環形點心。

かつぶし［鰹節］(名) ⇨かつおぶし

かつぶつ［活仏］(名) (喇嘛教) 活佛。

カップヌードル［cup noodle］(名) 杯裝方便面。

カップライス［cup rice］(名) 杯裝方便米飯。

カップリング［coupling］(名) ①〈理〉耦合，耦聯。②〈機械〉聯軸器。

カップル［couple］(名) 情侶，夫婦。△似合いの〜／般配的一對兒。

がっぺい［合併］(名・自他サ) 合併。

がっぺいしょう［合併症］(名) 併發症。

がっぺき［合壁］(名) 隔壁。△近所〜／緊鄰。

かつべん［活弁］(名) 無聲電影的解説員。

かっぽ［闊歩］(名・自サ) ① 闊步。△街頭を〜する／闊步街頭。② 膽大妄為。

かつぼう［渇望］(名・他サ) 渴望，熱望。→切望，熱望

かっぽう［割烹］(名) (日本菜的) 烹飪。

がっぽう［合邦］(名・他サ) (兩個以上的) 國家合併。

かっぽうぎ［割烹着］(名) (烹飪時穿的) 罩衣，罩衫。

かっぽうりょうり［割烹料理］(名) 一道一道上菜的日本飯菜。

がっぽり (副) 形容大筆進錢。

がっぽん［合本］(名・他サ) 合訂，合訂本。△〜にする／訂成合訂本。

かつまた［且つ又］(接) 而且，並且。→かつ

かつもく［刮目］(名・自サ) 刮目。△〜して待つ／刮目以待。△〜に価する／值得刮目相看。

かつやく［活躍］(名・自サ) 活躍。△ご〜を期待しています／希望您大顯身手。

かつよう［活用］Ⅰ (名・他サ) 活用，充分利用。△廃物を〜する／利用廢物。Ⅱ (名・自サ)〈語〉詞尾變化，活用。

かつようけい［活用形］(名)〈語〉活用形，詞尾變化形式。

かつようご［活用語］(名)〈語〉活用詞，有詞尾變化的詞 (動詞，形容詞，形容動詞及助動詞)。

かつようごび［活用語尾］(名)〈語〉活用詞中發生變化的部分。

かつようじゅ［闊葉樹］(名) 闊葉樹。→こうようじゅ

か
カ

かつら［桂］(名)〈植物〉桂，連香樹。

かつら［鬘］(名) 假髮。

かつらく［滑落］(名・自サ) 滑掉，滑落。△足を踏みはずして雪溪に～した／失足滑落雪谷之中。

かつりょく［活力］(名) 活力，生命力。△～にあふれる／充滿活力。

カッレツ［cutlet］(名) 炸 (牛、豬等) 肉排。

かつろ［活路］(名) 生路，活路，出路。△～をみいだす／找出活路。

かて［糧］(名) 食糧，糧食。

かてい［仮定］(名・自サ) 假定，假設。△それが本当だと～して／假設那是事實。

かてい［家庭］(名) 家庭。△～教育／家庭教育。

かてい［過程］(名) 過程。△生産～／生産過程。

かてい［課程］(名) 課程。△中学の～を終了する／學完中學的課程。

かていか［家庭科］(名) (中小學學科之一) 家事課。

かていぎ［家庭着］(名) (在家穿的) 便服。

かていきょうし［家庭教師］(名) 家庭教師。

かていけい［仮定形］(名)〈語〉假定形。

かていさいばんしょ［家庭裁判所］(名) 家務案件法院。

かていそうぎ［家庭争議］(名) 家務糾紛。

かていてき［家庭的］(形動) 家庭式，家庭型。△～な夫／顧家的男人。△～な料理店。／有家庭氣氛的餐館。

かていはかせ［課程博士］(名) 課程博士。

かていほう［仮定法］(名)〈語〉假定法，虛擬語氣。

かていほうもん［家庭訪問］(名) (教師的) 家訪，家庭訪問。

かていりょうり［家庭料理］(名) 家常菜，家常便飯。

カテーテル［德 katheter］(名)〈醫〉導管，導尿管。

カテゴリー［category］(名) 範疇。

かてばかんぐん［勝てば官軍］(連語) 勝者王侯。

- がてら (接尾) 順便，同時。△散歩～山田さんをたずねた／散歩時順便看望了山田。

かてん［加点］(名・自サ)① (比賽、考試的) 追加分數。② 訓讀漢文書畫的符號。

かてん［火点］(名)① 火力點。② 火災的起火點。

かでん［荷電］(名・自サ)〈理〉① 物體帶電。② 電荷。

がてん［合点］(名・自サ) 領會，理解。△～がいく／懂了。△ひとり～／自以為是。

がでんいんすい［我田引水］(名) 追求勝利。△～の議論／自私自利的議論。

かど［角］(名)① 角，隅。△机の～／桌子角。② 拐角。△町の～／大街拐角。

かど［門］(名)① 門，門口，門前。△～に立つ／站在門口。② 家，家庭。△～ごとに祝う／家家慶祝。

かど［廉］(名) 理由，原因。△謀反の～で逮捕された／因謀反罪被逮捕。

かど［過度］(名・形動) 過度，超過限度。△～の疲労／過度疲勞。

かとう［下等］(名・形動) 下等，劣等。△～品／次品。△～動物／低級動物。

かとう［過当］(名・形動) 過分。△～な要求／過分的要求。→過度

かとう［果糖］(名) 果糖。

かどう［華道・花道］(名) 花道 (日本的插花術)。

かどう［歌道］(名) 歌道 (創作和研究和歌)。

かどう［稼働・稼動］(名・自他サ)① 做工，勞動。△～人口／勞動人口。② (機器) 開動，運轉。△～時間／運轉時間。

かとうせいじ［寡頭政治］(名) 寡頭政治。

かどがたつ［角が立つ］(連語) 有稜角，不圓滑。

かどかどし・い［角角しい］(形)① (物體) 稜角多。② (性格、態度) 生硬，不圓滑。

かどがとれる［角が取れる］(連語) 圓滑，老練。

かとき［過渡期］(名) 過渡期。

かとく［家督］(名)①(日本) 家業的繼承人，長子。②(日本舊憲法規定的) 戶主的權利、義務、地位。

かどぐち［門口］(名) 門口。△～に立つ／站在門口。

かどだつ［角立つ］(自五) 有稜角，不圓滑。

かどたてる［角立てる］(他下一) (使事情) 鬧大，激化。△事を～てないようにする／不使事情鬧大。

かどで［門出］(名・自サ)① 出門，出發。② (喩) 走上…道路。△人生の～に立つ／走向社會，開始獨立生活。

かとてき［過渡的］(形動) 過渡性的。

かどなみ［門並］(名)① 挨家挨戶。② 並排的房屋。

かどばしら［門柱］(名) 大門兩旁的柱子。

かどば・る［角ばる］(自五)① 有稜角。△～った石／帶稜角的石頭。② (態度等) 生硬，拘謹。△～話が～／談僵了。

かどばん［角番］(名)① (棋類，相撲等比賽) 決定最後勝負的一局。② 成敗的關鍵。△～に立つ／處於決定成敗的關頭。

かどひ［門火］(名) 門火 (盂蘭盆會、出殯、婚禮等在門前焚火的儀式)。

かどまつ［門松］(名) 門松 (日本風俗，新年門前裝飾的松枝)。△～を立てて祝う／裝飾門松，慶祝新年。

カドミウム［cadmium］(名)〈化〉鎘。

かどやしき［角屋敷］(名) 街道拐角處的住宅。兩面臨街的房子。

かとりせんこう［蚊取 (り) 線香］(名) 蚊香。△～をつける／點蚊香。

カトリック［catholic］(名)〈宗〉天主教 (徒)。

カトレア［cuttleya］(名) 蘭花。

かどわかす (他五) 誘拐，拐騙。△子供を～／拐騙小孩。△女を～／拐帶婦女。

かな［仮名］(名) 假名，日文字母。△平～／平假名。△草體字母。片～／片假名。楷體字母。

- かな［終助］①(自言自語的) 表示疑問。△ここはどこ～／這是哪兒啊？②(男用語) 表示質疑。△この次の休みは何日だったかな／下次休息是哪一天？③(以“…ない～”的形式) 表示盼望。△早くこない～／怎麼還不快來啊！

かなあみ［金網］(名) 鐵絲網，金屬絲網。

かない［家内］(名) ①家庭，家中。△～工業／家庭手工業。②家屬，家族。△～そろって海水浴に行く／全家去海水浴。③(謙) 妻子。→女房

かな・う［適う・叶う］(自五) ①適合，符合。△理に～／合乎道理。②(希望等) 能達到，能實現。△望みが～／如願以償。③比得上，敵得過。△こう暑くては～わない／這麼熱可受不了。

かなえ［鼎］(名) 鼎。△～の沸くがごとし／如同鼎沸。

かなえのけいじゅうをとう［鼎の軽重を問う］(連語) 問鼎之輕重。(凱覦王位，企圖取而代之)

かな・える［適える・叶える］(他下一) 使適合，使達到。△望みを～／滿足希望。△道に～えば助け多し／得道多助。

かながしら［金頭］(名) 〈動〉火魚，鮪鮴。

かなかな［蜩］(名) 〈動〉茅蜩。→ひぐらし

かなきりごえ［金切り声］(名) 尖叫聲。△～をあげる／發出刺耳的叫聲。

かなぐ［金具］(名) 金屬零件，小五金。△～をはめる／安上金屬零件。

かなくぎ［金釘］(名) (金屬) 釘子。

かなくぎりゅう［金釘流］(名) 拙劣的書法。

かなくさ・い［金臭い］(形) (水等) 有鐵鏽味，有金屬氣味。△このお湯は～／這開水有鐵鏽味。

かなぐさり［金鎖］(名) 金屬鏈子，鐵鏈子。

かなぐし［金串］(名) (烤魚、肉、蔬菜等用) 鐵扦子。

かなくず［金屑］(名) 鐵屑，金屬碎屑。

かなくそ［金屎］(名) ①鐵鏽，氧化鐵屑。②鐵渣，金屬熔渣，礦渣。

かなぐつわ［金轡］(名) (鐵) 馬嚼子。△～をはめる／用錢堵嘴，鉗口。

かなぐりす・てる［かなぐり捨てる］(他下一) 把 (衣服等) 胡亂地脱掉。△上着を～てて川に飛び込む／甩掉上衣跳進河裏。△恥も外聞も～／不顧廉恥。

かなけ［金気］(名) ①水裏含的鐵分，水的鐵鏽味。②(新鐵鍋的) 鍋鏽。

かなし・い［悲しい・哀しい］(形) 悲傷，悲哀，使人感傷。↔うれしい

かなしき［金敷き］(名) 鐵砧，錘砧。

かなしばり［金縛り］(名) ①緊緊地捆住，綁住。②用金錢籠絡。

かなし・む［悲しむ・哀しむ］(他五) 感到悲傷，悲痛，傷心。

かなぞうし［仮名草子］(名) 江戸初期用假名寫的通俗小説。

かなた［彼方］(代) 那邊。△はるか～に見える山／遙遙可見的遠山。

カナダ［Canada］(國名) 加拿大。△～の首都オタワ／加拿大首都渥太華。

かなだらい［金盥］(名) 金屬洗臉盆。

かなづかい［仮名遣い］(名) 假名用法，假名拼寫法。

かなづち［金槌］(名) ①錘子，鐵錘。②(喻) 不會游泳的人。

カナッペ［法 canapé］(名) 烤麵包。

かなつぼ［金壺］(名) 銅壺，金屬壺。

かなつぼまなこ［金壺眼］(名) ①凹陷的圓眼。②不安的神色，貪婪的眼神。

かな・でる［奏でる］(他下一) 奏，演奏。△曲を～／演奏樂曲。

かなとこ［金床］(名) ⇨かなしき

かなばさみ［金鋏］(名) ①金屬剪，鋼剪。②鐵鉗，火筷子。

かなひばし［金火箸］(名) ①金屬的火筷子。②(喻) 身體瘦。△～のようにやせている／骨瘦如柴。

かなぶつ［金仏］(名) ①金屬佛像。②(喻) 冷冰冰的人。

かなぶん［金蚉］(名) 〈動〉銅花金龜。

かなへび［金蛇］(名) 〈動〉草蜥，蛇舅母。

かなぼう［金棒・鉄棒］(名) ①鐵棒。△鬼に～／如虎添翼。②巡更用的鐵杖。③〈體〉單槓。

かなぼうひき［金棒引き］(名) 到處傳閑話的人。

カナマイシン［kanamycin］(名) 〈醫〉卡那黴素。

かなめ［要］(名) ①扇軸。②關鍵，要害。△ここが肝心の～の所だ／這是關鍵的地方。

かなもの［金物］(名) 鐵器，金屬器具，小五金。△～屋／五金商店。

かならず［必ず］(副) 一定，必定，必然。△悪事は～失敗する／壞事必然失敗。△約束した以上～くる／既然約好就一定來。

かならずしも［必ずしも］(副) (下接否定) 不一定，未必。△～正しいとは言えない／未必正確。

かならずや［必ずや］(副) (下接推量) 一定，必然。△～成功するだろう／必定會成功的。

かなり［副・形動］相當，很，頗。△～大きな建物／相當大的建築物。

カナリア［西 canaria・金糸雀］(名) 金絲雀，時辰雀。也説“カナリヤ”

かなわぬときのかみたのみ［敵わぬ時の神頼み］(連語) 急時抱佛腳。

かに［蟹］(名) 螃蟹。

かにく［果肉］(名) 果肉。

かにこうせん［蟹工船］(名) 蟹工船，有加工設備的捕蟹船。

かにはこうらににせてあなをほる［蟹は甲羅に似せて穴を掘る］(連語) 螃蟹挖掘和自己的

殻一般大小的洞。人的慾望或行動多不超出自
己的能力與身分。

がにまた［蟹股］(名) 羅圈腿。

かにゅう［加入］(名・自サ) 加入，參加。△保
険に～する／參加保險。

カニューレ［德 kanüle］(名)〈外科用〉套管，插
管。

カヌー［canoe］(名)① 獨木舟。②〈體〉皮艇。

かね［金］(名)① 金屬。△～のわらじで捜す／
踏破鐵鞋尋找。② 金錢，錢。△こまかい～／
零錢。

かね［鐘］(名)① 鐘。△～をつく／敲鐘。②
鐘聲。△～をきく／聽到鐘聲。

かねあい［兼ね合い］(名) 均衡，平衡。△予算
との～で決める／根據與預算的平衡來決定。

かねいれ［金入れ］(名)① 錢包。② 錢櫃。

かねがうなるほどある［金がうなるほどあ
る］(連語) 很有錢，有很多存款。

かねかし［金貸し］(名) 貸款，放債 (的人)。

かねがてき［金が敵］(連語)① 財能喪生。②
和財無緣。

かねがね［兼兼・予予］(副) 事先，以前。△～
言ったとおり／如以前曾經說過的那樣…

かねがものをいう［金がものをいう］(連語)
有錢能使鬼推磨。

かねぐら［金蔵］(名)① 金庫，保險櫃。② 財
東，經濟後盾。

かねぐり［金繰り］(名)〈經〉籌措資金，資金
的運用。

かねごえ［金肥］(名) 化學肥料。

かねじゃく［曲尺・矩尺］(名)〈木工用〉曲鐵
尺，角尺。

かねそな・える［兼ね備える］(他下一) 兼備。
△智惠と勇気を～／智勇雙全。

かねつ［過熱］(名・他サ)① 過度加熱，燒得
過熱。②(將液體) 加熱到沸點以上。△～器／
過熱器。

かねつ［加熱］(名・他サ) 加熱，加溫。△～処
理／加熱處理。

かねづかい［金遣い］(名) 花錢。△～があら
い／花錢大手大腳。

かねて［予て］(副) 事先，老早。△～の望みを
達した／夙願實現了。

かねでつる［金で釣る］(連語) 用金錢誘惑。

－かねない（接尾）(接動詞連用形後表示) 很有
可能…，不能說不…，不一定不…。△戦争に
なり～／很可能發生戰爭。

かねにいとめをつけない［金に糸目をつけな
い］(連語) 揮金如土。

かねにめがくらむ［金に目がくらむ］(連語)
利令智昏，見錢眼開。

かねのつる［金のつる］(連語) 生財之道。

かねのなるき［金のなる木］(連語) 搖錢樹。

かねのよのなか［金の世の中］(連語) 金錢萬
能的世界。

かねばなれ［金離れ］(名) 花錢。△～がいい／
花錢大方。

かねまわり［金回り］(名)① 資金周轉，金融
情況。△～がいい／資金周轉靈活。②(個人
的) 金錢收入，經濟情況。△不景気で～が悪
い／因為不景氣經濟情況很壞。

かねめ［金目］(名)① 折合成錢的) 價值，價
格。② 值錢，價格貴。△～の品／值錢的東西。

かねもうけ［金儲け］(名・自サ) 賺錢，獲利。
△なかなか～がうまい／很能賺錢。

かねもち［金持ち］(名) 有錢的人，富人。

かねもと［金元］(名) 財東，出資者。

か・ねる［兼ねる］(他下一) 兼，兼任。△大
は小を～／大兼小。△二つのクラスの担任
を～／兼任兩班的班主任。

－か・ねる［兼ねる］(接尾)(接動詞連用形下)
礙難，不能，不肯。△待ち～／不肯等。△断
り～／礙難拒絕。

かねをくう［金を食う］(連語) 費錢。

かねん［可燃］(名) 可燃，易燃。△～性／可燃
性。△～物／易燃物。↔ 不燃

かねんど［過年度］(名) 上年度，上一個會計年
度。

かねんぶつ［可燃物］(名) 易燃物。↔ 不燃物

かの［彼の］(連體) 那個。△～地／那個地方。

かのう［化膿］(名・自サ) 化膿。△～菌／化膿
菌。

かのう［可能］(名・形動) 可能。△～な方法／
可行的辦法。△～性／可能性。

かのう［嘉納］(名・他サ)① 准許，俯允。②
嘉納，收納。

かのうせい［可能性］(名) 可能性。

かのうどうし［可能動詞］(名)〈語〉可能動詞。

かのじょ［彼女］Ⅰ(代) 她。↔ かれ Ⅱ (名)
〈俗〉愛人，女朋友。△君の～を紹介しろよ／
介紹一下你的女朋友吧。

カノン［canon］(名)〈樂〉卡農曲，輪奏(唱)曲。

カノン［荷 Kanon］(名) 加農炮。

カノン［canon］(名)①(基督教的) 教規，教會
法，聖經的正典。②(文學，美術) 標準，基準，
規範，典範。③(音樂) 卡農曲，輪唱曲。→カ
ノン

かば［蒲］(名) 香蒲，蒲草。→がま

かば［樺］(名)① 白樺。②"樺色 (かばいろ)"
的略語：樺木色。

かば［河馬］(名)〈動〉河馬。

カバー［cover］(名・他サ)① 罩，套。△ブッ
ク～／書皮。△枕～／枕套。→おおい ② 補
償。△損失を～する／補償損失。③(棒球) 掩
護，補壘。

カバーオール［coveralls］(名) 上下連體的工作
服。

カバーストーリー［cover story］(名) 封面故事
(指雜誌中與封面圖片有關的主要文章)。

カバーチャージ［cover charge］(名)(飯店等的)
服務費。→テーブルチャージ

かはい［加配］(名・他サ) 增加配售。

かばいだて［庇(い)立(て)］(名・他サ) 袒護，
偏袒。

かばいろ［樺色・蒲色］(名) 樺木色，褐色。

かばう［庇う］(他五) 保護，庇護。△子供を～／庇護孩子。△傷を～／保護傷口。

かはく［下膊］(名)〈解剖〉下膊。↔ じょうはく

かはく［仮泊］(名・自サ) 臨時停泊。

かはく［科白］(名)〈劇〉科白，道白。→せりふ

がはく［画伯］(名) 大畫家，畫伯(對畫家的敬稱)。△林～／林畫伯。

かばしら［蚊柱］(名) 羣聚的蚊子。△～が立つ／蚊子成羣地飛。

かはたれどき［彼は誰時］(名) 拂曉，黎明時分。

かばと［副］猛地(起來，趴下)。△～はね起きる／突然跳起來。△～倒れた／撲通倒下了。

ガバナー［governor］(名) ① 調節器，調速器，控制器。② (地區、團體的) 主管人員。

ガバナンス［governance］(名) 管理，支配。

かばね［屍］(名) 屍體。

かばね［姓］(名)〈史〉姓。(古時日本豪族表示其社會政治地位的世襲稱號)。

かばやき［蒲焼(き)］(名) 烤魚串。△うなぎの～／烤鰻魚串。

かばらい［過払い］(名・他サ) 多付，支付過多。△五千円～になった／多付了五千日圓。

かばり［蚊鉤］(名) 蚊形魚鉤，毛鉤。

かはん［河畔］(名) 河畔。→川ばた

かはん［過半］(名) 過半，大半。△～数／多半數。→大半

かばん［鞄］(名) 皮包，提包，皮箱。

がばん［画板］(名) ① 畫板。② 製圖板。

かはんしん［下半身］(名) 下身，下半身。△～不随／半身不遂。↔ じょうはんしん

かはんすう［過半数］(名) 過半數，多半數。△～を占める／佔多半數。

かばんもち［鞄持ち］(名) ① 隨從，隨員。② 獻殷勤的人。

かひ［可否］(名) ① 可否，得當與否。△入学の～を討論する／討論可否入學。② 贊成與反對。△～を決める／決定贊成與否。

かひ［歌碑］(名) 刻有和歌的碑。

かひ［果皮］(名) 果皮。

かひ［化肥］(名) 化肥。

かひ［下婢］(名) 女傭人。

かび［黴］(名) 霉。△～がつく／發霉。

かび［華美］(名・形動) 華美。→華麗

がび［蛾眉］(名) ① 蛾眉。② (喻) 美人。

カビア［caviar(e)］(名) 魚子醬，鰉魚子。

カピタン［葡 capitáo・加比丹］(名) ① (江戸時代) 荷蘭商行經理。② (外輪的) 船長。

かひつ［加筆］(名・自サ) 潤色，修改。

がひつ［画筆］(名) 畫筆。

かびつき［黴つき］(名) 發霉，長霉，生霉。

かびくさ・い［黴臭い］(形) ① 霉氣味。△～ふとんを干す／晾曬有霉氣味的被子。② 陳腐，陳舊。△～考え方／陳腐的想法。

がひょう［賀表］(名) 賀表。

がびょう［画鋲］(名) 按釘，圖釘。

か・びる［黴びる］(自上一) ① 發霉，生霉。△着物が～／衣服發霉了。② 發舊，陳舊。

かひん［佳品］(名) 佳品，佳作。

かびん［花瓶］(名) 花瓶。

かびん［過敏］(名・形動) 過敏。△神経が～になる／神經過敏。

かふ［下付］(名・他サ) (政府、官廳對普通人) 發給。△辞令を～する／發給任免令。

かふ［花譜］(名) 花卉圖譜，花譜。

かふ［家父］(名)〈謙〉家父。

かふ［寡婦］(名) 寡婦。→未亡人

かぶ［株］I (名) ① 殘株。△木の～に腰をおろす／坐在樹墩上。② (植物的) 根株。△菊の～を分ける／把菊花的根株分開。③ "株式・株券" 的略語：股份，股票。④ (特殊職業上的) 特權，地位，擅長，名聲。△親分～の男／當頭目的人。II (接尾) ① 株，棵。△ひと～の白菜／一棵白菜。② 股份。

かぶ［下部］(名) ① 下部。△胴の～／軀幹的下部。↔ 上部 ② 下級。

かぶ［歌舞］(名・自サ) 歌舞。△～団／歌舞團。

かぶ［蕪］(名)〈植物〉蕪菁。

がふ［画布］(名) 畫布。→カンバス

がふ［画譜］(名) 畫譜。△花鳥～／花鳥畫譜。

がふ［楽府］(名) 樂府。

かふう［下風］(名) 下風。△～に立つ／居於下風，處於劣勢。

かふう［家風］(名) 家風。△質素な～／儉樸的家風。

かふう［歌風］(名) "和歌"、"短歌" 的風格。△北原白秋の～／北原白秋的歌風。

がふう［画風］(名) 畫風，畫的風格、特色。

カフェイン［德 Kaffein］(名)〈醫〉咖啡因，咖啡鹼。

カフェオーレ［cafe au lait］(名) 濃咖啡中加入同量的牛奶，牛奶咖啡。

カフェオレ［法 café au lait］(名) 牛奶咖啡。

カフェカーテン［cafe curtain］(名) (用來遮住窗子下半部分的) 半截窗簾。

カフェテラス［café terrasse］(名) 露天咖啡座。

カフェテリア［cafeteria］(名) 自助食堂，自助餐廳，速食店。

カフェラテ［意 caffellatte］(名) 加奶咖啡，拿鐵咖啡。

かぶき［歌舞伎］(名) 歌舞伎 (日本古典舞劇)。

かふきゅう［過不及］(名) 過與不及，過度和不足。△～なし／適當，恰好。

かふく［下腹］(名) 小腹。

がふく［画幅］(名) 畫幅。

かふくはあざなえるなわのごとし［禍福はあざなえる縄のごとし］(連語) 禍兮福所倚，福兮禍所伏。

かぶけん［株券］(名) (交易) 股票。

かぶさ・る［被さる］(自五) ① 蓋到，蒙上。△雪が屋根に～った／雪把房頂蓋上了。②

落到頭上。△上役が休んだので仕事がこっちに～ってきた／由於上級休息，工作落到我肩上了。

かぶしき［株式］（名）〈經〉① 股，股份。② 股權。③ 股票。

かぶしきがいしゃ［株式会社］（名）股份（有限）公司。

カフス［cuffs］（名）（西服）襯衫的袖口（捲袖）。△～ボタン／袖扣。

かぶ・せる［被せる］（他下一）① 蓋上，蒙上。△ふたを～／蓋上蓋子。② 澆。△頭から水を～／從頭上澆水。③ 推諉，誣罪。△人に罪を～／誣過於人。

カプセル［capsule］（名）①〈醫〉膠囊。② 密封容器。

かふそく［過不足］（名）過分與不足。△～がない／得當。

カプチーノ［意 cappuccino］（名）卡布奇諾，加發泡鮮奶油的咖啡。

かぶと［兜・甲］（名）盔。△鉄～／鋼盔。△～をぬぐ／投降。認輸。

かぶとうき［株投機］（名）〈經〉炒股。

かぶとむし［甲虫・兜虫］（名）〈動〉樤蟲，獨角仙。→サイカチムシ

かぶぬし［株主］（名）股東。△～総会／股東大會。

かぶぬしそうかい［株主総会］（名）〈經〉股東大會。

がぶのみ［がぶ飲み］（名）大口喝，咕嘟咕嘟地喝。

かぶま［株間］（名）株距。

がぶり（と）（副）大口大口地（吃，喝）。

かぶりつき［嚙り付き］（名）① 舞台旁邊沒鋪地板的地方。②（劇場的）前排座，緊靠舞台的座位。

かぶりをふる［頭を振る］（連語）搖頭，拒絕。

かぶ・る［被る］（自他五）① 戴，蓋，蒙。△帽子を～／戴帽子。② 澆，灌。△水を～／澆水。③ 蒙受。△火の粉を～／濺了一身火星。④（代人）承擔。△人の罪を～／代人受過。替人擔罪。⑤（戲劇）散場，終場。

かぶれ［気触れ］（名）①（皮膚受刺激起的）斑疹。② 受強烈（壞）影響。△西洋～／假洋鬼子。

かぶ・れる［気触れる］（自下一）①（生漆或藥物中毒）皮膚發炎。△漆が～／漆咬了。② 沾染上。△過激思想に～／沾染上過激思想。

かぶわけ［株分け］（名・他サ）分株，分棵。△菊の～をする／菊花分株。

かふん［花粉］（名）〈植物〉花粉。

かぶん［過分］（名・形動）過分，過度。

かぶん［寡聞］（名）〈謙〉孤陋寡聞。△～にして知らない／我孤陋寡聞，不得而知。

かぶんすう［仮分数］（名）〈數〉假分數。

かべ［壁］（名）① 牆壁。△煉瓦の～／磚牆。△～に耳／隔牆有耳。② 障礙（物）。△～にぶつかる／碰壁。

かへい［貨幣］（名）貨幣。△～価値／貨幣價值。

がべい［画餅］（名）畫餅。△～に帰する／歸於畫餅。落空。

かへいかち［貨幣価値］（名）貨幣價值。

かべかけ［壁掛け］（名）壁掛，牆上掛的裝飾品。

かべがみ［壁紙］（名）壁紙，桌面背景。→ウォールペーパー、デスクトップ

かべしんぶん［壁新聞］（名）牆報，壁報。

かへん［か変］（名）〈語〉"カ行"活用詞的略語。

かべん［花弁］（名）花瓣。

かほう［火砲］（名）火炮，大炮，高射炮。

かほう［果報］（名・形動）① 因果報應。② 幸運，幸福。△～な男／好運氣的人。

かほう［家寶］（名）傳家寶。

がほう［画報］（名）畫報。

かほうもの［果報者］（名）幸運兒。

かほうわ［過飽和］（名）〈化〉過飽和。△～溶液／過飽和溶液。

かほご［過保護］（名）溺愛，嬌生慣養。△～にそだった子／嬌生慣養的孩子。

かぼそい［か細い］（形）纖細，纖弱。△～うで／纖細的胳膊。

カボチャ［南瓜］（名）南瓜，倭瓜。△～に目鼻／醜陋不堪。

ガボット［法 gavotte］（名）〈樂〉加伏特舞曲。

かほんか［禾本科］（名）〈植物〉禾本科。

かま［釜］（名）鍋。△～を鋳る／鑄鍋。

かま［窯］（名）窰。△炭焼～／炭窰。

かま［鎌］（名）鐮刀。

がま［蒲］（名）〈植物〉蒲，香蒲。

がま［蝦蟇］（名）〈動〉蟾蜍，癩蛤蟆。

かまいたち［鎌鼬］（名）旋風形成真空造成的皮膚突然破裂。

かまいて［構い手］（名）照料人，照看人。△～のない子／無人照料的孩子。

かま・う［構う］（自他五）① 介意。△行っても～わない／去也沒關係。② 照顧，照料，招待。△どうぞおかまいなく／請您不要張羅啦。③ 逗弄。△子供を～／逗小孩。

かまえ［構え］（名）① 格局，構造。△家の～／房子的結構。②（對付來者的）架勢，準備。△対決の～をとる／擺開一決雌雄的架勢。△柔軟な～を見せる／採取靈活姿態。△心がまえ／精神準備。③ 漢字部首名稱。△門がまえ／"門"字頭。

かま・える［構える］（他下一）① 修築，構築。△家を～／蓋房子。② 成立。△一家を～／立戶。③ 採取某種姿勢，擺出某種架勢。④ 準備好。△兵を～／屯兵。⑤ 捏造，虛構。△事を～／挑起爭端。△罪を～／捏造罪名。

かまがえり［釜返り］（名）飯貼鍋了。

かまきり［蟷螂］（名）〈動〉螳螂。→とうろう

がまぐち［がま口］（名）（蛙嘴式，荷包式）錢包。

かまくび［鎌首］（名）（蛇等）鐮刀形的脖子。△蛇が～をもたげる／蛇揚起脖子。

かまくらえび［鎌倉蝦］（名）龍蝦。

かまくらじだい［鎌倉時代］（名）〈史〉鎌倉時代。

かまくらぼり［鎌倉彫］(名) 鎌倉雕漆器。

かま・ける (自下一) 忙於，(被一件事) 纏住。△子供の事に～／忙於照料孩子。

かまし［釜師］(名) 鑄造煎茶鍋的手藝人。

‐がましい (接尾) (接名詞或動詞連用形後) 似乎，類似。△恩きせ～／擺恩人架子。

かます［叺］(名) 草袋，草包。

かます［魳］(名) 油魚，梭子魚。

かまち［框］(名) ① 框。△障子の～／拉門的門框。② 横木，木框。△上がり～／地板台。③ (石匠用的兩頭尖的) 尖錘。

かまど［竈］(名) ① 竈。② 一家，家庭。△～を分ける／分家。△～がにぎわう／生活富裕。

かまとと (名) 明知故問，假裝不懂。

かまびすし・い［囂しい］(形) 喧囂，吵嚷。→やかましい

かまぼこ［蒲鉾］(名) 魚糕。△ちくわ～／魚捲。

かまめし［釜飯］(名) (一人份的) 小鍋燴飯。

かまもと［窯元］(名) 瓷窯，窯戶。

かまをかける［鎌をかける］(連語) 用話套話。

がまん［我慢］(名・自他サ) ① 忍耐，克制，忍受。△痛みを～する／忍痛。② 饒恕，原諒。△今度だけは～してやる／只原諒這一次。

がまんづよ・い［我慢強い］(形) 能忍耐，能將就。

かみ［上］(名) ① (位置高的) 上部，上方。△～半身／上半身。② (河的) 上游。△舟で～に行く／坐船到上游去。④ 都城。⑤ 上文，上面。⑥ 開頭。⑦ 從前。

かみ［神］(名) 神。△～を祭る／敬神。祭祀神。△魔よけの～／門神。

かみ［紙］(名) ① 紙。△～を抄く／造紙。② (猜拳出的) "布"。

かみ［髪］(名) ① 髮，頭髮。② 髮型。

かみ［加味］(名・他サ) ① 調味。△酢を～した料理／放了醋的菜。② 摻入，加進。△対立する意見も～する／也參考相反的意見。

かみあ・う［嚙み合う］(自五) ① 相咬，搏鬥。② (齒輪等) 咬合，嚙合。△歯車が～／齒輪咬合。△～わない議論／對不上碴兒的爭論。

かみいちだんかつよう［上一段活用］(名) 〈語〉上一段活用。

かみいれ［紙入れ］(名) ① 紙夾。② 錢包。

かみがかり［神懸かり］(名・形動) ① (迷信) 神靈附體的人。② 超現實，異想天開。

かみがくし［神隠し］(名) (兒童等) 失蹤。(也說"かみかくし")

かみかぜ［神風］(名) ① 神風。② 横衝直撞。△～タクシー／開飛車。

かみがた［上方］(名) 日本稱關西地區京都、大阪一帶地方。

かみがた［髪型・髪形］(名) 髮型。→ヘアスタイル

がみがみ (副) 嘮嘮叨叨，喋絮不休。

かみき［上期］(名) "上半期"的略語：上半期，前半期。↔ しもき

かみきりむし［髪切り虫］(名) 〈動〉天牛，桑牛。

かみき・る［嚙 (み) 切る］(他五) 咬斷，咬破。

かみきれ［紙切れ］(名) 紙片，裁開的紙，便條。△～に書きつけておく／寫在便條上。

かみくず［紙屑］(名) 廢紙，碎紙。

かみくだ・く［嚙み砕く］(他五) ① 嚼爛。△～いて説明する／詳細解説。

かみころ・す［嚙み殺す］(他五) ① 咬死。→くいころす ② 憋住。△あくびを～／憋住哈欠。

かみざ［上座］(名) 上座，上席。△客を～にすえる／請客人坐上座。↔ しもざ

かみざいく［紙細工］(名) (做) 紙製工藝品 (工人)。

かみさ・びる［神さびる］(自上一) 神聖，莊嚴。

かみさま［神様］(名) ① 上帝，神。△～を信じる／信神。② (喻) 專家，能手。△野球の～／棒球能手。

かみさま［上様］(名) (敬) ① 貴夫人，武士之妻。② 商人或庶民之妻。

かみしばい［紙芝居］(名) 連環畫劇，(拉) 洋片。

かみし・める［嚙 (み) 締める］(他下一) ① 用力嚼，細嚼。△歯を～／咬緊牙關。② 玩味，細心領會。△教えをよく～／仔細領會教誨。

かみしも［裃］(名) ① 上衣和裙褲。② 江戸時代武士的禮服。△～を脱ぐ／不受拘束。隨便。

かみそり［剃刀］(名) ① 剃刀，刮臉刀。△～一丁／一把剃刀。② (喻) 腦筋靈活的人。△～のように頭のよく切れる人／靈敏果敢的人。

かみだのみ［神頼み］(名) 求神保佑。△苦しいときの～／(平時不燒香)，臨時抱佛腳。困難時求神保佑。

かみつ［過密］(名・形動) 過密，高度集中。△～都市／(人口，工業) 高度集中的城市。↔ 過疎

かみつ・く［嚙み付く］(他五) ① 咬，咬住。△犬に～かれる／被狗咬。② 極力爭辯，極力反駁。△彼に～かれた／被他搶白了一頓。

かみつぶ・す［嚙 (み) 潰す］(他五) ① 咬碎，嚼碎。△苦虫を～したような顔／像吃了黄連似的愁眉苦臉。② 忍住，憋住。△おかしさを～／忍住笑。

カミツレ［荷 kamille］(名) 〈植物〉母菊。

かみて［上手］(名) ① 河流的上游。△舟を～にやる／把船划到上游去。② 上方，上座。③ 舞台的右側。

かみなづき［神無月］(名) → かんなづき

かみなり［雷］(名) ① 雷。△～がなる／打雷。△～が落ちる／落雷。雷撃。② 大發雷霆。△～を落とす／暴跳如雷。

かみのく［上の句］(名) (日本"短歌"的) 前三句。↔ しものく

かみひとえ［紙一重］(名) (多用於表示差別) 一紙之差。△～の差／毫釐之差。

かみふぶき［紙吹雪］(名) ① (歡迎，祝賀時) 撒的彩色紙屑。△当選を祝って五色の～が舞った／祝賀當選，五彩紙屑飛舞。② 紙屑飛舞。

かみやしき［上屋敷］(名) 江戸時代諸侯建於江戸的住宅。↔ 下屋敷

かみやすり［紙鑢］(名) 砂紙。

かみわ・ける［嚙み分ける］(他下一) ① 品味。△すいもあまいも〜／飽嘗辛酸。飽經風霜。② 辨別，仔細地思考判斷。△両者の考え方の違いを〜／辨別兩者想法的差別。

かみわざ［神業］(名) 絕技，奇跡。△あの曲芸は全く〜だった／那個雜技簡直神了。

かみをおろす［髪を下す］(連語) 落髮，出家。

かみん［仮眠］(名・自サ) 假寐，打盹兒。△〜をとる／打個盹兒。

かみん［夏眠］(名・自サ) 夏眠。

カミングアウト［coming-out］(名・ス他) ① 公開 (原本不想讓人知道的事)。② (同性戀者) 公開性向，出櫃。

か・む［嚙む］I (他五) ① 咬。△犬に〜まれた／被狗咬了。② 嚼。△よく〜んで食べる／細嚼着吃。③ 岩を〜波／沖擊岩石的波浪。II (自五) 咬合。△一枚で〜でいる／(在其中) 起一定作用。

か・む［擤む］(他五) 擤。△はなを〜／擤鼻涕。

ガム［gum］(名) (“チューインガム”的略語) 口香糖。

がむしゃら［我武者羅］(名・形動) 冒失，魯莽。△〜に働く／蠻幹。

ガムテープ［gum tape］(名) 膠帶，膠黏紙帶。

カムバック［comeback］(名・自サ) 重返，復歸，東山再起。△舞台に〜する／重返舞台。

カムフラージュ［camouflage］(名・他サ) ① (軍) 迷彩，偽裝。② 掩飾，掩蓋。△欠点を〜する／掩飾缺點。

かめ［亀］(名)〈動〉龜。

かめ［瓶・甕］(名) ① 缸，甕。△〜に水を張る／往缸裏倒水。② 花瓶。

かめい［加盟］(名・自サ) 加盟。△〜国／加盟國。

かめい［家名］(名) ① 家名，家號。② 家聲，一家的名譽。

がめつ・い (形) 見錢眼開，無孔不入。

かめのこ［亀の子］(名) ① 小龜。② 龜殼。△〜だわし／橢圓形刷子。

かめのこうよりとしのこう［亀の甲より年の功］(連語) 人老閱歷深。薑是老的辣。

カメラ［camera］(名) 照相機，攝影機。△〜アイ／攝影機取景孔。

カメラマン［cameraman］(名) 攝影師，攝影記者。

カメルーン［Cameroon］〈國名〉喀麥隆。

カメレオン［chameleon］(名)〈動〉變色蜥蜴，變色龍。

かめん［仮面］(名) 假臉，假面具。△〜をはぐ／揭開假面具。△〜をぬぐ／露出真面目。

がめん［画面］(名) ① 畫面。② (電影、電視) 映像，圖像。△〜が暗い／圖像不清晰。③ 底版或照片的表面。

かも［鴨］(名) ① 野鴨子。② 容易上當受騙的人。△〜にする／拿 (他) 大頭。△いい〜が来た／兔大頭送上門來了。③ (比賽) 容易對付的對手。

- かも (副助) (常以“かもしれない”的形式) 表示推測。△あの人はもう知っている〜ね／他也許已經知道了。

かもい［鴨居］(名)〈建〉門楣，上框。

かもがねぎをしょってくる［鴨が葱をしょって来る］(連語) 肥豬拱門。

かもく［科目］(名) 科目，項目。△会計〜／會計科目。

かもく［課目］(名) 學科，課程。△必修〜／必修課程。

かもく［寡黙］(形動) 沉默寡言。

かもしか［羚羊］(名)〈動〉羚羊，青羊。

かもしだ・す［醸し出す］(他五) 釀成。△なごやかな雰囲気を〜／造成和諧的氣氛。

かも・す［醸す］(他五) ① 釀，釀造。△酒を〜／釀酒。② 引起，釀成。△物議を〜／引起議論。

かもつ［貨物］(名) ① 貨物，行李，物品。△〜を発送する／發貨。△〜列車／貨車。② 貨車。

かもつせん［貨物船］(名) 貨船。↔ 客船

かものはし［鴨の嘴］(名)〈動〉鴨嘴獸。

カモフラージュ［camouflage］→カムフラージュ

かもめ［鴎］(名)〈動〉海鷗。

かもん［家紋］(名) 家徽。

かもん［渦紋］(名) 渦旋狀花紋。

かもん［家門］(名) ① 家門。② 全家。△〜のほまれ／全家的榮譽。③ 門第。

かや［茅・萱］(名)〈植物〉芒，芭茅。△〜ぶきの家／草房。

かや［蚊帳・蚊屋］(名) 蚊帳。

かや［榧］(名)〈植物〉榧樹。△〜の実／榧子。

がやがや (副・自サ) 吵吵嚷嚷。△〜とした教室／喧嘩的教室。

かやく［火薬］(名) 火藥。△〜をこめる／裝上火藥。

かやぶき［茅葺き］(名) 用芭茅苫 (的房頂)。△〜の屋根／芭茅房頂。

かやり［蚊遣り］(名) 薰蚊子。△〜せんこう／薰蚊香。② 蚊香。△〜をたく／點蚊香。

かゆ［粥］(名) 粥，稀飯。△〜をにる／熬粥。△〜をすする／喝粥。

かゆ・い［痒い］(形) 癢。△〜所をかく／搔癢處。△いたくも〜くもない／不痛不癢。

かゆいところにてがとどく［痒い所に手が届く］(連語) 照顧得無微不至，體貼入微。

かよい［通い］(名) ① 來往，經常來往。△香港・大連〜の船／往來於香港與大連之間的輪船。② 通勤。△〜のお手伝いさん／不住宿的傭人。③ (“通い帳”的略語) 摺子。

かよ・う［通う］(自五) ① 來往，通行，經常來往。△〜いなれた道／熟路。② (電流、血液等) 通，流通，相通。△血が〜／心意相通。③ 相似。△母に〜／像母親。

かよう［火曜］(名) 星期二。

かよう［歌謡］(名) ① 歌謠。② 歌。△ラジオ〜／廣播歌曲。

かよう［斯様］(形動) 這樣, 如此。△〜に見れば／由此看來。

かようきょく［歌謡曲］(名) 流行歌。→流行歌

がようし［画用紙］(名) 圖畫紙。

かようび［火曜日］(名) →火曜

かよく［寡欲］(名) 寡慾, 清心寡慾。

がよく［我欲］(名) 私慾。△〜をすてる／拋棄私慾。

かよけ［蚊除(け)］(名) ① 驅蚊子。② 蚊香。

かよわ・い［か弱・い］(形) 軟弱, 柔弱。△〜女の身／弱女子。

から［空］ I (名) ① 空。△〜の箱／空箱子。② 假。△〜の約束／假的約會。II (接頭) 虛。△〜元気を出す／虛張聲勢。

から［殻］(名) ① 外殼。△貝の〜／貝殼。△卵の〜／雞蛋殼。△蛇の〜／蛇蛻。△蟬の〜／蟬蛻。② 空殼。△かんづめの〜／空罐頭盒。

–から I (格助) ① (表示起點) 從, 由。△ 1 時〜 5 時まで／從一點到五點。△裏門〜入る／從後門進來。△だれ〜始めますか／從誰開始？△会社が退けて〜行く／公司下班後再去。② 由…(構成, 造成)。△日本は多くの島島〜なっている／日本由許多島嶼構成。△日本酒は米〜作る／日本酒是用大米做的。③ 表示根據, 由來。△足音〜君だと分った／從腳步聲就知道是你。△風邪〜肺炎になった／由感冒引起了肺炎。△皆〜反対される／受到大家反對。△友人〜借りた本／從朋友那兒借來的書。④ (表示一定數量) 以上。△ 1000 人〜の人が集まった／聚集一千多人。II (接助) 因為。△寒い〜窓を閉めて下さい／很冷, 請把窗子關上。III (終助) 表示決心。△そんな事をしたら承知しない〜／你那麼幹, 我決不答應。

から［幹］(名) ① 幹, 稈, 莖。△麦の〜／麥稈。② 箭桿。③ 柄, 把。

がら［殻］(名) 殘渣, 無用的東西。△にわとりの〜／雞骨頭。△石炭の〜／煤渣。

がら［柄］ I (名) ① 身材, 身量, 體格。△〜の大きいこども／個子高的孩子。② 身分, 人品, 風度。△〜のよい人／人品好的人。③ 花紋, 花樣。△派手な〜／鮮艷的花樣。II (接尾) ① 人〜／人品。② 家〜, 家世, 門第。

カラー［collar］(名) (西服、襯衫的) 領子。△ワイシャツの〜／襯衫領子。

カラー［color］(名) ① 色彩, 彩色。△〜テレビ／彩色電視。② (繪畫用) 顏色, 顏料。△ポスター〜／廣告色。③ 特殊的氣氛, 風格, 特色。△ローカル〜／地方特色。

カラーカード［color card］(名) 彩票。

からあげ［空揚げ・唐揚げ］(名) (不裹麵) 乾炸 (的食品)。△鯉の〜／乾炸鯉魚。

カラーコーディネーター［color coordinator］(名) 研究服裝、傢俱的配色搭配效果的人, 色彩搭配專家。

カラースキャナー［color scanner］(名)〈IT〉彩色掃描器。

カラープリンター［color printer］(名)〈IT〉彩色印表機。

カラーリーフ［color leaf］(名) 觀葉植物。

から・い［辛い］(形) ① 辣。△〜カレーライス／辣咖喱飯。△〜酒／醇酒。② 嚴格, 刻薄。△小林先生は点が〜／小林老師給分兒嚴格。

から・い［鹹い］(形) 鹹。

からいばり［空威張り］(名・自サ) 虛張聲勢, 外強中乾。

からうり［空売］(名) (交易所) 賣空。

からえずき［空嘔き］(名) 乾噁心吐不出來。

からおくり［空送り］(名) (錄音帶不出聲音) 空轉。

からか・う (他五) ① 嘲弄, 開玩笑。② 逗。△子供を〜／逗弄孩子。△婦女を〜／調戲婦女。

からかさ［唐傘］(名) 油紙雨傘。↔ こうもり

からかみ［唐紙］(名) ① 花紙, 花紋紙。② (兩面糊紙的) 隔扇。

がらがら I (名) (玩具) 嘩啷棒。II (形動) 空空蕩蕩。△〜の電車／空空蕩蕩的電車。III (副・自サ) ① 粗魯。△〜した人／粗魯的人。② (硬物相撞聲) 嘩啦嘩啦, 嘎啦嘎啦。

がらがらへび［がらがら蛇］(名) 響尾蛇。

からくさもよう［唐草模様］(名) 蔓草花紋, 蔓藤花紋。

がらくた (名) 破爛兒, 不值錢的東西。

からくち［辛口］(名) ① 愛吃辣味 (的人)。② (酒、醬等的味道) 很辣, 很鹹。△〜の酒／辣酒。烈酒。

からくも［辛くも］(副) 好容易, 勉勉強強。△〜逃れた／好容易才逃出來。

からくり［絡繰り・機関］(名) ① (巧妙的) 機關, 自動裝置。△〜人形／提綫木偶。△時計の内部の〜／鐘錶內部裝置。② 計策, 謀略, 詭計。△〜を見破る／識破詭計。

からぐるま［空車］(名) 空車。

からげいき［空景気］(名) 假景氣, 假繁榮。△〜をつける／製造虛假繁榮。

から・げる［絡げる・紮げる］(他下一) ① 紮, 捆。△にもつを〜／捆行李。② 捲起, 撩起。△すそを〜／撩起衣襟。

からげんき［空元気］(名) 虛張聲勢, 外強中乾。△〜を出す／虛張聲勢。

からさわぎ［空騒ぎ］(名・自サ) 大驚小怪, 庸人自擾。→ばか騒ぎ

からし［辛子・芥子］(名) 芥末。

からしな［芥子菜］(名) 芥菜。

からす［烏・鴉］(名) ① 烏鴉。② 內行, 行家。③ 說話吵吵嚷嚷討厭的人。④ 健忘的人。⑤ 嘴饞的人。⑥ 落魄的人。△宿無しの〜／無家可歸的流浪漢。

から・す［枯らす］(他五) 使枯萎, 使枯乾。△植木を〜／栽的樹弄死了。

から・す［涸らす］(他五) 把水弄乾, 使乾涸。△池を～/把池水淘乾。

から・す［嗄らす］(他五) 使聲音嘶啞。△のどを～/嗓子嘶啞了。

ガラス［glas］(名) 玻璃。△～コップ/玻璃杯。△～が割れる/玻璃打了。

からすうり［烏瓜］(名)〈植物〉栝樓。

からすき［唐鋤・犁］(名) 犁。

からすぐち［烏口］(名)(製圖用的)烏嘴, 鴨嘴筆, 墨水筆。

ガラスせんい［ガラス繊維］(名) 玻璃纖維。

からすのおきゅう［烏のお灸］(連語) 爛嘴邊。

からすのぎょうずい［烏の行水］(連語) 簡單的沐浴。

からすのしゆう［烏の雌雄］(連語) 難辨雌雄(相似, 很難區別)。

からすのぬればいろ［烏のぬれ羽色］(連語) 烏黑發亮的頭髮。

ガラスばり［ガラス張り］(名) 鑲着玻璃。△～のドア/玻璃門。

からすむぎ［烏麦］(名)〈植物〉① 烏麥。② 野燕麥。

からせき［空せき］(名)① 乾咳。② 故意咳嗽。→せきばらい

からせじ［空世辞］(名) 假奉承, 口頭奉承。△～を使う/假意奉承。

からそうば［空相場］(名)(交易) 買空賣空。→くうとりひき

からだ［体・身体］(名)① 身體, 體格, 身材。△～をきたえる/鍛煉身體。② 健康, 體質。△～がつづかない/體力不支。③ 軀幹。

からたち［枳殻］(名)〈植物〉枸橘。

からだつき［体付(き)］(名) 體格, 體形。△～ががっしりしている/體格壯。△きゃしゃな～/苗條的體形。

からっかぜ［空っ風］(名) 旱風。(也説"からかぜ")

カラット［carat］(名・接尾)① 克拉。△10～のダイヤモンド/十克拉的鑽石。②(含金率)開。(純金為 24 開)

からつゆ［空梅雨］(名) 梅雨期無雨。

からて［空手・唐手］(名) 琉球的一種拳法。

からて［空手］(名) 空手。△～で帰る/空手回去。→手ぶら

からてがた［空手形］(名)① 空頭票據, 空頭支票。△～を振り出す/開空頭支票。② 不能兌現的諾言, 空話。

からとう［辛党］(名) 愛喝酒(的人)。

からねんぶつ［空念仏］(名)① 空談, 空話。△～に終る/以空談告終。②〈佛教〉空唸佛。

からぶき［乾拭き］(名・他サ) 乾擦。

からぶり［空振り］(名・他サ)①(棒球)擊空, 擊球未中。△カーブを～する/旋球打空了。② 落空, 撲空。

カラフル［colorful］(形動) 色彩絢麗, 多彩。

からまつ［唐松］(名)〈植物〉落葉松。

からま・る［絡まる］(自五)① 纏住, 糾纏。

△糸が～った/綫纏到一起了。② 糾纏, 錯綜複雜。△この事件にはいろいろな事情が～っている/這一案件內情錯綜複雜。

からまわり［空回り］(名・自サ)①(車、機器等)空轉。△車輪が～する/車輪空轉。② 徒勞, 空忙。△議論が～する/白爭論一回。

からみ［空身］(名) 空人兒(甚麼也不帶, 誰也不帶)。

-がらみ［搦み］(接尾)① 包括在內, 帶…, 連…。△政局は総選挙で～で動く/包括總選舉在內, 政局在變動。②(表示年齡)左右, 上下。△40～の男/四十歳左右的男人。

からみつ・く［絡付く］(五自) 纏住。△蔓草が足に～/蔓草纏住腿。△子供が～/孩子纏人。

から・む［絡む］(五自)① 纏繞。② 攪在一起。△感情が～/攙雜着感情因素。△金が～/與金錢問題密切相關。③ 糾纏。△よく～やつだ/胡攪蠻纏的傢伙。

からむし［空蒸し］(名) 清蒸。△松たけの～/清蒸松蕈。

からめ［辛目］(名) 稍辣些。

からめて［搦手］(名)① 城堡的後門。△～から攻める/從後門攻打。②(對方的)弱點, 疏忽。

からめと・る［搦(め)捕る］(他五) 抓住綁上。

カラメル［法 caramel］(名)① 焦糖。② 牛奶糖。→キャラメル

から・める［搦める］(他下一)① 綁上。△賊を～/把賊綁上。② 絆住。△足を～/絆住對方的腿。③ 滾上。△油で～/滾上油。④ 聯繫在一起。△賃上げと～めて, 労働時間の短縮を求める/要求提高工資連帶縮短工作時間。

がらもの［柄物］(名) 帶圖案的東西, 帶花紋的東西。

からよう［唐様］(名) 中國式(書法)。

カラリスト［colorist］(名)① 色彩畫家。② 着色師, 配色師, 色彩設計師。

からりと(副)① 寬敞明亮。△～と晴れ上がった空/晴空萬里。②(性格)開朗。△～した性格/性格開朗。③ 酥脆。

がらりと(副)①(用力開門等的聲音)嘩啦。△～戸をあける/嘩啦一聲打開門。② 突然改變。△態度が～変わった/態度突然變了。

カラリング［coloring］(名) 着色法, 顏料, 色彩。

がらん［伽藍］(名)〈佛教〉伽藍, 寺院。

がらんどう(名・形動) 空曠, 空空蕩蕩。△～の大広間/空蕩蕩的大廳。

カリ［荷 kali・加里］(名)〈化〉① 鉀。△～肥料/鉀肥。② 碳酸鉀。③ 鉀鹽。

かり［仮］(名)① 臨時, 暫時。△～の宿/臨時住處。② 假, 偽。△～の名/假名字。

かり［狩り］Ⅰ(名)① 打獵, 狩獵。Ⅱ(接尾)① 採集, 捕捉, 觀賞。△松だけ～/採松蕈。△潮干～/趕海。△もみじ～/賞紅葉。② 搜捕。△暴力団～/取締黑社會。

かり［借り］(名)① 借, 借的東西, 負債。△～

をこしらえる／借債。△〜を返す／還債。②要報的仇。③欠人家的情。④（簿記）"借方"的略語。↔かし

かり ［雁］（名）雁。→がん

ガリ（名）→がりばん

がり ［我利］（名）私利。△〜をはかる／謀私利。

かりあ・げる ［刈（り）上げる］（他一）①收割完了。△田を〜／割完稲子。②（頭髪）由下往上剪（成下短上長）。△髪を短く上まで〜／由下往上把頭髪剃短。

かりあ・げる ［借（り）上げる］（他下一）徴借，徴用。△田畑を〜／徴用田地。

かりあつ・める ［駆（り）集める］（他下一）糾集，緊急召集。

かりい・れる ［刈（り）入れる］（他下一）收割，收穫。△イネを〜／收割稲子。

かりい・れる ［借（り）入れる］（他下一）借入，借來。△家屋を〜／租來房屋。

かりう・ける ［借（り）受ける］（他下一）借入，租入。△営業資金を〜／借入營業資金。

かりうど ［狩人］（名）→かりゅうど

カリウム ［kalium］（名）〈化〉鉀。

カリエス ［德 Karies］（名）〈醫〉骨瘍，骨疽，骨結核。

かりぎぬ ［狩衣］（名）①（平安時代高官等的）便服。②（江戸時代用花樣衣料做的）禮服，神官服。

カリキュラム ［curriculum］（名）①課程，學習計劃。②途徑，路綫。

かりき・る ［借り切る］（他五）包租，全部借下來。△〜った部屋／包租的房間。

かりこ・む ［刈り込む］（他五）①修剪，修整。△芝生を〜／修剪草坪。②收割儲藏起來。△稲を小屋に〜／把稲子收藏在小屋裏。

かりしょぶん ［仮処分］（名・他サ）①臨時處理。②〈法〉暫行處理。

カリスマ ［德 charisma］（名）天賦的資質，神授的能力，領袖人物的感召力，超人的魅力。

かりそめ ［仮初め］（名）①臨時，暫時。△〜の住まい／暫時的住處。②暫短，暫時。△〜の喜び／一時的歡喜。△〜の恋／露水夫妻。

かりそめにも ［仮初めにも］（副）（下接否定）千萬別，決不…。△〜そんなことは口にだすものではない／決不可以説那種話。

かりたお・す ［借り倒す］（他五）借錢不還，賴賬。→ふみたおす

かりだ・す ［駆り出す］（他五）攆出去，驅趕，拉出去。△応援に〜される／被拉出去助威。

かりだ・す ［狩り出す］（他五）趕出來，驅逐出來。△四方からいのししを〜／從四面把野豬趕出來。

かりだ・す ［借り出す］（他五）①借出。△図書館から本を〜／從圖書館借書。②開始借。

かりた・てる ［駆り立てる］（他下一）①驅逐，趕出。②驅使，迫使。△国民を戦争に〜／迫使國民參加戰爭。

かりと・る ［刈り取る］（他五）①割，收割。

②消除，鏟除。△雑草を〜／鏟除雑草。

かりに ［仮に］（副）①假定，假設。△〜雨なら／假如下雨的話。②暫時，暫且。△〜使う／暫時使用。試用。

かりにも ［仮にも］（副）①總還算是個…。△〜教師であるからに／既然你還算個教師…②（與否定呼應）無論如何，千萬。△〜口に出すな／萬萬不能説出口。

かりぬい ［仮縫い］（名・他サ）①暫時縫上。②（衣服做成前）試衣服樣。△〜はいつできますか／甚麼時候可以試樣子？

カリフラワー ［cauliflower］（名）花椰菜，菜花。

かりもの ［借り物］（名）借來的東西。

かりゅう ［河流］（名）河流。

かりゅう ［下流］（名）①河的下流。②社會的下層，底層。

かりゅう ［顆粒］（名）顆粒。△〜状／顆粒狀。

がりゅう ［我流］（名）獨出心裁，與眾不同。△〜でする／閉門造車。

がりゅう ［画竜］（名）畫龍。△〜点睛／畫龍點睛。

かりゅうど ［狩人］（名）獵人，獵手。

かりょう ［加療］（名・自サ）治療。△〜中／正在治療。

かりょう ［科料］（名）〈法〉①罰款。△〜処分／判處罰款。②贖罪的財物。

かりょう ［過料］（名）（行政上）違章罰款，過失罰款。

かりょう ［佳良］（名）良好。

がりょう ［雅量］（名）雅量，寬宏大量。△〜のある人／寬宏大量的人。

がりょう ［画竜］（名）→がりゅう

がりょうてんせい ［画竜点睛］（名）畫龍點睛。

かりょく ［火力］（名）①火力。△〜発電／火力發電。②（槍炮）火力。△〜が強い／火力猛。

かりょくはつでん ［火力発電］（名）火力發電。

か・りる ［借りる］（他上一）①借，租。△金を〜／借款。△部屋を〜／租房子。②藉助。△ちえを〜／討教。請人出主意。

ガリレイ ［Galileo Galilei］〈人名〉伽利略（1564-1642）。意大利物理學家、天文學家。

かりんさんせっかい ［過燐酸石灰］（名）〈化〉過磷酸鈣。

かりんとう ［花林糖］（名）（糕點）江米條。

か・る ［刈る］（他五）①割。△稲を〜／割稲子。②剪。△頭を〜／剪髪。

か・る ［駆る］（他五）①驅逐，趕走。△馬を〜／轟馬。②駕駛，驅策。△馬を〜って行く／策馬急馳。③受…支配，驅使。△欲に〜られる／利慾薫心。

－がる（接尾）（接形容詞、形容動詞的詞幹以及助動詞"たい"的"た"後面，構成五段動詞）①（表示第三人稱的願望）想，願意。△行きた〜／想去。②自以為，裝作。△強〜／逞強。

かる・い ［軽い］（形）①輕。△〜荷物／輕便的行李。②輕微。△責任が〜／責任輕。③輕鬆，快活。△心が〜／心情舒暢。

かるいし［軽石］(名) ① 浮石。② 搓腳石。

かるかや［刈萱］(名)〈植物〉黄背草。

かるがる［軽軽］(副) 輕輕地, 輕易地。△～と
持ち上げる／輕輕地舉起。

かるがるし・い［軽軽しい］(形) 輕率, 輕易。
△～ふるまい／輕率的舉止。△～く人のこと
ばを信じる／輕信人言。

かるくち［軽口］(名) ① 詼諧語, 俏皮話。△～
をたたく／説俏皮話。② 多嘴多舌 (的人),
好説話 (的人)。

カルシウム［calcium］(名)〈化〉鈣。

カルスト［德 karst］(名)〈地〉喀斯特。△～地
形／喀斯特地形。

カルタ［carta］(名)(日本) 紙牌。△いろは～／
以 "い、ろ、は" 為序, 每張印有一首詩歌的紙
牌。

カルチャー［culture］(名) ① 文化, 教養。② 養
殖, 培養, 栽培。

カルチャーギャップ［culture gap］(名) (兩種文
化間的) 文化差距。

カルチャーショック［culture shock］(名) 文化
衝擊。

カルテ［karte］(名) (醫院的) 病誌, 病歷。

カルテット［quartetto］(名)〈樂〉四重奏。

カルデラ［caldera］(名)〈地〉破火山口。△～
湖／破火山口湖。

カルテル［德 kartell］(名)〈經〉卡特爾, 聯合企
業。

カルト［cult］(名) ① 崇拜, 憧憬, 狂熱。② 異
教, 邪教。△～教團／新興宗教組織, 邪教組織。

かるはずみ［軽はずみ］(名・形動) 輕率。△～
なふるまい／輕率的行為。

かるみ［軽み］(名) ① 輕, 輕的感覺。②(俳名)
平易輕快。

カルメラ［葡 caramelo］(名) 泡泡糖, 烘糕。

かるわざ［軽業］(名) ①(踩球、走鋼絲之類的)
輕捷雜技。△～師／雜技演員。② 冒險的事業
或計劃。

かれ［彼］I (代) ① 他。② 彼。△～を知り己
を知る／知己知彼。II (名) 丈夫, 情人的委婉
説法。

かれい［鰈］(名)〈動〉鰈 (魚)。

かれい［華麗］(形動) 華麗。△～に着飾った婦
人／穿着華麗的女人。

カレイドスコープ［kaleidoscope］(名) 萬華鏡,
萬花鏡。

カレー［curry］(名) ① 咖喱。△～粉／咖喱粉。
②("カレーライス" 的略語) 咖喱飯。

ガレージ［garage］(名) 汽車庫。

ガレージセール［garage sale］(名) (把自家不用
的東西在) 車庫出售。

カレードスコープ［kaleidoscope］(名) 萬花筒,
多棱鏡。

カレーライス［curry and rice］(名) 咖喱飯。

がれき［瓦礫］(名) 瓦礫。△～の山／一片瓦礫。

かれきもやまのにぎわい［枯れ木も山の賑わ
い］(連語) 聊勝於無。

かれこれ (副・自サ) ① 各式各樣, 多方面。△～
と言う／説長論短。② 大約, 將近。△～もう～
6時だ／已經將近六點鐘。

かれさんすい［枯れ山水］(名) (庭院的) 假山
假水。

かれし［彼氏］I (名) 愛人 (指男人), 丈夫。
II (代) 他。

かれつ［苛烈］(名・形動) 苛烈, 激烈。△～な
寒さ／嚴寒。

カレッジ［college］(名) ① 單科大學, 學院。②
專科學院。

かれの［枯れ野］(名) 荒野, 荒郊。

かれは［枯れ葉］(名) 枯葉。

かれら［彼ら］(代) 他們。

か・れる［枯れる］(自下一) ① 枯萎, 凋謝,
枯乾。△木が～／樹枯了。△やせても～れて
も／雖然年老；雖然窮困。②(技術、手藝等)
成熟, 老練。△～れた芸／嫻熟的技藝。

か・れる［涸れる］(自下一) 乾涸。△池が～／
池水乾涸。

か・れる［嗄れる］(自下一) (聲音) 嘶啞。△風
邪をひいて声が～れた／因感冒嗓子啞了。

かれん［可憐］(形動) 可憐, 值得憐愛。△～な
少女／可憐的少女。

カレンシー［currency］(名)〈經〉① 通貨, 貨幣。
② 流通, 通行, 通用。

カレンダー［calendar］(名) ① 日曆。△～をめ
くる／翻日曆。② 日程表, 一覽表。△スポー
ツ～／體育活動日程表。

かろう［家老］(名) 日本古時 "家臣" 的頭領。

かろう［過労］(名・自サ) 疲勞過度。△～でた
おれた／因疲勞過度而死。

がろう［画廊］(名) 畫廊, 美術陳列館。→ギャ
ラリー

かろうし［過労死］(名・ス自) 過勞死, 因為工
作過累而死。

かろうじて［辛うじて］(副) 好容易才, 勉勉
強強。△～間に合う／勉強趕上趟。

かろうとうせん［夏炉冬扇］(名) 夏爐冬扇 (毫
無用處)。

かろやか［軽やか］(形動) 輕快, 輕鬆。△～な
足どり／輕快的腳步。

カロリー［法 calorie］(名) 卡 (計算熱量和食物
營養價值的單位)。

カロリーオフ［low calorie］(名) 低熱量的。

ガロン［gallon］(名) (容積單位) 加侖。

かろん・じる［軽んじる］(他上一) ① 輕視,
輕侮。△人を～／輕視人。② 不注重, 不惜。
△健康を～／不注意健康。

かろん・ずる［軽んずる］⇨かろんじる

かわ［川・河］(名) 河, 川, 河流。△～をわた
る／過河。

かわ［皮］(名) ① 皮, 表皮, 外皮。△～をむ
く／剝皮。② 外罩。△ふとんの～／被 (褥)
套。

かわ［革］(名) 皮革, 毛皮。△～のバンド／皮
帶。

がわ［側］(名) 側, 某一邊, 方面。△消費者の～

に立つ／站在消費者一邊。

かわい・い［可愛い］(形)① 小巧玲瓏, 小型。△～電池／袖珍電池。② 可愛。△～赤ちゃん／可愛的嬰兒。

かわいいこにはたびをさせよ［可愛い子には旅をさせよ］(連語)愛子要讓他經風雨見世面(不可嬌生慣養)。

かわいが・る［可愛がる］(他五)①(上對下使用)喜愛, 疼愛。△子供を～／疼愛孩子。②(有時作反語用)折磨, 虐待。

かわいそう［可哀相］(形動)可憐。△～な子供／可憐的孩子。

かわいらし・い［可愛らしい］(形)① 可愛, 好玩。△～子供／可愛的孩子。② 小巧玲瓏。△～時計／小巧玲瓏的錶。

かわうそ［川獺・獺］(名)〈動〉水獺, 水獺皮。

かわか・す［乾かす］(他五)曬乾, 烤乾。△きものを～／把衣服曬乾。

かわかみ［川上］(名)① 上游, 上流。② 河邊, 河畔。

かわき［渇き］(名)① 渴。△～を覚える／口渴。② 渴望。

かわき［乾き］(名)乾, 乾的程度。△～が早い／乾得快。

かわぎし［川岸・河岸］(名)河岸, 河邊。

かわきり［皮切り］(名)開端, 開始。△この事件を～につぎつぎとふしぎな事件が起きた／打這件事開始, 發生了一連串奇異的事情。

かわぎり［川霧］(名)河上的霧。

かわ・く［乾く］(自五)乾。△冬の～いた風／冬季乾燥的風。

かわ・く［渇く・乾く］(自五)渴。△のどが～／口渴。

かわぐち［川口・河口］(名)河口。

かわぐつ［革靴］(名)皮鞋。

かわさんよう［皮算用］(名)如意算盤。△取らぬ狸の～／打如意算盤。

かわしも［川下］(名)下游, 下流。

かわ・す［交わす］(他五)① 交換。△手紙を～／互相通信。② 交叉。△枝を～／樹枝交叉。

かわず［蛙］(名)〈文〉蛙。△井の中の～／井底之蛙。

かわすじ［川筋］(名)① 河流。△～にそった村／沿河的村莊。② 沿岸土地, 沿河地帶。

かわせ［為替］(名)〈經〉匯兌, 匯款, 匯票。

かわせみ［翡翠］(名)〈動〉翠鳥, 釣魚郎。

かわづら［川面］(名)河面。

かわどこ［川床］(名)河牀。

かわどめ［川止め］(名・他サ)禁止渡河, 禁止下河。

かわばた［川端］(名)河畔, 河邊。△～やなぎ／河邊柳。

かわばたやすなり［川端康成］〈人名〉川端康成(1899-1972)。昭和時代新感覺派的代表作家。

かわはば［川幅］(名)河寬。

かわびらき［川開き］(名・自サ)初夏納涼時在河上舉行的焰火大會。

かわぶね［川舟］(名)江船, 河船。

かわべ［川べ］(名)河邊。→かわばた

かわむこう［川向う］(名)河對岸。△～の家／河對岸的房子。→対岸

かわも［川面］(名)河面。→かわづら

かわや［厠］(名)〈舊〉廁所。

かわら［瓦］(名)瓦。△屋根～／屋瓦。

かわら［河原・川原］(名)河灘。△～石／河灘石。

かわらけ［土器］(名)素燒陶器, 素陶酒杯。

かわらばん［かわら版］(名)(江戶時代的)瓦版報紙。

かわり［代わり・替わり］(名)① 代替, 代理, 代用。△～の品物／代用的東西。△人の～に行く／替別人去。② 補償, 報答。△英語を教えてもらう～に日本語を教えてあげましょう／請你教我英語, 我來教你日語。③ 替換, 輪流。△～が来る／換班的來了。④(常用"お～"的形式表示)添飯, 添菜。△ごはんのお～をする／添飯。再來一碗飯。

かわり［変わり］(名)① 變化, 變。② 不同。△～なく暮す／平安度日。

かわりだね［変わり種］(名)① 變種。△このダリアは…の～だ／這種大麗花是…的變種。② 怪傢伙。

かわりばえ［代わり映え］(名)變得更好, 變得有起色。△～がしない／改變以後並無起色。換湯不換藥。

かわりみ［変わり身］(名)隨機應變, 轉變。△～がはやい／轉變得快。

かわりめ［変わり目］(名)轉折點, 交替時期。△季節の～／季節的變化(時期)。

かわ・る［代わる・替わる］(自五)① 代替, 代理。△市長に～って祝辞を述べる／代替市長致賀詞。② 替換, 交替。△内閣が～／內閣更迭。

かわ・る［変わる］(自五)① 變, 變化。△風向きが～／改變風向。② 區別, 不同, 與眾不同。△あの人は～っている／那個人挺古怪。△形の～った椅子／形狀特別的椅子。

かわるがわる［代わる代わる］(副)輪流, 依次。△彼らは～やってきた／他們輪流地來到。

かん［缶］(名)罐。△あき～／空罐。△～入り／罐裝。

かん［官］(名)官。△～を辞す／辭官。

かん［巻］(名)① 捲軸。② 書卷。△～の上～／上卷。

かん［勘］(名)直感, 直覺。△～がいい／心眼兒靈。

かん［寒］(名)(大、小)寒。△～の入り／入寒, 進九。

かん［棺］(名)棺。△～に納める／入殮。

かん［款］(名)款。

かん［間］Ⅰ(名)① 間, 期間, 距離。△指呼の～／咫尺之間。② 機會。△～に乗じる／乘機。③ 間隙, 隔閡。△二人の中に～を生ずる／

両人產生隔閡。Ⅱ（接尾）（接名詞後表示）之間。△阪神～／大阪和神戶之間。

かん［漢］（名）①〈史〉（中國的）漢朝。△～の武帝／漢武帝。②中國，漢民族。

かん［感］（名）①感覺。△隔世の～／隔世之感。②感動。△～にたえない／不勝感嘆。

かん［管］（名）管子。△水道の～／自來水管子。

かん［簡］（名）簡單，簡明。△～にして要をえる／簡明扼要。

かん［観］（名）①観，観點。②外観，樣子。△別人の～がある／像另一個人似的。

かん［疳］（名）（一種神經性小兒病）驚風。

かん［緘］（名）緘，封緘。

かん［燗］（名）溫酒，燙酒。△～をつける（～をする）／溫酒。

かん［冠］（名）①冠，帽子。△～をかく／掛冠（辭官）。②第一。△天下に～たる／天下第一。天下之冠。

かん［奸］（名）奸，奸人。

かん［閑］（名）閑。△忙中，～あり／忙中有閑。

かん［完］（名）①完了。②完全。△～備／完備。

かん［刊］（名）刊，刊行，出版。

かん［癇］（名）暴躁的脾氣，肝火。△～が高い／脾氣暴躁。△～にさわる／觸怒。

ガン［gun］（名）槍。

がん［願］（名）許願。△～をかける／許願。

がん［雁］（名）〈動〉雁。

がん［癌］（名）①〈醫〉癌。②（喻）癥結，老大難。△研究上の～／研究工作中解決不了的難題。

かんあけ［寒明け］（名）開春。

かんあつし［感圧紙］（名）複寫紙。

かんあん［勘案］（名・他サ）考慮，酌量。△大局的立場から～する／從大局考慮。

かんい［簡易］（名・形動）簡易，簡便。△～な方法／簡便的方法。

かんいさいばんしょ［簡易裁判所］（名）〈法〉簡易法院。

かんいっぱつ［間一髪］（名）①千鈞一髮，危急。②一髮之間。△～の差／毫釐之差。

かんいん［官印］（名）官印。

がんえん［岩塩］（名）岩鹽。

かんおけ［棺桶］（名）棺材。→ひつぎ

かんおん［漢音］（名）漢音。（以中國唐代中原地區發音為基礎的日文漢字的讀音）

かんか［看過］（名・他サ）①忽視，忽略。△～できない事態／不容忽視的事態。②饒恕，放過。△過失を～する／饒恕過失。

かんか［感化］（名・他サ）感化，影響。△悪い～をうける／受不良影響。△～いん／（日本的）兒童教養院。（現稱“護院”）

かんか［管下］（名）管轄之下。△中央気象台～の測候所／中央氣象台管轄之下的氣象站。

がんか［眼下］（名）眼下。△～に見おろす／俯瞰。俯視。

がんか［眼科］（名）眼科。△～医／眼科醫生。

かんがい［干害・旱害］（名）旱災。

かんがい［寒害］（名）凍災。

かんがい［感慨］（名）感慨。△～が深い／感慨很深。△～むりょう／無限感慨。

かんがい［灌漑］（名・他サ）灌漑。△～用水／灌漑用水。

かんがいむりょう［感慨無量］（名）無限感慨。

かんがえ［考え］（名）①思想，想法，意見。△～が甘い／想得太天真（簡單）。②意圖，打算，預料。△～も及ばない／預料不到。③主意。△いい～が浮ぶ／想到個好主意。④考慮，思考。△～に沈む／沉思。

かんがえごと［考え事］（名）①費思索的事。△～にふける／沉思。②擔心的事。

かんがえこ・む［考え込む］（自五）沉思，苦想。

かんがえだ・す［考え出す］（他五）想出。△いい方法を～／想出個好辦法。

かんがえちがい［考え違い］（名）想錯。△それは君の～というものだ／那是你想錯了。

かんがえつ・く［考え付く］（他五）想到。△妙なことを～いた／想出了個怪主意。

かんがえなお・す［考え直す］（他五）重新考慮，改變主意。

かんがえぶか・い［考え深い］（形）深思熟慮的。

かんがえもの［考え物］（名）①得再考慮考慮的事。△それは～だ／那得考慮考慮。②迷語，智力測驗。△～をとく／解謎。

かんが・える［考える］（他五）①想。△あれこれ～／左思右想。△最悪の場合も～えておく／要設想到最壞的情況。②判斷。△私はそう～えない／我不那樣看。③想出。△うまい手を～えた／想出了個高招兒。

かんかく［間隔］（名）間隔。△10メートルの～をあける／留出十米的間隔。△5分～で発着する／隔五分鐘發、到一次車。

かんかく［感覚］（名・他サ）①感覺。△～がまひする／失去感覺。②感受力。△美的～／美感。

かんがく［官学］（名）①官立學校。②政府所承認的學派、學説。

かんがく［漢学］（名）漢學。

かんがく［管楽］（名）管樂，吹奏樂。

かんかくしんけい［感覚神経］（名）感官神經。

かんかくてき［感覚的］（形動）①憑感覺（行動）。②刺激感官的。

がんかけ［願掛］（名）（向神佛）許願。

がんがさ［雁瘡］（名）〈俗〉癢疹。

かんかつ［管轄］（名・他サ）管轄。△市の～に属する／歸市管轄。

かんがっき［管楽器］（名）管樂器。

かんが・みる［鑑みる・鑒みる］（他上一）鑒於，根據。△過去の失敗に～みて／鑒於以往的失敗…

かんから（名）空罐頭盒。

カンガルー［kangaroo］（名）〈動〉袋鼠。

カンガルーだっこ［カンガルー抱っこ］（名）（孩子與自己同朝一個方向）袋鼠式抱（孩子的方）法。

かんかん（副）①日光曝曬貌。②（發怒）火冒三丈。

かんがん［汗顔］（名）汗顔，慚愧。△～のいたり／慚愧之至。

かんがん［宦官］（名）〈史〉宦官。

かんかんがくがく［侃侃諤諤］（名）直言不諱。△～の論／直言不諱之論。

かんき［乾季・乾期］（名）（氣象）旱季，乾季。

かんき［寒気］（名）寒氣，寒冷。△～に耐える／耐寒。

かんき［換気］（名・他サ）換氣，通風。△～をはかる／換氣。

かんき［喚起］（名・他サ）喚起，提醒。△注意を～する／提醒注意。

かんき［歓喜］（名・自サ）歡喜。

がんぎ［雁木］（名）①（棧橋的）梯蹬。②（礦坑內的）梯子。③大鋸。④（在多雪的地方）長房簷下面的通道。

かんきだん［寒気団］（名）（氣象）寒流。

かんきつるい［柑橘類］（名）柑橘類。

かんきゃく［観客］（名）觀眾。△映画の～／電影觀眾。

かんきゃく［閑却］（名・他サ）忽視，置之不理。△この問題はもはや～できない／這個問題已不能等閒閑視之。

かんきゅう［緩急］（名）①緩急。△事の～に応じて／根據事情的輕重緩急。②危急。△一旦～の際／一旦危急之際。

かんきゅう［感泣］（名・自サ）感激涕零。

がんきゅう［眼球］（名）眼球。

かんぎゅうじゅうとう［汗牛充棟（藏書很多）］（名）汗牛充棟，藏書很多。

かんきょ［閑居］Ⅰ（名）幽靜的住宅。Ⅱ（名自サ）閑居。

かんきょう［感興］（名）興致，興趣。△～をそそる／引人入勝。

かんきょう［環境］（名）環境。△～衛生／環境衛生。

かんきょう［喚叫］（名・自サ）〈文〉大聲喊叫。

かんぎょう［勧業］（名）（國家）獎勵，鼓勵生產。

がんきょう［頑強］（形動）頑強。△～に手向かう／頑抗。

かんきょうちょう［環境庁］（名）環境廳。（日本政府的環境保護機關）

かんきり［缶切り］（名）罐頭起子。

かんきわまる［感極まる］（連語）無限感慨。

かんきん［換金］（名・自他サ）（把實物賣出）換成現金，變賣。△～作物／經濟作物。

かんきん［桿菌］（名）桿菌。△ジフテリア～／白喉桿菌。

かんきん［監禁］（名・他サ）監禁。△～を解く／解除監禁。

がんきん［元金］（名）本金，本錢。→もときん

がんぐ［玩具］（名）玩具。→おもちゃ

がんぐ［頑愚］（名）頑固不化。

がんくつ［岩窟］（名）岩窟，山洞。

がんくび［雁首］（名）①煙袋鍋。②〈俗〉人的腦袋。△～をそろえる／湊人數。

かんぐ・る［勘繰る］（他五）猜疑，胡亂猜測。△相手の腹を～／猜測對方的心理。

かんぐん［官軍］（名）官軍。↔賊軍

かんけい［関係］（名・自サ）①關係。△～が深い／關係密切。②有關…方面。△教育～の仕事／教育方面的工作。③男女間的性關係。

かんげい［歓迎］（名・他サ）歡迎。△心から～する／衷心歡迎。

かんけいがいしゃ［関係会社］（名）〈經〉附屬公司，聯營公司，聯號。

かんげいこ［寒稽古］（名・自サ）（柔道、劍道、戲劇演員等的）冬季練功。

かんけいしゃ［関係者］（名）有關人員。

かんけいどうぶつ［環形動物］（名）〈動〉環形動物。

かんげき［間隙］（名）①空隙，間隙。△～をぬう／從空隙中鑽過去。②隔閡。△～を生ずる／產生隔閡。

かんげき［感激］（名・自サ）感激，感動。△～に浸る／深受感動。

かんげき［観劇］（名・他サ）觀劇，看戲。

かんけつ［完結］（名・自サ）完結，完畢。

かんけつ［間欠・間歇］（名）間歇。△～的／間歇性的。

かんけつ［簡潔］（形動）簡潔。△～な文章／簡潔的文章。

かんけつせん［間欠泉・間歇泉］（名）間歇溫泉。

かんけん［官憲］（名）①官廳，衙門。②警察，檢察官。

かんけん［管見］（名）（謙）管見。△～によれば／據我的管見…

かんげん［甘言］（名）甜言蜜語，花言巧語。△～にのる／上當受騙。

かんげん［換言］（名・他サ）換言之，換句話說。△～すれば／換言之。

かんげん［管弦］（名）〈樂〉①管弦樂。△～楽団／管弦樂團。②中國古代宮廷音樂的演奏。

かんげん［還元］（名・自他サ）①還原，恢復原狀。②〈化〉還原。△酸化鉄を～すると鉄が出来る／氧化鐵還原成鐵。

かんげん［諫言］（名・他サ）諫言，勸告。

がんけん［頑健］（名・形動）強健。△～なからだ／強健的身體。

かんげんがく［管弦楽・管絃楽］（名）管弦樂。

かんこ［歓呼］（名・自サ）歡呼。△～の声をあげる／發出歡呼聲。

かんご［漢語］（名）①漢語。②日本造的漢字詞彙。

かんご［看護］（名・他サ）看護，護理。△～婦／護士。

かんご［監護］（名・他サ）監護。

がんこ［頑固］（名・形動）①頑固，固執。△～いってんばり／頑固到家。②（疾病）難治，久治不癒。

かんこう［刊行］(名・他サ) 出版，發行。△～物／出版物。刊物。

かんこう［完工］(名・自サ) 完工，竣工。

かんこう［敢行］(名・他サ) 強行，堅決實行。△突撃を～する／強行突撃。

かんこう［感光］(名・自サ) 感光。△～度が高い／感光度強。

かんこう［慣行］(名) ① 慣例，常規。△～によって処理する／按常規辦事。② 例行。

かんこう［観光］(名・他サ) 觀光，遊覽。

がんこう［眼光］(名) ① 眼光，目光。△～のするどい人／目光銳利的人。② 眼力。△～紙背に徹する／(讀書) 理解深透。

かんこうきゃく［観光客］(名) 遊客。

かんこうち［観光地］(名) 旅遊地。

かんこうちょう［官公庁］(名) 官廳和地方公共機關。

かんこうり［官公吏］(名) 公職人員。

かんこうりょこう［観光旅行］(名) 以旅遊為目的的旅行。

かんこうれい［緘口令・箝口令］(名) 箝制言論的命令 (法令)。

かんごえ［寒肥］(名) 冬季施肥。

かんこく［勧告］(名・他サ) 勸告。△～に従う／聽從勸告。

かんこく［韓国］〈國名〉大韓民國的簡稱。

かんごく［監獄］(名) 監獄。

かんごし［看護師］(名)〈醫〉護士 (原稱“看護婦”，2002 年改名)。

かんこつだったい［換骨奪胎］(名他サ) ① 模擬古人作品推陳出新。②〈俗〉改編，翻版。

かんこどり［閑古鳥］(名) 杜鵑。△～がなく／① 寂靜，寂寞。② (買賣) 不興旺，蕭條。

かんごふ［看護婦］(名) 護士。

かんこんそうさい［冠婚葬祭］(名) 紅白事。

かんさ［監査］(名・他サ) 監査。△～役／審計員。△会計～／會計監査。

かんさ［鑑査］(名・他サ) 鑒定。

かんさい［関西］(名) 關西 (以京都和大阪為中心的地區)。△～弁／關西方言。

かんさい［完済］(名・他サ) 還清 (債務)。

かんざい［寒剤］(名) 冷卻劑。

かんさく［間作］(名・他サ) ① 間種，間種作物。△とうもろこし畑に大豆を～する／在玉米地裏間種大豆。② 套種。△だいこんはよく～として栽培される／蘿蔔常常作為套種作物種植。

かんさく［奸策・姦策］(名) 奸計。

がんさく［贋作］(名・他サ) 偽造，假造。△～の絵／偽造的畫。

かんざし［簪］(名) 簪兒，簪子。

かんさつ［監察］(名・他サ) 監察。△～官／監察官。

かんさつ［観察］(名・他サ) 觀察。△風向きを～する／察看風向。

かんさつ［鑑札］(名) 執照，許可證。△営業～／營業執照。

かんさん［換算］(名・他サ) 換算。△ドルを円に～する／把美元換算成日圓。

かんさん［閑散］(名・形動) ① 閑散，閑暇。△～の身／閑散之身。② 冷清，蕭條。△～とした商店街／冷清的商店街。

かんさん［甘酸］(名) (人生的) 甘苦。

かんし［干支］(名) 干支，天干地支。

かんし［漢詩］(名) 漢詩。

かんし［冠詞］(名) (英語、德語等的) 冠詞。△定～／定冠詞。

かんし［監視］(名・他サ) 監視。△～の目を光らせる／不放鬆監視。

かんし［環視］(名・他サ) 圍觀。△衆人～のなかで／在衆人圍觀之中。

かんし［鉗子］(名) 手術鉗。

かんじ［感じ］(名) ① 感覺，觸覺。△指のの～がなくなる／手指頭失去感覺。② 印象，感受。△～のいい人／給人以好印象的人。

かんじ［漢字］(名) 漢字。

かんじ［幹事］(名) ① 幹事。② 主持者，管事人。△忘年会の～／年終餐會的主持人。

かんじ［莞爾］(形動タルト) 莞爾，微笑。△～とほほえむ／莞爾而笑。

かんじ［完治］(名・自サ) 痊癒，徹底治好。

ガンジー［Mohandas Karamchand Gandhi]〈人名〉甘地 (1869-1948)。印度的政治家。

かんじい・る［感じ入る］(自五) 深受感動。

かんじかなまじりぶん［漢字仮名交じり文］(名) 漢字假名混合寫的文章。

がんじがらめ［雁字搦め］(名) ① 五花大綁。△～にする／五花大綁。② (喻) 束縛手腳。

かんしき［鑑識］(名) ① 鑒別，鑒定 (能力)。△～眼／鑒別能力。② (警察) 鑒定罪證。

かんじき［樏］(名) (登山，走雪地時防滑用) 踏雪套鞋。

がんしき［眼識］(名) 見識，眼力。△～がある／有見識。

かんしつ［乾漆］(名) ① 乾漆。② 漆工工藝。△～像／乾漆像。

かんしつ［乾湿］(名) 乾濕。△～計／乾濕計。

がんじつ［元日］(名) 元日，元旦。

かんしつけい［乾湿計］(名) 乾濕計。

かんしゃ［官舎］(名) (國家所建) 官吏住宅。

かんしゃ［感謝］(名・他サ) 感謝。△～にたえない／不勝感謝。△～をささげる／致謝。

かんじゃ［患者］(名) 患者，病人。△入院～／住院病人。

かんしゃく［癇癪］(名) 火氣。△～をおこす／發脾氣。

かんじゃく［閑寂］(形動) 恬靜，寂靜。△～な庭／寂靜的庭院。

かんしゃくだま［癇癪玉］(名) ① 脾氣暴躁。△～が破裂する／大動肝火。② (玩具) 摔炮。

かんしゃくもち［癇癪持］(名) 愛發脾氣的人，脾氣暴的人。

かんしゅ［看守］(名) (監獄的) 看守。

かんしゅ［巻首］(名) 卷首。

かんしゅ［看取・観取］(名・他サ) 認出, 識破。△相手の意図をすばやく～した／很快就看出對方的意圖。

かんしゅ［館主］(名) (旅館、電影院等) 經理, 老闆。

かんしゅ［艦首］(名) 艦首。△～旗／艦旗。

かんじゅ［甘受］(名・他) 甘心忍受, 甘願。△非難を～する／情願受責難。

がんしゅ［癌腫］(名)〈醫〉癌瘤。

がんしゅ［願主］(名) 許願人。

かんしゅう［慣習］(名) 習慣, 常規, 風俗。△～をやぶる／打破常規。

かんしゅう［監修］(名・他) 監修, 主編。△この辞典は誰の～ですか／這本辭典是誰主編的？

かんしゅう［観衆］(名) 觀衆。△サッカー試合の～／足球賽的觀衆。

かんしゅうほう［慣習法］(名)〈法〉習慣法。

かんじゅく［完熟］(名・自サ) (種子, 果實等) 熟透。

かんじゅく［慣熟］(名・他サ) 嫺熟, 熟練。

かんじゅせい［感受性］(名) 感受性。△～が豊かだ／感受性強。

かんしゅだん［慣手段］(名) 慣用手段, 常用辦法。

かんしょ［官署］(名) 官署。

かんしょ［寒暑］(名) 寒暑。△～にたえる／耐寒暑。

かんしょ［甘藷・甘薯］(名) 甘薯。→さつまいも

かんしょ［甘蔗］(名) 甘蔗。→さとうきび

かんじょ［寛恕］(名・他サ) 寛恕, 饒恕。△ご～を乞う／請求寛恕。

かんじょ［緩徐］(形動) 徐緩, 緩慢。△～な曲／緩慢的曲子。

かんじょ［官女］(名) 宮女。

がんしょ［願書］(名)① 申請書。△～を出す／提出申請書。② 入學志願書。

かんしょう［干渉］(名・自サ)① 干渉。△武力～／武力干渉。②〈理〉干擾。

かんしょう［冠省］(信) 前略。

かんしょう［感傷］(名) 傷感, 多愁善感。△～にひたる／耽於傷感。

かんしょう［緩衝］(名・他サ) 緩衝。△～地帯／緩衝地帯。

かんしょう［環礁］(名)〈地〉環礁, 環狀珊瑚礁。

かんしょう［観照］(名・他サ)① 靜觀。△自然を～する／靜觀自然。②〈美術〉觀照。

かんしょう［観賞］(名・他サ) 觀賞, 觀看。

かんしょう［鑑賞］(名・他サ) 欣賞, 鑒賞。△音楽～／欣賞音樂。

かんしょう［癇性・疳性］(名・形動) 愛發脾氣, 神經質。

かんしょう［簡捷］(形動) 敏捷。

かんじょう［感状］(名) 戰功獎狀。

かんじょう［感情］(名) 感情。△個人～／個人感情。△～に走る／感情用事。

かんじょう［勘定］(名・他サ)① 計算, 計數。② 算賬, 結算。△～を払う／付款。△～をとりたてる／討債。△～に合わない／不合算。③ 估計, 考慮。△損害を～に入れる／把損失估計在内。

かんじょう［環状］(名) 環狀。△～道路／環行公路。

がんしょう［岩漿］(名) 岩漿。

がんしょう［岩床］(名) 岩石層。

がんしょう［岩礁］(名) 暗礁。→暗礁

がんじょう［頑丈］(形動)①〈構造〉堅固。△～な橋／堅固的橋。②〈身體〉強健, 健壯。△～な体格／健壯的體格。↔ きゃしゃ

かんじょうしょ［勘定書］(名)〈經〉賬單, 結算單。

かんじょうずく［勘定ずく］(名) 只計較得失, 只為謀利。

かんじょうせん［環状線］(名)①（鐵路、公路）環行綫, 環城綫。② 東京國營電車"山手線"的別名。

かんじょうだかい［勘定高い］(形) 專在金錢上打算盤。吝嗇。→打算的

かんしょうちたい［緩衝地帯］(名) 緩衝地帯。

かんしょうてき［感傷的］(形動)① 令人感傷的。② 多愁善感的。

かんじょうろん［感情論］(名) 感情用事的議論。

かんしょく［官職］(名) 官職。

かんしょく［寒色］(名)〈美術〉寒色, 冷色。

かんしょく［間色］(名)〈美術〉中間色。

かんしょく［間食］(名) 間食, 零食。

かんしょく［閑職］(名) 閑差事, 不重要的職務。

かんしょく［感触］(名)① 感覺, 感受。△快い秋の～／秋色宜人。② 觸覺, 觸感。△かたい～／摸着發硬。

がんしょく［顔色］(名) 面色, 臉色。△～の失う／驚慌失色。

がんしょくなし［顔色なし］(連語)① 面無人色。② 不光彩。

かん・じる［感じる］(他上一)① 感覺到。△痛みを～／感覺痛。② 感動。△恩を～／感恩。

かんしん［寒心］(名・自サ) 擔心, 擔憂。△～にたえない／不寒而慄。

かんしん［関心］(名) 關心, 關懷。△～事／關心的問題。△言語学に～をもつ／對語言學有興趣。

かんしん［感心］Ⅰ (名・自サ) 佩服, 讚許。△彼にはみな～している／人人都佩服他。Ⅱ (形動)① 值得讚美的, 令人佩服的。△あの子は～な子どもだ／那孩子是個好孩子。② 驚人, 吃驚。△～なほど辛抱強い／毅力驚人。

かんしん［歓心］(名) 歡心。△～を買う／取得…的歡心。

かんじん［肝心］(形動) 首要, 關鍵。△～かなめ／關鍵。

かんじん［勧進］(名・他サ) 化緣。

がんじん［鑑真］〈人名〉鑒真 (688-763)。中國唐代僧人。

かんじんかなめ［肝心かなめ］(名) 關鍵，要害。

かんじんちょう［勧進帳］(名) 化緣簿。

かんじんもと［勧進元］(名)（角力，棒球等比賽籌款的）發起人，主辦人。

かんしんをかう［歓心をかう］(連語) 討人歡心。

かんすい［冠水］(名・自サ) 水淹。△～にみまわれる／遭受水淹。

かんすい［完遂］(名・他サ) 完成，達成。△任務を～する／完成任務。

かんすい［鹹水］(名)① 鹹水。△～湖／鹹水湖。② 海水。△～魚／鹹水魚，海魚。

かんすう［関数・函数］(名)〈數〉函數。

かんすう［巻数］(名)① 卷數，冊數。△～をそろえる／湊齊卷數。②（電影片）盤數。

かんすうじ［漢数字］(名) 漢字數字。

かんすぼん［巻子本］(名) 捲子本，捲軸式書籍。

かん・する［関する］(自サ) 有關，關於。△われ～せず／與己無關。→関係する

かん・ずる［感ずる］(自他サ) ⇨かんじる

かんせい［完成］(名・自他サ) 完成。△～品／成品。△～間近だ／即將完成。

かんせい［官製］(名)① 官造。△～はがき／官製明信片（印有郵票的明信片）。② 官辦。

かんせい［官制］(名) 官制，國家行政組織。

かんせい［陥穽］(名)① 陷阱。② 圈套。△～におちいる／掉入陷阱。

かんせい［喚声］(名)（吃驚或興奮時的）叫喊聲。

かんせい［閑静］(形動) 清靜。△～な住まい／清靜的住處。

かんせい［感性］(名)①〈哲〉感性。△～的認識／感性認識。②〈心〉敏感性，感受性。△ゆたかな～／豊富的感受性。

かんせい［慣性］(名)〈理〉慣性。△～の法則／慣性定律。

かんせい［管制］(名・他サ) 管制。△燈火～／燈火管制。

かんせい［歓声］(名) 歡呼聲。△～がわきあがる／歡聲雷動。

かんせい［乾性］(名) 乾性。速乾。△～油／速乾油。↔湿性

かんせい［監製］(名・他サ) 監製。

かんぜい［関税］(名) 關稅。

かんぜいきょうてい［関税協定］(名)〈經〉關稅協定。

かんせいとう［管制塔］(名) 塔台，指揮塔。

かんせいひん［完成品］(名) 成品。

かんぜおんぼさつ［観世音菩薩］(名)〈佛教〉觀世音菩薩。

かんせき［漢籍］(名) 漢文書籍。

がんせき［岩石］(名) 岩石。→いわ

かんせつ［間接］(名) 間接。△～の利益／間接利益。

かんせつ［関節］(名) 關節。△～炎／關節炎。

かんせつ［環節］(名)（昆蟲軀體的）環節。

かんせつ［関説］(名・他サ) 論及，一併論述。

かんぜつ［冠絶］(名・自サ) 首屈一指。△世界に～する／世界第一。

かんせつぜい［間接税］(名) 間接税。

かんせつせんきょ［間接選挙］(名) 間接選舉。

かんせつてき［間接的］(形動) 間接的。△～に聞いた話／間接聽到的事。

がんぜない［頑是ない］(形) 幼稚，無知。△～子ども／幼稚的孩子。

かんせん［汗腺］(名) 汗腺。

かんせん［官選］(名・他サ) 官選，政府選任。△～弁護人／政府委派的律師。

かんせん［感染］(名・自サ)① 感染。△空気～／空氣感染。② 受影響。△悪風に～する／染上惡習。

かんせん［幹線］(名) 幹綫。↔支線

かんせん［観戦］(名・他サ) 觀戰。

かんぜん［完全］(形動) 完全，完善，完整。△～無欠／完整無缺。△～に失敗だ／徹底失敗。

かんぜん［敢然］(副・形動トタル) 毅然，決然，勇敢地。△～と立ち上がる／毅然奮起。

がんぜん［眼前］(名) 眼前。△～に迫っている／迫在眉睫。→目前

かんぜんしあい［完全試合］(名)（棒球）（防守嚴密使對方沒有跑壘機會的）全勝比賽。

かんぜんするところがない［間然する所が無い］(連語) 完美無瑕。

かんぜんちょうあく［勧善懲悪］(名) 勸善懲惡。

かんぜんむけつ［完全無欠］(名・形動) 完美無缺。

かんそ［簡素］(形動) 簡單樸素。△～な生活／簡樸的生活。

がんそ［元祖］(名)①（一家的）祖先，始祖。② 創始人。

かんそう［乾燥］(名・自他サ)① 乾燥。△～剤／乾燥劑。② 枯燥。△無味～／枯燥無味。

かんそう［間奏］(名)①〈樂〉間奏。△～曲／間奏曲。②（歌劇）幕間演奏。

かんそう［感想］(名) 感想。△～を述べる／談感想。

かんそう［勧送］(名・他サ) 歡送。△友人を～する／歡送朋友。

かんぞう［甘草］(名)〈醫〉甘草。

かんぞう［肝臓］(名) 肝臟。△～炎／肝炎。

がんそう［含嗽］(名・自サ) 含嗽。△～剤／嗽口藥。

かんそうきょく［間奏曲］(名)〈樂〉間奏曲。

かんそうざい［乾燥剤］(名) 乾燥劑。

かんそうぶん［感想文］(名) 感情，心得（之類的文章）。

かんそか［簡素化］(名) 簡化。

かんそく［観測］(名・他サ)① 觀測，觀察。△～所／觀測所。氣象站。② 推測。△希望

的～/主觀推測。

かんそん［寒村］(名) 荒村, 貧寒的鄉村。

カンタータ［cantata］(名)〈樂〉康塔塔, 大合唱, 大型聲樂曲清唱劇。

カンタービレ［意 cantabile］(名)〈樂〉"優美如歌" 之意的樂曲符號。

かんたい［寒帯］(名) 寒帶。

かんたい［歓待］(名・他サ) 款待, 熱情招待。△～を受ける/受到盛情款待。

かんたい［艦隊］(名) 艦隊。

かんたい［緩怠］(名・形動) 怠慢。

かんだい［寛大］(名・形動) 寬大。△～な処置をとる/從寬處理。

がんたい［眼帯］(名)〈醫〉遮眼罩。

かんたいじ［簡体字］(名) 簡體字。

かんだかい［甲高い・疳高い］(形) 尖銳, 高亢。△～声で話す/尖聲說話。

かんたく［干拓］(名・他サ) 排水造田, 填海造田。

かんたまご［寒卵］(名) 冬季產的雞蛋。

かんたん［感嘆］(名・他サ) 感嘆。△深く～する/感慨很深。

かんたん［簡単］(形動) 簡單。△～な問題/簡單的問題。

かんたん［肝胆］(名)① 肝臟。② 內心。△～相照らす/肝膽相照。△～を砕く/絞盡腦汁。

かんだん［間断］(名) 間斷。△～なく/不間斷。

かんだん［閑談］(名・自サ) 閑談。→閑話

かんだん［歓談］(名・自サ) 暢談。△友人と～する/與朋友暢談。

かんだん［寒暖］(名) 寒暑, 冷暖。△～の差が激しい/溫差很大。

がんたん［元旦］(名) 元旦。

かんたんあいてらす［肝胆相照らす］(連語) 肝膽相照。

かんだんけい［寒暖計］(名) 寒暑表, 溫度計。

かんたんし［感嘆詞］(名)→かんどうし

かんたんのゆめ［邯鄲の夢］(連語) 邯鄲之夢, 黃粱美夢。

かんたんふ［感嘆符］(名) 感嘆號, 驚嘆號。

かんたんふく［簡単服］(名) 簡單連衣裙, 簡便夏裝。

かんち［奸智］(名) 奸智, 詭計。△～にたける/詭計多端。

かんち［完治］(名) 痊癒。

かんち［感知］(名・他サ) 感知, 覺察。△地震を～した/覺察到了地震。△火災～装置/火災報警裝置。

かんち［関知］(名・自サ) 關係, 干預。△君の～するところではない/此事與你無關。

かんち［寒地］(名) 寒冷地帶。△～植物/寒地植物。

かんち［換地］(名・自サ)(為公用) 交換土地, 交換的土地。

かんち［閑地］(名)① 閑職。② 休耕的土地。

かんちがい［勘違い］(名・自サ) 誤解, 誤會, 判斷錯誤。△とんだ～をする/完全弄錯。

がんちく［含蓄］(名) 含蓄。

かんちゅう［寒中］(名) 隆冬, 三九天。△～水泳/冬泳。△～見舞い/寒冬問候。↔暑中

がんちゅう［眼中］(名) 眼中, 目中。△～に人なし/目中無人。△～に無い/不放在眼裏。

かんちょう［干潮］(名) 退潮。△～になる/退潮了。

かんちょう［官庁］(名) 官廳, 官署。→役所

かんちょう［間諜］(名) 間諜。

かんちょう［管長］(名)〈佛教〉管長 (管理一個宗派之長)。

かんちょう［館長］(名)(博物館, 圖書館等的) 館長。

かんちょう［灌腸］(名・他サ)〈醫〉灌腸。

かんちょう［艦長］(名) 艦長。

がんちょう［元朝］(名) 元旦早晨。

かんつう［貫通］(名・自他サ) 貫穿, 穿過, 貫徹, 貫通。△初志を～する/貫徹初衷。△銃創/貫通槍傷。

かんつう［姦通］(名・自サ) 通姦。

カンツォーネ［意 canzone］(名)〈樂〉意大利民謠曲。

かんづ・く［感づく］(自五) 感覺到, 預感到。△危険を～/感到危險。→感知する

かんづめ［缶詰］(名) 罐頭。△リンゴの～/蘋果罐頭。

かんづめになる［缶詰になる］(連語) 關起門來 (與外界隔絕) 專做一件事。

かんてい［官邸］(名) 官邸。△首相～/首相官邸。↔私邸

かんてい［鑑定］(名・自他サ)① 鑒定。△～書/鑒定書。② 評價, 估價。△価格を～する/估價。

かんてい［艦艇］(名) 艦艇。

がんてい［眼底］(名) 眼底。△～出血/眼底出血。

かんていにん［鑑定人］(名) 鑒定人, 鑒別人。△美術品の～/美術作品的鑒定者。

かんてつ［貫徹］(名・他サ) 貫徹 (到底)。△初志を～する/貫徹初衷。

かんではきだすようにいう［噛んで吐き出すように言う］(連語) 惡言惡語地說。

かんでふくめる［噛んで含める］(連語)① 嚼碎了餵 (小孩)。② 掰開揉碎地, 苦口婆心地。△噛んでふくめるような教え方/詳細耐心的教法。

カンテラ［荷 kande laar］(名)(薄鐵) 煤油提燈。

カンデラ［candela］(名・接尾)(光度單位) 堪德拉, 堪。

かんてん［干天・旱天］(名) 旱天。△～に慈雨/久旱逢甘霖。

かんてん［寒天］(名)① 寒天, 寒冷的天空。② 瓊脂。

かんてん［観点］(名) 觀點。△～がちがう/觀點不同。

かんでん［感電］(名・自サ) 觸電。△～死/電死。

か

カ

かんてんきち［歓天喜地］（名）歓天喜地。

かんでんち［乾電池］（名）乾電池。△〜電話／乾電池電話。

かんと［官途］（名）官職，宦途。△〜につく／做官。

かんど［感度］（名）靈敏性。△〜がいい／靈敏度高。

かんとう［完投］（名・自サ）（棒球）（一個投手）投到最後。

かんとう［巻頭］（名）巻首。△〜言／前言。

かんとう［敢闘］（名・自サ）勇敢鬥爭，英勇奮鬥。△〜賞／鼓勵獎（一般為列入名次以外的獎）。

かんとう［関東］（名）（箱根以東的）關東平原地區。

かんどう［勘当］（名・他サ）斷絕父子（師徒）關係。→義絶

かんどう［間道］（名）近道，抄道。△〜をぬける／走近道。

かんどう［感動］（名・自サ）感動。△深い〜をうける／深受感動。→感銘

かんとうし［間投詞］（名）插在句子中間的語氣詞。

かんどうし［感動詞］（名）感嘆詞。

かんとうだいしんさい［関東大震災］（名）〈史〉1923 年 9 月 1 日關東地區發生的大地震。

かんとく［監督］（名・他サ）①監督，監督者。②〈影・劇〉導演。〈體〉領隊人。△映画〜／電影導演。

かんどころ［勘所］（名）①（弦樂器的）指板。②要點，關鍵。△〜を押える／抓住要點。

がんとして［頑として］（副）堅決地，頑固地。△〜承知しない／堅決不答應。

カントリーウェア［country wear］（名）在旅行地與避暑地等穿的輕便服裝。

カントリーミュージック［country music］（名）鄉村音樂。

カンナ［canna］（名）〈植物〉美人蕉。

かんな［鉋］（名）鉋子。

かんない［管内］（名）管轄範圍內。↔管外

かんなくず［鉋屑］（名）刨花。

かんなづき［神無月］（名）陰曆十月。

かんなべ［燗鍋］（名）燙酒的銅壺。

かんなん［艱難］（名）艱難，困難。△〜辛苦／艱辛。

かんなんなんじをたまにす［艱難汝を玉にす］（連語）艱難困苦磨煉人。不吃苦中苦，難為人上人。

かんにん［堪忍］（名・自サ）容忍，寬恕。△もう〜できない／再也不能容忍了。

カンニング［cunning］（名・自サ）考試作弊。

かんにんぶくろ［堪忍袋］（名）容人之量。△〜の緒が切れる／忍無可忍。

かんぬき［閂］（名）閂，門閂。△〜をかける／上門閂。

カンヌこくさいえいがさい［カンヌ国際映画祭］（名）夏納國際電影節。

かんぬし［神主］（名）（神社的）主祭，神官。

かんねい［奸佞］（名・形動）奸佞，奸詐。△〜邪知／奸佞邪智。

かんねん［観念］Ⅰ（名）観念。△時間の〜がない／沒有時間觀念。Ⅱ（名自他サ）斷念，死心，不抱希望。△〜しろ／死了心吧。

がんねん［元年］（名）元年。

かんねんけいたい［観念形態］（名）意識形態。

かんねんてき［観念的］（形動）唯心的。

かんねんぶつ［寒念仏］（名）冬夜唸佛。（也説“かんねぶつ”）

かんねんろん［観念論］（名）唯心論。

かんのいり［寒の入り］（連語）入九，冬至。

かんのう［完納］（名・他サ）繳完。△税金を〜する／繳齊税款。

かんのう［官能］（名）①官能，器官功能。△〜障礙／官能障礙。②感覺，肉感。△〜的／肉感的。

かんのう［間脳］（名）〈解剖〉間腦。

かんのう［感応］（名・自サ）①感應，反應。②〈理〉感應，誘導。△〜コイル／感應綫圈。

かんのき［貫の木］（名）→かんぬき

かんのん［観音］（名）①〈佛教〉（“観世音”的略語）觀音。②〈俗〉尼子。

かんのんびらき［観音開き］（名）從中向左右分開的兩開門。

かんば［樺］（名）樺樹。

かんば［汗馬］（名）①汗馬。△〜の労／汗馬功勢。②駿馬。

かんば［悍馬・駻馬］（名）悍馬，烈馬。

カンパ［俄 kampanija］（名・他サ）募捐運動。△〜をつのる／募捐。△資金を〜する／募集資金。

かんぱ［看破］（名・他サ）看破，看穿。△たくらみを〜する／看穿詭計。

かんぱ［寒波］（名）（氣象）寒流，寒潮。△〜がおそう／寒潮侵入。

かんばい［寒梅］（名）冬梅，臘梅。

かんばい［観梅］（名）賞梅。

かんぱい［惨敗］（名・自サ）（比賽等）慘敗，大敗。↔完勝

かんぱい［乾杯］（名・自サ）乾杯。△〜の音頭をとる／祝酒。

かんぱい［感佩］（名・自サ）①感佩，欽佩。△〜おく能わず／不勝感佩。②銘感。

かんぱく［関白］（名）①〈史〉關白（日本古官名，輔佐天皇的大臣，位在太政大臣之上）。②有權勢的人。△亭主〜／大男子主義。

かんばし・い［芳しい］（形）①芳香。△〜新茶／芳香的新茶。②（用“〜くない”形式）不佳，不理想。△成績が〜くない／成績不佳。

かんばし・る［甲走る］（自五）聲音尖細。△〜った声／尖細的聲音。

カンバス［canvas］（名）①帆布。②畫布。（也説“キャンバス”）

かんばせ［顔］（名）①容貌，臉形，臉色。△花の〜／花容。△何の〜あって郷党にまみえん／有何面目見江東父老。

かんぱち［間八］(名)〈動〉赤鰤，紅鰤。

かんばつ［旱魃・干魃］(名)旱災，旱災。△～にみまわれる／遭到旱災。

かんぱつ［煥発］(名・自サ)煥發。△才気～の人／才華橫溢的人。

かんはつをいれず［間髪を容れず］(連語)間不容髮。

カンパニア［俄 kampaniya］(名)羣眾運動，政治運動，羣眾鬥爭運動。

カンパニー［company］(名)公司。

カンパニーマガジン［company magazine］(名)公司、團體用於宣傳定期發行的刊物。

カンパニーユニオン［company union］(名)公司工會。(某一公司內的工人組織，尤指為資方控制的御用工會。)

がんばりや［頑張屋］(名)堅忍不拔的人。

がんば・る［頑張る］(自五)① 堅持，努力。△～れ／(比賽等時喊叫的口號)加油！② 固守(某地方)，站住不走動。△入り口に警官が～っている／門口有警察把着。③ 固執，頑固。△自分が正しいと言って～／固執地堅持自己正確。

かんばん［看板］(名)①(商店等的)招牌，廣告牌。△～を立てる／立廣告牌。② 閉店。△もう～だ／已經閉店了。③ 幌子，牌子。△～に偽りなし／名副其實。

かんパン［乾パン］(名)麵包乾。

かんぱん［甲板］(名)甲板。→デッキ

かんぱん［乾板］(名)(照像)乾版，感光玻璃版。

がんばん［岩盤］(名)〈地〉岩盤。

かんばんだおれ［看板倒れ］(名)虛有其表，倒牌子。

かんばんむすめ［看板娘］(名)(吸引顧客的)女店員。

かんび［甘美］(形動)① 甘美。△～な果実／甘美的果實。② 優美。△～な音楽／優美的音樂。

かんび［完備］(名・自サ)完備，完善。△冷暖房～／冷暖設備完善。

かんぴ［官費］(名)官費。△～留学生／公費留學生。↔ 私費

がんぴ［雁皮］(名)〈植物〉雁皮。

ガンビア［Gambia］〈國名〉岡比亞。

がんぴし［雁皮紙］(名)雁皮紙。(一種優質日本紙)

かんびょう［看病］(名・他サ)護理，看護。△心をこめて～する／精心護理。

かんぴょう［干瓢・乾瓢］(名)(乾菜)乾葫蘆條。

がんびょう［眼病］(名)眼病。→眼疾

かんぴょうき［間氷期］(名)〈地〉間冰期。

かんぶ［患部］(名)患部。△～が痛む／患部疼痛。

かんぶ［幹部］(名)幹部，領導。

カンプ［comp］(名)〈經〉①(廣告)設計草樣。② 補償金。

かんぷ［還付］(名・他サ)(政府向國民)歸還，退還。△借金を～する／歸還借款。

かんぷ［乾布］(名)乾布。△～摩擦／用乾布擦身(一種健身法)。

かんぷ［悍婦］(名)悍婦，潑婦。

カンファタブル［comfortable］(ダナ)舒服的，舒適的。

カンフー［功夫］(名)(中國)功夫，拳術。(也作“コンフー”)

かんぷう［完封］(名・他サ)① 完全封閉。△敵の反撃を～した／完全壓住了敵人的反撃。②(棒球)不讓對方得分。△～試合／沒讓對得分的比賽。

かんぷう［寒風］(名)寒風。△～が吹きすさぶ／寒風凜冽。

かんぷく［感服］(名・自サ)佩服，欽佩。△～の至り／感佩之至。

かんぷく［官服］(名)官服。

がんぷく［眼福］(名)眼福。△～を得る／得飽眼福。

かんふぜん［肝不全］(名)肝功能衰竭，肝功能減退。

かんぶつ［乾物］(名)乾菜(乾魚等)。△～屋／乾貨店。

かんぶつ［官物］(名)公家的東西。↔ 私物

かんぶつ［換物］(名・自サ)① 買東西。②(為保值)把錢換成實物。

がんぶつ［贋物］(名)假貨。

がんぶつそうし［玩物喪志］(名)玩物喪志。

かんぶな［寒鮒］(名)冬季打的鯽魚。

かんぷなきまで［完膚無きまで］(連語)到體無完膚的程度。△～にたたきのめす／打得體無完膚。

カンフル［荷 kamfer］(名)(精製)樟腦，樟腦液。△～注射／打強心針；救急，起死回生。

カンフルチンキ［荷 kamfer tinctuur］(名)〈醫〉樟腦酊劑。

かんぶん［漢文］(名)漢文。△～学／漢文學。

かんぷん［感奮］(名・自サ)感奮。△～興起／精神振奮。

かんぺいしき［観兵式］(名)閱兵式。

かんぺき［完璧］(名・形動)完璧，完整無缺。△～なできばえ／做得完美無缺。

かんぺき［癇癖］(名)⇨かんしゃく

がんぺき［岩壁］(名)岩壁，陡峭的岩石。

がんぺき［岸壁］(名)① 陡岸。△～によじのぼる／攀登陡岸。②(港灣、運河等的)攏岸處，深水碼頭。△船が～につく／船靠岸。

かんべつ［鑑別］(名・他サ)鑒別，識別。

かんべん［勘弁］(名・他サ)原諒，饒恕，容忍。△もう～ならぬ／不可容忍。

かんべん［簡便］(名・形動)簡便。△～な方法／簡便的方法。→手軽

かんぺん［官辺］(名)官方，當局。△～筋の意見／官方意見。

かんぼう［感冒］(名)〈醫〉感冒。△流行性～／流行性感冒。

かんぽう [漢方] (名) 中醫。△～医／中醫。

がんぼう [願望] (名・他サ) 願望。

かんぽうやく [漢方薬] (名) 中藥。

かんぼく [灌木] (名) 灌木。

カンボジア [Cambodia] 〈國名〉柬埔寨。

かんぼつ [陥没] (名・自サ) 塌陷, 下沉。△地面の～／地盤下沉。

がんほどき [願解き] (名) 還願。

かんぽん [刊本] (名) 印刷本。↔写本

かんぽん [完本] (名) 完本, 足本, 全本。↔はほん, 欠本

かんぽん [官本] (名) ① 官本, 官版圖書。② 政府的藏書。

がんぽん [元本] (名) ① 本金, 本錢。② 財産, 資財。

ガンマせん [γ線] (名) 〈理〉γ 射綫。

かんまつ [巻末] (名) 卷末。

ガンマユニット [gamma unit] (名) 〈醫〉伽馬刀, 不開腔, 切除腦部病竈的放射綫治療器。(也作“ガンマナイフ”)

かんまん [干満] (名) (海潮) 漲落。△～の差／潮差。

かんまん [緩慢] (形動) 緩慢, 遲緩。△～なうごき／緩慢的動作。

かんみ [甘味] (名) 甜味, 美味。

かんみ [鹹味] (名) 鹹味, 鹹味食物。

がんみ [玩味・含味] (名・他サ) ① 玩味, 揣摩體會。△熟読～／熟讀玩味。② 品味, 品嚐。

かんみりょう [甘味料] (名) 甜味調料。

かんみんぞく [漢民族] (名) 漢族。

かんむり [冠] (名) ① 冠。△～を正す／正冠。△～を曲げる／不高興。△お～だ／心煩。② 漢字部首。△草／草字頭兒。

かんむりょう [感無量] (名) 無限感慨。→感慨無量

かんめ [貫目] (名) (計量單位) 貫 (3.75 公斤)。

かんめい [官名] (名) 官名。

かんめい [官命] (名) 官命, 政府的命令。

かんめい [感銘・肝銘] (名・自サ) 感動, 銘感, 銘記。△～をうける／深受感動。

かんめい [簡明] (形動) 簡明。△～な方法／簡明的方法。△直截～／直截了當。

がんめい [頑迷] (形動) 頑固, 冥頑。△～固陋／頑固不化。

かんめん [乾麺] (名) 掛麺 (類)。

がんめん [顔面] (名) 顔面, 臉面。△～蒼白／面色蒼白。

かんもく [緘黙] (名・自サ) 緘默, 閉口不言。△～を守る／保持沉默。

かんもく [完黙] (名) “完全黙秘” 的略語：指嫌疑人在接受訊問時甚麼也不説。△～を通す／自始至終保持沉默。

がんもく [眼目] (名) 重點, 要點。△調査の～／調査的重點。

かんもじ [閑文字] (名) 閑文字, 無意義的文章、字句。

かんもち [寒餅] (名) 三九天做的黏糕。

がんもどき [雁擬 (き)] (名) 油炸豆腐。

かんもん [喚問] (名・他サ) 傳詢。△証人を～する／傳詢證人。

かんもん [関門] (名) ① 關口, 關卡。△～をとざす／閉關。② (喻) (考試等的) 難關。

かんや [寒夜] (名) 寒夜。

かんやく [完訳] (名・他サ) 全譯, 全譯本。→全訳

かんやく [漢訳] (名・他サ) 漢譯, 譯成漢文。

かんやく [簡約] (名・他・形動) 簡約, 簡化。△～英和辞典／簡明英日辭典。

がんやく [丸薬] (名) 丸藥。

かんゆ [肝油] (名) 魚肝油。

かんゆ [換喩] (名) (修辭) 借喻。

かんゆう [官有] (名) 國有, 政府所有。△～林／國有林。↔民有

かんゆう [勧誘] (名・他サ) 建議, 動員。△～をことわる／謝絕邀請。△保険の～員／保險徵集員。

がんゆう [含有] (名・他サ) 含有。△～量／含量。

かんよ [関与・干与] (名・自サ) 干與, 參與。△国政に～する／參與國政。

かんよう [慣用] (名・他サ) 慣用, 常用。

かんよう [寛容] (名・他・形動) 寬容, 容忍。△～の精神／寬容精神。

かんよう [肝要] (形動) 重要, 必要。△～な点／要點。

かんようおん [慣用音] (名) 日語中漢字不屬於漢音、吳音的習慣讀音。

かんようく [慣用句] (名) 習語。

かんようしょくぶつ [観葉植物] (名) 賞葉植物。

かんようてき [慣用的] (形動) 慣用的。△～な方法／慣用的方法。

かんらい [寒雷] (名) 寒雷, 冬雷。

がんらい [元来] (名) 原來, 本來。→本來

かんらく [陥落] (名・自サ) ① 塌陷, 下沉。△地盤の～／地盤下沉。② 陷落。△城が～した／城池失守了。③ 〈俗〉被説服, 屈服, 被迫應允。△くどいて～させる／説服。

かんらく [歓楽] (名) 歡樂, 快樂。△～街／熱鬧街。△～におぼれる／尋歡作樂。

かんらん [橄欖] (名) 〈植物〉橄欖。△～石／橄欖石。

かんらん [観覧] (名・他サ) 觀覽, 觀賞。

かんり [官吏] (名) 〈舊〉官吏。(現稱“國家公務員”)

かんり [管理] (名・他サ) 管理, 保管。△アパートの～人／公寓管理人。

かんり [監理] (名・他サ) 監理, 監督。△電波～局／電波監理局。

がんり [元利] (名) 本利。△～合計／本利合計。

がんりき [眼力] (名) 眼力, 識別能力。△～のある人／有眼力的人。

かんりつ [官立] (名) 官立, 國立。

かんりゃく [簡略] (名・形動) 簡略, 簡單。

△～な記事／簡單的報道。

かんりゅう［貫流］(名・自サ)(河流等) 流經,
流過。

かんりゅう［寒流］(名)①寒流。↔暖流②
冷水流, 低温水流。

かんりゅう［還流］(名・自サ)①回流, 倒流。
②(暖流的) 環流。

かんりゅう［乾留・乾溜］(名・他サ)〈化〉乾餾。

かんりょう［完了］(名・他サ)完了, 完畢。
△準備が～した／準備完了。

かんりょう［官僚］(名)官僚, 官吏。

かんりょう［管領］(名)①取締。②據為己有。

かんりょう［感量］(名)〈理〉感量。

がんりょう［含量］(名)含量。

がんりょう［顔料］(名)①顔料, 染料。②胭
粉。

かんりょうてき［官僚的］(形動)官僚主義的。

がんりょく［眼力］(名)⇨がんりき

かんるい［感涙］(名)感激的眼涙。△～にむせ
ぶ／感動得泣不成聲。

かんれい［寒冷］(名)寒冷。△～地／寒冷地區。

かんれい［慣例］(名)慣例。△～を破る／打破
慣例。△～に従う／按慣例。

かんれいしゃ［寒冷紗］(名)冷布。

かんれいぜんせん［寒冷前線］(名)〈氣象〉冷
鋒面。

かんれき［還暦］(名)還暦, 花甲。

かんれつ［寒烈］(形動)嚴寒。△～な冬／嚴冬。

かんれつ［艦列］(名)艦列, 軍艦的隊列。△～
をはなれる／離開艦列。

かんれん［関連・関聯］(名・他サ)關聯。△～
性／關聯性。

かんれんがいしゃ［関連会社］(名)〈經〉兄弟
公司。

かんれんさんぎょう［関連産業］(名)相關産
業。

かんれんしりょう［関連資料］(名)相關資料。

かんれんせいひん［関連製品］(名)〈經〉關聯
産品。

かんろ［甘露］(名)①甘露。②美味。

かんろ［寒露］(名)寒露。

がんろう［玩弄］(名・他サ)玩弄。△人を～す
る／玩弄人。△～物／玩物。

かんろく［貫禄］(名)威嚴, 尊嚴。△～がつ
く／有威信。

かんわ［官話］(名)(中國的)普通話。△ペキ
ン～／北京話。

かんわ［閑話］(名・自サ)(漢)閑話。閑談。→
むだばなし

かんわ［漢和］(名)漢和, 漢語和日語。△～辞
典／漢日辭典。

かんわ［緩和］(名・自他サ)緩和。△制限を～
する／放寬限制。

かんわきゅうだい［閑話休題］(名)閑話休提,
言歸正傳。

カロチン［carotene］(名)胡蘿蔔素, 葉紅素。

き キ

き［己］(名)(天干之六) 己。

き［木・樹］(名)①樹，樹木。△～を植える／種樹。△～を切る／砍樹。△～に登る／爬樹。②木材。△～の箱／木箱。△かんなで木を削る／刨木頭。

き［黄］(名) 黄色。

き［生］Ⅰ(名) 純粹，原封。△ウイスキーを～で飲む／不對水喝威士忌。Ⅱ(接頭)①純。△～娘／處女。△～葡萄酒／純葡萄酒。②未加工。△～糸／生絲。

き［気］(名)①氣，空氣，大氣。△山の～／山氣。②氣氛。△陰惨の～／凄惨的氣氛。③氣息。△～がつまる／喘不過氣來。④氣味。△～の抜けたビール／走了氣的啤酒。⑤神志，心神。△～が落ち付かない／心神不定。△～を失った／昏迷過去，失去知覺。⑥心情，情緒。△～が晴れる／心情舒暢。△～をまぎらす／消遣，排遣。⑦性情。△～がいい／脾氣好。△～が強い／要強。⑧氣度，胸懷。△～が大きい／胸襟開闊。⑨注意。△～を付ける／注意。△～を配る／留神。⑩心意，打算。△やる～がない／不想幹。⑪節氣。△二十四～／二十四節氣。

き［忌］(名) 服喪，喪期。△～が明ける／服喪期滿。

き［奇］(名) 奇。△～を好む／好奇。

き［季］(名)(俳句) 表示季節的詞。

き［機］(名) 時機。△～が熟する／時機成熟。△～をうかがう／伺機。

き［期］(名) 期，時候。△再会の～／再會之時。Ⅱ(接尾) 期，屆。△第2～／第二屆。

ぎ［義］(名) 義。△～を見てせざるは勇無きなリ／見義不為，無勇也。

ぎ［儀］Ⅰ(名)①儀式。△婚礼の～／婚禮。②事情。△その～ばかりは…／唯獨此事…Ⅱ(接尾)(接人稱代詞下) 關於。△私～／關於我個人之事。

ぎ［魏］(名)(中國三國時代) 魏國。

ぎ［議］(名)①議論，討論。△総会の～をへる／經全體大會討論。②意見，提案。△解散の～が出た／提出了解散的提案。

ギア［gear］(名) 齒輪。(汽車的) 檔。△バック／倒檔。

きあい［気合］(名) 氣勢，運氣，鼓勁。△～を入れる／鼓勁。△～を掛ける／加油。

ぎあく［偽悪］(名) 偽惡。故意裝壞。

きあけ［忌明け］(名) 服滿，脱孝。

きあつ［気圧］(名) 氣壓。△高～／高氣壓。△低～／低氣壓。

きあつけい［気圧計］(名) 氣壓計。

きあわ・せる［来合わせる］(自下一) 巧遇，來得巧。△いいところに～せた／來得正好。

きあん［起案］(名・他サ) 起草，草擬。△～者／起草者。

ぎあん［議案］(名) 議案。△～を提出する／提出議案。

きい［奇異］(名・形動) 奇異。△～な感じがする／覺得奇怪。

キー［key］(名)①鑰匙。△～ホルダー／鑰匙環。②關鍵。△～ポイント／關鍵，要點。③鍵。△タイプの～／打字機的鍵。△ピアノの～／鋼琴鍵。

きいっぽん［生一本］Ⅰ(名) 純正的東西。△灘(なだ)の～／地道的灘産名酒。Ⅱ(形動) 耿直。△～な性格／耿直的性格。

きいてごくらくみてじごく［聞いて極楽見て地獄］(連語) 看景不如聽景。聽時似天堂，看時似地獄。

きいと［生糸］(名) 生絲。

キーノートアドレス［key note address］(名) 重要演講。

キーパーソン［key person］(名) 重要人物，中心人物。

キープライト［keep right］(名) 右側通行。

キープレフト［keep left］(名) 左側通行。

キーポイント［key ponit］(名) 關鍵，要點。

キーボード［key board］(名)〈IT〉鍵盤。

キーホルダー［key holder］(名) 鑰匙圈。

キーマン［keyman］(名) 重要人物，中心人物。

きいろ［黄色］(名・形動) 黄色。

きいろ・い［黄色い］(形)①黄色的。△～花／黄花。②(聲) 尖。△～声／尖叫聲。

キーワード［key word］(名) 關鍵性的詞句。

きいん［起因］(名) 起因。

ぎいん［議員］(名) 議員。△国会～／國會議員。

ぎいん［議院］(名)①國會，議會。②國會議事堂。

ぎいんないかくせい［議院内閣制］(名) 議會內閣制。

キウイ［kiwi］(名)①〈植物〉幾維果。②〈動〉鷸鴕。

キウイフルーツ［kiwi fruit］(名) 獼猴桃。

きうん［気運］(名) 形勢，景象，氣氛。△改革の～が高まる／改革的形勢高漲。

きうん［機運］(名) 時機。△～が熟する／時機成熟。

きえ［帰依］(名・自サ)〈宗〉皈依。△仏道に～する／皈依佛法。

きえい［気鋭］(名・形動) 鋭氣。△新進～／嶄露頭角。

きえい・る［消え入る］(自五)①消失。△～ような声／微弱的聲音。②死，嚥氣。△～んばかりに悲しむ／痛不欲生。

きえさ・る［消え去る］(自五) 消失。△悲し

みが～った／悲痛平息了。

きえつ［喜悦］(名・自サ) 喜悦。△～の表情／喜悦的表情。

き・える［消える］(自下一) ① 消失。△うたがいが～えた／疑惑消失了。② 熄滅。△火が～えた／火熄滅了。△電気が～えた／電燈滅了。

きえん［気炎・気焔］(名) 氣焰。△～をあげる／高談闊論。趾高氣揚。

きえん［機縁］(名) 機緣，機會。△それが～となって…／以此為機緣…。

きえん［奇縁］(名) 奇緣。

ぎえんきん［義援金］(名) 捐款。△～をつのる／募集捐款。

きえんさん［希塩酸］(名) 稀鹽酸。

きお・う［気負う］(自五) 爭強，不甘落後。△ひとりで～っている／獨自不甘落後。

きおうしょう［既往症］(名) 既往症，病史。

きおく［記憶］(名・他サ) 記憶。△～がよい／記性好。△～に新しい／記憶猶新。△～力／記憶力。△読んだ～がある／記得讀過。△去年のことは全然～にない／去年的事完全不記得了。

きおくれ［気後れ］(名・自サ) 畏縮，膽怯，發怵。△人前に出ると～する／在眾人面前就發怵。

キオスク［kiosk］(名) (報刊、雜誌、香煙等的)雜貨亭。(也作"キヨスク")

きおち［気落ち］(名・自サ) 灰心，沮喪，失望。△彼はすっかり～してしまった／他非常灰心。

きおん［気温］(名) 氣温。

ぎおん［擬音］(名) 擬音。△～効果／擬音效果。

ぎおんご［擬音語］(名) 象聲詞。

ぎおんしょうじゃ［祇園精舎］(名)〈佛教〉祇園精舍。

きか［機下］(名)〈信〉足下。

きか［気化］(名・自サ) 氣化。汽化。

きか［奇禍］(名) 奇禍。△～にあう／遭奇禍。

きか［帰化］(名・自サ) 歸化，入籍。△日本に～する／入日本籍。△～植物／歸化植物。

きか［幾何］(名) 幾何。

きか［麾下］(名) 麾下。△将軍の～に入る／投將軍麾下。

きか［貴下］(名)〈信〉您，足下。

きが［飢餓］(名) 飢餓。

ぎが［戯画］(名) 漫畫，諷刺畫。

きがあ・う［気が合う］(連語) 合得來，情投意合。△彼とはどうも～わない／跟他怎麼也合不來。

きかい［機会］(名) 機會。△～を待つ／等待時機。△～をのがす／失掉機會。

きかい［器械］(名) 器械。△～体操／器械體操。△医療～／醫療器械。

きかい［機械］(名) 機械，機器。△～化／機械化。△工作～／機牀。

きかい［奇怪］(形動) 奇怪。△～千万／千奇百怪。

きがい［危害］(名) 危害。△人に～を加える／加害於人。

きがい［気概］(名) 氣概。△～がある／有氣魄。

ぎかい［議会］(名) 議會。△～を解散する／解散議會。△～制度／議會制度。

きかいか［機械化］(名・自他サ) 機械化。△農業を～する／使農業機械化。

きかいこうぎょう［機械工業］(名) 機械工業。

きかいたいそう［器械体操］(名) 器械體操。

きかいてき［機械的］(形動) 機械的。△～に手を動かす／機械地擺動着手。

きかいぶんめい［機械文明］(名) 近代文化。(產業革命以後的)近代文化。

きがえ［着替え］(名・自サ) 換衣服。△～をして出掛けた／換上衣服出門去了。△～をもっていく／帶着換洗的衣服去。

きか・える［着替える］(他下一) 換衣服。△普段着に～／換上便服。

きがおおい［気が多い］(連語) 心情不定，見異思遷。

きがおけない［気が置けない］(連語) 融洽，知心，無隔閡。△～友人／知心朋友。

きがおもい［気が重い］(連語) 心情沉重。

きかがく［幾何学］(名) 幾何學。

きがかり［気掛り］(名・形動) 擔心，掛念。△～なことがある／有擔心的事。

きがきく［気が利く］(連語) ① 機靈。△彼女はなかなか～／她真有心眼兒。② 瀟灑，精練。△～いたスーツ／瀟灑的西裝。

きがきでない［気が気でない］(連語) 坐立不安。

きかく［企画］(名・他サ) 規劃，計劃。△音楽会を～する／計劃開一個音樂會。

きかく［規格］(名) 規格，標準。△～に合わない／不合規格。△～化／標準化。

きがく［器楽］(名) 器樂。△～合奏／器樂合奏。

きがくるう［気が狂う］(連語) 發瘋。△いそがしくて～いそうだ／要忙瘋了。

きかげき［喜歌劇］(名) 喜劇性歌劇。

きがさす［気が差す］(連語) 慚愧，內疚，不好意思。△どうも～してしようがない／感到十分內疚。

きがさなり［季重なり］(名) (和歌和俳句中)一句有兩個或兩個以上的季語。

きがざ・る［着飾る］(他五) 裝飾，打扮。△きれいに～／打扮得漂亮。

きかじん［帰化人］(名) 入某國國籍的人。

きがすすまない［気が進まない］(連語) 不起勁，沒勁頭。△～仕事／不感興趣的工作。

きがすむ［気が済む］(連語) 舒心，心安理得。△これで～んだ／這才舒了心。

きか・せる［利かせる］(他下一) 讓…生效。△塩を～／加鹽。△顔を～／憑權勢。△はばを～／有勢力。有威望。△気を～／機靈。會意。

きか・せる［聞かせる］(他下一) ① 讓…聽，講給…聽。△生徒にレコードを～／放唱片給學生聽。△どうかそのわけを～せてくださ

い／請你把理由説給我聽聽。②動聽。好聽。△彼の喉はなかなか～ね／他的嗓子很動聽。

きがた［木型］（名）木型，木植。

きがたつ［気が立つ］（連語）情緒激昂。

きがちる［気が散る］（連語）精神不集中。

きがつく［気が付く］（連語）①發覺，覺察。②細心，周到。△よく～人／很細心的人。③甦醒。△やっと～・いた／總算甦醒過來了。

きがとおくなる［気が遠くなる］（連語）失去知覺，神志不清。

きかぬき［利かぬ気］（名・形動）⇔きかんき

きがぬける［気が抜ける］（連語）①跑氣，走味。△～けたビール／跑了氣的啤酒。②泄氣，無精打采。

きがね［気兼ね］（名・自サ）客氣，顧慮。△姑に～する／對婆婆有顧慮。△～はいりません／不要客氣。

きかねつ［気化熱］（名）汽化熱。

きがひける［気が引ける］（連語）覺得慚愧，覺得不好意思。

きがまえ［気構え］（名）決心，精神準備。△決死の～／殊死的決心。

きがみじかい［気が短い］（連語）性急。△～人／急性子。

きがむく［気が向く］（連語）心血來潮，高興。△～いたら遊びにおいで／高興了就來玩。

きからおちたさる［木から落ちた猿］（連語）離水之魚。

きがる［気軽］（形動）輕鬆，爽快。△～にひきうけた／爽快地接受了。△どうかお～にお出掛けください／請隨便來玩吧。

きかん［気管］（名）氣管。

きかん［汽缶］（名）汽鍋，鍋爐。△～室／鍋爐房。

きかん［季刊］（名）季刊。△～誌／季刊雜誌。

きかん［奇観］（名）奇觀。△天下の～／天下奇觀。

きかん［既刊］（名）已刊。△～書／已出版的書。

きかん［帰還］（名・自サ）返回，歸來。△無事～した／平安歸來。

きかん［基幹］（名）基幹，基礎，骨幹。△～産業／基礎産業。

きかん［期間］（名）期間，期限。△有効～／有効期限。

きかん［旗艦］（名）旗艦。

きかん［器官］（名）器官。△消化～／消化器官。

きかん［機関］（名）①發動機。△蒸汽～／蒸氣機。△内燃～／内燃機。△～車／機車。火車頭。②機關，組織。△～誌／機關雜誌。△～紙／機關報。△報道～／報道機關。

きがん［祈願］（名・他サ）祈禱。△合格を～する／祈禱錄取。

ぎかん［技官］（名）技術官員。

ぎがん［義眼］（名）假眼。△～を入れる／安假眼。

きかんき［利かん気］（名・形動）倔強。△～な子ども／倔強的孩子。

きかんし［気管支］（名）支氣管。△～炎／支氣管炎。

きかんし［機関紙］（名）機關報。

きかんし［機関士］（名）①輪機員。②火車司機。

きかんしゃ［機関車］（名）機車。△電気～／電力機車。

きかんじゅう［機関銃］（名）機槍。

きかんぼう［利かん坊］（名）不聽話的孩子。

きき［危機］（名）危機。△～に瀕する／面臨危機。△～感／危機感。

きき［鬼気］（名）陰氣。△～せまる／陰氣逼人。令人毛骨悚然。

きき［機器］（名）機械和器械。

きき［嬉嬉］（形動）歡喜，高興。△～としてたわむれる／興高采烈地玩着。

きき［既記］（名）前述，上述。△～の通り／如上所述。

きぎ［機宜］（名）適合時機。△～の処置を取る／採取適合時宜的處理。

ぎき［義気］（名）義氣，正義感。△～にとむ／富有正義感。

ぎぎ［疑義］（名）疑義，疑問。△～をただす／質疑。

ききいっぱつ［危機一髪］（名）千鈞一髮。△～のところで助かった／在千鈞一髮之際得救了。

ききい・る［聞き入る］（自五）傾聽。△名演奏に～／傾聽名演奏。△一心に～／專心致志地聽。

ききい・れる［聞き入れる］（他下一）答應，聽從，採納。△忠告を～／聽從勸告。△願いを～／答應懇求。

ききうで［利き腕］（名）（兩手中）好使的一隻手。△～をおさえる／使他老實。

ききおと・す［聞き落とす］（他五）聽漏。△肝心なところを～してしまった／要緊的地方沒聽到。

ききおぼえ［聞き覚え］（名）耳熟。△声に～がある／耳熟的聲音。

ききおよ・ぶ［聞き及ぶ］（他五）聽到，有所聞。△かねがね～んでいる／早有所聞。

ききかいかい［奇奇怪怪］（形動）奇奇怪怪。△～なできごと／離奇古怪的事。

ききかえ・す［聞き返す］（他五）①重聽。△何度も～した／聽了好幾遍。②重問。△二三度～したが確かにそうだといった／問了兩三遍，説的確是那樣。③反問。

ききかじ・る［聞きかじる］（他五）道聽途説，一知半解。△～った知識／一知半解的知識。

ききかん［危機感］（名）危機感。△～をあおる／煽起危機感。

ききぐるし・い［聞き苦しい］（形）①聽不清。△声が小さくて～／聲音小，聽不清。②難聽，刺耳。△～話／難聽的話。

ききこみ［聞き込み］（名）探聽，查訪。△～捜査をする／進行探聽搜捕。

ききこ・む［聞き込む］（他五）聽到，探聽到。

△妙な噂を～んだ／聽到一個奇妙的消息。

ききじょうず［聞き上手］（名・形動）善於聽別人講話。

きぎす［雉子］（名）雉。

ききずて［聞き捨て］（名）置若罔聞，聽之任之。△～にする／當耳旁風。

ききだ・す［聞き出す］（他五）探聽出，打聽出。△彼の秘密を～した／探聽出了他的秘密。

ききただ・す［聞き糺す］（他五）問明，問清。△その真意を～した／問清其真意。

ききつ・ける［聞きつける］（他下一）① 聽到。△サイレンを～／聽到警笛聲。② 聽到。△～けた声／耳熟的聲音。

ききづたえ［聞伝え］（名）傳聞。△～に聞く／由傳聞聽到。

ききづら・い［聞きづらい］（形）① 難聽，不好聽。△～話／難聽的話。② 聽不清楚。

ききて［聞き手］（名）聽的人，聽眾。△なかなかの～だ／真會聽話。

ききとが・める［聞き咎める］（他下一）責問，責備，抓話柄。△些細な事を～めてあれこれ言う／抓住一點小事就說三說四。

ききどころ［聞所］（名）值得聽的地方。

ききとど・ける［聞き届ける］（他下一）答應，允許，批准。△訴えを～／接受申訴。

ききと・る［聞き取る］（他五）① 聽取。△事件の経過を～／聽取事件的經過。② 聽懂，聽清。△放送がよく～れない／廣播聽不太清楚。

ききなが・す［聞き流す］（他五）置若罔聞，當耳旁風。△あんなやつの言うことは～しておけばいい／那種人的話只當沒聽見算了。

ききな・れる［聞き慣れる］（他下一）聽習慣，耳熟。△どうも珍しい名まえだね／這名字挺耳生。△～れた英語のうた／常聽的英語歌。

ききほ・れる［聞き惚れる］（自下一）聽得出神。△おもわず～／不覺聽入了迷。

ききみみをたてる［聞き耳を立てる］（連語）側耳細聽。△隣室の話し声に～／側耳細聽隔壁房間的話。

ききめ［効き目・利き目］（名）△～がある／有效。△～が早い／見效快。

ききもの［聞物］（名）值得聽。△彼女の独唱は～だ／她的獨唱值得一聽。

ききもら・す［聞き漏らす］（他五）① 聽漏。△ひと言も～さない／一句不漏地聽。② 忘問。△名前を～した／忘問名字了。

ききゃく［棄却］（名・他サ）〈法〉駁回。△上告～／駁回上訴。

ききゅう［危急］（名）危急。△～存亡の秋（とき）／危急存亡之秋。

ききゅう［気球］（名）氣球。

ききゅう［希求］（名・他サ）希求，希望，渴望。△平和を～する／渴望和平。

ききょ［起居］（名・自サ）起居。△～を共にする／一起生活。

ききょう［帰京］（名・自サ）回京。△明朝～の予定です／預定明早回東京。

きぎょう［桔梗］（名）〈植物〉桔梗，鈴鐺花。

ききょう［帰郷］（名・自サ）回鄉，歸省。

ききょう［奇矯］（名・形動）奇特。△～なふるまい／奇特的舉止。

きぎょう［企業］（名）企業。△～家／企業家。△独占～／壟斷企業。

きぎょうがっぺい［企業合併］（名）〈經〉企業合併。

ぎきょうしん［義侠心］（名）俠義心。△～に富む／富有俠義心。

ぎきょうだい［義兄弟］（名）① 把兄弟。② 大伯子，小叔子，內兄，內弟，姐夫，妹夫。

きぎょうほう［企業法］（名）〈經〉企業法。

きぎょうほうじん［企業法人］（名）〈經〉企業法人。

ぎきょく［戯曲］（名）戲曲，劇本。△～化／改寫成劇本。

ききわ・ける［聞き分ける］（他下一）① 聽出，分辨。△鳥の声が～けられる／能分辨鳥的聲音。② 聽懂，聽話。△親の言うことをよく～／很聽父母的話。

ききん［基金］（名）基金。

ききん［飢饉］（名）① 饑饉，災荒。△～に見舞われる／遇上災荒。② 缺，不足。△水～／缺水。

ききんぞく［貴金属］（名）貴金屬。

き・く［利く・効く］（自五）① 生效，靈驗。△薬が～／藥見效。△わさびが～／言辭辛辣。② 好使，靈巧。△気が～／機靈。△鼻が～／鼻子尖。△足が～かなくなった／腿不聽使喚了。③ 經得住，能够。△洗濯が～／經得住洗。△修繕が～かない／無法修理了。△貯藏の～食品／可以貯藏的食品。

き・く［聞く・聴く］（他五）① 聽。△ラジオを～／聽廣播。△風のたよりに～／風聞。② 聽從，答應。△忠告を～／聽從勸告。△私の願いを～いてください／請答應我的要求吧。③ 問，打聽。△道を～／問路。

きく［菊］（名）菊花。

きぐ［危惧］（名・他サ）危懼，擔心。△～の念をいだく／懷危懼之心。

きぐ［器具］（名）器具。△ガス～／煤氣器具。

きぐう［奇遇］（名）奇遇。

ぎくしゃく（副・自サ）生硬，不流暢。△～した関係／不融洽的關係。△～した歩き方／沉重的腳步。△引出しが～してうまく開かない／抽屜發潮不好開。

きぐすり［生薬］（名）生藥，中草藥。

きくずれ［着崩れ］（名・自サ）穿走樣。

きぐち［木口］（名）① 木材的橫截面。② 木材的質量。

きくちかん［菊池寛］〈人名〉菊池寬（1888-1948）。日本小說家、劇作家。

きくのせっく［菊の節句］（名）重陽節。

きくばり［気配り］（名・自サ）操心，照料。△細かいことまで～をする／照料得無微不至。

きぐらい［気位］(名) 派頭，架子。△～が高い／架子大，派頭十足。

きくらげ［木耳］(名) 木耳。

きぐろう［気苦労］(名・自サ) 操心。△～が多い／操心的事多。

ぎくん［義訓］(名) 根據漢語詞的意義進行的訓讀法。(如將"昨夜"訓讀為"ユウベ"，"暖"讀為"ハル"，"老成る"讀為"マセる")

きけい［奇形・畸型］(名) 畸形。△～児／畸形兒。

きけい［奇計］(名) 奇計。△～をめぐらす／設奇計。

きけい［貴兄］(代) 仁兄，您。

ぎけい［義兄］(名) ① 盟兄，乾哥哥。② 大伯子，內兄，姐夫。

ぎげい［技芸］(名) 技藝，手藝。

きげき［喜劇］(名) 喜劇。△～役者／喜劇演員。

きけつ［既決］(名) ① 已決定。△～事項／已決定事項。② 已判決。△～囚／已判決犯。

きけつ［帰結］(名・自サ) 歸結，歸宿，結果。△当然の～／當然的結局。

ぎけつ［議決］(名・他サ) 表決，通過。△～権／表決權。△～機関／表決機關。

きけん［危険］(名・形動) 危險。△身に～が迫る／危險逼近身邊。△身の～をおかす／冒着生命危險。△～信号／危險信號。△～人物／危險人物。

きけん［棄権］(名・他サ) 棄權。△途中で～する／中途棄權。

きげん［紀元］(名) 紀元。△一新～を画した／開闢了一個新紀元。△～前3世紀／紀元前三世紀。△西暦／公元。

きげん［起源］(名) 起源。△生命の～／生命的起源。

きげん［期限］(名) 期限。△～が切れる／過期。△～を延ばす／延期。△有効～／有效期限。

きげん［機嫌］(名) ① 心情，情緒。△～が悪い／不高興。情緒不好。△～を取る／討好。奉承。△ご～を伺う／問安。問候。△ご～よう／祝你健康。祝你愉快。△ご～はいかがですか／您好嗎？② (多加"ご") 高興。△ご～ですね／您真高興嗎。

きげんぎれふなにしょうけん［期限切れ船荷証券］(名)〈經〉過期提單。

きげんぜん［紀元前］(名) 紀元前。

きげんつきてがた［期限付手形］(名)〈經〉定期支票。

きご［季語］(名)("連歌"、"俳句"中) 表示季節的詞。

きこう［気孔］(名)〈植物〉氣孔。

きこう［気候］(名) 氣候。△海洋性～／海洋性氣候。

きこう［奇行］(名) 奇特行為。△～をかさねる／常有古怪行為。

きこう［紀行］(名) 紀行。△～文／遊記。

きこう［起工］(名・自サ) 開工，動工。△～式／開工典禮。

きこう［起稿］(名・自サ) 起稿，起草。

きこう［回港］(名・自サ) 回港。△船は～の途中である／船正在回港途中。

きこう［帰航］(名・自サ) 返航。△～中／返航中。

きこう［寄港］(名・自サ) 中途停泊。△横浜に～する／中途在横濱停泊。

きこう［寄航］(名・自サ) (飛機) 中途停落。

きこう［寄稿］(名・他サ) 投稿。△雑誌に～する／向雜誌投稿。

きこう［貴公］(代) 您。

きこう［気功］(名) 氣功。

きこう［機構］(名) ① 機構，組織。△人體の～／人體的組織。△～を整える／整頓機構。△國家～／國家機構。△～改革／機構改革。△～いじり／隨意改動組織機構。② (機) 結構，構造。△非牟利團體，組織。△世界保健機関は，国際連合の下部～の一つである／世界衛生組織是聯合國屬下的一個機構

きごう［揮毫］(名・他サ) 揮毫，揮筆。

きごう［記号］(名) 記號，符號。△～をつける／標記號。△化学～／化學符號。

ぎこう［技巧］(名) 技巧。△～を弄する／賣弄技巧。△～をこらす／講究技巧。

きこうこう［寄港港］(名)〈經〉(中途) 寄泊港，停泊港。

きこうし［貴公子］(名) 貴公子。

きこうたい［気候帯］(名) 氣候帶。

きこうち［寄港地］(名)〈經〉停靠港。

きこえ［聞こえ］(名) ① 聽力。△耳の～が悪くなった／耳朵的聽力減退。② 音質。△～の良いラジオ／音質好的收音機。③ 輿論，聲響。△秀才の～が高い／才子的名聲很響。④ 聽起來的印象。△小さな会社でも社長と言えば～がいい／雖是小公司，叫總經理聽着就好聽。

きこえよがし［聞こえよがし］(形動) 故意説給人聽。△～に悪口を言う／故意大聲説人壞話。

きこ・える［聞こえる］(自下一) ① 聽得見。△波の音が～／聽得見波濤聲。△声が小さくて～えない／聲音太小，聽不清楚。② 聽起來覺得。△皮肉に～／聽起來有諷刺味。△その言い分がおかしく～／那種理由聽起來不大可信。③ 聞名，出名。△世に～えた作家／名揚四海的作家。

きこく［帰国］(名・自サ)△帰国の途につく／踏上歸國之途。

ぎごく［疑獄］(名) 疑案，貪污案件。△大がかりな～事件／大規模的貪污案件。

きごころ［気心］(名) 性情，脾氣。△～が知れない／摸不透脾氣。△～の知れたあいだがら／知心朋友。

ぎこちな・い (形) 笨拙，不靈活。△～動作／笨手笨腳。△～日本語／不流利的日語。

きこつ［気骨］(名) 骨氣，志氣，氣節。△～の有る人／有骨氣的人。

きこな・す［着こなす］（他五）會穿衣服，穿得得體。△彼女はどんな物でも上手に～／她無論穿甚麼衣服都很適體。

ぎこぶん［擬古文］（名）擬古文。

きこ・む［着込む］（他五）① 穿在裏邊。△下に沢山～んでいる／裏邊穿得很多。② 多穿。△オーバーを～んで外出した／穿上件大衣出去了。

きこり［樵・樵夫］（名）樵夫。

きこん［気根］（名）〈植物〉氣根。

きこん［既婚］（名）已婚。△～婦人／已婚婦女。

ぎざ［気障］（形動）① 裝模作樣。△～な奴／裝腔作勢的傢伙。② 刺眼，看着不舒服。△～な格好をしている／打扮得洋裏洋氣。

きさい［奇才］（名）奇才。△天下の～／天下奇才。

きさい［鬼才］（名）奇才。△画壇の～／畫壇奇才。

きさい［記載］（名・他サ）記載。△病状をカルテに～する／把病狀記載在病歷上。

きさい［起債］（名・自他サ）發行（債券）。△公債を～する／發行公債。

きざい［器材］（名）器材。△撮影～／攝影器材。

きさき［后］（名）皇后。

ぎざぎざ（名・形動）鋸齒狀。△縁に～がある／邊上有鋸齒狀刻紋。△～な線／鋸齒狀線。

きさく［気さく］（形動）坦率，爽快，直爽，沒架子。△～な人／沒架子的人。

きさく［奇策］（名）奇計。△～を弄する／設奇計。

ぎさく［偽作］（名・他サ）偽造。△名画を～する／偽造名畫。

きざし［兆し・萌し］（名）預兆，徵兆。△景気回復の～が見えてきた／出現了恢復景氣的徵兆。

きざ・す［兆す・萌す］（自五）① 發芽。△芽が～／發芽。② 出現預兆。△春が～／有春意。△悪心が～／起了歹意。△機運が～／有了轉機。

ぎさつ［偽札］（名）〈經〉偽幣，假鈔，假文件，假證明。

きさま［貴様］（代）你。△～もいっしょにやるか／你也一塊兒幹嗎？

きざみ［刻み］ I（名）① 刻，刻紋。△～を入れる～をつける／刻上紋兒。② 細絲。△～のタバコ／煙絲。③（“刻みタバコ”的略語）煙絲。II（接尾）每。△5円～／每五日圓。△8分～に／每八分鐘。

きざみこ・む［刻み込む］（五自）① 深刻在，刻上（不掉），刻。△額（ひたい）に～したしわが、長年の労苦を物語る／刻在他額頭的皺紋，無言訴說着他長年的辛勞。② 銘記（不忘）。△脳裏に～・まれている／烙印在腦海。

きざ・む［刻む］（他五）① 細切，剁碎。△たまねぎを～／切碎洋蔥。② 刻，雕刻。△文字を～／刻字。③ 銘記。△心に～／銘記心間。

きさらぎ［如月］（名）陰曆二月。

きさん［起算］（名・自サ）算起，開始算。△3月1日から～する／從三月一日算起。

きし［岸］（名）岸。⇨水ぎわ

きし［棋士］（名）棋手。

きし［騎士］（名）騎士。△～道／騎士精神。

きし［旗幟］（名）旗幟。△～鮮明／旗幟鮮明。

きじ［木地］（名）① 木紋。② 沒上漆的木器。③ 露出木紋的漆器。

きじ［生地］（名）① 本來面目，本色。△～が出る／露出，本來面目。△～を生かす／發揮其固有特色。② 布料，衣料。△洋服の～／西服料。③（陶器的）毛坯。

きじ［雉・雉子］（名）雉，野雞。

きじ［記事］（名）新聞，報道，消息。△～を取る／採訪新聞。△～を書く／寫報道。△三面～／社會新聞。

ぎし［技師］（名）工程師。△～長／總工程師。

ぎし［義士］（名）義士。

ぎし［義肢］（名）假肢。△～をつける／安假肢。

ぎし［義歯］（名）義齒，假牙。△～を入れる／鑲牙。

ぎし［義姉］（名）① 大姑子，大姨子，嫂子。② 乾姐姐。

ぎじ［疑似・擬似］（名）疑似。△～コレラ／類似霍亂。

ぎじ［議事］（名）議事，討論。△～日程／議事日程。△～録／討論記錄。

きしかいせい［起死回生］（名）起死回生。△～の策／起死回生之計。

きしかた［来し方］（名）① 過去，以往。△～行く末／過去和將來。② 走過來的方向。

ぎしき［儀式］（名）儀式，典禮。△～をあげる／舉行儀式。

ぎしきば・る［儀式張る］（自五）講究虛禮，拘泥形式。△～った挨拶／虛套子。△～らない結婚式／不拘形式的婚禮。

きしつ［気質］（名）① 氣質，性情。△穏やかな～の人／性情溫和的人→きだて ② 派頭，作風。△職人～／工匠派頭。

きじつ［忌日］（名）忌日，忌辰。

きじつ［期日］（名）日期，期限。△～を守る／遵守日期。

きしどう［騎士道］（名）騎士精神。

ぎじどう［議事堂］（名）① 議會廳。②（日本）國會議事堂。

きしべ［岸辺］（名）岸邊。

きし・む［軋む］（自五）① 吱吱作響。△戸が～／門吱吱作響。② 不融洽。△両者の関係が～みがちだ／雙方關係不甚融洽。

きしゃ［汽車］（名）火車。△～に乗る／乘火車。△～がおくれた／火車誤點了。△～賃／火車費。（“汽車”指蒸汽機車牽引的列車。日本已不用）

きしゃ［記者］（名）記者。△～会見／記者招待會。

きしゃ［喜捨］(名・他サ) 施捨。→せよ

きしゃ［帰社］(名・ス自) 回公司。

きしゅ［期首］(名)〔會計年度等〕年度初期。

きしゅ［旗手］(名) 旗手。

きしゅ［騎手］(名) 騎手。

きじゅ［喜寿］(名) 七十七歳誕辰。

ぎしゅ［義手］(名) 假手。△～をつける／安假手。

きしゅう［奇襲］(名・他サ) 奇襲，偷襲。△敵の側面から～した／偷襲了敵人的側翼。

きじゅう［機銃］(名) 機槍。→きかんじゅう

きじゅうき［起重機］(名) 起重機。→クレーン

きしゅくしゃ［寄宿舎］(名) 宿舍。→寮

きしゅつ［既出］(名) 已經出過，已經公佈過。△～問題／已考過的問題。

きじゅつ［奇術］(名) 魔術，幻術。△～師／魔術師。△～を演ずる／變戯法。

きじゅつ［記述］(名・他サ) 記述。△事件の経過を～する／記述事件的經過。

ぎじゅつ［技術］(名) 技術。△～ばたけ／技術界。△～者／技術人員。△～提携／技術合作。△科学～／科學技術。

ぎじゅついてん［技術移転］(名)〈經〉技術轉讓。

ぎじゅつかくしん［技術革新］(名)〈經〉技術革新。

ぎじゅつしゃ［技術者］(名) 技術人員。

きじゅん［基準］(名) 基準，標準。△比較の～／比較的標準。△～年度／標準年度。

きじゅん［規準］(名) 規範，標準，準則。△社会生活の～／社會生活的準則。

きじゅん［帰順］(名・ス自) 歸順，投誠。

きじゅんきんり［基準金利］(名)〈經〉基本利率，基準利率，法定利率。

きしょう［気性］(名) 稟性，性情，脾氣。△～があらい／脾氣暴。△～がはげしい／烈性子。→きだて

きしょう［気象］(名) 氣象。△～を観測する／觀測氣象。△～衛星／氣象衛星。△～台／氣象台。

きしょう［希少・稀少］(名・形動) 稀少。△～な品／稀有物品。

きしょう［起床］(名・自サ) 起牀。△6時に～する／六點起牀。△～時間／起牀時間。

きしょう［記章・徽章］(名) 徽章。△～をつける／戴徽章。

きじょう［机上］(名) 桌上。△～の空論／紙上談兵。

きじょう［気丈］(形動) 剛毅，堅強。△～な女／剛強的女人。△心を～にもて／要頂住！

ぎしょう［偽証］(名) 偽證。△～罪／偽證罪。

ぎじょう［儀仗］(名) 儀仗。△～兵を閲兵する／檢閱儀仗隊。

ぎじょう［議場］(名) 會場。

きしょうかち［希少価値・稀少価値］(名)〈經〉稀少價值。

きしょうだい［気象台］(名) 氣象台。

きしょうちょう［気象庁］(名) 氣象廳〔日本政府機構，隸屬運輸省〕。

きしょうてんけつ［起承転結］(名) ① 起承轉合。② 順序，次序。

ぎしょうへい［儀仗兵］(名) 儀仗兵，儀仗隊。

きしょうよほうし［気象予報士］(名) 氣象預報員，氣象預報技師。

きしょく［気色］(名) 神色，臉色。△～をうかがう／察言觀色。△～が悪い／不愉快。

きしょく［喜色］(名) 喜色。△～をうかべる／面帶笑容。△～満面／笑容滿面。

キシリトール［xylitol］(名) 木糖醇。

きし・る［軋る］(自五) 嘎吱嘎吱響。△車輪の～音がする／聽得見車輪吱吱作響。

ぎじろく［議事録］(名) 會議記錄。

きしん［帰心］(名) 歸心。△～矢のごとし／歸心似箭。

きしん［貴紳］(名) 顯貴的紳士。

きしん［寄進］(名・他サ)〔向寺廟〕捐贈。△燈籠を神社に～する／把石燈捐獻給神社。

きじん［奇人］(名) 奇人。

きじん［鬼神］(名) 鬼神。

きじん［貴人］(名) 貴人。

ぎしん［疑心］(名) 疑心。△～暗鬼を生ず／疑心生暗鬼。

ぎしん［欺心］(名) 欺人之心。

ぎしん［義臣］(名) 義臣。

ぎじん［義人］(名) 義士。

ぎしんあんき［疑心暗鬼］(名) 疑神疑鬼。

ぎじんほう［擬人法］(名) 擬人法。

キス［kiss］(名・自サ) 接吻。△赤ん坊の頬に～する／親吻娃娃的臉蛋兒。△投げ～／飛吻。→せっぷん

きす［鱚］(名)〈動〉多鱗鱚，船丁魚。

きず［傷・疵・瑕］(名) ① 傷。△～がおもい／傷得重。△～をおう／負傷。△心の～／精神創傷。② 缺陷，瑕疵。△名声に～をつける／敗壞名聲。△玉に～／白璧微瑕。美中不足。

きずあと［傷跡］(名) 傷痕，創傷。△腕に～がある／胳膊上有傷疤。△戦争の～／戰爭的創傷。△心の～／心靈的創傷。

キスアンドライドシステム［kiss and ride system］(名) 妻子開車送丈夫上班的方式。

きすい［既遂］(名) 已遂。△～犯／已遂犯。

きすう［奇数］(名)〈數〉奇數。

きすう［帰趨］(名・自サ) 趨勢，結局。△戦いの～はすでに明らかである／戰爭的趨勢已明顯。

きすう［基数］(名)〈數〉基數。

きすうほう［記数法］(名) 記數法。△十進の～／十進位記數法。

ぎすぎす (副・自サ) ① 枯瘦。△～とした体つき／骨瘦如柴的身軀。② 生硬。△～した言いかた／生硬的話語。

きず・く［築く］(他五) 築，修築，建立。△堤防を～／築堤。△事業の基礎を～／打下事業

的基礎。△財産を〜／積累財産。

きずぐち［傷口］(名) 傷口。△〜に薬をつける／給傷口敷藥。△〜がふさがった／傷口癒合了。

きずつ・く［傷付く］(自五) 受傷，受傷害。△〜いた足／受傷的腿。△心は〜きやすい／心靈易受傷害。

きずつ・ける［傷付ける］(他下一) 傷，傷害，損壞。△手を〜けた／傷了手。△感情を〜／傷害感情。△名を〜／傷壞名譽。

きずな［絆］(名) 羈絆，鎖鏈，紐帶。△恩愛の〜／恩愛的連心鎖。△つよい〜で結ばれる／為牢固的紐帶結合在一起。△愛情の〜を断ち切る／斬斷情緣。

キスマーク［kiss mark］(名) 吻痕。

きずもの［傷物］(名) ① 殘品，瑕疵品。△〜の茶碗／有破碴兒的碗。② 失貞的姑娘。

き・する［帰する］I (自サ) 歸於，化為。△無に〜／化為烏有。△水泡に〜／化為泡影。△〜ところ／總之。歸根結底。II (他サ) 歸於。△罪を他人に〜／歸罪於人。

き・する［期する］(他サ) ① 以…為限期。△年末を〜して行なう／以年末為期實行。② 確信。△必勝を〜してたたかう／確信必勝而戰。③ 期待。△君に〜ところが大きい／對你的期望很大。

ぎ・する［擬する］(他サ) ① 瞄準，對準。△短刀を胸に〜／把匕首對準胸膛。② 擬定。△次期社長に〜せられる／被指定為下屆總經理。

ぎ・する［議する］(他サ) 商談，議論，討論。△国政を〜／議論國政。

きせい［気勢］(名) 氣勢，聲勢。△〜をあげる／壯大聲勢。振奮精神。△〜をそぐ／挫敗銳氣。

きせい［奇声］(名) 奇聲，怪聲。△〜を発する／發出怪聲。

きせい［既成］(名) 既成。△〜の事実／既成事實。△〜概念／先入之見。

きせい［帰省］(名・自サ) 歸省，探親，回鄉。△正月休みに〜する／新年回鄉探親。△〜客／探親的旅客。

きせい［既製］(名) 現成。△〜品／成品。△〜服／現成衣服。→レディソード

きせい［寄生］(名・自サ) 寄生。△人体に〜する／寄生在人體內。△〜虫／寄生蟲。

きせい［規制］(名・他サ) 限制，管制。△デモ隊を〜する／限制示威遊行隊伍。△交通〜／交通管制。

ぎせい［犠牲］(名) 犧牲，犧牲品。△多くの〜を払う／付出很大的犧牲。△戦争の〜になった／成了戰爭的犧牲品。△〜者／犧牲者。遇難者。

ぎせい［擬声］(名) 模仿聲音，擬聲。

ぎせいご［擬声語］(名) 象聲詞。

ぎせいしゃ［犠牲者］(名) 犧牲者，遇難者。△事故の〜／事故的遇難者。

きせいちゅう［寄生虫］(名) 寄生蟲。

きせいひん［既成品］(名) 成品，現成貨。

きせき［奇跡・奇蹟］(名) 奇跡。△〜がおこる／出現奇跡。△〜的に助かった／奇跡般地得救了。

きせき［軌跡］(名) 軌跡。

きせき［輝石］(名) 〈礦〉輝石。

ぎせき［議席］(名) 議席。△〜を獲得する／獲得議席。△〜を失う／失掉議席。

きせきてき［奇跡的］(形動) 奇跡般。△〜に助かる／奇跡般地獲救。

きせずして［期せずして］(副) 不期，不期然而然。△ふたりの考えは〜一致した／兩個人的想法不謀而合。

きせつ［季節］(名) 季節。△〜はずれ／不合時令。△〜風／季風。△〜料理／應時菜。

きぜつ［気絶］(名・自サ) 氣絕，昏厥。△〜せんばかりに驚いた／差一點兒嚇死。

きせつはずれ［季節外れ］(名) 不合季節。△〜の大雪／不合季節的大雪。

きせつふう［季節風］(名) 季風。

キセノン［xenon］(名) 〈化〉氙。

キセル［煙管］(名) 煙袋。

き・せる［着せる］(他下一) ① 給…穿上，蒙上，蓋上。△子供に服を〜／給孩子穿衣服。△糖衣を〜／裏上糖衣。② 使蒙受。△恩を〜／賣人情。△罪を〜／嫁禍於人。△濡衣を〜／枉加罪名。

きぜわし・い［気忙しい］(形) ① 慌張，忙亂。△年末はとかく〜／年末總不免忙亂。② 性急。△〜人／急性子。

きせん［汽船］(名) 輪船。

きせん［貴賤］(名) 貴賤。△職業に〜はない／職業無貴賤。

きせん［機先］(名) 先下手。△〜を制する／先發制人。

きせん［機船］(名) 機船。

きぜん［毅然］(形動トタル) 毅然，堅決。△〜とした人／堅定的人。△〜たる態度／堅決的態度。

ぎぜん［偽善］(名) 偽善。△〜者／偽君子。

きそ［起訴］(名・他サ) 起訴。△傷害罪で〜る／以傷害罪起訴。△〜状／起訴書。△〜猶予／緩期起訴。

きそ［基礎］(名) ① 地基。△〜工事／地基工程。② 基礎。△〜ができている／打好了基礎。△〜を固める／鞏固基礎。△〜知識／基礎知識。

きそ・う［競う］(自他五) 競爭，爭奪。△腕を〜／比手藝。△優勝を〜／爭冠軍。△〜って参加する／爭先恐後地參加。

きそう［起草］(名・他サ) 起草，草擬。△法案を〜する／起草法案。

きそう［帰巣］(名・ス自) (動) 歸巢，回巢。

きぞう［寄贈］(名・他サ) 贈送。△本を〜する／贈書。

ぎそう［偽装・擬装］(名・他サ) 偽裝。△木の枝で〜する／用樹枝偽裝。

ぎそう［艤装］（名・他サ）装備（船艦）。△船を〜する／安装船上設備。

ぎぞう［偽造］（名・他サ）偽造。△公文書を〜する／偽造公文。△〜紙幣／偽造紙幣。

きそうてんがい［奇想天外］（形動）異想天開。

ぎぞうひん［偽造品］（名）〈經〉水貨。

きそうほんのう［帰巣本能］（名）（某些動物的）歸巣本能。

きそく［規則］（名）規則，規章。△〜を守る／遵守規則。△〜をやぶる／破壊規章。△〜を設ける／訂立規章。△〜を変更する／改變規則。△〜正しい生活／有規律的生活。

きぞく［帰属］（名・自サ）歸屬，屬於。△その島は我が国に〜する／該島屬於我國。

きぞく［貴族］（名）貴族。

ぎそく［偽足・擬足］（名）（原生動物等的）偽足。

ぎそく［義足］（名）假腿。△〜をつける／安假腿。

ぎぞく［義賊］（名）義賊。

きそくえんえん［気息奄奄］（名）氣息奄奄。

きそくただし・い［規則正しい］〈形〉有規則的，有規律的。△〜生活／有規律的生活。

きそくてき［規則的］（形動）有規則，有規律。△〜な運動／有規律的運動。

きそつ［既卒］（名）已從學校畢業（不是新畢業生）。△〜者の応募可／不是應屆畢業生亦可報名。↔しんそつ（新卒）

きそん［既存］（名・自サ）原有，現有。△〜の設備／原有設備。△〜の事実／既成事實。

きそん［棄損・毀損］（名・他サ）毀壊，損壊。△名誉〜／破壊名誉。

きそんかもつほしょうじょう［毀損貨物補償状］（名）〈經〉賠償保證書。

きた［北］（名）北，北方。△〜向きの部屋／朝北的房間。△東京の〜にある／位於東京以北。

ぎだ［犠打］（名）（棒球）犠牲打。

ギター［guitar］（名）吉他，六弦琴。

きたアメリカ［北アメリカ］（名）北美洲。

きたい［気体］（名）氣體。

きたい［危殆］（名）危殆。△〜に瀕する／瀕危。

きたい［希代・稀代］（名・形動）稀世，絶代。△〜の英雄／稀世英雄。

きたい［期待］（名・他サ）期待，期望。△〜に添う／不辜負期待。△〜に反する／與期待相反。△〜をかける／寄希望。△〜をうらぎる／辜負了期望。

きたい［機体］（名）機體。

きだい［季題］（名）（俳句中的）季語。

ぎたい［擬態］（名）〈動〉擬態。

ぎだい［議題］（名）議題。△〜にのせる／提到議事日程上。△〜を審議する／審議議題。

ぎたいご［擬態語］（名）擬態詞。

きたいはずれ［期待外れ］（名）期待落空。△〜に終る／結果辜負了人們的希望。

きたえあ・げる［鍛え上げる］（他下一）煉成。△戦いの生活の中で人間を〜／在戰鬥生活中鍛煉成材。

きた・える［鍛える］（他下一）① 鍛，鍛造。△鉄を〜／鍛鐵。② 鍛煉。△体を〜／鍛煉身體。

きたかいきせん［北回帰線］（名）北回歸綫。

きたかぜ［北風］（名）北風。

きたきりすずめ［着たきり雀］（名）只有身上穿的一套衣服（的人）。

きたく［帰宅］（名・自サ）回家。△〜がおくれた／回家晩了。

きたくじょう［寄託状］（名）委託書。

きたけ［着丈］（名）（衣服的）身長。

きた・す［来す］（他五）招來，招致。△インフレを〜／引起通貨膨脹。

きたたいせいようじょうやくきこう［北大西洋条約機構］（名）北大西洋條約組織，NATO。

きだて［気立て］（名）性情，脾氣。△〜がよい／脾氣好。

きたな・い［汚い・穢い］（形）① 髒，不乾淨。△〜部屋／髒屋子。② 不整潔。△字が〜／字寫得潦草。③ 卑鄙。△〜話／下流話。△心が〜／心地骯髒。④ 吝嗇。△金に〜／吝嗇。

きたならし・い［汚らしい・穢らしい］（形）① 骯髒。△〜ハンカチ／骯髒的手帕。② 卑鄙。△〜やり方／卑鄙的做法。

きたはらはくしゅう［北原白秋］〈人名〉北原白秋（1885-1942）日本著名詩人、歌人。

きたはんきゅう［北半球］（名）北半球。

ぎだゆう［義太夫］（名）（日本説唱曲藝“淨瑠璃”的一派）義太夫。

ギタリスト［guitarist］（名）結他演奏家，結他手。

きたる［来る］（連體）下一個。△〜日曜日／下星期天。△〜8月10日から始まる／從（將要到來的）8月10日開始。

きたん［忌憚］（名）忌憚，顧慮。△〜のない意見／直言不諱的意見。

きだん［気団］（名）氣團。△シベリア〜／西伯利亞氣團。

きだん［奇談］（名）奇談。

きだん［綺談］（名）趣話。

きだん［基壇］（名）基壇。

ぎだん［疑団］（名）疑團。△〜が氷解する／疑團冰釋。

きち［吉］（名）吉。△おみくじは〜と出た／抽籤抽到個吉。△大〜／大吉。

きち［危地］（名）險地，險境。△〜を脱する／脱險。△〜に追いこまれる／陷入險境。

きち［既知］（名）已知。△〜のことがら／已知事項。△〜数／已知數。

きち［基地］（名）基地。△軍事〜／軍事基地。△南極〜／南極基地。△中継〜／中繼站。

きち［機知・機智］（名）機智。△〜に富む／很機智。

きち［窺知］（名・他サ）窺知，探知。→察知

きちがい［気違い］（名）① 瘋子，發瘋。△〜のふりをする／裝瘋。△〜沙汰／如癲似狂。△〜水／酒。② 迷，狂熱者。△釣〜／釣魚迷。

きちがいあめ［気違い雨］（名）驟雨。

きちがいさた［気違い沙汰］（名）精神不正常。△この荒海に船を出すなど～だ／風浪這麼大，出海簡直是發瘋。

きちがいじ・みる［気違いじみる］（自下一）瘋狂的，發瘋似的。△～みた行動／瘋狂的舉動。

きちじつ［吉日］（名）吉日。△～をえらんで縁談をすすめる／擇吉日提親。△大安～／黃道吉日。

きちすう［既知数］（名）〈數〉已知數。

きちにち［吉日］（名）⇨きちじつ

きちゃく［帰着］（名・自サ）① 回到，返回，歸來。△ただいま～いたしました／我回來了。② 歸結，結局。△～するところ／歸根到底。

きちゃく［既着］（名）（人、郵遞物）已到，已經抵達。↔ みちゃく（未著）

きちゅう［忌中］（名）服喪期間，喪期。

きちゅう［機中］（名）飛機之中。△～での談話／在飛機上的談話。△～泊／在飛機上過夜。

きちょう［記帳］（名・他サ）① 記賬。△売上げを～する／將銷售額上賬。② 簽到。△受付で～する／在傳達室簽到。

きちょう［帰朝］（名・自サ）回國。△～の途につく／踏上回國之途。

きちょう［基調］（名）基調。△緑を～とした絵／以綠色為基調的畫。△外交政策の～／外交政策的基本方針。

きちょう［貴重］（形動）貴重，寶貴。△～な経験／寶貴的經驗。△～品／貴重物品。

きちょう［機長］（名）（飛機）機長。

ぎちょう［議長］（名）議長，主席。△衆議院～／眾議院議長。△～団／主席團。△～席／主席台。

きちょうひん［貴重品］（名）貴重物品。

きちょうめん［几帳面］（形動）規規矩矩，一絲不苟。△彼は～な人だ／他這人丁是丁卯是卯。△～にノートを作っている／筆記記得一絲不苟。

きちら・す［着散らす］（五他）不停地換衣服，亂穿衣服，把好衣服當成平時的衣服穿。

キチン［kitchen］（名）廚房。△ダイニング～／餐室兼廚房。△～カー／炊事汽車。

きちんと（副）① 準確。△きちんと 6 時に起きる／六點準時起牀。△～した生活／有規律的生活。② 整齊。△洋服を～たたむ／西服疊得很整齊。△～した部屋／整齊的房間。

きちんやど［木賃宿］（名）小旅店，小客棧。

きつ・い（形）① 嚴厲，厲害，够受。△～顔つき／嚴厲的面孔。△寒さが～／冷得厲害。② 吃力，累人。△仕事が～／工作吃力。③ 倔强。△～子／倔强的孩子。④ 緊。△～服／瘦小的衣服。△～く結ぶ／繫得緊。△スケジュールが～／日程緊。

きつえん［喫煙］（名・自サ）吸煙。△～厳禁／嚴禁吸煙。△～室／吸煙室。

きつおん［吃音］（名）結巴，口吃。

きづかい［気遣い］（名）擔心，憂慮，操心。△どうぞお～なく／請不要費心。△ 無用の～／不必要的擔心。

きづか・う［気遣う］（名）（他五）擔心，惦念。△安否を～／擔心安危。

きっかけ（名）契機，機會，引子。△～がない／沒有機會。△～をつかむ／抓住契機。△話の～をつくる／找個話頭。△これを～に立ち直った／以此為轉機又振作起來了。

きっかり（副）正，整。△ 3 時～／三點整。

きづかれ［気疲れ］（名・自サ）精神疲勞，費心勞神。△～で寝込んでしまった／由於操勞過度而病倒了。

きづかわし・い［気遣わしい］（形）令人擔心。△病人の容態が～／病人的病情令人擔憂。

きっきょう［吉凶］（名）吉凶。△～をうらなう／占卜吉凶。

キック［kick］（名・他サ）踢（球）。△～オフ／開球。△ペナルティー～／罰點球。△コーナー～／罰角球。

きづ・く［気付く］（自五）① 覺察，發現。△誤りに～／發現錯誤。② 甦醒。△ふっと～いた／忽然甦醒過來了。

きつけ［気付け］（名）甦醒。△～薬／醒藥。

きつけ［着付け］（名）① 穿慣。△～のふだん着／穿慣了的便服。② 穿和服的技巧。△～教室／和服穿法講習班。③ 給…穿衣服。△俳優の～をする／給演員穿衣服。

きづけ［気付］（名）（寫在信封上）轉交。△中村太郎様～林一郎様／中村太郎先生轉交林一郎先生。

きっこう［拮抗］（名・自サ）對抗，抗衡，頡頑。△両者の勢力は～している／雙方勢均力敵。

きっこう［亀甲］（名）龜甲。△～模様／龜甲形花紋。

きっさ［喫茶］（名）喝茶。△～てん［～店］（供應紅茶、牛奶、咖啡、點心等的飲食店）茶館。咖啡館。△～しつ［～室］（辦公樓裏的）茶水室。

きっさき［切っ先］（名）刀尖，刀鋒。△～するどく切りかかってきた／尖刀猛刺過來。

きっさてん［喫茶店］（名）⇨きっさ

ぎっしゃ［牛車］（名）（日本古代達官貴人坐的）牛車。

ぎっしり（副）滿滿地。△～つめこむ／裝得滿滿的。

キッス［kiss］（名・自サ）→キス

キッズ［kids］（名）小孩，年輕人。△～ファッション／兒童服裝。

きっすい［生っ粋］（名）純粹。△～の江戸っ子／地道的東京人。

きっすい［喫水］（名）（船）吃水。△～線／吃水綫。

キッズムービー［kids movie］（名）兒童主演的電影。

きっ・する［喫する］（他サ）受到，遭受。△一驚を～／大吃一驚。△惨敗を～／遭慘敗。

きっそう［吉相］(名) 吉相。

きづた［木蔦］(名)〈植物〉常春藤。

きづち［木槌］(名) 木錘。

ぎっちょ (名)〈俗〉左撇子。

きっちょう［吉兆］(名) 吉兆。

きっちり (副・自サ) 正好，恰好。△～はめこむ／正好裝進去。△～とした服／正合適的衣服。△～5時／五點整。

キッチン［kitchen］(名) ⇨キチン

キッチンウェア［kitchenware］(名) 廚房用具。

キッチンキャビネット［kitchen cabinet］(名) ① 廚櫃，食具櫃。② (政治家的) 私人顧問團、參謀團。

きつつき［啄木鳥］(名) 啄木鳥。

きって［切手］(名) 郵票。△～を貼る／貼郵票。△～収集／集郵。

きっての［切っての］(連體) 頭號，首屈一指。△学内～秀才／校內首屈一指的才子。△町内～の金持／鎮內首富。

きっと (副) ① 一定，準。△彼は～来る／他準來。△～知らせてください／請一定通知我。② 嚴肅，嚴厲。△～にらみつけた／狠狠地瞪了一眼。

キッド［kid］(名) 小山羊皮。△～の手袋／小山羊皮手套。

きつね［狐］(名) 狐狸。△虎の威を借る～／狐假虎威。△パンを～色に焼く／把麵包烤得焦黃。

きつねいろ［狐色］(名) 焦黃，黃褐色。

きつねにつままれる［狐につままれる］(連語) 被狐狸精迷住。△まるで～ようだ／簡直像被狐狸精迷住似的。

きつねのよめいり［狐の嫁入り］(連語) 晴天下雨。

きつねび［狐火］(名) 鬼火，燐火。

きっぱり (副・自サ) 斷然，乾脆。△～と断わる／斷然拒絕。

きっぷ［気っ風］(名)〈俗〉氣派，氣度。△～のいい男／大方的人。慷慨的人。

きっぷ［切符］(名) 票。△映画の～／電影票。△～を切る／剪票。△～売場／售票處。△往復～／往返票。△片道～／單程票。

きっぽう［吉報］(名) 喜報，喜信。

きづま［気褄］(名) 心情，情緒。△～を合わす／迎合。迎逢。

きづまり［気詰まり］(名・形動) 拘束，不舒暢。△先生がいると～だ／先生在場大家不自在。

きつもん［詰問］(名・他サ) 追問，盤問，責問。△欠勤の理由を～する／追問缺勤的理由。

きてい［既定］(名) 既定。△～方針／既定方針。△～の事実／既成事實。

きてい［基底］(名) 基礎。

きてい［規定］(名・他サ) ① 規定，規程。△～にしたがう／按規定。△服務～／辦公規程。② 〈化〉當量，濃度。△1～／一個當量濃度。

きてい［規程］(名) 規程，章程。

ぎてい［義弟］(名) ① 義弟。② 內弟，妹夫，小叔子，小舅子。

キディー［kiddie］(名) 小孩，小傢伙。

ぎていしょ［議定書］(名) 議定書。

きてき［汽笛］(名) 汽笛。△～を鳴らす／鳴汽笛。

きではなをくくる［木で鼻を括る］(連語) 帶答不理，態度冷淡。

きてん［起点］(名) 起點。△東京を～とする／以東京為起點。↔ 終点

きてん［基点］(名) 基點。△方位～／方位基點。

きてん［機転・気転］(名) 機智，機靈。△～がきく／心眼兒快。△～をきかせる／機靈。

きでん［貴殿］(代)(信) 您。

ぎてん［疑点］(名) 疑點。△いささか～が残る／留下些疑點。△～をただす／質詢有疑問的地方。

ぎてん［儀典］(名) 儀式。△～局／禮賓司。

きでんたい［紀伝体］(名) 紀傳體。

きと［企図］(名・他サ) 企圖。△敵の～をくじく／挫敗敵人的企圖。

きと［帰途］(名) 歸途。△～につく／踏上歸途。

きど［木戸］(名) ① 柵欄門。② (劇場等的) 出入口。△～銭／出場費。△～御免／免費入場。自由出入。

きどあいらく［喜怒哀楽］(名) 喜怒哀樂。

きとう［祈祷］(名・他サ) 祈禱。△～会／祈禱會。

きとう［亀頭］(名) 龜頭。

きどう［軌道］(名) 軌道。△～にのる／走上軌道。△～をはずれる／脱軌。△ロケットの～／火箭軌道。

きどう［起動］(名・自サ) 起動。

きどう［機動］(名) 機動。△～性／機動性。△～部隊／機動部隊。

きどうしゃ［気動車］(名) 內燃機車。

きどうらく［着道楽］(名) 講究穿戴。△彼女は～だ／她以講究衣着打扮為樂。

きとく［危篤］(名) 危篤，病篤。△～におちいる／瀕於危篤。△～状態／危篤狀態。

きとく［既得］(名) 既得。△～権／既得權利。

きとく［奇特］(名・形動) 難能可貴，精神可嘉。△今どき～な人もいて，年寄だというので席を譲ってくれる／現在也還有這樣精神可嘉的人，看是老年人便讓了座。

きとくけん［既得権］(名) ① 既得權利。② 〈法〉既得權

きどり［気取り］(名) 擺架子，裝腔作勢。△～屋／裝腔作勢的人。△学者～／擺學者架子。

きど・る［気取る］(自五) ① 擺架子，裝腔作勢。△～・ったポーズ／做作的姿勢。② 裝做…的樣子，以…自居。△政治家を～／以政治家自居。

キナ［kina］(名)〈植物〉奎寧樹，金雞納樹。

きない［畿内］(名) 京畿。(在日本指京都、大阪、奈良一帶)。

きない［機内］(名)〈飛機的〉機内，客艙内。△～に刃物は持ち込めない／不得攜帶刀具登機。△～食／機内配餐。

きなが［気長］(形動) 耐心，慢性子。△～に待つ／耐心等待。△なんとも～な話／説不上甚麼時候才能兑現的事。↔きみじか

きながし［着流し］(名) 便装和服。△町を～で歩く／穿便装和服在街上走。

きなくさ・い［きな臭い］(形) 煳味，焦味。△～においがする／有煳味。

きなこ［黄な粉］(名) 熟黄豆麵。△～餅／滚上豆麵的糯米糕。

きなん［危難］(名) 危難。

ギニア［Guinea］(国名) 幾内亞。

キニーネ［kinine］(名)〈藥〉奎寧，金雞納霜。

きにいる［気に入る］(連語) 稱心，中意，喜歡。△～った洋服を買った／買了件稱心的西服。

きにかかる［気にかかる］(連語) 擔心，掛念。△試験の結果が～／擔心考試的結果。

きにかける［気に掛ける］(連語) 掛心，擔心。

きにさわる［気に障る］(連語) 令人不快。△～ことを言うな／別説令人掃興的話。

きにする［気にする］(連語) 擔心，介意，放在心上。△うわさを～／害怕流言蜚語。

きにたけをつぐ［木に竹を接ぐ］(連語) 前言不搭後語，不銜接，不協調。

きにち［忌日］(名) 忌日。

きにとめる［気に留める］(連語) 介意，放在心上。

きになる［気になる］(連語) ① 惦記，不放心。② 逗人喜愛。△～彼女／有點吸引力的她。

きにやむ［気に病む］(連語) 煩惱，憂慮。

きにゅう［記入］(名・他サ) 記上，寫上。△氏名をご～ください／請寫上姓名。

きぬ［絹］(名) 絲，綢子。△～のブラウス／絲綢女襯衫。

きぬいと［絹糸］(名) 絲綫。

きぬけ［気抜け］(名・自サ) ① 發獃，走神。△～したようになる／悵然若失。② 泄氣，沮喪。△試合が流れて選手たちはすっかり～した／比賽中止，選手們非常掃興。③ 走味。△～したビール／走了味的啤酒。

きぬごし［絹漉し］(名) ① 絹羅。② 用絹過濾(的東西)。③ 用絹濾的豆腐。

きぬずれ［衣擦れ］(名) (行動時) 衣服摩擦聲。

きぬた［砧］(名) 砧。△～を打つ／捶衣裳。

きね［杵］(名) 杵。△～で餅をつく／用杵搗年糕。

ギネスブック［Guinness Book］(名) 健力士世界紀錄大全，健力士事典。

きねづか［杵柄］(名) 杵柄。△昔取った～／老行家。老把式。

きねん［紀念・記念］(名・他サ) 紀念。△いい～になる／是個很好的紀念。△これを～に差し上げます／把這個給你做紀念。△～切手／紀念郵票。△～写真／紀念照片。△～品／紀念品。

ぎねん［疑念］(名) 疑念。△～をいだく／心中懷疑。

きねんひ［記念碑］(名) 紀念碑。

きねんび［記念日］(名) 紀念日。

きのう［昨日］(名) 昨天。△～の事のような気がする／覺得事如昨日。△～きょう／這一兩天。→さくじつ

きのう［気嚢］(名)〈動〉氣嚢。

きのう［帰納］(名・他サ) 歸納。△～法／歸納法。

きのう［機能］(名・自サ) 機能，功能，作用。△十分に～を果たす／充分發揮作用。△～主義／功能主義。△～障害／功能性障礙。△～が低下する／功能減弱。

ぎのう［技能］(名) 技能，功夫。△～を磨く／練功夫。

きのうほう［帰納法］(名) 歸納法。

きのこ［茸・菌］(名) 蘑菇。△～狩り／採蘑菇。△毒～／毒蘑菇。△～雲／蘑菇雲。

きのつらゆき［紀貫之］〈人名〉紀貫之。日本平安時代歌人 (868-945)。

きのどく［気の毒］(名・形動) ① 可憐，值得同情。△～な人／可憐的人。△お～に彼はとうとう亡くなった／真可惜，他到底去世了。△～なほどに痩せている／瘦得叫人不忍看。② 抱歉，對不住。△君に～なことをした／太對不住你了。△お～ですが，その御要望には応じかねます／非常抱歉，你的要求我們難以答應。

きのない［気のない］(連體) 冷漠。△～返事／冷漠的回答。

きのぬけた［気の抜けた］(連體) ⇒きがぬける

きのぼり［木登り］(名・自サ) 爬樹。

きみきのまま［着の身着の儘］(連語) 只穿着身上的衣服。△ゆうべの火事で，～で焼けだされた／昨晚發生了火災，只穿着身上的衣服跑了出來。

きのめ［木の芽］(名) ① 樹芽。△～が出た／樹發芽了。② 花椒樹芽。

きのり［気乗り］(名・自サ) 起勁，感興趣。△私はその話には～がしない／我對那事不感興趣。

きば［牙］(名) 犬牙，獠牙。△～をかむ／咬牙切齒。△～を鳴らす／切齒悔恨。△～をむく／齜牙。

きば［騎馬］(名) 騎馬。△～隊／馬隊。△～巡査／騎警。

きはく［気迫・気魄］(名) 氣魄，氣勢。△～に満ちる／很有氣魄。△～におけされる／被對方的氣勢壓倒。

きはく［希薄・稀薄］(名・形動) ① 稀薄。△空気が～になる／空氣稀薄。② 缺乏。△責任感が～だ／缺乏責任感。

きばく［起爆］(名・自サ) 起爆。△～剤／起爆劑。△～装置／起爆裝置。

きはこころ [気は心] (連語) 禮輕人意重。△～です、うけとっておいてください／這不過略表心意，您收下吧。

きはずかし・い [気恥ずかしい] (形) 含羞，難為情。△～思いがする／覺得不好意思。

きはつ [揮発] (名・自サ) 揮發。△～性／揮發性。△～油／揮發油。

きばつ [奇抜] (形動) 奇特，出奇。△～なアイデア／奇特的想法。△～な言動／稀奇古怪的言行。

きはつゆ [揮発油] (名) 揮發油。

きば・む [黄ばむ] (自五) 發黄。△木の葉が～／樹葉發黄。

きばや [気早] (形動) 性急。△～な人／急性子。→きみじか

きばや・い [気早い] (形) ⇨きばや

きばらい [既払い] (名) 已付。△～の小切手／已付的支票。

きばらし [気晴らし] (名・自サ) 消遣，散心，解悶。△映画を見て～をする／看看電影散散心。△～に一杯やろうか／喝一杯解解悶吧。

きば・る [気張る] (自五) ① 使勁，用力，發奮。△そんなに～なよ／用不着那麼拚命。② 慷慨解囊。△祝儀を～／慷慨給小費。

きはん [規範・軌範] (名) 規範。△～に従う／按標準。△～を示める／示範。

きはん [羈絆] (名) 羈絆。△～を脱する／擺脱羈絆。

きばん [基盤] (名) 基礎。△～がゆらぐ／基礎動摇。△経済～／經濟基礎。→土台

きはんせん [機帆船] (名) 機帆船。

きひ [忌避] (名・他サ) ①〈法〉迴避。△裁判官～／法官迴避。② 逃避，躲避。△徴兵を～する／逃避兵役。

きひ [基肥] (名) 基肥，底肥。△～をほどこす／施底肥。

きび [黍] (名) 黍子，黄米。△～だんご／黄米飯糰。

きび [機微] (名) 微妙。△人情の～にふれる／觸及人情之微妙處。△人情の～に通じる／通達人情世故。

きびき [忌引き] (名・自サ) 居喪，服喪。△～で休む／因服喪而請假。

きびきび (副・自サ) 利落，麻利。△～した動き／麻利的動作。△～した態度／爽快的態度。△～した文章／乾淨利落的文章。

きびし・い [厳しい] (形) ① 嚴格，嚴厲，嚴肅。△～先生／嚴格的老師。△～表情／嚴肅的表情。② 嚴重，嚴峻，嚴酷。△～現実／嚴峻的現實。△～寒さ／嚴寒。

きびす [踵] (名) 腳踵，腳後跟。△～をめぐらす／往回走。△～を接する／接踵。

きびすをかえす [踵を返す] (連語) 旋踵，往回走。

きびすをせっする [踵を接する] (連語) 接踵。△～して起る／接踵而來。

ぎひつ [偽筆] (名) 偽筆，非真筆跡。

きびょう [奇病] (名) 怪病。

きひん [気品] (名) 品格，氣度。△～が高い／高雅。△～のある人／很有風度的人。

きひん [貴賓] (名) 貴賓。△～席／貴賓席。

きびん [機敏] (形動) 機敏，敏捷。△～な動作／敏捷的動作。

きふ [寄付・寄附] (名・他サ) 捐贈，捐助。△～を募る／募集捐款。△福祉施設に～する／向福利設施捐款。△～金／捐款。→カンパ

きふ [棋譜] (名) 棋譜。

ぎふ [義父] (名) ① 義父，養父，繼父。② 公公，岳父。

ギブアップ [give up] (名・ス他) 放棄，死心，服了。

ギブアンドテーク [give and take] (名) 互惠，互利，平等交換。

きふう [気風] (名) 風氣，習氣，風尚。△自由をたっとぶ～／尊崇自由的風尚。

きふく [起伏] (名・自サ) 起伏。△～の多い地形／起伏不平的地形。△感情の～がはげしい／感情波動大。

きふじん [貴婦人] (名) 貴婦人。

ギプス [德 Gips] (名)〈醫〉石膏繃帶。△～をはめる／用石膏繃帶固定。△～ベッド／石膏牀。

きぶつ [器物] (名) 器物，器具。

きぶつ [木仏] (名) 木佛。△～金仏 (かなぶつ)／石仏 (いしぼとけ)／冷酷無情的人。

ぎぶつ [偽物] (名) 贋品。

ギフト [gift] (名) 禮品。△～ショップ／禮品商店，紀念品商店。△～チェック／禮品支票。

ギフトクーポン [gift coupon] (名) (商品中所附的) 贈券，禮券。

きぶるし [着古し] (名) 穿舊。△～の着物／穿舊了的衣服。

キプロス [Cyprus]〈國名〉塞浦路斯。

きぶん [気分] (名) ① 氣氛。△クリスマスの～が満ち満ちている／洋溢着聖誕節的氣氛。② 心情，情緒。△勉強する～にならない／無心向學。△愉快な～／愉快的心情。③ 身體 (舒服與否)。△～が悪い～がすぐれない／心情不好。身體不舒服。

ぎふん [義憤] (名) 義憤。△～に燃える／義憤填膺。△～を感じる／感到憤慨。

きへい [騎兵] (名) 騎兵。

きへき [奇癖] (名) 怪癖。△彼には～がある／他有怪癖。

きへん [木偏] (名) (漢字) 木字旁。

きべん [詭弁] (名) 詭辯。△～を弄する／進行詭辯。△～家／詭辯家。

きぼ [規模] (名) 規模。△～が大きい／規模大。△～を拡大する／擴大規模。△大～／大規模。

ぎぼ [義母] (名) ① 義母，養母，繼母。② 婆母，岳母。

きほう [気泡] (名) 氣泡。△～の入ったガラス／有氣泡的玻璃。

きぼう [希望] (名・他サ) 希望。△～がかな

う／如願以償。△～をかなえる／如願以償。
△～にもえる／滿懷希望。△～に応じる／按
其願望。△留学を～する／希望留學。

ぎほう［技法］(名) 技巧，手法。△創作～／創
作技巧。

きぼうプロジェクト［希望プロジェクト］
(名) 希望工程。

きぼねがおれる［気骨が折れる］(連語) 操心
受累。

きぼり［木彫］(名) 木雕。△～の人形／木雕的
偶人。

きほん［基本］(名) 基本，基礎，根本。△勉強
の～／學習的基礎。△～をまなぶ／學習基礎
知識。△～方針／基本方針。△～人権／基本
人權。

きほんきゅう［基本給］(名) 基本工資。

きほんてき［基本的］(形動) 基本的。△～な
考え／基本想法。△～人権／基本人權。

きまえ［気前］(名) (對錢、物的) 氣度，氣派。
△～がいい／大方。慷慨。

きまぐれ［気紛れ］(名・形動) ① 沒準脾氣，
反覆無常。△～な人／朝三暮四的人。△一時
の～／一時的心血來潮。② 變化無常。△～な
秋の空／變化無常的秋空。

きまじめ［生真面目］(名・形動) 過分認真，一
本正經，死心眼兒。△～な人／過分認真的人。

きまず・い［気不味い］(形) 難為情，不愉快，
不融洽。△～思いをする／覺得難為情。覺得
不愉快。△～空気が会場をつつんだ／一種不
愉快的氣氛籠罩會場。

きまつ［期末］(名) 期末。△～テスト／期末考
試。△～手当／期末津貼。

きまま［気儘］(名・形動) 任性，隨便。△～な
生活／逍遙自在的生活。△～にふるまう／隨
心所欲。△勝手～／隨心所欲。

きまよい［気迷い］(名) 猶豫不決。△～がす
る／躊躇。心神不定。

きまり［決まり・極まり］(名) ① 決定，規定，
規章，規則。△～を守る／遵守規則。② 習慣，
規律。△朝食前に散歩するのが私の～だ／早
飯前散步是我的習慣。△～のある生活／有規
律的生活。③ 結束，終結。△～がつく／結束。
了結。△～をつける／結束。④ (用"お～"的
形式) 老一套，老規矩。△それは彼のお～だ／
那是他的老規矩。

きまりがわるい［決まりが悪い］(連語) 不好
意思，難為情。△きまりわるそうにうつむい
ている／羞答答地低着頭。

きまりきった［決り切った］(連體) ① 平淡無
奇，老一套。△～日常の暮し／平淡無奇的日
常生活。② 理所當然。△～こと／理所當然的
事。

きまりもんく［決まり文句］(名) 老一套的話。
△あれは彼の～だ／那是他的口頭禪。

きま・る［決まる・極まる］(自五) ① 定，規
定，決定。△方針が～った／方針已定。△考
えが～らない／拿不定主意。② 合乎要求，獲

得成功。△スマッシュが～った／扣殺成功了。
△今日の彼は，司会者としてなかなか～って
いた／今天他主持會議很成功。③ (用"…に～
っている"形式) 一定，必定。△彼は来るに～
っている／他一定來。△冬は寒いに～ってい
る／冬天當然冷。

ぎまん［欺瞞］(名・他サ) 欺瞞，欺騙。△それ
は～だ／那是欺騙。

きみ［君］I (代) 你。II (名) 君主，國君。

きみ［黄身］(名) 蛋黄。

きみ［黄味］(色) 黄色。△～を帯びる／帶黄色。

きみ［気味］(名) ① 有點。△あの人は考えすぎ
の～がある／他有點過慮。② 心情，情緒。△い
い～だ／活該！△～が悪い／覺得可怕。令人
不快。

-ぎみ［気味］(接尾) 有點。△風邪～／有點感
冒。

きみがいい［気味がいい］(連語) (對他人的不
幸幸災樂禍) 活該。

きみかげそう［君影草］(名)〈植物〉鈴蘭。

きみがよ［君が代］(名) (日本國歌) 君之代。

きみがわるい［気味が悪い］(連語) 覺得可怕，
令人不快。△蛇は～／蛇讓人覺得發瘮。

きみじか［気短］(名・形動) 性急。△彼は～
だ／他是個急性子。↔ きなが

きみつ［気密］(名) 氣密，密封。△～状態／密
封狀態。△～室／密封室。

きみつ［機密］(名) 機密。△～をもらす／泄漏
機密。△～書類／機密文件。

きみどり［黄緑］(名) 草綠。

きみゃく［気脈］(名) 氣脈。△～を通じる／串
通一氣。

きみょう［奇妙］(形動) 奇妙，奇異。△～な
味／怪味。△～な話／奇談怪論。

ぎむ［義務］(名) 義務。△～を果たす／履行義
務。△～をおう／承擔義務。△～教育／義務
教育。

きむずかし・い［気難しい］(形) 不和悦，愛
挑剔。△～老人／難伺候的老人。△～顔をす
る／板着臉。

きむすこ［生息子］(名) 童男。

きむすめ［生娘］(名) 處女。

キムチ［沈菜］(名) 朝鮮辣白菜，朝鮮泡菜。

きめ［決め］(名) 決定，規定。△～を守る／遵
守規定。

きめ［木目］(名) ① 木紋。△～が荒い／木紋
粗。② 皮膚紋理，肌理。△～がこまかい／肌
理細膩。③ 用心，態度。△～が細い／仔細。
細心，細緻。△～こまかい／仔細。細心，細緻。
△～のこまかい調査／細緻的調查。△～の荒
い仕事／粗率的工作。

きめい［記名］(名・自サ) 記名，簽名。△～捺
印する／簽名蓋章。△～投票／記名投票。

ぎめい［偽名］(名) 假名。△～を使う／使用假
名。

きめいうらがき［記名裏書き］(名)〈經〉記名
背書。

きめいこぎって［記名小切手］(名)〈經〉記名支票。

きめいふなにしょうけん［記名船荷証券］(名)〈經〉記名提單。

きめこまか［木目細か］(形動)仔細，細緻。△～な配慮／周到的照顧。

きめこ・む［決め込む］(他五)①自以為，自認。△お山の大將を～／自以為了不起。②假裝，佯裝。△知らん顔を～／佯作不知。△たぬき寝入りを～／裝睡。

きめつ・ける［決め付ける］(他下一)一口咬定，武斷地斷定。△証拠が不充分なのに彼を犯人だと～のは危険だ／證據不足就斷定他是犯人，是危險的。

きめて［決手］(名)有力的根據，做結論的關鍵性事物。△～となる証拠がない／沒有確鑿的證據。

き・める［決める］(他下一)①定，決定，規定。△方針を～／確定方針。△腹を～／拿定主意。②認為，以為。△最初から駄目だと～めている／從一開始就認為不行。

きも［肝］(名)①肝。△豚の～／豬肝。②膽子，膽量。△～が太い／膽子大。△～がすわっている／有膽量。△～を冷やす／嚇了一跳。

きもいり［肝煎り］(名)斡旋，調停，中間人。△先生の～で就職した／由老師介紹就了業。

きもがすわる［肝がすわる］(連語)有膽量。△～った人／有膽量的人。

きもだめし［肝試し］(名)試試膽量。

きもち［気持ち］(名)心情，感受。△～がいい／心情好。舒服。△他人の～を大切にする／尊重別人的感情。△ほんの～だけですが／(送禮時的客套話)這是一點兒小意思。△それでは私の～がすみません／那樣我心裏過意不去。△世の親の～を反映する／反映天下父母心。△～を落ちつけて考える／平心靜氣地想。

きもったま［肝っ玉］(名)膽量。△～が大きい／膽子大。

きもにめいじる［肝に銘じる］(連語)銘刻在心。

きもの［着物］(名)①衣服。△～を着る／穿衣服。△～をぬぐ／脫衣服。②和服。△家に帰ると～に着換える／回到家裏就換上和服。

きもをひやす［肝を冷やす］(連語)嚇破膽。△自動車にぶつかりそうになって～した／險些撞上汽車，簡直嚇破了膽。

きもん［鬼門］(名)棘手的事。△数学は僕の～だ／數學我最頭疼。△校長先生はどうも～だ／校長真可實在難對付。

ぎもん［疑問］(名)疑問。△～がある／有疑問。△～をただす／質疑。△～をとく／消除疑問。

ぎもんぷ［疑問符］(名)問號。△～をうつ／打問號。

ギヤ［gear］(名)⇨ギア

きゃく［客］(名)①客，客人。△～を招く／邀請客人。△～をもてなす／款待客人。△家でお客をする／在家裏請客。②顧客，主顧。△～を呼ぶ／招攬顧客。

-きゃく［脚］(接尾)把，張。△椅子5～／五把椅子。△机1～／一張桌子。

きやく［規約］(名)規約，規章。△～をつくる／制定規章。△～にのっとる／根據規章。△～違反／違章。

ぎゃく［逆］(名・形動)逆，反，相反。△言う事とする事が～だ／說的和做的相反。△本心と～を言う／說違心的話。△～を取る／(柔道)反扭對方胳膊。△～は必ずしも真ではない／逆定理不一定真。

ギャグ［gag］(名)噱頭。△～を連発する／不斷地發噱頭。

きゃくあし［客足］(名)顧客(的數量)。△～が鈍る／顧客減少。△～が落ちる／顧客減少。

きゃくあしらい［客あしらい］(名)待客。△～がよい／待客態度好。

きゃくいん［客員］(名)特邀人員。△～教授／客座教授。→かくいん

きゃくいん［脚韻］(名)韻腳。△～を踏む／押韻。

きゃくえん［客演］(名・自サ)(演員)客串。

ぎゃくこうか［逆効果］(名)反效果。△～をもたらす／引起反效果。

ぎゃくこうせん［逆光線］(名)逆光。△～で写真をとる／逆光攝影。

ぎゃくコース［逆コース］(名)逆流，開倒車，倒行逆施。△～の政策／倒行逆施的政策。

ぎゃくさつ［虐殺］(名・他サ)虐殺，殘害。△とりこが～された／俘虜被虐殺了。

ぎゃくさん［逆算］(名・他サ)倒算，倒數。△没年から～すると…／如果從去世那年倒數…

きゃくし［客死］(名・自サ)⇨かくし

きゃくしゃ［客車］(名)客車。

ぎゃくしゅう［逆襲］(名・自他サ)反攻，反擊。△～に出る／進行反擊。

ぎゃくじょう［逆上］(名・自サ)(因憤怒、悲傷等)失去理智，怒不可遏。△～して切りつける／盛怒之下砍了過去。

きゃくしょく［脚色］(名・他サ)①寫劇本，改編成劇本。△小説を映画に～する／把小說改編成電影劇本。△～者／改編者。②渲染，鋪張。△ゆうべの一件を～してみんなに話した／把昨晚的事添枝加葉地講給大家聽。

ぎゃくすう［逆数］(名)倒數。△²⁄₃の～は³⁄₂／²⁄₃的倒數是³⁄₂。

ぎゃくせつ［逆接］(名)(語法中表示轉折關係)逆接。

ぎゃくせつ［逆説］(名)反話，正話反說。△～的な言いかた／反話式的說法。說反話。

きゃくせん［客船］(名)客船。△豪華な～／豪華的客船。

ぎゃくぞく［逆賊］(名)逆賊，叛徒。

きゃくたい［客体］(名)客體。

ぎゃくたい［虐待］(名・他サ)虐待。△動

を～する／虐待動物。

きゃくちゅう［脚註・脚注］(名) 脚註。

ぎゃくて［逆手］(名)①（柔道等）反扭胳膊。△～を取る／反扭對方胳膊。②（單槓等）反握。③順勢反攻。△～を取ってやりこめる／就勢將對方駁倒。

ぎゃくてん［逆転］(名・自他サ) 逆轉，倒轉。△モーターを～させる／讓馬達倒轉。△ホームランで形勢が～した／一個本壘打使形勢逆轉了。

きゃくどめ［客止め］(名・他サ)（因客滿）謝絕入場。△連日～の盛況／連日客滿的盛況。

きゃくひき［客引き］(名) 攬客（的人）。

ぎゃくひれい［逆比例］(名・自サ) 反比例。△Ｘと～になる／與Ｘ成反比。

ぎゃくふう［逆風］(名) 逆風，頂風。△～を受ける／頂風。

きゃくほん［脚本］(名) 腳本。△映画の～／電影腳本。→台本。シナリオ

きゃくま［客間］(名) 客廳。△お客さんを～にとおす／把客人讓進客廳。

ぎゃくもどり［逆戻り］(名・自サ) 往回走，向後退，開倒車。△～しよう／咱們往回走吧。△季節が～する／季節倒退。

ぎゃくよう［逆用］(名・他サ) 反過來利用。△法律を～して悪事を働く／鑽法律的空子幹壞事。

きゃくよせ［客寄せ］(名) 攬客。△～に大安売りをする／為了攬客而大甩賣。

ぎゃくりゅう［逆流］(名・自サ) 倒流。△川が～する／河水倒流。

ギャザー［gathers］(名) 褶子。△～を寄せる／打褶子。△～スカート／褶裙。

きゃしゃ［華奢］(形動)① 苗條，纖細。△～なからだつき／苗條的體形。② 單薄，不結實。△この玩具は～にできている／這個玩具做得不結實。

きやす・い［気安い］(形) 無拘束，不客氣，隨便。△だれにでも～く話しかける／和誰都無拘束地搭訕。

キャスター［caster］(名)① 廣播員，解說員。②（餐桌上的）調料瓶架。③（傢具等的）小腳輪。

キャスティングボート［casting vote］(名) 決定權，起決定作用的一票。△～を握る／握有決定權。

キャスト［cast］(名) 分配角色。△オールスター～／全體明星參加演出。

きやすめ［気休め］(名) 安慰，寬心。△～を言うな／別給寬心丸吃了。

きやせ［着痩せ］(名・自サ) 穿上顯得瘦。△～するたち／穿上衣服顯得瘦的體形。

きゃたつ［脚立］(名) 梯凳。

キャタピラ［caterpillar］(名) 履帶。→カタピラ

きゃっか［却下］(名・他サ) 駁回，不受理。△控訴を～する／駁回上訴。

きゃっかん［客観］(名) 客觀。△～主義／客觀主義。△～性／客觀性。△～情勢／客觀形勢。

きゃっかんてき［客観的］(形動) 客觀地。△自分を～に見るのは難しい／很難客觀地認識自己。

きゃつきゃつ (副) 嘰哩哇啦（叫）。

ぎゃっきょう［逆境］(名) 逆境。△～とたたかう／同逆境作鬥爭。△～にある／處於逆境之中。

きゃっこう［脚光］(名) 腳燈。→フットライト

ぎゃっこう［逆行］(名・自サ) 逆行。△時代に～する／逆時代潮流而行。

ぎゃっこう［逆光］(名) 逆光。△～撮影／逆光攝影。

きゃっこうをあびる［脚光を浴びる］(連語) 引起眾人注目。

キャッシャー［cashier］(名) 現金出納員。

キャッシュ［cash］(名) 現金。

キャッシュエルシー［cash L/C］(名)〈經〉現金信用證。

キャッシュカード［cash card］(名) 現金提取卡，現金卡，提款卡，自動提款卡。

キャッシュディスペンサー［cash dispenser］(名)（分設銀行外各處的）自動提款機。（略作 "CD"）

キャッシュベース［cash base］(名)〈經〉現金方式。

キャッシュメモリー［cache memory］(名)〈IT〉緩存

キャッシング［cashing］(名)① 提取現金。② 現金高利貸款。

キャッチ［catch］(名・他サ)① 抓住，接住。△ボールを～する／接球。△情報を～する／搜集情報。②（棒球）接球，接手。

キャッチアップ［catch up］(名) 追上，追趕。

キャッチー［catchy］(名)① 容易記住的，引起注意（或興趣）的。② 容易被騙的，難以對付的。

キャッチコピー［catch copy］(名) 吸引人的詞語，吸引人的廣告詞。

キャッチセールス［catch sales］(名) 街頭推銷，在街頭向人搭訕，販賣商品的行為（多為詐騙行為）。

キャッチフレーズ［catchphrase］(名)（廣告等）吸引人的詞句。

キャッチボール (名・自サ)（棒球）投接球練習。

キャッチャー［catcher］(名)（棒球）接球手，接手。

キャッチワード［catchword］(名) 口號，標語。

キャップ［cap］(名)① 無簷帽。② 帽。△万年筆の～／自來水筆筆帽。③ 領隊，隊長。

ギャップ［gap］(名)① 裂縫，間隙。② 差距，隔閡。△～をうめる／消除隔閡。△世代間の～／代溝。

キャディー［caddie］(名)（高爾夫球）服務員。

キャド［CAD (Computer Aided Design)］(名)〈IT〉電腦輔助設計。

キャノン [canon]（名）〈樂〉卡農曲，輪唱曲。

ギャバジン [gabardine]（名）華達呢，軋別丁。

キャバレー [cabaret]（名）卡巴萊，夜總會。

きゃはん［脚絆］（名）綁腿，裏腿。

キャビア [caviar]（名）魚子醬。

キャピタリスト [capitalist]（名）資本家。

キャピタリズム [capitalism]（名）資本主義。

キャピタル [capital]（名）① 資本。② 首都。③ 大寫字母。

キャビネ [cabinet]（名）（照片）六寸版。△〜判に引き伸す／放大成六寸照片。

キャビネット [cabinet]（名）①（收音機、電視機）外殼。② 唱片盒。③ 櫥櫃，陳列櫃。④ 內閣。

キャビン [cabin]（名）船艙，客艙。

キャビンアテンダント [cabin attendant]（名）客機乘務員。

キャプスロックキー [Caps Lock key]（名）〈IT〉大寫鎖定鍵。

キャプチャー [capture]（名）〈IT〉截屏。

キャプテン [captain]（名）① 隊長，領隊。② 船長。

キャベツ [cabbage]（名）甘藍，捲心菜，洋白菜。

ギヤマン [diamant]（名）雕花玻璃，玻璃器皿。

キャラ [character]（名）（"キャラクター"的縮略語）① 性格，性質，特徵。② 登場人物。

きゃら［伽羅］（名）①〈植物〉沉香。②（香料）沉香。

キャラクター [character]（名）① 性格。△〜商品／表現個性的商品。② 節目主持人。③ 登場人物。④〈IT〉字元。△〜セット／字元集。

キャラクターブランド [character brand]（名）在服裝飾領域，強調廠家個性特徵的商品。

キャラコ [calico]（名）漂白布。

キャラバン [caravan]（名）（駱駝）商隊。

キャラメル [caramel]（名）牛奶糖。

キャラメル［法 caramel］（名）① 奶糖，牛奶糖。② 焦糖，糖色。→カラメル

ギャラリー [gallery]（名）① 畫廊。②（高爾夫球等的）觀眾。

キャリア [career]（名）① 經驗，經歷。△〜がある／有經驗。△〜が長い／經歷長。② 高級公務員考試合格者。③ 官運亨通的人。

キャリアアップ [career up]（名）提高經歷，提職的調換工作。

キャリアー・ロケット [carrier rocket]（名）運載火箭。

キャリアきょういく［キャリア教育］（名）職業教育。

キャリアぐみ［キャリア組］（名）（考試及格的）國家公務員。

キャリーアウト [carryout]（名）可外帶的飲料、食品。

ギャル [gal]（名）女孩子。

ギャロップ [gallop]（名）（馬）飛馳，疾馳。

ギャング [gang]（名）強盜，股匪，暴力團。

キャンサー [cancer]（名）癌症。

キャンセル [cancel]（名・他サ）取消。△注文を〜する／取消定貨。△部屋の予約を〜する／取消訂的房間。

キャンデー [candy]（名）① 糖果。② ⇨アイスキャンデー

キャンドル [candle]（名）蠟燭。

キャンパー [camper]（名）露營的人，過野營生活的人。

キャンバス [canvas]（名）① 麻布，帆布。② 畫布。

キャンパス [campus]（名）（大學）校園。

キャンプ [camp] I（名）① 帳篷。△〜をはる／支帳篷。△〜場／露營地。② 兵營。△米軍〜／美軍兵營。③ 收容所。II（名自サ）△露營，野營。△湖畔で〜する／在湖畔露營。△〜ファイア／營火。

キャンプファイヤー [campfire]（名）營火。

ギャンブル [gamble]（名）賭博。

キャンペーン [campaign]（名）（社會、政治）宣傳活動。△〜をはる／開展宣傳。大造聲勢。△プレス〜／通過報紙大肆宣傳。

キャンペーンガール [campaign girl]（名）宣傳商品女郎。

キャンペーンセール [campaign sale]（名）（以創業紀念、年末等名目舉辦的）大優惠酬賓，帶有某種名義的大拋賣。

キュー [queue]（名）〈IT〉排隊，佇列。△〜コントロール／佇列控制。

きゅう［九］（名）九。

きゅう［旧］（名）① 舊。△〜に復する／復舊。② 舊曆。△〜のお盆／舊曆盂蘭盆節。

きゅう［灸］（名）灸。△〜をすえる／施灸。懲誡。

きゅう［急］（名・形動）① 急，緊急，危急。△焦眉の〜／燃眉之急。△〜を告げる／告急。△〜を要する／要抓緊。△急な用事／急事。② 突然。△空が〜にくらくなった／天空突然變暗。③ 快速。△〜カーブ／急轉彎。△〜ブレーキをかける／急利車。△〜な流れ／急流。④ 陡。△〜な坂／陡坡。

きゅう［級］（名）① 等級。△10万トンの〜のタンカー／十萬噸級的油船。② 班級，年級。△2〜上／高兩個年級。

きゅう［球］（名）①〈數〉球，球形，球體。△〜の体積／球的體積。② 燈泡。△百ワット〜／一百瓦燈泡。

きゅう［杞憂］（名）杞人憂天。△〜にすぎない／不過是杞人憂天罷了。

きゅう［希有・稀有］（名）稀有。△〜金属／有金屬。△〜元素／稀有元素。

ぎゅう［牛］（名）① 牛。△〜の肉／牛肉。△〜の革／牛皮。② 牛肉。△肉は〜にするか／肉，吃牛肉吧。

ぎゆう［義勇］（名）義勇。△〜軍／義勇軍。志願軍。

きゅうあい［求愛］（名・自サ）求愛。△彼女に〜する／向她求愛。

きゅうあく［旧悪］(名) 舊惡。△～を暴露する／揭露舊惡。

きゅういん［吸引］(名・他サ) 吸引。△真空ポンプで～する／用真空泵吸引。△磁石の～力／磁石的吸力。△観客を～する／招引觀衆。

ぎゅういんばしょく［牛飲馬食］(名・自サ) 暴飲暴食, 大吃大喝。

きゅうえん［救援］(名・他サ) 救援。△～物資／救助物資。△～隊／救援隊。搶救隊。

きゅうえん［休演］(名・自サ) 停演。△都合により夜の部は～する／因故晚場停演。

きゅうか［旧家］(名) ① 世家。△～の出／名門出身。② 舊居, 故居。

きゅうか［休暇］(名) 休假。△～をとる／請假。△～をすごす／度假。△～に入る／開始休假。△有給～／有薪休假。

きゅうかい［休会］(名・自サ) 休會。△本日より～に入った／由今天起休會。

きゅうかく［嗅覚］(名) 嗅覺。△～が鋭い／嗅覺敏銳。

きゅうがく［休学］(名・自サ) 休學。△1年間～する／休學一年。

きゅうかざん［休火山］(名)〈地〉休火山。

きゅうかなづかい［旧仮名遣い］(名) 舊假名用法。

きゅうかん［旧館］(名) 舊房, 舊樓。↔ 新館

きゅうかん［休刊］(名・自サ) 停刊。

きゅうかん［急患］(名) 急診病人。

きゅうかん［休館］(名・自他サ) 閉館。

きゅうかんち［休閑地］(名) 休耕地。

きゅうかんちょう［九官鳥］(名) 八哥, 鷯哥, 秦吉了。

きゅうき［吸気］(名) 吸氣。

きゅうぎ［球技］(名) 球類運動。

きゅうきゅう(副・自サ) ① 咯咯咯吱響。△皮靴が～と鳴る／皮鞋咯咯咯吱響。② 錢緊。△～の生活／緊巴巴的生活。

きゅうきゅう［汲汲］(形動) 汲汲。△営利に～としている／汲汲於牟利。

きゅうきゅう［救急］(名) 急救。△～車／救護車。△～箱／急救藥箱。△～病院／急救醫院。

ぎゅうぎゅう(と)(副) ① 緊緊地。△～と締める／緊緊地綁上。② 滿滿地。△～とつめこむ／塞得滿滿的。③ 狠狠地。△～の目に合わせる／狠狠地整他一頓。整得他叫苦連天。△～いう目に合わせる／狠狠地整他一頓。整得他叫苦連天。△～いわせる／狠狠地整他一頓。整得他叫苦連天。

きゅうきゅうしゃ［救急車］(名) 救護車。

きゅうぎゅうのいちもう［九牛の一毛］(連語) 九牛一毛。

きゅうきょ［旧居］(名) 舊居, 故居。↔ 新居

きゅうきょ［急遽］(副) 突然, 急忙。△～上京した／突然進京了。△～な変化／急劇的變化。

きゅうきょう［旧教］(名)〈宗〉舊教。

きゅうぎょう［休業］(名・自サ) 休業, 停業。△本日～／今日休息。△臨時～／臨時停業。△開店～／開着門沒生意。

きゅうきょく［究極・窮極］(名) 最終, 畢竟。△～の目地／最終目的。△～のところ／歸根結底。

きゅうきん［球菌］(名)〈醫〉球菌。

きゅうくつ［窮屈］(形動) ① 窄小, 瘦小。△～な服／瘦小的衣服。△～な家／窄小的房子。② 窘迫, 缺乏。△財政が～だ／財政緊張。③ 死板。△～な考え方／死板的想法。④ 拘束, 不舒暢。△～な思いをする／覺得拘束。

きゅうけい［休憩］(名・自サ) 休憩, 休息。△～時間／休息時間。△～所／休息處。

きゅうけい［求刑］(名・他サ)〈法〉求刑。△懲役5年を～する／要求判處五年徒刑。

きゅうけい［球形］(名) 球形。△～をしたおもり／球形砝碼。

きゅうけい［球茎］(名)〈植物〉球莖。

きゅうげき［急激］(形動) 急劇。△気温が～に低下する／氣溫急劇下降。

きゅうけつ［吸血］(名) 吸血。△～鬼／吸血鬼。△～動物／吸血動物。

きゅうご［救護］(名・他サ) 救護。△～班／救護隊。

きゅうこう［旧交］(名) 舊交, 舊情。△～をあたためる／重溫感情。

きゅうこう［休校］(名・自サ) 停課, 放假。△臨時～／臨時停課。

きゅうこう［休講］(名・自サ) 停課。

きゅうこう［休耕］(名・自サ) 休耕。△～田／休耕地。

きゅうこう［救荒］(名・他サ) 救荒。△～作物／救荒作物。

きゅうこう［急行］I(名・自サ) 急往。△現場に～する／急忙趕到現場。II(名) 快車。△～券／快車票。

きゅうごう［糾合］(名・他サ) 糾合, 集合。△仲間を～する／集合同夥。

きゅうこうか［急降下］(名・自サ) 俯衝。△～して爆撃する／俯衝轟炸。

きゅうこく［急告］(名・他サ) 緊急通知。

きゅうごしらえ［急拵え］(名) 趕製, 趕造。△～の洋服／趕製的西服。→にわかづくり

きゅうこん［求婚］(名・自サ) 求婚。△彼女に～する／向她求婚。→プロポーズ

きゅうこん［球根］(名)〈植物〉球根。

きゅうさい［救済］(名・他サ) 救濟。△難民を～する／救濟難民。

きゅうさく［旧作］(名) 舊作。

きゅうし［休止］(名・自他サ) 休止, 停止。△運転を～する／停止行駛。

きゅうし［臼歯］(名) 白齒。

きゅうし［急死］(名・自サ) 暴亡, 突然死去。△交通事故で～した／因交通事故突然死去。

きゅうし［急使］(名) 急使。△～を立てる／派急使。

きゅうし［九死］(名) 九死。△～に一生を得る／九死一生。

きゅうじ［給仕］Ⅰ(名) 雑役，勤雑工。Ⅱ(名・自サ) ① 服務員。② 侍候（吃飯）。

きゅうしき［旧式］(名・形動) 舊式，老式。△～の車／老式車。△～な考え／陳腐的想法。

きゅうじたい［旧字体］(名) (當用漢字使用前的) 舊字體，繁體字。

きゅうじつ［休日］(名) 假日，休息日。△～出勤／假日上班。

きゅうしふ［休止符］(名)〈音〉休止符。△～を打つ／告一段落。

きゅうしゃ［鳩舎］(名) 鴿巢。

きゅうしゃ［厩舎］(名) 馬厩，馬棚。

ぎゅうしゃ［牛車］(名) 牛車。

きゅうしゅう［九州］(名) (日本地名) 九州。

きゅうしゅう［吸収］(名・他サ) 吸收。△養分を～する／吸收養分。△知識を～する／吸取知識。

きゅうしゅう［急襲］(名・他サ) 急襲，突然襲擊。△盗賊の隠れ家を～する／突然襲擊盗匪的巢穴。

きゅうじゅつ［弓術］(名) 箭術。

きゅうしゅん［急峻］(名・形動) 險峻，陡峭。△～な山岳／陡峭的山嶺。

きゅうしょ［急所］(名) 關鍵，要害，致命處。△弾は～に命中した／子彈射中了要害。△～をとらえる／抓住關鍵。△～をはずれる／未中要害。

きゅうじょ［救助］(名・他サ) 救助，搭救，拯救。△遭難者を～する／搭救遇難者。△人命～／救命。

きゅうじょう［休場］(名・自サ) ① (劇院) 停演。△当分の間～する／暫時停演。② (演員、運動員) 沒出場，不出場。△病気のため今日の試合は～した／因病今天的比賽沒出場。

きゅうじょう［宮城］(名) 皇宮。

きゅうじょう［球場］(名) 棒球場。△後楽園～／後樂園棒球場。

きゅうじょう［窮状］(名) 困境，窘境。△～をうったえる／訴苦。

きゅうしょうがつ［旧正月］(名) 舊曆年。春節。

きゅうしょく［休職］(名・自サ) (長期) 休假。△公傷による～／休公傷假。△～期間／假期。

きゅうしょく［求職］(名) 找工作。△～に奔走する／為找工作而奔波。

きゅうしょく［給食］(名・自サ) 供給伙食。△～の時間／吃飯時間。△生徒に～する／向學生提供伙食。△～費／伙食費。

ぎゅうじ・る［牛耳る］(他五) 執牛耳。把持，操縦。△彼はあの会を～／他把持着那個會。

きゅうしん［休心］(名・自サ) (信) 安心，放心。△ご～ください／請放心。

きゅうしん［休診］(名・自サ) 停診。△本日～／今日停診。

きゅうしん［急進］(名・自サ) 急進。△～主義／急進主義。

きゅうしん［球審］(名) (棒球) 主裁判員。

きゅうじん［求人］(名) 招人。△～広告／招工廣告。

きゅうじんこうこく［求人広告］(名)〈經〉招聘啟事。

きゅうじんのこうをいっきにかく［九仞の功を一簣に欠く］(連語) 功虧一簣。

きゅうしんりょく［求心力］(名) ⇨こうしんりょく

きゅうす［急須］(名) 小茶壺。

きゅうすい［給水］(名・自サ) 供水。△～制限／限制供水。△～塔／水塔。△時間～／定時供水。

きゅうすう［級数］(名)〈數〉級數。△等差～／等差級數。△等比～／等比級數。

きゅう・する［窮する］(自サ) 窮困，窮於。△返事に～／無言以對。△不知如何回答。生活に～／生活貧困。

きゅうすればつうず［窮すれば通ず］(連語) 窮極智生。車到山前必有路。

きゅうせい［旧制］(名) 舊制。△～中学／舊制中學。

きゅうせい［旧姓］(名) 原姓。△彼女の～は上野／她的娘家姓上野。

きゅうせい［急性］(名)〈醫〉急性。△～肺炎／急性肺炎。

きゅうせい［急逝］(名・自サ) 突然去世。△本日，～なさいました／今日突然去世。

きゅうせいぐん［救世軍］(名) 救世軍。

きゅうせいしゅ［救世主］(名) 救世主。

きゅうせかい［旧世界］(名) (與美洲新大陸相對而言的) 舊大陸。

きゅうせき［旧跡・旧蹟］(名) 古跡。△名所～／名勝古跡。

きゅうせつ［旧説］(名) 舊説。

きゅうせっきじだい［旧石器時代］(名) 舊石器時代。

きゅうせん［休戦］(名・自サ) 停戰。停火。△～協定／停戰協定。△～ライン／停火綫。

きゅうせんぽう［急先鋒］(名) 急先鋒。△反対運動の～に立つ／充當反對運動的急先鋒。

きゅうぞう［急造］(名・他サ) 趕製。△～のバラック／趕建的板棚。

きゅうぞう［急増］(名・自サ) 劇增，猛增。△人口が～する／人口猛增。

きゅうそく［休息］(名・自サ) 休息。△十分に～を取る／進行充分的休息。

きゅうそく［急速］(形動) 迅速。△～な進歩／迅速的進步。

きゅうそねこをかむ［窮鼠猫を噛む］(連語) 窮鼠噛貓。

きゅうたい［旧態］(名) 舊態。△～依然／然如故。

きゅうだい［及第］(名・自サ)及格，合格。
△試験に～した／考試及格了。△まずまず～
だろう／剛剛能及格吧。△～点／及格分数。

きゅうたいりく［旧大陸］(名)(對美洲新大陸
而言)舊大陸。

きゅうだん［糾弾・糺弾］(名・他サ)彈劾，
譴責，聲討。△きびしく政府を～する／嚴厲
譴責政府。

きゅうだん［球団］(名)職業棒球團。△～事
務所／職業棒球團辦事處。

きゅうち［旧知］(名)舊交。△～のあいだが
ら／老朋友。

きゅうち［窮地］(名)困境，窘境。△～におち
いる／陷入困境。△～を脱する／擺脱困境。

きゅうちゃく［吸着］(名・自サ)吸着，吸住，
吸附。△貝が岩に～する／貝類吸附在岩石上。
△～剤／吸附劑。

きゅうちゅう［宮中］(名)宮中，大内。

きゅうちょう［級長］(名)(學校的)班長。

きゅうてい［休廷］(名・自サ)〈法〉休庭。

きゅうてい［宮廷］(名)宮廷。△～文学／宮
廷文學。

キューティー［cutie］(名)漂亮姑娘，俏妞兒，
美人兒。

きゅうてき［仇敵］(名)仇敵。△～視する／
視為仇敵。

きゅうてん［急転］(名・自サ)驟變。△事態
が～する／事態突變。△～直下／急轉直下。

きゅうてんちょっか［急転直下］(名・自サ)
急轉直下。△懸案事項が～解決した／懸案急
轉直下地解決了。

きゅうでんび［休電日］(名)停電日。

きゅうとう［急騰］(名・自サ)飛漲，暴漲。
△物価が～する／物價飛漲。

きゅうどう［弓道］(名)箭術。

きゅうどう［旧道］(名)舊道，故道。

きゅうなん［救難］(名)救難，搶救。△～信
号／呼救信號。

ぎゅうにく［牛肉］(名)牛肉。

きゅうにゅう［吸入］(名・他サ)吸入。△酸
素を～する／輸氧。吸入氧氣。△～器／吸入
器。

ぎゅうにゅう［牛乳］(名)牛奶。△～をしぼ
る／擠牛奶。△～瓶／牛奶瓶。

きゅうねん［旧年］(名)去年。△～中はいろ
いろお世話になりました／去年承您多方關照
了。

キューバ［Cuba］(名)〈國名〉古巴。

きゅうば［急場］(名)緊急情況，危急情況。
△～をしのぐ／度過難關。

ぎゅうば［牛馬］(名)牛馬。△～のごとき扱い
を受ける／受到牛馬般的待遇。

きゅうはく［窮迫］(名・自サ)窘迫，窮困。
△財政が～する／財政窘迫。

きゅうはく［急迫］(名・自サ)緊迫，吃緊。
△事態は～している／事態緊迫。

きゅうばのみち［弓馬の道］(名)武術。

きゅうはん［旧版］(名)舊版。

きゅうばん［吸盤］(名)吸盤。

きゅうひ［厩肥］(名)厩肥。

キューピー［kewpie］(名)丘比特玩偶。

キュービズム［cubism］(名)〈美術〉立體派。

キューピッド［Cupid］(名)丘比特，愛神。

きゅうびょう［急病］(名)急病。△～にかか
る／患急病。

きゅうびょうにん［急病人］(名)急病患者。

きゅうふ［休符］(名)〈樂〉休止符。

きゅうふ［給付］(名・他サ)付給，供給。△～
金／供給金。

きゅうぶん［旧聞］(名)舊聞。△～に属する／
已屬舊聞。

きゅうへい［旧弊］Ⅰ(名)舊弊。△～をあら
ためる／改革舊弊。Ⅱ(形動)守舊。△～な考
え／守舊的想法。

きゅうへん［急変］Ⅰ(名・自サ)驟變，突變。
△容態が～する／病情突變。Ⅱ(名)突發事
件。△～にそなえる／以備不測。

ぎゅうほ［牛歩］(名)牛步，爬行。△～戦術／
拖延戰術。

きゅうほう［急報］(名・他サ)緊急報告，緊
急通知。△～が入る／傳來緊急報告。△～を
受ける／接到緊急通知。

きゅうぼう［窮乏］(名・自サ)窮困，貧困，
貧窮。△～に耐える／忍受貧苦。△～生活／
貧困生活。

キューポラ［cupola］(名)化鐵爐，沖天爐。

きゅうぼん［旧盆］(名)(舊曆七月十五日舉行
的)舊盂蘭盆會。

きゅうみん［休眠］(名・自サ)①〈動〉休眠。
②停頓。△～地／休耕地。

きゅうむ［急務］(名)急務。△当面の～をやり
とげる／完成當前的急務。

きゅうめい［究明］(名・他サ)查明，弄清。
△真相を～する／弄清真相。

きゅうめい［糾明・糺明］(名・他サ)追究，
查明。△罪状を～する／查明罪状。

きゅうめい［救命］(名)救生。△～胴衣／救
生衣。△～ボート／救生艇。△～ブイ／救生
圈。

きゅうめん［球面］(名)球面。

きゅうやく［旧訳］(名)舊譯。

きゅうやくせいしょ［旧約聖書］(名)舊約全
書。

きゅうゆ［給油］(名・自サ)①加油。△飛行
機に～する／給飛機加油。②注油。△～装
置／注油装置。

きゅうゆう［旧友］(名)舊友，老朋友。△町
でひさしぶりに～と会った／在街上遇到了久
別的老朋友。

きゅうゆう［級友］(名)同班同學。

きゅうよ［給与］(名・他サ)①給予，發給，
供給。△教科書を～する／發給教科書。②工
資，薪水。

きゅうよ［窮余］（名）窮極。△〜の一策／窮極之策。

きゅうよう［休養］（名・自サ）休養。△家で〜する／在家休養。△〜を取る／休養。

きゅうよう［急用］（名）急事。△〜ができる／有急事。△〜で家へ帰った／因有急事回家了。

きゅうらい［旧来］（名）舊有。△〜の風習／原有的風習。老習慣。

きゅうらく［急落］（名・自サ）暴跌，猛跌。△株価が〜した／股票價格暴跌。

きゅうり［胡瓜］（名）黄瓜。

きゅうりゅう［急流］（名）急流。△〜にのまれる／被急流吞没。

きゅうりょう［丘陵］（名）丘陵。△〜地帯／丘陵地帯。

きゅうりょう［給料］（名）工資，薪金，薪水。△〜があがる／漲工資。△〜がいい／薪水豐厚。△〜が安い／工資低。△〜をもらう／領工資。△〜日／發薪日。

きゅうれき［旧暦］（名）舊暦，農暦。

きゅうろう［旧臘］（名）（年初用語）去年臘月。

キュリーふじん［キュリー夫人］〈人名〉居里夫人（1867-1934）。

きょ［居］（名）居住，住所。△〜を移す／遷居。△〜を構える／蓋房子。

きょ［虚］（名）虚。△〜に乗じる／乗虚。△〜を働く／攻其不備。

きょ［挙］（名）舉，舉動。△政権奪取の〜に出る／採取奪取政權之舉。

きよ［寄与］（名・自サ）貢獻，有用，有助於。△社会に〜する／貢獻於社會。△〜するところ大である／貢獻甚大。

きよ［毀誉］（名）毀譽。△〜褒貶／毀譽褒貶。

きよ・い［清い］（形）① 清，清潔，清澈。△〜水／清水。② 純潔。△心が〜／心地純潔。

ぎょい［御意］（名）① 尊意，尊命。△〜にかなう／合尊意。△〜を得る／得尊命。② 如尊意。△〜にございます／如您所説的。

きょう［今日］（名）今天。△来週の〜，また会おう／下週的今天，咱們再會。

きょう［凶］（名）凶。△おみくじは〜と出た／抽了個凶籤。

きょう［経］（名）經。△お〜を読む／唸經。

きょう［京］（名）京，京城。△〜にのぼる／進京。

きょう［境］（名）境。△無人の〜／無人之境。△無我の〜／忘我之境。

きょう［興］（名）興，興頭。△〜に乗る／乗興。△〜をそえる／助興。△〜がわく／産生興趣。

-きょう［卿］（接尾）卿，勲爵。△チャーチル〜／丘吉爾勲爵。

-きょう［狂］（接尾）迷。△映画〜／電影迷。

-きょう［強］（接尾）強。△80パーセント〜／百分之八十强。

きょう［起用］（名・他サ）起用。△新人を〜す／起用新人。

きよう［紀要］（名）學報。

きよう［器用］（形動）① 巧，靈巧。△手先が〜だ／手巧。△〜貧乏／樣樣通，樣樣鬆。② 巧妙，精明。△〜にたちまわる／巧妙地鑽營。

ぎょう［行］（名）① 行。△〜を改める／換行。另起一行。② 行書。③〈佛教〉修行。

ぎょう［業］（名）業。△父の〜をつぐ／繼承父業。△〜を修める／修業。

きょうあく［凶悪］（名・形動）兇惡。△〜な犯人／兇惡的犯人。△〜犯／兇犯。

きょうあす［今日明日］（名）一兩天内，日内。△〜に迫る／迫在眉睫。

きょうあつ［強圧］（名・他サ）高壓。△〜を加える／採取高壓手段。

きょうあん［教案］（名）教案。△〜を立てる／寫教案。

きょうい［胸囲］（名）胸圍。△〜をはかる／量胸圍。

きょうい［脅威］（名）威脅。△〜をあたえる／加以威脅。△〜にさらされる／面臨威脅。

きょうい［驚異］（名）驚異。△〜の目をみはる／投以驚異的目光。△〜のスピード／令人吃驚的速度。

きょうい［強意］（名）加強語氣。△〜の助詞／加強語氣的助詞。

きょういく［教育］（名・他サ）教育。△〜をうける／受教育。△〜がない／沒有教育。△〜者／教育家。教育工作者。

きょういくかんじ［教育漢字］（名）（義務教育期間應掌握的常用漢字中的996個漢字）教育漢字。

きょういん［教員］（名）教員。△〜検定試験／教師審核考試。

きょうえい［競泳］（名）游泳比賽。△〜大会／游泳比賽大會。

きょうえい［共栄］（名・自サ）共榮，共同繁榮。△共存〜／共存共榮。

きょうえい［共営］（名）合營，共同經營。

きょうえき［共益］（名）共同利益。△〜費／公用費。

きょうえつ［恐悦］（名・自サ）（對別人的喜事感到）喜悦，恭喜。△〜至極に存じます／感到可喜可賀，不勝欣喜之至。

きょうえん［共演］（名・自サ）共同演出。△二大スターの〜／兩大明星的合演。

きょうえん［饗宴］（名）宴會。△〜を催す／舉行宴會。

きょうおう［供応・饗応］（名・自サ）招待，款待。△〜につとめる／盡心招待。△〜にあずかる／受到款待。

きょうか［狂歌］（名）（江戸時代中期後流行的一種滑稽和歌）狂歌。

きょうか［強化］（名・自他サ）強化，加強。△取締りを〜する／嚴加取締。△態勢を〜する／加強陣容。加強準備。△〜ガラス／鋼化玻璃。

きょうか［教科］（名）（教學）科目。△〜書

教科書。△～課程／教學課程。

きょうか［教化］(名・他サ) 教化，教導。△非行少年を～する／教導有劣跡的少年。

きょうが［恭賀］(名) 恭賀。△～新年／恭賀新年。

きょうかい［協会］(名) 協會。△日本放送～／日本廣播協會。

きょうかい［教会］(名) 教會，教堂。

きょうかい［境界］(名) 境界，邊界，地界。△～を定める／劃定界綫。△～線／界綫。

きょうかい［教戒］(名・他サ) 訓誡。△罪人を～する／訓誡罪犯。

きょうがい［境涯］(名) 境遇，處境。△不幸な～／不幸的處境。

ぎょうかい［業界］(名) 業界，同業界。△～紙／同業界報。△出版～／出版業界。

きょうかく［胸廓・胸郭］(名) 胸廓。

きょうかく［侠客］(名) 侠客。△～肌の男／俠義的人。

きょうがく［共学］(名・他サ) 同校，同班。△男女～／男女同校。

きょうがく［驚愕］(名・自サ) 驚愕。△～にたえない／不勝驚愕。

ぎょうかく［仰角］(名) 仰角。

きょうかしょ［教科書］(名) 教科書，課本。

きょうかたびら［経帷子］(名) 壽衣。

きょうかつ［恐喝・脅喝］(名・他サ) 恐嚇，恫嚇。△～をはたらく／進行敲詐。△～罪／恐嚇罪。△～状／恐嚇信。

きょうかん［共感］(名・自サ) 同感，共鳴。△～をおぼえる／有同感。△～をよぶ／引起共鳴。△～をあたえる／予以同情。

きょうかん［叫喚］(名・自サ) 叫喚，號叫。△～地獄／〈佛教〉叫喚地獄。△阿鼻～／〈佛教〉阿鼻叫喚。慘叫。

きょうかん［教官］(名) (國立大學等的) 教員，教師，教授。

きょうかん［凶漢］(名) 暴徒，歹徒。△～に襲われる／遭暴徒襲擊。

ぎょうかん［行間］(名) (書籍、文字的) 行間。△～をあける／加大行距。△～を読む／體會字裏行間的含意。

きょうき［凶器］(名) 兇器。△～を取り締まる／取締兇器。

きょうき［狂気］(名) 瘋狂，發瘋。△～の沙汰／瘋狂的舉動。

きょうき［狂喜］(名・自サ) 狂喜。△優勝の報に～する／得知獲得第一名欣喜若狂。△～乱舞／手舞足蹈。

きょうき［狭軌］(名) 窄軌 (鐵路)。

きょうき［侠気］(名) 俠氣，俠義。△～に富んだ男／富有俠義心的人。

きょうぎ［協議］(名・他サ) 協議，協商。△皆で～する／大家協商。△～会／協商會議。

きょうぎ［狭義］(名) 狹義。△～の解釈／狹義的解釋。

きょうぎ［経木］(名) (包裝用) 薄木片，木紙。

きょうぎ［教義］(名) 教義。

きょうぎ［競技］(名・自サ) 競技，比賽。△～を開始する／開始比賽。△～場／比賽場地。△陸上～／田徑賽。

ぎょうぎ［行儀］(名) 禮貌，規矩。△～が悪い／不懂禮貌。△～よく／有禮貌。

きょうきゅう［供給］(名・他サ) 供給，供應。△市場に商品を～する／向市場供應商品。△～源／供應源。

ぎょうぎゅうびょう［狂牛病］(名) 瘋牛病。

ぎょうぎょうし・い［仰仰しい］(形) 誇大，誇張。△彼の～言いかたにはうんざりだ／對他那種聲人聽聞的説法已感膩煩。

きょうきん［胸襟］(名) 胸襟。△～を開く／敞開胸襟。推心置腹。

きょうく［狂句］(名) (内容滑稽的俳句) 狂句。

きょうぐ［教具］(名) 教具。

きょうぐう［境遇］(名) 境遇。△さびしい～／寂寞的處境。△めぐまれた～／幸運的境遇。

きょうくん［教訓］(名) 教訓。△～をあたえる／給以教訓。△～を生かす／運用經驗教訓。△手痛い～／嚴厲的教訓。

きょうげき［京劇］(名) (中國的) 京劇。

きょうげき［挟撃］(名・他サ) 夾撃，夾攻。△左右から～する／左右夾攻。

ぎょうけつ［凝血］(名・自サ)〈醫〉凝血。

ぎょうけつ［凝結］(名・自サ) 凝結。△水蒸気が～する／水蒸氣凝結。

きょうけん［強肩］(名) (棒球) 投球力強。△～投手／投球力強的投手。

きょうけん［強権］(名) 強權。△～発動／行使強權。

きょうけん［強健］(名・形動) 強健，健壯。△～な体／強健的身體。

きょうげん［狂言］(名) ① (在日本"能樂"幕間演的一種古典滑稽劇) 狂言。② 謊言。△～強盗／報假盜案。△～自殺／謊稱自殺。

きょうけんびょう［狂犬病］(名) 狂犬病。

きょうこ［強固］(形動) 堅固，鞏固，堅強。△～な意志／堅強的意志。

ぎょうこ［凝固］(名・自サ) 凝固。△血液が～する／血液凝固。△～点／凝固點。

きょうこう［凶行］(名) 行兇。△～におよぶ／以至行兇。△～現場／行兇現場。

きょうこう［恐慌］(名) ① 恐慌。△～をきたす／引起恐慌。② 經濟危機。△金融～／金融危機。

きょうこう［教皇］(名) 教皇。

きょうこう［強行］(名・他サ) 強行。△非常線を～突破する／強行突破警戒綫。△～採決／強行通過。

きょうこう［強硬］(形動) 強硬。△～な態度／強硬的態度。△～に主張する／強硬主張。

きょうごう［強豪］(名) 強手。△～を破る／打敗強手。

きょうごう［競合］(名) 競爭。△二つの会社が～する／兩家公司競爭。

ぎょうこう［行幸］（名・自サ）行幸。

ぎょうこう［僥幸］（名）僥幸。△～にめぐまれる／僥幸。

きょうこうぐん［強行軍］（名）強行軍。

きょうこく［峡谷］（名）峡谷。

きょうこく［強国］（名）強國。

ぎょうこてん［凝固点］（名）凝固點。

きょうさ［教唆］（名・他サ）教唆。△人を～する／教唆他人。△～犯／教唆犯。

きょうさい［共済］（名）互相。△～組合／互助會。

きょうさい［共催］（名・他サ）共同舉辦。△～で展覧会を開く／共同舉辦展覽會。

きょうさい［恐妻］（名）懼内。△～家／怕老婆的人。

きょうざい［教材］（名）教材。

きょうさく［凶作］（名）歉收。△～に備える／備荒。

きょうさく［共作］（名・他サ）共同製作。

きょうさつ［挟殺］（名・他サ）（棒球）挟殺。

きょうざつぶつ［夾雑物］（名）夾雑物，雜質。

きょうざめ［興ざめ］（名・自サ・形動）掃興，敗興。△そんなことを言われては～だ／説那種話可令人掃興。

きょうさん［協賛］（名・自サ）贊助。△外務省～／外務省賛助。

きょうさん［共産］（名）共産。△～主義／共産主義。

きょうし［教師］（名）教師。△家庭～／家庭教師。

きょうじ［凶事］（名）凶事。

きょうじ［教示］（名・他サ）指教，指點。△ご～を仰ぎたい／望您指教。

きょうじ［矜持］（名）自尊心，自豪感。

ぎょうし［凝視］（名・他サ）凝視。△相手の顔を～する／凝視對方的臉。

ぎょうじ［行司］（名）相撲裁判員。△立（たて）～／最高級相撲裁判員。

ぎょうじ［行事］（名）（例行的）紀念活動，慶祝活動。△学校の～／學校的慶祝活動。△年中～／一年中例行的慶祝活動。

きょうしつ［教室］（名）① 教室。△階段～／階梯教室。△青空～／露天課堂。② 講習班。△～を開く／舉辦講習班。△編み物～／針織講習班。

きょうしゃ［香車］（名）（將棋）香車。

きょうしゃ［強者］（名）強者。

きょうしゃ［経師屋］（名）裱糊匠。

ぎょうしゃ［業者］（名）業者，同業者。△出入りの～／經常往來的同業者。

ぎょうじゃ［行者］（名）〈佛教〉行者。

きょうじゃく［強弱］（名）強弱，強度。

きょうしゅ［興趣］（名）趣味，情趣。△～がつきない／其樂無窮。△～を添える／增添情趣。

きょうじゅ［享受］（名・他サ）享受。△文化生活を～する／享受文化生活。

きょうじゅ［教授］（名・他サ）教授。△助～／副教授。△名誉～／名譽教授。△生け花を～する／教授插花藝術。

ぎょうしゅ［業種］（名）職業的種類，行業。△～別／按行業。

きょうしゅう［郷愁］（名）郷愁。△～にひたる／△～にふける／一心懷念故郷。

きょうしゅう［強襲］（名・他サ）猛攻。△敵陣を～する／猛攻敵陣。

ぎょうしゅう［凝集］（名・自サ）凝集，凝聚。△～力／凝聚力。

ぎょうじゅうざが［行住座臥］（名）日常生活。

きょうしゅく［恐縮］（名・自サ）（表示客氣或謝意）惶恐，羞愧，對不起，過意不去。△～ですがタバコの火を貸してください／對不起，請借個火兒。△御心配いただき～しました／讓您惦念，真過意不去。△～の至り／千万／惶恐之至。

ぎょうしゅく［凝縮］（名・自サ）凝結，冷凝。△雲が～して雨になる／雲凝結成雨。△～器／冷凝器。△考えが～する／思路滯澀。

きょうしゅつ［供出］（名・他サ）繳納。△～米／交售給國家的稻米。

きょうじゅつ［供述］（名・他サ）〈法〉供述，口供。△犯行を～する／供述罪行。△～書／供状。

きょうじゅん［恭順］（名）恭順，順從。△～の意を表わす／表示恭順之意。

きょうしょ［教書］（名）（美國總統的）咨文。

ぎょうしょ［行書］（名）（漢字字體之一）行書。

きょうしょう［狭小］（形動）狭小。△～な国土／狭小的國土。

きょうしょう［協商］（名・自サ）① 協商，協議。② 〈法〉協約。△英仏露三国～／英法俄三國協約。

ぎょうしょう［行商］（名・他サ）行商。△～人／行商。

ぎょうじょう［行状］（名）品行。△～が芳しくない／品行不端正。

きょうじょうしゅぎ［教条主義］（名）教條主義。

きょうしょく［教職］（名）教師的職務。△～につく／當教員。

きょうしょくいん［教職員］（名）教職員。△～組合／教職員工會。

きょう・じる［興じる］（自上一）愛好，有興趣。△トランプに～／愛好打撲克。

きょうしん［共振］（名・自サ）〈理〉共振。

きょうしん［狂信］（名・他サ）狂熱信奉。△軍国主義を～する／狂熱地信仰軍國主義。

きょうしん［強震］（名）（地震）強震。

きょうじん［凶刃・兇刃］（名）兇器。△～にたおれる／被殺害。

きょうじん［狂人］（名）狂人，瘋子。

きょうじん［強靱］（形動）強靭，堅韌。△～な意志／頑強的意志。

きょうしんざい［強心剤］（名）強心劑。

きょうしんしょう［狭心症］(名) 狭心症，心絞痛。

ぎょうずい［行水］(名・自サ) 洗澡。△～を使う／洗澡。△鳥の～／洗澡時間極短。

きょうすいびょう［恐水病］(名) 恐水病，狂犬病。

きょう・する［供する］(他サ) ① 獻給。△茶菓を～／獻茶點。② 供給，提供。△参考に～／供参考。△閲覧に～／供閲覧。

きょう・ずる［興ずる］(自サ) ⇨きょうじる

きょうせい［強制］(名・他サ) 強制，強迫。△寄付を～する／強迫捐款。△～労働／強制勞動。△～執行／強制執行。

きょうせい［教生］(名) 教育實習生。

きょうせい［共生］(名・自サ) ①〈生物〉共生，共棲。② 同居，一起生活。

きょうせい［矯正］(名・他サ) 矯正。△歯ならびを～する／矯正齒列。

ぎょうせい［行政］(名) 行政。△～処分を受ける／受行政處分。△～官／行政人員。△～区画／行政區劃。

きょうせいしっこう［強制執行］(名・他サ)〈法〉強制執行。

きょうせいてき［強制的］(形動) 強制性的。△～に立ちのかせる／強迫撤離。

ぎょうせき［行跡］(名) 品行。△不～／品行不端正。

ぎょうせき［業績］(名) 業績，成就。△～をあげる／取得成就。△～をのこす／留下業績。

きょうそ［教祖］(名) 教祖，教主。

きょうそう［狂騒・狂躁］(名) 狂躁，大吵大鬧。

きょうそう［強壮］(名・形動) 強壯。△～な身体／強壯的身體。△～剤／強壯劑。

きょうそう［競争］(名・自サ) 競爭，競賽。△～が激しい／競爭激烈。△～率／競爭率。△生存～／生存鬥爭。

きょうそう［競走］(名・自サ) 賽跑。△百メートル～／百米賽跑。△障害物～／障礙賽跑。△～車／賽車。

きょうそう［競漕］(名・自サ) 划船比賽。

ぎょうそう［胸象］(名) 胸像。

ぎょうそう［形相］(名) 面孔，神色。△～がかわった／神色變了。

きょうそうきょく［協奏曲］(名) 協奏曲。△ピアノ～／鋼琴協奏曲。

きょうそくほん［教則本］(名) 教本。

きょうそん［共存］(名・自サ) 共存。△～共栄／共存共榮。△平和～／和平共處。

きょうだ［強打］(名・他サ) ① 猛撞，猛擊。△転んで腰を～した／摔倒了，猛撞了腰部。② (棒球) 重擊。△～者／強擊手。

きょうたい［狂態］(名) 狂態，狂亂。△～を演じる／舉止狂亂。

きょうたい［筐体］(名)〈IT〉電腦機箱。

きょうだい［兄弟・姉妹］(名) 兄弟，姉妹，兄弟姉妹。

きょうだい［鏡台］(名) 鏡台，梳妝台。

きょうだい［強大］(形動) 強大。△～な権力／強大的權力。

きょうたく［供託］(名・他サ) 託管。△家賃を～する／託管房租。△～金／託管的金錢。

きょうたく［教卓］(名) 講桌。

きょうたん［驚嘆］(名・自サ) 驚嘆。△～に値する／值得驚嘆。

きょうだん［凶弾・兇弾］(名) 兇殺的子彈。△～に倒れる／被槍殺。

きょうだん［教団］(名)〈宗〉教團，宗教團體。

きょうだん［教壇］(名) 講壇，講台。△～に立つ／當教師。

きょうち［境地］(名) ① 境地，處境。△新～を開く／開闢新境地。② 境界。△聖人の～に達する／達到聖人的境界。

きょうちくとう［夾竹桃］(名) 夾竹桃。

きょうちゅう［胸中］(名) 心中，内心。△～をあかす／説出心裏話。△～を察する／體察内心。

ぎょうちゅう［蟯虫］(名) 蟯蟲。

きょうちょ［共著］(名) 共著，合著。△～者／合著者。

きょうちょう［協調］(名・自サ) 協調，合作。△～の精神／協商的精神。

きょうちょう［強調］(名・他サ) 強調。△その必要性を～する／強調其必要性。

きょうつう［共通］(名・形動・自サ) 共同。△～の話題／共同的話題。△～な点／共同點。△～する点／共同點。

きょうつうご［共通語］(名) 通用語。△国際～／國際通用語。

きょうつうてん［共通点］(名) 共同點。△～をみいだす／找出共同點。

きょうてい［協定］(名・自サ) 協定。△～をむすぶ／締結協定。△～価格／協定價格。

きょうてき［強敵］(名) 強敵，勁敵。△～をやぶる／擊敗勁敵。

きょうてん［教典］(名)〈宗〉聖書，經典。△イスラム教の～／伊斯蘭教經典。

きょうてん［経典］(名) ①〈宗〉經典。② 佛經。

きょうでん［強電］(名) 強電流。

ぎょうてん［仰天］(名・自サ) 非常吃驚，大吃一驚。△びっくり～／大吃一驚。

きょうてんどうち［驚天動地］(名) 驚天動地。△～のできごと／驚天動地的大事件。

きょうと［教徒］(名) 教徒。△仏～／佛教徒。△キリスト～／基督教徒。

きょうと［凶徒・兇徒］(名) 暴徒。△～に襲われる／遭暴徒襲擊。

きょうど［匈奴］(名) (古民族名) 匈奴。

きょうど［郷土］(名) 鄉土。△～を愛する／熱愛家鄉。△～色／鄉土風味，地方色彩。△～芸能／地方藝術。

きょうど［強度］(名) ① 強度。△～をしらべる／測強度。② 程度高。△～の近視／高度近視。△～の神経衰弱／嚴重的神經衰弱。

きょうとう［教頭］(名) (中、小學的) 副校長，教導主任。

きょうとう［共闘］(名・自サ) 共同鬥争。

きょうどう［共同］(名・自サ) 共同。△～で使う／共同使用。△～経営／共同經營。△～便所／公用廁所。

きょうどう［協同］(名・自サ) 協同，合作。△～組合／合作社。

きょうどうくみあい［協同組合］(名) 合作社。△生活～／生活合作社。

きょうどうしゃかい［共同社会］(名) 公社，共同體，地區社會。

きょうどうせいめい［共同声明］(名) 聯合聲明。

きょうどうたい［共同体］(名) 共同體。

きょうとうほ［橋頭堡］(名) 橋頭堡。△～を築く／築橋頭堡。

きょうとぎていしょ［京都議定書］(名) 京都議定書。(是 1997 年 12 月在日本京都由聯合國氣候變化框架公約參加國三次會議制定的。)

きょうどしょく［郷土色］(名) 鄉土風味，地方色彩。△～ゆたか／濃厚的鄉土風味。

きょうねん［凶年］(名) 荒年，災年。

きょうねん［享年］(名) 享年。△～七十歳／享年七十歳。

ぎょうねん［行年］(名) ⇨きょうねん

きょうばい［競売］(名・他サ) 拍賣。△～にかける／進行拍賣。

きょうはく［脅迫］(名・他サ) 脅迫，威脅。△～屈する／屈服於威脅。

きょうはくかんねん［強迫観念］(名) 強迫觀念，恐懼心理。△～にとらわれる／受恐懼心理的壓抑。

きょうはん［共犯］(名)〈法〉共犯。△～者／同案犯。

きょうびんぼう［器用貧乏］(名) 樣樣通，樣樣鬆。

きょうふ［恐怖］(名) 恐怖。△～を覚える／感到恐怖。△～感／恐怖感。

きょうぶ［胸部］(名) 胸部。△～疾患／胸部疾患。

きょうふう［強風］(名) 強風，大風，狂風。△～警報／大風警報。

きょうべん［強弁］(名・他サ) 強辯，狡辯。△～してもだめだ／狡辯也沒用。

きょうべん［教鞭］(名) 教鞭。△～を執る／任教。

きょうほ［競歩］(名) 競走。

きょうほう［凶報］(名) 凶信，噩耗。

きょうぼう［共謀］(名・他サ) 共謀，合謀，同謀。△～して詐欺を働く／合謀進行詐騙。

きょうぼう［凶暴・兇暴］(形動) 兇暴。△～な性格／兇暴的性格。△～性／兇暴性。

きょうぼう［狂暴］(形動) 狂暴。△～なふるまい／狂暴的舉止。

きょうぼうざい［共謀罪］(名) 同謀罪，合謀罪。

きょうぼく［喬木］(名) 喬木。

きょうほん［狂奔］(名・自サ) ① 狂奔。② 奔

波，奔走。△金策に～する／為籌措資金而奔走。

きょうみ［興味］(名) 興趣。△～がある／有興趣。△～がわく／產生興趣。△～をうしなう／失去興趣。△～津津／津津有味。△～本位／興趣主義。

きょうみぶか・い［興味深い］(形) 饒有興趣。△～話／饒有興趣的故事。

きょうむ［教務］(名) 教務。△～主任／教務主任。△～課／教務科。

ぎょうむ［業務］(名) 業務。△～上／業務上。△～管理／業務管理。

きょうめい［共鳴］(名・自サ) 共鳴。△音叉が～する／音叉共鳴。△君の意見に～する／贊同你的意見。△～器／共鳴器。△～箱／共鳴箱。

きょうもん［経文］(名)〈佛教〉經文，佛經。

きょうやく［協約］(名・自サ) 協約，合同，商定。△～を結ぶ／締結合同。△労働～／勞動合同。

きょうゆ［教諭］(名) 教師，教員。

きょうゆう［共有］(名・他サ) 共有。△土地を～にする／土地共有。△～財産／共有財産。

きょうゆう［享有］(名・他サ) 享有。△自由を～する／享有自由。

きょうよ［供与］(名・他サ) 供給，提供。△武器を～する／供給武器。

きょうよう［共用］(名・他サ) 共用。△水道を～する／共用自來水。△～の井戸／共用井。

きょうよう［強要］(名・他サ) 強行要求，強逼，勒索。△自白を～する／逼迫招供。

きょうよう［教養］(名) 教養。△～がある／有教養。△～を身につける／修養。△～人／有教養的人。△～番組／教育節目。

きょうらく［享楽］(名・他サ) 享樂。△～主義／享樂主義。

きょうらん［狂乱］(名・自サ) 狂亂，瘋狂。△悲しみのあまり～した／因過度悲傷而發瘋了。△半～の状態／半瘋狂狀態。△～物価／暴漲暴跌的物價。

きょうり［郷里］(名) 鄉里，家鄉，老家。△～に帰る／回老家。

きょうり［教理］(名)〈宗〉教理。

きょうり［胸裏］(名) 心裏。△～に秘める／藏在心中。

きょうりゅう［恐竜］(名) 恐龍。

きょうりょう［狭量］(名・形動) 心胸狹窄。△～な人／度量小的人。

きょうりょく［協力］(名・自サ) 協力，合作。△～をえる／取得合作。△互いに～する／互相協作。

きょうりょく［強力］(名・形動) 強有力，大力。△～におし進める／大力推進。△～な戦力／強大的戰鬥力。

きょうりょくてき［協力的］(形動) 協力，協助，合作。△～な態度／合作的態度。

きょうれつ［強烈］(形動) 強烈。△～な印象

強烈的印象。

ぎょうれつ [行列] (名・自サ) 行列，隊伍，排隊。△～をつくる／排隊。△仮装～／化装遊行。

きょうわこく [共和国] (名) 共和國。

きょうわせい [共和制] (名) 共和制。

きょえい [虚栄] (名) 虚榮。△～心／虚榮心。

きょえいしん [虚栄心] (名) 虚榮心。△～が強い／虚榮心強。△～のかたまり／極端虚榮的人。

ギョーザ [餃子] (名) 餃子。△～をつくる／包餃子。△水～／水餃。△焼き～／鍋貼兒。

きょか [許可] (名・他サ) 許可，允許，批准。△～がいる／需要批准。△～がおりた／許可下來了。△～をえる／得到許可。△～証／許可證，執照。

ぎょかい [魚介] (名) 魚類和貝類。△～類／鱗介類。

きょがく [巨額] (名・形動) 巨額。△～な政治献金／巨額的政治捐款。

ぎょかく [漁獲] (名・他サ) 漁獲，捕魚。△～高△～量／漁獲量。

きょかん [巨漢] (名) 大漢，彪形大漢。

ぎょがんレンズ [魚眼レンズ] (名) 魚眼鏡頭，廣角鏡頭。

きょきょ [献欷] (名・自サ) 献欷。△～の声／献欷聲。

きょぎ [虚偽] (名) 虚偽。△～の申したて／虚偽的申述。

ぎょぎょう [漁業] (名) 漁業。△～組合／漁業合作社。△遠洋～／遠洋漁業。△近海～／近海漁業。

きょきょじつじつ [虚虚実実] (名) 虚虚實實。△～のかけひき／虚虚實實的策略。

きょきん [醵金] (名・自サ) 醵金，醵資，籌款。△被災者のために～する／為災民籌款。

きょく [曲] (名) ① 曲，曲調，歌曲，樂曲。△～をアレンジする／作曲。② 趣味。△～がない／無趣。

きょく [極] (名) 極。△疲労の～に達する／疲勞到極點。

きょく [局] (名) ① 局。△郵便～／郵局。② 郵局。△～で速達を出す／在郵局發快信。③ 廣播電台。④ (棋) 盤。△1～打つ／下一盤棋。

ぎょく [玉] (名) ① 玉，玉石。② 雞蛋。③ (将棋的) 王將。

きょくう [極右] (名) 極右。△～団体／極右團體。

きょくがい [局外] (名) 局外。△～におかれる／被置於局外。△～中立／局外中立。△～者／局外人。

きょくげい [曲芸] (名) 雑技。△～師／雑技演員。

きょくげん [局限] (名・他サ) 局限，限定。△テーマを～する／限定題目。

きょくげん [極言] (名・他サ) 極端地説，不客氣地説。△～すれば君は無能だ／不客氣地

説，你無能。

きょくげん [極限] (名) 極限。△～に達する／達到極限。△～状態／極限狀態。

きょくげんじょうたい [極限状態] (名) 極限狀態。

きょくさ [極左] (名) 極左。△～分子／極左分子。

ぎょくざ [玉座] (名) 寶座，御座。

ぎょくさい [玉砕] (名・自サ) 玉碎。△全員～／全體犧牲。

きょくしょ [局所] (名) ① 局部。△～麻酔／局部麻酔。② 陰部。

きょくしょう [極小] (名) 極小。△～値／〈數〉極小値。

ぎょくしょう [玉将] (名) (将棋) 王將。

ぎょくせきこんこう [玉石混交] (名) 玉石不分，良莠混淆。

きょくせつ [曲折] (名・自サ) ① 曲折。△山道が～する／山道曲折。② 曲折，波折。△～をへる／經歴波折。

きょくせん [曲線] (名) 曲綫。△～をえがく／畫曲綫。△～美／曲綫美。

きょくだい [極大] (名) 極大。△～値／〈數〉極大値。

きょくたん [極端] (名・形動) 極端。△～に走る／走極端。△～な言いかた／極端的説法。△両～／兩極端。

きょくち [局地] (名) 局部地區。△～戦／局部戦争。

きょくち [極地] (名) (南北極) 極地。

きょくち [極致] (名) 極致，頂點。△美の～／美的極致。

きょくちょう [局長] (名) 局長。

きょくてん [極点] (名) ① 極點，頂點。△～に達する／達到極點。② (南北兩極) 極點。△～に立つ／站在極點。

きょくど [極度] (名) 極度。△～の疲労／極度疲勞。

きょくとう [極東] (名) 遠東。△～地方／遠東地區。

きょくば [曲馬] (名) 馬戲。△～団／馬戲團。

きょくひどうぶつ [棘皮動物] (名) 棘皮動物。

きょくぶ [局部] (名) ① 局部。△～麻酔／局部麻酔。② 陰部。

きょくほ [曲浦] (名) 曲折的海岸。

きょくほく [極北] (名) 極北。△～の地／極北之地。

きょくめん [局面] (名) ① 棋局。② 局面。△～を打開する／打開局面。△新しい～／新局面。

きょくめん [曲面] (名) 曲面。

きょくもく [曲目] (名) 曲目。

きょくりゅう [曲流] (名・自サ) (河水) 彎流。

きょくりょう [極量] (名) (藥物等的) 最大量。

きょくりょく [極力] (副) 極力，竭力，盡力。△～協力する／盡力協助。

ぎょくろ [玉露] (名) 高級綠茶。

き
キ

きょくろん［極論］(名・自他サ) ① 極端地説, 説得極端。△～すれば／説得極端些。② 徹底論述。

ぎょぐん［魚群］(名) 魚羣。△～探知器／魚羣探測儀。

きょこう［挙行］(名・他サ) 舉行。△式を～する／舉行儀式。

きょこう［虚構］(名) 虚構。

ぎょこう［漁港］(名) 漁港。

きょしき［挙式］(名・自サ) 舉行儀式, 舉行婚禮。△吉日を選んで～する／擇吉日舉行婚禮。

きょしつ［居室］(名) 居室。

きょじつ［虚実］(名) 虚實。△～とりまぜて話す／半真半假地説。△～相半ばする／虚實參半。

きょしてき［巨視的］(形動) 宏觀的。△事態を～につかむ／從宏觀上掌握局勢。△～観点／宏觀觀點。

ぎょしゃ［御者・馭者］(名) 馭者, 車夫。

きょじゃく［虚弱］(形動) 虚弱。△～な体質／虚弱的體質。

きょしゅ［挙手］(名・自サ) 舉手。△～で採決する／舉手表決。△～の礼／舉手禮。

きょしゅう［去就］(名) 去就。△～を決する／決定去就。△～にまよう／不知去就, 不知何去何從。

きょじゅう［居住］(名・自サ) 居住。△当市に～する者に限る／限居住本市者。△～地／居住地。

きょしゅつ［拠出・醵出］(名・他サ) 醵資, 湊錢。△～金／籌集的錢。

きょしょ［居所］(名) 住處。△～を移す／遷移住處。

きょしょう［巨匠］(名) 巨匠, 大師。

ぎょじょう［漁場］(名) 漁場。

きょしょく［虚飾］(名) 虚飾, 偽裝。△～にみちた生活／充滿虚假和粉飾的生活。

ぎょしょく［漁色］(名) 漁色。

きょしょくしょう［拒食症］(名) 厭食症。

きょしん［虚心］(名・形動) 虚心。△～に聞く／虚心地傾聽。△～坦懐／虚心坦率。

きょじん［巨人］(名) ① 巨人, 泰斗。② 偉人, 泰斗。△財界の～／金融界之巨擘。

きょしんたんかい［虚心坦懐］(名・形動) 虚心坦率。△～に話し合う／虚心坦率地交談。

きょすう［虚数］(名)〈數〉虚數。

キヨスク［kiosk］(名)(車站、公園内的)小賣部, 報攤, 售貨亭。

ぎょ・する［御する・馭する］(他サ) 駕御。△～しやすい／容易駕御。

きょせい［巨星］(名) 巨星, 大人物。△～墜つ／巨星殞落。

きょせい［虚勢］(名) 虚勢。△～を張る／虚張聲勢。

きょせい［去勢］(名・他サ) 去勢, 閹割。△豚を～する／閹豬。

きょぜつ［拒絶］(名・他サ) 拒絶。△要求を～

する／拒絶要求。△～反応／〈醫〉排斥反應。

ぎょせん［漁船］(名) 漁船。

きょそ［挙措］(名) 舉止。△～を失う／舉止失措。

きょぞう［虚像］(名) ①〈理〉虚像。② 假象。△歴史の～をあばく／揭露歴史上的假象。

ぎょそん［漁村］(名) 漁村。

きょたい［巨体］(名) 巨大身軀。

きょだい［巨大］(形動) 巨大。△～な船／巨大的船隻。

きょだつ［虚脱］(名・自サ) ①〈醫〉虚脱。△～状態に陥る／陥入虚脱狀態。② 失神, 茫然若失。

きょっかい［曲解］(名・他サ) 曲解。△君は私の言う事を～している／你曲解了我的話。

きょっけい［極刑］(名) 極刑。△～に処す／處以極刑。

きょっこう［極光］(名) 極光。

ぎょっと (副・自サ) 嚇一跳。△内心～した／心裏嚇了一跳。

きょてん［拠点］(名) 據點。△～をきずく／建立據點。△～をうしなう／失掉據點。

きょとう［巨頭］(名) 巨頭。△～会談／巨頭會談。

きょどう［挙動］(名) 舉動, 舉止, 行跡。△～があやしい／行跡可疑。△～不審／舉動可疑。

きょとんと (副・自サ) 發愣。△～した顔／茫然自失的神色。

ぎょにく［魚肉］(名) 魚肉。

きょねん［去年］(名) 去年。△～の３月／去年三月。

きょひ［拒否］(名・他サ) 拒絶, 否決。△面会を～する／拒絶會面。△～権／否決權。

きょひけん［拒否権］(名) 否決權。△～を行使する／行使否決權。

きょひはんのう［拒否反応］(名) 排斥反應。△～をおこす／引起排斥反應。

ぎょふ［漁夫］(名) 漁夫。

ぎょふのり［漁夫の利］(名) 漁翁之利。△～をしめる／坐收漁利。

きょへい［挙兵］(名・自サ) 舉兵, 起兵。

きょほう［虚報］(名) 虚報, 謠言。△～におどらされる／為謠傳所惑。

ぎょほう［漁法］(名) 捕魚法。

きよほうへん［毀誉褒貶］(名) 毀誉褒貶。△～は人の世の常／毀誉褒貶乃人世之常。

きょぼく［巨木］(名) 巨木, 巨樹。

きょまん［巨万］(名) 巨萬。△～の富／巨萬財富。

きよみずのぶたいからとびおりる［清水の舞台から飛び降りる］(連語) 孤注一擲。

ぎょみん［漁民］(名) 漁民。

きょむ［虚無］(名) 虚無。△～主義／虚無主義。

きょむしゅぎ［虚無主義］(名) 虚無主義。

きょめい［虚名］(名) 虚名。△～があがる／虚名増高。

きよ・める［清める］(他下一) 使…乾淨。△身

を～／潔身。

ぎょもう［漁網・魚網］(名) 魚網。

きよもと［清元］(名)(“清元節”之略，日本三弦曲調之一種) 清元調。

きょよう［許容］(名・他サ) 容許。△～範囲／容許範囲。△～量／容許量。

きょらい［去来］(名・自サ) 去來，縈迴。さまざまな思いが～する／各種想法在心中縈迴。

きよらか［清らか］(形動) 清澈，潔淨，純潔。△～な水／清澈的水。△～な心／純潔的心。

きょり［巨利］(名) 巨額利潤。△～を博する／獲得巨額利潤。△～をむさぼる／貪圖暴利。

きょり［距離］(名) 距離。△～がある／有距離。△一定の～をおく／隔一定距離。△～をちぢめる／縮短距離。△長～／長距離。△直線～／直線距離。

きょりゅう［居留］(名・自サ) ① 居留。△～地／居留地。② 僑居。△外国に～する／僑居外國。△～民／僑民。

ぎょるい［魚類］(名) 魚類。

きょれい［虚礼］(名) 虛禮。△～廃止／廢除虛禮。

ぎょろう［漁労・漁撈］(名) 漁撈，捕撈。△～区／捕撈區。

きょろきょろ(副・自サ) 東張西望。まわりを～と見まわす／東張西望地環視四周。

ぎょろぎょろ(副・自サ) 瞪大眼睛，目光炯炯。△～睨みまわす／瞪大眼睛四處張望。

ぎょろん(副) 凝視貌。

きよわ［気弱］(名・形動) 懦弱，軟弱。△～な性格／懦弱的性格。

きらい［嫌い］ Ⅰ (名・形動) 討厭，嫌惡，不喜歡。△数学が～だ／不喜歡數學。△～な人／討厭的人。Ⅱ (名) ①(用 “…の～がある”的形式) 有…之嫌，有點…。△言いすぎの～がある／演說得有點過分。②(用 “…～なく”的形式) 不分。△男女の～なく入学をみとめる／不分男女皆可入學。

きら・う［嫌う］(他五) 討厭，厭惡，不喜歡。△勉強を～／不願意學習。△湿気を～／怕潮濕。

きらきら(副・自サ) 閃閃，閃爍。△～と光る星／閃閃發光的星。

ぎらぎら(副・自サ) 閃爍，明晃晃。△～と照りつける／烈日暴曬。△～した目／炯炯的目光。

きらく［気楽］(形動) ① 輕鬆，舒暢，安閑。△～な仕事／輕鬆的工作。△～に話しかける／輕鬆地攀談。② 無掛慮。△～な人／無掛慮的人。

きら・す［切らす］(他五) 用盡，用光，賣完。△タバコを～／煙抽光了。△息を～／上氣不接下氣，氣喘吁吁。

きらびやか(形動) 華麗，燦爛。△～なよそおい／華麗的裝束。

きらぼし［綺羅星］(名) ① 燦爛的羣星。② 冠蓋雲集。

きらめ・く(自五) 閃爍，閃耀。△星が～／星光閃爍。

きり(名) ① 段落。△仕事に～をつける／工作告一段落。△～のいいところでひと休みしよう／正好告一段落，休息一會吧。② 限度，終結。△欲には～がない／慾望是無止境的。△ピンから～まで／從最好到最壞的，從頭到尾。

きり［桐］(名)〈植物〉梧桐，泡桐。

きり［錐］(名) 錐子。△～をもむ／搓動錐子。△～でもむように痛む／錐子扎似的疼。

きり［霧］(名) 霧。△～が立つ／起霧。下霧。△～が深い／霧大，霧濃。△～が晴れた／霧散了。△～を吹く／噴霧。

きり(副助) ① 只，僅。△ふたり～／只兩個人。△一回～／只一次。② (下接否定詞) 只，僅，就。△朝から水～飲んでいない／從早晨起只喝了水。③ 一直，…之後就…。△ねた～老人／一直臥牀不起的老人。△出かけた～帰ってこない／出去之後再也沒回來。

ぎり［義理］(名) ① 情理，情義，道義。△～を欠く／欠情義。△～を立てる／講道義。△～がたい／重道義。△～と人情の板ばさみ／夾在道義與人情之間左右為難。△～いっぺん／只是虛禮。假仁假義。② 姻親。△～の母／岳母，婆母。③ 含義，緣由。△～を明らかにする／弄清緣由。

きりあ・げる［切り上げる］(他下一) ① 結束。△仕事を～／結束工作。② 升值，增值。△円を～／提高日圓比價。日圓升值。③ 將零數進一位。△小数点以下第4位を～／將小數點以下第四位數進一位。

きりうり［切り売り］(名・他サ) 切開零賣。△西瓜を～する／切開西瓜零賣。△知識の～／摘出部分知識進行講授。

きりえ［切り絵］(名) 剪紙畫。

きりおと・す［切り落す］(他五) 剪掉，切掉，割掉，砍掉。△いらない枝を～／把不要的枝子剪掉。

きりかえ・す［切り返す］(他五) ① 反砍。② 反擊，還擊。△相手の批判をするどく～した／嚴厲地反擊對方的批評。

きりか・える［切り替える］(他下一) 轉換。△チャンネルを～／換頻道。△頭を～／換腦筋。

きりかか・る［切り掛かる］(他五) 砍上去。△いきなり～ってきた／突然砍了過來。

ぎりがた・い［義理堅い］(形) 重道義，重情義。△～な人／重情義的人。

きりがな・い［切りがない］(連語) 無止境，沒完沒了。△いつまで言いあっても～／總也談不完。

きりかぶ［切り株］(名) (草木、莊稼等的) 殘株，餘茬。△～につまずく／被樹椿絆倒。

きりがみ［切り紙］(名) 剪紙。△～細工／剪紙工藝。

きりがみざいく［切紙細工］(名) 剪紙。

きりきざ・む［切り刻む］(他五) 切碎，剁碎。△肉を～/剁肉。

きりきず［切り傷］(名) 刀傷，割傷。△ほおに～のある男/臉上有刀傷的人。

ぎりぎり (名・形動) 極限，最大限度。△～に間に合う/剛剛趕上。△これがゆずれる～の線だ/這是能容許的極限。

きりぎりす［螽斯］(名) 螽斯，蟈蟈兒。

きりきりまい［きりきり舞い］(名・自サ) ① (用一隻腳)旋轉身體。② (忙得)滴溜轉。△～の大忙し/忙得團團轉。

きりくず［切屑］(名) (切下的)碎屑。△パンの～/麵包屑。

きりくず・す［切り崩す］(他五) ① 砍低，削平。△がけを～/削平懸崖。② 破壞，擊潰。△反対勢力を～/擊潰反對勢力。

きりくち［切り口］(名) ① 剖面，截面，切面。② 傷口。③ 啟封口。

きりこ［切り子］(名) 禿角的四角形。△～ガラス/雕花玻璃。

きりこうじょう［切り口上］(名) 拘泥呆板，鄭重其事。△～であいさつする/一本正經地致辭。

きりこ・む［切り込む・斬き込む］(他五) ① 砍入，切入。△深く～/深深砍入。② 殺入，攻入。△敵陣に～/攻入敵陣。③ 追問，逼問。△鋭く～/嚴加追問。④ 嵌入，鑲上。△ガラス障子を～/鑲上玻璃拉門。

きりころ・す［切り殺す］(他五) 砍死。△一刀のもとに～した/一刀砍死。

きりさ・く［切り裂く］(他五) 切開，剖開。△魚の腹を～/剖開魚肚子。

きりさ・げる［切り下げる］(他下一) 貶值。△円を 3 パーセント～/將日圓貶值百分之三。

きりさめ［霧雨］(名) 毛毛雨。△～にけむる/煙雨濛濛。

ギリシア［葡 Grecia］〈國名〉希臘。

ギリシアしんわ［ギリシア神話］(名) 希臘神話。

ギリシアせいきょう［ギリシア正教］(名) 希臘正教，東正教。

キリシタン［葡 Gristão］(名) (16 世紀傳到日本的) 天主教，天主教徒。

きりすて［切り捨て］(名) ① (江戸時代武士對平民)任意斬殺。△～御免/格殺勿論。② 〈數〉捨去小數。

キリステル［荷 klisteer］(名)〈醫〉灌腸。

きりす・てる［切り捨てる］(他下一) ① 切去，砍掉。△大根のしっぽを～/切掉蘿蔔根。② 砍死。③ 捨去。

キリスト［葡 Cristo］〈人名〉基督。△イエス～/耶穌基督。△～教徒/基督教徒。

キリストきょう［キリスト教］(名) 基督教。

きりたお・す［切り倒す］(他五) 砍倒。△木を～/砍倒樹。

きりだ・す［切り出す］(他五) ① 砍伐運出。△材木を～/砍伐運出木材。② 開言，開口。

△話を～/開口講。

きりた・つ［切り立つ］(自五) 峭立。△～がけ/峭立的山崖。

ぎりだて［義理立て］(名・自サ) 盡情義。△そんなに～しなくてもよい/用不着那麼顧全情面。

きりつ［起立］(名・自サ) 起立。△～！礼！着席/起立！敬禮！坐下。

きりつ［規律］(名) 紀律，秩序。△～のある生活/有規律的生活。△～がみだれる/紀律混亂。△～をまもる/遵守紀律。△きびしい～/嚴格的紀律。

きりづまづくり［切り妻造り］(名) 人字形屋頂建築。

きりつ・める［切り詰める］(他下一) ① 剪短，縮短。△枝を～/修剪樹枝。② 縮減，節約。△予算を～/壓縮預算。

きりど［切り戸］(名) (大門上的) 小門。

きりどおし［切り通し］(名) 鑿開的山路。

きりとりせん［切取り線］(名) 騎縫綫。

きりと・る［切り取る］(他五) 切下，割去。△胃を半分～/將胃切除一半。

きりぬ・く［切り抜く］(他五) 剪下。△新聞を～/剪報。

きりぬ・ける［切り抜ける］(他下一) ① 突圍，殺出。△敵のかこみを～けた/突破了敵人的包圍。② 擺脱，克服。△危機を～/擺脱危機。

きりはな・す［切り離す・切り放す］(他五) 分開，分割，割裂。△権利と義務とは～せないものなのだ/權利和義務是不能分開的。

きりばり［切り張り］(切り貼り)(名・他サ) 剪貼。△障子を～する/剪貼紙隔扇。

きりひら・く［切り開く］(他五) ① 開闢，開墾。△荒野を～/開墾荒野。② 開闢，開創。△新分野を～/開闢新領域。

きりふだ［切り札］(名) 王牌，絶招。△～を出す/拿出王牌。

ギリフラワー［gilly flower］(名)〈植物〉紫羅蘭。

きりまわ・す［切り回す］(他五) ① 亂砍。② 操持，料理，管理，掌管。△店を～/掌管店鋪。

きりみ［切り身］(名) 魚段，魚塊。△鮭の～/鮭魚塊。

きりむす・ぶ［切り結ぶ］(自五) 交鋒。△敵と激しく～/和敵人進行激烈的交鋒。

きりもり［切り盛り］(名・他サ) ① (按人數)分食品。② 料理(家務等)。△家計の～/料理家務。△～がうまい/會過日子。

きりゃく［機略］(名) 機智，機謀。△～にとむ/機智靈活。△～縦横/足智多謀。

きりゅう［気流］(名) 氣流。△上昇～/上升氣流。△乱～/亂氣流。

きりゅう［寄留］(名・自サ) 寄居。△知人の家に～する/寄居在朋友家裏。△～地/寄居地。

きりょう［気量］(名) ① 才幹，能力。△～が

ある／有才幹。△〜をあげる／提高能力。②
容貌，姿色。△〜がいい／容貌美麗。

ぎりょう〔技量〕(名) 本事，本領，能耐。△〜
を磨く／練本領。

きりょく〔気力〕(名) ① 氣力，精力，元氣。
△〜が充実する／精力充沛。△〜を失う／喪
失元氣。② 魄力，毅力。△〜がある／有毅力。

きりりと(副) 緊緊地。△口もとを〜ひきしめ
る／緊閉着嘴。

きりん〔麒麟〕(名) ① 長頸鹿。② 麒麟。△〜
児／麒麟兒，才華出眾的少年。

きりん〔騏驎〕(名) 千里馬。

きりんもおいてはどばにおと・る〔騏驎も老
いては駑馬に劣る〕(連語) 老騏驎不如駑馬。

き・る〔切る〕Ⅰ(他五) ① 切，割，裁，剪。
△肉を〜／切肉。△つめを〜／剪指甲。△切
符を〜／剪票。△封を〜／拆封。② 斷開，
斷絕。△電話を〜／把電話掛上。△スイッチ
を〜／關上開關。△手を〜／斷絕關係。③ 期
限を〜／限定期限。③ 除去 (水分)。△水
を〜／除去水分。④ 洗 (牌)。△トランプ
を〜／洗撲克牌。⑤ 轉動。△ハンドルを〜／
轉方向盤。⑥ 衝破。△波を〜って進む／破浪
前進。⑦ 開始。△スタートを〜／出發，開
始。△口を〜／開口。△火を〜／開火，開
頭，開始。⑧ (金額、數量等) 降至…以下。
△原価を〜／低於原價。△100メートルで10
秒を〜／百米跑突破十秒大關。Ⅱ(接尾)(接
動詞連用形後) ① 完。△読み〜／讀完。△売
り〜／賣光。② 極。△疲れ〜／疲乏已極。△言
い〜／斷言。

き・る〔着る〕(他下一) ① 穿。△うわぎを〜／
穿外衣。② 承受，承擔。△罪を〜／承擔罪過。

キルク〔荷 kurk〕(名) 軟木。

ギルダー〔guilder〕(名)(荷蘭貨幣單位) 盾。

キルティング〔quilting〕(名) 絎縫的棉衣。

キルト〔kilt〕(名)(蘇格蘭男子穿的) 傳統格子短
褶裙，蘇格蘭短裙。

ギルド〔guild〕(名) 基爾特，行會，同業工會。

きれ〔切れ〕Ⅰ(名) ① (刀的) 快鈍。△この包
丁は〜がわるくなった／這把菜刀鈍了。② 小
片，切片。△木の〜／碎木片。③ 布料，衣料。
△ワンピースの〜／做連衣裙的布料。Ⅱ(接
尾) 片。△二〜／兩片。

きれあじ〔切れ味〕(名)(刀的) 快鈍。△〜が
するどい／刀鋒利。△〜がいい／刀快。

きれい〔奇麗・綺麗〕(形動) ① 漂亮，美麗。
△〜な娘／漂亮的姑娘。△口先だけで〜なこ
とを言うな／別光口頭上説漂亮話。② 乾淨，
清潔。△〜な水／乾淨水。△〜ずき／愛乾淨
(的人)。③ 公正，光明正大。△〜な選挙／公
正的選舉。④ 完全，徹底。△〜に忘れた／全
忘光了。△〜に負ける／徹底敗北。⑤ 清晰，
清脆。△発音が〜だ／發音清晰。

ぎれい〔儀礼〕(名) 禮儀，禮節。△〜をおもん
じる／重禮節。△〜的／禮節性的。

きれじ〔切れ地・布地〕(名) 布料，衣料，料子。

きれじ〔切れ字〕(名)(俳句中) 用以斷句的助
詞或助動詞。

きれつ〔亀裂〕(名) 龜裂，裂紋，裂痕。△〜が
入る／產生龜裂。發生裂痕。

きれなが〔切れ長〕(名・形動)(眼角) 細長。

きれはし〔切れ端〕(名) 碎片，碎塊。△紙
の〜／碎紙片。

きれめ〔切れ目〕(名) ① 裂縫，間隙。△雲
の〜／雲隙。△糸の〜をつなぐ／接續的斷頭
兒。△〜なく話す／滔滔不絕地説。② 斷絕。
△金の〜が縁の〜／錢斷情也斷。

きれもの〔切れ者〕(名) 有才幹的人。△田中さ
んは〜だ／田中先生是個有才幹的人。

き・れる〔切れる〕(自下一) ① 斷，斷絕。△糸
が〜れた／綫斷了。△息が〜／斷氣。△縁
が〜△手が〜／斷絕關係。△電話が〜／電話
中斷。② 決口。△堤が〜／堤決口。③ 磨破。
△袖口が〜れた／袖口磨破了。④ 用盡，賣完。
△薬が〜れる／藥吃完了。△品が〜／商品脱
銷。⑤ 到期。△期限が〜れた／期限過了。⑥
不足。△目方が〜／分量不足。△100円に5
円〜／差五日圓不到一百日圓。⑦ 鋒利。△小
刀が〜／小刀快。⑧ 精明。△〜男／精明的人。
⑨ 偏轉。△右に〜／向右轉。

キロ〔kilo〕Ⅰ(名) ① 公里，千米。② 公斤，千
克。Ⅱ(接頭) 千。△〜サイクル／〈電〉千周，
千赫。△〜ワット／千瓦。

きろ〔岐路〕(名) 歧路。△人生の〜に立つ／站
在人生的歧路上。

きろ〔帰路〕(名) 歸途。△〜につく／踏上歸
途。

きろく〔記録〕(名・他サ) ① 紀錄。△〜を更
新する／刷新紀錄。△世界〜／世界紀錄。②
記錄，記載。△〜映画／記錄片。

キログラム〔kilogram〕(名・接尾) 公斤，千克。

ギロチン〔guillotine〕(名) 斷頭台。

キロバール〔kilobar〕(名)(氣壓單位) 千巴。

キロヘルツ〔kilohertz〕(名)〈理〉千赫。

キロボルト〔kilovolt〕(名)〈電〉千伏。

キロメートル〔kilometre〕(名・接尾) 公里，千
米。

キロリットル〔法 kilolitre〕(名・接尾) 千升。

キロワット〔kilowatt〕(名・接尾) 千瓦。

キロワットじ〔キロワット時〕(名・接尾) 千
瓦小時。

ぎろん〔議論〕(名・他サ) 議論，討論，辯論，
爭論。△〜をかさねる／反覆議論。△〜の余
地がない／沒有爭辯的餘地。

きわ〔際〕(名) ① 邊，緣，端。△崖の〜／崖邊。
② 時候。△今わの〜／臨終時。

-ぎわ〔際〕(接尾) ① 邊，旁。△かべ〜／牆
邊。② 時候。△別れ〜／臨別時。

ぎわく〔疑惑〕(名) 疑惑，疑心，懷疑。△〜を
まねく／招致懷疑。△〜をはらす／消除疑惑。

きわだ・つ〔際立つ〕(自五) 顯著，顯眼，醒
目。△美しさが〜／突出地美。△〜った成績／
顯著的成績。

きわど・い［際疾い］(形) ① 千鈞一髪，危險萬分。△～ところで助かった／在千鈞一髪之際得救了。② 下流，猥褻。△～話／下流話。

きわま・る［極まる・窮まる］(自五) ① 極。△失礼～／極失禮。△感～／感慨萬分。② 困窘。△進退／進退維谷。

きわみ［極み］(名) 極，極限。△喜びの～／極高興。△ぜいたくの～を尽くす／窮奢極慾。

きわめつき［極め付き］(名) 有定評，得到公認。△～の映画／已有定評的電影。

きわめて［極めて］(副) 極。△～良好／非常良好。

きわ・める［極める・究める・窮める］(他下一) ① 達到極點。△頂上を～／登上頂點。△栄華を～／極其榮華。② 探究，查明。△真理を～／探究真理。

きわもの［際物］(名) ① 應時商品。△～の映画／應時影片。② 時令商品。

きをいつにする［軌を一にする］(連語) 同出一轍。

きをおとす［気を落とす］(連語) 失望，沮喪。△そんなに～なよ／別那麼灰心喪氣的。

きをきかせる［気を利かせる］(連語) 機靈，麻利。

きをくばる［気を配る］(連語) 留神，注意。

きをつかう［気を使う］(連語) 費心，操心，勞神。

きをつけ［気を付け］(連語)(口令) 立正。

きをつける［気を付ける］(連語) 注意，當心。

きをとりなおす［気を取り直す］(連語) 重新振作起來。

きをぬく［気を抜く］(連語) 休息，消除精神疲勞。△～暇がない／沒空休息。

きをはく［気を吐く］(連語) 揚眉吐氣，爭光。

きをひく［気を引く］(連語) ① 試探心意。② 引人注意，引誘。

きをみてもりをみず［木を見て森を見ず］(連語) 只見樹木，不見森林。

きをもむ［気を揉む］(連語) 操心，着急上火。

きをゆるす［気を許す］(連語) 疏忽，大意，放鬆警惕。

きん［斤］(名) 斤 (日本的一斤約合 600 克)。

きん［金］Ⅰ (名) ① 金，金子。△～のゆびわ／金戒指。② 錢。△～一封／一筆錢。Ⅱ (接頭) 金額。△～五万円／金額五萬日圓。Ⅲ (接尾) 開金。△24 ～の首飾り／二十四開金的項鏈。

きん［菌］(名) 菌，細菌。△～保有者／帶菌者。

きん［禁］(名) 禁，禁令，禁止。△～を犯す／犯禁。△～を解く／解禁。△～をやぶる／打破禁令。

ぎん［銀］(名) 銀。△～のカップ／銀杯。

きんあつ［禁圧］(名・他サ) 壓制。△自由を～する／壓制自由。

きんいつ［均一］(名・形動) 一樣，相同。△品質が～だ／質量相同。

きんいっぷう［金一封］(名) 一筆錢。△～を寄付する／捐贈一筆錢。

きんいろ［金色］(名) 金色。

ぎんいろ［銀色］(名) 銀色。

きんいん［近因］(名) 近因。

きんいん［金印］(名) 金印。

きんえい［近影］(名) 近影。△これは先生の～です／這是老師的近影。

ぎんえい［吟咏］(名・他サ) 吟詩，作詩。

きんえん［禁煙］(名・自サ) ① 禁煙，禁止吸煙。△～車／禁煙車。② 戒煙。△今年から～しよう／想從今年開始戒煙。

きんか［金貨］(名) 金幣。

きんが［謹賀］(名) 謹賀。△～新年／謹賀新年。

ぎんか［銀貨］(名) 銀幣。

ぎんが［銀河］(名) 銀河。

きんかい［近海］(名) 近海。△～漁業／近海漁業。△～もの／近海魚。

きんかい［金塊］(名) 金錠。

きんかいきん［金解禁］(名) 解除黃金出口禁令。

きんがいこくかわせこんらん［金外国為替混乱］(名)〈經〉黃金外匯風潮。

きんかぎょくじょう［金科玉条］(名) 金科玉律。

きんがく［金額］(名) 金額。△～が大きい／金額大。

きんがくみきにゅうこぎって［金額未記入小切手］(名)〈經〉空白支票。

ぎんがけい［銀河系］(名) 銀河系。

ぎんがみ［銀紙］(名) 錫紙。

きんかん［近刊］(名) ① 即將發行 (的書刊)。△～予告／新書預告。② 最近發行 (的書刊)。△～案内／新書介紹。

きんかん［金柑］(名) 金橘。

きんがん［近眼］(名) 近視眼。△～になった／眼睛近視了。△～鏡／近視眼鏡。

きんかんがっき［金管楽器］(名) 銅管樂器。

きんかんしょく［金環食・金環蝕］(名) 日環蝕。

きんき［近畿］(名) 近畿。

きんき［禁忌］(名・他サ) 禁忌。

ぎんき［銀器］(名) 銀器。

きんきじゃくやく［欣喜雀躍］(名・自サ) 欣喜雀躍。

きんきゅう［緊急］(名・形動) 緊急。△～を要する／需要採取緊急措施。△～な事態／緊急事態。△～動議／緊急動議。

きんぎょ［金魚］(名) 金魚。△～鉢／金魚缸。魚缸。

きんきょう［近況］(名) 近況。△～を知らせる／通知近況。△～報告／近況報告。

きんきょり［近距離］(名) 近距離。

きんきん［近近］(副) 不久，不日。△～できあがります／不久即可完成。

きんぎん［金銀］(名) 金銀。

きんく［禁句］(名) 忌諱的言詞。

キング［king］(名) ① 王，國王。② (撲克牌的) 老 K。

キングダム [kingdom]（名）王國。

きんけい [近景]（名）近景。

きんけい [謹啓]（名）（信）敬啓者。

きんけん [金権]（名）金錢勢力。△～政治／金權政治。

きんけん [勤倹]（名）勤儉。△～節約する／勤儉節約。

きんげん [金言]（名）金言，箴言，格言。△～耳に逆らう／忠言逆耳。

きんげん [謹厳]（名・形動）嚴謹，穩重。△～な先生／嚴謹的老師。△～実直／穩重正直。

きんこ [近古]（名）（日本歷史時代區分之一，指鎌倉、室町幕府時代）近古。△～史／近古史。

きんこ [金庫]（名）① 金庫，保險櫃。△夜間～／夜間保險櫃。② 國庫。

きんこ [禁固・禁錮]（名・他サ）① 禁錮，禁閉。②〈法〉監禁。

きんこう [近郊]（名）近郊。△～の農家／近郊的農户。

きんこう [均衡]（名・自サ）均衡，平衡。△～をたもつ／保持平衡。△～をやぶる／打破均衡。

きんこう [金鉱]（名）金礦，金礦石。

きんごう [近郷]（名）近郊農村。

ぎんこう [吟行]（名・自サ）① 行吟，邊行邊吟。② 為作詩而遊覽。

ぎんこう [銀行]（名）銀行。△～員／銀行職員。△～小切手／銀行支票。△～手形／銀行匯票。△血液～／血液銀行，血庫。

きんこく [謹告]（名・他サ）謹告。

きんこつ [筋骨]（名）筋骨。△～たくましい／筋骨健壯。△～隆隆／肌肉發達。

きんこんしき [金婚式]（名）金婚式。

ぎんこんしき [銀婚式]（名）銀婚式。

きんさ [僅差]（名）微差。△～で敗れる／以微差敗北。

ぎんざ [銀座]（名）①（東京繁華商業街）銀座。②（泛指大城市的）繁華商業街。

きんざい [近在]（名）近郊農村。△～の農家／近郊農户。

きんさく [金策]（名・自サ）籌款。△～に歩く／為籌款而奔波。

きんざん [金山]（名）金礦山。

きんし [近視]（名）近視。△～眼／近視眼。

きんし [菌糸]（名）菌絲。

きんし [禁止]（名・他サ）禁止。△外出を～する／禁止外出。△駐車～／禁止停車。△撮影～／禁止攝影。

きんじ [近似]（名・自サ）近似。△～値／近似值。

きんじえない [禁じ得ない]（連語）不禁，禁不住。△涙を～／禁不住流下淚來。

きんじち [近似値]（名）〈數〉近似值。

きんしつ [均質]（名・形動）均質，等質。△～に作り上げる／均質地製成。△～な水溶液／均質的水溶液。

きんじつ [近日]（名）近日。△～中に伺います／近日前去拜訪。

きんしつあいわ・す [琴瑟相和す]（連語）琴瑟和諧。

きんじつてん [近日点]（名）近日點。

きんじとう [金字塔]（名）不朽的偉業。△～をうちたてる／建立不朽的偉業。

きんしゅ [禁酒]（名・自サ）① 禁酒。△～法／禁酒法。② 戒酒。△～の誓を立てる／發誓戒酒。△～禁煙／戒酒戒煙。

きんじゅう [禽獣]（名）禽獸。△～にもおとる／不如禽獸。

きんしゅく [緊縮]（名・自他サ）緊縮。△財政を～する／緊縮財政。△～政策／緊縮政策。

きんじゅんび [金準備]（名）〈經〉黄金儲備。

きんじょ [近所]（名）附近，鄰居。△～となり／街坊。△～合壁／街坊四鄰。△～づきあい／鄰居往來。△～迷惑／妨礙四鄰。

きんしょう [近称]（名）（語法）近稱。

きんしょう [僅少]（形動）少許，些微。△～の差／些許之差。

きんじょうてっぺき [金城鉄壁]（名）銅牆鐵壁。

きん・じる [禁じる]（他上一）禁止。△外出を～／禁止外出。

ぎん・じる [吟じる]（他上一）① 吟詩。② 作詩。

きんしん [近親]（名）近親。△～結婚／近親結婚。△～者／近親者。

きんしん [謹慎]（名・自サ）① 謹言慎行。② 閉門反省。△自宅に～する／在家中閉門反省。③（江户時代的一種刑罰）不准外出。

きん・ずる [禁ずる]（他サ）⇨きんじる

ぎん・ずる [吟ずる]（他サ）⇨ぎんじる

きんせい [近世]（名）（日本歷史時代區分之一，指安土桃山時代和江户時代）近世。

きんせい [均斉・均整]（名）勻整，勻稱。△～がとれた体つき／勻稱的體形。

きんせい [金星]（名）金星。

きんせい [禁制]（名・他サ）禁止，禁令。△女人～の地／女人之禁地。△～品／禁品，違禁物品。

きんせい [謹製]（名）謹製。△山田屋～／山田屋謹製。

ぎんせかい [銀世界]（名）銀色世界。△見わたすかぎりの～／一望無際的銀色世界。

きんせきぶん [金石文]（名）金石文。

きんせつ [近接]（名・自サ）① 接近，挨近。△大都市に～した小都市／靠近大城市的小城市。② 附近。△～の村／附近的村子。

きんせん [金銭]（名）金錢，錢財。△～出納／現金出納。

きんせん [琴線]（名）心弦。△～にふれる／打動心弦。

きんぜん [欣然]（形動）欣然。△～たる態度／欣然贊同的態度。△～として出席する／欣然參加。

きんせんか [金盞花]（名）〈植物〉金盞花。

き
キ

きんそく［禁足］(名・他サ) 禁止外出。△～を命じる／命令禁止外出。

きんぞく［金属］(名) 金屬。△貴～／貴金屬。△軽～／輕金屬。

きんぞく［勤続］(名・自サ) (在同一單位或同一職業) 連續工作。△～年数／連續工齢。

きんぞくげんそ［金属元素］(名) 金屬元素。

きんだい［近代］(名) 近代，現代。△農業の～化／農業的現代化。△～史／近代史。

きんだいか［近代化］(名・自サ) 近代化，現代化。△～をめざす／向現代化邁進。

きんだいてき［近代的］(形動) 現代的，現代化的。△～な建物／現代化的建築物。

きんだか［金高］(名) 金額。△合計の～はいくらになりますか／合計金額為多少？

キンタル［quintal］(名) 公擔。

きんだん［禁断］(名・他サ) 禁止，嚴禁。△～症状／〈醫〉成癮性症狀。

きんだんのきのみ［禁断の木の実］(名) 禁果。

きんちゃく［巾着］(名) 錢包。△～切り／扒手。

きんちょう［緊張］(名・自サ) 緊張。△～しすぎてはいけない／不能過分緊張。△～がとける／緊張消除。△～した空気／緊張的空氣。

きんちょう［謹聴］(名・他サ) 敬聽。△講話を～する／敬聽講話。△～！～！／請注意靜聽！

きんちょく［謹直］(名・形動) 謹慎正直，耿直。△～な人柄／耿直的人。

きんつば［金鍔］(名) ① 金製刀護手。② 刀護手形的豆餡點心。

きんてい［謹呈］(名・他サ) 謹呈。△拙著を一冊～します／謹呈拙著一冊。

きんてき［金的］(名) ① 金色箭靶子，眾人羨慕之物。△～を射とめる／獲取眾人羨慕之物。

きんとう［近東］(名) 近東。△中～／中近東。

きんとう［均等］(名・形動) 均等，均勻。△～にわける／平均分開。△機会～／機會均等。

ぎんなん［銀杏］(名) 銀杏(的果實)，白果。

きんにく［筋肉］(名) 筋肉，肌肉。△～注射／肌肉注射。△～労働／體力勞動。

きんねん［近年］(名) 近年。△～にない豊作／近年未有的大豐收。

きんのう［勤皇・勤王］(名) 勤王，保皇。

きんば［金歯］(名) 金牙。△～を入れる／鑲金牙。

きんばえ［金蠅］(名) 〈動〉綠蠅。

きんぱく［金箔］(名) 金箔。△～をはる／貼金。△～をおく／貼金。

きんぱく［緊迫］(名・自サ) 緊迫，緊急，緊張。△～した空気／緊張的空氣。△～感／緊迫感。

きんぱつ［金髪］(名) 金髮。

ぎんぱつ［銀髪］(名) 銀髮。

ぎんばん［銀盤］(名) ① 銀盤。② 滑冰場。△～の女王／冰上女王。△～にまう／在冰上舞蹈。

きんぴか［金ぴか］(名・形動) 金光閃閃。

きんぴん［金品］(名) 財物。△～を強奪する／搶劫財物。△～を贈る／贈送金錢和物品。

きんプール［金プール］(名) 〈經〉黃金總庫。

きんぶち［金縁］(名) 金邊，金框。△～のめがね／金框眼鏡。

きんぶん［均分］(名・他サ) 均分。△遺産を～する／均分遺産。

きんぷん［金粉］(名) 金粉。

きんべん［勤勉］(名・形動) 勤勉，勤奮，勤勞。△～な人／勤奮的人。

きんぺん［近辺］(名) 附近。△～をあるく／在附近走。

きんほうげ［金鳳花］(名) 〈植物〉毛茛。

きんぼし［金星］(名) ① (一般相撲力士摔倒"橫綱"的得分記號) 金星。② 大功。△～をあげる／立大功。

きんほゆう［金保有］(名) 〈經〉黃金儲備。

きんほんいせい［金本位制］(名) 金本位制。

ぎんまく［銀幕］(名) 銀幕。△～の女王／影壇女王，電影皇后。

きんまんか［金満家］(名) 富翁，大財主。

ぎんみ［吟味］(名・他サ) 玩味，推敲，研究。△用語を～する／推敲詞句。△材料を～する／選擇材料。

きんみつ［緊密］(形動) 緊密，密切。△～な関係を保つ／保持密切的關係。△～に連絡をとる／取得密切的聯繫。

きんむ［勤務］(名・自サ) 工作。△～時間／工作時間。△～評定／工作考核，工作鑒定。△夜間～／夜班。△～先／工作單位。

きんむく［金無垢］(名) 純金，足金。

きんむねんすう［勤務年数］(名) 〈經〉工作年限，工作年頭。

きんモール［金モール］(名) ① 金綬帶。△クリスマスツリーを～でかざる／用金綬帶裝飾聖誕樹。② 帶金絲絨的絲織品。

きんもくせい［金木犀］(名) 〈植物〉金桂，桂花。

きんもつ［禁物］(名) 禁止的東西，禁忌的東西。△油断は～だ／絕不能大意。

きんゆ［禁輸］(名) 禁運。△～品／禁運物資。

きんゆう［金融］(名) ① 金融。△～が逼迫している／銀根緊。△～業／金融業。② 通融資金。

きんゆうきかん［金融機関］(名) 金融機關。

きんよう［金曜］(名) 星期五。

きんよう［緊要］(形動) 緊要，要緊。△～な問題／重要問題。

きんよく［禁欲・禁慾］(名・自サ) 禁慾。△～生活／禁慾生活。

きんらい［近来］(名・副) 近來，近日。△～まれに見る大事件／近來罕見的大事件。

きんり［金利］(名) 利息，利率。△～が安い／利率低。

きんりょう［斤量］(名) 重量，分量。

きんりょう［禁猟］(名) 禁獵。△～期／禁獵期。△～区／禁獵區。

きんりょう［禁漁］(名) 禁止捕魚。△～期／禁漁期。△～区／禁漁區。

きんりょく [金力] (名) 金錢的力量。△～で
　動かされる／為金錢所支配。
きんりん [近隣] (名) 近鄰。△～の家／近鄰的
　人家。
ぎんりん [銀輪] (名) (美稱) 自行車。
ぎんりん [銀鱗] (名) (美稱) 魚。
きんるい [菌類] (名) 菌類。

きんれい [禁令] (名) 禁令。△～を発する／下
　禁令。
きんろう [勤労] (名・自サ) 勤勞，勞動。△～
　者／勞動者。△～所得／勞動所得。△～奉仕／
　義務勞動。
きんろうかんしゃのひ [勤労感謝の日] (名)
　感謝勞動日。

き
キ

く ク

く[九](名)九。

く[句](名)① 詞語，短語。△上の～/短歌的前三句。△二の～/第二句話，下面的話。② 俳句。△～さひねる/構思作俳句。△～をよむ/作俳句。

く[苦](名)痛苦，辛苦。△～にする/苦惱，憂慮。△～になる/（為…而）苦惱，擔心。△～もなく/輕而易舉地，不費勁地。△～もなくやってのける/不費吹灰之力就幹完了。↔ 楽

く[区](名)① 區。② 地區，區域。③ 區間，段。

く[軀](名)① 身軀。②（量詞）尊。

ぐ[具](名)（加入什錦飯或湯中的）菜碼兒。

ぐ[愚](名・形動)愚蠢。△～にもつかない/極其愚蠢。△～の骨頂/愚不可及。

ぐあい[具合](名)① 狀況。△～がいい/情況良好。△いい～にあしたはひまだ/趕巧明天我有空。△でき～/質量，收成，成績。→調子 ② 作法，方法。△こんな～に書いてごらん/你這樣寫寫看。→やりかた（也寫"工合"）

グアテマラ[Guatemala]〈國名〉危地馬拉。

グアノ[guano](名)① 鳥糞（肥料）②〈礦〉鳥糞石。

クアハウス[德 Kurhaus](名)具有美容、健康、保養等多用途的溫泉設施。

グアムとう[グアム島]〈地名〉關島。

くあればらくあり[苦あれば楽あり](連語)苦盡甜來。有苦方有樂。

くあわせ[句合わせ](名)俳句賽會。

くい[杭・杙](名)椿子，橛子。△～を打つ/打椿子。△出る～は打たれる/槍打出頭鳥。出頭的椽子先爛。

くい[悔い](名)後悔，悔恨。△～をのこす/遺恨。→後悔

くいあい[食い合い](名)① 互咬，對咬，咬架。② 互相關聯，關係。③ 買賣成交情況。

くいあ・う[食い合う]Ⅰ（自五）① 互相咬。②（相互）咬合，齧合。③（相互）碰撞。Ⅱ（他五）（兩人或兩隻以上動物）一同吃。

くいあ・きる[食い飽きる](自上一)吃膩，吃厭。

くいあげ[食い上げ](名)（因失業而）丟掉飯碗，沒法生活。△飯の～/吃不上飯。

くいあまし[食い余し](名)吃剩下的（東西）。

くいあま・す[食い余す](他五)吃剩下。

くいあら・す[食い荒らす](他五)① 吃得亂七八糟。→くいちらす ② 侵犯。△対立候補に地盤を～される/被競選對手侵佔了地盤。

くいあらため[悔い改め](名)改悔。

くいあらた・める[悔い改める](他下一)悔改，悔過。

くいあわせ[食い合わせ](名)（據説同時吃會有害的）食物搭配。△この二つの食物は～がわるい/這兩種東西不可一起吃。

くいいじ[食い意地](名)貪吃，嘴饞。△～がはる/饞得慌，嘴饞得厲害。

くいい・る[食い入る](自五)扎入，勒入。△相手の顔を～ように見つめる/緊盯着注視對方的表情。

クイーン[queen](名)① 女王，女皇或王妃，皇后。② 撲克牌中的 Q 牌。③ 社交場上受人尊崇的婦女。△社交会の～/交際界的皇后。

くいおき[食い置き](名・自他サ)一次吃很多（短時間可以不吃）。

くいかけ[食い掛け](名)沒吃完。△～のりんご/啃了幾口的蘋果。

くいかじ・る[食い齧る](他五)①（一點點）嗑破。② 只學一點就不學了。

くいか・ねる[食い兼ねる](他下一)① 沒法吃。② 無法生活。

くいき[区域](名)區域。△危険～/危險區域。

くいき・る[食い切る](他五)① 咬斷。△なわを～/把繩子咬斷。△こんなに沢山一人では～れない/這麼多一個人吃不了。

ぐいぐい(と)(副)① 咕嘟咕嘟地（喝）△やけ酒を～あおる/咕嘟咕嘟地灌悶酒。② 一個勁兒地用力（拉或推）。△～引っ張る/一個勁兒拉。△第二位の走者を～と引き離した/把跑第二的越拉越遠。

くいけ[食い気](名)食慾。→食欲

くいこみ[食い込み](名)（くいこむ的名詞形）勒進，擠進。

くいこ・む[食い込む](自五)① 勒進去，陷入。△なわが手首に～/繩子勒進手腕。② 侵入，侵犯，擠進。△市場に～/打進市場。

くいころ・す[食い殺す](他五)咬死。

くいさが・る[食い下がる](自五)① 咬住不放。②（對強敵）不肯罷休，纏住不放。

くいさ・く[食い裂く](他五)用嘴撕破。

くいしば・る[食い縛る](自五)咬緊牙關。△歯を～/咬緊牙關。

くいしろ[食い代](名)① 伙食費，飯錢。② 食物。

くいしんぼう[食いしん坊](名・形動)饞嘴（的人），貪吃（的人）。

クイズ[quiz](名)智力競賽，問答比賽。

くいすぎ[食い過ぎ](名)吃過量。

くいす・ぎる[食い過ぎる](他上一)吃過量。

くいぞめ[食い初め](名)① 嬰兒出生後第一次吃飯的儀式。② 首次吃上市的鮮物。

くいたお・す[食い倒す](他五)①（在餐館）白吃。② 吃窮，坐吃山空。

くいだおれ[食い倒れ](名)吃窮。△京の着倒れ、大阪の食い倒れ/穿在京都吃在大阪。

くいだめ[食い溜め](名・自他サ)一次多吃，

存在腹中。

くいたりな・い［食い足りない］(形)① 吃不够。△いくら食っても～ような気がする／吃多少也覺得沒吃够。② 不滿足。△こんな本では～／這種書不能令人滿意。

くいちがい［食い違い］(名) 分歧。△目的と方法に～がある／目的和方法之間有矛盾。△仕事に～がおきた／工作上出了岔子。

くいちが・う［食い違う］(自五) 不一致，分歧。△意見が～／意見不一致。→相違する

くいちぎ・る［食い千切る］(他五) 咬掉一塊。

くいちら・す［食い散らす］(他五)①(把飯菜吃得)到處都是。② 插手許多事。△いろいろ～したがどれも物にならなかった／甚麼都沾點兒，一様也沒學成。

クイック［quick］(造語) 快，敏捷。△～ステップ／快步(舞)。

くいつ・く［食いつく］(自五)① 咬上，咬住。△えさに～／咬住餌食。→かみつく ② 抓住不放。△もうけ話に～／聽説有發財的事就抓住不放。

クイックターン［quick turn］(名) 游泳時在水中快速踢壁掉頭的方式，靈活轉身。

クイックランチ［quick-lunch］(名) 便餐，快餐。

くいつな・ぐ［食い繋ぐ］(自五) 勉強糊口。

くいつぶ・す［食いつぶす・食い潰す］(他五) 坐吃山空。△遺産を～／把遺産吃空。

くいつ・める［食い詰める］(自下一) 不能糊口，無法謀生。

くいで［食いで］(名) 足够吃的量。△なかなか～のある料理／很豐盛的菜。

ぐいと (副)① 用力的様子。② 喝得很快的様子。③ (狀態、方向) 突然改變。

くいどうらく［食い道楽］(名) 講究吃(的人)。

くいと・める［食い止める］(他下一) 防止，控制，阻擋。△被害を最小限に～／把損失控制在最小限度内。

くいな［水鶏］(名) 秧雞。

くいにげ［食い逃げ］(名・自サ) 吃喝後不付款就溜走(的人)，騙吃喝的人。

くいのこし［食い残し］(名)① 吃剩(的東西)。② 剩下一點東西。

くいのば・す［食い延ばす］(他五)① 省着吃。② 省着用錢。

くいはぐ・れる［食いはぐれる］(自下一)① 沒趕上吃飯。→食べそこなう ② 無法生活。→くいっぱくれる

くいぶち［食い扶持］(名) 飯費，買糧錢，生活費。△一家の～をかせぐ／掙出全家生活費。

くいほうだい［食い放題］(名) 想吃多少吃多少。

くいもの［食い物］(名)① 食物。② 剝削的對象，犧牲品。△人を～にする／把別人當犧牲品，魚肉他人。

くいりょう［食い料］(名)① 食品，食物。② 飯錢。

く・いる［悔いる］(他上一) 懊悔，後悔。△前

非を～／痛悔前非。→後悔する，くやむ

クインテット［quintette］(名)〈樂〉五重唱，五重奏。

く・う［食う］(他五)① 吃。△～や・わず／飢一頓，飽一頓。② 謀生。△～にこまる／難以糊口。△～っていく／生活下去。③ (蟲) 咬，叮。△蚊に～われる／被蚊子叮了。④ 侵犯，擊敗(對手)△人を～った話／騙人的鬼話。△對立候補に地盤を～われる／被競選的對手侵佔了自己的地盤。△人を～った顔／厚着臉皮，恬不知恥。△～か～われるか／你死我活。△なに～わぬ顔／像没事人兒似的。⑤ 耗費，消耗。△ガソリンを～／費汽油。△道草を～／耽擱時間。⑥ 遭受。△あわを～／驚慌。△びんたを～／吃耳光。△お目玉を～／遭到申斥。△おいてきぼりを～／被人撇下。

くう［空］(名)① 空中。△～を見つめる／凝視天空。△～を切る／劃破天空，騰空(而起)。(刀) 砍空。△～をつかむ／抓了個空。② 空的。△～に帰する／落空。

ぐう (名) (豁拳的) 石頭。

くうい［空位］(名) 空位。

ぐうい［寓意］(名) 寓意。

くういき［空域］(名) (某區域的) 上空。

ぐういん［偶因］(名) 偶然的原因。

ぐうえい［偶詠］(名・他サ) 偶然吟詠(的詩歌)。

クウェート［Kuwait］〈國名〉科威特。

くうかい［空海］〈人名〉空海，即弘法大師(774–835)。日本平安時代名僧。

くうかぶ［空株］(名) 空股。

くうかん［空間］(名) 空間。△～を利用する／利用空間。↔ 時間

ぐうかん［偶感］(名) 偶感。

くうかんち［空閑地］(名) 空閑地。

くうき［空気］(名)① 空氣。△～を入れかえる／換氣。② 氣氛。△緊張した～／緊張的氣氛。

くうきょ［空虚］(名・形動) 空虚。△～な生活／空虚的生活。→うつろ

ぐうきょ［寓居］(名) 寓所，舍下。

くうくう［空空］(形動トタル)① 空虚。②〈佛教〉無煩惱，無牽掛。

ぐうぐう (副) 呼嚕呼嚕 (打鼾聲)，(肚子餓得) 咕嚕咕嚕。△腹が～鳴る／飢腸轆轆。

くうくうばくばく［空空漠漠］(副・連體) 空曠，茫然，空空洞洞。

くうくゃ［空車］(名)① 空車。↔ 実車 ② 停車場仍有空位。↔ 満車

クークラックスクラン［Ku Klux Klan］(名) (美國) 三 K 黨。

グーグル［Google］(名) 谷歌搜索。

くうぐん［空軍］(名) 空軍。

くうけい［空閨］(名) 空閨，空房。

くうげき［空隙］(名) 空隙。

くうけん［空拳］(名) 赤手空拳。

くうげん［空言］(名)① 謊言，假話。② 空話。

ぐうげん［寓言］（名）寓言。

くうこう［空港］（名）飛機場。→飛行場

くうこく［空谷］（名）空谷，寂寞的山谷。

くうこくのきょうおん［空谷の跫音］（連語）空谷跫音；寂寞中有人來訪。

ぐうさく［偶作］（名）偶作，偶然的創作。

ぐうじ［宮司］（名）〈神社的最高神官〉司祭。

くうしゅう［空襲］（名・他サ）空襲。

くうしょ［空所］（名）空地，空場。

ぐうすう［偶数］（名）偶數。↔奇数

ぐう・する［遇する］（他サ）對待，招待。△客として～／以客相待。

くうせき［空席］（名）①空座位。②空職位。△～をうめる／填補空缺。

くうぜん［空前］（名）空前。△～の売れゆき／空前暢銷。→未曾有

ぐうぜん［偶然］（名・形動・副）偶然。△～のできごと／偶發事件。△むかしの友だちに～出会った／邂逅舊友。↔必然

くうぜんぜつご［空前絶後］（名）空前絶後。

くうそ［空疎］（名・形動）空洞，空虛。△～な話／空話。

くうそう［空想］（名・他サ）空想。

ぐうぞう［偶像］（名）偶像。△～崇拝／偶像崇拜。

ぐうたら（名・形動）吊兒郎當（的人）遊手好閑（的人）。△～な生活／遊手好閑的生活。

くうち［空地］（名）①空地。②空中和地面。

くうちゅう［空中］（名）空中。△～分解／（飛機在空中）散架。（計劃等）半途而廢。

くうちゅうろうかく［空中楼閣］（名）空中樓閣，海市蜃樓。→しんきろう

くうちょう［空調］（名）空調。→エアコンディショニング

くうちょう［空腸］（名）〈醫〉空腸。

くうていぶたい［空挺部隊］（名）空降部隊，傘兵部隊。

クーデター［法 coup d'etat］（名）政變。

くうてん［空転］（名・自サ）空轉。△議論が～する／空發議論。→からまわり

グーテンベルク［Johannes Gensfleisch Gutenberg］〈人名〉古騰堡（1394-1468）。歐洲發明活字印刷者。

くうどう［空洞］（名）①空洞。△～化／只剩下空架子。②〈醫〉肺結核的空洞。

ぐうのねもでない［ぐうの音も出ない］（連語）啞口無言，無言答對。

くうはく［空白］（名・形動）空白。△病気中の～をとりもどす／彌補生病耽擱的時間

くうばく［空爆］（名・他サ）轟炸。

ぐうはつ［偶発］（名・自サ）偶發。△～事件／偶發事件。

くうひ［空費］（名・他サ）浪費。△時間の～／白費時間。

くうふく［空腹］（名）空腹。△～をおぼえる／感到（肚子）餓了。△～をかかえる／空着肚子。↔満腹

くうぶん［空文］（名）空文。△～化／成為一紙空文。

クーペ［法 coupé］（名）雙座馬車（汽車）。

くうぼ［空母］（名）航空母艦。

くうほう［空包］（名）空彈，空包彈。↔実包

クーポン［coupon］（名）①（每次撕一張的）本兒票。②通票，聯票。△クーポン券／通票，聯票。

クーポンけん［クーポン券］（名）優惠購物券，贈券。

くうめい［空名］（名）空名，虛名。

ぐうもく［寓目］（名・自サ）寓目，注意到。

くうゆ［空輸］（名・他サ）空運。△～保険／空運險。

ぐうゆう［偶有］（名・自サ）偶有，偶然具有（某種性質）。

クーラー［cooler］（名）冷氣設備。△この部屋は～がきく／這房間有冷氣。△～を入れる／打開冷氣。

くうらん［空欄］（名）空白欄，空白處。

クーリエ［courier］（名）使者，特使。

くうりくうろん［空理空論］（名）空洞理論。

クール［cool］（形動）①涼快。②冷靜。△～な人／頭腦冷靜的人。

クールダウン［cool down］（名）①冷卻，鎮止住，平息。②（劇烈運動後的）恢復正常體能狀態。

グールマン［法 gourmand］（名）美食家。

くうれいしき［空冷式］（名）氣冷式。△～エンジン／氣冷式發動機。

くうろ［空路］（名）①航空路綫。②乘（坐）飛機。△～帰国の途につく／乘飛機啟程回國。

くうろん［空論］（名）空論，空談。△机上の～／紙上談兵。

クーロン［coulomb］（名・接尾）〈理〉庫侖。

クーロンの法則［クーロンの法則］（名）〈理〉庫侖定律。

ぐうわ［寓話］（名）寓言。

クエーカーは［クエーカー派］（名）貴格派，教友派。

くえき［苦役］（名）①苦役，苦工。②徒刑。△～に服する／服刑。

クエスチョンタイム［question time］（名）討論時間。

クエスチョンマーク［question mark］（名）問號。

くえない［食えない］（連語）①滑頭滑腦。△あいつは～やつだ／他是個滑頭滑腦的傢伙。②不能吃。③吃不上飯。

クエリー［query］（名）〈IT〉查詢，詢問，疑問。

クォータリー［quarterly］（名）季刊。→季刊誌

クォーツ［quartz］（名）石英。

クオート［quote］（名）〈經〉報價。

クォリティー［quality］（名）品質，性質，質量。△ハイ～／優質，高級。

くおん［久遠］（名）久遠。△～の理想／遠大的理想。

クオンティティー［quality］（名）量，數量，分量。

くかい［区会］(名) 區議會。

くかい［句会］(名) 俳句會。

くがい［苦界］(名)①〈佛教〉苦界，苦海。②火坑。

くかく［区画］(名) 區劃。△～整理／劃調整。

くがく［苦学］(名・自サ) 工讀。△～生／工讀生。

くがつ［九月］(名) 九月。

くかん［区間］(名) 區間，區段。

くかん［軀幹］(名) 軀幹。

ぐがん［具眼］(名) 有眼力，有見識。

くき［茎］(名) 莖，稈。

くぎ［釘］(名) 釘子。△糠に～／徒勞，白費事。

くぎがきく［釘が利く］(連語) 有效，生效。

くぎづけ［釘付け］(名・他サ)①釘死，釘住。△たるを～にする／把木桶釘死。②固定。△おそろしさのあまり，その場に～になった／驚獸在那裏。

くぎになる［釘になる］(連語) 手腳冰涼。

くぎぬき［釘抜き］(名) 拔釘鉗子，起釘器。

くきょう［苦境］(名) 困境，窘境。△～にたたされる／陷於困境。→窮地

くぎょう［公卿］(名) 公卿，貴族。→公家

くぎり［区切り・句切り］(名)①句讀，小段落。②段落。△～をつける／告一段落。

くぎりふごう［区切り符号・句切り符号］(名) 文章停頓的符號，如 "。"、"、"、"，"、"." 等。

くぎ・る［区切る・句切る］(他五)①加句讀，分段落。②隔開，劃分。△土地を小さく～って売る／把地皮劃分成小塊出售。

くぎをさす［釘を刺す］(連語) 叮問清楚，叫對方把話説死。

くぎん［苦吟］(名・自サ) 苦心作詩，或指所作詩歌。

くく［九九］(名) 九九歌。

くく［区区］(形動トタル)①各種各樣。△議論が～に分れた／議論紛紛。②區區。△～たる小事／區區小事。

くぐもりごえ［くぐもり声］(名) 口齒不清的話語，含混的語聲。

くぐりど［くぐり戸・潜り戸］(名) 便門，小門。→切り戸

くく・る［括る］(他五) 捆，綁，紮。△なわで～／用繩捆。△かっこで～／打括號。△首を～／上吊。△木に～りつける／捆到樹上。

くぐ・る［潜る］(他五)①扎猛子，潛水。②從…下面穿過。△難関を～／渡過難關。△法の網を～／逃脱法網。

くげ［公家］(名) 朝臣。→くぎょう ↔武家

くけい［矩形］(名) 矩形。("長方形" 的舊説法。)

く・ける［紕ける］(他下一) 繰。→まつる

くげん［苦言］(名) 忠言，忠告。△～を呈する／進忠言。→忠告

ぐけん［愚見］(名) 愚見，拙見。

ぐげん［具現］(名・他サ) 具體化，體現，實現。△言葉は思想を～する／語言體現思想。

くこ［枸杞］(名)〈植物〉枸杞。

くさ［草］(名) 草，雜草，野草。△～をとる／除草。△～をむしる／薅草。△～ぶきの屋根／草葺的房頂。

くさ-［草］(接頭) 非正規的，非專業的。△～競馬／郷間賽馬。△～ずもう／非專業相撲。

-ぐさ［草］(接尾)(…的) 材料，素材。△質～／抵押品，當東西。△お笑い～／笑柄。△語り～／話題。

くさ・い［臭い］Ⅰ(形)①臭。△息が～／呼氣有臭味。△～飯を食う／蹲監獄。②可疑。△あの男が～／那人可疑。Ⅱ(接尾)①有…氣味。△氣味。△ひつじ～／膻。△小便～／臊。△ガス～／有煤氣味。②有…感覺。△老人～／老氣。△役人～／官氣。△バター～／洋氣。△けち～／太吝嗇。△いなか～／土氣。

くさいきれ［草いきれ］(名) 青草散發的熱氣。

くさいものにはえがたかる［臭い物に蠅がたかる］(連語) 物以類聚。

くさいものにふたをする［臭い物に蓋をする］(連語) 遮掩醜事。

くさいものみしらず［臭い物身知らず］(連語) 看不見自己的缺點。

くさいろ［草色］(名) 草綠色。

くさかり［草刈り］(名) 割草(的人)。△～鎌／割草用的鐮刀。△～機／割草機。

くさがれ［草枯れ(れ)］(名・自サ) 草枯(季節)。

くさかんむり［草冠］(名) 草字頭。

くさき［草木］(名) 草木，植物。△～もねむる／萬籟俱寂。△～もなびく／人所敬服。

ぐさく［愚作］(名)①無聊的作品。②(謙) 拙著。

ぐさく［愚策］(名)①愚蠢的策略。②(謙) 拙見。

くさくさ(副・自サ) 鬱悶，不痛快。△～した気分／悶悶不樂的心情。

くさぐさ［種種］(名) 種種，樣樣，各種各樣。△～のおくりもの／各式禮品。

くさけいば［草競馬］(名) 郷間賽馬。

くさ・す［腐す］(他五) 貶低，誹謗，挖苦。△陰で～／在背地裏貶低人。

くさずもう［草相撲］(名) 非專業的相撲比賽。

くさち［草地］(名) 草地。

くさってもたい［腐っても鯛］(連語) 瘦死的駱駝比馬大。

くさとり［草取り］(名) 除草。

くさのねわけてもさがす［草の根分けても探す］(連語) 到處尋找，徹底搜尋。

くさばな［草花］(名) 草花，草本花。

くさばのかげ［草葉の陰］(連語) 九泉之下，黃泉。△～からみまもる／在九泉之下保佑。

くさはら［草原］(名) 草原，草地。→そうげん

くさび［楔］(名)①楔子。△～を打つ／打進楔子。△～を打ちこむ／打進對方(敵人)內部。②把鋦(加固木頭接合處的兩腳釘)。△～で締める／用把鋦固定住。△～をさす／叫對方説準。

くさびがたもじ［楔形文字］(名) 楔形文字。

くさぶえ［草笛］(名) 用草莖或草葉作笛子吹。

くさぶか・い［草深い］(形) 偏僻。△～いなか／偏僻農村。

くさぶき［草葺］(名) 草葺，草屋頂。

くさまくら［草まくら・草枕］(名) 露宿，旅次。

くさみ［臭み］(名) ① 難聞的氣味，臭味。△～をぬく／去臭味。② 擺架子，裝腔作勢。△～のある文章／裝腔作勢的文章。

くさむしり［草むしり］(名) 拔草，薅草。

くさむ・す［草むす］(自五) 長草。

くさむら［草むら・叢］(名) 草叢。

くさめ［嚏］⇨くしゃみ

くさもち［草もち・草餅］(名) 草味年糕，艾糕。

くさや［草屋］(名) ① 草房，茅屋。② 堆飼草的棚子。

くさやきゅう［草野球］(名) 業餘棒球 (比賽)。

くさり［鎖］(名) 鎖鏈 (子)。△～につなぐ／(把…) 拴在鏈子上。△両国間の～は切れた／兩國間的關係斷了。→チェーン

くさり［腐り］(名) 腐爛。△～がひどい／腐爛得厲害。

ぐさりと (副) 一下子 (扎進)。△匕首で～突く／用匕首下子刺進去。

くさ・る［腐る］(自五) ① 腐爛，變質。△～ほどある／有的是，要多少有多少。② 腐朽，銹。③ (人) 腐敗，墮落。△あいつほど根性の～ったやつはいない／再沒有像他那麼墮落成性的人了。④ 消沉，無精打采。△いちどの失敗ぐらいで、そんなに～なよ／不要為一次失敗就那麼頹喪。

くされ［腐れ］(造語)(冠於名詞前) 可蔑視，可憎惡的。△～金／臭錢，一點錢。△～女／臭女人，臭娘兒們。

くされえん［腐れ縁］(名) 孽緣，擺脫不掉的關係。

くさわけ［草分け］(名) ① 拓荒，墾荒者。② 開拓 (者)，奠基人，創始人。△～時代／草創時期。

くし［串］(名) 籤子。△～だんご／黏糕串。△魚を～に刺して焼く／把魚串在籤子上烤。

くし［櫛］(名) 梳子。△髪を～ですく／用梳子梳頭。△～を入れる／梳。△～の歯をひくように／接二連三。△～の歯をひくように困難な問題がおこる／困難接踵而來。

くし［駆使］(名・他サ) 驅使，運用自如。△機械を～する／自由地使用機器。

くじ［籤］(名) 籤。△～をひく／抽籤。△～があたる／中籤，中彩。△～運／抽籤的運氣。△あみだ～／抓大頭，抓鬮。△おみ～／神籤。△宝～／彩票。

くじうん［籤運］(名) 手氣。△～が強い／手氣好。

くしがき［串柿］(名) 柿餅串兒。

くじ・く［挫く］(他五) ① 挫，扭。△足首を～／扭了腳脖子，崴了腳。② 挫敗，降低。△気を～／挫傷銳氣。△出ばなを～かれた／

一開始就碰了釘子。△強きを～き、弱きを助ける／抑強扶弱。

くしくも［奇しくも］(副) 奇怪，奇異。△～その日は彼の誕生日であった／想不到那天是他的生日。

くじ・ける［挫ける］(自下一) 沮喪，頹唐，氣餒。△勇気が～／氣餒了，沒有勇氣了。心が～／灰心喪氣。

くしざし［くし刺し・串刺し］(名) ① 用籤子穿 (的東西)。② 刺殺，刺死。△～にする／刺死。

くじびき［くじ引き・籤引き］(名) 抽籤。→抽選

ぐしゃ［愚者］(名・自サ) 愚人，愚者。↔賢者

くじゃく［孔雀］(名) 孔雀。△～石／孔雀石。

くしゃくしゃ I (形動) 皺皺巴巴。△～に丸めた千円札／揉得皺皺巴巴的一千日圓的紙幣。△なみだで～になった顔／滿面淚痕。II (副・自サ) 心煩，心亂。△気持が～する／心情煩躁。

ぐしゃぐしゃ (副) 浸透，泡壞，壓壞。△雨が降るとこの道はすぐ～になる／一下雨這條路就泥濘不堪。△箱が～に壊れる／箱子壓得不成形了。

くしゃくにけん［九尺二間］(名) 窄小簡陋的屋子，陋室。

くしゃみ (名・自サ) 噴嚏。△～をする／打噴嚏。

くじゅう［苦渋］(名) 苦澀，苦惱，痛苦。△～にみちた表情／充滿痛苦的表情，苦澀的表情。

くじゅうをなめる (連語) 吃苦頭，飽嘗艱苦。→苦杯をなめる

くじょ［駆除］(名・他サ)(對害蟲) 驅除，消滅。△白ありを～する／驅除白蟻。

くしょう［苦笑］(名・自サ) 苦笑。△～を禁じえない／不禁苦笑。→にが笑い

くじょう［苦情］(名)(因受損失而提出的) 不滿，意見，要求。△～を並べる／訴委屈。△～を訴える／鳴不平。△相手方から～が出た／對方提出了不滿意的批評意見。△市役所へ～をもちこむ／向市政府提出意見。△～の処理／解決索賠的要求。

ぐしょう［具象］(名) 具體，具體表現，形象化。△～画／形象畫。→具體。

ぐしょぐしょ (形動・副・自サ) 濕透，濕轆轆的。△雨でズボンが～にぬれた／褲子叫雨淋得濕漉漉的。

ぐしょぬれ (副) 濕淋淋。△夕立にあって～になった／遇上陣雨淋了個透。

くじら［鯨］(名) 鯨。

くじ・る［抉る］(他五) 挖，掏。△穴を～／挖洞。△耳を～／掏耳朵。

くしん［苦心］(名・自サ) 苦心，費盡心血。△～惨憺／嘔心瀝血。△～談／苦心之談。△～の程が分かる／可看出費了很大苦心。

ぐしん［具申］(名・他サ) 呈報。→進言，上申

くす［樟］(名) ⇨くすのき

くず［屑］(名) ① 屑，碎片。△紙～／紙屑。

△かんな〜／刨花兒。△鉄〜／鐵屑。②廢物。△おまえは人間の〜だ／你是塊廢料，你是個窩囊廢。

くず [葛] (名)〈植物〉葛，甘葛藤。

ぐず [愚図] (名・形動) 遲鈍，慢騰騰(的)，慢性子。△〜っぺ／老蔫兒。→のろま，うすのろ

くずあん [葛餡] (名) 芡，芡汁，鹵汁。

くずかけ [葛掛 (け)] (名) 澆論，澆汁 (的菜)。

くずかご [屑籠] (名) 碎紙簍。

くすくす (副) 竊笑，嗤嗤 (地笑)。△陰で〜笑う／在背後偷着笑。

ぐすぐす (副・自サ) ① 呼哧呼哧，呼嚕呼嚕。△かぜで鼻を〜させる／因為傷風鼻子呼哧呼哧響。② 抽搭。△〜泣く／抽抽搭搭地哭。

ぐずぐず [愚図愚図] (副・自サ) ① 慢騰騰，遲鈍，磨蹭。△〜していると，おいていくぞ／再磨蹭就扔下你先走了呀！② 嘟嘟嚷嚷。△〜言っていないで，はっきり言え／別嘟嘟嚷嚷，痛痛快快地講出來。

ぐずぐず (形動) 鬆了，鬆動，晃悠。△〜になる／晃悠起來，鬆了。

くすぐったい (形) ① 酥癢。△足のうらが〜／腳心發癢。② 害臊，難為情。△ほめられて〜／被誇獎得怪不好意思的。

くすぐり [擽り] (名) ① 使發癢。② 逗哏，噱頭。△〜を入れる／逗哏。△あの芝居は〜が多すぎる／那齣戲噱頭太多。

くすぐ・る [擽る] (他五) ① (使人) 使發癢，胳肢。② 逗哏，逗笑兒。△人の心を〜／逗人開心。△相手の自尊心を〜／投合對方的自尊心理。

くずこ [くず粉・葛粉] (名) 葛粉，澱粉。

くずしがき [崩し書き] (名) ① 草書，行書。② 簡體字。

くずしじ [崩し字] (名) 草體字 (草書、行書字)。

くず・す [崩す] (他五) ① 使…崩潰，拆毀，拆掉。△山を〜／鏟平山丘。△がけを〜／塌山崖。② (把整齊的東西) 搞亂，打亂。△ひざを〜／(改become) 寬坐，伸腿坐，隨便坐。△列を〜／搞亂隊形。△体調を〜／(競技時的) 身體狀態失常。③ 寫連筆字。④ 換成零錢。△金を〜／換成零錢。△一万円札を千円札十枚に〜／把一萬日圓的紙幣破成十張一千日圓的紙幣。→両替する

くすだま [くす玉・薬玉] (名) (慶祝典禮用的) 裝有彩紙綵帶長綵條的花綉球。

ぐずつ・く [愚図つく] (自五) ① 時下 (雨) 時停的天氣，不開晴。△〜いた天気／陰晴不定的天氣。② 磨蹭，拖延。△後任人事の問題がまだ〜いている／後任的人事安排遲遲難以定。

くずてつ [くず鉄・屑鉄] (名) 碎鐵，鐵屑，廢鐵。→スクラップ

くす・ねる (他下一) 昧起來，私吞。△買物の釣銭を〜／把買東西找回的零錢昧起來。△公金を〜／私吞公款。→ぬすむ，ちょろまかす

くすのき [樟・楠] (名) 樟木，楠木。

くすぶ・る [燻ぶる] (自五) ① 不起火苗乾冒煙。△焼跡がまだ〜っている／火場還在冒煙。② 憋在裏頭沒顯露出來。△不満が〜っている／不滿情緒還在潛伏着。③ 悶 (在裏頭)，壓 (在下面)。△家で〜っている／悶居在家。△いつまでも下積みで〜っている／老踩在別人腳下出不了頭。

くずまい [屑米] (名) 碎米。

くす・む (自五) ① 灰暗，沒有光澤。△〜んだ色／灰暗的顔色。② 不引人注目。△〜んだ存在／不引人注目的人。

くずや [屑屋] (名) 收破爛的。

くずゆ [葛湯] (名) 葛粉湯。

くすり [薬] (名) ① 藥。△〜がきく／藥有效。△〜を飲む／吃藥。△上藥。△〜粉／藥粉。△かぜ〜／感冒藥。② 釉子。△上ぐすり／瓷釉，釉子。③ 好處，益處。△毒にも〜にもならない／無害也無益。

くすりがききすぎた [薬が効き過ぎた] (連語) 批評、處分等過了頭。

くすりがきく [薬が効く] (連語) ① 藥靈。② 批評處分起作用。

くすりだい [薬代] (名) 藥費，醫療費。

- くすりにしたくもない [薬にしたくもない] (連語) 一點也沒有…。△彼には親切など〜／他這人毫無體貼別人之心。

くすりばこ [薬箱] (名) 藥箱。

くすりや [薬屋] (名) 藥店，藥鋪。

くすりゆび [薬指] (名) 無名指。→ななしゆび，無名指，べにさし指

ぐず・る [愚図る] (自五) ① (小孩) 磨人，纏人。→ただをこねる ② 〈俗〉打碴兒，找藉口訛人。△不良に〜られる／被流氓敲打竹槓。

くずれ [崩れ] (名) ① 崩潰。△山〜／山崩。② 潰散。△総〜／總崩潰。③ 暴跌。

- くずれ [崩れ] (接尾) (某種人的) 沒落者，殘餘。△あいつは兵隊〜だ／那像伙過去是當兵的。△作家〜／殘魄的作家。

くず・れる [崩れる] (自下一) ① 崩潰，倒塌。△がけが〜／山崖崩塌。② (完整的東西) 失去原形。△姿勢が〜／變為隨便的姿勢。△列が〜／隊形亂了。△天気が〜／天氣變壞。③ 換成零錢。△一万円札がやっと〜た／一萬日幣總算破開了。

くすんごぶ [九寸五分] (名) 匕首。

くせ [癖] (名) ① 癖性，習慣，毛病。△〜がつく／染上…癖，養成習慣。△〜になる／成為習慣。△なくて七癖／人沒有沒脾氣的。△口ぐせ／口頭語兒。② 特性，特徵，特點。△〜のある文章／有特殊風格的文章。③ 變形。△髪の〜／頭髮打捲兒。△つりざおの〜をなおす／把魚竿的彎兒直過來。

くせつ [苦節] (名) 節操，苦守節操。△〜十年／苦守節操十年。

くぜつ [口説・口舌] (名) (男女間的) 爭吵，口角。

ぐせつ［愚説］（名）愚蠢之談，愚見，拙見。

- くせに（接助）本來…可是，卻。△知っている～教えてくれない／本來知道卻不告訴我。△子供の～大人のような口をきく／一個小孩子竟説大人話。

くせもの［曲者］（名）① 形跡可疑的人，壞人。△～が忍びこんだ／鑽進了形跡可疑的人。△彼の従順さが～だ／他那個老實勁可要小心。② 不好惹的人，老奸巨滑。△あいつは口ではうまいことを言っても，うらではなにを考えているかわからない～だ／對他可要當心，儘管他口頭上説得天花亂墜，可知他骨子裏在想些甚麼。

くせん［苦戦］（名・自サ）苦戰。△～をしいられる／被迫進行苦戰。→苦闘

くそ［糞］I（名）① 糞，尿。～ふん，大便 ②（眼，耳，鼻等）分泌物。△目～／眼屎。△耳～／耳垢。II（感）大動肝火的罵人話。△～いまいましい／媽的，真可惡！△なに～！／他媽的！

くそ‐（接頭）① 表示輕蔑，罵人。△～ばばあ／臭老婆子，臭娘兒們。② 過度。△～度胸／傻大膽，膽大包天。

- くそ（接尾）増強語氣（含貶義）。△へた～／拙劣透頂，笨蛋。△ぼろ～／一錢不值，破爛兒。

ぐそく［愚息］（名）犬子，小兒。→豚児

くそたれ［糞垂れ］（名）蠢豬，混蛋。

くそまじめ［糞真面目］（形動）一本正經，傻認真。

くそみそ［糞味噌］（形動）① 好壞不分。△～にして論じる／好壞混為一談。② 信口攻訐，胡亂。△～に言う／亂説一通。△～にやっつける／整得一塌糊塗。→みそくそ，ぼろくそ

くだ［管］（名）管子。→パイプ・チューブ・かん。

ぐたい［具体］（名）具體。△～案を出す／提出具體方案。

ぐたいか［具体化］（名・自他サ）具體化。△長年の計画がやっと～した／多年的計劃終於成為現實。

ぐたいてき［具体的］（形動）具體的。△～な計画はまだ立っていない／具體計劃還沒有訂。↔抽象的。

ぐたいれい［具体例］（名）具體例證，實例。

くだ・く［砕く］（他五）① 打碎，弄碎。△氷を～／打碎冰塊。△野望を～／粉碎野心。② 操心，費心。△心を～／操碎了心，費盡心思。③ 淺易地。△～いて説明する／淺易地加以説明。

くたくた（形動・副）① 筋疲力盡，疲憊不堪。△～になる／（累得）快散架子了。②（衣服用舊後）不挺實，走了形。△～の背広／走了樣兒的西裝。→よれよれ。

くだくだしい（形）冗長，累贅，絮叨。△～話／囉囉唆唆的話。

くだけた［砕けた］（連體）① 破碎的。② 平易近人的，和藹的。△～態度／和藹的態度。③

淺近易懂的。△～文章／淺易的文章。△～調子で話す／無拘無束隨便談談。

くだ・ける［砕ける］（自下一）① 碎，破碎。△ガラスが～／玻璃碎了。△波が～／浪花飛濺。△当たって～けろ／豁出去幹一場。碰碰運氣。△腰が～／泄氣。

ください［下さい］I（動）（敬語）給（我）。△お手紙を～／請給我（來）信。△少し時間を～／請給我一些時間。II（補動）請…△どうぞおっしゃって～／請您説説。△ごらん～／請您看。

くださ・る［下さる］I（他五）（敬語）給（我）。△先生が～った本／老師贈給我的書。II（補動）（感激他人）為（我），給（我）…△読んで～／讀給我聽。△ご心配～／擔心我，為我擔心，惦記我。

くだしぐすり［下し薬］（名）〈醫〉瀉藥。

くだ・す［下す・降す］（他五）① 降，落。△官位を～／降職。② 下達。△命令を～／下命令。△判決を～／宣判。→申しわたす ③（自己負責）做，幹。△判断を～／下判斷。△手を～／下手，着手。④ 使…投降，打敗。△強敵を～／打敗強敵。⑤ 瀉，打。△虫を～／打蟲子。△腹を～／瀉肚子。

- くだす（接尾）一氣呵成地做下去。△読み～／一口氣讀下去。

くたば・る（自五）① 累得要死，累倒了。→のびる ② 死。△おまえなんか～ってしまえ／你這小子，見鬼去吧！你這該死的！

くたびれもうけ［草臥れ儲け］（連語）徒勞。△骨折り損の～／白費勁，勞而無功。

くたび・れる［草臥れる］（自下一）① 累，疲乏。△もう，もう一歩も歩けない／累死了，一步也走不動了。△しゃべりすぎてあごが～れた／話説多了，下巴都發酸了。△待ち～／等煩了。②（衣服）穿舊，走樣。△そろそろ洋服が～れてきた／這西裝也穿到時候了，不挺實了。

くだもの［果物］（名）水果。△～ナイフ／水果刀。△～屋／水果店。→フルーツ

くだら［百済］（名）〈史〉〈國名〉百濟。

くだらな・い［下らない］（形）無聊，無價值。△～話／無聊的話。→ばかばかしい，つまらない

くだり［下り］（名）① 下，降。△川～／（乘船）順流而下。△天～／下凡；退職後的高官到民間企業供職；（上級硬性）指派，決定。②（列車）由首都去地方。△～の特急／下行特快。↔上り

くだり［条・件］（名）（文章和故事的）一節，一段。△この～はなかなかの名文だ／這一段寫得十分精彩。

くだりざか［下り坂］（名）① 下坡。↔上り坂 ② 衰微，衰落，走下坡路。△このごろは売り上げが～だ／最近銷售額在走下坡路。↔上り坂 ③（天氣）變壞。△天気は今晩から～になるでしょう／從今天晚上起，天氣要變壞。↔回復

くだ・る［下る・降る］（自五）①下，降。△山を～／下山。↔のぼる②下野，離職為民間人士。執政黨下台作為在野黨。③由首都到地方。△東海道を～／下東海道。↔のぼる④下達。△判決が～／宣判。△命令が～／命令下達。⑤去河下游。△川を～／順流而下。↔のぼる⑥戰敗，投降。△敵に～／投降敵人。⑦（年代）接近現代。△時代が～／接近現代。⑧瀉肚，腹瀉。△腹が～／瀉肚。⑨（以否定的形式）少於。△その日の参加者は5万人を～らない／那天参加的人不下五萬。

くだをまく［管を巻く］（連語）（絮絮叨叨）說酔話。

くだんの［件の］（連體）上述的，以前提及的。△～男がまた現れた／提到過的那個人又來了。

くち［口］ I（名）①嘴，口。△～をあける／開口。△～をむすぶ／閉嘴。△～をつぐむ／閉口不言。△～をつける／開始吃（喝）。△親の～から言うのもなんですがあの子はいい子です／從父母嘴裏也許不該這麼說，那孩子是個好孩子。△おちょぼぐち／小嘴兒，櫻桃小口。②説話。△～がうまい／能說會道。△～をつつしむ／謹言。△世間の～がうるさい／人言可畏。△～ほどでもない／不像說的那樣（好）。△～べた／笨嘴拙舌。△にくまれぐち／討厭的話。③叫去，請去。△～がかかる／（歌妓等）有客人叫。④口味，味覺。△～がこえている／口味高。△～にあう／合口味。→味覚⑤人丁。△～をへらす／減少吃飯的人口。⑥（人的）出入口。（東西的）口兒。△財布の～／錢包口兒。△非常ぐち／太平門。⑦開端。△宵の～／剛剛入夜。△序の～／剛剛開頭。△～あけ／打開（器物的）口；開始。⑧工作崗位。△いい～がみつかった／找到了好工作。⑨種，類，宗。△千円の～はうりきれです／一千日圓的這種貨已經售完。△別～／另外（一種）。II（接尾）①（放入口中、動嘴的）次數。△ひと～に食べる／一口吃下。△ひと～で言う／一言以蔽之。②股，份。△一～千円で，二～以上お願いします／一份一千日圓，請辦兩份以上。

ぐち［愚痴］（名）牢騷。△～をこぼす／發牢騷。→くりごと

くちあい［口合（い）］（名）①説得來，説話投機。②保人，介紹人。③雙關語，俏皮話。

くちあけ［口開け］（名・他サ）①打開（罐頭）。②（喩）（事務的）開端。

くちあたり［口当り］（名）①味道。△この酒は～がいい／這酒味道不錯。②待人接物的態度。△～のいい人／待人和藹的人。

くち・い（形）〈俗〉（過飽）撐得慌。

くちいれ［口入れ］（名・他サ）介紹，推薦，作媒人。

くちうつし［口写し］（名）同別人說一模一樣的話。

くちうつし［口移し］（名・他サ）①嘴對嘴（餵）。②口授。

くちうらをあわせる［口裏を合わせる］（連語）（預先）統一口徑。

くちうるさ・い［口煩い］（形）嘴碎，愛嘮叨。

くちえ［口絵］（名）插圖，卷頭畫。

くちおし・い［口惜しい］（形）→くやしい

くちおも［口重］（名・形動）①説話慢。②不輕易開口。

くちおも・い［口重い］（形）①口齒不流利，説話慢。②不輕易開口，慎言。

くちがいやしい［口が卑しい］（連語）嘴饞。

くちがうごけばてがやむ［口が動けば手がやむ］（連語）嘴勤手不勤。

くちがおごる［口が奢る］（連語）口味高，講究飲食。

くちがおもい［口が重い］（連語）寡言。△彼は～ほうだが言うべきことはきちんという／他寡言少語，但該説的話卻講得一清二楚。

くちがかたい［口が堅い］（連語）嘴緊。

くちがかるい［口が軽い］（連語）嘴快，嘴不嚴。△あの人は～からゆだんならない／那個人嘴快，不能大意。

くちがくさっても［口が腐っても］（連語）緘口。△それだけは～言えない／那事打爛了嘴我也不能說。

くちがこえる［口が肥える］（連語）口味高，講究吃。

くちがさびしい［口が寂しい］（連語）想吃點甚麼。△たばこをやめたら～てたまらない／戒了煙，嘴怪沒滋味的。

くちかず［口数］（名）①説話的多少，話語的數量。△～が多い／話多。②人數，人口。△～をへらす／減少人口。

くちがすぎる［口が過ぎる］（連語）愛嘮叨，話說過頭。

くちがすっぱくなる［口が酸っぱくなる］（連語）苦口婆心，舌敝唇焦。

くちがすべる［口が滑る］（連語）説走嘴，失言。

くちがた・い［口堅い］（形）嘴緊，嘴嚴。

くちがため［口固め］（名・自サ）①鉗口，封住嘴。②（必須遵守的）口頭約會。△夫婦の～をする／約定一定結為夫婦。

くちがね［口金］（名）（器物口上的）金屬卡口，金屬蓋子。→留め金

くちがひあがる［口が干上がる］（連語）不能糊口。

くちがふさがらぬ［口が塞がらぬ］（連語）張口結舌。△あいた～／目瞪口呆。

くちがへらない［口が減らない］（連語）頂嘴，強詞奪理。

くちからさきにうまれる［口から先に生れる］（連語）能言善辯，口若懸河。

くちがる［口軽］（名・形動）①説話流暢。②説話輕率。

くちがる・い［口軽い］（形）説話輕率。

くちがわるい［口が悪い］（連語）嘴損，説話尖刻。

くちきき［口利き］(名) 調停人，説客，斡旋。→口ぞえ

くちぎたな・い［口汚い］(形) ① 愛説下流話，嘴髒。△～くのしのしる／罵得難聽。② 嘴饞。

くちく［駆逐］(名・他サ) 驅逐。

くちぐせ［口癖］(名) 口頭語兒，口頭禪。△～になる／成了口頭語兒。

くちぐち［口々］(名) 異口同聲。△～に言う／異口同聲地説。

くちぐるま［口車］(名) 花言巧語。△～にのせられる／被花言巧語所騙。

くちげんか［口喧嘩］(名・自サ) 口角，吵嘴，爭吵。→口論

くちごたえ［口答え］(名・自サ) 頂嘴，頂撞。△～をするな／別頂嘴！

くちコミ［口コミ］(名) 口頭傳聞，小道消息，小廣播。△～でうわさがひろがる／小道消息傳播開來。

くちごも・る［口籠る］(自五) ① 説不出來，結結巴巴。② 吞吞吐吐，支吾。

くちさがな・い［口さがない］(形) 嘴損，愛挖苦人，愛説長道短。

くちさき［口先］(名) ① 口頭，嘴頭。△彼は～だけで，いざとなるとなにもしない／他只是要嘴皮子，一到緊要關頭卻沒有行動。

くちさびし・い［口寂しい］(形) 嘴空 (沒東西吃)。

くちずさ・む［口ずさむ］(他五) 吟，誦，哼。△歌を～／哼着歌兒。

くちぞえ［口添え］(名・自サ) 美言，代人説好話。→口きき

くちだし［口出し］(名・自サ) 多嘴，插嘴。△よけいな～／多管閑事。→さしでぐち

くちつき［口付き］(名) ① 口形。② 口吻，語氣。△いかにもうれしそうな～で話す／以十分高興的口吻説。→口ぶり

くちづけ［口付け］(名・自サ) 接吻，親嘴。→キス

くちづたえ［口伝え］(名) ① 口傳。△～に聞く／聽 (人家) 説。從別人嘴裏聽到。② 口授。

くちづて［口伝て］(名) 口傳，(捎) 口信。

くちとはらとはちがう［口と腹とは違う］(連語) 表裏不一，口是心非。

くちどめ［口止め］(名・自サ) 堵嘴，鉗口。△～料／鉗口費。堵嘴錢。→口ふさぎ

くちなおし［口直し］(名) 換口味，清口。△～に蜜柑をひとついかがですか／來個橘子清清口好不好？

くちなし［梔］(名)〈植物〉梔子。

くちにあう［口に合う］(連語) 合口味。

くちにする［口にする］(連語) ① 説。→言う，話す ② 吃，喝。

くちにだす［口に出す］(連語) 説出來。△個人的な理由など～べきではない／個人的理由，不該提出來。

くちにでる［口に出る］(連語) 不禁説出口來。

くちにのぼる［口に上る］(連語) 作為話題提出來。

くちにのる［口に乗る］(連語) ① 被人議論。② 被花言巧語所騙。

くちにまかせる［口に任せる］(連語) 信口開河。

くちのしたから［口の下から］(連語) 剛説…馬上 (説相反的情況)。△今後もううそをつきませんと言った～，またうそをついている／剛説過今後不再撒謊，馬上又撒謊了。

くちのはにかける［口の端にかける］(連語) ① 説起，提到。② 談論，評論。

くちのはにのぼる［口の端にのぼる］(連語) (被人) 談論，成為話題。

くちはくちこころはこころ［口は口心は心］(連語) 心口不一。

くちばし［嘴］(名) 鳥嘴，喙。

くちばしがきいろい (連語) 黃口孺子，小毛孩子。△～男がなにをいう／你這乳臭未乾的小毛孩子説甚麼！

くちばし・る［口走る］(他五) ① 説走了嘴，順口説出。② 説胡話，無意識地説。△うわごとを～／説胡話。

くちばしをはさむ［嘴を挾む］(連語) 插嘴，多管閑事。→くちばしを入れる，口をはさむ

くちはばった・い［口幅ったい］(形) 説大話，吹牛。△～ことを言うな／別説大話。

くちはわざわいのかど［口は禍の門］(連語) 禍從口出。

くちび［口火］(名) ① (點燃火藥的) 火，導火綫。② (點燃煤氣爐的) 火。

くちびる［唇］(名) 嘴唇，唇。

くちびるをかむ［唇を噛む］(連語) (悔恨得) 咬嘴唇。

くちびるをとがらす［唇を尖らす］(連語) 撅嘴。

くちびをきる［口火を切る］(連語) 開頭，打頭炮。

くちぶえ［口笛］(名) 口哨。△～をふく／吹口哨。

くちぶり［口振り］(名) 口氣，口吻，語氣。△あの～では事情を知っているらしい／聽那種口氣似乎了解內情。→口吻

くちべた［口下手］(名・形動) 嘴笨。△～な人／笨嘴拙舌的人。

くちべに［口紅］(名) 口紅。

くちほどにもない (連語) 不值一談；並不像説的那麼高明。

くちまね［口真似］(名・自他サ) 模仿別人説話或聲音。△～がうまい／很會模仿別人説話。模仿他人聲音惟妙惟肖。

くちもと［口元・口許］(名) 嘴邊，嘴角。△～が愛らしい／嘴兒長得俊俏。

くちもはっちょうてもはっちょう［口も八丁手も八丁］(連語) 能説又能幹。

くちやかまし・い［口喧しい］(形) 嘮嘮叨叨，話多，嘴碎。△～先輩／吹毛求疵的先輩。→口うるさい

く
ク

くちやくそく［口約束］(名) 口頭約定。

くちゃくちゃ I (副)(嚼東西) 咕唧咕唧。△~
(と) ものをかむのはみっともない／咕唧咕唧
地嚼東西很不體面。II (形動)(紙, 布等) 皺,
褶。△~の紙／皺皺巴巴的紙。→くしゃくしゃ

ぐちゃぐちゃ (形動・副)(形狀或順序亂得) 一
塌糊塗, 不成樣子。△~のごはん／黏糊糊的
米飯。

くちゅう［苦衷］(名) 苦衷。△~を察する／體
諒苦衷。

くちゅうざい［駆虫剤］(名) 驅蟲劑, 殺蟲藥。

くちょう［口調］(名) ① 語調。△~がいい／
聲調好聽。② 語氣, 腔調。△演説~／演説腔
調。

ぐちょく［愚直］(名・形動) 愚直, 憨直。△~
な人／憨直的人。

くちよごし［口汚し］(名)(謙語) 粗茶淡飯。

く・ちる［朽ちる］(自上一) ① 腐朽, 朽爛。
② 默默無聞而終。

ぐち・る (五)〈俗〉發牢騒。

くちわる［口悪］(形動) 嘴不好, 嘴臭。

くちをあわせる［口を合わせる］(連語) 交口,
異口同聲。

くちをいれる［口を入れる］(連語) 插嘴。

くちをかける［口をかける］(連語) 邀, 叫。
△山田君にも口をかけよう／也告訴山田一聲
吧。

くちをきく［口を利く］(連語) ① 説。△大
きな~な／別吹牛！口もきけないほど驚い
た／嚇得話都説不出來了。② 介紹, 斡旋。

くちをきる［口を切る］(連語) ① 啟開, 開封。
② 帶頭發言。△~口火を切る

くちをきわめて［口を極めて］(連語) 極口。
△~ほめる／極口稱讚。

くちをさがす［口を探がす］(連語) 找工作。

くちをすっぱくする［口を酸っぱくする］(連
語) 舌敝唇焦地(説), 磨破嘴皮。

くちをすべらす［口を滑らす］(連語) 説走嘴,
失言。

くちをそろえる［口を揃える］(連語) 齊聲,
異口同聲。

くちをだす［口を出す］(連語) 插嘴。→口を
入れる, 口を挟む

くちをたたく［口をたたく］(連語) 信口開河。
△大きな~／吹牛。

くちをついてでる［口を衝いて出る］(連語)
脱口而出。

くちをつぐむ［口を噤む］(連語) 閉口不談。
→口を閉ざす

くちをつぼめる［口をつぼめる］(連語) 抿嘴。

くちをとがらす［口を尖らす］(連語) 撅嘴。

くちをとざす［口を閉ざす］(連語) 閉口不言。

くちをぬぐう［口を拭う］(連語) 佯裝不知,
若無其事。

くちをはさむ［口を挟む］(連語) 插嘴。→く
ちばしを入れる

くちをゆがめる［口を歪める］(連語) 撇嘴。

くちをわる［口を割る］(連語) 招供, 供認。

くつ［靴］(名) 鞋。△~をはく／穿鞋。△~を
ぬぐ／脱鞋。△~ひも／鞋帶子。△~べら／
(皮) 鞋拔子。

くつう［苦痛］(名) 痛苦。△~をやわらげる／
減輕痛苦。

クッカー［cooker］(名) 炊具, 蒸煮用具。

くつがえ・す［覆す］(他五) 弄翻, 推翻。△船
を~／弄翻了船。△判決を~／推翻原判決。

くつがえ・る［覆る］(自五) 翻個兒, 被推翻。
△船が~／船翻。△政権が~／政權崩潰。

クッキー［cookie］(名) ① 小甜餅乾, 曲奇。②
〈IT〉小型文字檔案或小甜餅, 指某些網站為了
辨別用戶身分而儲存在用戶本地終端 (Client
Side) 上的資料。

くっきょう［屈強］(形動) 健壯。△~な若者／
身強力壯的小伙子。

くっきり (副)(輪廓) 清楚, 鮮明。△きょうは
富士山が~見える／今天富士山看得十分真切。

クッキング［cooking］(名) 烹調, 烹飪法。△~
スクール／烹飪學校。

ぐつぐつ (副) 咕嘟咕嘟。△豆を~と煮る／咕
嘟咕嘟地煮豆子。

くっくっ(と) (副) 咪咪 (地笑), 咯咯 (地笑)。

くっさく［掘削・掘鑿］(名・他サ) 挖掘, 開鑿。

くっし［屈指］(名) 屈指可數。△~の名作／屈
指可數的名作。

くつした［靴下］(名) 襪子。△~をはく／穿襪
子。△~を脱ぐ／脱襪子。→ソックス, スト
ッキング

くつじゅう［屈従］(名・自サ) 屈從, 屈服。
→屈伏

くつじょく［屈辱］(名) 屈辱, 恥辱, 侮辱。
△~感／屈辱感。△~をこうむる／蒙受恥辱。

ぐっしょり (副) 濕淋淋, 濕透。△~汗をかく／
大汗淋漓。

クッション［cushion］(名) 坐墊, 軟靠墊, 緩衝
物。△~をおく／緩衝一下。△ワン~おく／
留有餘地。

くっしん［屈伸］(名・他サ) 屈伸。△~運
動／屈伸運動。

グッズ［goods］(名) 商品, 貨物, 物品。

くつずみ［靴墨］(名) 鞋油。→くつクリーム

ぐっすり (副) 酣睡, 熟睡。△~(と) ねむる／
睡得很熟。

くっ・する［屈する］(自サ) ① 屈, 彎曲。△ひ
ざを~／屈膝。△身を~／彎腰。② 屈服, 屈
從。△ゆうわくに~／屈從於誘惑。→くじけ
る

くつずれ［靴擦れ］(名) 腳被鞋磨破。△かかと
に~ができた／腳後跟被鞋磨破了。

くっせつ［屈折］(名・自サ) ① 曲折。△~し
た道／曲折的道路。△ひざの~／膝蓋打彎。
② 折射。③ 不正常曲折狀態。△~した心理／
扭曲的心理。

くったく［屈託］(名) 憂慮, 操心。△~がな
い／無憂無慮。→こだわり

くったり（と）（副・自サ）筋疲力盡。△～（と）椅子に寄りかかる／渾身癱軟地靠到椅子上。

くっつく（自五）① 黏上，附着。②（男女）兩個人搞到一起，同居。

くっつ・ける（他下一）① 把…黏上（貼上）。△のりで～／用漿糊黏上。② 使…靠近。△机を～けて並べる／把桌子並起來擺。③ 拉攏，撮合。

くってかか・る［食ってかかる］（他五）頂撞，極力争辯。

グッド・タイミング［good timing］（名）好時機。

グッドラック［Good luck］（感）祝好運！

グッドルッキング［good looking］（名）好看的，美貌的。

くっぷく［屈伏・屈服］（名・自サ）屈服，屈従。△敵に～する／屈服於敵人。→屈従

くつろ・ぐ［寛ぐ］（自五）舒適，舒暢，無拘無束，鬆快地休息。△ソファーで～／在沙發上鬆快地休息。△～いで話し合う／輕鬆地交談。△どうぞお～ぎ下さい／請不要拘束。

くつわ［轡］（名）馬嚼子。△～をならべる／並馬而行，並駕齊驅。

くつわむし［轡虫］（名）〈動〉紡織娘。

くてん［句点］（名）句號。→とうてん

くでん［口伝］（名・他サ）口傳，口授；秘訣書。

ぐでんぐでん（副）酩酊（大醉）。△～に酔う／酩酊大醉，爛醉如泥。

くてんをうつ［句点を打つ］（連語）結束工作，告一段落。

くど・い（形）① 囉唆，絮叨。△～話／絮絮叨叨的話。②（顔色）太重，（味道，氣味）過濃。△色が～／顔色過重了。

くとう［苦闘］（名・自サ）苦鬥，苦戰。△～の連続／連續的苦戰。△悪戦～／惡戰，殊死搏鬥。

くとうてん［句読点］（名）句號和逗號。△～をつける／加標點。

くど・く［口説く］（他五）説服。△～きおとす／説服對方。

くどく［功徳］（名）功德，恩德，善行。△～をつむ／積德。△～をほどこす／行善，施恩。

くどくど（と）（副）絮叨，囉唆。△～（と）説明する／囉囉唆唆地解釋一番。

ぐどん［愚鈍］（名・形動）愚蠢，遲鈍，愚鈍。△～な男／愚蠢的人。

くないちょう［宮内庁］（名）宮内廳，内務府。

くなん［苦難］（名）苦難，艱難困苦。△～にあう／遇到苦難。→困難

くに［国］（名）① 國家。△～を治める／治理國家。△～を守る／衛國。② 故郷，家郷。△～からのたより／家郷的來信。→郷里，故郷，里 ③ 另一個世界。△おとぎの～／童話中的國度，童話世界。→別天地 ④（泛指某一）地域。△南の～／南國。△砂漠の国／沙漠之國。⑤（日本江戸時代之前的行政區劃中最大單位）國。△土佐の～／土佐國。△～表／領地。△～家老／家臣之長。

くにきだどっぽ［国木田独歩］〈人名〉國木田獨歩（1871-1908）。日本明治時代的詩人，小説家。

くにくのさく［苦肉の策］（連語）苦肉計。

くにざかい［国境］（名）國境，國界。→こっきょう

ぐにゃぐにゃ（副）軟乎乎。△暑さでアスファルトが～になった／天熱得柏油馬路變得軟乎乎的了。

ぐにゃり（と）（副）軟乎乎，綿軟（變形）。

くぬぎ［櫟］（名）柞樹，櫟。

くね・る（自五）彎曲。△体を～らせる／扭動着身軀。△まがり～／彎彎曲曲。

くのう［苦悩］（名・自サ）苦惱，煩惱，苦悶。△～の色／苦悶的様子。

くはい［苦杯］（名）痛苦的經驗。

くはいをきっする［苦杯をきっする］（連語）→くはいをなめる

くはいをなめる［苦杯を嘗める］（連語）吃苦頭。

くはらくのたね［苦は楽の種］（連語）今日之苦，他日之福。

くば・る［配る］（他五）① 分配，分送。△資料を～／分發資料。② 多方注意，用心周到。△気を～／留神。△目を～／留心環視。③ 分派，部署。△人員を要所に～／把人員派到重要地點。

くひ［句碑］（名）俳句碑。→詩碑，歌碑。

くび［首］（名）① 頸，脖子。△～をくくる／上吊，豬首／粗短脖子。② 衣領。△このセーターは～が窮屈だ／這件毛衣領子太緊。③ 頭。△～を横に振る／搖頭，拒絶。△～を縦に振る／點頭，首肯。△～をひっこめる／縮回頭去。△～をまわす／轉頭。

くびがあぶない［首が危ない］（連語）有被撤職，解雇的危險。

くびかざり［首飾り］（名）項鏈，項圈。→ネックレス，首輪

くびかせ［首枷］（名）①（刑具）枷。② 羈絆，累贅。→手かせ，足かせ

くびがつながる［首が繋がる］（連語）免於解雇。

くびがまわらない［首が回らない］（連語）債台高築，債務壓得抬不起頭來。

くびきり［首切り］（名）① 斬首。② 劊子手。③ 解雇。→解雇

くびくくりのあしをひく［首くくりの足を引く］（連語）落井下石。

くびじっけん［首実検］（名）當場查驗是否其人。

ぐびじんそう［虞美人草］（名）〈植物〉虞美人，麗春花。→ヒナゲシ

くびす⇨きびす

くびすじ［首筋］（名）脖頸子，項。→えり首，うなじ

くびったけ［首っ丈］（名）（被異性）迷住。△彼女は彼に～だ／她被他迷住了。

くびっぴき［首っ引き］（名）不離手地。△辞書と〜で洋書を読む／讀西洋書籍手不離辭典。

くびつり［首吊り］（名・自サ）上吊。△〜自殺／懸樑自盡。→縊死

くびにする［首にする］（連語）解僱, 撤職。

くびになる［首になる］（連語）被解僱。

くびになわをつける［首に縄をつける］（連語）硬把對方拖來。

くびねっこ［首根っこ］（名）脖頸子。△〜をおさえる／摁住脖頸子。

くび・る［縊る］（他五）勒死。

くびれ［括れ］（名）中間細（的部分）△腰の〜／腰部最細處。

くび・れる［括れる］（自下一）中間變細。△腰が〜／腰兒細。

くび・れる［縊れる］（自下一）上吊。

くびわ［首輪］（名）脖圈, 項圈。

くびをかく［首をかく］（連語）砍頭。

くびをかしげる［首をかしげる］（連語）納悶, 覺得奇怪。

くびをきる［首を切る］（連語）砍頭, 解僱。

くびをすげかえる［首をすげかえる］（連語）變更人事。

くびをそろえる［首を揃える］（連語）有關人員聚集在一起, 碰頭兒。

くびをつっこむ［首を突っこむ］（連語）埋頭於…, 參預。

くびをながくしてまつ［首を長くして待つ］（連語）翹首以待。

くびをながくする［首を長くする］（連語）翹首企盼。

くびをひねる［首をひねる］（連語）思量, 揣摩。→首をかしげる

くふう［工夫］（名・他サ）設法, 研究；好辦法。△〜をこらす／找竅門。

くぶくりん［九分九厘］（名）十拿九穩。△合格は〜, まちがいない／百分之九十九會合格。

くぶどおり［九分通り］（副）（十成中的）九成, 幾乎全部。△家は〜できあがった／房子幾乎全部蓋好了。

くぶん［区分］（名・他サ）區分, 劃分。→くわけ

くべつ［区別］（名・他サ）區別。△男女の〜／男女之分。△善悪の〜／區分善惡。△〜をつける／加以區別。

く・べる（他下一）放入火裏燒。△まきを〜／加劈柴。△火に〜／放進火裏燒。

くぼち［凹地・窪地］（名）坑窪地。

くぼ・る［窪まる・凹まる］（自五）凹進去。

くぼみ［凹み・窪み］（名）窪坑。

くぼ・む［凹む・窪む］（自五）凹下, 塌陷。△目が〜／眼窩塌陷。

くま［隈］（名）① 陰暗處。② 黑眼圈 ③ 臉譜。

くま［熊］（名）熊。

ぐまい［愚昧］（形動）愚昧。

くまざさ［熊笹・隈笹］（名）山白竹。

くまそ［熊襲］（名）古時住九州南部的民族。

くまで［熊手］（名）① 耙子。②（廟會上賣的）竹耙形吉祥物。

くまどり［隈取り］（名・他サ）①（勾）臉譜。② 明暗法, 用顏色渲染。

くまなく［隈無く］（副）① 無陰暗處。△月の光が〜さしている／月光灑滿大地。② 到處。△〜さがす／到處尋找。

くまばち［熊蜂］（名）山蜂, 胡斑蜂。

くみ［組］（名）① 套, 組, 對。△二個で〜になった湯のみ／兩個一套的茶碗。→セット ② 班, 級, 組。△〜にわける／分班。

- くみ［組］（接尾）套, 副, 對, 份。△ふとんを二〜注文した／訂做兩套被褥。

ぐみ（名）〈植物〉茱萸。胡頹子。

くみあい［組合・組み合い］（名）① 工會, 行會, 合作社。② 揪打, 扭打在一起。

くみあわせ［組み合わせ］（名）① 配合, 編。△番号の〜／編號。② 編組。③〈數〉組合。

くみあわ・せる［組み合わせる］（他下一）① 搭配。② 編組。△強いチームどうしを〜／把強隊彼此編在一起。

くみい・れる［組み入れる］（他下一）納入, 編入。△日程に〜／編入日程。→組みこむ, 編入する

くみかえ［組み替え］（名）改編, 重排, 重組。

くみか・える［組み替える］（他下一）改編, 改訂。△日程を〜／改訂日程。

くみかわ・す［酌み交わす］（他五）對飲, 推杯換盞。

くみきょく［組曲］（名）〈樂〉組曲。△管弦楽〜／管弦樂組曲。

くみこ・む［組み込む］（他五）編入, 列入。△計画に〜／列入計劃。→組み入れる, 編入する

くみし・く［組み敷く］（他五）（打架時）把對方撂倒。→組みふせる

くみしやす・い［与し易い］（形）好對付, 不可怕。△〜とあなどる／看對方好對付就欺侮。

くみ・する［与する］（自サ）入夥, 贊成, 祖護。

くみだ・す［汲み出す］（他五）抽出, 舀出。△池の水を〜／抽出池子的水。

くみたて［組み立て］（名）① 裝配, 組裝。△〜式／裝配式, 組裝式。② 結構。△文章の〜／文章的結構。→しくみ, 組織

くみた・てる［組み立てる］（他下一）裝配, 安裝。組織, 構成。△ラジオを〜／組裝收音機。

くみと・る［汲み取る］（他五）① 汲取, 淘出, 舀出。△水を〜／把水舀出。② 體察。△人の心を〜／體察別人的心情。→思いやる, おしはかる, 推察する

くみひも［組み紐］（名）綫帶, 綫繩, 縧子。

くみふ・せる［組み伏せる］（他下一）摁倒在地。△どろぼうを〜／把小偷摁倒在地。

くみほ・す［汲み干す］（他五）汲淨, 淘乾。

くみわけ［組み分け］（名）分類, 分等, 分組, 分批。

くみわ・ける［汲み分ける］(他下一) ① 分幾次汲取。② 體諒，酌量。

く・む［汲む］(他五) ① 汲(水)，打(水)。△水を〜/打水。② [酌む] 斟，倒。③ 酌量，體察。

く・む［組む］(自他五) ① 使交叉起來。△足を〜/盤腿坐，蹺起二郎腿。△うでを〜/交叉雙臂。△スクラムを〜/挽臂，△手挽手。〜みつく/揪在一起，扭成一團，抱住。② 搭成，紮。△いかだを〜/紮木筏。△やぐらを〜/搭望樓。③ 組織，編制。△徒党を〜/結黨。△日程を〜/安排日程。④ 互相交手。△四つに〜/(兩人)扭成一團。⑤ 排(鉛字)。△活字を〜/排字。

-ぐむ［(接尾)］ 有些…，含着…，就要…長出，發出，△なみだ〜/含着眼淚。△芽〜/萌芽。

くめん［工面］(名・他サ) 籌措，張羅。△金を〜する/籌措款項。→算段

くも［雲］(名) 雲。△〜がなびく/雲彩繚繞。△〜が流れる/浮雲飄動。△〜がわく/風起雲湧。△いわしぐも/波狀雲。△うろこぐも/捲積雲。△雨ぐも/雨雲，陰雲。△黒ぐも/烏雲。

くも［蜘蛛］(名) 蜘蛛。

くもあし［雲脚・雲足］(名) 雲的移動(情況)。△〜がはやい/雲走得快。

くもがくれ［雲隠れ］(名・自サ) ① 藏在雲中。② 躲藏，逃遁。△彼はつごうがわるくなると〜してしまう/他一有不利就躲開。

くもつ［供物］(名) 供品。

くもにかけはし［雲に架け橋］(連語) 異想天開。

くものこをちらすよう［蜘蛛の子を散らすよう］(連語) 人羣四散。

くものみね［雲の峰］(名) 雲峰。→積亂雲，入道雲

くもま［雲間］(名) 雲縫。

くもゆき［雲行き］(名) ① 雲的移動情況，雲情。△〜があやしい/天要下雨，天氣不妙。② 形勢，前景。△〜があやしい/形勢不妙。

くもら・す［曇らす］(他五) 使暗淡，使模糊。△月を〜/擋住月光。△判断を〜/令人難以判斷。△顔を〜/不悅，心情沉重。△声を〜/聲音顫抖(欲哭)。

くもり［曇り］(名) ① 陰天。△〜空/陰天。△花ぐもり/櫻花開放時節的微陰天氣。② 模糊，朦朧。△めがねの〜/眼鏡模糊。③ 心情不快，內疚。△〜のない心/明快的心地。△くもりのない目/明澈的眼睛。

くもりガラス［曇りガラス］(名) 暗玻璃。

くも・る［曇る］(自五) ① 陰天。→かげる ↔ はれる ② 模糊，矇矓。△レンズが〜/鏡頭發烏。③ 愁悵，暗淡。△顔が〜/滿面愁容。

くもをかすみと［雲を霞と］(連語) 一溜煙地(跑掉)。△犯人は〜にげ去った/犯人一溜煙地跑掉了。

くもをこがす［雲を焦がす］(連語) 火光沖天。

くもをつかむ・よう［雲をつかむよう］(連語)不着邊際，靠不住。△そんな〜話をあてにはできない/不能相信那種捕風捉影的話。

くもをつくよう［雲をつくよう］(連語) 頂天，高大。

くもん［苦悶］(名・自サ) 苦悶。△〜の表情/苦悶的表情。→苦惱，煩悶，懊惱

ぐもん［愚問］(名) 愚蠢的提問。△〜を発する/提出愚蠢的問題。

くやし・い［悔しい・口惜しい］(形) 令人懊悔，窩心。△〜思い/感到窩心。→口惜しい

くやしが・る［悔しがる・口惜しがる］(自五)悔恨，懊悔。

くやしなみだ［悔し涙・口惜し涙］(名) 悔恨的眼淚。△〜を流す/流悔恨之淚。

くやみ［悔み］(名) ① 懊悔，後悔。→後悔する ② 弔喪。△〜をのべる/表示哀悼。△お〜に行く/去弔喪。

くや・む［悔やむ］(他五) ① 懊悔，後悔。→後悔する ② 弔喪，弔唁。

くゆら・す［燻らす］(他五) 熏。△香を〜/熏香。

くよう［供養］(名・他サ) 供養，上供。△先祖を〜する/給祖宗上供。→回向，法要

くよくよ［(副・自サ)］ 想不開，煩悶。△あまり〜するな/不要過於想不開。

くら［蔵・倉・庫］(名) 倉庫，庫房。

くら［鞍］(名) 鞍，鞍子。

くらい［位］(名) ① 地位，職位。△〜が上がる/職位上升，升級。→グレード，ランク ②王位，寶座。△〜をゆずる/讓位。△〜につく/即位。③ (國家或專門機構給予的) 稱號，地位，身分。④ (數學十進位的) 位數。△〜どり/定位。

くら・い［暗い］(形) ① 暗。△〜夜道/昏暗的夜路。△うすぐらい/微暗。△ほのぐらい/昏暗，暗淡。② (顏色) 發暗，發黑。△〜色/暗色。△〜赤/深紅色。③ 陰鬱，不歡快，陰沉。△〜絵/陰沉的畫。△気持ちが〜くなる/心情抑鬱。④ 生疏。△法律に〜/不諳法律。

くらい［(副詞)］ ① (表示大致範圍) 大約，前後，上下。△一時間〜かかる/用一個小時左右。△費用はどれ〜ですか/費用大約多少錢？→ほど，ばかり ② (表示輕微) 一點點。△そんなこと〜なんでもないよ/那麼點小事算不了甚麼呀！③ (表示顯而易見的標準) 像…那樣，到…程度。△彼の速度で歩いて，ちょうどいいんだ/以他那樣的速度走正好。④ 表示無比，再沒有。△旅先で病気になる〜こころぼそいことはない/再沒有比旅途生病令人不安的了。→ほど (也説 "ぐらい")

くらいこ・む［食らい込む］I (自五) 被捕，被監禁。II (他五) 被迫做。

くらい・する［位する］(自サ) 位於。△日本はアジアの東方に〜/日本位於亞洲的東方。

グライダー［glider］(名) 滑翔機。△〜スポーツ/滑翔運動。

くらいところ［暗い所］(名) 監獄，牢房。

くらいどり［位取り］(名) 定位。

クライマー［climber］(名) 登山運動員，登山者。

くらいまけ［位い負け］(名・自サ) ① 不稱職，虛有其位。② 被對方的聲威所壓倒。

クライマックス［climax］(名) 高潮，頂點，最高峰。△～に達する／達到頂點。→最高潮

クライミング［climbing］(名) ①〈體〉攀岩。登山。②〈滑雪〉直綫上坡。

クライミングアイアンス［climbingirons］(名)（登山）冰爪，鐵質攀器。

クライムストーリー［crime story］(名) 犯罪小說。

くらいれ［蔵入れ］(名・他サ) 入庫，存庫。

グラインダー［grinder］(名) 磨床，研磨機。

くら・う［食らう・喰らう］(他五) ① 吃，喝。△大飯を～／飯吃得多。△酒を～／喝酒。② 受，捱。△パンチを～／捱了一拳。→食う

クラウン［crown］(名) ① 皇冠。② 頂峰。③ 齒冠。

グラウンド［ground］(名) 運動場，球場，田徑場，操場。△ホーム～／本方場地，△本地球場。～コート／（棒球）投手運動服。△～ボーイ／場地服務員。△～ホームラン／（棒球）場員失誤分。

グラウンドフロア［ground floor］(名) 在英國，指建築物的一樓。

グラウンドホステス［ground hostess］(名) 在航空公司和機場接待窗口的女服務員。

グラウンドワーク［groundwork］(名) 基礎，預先準備。

クラウンプリンス［crown prince］(名) 皇太子。

くらがえ［鞍替え］(名・自サ) 改行，轉業。

くらがたつ［蔵が建つ］(連語) 發財。

くらがり［暗がり］(名) 暗處，黑地方。△～で立ち小便をする／在背人處小便。

くらく［苦楽］(名) 苦樂。△～をともにする／同甘共苦。

クラクション［klaxon］(名) 汽車喇叭。△～を鳴らす／按喇叭。

ぐらぐら (副・自サ) ① 搖晃，擺動。△地震でビルが～動いた／由於地震房子搖晃了。→ゆらゆら ② 活動。△机の足が～する／桌子腿活動了。③〈水燒得〉滾開。△～煮たつ／煮得滾開。

くらくら (と) (副) ① 頭暈，眩暈。△目が～(と)する／頭暈目眩。②〈水沸騰〉咕嘟咕嘟，嘩嘩響。△～にえたつ／水開得嘩嘩響。

くらげ［水母・海月］(名) 海蜇，水母。

くらし［暮らし］(名) ① 生活。△～ぶり／生活狀況（方式）。② 生計。△～をたてる／過日子。△その日ぐらし／當天掙錢當天花，敷衍塞責。→家計，生計

グラジオラス［gladiolus］(名)〈植物〉唐菖蒲。

クラシシズム［classicism］(名) 古典主義。

クラシック［classic］(名) ① 古典。△～音楽／古典音樂。→古典 II (形動) 古色古香，古雅的。△～カー／古董汽車。→古典的

くらしむき［暮らし向き］(名) 家境，生活。→家計，生計

クラス［class］(名) ①〈學校的〉班，組。△～会／班會，同班學友會。② 等，級。△トップ～／最高級。→レベル，級

くら・す［暮らす］ I (自他五) ① 過日子，生活。△こんな安月給では～していけない／靠這麼微薄的工資生活不下去。② 度日，消磨時光。△きょうは遊んで～した／今天是閑着度過的。II (接尾) 長時間連續，整天…△遊び～／成天玩。

グラス［glass］(名) ① 玻璃酒杯。△ウイスキー～／威士忌酒杯。② 玻璃。③ 眼鏡。△サン～／太陽鏡，墨鏡。

クラスウォー［class war］(名) 階級鬥爭。

グラスコート［grass court］(名) 草地球場。

グラススキー［grass skiing］(名)〈體〉草坪滑（板），滑草。

グラスファイバー［glass fibre］(名) 玻璃纖維。

クラスマガジン［class magazine］(名) 專業雜誌，以特定的讀者為對象的雜誌。

クラスメート［class mate］(名) 同班生，同班同學。

グラスルーツ［grass roots］(名) 草根，一般大眾。

グラタン［法 gratin］(名) 奶汁烤菜。△えび～／奶汁烤蝦仁。

クラッカー［cracker］(名) ① 鹹餅乾。△チーズ～／乾酪鹹餅乾。② 西洋爆竹。③〈IT〉駭客，黑客，入侵者。→ハッカー

ぐらつ・く (自五) 搖擺，搖晃，搖動。△テーブルが～／桌子搖動。

クラッシュ［crash］(名) ① 衝突，墜落。②〈IT〉軟件異常關閉或因硬碟故障造成資料破壞等電腦故障。③ 粗麻布。④〈經〉〈行情〉大跌，暴跌，市場崩潰。

クラッチ［clutch］(名) 離合器，離合聯軸節。

グラビア［法 gravure］(名) ① 照相凹版（術）。② 凹版像片（頁）。

クラブ［club］(名) ① 俱樂部。△～活動／課外活動。②〈高爾夫球〉球棒。△ゴルフ～／高爾夫球球棒。③〈撲克牌〉梅花。

グラフ［graph］(名) ① 圖表，坐標圖。② 畫報。→画報

グラブ［glove］(名) (棒球、拳擊用) 皮手套。(也説 "グローブ")

グラフィティ［graffiti］(名) 亂寫，亂畫。

グラフォログ［graphologue］(名) 筆跡鑑定者。

クラフトかみぶくろ［クラフト紙袋］(名) 牛皮紙袋。

クラフトマン［craftsman］(名) 手工藝者。

クラブハウス［clubhouse］(名) ① 會員俱樂部。② 選手用的儲物間。

-くらべ［比べ］(接尾) 比…△力～／比力氣。△腕～／比本事，比力氣。

くら・べる［比べる．較べる・競べる］(他下一) 比，比較。△草食獣は肉食獣に～べて繁殖

力が大きい／草食動物比肉食動物繁殖力強。△見比べる／比較。→比較する

グラマー [grammar]（名）語法。

グラマー [glamour]（名・形動）體態豐盈有魅力。△〜な女優／豐盈而有魅力的女演員。

くらま・す [晦ます]（他五）隱藏，隱蔽。△すがたを〜／躲起來。

グラマラス [glamorous]（ダナ）有魅力的，迷人，性感。

くらみ [暗み]（名）暗，暗處。

グラミーしょう [グラミー賞]（名）〈音樂〉格林美獎。

くら・む [眩む]（自五）暈眩，眼花，目眩。△目が〜／陽光刺眼。眼花繚亂。為…所迷，失去判斷力。

グラム [法 gramme]（名・接尾）克。

くらやみ [暗闇]（名）漆黑，黑暗。→やみ，暗黑

クラリネット [意 charinetto]（名）〈樂〉單簧管。

くらわ・す [食らわす]（他五）① 給吃，讓吃。② 使蒙受，使受打擊。

クランク [crank]（名）① 曲柄，曲軸。→かっしゃ ② 拍電影，攝影。△〜イン／開始攝影。△〜アップ／攝影完畢。

クランケ [德 Kranke]（名）〈醫〉患者。

グランデ [grande]（名）巨大的，大規模的。

グラント [grant]（名）補助金。

グランド（名）→グラウンド

グランドオペラ [grand opera]（名）大歌劇。

グランドセール [grand sale]（名）〈經〉大減價，大拍賣。

グランドファイナル [grand final]（名）體育運動等的季末總決賽。

グランプリ [法 grand prix]（名）（電影節，比賽等的）最優秀獎，頭獎。

くり [栗]（名）栗樹；栗子。△〜をむく／剝栗子。→マロン

くり [庫裏・庫裡]（名）① 寺院的廚房。② 住持僧的居室，方丈。

くりあげ [繰り上げ]（名）提前。△授業の〜をする／提前上課。

くりあ・げる [繰り上げる]（他下一）提前。△開会を一時間〜／提前一小時開會。↔くりさげる

くりあわ・せる [繰り合わせる]（他下一）安排，調配。△万障お〜せの上、ご出席ください／務希撥冗出席。

クリーク [creek]（名）小河，溝渠。

クリークとう [クリーク燈]（名）強弧光燈。

グリーティングカード [greeting card]（名）祝賀卡，賀年片。

クリーナ [cleaner]（名）① 吸塵器，除垢器。② 濾器，清潔劑。

クリーニング [cleaning]（名）（洗衣店的）洗滌。△〜にだす／送到洗衣店去洗。△〜屋／洗衣店。△ドライ〜／乾洗。

クリーミー [creamy]（ダナ）① 奶油味很濃的，含奶油的。△〜な味わい／滿滿的奶油味道。② 像奶油一樣滑潤，柔軟平滑。

クリーム [cream]（名）① 奶油。② 雪花膏，冷霜。△ハンド〜／擦手冷霜。△洗顏〜／洗面膏。→乳液 ③ 皮鞋油。△靴〜／鞋油。④（“〜色”的略語）奶油色，淡黃色。⑤（“アイス〜”的略語）冰淇淋。△ソフト〜／軟冰糕。

くりい・れる [繰り入れる]（他下一）轉入，滾入。△この経費は来年度の予算に〜必要がある／這筆經費有必要轉入下年度預算裏。→くりこむ

くりいろ [栗色]（名）栗色，棕色。

グリーン [green]（名）① 綠色。△〜のワンピース／綠色的連衣裙。② 草地，草坪。

グリーンカード [green card]（名）綠卡，美國永久居留卡。

グリーンしゃ [グリーン車]（名）一等車，軟席車。

グリーンティー [green tea]（名）綠茶，日本茶。

クリーンてがた [クリーン手形]（名）〈經〉光票。

グリーンハウス [green house]（名）溫室。

グリーンハウスエフェクト [green house effect]（名）溫室效應。

クリーンローン [clean loan]（名）無抵押借款。

クリエーター [creator]（名）① 創造者，創作者。② 造物主，上帝。

クリエーティブ [creative]（ダナ）創造性的，獨創性的，建設性的。

くりかえしふごう [繰り返し符号]（名）疊字符號。⇨おどりじ

くりかえ・す [繰り返す]（他五）反覆，重複。△あやまちを〜／重複出錯。→反復する

くりか・える [繰り替える]（他下一）① 調換，改變。△時間を〜／調換時間。② 挪用。△公費を〜／挪用公款。

くりくり（副・自サ）① 滴溜溜地。△大きな目を〜させてとても可愛い／滴溜溜的一雙大眼睛非常可愛。② 光溜溜。△頭を〜にそる／把頭剃得光光的。

ぐりぐり Ⅰ（副）① 用力轉。△眼を〜こする／使勁揉眼睛。② 圓乎乎。③ 硬而圓的東西在內部晃動。Ⅱ（名）筋疙瘩，瘰癧，肉瘤子。

くりげ [栗毛]（名）栗色（的馬），茶色。

クリケット [cricket]（名）〈體〉板球。

グリコーゲン [德 Glycogen]（名）肝糖，糖原，動物澱粉。

くりこ・す [繰り越す]（他五）轉入，撥歸。△残金を来月へ〜／餘款轉到下月使用。→繰り入れる

くりごと [繰り言]（名）車軲轆話，嘮叨。△年寄りの〜／老年人的車軲轆話。→ぐち

くりこ・む [繰り込む]（自他五）① 湧入，魚貫而入。△劇場に〜／湧進劇場。↔繰り出す ② 編入，編進。→繰り入れる

くりさげ [繰り下げ]（名）推遲，延期。

くりさ・げる [繰り下げる]（他下一）①（順序）

推後，錯後。②（時間）推遅，推延。→延期する，→繰り上げる

クリスタル［crystal］（名）①結晶，晶體。△～ガラス／晶體玻璃。②水晶。

クリスチャン［Christian］（名）基督教徒。

クリスマス［Christmas］（名）聖誕節。

クリスマスイブ［Christmas Eve］（名）聖誕節前夜。→せいや

クリスマスツリー［Christmas tree］（名）聖誕樹。

グリセリン［法 glycerin］（名）〈化〉甘油，丙三醇。

グリソンびょう［グリソン病］（名）佝僂病。

くりだ・す［繰り出す］（他五）①（大批人）出動，湧出。△街へ～／湧上街頭。↔繰りこむ ②（陸續）派出，撒出。△なわを～／把繩子撒出去。

クリック［click］（名・ス他）〈IT〉單撃，點撃（滑鼠）。

クリックレート［click rate］（名）〈IT〉點撃率。

クリップ［clip］（名）夾子，別針，髮卡子。

グリップ［grip］（名）柄，把兒，握法。

クリップアート［clip art］（名）〈IT〉剪貼畫。

クリティシズム［criticism］（名）評論。

クリニック［clinic］（名）診所，門診所。

くりぬ・く［刳り貫く］（他五）①挖通，掏空。△丸太を～いてつくったまるきぶね／把圓木掏空做成獨木舟。②挖出，剜出。

くりねずみ（名）①醬灰色。②松鼠。→りす

くりの・べる［繰り延べる］（他下一）延期，延長。△出発を～／延期出發。→延期する，繰り下げる

ぐりはま（名）顛倒，矛盾。

くりひろ・げる［繰り広げる］（他下一）展開，進行。△熱戦を～／進行激烈的比賽。→展開する

くりふね［刳舟］（名）獨木舟。

グリムどうわしゅう［グリム童話集］（名）格林童話集。

くりめいげつ［栗名月］（名）陰曆九月十三日的月亮。→まめめいげつ

くりょ［苦慮］（名・自他サ）苦慮，費心思。△対策に～する／苦思冥想一個對策。→苦心

グリル［grill］（名）西式小餐廳，西式烤肉。

グリンピース［green peas］（名）〈植物〉青豌豆。

く・る［繰る］（他五）①紡，捻，繰。△糸を～／繰絲，捎綾，紡綾。②依次拉出。△じゅずを～／捎唸珠。③依次數。△日数を～／數天數。④依次翻。△ページを～／翻書頁。

くる［来る］I（自カ）①來，到來。△電車が～／電車來了。△知らせが～／通知來了。△春が～／春天到。△朝が～／到早晨。△時間が～／時間到。△チャンスが～／機會來了。△～日も～日も雨だった／天天下雨。↔過ぎる。△不況が～／蕭條到來。△あらしが～／暴風雨來臨。△かちんと～／動肝火，觸怒。②（表示原因）來（自），引起。△過労から～た病気／過度勞累引起的疾病。③（用 “…とき

たら”“…とくると”“…ときては”等形式表示）説起…提到…至於…△あまいものと～たら目がない／一提到甜食就着迷。II（補動力変）①靠近，接近。△木が流れて～／樹沖過來了。△飯は食べて～た／吃過飯來的。△順番がまわって～た／輪到班兒了，排到。↔行く ②到達（這裏）。△速いボールを投げて～た／投過來一個急球。③返回。△パンを買って～／買回麵包。④…起來，開始…△雨が落ちて～た／雨下起來了。⑤一直，連續。△いままでがまんして～た／一直忍耐到今天。

ぐる（名）結夥，合謀。△～になる／勾結在一起。

くるい［狂い］（名）①翹。△この板には～がきた／這塊木板有些翹棱。②紊亂，失常，不準確。△時計の～／錶走得不準。△体の調子に～がある／身體不正常。身上不舒服。

-ぐるい［狂い］（接尾）沉溺，迷於。迷。△女～／迷戀女色。→ファン。

くるいざき［狂い咲き］（名）開花不合時令。反常的花。

くる・う［狂う］（自五）①失常，出毛病。△気が～／發瘋。△調子が～／跑調，情況失常。②落空。△見こみが～／估計錯誤。△順序が～／順序弄亂了。③沉溺，迷戀。△ギャンブルに～／嗜賭成癖。△おどり～／狂舞。

クルー［crew］（名）賽艇隊員，船員，機組人員。

クルーザー［cruiser］（名）巡洋艦。外海巡航型帆船。

グループ［group］（名）①夥，羣，派。△～学習／集體學習。②小組。△～にわける／分成小組。

グループリビング［group living］（名）（高齡者互相幫助式的）共同生活。

グルーミー［gloomy］（ダナ）憂鬱的，鬱悶的。

グルーミング［grooming］（名）打理寵物，打理寵物毛髮。

くるおし・い［狂おしい］（形）發瘋似的，瘋狂般的。△～気持／要發瘋般的心情。

くるくる（と）（副）①滴溜溜，團團（轉）。△こまが～（と）まわる／陀螺團團旋轉。②一圈圈地（纏，繞，捲），一層層地。△～（と）包帯を巻く／一層一層地纏上繃帶。③手腳不停地，勤快地。

ぐるぐる（と）（副）①（繞大圈）團團轉。△～（と）ハンドルをまわす／轉動方向盤。②四處轉。△あまり～（と）たらいまわしにするのはやめよう／不要推來推去。

グルコース［glucose］（名）葡萄糖。

くるし・い［苦しい］（形）①痛苦，難受。△胸のうち／痛苦的心裏。△息が～／呼吸困難。②艱難，困苦，困難。△家計が～／家境困苦。③難（以使對方理解）的，勉強。△～解釈／牽強附會的解釋。

くるしいときのかみだのみ［苦しい時の神頼み］（連語）（平時不燒香）臨時抱佛腳。

くるしが・る［苦しがる］（自五）感覺痛苦

くるしまぎれ［苦し紛れ］(名) 迫不得已，萬般無奈。△～にうそをつく／萬般無奈撒了謊。

くるしみ［苦しみ］(名) 痛苦，困苦。△～をのりこえる／擺脱痛苦。

くるし・む［苦しむ］(自五) ① 痛苦，苦惱。△病気に～／為疾病所苦惱。② 難以…苦於…△理解に～／難以理解。

くるし・める［苦しめる］(他下一) 使…痛苦，虐待，折磨。△人を～／折磨人。

クルス［葡 cruz］(名) 十字，十字架。

グルタミンさん［グルタミン酸］(名)〈化〉谷氨酸。

くるっと (副)(輕快地轉一圈) 骨碌。

ぐるっと (副) 旋轉，纏繞東西的様子。△～一回りする／一下子轉了一圈。

グルテン［德 Gluten］(名) 谷朊，面筋，麩素。

くるびょう［佝僂病］(名) 佝僂病。

くるぶし［踝］(名) 踝骨，踝子骨。

くるま［車］(名) ① 輪，車輪。→車輪 ② 車。△～を呼ぶ／叫車。△～をひろう／(在街上)僱出租車。△～に乗る／乘車。△～の両輪／如車之両輪。両者有密切的關係。

くるまいす［車椅子］(名) 輪椅。

くるまえび［車海老］(名) 大蝦，對蝦。

くるまざ［車座］(名) 圍坐，團坐。△～になる／團團坐，＝円座。

くるまだい［車代］(名) 車費，(車馬費名義的)酬金。

くるまちん［車賃］(名) 車費，車錢。

くるまど［車戸］(名) 滑動門。

くるまひき［車引き］(名) 拉車 (的人)。

くるまへん［車偏］(名) 車字旁。

くるまよい［車酔い］(名) 暈車。

くるまよせ［車寄せ］(名) 門口上下車的地方，門廊。

くるま・る (自五) 把身體)裏在…裏。△ふとんに～／把身體裏在被子裏。

グルマン［法 gourmand］(名) 美食家，大肚漢。

くるみ［胡桃］(名) 核桃。

-ぐるみ (接尾) 連，帶，全部，包括在内。△家族～／舉家，全家。△町～／全鎮。

くる・む (他五) 包，裏。△赤んぼうを毛布で～／把要兒包在毛毯裏。

くるめ・く［眩く］(自五) ① 轉，旋轉。② 發暈。

くる・める (他下一) ① 包，裏。② 總共，總計。△～めていくらですか／總共多少錢。③ 哄，騙。△うまいくい～／巧妙地哄騙。

ぐるり I (名) 周圍，四周。△家の～を垣で取り巻く／房子周圍用柵欄圍起来。II (副) ① 回轉。△～とひと回り見回した／環視一周。② 徹底圍上。

くるり(と) (副) ① 轉一圈。△～と振り向く／一下子轉過身去。② 急劇變化。△態度が～と変わる／態度驟然改變。

くれ［暮れ］(名) ① 日暮，黄昏。△～の六時／傍晚六點鐘。② 季節的末期，晩期。△秋の～／晚秋，秋末。③ 年終，年底。△年の～／年底。△～はなにかといそがしい／年終忙這忙那的。＝盆。→盂蘭盆會。→年末，歳末

グレー［gray］(名) 灰色。→ねずみ色

グレーイング［graying］(名) 老齢化，高齢化。

クレーター［crater］(名) 噴火口，(月球，火星等的)環形山。

グレード［grade］(名) 等級，階段，年級。

グレードアップ［grade up］(名・ス他) 改進，升格，提級。

クレープ［法 crêpe］(名) ① 縐紗，泡泡紗。△～シャツ／縐紗襯衣。② 帶有果子醬餡的點心。

グレープ［grape］(名) 葡萄。

グレープフルーツ［grapefruits］(名) 葡萄柚。

クレーム［claim］(名) ①〈經〉索賠，要求，索取。△～がつく／被提出索賠。△メーカーに～をつける／向廠家提出索賠。② 不滿，不平。△～をつける／申述苦情。

クレーン［crane］(名) 起重機。

クレオソート［creosote］(名)〈醫〉木餾油，雜酚油。

クレオパトラ［Cleopatra］〈人名〉珂來奥派特拉(公元前 69 ～公元前 30)。埃及女王。

くれかか・る［暮れかかる］(自五) 天將黑，日暮。

くれがた［暮れ方］(名) 黄昏，傍晚。→夕方 ↔ 明け方

くれぐれも (副) 懇切，衷心地，周到，仔細。△～おからだを大事になさってください／請您千萬保重身體。△～お願いします／請多多關照。→かえすがえす

グレゴリおれき［グレゴリオ暦］(名) 陽曆。

グレコローマン［Greco Roman］(名) 古典式 (摔跤)。→フリースタイル

クレジット［credit］(名)〈經〉信用銷售，賒銷。△～カード／信用卡。

クレゾール［德 Kresol］(名)〈化〉〈醫〉甲酚，煤酚。

ぐれつ［愚劣］(形動) 愚蠢，荒唐。△～な行為／愚蠢的行為。→下劣

クレッシェンド［意 crescendo］(名)〈樂〉漸強符號。↔ デクレッシェンド

くれない［紅］(名) 鮮紅色。△～にそまる／染得通紅。△から～／深紅，血紅。→べに色

クレバー［clever］(ダナ) 聰明。

クレバス［crevasse］(名) 冰隙，雪縫。

クレパス (名) 軟蠟筆，蠟粉筆。

クレムリン［俄 Kremlin］(名) 克里姆林宮 (也指蘇聯政府)。

クレヨン［crayon］(名) 蠟筆。(也説 "クレオン")

く・れる［呉れる］ I (他下一) ① 給 (我)。△父が小づかいを～れた／爸爸給了我零花錢。△となりのおばさんが妹にケーキを～れた／鄰居家的阿姨給了妹妹蛋糕。↔ やる，あげる ② 捨給。△こじきに銭を～／給乞丐錢。II (補動下一) ① (用 "…てくれる" 的形式表

示) 別人給我做、…替我做…△その人は親切
に駅まで送って～れた／他熱情地送我到火車
站。△おじさんはぼくらを泊めて～れた／叔
叔留我們住下了。△ひどいことをやってくれ
たよ，あいつは／那傢伙做得太損了。②(用
"…てくれ"的形式表示) 求人為自己…△この
問題の解き方を教えてくれ／你告訴我這個問
題的解法！△ぼくにもやらせてくれ／也讓我
做做！

く・れる [暮れる] (自下一) ① 天黒，日暮。
△日が～／天黒。↔ 明ける ② 年終，季節之
末。△ことしもあと二時間で～／今年再過兩
個小時就結束了。△春が～／春末，暮春。③
不知如何是好，想不出 (辦法)。△途方に～／
不知如何是好。△思案に～／想不出主意來。
計窮。△なみだに～／悲痛欲絶。

ぐ・れる (自下一) 墮落，走上邪路。

ぐれん [紅蓮] (名) 火紅色，鮮紅色。△～のほ
のお／通紅的火焰。

クレンザー [cleanser] (名) 去污粉，清潔劑。

クレンジングクリーム [cleansing cream] (名)
洗面膏

ぐれんたい [愚連隊] (名) 阿飛，流氓，惡棍。

くろ [黒] (名) ① 黒，黒色。△～髪／黒髪。
△まっ～／烏黒，漆黒。② (圍棋) 黒子。③
犯罪，嫌疑犯。△彼は～の可能性がつよい／
他犯罪的可能性很大。△白～／黒白；是非，
好壊；無罪或者有罪。↔ 白

くろ [畔] (名) 田埂，田界。

くろあり [黒蟻] (名) 黒蟻。

くろ・い [黒い] (名) ① 黒的，黒色的。△赤
黒い／紅黒色。△どす黒い／烏黒，紫黒。↔
白い ② 褐色，黝黒色。△色が～／皮膚黒。
△浅黒い／微黒，淺黒。↔ 白い ③ 髒。△～
手／髒手。△えりが～／領子髒→きたない ↔
白い ④ 壊的，邪惡。△腹が～／心黒，心狠。
△腹黒い／黒心腸，黒心。

くろう [苦労] (名・形動・自サ) 勞苦，辛苦，
操心，擔心。△～をかける／(叫…) 操心。△～
をいとわない／不辭辛苦。△～のかいがな
い／白費心血。△～が多い／很辛苦。△あん
なに心配して～なことだ／那麼操心够辛苦的
了。△～性／好操心。△～人／飽經風霜的人，
過來人。△ひと～／費勁，費些力氣。△ご～
さま／您辛苦了。→労苦，骨折り ⇨ごくろう

くろうしょう [苦労性] (名) 心路窄，好操心，
愛嘀咕。

くろうと [玄人] (名) 内行，行家。→プロ ↔
しろうと

クローク [cloak] (名) ① 斗篷。② 衣帽間，衣
帽寄存處。

グローサリー [grocery] (名) 用詞解説，分類辭
典。

クロージング [clothing] (名) 衣服，衣服類。

クロージングナンバー [closing number] (名)
最終曲目。

クロース [cloth] (名) ① 布，衣料。② 布皮。

③ 枱布，桌布。

クローズ [clause] (名) ① (英語語法中的) 從句，
分句。② 法律條款。

クローズ [close] (名) ① 結束，完了，閉店。②
關閉。

クローズアップ [close-up] (名・他サ) ① 特寫。
② 醒目，大書特書。△日本チームの不振が～
された／日本隊不景氣引起社會的注意。

クローゼット [closet] (名) 壁櫥。(也作"クロ
ゼット")

クローニー [crony] (名) 朋友，伙伴，密友。

クローバ [clover] (名)〈植物〉三葉草，紫苜蓿。
(也説"クローバー")

グローバリゼーション [globalization] (名) 全
球化，國際化。

グローバル [global] (形動) 世界規模的，全球
性的。△～な観点／全球的觀點。

グローバルか [グローバル化] (名) 全球化。

グローバルビレッジ [global village] (名) 地球
村。

グローブ (名) ⇨グラブ

クロール [crawl] (名)〈體〉自由式游泳。

クロールカルキ [德 Chlor kalk] (名) 漂白粉。

クローン [clone] (名)〈生物〉基因克隆。

くろがね [鉄] (名) (黒色金屬) 鉄。

くろかみ [黒髪] (名) 黒髪，青絲。

くろくま [黒熊] (名)〈動〉黒熊。

くろくも [黒雲] (名) ① 黒雲。② 險惡的形勢。

くろけむり [黒煙] (名) 黒煙。

くろこげ [黒焦] (名) 燒焦，焦黒。

クロコダイル [crocodile] (名) (尼羅鱷、河口鱷
一類的) 鱷魚。

くろごま (名)〈植物〉黒芝麻。

くろごめ [黒米] (名) 糙米。

くろざとう [黒砂糖] (名) 黒糖，紅糖。

グロサリー [grocery] (名) 自選食品商場。

くろじ [黒字] (名) ① 黒色的字。② 盈餘，黒
字。△～になる／出現順差。↔ 赤字

くろしお [黒潮] (名) ⇨日本海流

クロス [cross] (名・自サ) ① 交叉。② (排球、
網球) 對角綫。

グロス [gross] (名・接尾) ① 羅 (12 打，即 144
個)。② (高爾夫球) 總撃數，總分。

クロスカントリーレース [cross country race]
(名) 越野賽跑。

くろスバー [crossbar] (名) (跳高) 横竿。

くろず・む [黒ずむ] (自五) 發黒，帶黒色。

クロスワードパズル [crossword puzzle] (名) 縦
横添字迷。

クロゼット [closet] (名) 櫥，壁櫥。

クロソイドきょくせん [クロソイド曲線]
(名) 高速公路的曲綫。

くろそこひ [黒そこひ] (名) 緑内障，青光眼。

くろたい [黒鯛] (名)〈動〉黒加級魚。

くろダイヤ [黒ダイヤ] (名) 黒鑽石。

クロッカス [crocus] (名)〈植物〉藏紅花，番紅
花。

クロッキー [法 croquis] (名) 速寫畫，寫生畫。

グロッキー [groggy] (名・ダナ) (因疲勞、醉酒等而) 搖搖晃晃，不穩的，頭暈的，昏昏沉沉的。(也作"グロッギー")

グロッギー [groggy] (形動) 累 (得站不住)，疲憊不堪。△～になる／累得東倒西歪。

クロック [clock] (名) 時鐘。

くろつち [黒土] (名) 黑土，腐殖土。

くろっぽ・い [黒っぽい] (形) 發黑，帶黑色。

グロテスク [grotesque] (形動) 奇異，奇形怪狀 (可略成"グロ")。△～なすがた／奇形怪狀的姿態 (打扮)。

くろてん [黒貂] (名) 〈動〉黑貂。

くろねずみ [黒鼠] (名) 〈喻〉家賊，坑騙東家的掌櫃。

クロノロジー [chronology] (名) 年代記，年表。

くろ・む [黒ばむ] (自五) 發黑。

くろパン [黒パン] (名) 黑麵包。

くろびかり [黒光り] (名・自サ) 黑亮，烏亮，油黑。△～のする古い家具／黑又亮的舊傢具。

くろぶち [黒縁] (名) 黑框，黑圈。△～のめがね／黑框眼鏡。

くろふね [黒船] (名) (江戶末期，來日本的) 歐美船隻。

くろぼし [黒星] (名) ① (相撲) 輸。(表示輪的) 黑圓點。→白星 ② 失敗，錯誤，過失。△～をかさねる／一再失敗。

くろまく [黒幕] (名) 幕後人，黑後台。△政界の～／政界幕後人。

くろまつ [黒松] (名) 〈植物〉黑松。→おまつ

クロマトロン [chromatron] (名) 彩色電視攝像管。

クロマニオンじん [クロマニョン人] (名) 〈史〉克羅馬尼翁人。

くろまめ [黒豆] (名) 黑豆。

くろみ [黒身] (名) ① 黑色，黑的程度。② (無鱗魚皮下的) 紅黑色部分。

クロム [Chrome] (名) 〈化〉鉻。△～めっき／鍍鉻。

クロムこう [クロム鋼] (名) 鉻鋼。

くろめ [黒目] (名) 黑眼珠。△～がち／黑眼珠大。

くろ・める [黒める] (他下一) 弄黑，染黑。

くろもじ [黒文字] (名) ① 〈植物〉大葉釣樟。② 牙籤。

くろやま [黒山] (名) 密集的人羣，人山人海。△～の人だかり／黑壓壓的一羣人。

クロレラ [chlorella] (名) 〈植物〉小球藻。

クロロホルム [德 Chloroform] (名) 〈化〉氯仿，三氯甲烷，哥羅防。

クロロマイセチン [Chloromycetin] (名) 〈醫〉氯黴素。

くろわく [黒枠] (名) ① 黑框。② 死亡通知書，訃告。

ぐろん [愚論] (名) ① 愚論，謬論。② (謙語) 拙見。

くろんぼう [黒ん坊] (名) ① 黑人。② 皮膚黑的人。

くわ [桑] (名) 〈植物〉桑，桑樹。△～を摘む／採桑葉。△～の実／桑葚兒。

くわ [鍬] (名) 鋤。△～を入れる／搒地。

くわい (名) 〈植物〉慈姑。

くわえこ・む [銜え込む] (他五) 〈俗〉帶來 (不三不四的傢伙)。

くわ・える [加える] (他下一) ① 加，添，增加。△塩を～／加鹽。△スピードを～／加速。△書きを～／補寫。→ふやす，付加する ② 施加，給予。△一撃を～／給予一擊。③ 包含，包括 (某人)。△仲間に～／吸收入夥。→入れる

くわ・える [銜える・啣える] (他下一) 叼，銜。△タバコを～／叼着煙。△指を～／咬住手指頭。嘴饞，羨慕地看。

くわがたむし [鍬形虫] (名) 〈動〉鍬形甲蟲，鹿角甲蟲。

くわけ [区分け] (名・他サ) 區分，劃分。→区分，分類

くわし・い [詳しい] (形) ① 詳細。△～説明／詳細說明。→詳細 ② 精通，熟悉。△內部事情に～／深知內情。→明るい

くわす [食わす] (他五) ⇨くわせる

くわずぎらい [食わず嫌い] (名・形動) ⇨たべずぎらい

くわせもの [食わせ物] (名) 假貨，騙人的東西；騙子，偽君子。△～をつかませられる／被騙買了假貨。△彼は案外食わせ者だ／想不到他竟是個騙子。

くわ・せる [食わせる] (他下一) ① 給吃，讓吃，養活。△家族を～／撫養一家人。→養う，扶養する ② 欺騙，瞞哄。△けんつくを～／痛斥，責罵。△いっぱい～／叫人上了當。→くらわす，みまう

くわだて [企て] (名) 計劃，企圖。△よからぬ～／險惡的用心。→たくらみ，もくろみ

くわだ・てる [企てる] (他下一) 計劃，企圖，策劃。→たくらむ

くわばら (感) 避雷咒語，祈禱逢凶化吉的話。△～～／上天保佑，上天保佑！

くわ・れる [食われる] (自下一) 相形見絀，自慚弗如。

くわわ・る [加わる] (自五) ① 增加，添加。△寒さが～／更加寒冷。△地震に火事が～って大惨事となった／地震又加上火災造成慘禍。② 參加，加入。△遊びに～／參加遊玩。

- くん [君] (接尾) 君。

ぐん [軍] (名) 軍隊。△従軍／從軍。

ぐん [群] (名) 羣。△～をなす／成羣結隊。△～を抜く／超羣，出眾。

ぐんい [軍医] (名) 軍醫。

くんいく [訓育] (名・他サ) 訓育，培養。

ぐんか [軍靴] (名) 〈舊〉軍靴。

ぐんか [軍歌] (名) 軍歌。

くんかい [訓戒] (名・他サ) 訓戒，教訓。△～をたれる／以身示教。

ぐんかく [軍拡] (名) 擴軍。

ぐんかん [軍艦] (名) 軍艦。

ぐんき [軍旗] (名) 軍旗。

ぐんきものがたり [軍記物語] (名) 歴史題材的戰爭小説。

くんくん (副) ① (聞味) 哼哼。△～かぐ／哼哼地聞。② (小狗叫聲) 嗚嗚。

ぐんぐん (と) (副) ① 用力, 使勁。② 迅速地, 快速。△～と成長する／迅速成長。

くんこう [勲功] (名) 功勳。△～をたてる／建立功勳→いさお, てがら

ぐんこくしゅぎ [軍国主義] (名) 軍國主義。→ミリタリズム

ぐんざん [群山] (名) 羣山。

くんし [君子] (名) 君子。△聖人～／聖人君子。

くんじ [訓示] (名) 訓示, 訓詞, 告諭。→訓戒

ぐんじ [軍事] (名) 軍事。△～裁判／軍事審判。△～教訓／軍訓。△～力／兵力, 武裝力量。

くんしあやうきにちかよらず [君子危うきに近寄らず] (連語) 君子不近險地。好漢不吃眼前虧。

ぐんしきん [軍資金] (名) ① 軍費。② 經費, 資金。△きょうは～がたっぷりある／今天費用很充足。

くんしはひとりをつつしむ [君子は独りを慎む] (連語) 君子慎獨。

くんしはひょうへんす [君子は豹変す] (連語) 君子豹變。

くんしゅ [君主] (名) 君主, 皇帝, 國王。

ぐんじゅ [軍需] (名) 軍需, 軍用物資。

ぐんしゅう [群衆] (名) 羣衆, 人羣。

ぐんしゅうしんり [群集心理] (名) 羣衆心理。

ぐんしゅく [軍縮] (名) 裁軍。△～会議／裁軍會議。↔軍拡

くんしゅこく [君主国] (名) 君主國 ↔ 共和国

くんしょう [勲章] (名) 勳章。△文化～／文化勳章。

ぐんじょう [群青] (名) 羣青 (色)。△～色／藍色。

ぐんじん [軍人] (名) 軍人。

くん・ずる [訓ずる] (他サ) (漢字) 訓讀。

くんせい [薫製・燻製] (名) 燻製。△魚の～／燻魚。

ぐんせい [軍政] (名) ① 軍政, 軍事管制。② 軍事行政。↔ 民政

ぐんせい [群生] (名・自サ) 叢生。△～地／叢生地。→群落

ぐんせい [群棲] (名・自サ) 〈動〉 羣棲。

ぐんぜい [軍勢] (名) ① 兵力。→兵力 ② 軍隊。△敵の～が近づく／敵軍靠近了。

ぐんそう [軍曹] (名) 中士。

ぐんそう [軍装] (名) 軍裝。

ぐんぞう [群像] (名) 羣像。

ぐんぞく [軍属] (名) 軍内文職人員。

ぐんたい [軍隊] (名) 軍隊。△～に入る／入伍, 參軍。

- くんだり (接尾) (離開繁華中心) 很遠的地方, 偏僻的地方。△鹿児島～からわざわざ上京する／特意從鹿兒島那麼遠的地方去東京。

くんづほぐれつ [組んづ解れつ] (連語) 猛烈廝打。△～の格闘／劇烈的搏鬥。

ぐんて [軍手] (名) 〈舊〉粗白綫 (勞動) 手套。

くんてん [訓点] (名) (訓讀漢文時) 標在漢字旁的讀法符號。

ぐんと (副) ① 形容用力, 使勁。△～ふんばる／又開腿用力踏地。② 更加, 越發 (好)。△～うまくいった／越發好辦了。

くんとう [薫陶] (名・他サ) 薫陶。△～のたまもの／薫陶的結果。△山田先生の～を受ける／受到田中老師的薫陶。

くんどう [訓導] (名) 教導。△先生の～に従う／聽從老師的教導。

ぐんとう [軍刀] (名) 軍刀。

ぐんとう [群島] (名) 羣島。→諸島

くんどく [訓読] (名・他サ) ① 按日本方式讀漢文。② 用日語讀漢字詞。↔ 音読

ぐんばい [軍配] (名) (相撲比賽用) 裁判扇。△～をかえす／(相撲運動) 翻扇子。△～を上げる／相撲裁判用扇子指示獲勝的一方；判定優勝者。

ぐんばつ [軍閥] (名) 軍閥。

ぐんび [軍備] (名) 軍備。△～縮小／裁減軍備。

ぐんぴ [軍費] (名) 軍費。

ぐんぶ [群舞] (名) 羣舞, 集體舞。→乱舞

ぐんぶ [軍部] (名) 軍方。

くんぷう [薫風] (名) 薫風。△～かおる五月／薫風吹拂的五月。

ぐんぷく [軍服] (名) 軍裝。

ぐんぽう [軍法] (名) 軍法。

ぐんむ [軍務] (名) 軍務。

ぐんもんにくだる [軍門に降る] (連語) 投降。

ぐんゆう [群雄] (名) 羣雄。△～割拠／羣雄割據。

くんよみ [訓読み] (名・他サ) 訓讀。↔ 音読み

ぐんらく [群落] (名) ① 〈植物〉羣生。△みずばしょうの～／羣生的觀音蓮。→群生 ② 很多村落。

くんりん [君臨] (名・自サ) ① 君臨。② 統治。△政界に～する／統治政界。

くんれい [訓令] (名・自サ) 訓令, 命令。△～式／訓令式。

ぐんれい [軍令] (名) 軍令。

くんれん [訓練] (名・他サ) 訓練。→練習

くんわ [訓話] (名) 訓話。→訓辞

く
ク

け　ケ

け［毛］(名) ① 頭髮, 汗毛。△～をそめる／染髮。② (動物的) 毛, 羽毛。△～がはえかわる／褪毛。③ (植物的) 細毛。④ 毛綫。⑤ 微少。△そんな気持ちは～ほどもない／根本沒有那種心情。

け［気］ I (名) 感覺, 氣氛, 樣子, 跡象。△火の～／熱乎氣兒。△病気の～／有病的樣子。II (接尾) (接名詞、動詞連用形、形容詞和形容動詞詞幹後) 表示有某種心情, 感覺。△寒～がする／發冷。

け［卦］(名) 卦, 八卦, 占卦。△～が悪い／凶卦。

け (終助) (常用 "たっけ"、"だっけ" 的形式, 置於句尾) 表示回憶、確認、疑問。△こんどの集まりはいつでしたっけ／下次集會是甚麼時候來着？

け-［気］(接頭) (冠在動詞、形容詞前用以加強語氣) (意為) 不由得, 總覺得。△～だるい／渾身發軟。

-け［家］(接尾) ① (名門之) 家。△将軍～／將軍之家。② △ (表示姓氏) △中村～／中村家。

-げ［気］(接尾) (接名詞、形容詞詞幹、動詞連用形後) 表示某種神態、樣子、情形、感覺、傾向。△おとな～／大人樣兒。大人氣。

ケア［care］(名) ① 看護, 護理。～ワーカ［～worker］護理員。② 保護。維修。スキン～［skin～］護膚。

ケアーテーカーガバンメント［caretaker government］(名) 看守內閣。

けあがり［蹴上がり］(名)〈體〉(雙腿踢起) 躍上單槓。

けあし［毛脚・毛足］(名) ① 多毛的腿。② 毛生長的情況。③ (毛毯等表面的) 毛。

けあな［毛穴・毛孔］(名) 毛孔。

ケアリーズ［caries］(名)〈醫〉骨瘍。

ケアレスミステーク［careless mistake］(名) 由於粗心造成的錯誤。

けい［兄］(名) ① 兄。② (對朋友的敬稱) 大兄, 老兄。

けい［刑］(名) △～に服する／服刑。

けい［計］(名) ① 計算。② 合計。△～６万円／共計六萬日圓。③ 計劃。△百年の～／百年大計。④ 計器。△体温～／體溫計。

けい［罫］(名) ① (紙張上的) 綫, 格。② (圍棋、象棋棋盤上的) 格。

ゲイ［gay］(名・形動) 快樂的, 放蕩的, (男性) 同性戀者。

げい［芸］(名) ① 演技。△～がない／平庸無奇。② 技術, 技能。

けいあい［敬愛］(名・他サ) 敬愛。

けいあえんこう［珪亜鉛鉱］(名) 硅鋅礦。

けいい［経緯］(名) ① (地圖上的) 經、緯綫,

經度和緯度。② (情況的) 經過, 原委。→いきさつ

けいい［軽易］(名・形動) 輕易。

けいい［敬意］(名) 敬意。△～をはらう／致敬。

けいいん［契印］(名) 契印, 騎縫印。

けいいんしょくてん［軽飲食店］(名) 小吃店。

げいいんばしょく［鯨飲馬食］(名・自他サ) 暴飲暴食, 大吃大喝。

けいえい［経営］(名・他サ) 經營。△～者／經營者。

けいえい［継泳］(名) 游泳接力 (賽)。

けいえい［警衛］(名・他サ) 警衛。

けいえいコンサルタント［経営コンサルタント］(名) (為企業提供諮詢服務的) 經營顧問。

けいえいりねん［経営理念］(名)〈經〉經營觀念, 經營思想。

けいえん［敬遠］(名・他サ) ① 敬而遠之。② (棒球) 故意投四個壞球。

けいえんげき［軽演劇］(名) 輕鬆的戲劇, 娛樂性戲劇。

けいおんがく［軽音楽］(名) 輕音樂。

けいか［経過］(名・自サ) 經過, 過程。△手術の～がよい／手術進行順利。△病気の～／病情。

けいが［慶賀］(名・他サ) 慶賀, 祝賀。△～にたえない／可喜可賀。

けいかい［境界］(名) (土地、場所等的) 邊界, 境界。

けいかい［警戒］(名・他サ) 警戒。△～線／警戒綫。

けいかい［軽快］ I (形動) ① 輕快, 敏捷。△～なフットワーク／輕快的步法。② 輕鬆, 愉快。△～なリズム／輕快的旋律。II (名・自サ) (病) 見輕。

けいがい［形骸］(名) ① 形骸, 軀殼。→ぬけがら ② (無內容的) 空殼, 空架子。

けいがいか［形骸化］(名・自サ) 形式化, 徒具形式。

けいかいしょく［警戒色］(名) (動物) 警戒色。↔保護色

けいかく［計画］(名・他サ) 計劃。△～をたてる／制定計劃。△～出産／計劃生育。→プラン

けいかく［傾角］(名)〈數〉傾角, 斜角。

けいかくてき［計画的］(形動) 計劃性的, 有計劃的。

けいかほう［経過法］(名) 明確新舊兩個法律關係的規定。

けいかん［景観］(名) 景致, 風景。

けいかん［警官］(名) 警察。

けいがん［慧眼・炯眼］(名) 慧眼。目光敏銳。△～の士／有識之士。

けいき［刑期］(名) 刑期。△～を満了して出所する／服刑期滿出獄。

けいき［計器］(名) 測量、計量儀器。

けいき［契機］(名) 契機, 轉機。△…を～に／以…為契機。△失敗を～として方針をあらためる／以失敗為轉折點而改變方針。→きっかけ

けいき［景気］(名)①〈經〉景氣, 市面, 商情。△～がいい／買賣興旺。②〈經〉繁榮。△空～／表面繁榮。③氣氛, 勁頭兒, 狀況。△～をつける／鼓勁兒。

けいき［繼起］(名・自サ) 繼起, 相繼發生。

けいききゅう［軽気球］(名) ⇨ききゅう

けいきこうたい［景気後退］(名)〈經〉經濟衰退。

けいきょ［軽挙］(名・自サ) 輕率行動。△～をいましめる／戒貿然行動。

けいきょもうどう［軽挙妄動］(名) 輕舉妄動。△～をつつしむ／慎勿輕舉妄動。

けいきんぞく［軽金属］(名) 輕金屬。↔重金屬

けいく［警句］(名) 警句, 名言。→金言, 格言

けいぐ［刑具］(名) 刑具。

けいぐ［敬具］(名)(書信) 敬啟, 謹啟。

けいけいに［軽軽に］(副) 輕率, 草率。△～処理する／草率處理。

げいげき［迎撃］(名・他サ) 迎撃。

けいけつせき［鶏血石］(名) 雞血石。

けいけん［経験］(名・他サ) 經驗。△～にとむ／經驗豐富。△こんな寒さは～したことがない／沒體驗過這樣的寒冷。

けいけん［敬虔］(形動) 虔誠。△～な信者／虔誠的信徒。

けいげん［軽減］(名・自他サ) 減輕。△痛みが～する／疼痛減輕。

けいけんしゅぎ［経験主義］(名) 經驗主義。

けいこ［稽古］(名・自他サ)①練習, 學習(武藝、學問等)。②排演, 排練。△弟子に～をつける／教徒弟。△ピアノの～／練鋼琴。

けいご［敬語］(名) 敬語。

けいご［警護］(名・他サ) 警衛, 警衛員。

けいこう［蛍光］(名)①螢火蟲的光。②〈理〉熒光。

けいこう［傾向］(名) 傾向, 趨勢。△交通事故はへる～にある／交通事故有下降趨勢。

けいこう［携行］(名・他サ) 攜帶前往。△カメラを～する／帶照相機去。

けいこう［経口］(名) 口服。△～避妊薬／口服避孕藥。

げいごう［迎合］(名・自サ) 迎合, 逢迎。△上役に～する／逢迎上級。

けいこうぎょう［軽工業］(名) 輕工業。

けいごうきん［軽合金］(名) 輕合金。

けいこうとう［蛍光灯］(名) 熒光燈, 日光燈。

けいこく［渓谷］(名) 溪谷。

けいこく［警告］(名・他サ) 警告。△～を発する／發出警告。

けいこつ［脛骨］(名)〈解剖〉脛骨。

げいごと［芸事］(名)(彈唱歌舞等) 技藝。

けいさい［荊妻］(名) 拙荊, 賤內。

けいさい［掲載］(名・他サ) 刊登, 登載。△雜誌に論文を～する／在雜誌上登載論文。

けいざい［経済］(名)①經濟。△～の法則／經濟規律。△～界／經濟界。②經濟, 節約。△時間の～／節省時間。△～観念／節約觀念。

けいざいじょうせい［経済情勢］(名)〈經〉經濟形勢, 經濟狀況。

けいざいすいたい［経済衰退］(名)〈經〉經濟衰退。

けいざいせいさい［経済制裁］(名)〈經〉經濟制裁。

けいざいせいさく［経済政策］(名)〈經〉經濟政策。

けいざいせいちょう［経済成長］(名)〈經〉經濟增長。

けいざいせいちょうりつ［経済成長率］(名)〈經〉經濟增長率。

けいざいちつじょ［経済秩序］(名)〈經〉經濟秩序。

けいざいてき［経済的］(形動)①經濟上的。△～に恵まれない／(經濟上)不寬裕。△～に苦しい／經濟窘困。②節省的, 節約的。△時間のことを考えると, 結局, 飛行機を使うのがもっとも～だ／從時間上考慮, 還是坐飛機更划得來。

けいざいとくべつく［経済特別区］(名)〈經〉經濟特區。

けいざいとっく［経済特区］(名)〈經〉經濟特區。

けいざいはくしょ［経済白書］(名)〈經〉經濟白皮書。

けいざいふっこう［経済復興］(名)〈經〉經濟復興。

けいざいりょく［経済力］(名)〈經〉經濟力量。

けいさつ［警察］(名) 警察署(的略稱), 公安機關。

けいさつけん［警察犬］(名) 警犬。

けいさん［計算］(名・他サ)①計算。②估計, 考慮。△～に入れる／考慮在內。△彼は～だかい男だ／他甚麼事都愛打算盤。

けいさん［珪酸］(名)〈化〉硅酸。

けいさんき［計算機・計算器］(名) 計算機。

けいさんじゃく［計算尺］(名) 計算尺。

けいさんぷ［経産婦］(名)〈醫〉經產婦。↔初產婦

けいし［兄姉］(名) 哥哥姐姐。↔弟妹

けいし［軽視］(名・他サ) 看輕, 輕視。△煙草の害は～できない／吸煙之害不可低估。

けいし［罫紙］(名)(帶) 格(的) 紙。

けいし［刑死］(名・自サ) 被處死刑。

けいじ［刑事］(名)①〈法〉刑事。△～事件／刑事案件。↔民事②刑事警察, 刑警。

けいじ［啓示］(名・他サ)①〈宗〉神啟。②啟示。

け
ケ

けいじ［掲示］（名・他サ）佈告，公告。△注意
事項を～する／公佈注意事項。

けいじ［慶事］（名）喜事。↔凶事

けいじ［計時］（名・自サ）（比賽的）計時。△～
係／計時員。

けいじか［形而下］（名）〈哲〉形而下。↔形而
上

けいしき［形式］（名）① 方式，樣式。△正當
な～を踏む／履行正常手續。② 形式，表面。
△～に流れる／流於形式。

けいしきてき［形式的］（形動）形式上的，表
面的。△検査はほんの～なものだ／検査只不
過是形式而已。

けいしきめいし［形式名詞］（名）（語法）形式
名詞（指“こと”“もの”“ため”“とき”“ところ”
“はず”等）。

けいじさいばん［刑事裁判］（名）〈法〉刑事審
判。

けいじじょう［形而上］（名）〈哲〉形而上。△～
学／形而上學。↔形而下

けいじそしょう［刑事訴訟］（名）刑事訴訟。

けいしちょう［警視庁］（名）警視廳（東京都警
察總部）。

けいしつ［形質］（名）① 形態和實質。②〈生
物〉性狀，特性。

けいじばん［掲示板］（名）公告牌。

けいしゃ［傾斜］（名・自サ）① 傾斜。△後方
へ～する／向後傾斜。② 傾斜度。△屋根の～
は 30 度ある／屋頂的傾斜度為 30 度。

けいしゃ［鶏舎］（名）雞窩。

げいしゃ［芸者］（名）藝妓。△～を揚げて騒
ぐ／招藝妓陪酒熱鬧一番。

けいしゅ［警手］（名）（鐵路道口）守道員。

けいしゅう［閨秀］（名）閨秀。△～作家／女
作家。

けいじゅう［軽重］（名）輕重。△ことの～を
問わず／不論事情大小。

けいじゅうだい［計重台］（名）秤橋，地秤。

けいしゅつ［掲出］（名・他サ）公佈，揭示。
△調査項目を～する／公佈調査項目。

げいじゅつ［芸術］（名）藝術。△～を解する／
懂藝術。

げいじゅつか［芸術家］（名）藝術家。

げいじゅつてき［芸術的］（形動）藝術的。

けいしゅん［迎春］（名）迎春，迎接新年。

けいしょ［経書］（名）經書（指中國的四書五經
等）。

けいしょう［形象］（名）形象。

けいしょう［敬称］（名）敬稱。

けいしょう［軽少］（形動）少，輕微。△～な
お礼／薄禮。

けいしょう［軽症］（名）小病。↔重症

けいしょう［軽傷］（名）輕傷。↔重傷

けいしょう［景勝］（名）名勝。△～の地／風
景勝地。

けいしょう［警鐘］（名）警鐘。△～を鳴らす／
敲警鐘。

けいしょう［継承］（名・他サ）繼承。△文化
遺産を～する／繼承文化遺產。

けいじょう［刑場］（名）刑場。△～の露と消
える／被處死刑。

けいじょう［形状］（名）形狀。

けいじょう［計上］（名・他サ）列入，計入（預
算）。△出張費を予算に～する／把出差費用列
入預算。

けいじょう［啓上］（名・他サ）（書信）敬啟者。
△一筆～／敬啟者。

けいじょう［経常］（名）經常。△～費／經常
性費用。

けいしょく［軽食］（名）便餐，小吃。

けいじょし［係助詞］（名）⇨かかりじょし

けいしん［軽震］（名）（地震）輕震，微震。

けいず［系図］（名）① 家譜，系譜。②（比喻）
來歷，由來。

けいすい［軽水］（名）輕水，普通水。

けいすう［計数］（名）計數，統計數。

けいすう［係数］（名）〈數、理〉係數。

けいすう［径数］（名）〈數〉參數，參變數。

けいずかい［窩主買い］（名）買賣贓品（的人）。

けいせい［形声］（名）（漢字六書之一）形聲。
△～文字／形聲文字。

けいせい［形勢］（名）形勢，局勢。△～が逆轉
する／形勢逆轉。

けいせい［形成］（名・他サ）形成。△人格を～
する／形成人格。△～外科／整形外科。

けいせい［警世］（名）警世。△～のことば／警
世之言。

けいせき［形跡］（名）形跡，痕跡。△～を残
す／留下痕跡。△～をくらます／銷聲匿跡。

けいせき［珪石］（名）硅石。

けいせつ［蛍雪］（名）螢雪，苦學。△～の功を
積む／積螢雪之功。

けいせん［経線］（名）〈地〉經綫。↔緯綫

けいせん［係船・繫船］（名・自サ）①（船因不
能出港或不景氣等）暫停航行。② 被繫留的船。

けいせん［頸腺］（名）〈解剖〉頸腺。

けいそ［珪素］（名）〈化〉硅。

けいそう［珪藻］（名）〈植物〉硅藻。

けいそう［軽装］（名）輕裝。

けいそう［継走］（名・自サ）接力賽跑。

けいそう［軽躁］（形動）輕率，輕薄，浮躁。

けいそう［軽燥］（形動）輕而乾燥。

けいぞう［恵贈］（名・他サ）惠贈。△ご～にあ
ずかり，ありがとうございます／承蒙惠贈，
萬分感謝。

けいそうど［珪藻土］（名）〈地〉硅藻土。

けいそうるい［形走類］（名）〈動〉質走（蟲）亞
門。

けいそく［計測］（名・他サ）量，測量。

けいぞく［継続］（名・自他サ）繼續。△審議
を～する／繼續審議。

けいそつ［軽率］（形動）輕率。△～なふるま
い／輕率之舉。

けいたい［形態・形體］（名）形態，樣子，形狀。

△政治～/政治形態。△動物～学/動物形態學。

けいたい［敬體］(名)(語法)敬體(以“です”“ます”“ございます”等結句)。

けいたい［携帯］(名・他サ)攜帶。△～ラジオ/便攜式收音機。△雨具を～する/攜帶雨具。

けいだい［境内］(名)(神社、寺院的)院内。

けいたいクレジット［携帯クレジット］(名)手機付款方式。

けいたいそ［形態素］(名)(語法)詞素。

けいたいでんわ［携帯電話］(名)手機。

けいたいろん［形態論］(名)(語法)詞法。

けいたりがたくていたりがたし［兄たり難く弟たり難し］(連語)不分軒輊、並駕齊驅。

けいだんれん［経団連］(名)(日本)經濟團體聯合會(的略稱)。

けいちつ［啓蟄］(名)(二十四節氣之一)驚蟄。

けいちゅう［傾注］(名・他サ)傾注、集中。△全力を～する/竭盡全力。△注意を～して観察する/聚精會神地進行觀察。

けいちゅう［契沖］〈人名〉契沖(1640-1701)，日本江戶時代國學家，真言宗僧人。

けいちょう［軽重］(名)輕重。△鼎の～を問う/問鼎之輕重。

けいちょう［慶弔］(名)慶弔。

けいちょう［傾聴］(名・他サ)傾聽。△～にあたいする意見/值得聽取的意見。

けいちょうふはく［軽佻浮薄］(形動)輕浮、輕佻。

けいつい［頸椎］(名)〈解剖〉頸椎。

けいてき［警笛］(名)汽車喇叭。→クラクション

けいてん［経典］(名)①(宗教)經典。②經典著作。

けいでんき［継電器］(名)繼電器。

けいと［毛糸］(名)毛綫。△～のチョッキ/毛背心。

けいど［経度］(名)經度。↔緯度

けいど［軽度］(名)輕度。△～のやけど/輕度燒傷。

けいど［珪土］(名)〈化〉硅石，二氧化硅。

けいど［傾度］(名)傾(斜)度。

けいとう［系統］(名)①系統。△～をたてていない/沒有系統。△神經～/神經系統。②血統。△血友病の～を引いた人/有血友病血統的人。③(思想等的)體系。

けいとう［傾倒］(名・自サ)傾倒、傾注全力。△トルストイに～する/為托爾斯泰所傾倒。△人口問題に～する/全力研究人口問題。

けいとう［鶏頭］(名)雞冠花。

げいどう［芸当］(名)①特技，絕技。△皿回しの～を見る/看耍碟子表演。②玩藝兒，勾當。△そんな～はできない/幹不出那種勾當。

げいどう［芸道］(名)技藝之道。

けいとうじゅ［系統樹］(名)〈生物〉種系發生樹，親緣樹。

けいとうてき［系統的］(形動)系統的。△～に説明する/系統地説明。

けいどうみゃく［頸動脈］(名)頸動脈。

げいなし［芸無し］(名)一無所長(的人)。

げいにん［芸人］(名)①藝人。②多才多藝的人。

けいねつ［軽熱］(名)〈醫〉輕熱病。

げいのう［芸能］(名)文化娛樂，藝術(指戲劇、電影、音樂、舞蹈，相聲等)。△～界/文藝界。△～人/表演藝術界人士。

けいば［競馬］(名)賽馬。△～場/賽馬場。△草～/鄉村的賽馬。

ゲイバー［gay bar］(名)有美少年服務的酒吧。

けいはい［珪肺］(名)〈醫〉矽肺。

けいばい［競売］(名・他サ)〈法〉拍賣(沒收的物品)。

けいはく［敬白］(名)(信)敬白，敬啓。

けいはく［軽薄］(形動)輕薄，輕浮。△彼女は言動が～だ/她言談舉止輕浮。

けいはつ［啓発］(名・他サ)啓發。△私はこの本に大いに～された/這本書給了我很大啓發。

けいばつ［刑罰］(名)刑罰。△～を加える/處以刑罰。判刑。

けいはん［京阪］(名)京都和大阪。

けいひ［経費］(名)經費。△～を削減する/削減經費。

けいび［軽微］(形動)輕微。△～な損害/損害輕微。

けいび［警備］(名・他サ)警備，警戒。△～員/警衛員。

けいひん［京浜］(名)東京和橫濱。

けいひん［景品］(名)(商店送給顧客的)贈品。△～つき大売出し/附送贈品的大甩賣。

げいひんかん［迎賓館］(名)(主要接待外國貴賓)迎賓館。

けいふ［系譜］(名)①家譜，宗譜。②(學術等的)派別。△自然主義文学の～/自然主義文學流派。

けいふ［継父］(名)繼父。↔実父

けいぶ［警部］(名)(日本警察官階之一)警部。

けいぶ［軽侮］(名・他サ)輕視，蔑視。△～の目で見る/用輕蔑的眼光看人。

げいふう［芸風］(名)表演風格。

けいふく［敬服］(名・自サ)敬佩，欽佩。△いまのおことばには、心から～いたしました/您剛才的話使我從心裏欽佩。

けいぶつ［景物］(名)(四季的)景物，風物。

けいふぼ［継父母］(名)繼父母。

けいふん［鶏糞］(名)雞糞。

けいべつ［軽蔑］(名・他サ)輕蔑，看不起。△人を～したような笑い方をする/瞧不起人似的笑。

けいべん［軽便］(形動)輕便，簡便。△～鉄道/輕便鐵路。

けいぼ［敬慕］(名・他サ)敬慕，敬仰。

けいぼ［継母］(名)繼母。↔実母，生母

けいほう［刑法］(名)刑法。

け
ケ

けいほう [警報] (名) 警報。△～をだす／發警報。△～を解除する／解除警報。

けいほうき [警報器] (名) 警報器。

ゲイボーイ [gay boy] (名) 女装癖男人。

けいま [桂馬] (名) (日本將棋) 桂馬。

けいみょう [軽妙] (形動) 輕鬆有趣。△～な筆致／輕鬆的筆調。

けいみょうしゃだつ [軽妙洒脱] (形動) (寫文章、説話等) 輕鬆灑脱。

けいむしょ [刑務所] (名) 監獄。△～に入れる／關進監獄。

げいめい [芸名] (名) 藝名。

けいもう [啓蒙] (名・他サ) 啓蒙。△～運動／啓蒙運動。

けいもうしそう [啓蒙思想] (名) (17 世紀－18世紀歐洲的) 啓蒙思想。

けいもうしゅぎ [啓蒙主義] (名) 啓蒙主義。

けいやく [契約] (名・他サ) 合同, 契約, 合約。△～をとる／簽訂合約。△～書／合同書。

けいやくいはん [契約違反] (名) 〈經〉背約, 違約, 違反合同。

けいやくきん [契約金] (名) 〈經〉合同保證金。

けいやくしょ [契約書] (名) 〈經〉合同。

けいやくせい [契約制] (名) 〈經〉合同制。

けいやくとりけし [契約取消] (名) 〈經〉取消合同, 撤銷合同。

けいやくび [契約日] (名) 〈經〉立約日。

けいゆ [経由] (名・自サ) 經過, 經由。△香港を～してシンガポールに行く／經由香港到新加坡。

けいゆ [軽油] (名) 輕油。

けいよう [形容] (名・他サ) ① 面色, 容貌。△～枯槁す／形容枯槁。② 形容, 描繪。△何とも～できないほど美しい景色だ／景色優美難以形容。

けいよう [掲揚] (名・他サ) 掛起, 懸掛。△国旗を～する／升國旗。

けいようし [形容詞] (名) 形容詞。

けいようしょくぶつ [茎葉植物] (名) 〈植物〉莖葉植物。

けいようどうし [形容動詞] (名) (日語的) 形容動詞。

けいら [警邏] (名) 巡邏 (的人)。

けいらく [経絡] (名) ① (事物的) 條理, 系統。② 〈醫〉經絡。

けいらん [鶏卵] (名) 雞蛋。

けいり [経理] (名) 會計。△会社の～を担当する／擔任公司的會計。

けいり [刑吏] (名) 刑吏, 執行死刑者。

けいり [警吏] (名) 警察官 (的舊稱)。

けいりゃく [計略] (名) 計謀, 計策, 策略。△～をめぐらす／定計。△～にひっかかる／中計。△～の裏をかく／將計就計。

けいりゅう [渓流] (名) 溪流。

けいりゅうし [軽粒子] (名) 〈理〉輕粒子。

ゲイリュサックのほうそく [ゲイリュサックの法則] (名) 〈化〉蓋呂薩克定律。

けいりょう [軽量] (名) 輕量。△～級の選手／輕量級運動員。

けいりょう [計量] (名・他サ) 計量, 量 (輕重, 容積等) △～カップ／量杯。

けいりん [競輪] (名) 自行車賽。

けいるい [係累] (名) 家室之累。△～がないから身軽だ／沒有家累一身輕。

けいれい [敬礼] (名・自サ) (多指舉手禮) 敬禮。△～！／(口令) 敬禮！

けいれい [警鈴] (名) 警鈴, 警鐘。

けいれき [経歴] (名) 經歷, 履歷。△過去にくらい～をもつ／歷史上有污點。△～を詐称する／偽造自己的歷史。

けいれつ [系列] (名) 系列, 系統, 體系。△～会社／系列公司。

けいれん [痙攣] (名・自サ) 痙攣, 抽搐。△胃～／胃痙攣, 胃絞痛。

けいろ [毛色] (名) 毛色。△美しい～の小鳥／羽毛美麗的小鳥。△彼は～が変っている／他那個人有點兒特別。

けいろ [経路] (名) 路徑, 途徑, 路綫。△コレラの感染～を調べる／調查霍亂傳播途徑。△麻薬の入手～が判明した／獲得毒品的途徑已弄清楚。

けいろうどう [軽労働] (名) 輕 (體力) 勞動。

けいろうのひ [敬老の日] (名) (日本 9 月 15日的) 敬老日。

ゲイン [gain] (名) ① 得到, 獲得。② 收入, 利益。

けう [稀有] (形動) 稀有, 少有。△～の (な) 暴風雨／少有的暴風雨。

げうお [下魚] (名) 下等魚。

けうら [毛裏] (名) 毛皮裏子。

ケーオー [KO] (名・他サ) (拳擊) 擊倒。△彼は 2 回で～された／他在第二場被擊倒了。

ケーキ [cake] (名) 洋點心。

ケーキウォーク [cake walk] (名) (黑人的) 步態舞, 步態舞曲。

ケーキちぶさ [ケーキ乳房] (名) 〈醫〉乳汁瀦留性乳腺炎。

ケーキパパ [cake papa] (名) 關心家庭的爸爸。

ケース [case] (名) ① 盒。△人形をガラスの～に入れる／把玩偶放在玻璃罩裏。② 情況, 事例。△これはごくまれな～です／這是極其少有的情況。

ケースナイフ [case knife] (名) 有鞘的小刀, 餐刀。

ケースバイケース [case by case] (名) 具體情況具體處理。

ケースバイケース [case-by-case] (名) 具體情況具體處理, 根據具體情況處理。

ケースワーカー [caseworker] (名) 社會福利工作者。

ゲーセン [game center] (名) ("ゲームセンター"的縮略語) 遊戲場, 具備各種遊戲機的遊戲場。

ケーソンびょう [ケーソン病] (名) 〈醫〉沉箱病, 潛水員病。

ゲーテ［Johann Wolfgang von Goethe］〈人名〉歌德 (1749-1832)。

ゲート［gate］(名) 大門，出入口。

ゲートウェイ［gate way］(名)〈IT〉閘道。

ゲートキーパー［gatekeeper］(名) 門衛，看門人。

ゲートパス［gate pass］(名) 出入證。

ゲートボール［gate ball］(名) 門球。

ゲートマネ［gate money］(名) 入場費。

ゲートル［guêtres］(名) 綁腿。

ケーパビリティー［capability］(名) 才能，能力，可能性。

ケービング［caving］(名) 洞穴探察，探察鐘乳洞等。

ケープ［cape］(名) 斗篷，披肩。

ケーブル［cable］(名)① 電纜。△海底～／海底電纜。② 纜繩，鋼纜。

ケーブルインターネット［cable internet］(名) 有綫互聯網。

ケーブルカー［cable car］(名) 纜車，索道。

ケーブルテレビ［CATV (cable television)］(名) 有綫電視。

ケーブルデレビ［cable TV］(名) 閉路電視。

ケーブルベルトコンベア［cable belt conveyor］(名) 索道帶式輸送機。

ゲーム［game］(名)① 遊戲。②(體育等) 比賽。△～セット／比賽結束。△シーソー～／拉鋸戰。

ゲームセンター［game center］(名) 遊戲中心。

ゲームソフト［game software］(名) 遊戲軟件。

けおさ・れる［気おされる］(自下一) 被 (對方的氣勢) 壓倒。△相手のけんまくに～れてだまりこんだ／畏懼對方的氣勢一言不發。

けおと・す［蹴落とす］(他五)① 踢落，踢掉。△がけから石を～／把石頭踢下懸崖。② 排擠。△ライバルを～／排擠掉競爭對手。

けおりもの［毛織り物］(名) 毛織物。

けが［怪我］(名・自サ)① 傷，受傷。△大～で入院した／受重傷住了院。② 過失。△これといった～もなく，定年をむかえることができた／沒甚麼大的過失，平安地退休了。△～功名／僥幸之功。

げか［外科］(名)〈醫〉外科。

げかい［下界］(名)① 人世，塵世。②(從高處看到的) 地面，地上。

けが・す［汚す］(他五)① 弄髒，污染。△着物を～／弄髒衣服。② 玷污，敗壞。△名を～／敗壞名聲。③ 姦污。④ 忝列，忝居。△末席を～／忝列末席。→よごす

けがに［毛蟹］(名)〈動〉毛蟹。

けがにん［怪我人］(名) 受傷的人。

けがび［毛黴］(名) 黴菌。△～が生えた／發霉了。

けがまけ［怪我負け］(名) 偶然失敗。

けがらわし・い［汚らわしい］(形)① 污穢，骯髒。△～金／臭錢，不義之財。② 討厭，卑鄙。△そんな話は聞くも～／那種話聽起來都噁心。

けがれ［汚れ］(名)①(精神上) 骯髒，醜惡。△～を知らない純真な少女／天真無邪的少女。②(經期、産後、喪期等) 不潔。③〈宗〉紅塵。△この世の～に染まる／染紅塵。

けが・れる［汚れる］(自下一)① 骯髒，不道德。△～れた一生／骯髒的一生。② 失去貞操。③(經期、産後、喪期) 不潔。

けがわ［毛皮］(名) 毛皮。△～のコート／毛皮大衣。

げかん［下疳］(名)〈醫〉下疳。

げき［劇］(名) 戲劇。△放送～／廣播劇。

げきえいが［劇映画］(名) 故事片。

げきえつ［激越］(形動) 激昂。△～な口調で演説する／語氣激昂地發表演説。

げきか［劇化］(名・他サ) 戲劇化，改編為戲劇。△小説を～する／把小説改成劇本。

げきか［激化］(名・自サ) 激化，加劇。△インフレが～する／通貨膨脹加劇。△矛盾が～する／矛盾尖鋭化。

げきが［劇画］(名)①(拉) 洋片。② 連環畫，故事漫畫。

げきげん［激減］(名・自サ) 鋭減。△農村人口が～した／農村人口鋭減。

げきこう［激昂］(名・自サ) 激昂，激動。

げきさく［劇作］(名) 劇作，劇本。

げきさん［劇賛］(名・他サ) 激賞，十分讚賞。

げきし［劇詩］(名) 詩劇，詩歌劇。

げきしょう［激賞］(名・他サ) 非常讚賞。△口を極めて～する／極口稱讚。

げきじょう［劇場］(名) 劇場。

げきじょう［激情］(名) 一時衝動的感情，激動的情緒。△～にかられる／一時衝動。

げきしょく［激職・劇職］(名) 繁忙的工作。↔閑職

げきしん［激震］(名)〈動〉強震 (七級地震)。

げきしん［撃針］(名)〈步槍〉撞針。

げきじん［激甚］(名) 非常激烈。△～な打撃／劇烈的打擊。

げき・する［激する］(自サ)① 激動，衝動。△言葉が～してきた／言詞激烈起來。② 激烈，猛烈。△戰闘が～／戰鬥激烈。

げきせい［激性］(名) 烈性，惡性，急性。△～コレラ／急性霍亂。

げきせん［激戰］(名) 激戰。

げきぞう［激增］(名・自サ) 激增，猛增。

げきたい［撃退］(名・他サ)① 撃退，打退。② 逐出，趕走。

げきだん［劇団］(名) 劇團。

げきだん［劇壇］(名) 戲劇界，劇壇。

げきちん［撃沈］(名・他サ) 撃沉。△敵艦を～する／撃沉敵艦。

げきつい［撃墜］(名・他サ) 撃落。△敵機を～する／打下一架敵機。

げきつう［激痛・劇痛］(名) 劇痛。

げきてき［劇的］(形動) 戲劇性的。△～な生涯／戲劇性的一生。

け
ケ

げきど［激怒］(名・自サ) 大怒，震怒。

げきとう［激鬪］(名・自サ) 激烈搏鬥，激戰。

げきどう［激動］(名・自サ) 動盪，震動。△～
する情勢／動盪的局勢。

げきどく［劇毒］(名) 劇毒，致命的毒藥。

げきとつ［激突］(名・自サ) 猛撞，激烈衝突。
△トラクが木に～した／卡車猛撞到樹上。
△両軍は正面から～した／兩軍迎面展開了一
場激戰。

げきは［撃破］(名・他サ) 擊破，擊潰。

げきひょう［劇評］(名) 劇評。

げきへん［激変・劇変］(名・自サ) 驟變，激變。
△国際情勢が～した／國際形勢劇變。

げきむ［激務・劇務］(名) 繁重的工作。△～に
耐えられない／繁重的任務吃不消。

げきめつ［撃滅］(名・他サ) 殲滅。

げきやく［劇薬］(名) 猛藥，烈性藥。

けぎらい［毛嫌い］(名・他サ) 總覺得討厭，見
而生厭。△ある人は猫を～する／有的人就是
不喜歡貓。

げきりゅう［激流］(名) 激流，急流。△～に
のまれる／被急流吞沒。

げきりんにふれる［逆鱗に触れる］(連語) 犯
上。

げきれい［激励］(名・他サ) 激勵，鼓勵。

げきれつ［激烈］(形動) 激烈。

げきろん［激論］(名・自サ) 激烈爭論。△～を
たたかわす／展開大論戰。

けぎわ［毛際］(名) 髮際。

げけつ［下血］(名・自サ)〈醫〉便血，肛門出血。

けげん［怪訝］(形動) 詫異，莫名其妙。△～そ
うな顔をする／露出驚異的神色。

けげん［化現］(名・自サ)〈神佛〉化身下凡。

けご［毛蚕］(名)〈動〉剛孵出的幼蠶。

げこ［下戸］(名) 不會喝酒者。↔ 上戸

げこう［下校］(名・自サ) 放學，下學。↔ 登
校

げごく［下獄］(名・自サ) 下獄，坐牢。

げこくじょう［下克上］(名) 以下犯上。

けこみ［蹴込］(名)〈建〉① 房屋正門內台階的
垂直部分。② 樓梯梯蹬間的垂直部分。

けさ［今朝］(名) 今天早晨。

けさ［袈裟］(名)〈佛教〉袈裟。

げざい［下剤］(名) 瀉藥。

けさがけ［袈裟掛け・袈裟懸け］(名) ① 斜着
披上。② (用刀) 從肩部斜着砍下去。

げさく［戯作］(名) ① 遊戲作品。② (江戸時代
後期) 通俗小說 (總稱)。

げさく［下作］I (名) 下等品。II (形動) 下作，
下流。

けし［芥子］(名)〈植物〉罌粟。

げし［夏至］(名) 夏至。

げじ［蚰蜒］(名) ①〈動〉多足蟲，錢龍。② 討
厭的人。

けしいん［消印］(名) ① 註銷印。② 郵戳。

けしか・ける (他下一) 教唆，唆使，挑動。△人
に～けられて悪事を働く／被人唆使幹壞事。

けしからん (連語) 豈有此理，不像話。△～や
つだ／混賬東西！

けしき［気色］(名) ① 神色，表情。△ものお
じした～もなかった／沒顯出一點膽怯的樣
子。② 兆頭，樣子。△秋の～が見える／有了
秋意。

けしき［景色］(名) 景色，風景。

けしきば・む［気色ばむ］(自五) 面有慍色，
沉下臉來。△あれはじき～男だ／那個人臉酸。

げじげじ (名)〈動〉錢串子，多足蟲。

けしゴム［消しゴム］(名) 鉛筆擦，橡皮。

けしつぶ［けし粒］(名) ① 罌粟種子。② 極小
的東西。

けしと・ぶ［消し飛ぶ］(自五) (風) 颺掉，颺
跑。△爆発で火薬庫が～んだ／火薬庫炸飛了。
△その一言で彼の心配は～んだ／那一句話使
他的憂慮煙消雲散。

けしと・める［消し止める］(他下一) 撲滅
(火)，制止 (事態等擴大)。

けしにんぎょう［芥子人形］(名) 極小的玩偶。

けじめ (名) ① 區別，界線。△公私の～をつけ
るべきだ／應該公私分明。② 間隔，隔閡。△～
をくう／被人疏遠。

げしゃ［下車］(名・自サ) 下車。↔ 乗車

げしゅく［下宿］(名・自サ) ① 下宿 (租別人家
裏的房間住)。② 供膳宿的公寓。

ゲシュタポ［德 Gestapo］(名) (戰前) 德國秘密
警察，蓋世太保。

ゲシュタルト［德 Gestalt］(名)〈心〉形態，形式。

げしゅにん［下手人］(名) 殺人兇手。

げじゅん［下旬］(名) 下旬。

げじょ［下女］(名)〈舊〉女僕，女傭人。

けしょう［化粧］(名・自サ) ① 化妝，打扮。
△お～をする／化妝。△～をおとす／洗掉臉
上的脂粉。② 裝飾，裝潢。△～板／裝飾木板，
成形板。

けしょうしつ［化粧室］(名) 盥洗室。

けしょうだち［化粧立ち］(名) (相撲) 重作預
備動作。

けしょうまわし［化粧回し］(名) (相撲) 刺繡
圍裙。

けじらみ［毛虱］(名)〈動〉陰蝨。

けしん［化身］(名) 化身。△観音菩薩の～／觀
音菩薩的化身。

け・す［消す］(他五) ① 熄滅，撲滅。△水を
かけて火を～／潑水滅火。② 關 (電器開關)。
△電燈を～／關燈。③ 消除，勾銷，抹去。△す
がたを～／不見蹤影。△字を～／擦字。△録
音を～／洗掉錄音。△毒を～／解毒。④ 殺掉。

げす［下種］(名・形動) 下流，下賤，下作。△～
な女／下賤的女人。△～の知恵はあとから／
蠢人事後聰明。

げすい［下水］(名) ① 污水，髒水。② 下水道。
↔ 上水

げすいどう［下水道］(名) 下水道。↔ 上水道

ゲスト［guest］(名) (電視) 客串演員，特邀演
員。↔ レギュラー

ゲストスピーカー［guest speaker］（名）會議邀請的講演人。

ゲストハウス［guest house］（名）① 大學招待客人的住宿設施，賓館，招待所。② 指為短期居留者提供的單身用住宅（浴室和廚房多為共用）。

ゲストメンバー［guest member］（名）特邀客人，列席者。

けずね［毛臑・毛脛］（名）汗毛多的腿。

げすのかんぐり［下種の勘繰り］（連語）卑鄙者多疑心。

けずめ［蹴爪］（名）⇨けづめ

けず・る［削る］（他五）① 削，刨，鑱。△鉛筆を～／削鉛筆。△かんなで板を～／用刨子刨木板。② 削減，刪去。△予算を～／削減預算。△名簿から彼の名は～られた／他的名字被從名單上劃掉了。

げせない［解せない］（連語）不能理解。△彼の態度は～／他的態度令人難以理解。

げせわ［下世話］（名）俗話。△～にも申す通り／常言道。俗話説。

げせん［下船］（名・自サ）下船。↔乗船

げせん［下賤］（名・形動）下賤。↔高貴

けた［桁］（名）①（建築物的）橫樑。② 算盤柱。③〈數〉位數。△～が違う／相差懸殊。△5 ～の数字／五位數。

げた［下駄］（名）木屐。△～を預ける／全交給（別人）處理。△～を履かせる／虛加，抬高（分數等）。

げだい［外題］（名）①（書皮上的）書名。② 劇目。

けたお・す［蹴倒す］（他五）① 踢倒。② 賴賬。△借金を～／欠債不還。

けだか・い［気高い］（形）高尚，崇高，高雅。△～心の持主／品質高尚的人。

げたぐみ［下駄組］（名）不懂裝懂的人。

けたけた（副）輕薄的笑貌。

げたげた（副）〈俗〉咧着嘴（笑），庸俗的笑貌。

けだし［蓋し］（副）大概，總之，想必。△彼の言は～名言である／他的話可謂名言。

けたたまし・い（形）（聲音）尖鋭，嘈雜。△～叫び声／尖叫聲。△電話のベルが～く鳴っている／電話鈴響吵人心煩。

けたちがい［けた違い］Ⅰ（名）〈數〉錯位。Ⅱ（名・形動）相差懸殊。△太陽は地球より～に大きい／太陽不知比地球大多少。

けた・てる［蹴立てる］（他下一）① 踢起，揚起。△船が波を～てて進む／船破浪前進。② 踱腳，頓足。△席を～てて帰る／拂袖而去。

けたはずれ［けた外れ］（名・形動）格外，異常。△～な安値で売る／賣得格外便宜。

けだもの［獣］（名）① 獸。②（罵）畜生。

けだる・い［気だるい］（形）酸軟，倦怠。△～陽気／令人昏昏欲睡的天氣。

げだん［下段］（名）①（台階、階梯的）最下一級。②（劍術等刀尖）向下的姿勢。

けちⅠ（名・形動）① 吝嗇，小氣，吝嗇鬼。② 簡陋，寒磣。△～な家／破舊不堪的房子。③

下賤，不值錢。△～な野郎／下賤的東西。Ⅱ（名）不吉利。△あれが～のつき始めだった／打那倒起霉來。△～をつける／吹毛求疵。

けちくさ・い［けち臭い］（形）① 吝嗇，小氣。② 心胸狹窄，齷齪。△そんな～考えではだめだ／那種齷齪的想法要不得。

けちけち（副・自サ）吝嗇，小氣。△そう～するな／別那麼小氣。

ケチャップ［ketchup］（名）番茄醬。

けちょんけちょん（形動）〈俗〉（打得）落花流水，（駡得）體無完膚。

けちら・す［蹴散らす］（他五）① 亂踢，踢散。② 衝散，驅散。△敵を～／衝散敵人。

けちんぼう［けちん坊］（名）吝嗇鬼。

けつ［決］（名）議決，表決。△～をとる／表決。

－げつ［月］（接尾）月。△先～／上月。△三ヵ～／三個月。

けつあつ［血圧］（名）血壓。

けつい［決意］（名・自他サ）決心，決意。△～を固める／下定決心。

けついん［欠員］（名）空額，缺額。△～を補充する／補充缺額。

けつえき［血液］（名）血液。

けつえきがた［血液型］（名）血型。

けつえきぎんこう［血液銀行］（名）血庫。

けつえん［血縁］（名）血緣。△彼と私は～関係にある／他和我有血緣關係。

けっか［結果］（名・自サ）① 結果，結局。△試験の～は明日発表される／考試的結果明天公佈。△不幸な～に終る／以不幸的結局告終。△それは～論というものだ／那不是事後諸葛亮嗎？② 結實，結果。△リンゴの～期／蘋果結果期。

げっか［激化］（名・自サ）⇨げきか

けっかい［決壊］（名・自他サ）決口，潰決。△堤防が～した／堤壩決口了。

けっかく［結核］（名）〈醫〉結核。△～菌／結核菌。△肺～／肺結核。

けっかく［欠格・缺格］（名）不够格，不合格。△～者／不合格者。

げっがく［月額］（名）（收支的）月額。

げっかびじん［月下美人］（名）〈植物〉月下香。

げっかひょうじん［月下氷人］（名）月下老人，媒人。

けっかん［欠陥］（名）缺陷。△彼には性格的な～がある／他性格上有缺陷。△～商品／殘次品。

けっかん［欠巻・缺巻］（名）（一套書或雜誌中的）缺卷，缺冊。

けっかん［血管］（名）血管。

けつがん［頁岩］（名）〈礦〉頁岩。

げっかん［月刊］（名）月刊。△～誌／月刊雜誌。

げっかん［月間］（名）一個月間。△交通安全～／交通安全月。

けっき［血気］（名）血氣。△～にはやる／意氣用事。△～さかんな若者／血氣方剛的青年。△～の勇／血氣之勇。

けっき［決起］(名・自サ) 奮起。△同志よ〜せよ／起來！同志們。△〜集会／誓師大會。

けつぎ［決議］(名・他サ) 決議，議決。△〜案／決議案。

けっきざかり［血気盛り］(名・形動) 血氣方剛，精力充沛。

けっきゅう［血球］(名) 血球。△赤 (白) 〜／紅 (白) 細胞。

げっきゅう［月給］(名) 月薪。△〜取り／拿工資生活者。△〜日／發工資的日子。

げっきゅう［月球］(名)〈天〉月球。

けっきょ［穴居］(名・自サ) 穴居。

けっきょく［結局］I (名) 結局，結果。II (副) 結果，到底，到頭來。△いろいろ努力したが〜失敗した／雖然作了種種努力，最後還是失敗了。

けっきん［欠勤］(名・自サ) 缺勤。△〜届を出す／交假條。

げっけい［月経］(名) 月經。△〜不順／月經失調。

げっけいかん［月桂冠］(名) 桂冠。

げっけいじゅ［月桂樹］(名)〈植物〉月桂樹。

けつご［結語］(名) 結束語。

けっこう［欠航］(名・自サ) (飛機、船等) 停航，缺班。

けっこう［欠講］(名・自サ) 停講，休講。

けっこう［血行］(名) 血液循環。△入浴は〜をよくする／洗澡促進血液循環。

けっこう［決行］(名・他サ) 堅決實行。△ストライキを〜する／斷然舉行罷工。△雨天〜／風雨無阻。

けっこう［結構］I (名) 結構，佈局，構造。II (形動) ① 漂亮，很好。△〜なお庭ですね／庭園真漂亮啊！△〜な贈り物／很好的禮物。② 足够，可以。△これだけあれば〜です／有這些也就够了。△お金はいつでも〜です／(用) 錢甚麼時候都行。△もう〜です／(表示委婉謝絕) 已經足够了。III (副) 相當，滿好。△小さな店だが〜繁盛している／鋪子雖小，但生意卻滿興隆。

けつごう［結合］(名・自他サ) 結合。△理論と実践を〜させる／把理論和實踐結合起來。

げっこう［月光］(名) 月光。

げっこう［激昂］(名・自サ) 激憤。△〜した群衆は場内になだれこんだ／激憤的羣眾擁進了會場。

けっこん［血痕］(名) 血痕，血跡。

けっこん［結婚］(名・自サ) 結婚。△〜を申し込む／求婚。△娘に〜話が持ち上がった／有人給我女兒提親。

けっこんしき［結婚式］(名) 結婚典禮。△〜をあげる／舉行婚禮。

けっさい［決済］(名・他サ) 結算。△債務を〜する／結算債務。

けっさい［決裁］(名・他サ) 裁決，審批。△社長の〜を仰ぐ／請經理裁決。

けっさい［潔斎］(名・自サ) 齋戒沐浴。

けっさく［傑作］I (名) 傑作。△一代の〜／一代傑作。II (形動) 滑稽。△あいつは〜な男だ／他是個活寶。

けっさつ［結紮］(名・他サ)〈醫〉結紮 (血管等)。

けっさん［決算］(名・他サ) 決算。△3月末で〜をする／三月底進行決算。△今日の試合は1年間の練習の総〜だ／今天的比賽是這一年間練習的總檢閱。

げっさん［月産］(名) 月產 (量)。

けっさんき［決算期］(名) 決算期。

けっし［決死］(名) 決死，殊死。△〜の戦いを挑む／決一死戰。△〜の覚悟で敵陣に突撃する／奮不顧身向敵人衝鋒。

けっしきそ［血色素］(名) 血色素。

けつじつ［結実］(名・自サ) ① (植物) 結實，結果。② 收到效果。△彼の研究がついに〜した／他的研究終於結了碩果。

けっして［決して］(副) (下接否定語) 決 (不)，絕對 (不)。△あの人は〜泣き言を言わない／他那個人決不訴苦。

けっしゃ［結社］(名) 結社。△〜の自由／結社自由。

げっしゃ［月謝］(名) (每月的) 學費。

けっしゅ［血腫］(名)〈醫〉血腫。

けっしゅう［結集］(名・自他サ) 集中，聚集。△〜力を〜する／集中力量。

げっしゅう［月収］(名) 月收入。

けっしゅつ［傑出］(名・自サ) 傑出，卓越。△〜した言語学者／卓越的語言學家。

けっしょ［血書］(名) 血書。

けつじょ［欠如］(名・自サ) 缺乏。△彼女には常識が〜している／她缺乏常識。

けっしょう［血漿］(名)〈醫〉血漿。

けっしょう［決勝］(名) 決勝，決賽。△〜戦／決賽。△準〜／半決賽。

けっしょう［結晶］(名・自サ) 結晶。△雪は6角形に〜する／雪結晶成六角形。△愛の〜／愛的結晶。

けつじょう［欠場］(名・自サ) (比賽等) 不出場，缺場。↔ 出場

けっしょうばん［血小板］(名) 血小板。

けっしょく［血色］(名) 血色，氣色。

げっしょく［月食］(名) 月蝕。△皆既〜／月全蝕。△部分〜／月偏蝕。

けっしん［決心］(名・自サ) 決心。△私は会社をやめようと〜した。／我決心辭掉公司的工作。

けっしん［欠唇］(名) 兔唇，豁子嘴。

けっしん［結審］(名・自サ)〈法〉結束審理。

けつじん［傑人］(名) 人傑，英傑，俊傑。

けっする［決する］(自他サ) 決，決定。△国家の命運を〜大事件／決定國家命運的大事件。△意を〜／決意。

けっせい［血清］(名)〈醫〉血清。

けっせい［結成］(名・他サ) 結成，組成。△労働組合を〜する／組成工會。

けつぜい［血税］（名）重税，血汗般的税金。

けっせいそ［血青素］（名）〈生物〉血藍蛋白。

けっせき［欠席］（名・自サ）缺席。△病気で学校を～する／因病缺課。↔ 出席

けっせき［結石］（名）〈醫〉結石。△腎臓～／腎結石。

けっせきさいばん［欠席裁判］（名）缺席審判。

ゲッセット［Getset］（連語）（田徑賽口令）預備！

けっせん［血戦］（名・自サ）血戦。

けっせん［血栓］（名）〈醫〉血栓。△脳～／腦血栓。

けっせん［決戦］（名・自サ）決戦。△～の時至る／決戦的時刻到了。

けつぜん［決然］（副）決然。△～とたちあがる／決然奮起。

けっせんとうひょう［決選投票］（名）（一次投票沒選出當選者，對得票多的前兩人進行的）最終投票。

ゲッソ［gesso］（名）石膏粉。

けっそう［血相］（名）（吃驚，發怒時的）臉色。△彼は～を変えて飛び込んで来た／他臉色大變闖了進來。

けっそく［結束］（名・自サ）團結。△～をかためる／加強團結。

けつぞく［血族］（名）血族，血親。△～結婚／近親結婚。

げっそり（副・自サ）① 驟然消瘦。△下痢をして～やせた／因腹瀉身體驟然消瘦。②（一下子）掃興，失望。△毎日同じおかずでは～だ／天天吃一樣的菜，一看就够了。

けっそん［欠損］（名・自サ）① 欠缺。② 虧空，虧損。△差引 50 万円の～になった／收支相比，虧了五十萬日圓。

ゲッタ［getter］（名）① 吸氣劑。② 吸氣器，收氣器。

けったい［結滞］（名・自サ）〈醫〉脈搏間歇。△～脈／間歇脈。

けったく［結託］（名・自サ）勾結，夥同，串通。△役人と～して公金をごまかす／勾結官吏盜用公款。

けったん［血痰］（名）〈醫〉血痰。

けつだん［決断］（名・自サ）決斷，果斷。△～がつかない／猶豫不定。△～をせまられる／被迫決斷。

けつだん［結団］（名・自他サ）組團。△代表団の～式を行う／舉行代表團組團儀式。

けつだんりょく［決断力］（名）決斷力。△～に富む／有決斷力。△～に乏しい／缺乏決斷力。

ケッチ［ketch］（名）雙桅縱帆船。

けっちゃく［決着］（名・自サ）完結，終結。△議論に～をつける／結束爭論。△事件もやっと～がついた／事件總算是解決了。

けっちょう［結腸］（名）〈解剖〉結腸。△～炎／結腸炎。

けっちん［血沈］（名）〈醫〉血沉。

ゲッツー［get two］（名）（棒球）雙殺出局。

けってい［決定］（名・自他サ）決定。△就職先が～した／就職單位已經決定。△出発の日取りを～する／確定出發日期。

けってい［駃騠］（名）〈動〉駃騠，驢騾。

けっていけん［決定権］（名）決定權。

けっていだ［決定打］（名）①（棒球）決定勝負的一擊。② 起決定性作用的發言。

けっていてき［決定的］（形動）決定性的。△彼の優勝は～だ／他獲冠軍已確定無疑。

けっていばん［決定版］（名）①（書等）定本。② 優質品。

けっていろん［決定論］（名）〈哲〉決定論，定數論，宿命論。

けってん［欠点］（名）缺點。△～を改める／改正缺點。△私は～だらけの人間です／我是個滿身缺點的人。

ケット［blanket］（名）毛毯。△タオル～／毛巾被。

ゲット［get］（名・ス他）① 得到。②（冰球、籃球等比賽中）得分。

けっとう［血統］（名）血統。

けっとう［血糖］（名）〈醫〉血糖。

けっとう［決闘］（名・自サ）決鬥。

けっとう［決答］（名）明確的回答。

けっとう［結党］（名・自サ）① 結黨。② 建立政黨。

ゲットー［ghetto］（名）①（歐洲）猶太人區。②（美國）黑人等居住的貧民區。

ゲットセット［Getset］（連語）⇨ケッセット

げつない［月内］（名）月内，本月内。

けつにく［血肉］（名）① 血和肉。② 至親骨肉。△～の間柄／骨肉關係。

けつにょう［血尿］（名）〈醫〉血尿。

けっぱく［潔白］（名・形動）潔白，純潔。△身の～証明する／證明自己的清白。

けつばん［欠番］（名）空號，缺號。△病院では 4 号室は大体～になっている／醫院一般沒有四號病房（因日語的“四”發音與“死”相同）。

けっぱん［血判］（名・自サ）（按）血指印。

けっぱん［血斑］（名）〈醫〉血斑，紫癜。△～病／紫癜病。

けつび［結尾］（名）結尾。

けっぴょう［結氷］（名・自サ）結冰。△～期／結冰期。

げっぴょう［月表］（名）月報表。

げっぷ（名）嗝兒。△～が出る／打嗝兒。

げっぷ［月賦］（名）按月分期付款。

けつぶつ［傑物］（名）傑出的人物。

げっぺい［月餅］（名）月餅。

けっぺき［潔癖］（名・形動）① 潔癖。△彼女は病的なほどに～だ／她的潔癖近於病態。② 清高，廉潔。△～な性格／剛直的性格。

けつべつ［決別］（名・自サ）訣別。△友人縁者に～する／和親友訣別。

けつべん［血便］（名）〈醫〉血便。

け
ケ

けつぼう [欠乏] (名・自サ) 缺乏，缺少。△ビタミンＡが～すると夜盲症になる/缺乏維生素Ａ會得夜盲症。

げっぽう [月報] (名) 月報。

けっぽん [欠本・缺本] (名) ① 殘缺本，殘本。② (一套書中的) 缺本，缺卷。

けつまくえん [結膜炎] (名)〈醫〉結膜炎。

けつまつ [結末] (名) 結局，結尾。△この小説の～は平凡だ/這篇小說的結尾平淡無奇。

げつまつ [月末] (名) 月末。

けつみゃく [血脈] (名) ① 血管。② 血統，血緣。△～をたどる/追尋血緣。

けづめ [蹴爪] (名) ① 距 (公雞等爪後角質突起)。② 牛，馬等蹄後的小趾。

けつめい [結盟] (名・自サ) 結盟，結成的同盟。

ケツメイシ [決明子] (名) 決明子。

げつめん [月面] (名) 月球表面。

けつやく [結約] (名) 締約。

けつゆうびょう [血友病] (名)〈醫〉血友病。

げつよう [月曜] (名) 星期一。△～日/星期一。

けつらく [欠落] (名・自サ) 脫落，欠缺。△歴史の～を補う/補足歷史的空白。

けつり [血痢] (名)〈醫〉血痢，赤痢。

げつり [月利] (名) 月利，月息。

けつりゅう [血瘤] (名)〈醫〉血囊腫。

けつるい [血涙] (名) 血淚，辛酸淚。△～をしぼる/流下悲傷的眼淚。

けつれい [欠礼] (名・自サ) 缺禮。△喪中につき年賀を～いたします/因服喪恕不賀年。

げつれい [月例] (名) 每月定期舉行。△～のあつまり/每月定期的集會。

げつれい [月齢] (名)〈天〉月齡。

けつれつ [決裂] (名・自サ) 決裂，破裂。△交渉は～した/談判破裂了。

けつろ [血路] (名) 血路。△～を開く/殺出一條血路。

けつろん [結論] (名) ① 結論。△～を出す (くだす)/下結論。△～に達する/得出結論。② (邏輯學) 結論。

げてもの [下手物] (名) 一般人棄而不顧卻被某些人視為珍貴的東西。△彼には～趣味がある/他有古怪的嗜好。

ケテン [keten] (名)〈化〉乙烯酮。

ケトアルコール [ketoalcohol] (名)〈化〉酮醇，氧基醇。

けとう [毛唐] (名) (對外國人的蔑稱) 洋鬼子。

げどく [解毒] (名・自サ) △～剤/解毒劑。

けとば・す [蹴飛ばす] (他五) 踢開。△石を～/踢開石頭。△要求を～/拒絕要求。

ケトプロパン [ketopropane] (名)〈化〉丙酮。

ケトル [kettle] (名) (燒水用) 平底壺。

ケトルドラム [kettledrum] (名)〈樂〉銅鼓，定音鼓。

ケトン [ketone] (名)〈化〉酮。

けなげ [健気] (形動) (孩子等) 剛強，勇敢。△～な少年/堅強的孩子。

けな・す [貶す] (他五) 貶低，貶。△そんなに

人を～ものではない/別那麼貶低人。

けなみ [毛並み] (名) ① (動物的) 毛色。△～の美しい馬/毛色漂亮的馬。② 門第，出身。△あの人は～がよい/他出身高貴。

げなん [下男] (名)〈舊〉男僕。

げに [実に] (副)〈文〉① 確實，誠然。② 實在，真是。

ケニア [Kenya]〈國名〉肯尼亞。

けぬき [毛抜] (名) 鑷子。

げねつ [解熱] (名・他サ)〈醫〉解熱。△～剤/解熱劑。

けねん [懸念] (名・他サ) 擔心，憂慮。△商売の先行きを～する/擔憂生意前途。

ゲノッセンシャフト [Genossenschaft] (名) 夥伴，聯合會，團體。

ゲノム [genome] (名)〈生物〉染色體組。

けはい [気配] (名) 跡象，動靜，苗頭，樣子。△外に人のいる～がする/外面似乎有人。△春の～を感ずる/感覺到春天的氣息。

けはえぐすり [毛生薬] (名) 生髮藥。

けばけばし・い (形) 花哨，花花綠綠。△～なりをした女/打扮得花花綠綠的女人。

けばだ・つ [毛羽立つ] (自五) (布、紙等) 起毛。

げばひょう [下馬評] (名) 風聞，社會的傳說。△～ではＢ氏当選が有力だ/社會輿論認為Ｂ氏很可能當選。

けばり [毛鉤] (名) (釣魚) 毛鉤。

けびいし [検非違使] (名)〈史〉檢非違使 (平安朝初期設於京都掌管警察、審判的官職)。

けびき [罫引] (名) ① (木工劃錢用) 墨斗。② 劃線。

けびょう [仮病] (名) 裝病。△～をつかって会社を休む/裝病不上班。

ケピン [モピン] (名) (細) 髮針，髮卡。

げひん [下品] (形動) 下流，下賤，下作。△～な話/下流話。

ケフェウス [Cepheus] (名)〈天〉仙王座。

けぶか・い [毛深い] (形) 毛重，毛髮濃重。△～男/汗毛重的人。

ケプラー [Johannes Kepler]〈人名〉開普勒 (1571-1630)。

ケプラーのほうそく [ケプラーの法則] (名)〈天〉開普勒定律。

けぶり [気振り] (名) 樣子，神色。△不滿な～をみせる/露出不滿的神色。

けぶ・る [煙る] (自五) ⇨けむる

げぼく [下僕] (名)〈文〉僕人，僕役。

げぼり [牙彫り] (名) 牙雕，象牙雕刻。

ケマージー [chemurgy] (名) 農業化學。

ゲマインシャフト [Gemeinschaft] (名) (人類自然形成的) 共同社會。

けまり [蹴鞠] (名) (古代貴族的) 踢球遊戲。

ケミカル [chemical] (名) 化學的，化學合成的。

ケミカルファイバー [chemical fiber] (名) 化學纖維，人造纖維。

ケミカルレザー [chemical leather] (名) 人造革，合成革。

ケミスト［chemist］(名) 化學家。

ケミストリー［chemistry］(名) 化學。

けみ・する［閲する］(他サ) ① 調査，檢查。② 經過 (多少時間)。△完了まで 3 年を～した／到結束需時三年。

ゲミュート［德 Gemüt］(名) 心情，性情。

けむ・い［煙い］(形)(煙) 熏人，嗆人。△薪がくすぶって～／劈柴燒不着嗆人。

けむくじゃら (形動) 毛烘烘的。

けむ・し［毛虫］(名) 毛蟲，毛毛蟲。

けむた・い［煙たい］(形) ① ⇨けむい ② 使人發拘，使人發憷。△あの人はどうも～／那個人令人有些發憷。

けむたが・る［煙たがる］(自五) ① 嗆得慌。② 畏懼，感到侷促。△皆あの人を～っている／大家對那個人敬而遠之。

けむにまく［煙に巻く］(連語) 用大話騙人，故弄玄虛。

けむり［煙］(名) 煙，煙氣。△かまどの～が立ちのぼる／炊煙升起。△～にむせる／煙嗆得慌。△～になる／化為灰燼。△湯の～／水氣。△土～／煙塵。

けむ・る［煙る］(自五) ① 冒煙。△薪がひどく～／燒柴煙冒得厲害。② 朦朧。△雨に～／煙雨濛濛。

けもの［獣］(名) 獸，走獸。→けだもの

けものへん［獣偏］(名)(部首) 犬猶兒。

げや［下野］(名・自サ) 下野。

けやき［欅］(名)〈植物〉光葉欅樹。

けら (名)〈動〉螻蛄。

ゲラ［galley］(名)(印刷) ① 鉛字盤。② 校樣。

けらい［家来］(名) 家臣，僕從。

げらく［下落］(名・自サ) 跌落，下跌，下降。△株価が～する／股票行市下跌。△父親の権威が～した／父親的權威下降了。

げらげら (副)(張嘴大笑貌) 哈哈。△～笑う／哈哈大笑。

けり (名) 結局，結束。△～がつく／了結。△なんとかうまく話の～をつけこもらいたい／希望設法給妥善了結。

げり［下痢］(名・自サ) 腹瀉。△～どめ／止瀉藥。

ゲリマンダー［gerrymander］(名) (為了本黨的利益) 不公正地劃分選區。

ゲリラ［guerrilla］(名) 游擊戰，游擊隊。

け・る［蹴る］(他五) ① 踢。△ボールを～／踢球。② 拒絶。△組合の要求を～／拒絶工會的要求。

ゲル［Geld］(名)(學生語) 錢。△～ピン／分文皆無。

ゲルインク［gel ink］(名) 水性墨水。

ケルト［Celt］(名)(古代歐洲的) 凱爾特人。

ゲルト［Geld］(名) 錢，金錢。

ゲルトネルしきん［ゲルトネル氏菌］(名)〈醫〉格特納氏菌，腸炎菌。

ゲルマニウム［Germanium］(名)〈化〉鍺。

ゲルマンじん［ゲルマンじん］(名) 日爾曼人。

けれつ［下劣］(形動) 卑鄙，下流。△～な行為／卑鄙的行為。

けれど (接)(也作“けれど”，連接句子，表示轉折) 然而，但是。△金はある。～貸す金はない／雖然有錢，但是沒有可以往外借的。

けれども (接助)(也作“けれど”) ①(表示轉折) 但是，可是。△すこし寒い～，気持ちがいい／有點冷，但是很愜意。② 用以提示前面的話題，連接後面的敍述。△ぼくが行く～，きみはどうする／我去，你呢？③(作終助詞使用，表示委婉的語氣) △その本ならわたしもほしいんです～／那本書麼，我也需要。

けれん［外連］(名) ①(歌舞伎等) 為迎合觀衆脫離常軌的表演。② 欺騙。△～のない人／誠實的人。

ゲレンデ［德 Gelände］(名) 適合滑雪的地方。

けれんみ (名) 玄虛，哄騙。△～のない人／誠實正派的人。

ケロイド［keloid］(名)〈醫〉瘢痕，傷疤。

けろけろ (副) ① 若無其事，毫不在乎。② ⇨きょろきょろ

げろげろ (副) 哇哇地 (嘔吐貌)。

けろりと (副) ① 滿不在乎。△この子はあんなに叱られても～している／這孩子捱了那麼一頓罵卻滿不在乎。② 全部，乾乾淨淨。△痛みがおさまった／疼痛完全消失了。△～忘れた／忘得一乾二淨。

けわし・い［険しい］(形) ① 陡峭，險峻。△～山道／陡峭的山路。② 艱險，險惡。△～戦局／戰局險惡。③(態度) 嚴厲。△表情が～／嚴厲的表情。

けん［件］(名) ① 事，事情。△例の～／那件事。②(助數詞) 件，起。△残るはこの 1 ～だけだ／剩下的只有這一件事了。

けん［券］(名) 票，券。△入場～／入場券。

けん［妍］(名)〈文〉妍，美。△百花～を競う／百花爭妍。

けん［県］(名) 縣。△愛知～／愛知縣。△～議会／縣議會。

けん［剣］(名) ① 劍，刀。② 劍術。△～を学ぶ／習劍。③ 蜂尾的針。

けん［険］(名) ① 險要。△天下の～／天下之險，天險。②(表情，聲音等) 兇狠。△～のある目つき／兇狠的目光。

けん［腱］(名) 肌腱。△アキレス～／〈解剖〉跟腱。

けん［鍵］(名)(琴) 鍵。

-けん［軒］(助數) 所。△ 3 ～の家／三所房子。△村外れの一～家／村邊的一所房子。

げん［元］(名)(中國朝代) 元。

げん［言］(名) 言，話。△～をまたない／自不待言。△～を左右にする／支吾其詞，吞吞吐吐。

げん［弦］(名) ①(弓、樂器的) 弦。②〈數〉弦。

げん［舷］(名)(船) 舷。△左 (右) ～／左 (右) 舷。

げん［験］(名) 兆頭，先兆。△～がいい／吉兆，好兆頭。

け
ケ

けんあく［険悪］(形動) 險惡。△～な情勢／形勢險惡。△～な顔／面相兇惡。

けんあん［懸案］(名)△懸案。多年の～が解決した／多年來的懸案解決了。

げんあん［原案］(名) 原案。△予算は～通り可決された／預算按原案通過了。

けんい［権威］(名) 權威，威信。△社長の～を笠に着て威張る／要總經理的權勢。△物理学の～／物理學權威。

けんいすじ［権威筋］(名) 權威人士，權威方面。

けんいん［検印］(名・他サ)① 檢印，驗訖。△～がなければ無効だ／無驗訖章無效。② 著者檢驗章 (蓋在書後)。

げんいん［原因］(名・自サ) 原因。△事故の～を究明する／查究事故的原因。△君の失敗は不勉強に～する／你的失敗是因為不用功。

げんいん［減員］(名・自他サ) 裁員，減員。△大幅な～を行う／大量裁員。

けんいんしゃ［牽引車］(名) 牽引車，拖車。

けんうん［絹雲］(名)(氣象) 捲雲。

けんえい［兼営］(名・他サ) 兼營。

けんえい［県営］(名) 縣營。△～アパート／縣營公寓。

げんえい［幻影］(名) 幻影，幻象。

けんえき［検疫］(名・他サ) 檢疫。△入港した船を～する／對進港船隻進行檢疫。

けんえき［権益］(名) 權益。△～を守る／保護權益。

げんえき［現役］(名)① 現役。△～の将校／現役軍官。△あの選手は～を退いた／那位運動員退出了第一線。② 應屆 (高) 考生。

けんえつ［検閲］(名・他サ)(新聞、電影、郵件等) 檢查，審查。

けんえん［倦厭］(名・自サ) 厭倦，厭煩。

けんえんのなか［犬猿の仲］(連語)(關係) 水火不相容。

けんお［嫌悪］(名・他サ) 厭惡，討厭。△～の念を抱く／感到厭惡。抱反感。

けんおん［検温］(名・自サ) 測體溫。△～器／體溫計。

けんか［献花］(名・自サ)(在靈前) 獻花。

けんか［喧嘩］(名・自サ) 吵嘴，打架。△～を売る／找碴兒打架。△～をひき分ける／拉架，勸架。△～っぱやい／好打架。△夫婦～／兩口子吵架。△～両成敗／各打五十大板。

げんか［言下］(名) 話音未落，即時。△～にことわる／當即拒絕。

げんか［原価・元価］(名)〈經〉① 成本。△～を割って売る／低於成本價出售。② 進貨價。

げんか［現下］(名) 眼下，目前，當前。

げんが［原画］(名)(對複製而言的) 原畫。

けんかい［見解］(名) 見解。△識者の～／識者之見。

けんかい［県会］(名)("県議会" 之略) 縣議會。

けんがい［圏外］(名) 圈外，範圍之外。△優勝の～／不能進入冠軍賽。↔ 圈内

けんがい［遣外］(名) 派遣到國外。△～使節／遣外使節。

げんかい［限界］(名) 界限，限度。△～を越える／超過限度。△体力の～／體力的極限。△自己の～をわきまえる／正確估計自己的力量。△…の～に来る／已到了極限。

げんかい［厳戒］(名・他サ) 嚴加戒備。△敵の侵入を～する／嚴防敵人入侵。

げんがい［言外］(名) 言外。△～の意味／言外之意。

げんがい［限外］(名) 額外，限度之外。△～顕微鏡／超高倍顯微鏡。△～発行／〈經〉(紙幣等) 超額發行。

けんがく［見学］(名・他サ) 參觀。△工場～／參觀工場。

げんかく［幻覚］(名) 幻覺。

げんかく［厳格］(形動) 嚴格。△～な父／嚴厲的父親。△子供を～にしつける／嚴格管教孩子。

げんがく［弦楽］(名)〈樂〉弦樂。↔ 管樂

げんがく［減額］(名・他サ) 減少數額。△予算を～する／削減預算。

げんがく［衒学］(名) 炫耀才學。△彼は～的だ／他愛賣弄學問。

げんがくしじゅうそう［弦楽四重奏］(名) 弦樂四重奏。

けんかごし［けんか腰］(名) 要打架的態度。△～になる／要打架。

げんかしょうきゃく［減価償却］(名) 折舊。

けんかしょくぶつ［顕花植物］(名) 顯花植物。↔ 隱花植物

げんがっき［弦楽器］(名)〈樂〉弦樂器。

けんがみね［剣が峰］(名)① 相撲場邊框。② 最後關頭。△～に立つ／處在最後關頭。

けんかわかれ［けんか別れ］(名・自サ) 吵完架 (沒和好) 分別。

けんがん［検眼］(名・自サ) 驗光。△～して眼鏡の度を合せる／驗光配鏡。

げんかん［玄関］(名)(房屋) 正門。↔ 勝手口，裏口

げんかん［厳寒］(名) 嚴寒。

げんかんばらい［玄関払い］(名) 擋駕，閉門羹。△～を食わされた／吃了閉門羹。

けんぎ［建議］(名・他サ) 建議。△政府に～する／向政府建議。

けんぎ［嫌疑］(名) 嫌疑。△～を受ける／涉嫌。△スパイの～をかけられた／被認為有特務嫌疑。

げんき［元気］(名・形動)① 精神，精力。△～がない／沒精神。△～がいい／精神飽滿。△～を出せ／振作起來！② 健康。△お～ですか／您好嗎？△どうかお～で／祝你健康！

げんき［原器］(名)(度量衡) 標準原器。△キログラム～／公斤標準原器。

げんぎ［原義］(名) 原義，本義，原意。↔ 転義

げんきづ・く［元気付く］(自五) 振作精神。

げんきづ・ける［元気付ける］(他下一) 鼓勵，使振作。

けんきゃく［健脚］(名・形動) 能走路，腿腳強健(的人)。

げんきゃく［減却］(名・他サ) 減少，減去。

けんきゅう［研究］(名・他サ) 研究。△〜者／研究人員。△〜所／研究所。△〜生／研究生。

けんぎゅう［牽牛］(名)〈天〉牛郎星，牽牛星。

げんきゅう［言及］(名・自サ) 言及，提到。△外交問題に〜する／談到外交問題。

げんきゅう［減給］(名・自他サ) 減薪，降低工資。△経営不振のため〜になった／由於營業不佳而削減了工資。 ↔ 増給, 升給

けんきゅうしつ［研究室］(名) 研究室。

けんきゅうじょ［研究所］(名) 研究所。

けんきょ［検挙］(名・他サ) 拘捕，逮捕。△犯人を〜する／拘捕犯人。

けんきょ［謙虚］(形動) 謙虚。△〜な態度／謙虚的態度。

げんきょ［原拠］(名)(學說、作品的) 根據，依據。

けんきょう［顕教］(名)〈佛教〉顯教。↔ 密教

けんぎょう［兼業］(名・他サ) 兼營，兼業。△彼は食堂と旅館を〜している／他兼營飯店和旅館。△〜農家／兼業農戶。

けんぎょう［検校］(名) 檢校(古時授予盲人的最高官職)。

げんきょう［元凶］(名) 元兇，罪魁禍首。

げんきょう［現況］(名) 現狀。

げんぎょう［現業］(名) 現場勞動，現場工作。△〜員／現場工人。

けんきょうふかい［牽強付会］(名) 牽強附會。△〜の説／牽強附會的説法。

けんきん［献金］(名・自サ) 捐款，捐錢。△慈善事業に〜する／向慈善事業捐款。△政治〜／政治捐款。

げんきん［現金］ I (名) 現金，現錢。△〜ではらう／用現金支付。 II (形動) 勢利眼，現得利。△彼は〜な男だ／他是個勢利眼。

げんきん［厳禁］(名・他サ) 嚴禁。△火気〜／嚴禁煙火。

げんきんすいとうちょう［現金出納帳］(名)〈經〉現金賬。

げんくん［元勲］(名) 元勳。

げんげ (名) ⇨れんげ

けんけい［賢兄］(名) 仁兄。

げんけい［原形］(名) 原形。△〜をとどめない／面目全非。△〜をたもつ／保持原形。

げんけい［原型］(名) 原型，模型。

げんけい［減刑］(名・自サ) 減刑。△死刑から無期懲役に〜する／由死刑減為無期徒刑。

げんけいしつ［原形質］(名)〈生物〉原形質，細胞質。

けんけつ［献血］(名・自サ) 獻血。

けんげん［権限］(名) 權限，職權範圍。△それは〜外のことだ／那是權限之外的事。△〜を越える／越權。

けんけんごうごう［喧喧囂囂］(名・連體) 吵吵鬧鬧，喧囂。△〜たる非難を浴びせる／紛紛責難。

けんけんふくよう［拳拳服膺］(名・自サ)〈文〉拳拳服膺。

けんご［堅固］(形動) 堅固，堅定。△〜な城／金城湯池。△志操〜／操守堅定。

げんご［言語］(名) 語言。△〜障害／言語功能障礙。△〜に絶する苦労／不可言狀之苦。

げんご［原語］(名)(未翻譯的) 原文，原語。

けんこう［健康］(名・形動) 健康，健全。△〜がすぐれない／健康欠佳。△〜な精神／飽滿的精神。△〜診断／健康檢查。

けんこう［兼好］〈人名〉⇨よしだけんこう

けんごう［剣豪］(名) 劍俠。△〜小説／武俠小説。

げんこう［元寇］(名)〈史〉元寇(指 1274-1281 年間進攻日本的元朝軍隊)。

げんこう［言行］(名) 言行。△〜不一致／言行不一致。

げんこう［原稿］(名) 原稿，稿子。△〜料／稿費。

げんこう［現行］(名) 現行。△〜制度／現行制度。

げんごう［元号］(名) ⇨ねんごう

けんこうこつ［肩胛骨・肩甲骨］(名) 肩胛骨。

けんこうしょく［健康色］(名) 健康的膚色。

けんこうしょく［健康食］(名) 保健食品。

けんこうしんだん［健康診断］(名)〈醫〉健康檢查，身體檢查。

けんこうはん［現行犯］(名)〈法〉現行犯。

けんこうほう［健康法］(名) 健身法，養生之道。

けんこうほけん［健康保険］(名) 健康保險。

げんこうようし［原稿用紙］(名) 稿紙。

けんこく［建国］(名・自サ) 建國。

げんこく［原告］(名)〈法〉原告。

けんこくきねんび［建国記念日］(名) 建國紀念日。

げんごせいさく［言語政策］(名) 語言政策。

げんこつ［拳骨］(名) 拳頭。△〜を食らわす／讓你吃一拳。

げんごろう［源五郎］(名)〈動〉龍蝨。

げんこん［現今］(名) 現今，當今。

けんこんいってき［乾坤一擲］(名) 孤注一擲。

けんさ［検査］(名・他サ) 檢查，檢驗。△水質を〜する／檢驗水質。△身体〜／體檢。

けんざい［建材］(名) 建築材料，建材。

けんざい［健在］(名・形動) 健在。△両親とも〜です／雙親都健在。

けんざい［顕在］(名・自サ) 顯在，明顯存在。△矛盾が〜化する／矛盾表面化。△〜失業／顯在失業。↔ 潜在

げんさい［減殺］(名・他サ) 減少，削減，削弱。△興味を〜する／掃興。

げんざい［原罪］(名)〈宗〉(人類生來就有的) 原罪。

け
ケ

げんざい［現在］(名) ① 現在。△～は母と二人ぐらしです／現在我和母親兩個人生活。△彼は～の心境を語った／他談了現在的心境。② 截止 (某時)。△4月一日～応募者は500名／截至四月一日報名者已有五百名。

げんさいばん［原裁判］(名)〈法〉原判。

げんざいりょう［原材料］(名) 原材料。

けんさく［検索］(名・他サ) 檢索，檢查，查看。△植物図鑑を～する／査閱植物圖鑑。

げんさく［原作］(名) 原作，原著。△～者／原作者。

げんさく［減作］(名) (農業) 減產，歉收。△今年は約2割の～です／今年減產二成左右。

げんさくどうぶつ［原索動物］(名)〈動〉原索動物。

けんさつ［検察］(名)〈法〉檢察。

けんさつ［検札］(名・自サ) 查票，驗票。△車掌が～ (を) する／乘務員驗票。

けんさつかん［検察官］(名)〈法〉檢察官，檢事。

けんさつちょう［検察庁］(名)〈法〉檢察廳。

けんさん［研鑽］(名・他サ) 鑽研。△～を積む／刻苦鑽研。

けんざん［剣山］(名) 劍山 (插花工具。是一種帶有許多針的金屬底座)，固定花枝)。

けんざん［験算・検算］(名・他サ) 驗算。△合っているかどうか～する／驗算一下看看對不對。

げんさん［原産］(名) 原產。△アフリカ～の植物／非洲原產植物。

げんさん［減産］(名・自サ) 減產。△石炭は年々～している／煤炭年年減產。

げんざん［減算］(名・自サ)〈数〉減法。↔加算

げんさんち［原産地］(名) 原產地。

けんし［犬歯］(名)〈解剖〉犬齒。

けんし［検死］(名・他サ) 驗屍。

けんし［検視］(名・他サ) ① 査驗 (現場)。△事故の現場を～する／查驗事故現場。② 驗屍。

けんし［絹糸］(名) 絲綫。△人造～／人造絲。

けんじ［検事］(名)〈法〉① 檢察員。△～総長／最高檢察長。② 檢事 (檢察員官階之一)。

けんじ［堅持］(名・他サ) 堅持。△自分の主張を～する／堅持自己的主張。

けんじ［献辞］(名) 獻詞。

けんじ［検字］(名) (字典的) 檢字。△～表／檢字表。

げんし［原子］(名)〈理〉原子。

げんし［原始］(名) 原始。△～共同体／原始公社。

げんし［原紙］(名) 蠟紙。△～を切る／刻蠟紙。

げんじ［言辞］(名) 言詞。△～を弄する／賣弄詞藻。

げんじ［源氏］(名) ①〈史〉源氏，源姓氏族。②《源氏物語》(之略)。

げんしエネルギー［原子エネルギー］(名) 原子能。

げんしか［原子価］(名)〈理〉原子價。

げんしかく［原子核］(名)〈理〉原子核。

けんしき［見識］(名) 見地，見識。△～のある人／有見識的人。△いやに～張った男だ／喜歡賣弄的人。

げんしきごう［原子記号］(名) ⇨げんそきごう

げんししき［原子式］(名)〈理〉原子式。

げんしじだい［原始時代］(名) 原始時代。

げんしじん［原始人］(名) 原始人。

げんしスペクトル［原子スペクトル］(名)〈理〉原子光譜。

けんじつ［堅実］(形動) 穩妥，踏實。△～な方法／穩妥的方法。△～な人／踏實的人。

げんじつ［現実］(名) 現實，實際。△～にあわない／不符合實際。△きびしい～／嚴峻的現實。△それは～性のない話だ／那太不現實了。↔理想

げんじつしゅぎ［現実主義］(名) 現實主義。

げんじつてき［現実的］(形動) 現實的，實際的。△～な問題／實際問題。

げんしとけい［原子時計］(名) 原子鐘。

げんしばくだん［原子爆弾］(名) 原子彈。

げんしばんごう［原子番号］(名)〈理〉原子序數。

げんしびょう［原子病］(名) 原子病。

げんじものがたり［源氏物語］〈書名〉源氏物語。

げんじゃ［賢者］(名) 賢者，賢哲。

げんしゅ［元首］(名) 元首。

げんしゅ［原種］(名) (動植物) 原種。↔変種

げんしゅ［厳守］(名・他サ) 嚴守。△時間を～する／嚴守時間。

けんしゅう［研修］(名・他サ) 進修。△～生／進修生。

けんしゅう［兼修］(名・他サ) 兼修，兼學。

けんじゅう［拳銃］(名) ⇨ピストル

げんしゅう［減収］(名・自サ) 減收，收入減少。△1億円の～だった／收入減少了一億日元。↔増収

げんしゅう［現収］(名) 現在的收入。

げんじゅう［厳重］(形動) 嚴重，嚴厲。△駐車違反を～に取り締る／嚴厲取締非法停車。△～な警戒／戒備森嚴。

げんじゅう［現住］(名・自サ) ①〈佛教〉住持。② 現住，現居。△～地／現住地。

げんじゅうしょ［現住所］(名) 現住所。

げんじゅうみん［原住民］(名) 土著 (居民)。

けんしゅく［厳粛］(形動) ① 嚴肅，莊嚴。△～な雰囲気／嚴肅的氣氛。△～にとり行なう／莊嚴舉行。② 嚴峻。△死という～な事実に直面する／面對死這一嚴峻的事實。

けんしゅつ［検出］(名・他サ) 查出，檢驗出。△放射能を～する／檢驗出放射能。

けんじゅつ［剣術］(名) 劍術，刀法。

げんじゅつ［幻術］(名) ① 幻術，魔法。② 戲法。

げんしゅん [厳峻] (名・形動) 嚴峻，嚴厲。

げんしょ [原書] (名) 原著。△バルザックを～で読む／讀巴爾扎克原著。

げんしょ [原初] (名) 原始。△宇宙の～／宇宙的起源。

げんしょ [厳暑] (名) 酷暑，盛夏。△～の候／(書信用語) 盛夏時節。

けんしょう [健勝] (名) 健康。△皆様の御～を祈ります／祝大家健康。

けんしょう [肩章] (名) 肩章。

けんしょう [検証] (名・他サ) 驗證，勘驗。△仮説を実験によって～する／通過實驗證實假設。△現場～／勘驗現場。

けんしょう [憲章] (名) 憲章。△国連～／聯合國憲章。

けんしょう [懸賞] (名) 懸賞。△～つき写真コンクール／有獎攝影比賽。△30万円の～金がかかる／懸賞三十萬日圓。

けんしょう [顕彰] (名・他サ) 表彰。△功績を～する／表彰功績。

けんしょう [腱鞘] (名)〈解剖〉腱鞘。△～炎／腱鞘炎。

けんしょう [謙称] (名・他サ) 謙稱。↔敬称

けんじょう [献上] (名・他サ) 呈上，呈獻，獻納。

けんじょう [謙譲] (名) 謙遜，謙讓。△～の美徳／謙遜的美德。

げんしょう [現象] (名) 現象。△自然～／自然現象。

げんしょう [減少] (名・自サ) 減少。△事故が～した／事故減少了。↔増加

げんしょう [元宵] (名) 元宵 (正月十五之夜)。

げんしょう [言笑] (名) 言笑，談笑。△～のうちに／談笑之間。

げんじょう [原状] (名) 原狀。△～にもどす／恢復原狀。

げんじょう [現状] (名) 現狀。△～に満足する／滿足現狀。△～維持／維持現狀。

げんじょう [現場] (名) (也説“げんば”) 現場。

けんじょうご [謙譲語] (名) (語法) 謙遜語。

けんしょく [兼職] (名・他サ) 兼職。△～を禁ずる／禁止兼職。

げんしょく [原色] (名) ① 原色。△赤，黄，青の3～／紅黄藍三原色。② 原來的顔色。

げんしょく [現職] (名) 現職，現任。△～を去る／離開現職。△～の警察官／在職警察。

げんしょく [減食] (名・自サ) 減食。

げんしょくほう [減色法] (名)〈攝影〉減色法。

げんしりょう [原子量] (名)〈理〉原子量。

げんしりょく [原子力] (名) 原子能。△～発電／原子能發電。

げんしりん [原始林] (名) 原始森林。

けん・じる [献じる] (他上一) (也作“献ずる”) 獻上，呈上。△著作を恩師に～／把著作獻給恩師。

けん・じる [減じる] (自他上一) (也作“減ず

る”) 減去，減少，降低。△痛みが～じた／疼痛減輕了。△10 から 5 を～と 5 になる／十減五得五。

げんしろ [原子炉] (名) 原子反應堆。

けんしん [検針] (名) 查 (電、水、煤氣) 表。△ガスの～／查煤氣表。△～員／抄表員。

けんしん [検診] (名・他サ) 檢查 (身體)，健康檢查。△集団～／集體體檢。

けんしん [献身] (名・自サ) 獻身。△～的に働く／忘我地工作。

けんじん [賢人] (名) 賢人。↔愚者

けんじん [堅陣] (名) 堅固的陣地。

げんしん [原審] (名)〈法〉原審，原判 (前一級審判)。△～破棄／撤銷原判。

げんじん [原人] (名) 猿人。△北京～／北京猿人。

げんず [原図] (名) 原圖。

けんすい [懸垂] (名・自他サ) ① 懸垂，下垂。② 引體向上。△鉄棒で～をする／在單槓上做引體向上。

げんすい [元帥] (名) 元帥。

げんすい [減水] (名・自サ) 水量減少。△晴天続きで河川が～する／因連續晴天河水減少。

げんすい [原水] (名) 生水。

けんずいし [遣隋使] (名)〈史〉遣隋使。

げんすいばく [原水爆] (名) 原子彈和氫彈。△～禁止運動／禁止原子彈氫彈運動。

けんすう [件数] (名) 件數，次數。△火災の発生～／火災發生次數。

けんすう [軒数] (名) 戶數，家數。

げんすうぶんれつ [減数分裂] (名)〈生物〉減數分裂。

けん・する [検する] (他サ) ① 檢査，調査。② 取締。

けん・する [験する] (他サ) ① 驗算，檢驗。② 試驗。

けん・ずる [献ずる] (他サ) ⇨けんじる

げん・ずる [減ずる] (名・他サ) ⇨げんじる

げんすん [原寸] (名) 原尺寸。△～大の模型／原尺寸大的模型。

げんせ [現世] (名) 現世，今世。

けんせい [牽制] (名・他サ) 牽制，制約。△敵の右翼を～する／牽制敵人的右翼。△～球 (棒球) 牽制球。

けんせい [権勢] (名) 權勢。△～をふるう／稱王稱霸。△～欲／權勢慾。

けんせい [憲政] (名) 憲政。△～を擁護する／擁護憲政。

けんせい [県政] (名) 縣政。

けんせい [県勢] (名) 縣況。△～要覧／縣況要覽。

けんぜい [県税] (名) 縣税。

げんせい [現世] (名) ① 現世，今世。② 現代，當代。③〈地〉現代。

げんせい [現制] (名) 現行制度。

げんせい [現勢] (名) 現狀，目前形勢，現有力量。

け
ケ

げんせい［厳正］(名・形動) 嚴正，嚴格。△〜
に中立を守る／嚴守中立。

げんぜい［減税］(名・他サ) 減税。↔ 増税

げんせいき［現世紀］(名) 本世紀。

げんせいだい［原生代］(名)〈地〉元古代。

げんせいどうぶつ［原生動物］(名)〈動〉原生
動物。

げんせいりん［原生林］(名) 原生林。

けんせき［譴責］(名・他サ)① 譴責，批評。
②(舊時對官吏的最輕處分) 警告。

けんせき［原石］(名)① 未加工的寶石。△ダ
イヤモンドの〜／未加工的鑽石。② 原礦石。

けんせき［原籍］(名) 原籍。

けんせきうん［絹積雲］(名)〈氣象〉捲積雲。

けんせつ［建設］(名・他サ) 建設。△ダムを〜
する／修水庫。△平和な社会を〜する／建設
和平的社會。

けんせつ［兼摂］(名・他サ) 兼攝，兼任。△〜
大臣／兼職大臣。

けんせつ［言説］(名) 言論。△不当な〜／不妥
的言論。

けんせつしょう［建設省］(名)(日本政府的)
建設部。

けんせつてき［建設的］(形動) 建設性的。△〜
な意見／建設性的意見。

けんぜん［健全］(形動)①(身心) 健康，健全。
△〜なからだ／健康的身體。② 健全，正當。
△〜な娯楽／正當(健康)的娯樂。△〜財政／
穩定的財政。

げんせん［源泉・原泉］(名) 源泉，泉源。△活
力の〜／活力的泉源。

げんせん［厳選］(名・他サ) 嚴選，嚴格選擇。
△〜の結果受賞作が決った／經嚴格審査確定
了得獎作品。

げんせん［原潜］(名) 原子能潛艇。

げんぜん［厳然］(副・連體) 嚴肅，嚴然。△〜
たる事実／鐵一般的事實。

げんぜん［現前］(名・自サ) 目前，眼前。△〜
する事実／眼前的事實。

げんせんかぜい［源泉課税］(名) 預先扣除所
得税。

けんそ［険阻］(名・形動) 險阻。△〜な山道／
險峻的山道。

げんそ［元素］(名)〈化〉元素。

けんそう［喧騒・喧噪］(名) 喧囂，嘈雜。△場
内を〜を極めた／場内嘈雜得厲害。

けんぞう［建造］(名・他サ) 建造，修建。△タ
ンカーを〜する／建造油輪。

げんそう［幻想］(名) 幻想。△〜を抱く／抱有
幻想。△〜にふける／陷於幻想。

げんそう［幻相］(名)〈佛教〉幻相。

げんそう［舷窓］(名) 船側的圓窗，舷窗。

げんぞう［現像］(名・他サ) 沖洗，顯影。△フ
ィルムを〜する／沖洗底片。△〜液／顯影
液。

げんぞう［幻像］(名) 幻象，幻影。

けんそううん［絹層雲］(名)〈氣象〉捲層雲。

げんそうてき［幻想的］(形動) 幻想的，虛構
的。△〜的な情景／夢幻的情景。

けんぞうぶつ［建造物］(名) 建築物。

げんそきごう［元素記号］(名)〈化〉元素符號。

けんそく［検束］(名・他サ)① 約束，管束。
②〈法〉拘留。

けんぞく［眷属］(名)① 眷屬。② 家丁。

げんそく［原則］(名) 原則。△〜をたてる／確
定原則。△〜を守る／堅持原則。△〜として
外泊は認めない／原則上不許在外面過夜。

げんそく［舷側］(名) 船舷。

げんそく［減速］(名・自サ) 減速。△カーブで
は〜しなければいけない／彎道要減速。↔ 加
速

げんぞく［還俗］(名・自サ)〈佛教〉還俗。

けんそん［謙遜］(名・自サ) 謙遜，謙虛。△〜
した態度をとる／持謙虛的態度。

げんそん［玄孫］(名) 玄孫。

げんそん［現存］(名・自サ)(也讀 "げんぞん")
現存，現有。△法隆寺は〜する世界最古の木
造建筑だ／法隆寺是現存的世界上最古的木結
構建築。

げんそん［厳存］(名・自サ)(也説 "げんぞん")
確實存在。△証拠が〜する／證據確鑿。

げんそん［減損］(名・自他サ) 虧損，減少，磨
耗。△〜額／折舊額。

けんたい［倦怠］(名)① 厭倦。△日日の仕事
に〜を覚える／對天天如是的工作感到厭倦。
② 倦怠。△〜感／疲倦感。

けんたい［肩帯］(名)〈解剖〉肩胛帶。

げんたい［減退］(名・自サ) 減退。△食欲が〜
する／食慾減退。△記憶力が〜する／記憶力
減退。

げんだい［現代］(名)① 現代，當代。△〜人／
現代人。△〜社会／現代社會。②〈史〉現代。
△〜史／現代史。

げんだいかなづかい［現代仮名遣い］(名) 現
代假名用法。

げんだいてき［現代的］(形動) 現代的。△〜
な感覚／現代感。

げんだいぶん［現代文］(名) 現代文。↔ 古文

ケンタウルス［Centaurus］(名)(希臘神話) 半人
半馬怪物。

けんだか［権高］(形動) 傲氣，驕氣十足。

げんだか［現高］(名) 現有數量，現存金額。

けんだか・い［権高い］(形)⇨けんだか

ケンタッキーフライドチキン［Kentucky fried
chicken］(名) 肯德基家鄉雞(美國十大快餐館
之一)。

けんだま［けん玉］(名)(兒童遊戲) 木球。

けんたん［健啖］(名) 飯量大。△〜家／大肚子
漢。

けんたん［検痰］(名・他サ)〈醫〉驗痰。

げんたん［減反］(名・他サ) 減少耕種面積。

げんたん［原炭］(名) 原煤。

げんだんかい［現段階］(名) 現階段，目前。

けんち［見地］(名) 見地，觀點，立場。△道徳

的～から見れば好ましくない/從道德上看不妥當。

けんち［検地］(名・他サ) 丈量土地。

げんち［言質］(名) 諾言。△～を取る/取得諾言。△～をあたえる/許諾。

げんち［現地］(名) 現地, 當地, 現場。△～調査を行う/進行現場調查。△～におもむく/赴現場。△～に来てからもう 1 年になる/來到這地方已經一年。

ゲンチアナ［gentiana］(名)〈植物〉① 龍膽屬。② 歐龍膽, 健質亞那。

けんちく［建築］(名・他サ) 建築, 修建, 建築物。△家を～する/蓋房子。△～家/建築師。△木造～/木結構建築。

けんちじ［県知事］(名) 縣知事。

げんちゅう［原注・原註］(名) 原註。

けんちょ［顕著］(形動) 顯著。△その傾向がますます～になってきた/那種傾向越發明顯。

げんちょ［原著］(名) 原著, 原作。

けんちょう［県庁］(名) 縣政府, 縣公署。

けんちょう［堅調］(名)〈經〉(行情) 堅挺。

げんちょう［幻聴］(名) (心理) 幻聽。

げんちょしゃ［原著者］(名) 原作者, 原著者。

けんちんじる［けんちん汁］(名) 豆腐, 胡蘿蔔 (等) 湯。

けんつく［剣突］(名) 申斥, 責罵。△～をくった/捱了一頓臭罵。△～をくわす/痛斥, 責罵。

けんてい［検定］(名・他サ) 檢定, 審定。△学力を～する/檢測學力。△教科書～制度/教科書審定制度。

けんてい［献呈］(名・他サ) 獻呈, 進獻。

げんてい［限定］(名・他サ) 限定。△受講者の人数を 100 人に～する/聽講人數限定為一百。△～出版/限數出版。

げんてい［舷梯］(名) 舷梯。

けんてん［圏点］(名) (文章中需注意處加的) 圈點。△～を付ける/加上圈點。

げんてん［原典］(名) (引用, 翻譯的) 原著。△～に当って調べる/查對原著。

げんてん［原点］(名) ① 基點, 起點。②(問題的) 出發點, 焦點。③〈數〉(座標的) 交點, 原點。△～にたちもどって考えなおす/回到根本問題上重新考慮。

げんてん［減点］(名・他サ) 扣分, 減分。△誤字 1 字につき 1 点～する/錯一字扣一分。

げんど［限度］(名) 限度。△～をこす/超過限度。△ 2 日を限度とする/以二日為限。

けんとう［見当］I (名) ① 估計, 預計, 推測。△～がつかない/估計不透。△旅費は 5 万円位と～をつける/估計旅費五萬日圓左右。△それは～違いだった/那我估計錯了。②(大致) 方向、目標。△駅はこちらの～のはずだが/車站應該在這邊。II (接尾) 左右, 上下。△ 50 ～の男/五十歲左右的人。

けんとう［軒灯］(名) 門燈, 簷燈。

けんとう［拳闘］(名) 拳擊。→ボクシング

けんとう［健闘］(名・自サ) 頑強拚搏。△強敵を相手に～する/面對強敵勇敢戰鬥。△～をいのる/祝頑強拚搏。

けんとう［検討］(名・他サ) 探討, 研究。△～を加える/加以研究。△～を要する/需要探討。

けんとう［健投］(名・自サ) (棒球) 猛投。

けんとう［献燈］(名)〈佛教〉(向神社, 寺院) 獻燈。

けんどう［剣道］(名) 劍術。

げんとう［幻灯］(名) 幻燈。△～機/幻燈機。→スライド

げんとう［厳冬］(名) 嚴冬。

げんとう［舷燈］(名) 舷燈。

げんどう［言動］(名) 言行。△～を慎む/謹言慎行。

げんどうき［原動機］(名) 發動機。

けんとうし［遣唐使］(名)〈史〉遣唐使。

けんとうちがい［見当違い］(名・形動) 估計錯誤。△～の意見/估測錯誤的意見。

げんどうりょく［原動力］(名) 原動力, 動力。△彼の活動の～は正義感だ/他從事活動的動力來自正義感。

ケントし［ケント紙］(名) 繪圖紙。

けんどじゅうらい［捲土重来］(名) 捲土重來。△～を期する/期望捲土重來。

けんない［圏内］(名) 圈內。△伊豆七島は台風の～に入った/伊豆七島進入颶風圈內。

けんない［県内］(名) 縣內。

けんない［権内］(名) 職權範圍以內。

げんなま［現生］(名)〈俗〉現錢, 現金。

げんなり (副・自サ) ① 疲倦, 厭膩。△甘いものはもう見ただけで～だ/甜的東西一看就膩了。△暑さに～した/熱死了。② 掃興。

げんに［現に］(副) 實際, 眼看, 現在。△～この目で見た/親眼見到。△～ここにあるではないか/這裏不是有嗎？

げんに［厳に］(副) 嚴重, 嚴格。△～つつしむ/嚴加注意。

けんにょう［検尿］(名・自サ)〈醫〉驗尿。

けんにん［兼任］(名・他サ) 兼任。△首相が外相を～する/首相兼外相。△～教授/兼職教授。↔ 専任

けんにん［検認］(名・他サ)〈法〉檢驗 (遺囑)。

げんにん［現任］(名) 現任, 現職。

けんのう［献納］(名・他サ) 捐獻。

けんのう［権能］(名)〈法〉權限, 權利。

げんのう［玄翁］(名) 大鐵錘。

けんのん［剣呑］(形動)〈俗〉危險。

けんぱ［検波］(名・他サ)〈理〉檢波。△～器/檢波器。

げんば［現場］(名) ①(案件、事故) 現場。△事故～/事故現場。② 工地, 現場。△工事～/施工現場。

けんぱい［献杯］(名・自サ) 敬酒。

けんぱい［減配］(名・他サ) ① 減少配給 (量)。② 減少分紅 (額)。

け
ケ

けんばいき［券売機］(名) 售票機。△自動～／自動售票機。

げんばく［原爆］(名)（"原子爆弾"之略）原子彈。

げんばく［原麦］(名) 原麥。

けんぱくしょ［建白書］(名) 建議書。

げんばくしょう［原爆症］(名) 原子病。

げんはつ［原発］(名)〈醫〉原發(病)。△～病／原發病。

げんばつ［厳罰］(名) 嚴懲。△違反者を～に処する／違者嚴懲。

けんばのろうをとる［犬馬の労をとる］(連語) 效犬馬之勞。

げんばらい［現払い］(名) 付現款。

げんばわたし［現場渡し］(名)〈經〉當場交貨。

けんばん［鍵盤］(名) 鍵盤。

げんばん［原板］(名)（照相）底版，底片。→ネガ

げんばん［原盤］(名) 原版唱片。

けんばんがっき［鍵盤楽器］(名) 鍵盤樂器。

けんび［兼備］(名・他サ) 兼備。△才色～の女性／才貌雙全的女性。

けんびきょう［顕微鏡］(名) 顯微鏡。

けんぴつ［健筆］(名) 健筆，善書，精於文章，精於書法。△～をふるう／一揮而就，揮毫。

げんぴょう［原票］(名)（會計事務等的）原始傳票。

げんぴん［現品］(名) 現貨。△代金と引換に～を送る／款到發貨。

けんぷ［絹布］(名) 絲織品，綢緞。

げんぷ［厳父］(名) ① 嚴父。② 令尊。

げんぶがん［玄武岩］(名)〈地〉玄武岩。

げんぷく［元服］(名・自サ) 元服（古時男子成人時的戴冠儀式）。

けんぶつ［見物］(名・他サ) ① 遊覽，觀光。△北京の名所を～する／遊覽北京的名勝古跡。△東京～／東京觀光。② 旁觀者。△高見の～／袖手旁觀。

げんぶつ［現物］(名) ① 現有物品。②（與金錢相對的）實物。△～支給／用實物支付。③〈經〉現貨。△～取引／現貨交易。

げんぶつかかく［現物価格］(名)〈經〉現貨價格。

けんぶつにん［見物人］(名) 觀眾，遊人。

けんぶん［見聞］(名・自サ) 見聞，見識。△～が広い／見識廣。△～を広める／開闊眼界，長見識。

けんぶん［検分］(名・他サ) 實地調查，實地檢查。△土地建物を～する／查看地皮和建築物。△実地～／實地調查。

げんぶん［原文］(名) 原文。△～を忠実に訳す／忠實於原文進行翻譯。

げんぶんいっち［言文一致］(名) 言文一致。△～体／言文一致的文體。

けんぺい［憲兵］(名) 憲兵。

けんぺい［権柄］(名) 權柄，權力。△～をふるう／弄權。

げんぺい［源平］(名) ①〈史〉源氏和平氏。② 比賽的雙方。

けんぺいずく［権柄ずく］(形動) 依仗權勢。△～でものを言う／依仗權勢説話。

げんぺいせいすいき［源平盛衰記］〈書名〉源平盛衰記。

けんべん［検便］(名・自サ)〈醫〉驗便。

げんぼ［原簿］(名) 總賬，底賬。

けんぼう［権謀］(名) 權謀。

けんぽう［憲法］(名) △～を制定する／制定憲法。△～を改正する／修改憲法。

けんぽう［剣法］(名) 劍法，劍術。

けんぽう［拳法］(名)（中國的）拳法，武術。

げんぽう［減法］(名)〈數〉減法。

げんぽう［減俸］(名・他サ) 減薪，減俸。△罰として～する／作為懲罰降薪。

けんぽうきねんび［憲法記念日］(名) 憲法紀念日（日本節日之一，五月三日）。

けんぼうじゅっすう［権謀術数］(名) 機謀權術，陰謀詭計。△～をめぐらす／玩弄權術。

けんぼうしょう［健忘症］(名) 健忘症。

けんぽく［硯北］(名)〈文〉（書信用語）案前。

げんぼく［原木］(名) 原木，木材，木料。

けんぽん［献本］(名・自他サ) 贈送書籍，贈送的書籍。

けんぽん［絹本］(名)（書畫的）絹本，絹本書畫。

げんぽん［原本］(名) 原書，原本。

けんま［研磨］(名・他サ) ① 研磨。△レンズを～する／研磨鏡片。② 鑽研，研究。

げんまい［玄米］(名) 粗米，糙米。

けんまく［剣幕］(名) 氣勢洶洶。△ものすごい～でどなる／怒氣沖沖地吼叫。

げんまん［拳万］(名・自サ)（表示守約而）拉鈎。

げんみつ［厳密］(形動) 嚴密。△～な取調べを行う／進行嚴密的審查。△～に言えば…／嚴格説來…。

けんみゃく［見脈・検脈］(名)〈醫〉診脈。

けんむ［兼務］(名・他サ) 兼職。△会計係を～する／兼任會計。

けんめい［賢明］(形動) 賢明，高明。△そんなやり方は～でない／那種作法可不高明。

けんめい［懸命］(形動) 拚命，竭盡全力。△～に働く／拚命工作。△～の努力を続ける／堅持不懈地努力。

げんめい［言明］(名・自他サ) 言明，明言。△～をさける／迴避明言。

げんめい［厳命］(名・他サ) 嚴命，嚴令。△～をうける／接到嚴令。△～をくだす／下嚴令。

げんめい［原名］(名) 原名。

げんめつ［幻滅］(名・自サ) 幻滅。△～を感じる／感到幻滅。

げんめん［減免］(名・他サ) 減免。△税金を～する／減免稅款。

げんもう［原毛］(名) 原毛。

けんもほろろ (形動) 冷冰冰地。△～に断られ

け
ケ

た／被一口拒絕了。

けんもん［検問］(名・他サ) 盤查，盤問。△通行人を～する／盤查行人。△～所／盤查所，檢查站。

げんや［原野］(名) 原野。

けんやく［倹約］(名・他サ) 節省，節儉。△～家／節儉的人。

げんゆ［原油］(名) 原油。

けんゆう［兼有］(名・他サ) 兼有，兼備。

げんゆう［現有］(名・他サ) 現有。△～兵力／現有兵力。

けんよう［兼用］(名・他サ) 兼用。△食卓を机に～する／飯桌兼作書桌用。

けんらん［絢爛］(名・連體) 絢爛。△～たる詩風／華麗的詩風。

けんり［権利］(名) 權利。△～を行使する／行使權利。△私にもそのことに對して発言する～がある／對那件事我也有發言權。

げんり［原理］(名) 原理。△アルキメデスの～／阿基米得原理。

けんりきん［権利金］(名)〈經〉頂費，押租，鋪底。

けんりつ［県立］(名) 縣立。△～高校／縣立高中。

げんりゅう［源流］(名) 源流，起源。△文化の～をたずねる／追溯文化的源流。

げんりょう［原料］(名) 原料。

げんりょう［減量］(名・自他サ)① 減少分量。②(運動員)減輕體重。△体重を 50 キロまで～する／把體重減至五十公斤。

けんりょく［権力］(名)① 權力。△～をにぎる／掌權。△～をふるう／行使權力。△～者／掌權者。② 政府，國家。△～側／政府當局。

けんろう［堅牢］(形動) 堅牢，堅固。△～な箱／牢固的箱子。

げんろう［元老］(名) 元老。△政界の～／政界的元老。

げんろくぶんか［元禄文化］(名)〈史〉元禄文化。

げんろん［言論］(名) 言論。△～の自由をまもる／捍衛言論自由。△～機関／輿論機關。

げんろん［原論］(名) 根本理論，原理。△経済学～／經濟學原理。

げんわ［原話］(名)(作品所依據的)原來的故事。

げんわく［眩惑］(名・自他サ) 迷惑，昏眩，眩惑。△彼のことばにすっかり～された／完全被他的話迷惑住了。

こ コ

こ‐[小](接頭)① 小。△～鳥/小鳥。△～雨/小雨。② 稍許。△人を～ばかにする/有點欺負人。△～利口/小聰明。③ 將近，差不多。△～1時間/一個來小時。

こ[子](名)① 小孩，子女。△～を産む/生孩子。△～を下ろす/打胎。↔ 親 ② 崽，子兒。△犬の～/狗崽。△魚の～/魚子。③ 姑娘。△なかなかいい～だ/是個很俊俏的女孩。△そこにいい～がいる/那裏有漂亮的妞兒。④ 新株，小株。△芋の～/小芋頭。△竹の～/(竹)笋。⑤ 利息。△元も～もなくす/連本帶利全都賠光。

‐こ[子](接尾)① 接在女人名字後面。△花～/花子。② 表示人。△江戸っ～/東京人，江戸人。③ 表示小孩。△かぎっ～/帶鑰匙的孩子。

こ‐[故](接頭)已故(的人)。△～周総理/已故的周總理。

こ[個]I(名)個體，個人。△～と全体との関係/個體和整體的關係。II(接尾)(表數量)個。△一～/一個。△何～/幾個。

こ[弧](名)①〈數〉弧。② 弧形。△～をえがいて飛ぶ/呈弧形飛。

こ[孤]I(名)① 孤兒。② 孤立無援的人。II(代)中國皇帝的自稱。

こ[粉]I(名)粉，粉末。△米を～にひく/把大米磨成粉。△身を～にする/十分辛苦。II(接尾)…粉。△とうもろこし～/玉米粉。

ご[五](名)五。

ご[期](名)時候，時刻。△この～に及んで/事到如今。

ご[碁](名)圍棋。△～を打つ/下圍棋。△～盤/圍棋盤。

ご[語](名)單詞。△～の意味/單詞的意思。→單語

‐ご[語](接尾)語，語言。△日本～/日語。

ご‐[御](接頭)(接"用言、體言")① 表示尊敬。△～主人/您丈夫。② 表示自謙。△会場を～案内する/我領您去會場。③ 表示鄭重。△～ぶさた/久未通信。

‐ご[御](接尾)表示尊敬。△親～/令尊，令堂。

‐ご[後](接尾)之後，以後，△閉会～/會議結束後。

コア[core](名)核心，要點。

ゴアードスカート[gored skirt](名)⇨ ゴアスカート

コアカリキュラム[core curriculum](名)(以實際生活為課程內容的)生活教育。

コアギュレーター[coagulator](名)凝結劑，凝結器。

コアシステム[core system](名)(以浴室、廁所、盥漱室、廚房等設備為中心的)核心住房設計。

ゴアスカート[gore skirt](名)三角拼塊喇叭裙。

コアタイム[core time](名)彈性工作時間制。

コアタイム[core time](名)(彈性工作時間制的)基本上班時間(員工此段時間必須上班，彈性只對除此以外時間有效)。

コアテクノロジー[core technology](名)核心技術。

コアラ[koala](名)〈動〉樹袋熊(澳大利亞特產)。

こい[恋](名)戀愛，愛情。△～をする/談戀愛。△～におちいる/陷入情網。→戀愛

こい[鯉](名)鯉魚。△赤い～/紅鯉。

こ・い[濃い](形)①(顏色等)深，濃。△～むらさき/深紫色。△化粧が～/濃妝。② 濃，稠。△～おかゆ/稠的粥。③(味道、氣味)強，濃。△塩け が～/太鹹。△お茶が～くて飲めない/茶太釅不能喝。④ 密。△ひげが～/鬍子密。⑤ 密切、親密。△～仲/親密的關係。⑥ 傾向大。△疑いが～くなる/越發可疑。↔ うすい

こい[故意](名)故意，蓄意。△～にしたわけではない/並非故意幹的。△～にいやがらせをする/成心刁難扭。

ごい[語義](名)詞義，語義。

ごい[語彙](名)詞彙。

こいうた[恋歌](名)情歌，戀歌。

こいかぜ[恋風](名)愛慕之情。△～を吹かせる/一往情深。

こいがたき[恋敵](名)情敵。→ライバル

こいき[小粋](形動)俊俏，雅致。△～なかっこう/風度翩翩。△～な女/標致的女郎。△～な造りの家/雅致的房子。

こいぐち[鯉口](名)① 刀鞘口。△～を切る/準備拔刀。② 套袖。

こいこが・れる[恋い焦がれる](自下一)熱戀，陷入情網。

こいこく[鯉こく](名)鯉魚醬湯。

こいごころ[恋心](名)戀情。△～をいだく年ごろ/懷春的年齡。

こいじ[恋路](名)愛情，戀愛的路途。△忍ぶ～/偷偷談戀愛。

ごいし[碁石](名)圍棋子兒。

こいし・い[恋しい](形)① 親愛的，愛戀的。△～人/情人，戀人。② 懷念，眷戀。△母が～/懷念母親。

こいした・う[恋い慕う](他五)思慕，懷念，思念。△故郷を～/思念故郷。

こいずみやくも[小泉八雲]〈人名〉小泉八雲(1850-1904)日本明治時期小說家。

こい・する[恋する](他サ)戀愛，愛。→愛

する，ほれる

こいそぎ［小急ぎ］（名・副）急促。△～に歩く／快步走。△客が來たと聞いて～に家へ帰る／聽説來客人了，趕緊回家。

こいちゃ［濃(い)茶］（名）① 濃茶，釅茶。↔うすちゃ ② 深咖啡色。

こいつ（代）〈俗〉① 這小子，這個傢伙。△～め／這個傢伙！△～はかわいい／這小東西真可愛。② 這個（東西）。△～はすばらしい／這太好了。△～はいける／這玩藝兒滿好吃。

コイトゥス［拉 coitus］（名）性交，交媾。（也説“コイタス”）。

こいなか［恋仲］（名）① 情侶。② 戀愛關係。

こいねが・う［希う・冀う］（他五）渴望，期望。△以上が私の～ところである／這些是我所渴望的。

こいねがわくは（副）但願，務希。△～すみやかに全快されんことを／深望您能早日恢復健康。

こいのぼり［鯉幟］（名）鯉魚旗（日本端午節用）。△～を立てる／掛起鯉魚旗。

こいのやまい［恋の病］（名）相思病。

こいはくせもの［恋はくせ者］（連語）愛情無理可説。

こいはしあんのほか［恋は思案のほか］（連語）戀愛無常規。

こいはもうもく［恋は盲目］（連語）愛情是盲目的。

こいびと［恋人］（名）情人，戀人。△～ができる／有戀人了。△～を作る／搞對象。

こいぶみ［恋文］（名）情書。→ラブレター

こいめ［濃い目］（色、味等）稍濃。△～に味をつける／把味調濃一些。

こいものがたり［恋物語］（名）愛情故事。

コイル［coil］（名）綫圈。△誘導～／感應綫圈。

コイルアンテナ［coil antenna］（名）環狀天綫。

コイン［coin］（名）貨幣，硬幣。

こいん［雇員］（名）僱員，辦事員。

コインシデンス［coincidence］（名・自サ）符合，一致，重合。

コインスナック［coin snack］（名）（快餐等）無人售貨食品店。

コインチェンジャー［coin-changer］（名）硬幣兌換機。→両替機

コインパース［coin purse］（名）錢包。

コインランドリー［coin laundry］（名）（投硬幣能洗衣的）硬幣式自助洗衣店。

コインロッカー［coin-locker］（名）（車站等）投幣式小件存放櫃。

こ・う［請う］（他五）請求，希望，乞求。△教えを～／請教。△一夜の宿を～／請求留住一宿。△人に物を～／向人要東西。

こう（副）① 這樣，這麼。△～いう形のお皿がほしい／我想要這種形狀的盤子。△ああ言えば～いう／你説東他説西。△私は～思う／我認為是這樣。

こう［功］（名）功，功勞，功績，功勳。△～を

立てる／建立功勳。△～なり名とげる／功成名就。

こう［甲］（名）① 鎧甲 ② 甲殻。△かめの～／龜殻。③（手腳的）表面。△手の～／手背。④ 甲（天干第一位）。

こう［効］（名）效果，功效。△～を奏す／奏效。

こう［劫］（名）①〈佛教〉很長歲月，劫。△～を経る／歷盡滄桑。②（圍棋）劫。△～になる／打劫。

こう［行］（名）① 行為，行動。② 行，到某處去。△～を共にする／同行。

こう［幸］（名）幸運，幸福。↔ 不幸

こう［交］（名）交替，交接。△春夏の～／春夏之交。

こう［孝］（名）孝。

こう［高］（名）高。△～より低く／由高到低。↔ 低

こう［公］（名）公。△義勇～に奉ずる／義勇奉公。

こう［香］（名）香料，（燒的）香。△～をたく／燒香。△～をきく／聞香。

こう［侯］（名）諸侯。

こう［候］（名）季節，時節。△春暖の～／春暖花開的季節。

こう［項］（名）① 項，項目。△～を立てる／立項。②〈數〉項。

こう［鋼］（名）鋼。△ニッケル～／鎳鋼。→はがね

こう［稿］（名）草稿，原稿。△～を改める／改稿。△～を起す／起草。

こう［講］（名）①〈佛教〉講經會。② 互助會。③ 講課。△休～／停課。

こ・う［恋う］（他五）懷念，思念。△母を～／懷念母親。

ごう［号］（名）①（作家、畫家等的）筆名，號。△屋～／商號。②（雑誌等的）期，號。△ 5 月～／五月號。△以下次～／下期連載。③（火車、電汽車等的）號。△こだま～／（新幹綫的）回聲號。

ごう［劫］（名）→こう［劫］

ごう［剛］（名）① 剛強。△～のもの／剛強的人。△柔よく～を制す／柔能剋剛。↔ 柔

ごう［郷］（名）①（行政區劃的）鄉。② 鄉間，鄉里。

ごう［業］（名）①〈佛教〉善惡行為，惡業。△～が深い／罪孽深重。② 生氣，憤怒。△～を煮やす／急得發脾氣。

こうあつ［光圧］（名）〈理〉光壓。

こうあつ［高圧］（名）① 高壓。△～エンジン／高壓發動機。△～ガス／高壓氣體。② 高電壓。△～線／高壓綫。③ 高壓，壓制。△～政策／高壓政策。

こうあつざい［降圧剤］（名）〈醫〉降壓藥。

こうあつてき［高圧的］（形動）高壓的，強制的。△～な態度／強制的態度。

こうあん［公安］（名）公安，治安。△～を害する／妨害社會治安。△～条例／治安條例。

こうあん［公案］(名)① 公案。②〈佛教〉參禪課題。

こうあん［考案］(名・他サ) 設計，規劃。→案出

こうい［行為］(名) 行為，行動。△不正～／不軌行為。→ふるまい

こうい［好意］(名) 美意，善意。△～をよせる／表示好意。△ご～にあまえて／承您的美意。△～の忠告／善意的忠告。→好感，善意 ↔ 悪意

こうい［厚意］(名) 厚意，盛情。△ご～を深く感謝いたします／非常感謝您的厚意。→厚情

こうい［高位］(名)① 高的職位。②〈数〉高次，高階。

ごうい［合意］(名・自サ) 同意，商量好。△～に達する／達成協議。△～ずみ／已經談妥。

こういう（連體）這樣，這種。△～ふうに／這樣地。△それは～訳だ／那是由於這種緣故。

こういかいよう［口囲潰瘍］(名)〈醫〉口潰瘍，口瘡。

こういしつ［更衣室］(名) 更衣室。

こういしょう［後遺症］(名)〈醫〉後遺症。

こういつ［後逸］(名)〈體〉(棒球沒接住)向後滾去。

ごういつ［合一］(名・自サ) 合而為一。

こういっつい［好一対］(名)① 恰好的一對。② 般配的夫妻。△～の夫婦／般配的夫妻。

こういってん［紅一点］(名)①(萬綠叢中)一點紅。②(許多男子中的)唯一的女性。

こういてがた［好意手形］(名)〈經〉通融票據。

こういど［高緯度］(名)〈地〉高緯度；靠近極地的緯度。

こういん［工員］(名)(工廠的)工人。→職工

こういん［公印］(名) 公章，官印。

こういん［光陰］(名) 光陰，時光。△～を惜しむ／珍惜光陰。

こういん［勾引］(名・他サ)①〈法〉拘捕，建捕。△～状／拘捕證。② 誘拐，拐騙。

こういん［荒淫］(名) 荒淫。

こういん［鉱員］(名) 礦工。

ごういん［強引］(形動)① 強行，強制。△～な決定／硬性決定。△～なやりかた／強制的做法。② 蠻幹。

こういんやのごとし［光陰矢のごとし］(連語) 光陰似箭。

こうう［降雨］(名) 降雨，下的雨。△～量／降水量。

ごうう［豪雨］(名) 暴雨，大雨。→大雨

こううん［幸運］(名・形動) 僥幸，幸運。△～を祈る／祝(您)幸運。△～にも入賞した／僥幸得了獎。△～にめぐまれる／走運。→ラッキー ↔ 不幸悪運

こううんき［耕耘機］(名) 耕耘機。

こううんりゅうすい［行雲流水］(名) 行雲流水。

こうえい［光栄］(名・形動) 光榮，榮譽。△身にあまる光栄／無上光榮。△～とする／引以為榮。

こうえい［公営］(名) 公營，官營。→国営 ↔ 私営

こうえい［後裔］(名) 後裔，後代。

こうえい［後衛］(名)①(軍隊的)後衛。②(球賽中的)後衛。↔ 前衛

こうえき［公益］(名) 公共利益。△～事業／公益事業。

こうえき［交易］(名・他サ) 交易，貿易。→貿易

こうえつ［校閲］(名・他サ) 校閱，校訂。△原稿を～する／校訂原稿。

こうえん［公園］(名) 公園。

こうえん［公演］(名・他サ) 公演。△初～／初次公演。→上演

こうえん［好演］(名・自サ) 表演得好。△新人ながら～だった／雖是個新手卻表演得很好。△わき役の～が目だった／配角的表演顯得很出色。

こうえん［後援］(名・他サ)① 後援。△～会／後援會。△～者／支持者，贊助者。② 援軍。

こうえん［香煙］(名)(祭奠的)香煙。

こうえん［高遠］(形動) 高遠，遠大。△～な理想／遠大的理想。

こうえん［講演］(名・自サ) 演說，演講。△大学で～する／在大學作報告。△～会／講演會。

こうえんしゃ［後援者］(名) 後援者，贊助者。

こうお［好悪］(名) 好惡，愛憎。△～の念が強い／愛憎分明。

こうおつ［甲乙］(名)① 甲乙。② 優劣，上下。△～つけがたい／難分優劣。③ 不分是誰。△～の区別なくつきあう／不分是誰一律交往。

こうおつなし［甲乙無し］(連語) 沒有區別，哪個都一樣。

こうおや［講親］(名)(金融互助會的)會長，發起人。

こうおん［恒温］(名) 恆溫。△～器／恆溫器。△～動物／温血動物。

こうおん［厚恩］(名) 厚恩，大恩。

こうおん［高音］(名)① 高聲，高音調。②〈樂〉女高音。→ソプラノ

こうおん［高恩・洪恩］(名) 鴻恩，大恩。△～忘じがたし／鴻恩難忘。

こうおん［高温］(名) 高溫。△～多湿／高溫潮濕。

ごうおん［号音］(名) 音響信號。△ピストルの～でスタートする／聽手槍信號起跑。

ごうおん［轟音］(名) 轟響，轟鳴。△ジェット機は～をたてて飛び去った／噴氣式飛機發出隆隆的轟聲飛去。

こうおんどうぶつ［恒温動物］(名) 温血動物。↔ 低温動物

こうか［効果］(名)① 效果，功效，成績。△～てきめんだ／立見成效。→効用 ②〈劇〉效果。△音響～／音響效果。

こうか［工科］(名)① 工科。△～大学／工科大學。② 工學院。

こうか［口禍］(名) 口禍。△～を招く／招致口禍。

こうか［公課］(名) 捐税。

こうか［功科］(名) 功績，成績。

こうか［功過］(名) 功過。△～相半ばする／功過参半。

こうか［考課］(名) 考勤，考核，評定工作成績。△～表／考勤表。

こうか［降下］(名・自サ) ① 降落，降下。△気温が～する／氣温下降。△落下傘～／跳傘。△～部隊／傘兵部隊。② 下達(命令)。△大命～／下達敕令。

こうか［降嫁］(名・自サ) (皇族) 下嫁。

こうか［校歌］(名) 校歌。

こうか［高価］(名) 高價，大價錢。△～で売る／高價出售。△～で手も出ない／價錢太貴買不起。↔ 安価，廉価

こうか［高架］(名) 高架。△～鉄道／高架鐵路。△～線／高架綫。

こうか［高歌］(名・他サ) 高(聲)唱。△～放吟する／高聲吟唱。

こうか［硬化］(名・自サ) ① 硬化。△動脈～／動脈硬化。② 強硬起來。△態度を～させる／態度強硬起來。↔ 軟化

こうか［硬貨］(名) 硬幣，金屬貨幣。→コイン ↔ 紙幣

こうか［黄河］(名) 〈地〉黄河。

こうが［高雅］(形動) 高雅。△～なおもむきがある／有高雅的情趣。

こうが［光画］(名) 〈攝影〉(由底片印的) 照片。

ごうか［豪華］(形動) 豪華，奢華。△～版／豪華本。△～なかざりつけ／奢華的裝飾。

こうかい［公海］(名) 公海。↔ 領海。

こうかい［公開］(名・他サ) 公開，開放。△～放送／公開廣播。△秘密を～する／把秘密公開。△～の席で政見を発表する／在公開場合發表政見。

こうかい［更改］(名・他サ) ① 更改。② 更新。△制度の～／制度的修改。

こうかい［後会］(名) 後會，再會。△～を約す／約好以後再會。→再会

こうかい［後悔］(名・自他サ) 後悔，懊悔。

こうかい［航海］(名・自サ) 航海，航行。△遠洋～／遠洋航行。△処女～／初航。

こうかい［狡獪］(形動) 狡猾。

こうかい［荒海］(名) 波濤洶湧的海面。

こうかい［降灰］(名) ① (火山的)落灰。② 放射性的塵埃。

こうがい［口外］(名・他サ) 説漏，泄露。△～無用／不可泄漏。△秘密を～する／泄露秘密。

こうがい［公害］(名) 公害。△産業～／工業公害。△～対策／防止公害的措施。

こうがい［坑外］(名) 井上，坑道外，礦井外。

こうがい［郊外］(名) 郊外，城郊。

こうがい［梗概］(名) 梗概，概要。→あらまし，概略

こうがい［港外］(名) 港口外。

こうがい［鉱害］(名) 礦害，礦業公害。

こうがい［構外］(名) 圍牆外(院外，火車站外，工廠廠外等)△駅の～に出る／走出車站。↔ 構内

こうがい［慷慨］(名・自他サ) 慷慨，憤慨。△悲憤～する／慷慨激昂。

ごうかい［豪快］(形動) 豪爽，豪放，豁達。△～なホームラン／漂亮的還壘球。

ごうがい［号外］(名) 號外。

こうかいかかく［公開価格］(名) 〈經〉公開價格，公開定價。

こうかいこうざ［公開講座］(名) 公開講座。

こうかいさきにたたず［後悔先にたたず］(連語) 事到臨頭懊悔遲。

こうかいじょう［公開状］(名) 公開信。

こうかいどう［公会堂］(名) 公共禮堂。

こうかいのほぞをかむ［後悔のほぞをかむ］(連語) 吃後悔藥。

こうがいふ［坑外夫］(名) 井上工人。

こうかがく［光化学］(名) 〈理〉光化學。△～反応／光化學反應。

こうかがくしょくばい［光化学触媒］(名) 光催化劑。

こうかがくスモッグ［光化学スモッグ］(名) 光化學煙霧。

こうかがくでんち［光化学電池］(名) 光化學電池。

こうかく［甲殻］(名) 甲殼。

こうかく［交角］(名) ① 〈數〉相交角。② 〈電〉交叉角。

こうかく［広角］(名) 廣角，大角度。△～レンズ／廣角鏡頭。

こうかく［高角］(名) 高角度。△～砲／高射炮。

こうがく［工学］(名) 工學，工科。△～部／(大學的) 工學院。

こうがく［向学］(名) 好學，勤學。△～心に燃える人／勤奮好學的人。

こうがく［光学］(名) 〈理〉光學。△～距離／光程。

こうがく［後学］(名) ① 後起的學者。△～を引き立てる／鼓勵後進者。② 將來的參考。△～のために見ておく／為了將來的參考看一下。

こうがく［高額］(名) 高額，巨額。△～紙幣／巨額鈔票。△～所得／巨額收入。

ごうかく［合格］(名・自サ) ① 及格，考上。△試験に～する／考試合格。△～発表／發榜。② 合格。△検査に～した商品／檢驗合格的貨物。

こうかくあわをとばす［口角あわを飛ばす］(連語) 口若懸河。

こうがくねん［高学年］(名) 小學高年級。

こうがくみつど［光学密度］(名) 〈理〉光密度。

こうかけ［甲掛け］(名) 手背(腳背)的罩布。

こうかしょう［硬化症］(名) 〈醫〉硬化症。

こうかつ［広闊］(形動) 廣闊，寬廣。△～な平野／遼闊的平原。

こうかつ［狡猾］（形動）狡猾。△～な手段／狡猾的手段。△～に立ち回る／狡猾鑽營。

こうかふこうか［幸か不幸か］（連語）是幸還是不幸…△～私はへんぴな田舎に生まれて…／不知是幸運還是不幸，我生在偏僻的郷村…。

こうかゆ［硬化油］（名）硬化油，固體脂肪。

こうがわ［甲皮］（名）鞋面皮，鞋幫皮。

こうかん［公刊］（名・他サ）公開出版，公開發行。

こうかん［公館］（名）① 官廳，公共建築物。② 大使館，公使館，領事館。

こうかん［向寒］（名）轉寒，漸冷。△～の折から／時當初冬季節。

こうかん［交換］（名・他サ）① 交換，互換。△小切手の～／交換支票。△名刺を～する／交換名片。△条約書を～する／互換條約文本。② 交易。△物々～／以物易物。③ 票據交換。△～じり／交換差額。

こうかん［交歓］（名）聯歡。△～会／聯歡會。△～試合／友誼賽。

こうかん［好感］（名）好感。△～をいだく／抱好感。△人に～をあたえる／給人好感。

こうかん［好漢］（名）好樣的。△～自重せよ／望好自為之。

こうかん［巷間］（名）街巷之間，街頭巷尾。△～のうわさ／街談巷議。

こうかん［後患］（名）後患。△～を宿す／留下後患。△～を除く／除去後患。

こうかん［浩瀚］（形動）浩瀚。△～な書物／浩瀚的書卷。

こうかん［高官］（名）高官。

こうかん［鋼管］（名）鋼管。△継ぎ目なし～／無縫鋼管。

こうがん［紅顔］（名）紅顔。

こうがん［睾丸］（名）睾丸。

ごうかん［合歓］（名）① 合歡，交歡。② 男女同牀。

ごうかん［強姦］（名）強姦。△～罪／強姦罪。

ごうがん［傲岸］（形動）傲慢。△～不遜／傲慢無禮。

こうかんがくせい［交換学生］（名）互換的留學生。

こうかんかち［交換価値］（名）〈經〉交換價值。

こうかんきょうじゅ［交換教授］（名）互聘（的）教授。

こうかんしゅ［交換手］（名）電話接綫員。

こうかんしんけい［交感神経］（名）〈解剖〉交感神經。

こうかんだい［交換台］（名）電話總機。

こうかんど［高感度］（名）高靈敏度。

こうき［工期］（名）工期，施工期。

こうき［公器］（名）公有物，公眾的器物。△新聞は社会の～だ／報紙是社會公有的宣傳工具。

こうき［広軌］（名）寬軌。△～鉄道／寬軌鐵路（寬於標準的 1.435 米）。↔ 狭軌

こうき［好奇］（名）好奇。△～心／好奇心。

△～の目／好奇的眼光。

こうき［光輝］（名）① 光輝。△～を放つ／放光輝。② 光榮，榮譽。△～ある伝統／光榮的傳統。

こうき［好機］（名）好機會，良機。△～を逸する／坐失良機。△～をつかむ／抓住機會。

こうき［香気］（名）香氣，香味兒。△～をはなつ／散發出香味兒。

こうき［後記］（名）後記。△編集～／編後記。

こうき［紅旗］（名）紅旗。

こうき［後期］（名）後期，後半期。△～患者／晚期患者。→ 前期，中期

こうき［校紀］（名）校風，學校的風紀。△～が乱れる／校風不正。

こうき［校規］（名）校規。

こうき［校旗］（名）校旗。

こうき［高貴］（名・形動）高貴，尊貴。△～の生まれ／出身高貴。↔ 下賤

こうき［綱紀］（名）綱紀，紀律。△～粛正／整頓紀律。

こうぎ［厚誼］（名）深情，厚意。→ よしみ

こうぎ［交誼］（名）交情，友誼。△～を結ぶ／結交。→ よしみ，友誼

こうぎ［公儀］（名）① 朝廷，政府。② 幕府 ③ 公開。

こうぎ［巧技］（名）巧技，妙技。

こうぎ［広義］（名）廣義。△～に解する／從廣義上理解。↔ 狭義

こうぎ［抗議］（名・自サ）抗議。△～を申し込む／提出抗議。△～文／抗議書。

こうぎ［講義］（名・自サ）講解，講議。△～にでる／出席聽講。△歴史の～をする／講歷史課。△中国史について～する／講授中國史。

こうぎ［剛毅］（名・形動）剛毅。

ごうき［豪気］（形動）豪放，豪邁。

ごうぎ［豪儀・強気・豪気］（形動）① 豪壯。② 了不起，漂亮。△そりゃ～だね／那可太棒了！

ごうぎ［合議］（名・自サ）協議，協商。△～の上できめる／經協議後決定。△～がまとまる／達成協議。→ 協議

こうきあつ［高気圧］（名）高氣壓。→ 低気圧

こうきぎょう［公企業］（名）公營企業，國營企業。

こうきしん［好奇心］（名）好奇心。△～がつよい／好奇心很強。

こうきゅう［恒久］（名）持久，永久。△～平和／持久和平。△～的な設備／永久性設備。

こうきゅう［降給］（名）降工資，減薪。

こうきゅう［高級］（名・形動）① （等級）高，高級。△～官僚／高級官員。② 上等。△～品／高級品，上等貨。△～車／高級車。↔ 低級

こうきゅう［高給］（名）高薪，高工資。

こうきゅう［硬球］（名）（棒球等使用的）硬球。↔ 軟球

こうきゅう［購求］（名・他サ）採購，收購。

ごうきゅう［号泣］（名・自サ）哭叫，大哭。

ごうきゅう［剛球］(名)(棒球等的) 旋轉的快球。→豪速球

ごうきゅう［強弓］(名)① 硬弓，強弓。△～を引く／拉強弓。② 強弓手。

こうきゅうび［公休日］(名)① 休假日。② 公休。→定休日

こうきゅうひん［高級品］(名) 高級品。

こうきょ［抗拒］(名)〈法〉抗拒，違抗。

こうきょ［皇居］(名) 皇宮。

こうきょう［口供］(名)〈法〉①(證人或被告的) 口述，供述。②(犯人的) 供詞，口供。

こうきょう［広狭］(名) 寬窄。△土地の～／土地的寬窄。

こうきょう［好況］(名) 繁榮，景氣。△～の波に乗る／乘市場繁榮之勢。→好景気 ↔ 不況

こうぎょう［工業］(名) 工業。△～地帯／工業區。△～都市／工業城市。

こうぎょう［功業］(名)① 功業，功績。△～を立てる／立功。② 事業。△～半ばにして死ぬ／大業未成身先死。

こうぎょう［鉱業］(名) 礦業。

こうぎょう［興行］(名・自サ) 演出，公演。△サーカス団の～／馬戲團的演出。△慈善～／慈善公演。

こうぎょう［興業］(名) 振興事業。

こうぎょうか［工業化］(名) 工業化。

こうきょうかい［公教会］(名)〈宗〉羅馬天主教會。

こうきょうがく［交響楽］(名) 交響樂。

こうきょうきぎょうたい［公共企業体］(名) 公共事業單位。(日本此種單位有三家：日本國有鐵路、日本專賣公社、日本電信電話公社)。

こうきょうし［交響詩］(名)〈樂〉交響詩。

こうきょうじぎょう［公共事業］(名) 公共事業。

こうきょうしせつ［公共施設］(名) 公共設施。

こうきょうしょくぎょうあんていじょ［公共職業安定所］(名) 公共職業介紹所(相當於中國的勞動人事局)。

こうきょうしん［公共心］(名) 熱心公共事業的精神，奉公精神。

こうきょうだんたい［公共団体］(名) 公共團體。(在國家監督下為全社會服務的機構)

こうきょうふくしこうこく［公共福祉広告］(名) 為解決重要社會問題而做的廣告。

こうきょうほうそう［公共放送］(名) 公共廣播。

こうきょうりょうきん［公共料金］(名) 乘車、船，使用自來水、煤氣、電話、郵政等的費用。

こうぎょく［黄玉］(名) 黃玉。

こうぎょく［硬玉］(名) 硬玉，翡翠。

こうぎょく［鋼玉］(名) 剛玉，氧化鋁。

こうぎろく［講義録］(名) 講義。

こうきん［公金］(名) 公款。△～を横領する／侵吞公款。△～を私消する／私用公款。

こうきん［行金］(名) 銀行的款。

こうきん［抗菌］(名)〈醫〉抗菌。

こうきん［拘禁］(名・他サ) 拘禁，拘留。△容疑者を～する／拘留嫌疑犯。

こうぎん［高吟］(名・他サ) 高聲吟詠。

ごうきん［合金］(名) 合金。

こうく［鉱区］(名) 礦區。

こうぐ［工具］(名) 工具。

こうぐ［校具］(名) 學校設備、用具。

こうぐ［耕具］(名) 農具。

こうぐ［香具］(名)① 焚香用具。② 香料。

こうくう［航空］(名) 航空。△～写真／空中攝影。△～便／航空信。

こうくう［高空］(名) 高空。↔ 低空，中空

こうぐう［厚遇］(名・自サ) 優遇，優待。△～を受ける／受到厚待。→優遇 ↔ 冷遇

こうぐう［皇宮］(名) 皇宮。→皇居

こうくうき［航空機］(名) 飛機，飛船。△～事故／飛機事故。△～乗っ取り／劫持飛機。△～搭載要撃レーダー／機載截撃雷達。

こうくうびょう［高空病］(名)〈醫〉高空病。

こうくうびん［航空便］(名) 航空郵件。

こうくうぼかん［航空母艦］(名) 航空母艦。

こうくうほけん［航空保険］(名)〈經〉航空保險。

こうくうろ［航空路］(名) 航綫。

こうくつ［後屈］(名)〈醫〉後傾。△子宮～／子宮後傾。

こうくり［高句麗］(名)〈史〉高麗。

こうぐん［行軍］(名・自サ) 行軍。△強～／急行軍。

こうぐん［紅軍］(名) 中國工農紅軍。

こうげ［香華］(名)(供佛的) 香和花。△～を手向ける／供香花。

こうげ［高下］(名)① 漲落。△乱～／暴漲暴跌。②(身分) 高低，貴賤。△身分の～を問わず／不分貴賤。

こうけい［口径］(名) 口徑。△大～の大砲／大口徑的大炮。△大～レンズ／大孔徑透鏡。△～が合わない／口徑不對。

こうけい［光景］(名) 景象，情景。△さんたんたる～／慘狀。△おもしろい～／有趣的樣子。

こうけい［肯綮］(名) 要害，關鍵，要點。△～にあたる／擊中要害。△～発言／關鍵性的發言。

こうけい［後景］(名)① 遠景，背景。② 舞台的佈景。↔ 前景

こうけい［後継］(名) 繼任，接班。△～者／接班人。△～内閣／繼任內閣。

こうげい［工芸］(名) 工藝。△～品／工藝品。

ごうけい［合計］(名・他サ) 共計，合計，總計。△～ 1 万人／合計一萬人。△点数を～する／合計分數。→総計

こうけいき［好景気］(名) 好景氣，繁榮。△～に恵まれる／遇上好景氣。

こうげき［攻撃］(名・他サ)① 攻擊。△～を浴びる／受到猛烈攻擊。△～をかわす／互相攻擊。②(棒球) 擊球。△～に立つ／輪到擊球。

こうけつ [高潔] (名・形動) 高潔, 清高。△～の士／清高之士。

こうけつ [膏血] (名) 膏血。△人民の～を絞る／榨取民脂民膏。

ごうけつ [豪傑] (名) 豪傑, 好漢。△～を気どる／充好漢。

こうけつあつ [高血圧] (名) 高血壓。

こうけっか [好結果] (名) 好結果。△～をあげる／取得良好結果。△～をもたらす／帶來好的結果。

こうけっせい [抗血清] (名)〈醫〉抗血清。

こうけん [公権] (名) 公民權。△～を剥奪される／被剥奪公民權。

こうけん [効験] (名) 效驗, 功效。△～あらたかな薬／靈丹妙藥。

こうけん [後見] (名) ① 輔佐, 保護。△～を受ける／受保護。② 監護人。③ (歌舞伎的) 輔佐員。

こうけん [貢献] (名・自サ) 貢獻。△～度／貢獻大小。

こうけん [高見] (名) ① 高見, 高明的見識。② 您的意見。

こうげん [公言] (名・他サ) 公開説, 公開聲明。△～してはばからない／直言不諱。

こうげん [抗原・抗元] (名)〈醫〉抗原。

こうげん [高原] (名) 高原。△チベット～／西藏高原。

こうげん [巧言] (名) 花言巧語, 奉承話。△～にのる／被花言巧語欺騙。→お世辞, 甘言

こうげん [光源] (名) 光源。

ごうけん [合憲] (名) 合乎憲法。↔ 違憲

ごうけん [剛健] (形動) 剛健, 剛毅有力。△質実～／質樸而剛毅。

こうげんがく [考現学] (名) 現代學。(研究現代社會的學問)

こうけんにん [後見人] (名)〈法〉保護人, 監護人。

こうけんりょく [公権力] (名) 公權, 權力。△～の行使／行使公權。

こうげんれいしょく [巧言令色] (名) 巧言令色。

こうこ [公庫] (名) 金融合作社。

こうこ [好個] (名) 恰好, 正好。△～の一例／恰當的例子。△～の避暑地／最合適的避暑勝地。

こうこ [江湖] (名) 世間, 社會。

こうこ [香香] (名) ⇒こうこう

こうこ [後顧] (名) 後顧。△～の憂い／後顧之憂。

こうこ [曠古] (名) 史無前例, 空前。△～の偉業／史無前例的偉大事業。

こうご [口語] (名) 口語, 現代語, 白話。△～体／口語體。△～文／白話文。

こうご [交互] (名) 互相。△～作用／相互作用。

ごうご [豪語] (名) 誇口, 豪言壯語。→大言壯言

こうこう [口腔] (名) 口腔。△～外科／口腔外

科。△～衛生／口腔衛生。

こうこう [坑口] (名) 坑道口, 井口。

こうこう [孝行] (名) 孝順。△親に～をする／孝順父母。

こうこう [後考] (名) 日後考慮。△～に待つ／日後考慮, 留待後人考慮。

こうこう [香香] (名)〈名〉鹹菜。→つけもの

こうこう [高校] (名) 高中。△～生／高中生。

こうこう [航行] (名・自サ) 航行, 航海。△～灯／航標燈。→航海

こうこう [港口] (名) 港口, 海口。

こうこう [鉱坑] (名) 礦井。

こうこう [膏肓] (名) 膏肓。△病～に入る／病入膏肓。

こうこう [皓皓] (形動トタル) 皎皎, 皎潔。△～たる月の光／皎潔的月光。

こうこう [煌煌] (形動トタル) 輝煌, 明亮。△～とかがやく／明亮輝煌。→さんさん

こうごう [交合] (名・自サ) 交媾, 性交。

こうごう [香合] (名) (裝香料的) 香盒。

こうごう [皇后] (名) 皇后。

こうごう [咬合] (名)〈醫〉(牙齒) 咬合。△～面／咬合面。△～不正／咬合不正。

こうごう [校合] (名・他サ) 校對, 校正。(也説 "きょうごう")

ごうこう [毫光] (名) 毫光, 向四外輻射的光綫。

ごうごう [囂囂] (形動トタル) 喧囂, 吵吵嚷嚷。△～たる非難／紛紛譴責。

ごうごう [轟轟] (形動トタル) 隆隆, 轟隆。△～ととびく／轟隆作響。△～たる爆音／隆隆的爆炸聲。

こうこうがい [硬口蓋] (名)〈解剖〉硬腭。△～音／腭音。

こうこうぎょう [鉱工業] (名) ① 礦業。② 礦業和工業。

こうごう・しい [神神しい] (形) 神聖的, 莊嚴的。△～雰囲気／莊嚴的氣氛。

こうこうせい [向光性] (名) 趨光性。

ごうごうせい [光合成] (名) 光合作用。

こうこうど [高高度] (名) 超高度。△～飛行／超高度飛行。

こうこうや [好好爺] (名) 好性情的老人。

こうこがく [考古学] (名) 考古學。

こうこく [公告] (名・他サ) 公告, 佈告。△競売～／拍賣公告。△選挙の投票日を～する／公佈選舉投票日期。

こうこく [広告] (名・自サ) 廣告。△求人～／招聘廣告。△死亡～／訃告。△～無用／(這裏) 不准張貼廣告。

こうこく [抗告] (名・自サ) 上訴。△～の申し立てをする／提出上訴。

こうこく [興国] (名) 興國, 繁榮國家。

こうこく [鴻鵠] (名) 鴻鵠, 大鳥。△～の志／鴻鵠之志。

こうこくキャンペーン [広告キャンペーン] (名)〈經〉宣傳廣告活動。

こうこくビラ [広告ビラ] (名) 傳單, 招貼。

こうこくほうそう［広告放送］(名) 商業廣播。

こうごたい［口語体］(名) 口語體。↔ 文語体

こうこつ［恍惚］(形動タタル)① 出神，陶醉，入迷。△～として聞く／聽得出神。② 恍惚，神志不清。

こうこつ［硬骨］(名)① 剛毅，剛強。△～漢／硬漢子。②〈動〉硬骨。△～魚類／硬骨魚類。↔ 軟骨

こうこつぶん［甲骨文］(名) 甲骨文。

こうごに［交互に］(副) 互相，交替。△～働く／輪班幹活。△～ボールを投げ合う／互相投球。

こうこのうれい［後顧の憂い］(連語) 後顧之憂。△～がない／無後顧之憂。

こうごぶん［口語文］(名) 口語體文章。

こうさ［交差］(名・自サ) 交叉。△～点／十字路口。△立体～／立體交叉。

こうさ［考査］(名・他サ)① 審査，考核。△人物～／人事考核。△学力を～する／考査學力。② 學習成績的考試。△期末～／期末測驗。

こうさ［黄砂］(名)① 黄色的細砂。②(來自中國大陸的) 黄砂。

こうざ［口座］(名) 戶頭。△銀行に～を開く／在銀行開戶頭。△～番号／戶頭賬號，銀行賬號。

こうざ［高座］(名) 講台。△はなし家が～に上がる／説書演員登上講台。

こうざ［講座］(名)①(大學的) 講座。② 講習班。△テレビの中国語～／電視中文講座。③ 講義。

こうさい［公債］(名) 公債。△～証書／公債券。↔ 社債

こうさい［光彩］(名) 光彩。△～を放つ／放出光彩。

こうさい［交際］(名・自サ) 交際，交往。△～のマナー／交際禮節。△～が広い／交際廣。△～がうまい／善於交際。△あの人とは～したくない／不想跟他交往。→交遊

こうさい［虹彩］(名)〈解剖〉虹彩，虹膜。

こうさい［高裁］(名) 高等法院。

こうさい［鉱滓］(名) 礦渣。△～道床／礦渣路基。△～れんが／礦渣磚。

こうざい［功罪］(名) 功罪。△～相半ばする／功罪各半。

こうざい［硬材］(名) 硬木材。

こうざい［鋼材］(名) 鋼材。

ごうざい［合剤］(名) 混合劑。

こうさいインフレ［公債インフレ］(名) 公債引起的通貨膨脹。

こうさく［工作］Ⅰ(名)① 手工(課)。② 工程。△橋の補強～／橋的加固工程。Ⅱ(名・他サ) 活動，工作。△陰で～する／暗中進行活動。△裏面～／幕後活動。

こうさく［交錯］(名・自サ) 交錯，錯綜複雜。△愛とにくしみが～する／愛恨交織在一起。△光が～する／燈光交相輝映。

こうさく［耕作］(名・他サ) 耕種。△春の～／春耕。

こうさく［鋼索］(名) 鋼纜。△～鉄道／懸索鐵路。纜車鐵路。

こうさつ［考察］(名・他サ) 考察，研究。

こうさつ［高札］(名)① 佈告牌。② 高價投標。③ 您的信。

こうさつ［高察］(名)(您的) 明察，高見。△ご～のとおり／正如您所見。

こうさつ［絞殺］(名・他サ) 勒死，絞死。

こうざつ［交雑］(名・他サ) 雜交。

こうさてん［交差点］(名) 十字路口。→四つ角，十字路

ごうさらし［業曝し］(名)①(由於前世的惡業) 現世丟醜。② 丟人，現眼。△この～め／這個不要臉的東西！

こうさん［公算］(名) 概率，可能性。△成功する～が大きい／成功的可能性大。

こうさん［恒産］(名) 恒產。△～無き者は恒心なし／無恒產者無恒心。

こうさん［降参］(名・自サ)① 投降，降服。② 認輸，折服，覺得毫無辦法。△この暑さには～した／對這麼熱的天真沒轍。→お手あげ，閉口

こうさん［鉱産］(名) 礦產。

こうざん［高山］(名) 高山。△～気候／高山氣候。

こうざん［鉱山］(名) 礦山。△～を採掘する／開採礦山。

こうざんしょくぶつ［高山植物］(名) 高山植物。

こうざんたい［高山帯］(名)〈植物〉高山帶。(植物垂直分佈的一地帶)

こうざんびょう［高山病］(名) 高山病。

こうし［公司］(名) 公司。→コンス

こうし［公私］(名) 公私。△～混同／公私不分。

こうし［公使］(名) 公使。△代理～／臨時代辦。△弁理～／常駐公使。

こうし［孔子］〈人名〉孔子。

こうし［行使］(名・他サ) 行使，使用。△職権を～する／行使職權。△武力を～する／訴諸武力。

こうし［孝子］(名) 孝子。

こうし［後嗣］(名) 後嗣，繼承人。→あとつぎ

こうし［皇嗣］(名) 皇太子，皇儲。

こうし［格子］(名) 格子，方格。△～戸／格子門。△～じま／方格花樣。⇨チェック

こうし［鉱滓］(名) →こうさい

こうし［嚆矢］(名) 開端，嚆矢。

こうし［講師］(名)①(大學的) 講師。② 講演者，報告人。

こうじ［小路］(名) 小徑，小巷。△袋～／死胡同。△裏～／小胡同。

こうじ［工事］(名) 工程。△～現場／工程現場。

こうじ［公示］(名・他サ) 公告，告示。△選挙期日を～する／公佈選舉日期。△～相場／牌價。

こうじ［公事］(名) 公事，公共的事。

こうじ［好餌］(名) ① 香餌，誘餌。→おとり。② 餌食，犠牲品。→えじき △悪人の～となる／成為壞人的犧牲品。

こうじ［高次］(名) ① 高度，高級。② 〈數〉高次元。 △～方程式／高次方程式。

こうじ［校時］(名) 課時。 △3 ～／三課時。

こうじ［麴］(名) 麴子。 △～をねかせる／使麴子發酵。

ごうしがいしゃ［合資会社］(名)〈經〉由負無限責任和有限責任兩種人出資的公司。

こうじかび［麴黴］(名) 麴黴屬菌。

こうしき［公式］(名) ① 正式。 △～の訪問／正式訪問。 △まだ～に発表されていない／尚未正式發表。 ↔ 非公式 ② 〈數〉公式。

こうしき［硬式］(名)〔棒球、網球等的〕硬式。 ↔ 軟式

こうしきサイト［公式サイト］(名)〈IT〉官方網站。

こうしきしあい［公式試合］(名) 正式比賽。

こうしきしゅぎ［公式主義］(名) 公式主義，教條主義。

こうじきん［麴菌］(名) →こうじかび

こうしけつしょう［高脂血症］(名)〈醫〉高脂血症。

こうしせい［高姿勢］(名) 強硬態度。 ↔ 低姿勢。

こうしつ［皇室］(名) 皇室。

こうしつ［高湿］(名) 高濕度。

こうしつ［硬質］(名) 硬質。 △～ガラス／硬質玻璃。

こうしつ［膠漆］(名) 膠和漆。

こうしつ［膠質］(名) 膠體，膠質。

こうじつ［口実］(名) 藉口，口實。 △～をあたえる／使人得以找到藉口。 △～を設ける／製造藉口。

こうじつ［好日］(名) 好日子，太平日子。

こうじつせい［向日性］(名)〈植物〉向日性，向光性。 ↔ 背日性

こうしつのまじわり［膠漆の交わり］(連語) 親密的朋友。

こうじまおおし［好事魔多し］(連語) 好事多磨。

こうじもんをいでず［好事門を出でず］(連語) 好事不出門（惡事傳千里）。

こうしゃ［公社］(名)〔國營或合營的〕公用事業公司。

こうしゃ［公舎］(名) 公職人員宿舍。

こうしゃ［巧者］(形動) 手巧，伶俐。

こうしゃ［後者］(名) ① 後者。 ↔ 前者 ② 後來人。

こうしゃ［校舎］(名) 校舍。

こうしゃ［降車］(名) 下車。 △～口／〔車站的〕出站口。 △～ホーム／下車站台。

こうしゃ［高射］(名)〈軍〉高射。 △～砲／高射炮。

ごうしゃ［豪奢］(形動) 奢侈，豪華。 △～な生活／豪華的生活。 →奢侈。

こうしゃいん［公社員］(名) 公用事業企業的職工。

こうしゃく［公爵］(名) 公爵。

こうしゃく［侯爵］(名) 侯爵。

こうしゃく［講釈］(名・他サ) ① 講解。 △文学史を～する／講解文學史。 ② 説評書。→講談

こうしゅ［巧手］(名) 能工巧匠，技藝高超。

こうしゅ［好手］(名)〔棋類等的〕能手，好手。 △～を打つ／下出高招。

こうしゅ［絞首］(名) 絞首，絞刑。 △～台／絞刑架。

こうしゅ［工手］(名)〔現場勞動的〕工人。

こうしゅ［攻守］(名) 攻守。 △～同盟／軍事同盟。

こうじゅ［口授］(名・他サ) 口授，口傳。 △タイピストに手紙を～する／向打字員口授信稿。

こうしゅう［口臭］(名) 口臭。

こうしゅう［公衆］(名) 公眾。 △～道徳／公共道德。 △～電話／公用電話。

こうしゅう［講習］(名・他サ) 講習，學習。 △夏期～／夏季講座。 △～会／講習會。

こうしゅう［講中］(名) ① 參加金融互助會的人。 ② 進香團。

ごうしゅう［豪州］(名) 澳洲，澳大利亞。

こうしゅうは［高周波］(名)〈理〉高頻。 △～炉／高頻電爐。

こうじゅつ［口述］(名・他サ) 口述。 △講義を～する／口述講義。 △～筆記／口述筆錄。

こうじゅつ［後述］(名・他サ) 後述，以後講述。 △詳しくは～する／以後再詳細講。

こうじゅほうしょう［紅綬褒章］(名)〔發給捨己救人者的〕紅色綬帶獎章。

こうしょ［口書］(名) 口供，供詞。

こうしょ［公署］(名) 公署。（市、區、村政府）

こうしょ［向暑］(名) 漸熱。 △～のおりから／正當天氣漸熱的時候…

こうしょ［高所］(名) 高地，高處。 △～恐怖症／高處恐怖症。 △大所～から見る／高瞻遠矚。

こうしょ［高書］(名) 尊函，大札，大作。

こうじょ［公序］(名) 公共秩序。 △～良俗／良好的公共秩序和風俗。

こうじょ［孝女］(名) 孝女。

こうじょ［皇女］(名) 皇女，公主。

こうじょ［控除］(名・他サ) 扣除。 △必要な経費を～する／扣除必要的經費。

ごうしょ［劫初］(名) 混沌初開，人世之初。

こうしょう［工廠］(名) 兵工廠。 △海軍～／海軍工廠。

こうしょう［口承］(名) 口傳，傳誦。 △～文芸／口傳文藝。

こうしょう［口証］(名) 口頭證明，言證。

こうしょう［口唱］(名) 朗誦。

こうしょう［公称］(名) 公稱，號稱。 △～資本／名義資本。 △～馬力／標稱馬力。 △発行部数～十万部／號稱發行十萬冊。

こうしょう [公娼] (名) 公娼。

こうしょう [公証] (名) 公證，公證人的證明。△～人／公證人。△～人役場／公證機關。

こうしょう [公傷] (名) 公傷。△～年金／公傷養老金。↔ 私傷

こうしょう [行賞] (名) 行賞，授獎。△論功～／論功行賞。

こうしょう [交渉] (名・自サ) ① 談判，交涉。△～が決裂する／談判破裂。△～がまとまる／達成協議。② 關係。△～がある／有關係。→関係

こうしょう [好尚] (名) ① 嗜好，愛好。② 時興。△時代の～に合う／合乎時尚。

こうしょう [考証] (名) 考證，考據。

こうしょう [厚相] (名) →こうせいだいじん

こうしょう [咬傷] (名) 咬傷。

こうしょう [哄笑] (名) 哄笑，大笑。△～一番／哄堂大笑。

こうしょう [校章] (名) 校徽。

こうしょう [高唱] (名・他サ) ① 高聲歌唱。△校歌を～する／高唱校歌。② 大聲疾呼。△改革の必要性を～する／大聲疾呼改革的必要性。

こうしょう [高尚] (形動) 高尚。△～な趣味／高尚的愛好。

こうじょう [口上] (名) ① 套話，老調，濫調。△～のうまい人／能說會道的人。② 介紹演員和劇情 (的人)。△～前／開場白。

こうじょう [工場] (名) 工廠。△～敷地／工廠用地。→こうば

こうじょう [交情] (名) 交情，交誼。△～をあたためる／重温舊情。△～が深い／交情深。

こうじょう [向上] (名・自サ) 提高，進步，改善。△成績が～する／成績提高。△学力を～させる／提高學力。△生活の～／生活的改善。△～心が強い／上進心強。

こうじょう [荒城] (名) 荒廢的城池。△～の月／荒城之月。

こうじょう [厚情] (名) 厚意。→厚意，厚誼

こうじょう [恒常] (名) 恒常，常例。△～心／恒心。△～的／經常的，常規的。

ごうしょう [号鐘] (名) 信號鐘，警鐘。

ごうしょう [豪商] (名) 富商。

ごうじょう [強情] (名・形動) 倔強，頑固，固執。△～をはる／嘴硬，固執。△～な人／倔巴頭。→意地

こうしょうがい [後障害] (名)〈醫〉放射性物質造成的後遺症。

こうしょうがいきょうそう [高障碍競走] (名)〈體〉高欄賽跑。→ハイハードル

こうじょうがき [口上書き] (名) ① 口述筆錄。② 口供記錄。

こうじょうかんとく [工場監督] (名) 工廠監督，工頭，領班。

こうじょうかんり [工場管理] (名) 工廠管理。△～制度／工廠管理制度。

こうじょうしょ [口上書] (名)〈外交〉備忘錄。

こうじょうせいしゅこうぎょう [工場制手工業] (名)〈史〉工場制手工業。

こうじょうせん [甲状腺] (名)〈醫〉甲狀腺。△～機能高進／甲亢。

ごうじょうっぱり [強情っ張り] (名) 倔巴頭，犟種。

こうじょうわたし [工場渡し] (名)〈貿〉工廠交貨。△～相場／工廠交貨價格。

こうしょく [公職] (名) 公職。△～追放／開除公職。

こうしょく [好色] (名) 好色。

こうしょく [交織] (名) 混紡。

こうしょく [降職] (名) 降職。

こうしょく [黄色] (名) 黃色。△～人種／黃種人。→きいろ，おうしょく

こうしょく [曠職] (名) 失職。

こう・じる [高じる] (自上一) 加重，劇烈化。△風邪が～じて肺炎になった／感冒轉成肺炎。(也說こうずる)

こう・じる [薧じる] (自上一) 薧。(也說こうずる)

こう・じる [講じる] (他上一) ① 講說。△文学を～／講文學。→講義する ② 謀求，採取，尋求。△手段を～／尋求方法。△対策を～／採取對策。(也說こうずる)

こうしん [口唇] (名) 唇。△～炎／唇炎。

こうしん [交信] (名・自サ) 通訊聯絡。△無電で～する／用無綫電聯絡。

こうしん [行進] (名・自サ) (列隊) 行進，遊行。△デモ～／示威遊行。

こうしん [孝心] (名) 孝心。

こうしん [更新] (名・他サ) 更新，革新。△記録を～する／刷新記錄。△諸制度を～する／改革各項制度。

こうしん [後身] (名) 後身。△京師大学堂の～が北京大学だ／京師大學堂的後身是北京大學。↔ 前身

こうしん [後進] (名) ① 後來人，後起者。△～に道を開く／為後來人開路。② 落後。△～国／發展中國家。③ 後退。△～装置／倒退裝置。↔ 前進

こうしん [恒心] (名) 恒心。

こうしん [紅唇] (名) 紅嘴唇，塗口紅的嘴唇。

こうしん [高進] (名・自サ) 亢進，加劇。△心悸～／心動過速。△病情が～する／病情惡化。△インフレが～する／通貨膨脹日益嚴重。

こうしん [航進] (名) 航行，飛行。

こうじん [工人] (名) 工匠，手藝人。△こけし～／木偶手藝人。

こうじん [公人] (名) 公職人員。↔ 私人

こうじん [行人] (名) ① 行人。② 旅行者。

こうじん [幸甚] (名) 十分榮幸。△ご承諾いただき～に存じます／承蒙慨允，實為榮幸。

こうじん [後人] (名) 後代人。

こうじん [後陣] (名)〈軍〉後方，後方陣地。↔ 先陣

こうじん［後塵］(名) 後塵。△〜を拝する／步入後塵。甘拜下風。

こうじん［紅塵］(名) 紅塵，世俗。

こうじん［黄塵］(名) 黄塵，黄沙。

こうしんきょういく［通信教育］(名) 函授教育。

こうしんきょく［行進曲］(名) 進行曲。

こうしんこく［後進国］(名) 發展中國家。("発展途上国" 的舊説法)。

こうしんじょ［興信所］(名) 品行、信用調查所，私人偵探。

こうしんふう［恒信風］(名)〈天〉信風。

こうじんぶつ［好人物］(名) 好人，老實人。△彼は至って〜です／他是個大老實人。

こうしんもん［口唇紋］(名) 唇紋。

こうしんりょう［香辛料］(名) 香辣調味料，佐料。→スパイス

こうしんりょく［向心力］(名)〈理〉向心力。

こうじんをはいする［後塵を拝する］(連語) 甘拜下風。

こうず［公図］(名)(土地底冊上記有區劃、號碼的) 地圖，魚鱗冊。

こうず［構図］(名) 構圖。△生活の〜／生活的規劃。△小説の〜／小説的構思。

こうすい［香水］(名) 香水。△〜を吹きかける／噴上香水。

こうすい［降水］(名) 降水。△〜量／降水量。

こうすい［硬水］(名) 硬水。

こうすい［鉱水］(名)① 礦泉水。② 含礦毒的水。

こうずい［洪水］(名)① 洪水。△〜が出る／發大水。② 洪流。△手紙の〜／雪片似的信件。△車の〜／汽車的洪流。

こうすう［恒数］(名) 定數，常數。

ごうすう［号数］(名) 號碼，號數。△活字の〜／鉛字的號數。

こうずか［好事家］(名) 好事的人。→ものずき

こう・する［抗する］(自サ) 反抗，抗拒。

ごう・する［号する］(自サ)① 號稱，宣稱。△兵力 100 万と〜／號稱兵力百萬。② 號叫做。△森林太郎は鷗外と〜した／森林太郎號鷗外。

こうせい［公正］(名・形動) 公正，公平。△〜な立場／公正的立場。△〜に分配する／公平分配。△〜取引き／公平交易。

こうせい［攻勢］(名) 攻勢。△平和〜／和平攻勢。△〜に転じる／轉入攻勢。→攻撃 ↔ 守勢

こうせい［更正］(名) 更正，改正。△予算の〜決定／更改預算的決定。

こうせい［更生］(名・自サ)① 更生，復興。△会社〜法／公司更生法。② 重新做人。△犯罪者の〜／犯罪者重新做人。③ 翻新。△〜タイヤ／再生輪胎。→再生

こうせい［厚生］(名) 增進健康，保健衛生。△〜施設／福利設施。

こうせい［後世］(名) 後世，將來。△名を〜に伝える／揚名於後世。

こうせい［後生］(名) 後生，晚輩。△〜畏るべし／後生可畏。→後輩

こうせい［恒星］(名)〈天〉恒星。△〜系／恒星系。

こうせい［校正］(名・他サ) 校對，校正。△〜刷り／校樣。

こうせい［硬性］(名) 硬性。

こうせい［構成］(名・他サ) 構成，組織。△社会を〜する／構成社會。△文章の〜／文章的構成（結構）。△やくざの〜員／流氓團夥的成員。→くみたて，構造

こうせい［鋼製］(名) 鋼製（品）。

こうせい［曠生］(名) 曠世，無與倫比。

ごうせい［合成］(名・他サ) 合成。△〜写真／合成照片。△〜ゴム／合成橡膠。△〜樹脂／合成樹脂。

ごうせい［豪勢］(形動) 豪華，奢華。△〜な生活／奢華的生活。

ごうせいご［合成語］(名) 複合詞。

ごうせいしゅ［合成酒］(名) 合成酒。

ごうせいじゅし［合成樹脂］(名) 合成樹脂，塑料。

こうせいしょう［厚生省］(名)(日本) 厚生省。

こうせいしょうしょ［公正証書］(名)〈法〉公證書。

こうせいせき［好成績］(名) 好成績。△〜をあげる／取得好成績。↔ 不成績

ごうせいせんざい［合成洗剤］(名) 合成洗滌劑。

こうせいだいじん［厚生大臣］(名) 厚生大臣。

こうせいねんきん［厚生年金］(名) 養老金。

こうせいのう［高性能］(名) 高性能。△〜火薬／高爆炸藥。

こうせいぶっしつ［抗生物質］(名) 抗菌素，抗生素。

こうせき［口跡］(名) 演劇的吐字、發音。

こうせき［功績］(名) 功績。△〜を立てる／立功。△〜が大きい／功勞大。→てがら，功労

こうせき［航跡］(名) 航跡。△〜図／航跡圖。

こうせき［鉱石］(名) 礦石。△〜ふるい／選礦篩。

こうせきうん［高積雲］(名)〈氣象〉高積雲。

こうせきせい［洪積世］(名)〈地〉洪積世，冰河時期。

こうせきそう［洪積層］(名)〈地〉洪積層。

こうせつ［公設］(名) 公營，公立。△〜市場／公營市場。

こうせつ［巷説］(名) 街談巷議。

こうせつ［降雪］(名) 降雪，下雪。

こうせつ［高説］(名) 高見，卓見。

こうぜつ［口舌］(名) 口舌，辯論。△〜の争い／打嘴仗。△〜の徒／耍嘴皮子的人。舌辯之徒。△〜の雄／有口才的人。

ごうせつ［豪雪］(名) 大雪。

ごうせっとう［強窃盗］(名) 強盜和小偷。

こうせん［口銭］(名) 回扣，手續費。△〜を取る／收取佣錢。→コミッション

こうせん［工船］（名）（有加工設備的）漁船。△かに～／螃蟹加工船。

こうせん［公選］（名・他サ）公開選舉。△知事を～する／公選知事。

こうせん［交戦］（名・自サ）交戦。

こうせん［光線］（名）光綫。△～束／光束。△～をさえぎる／遮光。

こうせん［抗戦］（名・自サ）抗戦。△奮起～する／奮起抗戦。

こうせん［香煎］（名）炒米粉，炒麥粉。

こうせん［黄泉］（名）黄泉。△～の客となる／死。→冥土，あの世

こうせん［鉱泉］（名）礦泉。△ラジウム～／鐳礦泉。

こうぜん［公然］（形動トタル）公然，公開。△～と抵抗する／公然反抗。△～たる秘密／公開的秘密。→おおっぴら

こうぜん［昂然］（形動トタル）昂然。△～と胸を張る／昂首挺胸。

こうぜん［浩然］（形動トタル）浩然。

ごうぜん［傲然］（形動トタル）倨傲，高傲。△～たる態度／高傲的態度。

ごうぜん［轟然］（形動トタル）轟響，轟隆。△～たる大音響／轟隆巨響。

こうせんこく［交戦国］（名）交戦國。

こうせんじょうたい［交戦状態］（名）交戦狀態。△～に入る／進入交戦狀態。

こうぜんのき［浩然の気］（名）浩然之氣。

こうそ［公租］（名）〈法〉捐税。△～公課／捐税。

こうそ［公訴］（名・自サ）公訴。△～する／提起公訴。△～を棄却する／駁回公訴。

こうそ［高祖］（名）① 高祖。② 祖先。③ 開國皇帝。④ 開山祖師，某一宗派的創始人。

こうそ［控訴］（名・自サ）上訴。△～を申し立てる／提起上訴。△～を取り下げる／撤回上訴。→上告

こうそ［酵素］（名）酶。△消化～／酵母。△～母質／酶原。

ごうそ［強訴］（名・自サ）集體上告。

こうそう［広壮］（形動）宏偉，雄壯。△～な建物／宏偉的建築。→豪壮

こうそう［行装］（名）行裝。

こうそう［好走］（名）善跑。△好守～／能攻善守。

こうそう［抗争］（名・自サ）反抗，對抗。△必死に～する／拚命抗争。

こうそう［高僧］（名）① 高僧。→名僧 ② 官位高的僧侶。

こうそう［後奏］（名）〈樂〉尾曲。

こうそう［航走］（名・自サ）（在水上）航行。△水面～／水上航行。

こうそう［高層］（名）① 高空，高氣層。△～の気流／高空氣流。② 高層。△～ビル／高層大廈。

こうそう［構想］（名・他サ）構思，設想。△小説の～／小説的構思。

こうぞう［構造］（名）構造，結構。△耐震～／抗震結構。△文章の～／文章的結構。

ごうそう［豪壮］（形動）豪華壯麗，雄壯。

こうそううん［高層雲］（名）〈氣象〉高層雲。→おぼろ雲

こうそうけんちく［高層建築］（名）高層建築。

こうそく［光束］（名）〈理〉光束。

こうそく［光速］（名）⇨ こうそくど

こうそく［高足］（名）高足，得意門生。

こうそく［高速］（名）高速。△～運転／高速駕駛。△～道路／高速公路。↔ 低速

こうそく［校則］（名）校規。△～を守る／遵守校規。

こうそく［拘束］（名・他サ）約束，限制行動。△言論の自由を～しない／不限制言論自由。△被疑者の身柄を～する／扣留嫌疑犯。

こうそく［梗塞］（名）梗塞，不暢通。△心筋～／心肌梗塞。

こうぞく［皇族］（名）皇族。

こうぞく［後続］（名・自サ）後續。△～の部隊／後續部隊。

こうぞく［航続］（名・自サ）連續航行，持續航行。△～ 30 時間／連續航行三十小時。△～距離／連續航行距離，最大航程。△～力／航行持續能力。

こうそくじかん［拘束時間］（名）（包括休息時間在内的）工作時間。

こうそくぞうしょくろ［高速増殖炉］（名）〈原子〉快中子增殖反應堆。

こうそくちゅうせいし［高速中性子］（名）〈原子〉快中子。△～炉／快中子反應堆。

こうそくど［光速度］（名）〈理〉光速。

こうそくど［高速度］（名）高速度。△～カメラ／高速度照相機。

こうそくりょく［拘束力］（名）拘束力，約束力。△～ある規則／有約束力的規則。△その法律はなお～がある／那個法律仍然有效。

こうそん［公孫］（名）① 王侯的孫子。② 貴族的子孫。

こうそん［皇孫］（名）皇帝的孫子（子孫）。

こうた［小唄］（名）短歌，小曲。

こうだ［好打］（名）（棒球）得分的擊球。△～好走／善打善跑。

こうたい［交替・交代］（名・自サ）交替，輪流，換班。△～で食事をする／輪班吃飯。△ 5 回で投手が～した／第五局換了投球手。

こうたい［抗体］（名）抗體，免疫體。

こうたい［後退］（名・自サ）後退，倒退。△車を～させる／倒車。△成績がだんだん～する／成績逐漸下降。△髪の毛が～する／額髮脱落。

こうだい［後代］（名）後代，後世。

こうだい［広大］（形動）廣大，廣闊。△～な砂漠／遼闊的沙漠。↔ 狭小

こうたいいん［交代員］（名）換班的人。

こうたいごう［皇太后］（名）太后，皇太后。

こうたいし［皇太子］（名）太子，皇太子。△～妃／皇太子妃。

こうたいじかん［交代時間］(名) 換班時間。

こうたいせい［交代制］(名) 倒班制，交接班制。△3〜／三班倒制度。

こうたいよく［後退翼］(名) 後掠翼。

こうだか［甲高］(名) ① 腳 (手) 背高。② 面高的鞋襪。

こうたく［光沢］(名) 光澤。△〜仕上げ／拋光加工。△〜紙／有光澤的紙。→つや

こうたつ［口達］(名・他サ) 口頭傳達，口信。△会議の内容を〜する／口頭傳達會議的內容。

ごうだつ［強奪］(名・他サ) 搶奪，搶劫。

こうだろはん［幸田露伴］〈人名〉幸田露伴 (1867-1947)。日本明治時代小說家。

こうたん［降誕］(名) (神佛) 誕生，降生。△キリスト〜祭／耶穌聖誕節。

こうだん［公団］(名) 公團 (由政府投資並吸收民間資本經營城市建設的單位)。△道路〜／道路公團。△〜アパート／公團公寓。

こうだん［巷談］(名) 街談巷議。

こうだん［講談］(名) 說評書，講故事。△〜口調／說評書的語調。△〜師／說書先生。

こうだん［降壇］(名・自サ) ① 走下講壇。② (大學教師) 辭職。

こうだん［高段］(名) (劍道、圍棋、象棋等) 等級高，段位高。△〜者／高段位者。

こうだん［講壇］(名) ① 講壇。△〜に立つ／登上講壇。②〈宗〉說教台。

ごうたん［豪胆・剛胆］(形動) 大胆，勇敢。

こうだんし［好男子］(名) ① 美男子，漂亮的男子漢。→美男子，ハンサム ② 爽朗的人，好漢。→好漢，好男子

こうち［巧緻］(名・形動) 精緻，細緻，精巧。△〜をきわめた細工／極其精緻的工藝品。→精緻

こうち［拘置］(名・他サ) 拘留，拘禁，扣押。△〜所／拘留所。

こうち［荒地］(名) 荒地，荒野。

こうち［耕地］(名) 耕地。△〜管理／田間管理。→農地

こうち［高地］(名) 高地。↔低地

ごうち［碁打ち］(名) 圍棋棋手。

こうちく［構築］(名・他サ) 構築，建築。

こうちし［後置詞］(名)〈語〉後置詞。

こうちゃ［紅茶］(名) 紅茶。△〜をいれる／泡紅茶。

こうちゃく［降着］(名・自サ) 降落、着陸。△〜装置／(飛機的) 起落裝置。

こうちゃく［膠着］(名・自サ) 膠着，黏結。△〜状態を打ち破った／打破了僵持局面。

こうちゃくご［膠着語］(名) 膠着語，黏着語。

こうちゅう［口中］(名) 口中，嘴裏。△〜錠／含片。

こうちゅう［甲虫］(名)〈動〉甲蟲。

こうちゅう［講中］(名) ⇨こうじゅう

こうちょう［好調］(名・形動) 順利，情況良好。△〜な売れゆき／暢銷。△〜な出だし／良好的開端。→快調 ↔ 不調

こうちょう［紅潮］(名・自サ) (因興奮而) 臉紅。△〜した顔／漲紅了的臉。

こうちょう［校長］(名) 校長。

こうちょう［候鳥］(名)〈動〉候鳥。

こうちょう［高潮］(名・自サ) ① 滿潮。② 高潮，頂點。△最〜／極點。

こうちょう［高調］(名・自サ) ① 高音調。② 高漲。△気分が〜する／情緒高漲。

こうちょう［黄鳥］(名)〈動〉黃鳥，黃鶯。

こうちょう［硬調］(名) ① (照相) 反差大，調子硬。②〈經〉(行情) 看漲。

こうちょうかい［公聴会］(名) 意見聽取會。

こうちょうどうぶつ［腔腸動物］(名)〈動〉腔腸動物。

こうちょく［硬直］(名・自サ) ① 僵直，僵硬。△死後〜の状態／死後僵直狀態。② 僵硬，死板。△〜化／僵化。△〜した考え／僵硬的想法。

ごうちょく［剛直］(形動) 剛直。△〜な人／剛直的人。

こうちん［工賃］(名) 手工錢，工錢。△〜が高くて割に合わない／手工太貴，不上算。→手間賃

ごうちん［轟沈］(名・他サ) 炸沉。

こうつう［交通］(名) 交通。△〜の便がよい／交通方便。△〜巡査／交通警察。△〜標識／交通標識，路標。

こうつうあんぜん［交通安全］(名) 交通安全。

こうつういはん［交通違反］(名) 違反交通規則。

こうつうか［交通禍］(名) 車禍。

こうつうきかん［交通機関］(名) 交通工具。(有時也包括郵政、電信電話等傳遞信息的通信工具)

こうつうきそく［交通規則］(名) 交通規則。

こうつうじこ［交通事故］(名) 交通事故，車禍。

こうつうじごく［交通地獄］(名) 交通擁擠不堪，交通混亂。

こうつうじこしょうがいほけん［交通事故傷害保険］(名) 交通事故傷害保險。

こうつうしゃだん［交通遮断］(名) 斷絕交通。

こうつうじゅうたい［交通渋滞］(名) 交通堵塞。

こうつうしんごう［交通信号］(名) 交通信號。

こうつうせいり［交通整理］(名) 交通管理。

こうつうどうとく［交通道徳］(名) 交通道德。

こうつうなん［交通難］(名) 交通困難，通行困難。

こうつうひ［交通費］(名) 交通費，車馬費。

こうつうぼうがい［交通妨害］(名) 妨礙交通。

こうつうまひ［交通麻痺］(名) 交通癱瘓。

こうつうもう［交通網］(名) 交通網，交通的分佈。

こうつうりょう［交通量］(名) 交通量，通行量。

こうつうろ［交通路］(名) 交通路綫。

ごうつくばり［業突張り］(名) 貪得無厭。

こうつごう［好都合］(形動) 方便，合適，恰好。△～な日を選ぶ／選擇合適的日子。△それは～だ／那可好了。

こうてい［工程］(名) 進度，程序。△～表／進度表。△作業～／操作程序。

こうてい［公定］(名) 法定，政府規定。△～価格／法定牌價。△～かわせ相場／法定匯價。

こうてい［公邸］(名) 官邸，公館。

こうてい［行程］(名) ① 行程，旅程。△～をおえる／結束旅程。→旅程 ② 路程。△一日の～20キロの旅／一天走二十公里的旅行。

こうてい［高低］(名) 高低。△音の～／音的高低。△土地の～／土地的起伏。△価格の～によって品質も異なる／價格不同，質量也不同。

こうてい［皇帝］(名) 皇帝。

こうてい［肯定］(名・他サ) 肯定，承認。△事実の存在を～する／肯定事實的存在。↔ 否定

こうてい［校訂］(名・他サ) 校訂，訂正。

こうてい［高弟］(名) 高足，得意門生。

こうてい［校庭］(名) 校園，操場。

こうてい［更訂］(名・他サ) 更正，訂正。

こうてい［校定］(名・他サ) 校定，審定。

こうてい［航程］(名) 航行路程。△全～を飛ぶ／全程飛行。

こうでい［拘泥］(名・自サ) 拘泥，固執。△些細なことに～する／拘泥小事。→こだわる

用法提示 ▼

中文和日文的分別

中文的"拘泥"有過分注重細節的意思，日文除了這個意思之外，還表示精益求精，有褒義。格助詞用に。

色彩（しきさい）、本物（ほんもの）の味（あじ）、鮮度（せんど）、品質（ひんしつ）、デザイン、素材（そざい）、ライフスタイル

ごうてい［豪邸］(名) 豪華住宅。

こうていぶあい［公定歩合］(名)〈經〉銀行利率。

こうてき［公的］(形動) 公家的，官方的。△～な責任／公務性質的責任。△～な立場／官方立場。↔ 私的

こうてき［好適］(形動) 適合，適宜。△工場建設には～な場所だ／是個適於建工廠的地方。

こうてきしゅ［好敵手］(名) 旗鼓相當的對手。→ライバル

こうてつ［更迭］(名・自他サ) 更迭，更換。△内閣の～／内閣的更換。△局長を～する／更換局長。

こうてつ［鋼鉄］(名) 鋼。△～線／鋼絲。△～板／鋼板。△～管／鋼管。→はがね，スチール

こうてん［公転］(名・他サ)〈天〉公轉。△～周期／公轉周期。↔ 自転

こうてん［好天］(名) 好天氣。△～にめぐまれる／適逢好天氣。→晴天

こうてん［好転］(名・自サ) 好轉。△～のきざし／(形勢)好轉的兆頭。↔ 悪化

こうてん［交点］(名) ①〈數〉(綫的) 交點。②〈天〉(行星、慧星同黄道的) 交軌點。

こうてん［荒天］(名) 暴風雨的天氣。→悪天候

こうてん［後天］(名) 後天 (非先天)。△～性／後天性。→先天

こうでん［香典］(名) 奠儀，供品。△～がえし／(喪家) 對送來的奠儀回敬的物品。

こうてんてき［後天的］(形動) 後天性的，後天取得的。↔ 先天的

こうど［光度］(名)〈理〉光的強度，亮度。→照度

こうど［高度］Ⅰ (名) 高度，海拔。△～を測る／測量高度。Ⅱ (名・形動) 高度，高級。△～の文明／高度文明。△～な機械化／高度機械化。

こうど［黄土］(名) 黄土，黄色土壤。(也説"おうど")

こうど［硬度］(名) 硬度。

こうとう［口頭］(名) 口頭。△～で願いでる／口頭請求。△～試問／口試。△～注文／口頭預約。

こうとう［高等］(名・形動) 高等，高級。△～動物／高等動物。△～教育／高等教育。↔ 下等

こうとう［高騰］(名・自サ) (物價) 高漲。△地価が～する／地價高漲。↔ 低落，下落

こうとう［喉頭］(名) 喉，喉頭。

こうどう［公道］(名) ① 交通公路。↔ 私道 ② 公道，正義。△天下の～／人間正道。△～を踏む／走正道。

こうどう［行動］(名・自サ) 行動，行為。△～にうつす／付諸行動。△～をとる／採取行動。△自由～／自由行動。△グループ～／小組活動。

こうどう［坑道］(名) 坑道，礦井巷道。

こうどう［黄道］(名) ①〈天〉黄道。② 黄道吉日。

こうどう［講堂］(名) 大講堂，禮堂。→ホール

こうどう［孝道］(名) 孝道。△～を尽くす／盡孝。

こうどう［高堂］(名) ① 高大的廳堂。② 尊府，府上。

ごうどう［強盗］(名) 強盜。△～にはいる／闖入行搶。△～をはたらく／搶劫。

ごうどう［合同］Ⅰ (名・自サ) 聯合。△～会議／聯席會議。△ふたつの会社が～した／兩家公司合併了。Ⅱ (名)〈數〉疊合。△～三角形／全等三角形。

こうとうがっこう［高等学校］(名) 高中。(略稱為"高校")

こうとうきょういく［高等教育］(名) 高等教育。

こうとうさいばんしょ［高等裁判所］(名) 高等法院。

こうとうしもん［口頭試問］(名) 口試。

こうとうてき［高踏的］(形動) 高超的，曲高和寡的。△～な文学／超俗的文學。

こうとうはっぴょう［口頭発表］(名) 口頭發表。

こうどうはんけい［行動半径］(名) 行動半徑，(飛機等) 最大行程，(人的) 最大活動範圍。

こうとうべんろん［口頭弁論］(名) 口頭辯論。

こうとうむけい［荒唐無稽］(名・形動) 荒誕無稽。△～な話／荒謬的話。

こうとく［高徳］(名) 高尚的品德。

こうどく［鉱毒］(名) 礦毒。

こうどく［購読］(名・他サ) 訂閱，購閱。△～料／訂閱費。△定期的に～する／定期訂閱。

こうどく［講読］(名・他サ) 講解 (文章)。△源氏物語～／講解源氏物語。

こうとくしん［公徳心］(名) 公德心。

こうない［口内］(名) 口內，口中，△～炎／口腔炎。

こうない［坑内］(名) 坑道內，井下。△～作業／井下作業。△～ガス／坑内瓦斯。

こうない［校内］(名) 校內，學校裏。△～放送／校内廣播。

こうない［構内］(名) 區域內，圍牆裏。△工場の～／工廠區域內。△学校の～／校園內。△駅の～／火車站裏。↔ 構外

こうなん［後難］(名) 後患，不良後果。→后患

こうなん［硬軟］(名) 硬和軟，強硬和軟弱。△～両様の手口／軟硬兼施。

ごうにいってはごうにしたがえ［郷に入っては郷に従え］(連語) 入鄉隨俗。

こうにち［抗日］(名) 抗日。△～戦争／抗日戦争。

こうにちせい［向日性］(名) ⇨こうじつせい

こうにゅう［購入］(名・他サ) 購買 (大件商品)。△～資金／採購資金。△土地を～する／購買土地。

こうにゅうさしずしょ［購入指図書］(名)〈經〉購貨定單。

こうにん［公認］(名・他サ) 公認，國家的正式承認。△～会計士／(經國家許可的) 正式會計師。

こうにん［後任］(名) 繼任者。

こうねつ［光熱］(名) 光與熱，電燈和燃料。△～費／煤電費。

こうねん［光年］(名・接尾)〈天〉光年。

こうねん［行年］(名) 享年。△1987年没，～98歳／一九八七年殁，享年九十八歳。

こうねん［後年］(名) 很久以後。

こうねん［荒年］(名) 荒年，災年。

こうねんき［更年期］(名) 更年期。

こうのう［効能］(名) 功能，效驗。△～がある／有效。△薬の～／藥效。△～があらわれる／(用藥) 見效。→効用，効果

こうのう［降納］(名・他サ) 降旗。↔ 掲揚

ごうのう［豪農］(名) 有錢有勢的富農。

こうのうがき［効能書き］(名) ① 藥物説明書。② 對外宣傳的優點，長處。△～ほどでもない／不像聲稱的那麼好。

こうのうがきをならべてたてる［効能書きを並べてたてる］(連語) 大擺 (某人、某事的) 優點、好處。評功擺好。

こうのとり［鸛］(名)〈動〉鸛。

こうは［光波］(名)〈理〉光波。

こうは［硬派］(名) ① 強硬派。→たか派 ② (不近女色、好動武的) 狂暴之徒。↔ 軟派 ③〈經〉看漲，堅挺。

こうば［工場］(名) 工廠，車間。(一般比 "こうじょう" 規模小) △町～／街道工場。

こうはい［光背］(名)〈佛教〉(佛像等背後的) 光環，佛光。→ごこう

こうはい［交配］(名・自サ) 交配，雜交。△～種／雜交種。→交雑

こうはい［好配］(名) ① 佳偶，好夫妻。② 紅利多。△～を期待できる／能指望分到高額紅利。

こうはい［後輩］(名) ① 下班生，低年級同學。② 晩輩，後生。↔ 先輩

こうはい［荒廃］(名・自サ) ① 荒廢，荒蕪。△～した土地／荒蕪的土地。② 頹廢。△人心が～する／人心渙散。

こうはい［興廃］(名) (國家等) 盛衰，興亡。

こうはい［高配］(名) ①〈您的〉關懷。②〈經〉高額紅利。

こうばい［公売］(名・他サ)〈法〉公開拍賣 (査封的東西)。

こうばい［勾配］(名) 傾斜，斜坡。△～が急だ／坡陡。△ゆるい～／緩坡。△～をのぼる／爬坡。

こうばい［紅梅］(名) 紅梅。

こうばい［購買］(名・他サ) 購買。△～力／購買力。△～係／採購員。△～心／購買慾。→購入

こうばいいよく［購買意欲］(名)〈經〉購買動機，購買意向。

こうばいすう［公倍数］(名)〈數〉公倍數。△最小～／最小公倍數。↔ 公約数

こうばいやき［紅梅焼き］(名) 梅花型點心。

こうはく［紅白］(名) ① 紅色和白色。△～の幕／有紅白條紋的帷幕。② 紅隊和白隊。△～リレー／紅白兩隊接力賽。

こうばく［広漠］(副・連體) 廣漠，廣闊。△～とした平野／遼闊的平原。

こうばし・い［香ばしい］(形) 香，芳香。

こうはつ［後発］(名・自サ) ① 後出發。△～隊／後發隊伍。② 後發起。△～企業／後起的企業。↔ 先発

ごうはら［業腹］(形動) 氣忿。△～が煮える／氣死人。

こうはん［公判］(名)〈法〉公審。△～を開く／開庭公審。△～中／正在進行公審。

こうはん［孔版］(名) 謄寫版。

こうはん［江畔］(名) 江岸。

こうはん［後半］(名) 後一半。△～戦／(比賽的) 後半場。↔ 前半

こうはん［広範］(形動) 廣泛。△～にわたる／涉及面很廣。△～な知識／淵博的知識。→広範囲

こうばん［交番］(名)(警察)派出所。→派出所，駐在所

こうばん［鋼板］(名)鋼板。

ごうばん［合板］(名)膠合板。(也説"ごうばん")

こうはんい［広範囲］(名・形動)廣大範圍，領域寬。→広範

こうはんせい［後半生］(名)後半生。↔前半生

こうひ［工費］(名)工程費，建築費。

こうひ［公費］(名)公費，官費。↔私費

こうひ［后妃］(名)后妃，皇后和嬪妃。

こうび［交尾］(名・自サ)交尾。△～期／交尾期。

ごうひ［合否］(名)合格或不合格。△～の判定／判定合格與否。

こうひしん［糠粃疹］(名)〈醫〉糠疹，蛇皮癬。

こうひつ［硬筆］(名)硬筆。△～習字／硬筆習字。△～で書く／用硬筆書寫。

こうひょう［公表］(名・他サ)公佈，發表。△秘密の～／公開秘密。△結果を～する／公佈結果。

こうひょう［好評］(名)好評，稱讚。△～を博する／博得好評。↔不評，悪評

こうひょう［高評］(名)(您的)批評。

こうひょう［講評］(名・他サ)講評。△試験官の～を受けた／得到了主考官的評語。

こうひょうさくさく［好評嘖嘖］(名)評價好。△～の作品／頗受讚揚的作品。(也用"～たる"形式)

こうびょうりょく［抗病力］(名)〈醫〉抵抗力。

こうびん［幸便］(名)合適的便人，借便。△～がありましたのでお届けします／幸有便人特此奉上。

こうびん［後便］(名)下回的信。△委細～で申しあげます／詳情下函奉陳。↔前便

こうひんいテレビ［高品位テレビ］(名)高清電視。→ハイビジョン

こうふ［工夫］(名)工人。△～長／工頭。△線路～／鐵路綫路工人。(現改稱"工手")

こうふ［公布］(名・他サ)〈法〉公佈，頒佈。△新法規を～する／頒佈新法規。→告示

こうふ［交付］(名・他サ)交付，發給。△証明書を～する／發給證明書。△～価格／交貨價格。

こうふ［鉱夫］(名)採礦工人。

こうぶ［後部］(名)後部。↔前部

こうふう［恒風］(名)〈氣象〉信風。

こうふう［校風］(名)校風。

こうふきん［交付金］(名)(政府發給公共團體等的)補助金。

こうふく［降伏・降服］(名・自サ)投降，降服。△無条件～／無條件投降。→降参

こうふく［幸福］(名・形動)幸福。→しあわせ，ハッピー↔不幸

こうふく［校服］(名)校服。

こうぶつ［好物］(名)愛吃的東西。△大～／非常愛吃的東西。

こうぶつ［鉱物］(名)礦物。

こうふん［公憤］(名)公憤。△～を買う／引起公憤。

こうふん［興奮］(名・自サ)①興奮。△～をしずめる／使心情平靜下來。△～状態／興奮狀態。②憤憤不平，激動。

こうぶん［構文］(名)文章結構，句法。△～の不備／句法缺陷。

こうぶん［公文］(名)公文，公函。△～で照会する／以公文照會。

こうぶん［行文］(名)行文，文體。△～がみごとだ／文章寫得漂亮。

こうふんざい［興奮剤］(名)興奮劑。

こうぶんし［高分子］(名)〈化〉高分子。△～化合物／高分子化合物。

こうぶんしょ［公文書］(名)公文。官方文件。↔私文書

こうぶんぼ［公分母］(名)〈數〉公分母。

こうべ［首］(名)頭。△～をたれる／低頭。△～をめぐらす／扭過頭去；回首往事。

こうへい［公平］(名・形動)公平，公道。△～を欠く／缺乏公平。△～にあつかう／公平處理。△～無私／公正無私。→公正

こうへい［衡平］(名)〈文〉均衡。

ごうべん［合弁］(名)合辦，合營。△日中～事業／日中合營企業。△～会社／合營公司。

ごうべんか［合弁花］(名)〈植物〉合瓣花。

こうほ［候補］(名)①候補，候補人。△会長の～に推す／推選為會長的候補人。②候選，候選人。△～に立つ／提名候選。△～者／候選人。

こうぼ［公募］(名・他サ)公開招募。△志願者を～する／公開徵集志願者。△モニターを～する／公開招募監聽員。

こうぼ［酵母］(名)〈化〉酵母。

こうほう［工法］(名)施工方法。

こうほう［公法］(名)〈法〉公法。

こうほう［公報］(名)公報。△～に出る／見於公報。

こうほう［広報］(名)宣傳，報導。

こうほう［後方］(名)後方。△～にさがる／退至後方。↔前方

こうぼう［工房］(名)(藝術家的)工作室。→アトリエ

こうぼう［光芒］(名)光芒。△～をはなつ／放出光芒。

こうぼう［攻防］(名)攻防。△はげしい～がくりひろげられた／展開了激烈的攻防戰。→攻守

こうぼう［興亡］(名)興亡。

こうぼう［弘法］〈人名〉弘法大師。(即"空海")

ごうほう［号砲］(名)號炮。△～一発スタートをきる／號炮一響馬上出發。

ごうほう［合法］(名・形動)合法。↔違法

ごうほう［豪放］(形動)豪放，豪爽。△～磊落／豪爽坦誠。

こ
コ

こうぼうだいし［弘法大師］〈人名〉弘法大師。

こうぼうはふでをえらばず［弘法は筆を選ばず］（連語）善書者不擇筆。

こうぼうもふでのあやまり［弘法も筆の誤り］（連語）智者千慮必有一失。

こうぼく［公僕］（名）公僕。

こうぼく［高木］（名）〈植物〉喬木。↔低木

こうマージン［高マージン］（名）〈經〉高利潤。

こうまい［高邁］（形動）高遠，高深，高超。△～な精神／崇高的精神。

ごうまつ［毫末］（名）絲毫。△～も疑いの余地がない／毫無疑義。△～の差異もない／分毫不差。

ごうまん［高慢］（形動）傲慢。△～な人／高傲的人。△～ちき／目空一切。→尊大

ごうまん［傲慢］（形動）傲慢。△～な態度／傲慢的態度。

こうみゃく［鉱脈］（名）礦脈。

こうみょう［功名］（名）功名。△～をあらそう／爭功。△けがの～／過失僥成功勞，僥幸立功。歪打正着。△ぬけがけの～／搶頭功。

こうみょう［光明］（名）① 光明。△ひと筋の～／一綫光亮。② 希望。△～をみいだす／看到了光明。△ひと筋の～／一綫希望。

こうみょう［巧妙］（形動）巧妙。△～な手口／巧妙的手法。→たくみ

こうみょうしん［功名心］（名）功名心。△～に燃える／野心勃勃。

こうみん［公民］（名）公民。

こうみんかん［公民館］（名）文化館，文化宮。

こうみんけん［公民権］（名）公民權。

こうむ［公務］（名）（國家及行政機關的）公務。

こうむいん［公務員］（名）（國家、政府的）公職人員。△～は営利企業に関与できない／公職人員不得參與營利性企業。

こうむ・る［被る］（他五）蒙受。△恩恵を～／蒙受恩惠。△損害を～／受到損害。△めいわくを～／惹出麻煩。

こうめい［高名］（名・形動）① 著名，有名。△～な作家／著名的作家。② 大名。△ご～はうかがっております／久仰大名。

ごうめいがいしゃ［合名会社］（名）出資者全是無限責任股東的合股公司。

こうめいせいだい［公明正大］（名・形動）光明正大。△～な人／光明磊落的人。

こうめん［後面］（名）後面，後部。

ごうも［毫も］（副）絲毫也（不）。△だますつもりは～ない／絲毫沒有打算欺騙。

こうもう［孔孟］（名）孔子和孟子。△～の教え／孔孟之道。

こうもうへきがん［紅毛碧眼］（名）紅髮碧眼（洋人）。

こうもく［項目］（名）① 項目。△～にわける／分成項。→条項 ② 辭典的條目，詞條。

こうもり（名）①〈動〉蝙蝠。② 洋傘（的略稱）。

こうもりがさ［こうもり傘］（名）洋傘。

こうもん［肛門］（名）肛門。

こうもん［閘門］（名）（運河、水庫等的）閘門。

ごうもん［拷問］（名・他サ）拷問。△容疑者を～にかける／刑訊嫌疑犯。

こうや［紺屋］（名）染匠，染坊。（也説"こんや"）

こうや［広野］（名）曠野。

こうや［荒野］（名）荒野。△無人の～／無人的荒野。

こうやく［公約］（名・他サ）公約。△～をはたす／履行公約。△～にそむく／違背諾言。

こうやく［膏薬］（名）膏藥。△～をはる／貼膏藥。△～をはぐ／揭膏藥。

こうやくすう［公約数］（名）〈數〉公約數。△最大～／最大公約數。↔公倍数

こうやくばり［膏薬張り］（名）① 黏補的補丁。② 彌補的辦法。

こうやどうふ［高野豆腐］（名）凍豆腐。→こおりどうふ

こうやのしろばかま［紺屋の白袴］（連語）鞋匠反而沒鞋穿。

こうゆう［公有］（名・自サ）公有。△～地／國有土地。↔私有

こうゆう［交友］（名）交朋友。△～関係／交際關係。△～が多い／交朋友多。

こうゆう［校友］（名）同學，校友。

ごうゆう［豪遊］（名・自サ）揮金如土的遊玩。

こうゆうぶつ［公有物］（名）公有物，公共財產。

こうよう［公用］（名）① 公用。△～車／公用車。② 公事，公務。△～で出張する／因公出差。↔私用

こうよう［効用］（名）功用，用處。△～がある／有用處，有效驗。→効能

こうよう［孝養］（名・自サ）孝順。△～をつくす／盡孝。→孝行

こうよう［紅葉］Ⅰ（名）紅葉。△～見物／觀賞紅葉。Ⅱ（自サ）變成紅葉。△～した山山／滿是紅葉的羣山。萬山紅遍。→もみじ

こうよう［高揚］（名・自サ）高漲，發揚。△士気を～させる／提高士氣。△国威を～する／發揚國威。

こうようご［公用語］（名）① 公文用語。②（國際機關的）通用語。

こうようじゅ［広葉樹］（名）〈植物〉闊葉樹。（過去叫"闊葉樹（かつようじゅ）"）↔針葉樹

ごうよく［強欲］（名・形動）貪得無厭。

こうら［甲羅］（名）甲殼。

こうらい［光来］（名）光臨。△ご～をお待ちしています／恭候光臨。

こうらいえび（名）〈動〉對蝦，明蝦。

こうらく［行楽］（名）出遊。△～客／遊人。△～日和／適於出遊的天氣。△春の～／春遊。

こうらをへる［甲羅を経る］（連語）老練，過來人。

こうらをほす［甲羅を干す］（連語）曬後背。

こうり［小売り］（名）零售。△～商／零售商。△～値段／零售價格。

こうり［公理］(名)〈數〉公理。

こうり［功利］(名)功名利祿，功效和利益。

こうり［行李］(名)箱籠。

こうり［高利］(名)① 高利息。△～貸し／高利貸。↔ 低利② 厚利。△～を博する／獲得重利。

ごうり［合理］(名)合理。△～性がない／不合道理。

ごうりか［合理化］(名・他サ)合理化。△産業の～／企業(管理)合理化。△自分のことをすぐ～する／把自己的事説得有理。

こうりかかく［小売価格］(名)〈經〉零售價格。

ごうりき［強力］(名)① 力氣大。② (登山的)嚮導。

こうりぎょうしゃ［小売業者］(名)〈經〉零售商。

こうりしゅぎ［功利主義］(名)功利主義。

ごうりしゅぎ［合理主義］(名)① 理性主義。② 〈哲〉唯理論。

こうりつ［公立］(名)公立。△～学校／公立學校。↔ 私立

こうりつ［効率］(名)效率。△～がよい／效率高。

こうりつ［高率］(名・形動)高百分率。↔ 低率

こうりつてき［効率的］(形動)效率高的。

こうりてき［功利的］(形動)功利主義的。→ 打算的

ごうりてき［合理的］(形動)合理的。△～な考え／合理的想法。△～な台所／佈置合理的廚房。↔ 不合理

こうりてん［小売店］(名)零售店。

こうりゃく［攻略］(名・他サ)① 攻佔。→ 占領② 打敗。③ 説服。

こうりゃく［後略］(名)以下從略。↔ 前略，中略

こうりゅう［交流］(名)①〈物〉交流。△～電流／交流電。↔ 直流② (自サ)交流，往來。△文化の～／文化交流。

こうりゅう［拘留・勾留］(名他サ)① 扣押。② 拘留。

こうりゅう［興隆］(名・自サ)興隆，昌盛。

ごうりゅう［合流］(名・自サ)① 合流，匯合。△～点／匯合點。② 聯合，合併。

こうりょ［考慮］(名・他サ)考慮。△～に入れる／加以考慮。

こうりょう［香料］(名)香料。

こうりょう［校了］(名)校完。△～になる／校完。

こうりょう［綱領］(名)① 綱領。△政党の～／政黨的綱領。② 綱要。

こうりょう［荒涼］(形動トタル)① 荒涼，冷落。△～たる原野／荒涼的原野。② (精神)空虛。

こうりょう［皇陵］(名)皇陵。

こうりょう［蛟竜］(名)① 蛟龍。② 不得志的英雄。

こうりょく［効力］(名)效力，效驗。△～がある／有效果。△～をうしなう／失效。△～を発揮する／發揮效力。→ 効能

ごうりょく［合力］(名)〈理〉合力。↔ 分力

こうりん［光臨］(名)光臨。△ご～を仰ぐ／敬請光臨。

こうりん［光輪］(名)(神像後面的)光環，佛光。

こうれい［好例］(名)恰好合適的例子。

こうれい［恒例］(名)慣例，常規。△～により／按照常規。

こうれい［高齢］(名)高齡，年高。△～化社会／老齢化社會。

ごうれい［号令］(名・自サ)① 號令，口令。△天下に～する／號令天下。② 口令。△～をかける／喊口令。

こうろ［行路］(名)① 行路，走路。② 處世。△人生～／人生的旅程。

こうろ［香炉］(名)香爐。

こうろ［航路］(名)航綫。△～を変更する／變更航綫。

こうろ［高炉］(名)高爐，熔煉爐。→ ようこうろ

こうろう［功労］(名)功勞。△～者／功臣。→ 功績，てがら

こうろく［高禄］(名)高俸祿。△～をはむ／食厚祿。

こうろん［口論］(名・自サ)口角，爭吵。△激しく～する／大吵了一陣。→ 言いあらそい，口げんか

こうろん［高論］(名)① 高論。② (您的)議論。

こうろんおつばく［甲論乙駁］(名・自サ)甲論乙駁。

こうわ［講話］(名)講演，報告。

こうわ［講和］(名・自サ)議和。△～条約／媾和條約。

こうわん［港湾］(名)港灣。

ごうをにやす［業を煮やす］(連語)(事情不如意)急得發脾氣。

こえ［声］(名)①(人、動物的)聲音，嗓音。△～がかすれる／嗓音啞了。△電話の～が遠い／電話聽不清。△虫の～／蟲聲。② 話。△～をかける／打招呼。搭話。③ 呼聲，意見。△少数派の～／少數派的意見。

こえ［肥］(名)肥料。△～をやる／施肥。

ごえい［護衛］(名・他サ)警衛，護衛。

こえがかり［声掛かり］(名)(上級的)特別推薦。△彼は社長のお～で採用された／他是由經理介紹錄用的。

こえがわり［声変わり］(名)(青春期)變嗓音。

こえごえに［声声に］(副)七嘴八舌，異口同聲。

こえだ［小枝］(名)小樹枝。

こえだめ［肥溜め］(名)糞肥池。

ごえつどうしゅう［呉越同舟］(名)吳越同舟。

こえのした［声の下］(連語)話音未了。△いらないと言った声の下から手を出す／剛説不要就伸手要。

こ・える [肥える] (自下一) ① 肥胖。② 肥沃。③ (口味、眼力) 高。△目が〜/鑒賞力高。△口 (舌) が〜/口味高。

こ・える [越える] (自下一) ① 越過。△山を〜/翻山。△ハードルを〜/跨欄。△〜えてはならぬ線/不得越過的綫。② 度過。△〜えて 1980 年/轉過年一九八〇年。

こ・える [超える] (自下一) ① 超越。△ 30 度を〜暑さ/超越三十度的熱天。△順序を〜/跳過通常的次序。△想像を〜/超乎想像。

こえをかぎりに [声を限りに] (連語) 可着嗓子 (喊叫)。

ゴー [go] (名) 前進 (的信號)。↔ ストップ

ゴーアップ [go-up] (名) 〈經〉(物價) 上漲。

こおう [呼応] (名・自サ) 呼應。△一匹が鳴くと必ず又一匹が〜する/一頭一叫有另一頭與之呼應。△否定表現と〜する/〈語〉與否定表現相呼應。

こおうこんらい [古往今来] (名) 古往今來。

コーエデュケーション [co-education] (名) 男女同校, (男女同校的) 女學生。

ゴーカート [gocart] (名) ① 小孩學步車。② 輕便馬車, 遊戲汽車。

コーク [Coke (Coca-Cola)] (名) 可口可樂 (飲料)。

コーク [Coke] (名) 商標名 "可口可樂"。

コークス [德 Koks] (名) 焦炭。

コークハイ [Coke highball] (名) 摻可口可樂的威士忌。

ゴーグル [goggles] (名) ① (滑雪) 風鏡。② 游泳護目鏡。

ゴーゴー [go-go] (名) 搖擺舞。

ゴーゴリ [Nikolaj Vasiljevič Gogol'] 〈人名〉果戈里 (1809-1852)。俄國作家。

コージーミステリー [cozy mystery] (名) 悠閑舒適的推理小説。

ゴージャス [gorgeous] (形動) 豪華的。

コース [course] (名) ① 路綫, 路。△出世の〜/出人頭地之路。△ハイキング〜/郊遊路綫。② 跑道, 泳道。③ 課程。△ドクター〜/博士課程。④ 西餐的一道菜。

コースウェア [courseware] (名) 課件。

コースター [coaster] (名) ① (遊樂園的) 慣性滑車。② 放酒的紙製托盤。

ゴーストイメージ [ghost image] (名) 電視圖像 (因樓房反射等而引起的) 重影。

コーストガード [coast guard] (名) 海岸警備隊。

ゴーストップ [go-stop] (名) 交通信號, 紅綠燈。

コーストライン [coastline] (名) 海岸綫。

コースナンバー [course number] (名) 〈體〉跑道號, 泳道號。

コースライト [course light] (名) 航標燈。

コースライン [course line] (名) 〈體〉跑道綫。

コースレット [corslet] (名) 女式胸衣。

コースロープ [course rope] (名) 〈體〉分道索, 泳道浮標。

コーチ [coach] (名・他サ) 指導, 訓練, 教練員。

→コーチャー

コーチャー [coacher] (名) ① (體育運動) 教練員。② (棒球) 跑壘指導員。

コーディネートファッション [coordinate fashion] (名) 搭配成套的時裝。

コーディング [coding] (名) (計算機) 編碼, 編程序。

コーテーション [quotation] (名) 引用, 引語。△〜マーク/引號。

コート [coat] (名) ① 女短大衣。△〜をはおる/披大衣。△レーン〜/雨衣。② (西服) 上衣。

コート [court] (名) 球場。△テニス〜/網球場。△〜チェンジ/交換場地。

コード [chord] (名) 〈樂〉和弦。

コード [code] (名) ① 法規, 準則。② (電子計算機) 編碼。△〜表/編碼表。△〜化/程序化。③ 電碼。

コード [cord] (名) 軟 (電) 綫, 絕緣電綫。△アイロンの〜/熨斗的絕緣電綫。

コードアドレス [code address] (名) 電報掛號。

コートマナー [court manner] (名) 場上作風, 球場作風。

こおどり [小躍り] (名・自サ) (歡欣) 雀躍, 手舞足蹈。

コードレスマウス [cordless mouse] (名) 〈IT〉無綫滑鼠。

コーナー [corner] (名) ① 角, 隅。② (百貨商店的) 專櫃。△食料品〜/食品專櫃。③ 競賽時的拐角處。△〜を曲がる/繞拐角處。④ (棒球的) 角球。⑤ 相角。

コーナーカップボード [corner cupboard] (名) 碗櫥。(也説 "コーナーカバー")

コーナリング [cornering] (名) 汽車、摩托車順利拐彎, 拐彎技術。

コーヒー [coffee] (名) 咖啡。△〜ショップ/咖啡店。△〜セット/咖啡具。△〜ブラウン/咖啡色。△〜ポット/咖啡壺。△ブラック〜/不加牛奶和糖的咖啡。△インスタント〜/速溶咖啡。△〜をいれる/沖咖啡。

コーヒーブレーク [coffee break] (名) 工作的間歇時間, 喝茶時間。

コービロンはい [コービロン杯] (名) (乒乓球) 考比倫杯。

コープ [co-op] (名) ① 消費協會。② 消費協會的商店。③ 集體住宅。

コーポラス (名) 高級住宅。

コーポレーション [corporation] (名) 〈經〉① 協會, 社團, 法人。② (股份有限) 公司。

コーポレート [coporate] (名) 〈經〉公司, 企業。

コーポレートアイデンティティ [coporate-dentity] (名) ① 企業形象的統一。② 突出企業形象的標誌。

コーラス [chorus] (名) 合唱, 合唱團, 合唱曲。

コーラン [koran] (名) 《古蘭經》。

こおり [氷] (名) 冰。△〜が張る/結冰。△〜がとける/解凍。△〜が割れる/冰裂。△〜で冷やす/冰鎮。△〜を割る/破冰。

ゴーリキー [Maksim Gorkii]〈人名〉高爾基 (1868-1936)。俄國作家。

こおりざとう [氷砂糖]（名）冰糖。

こおりどうふ [氷豆腐]（名）凍豆腐。

こおりまくら [氷まくら]（名）冰枕。

こおりみず [氷水]（名）① 加冰涼水。② 刨冰。→かき氷

こおりむろ [氷室]（名）冰窖。

こおりや [氷屋]（名）冰店。製冰廠。

コーリャン [kaoliang]（名）高粱。

こお・る [凍る]（自五）結冰，上凍。△水が～/水結冰。△水道が～/水管凍結。

ゴール [goal]（名）① 終點。② 球門，球籃。③ 目標。

ゴールイン [goal-in]（名・自サ）① 跑到終點。② 踢進球門。③ 達到最後目的（特別是結婚）。△めでたく結婚に～する/幸福地成婚了。

コールガール [call girl]（名）應召女郎。（用電話叫的妓女）

コールキー [call key]（名）呼叫鍵。

ゴールキーパー [goalkeeper]（名）〈體〉守門員。（也説 GK）

ゴールクリーズ [goal crease]（名）（冰球）球門區。

ゴールゲッター [goal getter]（名）（足球）射門手。

コールサイン [call sign]（名）（無綫電）呼號。

ゴールシュート [goal shoot]（名）（足球）射中。

コールスリップ [call slip]（名）圖書借閲證。

コールセンター [call center]（名）呼叫中心，電話客戶服務視窗，電話受理中心。

コールタール [coal tar]（名）煤焦油。（也説 "コールター"）

コールタールピッチ [coal-tar pitch]（名）煤焦油瀝青。

コールテン [corded velveteen]（名）燈芯絨，條絨。

ゴールデンアワー [golden hour]（名）（廣播）收聽率最高的時間，黄金時間。

ゴールデンウイーク [golden week]（名）黄金週（日本四月末至五月初連續假日最多的一個星期）。

ゴールデンウェッディング [golden wedding]（名）金婚紀念。

ゴールデンエージ [golden age]（名）黄金時代，黄金年齡。

ゴールデンサファイア [golden sapphire]（名）人造金藍寶石。（十一月生日寶石的代用品）

ゴールデンタイム [golden time]（名）電視的黄金時間。

ゴールデンボーイ [golden boy]（名）① 優越環境中有才能有出息的男子。② 幸運兒。

ゴールド [gold]（名）〈經〉黄金，金幣，金錢。

ゴールドカップ [gold cup]（名）金杯。

コールドクリーム [cold cream]（名）冷霜，潤膚膏。

コールドゲーム [called game]（名）（棒球）有效比賽。

ゴールドコースト [Gold Coast]（名）（非洲）黄金海岸。（今加納）

コールドコール [cold call]（名）（無事先接觸或徑自打給潛在客戶推銷商品的）冷不防電話。

ゴールドディスク [gold disk]（名）金唱片（為獎賞音樂家灌錄的唱片銷數超過 100 萬張時設置的獎品，第 100 萬張就成為 "金唱片"）。

ゴールドバー [gold bar]（名）金條。

コールドパーマ [cold permanent wave]（名）（美容）冷燙。

ゴールドメダリスト [gold medalist]（名）（奥林匹克）金牌獲得者，冠軍。

ゴールドメダル [gold medal]（名）金質獎章，金牌。

ゴールドラッシュ [gold rush]（名）① 淘金熱。② 黄金搶購風。

コールベル [call bell]（名）電鈴。

コールボックス [call box]（名）公用電話亭。

コールレター [call letter]（名）商品推銷信。

こおろぎ（名）〈動〉蟋蟀，蛐蛐。

コーン [corn]（名）玉米。△～スープ/玉米湯。△～スターチ/玉米澱粉。△ポップ～/爆玉米花。

ごおん [呉音]（名）〈語〉（漢字的）吳音。

ごおん [御恩]（名）（您的）恩情。△～は一生忘れません/大恩終身難忘。

こがい [子飼い]（名）① (鳥等) 從小餵養。② 從幼時培養。△～の部下/從小培養的部下。一手扶植起來的部下。

こがい [小買い]（名）現用現買。△酒は～が得だ/酒還是零打合算。

こがい [戸外]（名）室外。→屋外

ごかい（名）〈動〉沙蠶。

ごかい [誤解]（名・他サ）誤解。△～をうける/受到誤解。△～をまねく/招致誤會。△～をとく/消除誤會。

こがいしゃ [子会社]（名）〈經〉（母公司下屬的）分公司。↔ 親会社

コカイン [德 Kokain]（名）〈醫〉可卡因。

こがき [小書き]（名）① 小字註解。② (能樂) 特別演出。

ごかく [互角]（名）勢均力敵。△～の勝負/不分勝負。△～にたたかう/打成平手。

ごがく [語学]（名）① 語言學。② 外語學習。△～力/外語能力。

こかげ [木陰]（名）樹蔭。

コカコーラ [Coca-Cola]（名）可口可樂。

こが・す [焦がす]（他五）① 燒糊，烤焦。△ご飯を～/把飯煮糊。△服を～/把衣服烤焦。② (心情) 焦急。△胸を～/焦慮。

こがた [小形・小型]（名）① 小的，小型。△スズメより～の鳥/比麻雀小的鳥。△～自動車/小型汽車。↔ 大型

ごがたき [碁敵]（名）（圍棋）水平相當的對手。

こがたな [小刀]（名）① 小刀。△～で鉛筆を削る/用小刀削鉛筆。→ナイフ ② 腰刀鞘旁插的小刀。

こかつ [枯渇・涸渇] (名・自サ) ① 乾涸，枯竭。→ひあがる ② 缺乏。△資金が～する／資金匱乏。△才能が～する／缺乏才能。

ごがつ [五月] (名) 五月。△～の節句／端午節。

ごがつびょう [五月病] (名) 五月病。(公司新職員參加工作一個多月後出現的神經症狀)

こがね [小金] (名) 少量的錢。△～をためる／積蓄零錢。

こがね [黄金] (名) ① 黄金。② 金幣。③ 黄金色。△～の稲穂／金色的稲穗。

こがねむし [黄金虫] (名) 〈動〉金龜子。

こがら [小柄] (形動) ① 身體矮小。△～な老人／矮個子老人。② 碎花紋。↔ 大柄

こがらし [木枯し] (名) (秋末冬初的) 寒風。

こが・れる [焦れる] (自下一) 思慕，渇望。△待ち～れた日がついにきた／翹盼的日子終於來到了。△恋い～／非常思慕。

こがわせ [小為替] (名) 〈經〉郵政小額匯兑。(現已廢除)

ごかん [五官] (名) 五官。(五種感覺器官)

ごかん [五感] (名) (視、聽、嗅、味、觸) 五感。

ごかん [互換] (名) 互相交換。△～性／互換性。

ごかん [語感] (名) ① 語感。△美しい～／美妙的語感。→ニュアンス ② 對語言的微妙感覺。△～がするどい／對語言的感覺敏鋭。

ごかん [語幹] (名) 〈語〉詞幹。

ごかん [護岸] (名) 護岸。△～工事／護岸工程。

こき [古希] (名) 古稀，七十歳。

こき [呼気] (名) 呼氣。↔ 吸気

ごき [語気] (名) 語氣，口氣。△～があらい／語氣粗暴。

ごぎ [語義] (名) 語義，詞義。→語意

こきおと・す [扱き落とす] (他五) 捋下來。

こきおろ・す [扱き下ろす] (他五) 貶斥，貶得一錢不值。

ごきげん [御機嫌] Ⅰ (名) 起居，安否。△～いかがですか／您好啊？△～よう／祝您身體健康。△～を伺う／問候。Ⅱ (形動) 高興。△～な顔をする／滿臉喜氣。→上機嫌

こきざみ [小刻み] (名・形動) ① 切碎。② 零零碎碎地。△～に歩く／碎步走。③ △～にふるえる／微微地顫抖。△～に値上げする／一點一點地提價。

こきつか・う [扱き使う] (他五) 任意驅使，虐待。△従業員を～／任意驅使職工。→酷使する

こぎって [小切手] (名) 〈經〉支票。△～を振り出す／開支票。△～で払う／以支票支付。△不渡り／空頭支票。△旅行／旅行支票。

ごきぶり (名) 〈動〉蟑螂。

こきみよ・い [小気味よい] (形) 心情好。△～プレー／心情愉快的遊戲。

コキュ [法 cocu] (名) 戴綠帽子的丈夫。

こきゅう [呼吸] (名・自サ) ① 呼吸。△～がとまる／呼吸停止。△～をととのえる／調整呼吸。△深～／深呼吸。→いき ② 竅門，秘訣。△しごとの～をのみこむ／掌握工作竅門。→こつ ③ 步調，拍節。△～をあわせる／使步調一致。△～があう／合拍。

こきゅう [鼓弓] (名) 〈樂〉胡琴。

こきゅうき [呼吸器] (名) 呼吸器官。

こきょう [故郷] (名) 故郷。△生まれ～／出生地。→ふるさと

こきよう [小器用] (名) 小有才幹。△手先が～だ／手巧。(也説"こぎよう")

ごきょう [五経] (名) 五經。△四書～／四書五經。

ごぎょう [御形] (名) 〈植物〉鼠曲草。(也説"おぎょう")

こきょうへにしきをかざる [故郷へ錦を飾る] (連語) 衣錦還郷。

こぎり [小切り] (名) ① 切碎。② 碎塊。△大根を～にする／把蘿蔔切成碎塊。

こぎれ [小切れ] (名) 碎布，布頭。

こぎれい [小ぎれい] (形動) 相當乾淨，滿漂亮。△～な店／整潔的店舖。→こざっぱり

こく (名) 味道濃。△～のある酒／醇酒。

こ・く [扱く] (他五) 捋。△稲を～／捋下稻粒。

こく [酷] (形動) 苛刻，殘酷。△それは～な要求だ／那要求太苛刻。

こ・ぐ [漕ぐ] (他五) ① 划。△ボートを～／划小船。△船を～／打瞌睡。② 蹬。△自転車を～／蹬自行車。△ぶらんこを～／打鞦韆。

ごく [獄] (名) 監獄。

ごく [極] (副) 非常，極。△～貧しい人びと／極其貧窮的人們。

ご・く [語句] (名) 語句。

こくあく [酷悪] (形動) 殘酷，殘暴。

ごくあく [極悪] (形動) 極壞。△～非道／窮兇極惡。

ごくい [極意] (名) (武道、藝術等) 精華，蘊奥。△～を会得する／領會蘊奥。→奥義

こくいっこく [刻一刻] (副) 一刻一刻地，時時刻刻地。△～とかわる風景／時時刻刻變化的風景。→一刻一刻，刻刻

こくいん [刻印] (名・自サ) ① 圖章。△～をおす／蓋圖章。② 刻圖章。③ ⇒極印

ごくいん [極印] (名) 印記，烙印 (用於壞的方面)。△裏切り者の～を押される／被打上叛徒的印記。

こくう [虚空] (名) ① 空。△～をつかんで倒れる／撲空摔倒。② 天空。

こくう [穀雨] (名) (節氣) 穀雨。

こくうん [国運] (名) 國運，國家的命運。

こくえい [国営] (名) 國營。↔ 民営

こくえき [国益] (名) 國家利益。

こくえん [黒鉛] (名) 〈礦〉黑鉛，石墨。→せきぼく

こくが [国画] (名) 日本畫。

こくがい [国外] (名) 國外。△～追放／驅逐出境。↔ 国内

こくがく [国学] (名) 日本古典學術 (江戸時代興起)。

こくぎ［国技］(名) 國技，傳統武術體育。△日本ではすもうが〜とされている／在日本，相撲為國技。

ごくげつ［極月］(名) 臘月，陰暦十二月。

こくげん［刻限］(名) 限定的時刻。△約束の〜がすぎる／過了約會的時間。

こくご［国語］(名) ① 本國語言。(在日本為日語) ② 國語（課），語文（課）。

こくごう［国号］(名) 國號。

こくごがく［国語学］(名) 日本語學。

こくこく［刻刻］(副) ⇨こくいっこく

こくごじてん［国語辞典］(名) 國語辭典。

こくさい［国債］(名)〈經〉國債，公債。△〜證券／公債券。

こくさい［国際］(名) 國際。△〜電話／國際電話。△〜情勢／國際局勢。△〜放送／國際廣播。△〜結婚／國際婚姻。

こくさいオリンピックいいんかい［国際オリンピック委員会］(名) 國際奥林匹克委員會。

こくさいおんせいきごう［国際音声記号］(名) 國際音標。

こくさいカルテル［国際カルテル］(名) 國際企業聯合。

こくさいかわせ［国際為替］(名) 國際匯兑。

こくさいけっこん［国際結婚］(名) 跨國婚姻。

こくさいご［国際語］(名) 國際語，世界語。→エスペラント

こくさいさいばんしょ［国際裁判所］(名) 國際法庭。

ごくさいしき［極彩色］(名) 絢麗多彩。

こくさいジャーナリストきこう［国際ジャーナリスト機構］(名) 國際記者組織。

こくさいしゅぎ［国際主義］(名) 國際主義。

こくさいしょうひょうとうろく［国際商標登録］(名)〈經〉國際商標註冊。

こくさいじん［国際人］(名) ① 國際知名人士。② 世界主義者。

こくさいつうかききん［国際通貨基金］(名) 國際貨幣基金。

こくさいてき［国際的］(形動) 國際性的。△〜な有名な学者／國際上著名的學者。

こくさいふじんデー［国際婦人デー］(名) 國際婦女節，三八節。

こくさいペンクラブ［国際ペンクラブ］(名) 國際筆會。

こくさいほう［国際法］(名)〈法〉國際法。

こくさいれんごう［国際連合］(名) 聯合國。(簡稱「国連」)

こくさく［国策］(名) 國策，國家的政策。→こくぜ

こくさん［国産］(名) 國産。△〜車／國産車。↔舶來

こくし［国史］(名) 國史。

こくし［酷使］(名・他サ) 殘酷使用，過苛使用。→こきつかう

こくじ［告示］(名・自サ) 告示，佈告。△内閣〜／內閣告示。→公告

こくじ［国字］(名) ① 一個國家的文字。② 日本自製漢字。

こくじ［酷似］(名・自サ) 酷似，很相像。

ごくし［獄死］(名) 死在獄中。

こくしびょう［黒死病］(名) 鼠疫。

ごくしゃ［獄舎］(名) 牢房。

こくしょ［国書］(名) 國書。△〜を捧呈する／呈遞國書。

こくしょ［酷暑］(名) 酷暑。→猛暑 ↔酷寒

こくじょう［国情］(名) 國家的情況，國情。

ごくじょう［極上］(名) 最好。△〜のワイン／頂好的葡萄酒。

こくしょく［黒色］(名) 黑色。

こくじょく［国辱］(名) 國恥。

こくしょくじんしゅ［黒色人種］(名) 黑種人。→黒人

こくじん［黒人］(名) 黑人。

こくすい［国粋］(名) 國粹。△〜しゅぎ／國粹主義。

こくぜ［国是］(名) 國策。→国策

こくせい［国政］(名) 國政。

こくせい［国勢］(名) 國家的總情況。△〜調査／人口普查。

こくぜい［国税］(名) 國家的税收。↔地方税

こくせいちょうさ［国勢調査］(名) 人口普查。

こくせき［国籍］(名)〈法〉國籍。△〜不明機／國籍不明的飛機。

こくそ［告訴］(名・自サ)〈法〉控告，提起訴訟。

こくそう［国葬］(名) 國葬。

こくそう［穀倉］(名) ① 糧倉。② 盛産穀米的地方。

こくぞく［国賊］(名) 國賊，叛國者。

こくたい［国体］(名) ① 國體，國家體制。② (「国民体育大会」之略) 全國運動會。

こくだか［石高］(名) ① 米穀收穫量。②〈史〉俸禄。

こくたん［黒檀］(名) 烏木，黑檀木。

こくち［告知］(名・他サ) 通知，告知。△〜板／通告牌。→通知

こぐち［小口］(名) ① 最小斷面。② (書的) 三面切口。↔ のど ③ 小額，少量。△〜の注文／小批量訂貨。↔大口

こぐち［木口］(名) 木材的切口。→きぐち

ごくちょうたんぱ［極超短波］(名)〈理〉微波。

ごくつぶし (名) 飯桶，好吃懶做的人。

こくてい［国定］(名) 國家規定。△〜公園／定公園。

こくてつ［国鉄］(名) (日本) 國營鐵路。

こくてん［黒点］(名)〈天〉太陽黑子。

こくでん［国電］(名) 日本國營鐵路電車。

こくど［国土］(名) 國土。△〜計画／國土開發計劃。

こくど［国帑］(名) 國庫的錢。

こくどう［国道］(名) 公路。△〜 17 号線／十七號公路。

こくない［国内］(名) 國內。↔国外

こくないそうせいさん［国内総生産］（名）
〈經〉國內生產總值。GDP。

こくはく［告白］（名・他サ）① 坦白，自供。
△罪を～する／坦白罪行。② 表白心意。△愛
の～／表白愛情。

こくはく［酷薄］（形動）刻薄，殘酷。△～非
情／冷酷無情。

こくはつ［告発］（名・自サ）告發，檢舉。

こくばん［黒板］（名）黑板。△～ふき／黑板擦。

こくひ［国費］（名）國費。△～留学生／國費留
學生。（在日本留學的，指由日本政府負擔費用
者）

こくび［小首］（名）頭。△～をかしげる／歪頭
（思索）。△～をかたむける／歪頭（思考）。

こくびゃく［黒白］（名）是非曲直。△～をあ
らそう／爭辯是非。△～をつける／判定是非。

こくひょう［酷評］（名・他サ）嚴厲批評，批
評得一無是處。△～をあびる／受嚴厲批評。

こくひん［国賓］（名）國賓。

こくふく［克服］（名・他サ）克服。△インフレ
を～する／克服通貨膨脹。困難を～する／
克服困難。

ごくぶと［極太］（名）最粗（的毛綫）。

こくぶん［国文］（名）① 國文（與漢文相對而
言）。② 日本文學。

こくぶんがく［国文学］（名）日本文學。→日
本文学。

こくぶんぽう［国文法］（名）日語語法。

こくべつ［告別］（名）告別，辭別，訣別。△～
の辞／告別辭。

こくべつしき［告別式］（名）遺體告別儀式。

こくほう［国宝］（名）國寶，國家認定的珍貴文
物。

こくほう［国法］（名）國法。

こくぼう［国防］（名）國防。

こくみん［国民］（名）國民。

こくみんけんこうほう［国民健康法］（名）國
民健康法。

こくみんしょとく［国民所得］（名）〈經〉國民
收入。

こくみんしんさ［国民審査］（名）〈法〉國民投
票決定最高法院法官。

こくみんせい［国民性］（名）國民性，民族特
性。

こくみんせいかつはくしょ［国民生活白書］
（名）經濟企劃廳分析日本經濟的報告書。

こくみんせんこうど［国民選好度］（名）國民
對現狀的滿足程度。（通過民意測驗調查，以數
字表示）

こくみんそうせいさん［国民総生産］（名）
〈經〉國民生產總值，GNP。

こくみんたいいくたいかい［国民体育大会］
（名）全國體育運動會。

こくみんとうひょう［国民投票］（名）公民投
票。

こくみんねんきん［国民年金］（名）由國家支
付的養老金。

こくむだいじん［国務大臣］（名）國務大臣，
內閣各部部長。

こくめい［国名］（名）國名。

こくめい［克明］（形動）認真仔細，一絲不苟。
△～なメモ／細緻的筆記。△～に調べる／仔
細調查。

こくもつ［穀物］（名）糧食，穀物。

こくゆう［国有］（名）國有。△～財産／國有財
産。△～林／國有林。→官有 ↔ 私有

こくようせき［黒曜石］（名）〈礦〉黑曜石。

こぐら・い［小暗い］（形）有點黑暗。△～へ
や／陰暗的房間。

ごくらく［極楽］（名）①〈佛教〉極樂世界。②
安樂的處境。↔ 地獄

ごくらくじょうど［極楽浄土］（名）〈佛教〉極
樂淨土。

ごくらくちょう［極楽鳥］（名）〈動〉風鳥，極
樂鳥。

こくりつ［国立］（名）國立。△～大学／國立大
學。△～公園／國立公園。↔ 私立

こくりょく［国力］（名）國力。

こく・る（接尾）一個勁兒地…△だまり～／默
不作聲。

こくるい［穀類］（名）穀物。

こくれん［国連］（名）聯合國。△～本部／聯合
國總部。

ごくろう［御苦労］（名・形動）勞駕，辛苦。
△～さま／辛苦了。（對上級或長輩不説）

こくろん［国論］（名）國民輿論。△～がふっ
とうする／輿論嘩然。→世論

こぐんふんとう［孤軍奮闘］（名・自サ）孤軍
奮鬥。

こけ（名）〈植物〉蘚苔，綠苔。

こげ［焦げ］（名）① 燒焦。② 鍋巴。

ごけ［碁笥］（名）棋子盒。

こけい［固形］（名）固體。△～燃料／固體燃
料。△～スープ／固體湯料。

こけおどし（名）虛張聲勢嚇唬人。△～の文句／
裝腔作勢嚇唬人的話。

こげくさ・い［焦げ臭い］（形）糊味兒。

こけこっこう（擬声）（公雞啼聲）喔喔。

こけし（名）圓頭圓身的小木偶人。（日本代表性
民間工藝品之一）

こげちゃ［焦げ茶］（名）濃茶色。→褐色

こげつ・く［焦げつく］（自五）① 燒糊黏到鍋
底上。②〈經〉（貸款）收不回來。

コケット［法 coquette］（名）賣弄風情的女人。

こけつにいらずんばこじをえず［虎穴に入ら
ずんば虎児を得ず］（連語）不入虎穴焉得虎子。

こけむ・す［苔むす］（自五）長苔，生苔。

こげめし［焦げ飯］（名）糊飯，鍋巴。→おこげ

こけらおとし［こけら落とし］（名）劇場落成
後首次公演。

こ・ける（自下一）消瘦，憔悴。△ほおが～／
面容憔悴。△やせ～／消瘦。

－こ・ける（接尾）…沒個完。△笑い～／笑起
來沒個完。△ねむり～／酣睡不醒。

こ・げる［焦げる］(自下一) 燒煳。△魚が〜／魚烤煳了。

こけん［沽券］(名) 人品，體面，聲價。△〜にかかわる／事關體面問題。→体面，面目

ごけん［護憲］(名) 維護憲法。△〜運動／護憲運動。

ごげん［語源］(名) 語源，詞源。

ここ (代)① 這裏。△〜へ来い／到我這兒來！②(事情) 這兒。△きみの答えは〜だけがちがっている／你的答案只是這兒錯了。③ 現在。△〜二、三日はあたたかいですね／近兩三天挺暖和呢！

ここ［個個］(名) 個個，每個。△〜別別／個別地。△〜の例／各個例子。

こご［古語］(名) 古語。

ごご［午後］(名) 下午。△終電車は〜の 11 時にでる／末班電車下午十一點發車。↔ 午前

ココア［cocoa］(名) 可可。△〜バター／可可脂。△〜ビーンズ／可可豆。△〜ペースト／可可膏。

ここう［虎口］(名) 虎口，險境。△〜をのがれる／逃出虎口。

ここう［枯槁］(名・自サ)①(草、木) 枯萎。②(人) 憔悴。

ここう［戸口］(名) 戸口。△〜調査／查戸口。

ここう［弧光］(名) 弧光。→アーク

ここう［孤高］(名・形動) 孤高，高傲。△〜を持する／孤高自持。

ここう［股肱］(名) 股肱，左膀右臂。

ここう［糊口］(名) 糊口。△〜をしのぐ／勉強糊口。

こごう［古豪］(名) 老練的強手，經驗豐富的老手。→ベテラン

ごこう［後光］(名)〈佛教〉佛或菩薩背後的光，佛光。→光背

ここうもく［子項目］(名) 詞典中的分詞條。

ここうをしのぐ［糊口をしのぐ］(連語) 過着勉強糊口的生活。

こごえ［小声］(名) 低聲，小聲。

こごえじに［凍え死に］(名) 凍死。

こご・える［凍える］(自下一) 凍僵。△手が〜／手凍僵。

ここかしこ (代) 到處。→ここそこ，こちらそちら

ここく［故国］(名)① 祖國。→母国，祖国 ② 故鄉。→ふるさと，故郷

ごこく［五穀］(名) 五穀。△〜豊穣／五穀豐登。

こごしをかがめる (連語) 躬一躬腰，彎彎腰。(也説 "こごしをこごめる")

ここち［心地］ Ⅰ (名) 感覺，心情。△すがすがしい〜／感覺爽快。△〜よい／舒服。△生きた〜がしない／(嚇) 掉了魂。(痛) 不欲生。Ⅱ (接尾) 彷彿…的心情。△夢〜／恍如夢境。△乗り〜／乘坐舒服。

こごと［小言］(名)①(發) 牢騷，怨言。△〜を言う／發牢騷。② 訓斥。

こごと［戸毎］(名) 挨家。△〜に訪問する／逐户訪問。

ココナッツ［coconut］(名) 椰子 (果)。

ここのか［九日］(名)① 九日，九號。② 九天。△〜目／第九天。

ここのこえをあげる［呱呱の声をあげる］(連語) 呱呱誕生。

ここのつ［九つ］(名)① 九個。② 九歲。

こころ［心］(名)① 心胸，精神，心地。△〜が大きい／心胸開闊。△〜のやさしい人／心地善良的人。△〜を入れかえる／改變態度，悔過自新。② 情感，心緒。△〜がさわぐ／心神不安。△〜をこめる／一心一意。△〜からお祝いする／由衷地祝賀。③ 想法，心願，意志。△〜をきめる／下決心。△〜にもないことを言う／言不由衷。

こころあたたまる［心暖まる］(連語) 暖人心的，使人心裏暖洋洋的。

こころあたり［心当たり］(名) 能想到的綫索。△その名前には〜がない／這名字我沒聽説過。△〜を捜してみる／就能想到的找一找看。尋找綫索。

こころあて［心当て］(名)① 期待，指望。△〜にする／期待着。→心だのみ ② 猜測。△〜に答える／猜着答。

こころある［心ある］(連體) 懂事，通情達理。△〜人にこのことを伝えたい／想把這事告訴明白事理的人。↔ 心ない

こころいき［心意気］(名) 氣魄，幹勁。

こころいれ［心入れ］(名) 關懷。

こころえ［心得］(名)① 經驗，素養。△茶道には〜がない／對於茶道是外行。→たしなみ ② 須知。△受験の〜／考試須知。③ 代理。△課長〜／代理科長。

こころえがお［心得顔］(名) 甚麼都懂的樣子。△〜にうなずく／好像明白似的點點頭。

こころえがた・い［心得難い］(形) 難以理解。

こころえちがい［心得違い］(名) 想錯。△君はまったく〜をしている／你完全想錯了。

こころ・える［心得る］(他下一)① 理解，領會。△万事，〜えております／我心裏全有譜。② 掌握。△茶道はいちおう心得ている／茶道已初步掌握。

こころおきなく［心おきなく］(副)① 無顧慮。△あなたのおかげで、〜ででかけられます／多虧您，我可以放心地出發了。② 不客氣。△〜、ゆっくり休んでください／請別客氣，好好休息吧。

こころおとり［心劣り］(名) 不太理想。

こころおぼえ［心覚え］(名)① 記，記憶。△わずかな〜をたよりにさがす／靠着一絲記憶尋找。② 備忘錄。→メモ

こころがかり［心がかり］(名・形動) 不放心。→気がかり

こころがけ［心掛け］(名) 留心，留意。△ふだんの〜がよい／平素肯用心。△〜次第で何でもやれる／世上無難事，只怕有心人。

こころが・ける [心掛ける] (他下一) 留心, 注意。

こころがまえ [心構え] (名) 思想準備。△～ができている／做好了思想準備。→気がまえ, 覚悟

こころがわり [心変わり] (名・自サ) 變心, 改變主意。

こころくばり [心配り] (名) 關懷, 照料。→心づかい, 配慮

こころぐるし・い [心苦しい] (形) 過意不去。△自分だけ遊んでいては～／只自己一個人玩心裏不自在。

こころざし [志] (名) ① 志向, 志願。△～を立てる／立志。△～をとげる／完成志願。△青雲の～／凌雲之志。② 盛情, 厚意。△せっかくのお～ですから, いただきます／承蒙盛情, 我收下了。

こころざ・す [志す] (他五) 立志。△画家を～／志願當畫家。

こころして [心して] (副) 注意, 留神。△～ことを行なう／小心行事。

こころじょうぶ [心丈夫] (形動) 膽壯, 心裏有底。△きみがいてくれれば～だ／有你在, 我心裏就有底了。

こころぞえ [心添え] (名) 規勸。

こころだのみ [心頼み] (名) 指望。△友人の助けを～にする／指望朋友的幫助。

こころづかい [心遣い] (名) 惦念, 關懷。△あたたかいお～感謝しております／感激您的熱情關懷。→配慮, 心くばり

こころづくし [心尽し] (名) 盡心, 竭誠。△～のもてなし／熱誠招待。△お～の品／惠贈的禮品。

こころづけ [心付け] (名) 小費。△～をする／給小費。→チップ

こころづもり [心積もり] (名・自サ) 心中打算, 預定。△来年は嫁に出す～です／打算明年讓女兒出嫁。→腹づもり

こころづよ・い [心強い] (形) 有把握, (心裏覺得) 膽壯。△君がいてくれれば～／有你在, 我就膽壯。↔心ぼそい

こころな・い [心無い] (形) ① 欠考慮, 不懂事。△～人びとのせいでごみだらけだ／都怪那些不懂事的人, 搞得到處都是垃圾。② 不懂風趣。③ 不近人情。△面に向かってそれを言うとは～やり方だ／當面那麼説未免有些不體諒人。

こころなしか [心なしか] (副) 也許是心理作用, 覺得好像。△～やせたようだ／好像有些瘦了。

こころならずも [心ならずも] (副) 出於無奈, 迫不得已。△～承知してしまった／迫不得已答應了。→不本意ながら

こころにく・い [心憎い] (形) 非常, 極其。△～ほどたくみだ／巧妙得簡直神了。△～ほどまでに落着きはらう／穩如泰山。

こころね [心根] (名) 内心, 心腸。△やさしい～／好心腸。

こころのこり [心残り] (名・形動) ① 遺憾。② 戀戀不捨。△～ (が) する／戀戀不捨。→思いのこし, 未練

こころのやみ [心の闇] (名) 心中糊塗。

こころばえ [心ばえ] (名) 心地, 性情。△～がいい／性情好。

こころばかり [心ばかり] (名) 寸心, 一點心意。△ほかの～／只是一點心意。

こころひそかに [心密かに] (副) 暗自。△～思う／暗自思忖。

こころぼそ・い [心細い] (形) 心中沒底, 心中不安。△懐が～／腰中無錢。△心裏不踏實。ひとりでは～／一個人没把握。△そんな～ことを言うな／別説那麼泄氣的話。↔心づよい

こころまかせ [心任せ] (名) 任性, 隨便。

こころまち [心待ち] (名・他サ) 殷切期待。△～にする／一心盼望。

こころみ [試み] (名) 嘗試。△新しい～／新的嘗試。

こころみに [試みに] (副) 試着。△～乗ってみよう／試着乘坐 (一次) 吧。

こころ・みる [試みる] (他上一) 試試。△わたしが～みてみよう／我來試試看。

こころもち [心持ち] Ⅰ (名) 心情, 情緒。△～がいい／心情舒暢。Ⅱ (副) 稍微。△～大きい／略微有點兒大。

こころもとな・い [心許無い] (形) 靠不住, 不放心。△彼 1 人では～／他一個人可靠不住。

こころやす・い [心安い] (形) ① 熟識, 不分彼此。△～友だち／要好的朋友。② 放心。△お～くおぼしめせ／請放心。

こころやすだて [心安だて] (名) 不客氣。△～にお願いする／請不要見外。

こころやすみ [心休み] (名) (一時的) 安慰。

こころやすらか [心安らか] (形動) 無憂無慮。

こころやり [心遣り] (名) ① 消遣。② 同情。△せめてもの～だ／也算是一點安慰。

こころゆくまで [心行くまで] (連語) 盡情, 心滿意足。

こころよ・い [快い] (形) 愉快, 爽快。△～ねむり／舒服的小睡。△～く承知する／愉快地答應。

ここん [古今] (名) 古今, 自古至今。△～東西／古今中外。

ごごんぜっく [五言絶句] (名) 五言絕句。

ここんとうざい [古今東西] (名) 古今中外。

ごさ [誤差] (名) 誤差。

ござ (名) 蓆子。→むしろ

こざいく [小細工] (名) ① 小手藝。② 小伎倆。△～を弄する／玩弄小花招。

ございま・す Ⅰ (連語) 有 (動詞 "ある" 的鄭重語)。△もうしばらく行くと右手に郵便局が～／再走一會兒右邊有個郵局。Ⅱ (補助動詞) (補助動詞) "ある" 的鄭重語, 常以 "…で～", "…で～" 的形式使用) △あの子は長女で～／那是大女兒。△映画はたいへんおもしろう～し

た／電影非常有趣。△おはよう～／早上好。

コサイン [cosine]（名）〈數〉餘弦。

こざかし・い [小賢しい]（形）① 賣弄小聰明，自作聰明。② 滑頭。

こさく [小作]（名）租種。↔ 自作，地主

こさくのう [小作農]（名）佃農。

ござしょ [御座所]（名）皇帝的居室。

こさつ [古刹]（名）古刹。

こさつ [故殺]（名）故意殺人。

コサック [Cossack]（名）哥薩克，哥薩克人。

こざっぱり（副・自サ）滿整潔，滿利落。△～（と）したゆかたすがた／整潔的便服打扮。

こさめ [小雨]（名）小雨。↔ 大雨

こざら [小皿]（名）小碟子。

ござ・る [御座る]（自五）① 來，往，在（“ある”、“いる”、“行く”“来る”的鄭重語）。② 有（“ある”、“いる”的鄭重語）。

こさん [古参]（名）老手，老資格。↔ 新参

ごさん [午餐]（名）午餐。△～会／午餐會。→ 昼食

ごさん [誤算]（名・自他サ）① 算錯。② 估計錯誤。△大きな～／重大的估計失誤。

こし [腰]（名）① 腰。△～をかがめる／彎腰。△～をおろす／坐下。△～がだるい／腰酸。② 衣服的腰身。③ 物件的下半部。△～板／牆裙板。④ 黏度。△～がある／黏。△～がない／不黏。

こし（名）轎子，肩輿。

こし [枯死]（名・自サ）枯死。→ 立ち枯れ

こじ [居士]（名）〈佛教〉居士。

こじ [孤児]（名）孤兒。→ みなし子

こじ [故事]（名）典故。△故事にちなんだ名前／有典故的名字。△～来歴／（典故的）來由。

こじ [固持]（名・他サ）固執。△自説を～する／固執己見。

こじ [固辞]（名・他サ）堅決不接受。

こじ [誇示]（名・他サ）誇示，炫耀。△力を～する／炫耀實力。

ごし [五指]（名）五指。△～に余る／不止五個。

ごじ [誤字]（名）錯字。↔ 正字

こじあ・ける [こじ開ける]（他下一）撬開。△ロッカーを～／把衣帽櫃撬開。

こしあん [こし餡]（名）豆沙餡。

こしいた [腰板]（名）（房間、走廊牆下部的）裙板。

コジェネレーション [cogeneration]（名）集中供熱，集中供電。

こしお [小潮]（名）小潮。↔ 大潮

こしがおもい [腰が重い]（連語）遲遲不行動，懶得動彈。

こしがかるい [腰が軽い]（連語）① 好動。↔ 腰が重い ② 輕舉妄動。

こしがき [腰垣]（名）齊腰高的柵欄。

こしがくだける [腰が砕ける]（連語）① 腰勁鬆弛。② 幹勁鬆懈。△～けて交渉は失敗に終った／談到半路鬆了勁，結果談判失敗了。

こしかけ [腰掛け]（名）① 凳子。② 暫時棲身

之處。△～のつもりでつとめる／騎馬找馬。

こしか・ける [腰掛ける]（自下一）坐。△道端の石に～けて休む／坐在道旁石頭上休息。

こしかた [来し方]（名）過去。△～をふりかえる／回顧往事。↔ 行く末

こしがつよい [腰が強い]（連語）① 腰部有力。② 態度強硬。③（麵、黏食等）黏性大，筋道。

こしがぬける [腰が抜ける]（連語）① 癱瘓。② 嚇得癱瘓。

こしがひくい [腰が低い]（連語）謙恭，謙卑。

こしがよわい [腰が弱い]（連語）① 腰部沒有力量。② 態度軟弱。③（麵，黏食等）沒有筋骨，黏度小。

こしき [轂]（名）（車輪的）轂。（穿車軸的部分）

こしき [古式]（名）古式，老式。

こじき [乞食]（名）乞丐。→ 物もらい

こじき [古事記]（名）《古事記》，奈良時代的歷史書。

ごしき [五色]（名）五色，五彩。△～の鹿／五色鹿。

こしぎんちゃく [腰巾着]（名）① 錢包，荷包。② 經常跟在身邊的人。△社長の～／社長的隨從。

こしくだけ [腰砕け]（名）①（相撲）（因腰力不支）摔倒。② 半途而廢。

こしけ [白帶下]（名）〈醫〉白帶。

こじせいご [故事成語]（名）成語典故。

こしだか [腰高]（形動）傲氣。△～なあいさつ／大模大樣的寒暄。

こしたんたん [虎視眈眈]（副）虎視眈眈。△～とチャンスをうかがう／虎視眈眈地尋找機會。

ごしちちょう [五七調]（名）（和歌，俳句的）五七格式。

こしつ [固執]（名・他サ）固執。△自分の意見を～する／固執己見。

こしつ [個室]（名）單人房間。

こじつ [故実]（名）古代的典章制度。△有職～／研究古代典章制度的學問。

ごじつ [後日]（名）將來，日後。△～おうかがいいたします／日後再拜訪。△～の参考とする／作為日後的參考。

ゴシック [Gothic]（名）①〈建〉哥特樣式。②（印刷）黑體字，粗體字。

こじつけ（名）牽強附會，強詞奪理。

こじつ・ける（自下一）牽強附會。

ゴシップ [gossip]（名）閑話。雜談。△～欄／（報紙、雜誌等的）名人逸事欄。

ごじっぽひゃっぽ [五十歩百歩]（名）五十歩笑百歩，半斤八兩。△～似たり／彼此彼此。

ごしにあまる [五指に余る]（連語）五個手指數不過來。△彼の欠点をあげると、～／説起他的缺點，一隻手數不過來。

こしにつける [腰に付ける]（連語）（比喩）放在身邊，自由支配。

こしにゆみをはる [腰に弓を張る]（連語）（上年紀）駝背，弓腰。

こしぬけ［腰抜け］(名) 膽怯，膽小鬼。→腑抜け

こしべん (とう)［腰弁(当)］(名) ① 隨身帶的盒飯。② (帶盒飯上班的) 小職員。

こしまき［腰巻き］(名) ① (婦女和服) 貼身裙。② 書皮外加的紙帶。

こしまわり［腰回り］(名)〈服〉腰圍。

こしもと［腰元］(名) 侍女，侍婢。

こしゃく［小癪］(形動) 令人惱火的，沒禮貌的。△～なやつ／可恨的傢伙。

ごしゃく［語釈］(名) 解釋詞語。

ごしゃごしゃ (副) 亂七八糟。△順序が～になる／次序弄得亂七八糟。

こしゅう［固執］(名・他サ) ⇨ こしつ

こしゅう［孤舟］(名) 孤舟。

ごじゅうおん［五十音］(名)〈語〉〈日語〉五十音。

ごじゅうおんじゅん［五十音順］(名)〈語〉〈日語〉五十音圖順序。

ごじゅうおんず［五十音図］(名)〈語〉〈日語〉五十音圖。

ごじゅうそう［五重奏］(名)〈樂〉五重奏。→クインテット

こじゅうと (名) ① 大伯哥，小叔子，內兄，內弟。② 大姑子，小姑子，大姨子，小姨子。

ごじゅうのとう［五重の塔］(名) 五重塔。

こじゅけい (名)〈動〉華南竹鷓鴣，竹雞。

ごじゅん［語順］(名) 語序，詞序。

こしょ［古書］(名) ① 古書。② 舊書。

ごしょ［御所］(名) ① 皇宮。② 皇帝，太上皇，皇后等或其住所。

ごじょ［互助］(名) 互助。△～会／互助會。

こしょう［小姓］(名) (貴族身邊的) 侍僮，家僮。

こしょう［呼称］(名・他サ) ① 名稱。② 叫做，名為。③ 體操喊一、二、三、四…的號令。

こしょう［胡椒］(名) 胡椒。

こしょう［湖沼］(名) 湖沼。

こしょう［故障］(名・自サ) ① 故障。△～がおきる／發生故障。△からだの～／身體的毛病。② 障礙。△～なく進行する／順利進行。△～を申したてる／提出異議。

こしょう［誇称］(名・他サ) 誇述，自誇。△世界一と～する／號稱世界第一。

こじょう［古城］(名) 古城。

こじょう［孤城］(名) 孤城。

こじょう［弧状］(名) 弧形。

ごしょう［後生］(名) ①〈佛教〉來世。→來世 ↔ 今生 ② 修好積德。△～だからやめてください／求求你別那樣做。

ごじょう［互譲］(名) 互讓。

こしょうがつ［小正月］(名) 以正月十五日為中心的前後三天，元宵節。

こしょく［古色］(名) 古色，古雅。

ごしょく［誤植］(名) (印刷) 誤排 (的字)。→ミスプリント

こしょくそうぜん［古色蒼然］(形動トタル) 古色古香。

こじらいれき［故事来歴］(名) 典故的來歷。→由来

こしらえ (名) ① 構造。△家の～がしっかりしている／房子的結構很結實。② 服飾，打扮，化妝。

こしらえごと［こしらえ事］(名) 捏造的事，編造的事。

こしらえもの［こしらえ物］(名) 偽造品。

こしら・える［他下一］① 製造，做。△洋服を～／做西服。△料理を～／做菜。△金を～／湊錢。△顔を～／化妝。② 捏造，虛構。△言いわけを～／編造理由。

こじら・せる［他下一］糾結，複雜化。△かぜを～／感冒老也不好。△問題を～／使問題複雜起來。(也説 "こじらす")

こ・じる［抉る］(他上一) 撬，剜。△穴を～／剜窟窿。△錠前をこじあける／把鎖頭撬開。

こじ・れる［拗れる］(自下一) 擰勁兒，糾纏不清。△かぜが～／感冒久久不癒。△話が～／越談越擰。

こじわ［小皺］(名) 小皺紋。

こしをあげる［腰を上げる］(連語) ① 站起來。② 行動起來。

こしをいれる［腰を入れる］(連語) 認真地做，踏踏實實。

こしをうかす［腰を浮かす］(連語) 站起。

こしをおる［腰を折る］(連語) ① 彎腰鞠躬。② 中途加以妨礙。△話の～／半腰插話。

こしをかける［腰を掛ける］(連語) ⇨ こしかける

こしをすえる［腰を据える］(連語) 沉下心幹。

こしをぬかす［腰を抜かす］(連語) ① 腰節骨軟，站不起來。② 嚇得站不起來。

こじん［古人］(名) 古人，古代人。

こじん［故人］(名) 故人，死者。

こじん［個人］(名) 個人。△旅行中は～で行動してはいけない／旅行中不得單獨行動。

ごしん［護身］(名) 防身。△～術／防身術。

ごしん［誤診］(名・他サ) 誤診。

ごしん［誤審］(名・他サ) ① 錯誤的審判。②〈體〉裁判錯誤。

ごしん［誤信］(名・他サ) 誤信，錯信的事情。

ごじん［御仁］(名) 人。(帶諷刺意味) △けったいなことをおっしゃる～だな／你這位仁兄説的真奇特。

ごじん［吾人］(代) 吾人，我們。→われ，われわれ

こじんさ［個人差］(名) 個人差別。→個体差

こじんしゅぎ［個人主義］(名) 個人主義。→利己主義

こじんじょうほう［個人情報］(名) 私人資訊，個人資訊。

こじんしょとくぜい［個人所得税］(名)〈經〉個人所得税。

こじんタクシー［個人タクシー］(名) 私人出租汽車。

こじんてき［個人的］(形動) 個人的，私人的。△〜な問題／個人的的問題。⇨ 私的

こじんまり (副・自サ) ⇨ こぢんまり

こ・す［越す］(他五) ① 越過，跨過。△山を〜／翻山。② 經過，度過。△冬を〜／越冬。△年を〜／過年。③ 遷居。△新居に〜／遷入新居。④ (也寫"超す") 超過，勝過。△先を〜／趕過去。領先。△限度を〜／超過限度。⑤ (敬) 去，來。△どちらへお〜しですか／您到哪兒去？またお〜しください／歡迎您再來。

こ・す (他五) 過濾。△砂で水を〜／用沙子濾水。→濾過する

こすい［湖水］(名) 湖水，湖。

こすい［鼓吹］(名・他サ) ① 鼓吹，宣傳。② 鼓舞。△士気を〜する／鼓舞士氣。

こす・い［狡い］(形) 狡猾。△〜やつ／狡猾的傢伙。△〜を使う／耍花招。② 吝嗇。

ごすい［午睡］(名・自サ) 午睡。→ひるね

こすう［戸数］(名) 戶數。

こすう［個数］(名) 個數。

こずえ［梢］(名) 樹梢。

コスタリカ［Costa Rica］〈國名〉哥斯達黎加。

コスチューム［costume］(名) ① 服裝。② 戲裝，古代民族服裝。

コスト［cost］(名) ① 成本。△〜がかさむ／成本提高。→原価 ② 價格。

コストアップ［cost up］(名)〈經〉提高成本。

コストダウン［cost down］(名)〈經〉降低成本。

コストパフォーマンス［cost performance］(名) 性價比，運作成本。

コストフリー［cost free］(名)〈經〉免費，奉送。

コストベース［cost base］(名) 成本核算。

コストやす［コスト安］(名)〈經〉成本低。

コスプレ［costume play］(名) "コスチューム・プレイ"的略語，現多指模仿漫畫人物、動畫人物等的變裝類比行為。

コスプレー［cosplay］(名・ス自) (虛擬) 角色扮演

コスポンサー［co-sponsor］(名) 聯合提案國，共同發起人。

コスメチック［cosmetic］(名) 髮蠟。

コスメチックレンズ［cosmetic lens］(名) 女用裝飾太陽鏡。

コスメトロジー［cosmetology］(名) 整容術。

コスモス［cosmos］(名) ① 宇宙，世界。△ミクロ〜／微觀世界。②〈植物〉大波斯菊。

コスモノート［cosmonaut］(名) 宇航員。

コスモポリス［cosmopolis］(名) 國際都市。

コスモポリタン［cosmopolitan］(名) ① 世界主義者。② 全世界的。③ 國際人。

コスモポリタンシティー［cosmopolitan city］(名) 有世界各國人居住的國際城市。

こすりつ・ける［擦り付ける］(他下一) ① 擦抹上。② 用力揉搓。

こす・る (他五) 摩擦，揉搓。△目を〜／揉眼睛。△泥をこすり落とす／把泥土蹭掉。→す

る，さする

ご・する［伍する］(自サ) 與…為伍。△列強に〜／加入列強行列。

こす・れる (自下一) 摩擦，蹭。

こせい［個性］(名) 個性。

ごせい［互生］(名・自サ)〈植物〉(葉) 互生。→対生，輪生

ごせい［悟性］(名) 才智，理解力。

ごせい［語勢］(名) 口氣，語勢。△〜を強める／加強語氣。

こせいだい［古生代］(名)〈地〉古生代。

こせいてき［個性的］(形動) 個性的。△〜な文章／有個性的文章。

こせき［戸籍］(名) 戶口，戶籍。△〜を移す／遷戶口。

こせき［古跡］(名) 古跡。

こせきしょうほん［戸籍抄本］(名) 戶口的一部分內容的副本。

こせきとうほん［戸籍謄本］(名) 戶口複製件。

こせこせ (副・自サ) ① 小氣，不大方。② 狹窄。△〜した家／狹窄的房子。

ごせっく［五節句・五節供］(名) 五個節日：人日 (一月七日)、上巳 (三月三日)、端午 (五月五日)、七夕 (七月七日)，重陽 (九月九日)。

こぜに［小銭］(名) ① 零錢，零用錢。② 少量資金。

こぜりあい［小競り合い］(名) ① (小股部隊的) 小衝突，小規模接觸。② 小糾紛，小麻煩。

ごせん［互選］(名・他サ) 互選。

ごぜん［午前］(名) 上午。△〜中／上午 (之內)。

ごぜん［御前］(名) ① 御前。△〜会議／御前會議。② (尊稱) 大人。

ごぜん［御膳］(名) ① 小食桌。△〜を並べる／佈置膳桌。② 飯食。△〜をいただく／用膳。

こせんきょう［跨線橋］(名)〈鐵路〉天橋，跨綫橋。

ごぜんさま［午前様］(名) 在外玩到半夜才回家的人。

ごせんし［五線紙］(名)〈樂〉五綫譜紙。

こせんじょう［古戦場］(名) 古戰場。

こそ (副助) ① 正是，就是，才是。△雪があって〜北海道の冬だ／正是下雪才堪稱北海道的冬天。△君〜わが命／你就是我的命根子。② (用"ばこそ"的形式) 正因為。△きみのためを思えば〜，言いにくいことも言っているのだ／正是為你着想才説這難以啟齒的事。③ 只會，只有。△タバコはからだに害〜あれ，益はない／吸煙只會對身體有害而無一點益處。

こそあど (名) 以"こ、そ、あ、ど"為詞頭的指示語。

こぞう［小僧］(名) ① 小和尚。→小坊主 ② 小伙計，學徒店員。→でっち ③ 毛孩子。△いたずら〜／淘氣鬼。

ごそう［護送］(名・他サ) 押送，押解。△犯人を〜する／押解犯人。

ごぞう［五臓］(名) 五臟。△〜六腑／五臟六腑。

こそく［姑息］(形動) 姑息。△〜な手段／權宜之計。

ごそくろう［御足勞］(名) 勞步。△〜をおかけします／勞您走一趟。

こそこそ (副・自サ) 偷偷摸摸地。△陰で何を〜やっているか知れやしない／誰知鬼鬼祟祟地在背地裏幹些甚麼。

こぞって (副) 全都，一致地。△〜贊成する／全都擁護。

こそで［小袖］(名)① 窄袖便服。② 絲綢棉襖。

こそばゆ・い (形)① 癢。② 難為情。

ごぞんじ［御存じ］(名)① 您知道。△〜の通り／正如您所知。② 您認識。△〜の方がいらしたら紹介してください／如有您認識的人，請給我介紹一下。

こたい［固体］(名) 固體。

こたい［個体］(名)① 個體。②〈生物〉單獨生活的生物體。↔ 種

こだい［古代］(名) 古代。

こだい［誇大］(形動) 誇大，誇張。△〜に言う／誇大其詞。

ごたい［五体］(名)① 五體，全身。②（書法的）五種字體。

こだいこ［小太鼓］(名) 小鼓。

こだいこうこく［誇大広告］(名) 言過其實的廣告。

ごだいしゅう［五大州］(名)〈地〉五大洲。

こだいもうそう［誇大妄想］(名) 誇大妄想。△〜狂／妄想狂。

ごたいりく［五大陸］(名) ⇨ 五大洲

こたえ［答え］(名)① 回答。△〜を返す／答覆。② 答案，解答。△〜が合う／答案正確。

こたえ［応え］(名) 反應，效驗。△〜がない／沒有反應。△歯ごたえがいい／有咬頭。△手ごたえがある／有反應，幹起有勁。

こたえられない［堪えられない］(連語)（好得）不得了。△こたえられないほどうまい／好吃得不得了。△風呂あがりのビールはこたえられない／洗完澡來杯啤酒可沒比的。

こた・える［答える］(自下一)① 回答。△質問に〜／回答問題。② 解答。△次の問いに〜えよ／解答下列問題。

こた・える［応える］(自下一)① 響應，反應，報答。△歓声に〜／向歡呼者致意。△期待に〜／不辜負期待。→応じる ② 深感，痛感。△寒さが〜／冷得厲害。△胸に〜／打動心弦。→ひびく

こだか・い［小高い］(形) 略微高起。△〜丘／略高起的山丘。

こだから［子宝］(名) 小寶貝，孩子。△〜にめぐまれる／兒女滿堂。

ごたごた Ⅰ (名・自サ) 糾紛。△家内には〜が絶えない／家裏不斷鬧糾紛。Ⅱ (副自サ) 亂糟糟。△〜した大通り／亂哄哄的大馬路。△あまり〜言うな／別一個勁兒嘮叨。

こだし［小出し］(名) 一點一點地拿出來。△貯金を〜にして使う／把存的錢零星使用。

こだち［木立］(名) 樹叢。

こたつ［火燵］(名) 燻籠，被爐。△〜に入る／把腿伸進被爐裏。

コダック［Kodak］(名) 柯達相機。

ごたぶんにもれず［御多分に漏れず］(連語) 並不例外。（多用於貶義）。

こだま (名・自サ) 回聲。△山に〜する／在山中回響。

こだわ・る (自五) 拘泥。△メンツに〜／太愛面子。△目先の利害に〜／只顧眼前利益。

ごだんかつよう［五段活用］(名)（日語動詞的）五段活用。

コタンゼント［cotangent］(名)〈數〉餘切。（也說 "コタンジェント"）

こちこち (形動) 僵硬，硬邦邦。△〜にこおる／凍得硬邦邦。△〜の石頭／花崗石腦袋。△〜になっている受験生／緊張的考生。

ごちそう［御馳走］(名・自サ)① 款待。△〜になる／被請（吃飯）。② 好吃的東西，飯菜。

ごちそうさま［御馳走様］(連語) 多謝您款待。

ゴチック［德 Gotik］(名) ⇨ ゴシック

こちゃく［固着］(名・自サ) 黏着，緊貼着。△貝が岩に〜する／貝黏在岩石上。

ごちゃごちゃ Ⅰ (形動・副・自サ) 亂七八糟，雜亂。△〜した部屋／亂糟糟的房間。Ⅱ (副) 嘮嘮叨叨。△〜言う／嘮嘮叨叨地說。

こちょう［胡蝶］(名) 蝴蝶。→ちょう

こちょう［誇張］(名・他サ) 誇大，誇張。△〜して言う／誇大其詞。

ごちょう［語調］(名) 語調。△〜をつよめる／加強語調。→語気，語勢

こちら (代)① 這邊。△〜へお入りください／請往這邊進。② 這位。△〜は山田さんです／這位是山田先生。③ 我，我們。△もしもし，〜は田中ですが／(打電話) 喂，我是田中…

コチロン［cotillon］(名) 沙龍舞。（也說 "コチョン"、"コティヨン"、"コティリオン"）

こぢんまり (副・自サ) 小而整潔，小巧玲瓏。△〜(と) した家／雅致舒適的小房。

こつ［骨］(名)① 骨灰。△お〜をひろう／收骨灰。② 秘訣，竅門。△〜をつかむ／抓住要領。△〜を覚える／掌握訣竅。

こつあげ［骨揚］(名) 收骨灰。→こつ拾い

ごつ・い (形)① 粗壯。△〜からだの男／粗手大腳的漢子。△〜パン／粗麵包。② 粗魯。

こっか［国家］(名) 國家。

こっか［国歌］(名) 國歌。

こっかい［国会］(名) 國會。

こづかい［小使］(名) 當差的。→用務員

こづかい［小遣い］(名) 零用錢。→ポケットマネー

こっかいぎいん［国会議員］(名) 國會議員。

こっかく［骨格］(名)① 骨骼。② 骨架。△建物の〜／建築物的骨架。

こっかこうむいん［国家公務員］(名) 國家公職人員。↔ 地方公務員

こっかしゅぎ［国家主義］(名) 國家主義。

こっかん [酷寒] (名) 嚴寒。

こっき [克己] (名) 克己，自制。△～心／克制精神。

こっき [国旗] (名) 國旗。

こづきまわ・す [小突き回す] (他五) 連推帶搡。

こっきょう [国教] (名) 國教。

こっきょう [国境] (名) 國境。△～線／國境綫。

コック [cock] (名) ① 開關。△ガスの～／煤氣開關。② 〈俗〉陰莖。

コック [荷 Kok] (名) 廚師。

こっく [刻苦] (名・自サ) 刻苦。△～勉励／艱苦奮鬥。

こづ・く [小突く] (他五) (用手指) 捅，戳。

コックス [cox] (名) 〈體〉(賽艇) 舵手。

コックピット [cockpit] (名) 飛機操縦室。

こっけい (形動) 滑稽，詼諧。△～なことを言う／逗樂子。

こっけいぼん [滑稽本] (名) (文學) 滑稽書。(江戸時代流行的一種小説)

こっけん [国権] (名) 國家權力，統治權。△～を発動する／動用國家權力。

こっけん [国憲] (名) 國家的憲法。

こっこ [国庫] (名) 國庫。

こっこう [国交] (名) 邦交。△～を樹立する／建立。△～を恢復する／恢復邦交。

ごつごうしゅぎ [御都合主義] (名) 機會主義，隨風倒。

こっこく [刻刻] (副) 每時每刻，時時刻刻。△～と変化する／時刻變化。

ごつごつ (副・自サ) ① 堅硬，凹凸不平。△～した岩／堅硬的岩石。△～した手／粗糙的手。② 生硬，粗魯。△～した文章／筆調生硬的文章。△～した男／態度生硬的人。粗魯的人。

こつこつ (と) (副) ① 勤懇，孜孜不倦。△～働く／埋頭工作。△～ (と) 勉强する／孜孜不倦地學習 ② 咯噔咯噔。△くつおとが～ (と) ひびく／皮鞋聲咯噔咯噔地響。

こつざい [骨材] (名) 〈建〉摻和到水泥中的砂石等材料。

こつし [骨子] (名) 要點，主旨，主要内容。

こつずい [骨髄] (名) 骨髓。△恨み～に徹する／恨之入骨。

こっせつ [骨折] (名・自サ) 骨折。

こつそしょうしょう [骨粗鬆症] (名) 〈醫〉骨質疏鬆症。

こっそり (副) 悄悄，偷偷。△へやを～ (と) ぬけだす／悄悄溜出房間。→ひそかに

ごっそり (副) 全部，通通。△～と持っていく／一點不剩全拿走。→根こそぎ

ごった (形動) 混雜，亂。△いろいろな本が～に並んでいる／各式各様的書籍亂七八槽地擺在一起。

ごったかえ・す [ごった返す] (自五) 雜亂無章，擁擠不堪。△大掃除で家の中が～している／因為大掃除家裏弄得亂七八糟。

ごったに [ごった煮] (名) (日本菜) 雜燴。

こっち (代) ① 這兒，這邊。△～へいらっしゃい／請到這裏來。② 我，我們。△～にも考えがあるが／我也有我的考慮。

こづつみ [小包] (名) ② 郵包，包裹。△～を出す／寄包包。△～で送る／用包裹寄去。

こづつみゆうびん [小包郵便] (名) 包裹郵件。

コッテージ [cottage] (名) 村舍，別墅。

こってり (副) ① (自サ) 味濃，油膩。△バターを～ぬる／塗厚厚的奶油。△～した味をこのむ／喜好味濃油大的。↔ あっさり ② 狠狠地。△先生に～としぼられた／被老師狠狠地訓了一頓。

ゴッド [god, God] (名) ① 神 ② 〈宗〉上帝。

こっとう [骨董] (名) 古董，古玩。

ゴッドファーザー [godfather] (名) 教父。

ゴッドマザー [godmother] (名) 教母。

コットン [cotton] (名) 棉花，棉布，棉紗。

こつにく [骨肉] (名) 骨肉。△～の争い／骨肉之爭。

こつにくあいはむ [骨肉相食む] (連語) 骨肉相殘，箕豆相煎。

こっぱ (名) ① 木屑，碎木片。② 微不足道。△～役人／小官吏。→野郎／廢物。

こっぱい [骨灰] (名) (燒製) 骨粉。(肥料)

こつばこ [骨箱] (名) 骨灰盒。

こっぱみじん (名) 粉碎。△ワイングラスが～になった／葡萄酒杯打得粉碎。△～にやっつけられる／被人狠狠地打 (整了) 一頓。

こつばん [骨盤] (名) 骨盆。

こつぶ [小粒] Ⅰ (名) 小粒。↔ 大粒 Ⅱ (名・形動) 身體矮小。△～の人／身材矮小的人。

コップ [荷 Kop] (名) 玻璃杯，杯子。→グラス

コップざ [コップ座] (名) 〈天〉巨爵座。

コップのなかのあらし [コップの中の嵐] (連語) 無關大局的亂子。

コッペパン (名) 橄欖形麵包。

コッヘル [德 Kocher] (名) (登山) 裝配式炊事用具。

こつまく [骨膜] (名) 〈解剖〉骨膜。△～炎／骨膜炎。

こづめ [小爪] (名) 甲牀 (指甲根上發白的月牙形部分)。

こて [鏝] (名) ① 抹子。△～で壁を塗る／用抹子抹牆。→へら ② 熨斗。△～をあてる／用熨斗熨。→アイロン ③ 燙髪鉗。④ 焊接鐵。△電気～／電烙鐵。

ごて [後手] (名) ① 後下手，被動。△～にまわる／陷於被動。② (圍棋) 後手。↔ 先手

こてい [固定] (名・他サ) 固定。△～資本／固定資本。△蛍光燈を壁に～する／把日光燈固定在牆上。

こていきおくそうち [固定記憶装置] (名) (電子計算機) 永久存儲器。

こていひょう [固定票] (名) (選舉中的) 固定票。↔ 浮動票

コテージ ⇨ コッテージ

こてき [鼓笛] (名) 鼓和笛子。

こてこて（副・自サ）〈俗〉厚，多。△〜に塗りたくる／抹得厚厚的。△〜と化粧する／濃妝艷抹。

ごてごて（副・自サ）① 絮絮叨叨。② 多。△〜と儲ける算段／準備大撈一把。③ 雑亂。④ 胡攪蠻纏。

こてさき［小手先］（名）手指尖。△〜の仕事／手工活兒。△〜がきく／手巧。△〜の細工を弄する／耍小聰明。

こてしらべ［小手調べ］（名・自サ）先試一試。△〜にやってみる／試試看。→うでだめし

ごてつ・く（自五）〈俗〉① 亂七八糟。② 絮叨。

ごてどく［ごて得］（名）不得便宜不罷休。

こてまわし［小手回し］（名）善於隨機應變。

ご・てる（自下一）〈俗〉發牢騷。

こてをかざす［小手をかざす］（連語）手搭涼棚（把手放在額前）。

こてん［古典］（名）古典，古籍。△〜文学／古典文學。

こてん［個展］（名）個人作品展覽會。

ごてん［御殿］（名）① 府邸。② 豪華住宅。

ごでん［誤電］（名）① 内容錯誤的電報。② 錯拍的電報。

こてんしゅぎ［古典主義］（名）古典主義。

こと［事］（名）① 事，事情，事實。△むかしのこと／過去的事。△〜の起こりはこうだ／事情的起因是這樣的。② 麻煩事。△それは〜だな／那可是個事兒了。△一週間は〜なくすぎた／一個星期平安無事過去了。③ 情況。△〜ここにいたってはどうしようもない／事已至此，毫無辦法。△そんな〜では成功はおぼつかない／那樣可沒有成功的希望。

こと（名）（作形式名詞用，不寫漢字）① 歸納前述事項。△山にひとりで行く〜は危険だ／一個人上山危険。② 用於表示經驗。△まだ負けた〜がない／還沒輸過。△どこかで見た〜がある／曾經在哪兒看見過。③ 表示場合之意。△休む〜もある／有時也休息。△雪の降った翌日は晴れる〜が多い／雪後的第二天多是晴天。④ 用於表示能够，可以。△もう歩く〜ができる／已經會走了。△入る〜はできない／不可以進去。⑤ 用於表示必要之意。△慌てて帰る〜はない／不必急着回去。⑥ 用於表示聽説。△彼女はもうすっかり元気になったという〜だ／據説她已完全好了。⑦ 用於建議或命令。△今のうちにやめる〜だ／最好現在就罷手。△印鑑持参の〜／須帶手續。

こと［琴］（名）古琴，筝。△〜を弾く／彈琴。

こと［古都］（名）故都，古都。

こと［糊塗］（名・他サ）敷衍，掩飾。△自分の失敗を〜する策／掩飾自己失敗的辦法。

こと（終助）① 表示感嘆。△まあ，かわいいお人形だこと／啊，好可愛的娃娃呀。② 表示徵求對方同意。△あら，この写真，秋山さんじゃないこと？／哎呀，這照片兒是秋山嗎？

こと［異］（名）異，不同。△立場を〜にする／立場不同。

－ごと（接尾）連同，一起。△ケース〜宝石をぬすまれた／連盒子帶寶石被偷走了。△リンゴを皮〜食べる／帶皮吃蘋果。

－ごと（接尾）毎。△家〜に配る／挨家分送。△1メートル〜に木を植える／毎隔一米栽一棵樹。

ことあたらし・い［事新しい］（形）新。△彼の話に〜ところはなかった／他的話沒新鮮内容。△〜く言うまでもない／不須再説。

ことあれかし［事あれかし］（連語）唯恐天下不亂。△ことあれかしと待ち構える／等待鬧事。

ことう［孤島］（名）孤島。→離島

こどう［鼓動］（名・自サ）（心臓的）跳動，搏動。△新時代の〜が聞こえる／聽到新時代的搏動。

ごとう［語頭］（名）詞頭。

ゴドウィンオースチン［Godwin Austen］（名）哥德文奧斯騰峰（為喀拉崑崙山之最高峰，世界第二高峰）。

こどうぐ［小道具］（名）①（舞台用）小道具。↔ 大道具 ② 小工具。△〜入れ／工具箱。

ごとうしょ［御当所］（名）（相撲）力士的出生地。

－ことがある（連語）① 接在動詞過去式後，表示“…過”。△いちど行ったことがある／去過一次。② 接在動詞終止形後，表示有時，偶而。△南国でも，ときには雪が降ることがある／南方有時也下雪。

－ことがあるか（連語）接在動詞連體形後，表示沒有價值，不值得，無必要。△なにを泣くことがあるか／值得哭嗎？

－ことがおおい［ことが多い］（連語）接在動詞連體形後，表示“大多…”。△雪のふった翌日は晴れることが多い／下雪後第二天多是晴天。

ことか・く［事欠く］（自五）缺少，不足。△毎日の食事にも〜ありさまだ／連毎天的飯都成問題。→不自由する

－ことができる（連語）接động詞連體形後，表示可能。△いまならやり直す〜／現在還可以改正。

ことがら［事柄］（名）事情，事態，△見てきた〜／親眼看到的事情。

ごとき（助動）好像，如同。△大地をゆるがす〜喚声／似震撼大地的喊聲。

ことき・れる［事切れる］（自下一）嚥氣，死亡。→息たえる，息をひきとる

こどく［孤独］（名・形動）孤獨，孤單。

ごとく［五徳］（名）（支鍋用的）火撐子。

ごとく（助動）如同，有如。△表に示した〜／如表所示。△平常の〜／像平常一様。照例。

ことここにいたる［事ここに至る］（連語）事已至此，事到這般地步。△事ここに至っては万事休すだ／事到如今，一切完了。

ことこころざしとちがう［事志と違う］（連語）事與願違。

ことごとく（副）所有，全部。△みるもの聞くもの〜めずらしい／看到的聽到的都是稀奇的。

ことごとし・い［事事しい］（形）誇張，小題大作。

ことさら Ｉ（形動）特意。△〜なものの言いかたが気に入らない／不喜歡他裝模作樣的說話方式。→わざと Ⅱ（副）特別。△雨の日は〜さびしい／雨天格外寂寞。→とりわけ

ことし［今年］（名）今年。

ごとし（助動）⇨ごとく

ことた・りる［事足りる］（自下一）夠用，足夠。△これで十分〜／這就足够了。→まにあう

ことづけ［言付け］（名）託帶口信。

ことづ・ける［言付ける］（他下一）託帶口信，託付。△手紙を〜／捎封信。

ことづて［言づて］（名・他サ）① 傳說。△〜に聞く／據傳說。② 捎口信，寄語。△〜をたのむ／求捎口信。→伝言，言づけ

ことづめ［琴爪］（名）彈古琴用的指甲。

ことと・する［事とする］（他サ）從事，專攻。△研究を〜／專事研究工作。

－こととて（接助）由於，因為。△休み中の〜うまく連絡がつかなかった／因為是在假期，沒能很好聯繫上。

ことなかれしゅぎ［事無かれ主義］（名）但求平安無事的消極態度，多一事不如少一事。

ことなきをえる［事なきを得る］（連語）事沒鬧大。

ことなく［事なく］（副）平安無事。△夏休みも〜終わった／暑假也平安地過完了。

ことな・る［異なる］（自五）不同。△次元が〜／層次不同。△〜人種／不同的種族。

ことに（副）特別，格外。△彼女の演技が〜光っていた／她的演技分外出色。→とくに，とりわけ

－ごとに（接尾）⇨ごと［毎］

－ことにしている（連語）表示習慣。△私は夜10時には寝ることにしている／我晚上十點就睡。

－ことにする［異にする］（連語）不同，有區別。△意見を異にする／意見不同。

ことにする（連語）表示決定做某事。△結局進学することにした／最終還是決定升學了。

－ことになる（連語）表示結果。△結局100万円損したことになる／結果是虧損一百萬日圓。△２人はいよいよ結婚することとなった／兩人終於要結婚了。

ことによると［事によると］（連語）（在某種情況下）有可能…，也許。△彼はことによると家にいないかも知れない／他也有可能不在家。△ことによるとあいつは山師かも知れない／說不定那小子是個騙子。

ことのほか［殊の外］（副）① 意外。△〜早くついた／沒想到早到了。→案外 ② 特別，格外。△〜散歩がすきだ／特別喜歡散步。→とくに

ことば［言葉］（名）① 話，語言，言詞。△〜が通じない／語言不通。△書き〜／書面語。△適当な〜がみつからない／找不合適的字眼兒。△〜をかける／打招呼。② 小說、戲曲中的對話，歌劇中的道白。

ことばあそび［言葉遊び］（名）語言遊戲。

ことばづかい［言葉遣い］（名）說法，措詞。△上品な〜／文雅的措詞。△〜に注意する／注意措詞。

－ことはない（連語）接在動詞連體形後，表示有沒有價值或必要。△あわてて帰えることはあるまい／不用着急回家。

ことばのあや［言葉の綾］（名）巧妙的措詞，華麗的詞藻。

ことぶき［寿］（名）慶賀，祝詞。

ことほ・ぐ［寿ぐ］（他五）致祝詞、祝壽。△長寿を〜／祝長壽。

こども［子供］（名）小孩。△〜ができる／有孩子。懷孕。△〜預り所／託兒所。△〜扱いにする／當做孩子看待。

こどもごころ［子供心］（名）童心，孩子氣。

こどもずき［子供好き］（名）喜愛小孩兒。

こどもだまし［子供だまし］（名）哄小孩兒的玩意兒。

こどもっぽ・い［子供っぽい］（形）孩子氣。

こどもづれ［子供連れ］（名）帶領孩子（的父母）。

こともなげ［事も無げ］（形動）若無其事，滿不在乎。

こどものひ［子供の日］（名）兒童節（五月五日）。

こどもむき［子供向き］（名）適合兒童，以兒童為對象。△〜の映画／兒童電影。

ことよ・せる［事寄せる］（他下一）假託。△病気に事寄せて辞職する／假託有病而辭職。

ことり［小鳥］（名）小鳥。

ことわざ［諺］（名）諺語。

ことわり［断り］（名）① 謝絕，拒絕。△〜の手紙／拒絕的信。② 通知。△なんの〜もなしに／事前沒打任何招呼。

ことわ・る［断る］（他五）① 謝絕，拒絕。△客を〜／謝絕來訪。② 預先通知。△だれにも断らずに帰った／沒向任何人請示就回去了。

こな［粉］（名）粉，粉末。△〜をひく／磨粉。→粉末

こなぐすり［粉薬］（名）藥麵兒。→散薬

こなし（名）動作，舉止。△身の〜がかるい／舉止輕盈。

こな・す（他五）① 消化（食品）。② 掌握。△ドイツ語を〜／精通德語。△役を〜／扮演角色得心應手。③ 完成。△３日の仕事を１日で〜／三天的工作一天做完。△数で〜／以數量取勝。

こなせっけん［粉石鹼］（名）肥皂粉。

こなまいき［小生意気］（形動）狂妄，傲氣。

こなみじん［粉微塵］（名）粉碎。△〜にくだく／砸得粉碎。→こっぱみじん

こなミルク［粉ミルク］(名) 奶粉。

こなゆき［粉雪］(名) 細雪。

こな・れる (自下一) ① 消化。② 掌握，運用自如。△こなれた文章／圓熟的文章。

コニーデ［德 konide］(名)〈地〉錐状火山。

こにくらし・い［小憎しい］(形) 令人生氣。△～子ども／氣人的孩子。

こにもつ［小荷物］(名) 随客車運輸的小件行李。→客車便

ごにん［誤認］(名・他サ) 誤認，錯認。△彼の弟を本人と～する／把他弟弟誤認為是他本人。

ごにんばやし［五人ばやし］(名) 三月三日陳列的偶人中的五童子。

こぬかあめ［小ぬか雨］(名) 牛毛細雨。→霧雨，ぬか雨

コネ (名) 人事關係，門路。△～をつける／拉關係。△～で採用された／憑門子被録取了。

こねか・えす［捏ね返す］(他下一) ① 反覆揉和。② (把事情) 攪亂。

こねまわ・す［捏回す］(他五) ① 反覆揉和。② 擺弄來擺弄去。△偉そうな理屈だけを～／淨反覆講大道理。

こ・ねる［捏ねる］(他下一) ① 揉和。△メリケン粉を～／和麵。△泥を～／和泥。② 搬弄。△屁理屈を～／強詞奪理。△だだを～／(小孩) 撒嬌，磨人。

ご・ねる (自下一) 發牢騷，抱怨。

この (連體) 這，這個。△～本に書いている／這本書上寫着。△～春／今春。

このあいだ［この間］(名) 最近，前幾天。△彼に会った／前幾天見到了他。→先日

このうえ［此の上］(副) ① 除此之外。△君は～何を望むのか／你還想要甚麼？② 事到如今。△～は何を隠そう／事已至此，還有甚麼可瞞的！

このうえない (連語) 無上。△このうえない幸わせ／無比幸福。

このかた［この方］Ⅰ (名) 以來，以後。△10年～会っていない／十年來沒見面。Ⅱ (代) 這位，("この人" 的敬語) △校長先生は～です／校長是這位。

このごろ［この頃］(名) 近來，這些天來。△～のできごと／近來發生的事。→近ごろ，最近

このさい［この際］(副) 此刻，在目前情況下。△～だから全部お話します／事到如今，我就全説了罷。

このたび［この度］(名) 這次，這回。△～おめでとうございます／這次恭喜你了。→今回

このて［この手］(名) ① 這方法。△～で攻めよう／用這一手來進攻。② 這種，這類。△～の品はまだありますか／這一路貨還有嗎？

このは［木の葉］(名) 樹葉。→きのは

このはがえし［木の葉返し］(名) ① 秋風掃落葉。② 傾斜旋轉特技飛行。

このはずく (名)〈動〉紅角鴞。

このへん［この辺］(名) 這裏，附近。△～に銀行はありませんか／附近沒有銀行嗎？△で は、～で切り上げます／那麼就到此結束吧。

このほか［此の外］(名) 此外，其他。△～は全部済んだ／其餘的全做完了。△～にまだ 10 人いる／另外還有十個人。

このほど［この程］(名) ① 最近。② 這回，這次。

このまえ［この前］(名) 上次，最近。△～会ったとき／上次見面時。

このまし・い［好ましい］(形) 可喜，令人滿意。△～返事／令人滿意的答覆。△好ましくない傾向／不良傾向。

このまま (副) 就這樣 (原封不動)。△～ほっておく／就這樣置之不理。△～では済むまい／不會就這樣了事的。

このみ［好み］(名) 愛好。△～に合う／合乎口味。△お～の一品料理／随便點的菜。△最近の～／最近正流行，正時興。→嗜好

この・む［好む］(他五) 愛好，喜歡。△果物を～／喜歡水果。△～と好まざるとにかかわらず／不論願意與否。

このもし・い［好もしい］(形) →このましい

このよ［この世］(名) 人世，人間。△～を去る／去世。△～にいない／不在人世。↔ あの世

こはく［琥珀］(名) 琥珀。

ごはさん［御破算］(名) ① (算盤) 去了重打。△～で願いましては／去了重打上…② 一筆勾銷，(事情) 重新作起。△～にする／一筆勾銷。

こばしり［小走り］(名) 小步疾走。△～に走る／小跑。

こはずかし・い［小恥しい］(形) 怪不好意思。△～思いをする／怪臊的。

こばた［小旗］(名) 小旗。

こばち［小鉢］(名) 小盆。

こばなし［小話］(名) 小故事，小笑話。

こばなをうごめかす［小鼻をうごめかす］(連語) 洋洋得意。

コハビタント［cohabitant］(名) 同居者。

コハビテーション［cohabitation］(名) 同居，同居生活。

こば・む［拒む］(他五) ① 拒絶。△同行を～／拒絶同行。→拒否する ② 阻擋。△敵の侵入を～／阻擋敵人侵入。

こばやしいっさ［小林一茶］〈人名〉小林一茶 (1763-1827)。江戸時代後期俳人。

こばやしたきじ［小林多喜二］〈人名〉小林多喜二 (1903-1933)。昭和時代小説家。

ごばらい［後払い］(名) 後付錢。→あとばらい

コバルト［cobalt］(名)〈化〉鈷。② 天藍色。

こはるびより［小春日和］(名) 小陽春天氣。

こはん［湖畔］(名) 湖畔。

こばん［小判］(名) (江戸時代的) 小金幣。↔ 大判

ごはん［御飯］(名) ① 米飯。△～を炊く／煮米飯。② 飯，餐。△～ですよ／開飯了。

ごはん［誤判］(名) ① 錯誤判斷。②〈法〉錯判。

ごばん［碁盤］(名) 棋盤。

こび［媚］(名) 媚。△〜を売る／諂媚。

ごび［語尾］(名)〈語〉① 詞尾。② 一句話的結尾部分。

コピー［copy］I (名・他サ) 複印，複製。△〜用紙／複印紙。△〜を取る／複製。→写しII (名) 廣告稿。△〜ライター／廣告撰寫者。

コピーアンドペースト［copy and paste］(名)〈IT〉複製和粘貼。

コピーき［コピー機］(名) 影印機。

コピーキャット［copycat］(名) 模仿他人的人，模仿秀。

コピーし［コピー紙］(名) 複印紙。

コピーしょくひん［コピー食品］(名) 人造食品，仿製食品。

コピイスト［copyist］(名) 謄寫員，抄寫員。

コピーライター［copywriter］(名) 撰寫廣告的人。

コピーライト［copyright］(名) 版權，著作權。

コピイングフレス［copying press］(名) 複印機。

こびき［木びき］(名) 伐木，伐木工。

ゴビさばく［ゴビ砂漠］(名)〈地〉戈壁沙漠。

こひざをうつ［小膝を打つ］(連語) 一拍大腿。(表示同意或讚嘆)

こひつじ［小羊］(名) 小羊，羊羔。

こびと［小人］(名) 矮子，小個子。

ごびゅう［誤謬］(名) 錯誤，謬誤。△〜を指摘する／指出錯誤。

こひょう［小兵］(名) 身材矮小的人。→小柄，小粒 ↔ 大兵

こびりつ・く (自五) 黏着，附着。△なべに〜／黏在鍋上。△頭に〜／念念不忘。

こひる［小昼］(名)① 傍晌。②(上午的) 茶點，零食。

こ・びる［媚びる］(自上一) 諂媚。

こぶ［瘤］(名)① 瘤子。△〜ができる／長了瘤子。△目の上の〜／眼中釘。② 凸起部分。△らくだの〜／駝峰。

こぶ［昆布］(名)⇨こんぶ

こぶ［鼓舞］(名・他サ) 鼓舞。△士気を〜する／鼓舞士氣。

ごぶ［五分］(名)① 五分，半寸。② 百分之五。③ 不分上下。△〜の勝負／不分勝負。→対等，互角

こふう［古風］(名・形動) 古式，舊式。△〜な家／古式的房子。△〜な考え／陳舊的思想。

ごふうじゅうう［五風十雨］(名) 風調雨順。

ごふく［呉服］(名) 和服衣料。△〜屋／綢緞莊。→反物

ごぶごぶ［五分五分］(名) 各半，均等。△〜の勝負／不分勝負。

ごぶさた［御無沙汰］(名・自サ) 久疏問候。

こぶし (名)〈植物〉辛夷。

こぶし (名) 拳，拳頭。△〜をふりあげる／揮舞拳頭。→げんこつ

ごふじょう［御不浄］(名) 廁所。

こぶとり［小太り］(名・形動) 稍微肥胖。△丸顔で〜な女／圓臉稍胖的女人。

こぶね［小船・小舟］(名) 小船。

コブラ［cobra］(名)〈動〉眼鏡蛇。

こぶり［小降り］(名) (雨、雪等) 小下。△雨が〜になる／雨小了。

こぶり［小振り］I (名) 微微搖動。II (名・形動) 小型，小號的。△〜な茶わん／小碗。↔ 大振り

ゴブレット［goblet］(名) 高腳杯。

こふん［古墳］(名) 古墓，古墳。△〜時代／〈史〉古墳時代。

こぶん［子分］(名)① 手下，黨羽。↔ 親分 ② 義子。

こぶん［古文］(名) 古文。↔ 現代文

ごへい［御幣］(名) 祭神驅邪幡。

ごへい［語弊］(名) 語病。△〜がある／有語病。

ごへいをかつぐ［御幣を担ぐ］(連語) 迷信。

こべつ［個別］(名) 個別。△〜に面談する／個別面談。

コペルニクス［Nicolaus Copernicus］〈人名〉哥白尼 (1473-1543)。波蘭天文學家。

こべん［小弁］(名) 小花瓣。

ごほう［語法］(名) 語法。→文法

ごほう［誤報］(名) 錯誤的報道，錯誤消息。

ごぼう［牛蒡］(名)〈植物〉牛蒡。

こぼうず［小坊主］(名)① 小和尚。② 小鬼，小傢伙。

ごぼうぬき［ごぼう抜き］(名)① 連根拔。② 一個個地抽辦。③ (賽跑時) 一個個地趕過去。

こぼ・す［零す］(他五)① 灑。△お茶を〜／灑了茶。△涙を〜／落淚。② 發泄。△ぐちを〜／發牢騷。

こぼればなし［こぼれ話］(名) 軼聞。→余話，エピソード

こぼ・れる［零れる］(自下一) 溢出。△水が〜／水灑了。△ご飯が〜／灑飯粒。△えみが〜／忍俊不禁。(憋不住笑)

こぼ・れる［毀れる］(自下一) 損壞。△刃が〜／刀刃捲了。

こぼんのう［子煩悩］(名・形動) 為子女操心。△〜な父／特別疼愛子女的父親。

こま (名・接尾)① 膠片、幻燈、電影的一個鏡頭。② 一段情節，一個片斷。

こま (名) 陀螺。△〜を回す／轉陀螺。

こま (名)① 馬駒子，小馬。② (象棋的) 棋子。△持ちごま／手裏拿的棋子。③ 琴馬。④ 擺木板間隙中墊的木塊。⑤ 皮箱下面的小車。

ごま［胡麻］(名) 芝麻。△〜油／香油，芝麻油。△〜みそ／芝麻醬。

コマーシャル［commercial］(名) (電視、廣播等中的) 廣告。→ CM

コマーシャルソング［commercial song］(名) 商業廣告歌曲，廣告節目歌曲。

コマーシャルタイム［commercial time］(名) 商業節目時間。

コマーシャルベース［commercial base］(名) 商業核算，成交基礎。

コマース［commerce］(名)〈經〉商務，貿易。

こまい〔古米〕(名)陳大米。↔新米

こま・い〔細い〕(形)①⇨こまかい ②⇨ちいさい ③吝嗇，花錢精打細算。

こまいぬ〔こま犬〕(名)(神社等殿前或門前擺設的)石犬。

こまおとし〔こま落とし〕(名)慢速拍攝。

こまか・い〔細かい〕(形)①細小，零碎。△お金を細かくする/把錢破開。②精密，精密。△細かく説明する/詳細說明。→詳細 入微。③心づかい/細心。④吝嗇。△お金に～/花錢精打細算。

ごまかし(名)欺騙，掩飾。△～にひっかかる/上當受騙。△～物/假貨。

ごまか・す(他五)①欺騙，欺瞞，蒙混。△年を～/謊報年齡。△金を～/騙錢。△人目を～/掩人耳目。△笑って～/笑着掩飾過去。②舞弊。△勘定を～/報假賬。△税金を～/偷稅。

こまぎり〔細切り〕(名)切碎。△～にする/切成碎塊。

こまぎれ〔細切れ〕(名)切剩的零頭。

こまく〔鼓膜〕(名)〈解剖〉鼓膜。

こまげた(名)低齒木屐。

こまごま(副)①瑣碎。△～(と)した雑用を一手にひきうける/一手攬下零零碎碎的雑活。②詳詳細細。△事件の推移を～と説明する/詳細說明事情的原委。

ごましお〔ごま塩〕(名)①芝麻鹽。②斑白的頭髮。△～頭/滿頭花白頭髮。

ごますり(名)阿諛，拍馬屁。

こまた〔小股〕(名)小步。△～に歩く/小步走。↔大股

こまたのきれあがった〔小股の切れ上がった〕(連語)苗條。

こまたをすくう〔小股をすくう〕(連語)①(乘人不備)使絆兒。②暗中使壞。

こまち〔小町〕(名)漂亮姑娘。

ごまつ〔語末〕(名)語尾。

こまつな〔小松菜〕(名)〈植物〉一種油菜。

こまどり〔小鳥〕(名)〈動〉歐駒，知更鳥。

こまぬ・く(他五)⇨こまねく

こまね・く(他五)抱着胳膊。△手を～/袖手(旁觀)。

こまねずみ(名)〈動〉白色家鼠，高麗鼠。△～のように働く/不停地工作。

こままむすび〔小間結び〕(名)死扣，死結。

こまめ〔小まめ〕(形動)勤快。

ごまめ(名)沙丁魚乾。

ごまめのととまじり〔ごまめのとと交じり〕(連語)濫竽充數。

ごまめのはぎしり〔ごまめの歯ぎしり〕(連語)螳臂當車。

こまもの〔小間物〕(名)(婦女用的)零星物品。

こまものや〔小間物屋〕(名)婦女小件用品雜貨店。

こまものやをひらく〔小間物屋を開く〕(連語)(當人面前)嘔吐。(也說“小間物屋をひろげる”)

こまやか〔濃やか〕(形動)①濃密。△～な霧が市街を包む/濃霧籠罩城市。△松の緑～に/蒼松翠柏。②深情。△～な言葉/情意深厚的話。③細膩。

こまりは・てる〔困り果てる〕(自下一)束手無策，一籌莫展。

こま・る〔困る〕(自五)①感覺困難，為難。△あつかいに～/難以處理。△返事に～/難以答覆。→弱る，まいる ②窮困。△生活に～/生活窮困。

こまわり〔小回〕(名)轉小彎。

こまわりがきく〔小回が利く〕(連語)靈活機動。

ごまをする〔胡麻を擂る〕(連語)拍馬屁。

コマンダー[commander](名)指揮官，司令官。

コマンド[command](名)〈IT〉(操作)指令，命令。

ごまんと〔五万と〕(副)〈俗〉多得很。△証拠は～ある/證據多得很。

こみ〔込み〕(名)一包在內，總共。△大小～の値段/大小摻雜一塊的價錢。△税～/連稅在內。

ごみ(名)垃圾。△～を捨てる/扔垃圾。△～の山/垃圾堆。

こみあ・う〔込み合う〕(自五)人多擁擠。→混雑する

こみあ・げる〔込み上げる〕(自下一)①往上湧。△なみだが～/眼淚汪汪。△はきけが～/作嘔。②油然而生。△よろこびが～/喜上心頭。

こみい・る〔込み入る〕(自五)錯綜複雜。△込み入った事情/錯綜複雜的情況。

コミカル[comical](名)滑稽的，有趣的。△～プレー/滑稽劇。

こみだし〔小見出し〕(名)①(報紙、雜誌等)副標題。②小標題。③辭典的分詞條。→子項目 ↔大見出し

ごみため(名)垃圾堆，垃圾場。

ごみための つる〔ごみための鶴〕(名)鮮花插在牛糞堆上。

こみち〔小道〕(名)①小徑。②胡同。

コミック[comic](名)Ⅰ〔ダナ〕喜劇的，滑稽。△～な役柄(やくがら)/喜劇角色，滑稽角色。Ⅱ①“コミックオペラ”的略語。②漫畫(故事)，漫畫雜誌。△～誌/漫畫雜誌。→コミックス

コミックス[comics](名)漫畫書，漫畫故事書。

コミックダイビング[comic diving](名)特技跳水，滑稽跳水。

コミックブック[comic book](名)漫畫冊，漫畫雜誌。

コミッショナー[commissioner](名)①委員。②(棒球、拳擊等的)最高負責人，最高管理機構。

コミッション[commission](名)①手續費，回扣。②賄賂。

コミッティー[committee](名)委員，委員會。

コミット [commit]（名）許諾，保證。

コミットメント [commitment]（名）約定，保證。

こみどり [濃緑]（名）深綠色。

ごみとり（名）土簸箕。

ごみばこ [ごみ箱]（名）垃圾箱，果皮箱。

こみみにはさむ [小耳に挟む]（連語）偶然聽到。

コミュニケ [法 communiqué]（名）外交公報，聲明。△共同～／聯合公報。

コミュニケーション [communication]（名）① 通信，報導。②（信息）溝通，交流。

コミュニスト [communist]（名）共産主義者，共産黨員。

コミュニストパーティー [communist party]（名）共産黨。

コミュニストマニフェスト [Communist Manifesto]（名）《共産黨宣言》。

コミュニズム [communism]（名）共産主義。

コミュニティーオーガニゼーション [community organization]（名）社區組織。

コミュニティーケア [community care]（名）社區社會福利。

コミュニティーセンター [community center]（名）社區活動中心，社區娛樂中心。

コミュニティーチェスト [community chest]（名）共同捐獻，公眾募捐，公眾捐獻。

コミュニティサービス [community service]（名）社區服務。

コミンテロン [komintern]（名）共産國際。

ごみ箱〈IT〉回收站。

こ・む [込む]（自五）① 人多，擁擠。△バスが～／公共汽車擁擠。△スケジュールが～／日程排得滿滿的。②費工夫，精製。△ひどく手の込んださいくがしている／工藝相當精巧。

－こ・む [込む]（接尾）①…進，…進去。△滑り～／滑入。△飛び～／跳入。闖進。△申し～／申請。②徹底，深。△考え～／深思。△信じ～／深信不疑。

ゴム [荷 gom]（名）橡膠。△～靴／膠鞋。

こむぎ [小麦]（名）〈植物〉小麥。△～粉／麵粉。

こむぎいろ [小麦色]（名）棕色，褐色。

こむぎこ [小麦粉]（名）麵粉。

ゴムシュー [gumshoe]（名）膠鞋。

こむすめ [小娘]（名）小姑娘。→少女

コムソモール [俄 Komsomol]（名）共産主義青年團。

ゴムひも [ゴム紐]（名）橡皮筋，鬆緊帶。

ごむよう [御無用]（形動）謝絕，不需要。△遠慮は～です／不用客氣。

こむらがえり [こむら返り]（名）腿肚子抽筋。

こむらさき [濃紫]（名）深紫色。

ゴムわ [ゴム輪]（名）① 橡皮圈，環形皮筋。② 橡膠輪胎。

こめ [米]（名）稻米，大米。△～をつく／搗米。△～をとぐ／淘米。△～のとぎ汁／淘米水。

こめあぶら [米油]（名）米糠油。

こめかみ（名）太陽穴。

こめくいむし [米食い虫]（名）① 米蟲。② 不勞而食的人。

こめぐら [米蔵]（名）米倉。

コメコン [COMECON]（名）〈東歐〉經濟互助委員會。

こめさし [米刺し]（名）米探子，糧探子。

こめそうどう [米騒動]（名）〈史〉糧食暴動。（1918 年由富山縣波及日本全國）

こめだわら [米俵]（名）裝米的草袋。

コメックス [Comex (commodity exchange)]（名）〈經〉紐約商品交易所。

コメット [comet]（名）〈天〉彗星。

こめつぶ [米粒]（名）稻米粒。

コメディアン [comedian]（名）喜劇演員。

コメディー [comedy]（名）喜劇，滑稽劇。

コメディーフランセーズ [法 la Comé － die Francaise]（名）法國國家劇院（巴黎）。

こめぬか [米ぬか]（名）米糠。

こめや [米屋]（名）糧店。

こ・める [込める]（他下一）① 裝填。△弾を～／裝上子彈。→つめる ② 集中（精力）。△心を～／全神貫注。△力を～／竭力。

ごめん [御免] I（名）①不願，不幹。△～（を）こうむる／不願。△見るのも～だ／看都不願看。II（感）對不起。△待たせて～／讓你久等了，對不起。△～ね／對不起。

コメント [comment]（名・自サ）評語，解説。△ノー～／無可奉告。

こも [薦]（名）粗草蓆，蒲包。

ごもく [五目]（名）① 什錦。△～ずし／什錦壽司。△～そば／什錦湯麵。② ⇨ごもくならべ

ごもくならべ [五目並べ]（名）五連棋，連珠棋，連五子。

こもごも（副）交集。△悲喜～／悲喜交集。△内憂外患～至る／内憂外患交至。

こもじ [小文字]（名）① 小字。② 小寫字母。↔ 大文字

こもち [子持ち]（名）① 有小孩的人。② 有卵。△～かれい／有子的鰈魚。③ 雙格的粗綾。

ごもっとも（形動）誠然。△その質問は～です／您那個問題提得對。△それは～ですが／話雖那麼説，可是…

コモディティー [commodity]（名）① 日用生活必需品。② 方便的東西。

こもどり [小戻り]（名）稍稍後退。

こもの [小物]（名）① 小東西，細小的零件。② 小人物。↔ 大物

こもり [子守]（名・自サ）看孩子（的人）。→ベビーシッター

こもりうた [小守歌]（名）搖籃曲，催眠曲。

こも・る（自五）① 閉門不出。△家に～／呆在家裏不出門。② 悶在（憋在）裏頭。△空気が～／空氣不流通。△声が～／聲音發悶不清楚。△けむりが～／滿屋子煙。③ 飽含。△力が～／充滿力量。

こもれび［木漏れ目］(名) 從樹葉空隙照來的陽光。

こもん［顧問］(名) 顧問。

こもん［小紋］(名) 小花紋，碎花。

コモンアジェンダ［common agenda］(名) 共同課題。

こもんじょ［古文書］(名) 古文獻，古代資料。

コモンセキュリティー［common security］(名) 共同安全保障。

こや［小屋］(名) ① 簡陋的小房。△ほったて〜/窩棚。② 畜舍。△豚〜/豬圈。③ 棚子。△芝居〜/戲棚。△〜がけ/搭棚子。

ゴヤ［Francisco José de Goya］〈人名〉哥雅 (1746–1828)。西班牙畫家。

こやかまし・い［小喧しい］(形) 愛挑剔，嘴碎。

こやく［子役］(名) ① 兒童角色。② 扮演兒童角色的少年演員。

ごやく［誤訳］(名・他サ) 誤譯。

こやくにん［小役人］(名) 小官吏。

こやし［肥やし］(名) 肥料。△〜をやる/施肥。→肥料

こやす［子安］(名)（產婦的）安產。△〜地蔵/保佑安產的地藏菩薩。

こやす［小安］〈經〉(行市) 平穩。

こや・す［肥やす］(他五) ① 使（土地）肥沃。② 使（家畜）肥胖。△ぶたを〜/使豬長膘。③ 使有鑒別能力。△目を〜/培養觀賞能力。④ 使獲利。△私腹を〜/飽私囊。

こやつ (名) 這小子，這傢伙。→こいつ

こやま［小山］(名) 小山，山包。

こやみ［小やみ］(名) 暫停。△雨が〜になる/雨暫時停。

こゆう［固有］(名・形動) 特有。△日本に〜の動物/日本特有的動物。

こゆうめいし［固有名詞］(名) 專有名詞。↔ 普通名詞

こゆき［小雪］(名) 小雪。↔ 大雪

こゆき［粉雪］(名) ⇨こなゆき

こゆび［小指］(名) 小手指，小腳趾。

こよい［今宵］(名) 今宵，今天晚上。→今夕，今晚

こよう［古謡］(名) 古謠。

こよう［雇用］(名・他サ) 僱用。

こよう［小用］(名) ① 小事情，瑣事。② 小便。△〜を足す/解手。△〜に立つ/去小便。

ごよう［御用］(名) ① 事情。△なにか〜ですか/有事嗎？② 公事，公務。③ 御用。△〜組合/御用工會。

ごよう［誤用］(名・他サ) 誤用，用錯。

ごようおさめ［御用納め］(名) 官廳在年底最後一天辦公。

ごようがくしゃ［御用学者］(名) 御用學者。

ごようきき［御用聞き］(名) ①推銷員。②(江戶時代) 捕吏的助手。

ごようしょうにん［御用商人］(名) 皇宮、官廳用品的承辦商。

ごようしんぶん［御用新聞］(名) 御用報紙。

ごようたし［御用達］(名) 特定官廳用品承辦商人。（也説“ごようたつ”）

ごようはじめ［御用始め］(名) 官廳在年初第一天辦公。

こようほけん［雇用保険］(名) 失業保險。

こよなく（副）無比，格外。△〜晴れた青空/無比晴朗的天空。

こよみ［暦］(名) 日曆，曆書。△〜を繰る/翻曆書。△〜付き時計/日曆手錶。

こより (名) 紙捻。△〜をよる/捻紙捻。

こら（感）① 表示訓斥，嚇唬。△〜！そんなことをするな/喂，不許做那樣的事！② 表示驚訝。△〜！またなんと/哎呀，怎麼搞的！

コラーゲン［collagen］(名) 骨膠原，膠原質，成膠質。△〜配合のマスク/含膠原蛋白的面膜。

こらい［古来］(副) 自古以來。↔ 舊來

ごらいこう［御来光］(名)（在高山上眺望的）日出。△〜をおがむ/看日出。

こらえしょう［堪え性］(名) 忍耐力，耐性。△〜がない/沒耐性。

こら・える［堪える］(他下一) 忍耐，忍受。△痛みを〜/忍痛。△なみだを〜/忍住眼淚。△笑いを〜/忍住不笑。→がまんする

ごらく［娯楽］(名) 娛樂。

こらし・める［懲らしめる］(他下一) 懲罰，懲治。

こら・す［凝らす］(他五) 集中。△ひとみを〜/目不轉睛。△工夫を〜/悉心鑽研。

こら・す［懲らす］(他五) ⇨こらしめる

コラプション［corruption］(名) 腐敗，瀆職，貪污。

コラプス［collapse］(名・自サ) ① 崩潰。② 失敗。③ 摺疊。④〈醫〉虛脫。

コラボレーション［collaboration］(名) 共同研究，協調。

コラボレーター［collaborator］(名) 合作者，協作者。

コラム［column］(名) ①（報紙，雜誌等）短評欄。→かこみ，かこみ記事 ②〈建〉圓柱。

コラムスカート［colum skirt］(名) 筒裙。

コラムニスト［columnist］(名)（報紙雜誌的）專欄作家。

コラン［法 collant］(名) 緊身的，緊身衣，褲。

ごらん［御覧］Ⅰ (名) 看。（“見る”的敬語）。△〜ください/請看！△〜に入れる/給您看。Ⅱ (補動) 試試看。△もう一度やって〜/再做一次看看！

コリアン［Korean］(名) 韓國人，朝鮮人。

コリウム［corium］(名)〈解剖〉真皮。

こりかたま・る［凝り固まる］(自五) ① 凝固，凝結。② 狂熱，熱中。△怪しげな宗教に〜/狂信一種不三不四的宗教。→執着する

こりこう［小利口］(形動) 小聰明，小機靈。△〜に立ち回る/會辦事兒。

こりごり［懲り懲り］(名・自サ) 吃過苦頭，再也不敢…△借金は〜だ/吃夠了欠債的苦，再也不敢向人借錢了。

コリジェンダム [corrigendum]（名）勘誤表。

こりしょう [凝り性]（名）着迷，上癮。

こりしょう [懲り性]（名）⇨しょうこり

コリジョン [collision]（名）衝突，碰撞。

こりつ [孤立]（名・自サ）孤立。

こりつご [孤立語]（名）〈語〉孤立語。

ごりむちゅう [五里霧中]（名）如墮五里霧中，丈二和尚摸不着頭腦。

こりゃ（感）哎呀。△～，大変だ／哎呀，可不得了！

こりや [凝り屋]（名）死摳一門的人。

ごりやく [御利益]（名）靈驗。△～にあずかる／蒙神佛保佑。

こりょ [顧慮]（名・他サ）考慮，顧慮。△うわさを～する／顧慮人們的議論。

ごりょう [御陵]（名）皇陵。

ゴリラ [gorilla]（名）大猩猩。

こ・りる [懲りる]（自上一）（因為吃過苦頭）不敢再嘗試。△失敗に～／因失敗而不敢再幹。

ごりん [五輪]（名）①〈佛教〉五輪，五大（地，水，火，風，空）。②奧林匹克運動會會標，奧林匹克。

コリントゲーム [Corinth game]（名）克郎棋。

こ・る [凝る]（自五）①酸痛。△肩が～／肩頭痠痛。②着迷。△釣に～／迷上釣魚了。③講究。△衣裳に～／講究穿戴。△～った料理／極講究的飯菜。

コルク [荷 kurk]（名）軟木。△～の栓／軟木塞。

コルジュ [法 gorge]（名）（登山）山峽，峽谷。

コルセット [corset]（名）①緊身胸衣，緊腰衣。②（醫療用）整形矯正服。

コルチゾン [cortisone]（名）〈醫〉考的松，腎上腺皮質激素。

コルト [Colt revolver]（名）柯特式自動手槍。

コルネット [德 kornett]（名）〈樂〉短號。

ゴルフ [golf]（名）高爾夫球。△～クラブ／高爾夫球俱樂部。

コルホーズ [俄 kolkhoz]（名）集體農莊。

コルレス [correspondent]（名）〈經〉通匯。△～銀行／通匯銀行。△～けいやく／通匯合同。△～勘定／通匯往來賬戶。

これ（代）①這，這個。△～をきみにあげよう／這個給你。②（自己親屬等）這個人。△～がわたしのむすこです／這是我的兒子。③現在。△今日は～で終わりにしよう／今天就到這兒吧。△～から先はどうしよう／今後怎麼辦呢。

ごれい [語例]（名）詞例。

これかぎり [これ限り]（名）⇨これきり

これから（名）①從現在起，今後。△～２年すると／兩年以後。△君たちは～だ／你們的好日子在後頭呢。②從這裏起。△～道路は林に入る／道路從這裏進入樹林。

これきり（名）①只有這些。△知ってるのは～だ／就知道這些。②最後一次。△おまえの顔を見るのは～だ／這是我最後一次同你見面。

コレクション [collection]（名）①搜集，收集，收藏。△切手の～／集郵。②收藏品，珍藏品。

③高級時裝發佈會，新型時裝發佈會。△ミラノ～／米蘭時裝發佈會。

コレクター [collector]（名）收集家，採集者。

コレクトコール [collect call]（名）對方付費的通話（電話）。

これしき（名）這麼一點點小事。△～のことでへこたれるな／不要為這麼一點點小事泄氣。

コレステロール [cholesterol]（名）〈醫〉膽固醇。

コレテ [korete]（名）開齋節。

これは（感）表示感動。△～，ありがとう／哎呀，這太謝謝了。△～，ようこそ／哎呀，歡迎，歡迎！

これほど（副）這種程度，這般。△～悪いとは思わなかった／沒想到壞到這種程度。

コレボレーション [collaboration]（名・ス自）合作，協作，共同製作，共同研究。

コレラ [荷 cholera]（名）〈醫〉霍亂。

これら（代）這些。

ころ（名）（移動重物用的）滾棒。

ころ [頃]（名）①時候，時期。△子どもの～／小時候。△昼ごろ／中午時分。△さくらの～／櫻花時節。②⇨ころあい

ゴロ [美 grounding]（名）（棒球）地滾球。

ごろ [語路・語呂]（名）語感。△～がいい／語感好。→語調

ころあい [頃合い]（名）①恰好的時機。△～を見計らう／估計恰好時機。②正合適，恰到好處。△～の夫婦／般配的夫妻。→手ごろ

ごろあわせ [語呂合わせ]（名）諧音。△タクシーとテクシーは～になっている／"タクシー"（計程車）と"テクシー"（用步量）是諧音的詞。

コロイド [colloid]（名）〈化〉膠體，膠態。

ころう [固陋]（名）守舊而頑固。

ころう [古老・故老]（名）故老。

ころがき [枯露柿]（名）（去皮的）柿餅。

ころが・す [転がす]（他五）①滾動，轉動。△球を～／滾球。②搬倒，翻倒。△はしを～／筷子脫手滾落。③推進，駕駛。△車を～／駕駛汽車。④△土地を～して大金をつかむ／轉賣土地賺大錢。

ころがりこ・む [転がり込む]（自五）①滾入，急急忙忙跑進來。△ボールが草むらに～／球滾入草叢。②突然得到。△大金が～／意外得到一筆大財。→ころげこむ

ころが・る [転がる]（自五）①滾轉。△ボールが～／球滾轉。→ころげる②倒。△花瓶が～／花瓶倒了。③擺着，放着。△こんな石ならそのへんにいくらでも転がっている／這樣的石頭有的是（在那扔着）。

ごろく [語録]（名）語錄。

コロケーション [collocation]（名）（詞等慣習上的）組合，組配，搭配，片語。

ころげこ・む [転げ込む]（自下一）⇨ころがりこむ

ころ・げる [転げる]（自下一）①⇨ころがる②⇨ころぶ

こ
コ

ころころ I（副）① 滾動（的様子），滾轉（的様子）。△～ころげる／嘰裏咕嚕地滾。②（笑聲）咯咯。△～と笑う／咯咯地笑。II（副・自サ）圓滾，溜圓。△～とふとった犬／胖得圓滾滾的狗。

ごろごろ（副）①（自サ）滾動（的様子）。△大きな材木を～と転がす／咕嚕咕嚕地滾動大木材。②（自サ）滿處都是，到處都有。△大きな石が～している／大石頭到處都是。△そんな話なら～あって、ちっともめずらしくない／那様的故事到處都有，一點也不稀奇。③ 雷聲。④ 咕嚕咕嚕。△おなかが～鳴る／肚子裏（餓得）咕嚕咕嚕地響。△猫が～のどを鳴らす／貓的喉嚨呼嚕呼嚕地響。

ころし［殺し］（名）殺人，劊子手。△～の現場／殺人現場。

コロシアム［Colosseum］（名）⇨コロセウム

ころしもんく［殺し文句］（名）甜言蜜語，迷魂湯。

ころしや［殺し屋］（名）職業殺手。

ころ・す［殺す］（他五）① 殺害。△牛を～／宰牛。△惜しい人を～した／失去了一位可貴的人。② 埋没，糟踏。△せっかくの才能を～／白白糟踏了才學。③ 忍住。△笑いを～／憋住笑。④ 除掉。△臭みを～／除臭。

コロセウム［拉 kolosseum］（名）（古羅馬的）圓形劇場。

コロタイプ［collotype］（名）珂瓅版（印刷）。

ごろつき（名）流氓，地痞。→ならずもの

コロッケ［法 croguette］（名）（法國菜）炸肉餅。

コロップ［荷 prop］（名）⇨コルク

コロナ［corona］（名）〈天〉（日全食時的）日冕。

コロニー［colony］（名）① 殖民地。② 部落，聚居地。△身障者～／殘疾者聚居處。③ 動物保護區。④ 集羣，羣體。

ごろね［ごろ寝］（名）（不蓋被子）躺下，（穿着衣服）睡。

コロネーション［coronation］（名）加冕典禮，即位儀式。

ころば・す［転ばす］（他五）弄倒。△わざと押して～／故意推倒。

ころばぬさきのつえ［転ばぬ先の杖］（連語）未雨綢繆。

ころ・ぶ［転ぶ］（自五）① 跌倒。△つまずいて～／絆倒。②（江戸時代基督教徒受迫害而）改信佛教。③（藝妓）賣身。

ころも［衣］（名）① 衣服，袍。△～をまとう／披上衣服。② 裂裟。→法衣 ③（裹在食品外部的）麵衣，糖衣。

ころもがえ［衣替え］（名）① 換季，換装。②（建設物等）改變外部装飾。→改装

ごろり（副）①（大物品）滾動一下。②（随便）躺下，睡下。

コロン［colon］（名）冒號。

ころんでもただはおきぬ［転んでもただは起きぬ］（連語）雁過拔毛。

コロンビア［Colombia］〈國名〉哥倫比亞。

コロンブス［Christopher Columbus］〈人名〉哥倫布（1446 ？～1506）。航海家。

コロンブスのたまご［コロンブスの卵］（連語）任何人皆可為之事，唯敢最初試行者為至難。

こわ・い［怖い］（形）可怕，令人害怕。△～顔／可怕的面孔。△かみなりが～／害怕雷電。→おそろしい

こわ・い［強い］（形）硬。△ご飯が～／飯硬。△情が～／冷酷。△ゆかたののりが～／和服漿得太硬。

こわいろ［声色］（名）（某人特有的）聲調，腔調。△役者の～をつかう／模仿演員的腔調。

こわが・る［怖がる］（自五）害怕。

こわき［小脇］（名）腋下，腋窩。△本を～にかかえる／把書挾在胳肢窩裏。

こわけ［小分け］（名）細分。

こわごわ（副）提心吊膽，戰戰兢兢。

ごわごわ（副）硬邦邦的。

こわ・す［壊す］（損壞，破壞）△家を～／拆房子。△体を～／損害身體。△ふんいきを～／破壞氣氛。）

こわだか［声高］（形動）大聲，高聲。

こわね［声音］（名）⇨こわいろ

こわば・る［こわ張る］（自五）發硬，變僵硬。△顔が～／繃着臉。

こわめし［こわ飯］（名）紅小豆糯米飯。→おこわ，せきはん

こわもて［強面］（名）繃着臉。△～に出る／態度強硬。

こわれもの［壊れ物］（名）① 碎了的東西。② 易碎的東西。△～、取り扱い注意／易碎物品，注意装卸。

こわ・れる［壊れる］（自下一）① 壞。△家が～／房子倒塌。△トースターが～／烤箱壞了。② 失敗。△縁談が～／親事告吹。

こん［根］（名）① 耐性，毅力。△精も～もつきはてる／精疲力竭。→根気 ②〈數〉根。③〈數〉方程式的解。

こんい［懇意］（形動）① 好意。② 有交情。△～な間柄／親密的關係。

こんいろ［紺色］（名）藏藍色。

こんいん［婚姻］（名・自サ）婚姻。

こんかい［今回］（名）這次。→今度 ↔ 前回，次回。

こんかぎり［根限り］（名・副）竭盡全力。△～に声をはりあげる／拼命喊。

こんがらか・る（自五）混亂，紊亂。△糸が～／綫沒有頭緒。△頭が～／腦子混亂不清。→混乱する，混線する（也説 "こんぐらかる"）

こんかん［根幹］（名）① 樹根和樹幹。② 根本。→基幹，根本 ↔ 枝葉

こんがん［懇願］（名・他サ）懇請，求求。→嘆願

こんき［根気］（名）耐性，毅力。△ランニングを～よく続ける／堅持跑步。

こんき［婚期］（名）結婚適齡期。△～を逸す

る／錯過結婚年齢。

こんきゃく［困却］（名・自サ）困惑，不知所措。

こんきゅう［困窮］（名・自サ）① 貧困。② 有困難。△住宅〜／住房困難。

こんきょ［根拠］（名）根據，依據。△〜に乏しい／無足夠根據。△〜地／根據地。→本拠，根城

こんく［困苦］（名）困苦，辛酸。→辛苦

ゴング［gong］（名）①〈樂〉銅鑼。② 拳擊比賽開始或結束的鑼聲。

コンクール［法 concours］（名）比賽會，會演，觀摩演出。→コンテスト

コングラチュレーション［Congratulations］（感）恭喜！恭喜！

こんくらべ［根比べ］（名）比毅力，比耐性。

コンクリート［concrete］（名）混凝土。△〜ミキサー／混凝土攪拌機。

コングレス［congress］（名）① 代表大會，議會。②（美國）國會。

コングロきぎょう［コングロ企業］（名）（多行業的）大型聯合企業。→コングロマリット

コングロマリット［conglomerate］（名）⇨コングロ企業

ごんげ［権化］（名）①〈佛教〉菩薩下凡。② 具體化，化身。△悪の〜／惡勢力的化身。

こんけつ［混血］（名・自サ）混血。△〜児／混血兒。

こんげつ［今月］（名）本月，這個月。↔ 先月，來月

こんげん［根源・根元］（名）根源。

コンゴ［Congo］〈國名〉剛果。

こんご［今後］（名・副）今後。→以後，向後

ごんご［言語］（名）⇨げんご

こんこう［混交］（名・他サ）混淆。△玉石〜／玉石混淆。→混合

こんごう［根号］（名）〈數〉根號。

こんごう［混合］（名・他サ）混合。△〜ダブルス／混合雙打。

こんごう［金剛］（名）金剛，堅硬無比。△〜石／金剛石。

こんごうしゃ［金剛砂］（名）金剛砂。

こんごうせき［金剛石］（名）金剛石，鑽石。→ダイヤモンド

こんごうぶつ［混合物］（名）〈化〉混合物。↔ 化合物

こんごうりき［金剛力］（名）神力，大力。

コンコース［concourse］（名）中央大廳。

コンコーダンス［concordance］（名）用語索引。

ごんごどうだん［言語道断］（名）荒謬絕倫，豈有此理。△〜の不品行／無法無天的行為。→もってのほか

こんこん（副）昏昏沉沉。△〜とねむる／昏昏沉沉地睡。

こんこん［懇懇］（副）懇切，諄諄。△〜とさとす／諄諄教誨。

こんこん（と）（副）滾滾。△〜とわき出る／滾滾湧出。

コンサート［concert］（名）音樂會，演奏會。

コンサーバティブ［conservative］（名）① 保守的，守舊的。② 保守黨員，保守黨人。

こんざい［混在］（名・自サ）混在一起。

こんざつ［混雑］（名・自サ）混亂，擁擠。△客で店が〜する／顧客多商店擁擠不堪。→こみあう，ごったがえす

コンサルタンシー［consultancy］（名）諮詢業務，諮詢服務。

コンサルタント［consultant］（名）（企業經營管理等的）顧問。→顧問，相談役

コンサルタントエンジニア［consultant engineer］（名）技術顧問。

コンサルテーション［consultation］（名）諮詢，磋商，協商。

こんじ［根治］（名・自サ）根治。→完治

コンシェルジェ［法 concierge］（名）① 公寓的管理員。② 在旅館的大堂為顧客提供諮詢、購票服務的服務人員，大堂經理。（也作“コンシェルジュ”）

こんじき［金色］（名）金色。△〜に輝く／閃耀金色光輝。

こんじゃく［今昔］（名）今昔。△〜の感に堪えない／不勝今昔之感。

コンシャス［conscious］（名）意識，自覺，意識性的。

こんしゅう［今週］（名）本週，這週。↔ 先週，來週

コンシューマーズリサーチ［consumers' research］（名）〈經〉消費者調查。

コンシューマーリレーションズ［consumer relations］（名）研究調查購買動機。

こんしゅご［混種語］（名）混種語，混合語。

こんじょう［今生］（名）〈佛教〉今生，今世。△〜の別れ／永別。

こんじょう［根性］（名）① 骨氣，毅力。△〜がある／有骨氣。→意地 ② 脾氣，秉性。△さもしい〜／劣根性。△乞食〜／叫花子根性。→性根

こんじょう［紺青］（名）深藍。

こんじょうをいれかえる［根性を入れ替える］（連語）洗心革面，脱胎換骨。

こんしょく［混食］（名）① 混食米穀。② 雜食。△〜動物／混食動物。

こん・じる［混じる］（他上一）混合，摻雜（也説“こんずる”）

こんしん［渾身］（名）渾身，全身。△〜の力をふりしぼってたたかう／拿出渾身的力氣戰鬥。

こんしん［混信］（名・自サ）串綫，（無綫電）干擾。→混線

こんしん［懇親］（名）聯誼，親密。△〜をふかめる／加深友誼。

こんしんかい［懇親会］（名）聯歡會，聯誼會。

こんすい［昏睡］（名・自サ）① 昏迷。② 熟睡。

コンスタント［constant］（形動）經常的，一定的。△〜な成績／經常的成績。

コンステレーション［constellation］（名）星座。

こ
コ

こん・ずる［混ずる］（自サ）⇨こんじる
こんせい［混生］（名・自サ）〈植物〉混生。
こんせい［混成］（名・自他サ）混合，混成。△～チーム／混合隊。
こんせい［懇請］（名・他サ）請求，懇請。△～をいれる／接受別人的懇求。→懇願
こんせいがっしょう［混声合唱］（名）〈樂〉混聲合唱。
こんせき［痕跡］（名）痕跡。→形跡
こんせつ［懇切］（形動）懇切，誠懇。△～な説明／詳盡切說明。
こんぜつ［根絶］（名・他サ）根絕，連根拔。△悪習を～する／根除惡習。
コンセプション［conception］（名）① 概念，觀念，想法。② 妊娠，懷孕。
コンセプト［concept］（名）① 概念，觀念。②（貫徹於作品中的）理念，想法。△～のある広告／有創作理念的廣告。
コンセプトカー［concept car］（名）概念車。
こんせん［混戦］（名）混戰。
こんせん［混線］（名・自サ）① 電話串線。② 談話雜亂無章。
こんぜん［混然］（形動トタル）渾然。△～一体／渾然一體。
コンセンサス［consensus］（名）意見一致，同意，達成協定。△国民の～を得る／獲得國民同意。
コンセント［concentric plug］（名）插座，萬能插頭。
コンセントレーション［concentration］（名）集中，專心，濃縮，濃度。
コンソメ［法 consommé］（名）清湯。↔ポタージュ。
こんだく［混濁］（名・自サ）① 混濁。② 模糊，朦朧。△意識の～／意識模糊。
コンタクトレンズ［contact lens］（名）隱形眼鏡。
こんだて［献立］（名）菜譜。→メニュー
こんたん［魂胆］（名）企圖，陰謀。△これには何か～がある／這裏有鬼，有心，たくらみ
こんだん［懇談］（名・自サ）暢談，談心。△腹をうちわって～する／推心置腹地暢談。
こんだんかい［懇談会］（名）座談會，聯誼會。
コンチェルト［意 concerto］（名）〈樂〉協奏曲。
こんちくしょう［こん畜生］（名）（罵人）這個畜生！
こんちは（感）→今日は
こんちゅう［昆虫］（名）〈動〉昆蟲。
コンツェルン［德 Konzern］（名）〈經〉康采恩。
コンテ［法 Conté］（名）炭筆，炭棒。
こんてい［根底］（名）根底，基礎。→土台，おおもと
コンディショナー［conditioner］（名）① 調節器，調整器。△エア～／空氣調節器，空調。② 護髮素。
コンディション［condition］（名）條件，狀況。△～がいい／條件好。
コンティニュー［continue］（名）繼續。

コンテキスト［context］（名）〈語〉上下文，互文。
コンテクスト［context］（名）上下文，文脈。（也作“コンテキスト”）
コンテスト［contest］（名）競賽，比賽會。△美人～／選美大賽。→コンクール
コンテナ［container］（名）集裝箱。
こんでん［墾田］（名）新開墾的地。
こんてんぎ［渾天儀］（名）〈天〉渾天儀。
コンデンサー［condenser］（名）① 電容器。②（蒸汽機車的）冷凝器。③ 聚光鏡頭。
コンテンツ［contents］（名）① 內容。②（書籍的）目錄。
コンテンポラリー［contemporary］（ダナ）現代的，最新的，同時代的。
コント［法 conte］（名）① 幽默小故事。② 喜劇小品。
こんど［今度］（名・副）① 這次。△～の大戦／這次大戰。② 下次。△～はしっかりやれよ／下次好好幹！
こんとう［昏倒］（名・自サ）昏倒。
こんどう［金堂］（名）寺院的正殿。→本堂
こんどう［混同］（名・他サ）混同，混在一起。△公私を～する／公私不分。
コンドーム［condom］（名）避孕套。→ルーデサック
ゴンドラ［意 gondola］（名）①（船）鳳尾船。② 吊艙。
コントラスト［contrast］（名）對比，對照。〈攝影〉反差。
コントラバス［德 kontrabass］（名）〈樂〉低音大提琴。
コンドル［condor］（名）〈動〉神鷹，禿鷹。
コントローラー［controller］（名）（企業）管理人員。△～システム／企業管理人負責制。
コントロール［control］（名・他サ）調節，控制。△～タワー／（機場的）管制塔。△バース～／計劃生育。△音量を～する／調節音量。
コントロールタワー［control tower］（名）控制塔，機場指揮塔台。
コントロールパネル［control panel］（名）〈IT〉控制面板。
コントロールプログラム［control program］（名）（計算機）控制程序。
こんとん［混沌］（形動トタル）混沌。△～たる状態／混沌狀態。
こんな（連體）這樣的。△～ことになるとは思わなかった／沒想到會變成這樣。△～時に／在這種時候。
こんなに（副）這麼，如此。△～うまくゆくとは思わなかった／沒想到會這樣順利。
こんなん［困難］（名・形動）困難。△～を抱える／有難題。△～を乗りこえる／克服困難。
こんにち［今日］（名）① 今天。→本日 ② 現在，目前，如今。△～の状勢／當前形勢。
こんにちは（今日は）（感）你好，你們好！
こんにゃく［今日］（名）①〈植物〉蒟蒻，鬼芋，魔芋 ② 蒟蒻塊（食品）。

こんにゅう［混入］（名・自他サ）混進，摻進。△酒に毒を～する／把毒藥摻進酒裏。

こんねん［今年］（名）今年。

こんねんど［今年度］（名）本年度。

コンパ［company］（名）聯歡會，茶話會。

コンバーサー［converser］（名）室內通話器。

コンバーター［converter］（名）〈電〉換流器，變頻器。

コンバーチブル［convertible］（名）可改變的，可變換的。

コンバーチブルカレンシー［convertible currency］（名）可兌換的貨幣。

コンバーチブルノート［convertible note］（名）兌換券。

コンバーチブルほうしき［コンバーチブル方式］（名）兼容式（彩電）。

コンパートメント［compartment］（名）①〈建〉分隔間。②（客車）包房，單間。

こんぱい［困憊］（名・自サ）疲憊。△疲労～／精疲力竭。

コンパイラ［compiler］（名）（計算機）編譯程序。

コンパイル［compile］（名・ス他）〈IT〉編譯。

コンバイン［combine］（名）聯合收割機，康拜因。

こんぱく［魂魄］（名）魂魄，靈魂。

コンパクト［compact］（名）①攜帶用連鏡小粉盒。②小型而內容緊湊充實的。

コンパクトカー［compact car］（名）小型汽車。

コンパクトシティ［compact city］（名）小型而內容充實的城市，緊湊的城市，各設施齊全的城市。

コンパクトディクス［CD（compact disc）］（名）〈IT〉光碟，CD。

コンパス［compass］（名）①指南針，羅盤。②圓規，分綫規。

コンパチブルカラーテレビ［compatible color television］（名）兼容制彩色電視。

コンバットチーム［combat team］（名）（日本警視廳）特別刑事班。

コンパニー［company］（名）⇨カンパニー

コンパニオネートマリッジ［companionate marriage］（名）試婚。

コンパニオン［companion］（名）接待外國貴賓的女服務員。

コンパニオンアニマル［companion animal］（名）（陪伴人類的）寵物。

こんばん［今晩］（名）今晚，今夜。

こんぱん［今般］（名）此番，這回。

こんばんは［今晩は］（感）晚上好！

コンビ［← combination］（名）搭檔，搭配，配合。△名～／好搭檔。△白と茶の～の靴／白褐兩色皮鞋。

コンビーフ［← corned beef］（名）鹹牛肉（罐頭）。

コンピティション［competition］（名）競爭，比賽。

コンビナート［俄 kombinat］（名）聯合企業。△石油化学～／石油化學聯合企業。

コンビナートシステム［俄・英 kombinat system］（名）①〈建〉城市綜合規劃。②〈經〉聯合生產方式。

コンビニエンスストア［convenience store］（名）自選食品店。

コンビネーション［combination］（名）①聯合，結合，配合。②連褲內衣。③〈數〉組合。

コンビネーションディール［combination deal］（名）易貨貿易，搭配貿易。

コンピュータ［computer］（名）計算機，電腦。△～ゲーム／電子遊戲。

コンピューターウィルス［computer virus］（名）〈IT〉電腦病毒。

コンピューターゲーム［computer game］（名）〈IT〉電腦遊戲。

コンピューターセキュリティー［computer security］（名）〈IT〉電腦安全性，電腦系統安全。

コンピューターネットワーク［computer network］（名）〈IT〉電腦網絡。

コンピューターワクチン［computer vaccine］（名）殺毒軟件。

こんぶ［昆布］（名）〈植物〉海帶。

コンファーム［confirm］（名）①證實，確認。②保付，保兌。

コンファレンス［conference］（名）①會議，大會，協定。②協商會。

コンフィデンシャル［confidential］（名）①機密的。②親展，親閱。

コンフィデンス［confidence］（名）①信賴，信用。②自信，確信。③秘密，機密。

コンフェツティ［confetti］（名）①糖果。②（婚禮中投擲的）五彩碎紙。

コンフォート［comfort］（名）安慰，鼓勵，慰問。

コンフリー［comfrey］（名）〈植物〉雛菊。

コンプリート［complete］（ダナ）完成，完全的。

コンプレックス［complex］（名）①〈心〉情結。②自卑感。

コンプレッサー［compressor］（名）壓縮機，壓氣機。△エア～／空氣壓縮機。

コンプレッション［compression］（名）壓縮，加壓。

コンペ［competition］（名）①〈建〉設計比賽。②〈體〉高爾夫球賽。

こんぺき［紺碧］（名）蔚藍，深藍。

コンペティティブネス［competitiveness］（名）競爭力。

コンベヤー［conveyer］（名）輸送機，傳送帶。△～システム／流水作業。

コンベンショナル［conventional］Ⅰ（形）普通的，常見的，習慣的，常規的。Ⅱ（名）慣例的，老一套的。

コンベンション［convention］（名）①大會，總會。②慣例，常規。

コンベンションシティー［convention city］（名）具備大型會議、商品展覽會設施的城市。

コンベンションマネー［convention money］（名）〈經〉（兩國以上協約發行的）約定本位幣。

コンボ［combo］（名）小型爵士樂隊，小型伴舞樂隊。

コンボイ［convoy］（名）① 護航。② 護航艦，護航船隊。

こんぼう［混紡］（名・自サ）混紡。△～糸／混紡綫。

こんぼう［棍棒］（名）① 棍子，棒子。②〈體〉瓶狀棒。△～体操／瓶狀棒操。③ 警棍。

こんぼう［懇望］（名）⇨こんもう

こんぽう［梱包］（名・他サ）捆包，包裝。

コンポーザー［composer］（名）作曲家，作者。

コンポースティング［composting］（名）垃圾肥料化處理。

コンポート［compote］（名）① 蜜餞，果脯。② 高腳果盤。

コンポーネント［component］（名）元件，部件。

コンポジション［composition］（名）① 構成，組成。② 作文。③〈美術〉構圖。④〈樂〉作曲。⑤〈印刷〉排字。

こんぽん［根本］（名）根本，根源，基礎。△～にさかのぼる／溯本求源。

こんぽんてき［根本的］（形動）根本性的，徹底的。△～な問題／根本問題。△～に改める／徹底改變。

コンマ［comma］（名）① 逗號。② 小數點。△～以下／小數點以下。

こんまけ［根負け］（名・自サ）因堅持不住而認輸。△あまりの熱心さに～してとうとう承諾してしまった／拗不過他那熱心勁兒，終於應承下來。

コンミール［cornmeal］（名）玉米麵。

コンミューン［法 commune］（名）公社。△パリ～／巴黎公社。

コンミュニズム［communism］（名）共產主義。

こんみょうにち［今明日］（名）今明兩天。△～中に発表される／今明兩天內發表。

こんめい［昏迷］（名・自サ）昏迷。△～に陥る／陷入昏迷狀態。

こんめい［混迷］（名・自サ）混亂。△～する政局／混亂的政治局勢。

こんめい［懇命］（名）（上對下的）殷切叮囑，懇切命令。

コンメンタール［德 kommentar］（名）評論，註解，評註。

こんもう［根毛］（名）〈植物〉根毛，毛細根。

こんもう［懇望］（名・他サ）懇請，切望。

こんもり（副・自サ）① 繁茂。△～した森／茂密的森林。② 鼓起。△ごはんを～と盛る／把米飯盛得冒了尖。

こんや［今夜］（名）今夜，今晚。

こんや［紺屋］（名）→こうや

こんやく［婚約］（名・自サ）婚約，定婚。△～者／未婚夫（妻）。

こんゆう［今夕］（名）今夕，今晚，今天傍晚。

こんよう［混用］（名・他サ）混用。△漢字に仮名を～する／在漢字中夾雜使用假名。

こんよく［混浴］（名・自サ）男女混浴。

こんらん［混乱］（名・自サ）混亂。△～に陥れる／陷入混亂。△～を生じる／發生混亂。

こんりゅう［建立］（名・他サ）（寺廟的）修建，興建。

こんりゅう［根瘤］（名）〈植物〉根瘤。

こんりんざい［金輪際］（名）決（不），無論如何也（不）。△～承知しない／決不答應。

こんれい［婚礼］（名）婚禮。

こんろ［焜炉］（名）小爐子。△ガス～／煤氣爐。

こんわ［混和］（名・他サ）混合。△～剤／混合劑。

こんわ［懇話］（名）座談，促膝談心。

こんわかい［懇話会］（名）座談會。

こんわく［困惑］（名・自サ）困惑，不知如何是好。△先行きがはっきりせず～する／前途渺茫，不知所措。

さ　サ

さ［差］(名) ① 差，差別，差距。△温度の～／
温差。△雲泥の～／天壤之別。△～をつける／
拉開差距。△～がある／有差別 (差距)。②
〈數〉差。↔ 和

さ［左］(名) 左。△～に掲げる文章／(豎寫時)
下面的文章。

－さ (終助) ① 強調自己的意見。△ぼくだって
分る～／我也知道啊。② 加強疑問、質問的語
氣。△なぜいやなの～／你為甚麼不願意？③
增加輕鬆的語氣。△結局同じこと～／還不是
一回事。④ 插在句子中間調整語氣。

－さ (接尾) 表示程度。△大き～／尺寸，大小。
速～／速度。△大胆～／膽量。

ざ［座］(名) ① 座位，座席。△～につく／就
座。△～をはずす／離席。→席 ② 地位。△権
力の～につく／掌權。③ 場面。△すぐもどり
ますから～を持たせておいてください／我就
回來，請你替我陪一會兒。△～が白ける／(在
座的人) 敗興，掃興，冷場。

－ざ［座］(接尾) 用作劇團、劇場名。△明治～／
明治劇場。

さあ (感) ① 提請對方注意，向對方提出建議。
△～，行きましょう／喂，走吧。② 表示驚
訝。△～，大変だ／可不得了！③ 表示舒暢的
心情。△～，おわった／好了，完了！④ 表示
猶豫的心情。△～，どうでしょうか／這個嘛，
可怎麼說呢。

サーカス［circus］(名) 馬戲 (團)，雜技 (團)。

サーキット［circuit］(名) ① 電路。② 環形賽車
道。

サーキットドリル［electric drill］(名) 電鑽。

サーキットトレーニング［endurance training］
(名) 〈體〉基礎耐力訓練。

サーキュラーソー［circular saw］(名) 圓鋸。

サーキュレーション［circulation］(名) ① 迴
圈，流通。②(書報等的) 發行量。③ 通貨，
貨幣。

サークル［circle］(名) ① 圓，圓環。②(文化娛
樂、體育活動的) 小組。△読書～／讀書會。
△～活動／小組活動。

ざあざあ (副) 嘩嘩地。△風呂の水が～あふれ
ている／洗澡水嘩嘩地溢了出來。△～降り／
傾盆大雨。

サージ［serge］(名) 嗶嘰 (一種厚羊毛布料)。

サーズ ［SARS (Severe Acute Respiratory Syn-
drome)］(名)〈醫〉非典，非典型性肺炎。→じ
ゅうしょうきゅうせいこきゅうきしょうこう
ぐん (重症急性呼吸器症候羣)

サースティー［thirsty］(ダナ) 口渴的，渴。

サーチ［search］(名) ① 查找，物色。②〈IT〉調
查，搜索。

サーチエンジン［search engine］(名)〈IT〉搜索
引擎。

サーチャー［searcher］(名) ① 搜索者，檢查者。
② 檢索代理業者。

サーチャージ［surcharge］(名)〈經〉運費附加，
附加額，額外費。

サーチライト［searchlight］(名) 探照燈。

サーティファイ［certificate］(名) 證明。

サーティフィケーション［certification］(名)
〈經〉許可，證明書。

サーティフィケート［certificate］(名)〈經〉證
明書，執照。

サーディン［sardine］(名) 沙丁魚，沙丁魚罐頭。

サード［third］(名) ① 第三。②〈棒球〉三壘。

サードパーティー［third party］(名) 第三方。

サードワールド［ (T-W-)，third world］(名) 第
三世界。

サーバー［server］(名)〈IT〉伺服器。

サービス［service］(名・自他サ) ① 服務。△～
精神／服務精神。②(餐館、商店) 接待，招待。
△あの店は～がいい／那家商店服務態度真好。
③ 優惠。△本日～品／今日優惠 (減價) 商品。

サービスエース［ace］(名)(網球、排球等) 發
球得分。

サービスカウンター［service counter］(名) 服
務台。

サービスかかく［サービス価格］(名)〈經〉優
惠價格。

サービスぎょう［サービス業］(名)〈經〉服務
業。

サービスぎょうせい［サービス行政］(名) 為
民行政事務。

サービスさんぎょう［サービス産業］(名) 第
三產業。

サービスステーション［service station］(名) ①
維修站。② 加油站。③ 服務站。

サービスチャージ［service charge］(名)〈經〉服
務費。

サービスマーク［service mark］(名) 服務標誌。
(指洗衣店、運輸業、保險公司等服務性企事業
使用的註冊標誌或圖案。)

サービスりょう［サービス料］(名)〈經〉服務
費。

サーブ［serve］(名・自サ)(網球、排球等) 發球。

サーファー［surfer］(名) 衝浪運動員。

サーフィン［surfing］(名)〈體〉衝浪。

サーフボード［surfboard］(名) 衝浪艇。

サーブル［法 sabre］(名)(擊劍) 佩劍。

サーベイランス［surveillance］(名) 監視。

サーベイリポート［survey report］(名) 檢驗報
告。

サーベル［荷 sabel］(名) 西式佩刀。

ザーメン［德 Samen］(名) 精液。

サーモスタット [thermostat]（名）恆温器，恆温箱。

サーモダイナミックス [themodynamics]（名）熱力學。

サーモン [salmon]（名）① 鮭魚。② 橙紅色。

サーロイン [sirloin]（名）牛腰肉。

さい [才]（名）才能，才氣。△語学の～／外語的才能。△～におぼれる／恃才自誤。

－さい [歳・才]（接尾）歳。△満 18 ～／十八周歳。

さい [犀]（名）犀牛。

さい [際]（名）當…之時。△この～／在目前這情況下。趁此時機。△お会いした～に申しあげます／見面時告訴您。

さい [賽・采]（名）骰子。→さいころ

－さい [祭]（接尾）記念活動。△芸術～／藝術節。

さい [差異]（名）差異，差別。

ざい [財]（名）財産。△～をなす／發財。△文化～／文物。

ざい [材]（名）① 材料。② 人才。

ざい [在]（名）① 城外的郷間，市郊。△青森の～／青森附近的郷間。② 在家，在場。

さいあい [最愛]（名）最喜愛。

さいあく [最悪]（名・形動）最壞。△～の場合に備える／作最壞的準備。 ↔ 最善，最良

ざいあく [罪悪]（名）罪惡。△数々の～を重ねる／罪行累累。

ざいい [在位]（名・自サ）（天子）在位。

さいいき [西域]⇨せいいき

ザイール [Zaire]〈國名〉扎伊爾。

さいうん [彩雲]（名）彩雲，夕照。

ざいえき [在役]（名・自サ）①（犯人）服刑。②（軍人）服兵役。

さいえん [才媛]（名）才女。

さいえん [再演]（名・他サ）再次演出，重演。

さいえん [再縁]（名・自サ）再嫁。

さいえん [菜園]（名）菜園。

サイエンス [science]（名）科學。

サイエンスフィクション [science fiction]（名）科幻小説

さいおうがうま [塞翁が馬]（連語）塞翁失馬。

さいか [災禍]（名）災，災難。△～をこうむる／遭受災難。△～を引き起こす／招災惹禍。

さいか [再嫁]（名・自サ）再嫁。

さいか [西下]（名・自サ）西下（由東京到關西去）。

ざいか [罪科]（名）① 犯法，犯罪。② 懲罰。

ざいか [在荷]（名・自サ）庫存，庫存貨物。

ざいか [罪過]（名）過失。

さいかい [再会]（名・自サ）重逢，再會。△～を楽しみに／盼望再見面。

さいかい [際会]（名・自サ）遭逢，碰上。△またとないチャンスに～する／適逢千載難逢的良機。△倒産の危機に～する／面臨破産的危機。

さいかい [再開]（名・他サ）重開，再度舉行。

△予算審議の～にふみきる／決定重新審査預算。△砲撃を～する／恢復炮撃。

さいかい [齋戒]（名）齋戒。

さいがい [災害]（名）災害。△～を防ぐ／防災。

ざいかい [財界]（名）工商界，實業界。

ざいがい [在外]（名）在國外。△～邦人／旅居國外的日僑。

ざいがいこうかん [在外公館]（名）駐外使、領館。

さいかいどう [西海道]（名）〈地〉西海道（九州，壱岐，對馬）。

さいかく [才覚] I（名）才智，能耐。△あの人は自分で嫁さんをさがす～もない／他連自己找老婆的本事都沒有。 II（名他サ）籌措，籌劃。△資金の～がつかない／籌措不到錢。

ざいがく [在学]（名・自サ）在校學習。△ A 大学に～する／在 A 大學學習。

さいかち [皂莢]（名）皂莢。△～の実／皂角。

さいかん [才幹]（名）才幹。

さいかん [再刊]（名・自サ）① 復刊。② 再版。 ↔ 初刊。

ざいかん [在官]（名・自サ）在任，在（官）職。

ざいかん [在監]（名・自サ）在押，在監獄。

さいき [才気]（名）才氣，才華。△～ばしる／才華横溢。△～煥発／才氣煥發。

さいき [猜忌]（名・他サ）猜忌。

さいき [再起]（名・自サ）① 復原。△脳出血で～不能／患腦溢血康復無望。② 東山再起。△～を期す／企圖捲土重來。

さいき [再帰]（名）① 回歸。②〈語〉反身。△～代名詞／反身代詞。

さいぎ [再議]（名・他サ）再議，再次討論。△一事不～／一個提案在同一屆議會不討論兩次。

さいぎ [猜疑]（名・他サ）猜疑。

サイキック [psychic]（ダナ）精神的，心靈的，超自然的。

さいきどう [再起動]（名・ス自）〈IT〉重新啟動，重啟。→リスタート，リブート

さいきねつ [再帰熱]（名）〈醫〉回歸熱。

さいきょ [再挙]（名・自サ）重整旗鼓。△～をはかる／企圖捲土重來。

さいきょう [最強]（名）最強。

さいきょう [西京]（名）① 西都。② 京都（對東京而言）。

さいぎょう [西行]〈人名〉西行（1118-1190）。日本平安時代末期詩人。

ざいきょう [在京]（名・自サ）在東京。

ざいきょう [在郷]（名・自サ）郷居，在郷下，在故鄉。

さいきん [細菌]（名）細菌。△～を培養する／培養細菌。

さいきん [最近]（名）最近，不久前。

ざいきん [在勤]（名・自サ）在職，在工作。

さいく [細工]（名・他サ）① 作手工藝，手工藝品。△竹～／竹製工藝品。② 作手腳，作小動作。△帳簿を～する／作假賬。

さいくつ［採掘］（名・他サ）開採。△石炭を～する／採煤。

サイクリスト［cyclist］（名）騎自行車愛好者。

サイクリング［cycling］（名）騎自行車。

サイクル［cycle］（名）① 周，周期。② 周波。③ 自行車。

サイクルアンドライド［cycle and ride］（名）騎自行車到車站而後乘車去上班的通勤方式。

サイクロトロン［cyclotron］（名）迴旋加速器。

さいくん［細君］（名）（稱熟人或自己的妻子）内人。

さいぐんび［再軍備］（名・自サ）重新武裝。

さいけい［歳計］（名）年度總賬，年度結算。

さいげい［才芸］（名）才藝。

さいけいこく［最恵国］（名）最惠國。△～待遇／最惠國待遇。

さいけいれい［最敬礼］（名・自サ）深鞠躬。

さいけつ［採血］（名・他サ）抽血，採血。

さいけつ［採決］（名・他サ）表決，作出決定。△では～に入ります／那麼進行表決。

さいけつ［裁決］（名・他サ）裁決。△上司の～をあおぐ／呈請上級裁決。

さいげつ［歳月］（名）歲月。△～人を待たず／歲月不待人。

さいけん［再建］（名・他サ）重建，再建。△会社を～する／重建公司。

さいけん［債券］（名）債券。△～を発行する／發行債券。

さいけん［債権］（名）債權。

さいげん［再現］（名・他サ）再現。△ビデオテープで事件の模様を～する／用録像磁帶重現事件的始末。

さいげん［際限］（名）止境，邊際。△欲には～がない／慾望是無止境的。

ざいげん［財源］（名）財源。△～を作る／開闢財源。

さいけんこく［債権国］（名）〈經〉債權國。

さいけんとう［再検討］（名・他サ）重新研究。

サイコ［psycho］（名）精神障礙者，精神變態者，精神性神經病患者。

さいこ［最古］（名）最古老。↔ 最新

さいご［最後］（名）最後。△～まで踏み止まる／堅守到最後。△～には彼も皆の意見に同意した／末了他也同意了大家的意見。△～はどうなるのですか／結局怎麼樣呢？↔ 最初

さいご［最期］（名）臨終。△非業の～をとげる／死於非命。△父の～に間にあった／趕上了父親臨終。

ざいこ［在庫］（名・自サ）存庫。△～品／庫存貨物。△～を調べる／清倉。△～高／庫存量。

さいこう［再考］（名・他サ）重新考慮。△～の余地がない／沒有再考慮的餘地。

さいこう［採光］（名・他サ）採光（建築上採集光綫的功能）。

さいこう［採鉱］（名）採礦。

さいこう［最高］（名・形動）① 最高。△～責任者／最高負責人。△～点で当選した／獲最多票數當選。② 〈俗〉棒極了。△～におもしろい／好開心！

さいこう［再興］（名・他サ）復興。→復興

さいこうい［最高位］（名）首位，第一流。

さいこうげん［最高限］（名）最大限度，最高限度。↔ 最低限

さいこうさいばんしょ［最高裁判所］（名）最高法院。

さいこうちょう［最高潮］（名）最高潮，頂點。

さいこうほう［最高峰］（名）① 最高峰。② 頂峰。△日本文学の～と言われる作品／被譽為日本文學頂峰的作品。

サイコガルバノメーター［lie detector］（名）測謊器。

さいこく［催告］（名・他サ）催促通知。

サイコセラピー［psychotherapy］（名）心理療法，精神療法。

さいごつうちょう［最後通牒］（名）最後通牒。

さいごっぺ［最後屁］（名）（被逼無奈時的）最後一招。

ざいこひん［在庫品］（名）庫存，存貨。

さいころ［骰子］（名）骰子。△～を振る／擲骰子。

サイコロジー［psychology］（名）心理學。

サイコロジカル［psychological］（ダナ）心理學的，心理的。

サイコロジスト［psychologist］（名）心理學家。

さいごをかざる［最後を飾る］（連語）漂漂亮亮地收尾。△舞台生活の～にふさわしい熱演／退出舞台前最後一次極精彩的表演。

さいこん［再婚］（名・自サ）再婚，續弦，改嫁，再嫁。

さいこん［再建］（名・他サ）（寺廟）重建，重修。

さいさい［再再］（副）再三，一再。△～注意しても、いっこうにあらたまらない／再三告誡他，卻一點不改。→再三

さいさき［幸先］（名）兆頭。△～がよい／吉利。△～がわるい／不吉利。不祥。

さいさん［再三］（副）→再再

さいさん［採算］（名・他サ）核算。△～が合う／合算。上算。△～がとれない／虧本。

ざいさん［財産］（名）財產。△～家／財主。→資産，身代

ざいさんじょうと［財産譲渡］（名）〈經〉財產轉讓。

さいし［才子］（名）才子。△～才に倒れる／聰明反被聰明誤。

さいし［妻子］（名）妻子兒女。

さいし［祭司］（名）〈宗〉司祭，司儀神父。

さいじ［細事］（名）瑣事。△～にこだわらない／不拘小節。

さいしき［彩色］（名・他サ）彩色，着色。△～土器／彩陶。

さいじき［歳時記］（名）註釋"俳句"季節用詞語的書。

さいじつ［祭日］（名）① 節日。② 祭奠日。

ざいしつ［材質］（名）材質。

さ
サ

－ さいして［際して］（連語）值…之際，當…之際。△出発に～一言ごあいさつ申し上げます／出發前我向諸位講幾句話。

さいしゅ［採取］（名・他サ）採，取。△サンプルを～する／取樣。△指紋を～する／取指紋。△砂利～／採礫石。

さいしゅ［債主］（名）債主。

さいしゅう［採集］（名・他サ）採集，蒐集。△昆虫～／採集昆蟲。

さいしゅう［最終］（名）最後，最終。△～決定／最後決定。△～列車／末班列車。

ざいじゅう［在住］（名・自サ）居住在…。△香港～の日本人／僑居（旅屋）香港的日本人。

さいしゅうざい［最終財］（名）〈經〉終端產品。

さいしゅうじつ［最終日］（名）最後一天。

さいしゅつ［歳出］（名）年度支出。

さいしゅっぱつ［再出発］（名・自サ）① 再次出發。② 重新做起。

さいしょ［最初］（名）最初，開始。△なにごとも～がかんじんだ／任何事情都是開頭重要。△～名古屋へ行ってそれから京都に行った／先到的名古屋，隨後去了京都。↔ 最後

さいじょ［才女］（名）才女。→才媛

さいしょう［最小］（名）最小。△世界～の鳥／世界最小的鳥。△～公倍数／最小公倍數。△～限／最低限度，起碼。↔ 最大

さいしょう［最少］（名）① 最少。△～の労力で最大の効果をあげる／以最少的勞力取得最高的效果。② 最年輕。

さいじょう［最上］（名）① 最上面。↔ 最下 ② 最好，最高級。△～の喜び／最大的喜悦。△～の品／上好的貨。↔ 最低

ざいしょう［罪証］（名）罪證。

ざいしょう［宰相］（名）〈舊〉宰相。→首相

ざいじょう［罪状］（名）罪狀。

さいしょうげん［最小限］（名）最低限度，最小限度。↔ 最大限

さいしょうこうばいすう［最小公倍数］（名）最小公倍數。

さいしょく［才色］（名）才貌。△～兼備／才貌雙全。

さいしょく［菜食］（名・自サ）菜食。↔ 肉食

ざいしょく［在職］（名・自サ）在職。△～中はおせわになりました／在任期間得到您很大幫助。

さいしょり［再処理］（名）〈經〉再處理，再加工。

さいしん［再審］（名・他サ）〈法〉覆審。

さいしん［細心］（名・形動）細心。△～の注意／密切注意。

さいしん［最新］（名）最新。↔ 最古

さいしん［再診］（名・他サ）覆診。↔ 初診

さいじん［才人］（名）才子。

さいしんさ［再審査］（名）〈經〉覆議。

さいしんじょうほう［最新情報］（名）〈經〉超前資訊。

サイズ［size］（名）尺寸，大小，尺碼。△～をと

る／量尺寸。△～をはかる／量尺寸，量尺碼。

ざいす［座椅子］（名）無腿靠椅（用在日本式住宅鋪 "塔塔米" 的房間）。

さいすん［採寸］（名・他サ）量尺碼。

さいせい［再生］I（名・自サ）① 再生，復活。△～の思いがした／有死而復生之感。② 新生，重新作人。③〈生物〉再生。△とかげの尻尾は～する／蜥蜴的尾巴能再生。II（名・他サ）① 再生（廢舊物品）。△～ゴム／再生橡膠。② 放（錄音，錄像）。△録音を～する／放錄音。

ざいせい［財政］（名）① 財政。② 家計。

ざいせい［在世］（名・自サ）在世。△故人の～中／死者在世期間。

ざいせいあかじ［財政赤字］（名）〈經〉財政赤字。

ざいせいかんぜい［財政関税］（名）〈經〉財政關稅。

さいせいき［最盛期］（名）① 最盛時期，全盛時代。② 旺季。

ざいせいくろじ［財政黒字］（名）〈經〉預算盈餘。

さいせいさん［再生産］（名・他サ）再生產。

さいせいふのうせいひんけつ［再生不能性貧血］（名）〈醫〉再生障礙性貧血。

ざいせき［在席］（名・自サ）在座。

ざいせき［在籍］（名・自サ）（學籍、會籍）在籍。

ざいせき［罪跡］（名）罪證。△～をくらます／銷毀罪證。

さいせつ［細説］（名・他サ）詳細說明。

さいせん［再選］（名・自他サ）再次當選。

さいせん［賽銭］（名）拜神佛的香錢。

さいぜん［最善］（名）① 最好。△～の策／最佳方案。→最良 ↔ 最悪 ② 全力，最大努力。△～をつくす／竭盡全力。→全力，ベスト

さいぜん［最前］（名）① 最前。↔ 最後 ② 剛才。△～帰ったところです／剛回來。

さいせんたん［最先端］（名）最尖端。

さいぞう［才蔵］（名）①（相聲）捧哏的。② 應聲蟲。

さいそく［細則］（名）細則。↔ 総則，通則

さいそく［催促］（名・他サ）催促，催索。→せきたてる

さいそくがまし・い［催促がましい］（形）像催着趕着似的，催逼似的。

さいた［最多］（名）最多。↔ 最少

サイダー［cider］（名）蘋果飲料。

さいたい［妻帯］（名・自サ）娶妻，成家。△～者／有妻室的人。

さいだい［最大］（名）最大。↔ 最小

さいだいげん［最大限］（名）最大限度。↔ 最小限

さいだいこうやくすう［最大公約数］（名）〈數〉最大公約數。

さいだいしごと［最大仕事］（名）〈理〉最大功。

さいだいもらさず［細大漏らさず］（連語）巨細無遺。

さいたく［採択］（名・他サ）採納。△議案を～

する／通過議案。

ざいたく［在宅］(名・自サ) 在家。△先生は
ご〜ですか／先生在家嗎？

ざいたくサービス［在宅サービス］(名) 家庭
服務，家政服務。

さいたる［最たる］(連體) 最。△愚の〜もの／
愚蠢透頂。

さいたん［採炭］(名・自サ) 採煤。

さいたん［最短］(名) 最短。△〜コース／最短
途徑。↔ 最長

さいだん［祭壇］(名) 祭壇。

さいだん［裁断］(名・他サ)① 剪斷。② 裁決，
裁定。

ざいだん［財団］(名) 財團。△〜法人／財團法
人。

さいち［才知］(名) 才智。△〜にたける／足智
多謀。

さいちく［再築］(名・他サ) 重建，改建。

さいちゅう［最中］(名) 正值，正在進行。△食
事の〜／正在吃飯。△パーティーの〜に停電
した／宴會進行中停了電。

ざいちゅう［在中］(名) 內有。△写真〜／內
有照片。

さいちょう［最長］(名) 最長。↔ 最短

さいづち［才槌］(名) 小木槌。

さいづちあたま［才槌頭］(名) 南北頭。

さいてい［最低］(名)① 最低。△〜気温／最
低温度。△〜限／最低限度。↔ 最高② 可惡，
討厭。

さいていげん［最低限］(名) 最低限度。

さいていそうば［裁定相場］(名)〈經〉套匯價。

さいていにん［裁定人］(名)〈經〉仲裁人。

サイテーション［citation］(名)① 引用，引用
文。② 獎狀。

サイテーションインデックス［citation index］
(名) 引用索引。

さいてき［最適］(形動) 最適當，最佳。

さいてん［採点］(名・他サ) 打分。△〜が甘
い／給分寬。△答案を〜する／判考卷。

さいてん［祭典］(名)① 祭祀典禮。② 盛會。
△スポーツの〜／體育大會。△若者の〜／青
年節。

サイト［at sight］(名)〈經〉即期（匯票，信用證）。

サイト［site］(名)① 用地，場地。△キャン
プ〜／露營用地。△ダム〜／水庫用地。②
〈IT〉(“ウェブサイト”的縮略語) 網站。

サイド［side］(名)① 側面。△プール〜／游泳
池邊。② 比賽的一方。③ 方面。△消費者〜／
消費者方面。④ 船舷。

さいど［再度］(副) 第二次，再一次。→ふたた
び

さいど［彩度］(名)〈美術〉彩度。

サイドアウト［side out］(名)① 球出邊綫。②
(排球) 換發球。

サイドウォーク［sidewalk］(名) 人行道。

サイドエフェクト［side effect］(名) 藥品的副作
用。

サイドカー［side car］(名) 跨斗摩托車。

サイトクレジット［sight credit］(名)〈經〉即期
信用證。

サイドバイサイド［side by side］(名)① 肩並
肩，一起。② 等同地。

サイドブック［side book］(名) 輔助讀本。

サイドプレーヤー［side player］(名) 配角。

サイドミラー［side mirror］(名) (汽車) 後視鏡。

サイドライン［side line］(名) (球場) 邊綫。

サイドリーダー［side reader］(名) 輔助讀本。

さいな・む［苛む］(他五) 折磨。△嫉妬に〜
まれる／妒火中燒。△良心に〜まれる／受良
心責備。

さいなん［災難］(名) 災難。△思わん〜／飛來
禍。

さいにん［再任］(名・自サ) 再次擔任。

さいにん［在任］(名・自サ) 在職。

ざいにん［罪人］(名) 罪犯，罪人。

さいねん［再燃］(名・自サ) 死灰復燃。△領土
問題が〜した／領土問題又發生了。

さいのう［才能］(名) 才能。△〜をみがく／增
長才幹。△〜をのばす／發揮才能。

さいのう［採納］(名・他サ) 採納，接受。

さいのかわら［賽の河原］(名) 徒勞無益。

さいのかわらのいしづみ［賽の河原の石積］
(連語) 徒勞無益，白費勁。

さいのめ［采の目・賽の目］(名)① 骰子。②
小方塊。△〜に刻む／切成小方塊。

サイバースペース［cyber space］(名)〈IT〉網絡
空間，虛擬資訊空間。

サイバーテロ［cyber terrorism］(名)〈IT〉網絡
犯罪。

サイバーはんざい［サイバー犯罪］(名) 網絡
犯罪。

さいはい［再拝］(名・自サ)① 再叩首。②〈信〉
敬上。

さいばい［栽培］(名・他サ) 栽培。△改良品種
を〜する／培育良種。

さいはいをふるう［采配を振う］(連語) 指揮，
命令。△あの店は彼が〜っている／在那個商
店他掌管一切。

さいばし［菜箸］(名)① 烹飪用筷。② 分菜用
公筷。

さいばし・る［才走る］(自五) 精明，聰明外
露。△〜った男／機靈鬼。

さいはつ［再発］(名・自サ)① (病) 復發。②
再次發生。

ざいばつ［財閥］(名) 財閥。

さいはっけん［再発見］(名・他サ) 再次發現，
重新認識。

さいはて［最果て］(名) 最邊遠。△〜の地／邊
遠地帶。

さいはなげられた［賽は投げられた］(連語)
已成定局。

サイバネティックス [cybernetics]（名）控制論。

さいはん [再版]（名・他サ）再版。↔ 初版

さいばん [裁判]（名・他サ）審判。△～にかける／交法院審理（案件）。交法院審問（人）。△～にもちこむ／提出訴訟。△～を受ける／受審。△～に勝つ／勝訴。△～に負ける／敗訴。

さいばんかん [裁判官]（名）法官。

さいばんしょ [裁判所]（名）法院。

さいばんちょう [裁判長]（名）審判長，首席法官。

さいひ [採否]（名）① 採納與否。② 錄用與否。△～をきめる／決定是否採納（錄用）。

さいひ [歳費]（名）國會議員津貼。

さいひょうせん [砕氷船]（名）破冰船。

さいふ [財布]（名）錢包。

さいぶ [細部]（名）細節。△～にわたって検討する／研究到每一個細節。

さいぶつ [才物]（名）才子。

ざいぶつ [財物]（名）① 金錢和物品，財物。② 寶物。

さいふのそこをはたく [財布の底をはたく]（連語）傾囊，用盡所有的錢。

さいふのひもがかたい [財布の紐が堅い]（連語）節儉，不隨便花錢。

さいふのひもをしめる [財布の紐を締める]（連語）勒緊腰包，緊縮開支。

さいぶん [細分]（名・他サ）細分。

さいぶん [祭文]（名）⇨さいもん

さいぶんぱい [再分配]（名・他サ）再分配。

さいへん [再編]（名・他サ）改組。△チームを～する／重新組隊。

さいぼ [歳暮]（名）歳末，年末。

さいほう [裁縫]（名・自他サ）縫紉。

さいほう [細胞]（名）① 細胞。② 共産黨支部的舊稱。

さいほう [採訪]（名・他サ）蒐集研究資料。

ざいほう [財宝]（名）財寶。

さいぼうぶんれつ [細胞分裂]（名）細胞分裂。

サイボーグ [cyborg]（名）① 移植了人工臓器的人。② 機器人。

サイホン [siphon]（名）虹吸管，彎管。

さいまいめ [三枚目]（名）（歌舞伎）丑角。

さいまつ [歳末]（名）歳末。

さいみつ [細密]（形動）細緻。△故障の原因を～にしらべる／仔細査找出毛病的原因。△～画／工筆畫。

さいみん [細民]（名）貧民。

さいみん [催眠]（名）催眠。△～剤／安眠藥。△～術／催眠術。

さいむ [債務]（名）債務。↔ 債権

ざいむ [財務]（名）財務。△～官／駐外國財政官員。

ざいめい [罪名]（名）罪名。

さいもうたい [細毛体]（名）〈生物〉孢絲。

さいもく [細目]（名）細節。↔ 大綱

ざいもく [材木]（名）木材。

さいもん [祭文]（名）祭文。

ざいや [在野]（名）① 為民，在野。② 在野黨。

さいやく [災厄]（名）災難。

さいゆ [採油]（名・自サ）① 開採石油。② 榨油。

さいよう [採用]（名・他サ）① 錄用。△新人を～する／錄用新人。② 採用，採納。△コンピューターシステムを～する／採用電子計算機系統。△意見を～する／採納意見。

さいらい [再来]（名・自サ）① 再次來，又出現。△黄金時代の～／再度出現黄金時代。② 出現猶如已故偉大人物復生的人。△彼はキリストの～と言われている／他被人稱為基督再世。

ざいらい [在来]（名）原有的。以往的。△～の方法／以往的做法。△～種／原有品種。△～のしきたり／固有的習慣。

ざいらいがたせんそう [在来型戦争]（名）常規戰爭。

ざいりゅう [在留]（名・自サ）僑居。△～邦人／日僑。

ざいりゅうがいじん [在留外人]（名）外僑。

さいりょう [最良]（名）最好。↔ 最悪

さいりょう [裁量]（名・他サ）酌處，樹酌。△この問題については君の～にまかせる／這個問題就委託你解決。

さいりょう [才量]（名）〈經〉（貨物的）體積和重量。

ざいりょう [材料]（名）材料，素材。

さいりょうトン [才量トン]（名）尺碼噸。

ざいりょく [財力]（名）財力，經濟力量。

ザイル [德 seil]（名）登山繩索。

さいるいガス [催涙ガス]（名）催涙瓦斯。

さいるいだん [催涙弾]（名）催涙彈。

さいれい [祭礼]（名）祭祀儀式。

サイレン [siren]（名）汽笛，警報器。

サイレント [silent]（名）① 無聲影片。↔ トーキー ② 不發音的字母。

サイレントサービス [silent service]（名）潛水艦隊。

サイロ [silo]（名）① 青貯筒倉。② 導彈地下發射井。

さいろく [採録]（名・他サ）採録。△民謡を～する／收集民歌。

さいわい [幸い]（名・自サ・形動・副）幸福，幸運，幸而，幸虧。△不幸中の～／不幸中之萬幸。△御承諾いただければ～です／如蒙慨允，實為幸甚。△ヘルメットをかぶっていたのが～して怪我をしなかった／幸虧戴了安全帽，沒傷着。△～なことに電車に間にあった／算我運氣好，趕上了電車。△～命には別状はない／幸而生命倒沒危險。

さいわりびき [再割引]（名）〈經〉再貼現，回扣。

サイン [sine]（名）〈數〉正弦。

サイン [sign]（名）① 簽字。②（球隊等的）暗號。△～を送る／打手勢。

サインオフ［sign off］（名）廣播結束，宣佈廣播結束，宣佈廣播結束的用語。

サインオン［sign on］（名）廣播開始。

サインランゲージ［sign language］（名）手語，身體語言。

サヴァン症候群［Savant syndrome］（名）自閉症的一種（雖然智障，但在記憶或藝術上有特殊才能）。

サウジアラビア［Saudi Arabia］〈國名〉沙特阿拉伯。

サウスポー［southpaw］（名）左撇子運動員。

サウナ［sauna］（名）桑拿浴，蒸汽浴。

サウンド［sound］（名）音，音響。

サウンドアルバム［sound album］（名）帶小唱片的紀念影集。

サウンドカード［sound card］（名）〈IT〉音效卡

サウンドテープ［sound tape］（名）錄音磁帶。↔ ビテオテープ

サウンドトラック［sound track］（名）（影片的）音帶。（略稱"サントラ"）

サウンドボックス［sound box］（名）① （弦樂器的）共鳴箱。② 舊式唱機的機頭。③ 嗓子。

‐さえ（副助）① （舉出一極端事物表示其他不在話下）連，甚至。△子供に～分かる／連小孩都懂。② （表示強調條件）只要…就…。△金≈あれば何だってできる／只要有錢萬事不難。△きたなく～なければどれでもいい／只要不髒，哪個都可以。△あいつは自分～よければいいと思っている／他那人只要自己好就不顧別人。③ （表示又進一步）不僅…而且…。△兄弟はおろか，親を～罵倒した／別說弟兄，甚至把爹媽都大罵一頓。

さえかえ・る［冴えかえる］（自五）① （倒春寒）寒氣襲人。② 晶亮。△星の～空／星光燦爛的天空。△～作者の目／作者目光敏銳。

さえき［差益］（名）盈餘。

さえぎ・る［遮る］（他五）① 擋住，攔住。△行手を～／攔住去路。△相手の発言を～／打斷對方發言。② 遮住。△光を～／遮住光。

さえず・る［囀る］（自五）① （鳥）啼。② （小孩）哇啦哇啦吵嚷。△何を～っているんだ／你們吵甚麼！

さえつ［査閲］（名・他サ）（軍事）檢閲。

さ・える［冴える］（自下一）① 清澈。△早春の夜の月が～えた晩／早春的一個月光凄清皎潔的夜晚。② （聲音）清脆。△下駄が軽くよく～えた音を立てて／木履發出輕盈清脆的響聲。③ （顏色）鮮。△空の青が～／天空蔚藍明亮。△カーテンが色褪せて～えなくなった／窗簾褪了色，不鮮艷了。④ （技術，技巧）熟練。△～えた弁舌／口齒伶俐。△腕の～えた職人／手藝高超的工匠。⑤ （頭腦）清醒，敏銳。△彼はその推理に頭の～えを見せた／他在那個推理上顯示了敏銳的頭腦。△時計が２時を打って目がいよいよ～えてきた／鐘打兩點，腦子倒更清醒（睡不着）了。⑥ （用"～えない"的形式）△気分が～えない／沒精神。△顏色

が～えない／氣色不好。△～えない男／其貌不揚的傢伙。△この絵はいま一つ～えないなあ／這幅畫多少還差一點勁。⑦ 寒氣襲人。

さえわた・る［冴え渡る］（自五）清澈。△～った空／晴空萬里。△夜空にこうこうと～月の影／皓月當空。

さお［竿・棹］（名）① 竿，竹竿。② 船篙。③ 三弦琴繃弦的部分。

さおさ・す［棹さす］（自五）撐（船）。△時代の流れに～／順應潮流。

さおだけ［竿竹］（名）晾衣竿。

さおだち［棹立ち］（名）馬驚時抬起前腿豎立起來。

さおとめ［早乙女］（名）插秧女。

さおばかり［竿秤］（名）竿秤。↔ 皿秤。

さか［坂］（名）① 坡，坡道。△急な～／陡坡。△ゆるやかな～／緩坡。△～をのぼる／～をあがる／上坡。爬坡。△～をくだる／～おりる／下坡。② 關，坎兒。△私も 50 の～をこした／我也五十出頭了。

さか［茶果］（名）茶點。

さが［性］（名）① 本性，生性。② 習俗。

さかあがり［逆上り］（名・自サ）（單槓）翻轉上。

さかい［境］（名）界，交界。△春と夏との～／春夏之交。△～を接する／接壤。△生死の～をさまよう／徘徊於生死之間。

さかいめ［境目］（名）分界綫。

さかうらみ［逆恨み］（名・自サ）① 被所恨的人恨。② 好心招怨恨。△友人から～された／好心被朋友誤解成歹意。

さかえ［栄え］（名）① 昌盛。② 光榮。

さか・える［栄える］（自下一）昌盛，繁榮。△国が～／國家繁榮昌盛。→繁栄する ↔ おとろえる

さかき［榊］（名）楊桐。

さがく［差額］（名）差額。

さがくベッド［差額ベッド］（名）特等單間病房（個人負擔多於勞動保險法規定費用的差額）

さかご［逆子］（名）足位分娩（胎兒）。

さかさ［逆さ］（名）倒，逆。△～まつげ／倒睫毛。△～ことば／反話。△白黒を～にする／顛倒黑白。

さかさま［逆さま］（形動）倒，顛倒。△～に言う／説反話。△～に落ちる／頭朝下摔下來。△～にしておく／倒放。

さかさまつげ［逆さ睫］（名）〈醫〉倒睫毛。

さがしあ・てる［探し当てる］（他下一）找到。△やっと友人の住所を～てた／好不容易才找到了朋友的住址。

さかしま［逆しま］（名）⇨さかさま

さがしもの［捜し物・探し物］（名）尋找的東西

さがしら［賢しら］（名）自作聰明。△～をする／故作高明。

さが・す［探す・捜す］（他五）尋找，找。△犯人を～／搜尋犯人。△あらを～／挑毛病。△職を～／找工作。

さかずき［盃］(名) 酒杯。△～をさす／敬酒。△～を返す／回敬一盅。△～を干す／乾杯。

さかだち［逆立ち］(名・自サ) 倒立，拿大頂。△～をする／拿大頂。△～しても太刀打ちできない／拚着全身力氣也不是對手。

さかだ・つ［逆立つ］(自五)① 倒立。② 豎起。△髪の毛が～／毛髮豎立。

さかだ・てる［逆立てる］(他下一) 使豎起。△はりねずみは敵におそわれると針を～／刺猬遭到敵人攻擊就把刺豎起來。△髪の毛を～てて怒る／怒髮衝冠。

さかて［逆手］(名) 倒握。△短刀を～に持つ／倒握短刀（垂直時刀尖朝下）。

さかとんぼ［逆蜻蛉］(名)① 倒翻筋斗。② 倒栽葱。

さかな［魚］(名) 魚。△～屋／魚店。△～をとる／打魚。△～を釣る／釣魚。

さかな［肴］(名)① 酒餚，下酒菜。△さしみを～に酒を飲む／用生魚片下酒。② 助酒興的歌舞，談話材料。

さかなで［逆撫で］(名・他サ) 嘔人，故意氣人。△神経を～する／成心刺激人。△大衆の感情を～する／觸怒羣眾。

ざがね［座金］(名)① 墊圈。② 裝飾性金屬襯墊。

さかねじ［逆捩じ］(名)① 反擊，反駁，搶白。△文句を言ってきたので～を食わしてやった／他來提意見，叫我搶白了一頓。△向こうから～を食わしてくる／被對方倒打一耙。被對方反咬一口。② 反擰，倒擰。

さかのぼ・る［溯る］(自五)① 逆航。△川を～／逆水航行。② 追溯。△昔に～／追溯到很久以前。△四月に～って精算する／追溯到四月仔細核算。

さかば［酒場］(名) 酒館。

さかま・く［逆巻く］(自五) 洶湧。△怒濤～／波濤翻滾。

さかまつげ［逆睫］(名) ⇨さかさまつげ

さかみち［坂道］(名) 坡道，坡路。

さかむけ［逆剥け］(名) 倒餓刺。

さかめ［逆目］(名) 從相反的方向。

さかもとりょうま［坂本竜馬］〈人名〉坂本龍馬 (1835-1867)。幕府末期政治活動家。

さかもり［酒盛り］(名) 酒席。

さかや［酒屋］(名) 酒店。

さかゆめ［逆夢］(名) 和睡醒之後與現實相反的夢。

さから・う［逆う］(自五)① 逆。△風に～って進む／頂風前進。△流れに～って舟を漕ぐ／逆水行舟。△忠言耳に～／忠言逆耳。② 反抗，違抗。△命令に～／違抗命令。△親に～／反抗父母。

さかり［盛り］(名)① 旺盛時期，最盛期。△花の～／櫻花盛開季節。△桃は今が～だ／桃子現在正是旺季。△暑い～／盛暑。△働きざかり／年輕力壯。② (動物) 發情期。△～がつく／發情。

さがり［下がり］(名)① 下降，降低。② 下班，下學。

さかりば［盛り場］(名) 鬧市。

さか・る［盛る］(自五)①(動物) 發情，交尾。②(俗) 興隆。

さが・る［下がる］(自五)① 吊，垂，懸。△天井から裸電球が～っている／天花板上吊着無罩的燈泡。→ぶらさがる。② 降低，下降。△温度が～／温度降低。△地盤が～／地面下沉。△腕が～／手藝退步。△ズボンが～っている／褲子堆下來了。△頭が～／欽佩。↔あがる③ 退後。△白線の内側に～／退到白綫裏邊。↔進む。出る

さかん［盛ん］(形動)① 興盛，旺盛。△火が～に燃えている／火着得很旺。△日本では野球が～だ／日本盛行棒球。② 賣力地，積極地。△～な拍手／熱烈的掌聲。△～に手をふっている／不住地揮手。

さかん［左官］(名) 瓦工，泥水匠。

さがん［左岸］(名) 左岸。

さがん［砂岩］(名) 砂岩。

さき［先］(名)① 先。△代金を～に払いこむ／先付貨款。△お～に失礼します／我先走了。△～を争う／爭先。△～を越す／搶先。△悲しみより怒りの方が～に立つ／憤怒勝過了悲痛。↔あと ② 前頭。△～に立つ／站到前面。△2つ～の駅で下ります／在前面第三站下車。△～を急ぐ／趕路。△10メートル～にポストがある／往前走十米有郵筒。③ 尖的部分，頭部。△ペン～／鋼筆尖。△～の丸い棒／圓頭棒。④ 將來，前途。△この～どうなるか心配でならない／將來如何，覺得心裏不安。△それはまだ何年も～のことだ／那還是若干年以後的事。△お～まっくら／毫無希望。⑤ 先前，剛才。△～に述べたように…／如上所述。⑥ 去處，地點。△これからのことは行った～で相談しよう／往後的事到那裏再商量罷。⑦ 對方。△運賃は～が持つ／運費由對方負擔。⑧ 後續部分。△話はその～どうなりましたか／那事後來怎麼樣了？

さき［崎］(名)① 岬。② 山的突角，山嘴。

さき［左記］(名)(豎寫時) 下列，下述。

さぎ［鷺］(名) 鷺。

さぎ［詐欺］(名) 詐騙。△～を働く／行騙。△～にひっかかる／被詐騙了。△～師／騙子手。

さきうり［先売り］(名)〈經〉賣期貨。↔先買い

さきおととい (名)(也説“さきおととい”) 大前天。

さきおととし (名) 大前年。

さきがい［先買い］(名)〈經〉買期貨。↔先売り

さきがけ［先駆け］(名) 率先，領頭。△～の功名／打頭陣的戰功。△時代の～／時代先驅。△春の～の梅が咲いた／梅花報春訊。

さきがし［先貸し］(名・他サ) 預付。

さきがた［先方］(名)剛才，方才。

さきがり［先借り］(名・他サ)預支。↔先貸し

さきくぐり［先潜り］(名)① 暗中搶先行事。② (往壞處) 猜疑。

さぎこうい［詐欺行為］(名)〈經〉欺詐行為，舞弊行為。

さきこぼ・れる［咲きこぼれる］(自下一)盛開。

さきごろ［先頃］(名)日前，不久前。

さきざき［先先］(名)① 前途，將來。△～のことまで考える／考慮得很遠。△～が案じられる／前途堪憂。② 所到之處。△行く～でことわられた／到兩處都遭到拒絕。

サキソホン［saxophone］(名)〈樂〉薩克管。

さきだか［先高］(名)〈經〉看漲。

さきだ・つ［先立つ］(自五)① 事先，…之前。△試合に～って開會式を行う／比賽之前舉行開幕式。② 死在…前頭。△親に～／死在父母之前。③ 率先。△人に～って働く／做事做在別人前頭。④ 首要。△～ものは金／萬事錢當先。

さきどり［先取り］(名・他サ)① 先領，先收。△原稿料を～する／預支稿酬。↔さきばらい。まえばらい ② 搶先。超前。△時代を～する／走在時代前面。

さきに［先に］(副)先前，往昔。

さきのこ・る［咲き残る］(自五)① 晚開。② 晚謝。

さきのり［先乗り］(名)① 前驅。② (演出團體的) 先遣人員。

さきばし・る［先走る］(自五)出風頭。搶先行動顯示自己。△あいつが～ったおかげで計画がだめになった／都怪他多事，計劃全給砸了。

さきばらい［先払い］(名・他サ)① 先付款，預付。→まえばらい ↔ あとばらい。② 收件人 (收貨人) 付郵費 (運費)。△料金～電話／受話人付費的電話。

さきぶれ［先触れ］(名)⇨まえぶれ

さきぼうをかつぐ［先棒を担ぐ］(連語)充當別人的走卒。

さきほこ・る［咲き誇る］(自五)盛開。

さきぼそり［先細り］(名)每況愈下。

さきほど［先程］(名)剛才。

さきまわり［先回り］(名・自サ)① 趕在前頭到。△～して待ちぶせる／先去埋伏下來 ② 搶在對方前頭做。△人の話の～をする／搶別人的話。

さきみだ・れる［咲き乱れる］(自下一)⇨さきほこる

さきもの［先物］(名)〈經〉期貨。

さきものしじょう［先物市場］(名)〈經〉期貨市場。

さきものとりひき［先物取引］(名)〈經〉期貨買賣，期貨交易。

さきやす［先安］(名)〈經〉行情看落。

さきゅう［砂丘］(名)砂丘。

さきゆき［先行き］(名)前景，前途。△景気の～が不安だ／生意的前景令人不安。

さぎょう［作業］(名・自サ)工作，作業。△～時間／工作時間。△～服／工作服。△とっかん～／突擊作業。

ざきょう［座興］(名)餘興，逗趣兒。

さぎょうへんかくかつよう［サ行變格活用］(名)〈語〉サ行變動詞特殊變化。

さきわたし［先渡し］(名・他サ)〈經〉① 遠期交貨。② 預付 (貨款)，預發 (工資)。

さぎをからすといいくるめる［鷺を烏と言いくるめる］(連語)指鹿為馬。

さきん［砂金］(名)砂金。

さきん［差金］(名)〈經〉差價，餘額。△～取引／買空賣空。

さきん・じる［先んじる］(自上一)搶先，佔先。△～じればんを制す／先發制人。

さ・く［咲く］(自五)(花) 開。

さ・く［裂く］(他五)撕開，剖開。△紙を～／撕紙。△魚の腹を～／剖魚。△仲を～／離間。

さ・く［割く］(他五)勻出，分出。△時間を～／騰出時間。△領土を～／割讓領土。

さく［馳驅］(名・自サ)馳驅。

さく［作］(名)① 作品。△会心の～／得意之作。② 收成。△～がいい／收成好。

さく［柵］(名)柵欄。

さく［策］(名)計策，策謀。△～をめぐらす／研究策略。△～を施す／用計。△～の施しようがない／無計可施。△～を弄する／玩弄手段。

さくい［作為］(名・自サ)① 造作，虛假。△～的な親切／虛情假意。△～のあと／弄虛作假的痕跡。

さくい［作意］(名)別有用心，有所企圖。△～があってしたことではない／並非有意做的。

さくいん［索引］(名)索引。

さくおとこ［作男］(名)(農業的) 僱工，長工。

さくかごうぶつ［錯化合物］(名)〈化〉絡合物。

さくがら［作柄］(名)收成。

さくげん［削減］(名・他サ)削減。

さくげんち［策源地］(名)策源地，根據地。

さくご［錯誤］(名)錯誤。△試行～／試行錯誤。△時代～／時代錯誤。

さくさく Ⅰ (副)刷刷地。△～と草を刈る／刷刷地割草。Ⅱ (副・自サ)① 沙棱棱的。△～した西瓜／沙瓤西瓜。② 酥脆。

ざくざく (副)① (硬的小物件碰撞聲) 嘩啷嘩啷。② ⇨さくさく

さくさん［柞蠶］(名)柞蠶。

さくさん［酢酸・醋酸］(名)〈化〉醋酸。

さくし［作詞］(名・他サ)作詞。

さくし［策士］(名)謀士。△～策におぼれる／聰明反被聰明誤。

さくじつ［昨日］(名)昨日。→きのう

さくしゃ［作者］(名)作者，著者。→ひっしゃ (筆者)

さくしゅ［搾取］（名・他サ）剝削。

さくじょ［削除］（名・他サ）删掉，抹掉。

サクション［suction］（名）〈理〉空吸。

さくず［作図］（名・他サ）① 製圖。② （幾何）作圖。

さく・する［策する］（他サ）策劃。

さくせい［作成］（名・他サ）擬製。△報告書を～する／寫報告。

さくせい［作製］（名・他サ）製作。

サクセスストーリー［success story］（名）成功故事，成功事例。

サクセスフル［successful］（ダナ）成功的，合格的。

サクセッション［succession］（名）① 連續，繼承。②〈生物〉演替。

さくせん［作戦］Ⅰ（名・自サ）作戰。Ⅱ（名）戰術，策略。△～が図にあたる／正中我計。

さくそう［錯綜］（名・自サ）錯綜複雜。

さくぞう［築造］（名・他サ）築造，修築。

さくづけ［作付け］（名・他サ）播種。△～面積／播種面積。

さくどう［策動］（名・自サ）策動。

さくにおぼれる［策に溺れる］（連語）弄巧成拙。

さくねん［昨年］（名）去年。→きょねん

さくばく［索漠］（形動トタル）寂寞，索寞。

さくばん［昨晩］（名）昨夜。→ゆうべ

さくひょうき［削氷機］（名）刨冰機。

さくひん［作品］（名）作品。

さくふう［作風］（名）作品的風格。

さくふう［朔風］（名）朔風。

さくぶん［作文］（名）① 作文，（學校的）寫作課。② 應付差事的表面文章。

さくぼう［策謀］（名・他サ）策劃。△クーデターを～する／策劃政變。

さくま［作間］（名）① （農作物的）行距。② 農閑期。

さくもつ［作物］（名）莊稼，農作物。

さくや［昨夜］（名）昨夜。→ゆうべ

さくゆ［搾油］（名・自サ）搾油。△～作物／油料作物。

さくら［桜］（名）櫻花，櫻樹。

さくら（名）圍子。（假做買主幫助商販拉顧客的人）

さくらいろ［桜色］（名）淡紅色。

さくらがい［桜貝］（名）〈動〉櫻蛤。

さくらがり［桜狩］（名）賞櫻花。

さくらぜんせん［桜前線］（名）（由南向北移動的）櫻花在同一天開放的地帶。

さくらそう［桜草］（名）〈植物〉櫻草（花）。

さくらにく［桜肉］（名）〈俗〉馬肉。

さくらもち［桜餅］（名）用櫻葉包的豆沙餡薄餅。

さくらん［錯乱］（名・自サ）錯亂。△精神～／精神錯亂。

さくらんぼう［桜ん坊］（名）櫻桃。

さぐり［探り］（名）試探。△～を入れる／刺探。摸底。

ざくり（副）形容很容易地切開或裂開貌。△西瓜を～と割る／喀嚓一聲切開西瓜。

さぐりあし［探り足］（名）用腳試探着走。△～でやみを行く／試探着在黑暗中行走。

さぐりあ・てる［探り当てる］（他下一）摸到，摸索到。△暗闇でスイッチを～てた／摸黑找到了開關。△法則を～／摸到規律。

さくりゃく［策略］（名）計謀。△～にはまる／中計。△～をめぐらす／用計謀。

さぐ・る［探る］（他五）① 摸索。△ポケットを～って切符を出す／從口袋裏摸出車票。② 偵察。△相手の腹を～／刺探對方打的是甚麼主意。

さくれつ［炸裂］（名・自サ）爆炸。

ざくろ［石榴］（名）石榴。

ざくろいし［石榴石］（名）石榴石。→ガーネット

さけ［酒］（名）酒。△～がはいる／喝了酒。△～がまわる／酒勁上來了。△～によう／喝醉。△～にのまれる／喝糊塗了。酒後無德。△～をつぐ／斟酒。きつい（からい）～／烈性酒。～が強い（弱い）酒量大（小）。

さけ［鮭］（名）〈動〉鮭魚，大馬哈魚。

さげかじ［下げ舵］（名）（飛機的）降舵。

さけかす［酒かす］（名）酒糟。

さげがみ［下髪］（名）辮子。

さげしお［下げ潮］（名）落潮。↔あげしお

さげす・む［蔑む］（他サ）蔑視。△～ような目つき／蔑視的眼光。△人を～／小看人。→けいべつ。蔑視。

さけのみ［酒飲み］（名）酒徒。

さけび［叫び］（名）① 喊聲，尖叫聲。② 呼聲。

さけびこえ［叫び声］（名）喊聲。△～をあげる／喊叫。

さけ・ぶ［叫ぶ］（自五）① 喊叫。② 大聲疾呼。

さけめ［裂け目］（名）裂縫。→われめ

さ・ける［裂ける］（自下一）裂開。△服が～／衣服撕破。

さ・ける［避ける］（他下一）躲，避。△車を～／躲車。△ラッシュ時を～／避開交通高峰時間。△人目を～／避人耳目。

さ・げる［下げる］（他下一）① 降低。△値段を～／降價。△書出しは1字～げて書く／開頭空一字寫。② 提，懸。△かばんを～／提着皮包。△首に鈴を～／脖子上掛着鈴鐺。③ 撤下。△お膳を～／撤（飯）桌。△貯金を～／提取存款。④ 挪後。△机の位置をすこし～／把桌往後挪一挪。

さげわた・す［下げ渡す］（他五）下發，發放。

さげん［左舷］（名）左舷。

ざこ［雑魚］（名）① 小雜魚。② 小卒，嘍囉。

ざこう［座高］（名）坐高，人體上半身的長度。

さこく［鎖国］（名・自サ）閉關自守。

さこつ［鎖骨］（名）〈解剖〉鎖骨。

ざこつ［座骨］（名）〈解剖〉坐骨。△～神經痛／坐骨神經痛。

ざこね［雑魚寝］(名・自サ) 男女老少混睡在一起。

ざこのととまじり［雑魚の魚まじり］(連語) 小魚穿在大魚串兒上。

ささ［笹］(名) 矮竹。

ささい［些細］(形動) 細小。△～なことから喧嘩になった/為一點小事吵起來了。

ささえ［支え］(名) 支柱，支架。△心の～/精神支柱。

さざえ［栄螺］(名)〈動〉榮螺。

さざえばしご［栄螺梯子］(名) 螺旋梯。

ささ・える［支える］(他下一) ① 支，支撐。△つっかいぼうで塀を～/用木棒頂住牆。△家計を～/維持一家生活。② 阻擋。△敵を～/頂住敵人。

ささくれ (名) 肉刺。倒餓刺。

ささくれ・る［自下一］(尖端) 劈裂。△手が～れた/手上起了肉刺。

ささげ［大角豆］(名)〈植物〉豇豆。

ささ・げる［捧げる］(他下一) ① 捧。△トロフィーを～/雙手捧起獎盃。② 貢獻，奉獻。△命を～/獻出生命。

ささつ［査察］(名・他サ) 監察，查看。△空中～/空中監視。

さざなみ［細波］(名) 細浪。△～が立つ/微波蕩漾。

ささぶね［笹舟］(名) 竹葉作的玩具小船。

ささむら［笹叢］(名) 矮竹叢。

さざめ・く［自五］喧嘩，吵嚷。

ささめゆき［細雪］(名) 小雪花。(也説 "さざめゆき")

ささやか［形動］小，輕微。△～なパーティー/簡單的酒會。△～なおくりもの/微薄的禮品。

ささやき［囁き］(名) 細語。△愛の～/卿卿我我。

ささや・く［囁く］(自五) ① 耳語，竊竊私語。△耳元で～/咬耳朵。② 悄悄地談論。△社長の引退が～かれている/人們都在悄悄談論經理要退休。

ささ・る［刺さる］(自五) 扎。△とげが～/扎了刺。△魚の小骨がのどに～った/嗓子扎了根魚刺。

さざんか［山茶花］(名) 山茶花。

さし［差し］(名) 面對面。△～で飲む/對飲。△～で話そう/咱們當面直接談。

－さし［止し］(接尾) (接動詞連用形下) 表示半路停止。△読み～の本/沒讀完的書。△言い～/半截話。

さじ［匙］(名) 匙。△～ですくう/用勺兒舀。△大～１杯の砂糖/一大勺兒白糖。

さじ［瑣事］(名) 瑣事，瑣碎小事。△～にこだわる/拘泥細節。△～に追われる/瑣事纏身。

ざし［座視］(名・他サ) 坐視。△～するに忍びない/不忍坐視。

さしあ・げる［差し上げる］Ⅰ (他下一) ① 舉。△高く～/高高舉起。② 給。△のちほどこちらから電話を～げます/回頭由我給您打

電話。Ⅱ (補動) 表示為人做事。△何をして～ましょうか/為您做點甚麼呢？

さしあし［差足］(名) 躡着腳。

さしあたって［差し当って］(副) ⇨さしあたり

さしあたり［差し当り］(副) 目前，暫且。△～間に合っています/暫時還夠用。△～生活には困らない/眼前生活還不困難。

さしいれ［差し入れ］(名・他サ) ① (給被拘禁的人或在現場工作的人) 送東西。△服役者に衣類の～をする/給服刑的人送衣服。② 投入。△～口/投入口。

さしえ［挿絵］(名) 插圖。→イラスト

サジェスチョン［suggestion］(名) 暗示，建議，示意，啟發。

サジェスト［suggest］(名) 啟發，示意，建議。

さしお・く［差し置く］(他五) 擱置，撂下。△なにを～いてもこれだけはやらなければならない/別的先放一放也得作這個。△兄を～いて弟が家をつぐ/排除哥哥，由弟弟繼承家業。

さしおさえ［差し押さえ］(名)〈法〉查封，凍結。

さしおさ・える［差し押をえる］(他下一) ① 按住。② 扣押，查封。

さしかか・る［差し掛かる］(自五) ① 來到。△山道に～ったとき日はとっぷり暮れた/走到山路時天已大黑。② 正趕上，正當。△山場に～/正值重要關頭。

さしか・ける［差し掛ける］(他下一) 覆蓋。△妹に傘を～/給妹妹撐傘。

さじかげん［匙加減］(名) ① 藥量。△薬の～をまちがえる/下錯藥量。② 分寸。△上役の～で昇給の上下がある/上級手高手低，增薪多少就不一樣。

さしがね［差し金］(名) ① (木工用) 角尺。② 唆使，指使。△おとなの～で子どもがやったのだ/這是大人指使孩子幹的。

さしき［挿木］(名・他サ) 插枝。

さじき［桟敷］(名) 樓座，包廂。

ざしき［座敷］(名) 日本式住宅的客廳。

さしこ［刺子］(名) 納在一起的多層棉布。

さしこみ［差し込み］(名) ① 插銷，插頭。→プラグ ② 插座。→コンセント

さしこ・む［差し込む］Ⅰ ((他五) 插入。△プラグをコンセントに～/把插頭插進插座。Ⅱ (自五) (胃腸) 劇烈疼痛。

さしさわり［差し障り］(名) 妨礙，干礙。△～がない/沒有妨礙。△～があって出席できない/因為有點事，不能參加。

さししめ・す［指し示す］(他五) (用手) 指。

さしず［指図］(名・他サ) 指揮，指示。

さしずしきこぎって［指図式小切手］(名)〈經〉記名支票。

さしずしょうけん［指図証券］(名)〈經〉記名證券。

サジズム［sadism］(名) 施虐淫，性虐待狂。

さしずめ（副）①暫時，目前。△～金の心配は
ない／暫時還不愁沒錢。②總之。△～君が一
番適任だ／考慮來考慮去還是你最勝任。（也寫
"さしづめ"）

さしせま・る［差し迫る］（自五）緊迫。△期
日が～ってきた／眼看要到期了。△～った問
題／急待解決的問題。

さしだしにん［差し出し人］（名）寄件人。↔
うけとりにん

さしだ・す［差し出す］（他五）①伸出。△手
を～／伸出手。②提出。△書類を～／提出書
面材料。③寄出。

さした・てる［差し立てる］（他下一）①寄出，
郵出。△郵便物を～／寄郵件。②派遣。△使
者を～／派遣使者。③豎起，掛起。△旗を～／
掛旗。

さしたる（連體）（與否定呼應）大不了的。△～
問題はない／沒甚麼大問題。

さしつかえ［差支え］（名）妨礙，不方便。△～
があって今日は行けない／今天有點事，不能
去。△～がない／無妨礙。

さしつか・える［差支える］（自下一）妨礙。
△車がないと仕事に～／沒有車，有礙工作。
△～と言って～えない／不妨説是…。

さして（副）（與否定呼應）（不）那麼…，（不）
太…。△～暑くはない／不太熱。

さしでがましい［差し出がましい］（形）多嘴，
多事。△～ことをする奴だ／這人真愛管閑
事！△～口をきくな／你別多嘴

さしでぐち［差出口］（名）多嘴。

さし・でる［差し出る］（自下一）越分，多事。
△～でた口をきく／多嘴多舌。

さしとお・す［刺し通す］（他五）刺透，扎穿。

さしと・める［差し止める］（他下一）禁止。
△記事を～／不准登報。△出入りを～／禁止
出入。

さしね［指値］（名）〈經〉買方遞盤，指定價，
出價。

さしの・べる［差し伸べる］（他下一）伸出。
△援助の手を～／伸出援助之手。

さしはさ・む［差し挟む］（他五）夾入，插入。
△口を～／插嘴。△疑いを～余地がない／無
可置疑。

さしひか・える［差し控える］（他下一）暫緩，
暫不，節制。△酒は～えている／我現在節制
飲酒。△発言を～／暫不發表意見。

さしひき［差し引き］（名・他サ）①〈經〉沖銷，
結平。△～なお剩余金がある／收支相抵猶有
盈餘。②（海潮）漲落，（溫度）升降。

さしひきかんじょう［差引勘定］（名）〈經〉沖
賬。

さしひ・く［差し引く］（他五）扣除。△給料
から～／從薪金中扣除。

さしまわ・す［差し回す］（他五）派。△スパ
イを～／派遣間諜。△迎えの車を～／派車迎
接。

さしみ［刺し身］（名）生魚（蝦，貝）片。

さしむかい［差し向かい］（名）對坐。

さしむき［差向き］（副）當前，眼前。△～何をす
ることもない／當前沒甚麼（急着）要做的事。

さしむ・ける［差し向ける］（他下一）①派。
△使いの者を～／派人去。②對準，指向。△銃
口を敵へ～／把槍口對準敵人。

さしも（副）那麼…，如此…。△～の嵐も明け
方にはおさまった／那麼大的暴風雨早晨也停
了。

さしもど・す［差し戻す］（他五）退回，駁回。
△地裁に～／退回地方法院重審。

さしゅ［詐取］（名・他サ）詐取，騙取。

さしゅう［査収］（名・他サ）查收。

さしょう［査証］（名）簽證。△入国～／入境簽
證。△旅券の～を申請する／申請簽證。→ビ
ザ

さしょう［些少］（名・形動）微少。些許。△～
ですが，お受取りください／東西不多，請收
下。

ざしょう［坐礁］（名・自サ）觸礁擱淺。

ざしょう［挫傷］（名）扭傷，挫傷。

さじょうのろうかく［砂上の楼閣］（連語）空
中樓閣。

さしわたし［差し渡し］（名）直徑。

さじをなげる［匙を投げる］（連語）斷定無可
救藥，放棄不管。△医者も～げた／醫生也甩
手不管了。

さじん［砂塵］（名）塵砂。

さ・す［刺す］（他五）①刺，扎。△針で～／
用針刺。△とげを～／扎了一根刺。②（也寫
"螫す"）蜂に～される／被蜂螫了。③
（棒球）出局。④（也寫"插す"）插。△なえぎ
を～／插樹苗。⑤（縫紉）納。

さ・す［指す］（他五）①指。△時計の針が10
時を～している／錶針正指十點。△この"彼"
は誰を～しているか／這個"他"是指誰？②
朝向。△都を～して出発した／向都城進發。
③下將棋。△将棋を～／下將棋。

さ・す［差す］Ⅰ（自五）①現出，帶上。△赤
みが～／發紅。△いや氣が～／發膩了。△影
が～／出現陰影。②（光綫）直射。△西日
が～／夕陽照射。③漲（潮）。△潮が～／漲
潮。Ⅱ（他五）①（也寫"注す"）注入，點滴，添
（液體）。△目薬を～／點眼藥。△紅茶にミル
クを～／往紅茶裏加奶。②抹。△口紅を～／
抹口紅。③打。△傘を～／打傘。④帶。△刀
を～／帶刀。⑤（也寫"插す"）插。△かんざ
しを～／插髮簪。

さすが［流石］（副）①到底是，畢竟是。△～
は玄人，見事なものだ／不愧是内行，真有兩
下子。②（異乎尋常，出乎意料地）就連…△～
の彼女も病には勝てなかった／甚麼也難不倒
的她卻在病魔手下。

さずか・る［授かる］（自・他五）領受。△ほ
うびを～／領獎品。

さずけもの［授け物］（名）天賜的東西。

さず・ける［授ける］（他下一）①授與。△文

化勲章を～／授與文化勲章。② 傳授。△わざ
を～／傳授技能。

サスティナブル [sustainable]（名）可持續。△～
建築／可持續建築。

サスペンス [suspense]（名）（小説、戲劇等的）
懸念。

サスペンダー [suspenders]（名）① 吊褲帶。②
吊襪帶。③ 吊裙帶。

さすらい（名）流浪。

さすら・う（自五）流浪，漂泊。

さす・る［摩る］（他五）輕輕撫摸。

ざせき［座席］（名）座位。△～をとる／訂座。
△～につく／就座。

させつ［左折］（名・自サ）左轉彎，向左拐。

ざせつ［挫折］（名・自サ）挫折。

－させる（助動）（接上一段、下一段、カ行變格
活用動詞未然形）① 表示使令。△品物は店員
にとどけ～せます／叫店員送貨去。② 表示默
許、聽任。△一日二日考え～せてくれ／請允
許我再考慮兩天。③ 表示原因。△一杯のコー
ヒーが疲労を忘れ～／一杯咖啡使人忘記疲勞。

さ・せる（他下一）① 使…，叫…△予習を～／
叫（他）預習。② △默許，由（他）…△本人の
自由に～／隨他的便。

させん［左遷］（名・他サ）左遷，降職。↔ 栄
転

させん［左旋］（名）〈化〉左旋。

ざぜん［座禅］（名）（佛教）坐禪。△～を組む／
打坐。

さぞ（副）想必。△～お疲れでしょう／想您必已
累了。

さそい［誘い］（名）① 邀請。△友人から旅行
の～を受けた／接受朋友邀請去旅行。② 引
誘。△～をかける／誘惑。△～に乗る／上鈎。

さそい・れる［誘い入れる］（他下一）邀請
加入。△会員に～／勸人入會。

さそいみず［誘い水］（名）① 使用水泵時加的
水引子。② 引子，導火綫。

さそ・う［誘う］（他五）① 邀請和自己一起行
動。△散歩に～／邀人一起去散步。② 引誘，
誘發。△悪事に～／誘人做壞事。△涙を～／
催人淚下。

ざぞう［座像］（名）坐像。↔ 立像

さぞかし（副）⇨さぞ

さそり［蠍］（名）蠍子。

さそりざ［蠍座］（名）〈天〉天蠍座。

さた［沙汰］（名・自サ）① 指示。△～を待つ／
聽候指示。② 音信，消息。△何の～もない／
杳無音信。③ 行為，事件，事情。△正気の～
ではない／不是正常人所能做的。△～の限
り／不值一提。△～やみになる／（事情）沒有
下文了。△家どころの～ではない／哪裏還談
得上房子問題。△警察～にはしたくない／我
不想鬧到警察局去。

さだか［定か］（形動）清楚，明確。△生きてい
るかどうか～でない／生死不明。△記憶が～
でない／記不清楚。

さだま・る［定まる］（自五）① 定。△会期が～
った／會期定了。② 穩定。△天気が一向に～
らない／天氣變化無常。→安定する

さだめ［定め］（名）① 規則，規定。② 命運。
△悲しい～／命苦。③ 恆定。△～なき世／世
事滄桑。

さだめし（副）⇨さぞ

さだ・める［定める］（他下一）① 定，制定。
△目標を～／確定目標。△ねらいを～／瞄準。
② 平定。△天下を～／平定天下。

さたやみ［沙汰止み］（名）（事情、計劃）作罷。
△～になる／告吹了。

サタン [Satan]（名）〈宗〉魔鬼。

ざだんかい［座談会］（名）座談會。

さち［幸］（名）① 山珍海味。△海の～／海産
品。△山の～／山貨。② 幸福。△～多かれと
祈る／祝福。

ざちょう［座長］（名）①（會議）主持人。②（劇
團）團長。

さつ［札］（名）紙幣，票子。

ざつ［雑］Ⅰ（名）雜。△～収入／雜項收入。Ⅱ
（形動）粗糙，粗率。△～にできている／做得
粗糙。△～な計画／粗略的計劃。

さつい［殺意］（名）殺機。△～をいだく／有殺
人之心。起殺機。

さついれ［札入れ］（名）錢夾。

さつえい［撮影］（名・他サ）拍照。

ざつえき［雑役］（名）雜活兒，雜務。△～夫／
勤雜工。

ざつえき［雑益］（名）雜收益。↔ 雑損

ざつおん［雑音］（名）雜音。→ノイズ

さっか［作家］（名）作家。

ざっか［雑貨］（名）雜貨。△～屋／～店／雜貨店。

サッカー [soccer]（名）足球。

さつがい［殺害］（名・他サ）殺害。

さっかく［錯覚］（名・自サ）錯覺。△～をおこ
す／造成錯覺。

さっかく［錯角］（名）〈數〉內錯角。

ざつがく［雑学］（名）雜學。

サッカリン [saccharin]（名）糖精。

ざっかん［雑感］（名）雜感。

さっき（副）剛才。→さきほど

さっき［殺気］（名）殺氣。△～だつ／殺氣騰騰。

さつき［五月］（名）①〈文〉農曆五月。②〈植物〉
杜鵑。→さつきつつじ

ざっき［雑記］（名）雜記。

ざつぎ［雑技］（名）雜要兒。

さっきゅう［早急］（形動）及早，火速。△～
に処理する／火速辦理。

ざっきょ［雑居］（名・自サ）雜居，混居。

さっきょく［作曲］（名・他サ）作曲，譜曲。

さっきん［殺菌］（名・他サ）滅菌。△～剤／消
毒藥。

サック [sack]（名）套兒，囊。

ザック［德 sack］（名）揹囊，揹包。

ざっくばらん（形動）坦率。△～な人柄／心直
口快的性格。△～に話す／打開天窗説亮話。

ざっくり（副）① (布料) 粗粗拉拉。②咔嚓 (切開聲)。△西瓜を～と割る／咔嚓一聲把西瓜切開。

ざっこく［雑穀］（名）雜糧。

さっこん［昨今］（名）近來，最近。

さっさと（副）快。△～歩け／快走！△言いたいことがあるのなら～言いなさい／有話要説你就快説！

サッシ［sash］（名）金屬窗框。→サッシュ

さっし［察し］（名）察覺。△～がつく／察覺到。△～がいい／善解人意。

ざっし［雑誌］（名）雜誌。

ざっしゅ［雑種］（名）雜種，雜交種。

さっしょう［殺傷］（名・他サ）殺傷。

ざっしょく［雑食］（名・自他サ）雜食。△～性動物／雜食動物。↔肉食。草食

ざっしょく［雑色］（名）①混色。②雜色。

さっしん［刷新］（名・他サ）革新。△～人事を～する／更新人員。人事變動。

さつじん［殺人］（名）殺人。

さっ・する［察する］（他サ）推察，體察，體諒。△～ところ…／看來…△～に余りある／十分理解。

ざつぜん（形動トタル）雜亂。↔整然

さっそう［颯爽］（形動トタル）颯爽，精神抖擻。

ざっそう［雑草］（名）雜草。

さつぞうかん［撮像管］（名）（電視）攝像管。

さっそく（副）立即，馬上。△～の御返事ありがとうございました／謝謝您及時回信。△ご注文の品は～お届けいたします／您訂的東西馬上送去。

ざった［雑多］（形動）形形色色。△～な品物／各式各様的東西。

ざつだん［雑談］（名・自サ）閑談，聊天。

さっち［察知］（名・他サ）察覺。

さっと［颯と］（副）①（風，雨）驟然。△雨が～降りだして～止んだ／雨忽然下起來，忽然又停了。②一下子，忽地。△猫が～逃げた／貓嗖地跑掉了。

ざっと（副）①粗略地。△～読む／大致翻一翻。②大致。△～ 300 万円／約略三百萬日圓。

さっとう［殺到］（名・自サ）蜂擁而來，紛至沓來。

ざっとう［雑踏］（名・自サ）擁擠。△～をぬける／從人堆裏擠出來。

ざつねん［雑念］（名）雜念。

さつばつ［殺伐］（形動トタル）①野蠻的，殘暴的。△～たる事件／血腥的案件。②荒涼。△～たる風景／景物荒涼。

さっぱり I（副）（與否定呼應）完全 (不…) △～分らない／一點也不明白。△～便りがない／杳無音信。△碁は～だ／圍棋我一竅不通。II（副自サ）①爽快，輕鬆愉快，痛快。△借金を全部返して～した／還清了欠債一身輕。△～した気性／直爽的性格。②乾淨利落。△～した服装の娘／衣着楚楚的姑娘。③（味道）清淡。

ざっぴ［雑費］（名）雜費。

さつびら［札びら］（名）一疊錢票。△～を切る／大把花錢。

ざっぴん［雑品］（名）雜物。

さっぷうけい［殺風景］（形動）①殺風景，敗興。△～な話だ／這話真叫人敗興。②俗氣。△～な部屋／俗氣的房間。

ざつぶん［雑文］（名）雜文，小品文。

さつまいも［薩摩芋］（名）紅薯。

ざつむ［雑務］（名）雜務。

ざつじ［雑事］（名）雜事，瑣事。△～に追われる／瑣事纏身。

さつりく［殺戮］（名・他サ）殺戮，屠殺。

さて I（副）一旦。△～となるとやる気がうせる／果真要動手作了，又不想幹了。II（接）（承上啟下，轉換話題）卻説…。III（感）①表示猶豫的心情。△～，何から始めたらよいか／這…，從哪裏做起呢？②自言自語或向別人打招呼。△～，そろそろ帰ろうか／是啊，該回去了。

サディズム［sadism］（名）施虐淫。

さておき（名）暫且不説，先放一放。△余談は～本題に入ろう／閑話不提，言歸正傳。△何は～別的一切不去管它，首先…

さてつ［砂鉄］（名）鐵礦砂。

さては I（接）再加上，還有。△～かき，なし，～バナナと山ほど食べた／又是柿子又是梨，還加上香蕉，吃了個不亦樂乎。II（副）（有所發現）原來是…，那麼準是…△～犯人はお前だな／那麼犯人一定是你了！

サテライトステーション［satellite station］（名）航天站。

サテン［satijn］（名）緞子。

さと［里］（名）①村落，村莊。②故里，家鄉。③（出嫁婦女的）娘家，（做養子的人的）親生父母家。→実家

さと・い［聡い］（形）聰明。△耳が～／耳朵靈。△利に～／見錢眼開。會打算盤。

さといも［里芋］（名）芋，芋頭。

さとう［砂糖］（名）白糖，砂糖。△～をかける／撒糖。

さどう［作動］（名・自サ）（機械）動作，作功。

さどう［茶道］（名）茶道。

さとうきび［砂糖黍］（名）甘蔗。

さとうだいこん［砂糖大根］（名）甜菜。

さとおや［里親］（名）養父，養母。

さとがえり［里帰り］（名・自サ）①回娘家，（新婚後）回門。②回家鄉。

さとかた［里方］（名）娘家人。△～のおば／娘家嬸子。

さとご［里子］（名）寄養的子女。△～に出す／送到別人家寄養。

さとごころ［里心］（名）思鄉。△～がつく／想家。→ホームシック

さと・す［論す］（他五）開導，教導。△心得ちがいを～／批評所犯錯誤。△じゅんじゅんと～／諄諄善誘。

さとり［悟り］(名) 悟, 醒悟。△～をひらく／(佛教) 悟道。△～がはやい／領會得快。一點就透。△～が悪い／領會得慢。

さと・る［悟る］(他五) 省悟, 察覺。△言外の意を～／領會言外之意。△誤りを～／認識錯誤。△死期を～／自知氣數已盡。

用法提示 ▼
中文和日文的分別
中文有"理解, 明白"的意思, 日文除了這個意思之外, 還表示"覺察"。常見搭配:

危険 (きけん)、言外 (げんがい) の意 (い)、失敗 (しっぱい)、死期 (しき) を悟る

サドル［saddle］(名) (單騎、自行車的) 鞍座。

サドンデス［sudden death］(名)① 猝死。②〈體〉(因勝負未決而延長決賽時間的) 金球制, 突然死亡法。

さなえ［早苗］(名) 稻秧。

さなか［最中］(名) 正進行中, 正在高潮。→さいちゅう

さながら (副) 宛如, 猶似。

さなぎ［蛹］(名) 蛹。

さなだむし［真田虫］(名) 縧蟲。

サナトリウム［sanatorium］(名) 結核療養院。

サニー［sunny］(形)① 日照好, 陽光充足的, 暖和的。② 樂觀的, 快樂的, 性格開朗的。

サニタリーナプキン［sanitary napkin］(名) 衛生巾, 月經墊。

さね［実・核］(名)① (瓜果的) 核, 仁兒, 種子。②〈俗〉陰核。

さのう［砂囊］(名)① 砂袋。② (鳥的) 嗉子。

さは［左派］(名) 左派。→さよく ↔ 右派

さば［鯖］(名) 鮐魚。

サバイバル［survival］(名) 幸存, 殘存, 繼續生存。

さばき［捌き］(名)① 銷售。△商品の～が悪い／貨物銷路不好。② 處理, 使用。△和服は足～が悪い／穿和服不好走路。

さばき［裁き］(名) 審判。△神の～／上帝的審判。

さば・く［裁く］(他五) 審判, 評判。△喧嘩を～／勸架評理。△事件を～／審理案件。

さば・く［捌く］(他五)① 熟練地處理, 順利解決。△ひとりで～ききれない仕事／一個人幹不了的工作。② 賣掉, 脱手。△商品を～／貨物全部銷出。③ 分開, 理順。△鳥を～／剔雞肉。△裾を～／整理衣下擺。△系のもつれを～／把亂綫理開。

さばく［砂漠］(名) 沙漠。

さばくか［砂漠化］(名) 沙漠化。

さば・ける［捌ける］(自下一)① 暢銷。△この品は～けない／這貨不好銷。② 開通, 滑脱。△彼はなかなか～けた人だ／他很通人情。

さばさば (副・自サ)① 輕鬆, 舒暢。△問題が片付いて～した／問題得到解決, 心裏輕鬆了。② 爽快。△～した人／爽快人。

サバト［葡 sábado］(名) 安息日, 基督教是星期日, 猶太教是星期六, 伊斯蘭教是星期五。

さばをよむ［鯖を読む］(連語) 虚報數目。△十日間で完成できる仕事だが, ～んで, 二週間と言っておいた／本來十天就可以完成的工作, 虚報要兩個星期才能做完。

さはんじ［茶飯事］(名) 常事。△日常～／家常便飯。

さび［寂］(名)① 古樸, 淡雅。② (聲音) 蒼老。

さび［錆・銹］(名) 銹。△～がつく／生銹。

さびし・い［寂しい］(形)① 冷清清。△～道／冷冷清清的道路。↔ にぎやか② 寂寞。△～生活／孤寂的生活。△～笑い／慘然一笑。③ 匱乏。△タバコが切れて口が～／煙沒了, 癮得慌。△ふところが～／手頭拮据, 阮囊羞澀。

さびつ・く［錆び付く］(自五)① 銹到一起。② 長滿銹。

さびとめ［錆止め］(名) 防銹 (劑)。

ざひょう［座標］(名) 坐標。△～軸／坐標軸。

さ・びる［錆びる］(自上一) 生銹。

さび・れる［寂れる］(自下一) 凋敝, 冷落。↔ にぎわう

サファイア［sapphire］(名) 藍寶石。

サフィックス［suffix］(名)〈IT〉尾碼。↔ プレフィックス

サブウェー［subway］(名) 地鐵。→地下鉄

サブカルチャー［subculture］(名)〈IT〉亞文化, 從屬文化, 亞文化羣

サブザック［(郊遊用) 小揹包

ざぶざぶ (副) (水聲) 嘩啦啦。△～と小川を渡る／嘩啦嘩啦地趟水過小河。

サブジェクト［subject］(名)① 主題。②〈語〉主語。

サブタイトル［subtitle］(名) 副標題。

ざぶとん［座布団］(名) 座墊。△～をあてる／墊上座墊 (坐)。

サブマリン［submarine］(名) 潛艇。

サプライ［supply］(名) 供給, 支付, 補給。

サプライサイド［supply side］(名) 供給, 必需品。

サプライズ［surprise］(名) 驚喜, 意外。

サフラワーオイル［safflower oil］(名) 紅花油。

サフラン［saffraan］(名)〈植物〉藏紅花。

ざぶり (副) 撲通一聲。△～と海に跳びこむ／撲通一聲跳進海裏。

サブリーダー［sub leader］(名) 二把手, 第二號人物, 副領隊。

サプリメント［supplement］(名)① 增補 (物), 補遺。(書籍的) 附錄, (雜誌的) 增刊。② 營養補給品, 營養補充劑, 滋補品。

さぶろう［三郎］(名)① (排行) 老三。② 居第三位。

さべつ［差別］(名・他サ)① 歧視。△人種～／種族歧視。② 區別對待。△～をつける／分出等級。

さへん［さ変］(名) ⇨さぎょうへんかくかつよう

さほう［作法］(名) 禮節, 禮法。△～をしつける／進行禮貌教育。

さぼう［砂防］(名) 防止沙土流失。△～ダム／防沙水庫。△～林／防沙林。

サポーター［supporter］(名) 護膝，護襠。

サボタージュ［sabotage］(名・自サ) 怠工。

サボテン［cactus］(名)〈植物〉仙人掌。

さほど (副) (與否定呼應) (不) 太，(不) 怎麼。△～遠くない／不怎麼遠。△～見たいとは思わない／並不怎麼想看。

サボ・る (自五) 怠工，偷懶。△学校を～／逃學。

ザボン［葡 zamboa］(名) 柚子，文旦。

さま［様］(名) 樣子，形狀。△もの言う～は父親にそっくりだ／説話的樣子跟他父親一模一樣。△～になる／像個樣子。△～にならない／不像樣。不成體統。△～を作る／故做姿態。

－さま［様］(接尾) ① …先生。△山田又雄／山田又雄先生。(主要用於寫信封上的收信人) ② 表示感謝，客氣。△ごくろう～／您受累了！△お待遠～／讓您久等了！

ざま［様］(名) 醜態。△なんて～だ，それは／看你那倒霉相！△～を見ろ／活該！

－ざま (接尾) ① 表示方向。△横～／旁邊。② 表示正當…時。△振りかえり～に切りつける／一回身就一刀砍去。③ 表示樣子。△死に～／死法。死時的樣子。

サマー［summer］(名) 夏天。

サマーウール［summer wool］(名) 夏服料。

サマースクール［summer school］(名) 暑期補習班，暑期學校。

サマータイム［summer time］(名) 夏時制。

さまざま［様様］(形動) 各式各樣，形形色色。

さま・す［冷ます］(他五) ① 涼 (降低溫度)。△～してから飲みなさい／涼涼再喝。② 使冷靜。△少し熱を～せ／你冷靜一點。③ 降低，減低。△情熱を～／打撃情緒。潑冷水。

さま・す［覚ます］(他五) ① 喚醒，使清醒。△目を～／睡醒。② (也寫 "醒ます") 醒酒。△酔を～／醒酒。③ 使醒悟。

さまたげ［妨げ］(名) 妨礙。△勉強の～になる／妨礙學習。△何の～もなく／毫無阻礙地。

さまた・げる［妨げる］(他下一) 妨礙。△交通を～／妨礙交通。△再任を～げない／不妨連任。

さまつ［瑣末］(名) 細枝末節。

さまよ・う［彷徨う］(自五) 彷徨，飄泊，徘徊。△ふぶきの中を～／迷失在暴風雪中。△死線を～／徘徊在生死之間。

サマリー［summary］(名) 摘要，概要。

さみし・い［寂しい］(形) ⇨さびしい

さみせん［三味絃］(名) →しゃみせん

さみだれ［五月雨］(名) 六月的連綿雨。→梅雨

サミット［summit］(名) ① 頂上，頂點。② 首腦會議。

さむ・い［寒い］(形) 冷。△～がり／怕冷 (的人)。↔暑い

さむがり［寒がり］(名) 怕冷，怕冷的人。

さむけ［寒気］(名) 渾身發冷。△～がする／渾身發冷。打冷顫。

さむさ［寒さ］(名) 寒冷。△～に強い (弱い) ／不怕 (怕) 冷。不耐 (不耐) 寒。

さむざむ［寒寒］(副・自サ) ① 冷清，蕭索。△～としたへや／空蕩冷落的屋子。△～とした身なり／寒酸的打扮。② 冷颼颼。

さむぞら［寒空］(名) 冷天，大冷天。

サムネール［thumbnail］(名) 縮略圖。

さむらい［侍］(名) 武士，(公卿的) 侍衛。

さめ［鮫］(名) 鯊魚。

さめざめ (副) 默默地流淚。△～と泣いている／哭得像淚人似的。

さめやらぬ［冷め遣らぬ］(連體) 沒全冷下來。△興奮～おももち／殘留有幾分興奮的表情。

さ・める［冷める］(自下一) ① 變涼。△～ないうちにおあがりなさい／請趁熱吃吧。② (熱情，興奮) 降低。△仲が～／關係冷了。△ほとぼりが～／社會上的議論平息下來。

さ・める［覚める］(自下一) ① 醒。△目が～／睡醒。② 醒酒，(麻醉後) 清醒過來。△酔が～／酒醒了。麻醉がまだ～めない／麻醉未醒。③ 醒悟。

さ・める［褪める］(自下一) 褪色。△カーテンが日に焼けて色が～めてしまった／窗簾被太陽曬褪了色。

さも (副) 很，非常。△～満足そうにうなずく／心滿意足地點點頭。

さもありなん (連語) 那很可能，那也在理。△あいつのことだ，～／原來是那小子，這很可能。

さもし・い (形) 卑鄙，下賤。

さもないと (連語) 不然的話。

さもなくば (連語) ⇨さもないと

さもん［査問］(名・他サ) 查問，訊問，盤問。

さや［莢］(名) 豆莢。△～をむく／剝豆莢。

さや［鞘］(名) ① (刀劍的) 鞘。② (筆) 帽，(眼鏡) 套。③ 差價形成的賺頭。△～をかせぐ (とる) ／轉手獲利。

さやあて［鞘当て］(名) (男人為女人) 爭風吃醋。

ざやく［座薬］(名) 坐藥。

さやさや (副) ① 沙沙 (的摩擦聲)。△～と触れあう梢／小樹枝沙沙地相碰撞。② 輕輕地 (擺動)。

さやとりばいばい［鞘取買売］(名)〈經〉套購。△為替の～／套匯。

さゆ［白湯］(名) 白開水。

さゆう［左右］I (名) ① 左和右。△～対称／左右對稱。△言を～にする／含糊其詞。② 側近，身邊 (的人)。II (他サ) 左右。△将来を～する／決定前途。△環境に～される／為環境所左右。

ざゆう［座右］(名) 身邊，座右。△～の銘／座右銘。

さよう［左様］(形動) 那種，那樣。△～な人は存じません／我不認識那人。

さよう［作用］(名・自サ) 作用，起作用。△消化～／消化作用。△薬が～して痛みがおさまった／藥生效不疼了。

さようてん［作用点］(名)〈理〉力點，支點。→支点

さようなら (感)再見！

さよく［左翼］(名)① 左翼，左派。② 左側，左方。△～手／左場手。△敵の～を攻撃する／攻敵人左翼。↔ 右翼

さよなら I (名・自サ)告別，分手。△学生生活に～する／告別學生生活。II (接頭)告別。△～公演／告別演出。III (感) ⇨ さようなら

さら (名)〈俗〉新，沒用過。△～の帽子／新帽子。△まっ～／嶄新。

さら［皿］(名)碟子。△～洗いをする／洗盤碟。△目を～のようにしてさがす／瞪大眼睛尋找。

ざら (形動)〈俗〉不稀奇，屢見不鮮。△～にある／有的是。常見。△そう～にはない／不多見。

さらい (名)復習，溫習。△ピアノのお～をする／練習鋼琴。

さらいげつ［再来月］(名)大下個月。

さらいしゅう［再来週］(名)大下星期。

さらいねん［再来年］(名)後年。

さら・う［浚う］(他五)淘，疏浚。△川を～／疏浚河道。△井戸を～／淘井。

さら・う［攫う］(他五)① 奪走。△鷹が鶏を～／鷹抓小雞。△波に～われる／被浪沖走。② 獨佔。△人気を～／集眾望於一身。

さら・う (他五)復習，溫習。

サラウンド［surround］(他サ)圍繞，環繞。

ざらがみ［ざら紙］(名)粗紙，草紙。

サラきん［サラ金］(名)以工資生活者為對象的高利貸。

さらけだ・す［さらけ出す］(他五)亮出，暴露出。△持ち物を～して見せる／把帶的東西全抖摟給人看。△醜態が白日のもとに～される／光天化日之下醜態畢露。△恥を～／丟人現眼。

サラサ［sarasa］(名)印花布。

さらさら I (副)① 潺潺。△小川が～と流れる／小河流水潺潺。② 颯颯。△木の葉が風に～となる／風吹樹葉沙沙作響。③ 流暢。△～と答える／對答如流。II (自サ)沙沙稜棱，乾爽。△～した粉雪／粒雪沙沙。

さらさら［更更］(副)(與否定呼應)毫無。△そんなことを言ったおぼえは～ない／我根本不記得說過那話。

ざらざら (副・自サ)粗糙，滯澀。△～した紙／粗粗拉拉的紙。△舌が～する／舌頭發澀。↔ すべすべ

さらし［晒し］(名)① 晾曬。② 漂白，漂白布。

さらしくび［晒首］(名)梟首示眾。

さらしこ［晒粉］(名)漂白粉。

さらしなにっき［更級日記］(名)日本平安時代(11世紀)用日記體裁寫的回憶錄式文學作品。作者菅原孝標女。

さらしもの［晒者］(名)① 被示眾的人。② 被當眾羞辱的人。

さらしもめん［晒木棉］(名)漂白布。

さら・す［晒す］(他五)① 晾，曬。② 暴露在…。△屍を野に～／曝屍於野。△風雨に～される／風吹雨打。△人前に恥を～／當眾出醜。△危険に身を～／置身險境。③ 漂白。

サラダ［salad］(名)色拉，沙律。△～オイル／冷餐油。色拉油。

サラダな［サラダ菜］(名)萵苣(等做色拉的生菜)。

ざらつ・く (自五) ⇨ ざらざら

さらっと (副) ⇨ さらりと

さらに［更に］(副)① 更，越發。△雨が～はげしく降る／雨下得更大。② 再。△この上～言うことはない／此外再沒甚麼可說的了。③ 毫(不)。△反省する気持など～ない／毫無悔悟之意。

さらば (感)別了！△さらば、ふるさと／別了，故鄉！△いよいよよ～だ／終於到了說"再見"的時候了。

サラブレッド［thoroughred］(名)英國純種馬(常用於賽馬)。

さらまわし［皿回し］(名)〈雜技〉轉碟。

ざらめ［粗目］(名)① 粗砂糖。② 粗紋(紙)。③ 雪珠。

サラリーマン［salary man］(名)靠薪金生活的人。

さらりと (副)① 滑溜。△～した布地／質地光滑的衣料。② 無所謂地，不在乎地。△～と捨てる／一扔了事。△いやなことは～と忘れる／煩心事乾脆忘掉。③ 順溜，輕巧。△～と触れる／順口提到。△むずかしい古文を～と読む／讀艱深的古文一點不結巴。

さりげな・い (形)若無其事的，好像是漫不經心的。△～おしゃれ／淡掃蛾眉。△～調子で彼女のことを尋ねた／裝做漫不經心的樣子探聽她的消息。→ なにげない

サリチルさん［サリチル酸］(名)〈醫〉水楊酸。

さりとて［然りとて］(接)〈文〉話雖如此，但…

さる［申］(名)① 申(地支第九)。② 申時。③ (方位)西南西。

さる［猿］(名)猴。

さ・る［去る］I (自五)① 離開。△故郷を～／離開故鄉。△職を～／去職。△東京を～こと60キロの地点／離東京六十公里處。② 消失。△危険が～／沒有危險了。II (他五)去掉。△雑念を～／消除雜念。

さる (連體)某。△～ところに／在某地…

さる［去る］(連體)過去的，上一個。△～五月／上個五月份。↔ きたる

ざる［笊］(名)① 笊籬，漏孔籃子。② 〈喻〉漏洞百出。△～法／漏洞百出的法律。

サルーン［saloon］(名)① 酒店等的大廳，談話室。② 酒吧間，娛樂場。

さるぐつわ［猿轡］(名)堵嘴的東西(毛巾等)。△～をかませる／(用東西)把他嘴堵上。

さることながら（連語）固然…，但是…。△それは～私には私の考えがある／那倒也是，不過我有我的想法。

さるしばい［猿芝居］（名）① 猴戲。② 諷刺拙劣的戲劇演出）像要猴的似的。③ 鬼把戲。

さるすべり［百日紅］（名）〈植物〉紫薇。

ざるそば［笊蕎麦］（名）用透孔方盤盛的蕎麥麵條。

さるぢえ［猿知恵］（名）小聰明。→あさぢえ

サルトル［Jean-Paul-Sartre］〈人名〉薩特（1905-1980）。法國哲學家，作家。存在主義哲學創始人。

さるのこしかけ［猿の腰掛］（名）多孔蕈（猴頭蕈，靈芝草等）。

サルビア［salvia］（名）〈植物〉串紅，鼠尾草。

サルファざい［サルファ剤］（名）磺胺製劑。

さるまた［猿股］（名）舊式男人褲衩。

さるまね［猿真似］（名・他サ）照貓畫虎，效顰。

さるまわし［猿回し］（名）要猴（的）。

さるもきからおちる［猿も木から落ちる］（連語）智者千慮，必有一失。

サルモネラきん［サルモネラ菌］（名）〈醫〉沙門氏菌。

さるもの（連語）不可等閑視之。△敵も～／敵人也非同小可。

－ざるをえない（連語）不得不…△そうせ～／不得不那樣做。

されこうべ［髑髏］（名）骷髏。（也説“しゃれこうべ”）

サロン［salon］（名）沙龍。

さわ［沢］（名）① 沼澤。② 溪谷。

サワー［sour］（名）① 酸。② 酸味飲料，酸味雞尾酒。

さわかい［茶話会］（名）茶話會。→ちゃわかい，ティーパーティ

さわがし・い［騒がしい］（形）嘈雜，鬧哄哄。

さわが・せる［騒がせる］（他下一）騒擾。△世界を～せた大事件／轟動全世界的大事件。△おさわがせいたしました／打擾您了。

さわぎ［騒ぎ］（名）① 吵嚷，鬧騰。② 亂子，糾紛。③（用“…どころの～ではない”形式）哪裏還談得上…△学校が火事になって試験どころの～ではなくなった／學校着了火，哪還顧得上考試了！

さわ・ぐ［騒ぐ］（自五）① 吵嚷，吵鬧。② 鬧事，起哄，騒動。△賃金の値上げで～／鬧着要求提薪。③ 忐忑不安，着慌。△あわてず～がず／不慌不忙。△胸が～／開心。④ 哄動。△一時ずいぶん～がれた事件／曾經哄動一時的事件。

ざわざわ（副）① 沙沙（作響）。② 人聲嘈雜。

さわ・す［醂す］（他五）漤。（去柿子的澀味）

ざわつ・く（自五）⇨ざわざわ

ざわめき（名）① 笑語喧嘩。② 沙沙的響聲。

ざわめ・く（自五）⇨ざわめき

さわやか［爽やか］（形動）① 清爽。△～な朝風／涼爽的晨風。② 清楚，清晰。△～な弁舌／口齒伶俐。

さわら［椹］（名）〈植物〉花柏。

さわら［鰆］（名）〈動〉鰆魚。

さわらぬかみにたたりなし［触らぬ神に祟りなし］（連語）少管閑事無煩惱。

さわり［触り］（名）（説唱的）最精彩部分，（話的）最要緊部分。

さわり［障り］（名）① 故障，妨礙。△～があって行けない／因故不能去。→さしつかえ ② 月經。

さわ・る［触る］（自五）① 觸摸。△手で～てみる／用手摸摸。② 接觸。△この問題には～らぬほうがいい／最好別涉及這個問題。③ 觸動。△気に～／惹人生氣。

さわ・る［障る］（自五）妨害。△からだに～／有損健康。△勉強に～／影響學習。

さん［三］（名）三。

さん［桟］（名）①（門、窗的）格子。② 插栓。③ 加固的橫木條。

さん［産］（名）① 生孩子。△お～をする／分娩。② 財産。△～をなす／發財。③ 出産，出生。△シベリア～のダイヤ／西伯利亞産的鑽石。△彼は九州の～だ／他是九州出生的人。

さん［酸］（名）〈化〉酸。

－さん（接尾）① 接人名、親屬名稱後表示尊重。△中村～／中村先生。△おじい～／爺爺。② 表示敬意。△ごくろう～／辛苦了！

さんい［賛意］（名）贊成，同意。△～を表する／表示贊成。

さんいつ［散逸］（名・自サ）散失。

さんいん［山陰］（名）〈地〉日本中國地方面向日本海一帶地區。↔ 山陽

さんいん［産院］（名）産院。

さんいん［参院］（名）⇨参議院。

さんいんどう［山陰道］（名）⇨山陰。

さんか［参加］（名・自サ）参加。

さんか［惨禍］（名）惨禍。

さんか［酸化］（名・自サ）氧化。↔ 還元

さんか［賛歌］（名）贊歌，頌歌。

さんか［傘下］（名）屬下，勢力範圍下。△東宝の～に入る／加入東寶電影公司系統。△山田教授の～の英才／山田教授門下的高足。

さんが［産科］（名）〈醫〉産科。

さんが［山河］（名）山河。△ふるさとの～／故國河山。

さんかい［参会］（名・自サ）與會，到會。△～者／與會者。

さんかい［散会］（名・自サ）散會。

さんかい［山海］（名）山海。△～の珍味／山珍海味。

さんかい［散開］（名・自サ）（隊伍）散開。

さんがい［三階］（名）三樓。△～建て／三層樓房。

さんがい［惨害］（名）惨重的災害。△～をこうむる／遭災惨重。

ざんがい［残骸］（名）殘骸。△墜落した飛行機の～／墜毀的飛機的殘骸。

さんかいき［三回忌］（名）⇨三年忌

さんかく［三角］(名)①三角，三角形。②〈數〉三角。

さんかく［参画］(名・自サ)參與籌劃。

さんがく［山岳］(名)山嶽。△～地帯／山嶽地帯。→山地

さんがく［産額］(名)產量，產值。

ざんがく［残額］(名)餘額。→残高

さんかくかんすう［三角函数］(名)〈數〉三角函數。

さんかくけい［三角形］(名)〈數〉三角形。

さんかくす［三角州］(名)三角州。→デルタ

さんかくぼうえき［三角貿易］(名)〈經〉三邊貿易。

さんがつ［三月］(名)三月。

さんかっけい［三角形］(名)⇨さんかくけい

さんがにち［三が日］(名)正月頭三天。△～は商売を休む／正月初一，初二，初三不做生意。

さんかん［山間］(名)山中。△～僻地／偏僻山區。

さんかん［参観］(名・他サ)參觀。→見学

さんかんしおん［三寒四温］(名)冷三天暖四天。(冬季氣溫有規律的變化)

ざんき［慚愧］(名)慚愧。△～に堪えない／非常慚愧。

さんぎいん［参議院］(名)(日本國會的)參議院。

さんきゃく［三脚］(名)①三腳架。△～を据える／支起三腳架。②折畳式三腳凳，三腳梯。

ざんぎゃく［残虐］(形動)殘忍，殘酷。△～の限りをつくす／極端殘暴。

サンキュー［thank you］(感)謝謝！→ありがとう

さんきゅう［産休］(名)產假。

さんきょう［山峡］(名)峽谷。

さんぎょう［産業］(名)產業。△基幹～／基礎工業。

ざんぎょう［残業］(名・自サ)加班。△～手当／加班費。

さんぎょうかくめい［産業革命］(名)〈史〉產業革命。

さんぎょうよびぐん［産業予備軍］(名)產業後備軍。

ざんきん［残金］(名)餘款，結餘。

サンクション［sanction］(名)①認可，批准。②(為維持法律所作的)制裁。

サンクスギビングデー［Thanksgiving］(名)感恩節(美國11月第4個星期四，加拿大是10月的第2個星期一)

サングラス［sunglasses］(名)墨鏡，太陽鏡。

ざんげ［懺悔］(名・他サ)懺悔。

さんけい［山系］(名)山系。△ヒマラヤ～／喜馬拉亞山系。

さんけい［参詣］(名・自サ)參拜(寺廟)。

さんげき［惨劇］(名)慘案。△一家心中の～／全家自殺的慘案。

ざんけつ［残欠］(名)殘缺不全。

ざんげつ［残月］(名)殘月。

さんけづ・く［産気付く］(自五)即將臨產。

さんけん［散見］(名自サ)隨處可見。△作者の古代史に対する造詣の深さが本書の隨所に～される／本書處處可以看出作者對古代史造詣之深。

ざんげん［讒言］(名・自サ)〈文〉讒言。

さんげんしょく［三原色］(名)三原色。

さんけんぶんりつ［三権分立］(名)(立法，司法，行政)三權分立。

さんご［珊瑚］(名)珊瑚。

さんご［産後］(名)產後。△～のひだちが悪い／產後健康恢復狀況不好。↔産前

さんこう［参考］(名)參考。△～になる／可資參考。△～書／參考書。

ざんこう［残光］(名)殘照。

ざんごう［塹壕］(名)戰壕。

さんこうたい［三交替・三交代］(名)三班倒。

さんこうにん［参考人］(名)〈法〉提供情況的人。

ざんこく［残酷］(形動)殘酷。△～なしうち／對人殘酷。△～に取り扱う／虐待。

さんごくかんぼうえき［三国間貿易］(名)〈經〉三邊貿易。

さんごしょう［珊瑚礁］(名)珊瑚礁。

さんさい［三彩］(名)三彩陶瓷。△唐～／唐三彩。

さんさい［山菜］(名)野菜，山菜。

さいざい［散在］(名・自サ)散在，分佈在。△山麓には別荘が～している／山腳下別墅星羅棋佈。

さんざい［散財］(名・自サ)破費，破財。△～させてすまない／叫你破費，不好意思。

ざんさい［残滓］(名)⇨ざんし

さんざし［山査子］(名)山楂，山裏紅。

ざんさつ［惨殺］(名・他サ)慘殺。

さんさろ［三差路］(名)三岔路口。

さんさん［燦燦］(形動トタル)(陽光)燦爛。△～たる日光／燦爛的陽光。

さんさん［散散］(副・形動)狼狽，厲害。△～待たされた／叫我等得好苦。△～な目にあう／吃大苦頭。弄得好狼狽。△父に～油を絞られた／叫父親狠狠訓了一頓。

さんさんくど［三三九度］(名)新郎新婦的交杯酒。

さんさんごご［三三五五］(副)三三兩兩。△～連れだって出掛けた／三三兩兩搭伴出去了。

さんし［蚕糸］(名)蠶絲。

さんじ［賛辞］(名)頌詞。△～を呈する／致頌詞。

さんじ［惨事］(名)悲慘事件，慘案。△交通事故の～を起こす／造成交通慘案。

さんじ［産児］(名)①生育，生孩子。△～制限／節制生育。②生下的嬰兒。

さんじ［三時］(名)⇨おさんじ

ざんじ［残滓］(名)殘渣。

ざんし［惨死］(名・自サ)慘死。

さんじ［暫時］（副）暫時。

さんしき［算式］（名）〈数〉算式。

さんしきすみれ［三色菫］（名）三色紫羅蘭。
→パンジー

さんじげん［三次元］（名）三次元。△～空間／
三維空間。△～映画／立體電影。△～応力／
三向應力。△～構造／三度結構。

さんしすいめい［山紫水明］（名）山清水秀。

さんじせいげん［産児制限］（名）節制生育，
控制人口。

さんじちょうせつ［産児調節］（名）計劃生育，
控制人口增加。

さんじゅうごミリ［三十五ミリ］（名）三十五
毫米膠卷，影片。

さんじ五ゅうしょう［三重唱］（名）〈樂〉三重
唱。

さんじゅうそう［三重奏］（名）〈樂〉三重奏。

さんじゅうろっけいにげるにしかず
［三十六計逃げるに如かず］（連語）三十六計
走為上計。

さんしゅつ［産出］（名・他サ）出産，生産。
△石油の～国／石油生産國。

さんしゅつ［算出］（名・他サ）算出，計算出。

さんじゅつ［算術］（名）算術。

さんじゅつきゅうすう［算術級数］（名）等差
級數。

さんじゅつへいきん［算術平均］（名）相加平
均數。

ざんしょ［残暑］（名）秋後的熱天，秋老虎。

さんしょう［山椒］（名）花椒。

さんしょう［参照］（名・他サ）参照，参看。
△第三章を～のこと／請参閲第三章。

さんじょう［参上］（名・自サ）拜訪。△のち
ぼとお宅へ～いたします／回頭登門拜望您。

さんじょう［惨状］（名）惨狀。

ざんしょう［残照］（名）殘陽。

さんしょううお［山椒魚］（名）鯢，娃娃魚。

さんしょうはこつぶでもぴりりとからい
［山椒は小粒でもぴりりと辛い］（連語）個子
雖小本事大。

さんしょく［蚕食］（名・他サ）蠶食。

さんしょくすみれ［三色菫］（名）⇨さんしき
すみれ

さん・じる［参じる］（自上一）〈謙〉〈舊〉①
去，來。②参加。

ざんしん［斬新］（形動）嶄新。△～な技法／新
穎的技法。△～奇抜なデザイン／新奇的圖案。

ざんしん［残心］（名）①留戀。②（剣道）攻擊
後保持高度緊張，專心防備對方反撃的心理狀
態，（弓道）射箭後繼續的姿勢（心態）。

さんしんとう［三親等］（名）⇨三等親

さんすい［山水］（名）山水。△～画／山水畫。

さんすい［散水］（名・自サ）灑水，揮水。△～
車／灑水車。

さんすう［算数］（名）①算術（小學課程）。②
算學。

さんすくみ［三すくみ］（名）鼎峙，三方互相

牽制。△優勝争いは～の状態になった／冠軍
賽三方相持不下成了僵局。

サンスクリット［Sanskrit］（名）梵語。

さんすけ［三助］（名）（澡堂的）搓澡的。

さんずのかわ［三途の川］（名）冥河。

さん・する［産する］（自・他サ）生産，出産。

さんせい［酸性］（名）〈化〉酸性。↔ アルカリ
性

さんせい［賛成］（名・自サ）同意，賛成。△ぼ
くは～だ／我同意。△～を求める／徵求同意。

さんせいう［酸性雨］（名）酸雨。

さんせいけん［参政権］（名）参政權。△婦
人～／婦女参政權。

さんせき［山積］（名・自サ）堆積如山。

ざんせつ［残雪］（名）殘雪。

サンセット［sunset］（名）①日落，日暮，夕陽。
②生命的晩年，暮年。

さんせん［参戦］（名・自サ）参戦。△～国／参
戰國。

さんぜん［燦然］（形動トタル）燦爛。△～と輝
く／發出耀眼的光輝。△～たる栄誉に輝く／
享有殊榮。

さんそ［酸素］（名）氧。

ざんぞう［残像］（名）〈生物〉（視覺的）殘像。

さんぞく［山賊］（名）土匪。

さんそん［山村］（名）山村。

ざんそん［残存］（名・自サ）殘存，殘留。△旧
習が～する／殘存舊風習。△敵の～兵力／敵
軍的殘餘勢力。

サンダーボルト［thunderbolt］（名）雷電，霹靂。

さんだい［散大］（名・自サ）擴大。△瞳孔が～／
瞳孔擴大。

さんだい［三代］（名）①（父、子、孫）三代。
②第三代。③〈史〉（明治、大正、昭和）三個
時代。④〈史〉（中國夏、商、周）三代。

さんだい［参内］（名・自サ）朝覲。

ざんだか［残高］（名）餘額。△預金～／存款餘
額。

サンタクロース［Santa Claus］（名）聖誕老人。

さんだつ［簒奪］（名・他サ）篡奪，篡位。

サンタマリア［Santa Maria］（名）〈宗〉聖母瑪利
亞。

サンダル［sandal］（名）涼鞋，木板拖鞋。

さんたろう［三太郎］（名）〈俗〉傻瓜。

サンタン［suntan］（名）（皮膚的）曬黑，把皮膚
曬成小麥色。

さんたん［三嘆・三歎］（名・自サ）讚嘆不已。

さんたん［賛嘆］（名・他サ）讚嘆。△～のまな
こで見る／投以讚嘆的目光。

さんたん［惨憺］Ⅰ（形動トタル）淒惨。△～
たる有様／淒惨的景象。△～たる結果／結果
很惨。Ⅱ（名）惨淡。△苦心～／苦心孤詣。惨
淡經營。

さんだん［散弾］（名）霰彈。

さんだん［算段］（名・他サ）籌措。△どうにか
材料の～がついた／好歹湊夠了材料。△やり
くり～／東拼西湊。

さんだんがまえ［三段構え］(名) 三道防綫，三種對策。

さんだんとび［三段跳び］(名) 三級跳遠。

さんだんろんぽう［三段論法］(名) 三段論法。

サンチ (名) ⇨ヤンチ

さんち［山地］(名)① 山區。② 高原。

さんち［産地］(名) 産地。△～直送／商品由産地(不經中間環節)直接送到消費者手中。

ざんち［残置］(名・他サ) 留下。

サンチーム［法 centime］(名) 生丁 (法國、瑞士貨幣單位，法郎的百分之一)。

サンチマン［法 sentiment］(名) 情緒，感情。

サンチマン［法 sentiment］(名) 感情，情緒，感傷。

さんちゃく［参着］(名・自サ)① 到達。②⇨さんちゃくばらい

さんちゃくばらい［参着払］(名)〈經〉持交即付。△～手形／即期匯票。

さんちゅう［山中］(名) 山裏。

サンチュール［ceinture］(名) 帶，腰帶，束帶。

さんちょう［山頂］(名) 山頂。△～をきわめる／登上頂峰。

さんちょう［産調］(名) ⇨さんじちょうせつ

さんちょう［散超］(名) ⇨さんぷちょうか

さんつう［産痛］(名) 分娩痛。

さんづけ［さん付け］(名) 以 "先生" 稱呼。

さんてい［三訂］(名・他サ)① 改訂三次。② 第三次改版。

さんてい［算定］(名・他サ) 算出。△年間収入に応じて税額を～する／根據全年収入計算出税額。

ざんてい［暫定］(名) 暫行，暫時。△～協定／暫行協定。△～措置／臨時措施。

サンデー［Sunday］(名) 星期日。

サンデー［sundae］(名) (食品) 聖代。△いちご～／草莓聖代。

サンデーベスト［Sunday best］(名) 外出服，節日盛装，最好的衣服，最新的衣服。

さんど［三度］(名) 三次。△～の食事／三餐。

さんど［酸度］(名)〈化〉酸度。

ざんど［残土］(名) (工程挖出的) 廢土。

サンドイッチ［sandwich］(名) 三明治，三文治。

さんとう［三等］(名)① 三等。△宝くじの～／獎券三等獎。② 三流的。

さんどう［山道］(名) 山道。→やまみち

さんどう［参道］(名) (寺廟的) 参道。

さんどう［参堂］(名・自サ)① 拜廟。② (敬) 造訪，拜訪。

さんどう［桟道］(名) 桟道。

さんどう［産道］(名)〈醫〉産道。

さんどう［賛同］(名・自サ) 贊同。△～を求める／爭取 (衆人) 同意。

さんどう［産銅］(名)① 生産銅。② 産的銅。

さんとう［散瞳］(名)〈醫〉放大瞳孔。

ざんとう［残党］(名) 餘黨，殘餘分子。

さんとうさい［山東菜］(名) 山東白菜。

さんとうしん［三等親］(名)〈法〉三等親。

さんとくナイフ［三徳ナイフ］(名) 多用小刀。

サントニン［santonin］(名)〈醫〉山道年。

サンドバッグ［sandbag］(名)〈體〉沙袋。

さんない［山内］(名) 寺院內。

さんなん［三男］(名) 三兒子。

さんにゅう［算入］(名・他サ) 計入，列入。△繰越金を本年度予算に～する／上年度結存轉入本年度預算。△利子を～する／算進利息。

さんにゅう［参入］(名・自サ)① 進宮。② 参加，加入。

ざんにゅう［攙入］(名・自サ) (註釋的文字等) 錯混入 (正文)。

ざんにん［残忍］(形動) 殘忍。

さんにんさんよう［三人三様］(名) 三人三個樣 (各不相同)。

さんにんしょう［三人称］(名) 第三人稱。

ざんねん［残念］(形動) 可惜，遺憾。△あんなに若くて死んだとは～なことだ／那麼年輕就死了，實在可惜！△～ながらこれで散会／抱歉得很，現在散會。△～無念／萬分悔恨。

さんねんき［三年忌］(名) (死後) 三周年。→さんかいき

さんのまる［三の丸］(名) (城廓) 第三層外牆。

サンバ［samba］(名)〈樂〉桑巴舞曲。

さんば［産婆］(名)〈舊〉接生婆。→助産婦

さんぱい［参拝］(名・自サ) 参拜。

さんぱい［酸敗］(名・自サ) (食物) 餿。→すえる

ざんぱい［惨敗］(名・自サ) 惨敗。

さんぱいきゅうはい［三拝九拝］(名・自サ) 三拜九叩。

さんばがらす［三羽烏］(名)① (衆門生中的) 三秀，三才子。② (某方面的) 三傑。

さんばし［桟橋］(名) 桟橋，碼頭。△船が～に横づけになる／船靠碼頭。

サンバス［sunbath］(名) 日光浴。

さんぱつ［散発］(名・自サ) 零星發生。△地震が～する／發生零星地震。△銃声が～的にきこえる／聽到零零落落的槍聲。

さんぱつ［散髪］(名・自サ) 理髪。△～屋／理髪館。

ざんばらがみ［ざんばら髪］(名) 披散的頭髪。

サンパン (名) 舢板。→はしけ

ざんぱん［残飯］(名) 剩飯。

さんはんきかん［三半規管］(名)〈解剖〉三半規管。

さんび［賛美］(名・他サ) 讃美，頌揚。△師の徳を～する／讃頌師德。

さんび［酸鼻・惨鼻］(名) 惨不忍睹。

さんぴ［賛否］(名) 贊同與否。△～両論がある／有贊成和反對的兩種意見。△～を問う／要求表示同意或反對。

ザンビア［Zambia］〈國名〉贊比亞

さんびか［賛美歌］(名) (基督教) 聖詩，讃美歌。

さんびゃくだいげん［三百代言］(名)① 訟棍。② 詭辯家。

さんぴょう [散票] (名) ① 零星選票。② (對各候選人) 不集中的選票。

さんびょうし [三拍子] (名) 〈樂〉三拍。△ワルツは～である／圓舞曲是三拍。

さんびょうしそろう [三拍子揃う] (連語) 三者具備。△環境，日あたり，広さと～った住宅／環境好，光照足，又寬敞，三者具佳的住宅。△飲む打つ買うの～ったならずもの／吃喝嫖賭無所不為的阿飛。

さんぴょうルール [3秒ルール] (名) (籃球) 3秒違例。

さんぴん [産品] (名) 産品。→生産品

ざんぴん [残品] (名) 剩貨。△～を特価で売る／廉價出售積壓商品。

さんぷ [産婦] (名) 産婦。

さんぷ [散布] (名・他サ) 噴撒，撒。△農薬を～する／噴撒農薬。

ざんぷ (副) 撲通一聲。△～とばかり海にとびこんだ／撲通一聲跳進海中。

サンフォライズ [美 Sanforized] (名) 棉布的防縮水加工。

さんぶがっしょう [三部合唱] (名) 三部合唱。

さんぶきょく [三部曲] (名) 〈樂〉三部曲。

さんぷく [山腹] (名) 山腰。△～にトンネルを掘る／在山腰裏挖隧道。

さんぶさく [三部作] (名) (作品) 三部曲。

さんふじんか [産婦人科] (名) 婦産科。

さんぷちょうか [散布超過] (名) (政府) 超支。→揚げ超

さんぶつ [産物] (名) ① 物産。△さくらんぼはこの地の主な～だ／櫻桃是本地主要物産。② 産物，結果。△時代の～／時代的産物。△妥協の～／妥協的結果。

サンプラ [Sunpla (tinum)] (名) 鑲牙用的假金。

サンプリング [sampling] (名・ス他) ① 採樣，取樣，抽樣。△～調査／取樣調査。△ランダム～ 隨機取樣，任意抽取樣品。② (電子音樂製作過程中的) 採樣、收集和創造各種奇特的聲音效果。

サンプル [sample] I (名・他サ) 樣品，貨樣，取樣。

サンプルフェア [sample fair] (名) 〈經〉商品展覽會，商品交易會。→みほんいち (見本市)

さんぶん [散文] (名) ① 散文 (非韻文)。↔韻文 ② 平淡乏味。△～的な男／毫無風趣的傢伙。

さんぶんし [散文詩] (名) 散文詩。

さんぽ [散歩] (名・自サ) 散步。△夕暮の街を～する／在傍晩的街頭散步。△文学～／文學漫步。

さんぼう [参謀] (名) 參謀。

さんぽう [山砲] (名) 山炮。

さんぽう [算法] (名) 算法，計算法。△四則～／四則算法。

さんま [秋刀魚] (名) 秋刀魚。

さんまい [三枚] (名) (魚片成) 三片。△～におろす／(魚去頭後，中間帶骨各為一片，兩面各一片) 片為三片。

さんまん [散漫] (形動) 鬆散，不集中。△注意が～だ／注意力不集中。△～な頭／精神渙散。△～な文章／鬆散的文章。

さんみ [酸味] (名) 酸味。

さんみゃく [山脈] (名) 山脈。

ざんむ [残務] (名) 剩下的工作，善後工作。

さんめんきじ [三面記事] (名) (報紙的) 社會新聞。

さんめんきょう [三面鏡] (名) 三面鏡。

さんもん [三文] (名) 三文錢，不值錢。△～の値打ちもない／不值一個大錢。△二束～／不值錢。△～文士／無聊文人。△～小説／低級小説。

さんや [山野] (名) ① 山野。② 郷村。

さんやく [三役] (名) ① "相撲" 的頭三個等級。② 集團的三個首腦人物。△党～／黨的一、二、三把手。

さんやく [散薬] (名) 散劑，藥粉。

さんよ [参与] I (名・自サ) 參與。II (名) 顧問。△彼は市の～になった／他當上市的顧問。

ざんよ [残余] (名) 剩餘。

さんようすうじ [算用数字] (名) 阿拉伯數字。

さんようどう [山陽道] (名) 〈地〉山陽道 (兵庫縣之一部及中國地方面向瀨戶内海的地區)。

さんらん [産卵] (名・自サ) 産卵。

さんらん [散乱] (名・自サ) 凌亂。△爆発現場は窓ガラスやら家具やらが～していた／爆炸現場窗玻璃、傢具等等亂七八糟地到處都是。

さんらん [燦爛] (形動トタル) 燦爛。

さんりゅう [三流] (名) 三流，中下等。

ざんりゅう [残留] (名・自サ) ① 留下來。△～して任務を遂行する／留下執行任務。② 殘存。△米の胚芽に農薬が～する／農薬殘存在米的胚芽裏。

さんりょう [山稜] (名) 山嶺。→おね

さんりょう [産量] (名) 産量。

ざんりょう [残量] (名) 餘額。

さんりん [山林] (名) 山林。

さんりんしゃ [三輪車] (名) (兒童的) 三輪自行車。

サンルーフ [sunroof] (名) (汽車的) 天窗。

サンルーム [sun room] (名) 日光浴室。

さんれつ [参列] (名・自サ) 參加 (儀式)。△葬式に～する／參加殯葬儀式。

さんろく [山麓] (名) 山腳。

－し I（接助）（接用言及助動詞終止形）①（並列陳述兩個以上性質類似的事物）又…又…，既…又…。△日は暮れる～，腹は減るし／天色已晚，肚子又餓。～気だてもいい／腦筋靈，性情也好。②（並列陳述兩個互相矛盾的事物）雖然…可是…，本來…卻。△遊びに行きたいし金はないし／本想去玩，卻沒有錢。③（舉出一個前提，引出結論或某種暗示）因為…所以…。△水道がない～，不便なところだ／連自來水都沒有，真是個不方便的地方。II（間投詞）（加強語氣）△誰～も離別は悲しいものにきまっている／對於任何人來説，離別都是痛苦的。

し［子］（名）①對孔子的尊稱。△～曰く／子曰。②爵位之一。△公侯伯～男／公侯伯子男。③十二支之一。△～午線／子午綫。

し［士］（名）①人士。△篤学の～／好學之士。②軍人。△～官／軍官。△兵～／士兵。③有學識才能的人。△博～／博士。△弁護～／律師。

し［氏］I（名）姓氏。II（代）與“他”相同，含有敬意。△～の説によれば／根據他的意見（學説）…。III（接尾）（敬稱）先生。△山田～／山田先生。△当選の三氏／三位當選者。

し［史］I（名）歷史。II（接尾）△世界～／世界史。△映画興亡～／電影興衰史。

し［四］（名）①四。（因與“死”同音，有時讀“よん”）△第～／第四。②四個。△～季／四季。△～足動物／四條腿動物。

し［市］（名）①市。△横浜～／橫濱市。②城市，市街。△～街戦／巷戰。③集市。

し［死］I（名）死。△～を賭す／以死相拼。II（助數）（棒球）△二～満塁／二人出局滿壘。

し［師］I（名）①師，先生。△～とあおぐ／尊之為師。②軍隊。△問罪の～を起こす／興問罪之師。II（接尾）稱有技藝學術專長的人。△美容～／美容師。△薬剤～／藥劑師。△請負～／建築承包商。

し［詩］（名）①詩。②特指漢詩或詩經。

－し［姉］（接尾）（對同輩以上女性之尊稱）姊，姐。△小山孝子～／小山孝子姐。

－し［紙］（接尾）①紙。△クラフト紙／牛皮紙。△アート～／美術紙。②報紙。△日刊～／日報。△地方～／地方報。△機関～／機關報。

し［刺］（名）名片。△～を通ずる／投刺求見。

し［嗣］（名）後嗣，子孫。

し［梓］（名）梓。△～にのぼせる／上梓。付印。

し［詞］（名）①詞。△祝～／賀辭。△歌～／歌詞。②〈語〉詞。△形容～／形容詞。△助動～／助動詞。

し［試］I（名）考試。△入～／入學考試。

△追～／補考。II（接頭）△～運転／試車。試航。

し［資］（名）①資金。△～を投ず／投資。②費用。△糊口の～／糊口之資。

じ［地］（名）①土地，地面。△～をならす／平整土地。△～についた研究／腳踏實地的研究。②當地，本地。△～の人／本地人。③本色，生性。△～の声／本嗓子。△～を出す（～が出る）／露相兒。△～で行く／保持本色。④紡織品的質地，底色。△黒の～に白の花模様／黑地白花。△～が荒い／織得粗。⑤（小説等對話以外的）敍述部分。⑥實地。△小説を～で行くような生活／生活得像小説似的。

じ［字］（名）文字。△～が読めない／不識字。△400～づめの原稿用紙／四百字的稿紙。△きれいな～を書く／字寫得工整。

じ［痔］（名）痔瘡。△～をわずらう／患痔瘡。

じ［辞］（名）①詞，語。△送別の～を述べる／致送別詞。△～を低くする／謙遜其詞。②辭（漢文文體之一種）。△楚～／楚辭。

じ－［次］I（接頭）①次。△～年度／下年度。②〈化〉次。△～亜塩素酸／次氯酸。II（助數）次，回。△第二～世界大戦／第二次世界大戦。

じ［持］（名）（圍棋、對歌等）平局，和棋。

－じ［児］I（接尾）①兒，兒童。△健康～／健康兒童。△混血～／混血兒。②男人。△風雲～／風雲人物。II（代）對父母的自稱。

－じ［時］（接尾）①（時間）點，點鐘。△今何～ですか／現在幾點鐘？②時，時候。△空腹～に服用してください／請在空腹時服用。

－じ［路］（接尾）①道路。△信濃～／去長野縣的道路。②一天的路程。△三日～／三天的路程。

しあい［試合・仕合］（名・自サ）（體育、武術等的）比賽。△～に出る／參加比賽。△～つ（負ける）／比賽勝（輸）了。

じあい［地合（い）］（名）①（紡織品的）質地。②（股票交易的）總的行情。△～は強い／行情堅挺。③（圍棋）所佔地盤。

じあい［慈愛］（名）慈愛。

じあい［自愛］（名・自サ）①保重身體。△ご～を祈る／請多加保重。②自重，檢點。③自私自利。△～主義／利己主義。

しあがり［仕上（が）り］（名）①完成。△～を急ぐ／抓緊時間完成。②完成的情況。△～がよい（悪い）／做得中意（不中意）。

しあが・る［仕上（が）る］（自五）完成。△新築工事はあと一か月で～／新建工程再過一個月就可以完工。

しあげ［仕上げ］（名・他サ）①做完，完成。②最後一道工序，收尾。△～工／鉗工。③完成的結果。△立派な～だ／完成得很好。

しあ・げる［仕上げる］(他下一)① 完成。△一週で〜／一個星期做完。② 積累。△あの課長は給仕から〜げた人だ／那個科長是從勤雜工熬上來的。

しあさって［明明後日］(名) 大後天。

ジアスターゼ［德 Diastase］(名)〈化〉澱粉糖化酶。

ジアゾ［diazo］(造語)〈化〉重氮。△〜化合物／重氮化合物。△〜反応／重氮反應。

シアター［theatre］(名) 劇場，劇院。

しあつ［支圧］(名)〈建〉支承。△〜応力／支承應力。

しあつ［指圧］(名・他サ) 用手指或手掌揉、搓、壓。△〜療法／指壓療法。

シアトー［SEATO］(名) 東南亞條約組織。

じあまり［字余り］(名) 俳句超過十七字，和歌超過三十一字。↔ 字足らず

しあわせ［仕合せ（わせ）・幸せ・倖せ］Ⅰ(名) 運氣，幸運。△一時の〜にすぎない／只是一時僥幸而已。△〜者／幸運兒。Ⅱ(形動)① 幸福。② 幸運。走運。△君が行かないで〜だった／沒去算你走運。

シアン［cyan］(名)〈化〉氰基。△〜酸／氰酸。△〜化水素／氰化氫。

しあん［試案］(名) 試行辦法、方案。

しあん［私案］(名)（個人的）設想，方案。

しあん［思案］(名・自サ) 思量，思慮，盤算。△〜がつかない／想不出好主意來。△〜をめぐらす／左思右想。△〜顔／面帶愁容。△ここが〜のしどころだ／這可得三思而行。

しあんなげくび［思案投げ首］(名) 一籌莫展，束手無策。

しあんにあまる［思案に余る］(連語) 一籌莫展，難心。

しあんにおちない［思案に落ちない］(連語) 百思不得其解。

しあんにくれる［思案に暮れる］(連語) ⇨しあんにあまる

しあんにしずむ［思案に沈む］(連語) 苦思冥想。

しあんにつきる［思案に尽きる］(連語) ⇨しあんあまる

しあんぶか・い［思案深い］(形) 深思熟慮。

しい［椎］(名)〈植物〉柯樹。

しい［示威］(名・自他サ) →じい

しい［四囲］(名) 四周，周圍。

しい［私意］(名)① 一己之見，個人意見。② 私心。△〜をさしはさむ／夾雜私心。

しい［恣意］(名) 恣意。△〜に振る舞う／恣意妄為。

しい［思惟］(名・自サ)① 思考。②〈哲〉思惟。

じい［示威］(名・自他サ) 示威。△〜運動／示威運動。△〜行進／示威遊行。→デモンストレーション

じい［祖父］(名)〈俗〉祖父，爺爺。

じい［爺］(名)〈俗〉老爺子，老頭子。

じい［次位］(名) 第二位。

じい［自慰］(名・自サ)① 自我安慰。② 手淫。→オナニー，マスターベーション

じい［辞意］(名)① 詞意。② 辭職之意。

シー・アイ・エー［CIA］(名)（美國）中央情報局。

シーアイエフ［CIF］(名)〈貿〉抵岸價格。△〜でオッファーする／以抵岸價格報價。

ジー・エヌ・ピー［GNP］(名)〈經〉國民生產總值。

シー・エム［CM］(名) 廣播、電視中的廣告節目。

ジー・エム・ピー［GMP］(名) 質量管理指數。

しいか［詩歌］(名) 詩歌。

しいく［飼育］(名・他サ) 飼養。△〜場／飼養場。

シークレット［secret］(名) 秘密，機密。△トップ〜／頭等機密大事。

シーサット［SEASAT］(名)（美）海洋觀測衛星。

じいしき［自意識］(名)〈哲〉自我意識。△〜過剰／過分注意別人對自己的看法。

シージャック［sea-jacking］(名) 劫船。

システムアナリスト［system analyst］(名) 系統分析員。

シーズン［season］(名)① 四季，季節。②（適於某種活動的）季節，旺季。△野球の〜／棒球賽期。

シーズンオフ［season off］(名) 過時，不興旺。

シーズンセール［season sale］(名) 時令商品大甩賣。

シーズンチケット［season ticket］(名)（電車、公園等的）季票。

シーソー［seesaw］(名) 蹺蹺板，壓板。

シーソーゲーム［seesaw game］(名)〈體〉比分交替上升的拉鋸戰。

しいたけ［椎茸］(名)〈植物〉香菇，冬菇。

しいた・げる［虐げる］(他下一) 虐待，摧殘。

しいっ(感) 噓（制止別人講話時發出的噓聲）。△〜，静かに／噓，莫講話！

シーツ［sheet］(名) 牀單，褥單。△〜を敷く／鋪褥單。△〜を取り換えて洗濯する／換洗牀單。

しいて［強いて］(副)① 強逼，強制。△〜白状させる／強逼招供。△〜頼む／強求。② 勉強。△〜見たいとも思わない／並不是非看不可。

シート［sheet］(名)① 苫布。② 薄板。③ ⇨シーツ。④ 整版大張郵票。

シート［seat］(名)① 座席。△〜を取る／佔座位，訂座位。△〜ベルト／（飛機座席上的）安全帶。②（棒球）防守位置。△〜ノック／防守練習。

シード［seed］(名・他サ) 種子選手。△〜チーム／種子隊。

シードル［cidre］(名) 蘋果酒。

シーバース［sea berth］(名) 海上船舶停泊處。

ジーパン［G パン］(名) 牛仔褲，工裝褲。

ジープ［jeep］(名) 吉普車。

ジーマーク［G マーク］(名)（日本通產省認可

頒發的) 優良設計標誌。△～商品／優良設計產品。

シームレスこうかん [シームレス鋼管] (名) 無縫鋼管。

シーラカンス [coelacanth] (名)〈動〉空棘魚 (又稱"活化石")。

シーリングほうしき [シーリング方式] (名)〈經〉限額免税方式。

し・いる [強いる] (他上一) 強迫。△寄付を～／強迫別人捐款。

しいれ [仕入れ] (名) 採購，進貨。△～値段／進貨價。△～係／採購員。△～先／供貨廠商。△～帳／進貨賬。

シーレーン [sea lane] (名) 海上航道。

しいれ・る [仕入れる] (他下一) ① 採購，進貨。② 〈喻〉弄到手。△その情報はどこから～・てきたのか／你這消息是從哪裏得來的？

じいろ [地色] (名) (布料、繪畫等的) 底色。

しいん [子音] (名) 子音，輔音。△無声～／無聲輔音。↔ 母音。

しいん [死因] (名) 死亡原因。

しいん [私印] (名) 私人圖章。

しいん [指印] (名) (代替印章按的) 指紋。

シーン [scene] (名) ① (電影、戲劇的) 場面。△ベッド～／牀戲。② 情景。

じいん [寺院] (名) 寺院。

しいんしょぶん [死因処分] (名)〈法〉死後生效的處理。(如遺囑、遺贈等)。

ジーンズ [jeans] (名) ① ⇨ ジー・パン ② 工裝布。

しいんと (副) 靜悄悄，鴉雀無聲。

じいんと (副) ① (來自體內的) 疼痛感。△傷口が～痛む／傷口如針刺般地痛。② 在心理上，引起強烈反響。△胸に～とくる／心中深為感動。

じう [慈雨・滋雨] (名) 甘霖。

じうた [地歌・地唄] (名) ① 地方歌謠。② 京都、大阪一帶的三弦歌曲。

しうち [仕打ち] (名) ① (對人的) 態度，做法。△ひどい～を受ける／遭受蠻橫 (苛刻) 的對待。② 〈劇〉動作，表情。

じうん [時運] (名) 時運，機遇。△～に恵まれる／碰上好運氣。△～一転／時來運轉。

しうんてん [試運転] (名・他サ) (車船、機器等) 試車。

シェア [share] (名)〈經〉銷路，市場佔有率。

しえい [私営] (名) 私營。↔ 國營

じえい [自営] (名) 獨資經營。

じえい [自衛] (名・自サ) 自衛。

ジェイ・ターン [Jターン] (名) (從農村擁到大城市的人口中，有許多返回故鄉，叫做"ユーターン") 其中有一部分人沒返回故里而留在中途地區，叫"ジェイターン"。

じえいたい [自衛隊] (名) (日本的) 自衛隊。

シェークハンドグリップ [shakehand grip] (名) (乒乓) 橫拍。

シェーレ [德 Schere] (名)〈經〉剪刀差。→剪状

価格差

しえき [私益] (名) 個人利益。

しえき [使役] (名・他サ) ① 役使，驅使。② 〈語〉使動，使役。△～助動詞／使役助動詞。

ジェスチャー [gesture] ① 恣態，手勢。△～をまじえて語る／邊比畫邊講。也説"ゼスチャー")

ジェットエンジン [jet engine] (名) 噴氣式發動機。

ジェットき [ジェット機] (名) 噴氣式飛機。

ジェットきりゅう [ジェット気流] (名) (氣象) 急流，噴射氣流。

ジェットコースター [jet coaster] (名) (遊樂園內的) 高速滑行車。

ジェットポンプ [jet pump] (名) (機械) 噴射水泵。

ジェトロ [JETRO] (名) 日本貿易振興會 (1958年成立)。

ジェネレーション [generation] (名) 一代人。△ヤング～／青年一代。△オールド～／老一代。(也説"ゼネレーション")

シェパード [shepherd] (名) 牧羊狗，軍用犬 (也説"セパード")

シェフ [chef] (名) 廚師長。

シェルパ [Sherpa] (名) (西藏) 錫帕族人。

ジェロントクラシー [gerontocracy] (名) 老人政治。

ジェロントロジー [gerontology] (名) 老人學。

しえん [支援] (名・他サ) 支援。△～部隊／援軍。△～射撃／火力支援。

しえん [私怨] (名) 私仇，私怨。△～を晴らす／報私仇。泄私憤。

しえん [紫煙] (名) (紙煙的) 煙。

ジェントル [gentle] (形動) 有禮貌，文雅。

ジェントルマン [gentleman] (名) ① 紳士。② (對男子敬稱) 先生。

しお [塩] (名) 鹽。△～で味をつける／用鹽調味。△～があまい／口味淡。△～がききすぎている／太鹹了。

しお [潮・汐] (名) ① 潮，海潮。△～が滿ちる／漲潮。△～が引く／落潮。△～の滿ち引き／漲落潮。② 適當時機。△雨がやんだのを～に退散した／趁着雨停下來的工夫，大家便都走了。△～を見て話を切り出す／看準機會開口。③ 海水。△鯨が～を吹く／鯨魚噴出海水來。

しおかぜ [潮風] (名) 海風。

しおから [塩辛] (名) 用墨魚、貝魚的內臟魚卵等加鹽發酵後食用的食品。

しおから・い [塩辛い] (形) 鹹。

しお・からごえ [塩辛声] (名) 公鴨嗓，嘶啞聲。

しおき [仕置 (き)] (名・他サ) ① 處罰，懲罰。② (江戶時代) 處死，梟首示眾。△～しゃ／劊子手。

しおきば [仕置場] (名) 法場，刑場。

しおくり [仕送り] (名・自他サ) 寄生活費、學費。

しおく・る［仕送る］(自五) 寄生活費、學費。

しおけ［塩気］(名) 鹽分，鹹味。△～が足りない／不夠鹹。

しお・けむり［潮煙］(名) (浪花激起的) 飛沫。△～が立つ／浪花飛濺。

しおこしょう［塩胡椒］(名) 胡椒鹽。

しおさい［潮騒］(名) (漲潮時的) 波濤聲。(也説 "しおざい")

しおざかい［潮境］(名) ① (海洋中暖流與寒流的) 海流交界處。② (比喻) 分界綫。△45歳あたりが人生の～だ／四十五歳前後是 (從壯年往老年過渡的) 人生的分界綫。

しおざかな［塩魚］(名) 鹹魚。

しおざけ［塩鮭］(名) 鹹鮭魚，鹹大馬哈魚。

しおさめ［仕納(め)］(名) ① 結束工作。△これが今年の仕事の～だ／今年的工作就此結束了。② 辭職。③ 洗手不幹。

しおじ［潮路］(名) ① 潮流的路綫。② 航道。

しおしお［(副)］無精打采地。

しおだし［塩出し］(名・自サ) 除去鹽分。

しおた・れる［潮垂れる］(自下一) ① 受潮水浸濕而滴水。② 垂頭喪氣，無精打采。

しおち［仕落(ち)・為落(ち)］(名) 漏洞。→ておち

しおづけ［塩漬］(名) ① 醃 (魚、肉、菜等)。② 〈俗〉買存股票 (等待漲價)。

しおどき［潮時］(名) ① 漲落潮的時刻。② 機會，時機。

しおなり［潮鳴り］(名) 波濤聲。

シオニズム［Zionism］(名) 猶太復國主義。

しおばな［塩花］(名) ① 〈俗〉(為驅邪而) 撒鹽或撒的鹽。△～を撒く／撒鹽驅邪。② (飯館等為預祝生意興隆) 在門口放的鹽。

しおひがり［潮干狩り］(名) 趕海，拾潮。

しおぼし［塩干し］(名) 醃鹹曬乾。

しおまち［潮待ち］(名) 等待漲潮。

しおみず［潮水・塩水］(名) ① 鹽水。② 海水。

しおむし［塩蒸し］(名) 加鹽蒸 (的食品)。

しおめ［潮目］(名) ⇨しおざかい

しお・もみ［塩揉(み)］(名) 加鹽揉搓 (的食品)。

しおやき［塩焼(き)］(名) 加鹽烤 (魚等)。

しおゆで［塩茹で］(名) 鹽水煮 (的食品)。

しおらし・い［(形)］過分地溫馴從順 (既可愛又可憐的樣子)。

しおり［枝折り・栞］(名) ① 書籤。② 指南，入門書。③ (走山路各折樹枝做的) 路標。

しおりど［しおり戸・枝折り戸・柴折り戸］(名) 柴扉。

しお・れる［萎れる］(自下一) ① 蔫。△生花が～れた／插花蔫巴了。② 氣餒，沮喪。

しおん［歯音］(名) 〈語〉齒音。

しおん［紫苑］(名) 紫苑。

じおん［字音］(名) (日語中的) 漢字讀音。

しか［(副助)］(與否定語相呼應) 僅，只。△気のあう友だちと～遊ばない／只跟意氣相投的朋友一起玩兒。△五時間～寝ていない／僅睡了五個小時。△私は黙って見ている～ない／我只好默不做聲地看着。

しか［鹿］(名) 鹿。

しか［史家］(名) 歷史學者，史家。

しか［市価］(名) 市價。

しか［詩歌］(名) ⇨しいか

しか［歯科］(名) 齒科，牙科。△～医／牙科大夫。→はいしゃ

しが［歯牙］(名) ① 牙齒。② 言詞，議論。△～にもかけない／不值一提。不足掛齒。

じか［直］(名) 直接。△～談判／直接談判。△スリッパを～履きにして出てきた／光腳穿着拖鞋走出來了。

じか［自家］(名) ① 自己的家，自家。△～用車／自用汽車。② 自身。△～中毒／自體中毒。△～撞着／自相矛盾。△～受粉／自身受粉。

じか［時下］(名) 時下，現在。

じか［時価］(名) 時價。

じが［自我］(名) ① 自我，自己。△～を押し通す／固執己見。② 〈哲〉自我。△～意識／自我意識。

じが［自画］(名) 自己畫的畫。△～自賛／自吹自擂。

シガー［cigar］(名) 雪茄。

しかい［司会］(名・自他サ) 主持會議，掌握會場，司儀。△～者／主持人。

しかい［死灰］(名) 死灰。△～が再燃する／死灰復燃。

しかい［視界］(名) ① 視野。② 知識範圍。△～が狭い／見識淺。

しかい［斯界］(名) 這個領域。△～の権威／這個領域的權威。

しがい［市外］(名) 市外。市郊。↔ 市内

しがい［市街］(名) 街市。△～区／市區。△～戦／巷戰。

しがい［死骸・尸骸］(名) 屍體。

じかい［次回］(名) 下次。△では～をお楽しみに／且聽下回分解。

じかい［自戒］(名・自サ) 自戒，自我約束。

じかい［磁界］(名) 〈理〉磁場。→じば

じがい［自害］(名・自サ) 自盡，自戕。

しがいせん［紫外線］(名) 紫外綫。△～療法／紫外綫療法。

しかえし［仕返し］(名) 報復，報仇。

じがお［地顔］(名) 沒化妝的臉。△彼女は～の方が綺麗だ／她不化妝反倒漂亮。

しか・る［仕掛(か)る・仕懸(か)る］(他五) ① 着手做。△～ところで／正要做。② 做到中途。△～った仕事をかたづける／把正在做的工作做完。

しかく［四角］(名・形動) 方形，四角。

しかく［死角］(名) ① (射擊的) 死角。② 觀察不到的部位。

しかく［視角］(名) ① 視角。② 看問題的角度。△～を変えてみる／從另一個角度想想看。

しかく［視覚］(名) 視覺。△～がおとろえる／視力衰退。△～語言／圖示標牌。

しかく [資格] (名) 資格，身分。△～審査／資格審查。

しがく [史学] (名) 史學，歷史學。

しがく [私学] (名) 私立學校。↔公学，官学

じかく [字画] (名) 漢字的筆畫。

じかく [自覚] (名・自他サ) ① 自覺，覺悟。△自己の欠点を～する／認識到自己的缺點。△～が足りない／缺乏自覺性。② 自我感覺。△～症状／自覺症狀。

しかく・い [四角い] (形) 方形，四角形。△～顔／方臉盤。

しかくけい [四角形] (名) 〈數〉四角形。(也説 "しかっけい")

しかくしめん [四角四面] (形動) 刻板，呆板，一本正經。△どこかの本に書いたらしい～なことばかり言う／盡説些書上寫的死教條。

しかくば・る [四角張る] (自五) ① 有棱有角。△～った顔／方臉。② 拘束，嚴肅，死板。△～らずに話し合いましょう／無拘無束地隨便談談吧。

しかけ [仕掛 (け)] (名) ① 正在做，未完成。△～の仕事／未完的工作。△～品／半成品。② 構造，裝置。△電気じかけのおもちゃ／電動玩具。△自然にドアが開く～になっている／門設有自動開關裝置。△種も～もない／並沒有任何秘密，一切都是明擺着的。④ 焰火，特製彩花。△～花火を打ち上げる／放焰火。⑤ 釣魚工具。

しかけにん [仕掛 (け) 人] (名) 發起人，撮合人。

しかけ・る [仕掛 (け) る] (他下一) ① 裝，設。△罠を～／佈置圈套。△地雷を～／埋地雷。② 挑動。△喧嘩を～／找碴兒打架。③ 着手做。

しかざん [死火山] (名) 死火山。↔活火山

しかし [然し・併し] (接) 然而，但是，不過。△体は弱い。～，気は強い／身體雖不強壯，可是意志堅強。△～，彼の言うことにも一理ある／不過，他的話也有一番道理。

しかじか [然然・云云] (名) 等等，云云。△かくかく～／如此這般。

じがじさん [自画自賛] (名・自サ) 自吹自擂，自賣自誇。

しかして [而して・然して] (接) 於是，然後。

しかしながら [併し乍ら・然し乍ら] (接) 然而，但是。

しかず [如かず・若かず・及かず] (連語) 不如，莫若。△百聞は一見に～／百聞不如一見。△三十六計逃げるに～／三十六計，走為上計。

じがぞう [自画像] (名) 自畫像。

しかた [仕方] (名) ① 方法，做法。△展示の～を工夫する／研究展出的方法。△宣伝の～がうまい／宣傳方式好。

しかたがな・い [仕方がない] (連語) ① 無可奈何。△～奴だ／真是個無可奈何的傢伙。△文句を並べても～／光發牢騷也無濟於事。△高熱を出したので寝ているよりほか～／發了高燒，只好躺着休息。→止むを得ない ② 非常

地。△好きで～／喜歡得要命。△眠くて～／睏得要死。

しかたな・い [仕方ない] (形) 無奈，只好。△金が足りないので～く安いのを買った／因錢不夠，只好買了便宜的。

しかたなしに [仕方無しに] (副) 無可奈何地。△彼女は～彼に笑顔を見せた／她無可奈何對他做出個笑臉。

じがため [地固め] (名・自サ) ① 打地基。② 打基礎。

じかだんぱん [直談判] (名・自サ) 直接交涉。

じかちゅうどく [自家中毒] (名) 〈醫〉自體中毒。

しかつ [死活] (名) 生死。△～にかかわる問題／生死攸關的問題。

じかつ [自活] (名・自サ) 獨立生活，自食其力。△親元を離れて～する／離開父母自食其力。

しがつばか [四月馬鹿] (名) (西方的) 萬愚節。→エープリルフール

しかつめらし・い [鹿爪らしい] (形) 一本正經，道貌岸然。△～顔／板着面孔。

しかと [確と・聢と] (副) ① 準確無誤。△～返事をしてくれ／請給個明確答覆。② 牢固地。△～記憶する／牢牢記住。△～握る／緊握。

しがな・い (形) 微小足道，渺小。△～月給取り／靠月薪生活的小人物。

しがなおや [志賀直哉] 〈人名〉志賀直哉 (1883-1971)。大正、昭和時代的小説家。

じかに [直に] (副) ① 直接地 (不襯夾任何東西)。△素肌に～着る／貼身穿。② 當面，面對面。△本人に～伝える／直接告訴本人。

しがにもかけない [歯牙にも掛けない] (連語) 不值一提。

じがね [地金] (名) ① (鍍金等的) 胚子，胎。② 本性，本來面目。△～を出す／露相。

しかねない (連語) 有可能幹得出來。△どんな悪いことも～／甚麽壞事都做得出來。

しか・ねる [仕兼ねる・為兼ねる] (他下一) 難做到。△決心～／難下決心。△私には理解～／我難以理解。△賛成～／不能贊同。

しかのつのをはちがさす [鹿の角を蜂が刺す] (連語) 不感痛癢。

しかばね [屍・尸] (名) 屍體。△生ける～／行屍走肉。

じかほけん [自家保険] (名) 〈經〉自保。

じかまき [直蒔き・直播き] (名) 直播。→じきまき

しがみつ・く (自五) ① 抓住不放，摟住，抱住。△母親に～いて離れようとしない／緊緊抱住媽媽不放。△机に～いて勉強する／趴在桌上死命用功。② 墨守成規。△古いやり方に～／墨守老一套辦法。③ 戀棧。△地位に～／死把持着職位不放。

しかめっつら [顰めっ面] (名) 愁眉苦臉，緊鎖雙眉。

しか・める［顰める］(他下一) 皺眉頭。△痛さに顔を～めた／疼得皺起眉來。

しかも［而も・然も］(接)① 而且，並且，又。△安くて～栄養がある／價錢便宜並且有營養。② 卻，而，但。△叱られて～反省しない／捱了批評，卻仍不反省。

しからしめる［然らしめる］(連語) 所致，所使然。△時勢の～ところだ／是時勢造成的。

しからずんば［然らずんば］(連語) 如其不然。△生か死～／非生即死。

しからば［然らば］(接) 那。△金を返せ。～許してやろう／把錢還給我，那我就寬恕你。△～御免／既然如此，恕不奉陪。

しがらみ［柵］(名)① 攔水柵。② 羈絆。△恋の～／愛情的羈絆。△情の～／情面所繫，礙於情面。

しかり［叱り］(名) 申斥，批評。△お～を受ける／捱批評。遭到申斥。

しか・り［然り］(自ラ變) 然，是那樣。

しかりつ・ける［叱りつける］(他下一) 嚴加申斥。

しか・る［叱る・呵る］(他五) 責備，斥責，規戒。

しかるに［然るに］(接) 然而。

しかるべき［然る可き］(連語)① 應該，理所當然。△君はあやまって～だ／你理應道歉。② 適當的。△～処置を取る／採取適當措施。

しかるべく［然る可く］(連語) 適當地。△～御配慮のほどお願い致します／請適當地照顧。△～やって下さい／請酌情處理。

シガレット［cigarette］(名) 香煙。△～ケース／煙盒。

しかれども［然れども］(接) 然則，然而。

しかれば［然れば］(接) 因而，於是。

しかをおう［鹿を逐う］(連語) 逐鹿，爭奪天下。

しかをおうものは山をみず［鹿を逐う者は山を見ず］(連語) 因小失大。

しかん［士官］(名) 軍官。△～学校／軍官學校。

しかん［仕官］(名・自サ)① 做官。②（江戸時代以前）武士事主君。

しかん［史観］(名) 歷史觀。△唯物～／唯物史觀。

しかん［弛緩］(名・自サ) 鬆弛，渙散。△筋肉が～している／肌肉鬆弛。△精神が～している／精神渙散。（也讀作“ちかん”）

しかん［使館］(名) 使館（公使館，大使館，領事館）。

しがん［志願］(名・自他サ) 申請，申請加入。△医学部を～する／報考醫學院。△～者／報名者。△～兵／志願兵。

じかん［次官］(名) 次官。△外務～／外交次官。

じかん［字間］(名) 字的間隔，距離。△～をつめる／縮小字與字之間的間隔。△もう少し～をあけて書きなさい／再寫得疏一點。

じかん［時間］(名)① 時間。△もう～だ／時間到了。△～をさく／騰出時間。△～が立つ／時間過去。△～をかせぐ／爭取時間。② 小時，

鐘點。△～決めで自動車を借りる／按鐘點租賃汽車。△4 ～置きに注射する／每隔四小時打一次針。△8 ～作業制／八小時工作制。

じかんがい［時間外］(名) 規定時間之外。△～勤務／加班。

じかんこうし［時間講師］(名) 按時薪付酬的講師。

じかんたい［時間帯］(名) 一段時間。△通勤ラッシュの～／上下班十分擁擠的時間。

じかんつぶし［時間潰し］(名) 消磨時間。

じかんひょう［時間表］(名)①（車船飛機等的）時間表。② 課程表。

じかんわり［時間割］(名) 課程表。

しき（接尾)（接“それ”“これ”之後，表示）微不足道，些許。△これ～の事ができないというのか／這麼一點小事，難道你都做不到嗎？

しき［式］(名)① 儀式，典禮。△～をあげる／舉行婚禮。入学（卒業）～／入學（畢業）典禮。② 形式，款式。△最新～のファッション／最新款式的時裝。△電動～ショーウィンド／電動式櫥窗。③（數理化）公式，方程式。

しき［士気］(名) 士氣。

しき［子規］(名)〈動〉子規，杜鵑。→ほととぎす

しき［四季］(名) 四季。△～おりおりの野菜／四季應時的蔬菜。△～咲／四季都開花的植物。

しき［史記］(名)（書名）史記。

しき［死期］(名) 死期。△～をはやめる／加速死亡的到來。

しき［指揮］(名・他サ) 指揮。△小隊の～をとる／指揮一個排。

しき［敷き］(名)① 船底板。② 墊子。△鍋～／鍋墊。③ ⇨敷地 ④ ⇨敷布団 ⑤ ⇨敷金

しき［識］(名)① 認識，知識。△一面の～もない／素不相識。② 見識。△学・～共に高い／博學卓識。

しぎ［鴫・鷸］(名)〈動〉鷸。

しぎ［仕儀］(名) 地步，結果。（用於消極方面）。△財産を失う～となった／弄到蕩盡財產的地步。

しぎ［市議］(名)“市会議員”的略語。市議會議員。

しぎ［試技］(名)（體育競賽項目）試舉，試跳，試投。

じき［直］Ⅰ (名) 直接。△～のご返答をいただきたい／請給我直接答覆。Ⅱ (副)① 不遠。△ポストは～近くにある／郵筒就在跟前。② 馬上，立即。△～夏休みがくる／眼看放假暑假了。③ 容易，動輒。△～壊れる／那玩意很容易壞。△～に風邪を引く／動輒感冒。

じき［自棄］(名) 自暴自棄。

じき［次期］(名) 下屆，下期。△～繰越／轉到下期。

じき［時季］(名) 季節，時節。△～はずれの商品／過時商品。

じき［時期］(名)① 時期，季節。△梅雨の～／梅雨季節。△～尚早／為時尚早。② 期間。

じき［時機］(名) 時機，機會。△〜を逸する／錯過時機。

じき［磁気］(名)〈理〉磁力，磁性。△〜あらし／磁暴。△〜機雷／磁性水雷。△〜テープ／磁帶。

じき［瓷器］(名) 陶瓷。

じぎ［字義］(名) 字義。

じぎ［児戯］(名) 兒戲。△〜に等しい／等於兒戲。

じぎ［時宜］(名)① 時宜。△〜にかなう／切合時宜。② 時機。△〜をはかる／尋找時機。

しきい［敷居］(名) 門檻。(和式房屋) 拉門的下檻。△〜を跨がる／跨進門檻。走進屋裏。

しきいがたかい［敷居が高い］(連語)(因虧理、欠情或地位懸殊) 難於登門。

しきいし［敷(き)石］(名) 鋪路石。△〜の通路／鋪石的甬道。

しきいた［敷(き)板］(名)① 踏板。② 墊板。③ 地板。

しぎかい［市議会］(名) 市議會。

しきがし［式菓子］(名) 舉行儀式時，分給参加者的點心。

しきがわ［敷(き)革］(名) 皮墊。△靴の〜／鞋墊。

しきかん［色感］(名)① 色彩給人的感覺。② 色彩感。△〜の強い人／色彩感敏銳的人。

しききん［敷金］(名)①(租房的) 押租。②(交易所) 押金。

しきけん［識見］(名) 見識。△〜が高い／有見識。

しきさい［色彩］(名)① 色彩。② 傾向。△政治的〜／政治傾向。△〜のある文章／帶傾向性的文章。

じきさん［直参］(名)(江戶時代，不屬於其他藩主) 直接從屬於將軍的武士。

しきし［色紙］(名)(書寫和歌、俳句用的) 方形優質厚紙。

しきじ［式辞］(名) 致詞。

じきじき［直直］(副) 直接，親自。△これは社長〜の頼みだ／這是總經理親自委託的。

しきしだい［式次第］(名) 儀式程序。

しきしま［敷島］(名)① 大和國 (日本古代國名，今奈良縣)。② 日本國的別稱。

しきしまのみち［敷島の道］(名) 和歌之道。

しきしゃ［識者］(名) 有識之士。

しきじゃく［色弱］(名) 輕度色盲。

しきじょう［式場］(名) 會場，禮堂。

しきじょう［色情］(名) 情慾。

しきじょうきょう［色情狂］(名) 色情狂。

しきそ［色素］(名) 色素。

じきそ［直訴］(名・自他サ) 越級告狀。

しきそう［色相］(名)①〈佛教〉(肉眼所能見到的) 形態。②(美術) 色調。

じきそう［直奏］(名・自他サ)(向天皇) 直接上奏，(向上級) 直接陳述。

しきそくぜくう［色即是空］(名)〈佛教〉色即是空。

しきだい［式台］(名)(日本式房屋門口前鋪地板的) 禮台 (主人在這裏迎送賓客)。

しきたり［仕来り］(名) 慣例，常規。△古い〜にとらわれる／墨守成規。

ジギタリス［荷 digitalis］(名)〈植物〉毛地黃。(也説"ジキタリス")

しきち［敷地］(名)(建築用的) 場地，地盤。△工場新築の〜／新建工廠的地皮。

しきちょう［色調］(名) 色調。

しきつ・める［敷(き) 詰める］(他下一) 鋪滿。

じきでし［直弟子］(名) 親傳弟子。

しきてん［式典］(名) 典禮，儀式。→しき

じきでん［直伝］(名) 親傳。

じきとう［直答］(名・自サ) 直接回答，當面回答。

じきとりひき［直取引］(名)① 直接交易。② 現金交易。

じきに［直に］(副) 立即，馬上。△〜直るよ／馬上會好 (病) 的。△〜帰ってくる／馬上就回來。

じきひ［直披］(名) 親展，親拆。(也説"ちょくひ")

じきひつ［直筆］(名) 親筆。△〜の手紙／親筆信。△弘法大師の〜／弘法大師 (空海) 的真跡。

しきふ［敷布］(名) 牀單，褥單。△〜を敷く／鋪褥單。△〜を取り換える／換牀單。

しきふく［式服］(名) 禮服。

しきぶとん［敷(き) 布団・敷(き) 蒲団］(名) 褥子。

しきべつ［識別］(名・他サ) 識別，鑒別。△焼死体の性別を〜する／辨認燒焦屍體的性別。

しきぼう［指揮棒］(名)〈樂〉指揮棒。△〜を振る／揮動指揮棒。→タクト

じきまき［直蒔き］(名) ⇒じかまき

しきみ［樒・梻］(名)〈植物〉芥草。

しきもう［色盲］(名) 色盲。

しきもの［敷(き) 物］(名) 鋪的東西 (指地毯、草蓆、坐墊等)。

じきものとりひき［直物取引］(名)〈經〉現貨交易。

しきゃく［刺客］(名) 刺客。

しぎゃく［嗜虐］(名) 殘暴成性。△〜性淫乱狂／性虐待狂。△〜趣味／以殘暴行為為樂。

じぎゃく［自虐］(名) 自我折磨。

しきゅう［子宮］(名) 子宮。△〜外妊娠／宮外孕。

しきゅう［支給］(名・他サ) 支付，發放。△手当を〜する／發津貼。△作業服を〜する／發工作服。

しきゅう［四球］(名)① 四個真空管。②(棒球) 四個壞球。→フォアボール

しきゅう［死球］(名)(棒球) 死球。→デッドボール

しきゅう［至急］I (名) 火急。△〜電報／加急電報 (略號是"ウナ")。△〜便／快信，快件。II (副) 火速。△〜(に) 御返事下さい／請火速回信。△〜お出で下さい／請趕快來。

じきゅう［持久］(名・自サ) 持久。△～戦／持久戰。△～力／持久力。耐久力。△曠日～／曠日持久。

じきゅう［自給］(名・他サ) 自給。△食糧の～を図る／謀求糧食自給。△～自足／自給自足。△～作物／維持農家自給的農作物。△～飼料／自製飼料。

じきゅう［時給］(名) 一小時的工資。

しきょ［死去］(名・自サ) 逝世, 死去。

しきょ［辞去］(名・自サ) 告辭。

しきょう［司教］(名)(天主教的) 主教。

しきょう［市況］(名) 市面, 商情。△～が活潑だ／市面繁榮。△～が閑散としている／市面蕭條。△株式～／股票交易情況。△～業／能左右市場的工業(能源、鋼鐵等)。

しきょう［詩経］(名) 詩經。

しきょう［詩境］(名) 詩的境界。

しきょう［詩興］(名) 詩興。△～が涌く／詩興大發。

しぎょう［始業］(名・自サ) 上班, 上課。△～式／開學典禮。△～のベル／上工(上課) 鈴。

じきょう［自供］(名・自サ)〈法〉自己供認。

じぎょう［事業］(名) ① 事業。△公共～／公共事業。△福祉～／福利事業。② 企業。實業。△～を起こす／開辦企業。△～家／實業家。

しきょく［支局］(名) 分社。

しきよく［色欲・色慾］(名) ① 性慾, 情慾。② 性慾和利慾。

じきょく［時局］(名) 時局。△重大な～／嚴重的局面。

じきょく［磁極］(名)〈理〉磁極。

しきり［仕切(り)］(名) ① 隔開, 區分, 間壁。△～のカーテン／隔簾。② 結賬, 月末に～をする／月末結賬。③ (相撲)(比賽開始前) 擺架勢。

しきりきん［仕切金］(名) 結賬時應收貨款。

しきりしょ［仕切書］(名) 發貨單, 結賬單, 發票。

しきりじょう［仕切状］(名)⇨しきりしょ

しきりに［頻りに］(副) ① 頻頻地, 再三, 屢次。△彼女から～手紙がくる／她多次來信。△～うなずく／不住地點頭。② 熱心地, 熱切地。△彼女は～息子に会いたがっている／她熱切地希望同兒子見面。△友だちが～同情している／朋友們都很同情他。

しきりねだん［仕切値段］(名) ① 成交價。② 轉賣價, 買回價。

しきりば［仕切場］(名) ① 劇院賬房。② 處理回收的廢品的地方。

- しき・る［頻る］(接尾) (接在動詞連用形後面, 表示) 一個勁地, 猛烈地。△鳴き～／一個勁兒地啼叫。△雨が降り～／雨下個不停。

しき・る［仕切る］Ⅰ (他五) ① 隔開, 間壁開。△部屋を～／間壁房間。② 結賬。Ⅱ (自五)(相撲) 擺架勢。

じぎわ［地際］(名) 挨近地面。△～で茎を切り取る／緊貼地面把莖剪下來。

しきわら［敷(き)藁］(名)(厩舍、苗牀等的) 鋪草(也說"マルチング")。

しきん［至近］(名) 最近處。△～距離から発砲する／從最近距離開槍。

しきん［資金］(名) ① 資金。△～を調達する／籌措資金。△住宅～をためる／積攢買住房資金。△回転～／周轉資金。② 財產。基金。△育英～／育英基金。

しぎん［市銀］(名)⇨市中銀行

しぎん［詩吟］(名) 吟漢詩。

しきんせき［試金石］(名) 試金石。

し・く［如く・若く・及く］(自五)(下接否定句) 如, 若。△用心するに～はない／莫若提防些好。△百聞一見に～かず／百聞不如一見。

しく［市区］(名) ① 市區。② 市和區。

し・く［敷く］(他五) ① 鋪。△ふとんを～／鋪被。△道に砂利を～／往路上鋪小石子。△鉄道を～／鋪鐵路。② 壓在下面。△亭主を尻に～／任意擺佈丈夫。③ 也寫"布く") 頒佈, 佈置。△戒厳令を～／頒佈戒嚴令。△背水の陣を～／佈下背水之陣。

じく［軸］(名) ① 軸。△車の～／車軸。② 畫軸。③〈數〉軸, 座標軸。④ 桿, 莖。△ペン～／鋼筆桿兒。△マッチの～／火柴桿。

じく［字句］(名) 字句。△～を修正する／修改字句。

ジグ［jig・治具］(名)(機器加工用的) 夾具、鑽模, 胎具等。

じくう［時空］(名) 時間與空間。

じくうけ［軸承(け)・軸受(け)］(名) ① 軸承。→ベアリング ② 門樞墊兒。

しぐさ［仕草・仕種］(名) ① 作法, 動作。△猿が人間をまねる～をする／猴子做模仿人的動作。② 舉止, 姿態。△気取った～／裝腔作勢的樣子。③ (演員的) 作派, 動作。△～はうまいがせりふはなっていない／身段雖好, 台詞太糟了。

ジグザグ［法 zigzag］(名・形動) 曲折, 之形字, 犬牙交錯。△～の山道／彎彎曲曲的山路。△～デモ／之字形示威遊行隊伍。△～ミシン／(縫紉) 鎖邊機。

じくじ［忸怩］(形動タル) 忸怩, 羞愧。△～たる思いがする／感到羞愧不安。

しくしく (副) ① 抽抽搭搭地(哭)。△～泣き続ける／一直抽泣着。② 絲絲拉拉地。△腰が～と痛む／腰部感到絲絲拉拉地痛。

じくじく (副・自サ) ① 殷殷(滲出)。△傷口を押すと～と血が出てくる／一按傷口血就殷殷滲出來了。② 潮濕, 濕漉漉。

しくじ・る (他五) ① 失敗。△面接試験を～た／口試砸鍋了。② (因過失) 被解僱。△勤め先を～／被解僱。

ジグソー［jigsaw］(名) 綫鋸。

じぐち［地口］(名) 詼諧語, 雙關語, 俏皮話。

しくつ［試掘］(名・他サ)〈地〉試採, 試鑽。

シグナル［signal］(名) 鐵路信號機。

しくはっく［四苦八苦］(名・自サ) ①〈佛教〉

四苦八苦。② 千辛萬苦。△資金繰りに～する／為了籌措資金費盡周折。

じくばり [字配り] (名) 字的排列、佈局。

しくみ [仕組] (名) ① 結構，裝置。△世の中の～／社會結構。△エンジンで動く～になっている／用引擎驅動的結構。② 企圖，巧設機關。③ (小説等) 情節。

しく・む [仕組む] (他五) ① 裝配，構築。② 計劃，籌劃。△巧みに～まれた罠／巧妙安排下的圈套。③ (小説、戲劇) 構思，編排。

じぐも [地蜘蛛] (名)〈動〉囊蜘蛛。

じくもの [軸物] (名) 軸畫，字畫。

シクラメン [cyclamen] (名)〈植物〉仙客來，報春花，蘿蔔海棠。

しぐれ [時雨] (名) ①(秋冬之交的) 陣雨。△② 羣蟲齊鳴。△蟬～／百蟬齊鳴。

しぐれ・る [時雨れる] (自下一) ① 下晚秋雨。②(謔) 哭，流淚。

シクロパラフィン [cycloparaffin] (名)〈化〉環烷。

ジクロルベンゼン [dichlorobenzene] (名)〈化〉二氯(代) 苯。

じくん [字訓] (名) 漢字的訓讀。↔ じおん

しけ [時化] (名) ①(海上的) 暴風雨，風暴。② 蕭條，冷落。

しけ [湿気] (名) 潮濕氣。△～がひどい／潮得厲害。→しっけ

しけい [死刑] (名) 死刑。△～執行猶予／死刑緩期執行。

しけい [私刑] (名) 私刑。→リンチ

しけい [紙型] (名)〈印刷〉紙型。△～を取る／打紙型。

しげ・い [繁い] (形) 頻繁，連續不斷。△足～く出入りする／常去，常來常往。

しげい [至芸] (名) 絕技。

じけい [字形] (名) 字形。

じけい [次兄] (名) 次兄，二哥。

しけいざい [私経済] (名) 私人經濟，個體經濟。

しげき [史劇] (名) 歷史劇。

しげき [刺激・刺戟] (名・他サ) 刺激。

しげき [詩劇] (名) 詩劇。

しけこ・む (自五)〈俗〉① 到妓院酒樓冶遊。②(因手頭拮据) 悶坐家中。

じけし [字消し] (名) 橡皮，消字靈。

しげしげ [繁繁] (副) ① 頻繁地，多次地。△彼は～彼女のところへ通った／他頻繁地到她那裏去。② 仔細地(看)。△顔を～(と) 見つめる／仔細地端詳面孔。

しけつ [止血] (名・自他サ) 止血。

じけつ [自決] (名・自サ) ① 自戕，自殺。② 自決。△民族の～運動／民族自決運動。

しげみ [茂み・繁み] (名) (草木) 繁茂處。△灌木の～に身を隠す／躲藏在灌木叢中。

しげりあ・う [茂り合う・繁り合う] (自五) 草木繁茂。

し・ける [時化る] (自下一) ① 海上起風暴。② 蕭條，消沉。△市場が～けている／市面不

景氣。△～けた顔をする／愁眉苦臉。

し・ける [湿気る] (自下一) 發潮，潮濕。△～けた煙草／受潮的香煙。

しげ・る [茂る・繁る] (自五) 繁茂。

しけん [私見] (名) 私見，個人見解。

しけん [私権] (名)〈法〉私權 (如：所有權、版權、債權、親屬權等)。

しけん [試験] (名・他サ) ① 試驗，測驗，檢查。△～管／試管。② 考試。△～に合格する／考試及格。△高校の入学を受ける／應考高中。△～問題／考題。△筆記～／筆試。△面接～／面試，口試。△～地獄／考試難關。

しげん [至言] (名) 至理名言。

しげん [資源] (名) 資源。

じけん [事件] (名) ① 事件。△2・26 ～／二二六事件。② 案件。△殺人～／兇殺案。△刑事～／刑事案件。△民事～／民事案件。

じげん [字源] (名) ① 漢字字源。② 日本假名文字字源。

じげん [次元] (名) ①〈數，理〉次元，維度。△三～の立体的な空間／三次元的立體空間。② 立場，層次，水平。△問題の～が違う／問題的層次不同。

じげん [時限] I (名) 定時，限時。△～爆弾／定時炸彈。△～を決めて廃止する／限期作廢。II (接尾) 課時。△第一～は英語だ／第一節課是英語。

しご [死後] (名) 死後。△～強直／死後僵直。↔ 生前

しご [死語] (名) 死語，廢語。

しご [私語] (名・自サ) 私語。△～をかわす／竊竊私語。

じこ [自己] (名) 自己，自我。△～を省みる／自省。

じこ [事故] (名) ① 事故。△～が起こる／發生事故。△～を起こす／造成事故。△～にあう／遭到事故。△交通～／交通事故。② 障礙。△～があって欠席した／因故缺席。

じご [爾後・自後] (名) 以後，從此以後。

じご [事後] (名) 事後。△～承諾／事後承認。△～処理／善後處理。

じご [持碁] (名) (圍棋) 和局。

じこあんじ [自己暗示] (名)〈心〉自我暗示。

しこう [至高] (名) 至高。△～の芸術／最高的藝術。

しこう [志向] (名・他サ) 志向，願望，希求。

しこう [伺候・祇候] (名・自サ) ① 侍奉。② 請安。

しこう [思考] (名・他サ) △～力が鈍い／思考力遲鈍。

しこう [指向] (名・他サ) ① 指向，定向。△～アンテナ／定向天綫。△～性／方向性。② 志向，傾向。

しこう [施工] (名・自他サ) 施工。△～中のダム工事／施工中的水庫工程。(也説 "こう")

しこう [施行] (名・他サ) ① 實施，施行。②〈法〉生效。

しこう［嗜好］(名・他サ) 嗜好。

しこう［試航］(名・自サ) 試航，試飛。

じこう［事項］(名) 事項，項目。

じこう［時効］(名)〈法〉時效。△～にかかる（～になる)／失效(因時效而喪失權利)。△殺人罪の～は十五年だ／殺人罪的時效為十五年。△あの約束はもう～だよ／那個約定已經失效了。

じこう［時好］(名) 時尚。△～に投ずる／迎合時尚。

じこう［時侯］(名) 時令，季節，氣候。△～のあいさつ／節令的問候。

じごう［次号］(名)(刊物) 下期。△～に掲載する／下期登載。

しこうさくご［試行錯誤］(名) 試做失敗(取得經驗)。

しこうして［然して・而して］(接) 於是，而且。△～事は成就せり／於是，事情便告成功。

じごうじとく［自業自得］(名) 自作自受，自食其果。

しこうてい［始皇帝]〈人名〉秦始皇。

しこうひん［紙工品］(名) 紙製品。

じごえ［地声］(名) 一個人本來的嗓子。↔ うらごえ

じこぎまん［自己欺瞞］(名) 自己欺騙自己。

しこく［四国］(名)① 四個國家。△～会議／四國會議。② 日本四國島地方。

しご・く［扱く］(他五)① 捋。△稲の穂を～／捋稻穗。△帯を～／勒緊腰帶。② 嚴格訓練。△新入生を～／整治新學員。

しごく［至極］(副) 非常。△残念～だ／非常遺憾。

じこく［自国］(名) 本國。↔ 他国

じこく［時刻］(名) 時刻，時間。△約束の～／約定的時間。△発着～表／到達和發車時間表。

じごく［地獄］(名)①〈宗〉地獄。② 苦難，折磨。③(火山) 噴火口，(溫泉) 噴水口。

じごくでほとけにあう［地獄で仏に会う］(連語) 危難中遇到救星。

じごくのいっちょうめ［地獄の一丁目］(連語) 險些遇難。

じごくのさたもかねしだい［地獄の沙汰も金次第］(連語) 有錢能使鬼推磨。

じごくみみ［地獄耳］(名)① 聽過一次永遠不忘。② 專探聽別人隱私。

じこけんお［自己嫌悪］(名) 自我厭棄，自卑自賤。

じこさく［自小作］(名) 自耕兼佃耕農戶。

しこしこ (副・自サ)(食物) 筋道，耐嚼。△焼きするめは～として噛めば噛むほどおいしい／烤魷魚乾耐嚼，越嚼越香。

じこしほん［自己資本］(名) 自家資本。↔ 他人資本

じこしゅぎ［自己主義］(名) → りこしゅぎ

じこしょうかい［自己紹介］(名・自サ) 自我介紹。

しごせん［子午線］(名) 子午綫，經綫。

じこそがい［自己疎外］(名) 人的自我異化。

したたま (副) 大量，很多。△彼は株で～儲けた／他炒股票賺了大錢。

しごと［仕事］(名)① 工作。△力～／粗重工作。△針～／針綫。△苦しい(辛い)～／苦(累)差事。△急ぎの～／急事。△楽な～／輕鬆的工作。△～が手につかない／沒心思做事。△～に油が乗る／越做越起勁。△～をさぼる／磨洋工。△～を終える／結束工作。△～を休む／請假。不上班。△～に追われる／忙不過來。△～がはかどる／工作順手(進度快)。△野良～／農事。△～着／工作服。△～場／工房。② 職業。△～を見つける／找職業(工作)。△～を離れる／辭職。△～にありつく／找到職業(工作)。③ 技藝。△あの大工はいい～をする／那個木匠手藝高。△あの画家はよい～を残した／那位畫家留下了好作品。④〈理〉功。△～率／功率。△～函數／功函數。△熱を～に変える／變熱為功。

じことうすい［自己陶酔］(名・自サ) 自我陶醉。

しごとし［仕事師］(名)① 建築師，工匠。②(事業方面的) 能手，幹將。

しこな［四股名・醜名］(名)① 綽號。② 相撲力士的藝名。

しこな・す [他五] 出色地完成，熟練地處理。△与えられた仕事を～／出色地完成分配給自己的工作。

しこのかん［指呼の間］(連語) 咫尺之間。

じこひてい［自己否定］(名)〈哲〉自我否定。

じこひはん［自己批判］(名・自サ) 自我批評。

じこぶんかい［自己分解］(名)〈醫〉自體分解。

じこべんご［自己弁護］(名・自サ) 自我辯護。

じこほぞん［自己保存］(名) 自我保存。△～の本能／自我保存的本能。

じこまんぞく［自己満足］(名・自サ) 自我滿足。

しこみづえ［仕込(み)杖］(名) 二人奪(暗藏利刃的手杖)。

しこ・む［仕込む］(他五)① 教，訓練，傳授。△技術を～／傳授技藝。△娘に料理を～／教女兒烹飪。② 裝在裏面。△杖に両刃剣を～／手杖裏裝上雙鋒劍。③ 採購。△原料を～／採購原料。④(釀造) 調料。△こうじを～／下麴。⑤ 學來。△大学で～んできた教養／從大學裏學來的教養。

じこめんえき［自己免疫］(名)(生理) 自身免疫。

じこゆうどう［自己誘導］(名)〈電〉自感應。

しこり［凝］(名)①(肌肉) 僵硬，發板，硬疙瘩。△肩の～を揉みほぐす／把肩上發板的肌肉揉散開。△乳房に～ができた／乳房生出個疙瘩。②(思想上的) 隔閡，疙瘩。△二人の間に～が残っている／兩人之間感情上還有疙瘩。

じこりゅう［自己流］(名) 自己獨特的作風、方法。

しこん［士魂］(名) 武士精神。△～商才／武士精神和商人的才能。

しこん［詩魂］（名）詩魂。

しこん［紫紺］（名）藍紫色。△～空／深藍色的天空。

しさ［示唆］（名・他サ）暗示，啟發。△～に富んだ発言／富於啟發性的發言。△～を与える／予以暗示。△～されるところが大きい／受到很大啟發。（也說"じさ"）

しさ［視差］（名）〈天〉視差，方向差。

しざ［視座］（名）立足點。△確かな～に立つ／站在正確立場上。

じさ［時差］（名）① 時差。② 錯開時間。△～通勤／錯開上下班時間。

しさい［子細・仔細］（名）① 詳情，內情。△事の～を説明する／詳述來龍去脈。② 理由，緣故。△～があって出られない／因故不能參加。△～がありそうだ／好像另有緣故。

しさい［司祭］（名）（天主教）神甫。

しさい［市債］（名）市發行的公債。

しざい［死罪］（名）死罪，死刑。

しざい［私財］（名）個人（私人）財產。

しざい［資材］（名）資材。△建築～／建築材料。

じさい［自裁］（名・自サ）自殺。

じざい［自在］（名・形動）自由，運用自如。△伸縮～／自由伸縮。△自由～／自由自在。

じざいが［自在画］（名）不使用圓規、尺等畫的畫。↔器具画

しさいがお［子細顔・仔細顔］（名）有心事的樣子。

じざいかぎ［自在鉤］（名）（爐竈上可以自由上下的）吊鈎。

じざいスパナ［spanner］（名）活扳手。

じざいつぎて［自在継手］（名）（機械）萬向聯軸節，萬向接頭。

しさいに［子細に・仔細に］（副）詳細地，仔細地。△～調べる／詳細調查。△～語る／一五一十地講述。

しさいにおよばず［子細に及ばす・仔細に及ばす］（連語）毋庸贅言，不必多講。

しさいらし・い［子細らしい・仔細らしい］（形）彷彿有事的樣子。

じざかい［地境］（名）地界。（也說"じさかい"）

しさく［思索］（名・自他サ）思索。△～に耽ける／沉思。冥想。△～を凝らす／凝思。

しさく［施策］（名・自サ）採取措施、對策。△きめ細い～を講じる／採取具體細緻的措施。△～住宅／公建住宅。

しさく［詩作］（名）作詩。

しさく［試作］（名・他サ）試作，試製。△～品／試製品。

じさく［自作］（名）① 自作。△～自演／自編自演。②"自作農"的略語。

じさくのう［自作農］（名）自耕農。

じざけ［地酒］（名）當地產的酒，土產酒。

しさつ［刺殺］（名・他サ）① 刺殺。②（棒球）（使跑壘員出局）刺殺。

しさつ［視察］（名・他サ）考察。△海外へ～に行く／到國外去考察。△～団／考察團。

じさつ［自殺］（名・自サ）自殺。△～未遂／自殺未遂。△飛び込み～／投身自殺。↔他殺

しさん［四散］（名・自サ）四處分散，四處飛散。△爆弾の破片が～する／炸彈碎片四處飛散。△一家が～／妻離子散。

しさん［私産］（名）私人財產。

しさん［試算］（名・他サ）① 試算。△残高～表／餘額試算表。② 驗算。

しさん［資産］（名）① 財產。△～を受け継ぐ／繼承財產。△～家／財主。② 資產。△～勘定／資產科目。

しざん［死産］（名・自サ）死胎。△～児／死胎兒。

じさん［持参］（名・他サ）攜帶。△書類を～する／攜帶文件（前去）。△弁当／帶飯盒。

じさんきん［持参金］（名）（女方的）陪嫁錢，（男方的）入贅錢。△～目当てで結婚する／為了陪嫁錢而結婚。

しさんとうけつ［資本凍結］（名）凍結資產。

じさんにんばらいこぎって［持参人払い小切手］（名）〈經〉來人支票。

しし［孜孜］（形動）孜孜不倦。

しし［四肢］（名）四肢。

しし［志士］（名）志士。△革命～／革命志士。△勤王の～／保皇志士。

しし［嗣子］（名）嗣子，嫡子。

しし［獅子］（名）〈動〉獅子→ライオン

しじ［四時］（名）四時，四季。

しじ［私事］（名）① 私事。② 隱私。

しじ［支持］（名・他サ）支持，擁護。△与党を～する／支持執政黨。△～を得る／得到支持。△～を失う／失掉支持。△～者／支持人。△～率／支持率。

しじ［指示］（名・他サ）指示。△～に従う／聽從指示。△～をあおぐ／請上級指示。

しじ［指事］（名）指事（漢字六書之一）。

しじ［師事］（名・自サ）師事。

じし［次子］（名）次子。

じし［自恣］（名）① 任性。△暴慢と～／傲慢和任性。②〈佛教〉自恣。

じし［侍史］（名）（信）案前（寫在收信人名下，表示尊崇。）

じじ［時事］（名）時事。△～解説／時事解說。

じじ［祖父・爺］（名）⇨じじい

じじい［祖父］（名）祖父，外祖父。

じじい［爺］（名）老頭，老傢伙。

ししがしら［獅子頭］（名）（舞獅子戴的）獅子頭。

ししく［獅子吼］（名・自サ）① 獅子吼。②〈佛教〉說法。③ 雄辯。

じじこっこく［時時刻刻］（副）時時刻刻。

しししんちゅうのむし［獅子身中の虫］（連語）害群之馬。恩將仇報的內奸。

ししそんそん［子子孫孫］（名）子子孫孫，世世代代。

しじだいめいし［指示代名詞］（名）〈語〉指示代詞。

ししつ［私室］(名) 私室，個人的房間。

ししつ［資質］(名) 資質，天分。△画家として
の〜を持ち合わせている／具有畫家的資質。

しじつ［史実］(名) 史實，歷史事實。

じしつ［地質］(名)(紡織品的)質地。

じしつ［自失］(名・自サ) 茫然自失。△茫
然〜／茫然自失。

じじつ［事実］Ⅰ(名) 事實。△〜を明らかに
する／弄清事實。△〜をまげて話す／歪曲事
實講。△〜は雄弁にまさる／事實勝於雄辯。
Ⅱ(副) 事實上，實際上。△〜、そうなのだ／
實際上就是那樣。

じじつ［時日］(名) ① 日期。△訪中の〜は未
定だ／訪華日期未定。② 時間。△〜が〜／需
要(較多) 時間。費時間。△多くの〜がたっ
た／過了許久。

じじつむこん［事実無根］(名) 無事實根據，
無辜。

ししにぼたん［獅子に牡丹］(連語) 相得益彰。

ししのはがみ［獅子の歯嚙み］(連語) 氣勢洶
洶。

ししのわけまえ［獅子の分け前］(連語) 強者
侵吞弱者應得的果實。

ししばな［獅子鼻］(名)(鼻孔朝天的) 蒜頭鼻
子。

ししばば［屎屎］(名) 屎尿，大小便。

しじみ［蜆］(名)〈動〉蜆子的一種。△〜汁／
蜆醬湯。

じじむさ・い［爺むさい］(形)(老年人常見的)
邋遢，骯髒，老朽不堪。

ししゃ［支社］(名) ① 分公司，公行，分店，
分號。② 日本神社的分社。↔本社

ししゃ［死者］(名) 死者。△〜をとむらう／弔
唁死者。

ししゃ［使者］(名) 使者。△〜を立てる／派遣
使者。

ししゃ［試写］(名・他サ)(電影) 試映。△〜
会／試映會。△〜室／試片室。

ししゃ［試射］(名・他サ) 試射。△高射砲を〜
する／試射高射炮。△〜場／靶場。

じしゃ［寺社］(名) 寺院和神社。

ししゃく［子爵］(名) 子爵。

じしゃく［磁石］(名) ① 磁石，磁鐵。② 指南
針。↔コンパス ③ 磁鐵礦。

じじゃく［自若］(形動) 泰然自若，鎮靜如常。

ししゃごにゅう［四捨五入］(名・他サ)〈數〉
四捨五入。△小数点 3 位以下は〜する／小數
點第三位以下四捨五入。

ししゅ［死守］(名・他サ) 死守，堅守。

じしゅ［自主］(名) 自主。△〜管理／自主管
理。△〜規制／自主限制。

じしゅ［自首］(名・自サ) 自首。

ししゅう［四周］(名) 四周。→周囲

ししゅう［刺繡］(名・自他サ) 刺繡 (品)。

ししゅう［詩集］(名) 詩集。

ししゅう［死臭・屍臭］(名) 屍臭。

しじゅう［始終］Ⅰ(名) 自始至終的全部情況。
△事の〜を明かにする／弄清事情的來龍去
脈。Ⅱ(副) 經常。△〜もめごとがある／總是
鬧糾紛。

じしゅう［次週］(名) 下星期。△〜上映／下星
期上映。

じしゅう［自習］(名・自他サ) 自習。

じしゅう［自修］(名・自他サ) 自修，自學。

じしゅう［時宗］(名)〈佛教〉時宗 (淨土宗的一
派)。

じじゅう［侍従］(名)(天皇，皇太子的) 侍從
(男)。

しじゅううで［四十腕］(名) 四十歲前後常見
的肩痛，臂痛。

しじゅうから［四十雀］(名)〈動〉大山雀，白
臉山雀。

しじようくにち［四十九日］(名)〈佛教〉人死
後，(七七) 四十九天辦的法事。

しじゅうしょう［四重唱］(名)〈樂〉四重唱。

しじゅうそう［四重奏］(名)〈樂〉四重奏。

しじゅうはって［四十八手］(名) ①(相撲)
四十八招。② 各種手段，千方百計。

ししゅく［止宿］(名・自サ) 住宿。△〜先／投
宿處。

ししゅく［私淑］(名・自サ) 私淑，景仰。

しじゅく［私塾］(名) 私塾。→塾

じしゅく［自粛］(名・自サ) 自肅，自慎。

じしゅけん［自主権］(名) 自主權。

じしゅせい［自主性］(名) 自主性。

ししゅつ［支出］(名・他サ) 支出。△〜をおさ
える／壓縮 (控制) 開支。↔収入

じしゅてき［自主的］(形動) 自主的，主動的。

しじゅん［至純］(名・形動) 純真，最純。△〜
な美しさ／純真的美。

しじゅん［諮詢］(名・他サ) 諮詢。△〜機関／
諮詢機關。

じじゅん［耳順］(名) 耳順 (六十歲)。△〜の
年／耳順之年。

しじゅんかせき［示準化石］(名)〈地〉(判斷地
質年代的) 標準生物化石。

ししゅんき［思春期］(名) 春情發動期。

ししょ［支所］(名)(公司，機關等的) 辦事處。

ししょ［支署］(名) 分署。

ししょ［史書］(名) 史書。

ししょ［司書］(名) 圖書管理員。

ししょ［四書］(名) 四書。

ししょ［死所・死処］(名) 死所。△〜を得る／
死得其所。

しじょ［子女］(名) 兒女。△良家の〜／良家子
女。

じしょ［地所］(名)(建房用) 地皮。

じしょ［字書］(名) 字典。△〜を引く／查字典。

じしょ［辞書］(名) 詞典。△〜を引く／查詞典。

じじょ［次女］(名) 次女。

じじょ［自序］(名) 自序。

じじょ［自叙］(名) 自敍。△～伝／自傳。

ししょう［支障］(名) 故障，障礙。△～をきたす/帶來障礙。△全日程を～なく終える/順利完成了全部計劃。

ししょう［死傷］(名・自サ) 死傷，傷亡。

ししょう［視床］(名)〈解剖〉視丘。

ししょう［私娼］(名) 私娼。

ししょう［私傷］(名)①私傷。↔公傷

ししょう［刺傷］(名・他サ) 刺傷。

ししょう［師匠］(名) 師傅。△踊りの～/教舞蹈的師傅。↔弟子

ししょう［詞章］(名) 詞章 (詩詞文章)。

しじょう［史上］(名) 歷史上。△～はじめて/史無前例。△～に名をとどめる/名留青史。

しじょう［市場］(名)①市場, 集市。△苺が～に出まわる/草莓上市。－いちば②交易所。△証券～/證券交易所。③銷路。△～が広い/銷路廣。△～開発/打開銷路。

しじょう［至上］(名) 至上, 最高。△～の喜びを覚える/感到無上的喜悦。△～命令/最高命令。

しじょう［至情］(名)①真誠。②人之常情。

しじょう［私情］(名)①私情, 個人感情。②私心。

しじょう［紙上］(名)①紙上。△～の空論/紙上談兵。②報紙上。△～にのせる/登報。△～討論会/報紙上的討論。

しじょう［試乗］(名・自サ) 試乘, 試坐。

しじょう［詩情］(名)①詩情。②詩興。

じしょう［自称］(名・自サ)①自稱。△博士と～する男/一個自稱是博士的漢子。△～天才/自命天才。Ⅱ(名)〈語〉第一人稱。

じしょう［事象］(名) 事實和現象。

じじょう［自乗・二乗］(名・他サ)〈數〉自乘, 平方。△～根/平方根。

じじょう［自浄］(名) (河、海的) 自淨化。△～作用/自淨化作用。

じじょう［事情］(名)①情況。△住宅～/住房情況。△～に明るい/了解情況。△～の許すかぎり出席するつもりだ/只要情況允許我一定參加。②原因, 緣故。△家庭の～で会社をやめた/由於家庭原因, 辭掉了公司工作。

じじょう［磁場］(名) 磁場。→じば

じじょうかかく［市場価格］(名) 市場價格。

じじょうじばく［自縄自縛］(名) 作繭自縛。

ししょうせつ［私小説］(名) 以自己生活體驗為題材的第一人稱小説 (也説 "わたくししょうせつ")

しじょうそうば［市場相場］(名)〈經〉市場匯價。

しじょうちょうさ［市場調査］(名) 市場調査。

ししょく［試食］(名・他サ) 試嘗, 品嘗。

じしょく［辞職］(名・自サ) 辭職。△責任を取

って～する/引咎辭職。△～願い/辭呈。

ししょきょう［四書五経］(名) 四書五經。

ししょでん［自叙伝］(名) 自傳。

ししょばこ［私書箱］(名) 專用郵政信箱。

ししん［私心］(名) 私心。

ししん［私信］(名) 私人信件。

ししん［指針］(名)①(儀器上的) 指針。②指導, 指南。△～を示す/給以指導。△行動の～/行動指南。

ししん［視診］(名) 視診。

しじん［私人］(名) 私人, 個人。△この席には～の資格で出席する/以個人身分參加。↔公人

しじん［詩人］(名) 詩人。

じしん［自信］(名) 自信, 信心。△受かる～がある/有考中的把握。△～がつく/有了信心。△～を失う/喪失信心。△～過剰/過於自信。

じしん［自身］(名)①自身, 自己。△それは君～の問題だ/那是你自己的問題。△悪いのは私～なのだ/是我自己不好。②本身, 本人。△これは彼～の意見ではない/這不是他本人的意見。△計画～には欠点がない/計劃本身並沒有缺點。

じしん［地震］(名) 地震。

じしん［時針］(名) 時針。

じしん［磁針］(名) 磁針。

じじん［自刃］(名・自サ) 自刃, 自戕。

ししんけい［視神経］(名) 視覺神經。

ジス［JIS / Japanese Industrial Standard］(名) 日本工業標準。△～マーク/標準產品標記。

しすい［止水］(名) 死水, 不流動的水。

しずい［歯髄］(名) 齒髓。

しずい［雌蕊］(名)〈植物〉雌蕊。→めしべ

じすい［自炊］(名・自サ) 自炊, 自己做飯。

しすう［指数］(名)①〈數〉指數。△～関数/指數函數。②〈經〉指數。△物価～/物價指數。③(同一般標準對比的) 指數。△知能～/智商。△快適～/舒適指數。

しずか［静か］(形動)①寂靜, 安靜。△～な夜/寂靜的夜晚。△～にしなさい/安靜!△風が止んで波は～になった/風平浪靜了。②輕輕地。△～に戸を開ける/輕輕開門。△～に歩く/腳步輕輕地走。③文靜, 安詳。△～な人/文靜的人。

しずけさ［静けさ］(名) 寂靜。△港からの汽笛の音が夜の～を破った/從港口傳來的汽笛聲打破了夜晚的寂靜。

しずしず［静静］(副)①靜穆地。△葬列は～と進んで行く/送殯隊伍靜穆地前進。②嫻靜。

しずく［滴・雫］(名) 水滴, 水點。△天井から～が垂れている/從頂棚上滴水。

シスター［sister］(名)①姊妹。②(女學生) 親密姐妹。③〈宗〉修女。

システマチック［systematic］(形動) 有組織的, 有系統的。

システム［system］(名)①體系, 系統, 組織。△オンライン～/聯機系統。機內式系統。△～

が整っている/體系完備。組織健全。② 方式，方法。△〜カメラ/萬能攝影機。

システムアナリシス［system analysis］（名）系統分析。

システムアプローチ［system approach］（名）系統途徑，系統方法。

システムエンジニア［system engineer］（名）系統工程師，情報處理專家。

システムこうがく［システム工学］（名）系統工程學，總體工程學。

システムプログラム［system program］（名）系統程序。

システムフロチャート［system flowchart］（名）系統流程圖。

システムぶんせき［システム分析］（名）（利用計算機的）系統分析。

システムマーケティング［system marketing］（名）（商）有組織的銷售。

システムメーカー［system maker］（名）整套設備廠商。

ジストマ［distoma］（名）〈動〉肝蛭。

ジストロフィ［dystrophy］（名）〈醫〉營養障礙。

ジスプロシウム［dysprosium］（名）〈化〉鏑。

じすべり［地滑り］（名・自サ）①〈地〉地表滑坡，山崩。② 大變革，大變動，大動盪。

しずまりかえ・る［静まり返る］（自五）寂靜無聲。

しず・まる［静まる・鎮まる］（自五）① 靜。△場内が〜/場内靜下來。② 平息，安靜。△怒りが〜/息怒。△火の手が〜/火勢減弱。△嵐が〜/風暴平息了。

しずみ［沈み］（名）① 下沉。②（魚網、釣絲上的）墜子。

しず・む［沈む］（自五）① 沉沒。△船が〜んだ/船沉了。△地盤が〜/地基下沉。△月が〜/月亮落山。② 消沉，鬱悶。△気が〜/心情鬱悶。△〜んだ顔/悶悶不樂的樣子。

しず・める［沈める］（他下一）使沉沒。△体を水中に〜/潛入水中。

しず・める［静める・鎮める］（他下一）① 鎮定，使寧靜。△気（心）を〜/鎮定心神。△子供の騒ぎを〜/制止孩子們的喧鬧。② 鎮，止住。△注射で痛みを〜/打針止痛。

し・する［資する］（自サ）① 有助於。△参考に〜/供參考。② 資助，投資。

し・する［視する］（接尾・サ型）視為…。△英雄〜/視為英雄。△異端〜される/被人們視為異端。

じ・する［持する］（他サ）① 保持，堅持。△身を嚴正に〜/持身嚴謹。△満を〜/嚴陣以待。② 遵守。△戒を〜/守戒。

じ・する［辞する］（自他サ）① 辭別，告辭。△世を〜/與世長辭。② 辭，辭退，推辭。△職を〜/辭職。△独立のためには死を〜せず/為了獨立雖死不辭。

しせい［市井］（名）市井。△〜の徒/市井之徒。

しせい［市制］（名）城市制度。

しせい［市政］（名）市政。

しせい［死生］（名）生死。△〜を共にする/同生死。

しせい［至誠］（名）至誠。

しせい［私製］（名）私人製造。△〜はがき/私製明信片。↔ 官製

しせい［刺青］（名）文身。→いれずみ

しせい［姿勢］（名）① 姿勢。△正しい〜で字を書く/端正姿勢寫字。△直立不動の〜/立正姿勢。② 態度。△前向きの〜で問題に取り組む/以積極態度對待問題。△高〜/高姿態。

しせい［施政］（名）施政。△〜方針/施政方針。

しせい［試製］（名・他サ）試製。△〜品/試製品。

しせい［雌性］（名）雌性。↔ 雄性

じせい［自生］（名・自サ）〈植物〉自生。△山野に〜する植物/自生於山野的植物。↔ 栽培

じせい［自制］（名・他サ）自制，自我克制。

じせい［自省］（名・自サ）反省，自省。

じせい［自製］（名・他サ）自製。

じせい［時世］（名）時世，時代。△〜遅れ/過時。

じせい［時勢］（名）時勢，形勢。△〜に遅れる/跟不上形勢。△〜に逆らう/逆時代潮流。

じせい［辞世］（名）① 辭世，逝世。② 辭世之作。

じせい［磁性］（名）磁性。

しせいかつ［私生活］（名）私生活。→プライバシー

しせいじ［私生児］（名）私生子。

しせいだい［始生代］（名）〈地〉始生代。

しせいてんかん［姿勢転換］（名）改變態度，改變對應方式。

しせき［史跡・史蹟］（名）歷史古蹟。

しせき［史籍］（名）史籍典冊。

しせき［歯石］（名）牙石，牙垢。△〜をとる/除去牙垢。

じせき［次席］（名）① 副職。△〜検事/副檢察官。② 第二名。△〜で卒業した/以第二名畢業。

じせき［自責］（名・自サ）自責，自譴。△〜の念に駆られる/受到内心譴責。

じせき［事績］（名）業績，功績。

じせき［事跡・事蹟］（名）事蹟。

じせきてん［自責点］（名）（棒球）投手失誤分。

しせつ［私設］（名）私設，私立。△〜の図書館/私立圖書館。

しせつ［使節］（名）使節。△外交〜/外交使節。△〜団/使節團。△親善〜/友好使節。

しせつ［施設］（名・他サ）① 設施。△公共〜/公共設施。②"児童・老人福祉〜"的略語。△〜の子/兒童福利院的兒童。

じせつ［自説］（名）己見。△〜に固執する/固執己見。

じせつ［持説］（名）一貫主張。△〜を曲げない/堅持一貫主張。

じせつ［時節］（名）① 時節，季節。△〜の物/時鮮果菜。② 機會，時機。△〜到来/時機已

到。③時勢。△～を弁えぬ発言／不合時宜的發言。

じせつがら [時節柄]（副）① 因季節關係。△お体を御大事に／時令不正，請保重身體。② 因時勢關係。△～式典を簡素に行うことになった／由於時勢關係，儀式從簡。

じせつはずれ [時節はずれ]（名）不合時令的。

しせん [支線]（名）①〈鐵路〉支綫。②（電綫杆的）拉綫。

しせん [死線]（名）死亡綫。△～をさまよう／彷徨在死亡綫上。

しせん [視線]（名）視綫。△～があう／目光碰到一起。△～をそらす／轉移視綫。

しぜん [自然] Ⅰ（名）① 自然。△～のなりゆきに任せる／聽其自然。△そう考える方が～だ／那麼想是很自然的。② 大自然，自然界。Ⅱ（形動）自然地。△～な声で話す／用自然的語音説話。Ⅲ（副）自然而然地。△傷は～に直った／傷自然痊癒了。△～と頭が下がる／不由自主地低下頭來。

しぜん [至善]（名）至善。△～の措置をとる／採取萬全的措施。

じせん [自選]（名・他サ）① 自己選舉自己。△～投票／自己投自己的票。② 自選。△～歌集／自選和歌集。

じせん [自薦]（名・自サ）毛遂自薦。

じぜん [事前]（名）事前。△事故を～に防ぐ／防患於未然。 ↔ 事後

じぜん [次善]（名）次善。△～の策を講ずるよりほかない／只能尋求比較好的對策了。

じぜん [慈善]（名）慈善。△～事業／慈善事業。△～演出／義演。

じぜんいち [慈善市]（名）慈善賣會。→バザー

しぜんかい [自然界]（名）自然界。

しぜんかがく [自然科学]（名）自然科學。

しぜんかんきょう [自然環境]（名）自然環境。△～を保護する／保護自然環境。

しぜんげんしょう [自然現象]（名）自然現象。

しぜんし [自然死]（名）老死。△～を遂げる／壽終正寝。

しぜんしゅぎ [自然主義]（名）（哲學、文學、藝術等）自然主義。

しぜんしょく [自然食]（名）（不加任何人造色素、防腐劑等的）自然食品。

しぜんじん [自然人]（名）① 未受社會文化影響的自然人。②〈法〉自然人。 ↔ 法人

しぜんすう [自然数]（名）〈數〉自然數。

しぜんせんたく [自然選択]（名）〈生物〉自然選擇。

しぜんとうた [自然淘汰]（名）〈生物〉自然淘汰。

じぜんなべ [慈善鍋]（名）（救世軍為救濟而募捐用的）義捐鍋，慈善鍋。

しぜんはかい [自然破壊]（名）破壞自然。

しぜんほう [自然法]（名）〈法〉自然法。 ↔ 実定法

しぜんほご [自然保護]（名）保護自然。

しそ [始祖]（名）① 始祖，元祖。② 開創人，鼻祖。

しそ [紫蘇]（名）〈植物〉紫蘇。

しそう [死相]（名）死相。△顔に～が現われる／臉上現出死相。

しそう [志操]（名）節操。

しそう [指嗾・使嗾]（名・他サ）唆使，教唆。

しそう [思想]（名）思想。△～家／思想家。△～戦／思想戰。

しそう [歯槽]（名）齒槽。△～膿漏／齒槽膿漏。

しそう [試走]（名・自サ）試車。△～の実地テスト／實地檢驗車的性能。

しぞう [死蔵]（名・他サ）① 積壓。△～品／積壓物資。② 藏而不用。

しぞう [私蔵]（名・他サ）私人收藏。

じぞう [地蔵]（名）〈佛教〉① 地藏菩薩。②（日本在殿堂或路旁設立的）石佛像。

じぞう [自蔵]（名・他サ）① 自己收藏。② 內部裝有。△～アンテナ／機內自備天綫。△～計器／機內儀表。

じぞうがお [地蔵顔]（名）笑臉。△借りる時の～，返す時の閻魔顔／借時春風滿面，還時橫眉豎眼。

じそうタラップ [自走タラップ]（名）〈飛機〉自動扶（舷）梯。

じぞうまゆ [地蔵眉]（名）彎曲的濃眉。

シソーラス [thesaurus]（名）① 近義詞詞典。② 資料索引。

しそく [子息]（名）子息。

しそく [四足]（名）① 四條腿。② 獸類。→よつあし

しそく [四則]（名）〈數〉四則。

しぞく [士族]（名）① 武士家族。△～の生まれ／武士家庭出身。② 士族（明治維新後授給武士階級的稱號，現已廢除。）

しぞく [氏族]（名）氏族。△～社会／氏族社會。△～制度／氏族制度。

じそく [自足]（名・自サ）① 自給自足。△自給～／自給自足。② 自我滿足。△彼は今の環境に～している／他對現在的環境感到滿足。△～感／自我滿足的感覺。

じそく [時速]（名）時速。△制限～40 キロメートル／時速限制在四十公里之內。

じぞく [持続]（名・自他サ）持續，繼續。△好況は 2 年間～した／景氣持續了兩年。△名声を～する／保持好名聲。

しそこな・う [為損う]（他五）做錯，失敗。△計算を～／算錯了。△二度と～わないように気をつける／注意不再弄錯。

しそちょう [始祖鳥]（名）〈地〉（侏羅紀化石中的）始祖鳥。

しそつ [士卒]（名）士卒。

しそん [子孫]（名）子孫。△～代々／子孫萬代。

じそん [自尊]（名）① 自尊。△独立～／獨立自尊。② 妄自尊大。

しそん・じる [仕損じる・為損じる]（他上一）做錯，失敗。△せいては～／急則出錯。

じそんしん［自尊心］(名) 自尊心。△～が強い／自尊心強。△～を傷つけられる／自尊心受到傷害。→プライド

した・ずる［仕損ずる・為損ずる］(他サ) ⇨しそんじる

した［下］Ⅰ(名) ①(位置) 下，下面，底下。△～を向く／低頭。△～に降りる／到下面去。△～の部屋／樓下的房間。△～から 3 行目／従後數第三行。②(身分、地位) 低下。△～の者に言いつける／吩咐底下人。△人の～になって働く／在別人手下工作。③(年紀) 小。△ぼくのほうが一つ～だ／我小一歳。④(座位) 下座。△～に座る／坐在下座。⑤(程度) 低。△人物は彼より～だ／論人物比他差。⑥(數量、價錢) 少，便宜。△百円より～は切り捨てる／一百日圓以下捨去。⑦(衣着) 内側，裏面。△～に着る／穿在裏面。△ワイシャツの～に着る肌着／穿在襯衫裏面的貼身衣。⑧馬上，隨後。△そういう口の～から嘘がばれる／正在説謊當中就露了餡兒。Ⅱ(接頭) ①事先，預先。△～調べ／預先調査。△～相談／預先商議。②接觸地面。△～ばき／室外穿的鞋。

した［舌］(名) ①舌頭。△～を出しなさい／把舌頭伸出來。②説話。△～の先で丸めこむ／用嘴哄騙人。③舌狀物。

した［簧］(名)(吹奏樂器的) 簧。

しだ［羊歯・歯朶］(名)〈植物〉①羊齒，鳳尾草。②羊齒類植物的總稱，蕨類。

じた［自他］(名) ①自己和別人。△～ともに許す／人所公認。②〈語〉自動詞與他動詞。

したあご［下顎］(名) 下顎。 ↔ うわあご

したあじ［下味］(名) ①(烹飪) 下鍋之前預先調味。②〈經〉行情下跌趨勢。

したい［死体・屍体］(名) 屍體。△～置場／停屍處。

したい［肢体］(名) ①四肢。②四肢和身體。

したい［姿態］(名) 姿態。

しだい［次第］Ⅰ(名) ①次序，程序。△式の～／開會程序。②情況，經過。△事の～を詳しく話す／詳細説明事情的經過。Ⅱ(接尾) ①(接名詞下) 視…而定。△やめるも、続けるも、君～だ／停下來或者接着幹，就看你的態度了。△給与は腕～だ／待遇按照技術高低評定。②立即。△荷が着き～送金する／貨送到立即匯款。③聽任。△足の向き～あちらこちらと歩きまわる／信步閑行。

しだい［私大］(名) 私立大學的略語。

じたい［字体］(名) 字體。

じたい［自体］Ⅰ(名) 本身。△法律～は立派だ／法律本身是無可挑剔的。Ⅱ(副) 原本。△～，君が悪い／原本是你不好。

じたい［事態］(名) 情況，局勢。△～を収拾する／收拾殘局。△緊急～／局勢吃緊。

じたい［辞退］(名・他サ) 謝絶。△招待を～する／謝絶邀請。

じだい［自大］(名) 自大。△自尊～／妄自尊大。

じだい［地代］(名) ①地租。②地價。

じだい［次代］(名) 下一代。

じだい［時代］(名) ①時代，年代。△コンピューターの～／電子計算機時代。②年代久遠。△～のついた花瓶／古香古色的花瓶。

じだいおくれ［時代遅れ・時代後れ］(名) 落後於時代，陳舊。

じだいがかる［時代掛る］(自五) 陳舊。

じだいがつく［時代がつく］(連語) 古香古色。

じだいげき［時代劇］(名) 歷史劇。

じだいさくご［時代錯誤］(名) 時代錯誤。

じだいしゅぎ［事大主義］(名) 趨炎附勢。

じだいしょく［時代色］(名) 時代特色。

じだいせいしん［時代精神］(名) 時代精神。

しだいに［次第に］(副) 逐漸。△雨が～にあがった／雨漸漸住了。△～しだいに／漸漸地。一點一點地。

じだいもの［時代物］(名) ①古物。②歷史劇(電影等)。

した・う［慕う］(他五) ①思慕，眷戀。△夫のあとを～ってアメリカに行く／追隨丈夫赴美國。②愛慕，懷念。△故郷を～心／懷念故郷的心。③敬慕。△師の学風を～／敬慕老師的學風。

したうけ［下請け］(名) 承包，承包人。

したうけおい［下請負］(名) ⇨したうけ

したうち［舌打ち］(名・自サ)(品嘗味道、事不遂心、感到厭煩及呼喚貓、犬時) 咂嘴，咋舌。

したうちあわせ［下打(ち)合わせ］(名) 事先磋商。

したえ［下絵］(名) ①畫稿。②(刺綉、雕刻、印花等的) 底樣。③(請帖、信箋上的) 淡色圖畫。

したが・う［従う］(自五) ①跟隨。△案内人に～って参観する／跟着嚮導参觀。②順，沿。△矢印に～って進む／順着箭頭指的方向走。③遵照，順從。△医者の勧告に～／聽從大夫的忠告。△法規に～って処罰する／依法懲處。④(以 "…に～って" 形式) 隨着…越發。△南～行くに～ってだんだん暑くなる／越往南走就越熱。△大きさに～って値段も違う／大小不同，價錢也不一樣。

したがえ・る［従える］(他下一) ①率領。②征服，使馴服。△敵を～／征服敵人。

したがき［下書(き)］(名・他サ) ①試寫。②草稿。

したがって［従って］(接) 因而，從而。△今学期はよく勉強した。～成績もあがった／本學期埋頭用功，因此成績有了起色。

したがながい［舌が長い］(連語) 饒舌，多嘴多舌。

したがまわる［舌が回わる］(連語) 口齒流利。△～らなくなるほど酔った／醉得連話都講不清楚了。

したがもつれる［舌がもつれる］(連語) 舌頭不聽使喚。

したぎ［下着］(名) 内衣，襯衣、褲。

したく［仕度・支度］(名・自サ) ① 準備。△～
ができた／準備停當。△食事の～／做飯。②
(外出時) 衣着打扮。△～するから待ってくだ
さい／我要打扮一下，請等一等。

したく［私宅］(名) 私宅。

じたく［自宅］(名) 自己家。△～療養／在家療
養。

したくさ［下草］(名) 樹下的雜草，林中草叢。

したくちびる［下唇］(名) 下嘴唇。△～をか
む／(悔恨地) 咬着嘴唇。↔ うわくちびる

したごころ［下心］(名) 居心，心懷鬼胎。△～
があってお世辞を言うのだ／有所企圖才説奉
承話。

したごしらえ［下拵え］(名・自他サ) ① 事先
準備。② 烹調的準備。

したさき［舌先］(名) ① 舌尖。② 花言巧語。
△～で人をたぶらかす／用花言巧語騙人。

したざわり［舌触り］(名) (食物觸及舌頭的)
感覺，味覺。

したじ［下地］(名) ① 基礎。② 素質。△彼女
には絵画の～がある／她有畫畫的素質。③ 底
子。△壁の～が現われた／露出牆上的灰底子。

しだし［仕出し］(名) (飯館) 外送飯菜。→で
まえ

したし・い［親しい］(形) ① 親密。△～間柄／
親密關係。△～く語り合う／親切交談。② 熟
悉。△～リズムが流れている／響着熟悉的旋
律。

したじき［下敷き］(名) ① 塾板。△花瓶の～／
花瓶塾子。△～を敷いて書く／塾上塾板寫字。
② 壓在底下。△車の～になる／被車軋了。③
樣本，榜樣。△人の作品を～にする／仿效別
人的作品。

したしく［親しく］(副) 親見，當面。△～指導
する／親自指導。

したしごと［下仕事］(名) ① 準備工作。② 承
包工。

したしみ［親しみ］(名) ① 親密感。△～があ
る／有親密感情。② 好感。

したし・む［親しむ］(名) 親近，親密。△～
みやすい (にくい) 人／易於 (難以) 接近的人。
△薬に～／(多病) 經常服藥。△自然に～／接
近大自然。

したじゅんび［下準備］(名) 預先準備。

したしらべ［下調べ］(名・他サ) ① 預先調查。
② 預習，備課。

しだ・す［仕出す］(他五) ① 開始做，做起來。
→しでかす ② (飯館) 送飯到家。△料理を～／
外送飯菜。

したそうだん［下相談］(名・自他サ) 事先商
量。

しただい［舌代］(名) (代替口頭説明的) 啓事，
便條，便東。→ぜつだい

したたか［強か・健か］Ⅰ (形動) 剛毅，天不
怕地不怕。△～な奴／不好惹的傢伙。Ⅱ (副)
① 強烈，厲害。△ころんで腰を～打った／摔
了一跤，腰跌得很厲害。② 大量，非常。△～

に飲む／豪飲。

したたかもの［強か者］(名) ① 勇士。② 難對
付的人。

したた・める［認める］(他下一) ① 寫。△手
紙を～／寫信。△一筆～／寫上幾句話。② 用
餐。△朝食を～／用早餐。

したたら・す［滴らす］(他五) 使滴下。△汗
を～しながら走る／汗流浹背地跑。△カップ
にレモンのつゆを～／向杯子裏擠檸檬汁。

したたらず［舌足らず］(名・形動) ① 口齒不
清。② 言未盡意，詞不達意。

したたり［滴り］(名) 水滴。△血の～／血跡。
△露の～／露水珠兒。

したた・る［滴る］(自五) 滴。△緑～／蒼翠
欲滴。△水の～ような女性／水靈靈的女人。

したたる・い［舌たるい］(形) 嬌聲嬌氣。(也
説 "したったるい")

したつづみをうつ［舌鼓を打つ］(連語) 吧嗒
嘴，咂舌。

したつづみをならす［舌鼓を鳴らす］(連語)
⇨したつづみをうつ

- したって (接助) ① 就連…也。△君に～困る
だろう／連你也感覺為難吧。② 即使…也。
△有るに～ろくな物はありゃしない／即使
有，也沒有好的。

したっぱ［下っ端］(名) 身分、地位低 (的人)。
△～の役人／下級官吏。△～の役者／跑龍套
的角色。

したづみ［下積み］(名) ① 壓在底下 (的東
西)。② 居人之下 (的人)。△～の生活を送
る／過下層生活。③ 基礎工作，打基礎的工作。

したて［下手］(名) ① 下方。② 河的下游。③
(地位、能力) 低微。△～に出る／謙卑。④ (相
撲) (從對方腋下) 伸手抓住腰帶。

したて［仕立て］(名) ① 剪裁，縫製。△～屋／
成衣舖。△～がよい／做工兒好。② 培養。△弟
子／培養門徒。③ 準備。△特別～の列車／
專列，專車。

したておろし［仕立て下 (ろ) し］(名) (穿) 新
做的衣服。

したてなおし［仕立て直し］(名) 翻新 (的衣
服)。

したてにでる［下手に出る］(連語) 低姿態，
謙卑。

したてもの［仕立て物］(名) ① 做好的和服。
② 縫製。△～をする／做和服。

したて・る［仕立てる］(他下一) ① 縫製衣服。
② 預備。③ 培養。△一人前の職人に～／培養
成一個好工匠。

したどり［下取り］(名) 用舊物抵價。

したなが［舌長］(名・形動) 誇誇其談，大言不
慚。

したなめずり［舌舐り・舌嘗り］(名) ① 舔嘴
唇，舔嘴唇舌。② (急得) 咂嘴，坐立不安的様
子。

したぬい［下縫い］(名) 試縫，試様子。→かり
ぬい

したぬり［下塗り］（名）抹底灰，刷底漆。

したね［下値］（名）低價。↔うわね

したのねがからかぬうちに［舌の根が乾かぬ中に］（連語）話音剛落，言猶在耳。

したば［下歯］（名）下齒。↔うわば

したばき［下穿き］（名）①襯褲。②褲衩。

したばき［下履き］（名）（在室外穿的）鞋、拖鞋、木屐等。↔うわばき

じたばた（副・自サ）①（掙扎時）手腳亂動的樣子。②手忙腳亂。△今さら～しても始まらない／事到如今驚慌也無補於事。

したばたらき［下働き］（名）①當助手，打下手。②做雜工。△～の下女／做雜工的女傭人。

したはら［下腹］（名）小腹，小肚子。

したび［下火］（名）①火勢減弱。②衰微。△流行が～になる／不時興了。③底火。↔うわび

したびらめ［舌平目］（名）箬鰨魚，牛舌魚。

したへもおかない［下へも置かない］（連語）奉若上賓。

したまち［下町］（名）（城市中的低窪地帶）工商業區。△～情緒／淳樸的庶民情調。△～育ち／出身於庶民家庭（的人）。↔やまのて

したまわり［下回わり］（名）①幹雜活（的人）。②（劇團裏的）低級演員。

したまわ・る［下回わる］（自五）減少，降低，在…以下。△予想を～／比預想的低。△米の収穫量は去年を～った／大米產量低於去年。↔うわまわる

したみ［下見］（名）①預先檢查。②預先讀一遍，預習。△授業の～をする／備課。③（屋外牆壁上橫釘的）護牆板，魚鱗板。④（電影）試映。

したむき［下向き］（名）①朝下。△～に置く／朝下放。②衰微。△～の市況／趨於不景氣的市面。③（行情）下跌。△物価は～だ／物價下跌。

しため［下目］（名）①（眼睛）往下看。②蔑視。△～にかける／白眼相待。△～を使う／蔑視。

したやく［下役］（名）下級職員，僚屬。

したよみ［下読み］（名・他サ）預讀，預習。

じだらく［自堕落］（名・形動）懶散放蕩。→ふしだら

したりがお［したり顔］（名）洋洋自得的神氣。

しだれざくら［枝垂れ桜］（名）垂枝櫻花樹。

しだれやなぎ［枝垂れ柳］（名）垂楊柳。

しだ・れる［枝垂れる］（名）枝條下垂。

したわし・い［慕わしい］（形）①愛慕。△あなたが～くてなりません／我非常想你。②懷念。

したをだす［舌を出す］（連語）①暗中吐舌（嘲笑別人）。②（自己）吐舌解嘲。

したをならす［舌を鳴らす］（連語）①（表示輕蔑、不滿的）咂嘴。②（表示稱讚的）嘖嘖聲。③（喚貓狗時的）咂嘴聲。

したをにまいつかう［舌を二枚使う］（連語）心口不一，要兩面派。

したをひるがえす［舌を翻す］（連語）目瞪口呆。

したをふるう［舌を振う］（連語）①滔滔不絕，振振有詞。②驚恐萬狀。

したをまく［舌を巻く］（連語）驚嘆不已。

したん［紫檀］（名）紫檀。

しだん［師団］（名）（軍）師。△～長／師長。

しだん［詩壇］（名）詩壇。

しだん［試弾］（名・他サ）①（槍彈）試射。②（鋼琴）試彈。

じだん［示談］（名）調停，說和。△交通事故の～が成立した／車禍糾紛私下了結。

じだんだをふむ［地団駄を踏む］（連語）（因悔恨、懊喪）跺腳，頓足。

しち［七］（名）七。

しち［質］（名）①當，典當。△～に入れる／典當。△～屋／當鋪。△～札／當票。△～を受け出す／贖當。△～が流れる／死號。②抵押品。△～に取る／作抵押。

しち［死地］（名）死地，險地。△～に追い込まれる／被逼入絕境。

じち［自治］（名）自治。

しちいれ［質入れ］（名）典當，抵押。

じちかい［自治会］（名）（學生、街道居民）自治會。

しちかいき［七回忌］（名）七周年忌辰。

しちぐさ［質草・質種］（名）當的東西，抵押品。

しちくど・い［形］太囉嗦，太嚕叨。

しちごさん［七五三］（名）①（從奇數中取出的吉祥數）七五三。②（男孩三歲、五歲，女孩三歲、七歲時）在十一月十五日舉行的祝賀儀式。③（第一道菜七個，第二道菜五個，第三道菜三個的）盛宴。⇨しめなわ

しちごちょう［七五調］（名）（日本詩歌中）反覆以七音、五音構成一句的格律。

しちごんぜっく［七言絶句］（名）七言絕句漢詩。

しちさい［七彩］（名）五顏六色，色彩繽紛。

しちさん［七三］（名）①七與三之比，七三分成。②偏分髮型。③（歌舞伎）演員亮相的台口。

しちしちにち［七七日］〈佛教〉七七祭祀日（人死後四十九天）。（也說“なななのか”）

じちしょう［自治省］（名）（日本政府的）自治省。

シチズン［Citizen］（名）星辰牌錶，西鐵城牌手錶。

じちたい［自治体］（名）自治團體，自治組織體（日本地方行政機構）。

しちてんはっき［七顚八起・七転八起］（名・自サ）幾經挫折，不屈不撓。

しちてんはっとう［七転八倒・七顚八倒］（名・自サ）①多次跌倒。②（疼痛）亂滾。

しちふくじん［七福神］（名）〈宗〉七福神。

しちぶしん［七分身］（名）（照相）大半身。△～の写真を撮る／照大半身相。

しちぶそで［七分袖］（名）大半截袖，四分之三袖長。

しちふだ［質札］(名) 當票。

しちぶたけ［七分丈］(名) 七分身長 (在膝蓋和腳脖中間)。

しちぶづき［七分搗き］(名) 碾去七成外皮的粗米。

しちむずかし・い［しち難しい］(形) 非常困難，特別不好解決。

しちめんちょう［七面鳥］(名) ① 吐綬鳥，火雞。→ターキー ② 三心二意的人。

しちめんどう［七面倒］(形動) 非常麻煩，費事。

しちめんどうくさ・い［七面倒臭い］(形) 非常麻煩。△〜儀式／繁文縟禮。(也說 "しちめんどくさい")

しちや［七夜］(名) (生孩子) 第七天夜裏。

しちや［質屋］(名) 當鋪。

しちゃく［試着］(名・他サ) 試穿。△〜室／試衣室。

シチュー［stew］(名) (西餐) 燜、燉的食品。△ビーフ〜／燉牛肉。△タン〜／燉牛舌。

しちゅう［支柱］(名) ① 支柱。② 頂樑柱。△家の〜／全家的頂樑柱。③ 坑道支柱。

しちゅう［市中］(名) 市中。

しちゅうぎんこう［市中銀行］(名) ① 民營銀行。② 總行在特定大城市的銀行。

しちゅうにかつをもとめる［死中に活を求める］(連語) 死中求活。

シチュエーション［situation］(名) ① 位置。② 境遇。③ 情況，局勢。④ (電影) 諷刺喜劇。

しちょう［市庁］(名) 市政府。

しちょう［市長］(名) 市長。

しちょう［弛張］(名・自サ) ① 一弛一張。② 寬嚴。

しちょう［思潮］(名) 思潮。△文芸〜／文藝思潮。

しちょう［視聴］(名・他サ) ① 視聽，看和聽。② 注目。△人人の〜を集める／引眾人注目。

しちょう［試聴］(名・他サ) 試聽。→オーディション

しちょう［輜重］(名) 輜重。△〜隊／輜重隊。

しちょう［七曜］(名) ① 七曜 (日、月和金、木、水、火、土五星)。△〜星／北斗七星。② 一星期七天的名稱。

じちょう［次長］(名) 次長，次官 (機關、企業等首長的副職)。△編輯〜／副總編。△〜檢事／副檢察長。△建設局の〜／建設局副局長。

じちょう［自重］(名・自) ① 自重，慎重，自愛。② 保重。△ご〜のほど祈り上げます／請多加保重。

じちょう［自嘲］(名・自サ) 自嘲。

しちょうかくきょういく［視聴覚教育］(名) 視聽教學，電化教學。

しちょうしゃ［視聴者］(名) 收聽收看者。

しちょうそん［市町村］(名) 市、鎮、村 (日本行政區劃單位)。

しちょうりつ［視聴率］(名) 收看 (聽) 率。△〜の高い番組／收看率高的節目。

しちりん［七輪・七厘］(名) 泥陶炭爐。

シチン［朱珍・繻珍］(名) 錦緞。→シュチン，シッチン

シチン［setim］(名) 錦緞。

じちん［自沈］(名・自サ) (船) 自沉。

じちんさい［地鎮祭］(名) (工程施工前的) 奠基儀式。

しっ (感) ① (要求別人安靜) 噓！② (轟趕動物聲) 去！

しつ［失］(名) ① 過失。△千慮の一〜／千慮之失。② 缺點。△この計画には一得一〜がある／這項計劃有利有弊。

しつ［室］(名) ① 房間，室。② 妻室，夫人。

しつ［質］(名) ① 質量。△〜が低下する／質量下降。△〜がよい (わるい)／質量好 (壞)。② 性質。△蒲柳の〜／蒲柳之質。

じつ［実］(名) ① 實質。△名を捨てて〜を取る／捨虛名而求實質。△改革の〜をあげる／獲得改革實效。② 誠意。△〜がない／沒有誠意。③ 真實。△〜の親／親生父母。

しつい［失意］(名) 失意。↔ 得意

じつい［実意］(名) ① 真心，實意。△〜をただす／詢問真意。② 誠意。△〜を尽す／以誠相待。

じついん［実印］(名) 正式圖章。↔ みとめいん

じついん［実員］(名) 實有人員。△定員は 15 人だが〜は 12 人です／規定人數是十五人，而實有人員是十二人。

しつう［止痛］(名) 止痛。△〜剤／止痛藥。

しつう［私通］(名・自サ) 私通，通姦。

しつうはったつ［四通八達］(名・自サ) 四通八達。

じつえき［実益］(名) 實利，實惠。

じつえん［実演］(名・他サ) ① 實地表演。② (電影院休息時間，演員) 登台表演。

しつおん［室温］(名) 室溫。

しっか［失火］(名・自サ) 因過失造成火災。△火事の原因は〜だった／起火原因是用火不慎。

しっか［膝下］(名) 膝下。△父母の〜を離れる／離開父母身邊。

じっか［実家］(名) ① 出生的家。△〜に帰る／回老家。② 娘家。③ (入贅男方的) 生身父母之家。

じっか［実科］(名) 實用學科。

しつがい［室外］(名) 室外。△〜運動／室外體育活動。

じっかい［十戒・十誡］(名) ① 〈佛教〉十戒。② (基督教) 十誡。

じつがい［実害］(名) 實際損失。

しっかく［失格］(名・自サ) 喪失資格。△反則で〜した／因犯規喪失了 (比賽) 資格。△人間〜／不配做人。

しっかと (副) ⇨ しっかり

じつかぶ［実株］(名) (股票市場上) 實買實賣的股票。

しっかり［確り］（副・自サ）① 堅固，結實。△～した土台／堅固的基礎（地基）。② 健壯。△～した体つき／健壯的身體。③ 可靠。△あれは～した人だ／那個人穩妥可靠。④ 好好地。△～と勉強する／好好學習。△～しろ／振作起來！⑤ 充分地。△～眠る／睡個夠。△～と食べる／吃個夠。

しっかん［疾患］（名）疾病。

じっかん［十干］（名）天干。

じっかん［実感］（名・他サ）實感。△～を語る／談實際感受。

しっき［湿気］（名）濕氣，潮氣。△電気器具は～を嫌う／電氣器具怕受潮。

しっき［漆器］（名）漆器。

しつぎ［質疑］（名・自サ）質疑。△～応答のあと採決が行われた／在質問答辯之後進行了表決。

じっき［実記・実紀］（名）記實，實錄。

じつぎ［実技］（名）實際操作，表演。

しっきゃく［失脚］（名・自サ）① 失足（落水、跌跤等）。② 下台。△汚職で～する／因貪污而下台。

しつぎょう［失業］（名・自サ）失業。△～保険／失業保險。

じっきょう［実況］（名）實況。△～放送／實況廣播。

じつぎょう［実業］（名）實業。△～家／實業家，企業家。△～界／實業界，工商業界。

しっきん［失禁］（名・自サ）〈醫〉（大小便）失禁。

シック［chic］（形動）時髦，漂亮。△～なスタイル／時髦款式。△～な装い／入時的衣着打扮。

しっく［疾駆］（名・自サ）疾馳。

しっくい［漆喰］（名）灰泥，灰漿。

シックネスバッグ［sickness bag］（名）飛機上備嘔吐的塑膠袋。

しっくり（副・自サ）① 融洽。△～いかない／處得不融洽。② 吻合，適合，調和。△その絵はこの部屋には～しない／那幅畫跟這間屋不諧調。

じっくり（副）仔細地，不慌不忙地。△～案を練る／認真仔細地擬定計劃。△～（と）考える／充分考慮。

しっけ［湿気］（名）潮氣。→しっき

しつけ［仕付（け）・躾］（名）① （對孩子的）教育，教養。△家庭の～が厳しい／家教很嚴。△～が悪い／家教不好。② （縫紉）繃縫。△～をする／用線繃上。△～をとる／拆掉繃縫。

しつれい［失敬］（名・自サ形動）① 沒禮貌，失禮。② 失陪，告辭。△ぼくはこれで～する／我就此失陪。③ 擅自使用、拿走。△葉巻を一本～する／隨便拿走一支雪茄。Ⅱ（感）再見，對不起。△じゃあ～／那麼，再見。△どうも～／太對不起了。

じっけい［実兄］（名）親哥哥。

じっけい［実刑］（名）〈法〉實際的服刑。

じっけい［実景］（名）實景。△写真は～より美

しい／照片比實景美麗。

じつげつ［日月］（名）① 太陽和月亮。② 光陰，歲月。

しつ・ける［仕付ける］（他下一）① 教育孩子懂禮貌。② 做慣。△～けた仕事だから楽だ／因是做慣了的工作，很輕鬆。③ 插秧。④ （縫紉）釘繃縫。

しっけん［失権］（名・自サ）喪失權力。

しっけん［執権］（名）① 執掌政權，掌權者。② （鎌倉時代輔佐將軍的）執政官；（室町時代協助將軍總攬政務的）管領。

しつげん［失言］（名・自サ）失言。

しつげん［湿原］潮濕的草原。

じっけん［実見］（名・他サ）目睹，親見。

じっけん［実験］（名・他サ）實地檢驗，驗明。△首～／驗明正身（首級）。

じっけん［実権］（名）實權。

じっけん［実検］（名・他サ）實驗。△核～／核試驗。△～室／實驗室。△～劇場／實驗劇院。

じつげん［実現］（名・自他サ）實現。△長年の夢がついに～した／多年來的願望終於實現了。

しつこ・い（形）① 糾纏不休，難纏，執拗。△～く尋ねる／刨根問底地追問。△～くつきまとう／糾纏不休。② （色、香、味等）濃厚，膩。

しっこう［失効］（名・自サ）失效。△条約が～する／條約失效。△～したワクチン／失效了的疫苗。

しっこう［執行］（名・他サ）執行。△～猶予／緩期執行。

じっこう［実行］（名・他サ）實行。△～力／實踐能力。

じっこう［実効］（名）實效。

しっこうゆうよ［執行猶予］（名）〈法〉緩刑。△懲役六か月、～一年の刑／六個月徒刑、緩刑一年的刑罰。

しっこく［桎梏］（名）桎梏，束縛。

しっこく［漆黒］（名）漆黑。△～の髪／漆黑的頭髮。

しっこしがない［尻腰がない］（連語）沒骨氣。

しつごしょう［失語症］（名）〈醫〉失語症。

じっこん［昵懇］（名・形動）親密，交深情。

じっさい［実際］Ⅰ（名）實際。△理論と～／理論與實際。Ⅱ（副）△果然，的確。△～彼の字はうまい／的確他寫一手好字。

じつざい［実在］（名）① 實際存在。△ヒーローは～の人物だ／主人公實有其人。② 〈哲〉實在。△～論／實在論。

じっさいてき［実際的］（形動）切合實際的。△～な考え方／切合實際的想法。

しっさく［失策］（名・他サ）失敗，失誤。△大～を演じる／犯了一次大錯。

しつじ［執事］（名）執事，管家。

じっし［十指］（名）十指。△～を結ぶ／十指交插在一起。△～に余る／十多個。

じっし［実子］（名）親兒子。↔ 養子

じっし［実姉］（名）親姐姐。↔ 義姉

じっし［実施］（名・他サ）實施，實行。

じっしいっしょう［十死一生］(名) 九死一生。

しつじつ［質実］(名・形動) 樸實。△～剛健／樸實剛健。

じっしつちんぎん［実質賃金］(名)（與物價掛鈎的）實際工資。

じっしつてき［実質的］(形動)① 實質性的。② 實際上。△～には賃金値下げだ／實際上是降低了工資。

じっしゃ［実写］(名・他サ) 拍攝實況。

じっしゃ［実車］(名) 載有乘客的出租車。↔ 空車

じっしゃかい［実社会］(名) 現實社會。△卒業して～に出る／畢業後走向社會。

じっしゅう［実収］(名)① 實得，淨收入。② 實際收穫量。

じっしゅう［実習］(名・他サ) 實習。△～生／實習生。

しつじゅん［湿潤］(名・形動) 濕潤。

しっしょう［失笑］(名・自サ) 失笑。△人人の～を買う／招人嗤笑。

じっしょう［実証］(名・他サ)① 證實。△仮説が～された／一個假説被證實了。② 實證。△まだ～があがっていない／還沒拿到真憑實據。△～主義／〈哲〉實證主義。

じつじょう［実情］(名)① 真情，真心。△～を打ち明ける／講出真心話。②（也寫“実状”）真實情況。△～にうとい／不了解實際情況。

しっしょく［失職］(名・自サ) 失業。

しっしん［失心・失神］(名・自サ) 神志不清，不省人事。

しっしん［湿疹］(名)〈醫〉濕疹。

じっしんほう［十進法］(名)〈數〉十進位法。

じっすう［実数］(名)① 實際數量。②〈數〉實數。↔ 虚数

しっ・する［失する］(自他サ)① 失掉，錯過。△反撃の機を～／錯過反撃的時機。△礼を～／有失禮節。② 過度。△寛大に～／過於寛大。

しっせい［叱正］(名・他サ)（謙）斧正，改正。△ご～を乞う／敬請斧正。

しっせい［執政］(名)① 執政（者）。②（江戸時代的）“老中”、“家老”等高官。

しっせい［湿性］(名) 濕性。△～肋膜炎／濕性肋膜炎。△～ガス／含汽油的天然氣。

じっせいかつ［実生活］(名) 現實生活。

しっせき［叱責］(名・他サ) 申叱，叱責。

しっせき［失跡］(名・自サ) 失蹤，去向不明。

じっせき［実績］(名) 實際成績，功績。△～を上げる／做出了成績。

じっせん［実戦］(名) 實戰。

じっせん［実践］(名・他サ) 實踐，實行。△～記録／實施記録。

じっせん［実線］(名)（製圖）實綫。↔ 点線

しっそ［質素］(形動) 樸素，儉樸。△～な身なり／樸素的衣着。△～な暮し／儉樸的生活。

しっそう［失踪］(名・自サ)① 失蹤，去向不明。②〈法〉七年生死不明即認為死亡。△～宣告／宣佈失蹤。

しっそう［疾走］(名・自サ) 疾駛，疾馳。△～する列車／飛奔的火車。

じつぞう［実像］① 實像。② 真面貌。△現代社会の～／現代社會的真實面目。

しっそく［失速］(名・自サ) 失速。△飛行機は～して海中に墜落した／飛機失速，墜落海中。

じっそく［実測］(名・他サ) 實測，勘測。

じっそん［実損］(名) 實際損失。

じつぞんしゅぎ［実存主義］(名)〈哲〉存在主義。

しった［叱咤］(名・他サ)① 叱咤，鼓勵。② 申叱。

しったい［失対］(名)“失業対策”的略語。

しったい［失態・失体］(名)① 出醜。△酒を飲み過ぎて～を演じた／飲酒過量，當衆出了醜。② 失誤。△大～／大失策。

じったい［実体］(名)① 實質，本質。△～をつかむ／抓住本質。②〈哲〉實體。

じったい［実態］(名) 實況，實情。△農村の～を調べる／調查農村實況。△～を明らかにする／使真相大白。

しったかぶり［知ったか振り］(名) 不懂裝懂，假充内行。

しったつり［執達吏］(名) 法警。

シッタン［悉曇］(名)① 梵文字母。② 梵語。→サンスクリット

じつだん［実弾］(名)① 實彈。△～射撃／實彈射擊。② 現款（特指賄選）。△～で買收する／用現款收買（選票）。

しっち［失地］(名) 失地。△～回復／收回失地。

しっち［湿地］(名) 濕地。

じっち［実地］(名)① 現場。△～検証／檢驗現場。△～調査／實地調查。② 實際。△～に応用する／實際運用。

しっちゃく［失着］(名)（棋）失着。

じっちゅうはっく［十中八九］(名・副) 十有八九。△～は物にならない／十有八九搞不成。

しっちょう［失調］(名)① 失靈。② 失調。△～栄養／營養失調。

じっちょく［実直］(名・形動) 忠厚，耿直。△～に仕事をやる／踏踏實實地工作。△～な人／忠厚耿直的人。

しっつい［失墜］(名・他サ) 喪失。△信用を～する／喪失信譽。

じつづき［地続き］(名) 土地相連。△公園と学校は～だ／公園與學校毗連。

じって［十手］(名)（江戸時代捕吏所持的）鐵尺。

じってい［実弟］(名) 親弟弟。↔ 義弟

じっていほう［実定法］(名)〈法〉實定法，人為法。↔ 自然法

しつてき［質的］(形動) 質（的）。△数は多いが～には感心できない／數量雖多，但質量卻不能令人滿意。

しってん［失点］(名)①(比賽中)失分。②(棒球)投手總失分。③過失。

しっと［嫉妬］(名・他サ)嫉妒。△～深い女／嫉妒心强的女人。

しつど［湿度］(名)濕度。△～が高い／濕度大。△～計／濕度計。

じっと (副・自サ)①一動不動，一聲不響。△～座っている／一動不動地坐着。△～としていられない／坐立不安。②目不轉睛，盯視。△相手の顔を～見つめる／目不轉睛地看着對方的臉。③耐心地，忍住。△～夫の帰りを待つ／耐心地等待丈夫回家來。△～痛みをこらえる／硬是忍住疼痛。

しっとう［失当］(名・形動)不當，不合情理。

しっとう［失投］(名・自サ)(棒球)錯投好球。

しっとう［執刀］(名・自サ)主刀(做手術)。

じつどう［実働］(名・自サ)實際工作。△～時間／實際工作時間。△～人員／實際參加工作人員。

しっとり (副・自サ)①滋潤。②安詳，穩靜。△～とした物腰／沉着的舉止動作。△～とした気分／安詳的氣氛。

じっとり (副・自サ)濕漉漉。△～と汗ばむ／汗漉漉的。

しつない［室内］(名)室內。△～楽／室內音樂。

じつに［実に］(副)實在，非常，真。△～面白い／真有趣兒。△～かわいそうだ／太可憐了。

しつねん［失念］(名・他サ)遺忘。△ご住所を～して失礼しました／對不起，我把你的地址給忘了。

じつのところ［実のところ］(連語)其實，實際上，我實說。△～大変困っています／說實在的，我正為難呢。

じつは［実は］(副)其實，說真的。△～ぼくにもよく分からない／其實我也不太清楚。△～お話したいとがあるのです／說真的，我有事要跟你談談。

ジッパー［zipper］(名)拉鏈。→ファスナー，チャック

しっぱい［失敗］(名・自サ)失敗。△大学入試に～する／高考落榜。△～を重ねる／一再失敗。

じっぱひとからげ［十把一からげ］(名)不分青紅皂白，一古腦兒地。

しっぴ［櫛比］(名・自サ)櫛比鱗次。

じっぴ［実否］(名)真實與否。△～のほどは分らない／是否屬實，不得而知。△事の～を確かめる／弄清事情是否屬實。

じっぴ［実費］(名)實際花費。△～だけいただきます／只收成本費。

しっぴつ［執筆］(名・他サ)執筆。

しっぷ［湿布］(名・自他サ)濕敷。△冷～／冷敷。△温～／熱敷。

じっぷ［実父］(名)生身父。↔繼父，義父，養父

しっぷう［疾風］(名)疾風。

しっぷうじんらい［疾風迅雷］(名)疾風迅雷。△～の勢い／迅雷不及掩耳之勢。

じつぶつ［実物］(名)①實物。△～大／跟實物一般大。②現貨。△～取引／現貨交易。

しっぺ (名)把食指、中指併起來，打對方手背。△～を打つ／打手背。

しっぺい［竹篦］(名)戒尺。→しっぺ

しっぺい［疾病］(名)疾病。△～の予防／預防疾病。

しっぺがえし［竹篦返し］(名)立刻還擊，立即報復。

ジッヘル［德 sicher］(名・他サ)(登山)確保安全。△～ポイント／安全的立腳點。

しっぽ［尻尾］(名)①尾巴。②末尾。△大根の～／蘿蔔根。△列の～に並ぶ／站在隊伍末尾。

じつぼ［地坪］(名)土地面積。↔たてつぼ

じつぼ［実母］(名)生身母。↔養母，義母，繼母

しつぼう［失望］(名・自サ)失望。△～の色を浮べる／露出失望的神色。

しっぽう［七宝］(名)〈佛教〉七寶。

じっぽう［実包］(名)實彈。↔空包

しっぽうやき［七宝焼(き)］(名)景泰藍。

しつぼく［質朴・質樸］(名・形動)質樸。

しっぽく［卓袱］(名)①八仙桌。②(加蘑菇、板魚、蔬菜的)湯麵。③中國式的。△～料理／日本化的中國飯菜。

しっぽり (副)①濕透。△小雨に～と濡れる／被小雨淋透了。②(男女)情意纏綿。

しっぽをだす［尻尾を出す］(連語)露出馬腳。

しっぽをつかむ［尻尾を摑む］(連語)抓住把柄，抓住小辮子。

しっぽをふる［尻尾を振る］(連語)搖尾乞憐，諂媚，討好。

しっぽをまく［尻尾を巻く］(連語)狼狽地夾起尾巴。△～いて逃げる／狼狽逃走。

じつまい［実妹］(名)親妹妹。

じつみょう［実名］(名)真名，本名。→じつめい

しつむ［執務］(名・自サ)工作，辦公。△～中は禁煙／辦公時不准吸煙。△～時間／辦公時間。

じつむ［実務］(名)實際業務。

じづめ［字詰め］(名)(稿紙、印刷品等一行、一頁的)字數。△400～の原稿紙／四百字一頁的稿紙。

しつめい［失明］(名・自サ)失明。

じつめい［実名］(名)真名，本名。

しつめいし［失名氏］(名)無名氏。

しつもん［質問］(名・自他サ)質問，提問。△～を受ける／受到質問。△～をそらす／對所提問題避而不答。△～攻めにあう／被紛紛追問。

しつよう［執拗］(形動)固執地。△～につきまとう／糾纏不休。△～に返答を迫る／堅決要求答覆。

じつよう［実用］(名) 實用。

じつようしゅぎ［実用主義］(名) 實用主義。 →プラグマチズム

じつようてき［実用的］(形動) 實用的。

じづら［字面］(名) ① 字型及排列。△～がよくない／字排列的不齊。② 字面意義。

しつらい［設い］(名) (室内的) 裝飾, 佈置。

しつらえ・る［設える］(他下一) 陳設。

しつらくえん［失楽園］(書名)《失樂園》。

じつり［実利］(名) 實利。

しつりょう［室料］(名) 租房費。

しつりょう［質量］(名) ① 〈理〉質量。△～不変の法則／質量守恆定律。② 質和量。

じつりょく［実力］(名) ① 實力。② 武力。△～に訴える／訴諸武力。

しつれい［失礼］(名・自サ・形動) ① 失禮, 不禮貌。△(女)～しちゃうわ／真沒禮貌！② (表示歉意) 對不起, 請原諒。△昨日は不在で～しました／昨天我不在家, 很抱歉。△ちょっと前を～します／對不起, 從你前面走過去。③ 告辭, 不奉陪。△明日の会は～します／明天的會我不能參加。△お先に～します／我先走一步。

じつれい［実例］(名) 實例。

しつれん［失恋］(名・自サ) 失戀。

じつろく［実録］(名) 實錄, 實實。

じつわ［実話］(名) 真實的故事。△～雑誌／記實雜誌。

じつをいうと［実を言うと］(連語) 説真的。△～辛かったんだ／説真的, 我是很苦的。

じつをいえば［実を言えば］(連語) ⇨じつをいうと

して［仕手］(接) 而, 那麼, 可是。△～, その後は／那麼, 後來呢？△～, 君は行くのか／那麼, 你去嗎？II (格助) ① (接在 "体言" 下, 表示狀態和條件) △二人～運ぶ／由兩個人來搬運。△みんな～歌う／大家一齊唱。② 以體言＋"を" 形式, 下接使役助動詞, 表示使令。△私を～言わしめれば／若是讓我來説。△彼を～行かしむ／叫他去。III (接助) 而, 並且。△簡に～要をえる／簡單扼要。△言わず～知る／不言而喻。IV (副助) (接在副詞或副詞句之後, 加強語氣) △また～も失敗した／又一次失敗了。△えて～休みがちだ／動不動就休息。

して［仕手］(名) ① 作的人。△～は大勢いる／作的人很多。△相談の～がない／沒有人可商量。② "能・狂言" 的主角 (通常寫 "シテ", 不寫漢字)。③ (交易) (作大宗投機的) 大戶。

してい［子弟］(名) 子弟, 少年。△良家の～／良家子弟。

してい［私邸］(名) 私邸。↔ 公邸

してい［指定］(名・他サ) 指定。△～席／對號座。△～伝染病／法定傳染病。

してい［師弟］(名) 師徒, 師生。

じてい［自邸］(名) 自己家。

シディーカード［CD カード］(名) 現金自動付款卡。

しでか・す［仕出かす・為出かす］(他五) 惹出, 鬧出。△えらい事を～したな／你闖出大禍來了。△何を～か分らない／不曉得會鬧出甚麼亂子來。

してかぶ［仕手株］(名) (交易) 大宗投機對象的股票。↔ ざつかぶ

してき［史的］(形動) 歷史的。△～唯物論／歷史唯物主義。△～観念論／歷史唯心主義。

してき［私的］(形動) 私人的。

してき［指摘］(名・他サ) 指出。△問題点を～する／指出問題所在。△あやまりを～する／指出錯誤。

してき［詩的］(形動) 富有詩意。

じてき［自適］(名・自サ) 悠悠自得。

してつ［私鉄］(名) 私營鐵路。

じてっこう［磁鉄鉱］(名) 磁鐵礦。

しでのたび［死出の旅］(名) 去世, 死。△～に出る／逝世。死去。

しでのやま［死出の山］(名) 〈佛教〉冥府, 黄泉。

－しては (連語) (以 "と～" "に～" 形式) 就…而言。△七月に～涼しい／按七月來説, 算是涼爽的了。△素人と～上出来だ／就一個外行來説, 做得算是不錯的。

してみると (連語) 那麼説來, 既然如此。△～, この問題はそう難しくない／那麼説來, 這個問題並不太難。

してみれば (連語) ⇨してみると

－しても (連語) (常用 "に～" "と～" 形式) 縱令, 即使。△帰省するに～夏休だ／即使回鄉, 也是在暑假。△それに～うれしい／就是那樣, 我也高興。

してや・る［為て遣る］(他五) ① 為別人做。△君に代って返事を～／我替你回答。② 欺騙。△～られた／受騙 (上當、中計) 了。△～ったりとほくそえむ／暗笑你, 你活該上當。

してん［支店］(名) 分號, 分行。↔ 本店

してん［支点］(名) 〈理〉支點。↔ 力点

してん［視点］(名) ① 觀點, 角度。△別の～から考える／從另一個角度去考慮。② (製圖) 視點。

してん［市電］(名) 市營電車。

しでん［史伝］(名) 史傳。

じてん［自転］(名・自サ) 自轉。

じてん［次点］(名) (選舉中) 在落選者當中得票最高 (的人)。

じてん［字典］(名) 字典。→辞書

じてん［辞典］(名) 詞典。

じてん［事典］(名) 百科全書。

じてん［時点］(名) 某一特定時間。△きのうの～で 10 名が遺体で発見された／到昨天為止發現了十個人的屍體。

じでん［自伝］(名) 自傳。

じてんしゃ［自転車］(名) 自行車。△～をこぐ／踏自行車。△～置場／存車處。

じてんしゃそうぎょう［自転車操業］(名) 勉強維持營業。

してんのう［四天王］(名)①〈佛教〉四大天王。②四大金剛。③四名得力幹將。

しと［使徒］(名)①門徒，弟子。△十二～／基督的十二弟子。②使者。△平和の～／和平使者。

しと［使途］(名)（金錢的）用途。

しど［示度］(名)（儀錶等）顯示度數。

じど［磁土］(名)陶土，高嶺土。

しとう［至当］(名・形動)最適當，很合理。

しとう［死鬪］(名・自サ)死戰，拼死搏鬪。

しとう［私党］(名)私黨。△～を組む／結成私黨。

しどう［士道］(名)①士道。②日本武士道。

しどう［市道］(名)市建公路。

しどう［私道］(名)私建道路。↔公道

しどう［始動］(名・自他サ)（機器）開動，啟動。

しどう［指導］(名・自サ)指導。△～者／領導人。

しどう［師道］(名)師道。

しどう［斯道］(名)這方面，該領域。△～に明るい／精通斯道。

じとう［地頭］(名)（鎌倉、室町時代莊園的）莊頭。

じどう［児童］(名)①兒童。②小學生。

じどう［自動］(名)自動。△～ドア／自動開關門。→オートマチック

じどうげき［児童劇］(名)兒童劇。

じどうし［自動詞］(名)〈語〉自動詞，不及物動詞。

じどうしゃ［自動車］(名)汽車。△～を運転する／開汽車。

じどうせいぎょ［自動制御］(名・他サ)自動控制。→オートマチック・コントロール，オートメーション

じどうそうち［自動装置］(名)自動裝置。

じどうてき［自動的］(形動)①自動地。②自然而然地。△会長の死去にともなって、副会長が～に会長になる／會長逝世時，副會長自然成為會長。

じどうはんばいき［自動販売器］(名)自動售貨機。

じどうぶんがく［児童文学］(名)兒童文學。

じとく［自得］(名・自サ)①自己領悟。②洋洋得意。

じとく［自瀆］(名・自サ)手淫。→オナニー，マスターベーション

しどけな・い［形］（女人）衣着不整。

しと・げる［為遂げる］(他下一)完成。→なしとげる

しどころ［為所］(名)該作的時候、地方。△ここが我慢の～だ／這正是需要咬緊牙關的時刻。

しとしと Ⅰ (副)淅淅瀝瀝。Ⅱ (形動・自サ)潮濕。△紙が～になる／紙反潮了。

じとじと (副・自サ)濕漉漉。

じと・つ (自五)潮濕。

しとど (副)①淋透。△～に濡れる／濕透。②狠狠地。△～に叩かれる／被狠揍一頓。

しとね［茵・褥］(名)褥子，坐墊。

しと・める［仕留める］(他下一)①射殺。②弄到手。△彼女をとうとう～めた／終於把她弄到手了。

しとやか［淑やか］(形動)文雅，安詳。

じどり［地取(り)］(名)①〈建〉地盤的區劃。②（圍棋）佔地盤。③調查犯人蹤跡。④（相撲）練習。

しどろ (形動)雜亂無章。

しどろもどろ (形動)語無倫次。

シトロン［citron］(名)檸檬汽水。

シナ［拉 senien cinae］(名)〈植物〉山道年草，蛔蒿草。

しな［品］(名)①物品。△手をかえ～を替える／變換手法。△所かわれば～かわる／百里不同俗。②商品。△～切れ／脫銷。③質量。△～がいい／質量好。

-しな (接尾)（接動詞連用形）順便，臨…時。△帰り～立ち寄る／回來時順便去一下。

しな［科］(名)嬌態。△～を作る／故作嬌態。

しな［支那］(名)支那（現改稱中國）。

しない［市内］(名)市內。

しない［竹刀］(名)竹劍（練習擊劍用）。

しな・う［撓う］(自五)彎曲。△枝が～ほど実がなっている／果實累累，壓彎了枝頭。

しなうす［品薄］(名・形動)缺貨。

しなお・す［為直す］(他五)重做。

しなかず［品数］(名)品種，件數。

しながら［品柄］(名)商品質量，貨色。

しながれ［品枯れ］(名)脫銷，缺貨。

しなぎれ［品切れ］(名)脫銷，售罄。△只今～です／現在沒有貨。

しなさだめ［品定め］(名)評定，審定，品評。△新選手の～をする／審評新選手。

しな・す［死なす］(他五)弄死。→しなせる

しなだれかか・る［撓垂れ掛かる］(自五)依偎。△～女の肩を抱いた／摟住了依偎過來的女人的肩膀。

しなだ・れる［撓垂れる］(自下一)偎靠。△行李に～／偎靠在柳條包上。

しなのき［科の木］(名)〈植物〉椴木，椵樹。

しな・びる［萎びる］(自上一)枯萎，乾癟。

しなもち［品持ち］(名)（鮮菜、水果等）保存。△この野菜は～がいい／這種青菜耐存放。

しなもの［品物］(名)①商品。②東西。

しなやか (形動)柔軟。△この生地は～で感じがよい／這料子綿軟舒適。△～な物腰／舉止溫柔。

じならし［地均し］(名・自他サ)①平整地面。②平地工具。③準備工作。△入札の～をやる／做投標的事前工作。

じならび［字並び］(名)字的排列。

じなり［地鳴り］(名)（地震時）大地發出的轟鳴聲。

シナリオ［意 scenario］(名)①腳本。②劇情說明書。△～ライター／腳本作者。

しな・る［撓る］(自五)→しなう

しなわけ［品分け・品別け］（名・他サ）分等揀選。

しなをつく・る［科をつくる］（連語）故作嬌態。

しなん［至難］（名・形動）極難。△〜のわざ／極難做到的事。

しなん［指南］（名・他サ）指導，教導。

じなん［次男・二男］（名）次子。△〜坊／老二。

シナントロプスペキネンシス［Sinanthropus・Pekinensis］（名）北京猿人，中國猿人。

しなんばん［指南番］（名）劍術教官。

しに－［死（に）］（接頭）死的，無用的。△〜金／不起作用的錢。△〜学問／死知識。

シニア［senior］（名）① 年長者，前輩，上司。② 高年級（生）。△〜コース／高年級課程。↔ジュニア

ジニア［拉 Zinnia］（名）〈植物〉百日草。

しにいそ・ぐ［死（に）急ぐ］（自五）想早離開人世。

しにおく・れる［死（に）後れる・死（に）遅れる］（自下一）① 死於親人之後。△妻に〜／妻子先我而去。② 應該死而沒死。△仲間に〜れて生き残っている／沒跟夥伴們一起死掉，至今還活在世上。

しにがお［死（に）顔］（名）遺容。△〜を拝む／瞻仰遺容。

しにかか・る［死に掛かる］（自五）垂死。△〜った人／將死的人。

しにがくもん［死（に）学問］（名）不實用的學問。

しにか・ける［死に掛ける］（自下一）垂死，瀕死。

しにがね［死（に）金］（名）① （積攢而不用的）死錢。② 枉花錢。△〜を使う／錢沒花在刀刃上。③ 棺材本。

しにがみ［死（に）神］（名）死神。△〜に取りつかれる／與死神打交道。

シニカル［cynical］（形動）嘲諷。

しにかわ・る［死（に）変わる］（自五）〈佛教〉轉生。

しにぎわ［死（に）際］（名）彌留之際，臨終。△父の〜に間に合う／來得及給父親送終。△〜がみじめだった／死得很慘。

しにく・い［為悪い・為難い］（形）難辦，難做。△言いわけが〜／難以申辯。

しにざま［死（に）様］（名）臨死的樣子。△見苦しい〜をする／死得不體面。

シニシズム［cynicism］（名）① 犬儒主義。② 玩世不恭。

しにしょうぞく［死（に）装束］（名）① 自戕時穿的白色服裝。② 壽衣。

しにせ［老舗］（名）老字號。

しにぞこない［死（に）損い］（名）① 自殺未遂（的人）。②（罵）該死的。△この〜め／這個老不死的！

しにそこな・う［死（に）損う］（自五）① 自殺未遂，沒死成。② 差點死掉。

しにた・える［死（に）絶える］（自下一）死盡，死絶。

シニック［cynic］（形動）⇨シニカル

しにどき［死（に）時］（名）① 死期。② 應該死的時候。△〜を得た／得死其時。

しにどころ［死（に）所・死（に）処］（名）死處，值得死的地方。△〜を得る／死得其所。

しにはじ［死（に）恥］（名）① 死得不光彩。② 遺臭。↔いきはじ

しにばしょ［死（に）場所］（名）死處。

しには・てる［死（に）果てる］（自下一）① 完全死了。② 死絶，死光。

しにばながさく［死（に）花が咲く］（連語）死得光榮。

しにばなをさかせる［死（に）花を咲かせる］（連語）⇨しにばながさく

しにみ［死（に）身］（名）① 必死無疑，難免一死。△〜になって働く／拚命地工作。

しにみず［死（に）水］（名）① 殊死，拚命。△〜になって働く／拚命地工作。

しにみずをとる［死（に）水を取る］（連語）① 用水潤濕嚥氣前的人之唇部。② 送終。

しにめ［死（に）目］（名）彌留之際。△〜に会えない／未能送終。

しにものぐるい［死（に）物狂い］（名）拚命，殊死。△〜で戦う／拚死搏鬥。△〜になって働く／拚命工作。

しにょう［屎尿］（名）屎尿，大小便。

しにわか・れる［死（に）別れる］（自下一）死別，永別。

しにん［死人］（名）死人。△〜が出る／有人死亡。

じにん［自任］（名・自他サ）自居，自任。△科学をもって〜する／以科學工作自任。

じにん［自認］（名・自他サ）自己承認。

じにん［辞任］（名・自サ）辭職。

しにんにくちなし［死人に口無し］（連語）死無對證。

し・ぬ［死ぬ］（自五）① 死。② 沒生氣。△目が〜んでいる／兩眼無神。③（棒球）出局。④（圍棋）死棋。

じぬし［地主］（名）地主。

しぬものびんぼう［死ぬ者貧乏］（連語）死者無福。

しぬるこはみめよし［死ぬる子は眉目よし］（連語）夭折的孩子總是漂亮的。

シネカメラ［cinecamera］（名）電影攝影機。

シネサイン［cinesign］（名）電影廣告。

シネスコ［cinesco］（名）⇨シネマスコープ

じねつ［地熱］（名）地熱。（也説“ちねつ”）

シネマ［cinema］（名）電影。

シネマスコープ［cinema scope］（名）寬銀幕電影。（略稱“シネスコ”）

シネラマ［cinerama］（名）立體聲電影。

シネラリア［cineraria］（名）千日蓮。→サイネリア

しねん［思念］（名・自他サ）思念，懷念。

しの［篠］（名）矮稞叢生竹。⇨しのぶえ

しのうきん［子嚢菌］（名）〈植物〉子嚢菌。

しのうこうしょう［士農工商］（名）〈史〉武士、農民、工人、商人。

しのぎ［凌ぎ］（名）忍受。△～がつかない／無法應付。△一時～／暫時湊合。△口～／糊口。△退屆～／消愁解悶。

しのぎ［鎬］（名）刀刃與刀背之間的棱。△～を削る／激戰。激烈爭論。

しのぎをけずる［鎬を削る］（連語）①激戰。②激烈爭論。

しの・ぐ［凌ぐ］（他五）①熬過。△飢えを～／充飢。△急場を～／渡過難關。△風雨を～／擋風避雨。②淩駕，超過。△この点で彼を～ものはない／在這方面沒有勝過他的。△長上を～／目無尊長。

しのごの［四の五の］（連語）説三道四。△～言わずにさっさとやれ／少囉嗦，快幹！

しのだけ［篠竹］（名）叢生矮竹。

しのつくあめ［篠突く雨］（連語）傾盆大雨。

シノニム［synonym］（名）同義語。

しののめ［東雲］（名）拂曉，黎明。

しのはい［死の灰］（連語）放射能灰塵。

しのば・せる［忍ばせる］（他下一）①悄悄地行動。△足音を～／躡手躡腳。△声を～／不作聲。②暗藏。△ふところに匕首を～／懷裏暗藏匕首。

しのび［忍び］（名）①隱身術。②微行。③間諜，奸細。△～の者を出す／派奸細臥底。④（警察盜賊的隱語）偷盜。△～を働く／行竊。

しのびあい［忍び会い］（名）男女幽會。

しのびあし［忍び足］（名）躡手躡腳。→ぬきあしさしあし

しのびがえし［忍び返し］（名）圍牆上裝設的防盜物。

しのびごえ［忍び声］（名）悄聲。

しのびこ・む［忍び込む］（自五）潛入，悄悄溜進去。

しのびな・い［忍びない］（形）不忍。△見るに～／目不忍睹。△去るに～／不忍離去。

しのびなき［忍び泣き］（名）暗泣，飲泣。

しのびやか［忍びやか］（形動）悄悄地，偷偷地。△春が～に訪れた／春天悄悄地來臨了。

しのびよ・る［忍び寄る］（自五）悄悄地挨近，偷偷地靠近。△いつしか老いが～った／不知不覺人老了。

しのびわらい［忍び笑い］（名・自サ）竊笑，暗自發笑。

しの・ぶ［忍ぶ］Ⅰ（他五）忍受。△恥を～／忍辱。Ⅱ（自五）躲藏。△人目を～／避人耳目。△恋人の許に～んでいく／偷偷地到情人那裏去。

しの・ぶ［偲ぶ］（他五）緬懷，懷念。

しのぶえ［篠笛］（名）竹苗。

シノプシス［synopsis］（名）①梗概。②（電影、劇的）情節概要。

シノロジー［Sinology］（名）中國學，漢學。

しば［芝］（名）〈植物〉（鋪草坪用的）羊鬍子草。△～を敷く／鋪草坪。

しば［柴］（名）柴。△～を刈る／砍柴。

しば［地場］（名）①本地。△～産業／經營當地土特產的行業。②當地的交易所、經紀人。

じば［磁場］（名）磁場。→じじょう

しはい［支配］（名・他サ）①控制，統治。△軍人の～する政府／軍人控制的政府。△～階級／統治階級。②支配，驅使。△人を～して荷物を運ばせる／指使人搬行李。③左右，決定。△国の運命を～する重大問題／左右國家命運的大問題。

しばい［試売］（名・他サ）試銷。△～品／試銷品。

しばい［芝居］（名）①戲劇，日本"歌舞伎"。②花招，做戲。△彼女の涙はお～だ／她流淚是在做戲。

しばいがかる［芝居がかる］（自五）裝模作樣，演戲似的。

しばいぎ［芝居気］（名）裝模作樣。△～たっぷり／裝腔作勢。

じばいせき［自賠責］（名）（日本）（"自動車賠償責任保険"的略語）強制性車禍保險。

しはいてき［支配的］（形動）主導的。△～な立場にある／居主導地位。△～な思想／佔統治地位的思想。

しはいにん［支配人］（名）經理。→マネージャー

しばがき［柴垣］（名）籬笆。

しばかり［芝刈り］（名・自サ）剪草坪。△～機／剪草坪機。

しばかり［柴刈り］（名・自サ）①砍柴，打柴。②樵夫。

じはく［自白］（名・他サ）供認，招認。△あらいざらい～する／徹底坦白。

じばく［自爆］（名・自サ）自我爆炸，自行炸沉。

しばぐさ［芝草］（名）草坪羊鬍子草。

しばし［暫し］（副）暫時，片刻。△～の別れ／暫時的離別。

しばしば［屢・屢屢］（副）屢屢，多次。△～の失敗にもめげない／多次失敗不灰心。△彼には～だまされた／有好幾次上了他的當。

しはす［師走］（名）⇨しわす

じはだ［地肌・地膚］（名）①地面。△雪が溶けて～が見えてきた／積雪溶化露出了地面。②未經化妝的皮膚。

しばた・く［瞬く］（他五）眨眼。△目を～／眨眼。

しはつ［始発］（名）①頭班車。②（列車）起點。△～駅／起點站。

じはつ［自発］（名）主動。△～性／主動性。

じはつてき［自発的］（形動）主動地，自動地。△～に参加する／自動參加。

しばふ［芝生］（名）草坪。

しはらい［支払い］（名）支付，付款。△～を請求する／要求付款。△～済／付訖。△～人／付款人。

しはらいえんたい［支払延滞］（名）〈經〉延遲

付款。

しはらいきょぜつ［支払拒絶］(名)〈經〉拒付。

しはらいてがた［支払手形］(名) 應付支票。

しはらいゆうよ［支払猶予］(名) 暫停支付。
→モラトリアム

しはらいゆうよび［支払猶予日］(名)〈經〉寛
限日。

しはら・う［支払う］(他五) 付款，支付。△現
金で〜／付現款。△賃金を〜／發工資。

しばらく［暫く］(副)① 片刻，一會兒。△〜
お待ち下さい／請稍候片刻。② 許久。△や
あ，〜／哎呀，好久沒見啦。③ 姑且，暫且。
△経済問題は〜おいて／經濟問題暫且不提。

じばらをき・る［自腹を切る］(連語) 自己掏
腰包。

しばりあげ・る［縛り上げる］(他下一) 捆上。
△きつく〜／緊緊捆上。

しばりつけ・る［縛り付ける］(他下一)① 捆
住。△スピーカを電柱に〜／把揚聲器綁在電
綫杆上。② 束縛。△家事に〜られる／家務纏
身。

しば・る［縛る］(他五)① 捆，綁，紮。△縄
で荷物をしっかり〜／用繩子把東西結實地捆
上。② 束縛，限制。△規則に〜られる／受到
章程的限制。△仕事に〜られる／被工作拴住
了。

しはん［市販］(名・他サ) 市上出售。△この
品は〜されていません／這種東西市上沒有賣
的。△〜品／商店裏出售的商品。

しはん［死斑・尸斑］(名) 屍斑。

しはん［師範］(名)① 師表，典範。② 師傅，
教師，先生。△剣道の〜／劍術教師。△〜代
／代理師傅。③ 舊時師範學校的略稱。

しはん［紫斑］(名)(瘀血的) 紫斑。△〜病／
〈醫〉紫癜病

じはん［事犯］(名) 違法行為，案件。△経
済〜／經濟案件。

ジバン［葡 gibão・襦袢］(名) 貼身襯衣。→ジ
ュバン

じばん［地盤］(名)① 地基。△〜を固める／
加固地基。② 地盤，勢力圈。△〜争い／爭奪
地盤。

しはんき［四半期］(名)(一年的四分之一) 季
度。

しはんじき［四半敷き］(名)① 斜鋪四方石板。
② 裁成四方形的布。

しはんぶん［四半分］(名) 四分之一。

しひ［私費］(名) 自費。△〜で留学する／自費
留學。

しひ［施肥］(名・他サ)⇨せひ

しひ［詩碑］(名) 詩碑。

しび［鴟尾・鴟尾］(名)〈建〉屋脊魚形飾件。

じひ［自費］(名) 自費。△〜出版／自費出版。

じひ［慈悲］(名)①〈佛教〉慈悲。② 憐憫。
△無〜の人／心狠手的人。△人様のお〜で生活
／靠別人施捨為生。

シビア［severe］(形動) 嚴苛的。△〜な批評／嚴

屬的批評。△〜な条件／嚴苛的條件。

じびか［耳鼻科］(名)〈醫〉耳鼻科。

じびき［字引き］(名)〈舊〉字典，詞典。△〜
を引く／査字典。→辞書

じびき［地曳き］(名)① 拖網的略稱。② 拉拖
網。

じひつ［自筆］(名) 親筆。↔代筆

じひびき［地響き］(名)① 地顫動。△大木が〜
を立てて倒れた／大樹倒下時，發出了震地的
轟鳴聲。②(從地下發出的) 地動聲。

しひょう［死票］(名) 不起作用的票 (投給未當
選的人的票)。

しひ・ょう［指標］(名)① 指標，標誌。△紙
の消費量は一国の文化の〜だ／紙的消費標誌
一個國家的文化水平。→バロメーター②〈數〉
(對數的) 首數。

しびょう［死病］(名) 絕症。

じひょう［時評］(名)① 時事評論。② 當時的
評論。

じひょう［辞表］(名) 辭呈，辭職書。△〜をつ
きつける／提出辭呈。

じびょう［持病］(名) 宿疾，老病。

シビリアン［civilian］(名)① 平民。② 文官。
③ 軍隊中之文職人員。

シビリアンコントロール［civilian control］(名)
文官統治軍隊。

シビリゼーション［civilization］(名) 文明。

シビルミニマム［civil minimum］(名) 人民生活
環境最低標準。

しびれ［痺れ］(名) 麻木。△手足に〜を感ず
る／手腳感覺麻木。

しび・れる［痺れる］(自下一)① 發麻，麻木。
△足が〜／腳麻了。②〈俗〉陶醉，興奮得如醉
如癡。

しびれをきらす［痺れを切らす］(連語) 等得
不耐煩，等急 (膩) 了。

しびん［溲瓶・屎瓶］(名)(病人、老人用的)
便盆，尿壺。

シフ［CIF (cost, insurance and freight)］(名)〈貿〉
包括運費和保險費在內的到岸價格。

しぶ［渋］(名)① 澀味。△柿の〜を抜く／去掉
柿子的澀味。② 柿漆。

しぶ［支部］(名) 支部。△〜を開設する／設立
支部。↔本部

じふ［自負］(名・自他サ) 自負。

ジブ［jib］(名)(起重機) 旋臂，搖臂。

しぶ・い［渋い］(形)① 澀。△この柿は〜／
這個柿子澀。△茶が出すぎて〜／茶太濃，發
澀了。② 陰沉，不樂。△〜顔をする／陰鬱不
樂，面有難色。③ 雅致。△〜がらの着物／顏
色雅致的衣服。△好みが〜／愛好古雅的東西。
④ 滯澀。△〜戸が／門發滯。△金に〜／吝嗇。
⑤ 老練。△〜芸／技藝純熟。

ジフィリス［德 Syphilis］(名)〈醫〉梅毒。

しぶいろ［渋色］(名) 淡茶色。

ジフェニルメタン［diphenylmethane］(名)〈化〉
二苯甲烷。

シフォン［法 chiffon］（名）薄絹，薄紗。△～ベルベット／薄天鵝絨。

しぶがき［渋柿］（名）澀柿子。

しぶがみ［渋紙］（名）（包装用）柿漆紙。△～面／黑紅色臉腔。

しぶかわ［渋皮］（名）樹木、果實的內皮。

しぶかわがむける［渋皮が剝ける］（連語）標致，俏麗。

しぶき［飛沫］（名）飛濺的水沫，水花。△～を上げる／濺起水花。△～にかかる／濺上水沫，受到牽連。

しふく［私服］（名）① 便装。② 便衣警察。△～刑事／便衣刑警。

しふく［雌伏］（名・自サ）雌伏。

しぶ・く（自五）① 風雨交加。② 水花飛濺。

しふくをこやす［私腹を肥やす］（連語）中飽私囊。

ジプシー［Gypsy］（名）① 吉卜賽人，茨岡人。② 流浪者。→ボヘミアン

しぶしぶ［渋渋］（副）勉強地，不情願地。△～と承知する／勉強地應了下來。

しぶちゃ［渋茶］（名）苦茶，釅茶。

しぶつ［死物］（名）① 死物，無生命之物。② 無用之物。③ 積壓的物資。

しぶつ［私物］（名）個人的東西。

じぶつ［事物］（名）事物。

しぶっつら［渋っ面］（名）（“しぶつら”的強調形）陰鬱不悅的面孔。

ジフテリア［diphtheria］（名）〈醫〉白喉。

シフト［shift］（名・自サ）①（棒球）變形防守。②（汽車）變速，換擋。

しぶと・い（形）倔犟，頑強。△～く抵抗する／頑強地抵抗。△～奴／軟硬不吃的傢伙。

シフト・ドレス［shift dress］（名）寬鬆連衣裙。

じふぶき［地吹雪］（名）（貼地面翻捲的）暴風雪。

しぶみ［渋味］（名）① 澀味。② 古雅，淡雅。

しぶり［仕振り］（名）做法，作派。

しぶ・る［渋る］I（自五）不流暢。△筆が～／寫不出文章來。△売行きが～／銷路不暢。II（他五）不肯，不情願。△出資を～／不肯投資。△返事を～／遲遲不答覆。III（接尾）（接動詞連用形）不肯，不情願。△言い～／吞吞吐吐。

しぶろく［四分六］（名）四六開。△～で行こう／按四六分成吧。

しふん［私憤］（名）私憤。△～をはらす／泄私憤。

しぶん［詩文］（名）詩文。

じふん［自刎］（名・自サ）自刎。

じぶん［自分］I（名）自己。△～の事は～でする／自己的事情自己做。II（代）〈舊〉我。

じぶん［時分］（名）① 時刻，時候。△あの～とは時代が変った／時代跟那個時候不同了。△もう寝よう～だ／該睡覺的時候了。② 時機。△～をうかがう／窺伺時機。

じぶんかつシステム［時分割システム］（名）時間分配系統。

じぶんかって［自分勝手］（名・形動）任性，只顧自己方便。△～にふるまう／任意行動。

しぶんごれつ［四分五裂］（名・自サ）四分五裂。

じぶんじしん［自分自身］（名）自己本人。

しぶんしょ［私文書］（名）私人文件。△～偽造／偽造私人文件。

じぶんてんぐ［自分天狗］（名）自命不凡的人。

じぶんめんきょ［自分免許］（名）自封。△～の大学者／自封的大學者。

じぶんもち［自分持ち］（名）自己負擔費用。

しべ［蕊］（名）花蕊。

しへい［紙幣］（名）紙幣，鈔票。

じへい［時弊］（名）時弊。

じへいしょう［自閉症］（名）〈醫〉孤獨症。

じべた［地べた］（名）地面。△～に坐る／席地而坐。

しべつ［死別］（名・自サ）死別。↔ 生別

ジベレリン［gibberellin］（名）（促進植物生長的）紅黴素。

しへん［四辺］（名）① 四下裏，左近。△～に人影を見ない／四下無人。② 四個邊。△～形／四邊形。

しへん［紙片］（名）碎紙片。

しべん［支弁］（名・他サ）支付，付款。△旅費は会社から～する／由公司付給旅費。

しべん［至便］（名・形動）非常便利。

しべん［思弁］（名・他サ）思辨。△～哲学／思辨哲學。

じへん［事変］（名）① 事變，動亂。△不測の～／突發事件。② 不宣而戰。△両國間～／兩國間不宣而戰。

しぼ［自募］（名・他サ）費用自理。

しぼ（名）（布料、皮革表面上的）凸凹皺紋。

しぼ［思慕］（名・他サ）① 思慕，愛慕。② 懷念。

しぼ［字母］（名）① 字母。②〈印刷〉字模。

じぼ［慈母］（名）慈母。

しほう［司法］（名）司法。

しほう［四方］（名）① 四方，四面。△～を山に囲まれる／四面環山。② 四周，周圍。△1メートル～の板／一米見方的木板。

しほう［至宝］（名）珍寶。△～とあがめる／奉若珍寶。

しほう［私法］（名）私法（指民法、商法）。

しぼう［子房］（名）〈植物〉子房。

しぼう［死亡］（名・自サ）死亡。

しぼう［志望］（名・他サ）志願。△進学を～する／志願升學。△第一～／第一志願。

しぼう［脂肪］（名）脂肪。

じほう［時報］（名）① 時報。△社会～／社會時報。② 報時。△正午の～／正午的報時。

じぼうじき［自暴自棄］（名）自暴自棄。

しほうじん［私法人］（名）〈法〉私法人。↔ 公法人

しぼうりつ［死亡率］（名）死亡率。

しぼ・む［萎む・凋む］（自五）① 枯萎，蔫。△朝顔が～んだ／牽牛花蔫了。② 癟。△風船が～んだ／汽球癟了。③ 落空。△希望が～／希望

落空。△夢が〜／理想破滅。

しぼり [絞り] (名) ① 照相機的光圈。② 擰乾的濕毛巾。△お〜を出す／(給客人) 遞手巾。③ (花瓣上) 濃淡不均的顏色。△〜の朝顔／顏色濃淡有致的牽牛花。

しぼりあ・げる [絞り上げる・搾り上げる] (他下一) ① 硬往外擠。△声を〜／聲嘶力竭。△愚連隊に持ち金を〜げられた／被流氓們把身邊的錢全勒索去了。② 申叱。

しぼりぞめ [絞り染め] (名) 絞纈染法 (染出的花布)。

しぼりだ・す [搾り出す] (他五) 擠出，榨出，擠出。△チューブから絵の具を〜／從鋅筒裏擠出畫色。△声を〜して助けを求める／高聲呼喊求救。

しぼ・る [絞る・搾る] (他五) ① 擰。△タオルを〜／擰毛巾。② 榨，擠。△油を〜／榨油。△知恵を〜／開動腦筋。③ 訓斥。△父に〜られる／遭父親訓斥。④ 縮小。△レンズを〜／縮小光圈。△捜査範囲を〜／縮小搜查範圍。△音量を〜／放低音量。

しほん [資本] (名) 資本。△〜家／資本家。△〜金／資金，本錢。

しほんいてん [資本移転] (名) 〈經〉資本轉移。

しほんしゅぎ [資本主義] (名) 資本主義。

しほんとうひ [資本逃避] (名) 〈經〉資本逃避。

しま [島] (名) ① 島。△離れ〜／孤島。△〜国／島國。② (庭園水池中的) 假山。③ (與周圍隔絕的) 狹小地帶。

しま [縞] (名) (布料的) 縱橫條紋。△格子〜／方格。

しまい [仕舞・終い] (名) 結束，最後。△〜にはとうとう笑いだした／末了終於笑起來了。△話は〜まで聞いて下さい／請聽我把話説完。△〜から二番目／倒數第二。

しまい [姉妹] (名) ① 姉妹。△兄弟〜／兄弟姉妹。② 同一系統。△〜会社／姉妹公司。△〜都市／友好城市。△〜篇／(小説) 姉妹篇。

-じまい [接尾] 終於沒有，沒能。△彼に会わず〜だった／終於沒見到他。△今年はスキーに行かず〜だった／今年終於沒能去滑雪。

しま・う [終う・仕舞う] I (自五) 完了。△学校が〜とすぐ家へ帰った／一放學就回家了。II (五他) ① 做完，結束。△午後 7 時に店を〜います／下午七點關門。② 收拾，放進。△金を金庫に〜／把錢放進保險櫃裏。III (補動) (接動詞連用形＋て下) 表示完了。△全部使って〜った／全用光了。△早く食べて〜いなさい／快吃了吧。② 表示無法挽回。△茶碗を落として割ってしまった／脱手摔碎了飯碗。△忘れてしまった／忘了。

しまうま [縞馬] (名) 斑馬。→ゼブラ

じまえ [自前] (名) 費用自理。△〜でまかなう／自費置辦一切。

しまおくそく [揣摩臆測] (名・他サ) 揣摩，臆測。

しまおり [縞織] (名) 帶條紋的紡織品。

しまかげ [島陰] (名) 島子背面。

しまがら [縞柄] (名) (布) 條紋花樣。

じまく [字幕] (名) (電影) 字幕。→タイトル

しまぐに [島国] (名) 島國。△〜根性／心胸狹窄。

しまざきとうそん [島崎藤村] 〈人名〉島崎藤村 (1872-1943)。大正、昭和時期的詩人、小説家。

しまじま [島島] (名) ① 每個島嶼。② 許多島嶼。

しまだ [島田] (名) (“島田髷”的略語) △高〜／(日本姑娘、新娘梳的) 高聳式髮型。

しまだまげ [島田髷] (名) 島田式髮型。

しまつ [始末] I (名) ① 原委，情況。△事の〜を語る／敘述事情原委。② 落得…下場。△こんな〜になるとは夢にも思わなかった／做夢也沒想到會落得如此下場。II (名) ① 收拾，解決。△うまく〜をつける／妥善處理。△〜に負えない男／難對付的人。② 勤儉。△〜して暮す／過緊日子。△〜屋／勤儉的人。

しまつしょ [始末書] (名) 檢討書，悔過書。

しまった (感) 糟糕。△〜，また本を忘れてきた／糟糕，又把書給忘了。△〜，ガスを消さないで出てきてしまった／糟了，煤氣沒關就出來了。

しまづたい [島伝い] (名) 從一個島到另一個島。

しまながし [島流し] (名) ① (古時刑罰的一種) 流放孤島。② 調到遠達、交通不便地方工作。

しまへび [縞蛇] (名) 〈動〉菜花蛇。

じまま [自儘] (名・形動) 任性。△〜に振る舞う／為所欲為。

しまめ [縞目] (名) 條紋界限。△〜のはっきりしたセーター／條紋醒目的毛衣。

しまめのう [縞瑪瑙] (名) 帶條紋的瑪瑙。

しまり [締まり] (名) ① 緊張，嚴緊。△口に〜のない人／嘴不嚴的人。② 結束。△〜をつける／收尾。③ 節儉。△〜のいい人／節儉的人。

しま・る [締る] (自五) ① 緊緊，緊。△ねじが固く〜っている／螺絲釘擰得很緊。△帯が〜らない／帶子勒不緊。② 緊張，嚴肅。△気持ちが〜っている／精神緊張。③ 〈經〉行情堅挺。④ (也寫 “閉まる”) 關閉。△戸が〜っている／門關着。△あのうどん屋は 12 時に〜／那家麵館十二點打烊。

じまん [自慢] (名・他サ) 自誇，炫耀。△自分の娘を〜をする／炫耀自己的女兒。△あまり〜にもならない／沒甚麼可以自誇的。△〜語／自賣自誇。

しみ [紙魚・衣魚] (名) 〈動〉紙魚，衣魚。

しみ [染み] (名) ① 污垢，污跡。△着物の〜を抜く／去掉衣服上的污跡。② 老年斑。

しみ [凍み] (名) ① 凍。△〜豆腐／凍豆腐。② 寒冷。△〜が強い／冷得厲害。

じみ [地味] (名・形動) ① 素淨。② 樸實。△研究室の仕事は〜だ／研究室的工作是默默無聞的。↔はで

じみ［滋味］(名)① 滋味, 美味。② 寓意, 深意。

シミーズ［法 chemise］(名)⇨シュミーズ(自五)

しみい・る［染み入る］(自五)⇨しみこむ

しみこ・む［染み込む］(自五)① 滲入。△雨が地面に～/雨水滲入地裏。② 沾染。△悪い習慣が～/染上壞習慣。

しみじみ(副)① 痛切, 深切。△～(と)教養の重要性を感じている/深深感到教養的重要性。△～嫌になる/厭煩透了。② 親密地, 懇切地。△彼は～と語り出した/他深有感觸地講了起來。△～とさとす/諄諄告誡。

じみち［地道］(形動) 踏實, 穩健。△～な商売/正經生意。△～に働く/扎實地工作。△～な人/踏踏實實的人。

しみつ・く［染み付く］(自五) 沾染上。

しみったれ(名・形動) 吝嗇, 小氣。

しみとお・る［染み透る］(自五)① 滲透。△雨が下着まで～/雨把内衣都濕透了。② 銘記。△別れのことばが胸に～った/臨別贈言銘記在心。

しみぬき［染み抜き］(名・他サ) 清除污垢, 除垢劑。

しみゃく［死脈］(名)① 死脈。② 廢礦脈。

シミュレーター［simulator］(名) (訓練駕駛員的) 模擬裝置。

しみょう［至妙］(名・形動) 絕妙。

し・みる［染みる］(自上一)① 滲入。△雪が溶けて土に～/雪融化了, 滲入土裏。② 刺痛。△石鹸が目に～/肥皂水殺眼睛。△寒風が身に～/寒風刺骨。③ 沾染。△悪習に～/沾染上惡習。

し・みる［凍みる］(自上一) 上凍, 結冰。

-じ・みる［染みる］(接尾) (接在名詞下面)① 沾上。△汗～/沾上汗。△垢～/沾上污垢。② 彷彿, 像似。△脅迫～みた言い方/帶威脅的口吻。

しみん［市民］(名)① 市民。② (有參政權的) 公民。③〈史〉市民, 資產階級。

ジム［gym］(名)① 體育館。② 拳擊練習場。

じむ［事務］(名) 事務。△～をとる/辦公。△～所/辦公室。→オフィス

じむかん［事務官］(名) 事務官。△文部～/教育部事務官。

じむきょく［事務局］(名) 事務局, 秘書處, 總務處。

ジムクロー［Jim Crow］(名) 黑人, 歧視黑人。

しむ・ける［仕向ける］(他下一)① 勸導, 動員。△進んで勉強するように～/勸導他主動學習。② 對待。△親切に～/親切對待。③ 發貨。△品物を注文先に～/向訂貨戶發貨。

じむし［地虫］(名)〈動〉蠐螬, 金龜子。

じむてき［事務的］(形動)① 事務性的。② 照章辦事, 機械性的。

しめ［締め］Ⅰ(名)① 合計。△一月分の～はいくらですか/一月份的合計是多少呢？② 寫

在信封口處的 "〆"。Ⅱ(助數)① 日本紙張 2000 張的單位。② 捆, 束。

しめあ・げる［締上げる］(他下一)① 掐住脖子向上提。② 嚴厲追究。

しめい［氏名］(名) 姓名。

しめい［使命］(名) 使命。△～感/責任感。

しめい［指名］(名・他サ) 指名, 指定。△先生に～されて答えた/被老師叫起來作了回答。△議長に～される/被指定作會議主席。

じめい［自明］(名・形動) 自明, 不言而喻。△～の理/自明之理。

しめいてはい［指名手配］(名・他サ) 通緝。

しめいとうひょう［指名投票］(名) (選舉總統、總理時) 第一輪決定候選人的投票。

しめかざり［注連飾り］(名) 新年掛在門上或神龕上的帶穗子的草繩。

しめがね［締め金］(名) 金屬卡子。△バンドの～を外す/鬆開褲帶卡子。

しめきり［締(め)切り］(名)① 截止。△予約は本日～/預約今天截止。(也寫 "〆切")② 封閉。△～の戸/封閉的門。

しめき・る［締め切る］(他五) 截止。△申し込みを～/停止報名(申請)。

しめき・る［閉め切る］(他五) 封閉, 緊閉。

しめくくり［締め括り］(名) 結束, 總結。△～をつける/告一段落。

しめくくる［締め括る］(他五)① 總結, 結束。△経験を～/總結經驗。△話を～/結束講話。② 繫緊, 捆結實。

しめこのうさぎ［占め子の兎］(連語) (俏皮話) 正中下懷, 妙極了。→しめた

しめころ・す［締め殺す］(他五) 勒死, 扼殺。

しめし［示し］(名)① 表率。△～をつける/示範。△～がつかない/不足作表率。② 神佛的啟示。

しめじ(名)〈植物〉玉蕈。

しめしあわ・せる［示し合わせる］(他下一)① 約定, 事先商定。△～せてその会議に欠席した/串通一氣不出席那個會議。② 彼此互相示意。△目と目で～/互相用眼睛打招呼。

しめしめ(感) 妙極了, 太好了。△～, うまくいったぞ/太棒了, 成功了！

じめじめ(副・自サ)① 濕漉漉。△～した空気/潮濕的空氣。② 陰鬱。

しめ・す［示す］(他五)① 出示。△定期券を～/出示月票。② 指示。△矢印で道を～/用箭頭符號指示道路。③ 表示。△誠意を～/表示誠意。④ 顯示。△実力を～/顯示實力。

しめた(感) 好極了, 太好了。

しめだし［締め出し］(名) 關在門外。△～を食う/吃閉門羹。△～を食わす/拒之門外。

しめだ・す［締め出す］(他五)① 閉門不納。② 排斥。△日本製品を～/排擠日貨。→シャットアウト

しめつ［死滅］(名・自サ) 死絕。△前世紀に～した動物/上個世紀已經滅絕了的動物。

じめつ［自滅］(名・自サ)① 自然滅絕。② 自

取滅亡。

しめつ・ける [締め付ける] (他下一) 勒緊。△バンドを〜/勒緊皮帶。△胸を〜けられる思い/揪心般難過。

しめっぽ・い [湿っぽい] (形) ① 潮濕。② 陰鬱。

しめなわ [注連縄] (名) (日本祭神或新年時掛在門前的) 稻草繩。→しめかざり

しめやか (形動) ① 肅穆。△葬儀は〜にとり行なわれた/殯儀是在肅穆氣氛中進行的。② 幽靜。△〜な夜/幽靜的夜晚。

しめりけ [湿り気] (名) 濕氣。

-し・める [締める] (助動) (文言“しむ”的口語形式，接動詞未然形) 使，令。△私をして言わ〜めれば/如果叫我說的話…。

し・める [占める] (他下一) 佔，佔有。△首位を〜/佔第一位。△味を〜/嘗到甜頭。

し・める [締める] (他下一) ① 繫，捆，勒。△バンドを〜/繫腰帶。△ボルトで〜/用螺栓擰緊。△ふんどしを〜/嚴陣以待。② 管束，緊縮。△出費を〜/緊縮開支。△生徒を〜/管束學生。③ 結賬。△帳簿を〜/結賬。△〜めて十万円だ/總計十萬日圓。

し・める [閉める] (他下一) 關上。△窓を〜/關窗。△ガスの栓を〜/關煤氣。

し・める [絞める] (他下一) 勒。△紐で首を〜/用繩子勒脖子。△手で首を〜/用手掐脖子。

しめ・る [湿る] (自五) 潮濕。△〜った空気/潮濕的空氣。

しめん [四面] (名) ① 四面，周圍。△〜楚歌/四面楚歌。② 第四個面。△四面體。△四角/正方形。△一絲不苟。

しめん [紙面] (名) ① 版面，篇幅。△〜をにぎわす/成為報上的熱門話題。△〜をさく/勻出版面。② 書信。△いずれ〜でお答えする/過幾天用書信答覆。

じめん [地面] (名) ① 地面。② 地皮。△〜を借りる/租地皮。

しも [下] (名) ① 下。△〜半身/下身。△〜半年/下半年。△〜座/下座。② 下游。△〜文，和歌的後兩句，俳句的後一句。△〜に述べる通り/如下所述。④ (京都以西) 偏遠地方。⑤ 大小便，月經等。△〜の世話をする/侍候別人大小便。⑥ 陰部。

しも [霜] (名) ① 霜。△〜が降りる/下霜。② 白髮。△〜まじりの頭/斑白頭髮。

-しも (副助) ① 強調上面語句的含意。△誰〜知っている/任何人都知道。△今〜新しい時代が始まろうとしている/一個新時代即將開始。② (下接否定句) 不一定，未必。△必ず〜よいことではない/未必是好事。△影響なきに〜あらずだ/不能說沒有影響。

しもいちだんかつよう [下一段活用] (名) (語法) 下一段活用，弱變化。

しもがれ [霜枯れ] (名) ① (草木) 因霜枯萎。② 荒涼。△〜の野/荒涼的原野。

しもがれどき [霜枯れ時] (名) ① 草木枯萎時節。② 做生意的淡季，不景氣時期。

しもが・れる [霜枯れる] (自下一) (草木) 因霜枯萎。

しもき [下期] (名) (“下半期”的略語) 下半年。

じもく [耳目] (名) ① 見聞。△〜を一新する/耳目一新。△〜を広める/擴大見聞。② 為人耳目。△人の〜となって働く/給人充當耳目。③ 注意。△世の〜を引く/引起人們注目。

しもごえ [下肥(え)] (名) 自然肥料。

しもざ [下座] (名) 末席。↔かみざ

しもじも [下下] (名) 〈舊〉平民。百姓。

しもじょちゅう [下女中] (名) (做粗活的) 女傭人。↔上女中，奥女中

しもたや [しもた屋] (名) (商業區內的) 一般住宅。

しもつき [霜月] (名) 陰曆十一月，冬至月的異稱。

しもて [下手] (名) ① 下游。② 下座，下邊。③ (從觀眾看去舞台的) 左側。↔かみて

じもと [地元] (名) ① 當地，本地。△〜新聞/本地報紙。② 自己居住的地方。

しもとり [霜取り] (名) 除霜。

しものく [下の句] (名) 和歌的後兩句。↔かみのく

しもばしら [霜柱] (名) 將地面頂起的冰。

しもはんき [下半期] (名) 下半期，下半年。↔上半期

しもぶくれ [下脹れ] (名) 倒瓜子臉。

しもふり [霜降り] (名) ① 下霜。② 雪花呢。③ 裏脊肉。④ 熱水焯的生魚片。

しもべ [僕] (名) 僕人。

しもやけ [霜焼け] (名・自サ) ① 凍瘡。△〜ができる/長了凍瘡。② 遭霜打。

しもよ [霜夜] (名) 降霜之寒夜。

しもよけ [霜除け] (名) 防霜設備。

しもん [指紋] (名) 指紋。△〜を取る/取指紋。

しもん [試問] (名・他サ) ① 考試。② 口試。△口頭〜/口試。

しもん [諮問] (名・他サ) 諮詢。△〜機関/諮詢機關。

じもん [地紋] (名) 花紋。△〜に雲鶴のある茶碗/印有雲鶴花紋的碗。

じもん [自問] (名・自他サ) 捫心自問。

じもんじとう [自問自答] (名・自サ) 自問自答。

しゃ [紗] (名) 紗，薄絹。

しゃ [社] (名) “会社，神社新聞社” 之略。

しや [視野] (名) ① 視野。△〜に入る/進入視野。② 眼界，見識，思路。△〜が狭い/目光短淺。

じゃⅠ (接) 那麼。△〜、また/那麼，再見！Ⅱ (接助) (“では”轉音) △まだある〜ないか/這不是還有嗎？△そう〜ないよ/不是的。

じゃ [蛇] (名) 大蛇。

じゃ [邪] (名) 邪。△〜は正に勝たず/邪不侵正。

ジャー [jar] (名) 大口保温瓶。

じゃあ (接) ⇨じゃ

ジャーク [jerk] (名) (舉重) 挺舉。

じゃあく [邪悪] (名・形動) 邪惡。△〜な念を抱く／心懷歹意。

シャークスキン [sharkskin] (名) ① 鯊魚皮革。② 鯊魚布, 雪克斯金細呢。

シャーシー [chassis] (名) ① 汽車底盤。② 收音機台架。

ジャージー [jersey] (名) ① (紡) 針織筒形布。△〜メリヤス／針織品。② 澤西奶牛。

しゃあしゃあ Ⅰ (副) (水流聲) 嘩嘩地。Ⅱ (自サ) 厚着臉皮, 滿不在乎。

ジャーナリスト [journalist] (名) 記者, 編輯。

ジャーナリズム [journalism] (名) 宣傳報導, 新聞界。

ジャーナル [journal] (名) 期刊雜誌。

シャープ [sharp] Ⅰ (形動) 銳敏。△彼は〜な頭の持ち主だ／他頭腦敏銳。Ⅱ (名) 〈樂〉高半音符號 (#)。⇨シャープペンシル

シャープペンシル [Evere Sharp pencil] (名) 活芯自動鉛筆。

シャーベット [sherbet] (名) ① 果子露。② 果子露冰激凌。

シャーマニズム [shamanism] (名) 〈宗〉黃教。

ジャーマン [German] (名) 德國人, 德語。

シャーリング [shearing] (名) 切斷, 剪切。△〜マシン／剪牀。

シャイ [shy] (形動) 害羞, 畏縮。

しゃい [謝意] (名) ① 謝意。② 歉意。

ジャイアント [giant] (名) ① 巨人, 怪物。△〜タンカー／巨型油輪。② 偉人。

ジャイナきょう [闍伊那教・耆那教] (名) (印度) 闍伊那教, 耆那教。

ジャイロコンパス [gyrocompass] (名) 迴轉羅盤, 陀螺羅盤。

ジャイロスコープ [gyroscope] (名) 迴轉儀。

しゃいん [社員] (名) ① 公司職工。△平〜／普通職員。② 社團法人的成員。△赤十字社の〜／紅十字會成員。

じゃいん [邪淫] (名) 淫亂。

-じゃ・う (連語) (“…でしまう”的約音) ⇨てしまう

しゃうん [社運] (名) 公司的命運。

しゃおく [社屋] (名) 公司辦公樓。

しゃおん [遮音] (名・自サ) 隔音。

しゃおん [謝恩] (名・自サ) 謝恩。△〜セール／酬賓大甩賣。

しゃか [釈迦] (名) ① (釋迦牟尼的略語) 釋迦 (前 463-383?)。② 廢品。△お〜を出す／出廢品。△これはもうお〜だ／這已報廢了。

ジャガー [jaguar] (名) 美洲虎。

ジャカード [jacquard] (名) 提花織物。(也説“ジャガード”)

しゃかい [社会] (名) ① 社會。△封建〜／封建社會。② 社會圈子。△子供の〜／孩子們的世界。△芸術家の〜／藝術家的圈子。

しゃかい [射界] (名) 〈軍〉射擊範圍。

しゃがい [社外] (名) 公司外部。

しゃかいあく [社会悪] (名) 社會弊端。

しゃかいうんどう [社会運動] (名) ① 社會運動。② 社會主義運動。

しゃかいか [社会化] (名・自他サ) 社會化。

しゃかいか [社会科] (名) (小、中學的) 社會課程 (包括地理、歷史、法律、經濟等)。

しゃかいかいはつ [社会開発] (名) 增進社會福利設施。

しゃかいかがく [社会科学] (名) 社會科學。

しゃかいがく [社会学] (名) 社會學。

しゃかいじぎょう [社会事業] (名) 社會福利事業。

しゃかいしゅぎ [社会主義] (名) 社會主義。

しゃかいじん [社会人] (名) 社會一員。△学校を出て〜になった／走出校門, 成為社會的一員。

しゃかいせい [社会性] (名) ① 社會性。△〜は人間本来の性質である／社會性是人生來具有的性質。② 社會問題。△〜のあるドラマ／反映社會問題的劇。

しゃかいてき [社会的] (形動) 社會性的。

しゃかいふくし [社会福祉] (名) 社會福利。

しゃかいふっき [社会復帰] (名・自サ) (病癒後) 重返工作崗位。

しゃかいほけん [社会保険] (名) 社會保險。△〜積立金／社會保險公積金。

しゃかいほしょう [社会保障] (名) 社會保障。

しゃかいめん [社会面] (名) (報紙的) 社會版。

じゃがいも [じゃが芋] (名) 馬鈴薯。

じゃかご [蛇籠] (名) (護堤的) 石籠。

しゃかにせっぽう [釈迦に説法] (連語) 班門弄斧。

しゃが・む (自五) 蹲下。

しゃがれごえ [しゃがれ声] (名) 嘶啞的聲音。

しゃが・れる (下一) 沙啞, 嘶啞。△声がすこし〜れている／嗓子有點兒啞了。(也説“しわがれる”)

しゃかん [舎監] (名) (中學生宿舍的) 舍監。

しゃかん [左官] (名) ⇨さかん

しゃがん [斜眼] (名) ① 側目相視。② 斜眼。→やぶにらみ

じゃかん [蛇管] (名) ① 螺旋狀鋼管。② 橡膠帆布軟管。

しゃぎ [謝儀] (名) 謝禮。→謝礼

じゃき [邪気] (名) ① 壞心腸。△小児のように〜がない／如幼兒般純樸天真。② (致病招災的) 邪氣。

シャギー [shaggy] (名) 長毛絨。

しゃきしゃき (副・自サ) ① 乾脆, 利落。△事務を〜とさばく／處理事務乾脆利落。② (食物) 脆。

しゃきっと (副・自サ) ① 心情舒暢, 精神煥發。② 爽口。△〜とした歯ざわり／嚼起來很爽口。③ 乾淨利落。

しゃぎょう [社業] (名) 公司的事業、營業。

しゃきん［砂金］(名)⇨さきん

しゃきん［謝金］(名) 酬金。→礼金

しゃく［勺］(名・助数) ①(一合的十分之一)勺。②(土地面積單位，一坪的百分之一，約 0.033 平方米) 勺。③(登山高度單位，一合的十分之一) 勺。

しゃく［尺］Ⅰ(名) ①尺。△～をとる／量尺寸。②身長。△～が長すぎる／身長太長。Ⅱ(助数) 尺。

しゃく［杓］(名) 水杓。△～で水をすくう／用水杓舀水。→ひしゃく

しゃく［笏］(名) 笏板。

しゃく［酌］(名) 斟酒。△お～をする／斟酒。

しゃく［癪］(名・形動) 怒氣，火氣，肝火。△～にさわる／氣人。△～なやつ／可惡東西。

しやく［試薬］(名)〈化〉試劑。

じゃく［弱］Ⅰ(名) 弱。△～をまって強を制す／以弱制強。Ⅱ(接尾) 不足。△3メートル～の長さ／長度不足三米。三米弱。

しゃくい［爵位］(名) 爵位。

しゃくざい［借財］(名・自サ) 負債。→しゃっきん

しゃくし［杓子］(名) 湯杓。△～で汁をよそう／用湯杓舀湯。

じゃくし［弱視］(名)〈醫〉弱視。

しゃくしじょうぎ［杓子定規］(名・形動) 墨守成規，死搬硬套。

じゃくしゃ［弱者］(名) 弱者。

しゃくしゃく［綽綽］(形動) 綽綽，泰然。△余裕～／綽綽有餘。從容不迫。

じゃくじゃく［寂寂］(形動) ①寂靜無聲。②(心境) 空寂。

しやくしょ［市役所］(名) 市政廳。→市庁

じゃくしょう［弱小］(名・形動) ①弱小。②年少。△～のころ／少年時期。

じゃくしん［弱震］(名) (地震) 弱震。

しゃくせん［借銭］(名) 借錢，欠債。→しゃっきん

しゃくぜん［釈然］(形動) 釋然。△今の説明だけではまだ～としないものがある／光靠剛才的説明，還有沒解開的疙瘩。

しゃくぜん［綽然］(形動) 從容不迫。

じゃくたい［弱体］(名・自サ) ①虚弱的身體。②(組織等) 軟弱無力。△～化／(組織) 削弱。

しゃくち［借地］(名・形動) ①租地。②租的地皮。△～料／地租。

じゃぐち［蛇口］(名) 水龍頭。△～をひねる／擰水龍頭。

じゃくてき［弱敵］(名) 弱敵。↔強敵

じゃくてん［弱点］(名) 弱點，短處。△～をカバーする／掩飾弱點。△相手の～をつかむ／抓住對方的辮子。

じゃくでん［弱電］(名) 弱電流。△～メーカー／經營弱電產品廠家。

しゃくど［尺度］(名) ①尺。②尺度，標準。△優劣をきめる～／決定優劣的標準。③長度。

しゃくどう［赤銅］(名) 紫銅，古銅。△～色／古銅色。

しゃくとりむし［尺取(り)虫］(名)〈動〉尺蠖。

しゃくなげ［石南花・石楠花］(名)〈植物〉石南。

じゃくにくきょうしょく［弱肉強食］(名) 弱肉強食。

しゃくにさわる［癪に障る］(連語) 令人生氣。

しゃくねつ［灼熱］(名・自サ) ①灼熱，熾熱。②熱烈的。△～の恋／熱戀。

じゃくねん［若年・弱年］(名) ①青年，年輕。②少年，幼年。△～のころの友／小時候的朋友。

しゃくのたね［癪の種］(連語) 引起發怒的原因。△今の彼女には何もかもが～だ／她現在看甚麼都不順眼。

じゃくはい［若輩・弱輩］(名) 年輕人，後生。

しゃくはち［尺八］(名) 日本簫。

しゃくふ［酌婦］(名) (下等飯館裏的) 女招待。

しゃくほう［釈放］(名・他サ) 釋放。△容疑者を～する／釋放嫌疑犯。

しゃく・む［酌む］(自五) 中間凹，窪心。△～んだ顔／窪心臉。

しゃくめい［釈明］(名・他サ) 申辯，解釋。

しゃくや［借家］(名・自サ) 租房。△～料／房租。

しゃくやく［芍薬］(名)〈植物〉芍藥。

しゃくやく［綽約・婥約］(副) 綽約。△～としたしなやかな姿／綽約而嫵媚多姿。

じゃくやく［雀躍］(名・自サ) 雀躍。→こおどり

しゃくよう［借用］(名・他サ) 借用。△～証書／借據。

しゃくりあ・げる［しゃくり上げる］(自下一) 抽噎，抽搭。△～げて泣く／抽抽搭搭地哭。

しゃくりなき［しゃくり泣き］(名) 抽泣。

しゃくりょう［借料］(名) 租賃費。

しゃくりょう［酌量］(名・他サ) 酌量，斟酌。△情状～／酌情從寬。

しゃく・る(他五) ①剜。→えぐる ②舀。△しるを～／舀湯。③由下向上動。△額を～る／抬起下巴頰。

しゃく・る(自五) ①打嗝。②抽泣。

しゃく・れる(自下一) 窪的，癟的。△～れた鼻／塌鼻樑。△～れた顔／窪臉膛。

しゃけ［鮭］(名)⇨さけ

しゃげき［射撃］(名・他サ) 射撃。△～場／打靶場。

ジャケツ［jacket］(名)〈舊〉對襟毛衣。→カーディガン

ジャケット［jacket］(名) ①茄克衫。②(唱片，書的) 紙套，外殼。

しゃけん［車券］(名) (自行車) 賽車賭券。

しゃけん［車検］(名) ①車體檢查。②驗車證。△～が切れる／驗車證到期。

じゃけん［邪慳・邪険］(形動) 刻薄，惡毒，冷酷無情。

しゃこ(名)〈動〉硨磲。

しゃこ（名）〈動〉蝦蛄（俗稱蝦趴子）。

しゃこ［車庫］（名）汽車庫。→ガレージ

じゃこ［雑魚］（名）⇨ざこ

しゃこう［社交］（名）社交。△～的／社交上的。

しゃこう［射幸・射倖］（名）僥幸。△～心／僥幸心。

しゃこう［斜坑］（名）（礦井）斜井，傾斜巷道。

しゃこう［遮光］（名・自サ）遮光。

じゃこう［麝香］（名）麝香。△～鹿／麝。△～貓／麝香貓，靈貓。

しゃこうかい［社交界］（名）社交界。△～の花形／社交界的明星。

しゃこうクラブ［社交クラブ］（名）① 社交俱樂部。② （美國）女大學生聯誼會。

しゃこうじれい［社交辞令］（名）社交辭令。

しゃこうせい［社交性］（名）社交性。△～がある／好交際。△～に欠ける／不擅交際。

しゃこうダンス［社交ダンス］（名）交際舞。

シャコンヌ［chaconne］（名）〈樂〉西班牙風格的慢三拍舞曲。

しゃさい［社債］（名）公司發行的債券。↔公債

しゃざい［謝罪］（名・自他サ）賠禮道歉。

しゃさつ［射殺］（名・他サ）（弓箭、槍炮）射死，擊斃。

しゃし［斜視］（名）斜視，斜眼。→やぶにらみ

しゃし［奢侈］（名・形動）奢侈。→ぜいたく

しゃじ［社寺］（名）神社和寺院。

しゃじ［謝辞］（名）① 謝詞。② 道歉的話。

しゃじく［車軸］（名）車輪軸。

しゃじくをながす［車軸を流す］（連語）大雨如注。

しゃしつ［車室］（名）（火車、電車的）車廂。

しゃじつ［社日］（名）（春分、秋分前後的）戊日。

しゃじつ［写実］（名・他サ）寫實。△～主義／寫實主義。

じゃじゃうま［じゃじゃ馬］（名）① 難駕馭的烈馬。② 潑婦，悍婦。

しゃしゃらくらく［洒洒落落］（形動）灑脱，瀟灑，落落大方。

しゃしゃりで・る［しゃしゃり出る］（自下一）出風頭，厚着臉皮湊上前去。△社長の前に～てお世辞をいう／恬不知恥地跑到總經理面前去説奉承話。

しゃしゅ［車種］（名）汽車的種類。

しゃしゅ［射手］（名）① （弓箭）射手。② （槍炮）射手。

しゃしゅつ［射出］（名・他サ）① （箭、子彈、光等）射出，發射出。② （流體）噴射。△～成形／噴射成形。

しゃしょう［社章］（名）公司的徽章。

しゃしょう［車掌］（名）① 乘務員，列車員。△専務～／列車長。② （電車、汽車）售票員。

しゃしょう［捨象］（名・他サ）〈哲〉在進行抽象時捨去特殊性因素。

しゃじょう［車上］（名）車上。

しゃじょう［射場］（名）① 射箭場。② 打靶場。

しゃじょう［謝状］（名）① 感謝信。② 道歉信。

しゃじょうあらし［車上荒し］（名）車上扒手。

しゃしん［写真］（名）照片，拍照。△カラー～／彩色照片。△～をとる／照相。△～を現像する／沖洗。△～を焼き付ける／洗印。△～を引き延ばす／放大。△～結婚／靠交換照片而結婚。△電送～／傳真照片。△～植字／照相排版。

じゃしん［邪心］（名）邪惡之心。△～を抱く／心懷回測。

ジャズ［jazz］（名）爵士樂。△～バンド／爵士樂隊。

じゃすい［邪推］（名・他サ）猜疑，胡猜。

ジャズソング［jazz song］（名）爵士樂歌曲。

ジャスティファイ［justify］（名・他サ）為…辯護，證明…有理。

ジャスト［just］（名）整，不多不少。△10時～に公園の入口で会う／十點正在公園門口見面。

ジャスマーク［JAS mark／Japanese Agricultural Standard］（名）日本農林規格標識。

ジャスミン［jasmine］（名）〈植物〉① 茉莉花。② 茉莉花香料。△～茶／茉莉花茶。

しゃ・する［謝する］Ⅰ（他サ）① 感謝。△厚意を～／謝情盛情。② 賠禮道歉。③ 謝絕。△固く～して受けない／堅拒不受。△客を～／謝絕會客。Ⅱ（自サ）辭去，告辭。

しゃせい［写生］（名・他サ）① 寫生。△～画／寫生畫。② （詩歌、文章）寫真。→スケッチ

しゃせい［射精］（名・自サ）射精。

しゃせつ［社説］（名）社論。

しゃぜつ［謝絶］（名・他サ）謝絕。△面会を～／謝絕會客。

しゃせん［車線］（名）行車綫，單向並行車綫。△片側3～／一側三輛車並行車綫。

しゃせん［社線］（名）（公司內部的）鐵路綫，汽車綫。

しゃせん［斜線］（名）斜綫。△～を引く／畫斜綫。

しゃそう［車窓］（名）（火車、電車、汽車的）車窗。

しゃそく［社則］（名）公司的規章。

しゃたい［車体］（名）車身，車體。

しゃだい［車台］（名）① （車類的）底盤。② 車輛數。△ラッシュアワーには～を増す／上下班時間增加車輛。

しゃたく［社宅］（名）公司的職工住宅。

しゃだつ［洒脱］（形動）瀟灑，灑脱。

しゃだん［遮断］（名・他サ）隔斷。△電源を～する／截斷電源。△交通が～された／交通被隔斷了。△交通～／禁止通行。△～機／（鐵路道口的）截路機。△～器／斷路開關。

しゃだんほうじん［社団法人］（名）社團法人。

しゃち［鯱］（名）〈動〉鯱，逆戟鯨。⇨しゃちほこ

しゃちこば・る［しゃちこ張る］（自五）① 嚴肅，道貌岸然。② 拘謹。

しゃちほこ［鯱］(名)①（想像中的）鯱魚。②（屋脊兩端的）獸頭瓦。

しゃちほこだち［鯱立ち］(名・自サ)（口語形為"しゃっちょこだち"）①倒立。②全力以赴。△～しても彼には及ばない／我怎麼努力也趕不上他。

しゃちほこば・る［しゃちほこ張る］(自五)⇨しゃちこばる

しゃちゅう［車中］(名) 在車上。

しゃちょう［社長］(名) 總經理。

シャツ［shirt］(名) 西裝襯衫。△アンダー～／汗衫, 內衣。△アロハ～／夏威夷襯衫。△オープン～／敞領襯衫。△ティー～／T恤衫。△ポロ～／（開領短袖）馬球襯衫。

じゃっか［弱化］(名・自他サ) 弱化, 變弱。

しゃっかん［借款］(名)（國際間）借款。△ドル～／美元借款。

じゃっかん［若干］(名・副)①若干。△～名の委員を置く／設委員若干名。②一些, 少許。△そこには～問題がある／那裏還有一些問題。

じゃっかん［弱冠］(名)①弱冠。△20歳を～という／稱二十歳為弱冠。②年輕。

しゃっかんほう［尺貫法］(名) 以尺、貫、升為單位的度量衡制（1959年廢止）。

ジャッキ［jack］(名) 千斤頂。

じゃっき［惹起］(名・自他サ) 引起。△戦争を～する／引起戰爭。△風邪がもとで肺炎を～した／因感冒而引起了肺炎。

しゃっきり(副・自サ)〈俗〉堅實, 硬朗。△年はとっても～している／儘管上了年紀, 卻很硬朗。

しゃっきん［借金］(名・自サ) 借錢, 負債。△～をする／借錢。△～がかさむ／債台高築。△～を返す／還債。△～のやりくりをする／想方設法去借錢。

ジャック［Jack］(名)①撲克牌的"J"（排在第十一）。②〈電〉插孔。△イヤホーンの～／耳機的插孔。

しゃっくり(名・自サ) 打嗝。

しゃっけい［借景］(名) 借景。

じゃっこく［弱国］(名) 弱國。↔ 強国

ジャッジ［judge］I (名)①審判官, 法官。②裁判員。II (他サ) 判斷, 審判。

シャッター［shutter］(名)①（照相機）快門。△～を切る／按快門。②捲簾式鋁門, 百葉窗。△～をおろす／放下捲簾式鋁門。

しゃっちょこだち［しゃっちょこ立ち］(名自サ)⇨しゃちほこだち

しゃっちょこば・る(自五)⇨しゃちこばる

シャットアウト［shut out］(名・他サ)①拒之門外, 開除。②（棒球）不讓對方得分。△～を食う／沒得一分。

ジャップ［Jap］(名) 美國人對日本人的蔑稱。

シャッポ［法 chapeau］(名) 帽子。△～を脱ぐ／投降。認輸。

しゃてい［射程］(名)①射程。△～に入る／進入射程。△有効～／有效射程。②勢力可及的範圍。

しゃてき［射的］(名)①打靶。②打汽槍的遊戲。△～屋／射擊遊戲場。

しゃでん［社殿］(名) 日本社神祭靈殿。

しゃど［斜度］(名) 斜度, 坡度。

しゃとう［斜塔］(名) 斜塔。△ピサ～／比薩斜塔。

しゃどう［車道］(名) 車道。↔ 歩道

じゃどう［邪道］(名)①邪道, 歧途。△～に入る／誤入歧途。②錯誤的方法。

シャドー［shadow］(名) 影子。

シャドーキャビネット［shadow cabinet］(名) 影子内閣。

シャドーボクシング［shadow boxing］(名)（拳擊）（設定假想對手的）練習。

じゃどく［蛇毒］(名) 蛇毒。

シャトルがいこう［シャトル外交］(名) 穿梭外交。

シャトルバス［shuttle bus］(名)（旅館與機場之間的）區間公共汽車。

しゃない［社内］(名)①公司内部。△～電話／公司内綫電話。②神社内。

しゃない［車内］(名) 車内, 車裏。

しゃなりしゃなり(副・自サ)〈俗〉邁着方步。故做姿態（走）。

しゃにくさい［謝肉祭］(名)（天主教）狂歡節。→カーニバル

しゃにち［社日］(名)⇨しゃじつ

しゃにむに［遮二無二］(副) 不顧一切地, 莽撞地, 盲目地。△人込みを～通り抜ける／從人羣裏硬擠過去。△～仕事をする／拼死拼活地工作。

じゃねん［邪念］(名)①邪念。②雜念。△～を払う／排除雜念。

じゃのみちはへび［蛇の道は蛇］(連語) 壞人知道邪道。

じゃのめ［蛇の目］(名) 環形, 圓圈。△～クリップ／環形別針。△～傘／（藍、紅色地）帶白色粗圓圈的雨傘。

しゃば［車馬］(名) 車和馬, 交通工具。△～代／車馬費。

しゃば［娑婆］(名)①〈佛教〉紅塵。②塵世。③（獄外的）普通社會。△あと2年で～に出られる／再過二年就可以出獄了。

ジャバ［Java］(名)⇨ジャワ

しゃばけ［娑婆気］(名) 名利心。（也説"しゃばっけ"）

ジャパニーズ［Japanese］(名) 日本人, 日本語, 日本式的。

ジャパニーズイングリッシュ［Japanese English］(名) 日本式英語。

ジャパニーズモダン［Japanese modern］(名) 日本式現代化模式。

ジャパノロジー［Japanology］(名) 日本學。

しゃばふさげ［娑婆塞げ］(名) 醉生夢死（的人）, 廢物。

じゃばら［蛇腹］(名) ① (照相機、手風琴的) 皮腔，蛇紋管。② 〈建〉飛簷，(室內牆上的) 水平凸綫。

ジャパン［Japan］(名) ① 日本。② 漆器的異稱。

しゃふ［車夫］(名) (人力) 車夫。

しゃふう［社風］(名) 公司的風氣。

しゃぶしゃぶ I (名) 涮鍋子。II (副) (洗刷聲) 嘩啦嘩啦。△～と洗濯する／輕輕地洗衣服。

じゃぶじゃぶ (副) 涮鍋子。△水の中を～歩く／在水裏嘩啦嘩啦地走。

しゃふつ［煮沸］(名・他サ) 煮沸。△～消毒／煮沸消毒。△～器／煮沸器。

シャフト［shaft］(名) ① (機械) 旋轉軸。② (工具) 長柄。

しゃぶりつ・く (自五) 含住，吸住。△母の乳房に～赤ん坊／吸住媽媽奶頭的嬰兒。

しゃぶ・る (他五) 吮吸，嘬，含。△飴玉を～／含糖塊。△赤ちゃんが指を～／嬰兒嘬指頭。△貧乏人の骨の髄を～／高利貸し／吮吸窮人骨髓的放高利貸者。

しゃへい［遮蔽］(名・他サ) 遮蔽。△～幕／遮蔽幕。

しゃべりちら・す［喋り散らす］(他五) 到處亂説。△他人のプライバシーを～／到處亂説別人的隱私。

しゃべりまく・る［喋りまくる］(自他五) 口若懸河，滔滔不絕。

ジャベリン［javelin］(名) 〈體〉標槍。

シャベル［shovel］(名) 鏟子，鐵鍬。△動力～／動力鏟。

しゃべ・る［喋る］(自他五) ① 饒舌，嘮叨。② 説，講。△英語を～／講英語。△彼はあまり～らないほうだ／他是個寡言的人。△うっかり～ってしまった／不小心説走了嘴。

しゃへん［斜辺］(名) 〈數〉斜邊。

ジャボ［jabot］(名) 〈服〉領子的花邊裝飾。

しゃほう［斜方］(名) ① 〈數〉斜方。△～形／菱形，斜方形。② 〈礦〉△～沸石／菱沸石。

ジャポニカ［Japonica］(名) ① 〈植物〉日本山茶。② 日本誌，日本文獻。③ (歐美人裝飾方面的) 日本風格。

しゃほん［写本］(名・他サ) ① 抄本。② 抄寫。

シャボン［西 jabón］(名) 肥皂。

シャボンだま［シャボン玉］(名) ① 肥皂泡。② 曇花一現。

じゃま［邪魔］(名・他サ・形動) 妨礙，干擾，累贅。△～になる／礙事。△せっかくの計画に～が入った／好好的計劃遇到了干擾。△今晩お～してよろしいですか／今天晚上想去拜訪，您方便麼？

ジャマイカ［Jamaica］(名) 〈國名〉牙買加。

じゃまくさ・い［邪魔臭い］(形) 礙手礙腳，麻煩。

じゃまだて［邪魔立て］(名・自サ) 故意妨礙，找麻煩。△いらぬ～するな／少來找麻煩。

じゃまっけ［邪魔っ気］(形動) 礙事，討人嫌。△長い袖が～になる／長袖子礙手礙腳的。

じゃまもの［邪魔者］(名) ① 障礙，絆腳石。累贅。△～が入る／有人干擾。② 討厭鬼，不受歡迎的人。

しゃみせん［三味線］(名) 三弦。△～を引く／彈三弦。講廢話掩飾真心。

シャム［Siam］(名) (泰國舊稱) 暹羅。△～米／暹羅大米。△～貓／暹羅貓。

ジャム［jam］(名) 果子醬。

ジャムセッション［jam session］(名) 〈樂〉(不用樂譜的) 爵士樂即席演奏會。

しゃめん［斜面］(名) 傾斜面，坡面。

しゃめん［赦免］(名・他サ) 赦免。

シャモ (名) 〈動〉鬥雞。

シャモ［shamo］(名) (阿伊努語) ① 鄰人。② (阿伊努人所指的) 日本人。

しゃもじ［杓文字］(名) 盛飯杓 (木片製)。△～でご飯をよそう／用飯杓盛飯。

しゃもん［沙門］(名) 〈佛教〉沙門，出家人，修行僧。

しゃよう［社用］(名) 公司的事情。

しゃよう［斜陽］(名) ① 夕陽。② 沒落。△～産業／日趨沒落的行業。△～族／(第二次大戰後) 沒落的上層人物。(公司裏臨近退休的) 老年職工。

じゃよく［邪欲］(名) 邪惡的慾望，淫慾。

しゃらく［洒落］(形動) 灑脱，瀟灑，豁達。

しゃらくさ・い［洒落臭い］(形) 放肆，裝蒜，臭美。

じゃらじゃら (副・自サ) ① 輕佻，輕浮，賣弄風騷。② 嘩啷嘩啷 (響)。

じゃら・す (他五) 〈俗〉逗弄。△貓を～／逗弄貓。

じゃらつ・く (自五) ① 調情。② 嬉戲。

しゃり［舎利］(名) ① 〈佛教〉舍利，佛骨。② 骨灰。③ (罵的) 白死病。④ 白米飯。△銀シャリ／雪白米飯。

じゃり［砂利］(名) ① 石頭子兒。② 〈俗〉小孩。

しゃりかん［しゃり感］(名) 〈服〉涼爽感覺。

しゃりっと (副・自サ) ① 涼爽的。△～とした はだざわりの生地／穿起來感覺涼爽的衣料。② (食品) 脆生生的。

しゃりょう［車両・車輛］(名) ① 車輛。② 車廂。

しゃりん［車輪］(名) 車輪。

ジャルパック［JAL Pack］(名) 日本航空公司主辦的海外團體旅遊。

シャルマン［法 charmant］(形動) 有魅力的，迷人的，可愛的。→チャーミング

しゃれ［洒落］(名) ① 俏皮話，風趣話。△駄～／庸俗的詼諧。② (常用 "お～" 形式) 穿裝打扮。△お～な人／愛打扮的人。△～をする／打扮得漂漂亮亮。

しゃれい［謝礼］(名) 謝禮，報酬。

シャレード［charade］(名) 猜謎。

しゃれき［社歴］(名) ① 進公司工作的工齡。② 公司的歷史。

しゃれき［砂礫］(名) 沙礫。

しゃれこうべ［曝れ首・髑髏］(名) ⇨されこ
うべ

しゃれた［洒落た］(連體) ① 雅致，別致，不
俗氣。△〜喫茶店／頗有雅趣的茶座。② 不自
量力。△〜まねをするな／你別牛氣！

しゃれている［洒落ている］(連語) 雅致，俏
麗。△裝丁が〜／裝幀得很講究。

じゃ・れる (自下一)〈貓狗〉嬉戲，玩耍。

じゃれん［邪恋］(名) 不正當的戀愛。

じゃろん［邪論］(名) 謬論，偏見。

シャワー[shower] (名) 淋浴。△〜をあびる／
洗淋浴。

シャン［德 Schön］(形動)〈舊〉(女性) 漂亮。

ジャンク[junk・戎克] (名) 中國帆船。

ジャングル[jungle] (名) 熱帶叢林。

じゃんけん［じゃん拳］(名) 猜拳，划拳。△〜
で決めよう／我們猜拳來決定吧。

じゃんこ (名)〈俗〉麻臉。→あばたづら

しゃんしゃん I (副・自サ) 矍鑠。△祖父は
八十に近いが〜しています／祖父雖説年近
八十，可身體卻很硬朗。II (副) ① 眾人拍手
聲。△〜と手拍子を打つ／大家一齊啪啪地拍
手。② 水沸聲。→電話が〜

じゃんじゃん (副) ① 連續不斷地。△〜金を使
う／大肆揮霍。△金を〜もうける／大發其財。
△〜注文がくる／紛紛前來訂貨。△電話が〜
かかってくる／電話不停地打來。② (鐘聲) 噹
噹。

シャンソン［法 chanson］(名)〈樂〉民歌小調，
大眾歌曲。

シャンタン[shan tung] (名) 繭綢，山東綢。

シャンツェ［德 Schanze］(名) (滑雪) 跳躍台。

シャンデリア[chandelier] (名) 枝形吊燈。

しゃんと (副・自サ) ①(姿勢) 端正，挺直。△上
体を〜伸ばす／挺直上身。② 健壯。△年とっ
ても〜している／雖説上了年紀，卻很健壯。

ジャンパー[jumper] (名) ① 工作服上衣。② 運
動服上衣。③ 跳躍運動員。

ジャンパースカート[jumper skirt] (名) 無袖連
衣裙。

シャンパン［法 champagne］(名) 香檳酒。

シャンピニオン［法 champignon］(名) 香蕈，
香菇。→マッシュルーム

ジャンプ[jump] (名・自サ) ① 跳躍。△〜して
ボールを取る／跳起來抓球。② 三級跳遠最後
一跳。③ 滑雪跳台。

シャンプー[shampoo] (名・自サ) ① 洗髮水。
② 洗髮。

ジャンプショット[jump shot] (名) (籃球) 跳
起投籃。

シャンペン[champagne] (名) ⇨シャンパン

ジャンボ[jumbo] I (名) ⇨ジャンボジェット
II (形動) 特大的。△〜サイズ／特大號。

ジャンボジェット[jumbo jet] (名) 巨型噴汽客
機。

ジャンル［法 genre］(名)〈文學〉種類，體裁。

しゅ［主］(名) ① 主要。△〜として英語をなら
う／主要學習英語。② 國君，領主。③〈宗〉
上帝。

しゅ［朱］(名) 朱紅色。△文章に〜を入れる／
用朱筆批改文章。△〜に交われば赤くなる／
近朱者赤。

しゅ［種］(名) ① 種類。△この〜の本は本屋で
も求められない／這種書在書店裏也買不到。
②〈生物〉種。△〜の起源／物種起源。

しゅい［主位］(名) 主位。△〜に立つ／身居領
導地位。△〜概念／中心概念。↔ 客位

しゅい［主意］(名) ① 主要意旨。② 以意志為
主。△〜主義／〈哲〉唯意志論

しゅい［首位］(名) 首位。△〜を占める／佔第
一位。

しゅい［趣意］(名) ① 宗旨。△事業の〜／事
業的宗旨。② 意見，想法。△ご〜を承りたい／
希望聆聽您的意見。△〜書／意向書。

しゅいん［手淫］(名) 手淫。→オナニー

しゅいん［主因］(名) 主要原因。

しゅいん［朱印］(名) ① 紅色官印 (戳記)。②
(幕府時代) 蓋有將軍官印的文件。

じゅいん［樹蔭］(名) 樹蔭。

しゅいんせん［朱印船］(名) (江戸時代) 領有
紅色官印許可證從事國外貿易的船隻。

しゅう［州］(名) ①(聯邦國家的) 州。△〜議
会／州議會。②(古代行政區劃) 州。③ 大陸
(與 "洲" 通)。△欧〜／歐洲。

しゅう［周］ I (名)〈史〉中國周朝。II (助數)
週。△グラウンドを 2 周走る／繞體育場跑兩
周。

しゅう［週］(名) 週，一星期。△〜に 2 回／每
星期兩次。

しゅう［衆］ I (名) ① 眾人，羣眾。△〜に先
んじる／率先。② 人多，勢眾。△〜寡敵せず／
寡不敵眾。△〜をたのむ／恃眾。II (接尾) 人
們。△若い〜／年輕人。△女〜／女人們。

しゅう［醜］(名) ① 醜。△人間の美と〜／人
的美醜。② 恥辱。△〜をさらす／丟醜。

しゅう［私有］(名・他サ) 私人所有。△〜財
産／私有財産。↔ 公有

しゅう［師友］(名) ① 師與友。② 師事之友。

しゅう［雌雄］(名) ① 雌雄。② 優劣，勝負。
△〜を決する／決一雌雄。

ジュー[Jew] (名) ① 猶太人。② 高利貸者。

じゅう［十・拾］(名) 十。△〜を聞いて〜を知
る／聞一知十。△〜から〜まで／從頭到尾。
一五十。

-じゅう［中］(接尾) 整個，全部。△町〜が
その話でもちきりだ／全鎮都在談論這件事。
△ひと晩〜まんじりともしなかった／一夜沒
合眼。

じゅう［住］(名) 居住。△衣食〜／衣食住。

じゅう［柔］(名) 柔。△〜をもって剛を制す
る／以柔剋剛。

じゅう［銃］(名) ① 槍。△〜を捧げる／舉槍
禮。△〜を構える／端槍。△拳〜／手槍。②
槍狀器具。△鋲打ち〜／鉚槍。

じゆう［自由］(名・形動) 自由。△言論の〜／言論自由。△どうぞご〜に／請不必拘謹。△手足の〜がきかない／手腳不聽使喚。

じゆう［事由］(名) ① 理由。△欠席の〜を書く／書面提出缺席的理由。② 〈法〉作為第一原因或理由的事實。

しゆうあく［醜悪］(名・形動) 醜惡。

じゆうあつ［重圧］(名) 沉重的壓力，負擔。△悪税の〜にあえぐ／在苛捐雜稅下掙扎。

しゆうい［周囲］(名) ① 周圍，四周。② 環境，外界。△〜の影響を受ける／受環境影響。

じゆうい［獣医］(名) 獸醫。

じゆういし［自由意志］(名) 自己意志。

しゆういつ［秀逸］(名・形動) ① 傑出的，優秀的。② (未入選的) 佳作。

じゆういつ［充溢］(名・自サ) 充沛，旺盛。△闘志〜／鬥志昂揚。

しゆういん［衆院］(名) 眾議院的略稱。

しゆうう［秋雨］(名) 秋雨。△〜前線／〈氣象〉秋雨鋒。

しゆうう［驟雨］(名) 驟雨，暴雨。

しゆううん［舟運］(名) 舟運。△〜の便がある／有舟船之便。

しゆうえき［収益］(名) 收益。△莫大な〜をあげる／獲得巨額收益。

じゆうえき［汁液］(名) 汁液。△果物の〜／果汁。

じゆうエネルギー［自由エネルギー］(名) 〈理〉自由能。

しゆうえん［周延］(名) (邏輯) 周延。△〜的な概念／周延性概念。

しゆうえん［周縁］(名) 周邊。△都市の〜地域／城市周邊地區。

しゆうえん［就園］(名・自サ) 入幼兒園。

しゆうえん［終焉］(名) 臨終，絕命。△〜を告げる／死去。△〜の地／死所。

じゆうえん［自由円］(名) 〈經〉(根據外匯管理法規定) 可以自由兌換外鈔的日圓。

じゆうおう［縦横］(名) ① 縱橫。② 四面八方。△〜に走る鉄道網／四通八達的鐵路網。③ 縱情。△〜に活動する／大肆活動。

じゆうおうむげ［縦横無碍］(名) 如入無人之境，自由自在。

じゆうおうむじん［縦横無尽］(名) 縱情，自由地。△〜に暴れまわる／鬧得天翻地覆。△〜の大活躍／縱横馳騁。大顯身手。

しゆうか［秀歌］(名) 優秀的和歌。

しゆうか［臭化］(名) 〈化〉溴化。△〜水銀／溴化水銀。

しゆうか［衆寡］(名) 眾寡。△〜敵せず／寡不敵眾。

しゆうか［集荷］(名・自他サ) 農產品上市，聚集的物產。

じゆうか［銃火］(名) (步槍，機槍) 火力。

じゆうか［自由化］(名・他サ) 自由化。△貿易の〜／貿易自由化。

しゆうかい［集会］(名・自サ) 集會。△〜の自由／集會自由。

しゆうかいどう［秋海棠］(名) 〈植物〉秋海棠。

じゆうかがくこうぎょう［重化学工業］(名) 基礎化學工業。

しゆうかく［収穫］(名・他サ) ① (農作物) 收穫，年成。△よい〜をあげる／獲得好收成。△〜高／產量。② 成果，收穫。

しゆうかく［収獲］(名・他サ) (釣魚、打獵) 收穫。

しゆうかく［臭覚］(名) 嗅覺 (“嗅覚 (きゅうかく)”的改稱)。△政治的〜／政治嗅覺。

しゆうがく［修学］(名・自サ) 學習，修學。△〜年限／學習年限。△〜旅行／修學旅行。

しゆうがく［就学］(名・自サ) ① 上小學。△〜年齢／上小學年齢。△〜率／入學率。② 正式留學生以外的外國人到日本學習。

じゆうかしつざい［重過失罪］(名) 〈法〉嚴重過失罪。

じゆうかぜい［従価税］(名) 按商品價格徵稅，從價稅。↔ 従量税

じゆうがた［自由形・自由型］(名) (游泳) 自由式。→クロール

じゆうかつだい［重且つ大］(連語) 非常重大。

じゆうかって［自由勝手］(形動) 隨便，隨心所欲。△〜に振る舞う／為所欲為。

しゆうかぶつ［臭化物］(名) 〈化〉溴化物。

じゆうかわせそうば［自由為替相場］(名) 〈經〉自由匯價。

しゆうかん［収監］(名・他サ) 收監，入獄。

しゆうかん［終刊］(名) 停刊。△〜号／停刊號。↔ 創刊

しゆうかん［習慣］(名) 習慣。△早寝早起きの〜をつける／養成早睡早起的習慣。△女たちが物を頭に乗せて歩く〜／女人們把東西頂在頭上走路的風氣。

しゆうかん［週刊］(名) 週刊。→ウィークリー

しゆうかん［週間］Ⅰ (名) …週。△交通安全〜／交通安全週。△愛鳥〜／愛鳥週。Ⅱ (助数) 週，星期。△卒業まで 2 〜ある／離畢業還有兩週。

じゆうかん［重患］(名) 重病，重病病人。

じゆうかん［縦貫］(名・他サ) 縱貫。△南北を〜する大運河／縱貫南北的大運河。

じゆうがん［銃眼］(名) (碉堡的) 槍眼，垛口。

しゆうき［周忌］(助数) 忌辰。△3 〜／三周年忌辰。

しゆうき［周期・週期］(名) 週期。△火山活動の〜／火山活動的週期。

しゆうき［秋期］(名) 秋季。

しゆうき［臭気］(名) 臭氣。△〜止め／防臭劑。

しゆうき［終期］(名) ① 末期，尾期。△国会も〜に近づいた／國會已接近尾聲。② 滿期。△契約が〜になる／合同滿期了。

しゆうぎ［祝儀］(名) ① 慶祝儀式，婚禮。② 喜禮，賀儀。③ 賞錢，小費。

しゆうぎ［衆議］(名) 大家公議。

じゅうき［什器］(名) 日常用具。

じゅうき［銃器］(名) 槍械。

じゅうき［重機］(名)①("重機関銃" 的略稱) 重機槍。②重工業用機器。

しゅうぎいん［衆議院］(名) 衆議院。△～議員／衆議院議員。

しゅうきひょう［周期表］(名)〈化〉元素週期表。

しゅうきゅう［周休］(名) 毎週的休息日。△～2日制／毎週休息兩天制。

しゅうきゅう［週給］(名) 週薪。

しゅうきゅう［蹴球］(名) 足球。→サッカー, フットボール

じゅうきょ［住居］(名) 住處, 住宅。△～変更届／遷移報告。

しゅうきょう［宗教］(名) 宗教。

しゅうぎょう［修業］(名・自サ) 修業, 學習。

しゅうぎょう［終業］(名・他サ)①下班, 収工。②結業。△2年の課程を～する／學完兩年課程。△～式／結業式。

しゅうぎょう［就業］(名・自サ)①做工作。△～中は面会謝絶／工作時間謝絶會客。②就業。↔失業

じゆうぎょう［自由業］(名) 自由職業。

じゅうぎょういん［従業員］(名) 從業人員, 員工。

しゅうきょうかいかく［宗教改革］(名)〈史〉宗教改革。

しゅうきょく［終曲］(名)①〈樂〉(交響曲、奏鳴曲等的) 最後樂章。→フィナーレ②(歌劇等) 結尾, 終場。

しゅうきょく［終局］(名)①(圍棋等) 終盤。②結束, 終結。△～を告げる／告終, 完結。

しゅうきょく［終極］(名) 最後。△～の目的／最終目的。

しゅうきん［集金］(名・他サ)(登門) 収款, 収費。

じゅうきんぞく［重金属］(名) 重金屬。

しゅうく［秀句］(名)①優秀的俳句、詩句。②(利用同音雙關語的) 俏皮話。

ジュークボックス［jukebox］(名) 投幣式自選電唱機。

シュークリーム［法 chou à la crème］(名) 奶油餡點心。

じゅうぐん［従軍］(名・自サ) 從軍, 隨軍。△～記者／隨軍記者。

しゅうけい［集計］(名・他サ) 統計, 合計。

じゅうけい［重刑］(名) 重刑。

じゆうけい［自由刑］(名) 限制犯罪者人身自由的刑罰 (指徒刑, 監禁, 拘留)。

じゆうけいざい［自由経済］(名) 自由經濟。

じゅうけいてい［従兄弟］(名) 從兄弟, 叔伯兄弟, 表兄弟。→いとこ

しゅうげき［襲撃］(名・他サ) 襲撃。

じゅうげき［銃撃］(名・他サ) 槍撃。

しゅうけつ［終結］(名・自サ)①結束。②(邏輯) (從假設推論出來的) 結論。

しゅうけつ［集結］(名・他サ) 集結。

じゅうけつ［充血］(名・自サ) 充血。

じゅうけつきゅうちゅう［住血吸虫］(名) 血吸蟲。

じゆうけっこん［自由結婚］(名) 自由婚姻。

しゅうけん［集権］(名) 集權。△中央～／中央集權。

しゅうげん［祝言］(名)〈舊〉婚禮。

じゅうけん［銃剣］(名)①槍和刺刀。②刺刀。

じゅうご［銃後］(名)(戰爭的) 後方。

しゅうこう［舟行］(名・自サ) 航海。

しゅうこう［秋耕］(名・他サ) 秋耕。↔春耕

しゅうこう［修好］(名・自サ) 修好。△平和～の使節／和平修好使節。

しゅうこう［就航］(名・自サ)(船舶、飛機等) 首航。

しゅうこう［集光・聚光］(名・自サ) 聚光。△～灯／聚光燈。△～レンズ／聚光透鏡。

しゅうこう［醜行］(名) 醜行, 劣跡。

しゅうごう［集合］(名・他サ)①集合。△～場所／集合地點。②〈數〉集合。

じゅうこう［重厚］(形動) 穩重, 老成持重。

じゅうこう［銃口］(名) 槍口。

じゅうこう［獣行］(名) 獣行。

じゆうこう［自由港］(名) 自由港。→フリーポート

じゅうごう［重合］(名)〈化〉聚合。△～体／聚合體。

じゆうこうかんかへい［自由交換貨幣］(名)〈經〉自由兌換貨幣。

じゅうこうぎょう［重工業］(名) 重工業。

じゅうごや［十五夜］(名)①陰暦十五日的夜晚。②仲秋夜。△～のお月見／仲秋賞月。

じゅうこん［重婚］(名・自サ) 重婚。

しゅうさ［収差］(名)〈理〉像差。△～を除く／矯正像差。

じゅうざ［銃座］(名) 槍托, 槍座。

ジューサー［juicer］(名)(提取蔬菜、水果汁的) 壓榨器。

しゅうさい［秀才］(名) 才子, 高材生。

じゅうざい［重罪］(名) 重罪。

しゅうさく［秀作］(名) 優秀作品。

しゅうさく［習作］(名) 習作。

しゅうさつ［集札］(名) 収票。△～係／(車站) 収票員。

じゅうさつ［銃殺］(名・他サ)①槍決, 槍斃。②用槍打死。

じゅうさつ［重殺］(名)(棒球) 雙殺 (一次投球中, 使對方二人出局)。→ダブルプレー

しゅうさん［集散］(名・他サ)①集散。△～地／集散地。②(人) 聚散。

しゅうさん［蓚酸］(名)〈化〉草酸, 乙二酸。

じゅうさんや［十三夜］(名)①陰暦毎月十三日之夜。②陰暦九月十三日之夜 (日俗：僅次於中秋夜的賞月之夜)。

しゅうし［収支］(名) 収支。△～がつぐなわない／入不敷支。

しゅうし［宗旨］(名)① 宗旨，教義。② 派別，宗派。③ 信念，主張。

しゅうし［修士］(名)① 碩士（學位）。→マスター ②（天主教的）修士。

しゅうし［始終］(名・自サ・副) 始終。△彼は～沈黙を守った／他始終保持緘默。△試合はわがチームの優勝に～した／那場比賽我隊始終佔優勢。

しゅうし［終止］(名・自サ) 終止，結束。

しゅうじ［習字］(名) 習字，練習寫字。△～帳／習字本。

しゅうじ［修辞］(名) 修辭。△～学／修辭學。→レトリック

じゅうし［重視］(名・他サ) 重視。↔軽視

じゅうし［自由詩］(名) 自由詩。

じゅうじ［十字］(名) 十字。△～を切る／(祈禱時)劃十字。△～切開／〈醫〉十字切開。△～架／十字架。△～軍／十字軍。△～路／十字街。

じゅうじ［従事］(名・自サ) 從事。△教育に～する／從事於教育工作。

じゅうじざい［自由自在］(形動) 自由自在。△英語を～に話す／講一口流利的英語。

しゅうじつ［終日］(名) 終日，整天。△～机に向って勉強している／終日伏案讀書。

しゅうじつ［週日］(名)① 一個星期。②（除卻星期天和星期六的）工作日。→ウィークデー

じゅうじつ［充実］(名・自サ) 充實。△～した日々を送る／成天過着充實的生活。△教育施設の～／充實教育設施。

しゅうしふ［終止符］(名)① 句號。② 結束，終了。△～を打つ／結束。

じゅうしまい［従姉妹］(名) 表姊妹。→いとこ

じゅうしまつ［十姉妹］(名)〈動〉〈燕雀目〉十姉妹。

しゅうしゃ［終車］(名) 末班車。

じゅうしゃ［従者］(名) 隨從，隨員。

しゅうじゃく［執着］(名・自サ) ⇨しゅうちゃく

しゅうじゅ［収受］(名・他サ) 收受，接受。△賄賂を～する／接受賄賂。

しゅうしゅう (副)（物體摩擦和噴射時發出的聲音）颼颼聲。

しゅうしゅう［収拾］(名・他サ) 收拾。△事態を～する／收拾殘局。△～がつかない／不可收拾。

しゅうしゅう［啾啾］(形動)①（小鳥叫聲）啾啾。②（哭泣聲）抽泣。

しゅうしゅう［収集・蒐集］(名・他サ)① 收集。△ごみを～車／垃圾車。② 蒐集。△民謡を～する／蒐集民歌。

じゅうじゅう［重重］(副) 再三，深切地。

じゅうしゅぎ［自由主義］(名) 自由主義。→リベラリズム

しゅうしゅく［収縮］(名・自他サ) 收縮。

しゅうじゅく［習熟］(名・自サ) 熟練。△運転に～する／熟練駕駛。

じゅうじゅつ［柔術］(名) 柔術（日本柔道的前身）。→柔道

じゅうじゅん［従順・柔順］(形動) 順服，聽話。

しゅうしょ［週初］(名) 週初。↔週末

じゅうじょ［醜女］(名) 醜女。↔美女

じゅうじょ［修女］(名)（天主教）修女。

じゅうしょ［住所］(名) 住址。△～録／地址簿，通訊錄。△～不定／住址不定。

しゅうしょう［周章］(名・自サ) 慌張，驚慌。△～狼狽／驚慌失措。→あわてふためく

しゅうしょう［終章］(名)（小説，論文等）最後一章。→エピローグ ↔序章

しゅうしょう［就床］(名・自サ) 就寝。↔起床

しゅうしょう［愁傷］(名) 悲痛，憂傷。△この度はご～様でございます／為您這次的不幸而悲痛。

じゅうしょう［醜状］(名) 醜態。△～をさらけ出す／醜態畢露。

じゅうしょう［重症］(名) 重病。△～患者／重病人。

じゅうしょう［重唱］(名・他サ)〈樂〉重唱。△二～／二重唱。

じゅうしょう［重傷］(名) 重傷。△～を負う／負重傷。↔軽傷

じゅうしょうじ［重障児］(名) 重殘疾兒童。

じゅうしょうしゅぎ［重商主義］(名)〈經〉重商主義。→マーカンティリズム

しゅうしょく［秋色］(名) 秋色。△～深まる／秋色深，深秋。

しゅうしょく［修飾］(名・他サ)① 修飾，打扮。②〈語〉修飾。△～語／修飾語。

しゅうしょく［就職］(名・自サ) 就職。△～を世話する／幫助找工作。△～試験／就業考試。

しゅうしょく［愁色］(名) 愁容。

じゅうしょく［住職］(名) 住持。

じゅうしょく［重職］(名) 重要職務。

しゅうじょし［終助詞］(名)〈語〉終助詞。

しゅうしん［修身］(名)① 修身。② 舊時中小學課程之一。

しゅうしん［終身］(名) 終身，一生。△～雇用制／終身僱傭制度。△～刑／無期徒刑。

しゅうしん［執心］(名・自サ) 迷戀。△彼女にひどくご～だね／你被她迷住啦。

しゅうしん［終審］(名)〈法〉終審。△～で無罪の判決を受けた／終審時判無罪。

しゅうしん［就寝］(名・自サ) 就寝。

しゅうじん［囚人］(名) 犯人，囚犯。

しゅうじん［衆人］(名) 眾人。△それは～環視の中での出来事だった／那是在眾目睽睽之下發生的事情。

じゅうしん［重心］(名)〈理〉重心。

じゅうしん［重臣］(名) 重臣。

じゅうしん［銃身］(名) 槍身。

しゅうじんき［集塵器］(名) 吸塵器。→電気

掃除機

シューズ [shoes]（名）鞋。△レーン〜／水鞋。△バレエ〜／芭蕾舞鞋。△スパイク〜／釘子鞋。跑鞋。

ジュース [deuce]（名）(網球、乒乓球、排球比賽) 平局。

ジュース [juice]（名）① 果汁。△レモン〜／檸檬汁。② 肉汁。

じゅうすいそ [重水素]（名）〈化〉重氫，氘。△〜化合物／氘化合物。

しゅうせい [終生・終世]（名・副）終生。△自分の信念を〜守り通す／終生堅持自己的信念。

しゅうせい [修正]（名・他サ）修正，修改。△法案は大幅に〜される／法案被大幅度修改。

しゅうせい [修整]（名・他サ）修整 (照片)。△ネガを〜する／修整底片。

しゅうせい [習性]（名）習性。

しゅうせい [集成]（名・他サ）彙編。

じゅうせい [銃声]（名）槍聲。

じゅうせい [獣性]（名）獸性。

じゅうぜい [重税]（名）重税。

しゅうせき [集積]（名・自他サ）聚集。

じゅうせき [重責]（名）重責，重任。△〜をはたす／完成重任。

しゅうせきかいろ [集積回路]（名）集成電路。

しゅうせん [周旋]（名・他サ）斡旋，撮合，介紹。△知人の〜で家を買った／經朋友介紹買下了房子。△〜屋／經紀人，牽手。→あっせん

しゅうせん [終戦]（名）① 停戰，結束戰爭。② 指日本 1945 年戰敗投降。

しゅうぜん [修繕]（名・他サ）修理。△時計を〜に出す／把錶送去修理。△家を〜する／修繕房屋。△〜がきく／可以修理。

じゅうせん [縦線]（名）縱綫，豎綫。△〜を引く／劃縱綫。

じゅうぜん [十全]（名・形動）萬全。△〜のそなえ／萬無一失的準備，萬全之策。

じゅうぜん [従前]（名）從前。△〜どおりお引き立て下さい／請和過去一樣給予照顧。

しゅうそ [宗祖]（名）宗派的開山祖，祖師。

しゅうそ [臭素]（名）〈化〉溴。

しゅうそう [秋爽]（名）秋高氣爽。△〜の候／正當秋高氣爽季節。

じゅうそう [収蔵]（名・他サ）收藏。△穀物を倉に〜する／糧食入庫。△美術品〜家／美術品收藏家。

じゅうそう [重曹]（名）〈化〉碳酸氫鈉。→じゅうたんさんソーダ

じゅうそう [重奏]（名・他サ）〈樂〉重奏。△四〜／四重奏。

じゅうそう [重創]（名）重傷。△〜を負う／負重傷。

じゅうそう [銃創]（名）槍傷。

じゅうそう [縦走]（名・自サ）①(山脈) 南北走向。②(登山) 沿山脊而上。

しゅうそく [収束]（名・自他サ）① 收集成束。△光を〜する／聚光。② 結束。△事件を〜する／結束事件。③〈數〉收斂。④〈理〉⇨集束

しゅうそく [集束]（名・自サ）〈理〉聚焦，匯聚。△〜コイル／聚焦綫圈。△〜レンズ／匯聚透鏡。

しゅうそく [終息・終熄]（名・自サ）平息，結束。△事件が〜する／事件結束了。

じゅうぞく [習俗]（名）習俗。

じゅうそく [充足]（名・自他サ）充足，富裕，補充。△条件を〜する／充實條件。△〜した生活／充裕的生活。△欠員を〜する／補充缺額。

じゅうぞく [従属]（名・自サ）從屬。△〜国／附庸國。

しゅうたい [醜態]（名）醜態。△〜をさらす／醜態畢露。△〜を演じる／出醜，丟臉。

じゅうたい [重態・重体]（名）病危。△〜に陥る／處於危篤狀態。

じゅうたい [紐帯]（名）("ちゅうたい" 之訛) 社會紐帶。

じゅうたい [渋滞]（名・自サ）停滯不前。△交通〜／交通阻塞。△折衝が〜している／交涉遲遲未能進展。

じゅうたい [縦隊]（名）縱隊。△愛国〜／愛國縱隊 (組織)。

じゅうだい [十代]（名）①(從十二三歲到十九歲) 十幾歲。△〜の少女／十多歲的少女。② 十代。△〜の土着／十代的老住戶。③ 第十代。△〜の本因坊名人／第十代 (圍棋) 本因坊名人。

じゅうだい [重大]（形動）① 重大，重要。△〜事件／重大事件。② 嚴重。△〜な結果をもたらす／帶來嚴重後果。△〜な時機／緊要關頭。

しゅうたいせい [集大成]（名・他サ）集大成。△多年の研究の〜／集多年研究之大成。

じゅうたく [住宅]（名）住宅。△〜街／住宅區。△〜地／住宅用地。△集団〜／集體住宅。△公団〜／公營住宅。

しゅうたん [愁嘆]（名・自サ）悲嘆。△〜場／〈劇〉悲傷場面。

しゅうだん [集団]（名）集團，集體。△〜で行動する／集體行動。△〜指導／集體領導。

じゅうたん [絨毯・絨緞]（名）地毯。△〜爆撃／全面毀滅性的轟炸。

じゅうだん [銃弾]（名）槍彈，子彈。

じゅうだん [縦断]（名・他サ）① 縱斷。△〜面／縱斷面。② 南北縱貫。△台風が九州を〜して北上した／颱風縱貫九州而北上了。

じゅうたんさんソーダ [重炭酸ソーダ]（名）〈化〉重碳酸鈉，碳酸氫鈉。→重曹

しゅうち [周知・衆知]（名・他サ）周知，眾所周知。△それは〜の事実だ／那是眾所周知的事實。

しゅうち [羞恥]（名）羞恥。△〜を覚る／感到羞恥。

しゅうち [衆知・衆智]（名）眾人的智慧。△〜を集める／集思廣益。

しゅうちく [修築]（名・他サ）修繕 (建築物)。

しゅうちゃく［執着］(名・自サ) 迷戀，留戀。△生に～する／貪生。△勝敗に～する／看重勝敗。

しゅうちゃく［終着］(名) ① 終點。△～駅／終點站。② 最後到達。△～列車／最後一班列車。↔ 始発

しゅうちゅう［集中］(名・自他サ) ① 集中。△人口が都市に～している／人口集中於城市。△～豪雨／特大暴雨。② 作品集內。△～の圧巻／集中的精華部分。

じゅうちゅうはっく［十中八九］(副) 十中八九。(也説 "じっちゅうはっく")

しゅうちょう［酋長］(名) 酋長。

しゅうちん［袖珍］(名)("袖珍本" 的略語) 袖珍。△～本／袖珍本。→ポケット型

じゅうちん［重鎮］(名) 重鎮，權威，泰斗。△学界の～／學術界的泰斗。

じゅうづめ［重詰め］(名) 盛在多層套盒裏的飯菜。

しゅうてい［修訂］(名・他サ) 修訂，改訂。△～版／修訂版。

じゅうてい［重訂］(名・他サ) 再次修訂。△～版／再次修訂版。

しゅうてき［讐敵］(名) 仇敵。→きゅうてき

しゅうてん［終点］(名) 終點，終點站。↔ 起點，始點

しゅうでん［終電］(名)("終電車" 的略語) 末班電車。→赤電車

じゅうてん［充填］(名・他サ) 裝填，填補。△虫歯を～する／填補蟲牙。△火薬を～する／裝填火藥。△～機／填料機。

じゅうてん［重点］(名) ① 重點。△語学を～におく／把外語作為(學習)重點。△予算を～的に配分する／重點分配預算。② 〈理〉力點，支點。→ポイント，作用點

じゅうでん［充電］(名・自サ) 充電。△バッテリーに～する／給電瓶充電。△～器／充電裝置。↔ 放電

しゅうでんしゃ［終電車］(名) 末班電車。→赤電車

シュート［chute］(名) 礦石、包裹、垃圾等的)滑運道。△ダスト～／垃圾道。

シュート［shoot］(名・自他サ) ① (棒球) 曲綫球。② (籃球、足球、冰球等) 投籃，射門。③ 拍攝(電影)。④ 新芽。

しゅうと［舅］(名) ① 公公。② 岳父。

しゅうと［姑］(名) ① 婆母。② 岳母。→しゅうとめ

しゅうと［囚徒］(名) 囚徒，囚犯。

しゅうと［宗徒］(名)〈宗〉信徒。

ジュート［jute］(名)〈植物〉黃麻，黃麻纖維。

じゅうど［重度］(名) 病情)重。△～身障者／嚴重殘疾者。

しゅうとう［周到］(名・形動) 周到，周密。△～な計画／周密的計劃。△用意が～／準備得很周到。

しゅうとう［秋闘］(名)(日本工會) 秋季的罷工等鬥爭。

しゅうどう［修道］(名・自サ)〈宗〉修道，修行。△～院／修道院。△～士／修士。△～女／修女。

しゅうどう［就働］(名・自サ) 出勤，出工。△～率／出勤率。

じゅうとう［充当］(名・自他サ) 充當，撥作。△利益金を資金に～する／把利潤撥作資金。

じゅうとう［重盗］(名)(棒球) 雙盜壘。→ダブルスチール

じゅうどう［柔道］(名) 柔道。

しゅうとく［拾得］(名・他サ) 拾到。△～物／拾到的東西，拾物。△金を～してもねこばばしない／拾金不昧。↔ 遺失

しゅうとく［収得］(名・他サ) ① 取得，收取。△～税／取得稅(對貨幣收入賦稅的總稱。包括所得稅、事業稅、固定資產稅、繼承稅等)。② 昧取拾金，拾物。△～罪／昧取拾金罪。

しゅうとく［習得］(名・他サ) 學會。△英会話を～する／學會英語會話。△言語～期／兒童學話時期。

しゅうとく［修得］(名・他サ) 掌握，學會。△運転技術を～する／掌握了駕駛技術。

しゅうとめ［姑］(名) 婆母。

しゅうない［週内］(名) 本星期內。△～にお返しします／本星期之內奉還。

じゅうなん［柔軟］(形動) ① 柔軟。△～体操／自由體操。② 機動靈活。△～な態度で臨む／以靈活態度對待。

じゅうにおんかい［十二音階］(名)〈樂〉十二個半音符音階。

じゅうにく［獣肉］(名) 獸肉。

じゅうにし［十二支］(名) 十二支，地支。→干支

じゅうにしちょう［十二指腸］(名) 十二指腸。

じゅうにぶん［十二分］(名・形動)("十分" 的強調形) 十二分，充分。△～にちょうだいしました／我已經吃得很多了。已經給我很多了。

しゅうにゅう［収入］(名) 收入。△～に見合った支出をする／量入為出。△現金～／現金收入。↔ 支出

しゅうにん［就任］(名・自サ) 就職，就任。↔ 辞任

じゅうにん［住人］(名) 居民。△アパートの～／住公寓的人。

じゅうにん［重任］I (名) 重任。△～を引き受ける／承擔重任。II (名・自サ) 連任。△理事長に～する／連任董事長。

じゅうにんといろ［十人十色］(名)(相貌、愛好、性格、想法等) 人各不同。

じゅうにんなみ［十人並み］(名・形動)(才幹、容貌等) 中等，一般。△～の仕事ぶり／工作能力一般。

しゅうねん［執念］(名) 執着。△～を燃やす／固執到底。△～にとりつかれる／耿耿於懷。

じゅうねんいちじつ［十年一日］(名) 十年如一日。

しゅうねんぶか・い［執念深い］(形) 執着, 固執。△何度断っても～く言い寄ってくる男／幾經拒絕仍糾纏不休的人。

しゅうのう［収納］(名・他サ) ① 収納。△税金を～する／收稅。② 收穫。△農作物を倉庫に～する／把農產品入庫。③ 收存。

じゅうのう［十能］(名) 火鏟。

じゅうのうしゅぎ［重農主義］(名)〈經〉重農主義。↔ 重商主義

しゅうは［周波］(名)〈電〉周, 周波。△～数／頻率。

しゅうは［宗派］(名) 宗派, 派別。

しゅうは［秋波］(名) 秋波。△しきりに～を送る／頻送秋波。→ウインク

シューバ［shuba］(名) 皮大衣。

しゅうはい［集配］(名・他サ)(郵件等) 收集和遞送。△～人／郵遞員。

じゅうばく［重爆］(名) 重轟炸機。

じゅうばこ［重箱］(名) 食品套盒。△～の隅をつつく／吹毛求疵。挑剔。

じゅうばこよみ［重箱読み］(名) 音訓讀法(日語中對兩個漢字組成的單詞, 上一字音讀, 下一字訓讀。如“緣組”讀“えんぐみ”) ↔ 湯桶読み

しゅうバス［終バス］(名) 末班公共汽車。

しゅうはすう［周波数］(名) 頻率。△～を合わせる／對準頻率。

じゅうはちばん［十八番］(名) 拿手好戲, 擅長。△座興に～の手品をやる／表演拿手的魔術助興。

しゅうはつ［終発］(名) 末班車(火車、電車、公共汽車等)。↔ 始発

しゅうばつ［秀抜］(名・形動) 卓越, 出眾。

じゅうばつ［重罰］(名) ① 重刑。② 嚴懲。△～に処する／予以嚴懲。處以重罰。

しゅうばん［終盤］(名) ①(圍棋、象棋等) 終局, 終盤。② 比賽的最後階段。△～戦／決賽。↔ 序盤、中盤

しゅうばん［週番］(名) 值週, 本週的值班人。

じゅうはん［重犯］(名) ① 重罪犯人。② 再犯, 重犯。

じゅうはん［重版］(名・他サ) 再版, 重版。↔ 初版

じゅうはん［従犯］(名) 從犯。↔ 正犯, 主犯

しゅうび［愁眉］(名) 愁眉。△～を開く／舒展愁眉。

しゅうび［醜美］(名) 美醜。

じゅうびょう［重病］(名) 重病。

シューブ［德 Schub］(名)〈醫〉(肺結核) 病竈突然轉移。

しゅうふく［修復］(名・他サ) 修復。△～工事／修復工程。

じゅうふく［重複］(名・自サ) 重複。→ちょうふく

しゅうぶん［秋分］(名) 秋分。↔ 春分

しゅうぶん［醜聞］(名) 醜聞。△～が立つ／醜聞被傳播開來。→スキャンダル

じゅうぶん［十分・充分］(副・形動) 充分, 十足, 足夠。△一人で～だ／一個人就足夠了。△～いただきました／我已經吃好了。我拿到了充分的報酬。

じゅうぶん［重文］(名) ① 並列複合句。②“重要文化財”的略語。

しゅうぶんのひ［秋分の日］(名) 日本人祭祖的節日。→彼岸

しゅうへき［習癖］(名) 積習(多用於貶義)。

シューベルト［Franz Peter Schubert］(名)〈人名〉舒伯特(1797-1828)。奧地利作曲家。

しゅうへん［周辺］(名) 周圍, 四周。△大都市～の住宅地／大城市四周的住宅區。

しゅうへん［終篇・終編］(名)(書、故事等的) 終篇。

しゅうほう［週報］(名) 週報, 週刊。→ウィークリー

しゅうぼう［衆望］(名) 眾望。△～をになう／深孚眾望。

じゅうほう［重宝・什宝］(名) 祖傳珍寶。

じゅうほう［重砲］(名) 重炮。△～をあびせる／用重炮轟擊。

じゅうほう［銃砲］(名) ① 槍炮。② 槍類。△～店／武器商店。

じゆうぼうえき［自由貿易］(名)〈經〉自由貿易。↔ 保護貿易

じゆうほうにん［自由放任］(名) ① 無拘無束。②〈經〉自由主義。

じゆうほんぽう［自由奔放］(形動) 自由奔放, 無拘無束。

シューマイ［焼売］(名) 燒麥。

しゅうまく［終幕］(名) ①〈劇〉最後一幕。↔ 序幕 ② 散場。③(事件的) 結束, 尾聲。

しゅうまつ［終末］(名) 完結。△～を迎える／接近尾聲。

しゅうまつ［週末］(名) 週末。△～旅行／週末旅遊。

シューマン［Robert Alexander Schumann］(名)〈人名〉舒曼(1810-1856)。德國作曲家。

じゅうまん［充満］(名・自サ) 充滿。△社内には不平が～している／公司裏瀰漫着不滿情緒。

しゅうみ［臭味］(名) ① 臭味。② くさみ② 派頭, 氣味。△官僚の～／官僚氣。

しゅうみつ［周密］(名・形動) 周密。△～な計画／周密的計劃。△～に考える／周密地思考。

しゅうみん［就眠］(名・自サ) 入睡。

じゅうみん［住民］(名) 居民。△～運動／居民發起的運動。△町内～委員会／街道委員會。

じゅうみんぜい［住民税］(名) 居民稅。

じゅうみんとうろく［住民登録］(名) 居民登記。

じゅうみんひょう［住民票］(名) 居民證。

じゅうめい［醜名］(名) 惡名, 臭名。

じゅうめい［襲名］(名・他サ) 襲承名號(藝人繼承師傅的名號)。△～披露／承襲名號招待會。

じゅうめん［渋面］（名）板起的面孔。△〜を作る／板着面孔。面有難色。

じゅうもう［絨毛］（名）(小腸内的) 絨毛。

しゅうもく［衆目］（名）眾目。△〜の一致するところ／眾人一致的看法。

じゅうもく［十目］（名）十目，眾目。△〜の視る所，十指の指す所／十目所視，十手所指。

しゅうもん［宗門］（名）〈宗〉宗派。

じゅうもんじ［十文字］（名）① 十字形。② 十字交叉。△ひもを〜にかける／用細繩十字交叉繫起來。

しゅうや［終夜］（名）通宵。△〜営業／通宵營業。△〜運転／整夜運行。

しゅうやく［集約］（名・他サ）匯總。△皆の意見を〜する／綜合大家的意見。

じゅうやく［重役］（名）(企業的) 董事，監事。△〜会議／董事會。

じゅうやく［重訳］（名・他サ）轉譯。△日訳本から〜する／由日譯本轉譯。

しゅうやくのうぎょう［集約農業］（名）集約農業。↔ 粗放農業

じゅうゆ［重油］（名）柴油。△〜機関車／柴油機車。

しゅうゆう［周遊］（名・自サ）周遊。

しゅうよう［収用］（名・他サ）徵用。△土地を〜する／徵用土地。

しゅうよう［収容］（名・他サ）① 收容。△避難民を〜する／收容難民。② 容納。△ 50 人を〜できるバス／能容納五十人的公共汽車。③ 監押。△留置場に〜される／被押進拘留所。

しゅうよう［修養］（名・自サ）修養。△〜を積む／注意修養。△〜が足りない／缺乏修養。

しゅうよう［襲用］（名・他サ）襲用，沿用。

じゅうよう［重要］（名・形動）重要。△〜視／重視。△〜事項／重要事項。

しゅうようじょ［収容所］（名）收容所。△捕虜〜／俘虜收容所。

じゅうようぶんかざい［重要文化財］（名）重要文化遺產。

じゅうよく［獣欲］（名）獸慾。

じゅうよくごうをせいす［柔よく剛を制す］（連語）柔能剋剛。

しゅうらい［襲来］（名・自サ）襲來。△寒波が〜する／寒潮襲來。△敵機〜／敵機來襲。

じゅうらい［従来］（名）從來，向來，歷來。△〜のやりかた／歷來的做法。△〜通りにする／按舊例進行。

しゅうらく［集落・聚落］（名）村落，部落。

しゅうらん［収攬］（名・他サ）籠絡。△人心を〜する／籠絡人心。

じゅうらん［縦覧］（名・他サ）隨便看。△住民の〜に供する／供居民自由觀覽。△〜謝絶／謝絕參觀。

しゅうり［修理］（名・他サ）修理，修繕。

しゅうりょ［囚虜］（名）俘虜。

しゅうりょう［収量］（名）收穫量。

しゅうりょう［秋涼］（名）秋涼。△〜の候／金風送爽之時。

しゅうりょう［修了］（名・他サ）學完。△中学 3 年の課程を〜する／學完了中學三年的課程。

しゅうりょう［終了］（名・自他サ）① 結束。△大会は無事〜した／大會勝利結束。② 完成。△重要使命を〜する／完成了 (一項) 重要使命。

しゅうりょう［終漁］（名・自サ）捕魚期結束。

じゅうりょう［十両］（名）① 十兩。②（相撲）十兩 (力士的等級，居於 “幕内” 之下，“幕下” 之上的力士)。

じゅうりょう［重量］（名）重量。△〜をはかる／稱重量，過磅。△〜不足／分量不足。

じゅうりょう［銃猟］（名）用槍打獵。△〜を禁止する／禁止用槍打獵。

じゅうりょうあげ［重量挙げ］（名）舉重。→ エートリフティング

じゅうりょうぜい［従量税］（名）從量稅 (以重量、長度、體積、數量等為標準所課的稅)。

じゅうりょく［重力］（名）〈理〉重力。△〜の法則／萬有引力定律。

じゅうりん［蹂躙］（名・他サ）蹂躪。△人権〜／踐踏人權。

ジュール［joule］（名）〈理〉焦耳。

しゅうるい［醜類］（名）敗類。△〜をしりぞける／清除敗類。

じゅうるい［獣類］（名）獸類。

シュールレアリズム［法 surréalisme］（名）超現實主義。

しゅうれい［秀麗］（名・形動）秀麗。

じゅうれつ［縦列］（名）縱隊。△〜に並ぶ／排成縱隊。

しゅうれっしゃ［終列車］（名）(當天的) 末班火車。

しゅうれん［収斂］（名・自他サ）收斂，收縮。△血管を〜させる／使血管收縮。△〜剤／收斂劑。

しゅうれん［修練・修錬］（名・他サ）鍛煉，鍛煉。△〜を積む／千錘百煉。

しゅうろう［就労］（名・自サ）工作，就業。△〜時間／工作時間。△〜人口／就業人口。

じゅうろうどう［重労働］（名）重體力勞動。

しゅうろく［収録・輯録］（名・他サ）① 收錄，收載。② 實況錄音，錄像。

じゅうろくミリ［十六ミリ］（名）十六毫米影片。

じゅうろくや［十六夜］（名）陰曆十六日夜晚。

しゅうろん［衆論］（名）眾人的議論，輿論。△〜を斥ける／排斥眾論。

しゅうわい［収賄］（名・自他サ）受賄。↔ 贈賄

じゅうわり［十割］（名）十分，百分之百。△〜の増産／增產十成。△成功率は〜だ／成功率為百分之百。

しゅえい［守衛］（名）警衛 (人員)。

じゅえき［受益］(名・自サ) 受益。△～者/受益人。

じゅえき［樹液］(名) 樹液 (從根部吸收的液體養分及由樹皮沁出的液狀物質)。

ジュエリー［jewelry］(名) 珠寶飾物。

しゅえん［主演］(名・自サ) 主演，主角。△～女優/主演女演員。↔ 助演

しゅえん［酒宴］(名) 酒宴。△～を張る/設酒宴。

しゅおん［主音］(名) 主音調。→トニック。キーノート

しゅおん［主恩］(名) 主恩 (主人或君主之恩)。

しゅが［主我］(名) ①〈哲〉自我。② 利己。

じゅか［儒家］(名) 儒家。

じゅか［樹下］(名) 樹下。

シュガー［sugar］(名) 糖。△～ポット/糖罐。

しゅかい［首魁］(名) 魁首，罪魁，主謀者。

じゅかい［受戒］(名) 受戒。

じゅかい［授戒］(名自サ)〈佛教〉授戒。

じゅかい［樹海］(名) 林海。△はてしない～/一望無際的林海。

しゅがいねん［種概念］(名) (邏輯) 種概念。

しゅかく［主客］(名) ① 主人與客人。△～が所を変える/喧賓奪主。② 主次。△～顛倒/主次顛倒。③ (語法) 主語與賓語。

しゅかく［主格］(名) (語法) 主格。

じゅがく［儒学］(名) 儒學。

しゅかん［主幹］(名) ① (樹木的) 主幹。② (職稱) 主幹。△編集～/主編。

しゅかん［主管］(名・他サ) 主管。△～官庁/主管部門。

しゅかん［主観］(名) 主觀。△～を離れる/擺脱主觀。↔ 客観

しゅかん［首巻］(名) 第一卷。↔ 終巻

しゅがん［主眼］(名) 着眼點，重點。△出題の～/出題的着眼點。

しゅかんてき［主観的］(形動) 主觀地。△～観念論/主觀唯心論。

しゅき［手記］(名) 筆記。△戦没学生～/陣亡學生筆記。

しゅき［酒気］(名) 酒氣。△～を帯びる/帶酒氣。

しゅき［酒器］(名) 酒器。

しゅぎ［主義］(名) ① 主義。→イズム ② 主張。△早起き～/一貫主張早起。

じゅきゅう［受給］(名・他サ) 領取。△年金の～者/養老金領取者。

じゅきゅう［需給］(名) 供求。△～関係/供求關係。

じゅきゅうギャップ［需給ギャップ］(名) 供需差。

しゅきょう［主教］(名)〈宗〉主教。

しゅきょう［酒興］(名) 酒興。△～を添える/助酒興。

しゅぎょう［主業］(名) 主要業務。↔ 副業

しゅぎょう［修行］(名・自サ) ①〈佛教〉修行。② 練功。△～を積む/練功夫。

しゅぎょう［修業］(名・自サ) 鍛煉，學習。△花嫁～/學習做新娘的本領。

しゅぎょう［儒教］(名) 儒教。

じゅぎょう［授業］(名・自サ) 上課，授課。△～を受ける/聽課。△文学史の～をする/講授文學史。△～料/學費。

じゅぎょう［受業］(名・自サ) ① 學習功課。② 學習技藝。△～生/門生，門徒。

しゅぎょく［珠玉］(名) ① 珠寶玉器。② 珍貴。△～の名作/珠璣之作。

しゅく［宿］(名) ① 住宿。② 宿店。③ 星宿。△二十八～/二十八宿。

じゅく［塾］(名) ① 私塾。△～を開く/開設私塾。② 補習學校，學習班。△学習～に通う/上補習學校。

しゅくあ［宿痾］(名) 宿疾。

しゅくあく［宿悪］(名) 舊惡。△～がばれる/舊惡暴露。

しゅくい［祝意］(名) 賀忱。△～を表する/表達賀忱。

しゅぐう［殊遇］(名) 殊遇。△～を受ける/受到特殊優待。

しゅくえい［宿衛］(名) 夜間守衛。

しゅくえい［宿営］(名・自サ) ① 宿營。△～地/宿營地。② 野營。

しゅくえき［宿駅］(名) 驛站。→宿場

しゅくえん［祝宴・祝筵］(名) 喜宴。△～を催す (設ける・張る・開く)/設喜宴。

しゅくえん［宿怨］(名) 宿怨。△～を晴らす/報宿怨。△～を抱く/懷有宿怨。

しゅくが［祝賀］(名・他サ) 祝賀，慶祝。△～パレード/慶祝遊行。△～の辞を述べる/致賀辭。

しゅくがく［宿学］(名) 飽學。△～の士/飽學之士。

しゅくがん［宿願］(名) 宿願。△～を果たす/宿願得償。

しゅくげん［縮減］(名・他サ) 削減。△予算を２割～する/削減二成預算。

じゅくご［熟語］(名) ① 複合詞。② 成語。

しゅくごう［宿業］(名) 宿孽，因果報應。

しゅくこんそう［宿根草］(名) ⇨ しゅっこんそう

しゅくさいじつ［祝祭日］(名) (政府規定的) 節日和祭祀日。

しゅくさつ［縮刷］(名・他サ) 縮版印刷。△～版/縮印版。

しゅくじ［祝辞］(名) 祝詞。△～を述べる/致賀詞。↔ 弔辞

じゅくじ［熟字］(名) 成語。→熟語

じゅくじくん［熟字訓］(名) 用漢字表達的日本固有語言的讀音。△田舎を“いなか”、海苔を“のり”と読むのは～だ/把“田舎”讀作“いなか”，“海苔”讀作“のり”，便是“熟字訓”。

しゅくじつ［祝日］(名) 節日。

しゅくしゃ［宿舎］(名) ① 旅館。② 公務人員住宅。

しゅくしゃ［縮写］(名・他サ) 縮小尺寸拍攝照片, 文件等。

しゅくしゃく［縮尺］(名・他サ) 縮尺, 比例尺。△～１万分の１の地図／比例尺為萬分之一的地圖。

しゅくしゅ［宿主］(名)〈生物〉(寄生蟲寄生的) 寄主。

しゅくしゅく［粛粛］(形動) ① 肅穆。② 莊嚴。③ 謹慎。

しゅくじょ［淑女］(名) 淑女。→レディー ↔ 紳士

しゅくしょう［祝勝・祝捷］(名) 慶祝勝利。△～会／祝捷大會。

しゅくしょう［宿将］(名) 宿將, 老將。

しゅくしょう［縮小］(名・自他サ) 縮小。△人員を～する／裁減人員。△軍備～／裁軍。↔ 拡大

しゅくず［縮図］(名) ① 縮圖。② 縮影。△人生の～／人生的縮影。

じゅく・す［熟す］(自五) ①(果實) 成熟。②(時機) 成熟。△機が～／時機成熟。③ 熟練。△わざが～／技藝熟練。

じゅくすい［熟睡］(名・自サ) 酣睡。

じゅく・する［熟する］(自サ) ⇨熟す

しゅくせい［粛正］(名・他サ) 整飭。△綱紀を～する／整飭綱紀。

しゅくせい［粛清］(名・他サ) 肅清, 清洗。△反対派を～する／肅清反對派。

しゅくぜん［粛然］(形動) ① 肅然。△～として襟を正す／肅然起敬。② 寂靜。

しゅくだい［宿題］(名) ① 課外作業。△～を出す／留課外作業。② 懸案。△長年の～が解決した／多年懸案得到解決。

じゅくたつ［熟達］(名・自サ) 精通。△英語に～する／精通英語。

じゅくち［熟知］(名・他サ) 熟悉。△内情を～している人／熟悉內情的人。△～の仲／熟人。

しゅくちょく［宿値］(名・自サ) 值宿。△～日誌／值宿日記。

しゅくてき［宿敵］(名) 宿敵。

しゅくてん［祝典］(名) 慶祝儀式。△～をあげる／舉行慶祝儀式。

しゅくでん［祝電］(名) 賀電。△～を打つ／致賀電。↔ 弔電

じゅくどく［熟読］(名・他サ) 熟讀, 精讀。

じゅくねん［熟年］(名) 人生成熟期 (指45-65歲時期)。

しゅくば［宿場］(名) 驛站。

しゅくはい［祝杯］(名) 祝酒時使用的酒杯。△しきりに～をあげる／頻頻祝酒。

しゅくはく［宿泊］(名・自サ) 下榻, 住宿。△～を予約する／預訂房間。

しゅくばまち［宿場町］(名) 由驛站發展起來的村鎮。

しゅくふく［祝福］(名・他サ) ① 祝賀。②〈宗〉祝福。

しゅくへい［宿弊］(名) 積弊。△～を一掃する／清除積弊。

しゅくほう［祝砲］(名) 禮炮。△～を放つ／鳴放禮炮。

しゅくぼう［宿坊］(名)〈佛教〉寺院裏為進香者特設的住所。

しゅくぼう［宿望］(名) ① 宿願。△～を果たす／宿願得償。② 聲望。

しゅくめい［宿命］(名) 命中注定。△～とあきらめる／認命。△～論／宿命論。

じゅくりょ［熟慮］(名・自サ) 深思, 熟慮。

じゅくれん［熟練］(名・自サ) 熟練。△～工／熟練工。

しゅくろう［宿老］(名) ① 耆宿。②(江戶時代) 保甲長。③ 武士統治時代的高官。

しゅくわり［宿割り］(名・自サ) 分配住房。△観光団の～をする／給旅遊團分配住處。

しゅくん［主君］(名) 主公。

しゅくん［殊勲］(名) 殊勳。

じゅくん［受勲］(名・サ) 受勳。

しゅけい［主計］(名)〈舊〉部隊之後勤會計。

しゅげい［手芸］(名) 手工藝 (指刺繡編織等)。

じゅけい［受刑］(名・自サ) 服刑, 受刑。

じゅけつ［受血］(名) 接受輸血。

しゅけん［主権］(名) 主權。

じゅけん［受検］(名・自他サ) 接受考核。△教員検定を～する／接受教師資格考核。

じゅけん［受験］(名・自他サ) 應試。△～にうかる／考中。△大学を～する／考大學。

じゅけん［授権］(名・他サ) 授權。△～されて代理人になる／被授權為代理人。

しゅご［主語］(名)〈語法〉主語。↔ 述語

しゅご［守護］(名・自サ) ① 守衛。△～神／保護神。②"鎌倉""室町"時代維護治安的官吏。

しゅこう［手交］(名・他サ) 遞交。△覚え書きを～する／遞交照會 (備忘錄)。

しゅこう［首肯］(名・自他サ) 首肯。△～し難い提案／難以贊同的提案。

しゅこう［酒肴］(名) 酒餚。

しゅこう［趣向］(名) ① 下功夫。△～を凝らす／開動腦筋。② 趣旨, 主意。△～を変える／改變主意。

しゅごう［酒豪］(名) 酒豪。

じゅこう［受光］(名) 曝光, 受光。△～体／受光體。

じゅこう［受講］(名・自他サ) 聽課, 受訓。

しゅこうぎょう［手工業］(名) 手工業。↔ 機械工業

しゅこうげい［手工芸］(名) 手工藝。

しゅこうしょく［朱紅色］(名) 朱紅色, 鮮紅色。

しゅこん［主根］(名)〈植物〉主根。↔ 鬚根

しゅこん［鬚根］(名)〈植物〉鬚根。↔ 主根

じゅこん［儒艮］(名)〈動〉儒艮, 人魚。

しゅざ［首座］(名) 首座。

しゅそ［首座］(名) 首座 (禪宗的最高僧職)。

しゅさい［主宰］(名・自他サ) ① 主宰。△自分の運命を～する／主宰自己的命運。② 主

持。△会を～する／主持會。

しゅさい［主祭］(名)〈宗〉主祭。

しゅさい［主催］(名・他サ) 主辦。△新聞社～の展覧会／報社主辦的展覽會。↔ 共催

しゅざい［主剤］(名) 主要藥劑。

しゅざい［取材］(名・自他サ) 採訪，搜集題材。△～班／採訪組。

しゅざい［首罪］(名) ① 多種犯罪中最重的罪。② 首犯。③ 梟首罪。

しゅざいぼうがい［取材妨害］(名) 限制採訪自由。

しゅさつ［手札］(名) ① 親筆信。② 名刺。

しゅざや［朱鞘］(名) 朱紅色的刀鞘。

しゅざん［珠算］(名) 珠算。

しゅさんち［主産地］(名) 主要產地。

しゅさんぶつ［主産物］(名) 主要產品。

しゅし［主旨］(名) 主旨。

しゅし［種子］(名) 種子。

しゅし［趣旨］(名) 宗旨，意向。

しゅじ［主事］(名) 主任。△指導～／視學。

じゅし［樹脂］(名) ① 樹脂。② 合成樹脂。△アクリル～／丙烯樹脂。△ポリエチレン～／聚乙烯樹脂。

しゅじい［主治医］(名) ① 主治醫生。② 經常給自己看病的醫生。

しゅしがく［朱子学］(名) 朱子學，程朱理學。

しゅじく［主軸］(名) ①〈機械〉主軸。②〈理〉中心軸綫。△放物線の～／拋物綫的中心軸。③ 事物核心。△～人物／中心人物。

しゅしゃ［手写］(名・他サ) 手抄。△～本／手抄本。

しゅしゃ［取捨］(名・他サ) 取捨。△～に迷う／難以取捨。△～選択／選擇取捨。

じゅしゃ［儒者］(名) 儒家，漢學家。

じゅしゃく［授爵］(名・自サ) 授爵。

しゅじゅ［種種］(名・形動) 種種，各樣。△食品を～取りそろえている／各種食品齊全。△～雑多／種類繁多。形形色色。

しゅじゅ［侏儒］(名) 侏儒，矮子。

じゅじゅ［授受］(名・他サ) 授受。△金銭の～／授受金錢。

しゅじゅう［主従］(名) ① 主僕。② 主從。△～関係／主從關係。

しゅじゅつ［手術］(名・他サ) 手術。△～室／手術室。△～台／手術台。△～着／手術衣。

じゅじゅつ［呪術］(名) 巫術，魔法。△～使い／巫師，魔法師。

しゅしょ［手書］(名・他サ) ① 手抄。② 親筆信。

しゅしょ［朱書］(名・他サ) 朱書，硃批。

しゅしょう［手抄］(名・他サ) ① 手抄。② 札記。

しゅしょう［主将］(名) ①〈軍〉主將。②〈體〉隊長。→キャプテン

しゅしょう［主唱］(名・他サ) 主要倡導(者)。△運動の～者／運動的倡導人。

しゅしょう［首唱］(名・他サ) 首倡。

しゅしょう［首相］(名) 首相，內閣總理大臣。△～官邸／首相官邸。

しゅしょう［殊勝］(形動) 值得稱讚，難能可貴。△～な心がけ／其志可嘉。

しゅじょう［主情］(名)〈哲〉感情至上。△～主義／感情主義。

しゅじょう［衆生］(名)〈佛教〉芸芸眾生。

じゅしょう［受賞］(名・自他サ) 獲獎。△ノーベル賞の～者／諾貝爾獎的獲獎者。

じゅしょう［授賞］(名・自他サ) 發獎。△～式／發獎儀式。

じゅしょう［授章］(名・自他サ) 頒發獎章，勳章。

しゅしょく［主食］(名) 主食。↔ 副食

しゅしょく［酒色］(名) 酒色。△～に溺れる／耽於酒色。

しゅしょしんたい［出処進退］(名) 去留，進退。△～を明らかにする／明確去留。

しゅしん［主審］(名) ①〈體〉裁判長。→レフェリー ↔ 副審・線審 ②〈棒球〉審球裁判。→アンパイア ↔ 塁審

しゅしん［朱唇・朱脣］(名) 朱唇。

しゅじん［主人］(名) ① 東道主。△～役をつとめる／做東道主。② 戶主。△となりの～／鄰居的戶主。③ 丈夫。△主人のある女／有夫之婦。△ご～にどうぞよろしく／請給您家先生問候。④ 店主，老闆。△店の～／店東，老闆。

じゅしん［受信］(名・他サ) ①（無綫電、電報等）收聽，接收。②（郵件、電報）收報，收件。△～人／收報人，收件人。↔ 送信，發信

じゅしん［受診］(名・自サ) 接受診療。

じゅす［繻子］(名) 緞子。→サテン

じゅず［数珠］(名) 唸珠。

じゅすい［入水］(名・自サ) 投水自盡。

じゅずだま［数珠玉］(名) ① 唸珠的珠子。②〈植物〉薏苡，薏苡米（漢藥）。

じゅずつなぎ［数珠繋ぎ］(名) 聯成一串。△車が 1 台止まればたちまち～になる／只要有一輛車停下，馬上就會形成一條長龍。

しゅせい［守勢］(名) 守勢。△～にまわる／轉向守勢。↔ 攻勢

しゅせい［守成］(名・他サ) 守成。↔ 創業

しゅせい［酒精］(名) 酒精。→アルコール

しゅぜい［酒税］(名) 酒稅。

じゅせい［受精］(名・自サ) 受精。△～卵をかえる／孵化受精卵。

じゅせい［授精］(名・他サ) 授精。△人工～／人工授精。

しゅせいぶん［主成分］(名) 主要成分。

しゅせき［手跡・手蹟］(名) 手跡，真跡。

しゅせき［主席］(名) 主席。△国家～／國家主席。△～台／主席台。

しゅせき［首席］(名) 首席。△～で卒業する／以第一名畢業。△～全権／首席全權代表。

しゅせきさん［酒石酸］(名)〈化〉酒石酸。

しゅせん［主戦］(名) ① 主戰。△～論／主戰論。↔ 反戦 ② 戰鬥中的主力。

しゅせん［酒仙］(名) 以飲酒為樂趣的人。

じゅせん［受洗］(名・他サ)〈宗〉接受洗禮。

しゅせんど［守銭奴］(名) 守財奴。

しゅそ［主訴］(名・他サ)(病人的) 自訴病狀。

じゅそ［呪詛］(名・他サ) 詛咒。

しゅぞう［酒造］(名) 釀酒。△～業／釀酒業。

じゅぞう［受像］(名・他サ)〈電視〉接受圖像，顯像。△～管／顯像管。△～スクリーン／熒光屏。

しゅぞく［種族］(名) 種族。

しゅたい［主体］(名)① 主體，核心。△二年生を～にしたチーム／以二年級學生為主體的競技隊。②(以自我為中心的) 主體。↔ 客体

しゅだい［主題］(名)①(藝術作品中的) 主題。②(音樂中的) 主旋律。→テーマ

しゅだい［首題］(名)(議案、通知的) 件由。△～の件につき／關於前件由…

じゅたい［受胎］(名・自サ) 受胎，懷胎。→妊娠

しゅたいせい［主体性］(名) 主體性，獨立性。

しゅたいてき［主体的］(形動) 主體的，自主地。

じゅたく［受託］(名・他サ) 接受委託。

じゅだく［受諾］(名・他サ) 承諾。→うけいれる ↔ 拒絶

しゅたる［主たる］(連體) 主要的。△チームの～メンバー／(球) 隊的主要成員。

しゅだん［手段］(名) 手段，方法。△～を選ばない／不擇手段。△常套～／慣用伎倆。

しゅち［主知］(名)〈哲〉唯理。△～主義／唯理主義。△～派／唯理派，主知派。

しゅちく［種畜］(名) 種畜。△～牧場／種畜牧場。

しゅちゅう［手中］(名) 手中，掌握。△～におさめる／據為己有。

じゅちゅう［受注・受註］(名・他サ) 接受訂貨。△大口の～があった／有一筆大宗訂貨。↔ 発注

しゅちょう［主張］(名・他サ) 主張。△～をつらぬく／貫徹自己的主張。△正義を～する／主持正義。

しゅちょう［主調］(名)①〈樂〉主調，基調。②〈美術〉基調。△赤を～とした作品／以紅色為基調的作品。

しゅちょう［首長］(名)①(一個團體或組織的最高負責人) 首長。② 地方自治團體的首長。

しゅつ［出］(名) 出生，出身。△彼は藤原氏の～である／他乃藤原氏之後。△薩摩藩の～／薩摩藩出身。

じゅつ［述］(名) 口述。△山下社長～／山下總經理口述。

じゅつ［術］(名)① 技藝。△～のある人／有技藝的人。② 手段。△もはや施す～がない／已經無計可施。③ 策略。△～を授ける／授計。④ 魔法。△～をかける／運用魔法。

しゅつえん［出演］(名・自サ) 演出，登台表演。△テレビ番組に～する／在電視節目中出演。

場表演。△～者／演員。

しゅっか［出火］(名・自サ) 失火。△～の原因を調べる／調查失火原因。

しゅっか［出荷］(名・他サ) 發貨，上市。△工場から～する／由工廠發貨。△野菜や果物の～が多い／蔬菜和水果的上市量很大。

しゅつが［出芽］(名・自サ)① 發芽。② 芽生(無性生殖)。

じゅっかい［述懐］(名・自他サ)① 談心。② 追述往事。△～談／懷舊談。

しゅっかく［出格］(名) 破格，破例。△～の優遇を与える／破格給予優厚待遇。

しゅっかん［出棺］(名・自サ) 出殯。

しゅつがん［出願］(名・自他サ) 申請。△特許を～する／申請專利權。△～者／申請人。

しゅっきょう［出京］(名・自サ)① 離京。② 晉京。

しゅっきん［出金］(名・自サ) 支出。△～伝票／支出傳票，付款記賬憑單。

しゅっきん［出勤］(名・自サ) 上班。△朝8時に～する／早上八點鐘上班。△～簿／簽到簿，考勤簿。

しゅっけ［出家］(名・自サ)〈佛教〉① 出家。② 出家人。

しゅつげき［出撃］(名・自サ) 出撃。↔ 邀撃

しゅっけつ［出欠］(名)① 出席和缺席。△～をとる／點名。② 出勤和缺勤。

しゅっけつ［出血］(名・自サ)① 出血，流血。△～が止まらない／出血不止。② 犧牲極大。△～サービス／犧牲血本大甩賣。

しゅっけつぼうえき［出血貿易］(名) 虧本的出口貿易。

しゅつげん［出現］(名・自サ) 出現。△第5代のロボットが～した／第五代機器人出現了。

しゅっこ［出庫］(名・自他サ)①(貨物) 出庫。②(車輛) 出庫。↔ 入庫

じゅつご［述語］(名)①〈語法〉謂語。↔ 主語 ②〈邏輯〉賓辭。

じゅつご［術後］(名) 手術後。↔ 術前

じゅつご［術語］(名) 術語，專用用語。→テクニカルターム

しゅっこう［出向］(名・自サ)(奉命) 前往。△北海道へ～を命ずる／派赴北海道。

しゅっこう［出校］(名・自サ)① 到校。△明日から～する／從明天開始到學校去。② 離校。③〈印刷〉打出校樣。

しゅっこう［出航］(名・自サ) 啟航，起飛。

しゅっこう［出港］(名・自サ) 離港。↔ 入港

じゅっこう［熟考］(名・他サ) 深思熟慮。△～の上返事する／仔細考慮之後再答覆。

しゅっこく［出国］(名・自サ) 出國。↔ 入国

しゅつごく［出獄］(名・自サ) 出獄。△仮～／假釋。

しゅっこんそう［宿根草］(名) 多年生草。

じゅっさく［術策］(名) 權術。△～をめぐらす／玩弄權術。

しゅっさつ［出札］(名)(車站) 售票。

△～口／售票窗口。
しゅっさん［出産］（名・自他サ）分娩。△～休假／產假。
しゅっし［出仕］（名・自サ）出任公職。
しゅっし［出資］（名・自サ）投資。
しゅつじ［出自］（名）① 出身。△～を調べる／調查出身。② 來源，出處。
しゅっしゃ［出社］（名・自サ）① 到公司上班。② 到神社工作。↔ 退社
しゅっしょ［出所］（名・自サ）① 出處。△～を明らかにする／查明出處。② 刑滿出獄。↔ 入所
しゅっしょう［出生］（名・自サ）出生。△～地／出生地。→しゅっせい
しゅつじょう［出場］（名・自サ）（參加競賽、演藝等）出場。
しゅっしょく［出色］（形動）出色。△～のできばえ／成績出色。
しゅっしん［出身］（名）① 出身。△労働者～／工人出身。② 籍貫。△彼は鹿児島の～だ／他是鹿兒島人。③ 畢業學校。△東大～の秀才／東京大學畢業的高才生。
しゅつじん［出陣］（名・自サ）① 出陣，出征。② 上場。△リーグ戦に～する／聯賽時登場。
しゅっすい［出水］（名・自サ）洪水泛濫，發水。△～期／汛期。
しゅっすい［出穂］（名）抽穗。△稲の～期／水稻的抽穗期。
じゅっすう［術数］（名）① 權術。② 陰陽、五行，占卜等。
しゅっせ［出世］（名・自サ）發跡，成名。△～が早い／發跡得早。立身出世／飛黃騰達。
しゅっせい［出生］（名・自サ）出生。→しゅっしょう
しゅっせい［出征］（名・自サ）出征，上戰場。△～兵士／出征士兵。
しゅっせがしら［出世頭］（名）（學友、朋友等同輩人中）最成功的人。
しゅっせき［出席］（名・自サ）出席，參加。△～をとる／點名。△～できない／不能參加。↔ 欠席
しゅっせきぼ［出席簿］（名）點名冊。
じゅつぜん［術前］（名）手術前。△～の処置をする／做手術前的處理。
しゅったい［出来］（名・自サ）①（事件）發生。△一大事が～した／發生了一件大事。② 完成。△正月号、近日中に～／一月號、近日內出刊。
しゅつだい［出題］（名・自サ）①（測試）出考題。△～範囲が広い／出題範圍很廣。②（詩、歌會等）事先公佈歌詠題目。
しゅったつ［出立］（名・自サ）出發，動身。△明朝 8 時に～する／明晨八點動身。
じゅっちゅう［術中］（名）圈套。△～に陥る／落入圈套。
しゅっちょう［出張］（名・自サ）① 出差。② 外地駐在。△メキシコへ～所／墨西哥辦事處。

しゅっちょう［出超］（名）貿易順差。↔ 入超
しゅってい［出廷］（名・自サ）〈法〉出庭。△証人として～する／作為證人出庭。
しゅってん［出典］（名）典故的出處。△引用文の～を明らかにする／標明引文的出處。
しゅつど［出土］（名・自サ）出土。△～品／出土文物。
しゅっとう［出頭］（名・自サ）（由司法機關傳喚而）報到。△任意～を命ずる／傳喚嫌疑犯自行到案。
しゅつどう［出動］（名・自サ）出動。△警官の～を要請する／要求出動警察。△消防自動車が～した／出動了救火車。
しゅつにゅう［出入］（名・自サ）① 出入。△一般の～を禁ずる／禁止一般人出入。出入国管理令／出入境管理法。② 金錢收支。
しゅつば［出馬］（名・自サ）①（親自）出馬。② 參加競選。
しゅっぱつ［出発］（名・自サ）① 出發，身身。② 開頭。△人生の再～／開始新的生活。
しゅっぱん［出帆］（名・自サ）起錨，啟航。
しゅっぱん［出版］（名・他サ）出版。△～物／刊物。
しゅっぱんけん［出版権］（名）出版權。
しゅっぱんしゃ［出版社］（名）出版社。
しゅっぴ［出費］（名・自サ）開支，花銷。△～を切りつめる／節約開支。△～がかさむ／開支大。
しゅっぴん［出品］（名・自サ）展出作品或產品。△～品目／展品種類。
しゅっぺい［出兵］（名・自サ）出兵。↔ 撤兵
しゅつぼつ［出没］（名・自サ）出沒，出沒無常。△密輸船が～する／常出現走私船。
しゅっぽん［出奔］（名・自サ）出走。△国元を～した／逃離故鄉。
しゅつらんのほまれ［出藍の誉れ］（連語）青出於藍而勝於藍。
しゅつりょう［出猟］（名・自サ）出外狩獵。
しゅつりょう［出漁］（名・自サ）出海捕魚。
しゅつりょく［出力］（名）①〈電〉輸出功率。△～ 30 万キロワットの発電機／輸出功率三十萬千瓦的發電機。②（電算機）演算結果。→アウトプット ↔ 入力。インプット
しゅつるい［出塁］（名・自サ）（棒球）進一壘。
しゅてん［主点］（名）要點。△論文の～を検討する／討論論文的要點。
しゅと［首都］（名）首都。
しゅと［酒徒］（名）酒徒。
しゅとう［種痘］（名・自サ）種牛痘。△～がついた／種痘出了。
しゅどう［手動］（名）手動。△～ブレーキ／手閘。
しゅどう［主動］（名）主動。△～の立場にある／處於主動地位。△～的／主動地。
じゅどう［受動］（名）被動。△～態／〈語〉被動態。△～的／被動地。
じゅどう［儒道］（名）① 儒教。② 儒教與道教。

しゅどうけん［主導権］(名) 主動權，領導權。△～を握る／掌握主動權。

しゅとく［取得］(名・他サ) 獲得，取得。△免許を～する／取得執照。

しゅとけん［首都圏］(名) 首都圏 (以東京為中心包括鄰近的七個縣)。

しゅとして［主として］(副) 主要是。△製品は～農村向きである／産品主要是面向農村。

シュトラウス［Johann Strauss］(名)〈人名〉施特勞斯 (1825–1899)。奥地利作曲家。

じゅなん［受難］(名・自サ)① 受苦難。②〈宗〉基督蒙難。

ジュニア［junior］(名)① 少年少女。△～選手／少年選手。△～スタイル／少女服装様式。②(學校的) 下班生。

しゅにく［朱肉］(名) 紅印泥。

じゅにゅう［授乳］(名・自サ) 哺乳。△乳児の～時間／嬰兒的哺乳時間。

しゅにん［主任］(名)① 主任。△会計～／會計主任。② 日本公務員職位之一。

じゅにんげんど［受忍限度］(名) 忍受的極限 (多用於環境污染等公害方面)。

しゅぬり［朱塗り］(名) 塗成紅色的 (器物)。△～の手箱／塗紅漆的匣子。

しゅのう［首脳］(名) 首腦，領導人。△～会談／首腦會談。△～部／企業團體的最高領導層。

じゅのう［受納］(名・他サ) 接受，收納。

シュノーケル［德 Schnörkel］(名)① 潛艇通氣管。② 游泳用呼吸器。△～車／雲梯式消防車。

じゅばく［呪縛］(名・他サ)① 用咒語束縛住。② 完全被剝奪了自由意志。△～された人／完全受人擺佈的人。

しゅっぱつてん［出発点］(名) 出發點。△～から間違っている／出發點根本就不對頭。

しゅはん［主犯］(名) 主犯，首犯。→正犯 ↔ 共犯

しゅはん［首班］(名)① 首相，總理大臣。△～に指名される／被提名為首相。② 首席。

ジュバン［gibāo］(名) 和服貼身襯衫。△長～／長襯衣。

しゅび［守備］(名・他サ) 防守，守備。△～をかためる／加強防守。↔ 攻撃

しゅび［首尾］(名・自サ)① 始終。△～一貫している／始終如一。② 過程，結果。△～は上上だ／結果極好。

じゅひ［樹皮］(名) 樹皮。

しゅひぎむ［守秘義務］(名) 保密義務 (公務員、醫生、律師等必須遵守的義務)。

ジュピター［Jupiter］(名) 朱庇特 (古羅馬神話中的主神，等於希臘神話中的宙斯)。

しゅひつ［主筆］(名) 主筆，主編。

しゅひつ［朱筆］(名) 硃批。△～を入れる／校稿。

しゅびょう［種苗］(名)① 植物的種和苗。② 魚苗。

じゅひょう［樹冰］(名) 霧淞，樹掛。△春先の～は実に壮観だ／早春的樹掛真是壯觀極了。

しゅびよく［首尾よく］(副) 成功地，圓滿地。△～試験に通った／順利地通過了考試。

しゅひん［主賓］(名)① 主賓。② 賓主。

しゅふ［主婦］(名) 家庭主婦。

しゅふ［首府］(名) 首府，首都。→キャピタル

しゅぶ［首部］(名)① 主要部分。②〈語〉句子的主語及其修飾語部分。↔ 述部

じゅふ［呪符］(名) 符咒，護身符。

シュプール［德 Spur］(名) 滑雪留下的痕跡。

シュプレヒコール［德 Sprechchor］(名)①〈劇〉台詞的合白。②(集會、遊行時) 喊口號。

しゅぶん［主文］(名)① 文章中的主要部分。② 判決書的判罪部分。

じゅふん［受粉］(名・自サ) 受粉。△媒介～／經天然媒介傳播花粉。

じゅふん［授粉］(名・自サ) 授粉。△人工～／人工傳播花粉。

しゅへい［守兵］(名) 守兵。

しゅへき［酒癖］(名) 酒癖。→さけくせ

しゅべつ［種別］(名・他サ) 分門別類，分類。△標本を～する／對標本進行分類。

しゅほ［酒保］(名)〈舊〉日本軍營内的小賣部。

しゅほう［手法］(名) 表現手法，技巧。△水墨画の～／水墨畫的手法。

しゅほう［主峰］(名) 主峰。

しゅほう［主砲］(名)① 主炮。②(棒球) 第四名主力撃球手。

しゅぼう［主謀・首謀］(名) 主謀，首惡。△反乱の～者／叛亂的主謀者。

ジュポン［法 jupon］(名) 襯裙。

しゅみ［趣味］(名)① 情趣，風趣。△～のある庭／富有情趣的庭院。② 興趣。△骨董に～を持つ／對古董有興趣。③ 愛好，嗜好。△悪～／不良的嗜好。

シュミーズ［法 chemise］(名) 女式無袖貼身襯裙。

シュミーズドレス［法 chemise dress］(名) 襯裙式服装。

シュミゼット［法 chemisette］(名) 緊胸襯衣。

しゅみせん［須弥山］(名)〈佛教〉須彌山。

シュミットカメラ［德 Schmidt camera］(名)〈天〉施密特式望遠照像機。

シュミネ［法 cheminée］(名) 壁爐。→マントルピース

しゅみゃく［主脈］(名)(山脈、礦脈、葉脈等) 主脈。↔ 支脈

じゅみょう［寿命］(名)① 壽命。△～がのびる／益壽延年。② 耐用年限。△電球の～／電燈泡的耐用時間。

しゅめい［主命］(名) 主人或君主的命令。

しゅもく［種目］(名) 項目。△～別選手権／各個項目的冠軍。

しゅもく［撞木］(名)(丁字形) 鐘槌。△～杖／丁字形手杖。

じゅもく［樹木］(名) 樹木。

しゅもつ［腫物］(名)〈醫〉腫瘡，癰癤。→腫

れもの。出来物

じゅもん［咒文］(名) 咒語。△～をとなえる／唸咒語。

しゅやく［主役］(名) ①〈劇〉主角。△～をつとめる／扮演主角。↔ 脇役。② 中心人物。△事件の～／事件中的主要人物。

しゅゆ［須臾］(名) 須臾, 刹那間。△～にして消え去る／轉眼之間消逝了。

じゅよ［授与］(名・他サ) 授與。△賞狀を～する／授與獎狀。△～式／發獎儀式。

しゅよう［主要］(名・形動) 主要。△～メンバー／主要成員。△～な目的／主要的目的。

しゅよう［腫瘍］(名)〈醫〉腫瘤。△悪性～／惡性腫瘤。

じゅよう［受容］(名・他サ) 接受, 容納。△申し入れを～する／接受申請 (提議)。△～性／感受性。

じゅよう［需要］(名) 需求, 需要。△生産が～に追いつかない／生產趕不上需要。△～をみたす／滿足需要。

じゅようインフレ［需要 inflation］(名) 因需求超過供應而引起的物價上漲。↔ デフレーション

しゅよく［主翼］(名)〈飛機的〉主翼。↔ 尾翼

しゅら［修羅］(名)〈佛教〉"阿修羅" 的略語 (古代印度的戰神)。

シュラーフザック［德 Schlafsack］(名) 袋型鴨絨被。

ジュライフォース［July 4th］(名) 七月四日, 美國獨立紀念日。

ジュラき［Jura 紀］(名)〈地〉侏羅紀。

しゅらじょう［修羅場］(名) ① 戰場。② 血肉橫飛的戰鬥場所。

しゅらどう［修羅道］(名)〈佛教〉阿修羅的住處。⇨修羅場

しゅらのもうしゅう［修羅の妄執］(連語) 執着的怨恨。

しゅらば［修羅場］(名)〈劇〉武打場面。

ジュラルミン［duralumin］(名) 硬質鋁合金。

しゅらん［酒乱］(名) 酒瘋。△あの男は～だ／他愛要酒瘋。

じゅり［受理］(名・他サ) 受理。△願書を～する／受理申請書。

ジュリーテスト［jury test］(名) 試銷調査。

しゅりけん［手裏剣］(名) 撒手劍, 飛鏢。

じゅりつ［樹立］(名・自他サ) 樹立, 建立。△政権を～する／建立政權。

しゅりゅう［主流］(名) ①〈江河的〉主流。↔ 支流 ②〈思想、學術界〉主要傾向, 主要流派。△～派／政黨內的當權派。

しゅりゅうだん［手榴弾］(名) 手榴彈。△～を投げる／投手榴彈。(也説 "てりゅうだん")

しゅりょう［首領］(名) 頭目, 首領。△盗賊の～／盗賊的頭目。→ボス

しゅりょう［狩猟］(名・自サ) 狩獵。△～に出かける／去打獵。

しゅりょう［酒量］(名) 酒量。△～があがる／酒量增大。

じゅりょう［受領］(名・他サ) 領收。△賞狀を～する／領獎狀。△～証／收據。△～済み／收訖。

しゅりょく［主力］(名) ① 主要力量。△勉強に～をそそぐ／把主要精力放在學習上。② 主力軍。△彼は～選手だ／他是主力運動員。

じゅりん［樹林］(名) 樹林。△針葉～帯／針葉林帶。

しゅるい［種類］(名) 種類。

シュルタン［法 sultan］(名) 蘇丹 (伊斯蘭國家的國王)。

じゅれい［樹齢］(名) 樹齡。

しゅれん［手練］(名) 純熟的技藝。

しゅろ［棕櫚］(名)〈植物〉棕櫚。△～縄／棕繩。

しゅわ［手話］(名) 手語。△～法／手語法。

じゅわき［受話器］(名) 電話聽筒。△～を取る／拿起聽筒。

しゅわん［手腕］(名) 能力, 本領。△～を振う／顯身手。△外交的～／外交手腕。△政治的な～／政治才幹 (手腕)。

しゅわんか［手腕家］(名) 有實力, 才幹的人。

しゅん［旬］(名)〈鮮魚果菜的〉最佳季節。△～をあじわう／品嚐時鮮。△さんまの～になる／到了秋刀魚上市的時令。

しゅん［舜・人名］(名) 舜。中國古代君王。△堯～の治／堯舜之治。

じゅん［旬］(名) ① 十天。△上 (中、下) ～／上 (中、下) 旬。② 十年。△7～の老人／七旬老人。

じゅん［純］ Ⅰ (接頭) 純粹。△～金／純金。△～文学／純文學。Ⅱ (形動) 純真。△～な少女／純真的少女。

じゅん［順］ Ⅰ (名) ① 順序。△～に並ぶ／依次排列。△～が狂う／次序亂了。② 輪流。△～を待つ／等着輪到自己。Ⅱ (形動) ① 順從, 溫順。△長上には～な人／對于長輩十分聽話的人。② 正常。↔ 逆

じゅんあい［純愛］(名) 純真的愛情。△～をささげる／獻出純真的愛情。

じゅんい［准尉］(名)〈軍〉準尉。

じゅんい［順位］(名) 席次, 等級, 名次。△入賞者の～をきめる／確定受獎者的名次。△～を争う／爭名次。

じゅんいつ［純一］(名・形動) 純正, 清一色。△～無雑な心境／心地純正無邪。

しゅんえい［俊英］(名) 才俊。△～の士／才俊之士。

じゅんえき［純益］(名) 純利潤。

じゅんえつ［巡閲］(名・他サ) 巡閲。

じゅんえん［巡演］(名・自サ) 巡迴演出。

じゅんえん［順延］(名・他サ) 順延。△雨天～／雨天順延。

じゅんおう［順応］(名・自サ) ⇨じゅんのう

じゅんおくり［順送り］(名) 依次傳遞。△書類を～にする／依次傳閱文件。△～人事／依次晉升的人事制度。

し
シ

しゅんが［春画］(名) 春宮畫。

じゅんか［純化］(名・自他サ) 純化。△～種子／純化的種子。

じゅんか［醇化・淳化］(名・自他サ) 醇化, 淨化。△～された芸術／醇淨的藝術。△心を～する／淨化心靈。

じゅんか［馴化・順化］(名・自サ) 馴化。△植物～の研究／植物馴化的研究。

じゅんかい［巡回］(名・自サ) 巡廻。△～公演／巡廻演出。△～パトロール／巡邏。

しゅんかしゅうとう［春夏秋冬］(名) 春夏秋冬, 一年四季。

じゅんかつゆ［潤滑油］(名) 潤滑油。

しゅんかん［春寒］(名) 春寒。

しゅんかん［瞬間］(名) 瞬間。△決定的～／關鍵時刻。△～のできごと／一眨眼之間發生的事情。

じゅんかん［旬刊］(名) 旬刊, 十日刊。

じゅんかん［旬間］(名) 十天, 一旬。

じゅんかん［循環］(名・自サ) 循環。△市内を～するバス／市內的環行公共汽車。△悪～／惡性循環。

じゅんかんき［循環器］(名)〈解剖〉循環器官 (心臟, 血管, 淋巴等)。

じゅんかんごふ［準看護婦］(名) 準護士 (中學畢業生在政府指定部門受二年教育並考試及格的護士)。↔ 正看護婦

じゅんかんしょうすう［循環小数］(名)〈數〉循環小數。

しゅんき［春季］(名) 春季。

しゅんき［春期］(名) 春季期間。

しゅんぎく［春菊］(名)〈植物〉茼蒿。

しゅんきはつどうき［春機発動期］(名) 思春期。

じゅんぎゃく［順逆］(名) ① 是非, 善惡。△～をわきまえる／辨別是非。② 恭順與抗拒, 順逆。

じゅんきゅう［準急］(名) (“準急行列車”的略語) 準快車。

しゅんきょ［峻拒］(名・他サ) 嚴屬拒絕。

じゅんきょ［準拠］(名・自サ) 依據, 遵照。△前例に～して処理する／準前例處理。

じゅんきょう［殉教］(名・自サ) 殉教。△～者／殉教者。

じゅんきょう［順境］(名) 順境。↔ 逆境

じゅんぎょう［巡業］(名・自サ) 巡廻演出。

じゅんきん［純金］(名) 純金。

じゅんぎん［純銀］(名) 純銀, 足銀。

じゅんきんじさん［準禁治産］(名)〈法〉準禁治產。

じゅんぐり［順繰り］(名・副) 依次, 輪流。△～に当番する／輪流值日。

しゅんけつ［俊傑］(名) 俊傑。

じゅんけつ［純血］(名) 純種 (動物)。

じゅんけつ［純潔］(名・形動) 純潔。

じゅんげつ［閏月］(名) 閏月。→うるうづき

じゅんけっしょう［準決勝］(名)〈體〉半決賽, 複賽。

しゅんけん［峻険］(名・形動) 險峻。

しゅんげん［峻厳］(名・形動) 嚴峻。△～な態度／嚴峻的態度。

じゅんけん［巡検］(名・他サ) 巡視檢查。

じゅんけん［純絹］(名) 純絲 (製品)。

じゅんげん［純減］(名・自サ) 實際減少。

じゅんこ［醇乎・純乎］(形動トタル) 純粹。△～たる民族文化／純粹的民族文化。

しゅんこう［春光］(名) 春光。

しゅんこう［春耕］(名) 春耕。↔ 秋耕

しゅんこう［竣工・竣功］(名・自サ) 竣工。

じゅんこう［巡航］(名・自サ) (飛機、輪船) 巡航。

じゅんこう［巡行］(名・自サ) ① 周遊。② 巡廻。

じゅんこう［順光］(名) 順光。↔ 逆光

じゅんこう［順行］(名・自サ) ① 依次前進。②〈天〉順轉。△～運動／天體順轉。↔ 逆行

じゅんこく［殉国］(名) 殉國, 為國捐軀。

じゅんさ［巡査］(名) 巡警 (日本警察級別之一)。△交通～／交通警。

しゅんさい［俊才・駿才］(名) 英才。→秀才

じゅんさい［蓴菜］(名)〈植物〉蓴菜。

しゅんさん［春蚕］(名) 春蠶。

しゅんじ［瞬時］(名) 轉瞬間。△～に消えさった／刹那間便消失了。

じゅんし［巡視］(名・他サ) ① 巡邏。② 巡視。

じゅんし［荀子］(名)〈人名〉荀子。中國戰國時代的思想家。

じゅんし［殉死］(名・自サ) 殉死, 殉節。

じゅんじ［順次］(副) ① 依次。△～報告する／依次報告。② 逐步。△生産力が～に高まる／生產力逐步提高。

じゅんじつ［旬日］(名) 十天。△～のうちに完成する／十天之內完成。

じゅんしゅ［遵守・順守］(名・他サ) 遵守。△法律を～する／守法。

しゅんしゅう［俊秀］(名) 俊秀。△門下に～が輩出する／門生中人才輩出。

しゅんじゅう［春秋］(名) ① 春和秋。② 歲月。③ 年齡。

しゅんじゅうじだい［春秋時代］(名)〈史〉中國春秋時代 (前 770 — 前 403)。

しゅんじゅん［逡巡］(名・自サ) 逡巡, 躊躇。△遲疑～／猶豫不決。

じゅんじゅん［諄諄］(形動) 諄諄。△～としてさとす／諄諄教誨。

じゅんじゅんけっしょう［準準決勝］(名)〈體〉半複賽。

じゅんじゅんに［順順に］(副) 依次。△～名前をいう／依次報名。

じゅんじょ［順序］(名) ① 次序。△入場の～を決める／規定入場次序。② 程序。△～をふんで申請する／按程序提出申請。

しゅんしょう［春宵］(名) 春宵。

じゅんしょう［準将］(名) (軍) 準將。

じゅんじょう［殉情］(名) 殉情。

じゅんじょう［純情］(名・形動) 天真，純情。△～な少女／天真的少女。△～可憐／天真可愛。

じゅんじょう［準繩］(名) 準繩，準則。

じゅんしょく［殉職］(名・自サ) 殉職。

じゅんしょく［潤色］(名・他サ) ① 矯飾，渲染。△事実を～して発表する／把事實添枝加葉地發表。② 改編原作。

じゅん・じる［殉じる］(自上一) 殉死。△正義に～／為正義而犧牲。

じゅん・じる［準じる］(自上一) 按。△正社員に～じて扱う／按正式職員待遇。

じゅんしん［純真］(名・形動) 純真。△～な心／純真的心。

じゅんすい［純粋］(名・形動) ① 純粋。② 純正。③ 一心一意。△～に真理を追究する／一心一意地追求真理。

じゅん・ずる［殉ずる］(自サ) ⇨じゅんじる

じゅん・ずる［準ずる］(自サ) ⇨じゅんじる

しゅんせい［竣成］(名・自サ) 竣工。

じゅんせい［純正］(名・形動) ① 純正。② 純理論。△～数学／理論數學。

しゅんせつ［浚渫］(名・他サ) 疏浚。△～船／挖泥船。

じゅんせつ［順接］(名・自サ)〈語〉順接。↔逆接

じゅんぜん［純然］(形動トタル) ① 純粋。△～たる江戸っ子／地道的東京人。② 純屬。△～たる違法行為／純屬違法行為。

じゅんぞう［純増］(名) 淨增。↔純減

しゅんそく［俊足］(名) 得意門生，高材生。

しゅんそく［駿足］(名) ① 跑得快，高材生。△～をほこる／以跑得快而自豪。② 駿馬。△～を駆る／馳駿馬。

じゅんそく［準則］(名) 準則。△～主義／照章辦事。

じゅんたく［潤沢］(名・形動) ① 寬裕，豐富。△～な資金／寬裕的資金。② 恩澤。

しゅんだん［春暖］(名) 春暖。

じゅんちょう［順調］(名・形動) 順利。△～に回復する／順利地恢復健康。

じゅんて［順手］(名)〈體〉正握（單槓）。↔逆手

しゅんと (副・自サ) 垂頭喪氣。△叱られて～なる／挨了批評便耷拉了腦袋。

じゅんど［純度］(名) 純度。△～の高いアルコール／高純度酒精。

しゅんとう［春闘］(名)“春季闘争”的略語 (日本工會在春季進行的鬥爭)。

しゅんどう［蠢動］(名・自サ) ① (蟲類) 蠕動。② 蠢動。△敵軍が国境で～している／敵軍在國境綫上蠢動。

じゅんとう［順当］(名・形動) 理應，正常。△Aチームは～に勝ち進んでいる／A隊獲勝不出所料。△そうあるのは～だ／本應如此。

じゅんなん［殉難］(名・自サ) 殉難。

じゅんに［順に］(副) ① 依次。△～回す／依次傳遞。② 正常地。△～いけば彼の番だ／在正常情況下，該輪到他了。

じゅんねん［閏年］(名) 閏年。→うるうどし

じゅんのう［順応］(名・自サ) 適應。△新しい環境に～する／適應新環境。△～性／適應性。

しゅんば［駿馬］(名) 駿馬。→しゅんめ

じゅんぱい［巡拝］(名・他サ) 巡迴參拜 (廟宇，神社)。

じゅんぱく［純白］(名・形動) 純白。

じゅんばん［順番］(名) ① 次序。△カードの～が狂っている／卡片的順序亂了。② 輪流。△～がくる／輪到自己。△～を待つ／等輪到自己。

しゅんぴ［春肥］(名)〈農〉春肥。→はるごえ

じゅんび［準備］(名・他サ) 準備，預備。△～がととのう／一切準備妥當。△～不足／準備不足。

じゅんび［醇美・純美］(名・形動) ① 醇美。② 完美。△～な建築／完美的建築。

しゅんぴつ［潤筆］(名) 揮毫。△～料／潤筆。

しゅんびん［俊敏］(名・形動) 精明強幹，敏捷。

しゅんぷう［春風］(名) 春風。

じゅんぷう［順風］(名) 順風。△～満帆／一帆風順。→追い風 ↔逆風

しゅんぶん［春分］(名) 春分。↔秋分

じゅんぶんがく［純文学］(名) 純文學。↔大衆文学

しゅんべつ［峻別］(名・他サ) 嚴格區分。

じゅんぽう［旬報］(名) 旬報，旬刊。

じゅんぽう［順法・遵法］(名) 守法。△～精神をつちかう／培養守法精神。△～闘争／合法鬥爭。

じゅんぽう［遵奉・順奉］(名・他サ) 遵奉。

じゅんぼく［醇朴・純朴・淳朴］(名・形動) 淳樸。△～な人柄／為人淳樸。

しゅんぽん［春本］(名) 淫書。→エロ本

しゅんみん［春眠］(名) 春眠。

しゅんめ［駿馬］(名) 駿馬。→しゅんば ↔駑馬

じゅんめん［純綿］(名) 純棉。

じゅんもう［純毛］(名) 純毛。

じゅんゆう［巡遊］(名・自サ) 周遊。

しゅんよう［春陽］(名) 春陽。

じゅんよう［準用］(名・他サ)〈法〉適用，援用。△職員の内規を雇員に～する／有關職員的内部規章可適用於僱員。

じゅんようかん［巡洋艦］(名) 巡洋艦。

じゅんようし［順養子］(名) ① 弟弟做了哥哥的繼承人，以弟為養子。② 做了哥哥繼承人的弟弟，再以哥哥的兒子為養子。

じゅんら［巡邏］(名・自サ) 巡邏。→パトロール

しゅんらい［春雷］(名) 春雷。

じゅんらん［巡覧］(名・他サ) 遊覽。

じゅんり［純利］(名) 純利。→純益

じゅんりょう［純良］（形動）純正。△～なブラジルコーヒー／純正的巴西咖啡。

じゅんりょう［純量］（名）淨重。→ネット

じゅんりょう［淳良］（形動）淳樸善良。△～な気風／淳樸良好的風習。

じゅんりょう［順良］（形動）溫順善良。△～な性格／溫順善良的性格。

じゅんれい［巡礼・順礼］（名・自サ）〈佛教〉巡迴朝拜。△～者／巡迴朝拜的人。

じゅんれき［巡歴］（名・自サ）遊歷。

しゅんれつ［峻烈］（名・形動）嚴厲。△～な攻撃／嚴峻的攻撃。△～を極めた批判／至為嚴厲的批判。

じゅんれつ［順列］（名）① 順序。△～を変える／改變順序。②〈數〉排列，置換。△～組合わせ／排列組合，重新排列組合。

じゅんろ［順路］（名）正常路綫。△～を矢印で示す／用箭頭表示行進路綫。

しょ［所］（名）所。“事務所・研究所・摄影所”等的略語。△本～／本所。

しょ［書］（名）① 書籍。△～を読む／讀書。② 書法。△～を習う／學習書法。△～をよくする／長於書法。③ 書信。△～を呈する／奉書。

しょ［暑］（名）① 暑氣。△～を避ける／避暑。② 大暑，小暑的總稱。

しょ［署］（名）①（官廳）署。②“警察署・消防署”等的略語。△本～／本署。

しょ－［諸］（接頭）諸多。△～問題／種種問題。

じょ［女］（名）女兒。△第二～／第二個女兒。

じょ［序］（名）① 序文。② 順序。△長幼の～／長幼之序。

じよ［自余・爾余］（名）〈文〉此外，其餘。

じよ［時余］（名）〈文〉一個多小時。

しょあく［諸悪］（名）諸惡。△～の根源／萬惡之源。

しょい［所為］（名）〈文〉① 所做的事。△だれの～だろう／是誰幹的呢。② 緣故。→せい

じょい［女医］（名）女醫生。

じょい［叙位］（名・自サ）受勳位、官位。

しょいあげ［背負上げ］（名）⇨帯上げ

しょいこ［背負子］（名）（揹東西的）揹架。

しょいこ・む［背負い込む］（他五）① 揹起。△重い荷物を～／揹起沉重的行李。② 負擔。△厄介な役を～／承擔了一份棘手的差事。

しょいちねん［初一念］（名）初衷。△～を貫く／貫徹初衷。

しょいなげ［背負投げ］（名）〈柔道〉把對方揹起來摔倒。

しょいん［所員］（名）（研究所等的）所員。

しょいん［書院］（名）① 出版社，書店。△明治～／明治書店。② 純日式客廳。

しょいん［署員］（名）（警察署、税務署）署員。

しょいん［諸因］（名）各種原因。

じょいん［女陰］（名）女陰。↔ 男根

しょいんづくり［書院造り］（名）純日本式建築。

ジョイント［joint］（名）①（器物的）接縫。② 榫，接頭。

ジョイントコミュニケ［joint communique］（名）聯合公報。

ジョイントコンサート［joint concert］（名）聯合音樂會。

ジョイントステートメント［joint statement］（名）聯合聲明。

ジョイントストック［joint stock］（名）合資。

ジョイントツアー［joint tour］（名）團體旅遊。

ジョイントベンチャー［joint venture］（名）聯營企業，合資事業。

ジョイントメソード［joint method］（名）預製件組裝式建築法。

しょ・う［背負う］（他五）① 揹。△リュックを～／揹帆布揹囊。② 擔負。△借金を～／負債。③ 自負。△～っている／自命不凡。

しょう［小］（名）小。△～を捨てて大につく／捨小就大。△～の月／小月。

しょう［升］（名）升（容量單位，約等於 1.8 公升）。

しょう－［正］（接頭）① 整。△～ 10 時に出発する／十點整出發。② 正（日本官階中，有正、從之分，正在從之上）。△～三位／正三位。

しょう［生］（名）生命。△～あるうちに／在有生之年。

しょう［性］（名）① 性情。△～が合わない／性情不合。合不來。△～に合う／合乎脾胃。② 質量。△～のいい紙／質量上乘的紙。③（星象的）性命（分金木水火土）。

しょう［省］Ⅰ（名）①（中國行政區域的）省。②（日本內閣的）省。△大蔵～／財政部。Ⅱ（接頭）節省。△～エネルギー製品／節約能源産品。

しょう［将］（名）將，將軍。

しょう［称］（名）稱，稱呼，聲譽。△海内随一の～がある／有國內首屈一指之稱。

しょう［商］（名）①〈數〉商數。↔ 積 ② 商業。

しょう［笙］（名）〈樂〉笙。

しょう［証・證］（名）① 證據。② 證明書。△学生～／學生證。

しょう［衝］（名）要衝。

しょう［賞］（名）褒獎，奬品。△～に入る／得奬。△～を与える／發奬。△ノーベル賞／諾貝爾奬。

しょう［章］（名）①（詩文的）章節。② 徽章。△校章／校徽。

しょう［簫］（名）〈樂〉簫。

しょう［子葉］（名）〈植物〉子葉。△単～植物／單子葉植物。

しよう［止揚］（名・他サ）〈哲〉揚棄。→アウフヘーベン

しよう［至要］（名・形動）至為重要。

しよう［私用］（名）① 私事。△～で会社を休む／因私事向公司請假。② 私人用。△～の便箋／私用信紙。③ 私自動用。△公金を～する／挪用公款。

しよう［使用］(名・他サ) 使用。△～者／用戶，僱主。△～人／傭人，僱工。△～料／使用費，租金。△～中／(牌示) 正在使用中。

しよう［枝葉］① 枝葉。② 枝節。

しよう［姿容］(名) 姿容，儀表。

しよう［試用］(名・他サ) 試用。△～期間は6か月／試用期為半年。

しよう［飼養］(名・他サ) 飼養。

しよう［仕様］(名) ① 方法，辦法。△連絡の～がない／沒法取得聯繫。② (機器、器具的) 説明。△～書／説明書，規格明細單。

じょう［上］I (名) ① 上。△～・中・下／上中下。② 上等。△味は～の～だ／味道好極了。③ 呈上 (寫在禮品包裝紙上)。II (接尾) 有關…方面。△手続～手落ちがある／手續上有疏漏。

じょう［丈］(名) 丈。

じょう［冗］(名) 不必要的。△～を省く／去掉不必要的。

じょう［条・條］I (名) 條款。△～を追って審議する／逐條審議。II (接尾) 條，縷，綫。△一～の光明／一綫光明。

じょう［状］(名) ① 狀況，樣態。△糊～／糊狀。② 書信。△この～の持参の者／持此信的來人。△紹介～／介紹信。△招待～／請束。

じょう［定］(名) ① 果然。△案の～／果然不出所料。② 〈佛教〉禪定。△～に入る／入定。

じょう［情］(名) ① 情。△～にほだされる／成為感情的俘虜。△懐旧の～／懷舊之情。② 同情。△～にもろい人／富於同情心的人。③ 情意。△親子の～／骨肉深情。④ 愛情，性慾。△人妻と～を通ずる／與有夫之婦通姦。⑤ 消息。△敵と～を通ずる／與敵人串通消息。⑥ 性情。△～のこわい人／倔彊的人。⑦ 實情。△～を明かす／吐露實情。△そうするのは人の～だ／那樣做乃是人之常情。

じょう［場］(名) ① 場。△一～の夢／一場夢。② 場所。△賛美の声が～に満ちる／全場一片讚揚之聲。

じょう［錠］(名) ① 鎖。△～をかける／鎖上。△～をあける／開鎖。△～が掛けてある／鎖着。② 藥片。△一回に2～飲んで下さい／請一次服用兩片。△～剤／片劑。

じょう［嬢］I (名) 姑娘，女孩兒。△～ちゃんですか，坊ちゃんですか／是女孩兒還是男孩兒？II (接尾) 小姐，女士。△山下～／山下小姐。△交換～／話務員小姐。△案内～／嚮導小姐。

－じょう［畳・疊］(接尾) (計算草墊蓆的量詞) 張，塊。△6～の間／鋪六張草墊蓆的房間。

－じょう［帖］(接尾) 疊。△判紙1～／八開日本白紙一疊 (二十張)。△海苔1～／紫菜一疊 (十張)。

じよう［次葉］(名) 下頁。△～をごらん下さい／請看下一頁。↔ 前葉

じよう［自用］(名) 自己用。

じよう［滋養］(名) 營養。

じょうあい［情合い］(名) 情意。△夫婦の～／夫妻的情意。

じょうあい［情愛］(名) 愛情，深情。

しょうあく［掌握］(名・他サ) 掌握。△部下を～する／掌握下屬人員。

しょうあん［硝安］(名) "硝酸アンモニウム" 的簡稱，硝酸銨。

しょうい［小異］(名) 小異。△大同小異／大同小異。

しょうい［少尉］(名) 少尉。

しょうい［傷痍］(名) 負傷。△～軍人／傷殘軍人。

じょうい［上位］(名) 上位。△～に立つ／居上位，名列前茅。

じょうい［上意］(名) ① 君主的旨意。② 上級、政府的意圖、指令。△～下達／上意下達。

じょうい［情意］(名) 情意。△～投合／情投意合。

じょうい［攘夷］(名) (江戶幕府時代的政策之一) 攘夷，排外。

じょうい［譲位］(名・自サ) (君主) 讓位。

じょういき［浄域］(名) 〈佛教〉① 淨域 (指神社、廟宇院内)。② 淨土，極樂世界。

しょういだん［焼夷弾］(名) 燃燒彈。

しょういん［勝因］(名) 勝利的原因。↔ 敗因

じょういん［上院］(名) (兩院制議會的) 上院，相當日本的參議院。

じょういん［冗員］(名) (官廳的) 冗員。△～を整理する／裁減冗員。

じょういん［剰員］(名) 編餘人員。

じょういん［乗員］(名) ① (車船的) 乘務員。② 乘客。

じょういん［常飲］(名・自サ) 常飲，常吸。△アヘンの～者／吸鴉片成癮者。

じょういん［畳韻］(名) 疊韻。

しょうう［小雨］(名) 小雨。△～決行／小雨按預定進行。→こさめ

じょううち［常打ち］(名) 經常演出。△～の芝居小屋／經常演出的小戲院。

しょううちゅう［小宇宙］(名) ① 〈哲〉微觀世界，小宇宙。→ミクロコスモス ↔ 大宇宙 ② 小天地。

しょううん［商運］(名) 做生意的運氣。△～に恵まれる／商運亨通。

しょううん［勝運］(名) 獲勝的運氣。△～に見放される／為勝利之神所拋棄。不幸敗北。

じょうえ［浄衣］(名) ① (敬神時穿的) 白禮服。② (僧人祈禱時穿的) 白衣服。

じょうえい［上映］(名・他サ) 放映 (影片)。

しょうえき［漿液］(名) (動植物體内的) 漿液。

しょうエネ［省エネ］(名) ⇨ 省エネルギー

しょうエネルギー［省エネルギー］(名) 節能。

しょうえん［小宴］(名) 便宴。

しょうえん［招宴］(名・他サ) 宴請，招待宴會。

しょうえん［荘園・庄園］(名) 莊園。△～主／莊園主。

しょうえん［消炎］(名) 〈醫〉消炎。△～剤／消炎藥。

しょうえん [硝煙]（名）硝煙，戰火。

じょうえん [上演]（名・他サ）上演。

じょうえん [情炎]（名）慾火。

しょうおう [照応]（名・自サ）照應，適應。△首尾〜／首尾互相照應。

しょうおん [消音]（名）① 消音。△〜装置／消音設備。② 隔音。△スタジオの〜室／製片廠的隔音室。

じょうおん [常温]（名）① 常温（化學上為攝氏十五度）。② 平均温度。△東京の〜は14度である／東京年平均温度為十四度。③ 恆温。

しょうか [小火]（名）小火災。↔ 大火

しょうか [小過]（名）小過錯。↔ 大過

しょうか [昇華]（名・自サ）①〈化〉昇華。② 昇華，純化。△精神の〜／精神的純化提高。

しょうか [消化]（名・自他サ）① 消化。△〜がいい／好消化。△〜にいい／利於消化。△〜不良／消化不良。② 理解，掌握。△講座の内容を〜する／弄通講座的内容。③ 完成，消耗，處理。△ノルマを〜する／完成工作量。△予算を〜する／用完預算。

しょうか [消火]（名・自サ）滅火。△〜栓／消防龍頭。△〜器／滅火器。↔ 発火

しょうか [将家]（名）將門。

しょうか [唱歌]（名）唱歌，音樂課。

しょうか [商科]（名）商科。△〜大学／商科大學。

しょうか [商家]（名）① 商人家庭。△〜のそだち／出生於商人家庭。② 商店。

しょうか [娼家]（名）娼家，妓院。

しょうか [頌歌]（名）頌歌。

しょうか [漿果]（名）漿果。↔ 堅果

しょうか [消夏・銷夏]（名）消暑。

しょうか [硝化]（名）硝化。△〜綿／硝化棉。

しょうか [晶化]（名・他サ）〈化〉晶化。

しょうが [小我]（名）〈哲〉小我，個人。

しょうが [生姜・生薑]（名）〈植物〉薑。△ひね〜／老薑。

じょうか [上下]（名）上下。△〜両院／上下兩院（参議院、衆議院）。

じょうか [城下]（名）城下。△〜の盟／城下之盟。

じょうか [浄化]（名・他サ）淨化。△下水の〜設備／淨化污水設備。

じょうか [浄火]（名）〈宗〉聖火。

じょうか [情火]（名）慾火。

じょうか [情歌]（名）戀歌。

じょうが [嫦娥]（名）① 嫦娥。② 月亮。

しょうかい [哨戒]（名・自サ）巡邏，放哨。△〜艇／巡邏艇。△〜機／巡邏機。

しょうかい [商会]（名）（商店名稱）商行。△五十鈴〜／五十鈴商行。

しょうかい [紹介]（名・他サ）介紹，推薦。△〜状／介紹信。

しょうかい [照会]（名・自サ）① 照會。② 查詢。

しょうかい [詳解]（名・他サ）詳解。

しょうがい [小害]（名）小損失。

しょうがい [生涯]（名）一生，終生。△〜を通じての友／畢生好友。△公〜／一生中擔任公職時期。

しょうがい [渉外]（名）對外聯繫。△〜事務を担当する／負責對外連絡事務。

しょうがい [傷害]（名・自他サ）① 傷害別人。△〜致死／傷害致死。② 受傷害。△交通事故で〜にあう／因交通事故受傷。△〜保険／傷害保險。

しょうがい [障碍・障害・障礙]（名）障礙。△〜にぶつかる／遇到障礙。△〜を乗り越える／越過障礙。△〜物／障礙物。

じょうかい [常会]（名）例會。

じょうがい [場外]（名）場外。△〜ホームラン／本壘打。

しょうがいきょういく [生涯教育]（名）終身教育。

しょうがいきょうそう [障害競走]（名）〈體〉障礙物賽跑。

しょうかいは [小会派]（名）小黨派，小團體。

しょうかく [昇格]（名・自他サ）升格，提升。

しょうがく [小学]（名）① 小學。△〜に入る／上小學。△〜生／小學生。② 小學（文字學）。

しょうがく [小額]（名）小額。△〜紙幣／面額小的紙幣。↔ 高額

しょうがく [少額]（名）小額。△〜ですが，気持だけです／錢很少，略表寸心罷了。↔ 多額

しょうがく [正覚]（名）〈佛教〉正覺。

しょうがく [商学]（名）商學。

しょうがく [奨学]（名）獎學。△〜金／獎學金，助學金。

じょうかく [城郭・城廓]（名）城廓。△天然の〜／天然屏障。

じょうかく [城閣]（名）城樓。

じょうがく [上顎]（名）上顎。→うわあご

しょうがくぼう [正覚坊]（名）① 綠蠵龜。② 酒徒。

しょうがつ [正月]（名）① 正月。② 新年。△お〜を祝う／慶祝新年。△目のお〜／一飽眼福。△〜気分／新年氣氛。

しょうがっこう [小学校]（名）小學校。

しょうがない（連語）① 毫無辦法。△〜奴だ／真是個沒法辦的傢伙。②（接動詞、形容詞“て”形）非常。△嬉しくて〜／高興得不得了。△涙が出て〜／止不住流淚。

しょうかぶ [正株]（名）實際交易的股票。↔ 空株

しょうかふりょう [消化不良]（名）① 消化不良。② 未能很好理解、吸收。

じょうかまち [城下町]（名）以江戸時代諸侯的府邸為中心而發展起來的城鎮。

しょうかん [小官] I（代）（官吏自謙語）下官。II（名）下級官吏。

しょうかん [小寒]（名）小寒。

しょうかん [少閑・小閑]（名）小閑。

しょうかん［召喚］(名・他サ) 傳喚。△証人を～する／傳喚證人。△～状／傳票。

しょうかん［召還］(名・他サ) 召回。△大使を本国に～する／召大使回國。

しょうかん［昇官］(名・自サ) 升官, 晉級。

しょうかん［将官］(名) 將官。

しょうかん［消閑］(名) 消遣。→暇潰し

しょうかん［商館］(名) 洋行。△オランダ～／荷蘭洋行。

しょうかん［傷寒］(名)〈醫〉傷寒。

しょうかん［償還］(名・他サ) 償還。△～期限 10 年の公債／償還期限十年的公債。

しょうがん［賞翫］(名・他サ)① 品嚐。② 玩賞, 欣賞。

じょうかん［上官］(名) 上司。↔下僚

じょうかん［上澣・上浣］(名) 上浣, 上旬。→上旬

じょうかん［上燗］(名) 燙得恰好 (的酒)。

じょうかん［冗官・剩官］(名) 多餘的官員, 冗員。

じょうかん［乗艦］(名・自サ)① 乘軍艦。② 所乘的軍艦。

じょうかん［情感］(名) 情感。△～をこめてうたう／充滿情感地歌唱。

しょうかんしゅう［商慣習］(名) 商業交易上的習慣。

しょうかんのん［聖観音］(名)〈佛教〉觀世音菩薩。

じょうかんばん［上甲板］(名)(艦船的) 最上層甲板。

しょうき［小器］(名)① 器量狹小。② 小人物。

しょうき［正気］(名・形動) 頭腦清醒, 神志正常。△～を失う／昏暈過去。△～に返る／清醒過來。△とても～の沙汰とは思えない／簡直不能設想那是神志正常的人所能幹出來的事情。

しょうき［沼気］(名) 沼氣, 甲烷。→メタン

しょうき［笑気］(名) 一氧化二氮, 氧化亞氮。

しょうき［将器］(名) 將才。

しょうき［鐘馗］(名) 鍾馗。

しょうき［商機］(名) 營利的機會。△～を逸する／錯過了營利機會。

しょうき［勝機］(名) 制勝機會。△～をつかむ／抓住制勝機會。

しょうき［詳記］(名・他サ) 詳細記載, 詳細記錄。↔略記

しょうき［瘴気］(名) 瘴氣。

しょうぎ［床几・床机］(名)(狩獵、戰場用的) 馬札兒, 馬箚兒。

しょうぎ［省議］(名) 政府各省 (部) 的會議, 決議。

しょうぎ［将棋］(名) 日本將棋。△～をさす／下將棋。

しょうぎ［娼妓］(名) 娼妓。

じょうき［上気］(名・自サ)① 臉上發燒, 面紅耳赤。△風呂上がりの～した顔／洗澡後紅撲撲的臉。② 沖昏頭腦。

じょうき［上記］(名) 上列, 上述。△～の通り相違ありません／如上所列無誤。

じょうき［条規］(名)〈法〉條例。

じょうき［乗機］(名)① 乘坐的飛機。② 乘飛機。

じょうき［常軌］(名) 常軌。△～を逸した行為／越軌行為。

じょうき［常規］(名)① 常規。② 標準。

じょうき［蒸気・蒸汽］(名) 蒸氣。△～機関／蒸氣機。△～水／水蒸氣。△～船／輪船。

じょうぎ［定規・定木］(名) 規尺。△三角～／三角尺。△丁字～／丁字尺。② 標準。△～を当てたような人／一本正經的人。△杓子～／墨守成規。

じょうぎ［情偽］(名)① 真偽。△～を改める／查明真偽。② 本來面目。

じょうぎ［情誼・情宜］(名) 情誼, 友誼。△～に厚い／重情誼的人。

じょうきげん［上機嫌］(名・形動) 興高采烈, 心情舒暢。△～な顔／滿臉高興的樣子。↔不機嫌

しょうぎだおし［将棋倒し］(名) 一個壓一個地倒下。△急停車で乗客が～になる／因急煞車乘客們都一齊擠倒了。

しょうきち［小吉］(名)① 小吉利。②(占卜) 小吉。

しょうきどう［上気道］(名) 上呼吸道。

しょうきぼ［小規模］(名・形動) 小規模。△～農業／小規模的農業。↔大規模

しょうきゃく［正客］(名) 主要客人。

しょうきゃく［消却・銷却］(名・他サ)① 註銷。△名簿から彼の名前を～する／從名冊上把他的名字註銷。② 耗費。△100 キロに 1 ガロンのオイルを～する／一百公里消耗一加侖汽油。

しょうきゃく［焼却］(名・他サ) 燒掉, 焚毀。△～炉／焚燒爐。

しょうきゃく［償却］(名・他サ)① 償還。△負債を～する／還清欠債。② 折舊。△減価～／折舊。

じょうきゃく［上客］(名)① 上賓。②〈商〉大主顧。

じょうきゃく［乗客］(名) 乘客。

じょうきゃく［常客］(名) 常客, 老主顧。△喫茶店の～／茶館兒的常客。

しょうきゅう［昇級］(名・自サ) 升級。↔降級

しょうきゅう［昇給］(名・自サ) 提薪。

じょうきゅう［上級］(名)① 高年級。△～生／高年級學生。△～班生／上班生。② 最～の品／最高級的商品。△～裁判所／上級法院。

しょうきゅうし［小休止］(名・自サ) 休息片刻, 小憩。

しょうきょ［消去］(名・自他サ)① 消失, 塗掉。△文字を～する／把字塗掉。②〈數〉消元法。

しょうきょう［商況］(名) 商情。△～不振／商情蕭條。

しょうぎょう［商業］(名)商業。△～区／商業區。

じょうきょう［上京］(名・自サ)進京, 去東京。

じょうきょう［状況・情況］(名)狀況, 情況。△～判断／判斷情況。△こうした～をふまえて／在這種情况下…

じょうきょう［常況］(名)經常的狀態。△心神喪失の～にある／經常處於精神錯亂狀態。

しょうきょく［小曲］(名)短曲, 小曲。↔大曲

しょうきょく［消極］(名)消極。△～性／消極性。△～抵抗／消極抵抗。↔積極

しょうきょく［勝局］(名)(棋類等)勝局。↔敗局

しょうきょくてき［消極的］(形動)消極地。△～な態度をとる／採取消極態度。

しょうきん［小禽］(名)小鳥。

しょうきん［正金］(名)①金銀幣。↔紙弊②現款。△～即時払い／隨時兌現。

しょうきん［賞金］(名)獎金。△～をかける／懸賞。△～をもらう／領取獎金。

しょうきん［奨金］(名)獎金。

しょうきん［償金］(名)賠款。→賠償金

じょうきん［常勤］(名・自サ)正式職員, 經常上班。△～講師／專職講師。↔非常勤

しょうきんるい［渉禽類］(名)〈動〉涉禽類。

しょうく［承句］(名)(漢詩絕句的第二句)承句。↔起句。結句

しょうく［章句］(名)①章與句。②文章的段落。△～を分ける／分段落。

じょうく［冗句］(名)①冗句。②詼諧。

じょうぐ［乗具］(名)乘馬用具。

じょうくう［上空］(名)上空, 天空, 高空。

しょうくうとう［照空灯］(名)探照燈。→サーチライト

しょうぐん［将軍］(名)①將軍。②幕府"征夷大将軍"的略語。△～家／將軍府上。日本幕府。

しょうげ［障碍・障礙］(名)障礙。→しょうがい

じょうげ［上下］Ⅰ(名)①上下。△地震は～に搖れはじめる／地震開始上下簸動。△～2冊の長篇小説／上下兩冊的長篇小說。②地位高低。△～の区別がない／不分地位高低。③上下配套的衣物。△背広の～／上下身西服。Ⅱ(名・自サ)①升降, 漲落。△エレベーターが～する／電梯一上一下。②△物価が～する／物價忽漲忽落。③上行和下行。△～線とも大雪のために不通である／因大雪上行下行火車都停開了。

しょうけい［小径・小逕］(名)小徑。△～をたどる／沿着小路走。

しょうけい［小計］(名・他サ)小計。△支出の～を出す／算出支出小計。

しょうけい［小景］(名)小風景畫。

しょうけい［小憩・少憩］(名・自サ)小憩。

しょうけい［承継］(名・他サ)繼承。

しょうけい［捷径］(名)捷徑。→近道

しょうけい［象形］(名)象形。△～文字／象形文字。

しょうけい［憧憬］(名・他サ)憧憬。△～を覚える／嚮往。

じょうけい［上掲］(名・他サ)上列。△～の書物／上列書籍。

じょうけい［情景・状景］(名)情景。

じょうけい［場景］(名)(電影、戲劇等)場景。

しょうげき［笑劇］(名)笑劇, 滑稽劇, 喜劇。→ファース

しょうげき［衝撃］(名)①(精神的)刺激, 打擊。△激しい～を受けて気絶した／受到劇烈打擊而昏厥了。②〈理〉衝撞。△粒子の～／粒子的衝擊。③休克。→ショック

しょうげきは［衝撃波］(名)衝擊波。△ジェット機の～／噴氣機的衝擊波。

しょうけつ［猖獗］(名・自サ)猖獗。

じょうけつ［浄血］(名)①潔淨的血液。②使血液淨化。△～作用／淨血作用。

しょうけん［小見］(名)①目光短淺。②(自謙)拙見, 淺見。

しょうけん［正絹］(名)純絲製品。

しょうけん［商権］(名)商權。

しょうけん［証券］(名)證券。△有価～／有價證券。△～取引所／證券交易所。

しょうげん［証言］(名・他サ)做證。△被告のために～する／為被告作證。

しょうげん［詳言］(名・他サ)詳述。

しょうげん［象限］(名)〈数〉象限。△～電位計／象限靜電計。

じょうけん［条件］(名)條件。△～をつける／附加條件。△～がそなわる／條件具備。△必要～／必備條件。△仮定～／假設條件。

じょうげん［上弦］(名)上弦。△～の月／上弦的月亮。

じょうげん［上限］(名)①最大限度。△温度の～を越えてはならない／不能超過(容許的)溫度上限。②〈史〉上限。△近代史の～を決める／確定近代史的上限。

しょうげんきょぜつけん［証言拒絶権］(名)拒絕做證權。

じょうけんはんしゃ［条件反射］(名)(生理)條件反射。↔無条件反射

しょうこ［尚古］(名)尚古, 厚古。△～思想／崇古思想。

しょうこ［称呼］(名)稱呼。

しょうこ［証拠］(名)①證據。△動かぬ～／鐵證。△物的～／物證。△～だてる／做證。②證明。△あくびは眠い～だ／打哈欠證明人睏。△論より～／事實勝於雄辯。

しょうこ［照顧］(名・他サ)反省。△脚下を～する／反躬自問。

しょうこ［鉦鼓］(名)①(古代征戰用的)鉦和鼓。②(雅樂的)鉦鼓。③(唸佛時的)鉦鼓。

しょうご［正午］(名)正午。△～の時報／正午報時。

じょうこ［上古］(名)〈史〉上古。

じょうご［漏斗］(名) 漏斗。

じょうご［上戸］(名) 能飲酒 (的人)。△笑い～／喝醉愛笑的人。△泣き～／喝醉愛哭的人。△怒り～／喝醉便生氣的人。↔ 下戸

じょうご［冗語・剰語］(名) 不必要的字句。△～を削る／删去不必要的字句。

じょうご［畳語］(名) 疊詞 (如 "われわれ・山山" 等)。

しょうこう［小康］(名)① (病) 暫時好轉。△～状態にある／處於小康狀態。② 暫時平穩。△休戦によって～を得る／由於停戰暫時保持平穩狀態。

しょうこう［少考］(名・自サ) 稍加思考。

しょうこう［招降］(名・他サ) 招安，招降。

しょうこう［昇汞］(名)〈化〉升汞水，氯化汞的別名。

しょうこう［昇降］(名・自サ) 升降。△～口 (車船) 的出入口。△～機／升降機，電梯。

しょうこう［将校］(名) (尉官以上的) 軍官。→士官

しょうこう［消光］(名・自サ) (書信用語) 度日，消磨時光。△無事～致しております／平安度日。

しょうこう［消耗］(名・他サ) 消耗。→しょうもう

しょうこう［症候］(名) 症狀，症候。

しょうこう［商工］(名) 工商。△～地帯／工商業區。△～会議所／總商會。

しょうこう［商港］(名) 商埠，通商港口。

しょうこう［焼香］(名・自サ) 燒香。△仏前で～する／在靈前燒香。

しょうごう［称号］(名)① 名稱。② 稱號。△博士の～／博士稱號。

しょうごう［商号］(名) 商號，字號，店名。

しょうごう［照合］(名・他サ) 對照，核對。△原稿とゲラを～する／核對原稿和校樣。△帳簿を～する／核對賬目。

じょうこう［上皇］(名) 太上皇。

じょうこう［条項］(名) 條款，項目。△～を加える／增加條款。

じょうこう［乗降］(名・自サ) 上下車。△～口／車門。△～客／上下車乘客。

じょうこう［情交］(名)① 友誼。△～を温める／重溫舊情。② 性交。△～を結ぶ／發生肉體關係。

じょうごう［定業］(名)〈佛教〉① 因果報應。② 入定觀佛。

じょうごう［乗号］(名)〈數〉乘號 (×)。

しょうこうい［商行為］(名)〈法〉商業行為，交易。

しょうこうねつ［猩紅熱］(名) 猩紅熱。

しょうこく［小国］(名) 小國。↔ 大国

しょうこく［生国］(名) 故鄉，出生地。

しょうこく［相国］(名) 相國，日本太政大臣，宰相。

じょうこく［上告］(名・他サ)① 向上級申述。② 〈法〉上訴。△～審／上訴審，第三審。△～棄却／駁回上訴。

じょうこく［上刻］(名) (古時計時單位之一，一個時辰 120 分鐘，劃分為上中下三個單元，前 40 分鐘為) 上刻。↔ 中刻、下刻

しょうこくみん［少国民］(名) 青少年，第二代。

しょうことなしに［副］不得已。△～承諾した／無可奈何地應了下來。

じょうごや［定小屋］(名)① 常設小戲院、雜耍場。② 藝人們定點演出的小戲院。

しょうこりもなく［懲りもなく］(連語) 不接受教訓。△いくら損をしても～競馬に出かける／輸了多少錢也不接受教訓，還是去買賽馬票。

しょうこん［性根］(名) 毅力，耐性。△～が尽き果てる／再不能堅持下去。

しょうこん［招魂］(名) 招魂。△～祭／招魂祭典。

しょうこん［商魂］(名) 做生意的氣魄，幹勁。△～たくましく売り込む／拚命推銷。

しょうこん［傷痕］(名) 傷痕。

しょうごん［荘厳］(名・他サ)〈佛教〉莊嚴。→そうごん

しょうさ［小差・少差］(名) 微小差別。△～で勝つ／以小差獲勝。↔ 大差

しょうさ［少佐］(名) (軍銜) 少校。

しょうさ［証左］(名) 佐證，證據。△～を求める／尋找人證物證。

じょうざ［正座］(名) 正面座位。

じょうざ［上座］(名) 上座。△～にすえる／讓到上座。↔ 下座

しょうさい［小才］(名) 小才。△～を誇る／誇示小才。↔ 大才

しょうさい［商才］(名) 經商的才幹。△～にたける／擅於經商。

しょうさい［詳細］(名・形動) 詳情，詳細。△～は追ってお知らせします／詳情以後奉告。△～に説明する／詳加解釋。

じょうさい［城西］(名) 首都、大城市的西部地區。↔ 城東

じょうさい［城塞］(名) 城堡。

じょうざい［浄財］(名) (非營利性的) 捐款。

じょうざい［常在］(名・自サ) 駐在。△局の～員／局的駐在員。

じょうざい［錠剤］(名) 藥片。→タブレット ↔ 散剤、液剤

しょうさく［小策］(名) 小計策。△～をもてあそぶ／玩弄小計謀。

じょうさく［上作］(名)① 傑作。② 豐收。

じょうさく［上策］(名) 上策，好辦法。↔ 下策

じょうさし［状差し］(名) (掛在牆上的) 信斗，信插。

しょうさつ［小冊］(名) 小型版本。△～ながら内容は豊富だ／版本雖小內容卻很豐富。

しょうさつ［笑殺］(名・他サ)① 大笑不止。△満場の観客を～した／引起全場觀眾哄堂大

笑。② 付之一笑。△他人の非難を～に付する/對別人的指摘付之一笑。

しょうさつ [焼殺] (名・他サ) 燒死。

しょうさつ [蕭殺] (形動) 蕭索 (景象)。

しょうさっし [小冊子] (名) ① 小冊子。→パンフレット ② 小而薄的書。

じょうさま [上様] (名) (收據、賬單等代替姓名的上款) 先生，台端。

しょうさん [消散] (名・自他サ) 消散。△苦悩の影が～する/苦惱的神色消失了。

しょうさん [称賛・賞賛・称讃・賞讃] (名・他サ) 稱讚，讚賞。△～を博する/博得讚揚。→賛美

しょうさん [勝算] (名) 取勝的把握。△～がたつ/有可能取勝。△～のない試合/沒有取勝希望的比賽。

しょうさん [硝酸] (名) 〈化〉硝酸。△～アンモニウム/硝酸銨。

じょうさん [蒸散] (名・自サ) (植物體內的水分) 蒸發掉。△～作用/蒸發作用。

じょうざん [乗算] (名) 乘法。→掛け算

しょうし [小史] (名) 簡史，小史。

しょうし [小祠] (名) 小祠堂，小神廟。→ほこら

しょうし [小誌] (名) ① 小型雜誌。② 〈謙〉敝社的雜誌。

しょうし [生死] (名) 生死。△～不明/生死不明。→せいし

しょうし [抄紙] (名) (造紙法) 抄紙。

しょうし [将士] (名) 將士。

しょうし [笑止] (名・形動) 可笑。△～千万/十分可笑。△～の至りだ/極其可笑。

しょうし [焼死] (名・自サ) 燒死。

しょうし [証紙] (名) 驗訖，收訖的標籤。

しょうし [頌詩] (名) 頌詩。

しょうじ [小字] (名) 小字。△～を書く筆/寫小字的筆。

しょうじ [小事] (名) 小節。△～にこだわらない/不拘小節。△大事の前の～/大事當前，小事讓路。△～は大事/要防微杜漸。↔大事

しょうじ [少時] (名) ① 年幼時。△～の友/少年時代的朋友。② 片刻。△～の油断も許されない/不容有片刻疏忽。

しょうじ [尚侍] (名) 宮中最高級別的女官。

しょうじ [生死] (名) 〈佛教〉生死輪迴。

しょうじ [商事] (名) ① 商務。② "～会社" 的簡稱。△大山～/大山商務公司。

しょうじ [頌辞] (名) 頌辭。

しょうじ [賞辞] (名) 讚賞之辭。→賞詞

しょうじ [障子] (名) 紙拉門 (窗)。△～を締める/關上拉門。△～を開ける/拉開拉門。△ガラス～/玻璃拉門。

じょうし [上巳] (名) ① 上巳 (陰曆三月初三)。② 女兒節。(也説 "じょうみ")

じょうし [上司] (名) 上司，上級。

じょうし [上使] (名) 上使 (江戸幕府派到各諸侯處的使節)。

じょうし [上肢] (名) 上肢。↔下肢。

じょうし [上梓] (名・他サ) 出版，付印。

じょうし [城市] (名) 城市。

じょうし [城址・城趾] (名) 城址。

じょうし [情死] (名・自サ) 情死。→心中

じょうじ [常時] (名) 平時，經常。→ふだん

じょうじ [情事] (名) (男女之間的) 曖昧關係。

じょうじ [畳字] (名) 疊字符號 (如 "〻、ゝ、々" 等)。

しょうじい・れる [請じ入れる・招じ入れる] (他下一) 請進來。△来客を応接間に～/把客人讓進應接間裏。

しょうじき [正直] I (名・形動) 正直，誠實，坦率。△～な人/正直的人。△～に話す/坦誠地講。II (副) 説實在的。△～私も困っている/説實話，我也一籌莫展。

じょうしき [定式] (名) ① 慣例。② 規定的做法。△～幕/(歌舞伎舞台的) 黑、杏黃、蔥綠三色拉幕。

じょうしき [常識] (名) 常識。△～で判断する/憑常識判斷。△～はずれ/不合乎常識。

じょうしきてき [常識的] (形動) 常識性的，一般的。△～な解釈/一般的解釋。△非～なやり方だ/違背常規的做法。

じょうしきろん [常識論] (名) (無精闢見解的) 一般道理。

しょうしつ [消失] (名・自サ) 喪失。△期限が切れて権利が～した/期限已過，喪失了權利。

しょうしつ [焼失] (名・自他サ) 焚毀。

しょうしつ [上質] (名・形動) 上等質量的。

じょうじつ [情実] (名) 私情。△～を排する/不徇私情。△～をまじえる/夾雜私情。△～人事/徇私情的人事安排。△～ぬきにする/打破情面。

しょうしみん [小市民] (名) 小市民。→プチブル

しょうしゃ [小社] (名) ① 小公司。② 小 "神社"。③ 〈謙〉敝公司。

しょうしゃ [哨舎] (名) 哨所，崗亭。

しょうしゃ [商社] (名) 商行，貿易公司。△大手～/大貿易公司。△～マン/商行職員。

しょうしゃ [勝者] (名) 勝利者。↔敗者

しょうしゃ [傷者] (名) 負傷者。

しょうしゃ [照射] (名・自他サ) 照射。△X線を～する/照愛克斯光。

しょうしゃ [廠舎] (名) 簡易營房。

しょうしゃ [瀟洒・瀟灑] (名・形動) 瀟灑，雅致。

しょうじゃ [聖者] (名) 〈宗〉聖者。

じょうしゃ [乗車] (名・自サ) ① 上車。△不正～を取締まる/取締非法乘車者。② 乘的車。△～券/車票。

じょうしゃ [浄写] (名・他サ) 謄清，抄寫。

しょうしゃく [小酌] (名・自サ) ① 小宴。② 小飲。

しょうしゃく [焼灼] (名・他サ) 〈醫〉外科療

法) 燒灼。

しょうしゃく [照尺] (名) (槍械的) 標尺, 準星。

しょうじゃひっすい [盛者必衰] (連語) 盛者必衰。

しょうじゃひつめつ [生者必滅] (連語) 生者必滅。△～, 会者定離/生者必滅, 會者定離。

しょうじゅ [聖衆] (名) 〈佛教〉(極樂淨土的) 聖眾。

じょうしゅ [城主] (名) ① 一城之主。② 有城廓的諸侯。

じょうしゅ [情趣] (名) 情趣, 風趣。△～に富む/饒有風趣。

じょうじゅ [成就] (名・自他サ) 完成, 實現, 成功。△大業を～する/完成大業。△望みが～した/如願以償。

しょうしゅう [召集] (名・他サ) ① (國會開會時) 召集。② (對於復員軍人等的) 召集。△～令状/入伍通知。

しょうしゅう [招集] (名・他サ) 召集, 召開。△委員会を～する/召開委員會。△夏休みの～日/暑假期間的召集日。

しょうしゅう [消臭] (名) 去臭。△～剤/去臭劑。

しょうじゅう [小銃] (名) 步槍。△自動～/自動步槍。

じょうしゅう [常習] (名) 惡習。△遅刻の～者/經常遲到的人。△～犯/慣犯。

じょうじゅう [常住] (名・自サ) ① 常住。△浮動人口と～人口/流動人口與常住人口。②〈佛教〉常住, 永生。↔無常

じょうじゅうざが [常住坐臥] (副) 行住坐臥, 日常的一舉一動。

しょうしゅつ [抄出] (名・他サ) 摘抄, 摘錄。

しょうしゅつ [妾出] (名) 庶出。

しょうじゅつ [詳述] (名・他サ) 詳述。↔略述

じょうじゅつ [上述] (名・自サ) 上述。△～の通り/如上所述。

じょうしゅび [上首尾] (名) 十分順利, 成功。△万事～に運んでいる/一切進行得十分順利。↔不首尾

しょうしゅん [頌春] (名) (賀年片用語) 謹賀新春。

しょうじゅん [照準] (名・自サ) ① 瞄準。△～を合わせる/瞄準。△～がはずれる/沒瞄準。△～器/瞄準器。② (望遠鏡) 對光。

じょうじゅん [上旬] (名) 上旬。↔中旬, 下旬

しょうしょ [小暑] (名) 小暑。

しょうしょ [尚書] (名) (古官名) 尚書。△～省/尚書省。

しょうしょ [詔書] (名) 詔書。

しょうしょ [証書] (名) 證書, 憑據。△借用～/借據。△卒業～/畢業文憑。

しょうしょ [小序] (名) 短序。

しょうじょ [少女] (名) 少女。

しょうじょ [昇叙・陞叙] (名・自サ) 晉升。

じょうしょ [上書] (名・自サ) 上書, 進言。

じょうしょ [浄書] (名・他サ) 謄清。△原稿を～する/謄清原稿。

じょうしょ [情緒] (名) ⇨じょうちょ

じょうじょ [乗除] (名・他サ) 乘法和除法。

しょうしょう [少少] (名・副) 少許, 稍微, 些許。△～お待ち下さい/請稍候一下。△砂糖を～入れる/放一點點糖。△～のことでは驚かない/小事一段, 不在乎。

しょうしょう [少将] (名) ① 少將。② 古時近衛軍次官。

しょうしょう [悄悄] (形動) 頹然, 無精打采。△～として引き下がる/頹然退下。→しおしお

しょうしょう [蕭蕭] (形動) ① (風雨聲) 蕭蕭, 淅瀝。② 寂寞, 淒涼。

しょうじょう [猩猩] (名) ①〈動〉猩猩。→オランウータン ② (中國想像中的動物, 紅毛, 善飲酒) 猩猩。③ 善飲酒的人。

しょうじょう [小乗] (名) 〈佛教〉小乘。↔大乘△～的/目光短淺, 見小不見大。

しょうじょう [症状] (名) 症狀。

しょうじょう [商状] (名) 交易情況。

しょうじょう [清浄] (名・形動) ① 潔淨。△～無垢/一塵不染。潔白無瑕。②〈佛教〉(六根) 清淨。

しょうじょう [賞状] (名) 獎狀。

しょうじょう [霄壤] (名) 霄壤, 天地。△～の差/霄壤之別。

しょうじょう [蕭条] (形動トタル) 蕭索。△～たる冬の野原/蕭索的冬天原野。

じょうしょう [上昇] (名・自サ) 上升。△～気流/上升氣流。

じょうしょう [上声] (名) (漢字四聲的) 上聲。

じょうしょう [常勝] (名・自サ) 常勝。△～軍/常勝軍。

じょうじょう [条条] (名) 每條, 逐條。△～審議する/逐條審議。

じょうじょう [上上] (名・形動) 上上, 最好。△首尾は～だ/結果非常好。△～吉/上上大吉。

じょうじょう [上乗] (名・形動) ① 上乘, 出色。△～の出来ばえ/成績優異。△日和は～/無比的好天氣。②〈佛教〉大乘。

じょうじょう [上場] (名・他サ) ① (股票、商品在交易所裏被批准) 上市交易。△～株/上市股票。②〈劇〉上演。

じょうじょう [常情] (名) 常情。

じょうじょう [情状] (名) 實際情況。△～をつぶさに調べる/詳細調査情況。

じょうじょう [嫋嫋] (形動) 裊裊。△余韻～/餘音裊裊。

じょうじょうしゃくりょう [情状酌量] (名・自サ) 酌情從輕發落。

じょうしょう・しょうじょう [丞相] (名) ① 丞相。② (古) 大臣的異稱。

しょうじょうせぜ［生生世世］(名) 生生世世。(也説 "しょうしょうせせ")

しょうじょうばえ［猩猩蠅］(名) 果蠅。

しょうじょうひ［猩猩緋］(名) 猩猩紅。

しょうしょく［小職］(名) 卑職。

しょうしょく［少食・小食］(名・形動) 小飯量。↔ 大食

じょうしょく［常食］(名・他サ) 常用食物。△このごろはパンを～にしている／近來麵包是我的常用食品。

しょう・じる［生じる］(自上一)① 生長。△かびが～／發霉。② 發生。△効力が～／生效。③ 産生。△良い結果を～／産生好結果。

しょう・じる［請じる・招じる］(他上一)① 請進。△客を茶の間の炬燵へ～じた／把客人讓進餐室的被爐裏。② 招待。△友人を～じて宴を開く／設宴招待友人。

じょう・じる［乗じる］Ⅰ(自上一)① 乘坐。② 乘，趁。△機に～じて／趁機。△虚に～／乘虚(而入)。Ⅱ(他上一)〈數〉乘。→かけあわせる

しょうしん［小心］(名・形動)① 膽小。△彼は～者だ／他是個膽小的人。② 謹小慎微。↔ 大胆

しょうしん［正真］(名) 真正。△～の品物／真貨，貨色真。

しょうしん［昇進・陞進］(名・自サ) 晉升。

しょうしん［焼身］(名・自サ) 自焚。△～自殺／焚身自殺。

しょうしん［傷心・傷神］(名・自サ) 傷心。△～をいやす／消除悲慟。

しょうじん［小人］(名)① 小人。↔ 君子 ② 兒童。△入場料～半額／兒童門票半價 ↔ 大人

しょうじん［消尽］(名・他サ) 耗盡。

しょうじん［焼尽］(名・自他サ) 燒光。

しょうじん［傷人］(名) 傷害別人。△強盗～／搶劫傷人。

しょうじん［精進］(名・自サ)①〈佛教〉礪志修行。② 齋戒素食。△～料理／素菜。③ 專心致志。

じょうしん［上申］(名・他サ) 呈報。

じょうじん［常人］(名) 普通人。

しょうじんおち［精進落ち］(名) 開齋。(也説 "精進明け")

しょうじんしょうめい［正真正銘］(名) 真正的，地道的。△～の端渓硯／真正的端硯。

しょうじんぶつ［小人物］(名) 小人物。

しょうじんもの［精進物］(名) 素餐。

じょうず［上手］(形動)①〈某種技能〉高明，擅長，善於。△泳ぎの～な人／善於游泳的人。△彼はフランス語が～だ／他法語講得很好。△聞き～／會聽。△話し～／健談。↔ 下手 ②(用 "お～" 形式) 奉承。△お～をいう／説奉承話。

しょうすい［将帥］(名) 將帥。

しょうすい［憔悴］(名・自サ) 憔悴。

しょうずい［祥瑞］(名) 祥瑞之兆。

じょうすい［浄水］(名)① 淨化水。② 對水進行消毒、淨化。△～池／淨化池。△～装置／淨化水的設備。

じょうすいどう［上水道］(名) 自來水管道。↔ 下水道

しょうすう［小数］(名)① 小數目。②〈數〉小數。

しょうすう［少数］(名) 少數。△～派／少數派。↔ 多数

じょうすう［乗数］(名)〈數〉乘數。↔ 被乗数

じょうすう［常数］(名) ⇨定数

じょうすうこうか［乗数効果］(名)〈經〉倍増効果。

しょう・する［称する］(他サ)① 稱，名字叫…△中村と～男／一個叫(自稱)中村的男人。△富士山は名山と～に足る／富士山堪稱為名山。② 假稱。△病気と～してサボる／裝病偷懶。③ 稱頌。△功績を～／表功。

しょう・する［証する］(他サ)① 證明。② 保證。→証す

しょう・する［頌する］(他サ) 頌揚，歌頌。

しょう・する［抄する・鈔する］(他サ)① 抄録，摘抄。② 摘要轉載。

しょう・する［誦する］(他サ) 朗誦。

しょう・する［賞する］(他サ)① 讚賞，表彰。② 欣賞，品味。

しょう・ずる［生ずる］(自他サ) →生じる

しょう・ずる［請ずる・招ずる］(他サ) ⇨請じる

じょう・ずる［乗ずる］(自サ) ⇨乗じる

しょうせい［小生］(名)(信) 小生，敝人。

しょうせい［招請］(名・他サ)① 邀請。② 聘請。

しょうせい［笑声］(名) 笑聲。→わらいごえ

しょうせい［勝勢］(名) 勝利的勢頭。↔ 敗勢

しょうせい［照星］(名)(槍上的) 準星。

しょうせい［焼成］(名)(陶瓷、水泥等) 燒成。

しょうせい［鐘声］(名) 鐘聲。△除夜の～／除夕的鐘聲。

じょうせい［上世］(名) 上古，上代。

じょうせい［上声］(名)(漢字四聲之一) 上聲。→じょうしょう

じょうせい［上製］(名) 精製。△～本／精裝本。

じょうせい［城西］(名) 城西。→じょうさい

じょうせい［情勢・状勢］(名) 形勢。△～が好転する／形勢好轉。△～判断／判斷形勢。

じょうせい［醸成］(名・他サ)① 釀成，釀造。② 造成，釀成。△社会の不安を～する／造成社會不安定。

しょうせいさん［小生産］(名) 小生産。

しょうせき［硝石］(名) 硝酸鉀，硝石。→硝酸カリウム

しょうせき［証跡］(名) 罪跡。△～をくらます／消滅罪跡。

じょうせき［上席］(名) 首座，上座。→かみざ ↔ 末席

じょうせき［定跡］(名)(將棋) 棋式，棋譜。

じょうせき［定石］(名)①(圍棋) 棋式，棋譜。
② 常規。△それは犯人捜査の～だ/那是捜査
犯人的常規。

しょうせつ［小雪］(名)(二十四節氣之一) 小
雪。

しょうせつ［小節］(名)①〈樂〉小節。② 細
節。△～にこだわらない/不拘小節。

しょうせつ［小説］(名) 小説。△～家/小説
家，作家。

しょうせつ［消雪］(名・自サ)(用高溫地下水)
清除積雪。

しょうせつ［章節］(名) 章節。

しょうせつ［詳説］(名・他サ) 詳細説明。

じょうせつ［常設］(名・他サ) 常設。△～委
員会/常務委員會。

じょうぜつ［饒舌・冗舌］(名・形動) 饒舌。
△～な人/饒舌的人。

しょうせっかい［消石灰］(名) 熟石灰。

しょうせっこう［消石膏］(名) 熟石膏。

しょうせん［省線］(名) 原“鉄道省”經營的鐵
路、電車綫路。→国鉄。国電

しょうせん［商船］(名) 商船。△～会社/輪
船公司。

しょうせん［商戦］(名) 商業競爭。

しょうぜん［小善］(名) 小善。

しょうぜん［承前］(名)(雜誌上的連載文章)
承前，接上回。

しょうぜん［悄然・消然］(形動) 垂頭喪氣，
無精打采。

しょうぜん［悚然・竦然］(形動) 竦然。

しょうぜん［蕭然］(形動) 寂寥，荒涼。

じょうせん［乗船・上船］(名・自サ) 乗船。
↔下船

しょうせんきょく［小選挙区］(名)(議員定額
一名的) 小選舉區。

しょうせんせかい［小千世界］(名)〈佛教〉小
千世界。↔大千世界

しょうぜんてい［小前提］(名)(邏輯) 小前
提。↔大前提

しょうそ［勝訴］(名・自サ)〈法〉勝訴。↔敗
訴

じょうそ［上訴］(名・自サ)①〈法〉上訴，上
告。② 向上級申訴。

しょうそう［少壮］(名・形動) 少壮。

しょうそう［尚早］(名) 尚早。△時機～/為
時尚早。

しょうそう［焦躁・焦燥］(名・自サ) 焦躁。
△～にかられる/焦急不安。

しょうぞう［肖像］(名)① 肖像。△～画/肖
像畫。② 雕像。

じょうそう［上奏］(名・他サ) 上奏。

じょうそう［上層］(名)① 上層。△～気流/
高空氣流。②(社會中的) 高階層。△～階級/
上流階級。

じょうそう［情操］(名) 情操。

じょうぞう［醸造］(名・他サ) 醸造。

しょうそういん［正倉院］(名) 正倉院 (奈良東
大寺內的藝術品保管庫)。

しょうそく［消息］(名)① 信息。△～が漏れ
る/走漏風聲。△～が絶える/音信不通。②
情況。△財界裏面の～に通じている/通曉金
融界內部情況。

しょうぞく［装束］(名)(特殊場合的) 服装。
△晴れの～/盛装。△白～の花嫁/身着白禮
服的新娘。△死に～/壽衣。

じょうぞく［上簇］(名)〈農〉上簇 (將成熟期
的蠶放到蠶簇上做繭)。

しょうそくし［消息子］(名)〈醫〉(尿道) 探針。

しょうそくすじ［消息筋］(名) 消息靈通人士。
△～の伝えるところによると/據消息靈通人
士稱…。

しょうそくつう［消息通］(名)(特指政界、外
交界) 消息靈通人士。

しょうそつ［将卒］(名) 官兵。

しょうそん［焼損］(名・自他サ) 燒毀。

しょうたい［小隊］(名)(軍) 排。△～長/排
長。

しょうたい［正体］(名)① 本來面目。△～を
現わす/顯露原形。△～をあばく/揭露真相。
△～をかくす/隱瞞真實身分。② 神志正常。
△彼は酔うと～がなくなる/他一喝醉就不知
所以了。△～がない/神志不清。

しょうたい［招待］(名・他サ) 邀請，款待。
△～状/請柬。

しょうたい［消退］(名・他サ) 消除。△悪臭
を～する薬/消除臭味的藥。

じょうたい［上体］(名) 上半身。△～を起こ
す/(由伏、臥狀態) 抬起身。△～を伸ばす/
挺起上身。

じょうたい［状態］(名) 狀態，情況。△健
康～/健康情況。

じょうたい［情態］(名) 心理狀態。

じょうたい［常態］(名) 常態。

じょうたい［常体］(名)〈語〉(日語以“だ・で
ある”為結句的語體) 常體。↔敬体

じょうだい［上代］(名)〈史〉上代 (日本指奈
良、大和時代)。

じょうだい［城代］(名)① 替城主守城官員的
職稱。② 江戸時代派往大阪城等重鎮，代表“將
軍”執政的高官。③ “～家老”的簡稱。

しょたいふめい［正体不明］(名) 摸不清真實
面目 (的人和物)。△～の飛行物体/不知為何
物的飛行物體。△～の来訪者/不知為何許人
的來訪者。

しょうたく［妾宅］(名) 妾宅，外家。↔本宅

しょうたく［沼沢］(名) 沼澤。△～地帯/沼
澤地帶。

しょうだく［承諾］(名・他サ) 承諾，應允。
△二つ返事で～する/立即應允。△事後～の
形で諒解を求める/先斬後奏，事後請求諒解。

じょうたつ［上達］(名・自サ)① 上進，進
步。△～がはやい/進步很快。② 上達。△下
意～/下情上達。

じょうだま［上玉］(名) ① 上等寶石。△〜の紅玉／上等貨色的紅寶石。② (人販子手中的) 美女。③ 有姿色的藝妓。

しょうたん［小胆］(名・形動) ① 膽小。② 心胸狹窄。

しょうたん［賞嘆］(名・他サ) 讚嘆。

しょうだん［昇段］(名・自サ) (武術、棋類) 升段。↔ 降段

しょうだん［商談］(名) 談生意，貿易洽談。

しょうたん［上端］(名) 上端，頂端。↔ 下端

じょうだん［上段］(名) ① 上層。△〜の寝台／上層臥鋪。② (劍術) 頭部。△〜の構え／舉刀過頂的姿勢。↔ 中段。下段 ③ (武術、棋類的) 高段位。△〜者手合い／高段者比賽。④ 上座。

じょうだん［冗談］(名) 戲言，玩笑。△〜をいう／開玩笑。△〜にもほどがある／開玩笑也要有個分寸。△〜を真に受ける／把玩笑當真了。△〜口をたたく／開玩笑。△〜いうな／別胡扯了。

じょうだんはんぶん［冗談半分］(名・形動) 半開玩笑。△〜にいう／半開玩笑地説。

しょうち［召致］(名・他サ) 喚來，找來。

しょうち［招致］(名・他サ) 邀請，招聘。

しょうち［承知］(名・他サ) ① 同意，應允。△二つ返事で〜する／立即應允。② 知道。△ご〜の通り／如您所知。△〜の上でしたことだ／明知故犯。③ 原諒，寬恕。△嘘をいうと〜しないぞ／撒謊可不饒你。

しょうち［勝地］(名) 名勝之地。

じょうち［常置］(名・他サ) 常設。△〜信号機／固定信號機。△〜委員会／常設委員會。

じょうち［情致］(名) 情趣，興致。

じょうち［情痴］(名) 色情狂。

しょうちくばい［松竹梅］(名) 松竹梅 (吉慶的標誌，並用以劃分商品，客房等級)。

しょうちゃく［勝着］(名) (圍棋) 決定勝局的一着棋。↔ 敗着

しょうちゅう［掌中］(名) 掌中。△〜におさめる／落入掌中。為己所有 (用)。△〜の玉／掌上明珠。

しょうちゅう［焼酎］(名) 燒酒，蒸餾酒。

じょうちゅう［条虫・條虫］(名) 絛蟲。→ 真田虫

じょうちゅう［常駐］(名・自サ) 常駐。△〜代表／常駐代表。

しょうちょ［小著］(名) ① 短篇作品。② 拙著。

じょうちょ［情緒］(名) ① 情趣，情調。△異国〜／異國情調。△下町〜／小市民情調。② (心理) 情緒。△〜不安定／情緒不安定。△〜障害／精神異常。

しょうちょう［小腸］(名) 小腸。↔ 大腸

しょうちょう［省庁］(名) 省和廳 (行政機關，如通産省、警視廳等)。

しょうちょう［消長］(名・自サ) 盛衰，消長。△国運の〜／國運的盛衰。△勢力の〜／勢力的消長。

しょうちょう［象徴］(名・他サ) 象徵。→ シ

ンボル

じょうちょう［上長］(名) 長上，長者。

じょうちょう［冗長］(名・形動) 冗長。↔ 簡潔

じょうちょう［場長］(名) (工廠、試驗廠的) 廠長。

しょうちょうし［象徴詩］(名) 象徵詩。

しょうちょうしゅぎ［象徴主義］(名) 象徵主義。→ サンボリスム，シンボリズム

しょうちょく［詔勅］(名) 詔書。

じょうちょく［常直］(名・自サ) 每天值宿 (的人)。

しょうちん［消沈・銷沈］(名・自サ) 消沉。△意気〜／意志消沉，心灰意冷。

しょうつき［祥月］(名) 忌辰之月。△〜命日／死者的忌辰。

じょうっぱり［情っ張り］(名・形動) 固執，倔強 (的人)。

じょうづめ［定詰め］(名) 在固定崗位上工作 (的人)。△警視庁〜の記者／常駐警察署的採訪記者。

しょうてい［小弟］(名) ① 舍弟。② (信) (自謙) 小弟。↔ 大兄

じょうてい［上帝］(名) 〈宗〉上帝，造物主。

じょうてい［上呈］(名・他サ) 提到議程上。△国会に法案を〜する／向國會提出法案。

しょうてき［小敵］(名) 弱敵。↔ 大敵

じょうでき［上出来］(名・形動) 做得好，成績好，很成功。△〜の作文／寫得很好的一篇作文。△今年のリンゴは〜だ／今年蘋果收成很好。

じょうてもの［上手物］(名) 精緻而貴重的工藝品。↔ 下手物

しょうてん［小店］(名) ① 小商店。② 〈謙〉小號，敝店。

しょうてん［小篆］(名) (書法) 小篆。

しょうてん［声点］(名) 表示漢字四聲的符號。

しょうてん［昇天］(名・自サ) ① 升空。△旭日〜／旭日東升。② 〈宗〉升天，死亡。

しょうてん［商店］(名) 商店。△〜街／商店街。△家電〜／家用電器商店。

しょうてん［焦点］(名) ① 〈理〉焦點。△〜を合わせる／對準焦點。△〜距離／焦距。② 核心，目標。△問題の〜に迫る／接近問題的核心。△攻撃の〜／攻擊的目標。

しょうてん［衝天］(名) 衝天。△意気〜／意氣風發。

しょうでん［小伝］(名) 小傳，傳略。

しょうでん［召電］(名) 召回的電報。

しょうでん［招電］(名) 邀請的電報。

しょうでん［昇殿］(名・自サ) 上殿 (被允許進入神社拜殿或皇宮內的清涼殿)。

しょうでん［詳伝］(名) 詳傳。↔ 略伝

じょうてん［上天］(名・自サ) ① 太空。② 上帝，天帝。③ 〈宗〉升天，死亡。

しょうでん［上田］(名) 上等田地。↔ 下田

じょうてんき［上天気］(名) 好天氣。

しょうてんち［小天地］(名) 小天地。

しょうと［省都］(名) 省會。

しょうと［商都］(名) 商業城市。

しょうど［焦土］(名) 焦土。

しょうど［照度］(名)〈理〉發光強度。△～計／光度計。

じょうと［讓渡］(名・他サ) 轉讓，讓與。△権利を～する／轉讓權利。

じょうど［浄土］(名)〈佛教〉① 淨土，極樂世界。② 淨土宗的簡稱。△～宗／淨土宗。△～真宗／淨土真宗。

じょうど［壤土］(名) 最適合耕作的土壤。

しょうとう［小刀］(名) ① 小刀。②(武士佩帶的雙刀之中的) 短刀。↔ 大刀

しょうとう［小党］(名) 小黨派，少數黨。

しょうとう［松濤］(名) 松濤，松籟。

しょうとう［消灯］(名・自サ) 熄燈。△～時間／熄燈時間。

しょうとう［檣頭］(名) 桅杆頂部。

しょうどう［唱道］(名・他サ) ① 提倡，倡導。△自由と平等を～する／提倡自由、平等。② 稱道。

しょうどう［唱導］(名・他サ) ①〈佛教〉說法傳教。② 提倡。

しょうどう［商道］(名) 商業道德。△～を守る／遵守商業道德。

しょうどう［衝動］(名) 衝動。△一時の～にかられて家出した／由於一時衝動而離家出走了。

しょうどう［聳動］(名・自他サ) 轟動。△世間の視聴を～する (させる)／聳人聽聞。

じょうとう［上棟］(名) 上樑。△～式／上樑儀式。→棟上げ

じょうとう［上等］(名・形動) ① 高級，上等。△～品／高級品。② 滿好。△これだけ集まれば～の方だ／能來這麼多人就不錯了。

じょうとう［城東］(名) 首都、大城市的東部地區。↔ 城西

じょうとう［城頭］(名) 城頭。

じょうとう［常套］(名) 常規，舊例。△～手段／慣用的伎倆。△～の文句／陳詞濫調。

じょうどう［常道］(名) 常規做法，一般做法。△～に従う／按照常規去做。

じょうとうへい［上等兵］(名)(軍) 上等兵。

しょうとく［生得］(名・副) 生來，天生。△～の親思い／孝順父母的天性。△～の近眼／先天性近視。

しょうとく［頌德］(名) 頌德。△～碑／頌德碑。

しょうどく［消毒］(名・他サ) 消毒。

じょうとくい［上得意］(名) 大主顧，好顧客。

じょうとくい［常得意］(名) 老主顧。

しょうとくたいし［聖德太子］(名) ①〈人名〉聖德太子 (574-622)。日本飛鳥時代的政治家。②(印有聖德太子像的) 一萬日圓紙幣的異稱。

しょうとつ［衝突］(名・自サ) ① 衝撞。△トラックと乗用車が正面～した／貨車和轎車迎頭相撞了。② 衝突。△意見が～する／意見對立。△武力～／武裝衝突。

しょうとりひき［商取引］(名) 交易，做生意。

しょうどん［焼鈍］(名・他サ) 退火。→焼き鈍し

しょうない［省内］(名) ①(日本內閣) 各省內部。②(外國的行政區域) 省內。

じょうない［城内］(名) 城內。

じょうない［場内］(名) 場內。△～禁煙／場內禁煙。

しょうなごん［少納言］(名) 少納言 (奈良時代"太政官"下屬的三品官名)。

じょうなし［情無し］(名) 無情 (的人)。

しょうなん［小難］(名) 小災難。↔ 大難

しょうなん［湘南］(名) 湘南 (神奈川縣的沿海地帶)。

しょうに［小児］(名) 小兒，幼兒。△～科／小兒科。△～麻痺／小兒麻痺症。△～運賃／兒童票價。

しょうに［少弐］(名) 太宰府次官。↔ 大弐

しょうにく［正肉］(名)(去皮去骨的) 淨肉。

しょうにゅうせき［鐘乳石］(名) 鐘乳石。→石筍

しょうにゅうどう［鐘乳洞］(名) 鐘乳洞。

しょうにん［上人］(名) 上人 (大德高僧的尊稱)。△親鸞～／親鸞上人。

しょうにん［聖人］(名)〈佛教〉聖僧，高僧。

しょうにん［小人］(名)(交通部門，公共娛樂場所用語) 小孩，兒童。△～半額／兒童半票。↔ 大人

しょうにん［承認］(名・他サ) ① 批准。△～を得る／得到批准。② 同意。△社長の～が必要だ／需要總經理同意。③ 承認。△独立を～する／承認獨立。

しょうにん［昇任・陞任］(名・自他サ) 升級，升官。

しょうにん［商人］(名) 商人。△死の～／軍火商。△悪徳～／奸商。

しょうにん［証人］(名) ①〈法〉證人。△～をたてる／找出證人。② 證明人，保人。→保証人

じょうにん［常任］(名・自他サ) 常任常務。△～理事国／常任理事國。△～委員会／常務委員會。

じょうにん［情人］(名) 情人，情婦，情夫。

しょうね［性根］(名) 本性，性體。△～がすわっている／穩健可靠。△～の卑しい人間／根性卑鄙的人。△～を入れ換える／洗心革面。

しょうねつ［焦熱］(名) 灼熱。

しょうねつ［情熱］(名) 熱情。△仕事に～を燃やす／對工作充滿熱情。

じょうねつてき［情熱的］(形動) 熱情的。

しょうねん［少年］(名) 少年 (也包括少女，但一般指男性)。△～院／少年教養院。△～非行／少年的不良行為。

じょうねん［情念］(名)(無法抑制的愛憎) 感情。

しょうねんだん［少年団］(名) 少年團 (羣衆組織)。→ボーイスカウト

しょうねんば [正念場] (名) (只許成功不准失敗的) 關鍵時刻。△～にさしかかる／面臨關鍵時刻。

しょうのう [小脳] (名) 小腦。

しょうのう [小農] (名) 小農。

しょうのう [笑納] (名・他サ) (謙) 笑納。△どうぞ～下さい／請笑納。

しょうのう [樟脳] (名) 樟腦。△～チンキ／樟腦酊劑。△～油／樟腦油。

じょうのう [上納] (名・他サ) ① 上繳。② 進貢。

しょうのつき [小の月] (名) 小月。↔ 大の月

しょうのふえ [笙の笛] (名) 笙。

しょうは [小破] (名・自他サ) 輕度損壞。↔ 大破

しょうは [翔破] (名・自サ) 飛過若干航程。△大海原を～して渡り鳥がくる／候鳥越過大海飛來了。

じょうは [条播] (名・他サ) 條播。

じょうば [乗馬] (名・自サ) ① 騎馬。△～ズボン／馬褲。② 騎的馬。

しょうはい [勝敗] (名) 勝敗。

しょうはい [賞杯・賞盃] (名) 獎盃。→カップ

しょうはい [賞牌] (名) 獎章。→メダル

しょうばい [商売] I (名・他サ) 生意，買賣，交易。△かたい～／不擔風險的生意。II (名) 職業。△先生～も楽じゃない／教書這一行也不容易。△～がえ／改行。

しょうばいがら [商売柄] (副) 因職業關係。△～服装には特に注意している／因職業關係，對穿戴上特別注意。

しょうばいぎ [商売気] (名) ① 職業意識。② 贏利心。△～丸出し／唯利是圖。(也説 "しょうばいっけ")

しょうばいにん [商売人] (名) ① 商人，生意人。△～根性／商人本性。② 内行，專家。③ 藝妓，妓女。△～上がりの細君／藝妓出身的老婆。

しょうはく [松柏] (名) 松柏。

じょうはく [上白] (名) ① 上等白米。② 上等白糖。

じょうはく [上膊] (名) 上臂。↔ 下膊

じょうばこ [状箱] (名) (遞送信件用的) 信匣。

しょうばつ [賞罰] (名) 賞罰。

じょうはつ [蒸発] (名・自サ) ① 蒸發。② 失蹤。△彼女は突然～してしまった／她突然失蹤了。

じょうはりのかがみ [浄玻璃の鏡] (連語) ① 閻王殿上能照出死者生前行為的鏡子。② 識破別人企圖的能力。

しょうばん [相伴] (名・自サ) ① 陪客，陪同。△正客のお～をする／為別人陪客。② 沾光。

じょうはんしん [上半身] (名) 上半身。

しょうひ [消費] (名・他サ) 消費。△時間を～する／消耗時間。△～組合／消費合作社。△～財／生活資料。△～税／消費税。↔ 生産

しょうび [称美] (名・他サ) 稱讚。

しょうび [賞美] (名・他サ) ① 欣賞。② 品嘗。

しょうび [焦眉] (名) 燃眉。△～の急／燃眉之急。△～の問題／緊急問題。

しょうび [薔薇] (名) 薔薇。→ばら

じょうひ [上皮] (名) 表皮。△～細胞／表皮細胞。

じょうひ [冗費] (名) 浪費。△～を節約する／節省不必要的開支。

じょうび [常備] (名・他サ) 常備。△～薬／常備藥。△～軍／常備軍。

しょうひざい [消費財] (名) 生活資料。

しょうひしゃ [消費者] (名) 消費者。

じょうびたき [尉鶲] (名) 〈動〉斑鶲，北紅尾鴝。

しょうひぶっかしすう [消費物価指数] (名) 〈經〉消費品價格指數。

しょうひょう [商標] (名) 商標。→トレードマーク，ブランド

しょうひょう [証票] (名) 憑證，單據。

しょうひょう [証憑] (名) 證據，憑據。

しょうびょう [傷病] (名) 負傷和患病。△～兵／傷病員。

しょうひん [小品] (名) ① (藝術作品的) 小品。△風景画の～／風景畫小品。② 小品文。

しょうひん [商品] (名) 商品。△～を引き渡す／交貨。△～を仕入れる／進貨。△～を注文する／訂貨。△～を発送する／發貨。

しょうひん [賞品] (名) 獎品。△～を授与する／發獎品。△～をもらう／領獎品。

じょうひん [上品] (形動) 典雅，高尚。△～なものごし／舉止文雅。△～な目鼻立ち／眉目清秀。△～ぶる／假裝文雅。裝模作樣。↔ 下品

しょうひんけん [商品券] (名) 購貨券，禮券。

しょうひんだな [商品棚] (名) 貨架。

しょうひんみほん [商品見本] (名) 樣品，貨樣。→サンプル

しょうひんもくろく [商品目録] (名) 商品目錄。→カタログ

しょうふ [生麩・漿麩・正麩] (名) (從麵粉中取出麵筋後所餘的澱粉) 漿糊粉。

しょうふ [娼婦] (名) 娼婦，→売春婦

しょうぶ [菖蒲] (名) ①〈植物〉菖蒲。△～の節句／端午節。② 玉蟬花。

しょうぶ [尚武] (名) ① 尚武。△～精神／尚武精神。② 擴充軍備。

しょうぶ [勝負] (名・自サ) ① 勝負，輸贏。△～をかける／賭輸贏。△～を争う／爭勝負。△～がつく／決出勝負。② 比賽。△いい～／旗鼓相當的比賽。△～にならない／實力相差懸殊。

じょうふ [丈夫] (名) (男子美稱) 丈夫，大丈夫。

じょうふ [城府] (名) ① 城府，都邑。② 隔閡。△～を設けず／對人坦誠相見。

じょうふ [情夫] (名) 情夫，姘夫。

じょうふ［情婦］（名）情婦，姘婦。

じょうぶ［丈夫］（形動）①健康，強壯。△体が～だ／身板結實。△～に育つ／健康地成長。②堅固，結實。△この椅子は～にできている／這椅子做得很堅固。

じょうぶ［上部］（名）上部，上層，表層。△～構造／上層建築。△～の決定に従う／服從上級的決定。↔下部

しょうふう［蕉風・正風］（名）（俳句）松尾芭蕉的風格。

しょうふく［妾腹］（名）庶出，妾生子。

しょうふく［承服・承伏］（名・自サ）服從。△～できない／不能照辦。

しょうふく［懾伏・慴伏］（名・自サ）懾服。

しょうぶごと［勝負事］（名）①（棋類等）爭輸贏的遊戲。②賭博。

しょうぶし［勝負師］（名）①賭徒。②投機家，冒險家。

しょうふだ［正札］（名）明碼標價，價目標籤。△～売／明碼實價，言不二價。

しょうふだつき［正札付き］（名）①（多用於貶義）貨真價實的。△～の悪党／不折不扣的壞蛋。②明碼實價。

じょうぶつ［成仏］（名・自サ）①〈佛教〉成佛，升天。②逝世。

しょうブルジョアかいきゅう［小ブルジョア階級］（名）小資產階級。→プチブル

しょうぶん［小文］（名）①短小文章。②〈謙〉拙文，拙著。

しょうぶん［性分］（名）生性，性格。△～に合わない仕事／不合性情的工作。△陽気な～／性格開朗。

じょうぶん［条文］（名）條文。

じょうぶん［冗文］（名）冗長的文章，句子。

じょうふんべつ［上分別］（名）良策，好辦法。

しょうへい［招聘］（名・他サ）聘請，招聘。

しょうへい［哨兵］（名）哨兵。△～に立つ／站崗，放哨。

しょうへい［将兵］（名）官兵。

しょうへい［傷兵］（名）傷兵。

しょうへいが［障屏画］（名）屏風、隔扇上的畫。

しょうへき［障壁］（名）①隔障。△交通事故の現場に～を作る／在交通肇事現場設立隔斷欄杆。②障礙，壁壘。△関税～／關稅壁壘。△言語～／語言障礙。

しょうへき［墙壁］（名）①牆壁。②障礙。

じょうへき［城壁］（名）城牆。

しょうべつ［小別］（名・他サ）細區分。

しょうへん［小片］（名）小片，碎片。

しょうへん［小変］（名）①小變化。②小事件，小風波。

しょうへん［小篇・小編］（名）短篇作品。

しょうへん［掌篇・掌編］（名）小小説。→コント

しょうべん［小便］（名・自サ）尿，撒尿。△～が近い／尿頻。

じょうへん［上篇・上編］（名）上篇。↔下篇

しょうぼ［召募］（名・他サ）招募。

じょうほ［譲歩］（名・自サ）讓步。

しょうほう［商法］（名）①生意經。②〈法〉商法。

しょうほう［勝報・捷報］（名）捷報。

しょうほう［詳報］（名・自サ）詳細報告。

しょうぼう［消防］（名）救火。

じょうほう［定法］（名）①法規。②常規。

じょうほう［乗法］（名）〈數〉乘法。↔除法

じょうほう［情報］（名）情報，信息。△～に明るい／消息靈通。△～産業／專為企業提供情報信息的行業。

じょうほうかしゃかい［情報化社会］（名）信息化社會。

しょうほん［正本］（名）①正本，原本。↔副本②“歌舞伎、淨琉璃”的原本。

しょうほん［抄本］（名）①摘抄件，節錄本。△戸籍～／摘錄戸口簿。②（也寫“鈔本”）手抄本。

しょうま［消磨］（名・自他サ）消磨，消耗。△体力を～する／消耗體力。

じょうまい［上米］（名）上等白米。

じょうまえ［錠前］（名）鎖。△～をかける／上鎖。△～をあける／開鎖。→錠

しょうまきょう［照魔鏡］（名）照妖鏡。

しょうまっせつ［枝葉末節］（名）細枝末節，枝節問題。

しょうまん［小満］（名）（二十四節氣之一）小滿。

じょうまん［冗漫］（形動）冗長。

しょうみ［正味］（名）①淨重。△～１キロ／淨重一公斤。②實價。△～値段／不折不扣的價錢。③實數。△１日～８時間働く／一天實際工作八個小時。

しょうみ［賞味］（名・他サ）品嚐。

しょうみつ［詳密］（形動）周詳的。

じょうみゃく［静脈］（名）靜脈。↔動脈

じょうみゃくさんぎょう［静脈産業］（名）廢物利用產業。

しょうみょう［小名］（名）①（鎌倉、室町時代）領地少於“大名”的武士。②（江戸時代）一萬石以下的諸侯。

じょうみん［常民］（名）平民，庶民。△～文化／平民文化。

しょうむ［商務］（名）商務。△～参事官／商務參贊。

じょうむ［乗務］（名・自サ）乘務。△～員／乘務員。

じょうむ［常務］（名）（“常務取締役”的略語）常務董事。

しょうめ［正目］（名）淨重。→正味

しょうめい［証明］（名・他サ）證明。△～書／證件。

しょうめい［照明］（名・他サ）照明。

しょうめつ［生滅］（名・自サ）生和死，發生與消失。

しょうめつ［消滅］(名・自他サ)① 消滅，消失。② 失效。△債権が時効にかかって～する／債權因時效而喪失了。

しょうめん［正面］(名)① 正面。↔ 背面② 對面。△真～／正前方，正對面。△～きってものをいう／直言不諱。

しょうもう［消耗］(名・自他サ)① 消耗。△体力を～する／消耗體力。② 疲憊。△～した顔／疲憊不堪的神色。

しょうもうせん［消耗戦］(名) 消耗戰。

しょうもうねつ［消耗熱］(名)〈醫〉弛張熱。

しょうもうひん［消耗品］(名) 消耗品。

じょうもく［条目］(名) 條款，項目。

しょうもつ［抄物］(名) 詩歌，經文的註釋書。

じょうもの［上物］(名) 上等貨。

しょうもん［掌紋］(名) 掌紋。

しょうもん［証文］(名) 字據，借據。△～を入れる／立字據。△空～／一紙空文。△～を巻く／放棄權利。一筆勾消。△～の出し遅れ／錯過時機。馬後課。

しょうもん［照門］(名) 步槍標尺上的 V 形缺口。

じょうもん［定紋］(名) 家徽。

じょうもん［城門］(名) 城門。

じょうもん［縄文］(名)〈史〉繩紋。△～文化／日本新石器時代文化。"繩文文化"。

しょうや［庄屋］(名) 江戸時代關西地方的村長(關東地方叫"名主")。

しょうやきょく［小夜曲］(名)〈樂〉小夜曲。→さよきょく，セレナーデ

しょうやく［生薬］(名)〈醫〉生藥。→きぐすり

しょうやく［硝薬］(名) 火藥。

しょうやく［抄訳］(名・他サ) 摘譯。↔ 全訳

じょうやく［条約］(名) 條約。△～を締結する／訂立條約。△～に調印する／簽署條約。

じょうやど［常宿・定宿］(名) 經常投宿的旅館。

じょうやとい［常雇い］(名) 長期僱用(的人)。↔ 臨時雇い

じょうやとう［常夜灯］(名) 常夜燈，常明燈。

しょうゆ［醤油・正油］(名) 醬油。△～をたらす／加點兒醬油。△～をつけて食べる／蘸醬油吃。(也説"しょうゆう")

しょうゆう［少輔］(名)(古官名) 少輔。→しょう

しょうゆうせい［小遊星］(名) 小行星。→小惑星

しょうよ［賞与］(名)① 獎賞，獎金，獎品。② 酬勞金。→ボーナス

じょうよ［剰余］(名)① 剩餘。②〈數〉餘數。

じょうよ［譲与］(名・他サ) 贈送(財產)。

しょうよう［小用］(名)① 小事情。② 小解。

しょうよう［称揚・賞揚］(名・他サ) 稱讚。

しょうよう［従容］(形動) 從容。△～として死につく／從容就義。

しょうよう［商用］(名)① 商務。② 商業專用。△～語／商業用語。

しょうよう［逍遥］(名・自サ) 漫步，閑步。

しょうよう［慫慂］(名・他サ) 慫慂。△出馬を～する／慫慂參加競選。

しょうよう［賞用］(名・他サ) 愛用，喜歡使用。

じょうよう［乗用］(名・他サ) 乘用。

じょうよう［常用］(名・他サ) 常用。△～している薬／常用的藥。

じょうよう［常備・常用］(名・他サ) 長期僱用。

じょうようしゃ［乗用車］(名) 轎車。

じょうよかち［剰余価値］(名)〈經〉剩餘價值。

じょうよきん［剰余金］(名)〈經〉公積金。

じょうよく［情欲・情慾］(名) 情慾。

しょうらい［生来］(名) 生來。→らい

しょうらい［招来］(名・他サ) 引起，招來。△インフレを～する／導致通貨膨脹。

しょうらい［松籟］(名)① 松籟，松濤。② 茶爐水沸聲。

しょうらい［将来］(名・副) 將來。△近い将来／不久的將來。△～実業家による／將來做個實業家。

しょうらいせい［将来性］(名) 發展前途。△～を見込んで投資する／認定有發展前途而投資。

じょうらく［上洛］(名・自サ) 赴京都。

しょうらん［笑覧］(名・他サ) 笑覽。

じょうらん［上覧］(名・他サ) 御覽，上覽。

じょうらん［擾乱］(名・自他サ) 擾亂，紛擾。

しょうり［小吏］(名) 小吏。↔ 大官

しょうり［小利］(名) 小利。

しょうり［勝利］(名・自サ) 勝利。↔ 敗北

じょうり［条理］(名) 條理，道理。

じょうり［情理］(名) 情理。△～を尽して説く／盡情盡理地開導。

じょうり［場裏・場裡］(名) 場上。△社交～の名花／社交場裏的名花。

じょうりく［上陸］(名・自サ) 登陸，上岸。

しょうりつ［勝率］(名) 獲勝的可能性。

しょうりつ［聳立］(名・自サ) 聳立。

しょうりゃく［省略］(名・他サ) 省略。△以下～／以下從略。

しょうりゃく［商略］(名) 經商的策略。

じょうりゃく［上略］(名・自サ) 前文省略。

じょうりゅう［上流］(名)①(河川的)上游。②(社會的)上層，上流。△～社会／上流社會。↔ 下流。中流

じょうりゅう［蒸溜・蒸留］(名・他サ) 蒸餾。

じょうりゅうすい［蒸溜水］(名)〈化〉蒸餾水。

しょうりょ［焦慮］(名・自サ) 焦慮，心焦。

しょうりょう［少量］(名) 少量。↔ 多量。大量

しょうりょう［小量］(名) 度量小，心胸狹窄。↔ 大度。大量

しょうりょう［将領］(名) 將領。

しょうりょう［商量］(名・他サ) 斟酌，權衡。△相手の気持を～する／猜度對方的心情。△比較～／權衡比較。

しょうりょう［渉猟］(名・他サ) 涉獵。

しょうりょう［精霊］(名)〈佛教〉精靈。△～

送り／送亡靈。

しょうりょうえ［精霊会］(名) 盂蘭盆會。

しょうりょうとんぼ［精霊蜻蛉］(名)〈動〉紅蜻蜓。

しょうりょうながし［精霊流し］(名)（盂蘭盆末日）放河燈。

しょうりょうばった［精霊飛蝗］(名)〈動〉蚱蜢。

しょうりょく［省力］(名) 節省勞力。

じょうりょく［常緑］(名) 常綠。△～樹／常綠樹。

しょうりん［小輪］(名) 小朵。△～の花／小朵的花。

じょうるい［城塁］(名) 城壘，城堡。

じょうるり［浄瑠璃］(名)①（以三弦伴唱的曲藝）淨琉璃。②“義大夫節”的異稱。

しょうれい［省令］(名) 省令（日本内閣各省發佈的政令）。

しょうれい［症例］(名) 病例。

しょうれい［奨励］(名・他サ) 獎勵。

じょうれい［条例］(名) 條例。

じょうれん［常連・定連］(名)①常客。△彼はあの喫茶店の～だ／他是那家咖啡館的常客。②老搭檔。△～が毎日のように集まる／老搭檔們幾乎每天都碰頭。

しょうろ［松露］(名)〈植物〉麥蕈（蘑菇的一種）。

じょうろ［如雨露］(名) 噴壺。（也説“じょろ”）

しょうろう［檣楼］(名)（艦船的）瞭望台。

しょうろう［鐘楼］(名) 鐘樓。

じょうろう［上﨟］(名)①高僧。②顯官。③貴人。④貴婦。

しょうろうびょうし［生老病死］(名) 生老病死。

しょうろく［抄録］(名・他サ) 摘抄，摘錄。

しょうろく［詳録］(名・他サ) 詳細記録。

しょうわ［小話］(名) 小故事。

しょうわ［唱和］(名・自サ)①一人領呼眾人和。△万歳を～する／跟着喊萬歲。②唱和（詩）。

しょうわ［笑話］(名) 笑話。→わらいばなし

じょうわ［情話］(名) 言情故事。

しょうわくせい［小惑星］(名)〈天〉小行星。

しょうわる［性悪］(名・形動) 品質惡劣，壞心腸（的人）。

しょえい［初映］(名) 初次上映。→封切 ↔ 再映

しょえい［書影］(名) 影寫本。

しょえん［初演］(名・他サ) 首次上演。

じょえん［助演］(名・自サ) 配戲，配角。↔主演

ショー［show］(名) 展覽，放映，表演。△フッション～／時裝表演。△ロード～／（影劇）預演。

じょおう［女王］(名) 女王，王妃，王后。△スペードの～／黑桃皇后。△体操の～／體操女王。→クィーン

じょおうあり［女王蟻］(名)〈動〉蟻王。

ショーウインドー［show window］(名) 櫥窗。

じょおうばち［女王蜂］(名)〈動〉蜂王。

ジョーカー［joker］(名)①（撲克牌中的）大王，大鬼。②愛開玩笑的人。

ジョーク［joke］(名) 詼諧。

ジョーズ［Jaws］(名)①以吃人鯊魚為主角的電影。②因鯊魚日語寫作“鱶”，讀音“ふか”，與“不可”同音，故日本青年以此表示不可。

ショースタンド［show stand］(名) 商品陳列架。

ジョーゼット［georgette crepe］(名) 喬其紗。

ショータウン［show town］(名) 娛樂街，劇場。

ショーダウン［showdown］(名) 最後攤牌。

ショーツ［shorts］(名) 短褲。

ショート［short］Ⅰ(名)①〈電〉短路。②〈體〉短打。③短片。④〈商〉空頭戶。⑤短缺。Ⅱ(造語) 短。△～スカート／短裙。△～パンツ／短褲。△～タイム／短時間。

ショートオーダー［short order］(名) 短期訂貨。

ショートカット［shortcut］(名)①女性短髮型。②近路，簡易辦法。③近距離航綫（飛機）。

ショートカバー［short cover］(名)〈商〉補進。

ショートケーキ［shortcake］(名) 帶花奶油蛋糕。

ショートコート［short coat］(名) 短大衣。

ショートストーリー［short story］(名) 短篇小説。

ショートトン［short ton］(名) 短噸（一噸等於2000磅）。

ショービニズム［chauvinism］(名) 沙文主義。

ショービル［show bill］(名) 廣告，招貼。

ショール［shawl］(名) 披肩。

ジョーロ［葡 jorro］(名) 噴壺。

しょか［初夏］(名) 初夏。↔ 晚夏

しょか［書家］(名) 書法家。

しょか［書架］(名) 書架。→本棚

しょか［諸家］(名) 各家，各個學派。

しょが［書画］(名) 書畫。

じょか［序歌］(名)①序歌。②代替序言的歌。

しょかい［初回］(名) 第一次。△～金／（分期付款的）第一次付款。

しょかい［所懐］(名) 所感，感懷。

じょがい［除外］(名・他サ) 除外，不算在内。△～例／例外。

じょがい［除害］(名・他サ) 除害。

しょがかり［諸掛り］(名) 各項費用。

しょがく［初学］(名) 初學。△～者入門／初學者指南。

じょがくせい［女学生］(名) 女學生（指初高中女生）。

しょかつ［所轄］(名・他サ) 管轄（内的）。△～が違う／所管部門不同。

じょがっこう［女学校］(名)①女子中學。②舊制“高等女学校”的簡稱。

しょかん［初刊］(名) 初刊。↔ 再刊

しょかん［所感］(名) 感想。

しょかん［所管］(名・他サ) 主管。△～官庁／主管官廳。

しょかん［書簡・書翰］（名）書信。△～文／尺
牘文體。

じょかん［女官］（名）（宮中）女官。（也説“に
ょかん”）

じょかんさ［除感作］（名）〈醫〉（緩慢注射抗
原）避免過敏反應。

しょかんせん［初感染］（名）（肺結核）初次感
染。

しょき［初期］（名）初期。

しょき［所期］（名・他サ）所期望的。△～の成
果を上げる／獲得預期的成果。

しょき［書紀］（名）（於七二〇年成書的日本最
古老史書）“日本書紀”的略稱。

しょき［書記］（名）①（官廳、法院等的）書記、
文書、錄事。②（政黨、工會的）書記。△～長／
總書記。

しょき［庶幾］（名・他サ）期望。△～して止ま
ない／殷切期望。

しょき［暑気］（名）暑氣。△～ばらい／去暑。
△～あたり／中暑。

しょきゅう［初級］（名）初級。↔ 中級、上級

しょきゅう［初球］（名）（棒球）開賽後第一個
球。

しょきゅう［初給］（名）（就職後）最初的工資
額，第一次領的工資。→初任給

じょきゅう［女給］（名）女招待。→ホステス

しょぎょ［除去］（名・他サ）排除，清除。

しょぎょう［所行・所業］（名）（多用於貶義）
行為，劣跡。

しょぎょう［諸行］（名）〈佛教〉萬物。△～無
常／諸行無常。

じょきょうじゅ［助教授］（名）副教授。

じょきょうゆ［助教諭］（名）（小中學的）代課
教員。

じょきょく［序曲］（名）①〈樂〉序曲。②（事
件發生發展的）前奏，序幕。

じょきん［除菌］（名・他サ）滅菌。

ジョギング［jogging］（名）慢跑。

しょく［食］（名）①食品。②飲食。

しょく［食・蝕］（名）（日、月）蝕。

しょく［蜀］（名）（四川省的簡稱）蜀。

しょく［燭］（名）①燭。△～を取る／點蠟燭。
②（光度單位）燭光。

しょく［職］（名）職業，職務。

しょく［嘱］（名）囑託，囑咐。

しょく［色］Ⅰ（接尾）色，色彩。△多～刷／
套色印刷。Ⅱ（名）色情。

しょく［初句］（名）（詩文、歌詞的）首句，起句。

しょく［私欲・私慾］（名）私慾。

しょくあたり［食中り］（名・自サ）①食物中
毒。②傷胃。

しょくあん［職安］（名）（“公共職業安定所”的
簡稱）職業介紹所。

しょくい［職位］（名）職位。

しょくいき［職域］（名）職務範圍，工作崗位。

しょくいん［職印］（名）職名公章。

しょくいん［職員］（名）①職員，辦事員。②

教員。△～室／教員休息室。

しょぐう［処遇］（名・他サ）待遇。

しょくえん［食塩］（名）食鹽。△～水／食鹽水。

しょくおや［職親］（名）代替父母幫助殘疾人
就職謀生的人。△～制度／培養自立能力制度。

しょくがい［食害・蝕害］（名・他サ）蟲害。

しょくかいせい［職階制］（名）職銜制（按職位
明確責、權、利的生產指揮體系）。

しょくぎょう［職業］（名）職業。

しょくぎょうあんていしょ［職業安定所］
（名）（公辦）職業介紹所。

しょくぎょういしき［職業意識］（名）職業意
識。△つい～が働く／三句話不離本行。

しょくぎょうきょういく［職業教育］（名）職
業教育。（就職後必須接受的業務訓練）。

しょくぎょうぐんじん［職業軍人］（名）職業
軍人。

しょくぎょうてき［職業的］（形動）職業性的。

しょくぎょうびょう［職業病］（名）職業病。

しょくけ［食気］（名）食慾。→食い気

しょくげん［食言］（名・自サ）食言。

しょくご［食後］（名）飯後。

しょくざい［贖罪］（名・自サ）贖罪。

しょくさん［殖産］（名）①發展生產。②增加
個人財產。

しょくし［食思］（名）食慾。△～不振／食慾不
振。→食欲

しょくし［食指］（名）食指。△しきりに～を動
かす／垂涎三尺。→人差し指

しょくじ［食事］（名・自サ）用餐，飲食。△～
代／伙食費。

しょくじ［食餌］（名）飲食。△～療法／飲食療
法。

しょくじ［植字］（名・自サ）排字。△～に回わ
す／發排。△～工／排字工人。

しょくしゅ［触手］（名）〈動〉觸手。

しょくしゅ［職種］（名）職別。

しょくじゅ［植樹］（名・自サ）植樹。△～祭／
植樹節。

しょくじゅうきんせつ［職住近接］（名）工作
地點與住處接近。

しょくしゅをのば・す［触手を伸ばす］（連
語）伸出魔爪。

しょくじょ［織女］（名）織女星。

しょくしょう［食傷］（名・自サ）①倒胃。②
厭膩。

しょくしょう［職掌］（名）職務。△～柄その
方面には詳しい／由於工作關係非常了解那方
面的事情。

しょくしん［触診］（名・他サ）〈醫〉觸診。

しょく・する［食する］（他サ）吃。△害虫を～
鳥／吃害蟲的鳥。→食べる

しょく・する［食する・蝕する］（自サ）（日、
月）蝕。

しょく・する［属する］（自サ）屬於，所屬。
→ぞくする

しょく・する［嘱する・属する］（他サ）囑託，

委託。

しょくせ [濁世] (名) ①〈佛教〉產世。②亂世。

しょくせい [食性] (名) 動物攝取食物種類的習性。

しょくせい [食青] (名) 用於食品的藍色顏料。

しょくせい [職制] (名) ① 編制，職務分工制度。② 股長、科長以上的職務。

しょくせい [植生] (名) 植被。△～図／植被圖。

しょくせいかつ [食生活] (名) 日常飲食。△～を改善する／改善日常飲食。

しょくせき [職責] (名) 職責。

しょくぜん [食前] (名) 飯前。

しょくぜん [食饍] (名) 飯桌。△～につく／就餐。△～をにぎわす／使飯菜豐盛可口。

じょくそう [褥瘡] (名) 褥瘡。→床ずれ

しょくたい [食滞] (名) 停食，存食。

しょくだい [燭台] (名) 蠟台。

しょくたく [食卓] (名) 飯桌。△～につく／就餐。→テーブル

しょくたく [嘱託・属託] (名) ① 委託。△～殺人／委託殺人。② 特約人員，非正式職員。

しょくち [諸口] (名) 各項記賬科目，戶頭。

しょくちゅうしょくぶつ [食虫植物] (名) 食蟲植物。↔食肉植物

しょくちゅうどく [食中毒] (名・自サ) 食物中毒。

しょくちょう [職長] (名) 車間主任，工段長。

しょくつう [食通] (名) 美食家。

しょくど [埴土] (名) (不適於耕種的) 黏土。

しょくどう [食堂] (名) ① 食堂。△簡易～／簡易食堂。小飯館。△～車／餐車。② 飯廳。

しょくどう [食道] (名) 食管。

しょくどうらく [食道楽] (名) 美食家。

しょくにく [食肉] (名・自サ) ① 食肉。△～獣／食肉獸。② 食用的肉。

しょくにくしょくぶつ [食肉植物] (名) 食肉植物。

しょくにん [職人] (名) 工匠，手藝人。

しょくにんかたぎ [職人気質] (名) 手藝人特有的秉性。

しょくのう [職能] (名) ① 職能。② 業務能力。③ 行業。△～別代表／各種行業的代表。

しょくば [職場] (名) 工作場所，崗位。△～結婚／男女同事結成婚姻。

しょくばい [触媒] (名)〈化〉催化 (劑)。△～作用／催化作用。

しょくはつ [触発] (名・自他サ) ① 觸爆。△～水雷／觸爆水雷。② 激發。△友人の成功に～されて／由於朋友事業成功的刺激…

しょくパン [食パン] (名) (作主食不帶甜味的) 麵包。(也說 "しょっパン")

しょくひ [食費] (名) 伙食費，飯錢。△～込み一泊1万円／包括飯錢在內住一宿一萬日圓。

しょくひ [植皮] (名・自他サ)〈醫〉植皮。△～手術／植皮手術。

しょくひん [食品] (名) 食品。△～添加剤／食品添加物。

しょくふく [職服] (名) 工作服，勞動服。

しょくぶつ [植物] (名) 植物。△～油／植物油。↔動物

しょくぶつにんげん [植物人間] (名) 植物人。

しょくぶん [食分・蝕分] (名) 日、月蝕的程度。

しょくぶん [職分] (名) ① 職守。② "能楽" 專家。

しょくべに [食紅] (名) 食品用的紅色顏料。

しょくほう [触法] (名) 觸犯法律。△～行為／違法行為。

しょくぼう [嘱望・属望] (名・自他サ) 期望。△将来を～する／對前途抱希望。

しょくみ [食味] (名) ① 食品的味道。② 調味方法。△京の～／京都風味。

しょくみん [植民・殖民] (名・自サ) 殖民。△～地／殖民地。△～政策／殖民政策。

しょくむ [職務] (名) 職務。

しょくむきゅう [職務給] (名) 職務工資。

しょくむしつもん [職務質問] (名) 警察對行跡可疑者進行的盤問。

しょくめい [職名] (名) 職稱。

しょくもう [植毛] (名・自サ) ① 移植毛髮。② (刷子、地毯等) 植毛。

しょくもく [嘱目・属目] (名・自サ) 矚目。△万人の～の的／眾人矚望的中心人物。

しょくもたれ [食もたれ] (名) 積食。△～する食物／不易消化的食品。

しょくもつ [食物] (名) 食品，飲料。

しょくもつれんさ [食物連鎖] (名)〈生物〉食物鏈。

しょくやすみ [食休み] (名・自サ) 飯後休息。△親が死んでも～／即使有天大的事情，該休息也要休息。

しょくゆ [食油] (名) 食用油。

しょくよう [食用] (名) 食用。△～蛙／田雞。

しょくよく [食欲・食慾] (名) 食慾。△～不振／食慾不振。

しょくりょう [食料] (名) 食物。

しょくりょう [食糧] (名) 糧食。

しょくりょう [職漁] (名) 漁業。△～者／捕魚為業者。△～船／捕魚船。

しょくりょうひん [食料品] (名) 副食。

しょくりん [植林] (名・自サ) 造林。

しょくれき [職歴] (名) 職業履歷。↔学歴

しょくろく [食禄] (名) 食祿，俸祿。

しょくん [諸君] (代) (男性用語，對長輩不能使用) 諸位，大家，諸君。△学生～／各位同學。

じょくん [叙勲] (名) 授勳。

しょけい [処刑] (名・他サ) 處刑 (多指死刑)。

しょけい [初経] (名) 首次月經。→初潮

しょけい [書契] (名) 書契，文字。△～以前／有文字以前的 (遠古時代)。

しょけい [諸兄] (名) 諸兄。↔諸姉

じょけい [女系] (名) 母系。△～社会／母系社會。↔男系

じょけい [叙景] (名・自サ) 寫景。△～文／寫景文。

しょげかえ・る［しょげ返る・悄気返る］（自五）垂頭喪氣，無精打采。

しょげこ・む［しょげ込む・悄気込む］（自五）垂頭喪氣，萎靡不振。

しょけつ［処決］（名・他サ）① 果斷處理。② 下決心。

じょけつ［女傑］（名）女傑。

しょげ・る［悄気る］（自下一）消沉，頽靡，沮喪。

しょけん［所見］（名）① 所見，所看到的。② 對某問題的意見。△～を述べる／談談自己的想法。

しょけん［書見］（名・自サ）〈文〉看書。

しょけん［初見］（名）第一次看。△～演奏／演奏初次看到的樂譜。

しょけん［諸賢］（名）諸位先生。

しょげん［緒言］（名）序言。→ちょげん

じょけん［女権］（名）女權。△～運動／女權運動。

じょげん［助言］（名・自サ）① 忠告，建議。② 出主意。

じょげん［序言］（名）序言，前言。

じょげんど［恕限度］（名）最大容許限度。△炭酸ガスの～を示す／表示二氧化碳含量最大容許限度。

しょげんひょう［諸元表］（名）記載各個鐵路公司擁有車輛的號碼，型號，重量，容量等一覽表。

しょこ［書庫］（名）書庫。

しょこう［初校］（名）〈印刷〉初校。

しょこう［諸公］（名）諸公，諸位。△代議士～／諸位議員。

しょこう［諸侯］（名）諸侯。

しょこう［曙光・初光］（名）曙光。

しょごう［初号］（名）①（刊物）創刊號。② 頭號鉛字。

しょごう［諸豪］（名）① 各豪族。② 各個強手。△相撲界の～／摔跤界的強手。

じょこう［女工］（名）女工。

じょこう［徐行］（名・自サ）（車輛）慢行。△～区間／慢行區。

じょごう［除号］（名）〈數〉除法符號（÷）。↔乗号

しょこく［諸国］（名）①（古）各諸侯領國。② 各國。△第三世界～／第三世界各國。

ショコラ［法 chocolat］（名）巧克力，朱古力。→チョーコレート

しょこん［初婚］（名）初婚。↔再婚

しょさ［所作］（名）舉止，行為。△他人の～をまねる／模仿別人的舉動。△それは私の～ではない／那不是我幹的。

しょさい［所載］（名）登載。△前号～の論文／上期（雑誌）所載論文。

しょさい［書斎］（名）書齋，書房。

しょさい［書債］（名）筆墨債。

しょざい［所在］（名）所在。△責任の～を明らかにする／弄清責任之所在。△県庁の～地／縣政府所在地。△～をくらます／躲藏起來。② 各處。△～の敵を破る／擊敗各處的敵人。

じょさい［助祭］（名）〈宗〉天主教比神甫低一級的傳教士。

じょさい［如才］（名）疏忽，漏洞。

しょざいな・い［所在ない］（形）無所事事，百無聊賴。

じょさいな・い［如才ない］（形）圓滑，周到，世故。△～くふるまう／事事做得圓滿周到。△～挨拶／會應酬。△～人／外場人。

しょさごと［所作事］（名）① 劇中表達特殊表情的舞蹈。②"歌舞伎"中與歌謠同時表演的舞蹈。

しょさつ［書札］（名）書信。→手紙

しょさん［初産］（名）初産，頭胎。

しょさん［所産］（名）成果。

しょざん［諸山］（名）① 各山。② 諸寺院。

じょさん［助産］（名）助産。△～婦／助産士。

じょさん［除算］（名・他サ）〈數〉除法。→割り算

しょし［処士］（名）處士，隱士。

しょし［初志］（名）初衷。△～を貫徹する／貫徹初志。

しょし［庶子］（名）① 妾生子，庶子。②（舊民法，父親承認的）非婚生子。

しょし［諸氏］（名）諸位，各位。

しょし［諸姉］（名）諸姉。

しょじ［所持］（名・他サ）攜帶，持有。△大金を～する／攜帶巨款。△税関で～品を検査する／在海關檢查攜帶物品。

しょじ［諸事］（名）諸事。

じょし［女子］（名）① 女兒，女孩子。② 女子，婦女。△～学生／女大學生。

じょし［女史］（名）女士。

じょし［助詞］（名）〈語〉助詞。

じょし［序詞］（名）① 序言。②〈樂〉序曲。〈劇〉序幕。→プロローグ ③ 日本和歌中的序詞。

じょじ［女児］（名）女兒，女孩。

じょじ［助字］（名）〈語〉漢字中的助詞，虛字（之、乎、者、也等）。

じょじ［助辞］（名）〈語〉① 助詞。② 助詞、助動詞的總稱。③ 漢文中的虛字。

じょじ［叙事］（名）敍事。↔叙情

しょしがく［書誌学］（名）圖書學。

しょしき［書式］（名）公文程式。

しょしき［諸式・諸色］（名）① 各種必需品。△結納の～を整える／備齊聘禮用的物品。② 物價。△～が上がる／物價上漲。

じょじし［叙事詩］（名）敍事詩。

しょしだい［所司代］（名）①（鎌倉時代）"侍所"次長。②（江戸時代設於京都）監視朝廷和西部諸侯的衙門。

じょしつ［除湿］（名・自サ）除潮，去濕。△～器／乾燥機。

しょしゃ［書写］（名・他サ）① 書寫，抄寫。②（日本中小學的）習字課。

しょしゃ［諸車］(名) 各種車輛。△～通行止／禁止一切車輛通行。

じょしゃく［叙爵］(名・自サ) 受封爵位。

しょしゅ［諸種］(名) 各種。

じょしゅ［助手］(名) ① 助手。② (大學) 助教。

しょしゅう［初秋］(名) 初秋。↔ 晩秋

しょしゅう［所収］(名) 所收，所登載。

しょしゅう［諸宗］(名)〈佛教〉各宗派。

じょしゅう［女囚］(名) 女囚，女犯人。↔ 男囚

しょしゅつ［初出］(名) 初次出現。↔ 再出

しょしゅつ［庶出］(名) 庶出，妾生。↔ 嫡出

じょじゅつ［叙述］(名・他サ) 敍述。

しょしゅん［初春］(名) 初春 (陰曆正月)。↔ 晩春

しょじゅん［初旬］(名) 上旬。

しょしょ［処処・所々］(名) 處處，各處。

しょしょ［諸所・諸処］(名) 各處。

しょしょ［処暑］(名) (二十四節氣之一) 處暑。

しょじょ［処女］(名) 處女。

しょしょう［書証］(名) 證件，證據文件。↔ 人証，物証

しょじょう［書状］(名) 書信。

しょじょう［諸嬢］(名) 各位小姐。

じょしょう［女将］(名) (旅館、飯館的) 女老闆，女掌櫃。→おかみ

じょしょう［序章］(名) (文章、小説等) 序章，序篇。↔ 終章

じょしょう［叙唱］(名) (歌劇中的) 朗誦調。→レシタティブ ↔ アリア

じょじょう［如上・叙上］(名) 以上所述。

じょじょう［叙情・抒情］(名) 抒情。↔ 叙事

じょじょうし［叙情詩］(名) 敍情詩。→リリック

じょじょうふ［女丈夫］(名) 女中豪傑。

じょしょく［女色］(名) 女色。

しょじょさく［処女作］(名) 處女作。

しょじょち［処女地］(名) 處女地。

じょじょに［徐々に］(副) 徐徐，緩慢地，逐漸地。

しょじょまく［処女膜］(名) 處女膜。

しょじょりん［処女林］(名) 原始森林。

しょしん［初心］(名) ① 初衷。△～を貫徹する／不改初衷。② 初學。△～者／初學者。

しょしん［初診］(名) 初診。

しょしん［初審］(名)〈法〉初審，第一審。

しょしん［所信］(名) 信念。

しょしん［書信］(名) 書信。

じょしん［女神］(名) 女神。△自由～／自由女神。

じょじんき［除塵機］(名) 空氣淨化器。

じょすう［除数］(名)〈數〉除數。↔ 被除数

じょすうし［助数詞］(名)〈語〉量詞。

じょすうし［序数詞］(名)〈語〉序數詞 (如“第一”，“一つめ”等)。

しょずり［初刷］(名) 第一次印刷。

しょ・する［処する］(自・他サ) ① 處。△世に～道／處世之道。② 處理。△事を～／處理事務。③ 處罰。△死刑に～／處以死刑。

しょ・する［書する］(他サ) 書寫。

しょ・する［署する］(他サ) 簽署，署名。

じょ・する［叙する］(他サ) ① 敍述。△祝意を～／表達賀忱。② 敍勳，敍爵。

じょ・する［序する］(他サ) 作序。

じょ・する［恕する］(他サ) 寬恕。

じょ・する［除する］(他サ) ①〈數〉除。② 除掉。

しょせい［処世］(名) 處世。△～訓／處世訓。

しょせい［初生］(名) 剛生下來。△～兒△～初生嬰兒。

しょせい［書生］(名) ① 書生。△貧乏～／窮書生，窮學生。② (寄食人家兼做家務的) 工讀學生。

しょせい［書聖］(名) 書法大師。

しょせい［庶政・諸政］(名) 一切政務。△～を一新する／改革政務。

じょせい［女声］(名) 女聲。△～合唱／女聲合唱。↔ 男声

じょせい［女性］(名) 女性。↔ 男性

じょせい［女婿］(名) 女婿。→娘むこ

じょせい［助成］(名・他サ) 贊助。△～金／捐款。

じょせい［助勢］(名・自サ) 幫助，援助。

じょせいご［女性語］(名) 婦女用語。

しょせいっぽ［書生っぽ］(名) 書生氣。(也説“しょせっぽ”)

じょせいてき［女性的］(形動) 女性的，女人氣。↔ 男性的

じょせいホルモン［女性 Hormon］(名) 雌性激素。

しょせいろん［書生論］(名) 書生之見。

しょせき［書籍］(名) 書籍。

じょせき［除籍］(名・他サ) (戶籍、學籍等) 除名。

しょせきコード［書籍コード］(名) 圖書編號。

しょせつ［所説］(名) 主張，意見。

しょせつ［諸説］(名) 各種主張、意見。

しょせつ［諸節］(名) 各節令及其活動。

じょせつ［序説・叙説］(名) 序論，緒論。

じょせつ［除雪］(名・自サ) 除雪。△～事／除雪車。

しょせん［初選］(名) 第一次當選、入選。

しょせん［所詮］(副) (多接否定語) 歸根到底，終究。△彼は～助かるまい／他終歸性命難保。

しょせん［緒戦・初戦］(名) (戰鬥、比賽等) 序戰，初戰。(也説“ちょせん”) △～で勝つ／初戰告捷。

しょそう［諸相］(名) 各種形象，姿態。

しょぞう［所蔵］(名・他サ) 所收藏，收藏品。

じょそう［女装］(名) 男扮女裝。↔ 男装

じょそう［助走］(名・自サ)〈體〉(田徑) 助跑。△～路／助跑路。

じょそう［助奏］(名・自サ)〈樂〉助奏。→オブリガート

じょそう［序奏］(名)〈樂〉前奏，序奏。△～曲／前奏曲，序曲。→イントロダクション

じょそう［除草］(名・自サ)除草。

じょそう［除霜］(名・他サ)防霜，除霜。

しょそく［初速］(名)〈理〉初速度。

しょぞく［所属］(名・自サ)所屬，屬於。

しょぞん［所存］(名)打算，想法。△明日參上する〜です／我打算明天去(拜訪您)。

じょそんだんぴ［女尊男卑］(名)女尊男卑。↔男尊女卑

しょたい［所帯］(名)① 家庭，門戶。△～を持つ／安家立戶。△～主／戶主。△一人～／獨身生活。② 家計。△～持ちがよい／會過日子。△～のやりくりが大変だ／操持一家的生計真不容易。→せたい

しょたい［書体］(名)① 字體，筆體。② 鉛字字體。△ゴシック～／粗體字。

しょだい［初代］(名)① 第一代。△～の移民／第一代僑民。② 第一任。

じょたい［女体］(名)女人身體。(也説“にょたい”)

じょたい［除隊］(名・自サ)退伍，復員。

しょたいくずし［所帯崩し］(名)一家離散，散夥。△あの出版社はとうとう～になった／那家出版社終於倒閉了。

しょたいじ・みる［所帯染みる］(自上一)因操勞家務而精神委頓。

しょたいどうぐ［所帯道具］(名)家庭用具。

しょたいめん［初対面］(名)初次見面。

しょたいもち［所帯持ち］(名)① 成家立業。② 操持家務。

しょたいやつれ［所帯窶れ］(名)為家務所累面容憔悴。

しょだち［初太刀］(名)(交鋒時的)第一刀。

しょだな［書棚］(名)書架，書櫥。→本棚

しょだん［処断］(名・他サ)裁處，裁決。

しょだん［書壇］(名)書法界。

しょだん［初段］(名)(武術、棋類的最低級別)初段。

じょだん［序段］(名)(古典隨筆文章的)第一段落。

しょち［処置］(名・他サ)① 處理，措施。△断固たる～を取る／採取果斷措施。△～なしだ／無計可施。②〈醫〉醫療措施。△けがの～をする／治療(包紮)外傷。

しょちゅう［書中］(名)文件、書信裏。

しょちゅう［暑中］(名)盛夏(立秋前十八天)。△～見舞い／暑期問候。△～休暇／暑假。

じょちゅう［女中］(名)① 家庭女傭人的舊稱(今稱“お手伝いさん”)。② 旅館、飯館女招待員(今稱“接客係”)。

じょちゅう［除虫］(名)除害蟲。△～剤／除蟲劑。

じょちゅうぎく［除虫菊］(名)〈植物〉除蟲菊。

しょちょう［初潮］(名)第一次月經。

しょちょう［所長］(名)所長。

しょちょう［署長］(名)(警察、稅務署等)署長。

じょちょう［助長］(名・他サ)① 促進。② 助長。△弊害を～する／助長弊端。

しょっかい［職階］(名)職務等級。△～給／按職務等級規定的工資。

しょっかく［食客］(名)食客。(也説“しょっきゃく”)

しょっかく［触角］(名)觸角。

しょっかく［触覚］(名)觸覺。

しょっかん［食間］(名)兩頓飯之間。

しょっかん［食管］(名)“食糧管理”的簡稱，糧食管理。△～法／糧食管理法。

しょっかん［触感］(名)觸感。

しょっき［食器］(名)餐具。△～棚／碗櫥。

しょっき［織機］(名)織布機。

ジョッキ［jug］(名)有柄的啤酒杯。

ジョッキー［jockey］(名)①〈賽馬〉騎手。②(廣播)配樂漫談節目(主持人)。

しょっきり［初っ切り］(名)①(相撲表演開始前的)滑稽摔跤。② 開端。△～からうまくいった／從一開始就很順利。

しょっきん［蜀錦］(名)(中國四川產的)蜀錦。

ショッキング［shocking］(形動)驚人的。△～なニュース／令人震驚的新聞。

ジョッギング［jogging］(名)慢跑。

ショック［德 Schock］(名)〈醫〉休克。

ショック［shock］(名)衝擊，打擊。△～に強い時計／不怕震的錶。△オイル～／石油危機。

ショックウエーブ［shock wave］(名)衝擊波。

ショックプルーフ［shock proof］(名)防震。

しょっけん［食券］(名)(食堂的)餐券。

しょっけん［職権］(名)職權。

しょっこう［燭光］(名)(光度單位)燭光。

しょっこう［職工］(名)工人(新的説法叫“工員”)。

じょっちゃん［嬢ちゃん］(名)小姐，姑娘。→お嬢さん

しょっちゅう(副)時常，總是。△あの二人は～一緒にいる／他倆形影不離。△母は～愚痴をいう／媽媽總愛嘮叨。

しょう・てる［背負ってる］(自下一)自負，自命不凡。

ショット［shot］(名)① 瞄準，射擊。②〈影〉一個鏡頭，景。△ロング～／遠景。③〈高爾夫〉打球。

ショットキーダイオード［schottky diode］(名)可控硅二極管。

ショッパー［shopper］(名)顧客，購物者。

しょっぱ・い(形)① 鹹。→塩辛い ② 吝嗇。△～おやじ／吝嗇老頭兒。③ 嘶啞。④ 皺眉頭。△～顔をする／做出苦臉。

しょっぱな［初っ端］(名)一開始。△～からホームランを打たれた／一開始就挨了個本壘打。△この文章は～から分からない／這篇文章從一開頭兒就弄不懂。

しょっぴ・く(他五)(“しょびく”的強調形)強拉硬拽。△泥棒を交番まで～いて行く／把小偷強拉到警署去。

ショッピング［shopping］（名・自サ）購物。

ショッピングカート［shopping cart］（名）輕便購物手拉車。

ショッピングセンター［shopping center］（名）購物中心。

ショッピングバッグ［shopping bag］（名）購物袋。

ショップ［shop］（名）商店。△フラワー〜／花店。

ショップガール［shop girl］（名）女售貨員。

しょて［初手］（名）①（棋類）頭一着。②一開局。

しょてい［所定］（名）所定，規定。△〜の時間に〜の場所に集まる／在規定的時間和地點集合。

じょてい［女帝］（名）女帝，女皇。

しょてん［書店］（名）①書店。②出版社。

しょでん［初伝］（名）①初次傳來。②（武藝、技藝等）初步傳授。↔奥伝

しょでん［初電］（名）①頭班電車。△〜で通勤する／坐頭班電車上班。↔終電②（關於某事的）第一次電報。

しょでん［所伝］（名）①所傳。△某家〜の秘本／某家所傳之秘本。傳說。△〜によれば／據傳說…

じょてんいん［女店員］（名）女售貨員。

しょとう［初冬］（名）初冬。↔晩冬

しょとう［初等］（名）初級。△〜教育／初級（小學）教育。↔中等，高等

しょとう［初頭］（名）初。△本年〜／本年年初。

しょとう［蔗糖］（名）蔗糖。

しょとう［諸島］（名）諸島。△伊豆〜／伊豆諸島。

しょどう［初動］（名）①（地震）初震。②（事件未擴大前）開始行動。△〜捜査／案件發生後立即出動搜查。

しょどう［書道］（名）書法。

しょどう［諸道］（名）①各種技藝。②萬事。△貧は〜の妨げ／貧則萬事不順。

じょどうし［助動詞］（名）〈語〉助動詞。

しょとく［所得］（名）①收入。△国民〜／國民收入。②（納稅時申報的）純利潤，純收入。

しょとくぜい［所得税］（名）所得稅。

しょなぬか［初七日］（名）（人死後）第七天，頭七。（也説“しょなのか”）

じょなん［女難］（名）因女人引起的災難。△〜の相がある／犯桃花相。

じょにだん［序二段］（名）（相撲）序二段（最低級別的二級力士）。

しょにち［初日］（名）（劇、相撲等的）第一天。△〜を出す／（相撲）（連續失敗之後）第一次獲勝。

しょにん［初任］（名）初次任職。△〜給／初次任職的工資。

じょにん［叙任］（名・他サ）敍任官職。

しょねつ［暑熱］（名）炎熱。

しょねん［初年］（名）①初期。△昭和〜／昭和初期。②頭一年。△〜兵／新兵。

じょのくち［序の口］（名）①開端。△寒さはまだ〜だ／這還是剛開始冷哪。②（相撲力士中最低的等級）序之口。

しょば（名）（黑社會的隱語）勢力範圍。△〜代／（攤販們向地頭蛇交納的）地皮錢。

じょはき［除波器］（名）雜音分離器。

じょはきゅう［序破急］（名）①序破急（“雅楽”“能楽”演奏中節奏不同的三個部分，（“序”一緩慢，“破”一富於變化，“急”一快）。②（事物的）開始、中間、末尾。

しょはつ［初発］（名）①（電車、火車、汽車等）頭班車。②第一次發生。△〜患者／（傳染病等）初發患者。③開始。△天地〜の時／開天闢地之時。

しょばつ［処罰］（名・他サ）處罰。懲罰。

しょはん［初犯］（名）初犯。↔再犯。重犯

しょはん［初版］（名）初版。↔再版

しょはん［諸般］（名）諸般，各種。△〜の情勢に鑑み／鑒於諸種形勢…

しょばん［初盤］（名）初次灌的唱片。

ショパン［Frédéric Francois Chopin］（名）〈人名〉蕭邦（1810-1849）。波蘭作曲家。

じょばん［序盤］（名）①（棋類）開局。②（各項比賽的）開始階段。

しょひ［諸費］（名）各種費用。

しょび・く（他五）強拉。→しょっぴく

しょひょう［書評］（名）書評。

じょびらき［序開き］（名）開端。

しょびん［初便］（名）①初次發出或收到的信。②（飛機、輪船等）首航。

しょふう［書風］（名）字的風格。

しょふく［書幅］（名）書幅，條幅。

じょふく［除服］（名・自サ）服喪期滿。

しょぶつ［諸物・庶物］（名）諸物。

しょぶん［処分］（名・他サ）①處理。△古新聞を〜する／處理舊報紙。②處罰。△主謀者を〜する／處罰主謀者。

じょぶん［序文］（名）序言，序文。↔跋文

しょへき［書癖］（名）①讀書癖。藏書癖。②寫字的毛病。

ショベル［shovel］（名）鐵鏟，鐵鍬。

ショベル・ローダー［shovel loader］（名）鏟式裝載機，裝土機。

しょへん［初編・初篇］（名）第一篇。↔終編

しょほ［初歩］（名）初步，初學。

しょぼ・い（形）灰心，泄氣。

しょほう［処方］（名・自サ）〈醫〉處方。△〜に従って調剤する／按照處方配藥。△〜箋／處方單。

しょほう［書法］（名）①書法。②文字、符號等的書寫方法。△楽譜の〜／樂譜的寫法。

しょほう［諸法］（名）①〈佛教〉宇宙的森羅萬象，諸法。②各種法律。

しょぼう［書房］（名）①書齋。②書店。△丸山〜／丸山書店。

じょほう［除法］（名）〈數〉除法。↔乗法

しょぼく・れる（自下一）無精打采。

しょぼしょぼ I（副）細雨濛濛。 II（自サ）① 雙眼惺忪。△疲れて目が～する／疲倦得兩眼睁不開。② 身衰體弱的樣子。△～と歩く／蹣跚地走着。

しょぼた・れる（自下一）① 淋透。② 衣衫襤褸。

しょぼつ・く（自五）① 細雨霏霏。② 眼睛睁不開。△目が～／眼睛睁不開。△目を～かせる／眨眼睛。

しょぼぬ・れる［しょぼ濡れる］（自下一）濕透，淋透。

しょほん［諸本］（名）各種版本。

しょぼん（副）無精打采的樣子。△～として物思いに沈んでいる／無精打采地在想心事。

じょまく［序幕］（名）①〈劇〉序幕。②（事物的）開端。↔終幕

じょまく［除幕］（名）（銅像、紀念碑等）揭幕。

しょみん［庶民］（名）庶民，平民。△～銀行／當鋪。

しょみんローン［庶民ローン］（名）郵局辦的十萬日圓以下小額貸款。

しょむ［庶務］（名）總務。△～課／總務科。

しょむ［処務］（名）處理事務。△～規定／辦事章程。

しょめい［書名］（名）書名。

しょめい［署名］（名・自サ）署名，簽字。→サイン

じょめい［助命］（名）① 留命。△死刑囚の～を嘆願する／請求免死刑犯人一死。② 撤銷免職處分。

じょめい［除名］（名・他サ）① 開除。② 從名冊上除名。

しょめん［書面］（名）① 書面。△追って～で通知する／隨後發書面通知。② 書信。△～のやりとりをする／互通書信。

じょも［除喪］（名）① 除服。② 提前結束守制時間。（也説“じょそう”）

しょもう［所望］（名・他サ）〈舊〉所希望的。△茶を一服～したい／我要一杯茶。

しょもく［書目］（名）① 書名。② 圖書目錄。

しょもつ［書物］（名）書籍。

しょや［初夜］（名）① 第一個夜晚。② 新婚初夜。△～権／初夜權。

じょや［除夜］（名）除夕。

しょやく［初訳］（名・他サ）第一次翻譯，初譯本。

しょゆう［所有］（名・他サ）所有，擁有。△～権／所有權。△～者／物主。

じょゆう［女優］（名）女演員。↔男優

しょよう［初葉］（名）① 初葉（某時代的初期）。↔中葉、末葉 ② 書籍的第一頁。

しょよう［所用］（名）① 所使用。△彼の～の間は取り返すことはできない／在他使用期間，不能索回。② 事情。△～があって外出する／因事外出。

しょよう［所要］（名）所需。

しょり［処理］（名・他サ）處理。

しょりゅう［庶流］（名）非嫡系。

じょりゅう［女流］（名）女流，女性。△～作家／女作家。

しょりょう［所領］（名）領地。△～地／領地。

じょりょく［助力］（名・他サ）協助。

じょりんもく［如鱗木］（名）〈植物〉有魚鱗般木紋的樹種，如山毛櫸等。

しょるい［書類］（名）文件，文書。△～カバン／文件包。△～付属～／附件。

しょるいそうけん［書類送検］（名・他サ）〈法〉（在嫌疑犯、罪犯沒有逃跑或消滅罪證危險的情況下，暫不拘捕）只將有關調查材料送交檢察廳。↔身柄送検

ショルダーバッグ［shoulder bag］（名）掛肩式手提包。

じょれつ［序列］（名）序列。△～をつける／排次序。△年功～／按資歷升遷（制度）。

じょろ［如露］（名）⇨じょうろ

じょろ［女郎］（名）妓女。→じょろう

しょろう［初老］（名）（五十歲前後的）初老期。初老的紳士。

じょろう［女郎］（名）妓女。△～を買う／嫖妓。

じょろうぐも［女郎蜘蛛］（名）〈動〉絡新婦。

しょろん［所論］（名）所論（的事），論點。

しょろん［緒論］（名）緒論。（也説“ちょろん”）

じょろん［序論］（名）序論。

ジョンブル［John Bull］（名）約翰牛（英國人的綽號）。

しょんぼり（副・自サ）沮喪，無精打采，孤孤單單。

しら（終助）（“しらぬ”之略）接在“か”下面表示不確定的推測。△どこへ行ったのか～／（究竟）到哪裏去了呢。

しらあえ［白和え］（名）用白芝麻、豆腐、蔬菜拌的涼菜。

しらあや［白綾］（名）白斜紋布。

じらい［爾来］（副）從那以後。△～彼とは会っていない／從那以後再沒見到他。

じらい［地雷］（名）地雷。△～をしかける／埋地雷。

しらいと［白糸］（名）① 白綫。② 生絲。

しらうお［白魚］（名）〈動〉銀魚。

しらうめ［白梅］（名）〈植物〉白梅。↔紅梅

しらが［白髪］（名）① 白髮。②（結婚禮品，表示白頭偕老的）白麻。

しらがあたま［白髪頭］（名）滿頭白髮。

しらがこぶ［白髪昆布］（名）切細的白海帶絲。

しらかし［白樫］（名）〈植物〉青栲。

しらがぞめ［白髪染め］（名）① 染髮。② 染髮劑。

しらかば［白樺］（名）〈植物〉白樺。

しらかべ［白壁］（名）白牆。

しらかみ［白紙］（名）① 白色的紙。② 沒有字的紙。

しらかゆ［白粥］（名）純大米粥。

しらかわよふね［白河夜船・白川夜船］（名）酣睡。（也説“しらかわよぶね”）

しらかんば［白樺］（名）⇨しらかば

しらき [白木] (名) (未塗油漆的) 本色木料。

しらぎく [白菊] (名) 〈植物〉白菊花。

しらきちょうめん [白几帳面・白木帳面] (形動) 一本正經，過分認真。

しらく [刺絡] (名・他サ) 〈醫〉放血療法。

しらくび [白首] (名) 妓女。(因頸部塗粉而得名)。(也説"しろくび")

しらくも [白雲] (名) ① 白雲。② 〈醫〉頭上白癬。

しら・ける [白ける] (自下一) ① 掃興，冷場。△座が～／大煞風景。② 變白，褪色。△写真が～／照片褪色。

しら・げる [精げる] (他下一) 精製。

しらこ [白子] (名) ① 魚白。② 〈醫〉白化病。

しらさぎ [白鷺] (名) 〈動〉白鷺。

しらさや [白鞘] (名) 本色的木製刀鞘。

しらじ [白地] (名) ① (未塗釉色的) 陶瓷素坯。② (尚未染色或寫字的) 白布，白紙。(也説"しろじ")

しらじうらがき [白地裏書き] (名) 〈經〉空白背書。

しらしめゆ [白絞油] (名) 精製植物油。

しらじらし・い [白白しい] (形) ① 顯而易見，明擺着。△～嘘をつく／瞪着眼睛扯謊。② 佯作不知。

しらしらと (副) ⇨しらじらと

しらじらと (副) ① 東方現出魚肚白的樣子。△夜が～あける／天破曉。② 發白。△～立つ霧／白濛濛的霧。

しらす [白子] (名) ① (鯡魚、沙丁魚、銀魚等的) 幼魚。② 無色透明東西的總稱。△～干し／曬乾的小魚。

しらす [白州・白洲] (名) ① (庭院內鋪的) 白砂地。② (江戸時代) 法庭。

しらず [知らず] (連語) 不知道。△よそは～本社に限ってそのようなことはない／別處我不曉得，唯有本公司決沒有那種事情。△寒さ～／不怕冷 (的人)。

じら・す [焦らす] (他五) 故意急人。△～さないで早く教えてくれ／別讓我乾着急，快告訴我吧。

しらずがお [知らず顔] (名) 裝糊塗，裝不知道。

しらずしらず [知らず知らず] (副) 不知不覺地。△～のうち寝てしまった／不知不覺就睡着了。

しらせ [知らせ・報せ] (名) ① 通知，消息。△うれしい～／喜訊。② 預兆。△虫の～／心中的預感。

しら・せる [知らせる] (他下一) 告知，通知。△到達の時間を～／通知到達時間。△急を～／告急。△それとなく～／暗示。△目で～／目示。

しらたき [白滝] (名) ① (白色的) 瀑布。② (用蒟蒻製的) 粉絲。

しらたま [白玉] (名) ① 白玉石。② 珍珠。③ 糯米粉團。④ "白玉椿" 的簡稱。

しらたまつばき [白玉椿] (名) 〈植物〉白山茶花。

しらちゃ [白茶] (名) 淡茶色。

しらちゃ・ける [白茶ける] (自下一) 褪色變成淡茶色。

しらつち [白土] (名) ① 白土。② 陶土。③ 白灰漿。

しらつゆ [白露] (名) 露，露珠。

しらとり [白鳥] (名) 〈動〉① 天鵝。② 白色的鳥。(也説"はくちょう")

しらなみ [白波・白浪] (名) ① 白色浪花。△～が立つ／翻起浪花。② 盜賊的異稱。△～稼業／以偷盜為業。△女～／女賊。

しらに [白煮] (名) (單用鹽煮的) 白煮。△～の鯛／白煮的加級魚。

しらぬい [不知火] (名) (夏夜在九州八代灣出現的神秘火花。(也説"知らぬひ")

しらぬかお [知らぬ顔] (名) ① 陌生人。② 佯作不知。△呼んでも～をする／喊他裝聾沒聽見。

しらぬかおのはんべいえ [知らぬ顔の半兵衛] (連語) 裝聾作啞。

しらぬがほとけ [知らぬが仏] (連語) 眼不見心不煩。

しらね [白根] (名) (植物在土中的) 白根。(也説"しろね")

しらは [白刃] (名) 白刃，明晃晃的刀。

しらは [白羽] (名) 箭上的白翎。△～の矢が立つ／在很多人中被選中。

しらはえ [白南風] (名) (船員用語) ① 梅雨期結束後颳的南風。② 六月裏的南風。

しらばく・れる (自下一) 佯作不知，裝糊塗。(也説"しらばっくれる")

しらはた [白旗] (名) ① 白色旗。② 投降的白旗。③ 鐵路道口揮的白旗 (表示可以安全通過)。

しらはだ [白月九] (名) ① 白色皮膚。② 白斑病，白癜風。

しらはり [白張り] (名) (喪事用的) 白絨燈籠。

シラフ [德 Schlafsack] (名) ⇨シュラーフザック

しらふ [素面・白面] (名) 不喝酒時 (沒喝醉時) 的狀態。△～ではとても歌えない／不借酒勁兒是決不能唱的。

ジラフ [giraffe] (名) 長頸鹿。→きりん

シラブル [syllable] (名) 〈語〉音節。

しらべ [調べ] (名) ① 調查。△～がつく／調查清楚。△在庫～／盤點庫存。② 審查，盤問。△～を受ける／受到盤問。③ 音調。△琴の～／琴的曲調。

しらべおび [調べ帯] (名) (機械) 傳動帶。

しらべがわ [調べ革] (名) (機械) 傳動皮帶。

しらべぐるま [調べ車] (名) (機械) ① 皮革輪。② 滑輪。→プーリー

しらべのお [調べの緒] (名) 〈樂〉(小鼓的) 調音帶。

しら・べる [調べる] (他下一) ① 調查，查閱。△火事の原因を～／調查起火原因。② 審問，盤問。△犯人を～／審問犯人。

しらほ［白帆］(名) 白帆。

しらみ［虱・蝨］(名) 蝨子。△～がわく／生蝨子。

しらみつぶし［虱潰し］(名) 徹底捜査，一個不漏地收拾。

しら・む［白む］(自五) ① 發白，放亮。△夜が～んできた／天放亮了。② 殺風景。△座が～／冷場。

しらやき［白焼き］(名) (不加作料) 乾烤。

しらもめん［白木綿］(名) 白楮皮紙，白楮皮纖維細布。

しらゆき［白雪］(名) 白雪。

シラン［silane］(名) 〈化〉硅烷。

しらん (終助) ⇨しら

しらん［紫蘭］(名) 〈植物〉白芨。

しらんかお［知らん顔］(名) ⇨知らぬ顔

しり［尻・臀・後］(名) ① 臀部，屁股。② 後面。△人の～についている／模仿別人。跟着別人轉。③ 和服袋大襟。④ (器具的) 底兒。△鍋の～／鍋底。⑤ 尾部。△～から三番目／從後頭數第三個。△どんじり／最後。△帳じり／賬尾。

しり［私利］(名) 私利。

じり［事理］(名) 道理。

シリア［Syria］(名) 〈國名〉敍利亞。

しりあい［知り合い］(名) 相識，熟人。△～になる／結識。

しりあ・う［知り合う］(自五) 結識。

しりあがり［尻上がり］(名) ① 越往後越好。② 語尾提高音調。③ (單槓) 翻身上。

しりあし［後足・尻足］(名) 後腿。△～をふむ／躊躇不前。

シリアス［serious］(形動) 嚴肅的，重大的，認真的。△～な問題／重大問題。

シリアスドラマ［serious drama］(名) 〈劇〉正劇。

シリアル［serial］(名) 連載小説，系列影視片。

シリーズ［series］(名) ① 叢書，集錄。② (棒球) 爭奪冠軍的連續比賽。

シリウス［Sirius］(名) 〈天〉天狼星。

しりうまにのる［尻馬に乘る］(連語) 跟着別人屁股後頭湊熱鬧。

しりおし［尻押し］(名・他サ) ① 由後面推。② 後盾，撐腰。

じりおし［じり押し］(名) ① 用力頑強地推。② 頑強交渉。

しりおも［尻重］(名・形動) 屁股沉，懶得動彈 (的人)。

シリカ［silica］(名) 〈化〉硅石，二氧化硅。

しりがあたたまる［尻が暖まる］(連語) 在某處或某職位上久居不動。

しりがおもい［尻が重い］(連語) 不愛動，屁股沉。

しりがかるい［尻が軽い］(連語) ① (女人) 輕佻。② 輕率，不老成。

しりかくし［尻隠し］(名) 文過飾非。

しりがくる［尻がくる］(連語) 被找上門來興師問罪。

シリカゲル［silicagel］(名) 〈化〉氧化硅膠。

しりがすわる［尻が据わる］(連語) 久居某處，某職長呆不下去。△しりがすわらない／呆不下去。住不下去。

しりがながい［尻が長い］(連語) (客人) 久坐不走，屁股沉。

しりからげ［尻からげ］(名) 掖起後衣襟。

しりからぬける［尻から抜ける］(連語) 健忘。

しりがる［尻軽］(名・形動) ① 動作敏捷。② 輕浮，輕佻。

しりがわれる［尻が割れる］(連語) 露出馬腳，醜事敗露。

じりき［地力］(名) 實力。△～を発揮する／發揮自己的實力。

じりき［自力］(名) ① 自力。自力更生。② 〈佛教〉自力修成正果。△～宗／自力宗 (天台宗、真言宗、禪宗等)。

じりきこうせい［自力更生］(連語) 自力更生。

しりきりばんてん［尻切り半纏］(名) 和式短襟工作服。

しりきれ［尻切れ］(名) 有首無尾。→しりきれぞうり

しりきれぞうり［尻切草履］(名) ① 特別短的 "草履"。② 後跟磨損的 "草履"。

しりきれとんぼ［尻切れ蜻蛉］(名) 有頭無尾，有始無終。

しりくせ［尻癖］(名) ① 大小便失禁。② 俗語 (婦女) 婬蕩。△～が悪い／淫蕩。

しりげ［尻毛］(名) 肛門附近的毛。△～を抜く／抽冷子嚇唬人。

しりけん［手裏剣］(名) ⇨しゅりけん

シリコーン［silicone］(名) 〈化〉聚烴硅氧，聚硅酮。△～グリス／硅酮滑油。△～樹脂／硅 (氧) 樹脂。△～ゴム／硅酮橡膠。

しりこそばゆ・い［尻擽い］(形) (因受到言過其實的誇獎等) 不好意思，侷促不安。

しりごみ［尻込み］(名・自サ) ① 後退。② 躊躇，畏縮。

しりさがり［尻下がり］(名) ① (語調) 先高後低。↔ 尻上がり ② 越往後越壊。

じりじり (副・自サ) ① (含脂肪食品) 燒焦貌。② 灼熱。△太陽が～ (と) 照りつける／太陽把人曬得火辣辣的。③ 步步逼近。△～と敵に迫る／步步進逼敵人。△差は～とせばまった／差距越來越小了。→じわじわ ④ 焦急。

しりすぼまり［尻窄まり］(名・形動) ① 上大下小，上寬下窄，越來越窄。② 虎頭蛇尾，每況愈下。

しりすぼみ［尻窄み］(名) ⇨尻窄まり

しりぞ・く［退く］(自五) ① 向後退。↔ 進む ② 退下。→さがる ③ 退職，退出。△現役を～／退休，復員。

しりぞ・ける［退ける］(他下一) ① 摒退，斥退。② 撃退。③ 撤職，降職，辭退。

しりぞ・ける［斥ける・退ける］(他下一) ① 拒絶。△無理な要求を～／拒絶無理的要求。② 排斥。△衆議を～／力排衆議。

じりだか［じり高］(名) (行情) 逐漸上漲。↔

じり安

しりだこ［尻胼胝］(名) 臀部的胼胝。

しりつ［市立］(名) 市立。

しりつ［私立］(名) 私立。

じりつ［自立］(名・自サ) 獨立。△～生活を営む／過獨立生活。△～心／獨立精神。

じりつ［自律］(名・自サ) ① 自主。△～的に行動する／自主地進行活動。② 自律。△～神経／植物性神經。

じりつ［而立］(名) 而立 (之年)，三十歳。

しりつき［尻付き］(名) 臀部的形狀。

しりっぱしょり［尻端折り］(名) (為了便於勞動) 把衣襟掖在腰帶上。(也説“しりはしょり”)

しりっぺた［尻っぺた］(名) 屁股蛋兒。△～を叩く／打屁股。

しりっぽ［尻っぽ］(名) ① (兒語) 尾巴。△大根の～／蘿蔔根兒。② 末端。△行列の～／隊伍後尾。

しりとり［尻取り］(名) (遊戯) 接尾令，頂真格。下一句的頭一個字和上一句的末尾字相同，依次連下去)。

しりにしく［尻に敷く］(連語) (妻子) 施閫威，欺壓丈夫。

しりにひがつく［尻に火がつく］(連語) 事情緊急，刻不容緩。

しりにほをかける［尻に帆を掛ける］(連語) 逃之夭夭，溜之乎也。

しりぬ・く［知り抜く］(他五) 洞悉，深知 (内情)。

しりぬぐい［尻拭い］(名) 替別人處理亂攤子，擦屁股。

しりぬけ［尻抜け］(名) ① 健忘，隨聽隨忘。② 做事有首無尾。

しりびと［知り人］(名) 朋友、相識。→知り合い

しりびれ［尻鰭］(名) (魚的) 臀鰭。

じりひん［じり貧］(名) 越來越窮，日趨貧困。△～をたどる／每況愈下。

しりふり［尻振り］(名) ① 搖擺屁股。△～ダンス／搖擺舞。② (汽車) 打滑，左右搖擺。→スキッド

しりめつれつ［支離滅裂］(名・形動) 支離破碎，七零八落。

しりめにかける［尻目に掛ける］(連語) 不屑一顧，全然不睬。

しりもちをつく［尻餅をつく］(連語) 摔個屁股蹲兒。

じりやす［じり安］(名) (行情) 逐漸跌落。↔じり高

しりゅう［支流］(名) ① 支流。↔本流 ② 分支。↔主流

じりゅう［時流］(名) 時尚，時代潮流。△～に乗る／趕潮流。△～にさからう／反潮流。

しりょ［思慮］(名) 深思熟慮，考慮。△～が深い／深謀遠慮。△～を欠く／欠考慮，太草率。

しりょう［史料］(名) 史料。

しりょう［死霊］(名) ① 亡靈。② 冤魂。↔生霊

しりょう［思量・思料］(名・他サ) 思考，考慮。

しりょう［試料］(名)〈化〉試樣。

しりょう［資料］(名) 資料。

しりょう［飼料］(名) 飼料。△配合～／混合飼料。

じりょう［寺領］(名) 寺院的領地。

しりょうず［指了図］(名) (將棋的) 終局譜。

しりょく［死力］(名) 最大努力。△～を尽す／下死力。

しりょく［視力］(名) 視力。

しりょく［資力］(名) 財力。

じりょく［磁力］(名)〈理〉① 磁力。△～線／磁力綫。② 磁場強度。△～計／磁強儀，地磁儀。

しりをすえる［尻を据える］(連語) 長期呆下去。

しりをはしょる［尻を端折る］(連語) ① 以下省略。② 撩起後衣襟。

しりをひく［尻を引く］(連語) 留下後患。

しりをもちこむ［尻を持込む］(連語) 前來追究責任。

しりん［四隣］(名) 四鄰。

じりん［辞林］(名) 詞林。

シリング［shilling］(名) (英國貨幣) 先令。

シリンダー［cylinder］(名) ① 汽缸。② 圓桶。△～錠／圓桶狀鎖。

し・る［知る］(他五) ① 知道。△私は～っている／我知道。② 察覺。△身の危険を～／感覺到自身的危険。③ 懂。△フランス語を～っている／懂法語。④ 認識。△～っている人／認識的人。⑤ 經歷。△戦争を～らない世代／未經歷過戰爭的一代人。△女を～／同女人發生過性關係。⑥ 有關。△それはおれの～ったことか／那跟我有甚麼相干！

しる［汁］(名) ① 汁液，漿。△ミカンの～／橘子汁。② 湯，醬湯。△すましじる／清湯。△うまい～を吸う／佔便宜，撈油水。

シルエット［法 silhouette］(名) ① 影子，剪影。② (服裝的) 立體輪廓。→アウトライン

シルキー［silky］(名・形動) 柔軟的。△～タッチのナイロン／柔軟如絲的尼龍。

シルク［silk］(名) 絲，絲綢。

シルクハット［silkhat］(名) 高筒禮帽。

シルクプリント［silk print］(名) 印花綢。

シルクロード［Silk Road］(名) 絲綢之路。

しるけ［汁気］(名) 汁的濃度。

シルケット［silket］(名) 模造絲。

しるこ［汁粉］(名) 黏糕甜小豆湯。

ジルコニウム［zirconium］(名)〈化〉鋯。

ジルコン［zircon］(名) 鋯石。

しるし［印・標］(名) ① 記號，標記。△～をつける／做上記號。△駐車禁止の～／禁止停放車輛的標記。② 徴兆，證明。△改心の～が見えない／看不出甚麼改過的兆頭。△ほんのお～です／這只是我一點心意。③ 象徵。△平和の～、ハト／和平的象徵，鴿子。

しるしばんてん［印半纏］（名）印有商號名稱的和式工作服。

しる・す［記す］（他五）① 記載，書寫。② 記住。△心に〜／記在心裏。

しる・す［印す・標す］（他五）① 作記號。△赤鉛筆で〜しておく／用紅鉛筆做上記號。② 印上。△足跡を〜／留下腳印。

ジルバ［jitterbug］（名）吉特巴舞。

シルバー［silver］（名）① 銀。② 銀色。③ 銀器。

シルバーウィーク［silver week］（名）銀週（以十一月三日文化日為中心，放假、文娛活動最多的一週）。

シルバーグレー［silver grey］（名）銀灰色。

シルバーシート［silver seat］（名）（列車上的）老人、殘疾者席位。

シルバー族［シルバー族］（名）高齢者。

シルバーフォックス［silver fox］（名）〈動〉銀狐。

シルバーミンク［silver mink］（名）銀貂皮。

シルビナイト［silvinite］（名）〈化〉鉀鹽。

しるべ［知る辺］（名）熟人。△〜を訪ねる／拜訪熟人。

しるべ［標・導］（名）指南，嚮導。△地図を〜に進む／以地圖為指南前進。

シルミン［silumin］（名）〈冶金〉硅鋁明合金。

しるもの［汁物］（名）湯菜。

シルリアき［Siluria 紀］（名）〈地〉志留紀。

しるわん［汁椀］（名）湯碗。

しれい［司令］（名）司令。△〜官／司令官。△〜塔／軍艦指揮塔。

しれい［指令］（名・他サ）指令，命令。

じれい［事例］（名）① 事例。②〈法〉援引前例。

じれい［辞令］（名）① 任免命令，任免證書。② 辭令。△外交〜／外交辭令。

ジレー［法 gilet］（名）① 西式坎肩。② 婦女坎肩式胸飾。

しれきった［知れきった］（連體）明顯的，盡人皆知的。→わかりきった

しれごと［痴れ言］（名）蠢話。

しれごと［痴れ事］（名）蠢事，荒唐事。

じれこ・む［焦れ込む］（自五）焦急。→焦れる

しれた［知れた］（連體）① 不言而喻，當然。△〜ことさ／那還用説麼。② 有限。△彼の将来は〜ものだ／他將來不會有多大出息。△あるといっても〜ものだ／即便有也不會多。

しれつ［熾烈］（名・形動）激烈。

じれった・い［焦れったい］（形）焦心，焦燥。

ジレッタント［法 dilettante］（名）文藝愛好者。

しれっと（副）〈俗〉若無其事。△どんなに大酒を飲んでも〜している／不管喝多少酒面不改色。

し・れる［知れる］（自下一）① 被人們知道，被發覺。△先生に〜れたらまずい／被老師知道不好。△人〜れず手渡す／背着人交給他。△名・の〜れた男／知名人士。② 明白，判明。△明日をも〜れぬ身／命在旦夕。

し・れる［痴れる］（自下一）癡獣。△酔い〜／醉得人事不省。

じ・れる［焦れる］（自下一）焦急。

しれわた・る［知れ渡る］（自五）人所共知。△うわさが〜／閑話已傳開。

しれん［試練・試煉］（名）考驗。△〜にたえる／經得住考驗。△きびしい〜／嚴峻的考驗。

ジレンマ［dilemma］（名）① 進退維谷，窘境。②〈邏輯〉二難推理。

しろ［代］（造）① 材料。△化粧品の〜／化妝品的原料。② 代替。△みたま〜／替身。③ 費用。△飲み〜／酒錢。④ 水田。△〜かき／平整水田。

しろ［城］（名）① 城。② 屬於自己的領域。

しろ［白］（名）① 白色。△〜のブラウス／白罩衫。② 清白，無辜。△彼はやはり〜だった／他果然無罪。③（圍棋）白子。△〜を握る／執白。↔ 黒

しろあと［城跡・城址］（名）城址。

しろあめ［白飴］（名）麥芽糖。

しろあり［白蟻］（名）〈動〉白蟻。

しろあん［白餡］（名）白色豆餡。

しろ・い［白い］（形）① 白。△色の〜人／皮膚白淨的人。△〜目で見る／冷眼相待。↔ 黒い ② 空白的。△〜紙／白紙。

しろいし［白石］（名）（圍棋）白棋子。↔ 黒石

しろいと［白糸］（名）白綫。

しろいもの［白い物］（連語）① 白髪。② 雪。

じろう［耳漏］（名）〈醫〉耳漏。

じろう［痔瘻］（名）〈醫〉痔瘻。

じろう［次郎］（名）① 次子。② 排第二位的。

しろうと［素人］（名）① 門外漢，外行。△ずぶの〜／完全外行。△〜目でも分かる／外行人也能看得出來。② 業餘愛好者。△〜劇団／業餘劇團。→アマチュア ③（與妓女相對而言的）良家婦女。↔ 玄人

しろうとくさ・い［素人臭い］（形）外行氣十足。

しろうま［代馬］（名）耕水田的馬。

しろうま［白馬］（名）① 白馬。② 濁酒。

しろうり［白瓜］（名）菜瓜（做鹹菜原料）。

しろかき［代掻き］（名・自サ）耙水田。

しろかげ［白鹿毛］（名）（馬毛色）淡茶色。

しろがすり［白絣・白飛白］（名）白地帶藍、黑色斷條紋的棉布。↔ 紺飛白

しろくじちゅう［四六時中］（名）整天，始終。△〜本を読んでいる／整天看書。

しろくばん［四六判］（名）書和印刷用紙的規格（書籍為 32 開，紙張為全開）。

しろくび［白首］（名）妓女。

しろくま［白熊］（名）〈動〉白熊，北極熊。

しろくろ［白黒］ I（名）① 黑和白。② 無彩色。△〜映画／黑白片。△〜テレビ／黑白電視。↔ 天然色 ③ 是非曲直，有罪無罪。△〜を決める／弄清是非。 II（名・他サ）（驚恐時）翻白眼。△目を〜させる／翻白眼。

しろこ［白子］（名）⇨しらこ

しろざけ［白酒］(名) 白色甜米酒。

しろざとう［白砂糖］(名) 白砂糖。↔ 黒砂糖

しろじ［白地］(名)（布、紙的）素地。

シロジズム［syllogism］(名)（邏輯）三段論法，演繹推理。

しろした［白下］(名) 粗砂糖。

しろしょうぞく［白装束］(名) ①（死者或自殺者穿的）白衣服。②神官禮服。

しろじろ［白白］(副) 雪白。△壁を～と塗り上げる／把牆刷得雪白。

じろじろ (副)（不客氣地）盯着看，打量。△～と人を見る／目不轉睛地打量人。

しろずみ［白炭］(名) ①硬炭。②（用石灰染白的）茶道用的細炭。

しろそこひ［白そこひ］(名)〈醫〉白内障。

しろたえ［白妙・白栲］(名) ①白色，潔白。△～の峰／有積雪的山頂。②白布。

しろタク［白タク］(名) 以自用汽車非法攬客賺錢（因自用汽車為白色牌照而得名）。

しろたばいばい［白田売買］(名) 積雪未化便訂立秋後賣米合同。

シロップ［荷 siroop］(名) ①果子露，果汁。②糖漿。

しろっぽ・い［白っぽい］(形) 帶白色的。△～感じの背広／看上去有些發白的西裝。

しろながすくじら［白長須鯨］(名)〈動〉長鬚鯨。

しろなまず［白癜］(名)〈醫〉白癜風。

しろナンバー［白ナンバー］(名) 白牌車（日本自用汽車牌照）。

しろね［白根］(名)（蔬菜在地下的）白根。

しろねずみ［白鼠］(名) ①〈動〉白鼠。②忠於主人的掌櫃，夥計。③白灰色。

しろねり［白練］(名) 白綢。

しろバイ［白バイ］(名)（警察的）白色摩托車。

しろば・む［白ばむ］(自五) 發白。△東の空が～んできた／東方放明了。

しろぶどうしゅ［白葡萄酒］(名) 白葡萄酒。↔ 赤葡萄酒

しろぼし［白星］(名) ①白點，白圈。②（相撲）勝利的符號。△～をあげる／取勝。↔ 黒星

シロホン［德 Xylophon］(名) 木琴。

しろまめ［白豆］(名) 白大豆。

しろみ［白身・白味］(名) ①蛋白。↔ 黄身 ②肥肉。↔ 赤身 ③（樹木皮下的）白色木質。

しろみず［白水］(名) 淘米泔水。

しろみそ［白味噌］(名) 白色淡味醬。

しろみつ［白蜜］(名) ①蜂蜜。②糖漿。↔ 黒蜜

しろむく［白無垢］(名) 上下身一套白服裝。△～を着て葬式に出る／穿一身白衣服參加葬禮（女性）。

しろめ［白目・白眼］(名) 白眼珠。△人を～で見る／白眼看人。

しろもの［代物］(名) ①物品。△やっかいなもの／累贅的東西。②人。△あいつはなかなかの～だ／那傢伙不尋常。△たいした～／

だ／真是個尤物。真是個壞蛋。

じろり (副) 瞪（眼）。△～と横目でにらむ／斜眼瞪人。△相手の顔を～と見る／瞪對方一眼。

しろん［史論］(名) 史論，史評。

しろん［詩論］(名) 詩論，詩評。

じろん［持論］(名) 一貫的主張。△～を曲げない／堅持一貫的主張。

じろん［時論］(名) ①時評。②輿論。△～は沸騰した／輿論嘩然。

しわ［皺・皴］(名)（皮膚、紙、布等的）皺紋，褶子。△ひたいに～を寄せて考えこむ／皺着眉頭深思。△～をのばす／整平褶子。△～がよる／起皺。

しわ［史話］(名) 史話。

しわ［詩話］(名) 詩話。

しわ・い［吝い・嗇い］(形)（關西方言）吝嗇。

しわが・れる［嗄れる］(自下一) 嘶啞。△～れた声／嘶啞的聲音。

しわくちゃ［皺くちゃ］(名・形動) 滿是皺紋，全是褶子。△～な顔／滿是皺紋的臉。

しわけ［仕分け］(名) 區分，分類。

しわけ［仕訳］(名)（簿記）按借，貸方分科目。△～帳／分科賬，分戶賬。

しわざ［仕業］(名) 所幹的勾當。△子供の～とは思えない／決不像是小孩子幹的。

しわしわ (副) 彎曲，凹陷貌。△雪で落葉松の枝が～としなった／雪把落葉松的樹枝壓彎了。

じわじわ (副) 一步一步緩慢地。△～と詰め寄る／一步步地靠近。△～と汗が滲み出る／混身汗浸浸的。△～と深みにはまる／越陷越深。

しわす［師走］(名) 臘月。△～が押しつまる／年關迫近。

じわっと (副) 輕輕地。△相手に～圧力をかける／稍微給對方施加點壓力。

しわのばし［皺伸ばし］(名) ①弄平皺褶。②（老年人）散心，消遣。

しわば・む［皺ばむ］(自五) 出皺紋。△年を取ると皮膚が～／一上了年紀皮膚就會出皺紋。

しわばら［皺腹］(名) 老人的肚皮。

しわぶき［咳］(名) 咳嗽，假咳嗽。→せき。せきばらい

しわほう［指話法］(名) 手語。

しわほう［視話法］(名)（通過口形圖）教啞人和口吃者發音的方法。

しわ・む［皺む］(自五) 起皺紋，出褶子。

しわ・める［皺める］(他下一) 弄出皺紋，弄出褶子。

しわよせ［皺寄せ］(名・他サ) 殃及，波及，影響。△インフレの～／通貨膨脹帶來的影響。

じわり［地割り］(名) 劃分土地。

じわりじわり (副) 步步逼近。△～と思う壺にはめる／一步一步地引他中計。△～と責め立てる／步步催逼。

しわ・る［撓る］(自五) 彎曲。△竹が～／竹子彎了。

じわれ［地割れ］(名・自サ) 地裂，地面龜裂。

しわんぼう［吝ん坊］(名)（關西方言）吝嗇鬼。

しん［心］(名)① 心, 内心, 衷心。△～から好きだ／從心眼兒裏喜歡。△～はいい人だ／心腸好的人。② 氣質。△～の強い人／硬漢。△体の～が弱い／體質軟弱。△～まで冷える／冷透骨髓。

しん［心・芯］(名)① 核心, 襯裏。△鉛筆の～／鉛筆心。△リンゴの～／蘋果核。△ネクタイの～／領帶襯布。②(油燈, 蠟燭的)芯子。

しん［臣］(名)臣。

しん［信］(名)① 真誠。△～を示す／表示誠意。② 信用, 信賴。△～を失う／失信。③ 信仰。

しん［神］(名)① 精神。△～を悩ます／煩惱。② 神奇。△技, ～に入る／技藝入神。③ "神道"的略語。

しん［真］(名)① 真正, 真實。△～の友情／真誠的友誼。△～に迫った影像／逼真的雕像。②"真書"的略語, 楷書。

しん［寝］(名)寝。△～につく／就寝。△不～番／打更値夜。

しん［新］(名)① 新。↔ 旧 ② 陽曆。△～のお正月／陽曆新年。

しん［親］(名)① 雙親。△大義～を滅す／大義滅親。② 親屬。△～は泣き寄り, 他人は食い寄り／親屬來弔唁, 旁人來吃喝。

しん［讖］(名)讖, 預言。

ジン［gin］(名)杜松子酒。

じん［仁］(名)① 仁。△身を殺して～をなす／殺身成仁。②(敬稱)人。△ご～／人。△もの分った～／通情達理的人。

じん［陣］(名)① 陣勢, 陣地。② 戰役。△夏の～／夏季作戰。③ 陣容。

しんあい［信愛］(名・他サ)信愛。

しんあい［親愛］(名・形動)親愛。

じんあい［仁愛］(名)仁愛, 仁慈。

じんあい［塵埃］(名)灰塵, 塵土。

しんあつ［針圧］(名)〈醫〉針刺止血。

しんあん［新案］(名)新設計, 新發明。△～特許／新型製品專利。

しんい［真意］(名)① 真正的意圖。② 真正的意思。

しんい［神位］(名)神位, 靈位。

しんい［神威］(名)神威。

しんい［深意］(名)深刻意義。

しんい［瞋恚］(名)憤怒。△～のほむら／怒火。

じんい［人位］(名)①人臣的地位。②(天地人排列的)第三位。

じんい［人為］(名)人為, 人工的。△～淘汰／人工淘汰。

しんいき［神域］(名)"神社"境内。

しんいき［震域］(名)震區。

しんいり［新入り］(名)①新來的, 新手。②新入獄(的犯人)。

しんいん［真因］(名)真正原因。

しんいん［神韻］(名)神韻。

じんいん［人員］(名)人數。△過剩～／冗員。

△～整理／裁員。

じんう［腎盂］(名)〈解剖〉腎盂。△～炎／腎盂炎。

しんうち［真打ち・心打ち］(名)演壓軸戲的曲藝演員。

しんえい［新鋭］(名・形動)新鋭, 生力軍。△～機／新型飛機。

しんえい［親衛］(名)禁衛, 近衛。△～隊／禁衛隊。

しんえい［真影］(名)肖像, 照片。

じんえい［陣営］(名)① 陣地, 營寨。② 陣營。

しんえつ［親閲］(名・他サ)(元首, 統帥等)親自閲兵。

しんえつ［信越］(名)"信濃"、"越後"地方(即長野, 新潟地方)。

しんえん［心猿］(名)心猿。△意馬～／心猿意馬。

しんえん［神苑］(名)①"神社"境内的庭園。② 幽邃而莊嚴的庭園。

しんえん［深淵］(名)深淵。△～に臨むが如し／如臨深淵。

しんえん［深遠］(名・形動)深遠, 深奥。△～な哲理／深奥的哲理。△～な影響／深遠的影響。

じんえん［人煙］(名)人煙。△～のまれな地方／人煙稀少的地方。

じんえん［腎炎］(名)腎炎。

しんおう［深奥］(名・形動)① 深奥。△芸の～に達する／技藝登峰造極。② 深處。△原始林の～を探る／探測原始森林深處(的秘密)。

しんおう［震央］(名)震中。△～距離／震中距離。

しんおん［心音］(名)〈醫〉心音。△～不整／心律不齊。

しんおん［唇音］(名)唇音。△両～／雙唇音。

しんか［臣下］(名)臣下, 臣僚。

しんか［神化］(名・自他サ)(人、物的)神化。

しんか［神火］(名)①"神社"夜裏點燃的聖火。② 神秘的火。

しんか［真価］(名)真正價值。△～を発揮する／施展真本事。

しんか［深化］(名・自他サ)加深。

しんか［進化］(名・自サ)進化。△～論／進化論。↔ 退化

じんか［人家］(名)人家, 住宅。△～密集の区域／住宅密集的地區。

じんが［人我］(名)他人和自己。

シンカー［sinker］(名)(棒球)下曲球。

シンガー［singer］(名)歌手。

しんかい［深海］(名)① 海的深處。② 深海。△～魚／深海魚。↔ 浅海

しんかい［新開］(名)① 新開墾。△～地／新開的土地, 市鎮。② 開拓。△～住宅地／新開闢的住宅區。

しんがい［心外］(名・形動)(因出乎所料而)感到遺憾。

しんがい［侵害］(名・他サ)侵害, 侵犯。△人

権を～する／侵犯人權。

しんがい［震害］(名) 震災。

しんがい［震駭］(名・自サ) 震駭。△人の心を～させた事件／震撼人心的事件。

じんかい［人海］(名) 人海。△～戦術／人海戦術。

じんかい［人界］(名)〈佛教〉人世間。

じんかい［塵界］(名)〈佛教〉凡塵，世俗。

じんがい［塵外］(名)〈佛教〉塵世之外。

しんがいかくめい［辛亥革命］(名)〈史〉(中國) 辛亥革命。

じんがいきょう［人外境］(名) 無人煙處，遠離人世的地方。

しんがお［新顔］(名) 新人。△～の歌手／新歌唱家。↔古顔

しんかき［真書き］(名) 小楷筆。

しんかく［神格］(名) 神格。

しんがく［心学］(名)(江戸時代綜合了神、儒、佛學的) 道學，道德教育。

しんがく［神学］(名)〈宗〉神學。△～士／神學士。

しんがく［進学］(名・自サ) 升學。△～率／升學率。

じんかく［人格］(名)①人格，品品。②〈法〉(獨立自主的) 個人。

じんかくか［人格化］(名・他サ) 人格化，擬人化。

じんがさ［陣笠］(名)①(古時士兵戴的) 草笠形頭盔。②小卒，小人物。△保守党の～／保守黨的普通議員。

しんがた［新型・新形］(名) 新型。新式樣。

しんがっこう［神学校］(名)〈宗〉神學校。

しんかなづかい［新仮名遣い］(名)"仮名"的現代用法。

じんがね［陣鐘］(名) 古時指揮作戰的鐘。

しんかぶ［新株］(名)(増資時発行的) 新股票。→子株 ↔ 旧株

シンガポール［Singapore］(名)〈國名〉新加坡。

しんから［心から］(副) 衷心地，從心裏。△～好きな人／從心眼裏喜歡的人。△～嫌いだ／打心眼兒裏討厭。

しんがら［新柄］(名)(布料) 新花樣。

しんがり［殿］(名)①(軍) 殿軍，後衛。△～をつとめる／擔任後衛。②最後一名。△～から二、三番めの成績だ／成績是倒數第二、三名。

しんかん［心肝］(名) 内心。△～をひらく／披肝瀝膽。△～を寒からしめる／使人膽戰心驚。△～に徹する／刻骨銘心。

しんかん［信管］(名) 引信，導火綫。

しんかん［神官］(名)〈宗〉神官。→神主

しんかん［宸翰］(名) 宸翰，御筆。

しんかん［森閑・深閑］(形動) 寂靜。△あたりは～としている／四周寂然無聲。

しんかん［新刊］(名) 新出版 (的書)。

しんかん［新患］(名) 新患者。

しんかん［新館］(名) 新蓋的建築物，新樓。↔ 旧館

しんかん［震撼］(名・自他サ) 震撼，震驚。△世界を～した特大新聞／震驚全世界的特大新聞。

しんがん［心眼］(名) 慧眼。

しんがん［心願］(名)①心願。△かなえられぬ～／無法實現的心願。△～成就／如願以償。②(對神佛的) 祈願。△～をかける／許願。

しんがん［真贋］(名) 真假。

しんかんせん［新幹線］(名) 新幹綫鐵路。

しんき［心気］(名) 心情，心緒。△～常ならず／心緒不寧。

しんき［心悸］(名) 心悸。△～高進／心悸亢進。心跳過速。

しんき［神器］(名) 祭神器具。⇒じんぎ

しんき［新奇］(名・形動) 新奇。△～な趣向／花樣翻新。

しんき［新規］(名・形動)①新的。△～契約／新合同。②重新。△～まき直し／重新另做。

しんき［新禧］(名) 新禧。△恭賀～／恭賀新禧。

しんぎ［心木］(名) ⇒心棒

しんぎ［神技］(名) 神技。

しんぎ［信義］(名) 信義。△～を守る／守信義。△～を重んずる／重信義。△～にそむく／背信棄義。

しんぎ［真偽］(名) 真偽。△～のほどは分からない／真偽不明。

しんぎ［真義］(名) 真義。

しんぎ［審議］(名・他サ) 審議。△予算を～する／審議預算。

じんぎ［仁義］(名)①仁義，道德。②(黑社會幇徒間的) 義氣。△～を立てる／盡義氣。△～を通す／講義氣。③賭徒等的特殊問候方式。△～を切る／行初次見面禮。

じんぎ［神祇］(名) 天地神祇。

じんぎ［神器］(名) ⇒三種の神器

しんきいってん［心機一転］(名・自サ) 心緒為之一變。

しんぎく［新菊］(名)①新菊。②茼蒿 ("しゅんぎく" 之訛)。

しんきくさ・い［辛気臭い］(形) 煩躁。

しんきげん［新紀元］(名) 新紀元，新時代。

しんきじく［新機軸］(名) 新想法，新局面。△～を開く／別開生面。△～を出す／創新。

ジンギスカンりょうり［ジンギスカン料理］(名) 烤羊肉。

しんきゅう［進級］(名・自サ)①(級別的) 進級。△一級に～した／進升到一級。②(學校) 升級。

しんきゅう［新旧］(名) 新舊，新老。△～思想の対立／新舊思想的對立。

しんきゅう［針灸・鍼灸］(名) 針灸。△～のつぼ／針灸的穴位。△～療法／針灸療法。

しんきょ［新居］(名) 新居。△～をかまえる／建造新居。→新宅 ↔ 旧居

しんきょう［心境］(名) 心情，心境。△～小説／寫作者自身心緒的隨筆式小説。

しんきょう［信教］（名）信仰宗教。

しんきょう［進境］（名）進步的程度。△最近彼女のピアノは～が著しい／近來她彈鋼琴有了顯著的進步。

しんきょう［新教］（名）（基督教的）新教。→プロテスタント ↔ 旧教

しんぎょうそう［真行草］（名）①（漢字的）楷書、行書、草書。②（生花、造園、繪畫等）端正、豪放及兩者之間。

しんきょく［新曲］（名）新樂（歌）曲。

しんきろう［蜃気楼］（名）海市蜃樓。

しんきん［心筋］（名）〈解剖〉心肌。△～梗塞／心肌梗塞。

しんきん［宸襟］（名）天子之心。

しんきん［真菌］（名）真菌。△～症／真菌病。

しんきん［親近］ I （名・自サ）親近。 II （名）①近親屬。△～の人／近親屬。②親信。△首相の～／首相的親信。

しんぎん［呻吟］（名・自サ）呻吟。

しんきんかん［親近感］（名）親近感。△～を覚える／感覺親近。

シンク［sink］（名）（廚房的）污水槽。

しんく［辛苦］（名・自サ）辛苦。△～をなめる／含辛茹苦。

しんく［真紅・深紅］（名）深紅，鮮紅。

しんぐ［寝具］（名）寝具，被褥等。△～をかたづける／收拾牀鋪。

じんく［甚句］（名）由 “七、七、七、五” 音組成的民謠。△秋田～／秋田民謠。

しんくい［身口意］（名）〈佛教〉身口意（指行動、言語，精神）。

しんくいむし［心食い虫］（名）〈動〉食心蟲。

しんくう［真空］（名）①真空。△～包装機／真空包裝機。②空白狀態。△管理が～状態に陥る／管理陷於無人過問狀態。

じんぐう［神宮］（名）神宮。△伊勢～／伊勢神宮。△平安～／平安神宮。

ジンクス［jinx］（名）①不祥的人或物，凶兆。②吉兆。

シンクタンク［think tank］（名）智囊團。

シングル［single］（名）①單一，單式。↔ ダブル②獨身者。

シングルス［singles］（名）（網球、乒乓球等）單打。↔ ダブルス

シングルスカル［single sculls］（名）（賽艇）單人雙槳。

シングルベッド［single bed］（名）單人牀。

シングルライセンス［single licence］（名）（在有貿易協定的兩國之間）規定只從對方進口的商品種類和數量。

シンクロ－［synchro］（接頭）同步，同時。

シンクロサイクロトロン［synchrocyclotron］（名）同步迴旋加速器，穩相加速器。

シンクロスコープ［cynchroscope］（名）同步示波儀。

シンクロトロン［synchrotron］（名）同步加速器。

シンクロナイズ［synchronize］（名・自他サ）①同時發生。②（電影）使錄音與畫面吻合。③（照相）快門與閃光同步。④（汽車）同步換擋、變速。

シンクロナイズドスイミング［synchronized swimming］（名）水上芭蕾。

しんくん［新訓］（名）①（對漢文體裁文章及漢文的）新訓讀。②對漢字的新訓讀（例如："家" 讀作 “うち”、“汚” 讀作 “よごす” 等）。

しんぐん［進軍］（名・自サ）進軍。△～ラッパ／進軍號。

じんくん［仁君］（名）仁德之君。

しんけ［新家］（名）（分居後的）新家。

しんけい［神経］（名）①神經。△運動～／運動神經。△中枢～／中樞神經。②感覺，精神作用。△細かい～を使う／（過分）細心。

じんけい［仁兄］（名）仁兄。

じんけい［陣形］（名）（戰鬥、棋類比賽）陣形，陣勢。

じんけい［仁恵］（名）仁惠。

しんけいかびん［神経過敏］（名・形動）神經過敏。

しんけいがふとい［神経が太い］（連語）①不拘小節。②厚臉皮。

しんけいがほそい［神経が細い］（連語）①膽小，拘泥於小事。②臉皮薄。

しんけいしつ［神経質］（名・形動）神經質。

しんけいしょう［神経症］（名）⇨ ノイローゼ

しんけいすいじゃく［神経衰弱］（名）神經衰弱。

しんけいせん［神経戦］（名）神經戰。

しんけいつう［神経痛］（名）神經痛。

しんけいにさわる［神経に障る］（連語）刺激，招惹。△そのことが彼女の～ったらしい／看來那事觸怒了她。

しんげき［進撃］（名・自サ）進撃。

しんげき［新劇］（名）話劇。

しんけつ［心血］（名）心血。△～を注ぐ／傾注心血。

しんげつ［新月］（名）①月牙。→三日月②初升的月亮。

じんけつ［人傑］（名）人傑，人才。

しんけん［神権］（名）①神的權威。②神授的權力。

しんけん［真剣］ I （名・形動）認真，嚴肅。 II （名）真刀真槍。

しんけん［親権］（名）〈法〉父母監督、教育子女的權利。

しんげん［進言］（名・他サ）進言，提建議，意見。△～を入れる／採納建議。接受意見。△上司に～する／向上司進言。

しんげん［森厳］（名・形動）森嚴，莊嚴。

しんげん［箴言］（名）箴言，格言。→格言

しんげん［震源］（名）震源。

じんけん［人絹］（名）人造絲。→レーヨン

じんけん［人権］（名）人權。△～侵害／侵犯人權。

しんけんざい［新建材］（名）新建築材料。

じんけんひ［人件費］(名) 人事費，勞務費。

しんげんぶくろ［信玄袋］(名)(布製橢圓形底的) 手提袋。

しんこ［新香］(名) 新鮮鹹菜。△お～／鹹菜。→しんこう

しんこ［糝粉・新粉］(名) 米粉。△～もち／米粉蒸糕，米粉糰。

しんご［新語］(名) ① 新詞，新語。②(教材中的) 生詞。

じんご［人後］(名) 人後。△～に落ちない／不落人後。

じんご［人語］(名) 人語。△～を解する馬／解人語的馬。

しんこう［信仰］(名・他サ)(宗教) 信仰。

しんこう［侵攻］(名・他サ) 侵犯，進攻。

しんこう［侵寇］(名・他サ) 入侵，進犯。

しんこう［振興］(名・自他サ) 振興。

しんこう［深交］(名) 深交。

しんこう［深更］(名) 深夜。

しんこう［深厚］(名・形動) 深厚。△～な謝意を表する／表示深厚的謝意。

しんこう［深紅］(名) 深紅，老紅色。

しんこう［深耕］(名・他サ) 深耕。

しんこう［進行］(名・自他サ) ① 進行，前進。△～中の列車／行駛中的火車。② 進展。△会議の～係／司會，司儀。③ 病情發展，病情惡化。

しんこう［進攻］(名・他サ) 進攻。

しんこう［進航］(名・自サ) 航行。△～中の船／航行中的船。

しんこう［進貢］(名・自サ) 進貢。

しんこう［進講］(名・他サ)(為君主) 講授學問。

しんこう［新香］(名) ⇨しんこ

しんこう［新興］(名) 新興。△～工業地帶／新興工業地帶。

しんこう［親交］(名) 莫逆之交。

しんごう［信号］(名) 信號。△～を送る／發出信號。△赤～／紅色(危險)信號。△青～／綠色(安全)信號。△～燈／信號燈。△～銃／信號槍。

じんこう［人口］(名) ① 人口。△人口がふえる／人口增加。△～密度が高い／人口密度高。② 眾人之口，人言。△人口に膾炙する／膾炙人口。

じんこう［人工］(名) 人工，人造。△～湖／人工湖。△～流産／人工流産。△～真珠／人造珍珠。△～大理石／人造大理石。

じんこう［沈香］(名) 沉香，伽南香。

じんこうえいせい［人工衛星］(名) 人造衛星。△～を発射する／發射人造衛星。

じんこうききょう［人工気胸］(名)〈醫〉人工氣胸。

じんこうご［人工語］(名) 人造語言，世界語。→エスペラント

じんこうこきゅう［人工呼吸］(名) 人工呼吸。

じんこうしば［人工芝］(名) 人造草坪。

じんこうじゅせい［人工授精］(名) 人工授精。

じんこうじゅふん［人工授粉］(名) 人工授粉。

じんこうしんぱい［人工心肺］(名) 人造心肺。

じんこうずのう［人工頭脳］(名) 電腦。

じんこうてき［人工的］(形動) 人工的。

しんこきゅう［深呼吸］(名・自サ) 深呼吸。

しんこきんわかしゅう［新古今和歌集］(名) 新古今和歌集。

しんこく［申告］(名・他サ) 申報。△入国旅行者所持品～書／入境旅客攜帶品申報單。

しんこく［神国］(名)(日本人自稱日本為) 神國。

しんこく［深刻］(形動) ① 嚴重。△～な住宅問題／嚴重的住房問題。△～な顔つき／憂心忡忡的樣子。② 深刻。△～な発言／内容深刻的發言。

しんこく［親告］(名・他サ) ① 親自傳達、告知。△②〈法〉親告。△～罪／親告罪。

じんこつ［人骨］(名) 人骨。

しんこっちょう［真骨頂］(名) 真面目，真正的價值。△～を発揮する／發揮真正的作用。

シンコナ［cinchona］(名) 金雞納樹皮。

シンコペーション［syncopation］(名)〈樂〉切分音。

しんこん［心魂・神魂］(名) ① 全副精神。△～を傾けた力作／嘔心瀝血之作。② 心靈深處。△～に徹して忘れない／銘刻心中不忘。

しんこん［身魂］(名) 身心。△～を投げ打って国に尽す／以身報國。

しんこん［新婚］(名) 新婚。△～旅行／蜜月旅行。

しんごん［真言］(名)〈佛教〉① 真言。② 咒文。

しんごんしゅう［真言宗］(名)〈佛教〉真言宗(空海所創)。

しんさ［審査］(名・他サ) 審査，評審。△～委員／評審委員。

しんさい［神祭］(名) 神道的祭典。

しんさい［震災］(名) 地震災害。

しんさい［親祭］(名・自サ) ① 親自祭祀。②(日本天皇) 親自執行祭典。

しんさい［親裁］(名・他サ)(君主等) 親自裁決。

しんざい［心材］(名)(樹木中心部分材質) 心材。↔ 辺材

しんざい［浸剤］(名)〈醫〉浸劑。

じんさい［人災］(名) 人禍。↔ 天災

じんざい［人材］(名) 人才。△～が輩出する／人才輩出。

じんざいぎんこう［人材銀行］(名) 人才交流中心。

しんさく［振作］(名・自他サ) 振作。

しんさく［新作］(名・他サ) 新作品。↔ 旧作

しんさつ［診察］(名・他サ)〈醫〉診察。△～券／掛號單。△立合～／會診。△～料／診費。△外来～部／門診部。

しんさん［辛酸］(名) 辛酸。△つぶさに～をなめる／飽嘗辛酸。

しんさん［神算］(名) 神機妙算。

しんざん［深山］(名) 深山。△～幽谷／深山幽谷。

しんざん［新参］(名) 新手，新來的人。↔ 古参

しんし［伸子・篦］(名) (洗、染時用的) 拉幅機，架。△～に張る／繃在拉幅架上。

しんし［参差］(副) 參差 (不齊)。

しんし［唇歯］(名) ⇨唇歯輔車

しんし［振子］(名) (鐘等的) 擺。→ふりこ

しんし［真摯］(名・形動) 真摯。△～な態度／真摯態度。

しんし［紳士］(名)① 紳士。△～協定／君子協定。↔ 淑女 ② 男士。△～用トイレ／男廁。↔ 婦人

しんし［進士］(名) 進士。

しんじ［芯地・心地］(名) 襯布。△ネクタイの～／領帶的襯布。

しんじ［新字］(名)① 新造的字。② (教科書中的) 生字。

じんし［人士］(名) 人士。△友好～／友好人士。

じんじ［人事］(名)① (對自然而言) 人事。△～を尽して天命を待つ／盡人事聽天命。② 人事。△～異動／人事調動。③ 世事。△～にわずらわされる／為世事所煩擾。

じんじ［仁慈］(名) 仁慈。

しんじあ・う［信じ合う］(自五) 互相信賴。

しんじいけ［心字池］(名) 日本庭園的水池。

じんじいん［人事院］(名) (日本内閣掌管人事的部門) 人事院。△～総裁／(日本政府的) 人事部長。

しんしき［新式］(名・形動) 新式。↔ 旧式

シンジケート［syndicate］(名)① 辛迪加 (企業聯合集團)。② 辛迪加銀行聯合集團。

しんじこ・む［信じ込む］(他五) 完全相信。

しんじたい［新字体］(名) 新字體 (指 1949 年 "当用漢字表" 所規定的字體)。↔ 旧字体

しんしつ［心室］(名)〈解剖〉心室。△右～／右心室。

しんしつ［寝室］(名) 臥室。

しんじつ［真実］(名) I (名) 真實，事實。△～を告白する／吐露實情。II (副) 實在，確實。△こんな生活は～嫌になった／這種生活我實在厭膩透了。

しんじつ［親昵］(名・自サ) 親昵。△～の間柄／親昵的關係。

じんじつ［人日］(名) 人日 (陰曆正月初七，日本五個節日之一)。

じんじふせい［人事不省］(名) 人事不省。→意識不明

しんしほしゃ［唇歯輔車］(名) 唇齒相依。

しんしゃ［深謝］(名・他サ)① 衷心感謝。② 深表歉意。

しんしゃ［新車］(名) 新車。

しんしゃ［親炙］(名・自サ) 親承教誨。

しんじゃ［信者］(名)①〈宗〉信徒。② 崇拜者，愛好者。

じんしゃ［仁者］(名) 仁者。

じんじゃ［神社］(名) 神社。△～に参る／參拜神社。△～のお祭り／神社的祭日。

ジンジャー［ginger］(名)① 薑。② 薑粉。△～ビスケット／薑汁餅乾。△～エール／薑汁飲料。

しんしゃく［斟酌］(名・他サ)① 酌情，體諒。△採点に～を加える／酌情從寬打分。② 斟酌。△～の余地がない／沒有考慮的餘地。

しんしゅ［進取］(名) 進取。↔ 退嬰

しんしゅ［新酒］(名) 新酒 (用當年新米釀的酒)。

しんしゅ［新種］(名)〈生物〉新種。

しんじゅ［神授］(名) 神授。△王権～説／王權神授説。

しんじゅ［真珠］(名) 珍珠。△～貝／珍珠貝。

しんじゅ［親授］(名・他サ) (君主等) 親自授與，御賜。

じんしゅ［人種］(名)① 人種。△黄色～／黄種人。△～差別／種族歧視。△～主義／種族主義。② (生活、職業、愛好等) 不同類型的人。△米食～／米食為主的人。△ゴルフをする～／玩高爾夫球的階層。

じんじゅ［人寿］(名) 人的壽命。

しんしゅう［神州］(名)① 神州 (中國、日本的自稱)。② 仙人國。

しんしゅう［真宗］(名)〈佛教〉真宗 (鎌倉時代由親鸞上人所創，淨土宗之一支派)。

しんしゅう［新収］(名・他サ) (圖書館等) 新購置。△～図書／新購圖書。

しんしゅう［新秋］(名) 初秋 (陰曆七月)。

しんじゅう［心中］(名・自サ)① 情死，殉情。②(因無生路) 共同自盡。△親子～／父子母女集體自殺。△無理～／強迫別人和自己同死。

しんじゅう［臣従］(名・自サ) 臣事，臣服。↔ 君臨

しんじゅうだて［心中立て］(名) 守信義，守貞節。

しんしゅく［伸縮］(名・自他サ) 伸縮。△～自在／伸縮自如。△期間を適宜～する／適當延長或縮短時間。

しんしゅつ［浸出］(名・他サ) 浸出，泡出。△～液／浸液。

しんしゅつ［進出］(名・自サ) 進入，打入。△海外の市場へ～する／打進國外市場。

しんしゅつ［新出］(名・自サ) (教材中) 新出現的。△～漢字／生漢字。△～語／生詞。

しんしゅつ［滲出］(名・自サ) 滲出。△～性体質／〈醫〉過敏性體質。

しんじゅつ［針術・鍼術］(名)〈醫〉針刺療法。

しんじゅつ［賑恤］(名) 賑恤，救濟。△～金／救濟金。

じんじゅつ［仁術］(名) 仁術。

しんしゅつきぼつ［神出鬼没］(名) 神出鬼沒。

しんしゅん［新春］(名) 新春，新年。

しんじゅん［浸潤］(名・自サ)① 滲透。△雨水が地に～する／雨水滲入地裏。②〈醫〉浸

潤。△肺～/肺浸潤。

しんしょ [心緒] (名) 心情, 情緒。△～乱れて麻の如し/心亂如麻。→しんちょ

しんしょ [信書] (名) 書信。

しんしょ [新書] (名) 新書。

しんしょ [親書] (名) 親手寫, 親筆信。

しんじょ [神助] (名) 神助, 天佑。

しんじょ [寝所] (名) 寝室。

じんしょ [陣所] (名) 陣地。

じんじょ [仁恕] (名) 仁恕。

しんしょう [心証] (名) ①(言行給人的) 印象。△～をよくする/給人一個好印象。②〈法〉(法官在審理案件中得到的) 確信。

しんしょう [心象] (名) 意象, 形象, 印象。→イメージ

しんしょう [身上] (名) ① 財産。△～をつぶす/傾家蕩産。② 家庭。△～を持つ/成家。

しんしょう [身障] (名) (“身体障害者” 的略語) 殘疾。△～者/殘疾人。△～児/生理有缺欠的兒童。

しんしょう [辛勝] (名・自サ) (比賽) 險勝。↔ 大勝, 壓勝

しんじょう [心情] (名) 心情。△人の～を汲む/體諒別人的心情。

しんじょう [身上] (名) ① 身世, 經歴。△～調査/調查出身經歴。② 長處, 優點。△まじめなのが彼の～だ/他的優點就是踏實認真。

しんじょう [信条] (名) ① 信條。→モットー ②〈宗〉教義, 信條。△～を守る/遵守教義。

しんじょう [真情] (名) ① 真情。△～を吐露する/吐露真情。② 實情, 實際情況。

しんじょう [進上] (名・他サ) 獻上, 奉送。△～物/饋贈品。

じんじょう [人証] (名) 人證。↔ 物証

じんじょう [尋常] (形動) 尋常, 普通。△彼は～一様な人物ではない/他不是一個尋常的人。

しんしょうひつばつ [信賞必罰] (名) 賞罰分明。

しんしょうぼうだい [針小棒大] (名・形動) 小題大作, 誇大其詞。

しんしょく [侵食・侵蝕] (名・他サ) 侵蝕, 侵佔。

しんしょく [神色] (名) 神色。△～自若としている/神色自若。

しんしょく [神職] (名) (神社的) 神官。→かんぬし

しんしょく [浸食・浸蝕] (名・他サ) 浸蝕。△～谷/〈地〉浸蝕谷。

しんしょく [寝食] (名) 寝食。

しん・じる [信じる] (他上一) →信ずる

しん・じる [進じる] (他上一) →進ずる

しんしん [深深] (副) ① 夜深。△夜は～と更けていく/夜越來越深。② 寒氣逼人。△雪の夜は～と冷えこむ/下雪的夜晚寒氣逼人。③ 靜靜地 (降雪)。

しんしん [森森] (副) ①(樹木) 茂密。△～と生い茂った大木/茂密參天的大樹。② 森然地。

しんしん [駸駸] (副) ①(馬) 駸駸疾馳。②(事物) 發展迅速。

しんしん [身心・心身] (名) 身心。△～ともに疲れ果てた/精神肉體俱已疲憊不堪。

しんしん [心神] (名) 心神。△～耗弱者/精神障礙者。△～喪失/精神錯亂。

しんしん [津津] (副) 津津有味。

しんしん [新進] (名) 新出現, 新露頭角。△～作家/初登文壇的作家。△～気鋭/初露鋒芒。

しんしん [信心] (名・他サ) 虔誠。

しんじん [神人] (名) ① 神與人。② 仙人。③ 神般的人。④(神社的) 神官。

しんじん [深甚] (形動) 非同一般。△謹んで～なる謝意を表します/謹表深厚的謝忱。△～な打撃を受ける/遭到沉重打擊。

しんじん [新人] (名) 新人, 新手。△～歌手/新歌星。

じんしん [人心] (名) ① 人的心。② 民心。△～をまどわす/蠱惑人心。△～がはなれる/不得人心。△～を一新する/振奮人心。

じんしん [人身] (名) ① 人的身體。△～事故/人身事故。△～売買/販賣人口。② 個人身分。△～攻撃/人身攻撃。

シンジング [singeing] (名・自サ) (美容) 燙髮梢。

じんしんばしょり (名) 把衣襟掖在腰帶裏。

しんすい [心酔] (名・自サ) 醉心, 傾慕。△フランス文学に～する/醉心於法國文學。

しんすい [神水] (名) ① 供神用的淨水。② 聖水。(也説 “じんずい”)

しんすい [浸水] (名・自サ) ① 浸在水裏。△床下～/地板下浸水。② 進水, 漏水。△船が～して沈没した/船因漏水而沉沒了。③ 滲入的水。

しんすい [深邃] (名・形動) 深邃, 幽邃。

しんすい [進水] (名・自サ) (船舶) 下水。△～式/下水典禮。

しんすい [薪水] (名) 炊事。

しんずい [神髄・真髄] (名) 精髓, 精華。

じんすい [尽瘁] (名・自サ) 盡瘁, 獻身。

じんずうりき [神通力] (名) 〈佛教〉佛法, 法力。

じんすけ [甚助] (名) 愛嫉妒, 吃醋的男子。△～を起こす/起嫉妒心。吃醋。

しん・ずる [信ずる] (他サ) ① 相信。△～～じないは君の勝手/信不信由你。② 信任。③ 信仰 (宗教)。△神を～/信仰神佛 (上帝)。

じん・する [陣する] (自サ) 佈陣。

しんせい [心性] (名) 精神, 心。

しんせい [申請] (名・他サ) 申請, 呈請。△旅券の交付を～する/申請護照。

しんせい [神聖] (名・形動) 神聖。

しんせい [真正] (形動) 真正。

しんせい [真性] (名) ①〈醫〉真性。△～コレラ/真性霍亂。↔ 仮性 ② 本性。

しんせい [新生] (名・自サ) ① 新生的。△～児/新生嬰兒。② 新生, 重新作人。

しんせい［新制］(名) 新制度。△～大学／新制大學。↔ 旧制

しんせい［新政］(名) 新政。△～を布く／實施新政。

しんせい［新星］(名) ①〈天〉新星, 新星體。②〈演員〉新星。

しんせい［親政］(名) (君主) 親自執政。

じんせい［人世］(名) 人世, 社會。

じんせい［人生］(名) 人生, 人的一生。

じんせい［人性］(名) 人性。△～論／人性論。

じんせい［仁政］(名) 仁政。△～を施す／實行仁政。

じんぜい［人税］(名) 人頭税。↔ 物税

しんせいがん［深成岩］(名)〈地〉深成岩。

じんせいかん［人生観］(名) 人生觀。

しんせいだい［新生代］(名)〈地〉新生代。

しんせいめん［新生面］(名) 新領域, 新局面。△～を開く／打開新局面。

しんせかい［新世界］(名) ① 新天地。② 新世界 (針對歐洲而言, 南北美及澳大利亞)。

しんせき［真跡・真蹟］(名) 真跡。△王羲之の～／王羲之的真跡。

しんせき［親戚］(名) 親戚, 親屬。△遠い～より近くの他人／遠親不如近鄰。→親類

じんせき［人跡］(名) 人跡。△～未踏の原始林／人跡未至的原始森林。

しんせつ［臣節］(名) 臣節。

しんせつ［深雪］(名) 深雪。

しんせつ［新設］(名・他サ) 新開設。

しんせつ［親切・深切］(名・形動) 親切, 熱情, 好意。△～に接待する／熱情接待。△人の～を無にする／辜負別人一番好意。

しんせっきじだい［新石器時代］(名)〈史〉新石器時代。↔ 旧石器時代

しん・ぜる［進ぜる］(他下一) 奉送。

しんせん［神仙］(名) 神仙。

しんせん［神饌］(名) 供品。

しんせん［深浅］(名) ① 深淺。②(顔色) 濃淡。③(山谷) 高低。

しんせん［新撰］(名) 新撰, 新編。

しんせん［新鮮］(形動) ① 新鮮。△～な野菜／新鮮蔬菜。△～な空気／新鮮空氣。② 新的。△～なアイディア／新觀念。

用法提示 ▼
中文和日文的分別
中文有"剛產生, 新奇"的意思, 日文除了這個意思之外, 還會形容心理狀態。常見搭配：

期待 (きたい)、緊張感 (きんちょうかん)、刺激 (しげき)、驚 (おどろ) き、感動 (かんどう)、魅力 (みりょく)

しんせん［新選］(名) 新選。

しんせん［浸染］(名・自他サ) ① 浸泡染色。② 薰陶, 感化。③ 沾染 (惡習)。

しんぜん［親善］(名) 友好。△～の使節／友好的使節。

じんせん［人選］(名・自サ) 人選。△後任者を～する／研究後任的人選。△～にもれる／未能選上。

しんせん［荏苒］(副) 荏苒。

しんぜんび［真善美］(名) 真善美。

しんそ［神祖］(名) ①"天照大神"的尊稱。②(江戸時代) 德川家康的尊稱。

しんそ［親疎］(名) 親疏。△～の別なく／一視同仁。

しんそう［神葬］(名) 用"神道"儀式舉行的葬禮。

しんそう［真相］(名) 真相。△事件の～を突きとめる／查明事件的真相。△～をかくす／隱瞞真相。

しんそう［真草］(名) 楷書和草書。

しんそう［深窓］(名) 深閨。△～の令嬢／大家閨秀。

しんそう［寝装］(名) 寢具及其附屬品。

しんそう［深層］(名) 深層。△言語の～構造／語言的深層結構。

しんそう［新粧］(名) 新化妝。

しんそう［新装］(名) ① 新服飾。② 新裝修。

しんぞう［心像］(名) 心象, 意象。→イメージ

しんぞう［心臓］Ⅰ(名) ① 心臟。② 核心, 中樞部分。Ⅱ(名・形動) 敢幹, 臉皮厚。

しんぞう［新造］(名・他サ) 新製造。

じんぞう［人造］(名) 人造, 人工製造。△～大理石／人造大理石。△～レザー／人造革。

じんぞう［腎臓］(名) 腎臟。△～結石／腎結石。

しんぞういしょく［心臓移植］(名)〈醫〉移植心臟。

しんぞうがつよ・い［心臓が強い］(連語) ① 敢幹。② 臉皮厚。

しんぞうがよわ・い［心臓が弱い］(連語) 臉皮薄, 膽小怕事。

しんぞうまひ［心臓麻痺］(名)〈醫〉心臟麻痺。

しんそく［神速］(名・形動) 神速。

しんぞく［親族］(名) (有血緣關係的) 親屬, 家族。△同姓の～／本家。△妻方の～／內親。→親戚, 親類

じんそく［迅速］(名・形動) 迅速。

しんそこ［心底］Ⅰ(名) 内心。△～を打ち明ける／說真心話。Ⅱ(副) 真正地。△～惚れた／真心愛上了。

しんそこ［真底］(名) 最底層。

しんそつ［真率］(形動) 直率, 坦誠。

しんそつ［新卒］(名) 新畢業生。

じんた (名) (影院、馬戲團等) 小型宣傳樂隊。

しんたい［身体］(名) 身體。△～検査／檢查身體。

しんたい［進退］Ⅰ(名・自サ) ① 進退。△～きわまる／進退維谷。② 動作。△挙止～／舉止進退。Ⅱ(名) 去留。△～を決する／決定去留。

しんたい［真諦］(名)〈佛教〉真諦, 真理。

しんだい［身代］(名) 財產。△～を築く／發家致富。△～を潰す／傾家蕩產。

しんだい［寝台］(名) 牀, 臥舖。△～車／臥車。△～券／臥舖票。

じんたい［人体］(名) 人體。△～解剖／人體解剖。

じんたい［靭帯］(名) 靭帯。

じんだい［人台］(名) (陳列服裝的) 人體模型。→ボディー

じんだい［甚大］(形動) 極大。△～な損害を蒙る／遭受極大損失。

じんだい［神代］(名) (日本歷史傳說中的) 神代。→かみよ

しんたいうかがい［進退伺い］(名) (犯有過失時) 請示去留的呈文。

しんたいけんさ［身体検査］(名) ① 健康檢查。② 搜身。

じんだいこ［陣太鼓］(名) 古代戰鼓。

しんたいし［新体詩］(名) 新體詩。

しんたいしょうがいしゃ［身体障害者］(名) 殘疾人。

しんたいそうけんき［身体装検器］(名) (機場等) 違禁品檢測器。

じんだいめいし［人代名詞］(名) 〈語〉人稱代詞。

しんたいりく［新大陸］(名) ① 新大陸。↔ 旧大陸 ② 新天地, 新世界。

しんたく［信託］(名・他サ) 信託。△～銀行／信託銀行。△～会社／信託公司。△国連の～統治／聯合國託管。

しんたく［神託］(名) 神的啟示, 神諭。

しんたく［新宅］(名) ① 新居。↔ 旧宅 ② 分家, 自立門戶。

しんたつ［申達］(名・他サ) ① (公文等) 轉呈。② (對下級機關) 下指令, 指示。

シンタックス［syntax］(名) 〈語〉句子結構, 句法。

じんたて［陣立て］(名) 佈陣。

ジンタロン［jeans-pantaloons］(名) 牛仔褲。

しんたん［心胆］(名) 心膽。△～を寒からしめる事件／令人膽戰心驚的事件。

しんたん［滲炭・浸炭］(名・他サ) (煉鋼法) 增加含炭量 (操作)。

しんたん［震旦］(名) (古代印度對中國的稱呼) 震旦。(舊讀法為 "しんだん")

しんたん［薪炭］(名) 薪炭。

しんだん［診断］(名・他サ) ① 診斷。△～を誤る／誤診。△～書／診斷書。△立合～／會診。② 分析判斷。△企業～／對企業進行全面分析。

しんち［新地］(名) ① 新居住區。新開闢的花街柳巷。② (侵略獲得的) 新領土。→新開地

じんち［人知・人智］(名) 人的智慧。

じんち［陣地］(名) 陣地。△～戦／陣地戰。△砲兵～／炮兵陣地。

しんちく［新築］(名・他サ) 新建。△～のビル／新建的大廈。△～祝い／慶祝落成。

じんちく［人畜］(名) ① 人和牲畜。△～無害／(殺蟲劑) 對人畜無害。② 人面獸心。

しんちしき［新知識］(名) 新知識。

しんちゃ［新茶］(名) 新茶。△～が出回わる／

新茶上市。

しんちゃく［新着］(名・自サ) ① (從國外) 新進口的。② 新到的。△～図書／新到的圖書。

しんちゅう［心中］(名) 心中, 內心。△～を明かす／吐露真情。△～穩かでない／內心忐忑不安。

しんちゅう［真鍮］(名) 黃銅。

しんちゅう［進駐］(名・自サ) (軍隊) 進駐外國。△～軍／佔領軍。

しんちゅう［新注・新註］(名) 新註釋。

しんちゅう［尽忠］(名) 盡忠。

じんちゅう［陣中］(名) ① 陣中, 戰地。② 交戰中。

じんちゅうみまい［陣中見舞い］(名) ① 赴前綫慰問。② 現場慰勞。

しんちょ［心緒］(名) 心緒, 情緒。→しんしょ

しんちょ［新著］(名) 新著。

しんちょう［伸長］(名・自他サ) (長度) 伸長, (高度) 提高。

しんちょう［伸張］(名・自他サ) 擴張。△勢力を～する／擴張勢力。

しんちょう［身長］(名) 身高。△～が伸びる／個子長高了。

しんちょう［深長］(形動) 雋永, 深長。△意味～な発言／耐人尋味的發言。

しんちょう［清朝］(名) 清朝。(讀 "せいちょう" 時指毛筆楷書體的鉛字)

しんちょう［慎重］(名・形動) 慎重。△～な態度をとる／採取慎重態度。↔ 軽率

しんちょう［新調］(名・他サ) ① 新做, 新購置。△夏の背広を 1 着～する／新訂做一套夏季西服。△～のソファー／新購置的沙發。② 新曲調。

じんちょうげ［沈丁花］(名) 〈植物〉瑞香。(也說 "ちんちょうげ")

しんちょく［進捗］(名・自サ) 進展。△工事は着着と～している／工程進展得很順利。

シンチレーションカメラ［scintillation camera］(名) 〈醫〉同位素掃描。

しんちん［深沈］(形動) ① 沉着。② 夜深人靜。

しんちんたいしゃ［新陳代謝］(名・自サ) ① 〈生物〉新陳代謝。② 新舊交替。

しんつう［心痛］(名・自サ) ① 憂愁。② 胸口痛。

じんつう［陣痛］(名) ① (分娩時) 陣痛。② 事物產生前的苦難。

じんつうりき［神通力］(名) ⇨じんずうりき

しんづけ［新漬］(名) 新醃 (鹹菜)。↔ 古漬

しんて［新手］(名) 新做法。△～を考え出す／想出一個新招兒。

しんてい［心底］(名) 內心, 真心。△～を見とどける／看透對方的真意所在。→しんそこ

しんてい［真諦］(名) ① 〈佛教〉真諦。→しんたい ② 精華。

しんてい［進呈］(名・他サ) 贈送, 奉送。→贈呈

しんてい［新帝］(名) 新帝。↔ 前帝

じんてい［人定］(名) ①〈法〉對人的確認。△〜質問／審問是否被告本人。△〜尋問／(法官)核實是否本人。②由人規定的。△〜法／人定法。

しんてき［心的］(形動) 心的，精神的。△〜作用／精神作用。△〜現象／心理現象。↔ 物的

じんてき［人的］(形動) 人的。△〜関係／人事關係。△〜証拠／人證。↔ 物的

シンデレラ［Cinderella］(名)(童話中的)灰姑娘。

しんてん［伸展］(名・自他サ) 擴展，發展。

しんてん［進展］(名・自サ) 進展，發展。△捜査が〜しない／捜査無進展。

しんてん［神典］(名) ① 神道的經典(指古事記、日本書紀等)。② 記載神事的典籍。

しんてん［親展］(名)(書信、電報) 親啟。

しんでん［神殿］(名) ① 神社的正殿。② 神殿。△パルテノン〜／(希臘)巴台農神殿(廟)。

しんでん［寝殿］(名) ①(宮中的)寝殿。②(宮殿式建築的)正殿。△〜作り／宮殿式建築(平安時代)。

しんでん［新田］(名) 新開水田。↔ 本田

しんでん［親電］(名)(國家元首) 親自發的電報。

しんでんず［心電図］(名)〈醫〉心電圖。△〜をとる／做心電圖。

しんてんどうち［震天動地］(名) 驚天動地。

しんと (副・自サ) 寂靜無聲。△家の中は〜していた／家裏鴉雀無聲。

しんと［信徒］(名)〈宗〉信徒。→信者

しんと［神都］(名)(伊勢神宮所在地) 三重縣伊勢市的異稱。

しんと［新都］(名) 新都。↔ 旧都

しんど［心土］(名)(表土下面的) 生土。↔ 耕土

しんど［深度］(名) 深度。△〜を測る／測量深度。

しんど［進度］(名) 進度。△〜を進ませる／加快進度。

しんど［震度］(名)(地震) 震級。△〜は8段階にわける／震度共分為八級。

じんと (副) 十分感動。△眼が〜熱くなる／感動得熱涙盈眶。△胸に〜くる／感人肺腑。

しんど・い (形)(關西方言) ① 吃力，麻煩。② 疲勞。

しんとう［心頭］(名) 心頭。△いかり〜に発する／火上心頭。

しんとう［神燈］(名) 神前的燈。

しんとう［神道］(名)〈宗〉(以崇拜皇室祖先為中心的日本民族固有的) 神道。(也說"しんどう")

しんとう［新刀］(名) 新刀(慶長以後明治以前所製的刀)。

しんとう［滲透・浸透］(名・自サ) ①(液體) 滲透。②(思想) 滲入。△新思想が人人の心に〜しはじめた／新思想開始滲進人們的心中。

しんとう［振盪・振盪・震盪・震盪］(名・自サ) 震盪。△脳〜／腦震盪。

しんとう［親等］(名)〈法〉親族關係的等級。

しんどう［伸銅］(名) 展銅。△〜所／銅壓延廠，銅加工廠。

しんどう［振動］(名・自他サ) 振動，擺動。△振り子の〜／鐘擺擺動。

しんどう［震動］(名・自他サ) 震動。△地震で家が〜する／因地震房屋震動。

じんとう［人頭］(名) ① 人頭。△〜大の地雷／與人頭一般大的地雷。② 人口，人數。△〜割で費用を分担する／按人多少來分擔費用。△〜税／人頭税。

じんとう［陣頭］(名) 陣前，第一線。

じんどう［人道］(名) ① 人道。② 人行道。→歩道

じんどうしゅぎ［人道主義］(名) 人道主義。→ヒューマニズム

しんとく［神徳］(名) 神的功德。

じんとく［人徳］(名) 人的高尚品德。

じんとく［仁徳］(名) 仁德。

じんとり［陣取り］(名) 攻陣遊戲。

じんど・る［陣取る］(自五) ① 佈陣。△高地に〜／在高地上佈陣。② 佔地盤，佔座席。△一団は桜の木の下に〜って食事を始めた／同夥們圍坐在櫻花樹下開始用餐。

シンナー［thinner］(名)(油漆) 稀釋液，香蕉水，信那(毒品)。△〜遊びをする／吸信那毒品。

しんなり (副・自サ) 柔軟。△〜する程度にゆでる／煮到柔軟為止。

しんに［真に］(副) 真正。△〜彼女を愛している／真正地愛她。

しんに［瞋恚］(名) ⇨しんい

しんにせまる［真に迫る］(連語) 逼真。

しんにち［親日］(名) 親日。↔ 排日，抗日

しんにゅう［之繞］(名)(漢字部首) 走之兒。△〜をかける／誇大。加劇。(也說"しんにょう")

しんにゅう［侵入］(名・自サ) 侵入，闖入。△不法侵入／非法侵入。△家宅〜／私闖民宅。

しんにゅう［浸入］(名・自サ) 進水，泡進水裏。

しんにゅう［進入］(名・自サ) 進入。△車両の〜を禁止する／禁止車輛入內。△飛行機の〜灯／飛機着陸燈。

しんにゅう［新入］(名) 新來的。△〜社員／新職員。新入生／新生。→新参

じんにゅう［人乳］(名) 人乳，人奶。

しんにゅうをかける［之繞をかける］(連語) 誇大，加劇。△〜けて言う／誇大其詞。△佐藤の間抜けは有名だが，山田はそれに〜けたような男だ／佐藤是個出了名的傻瓜，而山田卻是比他還不如的傢伙。

しんにょ［信女］(名)〈佛教〉信女。→善女 ↔ 信士

しんにょ［真如］(名)〈佛教〉真如(萬劫不變的真理)。

しんにん［信任］(名・他サ) 信任。△〜が厚い／深受信任。△〜投票／投信任票。△〜状／

國書。

しんにん［新任］(名・他サ) 新任，新到任。△～の校長／新上任的校長。↔旧任

しんにん［親任］(名・他サ)〈天皇親自〉簽署任命，特任。△～官／特任官。

しんねこ (名)〈俗〉談情説愛。

しんねりむっつり (副・自サ) 有話不説，有意見不提 (的人)。△～の男／有話不説的人。

しんねん［信念］(名) 信念，信心。△～を失う／喪失信心。△確乎たる～／堅定不移的信念。

しんねん［新年］(名) 新年。△～を迎える／迎接新年。→正月

しんの［真の］(連體) 真正的，實在的。△～友人／真正的朋友。△～知識／真正的知識。

しんのう［親王］(名) 親王。

じんのう［人皇］(名) 人皇 (神武天皇以後的歷代天皇)。

シンパ［法 sympa］(名) 同情者。→シンパサイザー

しんぱ［新派］(名) ① 新興流派。↔旧派 ② (明治中期後興起的) 新派話劇。

じんば［人馬］(名) 人和馬。

しんぱい［親拝］(名・自サ)〈天皇〉親自參拜。

しんぱい［心配］(名・自他サ) ① 擔心，掛念，憂慮。△明日の天気が～だ／我擔心明天的天氣。△親に～ばかりかけている／總使父母擔憂。② 照顧，分心。△友人に下宿の～をしてもらった／託朋友給找到了公寓。

しんぱいごと［心配事］(名) 心事，愁事。△何か～でもあるのですか／你有甚麼不放心的事情嗎？

しんぱいしょう［心配性］(名) 愛擔心的性格。

じんばおり［陣羽織］(名) 古時出征時穿在鎧甲外面的無袖披肩。

シンパサイザー［sympathizer］(名) ① 同情者，支持者。② 共產主義的同路人。

しんばしら［真柱・心柱］(名) ① 塔的中心柱。② 天理教教主。

しんばつ［神罰］(名) 神罰，天譴。△～にあう／遭到天譴。

しんぱつ［進発］(名・自サ) (部隊) 開拔，出發。

しんばりぼう［心張り棒］(名) 頂門棍。△戸に～をかう／用槓子頂上門。

シンバル［symbals］(名) 銅鈸。

しんばん［新盤］(名) 新出售的唱片。

しんぱん［侵犯］(名・他サ) 侵犯。△領空を～する／侵犯領空。

しんぱん［新版］(名) ① 新書。② 新版。↔旧版

しんぱん［審判］(名・他サ) ① 審判。△～官／法官。△～を受ける／受審。↔裁判 ② 〈體〉裁判。△～員／裁判員。

しんび［審美］(名) 審美。△～観点／審美觀點。

しんぴ［神秘］(名・形動) 神秘。△～のベール／神秘的面紗。

しんぴ［真皮］(名)〈解剖〉真皮。↔表皮

しんぴ［真否］(名) 真偽。△～のほどは分からない／難辨真偽。

じんぴ［靭皮］(名)〈植物的〉韌皮部。

しんびがん［審美眼］(名) 審美的眼力。△～のある人／有審美能力的人。

しんぴつ［宸筆］(名) 御筆。

しんぴつ［親筆］(名) 親筆。

しんぴょう［信憑］(名・自サ) 可靠，足以相信。△～するに足る報道／可靠消息。△～性が乏しい／不大可信。

しんぴん［神品］(名) 神品，傑作。

しんぴん［新品］(名) (未用過的) 新東西。↔中古品，古物

じんぴん［人品］(名) ① 人品。△～卑しからず／人品不俗。② 儀表，風度。

しんぶ［深部］(名) 深處，內部。

しんぷ［神父］(名) (天主教的) 神父，神甫。

しんぷ［神符］(名) 神符，護身符。

しんぷ［新婦］(名) 新娘。↔新郎

しんぷ［新譜］(名) ① 新譜。② 新譜唱片。

しんぷ［親父］(名) 親父，父親。△ご～様によろしく／請向令尊大人問候。→おやじ

ジンフィーズ［Gin Fizz］(名) 摻杜松子酒、檸檬、冰等的碳酸飲料。

しんぷう［新風］(名) 新風尚，新風氣。

シンフォニー［symphony］(名) 交響曲。

シンフォニーオーケストラ［symphony orchestra］(名) 交響樂團。

シンフォニック［symphnic］(形動) 交響曲式的。△～ジャズ／交響曲式的爵士音樂。

しんぷく［心服］(名・自サ) 心服。

しんぷく［心腹］(名・自サ) ① 心和腹。△～の疾／心腹之患。② 真心。△～の友／知心朋友。△～に落ちる／心悦誠服。③ 心腹，親信。

しんぷく［臣服］(名・自サ) 臣服。

しんぷく［信服・信伏］(名・自サ) 信服，折服。

しんぷく［振幅］(名)〈理〉振幅。

しんぷく［震幅］(名) (地震的) 震幅。

しんふぜん［心不全］(名)〈醫〉心力衰竭。

じんふぜん［腎不全］(名)〈醫〉腎機能障礙。

しんぶつ［神仏］(名) ① 神佛。② 神道和佛教。

じんぶつ［人物］(名) ① 人物。△登場～／登場人物。② 人品，人格。③ 人才。

シンプル［simple］(形動) ① 樸素。△～な生活／樸素的生活。② 單純。△～なデザイン／簡單的設計圖樣。△～な考え／單純的想法。

しんぶん［新聞］(名) 報，報紙。△～の切りぬき／剪報。△～紙／報。舊報紙。△壁～／壁報。△～社／報館。△赤～／黃色小報。

じんぷん［人糞］(名) 人糞。△～尿／人糞尿。△～肥料／糞肥。

じんぶんかがく［人文科学］(名) 人文科學。

しんぶんすう［真分数］(名)〈數〉真分數。↔仮分数

しんぺい［新兵］(名) 新兵。↔古兵

じんべい［甚平・甚兵衛］(名) 窄袖口的夏服上衣。

しんぺん［身辺］(名) 身邊。△～を整理する／把生活環境整理一下。△～雑事／日常瑣事。

しんぺん［神変］(名) 神奇莫測的變化。

しんぽ［進歩］(名・自サ) 進步。△めざましい～を遂げる／取得顯著的進步。↔ 退步

しんぼう［心房］(名)〈解剖〉心房。→心室

しんぼう［心棒］(名) ① 車軸，中軸。△車の～が折れた／車軸斷了。② 核心，核心人物。

しんぼう［辛抱］(名・自サ) 忍耐，忍受，耐心。△～が強い／有耐心。△～しきれない／忍受不了。△今しばらくの～だ／再堅持一下(就成功了)。

しんぼう［信望］(名) 聲望，信譽。

しんぼう［神謀］(名) 奇謀。

しんぽう［信奉］(名・他サ) 信仰，信奉。

しんぽう［新法］(名) ① 新法令。② 新方法。

じんぼう［人望］(名) 聲望。△～を一身に集める／深孚眾望。

しんぼく［親睦］(名・自サ) 親睦，友善。△～会／聯誼會。

シンポジウム［symposium］(名) 專題討論會，學術會議。

しんぼち［新発意］(名)〈佛教〉初入佛門的人。

じんぼつ［陣歿・陣没］(名・自サ) 陣亡，戰死沙場。

しんぼとけ［新仏］(名) ① 死亡不久的人。② 盂蘭盆會上第一次超度的亡靈。

シンホニー［symphony］(名) ⇨シンフォニー

シンボリズム［symbolism］(名) 象徵主義。

シンボル［symbol］(名) 象徵，符號。

しんぽん［新本］(名) ① 新刊書。② 新書。

じんぽんしゅぎ［人本主義］(名) ① 人文主義。② 人道主義。→ヒューマニズム

じんま［蕁麻］(名)〈植物〉蕁麻。→いらくさ

しんまい［新米］(名) ① 新米。② 新手。△～です。どうぞよろしく／我是新手，請多關照。

じんまく［陣幕］(名) 軍營的帷幕。

じんましん［蕁麻疹］(名)〈醫〉蕁麻疹。

しんまゆ［新繭］(名) 新繭。

しんマルサスしゅぎ［新マルサス主義］(名) 新馬爾薩斯主義。

しんみ［新味］(名) 新意。△～のある詩／有新意的詩。

しんみ［親身］(名・形動) ① 親骨肉，親人。② 親切，熱情，情同骨肉。△～になって世話する／熱情照顧。

しんみせ［新店］(名) 新商店。

しんみち［新道・新路］(名) ① 新路。② (東京方言) (繁華街區內兩邊全是飲食行業的) 小胡同。

しんみつ［親密］(名・形動) 親密。↔ 疎遠

じんみゃく［人脈］(名) 人事關係，關係網。△～をたどる／通過關係網(辦事)。

しんみょう［身命］(名) ⇨しんめい

しんみょう［神妙］(形動) ① 老老實實地，乖乖地。△～に校長先生の話を聞いている／規規矩矩地聽校長講話。△～に縄にかかる／乖

乖地就擒。② 值得稱讚。△～な心がけ／志向可嘉。

しんみり (副・自サ) ① 安詳，誠懇而深情地。△～語り合う／懇切交談。② 靜悄悄地。△家族一同で～通夜をする／全家人默默地守了一夜靈。

しんみん［臣民］(名) 臣民。

じんみん［人民］(名) 人民。△～投票／人民投票。△～戦線／人民戰綫。

じんみんけん［人民券］(名) 人民幣。

しんめ［新芽］(名) 新芽。△～がふく／長出新芽。

しんめい［身命］(名) 身體和生命，性命。△祖国のために～を投げ打つ／為祖國獻身。

しんめい［神明］(名) 神明。

じんめい［人名］(名) 人名。△～簿／人名冊。

じんめい［人命］(名) 人命。△～にかかわる／人命攸關。△～救助／救人。

シンメトリー［symmetry］(名) 左右對稱。

じんめん［人面］(名) 人面。△～獣心／人面獸心。△～瘡／人面瘡。

しんめんもく［真面目］(名) ① 本來面目。② 真本領。△～を発揮する／發揮真本事。(也説"しんめんぼく")

しんモスリン［新モスリン］(名) 仿毛斯綸(印花棉織品)。

しんもつ［進物］(名) 禮品，饋贈品。

しんもん［審問］(名・他サ) 審問，審訊。

じんもん［人文］(名) ⇨じんぶん

じんもん［尋問・訊問］(名・他サ) (法官、警察等) 訊問，盤問。△不審～／盤問可疑者。

しんや［深夜］(名) 深夜。△～番組／深夜節目。

しんやく［新約］(名) ① 新約會，新合同。② "新約聖書"的略語。

しんやく［新訳］(名) ① 新譯。↔ 旧訳 ② 將古典譯成現代文。

しんやく［新薬］(名) 新藥。

しんやくせいしょ［新約聖書］(名) 新約聖經。

しんやま［新山］(名) 新採伐的山林，新礦山。

しんゆう［心友］(名) 知心朋友。

しんゆう［真勇］(名) 真正勇敢。

しんゆう［深憂］(名・自サ) 深憂。

しんゆう［親友］(名) 至交，好友。

しんゆう［神佑］(名) 神佑。

しんよ［神輿］(名) ⇨みこし

しんよう［信用］(名・他サ) 信用，信譽，信任。△君のことばを～する／我相信你的話。△あの男は～できない／那個人靠不住。△～が地に落ちる／信用掃地。

じんよう［陣容］(名) ① (部隊的) 陣容，部署。② 人事安排，班底。△～をととのえる／湊起班子。

しんようがし［信用貸し］(名) 信用貸款。

しんようきんこ［信用金庫］(名) 金融合作社。

しんようくみあい［信用組合］(名) 信用合作社。

しんようじゅ［針葉樹］(名) 針葉樹。↔ 広葉樹

しんようじょう［信用状］(名) 信用證（銀行保付證明，L／C）。

しんようとりたて［信用取立］(名)〈經〉光票託收。

しんようとりひき［信用取引］(名) 賒購交易。

しんようひっぱく［信用逼迫］(名)〈經〉信用緊縮。

しんらい［信頼］(名・他サ) 信賴。△～できる人／可以信賴的人。△～しにくい人／難以信賴的人。

しんらい［新来］(名) 新來。△～患者／新來的患者。

じんらい［迅雷］(名) 迅雷。△～耳を掩う暇あらず／迅雷不及掩耳。

しんらつ［辛辣］(名・形動) 辛辣，尖刻。△～にこきおろす／把人貶得一文不值。

しんらばんしょう［森羅万象］(名) 森羅萬象。

しんり［心理］(名) 心理。

しんり［心裏・心裡］(名) 心裏，心中。

しんり［真理］(名) 真理。

しんり［審理］(名・他サ)〈法〉審理，審判。

しんりがく［心理学］(名) 心理學。

じんりき［人力］(名) 人力。△～車／黃包車。→じんりょく

しんりしょうせつ［心理小説］(名) 心理小説。

しんりせん［心理戦］(名) 心理戰。

しんりゃく［侵略・侵掠］(名・他サ) 侵略。

しんりゅう［新柳］(名) 新柳，春柳。

しんりょ［神慮］(名) ① 天意。② 天子的心意。

しんりょ［深慮］(名) 深思熟慮，深謀遠慮。△～を欠く／欠思慮。

しんりょう［診療］(名・他サ) 診療。△～を受ける／就診。△～所／診所。△～料／診費。

しんりょう［新涼］(名) 新涼，初秋。△～の候／初秋時節。

しんりょく［心力］(名) 心力，精神的力量。

しんりょく［神力］(名) 神力。

しんりょく［新緑］(名) 新綠。△～の候／初夏季節。

じんりょく［人力］(名) 人力。△～の限りを尽す／盡人力之所及。

じんりょく［尽力］(名・自サ) 出力，幫助。△ご～を心から感謝いたします／由衷地感謝

您的鼎力相助。

しんりん［森林］(名) 森林。△～地帯／森林地帯。△原始～／原始森林。

しんりん［親臨］(名・自サ)(御駕) 親臨。

じんりん［人倫］(名) ① 人倫。△～にもとる行為／有悖人倫的行為。② 人類。

しんるい［進塁］(名・自サ)(棒球) 進壘。

しんるい［親類］(名) ① 親屬，親戚。② 同類。△猫は虎の～だ／貓是虎的同類。

じんるい［人類］(名) 人類。△～学／人類學。

しんるいづきあい［親類付き合い］(名) ① 親戚往來。② 如親戚般交往。△あの一家とは～をしている／和他家交往得跟親戚一様。

しんれい［心霊］(名) ① 心靈，靈魂。△～の存在を認める／承認靈魂的存在。△～の叫び／心靈的召喚。② 心靈現象。

しんれい［神霊］(名) 神靈。

しんれい［浸礼］(名) (基督教洗禮的一種) 浸禮。→バプテスマ

しんれい［新令］(名) 新頒佈的法令。

しんれき［新暦］(名) 新曆，陽曆。↔ 旧曆

じんれつ［陣列］(名) 陣勢。△～を立て直す／重新部署陣勢。

しんろ［針路］(名) ① 航向。△～をかえる／改變航向。② 前進方向。→コース

しんろ［進路］(名) 前進道路。△～を誤る／誤入歧途。↔ 退路

しんろう［心労］(名・自サ) ① 操心，擔心。△ご～をおかけしてすみません／讓您操心，真過意不去。② 操心受累。

しんろう［辛労］(名・自サ) 辛勞，辛苦。

しんろう［新郎］(名) 新郎。↔ 新婦

じんろく［甚六］(名) 碌碌無能 (多指長子)。△総領の～／長子多是庸庸碌碌之輩。

しんわ［神話］(名) 神話。△～時代／神話時代。△ギリシア～／希臘神話。

しんわ［親和］(名・自サ) ① 親睦。②〈化〉親和。

じんわり (副) ① 不動聲色地，迂迴婉轉地。△～と話を進める／迂迴婉轉地把話攤開來。② 黏糊糊地。△～と汗ばむ気候／讓人汗流浹背的天氣。

しんわりょく［親和力］(名)〈化〉親和力，化合力。

す　ス

す［鬆］（名）①（蘿蔔等存放日久出現的）空心洞。△大根に～が入る／蘿蔔糠了。②鑄件的砂眼。

す［州］（名）沙洲，沙灘。△三角～／三角洲。

す［巢］（名）巢，窩。△鳥が巢をかける／鳥築巢。△ありの～／蟻穴。△ねずみの～／鼠洞。△くもの～／蜘蛛網。△蜂の～／蜂房。△不良の～／痞子窩。

す［酢］（名）醋。△～をきかす／加醋調味。△～がきいていない／醋少。不太酸。

す［簀・簾］（名）①（竹、葦等編的）粗蓆。△竹の～／竹蓆。②簾子。△～を下ろす／放簾子。

す－［素］（接頭）①本來的，不加修飾的。△～顔／不塗脂粉的臉。本來面目。△～泊り／只住不吃。△～手／赤手空拳。空手。②寒酸的，貧窮的。△～町人／窮市民。

ず［図］（名）①圖，圖表。△見取り～／示意圖。②畫，圖畫。③情景。△とても見られた～ではない／那副樣子實在不堪入目。

－ず（助動）（接動詞和部分助動詞未然形）表示否定。△無用の者入るべから～／閑人免進。△飲ま～食わ～にねている／不吃不喝地睡。△寒から～暑から～のいい天気／不冷不熱的好天氣。

すあえ［酢和え］（名）醋拌的涼菜。

すあし［素足］（名）光腳，赤腳。→はだし

ずあん［図案］（名）圖案，設計圖。→デザイン

す・い［酸い］（形）酸。△～も甘いもかみ分ける／飽嘗酸甜苦辣。飽經風霜。→すっぱい

すい［粋］Ⅰ（名）精華。△技術の～をかたむける／傾注最優秀的技術力量。△東西文化の～／東西文化的精華。Ⅱ（形動）懂事，懂得人情。△～をきかして２人きりにしてやる／知趣地走開，讓他倆單獨在一起。

すい［膵］（名）〈解剖〉胰臟。

すい［錘］（名）①秤砣，砝碼。②紗錠，計算紗錠的單位。

ずい［隋］（名）〈史〉隋朝（589-618）。

ずい［蕊］（名）〈植物〉花蕊。

ずい［髓］（名）①髓，骨髓。②木髓，莖的中空部分。③精髓。

すいあげ［吸い上げ］（名）吸上，抽上，抽出。△～ポンプ／抽水泵。

すいあ・げる［吸い上げる］（他下一）①往上吸，吸上來。△ポンプで川水を～／用水泵抽河水。②榨取，侵吞。△財産を～／侵吞（某人）財產。

すいあつ［水圧］（名）水壓。△～計／水壓表。

すいい［水位］（名）水位。△～がさがる／水位下降。

すいい［推移］（名・自サ）推移，變遷，發展。△時代の～／時代的變遷。→変遷

ずいい［随意］（名・形動）隨意，任意，隨便。△どうか、ご～に／請隨意。

すいいき［水域］（名）水域，水區。→海域

ずいいきん［随意筋］（名）隨意肌，橫紋。↔不随意筋

ずいいち［随一］（名）第一，首屈一指。

スイート［suite］（名）①〈樂〉組曲。②一套，一組。△～ルーム／套房。

スイート［sweet］（名・形動）①甜，甜蜜，甜美。②愉快，快樂。

スイートアーモンド［sweet nata de coco］（名）甜味椰果。

スイートガール［sweet girl］（名）①可愛的少女。②糖果店的女店員。

スイートコーン［sweet corn］（名）珍珠米，玉蜀黍。

スイートトーク［sweet talk］（名）奉承話，恭維話。→お世辞

スイートハート［sweetheart］（名）愛人，情人。（一般指女性）

スイートホーム［sweet home］（名）快樂家庭，新婚家庭。

スイートポテト［sweet potato］（名）①白薯，甘薯。②甘薯點心。

スイートミート［sweet meat］（名）甜點心。

スイートマテニー［sweet martini］（名）甜味馬天尼（酒）。→ドライマテニー

スイートメロン［sweet melon］（名）〈植物〉（美國種）甜瓜，香瓜。

スイートワイン［sweet wine］（名）甜葡萄酒。↔ドライワイン

スイーパー［sweeper］（名）①清潔工。②清掃機。③〈體〉（足球三後衛中間的）殿後後衛。

ずいいん［随員］（名）隨員。

すいうん［水運］（名）水運，水上運輸。△～の便がよい／水路交通方便。

すいうん［衰運］（名）衰敗的趨勢。△～をたどる／走向衰敗。

すいえい［水泳］（名・自サ）游泳。△～をする／游泳。△～着／游泳衣。

すいえき［膵液］（名）〈生理〉胰液。

すいえん［水煙］（名）①水面上籠罩的煙霧，水氣，水霧。②〈建〉佛塔尖上的火焰形裝飾。

すいえん［炊煙］（名）炊煙。

すいえん［垂涎］（名）⇨すいぜん

すいおん［水温］（名）水溫。

すいか［水火］（名）水和火。△～の仲／水火不相容的關係。

すいか［水禍］（名）水災。

すいか［西瓜・水瓜］（名）西瓜。

すいか［垂下］（名・他サ）下垂，垂下。△両手を～してたたずむ／垂手站立。

すいか［誰何］(名・他サ) 盤問，盤查。△通行人を～する／盤查過往行人。

すいがい［水害］(名) 水災。

すいかく［酔客］(名) 醉漢。(也讀作"すいきゃく")。

すいかけ［吸いかけ］(名) 吸了半截。△～のクバコ／吸了半截的香煙。

すいかずら(名)〈植物〉忍冬，金銀花。

すいかもじせず［水火も辞せず］(連語) 赴湯蹈火，在所不辭。

すいがら［吸い殻］(名) 香煙頭，煙蒂。

すいかん［水管］(名)①水管。②〈動〉水管(軟體)。

すいかん［酔漢］(名) 醉漢，醉鬼。

すいかん［水干］(名) 日本古代男子服裝。(狩獵服的一種)。

すいかん［吹管］(名)〈化〉吹管。

すいがん［酔眼］(名) 醉眼，醉酒後的眼神。

すいがんもうろう［酔眼もうろう］(連語) 醉眼矇矓。

すいがん［酔顔］(名) 醉顏，醉酒的面孔。

ずいかん［随感］(名) 隨感。△～録／隨感錄。

すいき［水気］(名)①潮氣，濕氣。②水蒸氣。③水腫。△足に～がきている／腳浮腫了。

ずいき［芋茎］(名) 芋頭莖。

ずいき［随喜］(名・自サ) 欣喜，高興。△～の涙を流す／流下欣喜的淚水。

すいきゃく［酔客］(名) ⇨すいかく

すいきゅう［水球］(名)〈體〉水球。

すいぎゅう［水牛］(名)〈動〉水牛。

すいきょ［推挙］(名・他サ) 推薦，薦舉，推選。→推薦

すいきょう［酔狂・粋狂］(名・形動) 異想天開，好奇，好事。△～にもほどがある／這簡直是發瘋了！

すいきょう［水郷］(名) 水鄉，水國。(也説"すいごう")

すいぎょく［翠玉］(名) ⇨エメラルド

すいぎょのまじわり［水魚の交わり］(連語) 魚水之交，魚水情。

すいきん［水禽］(名)〈動〉水禽，水鳥。

すいぎん［水銀］(名)〈化〉水銀，汞。△～寒暖計／水銀寒暑表。

すいぎんとう［水銀灯］(名) 水銀燈。

すいくち［吸い口］(名)①煙袋嘴，紙煙嘴。↔雁首②吸嘴兒。③加在湯裏的芳香佐料。

すいぐん［水軍］(名) 水師，水軍。

すいけい［水系］(名)〈地〉水系，河系。△利根川～／利根川水系。

すいけい［推計］(名・他サ) 推算。

すいげつ［水月］(名)①水和月。②水中月影。

すいげん［水源］(名) 水源。△～涵養林／水源保養林。

すいげんち［水源地］(名) 水源地，河的源頭。

すいこう［水耕］(名) 水栽，溶液栽培。△～法／水耕法。

すいこう［推敲］(名・他サ) 推敲。△～に～をかさねる／反覆推敲。

すいごう［水郷］(名) 水鄉。

すいこう［遂行］(名・他サ) 完成，貫徹。△事業を～する／完成事業。△職務を～する／執行職務。

ずいこう［随行］(名・自サ) 隨行，隨從。△～員／隨員。

すいこみ［吸い込み］(名) 吸入，吸進。△この煙突～が悪い／這個煙筒不往裏抽煙。

すいこ・む［吸い込む］(他五) 吸入，吸收。△しっけを～／吸潮氣。

すいさい［水彩］(名) ⇨すいさいが

すいさいが［水彩画］(名) 水彩畫。

すいさし［吸いさし］(名) 煙頭，煙蒂。→すいがら

すいさつ［推察］(名・他サ) 推測，體諒。△～に難くない／不難想像。

すいさん［水産］(名) 水產。△～加工品／海產品。→海産

すいさん［推参］(名・自サ)①(突然) 登門拜訪。②(斥責別人) 不禮貌，冒昧。

すいさん［推算］(名・他サ) 推算。

すいさんか［水酸化］(名)〈化〉氫氧化。

すいさんかぶつ［水酸化物］(名)〈化〉氫氧化物。

すいし［水死］(名・自サ) 淹死，溺死。△～者／溺死者。→溺死

すいし［垂死］(名) 垂死，垂危。

すいじ［炊事］(名・他サ) 烹調。△～場／廚房。△～婦／女炊事員。△～道具／炊事用具。

ずいじ［随時］(副) 隨時。△～入学を許す／准許隨時入學。

すいしつ［水質］(名) 水質。△～汚濁／水質污濁。

ずいしつ［髄質］(名)〈解剖〉髓質。↔ 皮質

すいしゃ［水車］(名)①水車。②水磨。△～小屋／磨坊。③水輪機。

すいしゃ［水瀉］(名)〈醫〉水瀉，瀉水。

すいじゃく［衰弱］(名・自サ) 衰弱。△視力が～する／視力減弱。△神経～／神經衰弱。

ずいじゅう［随従］(名・自サ)①聽從，順從。△他人の言に～する／聽從人言。②隨從，隨員。

すいじゅん［水準］(名)①水準，水平面。△～測量／測平。②水平，水準，標準程度。△～の生活／小康生活。

すいしょ［水書］(名・自サ) 一面游泳一面表演寫字或畫畫兒。

ずいしょ［随所・随処］(名・副) 到處，隨處。△～に見られる現象／到處可見的現象。

すいしょう［水晶］(名) 水晶。△～板／石英片。

すいしょう［推奨］(名・他サ) 推薦。△これは私の～する時計です／這是我推薦的錶。

すいしょう［推賞］(名・他サ) 稱讚，推崇。△口をきわめて～する／滿口稱讚。

すいじょう［錐状］(名) 錐狀。

ずいしょう［瑞祥］(名) 祥瑞，吉兆。→瑞兆，吉兆

すいじょうき［水蒸気］（名）水蒸氣。

すいじょう［水上］（名）① 水上，水面。② 水中。

すいじょうきょうぎ［水上競技］（名）水上運動。

すいじょうけいさつ［水上警察］（名）水上警察局。

すいじょうスキー［水上スキー］（名）滑水運動。

すいじょうせいかつしゃ［水上生活者］（名）船民。

すいしょうたい［水晶体］（名）〈解剖〉水晶體。

すいしょく［水色］（名）① 水色。② 水景。

すいしょく［水食］（名）水蝕。△～作用／水蝕作用。

すいしょく［翠色］（名）翠綠色。

すいしん［水深］（名）水深。△～測定／測定水深。

すいしん［推進］（名・他サ）① 推進。△2 翼～機／雙翼螺旋槳飛機。② 推動。

すいじん［水神］（名）水神。

すいじん［粋人］（名）① 風雅的人。② 老於世故的人。③ 深諳嫖場的人。

ずいしん［随身］（名・自サ）〈文〉侍從（的人），隨從。

スイス［Swiss］〈國名〉瑞士。△～連邦／瑞士聯邦。

すいすい（副）①（在空中或水中）輕快地（前進）。△～と泳ぐ／飛快地游。② 流利地，順利地。△～と事が運ぶ／事情順利地進行。

スイスフラン［Swiss franc］（名）瑞士法郎。

すい・する［推する］（他サ）推察，推測。△彼の心はほぼ～することができる／他的心情大致可以推察出來。

すいせい［水生］（名）水生，水棲 ↔ 陸生

すいせい［水星］（名）〈天〉水星。

すいせい［水勢］（名）水勢。

すいせい［衰勢］（名）頹敗之勢。△～をたどる／走向衰落。

すいせい［彗星］（名）〈天〉彗星。△ハレー～／哈雷彗星。

すいせいがん［水成岩］（名）水成岩。

すいせいとりょう［水性塗料］（名）和水塗料，水性塗料。

すいせいむし［酔生夢死］（名）醉生夢死。

すいせん［水仙］（名）〈植物〉水仙。

すいせん［水洗］（名）水洗。△～便所／抽水馬桶。

すいせん［垂線］（名）〈數〉垂綫。

すいせん［推薦］（名・他サ）推薦，推舉。△～状／介紹信。△～入学／保送入學。

すいぜん［垂涎］（名）垂涎，極其羨慕。△～の的となる／成為羨慕對象。

すいそ［水素］（名）〈化〉氫。△重～／重氫，氘。△～爆弾／氫彈。△～イオン／氫離子。

すいそう［水草］（名）① 水和草。② 水草。

すいそう［水葬］（名・他サ）水葬。

すいそう［水槽］（名）水槽，水箱。△ガラス張りの～／玻璃水槽。

すいそう［水藻］（名）水藻。

すいそう［吹奏］（名・他サ）吹奏。△～楽／吹奏樂。

すいぞう［膵臓］（名）胰臟。△～炎／胰腺炎。△～結石／胰結石。

ずいそう［随想］（名）隨感。△～録／隨感録。

すいそうがくだん［吹奏楽団］（名）吹奏樂團。→ブラスバンド

すいそく［推測］（名・他サ）推測，猜測，估計。△～どおり／果然不出所料。

すいぞく［水族］（名）水族。△～館／水族館。

すいそん［水損］（名）水災（造成的）損失。

すいたい［衰退］（名・自サ）衰退，衰落。△～期にあたる／處於衰退時期。→衰微

すいたい［推戴］（名・他サ）推戴，推舉。

すいたい［酔態］（名）醉態。

すいたい［翠黛］（名）〈文〉① 描眉的墨。② 蒼翠的山色。

すいたい［錐体］（名）〈數〉錐體。△円～／圓錐體。

すいたく［水沢］（名）（有水的）沼澤。

すいだし［吸い出し］（名）① 吸出，抽出。② 拔毒膏。

すいだ・す［吸い出す］（他五）吸出，吮出。△うみを～／吸膿。

すいだま［吸い玉］（名）① 吸膿罐。② 吸奶罐。

すいたら・しい［好いたらしい］（形）招人喜歡，可愛。△～お方／招人喜歡的人。

すいだん［推断］（名・他サ）推斷，判斷。△～を下す／下判斷。下結論。

すいち［推知］（名・他サ）推知，推察得知。

すいちゅう［水中］（名）水中。△～眼鏡／水中護目鏡。

すいちゅう［水柱］（名）（水面上升起的）水柱。△～が上がる／升起水柱。

すいちょう［水鳥］（名）水鳥。

すいちょう［推重］（名・他サ）推崇。

ずいちょう［瑞兆］（名）瑞兆，吉兆。

すいちょく［垂直］（名・形動）① 垂直。△～降下／垂直下降。↔ 水平 ②〈數〉垂直。△～線／垂綫。

すいちょくしこう［垂直思考］（名）直線思維。

すいつ・く［吸い付く］（自五）吸住。△赤ちゃんが乳首に吸い付いて乳を飲む／嬰兒嘬着奶頭吃奶。

すいつけたばこ［吸い付け煙草］（名）點着後敬客的香煙。

すいつ・ける［吸い付ける］（他下一）① 吸住，吸過來。△磁石は鉄を～／吸鐵石吸鐵。② 借火點煙，對火。③ 吸慣（某種香煙）。

スイッチ［switch］（名）開關。△～を入れる／接通電路。△～をつける／打開開關。△～を切る／關上電門。

スイッチオフ［switch off］（名）切斷（電流）。

スイッチオン［switch on］（名）接通（電流）。

スイッチトレード［switch trade］（名）轉口貿易，轉手貿易。

スイッチバック［switch back］（名）①（火車、電車的）"之"字綫路。②（電影）倒敍。

スイッチバッティング［switch batting］（名）（棒球）左右位置都能擊球。

スイッチヒッター［swich hitter］（名）（棒球）左右位置都能擊球的運動員。

スイッチボード［switch board］（名）〈電〉配電盤。

スイッチぼうえき［スイッチ貿易］（名）轉口貿易，轉手貿易。

スイッチボックス［switch box］（名）轉換開關，閘盒。

スイッチマン［switch man］（名）扳道工。

スイッチャー［switcher］（名）①（電影、電視的）換景員。②轉換開關。

スイッチャリー［switcherly］（名）上下顏色式樣不同的服裝。

すいっちょ（名）⇨うまおいむし

すいてい［水底］（名）水底。△～深く沈む／深深沉入水底。

すいてい［推定］（名・自サ）①推定，估量。②〈法〉推定，假定。△無罪と～する／推定為無罪。△～相続人／假定繼承人。

すいてき［水滴］（名）①水滴。→しずく②硯水壺。

すいてん［水天］（名）水和天。

すいてんいっぺき［水天一碧］（連語）水天一色。

すいてんほうふつ［水天彷彿］（連語）水天相連。

すいでん［水田］（名）稻田，水田。→たんぼ

すいと（副）敏捷地。△～身をかわす／敏捷地躲閃身子。

ずいと（副）一下子，飛快地。△～寄ってくる／飛快地聚攏過來。

すいとう［水筒］（名）（攜帶用）水筒，水壺。

すいとう［水稻］（名）水稻。

すいとう［出納］（名）出納，收支。△～係／出納員。△～簿／現金出納賬。

すいどう［水道］（名）①自來水（管）。△～を引く／安裝自來水。△～代／自來水費。△～メーター／水表。②航道，航路。③海峽。

すいどう［隧道］（名）隧道。△～を掘る／開鑿隧道。（鐵路用語讀作"ずいどう"）。→トンネル

ずいとくじ［随徳寺］（名）溜之大吉。△いちもくさん～／一溜煙逃之夭夭。

すいとりがみ［吸い取り紙］（名）吸墨紙，吸水紙。

すいと・る［吸い取る］（他五）①吸收。△養分を～／攝取養分。△知識を～／吸收知識。②吸出。△インクを～／吸出墨水。△金を～／搜刮錢財。

すいとん［水団］（名）麵疙瘩湯。

すいなん［水難］（名）①（船舶）遇難。②水災。

すいのう［水囊］（名）①滲濾器，馬尾籮。②（攜帶用）帆布水桶。

すいのこし［吸い残し］（名）①（喝剩下的）殘湯。②（吸剩下的）香煙頭。

すいのみ［吸い飲み］（名）鴨嘴壺，（臥病時飲水、喝藥用的）長嘴壺。

すいは［水波］（名）水波，波浪。

すいはかわへはまる［粋は川へはまる］（連語）善泅者溺。

すいはのへだて［水波の隔て］（連語）名異實同，半斤八兩。

すいばく［水爆］（名）氫彈。

すいはん［垂範］（名）垂範，示範。△率先～／帶頭作出榜樣。

すいはん［炊飯］（名）煮飯，燒飯。

すいばん［水盤］（名）（養花用的）淺水盤。

ずいはん［随伴］（名・自サ）①隨行，陪伴。△～の武官／隨行的武官。②伴隨，隨着。△～現象／伴生現象。

すいはんき［炊飯器］（名）燒飯機，自動飯鍋。△電氣～／電飯鍋。

すいび［衰微］（名・自サ）衰微。△～のきざし／衰敗的兆頭。

すいひつ［水筆］（名）水筆，毛筆。→ふで

ずいひつ［随筆］（名）隨筆，雜文。→随感，隨想，エッセー

ずいひつか［随筆家］（名）隨筆作家。→エッセースト

すいふ［水夫］（名）海員，船夫。→船員

すいふ［水府］（名）龍宮。

すいふ［炊夫］（名）炊事員，伙夫。

すいふ［炊婦］（名）女炊事員。→炊事婦

すいふく［推服］（名・自サ）敬服，敬佩。

スイフト［swift］（名）快的，敏捷的。△～ボール／（棒球）投快球。

すいぶん［水分］（名）①水分。△～をとる／除去水分。②（水果、青菜等的）汁液。

ずいぶん［随分］Ⅰ（副）相當。△～歩いた／走了相當遠的路。△～捜した／找了很久。Ⅱ（形動）不像話。△～な男だ／那小子真缺德！

すいへい［水兵］（名）水兵。

すいへい［水平］（名・形動）水平。△～に置く／置於水平狀態。△～面／水平面。↔垂直

すいへいしこう［水平思考］（名）橫向思維，多元思維。

すいへいせん［水平線］（名）①水平綫。②地平綫。→地平線

すいへん［水辺］（名）水邊。

すいほう［水泡］（名）①水泡。△～音／〈醫〉水泡音。②虛無，虛幻。

すいほう［水疱］（名）〈醫〉水疱。△～ができる／長水疱。出水疱。

すいぼう［水防］（名）防汛。△～対策／防汛措施。

すいぼう［衰亡］（名・自サ）衰亡。△～にむかう／走向衰亡。

すいほうにきする［水泡に帰する］（連語）化為泡影。

すいぼくが［水墨画］(名) 水墨畫。→すみえ

すいぼつ［水没］(名・自サ) 淹沒。

すいま［睡魔］(名) 睡魔。

スイマー［swimmer］(名) 游泳者，游泳運動員。

すいまつ［水沫］(名)① 水沫。② 飛沫。

すいまにおそわれる［睡魔に襲われる］(連語) 昏昏欲睡。

すいみつ［水密］(名) 不透水，防水密封。△～隔壁／防水隔牆。

すいみつとう［水蜜桃］(名)〈植物〉水蜜桃。

すいみゃく［水脈］(名)① 水脈，地下水流。②(船舶航行的)海峽。

すいみん［睡眠］(名・自サ) 睡眠，睡覺。△十分に～をとる／睡足覺。△～不足／睡眠不足。△～薬／安眠藥。

スイミング［swimming］(名) 游泳。

スイミングクラブ［swimming club］(名) 游泳俱樂部。

スイミンググローブ［swimming glove］(名) 游泳蹼套。

スイミングコスチューム［swimming costume］(名) 游泳衣。

スイミングスーツ［swimming suit］(名) 游泳衣(多指女性用連衣裙式游泳衣)。

スイミングトランクス［swimming trunks］(名) 游泳褲。

スイミングプール［swimming pool］(名) 游泳池。→プール

すいみんこうざ［睡眠口座］(名)〈經〉獃滯賬戶，獃滯戶頭。

すいみんやく［睡眠薬］(名) 安眠藥。

ずいむし［螟虫］(名)〈動〉螟蟲。

スイムスーツ［swimming suit］(名) ⇨スイミングスーツ

すいめい［吹鳴］(名・自サ)① 鳴叫。② 吹奏。△～楽器／吹奏樂器。

すいめつ［衰滅］(名) 衰滅，衰亡。

すいめん［水面］(名) 水面。△～に浮かび出る／浮出水面。

すいもの［吸い物］(名)(日本菜) 清湯。△～を吸う／喝湯。△～椀／湯碗。→すましじる，おすまし

すいもん［水門］(名) 水閘。△～を開ける／打開閘門。△～を閉じる／關閉閘門。△～通行税／船閘通行税。

すいもん［水紋］(名) 水紋，水波紋。

すいやく［水薬］(名) 藥水。

すいよ［酔余］(名) 醉後，酒後。

すいよう［水溶］(名) 水溶。△～性／水溶性。△食塩の～液／食鹽水。

すいよう［水曜］(名) ⇨水曜日

すいよう［衰容］(名) 憔悴的面容。

すいようび［水曜日］(名) 星期三。

すいよく［水浴］(名・自サ) 冷水浴。

すいよ・せる［吸い寄せる］(他下一) 吸引。△吸い寄せられるように／好像被吸過去似的。

すいらい［水雷］(名) 水雷，魚雷。△～艇／魚雷艇。

すいらん［翠巒］(名) 翠綠的山巒。

すいり［水利］(名)① 水運。△～の便が悪い／水運不便。② 水利，供水。

すいり［推理］(名・他サ) 推理，推論。△～をはたらかせる／開動腦筋推理。

ずいり［図入り］(名) 帶插圖，帶刊頭畫。

すいりきがく［水力学］(名)〈理〉水力學。

すいりく［水陸］(名) 水陸。△～両棲的動物／水陸兩棲動物。△～両用舟艇／兩棲船。

すいりゅう［水流］(名) 水流。

すいりゅうち［水流地］(名)① 河牀。② 不通舟楫的淺水。

すいりゅうポンプ［水流ポンプ］(名) 水流泵。

すいりょう［水量］(名) 水量。→みずかさ

すいりょう［推量］(名・他サ) 推測，推量。△ぼくの～するところでは…／依我推測…

すいりょく［水力］(名) 水力。△～タービン／水力渦輪發動機。△～発電所／水電站。

すいりょく［推力］(名) 推力。△ロケット打ち上げ時の～／發射火箭時的推力。→推進力

すいりょく［翠緑］(名) 翠綠。

すいれい［水冷］(名) 用水冷卻，水冷。△～式／水冷式。↔ 空冷

すいれん［水練］(名)① 練習游泳。△畳の上の～／紙上談兵。② 游泳術。

すいれん［睡蓮］(名)〈植物〉睡蓮，水浮蓮。

すいろ［水路］(名)① 水路，水渠。△～橋／渡槽。② 航路，航道。△～標識／航道信標，燈塔。→航路③ 泳道。

すいろく［水鹿］(名)〈動〉水鹿。

すいろん［水論］(名) 爭水，分配灌溉用水的糾葛。

すいろん［推論］(名・他サ) 推論，推斷。

スインガー［swinger］(名) 花花公子。

スインギング［swinging］(名) 交換夫妻，性放任。

スイング［swing］(名・自サ)① 搖動，搖擺。② 掄球棒。③ 轉換滑雪方向。④(拳擊) 橫擊。⑤ 搖擺舞音樂。

スイングジャズ［swing jazz］(名) 搖擺舞音樂。

スイングドア［swing door］(名) 雙動自止門。

スインドラー［swindler］(名) 騙子，詐騙犯。

スー［法 sou］(名) 蘇(法國輔幣名，等於 5 生丁)。

すう［数］(名)① 數目，數量。△～的優勢／數量上的優勢。△～をたのんで／恃衆。② 定數，命運。

すう－［数］(接頭) 數，幾，好幾(個，次等)。△～回／數次。△～人／數人。△～冊の本／若干書。

す・う［吸う］(他五) 吸。△きれいな空気を～／吸新鮮空氣。△タバコを～わない／不

吸煙。△スープを～／喝湯。△乳を～／嘔奶。
△スポンジはよく水を～／分綿吸水。

スウェースリングはい［スウェースリング
杯］（名）（乒乓球比賽）斯韋士林盃。

スウェーター［sweater］（名）⇨セーター

スウェーデン［Sweden］〈國名〉瑞典。

スウェーデンクローネ［Swedish krona］（名）瑞
典克朗（瑞典貨幣名）。

すうかい［数回］（名）數次，幾回，好幾次。
△～にわたって支払う／分數次支付。

すうがく［数学］（名）數學。

すうがくてききのうほう［数学的帰納法］
（名）〈數〉數學歸納法。

すうがくてきろんりがく［数学的論理学］
（名）符號邏輯。

すうき［枢機］（名）① 樞機，樞要，要點。②
重要的政務，機要。△國政の～に参画する／
參與國政機要。

すうき［数奇］（名・形動）不幸，坎坷，不走運，
不遇。（命途）多舛。△～な人生／坎坷的人生，
跌宕的人生。

すうききょう［枢機卿］（名）⇨すうきけい

すうきけい［枢機卿］（名）〈宗〉紅衣主教。

すうけい［崇敬］（名・他サ）崇敬，崇拜。

すうこう［崇高］（形動）崇高的、高尚的。△～
な精神／崇高的精神。

すうこう［趨向］（名）傾向，趨向。

すうこく［数刻］（名）幾小時，數小時。△～の
後／幾小時之後。

スーザフォン［sousaphone］（名）〈樂〉大號。（也
説"スーザホーン"）

すうし［数詞］（名）數詞。

すうじ［数字］（名）數字。△アラビア～／阿拉
伯數字。

すうじ［数次］（名）數次，好幾次。△会合は～
にわたった／會開了好幾次。→数回

すうしき［数式］（名）〈數〉算式，計算公式。

すうじく［枢軸］（名）中樞，樞紐，軸心。→中
樞

すうじくこく［枢軸国］（名）〈史〉軸心國（第
二次世界大戰中德、意、日三國自稱）。

ずうずうし・い［図図しい］（形）厚臉皮。

すうすう（と）（副）① 呼呼地。△～寝息を立
てる／呼呼地酣睡。② 嗖嗖地。△戸の隙間か
ら～風が入る／風從門縫嗖嗖地吹進來。③ 順
利。

ずうずうべん［ずうずう弁］（名）東北口音（日
本東北地方人特有的鼻音重的口音）。

すうせい［趨勢］（名）趨勢，傾向。△時代
の～／時代潮流。

すうた［数多］（名）很多。

すうたい［素謡］（名）謠曲的清唱。

ずうたい［図体］（名）（笨的）身體。△～ばか
り大きくてなんの役にもたたない／光是個子
大，幹甚麼都不行。

スーダン［Sudan］〈國名〉蘇丹。

すうち［数値］（名）① 數值。② 得數。

スーツ［suits］（名）西服套裝。

スーツケース［suitcase］（名）小型旅行提包，手
提皮箱。

スーツドレス［suit dress］（名）西式連衣裙。

すうど［数度］（名）數次，數回。

すうとう［数等］（副）好幾等，好多。△彼は～
うわてだ／他高明得多。△彼より～劣る／比
他差得遠。

すうにん［数人］（名）數人，幾個人。

すうねん［数年］（名）數年，幾年。△ここ～
来／這幾年來。

スーパー［super］I（名）超級市場。II（接頭）
超，超級。△～マン／超人。△～スター／大
明星。

スーパーアナウンス［superannouncement］（名）
〈影〉立體音響裝置。

スーパーインポーズ［superimpose］（名）①（照
片）雙重印相。②（電影）疊印字幕，加上（所
觀看國家）外語字幕。

スーパーウーマン［superwoman］（名）女強人。

スーパーカー［super-car］（名）超級轎車。

スーパーコンピューター［supercomputer］（名）
〈IT〉超級電腦。

スーパースコープ［superscope］（名）超寬銀幕
電影。

スーパースター［super star］（名）① 特大星球。
② 超級明星。

スーパーストア［superstore］（名）超市。

スーパータンカー［supertanker］（名）超大型油
船（數萬噸以上）。

スーパーバイザー［supervisor］（名）① 管理人，
檢察員，監督人。②〈IT〉管理機，超級用戶。

スーパーパワー［superpower］（名）超級大國。

スーパーヘテロダイン［superheterodyne］（名）
超外差收音機。

スーパーヘビーきゅう［スーパーヘビー級］
（名）（舉重）特重量級。

スーパーマーケット［supermarket］（名）超級市
場。自選商場。

スーパーモデル［supermodel］（名）超級名模。

スーパーレディ［superlady］（名）⇨スーパーウー
マン

スーパーレディー［super lady］（名）女強人，傑
出婦女，能力超羣的女性。

すうはい［崇拝］（名・他サ）崇拜。△偶像～／
偶像崇拜。

スーパ－スター［superstar］（名）超級巨星。

スープ［soup］（名）（西餐）湯，大菜湯。

スーベニア［souvenir］（名）① 留念，紀念，紀
念品。② 旅行紀念品。

スーペリア［superior］（ダナ）優秀的，較高的，
較好的。

ズーム［zoom］（名）①（用變距鏡頭）將畫面
推近或拉遠。②（"ズームレンズ"的縮略語）
變焦鏡頭。

ズームアウト［zoom out］（名）用可變焦距鏡頭
使景物縮小，拉遠鏡頭。

ズームイン［zoom in］(名) 用可變焦距鏡頭使物放大，拉近鏡頭。

ズームレンズ［zoom lens］(名) 可變焦距透鏡，變焦距鏡頭。

すうよう［枢要］(形動) 關鍵，樞要。△戦略上～な地／戰略要衝。

すうり［数理］(名) ① 數學理論，數理。△～経済学／數理經濟學。② 計算。

すうりょう［数量］(名) ① 數和量。② 數量。

すうれつ［数列］(名) ① 級數。△等比～／等比級數。② 數行，好幾排。

すえ［末］(名) ① 末端，盡頭。△野の～／原野的盡頭。② 末尾，末了，終了。△来月の～／下月末。△年の～／年末。③ 將來，未來，前途。△～長く／永久，長久。△～おそろしい／前景可慮。△あの子の～が案じられる／那個孩子的前途令人擔心。④ (兄弟姉妹中) 排行最末。△四人きょうだいの～／兄弟四個中的老小。⑤ 無關緊要的事，無足輕重的事。△そんなことは～の問題だ／那是微不足道的問題。⑥ 最後，結果。△色色考えた～／反覆考慮的結果。⑦ 子孫，後裔。△源氏の～／源氏的後裔。⑧ 暮年，晚年。△～をしあわせにおくっている／安度晚年。

ずえ［図会］(名) 圖冊，畫冊。

ずえ［図絵］(名) 圖畫。

スエード［法 suède］(名) 絨面革，仿鹿皮。△～の手袋／小山羊皮手套。

スエードクロス［suede cloth］(名) 仿鹿皮織物。

すえおき［据え置き］(名) ① 不予變動，安定。△小売価格は～にする／零售價格不變動。② 擱置，放置，置之不理。△懸案を～にする／將懸案擱置起來。③ (儲蓄、債券等) 存放，凍結，扣壓。△1 年～の貯金／一年的定期存款。△～資産／凍結的資産。

すえお・く［据え置く］(他五) ① 安放，不變動。△料金はしばらくのあいだ～かれる／費用暫不變動。△机の上に電話を～／桌子上安放電話。② 擱置，置之不理。△懸案は来年度まで～／把懸案放到下年度。③ (儲蓄、債券等) 凍結。

すえおそろし・い［末恐ろしい］(形) ① 前景令人憂慮。△～インフレ／令人憂慮的通貨膨脹。② 前途可畏。△五歳でこんな作曲をするとは～／五歳竟能作出這樣的曲子，後生可畏。

すえじゅう［末始終］(副) 永久，永遠，將來。△～世話をする／照顧一輩子。

スエズうんが［スエズ運河］(名) 蘇伊士運河。

すえずえ［末末］Ⅰ (副) 將來，永遠。△～までも幸福でありますように／祝 (您) 永遠幸福。Ⅱ (名) ① 子孫。△～のためを思う／為子孫後代著想。② 庶民，老百姓。

すえぜん［据え膳］(名) ① 現成的飯菜，擺好的飯菜。② 放飯菜的飯案，方盤。③ 準備好的，現成的。

すえぜんくわぬはおとこのはじ［据え膳食わぬは男の恥］(連語) 拒絕送上門兒的女人不夠男子漢。

すえたのもし・い［末頼もしい］(形) 前途光明，前途無量。△～青年／前程遠大的青年。

すえつけ［据え付け］(名) 安裝。△～費用／安裝費。△～面積／佔地面積。△～工事／安裝工程。

すえつ・ける［据え付ける］(他下一) ① 安裝，安放。△機械を～／安裝機器。② 固定。△しっかり～てあるからなかなか取りはずせない／固定得結實，拆不下來。

すえっこ［末っ子］(名) (兄弟姉妹中) 最年幼的，老小，老兒子，老閨女。

スエット［sweat］(名) 汗，發汗。(也作“スウェット”)

すえながく［末長く］(副) 永久，永遠，長久。△～連れ添う／(夫妻) 白頭偕老。△～栄える／永遠繁榮昌盛。

すえのよ［末の世］(名) ①〈佛教〉來世。② 末世。③ 後世。

すえひろ［末広］(名) (用作賀禮的) 扇子。△～形／扇形。

すえひろがり［末広がり］(名) ① 逐漸擴展。② 逐漸昌盛。△店の将来は～だ／商店的生意會越來越興隆。③ 扇子。△～の平野／扇形的平原。

すえふろ［据え風呂］(名) 洗澡木桶。

すえもの［陶物］(名) 陶器。

すえもの［据え物］(名) 小擺設。

す・える［据える］(他下一) ① 安放，安設。△膳を～／擺飯。△機械を～／安機器。△机をまどぎわに～／把桌子擺在窗邊。② 固定不動。△目を～／注視。△腰を～／塌下心來。△腹に～えかねる／難以容忍。③ (讓人) 坐。△上座に～／請 (人) 坐上座。△会長に～／使人當會長。④ 灸治。△灸を～／施灸；整治一頓。

す・える［饐える］(自下一) (食物等) 餿。△～えた匂いがする／聞到一股餿味兒。

すおどり［素踊り］(名) 不化裝的舞蹈。

すか［透］(名) 落空。

ずが［図画］(名) 圖畫，畫畫。

スカート［skirt］(名) ① 裙子。△フレアー～／荷葉裙，喇叭裙。△ギャザー～／碎褶裙。△ミニ～／超短裙。△ロング～／長裙。△タイト～／旗袍裙，西服裙。△～をはく／穿裙子。② (汽車等的) 保險槓。

スカール［scull］(名) ⇨スカル

スカーレット［scarlet］(名) ① 深紅色，緋紅色。② 絳紅色瀝青染料。

すがい［酢貝］(名) ① 醋拌蛤類。② 醋拌鮑魚。

ずかい［図解］(名) 圖解。

ずがい［頭蓋］(名)〈解剖〉頭蓋。△～骨／顱骨。

スカーフ［scarf］(名) 圍巾，四方巾。

スカーフピン［scarfpin］(名) 圍巾針。

スカーフリング［scarf-ring］(名) 圍巾別針，圍巾扣。

スカイアート［sky art］(名) 以天空為舞台的空

男子漢。

間藝術。

スカイジャック [skyjack] (名) 劫持飛機。→ハイジャック

スカイスクレーパー [skyscraper] (名) ① 摩天大廈，高層建築物。② 帆船最上部的三角帆。

スカイダイビング [skydiving] (名) 跳傘運動。

スカイパーキング [sky parking] (名) 立體停車場，多層停車場。

スカイパイロット [sky pilot] (名) ① 飛機駕駛員。② 牧師，教士。

スカイブルー [sky blue] (名) 天藍色。

スカイホテル [sky hotel] (名) 設有停機場的旅館。

スカイマン [skyman] (名) 飛行員。

スカイライティング [skywriting] (名) 空中廣告 (飛機放煙寫成的廣告)。

スカイライト [skylight] (名)〈建〉天窗。

スカイライン [skyline] (名) ① 地平線。② 山、建築物等的輪廓。③ 盤山公路。

スカイラインコース [skyline course] (名) 盤山汽車路。

スカイラブ [skylab] (名) 空中實驗室 (美國宇宙開發計劃項目之一)。

スカイランド [skyland] (名) 屋頂花園，瞭望台。

スカウト [scout] (名) ① 選拔新選手演員 (的人)。△～して歩く／四處物色人材。② 童子軍。

すがお [素顔] (名) ① 平素的面孔。② 不施胭脂的臉，未經修飾、潤色的姿態。③ 原狀，本來面目。

すがき [素描き] (名) 素描，水墨畫。

すがき [酢牡蠣] (名) (日本菜) 醋拌牡蠣。

すがききすぎる [酢が効き過ぎる] (連語) 過火，過度。

すが・く [巣がく] (自五) 蜘蛛結網。

ずがこうさく [図画工作] (名) (小學的) 圖畫、手工課。

すがさいてのむ [酢がさいて飲む] (連語) 數落缺點，貶斥。

すかさず (副) 立刻，馬上，不失時機。△ころんだところを～つかまえる／在摔倒的一瞬間馬上抓住。△～責任を追及する／立即追究責任。

すかし [透かし] (名) ① 間隙，空隙。② 透明，玲瓏剔透。③ (紙幣、證券等的) 水印。△～入りの紙幣／帶水印的紙幣。

すかしあみ [透かし編み] (名) 鈎花。△～のセーター／鈎花毛衣。

すかしえ [透し絵] (名) (紙上的) 迎亮可看出來的花紋。

すかしおり [透し織り] (名) 羅，薄紗，薄絹。

すかしぎり [透し伐り] (名) 間枝。

すかしぼり [透かし彫り] (名) 透雕。△～象牙玉／透雕象牙球。

すか・す (自五) 裝模作樣，擺架子。

すか・す [透かす] (他五) ① 留出空隙。△窓を少し～しておく／把窗開個小縫。② 間伐，

間枝。△木の枝を～／打枝。③ 透過…。△木の間を～して見る／透過樹的縫隙看。△ガラスを～して見る／透過玻璃看。△一万円札をあかりに～してみる／迎亮檢查一萬日圓的票子。④ 放 (無聲屁)。△おならを～／放無聲屁。

すか・す [賺す] (他五) 哄。△子供をなだめ～／哄孩子。△なだめたり～したりする／連哄帶勸。△～して金をとる／騙錢。

すかすか (副) ① 順暢通過。② 空隙多的。△水気のない～の大根／水分少的糠蘿蔔。

ずかずか (副) 無禮貌地，冒冒失失地。△～上りこむ／魯莽地闖進去。

すがすがし・い [清清しい] (形) ① 清爽，清新。△～朝の空気／早晨清新的空氣。② 舒暢，爽快。△～気持ち／心情舒暢。△～人／爽快的人。

すがた [姿] (名) ① 姿態，姿容，身段。△ほっそりした～／苗條的身段。△山の～が美しい／山容秀麗。→容姿 ② 風采，舉止，打扮。△りりしい～／威風凜凜。△この～では人前～出られない／這樣的打扮不能見人。③ 身影。△今日は彼の～を見なかった／今天沒見着他。△～を消す／銷聲匿跡。④ 面貌。狀態。△かわりはてた～／面目全非。△ありのままの～／真實面貌。

ずがたかい [頭が高い] (連語) 趾高氣揚。

すがたに [姿煮] (名) (日本菜) 清水整煮魚、蝦等。

すがたみ [姿見] (名) 穿衣鏡。

すがたやき [姿焼き] (名) (日本菜) 整個烤好的 (魚等)。

スカッシュ [squash] (名) 鮮果汁。△レモン～／檸檬汁。△オレンジ～／橘子汁。

すかっと (副・自サ) ① 咔嚓。△～切る／咔嚓一下切開。② 合身。△～した服装／舒適可體的服装。③ 舒暢，痛快。△気分が～する／心情舒暢。

すがめ [眇] (名) ① 斜眼。② 獨眼龍，一隻眼大一隻眼小。③ 斜眼看。

すが・める [眇める] (他下一) (瞇縫着) 一隻眼睛瞄準。△目をすがめつすがめつ／仔細端詳。

すがやか [清やか] (形動) ① 清爽，清新。△～な朝／清爽的早晨。② 利落，流利。△～にこたえる／回答得很流利。

-すがら (接尾) ① 自始至終。△夜も～鳴きとおす／整夜啼叫。② 順便，在…途中。△道～相談する／一邊走一邊商談。③ 僅僅，僅只。△身～／孤獨隻身，別無牽掛。

-ずから (接尾) 親自。△口～言う／親口説。△手～やる／親手做。

ずがら [図柄] (名) 圖案，花樣。→絵がら

スカラー [scalar] (名)〈數、理〉標量，無向量。

スカラーシップ [scholarship] (名) 獎學金，津貼。△～制／獎學金制。

スカラップ [scallop] (名) ①〈動〉海扇。② (烘食品用的) 海扇殼。③ 綉成海扇形的花飾邊。④ 盛在海扇殼裏的西菜。

すがりつ・く［縋り付く］（自五）① 摟住，纏住不放。△首に～／摟住脖子。△子供が母親に～／孩子纏住媽媽不放。② 依賴。△最後の一案に～／依靠最後的方案。→しがみつく

スカル［scull］（名）競賽用輕划艇。△シングル～／單人雙槳輕划艇。△ダブル～／雙人輕划艇。

すが・る［縋る］（自五）① 依靠，仰仗。△人の肩に～って生きる／靠別人養活。△杖に～って歩く／拄着枴杖走。② 死纏住。

すが・る（自五）① 穿入。△げたの緒が～／木屐帶穿上了。② 鑲上。△人形の首が～／洋娃娃的腦袋嵌上了。

スカルパー［scalper］（名）（倒賣車票，電影票等的）票販子。

スカルプター［sculptor］（名）雕刻家。

すがわらみちざね［菅原道真］〈人名〉菅原道真（845-903）。日本平安時代初期的政治家、學者、文人。

すかをくう［すかを食う］（連語）（期待等）落空，失望。

すかをくわす［すかを食わす］（連語）使某人撲空，使失望，使（期望等）落空。

ずかん［図鑑］（名）圖鑒。△植物～／植物圖鑒。△鳥類～／鳥類圖鑒。

スカンジウム［scandium］（名）〈化〉鈧。

スカンジナビア［Scandinavia］〈地名〉斯堪的納維亞（半島）。

ずかんそくねつ［頭寒足熱］（名）頭涼腳熱。

すかんぴん（名）一貧如洗，窮光蛋。

すかんぽ（名）〈植物〉酸模。

すき［好き］（名・形動）① 愛，愛好。△音楽が～だ／喜歡音樂。△彼女が～になった／我愛上了她。⇔きらい ② 隨意。△～にするがいい／隨便怎樣都行。△この部屋はあなたの～なように使ってください／這房間請你隨便使用。

すき［透き］（名）① 縫隙，縫兒。△戸の～からのぞく／從門縫看。② 空處，餘地。△割り込む～がない／沒有擠進去的餘地。△いまひとり入る～がある／還能容納一個人。③ 閑暇。△～を見つけて電話をかける／瞅着空當兒掛個電話。△～間がな～がな勉強する／一有工夫就學習。④ 漏洞，機會。△～のない防備／萬全的防備。△～を狙う／伺機。

すき［犂］（名）犂，鏵犂。

すき［鋤］（名）窄刃鍬，鐵鏟。

すき［数寄・数奇］（名）風流，雅致，愛好茶道或和歌。

すき［漉き］（名）抄紙，瀝紙，抄（製）紙菜。

-すき［好き］（接尾）愛好，喜好。△文学～／愛好文學，文學愛好者。

すぎ［杉］（名）〈植物〉杉。

-すぎ［過ぎ］（接尾）① 超過。△三十～／三十開外。△二時～／兩點多。② 過分，太…△それは少し言い～だ／那説得有點過分。△食べ～／吃多了。

すきあ・う［好き合う］（自五）互相愛慕。

スキー［ski］（名）① 滑雪運動。② 滑雪橇，滑雪板。

スキーウェア［ski-wear］（名）滑雪服。→スノーウェア

スキーツアー［ski tour］（名）滑雪旅行。（也説スキーツーア）

スキートしゃげき［スキート射撃］（名）雙向飛碟射撃。

スキーバニー［ski bunny］（名）滑雪陪滑女郎。

スキーマー［schemer］（名）① 計劃者。② 陰謀家。

スキーム［scheme］（名）① 方案，藍圖。② 組織，體系。③ 秘密計劃，陰謀。

スキーヤー［skier］（名）滑雪者，滑雪運動員。

すきいれ［漉き入れ］（名）① （抄紙時）抄上（文字、花紋等的）水印。② 抄有（文字、花紋等的）水印的紙。△～紙／帶水印的紙。

すきうつし［透き写し］（名）⇨しきうつし

すきおこ・す［鋤き起こす］（他五）（用鍬等）翻土，翻種。

すきおり［透き織り］（名）① 稀織。② （綾、羅紗等）稀薄紡織品。

すぎおり［杉折］（名）薄杉木板盒。

すきかえ・す［鋤き返す］（他五）（用鍬等）翻土。

すきかげ［透き影］（名）① 透過縫隙看見的身影。② 迎亮看見的影子。

すきかって［好き勝手］（形動）隨便，為所欲為。

すぎかみきり［杉天牛］（名）〈動〉（危害杉、柏等樹的害蟲）天牛。

すぎかわ［杉皮］（名）杉樹皮。

すききらい［好き嫌い］（名）好惡，喜好和厭惡。△だれにも～はある／誰都有喜歡和不喜歡。△食べ物に～が激しい／吃東西太挑剔。

すきぐし［梳き櫛］（名）篦子。

すきげ［梳き毛］（名）（為調整髮型而加的）假髮束。

すきこそもののじょうずなれ［好きこそ物の上手なれ］（連語）有興趣才能做得精巧。

すきこのみ［好き好み］（名）愛好，嗜好。

すきこの・む［好き好む］（他五）喜好，愛好。（多以"～んで"形式與否定呼應）△好き好んでこんな仕事をしているわけではない／我並不是趕着做這種工作的。

すぎさ・る［過ぎ去る］（自五）① 通過。△あっという間に～車窗の景色／轉瞬即逝的車窗外的景色。② （時間）過去，逝去。△～った青春／已經消逝了的青春。

すきしゃ［好き者］（名）⇨すきもの

すきしゃ［数寄者］（名）① 風流人物。② 愛好和歌、茶道的人。

すぎじゅう［杉重］（名）杉木薄板製的多層飯盒。

すきずき［好き好き］（名）（各人）不同愛好。△それは～だ／各人口味不同。

ずきずき（副・自サ）一跳一跳地疼。

すぎたるはおよばざるがごとし［過ぎたるは

及ばざるが如し](連語)過猶不及。

スキット [skit] (名) 短劇，小品。→寸劇

すきっと (副・自サ) 鬆快，輕鬆。△～した気持／輕鬆愉快的心情。

スキッド [skid] (名) ① 汽車急刹車打横。② (滑雪) 横滑。

すきっぱら [空きっ腹] (名) ⇨すきはら

スキップ [skip] (名・自サ) ① 連蹦帶跳地走。② 跳讀。③ 看漏。

すぎど [杉戸] (名) 杉木板門。

すきとお・る [透き通る] (自五) ① 透明。② 清澈。△～った泉／清泉。③ (聲音) 清脆。

すぎな [杉菜] (名) 〈植物〉筆頭菜，問荊。

スキナー [skinner] (名) ① 皮毛商。皮革加工者。② 騙子。

すぎない [過ぎない] (連語) (只) 不過…罷了，…而已。△それはただ口実に～／那只不過是藉口。△山田さんは名前だけの社長に～／山田只不過是名義上的總經理。

すきなべ [鋤鍋] (名) (吃 “鷄素燒” 用的) 平底淺鍋。

すぎなみき [杉並木] (名) 杉樹林蔭道。

すぎなり [杉形] (名) 杉樹形，上尖下寬形。△～に盛る／堆成金字塔形。

すぎばし [杉箸] (名) 杉木筷子。

すきはら [空き腹] (名) 空腹，餓着肚子。

すぎはら [杉原] (名) ① 長着杉樹的原野。② 杉原紙。

すきはらにまずいものなし [空き腹にまずいもの無し] (連語) 飢不擇食。

スキビィ [skivvy] (名) ① 男用棉內衣。② 男用棉 T 恤衫。

すきぶすき [好き不好き] (名) 好惡。△この料理は人によって～がある／這個菜有人愛吃，有人不愛吃。→すききらい

すきほうだい [好き放題] (名) 隨便，任性，隨心所欲。△～に遊ばせる／讓他玩個夠。

すきま [透き間・隙間] (名) ① 縫，縫隙。② 閑暇。△～のないスケジュール／排得滿滿的日程。

すきまかぜ [透き間風・隙間風] (名) ① (從門窗縫吹進的) 賊風。② 隔閡。△～が入る／產生隔閡。

すきみ [透き見] (名) 窺視，偷看。

すきみ [透き身] (名) 薄肉片，薄魚片。

スキムミルク [skim milk] (名) 脱脂乳，脱脂奶粉。

すぎむら [杉叢] (名) 杉樹叢，杉樹林。

すきもの [好き者] (名) ① 色迷，色鬼。② 好事者，好奇心強的人。

すきや [透綾] (名) 薄絹，亮紗。

すきや [数寄屋] (名) ① (茶道) 茶室。△～造り／茶室式建築。② 〈建〉茶室式住宅。

すきやき [鋤焼き] (名) (日本菜) 鷄素燒。△～なべ／鷄素燒用平底鍋。

スキャブ [scab] (名) 工賊，破壞罷工者。

スキャナー [scanner] (名) 〈IT〉掃描器。△フラ

ットベッド～／平台式掃描器。

スキャン [scan] (名・サ他)〈IT〉掃描。△超音波で腹部を～する／用超聲波做個腹部掃描。

スキャンダラス [scandalous] (名・形動) 不體面的，醜惡可恥的。

スキャンダル [scandal] (名) 醜聞。△～が飛ぶ／醜聞傳播開來。

スキャンティ [scanty] (名) 女超短緊身內褲。

スキャンディスク [scandisk] (名)〈IT〉磁片掃描。

スキューアー [skewer] (名) ① 烤肉串用的扦子或烤肉串。② 別針。

スキューバ [scuba] (名) 自攜式潛水呼吸器。

スキューバ [SCUBA (self-contained underwater breathing apparatus)] (名) ① 水下呼吸器。② 使用水下呼吸器的潛水 (作業)，水肺潛水。(也作 “スクーバ”)

スキューバダイビング [scuba diving] (名) 自攜水中呼吸器潛水。

すぎゆ・く [過ぎ行く] (自五) ① (人) 走過去。△～人は驚いてふり返った／走過去的人吃驚地回過頭來。② (時間) 流逝。

ずきょう [誦経] (名) 誦經，唸經。

スキル [skill] (名) 技能。

す・ぎる [過ぎる] I (自下一) ① 過。△列車は静岡を～ぎた／火車過了靜岡。② 超過，勝過。△50 を～ぎた男／五十開外的漢子。△おまえには～ぎた女房だ／你老婆你可比不上。③ (時間) 過去。△春が～ぎた／春天過去了。△～ぎたことは仕方がない／過去的事情就算了。④ 過分，過度。△無責任に～／太不負責任。⑤ ⇨すぎない II (接尾) 過分，過於。△食べ～／吃得太多了。△長～／太長。

スキレット [skillet] (名) 長柄帶蓋平底煎鍋。

すきをこらす [数寄を凝らす] (連語) (建築物，用具擺設等) 考究，講究風雅。

スキン [skin] (名) ① 皮膚。② 皮，皮革。③ ⇨コンドーム

ずきん [頭巾] (名) 兜帽，頭巾。△～付きのオーバー／棉猴。

スキンケア [skin care] (名) 皮膚護理，護膚。

スキンコンディショナー [skin conditioner] (名) 護膚油。

スキンシップ [skinship] (名) (通過親身撫養而產生的) 母子情感，骨肉之情。

ずきんずきん (副・自サ) 一跳一跳地痛。

スキンダイバー [skin-diver] (名) (不帶任何器具或只穿潛水服、帶呼吸器的) 潛泳 (運動) 員。→ダイバー

スキンダイビング [skin-diving] (名)〈體〉(帶氣氣罩腳蹼) 潛水。→すもぐり

スキンブラシ [skin brush] (名) 皮膚按摩用刷子。

スキンヘッド [skinhead] (名) 禿頭，剃光頭的。

スキンマガジン [skin magazine] (名) 裸體雜誌，色情刊物。

スキンミルク [skin milk] (名) 防止皮膚粗糙的化妝奶液。

す
ス

スキンローション [skin lotion]（名）防止皮膚粗糙的中性化妝水。

す・く [好く]（他五）(主要用被動和否定的形式) 喜歡，喜愛，喜好。△人に～かれる/招人喜歡。△私は宴会は～かない/我不喜歡宴會。

す・く [空く]（自五）出空兒，有空當兒。△～いた電車/乘客很少的電車。△腹が～/餓。△手が～/手頭沒緊活兒。△胸が～/心裏痛快。

す・く [透く]（自五）有空隙。△枝が～いている/樹枝稀疏。△歯と歯の間が～いている/牙齒之間有縫兒。

す・く [梳く]（他五）梳。△髪を～/梳頭。

す・く [剥く]（他五）切薄片，削尖。

す・く [結く]（他五）編織。△網を～/織網。

す・く [漉く]（他五）抄，漉（紙）。

す・く [鋤く]（他五）犁耕。△畑を～/翻地。

すぐ [直ぐ]（副）① 馬上，立刻。△～行きます/這就去。△夏休はもう～だ/馬上要放暑假了。△～なおる/很快就會好的。② 很近。△歩いて～です/幾步就到。△パン屋は～そこにある/不遠就有麵包店。③ 容易，動不動。△～怒る/動不動就發火。△～風邪を引く/愛感冒。

ずく [銑]（名）銑鐵，生鐵。

ずく [木菟]（名）〈動〉鴟鵂。

-ずく [尽]（接尾）專，只，單。△金～/專靠金錢。△腕～/憑暴力。△納得～で決めたこと/經同意決定的事。

すくい [救い]（名）① 救援。△～を求める/求救，求援。② 精神得到安慰。△～のない気持/絕望的心情。△せめてもの～/多少能使人寬慰心。

すくい [掬い]（名）撈取，捧。△ひと～の砂/一捧沙子。

すくいあ・げる [救い上げる]（他下一）搭救上來。

すくいあ・げる [掬い上げる]（他下一）撈起，捧起。

すくいあみ [掬い網]（名）撈魚袋網，捕蟲網。

スクイーザー [squeezer]（名）果汁榨取器。

すくいがたい [救いがたい]（連語）不可救藥。

スクイズプレー [squeeze play]（名）〈體〉〈棒球〉搶分戰術。

すくいだ・す [救い出す]（他五）挽救出來。△危険から～/救出險境。

すくいだ・す [掬い出す]（他五）撈出，捧出。△小舟から海水を～/從小舟裏舀出海水。

すくいぬし [救い主]（名）① 救星。②〈宗〉救世主，耶穌。

すくいのかみ [救いの神]（名）① 救護神。② 天公，上帝。

すく・う [救う]（他五）① 救援。△命を～/救命。△貧民を～/救濟貧民。② 挽救。△青少年を非行から～/挽救失足的青少年。→助ける，救助する

すく・う [掬う]（他五）① 撈，撇。△浮いた油を～/撇出浮油。△水を手で～って飲む/用手捧水喝。② 抄起（對方的腿等）。△相手の足を～って倒す/抄對方的腿摔倒他。

すく・う [巣くう]（他五）① 鳥築巢。② 盤居。

スクーター [scooter]（名）① 兒童踏板車。② 輕便摩托車。

スクープ [scoop]（名）特快消息，特訊。

スクーリング [schooling]（名）(函授生的) 短期面授。

スクール [school]（名）① 學校。△～バス/校車，走讀班車。△～カラー/校風。△～ボーイ/男中學生。△～ガール/女中學生。△～コート/校服。② 學派。③ ⇨スクールフィギュア

スクールガード [school guard]（名）校園保安。

スクールカウンセラー [school counselor]（名）校園心理指導員，校內輔導員。

スクールフィギュア [school figure]（名）〈體〉基本花樣滑冰。

スクエア [square] I（名）① 正方形。△～スカーフ/方紗巾。② 方形廣場。II〔ダナ〕① 古板守舊，循規蹈矩。②（金融）軋平。

スクエアダンス [square dance]（名）方塊舞。（八人跳）

スクエアルート [square root]（名）〈數〉平方根。

すぐき [酸茎]（名）酸蘿蔔乾鹹菜。

すぐさま（副）馬上，立刻。→すぐ，ただちに，すかさず

-ずくし [尽し]（接尾）① 一切，全部。△国～/所有國家。② 盡心竭力。△心～のもてなし/誠心誠意地款待。

すくすく（副）很快 (成長)。△～ (と) 育つ/苗壯地成長。

すくっと（副）⇨すくと，すっくと

ずくてつ [銑鉄]（名）銑鐵，生鐵，鑄鐵。

すくと（副）霍地，猛然。△～立ち上がる/霍地站起身來。

すくな・い [少ない]（形）少，不多。△今年雨は～/今年雨少。△ことばの～人/沉默寡言的人。↔ 多い

すくなからず [少なからず]（副）不少，非常。△同じ例が～発見された/同様的事例發現了不少。△～驚かされた/大吃一驚。→たいそう

すくなくとも [少なくとも]（副）至少，起碼。△～三日はかかる/至少需要三天。(也説"すくなくも")

すくなめ [少な目]（名・形動）少一些，(比一般) 少一點。△塩を～にする/少放些鹽。△～に見積る/往少估計。↔ 多め

ずくにゅう [木菟入]（名）大胖秃子。

すくま・る（自五）竦縮，竦懼。

すくみあが・る [すくみ上がる]（自五）(嚇得) 縮成一團。

すく・む [竦む]（自五）畏縮。△足が～/兩腿發軟。△身が～/縮成一團。

-ずくめ（接尾）完全是…，淨是…，清一色。

△黒〜の服装／渾身黒色的服装。△うれしいこと〜の１か月でした／一個月裏淨是令人高興的事。△けっこう〜／盡善盡美。

すく・める [竦める] (他下一) 竦縮。△肩を〜／聳肩。△首を〜／縮脖。△からだを〜／全身縮成一團。

すくよか (形動) ① 成長很快。△子どもが〜に成長する／孩子苗壯成長。② 健康，健壯。△〜であるように祈る／祝您健康。

スクライブ [scribe] (名) 抄寫員。

スクラッチ [scratch] (名) ① (高爾夫、保齡球等) 平等條件的比賽。② (橄欖球) 僥幸的擊中。③ (棒球) 偶然擊中的安打。

スクラッチテスト [scratch test] (名) (皮膚反應) 過敏性測驗。

スクラッチノイズ [scratch noise] (名) 唱針噪音，唱針沙音。

スクラッチペーパー [scratch paper] (名) 記錄用紙，便箋。

スクラップ [scrap] (名) ① 剪報。② 廢鐵。

スクラップアンド ビルド [scrap and build] (名) 〈經〉廢舊建新，設備更新。

スクラップブック [scrapbook] (名) 剪貼簿，剪報簿。(也説 "スクラップ")

スクラム [scrum] (名) ① 〈體〉(橄欖球) 扭奪爭球。② 互相挽臂 (形成橫隊)。△〜を組人で行進する／(遊行隊伍) 挽臂前進。

スクラブル [scrabble] (名) (類似字謎的) 拼字遊戲。

スクランブラー [scrambler] (名) (電話等的) 防監聽裝置。

スクランブル [scramble] (名) ① (軍隊的) 緊急起飛，緊急迎擊。② (人行橫道) 讓行人自由通行。

スクランブルドエッグ [scrambled egg] (名) 牛奶奶油炒雞蛋。

スクランブルドマーチャンダイジング [scrambled merchandising] (名) 〈經〉混合銷售，經銷一切商品，一攬子販賣。

すぐり (名) 〈植物〉醋栗。

スクリーニング [screening] (名) 篩選、甄選、選拔。△特定の個體だけを〜する／只選出特定的個體。△新生児聴覚〜／新生兒聽覺測試。

スクリーン [screen] (名) ① 銀幕。△〜の花形／著名影星。△〜テスト／試鏡頭。② (照片製版用的) 玻璃板。③ 熒光屏。④ 簡便屏風。

スクリーンセーバー [screen saver] (名) 〈IT〉熒幕保護程式。屏風。

スクリーンプロセス [screen process] (名) 〈攝影〉銀幕合成法。(簡稱 "スクープロ")

スクリプター [scripter] (名) ① 〈影〉場記員。② ⇨ スクリプト

スクリプト [script] (名) ① 廣播稿，電影、戲劇腳本。△〜ライター／(電影) 劇本作者；編劇者。廣播節目撰稿人。② 手寫體羅馬字，書寫體鉛字。

スクリュー [screw] (名) ① 螺旋狀物。△コル

ク〜／螺旋形瓶塞起子。② 螺絲釘。③ (船的) 螺旋槳。

スクリュードライバー [screw driver] (名) 螺絲刀，改錐。

スクリューボール [screwball] (名) 〈體〉(棒球) 內曲綾球。

すぐ・る (他五) 選拔，挑選。△精鋭を〜／選拔尖子。

スクレーパー [scraper] (名) ① 刮刀，削刮器。② 〈建〉鏟車。

すぐれて [優れて] (副) 特別，顯著。△人並み〜背が高い／個子特別高。

すぐ・れる [優れる] (自下一) ① 出色，卓越，優秀。△すぐれた学者／出色的學者。△すぐれた論文／優秀的論文。② (用否定形式) 不佳。△気分が〜れない／情緒不佳。△健康が〜れない／身體不佳。△天候が〜れない／氣候不好。

スクロース [sucrose] (名) 蔗糖。(也説 "サッカロース")

スクロール [scroll] (名) ① 軸畫。② 裝飾圖案，漩渦形圖案。③ 一覽表。④ 留言便條。(名・ス自) 〈IT〉滾動。上下移動。

スクロールバー [scroll bar] (名) 〈IT〉捲軸。

スクワッシュ [squash] (名) 鮮果汁。

‒すけ [助] (接尾) △飲み〜／酒鬼。△ちび〜／矮個子。△ねぼ〜／愛睡懶覺的人。

すげ (名) 〈植物〉菅，蓑衣草。

ずけい [図形] (名) 圖形，圖表。

スケーター [skater] (名) 滑冰者，滑冰運動員。

スケート [skate] (名) ① 冰鞋，冰刀。② 滑冰。

スケーターズワルツ [skater's waltz] (名) 冰上圓舞曲。

スケーティングダンス [skating dance] (名) 冰上舞蹈。

スケートボーディング [skateboarding] (名) 滑板比賽。

スケートボート [skateboard] (名) 滑板 (一種在狹長板底部兩端裝上輪滑在地面滑行的運動器具。)

スケートボード [skateboard] (名) 〈體〉滑板。(也作 "スケボー")

スケートリンク [skate rink] (名) 滑冰場。

スケープゴート [scapegoat] (名) 替罪羊。

スケーリング [scaling] (名) 〈醫〉(清除牙石的) 牙潔術。

スケール [scale] (名) ① 尺、秤上的刻度。② 捲尺。③ 比例尺。④ 規模。△〜が大きい／規模大。△〜の大きい人／大人物。

スケールアップ [scale up] (名・ス自) 擴大，增大。

スケールダウン [scale down] (名・ス自) 縮小，削減。

すげか・える [すげ替える] (他下一) 另裝，更換。△傘の柄を〜／換一個傘把。△会長の首を〜／更換會長。

すげがさ [菅笠] (名) 蓑笠 (草帽)。

すケジュール［schedule］(名) 日程(表)，予定計劃(表)。△〜をくむ／安排日程表。

ずけずけ (と) (副) 毫不客氣，不講情面。△〜物を言う人／心直口快的人。

すけそうだら (名) ⇨すけとうだら。

すけだち［助太刀］(名・他サ)① 幫手。② 幫助。△〜をたのむ／請求幫助。△けんかの〜をする／拉偏架。

スケッチ［sketch］(名・他サ)① 略圖，草圖。② 寫生(畫)，速寫，素描。③ 隨筆，小品文。

スケッチブック［sketchbook］(名)① 寫生簿，素描簿。② 短文集，隨筆集。

すけっと［助っ人］(名) 幫忙的人，幫腔助威的人。

すけとうだら (名)〈動〉小鱈魚，明太魚。

すげな・い［素気無い］(形) 沒有表情，冷淡。△すげなくことわる／無情地拒絕。→つれない，そっけない

すけばん (名) 青年流氓集團的女頭目。

すけべえ［助兵衛］(名・形動) 好色，下流，色鬼。

す・ける［助ける］(他下一) 幫助，幫忙。△経費の一部を〜／幫助解決一部分經費。→たすける

す・ける［透ける］(自下一) 透過…(看見)，透明。△かきねから〜て見える／透過籬笆可以看見那邊。

す・げる (他下一) 安上，插入。△下駄の鼻緒を〜／拴上木屐帶。△人形の首を〜／安上偶人的頭。

スケルツォ［意 scherzo］(名)〈音〉諧謔曲，明快的三拍樂曲。

スケルトン［skeleton］(名)① 骨架。② (建築) 建築物的框架。③ 能看到內部構造。△〜タイプの腕時計／能看見內部機械的手錶。④ (煤氣竈的) 散熱盤，燃燒盤。

スケルトンクロック［skeleton clock］(名) 外殼透明的鐘錶。

すけん［素見］(名) 只問價錢而不買的人。

スコア［score］(名)①〈樂〉樂譜。△フル〜／總譜。② (比賽中的) 成績，得分。△〜を取る／記分。△5 対 3 の〜で勝つ／以五比三的比分取勝。△〜シート／記分單。△〜キーパー／記分員。△〜ボード／記分牌。

スコアブック［scorebook］(名) 得分表，比賽經過記錄簿。

スコアラー［scorer］(名) 記分員，記錄員。

スコアリングポジション［scoring position］(名)〈體〉棒球的得分位置。

すご・い［凄い］(形)① 可怕的。△〜光景／駭人的情景。△〜顔つき／一臉兇相。② 了不起的，非常的。△〜く人気がある／極富聲望。極受歡迎。△〜く暑い／非常熱。③ (感嘆) 好極了。△わあ，〜い／哇，好極了！

ずこう［図工］(名) 圖畫和手工。

すごうで［凄腕］(名) 精明能幹。

スコープ［scope］(名)① 視野，範圍。② 示波器。△レーダー〜／雷達示波器。

スコーラーシップ［scholarship］(名) 獎學金。

スコール［Skol］(名) 乾杯！

スコール［squall］(名) (熱帶雨季特有的) 暴風驟雨。

すこし［少し］(副) 一點兒，有點兒。△ほんの〜／一點點。△水を〜ください／給我來點水。△それは〜言いすぎだ／那話說得有點過火了。△もう〜のところで失敗した／功敗垂成。

すこしも (副) 一點也 (不) …。(與否定相呼應) △〜わからない／一點也不明白。△そんな考えは〜ない／絲毫沒有那種想法。

すご・す［過ごす］I (他五)① 度過。△楽しい夏休みを〜／度過愉快的暑假。② 生活。△お元気でお〜しのことと存じます／我想您一定很健康。③ 過度。△酒を〜／飲酒過量。II (接尾) 表示放過，不管。△やり〜／放過去，讓過去。△見〜／視而不見。

すごすご (と) (副) 無精打采地，垂頭喪氣地。

スコッチ［scotch］(名)① 蘇格蘭人。② 蘇格蘭特產的威士忌酒。③ 蘇格蘭花呢。

スコッチテープ［scotch tope］(名) 透明粘貼用膠帶。

スコッチライト［scotch light］(名) 熒光塗料反光標誌。

スコットランド［Scotland］(名) (英國) 蘇格蘭。△〜人／蘇格蘭人。△〜ヤード／倫敦警察廳。

スコップ［荷 schop］(名)① 小鏟子，煤鏟，玩具小鏟。② 鐵鍬。→シャベル

スコヤ［square］(名) 直角尺，矩尺。

すこぶる (副) 頗，很。△このワインは女性に〜人気がある／這種葡萄酒頗受女性青睞。

すこぶるつき (副) 出色，極。△〜の美人／非常漂亮的女人。

すごみ (名)① 可怕。△〜のある顔／令人害怕的長相。② 嚇唬人的話。△〜を言う／說嚇唬人的話。△〜をきかせる／嚇唬人。

すご・む［凄む］(自五) 恐嚇。△すごんで見せる／逞威風。

すごもり［巣ごもり］(名)① 抱窩。② 蟄居。③ 抱窩蛋。

すごも・る［巣ごもる］(自五)① 抱窩。△鳥が〜／鳥抱窩。② 入蟄，蟄居。△蛇が〜／蛇入蟄。

すこやか［健やか］(形動) 健壯，健康。

スコラてつがく［スコラ哲学］(名) 經院哲學。

スコリア［scoria］(名) 火山渣。

すごろく (名)① 升官圖。② 雙六 (一種室內遊戲)。

スコンク［skunk］(名) 零分，以零分敗北。

スコンクゲーム［skunk game］(名) 一方得零分的比賽。

すさ (名) (和泥灰、塗牆等用的) 麻刀類。

すさび (名) 消遣，安慰。△老いの〜／老來的慰藉。

すさ・ぶ［荒ぶ］(自五)⇨すさむ

-すさぶ［荒ぶ］(接尾)(風雨等)加劇。△風が吹き〜／風勢加劇。↔静まる，おさまる

すさまじ・い［凄じい］(形)① 猛烈，厲害。△〜暴風雨／猛烈的暴風雨。△〜攻勢にでる／採取猛烈攻勢。△人気が〜／大受歡迎。△〜声でわめく／大聲叫喊。② 可怕，駭人。△〜音／驚人的聲響。△〜顔つき／可怕的長相。△不像話，無稽之談。△これが東洋一とは一話だ／這也叫東洋第一，真是無稽之談。也説 "すざまじい" →ものすごい

すさ・む［荒む］(自五)自暴自棄，放蕩，頽廢。△生活が〜／生活放蕩。△芸が〜／技藝荒疏。

すさ・る［退る］(自五)向後退。△一歩あと〜／向後退一步。

すざん (形動)粗糙，錯誤百出。△〜な工事／粗糙的工程。△〜な設計図／錯誤百出的設計圖。

すし［鮨・寿司］(名)"壽司"，醋味飯糰，生魚飯糰。

すじ［筋］(名)① 筋。△肩の〜がこる／肩膀的肌肉酸痛。△首の〜がちがえた／扭了脖筋。△豆の〜を取る／掐去豆角的筋。② 綫兒，道兒。△毛の〜ほどのすきまもない／間不容髪。△手の〜／手掌的紋理。△赤い〜の入ったバスタオル／帶紅道兒的浴巾。③ 血統，門第。△学者の〜／書香門第。△〜がいい／素質好。④ 道理。△〜の通った話／説得合情合理。△こんな金をもらう〜がない／這錢我沒有要的道理。⑤ 故事梗概，情節。⑥ 有關方面。△官辺〜の意見／官方意見。△確かな〜／消息靈通人士。

ずし［図示］(名・他サ)圖示，用圖説明。

ずし［厨子］(名)① 佛龕。②(兩扇門對開的)櫥櫃。

すじあい［筋合い］(名)① 理由，道理。△君にうらまれる〜はない／你不該恨我。② 靠得住的關係。△今さら頼める〜ではない／現在還有甚麽臉求他。

すじかい［筋交い］(名)① 斜對過。△彼と〜に坐る／我坐在他斜對面。△〜はすかい／(為使建築物牢固而嵌入的)斜支柱。

すじがき［筋書き］(名)① 梗概，情節，概要。→あらすじ ② 節目單。③ 預想，計劃。△万事〜どおりに運ぶ／一切都按預想的那樣進展。

すじがね［筋金］(名)(為加固而嵌入的)鐵筋，鋼筋。

すじがねいり［筋金入り］(名)堅強。△〜の男／經過千錘百煉的男子漢。△〜の精神／硬骨頭精神。

すじかまぼこ (名)劣質魚糕。

ずしき［図式］(名)① 圖表。② 圖式。△〜解法／圖解法。

ずしきてき［図式的］(形動)公式化的。

すじこ［筋子］(名)鹹大馬哈魚子。→イクラ

すじだて［筋立て］(名)梗概。

すじちがい［筋違い］(形動)① 斜對過。② 不合理。△〜な意見／不合理的意見。③ 不對頭，不對路。△私に文句を言うのは〜だ／跟我發牢騷，找錯對象了。△〜の返事／答非所問。→おかどちがい，けんとうちがい

すじちがえ［筋違え］(名)扭筋。

すしづめ［すし詰め］(名)擁擠不堪。△〜の電車／擁擠不堪的電車。△〜の教室／擠(坐)滿了人的教室。

すじば・る［筋張る］(自五)① 肌肉横生，青筋暴露。② 生硬，拘板。△〜ったことはいっさい抜きでいこう／我們免去一切客套吧。

すじみち［筋道］(名)① 理由，道理。△〜の通った要求／合理的要求。② 手續，程序。△一定の〜をふむ／按一定的程序。△〜をたてて説明する／有條理地加以説明。→筋目

すじむかい［筋向かい］(名)斜對面，斜對過。

すじめ［筋目］(名)① 摺痕。△〜を入れる／摺摺痕。② 條理。△〜をたてて話す／有條理地説。③ 血統，門第。△〜の正しい家柄／正經人家。

すじもみ［筋揉み］(名)按摩。

すしや［鮨屋］(名)"壽司"飯館。

すじや［筋屋］(名)(鐵路)編製行車時間表的人。

すじょう［素性・素姓］(名)① 出身，血統，門第。② 來歷，身世。△〜の知れない人／來路不明的人。△〜を隠す／隱瞞身世。③ 裏性。△〜は争えないものだ／裏性難移。

ずじょう［図上］(名)地圖上，圖面上。△〜測定／圖面測定。

ずじょう［頭上］(名)頭上，頭頂上。△〜注意／留心撞頭。

すす (名)① 煤塵子，黑煙子。②(蛛絲狀)灰吊。

すず［鈴］(名)鈴鐺。

すず［錫］(名)〈化〉錫。△〜はく／錫箔。△〜めっき／鍍錫。

すずかけ (名)〈植物〉法國梧桐，懸鈴樹。→プラタナス

すずかぜ［涼風］(名)(初秋的)涼風。

すすき［薄］(名)〈植物〉芒草。

すすきのほにもおびえる［すすきの穂にもおびえる］(連語)風聲鶴唳草木皆兵。

すすぎ (名)① 涮，洗滌。② 洗腳(熱)水。

すずき (名)〈動〉鱸魚。

すす・ぐ (他五)① 涮，洗滌。② 漱。△口を〜／漱口。③ 雪除。△恥を〜／雪恥。△汚名を〜／恢復名譽。平反昭雪。

すす・ける［煤ける］(自下一)① 煙燻。△〜た天井／煙燻黑的天棚。② 陳舊變黑。

すずし・い［涼しい］(形)① 涼快，涼爽。↔あたたかい ② 明亮，清澈。△〜目／水靈靈的眼睛。

すずしいかお［涼しい顔］(連語)若無其事的樣子，假裝不知的表情。

すずなり［鈴なり］(名)①(果實)結得滿枝。△〜のさくらんぼ／滿枝櫻桃。→たわわ ② 許多人擠在一起。

すすはらい［煤払い］（名・自サ）掃塵，大掃除。

すすみ［進み］（名）① 進度，進展。② 前進，進步。

すずみ［涼み］（名）乘涼，納涼。

すずみだい［涼み台］（名）乘涼用長凳，涼牀。

すす・む［進む］（自五）① 前進。△行列が～／隊伍前進。△進め／前進！→前進する，出る。↔ 下がる，しりぞく，后退する ② 進步，先進。△進んだ技術／先進的技術。↔ 落ちる ③（鐘・錶）快。△一日に5分～／一天快五分鐘。↔ 遅れる。④ 進展。△仕事が順調に～／工作進展得很順利。↔ とどこおる ⑤ 級進。△部長に～んだ／升為處長了。⑥ 升入。△大學へ～／升入大學。⑦ 自願地，主動地。△～んで練習する／主動練習。△気が～まない／心情不好。⑧ 増進。△食欲が～まない／食慾不振。⑨ 惡化。△病気が～／病勢加重。

すず・む［涼む］（自五）乘涼，納涼。

すずむし［鈴虫］（名）〈動〉金鐘兒，金琵琶。

すずめ［雀］（名）①〈動〉麻雀。② 喋喋不休的人。③ 知道內情的人。△楽屋～／戲劇界消息靈通人士。

すずめのせんごえつるのひとごえ［雀の千声鶴の一声］（連語）小人千語不如君子一言。

すずめのなみだ［雀の涙］（連語）一點點，微乎其微。

すずめひゃくまでおどりをわすれず［雀百まで踊りを忘れず］（連語）生性難改，稟性難移。

すす・める［進める］（他下一）① 使前進。△車を～／驅車前行。②（把錶、鐘）撥快。↔ おくらせる ③ 推進，開展。△会議を～／把會議進行下去。④ 交涉を～／推進談判。④ 提升。△位を～／晉級。⑤ 增進。△食欲を～薬／增進食慾的薬。△農業を～／發展農業。

すす・める［勧める］（他下一）① 勸。△たばこをやめるように～／勸（人）戒煙。② 讓。△お茶を～／讓茶。△酒を～／勸酒。

すす・める［薦める］（他下一）推薦。△委員長候補として～／推薦做委員長候補。△当店お～めの品／本店推薦的貨。

すずやか［涼やか］（形動）（看上去）涼快，涼爽。

すずらん（名）〈植物〉鈴蘭。

すずり［硯］（名）硯台。△～ばこ／硯台盒。

すすりあ・げる（他下一）① 啜泣。② 抽鼻涕。

すすりな・く［すすり泣く］（自五）啜泣，抽泣。→すすりあげる，しゃくりあげる

すずりばこ［すずり箱］（名）硯台盒。

すす・る（他五）① 小口喝，啜飲。△お茶を～／喝茶。② 抽吸。△鼻を～／抽鼻涕。

ずせつ［図説］（名・他サ）插圖説明，圖解。→図解

すそ［裾］（名）①（上衣的）下襬，褲腳。△～をからげる／撩起下襬。② 山麓。△髮際。

すそあがり［裾上がり］（名）窩邊（的度度）。△～5センチ／窩邊寛五公分。

すそがた［裾形］（名）（女服的）下襬樣式。

すそさばき［裾捌き］（名）（穿和服走動時）下襬擺開的様子。△～がきれいだ／（走路時）下襬擺動得很好看。

すその［裾野］（名）火山山腳下坡度緩慢的原野。

すそもの［裾物］（名）下等貨，次品。

すそもよう［裾模様］（名）下襬上的花様，下襬帶花的女服。

すそわけ［裾分け］（名）將收到的禮品一部分轉送他人。△ほんのお～ですが，どうぞ／是別人送給我的一點東西，請收下吧。

スター［star］（名）① 星。② 星狀物，星狀符號。③ 名演員，明星。

スターサイン［star-sign］（名）電影明星簽名。

スターサファイア［star-sapphire］（名）星彩藍寶石。

スターシステム［star system］（名）名演員中心制。

スタースパングルドバナー［the Star Spangled Banner］（名）① 星條旗（美國國旗）。② 美國國歌。

スターター［starter］（名）① 起跑發令員。②（火車）起動信號員。③ 發動機起動裝置。

スターダスト［star dust］（名）①〈天〉星雲，星團，宇宙塵。②（電影等的）新明星。

スターチ［starch］（名）澱粉。

スターティングナンバー［starting number］（名）〈樂〉（輕音樂節目的）第一支曲子。

スターティングピチャー［starting pitcher］（名）〈體〉（棒球）最先出場的投手。

スターティングブロック［starting block］（名）〈體〉起跑器。

スターティングメンバー［starting member］（名）〈體〉開賽時出場的隊員，最先出場的選手。

スタート［start］（名・自サ）出發（點），開始。△～をきる／出發。起跑，開始。△新たな～／新開端。△幸先よい～をきる／有了良好的開端。

スタートボタン［start button］（名）〈IT〉開始按鈕。

スタートメニュー［start menu］（名）〈IT〉開始功能表。

スタートライン［start line］（名）〈體〉起跑綫。△～に立つ／在起跑綫前就位。

スタープレーヤー［star-player］（名）① 出色的運動員。② 名演員。

スターリン［Josif Vissarionovich Stalin］〈人名〉斯大林（1879-1953）。前蘇聯的政治家。

スターリング［sterling］（名）英國貨幣，英鎊。△～アーリア／英鎊區。△～ブロック／英鎊集團。

スタールビー［star-ruby］（名）星彩紅寶石。

スタイリスト［stylist］（名）① 講究文章形式的人。② 講究打扮的人。

スタイル［style］（名）① 姿態，身材。△～がいい／身材好。②（服装、頭髮）様式，型。△ヘア～／髪型。③ 文體。

スタインベック [John Ernst Steinbeck]〈人名〉斯坦貝克 (1902-1968)。美國小説家。

すだ・く (自五) ① 鳥蟲聚集。② 鳴叫。

スタグフレーション [stagflation] (名)〈經〉滯漲。

スタジアム [stadium] (名) ① 體育場。② 棒球場。

スタジオ [studio] (名) ① 攝影室，（電影）攝影棚。② 播音室。③（唱片）錄音室。④ 芭蕾舞演習廳。

すたすた (副) 飛快，急忙。△～と歩く／大步流星地走。△～と立ち去る／急忙離去。

ずたずた (副) 稀碎，零碎。△ブラウスが～に裂ける／罩衫撕得稀爛。

すだ・つ [巣立つ] (自五) ①（鳥）離巢，出窩。②（人）自立。△学窓を～／畢業。

スタッカート [staccato] (名)〈樂〉斷音，斷奏。

スタッキングしき [スタッキング式] (名) 摺疊式。

スタッグフィルム [stack film] (名) 男人電影（只宜男子觀看的色情電影）。

スタッドピン [stud pin] (名) 大頭釘。

スタッフ [staff] (名) ① 班底，陣容。△辞書編集の～／詞典的編輯班子。②（演員以外的）影片製作人員。③ 企業的科室人員。

スタッフロール [staff roll] (名) 電影、電視劇演員及幕後工作人員字幕表。

スタディー [study] (名) 學習，研究。

スタティスティックス [statstics] (名) 統計學，統計，統計表。

スタティック [static] (ダナ) 靜的，不動的。↔ ダイナミック

すだのこんにゃくだの [酢だのこんにゃくだの] (連語) 説長道短。(也説 "すのこんにゃくの")

ずだぶくろ [頭陀袋] (名) ① 遊方僧揹的行嚢。②（甚麼都裝的）褡褳，萬寶囊。

スタミナ [stamina] (名) 精力，持久力。△～がある／精力旺盛。△～料理／營養食餌。△～をつける／補養身體。

スタメン [荷 stamment] (名) 毛麻交織布。

すたり [廃り] (名) 廢。△はやり～／興廢，時興與過時。

すたりもの [廃り物] (名) 廢物，過時的東西。

すた・る [廃る] (自五) ("廃れる" 的方言，雅語)。△男が～／丟男人的臉。

すだれ [簾] (名) 簾子。△～をおろす／放下簾子。△～を巻く／捲簾子。△～を上げる／挑簾子。

すた・れる [廃れる] (自下一) ① 過時，不時興。△～れた歌／已不流行的歌曲。② 衰落，荒廢。△道義が～／道義衰頽。

スタン [stand] (名) 試衣人體模型。

スタンダード [standard] (名・形動) 標準的，規範的。

スタンダール [stendhal]〈人名〉斯湯達 (1783-1842)。法國小説家。

スタンディングオベーション [standing ovation] (名) 一起站起來拍手，雷鳴般掌聲。

スタント [stunt] (名)（騎馬、自行車、駕駛汽車、登壇等）驚險絕技，特技表演。

スタンド [stand] (名) ①（體育場）看台。② 小吃店。△～バー／西式小酒館。△コーヒー～／（無座位的）小咖啡店。③ 售貨點。△ガソリン～／加油站。④ 座燈。⑤ 台座。△インク～／台式墨水壺。

スタンドイン [stand-in] (名)〈影〉替身演員。

スタントカー [stunt car] (名) 車技，車技表演。

スタンドバイパッセンジャー [stand-by passenger] (名) 等買退票的人。

スタンドバイクレジット [stand-by credit] (名)〈經〉備用貸款。

スタンドプレー [stand play] (名) ①（運動員、演員等）為博得觀眾喝彩的表演。② 嘩眾取寵的行動。

スタントマン [stunt man] (名)〈影〉替身特技演員。

スタンバイ [stand-by] (名) ① 作好準備。△～パッセンジャ／候機 (火車等) 的旅客。② 備用節目。③ 正式演出前的準備。

スタンバイ [standby] (名)〈IT〉（電腦）待機。→サスペンド

スタンプ [stamp] (名) ① 橡皮圖章。② 名勝古跡遊覽紀念圖章。③ 郵戳。

スチーム [steam] (名) ① 水蒸汽。△～アイロン／蒸汽熨斗。② 暖氣 (設備)。△～を入れる／供暖。

スチームエンジン [steam engine] (名) 蒸氣機。

スチームバス [steam bath] (名) 蒸汽浴，土耳其式蒸浴。

スチール [still] (名) 劇照，廣告用放大的照片。△～写真／劇照。(也説 "スチル")

スチール [steel] (名) ① 鋼鐵。△ステンレス～／不銹鋼。△～バー／鋼筋。② 鋼鐵製品。△～サッシュ／鋼窗框。

スチミュラント [stimulant] (名) 刺激物，興奮劑。

スチュワーデス [stewardess] (名) 飛機女服務員，空中小姐。→エアホステス

スチロール [德 Styrol] (名)〈化〉苯乙烯。△発泡～／泡沫聚苯乙烯。(也作 "スチレン")

ずつ (副) 表示平均分配或均等的變化。△1 台に5 人～乗る／每台乘五人。△机を椅を 2 つ～用意する／桌子和椅子各準備兩個。△少し～よくなった／一點一點地好起來了。

ずつう [頭痛] (名) ① 頭痛。② 煩惱。△～の種／心病。

すっかり (副) 全，都。△仕事は～おわった／工作全部結束。△～忘れた／忘得精光。△～満足している／心滿意足。

すっきり (副・自サ) ① 舒暢，痛快。△空が～晴れた／天空響晴。△頭が～しない／頭腦不清醒。② 通暢，整潔。△～したスタイル／整潔的裝束。△～した文章／簡潔通順的文章。

す
ス

ズック [荷 doek] (名) ① 帆布。△～のカバン／帆布書包。② 帆布鞋。

すっと I (副) ① 霍地 (站起來)。② 挺立 (不動)。△歩哨が～立っている／哨兵筆直地站着。

すづけ [酢漬] (名) 醋漬的食品。

すっと I (副) 迅速地，敏捷地。△～部屋から出ていった／一眨眼就出去了。△目の前から～消えた／轉眼就不見了。II (自サ) 輕鬆，爽快。△胸が～する／心裏舒暢。

ずっと (副) ① (比…) 得多，…得很。△彼は私より～若い／他比我年輕得多。② 遠遠。△～前に／很久以前。△～北の方にある／在很遠的北方。③ 一直，始終。△昨夜は～テレビを見ていた／昨天晚上一直在看電視。④ 一直 (走)。△～奥の方へお入りください／請一直往裏走。

すっぱ・い [酸っぱい] (形) 酸。△口を～くして言う／苦口相勧。

すっぱだか [素裸] (名) 一絲不掛。

すっぱぬ・く [素っぱ抜く] (他五) 揭發，揭露。△秘密を～／暴露秘密。→暴露する

すっぱり (副) ① 刷地一刀。△～と切る／刷地一刀切開。② 斷然。△～足を洗う／乾脆洗手不幹了。

すっぽか・す (他五) ① 置之不顧。△仕事を～して映画を見に行く／扔下工作去看電影。② 爽約。△約束を～／爽約。

すっぽり (副) 完全地，整個地。△一晩のうちに山は～と雪におおわれた／一夜之間山整個被雪覆蓋了。△布団を～かぶって寝る／蒙頭大睡。△人形の首が～抜けた／偶人的頭整個掉下來了。△キャップが～万年筆にはまる／筆帽套在自來水筆上正合適。

すっぽん (名)〈動〉甲魚，鱉，王八。

すっぽんがときをつくる [すっぽんが時をつくる] (連語) 甲魚報曉 (不可能有的事)。

すで [素手] (名) 空手。△～で魚をつかむ／空手捉魚。△～でたたかう／赤手空拳對敵。△～で病気見舞にも行けない／不能空着手去看望病人。

ステアリン [stearin] (名)〈化〉硬脂。△～酸／脂肪酸。

ステアリング [steering] (名) (汽車) 轉向，操縱方向盤。(也説 "ステア")

すていし [捨て石] (名) ① 日本式庭園裏點綴用的石頭。② 土木工程中沉入水底的石頭。③ (圍棋) 捨子。④ 暫時無用備他日之需的東西。

すていん [捨て印] (名) 在證件上格外加蓋的圖章。

すてうり [捨て売り] (名) 賠本抛售。

ステーキ [steak] (名) 牛排。

ステージ [stage] (名) 舞台，講壇。→舞台

ステーショナリー [stationery] (名) 文具。

ステーション [station] (名) ① 火車站。△～ホテル／車站 (内) 旅館。② 所，局。△サービス～／服務站。△宇宙～／宇宙空間基地。

ステータスバー [status bar] (名)〈IT〉狀態欄。

ステーツマン [statesman] (名) 政治家，國務活動家。

ステート [state] (名) ① 國，國家。② (美國的) 州。

ステートメント [statement] (名) 聲明，聲明書。

ステープラー [stapler] (名) 釘書機，→ホッチキス

ステープルファイバー [staple fiber] (名) 人造纖維。

すてがね [捨て金] (名) ① 浪費的錢。② 不指望收回的錢。

すてき [素敵] (形動) 極好，絕妙。

すてご [捨て子] (名) 棄嬰。

すてさ・る [捨て去る] (他五) 丢棄，丢掉。

すてぜりふ [捨てぜりふ] (名) ① 臨走時説的帶威脅性侮辱性的話。② 即興台詞。

ステッカー [sticker] (名) ① 不乾膠標籤。② 張貼的小傳單。

ステッキ [stick] (名) 手杖。

ステッキガール [stick girl] (名) 陪伴男人散步的女郎。

ステッキボーイ [stick boy] (名) 陪伴女人散步的男性。

ステッチ [stitch] (名) ① 針脚。② 縫綴，刺綉。

ステップ [step] (名) ① 舞步。② 搭腳處，踏板。

ステップバイステップ [step by step] (名) 一步一步地，循序地，踏實地，逐步地。

ステップファミリー [step family] (名) 至少有一方帶着上一次婚姻中的孩子的再婚家庭。

ステディー [steady] (ダナ) ① 堅實的，穩定的。② 情侶。

すててこ (名) 短襯褲。

すでに [既に] (副) 已經。△時～遅し／為時已晚。

すてね [捨て値] (名) 極賤的價錢。

ステノグラファー [stenographer] (名) 速記員。

ステノグラフィー [stenography] (名) 速記，速記學。

ステノタイプ [stenotype] (名) 速記打字機。

すてばち [捨て鉢] (名) 自暴自棄。△～になる／破罐子破摔。→やけくそ

すてみ [捨て身] (名) 捨身，冒生命危險。→命がけ，決死

す・てる [捨てる] (他下一) ① 扔掉，抛棄。△ごみを～／倒垃圾。△男に～てられる／被男人遺棄。△まんざら～てたものではない／並非毫無可取之處。② 放棄。△希望を～／不抱希望。△～ておけない／不能置之不理。

すてるかみあればひろうかみあり [捨てる神あれば拾う神あり] (連語) 天無絶人之路。也説："捨てる神あれば助ける神あり"

ステレオ [stereo] (名) ① 立體。△～スコープ／立體鏡，立體照相機。△～テープ／立體聲錄音機。② 立體聲音響。

ステレオグラム [stereogram] (名) 體視圖 (表示立體物的平面圖)，立體圖。

ステレオビジョン［stereovision］（名）立體電影。

ステロばん［ステロ板］（名）〈印刷〉用紙型色鑄的鉛版。

ステンドグラス［stained glass］（名）多種彩色玻璃的組合。

ステンレス［stainless］（名）不銹鋼。

スト［strike］（名）⇨ストライキ

ストア［store］（名）商店，店鋪。△チェーン～／聯號。

ストーカー［stalker］（名）跟蹤者，尾隨者，跟蹤狂。

すどおし［素通し］（名）① 透明。△～の電球／透明的電燈泡。② 沒有光度的眼鏡。

ストーブ［stove］（名）火爐。△電気～／（取暖）電爐。△ガス～／煤氣取暖爐。

すどおり［素通り］（名・他サ）過門不入。

ストーリー［story］（名）① 故事，小説。② 結構，情節。

ストッカー［stocker］（名）帶冷藏、冷凍裝置的陳列架，食品儲藏庫。

ストッキング［stockings］（名）長筒襪。△パンティー～／連褲長筒襪。

ストック［stock］（名・自サ）① 庫存品。→在庫。② 股票。③ 肉湯料。

ストック［德 Stock］（名）〈體〉滑雪杖。

ストックホールダー［stock holder］（名）股票（或證券）持有人，股東。

ストップ［stop］（名・自サ）① 停止，中止。△話はそこで～した／話説到那裏就停下了。△ノン～／不停，直達。② 停止信號。

ストップウォッチ［stopwatch］（名）記秒錶，跑錶。

ストップモーション［stop motion］（名）〈影〉瞬間靜止鏡頭，延時攝影，定格攝影，靜止畫面。

ストッページ［stoppage］（名）① 停止，中止。② 冰球比賽終止。

すどまり［素泊まり］（名）只住宿不吃飯。

ストやぶり［スト破り］（名）破壞罷工的（人），工賊。

ストライキ［strike］（名）罷工，罷市，罷課。△ゼネラル～／總罷工。△時限～／限時罷工。（略説“スト”）

ストライク［strike］（名）① （棒球）好球。↔ボール ② 保齡球一次投球擊倒全部木柱。

ストラクチャー［structure］（名）構造，構成，機構，組織，建築物。

ストラップ［strap］（名）〈IT〉手機鏈等掛件。

ストラップレス［strapless］（名）① 無帶的，無肩帶的。② 無帶的裙子，泳衣等。

ストラテジー［strategy］（名）戰略，為達成目的的手段、計劃、策略。

ずどり［図取］（名）繪圖樣。

ストリート［street］（名）大街，馬路。△メーン～／主要市街。△～ガール／野妓。

ストリートダンス［street dance］（名）街舞。

ストリートチルドレン［street children］（名）流浪街頭，靠乞討、打短工、賣東西生活的兒童。

ストリートパフォーマンス［street performance］（名）街頭表演。

ストリートミュージシャン［street musician］（名）街頭演奏的音樂家。

ストリキニーネ［荷 strychnine］（名）〈醫〉士的寧，番木鱉鹼。

ストリッパー［stripper］（名）脱衣舞女。

ストリップ［strip］（名）脱衣舞。

ストレート［straight］（形動）① 直，直接。△～なたま／直線球。△～で受かる／一次考中。② 直率。△話を～に切出す／開門見山地提出。③ 純。△コーヒーを～で飲む／不加奶、糖、冰塊等喝咖啡。

ストレートパーマ［straight permanent wave］（名）燙直髮。

ストレス［stress］（名）〈醫〉精神緊張，應激反應。△～がたまる／應激反應在體內蓄積。

ストレッチ［stretch］（名）〈體〉① 直綫跑道。△ホーム～／（最後衝刺）直綫跑道。②（布料）有彈性，能伸縮。△～ジーンズ／彈力牛仔褲。③ 伸展（體操）。△～體操／伸展體操。

ストレッチャー［stretcher］（名）擔架，（有輪子的）擔架牀。

ストレッチング［stretching］（名）伸展體操。

ストレンジャー［stranger］（名）陌生人，外地人，外國人。

ストロー［straw］（名）① 麥稈。② 吸管。

ストローク［stroke］（名）① （高爾夫，網球）一擊。②（遊艇）一划。③（游泳）一划，划（水）。④（脈搏）一跳。

ストロボ［strobo］（名）頻閃閃光燈，同步閃光燈。

ストロンチウム［strontium］（名）〈化〉鍶。

すな［砂］（名）沙子。

すなをかむよう［砂をかむよう］（連語）枯燥無味。

すなをかます［砂をかます］（連語）摔倒對方。

すなあらし［砂嵐］（名）沙暴。

スナイパー［sniper］（名）狙擊手。

すなお［素直］（形動）① 坦誠，率真。△～な子／純樸的孩子。△～に忠告を聞く／虛心接受勸告。△～に白状する／如實坦白。② 純正，正常。△～な字／端端正正的字。△～な髮の毛／沒彎兒的頭髮。

すなぎも［砂肝］（名）沙囊，胗（子）。

すなけむり［砂煙］（名）沙塵。△～があがる／沙塵飛揚。→つちけむり

すなじ［砂地］（名）⇨すなち

すなち［砂地］（名）沙地，沙土地。

スナック［snack］（名）① 快餐部，小吃店。② 小吃，點心。

スナッチ［snatch］（名）〈體〉抓舉。

スナッフ［snuff］（名）鼻煙。

スナップ［snap］（名）① 按扣。△～をとめる／按上按扣。②（棒球）甩腕球。③〈攝影〉快照，抓拍。

スナップショット［snapshot］（名）① 速寫鏡頭。②（新聞報導的）速寫，花絮。

すなどけい［砂時計］(名) 沙計時器，沙子錶。

すなば［砂場］(名) ① 沙池，沙坑。② 沙地，沙土地。

すなはま［砂浜］(名) 海濱沙灘。

すなぼこり［砂ぼこり］(名) 沙塵。

すなやま［砂山］(名) 沙丘。

すなわち（接) ① 即，也就是。△首相～総理大臣／首相即總理大臣。② 一定，肯定。△受けば～合格する／考準能考上。

ずにあたる［図に当たる］(連語) 如願以償，恰中心意。

すにあてこなにあて［酢に当て粉に当て］(連語) 遇事…，不管在哪一點上…（也說 "すにつけこにつけ"）

スニーカー［sneakers］(名) (膠底布面) 輕便鞋。

スニーカーソックス［sneaker socks］(名) 只到腳踝的運動短襪。

ずにのる［図に乗る］(連語) 得意忘形，借勢逞能。

ずぬ・ける［図抜ける・頭抜ける］(自下一) 出類拔萃，超羣。△ずぬけて背が高い／個子特別高。→ぬきんでる，ずばぬける

すね (名) 脛，小腿。△～を払う／給一個掃堂腿。

すねあて［すね当て］(名) 護脛具，護腿。

スネーク［snake］(名) 蛇，偷渡者。△～ヘッド／蛇頭。

スネークヘッド［snake head］(名) 蛇頭。

すねかじり (名) 靠人養活，靠人養活的人。（也說 "すねっかじり"）

すねがながれる［すねが流れる］(連語) 腳底沒根，沒底氣。

すねにきずをもつ［すねに傷をもつ］(連語) 心中有鬼，內疚。

す・ねる (自下一) 乖戾，鬧彆扭。△世を～／玩世不恭。△すねてばかりいる／淨耍牛脾氣。

すねをかじる (連語) 靠人養活。

ずのう［頭脳］(名) ① 頭腦，智力。△～明晰な人／頭腦清晰的人。△～労働と肉体労働／腦力勞動和體力勞動。② 首腦。

スノー［snow］(名) 雪。△～ウェア／滑雪服。△～ガン／人工造雪機。△～タイヤ／防滑輪胎。

スノーガン［snow gun］(名) 人工造雪機。

スノーケリング［snorkeling］(名) 只帶呼吸管、面鏡、腳蹼的潛水漫步，浮潛。

スノーボード［snowboard］(名)〈體〉(滑雪) 滑板，簡稱 "スノボ"。

すのこ (名) ① (用竹或板條做的) 矮台踏板。△風呂場の～／浴室的泄水板。② 竹葦子，簾子。△竹の～の天井／竹簾子頂棚。

すのもの［酢の物］(名) 醋拌涼菜。

スパ［spa］(名) 溫泉，溫泉浴，水療。

スパーク［spark］(名・自サ) 火花，閃電光。△変圧器が～する／變壓器發出火花。

スパート［spurt］(名・自サ)〈體〉衝刺。

スパームバンク［sperm bank］(名) 精子銀行。

スパーリング［sparring］(名)〈體〉拳擊練習。

△～パートナー／拳擊陪練員。

スパイ［spy］(名) 間諜，奸細。△産業～／產業間諜。

スパイえいせい［スパイ衛星］(名) 間諜衛星。

スパイク［spike］I (名)〈體〉釘子鞋。II (名自サ) ① (排球) 小角度扣球。② 釘子鞋傷人。

スパイシー［spicy］(ダナ) 加有香辛料的，辣。

スパイス［spice］(名) 調味品，香料。→香辛料

スパイダー［spider］(名) 蜘蛛。

スパイラル［spiral］(名) ① 螺旋形的。② 花樣滑冰的螺旋滑法。③〈經〉螺旋形的上升或下降。

スパゲッティ［意 spaghetti］(名) 意大利麵條。

すばこ［巣箱］(名) 蜂箱，雞窩，鳥巢。

すばしこ・い (形) (行動) 敏捷，靈活，利落。（也說 "すばしっこい"）

すばすば (副) ① 叭嗒叭嗒 (一口接一口地吸煙)。② 刷刷地 (連續切割)。

ずばずば (副) ① 心直口快。② 百發百中。

すはだ［素肌］(名) ① 不施粉的皮膚。② 裸露身體的一部分。③ 光身穿內衣。

スパナ［spanner］(名) 螺絲刀，螺絲扳子。

ずばぬ・ける［ずば抜ける］(自下一) 出類拔萃。△ずばぬけて成績がよい／成績拔尖兒。

すばなれ［巣離れ］(名) ⇨すだつ

スパム［spam］(名)〈IT〉兜售資訊，發送垃圾郵件。

スパムメール［spam mail］(名)〈IT〉垃圾郵件。

すばや・い［素早い］(形) ① 敏捷，麻利。△情報が～／消息靈通。△～動作／敏捷的動作。② 乖覺，腦子快。

すばらし・い［素晴しい］(形) 極好，絕佳。△絵のように～景色／優美如畫的景色。△～事業／了不起的事業。△～く暑い／熱得很。

ずばり (副) 擊中要害。△そのもの～／直截了當，一語道破。

すばる［昂］(名)〈天〉昂星團，七姊妹星團。

スパルタきょういく［スパルタ教育］(名) 斯巴達式教育。

ずはん［図版］(名) (印在書中的) 插圖。

スピーカー［speaker］(名) 擴音器，揚聲器。

スピーチ［speech］(名) 講話，演說。△テーブル～／席間致辭。△～コンテスト／演說比賽。

スピード［speed］(名) ① 速度。△ハイ～／高速度。△フル～／全速。② 快速。△～写真／快相。△～ボール／快球。

スピードウェー［speedway］(名) ① 賽車跑道。② 高速公路。

スピードガン［speed gun］(名) 測速器。

スピードスキー［speed skiing］(名)〈體〉速度滑雪。

スピッツ［德 Spitz］(名) 斯皮茲狗，絲毛犬。

ずひょう［図表］(名) 圖表。

スピリチュアルセラピー［spiritual therapy］(名) 精神療法。

スピリッツ［spirits］(名) 烈酒。

スピリット［spirit］(名) 精神，靈魂，志氣。△ファイティング～／鬥志。

スフィンクス [sphinx]（名）① 獅身人面像，斯芬克斯。② 神秘人物。

スプーン [spoon]（名）湯匙，調羹。△ティー～／茶匙。

ずぶと・い [図太い]（形）① 大膽。△～神経の持ち主／膽大包天的傢伙。② 厚顔無恥。→ずうずうしい

ずぶぬれ（名）全身濕透。△～になる／成了落湯雞。→びしょぬれ

ずぶの（連體）完全。△～しろうと／純粹的門外漢。

すぶり [素振り]（名）打空，空揄。（木刀、球棒、球拍等）

スプリング [spring]（名）① 彈簧。△～ベッド／彈簧牀。② 春天。△～セール／春季大賤賣。③ 風衣。（“スプリングコート”之略）

スプリング・ボード [spring board]（名）①〈體〉(跳馬的)踏板，起跳板，（跳板跳水的)跳板。② 契機，跳板，新起點。

スプリンクラー [sprinkler]（名）① 噴水設備。② 灑水器，灑水車。③ 自動滅火設備。

スプリンター [sprinter]（名）短跑運動員，短程游泳者。

すべ [術]（名）方法，手段。△なす～を知らぬ／不知所措。

スペア [spare]（名）備用品。△～タイヤ／備用輪胎。△～ルーム／閑房。

スペア・マン [spare man]（名）預備隊員。

スペイン [Spain]〈國名〉西班牙。

スペース [space]（名）① 空間，空地。△へやの～／房間裏的空地方。→すきま。② 行間寬度。△～を詰めて書く／緊縮行距書寫。③ 紙面空白處。④ 宇宙。△～トラベル／宇宙旅行。

スペースオペラ [space opera]（名）以太空探險為主題的電影、科幻小說。

スペースデブリ [space debris]（名）太空垃圾，空間碎片。

スペーストラベル [space travel]（名）宇宙旅行。

スペースプレーン [space ship]（名）太空梭，太空飛行器。

スペースラブ [space laboratory]（名）宇宙實驗室。

スペード [spade]（名）(撲克牌)黑桃。△～の女王／黑桃皇后。↔ クラブ，ハート，ダイヤ

すべからく（副）必須。△学生は～まじめに勉強すべし／學生必須認真學習。

スペキュレーション [speculation]（名）① 思索，沉思，思考，冥想。②〈經〉投機。③ (撲克牌)黑桃 A。

スペクタクル [spectacle]（名）① 奇觀。② 豪華場面，雄壯場面。

スペクトル [法 spectre]（名）〈理〉光譜。△～分析／光譜分析。

スペシフィケーション [specifications]（名）規格，規範，明細單，說明書。

スペシャル [special]（名）特別，特殊。△～番組／特別節目。

スペシャルオリンピックス [Special Olympics]（名）世界特殊奧林匹克運動會，殘奧會。

スペシャルディスカウントセール [special discount sale]（名）特別大減價。

すべて [凡て] I（名）全部，一切。△住民の～が反対する／所有的居民都反對。△大学生活の～／全部大學生活。II（副）△全，統統。△仕事は～終わった／工作全部做完了。

すべてのみちはローマにつうず [すべての道はローマに通ず]（連語）條條道路通羅馬，殊途同歸。

スペランカー [spelunker]（名）洞穴探險家。

スペランキング [spelunking]（名）洞穴探險。

すべい・る [滑る]（自五）① 滑進。② 悄悄進入，溜進。

すべりこ・む [滑り込む]（自五）① 滑進，溜進。△そっと部屋に～／悄悄溜進屋子。②(棒球)(跑壘者)滑壘。→スライディングする③ 剛好趕上時間。△始業すれすれに～／在眼看要上課時趕到。

すべりだい [滑り台]（名）① 滑梯。△～で遊ぶ／玩兒滑梯。②(新船下水時的)滑行道。

すべりだし [滑り出し]（名）滑起，開始。△～好調／開始很順利。開門紅。

すべりどめ [滑り止め]（名）① 防滑物。墊在輪胎前後的木石，鋪在階梯上的毯、墊，撒在冰雪地上的灰砂。②(防止升學考試不中)報考第二志願學校。

スペリング [spelling]（名）拼字，拼法。

す・べる [統べる]（他下一）統轄，統率。△全軍を～／統率全軍。

すべ・る [滑べる]（自五）① 滑行，滑動。△氷の上を～／滑冰。② 滑，打滑。△足が～／腳打滑。△道が～／路滑。△手がすべって持っていたコップを落とした／手一滑，把拿着的玻璃杯摔掉了。③ 失言，走嘴。△口が～／說話走嘴。④ 考不中。△試験にすべった／考試沒及格。

スペル [spelling]（名）⇨スペリング

スペルアウト [spell out]（名）①(西洋文字的)詳細拼寫。② 詳細說明。

スペルチェッカー [spelling checker]（名）〈IT〉拼寫檢查器。

スペルチェック [spell check]（名・ス自）〈IT〉拼寫檢查。

スポイト [荷 spuit]（名）玻璃吸管。

スポイド [荷 spuit]（名）上端有膠囊的吸管。

スポイル [spoil]（名・他サ）寵壞，慣壞。△そんなに甘やかしては，かえって子どもを～するぞ／那樣嬌慣，反倒把孩子寵壞了。

スポークスマン [spokesman]（名）(政府)發言人。

スポーツ [sports]（名）體育運動。△～ウェア／運動服。△～カー／比賽用汽車。

スポーツエージェント [sport agents]（名）〈體〉運動員經紀人。

スポーツクライミング［sport climbing］（名）
〈體〉使用有保護點的岩壁的攀岩, 運動攀登。

スポーツ・センター［sports center］（名）體育
中心, 大型體育場、館。

スポーツドリンク［sports drink］（名）運動型飲
料。

スポーツバー［sports bar］（名）邊吃邊欣賞體育
比賽的酒吧。

スポーツマン［sportsman］（名）運動員, 體育愛
好者。

スポーツマンシップ［sportsmanship］（名）體育
道德。

スポーツレクリエーション［sports recreation］
（名）運動休養中心, 娛樂中心。

ずぼし［図星］（名）① 靶心。② 要害。△～を
さす／指出要害。△～だ／你說得一點不錯。
真是一語道破。

スポット［spot］（名）①（機場）上下飛機的地
方。②⇨スポットライト

スポットアナウンス［spot announcement］（名）
節目與節目之間的廣告、通知, 簡明新聞。

スポットコマーシャル［spot commercial］（名）
節目中插的廣告。

スポットチェック［spot check］（名）現場檢查,
抽樣檢查, 突擊抽查。

スポットニュース［spot news］（名）節目中間
或節目與節目之間插的簡短新聞。

スポットライト［spot light］（名）聚光燈。△～
を浴びる／為世人矚目。

スポットライトをあびる［スポットライトを
浴びる］（連語）引起世人注目。

すぼ・む［窄む］（自五）① 萎縮, 收縮。△風船
が～／氣球癟了。△花が～／花蔫了。△先の
んだズボン／褲腳細的褲子。△傷口が～／傷
口收口（癒合）。→つぼむ

すぼ・める（他下一）使收縮, 使收攏。△肩
を～／聳肩。△口を～／噘嘴。→つぼめる

ずぼら（形動）懶散, 吊兒郎當。

ズボン［法 jupon］（名）褲子, 西褲。△～をは
く／穿褲子。→スラックス, パンタロン

スポンサー［sponsor］（名）① 出資做廣告者。
② 贊助單位, 資助者。→パトロン, 後援者

スポンサーシップ［sponsorship］（名）贊助商。

スポンジ［sponge］（名）① 海綿。② 海綿拭布。
③ 軟式棒球。

ズボンつり［ズボン吊り］（名）西服吊褲帶。

スマート［smart］（形動）苗條, 瀟灑。△～な体
つき／苗條的身材。

すまい［住まい］（名）① 住所。△お～はどち
らですか／您住在哪裏？② 居住。△ひとりず
まい／獨居。△マンションに～をかまえる／
住在高級公寓裏。

すま・う［住まう］（自五）居住, 住。

すましじる［澄まし汁］（名）清湯, 高湯。→
すいもの

すま・す［済ます］（他五）① 完成, 結束。△仕
事を～／做完工作。△しはらいを～／付完

款。△借金を～／還清欠債。② 對付, 將就。
△昼ご飯はパンで～した／午飯吃麵包將就
去了。△金で～／花幾個錢應付過去。△示談
で～／私下說和了事。△ただごとでは～され
ない／這事可非同小可（不會簡單了事的）。

すま・す［澄ます］（他五）① 板起面孔, 若無
其事。△～した顔をして冗談を言う／裝作一
本正經的樣子開玩笑。② 使澄清。△濁り水
を～／澄清濁水。↔ にごらす③ 集中注意力。
△耳を澄まして聞く／專心地聽。

スマッシュ［smash］（名・他サ）（網球、排球、
乒乓球）（猛烈）扣殺。

すまな・い［済まない］（形）對不起。△～け
ど、ちょっと待ってて／對不起, 請稍候。△待
たせてすまなかった／請你久等, 過意不去。

すみ［炭］（名）① 炭, 木炭。② 燒焦的東西。

すみ［隅］（名）角落, 旮旯兒。

すみ［墨］（名）① 墨, 墨汁。△～を摺る／研
墨。△～を筆につける／往筆上蘸墨。②（烏
魚的）墨液。③ 黑色物。△釜の～／鍋底黑灰。

すみえ［墨絵］（名）⇨すいぼくが

すみか（名）① 棲身之所。② 巢穴。

すみき・る［澄み切る］（自五）① 清澈。△澄
みきった秋空／晴朗的秋空。→澄みわたる②
豁然開朗。

すみからすみまで［隅から隅まで］（連語）⇨
すみずみ

すみごこち［住み心地］（名）居住的心情, 感
受。△～がいい／住着舒服。

すみこ・む［住み込む］（自五）住在僱主的家
裏。△家庭教師として～／住在家裏當家庭教
師。

すみずみ［隅隅］（名）各個角落, 所有地方。

すみぞめ［墨染め］（名）① 染成黑色。② 黑袈
裟。③ 灰色的孝服。

すみつ・く［住みつく］（自五）定居, 落戶。

すみな・れる［住み慣れる］（自下一）住慣。

すみにおけない［隅に置けない］（連語）不可
輕視。△おや、あなたもなかなか～に置けな
いね／哎呀, 沒想到您還真有兩下子呢!

すみび［炭火］（名）炭火。△～をおこす／生炭
火。△～がよくおこっている／炭火很旺。

すみません（連語）⇨すまない

すみやか［速やか］（形動）快速, 及時。

すみやき［炭焼き］（名）① 燒炭。② 炭烤（的
魚、肉）。△～ステーキ／炭烤牛排。

すみれ（名）菫菜, 紫花地丁, 紫羅蘭。

すみわた・る［澄み渡る］（自五）萬里無雲。

す・む［住む］（自五）① 居住。△田舍に～／
住在鄉間。② 棲息。△山に～動物／棲息在山
中的動物。

す・む［済む］（自五）① 結束。△試験が～ん
だ／考完了。△～だことは仕方がない／過去
的事情不提了。② 了結, 完事。△借りれば買
わなくて～／能借到, 不買也行了。△これは
金で～問題ではない／這不是花錢就能了結的
問題。

す・む［澄む］（自五）① 清澈，澄清。△水が～／水很清。② 光亮，晶瑩。△澄んだ目／亮晶晶的眼睛。③ 清晰悦耳。△澄んだ声／清晰悦耳的聲音。④ 寧靜。△心が澄んでいる／心情寧靜。

スムーズ［smooth］（形動）① 圓滿，順利。△事が～に運ぶ／事情順利地進行。② 流暢。△～な会話／流暢的會話。③ 平滑。△戸が～に動く／門的滑動很好。（也説 "スムース"）

ずめん［図面］（名）圖紙，設計圖。

すもう［相撲］（名）相撲。△～をとる／相撲比賽。△腕ずもう／掰腕子。

すもうにならない［相撲にならない］（連語）（力量相差太遠）不是對手。

スモーカー［smoker］（名）吸煙者。△ヘビー～／煙鬼。

スモーキー［smoky］（名）灰暗的，有煙味的，煙燻的。

スモーキングガン［smoking gun］（名）（犯罪的）確鑿證據。

スモーク［smoke］（名）① 煙，煤煙。② 燻製（的食品）。△～ハム／燻火腿。

スモークアウト［smokeout］（名）戒煙。

スモークサーモン［smoked salmon］（名）燻製的三文魚。

スモークドライ［smoke dry］（名）燻製魚、肉等。

スモークフリー［smoke free］（名）無煙。

スモールオフィスホームオフィス［small office home office］（名）SOHO，單獨辦公、在家辦公（的自由職業者），小型創業者。→ソーホー

スモッグ［smog］（名）煙霧，煙塵。△光化学～／光化學煙霧。

すもも（名）① 李子樹。② 李子。

すやき［素焼き］（名）（不掛釉子）素燒，素陶器。

すやすや（と）（副）香甜地（睡）。

すら（副助）連，甚至。△ひらがな～満足に書けない／連平假名都寫不全。

スラー［slur］（名）〔樂〕連綫，連音符號。

スライサー［slicer］（名）切片機，切片工具。

スライス［slice］（名）片，切薄片。△～ハム／火腿片。△レモンの～／檸檬片。

スライディング［sliding］（名・自サ）① 滑動。△～ドア／滑門，拉門。②（棒球）滑進球壘。

スライド［slide］Ⅰ（名・自サ）滑。Ⅱ（名）① 幻燈片。②（棒球）滑進球壘。③（賽艇）滑座。④ 顯微鏡載片。⑤〔經〕浮動。

ずら・す（他五）① 挪動一點。△机を右へ～／把桌子往右挪一挪。② 錯開（時間）。△約束の日を一週間～／把約定的日子往後錯一個星期。

すらすら（副）流利地，順利地。△中国語で～話す／漢語説得很流利。△仕事が～運ぶ／工作進行得很順利。

スラックス［slacks］（名）褲子，女式西褲。

スラム［slum］（名）貧民街。

ずらりと（副）一大排，成排地。△～並べる／

擺成一排。

スラング［slang］（名）① 俚語。② 行話，黑話。

スランプ［slump］（名）① 萎靡不振。② 競技狀態不好。③ 不景氣。

すり（名）扒手，小偷。△～に用心／謹防扒手。

スリークオーター［three-quarters］（名）4 分之 3。

スリーサイズ［three size］（名）（女性的）三圍尺寸。

スリーピート［three peat］（名）三連冠。

スリーピングバッグ［sleeping bag］（名）（登山用）睡袋。

スリープモード［sleep mode］（名）〈IT〉休眠模式。

すりえ（名）磨碎的鳥食。

ずりお・ちる［ずり落ちる］（自上一）滑落。△ベットから～／從牀上滑下來。

すりか・える［擦り替える］（他下一）頂替，偷換。△本物を偽物と～／以假充真。△論理のすりかえ／偷換概念。

すりかす［擦滓］（名）劃過的火柴梗。

すりガラス［磨りガラス］（名）磨砂玻璃，毛玻璃。→くもりガラス

すりきず［擦り傷］（名）擦傷。

すりき・れる［擦り切れる］（自下一）磨破，磨斷，磨禿。

すりこぎ［擦り粉木］（名）研鉢棒。

スリッパ［slipper］（名）拖鞋。

スリップ［slip］Ⅰ（名・自サ）打滑。△自動車が～する／汽車打滑。Ⅱ（名）長襯裙。

すりぬ・ける［擦り抜ける］（他下一）① 從人縫穿過去。△～かいくぐる ② 蒙混過去。

すりばち［すり鉢］（名）研鉢。

すりへら・す［すり減らす］（他五）磨損。△靴の底を～／磨薄了鞋底。△神経を～／勞神。

すりみ［すり身］（名）磨碎的魚、肉。

スリム［slim］（名）① 苗條。②（時裝等）緊裹身。△～スカート／旗袍裙。

すりむ・く［擦りむく］（他五）擦破。△転んでひざを～／摔倒把膝蓋蹭破。

スリムスカート［slim skirt］（名）旗袍裙，窄裙。

すりもの［刷物］（名）印刷品。

すりよ・る［擦寄る］（自五）① 挨過去，靠攏。△官庁に～業者／依附官府的生意人。② 蹭過去。

スリラー［thriller］（名）驚險。△～映画／驚險影片。

スリランカ［Sri Lanka］（名）〔國名〕斯里蘭卡。

スリル［thrill］（名）驚險，刺激性。

するⅠ（他サ）① 做。△実験を～／做實驗。△あくびを～／打哈欠。△商売を～／做買賣。② 當。△通訳をしている／當翻譯。△A 先生に仲人をしてもらった／請 A 先生做的媒。△本を枕にして寝る／拿書當枕頭覺。③ 造成、呈現（某種狀態）。△病気を～／生病。△子供を医者に～／讓孩子做醫生。△顔を赤く～／（羞）紅了臉。△品物を金に～／把東西

變成錢。△青い目をしている/藍眼睛。△仲間に〜/接收入夥。Ⅱ（自サ）①表示感覺。△話し声が〜/聽到有説話的聲音。△いい匂が〜/有香味兒。△いい気持が〜/感到舒服。△がっちりした体/壯實的體格。②值。△500万円も〜車/價值五百萬日圓的汽車。③（時間）過去。△3日も〜と/三天之後。△1時間もしないうちにすっかり忘れてしまった/不到一個小時就得一乾二淨。④表示假設。△地震が起きたと〜/假設發生了地震。Ⅲ（補動サ）表示自謙。△ここでお待ちします/我在這兒等您。

す・る［刷る］（他五）印刷。△版画を〜/印版畫。△千部〜/印一千份。

す・る（他五）掏包，扒竊。△すりに〜られた/被扒手掏包。

す・る［擦る］（他五）①摩擦。△マッチを〜/劃火柴。②研磨。△墨を〜/研墨。△大豆を〜/磨大豆。③損失。△株に手を出して大分すった/搞股票投機賠了不少錢。

ずる・い（形）狡猾，奸詐。

スルーチケット［through ticket］（名）火車通票。

ずるがしこ・い［狡賢い］（形）奸詐狡猾，奸狡，詭詐。

するする（と）（副）順利地，無阻礙地。△〜滑る/味溜味溜地滑動。△猿が〜木に登る/猴子很快地爬上樹。

ずるずる（と）（副）①拖着。△着物のすそを〜引きずる/拖拉着和服下襬。②滑溜。△〜すべり落ちる/出溜下來。③拖延不決。△〜期限をのばす/一拖再拖。

ずるずるべったり（形動）稀裏糊塗地（混下去）。△不良仲間に引きずりこまれた/稀裏糊塗地混到流氓集團裏去了。

すると（接）①那麼。△〜、きみは次男ですね/那麼説，你是次子囉。②於是。△〜彼は突然怒りだした/這麼一來，他突然火了。

するど・い［鋭い］（形）①尖，鋒利。△かみそりの刃はとても〜/剃刀刀刃特別鋒利。②尖鋭。△〜批判を受ける/遭到尖鋭的批評。③鋭利。△〜目でにらむ/用鋭利的目光盯視。△〜叫び声/尖利的叫聲。④敏鋭，靈敏。△頭が〜/頭腦敏鋭。↔にぶい

するめ（名）乾魷魚，烏賊乾。

ずれ（名）分歧，偏差。△時間の〜/時間的不一致。△意見の〜がある/意見有分歧。

スレート［slate］（名）①石板瓦。△〜ぶき/石棉水泥瓦。②石板岩。

すれちがい（形動）①幾乎挨上。△水面に〜に燕が飛ぶ/燕子擦着水面飛。②剛碰到，差一點達不到。△〜のところでやっと合格した/差一點沒考上。

すれちが・う（自五）交錯。△上り急行と下り急行は南京で〜/上行快車與下行快車在南京錯車。△肩と肩とが〜/擦肩而過。→行きちがう

すれっからし（名）滑頭，沒羞沒臊的人。

す・れる［擦れる］（自下一）①摩擦。△木の葉の〜音/樹葉摩擦的聲音。②油滑。

ず・れる（自下一）①（位置）錯離，（時間）錯開。②偏離。△テーマから〜/離題。

スレンダー［slender］（ダナ）瘦的，瘦瘦的。

スロー［throw］（名）〈體〉投擲，投球，傳球。△アンダーハンド〜/下手投球。△フリー〜/罰任意球，罰球。△〜イン/擲界外球。

スローアンドステディー［slow and steady］（名）慢慢地，扎實地。

スローイン［throw-in］（名）（足球等）擲界外球。

スロージン［sloe gin］（名）黑刺李酒。

スローガン［slogan］（名）標語，口號。

スローダウン［slow-down］（名・ス他）①減低速度，減速。△経済発展のテンポを〜する/降低經濟發展的速度。②降低工作效率，怠工。

スロープ［slope］（名）斜坡，斜面。

スローフード［slow food］（名）提倡傳統飲食運動，提倡傳統飲食餐飲店。

スローライフ［slow life］（名）悠閑的生活方式，慢節奏生活（運動）。

スロット［slot］（名）（公用電話、自動販賣機的）投幣口。

スロットマシン［slot machine］（名）①投幣式機器。②（一個人玩的）自動賭博機。

スローモーション［slow motion］（名）〈電影〉慢鏡頭。

スワール［swirl］（名）鬈髮，帶鬈的頭髮。

スワップきょうてい［スワップ協定］（名）〈經〉互換貨幣協議，互惠信貸。

すわり［座り］（名）①坐。②安定性，穩定性。△このテーブルは〜が悪い/這張桌子不穩。

すわりこみ［座り込み］（名）靜坐示威。

すわりこ・む［座り込む］（自五）①坐進去。②坐下不動，坐着不走。

すわ・る［座る］（自五）①坐。△きちんと〜/端坐。↔立つ②居（某地位）。△副会長の座に〜/做副會長。③固定不動。△目が〜/目不轉睛。

すをかう［酢を買う］（連語）找碴兒，刺激，煽動。

すん［寸］（名）①寸。②尺寸，尺碼。△〜が足りない/不夠尺寸。

すんいん［寸陰］（名）寸陰。△〜を惜しむ/惜分陰。

すんがつまる［寸が詰まる］（連語）尺寸短。

ずんぎり［寸切り］（名）（圓形物）切片。

すんげき［寸劇］（名）短劇。

すんごう［寸毫］（名）絲毫。△〜もおしまず/毫不吝惜。

すんこく［寸刻］（名）片刻。△〜を争う/分秒必爭。

すんし［寸志］（名）一點小意思。（送禮時的客套話）

すんじ［寸時］（名）片刻的閑暇。

すんぜん［寸前］（名）臨到眼前，迫在眉睫。△ゴール〜/眼看就到終點。→直前，まぎわ

すんだん［寸断］（名・他サ）粉碎，一截一截地斷開。

すんでのところ（連語）差一點（沒）…△～で命びろいをした／差點喪了命。→あやうく

すんなり（副・自サ）① 柔軟而富有彈性。△～した美人／苗條的美人。△～した指／細長柔軟的手指。② 順利。△議案は～と可決された／議案順利通過。

すんびょう［寸秒］（名）極短的時間。

すんぴょう［寸評］（名）短評。

すんぶん［寸分］（名・副）微小，一點點。△～のすきも見せない／無懈可擊。△～の狂いもない／分毫不差。

ずんべらぼう（名）① 馬大哈，吊兒郎當的人。② ⇨のっぺらぼう

すんぽう［寸法］（名）① 尺寸。△～をとる／量尺寸。②〈俗〉事先的安排。△あの峠で昼飯という～だ／咱們打算在那個山頭上吃午飯。

すんをまげてしゃくをのぶ［寸をまげて尺をのぶ］（連語）詘寸伸尺。捨小求大。

せ　セ

せ［背］(名)① 後背。△～におう／揹到背上。↔ 腹 ② 背後。△黒板を～にして立つ／背靠黒板站立。③ 山脊。④ 身高。△～が高い／個子高。△～の高さ／身材高矮。(也説"せい")△～たけ／個子。

せ［畝］(名)畝。(地積"一反"的十分之一，約合一公頃。)

せ［瀬］(名)① 河水淺處。淺灘(水淺的)急流處。△浅～／淺灘。↔ 淵 ② 機會。△身を捨ててこそうかぶ～もあれ／捨身才能有出路。

ぜ［是］(名)是，好，對。↔ 非

ぜ (終助)接句末，表示輕微強調。(男性口語用)① 向親密的夥伴傳達自己的意志或感動。△早く行こう～／快點去吧！② (多接"です"，"ます"之後)表示將自己的想法強加給對方。△それはちょっとちがいます～／那可有點不對。△みんな，かげで笑っているんだ～／大家都在背地裏笑呢。→ぞ，よ

ぜあみ［世阿彌］〈人名〉世阿彌(1363-1443)。日本室町初期"能楽"演員兼詞曲作者。

せい［正］(名)① (正邪的)正。△～をふむ／走正道。△～に帰す／歸正。② (正負的)正。△～の符號／正號。↔ 負 ③ (正確的)正。△契約書は～副 2 通作ってある／合同作了正副兩份。↔ 続，副

せい［生］(名)① 生，活着。△～に執着し，死を恐れる／貪生怕死。↔ 死 ② 生命。△この世に～を受ける／降生於這個世界。→生命 ③ 生計。△～を営む／營生。

せい［姓］(名)姓，姓氏。△～は鈴木，名は太郎という／姓鈴木，名太郎。△～を田中とかえる／改姓田中。→みょうじ ↔ 名

せい［性］(名)① 性，性別。△～の区別／性的區別。△～にめざめる／情竇初開。② 性質，本性。△人の～について，孟子は，それを善と考え，荀子は，それを悪と考えた／關於人性，孟子認為人性善，荀子認為人性惡。

せい［背］(名)⇨ せ［背］

せい［精］(名)① 精靈，妖精。△水の～／水之精靈。→霊 ② 精力。△体に～をつける／補養身體。→精力 ③ 精華。△日本美術の～／日本美術的精華。④ 精巧，精細。△～をきわめる／極為精巧。

せい［制］(造語)…制度。△定年～／退休制度。△六三～／六三制。(日本小學六年中學三年的義務教育)

せい［所為］(名)因為，由於。△失敗を人の～にしてはいけない／莫把失敗歸咎於人。△年の～でもの忘れがひどくなった／由於年歲的緣故，越發健忘了。

せい－［製］(接尾)製造。製品。△日本～のテレビ／日本製造的電視機。

ぜい［税］(名)税。△～を課す／課税。△～を徴収する／徵税。

せいあくせつ［性悪説］(名)性惡論。↔ 性善説

せいあつ［制圧］(名・他サ)壓制，鎮壓。△反乱軍を～する／鎮壓叛軍。→鎮圧

せいあるものはしあり［生ある者は死あり］(連語)有生者必有死。

せいあん［成案］(名)成案，定妥的方案。△～をえる／有了成熟的方案。↔ 草案，試案

せいい［誠意］(名)誠意。△誠心～／真心實意。△～を示す／表示誠意。→誠

せいいき［西域］(名)西域。(也讀"さいいき")

せいいき［声域］(名)聲域。

せいいき［聖域］(名)神聖地帶，禁區。

せいいく［生育］(名・自他サ)繁殖，生長。△バラの～／薔薇的繁殖。→発育，生長

せいいく［成育］(名・自サ)發育，成長。△子供の～／孩子的成長。→発育，生長

せいいつ［斉一］(名・形動)一律，一致，統一。△～な服装／統一的服裝。

せいいっぱい［精一杯］(名・副)竭盡全力。△およばずながら，～つとめます／雖然力量微薄也要竭盡全力。

せいいん［成員］(名)成員。→メンバー，構成員

せいいん［成因］(名)成因。△火山の～を調べる／研究火山的成因。

せいう［晴雨］(名)晴雨。△～にかかわらず行なう／不管晴天還是雨天都要進行。

せいうけい［晴雨計］(名)⇨きあつけい

セイウチ (名)〈動〉海象。

せいうん［星雲］(名)① (擴展到宇宙空間的)塵埃，霧氣團。② 星雲。△アンドロメタ～／安德洛墨達星雲。仙女星雲。→星団

せいうん［盛運］(名)好運，紅運。△～に向かう／交好運，走紅運。

せいうんのこころざし［青雲の志］(連語)青雲之志。△～をいだく／胸懷青雲之志。

せいえい［清栄］(名)康泰，時綏，清綏。△時下ますますご～の段，お喜び申し上げます／祝時下愈益康泰。→清祥

せいえい［精鋭］(名)精鋭。△～をすぐる／選拔精鋭。

せいえき［精液］(名)精液。

せいえん［声援］(名・他サ)聲援，助威。△～をおくる／助威。→応援，かけごえ

せいえん［製塩］(名・自サ)製鹽。△～業／製鹽業。

せいえん［凄艶］(名・形動)絕色，艷麗。△～な顔だち／花容月貌。

せいえん［清艶］(名・形動)秀麗。△～な美女／清秀的美女。

せいおう［西欧］（名）① 西欧。↔ 東欧 ② 歐洲，西洋。→欧米

せいおん［清音］（名）清音。

せいか［生花］（名）① 插花。② 鮮花。↔ 造花

せいか［生家］（名）出生的家。

せいか［正貨］（名）正幣，金（銀）幣。→本位貨幣 ↔ 補助貨幣

せいか［正課］（名）正課，必修課。↔ 課外

せいか［成果］（名）成果，成就。△～が上がる／提高了成績。△～をおさめる／獲得成果。→成績

せいか［声価］（名）聲價，聲譽。△～を高める／提高聲譽。→名声，評価，世評

せいか［青果］（名）蔬菜和水果。△～市場／蔬菜水果市場。

せいか［盛夏］（名）盛夏。↔ 厳冬

せいか［聖火］（名）聖火。△～台／聖火台。△～リレー／接力傳送（奧運會）聖火。

せいか［聖歌］（名）① 聖歌，神聖的歌。② 基督教讚歌。△グレゴリオ～／格利高里讚歌。

せいか［精華］（名）精華。△古代文化の～／古代文化的精華。→精髄，神髄

せいか［製菓］（名）製作糕點。

せいか［製靴］（名）做鞋。

せいか［臍下］（名）臍下，小肚子，小腹。△～丹田／臍下丹田。

せいが［清雅］（名・形動）清雅，高雅。

せいが［聖画］（名）〈宗〉聖畫。

せいかい［正解］（名）正確的解答，正確答案。△～をだす／提出正確答案，做正確解答。→正答

せいかい［政界］（名）政界。△～に入る／進入政界。

せいかい［盛会］（名）盛會。△クラス会は～だった／班會開得很盛大。

せいかいちば［青果市場］（名）果菜市場。

せいかいけん［制海権］（名）制海權。

せいかがく［生化学］（名）生物化學。

せいかく［正確］（名・形動）正確，準確。△～を期する／期望準確。△～に伝える／準確傳送。△不～／不正確。→精確

せいかく［性格］（名）性格，性情，性質。△～があわない／性格不合。△明るい～／開朗的性格。→気，性分，たち

せいかく［精確］（名・形動）精確。△～なプラン／精密的計劃。→正確

せいかく［製革］（名）製革。

せいかく［正格］（名）① 正式規格，正規。△～旋法／正規旋律法。② 正格變化。△動詞の～活用／動詞正格活用。

せいがく［声楽］（名）聲樂。△～家／聲樂家。→ボーカル ↔ 器楽。

ぜいがく［税額］（名）税額。

せいかくじょうぎ［正角定規］（名）直角尺。

せいかくはいゆう［性格俳優］（名）善於表現人物性格的演員。

せいかくびょうしゃ［性格描写］（名）性格描寫，性格塑造。

せいかたんでん［臍下丹田］（名）臍下丹田。

せいかつ［生活］（名・自サ）① 活着，活動。→生きる ② 生活。△～がなりたつ／生活可以維持。△～にゆとりがある／生活有富裕。△～の安定／生活安定。△～設計／規劃生活。→暮らし，生計，家計 ③ 人生。△～をたのしむ／享受人生的樂趣。△アメリカでの～／在美國的生活。

せいかつく［生活苦］（名）生活艱苦。

せいかつしゅうかんびょう［生活習慣病］（名）〈醫〉生活習慣病，成人病。

せいかつすいじゅん［生活水準］（名）生活水平。△～が上がる／生活水平提高了。

せいかつたい［生活体］（名）生物體。

せいかつたいけん［生活体験］（名）生活經驗。

せいかつなん［生活難］（名）生活困難。

せいかつひ［生活費］（名）生活費。

せいかぶつ［青果物］（名）蔬菜和水果。

せいかつようしき［生活様式］（名）生活方式。△～の改善を図る／計劃改善生活方式。

せいかん［生還］（名・自サ）① 生還。△宇宙からの～／從宇宙生還。②（棒球跑壘員跑回本壘）得分。△二者～／兩人回到本壘得分。→ホームイン

せいかん［静観］（名・他サ）靜觀。△なりゆきを～する／靜觀事態的發展。→傍観，座視，黙視

せいかん［清閑］（名・形動）清閑。△～の地／清閑之地。

せいかん［清悍］（形動）精悍。△～な顔つき／精悍的長相。

せいかん［製缶］（名）① 製造鍋爐。② 製罐。

せいがん［正眼・青眼］（名）（劍術的）中段架勢（把劍尖對準對方眼睛的架勢）。

せいがん［晴眼］（名）明眼，明目，看得清楚的眼睛。

せいがん［誓願］（名・自サ）① 誓願，發誓。②〈佛教〉大慈大悲的誓願。

せいがん［請願］（名・他サ）請願。△～権／請願權。△～書／請願書。→陳情

せいかん［税関］（名）海關。

ぜいかんけんさ［税関検査］（名）〈經〉海關檢查，驗關。

ぜいかんしんこくしょ［税関申告書］（名）〈經〉報關單，進口報關單。

ぜいかんてつづき［税関手続］（名）〈經〉海關手續。

せいき［正規］（名）正規，正式。△～の手続き／正式的手續。

せいき［世紀］（名）① 世紀。△十八～／十八世紀。② 百年以來。絕世。△～の祭典／百年不遇的盛典。△～の美女／絕代佳人。③ 時代。△原子力の～／原子能時代。

せいき［生気］（名）生氣，生機，活力。△～をとりもどす／恢復活力。→活気，元気，精気，生彩

せ
セ

せいき［生起］(名・自サ) 發生。

せいき［西紀］(名) 公元，西曆。

せいき［性器］(名) 生殖器，性器官。

せいき［精氣］(名) ① 精氣。△万物の～／萬物之精氣。② 精力。△～があふれる／精力洋溢。→精力，元気，活力，活気，生気

せいき［盛期］(名) 旺盛期，旺季。△りんご収穫の～／收蘋果的旺季。

せいき［正気］(名) 正氣。

せいぎ［正義］(名) 正義。△～を守る／維護正義。△～をつらぬく／堅持正義。

せいぎ［盛儀］(名) 盛典。

せいきまつ［世紀末］(名) 世紀末。

せいきゅう［請求］(名・他サ) 索取。△代金を～する／索取貨款。△～書／賬單。

せいきゅう［性急］(形動) 性急。△～に事をはこびすぎると，ろくなことはない／操之過急，沒有好結果。

せいきょ［逝去］(名・他サ) 逝世。△ご尊父様のご～をおくやみ申しあげます／沉痛悼念令尊大人逝世。

せいきょ［盛舉］(名) 盛舉。

せいぎょ［生魚］(名) 活魚，鮮魚，生魚。

せいぎょ［成魚］(名) 成魚，長成的魚。

せいぎょ［制御］(名・他サ) ① 控制，駕馭。△感情を～する／控制感情。② 操縱，駕駛，控制。△自動～装置／自動控制装置。→コントロール，統制

せいきょう［正教］(名)〈宗〉希臘正教，東正教。

せいきょう［盛況］(名) 盛況。△満員の～／座無虛席的盛況。

せいきょう［政況］(名) 政局，政情。

せいきょう［生協］(名) 消費合作社（"生活協同組合" 的略語）。

せいきょう［政教］(名) ① 政治和教育。② 政治和宗教。

せいきょう［清興］(名) 雅興。

せいきょう［聖教］(名) ① 聖教。② 基督教。

せいきょう［精強］(名・形動) 精強，精銳。

せいぎょう［正業］(名) 正業，正當職業。△～につく／有了正當職業。

せいぎょう［生業］(名) 職業，生業。

せいぎょう［盛業］(名) 盛業，興旺的事業。

せいきょういく［性教育］(名) 性教育。

せいきょういん［正教員］(名) 正式教員。

せいきょうと［清教徒］(名)〈宗〉清教徒。→ピューリタン

せいきょく［正極］(名)〈理〉正極。

せいきょく［政局］(名) 政局。△～が緊迫する／政局吃緊。△～の安定／政局穩定。

せいぎょく［青玉］(名) 藍寶石。→サファイア

せいきん［精勤］(名・自サ)（很少請假或遲到、早退）勤勉，勤奮。

ぜいきん［税金］(名) 税款。

せいきんワクチン［生菌ワクチン］(名)〈生物〉活疫苗血清。

せいく［成句］(名) ① ⇨かんようく ② 成語，典故。→成語，故事成語

せいく［聖句］(名) ① 神聖的語言。② 聖經中的詞句。

せいくうけん［制空権］(名) 制空權。

せいくらべ［背比べ］(名・自サ) 比個子，比身高。△弟と～する／與弟弟比個子。→たけくらべ

せいくん［請訓］(名・自サ)（駐外使節向本國政府）請示。

せいけい［生計］(名) 生計，生活。△～をたてる／謀生。△～をたもつ／維持生活。→家計，くらし

せいけい［西経］(名)〈地〉西經。↔ 東経

せいけい［正系］(名) 嫡系，正統。

せいけい［成型］(名・他サ) 壓製成型，造型。

せいけい［政経］(名) 政治和經濟。

せいけい［整形］(名)〈醫〉整形，整容。

せいけいしゅじゅつ［成形手術］(名)〈醫〉胸部成形手術。

せいけつ［清潔］(名・形動) ① 清潔。△～にする／弄乾淨。△～な娘／純潔的姑娘。② 清廉，廉潔。△～な政治／廉潔的政治。↔ 不潔

せいけん［政見］(名) 政見。△～発表／發表政見。△～放送／廣播政見。

せいけん［政権］(名) 政權。△～をにぎる／掌握政權。△～あらそい／政權之爭。

せいけん［生繭］(名) 生繭。

せいけん［聖賢］(名) 聖賢。

せいげん［制限］(名・他サ) 限制。△～をくわえる／加以限制。△～をゆるめる／放鬆限制。△きびしい～／嚴格的限制。→規制

せいげん［正弦］(名)〈數〉正弦。

せいげん［西諺］(名) 西諺，西方諺語。

せいげん［誓言］(名・自サ) 誓言。

ぜいげん［贅言］(名) 贅言，贅述。△～を要しない／毋庸贅言。

ぜいげん［税源］(名) 税源。

せいご［生後］(名) 生後，出生以後。△～三週間／生後三週。

せいご［正誤］(名) ① 勘誤。△～表／勘誤表。② 正和誤。

せいご［成語］(名) 成語，典故。△故事～／成語典故。→成句

せいご (名) 小鱸魚。

せいこう［生硬］(形動) 生硬。△～な文章／生硬的文章。

せいこう［成功］(名・自サ) ① 成功。△～をおさめる／獲得成功。△失敗は～のもと／失敗是成功之母。② 功成名就。△～者／功成名就者。↔ 失敗

せいこう［性向］(名) 性情，性格上的傾向。△彼は新しい流行にすぐとびつく～がある／他愛趕時麾。→気質

せいこう［正鵠］(名) ⇨せいこく

せいこう［精巧］(名・形動) 精巧。△～をきわ

める／極其精巧。△～なしくみ／精巧的結構。

せいこう［製鋼］(名・自サ) 煉鋼。

せいこう［盛行］(名) 盛行。

せいこう［性行］(名) 操行，品行。

せいこう［性交］(名・自サ) 性交。

せいこう［政綱］(名) 政綱，政治綱領。

せいこう［清光］(名) (月亮的) 清光。

せいこう［精鋼］(名) 精鋼，優質鋼。

せいごう［正号］(名)〈數〉正號。↔ 負号

せいごう［整合］(名・他サ) 使完整，一致。

せいごうせい［整合性］(名) (前後理論) 一貫性。

せいこうとうてい［西高東低］(名) (日本冬季氣壓) 西高東低。

せいこうほう［正攻法］(名) ① 按部就班的做法。② 正面進攻，堂堂正正地進攻。△～で行く／從正面進攻。

せいこく［正鵠］(名) 要害，關鍵。△～を射る／擊中要害。→急所 (有時也習慣讀作"せいこう")

せいこつ［整骨］(名・自サ) 正骨，接骨。

ぜいこみ［税込み］(名) 包括税款在内。△～十万円／包括税款十萬日圓。↔ 税ぬき

せいこん［精根］(名) 精力。△～がつきる／精疲力竭。△～をうちこむ／投入全部精力。

せいこん［精魂］(名)〈がつきる／精魂〉靈魂。△～こめた作品／傾注了心血的作品。

せいこん［成婚］(名・自サ) 成婚，結婚。

せいざ［正座］(名・自サ) 端坐。△きちんと～する／正襟危坐。→端座

せいざ［星座］(名)〈天〉星座。

せいざ［静座］(名・自サ) 静坐。

せいさい［生彩・精彩］(名) ① [生彩] 生動活潑。△～を欠く／欠生動，不活潑。② [精彩] 精彩，光彩。△～を放つ／放光彩。

せいさい［制裁］(名・他サ) 制裁。△～を加える／加以制裁。△鉄拳～／飽以鐵拳。→罰

せいさい［正妻］(名) 妻，正室。

せいさい［精細］(名・形動) 詳細，周詳。

せいざい［製材］(名・自サ) 木材加工。△～所／鋸木廠，木材加工廠。

せいさく［制作・製作］(名・他サ) ① [制作] 創作，製作 (藝術作品)。△卒業～／畢業作品。② [製作] 製造。→製造，作製

せいさく［政策］(名) 政策。△～をねる／研究政策。

せいさくしゃ［製作者］(名) ① (工業產品) 製造者，製造廠家。② 〈影〉製片人。

せいさくじょ［製作所］(名) 製造廠，工廠。△映画～／電影製片廠。

せいさつよだつ［生殺与奪］(名) 生殺與奪。△～の権／生殺與奪之權。

せいさん［正餐］(名) 正餐。

せいさん［生産］(名・他サ) 生產。△～を上げる／提高生產。△石油を～する／生產石油。△～力／生產力。△～量／生產量。

せいさん［聖餐］(名)〈宗〉聖餐。

せいさん［成算］(名) (成功的) 把握。△～がある／成竹在胸。→勝算

せいさん［清算］(名・他サ) ① 結算，清算，結賬。△借金を～する／清理借款。② 結束，了結 (以前不好的關係)。△過去を～する／清算過去。

せいさん［精算］(名・他サ) 細算，結算。△～所／結算處。

せいさん［凄惨］(形動) 凄惨。△～な事件／凄惨的事件。→陰惨

せいさん［青酸］(名)〈化〉氰酸。△～ガス／氰酸氫。

せいざん［青山］(名) ① 青山。② 墳地。

せいさんかくけい［正三角形］(名)〈數〉正三角形，等邊三角形。(也説"せいさんかっけい")

せいさんかじょう［生産過剰］(名)〈經〉生產過剰。

せいさんカリ［青酸カリ］(名)〈化〉氰酸鉀。

せいさんかんけい［生産関係］(名) 生產關係。

せいさんかんり［生産管理］(名) 生產管理。

せいさんきょてん［生産拠点］(名)〈經〉生產基地。

せいさんコスト［生産コスト］(名) 生產成本。

せいさんざい［生産財］(名)〈經〉生產資料。

せいさんしゃかかく［生産者価格］(名) 生產者價格。

せいさんしゅだん［生産手段］(名) 生產手段。

せいさんせい［生産性］(名) 生產率，生產能力。

せいさんだか［生産高］(名) ① 產量。② 產值。

せいさんち［生産地］(名) 產地。

せいさんてき［生産的］(形動) ① 有關生產的。② 生產性的，建設性的。

せいさんぶつ［生産物］(名) 生產品，產品。

せいさんもくひょう［生産目標］(名) 生產指標。

せいさんりょう［生産量］(名)⇨せいさんだか

せいさんりょく［生産力］(名) 生產力。

せいし［青史］(名) 青史，歷史。△～に永遠に残る／永垂青史。

せいし［正史］(名) ① 正史。→國史 ↔ 外史，私史，野史 ② 正確的歷史。↔ 稗史

せいし［生死］(名) 生死。△～にかかわる／關係着生死存亡。△～をともにする／生死與共。→死活

せいし［正視］(名・他サ) 正視。△～するにしのびない／目不忍睹。→直視

せいし［制止］(名・他サ) 制止。

せいし［精子］(名) 精子。↔ 卵子

せいし［静止］(名・自サ) 静止。△～衛星。／同步衛星。↔ 運動

せいし［誓詞］(名) 誓詞，誓言。

せいし［製紙］(名) 造紙。

せいし［製糸］(名) 繅絲。△〜工場／繅絲廠。

せいし［整肢］(名)〈醫〉整肢。

せいじ［正字］(名) ① 正字。↔ 誤字，あて字 ② 正規字。↔ 俗字，略字，通用字

せいじ［政事］(名) 政事，政務。

せいじ［盛事］(名) ① 盛事，盛舉。② 極好的事業。

せいじ［盛時］(名) ① 鼎盛時期。② 全盛時期。

せいじ［青磁］(名) 青瓷。

せいじ［政治］(名) 政治。△〜をつかさどる／執掌政治。△〜にたずさわる／從事政治

せいじいしき［政治意識］(名) 政治意識，政治覺悟。

せいじか［政治家］(名) ① 政治家。② 政客，要權術的人。

せいじかつどう［政治活動］(名) 政治活動。

せいしき［正式］(名・形動) 正式，正規。△〜に許可する／正式批准。△〜の夫婦／正式夫妻。→本式，正規 ↔ 略式

せいしき［制式］(名) 規定 (的樣式)。

せいしきしょうえいせい［静止気象衛星］(名)〈天〉靜止 (型) 氣象衛星。

せいじきょういく［政治教育］(名) 政治教育。

せいじけんりょく［政治権力］(名) 政治權力。

せいしつ［性質］(名) ① (人的) 性情，性格。△〜がいい／性格好。△ねばりづよい〜／堅靱不拔的性格。→性格，性分 ② (物質的) 性質，特性。△砂糖には水によくとける〜がある／糖有易溶於水的性質。→特性，特質

せいじつ［誠実］(名・形動) 誠實。△〜を欠く／不誠實。△〜な人がら／誠實的人品。

せいじてき［政治的］(形動) ① 政治性的。△〜な問題／政治 (性) 問題。② 政治上的 (協商)△〜な解決／政治解決。

せいじはん［政治犯］(名) 政治犯。

せいしゃ［斉射］(名) (槍、炮等) 一齊射擊。

せいじゃ［正邪］(名) 正邪，是非曲直。△〜を明らかにする／明辨是非。→理非

せいじゃ［生者］(名) 生者，活着的人。

せいじゃ［聖者］(名) ① (基督教的) 聖者，聖徒。② 聖人。→聖人

せいしゃいん［正社員］(名) 正式職員。

せいじゃく［静寂］(名・形動) 寂靜。△〜をやぶる／打破寂靜。→静けさ，閑靜，閑寂 ↔ 喧騒，にぎやか

ぜいじゃく［脆弱］(名・形動) 脆弱，虛弱。△〜な体質／虛弱的體質。△〜な地層／脆弱的地層。→もろい

せいしゃず［正射図］(名) 正投影圖。

せいしゅ［清酒］(名) 清酒，日本酒。↔ どぶろく

せいじゅ［聖寿］(名) 聖壽。

ぜいしゅう［税収］(名) 税收。

せいしゅく［静粛］(名・形動) 肅靜。△ご〜にねがいます／請肅靜。

せいしゅく［星宿］(名)〈天〉星宿，星座。

せいじゅく［成熟］(名・自サ) ① (水果、農作物、人的身心) 成熟。↔ 未熟 ② (時機) 成熟。△あわてずに，時期が〜するのを待つ／不慌不忙地等待時機的成熟。

せいしゅん［青春］(名) 青春。△〜を謳歌する／謳歌青春。△〜時代／青春時代。

せいじゅん［清純］(形動) 純潔，純真。△〜な乙女／純潔的少女。△〜派／純潔派。→清楚 ↔ 不純

せいしょ［清書］(名・他サ) 謄寫，謄清。→浄書

せいしょ［聖書］(名)〈宗〉聖經。→バイブル ⇨しんやくせいしょ

せいしょ［青書］(名) 藍皮書。

せいしょ［盛暑］(名) 盛暑。

せいじょ［整除］(名・他サ)〈數〉整除。

せいしょう［斉唱］(名・他サ)〈樂〉齊唱。

せいしょう［清祥］(名) 吉祥，康泰。△ご一家のみなさまには，ますますご〜のこととと拝察いたします／謹祝府上各位日益康泰。

せいしょう［制勝］(名・自サ) 制勝，得勝。

せいしょう［青松］(名) 青松，蒼松。

せいしょう［政商］(名) 有政治靠山的商人。

せいじょう［正常］(名・形動) 正常。△〜にもどる／恢復正常。△〜に動く／正常運轉，正常動作。△〜な状態／正常狀態。→ノーマル ↔ 異常

せいじょう［性情・性状］(名) ①［性情］性情，性格，脾氣。→気だて，気質，気性 ②［性状］① 性情，品行。② 性質，狀態。

せいじょう［政情］(名) 政情，政局。△〜不安／政局不穩。→政局

せいじょう［清浄］(名・形動) 清靜，清潔。△〜な空気／潔淨的空氣。△〜野菜／(只施化肥不施糞尿的) 清潔蔬菜。→清潔

せいじょうき［星条旗］(名) 星條旗 (美國國旗)。

せいしょうなごん［清少納言］〈人名〉(日本平安時代的女作家) 清少納言。

せいしょうねん［青少年］(名) 青少年。→若者

せいしょく［生色］(名) 生氣，容光煥發。△〜をとりもどす／恢復了生氣。

せいしょく［生殖］(名) 生殖。

せいしょく［聖職］(名) ① 聖職人員。② (基督教中的) 牧師，主教，神甫。

せいしょく［生食］(名) 生食，生吃。

せいしょく［声色］(名) 聲色，語聲和臉色。

せいしょほう［正書法］(名) 正字法。→正字法

せいしん［清新］(名・形動) 清新。△〜な気風／清新的風氣。→フレッシュ ↔ 陳腐

せいしん［精神］(名) ① 心神，精神。△〜の躍動／精神振奮。↔ 肉體，物質 ② 精神，意識。△〜を集中する／集中精神。△〜一到なにごとかならざらん／有志者，事竟成。→気力，意気 ③ 精神，思想。△〜活動／精神活動。△〜史／精神史。△〜がよくない／精神欠佳。

→思想④ 根本，宗旨，精神。△立法の～／立
法的宗旨。

せいしん [星辰] (名) 星辰。

せいじん [成人] (名・自サ) 成人。△～に達す
る／長大成人。→おとな，成年 ↔ 子ども，未
成年

せいじん [聖人] (名) 聖人。→聖，聖者

せいしんいじょう [精神異常] (名) 精神失常。

せいしんえいせい [精神衛生] (名) ① 預防，
治療精神病及其方法。② 精神保健及方法。
△いらいらするのは～によくない／焦躁無益
於身心健康。

せいしんかがく [精神科学] (名) 精神科學，
文化科學。

せいじんしき [成人式] (名) 成人式，加冠禮。

せいしんしゅぎ [精神主義] (名) 精神至上論，
精神萬能論。

せいしんせいい [誠心誠意] (副) 誠心誠意，
全心全意。△～人につくす／真心實意地為別
人服務。

せいしんせいかつ [精神生活] (名) 精神生活。

せいしんそくてい [精神測定] (名) 心理測驗。

せいしんてき [精神的] (形動) 精神上的，精
神 (的)。△～にまいる／精神上崩潰。

せいしんねんれい [精神年齢] (名) 智力年齡。

せいじんのひ [成人の日] (名) 成人節。(一月
十五日)

せいしんはくじゃく [精神薄弱] (名) 低能，
智力發育不全。

せいしんびょう [精神病] (名) 精神病。

せいじんびょう [成人病] (名) 〈醫〉40 歳以上
的人易患的由不良生活習慣誘發的疾病 (如癌，
腦血管疾病，心臟疾病等)，成人病。

せいしんぶんか [精神文化] (名) 精神文明。

せいしんぶんせき [精神分析] (名) 精神分
析。

せいしんぶんれつしょう [精神分裂症] (名)
精神分裂症。

せいしんりょく [精神力] (名) 精神力量。→
気力 ↔ 体力

せいしんろうどう [精神労働] (名) 腦力勞動。

せいしんろん [精神論] (名) 唯心論。

せいず [製図] (名・他サ) 製圖。△～板／製圖
板。

せいすい [盛衰] (名) 盛衰，興衰。△国家
の～／國家的興衰。→興亡，消長

せいすい [静水] (名) 靜水。↔ 流水

せいすい [清水] (名) 清水，淨水。

せいすい [井水] (名) 井水。

せいすい [精粋] (名) 精粹，精華。

せいずい [精髄] (名) 精髓，精華。→神髓，精
華

せいすう [正数] (名) 〈數〉正數。

せいすう [整数] (名) 〈數〉整數。

せい・する [制する] (他サ) ① 制止，抑制。
△さわぎを～／制止吵嚷。△いかりを～／抑
制憤怒。→抑制 ② 控制，制止。△機先を～／

先發制人。

せい・する [征する] (他サ) 征伐，征服。

ぜい・する [贅する] (自サ) 贅言，多餘的話。

せいせい [生成] (名・自他サ) 生成，形成。

せいせい [生棲] (名・自サ) 生息，生活。

せいせい [精製] (名・他サ) ① 精心製造。↔
粗製 ② 精製。△～塩／精鹽。

せいせい [済済] (形動) 濟濟。

せいせい [整斉] (形動) 整齊。

せいぜい (副) ① 盡量。△どうせだめだろう
が，～がんばるんだ／反正不行，但還要盡最
大努力。② 充其量，頂多。△出席者は～百人
程度だろう／参加者頂多不過百人左右。→た
かだか

ぜいせい [税制] (名) 税制。

ぜいぜい (副) 呼哧呼哧，唏噓。

せいせいかつ [性生活] (名) 性生活。

せいせい・する [清清する] (自サ) 清爽，爽
快。△借りを返してやっと～した／還清了債
務才輕鬆了。

せいせい (と) [生生 (と)] (自サ) ① 生氣勃
勃。② 生生不已。

せいせいどうどう [正正堂堂] (副) 堂堂正正，
光明正大。△～とたたかう／光明正大地進行
鬥爭。

せいせいねつ [生成熱] (名) 〈理〉形成熱。

せいせいるてん [生生流転] (名・自サ) 不斷
發展變化。

せいせき [成績] (名) 成績，成果。△～を上げ
る／提高成績。→成果

せいせき [聖跡] (名) ① 神聖的遺跡。② 聖跡，
帝王去過的地方。

せいせつ [正切・正接] (名) 〈數〉正切。

せいぜつ [凄絶] (名・形動) 異常激烈，極其凄
慘。△～をきわめた戦い／極其慘烈的戰鬥。

せいせっかい [生石灰] (名) 生石灰。(也可簡
稱為 "せっかい" 或 "いしばい")

せいせん [生鮮] (名) 新鮮。△～食料品／生鮮
副食品。→新鮮，フレッシュ

せいせん [精選] (名・他サ) 精選。△～した
品／精選的商品。→厳選

せいせん [清泉] (名) 清泉。

せいせん [清洗] (名) (紡織) 清洗。

せいせん [聖戦] (名) 聖戰。

せいせん [性腺] (名) 生殖腺，性腺。

せいせん [政戦] (名) 政權爭奪戰。

せいぜん [生前] (名) 生前。△～愛用していた
万年筆／生前常用的自來水筆。

せいぜん [整然] (副・連體) 井然，有條不紊。
△～とならぶ／擺得整整齊齊。↔ 雑然

せいぜん [性善] (名) 性善。

せいぜん [井然] (形動) 井然，整齊。

せいせんしょくひん [生鮮食品] (名) 新鮮食
品。

せいぜんせつ [性善説] (名) 性善論。↔ 性惡
説

せいそ [精粗] (名) 粗細，詳略。

せいそ［清楚］(名・形動) 素淨，清秀。△～な身なり／穿戴素淨。

せいそう［成層］(名) 成層，疊層。△～鉱床／沉積礦牀。

せいそう［星霜］(名) 星霜，歲月。△～をへる／久經歲月。△幾～／幾度星霜。→春秋，歲月

せいそう［清掃］(名・他サ) 清掃。△駅前を～する／清掃站前。△～車／清掃車，垃圾車。

せいそう［正装］(名・自サ) 禮服，正裝。→盛装 ↔ 略装，略服

せいそう［盛装］(名・自サ) 盛裝。△～で出かける／着盛裝出門。→正装

せいそう［政争］(名) 政爭，爭奪政權。

せいそう［清爽］(名・形動) 清爽。

せいぞう［製造］(名・他サ) 製造，生產。△食器を～する／製造餐具。△～年月日／生產年月日。→製作，作製

せいぞう［聖像］(名) 聖像，聖人的肖像。

せいそうけん［成層圏］(名) (氣象) 同溫層，平流層。△～飛行／在同溫層中飛行。

せいそく［生息・棲息］(名・自サ) 生息，棲息。△野生のさるの～地／野生猴子的棲息地。

せいとう［正統］(名) 正編和續編。

せいぞろい［勢揃い］(名・自サ) 聚集，聚齊。

せいぞん［生存］(名・自サ) 生存。△山で遭難した人の～が確認された／在山上遇難人還活着得到了證實。→存命，生きる

せいぞんきょうそう［生存競争］(名) 生存競爭。△～がはげしい／生存競爭很激烈。

せいぞんけん［生存権］(名) 生存權。

せいぞんしゃ［生存者］(名) 生存者，幸存者。

せいた［背板］(名)① 板皮，圓木邊材。②(椅子的) 靠背。③(書架等的) 背板。

せいたい［生態］(名)① 生態。△象の～をさぐる／探索象的生態。② 生活狀態。△若い世代の～をルポする／報導年輕一代的生活狀態。

せいたい［正対］(名・自サ) 正對，面對。

せいたい［声帯］(名) 聲帶。

せいたい［静態］(名) 靜態。↔ 動態

せいたい［政体］(名) 政體。

せいだい［正大］(名・形動) 正大光明。

せいだい［盛大］(形動) 盛大，隆重。

せいだい［盛代］(名) 盛世。

せいだい［聖代］(名) 聖世。

せいたいもしゃ［声帯模写］(名) 口技。→声色，ものまね

せいたかくけい［正多角形］(名)〈數〉正多邊形。

せいだく［清濁］(名)① 清濁。② 清音和濁音。

せいだくあわせのむ［清濁併せ呑む］(連語) 寬宏大量，豁達大度。

ぜいたく［贅沢］(名・形動・自サ) 奢侈，鋪張。△～に暮らす／生活奢侈。△～な生活／奢侈的生活。△～品／奢侈品。↔ 豪奢 ↔ 質素

せいだ・す［精出す］(自五) 努力工作。△仕事に～／努力工作。→いそしむ

せいたん［生誕］(名・自サ) 誕生。△キリストの～／基督降生。△～百年祭／誕生一百周年紀念。→誕生

せいだん［星団］(名)〈天〉星團。→星雲

せいだん［清談］(名) 清談，空談。

せいたんさい［聖誕祭］(名) 聖誕節。

せいち［生地］(名) 出生地。→出生地

せいち［聖地］(名) 聖地。

せいち［精緻］(名・形動) 精緻，細緻周到。△～をきわめる／極其精緻。△～な計画／周密的計劃。→精巧，精密

せいち［整地］(名・自サ) 整地，平整土地。→地ならし

せいちく［成竹］(名) 成竹。△胸に～あり／胸有成竹。

ぜいちく［筮竹］(名) 筮籤，卜籤。

せいちしき［性知識］(名) 性知識。

せいちゃ［製茶］(名) 製茶。△～業／製茶業。

せいちゃく［正嫡］(名)① 妻。② 嫡出子。

せいちゅう［成虫］(名) 成蟲。↔ 幼虫

せいちゅう［掣肘］(名・他サ) 掣肘，牽制。△～をくわえる／加以掣肘。

せいちゅう［正中］(名)① 中心，中央。②〈天〉正中。

せいちゅう［誠忠］(名) 忠誠。

せいちょう［正調］(名) 正統的腔調，正宗唱法。

せいちょう［成長・生長］(名・自サ)①［成長］(人，動物，經濟) 成長。△～がはやい／成長快。△～がとまる／停止生長。△人間として～する／長大成人。②［生長］(植物) 生長。△～をうながす／促進生長。→生育，成育，発育

せいちょう［声調］(名) 語調。→ふしまわし②(中文的) 四聲，聲調。

せいちょう［政庁］(名) 行政機關。

せいちょう［清聴］(名・他サ) 垂聞，聽。△ご～ありがとうございました／承蒙垂聞，十分感謝。

せいちょう［静聴］(名・他サ) 靜聽。△ご～ねがいます／請大家靜聽。

せいちょう［清澄］(名・形動) 清澄，清澈。△～なふえの音／清脆的笛聲。→澄明

せいちょう［整調］(名・自サ) 賽艇的尾槳手。

せいちょうかぶ［成長株］(名)① 有前途的公司股票。② 大有發展前途的人。→ホープ

せいちょうざい［整腸剤］(名) 調整胃腸的藥。

せいちょうさんぎょう［成長産業］(名) 有發展前途的工業。

せいちょうそ［生長素］(名)〈化〉〈生物〉植物激素，植物荷爾蒙。

せいつう［精通］(名・自サ) 精通。△彼は，各国の経済事情に～している／他精通各國的經濟。→通暁

せいてい［制定］(名・他サ) 制定。△憲法を～する／制定憲法。

せいてい［井底］(名) 井底。△～のかわず／井底之蛙。

せいてい［聖帝］(名) 聖帝，聖明的皇帝。

せいてき［性的］(形動)性的。△～な魅力／性的魅力。

せいてき［静的］(形動)靜態的。△～な美しさ／靜態美。↔ 動的

せいてき［政敵］(名)政敵。

せいてつ［製鉄］(名)煉鐵。△～所／煉鐵廠。

せいてはことをしそんじる［急いては事を仕損じる］(連語)忙中有錯，欲速則不達。

せいてん［晴天］(名)晴天。△～にめぐまれる／幸好遇上晴天。→晴れ ↔ 雨天，曇天

せいてん［聖典］(名)〈宗〉聖典。

せいてん［成典］(名)① 成文的法典。② 規定的典禮儀式。

せいてん［性典］(名)性典，性知識全書。

せいでん［正伝］(名)正傳。

せいでん［正殿］(名)正殿。

せいてんかんしゅじゅつ［性転換手術］(名)〈醫〉變性手術。

せいでんき［静電気］(名)〈理〉靜電。

せいでんき［正電気］(名)正電。↔ ふでんき

せいてんし［聖天子］(名)聖明的天子。

せいてんのへきれき［青天の霹靂］(連語)晴天霹靂。

せいてんはくじつ［青天白日］(名)① 晴天白日。② 光明磊落。③ 被平反昭雪。△～の身となる／被平反昭雪，得以重見天日。

せいと［生徒］(名)學生(特指小學生和中學生)。△～手帳／學生手冊。

せいと［征途］(名)征途，旅途。

せいと［星斗］(名)星斗，星辰。

せいと［聖徒］(名)① 基督教徒。② 聖徒。

せいど［制度］(名)制度。△～をもうける／創立制度。△～をあらためる／改變制度。→システム

せいど［精度］(名)精度。△～が高い／精度高。

せいとう［正答］(名)正確的答案。→正解

せいとう［正当］(名・形動)正當。△～な理由／正當理由。△～防衛／正當防衛。↔ 不当

せいとう［正統］(名・形動)正統。△～派／正統派。→本流 ↔ 異端

せいとう［政党］(名)政黨。△革新～／革新政黨。→党

せいとう［製糖］(名)製糖。△～会社／製糖公司。

せいとう［征討］(名・他サ)征討。

せいとう［精到］(名)周詳，精細周到。

せいとう［精糖］(名)精製糖，精糖。

せいとう［製陶］(名)陶瓷製造。

せいどう［正道］(名)正道，正確的道路。↔ 邪道

せいどう［青銅］(名)青銅。△～器／青銅器。

せいどう［生動］(名・サ)生動，栩栩如生。

せいどう［政道］(名)政道，施政方法。

せいどう［聖堂］(名)① 孔廟。②〈基督〉教堂。

せいどう［精銅］(名)純銅，精煉銅。

せいとうか［正当化］(名)使正當化，使合法化。

せいどうきじだい［青銅器時代］(名)青銅器時代。

せいとうせいじ［政党政治］(名)政黨政治。

せいとうは［正統派］(名)正統派。

せいとうぼうえい［正当防衛］(名)〈法〉正當防衛。

せいとかい［生徒会］(名)(中)學生自治會。

せいとかん［生徒監］(名)學監，教導主任。

せいとく［生得］(名)生就，生來。△～の権利／生來的權利。→生来，生まれつき，生まれながら

せいとく［盛徳］(名)高尚的道德。

せいどく［西独］(國名)〈前〉西德。

せいどく［精読］(名・他サ)精讀，細讀。→熟読 ↔ 速読

せいとん［整頓］(名・自他サ)整頓，整理。

せいどん［晴曇］(名)陰晴。

せいなる［聖なる］(連體)神聖，至高無上。

せいなん［西南］(名)西南。

せいなんせい［西南西］(名)西南偏西。

せいにく［生肉］(名)生肉，鮮肉。

せいにく［精肉］(名)上等肉，精選的肉。

ぜいにく［贅肉］(名)肥肉，虛肉。

せいにゅう［生乳］(名)鮮奶。

せいねん［生年］(名)出生年份。△～月日／出生年月日。

せいねん［成年］(名)成年。△～に達する／達到成年。→成人，おとな ↔ 未成年，少年

せいねん［青年］(名)青年。△～団／青年團。

せいねん［盛年］(名)精力旺盛時期，年富力強時期。

せいねんがっぴ［生年月日］(名)出生年月日。

せいねんき［青年期］(名)青春時期。

せいねんだん［青年団］(名)青年團。

せいのう［性能］(名)性能。△～がすぐれる／性能優越。→能力

せいのう［精農］(名)精耕細作的農民。

せいのう［精嚢］(名)精囊。

せいのレンズ［正のレンズ］(名)〈理〉正透鏡。

せいは［制覇］(名・自サ)① 稱霸。→征服 ② 得冠軍。△全国～／全國冠軍。

せいは［政派］(名)政黨的派別。

せいはい［儕輩］(名)儕輩，同畫，夥伴。

せいばい［成敗］(名・他サ)處罰，懲罰。△けんか両～／各打五十大板。→処罰

せいはく［精白］(名・他サ)碾成白米。△～米／精白米。→精米

せいはく［清白］(名)純潔，一塵不染。

せいはく［精薄］(名)智力低下。

せいばく［精麦］(名)精白加工，精白加工的麥米。

せいばく［制爆］(名)抗爆。

せいはつ［整髪］(名・自サ)理髮。→理髪，散髪

せいばつ［征伐］(名・他サ)征伐。

せいはん［正犯］(名)主犯，首犯。→主犯 ↔ 従犯

せいはん［製版］(名)製版。△写真～／照相製版。

せいばん［生蕃］(名) 生蕃，未開化的蕃人。

せいはんざい［性犯罪］(名) 性犯罪。

せいはんたい［正反対］(名・形動) 正相反。△～の方向／正相反的方向。△～の意見／完全相反的意見。→あべこべ

せいひ［成否］(名) 成敗，成功與否。△事の～は考えないで，とにかくやってみよう／不要管事情的成敗，先做做看。

せいひ［正比］(名) 正比。

せいひ［生皮］(名) 生革，生皮。

せいひ［政費］(名) 行政費用。

せいび［精美］(名) 精緻，精美。

せいび［整備］(名・自他サ) 維修，保養。△自動車を～工場／汽車修配廠。

せいび［精微］(名) 精微。

ぜいびき［税引き］(名) 扣除税款。

せいひつ［静謐］(名・形動) 寧靜，安靜。

せいひつ［省筆］(名) ⇨しょうひつ

せいひょう［青票］(名) 反對票，藍票。

せいひょう［星表］(名) 恆星表，星位表。

せいひょう［製氷］(名) 製冰，造冰。

せいびょう［性病］(名) 性病。

せいびょう［聖廟］(名) ① 聖廟，孔廟。② 菅原道真的廟。

ぜいひょう［税表］(名) 關税表，税率表。

せいひれい［正比例］(名・自サ) 正比例。

せいひん［清貧］(名) 清貧。△～にあまんじる／甘於清貧。

せいひん［正賓］(名) 主賓，正客。

せいひん［製品］(名) 產品，製品。

せいふ［正負］(名) 正負。

せいふ［政府］(名) 政府。

せいぶ［西部］(名) ① 西部。② 美國西部地方。↔ 東部

せいぶ［声部］(名)〈樂〉聲部。

せいふう［西風］(名) ⇨にしかぜ

せいふう［整風］(名) 整風。

せいふく［制服］(名) 制服。→ユニホーム ↔私服

せいふく［正副］(名) 正副。

せいふく［征服］(名・他サ) 征服。→克服

せいふく［整復］(名) 整骨，正骨。

せいぶげき［西部劇］(名) 西部片，牛仔片。

せいふざい［制腐剤］(名) 防腐劑。

せいぶつ［生物］(名) 生物。↔ 無生物

せいぶつ［静物］(名) 静物。△～画／静物畫。

ぜいぶつ［贅物］(名) ① 多餘的東西。② 奢侈品。

せいぶつがく［生物学］(名) 生物學。

せいふん［製粉］(名・他サ) 製粉，磨麵。△～所／麵粉廠。

せいふん［精粉］(名) 精粉，上等粉。

せいぶん［成分］(名) 成分。△水の～／水的成分。→要素

せいぶん［正文］(名) ① 正文，本文。② 標準文本。

せいぶん［成文］(名) 成文。

せいぶん［誓文］(名) ⇨せいもん

せいぶんか［成文化］(名・他サ) 成文化，寫成文。

せいぶんほう［成文法］(名) 成文法，成文的法律。→不文法

せいへい［精兵］(名) 精兵。

せいへき［性癖］(名) 毛病，脾氣。△彼には変な～がある／他有個怪脾氣。→くせ，習癖

せいへき［青碧］(名) 青碧，青色。

せいべつ［生別］(名・自サ) 生別。→生き別れ ↔ 死別

せいべつ［性別］(名) 性別。△職業に～を問わない／在職業上不問性別。

せいへん［政変］(名) ① 政變。→クーデター ② 內閣更換。

せいへん［正編］(名) 正編，正篇。

せいぼ［生母］(名) 生母。→実母，生みの母 ↔ 継母，義母

せいぼ［聖母］(名)〈宗〉聖母。

せいぼ［歳暮］(名) ① 歲暮，年底。→年末，歲末 ② 年終贈送的禮品。

せいほう［西方］(名) 西方。↔ 東方

せいほう［正方］(名) ① 正方向。② 正方形。

せいほう［製法］(名) 製法。△食塩の～／食鹽的製法。

せいほう［精包］(名) 精胞，精子胞。

せいぼう［声望］(名) 聲望，名望。△～が高い／名望高。→声価，人望

せいぼう［精紡］(名) 精紡。

せいぼう［制帽］(名) 制帽。→學帽

ぜいほう［税法］(名) 税法。

せいほうけい［正方形］(名) 正方形。

せいぼく［清穆］(名)〈書信〉安好。

せいほく［西北］(名) 西北。

せいほくせい［西北西］(名) 西北偏西。

せいぼつねん［生没年］(名) 生卒年。

せいホルモン［性ホルモン］(名) 性激素。

せいほん［製本］(名・他サ) 裝訂。△～工場／裝訂工廠。

せいほん［正本］(名) ①〈法〉正本。② (對抄本或副本而言的) 正本。

せいまい［精米］(名・他サ) 碾米，精米，白米。→白米，精白 ↔ 玄米

せいみつ［精密］(形動) 精密。△～な機械／精密機器。△～検査／細緻檢查。

せいみょう［精妙］(名) 絕妙，精巧。

せいむ［政務］(名) 行政事務。

ぜいむ［税務］(名) 税務。

ぜいむしょ［税務署］(名) 税務署。

せいめい［生命］(名) ① 生命，壽命。△～をたもつ／維持生命。→いのち，生，壽命 ② 命根子，關鍵。△時計の～は正確さにある／鐘錶的關鍵在於走得準。

せいめい［声明］(名・自他サ) 聲明。△共同～／聯合聲明。△抗議～／抗議聲明。→ステートメント

せいめい［姓名］(名) 姓名，姓與名。△～判断／根據姓名算命。→氏名，名まえ

せいめい［清明］(名) 清明 (節)。

せいめい［盛名］(名) 盛名，大名。△～をうたわれる／享有盛名。

せいめい［声名］(名) 名聲。

せいめいせん［生命線］(名) ① 生命綫。② 壽命綫。

せいめいほけん［生命保険］(名) 生命保險。

せいめいりょく［生命力］(名) 生命力。

せいめん［製麺］(名) 壓製麵條。

せいめんき［整綿機］(名) 梳棉機。

せいもうき［製網機］(名) 織網機。

せいもく［井目・聖目］(名) (圍棋上) 井眼。

ぜいもく［税目］(名) 税目，捐税項目。

せいもこんもつきる［精も根も尽きる］(連語) 精疲力盡。(也説“精も根も尽きはてる”)

せいもん［正門］(名) 正門。→表門 ↔ うら門

せいもん［声門］(名) 聲門。

せいもん［声紋］(名) 聲紋。

せいもん［誓文］(名) 宣誓書。

せいや［聖夜］(名) 聖誕節前夜。

せいや［星夜］(名) 星夜。

せいや［清夜］(名) 清夜，風清氣爽之夜。

せいや［静夜］(名) 靜夜，寂靜的夜晚。

せいやく［制約］(名・他サ) 制約，限制。△～を受ける／受到制約。△時間の～／時間的限制。→制限

せいやく［誓約］(名・他サ) 誓約，起誓。△～書／誓約。→確約

せいやく［成約］(名) 訂立契約，簽訂合同。

せいやく［製薬］(名) 製藥，製成的藥品。

せいゆ［精油］(名) ① 香精，芳香油。② 精煉油。

せいゆ［製油］(名) 煉油，製油。

せいゆ［声喩］(名) 擬聲，擬聲詞。

せいゆう［声優］(名) 廣播劇演員，配音演員。

せいゆう［清遊］(名・自サ) 雅遊。

ぜいゆう［贅疣］(名) ① 贅疣，肉瘤。② 多餘的東西。

せいよう［西洋］(名) 西洋。△～料理／西餐。△～風／西式，西洋式。→西歐，歐米 ↔ 東洋

せいよう［静養］(名・自サ) 靜養。△温泉につかってゆっくり～したい／很想洗洗温泉，靜養一下。→休養，療養

せいよう［整容］(名) 整容。

せいようが［西洋画］(名) 西洋畫。

せいようかん［西洋館］(名) 西式建築。

せいようじん［西洋人］(名) 西洋人。↔ 東洋人

せいよく［性欲・性慾］(名) 性慾。→肉欲

せいよく［制欲］(名) 節慾，禁慾。

せいらい［生来］(名・副) 生來，天生。△～の臆病者／天生的懦夫 (膽小鬼)。△わたしは～へびがきらいだ／我天生討厭蛇。→天性，生得，生まれながら

せいらん［青嵐］(名) ① 翠微，山嵐。② 薰風。

せいらん［清覧］(名) 台覽，台鑒。

せいらん［晴嵐］(名) ① 晴靄，晴煙。② 強烈的山風。

せいり［生理］(名) ① 生理。△～現象／生理現象。② 月經。

せいり［整理］(名・他サ) ① 整理。△机の上を～する／整理桌子上面的東西。△問題点の～／整理問題。→整頓 ② 清理，裁減。△古いものを～する／處理舊東西。△人員～／裁員。

ぜいり［税吏］(名) 税務員。

ぜいりし［税理士］(名) 税理士，代辦納税事務的專業者。

せいりつ［成立］(名・自サ) ① 成立，完成。△予算が～する／預算通過了。② 談妥，談成。△商談が～する／生意成交。

ぜいりつ［税率］(名) 税率。

せいりてき［生理的］(形動) 生理的。

せいりゃく［政略］(名) ① 政略。② 策略。

せいりゅう［清流］(名) 清流，清澈的水流。↔ 濁流

せいりゅう［整流］(名)〈理〉整流。△～器／整流器。

せいりゅう［精留］(名)〈化〉精餾。

せいりゅうとう［青竜刀］(名) 青龍刀。

せいりょ［征旅］(名) ① 出征的軍旅。② 征途。

せいりょう［声量］(名) 聲量，音量。△～がある／聲音洪亮。

せいりょう［清涼］(名・形動) 清涼，涼爽。△高原の～な空気／高原上清涼的空氣。

せいりょう［精良］(名・形動) 精良。

せいりょういんりょう［清涼飲料］(名) 清涼飲料。

せいりょうざい［清涼剤］(名) 清涼劑。△一服の～／一服清涼劑。

せいりょく［勢力］(名) 勢力。△～をのばす／擴大勢力。

せいりょく［精力］(名) 精力。△～絶倫／精力過人。→活力，精気，バイタリティー

せいりょくてき［精力的］(形動) 精力旺盛。△～にうごきまわる／精力旺盛地東奔西跑。

せいりょくりつ［静力率］(名)〈理〉靜力矩。

せいるい［生類］(名) 生類，活物。

せいるい［声涙］(名) 聲淚。

せいるいともにくだる［声涙ともに下る］(連語) 聲淚俱下。

せいれい［政令］(名) 政令，政府的命令。

せいれい［聖霊］(名) 聖靈，神的意志。

せいれい［精霊］(名) ① 亡靈，死者的靈魂。② (附着於萬物的) 精靈。

せいれい［精励］(名・自サ) 勤奮，奮勉。△勉学に～する／勤奮學習。→勉励

せいれい［生霊］(名) 生靈，人民。

せいれい［清麗］(名・形動) 清秀，秀麗。

せいれいけいねつ［政冷経熱］(名) 政治交往冷淡，經濟往來興盛。

せいれき［西暦］(名) 西曆，公曆。→西紀

せいれつ［整列］（名・自他サ）排隊，整隊。△〜！／整隊！

せいれつ［清洌］（形動）清洌，清涼。△〜な流れ／清洌的水流。

せいれつ［凄烈］（名・形動）激烈，猛烈。

せいれん［精錬］（名・他サ）精錬，提煉。△〜所／冶煉廠。（也用“精煉”）

せいれん［精練］（名・他サ）① 精練。② 精心訓練。

せいれん［清廉］（名・形動）清廉。

せいれん［製錬］（名・他サ）冶煉，熔煉。

せいれんけっぱく［清廉潔白］（名・形動）清白廉潔。△〜な人／廉潔的人。

せいろ［征路］（名）旅途，征途。

せいろう［蒸籠］（名）蒸籠，籠屜。（也説“せいろ”）

せいろう［晴朗］（名・形動）晴朗。

ぜいろく［贅六］（名）人精子。

せいろん［正論］（名）正論，正確的言論。△〜をはく／發表正論。

せいろん［政論］（名）政論。

セイロン［Ceylon］〈國名〉錫蘭。

せいをだす［精を出す］（連語）致力，努力。△仕事に〜／努力工作。

ゼイン［zein］（名）〈化〉玉米朊。

ゼウス［Zeus］（名）宙斯。

セーター［sweater］（名）毛衣。△〜をあむ／織毛衣。

セーフ［safe］（名）①（棒球）安全進壘。△〜になる／跑壘員完全進壘。②（網球、乒乓球）界内球。↔アウト

セージ［sage］（名）〈植物〉鼠尾草。

セーブ［save］（名・ス他）〈IT〉存儲，存上，保存。

セーフモード［safe mode］（名）〈IT〉安全模式。

セーブル［sable］（名）黑貂，黑貂皮。

セームがわ［セーム革］（名）雪米皮（羚羊、山羊等的軟皮）。

セーラーパンツ［sailor pants］（名）水兵褲，褲腳肥大的褲子。

セーラーふく［セーラー服］（名）水兵服。

セール［sale］（名）出售，賤賣大減價。△スプリング〜／春季大減價。△バーゲン〜／大賤賣。→特売

セールス［sales］（名・他サ）推銷。

セールスマン［salesman］（名）推銷員。

ゼーレ［德 Seele］（名）靈魂，精神。

せおいかご［背負いかご］（名）背簍，背筐。

せおいこむ［背負い込む］⇨しょいこむ

せおいなげ［背負い投げ］（名）過背摔。

せお・う［背負う］（他五）① 揹。△老母を〜／揹老母親。② 擔負，揹負。△責任を〜／負有責任。△一家を〜／負擔一家生活。→負う，しょう，になう

せおと［瀬音］（名）流水聲。

セオドライト［theodolite］（名）經緯儀。

せおよぎ［背泳ぎ］（名）仰泳。⇨はいえい

ゼオライト［zeolite］（名）沸石。

セオリー［theory］（名）① 學説，理論。② 正常的做法。△野球の〜／棒球的正常打法。→常道

せかい［世界］（名）① 世界。△〜をまたにかけて歩く／漫遊世界。② 領域，世界。△役者の〜／演員的世界。△學問の〜／學術領域。△どこの〜に，自分の子供がかわいくない者があろう／哪有不喜歡自己孩子的人呢。③（廣闊無垠）範圍，世界。△新しい〜がひらける／展現一個新天地。

せがい［世外］（名）世外。

せかいいち［世界一］（名）世界第一。

せかいいっしゅう［世界一周］（名）繞世界一周。

せかいかん［世界觀］（名）世界觀。

せかいきろく［世界記録］（名）世界紀録。

せかいぎんこう［世界銀行］（名）世界銀行。

せかいじ［世界時］（名）世界時，格林威治時間。

せかいじゅう［世界中］（名）全世界。

せかいたいせん［世界大戰］（名）世界大戰。

せかいぢゅう［世界中］（名）⇨せかいじゅう

せかいてき［世界的］（形動）世界性，世界範圍。△〜問題／世界性問題。△〜な音樂家／世界聞名的音樂家。→國際的

せかいれんぽう［世界連邦］（名）世界聯邦。

せがき［施餓鬼］（名）（為無人祭祀者）做水陸道場。

せがしら［瀬頭］（名）灘頭。

せか・す［急かす］（他五）催促。△原稿を〜／催促稿子。△そう〜な。まだ，時間はある／不要那麼催，還有時間。

せかせか（副・自サ）急忽忽，慌慌張張。△〜（と）歩く／急急忙忙地走。△いつも〜している人／總是急忽忽的人。

せか・せる［急かせる］（他下一）催促。

せかっこう［背格好］（名）身材，身量。△昨日君とよく似た〜の人を見た／昨天我看見了和你身材相仿的人。（也説“せいかっこう”）

ぜがひでも［是が非でも］（連語）無論如何。△〜，この本は手に入れたい／無論如何也要把這本書弄到手。→是非とも

せが・む（他五）央求，纏磨。△子どもに〜まれる／被孩子纏磨。→ねだる，せびる

せがれ［倅］（名）（自謙語）犬子，兒子。△これがわたしの〜です／這是犬子。

せがわとじ［背革綴じ］（名）皮脊裝訂。

セカント［secant］（名）〈數〉正割，割綫。

セカンド［second］（名）① 第二，次等。②（棒球）二壘，二壘手。△〜フライ／二壘高飛球，二壘騰空球。③ ⇨セコンド

セカンドキャリア［second career］（名）〈體〉運動員退役後的第二人生。

セカンドハウス［second house］（名）別墅。

せき［咳］（名）咳嗽。△〜が出る／咳嗽。△〜をする／咳嗽。

せき［堰］（名）堤壩。→堤防

せき［関］（名）關，關隘。△箱根の〜／箱根關。

せき［席］(名) ① 席位，座位。△～につく／就位，入席。△～をとる／佔座位。→座，地位，職位。△課長の～／科長的職位。△ポスト ③ 集會或集會的場所。△おおやけの～／公開的場合。△酒の～／酒席。→場，座

せき［積］(名)〈數〉乘積。△二つの数の～を求めよ／求兩數之積。↔ 商

せき［籍］(名) ①（加入某組織的）登記。△野球部に～をおく／加入棒球部。② 戶籍。△～を入れる／上戶口。

- せき［石］(接尾) ①（錶的）鑽。△この時計は 21 ～です／這塊手錶是 21 鑽的。② 管。△8-2 バンドラジォ／八個管兩個波段的收音機。

- せき［隻］(接尾) 隻，艘，條。△商船 2 ～／商船兩艘。

せきあえず［塞（き）敢えず］(連語) 止不住，不能自制。

せきあく［積悪］(名) 積惡。△～の報い／作惡多端的報應。↔ 積善

せきい［赤緯］(名)〈天〉赤緯。

せきいん［石印］(名) ① 石印。② 石刻印章。

せきうん［積雲］(名)〈氣象〉積雲。

せきえい［石英］(名)〈礦〉石英。

せきえい［隻影］(名) 隻影，片影。

せきえん［積怨］(名) 積怨，宿恨。

せきおう［石黄］(名)〈礦〉雌黄。

せきか［赤化］(名) 赤化。（也作“せっか”）

せきが［席画］(名) 即席作畫。

せきがいせん［赤外線］(名) 紅外綫。

せきがいせんポート［赤外線ポート］(名)〈IT〉紅外介面。

せきがき［席書き］(名・他サ) 即席作書畫。

せきがく［碩学］(名) 碩學，學問淵博（的人）。→大學者

せきがし［席貸し］(名・自サ) 出租會場，出租房間。

せきかっしょく［赤褐色］(名) 紅褐色。

せきがはら［関が原］(名) 決戰，勝負關頭。

せきがはらのたたかい［関が原の戦い］(名)〈史〉關原之戰。決定勝負或命運之戰（生死關頭）。

せきかん［石棺］(名) 石棺。（也作“せっかん”）

せきがん［隻眼］(名) ① 獨眼，一隻眼。② 慧眼。△美術に対し一～を備えている／對於美術獨具慧眼。

せきぐん［赤軍］(名) 紅軍。

せきこ［潟湖］(名)〈地〉潟湖。

せきご［隻語］(名) 片言，一言半語。

せきこ・む［急き込む］(自五) 着急，焦急。△～んで話す／焦急地説。

せきこ・む［咳き込む］(自五) 不住地咳嗽。

せきさい［積載］(名・他サ) 裝載。△～量／載重量。

せきざい［石材］(名) 石料，石材。

せきさく［脊索］(名)〈動〉脊索。

せきさん［積算］(名・他サ) ① 累計。→累計

② 估算。

せきじ［席次］(名) ① 座次。△～をきめる／決定座次。② 名次。△卒業の～／畢業成績的名次。

せきじ［昔時］(名) 昔時。

せきしつ［石室］(名)〈地〉石屋，石室。

せきしつ［石質］(名)〈地〉石質，石屑。

せきじつ［昔日］(名) 昔日。△～のおもかげがない／沒有往昔的模樣。→往時，往年

せきしゅ［赤手］(名) 赤手，空手。

せきしゅ［隻手］(名) 一隻手。

せきじゅうじ［赤十字］(名) ① 紅十字。② 紅十字會。△日本～社／日本紅十字會。

せきしゅつ［析出］(名・自他サ) 析出，析離。→抽出

せきしゅん［惜春］(名) 惜春。

せきじゅん［石筍］(名) 石筍。

せきじゅん［席順］(名) 座次，席次。

せきしょ［関所］(名) 關口，關隘。△～やぶり／蒙混過關。

せきしょう (名)〈植物〉石菖蒲。

せきじょう［席上］(名) 會上。△～であいさつする／在會上致辭。

せきしん［赤心］(名) 紅心，丹心。→まごころ，赤誠

せきずい［脊髄］(名) 脊髓。

セキスタント［sextant］(名)〈天〉六分儀。

せきせい［赤誠］(名) 赤誠。→まごころ，赤心

せきせき［寂寂］(形動) 寂寂，寂靜。

せきせつ［積雪］(名) 積雪。△～量／積雪量。

せきぜん［積善］(名) 積善。↔ 積悪

せきぜん［寂然］(副・連體) 寂然。△～とあゆむ／寂然而行。△～たる思い／寂然之感。→寂漠

せきぜんのいえにはかならずよけいあり［積善の家には必ず余慶あり］(連語) 積善之家必有餘慶。

せきそう［積送］(名) 裝運。

せきそう［積層］(名) 積層，層疊。

せきぞう［石造］(名) 石造。

せきぞう［石像］(名) 石像。

せきだい［席代］(名) 座位錢，會場租費。

せきた・つ［急き立つ］(自五) 着急，焦急。

せきた・てる［急き立てる］(他下一) 催，催促，催逼。△～てられては良い物はできない／緊催着做不出好活兒來。

せきたん［石炭］(名) 煤。△～ガス／煤氣。△～殻／煤渣。△～酸／苯酚。

せきちく［石竹］(名)〈植物〉石竹 (花)。

せきちゅう［脊柱］(名) 脊柱。

せきちん［赤沈］(名) 血沉。⇨けっちん

せきつい［脊椎］(名) 脊椎。△～カリエス／脊椎瘍。

せきついどうぶつ［脊椎動物］(名) 脊椎動物。↔ 無脊椎動物

せきてい［席亭］(名) 書場（的老闆）。

せきてっこう［赤鉄鉱］(名) 赤鐵礦。

せきとう［石塔］（名）石塔。

せきどう［赤道］（名）赤道。△〜直下／正在赤道位置上。

せきどうギニア［赤道ギニア］〈國名〉赤道幾内亞。

せきどうこう［赤銅鉱］（名）赤銅礦。

せきとして［寂として］（副）寂靜。△満場〜声なし／全場鴉雀無聲。

せきどめ［咳止め］（名）止咳藥。

せきと・める［塞き止める］（他下一）堵住，攔住。

せきとり［関取］（名）關取（相撲運動中“十両”以上力士的敬稱）。

せきにん［責任］（名）責任。△〜が重い／責任重。△〜をはたす／履行職責。△〜転嫁／轉嫁責任。→責務

せきにんしゃ［責任者］（名）負責人。

せきねつ［赤熱］（名）赤熱。

せきねん［積年］（名）多年，積年。△〜のうらみ／積年之怨。

せきのやま［関の山］（名）充其量，頂多，最大限度。△いくらがんばっても七十点が〜だろう／下再大力氣，撐死能得七十分。

せきはい［惜敗］（名・自サ）輸得可惜。→辛勝 ↔ 惨敗，大敗

せきばく［寂漠］（副・連體）① 寂寞。△〜たる荒野／寂寞的荒野。② 凄涼，冷清。△〜とした思いにかられる／為凄涼感所驅使。→索漠，寂寥

せきばらい［咳払い］（名・自サ）清嗓子，謦欬，乾咳。

せきはん［赤飯］（名）紅小豆糯米飯。

せきばん［石板］（名）石板，板石。

せきばん［石版］（名）石印。△〜で印刷する／石版印刷。

せきひ［石碑］（名）① 石碑。→碑 ② 墓碑。→墓碑，墓標

せきひつ［石筆］（名）① 石筆。② 硬黏土筆。

せきひん［赤貧］（名）赤貧。

せきひんあらうがごとし［赤貧洗うがごとし］（連語）一貧如洗。

せきふ［石斧］（名）石斧。

せきぶつ［石仏］（名）石佛。

せきぶん［積分］（名・他サ）〈數〉積分。

せきへい［積弊］（名）積弊。

せきべつ［惜別］（名）惜別。△〜の情／惜別之情。

せきぼく［石墨］（名）石墨。

せきまつ［席末］（名）末席，末座。

せきむ［責務］（名）職責，責任和義務。△〜をはたす／完成職責。→任務，責任

せきめん［赤面］（名・自サ）臉紅，害臊。△〜のいたり／慚愧之至。→はずかしがる

せきめん［石綿］（名）石棉。

せきもり［関守］（名）守關員，鎮守關隘的人。

せきもん［石門］（名）① 石造門。② 岩石門。

せきゆ［石油］（名）石油。△〜ガス／石油氣。

△〜コンロ／煤油爐.

せきゆかがくコンビナート［石油化学コンビナート］（名）石油化工聯合企業。

せきゆせんりゃく［石油戦略］（名）石油戰略。

せきゆびちく［石油備蓄］（名）〈經〉石油儲備。

せきゆゆそうパイプ［石油輸送パイプ］（名）輸油管，石油管道。

セキュリティー［security］（名）① 安全，安全保障，防範設備，安全感。② （有價）證券。

セキュリティーアナリスト［security analyst］（名）證券分析家，股票市場分析家。

セキュリティーサービス［security service］（名）保安部門，保安服務公司。

セキュリティーチェック［security check］（名）安全檢查。

セキュリティーポリス［security police］（名）保護要人的警察，秘密警察，特勤警察。

セキュリティホール［security hole］（名）〈IT〉安全漏洞。

せきらら［赤裸裸］（形動）赤裸裸。△〜な告白／毫無隱諱的自白。

せきらんうん［積乱雲］（名）〈氣象〉積雨雲。→入道雲，雲峰

せきり［赤痢］（名）赤痢，痢疾。

せきりょう［寂寥］（形動トタル）寂寥，寂寞，空曠。→寂寞

せきりょう［積量］（名）裝載量。

せきりょく［斥力］（名）〈理〉斥力。↔ 引力

せきりん［赤燐］（名）〈化〉赤磷，紅磷。

せぎ・る［瀬切る］（他五）攔水，截流。

せきれい［鶺鴒］（名）〈動〉鶺鴒。

せきろう［石蠟］（名）〈化〉石蠟。

せきわけ［関脇］（名）（相撲）關脅。（位居“大関”之下，“小結”之上）

せきわん［隻腕］（名）隻手，單臂。

せきをきったように［堰を切ったように］（連語）像決了堤一般。△群衆が〜場内になだれこんだ／羣眾像決了堤的洪水湧進了場内。

せ・く［急く］（自五）着急。△気が〜／着急。→あせる

せ・く［咳く］（自五）咳嗽。

せ・く［塞く・堰く］（他五）堵塞，攔阻。△川を〜／攔河截流。

セクシズム［sexism］（名）男女不平等，婦女歧視。

セクシャルハラスメント［sexual harassment］（名）性騷擾。

セクショナリズム［sectionalism］（名）宗派主義，本位主義。→なわばり根性

セクション［section］（名）〈體〉公園内或街上為滑板等設置的障礙物。

セクター［sector］（名）① 部門，領域。② 扇形。③ 〈IT〉磁區。

セクターはぐるま［セクター歯車］（名）扇形齒輪。

セクト［sect］（名）宗派，小派別。

セクトしゅぎ［セクト主義］（名）宗派主義。

セクハラ [sexual harassment]（名）（"セクシュアルハラスメント"的縮略語）性騷擾。

セグメント [segment]（名）區分，部分，（綫）段，節。

せけん [世間]（名）① 社會。△～しらず／不諳世故，閱歷淺。△俗～／塵世，紅塵。→うき世 ② 世人，社會上的人們。△～をあっと言わせる／令世人大吃一驚。③ 社交範圍。△～が広い／交際廣。

せけんしらず [世間知らず]（名）不諳世故，閱歷淺，沒見過世面。△～の人／不懂世故的人。

せけんてい [世間体]（名）面子，體面。△～がわるい／不體面。△～を気にする／考慮體面，留心面子。→外聞

せけんなみ [世間並み]（名）普通，一般。△～のくらし／普普通通的生活。→人なみ

せけんばなし [世間話]（名）家常話，聊天兒。→よもやま話

せけんむねさんよう [世間胸算用]〈書名〉1692 年日本井原西鶴寫的反映江戶時代的風俗小説。

せけんにおにはなし [世間に鬼はなし]（連語）世上也有慈善人。

せけんのくちにとはたてられぬ [世間の口に戸は立てられぬ]（連語）眾口難防；人嘴堵不住。

せけんははりもの [世間は張り物]（連語）世人愛虛榮。

せけんはひろいようでせまい [世間は広いようで狭い]（連語）世界寬廣有時窄。

せけんをはる [世間を張る]（連語）擺闊氣，講排場。

せこ [世故]（名）世故。△～にたける／老於世故，通達世故→知世

せこう [施工]（名・他サ）⇨しこう [施工]

せこう [施行]（名・他サ）⇨しこう [施行]

せこにたける [世故に長ける]（連語）老於世故，通達世故。△～けた人／老於世故的人。

セコンド [second]（名）（拳擊選手的）輔導員，助手。（也説"セカンド"）

せさい [世才]（名）處世才能。

セサミ [sesame]（名）芝麻。

セザンヌ [Paul Cézanne]〈人名〉賽尚 (1839-1906)。法國畫家。

せし [セ氏]（名）攝氏。（也説"せっし"）

せじ [世事]（名）世事。△～にうとい／不諳世事，閱歷淺。

せじ [世辞]（名）奉承（話），恭維（話）。⇨おせじ

せし・める（他下一）騙取，攫取。△まんまと～／巧妙地騙取。

せしゅ [施主]（名）① 喪主，辦喪事之家的主人。→喪主 ② 施主。③ 蓋房子的主人。

せしゅう [世襲]（名・他サ）世襲。

せじょう [世上]（名）世上，世間，社會。△～のうわさ／社會傳聞。

せじょう [世情]（名）世情，世態。△～にうとい／不諳世故。△～に通じる／熟悉世情。→世相

せじょう [施錠]（名・自サ）上鎖，鎖上。↔開錠

セション [session]（名）會議，集會，對話期。

せすじ [背筋]（名）① 脊樑。△～をのばす／挺直身子。② （衣服的）背縫。

せすじがさむくなる [背筋が寒くなる]（連語）毛骨悚然。

ゼスチャー（名）⇨ジェスチャー。

ぜせい [是正]（名・他サ）訂正，更正，糾正。△不均衡を～する／糾正不平衡。→改正

せせく・る（他五）① 挖，剔；摳，掏。② 擺弄。（⇨せせる）

せせこまし・い（形）① 窄小，狹小。△～家／窄小的房子。② （心胸）狹窄。△そんな～ことはやるな／別那麼小心眼兒。

ぜぜひひ [是是非非]（名）是即是非即非，公正。△～主義／公正無私。

せせらぎ（名）小溪，溪流聲。

せせらわら・う [せせら笑う]（他五）嘲笑，冷笑。→あざ笑う，冷笑する，嘲笑する

せせりばし [せせり箸]（名）用筷子扒弄菜。

せそう [世相]（名）世情，世態，社會情況。△～を反映する／反映社會情況。△暗い～／陰暗的世態。→世情

せぞく [世俗]（名）① 世間，社會。② 世俗，社會風俗。△～的／世俗的，庸俗的。

せたい [世帯]（名）⇨しょたい [所帶]

せたい [世態]（名）世態。

せだい [世代]（名）① 同齡人，一代人。△この作品は若い～にはうける／這部作品受到年輕的一代人的歡迎。△同一～／同一代人。→ジェネレーション ② △世代，輩（數）△～の断絶／代溝。△祖父母から孫まで三つの～が住む家／祖孫三代住的房子。（也讀作"せたい"）

せだいこうたい [世代交代]（名）世代交替。

せたけ [背丈]（名）① 身高。→身長，身の丈 ② （衣服的）身長。

セダン [美 sedan]（名）轎車。

せち [世知]（名）處世的才能。△～にたける／善於處世；滑頭。

せちがら・い [世知辛い]（形）① 生活艱苦。△～世の中／世道艱辛。② 小氣。

せつ [節]（名）① 時候，時刻。△その～はお世話になりました／那時多蒙你關照了。② 節操。△～を守る／守節。△～をまげる／屈節。→操，節操 ③ （文章中）節，段落。△第二章第三～／第二章第三節。

せつ [拙]（名・形動）① 拙。② （自謙）拙，敝。

せつ [説]（名）意見，主張，學説。△～がわかれる／意見分歧。△～をたてる／確立學説。→論

せつ [切]（形動）懇切，誠懇。△～に願う／懇切希望。

せつあく [拙悪]（名・形動）拙劣。

せ
セ

ぜついき [絶域] (名) 異域，外國。

せつえい [設営] (名・他サ) 營建，建設。

ぜつえん [絶縁] (名・自サ) ① 斷絕關係。△～状／絕交信。→絶交，縁切り，離縁 ② 〈理〉絕緣，絕熱。

せつえん [雪冤] (名・自サ) 雪冤。

ぜつえん [絶遠] (名) 極遠，迢迢。△～の地／迢迢千里之地。

ぜつえんたい [絶縁体] (名) 絕緣體，非導體。→不良導体 ↔ 導体

ぜつおん [舌音] (名) 舌音。

ぜっか [舌禍] (名) 舌禍，口舌生災。△～事件／舌禍事件。

ぜっか [絶佳] (名・形動) 絕佳。△風景～の地／風景絕佳之地。

せっかい [石灰] (名) 石灰。(也説 "いしばい")

せっかい [切開] (名・他サ) 切開，開刀。△～手術／開刀，動手術。

せっかい [節介] (名・形動) ⇨おせっかい

せつがい [雪害] (名) 雪災。

せつがい [殺害] (名・他サ) 〈舊〉殺害。→さつがい

ぜっかい [絶海] (名) 遠海。△～の孤島／遠海的孤島。

せっかいがん [石灰岩] (名) 石灰岩，石灰石。(也説 "石灰石")

せっかいすい [石灰水] (名) 石灰水。

せっかく [折角] (副) 特意，好 (不) 容易。△～の努力が水泡に帰した／千辛萬苦竟成泡影。△～作ったものですから召上がって下さい／這是特意給您作的，請用吧。△～だが，断ります／有負盛情，礙難接受。△～の休日も雨でつぶれた／難得有個假日，叫雨給糟踏了。

せっかく [刺客] (名) 刺客。

せっかち (名・形動) 性急。△～な人／急性人。→短気，あわてんぼう，性急 ↔ のんき

せっかっしょく [赤褐色] (名) ⇨せきかっしょく

せっかん [石棺] (名) 石棺。

せっかん [折檻] (名・他サ) 痛斥，打罵。→おしおき，体罰

せつがん [接岸] (名・他サ) 靠岸。

せつがん [切願] (名・自他サ) 懇請，懇求。

ぜつがん [舌癌] (名) 舌癌。

せっかんせいじ [摂関政治] (名) 〈史〉攝政與 "關白" 取代天皇掌政。

せつがんレンズ [接眼レンズ] (名) 接目鏡。↔ 対物レンズ

せっき [石器] (名) 石器。△打製～／打製石器。

せっきじだい [石器時代] (名) 石器時代。

せっきゃく [接客] (名・自サ) 接待客人。

せっきょう [説教] (名・自サ) ① 説教。→説經，説法 ② 教誨，規勸。△もうそんな～は聞きあきた／那類説教已經聽膩了。

ぜっきょう [絶叫] (名・自サ) 大聲喊叫，大聲疾呼。

せっきょく [積極] (名) 積極。→能動 ↔ 消極

せっきょくせい [積極性] (名) 積極性。△彼の態度は～に欠ける／他的態度缺乏積極性。

せっきょくてき [積極的] (形動) 積極的。△～に発言する／積極地發言。→意欲的 ↔ 消極的

せっきん [接近] (名・自サ) ① 接近。△台風が～する／颱風接近了。△力の～／力量相近。② 親近。△米中～／美中接近。

せっく [隻句] (名) 隻句，隻語。

せっく [節句，節供] (名) 傳統節日，民間節日。

せつ・く [(他五) 催促，逼。

ぜっく [絶句] Ⅰ (名) 〈文學〉絕句。Ⅱ (自サ) 張口結舌，前言不搭後語。

セックス [sex] (名) 性。

せっくつ [石窟] (名) 石窟。

せっけい [雪渓] (名) 雪谷，終年積雪的山谷。

せっけい [設計] (名・他サ) ① 設計。△～図／設計圖。② 規劃。△生活～／規劃生活。

せっけい [雪景] (名) 雪景。

ぜっけい [絶景] (名) 絕景，絕佳景色。

せっけいず [設計図] (名) 設計圖。

せっけいもじ [楔形文字] (名) 楔形文字。

せつげっか [雪月花] (名) 雪，月，花。(也説 "つきゆきはな") →花鳥風月

せっけっきゅう [赤血球] (名) 紅血球。↔ 白血球

せっけん [石鹼] (名) 肥皂。△～水／肥皂水。△こな～／洗衣粉。△化粧～／香皂。△洗濯～／洗衣皂。

せっけん [席捲・席巻] (名・他サ) 席捲。△諸国を～する／席捲各國。

せっけん [接見] (名・自サ) ① 接見。② 會面，會見。

せっけん [節倹] (名) 節儉。→節約

せつげん [切言] (名・自サ) 忠告，懇切地勸告。

せつげん [雪原] (名) 雪原，雪海。→氷原

せつげん [節減] (名・他サ) 節減，節省。△～につとめる／力行節減。△電力～／節省電力。→節約，倹約

ゼッケン [zechin] (名) (運動員佩帶的) 號碼布。→背番号

ぜつご [絶後] (名) ① 絕後。② 斷氣之後。

せっこう [石膏] (名) 石膏。

せっこう [斥候] (名) 偵察 (兵)。△～を放つ／派出探子。

せつごう [接合] (名・他サ) 黏合，粘上。△～剤／黏合劑。→接着

ぜっこう [絶好] (名) 絕好，極好。△～のチャンス／絕好的機會。→最良

ぜっこう [絶交] (名・自サ) 絕交。→絶縁

せっこつ [接骨] (名) 接骨。△～医／接骨醫生。→ほねつぎ

ぜっこん [舌根] (名) 舌根。

せっさ [切磋] (名・自サ) 切磋。

せっさく [拙作] (名) (自謙) 拙著。

せっさたくま [切磋琢磨] (名自サ) 切磋琢磨。

ぜっさん [絶賛] (名・他サ) 無上的稱讚，最high的讚美。△～を博する／博得無上的讚許。→

激賞

せっし［摂氏］(名) ⇨セレ

せつじ［接辞］(名) 接詞，前 (後) 綴，詞綴。

せつじつ［切実］(形動) ① 迫切，切身。△〜
な問題／迫切的問題。② 痛切。△〜に感じ
る／痛感。→痛切

せっしゃ［接写］(名・他サ) 近拍，特寫。△〜
レンズ／近攝鏡頭。

せっしゃ［拙者］(代)(自謙) 在下，鄙人。

せっしゃくわん［切歯扼腕］(名・自サ) 切齒
扼腕，咬牙切齒。

せっしゅ［窃取］(名・他サ) 竊取。

せっしゅ［接種］(名) 接種。△予防〜／預防接
種。

せっしゅ［摂取］(名・他サ) 攝取，吸收。

せつじゅ［接受］(名・他サ) ① 接受。② 受理。

せっしゅう［接収］(名・他サ) 接收，接管，
沒收。△民有地を〜する／徴用私有地。→徴
発

せっしゅう［雪舟］〔人名〕雪舟 (1420-1506)。
日本室町時代的僧人畫家。

せつじょ［切除］(名・他サ) 切除。△胃の一部
を〜する／切除胃的一部分。

せっしょう［折衝］(名・自サ) 交渉，談判。
△〜にあたる／進行交渉。→交渉，談判，か
けあう

せっしょう［摂政］(名) 攝政。△〜関白／攝
政關白。

せっしょう［殺生］Ⅰ (形動) 殘酷，殘忍。Ⅱ
(名) 殺生。△〜禁断／禁止漁獵。

ぜっしょう［絶唱］(名・他サ) ① 絕妙的詩歌。
② 絕唱。

せつじょうしゃ［雪上車］(名) 踏雪車。

ぜっしょう［絶勝］(名) 絕佳的風景。△〜の
地／風景絕佳之地。

せっしょく［接触］(名・自サ) ① 接觸。△〜
がわるい／接觸不良。② 來往，交往。△〜を
たもつ／保持來往。

せっしょく［節食］(名・自サ) 節制飲食。→
減食

せつじょく［雪辱］(名・自サ) 雪恥。△〜を
はたす／雪了恥。△〜戦／雪恥戰。

ぜっしょく［絶食］(名・自サ) 絕食。→断食

セッション［session］(名) ① 會議，會期，期間。
② 即興的聯合演奏。

せっしん［切診］(名) 切診。

せっすい［節水］(名・自サ) 節水。△〜につと
める／努力節水。

せっ・する［接する］Ⅰ (自サ) ① 鄰接，毗
連。△となりと〜／與鄰居緊挨着。△海に〜／
與海相連。→くっつく ② 交往，接待。△客
と〜／接待客人。③ 接到，遇上。△悲報に〜／
噩耗傳來。④〈數〉相切。△円の外がわに〜
四角形／外切於圓的四邊形。Ⅱ (他サ) 接近，
靠近，連接。△きびすを〜／接踵。△ひたい
を〜／把額頭貼到一起。

せっ・する［節する］(他サ) 節制，控制。

ぜっ・する［絶する］(他・自サ) 超越，絕盡。
△言語を〜／不可名狀。△想像を〜／想像不
到。△古今に〜／空前絕後。

せっせい［摂生］(名・自サ) 養生。△〜をここ
ろがける／注重養生。△不〜／不注意健康。

せっせい［節制］(名・他サ) 節制。

ぜっせい［絶世］(名) 絕世，絕代。△〜の美
女／絕代佳人。→希代

せつせつと［切切と］(副) ① 痛切，深切。△〜
うったえる／痛切地訴説。② 殷切，迫切。△〜
胸にせまる／陣陣湧上心頭。

せっせと (副) 辛勤，拼命。△〜働く／辛勤工作。

せっせん［接線・切線］(名)〈數〉切綫。

せっせん［接戦］(名) 短兵相接，難分勝負。
↔ ワンサイドゲーム

せつぜん［截然］(副・連體) 截然。△〜と分か
つ／截然分開。△〜たる差異／截然不同。

ぜっせん［舌戦］(名) 舌戰。→論争

ぜっせん［舌尖］(名) ① 舌尖。② 談吐，腔調。

せっそう［節操］(名) 節操。△〜がかたい／嚴
守節操。△〜がない／沒有節操。→操，節

せっそく［拙速］(名・形動) 拙速，求快不求好。

せつぞく［接続］(名・自他サ) 連接，接續，衝
接。△コードを〜する／接上軟綫。△急行に〜
する／與快車衝接。→連結，連絡

ぜっそく［絶息］(名・自サ) 絕命，斷氣。→ぜ
つめい

せつぞくご［接続語］(名) 接續語，連接語。

せつぞくし［接続詞］(名) 接續詞，連接詞。

せつぞくじょし［接続助詞］(名) 接續助詞，
連接助詞。

せっそくどうぶつ［節足動物］(名) 節肢動物。

せった［雪駄・雪踏］(名) 皮底草鞋。

せったい［接待］(名・他サ) 接待，招待。→応
接

ぜったい［絶対］Ⅰ (名) 絕對。△リーダーの
命令は〜だ／領隊的命令是絕對的。↔ 相対 Ⅱ
(副) ① 絕對地，無條件地。△〜勝つ／絕對會
贏。△〜服従／絕對服從。② (後面與否定呼
應) 絕對 (不)。△〜そんなことはするな／絕
對不要做那種事。

ぜつだい［舌代］(名) 便條，字條。

ぜつだい［絶大］(形動) 極大，巨大。△〜なご
支援をたまわりたく…／敬祈鼎力協助…

ぜったいおんど［絶対温度］(名) 絕對溫度。

ぜったいし［絶対視］(名・他サ) 看成絕對的。

ぜったいしゅぎ［絶対主義］(名)〈史〉極權主
義，專制主義。

ぜったいぜつめい［絶体絶命］(名) 一籌莫展，
走投無路。

ぜったいたすう［絶対多数］(名) 絕對多數。

ぜったいち［絶対値］(名)〈數〉絕對值。

せったく［拙宅］(名) 寒舍，舍下，敝宅。

せつだん［切断］(名・他サ) 切斷，截斷。△右
足を〜する／截斷右腿 (腳)。

せっち［接地］(名・自サ) ① 接地。② ⇨アー
ス

せっち［設置］(名・他サ) ① 設置，安裝。② 設立，建立。△審議会を～する／建立審議會。

せっちゃく［接着］(名・自他サ) 黏着，黏結。△～剤／黏着劑。→接合

せっちゃくざい［接着剤］(名) 黏合劑，黏着劑。

せっちゅう［折衷］(名・他サ) 折衷。△～案／折衷方案。△和洋～／日歐合璧。

ぜっちょう［絶頂］(名) ① 絕頂，最高峰。② 頂點。△とくいの～／一帆風順得意到極點。△～期／最盛期。△人気の～／紅極一時。→ピーク，最盛期

せっちん［雪隠］(名)〈舊〉廁所。

せっつ・く (他五) 催，催促。→せつく

せってい［設定］(名・他サ) 制定，擬定。△問題を～する／擬定問題。

セッティング［setting］(名・ス他) ① 舞台設置。② 安排，設定，安裝。

せってん［接点］(名) ① 接點，觸點。△～をみいだす／找到接點。② 〈數〉切點。

せつでん［節電］(名・自サ) 節電。

セット［set］I (名)(一)套，(一)組，(球賽)(一)局，(一)盤。△文房具～／一套文具。△二～／兩局，兩盤。II (名他サ) ① 佈景，安裝佈景。② 梳整髮型。③ 調整，調節。△目覚まし時計を七時に～する／把鬧鐘對到七點。

せつど［節度］(名) 節制，適度。△～を守る／掌握分寸。→折り目

セットアップ［setup］(名・ス他) ① 安置，組裝，設置。② 〈IT〉安裝軟件。

せっとう［窃盗］(名) 盜竊，竊賊。→どろぼう，強盗

ぜっとう［絶倒］(名・自サ) 捧腹，大笑。△抱腹～／捧腹大笑。

せっとうご［接頭語］(名) 接頭詞，前綴。↔ 接尾語

ゼットき［Ｚ旗］(名) Ｚ字旗。△～をかかげる／號召全員竭盡全力。

せっとく［説得］(名・他サ) 説服，勸導。△反対派の人人を～する／説服反對派。△～力／説服力。→言いきかす，説きふせる

セットトップボックス［Set-Top Box］(名) 數碼電視機頂盒，機頂盒。

せつな［刹那］(名) 刹那，瞬間。△顔をあわせた～，彼女の心中のすべてがわかった／與她見面的一刹那，便了解了她心中的一切。→瞬間

せつな・い［切ない］(形) 難過，苦悶。△～思いをうちあける／述説苦衷。→つらい，やるせない

せつに［切に］(副) 懇切，殷切。△きみの上京を～願っている／懇切希望你到東京來。

せっぱ［説破］(名・他サ) 駁倒，説服。

せっぱく［切迫］(名・自サ) ① 迫近，逼近。△時間が～する／時間迫近。② 緊迫，急迫。△事態が～する／事態緊迫。→切迫

せっぱつま・る［切羽詰まる］(自五) 迫不得已，被逼得走投無路。

せっぱん［折半］(名・他サ)(兩者) 平分，均攤。△もうけは～にしよう／平分利益吧。→山分け

ぜっぱん［絶版］(名) 絕版。△～にする／(使) 絕版。

せつび［設備］(名・他サ) 設備。△～をととのえる／完善設備。△～投資／設備投資。→裝備

ぜつび［絶美］(名・形動) 絕美，絕佳。

せつびご［接尾語］(名) 接尾詞。↔接頭語

ぜっぴつ［絶筆］(名) 絕筆，生前最後的作品。△～の絵／絕筆畫。

ぜっぴん［絶品］(名) 絕品，傑作。

せっぷく［切腹］(名・自サ) 剖腹，剖腹自殺。→割腹

せっぷく［説伏］(名・他サ) 説服，勸服。

せつぶん［節分］(名) 立春前一天。(原指立春、立夏、立秋、立冬的前一天)

せっぷん［接吻］(名・自サ) 接吻。→キス，くちづけ

ぜっぺき［絶壁］(名) 絕壁，峭壁。→斷崖

せつぼう［切望］(名・他サ) 渴望，切盼。→熱望

せっぽう［説法］(名・自サ) 説法，講經。△釈迦に～／班門弄斧。→説教

ぜつぼう［絶望］(名・自サ) 絕望。△人生に～する／對人生絕望。

ぜっぽう［舌鋒］(名) 舌鋒，談鋒。△～するどくせまる／唇槍舌劍緊相逼。

ぜつぼうてき［絶望的］(形動) 絕望的。△優勝が～になる／奪魁已毫無希望。

せつまい［節米］(名・自サ) 節約用米。

ぜつみょう［絶妙］(形動) 絕妙。△～なコントロール／絕妙的控制。

ぜつむ［絶無］(名・形動) 絕無，絕對沒有。

せつめい［説明］(名・他サ) 説明。△くわしく～する／詳細説明。→解説

ぜつめい［絶命］(名・自サ) 絕命，斷氣，死去。

せつめいぶん［説明文］(名) 説明文。

ぜつめつ［絶滅］(名・自他サ) 滅絕，根絕。△～の危機にさらされる／面臨滅絕的危機。→根絶

せつもう［雪盲］(名) 雪盲。

せつもん［設問］(名・自サ) 提問，出題，出的題目。→出題

せつやく［節約］(名・自サ) 節約。△経費の～／節約經費。→儉約

せつゆ［説諭］(名・他サ) 教誨，訓戒。

せつよう［切要］(名・形動) 極其重要。

せつり［摂理］(名)〈宗〉天意，天命，神的意志。△神の～／神的意志。

せつり［節理］(名)〈地〉節理，紋理。

せつりつ［設立］(名・他サ) 設立，成立，創辦。

ぜつりん［絶倫］(名・形動) 絕倫。△精力～の人／精力超羣的人。

せつれつ［拙劣］(名・形動) 拙劣。

せつろく［節録］(名・他サ) 節録，摘錄。

せつろん［拙論］(名) (自謙) 拙論。

せつわ［説話］(名) 故事，神話，傳説。

せつわぶんがく［説話文学］(名) 神 (童) 話文學，故事文學。

せと［瀬戸］(名) ① 海峽。→海峽。② 陶瓷器。

せど［背戸］(名) 後門。

せどう［世道］(名) 世道。

せどうか［旋頭歌］(名) 旋頭歌 (和歌之一)。

せとぎわ［瀬戸際］(名) 緊要關頭。△勝つか負けるかの〜だ／勝敗的關頭。

せともの［瀬戸物］(名) 陶瓷器。

せなか［背中］(名) ① 後背，脊背。△〜を丸くする／蜷起身子。② 後面，背後。△〜にまわる／轉到背後。

せなかあわせ［背中合わせ］(名) 背靠背。△〜にすわる／背靠背坐着。

ぜに［銭］(名) ① 硬幣。②〈舊〉錢。

せにはらはかえられない［背に腹は代えられない］(連語) 顧頭顧不了腳。保帥只好捨卒。

ぜにん［是認］(名・他サ) 承認，同意。→承認，容認 ↔ 否認

セネガル［Senegal］〈國名〉塞内加爾。

ゼネスト［general strike］(名) 總罷工，大罷工。

ゼネラリスト［generalist］(名) (有多方面知識和經驗的) 通才，多面手。

ゼネラル［general］(名) I〔名〕將官，將軍。II〔造語〕一般的，普通的。

ゼネラルマネージャー［GM (general manager)］(名) ① 總負責人。②〈體〉俱樂部或球隊的最高經營責任者，俱樂部 CEO。

ゼネラルマネジャー［general manager］(名) 總經理。

ゼネレーション (名) ⇨ジェネレーション

せのび［背伸び］(名・自サ) 蹺起腳，伸腰。不自量力，逞強。

せばま・る［狭まる］(自五) 變窄，縮短，縮小。△範囲が〜／範圍縮小。↔ 広がる

せば・める［狭める］(他下一) 縮小，縮短。△範囲を〜／縮小範圍。↔ 広げる

せばんごう［背番号］(名) (運動員) 後背號碼。→ゼッケン

ぜひ［是非］I (名) 是非。△〜もない／不得已，沒有辦法。△ものごとの〜をわきまえない／不辨事情的是非。→理非，善惡 II (副) 務必，必須，一定。△〜ひきうけてください／請務必接受。

セピア［sepia］(名) 暗褐色。

ぜひとも［是非とも］(副) 務必，一定，無論如何。△〜お願いいたします／請您務必幫忙。

せひょう［世評］(名) 社會上的評論，輿論。

せび・る (他五) 央求，死氣白賴地要。△金を〜／死氣白賴要錢。→ねだる，せがむ

せびろ［背広］(名) 西服。

せぶし［背節］(名) 魚肉乾，乾松魚。

せぶみ［瀬踏み］(名) 試探。△〜をする／試探。→さぐり

ゼブラ (名) ⇨しまうま

せぼね［背骨］(名) 脊樑骨，脊柱。

せま・い［狭い］(形) ① 窄，狹小。△〜家／窄小的房子。△道が〜／道路狹窄。② 狹窄、狹隘。△心が〜／心胸狹隘。△視野が〜／視野狹窄。△交際範囲が〜／交際範圍不廣。↔ 広い

せまくるし・い［狭苦しい］(形) 非常狹窄，擠得難受。△〜へや／窄巴巴的房間。

せま・る［迫る］(自他五) ① (時間) 迫近，逼近。△しめ切りが〜／截止日期迫近了。△夕やみが〜／暮色將至。△刻刻と〜／越來越迫近了。② (距離) 迫近，逼近。△山が〜／山迫近了。△真に〜／逼真。③ (有力量的東西) 逼近，迫近。△敵が〜／敵人迫近了。→おし寄せる，接近する ④ 緊迫，困窘。△胸が迫ってものが言えない／心情鬱悶説不出話來。⑤ (主動靠近) 逼迫，硬性。△交際を〜／硬性行往。⑥ 強烈要求，逼迫，強制。△改善を〜／逼迫改善，迫使改善。→強要

せみ［蟬］(名) 蟬，知了。

セミ−［semi］(接頭) 半，準。△〜プロ／半專業性的，準專業性的。

セミコンダクター［semiconductor］(名) 半導體。

せみしぐれ［せみ時雨・蟬時雨］(名) 陣陣蟬噪，聒耳的蟬鳴。

セミナー (名) ⇨ゼミナール

ゼミナール［德 Seminar］(名) 課堂討論，討論會，研究班。(可説 "セミナー"，也可略成 "ゼミ")。

セミナリー［seminary］(名) ① 神學院。② 專科學校。③ (大學的) 研究班。

セミプロ［semipro］(名) 半職業性 (運動員)，半專業性。

セミプロ (フェッショナル)［semiprofessional］(名) 半職業的，半職業運動員。

せめい・る［攻め入る］(自五) 攻入，打進，攻進。→攻めこむ

せめおと・す［攻め落す］(他五) 攻陷，攻取，攻破。

せめぎあ・う［せめぎ合う］(自五) 互相爭執。

せめく［責め苦］(名) 痛苦，責罰，折磨。△地獄の〜にあう／遭受地獄般的折磨。

せめこ・む［攻め込む］(他自五) 攻進去，攻入。→攻め入 (い) る

せめさいな・む［責めさいなむ・責め苛む］(他五) 苛責，百般折磨。△罪意識が心を〜／犯罪意識折磨着心靈。

セメスター［semester］(名) 第一學期，上學期。

せめて (副) 至少，哪怕，最低。△〜五位以内に入りたい／至少想進前五名。

せ・める［攻める］(他下一) 攻，攻打，攻擊。△敵を〜／進攻敵人。△攻めおとす／攻陷。△攻めよせる／逼近。↔ 守る・防ぐ

せ・める［責める］(他下一) ① 責備，責難，申斥。△失敗を〜／責難失敗。→なじる ② 催逼，催促。△借金の返済を〜られる／被逼着

還錢（還債）。③折磨，拷打。△さんざん〜
てどろをはかせた／百般折磨，使其招供了。

セメント［cement］（名）水泥，洋灰。

せもじ［背文字］（名）書脊上印的字。△〜を入
れる／在書脊印上字。

ゼラチン［法 gelatin］（名）〈化〉明膠。

ゼラニウム［geranium］（名）〈植物〉天竺葵，石
辣紅。

せり［芹］（名）〈植物〉芹菜。

せり［競り］（名）拍賣。→せりうり，競売，オー
クション

せりあ・う［競り合う］（他自五）激烈競爭，
爭奪。△トップを〜／爭奪第一名。

ゼリー［jelly］（名）果子凍。

せりいち［競り市］（名）拍賣市場。

せりうり［競り売り］（名・他サ）拍賣。

せりおと・す［競り落とす］（他五）競買到手。

せりだし［迫り出し］（名）（劇場）把大道具、
演員從台孔推上舞台。

せりだ・す［せり出す・迫り出す］（自他五）
①向前突出。△おなかが〜／腆着肚子。②（用
推送裝置將演員與大道具）送上舞台。

せりふ［台詞・科白］（名）①台詞，道白。△〜
まわし／說台詞的技巧。②說法，言詞。△そ
のときの彼の〜がにくいじゃないか／他那時
的說法真可惡。→言いぐさ

せりょう［施療］（名・自サ）施醫，（為貧苦人）
免費治療。

セル［cell］（名）〈IT〉〈excel 的〉單格。

せ・る［競る］（他五）①拍賣行上買主爭着出
高價。②競爭。△〜り勝つ／競爭獲勝。△〜
り合う／互相競爭。→きそう，競争する

せる（助動）①使，嚷，叫。△ばらの花を学校
にもって行か〜／讓人把薔薇花帶到學校去。
△トラックを四周走らせた／駕卡車跑了四
圈。②允許，放任，任憑。△あのみせではコー
ヒーを飲みたいだけ飲ま〜／那家鋪子允許
盡情地喝咖啡。△ポスターをすきなように書
かせた／任他隨意書了這件壁畫。③引起某種狀
態。△わたしたちのおくりものは老人たちを
よろこばせた／我們的禮物使老人高興。

セルフサービス［self-service］（名）自助餐館，
自選商場。

セルフスタンド［self stand］（名）自助式加油站。

セルフタイマー［self-timer］（名）（相機）自拍裝
置，自拍器，自行開關裝置。

セルフチェックアウト［self checkout］（名）自
助式付款方式。

セルロイド［celluloid］（名）〈化〉賽璐璐，硝纖
象牙，假象牙。

セルロース［cellulose］（名）〈化〉纖維素。

セレクトショップ［select shop］（名）（不拘泥於
特定名牌，出售有個性商品的）精選店。

セレナーデ［德 Serenade］（名）〈樂〉小夜曲。
（也說“セレナード”）→夜曲，小夜曲。

セレブ［celeb］（名）①名人。②高貴，（品味）
高級。

セレブリティ［celebrity］（名）①名人。②名
聲，名譽，高貴，（品味）高級。

セレモニー［ceremony］（名）儀式，典禮。

セロ（名）〈樂〉⇨チェロ

ゼロ［法 zéro］①無。→無，甚麼也沒有。△こ
の本は内容が〜だ／這本書內容空洞。②〈數〉
零。→零

ゼロエミッション［zero emission］（名）〈經〉零
排放。

ゼロせいちょう［ゼロ成長］（名）〈經〉零增長。

ゼロトレランス［zero tolerance］（名）不寬容。

セロハン［cellophane］（名）玻璃紙，賽璐玢紙。
△〜テープ／玻璃紙膠帶。

セロリ［celery］（名）芹菜。

せろん［世論］（名）輿論。△〜の動向をさぐ
る／探聽輿論的動向。

せわ［世話］Ⅰ（名・他サ）①照料，照看，關
照，援助。△人の〜をする／照料別人。△人
の〜になる／受到別人照料。△よけいなお〜
だ／多管閑事。△いらぬお〜だ／少管閑事，
用不着你操心。△〜ずき／好為人操勞，好管
閑事，喜歡照料別人。②介紹推薦，斡旋。△友
人を会社に〜する／把朋友介紹到公司。→紹
介，仲介Ⅱ（名・他サ）①麻煩，費事。△〜がや
ける／費事，麻煩。②通俗，俗語。△〜にくだ
けた話／通常常說的事。△下〜／俗語，俚語。

せわし・い［忙しい］（形）①忙。△〜毎日が
すぎる／每天忙忙碌碌。②焦急，慌慌張張。
△〜くたち働く／急匆匆地幹着各種活。→せ
わしない，あわただしい

せわしな・い［忙しない］（形）（“せわしい”強
調的說法）忙碌，閑不住。

せわにょうぼ［世話女房］（名）能幹的妻子，
會照料家務和照顧丈夫的妻子。（也說“せわに
ょうぼう”）

せわにん［世話人］（名）發起人，斡旋人，幹
事，聯絡人。→世話役

せわもの［世話物］（名）（歌舞伎、淨琉璃中反
映當代事件、人情的）世態劇。

せわやく［世話役］（名）周旋，聯繫，發起人，
聯絡人。△町内の〜／鎮內的聯絡人。

せわをやく［世話を焼く］（連語）主動幫助，
照料別人。

せをむける［背を向ける］（連語）①背向。△黑
板に背を向けて話す／背着黑板説。②佯裝不
知，不理睬。△親の説得に〜／不理睬父母的
勸説。

せん［千］（名）千。△三千／三千。

せん［先］（名）①以前，先前。△その人は〜か
ら知っている／我先前就認識他。②（下棋）先
手，先攻。

せん［栓］（名）①栓，塞，蓋。△ビールの〜を
ぬく／起啤酒瓶蓋。②開關，龍頭。△水道の〜
をしめる／關上水龍頭。

せん［選］（名）選，選擇。△〜に入る／入選。

せん［線］（名）①綫。△〜を引く／劃綫。△〜
で結ぶ／用綫連起來。△切りとり線／騎縫。

②綫路。△新〜/新綫路。③方針。△会議で
きまった〜で実行する/將按照會議上確定的
路綫綫執行。④限度。△失業率は三パーセント
の〜におさえたい/想把失業率控制在百分之
三 (這條綫)。⑤ (對他人的) 印象。△〜がほ
そい/氣度小，度量小，纖弱。

ぜん [善] (名) 善，好事。△〜をなす/行善。
△〜は急げ/好事不宜遲。↔ 悪

ぜん [禅] (名) 禪，坐禪。

ぜん [膳] I (名) 食案，方盤，或 (放在方盤上
的) 一個人一份的飯菜。△お〜をだす/擺飯。
△〜をさげる/撤去食案。△すえ〜/現成的
飯。II (接尾) ① 碗數。△ご飯を三〜も食べ
た/吃了三碗飯。② (數筷子) 雙數。△はしを
二〜ならべて置く/擺好兩雙筷子。

ぜん－ [全] (接頭) 全，全部。△〜日本チャン
ピオン/全日本冠軍。△〜十巻/共十巻。→
オール

ぜんあく [善悪] (名) 善惡，好壞。△〜をわき
まえる/辨別好壞。△〜の区別/區別善惡。

せんい [戦意] (名) 鬥志。△〜を失う/喪失鬥
志。→士気

せんい [繊維] (名) 纖維。△合成〜/合成纖
維。△天然〜/天然纖維。

ぜんい [善意] (名) 善意，好意。△〜に解釈す
る/善意的解釋。→好意 ↔ 悪意

せんいちやものがたり [千一夜物語] (名)
一千零一夜，天方夜譚。→アラビアンナイ
ト

せんいつ [専一] (名・形動) 專一，一心一意。
△ご自愛に〜/請特別保重。

せんいん [船員] (名) 船員。→海員

ぜんいん [全員] (名) 全員。△〜集合/全體集
合！

せんえい [先鋭・尖鋭] (形動) ① 尖鋭。△〜
なナイフ/尖鋭的刀子。② 激進，急進。△〜
分子/激進分子。△〜 (的) /急進 (的)。

ぜんえい [前衛] (名) ① (網、排球等) 前鋒。
↔ 後衛 ② (革命運動) 帶頭人，領導者。③ (藝
術上) 前衛派。△〜映画/前衛派電影。

せんえつ [僭越] (名・形動) 僭越，冒昧，過分。
△〜のいたり/冒昧之至。△〜ではあります
が/恕我冒昧。

せんおう [専横] (名・形動) 專橫，蠻橫。△〜
なふるまい/專橫的行為。→横暴

ぜんおう [全欧] (名) 全歐，整個歐洲。

ぜんおん [全音] (名) 全音。↔ 半音

せんか [専科] (名) 專科。△〜生/專科生。

せんか [戦火] (名) ① 戰爭引起的火災。△〜
にみまわれる/遭受戰火的洗劫。② 戰爭。
△〜をまじえる/開火，交戰。△〜がひろが
る/戰火擴大了。

せんか [戦果] (名) 戰果。△〜をあげる/獲得
戰果。

せんか [戦禍] (名) 戰爭災難，戰禍。△〜をま
ぬがれる/擺脱戰禍。→戦災

せんが [線画] (名) 綫條畫，白描。

ぜんか [前科] (名) 前科，服過刑。△〜があ
る/有前科。

せんかい [仙界] (名) 仙界。

せんかい [旋回] (名・自他サ) 盤旋。△飛行機
が上空を〜する/飛機在上空盤旋。

せんがい [選外] (名) 選外，落選。△〜佳作/
選外佳作。

ぜんかい [全会] (名) 全會，全體與會者。△〜
一致で可決する/全會一致通過。

ぜんかい [全快] (名・自サ) 痊癒。△〜祝い/
祝賀痊癒。

ぜんかい [全開] (名・他サ) 全開，完全打開。
↔ 半開

ぜんかい [全壊・全潰] (名・自サ) 全部毀
壞，全毀。△台風で三七戸が〜/由於颱風，
三十七戸人家被徹底毀壞。

ぜんかい [前回] (名) 上次，前次。△〜だした
手紙/上次發出的信函。↔ 今回，次回

せんかく [先覚] (名) 先覺，先知者。

せんがく [浅学] (名) 淺學，學識淺薄。△〜非
才/才疏學淺。

ぜんかく [全角] (名) 〈IT〉全形。△〜文字/
全形字符。△〜アキ/空一個字元。↔ はんか
く [半角]

ぜんがく [全額] (名) 全額，總額，全數。△〜
をいちどにはらいこむ/一次交納全額。→総
額

せんかくしょとう [尖閣諸島] (名) 釣魚島 (日
本稱為"尖閣羣島")。

せんかん [戦艦] (名) 戰艦，主力艦。

せんがん [洗眼] (名・自サ) 洗眼。

せんがん [洗顔] (名・自サ) 洗臉。

せんカンブリアだい [先カンブリア代] (名)
前寒武紀地質年代 (大約六億年以前的時代)。

せんき [戦記] (名) 戰爭記錄，戰史。

せんき [戦機] (名) 戰機。△〜が熟する/戰機
成熟。

ぜんき [前期] (名) 前期。↔ 後期

ぜんき [前記] (名) 前述，上列。→前述 ↔ 後
記

せんきゃく [先客] (名) 先來的客人。△先客
があったので出なおすことにした/因為先來
了客人，決定過後再出去。

せんきゃく [船客] (名) 船上的乘客。

せんきゃくばんらい [千客万来] (名) 顧客盈
門，顧客紛至沓來。

せんきゅう [選球] (名・自サ) (棒球) 選球。
△〜眼/選球的眼力。

せんきょ [占拠] (名・他サ) 佔據，佔領，佔有。
△不法〜/非法佔領。→占領

せんきょ [選挙] (名・他サ) 選舉。△〜にで
る/參加選舉，出馬競選。△〜権/選舉權。
△〜運動/選舉運動，競選活動。

せんぎょ [鮮魚] (名) 鮮魚。

せんきょう [仙境・仙郷] (名) 仙境。→仙界

せんきょう [戦況] (名) 戰況。△〜を報告す
る/彙報戰況。→戦局

せんぎょう［専業］（名）① 專業。△〜農家／專業農戶 ↔ 兼業 ② 壟斷經營。

せんきょうし［宣教師］（名）〈宗〉傳教士，牧師。

せんきょく［戰局］（名）① 戰爭的戰局。→戰況 ② 比賽的局勢。

せんきょけん［選舉權］（名）選舉權。↔ 被選舉權

せんきょにん［選舉人］（名）選舉人。△〜名簿／選舉人名冊。↔ 被選舉人

せんぎり［千切り］（名）切絲。△大根の〜／蘿蔔絲。

せんくしゃ［先驅者］（名）先驅。△電子工學の〜／電子工程學的先驅者。→草分け

せんくち［先口］（名）先申請的，先報名的。↔ 後口

せんぐんばんば［千軍萬馬］（名）① 千軍萬馬。② 身經百戰，久經沙場。③ 老江湖。

せんけい［扇形］（名）① 扇形，扇狀。②（幾何）扇形。

ぜんけい［全景］（名）全景。△おかの上から町の〜を見わたす／從山崗上眺望全城景色。

ぜんけい［前景］（名）前景。

ぜんけい［全揭］（名・他サ）上述，上列。→前述 ↔ 後出

せんけつ［先決］（名・他サ）先決。△こっちの方が〜だ／這個是先決條件。

せんけつ［鮮血］（名）鮮血。△〜がほとばしる／鮮血迸流。

せんげつ［先月］（名）上月。↔ 來月，今月

ぜんげつ［前月］（名）前個月，上月。→先月

せんけん［先見］（名）先見。

せんけん［先賢］（名）先賢，前賢。△〜にまなぶ／學習先賢。

せんけん［先遣］（名・他サ）先遣。

せんげん［宣言］（名・他サ）宣佈，宣告，宣言。△開會〜／宣佈開會。△独立〜／獨立宣言。

ぜんけん［全權］（名）① 全權。△〜を委任する／委以全權。△〜大使／全權大使。②"全權委員"之略。

ぜんげん［前言］（名）① 前言，以前說過的話。△〜をひるがえす／推翻前言。②（書籍）前言，序言。

ぜんげん［漸減］（名・自サ）漸減。△輸入額が〜する／進口額逐漸減少。↔ 漸增

せんけんのめい［先見の明］（連語）先見之明。△〜がある／有先見之明。

せんこ［千古］（名）① 千古，太古，遠古。△〜のむかし／遠古時候，千古時候。→太古 ② 長期，永久。△〜不易／千古不變。→万古

せんご［戰後］（名）戰後。△〜生まれ／戰後出生。↔ 戰前

ぜんご［前後］Ⅰ（名）① 前後，（時間）先後。△〜左右をたしかめる／查明前後左右。△ものごとの〜が〜する／事物的先後顛倒了。② 事物的聯繫或結果。△〜もしらずねむりつづける／連續睡得蒙頭轉向了。△〜不覚／不

省人事。Ⅱ（自サ）① 順序顛倒。② 先後。△はがきと小包が〜してとどいた／明信片和小包裹先後寄到了。Ⅲ（接尾）（數量）前後，左右，上下。△十二時〜／十二時前後。△二十歲〜／二十歲左右。

せんこう［先行］（名・自サ）① 先行，領先。△時代に〜する／走在時代的前面。↔ 後続 ② 先做，先辦。△Ａの問題よりＢの問題が〜する／Ｂ問題比Ａ問題優先。③ 先前，先行。△〜文献／先行制定的文獻，先前的文獻。

せんこう［先考］（名）先考，先父，亡父。↔ 先妣

せんこう［先攻］（名）先攻，首先進攻。

せんこう［專攻］（名・他サ）專業，專攻，專門研究。△〜は古代史／專攻古代史，專業是古代史。

せんこう［穿孔］（名・自サ）穿孔，鑽眼。

せんこう［閃光］（名）閃光。△〜がはしる／發出閃光。

せんこう［線香］（名）香，綫香。（也說"せんこ"）△〜をたく／燒香。△蚊取〜／蚊香。→抹香

せんこう［選考・銓衡］（名・他サ）選拔，選材錄用。

せんこう［潛行］（名・自サ）①（在水中）潛行。② 隱蔽行動，秘密行動，地下活動。

せんこう［潛航］（名・自サ）（潛水艇）潛航。

ぜんこう［全校］（名）① 全校。△〜生徒／全校學生。② 所有學校。

ぜんこう［前項］（名）① 前一項，前項條款。→前條 ②〈數〉前項。↔ 後項

ぜんこう［善行］（名）善行，良好的行動，功德。△〜をつむ／行善積德。→德行 ↔ 惡行

ぜんごう［前号］（名）前一期（刊物）。

せんこうはなび［線香花火］（名）（火藥捲在紙捻前端的）刺花，小煙花。（也說"せんこはなび"）。

ぜんごかんけい［前後關係］（名）前後關係。

せんこく［先刻］（副）① 剛才，方才，先。△〜申しあげたとおりです／正如我剛才所說。→先ほど ↔ 後刻 ② 已經，早就。△〜ご承知のとおりです／如您早已知道的那樣。

せんこく［宣告］（名・他サ）宣告，宣佈，宣判。△〜をくだす／（作出）宣告，宣佈。△刑を〜する／宣判。→言いわたす，申しわたす

ぜんこく［全國］（名）全國。△〜放送／全國廣播，全國聯播。

せんごくじだい［戰国時代］（名）〈史〉戰國時代。（中國紀元前 403 年至紀元前 221 年。日本 15 世紀中葉後約百年）

ぜんこくてき［全国的］（形動）全國性的，全國範圍的。

せんごくぶね［千石船］（名）（江戶時可載千石米）大木船。

ぜんごさく［善後策］（名）善後對策。△〜を講じる／研究善後對策。

ぜんこくみん［全国民］（名）全國人民，全體

國民。

ぜんごさゆう［前後左右］(名) 前後左右。

せんこつ［仙骨］(名) 仙骨, 脱俗的骨相。

せんごは［戦後派］(名) ① 戰後派。② 戰後出生的人們。↔戰前派, 戰中派

ぜんごふかく［前後不覚］(名) 神志不清, 顛三倒四, 不省人事。△〜にねむりこける／睡得死死的。

ぜんざ［前座］(名) 墊場節目, 助演人。△〜をつとめる／擔任助演。

センサー［sensor］(名) ① 傳感。△〜技術／傳感技術。② 感測器, 靈敏元件。

せんさい［先妻］(名) 前妻。↔後妻

せんさい［戦災］(名) 戰爭災難, 戰禍。△〜孤児／戰爭孤兒。→戦禍

せんさい［繊細］(形動) ① 纖細, 柔嫩。△〜な指／纖細的手指 ② 細膩, 敏感。△〜な神経／敏感的神經。

せんざい［洗剤］(名) 洗滌劑。△中性〜／中性洗滌劑。

せんざい［潜在］(名・自サ) 潜在。△〜意識／潜在意識。↔顕在

ぜんさい［前菜］(名) 冷盤, 拼盤。→オードブル

ぜんさい［前栽］(名) 庭前栽種的花草樹木。種有草木的庭院。

ぜんざい (名) (甜食) 黏糕片小豆湯。

せんざいいしき［潜在意識］(名) 潜意識, 下意識。

せんざいいちぐう［千載一遇］(名) 千載一遇, 千載難逢。△〜のチャンス／千載難逢的機會。

せんさく［穿鑿］(名・他サ) ① 刨根問底。△〜ずき／喜歡刨根問底。② 説長道短。

せんさく［詮索］(名・他サ) 究根, 探索。

せんさばんべつ［千差万別］(名) 千差萬別。△考えかたは〜だ／想法千差萬別。

せんし［戦士］(名) ① 戰士。② 鬥士, 先鋒。△自由の〜／爭取自由的戰士。為自由而戰鬥的鬥士。

せんし［戦死］(名・自サ) 戰死, 陣亡。△〜者／戰死者。→戦没

せんし［戦史］(名) 戰史。

せんじ［宣旨］(名) 宣旨, 傳達聖旨。

せんじ［戦時］(名) 戰時。△〜体制／戰時體制。

ぜんし［全紙］(名) ① 全部報紙。② 整版。③ 整張紙。

ぜんじ［漸次］(副) 逐漸, 漸漸, 漸次。△〜増加／逐漸增加。

せんじぐすり［煎じ薬］(名) 湯藥。

せんしじだい［先史時代］(名) 史前時代。

ぜんじだい［前時代］(名) 前一個時代, 上一個時代。△〜の文化を継承する／繼承前代的文化。

せんしつ［船室］(名) 船室, 客艙。→キャビン

せんじつ［先日］(名) 前幾天。△〜はどうもありがとう／上次的事多謝了。→このあいだ, このまえ, せんだって, 過日, 先般

せんしつ［禅室］(名) ① 禪室。② 禪師。

ぜんじつ［全日］(名) ① 全日。② 毎日。

ぜんじつ［前日］(名) 前一天。↔翌日

ぜんじつせい［全日制］(名) 全日制。

せんじつ・める［煎じ詰める］(他下一) ① 徹底分析, 歸根到底。△この問題は〜めれば結局きみ自身がわるいんだよ／這個問題説到底怪你自己不好。→つき詰める ② (中藥) 熬透。

センシティブ［sensitive］(ダナ) 敏感的, 神經過敏的, 靈敏的。

ぜんじどう［全自動］(名) 全自動。△〜洗濯機／全自動洗衣機。

せんしばんこう［千思万考］(名) 千思萬慮。

せんしばんこう［千紫万紅］(名) 萬紫千紅。△〜の花園／萬紫千紅的花園。

せんしばんたい［千姿万態］(名) 千姿百態。△雲は〜をなす／雲彩變出千姿百態。

せんじもん［千字文］(名) 千字文。

せんしゃ［戦車］(名) 坦克。→タンク

せんじゃ［撰者］(名) ① 書籍, 詩歌的) 編著者。② (和歌集) 撰者。

せんじゃ［選者］(名) (詩歌, 短歌集, 小説集, 繪畫集, 照片集的) 編者。

ぜんしゃ［前車］(名) 前車。

ぜんしゃ［前者］(名) 前者。↔後者

せんじゃく［繊弱］(形動) 纖弱。△〜な女性／纖弱的婦女。

ぜんしゃく［前借］(名) 預借。△〜金／預支款。

ぜんしゃのくつがえるはこうしゃのいましめ［前車の覆るは後車の戒め］(連語) 前車之覆後車之鑒。

ぜんしゃのてつをふむ［前車の轍を踏む］(連語) 重蹈覆轍。

せんしゅ［先取］(名・他サ) 先得分, 先取得。△〜点／先得的分數。

せんしゅ［船主］(名) 船主。

せんしゅ［船首］(名) 船頭, 船首。→へさき ↔船尾

せんしゅ［腺腫］(名) 腺瘤。

せんしゅ［選手］(名) 選手, 運動員。△オリンピック〜／奧林匹克運動員。

せんしゅ［繊手］(名) 纖手。

せんしゅう［千秋］(名) 千秋。

せんしゅう［先週］(名) 上週, 上星期。△〜の話題／上週的話題。↔來週, 今週

せんしゅう［専修］(名) 專修, 專攻。△哲学を〜する／專攻哲學。

せんしゅう［選集］(名) 選集。

せんじゅう［先住］(名) 原住。△〜民族／原住民族, 土著民族。

せんじゅう［専従］(名・他サ) 專門從事, 專搞。△〜者／專職人員, 專職工作者。

せんじゅう［煎汁］(名) 煎的汁, 熬的湯藥。

ぜんしゅう［全集］(名) ① (某作家、畫家的) 全集。② (集各個作家或畫家代表之大成) 全集。△日本文学〜／日本文學全集。

ぜんしゅう［禅宗］(名) 禪宗 (佛教派別之一)。

せんしゅうらく［千秋楽］(名)(相撲、戯劇等)演出的最後一天。↔ 初日

せんしゅけん［選手権］(名)冠軍, 錦標。△～大会／錦標賽。

せんしゅつ［選出］(名・他サ)選出。△議長を～する／選舉議長, 選主席。

せんじゅつ［戦術］(名)戰術, 策略。

ぜんじゅつ［前述］(名・自サ)前述, 上述。→前記 ↔ 後述

せんしゅん［浅春］(名)早春。

せんしょ［選書］(名)選編的叢書(或其中某一冊)。

ぜんしょ［全書］(名)全書(或其中的某一冊)。△六法～／六法全書。

ぜんしょ［善処］(名・他サ)善處, 妥善處理。△その件は責任をもって善処します／那件事我負責妥善處理。

せんしょう［僭称］(名・他サ)僭稱, 自稱, 妄稱。△王を～する／妄自稱王。

せんしょう［先勝］(名・自サ)① (比賽)先勝, 領先。② 吉日。

せんしょう［戦勝］(名・自サ)戰勝。

せんしょう［戦傷］(名・自サ)戰傷。

せんじょう［洗浄・洗滌］(名・他サ)洗滌, 洗淨。

せんじょう［戦場］(名)戰場。△～と化す／化為戰場。→戦地

せんじょう［僭上］(名・形動)僭越。△～な行為／僭越的行為。

ぜんしょう［全勝］(名・自サ)全勝。△～優勝／全勝冠軍。↔ 全敗

ぜんしょう［全焼］(名・自サ)燒光。→まるやけ ↔ 半焼

ぜんじょう［禅譲］(名・他サ)① 禪讓。② 讓位。

ぜんしょうがい［全生涯］(名)一生, 一輩子。△～を通じて医療に従事する／一生行醫。

ぜんしょうせん［前哨戦］(名)① 前哨戰。② (正式行動前的)準備活動。

せんじょうち［扇状地］(名)扇狀地。

せんじょうとう［前照灯］(名)(車的)前燈。→ヘッドライト ↔ 尾燈

せんじょうばんたい［千状万態］(名)千狀萬態, 千姿百態。

せんしょく［染色］(名・自他サ)染色。△～業／染色業。

せんしょくたい［染色体］(名)〈生物〉染色體。

せん・じる［煎じる］(他上一)煎, 熬。

せんしん［先進］(名)先進。△～国／先進國家。↔ 後進

せんしん［専心］(名・自サ)專心, 專心致志。△新しいエンジンの開発に～する／專心開發新發動機。△一意～／一心一意。→専念

せんじん［戦塵］(名)① 戰塵。△～にまみれる／滿身戰塵。② 戰亂。△～をのがれる／逃脱戰亂。

せんじん［千尋・千仞］(名)千尋, 千仞。△～の谷／萬仞深谷。

せんじん［先人］(名)① 前人, 前輩。△～の跡をたどる／步前人之後塵。↔ 後人 ② 祖先, 先父。△～の遺訓を守る／遵守先人的遺訓。

せんじん［先陣］(名)前鋒, 頭陣。△～あらそい／爭打頭陣。

せんじん［戦陣］(名)戰場, 陣地。△～をはる／設戰場, 擺陣勢。→陣地

ぜんしん［全身］(名)全身, 渾身。△～びしょぬれ／全身濕漉漉。△～全霊／整個身心。→満身

ぜんしん［前身］(名)① 前身。△この大学の～は師範学校である／這所大學的前身是師範學校。↔ 後身 ② 〈佛教〉前身, 前世的身體。

ぜんしん［前進］(名・自サ)前進, 進步。△一歩～する／前進一步。↔ 後退

ぜんしん［前審］(名)前審。△～判決／前審判決。△～をくすがえす／推翻前審。

ぜんしん［善心］(名)① 善心。△～に立ち返る／改惡。② 菩提心。

ぜんしん［漸進］(名・自サ)漸進。↔ 急進

ぜんじん［全人］(名)完人。△～教育／全面發展的教育。

ぜんじん［前人］(名)前人。△学問上～未到の領域／學問上前人未涉及的領域。

せんしんこく［先進国］(名)先進國家。↔ 後進国, 發展途上国

ぜんしんしゅぎ［漸進主義］(名)溫和主義。

ぜんしんぜんれい［全身全霊］(名)全部身心。△～をかたむける／傾注全部精力。

せんしんばんく［千辛万苦］(名)千辛萬苦。△～をなめる／嘗盡千辛萬苦。

ぜんじんみとう［前人未到］(名)前人未到。△～の記録／前人未達到的紀錄。

ぜんじんみん［全人民］(名)全民。△～的所有／全民所有。

センス［sense］(名)感覺, 感受。△彼にはユーモアの～がない／他沒有幽默感。△～がいい／感覺美好。

せんす［扇子］(名)→おうぎ

ぜんず［全図］(名)全圖。△東京都～／東京都全圖。

せんすい［泉水］(名)庭院的水池。

せんすい［潜水］(名・自サ)潛水。

せんすいかん［潜水艦］(名)潛水艇。△原子力／核潛艇。

せんすいふ［潜水夫］(名)潛水員。

せんすいぼかん［潜水母艦］(名)潛水母艦。

ぜんすう［全数］(名)全數。△～調査／調查全數。

せん・する［宣する］(他サ)宣佈, 宣告。→宣告する

せん・する［僭する］(自他サ)僭越, 越分, 妄自尊大。

せんずるところ［詮ずる所］(連語)歸根結底, 總而言之。△～やっぱりだめだ／歸根結底還是不行。

ぜんせ［前世］(名)〈佛教〉前世，前生。△～のむくい／前世的報應。↔來世，現世

せんせい［先生］Ⅰ(名)先生，老師。Ⅱ(接尾)對教師、醫生、藝術家、議員、律師等的稱呼。

せんせい［先制］(名・他サ)先發制人，先下手。△～攻撃／先發制人的攻撃。△～点／先發制人之點。

せんせい［宣誓］(名・他サ)宣誓。△証人として～する／作為證人進行宣誓。

せんせい［専制］(名)專制，獨裁。△～君主／專制君主。→獨裁

せんぜい［占筮］(名)卜筮，卜卦。

ぜんせい［全盛］(名)全盛，極盛。△～をきわめる／全盛的極點。△～期／全盛期

ぜんせい［善政］(名)善政。△～をしく／施善政。

せんせいき［前世紀］(名)上個世紀。△～の遺物／上世紀的遺物。

せんせいじゅつ［占星術］(名)⇨ほしうらない

せんせいせいじ［専制政治］(名)專制政治，獨裁政治。↔民主政治

せんせいりょく［潜勢力］(名)潛勢力。△彼は政界に～を有する／他在政界有潛在勢力。

センセーショナリズム［sensationalism］(名)煽情主義，誇大報道，追求轟動效應。

センセーショナル［sensational］(形動)轟動社會的，聳人聽聞的。△～な話題をふりまく／散佈聳人聽聞的話題。

センセーション［sensation］(名)轟動。△～をまきおこす／引起轟動。

ぜんせかい［全世界］(名)全世界，全球。△～に知られている／聞名於全世界。

せんせき［船籍］(名)船籍。△～不明の船／船籍不明的船隻。

せんせき［戦績］(名)戰績，(競賽)成績。

ぜんせきにん［全責任］(名)全部責任。△～を負う／負全部責任。

せんせん［宣戦］(名・自サ)宣戰。△～布告／宣戰。

せんせん－［先先］(接頭)上上。△～曜日／上上週。

せんせん［潺潺］(副・連體)潺潺。

せんせん［戦線］(名)①戰爭的戰綫，前綫。△～に復帰する／返回前綫，重返前綫。△～を拡大する／擴大戰綫。→前線，戰場②(政治運動、事業的)戰綫。△統一～／統一戰綫。

せんぜん［戦前］(名)戰前。△～の教育／戰前的教育。↔戦後

ぜんせん［全線］(名)①全綫。△～にわたる大攻勢／全綫邁進攻。②全部綫路。△～不通／整個路綫阻斷。

ぜんせん［前線］(名)①前綫，前方。↔後方②(氣象)鋒面，鋒綫。△寒冷～が通過する／寒冷鋒面已經過去了。

ぜんせん［善戦］(名・自サ)善戰，奮戰。

ぜんぜん［全然］(副)全然(不)，一點也(不)，完全(不)。非常，很。△やってみたけれど～だめだった／試了一下，根本不行。△～おもしろいから見てごらん／非常有趣，你看看吧。

ぜんぜん－［前前］(接頭)大前。△～日／大前天。△～列／兩排前。

せんせんきょうきょう［戦戦恐恐］(副)戰戰兢兢。△～として日をすごす／戰戰兢兢地過日子。

せんせんげつ［先先月］(名)上上個月，前兩月，大上月。

せんそ［踐祚］(名・自サ)即位，登基。△～式を行う／舉行登基典禮。

せんぞ［先祖］(名)祖宗，祖先。△～の墓／祖先之墓。→祖先

せんそう［戦争］(名・自サ)①戰爭。△～反対運動／反戰運動。→平和②混亂或競爭。△交通～／交通堵塞。△受験～／考試競爭。

せんそう［船窓］(名)船窗。

せんそう［船倉］(名)船艙。△中部～／中艙。△～に積み込む／裝艙。

せんぞう［潜像］(名)潛像，潛影。

ぜんそう［前奏］(名)〈樂〉前奏，序曲。△～曲／前奏曲。↔間奏

ぜんぞう［漸増］(名・自サ)漸增，遞增。△利益が前月より～する／利益比前個月遞增。↔漸減

せんそうあめい［蝉噪蛙鳴］(名)亂喊亂叫。

ぜんそうきょく［前奏曲］(名)〈樂〉前奏曲，序曲。→プレリュード

せんぞがえり［先祖返り］(名)返祖現象。

せんそく［船側］(名)①船舷。②船邊。

せんぞく［専属］(名・自サ)專屬。△～歌手／專屬歌手。

ぜんそく［喘息］(名)哮喘，喘息。△～の発作／哮喘發作。△小児～／小兒哮喘。

ぜんそくりょく［全速力］(名)全速，最快速度。△～で走る／全速行進。

せんぞだいだい［先祖代代］(名)祖祖輩輩。

ぜんそん［全村］(名)全村。

ぜんそん［全損］(名)①全部損失。②〈法〉海上保險的船隻及貨物全部損失。

センター［center］(名)①中心。△医療～／醫療中心。②(棒球)中外場，中場手。△～フライ／中外場騰空球。③(籃球、足球)中鋒。

センターコート［center court］(名)中心賽場。

センターサークル［center circle］(名)(足球等)賽場中圈。

せんたい［船体］(名)船體。△～がかたむく／船體傾斜。

せんたい［船隊］(名)船隊。→船団

せんだい［先代］(名)前一代，上一代。△～の社長／上一代社長。↔當主，當代，次代

ぜんたい［全体］Ⅰ(名)全體，整體。△～を把握する／把握整體。△～にわたる／(遍及)整體。△市～／全市。△部分～部分Ⅱ(副)①本來，原來。△～，出発点からまちがっているよ／本來一開頭就錯了。→元來②究竟。△計画

をかえるなんて～どうしたんだろう／改變計劃，究竟怎麼了？→一体

ぜんたいしゅぎ [全体主義] (名) 極權主義，全體主義。

ぜんたいぞう [全体像] (名) 全貌。△～をつかむ／抓住全貌。

ぜんだいみもん [前代未聞] (名) 前所未聞。△～の話／前所未聞的説法。→未曾有，破天荒

せんたく [洗濯] (名・他サ) 洗滌，清洗。△命の～／散心，消遣。△電気～機／洗衣機。

せんたく [選択] (名・他サ) 選擇。△取捨～／選擇取捨。

せんたくかもく [選択科目] (名) 選修課。

せんたくし [選択肢] (名) 試題中供選擇回答的數個答案。

せんだつ [先達] (名) ① 先達，前輩。② 嚮導，帶路人。

せんだって [先だって] (副) 前幾天，前些日子。△～どうもごちそうさまでした／前幾天，感謝你盛情款待。→先日，過日，先般

ぜんだて [膳立て] (名・自サ) ① 準備飯菜。② 做準備工作。

ぜんだま [善玉] (名) 好人。△～と悪玉を区別する／區別好人和壞人。

センタリング [centering] (名) 〈IT〉居中。

せんたん [先端] (名) ① 尖端，頭兒。△塔の～／塔尖。② 領先，先頭，尖端。△時代の～／時代的前頭。

せんたん [戦端] (名) 戰端。△～をひらく／開戰端。

せんたん [選炭] (名) 選煤。△～設備／選煤設備。

せんだん [栴檀] (名) 〈植物〉① 棟樹，苦棟，白檀，檀香，旃檀。② ⇨びゃくだん

せんだん [船団] (名) 船隊。△～を組む／組織船隊。→船隊

せんち [戦地] (名) ① 戰地，戰場。→戰場 ② 出征地點。

ぜんち [全治] (名・自サ) (傷) 治癒。△～三カ月の重傷を負う／負了三個月才能治癒的重傷。

ぜんちし [前置詞] (名) 前置詞。

ぜんちぜんのう [全知全能] (名) 無所不知，無所不能。△～の神／全知全能的神 (上帝)。

センチメートル [centimetre] (名・接尾) 厘米，公分 (符號 cm)。

センチメンタル [sentimental] (形動) 傷感，多愁善感。(可略稱センチ)。

せんちゃ [煎茶] (名) 煎茶。

せんちゃく [先着] (名・自サ) 先到。△～百名様／先到的一百位。

せんちゃくじゅん [先着順] (名) 先到順序。△～に並んでください／請按先後順序排隊。

せんちょう [船長] (名) ① 船長。→キャプテン ② 船的長度。→船幅

ぜんちょう [全長] (名) 全長。

ぜんちょう [前兆] (名) 前兆，預兆。△大地震の～／大地震的前兆。→きざし，まえぶれ

せんて [先手] (名) ① 先手，先走的人。→先番 ② 先下手，搶先。△～を打つ／先發制人。↔後手

せんてい [剪定] (名・他サ) 剪枝，整枝。△～ばさみ／整枝剪，修枝剪。

せんてい [選定] (名・他サ) 選定。△～図書／選定圖書。

ぜんてい [前提] (名) 前提。↔結論

せんてつ [先哲] (名) 先哲。

せんてつ [銑鉄] (名) 銑鐵，生鐵。

せんてをうつ [先手を打つ] (連語) 先發制人。→機先を制する

せんでん [宣伝] (名・自他サ) 宣傳。△～映画／宣傳電影。→広告，ピーアール，コマーシャル

センテンス [sentence] (名) 〈語〉句子。

せんてんてき [先天的] (形動) 先天性的。△～な才能／天賦的才能。↔後天

- セント [cent] (接尾) (美元、加拿大元的百分之一) 分。

せんと [遷都] (名・自サ) 遷都。△平安へ～／遷都平安城。(今京都)

せんど [先途] (名) 關鍵時刻，轉折點。△ここを～とたたかう／以此為決定命運的轉折點而奮戰。

せんど [鮮度] (名) 新鮮程度。△～がおちる／不新鮮了→生き

ぜんと [前途] (名) ① 路途。△～遼遠／路途遙遠。② 前途。△～洋洋／前途遠大。→将来

ぜんど [全土] (名) 全土，整個國土。△高気圧が日本の～をおおっている／高氣壓控制了日本全土。→全域

せんとう [先頭] (名) 前頭。△～をきる／打頭，領頭。→トップ

せんとう [尖頭] (名) 尖頂。△～葉／尖頭葉。

せんとう [戦闘] (名・自サ) 戰鬥。△はげしい～をくりひろげる／展開激烈的戰鬥。

せんとう [銭湯] (名) 澡堂，浴池。→ふろや

せんどう [先導] (名・他サ) 先導，嚮導，帶路。△～車／前導車。

せんどう [扇動・煽動] (名・他サ) 煽動，鼓動，蠱惑。△～者／煽動者。

せんどう [船頭] (名) 船夫，船老大。

ぜんどう [蠕動] (名・自サ) ① (蟲子) 蠕動。② (胃、腸等) 蠕動。

せんどうおおくしてふねやまへのぼる [船頭多くして船山へ登る] (連語) 人多反誤事。木匠多畫歪房。艄工多，撐翻船。

ぜんとゆうぼう [前途有望] (形動) 前途有為。△～な新人／前途有為的新手。

せんない [詮ない] (形) 無濟於事，沒有辦法，白費。△いまさら悔やんでみても～ことだ／事到如今後悔也沒有用。

ぜんなんぜんにょ [善男善女] (名) 善男信女。

ぜんにちせい [全日制] (名) 全日制。→定時

制 (也説“ぜんじっせい”)

せんにゅう [潜入] (名・自サ) 潜入。→もぐりこむ

せんにゅうかん [先入観] (名) 先入之見, 成見。△～にとらわれる／被成見所左右。→偏見, 色めがね

せんにん [仙人] (名) ① 仙人, 神仙。② 恬淡而超脱世俗的人。

せんにん [先任] (名) 前任, 先任職的人。↔ 新任

せんにん [専任] (名) 専任, 専職。△～講師／専職講師。→専務 ↔ 兼任

せんにん [選任] (名・他サ) 選抜任命。△代表を～する／選任代表。

ぜんにん [前任] (名) 前任。△～者／前任者。↔ 後任

ぜんにん [善人] (名) ① 善人, 好人。↔ 悪人 ② 老好人。

せんねん [先年] (名) 前幾年, 早年。△～当地へ越してきました／前些年, 搬到了本地來。↔ 後年

せんねん [専念] (名・自サ) 専心致志, 埋頭。→専心, 没頭, 没入, 傾注

ぜんねん [前年] (名) 前一年。↔ 翌年

せんのう [洗脳] (名・他サ) 洗脳, 灌輸新思想。

ぜんのう [全能] (名) 全能, 萬能。△～の神／全能的上帝。△全知～／全知全能。

ぜんのう [全納] (名・他サ) 繳齊。→完納

ぜんのう [前納] (名・他サ) 預付。△～金／預付款。↔ 後納

せんのりきゅう [千利休]〈人名〉千利休 (1523-1591)。安土桃山時代的“茶人”, 完成了茶道後, 為織田信長和豊臣秀吉所重用, 後來因得罪了秀吉被迫自殺。

せんばい [専売] (名・他サ) 専賣。

せんぱい [先輩] (名) ① 老資格, 高年級同學。△～をたてる／推舉資格老的人。△両年～の人だ／(比我) 高両個年級的人。② 前輩。↔ 後輩

ぜんぱい [全敗] (名・自サ) 全敗, 全輸。↔ 全勝

ぜんぱい [全廃] (名・他サ) 全部廃除。

ぜんはいそげ [善は急げ] (連語) 好事要抓緊。

せんばいとっきょ [専売特許] (名) ① 専利權。② 拿手戯, 特長。→十八番

せんぱく [船舶] (名) 船舶, 大船。

せんぱく [浅薄] (形動) 淺薄, 膚淺。△～な知識／淺薄的知識。→あさはか

せんばつ [選抜] (名・他サ) 選抜, 挑選。△～チーム／選抜隊。

せんぱつ [先発] (名・自サ) 先出發, 先動身, 先上場。△～隊／先遣隊。△～投手／一開始就上場的投手。↔ 後発

せんぱつ [洗髪] (名・自サ) 洗髪。△～料／洗頭用品。

せんぱつ [染髪] (名・自サ) 染髪。

せんばづる [千羽づる・千羽鶴] (名) ① 千隻鶴。② 畫有許多鶴的花様。

せんばん [旋盤] (名) 車牀, 旋牀。

-せんばん [千万] (接尾) 很, 非常, 極。△迷惑～／極為麻煩。△無礼～／非常無禮。△笑止～／實在可笑, 簡直笑死人。

せんばん [先般] (副) 前幾天, 前些日子, 上次。→過日 ↔ 今般

せんぱん [戦犯] (名) 戦犯。

せんぱん [前半] (名) 前半部分, 前一半。△～戦／前半場比賽。↔ 後半

ぜんぱん [全般] (名) 整個, 全部。△この問題の～にわたってご説明します／我來説明一下這個問題的全部情況。

せんび [船尾] (名) 船尾。→とも ↔ 船首

せんび [戦備] (名・自サ) 戦備。

ぜんび [善美] (名) 善美。△～をつくす／盡善盡美。

ぜんぴ [前非] (名) 前非。△～をくいる／痛改前非。

せんぴょう [選評] (名・他サ) 評選。△～会／評選會。

せんびょうしつ [腺病質] (名) 腺病質, 容易感染病疾的體質。

ぜんしん [前信] (名) 前信, 前函。△～おうけとりくださいましたか／您收到我的前函了嗎？↔ 後便

ぜんぶ [全部] (名・副) 全部, 全體, 所有。△これで～です／這就是全部。△～終わりました／全部結束了。↔ 一部

ぜんぶ [前部] (名) 前部。↔ 後部

せんぷう [旋風] (名) ① 旋風。→つむじ風 ② 風潮, 風波, 震驚。△彼の立候補は政界に～をまきおこした／他参加競選, 在政界引起一場風波。

せんぷうき [扇風機] (名) 電扇。

せんぷく [船腹] (名) ① 船體, 船腹。② 船艙, 貨艙。

せんぷく [潜伏] (名・自サ) ① 潜伏。△犯人は市内に～している／犯人潜伏在市内。② (病菌) 潜伏。△～期間／潜伏期間。

ぜんぷく [全幅] (名) ① 全幅。② 最大限度。△～の信頼をおく／完全可以置信, 無保留的信任。

せんぶり [千振り] (名)〈植物〉胡黄連, 當藥。

せんぶん [線分] (名) 綫段。

ぜんぶん [前文] (名) ① (法律、條約) 序文, 序言, 前言。→主文 ② (書信開頭寒暄話) 前文。③ 前面寫的文章, 上文。

せんべい [煎餅] (名) 酥脆薄餅。

せんべいぶとん [煎餅布団] (名) 又薄又硬的被。

せんべつ [餞別] (名) 臨別贈送的錢物。→はなむけ

せんべつ [選別] (名・他サ) 挑選, 選擇。△ひなの～／挑選雛鳥。

せんべん [先鞭] (名) 先鞭。△～をつける／佔先, 搶先, 着先鞭。

ぜんぺん［全編］(名) 全篇，通篇。△～にみなぎる精神／貫徹全篇的精神。

せんぺんいちりつ［千編一律］(名) 千篇一律。△～の趣向／千篇一律的意向。→一本調子

せんぺんばんか［千変万化］(名・自サ) 千變萬化。

せんぼう［羨望］(名・他サ) 羨慕。△～のまと／羨慕的對象。

せんぼう［先方］(名) 對方。△～のごつごうをきいてください／請問對方是否方便。↔ 当方

せんぼう［先鋒］(名) 先鋒。

ぜんぼう［全貌］(名) 全貌。△～を明らかにする／弄清全貌。→全容

ぜんぽう［前方］(名) 前方。△～注意／注意前方。↔ 後方

せんぼうきょう［潜望鏡］(名) 潛望鏡。

ぜんぽうこうえんふん［前方後円墳］(名) 前方形後圓形的墳墓。

せんぼつ［戦没］(名・他サ) 戰死，陣亡。△～者／戰死者。→戦死

ぜんまい (名) 發條，彈簧。△～をまく／上弦。△～じかけ／帶發條。

ぜんまい［薇］(名)〈植物〉紫萁，薇菜。

せんまいどおし［千枚通し］(名) 錐子。

せんみんしそう［選民思想］(名) 優秀民族的思想。

せんむ［専務］(名) ① 專職。△～理事／常務理事。② “専務取締役” 的略語。

せんめい［鮮明］(形動) 鮮明。△～にうつる／反映鮮明。

せんめつ［殲滅］(名・他サ) 殲滅。△敵軍を～する／殲滅敵軍。→掃討

ぜんめつ［全滅］(名・自他サ) 全殲，全毀。△冷害で作物が全滅した／由於凍害，莊稼全毀了。→壊滅

せんめん［洗面］(名・他サ) 洗臉。△～所／洗臉間。洗面器／洗臉盆。

ぜんめん［前面］(名) 前面，正面。△～におし出す／往前面推，放到首位，突出…↔背面

ぜんめんてき［全面的］(形動) 全面地，各個方面。△その意見は～に賛成だ／對那個意見完全贊成。

せんもう［腺毛］(名) 細毛，腺毛。

せんもう［繊毛］(名) ① 纖毛。② 絨毛，細而短的毛。

せんもん［専門］(名) 專門，專業。△英語を～に教える／專門教英語。△～家／專家。△～店／專用品商品。→専攻

せんもんか［専門家］(名) 專家。↔ 門外漢

せんもんご［専門語］(名) 專業術語，專業名詞。→術語

せんもんてき［専門的］(形動) 專門的，專業的。△～知識／專門知識。

ぜんもんどう［禅問答］(名) ① 禪僧進行的問答。② 打啞巴禪。

ぜんもんのとらこうもんのおおかみ［前門の虎後門の狼］(連語) 前門拒虎，後門進狼。→難去ってまた一難

ぜんや［前夜］(名) ① 昨夜。② 前夜，前夕。△～祭／節日，祭日前舉行的慶祝活動。

せんやく［先約］(名) 在先的約會，前約。△あすは～があるので行けません／因為明天已有約，所以去不了。

ぜんやく［全訳］(名・他サ) 全譯。→完訳 ↔ 抄訳

ぜんやさい［前夜祭］(名) 節日，祭日前夜舉行的慶祝活動。

せんゆう［占有］(名・他サ) 佔有。△～権／佔有權→所有

せんゆう［専有］(名・他サ) 專有，壟斷。→独占 ↔ 共有

せんゆう［戦友］(名) 戰友。

せんゆうこうらく［先憂後楽］(名) 先憂後樂。

せんよう［専用］(名・他サ) ① 專用。△社員～／公司職員專用。② 專門用於。△つめきり～のはさみ／剪指甲專用剪。

ぜんよう［全容］(名) 全貌，全部內容。△事件の～を解明する／查明事件的全貌。

ぜんよう［善用］(名・他サ) 很好利用。↔ 悪用

ぜんら［全裸］(名) 裸體。→まるはだか，すっぱだか

せんらん［戦乱］(名) 戰亂。△～のちまた／戰亂之地，戰場。→争乱

せんりがん［千里眼］(名) 千里眼。

せんりつ［旋律］(名) 旋律。

せんりつ［戦慄］(名・自サ) 發抖。△～すべき光景／令人毛骨悚然的景象。△～がはしる／嚇得全身發抖。→おそれおののく，わななく

せんりひん［戦利品］(名) 戰利品。

せんりゃく［戦略］(名) 戰略。△～をねる／研究戰略。→作戦，戦術

ぜんりゃく［前略］(名・他サ) ①（書信中省去開頭的寒暄語）前略。→冠省 ②（文章的）前略。

せんりゅう［川柳］(名) 川柳，（日本江戸時代產生的諷刺，詼諧的短詩）。→狂句

そ［祖］(名) ① 祖先，祖宗。② 鼻祖。
そ［楚］(名)〈史〉楚，楚國。
そ［疎］(名) ① 稀，稀薄。② 不親密。
ソ［意 sol］(名)〈樂〉大音階的第五音。(音譯) 梭。
ぞ［終助］接在句尾，表示説話者強烈的主張，決心、感嘆等心情。男性用語。① (自言自語) △あれ，変だ〜／咦？怪呀！② (對對方) △うそをついたら承知しない〜／告訴你，撒謊我可不答應！
そあく［粗悪］(形動) 粗糙，低劣。△〜品／次貨，次品。→劣悪
ソアラー［soarer］(名) 高空滑翔機。
そい［粗衣］(名) 粗衣，布衣。
-ぞい (造語) 沿着，順着。△川〜の散歩／沿河邊散步。
ソイソース［soy sauce］(名) 醬油。
そいそしょく［粗衣粗食］(名) 布衣粗食。
そいつ (代) ① (指人。粗俗語) 那個傢伙。② (指物。粗魯語) 那個，那個東西。
そいと・げる［添い遂げる］(自下一) ① 白頭偕老。② 如願結成夫妻。
そいね［添い寝］(名・自サ) (在幼兒等身旁) 陪着睡。
そいん［訴因］(名)〈法〉起訴的案由。
そいん［素因］(名) ① 起因，原因。②〈醫〉(易得病的) 體質。
そいんすう［素因数］(名)〈數〉素因數，素因子。
そう (副) 那樣。△〜かしら／是嗎？△私も〜思う／我也認為是那樣。△きょうは〜寒くない／今天不那麼冷。
そう (感) (表示肯定) 是的，對啦。(表示驚訝) 是嗎。
そ・う［沿う］(自五) ① 沿，順。△川に〜って歩いていく／順着河走下去。→並行する ② 按照，遵循。△最初にきめた計画の線に〜って作業をすすめる／按照最初制定的計劃開展作業。→のっとる，したがう
そ・う［添う］(自五) ① 跟隨，不離左右。△影の形に〜ように／形影不離。② 達到目的，滿足期望。△目的に〜／達到目的。→かなう ↔ そむく ③ 結成夫妻。
そう［宋］(名)〈史〉宋。① 960 年趙匡胤所建的王朝。② 南北朝時期南朝之一。
そう［相］(名) 相，面相。姿態。△〜を見る／相面。△憤怒の〜／滿面怒容。
そう［僧］(名) 僧，僧侶。→出家，法師，坊主，僧侶，比丘 ↔ 尼
そう［想］(名) 思想，構思。△〜をねる／構思。
そう［層］(名) 層，階層。△〜をなす／成層。△大気の〜／大氣層。
-そう［艘］(接尾) (小船) 艘，隻。→隻
ぞう［象］(名)〈動〉象。

ぞう［像］(名) ① 像。△キリストの〜／基督像。②〈理〉影像，像。△〜がうつる／映像。
そうあたり［総当たり］(名) ①〈體〉循環賽。→リーグ戦 ↔ 勝ちぬき戦，トーナメント ② (抽籤) 全部有彩。
そうあん［草案］(名) 草案，草稿。△〜をねる／構思草案。→原案，たたき台 ↔ 成案
そうあん［草庵］(名) 草庵，茅屋。
そうあん［僧庵］(名) 僧庵。
そうあん［創案］(名・他サ) 發明，發明的東西。→創意
そうい［相違］(名・自サ) 不同，分歧。△案に〜する／和預想的不同。△両者の意見に〜が生じる／雙方的意見產生分歧。→くいちがい，ちがい，差異
そうい［創意］(名) 創見。△〜にとむ／富有創見。→創案
そうい［総意］(名) 總體意見，大家的心願。→コンセンサス
ぞうい［贈位］(名・自サ) (死後) 追贈勳位。
そういう (連體) 那種，那樣的。△〜話は聞いたことがない／沒聽説那樣的事。
そういちじ［双一次］(名)〈數〉雙一次性，雙直綫。
そういっそう［層一層］(副) 更加。
そういてん［相違点］(名) 不同點。↔ 類似點
そういトラップ［層位トラップ］(名)〈地〉地層圈閉。
そういな・い［粗違ない］(形) 肯定，確鑿無疑。
そういれば［総入れ歯］(名) 滿口假牙。
そういん［僧院］(名) ①〈佛教〉寺院。②〈宗〉修道院。
そういん［総員］(名) 全體人員。
ぞういん［増員］(名・他サ) 增員，增加名額。↔ 減員
そううつびょう［躁鬱病］(名)〈醫〉躁鬱症。
そううら［総裏］(名)〈服〉(上衣) 全裏子。
そううん［層雲］(名)〈氣象〉層雲。
ぞうえい［造営］(名・他サ) 營造，興建 (神社，寺廟，宮殿等)。→建造
ぞうえいざい［造影剤］(名)〈醫〉造影劑。
ぞうえき［増益］(名・自他サ) ① 增加。② 增利。
そうえききん［総益金］(名)〈經〉總利潤，毛利。
そうえん［桑園］(名) 桑園，桑田。
ぞうえん［造園］(名・自サ) 營造庭園。
ぞうえん［増援］(名・他サ) 增援。
ぞうお［憎悪］(名・他サ) 憎惡，厭惡。△〜の念／憎惡之心。→にくしみ
そうおう［相応］(形動・自サ) 適合，相稱，相應。△能力に〜した仕事／與能力相宜的工作。

△身分～に暮す／過與身分相稱的日子。→相当

そうおく［草屋］(名) ① 草房，茅屋。② (謙) 舍下。

そうおん［宋音］(名) 宋音 (宋朝時期傳入日本的漢字讀音)。

そうおん［騒音］(名) 噪音。→雑音

そうか［挿花］(名)(日本花道流派之一) 插花。

そうか［桑果］(名)〈植物〉桑椹。

そうか［喪家］(名) ① 有喪事之家。② 無家。△～の犬／喪家之犬。

そうか［装荷］(名)〈理〉充電，負載。

ぞうか［造化］(名) ① 造化，造物主。② 天地萬物，自然界，宇宙。

ぞうか［造花］(名) 人造花，假花。↔ 生花

ぞうか［増加］(名・自他サ) 增加。→増大 ↔ 減少

そうかい［総会］(名) 全體會議，全會。△株主～／股東全體會議。→大会

そうかい［壮快］(形動) 痛快，壮観。△～なヨットレース／壮観歡快的帆船比賽。

そうかい［爽快］(形動) 爽快，清爽。△～な気分／精神爽朗。→すがすがしい

そうかい［掃海］(名・他サ) 掃雷，清除水雷。

そうかい［滄海・蒼海］(名) 滄海。

そうかい［桑海］(名) 滄桑。

そうがい［霜害］(名) 霜害，霜災。

そうがい［窓外］(名) 窗外。

そうかいがん［層灰岩］(名)〈地〉層凝灰岩。

そうかいちょうせき［曹灰長石］(名)(礦石) 拉長石，富拉玄武岩。

そうかいほうせき［曹灰硼石］(名)(礦石) 鈉硼解石。

そうがかり［総掛かり］(名) 大家齊動手，全體出動。→総出

そうかく［総画］(名)(一個漢字的) 總筆畫數。

そうがく［総額］(名) 總額。→全額

そうがく［奏楽］(名・自他サ) 奏樂，演奏的音樂。

そうがく［宋学］(名) 宋代的儒學，程朱理學。

そうがく［相学］(名) 相學，相術。

ぞうがく［増額］(名・他サ) 增額，增量。△予算の～を要求する／要求增加預算。

そうかくるい［双殻類］(名)〈動〉雙殼類。

そうかせい［走化性］(名)〈化〉趨藥性。

そうかつ［総括］(名・他サ) ① 總括，概括。→一括 ② 總結。△～的な意見を述べる／發表總結性意見。

そうかつ［総轄］(名・他サ) 統轄，總管。

そうかといって［連語］雖說如此 (但是)。△丈は高くもないが～低くもない／個子雖說不高可也不矮。

そうがな［草仮名］(名) 草假名 (由漢字草書體簡略而成，如平假名等)。→変体仮名

そうかへいきん［相加平均］(名)〈數〉算術平均。△1 と 2 と 3 の～は 2 である／1 和 2 和 3 的算術平均是 2。

ぞうがめ［象亀］(名)〈動〉象龜。

そうがら［総柄］(名)〈服〉全身衣服上都是花。

そうがわ［総革］(名) 全革。

そうかん［壮観］(名) 壮観。

そうかん［相関］(名・自サ) 相關，相互關係。△価格と需要とは～関係にある／價格和需求是互相關聯的。

そうかん［送還］(名・他サ) 送還，遣送。△捕虜を～する／遣返戰俘。

そうかん［創刊］(名・他サ) 創刊。↔ 廃刊

そうかん［総監］(名) 總監。→総裁

そうかん［壮漢］(名) 壮漢，壮年男子。

そうかん［相姦］(名・自サ) 通姦，男女私通。

そうがん［双眼］(名) 雙眼，雙目。

ぞうかん［増刊］(名・他サ) 增刊。

ぞうかん［増感］(名)〈化〉敏化。

ぞうがん［象眼・象嵌］(名・他サ) 鑲嵌。

そうがんきょう［双眼鏡］(名) 雙筒望遠鏡。

そうかんじょうもとちょう［総勘定元帳］(名)〈經〉總賬。

ぞうがんぶっしつ［造癌物質］(名)〈醫〉致癌物質。

そうき［早期］(名) 早期，提前。△～に発見すればがんもなおる／如果早發現，癌也能治。→初期 ↔ 晩期

そうき［想起］(名・他サ) 想起。→思いうかべる

そうき［総記］(名) ① 總括記述。② (圖書) 綜合圖書。

そうぎ［争議］(名) ① 爭議，爭論。② 勞資糾紛。

そうぎ［葬儀］(名) 葬禮。△～をとり行う／治喪。→葬禮

ぞうき［雑木］(名) 雜木，不成材的木頭。

ぞうき［臓器］(名) 內臟器官。

そうきかん［送気管］(名) 通風管 (通氣，氣壓) 管。

そうきガン［早期ガン］(名)〈醫〉早期癌。

そうきじゅうごう［早期重合］(名)〈化〉過早聚合。

そうきせい［走気性］(名) ① 趨氧性。② 趨氣性。

そうぎちょうせい［争議調整］(名) 調解勞資糾紛。

ぞうきばやし［雑木林］(名) 雜木林。

そうきへい［槍騎兵］(名) 槍騎兵，持長矛的騎兵。

そうきゃく［双脚］(名)〈文〉雙腳。↔ 隻脚

そうきゅう［送球］(名・自サ) ① 傳球。② 手球。

そうきゅう［早急］(名・形動) 迅速，緊急。△この仕事は～にしあげてほしい／這件工作請趕快完成。(也説“さっきゅう”)

そうきゅう［蒼穹］(名) 太空，蒼穹。

そうきょ［壮挙］(名) 壮舉。△ヨットによる太平洋横断の～／乘帆船橫渡太平洋的壮舉。

そうぎょ［草魚］(名)〈動〉草魚。

そうきょう［双頬］（名）雙頬。

そうきょう［躁狂］（名）① 狂躁。②〈醫〉躁狂。

そうぎょう［早暁］（名）黎明，拂曉。△～に旅だつ／拂曉起程。→あかつき，払暁

そうぎょう［創業］（名・自サ）創業，創辦。△～百年／創業百年（紀念）。

そうぎょう［僧形］（名）僧人打扮。

そうぎょう［操業］（名・自サ）操作，作業。△24時間～／二十四小時開工。

そうきょう［増強］（名・他サ）増強，加強。△輸送力を～する／増強運輸能力。→増進 ↔ 減退

そうきょういく［早教育］（名）早期教育，學前教育。

そうぎょうたんしゅく［操業短縮］（名）縮短作業時間。

そうぎょきゅう［双魚宮］（名）〈天〉雙魚宮。

そうきょく［筝曲］（名）筝曲。

そうきょくアンテナ［双極アンテナ］（名）（無綫）偶極天綫。

そうきょくし［双極子］（名）〈理〉偶極子。

そうきょくせん［双曲線］（名）〈數〉雙曲綫。

そうぎり［総桐］（名）全桐木製。

そうきん［送金］（名・自サ）匯款，寄錢。△留学中のむすこに～する／給留學的兒子寄錢。

ぞうきん［雑巾］（名）抹布，揩布。

そうきんるい［藻菌類］（名）〈植物〉藻類菌，藻菌。

そうく［走狗］（名）走狗。△資本家の～となる／給資本家當走狗。△狡兎死して～煮る／狡兔死走狗烹。

そうぐ［葬具］（名）葬具，殯儀用具。

そうぐ［装具］（名）① 武裝用具。② 化妝用具。③ 裝備。

そうくう［蒼空］（名）蒼空，青空。

そうぐう［遭遇］（名・自サ）遭遇，遇到。△敵と～する／遇敵。△暴風雨に～する／遇到暴風雨。△～戦／遭遇戰。

そうくずれ［総崩れ］（名）① 徹底失敗，全輸。② 全綫崩潰。

そうくつ［巣窟］（名）窩，巢穴。△悪の～／罪惡的巢穴。△盗賊の～／賊窩。→根城，巣

そうけ［宗家］（名）（技藝流派的）宗門，正宗。→本家，家元

ぞうげ［象牙］（名）象牙。△～細工／象牙工藝品。△～色／牙色。

そうけい［早計］（名）草率，過急。△～にすぎる／過於輕率。△よく考えないで返事したのは～だった／未經認真考慮就作了答覆是輕率的。

そうけい［総計］（名・他サ）總計。→合計，総和

そうげい［送迎］（名・他サ）迎送，接送。△自動車で～する／汽車接送。△～バス／接送專車。

ぞうけい［造詣］（名）造詣。△～がふかい／造詣深。

そうけい［造形・造型］（名・自サ）造型。

そうげいこ［総稽古］（名）〈劇〉總排練，彩排。

ぞうけいびじゅつ［造形美術］（名）造型藝術。

ぞうげしつ［象牙質］（名）象牙質，牙質。

そうけだ・つ［総毛立つ］（自五）不寒而慄，毛骨悚然。△その惨状には思わず～った／看到那惨状，不由得毛骨悚然。

ぞうけつ［造血］（名・自サ）〈醫〉造血。△～剤／生血薬。

ぞうけつ［増結］（名・他サ）加掛（車厢，車皮）。△～車／加掛車。△三両～／加掛三輛。

そうけっさん［総決算］（名・他サ）①〈經〉總結算。② 總結，清算。△この本は，彼の長年の研究の～だ／這本書是他長年研究的總結。

ぞうげのとう［象牙の塔］（連語）象牙之塔。

そうけん［双肩］（名）雙肩，肩上。△日本の将来を～になう／肩負日本的未來。

そうけん［創見］（名）創見。△～にみちた論文／富有創見的論文。

そうけん［壮健］（形動）康健，健壯。△先生には，ますますご～のごようす，大慶に存じます／敬悉先生貴體康健，可慶可賀。→達者

そうけん［送検］（名・他サ）〈法〉（把被告）送交檢察院。

そうけん［創建］（名・他サ）創建，創立。△唐招提寺は鑑真の～による／唐招提寺為鑑真所創。

そうけん［総見］（名・他サ）（為支持某個演出）集體觀看。

そうげん［草原］（名）草原。→草はら

ぞうげん［増減］（名・自他サ）増減。

ぞうげん［雑言］（名・自サ）⇨ぞうごん

ぞうげん［造言］（名）謠言，流言。

そうこ［倉庫］（名）倉庫。→倉

そうご［相互］（名）相互，互相。△～依存／互相依靠。△～作用／相互作用。△～乗入れ／互相向對方營業範圍内開展業務。△～にサーブする／輪換發球。→たがい

そうご［壮語］（名・自サ）壯語，豪言。

ぞうご［造語］（名・自サ）組造複合詞，造複合詞的單詞。

そうごいぞん［相互依存］（名）相互依存。

そうこう［壮行］（名）餞行，歡送。△～の辞／歡送辭。△～会／歡送會。

そうこう［草稿］（名）草稿。△～をつくる／打草稿。→原稿

そうこう［奏功・奏効］（名・自サ）奏效，成功。

そうこう［操行］（名）操行，品行。△～が悪い／品行不端。→素行，品行

そうこう［倉皇］（形動トタル）倉皇，慌張。△～として現場へかけつける／慌忙趕到現場。

そうこう［走行］（名）行車，行駛。△～距離／行車里程。△～性能／行駛性能。

そうこう［送行］（名）送行，送別。

そうこう［装甲］（名・他サ）裝甲。△～車／裝甲車。

そうこう［送稿］(名・自他サ) 送稿。

そうこう［糟糠］(名) 糟糠。△〜の妻／糟糠之妻。

そうこう (副) 這個那個，這樣那樣。△〜するうちに夜になった／幹這幹那，不覺就到了晚上。

そうごう［総合］(名・他サ) 綜合。△いろいろな考えかたを〜して新しいアイデアを生みだす／綜合各種想法，產生新的思想。→総括 ↔ 分析

そうごう［僧号］(名) 僧號。

ぞうごう［贈号］(名・自サ) 謚號。

そうごうかぜい［総合課税］(名) 綜合課稅。

そうごうげいじゅつ［総合芸術］(名) 綜合藝術。

そうこうげき［総攻撃］(名・他サ) 總攻擊。△〜をかける／發起總攻。

そうごうこうざ［総合口座］(名)〈經〉(活期、定期存款聯保式) 綜合戶頭。

そうごうしゅうし［総合収支］(名)〈經〉外貿綜合收支 (包括貿易收支和非貿易收支)。

そうごうしょうしゃ［総合商社］(名) 綜合商社，跨國貿易公司。

そうこうせい［走光性］(名)〈生物〉趨光性。

そうごうせんたくせいこうこう［総合選択制高校］(名) 綜合選擇制高中。(一校內分普通和職業二類學科，任學生自選)

そうこうだい［走行台］(名) 移動式起重機。

そうごうてき［総合的］(形動) 綜合性的。△〜地価対策／地價綜合處理方案。

そうごうをくずす［相好をくずす］(連語) 笑容滿面，喜笑顏開。

そうごぎんこう［相互銀行］(名) 中小企業互助性質的金融機構。

そうこく［相克］(名・自サ) 相剋，相悖。△理性と感情の〜になやむ／苦於理智和感情的矛盾。

そうこげんしか［相跨原子価］(名)〈化〉共價。

そうごひはん［相互批判］(名・他サ) 相互批評。↔ 自己批判

そうごぼうえき［相互貿易］(名)〈經〉以進帶出貿易。

そうこん［早婚］(名・自サ) 早婚。

そうこん［創痕］(名) 創痕，傷痕。

そうごん［荘厳］(形動) 莊嚴。△〜な儀式／莊嚴的儀式。→おごそか

そうさ［捜査］(名・他サ)〈法〉搜查 (犯人，罪證)。△〜の手がのびる／擴展搜查範圍。

そうさ［操作］(名・他サ) ① 操作，操縱 (機器)。△遠隔〜／遙控。△この機械は〜が簡単だ／這台機器操作簡單。② 操縱 (事物)。△金融を〜する／操縱金融。△世論を〜する／操縱輿論。△帳簿上の〜で税金をごまかす／在賬上做手腳偷稅。

そうさ［走査］(名)〈無綫電〉掃描。△〜電子顕微鏡／掃描電鏡。△〜線／掃描綫。

ぞうさ［造作・雑作］(名) 費事，麻煩。△〜をかける／添麻煩。△〜もない／簡單，省事。

そうさい［相殺］(名・他サ) 相抵，抵銷。△入金と支出とを〜する／收入和支出相抵。→帳消し

そうさい［総裁］(名) 總裁。△〜公選／選舉產生政黨的總裁。

そうさい［葬祭］(名) 殯葬和祭祀。

そうざい［総菜］(名) 家常菜。

そうさく［捜索］(名・他サ) ①〈法〉搜索，搜捕。△警察が〜中の犯人／警察局正在搜捕的犯人。△〜陣／搜查隊伍。②〈法〉搜查。△家宅〜／搜查住宅。③ 搜尋，尋找。△遭難者を〜する／尋找遇難者。

そうさく［創作］(名・他サ) ① 創作 (文學、藝術)。② 製造 (東西)。③ 胡編，捏造。△彼は〜がうまい／他最會説假話。

ぞうさく［造作］(名) ① 室內裝修。→インテリア ② 長相，眉眼。△顔の〜がりっぱだ／面貌英俊。→顔だち

そうさくいん［総索引］(名) 總索引，總目錄。

そうさたく［操作卓］(名)（電算）控制台。

ぞうさつ［増刷］(名・他サ) 增印，加印。

ぞうさな・い［造作ない］(形) 簡單，容易，省事。△〜仕事／輕而易舉的工作。△重い荷物を〜く持ちあげた／毫不費力地拿起沉重的行李。→たやすい

そうざらい［総浚い］(名) ① 總復習。② 總排練。

そうざん［早産］(名・他サ) 早產。

ぞうさん［増産］(名・他サ) 增產。↔ 減産

ぞうざんうんどう［造山運動］(名)〈地〉造山運動。

そうし［草紙・草子・双紙］(名) ①（古時用“仮名”寫的）物語，日記，隨筆等文學作品。② 江戶時代帶圖的大眾讀物。

そうし［創始］(名・他サ) 創始，首創。△〜者／創始人。

そうし［壮士］(名) ① 壯士，好漢。②（為政客服務的）打手，無賴。

そうし［荘子］Ⅰ〈人名〉莊周，莊子。Ⅱ〈書名〉《莊子》。

そうし［相思］(名) 相思。

そうし［繰糸］(名・自サ) 繰絲。

そうじ［相似］(名・自サ) ① 相似。②〈數〉相似。△〜形／相似形。③〈生物〉相似，同功。

そうじ［掃除］(名・他サ) 掃除，打掃。△〜が行届いている／打掃得乾乾淨淨。△耳を〜する／掏耳朵。△時計の分解〜／鐘錶擦油泥。△電気〜機／(電動) 吸塵器。△大〜／大掃除。

そうじ［送辞］(名) 送別詞。

そうじ［荘子］(名) ⇨そうし［荘子］

ぞうし［増資］(名・他サ) 增加資本。

そうしあげ［総仕上げ］(名) 全面完成，總裝配。

そうしき［葬式］(名) 葬禮，殯儀。△〜を出す／出殯。

そうしき［総指揮］(名) 總指揮。

そうじき［掃除機］(名) 除塵器，吸塵器。

そうししゅつ［総支出］(名) 總支出。

そうじしょく［総辞職］（名・自サ）總辭職，全體辭職。

そうしそうあい［相思相愛］（名）相思相愛。△〜の仲／恩愛伴侶。

そうしつ［喪失］（名・他サ）喪失。△記憶〜／失憶症。△自信を〜する／失掉信心。

そうしつせい［走湿性］（名）向水性。

そうじつせい［走日性］（名）趨日性。

そうして（接）⇨そして

そうじて［総じて］（副）總的來説，總而言之。△〜いえば日本人は働き者だ／總的來説，日本人勤勞。△試運転の結果は〜良好だった／試車結果一般來説良好。→概して

そうじまい［総じまい］（名・自サ）① 全部做完，全部結束。② 售完，賣光。

そうじめ［総締め］（名）總計，合計。

そうしゃ［壮者］（名）壯漢，年輕人。△〜をしのぐ元気者の老人／精神飽滿勝過年輕人的老人。

そうしゃ［走者］（名）①〈體〉賽跑運動員。②（棒球）跑壘員。→ランナー

そうしゃ［奏者］（名）演奏者。

そうしゃ［掃射］（名・他サ）掃射。△機銃〜／機槍掃射。

そうしゃ［操車］（名・自サ）（鐵路）調配車輛，調車。△〜場／調車場。

ぞうしゃ［増車］（名・自他サ）增加車輛，加車，增加車次。↔ 減車

そうしゅ［宗主］（名）宗主。△〜権／宗主權。

そうしゅ［漕手］（名）划船的人，划艇的人。

そうしゅう［早秋］（名）早秋，初秋。

そうしゅう［総収］（名）總收入。

そうじゅう［操縦］（名・他サ）① 操縱，駕駛。② 操縱，駕馭（人）。△人を〜するのがうまい／善於駕馭人。

ぞうしゅう［増収］（名・自サ）增收，增產。△〜が見こまれる／可望增收。△今月は１割の〜になった／本月收入增加一成。

そうじゅうりょう［総重量］（名）總重量。

そうじゅく［早熟］（名・形動）① 早熟，成熟早。↔ 晩熟 ②（兒童）早熟。↔ おくて

そうしゅつ［簇出］（名・自サ）簇出，輩出。△新語が〜する／大量出現新詞。

そうじゅよう［総需要］（名）〈經〉總需求。△〜抑制／抑制總需求。

そうしゅん［早春］（名）早春，初春。→春先 ↔ 晩春

そうしょ［双書］（名）叢書。

そうしょ［草書］（名）草書。

ぞうしょ［蔵書］（名）藏書。

そうしょう［宗匠］（名）（和歌，俳句，茶道等的）師傅。

そうしょう［総称］（名・他サ）總稱。△音楽，美術，文学などを〜して芸術という／把音楽，美術，文學等總稱為藝術。

そうしょう［相称］（名）相稱，對稱。△左右〜／左右對稱。→シンメトリー

そうしょう［相承］（名）相承，相繼。△父子〜／父子相承。

そうしょう［創傷］（名）創傷，外傷。

そうじょう［相乗］（名）〈數〉相乘。△〜積／乘積。△〜作用をもたらす／帶來相輔相成的作用。

そうじょう［葬場］（名）殯儀館。

そうじょう［僧正］（名）〈佛教〉僧正。

そうじょう［層状］（名）層狀。△〜をなす／成層狀。

そうじょう［総状］（名）〈植物〉總狀（花序）。

そうじょう［騒擾］（名・他サ）騒擾，擾亂。△〜罪／擾亂治安罪。

ぞうしょう［蔵相］（名）大藏大臣，財政部長。

そうしようしょくぶつ［双子葉植物］（名）〈植物〉雙子葉植物。

そうじょうひん［装粧品］（名）化装品及化装用具。

そうじょうへいきん［相乗平均］（名）〈數〉幾何平均。△１と２と４の〜は２である／１和２和４的幾何平均是２。

ぞうじょうまん［増上慢］（名）①〈佛教〉增自慢。② 不自量力，不懂驕傲。

そうしょく［草食］（名・自サ）食草。△〜動物／食草動物。↔ 肉食

そうしょく［装飾］（名・他サ）裝飾。△〜をほどこす／加以裝飾。△室内〜／室內裝飾。△〜音／〈樂〉裝飾音。

そうしょく［僧職］（名）〈佛教〉僧職。

ぞうしょく［増殖］（名・自他サ）增殖，繁殖。△ガン細胞が〜する／癌細胞增殖。

そうしるい［双翅類］（名）〈動〉雙翅目。

そうしれいかん［総司令官］（名）總司令。

そうしん［送信］（名・自サ）〈無綫電〉發送，發報，發射。△新設のテレビ局ガ〜を始めた／新開設的電視台開始播送了。→発信 ↔ 受信

そうしん［喪心・喪神］（名・自サ）① 發獃，失魂落魄。② 昏迷。

ぞうしん［増進］（名・自他サ）增進。△食欲を〜させる／增進食慾。△体力〜／增強體力。→増強 ↔ 減退

そうしんぐ［装身具］（名）（項鏈，胸花等）首飾。→アクセサリー

そうすい［総帥］（名）統帥，總司令。

そうすい［送水］（名・自サ）（自來水）送水，輸水。△〜管／輸水管。

ぞうすい［雑炊］（名）雜燴粥。

ぞうすい［増水］（名・自サ）漲水，水量增加。△川が〜した／河水漲了。↔ 減水

そうすう［総数］（名）總數。

そうすかん［総すかん］（名）萬人嫌。△〜をくう／遭大家厭惡。

そうする［奏する］（他サ）① 演奏。△琴を〜／奏箏。② 奏效。△功を〜／成功。△効を〜／奏效。

そうせい［早世］（名・自サ）早死，夭折。→夭折

そうせい [創製] (名・他サ) 開創，創製。△当店の～にかかる銘菓／本店創製的高級點心。

そうぜい [総勢] (名) (軍隊，團體的) 總人數。△～三百人／總人數三百。→総員

ぞうせい [造成] (名・他サ) 加工，平整。△宅地を～する／平整住宅用土地。△山林の～／育林。

ぞうぜい [増税] (名・自サ) 增加稅額，增稅。△5パーセントの～をする／增加稅額百分之五。↔ 減税

そうせいき [創世紀] (名) 〈宗〉創世紀。

そうせいじ [双生児] (名) 雙胞胎，孿生子。

そうせきうん [層積雲] (名) 〈氣象〉層積雲。

そうせつ [創設] (名・他サ) 開設，建立。△診療所を～する／開設診所。

そうぜつ [壮絶] (名・形動) 極壯烈。△～な戦い／鏖戰。→壮烈

ぞうせつ [増設] (名・他サ) 增設。△電話を～／增設電話。△小学校を8校～する／新增八所小學校。

そうぜん [騒然] (形動トタル) ① 吵鬧，混亂。△停電で場内が～となった／因停電，場內亂哄哄。② 不穩。△物情～としている／羣情騷動。

そうぜん [蒼然] (形動トタル) 蒼然，蒼鬱，蒼茫。△古色～たる寺のたたずまい／古色蒼然之寺容。

ぞうせん [造船] (名・自サ) 造船。△～業／造船業。△～所／造船廠。

そうせんきょ [総選挙] (名) 大選，總選舉。

そうそう I (副) (接否定語或反問) 總是，屢屢。△長い休みだからといって，～のんびりとはしていられない／雖說假期長，總是悠閑無事也受不了。II (感) ① (表示贊同) 對，是的，就是。△～，きみの言うとおりだ／對，正如您所說的那樣。② (表示想起) 對啦，想起來了。△～，電話をするんだった／對啦，得打個電話。

そうそう [草草] (名・感) ① 草草，簡略。△用件だけ伝えて～にきりあげた／只把事情傳達後就草草地結束了。② 匆忙，倉卒。△～の間にそれを処理した／匆匆忙忙處理完畢。③ 急慢，慢待。△お～さま／怠慢了。④ (書信用語) 草草，匆忙。

そうそう [草創] (名) ① 草創，初創。△～期／草創時期。② (寺廟，神社) 初建。

そうそう [早早] I (副) 急忙。△雨が降ってきたので～にひきあげた／因為下起了雨，所以急急忙忙地收了場。→そこそこ II (名) 剛…就，剛剛。△入社～ダウンしてしまった／剛進了公司就洩了幹勁。

ぞうぞう [創造] (名・他サ) 創造。△～力に富む／富於創造性。△天地～／開天闢地。

そうぞう [想像] (名・他サ) 想像。△～がつく／可以想像，可想而知。△～をたくましゅうする／隨意想像，胡思亂想。△～難くない／不難想像。△～もつかない／想像不到的。

そうぞうし・い [騒騒しい] (形) 嘈雜，吵鬧，不安寧。△世間が～／世道不穩。△機械の音が～／機器聲吵得慌。△お～こと／受驚了 (慰問失火受災時說)。

そうそうたる [錚錚たる] (連體) 傑出，佼佼。△～顔ぶれ／人材薈萃。

そうぞうりょく [創造力] (名) 創造力。△～をのばす／發揮創造力。

そうぞうりょく [想像力] (名) 想像力。△～が乏しい／缺少想像力。

そうそく [総則] (名) 總則，總章。↔ 細則

そうぞく [相続] (名・他サ) 繼承。△遺産を～する／繼承遺產。△～税／遺產稅。

そうぞく [宗族] (名) 宗族。

そうそふ [曾祖父] (名) 曾祖父。

そうそぼ [曾祖母] (名) 曾祖母。

そうそん [曾孫] (名) 曾孫。

- そうだ (助動) (接在形容詞，形容動詞和助動詞 "ない" "たい" 的詞幹後面。形容詞 "ない" "よい" 用 "なさ～" "よさ～" 的形式) ① (外表狀態給人的印象) 好像，似乎。△子ざるたちが楽し～に遊んでいる／小猴們正在愉快地玩耍。△色が黒くて健康～な人／皮膚黑黑的，様子很健康的人。△食べた～に見ている／貪饞地望着。② (根據印象的推測) 恐怕是。△これは食べないほうがよさ～／這恐怕是不吃為好。(接動詞，助動詞 "れる" "られる" "せる" "させる" 連用形後面) ③ (臨近狀態，可能性) 眼看就，差點兒。△雪が降り～で降らないなあ／這雪眼看要下可就是不下。△石につまずいて転び～になった／石頭絆了一下，差點摔倒。④ (可望實現) 可望，能夠。△こんどの試合には勝て～／這次比賽可望取勝。△暗くなったからもうそろそろ帰って来～なものだ／天也黑了，該回來了。

- そう・だ (助動) (接在用言終止形後面) 據說，聽說。△天気予報によると，台風が近づいている～／據天氣預報廣播，颱風要到了。

そうたい [早退] (名・自サ) 早退。→早びけ，早びき ↔ 遅刻

そうたい [相対] (名) 相對。△～的／相對的，相對而言。△～性理論／相對論。↔ 絶対

そうたい [総体] I (名) 總體，全局。△～に気を配る／注意全局。II (副) ① 總的說來。△このクラスは～によくできる／這個班總的說來成績都好。② 本來，原來。△～むりな話だ／本來就辦不到嘛。

そうたい [草体] (名) (書) 草體，草書體。

そうだい [総代] (名) 總代表。△友人～として祝辞を述べる／代表全體友人致賀詞。

そうだい [壮大] (形動) 壯大，雄偉。△～なスケール／宏大的規模。

ぞうだい [増大] (名・自他サ) 增大，增長，增多。△需要が～する／需求增多。△コストの～を招く／導致成本加大。

そうたいきゃく [総退却] (名) 總退卻，總撤退。

そうだち［総立ち］(名・自サ) 全站起來。△興奮のあまり観客は～になった／觀眾激動得全站起來了。

そうたつ［送達］(名・他サ)〈法〉交送，送給。

そうだつ［争奪］(名・他サ) 爭奪。△優勝杯の～戦／爭奪錦標的比賽。

そうだん［相談］(名・自他サ) ① 商量，磋商。△～にのる／參與商談。△友人から～を受ける／朋友徵求我的意見。△物は～／凡事好商量。△法律～／法律諮詢。② (有商量餘地的) 事情。△それはとてもできない～だ／那根本是辦不到的事。

そうち［装置］(名・他サ) ① 裝置，設備。△冷房～／冷氣設備。△自動記録～／自動記録器。△時限爆弾を～する／裝設定時炸彈。② 舞台裝置。

ぞうちく［増築］(名・他サ) 増建，擴建。△～工事／擴建工程。→建て増し

そうちゃく［早着］(名・自サ) 早到，提前到達。△バスは5分間～した／汽車提前5分鐘到達。

そうちょう［早朝］(名) 清晨，早晨。

そうちょう［総長］(名) ① (綜合大學) 校長。△京都大学～／京都大學校長。② 掌管全面的首腦人物。△参謀～／總參謀長。△国連事務～／聯合國秘書長。△検事～／總檢察長。

そうちょう［荘重］(形動) 莊重，莊嚴。△～なふんいき／莊嚴的氣氛。

ぞうちょう［増長］(名・自サ) ① 滋長，越來越甚。△ぜいたくの風が～する／鋪張之風越來越甚。△わがままが～する／越來越任性。② 得寸進尺，翹尾巴。△あの男は～している／那傢伙尾巴翹得挺高。

そうで［総出］(名) 全體出動，全部出來。△一家～でとりいれ作業をする／全家出動收割莊稼。→総がかり

そうてい［装丁］(名・他サ) 裝訂，裝幀。

そうてい［想定］(名・他サ) 假想，設想。△…という～のもとに／在…這樣一個假定的情況之下。△～の域を出ない／只不過是一個假設。

ぞうてい［贈呈］(名・他サ) 贈呈，贈給。△記念品を～する／贈送紀念品。→進呈，プレゼント

そうてん［争点］(名) 爭論的焦點。△～を明らかにする／弄清爭論的焦點。

そうてん［装填］(名・他サ) 裝，填裝。△フィルムを～する／裝膠卷。

そうてん［総点］(名) 總分，總分數。

そうでん［相伝］(名・他サ) 世代相傳。△一子～／(秘方傳) 傳子不傳女。

そうでん［送電］(名・他サ) 供電，輸電。△～ロス／輸電損耗。

そうでんせん［送電線］(名) 輸電綫，變壓綫。

そうと［壮図］(名) 宏圖，宏偉計劃。

そうと［壮途］(名) 征途。△南極探検の～につく／踏上南極探險的征途。△～を祝う／祝賀前程。

そうとう［相当］Ⅰ (名・自サ) ① 相當於，相等。△アメリカの国務省は日本の外務省に～する／美國的國務院相當於日本的外務省。→該当 ② 適合，相稱。△それ～の待遇／相應的待遇。△高校卒業に～する学力が必要だ／需要有高中畢業同等學力。Ⅱ (副) 頗，很，相當。△今夜は～冷えるね／今晚可真涼啊。△～出費が予想される／估計開支相當大。Ⅲ (形動) 相當。△あの人の心臓も～なものだ／那個人臉皮也夠厚的。

そうとう［掃討］(名・他サ) 掃蕩。△残敵を～する／掃蕩殘餘敵人。

そうとう［争闘］(名・自サ) 爭鬥，鬥爭。

そうどう［騒動］(名・自サ) 騷動，鬧事，暴亂。△米～／飢民搶糧暴動。△お家～／內訌。

ぞうとう［贈答］(名・他サ) 贈答，相互贈送。△～品／互贈的禮品。

そうどういん［総動員］(名・他サ) 總動員。△～で仕事にかかる／總動員幹工作。

そうとく［総督］(名) 總督。

そうトンすう［総トン数］(名) ① 總噸位，總載重量。② 總噸數。

そうなめ［総なめ］(名・他サ) ① 全部擊敗。△県下のチームを～にする／將縣屬各隊全都擊敗。② 全部受害，全面受災。△火は早くも商店街を～にした／大火很快就把商店街燒光了。

そうなん［遭難］(名・自サ) 遇難。△冬山で～する／冬季登山時遇難。△～船／失事船隻。△～救助隊／搶救隊。△～信号／呼救信號。

ぞうに［雑煮］(名) (日本過年的吃食) 菜肉年糕湯。

そうにゅう［挿入］(名・他サ) 插進。△～薬／栓劑。

そうねん［壮年］(名) 壯年。

そうは［走破］(名・自サ) 跑完全程。△30キロを～した／跑完三十公里。

そうは［争覇］(名・自サ) ① 爭霸。② 爭冠軍，奪錦標。

そうば［相場］(名) ① 行情，行市。△為替～／外匯牌價。△株式～／股票行情。△～が上がる (下がる)／行情上漲 (下跌)。→時価 ② 買空賣空，投機買賣。△～に手をだす／搞投機買賣。△～師／投機商。③ 公認的正常標準，常見的一般情況。△親はあまいものと～がきまっている／一般來説，父母總是寬容的。

そうはく［蒼白］(形動) 蒼白。△顔が～になる／臉色蒼白。

そうはく［糟粕］(名) ① 糟粕。△古人の～をなめる／吮古人糟粕，步古人後塵。② 酒糟。

そうはつ［双発］(名) 雙引擎。△～機／雙引擎飛機。↔単発

そうはつ［総髪］(名) 總髮 (日本江戸時代老人、醫生、行僧的一種髮型)。

そうはつ［早発］(名・自サ) ① 提前開車。②〈醫〉早發。△～性痴呆症／精神分裂症。

ぞうはつ［増発］(名・他サ)① 増加車次，増加飛機的班次。② 增發紙幣。

そうはとんやがおろさない［そうは問屋が卸さない］(連語) 沒那麼合你心意的便當事兒。

そうばな［総花］(名)①（客人給服務員等每人一份的）小費，賞錢。② 人人有份。△～的予算／重點不突出的平均主義預算。

そうばん［早晩］(副) 早晚，遲早。△～結論がでるだろう／遲早會得出結論的。→おそかれ早かれ

ぞうはん［造反］(名・自サ) 造反。

そうび［装備］(名・他サ)① 裝備（軍隊）。△核兵器を～する／裝備核武器。→武装 ②（登山等的）裝備。△完全～／完好齊全的登山裝備。

そうびょう［躁病］(名)〈醫〉狂躁症。

ぞうひょう［雑兵］(名) 小卒。

そうふ［送付］(名・他サ) 送，寄送。△品物は別便で～します／東西另行寄上。△書類を～する／送文件。

ぞうふ［臓腑］(名) 內臟，五臟六腑。

そうふう［送風］(名・自サ) 吹風，鼓風。

ぞうふく［増幅］(名・他サ)〈電〉放大（幅）。△～器／放大器。

ぞうぶつしゅ［造物主］(名) 造物主，上帝。

ぞうへいきょく［造幣局］(名) 造幣局。

そうへき［双璧］(名) 雙璧。△学術界の～／學術界的雙璧。

そうべつ［送別］(名・自サ) 送別，送行。△～の宴を張る／設宴餞行。

そうべつかい［送別会］(名) 歡送會。

ぞうほ［増補］(名・他サ) 增補，增訂。△～改訂／增訂。

そうほう［双方］(名) 雙方。△～の言い分を聞く／聽取雙方的意見。

そうほう［奏法］(名)〈樂〉演奏方法，演奏法。△ギターの～／吉他演奏法。

そうぼう［双眸］(名) 雙眸，兩眼。△～をこらして見る／雙眸凝視。

そうぼう［想望］(名・他サ)① 仰慕，思慕。② 期待。

そうほうけっさい［双方決済］(名)〈經〉雙邊清算。

そうほん［草本］(名)①〈植物〉草本。↔ 木本 ② 草稿。

そうほんけ［総本家］(名) 本宗。

そうほんざん［総本山］(名)①〈佛教〉本寺，總寺院。→本山 ↔ 末寺 ② 總管轄處。

そうまとう［走馬燈］(名) 走馬燈。△いろいろな思い出が～のように去来した／往事如走馬燈似的一幕幕出現在眼前。

そうみ［総身］(名) 全身，渾身。△大男～に知恵がまわりかね／傻大個。

そうむ［総務］(名) 總務。

そうむ［双務］(名) 雙方承擔義務，雙邊義務。

ぞうむし［象虫］(名)〈動〉象鼻蟲，櫟褐角，獨角仙。

そうむじょうやく［双務条約］(名)〈經〉雙邊條約。

條約。

そうめい［聡明］(形動) 聰明。△～な人／聰明人。→利発，賢明

そうめいきょく［奏鳴曲］(名)〈樂〉奏鳴曲。

そうめつ［掃滅］(名・他サ) 掃平，消滅。

そうめん［素麺］(名) 掛麵。

そうめん［創面］(名) 創口。

そうもく［草木］(名) 草木。△～灰／草木灰。

ぞうもつ［臓物］(名) 下水。→もつ

そうもよう［総模様］(名)〈服〉全套帶花（的衣服）。

そうもん［桑門］(名)〈佛教〉桑門，沙門。

そうもん［相聞］(名) 相聞歌（《万葉集》中的一篇，多為戀歌）。

そうゆ［送油］(名・他サ) 輸油。△～管／輸油管。

ぞうよ［贈与］(名・他サ) 贈給，贈送。△財産を～する／贈送財產。△～税／贈與稅。

そうらん［騒乱］(名) 騷亂，騷動。△各地に～がおこる／各地發生騷亂。

そうり［総理］ I (名) 總理，內閣總理大臣。II (名・他サ) 總理，掌管一切。

ぞうり［草履］(名)（平底無幫、前端穿帶的）草鞋。

そうりだいじん［総理大臣］(名) ⇨そうり→首相

そうりつ［創立］(名・他サ) 開設，創設。△～者／創始人。△～記念日／開設紀念日。

そうりふ［総理府］(名) 總理府。

ぞうりむし［草履虫］(名)〈動〉草履蟲。

そうりょ［僧侶］(名) 僧侶，和尚。

そうりょう［送料］(名) 郵費，運費。

そうりょう［総領］(名)①（作為家業繼承人的）長子，長女，老大。② 總管。

そうりょう［総量］(名) 總量，總重量。

ぞうりょう［増量］(名・自サ) 增量。

そうりょうじ［総領事］(名) 總領事。

そうりょうのじんろく［総領の甚六］(連語)老大多顢頇，傻老大。

そうりょく［総力］(名) 全力。△～をあげる／盡全部力量。→全力

そうりん［叢林］(名) 叢林。

ぞうりん［造林］(名・自サ) 造林。→植林，植樹。

ソウル［soul］(名)① 靈魂，魂，精神。②（"ソウルミュージック"的縮略語）黑人音樂。

そうるい［藻類］(名)〈植物〉藻類。

そうるい［走塁］(名・自サ)〈棒球〉跑壘。

ソウルフル［soulful］(ダナ) 深情的，充滿熱情的。

そうれい［葬礼］(名) 喪禮，葬禮。

そうれい［壮麗］(形動) 壯麗。△～な宮殿／壯麗的宮殿。

そうれつ［壮烈］(形動) 壯烈。△～な最期／壯烈犧牲。

そうれつ［葬列］(名) 送葬的行列。

そうろ［走路］(名)〈體〉跑道。

そうろう［早漏］（名）早泄。

そうろう・う［候］Ｉ（自五）〈文〉①伺候。在左右，在身邊。③"ある""いる"的敬語。Ⅱ（補動）相當於口語的"ございます"。

そうろうぶん［候文］（名）（句尾使用"候"的古文書信）候文。

そうろん［総論］（名）總論。△～賛成，各論反対／抽象地贊成具體地反對。↔ 各論

そうわ［総和］（名・他サ）總合，總計。→総計

そうわ［挿話］（名）挿話。→エピソード

ぞうわい［増賄］（名・自サ）行賄。△～罪／行賄罪。↔ 収賄

そうわき［送話器］（名）話筒。↔ 受話器

そえがき［添え書き］（名・自他サ）①（書畫上的）題詞。②（書信）再啟，再筆。

そえぎ［添え木］（名・自他サ）①支棍，支棒。②〈醫〉夾板。

そえち［添え乳］（名・自サ）躺在孩子身邊餵奶。

そえもの［添え物］（名）①附加物，附件。②（向顧客贈送的東西）饒頭，彩品。③配菜。④（喻）可有可無的東西。△私などは～にすぎません／我不過是個可有可無的角色。

そ・える［添える］（他下一）①附上。△手紙を～／附帶一封信。△口を～／（替人）美言。②伴随，陪伴。△看護婦を～えて散歩させる／讓護士陪着散步。

そえん［疎遠］（名・形動）疏遠。△～になる／變得疏遠了。↔ 親密

ソーイング［sewing］（名）縫紉，裁縫，針綫活。

ゾーオフィリスト［zoophilist］（名）愛護動物者，活體解剖反對者。

ソーカル［SOCAL (Standard Oil Company of California)］（名）加利福尼亞美孚石油公司。

ソークワクチン［Salk vaccine］（名）〈醫〉索耳克氏疫苗（小兒麻痹預防接種菌苗）。

ソーサーマン［saucer man］（名）外星人。

ソーシャル［social］（名）社會的，社交的，交際的。

ソーシャルアクション［social action］（名）社會行動，大眾行動。

ソーシャルイブニング［social evening］（名）聯歡晚會。

ソーシャルギャザリング［social gathering］（名）聯誼會，聯歡會。

ソーシャルサービス［social service］（名）社會服務，社會福利事業。

ソーシャルセキュリティー［social security］（名）社會保障，社會保險。

ソーシャルミニマム［social minimum］（名）（保障居民生活的）社會最低標準。

ソーシャルワーカー［social worker］（名）社會工作者，社工。

ソース［sauce］（名）辣醬油，沙司。

ソーセージ［sausage］（名）肉腸，香腸，臘腸。

ソーダ［soda］（名）①〈化〉碳酸鈉，蘇打。②蘇打水，汽水。

ソープ［soap］（名）肥皂。

ソープオペラ［soap opera］（名）肥皂劇（指一種以家庭生活為題材的廣播或電視連續劇）。

ソーホー［SOHO (small office home office)］（名）〈IT〉小型家居辦公室，居家辦公。

ソーラーカー［solar car］（名）太陽能汽車。

ソーラーハウス［solar house］（名）太陽能供暖住宅。

ソーラーパネル［solar panel］（名）太陽電池板。

ソーラーパワー［solar power］（名）太陽能。

ソーラーヒーター［solar heater］（名）太陽能熱水器，太陽能暖氣裝置。

ソーラーファーネス［solar furnace］（名）太陽竈。

ソールドアウト［sold out］（名）賣完，賣光。

そかい［租界］（名）租界。

そかい［疎開］（名・自他サ）疏散。△強制～／強制遷徙。

そがい［阻害］（名・他サ）阻礙，妨礙。△発展を～する／有礙發展。

そがい［疎外］（名・他サ）疏遠，排斥。△仲間に～される／被朋友冷淡。△人間～／人的異化。

そがいかん［疎外感］（名）孤獨感。△～をあじわう／飽嘗孤獨之苦。

そかく［疎隔・阻隔］（名・自他サ）疏遠。△感情の～／感情隔閡。

そかく［組閣］（名・自サ）組閣。

そがん［訴願］（名・他サ）①請願。②〈法〉請願。

そきゅう［遡及］（名・自サ）〈法〉〈效力〉追溯（到過去）。△刑法不～の原則／刑法上不究既往的原則。△～して支払われる給与／補發的工資。△～力／追溯既往的效力。（也説"さっきゅう"）

そく［即］Ⅰ（接）〈文〉即。△色～是空／色即是空。Ⅱ（副）立即，馬上。△用意ができたら～出発だ／準備好了立即出發。

-そく［足］（接尾）雙。△靴下２～／兩雙襪子。

そ・ぐ［削ぐ・殺ぐ］（他五）①削，削尖，削薄。△竹をうすく～／把竹子削薄。②削減，減少。△興味を～／掃興。△気勢を～／挫傷鋭氣。

ぞく［俗］（名・形動）①通常，通俗。△～に言う…／俗話所説的…△～な言いかたをする／照通常的説法。②庸俗，低級，平凡。△～な趣味／低級趣味。→低俗，低惡 ↔ 雅 ③俗，在家人。△～にかえる／還俗。

ぞく［続］（名）續，續編。△この小説は正と続との二部からなる／這部小説由正續二部構成。→続編

ぞく［賊］（名）①賊，強盗。△～が入る／鬧賊。②叛賊，叛變者。△～を討つ／討賊。

ぞくあく［俗悪］（名・形動）低級庸俗，醜惡。△～な読み物／低級庸俗的讀物。→低俗

そくい［即位］（名・自サ）即位。↔ 退位

そくいん［惻隠］（名）惻隠。△～の情／惻隠之心。

ぞくうけ［俗受け］(名・自サ) 受一般人歡迎，受世人喜愛。△～をねらう／迎合一般人的愛好。

そくえい［即詠］(名・他サ) 即席作詩，當場吟詠。

ぞくえん［続演］(名・他サ) ① 繼續演出。② 延長演出日期。

そくおう［即応］(名・自サ) 適應，順應。△時代に～する／順應時代。

そくおん［促音］(名)〈語〉促音。(日語中，像 "まっか" "トップ" 等音，用 "っ" "ッ" 標示)

そくおんびん［促音便］(名)〈語〉促音便。

ぞくがく［俗楽］(名) ① 俗樂，民間音樂。↔ 雅閣 ② 低級樂曲。

ぞくがら［続柄］(名) ⇨ つづきがら

ぞくがん［俗眼］(名)〈文〉俗眼，俗見。△～には彼の偉さはわからない／他的偉大，俗人眼裏是不了解的。

ぞくぎいん［族議員］(名) (在各個專業領域發揮權力作用的) 議員。

ぞくぐん［賊軍］(名) 賊軍，匪軍。△勝てば官軍，負ければ～／勝者王侯敗者賊。

ぞくけ［俗気］(名) 俗氣，俗情。△～が強い／很俗氣。→ぞっけ

ぞくご［俗語］(名) 俗語，俚語。→スラング

そくさい［息災］(名) 息災。△無病～／無病無災。△～延命／消災延壽。

そくざに［即座に］(副) 立即，當即，馬上。△～決定する／當場決定。△～返答する／立即答覆。

そくさん［速算］(名・他サ) 速算，快算。

そくし［即死］(名・自サ) 當場死亡，當時死亡。△落石のために～した／因墜石當即死亡。

そくじ［即時］(名・副) 即時，立即。△～払い／付現錢。△～通話／直通 (電話)。

ぞくじ［俗字］(名) 俗字。↔ 正字

ぞくじ［俗事］(名) 俗事，日常瑣事。△～におわれる／瑣事纏身。

そくじつ［即日］(名・副) 即日，當天。△～帰郷／當天返回家郷。→当日

-そくして［即して］(連語) 就，按照。△事実に～考える／結合事實思考。

そくじばらい［即時払い］(名) 現款即付。

そくしゅう［速修］(名・他サ) (外國語，技術等) 速成。

ぞくしゅう［俗臭］(名) 俗氣，庸俗。△～ふんぷん／俗不可耐。

ぞくしゅつ［続出］(名・自サ) 接連發生，不斷出現，層出不窮。△被害が～した／受災接連不斷。

そくじょ［息女］(名) 令媛，小姐。↔ 子息

ぞくしょう［俗称］(名) ① 俗稱，通稱。② (未出家時的) 俗名。

そくしん［促進］(名・他サ) 促進。△販売を～する／促進銷售。→うながす

ぞくしん［俗信］(名) 迷信。

ぞくじん［俗人］(名) ①〈佛教〉俗人，在家人。

② 庸俗的人。③ (不雅的) 俗人。

ぞくじん［俗塵］(名)〈佛教〉紅塵，塵世。△～をさける／逃避塵世。

そくしんざい［促進剤］(名)〈化〉催化劑，觸媒。

ぞく・する［即する］(自サ) 適應，切合，就。△変化に～／適應變化。△実際に～して考える／就實際情況考慮。

ぞく・する［属する］(自サ) ① 屬於，歸於。△トマトはナス科に～／西紅柿屬於茄科。② 隸屬，從屬。△徳川家康は若いころ織田信長の軍に～してたたかった／徳川家康年輕時隸屬於織田信長的軍隊作戰。

そくせい［促成］(名・他サ) 加速 (生物) 成長。

そくせい［速成］(名・自他サ) 速成。△実力養成～コース／培養實力速成班。

ぞくせい［属性］(名) 屬性。

そくせき［即席］(名) 即席，當場。△～のスピーチ／即席講演。△～ラーメン／快餐麵，方便麵條。

そくせき［足跡］(名) ① 足跡。② 業績。△ダーウィンは生物学界に偉大な～を残した／達爾文在生物學界留下了偉大的業績。

ぞくせけん［俗世間］(名) ① 世上，社會上。②〈佛教〉世俗間，塵世。

ぞくせつ［俗説］(名) 俗説，世俗之説。

そくせん［側線］(名) ①〈生物〉(魚類，兩棲類等身體兩側的感覺器官) 側綫。② (鐵路的) 側綫，岔綫。

そくせんそっけつ［速戦即決］(名) 速戰速決。

ぞくぞく (副・自サ) ① 打寒顫。△背筋が～する／脊背發涼。② 心驚肉跳。△～してくる怪談／使人頭髮根發麻的鬼怪故事。③ 高興得發抖。△～するようなうれしい話／令人十分激動的好事。

ぞくぞく［続続］(副) 連續，不斷。△～と人が集まる／人們紛紛聚攏。

そくたい［束帯］(名) 束帶 (古時天皇及下屬的正式服裝)。

そくたつ［速達］(名・自他サ) 快遞，快信，快件。

そくだん［即断］(名・他サ) 當機立斷。△～即決／當機立斷。

そくだん［速断］(名・他サ) ① 速決，迅速決定。② 輕率的判定，倉促判定。

ぞくち［属地］(名) 屬地，屬國。

ぞくっぽい［俗っぽい］(形) ① 通俗。△～言い方をする／用通俗的説法講。② 庸俗。

そくてい［測定］(名・他サ) 測定，測量。→計測，測量

そくど［速度］(名) 速度。△～をおとす／減速。△～を加える／加速。△～を増す／加速。

そくとう［即答］(名・自サ) 立即回答，馬上答覆。△～を求める／要求立即答覆。

ぞくとう［続騰］(名・自サ) (行市) 不斷上漲，繼續上漲。

そくどく［速読］(名・他サ) 速讀，快讀。

そくどせいげん［速度制限］(名) ① 限制速度。② 速度極限。

ぞくに［俗に］(副) 世俗。△日照り雨を～きつねの嫁入りという／露太陽下雨俗話叫"狐狸出嫁"。

そくのう［即納］(名・他サ) 立即交納。△注文を受けて～する／接到訂單立即交貨。

そくばい［即売］(名・他サ) 展銷, 展品即售。△展示～会／展銷會。

そくばく［束縛］(名・他サ) 束縛, 約束, 限制。△～をうける／受束縛。△行動を～する／限制行動。→拘束, 桎梏

ぞくはつ［続発］(名・自サ) 連續發生, 頻發。△事故が～する／接連發生事故。

そくひつ［速筆］(名) 寫得快。↔ 遅筆

ぞくぶつ［俗物］(名) 俗物, 俗流, 庸俗傢伙。

ぞくぶつてき［即物的］(形動) 就事論事的, 就具體事實而言的。△～な言いかた／重事實的說法。

そくぶん［側聞］(名・他サ)〈文〉傳聞, 風聞。

ぞくへん［続編］(名) 續篇。

そくほう［速報］(名・他サ) 速報, 快報。△選挙～／選舉快訊。

ぞくみょう［俗名］(名) ①(僧侶的) 俗名。②(僧侶生前的) 名。③ 俗稱。

そくめん［側面］(名) ①(物體的) 側面。②(事物的) 方面, 側面。△ちがった～／不同側面。

ぞくよう［俗謡］(名) 民謠, 小曲, 俚曲。

ソクラテス［Socrates］〈人名〉蘇格拉底 (前 469－前 399)。古希臘哲學家。

そくりょう［測量］(名・他サ) 測量。△土地を～する／仗量土地。→測定, 計測

ぞくりょう［属領］(名) 屬地。△大国の～になる／成為大國屬地。→植民地

そくりょく［速力］(名) 速度, 速力, 速率。△～がある／有速力。△～をおとす／減速。

ソクレット［socklet］(名) 超短襪。

そぐわな・い［形］不相稱。△現状に～／不附合現状。△気持ちに～／不稱心。

そげき［狙撃］(名・他サ) 狙撃。△拳銃で～する／用手槍狙撃。→ねらいうち

ソケット［socket］(名)〈電〉燈頭, 插座。

そけん［訴権］(名)〈法〉訴訟權, 控告權。

そこ［底］(名) ① 底。△海の～／海底。△靴の～／鞋底。② 最深處。△～を割って話す／掏出心裏話。△～が浅い／膚淺。△～が深い／深刻。△～をきわめる／摸清底。△～が割れる／露了底。③ 極限, 盡頭。△～(が) しれない／無限的, 無窮的。△在庫品が～をつく／庫存眼看要光了。

そこ［代］① (指離聽者近或聽者所在的地方) 那兒, 那裏, 那個地方。△ここよりも～の方がしずかでいい／和這兒相比, 還是那邊既安靜, 又好。② (前面提到的, 對方也知道的) 那一點, 那個地方。△～をもういちど読みなさい／再唸一遍那個地方。③ (指不定地點) 那兒, 那片兒。△じゃ, ～までお送りしましょう／那

麼我送你一段吧。④ 這時。△ちょうど～へ姉が来た／正在這時姐姐來了。

そご［齟齬］(名・自サ) 齟齬, 分歧, 不協調。△～をきたす／不協調, 出差錯。△事実と～する／與事實不一致。

そこあげ［底上げ］(名) 提高水平。△国民生活水準の～を図る／謀求人民生活水平的提高。

そこい［底意］(名) ① 真意, 内心。△～なく話す／開誠佈公地講。坦率地講。② 用心, 企圖, 用意。△彼が賛成したのは～があってのことだ／他贊成是有用意的。

そこいじ［底意地］(名) 心眼兒, 心地。△～がわるい／心眼兒壞。心地不良。

そこう［素行］(名) 品行。△～がわるい／品行不好。→品行, 操行

そこう［遡行］(名・自サ) 溯流而上。

そこう［遡航］(名・自サ) 溯航, 溯流航行。

そこがあさい［底が浅い］(連語) 膚淺, 根底淺。△～議論／膚淺的議論。

そこかしこ［代］各處, 那裏這邊。△～から不満の声が聞こえてくる／怨聲載道。

そこきみわるい［底気味悪い］(形) 令人毛骨悚然, 瘮人, 可怕。△～笑いを浮べる／臉上現出令人毛骨悚然的獰笑。

そこく［祖国］(名) 祖國。△わが～／我們祖國。→母国

そこここ［代］這兒那兒, 到處。△庭の～から虫の音が聞こえてくる／滿院蟲聲。

そこそこ I (副) 草草了事, 倉促, 慌忙。△夕飯も～に出かける／匆忙地吃過晚飯就出去。△まあ, ～なおればいいさ／得, 差不多就行了。II (接尾) 大約, 將近, 差不多。△二十歳～／大約二十歳。

そこぢから［底力］(名) 潛力, 底力, 實力。△～のある声／深沉的聲音。△～を発揮する／發揮潛力。

そこつ［粗忽］(形動) ① 冒失, 疏忽。△～な男／冒失鬼。② 過失, 錯誤。△とんだ～をいたしまして／(道歉語) 我太不小心了, 太冒失了。

そこで［接］① 因此, 那麼, 於是。△大臣は憲法を守ると言われる。～ひとつうかがいたい／大臣説他遵守憲法, 因此我想問一個問題。△翌朝は晴天だった。～わたしは早めに出発した／第二天早上晴天, 於是, 我早早地出發了。② (轉換話題) 卻説, 話説回來。△～例の件について話すと…／現在我再談談先前提到的那件事…

そこな・う［損なう］I (他五) ① 損壞, 毀壞。△器物を～／弄壞器皿。② (對心情, 情緒等) 損傷, 傷害。△健康を～／損害健康。△きげんを～／惹人不高興。得罪人。II (接尾) ① 失敗, 失機。△聞き～／沒能聽到。△見～／沒能見到。② 險些, 差點兒。△死に～／險些死了。

そこなし［底無し］(名) ① 沒有底, 掉底。△～の沼／沒有底的沼澤。② 無限, 沒完沒了。△～の大酒飲み／大酒簍子。

そこぬけ［底抜け］Ⅰ（形動）無限, 徹頭徹尾。△～のばか／大傻瓜。△彼女は～に明るい／她極開朗。Ⅱ（名）① 没底兒。②（行情、物價）暴跌。③ 酒豪。

そこね［底値］（名）〈經〉底盤, 最低價, 最低行市。↔ 高値

そこ・ねる［損ねる］（他下一）損害, 損傷。△きげんを～／得罪人, 使人不高興。→損なう, 害する

－そこのけ［接尾］相形見拙。△本職の大工のうでまえ／專業木匠也不在話下的高明手藝。→顔負け

そこはかとなく（副）總覺得, 總有些。△～うめの香がただよってくる／總覺得有股梅香飄來。

そこひ［底翳］（名）〈醫〉内障。

そこびえ［底冷え］（名・自サ）透心涼, 寒冷徹骨。△こんやは～がする／今夜寒冷徹骨。

そこびかり［底光り］（名・自サ）① 内裏亮, 暗中發光。② 内秀。△～のする芸／底功扎實的技藝。

そこびきあみ［底引き網］（名）拖網。

そこら［其処ら］（形）那一帶, 那裏。→そこいら, そのへん

そさい［蔬菜］（名）蔬菜。→野菜

そざい［素材］（名）① 素材。△小説の～／小説的素材。② 原料, 坯料。

そざつ［粗雑］（形動）粗糙, 粗枝大葉。△～にあつかう／馬馬虎虎地處理。△考えかたが～だ／想得不細緻。△～な製品／粗糙的產品。→雑, がさつ

そさん［粗餐］（名）〈文〉（謙語）粗茶淡飯。

そし［阻止］（名・他サ）阻止, 阻攔, 阻礙。△進歩を～する／阻礙進步。

そし［素子］（名）① 元件, 單元。②〈理〉成分, 要素。

そし［素志］（名）素志, 宿願。△～をつらぬく／貫徹初衷。

そじ［素地］（名）① 基礎, 根基。△話しあいの～ができあがっていない／談判的基本條件尚不具備。② 素質。△デッサンを見ると絵の～がわかる／看素描就知道繪畫的功底。

そじ［措辞］（名）措辭。

ソシアルダンス［social dance］（名）交際舞。

ソシアルダンピング［social dumping］（名）（以低成本）對海外傾銷。

そしき［組織］Ⅰ（名）〈生物〉組織。△神経～／神經組織。Ⅱ（名・他サ）組織。△救援隊を～する／組織救護隊。△～立てて論を進める／做系統論述。

そしきろうどうしゃ［組織労働者］（名）有組織的工人, 工會會員。

そしつ［素質］（名）素質, 資質。△～にめぐまれる／素質好。

そして［接］① 於是。△雨がやんだ。～青空がひろがった／雨停了, 於是天放晴了。② 然後。△彼は玄関のまえに立った。～ベルをお

した／他在房門口站住了, 然後按了門鈴。③ 另外, 還有。△冷害と大火, ～疫病が村をおそった／冷害和大火, 還有瘟疫襲擊了村子。→また

そしな［粗品］（名）（謙語）薄禮, 粗糙的東西。△～ではございますが, お受けとりください／一點兒薄禮, 請您收下。→そひん

そしゃく［咀嚼］（名・他サ）① 咀嚼。② 理解, 體會。△まだまだ～不足だ／理解得還很不夠。

そしゃく［租借］（名・他サ）租借。△～権／租借權。

そじゅつ［祖述］（名・他サ）祖述。

そしょう［訴訟］（名・自サ）〈法〉訴訟。△～をおこす／起訴。△～に持ち込む／提交法院。△～をとりさげる／撤回訴訟。

そじょう［俎上］（名）俎上。△～にのせる／拿出來批判。

そじょう［訴状］（名）〈法〉起訴書。

そじょうのうお［俎上の魚］（連語）俎上魚肉。任人宰割的處境。

そしょく［粗食］（名）粗食, 粗茶淡飯。△～にたえる／習慣於粗茶淡飯。

そしらぬかお［素知らぬ顔］（連語）假裝不知道的樣子。

そしり［謗り・譏り］（名）指責, 譏諷。△片手落の～受ける／受到偏袒的指責。

そし・る［謗る］（他五）誹謗, 譏諷, 指責。△人を～／誹謗人。

そすい［疎水・疏水］（名）水渠, 排水道。

そすう［素数］（名）〈數〉素數, 質數。

そせい［粗製］（名）粗製。△～乱造／粗製濫造。↔ 精製

そせい［塑性］（名）塑性, 可塑性。→かそせい

そせい［組成］（名・他サ）組成, 構成。

そせい［蘇生］（名・自サ）蘇醒, 復活。△人工呼吸で～した青年／施行人工呼吸而蘇醒過來的青年。△久しく失っていた自由の～を感じる／感到久已失去的自由又復活了。→生きかえる, よみがえる

そぜい［租税］（名）税。△～を納める／納税。△～を免除する／免税。

そぜいとくべつそち［租税特別措置］（名）税額減免辦法。

そせいらんぞう［粗製乱造］（名・他サ）粗製濫造。

そせき［礎石］（名）① 基石, 柱腳石。② 基礎。△東西文化交流の～となる／成為東西方文化交流的基礎。→いしずえ, もとい

そせん［祖先］（名）祖先。△人類の～／人類的祖先。

そそ［楚楚］（形動トタル）楚楚動人。△～とした美しさを持った顔／一張秀色可餐的美麗的臉。

そそう［阻喪］（名・自サ）沮喪, 頽喪。△意気～する／垂頭喪氣。

そそう［粗相］（名・自サ）① 疏忽, 差錯。② 遺便, 大小便失禁。

そぞう［塑像］(名) 塑像。

そそ・ぐ［注ぐ］Ⅰ(自五) 注入。△川の水が海に～／河水流入海裏。Ⅱ(他五)① 灌入,引入。△田に水を～／往田裏灌水。△満面に朱を～／滿臉通紅。② 倒入。△コップに熱湯を～／往杯裏倒開水。③ 澆, 灑。△じょうろで花に水を～／用噴壺給花澆水。△涙を～／灑涙。④ 傾注。△心血を～／傾注心血。△注意を～／集中注意力。

そそ・ぐ［雪ぐ］(他五) 雪 (恥)。△恥を～／雪恥。△汚名を～／洗刷汚名。

そそくさと (副) 匆匆忙忙, 急急忙忙。△彼女は～へやを出ていった／她急急忙忙地離開了房間。

そそ・ける (自下一)〔頭髮〕散亂, 蓬亂。

そそっかし・い (形) 粗心大意, 毛手毛腳。△そそっかしや／冒失鬼。

そそのか・す［唆す］(他五) 唆使, 挑唆, 慫恿。△～して間柄を裂く／挑撥離間。→けしかける

そそりた・つ［聳り立つ］(自五) 聳立, 屹立。△～絕壁／懸崖絕壁。→そびえる

そそ・る (自五) 引起, 喚起, 激起。△食欲を～／引起食慾。→さそう

そぞろ［漫ろ］(副・形動)① 心神不安。△気も～／心神不定。② 情不自禁。△～に涙を流がす／不由得落下淚來。

そぞろあるき［そぞろ歩き］(名・自サ) 漫步,閑步。△～をたのしむ／享受漫步之樂。→散步

そぞろごころ［そぞろ心］(名) 情不自禁, 心猿意馬。

そだ［粗朶］(名) 燒柴。△～をくべる／添柴。

そだい［粗大］(形動) 粗大, 笨重。△～ゴミ／大件垃圾。

そだち［育ち］Ⅰ(名)① 成長, 生長。△雨でなえの～がいい／因下雨, 幼苗生長良好。② 教育環境, 教育方法。△～がいい／教育得好。△氏より～／門第不如教育。Ⅱ(接尾)△出身, 成長。△東京生まれの東京～／生在東京長在東京。△温室～／溫室裏長大。

そだちざかり［育ち盛り］(名) 發育旺盛時期,成長時期。→成長期, のびざかり

そだ・つ［育つ］(自五)① 發育, 成長。△北海道でもいねは～／北海道也能長稻子。△愛情が～／愛情成長。② 長進。△文才が～／文才進步。△若手が～／年輕人成長。

そだ・てる［育てる］(他下一)① 養育, 撫養。△子を～／撫養子女。△なえを～／育苗。② 教育, 培養。△コーチとして多くの若手選手を～てた／作為教練, 培養了許多年輕選手。

そち［措置］(名・他サ) 措施, 處置。△～を講じる／採取適當措施。△予防～／預防措施。△厳しい～／嚴厲處置。

そちこち (代) 這兒那兒, 各處。△～に知人がいる／到處都有熟人。

そちにゅういん［措置入院］(名)(對危險的精神病患者) 強制住院。

そちゃ［粗茶］(謙語) 粗茶。

そちら (形)①(指示方向) 那邊。②你那裏, 你處。△いま, ～へまいります／現在到你那裏去。③ 對方, 那位。△～のご意見は？／對方的意見如何？④ 那一個, 那一件。△～を買いましょう／買那個吧。

そつ (名) 過失, 遺漏。△万事に～がない／諸事圓滿周到。△彼は～なく答えた／他回答得無懈可擊。

そつい［訴追］(名・他サ)〈法〉①(檢察官) 起訴, 提起公訴。② 彈劾法官。

そつう［疎通］(名・自サ) 疏通, 溝通。△意思の～をはかる／謀求溝通彼此的想法。

そっか［足下］(名)① 腳下, 足下。△～にひろがる風景／展現在腳下的風景。②(信) 足下。→机下

ぞっか［俗化］(名・自サ) 庸俗化, 大眾化。△～した山の温泉場／庸俗化了的山區溫泉。

ぞっかい［俗界］(名) 俗界, 塵世。↔ 仙界

そっかん［速乾］(名) 速乾, 快乾。△～インク／速乾印刷油墨。

ぞっかん［続刊］(名・他サ) 續刊, 連續發行。

そっき［速記］(名・他サ) 速記, 速記術。△～をとる／作速記。

ぞっきぼん［ぞっき本］(名) 特價書, 廉價書。

そっきゅう［速球］(名)〈體〉(棒球) 快球。→剛球

そっきょう［即興］(名) 即興。△～で歌う／即興唱歌。△～の句／即席作出的詩句。

そつぎょう［卒業］(名・自サ)① 畢業。△大学を～する／大學畢業。△～式／畢業典禮。↔ 入学 ② 已經充分體驗, 不想也不必再做。△もう恋愛なんかとっくに～した／戀愛這門課我早就畢業了。

そっきょうきょく［即興曲］(名)〈樂〉即興曲。

そっきょうし［即興詩］(名) 即興詩。

ぞっきょく［俗曲］(名)〈樂〉俗曲, 謠曲。

そっきん［即金］(名) 現金, 當場付款。△～で支払う／付現錢。

そっきん［側近］(名) 側近, 親信, 左右。△～政治／依靠一夥心腹的政治。△～筋からの情報／內部人士的消息。

ソックス［socks］(名) 短襪。

そっくり Ⅰ(副) 全部, 完全, 原封不動。△参考書を～写す／照抄參考書。Ⅱ(形動) 一模一樣, 極像。△横顔は父に～だ／側臉極像父親。

そっくりかえ・る［反っくり返る］(自五)⇨ そりかえる

そっけつ［即決］(名・自他サ)① 立即裁決,即刻決定。② 當場判決。△～裁判／〈法〉(辯論結束後) 當場判決。

そっけつ［速決］(名・自他サ) 速決, 決定。

そっけな・い［素気ない］(形) 冷漠, 冷淡。△～くして笑談一つ言わない／冷冷淡淡的, 連句笑談都沒有。

そっけもない〔連語〕乏味，枯燥無味。△味も〜／枯燥無味。

そっこう〔即効〕（名）立刻見效，立即生效。△この薬には〜がある／此藥立刻生效。

そっこう〔速攻〕（名・他サ）快速進攻。

そっこう〔速効〕（名）速效，快速生效。△〜性肥料／速效肥料。

そっこう〔側溝〕（名）（道路、鐵路兩旁為排水而挖的）側溝。

ぞっこう〔続行〕（名・自他サ）繼續進行。△雨が降ってきたが試合は〜する／下雨了，但比賽繼續進行。△30分休憩ののち会議は〜された／休息三十分鐘後會議繼續進行。

そっこうじょ〔測候所〕（名）氣象台（站）。

そっこく〔即刻〕（副）即刻，立即。△〜退去せよ／立即退下！立即撤離！

ぞっこく〔属国〕（名）屬國，附屬國。↔独立国

ぞっこん（副）從心眼裏。△〜ほれこむ／從心眼裏喜歡。

そっせん〔率先〕（名・自サ）率先，帶頭。△〜して事にあたる／首當其事。

そっち（代）①你那邊，你那兒。△いま，〜へ行く／現在我去你那兒。②你。△〜はなににする？コーヒー？／你來甚麼？咖啡嗎？→そちら

そっちのけ（名）①扔在一邊，丟開不管。△勉強を〜にして遊びあるく／抛開學習到處去玩。②不在話下。△本職の〜のうでまえ／本事比内行高明。内行人也不在話下。

そっちゅう〔卒中〕（名）〈醫〉卒中，中風。

そっちょく〔率直〕（形動）直率，坦率，直爽。△〜に話す／坦率地講，直言不諱。

そっと（副）①悄悄地，輕輕地。△気づかれないように〜近づく／悄悄靠近不讓他發覺。②暗中，偷偷地。△〜事をはこぶ／暗行其事。③不驚動。△〜しておく／不去打擾，不去驚動。

ぞっと（副・自サ）①打戰，哆嗦，毛骨悚然。△考えただけでも〜する／只要一想就不寒而慄。②（用“ぞっとしない”形式）不怎麼樣，沒意思。△ようかんで酒を飲むとはあまり〜しない話だ／就着小豆糕喝酒算甚麼。

そっとう〔卒倒〕（名・自サ）〈醫〉昏倒，暈倒。

そっぽ（名）外邊，旁邊。△〜をむく／扭過臉去（不理睬）。

そで〔袖〕（名）①袖子。△〜を通す／穿（新衣）。△〜をまくる／挽袖子。△ない〜はふられない／巧婦難為無米之炊。②舞台的兩側，書皮兩頭向裏摺疊的部分，寫字枱的兩側抽屜。

ソテー〔法 sauté〕（名）（奶油）炒肉，煎肉。

そでたけ〔そで丈〕（名）袖長。

そてつ〔蘇鉄〕（名）〈植物〉蘇鐵，鳳尾蕉，鐵樹。

そでなし〔そで無し〕（名）①坎肩，背心。②無袖衣服。

そでにすがる〔袖にすがる〕（連語）①乞憐。②求助。

そでにする〔袖にする〕（連語）厭舊，拋掉舊好，疏遠老朋友。

そでのした〔袖の下〕（名）賄賂。△〜を使う／行賄。

そでびょうぶ〔袖屏風〕（名）以袖遮面。

そでふりあうもたしょうのえん〔袖ふり合うも多生の縁〕（連語）相會皆有緣。同船過渡，前生因緣。

そでをしぼる〔袖を絞る〕（連語）淚滿襟。

そでをつらねる〔袖を連ねる〕（連語）共同行動，結伴，聯袂。

そでをひく〔袖を引く〕（連語）①提醒，示意。②引誘。△政府と組合の双方から〜かれる／受到政府和工會兩方面拉攏。

そと〔外〕（名）①外面，外邊。△〜にはみだす／擠出來，露到外面。△この戸は〜から開かない／這個門從外面開不開。②室外，戶外。△〜へでて遊ぶ／去外面玩。→戶外，屋外。③（不是自己家）外頭。△〜で食事をすませる／在外頭吃飯。

そとう〔粗糖〕（名）粗糖。

そとう〔訴答〕（名）〈法〉答辯，辯護。

そとうみ〔外海〕（名）外海，外洋。

そとがこい〔外囲い〕（名）（建築物的）外圍牆。

そとがわ〔外側〕（名）外側，外面。△白綾の〜／白綾外面。△箱の〜に漆を塗る／盒子表面塗上漆。↔うちがわ

そとづけ〔外付け〕（名）〈IT〉外置，外接。△〜のディスクドライブ／外接硬碟驅動。

そとづら〔外面〕（名）①外表。△〜だけはりっぱだ／只是外表漂亮。②給外人的印象，對待外人的態度。△〜はいいがうちづらは悪い／對外人和顏悦色，對家裏橫眉豎眼。

そとのり〔外のり〕（名）外測尺碼。

そとば〔卒塔婆〕（名）〈佛教〉①舍利塔，卒都婆。②（墓地上的）塔形木牌。

そとびらき〔外開き〕（名）向外開（的門窗）。

そとぼり〔外堀〕（名）護城河。

そとまご〔外孫〕（名）外孫。↔うちまご

そとまた〔外股〕（名）外八字腳，撇拉腳。

そとまわり〔外回り〕（名）①外圍，周圍。△家の〜をきれいにする／把房子周圍打掃乾淨。②對外，外圍工作。③外圈，沿外圈轉。△〜の電車／跑外圈的電車。↔内回り

そとみ〔外見〕（名）外觀，外表。△〜だけでは分からない／單從外表是看不出來的。

そとゆ〔外湯〕（名）室外浴池，露天溫泉。

ソナー〔sonar〕（名）〈理〉聲納，聲波定位儀。

そなえ〔備え〕（名）①準備，防備。△老後の〜に貯金をする／為了晚年的生活而存款。②設備。

そなえあればうれいなし〔備えあれば憂いなし〕（連語）有備無患。

そなえつ・ける〔備え付ける〕（他下一）設置，配備。△電話を〜／安裝電話。△〜の灰皿／公用煙灰缸。

そなえもの〔供え物〕（名）供物，供品。→く

もつ，おそなえ

そな・える［供える］（他下一）上供，供奉。△霊前に花を～／靈前供花。

そな・える［備える］（他下一）① 準備，防備。△地震に～／防備地震。△試合に～／準備考試。② 設置，装備。△図書館にビデオを～／在圖書館安置錄像機。③ 具備，具有。△条件を～／具備條件。

ソナタ［意 sonata］（名）〈樂〉奏鳴曲。

ソナチネ［德 Sonatine］（名）〈樂〉小奏鳴曲。

そなれまつ［そなれ松］（名）海濱地松。

そなわ・る［備わる］（自五）① 設有，備有。△教室にスライド映写機が～っている／教室設有幻燈投影機。② 具備。△品のよさが～／具有高雅的品質。

ソニー［SONY］（名）（日本）索尼公司。

そにん［訴人］（名）〈法〉起訴人，原告。

ソネット［sonnet］（名）十四行詩。

そね・む［嫉む］（他五）嫉妒。→ねたむ

その［園］（名）① 庭園。② 園地。△学びの～／學習園地。

その（連體）① 那，那個。△～本をとってください／把那本書拿來。② （指前面說過的事）那時，那裏，其。△～スキーに行って，～時にけがをした／去滑雪，就在那時受了傷。

その（感）（說話間歇時調整語氣）那個…△実は～／其實，那個嘛…。△つまり～なんですよ／總之，那個…就是說，那個嘛…

そのうえ［その上］（接）而且，並且，加之。△ごちそうになり，～おみやげまでもらった／不但招待了我，並且還送了禮物給我。→しかも

そのうち［その内］（副）不久，近日，即將。△空が明るくなってきたから，～雨はやむだろう／天空已經亮起來了，等一會雨就該停了吧。△～またお邪魔します／改天再來拜訪。

そのかわり［その代わり］（接）另一方面，作為抵消的因素。△品物がいいが，～ねだんが高い／東西好，可是價格高。△きょうは遊んでよい。～明日勉強ですよ／今天可以玩，不過明天得學習。

そのくせ［その癖］（接）儘管…可是，雖然…但是。△彼はいつもいそがしがっている。～よく遊びに行く／他好像總是很忙，卻常去玩。

そのご［その後］（名）其後，後來。△～お変わりございませんか／別來一向可好？

ソノシート（名）（商標名）薄膜唱片。

そのじつ［その実］（副）其實，實際上。△立候補はしないと言いながら，～，選挙運動をすすめている／説是不做提名候選人，可實際上卻在搞選舉運動。→ほんとうは

そのすじ［その筋］（名）① 有關方面。② 有關主管機關，當局，警察局。△～からのお達し／有關當局（警察局）的通知。

そのせつ［その節］（名）① 到時候，那時。△～はよろしくお願いします／到時請多多關照。② 那時，那時節。△～たいへんおせわになり

ました／那時承蒙關照了。

そのた［その他］（名）其他，其餘，此外。△食費～で 10 万円はかかる／伙食費和其他，十萬日圓是需要的。△～大勢／（影片中）羣眾角色，（戲劇）打小旗的。

そのて［その手］（名）① 那種手段。△～には乗らない／不上那個當。△～はくわない／不吃那一套。② 那種。△～は売り切れです／那一路貨已售完。

そのてはくわなのやきはまぐり［その手は桑名の焼き蛤］（連語）我才不上你的當。這一招騙不了我。

そのば［其の場］（名）當場，當時。△私は偶然～にいあわせた／碰巧我在場。△～逃れ／敷衍搪塞。蒙混一時。

そのばかぎり［その場限り］（名）只限當時，一時。△～の約束／過後就不算數的承諾。

そのばしのぎ［その場しのぎ］（名）權宜，敷衍了事。△～の対策／權宜之計。→その場のがれ

そのひぐらし［その日暮らし］（名）① 當天掙當天花，勉強糊口。△～の毎日／每天勉強糊口。② 過一天算一天，混日子。

ソノブイ［sonobuoy］（名）〈理〉聲納探測儀。

そのへん［その辺］（名）① 那一帶。△～までごいっしょに参りましょう／我陪您到那邊兒吧。② 那些，那種程度。△～でやめなさい／到此為止吧。③ 那一方面，那一點。△～のところはよろしくお願いします／那一方面還請多幫忙。

そのほう［その方］（名）① 那方面，那個方向。△～はいっこう不得手だ／那一方面我是一竅不通。②（江戸時代武士稱呼下級）汝，爾。

ソノマップ［sono map］（名）錄音磁帶導遊，語圖。

そのまま［其の儘］（副）① 原樣不動。△～でいい／不用動。不必站起來。△ふらりと出たきり～帰ってこない／突然出走，一去不回。②（出乎意料地）逕直就，馬上就。△かばんを投げだすと～遊びに行った／扔下書包就跑出去玩了。③ 分毫不差。△彼はお父さん～です／他跟他父親一模一樣。

そのみち［その道］（名）① 那一行。△～の達人／那方面的高手。② 色慾方面。

ソノラマ［sonorama］（名）有聲雜誌。

そば［岨］（名）陡峭山路，險路。

そば［側・傍］（名）① 側，旁邊，身邊。△～をとおる／從旁邊通過。△～に寄る／靠近跟前。△～から口出しする／從旁插嘴。② 緊接着，隨…之後…。△掃除する～からよごされる／掃完了就被弄髒。

そば［蕎麦］（名）①〈植物〉蕎麥。② 蕎麥麵條。

ソバージュ［法 sauvage］（ダナ）野生的，粗野的。

そばがき［蕎麦掻き］（名）燙蕎麥麵片。

そばかす（名）雀斑。△～美人／長一點俏皮雀斑的美人。

そばだ・つ［峙つ・聳つ］（自五）聳立，高聳。
→そびえたつ，そそり立つ

そばだ・てる（他下一）傾，側，豎起。△耳
を～／側耳傾聽。

そばづえ［側杖］（名）連累，牽連。△～をく
う／受連累。

そばづえをくう［側杖を食う］（連語）受牽連，
受連累。

そばづかえ［側仕え］（名）近侍，內侍。

そばゆ［そば湯］（名）① 蕎麥粥。② 煮蕎麥麵
條的湯。

そびえた・つ［そびえ立つ］（自五）聳立，屹立。

ソビエトれんぽう［ソビエト連邦］〈國名〉
（前）蘇維埃社會主義共和國聯盟，蘇聯。

そび・える［聳える］（自下一）聳立。△天に～
高層ビル／高聳入雲的大樓。△教会の尖塔が
高く～ている／教堂的尖塔高高地聳立着。

-そび・える（接尾）（接動詞連用形後，作下一
段動詞）錯過機會，失掉機會。△言い～／錯過
說的機會。沒得機會說。△寝～／錯過睡覺的
時間。沒睡成。

そびやか・す［聳やかす］（他五）聳起。△肩
を～／端起肩膀。擺架子。

そびょう［素描］（名・他サ）素描。→デッサ
ン，スケッチ

そひん［粗品］（名）⇨そしな

そふ［祖父］（名）祖父，外祖父。

ソファー［sofa］（名）沙發。

ソファーベッド［sofa bed］（名）沙發牀。

ソフィスティケーション［sophistication］（名）
詭辯，狡辯。

ソフィスティケート［sophisticate］（名・自サ・
形動）① 世故，老練。② 優美，雅致。

ソフィスト［sophist］（名）① 詭辯家，好辯論的
人。② 詭辯學派。

ソフト［soft］Ⅰ（形動）柔軟，柔和。△～なは
だざわり／柔軟的皮膚觸感。△～なムード／
柔和的氣氛。Ⅱ（名）①（"ソフト帽"之略）軟
帽，呢子帽。②（"ソフトウェア"之略）（計算
機的）軟件。③（"ソフトクリーム"之略）軟蛋
糕，軟冰激凌。④（"ソフトボール"之略）〈體〉
壘球。

ソフトウェアエンジニアリング［software en-
gineering］（名）〈IT〉軟件工程學。

ソフトウェアハウス［software house］（名）〈IT〉
電腦軟件發展公司。

ソフトウェアパッケージ［software package］
（名）〈IT〉套裝程式，套裝軟件。

ソフトエコノミー［soft economy］（名）基礎薄
弱的經濟，軟經濟。

ソフトオープニング［soft opening］（名）新開業
的旅館、餐廳、主題公園等未開業前向客戶部
分開放。

ソフトカバー［softcover］（名）軟封面的，平裝
書的。

ソフトスーツ［soft suit］（名）面向年輕人的寬鬆
西裝。

ソフトスポット［soft spot］（名）弱點，弱項。

ソフトテニス［soft tennis］（名）軟式網球。

ソフトドリンク［softdrink］（名）不含酒精的飲
料，清涼飲料。

ソフトニュース［soft news］（名）體育、演藝界
的新聞。

ソフトパワー［soft power］（名）軟勢力，相對於
武力而言的經濟、文化等的影響力。

ソフトランディング［soft landing］（名）①（火
箭）軟着陸。②（經濟）軟着陸。

ソフトルック［soft look］（名）柔和的色調、配
色等。

そふぼ［祖父母］（名）祖父母。

ソプラノ［意 soprano］（名）〈樂〉① 女高音。②
高音樂器。

そぶり［素振り］（名）態度，舉止，表情。△知
らぬ～／佯作不知。△裝蒜。つれない～／冷
淡的態度。

そぼ［祖母］（名）祖母，外祖母。

そほう［粗放］（名・形動）粗放，不細緻，草率。
△～な性格／粗率的性格，不拘小節的性格。
△～な計画／不細緻的計劃，不精確的計劃。

そぼう［粗暴］（形動）粗暴，魯莽。△～なふる
まい／粗野的舉止。粗野的舉止。

そほうか［素封家］（名）世代財主。

そほうのうぎょう［粗放農業］（名）粗放農業。
↔集約農業

ソホーズ［俄 sovkhoz］（名）→ソフホーズ

そぼく［素朴］（形動）① 樸素，樸實。△～な
心／樸素的心。→純朴 ② 單純，簡單。△～な
発想／單純的思維。單純的想法。→幼稚

そぼふ・る［そぼ降る］（雨）淅淅瀝瀝
地下。△～小雨／淅淅瀝瀝的小雨。

そぼろ（名）① 蓬亂，紊亂，一團亂。△～がみ／
亂蓬蓬的頭髮。② 魚鬆。

そまごや［杣小屋］（名）伐木人住的窩棚。

そまつ［粗末］（形動）① 粗糙，不精緻。△～
な品／粗糙製品。→粗雜 ② 簡慢，慢待。△親
を～にする／苛待父母。△お～でした／慢待
了。③ 不重視。△1字でも～に書いてはなら
ない／一字也不能馬虎。△1円の金も～にで
きない／一分錢也不能浪費。

ソマトトロピン［somatotropin］（名）〈生物〉生
長激素。

そまやま［杣山］（名）（供採伐用的）育林山。

そま・る［染まる］（自五）① 染。△夕日に～／
夕陽紅。△朱に～って倒れた／渾身是血倒下
了。② 沾染。△悪に～／沾染惡習。

そみつ［粗密・疎密］（名）疏密。△內容に～が
ある／內容疏密有致。

そむ・く［背く］（自五）① 違反，違背。△約
束に～／違約。△法規に～／違法，違紀。②
背着，背向。△太陽に～いて立つ／背着太陽
站。③ 背叛，反抗。△命令に～／違抗命令。
△親に～／背離父母。④ 辜負。
△期待に～／辜負期望。→うらぎる

そむ・ける［背ける］（他下一）背過臉去，背

過身去。△目を～／移開視線，往別處看。

ソムナンビュリズム [somnambulism]（名）〈醫〉夢遊症。

ソムヌス [Somnus]（名）睡神。

そめ［染め］（名）染，染色，染的色。△～が悪い／染的不好。

－ぞめ［初め］（接尾）（接動詞連用形後做名詞用）① 初次，頭一回。△橋の渡り～／新建的橋初次通行。② 新年第一次。△書き～／新年試筆。

そめあがり［染め上り］（名）① 染成。② 染的結果（成色）。

そめあげる［染め上げる］（他下一）染上（某種顏色），染好。

そめいよしの［染井吉野］（名）〈植物〉“染井吉野”櫻。

そめもの［染め物］（名）印染的紡織品。

そ・める［染める］（他下一）① 染，染色。△布を～／染布。△筆を～／落筆，開始寫。△ほおを～／羞紅臉。② 動手作，染指。△りんごの栽培に手を～めた／已着手栽培蘋果。

－そ・める［初める］（接尾）（接動詞連用形後）開始…，…起來。△明け～／天開始放亮。△咲き～／初綻。

そもそも Ⅰ（名）發端，起頭。△けんかの～のはじまりはなんだ／打架最先是怎麼引起來的？Ⅱ（接）究起原因，原來，説起來。△～この事件は人種問題に端を発する／説起來，這個事件是起因於種族問題。Ⅲ（副）根本，總的來説。△これは～きみがいけない／這畢竟是你不好。

そや［粗野］（名・形動）粗野，粗魯。△～な人／粗野的人。→がさつ

そよう［素養］（名）素養，教養。△音楽の～がある／有音樂素養。△～に欠ける／缺乏教養。

そようちょう［租庸調］（名）〈史〉租庸調。

そよかぜ［そよ風］（名）微風，和風。

そよ・ぐ［戦ぐ］（自五）輕輕搖動。△風に～あし／被微風吹拂而輕輕搖動的蘆葦。

そよそよ（副）和風吹拂。△春風が～（と）ほおをなでる／春風拂面。

ソラ [Zola]〈人名〉左拉（1840-1902）。法國小説家。

そら［空］Ⅰ（名）① 天，天空，空中。△～を飛ぶ／在天空飛。△～にまいあがる／飛上天空。△青い～／藍天。② 天氣，氣候。△～があやしくなってきた／要變天了。③ 遙遠的地方。△旅の～／旅途。△異国の～／異國他鄉。④ 心情，心境。△おそろしくて、生きた～もなかった／怕得要死。⑤ 飄乎，恍惚。△心も～に／茫然自失。△うわの～／心不在焉。⑥ 虛假，撒謊。△～を言う／撒謊。△～を使う／裝不知道，裝病。Ⅱ（接頭）① 故做，假裝。△～寝／裝睡。② 假像。△～耳／幻聽。△～喜び／空歡喜。

そらいろ［空色］（名）① 天藍色。→みず色，コバルト ② 天氣。

そらうそぶ・く［空うそぶく］（自五）傲慢，不理睬人。△つんとして～き，たばこを環に吹いている／鼻孔朝天，吐着煙圈，理也不理。

ソラオード [solaode]（名）太陽電池。

そらおそろし・い［空恐ろしい］（形）（不知為甚麼）感到害怕，擔憂。△ゆくすえが～／前途令人放心不下。

そらごと［空言］（名）空話，謊言。→うそ

そら・す［反らす］（他五）① 向後彎，弄彎曲。△腰を～／挺起腰板。△胸を～／挺起胸膛。

そら・す［逸す］（他五）① 岔開。△話を～／岔開話題。② 轉移，扭轉（方向，視線）。△目を～／轉移視線，把臉扭過去。③ 遺失，錯過。△好機を～／錯過好機會。④ 偏離。△的を～／偏離靶子。

そらぞらし・い［空空しい］（形）① 假惺惺的。△～おせじ／假殷勤。△～うそ／明擺着的謊話。② 裝瘋賣傻。

そらだのみ［空頼み］（名・他サ）白指望，瞎盼望。△それだと助かるが、～かもしれないぞ／那樣敢情好，可怕的是指望不上。△一日も早くなおるようにと祈ったが、それも～であった／盼他早一天痊癒，結果落了空。

そらどけ［空解け］（名）（衣帶等）自然解開。

そらとぶえんばん［空飛ぶ円盤］（名）飛碟。

そらとぶとりもおとす［空飛ぶ鳥も落とす］（連語）極有權勢。

そらなき［空泣き］（名・自サ）裝哭，假哭。

そらなみだ［空涙］（名）擠出來的眼淚，裝哭的眼淚。

そらに［空似］（名）（無血緣關係的人）面貌相像。△他人の～／陌生人的偶然相像。

そらね［空寝］（名・自サ）裝睡。→たぬき寝入り

そらふくかぜとききながす［空吹く風と聞き流す］（連語）當作耳旁風，充耳不聞。

そらまめ［空豆］（名）〈植物〉蠶豆。

そらみみ［空耳］（名）① 幻聽。② 錯聽。

そらめ［空目］（名）① 幻視，看錯。② 裝看不見。△～をつかう／假裝沒看見。③ 翻白眼。△～づかい／使眼色。

そらもよう［空模様］（名）① 天氣。△～があやしくなった／要變天了。② 形勢，氣氛。

そらゆめ［空夢］（名）① 假夢，編造的夢。② 夢想。

そらよろこび［空喜び］（名）空歡喜，白高興。

ソラリアム [solarium]（名）日光浴。

そらん・じる（他上一）背誦，默記。→暗記する，暗唱する

そり［橇］（名）橇，雪橇。

そり［反り］（名）① 彎曲，翹曲。② 彎度。

そりがあわない［反りが合わない］（連語）刀不合鞘，性情（脾氣）不合。→うまが合わない

そりかえ・る［反り返る］（自五）① 翹，彎曲。② （驕傲地）挺胸。△いすに～ってすわる／抬頭挺胸地坐在椅子上。→そっくり返る

ソリスト［法 soliste］（名）〈樂〉獨奏者，獨唱者。

そ
ソ

ソリッド［solid］（名）固體。堅硬的。充實的。實心的。

ソリッドタイヤ［solid tire］（名）實心輪胎。

ソリッドフュエル［solid fuel］（名）固體燃料。

そりはし［反り橋］（名）拱橋。

そりみ［反り身］（名）挺胸，腆肚。△～になって歩く／挺胸走路。

そりゃく［粗略・疎略］（名・形動）草率，魯莽。△～にあつかう／草率對待。

そりゅうし［素粒子］（名）〈理〉基本粒子，基本質點。

ソリューション［solution］（名）① 解決，解決方案，解答。② 溶解，溶液。

ソリュート［solute］（名）溶質，溶解物。

そ・る［反る］（自五）① 翹，翹曲，翹棱。△板が～／板子翹曲。② 身體向後彎。△指が～／手指上彎。△体を～らせる運動／仰身運動。

そ・る［剃る］（他五）剃，刮。△顔を～／刮臉。△ひげを～／刮鬍子。

それ（代）① 那，那個，那個東西。△これじゃなくて～にしよう／不要這個，要那個吧。② 那時，那樣，那件事。△彼は急に病気になったが，～には何か原因があるらしい／他突然得了病，那可能有甚麼原因。

それ（感）喂，哎呀，瞧。△～，出かけるぞ／喂，走啦！△～みたことか／你瞧，怎麼樣！

それがし［某］（代）① 某某，某人，某事。② 〈舊〉我。

それから［形］① 又，另外，而且。△用意するものは寝巻き，着替え，～筆記用具です／要準備的有睡衣，換的衣服，還有紙，筆。② 然後，其次，接着。△～１年たった／從那時起過了一年。

それきり（副）只有那些，到那為止。△彼は～なにも発言しなかった／他再也沒有説甚麼。△注意したら，～やらなくなった／警告之後，他就再不做了。→それっきり

それしき（名）那麼一點點（小事）。△～のことで怒るな／別為那一點點小事生氣。

それじゃ（接）（“それでは”的口語形式）那麼。△～またね／那麼再見吧。

それそうおう［それ相応］（名・形動）相稱，相應。△～の謝礼を出す／付給相應的報酬。

それぞれ（名・副）各自，分別。△みな～の感想を述べた／都各自談了自己的感想。△～ひとつずつ持つ／各拿一個。

それだけ（名）① 唯獨這個。△～はごめんだ／這個可不行。② 就這些。△話は～だ／話到此為止。③ 那麼些。△～食べれば満足だろう／吃那麼些該滿足了吧。

それだけに（接）正因如此。△質量とも申し分ないが，～高い／質和量都無可挑剔，正因如此，價格也高。

それだま［逸れ弾］（名）流彈。

それで（接）① 因此，因而。△彼は予備校に通った。～成績がよくなった／他去補習學校學習，因此成績提高了。② 那麼，後來。△～ど

うした／那麼後來怎樣了？

それでは（接）⇨それじゃ

それでも（接）儘管那樣，即使如此。△天気は悪かった。～彼らは出かけた／天氣很壞，儘管如此，他們還是出發了。

それどころか（連語）豈止如此，相反。△雨が降るって，～雲ひとつない天気だ／別説下雨，連一絲雲彩都沒有，天氣好極了。

それとなく（副）委婉地，不露痕跡地，拐彎抹角地。△～注意する／拐彎抹角地提醒。△～様子を探る／若無其事地探聽情況。

それとも（接）或，或者。△きみが行くか，～ぼくが行こうか／是你去，還是我去。→あるいは

それともなしに（副）⇨それとなく

それなのに（接）儘管那樣，可是。△十分な手当てをした。～この子は死んでしまった／做了充分的治療，儘管如此，這孩子還是死了。

それなら（接）那樣的話，那麼。△～これで失礼します／那麼我告辭了。△～そうと，なぜ早く知らせなかった／既是那様，為甚麼不早通知呢？

それなり（副）① 相應的。△～の価値がある／有它一定的價値。△～の努力はしたつもりだ／我認為我也盡我所能做了相當的努力。② 原樣未變，到那為止。△話し合いは～になった／談判掛起來了。△彼のひとことで座は～しらけてしまった／他一句話弄得馬上冷了場。

それに（接）而且，還有，再加上。△この車はねだんも高く，～性能もわるい／這種車不但價格高，而且性能也不好。

それにしても（接）儘管如此。△～来るのが遅い／即使如此，來得太晚了。

それは（感）可真是，非常，太。△あの人は～美しい方でした／她可真是一位漂亮的人。△～，～，どうもおそれいります／那可真是太不敢當了。

それはさておき（接）（轉換話題）且説，卻説。

それはそうと（接）（轉換話題）可是，另外。△～先日お願いした件はどうなりましたか／可是，我前幾天求你的那件事怎麼樣了？

それほど（副）（程度）那麼，那樣。△外は～寒くはない／外面並不那麼冷。△～いやならやめなさい／如果那麼不情願，就算了吧。

それまで（連語）① 到那時，在那以前。△病人は～待つまい／病人恐怕支持不了多久。△～は彼を放っておいたほうがいい／最好在那以前別去管他。② 那樣，那種程度。△～しなくてもいい／用不着那樣。③ 就只那樣。△やってみてだめなら，～のことさ／試試看，不行就算了。△運命だと言ってしまえば～だが…／若説那是命，當然再也無話可説，但…

それゆえ（接）因而，因此，所以。△～に君の力を必要とするのだ／正因如此才需要你的幫助。

そ・れる［逸れる］（自下一）① (目標，方向，話題)偏離。△話が～／話離題了。△わき道に～／走到岔道上去了。② (唱歌，音樂)不合拍，走調。

ソれん [ソ連]〈國名〉⇨ソビエトれんぽう

ソロ [solo] (名) ①〈樂〉獨奏，獨唱，獨舞。②只一個人。

そろい [揃い] I (名) ①聚齊，齊全。△おでどちらへ／你們一起去哪兒？②成套，配套。△三つのスーツ／三件一套的西裝。△上着と～のズボン／跟上衣配套的褲子。II (接尾) 套，副，組。△家具ひと～／一套傢具。

そろ・う [揃う] (自五) ①具備，齊全。△どの家も～って車をもっている／哪一家都有車。△一致，整齊。△足なみが～／步調一致。△調子が～／調子一致。③聚集。△みんな～ったね。じゃ出発しよう／大家都到齊了吧，那麼我們出發吧。④具備，具有。△条件が～／條件具備。

そろう [粗漏・疎漏] (名・形動) 疏忽，疏漏。△～がないように注意する／警惕不要有漏洞。

そろ・える [揃える] (他下一) ①使…一致，使…齊備，準備。△声を～／異口同聲。△くつを～／把鞋擺整齊。②聚集，集結。△顔を～／(大家) 聚集一堂。③齊全。△商品を～／備齊貨。

そろそろ (副) ①慢慢地，徐徐地。△病気がよくなり，～歩けるようになった／病好了，能慢慢走路了。②就要，快要。△もう～帰ってくるころだ／就要回來了。△～十二時だ／快十二點了。△～出かけよう／該動身了。

ぞろぞろ (副) 成羣結隊，一大羣。△～ (と) 出てくる／出來一大幫 (人)。出來一大堆 (蟲子)。

そろばん [算盤] (名) ①算盤。△～をはじく／打算盤。②算計，合算。△～が合わない／不賺錢，不合算。

そろばんずく [算盤ずく] (名) 斤斤計較，打小算盤。

ぞろり (副) ①一大串，一大堆。②(衣服) 華麗。

そわ・せる [添わせる] (他下一) ①使…結婚。②使…在近旁。

そわそわ (副・自サ) 心慌，心神不定，坐立不安。△～ (と) おちつかない／坐立不安。△待ちどおしくて，～する／望眼欲穿，坐臥不安。

そん [損] (名・形動) 損失，吃虧。△この取引で 50 万円の～をした／這筆買賣我賠了五十萬日圓。△～になる／吃虧。△～な条件／不利條件。△～な性分／不怕吃虧的性格。↔ 得

そんえき [損益] (名) 損益，盈虧。→損得

そんかい [損壊] (名・自他サ) 損壞，毀壞。→破壊

そんがい [損害] (名・自他サ) 損害，損失。△～をこうむる／蒙受損失。△～を受ける／蒙受損失。△～を与える／使受到損害。

ぞんがい [存外] (副・形動) 意外，出乎意料。△～にうまくいった／意外地順利。→案外，意外

そんがいばいしょう [損害賠償] (名) 賠償損失。

そんがいぼうし [損害防止] (名)〈經〉防止損失，防止損壞。

そんがいほけん [損害保険] (名) 損失保險。

そんがん [尊顔] (名) 尊顏。△～を拝する／拜見尊顏。

そんきょ [蹲踞] (名・自サ) ①蹲。②(相撲) 直蹲姿勢。

ソング [song] (名) 歌，歌曲。

そんけい [尊敬] (名・他サ) 尊敬，恭敬。△～の念／尊敬之念。△～する人／尊敬的人。

そんけいご [尊敬語] (名)〈語〉尊敬語。

そんげん [尊厳] (名・形動) 尊嚴。△人間の～／人的尊嚴。

そんざい [存在] (名・自サ) ①存在。△神の～をみとめる／承認神的存在。②人物，存在物。△彼は歴史上最も不可解な～のひとりである／他是歴史上最不可思議的人物之一。③存在的意義，價值。△独立国としての～を失う／失去作為獨立國存在的意義。△彼はその小説で～を認められるようになった／他由於那部小說而得到社會承認。

ぞんざい (形動) 草率，粗魯。△～なことば／粗野的話。△品物を～にあつかう／對東西不愛護。

そんざいりゆう [存在理由] (名) 存在意義，存在理由。

ぞんじ [存じ] (名) 知道，了解。△ご～のことと思いますが…／我想您是知道的…△黒子さんをご～ですか／您認識黑子嗎？

そんしつ [損失] (名・他サ) 損失，損害。△～をこうむる／受到損失。△大きな～をあたえる／受到重大損失。→損害

そんしてとくとれ [損して得取れ] (連語) 吃小虧佔大便宜。

そんしょう [尊称] (名) 尊稱，敬稱。

そんしょう [損傷] (名・自他サ) 損傷，損壞。

そんしょく [遜色] (名) 遜色。△～がない／不遜色。

そん・じる [損じる] I (自他上一) ①損壞，傷害。△きげんを～／惹人不高興。△得罪人。価値を～／價值受損。②(接尾) (接動詞連用形) 做壞，失敗。△書き～／寫錯。

ぞん・じる [存じる] (自他上一) ①知道。△よく～じております／我知道。②想，打算，認為。△お会いしたいと～じます／我想見見您。

そん・する [存する] I (自サ) ①存在。△依然として疑問が～／依然存在疑問。②生存，存活。II (他サ) △存在，保留。△古都のおもかげを～している／仍保留有古都的風格。

そん・する [損する] (他サ) 損失，虧損。

ぞん・ずる [存ずる] (自他サ) ⇨ぞんじる

そんぞく [存続] (名・自他サ) 延續，繼續保持。△研究会の～を望む／希望研究會保留下去。

そんぞく [尊属] (名) 尊屬，長輩。

そんぞくさつじん [尊属殺人] (名) 殺害長輩親屬。

そんだい [尊大] (名・形動) 自高自大。△～にかまえる／擺架子。△～な口をきく／大言不慚。

そんたく［忖度］（名・他サ）忖度，揣度。△すこしは彼の立場も〜してやれ／多少也要為他的處境想一想。

そんちょう［村長］（名）村長。

そんちょう［尊重］（名・他サ）尊重，重視。△人命を〜する／重視人命。△少数意見を〜する／尊重少數意見。↔軽視

ソンデ［德 Sonde］（名）①〈醫〉探針，探頭。②（氣象）探空器，高空探測器。

そんとく［損得］（名）損益，得失。△〜を計算する／算計得失。△〜ずくで引きうけた／計算好了利害得失應承了下來。

そんな（連體・形動）那種，那樣的。△〜ことは知らない／我不知道那種事。△〜に沢山は食べられない／那麼多可吃不了。△まあ，〜ところでしょう／差不多也就是那樣吧。

そんのうじょうい［尊皇攘夷］（名）〈史〉尊王攘夷。

そんぴ［存否］（名）①存否，有無。②健在與否。△〜を問う／詢問是否健在。

そんぴ［尊卑］（名）尊卑。

そんぷ［尊父］（名）令尊。→父上　↔母堂

そんぷうし［村夫子］（名）村夫子，村裏的學究。

ソンブレロ［西 sombrero］（名）寬邊帽。

ぞんぶん［存分］（副）盡量，充分，盡情。△〜にこらしめてやった／狠狠地訓了他一頓。△思う〜遊んだ／玩了個痛快。△ご〜に願います／我甘受任何處置。

そんぼう［存亡］（名）存亡。△危急〜のとき／危急存亡的時刻。

そんめい［尊名］（名）尊名。

ぞんめい［存命］（名・自サ）生存，活着。△おかげさまで両親とも〜です／託您的福，我父母都健在。△〜中／有生之年。

ゾンメルシー［德 Sommerschi］（名）夏季滑雪板，短雪板。

そんもう［損耗］（名・自他サ）損耗，消耗，虧損。

そんらく［村落］（名）村落，村莊。△〜が点在する／村落星佈。→集落

そんりつ［存立］（名自他サ）存在。△国家の〜があやぶまれる／危及國家的存亡。

そんりょう［損料］（名）租金。

た　タ

－た（助動）① 表示對過去的事的回憶。△あの時はうれしかっ～／那時曾是愉快的。△きのう雨が降った／昨天下雨了。② 表示認定一事已實現。△あ，バスが来～／噢，汽車來了。③ 表示假設一事實現。△今度会っ～ときに話そう／下次見了面再談。④ 表示已形成的狀態。△まがっ～釘／彎釘子。△帽子をかぶっ～人／戴着帽子的人。⑤ 表示命令。△さあ，子どもはあっちへ行っ～／喂，孩子們到那邊去！

た［田］（名）稻田。△～を作る／種稻田。

た［他］（名）① 其他，別的。△～のことを話す／談其他的事情。② 別人。△己を責め，～を責めない／責己不責人。

－だ I （助動）① 表示判斷。△あすは休み～／明天休息。△それは僕のカバン～／那是我的書包。②（用"…のだ"形式）表示説明情況、強調等語氣。△彼は病気なの～／他是生病了。△その日は雨が降っていたの～／那天是下雨來着。③ 接動名詞代替動詞。△さあ，出發～，用意はいいか／好，走了，準備好了嗎？④ 在特定語境下表示某種動作、行為。△ぼくはカレーライス～／我叫的是咖喱飯。彼女はいまバレーのレッスン～／她現在正在練排球。II （終助）插在句子中間強調某些詞語。△それは～な，まず君が相手に会って～，むこうの話をよく聞いて…／那件事呀，你先見見對方，聽他詳細講一講。

たあいない［他愛ない］（形）⇨たわいない

ターキー［turkey］（名）① 火雞。②（保齡球中一輪中的）連續三擊。

ダークカラー［dark color］（名）深色，黑色。

ダークグリーン［dark green］（名）深綠，墨綠。

ダークグレー［dark grey］（名）深灰色。

ダークゾーン［dark zone］（名）暗黑地帶。

ダークホース［dark horse］（名）①（賽馬時）出人意料之外得勝的馬，實力未明的馬。② 實力不明的競爭者，預想不到的勁敵。

ダークルーム［dark room］（名）暗室。

ターゲット［target］（名）靶，目標。

ターゲットゾーン［target zone］（名）目標範圍。

ターゲットマーケティング［target market］（名）目標市場。

－ダース［dozen］（接尾）打（計數單位，等於 12 個）。△鉛筆半～／半打鉛筆。

たあそび［田遊］（名）日本農民在正月裏舉行的預祝豐收的活動。

ダーティー［dirty］（ダナ）髒的，污穢的。

タービュランス［turbulence］（名）亂氣流。

ターミナル［terminal］（名）（鐵路、航空、公共汽車的）終點（站）。△～ビル／機場大樓。

ターミナルケア［terminal care］（名）臨終照料，臨終醫療。

ターミナルホテル［terminal hotel］（名）在交通工具起點等處的旅館。

ターミネーション［termination］（名）結束，終止，結果，結局。

ターミネーター［terminator］（名）①〈IT〉終止符，結束符。② 終結者。

ターミノロジー［terminology］（名）特定領域的專業術語。

ダーリング［darling］（名）親愛的，用於稱呼愛人、戀人、孩子等。

タール［tar］（名）〈化〉① 潜，焦油。②（コールタール）的略語：煤焦油。

ターン［turn］（名・自サ）① 迴轉，轉動。② 改變路綫，折回。△U～／U 形轉彎，掉頭，調頭。③〈體〉（游泳、馬拉松）轉彎，折回，轉身，（滑雪）改變路綫，轉彎。△クイック～／快速轉身。△中間地點を～してゴールに向う／在中段轉彎，奔向終點。④（音樂）回音，（舞）迴轉。

ターンアラウンド［turnaround］（名）① 轉身，轉向。②（船舶、飛機等抵達後裝卸貨物、加油、檢查等所需的）停航時間。

ターンオーバー［turnover］（名）轉向。

ターンパイク［turnpike］（名）〈經〉收費公路，收費高速公路。

タイ［tie］（名）① 領帶。△～ピン／領帶別針。②〈樂〉連結綫。③ 平記錄，得分相同。△昨日の試合は～でひきわけた／昨天的比賽打成平局。

タイ［Thai］〈國名〉泰國。

たい［鯛］（名）真鯛（俗稱加級魚）。△えびで～を釣る／以少量付出換來大的好處。一本萬利。

たい［他意］（名）① 其他用意。△別に～はない／別無他意。② 異心。△～をいだく。／另有打算。

たい［体］（名）① 體，本質。△名は～を表わす／名稱表現本質。② 身體。③ 體裁，形式。△文言～／文言體（的文章）。

たい［対］（名）① 對。△赤組～白組／紅隊對白隊。② 對等，同等。△社長と～で話す／和社長面對面談話。③ 反對，對立面。△苦の～は楽／苦的反面是樂。

たい［隊］I （名）隊，隊伍，行列。△～にもどる／歸隊。II （接尾）隊。△合唱～／合唱隊。

－たい（助動）（接在動詞、助動詞"せる""させる""れる""られる"的連用形後面）①（終止形表示自己的願望）想，打算，願意。△水が飲み～／我想喝水。△外国へ行って見～／想到外國去看看。②（表示別人的願望）想，打算。△きみは外国へ行き～の／你想到外國去嗎？△彼女も買い～そうだ／聽說她也想買。③ 接

"れ""られ""下され""なされ"表示要求。△明
日来られ〜／希望明天來。

だい［大］I（名）① 大。△声を〜にする／放
大聲音。② 大月。△12月は〜の月である／
十二月是大月。↔ 小 ③ 大人，成年人。④（社
會上）不一般的，卓越的。△〜学者／大學者。
⑤（大學）的略語：大學。△東〜／東京大學，
東大。II（接尾）同樣大小。△実物〜／和實物
同樣大。

だい［代］I（名）① 一代，一輩。△〜がかわ
る／換代。② 代價，價錢。△リンゴ〜／蘋果
錢。③ 一生，一世。△人は一〜，名は末〜／
人活一世，名留永世。II（接尾）① 時代。
△1990年〜／二十世紀九十年代。② 年齢範
圍。△四十〜の男／四十多歲的男子。③〈地〉
代。△古生〜／古生代。

だい［台］I（名）① 高台。△〜にのぼって号
令を掛ける／登台喊口令。②〈地〉台地。③
台架，底座。△機械を〜の上にのせておく／
把機械放到台架上。II（接尾）①（計算車輛、
機器單位）輛，台。△ピアノ1〜／一台鋼琴。

だい［題］（名）① 題目。△作文の〜／作文的題
目。△本の〜をつける／給書定名。② 考試題。
△どうしても1〜は解けなかった／有一道題
怎麼也沒解答。

だい［第］I（名）第，宅，邸，公館。II（接頭）
（表示事物的順序）第。△〜5章／第五章。

たいあたり［体当たり］（名・自サ）① 用身體
向對方衝撞。△〜を食わせる／用身體撞。②
拼命幹，全力以赴。△仕事を〜でやる／拼命
幹工作。

たいあつ［耐圧］（名）耐壓。△〜びん／耐壓
瓶。△〜服／飛行服，增壓服。

タイアップ［tie-up］（名・自サ）聯合，協作。
△二社が〜する／兩公司協作。→ていけい

ダイアリー［dairy］（名）日記。

ダイアル［dial］（名）⇨ダイヤル

ダイアルアップ［dial-up］（名）〈IT〉撥號連接。
（也作"ダイヤルアップ"）

ダイアローグ［dialogue］（名）① 對話，問答。
②（戲劇、電影等的）對話，對白。↔ モノロ
ーグ

ダイアログボックス［dialog box］（名）〈IT〉對
話方塊。

たいあん［大安］（名）大安，吉日。△〜吉日／
大安吉日 ↔ ぶつめつ

たいあん［対案］（名）反建議，反提案。

だいあん［代案］（名）代替（某一方案）的方案。
△〜をだす／提出代替的方案。

たいい［大意］（名）（文章的）大意。△この文
章の〜を話す／說出這篇文章的大意。→大要

たいい［体位］（名）① 體質。△〜が向上する／
體質增強。②（身體的）位置，姿勢。△〜が傾
いている／姿勢不正。

たいい［退位］（名・自サ）（帝王）退位。↔ 即
位

たいい［胎衣］（名）〈醫〉胞衣。

たいい［胎位］（名）〈醫〉胎位。

だいい［題意］（名）題意。△〜を話す／説明題
意。

たいいく［体育］（名）體育。

たいいくかん［体育館］（名）體育館。

たいいくのひ［体育の日］（名）（日本的）體育
節（十月十日）。

だいいち［第一］I（名）① 最初，第一。△〜
段階／第一階段。△〜放送／第一套廣播。②
首要。△健康〜／健康第一。II（副）首先。△
あの顔が気にくわない／首先是那長相，我瞧
着就不順眼。

だいいちいんしょう［第一印象］（名）最初印
象，第一印象。

だいいちじさんぎょう［第一次産業］（名）第
一産業。

だいいちじせかいたいせん［第一次世界大
戦］（名）第一次世界大戰。

だいいちにんしゃ［第一人者］（名）第一人，
首屈一指的人。△建築界の〜／建築界的泰斗。

だいいっせん［第一線］（名）①（戰場的）最前
綫，火綫。→最前綫 ② 第一綫，最前列。△〜
で活躍する／活躍在第一綫。

だいいっぽ［第一歩］（名）第一步，開端。△〜
を踏み出した／邁出了第一步。

たいいほう［対位法］（名）〈樂〉對位法。

たいいん［退隠］（名・自サ）隱退。

たいいん［退院］（名・自サ）①（病人）出院。
△全快して〜する／痊癒出院。↔ にゅういん
② 議員從議會回來。↔ とういん ③（主持僧）
離開寺院隱居。

たいいん［太陰］（名）太陰，月亮。

たいいん［隊員］（名）隊員。△〜を訓練する／
訓練隊員。

だいいん［代印］（名）代別人蓋的章。△〜を捺
す／代蓋印章。

たいいんれき［太陰暦］（名）舊暦，陰暦。↔
太陽暦

たいう［大雨］（名）大雨。→おおあめ

だいうちゅう［大宇宙］（名）大宇宙。宏觀世
界。

たいえき［体液］（名）〈生物〉體液。

たいえき［退役］（名・自サ）退伍。△〜軍人／
退伍軍人。

ダイエッター［dieter］（名）正在減肥的人，節食
者，吃規定飲食者。

ダイエット［diet］（名）① 議會，國會。（名・
ス自）②（為治療等）減肥，規定的飲食。

ダイエティシャン［dietician］（名）營養師。

だいえん［大円］（名）① 大圓（形）△〜を描
く／畫大圓。②〈數〉大圓。（通過球中心的平
面與球面相交的圓）

たいおう［対応］（名・自サ）① 對應。△左右〜
している／左右相對應。② 調和，協調。△庭
園の木と池がよく〜している／庭院中的樹木
和水池配置得很和諧。③ 適應，應付。△〜策
／對策。

だいおう［大王］(名) 大王。

だいおうじょう［大往生］(名・自サ) 安然死去, 壽終正寢。△90歳で〜を遂げた／九十歳無疾而終。

ダイオキシン［dioxine］(名)〈化〉二惡英。

たいおん［体温］(名) 體溫。△〜をはかる／量體溫。

だいおん［大恩］(名) 大恩, 洪恩。

たいおんけい［体温計］(名) 體溫計。

だいおんじょう［大音声］(名) 大聲。△〜をあげる／大聲喊。

たいか［大火］(名) 大火 (災)。

たいか［大家］(名)① 望族, 名門。② 大家, 權威。△書道の〜／書法大家。

たいか［大過］(名) 大過失。△〜なく勤めました／(自謙) 工作中尚無大過。

たいか［耐火］(名) 耐火。△耐震〜／抗震耐火。

たいか［退化］(名・自サ)① 退步, 倒退。②〈生物〉退化。↔ しんか

たいか［滞貨］(名・自サ)① 滯運的貨物。② 滯銷貨。△〜一掃／售淨滯銷貨。

たいが［大河］(名) 大河, 大江。

だいか［代価］(名)①〔物品的〕價格, 價錢。△〜を払う／付貨款。→だいきん ② 代價。△勝利の〜／勝利的代價。

タイガー［tiger］(名) 虎。

たいかい［大海］(名) 大海。△洋洋たる〜／汪洋大海。

たいかい［大会］(名)① 大會。△第五回〜／第五屆大會。② 全體會議, 全會。

たいがい［大害］(名) 大害, 大災。

たいがい［大概］I (名)① 大概, 概略。△〜の説明／概略的說明。② 大部分, 一般的。△〜の人は知っている／大部分人知道。II (副)① 大體, 大概, 多半。△仕事も〜かたづいた／工作已經大體做完了。② 適度。△〜にしておくものだ／不要過分。△〜のところで止める／適可而止。

たいがい［対外］(名) 對外 (國)。△〜債務／外債。△〜援助／援外。

だいかいてん［大回転］(名)〈滑雪〉急轉彎。

だいかえ［代替(え)］(名) ⇨ だいたい (代替)

たいかく［体格］(名) 體格。△〜がいい／體格好。

たいがく［退学］(名・自サ) 退學。↔ 入学

だいがく［大学］(名) 大學。△〜出／大學畢業生。

だいがくいん［大学院］(名) 大學研究生院。

だいがくしゃ［大学者］(名) 大學者。

たいかくせん［対角線］(名)〈數〉對角綫。

だいかぞく［大家族］(名)① 大家族。② 多子女家庭。

だいかつ［大喝］(名・自サ) 大喝, 大聲申斥。

たいかのかいしん［大化の改新］(名)〈史〉大化革新。

だいがわり［代替わり］(名・自サ)①〔帝王〕換代。②〔戶主, 經理〕易人。

たいかん［耐寒］(名) 耐寒。△〜訓練／耐寒訓練。

たいかん［退官］(名・自サ) 辭官。↔ にんかん

たいかん［戴冠］(名) 戴冠, 加冕。△〜式／加冕典禮。

たいかん［内患］(名) 內患。

たいがん［大願］(名) 最大願望。

たいがん［対岸］(名) 對岸。△〜に渡る／渡到對岸。

たいかん［大寒］(名) (二十四節氣之一) 大寒。

だいかん［代官］(名) (江戶時代) 幕府直轄領地的地方官。

たいがんのかじ［対岸の火事］(連語) 隔岸觀火。

だいかんみんこく［大韓民国］〈國名〉大韓民國。

たいき［大気］(名) 大氣, 空氣。△〜污染／大氣污染。

たいき［大器］(名) 大器。△〜晩成／大器晚成。

たいき［待機］(名・自サ)① 待命。△自宅〜／在自家待命。② 等待時機, 伺機。

たいぎ［大義］(名) 大義。△〜親を滅す／大義滅親。

たいぎ［大儀］I (形動)① 費勁, 吃力。△病後なのでちょっと動いても〜だ／病剛好, 稍動一下都感覺吃力。② 打怵, 懶得做。△寒くて起きるのが〜だ／冷, 不願意起來。→おっくう ③ (對下面人慰勞時說) 辛苦。△ご〜でした／辛苦了！II (名) 大典。△即位の〜／登基大典。

たいきおせん［大気污染］(名) 大氣污染。

たいきけん［大気圏］(名) 大氣層。

たいぎご［対義語］(名)① 對義詞。② 反義詞。

だいぎし［代議士］(名) 衆議院議員。

だいきち［大吉］(名)① 大吉。②"大吉日"的略語: 吉祥的日子。↔ だいきょう

たいきばんせい［大器晩成］(名) 大器晚成。

だいきぼ［大規模］(形動) 大規模。→おおがかり ↔ しょうきぼ

たいぎめいぶん［大義名分］(名)① 大義名分。△〜を通す／在大義名分下行事。② 冠冕堂皇的理由。△〜が立つ／名正言順。△〜を欠く／名不正言不順。

たいきゃく［退却］(名・自サ) 退卻。

たいぎゃく［大逆］(名) 大逆。△〜無道／大逆不道。

たいきゅう［耐久］(名)① 耐久。△〜消費財／耐用消費品。② 有耐力。△〜競争／耐力比賽。

だいきゅう［代休］(名) 補假, 換休。△〜を与える／給換休假。

たいきゅうしょうひざい［耐久消費財］(名)〈經〉耐久消費品。

たいきゅうりょく［耐久力］(名) 耐久力。→持久力

たいきょ［大挙］I (名) 大計劃。II (副・自サ) 大舉。△〜して押し寄せる／蜂擁而來。△〜出動する／大舉出動。

たいきょ［退去］(名・自サ) 退去，離開。

たいきょう［大橋］(名) 大橋。

たいきょう［胎教］(名) 胎教。

だいきょう［大凶］(名) 大凶。↔だいきち

たいきょく［大局］(名)① 大局。△～的見地／全局觀點。②(圍棋) 全局的形勢。

たいきょく［対局］(名・自サ) 對局，對奕。

たいきょくけん［太極拳］(名)〈體〉太極拳。

だいきらい［大嫌い］(形動) 最討厭。↔だいすき

たいきん［大金］(名) 巨款。

たいきん［退勤］(名・自サ) 下班。△午後5時に～する／下午五點下班。

だいきん［代金］(名) 貨款，費用。△～を払う／付貨款。

だいきんあとばらい［代金後払い］(名) 貨到付款，價款後付。

だいきんとりたて［代金取り立て］(名) (匯票的) 託收。△～手形／託收匯票。

だいきんひきかえ［代金引換］(名) 交貨付款，△～売り／現款銷售。△～わたし／交貨付款。

たいく［体軀］(名) 身體。

たいぐ［大愚］(名) 大愚，極愚之人。

だいく［大工］(名) 木工，木匠。△日曜～／業餘做木工活消遣的人。

たいくう［対空］(名) 對空。△～ミサイル／對空導彈。

たいぐう［対偶］(名)① 對偶，一對。② 夫婦。③〈語〉對偶法。④〈數〉數偶，換質法。

たいぐう［待遇］(名・他サ)① 招待，款待。② 待遇。△～をよくする／改善待遇。

たいぐうひょうげん［待遇表現］(名) (日語) 表示敬謙的形式。

たいくつ［退屈］(名・形動・自サ)① 無聊，寂寞。→所在ない② 厭倦，膩了。△～な仕事／單調的工作。

たいくつしのぎ［退屈凌ぎ］(名) 消遣，解悶兒。

たいぐん［大軍］(名) 大軍。

たいぐん［大群］(名) (動物等) 大羣。△いなごの～／蝗蟲羣。

たいけ［大家］(名) 大戶，富戶。

たいけい［大慶］(名) 大喜。

たいけい［体刑］(名)① 體罰。②〈法〉自由刑 (剝奪人身自由的刑罰)。

たいけい［体系］(名) 體系，系統。

たいけい［体型］(名) (胖、瘦等) 體型。

たいけい［体形］(名) 體形，形態。

たいけい［大計］(名) 大計。△国家百年の～／國家的百年大計。

たいけい［大兄］(名)(敬) 大兄，仁兄 (多用在書信上)。△～の御近況をお知らせください／請將仁兄近況來信告知。

たいけい［隊形］(名) 隊形。

だいけい［台形］(名)〈數〉梯形。

たいけつ［対決］(名・自サ)①〈法〉對質，對證。② 較量，交鋒。△世紀の～／百年難遇的大較量。

だいけつ［代決］(名・他サ) 代為決定，代為裁決。

たいけん［体験］(名・他サ) 體驗，經驗。

たいげん［体言］(名)〈語〉體言 (日語中名詞、代詞、數詞的總稱)。↔ようげん

たいげん［体現］(名・他サ) 體現。

だいげん［代言］(名・自サ)① 代言，代辦。② 律師的舊稱。

だいげんそうご［大言壮語］(名・自サ) 誇海口，大言不慚。

たいこ［太鼓］(名) 鼓。△～を打つ／打鼓。

たいこ［太古］(名) 太古。△～時代／太古時代。

たいご［隊伍］(名) 隊伍。

たいご［対晤］(名・自サ) 會晤，會面。

たいご［対語］(名)① 反義詞。② 對義詞。→ついご

たいこいしゃ［太鼓医者］(名) 只會説嘴的江湖郎中。

たいこう［大綱］(名)① 大綱。△～を定める／制定大綱。② 梗概，要點。△～を説明する／説明梗概。

たいこう［太閤］(名)①攝政或“太政大臣”的敬稱。②(特指) 豐臣秀吉。

たいこう［対抗］I (名・自サ) 對抗，抗衡。II (名) (賽馬、賽自行車的) 與優勝候補者爭勝負的馬或選手。

たいこう［退行］(名・自サ)① 向後退。②〈醫〉退化。③〈天〉逆行，行星向天球西方運行。

たいこう［退校］(名・自サ)① 退校，下學。② 退學。△～処分／退學處分。→たいがく

だいこう［代講］(名・自サ) 代課，代講 (的人)。△助教授が～する／副教授代課。

だいこう［代行］(名・他サ) 代行。△社長の～をする／代行經理的職務。

たいこく［大国］(名)① 大國。② 強國。△～主義／大國主義。↔小國

だいこく［大黒］(名) ⇨だいこくてん

だいこくずきん［大黒頭巾］(名) (日本財神帶的) 圓形頭巾。

だいこくてん［大黒天］(名)① (日本七福神之一) 財神。② 僧人之妻。

だいこくばしら［大黒柱］(名)① 頂樑柱。② 棟樑，主要支柱。△お父さんはうちの～です／父親是全家的支柱。△国の～／國家的棟樑。

たいこばし［太鼓橋］(名) 拱橋，羅鍋橋。

たいこばら［太鼓腹］(名) 大肚子。

たいこばん［太鼓判］(名) 保證。△彼なら僕は～を押すよ／他，我敢打保票。

だいごみ［醍醐味］(名) 妙趣，箇中樂趣。△つりの～を味う／體會釣魚的樂趣。

たいこもち［太鼓持］(名) 奉承者。△彼は社長の～だ／他專拍總經理的馬屁。

たいこをたたく［太鼓を叩く］(連語) 隨聲附和，幫腔逢迎。

だいこん［大根］(名)①〈植物〉蘿蔔。② 演技拙劣 (的人)。△～役者／拙劣的演員。

だいこんおろし［大根卸し］（名）① 蘿蔔泥。② （擦蘿蔔等的）礤牀，礤菜板。

だいこんづけ［大根漬け］（名）醃蘿蔔，蘿蔔鹹菜。

たいさ［大差］（名）大差別，顯著的差別。△～ない／相差無幾。↔ 小差

たいざ［対座］（名・自サ）對坐。△客と～する／和客人相對而坐。→さし。さし向かい（也寫“対坐”）

たいざ［退座］（名・自サ）① 退席。△ころあいを見て～する／伺機退席。→中座 ② 退出劇團。→退團。

だいざ［台座］（名）（物品、佛像的）座兒，底座。

たいさい［大才］（名）大才。↔ 小才

たいさい［大祭］（名）① 大祭典。↔ 例祭 ② 天皇親自主持的皇室祭典。

たいざい［大罪］（名）大罪。△～を犯した／犯了大罪。→重罪 ↔ 微罪（也讀“だいざい”）

たいざい［滞在］（名・自サ）旅居，逗留。△今回はどのくらい～の予定ですか／這次打算逗留多久？△～中／逗留期間。

だいざい［題材］（名）（作品等的）題材。△小説の～を求める／尋找小説的題材。

たいさく［大作］（名）① 大作，傑作。→力作 ② 長篇巨著。↔ 小品

だいさく［代作］（名・他サ）代筆，代寫（的作品）。△論文を～する／代寫論文。△～者／代筆者。

だいざごこうをしまう［台座後光をしまう］（連語）〈喩〉丟盡面子，喪失性命。

たいさつ［大冊］（名）大部頭（書籍）。△2千ページもある～／兩千頁的厚書。↔ 小冊

たいさん［退散］（名・自サ）① 逃散。② 離去，散去。△もうそろそろ～しようか／（我們）該回去了吧。

たいさん［大山・太山］（名）大山。△～鳴動して、鼠一匹／雷聲大雨點稀。虎頭蛇尾。

たいざん［泰山］（名）① 泰山。△～の安きに置く／安如泰山。② 大山。

だいさん［代参］（名・自サ）代替別人去參拜神佛（的人）。

だいさん［第三］（名）第三。

だいさんインター［第三インター］（名）第三國際。

だいさんごく［第三国］（名）第三國。

だいさんじさんぎょう［第三次産業］（名）第三產業。

だいさんしゃ［第三者］（名）第三者。當事雙方以外的人。△～の意見を聞く／聽局外人的意見。↔ 当事者

だいさんせかい［第三世界］（名）第三世界。

たいざんぼく［泰山木］（名）〈植物〉玉蘭。

たいし［大志］（名）大志。△～を抱く／胸懷大志。→大望

たいし［大使］（名）大使。△～を派遣する／派遣大使。

たいじ［対峙］（名・自サ）① 對峙。△両軍が～する／兩軍對峙。△～して下らない／相持不下。② （高山、高層建築）相對。△二つの山が～する／兩山相對而立。

たいじ［胎児］（名）胎兒。

たいじ［退治］（名・他サ）① 征服，消滅。△蠅を～する／撲滅蒼蠅。② 〈俗〉一口氣幹完。

だいし［大姉］（名）女居士。↔ 居士

だいし［台紙］（名）（襯托相片、圖畫等的）墊紙，硬板紙。△写真を～にはる／把照片貼在墊紙上。

だいし［台詞］（名）〈劇〉台詞。△～を言う／唸台詞。→せりふ

だいじ［大事］Ⅰ（名）重大事件，重大問題。△国家の～／國家大事。△～にいたる／釀成大禍。↔ 小事 Ⅱ（形動）重要，寶貴，保重。△～なこと／重要事情。△この点が～だ／這一點是關鍵。△～な息子／寶貝兒子。△ではお～に／（送別時用語）請保重身體（一路平安）。→大切

用法提示 ▼
中文和日文的分別
日文用作名詞時和中文的意思相同；日文用作形容動詞時選擇表示“重要、要緊”。常見搭配：人物，要點，條件，具體物品，其他抽象名詞等。

1. 子供（こども）、客（きゃく）、得意先（とくいさき）、

2. 点（てん）、ポイント、ところ

3. 品（しな）、宝物（たからもの）

4. 存在（そんざい）、役目（やくめ）、条件（じょうけん）、時期（じき）、話（はなし）、用事（ようじ）、仕事（しごと）、命（いのち）、言葉（ことば）、試合（しあい）、儀式（ぎしき）

だいじ［題字］（名）題字。

ダイジェスト［digest］（名・他サ）摘要，文摘，簡編。△名作の～／名著摘要。→要約

たいしかん［大使館］（名）大使館。

だいしぜん［大自然］（名）大自然。△～のふところに抱かれる／在大自然的懷抱中。

たいした［大した］（連体）① 了不起的，不得了的。△～人出だ／人山人海。△～人物／了不起的人物。② （下接否定）不值一提的，沒有甚麼了不起的。△～病気ではない／沒有甚麼大病。→さほどの

たいしつ［体質］（名）體質。△～を改善する／增強體質。

たいしつ［対質］（名・自サ）〈法〉對質，對證。

たいしつ［耐湿］（名）耐濕。△～性／耐濕性。

たいしつ［退室］（名・自サ）退出室外。

だいしっこう［代執行］（名）〈法〉代為執行。

たいして［大して］（副）（下接否定）並不太，並不怎麼…△～遠くない／並不太遠。→それほど，そんなに

だいじのまえのしょうじ［大事の前の小事］
（連語）① 要完成大事不可忽略小事。② 為完
成大事不必顧及小事。

たいしゃ［大赦］（名）〈法〉大赦。△～が行わ
れた／施行了大赦。

たいしゃ［代謝］（名）（新陳）代謝。（新舊）更
替。△新陳～／新陳代謝。△基礎～／基礎代
謝。

たいしゃ［退社］（名・自サ）① 辭職。→退職
↔ 入社 ② 下班。△五時に～する／五點鐘下
班。

だいじゃ［大蛇］（名）大蛇, 蟒。→うわばみ,
おろち

たいしゃく［貸借］（名・他サ）① 借貸。△彼
とは～関係がある／和他有借貸關係。②（簿
記上的）借方和貸方。△～勘定書／借貸清單。
→貸し借り

だいしゃりん［大車輪］（名）①（器械體操單槓
的）大車輪。② 拚命幹。△～で仕上げる／開
足馬力趕做。

たいしゅ［太守］（名）〈史〉① 太守。②（日本
古時領有數郡領地的）諸侯。

たいじゅ［大儒］（名）大儒, 鴻儒。

たいじゅ［大樹］（名）大樹。△寄らば～の
蔭／靠著大樹有柴燒。→大木, 巨木 ② 將軍。

たいしゅう［大衆］（名）大眾, 羣眾。△～小
説／大眾小説。→民眾, 庶民

たいしゅう［体臭］（名）① 體臭。②（某人作
品的）特殊文風。△作者の～を感じさせる作
品／讓人感受到作者獨特風格的作品。

たいじゅう［体重］（名）體重。△～をはかる／
量體重。

たいしゅうでんたつ［大衆伝達］（名）大眾傳
媒。→マスコミュニケーション

たいしゅうぶんがく［大衆文学］（名）大眾文
學。→通俗文学 ↔ 純文学

たいしゅつ［退出］（名・自サ）（從官廳等）退
出, 退下。

たいしょ［大暑］（名）①（二十四節氣之一）大
暑。② 酷暑, 炎熱。

たいしょ［太初］（名）開天闢地。

たいしょ［対処］（名・自サ）處理, 應付, 適應。
△難局に～する／應付困難局面。→対応

だいしょ［代書］（名・他サ）代書, 代筆。△申
請書を～する／代寫申請書。→代筆

たいしょう［大将］I（名）①（軍銜）大將。②
首領, 頭目。△餓鬼～／孩子頭, 小孩王。II
（代）①（親密稱呼）老兄。△おい, どうした
／喂！老兄, 你怎麼了？②（戲謔）他, 那傢
伙。

たいしょう［大勝］（名・自サ）大勝, 大捷。
△～を得る／大獲全勝。↔ 大敗

たいしょう［大賞］（名）最高獎, 大獎。

たいしょう［対称］（名）① 對稱, 相稱。②〈數〉
對稱（現象）。△～軸／對稱軸。→シンメトリ
ー ③〈語〉第二人稱。→自称, 他称

たいしょう［対象］（名）對象。△中学生を～
とした雑誌／以中學生為對象的雜誌。

たいしょう［対照］（名・他サ）① 對照。△原
文と～する／對照原文。② 對比。△おもし
ろい～をなしている／正好成為有趣的對比。→
コントラスト

たいしょう［隊商］（名）⇨キャラバン

たいじょう［退場］（名・自サ）① 退場。△拍
手を浴びて～する／在一片掌聲中退場。↔ 入
場 ② 下場（離開舞台）。↔ 登場

だいしょう［大小］（名）① 大和小。△～の差
がある／有大小之別。②（武士佩帶的）大刀和
小刀。

だいしょう［代償］（名）① 賠償損失。△～を
要求する／索賠。→賠償, 補償 ② 付出的代
價。△高価な～を払う／付出很大代價。

だいじょう［大乗］（名）〈佛教〉大乘。↔ 小乗

たいしょうじだい［大正時代］（名）〈史〉大正
時代 (1912-1926)。

だいじょうだん［大上段］（名）①（劍術）舉刀
過頂。② 威脅的態度。△～にかまえる／盛氣
凌人。

たいしょうてき［対照的］（形動）鮮明的對比。

だいじょうてき［大乗的］（形動）①〈佛教〉大
乘的。② 從大局着眼的。△～見地に立つ／從
大局着眼。

だいじょうぶ［大丈夫］（形動）不要緊, 靠得
住。△彼にまかせておけば～だ／交給他可以
放心。△～, 明日は天気だ／沒錯, 明天是好天。

だいじょうみゃく［大静脈］（名）大靜脈。↔
大動脈。

たいしょうりょうほう［対症療法］（名）①
〈醫〉對症治療。② 頭痛醫頭, 腳痛醫腳, 治標
不治本。

たいしょく［大食］（名・自サ）飯量大, 暴食。
△～漢／大肚漢。△～家／飯桶, 酒囊飯袋。

たいしょく［退色］（名・自サ）褪色, 掉色。

たいしょく［耐蝕・耐食］（名）（金屬、木材）
耐腐蝕。

たいしょく［退職］（名・自サ）退職, 退休。
△定年～／退休。△～手当／退職津貼。↔ 就
職

たいしょくねんきん［退職年金］（名）退休金。

だいしらず［題知らず］（名）無題（詩）。

だいじをとる［大事を取る］（連語）慎重從事。

たいしん［耐震］（名）抗震。△～構造の建物／
抗震結構的建築物。

たいじん［対人］（名）對（待）人。△～関係が
うまくいかない／搞不好人際關係。

たいじん［対陣］（名・自サ）對陣, 對壘, 對峙。
△両者相～してゆずらない／雙方相持不下。

たいじん［退陣］（名・自サ）① 由陣地撤退。
→退却 ② 下台, 引退。△～表明／宣佈辭職。
→辞任

たいじん［大人］（名）① 德高望重的人, 地位
高的人。大人物 ② 大人, 成人。（影劇院售
票時區別小孩與大人的用語）③ 大人。（對長
輩、長官的尊稱）④ 巨人。

だいしん［代診］（名・他サ）代診。代替主治醫

生診病（的人）。

だいじん［大尽］（名）① 富豪，大財主。（江戸時代的稱呼）。→大金持ち ② 揮金如土的嫖客。△〜風を吹かす／擺闊氣，大肆揮霍。

だいじん［大臣］（名）大臣，部長。△総理〜／總理大臣。△伴食〜／有職無權的大臣。△大蔵〜／財政部長。

ダイス［dice］（名）① 骰子。② 擲骰子，賭博。

だいず［大豆］（名）大豆。△〜油／豆油。

たいすい［大酔］（名・自サ）大醉，沉醉。

たいすい［耐水］（名）① 耐水，不透水。② 浸在水裏不變質。△〜性／耐水性。

たいすう［対数］（名）〈數〉對數。

だいすう［代数］（名）①〈數〉代數。② 輩數，世代數。

だいすき［大好き］（形動）特別喜歡，非常愛好。△さしみが〜だ／特別喜歡生魚片。△おとうさん〜／我最愛爸爸。↔ 大嫌い

たいする［体する］（他サ）遵從。△師の教えを〜／遵從老師教誨。

たい・する［対する］（自サ）① 面對，相對。△川をはさんで二軒の家が〜／兩所房子隔河相對。② 對待。△親切に客に〜／熱情地對待客人。③ 對於，針對。△質問に〜して答える／回答提問。

だい・する［題する］（他サ）題為，名為。△"赤と黒"と〜小説／題名為《紅與黑》的小説。

たいせい［大成］Ⅰ（名・他サ）① 巨大成功。△文法の研究を〜した／語法研究獲得巨大成就。② 集大成。△集〜／集大成。Ⅱ（自サ）① 成長，出色。△言語学者として〜した／以語言學家成名。

たいせい［大声］（名）大聲。△〜疾呼／大聲疾呼。→おおごえ

たいせい［大勢］（名）① 大勢。△〜のおもむくところ／大勢所趨。→趨勢 ② 大局。△〜はすでに定まった／大局已定。

たいせい［対生］（名・自サ）對生。↔ 互生

たいせい［体制］（名）① 體制。△救急医療〜／急救醫療制度。△経済〜／經濟體制。② 當政者，當權者。△〜側／政府方面。

たいせい［体勢］（名）體態，姿勢。△〜をたてなおす／調整姿勢。→姿勢

たいせい［胎生］（名）〈生物〉胎生。△〜動物／胎生動物。↔ 卵生

たいせい［泰西］（名）西洋。△〜名画／西洋名畫。↔ 泰東

たいせい［態勢］（名）架勢，有所準備的狀態。△受入れ〜ができていない／接待的準備工作尚未做好。△共闘〜を組む／結成聯合鬥爭的陣線。

たいせい［頽勢・退勢］（名）衰敗的趨勢。△〜を挽回する／挽回敗局。

たいせいよう［大西洋］（名）大西洋。

たいせき［体積］（名）〈數〉體積。△〜を求める／求體積。

たいせき［堆積］（名・自他サ）① 沉積。△〜岩／沉積岩，水成岩。△〜平野／沖積平原。② 堆積。△机の上に未処理の書類が〜している／桌子上堆放着未處理的文件。

たいせき［滞積］（名・自サ）積壓，積存。△駅に貨物がたくさん〜している／車站積存了很多貨物。

たいせき［退席］（名・自サ）退席。△途中で〜した／中途退了席。→退座

たいせきがん［堆積岩］（名）〈地〉沉積岩，水成岩。

たいせつ［大切］（形動）① 重要，要緊，寶貴。△今こそ〜なときだ／現在正是關鍵時刻。② 珍重，愛惜，保重。△お体を〜にしてください／請保重身體。

たいせつ［大雪］（名）① 大雪。② 大雪（二十四節氣之一）。

たいせん［大戦］（名）大戰。△世界〜／世界大戰。

たいせん［対戦］（名・自サ）① 對戰。△敵と〜する／對敵作戰。② 比賽。△〜成績／比賽成績。

たいぜん［大全］（名）（書籍的）大全。△経済学〜／經濟學大全。

たいぜん［泰然］（形動トタル）泰然。△〜とかまえる／處之泰然。

たいぜんじじゃく［泰然自若］（形動トタル）泰然自若。

だいぜんてい［大前提］（名）①（三段論法）大前提。↔ 小前提 ② 根本的前提。

たいせんひ［滞船費］（名）〈經〉滯期費。

たいそう［体操］（名）體操。△美容〜／健身操。△準備〜／準備運動。⇨たいそうきょうぎ

たいそう［大層］Ⅰ（副）很，非常。△〜寒い／很冷。Ⅱ（形動）誇張。△〜なことを言う／誇大其詞。

たいそうきょうぎ［体操競技］（名）體操比賽。

たいそうらしい［大層らしい］（形）誇大其詞，誇張。△それぱかりのことを〜く言う／那麼點小事説得比天大。

たいそく［体側］（名）體側，身體的側面。

たいぞく［大賊］（名）大賊，大盜。

だいそれた［大それた］（連體）不知天高地厚的，毫無道理的，狂妄的。△〜望み／奢望。△〜野心／狂妄的野心。

たいだ［怠惰］（名・形動）懶惰。△〜な生活／懶散的生活。↔ 勤勉

だいだ［代打］（名・他サ）（棒球）代打手。

だいたい［大体］Ⅰ（名）概要，基本。△事件の〜を述べる／叙述事件的梗概。Ⅱ（副）① 大致，大約。△ねだんは〜いくらぐらいですか／價格大約多少錢？② 大部分。△〜おわった／基本結束了。③ 本來。△手続からして〜君がまちがっている／在手續上根本就是你錯了。

だいたい［代替］（名・他サ）代替。△〜物／代替物。→代用

だいだい［代代］(名)世世代代，輩輩，歴代。△先祖～／祖祖輩輩。→歴代

だいだい［橙］(名)①〈植物〉代代花，酸橙。②("だいだい色"的略語)橙黄色。

だいだいいろ［橙色］(名)橙黄色，桔黄色。

だいたいこつ［大腿骨］(名)大腿骨。

だいだいてき［大大的］(形動)大大的，大規模的。△～に宣伝する／大張旗鼓地宣傳。

だいたいぶ［大腿部］(名)大腿部。

だいだいり［大内裏］(名)〈史〉皇宮，大内。

だいたすう［大多数］(名)大多數。△～の賛成をえた／獲得大多數的贊成。→大半，大部分

タイタック［tie tack］(名)領帶夾。

たいだん［対談］(名・自サ)對談，交談。△～番組／(電視)對談節目。

だいたん［大胆］(形動)大膽，勇敢。△～な行動／大膽的行動。

だいだんえん［大団円］(名)(劇、小説等大團圓的結局)。

だいたんふてき［大胆不敵］(名・形動)勇猛無敵。

たいち［対置］(名・他サ)將兩物對稱放置。

だいち［大地］(名)大地，地面。△～に根をおろす／扎根大地。△母なる～／大地母親。

だいち［代置］(名・他サ)更換，代替。

だいち［台地］(名)高地。△～に家を建てる／在高地上蓋房子。

たいちょう［体長］(名)體長，身高。△～をはかる／量身高。

たいちょう［体調］(名)(在體育運動上的)身體條件，競技狀態。

たいちょう［退潮］(名)①退潮，落潮。→引き潮，干潮②衰落。→退勢

たいちょう［隊長］(名)隊長。

だいちょう［大腸］(名)大腸。△～カタル／大腸炎。

だいちょう［台帳］(名)①總賬。→元帳②底賬。→原簿③劇本，腳本。

たいちょうかく［対頂角］(名)〈數〉對頂角。

だいちょうきん［大腸菌］(名)大腸桿菌。

タイツ［tights］(名)(雜技、芭蕾舞演員等用的)緊身衣褲。

たいてい［大抵］(副)①大體上，差不多，大部分。△普請は～出来上がった／工程差不多完了。②適當，適度。△じょうだんも～にしろ／開玩笑也要適可而止。③(下接否定)(不)一般，(不)尋常。△ここまで築き上げるのは(並)～ではなかったでしょうね／做到這個程度可真不簡單。→なみ④大概，也許。△今ごろは～もう到着しただろう／這時候大概到了吧。

たいてき［大敵］(名)大敵，勁敵，強敵。△しろありは木造家屋の～だ／白蟻是木造房屋的大敵。△油断～／千萬不能麻痹大意。

たいてん［大典］(名)①大典，隆重的典禮。②大典，重要法典。

たいでん［帯電］(名・自サ)〈理〉帶電。△～体／帶電體。

たいと［泰斗］(名)權威，大師。→大家

たいど［態度］(名)①態度。△～を明らかにする／表明態度。△批判的な～をとる／採取批判的態度。②舉止。△なまいきな～／傲慢的舉止，態度傲慢。

たいとう［台頭］(名・自サ)①抬頭，得勢，興起。△新興勢力が～する／新興勢力抬了頭。②(書信，公文等)抬頭。

たいとう［対等］(形動)對等，平等。△～に話しあう／平等協商。

たいとう［駘蕩］(形動)駘蕩，和暢。△春風～／春風駘蕩。

たいどう［胎動］(名・自サ)①胎動。②〈喩〉前兆，苗頭。△革新の気運の～が感じられる／感覺到革新趨勢的苗頭。→芽ばえ，きざし

だいどう［大道］(名)①大道，大街。△～芸人／街頭藝人。△～演説／街頭講演。②道義，道德。

だいどうしょうい［大同小異］(連語)相差無幾，大同小異。→似たりよったり，五十歩百歩

だいどうみゃく［大動脈］(名)大動脈。↔大静脈

だいとうりょう［大統領］(名)①總統。②對主要演員等的親切招呼。△よう，～／喔！老闆。

たいとく［体得］(名・他サ)①領會。△受験のこつを～する／掌握應試的要領。②體會，體驗。△自分で～して初めて難しさがわかる／親自體驗後方知其難。

だいどころ［台所］(名)①廚房。→キッチン，炊事場②財政或家庭經濟狀況。△一家の～を預かる／擔負一家的生計。△会社の～は火の車だ／公司已經揭不開鍋了。

タイトスカート［tight skirt］(名)緊身裙。

タイトスケジュール［tight schedule］(名)排得滿滿的日程。

タイトフィット［tightfit］(名)正合身。

タイトル［title］(名)①標題，書名，題目。②電影字幕。③頭銜。

タイトルバー［title bar］(名)〈IT〉標題欄。

タイトルバック［title back］(名)(電影)字幕背景。

タイトルページ［title page］(名)(書刊的)書名頁，扉頁。

タイトルマッチ［title match］(名)(拳撃、摔跤)錦標賽，冠軍爭奪戰。

タイトルロール［title role］(名)(戲劇、電影等中被用作劇名或片名的)劇名角色，片名角色。

タイトロープ［tightrope］(名)①供雜技演員表演用的鋼絲。②做危險的事。

タイドローン［tied loan］(名)附帶條件的貸款。

たいない［体内］(名)體內。↔たいがい

たいない［対内］(名)對內。△～的／對內的。↔對外

たいない［胎内］(名) 胎内。

たいないくぐり［胎内潜り］(名) 剛可鑽進去人的小洞。

たいないどけい［体内時計］(名)〈IT〉生物鐘。

だいなごん［大納言］(名)①〈史〉明治時代以前的官名，相當於副首相。② 大粒紅小豆。△～あずき／大粒紅小豆。

だいなし［台無し］(名) 毀壞，糟蹋，報廢。△晴れ着が雨で～になった／好衣服被雨糟蹋了。△一生が～になる／一輩子完蛋了。

ダイナマイト［dynamite］(名) 達那炸藥，甘油炸藥。

ダイナミズム［dynamism］(名)① 活力，魄力。② 物力論，力本論。

ダイナミック［dynamic］(形動)① 有力的，有生氣的，能動的。△～な文章／有力的文章。② 動力 (學) 的。△～スピーカー／電動揚聲器。↔ スタティック

ダイナミックス［dynamics］(名) 力學，動力，動力學。

だいにじさんぎょう［第二次産業］(名) 第二産業。

だいにじせかいたいせん［第二次世界大戦］(名)〈史〉第二次世界大戰。

たいにち［滞日］(名・自サ)(外國人) 在日本逗留。

だいにち［代日］(名) 代休日，換休日。△～休暇／換休。

だいにゅう［代入］(名・他サ)〈數〉代入。△この代数式中の x に a を～する／把 a 代入這個代數式中的 x。

たいにん［大任］(名) 大任，重任。△～を果す／完成重任。→大役，重責

たいにん［退任］(名・自他サ) 退任，離任。△このたび～することになった／決定此次離任。↔ 就任

ダイニングキッチン［dining kitchen］(名) 廚房兼餐室。(也說 "DK")。

ダイニングルーム［dining room］(名) 餐室，食堂。

たいねつ［耐熱］(名)① 耐熱，耐高溫。△～鋼／耐熱鋼。② 耐暑。△～行軍／冒暑行軍。

だいの［大の］(連體)① 大的。△～の男／男子大漢。② 最。△～の仲良し／極要好。△～好物／頂喜歡的東西。

たいのう［滞納］(名・他サ)(稅款，會費等) 拖欠。△～金／拖欠款項。(也寫 "怠納")／未納。

だいのう［大脳］(名) 大腦。

たいのうきん［滞納金］(名)〈經〉滯納金，拖欠款。

ダイバー［diver］(名) 潛水員。

ダイバーシティ［diversity］(名)〈IT〉多樣性，差異。

ダイバージョン［diversion］(名)① 轉向，轉移。② 當飛機不能在預定機場着陸時，到事前訂好的替代機場着陸。

ダイハード［diehard］(名) 頑固分子，死硬派。

たいはい［大敗］(名・自サ) 大敗。△～を喫する／遭到慘敗。→完敗 ↔ 大勝

たいはい［退廃］(名・自サ) 頹廢，墮落。△～した生活／墮落的生活。△道義が～する／道德敗壞。

だいばかり［台ばかり］(名) 台秤，磅秤。△～ではかる／過磅。→はかり ↔ 天秤ばかり

だいはちぐるま［大八車］(名) 大板車，排子車。

たいばつ［体罰］(名) 體罰。→体刑

タイバック［tieback］(名)(用來把窗簾掛向一邊的) 簾扣帶。

たいはん［大半］(名) 大半，多半。△～の人が賛成した／大半的人表示贊成。△一年の～を外国で暮す／一年的大部分時間在外國度過。

たいばん［胎盤］(名)〈醫〉胎盤。

だいばんじゃく［大盤石］(名) 安如磐石。

たいひ［対比］(名・他サ) 對比，對照。△両国の生活水準を～する／對比兩國的生活水平。→比較，対照

たいひ［待避］(名・他サ)(鐵路) 讓路等待。△～線／(鐵路) 會讓綫，錯車綫。

たいひ［退避］(名・自サ) 退避，躲避，疏散。△婦女子や病人を～させる／疏散婦女、小孩和病人。

たいひ［堆肥］(名) 堆肥，土肥。△～をつくる／造肥。→つみごえ

タイピスト［typist］(名) 打字員。

だいひつ［代筆］(名・他サ) 代筆，代筆寫的東西。→代書 ↔ 自筆，直筆

だいひょう［代表］(名・他サ) 代表。△～的な作品／代表作。△電話の～番号／總機號碼。△クラス～／班級代表。

だいびょう［大病］(名・自サ) 大病，重病。△～を患らう／患重病。→重病

だいひょうさく［代表作］(名)(作家的) 代表作。

だいひょうしゃ［代表者］(名)(代表一個組織、團體辦事的人) 代表。

だいひょうてき［代表的］(形動) 代表的，有代表性的。△～な意見／有代表性的意見。

たいぶ［大部］(名・形動) 大部頭(冊數或頁數多的書)。△～の著述／大部頭著述。

タイプ［type］Ⅰ(名) 型，類型。△新しい～の機械／新型機械。△彼は学者～だ／他是學者類型的人。Ⅱ(名・他サ)("タイプライター" 的略語) 打字機，打字。△邦文～／日文打字機。

ダイブ［dive］(名・ス自)① 跳入水中，潛水。② 飛機急速下降。

だいぶ［大分］(副) 很，頗。△～寒くなった／已經相當冷了。△～春めいてきた／已大有春意。△中には婦人も～いる／其中也有不少婦女。

たいふう［台風］(名) 颱風。

たいふうのめ［台風の目］(名)① 颱風眼。② 風雲人物。

だいふく［大福］(名)① 大福，多福。②("大福餅"的略語) 豆餡年糕。

だいふくちょう［大福帳］(名) 流水賬。

だいぶつ［大仏］(名) 大佛。

たいぶつレンズ［対物レンズ］(名) 物鏡，接物鏡。↔ 接眼レンズ

だいぶぶん［大部分］(名) 大部分，多半。△～の人／大部分人。→大半，大多数 ↔ 一部分

タイプライター［typewriter］(名) 打字機。△～のキー／打字機鍵子。△～を打つ／打字。

だいぶん［大分］(副) ⇨ だいぶ

たいぶんすう［帯分数］(名)〈数〉帯分数。

たいへい［太平・泰平］(名・形動) 太平，天下太平。

たいへいき［太平記］(書名) 太平記 (日本室町時代的軍事小説)。

たいへいよう［太平洋］〈地名〉太平洋。

たいへいようせんそう［太平洋戦争］(名)〈史〉太平洋戦争。

たいへいらく［太平楽］(名)〈俗〉信口開河。△～を並べる／信口開河。

たいべつ［大別］(名・他サ) 大致劃分，大致的區別。△～して動物，植物に分けられる／大致可劃分為動物和植物。↔ 細別

たいへん［大変］I (名) 大事件，事變。△国の～／國家重大事變。II (副・形動)① 很，非常。△～暑い／天氣很熱。△～な費用／驚人的費用。② 費力，不容易。△～な仕事／難做的工作。△それは～ですね／那可真夠受的。③ 嚴重。△～だ，火事だ／不得了啦！着火了。

たいべん［代弁］(名・他サ)① 替人賠償。② 代為辯解。△～者／代言人。③ 代辦事務。

だいべん［大便］(名) 大便。△～，くそ，うんこ，便 ↔ 小便

たいほ［退歩］(名・自サ) 退步。△進歩しなければ～する／不進步就要退步。↔ 進歩

たいほ［逮捕］(名・他サ) 逮捕。△～状／逮捕證。→拘引

たいほう［大砲］(名) 大炮。△～を打つ／開炮，放炮。

たいぼう［待望］(名・他サ) 期望，等待，盼望。△～の新人／期待已久的新人。△～の日がやってきた／盼望已久的日子終於來到了。

たいぼう［耐乏］(名) 艱苦。△～生活／苦日子。

たいぼく［大木］(名) 木樹。△松の～／大松樹。→巨木，大樹

だいほん［台本］(名)〈劇・影〉脚本。△映画～／電影脚本。→脚本

だいほんえい［大本営］(名) (第二次世界大戦時，日本軍國主義在天皇統帥下的最高指揮部) 大本營。

タイマー［timer］(名)① 計時員。② 秒錶，定時器。

たいまい［大枚］(名)〈俗〉巨款，很多錢。△～を投じる／投入巨資。

たいまつ［松明・炬火］(名) 火把，火炬。△～をともす／點火炬。

たいまん［怠慢］(名・形動) 怠慢，鬆懈。△職務～／玩忽職守。→なおざり

用法提示 ▼
中文和日文的分別
中文有"態度輕慢""招待不周"兩個意思；日文只有"態度輕慢"的意思，多翻譯為"懈怠、玩忽職守"。

1. 作定語怠慢 (たいまん) な [仕事 (しごと) ぶり、態度 (たいど)、学生 (がくせい)、社員 (しゃいん)]

2. 作謂語怠慢 (たいまん) を [決 (き) め込む、後悔 (こうかい) する、責 (せ) める、批判 (ひはん) する、ののしる、防 (ふせ) ぐ]

だいみょう［大名］(名) (日本封建時代的) 大名，諸侯。↔ 小名

だいみょうやしき［大名屋敷］(名) 諸侯的府第。

だいみょうりょこう［大名旅行］(名)① 奢侈的旅行。②〈俗〉議員以視察為名遊山玩水。

タイミング［timing］(名) 適時的，合乎時機的。△～がいい／應時。時機合適。△～が合わない／不合時宜。

タイム［time］(名)① 時刻，時間。△～をはかる／計時。△ランチ～／午飯時間。② (比賽) 暫停。△～を宣する／宣佈暫停。△～を要求／要求暫停。

タイムアウト［timeout］(名)①〈IT〉超時，超過規定時間。②〈體〉暫停，技術暫停。③ (比賽) 暫停。

タイムアップ［time up］(名) (比賽終了的) 時間到。

タイムカード［time card］(名) 考勤卡，工作時間記錄卡。

タイムカプセル［time capsule］(名) 時代資料容器。(裝有時代資料埋入地下以便後世發掘的金屬容器)

タイムキーパー［time keeper］(名) 記時員。

タイムスイッチ［time switch］(名) 定時自動開關，計時開關。

タイムスタディー［time study］(名) 作業時間研究 (指企業管理中研究工作程式的一種科學方法。)

タイムスリップ［time slip］(名) (科幻小説中) 穿越時空。

タイムセービング［time saving］(名) 節約時間。

タイムセール［time sale］(名) 限時特價出賣。

タイムディスタンス［time distance］(名) 時間距離，用到達目的地的時間來測量的距離。

タイムテーブル［time table］(名) (工作) 時間表。

タイムトライアル［time trial］(名) (滑雪、賽車等競賽的) 計時賽。

タイムトラベル［time travel］(名) 超越時空的旅行，時間旅行。

タイムトンネル［time tunnel］(名) 時間隧道 (想像中可以回到過去，提前去未來的通道)。

タイムボム［time bomb］(名) 定時炸彈。

タイムマシン [time machine] (名) 航時機 (想像中可以使人自由來往於過去、未來的機器)。

タイムラグ [time lag] (名) (兩個相關聯事件或現象) 在時間上的間隔，在時間上的偏差，時間滯差。

タイムリー [timely] (形動) 適時，正合時宜。△～な発言／適時的發言。

タイムレース [time race] (名) 競技時間的比賽，用比賽時間來決定名次的競技方法。

タイムレコーダー [time recorder] (名) 記時器。

タイムワーク [time work] (名) 計時工。

だいめい [題名] (名) (書刊、作品的) 題名，名稱。△書物の～／書名。→題，タイトル

だいめいし [代名詞] (名) ①〈語〉代詞。②〈俗〉典型的代表 (的事物)。△クレオパトラは美人の～だ／克婁巴特拉 (公元前埃及女王) 是美人的代名詞。

たいめん [体面] (名) 體面，面子。△～をけがす／傷面子。△～を保つ／保持名譽。→ていさい，世間体

たいめん [対面] (名・自サ) ①見面，會面。△初～／初次見面。②對面。△～交通／人車對面通行。

たいもう [大望] (名) 宏願。△～をいだく／胸懷大志。→大志

だいもく [題目] (名) ① (書刊、文章等的) 題目。→表題 ② 討論的主題，議題，(研究的) 項目。→テーマ，主題 ③ (日蓮宗的) "南無妙法蓮華經" 七個字。△お～を唱える／光説不做。空喊口號。

タイヤ [tire] (名) 輪胎，外胎。

ダイヤ [tire] (名) ① 撲克牌的方塊。②("ダイヤモンド" 的略語) 鑽石。③("ダイヤグラム" 的略語) (鐵路) 行車時間表，列車時刻表。

たいやく [大役] (名) 重大任務。△～を果す／完成重大使命。→大任

たいやく [対訳] (名・他サ) 對譯 (的讀物) △～辞書／對譯詞典。

だいやく [代役] (名・自サ)〈劇〉替角，代演。△～をつとめる／當替角。代演。

ダイヤグラム [diagram] (名) ① 圖，圖表。② 列車時刻表。

ダイヤモンド [diamond] (名) ① 鑽石，金剛石。② (棒球) 內場。

ダイヤル [dial] (名) ① (電話機的) 撥號盤。△～をまわす／撥電話號碼。② (收音機、電視機等的) 標度盤。△～をあわせる／對台。

たいよ [貸与] (名・他サ) 借給。△無料で～する／免費出借。

たいよう [大洋] (名) 大洋。→海洋

たいよう [大要] (名) ① 要點。△～をつかむ／抓住要點。② 梗概。△～をしるす／記下梗概。

たいよう [太陽] (名) 太陽。△～が昇る／太陽升起。

だいよう [代用] (名・他サ) 代用。△～品／代用品。→代替

たいようけい [太陽系] (名)〈天〉太陽系。

たいようしゅう [大洋洲] (名) ⇨オセアニア

たいようれき [太陽暦] (名) 陽曆。↔ たいいんれき

たいよくはむよくににたり [大欲は無欲に似たり] (連語) 大慾似無慾。

たいら [平ら] I (形動) 平坦。△～な道路／平坦的道路。II (名) 隨便坐，盤腿坐。△どうぞお～に／隨便坐吧。

たいら・げる [平らげる] (他下一) ① 平整。△道を～／平整道路。② 平息，懲治，整治。△乱を～／平息暴亂。△賊を～／懲治盜匪。③ 吃光。△あるだけのごはんを～げてしまった／把所有的飯都吃光了。

たいらのきよもり [平清盛]〈人名〉平清盛 (1118-1181)。平安時代的武將，大政大臣。

たいらん [大乱] (名) 大規模暴亂。△～を引き起こす／挑起 (引起) 大規模暴亂。

だいり [内裏] (名) ① 大內，皇宮。→御所，禁裏 ②("～びな" 的略語) 照天皇和皇后模樣做的一對古裝偶人。

だいり [代理] (名・他サ) ① 代理。△部長の～をつとめる／代理部長職務。② 代銷。△～店／代銷店。→代行

だいりき [大力] (名・形動) 大力 (士)。△～の持ち主／大力士。△～無双／力大無比。

たいりく [大陸] (名) 大陸。△アフリカ～／非洲大陸。△～気候／大陸性氣候。↔ 海洋

たいりくだな [大陸棚] (名) 大陸架。

だいりせき [大理石] (名) 大理石。→マーブル

たいりつ [対立] (名・他サ) 對立。△意見が～する／意見針鋒相對。

たいりゃく [大略] I (名) ① 韜略。△～の人／有韜略的人。② 梗概，概略。△～を説明する／説明梗概。II (副) 大概，大致。△～竣工している／已經大致完工。

たいりゅう [対流] (名)〈理〉對流。△～作用／對流作用。

たいりゅう [滞留] (名・自サ) ① (事物) 停滯。△仕事が～する／工作停滯不前。② 停留，逗留。△～期間／逗留期間。

たいりゅうけん [対流圏] (名)〈地〉對流層。

たいりょう [大量] (名) ① 大量，大批。△～生産／大批量生産。→多量 ↔ 小量 ② 寬宏大量。△彼はなかなか～の人だ／他是位寬宏大量的人。

たいりょう [大漁] (名) 漁業豐收。△いわしの～／沙丁魚大豐收。→豊漁 ↔ 不漁

たいりょう [大猟] (名) 狩獵豐收。↔ 不猟

たいりょうせいさん [大量生産] (名) 批量生産。

たいりょく [体力] (名) 體力。△～が強い／體力強。△～をつける／增強體力。

たいりん [大輪] (名) 大朵 (花)。△～の菊／大朵菊花。(也説 "だいりん") ↔ 小輪

タイル [tile] (名) 花磚，瓷磚。

ダイレクトセール [direct sale] (名)〈經〉直銷。

ダイレクトメール [direct mail] (名) 直接給購物者郵寄商品廣告。

ダイレクトメソッド [direct method] (名) 外語的直接教授法。

たいれつ [隊列] (名) 隊伍。△～をくむ／列隊，排隊。

たいろ [退路] (名) 退路。△～を絶つ／切斷退路。↔ 進路

たいろう [大老] (名) 〈史〉(江戸幕府的) 最高執政官。

だいろっかん [第六感] (名) 第六感。→直感，勘

たいわ [対話] (名・自サ) 對話，談心。△～の上手な人／交談能手。

たう [多雨] (名) 多雨。△高温～／高温多雨。

ダウ [Dow] (名) ⇨ダウしきへいきん

ダーウィン [Darwin] (名) 達爾文 (1809-1882)。英國生物學家。

たうえ [田植え] (名) 插秧。

ダウしきへいきん [ダウ式平均] (名) 〈經〉(美國) 道瓊斯式股票 (行情) 指數。

ダウト [doubt] (名) 懷疑，疑問。

ダウン [down] (名・自他サ) ① 下降。△成績が～する／成績下降。△イメージ～／降低聲譽。② (拳撃) 撃倒，倒下。③ 下行列車。④ (棒球) 出局。△ツー～／二人出局。⑤ (俗) 垮了。△かぜをひいてとうとう～した／患感冒甚麼也幹不了了。

タウンウオッチング [town watching] (名) 觀察城市、社會的人。

ダウンサイジング [downsizing] (名・ス自) 縮小規模。

ダウンサイズ [downsize] (名) 小型化。

ダウンジャケット [downjacket] (名) 羽絨上衣。

ダウンタウン [downtown] (名) 城鎮的商業區，鬧市區。

ダウンパーカ [down parka] (名) 帶帽羽絨防寒上衣。

ダウンベスト [down vest] (名) 羽絨防寒背心。

ダウンロード [download] (名・ス他) 〈IT〉下載。

たえがた・い [耐え難い] (形) 難以忍受。△～暑さ／難忍的暑熱。

だえき [唾液] (名) 唾液。→つば，つばき

たえしの・ぶ [耐え忍ぶ] (他五) 忍耐，忍受。△苦労を～／吃苦耐勞。

たえず [絶えず] (副) 不停地，不斷地。△地球は～自転している／地球不停地自轉。△～努力する／不斷努力。→いつも，つねに

たえだえ [絶え絶え] (副・形動) ① 眼看要斷。△息も～／奄奄一息。② 斷斷續續。△～にきこえる／斷斷續續地聽到。

たえて [絶えて] (副) (與否定呼應) 很久，總也。△その後～彼に会ったことはない／以後我一直沒見到他。△そんなことは～聞いたことがない／那樣事從來沒聽説過。

たえない [堪えない] (連語) 不勝…，無任…△感激に～／無任感激。△遺憾に～／非常遺

憾。

たえま [絶えま] (名) 間隙，空隙，間斷。△雲の～／雲間。△雨が～もなしに降りつづいている／雨不停地下着。

た・える [耐える・堪える] Ⅰ (自下一) ① 忍耐。△痛みに～／忍痛。→こらえる，しんぼうする ② 勝任，經得起。△任に～／勝任。△高温に～／耐高温。Ⅱ [堪える] (自下一) 值得。△鑑賞に～／値得欣賞。△読むに～えない／不值一讀。

た・える [絶える] (自下一) ① 斷，斷絶。△消息が～／斷了消息。△仲が～／斷交。→とぎれる ② 無，盡，絶。△息が～／斷氣。△夜がふけて人通りも～えた／夜深沒有行人了。△心配が～えない／牽腸掛肚的事沒個完。

だえん [楕円] (名) 〈數〉橢圓。△～形／橢圓形。

タオ [道] (名) (漢語) 中國道教所闡述的萬物的根本原理。

タオイズム [Taoism] (名) 道教，老莊哲學。

たお・す [倒す] (他五) ① 弄倒。△風で塀が～された／牆被風颳倒了。△上体を前に～／上身向前屈。② 打敗，推倒。△敵を～／打敗敵人。△政府を～／推翻政府。

たおやか (形動) 婀娜，優美。△～な乙女／婀娜少女。△～な踊り振り／優美的舞姿。

タオル [towel] (名) 毛巾。△バスタオル／浴巾。

たお・れる [倒れる] (自下一) ① 倒。△電柱が～れた／電綫杆倒了。② 倒台。△内閣が～／內閣倒台。③ 病倒，死。△過労で～／累垮了身子。

たか [高] (名) 金額，數量。△売り上げの～／營業額，銷售額。△生産だか／產量。△残だか／餘額。

－たか [高] (接尾) (金額) 上漲，升值。△50円だか／上漲 50 日圓。△円～／日圓升值。

たか [鷹] (名) 鷹。

たか [多寡] (名) 多寡，多少。

たが [箍] (名) 箍。△～をはめる／加箍。△～がゆるむ／箍鬆了。

だが (接) 不過。△彼は仕事が速い。～雑だ／他工作倒快，但是粗糙。

たか・い [高い] (形) ① 高。△～山／高山。△地位が～／地位高。△声が～／聲音大 (高)。△10 センチ背が～くなった／長高了十厘米。△悪名だかい／臭名遠揚。↔ ひくい ② 貴。△税金が～／税大。△値段が～／價錢貴。↔ やすい ③ (轉義) 高的。△目が～／有眼力。△ (お) ～くとまる／擺架子，傲慢。

たかい [他界] (名・自サ) 去世。

たがい [互い] (名) 互相，彼此。△～に助けあう／互相幫助。△～お納得ずくで決めことだ／是在彼此完全同意之下作出的決定。△うるさいのはお～さまだ／半斤八兩，雙方都愛挑剔。

だかい [打開] (名・他サ) 打開，打破。△難局を～する／打破僵局。△局面を～する／打開局面。

たがいさき［互い先］(名)〈圍棋〉互先。

たがいちがい［互い違い］(名)相間，交錯。△男女が〜にすわる／男女穿插着坐。

たがいに［互いに］(副)互相。△〜助けあう／互相幫助。

たがえる［違える］(他下一)① 違反，違背。△約束を〜／違約。② 分開，區別開。△色を〜／區別不同顏色。

たかが［高が］(副)不過是…(沒甚麼了不起)。△〜百円くらいのものだ／大不了是百十塊錢的東西。

たかがしれる［高が知れる］(連語)有限，沒甚麼了不起。△彼の論文など〜れている／他的論文能論出個甚麼名堂。

たかく［多角］(名)① 多角。△〜形／多角形。② 多種，多方面。△〜経営／多種經營。③ 多才能／多方面才能。

たがく［多額］(名)巨額，高額。△〜納税者／高額納稅人。↔ 少額

たかくけい［多角形］(名)多角形。

たかくけっさい［多角決済］(名)〈經〉多邊清算。

たかさ［高さ］(名)高度。△〜は高いが幅がせまい／高是夠高的，但是窄。

だがし［駄菓子］(名)粗點心。

たかしお［高潮］(名)① 漲滿潮。② 海嘯。

たかしまだ［高島田］(名)婦女高髻髮式(新娘髮式)。

たかだい［高台］(名)地勢高處。

たかだか［高高］(副)① 高高地。△〜と手をあげる／高高地舉起手。② 高聲地，大聲地。△〜と朗誦する／高聲朗讀。③ 充其量，頂多。△〜千円ぐらい／頂多一千日圓左右。

だがっき［打楽器］(名)敲擊樂器。

たかてこて［高手小手］(名)五花大綁。

たかとび［高跳び］(名)跳高。

たかとび［高飛び］(名・自サ)遠走高飛，逃之夭夭。

たかな［高菜］(名)芥菜。

たかな・る［高鳴る］(自五)① 發出大聲音。△〜太鼓／鼓聲震耳。② 怦怦跳。△胸が〜／心怦怦跳。△血潮が〜／熱血沸騰。

たかね［高値］(名)高價。

たかね［高嶺］(名)高峰。

たがね(名)鑿刀。

たかねのはな［高嶺の花］(連語)高不可攀。

たかのぞみ［高望み］(名)奢望。

たかは［鷹派］(名)鷹派。↔ はと派

たかはまきょし［高浜虚子］〈人名〉高浜虚子(1874-1959)。詩人，小説家。

たかびしゃ［高飛車］(形動)強硬態度，高壓手段。△〜に出る／採取高壓手段。

たかぶ・る［高ぶる］(自五)① 興奮。△神経が〜／神經興奮。△感情が〜／情緒激昂。② 高傲。

たかまくら［高枕］(名)高枕無憂。

たかま・る［高まる］(自五)提高，升高，高漲。△士気が〜／士氣高昂。△関心が〜／引起越來越大的關注。△反対の声が〜／反對的呼聲越來越高。

たかみのけんぶつ［高みの見物］(連語)袖手旁觀，坐山觀虎鬥。→対岸の火事

たかむらこうたろう［高村光太郎］〈人名〉高村光太郎(1883-1956)。雕刻家，詩人。

たか・める［高める］(他下一)提高。△圧力を〜／升壓。△生活水準を〜／提高生活水平。△声を〜／提高嗓門。

たがや・す［耕す］(他五)耕種。△田を〜／耕田。→耕作する

たから［宝］(名)寶貝，寶物。→たからもの

だから(接)因此，所以。△彼はよくうそをつく，〜，私は信用しない／他經常説謊，所以我不相信他。

たからか［高らか］(形動)高聲，大聲。△〜な歌声／嘹亮的歌聲。

たからくじ［宝くじ］(名)獎券，彩票。△〜にあたる／中獎。

たからもの［宝物］(名)寶物，寶貝。

たか・る(自五)① (人)聚集。△子供が〜っている／聚了一羣孩子。② (昆蟲)爬滿。△ありが砂糖に〜っている／糖裏爬滿了螞蟻。③ 敲詐，勒索。△不良に〜られる／被流氓敲詐。④ 硬相請客。△友達に〜られる／被朋友硬逼着請客。

- たが・る(助動)(接在動詞連用形後面，表示第三人稱表現在外表的)希望，願望。△彼女は君に会い〜っている／她很想見你。△妹はゆびわを買い〜っている／妹妹要買戒指。

たかをくくる［高を括る］(連語)輕視，認為沒甚麼了不起，沒放在眼裏。

たかん［多感］(形動)善感。△多情〜／多愁善感。

だかん［兌換］(名・他サ)兌換。△〜券／兌換券。

だかんしへい［兌換紙幣］(名)兌換紙幣。

たき［滝］(名)瀑布。△汗が〜のように流れる／汗如雨下。

たき［多岐］(名・形動)錯綜複雜。△〜にわたる／涉及面廣。

たぎ［多義］(名)多義。△〜語／多義詞。

だき［唾棄］(名・他サ)唾棄，厭棄。△〜すべき人物／令人討厭的人。

だきあ・う［抱き合う］(自五)擁抱。△〜って泣く／哭成一團。

だきあ・げる［抱き上げる］(他下一)抱起。△子供を〜／把小孩抱起來。

だきあわせ［抱き合わせ］(名)好壞搭配。△〜で売る／搭配出售。

たきぎ［薪］(名)劈柴。△〜を割る／劈劈柴。△山へ〜をとりに行く／上山砍柴。

たぎご［多義語］(名)多義詞。

タキシード［tuxedo］(名)(男用)無尾晚禮服。

だきし・める［抱き締める］(他下一)摟緊。△ひしと〜／緊緊摟住。

たきだし［炊き出し］(名) 救災飲食。

たきつけ［焚き付け］(名) 引柴，引火物。△かんな屑を〜にする／用刨花作引火物。

たきつ・ける［焚き付ける］(他一一)① 點火。② 煽動，挑唆。△子どもを〜けてやらせる／挑唆孩子做某事。→扇動する

たきつぼ［滝壺］(名) 瀑布下的深潭。

たきび［焚火］(名) 篝火，火堆。△庭で〜をする／在院內點燃凋落的枝葉。

だきゅう［打球］(名)（棒球）擊出的球。

たきょう［他郷］(名) 異鄉，他鄉。△〜をさすらう／流落他鄉。

だきょう［妥協］(名・自サ) 妥協。△〜の余地がない／沒有妥協的餘地。△〜案／妥協方案。△〜点／可以互相妥協之點。

たぎ・る［滾る］(自五)①（水）滾開，沸騰。△湯が〜っている／水滾開。② 水流湍急。△〜り落ちる急流／奔騰而下的急流。③（心情，情緒）激昂，高漲。△血が〜／熱血沸騰。

たきれんたろう［滝廉太郎］〈人名〉瀧廉太郎 (1879-1903)。作曲家。

た・く［炊く］(他五) 燒（煮）飯。△ごはんを〜／燒飯。

た・く［焚く］(他五) 焚，燒。△火を〜／燒火。△風呂を〜／燒洗澡水。△ストーブを〜／燒火爐。

たく［宅］(名)① 我家。△〜には子どもはおりません／我家沒有小孩。② 我先生（丈夫）。

たく［卓］(名) 桌，案。△晩餐の〜をかこむ／圍桌吃晚飯。

タグ［tag］(名)〈IT〉標籤。（也作“タッグ”）

だ・く［抱く］(他五)① 抱，摟。△子供を〜／抱孩子。② 懷有。△恨みを〜／懷有仇恨。

ダーク［dark］(造語) 黑暗的，暗的；黑色的。△〜スーツ／深色（成套）西服。

だくあし［だく足］(名)（馬）快步走，小跑。

たくあん［沢庵］(名) 一種米糠醃的蘿蔔鹹菜。

たぐい［類］(名)① 類，種類。△かえるの〜／蛙類。△この〜の品はなかなか見つからない／這類東西很難找到。② 比擬。△〜がない／無與倫比。△〜稀な美人／絕代佳人。

たくいつ［択一］(名) 擇其一。△二者〜／二者擇一。

たくえつ［卓越］(名・自サ) 卓越，超羣，出眾。△〜した才能／卓越的才能。

だくおん［濁音］(名)〈語〉濁音（指日語ガ，ザ，ダ，バ行的音）。

たくさん［沢山］Ⅰ(副) 很多，許多。△〜の人が集まった／聚集了很多人。△時間が〜ある／有許多時間。Ⅱ(形動) 足夠了，再不需要了。△その話ならもう〜だ／那件事我聽膩了。△6時間寝れば〜だ／睡6個小時就足夠了。

たくしあ・げる［たくし上げる］(他一一) 挽起，捲。△ワイシャツのそでを〜／挽起襯衫的袖子。

タクシー［taxi］(名) 出租車，的士。△〜を拾う／搭出租車。

たくしこ・む［たくし込む］(他五)① 掖進，塞入。△シャツのすそを〜／把襯衣的底襟掖進（褲子裏）去。② 摟錢。

たくじしょ［託児所］(名) 托兒所。△〜に子供をあずける／送孩子進托兒所。

たくしゅつ［卓出］(名・自サ) 傑出。△〜した人物／傑出的人物。

たくじょう［卓上］(名) 桌上。△〜電話／桌上電話。△〜カレンダー／枱曆。→机上

たくしょく［拓殖］(名・自サ) 開墾荒地，移民。→開拓

たくしん［宅診］(名) 醫生在自己家給病人看病。△午前は〜，午後は往診／上午門診，下午出診。↔往診

たく・す［託す］(他五) ⇨たくする

だくすい［濁水］(名) 渾水，濁水。↔清水

たく・する［託する］(他サ)① 委託，託付。△伝言を〜／託帶口信。→委託する ② 寄託。△心情を詩歌に〜／用詩歌抒發情感。③ 藉口，託詞。△病気に〜して欠席する／託病缺席。

たくせつ［卓説］(名) 高見，卓越的見解。△名論〜／名言卓見。

たくぜつ［卓絶］(名・自サ) 卓絕，卓越。△〜した才能／卓越的才能。→卓越

たくせん［託宣］(名) 神諭。△ご〜が下る／降下神諭。→神託

たくそう［託送］(名・他サ) 託運。△〜状／託運單。△荷物を〜する／託運行李。

だくだく［諾諾］(形動) 諾諾。△唯唯〜／唯唯諾諾。

たくち［宅地］(名) 地皮，住宅用地。↔農地。

だくてん［濁点］(名)〈語〉濁音點，濁音符號。

タクト［tact］(名)〈樂〉① 拍子。△〜を取る／打拍子。② 指揮棒。△〜をふる／指揮演奏。

ダクト［duct］(名)（輸送液體、氣體、沙、糧食等）導管，管道，溝，槽。

たくはつ［托鉢］(名・自サ)〈佛教〉托鉢（化緣）。△〜僧／托鉢僧。化緣和尚。

たくばつ［卓抜］(名・形動・自サ) 卓越，傑出。△〜した才能／卓越的才能。

だくひ［諾否］(名) 答應與否。△〜を決める／決定是否答應。

たくほん［拓本］(名) 拓本。△〜を取る／拓帖。

たくまし・い［逞しい］(形)① 健壯，魁偉。△〜若者／身強力壯的青年。② 旺盛。△〜食欲／旺盛的食慾。

たくましゅう・する［逞しゅうする］(他サ)① 逞。△猛威を〜／大逞雄威。② 任意。△想像を〜／胡思亂想。

たくみ［巧み］Ⅰ(名) 技巧，技術。△〜を凝らす／精雕細刻。Ⅱ(形動) 靈巧，巧妙。△〜にあやつる／靈巧地操縱。

たく・む［巧む］(他五)① 動腦筋，想辦法。△いろいろに〜／想方設法。② 要陰謀，施詭計。△悪事を〜／陰謀策劃幹壞事。

たくらみ［企み］(名) 陰謀，策劃。

たくら・む［企む］(他五) 企圖，圖謀，策劃。△謀反を～／圖謀造反。→もくろむ
たぐりこ・む［手繰り込む］(他五) 拉近，捯到身邊。△ひもを手もとに～／把綫繩捯過來。
だくりゅう［濁流］(名) 濁流。△～にのまれる／被濁流吞噬。↔ 清流
たぐ・る［手繰る］(他五) ① 捯。△たこを～／捯風箏綫。② 追溯。△記憶を～／回想往事。
たくろん［卓論］(名) 高論，卓越的見解。→卓説
たくわえ［蓄え］(名) ① 貯存。② 存款。
たくわ・える［蓄える］(他下一) ① 積蓄，儲備。△金を～／存款。△精力を～／養精蓄鋭。② 留 (頭髮，鬍鬚)。△ロひげを～／留鬍子。
たけ［丈］(名) ① (人或物的) 高矮，長短。△～がのびる／個子長高。△オーバーの～がすこし長い／大衣的尺寸稍長一些。② 全部。△思いの～を打ちあける／傾吐愛慕之心。
たけ［竹］(名) ① 竹子。② 竹製樂器。△～やぶ／竹林。△～垣／竹籬笆。△～の節／竹節。△竹を割ったような人／乾脆爽快的人。
たけ［他家］(名) 別人的家。△～にとつぐ／出嫁。↔ 自家
－だけ (副助) ① (表示限定) 僅，只。△きみに～話す／只告訴你。△父～家にいる／僅父親在家。② (表示最大限度) 盡量，盡可能。△やれる～やろう／盡量做。③ (用“～あって”的形式) 不愧。△日本に長くいる～あって，日本語が上手だ／不愧長時間在日本，日語很好。④ (用“～に”的形式) 正因為。△年をとっている～に，病気はなおりにくい／正因為年紀大了，所以病不好治。⑤ (用“～ば～だけ”的形式) 越…越…△値段が高ければ高い～品物がよい／價錢越貴，東西越好。⑥ (用“～のことはある”的形式) 值得。△この本は読む～のことはある／這本書值得一讀。
たげい［多芸］(名・形動) 多藝。△～多才／多才多藝。↔ 無芸
たげいはむげい［多芸は無芸］(連語) 樣樣通，樣樣鬆。
たけうま［竹馬］(名) ① 竹馬。② 高蹺。△～にのる／踩高蹺。
たけかんむり［竹冠］(名) (漢字部首的名稱之一) 竹字頭。
だげき［打撃］(名) ① 敲打，撞擊。②〈棒球〉擊球，打球。③ 打擊，損害。△綿布の値下がりで業者はひどい～をこうむった／棉布跌價業者受到極大打擊。→ショック
たけくらべ［丈比べ］(名) (兒童) 比身高。
たけざいく［竹細工］(名) 竹編工藝，竹工藝品。
たけざお［竹ざお］(名) 竹竿。
たけしまもんだい［竹島問題］(名) (日韓爭議地) 日本稱竹島，韓國稱獨島。
たけだけし・い［猛猛しい］(形) ① 兇猛，可怕。△～顔つき／猙獰的面貌。② 厚顏無恥。△ぬすっと～／賊喊捉賊。
たけだしんげん［武田信玄］〈人名〉武田信玄 (1521-1573)。戰國時期的武將。
だけつ［妥結］(名・自サ) 妥協，談妥。△交涉が～した／談判達成協議。↔ 決裂
たけつしつ［多血質］(名)〈心〉多血質。
たけとりものがたり［竹取物語］〈書名〉‘竹取物語’日本平安時代初期的故事。
たけとんぼ［竹とんぼ］(名) (兒童玩具) 竹蜻蜓。
たけなわ［酣］(名・形動) 酣，高潮。△春～のころ／春意正濃之時。△宴～だ／酒宴方酣。(也寫“闌”)
たけのこ［竹の子］(名) 竹筍。
たけみつ［竹光］(名) ① 竹刀。②(諷) 鈍刀。
たけもとぎだゆう［竹本義太夫］〈人名〉竹本義太夫 (1651-1714)。江戶時代前期的日本樂家。
たけやぶ［竹やぶ］(名) 竹林，竹叢。
たけやらい［竹矢来］(名) 竹籬笆。△～を組む／紮竹籬笆。
たけやり［竹やり］(名) 竹矛，竹槍。
た・ける［長ける］(自下一) 擅長，精通。△世故に～／老於世故。△才に～／有才氣。△劍道に～／精通劍術。→長じる
たけ・る［哮る］(自五) 咆哮，怒吼。△虎が一匹，一声高く～りました／一隻老虎猛吼了一聲。
たけ・る［猛る］(自五) ① 興奮，衝動。△～心をおさえる／壓住激動的感情。② 狂暴。△風は止まず海はますます～った／風不止，海浪越來越大。
た・ける［闌ける］(自下一) ① 正盛，正濃。△春が～／春意正濃。② 盛時已過。△秋も～けた／秋色已深。
たけをわったよう［竹を割ったよう］(連語) 直率，直爽。△～な性質／直爽的性格。
たげん［多元］(名) ① 多元，多方面，多種因素。△～論／多元論。△～的／多元的。↔ 一元 ②〈數〉多元。△～方程式／多元方程。
たげん［多言］(名・自サ) 多言，多嘴。△～を要しない／無需多言。
たげんほうそう［多元放送］(名) 聯播。
たげんろん［多元論］(名)〈哲〉多元論。↔ いちげんろん
たこ［凧］(名) 風箏。△～をあげる／放風箏。
たこ［蛸］(名) 章魚，蛸。
たこ［胼胝］(名) 胼胝，膙子。△ペン～／經常寫字指上磨出的膙子。△手に～ができる／手上長膙子。△耳に～ができるほど聞かされた／聽煩了。
だこう［蛇行］(名・自サ) 彎曲，蜿蜒。△～して流れる川／彎曲的河流。
たこうしき［多項式］(名)〈數〉多項式。
たこく［他国］(名) ① 外國。↔ 自国 ② 異鄉，他鄉。
たこくせききぎょう［多国籍企業］(名)〈經〉多國企業，跨國企業。

－たことがある（連語）（接動詞連用形後，表示曾經做過某事）曾經。△さしみを食べ～／吃過生魚片。△日本へ行っ～／去過日本。

たごん［他言］（名・他サ）泄漏（秘密），對別人説（不許泄漏的事）。△～は無用／不許外傳。→口外

たごん［多言］（名・自サ）⇨たげん

たさい［多才］（名）多才。△多芸～／多才多藝。

たさい［多彩］（名・形動）① 五彩繽紛。△～な絵／色彩鮮艶的畫。② 豐富多彩。△～な催しをくりひろげる／舉行豐富多彩的文娛活動。→多種多様

だざいおさむ［太宰治］〈人名〉太宰治（1909-1948）。昭和時代的小説家。

たさいぼうせいぶつ［多細胞生物］（名）〈生物〉多細胞生物。↔ 単細胞生物

たさく［多作］（名・形動）① 作品多。△～な作家／高產作家。↔ 寡作 ② 種植大量農作物。

ださく［駄作］（名）平庸的作品，無聊的作品。↔ 傑作

たさつ［他殺］（名）他殺，被殺。↔ 自殺

ださん［打算］（名・自サ）算計，盤算。△～が働く／用心機。打小算盤。△～で動く人／見利行事的人。

ださんてき［打算的］（形動）患得患失的，打小算盤的。△～な男／患得患失的人。

たざんのいし［他山の石］（連語）他山之石。△～もって玉をおさむべし他山之石，可以攻玉。

たし［足し］（名）補貼，補益。△生活費の～にする／作生活費的補貼。△腹の～になる／聊可充飢。△なんの～にもならない／毫無補益。無濟於事。

たじ［他事］（名）別人的事。△～ながらご安心ください／蒙您關注，請放心吧。△～を顧みるひまがない／無暇他顧。

たじ［多事］（名）① 工作繁忙。△～多端／非常忙碌。② 變故多，事件多。△～の秋／多事之秋。

だし［山車］（名）（祭禮用的）花車，綵車。

だし［出し］（名）① ⇨だしじる ② 為達到某種目的而加以利用的人或物。△国民を～に使う／利用人民的名義。

だしいれ［出し入れ］（名・他サ）① 存取，出納。△お金の～／存取款。② 取出和放入，進出。

たしか［確か］ I（形動）① 確實，準確。△彼が生きていることは～だ／他確實還活著。△～な返事がほしい／請給個確話。△～な証拠／確鑿的證據。② 牢靠，可靠。△～な人／可靠的人。△まだ目は～だ／眼睛還好使。△～な筋の情報／可靠方面的消息。 II（副）也許，大概。△～田中という名でした／大概姓田中。

たしか・める［確かめる］（他下一）弄清，查明。△答えを～／弄清答案。△真偽を～／查明真偽。

だしがら［出し殻］（名）① 煮湯後鍋底剩下的渣子。② 泡過的廢茶葉。

たしざん［足し算］（名）加法。↔ ひきざん

だししぶ・る［出し渋る］（他五）捨不得拿出，拿得不痛快。△税金を～／捨不得繳納税款。

だしじゃこ［出し雑魚］（名）煮後曬乾的小沙丁魚，做湯料用的小沙丁魚乾。

だしじる［出し汁］（名）（用海帶、木魚等煮的）湯料，湯汁。→だし

たしせいせい［多士済済］（名）人才濟濟。△～のクラス／人才眾多的班級。

たじたじ（副）① 畏縮，退縮。② 打趔趄，趔趔撞撞。△なぐられて～となる／被打得趔趄撞撞。

たしつ［多湿］（名・形動）潮濕，濕度大。△高温～／高温潮濕。

たじつ［他日］（名）他日，改日。△～あらためて訪問します／改日再拜訪。

たしなみ［嗜み］（名）① 通曉，熟悉。△書道の～がある／字寫得有功夫。② 愛好，修養。△～が上品だ／興趣高雅。③ 謹慎，謙恭。△～がない／不檢點。△～が深い／謹慎。

たしな・む［嗜む］（他五）嗜好，愛好。△俳句を～／愛好俳句。△酒を～／貪酒。

たしな・める［窘める］（他下一）規勸，勸戒。△無礼を～／責備（某人）沒禮貌。

だしぬ・く［出し抜く］（他五）搶先，先下手。△人を～／先發制人。

だしぬけ［出し抜け］（形動）出乎意料，突然。△～にどなられてめんくらった／被突如其來的吼聲嚇得驚慌失措。→不意

たしまえ［足（し）前］（名）添補（的金額、分量）。△いくら～を出せばいいのかね／補上多少合適呢？

だしもの［出し物］（名）（演出的）節目。

たしゃ［他者］（名）別人。↔ 自分

たしゃ［他社］（名）其他公司，其他報社，其他神社。

たしゃ［多謝］（名・自он サ）〈文〉① 多謝。△ご厚情～／多謝厚意。② 很抱歉。

だしゃ［打者］（名）（棒球）擊球員。→バッター

だじゃれ［駄洒落］（名）庸俗的笑話。△～をとばす／説些無聊的俏皮話。

たじゅう［多重］（名）多重，多層，多路系統。△～放送／多重廣播。△～塔／多層塔。

たしゅたよう［多種多様］（名・形動）各式各樣，形形色色。△～な辞典／各式各樣的辭典。△～な考え方／各種不同的想法。

たしゅつ［他出］（名・自サ）①〈舊〉外出，出門。△日曜日には～する／星期日外出。② 另有出處。

たしゅみ［多趣味］（名・形動）興趣廣泛。△～な人／有多種愛好的人。

だじゅん［打順］（名）（棒球）擊球次序。

たしょ［他所］（名）別處，別的地方。△～へ移転する／遷到別處。

たじょ［他序］（名）別人給作的序。↔ 自序

たしょう［他称］(名)〈語〉第三人稱，他稱。

たしょう［多少］Ⅰ(名)多少。△～にかかわらず／不拘多少。Ⅱ(副)多少，稍微。△わたしが買ったしなものは見本品と多少ちがっている／我買的東西與樣品不大一樣。△～知っている／略知一二。

たしょう［多祥］(名)多祥，多福。△ご～を祈る／祝您幸福。→多幸

たしょう［多照］(名)日照時間長。

たじょう［多情］(名・形動)①多情善感。△～な青年時代／多情善感的青年時代。②愛情不專一，水性楊花。

だじょうかん［太政官］(名)〈史〉太政官。(明治維新以前的最高行政官府，相當於現在的"内閣")

だじょうだいじん［太政大臣］(名)〈史〉太政大臣。(相當於現在的"首相")

たしょく［多色］(名)多種顏色。△～印刷／套色印刷。

たしょく［多食］(名・他サ)多食，飯量大。

たじろ・ぐ(自五)①退縮，畏縮。△それにはさすがの彼も～いだ／就連他對此也畏縮不前了。②趔趄。△急に突かれて～突然被撞，打了個趔趄。

だしん［打診］(名・他サ)①〈醫〉叩診。②試探，探詢。△相手の意向を～する／試探對方的意向。

だじん［打陣］(名)〈棒球〉擊球員的陣容。

たしんきょう［多神教］(名)〈宗〉多神教。↔一神教

たしんケーブル［多心ケーブル］(名)多心電纜，多電纜心綫。

た・す［足す］(他五)①加，增加。△2に3を～と5になる／二加三等於五。②補充，補足。△不足の分を～／補充不足部分。③辦。△用を～／辦事，解手。

だ・す［出す］Ⅰ(他五)①拿出，取出。△箱から～／從箱子裏取出。↔入れる②發出，開出。△船を～／開船。③派出。△委員会に代表を～した／向委員會派代表。④露出，展示出，現出。△喜びを顔に～／喜形於色。⑤腕を～／露出胳膊。⑤寄出，發出。△手紙を～／寄信。⑥發表，出版。△新しい本を～／出版新書。⑦發生，產生。△熱を～／發燒。△火事を～／發生火災。⑧加速，鼓起。△スピードを～／加快速度。△元気を～／打起精神。⑨生產，出產。△良質の鉄鉱を～地方／出產優質鐵礦的地區。⑩做出(結論)。△結論を～／作出結論。⑪給予，下達。△許可を～／批准。△命令を～／下達命令。⑫伸出。△手を～／伸手。⑬提出。△願書を～／提出申請書。Ⅱ(接尾)(接動詞連用形下)開始…起來。△歩き～／開始走。△笑い～／笑起來。

たすう［多数］(名)多數。↔少数

たすう［打数］(名)〈棒球〉擊球員的擊球次數。

たすうけつ［多数決］(名)按多數人的意見決定，少數服從多數。

たすうは［多数派］(名)多數派。↔少数派

たすかる［助かる］(自五)①得救，脫險。△命が～／得救。△盗難に会ったが、宝石は～った／遭到搶劫，但寶石安然無恙。②省力，省時，省事，省錢。△費用が～／減少了開銷。△地下鉄ができて～った／有了地鐵方便多了。△君が来てくれて大いに～った／你這一來可幫了我的大忙。

たすき［襷］(名)①掛着吊衣袖的帶子。②斜掛在肩上作為標記的布條。③打十字結。

タスク［task］(名)①任務，課題。②〈IT〉作業系統對程式執行管理控制的單位。

タスクバー［taskbar］(名)〈IT〉任務欄。

たすけ［助け］(名)幫助，援助。△～を求める／求援。△他人の～を借りる／藉助他人之力。△眼鏡の～なしには見えない／不用眼鏡看不見。

たすけぶね［助け船］(名)①救生船。②(喻)幫助，援助。△～を出す／給予援助。

たす・ける［助ける］(他下一)①救，救助。△命を～／救命。△～けて／救命！→すくう②幫助，扶助。△仕事を～／幫助工作。△消化を～薬／助消化的藥。△たすけ起こす／扶起來。→てつだう

たずさ・える［携える］(他下一)①攜帶。△大金を～／攜帶巨款。→携帯する②攜手，偕同。△手を～／攜手。

たずさわ・る［携わる］(自五)參與，從事。△農業に～／從事農業，務農。

ダスターコート［duster coat］(名)防塵短外衣。

ダスト［dust］(名)灰塵，垃圾。

ダストコート［dustcoat］(名)防塵外衣，風衣。

ダストジャケット［dustjacket］(名)①書皮。②唱片保護皮。

ダストシュート［dust chute］(名)(樓房的)垃圾通道。

ダストストーム［duststorm］(名)塵暴，沙暴。

ダストビン［dustbin］(名)垃圾箱。

ダストワイパー［dust wiper］(名)除塵器，防塵器。

たず・ねる［尋ねる］(他下一)①問，打聽。△道を～／問路。→聞く②找，尋，探尋。△由来を～／探尋來歷。△人を～／找人，尋人。

たず・ねる［訪ねる］(他下一)訪問。△先生の家を～／訪問老師家。△各地の風物を～／查訪各地風物。→おとずれる

だ・する［堕する］(自サ)墮，墮入，陷於。△低俗に～／流於低級庸俗。

たぜい［多勢］(名)多數人，許多人。△～に無勢／寡不敵眾。

だせい［惰性］(名)①〈理〉惰性，慣性。△～の法則／惰性律。②習慣。△～的／慣性的。

だせいせっき［打製石器］(名)打製石器，簡單石器。

だせき［打席］(名)〈棒球〉擊球員區(就位)。△～につく／到擊球員位置。→バッターボックス

たせつ［他説］(名) 別的學說，別的主張。

たせん［他薦］(名・他サ) 別人推薦。→自薦

たそがれ［黄昏］(名) 黄昏。△人生の～/老之將至。→ゆうぐれ

だそく［蛇足］(名) 蛇足，多餘。△～を添う/畫蛇添足。

ただ［多多］(副) 許多。△～ある/有許多。△～ますます弁ず/多多益善。

ただ［只・徒］(名)① 免費。△～でもらえる/白得。△～より高いものはない/沒有比白給更貴的。△～では済まないぞ/不能白饒了你！② 平常，普普通通。△中味は～の水にすぎない/裏頭不過是普通的水。△～の人ではない/可不是平平常常的人。△～の体ではない/有了身孕。△～でさえ寒いのに…/本來就夠冷了…

ただ［只・唯］Ⅰ(副) 唯，只。△～ 5000 円しかない/只有五千日圓。△～泣いてばかりいる/只是一個勁地哭。△～言われた通りにすればいい/只要照辦就行。→たったⅡ(接) 但是，不過。△それはきっとおもしろいよ、～少しあぶないね/那一定很有趣，不過有點危險。

だだ［駄駄］(名) (小孩) 撒嬌，不聽話，鬧人。△～をこねる/撒嬌。

ただい［多大］(形動) 很大，極多。△～な成果をあげる/取得很大的成績。

ダダイスト［Dadaist］(名) 達達派藝術家，達達主義者。

ただいま［唯今・只今］Ⅰ(名・副)① 現在。② 馬上。△～参ります/馬上就去。③ 剛才。△～出かけました/剛出去。Ⅱ(感) (外出回來的應酬話 "～帰りました" 的略語) 我回來了。

たた・える［称える・賛える］(他下一) 稱讚，讚揚。△業績を～/稱讚功績。

たた・える［湛える］(他下一)① 裝滿，灌滿。△水を～/灌滿水。②(臉上) 浮出，洋溢。△満面にえみを～/滿面笑容。

たたかい［戦い・闘い］(名)① 戰爭，戰鬥。△～を宣言する/宣戰。△～に負ける/戰敗。② 鬥爭。△病気との～/與疾病作鬥爭。③ 競賽，比賽。

たたか・う［戦う・闘う］(自五)① 戰鬥，作戰。△敵と～/與敵人作戰。② 鬥爭，病苦と～/與痛苦的疾病作鬥爭。③ 比賽，競爭。△主力投手をくりだして～/連連派出主力投手進行比賽。

たたき［叩き］(名)① 敲，打 (的人或物)。△太鼓の～/鼓手。② 將竹筴魚、鰹魚、雞肉等剁碎製成的食品，肉醬。△かつおの～/鰹魚醬。

たたき［三和土］(名) 水泥地。

たたきあ・げる［叩き上げる］Ⅰ(自下一) 練成。△小さい時から～げた腕/從小就練的本領。Ⅱ(他下一) 打製。△刀を～/打製刀。

たたきう・り［叩き売り］(名)①(攤販的) 叫賣。② 街頭拍賣。

たたきおこ・す［叩き起こす］(他五)① 敲門叫起來。△夜中に電報配達に～された/半夜裏被送電報的叫起來了。② 叫醒。△眠っている人を～/把睡覺的人硬叫起來。

たたきがね［叩 (き) 鐘・敲鐘］(名)(佛具) 磬鐘。

たたきこ・む［叩き込む］(他五)① 裝進，塞進，放進。△牢屋に～/關進監獄。△女房の着物をみんな質屋に～んで酒を飲む/把老婆的衣服全送進當鋪喝酒。△これだけはしっかり頭に～んでおけ/這一點千萬要牢牢記住。② 訓練，灌輸。△本場で～んだ英語/在英國學的英語。

たたきころ・す［叩 (き) 殺す］(他五) 打死，揍死。

たたきこわ・す［叩 (き) 毀す］(他五)① 敲碎，打壞。△まどガラスを～/把窗玻璃打碎。② 毀掉，拆掉。△旧い制度を～/摧毀舊制度。

たたきだい［叩 (き) 台］(名) 附有審查意見的原案。

たたきだいく［叩 (き) 大工］(名) 笨木匠。

たたきだ・す［叩 (き) 出す］(他五)① 敲打起來。② 打走，趕出去。△泥棒猫を～/把偷東西吃的貓趕走。

たたきつ・ける［叩き付ける］(他下一)① 用力摔。△コップを地面に～/把杯子摔到地上。② 沒好氣地扔出去。△辞表を上役に～/撢烏紗帽。

たた・く［叩く］(他五)① 敲，打，拍。△手を～/拍手。△肩を～/捶肩膀，拍肩膀。△太鼓を～/擊敲。△臀を～/打屁股。タイプライター△を～/打字。△門を～/敲門。② 整治，收拾。△一丁～いてやるか/看我好好收拾你一下！③ 詢問。△人の意見を～/了解別人的意見。④ 非難，批判。△彼の映画は評論家に～かれた/他的電影受到評論家的批評。△政治の腐敗をマスコミが～/報界攻擊政治腐敗。⑤ 狠壓價，殺價。△これ以上～かれてはもうけにならない/再壓價就沒賺頭了。⑥ 說，講。△むだ口を～/說廢話。△～らず口を～/嘴硬。△かげぐちを～/背地說壞話。

たたけばほこりがでる［叩けば埃が出る］(連語) 金無足赤，人無完人。

ただごと［只事］(名) 普通的事，平常的事。△～ではない/非同小可。△～ではすまない/不能輕易放過。

ただし［但し］(接) 但，但是。△外出は十時まで、～特別の場合をのぞく/外出最晚可到十點，但是特殊情況例外。

ただしい［正しい］(形)① 正確，對。△～答え/正確的回答。② 正當，正直。△～心/正直的心。③ 端正，合乎標準。△礼儀～/彬彬有禮。△～姿勢/端正的姿勢。

ただしがき［但し書き］(名) 但書，附言，附項。△～を加える/附加但書。△～で本文を補う/用附言補充正文。

ただ・す［正す］(他五)① 改正，糾正。△あやまりを～/改正錯誤。→訂正する② 正，端

正。△襟を～/正襟危坐。△政治の姿勢を～/
端正政治態度。③辨明，辨別。△是非を～/
辨明是非。

ただ・す［糺す・糾す］(他五) 查明，追查。
△罪を～/追查罪責。身元を～/查明身分。
△元を～せば…/從根本上説…△人間の命だ
って，元を～せば簡単なものだ/人的生命本
來是很簡單的東西。

ただ・す［質す］(他五) 詢問，問明。△問題点
を～/詢問題問題所在。真相を～/問清楚事
情真相。→質問する

たたずまい (名) 様子，姿勢，形狀。△春の山
の～/春天的山景。△雲の～/雲彩的形狀。

たたず・む［佇む］(自五) 佇立。△門の前
に～/佇立門前。

ただちに［直ちに］(副) 立即，馬上。△～出發
する/馬上出發。△～つかまった/當場抓住。
△～返事する/立即回信。

だだっこ［駄々っ子］(名) 磨人精。

だだっぴろ・い (形) 寬敞，空曠。△～庭/寬
敞的院子。△～部屋/大房間。

ただならぬ (連體) 不尋常，不一般。△～事件/
非同小可的事件。△～仲/(男女間) 特殊的關
係。△～雲行/形勢不妙。

ただのり［只乗り］(名) 白坐車，坐蹭車。△電
車の～をする/白坐電車。

ただびと［只人］(名) 普通人，平常人。△～で
はない/非等閑之輩。

ただぼうこう［只奉公］(名) 白效勞，無償服
務。

たたみ［畳］(名) (日本式房間裏鋪的草墊) 榻
榻米。△～をしく/鋪榻榻米。

たたみおもて［畳表］(名) 榻榻米的蓆面。△～
を換える/換榻榻米的蓆面。

たたみがえ［畳替え］(名) 換榻榻米的蓆面。

たたみか・ける［畳み掛ける］(自下一) 一連
迭聲地説，一個勁地問。△～けてたずねる/
連珠炮似地發問。

たたみこ・む［畳み込む］(他五) ① 摺疊進去。
△おぜんの足を～/把食案的腿兒摺疊起來。
② 銘記，牢記。△胸に～/銘記在心裏。③ ⇨
たたみかける

たたみのうえのすいれん［畳の上の水練］(連
語) 紙上談兵。

ただみる［唯見る］(連語) 只見。△～一面の燒
野原/只見一片焦土。

たた・む［畳む］(他五) ① 疊，摺疊。△き
ものを～/疊衣服。② 埋藏 (在心裏)。△胸
に～/埋藏在心裏。③ 關閉。△かさを～/把
傘合上。④ 停止，中止。△店を～/歇業。

ただもどり［只戻り］(名) 白去一趟，空手回來。

ただもの［只者］(名) 普通人，尋常人。△～で
はない/不是尋常人。

ただよ・う［漂う］(自五) ① (在空中，水面)
漂浮，漂蕩。△なみまを～/在波浪中漂動。
② 洋溢，充滿。△なごやかなふんいきが～/
洋溢着和諧的氣氛。△不安の空気が～/充滿

不安的氣氛。

ただよわ・す［漂わす］(他五) ① 使漂浮。△舟
を～/泛舟。② (面部的表情) 現出，露出。
△微笑を～/露出微笑。

たたり［祟り］(名) ① 報應，惡果。△あと
の～がおそろしい/後果可怕。② 祟。△悪靈
の～/鬼魂作祟。△さわらぬ神に～なし/不
要好管閑事自找麻煩，不捅蜂窩，蜂子不蜇。

たた・る［祟る］(他五) ① (鬼神) 作祟。② 造
成不良後果。△過労が～って病気になった/
過分勞累累病了。

ただ・れる［爛れる］(自下一) ① (皮肉組織)
糜爛，潰爛。△傷が～/傷口潰爛。△～れた
目/爛眼。② 沉湎。△酒に～れた生活/泡在
酒簍子裏的生活。

たたん［他端］(名) 他端，另一端。

たたん［多端］(名・形動) 事多，繁忙。△多
事～な毎日/每天都很繁忙。

たち［質］(名) 品質，性格，體質。△忘れっぽ
い～の人/健忘的人。△疲れやすい～/容易
疲勞的體質。△せっかちな～/急性子。△の
んきな～/慢性子。△気の弱い～/懦弱的性
格。△～がわるい/品質惡劣。

たち［太刀］(名) (日本古時佩帶的) 長刀。△～
をふりまわす/揮舞長刀。

たち－［立ち］(接頭) ① 站着…(做事) △～お
よぎ/踩水。△～食い/站着吃。② (後接動
詞) 表示加強語氣。△～勝る/優於。勝過。

－たち［達］(接尾) (表示複數) 們。△わた
し～/我們。△きみ～/你們。△子ども～/
孩子們。

たちあい［立ち会い・立ち合い］(名) 會同，在
場。△弁護士～のもとに開封する/在律師在
場的情況下開封。→診察，會診。

たちあいえんぜつ［立ち会い演説］(名) (同台
進行的) 競爭演説，競選演説。

たちあいにん［立ち会い人・立ち合い人］(名)
見證人，監場人。

たちあ・う［立ち会う］(自五) 在場，到場。
△会見に～/參加會見。△結婚式に～/參加
結婚典禮。

たちあ・う［立ち合う］(自五) 互爭勝負，格
鬥。△剣を抜いて～/拔劍相鬥。

たちあが・る［立ち上がる］(自五) ① 起立，
站起來。△いすから～/從椅子上站起來。→
起立する ② 向上升起。△煙が～/煙向上冒。
③ 奮起。△市民たちは公害追放に～った/市
民們起來治理公害了。△しっかりと～/振作
起來。

たちい［立ち居］(名) 舉止行為。△～ふるまい
が上品だ/舉止文雅。

たちいた［裁 (ち) 板］(名) 剪裁衣服的案板。

たちいた・る［立ち至る］(自五) 發展到 (嚴重
的情況)。△事ここに～っては手の施しようが
ない/事情到了如此地步已無計可施。

たちいふるまい［立ち居振る舞い］(名) 舉止。
△～が落ち着いている/舉止穩重。

たちいり［立入り］(名) 進入，介入。△～禁
止／禁止入内。

たちい・る［立(ち)入る］(自五) ① 進入。
△無断で～／擅自闖入。② 干涉，介入，干預。
△人事に～／干預人事。③ 追根問底，深入。
△～ったことをきく／追問內情。

たちうお［太刀魚］(名) 帶魚，刀魚。

たちうち［立(ち)打ち・立(ち)射ち］(名) 站
着放槍，立射。△～の構え／立射姿勢。

たちうち［太刀打ち］(名) ① 交鋒。② 爭勝負。
△～できない／敵不過。不是對手。

たちうり［立(ち)売り(り)］(名・他サ) 站在路
旁（或車站前）賣貨（的人）。△新聞の～／街
頭賣報人。

たちおうじょう［立ち往生］(名・自サ) ① 站
着死。② (列車等) 中途拋錨。△大雪のため列
車が～になった／因大雪火車困在半路上了。
③ 窘住，進退兩難。△やじられて演壇で～し
た／在聽眾一片噓聲中窘在台上。

たちおく・れる［立ち後れる・たち遅れる］
(自下一) ① 晚走，晚動身。② 落後。△工業
が～／工業落後。③ 錯過機會，為時已晚。△対
策が～／對策為時已晚。

たちおよぎ［立泳ぎ］(名) 立泳，踩水。

たちかえ・る［立ち返る］(自五) ① 返回。△家
に～／回家。② 恢復（正常）。△本心に～／
精神恢復正常。

たちかか・る［立(ち)掛かる］(自五) ① 剛要
站起來。② 撲上去，反抗。

たちかぜ［太刀風］(名) ① 掄刀時帶出的風。
② (喻) 刀法兇猛。

たちがれ［立ち枯れ］(名・自サ) (草木) 枯萎。
△～した木／枯萎的樹木。

たちか・る［立(ち)代(わ)る］(自五) 替
換，交替。△司会が～／交替主持會場。

たちき［立ち木］(名) 樹木。△～の枝を払う／
修剪樹枝。△～を伐る／伐木。

たちぎえ［立ち消え］(名・自サ) ① 沒燒盡而
自滅。△この薪はかわきが悪いから～する／
這個劈柴沒燒乾透，沒燒就滅。② (工作、計劃等)
半途而廢，中斷。△旅行の計画が～に
なる／旅行的計劃吹了。

たちぎき［立ち聞き］(名・他サ) 偷聽，竊聽。
△人の話を～する／偷聽別人談話。→ぬすみ
聞き

たちき・る［断ち切る・裁ち切る］(他五) ①
剪裁，裁開。△布地を～／剪裁布料。△紙
を～／裁紙。② 斷絕，截斷。△未練を～／拋
開眷戀之情。△関係を～／斷絕關係。△退路
を～／截斷退路。△交涉を～／中止交涉。

たちぐい［立ち食い］(名) 站着吃。△～のす
し／（在沒有座位的小吃店裏）站着吃的飯捲
兒。

たちぐされ［立ち腐れ］(名) ① (柱子等由於蟲
蛀等) 腐朽。② (未建完的) 房屋荒廢。

たちくず［裁(ち)屑］(名) (布、紙等) 裁剩的
邊角餘料。

たちぐらみ［立暗み］(名) (猛站起時) 頭昏眼
花。

たちげ［立(ち)毛］(名) 生長着的農作物，青
苗。

たちこ・める［立ち込める］(自下一) (煙、霧)
籠罩。△川に霧が～めた／大霧籠罩着河面。

たちさき［太刀先］(名) ① 刀尖，刀鋒。② (喻)
(對敵人的) 攻勢，（爭辯時的）氣勢。

たちさばき［太刀捌(き)］(名) 刀法。

たちさ・る［立ち去る］(自五) 走開，離去。
△だまって～／悄然離去。△故郷を～／離開
家鄉。

たちさわ・ぐ［立(ち)騒ぐ］(自五) 喧鬧，吵
嚷。△大声で～／大聲吵鬧。

たちしょうべん［立(ち)小便］(名) (男人) 隨
地小便。

たちすがた［立(ち)姿］(名) ① 站立的姿勢。
② 舞姿。

たちすく・む［立ち竦む］(自五) 驚惶，呆立
不動。△むごたらしい光景におもわず～んで
しまった／被淒慘的情景驚嚇。

たちすじ［太刀筋］(名) 刀法。△～がよい／刀
法純熟。

たちせき［立(ち)席］(名) 站席。△～券／站
票。↔ざせき

たちだい［立(ち)台］(名) 講台，講壇。

たちだい［裁(ち)台］(名) (裁布、紙的) 剪裁
案子。

たちつく・す［立ち尽くす］(自五) 始終站着，
站到最後。△映画が終るまで～／一直站到電
影散場。

たちつづけ・る［立(ち)続ける］(自下一) 一
直站着。

たちづめ［立(ち)詰め］(名) 始終站着。

たちどおし［立(ち)通し］(名) ⇨たちづめ

たちどころに［立(ち)所に］(副) 立刻，當場。
△～解決する／立刻解決。△～に絶命した／
當場斃命。→即座に

たちどま・る［立ち止まる］(自五) 站住。△～
ってウインドをのぞきこむ／站住觀看櫥窗。

たちなお・る［立ち直る］(自五) ① 要倒又站起
來，好轉，復原。△景気が～／景氣復蘇。△あ
ぶなかった会社が～った／要倒閉的公司生意
又好起來了。△敵に～すきをあたえない／不
給敵人喘息機會。

たちながし［立(ち)流し］(名) (站着使用的)
帶腿兒的洗菜槽。

たちなら・ぶ［立(ち)並ぶ］(自五) ① 並排站
着，並列。② 並肩，比得上。△～ものがない／
沒有能匹敵的。

たちぬい［裁(ち)縫い］(名) 縫紉，裁縫。

たちの・く［立ち退く］(自五) 撤離，離開，遷
移。△工事現場から～／撤出工地。△家を～／
騰出房子。△住民を～かせる／讓居民遷移。

たちのぼ・る［立ち上る］(自五) (煙、霧等)
上升，冒起。△煙が～／冒煙。

たちのみ［立(ち)飲み(み)］(名) 站着喝。

たちば [立場] (名) ① 立腳之地。△～もない ほどの混雑／擁擠得無處立腳。② 處境。△板 ばさみの～／左右為難的處境。③ 立場。△～ がちがう／立場不同。△～をかえる／改變立 場。

たちはだか・る [立ちはだかる] (自五) ① 站 立阻擋。△入口に～／站在門口阻擋。② (遇 困難、障礙等) 受阻。△難問が～／遇到難題。 →たちふさがる

たちはたら・く [立 (ち) 働く] (自五) 幹活, 幹活勤快。

たちばな [橘] (名)〈植物〉柑橘。

たちばなし [立ち話] (名) 站着談 (的話)。△道 で～をする／在路上站着交談。

たちはばとび [立 (ち) 幅跳 (び)・立幅飛 (び)] (名) 立定跳遠。

たちばん [立 (ち) 番] (名・自サ) 站崗, 放哨。

たちふさが・る [立ち塞がる] (自五) 阻擋, 攔阻。→立ちはだかる

たちふるまい [立 (ち) 振舞] (名) 舉止, 動作。 △～がしとやかだ／舉止安詳。

たちぶるまい [立 (ち) 振舞] (名) 送別宴會。

たちまさ・る [立 (ち) 勝る] (自五) 優於, 勝 過。

たちまじ・る [立 (ち) 交じる] (自五) 摻雜在 內。

たちまち (副) ① 轉瞬間, 立刻。△記念切手は～ 売りきれてしまった／紀念郵票不大工夫就賣 完了。② 忽然。△～おこる拍手／突然響起的 掌聲。

たちまちのつき [立 (ち) 待 (ち) の月] (名) 陰曆十七日晚上的月亮。 (也説 "たちまちづ き")

たちまわり [立ち回り] (名・自サ) ① 東奔西 走。②〈劇〉武打。③ 打架。

たちまわ・る [立ち回る] (自五) ① 東奔西走, 奔波。△友人のために～／為朋友四處奔波。 ② 鑽營。△うまく～／巧於鑽營。③ (犯人逃 跑) 途經某地。④〈劇〉武打。

たちみ [立 (ち) 見] (名) 站着看。△～席／① 站席。② ("歌舞伎") 看完一幕就收一次費的席 位。

たちむか・う [立ち向う] (自五) ① 正面對付。 △難局に～／克服困難局面。② 對抗。△強敵 に～／與強敵對抗。

たちもど・る [立 (ち) 戻る] (自五) (再次) 返 回。△本題に～／言歸正傳。

たちゆ・く [立ち行く] (自五) 尚能維持下去。 △商売が～かなくなる／買賣維持不下去了。

だちょう [鴕鳥] (名)〈動〉鴕鳥。

たちよみ [立 (ち) 読み] (名) (在書店不買) 站 着閱讀。

たちよ・る [立ち寄る] (自五) ① 靠近, 走近。 △機械に～な／不要靠近機器。② 順便到, 順 路到。△本屋に～／順路去書店。

たちわざ [立 (ち) 技・立 (ち) 業] (名) (柔道, 拳撃) 站着把對方摔倒的技巧。

たちわ・る [断 (ち) 割る] (他五) 割開, 劈開。 △薪を～／劈劈柴。

だちん [駄賃] (名) ① (給小孩的) 跑腿錢。△使 いに行った子どもに～をやる／給去辦事的小 孩跑腿錢。② (牲口馱運的) 運費。

たつ [辰] (名) ① (十二支的) 辰。② (方向) 東 南東。③ 辰時。

たつ [竜] (名) 龍。→りゅう

た・つ [立つ] I (自五) ① 站立。△いすか ら～／從椅子上站起來。△茶柱が～/茶葉 梗立起來了。(吉兆)。△ポストが～ってい る／立着郵筒。△ポプラの木が～っている／ 白楊樹挺立着。△教壇に～/當教師。△先頭 に～／領先, 帶頭。② 刺, 扎。△とげが～／ 扎了刺。△肩に矢が～った／肩上中了箭。③ 離開。△席を～／離席, 退席。④ 起, 發生。 △煙が～／冒煙。△ほこりが～／起灰塵。△波 が～／起波浪。△風が～／起風。△虹が～／出 虹。△霧が～／下霧。⑤ 激化。△気が～／激 昂。△腹が～／生氣。⑥ 起積極作用。△役 に～／有用。△弁舌が～／能言善辯。△筆 が～／文筆好。△歯が～たない／咬不動。⑦ 保住, 保持。△顔が～／保住面子。有面子。 △義理が～／盡了人情。⑧ (也寫 "経つ") 時 間過去。△年月が～／歲月流逝。△夫が死ん でから 3 年～った／丈夫死後已過了三年。⑨ (也寫 "発つ") 出發。△旅に～／出門旅行。II (接尾) 不住地, 頻繁地。△お湯が煮え～／水 滾開。△火が燃え～／火着得很旺。

た・つ [建つ] (自五) 蓋, 建。△家が～／房子 建起來了。

た・つ [断つ] (他五) 截斷, 切斷。△糸を～／ 把綫切斷。△退路を～／斷其退路。△酒を～／ 戒酒。

た・つ [絶つ] (他五) 絕, 斷絕。△消息を～／ 斷了音信。△外交関係を～／斷絕外交關係。 △命を～／斷送性命。△あとを～たない／接 連不斷。

た・つ [裁つ] (他五) 裁, 剪裁。△紙を～／裁 紙。→裁断する

-だつ [立つ] (接尾) 近似, 帶有…樣子。△殺 気～／殺氣騰騰。△主～った人人／主要的人 們。△浮足～／要溜走。

たつい [達意] (名) 達意, 意思通達。△～の文 章／意思通達的文章。

だつい [脱衣] (名・自サ) 脱衣。△～場／更衣 場。

だつえい [脱営] (名・自サ) 逃出兵營, 開小差。

だっか [脱化] (名・自サ) ①〈生物〉蛻化。② 蛻變, 演變。

だっかい [奪回] (名・他サ) 奪回, 收復。△ペ ナントを～する／奪回錦旗。△陣地を～す る／奪回陣地。

だっかい [脱会] (名・他サ) 退會。△～届／退 會申請書。

たっかん [達観] (名・他サ) 達觀。△人生を～ する／對人生持達觀的態度。

だっかん［奪還］（名・他サ）奪回，收復。△選手権を～する／奪回冠軍。→奪回

たつき（名）①手段。△くらしの～／生活手段。②生計，生活。（也説"たずき"）

だっきゃく［脱却］（名・他サ）①抛棄。△悪習を～する／抛棄惡習。②擺脱，逃出。△危険から～する／脱離危險。△危機を～する／擺脱危機。

たっきゅう［卓球］（名）〈體〉乒乓球。△～をやる／打乒乓球。△～台／乒乓球枱。△～ラケット／乒乓球拍。→ピンポン

だっきゅう［脱臼］（名・自サ）〈醫〉脱臼，脱位。

ダッキング［ducking］（名・他サ）〈拳撃〉下潛避開來拳。（躲避摧打的）急低頭動作。

タック［tuck］（名）（衣褲等的）縫褶。

タッグ［tag］（名）（職業摔跤等選手）（組成）二人組。

ダック［duck］（名）①鴨。△ペキン～／北京烤鴨。②〈軍〉水陸兩用摩托車。

ダッグアウト［dugout］（名）（棒球）隊員休息處。

タッグオブウォー［tug of war］（名）拔河遊戲，激烈的競爭。

タックス［tax］（名）税，税款，税金。

タックスアカウント［tax account］（名）存款結算。

タックスイベイジョン［tax evasion］（名）偷税漏税。

タックスカウンセラー［tax counsellor］（名）税務顧問。

タックスドッジャー［tax dodger］（名）逃税者，偷税人。

タックスフリー［tax free］（名）免税的，無税的。

タックスフリーショップ［tax free shop］（名）免税商店。

タックスペイヤー［tax payer］（名）納税人，納税者。

タックスリターンズ［tax returns］（名）納税申報書。

タッグラッグ［tag-rag］（名）烏合之眾。

たづくり［田作り］（名）①種田。②⇨ごまめ

タックル［tackle］（名・自サ）①〈橄欖球〉抱住或扭倒拿球跑的對方隊員。②抱人截球。

たっけい［磔刑］（名）磔刑。

たっけん［卓見］（名）高見，卓識。△～にとむ／富於卓識。→達見

たっけん［達見］（名）遠見，卓識。△～の持ち主／有遠見的人。

だっこう［脱稿］（名・他サ）脱稿，寫完稿件。↔起稿

だっこく［脱穀］（名・自サ）①脱穀（粒）。△～機／脱穀機。②（穀粒）脱殼去皮（磨成米、麵）。

だつごく［脱獄］（名・自サ）越獄。△～囚／越獄犯。

だっさん［脱酸］（名・自サ）〈化〉脱氧，去氧。

たっし［達（し）・達示］（名）指示，命令，通知。

だっし［脱脂］（名・自サ）脱脂。△～粉乳／脱脂奶粉。

だつじ［脱字］（名）漏字，掉字。△誤字，～に注意する／注意（不要）錯字和漏字。

だっしにゅう［脱脂乳］（名）脱脂牛奶，脱脂乳。

だっしめん［脱脂綿］（名）脱脂棉。

たっしゃ［達者］（形動）①健康，健壯。△～な老人／健壯的老人。△目は～だ／眼睛很好。②精通，水平高。△英語が～だ／英語水平高。③狡猾，圓滑。△～なやつ／滑頭。

ダッシュ［dash］Ⅰ（名）①〈體〉短跑衝刺。→スパートⅡ（名）①文章中的破折號。"—"②〈數〉在羅馬字的右上角打的撇號（A'）。

だっしゅ［奪取］（名・他サ）奪取。△政権を～する／奪取政權。

だっしゅう［脱臭］（名・自サ）除臭。△～剤／除臭劑。

だっしゅつ［脱出］（名・自サ）脱離，逃脱。△危険を～する／脱離險境。

だっしょく［脱色］（名・自サ）脱色，去色。△漂白剤で～する／用漂白劑脱色。↔着色

たつじん［達人］（名）①（學問，技藝等）精通的人，高手。△剣道の～／學劍高手。②達觀的人。

だっすい［脱水］（名・自サ）①脱水，去水。△～機／脱水機。②〈醫〉脱水。△～状態／脱水狀態。

たっ・する［達する］Ⅰ（自サ）①到達，達到。△山頂に～／到達山頂。△被害額は五百万円に～した／損失達五百萬日圓。②精通，通達。△書道に～／精通書法。Ⅱ（他サ）①完成，達到。△希望を～／如願以償。②下達指示、通知。△おふれを～／發佈告。

だっ・する［脱する］（自他サ）①逃脱，擺脱，脱離。△束縛を～／擺脱束縛。△死地を～／死裏逃生。△苦海を～／脱離苦海。②超出。△この作品は，しろうとの域を～していない／這部作品沒有超出外行的水平。

たつせ［立つ瀬］（名）處境，立腳點。△～がない／處境困難，沒有立足之地。

たっせい［達成］（名・他サ）達成，完成。△目的を～する／達到目的。△任務を～する／完成任務。

だつぜい［脱税］（名・自サ）偷税，漏税。△～品／漏税物品。

だっせん［脱線］（名・自サ）①（電車、火車等）脱軌，出軌。△列車が～する／列車出軌。②談話離題，跑題。△話が～する／話離題了。

だっそう［脱走］（名・自サ）逃跑，開小差。△～兵／逃兵。

だつぞく［脱俗］（名・自サ）脱俗，超俗。

たった［唯］（副）只，僅。△～の十円／僅十日圓。△～一つの望み／唯一的希望。△私も今来たところだ／我也是剛剛來到。

だったい［脱退］（名・自サ）脱離，退出。△組合を～する／退出工會。↔加入

タッチ［touch］（名・自サ）①觸摸。②接觸，涉及。△その問題にいっさい～していない／

絲毫沒涉及那個問題。③ 筆觸。△繊細な～／筆觸細膩。④ 觸感，觸覺。△ソフト～／柔軟的感覺。

タッチアウト [touch out]（名・他サ）(棒球) 觸殺。

ダッチアカウント [dutch account]（名）各自付費，AA 制。

タッチアンドゴー [touch and go]（名）飛機的離着陸訓練。

タッチケア [Touch Care]（名）按摩育兒法。

タッチスイッチ [touch switch]（名）觸摸開關。

タッチスクリーン [touchscreen]（名）〈IT〉觸摸屏。→タッチパネル

タッチタイピング [touch typing]（名）〈IT〉盲打，觸摸鍵盤打字。→ブラインドタッチ

タッチネット [touch net]（名）(排球) 觸網。

タッチバック [touch back]（名）(足球) 死球。

タッチパッド [touchpad]（名）〈IT〉觸摸板。

タッチボード [touch board]（名）(泳) 觸板。

タッチミュージアム [touch museum]（名）失明者可以觸摸的美術館。

たっちゅう [塔頭]（名）〈佛教〉① 禪宗設有祖師塔的地方（或住在此處的僧）。② 本寺（廟）境界内的小寺（廟）。

だっちょう [脱腸]（名）〈醫〉脱腸，疝。

タッチライン [touchline]（名）(足球) 邊綫。

タッチレス [touchless]（名）不接觸的，非接觸性的。

たって（副）務必，懇切。△～の願い／懇切的期望。△～おねがいします／請務必幫忙。

－たって（接助）(接活用語的連用形後，"イ"音便，撥音便時為"だって") 即使，雖然。△いまさら言っ～もうおそい／現在説也來不及了。△きれいだっていやだ／好看我也不喜歡。→ても

だって（接）(為前面所敍述的事情申述理由或反駁對方説明理由) 因為。△あやまる必要はないよ。～、きみはわるくないんだから／你不必道歉，因為並不是你不好。△だめよ。～まだ読みおわっていないのよ／不行，因為還没讀完。

だって（副助）① 即使，就連。△親に～言えないこともある／即使對父母有些事也不能説。② 無論…還是…△英語～日本語～上手に話せる／無論英語還是日語都説得很好。③ 接在疑問詞後面，表示全面肯定，無一例外。△いつ～いいです／甚麼時候都行。△だれ～怒りますよ／誰都會生氣的。④ 接在數詞"1 ～"之後，後續否定句，表示全面否定。△一度～病気をしていない／一次也没病過。△旅行中一日～晴れなかった／旅行中一天都没晴過。

だっと [脱兎]（名）脱兎，飛快。△～のいきおい／勢如脱兎。△～のごとく走り去る／一溜煙地跑走了。

たっとい [尊い]（形）① 寶貴，珍貴。△～体験／寶貴的經驗。② 高貴，尊貴。△～おかた／貴人。

だっとう [脱党]（名・自サ）脱黨，退黨。↔入党

たっと・ぶ [尊ぶ・貴ぶ]（他五）敬重，尊重。△親を～／敬重父母。△神を～／敬神。

たつとりあとをにごさず [立つ鳥後を濁さず]（連語）離開時要做好善後工作。

たづな [手綱]（名）① 韁繩。△～をとる／拉韁繩。② 限制。△～をゆるめる／放鬆韁繩，放寬限制。△～をしめる／勒緊韁繩，嚴加限制。

たつのおとしご [竜の落とし子]（名）海馬。→かいば

タッパーウェア [tupper ware]（名）塑料食品容器。

だっぴ [脱皮]（名・自サ）① (動物) 蜕皮。△蛇の～／蛇蜕的皮。② 轉變，棄舊圖新。

たっぴつ [達筆]（名・形動）① 字寫得漂亮，善書。△かれはなかなか～だ／他的字寫得很好。② 善於寫文章。

タップダンス [tap dance]（名）踢踏舞。

たっぷり Ⅰ（副）充分，足夠。△～栄養をとる／攝取足夠的營養。△自信～の表情／有十足信心的表情。△時間は～ある／時間足夠。Ⅱ（副・自サ）寬綽，綽綽有餘。△～した服／肥大的衣服。

たつぶん [達文]（名）① 達文，好文章。② 文理通順的文章。

だつぶん [脱文]（名）漏掉的字句。

たつべん [達弁]（名）能言善辯。

だつぼう [脱帽]（名・自サ）① 脱帽。↔着帽 ② 服輸，佩服。△彼の努力には～する／佩服他的努力。

だっぽう [脱法]（名）鑽法律的空子。

たつまき [竜巻]（名）龍捲風，大旋風。△～が起こる／颳起了大旋風。

だつもう [脱毛]（名・自他サ）① 脱毛。△～症／頭髮脱落症。② (美容) 脱毛。△～剤／脱毛劑。

だつらく [脱落]（名・自サ）① 脱離，掉隊。△～者／掉隊者。② (印刷品等的字句，頁) 漏掉。△ 50 ページが～している／漏掉了五十頁。

だつりゅう [脱硫]（名）脱硫。△～装置／脱硫設備。

だつりょく [脱力]（名）四肢無力。

だつろう [脱牢]（名・自サ）⇨だつごく

だつろう [脱漏]（名・自サ）漏掉，遺漏。

たて [盾]（名）擋箭牌，盾。△…を～に取る／以…為藉口。在…的名義下。△証文を～にとって脅迫する／以字據為憑進行威脅。△～の両面／事情的正反兩面。

たて [殺陣]（名）(戲劇、電影的) 武打 (場面)。△～師／武打教師。

たて [縦・竪]（名）① 竪。△～に書く／竪寫。△首を～にふる／點頭，同意。② 縱，縱長。△～にならぶ／排成縱隊。↔よこ

たて [立て]（名）("たて役者"的省略語) 一流演員。

- **たて**（接尾）(接動詞連用形構成體言) 表示動作剛剛結束。△焼き～のパン／剛烤好的麵包。△卒業し～／剛剛畢業。

たで [蓼] (名) 蓼。△～食う虫も好きずき／人各有所好。

だて [伊達] (名・形動) ① 裝飾門面，追求虛榮，漂亮打扮。△～の薄着／愛俏人不穿棉。② 義氣，俠氣。△～な若い衆／有俠氣的小伙子。

たてあな [縦穴・竪穴] (名) 竪坑。↔ 横穴

たていたにみず [立て板に水] (連語) 説話流利，口若懸河。

たていと [縦糸] (名) 經紗。△～浸染機／經紗染色機。

たてうり [建て売り] (名) 建造房屋出售。△～住宅／商品房。

たてかえばらい [立替払い] (名)〈經〉墊付。

たてか・える [立て替える] (他下一) 墊付。△ぼくが～えておくよ／我替你墊上吧。

たてがき [縦書き] (名) 竪寫。△～を横書きにかえる／把竪寫改為横寫。↔ 横書き

たてがみ [鬣] (名) 鬃毛，鬃。△馬が～を振り立てて走ってくる／馬甩動着鬃毛跑過來。

たてぐ [建具] (名) (日本房屋的) 門、拉門、隔扇等設備。△～屋／間壁用具商店。

たてごと [竪琴] (名) 竪琴。→ハープ

たてこ・む [立て込む] (自五) ① 擁擠。△店が～んでいた／商店裏很擁擠。② 繁忙，事情多。△仕事が～んでいる／工作繁忙。

たてこ・む [建込む] (自五) (房屋) 蓋得密。

たてこ・める [立て込める] (他下一) 關閉 (門窗等)。

たてこも・る [立て籠もる] (自五) ① 閉門不出。△部屋に～って書き物をする／關在屋裏寫東西。② 據守，固守。△大阪城に～／據守大阪城。

たてじく [縦軸] (名) 縦座標軸。

たてじま [縦縞] (名) 竪條紋。△～のきれいな模様／漂亮的竪條紋花様。↔ 横縞

だてしゃ [だて者・伊達者] (名) ① 愛俏的人，愛打扮的人。② 愛虚榮的人。

だてすがた [だて姿・伊達姿] (名) 服裝華麗的打扮，俊俏的風姿。

たてつ・く [盾突く・楯突く] (自五) 反抗，頂撞，頂嘴。△親に～／頂撞父母。

たてつけ [建て付け] (名) (門、窗等) 開關的情況。△この戸は～が悪い／這個門關不嚴。△窓の～が悪い／窗户安裝得不好。

たてつづけ [立て続け] (名・形動) 連續，接連不斷。△～にしゃべる／滔滔不絶地講。△～に得点した／連續得分。

たてつぼ [建坪] (名) 建築物佔地面積的坪數。△～ 35 坪の家／佔地面積 35 坪的房子。

たてとお・す [立て通す] (他五) 堅持到底。△自説を～／始終堅持自己的見解。

たてなお・す [立て直す] (他五) ① 修復，恢復。△崩壊に瀕した組織を～／恢復瀕於崩潰

的組織。② 重搞。△計画を～／重搞計劃。△陣容を～／重整陣容。

たてなお・す [建て直す] (他五) 重建，改建。△家を～／翻蓋房子。

たてなみ [縦波] (名)〈理〉縦波。↔ よこなみ

たてひき [立て引 (き)・達引] (名) 固執己見，爭執。

たてひざ [立て膝] (名・自サ) 支起一條腿坐。△～してさいころを振る／支起一條腿坐着擲骰子。

たてぶえ [縦笛] (名) 竪笛，簫等。↔ よこぶえ

たてふだ [立て札] (名) 告示牌。△～をたてる／立告示牌。

たてまえ [建て前・立て前] (名) ① 方針，原則。△現金取引の～を取っている／採取現錢交易的方針。② 表面上的原則。△～ではなく本音を言ったらどうだ／別老説不落實的原則。講講真心話好不好。② 上樑，上樑儀式。→むねあげ

だてまき [伊達巻き] (名) 魚末雞蛋捲。

たてまし [建て増し] (名・他サ) 增建，擴建。△子ども部屋を～する／增建孩子的房間。△離れを～する／擴建廂房。→增築

たてまつ・る [奉る] (他五) ① 奉，獻。△書を～／獻上書信。② 捧。△会長に～っておけば文句は言わないさ／捧如當個會長他就没意見了。Ⅱ (接尾) 表示謙恭。△頼み～／奉託。△新年を賀し～／恭賀新年。

たてみつ (名) (相撲) 力士腰帶的兜襠。

たてむすび [縦結び] (名) (打死扣的一種方法) 反扣。↔ まむすび

たてもの [建物] (名) 房屋，建築物。△～を建てる／蓋房，建造房屋。

たてやくしゃ [立て役者] (名) ①〈劇〉主角，主要演員。② 核心人物，骨幹。△彼は政界の～だ／他是政界的核心人物。

- **だてら** (接尾) 不相稱，不應該。△子ども～に／一個小孩子居然…△女～に／一個女人竟然…

た・てる [立てる] Ⅰ (他下一) ① 立，竪立。△電柱を～／立電綫杆。△えりを～／立起衣領。↔ よこたえる ② 派遣。△使者を～／派遣使者。△人を～てて交渉する／派人交涉。③ 制定。△計画を～／制定計劃。△誓いを～／起誓。④ 用，有用。△役に～／使之有用。⑤ 推薦，讓當…△彼を証人に～／叫他作證人。△候補者を～／推薦候選人。⑥ 保全，保住。△顔を～／保全面子。△義理を～／盡情分。⑦ 扎。△のどに魚の骨を～／魚刺扎了嗓子。⑧ 關，閉。△戸を～／關門。⑨ 掀起，起。△波を～／掀起波浪。△腹を～／生氣。△角を～／找碴。⑩ 響起，作聲。△大きな音を～／發出巨響。⑪ 揚起，冒。△煙を～／冒煙。⑫ 傳播。△うわさを～／傳播謡言。△名を～／揚名。⑬ 維持。△生計を～／維持生活。⑭ 尊敬。△恩人として～／尊為恩人。△兄貴

に～／尊為兄長。Ⅱ（接尾）（接動詞連用形下）加強語氣。△気をひき～／鼓起幹勁。△さわぎ～／大吵大嚷。

た・てる［建てる］（他下一）建造，建立。△工場を～／建廠。△学校を～／創辦學校。

だてん［打点］（名）（棒球）撃球得分。△～のあげる／獲得撃球分數。

だでん［打電］（名・自サ）打電報。△ともだちに～する／給朋友打電報。△本国に～する／給國內打電報。

たとい（副）⇨たとえ

だとう［妥当］（名・形動・自サ）妥當，恰當，正確。△～な結論／恰當的結論。△～を欠く／欠妥。△～な方法を取る／採取妥善的方法。△～な線／恰當的程度。△普遍-性／放之四海而皆準。

だとう［打倒］（名・他サ）打倒，打敗。△内閣～／打倒内閣。△侵略者を～する／打敗侵略者。

タトゥー［tattoo］（名）刺青，紋身。

たどうし［他動詞］（名）〈語〉他動詞。↔自動詞

たどうせいしょうがい［多動性障害］（名）（兒童的）多動症，多動障礙。HD。

たとえ［譬え・喩え］（名）① 比喩。△これはあくまでも～です／這只不過是個比喩而已。② 例子。△～を引いて話す／舉例説明。

たとえ［仮令・縦令］（副）（後與 "とも" "ても" "たって" "でも" 等相呼應）即使，儘管，縱然。△～反対されてもおしとおす／即使遭到反對也要堅持到底。△～冗談でもこんなことを言ってはいけない／即使是開玩笑也不能説這種話。

たとえば［例えば］（副）例如，比如。△私は日本古来のもの、～歌舞伎などが好きです／我喜歡日本古代的東西，譬如歌舞伎等等。

たと・える［譬える・喩える］（他下一）① 比喩，比方。△～えて言う／打個比喩説。△美人を花に～／把美人比喩成花。② 舉例説明。

たどく［多読］（名・他サ）多讀，泛讀。△～主義／多讀主義，主張廣泛涉獵，多讀多看。

たどたどしい［辿辿しい］（形）不利落，不穩。△～足つき／蹣跚的腳步。△字を書くのも～ようすだ／連字都寫得東倒西歪的。△～英語／結結巴巴的英語。

たどりつ・く［辿（り）着く］（自五）好容易才走到，掙扎走到。△やっと頂上に～／好容易才登上山頂。

たど・る［辿る］（他五）① 沿一定路綫前進。△家路を～／走上回家的路途。△同じような経過を～／按同樣的過程發展。△平行線を～／走平行的路綫。② 按一定綫索尋找。△地図を～って捜し当てる／照着地圖找。△記憶を～／追溯往事。△縁故を～／求親告友。③ 走艱難的路程。△衰退の一途を～／每况愈下。△不運な人生を～／經歷坎坷的命運。

たどん［炭団］（名）煤球。△～屋／煤鋪。△～

をいけておく／把煤球火壓上。△～に目鼻／長得難看。

たな［棚］（名）① 擱板。△～をつる／吊擱板。② 棚，架。△ふじだな／藤蘿架。△ブドウだな／葡萄架。③ 海中魚的游泳層。

たなあげ［棚上げ］（名・他サ）① 擱置不處理。△難問を～する／把難問題擱置起來。② 架空。△会長を～にする／架空會長。

たなうけ［店請（け）］（名）替租房人擔保（的人）。

たなおろし［棚卸し］（名・他サ）① 盤點，盤貨。△～につき休業／盤點貨物停止營業。② 挑（別人的）毛病，背後議論別人的缺點。△人の～をするな／不要議論人家的短處。

たなからぼたもち［棚から牡丹餅］（連語）福從天降。

たなこ［店子］（名）租房人，房客。↔おおや

たなご［鱮］（名）鰱魚。

たなごころ［掌］（名）掌，手掌。→てのひら

たなごころをかえす［掌を返す］（連語）① 易如反掌。② 善變，變卦。

たなごころをさす［掌を指す］（連語）瞭如指掌，毫無疑問。

たなざらえ［棚浚え］（名・自他サ）清理貨底賤賣。△～大売出し／清倉大甩賣。△冬物整理のため～をする／為清理冬季衣物清倉賤賣。

たなざらし［店晒し］（名）陳貨，滯銷貨。△～の品／滯銷的商品。

たなだ［棚田］（名）梯田。

たなちん［店賃］（名）房租。

たなにあげる［棚に上げる］（連語）束之高閣，不聞不問。△自分のことは～て人のことばかりせめる／自己的問題隻字不提，光責怪他人。

たなばた［七夕］（名）① 七夕，乞巧日。② 織女星。

たなび・く［棚引く］（自五）飄搖，繚繞。△白い雲が～／白雲繚繞。

たなぼた［棚ぼた］（名）福自天降。△～式のもうけ／意外之財。

たなん［多難］（名・形動）多難，多災。△前途～／前途多難。△国家～の時／國家多難之時。

たに［谷］（名）① 谷，山澗，溪谷。△山や～を越える／翻山越谷。② 波谷。△浪の～／波谷。△気圧～／（氣象）低壓槽。

だに［壁蝨］（名）① 壁蝨。② 地痞。△町の～／鎮上敲詐人的壞蛋。

たにあい［谷合い］（名）山谷，山澗。△～の流れ／山澗的溪水。→たにま

たにあし［谷足］（名）（滑雪）站在斜坡時下方的腳。↔やまあし

たにかぜ［谷風］（名）谷風。

たにがわ［谷川］（名）溪流，溪澗。

たにく［多肉］（名）（果）肉多。

たにし［田螺］（名）田螺，螺螄。

たにそこ［谷底］（名）山澗底，谷底。

たにぶところ［谷懐］（名）山坳。

たにま［谷間］(名) 山澗，峽谷。△～に堰をきずく／在峽谷裏修築堤壩。⇨たにあい

たにん［他人］(名) ① 別人，他人。△病気のつらさは～にはわからない／生病的痛苦別人是不知道的。② 外人，局外人。△赤の～／毫無關係的人。

たにんぎょうぎ［他人行儀］(名・形動) 見外。△～はよしてもらおう／不要見外。△～なことば／客套話。

たにんず［多人数］(名) ⇨たにんずう

たにんずう［多人数］(名) 眾多的人。

たぬき［狸］(名) ① 貉。② 滑頭。△～じじい／狡猾的老頭子。△～おやじ／老奸巨猾。

たぬきねいり［狸寝入り］(名・自サ) 裝睡，假睡。△～をきめこむ／裝睡。

たね［種］(名) ① 種籽。△～をまく／播種。② (動物的) 種，品種。△～をつける／配種。△～がいい／品種好。③ 原因，根源。△けんかの～／爭吵的原因。④ 材料，話題。△話の～／話題。△小説の～をあさる／搜集小説的題材。⑤ 秘密。△～を明かす／揭開謎底。拆穿西洋鏡。

たねあかし［種明か(し)］(名・自サ) 揭穿戲法，解疑。△～をすれば何でもないことだ／秘密一揭開，並沒有甚麼了不起的。

たねあぶら［種油］(名) 菜籽油。△～で揚げものをする／用菜籽油炸東西。

たねいた［種板］(名)〈攝影〉原版，底版。

たねいも［種芋］(名) 種薯。(做種用的馬鈴薯、白薯等)

たねうし［種牛］(名) 種牛。

たねうま［種馬］(名) ① 種馬。②〈俗〉男人。

たねおろし［種下(ろ)し］(名) 播種。

たねがわり［種変わり］(名) ① 同母異父(的兄弟姊妹)。②(植物) 變種。

たねぎれ［種切れ］(名) ① 種籽用盡。② 材料斷絕。△もう話が～です／再無話可講了。

たねちがい［種違い］(名) ⇨たねがわり

たねとり［種取り］(名) ① 植物留種，田間選種。△～をする／留種。② 採訪新聞等材料(的人)。△～に行く／去採訪新聞。③ 種畜。

たねほん［種本］(名) 參考書，藍本。△この小説の～を発見した／發現了這部小説的藍本。

たねまき［種蒔(き)］(名・自他サ) 播種，種地。△畑に～に行く／到田地裏去播種。

たねん［多年］(名) 多年。△～の努力が水のあわになった／多年的努力成了泡影。△～の希望を達する／完成了多年的宿願。

たねんせい［多年生］(名) ⇨たねんそう

たねんそう［多年草］(名) 多年生草(本)。

– だの (副助) 表示並列。△お菓子～くだもの～ずいぶん食べたね／又是點心，又是水果，吃了不少。△彼はなん～かん～と理屈ばかりこねている／他喜歡説三道四強詞奪理。→やら

たのう［多能］(名・形動) ① 多能，多才。△多芸～／多才多藝。② 萬能，多方面的功能。△～

工作機械／萬能工作母機。

たのし・い［楽しい］(形) 快樂，愉快。△～クリスマス／快樂的聖誕節。△～く遊ぶ／愉快地玩耍。

たのしみ［楽しみ］(名) 樂趣，快樂。△読書の～／讀書之樂。△お目にかかれる日を～に待っています／熱切盼望能見到你那一天。

たのし・む［楽しむ］(自他五) ① 快樂，享樂。△つりを～／釣魚為樂。△音楽を～／欣賞音樂。△人生を～／享受人生的樂趣。② 盼望，期待。△孫の成長を～／一心盼望孫子長大。

たのみ［頼み］(名) ① 請求，懇求。△～がある／有事相求。△～をききいれる／答應請求。② 信賴，依靠。△彼は～にならない／他靠不住。△～のつな／唯一的依靠。

たのみい・る［頼みいる］(他五) 一再請求，懇求。

たのみこ・む［頼み込む］(他五) (一再) 懇求。

たのみすくな・い［頼み少ない］(形) 沒有依靠，沒有指望。

たの・む［頼む］(他五) ① 請求，懇求，委託。△借金を～／請求借錢。△先生に子供の教育を～／拜託老師教育孩子。② 請，僱。△医者を～／請醫生。△自動車を～んでください／請僱一輛汽車。

たのもし・い［頼もしい］(形) ① 可靠，靠得住。△彼は～人です／他是靠得住的人。② 有出息，有前途。△～音楽家／有前途的音樂家。

たは［他派］(名) 別的黨派。

たば［束］Ⅰ(名) 束，把，捆。△新聞の～／捆成一捆捆的報紙。△まきを～にする／把劈柴捆起來。Ⅱ (接尾) 束，把，捆。△一～／一束。△10～の花／十束花。

だは［打破］(名・他サ) ① 打敗。△敵を～する／打敗敵人。② 破除。△悪習を～する／破除惡習。△迷信を～する／破除迷信。

だば［駄馬］(名) ① 馱馬。△荷物を～で運ぶ／用馱馬運行李。② 駑馬，劣馬。

たばか・る［謀る］(他五) 欺騙，暗算。△相手をうまく～／巧騙對方。

タバコ［tobacco］(名) 煙草，煙葉，香煙。△～をすう／吸煙。△～1箱／一盒煙。△～をやめる／戒煙。

たはた［田畑］(名) 地，田地。△～を耕す／耕地。

たはつ［多発］(名・自サ) ① 經常發生，多發。△事故～地域／事故多發地區。② 多引擎(飛機等)。△～式／多引擎式飛機。

たば・ねる［束ねる］(他下一) ① 捆，紮。△髪を～／束髮。② 管理，治理。△家を～／管理家務。△店を～／管理商店。

たび［度］Ⅰ(名) 每次。△子供は見る～に大きくなる／孩子每見到一次都發現他長大了。Ⅱ(接尾) 回次，次。△ひと～／一次。△いく～／幾次。

たび［足袋］(名) 拇趾和其他腳趾分開的白色布襪。△地下～／拇趾和其他腳趾分開的膠鞋。

たび［旅］（名）旅行。△〜にでる／外出旅行。△かわいい子には〜をさせよ／要使心愛的孩子健康成長，就應讓他外出鍛煉，見見世面。

だび［茶毘］（名）火葬。△〜に付する／火葬。

たびかさな・る［度重なる］（自五）重複，屢次。△〜失敗／屢遭失敗。

たびげいにん［旅芸人］（名）出外賣藝的人，江湖藝人。

たびさき［旅先］（名）旅途，旅行地。△〜からのたより／旅行地的來信。

たびじ［旅路］（名）旅途，旅程。△〜の景色をたのしむ／欣賞旅途上的風光。

たびじたく［旅支度・旅仕度］（名）① 旅行的準備。△〜をする／準備旅行。② 行装。△〜をそろえる／備齊行裝。→旅装

たびだ・つ［旅立つ］（自五）出發，起程。△ヨーロッパへ〜った／起程去歐洲旅行。

たびたび［度度］（名）屢次，常常。△〜の訪問／屢次訪問。△今年は〜地震があった／今年多次發生地震。→再三

たびのはじはかきすて［旅の恥は掻き捨て］（連語）旅行在外無相識，現眼出醜無人知。

たびはみちづれ，よはなさけ［旅は道づれ，世はなさけ］（連語）旅行要伴侶，處世要互助。行旅好伴，住要好鄰。

たびびと［旅人］（名）旅行者。

たびもの［旅物］（名）外地運來的魚類蔬菜。

たびやくしゃ［旅役者］（名）巡迴演出的藝人。

たびやつれ［旅窶れ］（名）旅行勞累，因旅行而面容消瘦。

たびょう［多病］（名）多病，愛生病。

ダビング［dobbing］（名）① 配音複製。② 影片的攝影，錄音等全部攝製過程。

タフ［tough］（形動）① 頑強，堅韌不拔。△まったく〜な男だ／真是個硬漢子。△〜ガイ／硬漢，頑強的人。② 強壯。△〜な体／強壯的身體。

タブ［tab］（名）〈IT〉跳位字元。

タブー［taboo］（名）① 禁忌，戒律。② 避諱，忌諱。△欧米で女性の年齢をきくことは〜である／在歐美，忌諱詢問女性的年齢。

たぶつ［他物］（名）① 其他東西。② 別人的東西。

だぶつ・く（自五）① 過多，過剰。△輸出がのびず製品が〜／出口不振，産品過剩。②（衣服等）過於肥大。△着物が〜／衣服肥大不合體。③（液體）晃蕩。△水を飲み過ぎて腹が〜／水喝多了，肚子裏晃晃盪盪的。

たぶらか・す［誑かす］（他五）騙，誑騙。△人を〜して金を巻き上げる／騙人誑錢。

ダブリュー［W・woman］（名）女性。↔ M（エム）

ダブリューシー［W・C water closet］（名）（公共）廁所。

ダブル［double］（名）① 對，雙。△〜ベッド／雙人牀。↔ シングル ② 雙重，兩倍。△〜スチール／（棒球）雙偷壘。△〜パンチ／（拳撃）兩次連打。③ 雙重打撃。

ダブ・る（自五）① 重複。△おなじ映画の切符を〜って買ってしまった／一様的電影票買了兩張，把電影票買重了。② 疊印。△フィルムが〜って写った／膠卷照重影了。③（棒球）雙殺。

ダブルカーソル［double cursor］（名）上下都可以拉的拉鏈。

ダブルクリック［doubleclick］（名・ス他）〈IT〉雙撃。

ダブルス［doubles］（名）雙打。△男子〜／男子雙打。△〜の試合／雙打比賽。↔ シングルス

ダブルスカール［double sculls］（名）（賽艇）雙人雙槳。

タブルスタンダード［double standard］（名）雙重標準。

ダブルディグリー［double degree］（名）雙學位。

ダブルデッカー［double decker］（名）雙層巴士，雙層牀。

ダブルトーク［double talk］（名）誇張而含糊的話，含糊其詞。

ダブルプレー［double play］（名）雙殺，並殺。△〜をねらう／伺機雙殺。

ダブルベース［double bass］（名）⇨ コントラバス

ダブルボタン［double buttoned］（名）雙排鈕，雙排鈕扣上衣。

ダブルミス［double miss］（名）雙重錯誤。

ダブルルーム［double room］（名）雙人房間。（配有一張雙人牀的旅館房間）。

ダブルレール［double rail］（名）單綫鐵路。

ダブルロール［double role］（名）一人演兩個角色。

タブレット［tablet］（名）〈IT〉繪圖板。

タブロイド［tabloid］（名）對開。△〜判／對開。

たぶん［他聞］（名・自サ）別人聽見。△〜をはばかる／怕別人聽見。

たぶん［多分］I（副）恐怕是，大概。△〜雨が降るでしょう／恐怕要下雨。II（名）大量，多。△〜にある／很多。△〜の出資が得られた／得到很多的資金。

たぶんかしゅぎ［多文化主義］（名）多文化主義。

たべざかり［食べ盛り］（名）正是能吃的年齢。食慾旺盛的年齢。

たべずぎらい［食べず嫌い］（名）沒嘗就不愛吃（的人）。→くわずぎらい

たべもの［食べ物］（名）食物。△〜にうるさい／吃的講究。

たべよごし［食べ汚し］（名）吃得杯盤狼藉（的飯菜）。

た・べる［食べる］（他下一）① 吃。△お粥を〜／喝粥。△子供にご飯を〜／餵孩子吃飯。△こんなにたくさんは〜べきれない／這麼多我吃不了。② 生活。△給料で〜／靠工資生活。

たべん［多弁］（名・形動）愛説話，話多。△〜能なし／耍嘴皮子的沒本事。

だべん［駄弁］（名）閑話，廢話。△〜を弄する／閑扯。

たへんけい［多辺形］(名) 多邊形。

だほ［拿捕］(名・他サ) 捕拿 (敵國、外國的船隻)。△～条項／捕拿條款。

たほう［他方］I (名) 他方，另一方面。△～の言い分もきく／也聽聽其他方面的意見。II (副) 另一方面。△弟はスポーツはとくいだが→勉強にはよわい／弟弟很擅長體育，但另一方面，學習卻很差。

たぼう［多忙］(名・形動) 繁忙，忙碌。△～をきわめる／十分繁忙。

たぼう［多望］(名・形動) 大有希望。△前途～／前途大有希望。

たほうめん［多方面］(名・形動) 多方面。△～にわたる学識／學識淵博。

だぼくしょう［打撲傷］(名) 跌打損傷，碰傷。△～をうける／跌打損傷。

ダボスかいぎ［ダボス会議］(名) 達沃斯會議。

だぼん［駄本］(名) 無聊之書。

たま［玉］(名) ① (也寫"珠・璧") 珠寶，玉石。△～にきず／白璧微瑕，美中不足。△掌中の～／掌上明珠。△～をころがすよう／珠走玉盤。② (也寫"球") 球，球形物。△～を投げる／投球。△～をつく／打球。△～がきれた／燈泡鎢絲斷了。△百円だま／一百日圓硬幣。③ (也寫"弾丸・丸") 槍彈，炮彈。④〈俗〉釘書器的釘。

たま［霊］(名) 靈魂。

たまあし［球足］(名) 球滾動的速度。△～がはやい／球滾動得快。

たまう［賜う］I (他五) 賜，給。△おほめの言葉を～／蒙受誇獎。II (接尾) (接動詞連用形) 表示對對方動作的尊敬。

たまえ［給え］(補助) 稍帶客氣語氣的命令。△ときどき遊びにき～／常來玩吧。△読み～／讀吧。

たまがき［玉垣］(名) 神社周圍的木柵欄。

たまぐし［玉串］(名) ① 玉串。(神社祭神用的一端纏着布條和紙條的楊桐樹枝) ② 楊桐的美稱。

たまくら［手枕］(名) 以臂當枕。

たま・げる［魂消る］(自下一) 吃驚，嚇一跳。△～げてぽかんと立っている／嚇得呆若木雞。

たまご［卵］(名) ① (鳥、魚、蟲的) 卵。△魚の～／魚子。△かいこの～／蠶子。② 雞蛋。③ 未成熟，幼雛。△医者の～／醫學院學生。

たまごいろ［卵色］(名) ① 蛋殼色。② 蛋黃色，淡黃色。

たまごとじ［玉子綴じ］(名) 雞蛋湯，木須湯。

たまごどんぶり［卵丼］(名) 扣碗雞蛋澆飯。

たまごまき［卵巻き］(名) 雞蛋捲。

たまごやき［卵焼き］(名) 煎雞蛋。

たまざいく［玉細工］(名) 玉器工藝，玉器。

たまさか［偶さか］(副) ① 偶爾，稀罕。△～(に) 起こる事件だ／偶爾發生的事件。② 意外的相遇。△～出会った／出乎意料地相見了。

たまざん［玉算・珠算］(名) 珠算。△～をはじく／打算盤。

だまし［騙し］(名) ① 欺騙，哄騙。② 騙子。

だましあい［騙し合い］(名) 互相欺騙。

たましい［魂］(名) ① 靈魂，魂魄。△死者の～をなぐさめる／安慰亡魂。△仏つくって～入れず／畫龍而不點睛。② 精神，氣魄。△～を奪う／奪人心魄。

たましいをいれかえる［魂を入れかえる］(連語) 脱胎換骨，改過自新。

たましいをひやす［魂を冷やす］(連語) 膽戰心驚。

だましうち［騙し討ち］(名・他サ) 攻其不備，突然襲擊。△人を～にする／暗算人。

だましこ・む［騙し込む］(他五) 騙得巧妙徹底。

たまじゃり［玉砂利］(名) 大粒砂子。△～をしきつめる／鋪滿大粒砂子。

だま・す［騙す］(他五) ① 騙，欺騙。△やすやすと～される／輕易地受騙。△～して物をとる／騙取東西。② 哄。△子どもを～して寝つかせる／哄孩子睡覺。

たまたま［偶偶］(副) ① 偶然，碰巧。△～隣りあわせた人／偶然碰在一起的人。△～その事件を目撃した／偶然目睹了那個事件。② 偶爾，有時。△～電話をかける／有時打個電話。

たまだれ［玉垂れ］(名) 珠簾。

たまつき［玉突き］(名) 枱球。△～をする／打枱球，打彈子。△～場／枱球房。

たまつくり［玉造 (り)］(名) 琢玉，玉匠。

たまつばき［玉椿］(名) "ツバキ"的美稱：山茶花。

たまてばこ［玉手箱］(名) ① (童話) (浦島太郎在龍宮從龍王公主手裏得到的) 玉匣，珠寶箱。② 收藏珍貴物品的小盒子。△あけてくやしい～だった／打開一看，竟大失所望。

たまと［袂］(名) ① (和服的) 袖兜，袖子。△～の長い着物／長袖子和服。△～を連ねる／共同行動。△～を分つ／離別，絕交。② 山腳，橋頭。△山の～／山腳下。△橋の～／橋頭。

たまとり［玉取り］(名) (在空中擲出兩個以上的球，然後進行兩手傳遞的) 玩球技藝，要球。

たまな［玉菜］(名) 甘藍，捲心菜。→キャベツ

たまなし［玉無し］(名) 弄壞，糟蹋。△～にする／弄壞。

たまに (副) 偶爾。△～会う／偶爾見一面 (不常見)。△～来たんだからゆっくりしていきなさい／你不常來，多坐一會吧。

たまねぎ［玉葱］(名) 葱頭，玉葱。

たまの［玉の］(連語) ① 如玉珠般的。△～汗／大汗珠兒。② 玉作的，玉製的。△～杯／玉杯。③ 美麗的。

たまのお［玉の緒］(名) ① 串珠的繩。② 命，生命。

たまのこし［玉の輿］(連語) (顯貴坐的) 綵輿。

たまのこしにのる［玉の輿に乗る］(連語) (女人) 因結婚而獲得高貴的地位。

たまのり［玉乗り・球乗り］(名) (雜技) 踩球 (藝人)。

たまぶさ［玉房・玉総］(名) 圓纓，圓穗，絨球。

たまぼこ［玉鉾］(名)(“矛”的美稱) 矛。

たままつり［霊祭り］(名)① 祭祖。②(中元節舉行的) 盂蘭盆祭祀活動。

たまむし［玉虫］(名) 玉蟲，吉丁蟲。

たまむしいろ［玉虫色］(名)(紡織品因光綫變化) 忽綠忽紫的顏色，閃光色。

たまもく［玉目］(名) 漩渦狀細密木紋。

たまもの［賜物］(名)① 賞賜，賜給的東西。△私の今日あるのは彼の～だ/我有今天全是他給的。②…的好結果。△彼の成功は努力の～だ/他的成功是努力的結果。

たまや［霊屋］(名) 祠堂，家廟。

たまゆら(副)〈文〉短暫，刹那間。△～のいのち/短暫的生命。

たまよけ［玉除(け)・弾除(け)］(名) 防彈(具)。△～のチョッキ/防彈背心，防彈衣。

たまらな・い［堪らない］(形) 忍受不了，難以忍受。△心配で～/惦念得不得了。△忙しくて～/忙得不亦樂乎。

たまり［溜まり］(名)① 積存，聚集。② 休息處。③ 大豆醬油。④ 大醬液。

たまりか・ねる［堪り兼ねる］(自下一) 忍耐不住，難以忍受。△～ねて笑い出した/忍不住笑起來了。

だまりこく・る［黙りこくる］(自五) 默不作聲，一言不發。△なにをきかれても～/人家問甚麼都默不作聲。

だまりこ・む［黙り込む］(自五) 保持沉默，沉默無言。

だまりや［黙り屋］(名) 沉默寡言的人。

たま・る［堪る］(自五) 忍耐，忍受，受得了。△～ったもんじゃない/令人不能容忍。

たま・る［溜まる］(自五)① 積存，積攢。△水が～/積水。△だいぶお金が～った/攢了很多錢。△借金が～/負了很多債。② 積壓。△仕事が～/工作積壓。

だま・る［黙る］(自五)① 不説話，沉默。△～って本を読む/默默地看書。② 不聞不問，不理。△子供のけんかを～って見ていてはいけない/孩子打架不能看着不管。③ 不告訴，不打招呼。△～って休む/不請假缺課(不上工)。△親に～って友だちと旅行に行った/背着父母跟朋友旅行去了。

たまレタス［玉レタス］(名) 捲心萵苣，球葉萵苣。

たまわりもの［賜(わ)り物］(名) 賞賜品，領受的賞品。

たまわ・る［賜る］(他五)① 蒙賜。△なにかとご教示を賜りありがとうございます/蒙您多方指教，十分感謝。② 賜，賞賜。△ごほうびを～/賜給獎品。

たみ［民］(名)① 人民，百姓。△～の声/人民的呼聲。②(對君主而言的) 臣民。

ダミー［dummy］(名)①(試衣用的) 假人。② 廣告假人。③ 替身，傀儡。④(橄欖球) 作遞球的假動作。

ダミーアンテナ［dummy antenna］(名) 假天綫。

ダミーウインドー［dummy window］(名)〈建〉假窗。

ダミーパス［dummy pass］(名)(橄欖球) 假傳。

ダミープレート［dummy plate］(名) 隔板。

たみぐさ［民草］(名)〈文〉人民，子民。

だみごえ［濁声］(名) 嘶啞的聲音。△～で怒鳴る/聲嘶力竭地吼叫。

だみん［惰眠］(名)① 睡懶覺。② 無所事事，虛度光陰。△～をむさぼる/遊手好閑。

ダム［dam］(名) 堤堰，水庫。△～を築造する/建造水庫。

ダムアップ［dam up］(名)〈建〉擋起，壘高。

たむ・ける［手向ける］(他下一)①(向神佛)奉獻。△仏に花を～/向佛獻花。→供える② 餞行，臨別贈言。

ダムサイト［dam site］(名) 壩址。

たむし［田虫］(名)〈醫〉頑癬，錢瘡。△～ができる/長頑癬。

ダムショー［dumb show］(名) 啞劇。

ダムピアノ［dumb piano］(名)(練習用) 無聲鋼琴。

ダムベル［dumb bell］(名) 啞鈴。

たむろ［屯］(名) 集合處，陣營。

たむろ・する［屯する］(自サ) 集合，聚集。△町角に人が～している/街上聚集着許多人。

ため［為］(名)① 利益，好處。△運動はからだの～になる/運動對身體有好處。△子の～を思う/為孩子着想。②(表示目的) 為了。△何の～に勉強するのか/為了甚麼而學習？③(表示原因) 因為。△病気の～欠席する/因病缺席。

ため［溜(め)］(名)① 積存，積存處。② 污水坑，糞坑。③(江戸時代) 收容病犯的牢房。

だめ［駄目］(形動)① 無用，白費。△いくら言ったって～だ/怎麼説也白費。② 無望，不可能。△モーターが～になった/馬達壞了。③ 不行。△笑っては～です/別笑，不許笑。④ 差，劣。△以前の製品はいまのものにくらべたら品質が～だ/以前的產品質量同現在的相比差得多了。

ためいき［溜め息］(名) 嘆氣，唉聲嘆氣。△～をつく/嘆氣。

ためいけ［溜池］(名) 貯水池，水塘。△農業用の～をほる/挖農用水塘。

ダメージ［damage］(名) 損壞，破壞，損傷。△手痛い～を受ける/受到嚴重損害。

ためおけ［溜(め)桶］(名) 糞桶(馬桶)。

だめおし［駄目押し］(名・自サ)① 再三囑咐，再次確認。△今日は必ず返金するよう～してきた/再三囑咐，今天一定要還錢。②(棒球) 勝負大局已定後又多得的分。△～の２点/又多得二分取勝。

ためがき［為書］(名)(書畫等的上款) 贈言，贈詩。

ためこ・む［溜(め)込む］(他五) 積攢，儲存。△金を～/攢錢。

ためし［例し］（名）先例，實例。△彼はおこった～がない／他從來沒有發過火。△ドイツ語はまだ教えた～がない／沒有教德文的經驗。

ためしに［試しに］（副）試，嘗試。△わたしが～やってみよう／我來試一試看。△～使ってみる／試用。△靴を～はいてみる／試鞋。

ため・す［試す］（他五）試，試驗。△機械の調子を～／試機器。△やれるかどうか～してみよう／不知能否做，先試試看。

ためすじ［為筋］（名）① 有利的途徑。② 好顧客，好主顧。

ためつすがめつ［矯めつ眇めつ］（副）仔細端詳。△～ながめる／仔細端詳。

ためぬり［溜（め）塗り］（名）醬紅色漆之塗法。

ためら・う［躊躇う］（自五）躊躇，猶像。△～ことなく／毫不猶豫。△はっきりした返事を～／不作明確答覆。

た・める［溜める］（他下一）積，蓄，存。△お金を～／攢錢。△水を～／蓄水。△切手を～／收集郵票。△だいぶ仕事を～めてしまった／積壓了很多工作。

た・める［矯める］（他下一）① 矯正，弄直。△姿勢を～／矯正姿勢。② 矯正，改正。△悪い癖を～／改正惡習。

だめをおす［駄目を押す］（連語）再次確認，叮問。△一応はじゅうぶん～してみよう／再好好地叮問一下看看吧。

ためん［他面］I（名）其他方面，另一方面。△～から考察する／從其他方面考察。II（副）從另一方面來說。△彼は勇敢だが～涙脆いところがある／他很勇敢，但另一方面有時很脆弱。

ためん［多面］（名）① 多面。△～角／多面角。△～体／多面體。② 多方面。△～にわたって利用価値がある／在許多方面有使用價值。△彼の活動は～だ／他活動面很廣。

ためんたい［多面体］（名）〈數〉多面體。

たも（名）⇨たもあみ

たもあみ［たも網］（名）（帶柄的）小撈網。

たも・う［賜う・給う］（他五）⇨たまう

たもう［多毛］（名）多毛。△～症／多毛症。

たもうさく［多毛作］（名）一年多熟，多茬作物。↔ 一毛作

たもくてき［多目的］（名）多種目的，綜合。△～ダム／綜合性水庫。

たも・つ［保つ］I（他五）① 堅持，保持。△原則を～／堅持原則。△最高の水準を～／保持最高水平。② 維持。△安定を～／維持安定。II（自五）保持住，持續。△3 年は～／能保三年。

たもとをつらねる［袂をつらねる］（連語）成為夥伴，建立夥伴關係。

たもとをわかつ［袂をわかつ］（連語）斷絕關係。

だもの［駄物］（名）劣等貨，次品。

たや・す［絶やす］（他五）① 消滅，撲滅。△天然痘を～／消滅天花。② 斷絕。△火種を～さ

ないようにする／別讓火滅了。△笑顔を～さない／總是笑瞇瞇的。

たやす・い［容易い］（形）容易。△～仕事／容易的工作。△～く金をもうける／錢賺得容易。

たやまかたい［田山花袋］〈人名〉田山花袋（1871-1930）。明治、大正時期的小説家。

たゆう［大夫・太夫］（名）①（日本古時的）上等藝人。②（歌舞伎的）旦角。③（江戸時代）高級妓女。

たゆた・う（自五）① 漂盪，漂浮。△波に～木の葉／漂浮在波浪上的樹葉。② 躊躇，游移不定。△～心／動搖不定的情緒。（也説“たゆとう”）

たゆと・う（他五）⇨たゆたう

たゆ・む［弛む］（自五）鬆弛，鬆懈。△～ことなく／堅持不懈。△～まぬ努力をつづける／堅持不懈地努力。

たよう［他用］（名）① 其他用途。② 其他事情。

たよう［多用］（名）事多，繁忙。△今週はとくに～です／這個星期我特別忙。→多忙

たよう［多様］（形動）多種多樣，各式各樣。△～性／多樣性。△多種～のポスターははってある／貼著各種各樣的宣傳書。→種種

たより［便り］（名）信，消息。△～をする／通信。△花の～／花訊。△～がない／沒有音信。△風の～に聞く／風聞。

たより［頼り］（名）① 依靠，信賴。△～になる／可靠。靠得住。△あなたを～にしている／全指望你了。△地図を～に尋ねあてる／靠地圖找到。② 線索。△しらべる～がなにもない／毫無調查的線索。

たよりな・い［頼りない］（形）① 無依無靠。△～老人／無依無靠的老人。② 不可靠，沒有把握。△～英語だ／沒有把握的英語。

たよ・る［頼る］（自五）靠，依靠，藉助。△杖に～って歩く／拄着枴杖走路。△親に～／依靠父母。

たら［鱈］（名）鱈魚，大頭魚。

－たら I（副助）①（以出乎意料的心情，作為話題提出）談到，提到。△田中さん～案外親切なのね／沒想到田中這個人倒是很熱情的。②（程度）太甚，厲害。△きたないっ～話にならない／髒得不像話。II（終助）①（以迫切的心情，催促對方按自己的要求去做）啊，呀。△早くしろっ～／快一點呀。②（女性表示委婉地命令或勸告）△くずくずしないで，さっさとやっ～／別磨蹭，快點幹吧。可真…別提了。△まあ，あなたっ～／哎呀，你可真太那個了。

ダラー［dollar］（名）美元。→ドル

ダラーショーテージ［dollar shortage］（名）美元不足，美元短缺。

たらい［盥］（名）盆。△金～／金屬製的盆。△洗濯～／洗衣盆。

ダライバン［荷 draaibank］（名）車牀。

たらいまわし［盥回し］（名）① 蹬盆雜技。②

輪流。△政権を～にする／輪流執政。△病院を～にされる／被各個醫院推來推去。
だらく［堕落］(名・自サ) 墮落，走下坡路。△～した政治／腐敗的政治。
-だらけ (接尾)(接體言) 滿是，全是。△借金～／一身債務。△汗～／滿身是汗。
だら・ける (自下一) 鬆懈，懶散。△暑くなると人はみな～／天氣一熱人就懶洋洋的。△～けた生活／散漫的生活。→だれる
たらこ［鱈子］(名) 鹹鱈魚子，鱈魚子。
たらし［滴］(名) 滴。△醤油一～／醬油一滴。
だらし (名) 嚴緊，謹慎。△～のない家／①不整齊的家。②不會過日子的家庭。
たらしこ・む［誑し込む］(他五) 誘騙，巧騙。△女を～／誘騙婦女。
だらしな・い (形) ①不檢點，散漫，放蕩，邋遢。△彼の生活は～／他生活很散漫。△彼女は男に～／她是個騷貨。②沒出息，懦弱。△これぐらいでへたばるなんて～ぞ／這麼點事就氣餒了，真沒出息。
たら・す［垂らす］(他五) ①垂，吊。△幕を～／落幕。△おさげを～／垂着辮子。②滴，流。△よだれを～／垂涎。△目薬を～／滴眼藥。
-たらず［足らず］(接尾) 不足，不到。△十人～／不到十人。△ひと月～／不足一個月。
たらたら (副) ①滴滴嗒嗒地。△汗が～と流れる／汗水直淌。②嘮叨不休。△～とお世辞を言う／滿嘴奉承話。
だらだら (副) ①滴滴嗒嗒地。△汗が～と流れる／大汗淋漓。②(坡度) 緩緩，徐緩。△～ざか／緩坡。③冗長，呶呶不休。△演説は～と続いた／演説冗長乏味。
タラップ［trap］(名) 舷梯。△～を降りる／走下舷梯。
-たらどう(です)か (連語)(接動詞連用形後表示徵求對方的意見)…怎樣？…如何？△先生にきい～／問問老師，怎麼樣？
たらのき［楤の木］(名) 楤木。
たらのこ［鱈の子］(名) ⇨たらこ
たらばがに［鱈場蟹］(名) 多羅波蟹。
たらふく［鱈腹］(副)〈俗〉吃得飽飽的，喝得足足的。△～食う／吃得飽飽的。△酒を～飲んだ／喝足了酒。
たらぼ［楤穂］(名) 楤木的嫩芽。
だらり (副ト) ①耷拉着，無力鬆弛地下垂着。△手を～と下げている／手無力地垂着。②無精打采，散漫地。△～と暮す／無精打采地混日子。
-たり I (並助) ①又…又…或…或…時而…時而…△泣い～笑っ～する／又哭又笑。△部屋の中を行っ～来～する／在房間裏踱來踱去。②…甚麼的，…之類的。△ひまなときは本を読んだりしています／暇時看看書甚麼的。II (終助) 表示輕微的命令、勸誘。△どい～、どい～／躲開，躲開！
-だり (並助) ⇨たり
ダリア［dahlia］(名) 大麗菊，西番蓮。
たりきほんがん［他力本願］(名) ①〈佛教〉依賴佛力成佛。②專靠外援。
タリズマン［talisman］(名) 護身符，驅邪物。
たりつ［他律］(名) 行動受外界支配。↔自律
だりつ［打率］(名)(棒球) 擊球率。△～が上がる／安全擊球率升高。
たりとも (副助) 即便。△一刻～油断が出来ない／一刻也不能疏忽。
タリバン［Taliban］(名) 塔利班。
タリフ［tariff］(名)〈經〉①關税。②關税表，關税率。
たりほ［垂穂］(名) 下垂的穗。
たりゅう［他流］(名) 別的流派。↔自流
たりゅうじあい［他流試合］(名) 和別的流派比武 (比賽)。
たりょう［多量］(名・形動) 大量，數量多。△ビタミンを～に含んでいる／含有大量維生素。△出血～／大量出血。↔少量
だりょく［惰力］(名) ①慣性力。△～運転／慣性運轉。△～で走る／靠慣力往前跑。②慣習。△～でやめられない／因慣習改不了。
だりょく［打力］(名)(棒球) 擊球的力量。
た・りる［足りる］(自上一) ①足夠。△交通費は二千円あれば足りる／交通費有兩千日圓就足夠了。②可以，將就。△用が～／夠用，管用。③值得。△信頼するに～／值得信賴。
たる［樽］(名)(帶蓋的裝酒、醬油的) 木桶。△～詰めの日本酒／桶裝的日本酒。△ビヤ～／啤酒桶。
ダル［dull］(名・形動) ①呆笨的，鈍的。②不活潑。
だる・い［怠い］(形) 懶倦，發酸。△からだが～／渾身無力。
たるがき［樽柿］(名) 裝在空酒桶裏靠酒氣澇的柿子。
ダルガラス［dull glass］(名) 暗玻璃。
タルカン［talcum］(名) ①滑石。②(化妝用) 撲粉。△～パウダー／撲粉。
たるき［棰・垂木］(名) 椽，椽子。
ダルゲーム［dull game］(名) 不緊張的比賽。
たるざけ［樽酒］(名) 桶裝酒。
タルタルソース［tartar sauce］(名) 芥末蛋黃醬。
たるづめ［樽詰め］(名) 桶裝。△～にして送る／用桶裝發送。
タルト［法 tarte］(名) 蛋塔。(也作"タート")
たるひろい［樽拾い］(名) 到顧客處收回空桶的酒店徒工。
タルマ［talma］(名) 寬大短外衣。
だるま［達磨］(名) ①〈佛教〉達摩。②不倒翁。③圓形的東西。△～ストーブ／圓火爐。△～船／駁船。
たる・む［弛む］(自五) ①鬆，鬆弛。△ひもが～／繩鬆了。△目の皮が～／想睡覺。②鬆懈，精神不振。△気が～／精神不振。
たれ［垂れ］(名) ①佐料，調料汁。△うなぎの～／烤鱔魚的佐料汁。△～をつける／蘸佐

料汁。②下垂。△テーブルクロスの～/桌布的下垂部分。③漢字的部首。△病～/病字旁，病字頭。

だれ［誰］（代）誰。△～か来たぞ/有人來了。△～が行くのですか/誰去？△～もいない/沒有任何人。△当時は～も彼もおなかをすかしていた/當時所有的人都餓肚子。

だれかれ［誰彼］（名）這人和那人。△～の区別なく/不分張三李四。△親しい友の～も見送り来てくれた/好朋友全来送行了。

たれぎぬ［垂れ絹］（名）幕，簾。

だれぎみ［弛れ気味］（名・形動）有些鬆懈，不太緊張。

たれこ・める［垂（れ）籠める］（自下一）①籠罩，陰雲密佈。△雲が一面に～/陰雲密佈。②悶在家裏，閉門不出。

たれさが・る［垂れ下がる］（自五）垂下，耷拉。△風がないので旗が～ったままだ/因為沒風，旗耷拉着。△窓の外には薄暮が～っていた/窗外已是暮色沉沉。

だれしも［誰しも］（連語）不論誰。△～同じことだ/不論誰都一様。

だれしらぬ［誰知らぬ］（連語）誰也不知道。△～者がない/無人不知。

だれそれ［誰其］（代）誰，某某。△特に～から依頼されたわけではない/並不是由誰特別委託的。△なんの～とかいう人/某某人。

だれだれ［誰誰］（名）①誰和誰。△今度当選したのは～ですか/這次選上的是誰跟誰？②某某。

タレットせんばん［turet 旋盤］（名）六角車牀。

たれながし［垂れ流し］（名）①大小便失禁，隨地便溺。②隨便排出。△その工場はカドミウムを含んだ廃水を川に～にしていた/那個工廠隨便向河裏排出含鎘的廢水。

たれまく［垂れ幕］（名）垂幕。（從高大建築物上垂下的）巨幅標語。

たれみみ［垂れ耳］（名）肥大下垂的耳朵。

たれめ［垂（れ）目］（名）外眼角下垂的眼睛。

だれもかも［誰も彼も］（連語）不論誰都，所有的人都。△～知っている/誰都知道。

た・れる［垂れる］Ⅰ（自下一）①下垂。△枝が～ている/樹枝下垂。②滴，流。△しずくが～/往下滴水。△鼻水が～/流鼻涕。Ⅱ（他下一）①下垂，懸掛。△幕を～/懸掛帷幕。△糸を～/垂釣。②教誨，示範。△範を～/垂範。△教えを～/示範。③留下。△名を後世に～/名垂後世。④放，排泄。△くそを～/拉屎。△屁を～/放屁。

だ・れる［弛れる］（自下一）①鬆弛，懶。△気持が～/精神不振。△休みになると気分が～/一到假日精神就鬆懈。→たるむ ②膩，厭煩。△彼の長ばなしに聞き手も～れてきた/對他的長篇大論聽眾都厭煩了。

タレント［talent］（電視、廣播中受歡迎的）演員，歌唱家，播音員，大學教授，文化人等。

△テレビ～/電視演出者。

タレントアナ［talent announcer］（名）自由合同播音員。

タレントショップ［talent shop］（名）受歡迎明星經營的商店。

タレントプロフェッサー［talent professor］（名）電視大學有名的教授。

タレントライター［talent-writer］（名）演員兼作家。

－だろう（助動）（接體言和動詞、形容詞、一部分助動詞的終止形及形容詞詞幹）①（表示推測）是…吧。△彼は先生～/他是老師吧。△雨が降る～/要下雨吧。②（表示確認、疑問、反問）△君だって男～/你不也是個男子漢嗎？！△彼に冒険ができる～か/他能冒險嗎？③（表示詠嘆）△今日はなんて暑いん～/今天怎麽這樣熱呀！

タロットカード［Tarot card］（名）（占卜用的）塔羅牌。

タワー［tower］（名）塔。△東京～/東京塔。

タワークレーン［tower crane］（名）塔式起重機，塔吊。

タワーブリッジ［tower bridge］（名）塔橋。

たわいな・い［たわい無い］（形）①不省人事。△～く眠っている/酣睡。△～く酔う/酩酊大醉。②容易。△～く勝つ/輕而易舉地獲勝。③天真，幼稚。△～ことを言う/説孩子話。④無聊，不足道。△～相手/不成對手。⑤糊塗。△～やつでいっこうにたよりにならない/糊塗傢伙，一點也靠不住。

たわけ［戯け・白痴］（名）①蠢事，愚蠢的勾當。△～者/蠢才，混蛋。

たわ・ける［戯ける］（自下一）⇨たわむれる

たわごと［戯言］（名）蠢話，胡話。△熱が高くて～を言う/發高燒説胡話。△人だましの～/騙人的鬼話。

たわし［束子］（名）刷帚，炊帚。△亀の子～（だわし）/橢圓形的棕刷子。

たわみ［撓み］（名）①彎曲。△～が生じる/出現彎曲。②〈理〉撓曲，撓度。△～曲線/撓度曲綫。

たわ・む［撓む］（自五）彎曲。△雪でえだが～/樹枝被雪壓彎了。→しなう

たわむ・れる［戯れる］（自下一）①嬉戯，玩耍。△子どもが～れている/小孩在玩耍。②説笑打鬧。△子どもが～れて遊んでいる/孩子們説笑打鬧地玩着。③戯弄，調戲。△女に～/調戲婦女。

たわ・める［撓める］（他下一）使彎曲，弄彎。

たわら［俵］（名）稻草包，草袋子。△米～/盛大米的草袋。△炭～/盛木炭的草包。

たわわ［撓］（形動）彎彎的。△枝も～に実る/果實結得連樹枝都壓彎了。碩果纍纍。

タン［tongue］（名）牛舌。△～シチュー/燉牛舌。

たん［反］（名）布定的長度單位，適於作成年人的一套和服。△"一反"約寬 34 厘米，長 10 米。

たん［反・段］（名）土地面積單位（"一反"約

992 平方米）。

たん［短］(名) ① 短。△～距離／短距離。② 不足，缺點。△～を捨て長を取る／取長補短。↔ 長

たん［痰］(名) 痰。△～をはく／吐痰。△～が詰まる／痰堵住喉嚨。

たん［端］(名) 端，頭。△～を発する／開頭。△～を開く／開端。

だん［段］I (名) ① 段，層，格，節。△寝台は下の～が好きだ／睡鋪喜歡下鋪。△下の～は雑誌をおく／下格兒放雜誌。② 樓梯，台階。△～を上がる／上樓梯。③ 段落。△文章の～／文章的段落。④（柔道、劍道、圍棋、象棋等以 "段" 表示的）級別。II（形式名詞）① 時候，場合。△いざという～になると／當緊急的時候。② 點，地方。△ご無礼の～お許しください／失禮之處，請見諒。

だん［断］(名) 決斷，斷定，決定。△～を下す／做出決斷。

だん［暖］(名) 暖。△～を取る／取暖。

だん［談］(名) 談，談話。△経験の～／經驗之談。△同日の～ではない／不可同日而語。

だん［壇］(名) 壇，台。△～に上がる／上台，登講壇。△～をおりる／下台，從台上下來。

たんあたり［反当 (た) り・段当り］(連語) 每十公畝。

だんあつ［弾圧］(名・他サ) 鎮壓。△～を加える／加以鎮壓。△～をこうむる／遭到鎮壓。

だんあん［断案］(名) ① 最後決定。△～を下す／下決斷。②（邏輯）結論。△～に到達する／得出結論。

たんい［単位］(名) ① 單位。△重量～／重量單位。△長さの～／長度單位。△貨幣～／貨幣單位。② 基層組織，單位。△防火～／防火組織。③ 學分。△～制度／學分制。△～を取る／取得學分。

だんい［段位］(名)（柔道、劍道、圍棋、象棋等的以 "段" 表示的）段位，級別。

だんい［暖衣］(名) 暖衣。△～飽食／豐衣足食。

たんいつ［単一］(名・形動) ① 單一，單獨。△～為替レート／單一匯率。△～組合を組織する／（以行業為單位）組織專業工會。② 簡單，單純。△～機械／簡單機器。

たんいつか［単一化］(名) 簡化，單一化。

たんいつてがた［単一形手］(名)〈經〉單張匯票。

タンいろ［tan 色］(名) 鞣料顏色，棕褐色。

だんいん［団員］(名) 團員，團體的成員。

だんう［弾雨］(名) 彈雨。△砲煙～／硝煙彈雨。

だんうん［断雲］(名) 斷雲。→ちぎれぐも

たんおん［単音］(名) ① 單音。△～文字／單音字。② 單音口琴。↔ ふくおん

たんおん［短音］(名) 短音。↔ 長音

たんおんかい［短音階］(名)〈樂〉小音階。↔ ちょうおんかい

たんか［担架］(名) 擔架。△～で運ぶ／用擔架抬。

たんか［単価］(名) 單價。△～ 500 円で買い入れる／以單價五百日圓買進。

たんか［炭化］(名・自サ)〈化〉炭化，碳化。△～物／碳化物。△～水素／碳氫化合物。

たんか［啖呵］(名) 談鋒犀利。△～を切る／說（罵）得痛快淋漓。

たんか［短歌］(名) 短歌。（以 "五、七、五、七、七" 形式寫的一種和歌）↔ ちょうか

たんか［丹花］(名) 紅花。

たんか［炭価］(名) 煤價。

だんか［譚歌］(名) 敍事曲。→バラード

だんか［檀家］(名)〈佛〉施主，檀越。

タンカー［tanker］(名) 油船，油輪。△マンモス～／大型油船。△オーシャン～／遠洋油輪。

だんかい［段階］(名) 階段。△新しい～を迎える／迎接新階段。△アイデアの～にとどまる／還停留在構思階段。

だんがい［断崖］(名) 懸崖，斷崖。△～絶壁／懸崖峭壁。→絶壁

だんがい［弾劾］(名・他サ) 彈劾，譴責。△～演説／彈劾演説。△反対党の失政を～する／譴責反對黨的政治錯誤。

だんがいさいばんしょ［弾劾裁判所］(名) 彈劾法庭。

たんかいとう［探海燈］(名) 海上探照燈。→サーチライト

たんかカルシウム［炭化カルシウム］(名)〈化〉碳化鈣。

たんかすいそ［炭化水素］(名)〈化〉碳氫化合物。

たんかだいがく［単科大学］(名) 專科大學。↔ そうごうだいがく

たんかっしょく［淡褐色］(名) 淡褐色。

たんがら［炭殼］(名) 煤灰渣，煤渣。

ダンガリー［dungaree］(名) 粗藍布，印度粗藍布。

タンガロイ［tungalloy］(名) 鎢系硬質合金。

たんがん［単眼］(名)〈動〉單眼，側單眼。↔ 複眼

たんがん［嘆願］(名・他サ) 請願。△～書／請願書。△～をいれる／接受請願。→懇願

だんがん［弾丸］(名) 槍彈，炮彈。△～にあたる／中彈。△～列車／高速列車。△～道路／高速公路。→砲弾，銃弾

たんき［単記］(名・他サ) 單式，單記法。△～投票／單式投票。↔ 連記

たんき［短期］(名) 短期。△～貸し付け／短期貸款。△～留学／短期留學。↔ 長期

たんき［短気］(名・形動) 沒耐性，性急。△～を起こす／發脾氣。△～な人／急性子。

たんき［単軌］(名)（鐵路）單軌。△～鉄道／單軌鐵路。

たんき［単機］(名)（飛機）單機。單機飛行。

たんき［単騎］(名) 單騎。△～で行く／單騎前往。

だんぎ［談義］(名・自サ) ① 講道理，説教。② 冗長無聊的話。③〈佛〉講道。

たんきかん［短期間］(名) 短期。

たんきこうしゅう［短期講習］(名) 短期講習。

たんきだいがく［短期大学］(名) 短期大學。(學制二、三年)

たんきてがた［短期手形］(名)〈經〉短期匯票。

たんきはそんき［短気は損気］(連語) 急性子吃虧。

たんきゅう［探求］(名・他サ) 探求，探索。△原因の～／探求原因。△幸福の～／追求幸福。

たんきゅう［探究］(名・他サ) 探討，鑽研。△科学の～／科學研究。△真理の～／尋求真理。

たんきゅう［単級］(名) 複式教學，複式班級。

だんきゅう［段丘］(名)〈地〉段丘，台地，階地。△河岸～／河岸段丘。

だんきょう［断橋］(名) 斷橋。

たんきょり［短距離］(名) ① 短距離。△～旅行／短途旅行。② 短距離賽跑。↔ 長距離

タンク［tank］(名) ① (裝水、瓦斯、油等的) 大桶，大罐，大槽。△ガス～／煤氣罐。△オイル～／油箱。② 戰車，坦克。

たんく［短句］(名) ① (“連歌”、“俳句”的) 七七句。② 短句。↔ 長句

タンクエンジン［tank engine］(名) 水櫃式機車，煤水櫃機車。

タンクカー［tank car］(名) 油槽車，灑水車。

タンクかいろ［タンク回路］(名)〈電〉槽路，諧振電路。

タンクシップ［tank ship］(名) 油船。

タングステン［tungsten］(名)〈化〉鎢。△～鋼／鎢鋼。△～電球／鎢絲電燈泡。

たんぐつ［短靴］(名) 矮勒鞋。△この～は少し小さいのでくつずれができた／這雙矮勒鞋有點小，把腳磨破了。↔ ながぐつ

タンクトップ［tank top］(名) 大圓領女背心，吊帶式平胸女背心。

タングラム［tangram］(名) 七巧板。

ダンケ［德 danke］(名) 謝謝。

たんけい［短径］(名)〈數〉短徑，最小直徑。↔ 長径

たんけい［端渓］(名) (廣東) 端溪硯，端硯。

たんけい［短繋］(名) 短繋，短架燈。

たんげい［短倪］(名・他サ) ① 端倪，頭緒。② 推測，揣測。△～すべからざる／莫測高深。

だんけい［男系］(名) 男系，父系。↔ 女系

だんけつ［団結］(名・自サ) 團結。△～を固める／加強團結。

たんけん［短見］(名) 短見，淺見。

たんけん［短剣］(名) ① 短劍。△～を腰につるす／腰懸短劍。② 匕首。

たんけん［探検・探険］(名・他サ) 探險，探查。△～小説／探險小說。△～家／探險家。

たんげん［単元］(名) ① 單元。② (教學上的) 單元。△日本語の～学習／日語的單元學習。

たんげん［端厳］(形動) 端莊，莊重。△～な態度／莊重的態度。

だんげん［断言］(名・他サ) 斷言，斷定。△～はできない／不能斷言。↔ 確言

たんこ［炭庫］(名) 儲煤庫。

たんこ［淡湖］(名) 淡水湖。↔ かんこ

たんこ［短呼］(名・自サ) (為發音方便) 長音節讀成短音節。

タンゴ［tango］(名) 探戈舞。△～を踊る／跳探戈舞。

たんご［単語］(名) 詞，詞彙，單詞。△新出の～／生詞。

たんご［端午］(名) 端午，端陽。△～の節句／端午節。(農曆五月五日)

だんこ［断固］(副・形動トタル) 斷然，果斷。△～実行する／堅決實行。△～として要求する／堅決要求。△～たる処置／果斷的措施。

だんご［団子］(名) ① 米粉糰，江米糰。△もち米の～を作る／做糯米糰子。△花より～／捨名求實。② 丸子。△肉～／肉丸子。

たんこう［炭鉱］(名) 煤礦。△～地帯／煤礦區。△～爆発／礦井爆炸。

たんこう［炭坑］(名) 礦井。△～を掘る／開採煤礦。

たんこう［探鉱］(名) 探礦，勘探。

たんこう［単行］(名) 單行。△～法令／單項法令。△～ぼん／單行本。

たんこう［鍛工］(名) ① 鍛造。△～場／鍛造車間。② 鍛工，鐵匠。

たんこう［鍛鋼］(名) 鍛鋼。

だんこう［団交］(名) 集體交涉。

だんこう［断交］(名・自サ) ① 斷交，絕交。② 斷絕國交。△両国は～した／兩國斷交了。→絶交

だんこう［断行］(名・他サ) 斷然實行，堅決實行。△ストライキを～する／斷然罷工。

だんこう［男工］(名) 男工。↔ 女工

だんこう［断郊］(名・他サ) 越野。△～きょうそう／越野賽跑。

だんごう［談合］(名・自サ) 商議，商量。△事前によく～する／事前好好商量。

たんこうしき［単項式］(名)〈數〉單項式。↔ 多項式

たんこうしょく［淡紅色］(名) 淡紅色。

たんこうしょく［淡黄色］(名) 淡黃色。

たんこうぼん［単行本］(名) 單行本。△～として発行する／作為單行本發行。

だんごく［断獄］(名) ① 斷獄，判罪。② 判死刑。

だんごく［暖国］(名) 暖國，溫暖地帶。

たんこぶ(名)〈俗〉瘤子。△目の上の～／眼中釘。

タンコメータ［tankometer］(名) 油罐計。

だんこん［男根］(名) 陰莖。→ペニス

だんこん［弾痕］(名) 彈痕。

たんさ［探査］(名・他サ) 探查，探究，查訪。△内情を～する／探查內情。

たんざ［端座・端坐］(名・自サ) 端正，正坐。→正座

たんざ［単座］(名)(飛機等)單座(位)，單座飛機。

だんさ［段差］(名)① 等級差別。② 高低平面的差異。△この先に～あり／前面有斷坡。

ダンサー［dancer］(名)①(伴舞)舞女。② 舞蹈家。

たんさい［淡彩］(名) 淡彩，淺淡彩色。△～画／淡彩畫。

たんさい［短才］(名)(謙) 不才，菲才。△浅学～／淺學菲才，才疏學淺。

だんさい［断裁］(名・他サ) 切斷，截斷。△～機／切紙機。

だんざい［断罪］(名・自サ)① 斷罪，判罪，定罪。△懲役 3 年と～された／判刑三年。② 斬首。

たんさいぼうせいぶつ［単細胞生物］(名) 單細胞生物。↔ 多細胞生物

たんさく［単作］(名)⇨いちもうさく

たんさく［探索］(名・他サ) 探索，搜索。△逃跑者を～する／搜索逃犯。

たんざく［短冊］(名)① 長條紙箋。△～に句を書く／把詩寫在詩箋上。② 長方形。△～に切る／切長方形。

たんさつ［探察］(名・他サ) 探索，偵察。

タンザニア［Tanzania］(国名) 坦桑尼亞。△～連合共和国／坦桑尼亞聯合共和國。

たんさん［炭酸］(名)〈化〉碳酸。

たんさん［単産］(名) 各行業工會。

たんざん［炭山］(名) 出煤的礦山。

たんさんガス［炭酸ガス］(名)⇨にさんかたんそ

たんさんすい［炭酸水］(名)〈化〉碳酸水。

たんさんソーダ［炭酸ソーダ］(名)⇨たんさんナトリウム

たんさんナトリウム［炭酸ナトリウム］(名)〈化〉碳酸鈉，純鹼。

たんし［端子］(名)〈理〉端子，接頭，接綫柱。

たんし［単糸］(名) 單股綫。↔ねんし

たんし［短詩］(名) 短詩。

たんし［短資］(名)〈經〉“短資金”的略語：短期貸款，活期貸款。→コール

たんし［譚詩］(名)(自由體的) 敍事詩。

だんし［男子］(名) 男子，男性。△～学生／男大學生。△～の生徒／男生。△～シングルス／男子單打。△美～／美男子。↔女子

だんし［檀紙］(名)(包裝、裱糊用) 有皺紋的日本厚白紙。

だんじ［男児］(名) 男兒，男子。

だんしあい［単試合］(名)(網球，乒乓球等) 單打。→シングルス↔ふくしあい

タンジェント［tangent］(名)〈數〉正切。

たんしき［単式］(名)① 單式，簡單形式。△～火山／簡單圓錐狀火山。② 單一形式。△～簿記／單式簿記。

だんじき［断食］(名・自サ) 斷食，絕食。△～療法／斷食療法。△～スト／絕食罷工。

たんしきいんさつ［単式印刷］(名) 膠版印刷(法)。

だんじこ・む［談じ込む］(自五) 提出強烈意見和抗議。

たんじつ［短時日］(名) 短期間。△～には完成しない／短期間內做不成。

たんしつ［炭質］(名) 煤炭的質量。

たんじつ［短日］(名) 天短，日照時間短。

たんじつげつ［短日月］(名) 短期間，短暫歲月。

だんじて［断じて］(副)① 決不，無論如何也不。△～そんな事はない／決没有那種事情。△～許可しない／決不允許。② 一定。△～成功してみせる／一定取得成功。△～あいつが悪い／肯定是那小子不好。

たんしゃ［単車］(名) 摩托車，機器腳踏車。→バイク

たんしゃ［炭車］(名) 運煤車。

たんじゃく［短尺・短冊］(名)⇨たんざく

だんしゃく［男爵］(名) 男爵。

たんシャリベツ［単舎利別］(名) 單糖漿。

だんしゅ［断種］(名・自サ) 絕育。

たんしゅう［反収・段収］(名) 日本一“反”地的平均產量。

たんじゅう［胆汁］(名)(生理) 膽汁。

たんじゅう［短銃］(名) 短槍，手槍。→ピストル

だんしゅう［男囚］(名) 男囚，男犯人。↔じょしゅう

たんじゅうしつ［胆汁質］(名) 膽汁質。

たんしゅく［短縮］(名・他サ) 縮短，縮減。△労働時間の～を要求する／要求縮短勞動時間。↔延長

たんしゅん［探春］(名) 探春，春天郊遊。

たんじゅん［単純］(名・形動)① 單純，簡單。△頭が～だ／頭腦簡單。△物事を～に考える／考慮問題簡單。↔複雑② 單一，純。△～な色彩／單一色彩。

たんじゅんか［単純化］(名・自他サ) 單純化。

たんじゅんご［単純語］(名)〈語〉單純詞。↔ふくごうご

たんじゅんせん［単純泉］(名) 只含少量鹽份的温泉。

たんじゅんめいかい［単純明快］(形動) 簡單明快。△～な論理／簡明的道理 (邏輯)。

たんしょ［短所］(名) 短處，缺點。△～を直す／改正缺點。△長所をとり入れて～をおぎなう／取長補短。↔長所

たんしょ［端緒・端初］(名) 頭緒，綫索。△～をつかむ／抓住綫索。△～をひらく／開頭。

たんしょ［探書］(名) 搜集 (徵集) 書籍。△～欄／徵集書刊欄。

だんじょ［男女］(名) 男女。△～共学／男女同窗。△～の平等／男女平等。

たんしょう［探勝］(名・自サ) 遊覽名勝。△～にでかける／外出遊覽名勝。

たんしょう［単勝］(名)(賽馬、賽車等) 只買第一彩。↔れんしょう

たんしょう [嘆賞](名・他サ) 嘆賞, 讃嘆。
△しきりに~する/讃嘆不已。→称賛

たんしょう [短小](名・形動) 短小, 矮小。
↔長大

たんしょう [短章](名) 短詩, 短文。

たんじょう [誕生](名・自サ) ① 誕生, 出生。
△~地/出生地。△~日/生日。△男の子が~
した。/生了個男孩。② 成立。△村に新しく
診療所が~した/村裏新成立了診療所。

だんしょう [断章](名) ① 斷章。② 詩文的片
斷。

だんしょう [談笑](名・自サ) 談笑。△愉快
に~する/談笑風生。

だんじょう [壇上](名) 壇上, 講台上。△~
に立つ/站在講台上。

たんしようしょくぶつ [単子葉植物](名) 單
子葉植物。

たんじょうせき [誕生石](名) 生日寶石。

たんしょうとう [探照燈](名) 探照燈。→サー
チライト

たんしょく [単色](名) ① 單色, 一色。△~
の生地の方がすっきりとしている/單色布料
素淨大方。② 原色。△虹は七つの~からなる
美しい帯である/虹是由七種不同顏色組成的
一條彩帶。

だんしょく [暖色](名) 暖色。↔寒色

だんしょく [男色](名) 男色。(也説 "なんし
ょく")

だんじょどうけん [男女同権](名) 男女同權。

だんじり [楽車・山車](名) (日本廟會、節日
等用的) 花車 (彩車)。→だし

たん・じる [嘆じる](他上一) ① 嘆息, 哀嘆。
△不幸を~/哀嘆不幸。② 憤慨。△世の腐敗
を~/對社會腐敗表示憤慨。③ 讃嘆, 感嘆。
△風光を~/讃嘆風光秀美。

だん・じる [談じる](自上一) ① 談, 説。△~
じあう/交談。② 交渉, 談判。③ 商量, 商談。
④ 責問。

だん・じる [断じる](他上一) ① 審判。△罪
を~/判罪。② 判定, 判斷。

だん・じる [弾じる](他上一) 彈。△琴を~/
彈 (古) 琴。

たんしん [単身](名) 單身。△~赴任/單身赴
任。△~アメリカに渡る/隻身旅美。△~者/
單身漢。

たんしん [短針](名) (鐘錶的) 短針, 時針。
△~が 10 時を指す/時針指十點。→時針 ↔
長針

たんじん [炭塵](名) (礦井裏的) 煤塵。

たんす [箪笥](名) 衣櫥, 衣櫃。△洋服~/大
衣櫃。△茶~/碗櫥, 茶具櫥。

ダンス [dance](名) 跳舞, 舞蹈。△~パーティ
ー/舞會。△~ホール/舞場, 舞廳。△~を
する/跳舞。

たんすい [淡水](名) 淡水。△~魚/淡水魚。
↔鹹水

たんすい [炭水](名) ① 煤和水。② 〈化〉碳

和氫。

だんすい [断水](名・自他サ) 斷水, 停水。
△全市にわたる~/全市停水。△水道が~に
なる/自來水停水。

たんすいかぶつ [炭水化物](名) 〈化〉碳水化
合物。

たんすいぎょ [淡水魚](名) 淡水魚。

たんすいしゃ [炭水車](名) (附在機車後的)
煤水車。

たんすいろ [短水路](名) (泳) 直線距離不足
50 米的游泳池。↔ ちょうすいろ

たんすう [単数](名) 單數。△英語の man
は~, men は複数だ/英語的 man 是單數,
men 是複數。↔ 複数

たん・ずる [嘆ずる]⇨たんじる

だん・ずる [弾ずる](他)⇨だんじる

だん・ずる [談ずる]⇨だんじる

たんせい [丹精](名・他サ) 精心, 盡心。△~
こめた作品/精心製作的作品。

たんせい [丹誠](名) 真誠, 真心實意。△~を
こめる/真心實意。

たんせい [嘆声](名) ① 嘆息, 嘆氣。② 讃嘆
聲。△名画の前でおもわず~をもらす/在名
畫面前情不自禁地發出讚嘆。

たんせい [端正](形動) ① 端莊。△~な顔つ
き/端莊的面容。② 整齊。△~な服装/整齊
的服装。

たんぜい [担税](名) 負擔捐税。△~者/納税
人。

だんせい [男声](名) 男聲。△~合唱/男聲合
唱。↔ 女声

だんせい [男性](名) 男性, 男子。△~語/男
性語言。→男, 男子

だんせい [弾性](名) 彈性。△ゴムは~があ
る/橡膠有彈性。↔ 塑性

だんせいご [男性語](名) 男性語言。↔ 女性
語

だんせいてき [男性的](形動) 男性的, 男的。
↔ 女性的

たんせき [旦夕](名) ① 旦夕, 早晚。△命~
に迫る/生命危在旦夕。② 平素, 素常。

たんせき [胆石](名) 膽結石。△~症/膽結石
症。

だんぜつ [断絶](名・自他サ) ① 斷絶。△交
通を~する/斷絶交通。② 中斷。△子孫を~/
斷子絶孫。△交渉を~する/中斷談判。

たんせん [単線](名) ① 一條綫。△~を引く/
畫一條綫。② 單綫, 單軌。△~軌道/單軌。

たんぜん [丹前](名) (日本人在家穿的防寒用)
筒袖棉衣。

たんぜん [端然](副・形動トタル) 端正。△~
とすわる/端坐。

だんせん [断線](名・自サ) 斷綫。△電線が~
した/電綫斷了。

だんぜん [断然](副・形動トタル) ① 斷然。
△~と拒絶する/斷然拒絶。② 堅決, 一定。
△~禁酒する/堅決戒酒。△~反対する/堅

決反對。③顯然，明顯。△わたしより彼のほうが〜上手だ／他顯然比我水平高。④〈與否定呼應〉決無，決不。△〜そんな事はない／決無那種事。△〜なまけない／決不偷懶。

たんそ［炭素］(名)〈化〉碳。△〜を含む／含碳。△〜鋼／碳素鋼。

たんそ［炭疽］(名)炭疽。△〜菌／炭疽菌。

たんそう［炭層］(名)煤層。△〜の深い炭坑／煤層深的煤井。

たんぞう［鍛造］(名・他サ)鍛造。△〜工場／鍛造車間。

だんそう［断層］(名)①〈地〉斷層。△〜を起こす／產生斷層。△〜盆地／斷層盆地。②差異，分歧。△世代間の〜／代溝。△考え方に〜がある／想法有分歧。

だんそう［弾奏］(名・他サ)彈奏。△〜楽器／弦樂器。△ピアノを〜する／彈鋼琴。

だんそう［男装］(名・自サ)女扮男裝。↔女裝

だんそう［弾倉］(名)彈倉，彈匣。

たんそきん［炭疽菌］(名)炭疽菌。

たんそく［嘆息］(名・自サ)嘆息。△〜をもらす／嘆息。△長〜／長嘆。

たんそく［探測］(名・他サ)探測(大氣、宇宙等現象)。△〜気球／探測氣球。

だんぞく［断続］(名・自サ)斷續，間斷。△〜的に降る雨／時下時停的雨。△砲声が〜して聞こえる／傳來陣陣炮聲。

だんぞくてき［断続的］(形動)斷續地，間斷地。△〜に仕事をする／斷續地工作。

だんそんじょひ［男尊女卑］(名)男尊女卑。重男輕女。

たんだ［単打］(名)(棒球)一壘打。→シングルヒット

たんだ［短打］(名)(棒球)短打。↔長打

たんたい［単体］(名)①〈化〉單體，單一成分。②單一的物體。↔化合物

たんだい［探題］(名)〈史〉①(古時在詩歌會上)抽題作詩。②(鎌倉、室町時代)駐在重要地方統轄政務的長官。

たんだい［短大］(名)短期大學。△女子〜／女子短期大學。

だんたい［団体］(名)團體，集體。△〜を作る／組織團體。△〜競技／團體賽。△〜賞／集體獎。

だんたい［暖帯］(名)亞熱帶。△〜林／亞熱帶森林。

だんたいこうしょう［団体交渉］(名)①工人對資方的集體談判。②居民、學生對政府、校方的集體談判。

だんだら［段だら］(名)(紡織品等)不同顏色的橫紋圖案。△〜じま／不同顏色相間的橫條紋布。

たんたん［坦坦］(形動トタル)①平坦。△〜たる道／平坦的道路。△〜とした平野／一望無際的平原。②順利地，平穩地。△試合は〜と進む／比賽順利地進行。

たんたん［眈眈］(副)⇨こしたんたん

たんたん［淡淡］(副・形動トタル)①清淡。△〜とした味／清淡的味道。②淡漠，冷漠。△〜たる心境／淡漠的心境。△〜なる態度／冷漠的態度。

だんだん［段段］Ⅰ(名)樓梯，台階。△〜畑／梯田。△〜を上がる／上台階。Ⅱ(副)逐漸，漸漸。△〜増える／逐漸增加。△〜寒くなる／漸漸地冷了。

だんだん［団団］(形動トタル)①圓的。△〜たる月／圓月。②(露水珠)聚集。

だんだんこ［断断乎］(形動トタル)("斷乎"的強調形)→断乎

だんだんばたけ［段段畑］(名)梯田。△〜をつくる／造梯田。

たんち［探知］(名・他サ)探聽，探測。△秘密を〜する／探聽秘密。△方向〜器／方向探測器。

だんち［団地］(名)公寓式建築集中的住宅區。△〜族／住單元公寓的居民(多為靠一般工資生活者)。

だんちがい［段違い］Ⅰ(名)高度不同。△〜平行棒／高低槓。Ⅱ(形動)懸殊。△〜に強い／特別強。△腕まえが〜だ／本領相差懸殊。

だんちゃ［磚茶］(名)茶磚。(也説"たんちゃ")

だんちゃく［弾着］(名)(槍炮)彈着(點)。△〜点／彈着點。

たんちょ［端緒］(名)⇨たんしょ

たんちょう［短調］(名)〈樂〉小調。△ハ〜の曲／C小調曲。↔長調

たんちょう［単調］(名・形動)單調。△〜な生活／單調的生活。△〜を避ける／避免單調。△色彩が〜だ／色彩單調。

だんちょう［団長］(名)團長。

たんちょうづる［丹頂鶴］(名)丹頂鶴。

だんちょうのおもい［断腸の思い］(連語)肝腸寸斷。

だんつう［段通］(名)地毯。絨毯。

たんつぼ［痰壺］(名)痰盂。

たんてい［探偵］(名・他サ)偵探，偵察。△私立〜／私人偵探。△彼の動きを〜する／偵察他的行動。

たんてい［短艇・端艇］(名)①舢版。②小船，小艇。→ボート

だんてい［断定］(名・他サ)斷定，判斷。△〜を下す／作出判斷。△〜はむずかしい／難以斷定。

ダンディー［dandy］(名・形動)穿着時髦(的男子)。

たんていしょうせつ［探偵小説］(名)偵探小説。→推理小説

たんてき［端的］(形動)①明顯地。△時代の特徴がこの作品に〜にあらわれている／時代的特點在這部作品中非常明顯。②直截了當，坦率地。△〜に言えば／直截了當地説。

たんでき［耽溺］(名・自サ)沉溺，沉湎。△酒色に〜する／沉湎於酒色。

たんてつ［鍛鉄］（名）① 鍛鐵。② 煉鐵。

たんてつ［単綴］（名）單音節。

タンデム［tandem］（名）① 串列，串聯。②（兩人前後坐的）雙座自行車。

たんでん［丹田］（名）丹田。△～そ下三寸を～という／臍下三寸為丹田。

たんでん［炭田］（名）煤礦。

たんと（副）多，許多。△～おあがり／請多吃些。

たんとう［短刀］（名）短刀，匕首。△～をふところにのんでいる／懷揣匕首。△～を突っける／亮出匕首。

たんとう［担当］（名・他サ）擔當，擔任。△～者／負責人。△接待係を～する／負責接待。

だんとう［弾頭］（名）彈頭。△核／核彈頭。

だんとう［暖冬］（名）暖冬，暖和的冬天。△～異変／反常的暖和的冬天。

だんどう［弾道］（名）彈道。△～弾／彈道導彈。

だんとうだい［断頭台］（名）⇨ギロチン

たんとうちょくにゅう［単刀直入］（名・形動）單刀直入，直截了當。△～に尋ねる／單刀直入地詢問。△～の答え／直截了當的回答。→率直

だんどうミサイルぼうえい［弾道ミサイル防衛］（名）彈道導彈防衛。

たんどく［単独］（名）單獨，獨自。△～会見／單獨會見。△～内閣／一黨內閣。△～行動／單獨行動。↔ 共同

たんどく［丹毒］（名）〈醫〉丹毒。

たんどく［耽読］（名・他サ）讀書入迷。△～者／書迷。

たんどくこうどうしゅぎ［単独行動主義］（名）單方面政策（的實行），單方裁軍（的實行）。

だんどり［段取り］（名）步驟，程序，順序。△～通りに行う／照程序辦。△～をつける／安排。→てはず

だんな［旦那］（名）①〈佛〉施主，檀越。② 主人，老爺。③（商店的男顧客）先生。△～，お安くしておきます／先生，便宜點賣給您。④（妻，妾稱）丈夫。稱別人的丈夫。

だんなでら［檀那寺］（名）菩提寺。→菩提寺

たんなる［単なる］（連体）僅僅，只是。△～うわさだ／僅是風傳。△それは～さるまねにしかすぎない／那只不過是表面上的模仿而已。△～想像にすぎない／僅僅是想像。

たんに［単に］（副）僅，只，單。△～一言いっただけです／僅僅說了一句。△～君のみの問題ではない／不僅僅是你一個人的問題。

タンニン［tannin］（名）〈化〉丹寧，鞣酸。

たんにん［担任］（名・他サ）擔任，擔當。△2年の英語を～する／擔任二年級的英語。△～教師／班主任。→受け持ち

タンニングサロン［tanning salon］（名）人工曬黑沙龍店。

だんねつ［断熱］（名・自サ）絕熱。△～材／絕熱材料，保溫材料。

たんねん［丹念］（形動）精心，細心。△～な設計／精心的設計。△～に校正する／細心校正。△～に作る／精心製作。△～に研究する／悉心研究。

だんねん［断念］（名・他サ）斷念，死心。△見込みのないことは早く～しなさい／沒希望的事趕快死了心吧。

たんのう［胆嚢］（名）膽囊。

たんのう［堪能］Ⅰ（形動）長於，擅長。△ピアノに～である／擅長彈鋼琴。Ⅱ（名・自サ）十分滿足，過癮。△十分～した／心滿意足了。

たんぱ［短波］（名）〈理〉短波。△海外向け～放送／對外短波廣播。

たんぱい［炭肺］（名）（煤礦工人易患的職業病）煤肺。

たんぱく［淡泊・淡白］（名・形動）①（色彩，味道，感覺的）淡，素。△～な食物／清淡的食物。△～な色／素色。② 坦率，爽直。△～な態度／坦率的態度。

たんぱくしつ［蛋白質］（名）蛋白質。△～に富む／富有蛋白質。

だんばしご［段梯子］（名）寬梯子。

たんぱつ［単発］（名）① 單引擎。△～機／單引擎飛機。② 單發。△～銃／單發槍。↔ 連発

たんぱつ［短髪］（名）短頭髮，短髮。↔ 長髮

だんぱつ［断髪］（名・自サ）① 剪髮。② 短髮。△～にしている／留着短髮。

だんばな［段鼻］（名）鷹鈎鼻子。

タンバリン［tambourine］（名）手鼓。（也説“タンブリン”）

だんぱん［談判］（名・自サ）談判，交涉。△外交～／外交談判。

たんび［耽美］（名）耽美，唯美。△彼は～的な詩人だ／他是唯美派詩人。

たんびしゅぎ［耽美主義］（名）唯美主義。→唯美主義

ダンピング［dumping］（名）傾銷，甩賣。△～戦／傾銷戰。△ソシアル～／對外傾銷。

ダンプカー［dump car］（名）翻斗車，自動卸貨卡車。（也説“ダンプ”）

たんぷく［単複］（名）① 簡單和複雜。②〈語〉單數和複數。△～同形／單複數同形。③（網球，乒乓球）單打和雙打。

だんぶくろ［段袋］（名）① 大布袋，大口袋。② 肥大西服褲子。

タンブラー［tumbler］（名）大玻璃杯。

たんぶん［単文］（名）〈語〉簡單句，單句。↔複文

たんぶん［短文］（名）① 短句。△～を作る／造短句。② 短文章。

たんぶん［探聞］（名・他サ）探聽，探知。△内情を～する／探聽內情。

だんぺい［団平］（名）平底貨船。△～ぶね／平底貨船。

たんぺいきゅう［短兵急］（形動）① 短兵相接。② 突然，緊迫。△～に要求する／突然提

出要求。△～な催促／緊迫的催促。

たんぺん［短編・短篇］(名) 短篇。△～小説／
短篇小説。↔長編

だんぺん［断片］(名) 片斷，部分。△ことば
の～／片言隻語。△生活の～／生活的片斷。

たんぺんしょうせつ［短編小説・短篇小説］
(名) 短篇小説。↔長編小説

たんぼ［田圃］(名) 水田。△～道／田間小路。
△2，3年前まではこの辺は一面の～でした／
兩三年以前這一帶是一片水田。

たんぼ［旦暮］(名) 朝夕。

たんぽ［担保］(名)〈法〉抵押。△～を入れる／
交抵押。△家を～にして金を借りる／以房子
作抵押借錢。

たんぽ［湯婆］(名) 熱水帶。

たんぼう［探訪］(名・他サ) 調査，採訪。△社
会～／社會調査。△～記者／採訪記者。

だんぼう［暖房］(名・他サ) 採暖，室内取暖
(的設備)。△～装置／取暖設備。↔冷房

だんボール［段ボール］(名)(包装用) 瓦楞紙
板。

たんぽぽ［蒲公英］(名) 蒲公英。

タンポン［荷 tampon］(名)〈醫〉(塞入傷口消炎
用的)藥棉球，藥紗布條。

たんまつ［端末］(名)〈電〉①(電綫等的) 終
端，末端。②(電子計算機的) 末端顯示。

だんまつま［断末魔］(名) 臨終，臨終時的痛
苦。△～の叫び／臨死的痛苦喊叫。△～のあ
がき／垂死挣扎。

だんまり［黙り］(名)①〈俗〉沉默寡言，沉默。
△～をきめこむ／閉口不言。→無言②(歌舞
伎) 以啞劇形式表現的黑暗中武打的場面。

たんみ［淡味］(名)① 口味淡，清淡。② 趣味
不濃。

たんめい［短命］(名・形動) 短命。△～な植
物／生長期短的植物。△～内閣／短命内閣。
↔長命

だんめつ［断滅］(名・自他サ) 絶滅。

だんめん［断面］(名)① 斷面，截面。△～図／
斷面圖，剖視圖。②(事物的) 側面。△家庭生
活の一～／家庭生活的一個側面。

だんめんず［断面図］(名) 斷面圖，剖面圖。

たんもの［反物］(名)① 成套的和服料。② 布
匹，綢緞。△～屋／布匹商店，綢緞莊。

たんや［短夜］(名)(夏天的) 短夜。

だんやく［弾薬］(名) 彈藥。△～庫／彈藥庫。

だんやくごう［弾薬盒］(名) 彈藥箱。

だんゆう［男優］(名) 男演員。↔女優

たんよう［単葉］(名)① 單葉。② 單翼。△～
機／單翼飛機。↔複葉

たんらく［短絡］(名・自他サ)①〈電〉短路，
短接。→ショート② 簡單化的判斷。△～した
考え／過於簡單的武斷想法。

だんらく［段落］(名) 段落。△～にわける／分
成段落。△これで一～だ／這就告一段落了。

だんらん［団欒］(名) 團圓，團聚。△一家～／
全家團圓。

たんり［単利］(名) 單利。△～法／單利的計算
方法。↔複利

だんりゅう［暖流］(名) 暖流。↔寒流

たんりょ［短慮］(名)① 考慮不周，淺見。②
急性子。△～功を成さず／性急不成事。→き
みじか，短気

たんりょく［胆力］(名) 膽力，膽量。△～の
ある青年だ／有膽量的青年。△～がすわって
いる／有膽量。

だんりょく［弾力］(名)① 彈力。△～性のあ
る物質／有彈性的物質。② 靈活性。△～に富
む考え方／靈活的想法。△運用に～性をもた
せる／靈活運用。

たんれい［端麗］(形動) 端莊秀麗。△～な容
姿／端莊的姿容。

たんれん［鍛練・鍛錬］(名・他サ)① 鍛造。
△鉄を～する／鍛鐵。② 鍛煉。△身体を～す
る／鍛煉身體。

だんろ［暖炉］(名) 暖爐，壁爐。△～を燃や
す／燒爐子。△～にあたる／烤爐子取暖。

だんろんふうはつ［談論風発］(名・自サ) 談
笑風生，高談闊論。

だんわ［談話］(名・自サ)① 談話。△～室／
談話間。②〈語〉話語，語篇。△～の文法／話
語語法。

ち　チ

ち［血］(名) ① 血，血液。△～が出る／出血。△～を吐く／吐血。② 血統。△～を分ける／親骨肉。△～のつながり／血緣關係。

ち［地］(名) ① 大地。△天と～ほどの開き／天地之差。② 土地，地面。△～の中に埋める／埋在土裏。△一敗～に塗れる／一敗塗地。③ 地方，場所。△景勝の～／風景區。△立錐の～もない／無立錐之地。△当の～の名物／本地特產。④ 下面。△天～無用／請勿倒置。

ち［治］(名) ① 政治。② 治，太平。

ち［知］(名) ① 認識能力。② 知識。③ 熟悉。△～人／熟人，朋友。

ち［智］(名) ① 智慧，智力。② 智謀。△～をめぐらす／出謀劃策。

ち［乳］(名) ① 乳，奶。② 乳房。

チアー［cheer］(名) 喝彩，歡呼，萬歲。

チアーガール［cheergirl］(名) 啦啦隊女孩。

チアガール［cheer girl］(名) 女子啦啦隊。

チアノーゼ［德 Zyanose］(名)〈醫〉發紺，青紫。

チアホーン［cheerhorn］(名) 啦啦隊加油用的喇叭。

ちあまってゆうたらず［知余って勇足らず］(連語) 智有餘而勇不足。

チアリーダー［cheerleader］(名) 啦啦隊隊長。

ちあん［治安］(名) 治安。

ちい［地衣］(名)〈植物〉地衣。△～類／地衣類。

ちい［地位］(名) 地位。△高い～につく／就高職。△重要な～を占める／佔重要地位。

ちい［地異］(名) 地異，地變。

ちいき［地域］(名) 地域，地區。→地区

ちいきさ［地域差］(名) 地區差。

ちいきしゃかい［地域社会］(名) 地域共同體(如城市，村鎮)。

ちいきてあて［地域手当］(名) 地區津貼。

ちいく［知育］(名) 智育。

チーク［cheek］(名) 頰，面頰。

チーク［teak］(名)〈植物〉麻栗樹。

ちいさ・い［小さい］(形) ① 小。△～家／小房子。△～もの／小件東西。△～声で話す／小聲説。② 幼小。△～かった頃／小時候。↔ 大きい

ちいさな［小さな］(連體) 小。

チーズ［cheese］(名) 奶酪。

チーズケーキ［cheesecake］(名) 奶酪蛋糕。

チータ［cheetah］(名)〈動〉獵豹。

チーフ［chief］(名) 頭頭，主任。

チープ［cheap］(名) 便宜的，廉價的。

チープマネー［cheapness money］(名)〈經〉低息借款。

チーフメート［chief mate］(名)〈航海〉大副。

チーム［team］(名)〈體〉隊。△野球～／棒球隊。△～メンバー／隊員。

チームワーク［team work］(名)〈體〉〈隊〉(隊員) 協同動作，配合。

ちいるい［地衣類］(名)〈植物〉地衣類。

ちょうさ［調査］(名・他サ) 調査。△世論～／輿論調査。△～団／調査團。

ちうみ［血膿］(名) 膿血。

ちえ［知恵・智慧］(名) ↔ 智慧。△～を借りる／求別人給出主意。△～をつける／給別人出主意。△猿ぢえ／小聰明。

チェアウォーカー［chairwalker］(名) 輪椅生活者。

チェアカバー［chair cover］(名) 椅套。

チェアパーソン［chairperson］(名) 議長，委員長，主持，企業的會長。

チェアベッド［chair bed］(名) 坐臥兩用椅。

チェーニング［chaining］(名) 連鎖作用。

チェーホフ〈人名〉契訶夫 (1860-1904)。俄國小說家，劇作家。

チェーン［chain］(名) 鏈子，鏈條。△自転車の～／自行車鏈條。

チェーンストア［chain store］(名) 聯號，連鎖商店。

チェーンスモーカー［chain smoker］(名) 一支接一支抽煙的人，煙鬼。

チェーンソー［chain saw］(名) 鏈鋸，油鋸。

チェーンブロック［chain block］(名)〈機械〉鏈滑車，鏈條滑輪。(俗稱 "斤不落")

ちえきけん［地役権］(名)〈法〉土地使用權。

チェコスロバキア［Czechoslovakia］〈國名〉捷克斯洛伐克。

ちえしゃ［知恵者］(名) 智多星。

チェス［chess］(名) 國際象棋。

チェストレスピレーター［chest respirator］(名) 人工呼吸器。

チェッカー［checker］(名) 西洋跳棋。

チェック［check］I (名) ① 支票。② 格紋。△～のスカート／方格花紋的裙子。II (名他サ) ① 加記號。△～をつける／加記號。② 核對。

チェックアウトタイム［checkout time］(名) 退房時間。

チェックアンドバランス［check and balance］(名) 各部門互相監督保持平衡。

チェックインバゲージ［check-in baggage］(名)(飛機旅客的) 託運行李。

チェックブック［checkbook］(名) 支票簿。

チェックリスト［checklist］(名) 對照表，對照簿。

ちえば［知恵歯］(名) 智齒。

ちえぶくろ［知恵袋］(名) 智囊。

チェリー［cherry］(名)〈植物〉櫻桃。

チェロ［cello］(名)〈樂〉大提琴。△～を引く／拉大提琴。

ち

チ

ちえん［遅延］(名・自サ) 遲誤。△列車が～する／列車晚點。

ちえん［地縁］(名) 地緣。

チェンジ［change］(名・自他サ) 交換，更換。△コートを～する／交換場地。△メンバー～／更換選手。

チェンバロ［cembalo］(名) ⇨ハープシコート

ちか［地下］(名) 地下。△～に眠る／長眠於地下。△～資源／地下資源。

ちか［地価］(名) 地價。

ちかい［誓い］(名) 誓言，誓。△～を立てる／起誓。宣誓。△～を新たにする／立誓。矢志。

ちか・い［近い］(形) 近。△工場に～／離工廠近。△～将来／不久的將來。△～関係／親密關係。△ゼロに～／近似於零。△目が～／近視。↔ 遠い

ちかい［地階］(名) 地下(室)。

ちがい［違い］(名) ① 差，差別。△両者の～／兩者的不同。△2分の～で終電車に乗り損なった／差兩分鐘沒趕上末班電車。② 差錯。△読み～／讀錯。

ちがいたな［違い棚］(名) 交錯擱板式櫃櫥。

ちがいない［違いない］(連語)(用…に～的形式)表示 "一定，…無疑"。△あの人は日本人に～／他準是日本人。

ちがいほうけん［治外法権］(名)〈法〉治外法權。

ちか・う［誓う］(他五) 發誓，起誓。△～ってそんなことはしない／發誓決不幹那種事。

ちが・う［違う］(自五) ① 不同。△意見が～／意見不一致。△習慣が～／習慣不同。② 不對，錯。△番号が～っている／號碼不對。

ちが・える［違える］(他下一) ① 使之不同。△表と裏で色を～／表裏兩面用不同顏色。② 弄錯。△うっかり道を～えた／沒留神走錯了路。③ 扭(筋)。△筋を～えた／扭了筋。

ちかがい［地下街］(名) 地下商店街。

ちかく［近く］Ⅰ (名) ① 附近。△学校の～／學校附近。② 近。△百人～／近一百人。Ⅱ (副)不久。△～東京に行きます／最近到東京去。

ちかく［地核］(名)〈地〉地核。

ちかく［地殻］(名)〈地〉地殼。△～変動／地殼運動。

ちかく［知覚］(名・他サ) 知覺，感覺。△～がなくなる／失去知覺。△～神経／感覺神經。

ちがく［地学］(名) 地學。

ちかけい［地下茎］(名)〈植物〉地下莖。

ちかごろ［近頃］Ⅰ (名) 近來，近日。△～の事／最近的事情。Ⅱ (副)〈舊〉非常。△～迷惑な話だ／真是煩死人！

ちかし・い［近しい］(形) 親近，密切。△～間柄／關係親密。

ちかしつ［地下室］(名) 地下室。

ちかすい［地下水］(名) 地下水。

ちかそしき［地下組織］(名) 地下組織。

ちかちか (副・自サ) 刺眼。△目が～する／刺眼。

ちかぢか［近近］(副) 不久。△～うかがいます／近日內前去拜訪。

ちかづき［近付き］(名) 相識，熟人。△お～になれてうれしい／能和您相識我很高興。△～がない／沒有交往。△この辺には～がいない／這一帶沒有熟人。

ちかづ・く［近付く］(自五) ① 靠近，挨近。△船がゆっくり岸に～いてきた／船慢慢地靠了岸。② 親近，接近。△～きにくい人／不易接近的人。③ 時日臨近。

ちかづ・ける［近付ける］(他下一) ① 使挨近。△ガソリンを火に～な／不要使汽油挨近火。② 使親近。

ちかって［誓って］(副) 決心。△～成功してみせる／我一定要成功。

ちかてつ［地下鉄］(名) 地鐵。

ちかどう［地下道］(名) 地下坑道。

ちかみち［近路・近道］(名・自サ) ① 近道，抄道。△～をする／抄道走。↔ とおみち ② 捷徑。△外国語を学ぶに～はない／學外語是沒有捷徑的。

ちかめ［近目］(名) 近視眼。→きんがん

ちかよ・る［近寄る］(自五) ① 靠近，挨近。② 親近。→近づく

ちから［力］(名) ① 力量，力氣。△～が強い／力氣大。△～を入れる／使勁。△～をつける／鼓勁。△～関係／力量對比。△～に訴える／訴諸武力。薬の～／藥的效力。△～の政治／強權政治。△数学の～／數學的能力。② 可依靠的力量。△息子を～とする／依靠兒子。△～になる／助一臂之力。△～を貸す／幫助。

ちからいっぱい［力一杯］(副) 竭盡全力。

ちからおとし［力落し］(名) 灰心，泄氣。

ちからおよばず［力及ばず］(連語) 力不從心。

ちからこぶ［力瘤］(名) 臂上隆起的肌肉疙瘩。

ちからしごと［力仕事］(名) 力氣活。

ちからずく［力ずく］(名) 憑着暴力，強迫。△～ででうばう／憑着暴力奪取。

ちからぞえ［力添え］(名・自サ) 援助。

ちからだのみ［力頼み］(名) 依靠，靠山。

ちからだめし［力試し］(名) 檢驗體力(能力)。

ちからづ・ける［力付ける］(他下一) 鼓勵，鼓舞。

ちからづよ・い［力強い］(形) ① 強有力。△～足取り／矯健的步伐。② 心裏踏實。△君がいてくれるので～／有你在我就放心了。

ちからなげ［力なげ］(形動) 無力地。

ちからぬの［力布］(名) 襯布，墊布。

ちからまかせ［力任せ］(形動) 竭盡全力。△扉を～に押した／使出最大的勁兒推門。

ちからみず［力水］(名)(相撲) ① 賽場內水。② 力士漱口水。

ちからもち［力持ち］(名) 大力士。

ちからわざ［力業］(名) 體力勞動，用力氣的工作。

ちからをいれる［力を入れる］(連語) 使勁。

ちからをおとす［力を落す］(連語) 灰心，泄氣。

ち
チ

ちからをかす［力を貸す］（連語）幫助。

ちかん［弛緩］（名・自サ）鬆弛。

ちかん［痴漢］（名）（調戲、侮辱婦女的）流氓。

ちかん［置換］（名・他サ）①〈化〉置換，取代。②〈數〉代換，變換。

ちき［知己］（名）①知己。②熟人。

ちき［稚気］（名）稚氣。△～愛すべし／稚氣可愛。

ちぎ［千木］（名）〈建〉日本古代建築屋背兩端交叉的兩根長木頭。

ちぎ［遅疑］（名・自サ）遲疑，猶豫。

ちきゅう［地球］（名）地球。

ちきゅうおんだんか［地球温暖化］（名・ス自）全球變暖。

ちきゅうサミット［地球サミット］（名）地球首腦會議。

ちぎょ［稚魚］（名）魚苗。

ちきょう［地峡］（名）地峽。△パナマ～／巴拿馬地峽。

ちぎょのわざわい［池魚の災い］（連語）城門失火，殃及池魚。

ちぎり［契り］（名）誓約，婚約。△～を結ぶ／約為夫婦。

ちぎ・る［契る］（他五）誓約，盟誓。△将来を固く～／海誓山盟。

ちぎ・る［千切る］（他五）撕，掐。△紙を細かく～／把紙撕碎。△花を～／掐花。

ちぎれぐも［ちぎれ雲］（名）朵雲。

ちぎ・れる［千切れる］（自下一）①破碎。△表紙が～れた／封面撕破了。②被揪斷。△紐が～れた／繩子被拉斷。

チキン［chicken］（名）雛雞肉，雞肉。

チキンライス［chicken rice］（名）番茄醬雞肉炒飯。

ちく［地区］（名）地區。

ちぐ［痴愚］（名）癡愚，呆傻。

ちくいち［逐一］（副）逐一，一一。△～検討する／逐一研究。

ちぐう［知遇］（名）知遇。△～を得る／得到知遇。

ちくおんき［蓄音機］（名）唱機。→レコードプレーヤー

ちくけん［畜犬］（名）家犬。

ちくごやく［逐語訳］（名・他サ）逐字翻譯。

ちくざい［蓄財］（名・自サ）蓄財，攢錢。

ちくさん［畜産］（名）畜産。

ちくじ［逐次］（副）逐次，依次。△問題を～解決していく／逐次解決問題。

ちくじつ［逐日］（副）逐日，一天天地。

ちくしょう［畜生］Ⅰ（名）牲畜，獸。Ⅱ（感）（罵）畜生。

ちくじょう［逐条］（名）逐條，逐項。△～審議／逐項審議。

ちくじょう［築城］（名・自他サ）築城，修築陣地。

ちくせき［蓄積］（名・自他サ）積蓄。△長年の～／長年的積蓄。△疲労の～／積勞。

ちくちく（副・自サ）刺痛。△おなかが～痛む／

肚子象針刺似的疼痛。△～と皮肉を言う／話裏帶刺挖苦人。

ちくてい［築堤］（名・自サ）築堤。

ちくてい［築庭］（名・自サ）修築庭園。

ちくでん［逐電］（名・自サ）逃亡，逃跑。△悪事を働いて～する／幹了壞事跑掉。

ちくでん［蓄電］（名・自サ）〈理〉蓄電。

ちくでんき［蓄電器］（名）電容器。→コンデンサー

ちくでんち［蓄電池］（名）蓄電池。→バッテリー

ちくねん［逐年］（副）逐年。△～向上する／逐年提高。

ちくのうしょう［蓄膿症］（名）〈醫〉蓄膿症。

ちぐはぐ（名・形動）①不成對。△～の手袋／不成對的手袋。②不諧調。

ちくばのとも［竹馬の友］（連語）童年就相識的好友。

ちくび［乳首］（名）①乳頭。②奶嘴。

ちくふじん［竹夫人］（名）竹夫人，竹夾膝。

ちくりょく［畜力］（名）畜力。

ちくるい［畜類］（名）①家畜。②獸類。

ちくわ［竹輪］（名）烤或蒸成的筒狀魚。

チゲ［tchigae］（名）鍋料理。

ちけい［地形］（名）地形。

チケット［ticket］（名）①票，券。②分期付款購物券。

チケットショップ［ticketshop］（名）賣票店。

ちけむり［血煙］（名）鮮血噴濺。△～をあげる／鮮血噴濺。

ちけん［知見］（名）見識。△～を広める／增長見識。

ちご［稚児］（名）①嬰兒。②小孩。③（在佛寺等參加祭禮的）童男童女。

チゴイネル［德 Zigeuner］（名）吉卜賽。

ちこう［地溝］（名）地溝。

ちこう［遅効］（名）遲效。△～性肥料／遲效肥料。

ちこう［治効］（名）療效。

ちこく［治国］（名）治國。

ちこく［遅刻］（名・自サ）遲到。

ちこつ［恥骨］（名）〈解剖〉恥骨。

チコリ［chicory］（名）〈植物〉菊苣。

ちさ［萵苣］（名）〈植物〉萵苣。

ちさい［地裁］（名）地方法院。→地方裁判所

ちさん［治山］（名）治山。

ちさん［遅参］（名・自サ）遲到。

ちさん［稚蠶］（名）幼蠶。

ちし［地誌］（名）地誌。

ちし［致死］（名）致死。△過失～罪／誤殺罪。△～量／致死量。

ちし［智歯・知歯］（名）智齒。

ちじ［知事］（名）知事。（日本都、道、府、縣的行政長官）△県～／縣知事。

ちしお［血潮］（名）熱血。△～をわきたたせる／熱血沸騰。

ちしき［知識］（名）知識。△～を求める／求

知。△基礎〜／基礎知識。

ちじき［地磁］(名)〈地〉地磁。

ちしきかいきゅう［知識階級］(名) 知識分子階層。

ちしきじん［知識人］(名) 知識分子。

ちじく［地軸］(名)〈地〉地軸。

ちしつ［地質］(名) 地質。△〜学／地質學。

ちしつ［知悉］(名・他サ) 熟知。

ちしつがく［地質学］(名) 地質學。

ちしつじだい［地質時代］(名) 地質時代。

ちしまかいりゅう［千島海流］(名) 千島寒流。

ちしゃ［萵］(名)〈植物〉萵苣。

ちしゃ［治者］(名) ① 統治者。② 主權者。

ちしゃ［知者］(名) 智者。

ちしょう［池沼］(名) 池沼。

ちしょう［地象］(名)〈地〉地象。(地殻的異常變動)

ちじょう［地上］(名) ① 地面。△〜百メートルの展望室／高出地面一百米的瞭望樓。② 人世。△〜の楽園／人間樂園。

ちじょう［痴情］(名) 癡情。

ちじょうい［知情意］(名) 智力，感情，意志。

ちじょうけん［地上権］(名)〈法〉地上權。

ちじょく［恥辱］(名) 恥辱。△〜を受ける／受辱。

ちしりょう［致死量］(名)〈量〉致死量。

ちじん［知人］(名) 熟人，相識。

ちじん［痴人］(名) 癡人。

ちず［地図］(名) 地圖。△〜帳／地圖冊。△世界〜／世界地圖。

ちすい［治水］(名) 治水。△〜工事／治水工程。

ちすじ［血筋］(名) ① 血統。△〜は争えない／有其父必有其子。② 血管。

ちせい［地勢］(名) 地勢。

ちせい［治世］(名) 太平盛世。

ちせい［知性］(名) 知性，智能。△〜が高い／智力高。

ちせき［地積］(名) 土地面積。

ちせき［地籍］(名) 地籍。

ちせつ［稚拙］(名・形動) 稚拙。△〜な絵／稚拙的畫。

ちそ［地租］(名) 地租。

ちそう［地層］(名) 地層。

ちそう［馳走］(名・他サ) ⇨ごちそう

ちぞめ［血染め］(名) 血染。△〜のハンカチ／血染的手絹。

ちたい［地帯］(名) 地帯，地區。△工業〜／工業區。△安全〜／安全地帯。

ちたい［遅滞］(名・自サ) 遲誤，延誤，拖延。△〜なく納品する／準時交貨。

ちたい［痴態］(名) 癡態。

ちだつ［褫奪］(名・他サ) 剝奪。△公権を〜する／剝奪公民權。

ちだるま［血達磨］(名) 滿身是血。

チタン［德 Titan］(名)〈化〉鈦。

チタンごうきん［チタン合金］(名) 鈦合金。

ちち［父］(名) 父親，家父。

ちち［乳］(名) ① 乳，奶。△〜をしぼる／擠奶。② 乳房。△〜が張ってしようがない／乳房脹得要命。

ちち［遅遅］(形動) 遲遲。△交渉は〜として進まない／談判遲遲沒有進展。

ちちうえ［父上］(名)(敬) 父親。

ちちおや［父親］(名) 父親。

ちちかた［父方］(名) 父系，父族。

ちぢか・む［縮かむ］(自五) 僵硬。△寒くて指先が〜／手指凍拘攣了。

ちちくさ・い［乳臭い］(形) ① 奶味。② 乳臭未乾。△〜小僧／乳臭未乾的毛孩子。

ちぢこま・る［縮こまる］(自五) 蜷曲。蜷縮。△部屋のすみに〜／蜷縮在屋角。

ちちばなれ［乳離れ］(名・自サ) 斷奶。

ちぢま・る［縮まる］(自五) 縮短，縮小。△命が〜／壽命縮短。△差が〜／差距縮小。

ちぢみあが・る［縮み上がる］(自五) 畏縮，抽縮。△相手のけんまくに〜ってものも言えない／被對方的氣勢洶洶嚇得縮成一團，話都說不出來。

ちぢみおり［縮織］(名) 縐紋布，縐綢，縐紗。

ちぢ・む［縮む］(自五) 縮短，縮小。△セーターが〜／毛衣縮水了。△寿命が〜／壽命縮短了。→ちぢまる ⇔ のびる

ちぢ・める［縮める］(他下一) ① 使縮短，使縮小。△差を〜／縮小差距。② 縮回，蜷曲。△首を〜／縮脖。

ちちゅう［地中］(名) 地中，地下。

ちちゅうかい［地中海］(名) 地中海。

ちちょう［弛張］(名・自サ) 弛張。

ちぢら・す［縮らす］(他五) 使捲曲，弄縐。△髪の毛を〜／捲頭髪。

ちぢれげ［縮れ毛］(名) 捲毛，鬈髪。

ちぢ・れる［縮れる］(自下一) ① 鬈曲。△髪の毛が〜／頭髪鬈曲。② 出褶。

ちつ［膣］(名)〈解剖〉陰道，膣。

チッキ［check］(名) 行李票，快件。△〜にする／打快件。

ちっきょ［蟄居］(名・自サ) ① 呆在家裏不出門。②(蟲類等) 冬眠。③(江戸時代對武士的一種刑罰) 禁閉。

チックしょう［チック症］(名) 抽搐症。

ちっこう［築港］(名・自サ) 建港。△〜工事／建港工程。

ちつじょ［秩序］(名) 秩序。△〜を乱す／擾亂秩序。△〜を守る／守秩序。

ちっそ［窒素］(名)〈化〉氮。△〜肥料／氮肥。

ちっそく［窒息］(名・自サ) 窒息。△〜死／窒息而死。

ちっと (副) 稍微，一點。△〜からい／有點辣。△〜待ちなさい／稍等一等。

ちっとも (副)(下接否定) 一點也(不)，一會兒也(沒)。△〜知らない／一點也不知道。△〜勉強しない／一點不用功。

ちっとやそっと (副) 一星半點。△〜の事では驚かない／一星半點的事滿不在乎。

ち

チ

チップ [tip] Ⅰ (名) 小費。Ⅱ (名・自サ) (棒球) 擦棒球。

チップ [chip] (名) 〈IT〉晶片。△～セット／晶片組。

チップペット [tippet] (名) 圍巾，披肩。

チップポテト [chip potato] (名) 炸土豆。

ちっぽけ (形動) 〈俗〉不值一提的，小不點的。△～な会社／不大點的公司。

ちてい [地底] (名) 地底。

ちてい [池亭] (名) 池畔的亭子。

ちてき [知的] (形動) ① 理智的，智慧的。△～な人／有智慧的人。② 知識的。

ちてきしょゆうけん [知的所有権] (名) 知識産權。

ちデジ [地デジ] (名) 地面數位轉播。

ちちでをあらう [血で血を洗う] (連語) ① 骨肉相殘。② 互相殘殺。

ちてん [地点] (名) 地點。

ちと (副) ⇨ちょっと

ちどうせつ [地動説] (名) 〈天〉地動説。

ちとく [知得] (名・他サ) 知道，懂得。

ちとく [知徳] (名) 徳才。△～を兼ね備える／徳才兼備。△～を磨く／增長才幹。

チトクローム [cytochrome] (名) (生理) 細胞色素。

ちとせ [千歳] (名) ① 千年。② 永遠。

ちどめ [血止め] (名) 止血，止血劑。

ちどり [千鳥] (名) 〈動〉白領鴴。

ちどりあし [千鳥足] (名) (醉後走路) 趺趺撞撞。

ちどん [遅鈍] (名・形動) 遲鈍。

ちなまぐさ・い [血腥い] (形) 血腥。△～事件／血流慘案。

ちなみに [因みに] (接) 附帯 (説一下)，順便 (提一下)。

ちな・む [因む] (自五) 由來於。△生れた土地に～んでこの名をつけた／因出生地而起了這個名字。

ちにいてらんをわすれず [治に居て乱を忘れず] (連語) 居安思危。

ちにち [知日] (名) (外國人) 了解日本。知日。△～派／知日派。

ちねつ [地熱] (名) ⇨じねつ

ちねつはつでん [地熱発電] (名) 地熱發電。

ちのう [知能・智能] (名) 智能，智力。

ちのう [智囊] (名) 智囊。

ちのうけんさ [知能検査] (名) 智力測驗。

ちのうしすう [知能指数] (名) 智商。△～が低い／智商低。

ちのけ [血の気] (名) ① 血色。△～が引く／臉煞白。② 血氣。△～が多い／血氣方剛。

ちのなみだ [血の涙] (名) ① 血淚。② 慘痛的經歴。

ちのみご [乳飲み子] (名) 乳兒。

ちのめぐり [血の巡り] (連語) 智力，腦力。△～が悪い／笨。

ちのり [血糊] (名) 黏血，乾了的血。△～のつ

いたナイフ／黏滿血的小刀。

ちはい [遅配] (名・他サ) ① (商品等) 供應不及時。② (郵件等) 晩送。③ (支付等) 誤期。

ちばし・る [血走る] (自五) 眼球充血。△目を～らせる／眼睛通紅。

ちばなれ [乳離れ] (名・自サ) ⇨ちちばなれ

ちはらい [遅払い] (名) 拖延付款。

ちばん [地番] (名) 土地番號。

ちび (名・形動) 矮子，矬子。

ちびちび (副) 一點一點地。△酒を～と飲む／一小口一小口地抿着喝酒。

ちひつ [遅筆] (名) (寫文章等) 寫得慢。

ちびふで [禿筆] (名) 禿筆。

ちひょう [地表] (名) 地表。

ちびょう [乳鋲] (名) 大門上裝飾用的大圓釘。

ち・びる [禿びる] (自下一) 禿。△～びた筆／禿筆。

ちぶ [恥部] (名) ① 陰部。② 見不得人的部分。△大都会の～／大城市的陰暗角落。

ちぶさ [乳房] (名) 乳房。

チフス [荷 typhus] (名) 〈醫〉傷寒。

ちへいせん [地平線] (名) 地平綫。

チベット [Tibet] 〈地名〉西藏。

ちほ [地歩] (名) 地位，位置。△～を固める／鞏固地位。

ちほう [痴呆] (名) 癡獃。△～症／癡獃症。

ちほう [地方] (名) ① 地方，地區。△関西～／關西地區。② (對中央而言的) 地方。

ちぼう [知謀・智謀] (名) 智謀。△～をめぐらす／謀劃。

ちほうぎかい [地方議会] (名) 地方議會。(都議會，縣議會等)

ちほうぎょうせい [地方行政] (名) 地方行政。

ちほうぎんこう [地方銀行] (名) 地方銀行。

ちほうけんさつちょう [地方検察庁] (名) 地方檢察廳。

ちほうこうきょうだんたい [地方公共団体] (名) 地方政府。

ちほうこうむいん [地方公務員] (名) 地方政府機關職員。

ちほうさいばんしょ [地方裁判所] (名) 地方法院。

ちほうし [地方紙] (名) 地方報紙。

ちほうじち [地方自治] (名) 地方自治。

ちほうじちたい [地方自治体] (名) 地方自治團體。

ちほうしょく [地方色] (名) 地方色彩。

ちほうぜい [地方税] (名) 地方税。

ちほうぶんけん [地方分権] (名) 地方分權。

チマ [chima] (名) 朝鮮裙子。

ちまき [粽] (名) 粽子。

ちまた [巷] (名) ① 岔道。△生死の～を彷徨する／徘徊於生死之間。② 街市。△雑踏の～／熱鬧街市。③ 場所。△流血の～と化す／化為血海。④ 社會。△～の声を聞く／聽取大衆呼聲。

ちまちま (と) (副・自サ) 〈俗〉① 小而圓。△～

とした顔／小圓團臉。② 省吃儉用。

ちまつり［血祭り］（名）血祭。

ちまなこ［血眼・血目］（名）充血的眼睛。△～
になって搜す／拼命尋找。

ちまみれ［血塗れ］（名・形動）渾身是血。△～
になる／弄得渾身是血。

ちまめ［血豆］（名）血泡。

ちまよ・う［血迷う］（自五）發瘋，不能自制。
△～った人々／激昂的人們。△～った犯人／
瘋狂的犯人。

ちみ［地味］（名）地力。△～が肥えている／地
力很肥。→地力

ちみち［血道］（名）血脈，血管。

ちみちをあげる［血道を上げる］（連語）迷戀，
着魔，神魂顛倒。

ちみつ［緻密］（形動）精細，周密。△～な計画
を立てる／制定周密的計劃。

ちみどろ［血みどろ］（名・形動）① 血淋淋。
△～の死体／血淋淋的屍體。② 艱苦卓絕。
△～の努力／艱苦的努力。

ちめい［地名］（名）地名。

ちめい［知名］（名・形動）知名。△～の士／知
名人士。

ちめい［致命］（名）致命。

ちめいしょう［致命傷］（名）致命傷。

ちめいてき［致命的］（形動）致命的。△～な
打撃／致命的打撃。

ちめいど［知名度］（名）知名度。

ちもなみだもない［血も涙も無い］（連語）冷
酷無情。

ちゃ［茶］（名）①⇨おちゃ② 茶色。

チャージ［charge］（名）①（給飛機、汽車）補充
燃料，（給蓄電池）充電。②（給 IC 卡、手機）
充值。

チャージャー［charger］（名）充電器。

チャージング［charging］（名）（足球）衝撞。

チャーター［charter］（名・他サ）租，賃。△船
を～する／租船。△～機／包機。

チャータードカンパニー［chartered company］
（名）〈經〉特許公司。

チャーチ［church］（名）教堂，教會。

チャーチアテンダー［churchattender］（名）教
友。

チャーハン［炒飯］（名）炒飯。

チャーミング［charming］（形動）有魅力的，迷
人的。

チャーム［charm］（名・他サ）① 魅力。② 迷惑
人。

チャームアップ［charmup］（名）增加魅力。

チャームガール［charm girl］（名）美女。

チャームスクール［charm school］（名）女性美
容、禮儀指導班。

チャームポイント［charm point］（名）魅力點。

チャイ［chai］（名）茶，紅茶。

チャイコフスキー［Peter Ilich Chaikovski］〈人
名〉柴可夫斯基（1840-1893）。俄國作曲家。

チャイナカード［China card］（名）為推進外交，

使用中國這張王牌。

チャイナスクール［China school］（名）日本外
務省的親中國派。

チャイナタウン［Chinatown］（名）唐人街，中
華街。

チャイム［chime］（名）套鐘，編鐘。

チャイルドシート［childseat］（名）（用帶子固定
的）兒童專用座椅。

チャイルドソルジャー［childsoldier］（名）（未
滿 18 歲的）青少年士兵。

チャイルドマインダー［childminder］（名）（代
人）看孩子，照顧兒童。

チャイルドライン［childline］（名）兒童系列，
兒童叢書。

ちゃいろ［茶色］（名）茶色，棕色。

ちゃうけ［茶請け］（名）茶食。

ちゃえん［茶園］（名）茶園。

ちゃかい［茶会］（名）茶會。

ちゃがけ［茶掛け］（名）茶室掛的書畫。

ちゃがし［茶菓子］（名）茶點。

ちゃか・す［茶化す］（他五）①（拿正經事）開
玩笑。△もじめな話だから～な／說正經事，
你別打哈哈。②（開玩笑）蒙混過去。

ちゃかっしょく［茶褐色］（名）茶褐色，棕褐
色。

ちゃがら［茶殻］（名）乏茶葉。

ちゃき［茶器］（名）茶具。

ちゃきん［茶巾］（名）（茶道）擦碗的抹布。

－ちゃく［着］（接尾）① 到達。△北京～五時／
五點到達北京。△ I ～でコールイン／以第一
名跑到終點。② 套。△背広 I ～／一套西服。

ちゃくい［着意］（名・自サ）① 留神，注意。
② 立意，構思。

ちゃくい［着衣］（名）穿着的衣服。

ちゃくえき［着駅］（名）到達站。△～払い／
到站付款。

ちゃくがん［着岸］（名・自サ）到岸，靠岸。
△無事に～する／安全靠岸。

ちゃくがん［着眼］（名・自サ）着眼。△～点／
着眼點。△鋭い～／銳利的觀察。

ちゃくざ［着座］（名・自サ）落座，就座。

ちゃくし［嫡子］（名）嫡子，嫡長子。

ちゃくじつ［着実］（名・形動）踏實，穩妥。

ちゃくしゅ［着手］（名・自サ）着手。△仕事
に～する／開始工作。

ちゃくしゅつ［嫡出］（名）嫡出。

ちゃくじゅん［着順］（名）到達的順序。

ちゃくしょう［着床］（名・自サ）（生理）受孕。

ちゃくしょく［着色］（名・自サ）着色，上色。
△～ガラス／有色玻璃。

ちゃくしん［着信］（名・自サ）來信（電），收
到的信（電報）。

ちゃくすい［着水］（名・自サ）降落在水面上。

ちゃく・する［着する・著する］I（自サ）到
達。II（他サ）穿。△制服を～／穿制服。

ちゃくせき［着席］（名・自サ）就席，就座，
入席。

ち
チ

ちゃくそう［着想］(名・スサ) 立意。△奇抜な〜／奇特的構思。

ちゃくそん［嫡孫］(名) 嫡孫。

ちゃくだん［着弾］(名・自サ) 中彈。△〜地域／射界。

ちゃくち［着地］(名・自サ) 着地，着陸。△〜に成功する／成功着陸。

ちゃくちゃく（と）［着着］(副) 穩步而順利地。△〜と勝利をおさめる／節節勝利。

ちゃくなん［嫡男］(名) 嫡子。

ちゃくにん［着任］(名・自サ) 到任，到職。

ちゃくはつ［着発］(名)① 到達和出發。②(炮彈等) 觸爆。

ちゃくばらい［着払い］(名・自サ) 到貨後付款。

ちゃくひつ［着筆］(名・自サ) 落筆，下筆。

ちゃくふく［着服］(名・他サ) 私呑，侵呑。△公金を〜する／私呑公款。→横領

ちゃくぼう［着帽］(名・自サ) 戴上帽子。↔脱帽

ちゃくメロ［着メロ］(名)〈俗〉(“著信メロディー”の縮略語) 手機鈴聲，來電鈴聲。

ちゃくもく［着目］(名・自サ) 着眼。注目。△自動化に〜する／着眼於自動化。△〜に価する／值得注目。

ちゃくよう［着用］(名・他サ) 穿着。△制服制帽を〜のこと／必須穿制服戴制帽。

ちゃくりく［着陸］(名・自サ) 着陸。△緊急〜／緊急着陸。△軟〜／軟着陸。↔りりく

ちゃくりゅう［嫡流］(名) 嫡系，正支。

チャコ［chalk］(名) 滑石。

チャコール［charcoal］(名) 木炭。黑色。

ちゃこし［茶漉］(名) 茶葉籠子。

ちゃさじ［茶匙］(名) 茶匙。→ティースプーン

ちゃしつ［茶室］(名) 茶室。

ちゃしぶ［茶渋］(名) 茶銹。

ちゃじん［茶人］(名)① 精通“茶道”的人。② 風流人。

ちゃだい［茶代］(名)① 茶錢。② 小費。

ちゃたく［茶托］(名) 茶盤，茶碟。

ちゃだな［茶棚］(名) 茶具架。

ちゃだんす［茶簞笥］(名) 茶具櫥。

ちゃち（形動) 簡陋，粗糙。△〜な家／簡陋的房子。△〜な品物／粗糙的東西。

ちゃちゃをいれる［茶茶を入れる］(連語) 打岔。

ちゃっか［着火］(名・自サ) 着火，發火。△〜点／燃點。

ちゃっか［着荷］(名・自サ) 到貨，到的貨物。

ちゃっかり（副・自サ) 有縫就鑽。△あいつは〜屋だ／那小子可鬼了。

チャック［chuck］(名) 拉鏈。△〜をはずす（締める）／拉開（拉上）拉鏈。

ちゃづけ［茶漬］(名) 茶泡飯。

ちゃっこう［着工］(名・自サ) 動工，開工。△〜式／開工典禮。↔しゅんこう

ちゃづつ［茶筒］(名) 茶葉罐。

チャット［chat］(名・スサ) 聊天，閑談，網上聊天。△〜ルーム／聊天室。

チャットルーム［chatroom］(名) 聊天室。

ちゃつぼ［茶壺］(名)(茶葉庄用的) 茶葉罐。

ちゃつみ［茶摘み］(名) 採茶（的人）

ちゃてん［茶店］(名)① 茶葉店。② 茶館。

チャド［Tchad］〈國名〉乍得。

ちゃどう［茶道］(名)⇨さどう

ちゃどうぐ［茶道具］(名) 茶具。

ちゃどころ［茶所］(名) 茶葉的產地。

チャドル［波斯 chādor］(名) 伊朗等女性蒙頭等的布。

ちゃのま［茶の間］(名) 起居室，茶室。

ちゃのみ［茶飲み］(名)① 愛喝茶（的人）。② 茶杯。

ちゃのみばなし［茶飲み話］(名) 喝茶閑談。→世間ばなし

ちゃのゆ［茶の湯］(名) 茶道。

ちゃばしら［茶柱］(名) 茶水中垂直浮起的茶葉梗。△俗に〜が立つと何かよいことがあるとされている／一般認為茶梗直立是好事的預兆。

ちゃばん［茶番］(名)① 滑稽劇，鬧劇。△〜劇／鬧劇。② 烹茶的人。

ちゃびん［茶瓶］(名) 茶壺。

ちゃぶだい［卓袱台］(名) 矮飯桌。

チャプレン［chaplain］(名)(基督) 牧師。

チャペル［chapel］(名)〈宗〉基督教禮拜堂。

ちゃぼ［矮鶏］(名)〈動〉矮雞。

ちゃぼうず［茶坊子］(名) 狗仗人勢的人。

ちやほや（副・他サ) 奉承。△〜されて天狗になる／被捧得意忘形。

ちゃみ［茶味］(名)① 茶道的趣味。② 風雅的趣味。

ちゃみせ［茶店］(名) 茶亭。

ちゃめ［茶目］(名・形動) 愛逗笑（的人）。△〜な子／愛逗人笑的孩子。△お〜さん／淘氣鬼。

ちゃや［茶屋］(名)① 茶莊。② 茶亭。

ちゃらちゃら（副) 叮噹。△銅貨が〜音をたてる／銅錢叮噹地響。

ちゃらっか・す［他五］賣弄，顯示。

ちゃらんぽらん（名・形動) 吊兒郎當，隨隨便便。△〜を言う／信口開河。△〜な生活／不務正業。

ちゃり［茶利］(名) 滑稽的詞句。△〜を入れる／插科打諢。

チャリティー［charity］(名) 慈善。仁愛。

チャリティーショー［charity show］(名) 義演。

チャルメラ［葡 charamela］(名)〈樂〉嗩吶。

チャレンジ［challenge］(名・自サ)〈體〉挑戰。△〜ラウンド／冠軍賽。

チャレンジアド［challenge ad］(名)(和其他公司產品相比較，誇大自己產品長處的) 挑戰性廣告。

チャレンジャー［challenger］(名) 挑戰者。

ちゃわ［茶話］(名) 茶話，閑談。

ちゃわかい［茶話会］(名)⇨さわかい

ちゃわん［茶碗］（名）① 茶碗。② 飯碗。

ちゃわんむし［茶碗蒸し］（名）蒸雞蛋羹。

- ちゃん（接尾）表示親愛的稱呼。△ねえ～／姐姐。△おばあ～／奶奶。

チャンス［chance］（名）機會。△～をつかむ／抓住機會。△～をのがす／錯過機會。

ちゃんちゃらおかし・い（形）可笑極了。△あいつが委員だなんて～／他當委員簡直笑死人了。

ちゃんちゃんこ（名）坎肩。

ちゃんと（副・自サ）① 規規矩矩。△～すわる／端坐。② 整整齊齊。△～並ぶ／排列得整整齊齊。③ 好好地。△戸を～しめなさい／把門好好關上。④ 如期。△水道料金を～払う／按期付水費。⑤ 確實。△～した証拠／確鑿的證據。⑥ 完全。△用意が～できている／完全準備好了。⑦ 正經。△～した職／正經職業。

チャントレス［chantress］（名）女歌手。

チャンネル［channel］（名）頻道。△～にあわせる／對頻道。

チャンネルサーフィン［channel surfing］（名）頻繁更換頻道。

チャンピオン［champion］（名）冠軍。

ちゆ［治愈］（名・自サ）治癒，治好。→なおる

ちゅう［忠］（名）忠。△～を尽す／盡忠。

ちゅう［宙］（名）空中。△～に浮く／懸在空中。高不成低不就。△～を飛んで帰った／飛也似地跑回去了。

ちゅう［注・註］（名）註解。△～を入れる／加註。

ちゅう［中］（名）中。△成績は～ぐらいです／成績中等。△～の巻／中卷。△～を取る／取中間（中立）。

ちゅう［駐］（名）駐。△駐日中国大使／中國駐日大使。

- ちゅう［中］（接尾）① 裏，中，内。△空気～の酸素／空氣中的氧氣。△クラス～／班裏。②（時間）中。△授業～／正在上課。午前～／上午之内。

ちゅう［知勇・智勇］（名）智勇。△～兼備／智勇雙全。

ちゆう［知友］（名）知交。

ちゅうい［中尉］（名）中尉。

ちゅうい［注意］（名・自サ）① 注意，留神。△～を払う／注意。△～を引く／惹人注意。△汽車に～／小心火車。② 提醒，警告。△～を与える／予以警告（批評）。

ちゅういほう［注意報］（名）警戒警報。

チューインガム［chewing gum］（名）口香糖。△～をかむ／嚼口香糖。

ちゅうえい［中衛］（名）〈體〉中衛。→ハーフバック

ちゅうおう［中央］（名）① 中央，中心。△部屋の～／房間中央。② 首都，中央。△～と地方／中央和地方。△～政府／中央政府。

ちゅうおうアジア［中央アジア］（名）亞洲中部地帶。

ちゅうおうアフリカ［中央アフリカ］Ⅰ（名）非洲大陸中部。Ⅱ〈國名〉中非。

ちゅうおうアメリカ［中央アメリカ］（名）中美洲。

ちゅうおういいんかい［中央委員会］（名）中央委員會。

ちゅうおうぎんこう［中央銀行］（名）中央銀行。

ちゅうおうしゅうけん［中央集権］（名）中央集權。

ちゅうおうしょりそうち［中央処理装置］（名）電腦中樞，CPU。

ちゅうおうせいふ［中央政府］（名）中央政府。

ちゅうか［中華］（名）中華。△～料理／中國菜。△～そば／中國式麵條。

ちゅうかい［仲介］（名・他サ）從中斡旋。△～の労をとる／從中斡旋。△～人／中間人。

ちゅうかい［注解・註解］（名・他サ）註解。△～をつける／加註解。

ちゅうがい［中外］（名）① 國内外。② 裏外。

ちゅうがい［虫害］（名）蟲害。

ちゅうがえり［宙返り］（名・自サ）翻筋斗。△屈身前方～をする／前空翻。

ちゅうかく［中核］（名）核心。△問題の～をつかむ／抓住問題的核心。

ちゅうがく［中学］（名）⇨ちゅうがっこう

ちゅうかじんみんきょうわこく［中華人民共和国］〈國名〉中華人民共和國。

ちゅうがた［中型］（名）中型。△～車／中型汽車。

ちゅうがっこう［中学校］（名）中學。

ちゅうかん［中間］（名）① 中間。△木と木の～／樹和樹中間。② 折中。△～を取る／折中。△～派／中間派。③ 中途。△～試験／期中考試。

ちゅうかん［昼間］（名）白天。↔ 夜間

ちゅうかんし［中間子］（名）〈理〉介子。

ちゅうかんしょく［中間色］（名）中間色。

ちゅうき［中気］（名）〈舊〉中風。

ちゅうき［中期］（名）中期。

ちゅうき［注記・註記］（名・他自サ）註釋。

ちゅうぎ［忠義］（名）忠義。△～立て／表示忠誠。故作忠誠的樣子。

ちゅうきゃく［注脚］（名）註腳。

ちゅうきゅう［中級］（名）中級。

ちゅうきょり［中距離］（名）中距離。△～競走／中距離賽跑。△～弾道弾／中程導彈。

ちゅうきん［忠勤］（名）忠實勤奮。

ちゅうきんとう［中近東］（名）中近東。

ちゅうくう［中空］（名）① 空中。△～にそびえ立つ／聳立在空中。② 空心。△幹が～になった大木／空心的大樹。

ちゅうぐう［中宮］（名）中宮，正宮。

ちゅうけい［中継］（名・他サ）① 轉運。△～港／轉口港。△～所／轉運站。② 轉播。△～局／轉播站。中繼站。△宇宙～／衛星轉播。△なま～／實況轉播。

ちゅうけいぼうえき［中継貿易］（名）轉口貿易。

ちゅうけん［中堅］（名）中堅，骨幹。△～幹部／主要幹部。

ちゅうげん［中元］（名）① 中元節。② 中元節禮品。

ちゅうげんにしかをおう［中原に鹿を逐う］（連語）逐鹿中原。

ちゅうげんはみみにさからう［忠言は耳に逆らう］（連語）忠言逆耳。

ちゅうこ［中古］（名）①〈史〉中古。② 半舊。△～車／半舊車。△～品／舊貨。

ちゅうこう［中興］（名・他サ）中興。

ちゅうこう［忠孝］（名）忠孝。

ちゅうこう［鋳鋼］（名）低碳鑄鐵。

ちゅうこく［忠告］（名・自他サ）忠告。勸告。

ちゅうごく［中国］①〈國名〉中國。② 日本的中國地方。（本州西部與四國、北九州相對的地區）

ちゅうごし［中腰］（名）欠身，半蹲着。△～になってのぞき込む／彎着腰往裏看。

ちゅうこしゃ［中古車］（名）半舊車。↔ 新車

ちゅうこん［忠魂］（名）忠魂。

ちゅうさ［中佐］（名）中校。

ちゅうざ［中座］（名・自サ）中途退席。△会議を～する／會議中途退席。

ちゅうさい［仲裁］（名・他サ）調停，調解。△～の労をとる／從中調解。△けんかの～に入る／勸架。

ちゅうざい［駐在］（名・自サ）① 駐在。△～員／駐在員。②（警察）派出所。

ちゅうさいさいばんしょ［仲裁裁判所］（名）〈經〉仲裁法院。

ちゅうざいしょ［駐在所］（名）派出所。

ちゅうさつ［駐劄］（名・自サ）（外交使節在國外）駐在。

ちゅうさんかいきゅう［中産階級］（名）中產階級。

ちゅうし［中止］（名・他サ）中止。△試合を～する／中止比賽。△～法／〈語〉中頓法。

ちゅうし［注視］（名・他サ）注視，注目。△満場の～を浴びる／受到全場的注視。

ちゅうし［忠士］（名）忠義之士。

ちゅうし［忠死］（名・自サ）為忠義而死。

ちゅうじ［中耳］（名）〈解剖〉中耳。

ちゅうじえん［中耳炎］（名）〈醫〉中耳炎。

ちゅうじく［中軸］（名）① 中心軸。② 中心人物。

ちゅうじつ［忠実］（名・形動）忠實。△原作に～だ／忠實於原作。△～に履行する／忠實地履行。

ちゅうしゃ［注射］（名・他サ）注射，打針。△～液／注射液。△～器／注射器。△予防～／預防注射。

ちゅうしゃ［駐車］（名・自サ）停車。△～場／停車場。△～違反／違章停車。

ちゅうしゃく［注釈・註釈］（名・他サ）註釋，註解。

ちゅうしゅう［中秋］（名）中秋。△～の明月／中秋明月。

ちゅうしゅうしゃ［中習者］（名）見習美容師。

ちゅうしゅつ［抽出］（名・他サ）抽樣，提取。△無作為に～する／隨意抽樣。

ちゅうしゅん［仲春］（名）仲春。

ちゅうじゅん［中旬］（名）中旬。

ちゅうしょう［中称］（名）〈語〉中稱。

ちゅうしょう［中傷］（名・他サ）誹謗，誣衊。△～を受ける／受到造謠中傷。

ちゅうしょう［抽象］（名・他サ）抽象。△問題を～化する／把問題抽象化。△～概念／抽象概念。△～芸術／抽象藝術。↔ 具象，具体

ちゅうじょう［中将］（名）中將。

ちゅうじょう［衷情］（名）衷情。△～を訴える／訴衷腸。

ちゅうしょうきぎょう［中小企業］（名）中小企業。

ちゅうしょうてき［抽象的］（形動）抽象的。

ちゅうしょく［昼食］（名）午飯。△～をとる／吃午飯。△～会／午餐會。

ちゅうしん［中心］（名）① 中心。△円の～／圓的中心。△湖の～／湖中心。② 中心，重點。△話題の～／話題的核心。△～人物／中心人物。

ちゅうしん［中震］（名）〈地〉中震。

ちゅうしん［忠臣］（名）忠臣。

ちゅうしん［衷心］（名）衷心。△～より哀悼の意を表します／表示衷心的哀悼。

ちゅうしん［注進］（名・他サ）緊急上報。

ちゅうしんこく［中進国］（名）〈經〉新興工業國。

ちゅうしんち［中心地］（名）中心地帶。

ちゅうすい［虫垂］（名）〈解剖〉闌尾。△～炎／〈醫〉闌尾炎。

ちゅうすう［中枢］（名）中樞。△国家の～／國家的中樞。

ちゅうすうしんけい［中枢神経］（名）〈解剖〉中樞神經。

ちゅうすうぶ［中枢部］（名）中樞。△国家の～／國家的中樞。△脳の～／腦中樞。

ちゅう・する［注する・註する］（他サ）註，註釋。

ちゅうせい［中世］（名）〈史〉中世。

ちゅうせい［中性］（名）〈化〉中性。△～洗剤／中性洗濯劑。

ちゅうせい［中正］（名・形動）公正。△～な意見／公正的意見。

ちゅうせい［忠誠］（名）忠誠。

ちゅうぜい［中背］（名）中等個兒。

ちゅうせいし［中性子］（名）〈理〉中子。

ちゅうせいだい［中生代］（名）〈地〉中生代。

ちゅうせき［柱石］（名）柱石。

ちゅうせきせい［沖積世］（名）〈地〉沖積期。

ちゅうせきど［沖積土］（名）〈地〉沖積土。

ちゅうせきへいや［沖積平野］（名）〈地〉沖積

平原。

ちゅうせつ［忠節］(名) 忠節。

ちゅうぜつ［中絶］(名・自他サ)① 中断。△交渉〜／談判中斷。② 人工流産。△妊娠〜／人工流産。

ちゅうせん［抽選・抽籤］(名・自サ) 抽籤。

ちゅうそう［中層］(名) 中層。△〜アパート／五、六層樓的公寓住宅。

ちゅうぞう［鋳造］(名・他サ) 鑄造。△活字を〜する／鑄鉛字。

ちゅうそつ［中卒］(名) 中學畢業(生)。

チューター［tutor］(名) 監護人，私人教師，家庭教師。

ちゅうたい［中退］(名・自サ) 中途退學。

ちゅうたい［紐帯］(名) 紐帶。

ちゅうたい［中隊］(名)〈軍〉連，中隊。

ちゅうだん［中断］(名・自他サ) 中斷。△交渉が〜された／交渉中斷了。

ちゅうだん［中段］(名) 中層。△寝台券は〜しかなかった／臥鋪票只有中鋪。

ちゅうちょ［躊躇］(名・自サ) 躊躇，猶豫。

ちゅうづり［宙釣り］(名) 吊在半空中。

ちゅうてつ［鋳鉄］(名) 鑄鐵。

ちゅうてん［中天］(名) 空中。

ちゅうてん［中点］(名)〈數〉中點。

ちゅうと［中途］(名)① 中途。△〜退学／中途退學。② 半路。△〜駅／中間車站。

ちゅうとう［中東］(名) 中東。

ちゅうとう［中等］(名) 中等。△〜教育／中等教育。

ちゅうとう［柱頭］(名)① 柱頂。②〈植物〉柱頭。

ちゅうどう［中道］(名)① 半途。△〜にして倒れる／事半途而人亡。② 中庸。△〜を歩む／走中庸之道。

ちゅうどく［中毒］(名・自サ) 中毒。△食物〜／食物中毒。△妊娠〜症／妊娠中毒。

ちゅうとはんぱ［中途半端］(名・形動)① 模棱兩可，不上不下。△〜な態度／模棱兩可的態度。② 半半落落。△〜なので手が離せない／事情做得半半落落，丟不下。

ちゅうとん［駐屯］(名・自サ) 駐紮。△〜地／駐地。△〜兵／駐軍。

チューナー［tuner］(名) (電視機等的) 調諧器。

ちゅうなごん［中納言］(名)〈史〉(日本古官名) 中納言。

ちゅうにく［中肉］(名)① 不胖不瘦。② 中等肉。

ちゅうにくちゅうぜい［中肉中背］(名) 中等身材。

ちゅうにち［中日］(名)① 中國和日本。② 春分，秋分。

ちゅうにち［駐日］(名) 駐日。△〜大使／駐日大使。

ちゅうにゅう［注入］(名・他サ) 注入，灌輸。△液体を〜する／注入液體。△〜教育／注入式教育。

ちゅうにん［仲人］(名)① 中間人。② 媒人。→なこうど

チューニング［tuning］(名・ス他) 調音，定弦，起音，定音，調諧。

ちゅうねん［中年］(名) 中年。△〜者／中年人。

ちゅうのう［中農］(名) 中農。

ちゅうは［中波］(名)〈理〉中波。

チューバ［tuba］(名)〈樂〉大號，銅喇叭。

ちゅうばいか［虫媒花］(名)〈植物〉蟲媒花。

ちゅうばつ［誅伐］(名・他サ) 誅伐，討伐。

ちゅうはば［中幅・中巾］(名) 中幅 (布面)。

ちゅうばん［中盤］(名) 中盤，中局。

チューブ［tube］(名)① 筒，管。△歯膏の〜／牙膏筒。② 内胎，裏胎。△タイヤの〜／輪胎的内胎。

ちゅうぶ［中部］(名) 中部。

ちゅうぶう［中風］(名)〈醫〉中風。(也説 "ちゅうふう" "ちゅうふ")

ちゅうふく［中腹］(名) 半山腰。

チューブソックス［tubesocks］(名) 無腳跟的襪子。

ちゅうぶらりん［宙ぶらりん・中ぶらりん］(名・形動) 懸空，吊在半空。

ちゅうぶる［中古］(名) 半舊。△〜の自転車／半新不舊的自行車。

ちゅうへい［駐兵］(名・自サ) 駐軍。

ちゅうへん［中編・中篇］(名) 中篇。△〜小説／中篇小説。

ちゅうぼう［厨房］(名) 廚房。△〜用品／廚具。→台所

ちゅうぼく［忠僕］(名) 忠僕。

チューマー［tumor］(名)〈醫〉腫瘤。

ちゅうみつ［稠密］(名・形動) 稠密。△人口〜地帯／人口稠密地帶。

ちゅうもく［注目］(名・自他サ) 注目。△人の〜を引く／引人注目。△政界の動向に〜する／注視政界的動向。△〜に値する／值得注意。

ちゅうもん［注文・註文］(名・他サ)① 訂做，訂購。△〜をとる／訂貨。△〜を受ける／接受訂貨。△〜書／訂單。② 要求，希望。△〜をつける／提出要求。△むりな〜／無理的要求。△厳しい〜をつける／附加苛刻的條件。

ちゅうや［昼夜］Ⅰ (名) 晝夜。Ⅱ (副) 日夜。△〜仕事にはげむ／日夜勤奮工作。

ちゅうやけんこう［昼夜兼行］(名) 日夜兼程。

ちゅうゆ［注油］(名・自サ) 加油，上油。

ちゅうゆう［忠勇］(名) 忠勇。

ちゅうよう［中庸］(名・形動) 中庸。△〜の道／中庸之道。

ちゅうよう［中葉］(名) 中葉。△五世紀〜／五世紀中葉。

ちゅうりつ［中立］(名・自サ) 中立。△〜を守る／保持中立。△〜国／中立國。

チューリップ［tulip］(名)〈植物〉鬱金香。

ちゅうりゃく［中略］(名・自他サ) 中略。↔前略，後略

ちゅうりゅう［中流］(名)①中流,中游。△川の～／河的中游。△～砥柱／中流砥柱。②中等。△～家庭／中等家庭。

ちゅうりゅう［駐留］(名・自サ)駐留。△～軍／駐軍。→駐屯

ちゅうわ［中和］(名・自サ)〈化〉中和。△～剤／中和剤。△～熱／中和熱。△～反応／中和反應。

チュニジア［Tunisia］〈國名〉突尼斯。

チュニックコート［tunic coat］(名)女半大衣。

ちょ［著］(名)著作,著述。

ちょ［緒］(名)開端。△～につく／就緒。

ちよ［千代］(名)千年。△～に八千代に／千秋萬代。

チョイス［choice］(名)選擇,選項。

ちょいちょい［副〕常常,時常。△～欠勤する／常常不上班。

ちょう［兆］(助數)兆,萬億。

ちょう［長］(名)①長,首領。△一家の～／一家之主。②長處。△～を採り短を補う／取長補短。

ちょう［腸］(名)腸。

ちょう［蝶］(名)〈動〉蝴蝶。△～よ花よと育てる／愛如掌上明珠。

ちょう［庁］(名)廳。△検査～／検査院(廳)。

ちょう-［超］(接頭)超。△～音速／超音速。△～音波／超音速。△～短波／超短波。

ちょう［朝］(名)朝代。△清～／清朝。

-ちょう［挺］(助數)一挺,一把。△機関銃1～／一挺機槍。△包丁1～／一把菜刀。

ちょうあい［寵愛］(名・他サ)寵愛。

ちょうい［弔意］(名)哀悼之意。

ちょうい［弔慰］(名・他サ)弔唁。△～金／撫恤金。

ちょうい［潮位］(名)潮位。

ちょういん［調印］(名・自サ)(在條約上)簽字。

ちょうえき［腸液］(名)〈醫〉腸液。

ちょうえき［懲役］(名)〈法〉徒刑。

ちょうえつ［超越］(名・自サ)超越。△人知を～する／超出人的智慧。

ちょうえん［長円］(名)→だえん

ちょうえん［腸炎］(名)〈醫〉腸炎。

ちょうおん［長音］(名)長音。↔短音

ちょうおんかい［長音階］(名)〈樂〉大音階。

ちょうおんそく［超音速］(名)超音速。

ちょうおんぱ［超音波］(名)〈理〉超聲波。

ちょうか［長歌］(名)("和歌"的一種體裁)長歌。↔短歌

ちょうか［弔花］(名)(弔唁的)花圈。

ちょうか［弔歌］(名)輓歌。

ちょうか［釣果］(名)釣魚的收穫。

ちょうか［長靴］(名)長筒皮靴。

ちょうか［超過］(名・自サ)超過,超額。△～勤務手当／加班費。△～利潤／超額利潤。

ちょうかい［町会］(名)①鎮議會。②街道的集會。

ちょうかい［朝会］(名)朝會(學校上課前的早會)。

ちょうかい［懲戒］(名・他サ)懲戒。△～免職／懲戒革職。→懲罰

ちょうかい［潮解］(名)〈化〉潮解。

ちょうきんむ［超過勤務］(名)加班。

ちょうかく［聴覚］(名)聽覺。△～が鋭い／聽覺靈敏。

ちょうかん［長官］(名)長官。△国税庁～／國税廳長官。

ちょうかん［鳥瞰］(名・他サ)鳥瞰。

ちょうかん［朝刊］(名)晨報。

ちょうかんず［鳥瞰図］(名)鳥瞰圖。→ふかんず

ちょうき［弔旗］(名)下半旗。△～をかかげる／下半旗。

ちょうき［長期］(名)長期。△～休暇／長假。↔短期

ちょうぎかい［町議会］(名)鎮議會。

ちょうきかしつけ［長期貸付］(名)〈經〉長期放款。

ちょうききんり［長期金利］(名)〈經〉長期利率。

ちょうきてがた［長期手形］(名)〈經〉長期匯票,遠期匯票。

ちょうきゅう［長久］(名)長久。

ちょうきょ［聴許］(名・他サ)採納,准許。

ちょうきょう［調教］(名・他サ)調教,訓練。△～師／馴獸師。

ちょうきょり［長距離］(名)長途,長距離。△～電話／長途電話。△～競走／長距離賽跑。↔短距離

ちょうきん［彫金］(名)鏤金。

ちょうけい［長兄］(名)長兄。

ちょうけい［長径］(名)〈數〉長徑。

ちょうけし［帳消し］(名・他サ)①銷賬。△～にする／銷賬。②抵消。

ちょうけん［長剣］(名)長劍。

ちょうげん［調弦］(名・自他サ)〈樂〉調弦。

ちょうこう［兆候・徴候］(名)徵兆。△地震の～／地震前兆。

ちょうこう［長考］(名・自他サ)久思。△～に及ぶ／考慮很久。△～にふける／沉思。

ちょうこう［朝貢］(名・自サ)朝貢。

ちょうこう［彫工］(名)雕刻工匠。

ちょうこう［長江］(名)(中國的)長江。

ちょうこう［聴講］(名・他サ)聽講。△～生／旁聽生。

ちょうごう［調合］(名・他サ)〈醫〉調劑。

ちょうごう［調号］(名)〈樂〉調號。

ちょうこうぜつ［長広舌］(名)滔滔不絕。△～をふるう／長篇大論。

ちょうこく［彫刻］(名・他サ)雕刻。△玉の～／玉雕。

ちょうこっかしゅぎ［超国家主義］(名)極端

國家主義。

ちょうざい［調劑］（名・自他サ）調劑，配藥。△～師／調劑師。

ちょうさひ［調査費］（名）調査費。

ちょうざめ［蝶鮫］（名）鱘魚。

ちょうさんぼし［朝三暮四］（名）朝三暮四。

ちょうし［長子］（名）長子。

ちょうし［銚子］（名）酒壺。

ちょうし［弔詞］（名）悼詞。⇨ちょうじ

ちょうし［調子］（名）①〈樂〉音調。△～がくるう／調不準。△ギターの～を合わせる／調準吉他的音。②語氣，語調。△言葉の～がきつすぎる／説話的語氣太硬。③格調。△～の高い文章／格調高的文章。④狀況，樣子。△からだの～が悪い／身子不舒服。△万事～よくいっている／一帆風順。△その～，その～／對，就是那麼幹。⑤勁兒。△～がつく／勁上來了。△～に乗る／順着勁頭；得意忘形。

ちょうじ［丁子］（名）〈植物〉丁香。

ちょうじ［弔辭］（名）悼辭。

ちょうじ［寵兒］（名）寵兒，紅人。

ちょうしかく［聽視覺］（名）視聽覺。

ちょうじく［長軸］（名）長軸。

ちょうししゃ［聽視者］（名）（電視）觀衆。

ちょうしぜん［超自然］（名）超自然。

ちょうしはずれ［調子外れ］（名・形動）①跑調。△歌が～だ／歌跑調了。②反常。（也説"ちょうしっぱずれ"）

ちょうじめ［帳締め］（名）結賬。

ちょうしもの［調子者］（名）①給戴個高帽就忘乎所以的人。②會順着説好話的人，會捧場的人。

ちょうしゃ［庁舍］（名）官廳的房舍。

ちょうじゃ［長者］（名）富翁。

ちょうしゅ［聽取］（名・他サ）①聽取。△意見を～する／聽取意見。②收聽。

ちょうじゅ［長寿］（名・自サ）長壽。→ながいき

ちょうしゅう［徴収］（名・他サ）徴收。△税金を～する／徴税。

ちょうしゅう［徴集］（名・他サ）徴集。

ちょうしゅう［聽衆］（名）聽衆。

ちょうじゅう［鳥獸］（名）鳥獸。

ちょうじゅう［鳥銃］（名）鳥槍。

ちょうしょ［長所］（名）長處，優點。△～を生かす／發揮優勢。↔短所

ちょうしょ［調書］（名）（審訊）筆錄。

ちょうじょ［長女］（名）長女。

ちょうしょう［嘲笑］（名・他サ）嘲笑。△～を買う／遭人嘲笑。

ちょうしょう［徴証］（名）證據。

ちょうじょう［頂上］（名）①山頂。②極點。△暑さも今が～だろう／現在也算是熱到了頭兒了罷。

ちょうじょう［重畳］（自サ・形動）①重疊。△山岳～／重巒疊嶂。②非常滿意。△～に存じます／感到非常滿意。

ちょうしょく［朝食］（名）早飯。

ちょうじり［帳尻］（名）決算結果。△～を合わせる／把賬軋平。

ちょう・じる［長じる］（自上一）①成長。②擅長。△スポーツに～／擅長體育。③年長。

ちょうしん［長身］（名）高個子。

ちょうしん［長針］（名）（鐘錶的）長針。↔短針

ちょうしん［聽診］（名・他サ）聽診。△～器／聽診器。

ちょうじん［超人］（名）超人。

ちょうしんけい［聽神経］（名）〈醫〉聽神經。

ちょうしんるこつ［彫心鏤骨］（名・自サ）嘔心瀝血。

ちょうず［手水］（名）①洗手（臉）水。②廁所。△～に立つ／如廁。

ちょう・する［徴する］（他サ）①根據。△史料に～／根據史料。②徴求。

ちょう・ずる［長ずる］（自サ）→ちょうじる

ちょうせい［長逝］（名・自サ）長逝。

ちょうせい［調製］（名・他サ）承製，承做。

ちょうせい［調整］（名・他サ）調整。△微～／微調。△物価を～する／調整物價。△～中／（電梯等）正在修理。

ちょうぜい［徴税］（名・自サ）徴税。

ちょうせき［長石］（名）〈礦〉長石。

ちょうせき［潮汐］（名）潮汐。

ちょうせつ［調節］（名・他サ）調節。△温度を～する／調節温度。

ちょうぜつ［超絶］（名・自サ）超絶。△古今に～する／超絶古今。

ちょうせん［挑戦］（名・自サ）挑戦。△～に応じる／應戦。△新記録へ～する／向新記録挑戦。

ちょうせん［朝鮮］〔國名〕朝鮮。

ちょうぜん［超然］（形動）超然。△～たる態度／超然的態度。

ちょうせんあさがお［朝鮮朝顔］（名）〈植物〉曼陀羅。

ちょうせんにんじん［朝鮮人参］（名）〈植物〉高麗参。

ちょうせんみんしゅしゅぎじんみんきょうわこく［朝鮮民主主義人民共和国］〔國名〕朝鮮民主主義人民共和國。

ちょうそ［彫塑］（名・自サ）雕塑。

ちょうぞう［彫像］（名）雕像，塑像。

ちょうそく［長足］（名）長足。△～の進歩／長足的進步。

ちょうぞく［超俗］（名）超俗。

ちょうそん［町村］（名）鎮和村。

ちょうだ［長蛇］（名）長蛇。△～の列／排成一字長蛇陣。

ちょうだ［長打］（名・自サ）（棒球）長打，強撃。

ちょうだい［頂戴］（名・他サ）①領受。△けっこうなものを～しました／收到了您的厚禮。②請給。△おやつを～／給我點點心。△ちょっと手伝って～／來幫我一下忙。

ち
チ

ちょうたいこく ［超大国］（名）超級大國。

ちょうたいそく ［長大息］（名・自サ）長嘆。△天を仰いで～する／仰天長嘆。

ちょうたく ［彫琢］（名・他サ）琢磨。△～を極めた文章／反覆推敲修改的文章。

ちょうたつ ［調達］（名・他サ）籌措。△資金を～する／籌措資金。

ちょうだつ ［超脱］（名・自サ）超脱。

ちょうだをいっする ［長蛇を逸する］（連語）① 坐失良機。② 失之交臂。③ 可得到而未能得。

ちょうたん ［長短］（名）① 長短。△～を測る／量長短。② 長處和短處。

ちょうたん ［長嘆］（名・自サ）長嘆。

ちょうたんぱ ［超短波］（名）超短波。

ちょうチフス ［腸チフス］（名）〈醫〉腸傷寒。

ちょうちゃく ［打擲］（名・他サ）打人，揍人。

ちょうちょう ［蝶蝶］（名）⇨ちょう

ちょうちょう ［長調］（名）〈樂〉大調。↔ 短調

ちょうちょう ［町長］（名）鎮長。

ちょうちょう ［喋喋］（副・自サ）喋喋不休。

ちょうちょう ［丁丁・打打］（副）叮叮，叮噹。

ちょうちん ［提燈］（名）燈籠。△～をつける／點燈籠。△～をさげる／提燈籠。

ちょうちんにつりがね ［提燈に釣り鐘］（連語）相差十萬八千里。

ちょうつがい ［蝶番い］（名）合葉。

ちょうづめ ［腸詰］（名）香腸，臘腸，灌腸。

ちょうづら ［帳面］（名）賬目，賬面。△～を合わせる／對賬。

ちょうてい ［長堤］（名）長堤。

ちょうてい ［朝廷］（名）朝廷。

ちょうてい ［調停］（名・他サ）調停。△紛争を～する／調停糾紛。

ちょうてん ［頂点］（名）①〈數〉頂點。② 極點。△人気が～に達する／紅到極點。

ちょうでん ［弔電］（名）唁電。

ちょうと ［長途］（名）長途。

ちょうど ［調度］（名）日用器具。

ちょうど ［丁度・恰度］（副）① 正好，恰好。△あれから～5年になる／從那時起整整五年了。△～間に合った／正好趕趨。△この靴は私に～いい／這鞋我穿正合適。② 猶如。△～絵のようだ／宛如圖畫一般。

ちょうとう ［長刀］（名）長刀。

ちょうとっきゅう ［超特急］（名）① 超級特別快車。② 飛快。△～で仕上げる／飛快地完成。

ちょうない ［町内］（名）① 街道內。△～会／居民委員會。② 鎮內。

ちょうなん ［長男］（名）長子。

ちょうにん ［町人］（名）（江戶時代的）商人，手藝人。

ちょうネクタイ ［蝶ネクタイ］（名）領結。

ちょうねんげつ ［長年月］（名）長年累月。

ちょうは ［長波］（名）長波。

ちょうば ［帳場］（名）賬房。

ちょうば ［跳馬］（名）〈體〉鞍馬。

ちょうば ［嘲罵］（名・他サ）嘲罵。

ちょうばいか ［鳥媒花］（名）〈植物〉鳥媒花。

ちょうはつ ［長髮］（名）長髮。

ちょうはつ ［挑発・挑撥］（名・他サ）① 挑撥。△～に乗るな／別受別人挑撥。② 挑逗。△～的な服装／挑逗情慾的服装。

ちょうはつ ［調髪］（名・自サ）理髮。

ちょうはつ ［徴発］（名・他サ）徵發，徵集。

ちょうばつ ［懲罰］（名・他サ）懲罰。△～を受ける／受懲罰。

ちょうばん ［丁番］（名）合葉。

ちょうび ［長尾］（名）長尾。

ちょうひょう ［徴憑］（名）① 證據。②〈法〉間接證據。

ちょうひょう ［徴表］（名）特徵，標誌。

ちょうぶ ［町歩］（助數）町步（約為 99.2 公畝）

ちょうふく ［重複］（名・自サ）重複。△～をさける／避免重複。

ちょうぶつ ［長物］（名）無用之物。△無用の～／沒有用的東西。

ちょうぶん ［弔文］（名）祭文。

ちょうぶん ［長文］（名）長篇文章。

ちょうへい ［徴兵］（名・自他サ）徵兵。△～に出る／服兵役。△～制／徵兵制。

ちょうへいそくしょう ［腸閉塞症］（名）〈醫〉腸梗阻。

ちょうへき ［腸壁］（名）腸壁。

ちょうへん ［長編・長篇］（名）長篇。△～小説／長篇小説。

ちょうべん ［調弁］（名・他サ）調配（兵力、糧草）。

ちょうぼ ［帳簿］（名）賬簿。

ちょうぼ ［朝暮］（名・副）朝暮。

ちょうぼ ［徴募］（名・他サ）徵募，招募。

ちょうほう ［弔砲］（名）致哀的禮炮。

ちょうほう ［重宝］（名）珍寶。

ちょうほう ［重宝・調法］（形動・他サ）方便，好使，適用。△～な辞書／方便適用的詞典。△～している道具／方便的用具。△手先が器用なので皆から～がられる／他手巧，所以大家都愛求他。

ちょうほう ［諜報］（名）諜報。△～機関／諜報機關。

ちょうぼう ［眺望］（名・他サ）眺望。△～台／瞭望台。

ちょうほうけい ［長方形］（名）〈數〉長方形。

ちょうぼん ［超凡］（名・形動）超凡。△～な腕前／超羣的本領。

ちょうほんにん ［張本人］（名）肇事者，禍首。

ちょうみ ［調味］（名・自サ）調味。

ちょうみりょう ［調味料］（名）調味品，調料。

ちょうむすび ［蝶結び］（名）蝴蝶結兒。

ちょうめい ［町名］（名）街名。

ちょうめい ［長命］（名・形動）長命，長壽。

ちょうめい ［澄明］（名・形動）清澈。

ちょうめん ［帳面］（名）① 本子。→ノート ② 賬簿。△～をつける／記賬。

ちょうもく [鳥目](名) ① 古時有孔的錢幣。② 金錢。

ちょうもと [帳元](名) 賬房。

ちょうもん [弔問](名・自サ) 弔唁，弔慰。

ちょうもん [聴聞](名・他サ) 聽取意見。△～会/意見聽會會。

ちょうもんのいっしん [頂門の一針](連語) 當頭一棒。

ちょうや [長夜](名) 長夜。

ちょうや [朝野](名) 朝野。△～の名士が一堂に会する/朝野名士會聚一堂。

ちょうやく [跳躍](名・自サ) 跳躍。△～競技/跳躍比賽。（跳高和跳遠）

ちょうやく [調薬](名・自サ) 配藥。→調剤

ちょうよう [長幼](名) 長幼。△～序あり/長幼有序。

ちょうよう [重陽](名) 重陽。△～の節句/重陽節。

ちょうよう [徴用](名・他サ) 徵集，徵工。

ちょうよう [重用](名・他サ) 重用。

ちょうよはなよとそだてる [蝶よ花よと育てる](連語) 愛若掌上明珠。

ちょうらく [凋落](名・自サ) ① 凋謝，凋落。② 衰敗。

ちょうり [調理](名・他サ) 烹調。△～師/廚師。

ちょうりし [調理師](名) 廚師。

ちょうりつ [調律](名・他サ) 調音。△～師/調音師。

ちょうりゅう [潮流](名) 潮流。△時代の～/時代的潮流。

ちょうりょう [跳梁](名・自サ) 猖獗，（小丑）亂蹦亂跳。

ちょうりょく [張力](名)〈理〉張力。

ちょうりょく [聴力](名) 聽力。

ちょうるい [鳥類](名) 鳥類。

ちょうれい [朝礼](名) 朝會，早會。

ちょうれいぼかい [朝令暮改](名) 朝令夕改。

ちょうれん [調練](名・他サ) 軍事訓練。

ちょうろう [長老](名)〈宗〉長老。△～教会/日本基督教會。② 泰斗。

ちょうろう [嘲弄](名・他サ) 嘲弄。

ちょうわ [調和](名・自サ) 調和，諧調。△～のとれた色/調和的色調。

チョーク [chalk](名) 粉筆。

ちよがみ [千代紙](名) 有花紋的彩色手工紙。

ちょきぶね [猪口船](名) 舢板。

ちょきん [貯金](名・自サ) 存款，儲蓄。△～をおろす/提取存款。→ちょちく

ちょきんつうちょう [貯金通帳](名) 存摺。

ちょく [直] I（名）真，正。II（形動）直性。

ちょく [勅](名) 詔敕，聖旨。

ちょく [猪口](名) ① 小杯。② 小碟。

ちょくえい [直営](名・他サ) 直接經營。

ちょくおう [直往](名・自サ) 一直向前進。

ちょくおうまいしん [直往邁進](名 自サ) 勇往直前。

ちょくおん [直音](名)〈語〉直音。

ちょくげき [直撃](名・他サ) 直接襲擊。△～を受ける/受到直接襲擊。△～弾/直擊彈。

ちょくげん [直言](名・他サ) 直言。△上司に～する/向上司直言。

ちょくご [直後](名)…之後不久。△敗戦～/戰敗後不久。↔ ちょくぜん

ちょくご [勅語](名) 詔敕。

ちょくさい [直截](名・形動) 直截。△～に言えば/直截了當地説。

ちょくさい [直裁](名・他サ) ① 即時裁決。② 親自處理。

ちょくし [直視](名・他サ) ① 直視，注視。△前方を～する/注視前方。② 正視。△現実を～する/正視現實。

ちょくし [勅使](名) 敕使。

ちょくしゃ [直射](名・他サ) ① 直射。△日光の～をさける/避免陽光直射。② 平射。△～砲/平射炮。

ちょくしょ [勅書](名) 詔書。

ちょくじょう [直情](名) 真實的感情。

ちょくじょうけいこう [直情径行](名・形動) 心直口快。

ちょくしん [直進](名・自サ) 一直前進。

ちょくせつ [直接](副・形動) 直接。△君から～話しなさい/由你來直接説。△～な関係はない/沒有直接關係。

ちょくせつ [直截](名・形動) 直截了當。

ちょくせつこうどう [直接行動](名) 暴力行動。（採取）實際行動。

ちょくせつぜい [直接税](名) 直接税。↔ 間接税

ちょくせつせんきょ [直接選挙](名) 直接選舉。↔ 間接選挙

ちょくせつてき [直接的](形動) 直接的。

ちょくせつはんばい [直接販売](名)〈經〉直接銷售，直銷。

ちょくせん [直線](名) 直綫。△～距離/直綫距離。↔ 曲線

ちょくせん [勅撰](名・他サ) 敕撰。

ちょくぜん [直前](名) 將要…之前。△発車～/馬上要開車的時候。

ちょくそう [直送](名・他サ) 直接運送。

ちょくぞく [直属](名・自サ) 直屬。△～の機関/直屬機關。△～上官/頂頭上司。

ちょくちょう [直腸](名)〈解剖〉直腸。

ちょくちょく（副）時常，常常。△これからも～帰ってきます/以後我也會常回來。△松のあいだから～白壁が顔を出す/松樹之間不時地露出白牆。

ちょくつう [直通](名・自サ) 直通，直達。△～電話/直通電話。△～列車/直達列車。

ちょくとう [直答](名・自サ) ① 直接回答。② 當場回答。△～を避ける/避免當場回答。

ちょくばい [直売](名・他サ) 直接銷售。

ちょくはん [直販](名・他サ) 直接銷售。

ち
チ

ちょくほうたい［直方体］（名）〈數〉長方體，直平行六面體。

ちょくめい［勅命］（名）敕命。

ちょくめん［直面］（名・自サ）面臨，面對。△困難に～する／面臨困難。

ちょくやく［直訳］（名・他サ）直譯。↔ 意訳

ちょくゆ［直喩］（名）直喻。↔ 隠喩

ちょくゆしゅつ［直輸出］（名・他サ）直接出口。

ちょくゆにゅう［直輸入］（名・他サ）直接進口。

ちょくりつ［直立］（名・自サ）直立。△～不動／直立不動。

ちょくりゅう［直流］（名）〈電〉直流。△～電流／直流電流。↔ 交流

ちょくれつ［直列］（名）〈電〉串聯。△～回路／串聯電路。

ちょくろ［直路］（名）直路，直道。

ちょくわたし［直渡し］（名）〈經〉當場交貨，即期交貨。

ちょげん［著減］（名・自サ）銳減，驟減。↔ 著増

ちょげん［緒言］（名）序言。

ちょこ［猪口］（名）⇨ちょく

ちょこざい［猪口才］（名・形動）賣弄小聰明。

ちょこちょこ（と）（副）① 邁碎步（走、跑）。② 時常。③ 利落。④ ⇨ちょこまか

ちょこなんと（副）孤零零地。

ちょこまか（副）不時出見，呆不住。

チョコレート［chocolate］（名）巧克力。

ちょこんと（副）⇨ちょこなんと

ちょさく［著作］（名・自サ）著作，著述。△～者／著作者。

ちょさくけん［著作権］（名）著作權。

ちょしゃ［著者］（名）著者。

ちょじゅつ［著述］（名・他サ）著述。

ちょしょ［著書］（名）著作。

ちょすい［貯水］（名・自サ）貯水，蓄水。△～池／蓄水池。

ちょすいち［貯水池］（名）蓄水池。

ちょぞう［著増］（名・自サ）驟增。↔ 著減

ちょぞう［貯蔵］（名・他サ）儲藏。△～室／儲藏室。

ちょたん［貯炭］（名・自サ）儲煤。

ちょちく［貯蓄］（名・他サ）儲蓄。

ちょっか［直下］Ⅰ（名）正下面。Ⅱ（自サ）直下。△急転～／急轉直下。

ちょっかい（名）多管閑事。△～を出す／① 多管閑事。②（對女人）調戲。

ちょっかく［直角］（名）〈數〉直角。

ちょっかく［直覚］（名・他サ）直覺。

ちょっかくさんかくけい［直角三角形］（名）〈數〉直角三角形。

ちょっかつ［直轄］（名・他サ）直轄。△～市／直轄市。

ちょっかっこう［直滑降］（名・他サ）（滑雪）直滑下。

ちょっかん［直感］（名・他サ）直感。△～による／憑直感。

ちょっかん［直諫］（名・他サ）直諫，直言。

ちょっかん［直観］（名・他サ）直觀。△～が鋭い／直觀力敏銳。

チョッキ［葡 jaque］（名）西服背心。

ちょっきゅう［直球］（名）直綫球。

ちょっきり（副）正好，恰好。△～ 3 時／三點整。

ちょっけい［直系］（名）直系。△～親族／直系親屬。

ちょっけい［直径］（名）〈數〉直徑。

ちょっけつ［直結］（名・自他サ）直接關聯。△暮しに～した問題／直接關係到生活的問題。

ちょっこう［直行］（名・自サ）直奔，直達。△現場へ～する／直奔現場。

ちょっこう［直航］（名・自サ）直航。

ちょっと［一寸］Ⅰ（副）① 稍微，少許。△もう～下さい／再給我一點。△～待ってください／請稍候。△～お尋ねしますが／請問…②試試。△～この帽子をかぶってごらん／你戴這頂帽子看看。③ 相當。△君には～難しい／對你來說是難了一點。△～まとまった金／一筆可觀的款項。④ 不大容易（與否定呼應）。△～返事ができなかった／一時沒能答上來。△この故障は～なおらない／這毛病可不大好修。Ⅱ（感）喂。△ねえ～，手を貸してよ／喂，你來幫一把！

ちょっとした［一寸した］（連體）① 微不足道的。△～事／小事。△～お菓子／很普通的點心。② 滿不錯的。△彼女の喉は～ものだ／她的嗓子相當好。△～有名人／很有點名氣的人。

ちょっとみ［一寸見］（名）乍一看。△～はよいが安物だ／乍一看不錯，可是個廉價品。

チョッパー［chopper］（名）切碎機。

ちょっぴり（副）一點。

チョップ［chop］（名）① 排骨肉。②（網球等）削球。

ちょとつ［猪突］（名・自サ）冒進。△～猛進する／盲目冒進。

ちょびひげ［ちょび鬍］（名）小鬍子。△～を生やす／留小鬍子。

ちょぶん［著聞］（名・自サ）著名，聞名。

ちょぼ（名）①（作為記號的）點兒。② 小塊兒。△ひと～のラジウム／一小塊鐳。

ちょぼく［貯木］（名）儲存木材。△～場／木材堆置場。

ちょぼちょぼ Ⅰ（副）星星點點。Ⅱ（形動）半斤八兩。△試験の成績は彼と～だ／考試成績跟他差不多。

ちょめい［著名］（形動）著名。

チョモランマ［Chomolungma］（名）珠穆朗瑪。

ちょりつ［佇立］（名・自サ）佇立。

ちょろ・い（形）〈俗〉① 潦草從事。② 輕而易舉。

ちょろぎ（名）〈植物〉草石蠶。

ちょろく［著録］（名・他サ）① 記賬。② 記錄。

ちょろちょろ（と）（副）①（水聲）潺潺。② 忽

明忽滅。△火が～と燃えている／火苗忽明忽滅地燃燒着。③ 咻溜咻溜。△ねずみが～する／老鼠咻溜咻溜地跑。

ちょろまか・す [他五]① 偷。△店の金を～／盗用店裏的錢。② 騙，打馬虎眼。△なんだかんだと言ってその場を～／東拉西扯地搪塞過去。

ちょろり (副)① 潺潺。② 眼明手快。

ちょろん [緒論] (名) 緒論。

チョンガー (名) 單身漢。

ちょんぎ・る [他五] 剪掉。△首を～／解僱。

ちょんまげ [丁髷] (名) (相撲力士的) 髮髻。

ちらか・す [散らかす] (他五) 亂扔，弄亂。

ちらか・る [散らかる] (自五) 零亂，亂糟糟。△～った部屋／東西扔得亂七八糟的屋子。

ちらし [散らし] (名)① 散開。② 傳單。△～をまく／散發傳單。

ちらしずし [散寿司] (名) 盛在盤中 (不捲、不團) 的 “四喜飯”。

ちら・す [散らす] I (他五)① 分散開。△かるたの札を～／分發紙牌。△兵を四方に～／使士兵四下散開。△気を～／分散注意力。② 消腫。△盲腸炎を～／使闌尾消炎。II (接尾) 胡亂。△読み～／亂讀。△どなり～／破口大罵。

ちらちら (と) (副) 一晃一晃，時隱時現。△雪が～と降る／飄雪花。△星が～光る／星光閃爍。△目が～する／眼睛發花。△彼のうわさを～耳にする／時而聽到關於他的一些傳聞。

ちらつ・く (自五) 若隱若現。△目の前に彼女の姿が～／眼前不時浮現出她的面容。△小雪が～／飄小雪花。△どすを～かせて脅迫する／晃動着短刀威脅人。

ちらっと (副) 一瞥。△窓の外を誰かが～通りすぎて／窗外有人一晃而過。△一目～見る／掃一眼。

ちらば・る [散らばる] (自五)① 分散。△同級生が全国に～っている／同班同學分散在全國。② 零亂。△～っているごみを掃き集める／把滿地垃圾掃到一起。

ちらほら (副) 稀稀落落地。△桜の花が～咲きはじめた／櫻花稀稀拉拉地開放了。

ちらりほらり (副) ⇨ちらほら

チリ [Chile] 〈國名〉智利。

ちり [塵] (名)① 灰塵。△～をはらう／撣灰塵。△～ほどの誠意もない／沒一丁點兒誠意。② 塵世。

ちり [地理] (名) 地理。

ちりあくた [塵芥] (名) 草芥。

ちりがみ [塵紙] (名) 手紙，草紙。

ちりけもと [身柱元・天柱元] (名) 脖頸子。

ちりし・く [散り敷く] (自五) (花) 落滿地。

チリしょうせき [チリ硝石] (名) 智利硝石。

ちりちり (副・自サ) 鬈曲，抽縮。△～の髪の毛／打鬈兒的頭髮。

ちりぢり [散り散り] (名) 四散，分散。△戦争で一家が～になる／一家人因戰爭妻離子散。

ちりとり [塵取り] (名) 撮子。

ちりば・める [鏤める] (他下一) 鑲嵌。△宝石を～めた王冠／鑲寶石的王冠。

ちりめん [縮緬] (名) 縐綢。

ちりもつもればやまとなる [塵も積れば山となる] (連語) 積少成多。

ちりゃく [智略] (名) 智謀。

ちりょう [治療] (名・他サ) 治療。△～を受ける／接受治療。△～費／醫療費。

ちりょく [知力・智力] (名) 智力。

ちりょく [地力] (名) 地力。

ちりんちりん (副) 叮鈴叮鈴。

ち・る [散る] (自五)① 落，謝。△花が～／花落。② 散。△人人は～って行った／人們散去了。③ 零亂。④ 渙散。△気が～／精神渙散 (不集中)。⑤ 消散。△霧が～／霧散了。⑥ 洇。△インクが～／墨水洇了。

ちわ [痴話] (名) 情話。

ちわきにくおどる [血湧き肉躍る] (連語) 躍躍欲試。

ちわげんか [痴話喧嘩] (名) 爭風吃醋 (吵架)。

ちをすする [血を啜る] (連語) 歃血為盟。

ちをはくおもい [血を吐く思い] (連語) 肝腸寸斷。

ちん [狆] (名) 〈動〉哈巴狗。

ちん [珍] (名・形動) 珍奇，珍貴。

ちん [朕] (名) 朕 (帝王自稱)。

ちん [亭] (名) 亭子，涼亭。

ちんあげ [賃あげ] (名) 增薪。

ちんあつ [鎮圧] (名・他サ) 鎮壓。

ちんうつ [沈鬱] (名・形動) 沉悶，愁悶。△～な顔色／面帶愁容。

ちんか [沈下] (名・自サ) 下沉。△地盤～／地盤下沉。↔ 隆起

ちんか [珍貨] (名) 珍品。

ちんがい [鎮咳] (名) 〈醫〉止咳。△～剤／止咳藥。

ちんがし [賃貸し] (名) 出租，出賃。

ちんがり [賃借り] (名) 租賃，租借。

ちんき [珍奇] (名・形動) 珍奇。

ちんきゃく [珍客] (名) 稀客。

ちんきん [沈金] (名) 描金。

ちんぎん [賃金] (名) 工資。△～カット／扣工資。△～ベース／增加工資。

ちんけいざい [鎮痙剤] (名) 鎮痙劑。

ちんこう [沈降] (名・自サ) 沉。△赤血球～速度／〈醫〉血沉。

ちんころ (名) ⇨狆

ちんこん [鎮魂] (名) 安魂。△～曲／安魂曲。

ちんざ [鎮座] (名・自サ) 鎮守一方。

ちんし [沈思] (名・自サ) 沉思。△～黙考／沉思默想。

ちんじ [珍事] (名) 稀奇事。

ちんしごと [賃仕事] (名) 計件的家庭副業。

ちんしゃ [陳謝] (名・自サ) 道歉。

ちんしゃく [賃借] (名・他サ) 租賃。→ちんがり

ちんじゅ［鎮守］(名・他サ) 鎮守。

ちんじゅつ［陳述］(名・他サ) 陳述。△～書／申訴書。

ちんしょ［珍書］(名) 珍貴的書，珍本。

ちんじょう［陳情］(名・他サ) 請願。△～書／請願書。

ちんじる［陳じる］(他上一) 陳述。

ちんすい［沈酔］(名・自サ) 沉醉。

ちんせい［沈静］(名・自サ) 沉靜。

ちんせい［鎮静］(名・自他サ) 鎮靜。△～剤／鎮靜劑。

ちんせつ［珍説］(名) 奇談。

ちんせつ［沈設］(名・他サ) 在海底設置。

ちんせん［沈潜］(名・自サ) 埋頭。△研究に～する／埋頭研究。

ちんぞう［珍蔵］(名・他サ) 珍藏。

ちんたい［沈滞］(名・他サ) 沉滯。△～した空気／沉滯的空氣。

ちんたい［賃貸］(名・他サ) 出租。△～価格／出租價格。→ちんがし

ちんたいしゃく［賃貸借］(名) 租賃契約。

ちんだん［珍談］(名) 奇談。

ちんちくりん (名・形動) 小個子。

ちんちゃく［沈着］(名・形動) 沉着。△～な態度／沉着的態度。

ちんちょう［珍重］(名・他サ) 珍重。

ちんちょう［珍鳥］(名) 珍禽。

ちんちょうげ［沈丁花］(名)〈植物〉⇨じんちょうげ

ちんつう［沈痛］(形動) 沉痛。

ちんつう［鎮痛］(名) 鎮痛。△～剤／止痛藥。

ちんてい［鎮定］(名・自他サ) 平定。

ちんでん［沈澱・沈殿］(名・自サ) 沉澱。△～物／沉澱物。

ちんと (副) 沉着不動。△～坐る／穩坐不動。

ちんとう［枕頭］(名) 枕邊。

ちんとう［珍答］(名) 離奇的回答。

ちんどんや［ちんどん屋］(名) 奏樂宣傳的廣告員。

ちんにゅう［闖入］(名・自サ) 闖入。

ちんば［跛］(名) 跛腳，瘸子。

チンパニー［timpani］(名)〈樂〉定音鼓。

チンパンジー［chimpanzee］(名)〈動〉黑猩猩。

チンピ［陳皮］(名) 陳皮。

ちんぴら (名)① 小崽子。② 小流氓。

ちんぴん［珍品］(名) 珍品。

ちんぶ［鎮撫］(名・他サ) 鎮撫，平定。

ちんぷ［陳腐］(名・形動) 陳腐。△～な言い草／陳詞濫調。

チンフィッシュ［tin fish］(名) 魚雷。

ちんぷんかんぷん (名・形動) 莫名其妙，糊裏糊塗。

ちんぼつ［沈没］(名・自サ) 沉沒。△～船／沉船。

ちんぽん［珍本］(名) 珍本。

ちんみ［珍味］(名) 珍饈美味。

ちんみょう［珍妙］(形動) 稀奇古怪。

ちんめん［沈湎］(名・自サ) 沉湎。

ちんもく［沈黙］(名・自サ) 沉默。△～を守る／保持沉默。

ちんゆう［珍優］(名) 丑角。

ちんりょう［賃料］(名)〈經〉租金，租費。

ちんりん［沈淪］(名・自サ) 沉淪。

ちんれつ［陳列］(名・他サ) 陳列。△～品／陳列品。

ちんろうどう［賃労働］(名) 僱傭勞動。

つ　ツ

つい（副）① 就，方才。△～そこです/就在那兒。△～さっき/方才。② 不由得，不知不覺。△～笑ってしまった/不由得笑起來了。△～その気になる/不知不覺動了心。

つい［対］（名）雙，對。△～の屏風/成對的屏風。

ツィーザー［tweezer］（名）鑷子。

ツィード［tweed］（名）斜紋呢。

ついえ［費え］（名）① 費用。△～を省く/節約費用。② 浪費（的費用）。

つい・える［費える］（自下一）① 耗費，消耗。△財産が～/財産消耗。②（時間）白白流逝。△時間が～/時間白白流逝。

つい・える［潰える］（自下一）①（希望）破滅，（計劃）破産。△将来への夢は～えた/將來的美夢破滅了。② 潰敗。△敵軍が～/敵軍潰敗。

ついおく［追憶］（名・他サ）追憶。△～にふける/沉浸在回憶中。△往時を～/憶往昔。

ついか［追加］（名・他サ）追加。△～予算/追加預算。△会費を～する/增加會費。

ついかい［追懐］（名・他サ）懷念過去。

ついかん［追刊］（名・他サ）增刊。

ついかんばん［椎間板］（名）〈醫〉椎間盤。

ついかんばんヘルニア［椎間板ヘルニア］（名）〈醫〉椎間盤脫出症。

ついき［追記］（名・他サ）追記，補寫。△～を書く/追記。

ついきゅう［追及］（名・他サ）① 追究。△責任を～する/追究責任。② 追上，趕上。△本隊に～する/趕上大隊。

ついきゅう［追求］（名・他サ）追求。△幸福を～する/追求幸福。

ついきゅう［追究］（名・他サ）追究，追求。△真理を～する/追究真理。→探究

ついきゅう［追給］（名・他サ）補發。

ついく［対句］（名）〈語〉對句，對偶句。

ついげき［追撃］（名・他サ）追擊。△敵を～する/追擊敵人。

ついご［対語］（名）〈語〉對義語，對語。

ついごう［追号］（名）死後授予的稱號。

ついこつ［椎骨］（名）椎骨。

ついし［墜死］（名・自サ）摔死。

ついじ［築地］（名）瓦頂板心泥牆。

ついしけん［追試験］（名）補考。

ついしゅ［堆朱］（名）雕漆。

ついじゅう［追従］（名・自サ）追隨。△～者/追隨者。→追随

ついしょう［追従］（名・自サ）奉承，獻媚，討好。△～を言う/阿諛逢迎。

ついしん［追伸］（名）〈信〉又啟，附筆。

ついずい［追随］（名・自サ）追隨，仿效。

ツイスト［twist］（名）①（台球等）旋轉球。②

單、雙槓轉體。

ついせき［追跡］（名・他サ）追蹤，跟蹤。△～調査/跟蹤調查。△犯人を～する/追蹤犯人。

ついぜん［追善］（名・他サ）追薦。△～公演/紀念公演。

ついそ［追訴］（名・他サ）〈法〉補充起訴。

ついぞ（副）（下接否定）未曾。△～読んだことはない/未曾讀過。

ついそう［追走］（名・他サ）追趕。

ついそう［追送］（名・他サ）補送。

ついそう［追想］（名・他サ）回憶。△故人を～する/回憶故人。→追憶。

ついぞう［追贈］（名・他サ）追贈。

ツイター［tweeter］（名）高頻揚聲器。

ついたち［一日］（名）一號，一日，初一。

ついたて［衝立］（名）屏風。△～を立てる/擺上屏風。

ついちょう［追徴］（名・他サ）補徵。△～金/追徵金。△～税/追加稅。

ついちょう［追弔］（名・他サ）追悼。△～会/追悼會。

ついて［就いて］（連語）① 就…關於…△歴史に～研究する/研究歷史。② 每。△ひとりに～五枚/每人五張。

ついで［序で］（名）順便，得便。△お～の節/方便時。△～がない/不得便。

ついで［次いで］（接）① 接着。△試合が終り、～表彰式に移った/比賽結束，接着舉行了授獎儀式。② 次於。

ついでに［序でに］（副）順便，就便。△買ものにでた～郵便局へよる/買完東西順便去郵局。

ついと（副）突然，迅速。△～立って行く/突然站起來就走。△～通り過ぎる/迅速通過。

ついとう［追討］（名・他サ）追討。

ついとう［追悼］（名・他サ）追悼。△～会/追悼會。

ついとうぐん［追討軍］（名）討閥軍。

ついとつ［追突］（名・自サ）從後面撞上。△～事故/撞車事故。

ついな［追難］（名）驅邪儀式。

ついに［遂に・終に］（副）終於。△～成功した/終於成功了。△～口をきかなかった/始終沒開口。

ついにん［追認］（名・他サ）追認。

ついのう［追納］（名・他サ）追繳。

ついば・む［啄む］（他五）啄，鵮。△鳥がえさを～/鳥啄食。

ついひ［追肥］（名）追肥。

ついび［追尾］（名・他サ）尾隨，跟蹤。

ついふく［対幅］（名）對聯，雙幅畫。

ついぼ［追慕］（名・他サ）追慕，追念。△亡き母を～する/追念亡母。

つ
ツ

ついほう［追放］(名・他サ) ① 清除，消除。
△公害を～する／消除公害。② 驅逐，開除。
△国外へ～／驅逐出境。△公職～／開除公職。
ついや・す［費やす］(他五) ① 用掉，花費。
△2年の歳月を～した／花費了兩年的時間。
② 浪費。△むだに金を～／浪費錢。
ついらく［墜落］(名・自サ) 墜落。→転落
ツイン［twin］(名) 成雙，一對。△～ベッド／
雙人牀。
ツインルーム［twin room］(名) 雙人房間。
つう［通］(名・形動) 通，精通。△中国～／中
國通。△野球～／精通棒球的人。
－つう［通］(助数) 對，份。△一～の手紙／一
封信。△正副2～提出する／提出正副兩份。
つういん［通院］(名・自サ) 病人定期到醫院看
病。
つういん［痛飲］(名・他サ) 痛飲。
ツーウェイ［two-way］(名) 兩種方法，兩種功能。
ツーウェースピーカー［two-way speaker］(名)
高低音兩用揚聲器。
ツーウェーラジオ［two-way radio］(名) 雙向無
綫電設備。
つううん［通運］(名) 運輸。△～会社／運輸公
司。
つうか［通貨］(名) 通貨。△～膨脹／通貨膨
脹。△～収縮／通貨緊縮。
つうか［通過］(名・自サ) 通過。△山海関を～
する／通過山海關。△急行～駅／快車不停的
車站。△検査を～する／檢查合格。
つうかい［通解］(名・他サ) 全部解釋。
つうかい［痛快］(名・形動) 痛快。△～な出来
事／大快人心的事。
つうかぶつ［通過物物］(名) 過境物資。
つうかく［痛覚］(名) 痛覺。
つうがく［通学］(名・自サ) 走讀，上學。△～
生／走讀生。
つうかさしょう［通過査証］(名) 過境簽證。
つうかぜい［通過税］(名) 過境税。
つうかぼうえき［通過貿易］(名) 轉口貿易。
つうかん［通関］(名) 報關，通過海關。△～手
続をする／辦報關手續。
つうかん［通患］(名) ① 共同憂慮。② 通病。
つうかん［痛感］(名・他サ) 痛感。△努力の足
りなさを～する／痛感努力不夠。
つうかん［通観］(名・他サ) 統觀。△世界の情
勢を～する／統觀世界局勢。
つうき［通気］(名) 通氣，通風。△～孔／通氣
孔，氣眼。△～装置／通風設備。
つうぎょう［通暁］ I (名) 通宵。II (名自サ)
通曉，精通。△文学に～している／精通文學。
つうきん［通勤］(名・自サ) 通勤，上班。△～
列車／通勤火車。
つうく［痛苦］(名) 痛苦。△～に耐える／忍受
痛苦。
つうけい［通計］(名・他サ) 總計。
つうけい［通経］(名) 通經血。△～剤／通經藥。
つうげき［痛撃］(名・他サ) 痛擊，沉重打擊。

△敵を～する／痛擊敵人。
つうげん［通言］(名) ① 通用的語言。② 行話。
つうご［通語］(名) 通用的語言。
つうこう［通行］(名・自サ) ① 通行，往來。
△右側～／右側通行。△～禁止／禁止通行。
② 常用的。△～の辞典／常用的辭典。
つうこう［通航］(名・自サ) 通航。
つうこうきょか［通行許可］(名)〈經〉准許通
行，通行權。
つうこうけん［通行券］(名) 通行證。
つうこうぜい［通行税］(名) 通行税。
つうこうにん［通行人］(名) 行人，過路人。
つうこく［通告］(名・他サ) 通知，通告。△～
を発する／發通知(告)。
つうこく［痛哭］(名・自サ) 痛哭。
つうこん［痛恨］(名・他サ) 痛心，懊悔。△～
に堪えない／十分痛心。△一生の～事／一生
的憾事。
つうさん［通算］(名・他サ) 總計，合計。
つうさん［通産］(名) ⇨ つうしょうさんぎょう
しょう
つうさんしょう［通産相］(名) 通商產業大臣。
つうさんしょう［通産省］(名) ⇨ つうしょう
さんぎょうしょう
つうし［通史］(名) 通史。
つうじ［通じ］(名) ① 理解。△～がはやい／
領會得快。② 大小便。△おー がある(ない)／
有(沒有)大小便。△～をつける／通便。
つうじ［通詞・通事・通辞］(名)(江戸時代幕
府的) 翻譯官。
つうしゃく［通釈］(名・他サ) 通釋。
つうしょう［通称］(名) 通稱。
つうしょう［通商］(名・自サ) 通商。△～条
約／通商條約。
つうじょう［通常］(名) 通常，普通。△～の
状態／通常的狀態。△～郵便物／普通郵件。
つうしょうきょうてい［通商協定］(名)〈經〉
通商協定，貿易協定。
つうじょうこっかい［通常国会］(名) 通常國
會。
つうしょうさんぎょうしょう［通商産業省］
(名) 通商產業省。
つう・じる［通じる］(自他上一) ① 通。△電
話が～／通電話。△地下鉄が～／通地鐵。②
理解。△そこでは日本語も～／那裏日語人們
也都懂。△こちらの気持が相手に～じない／
我的心意對方不能理解。③ 通曉，精通。△日
本語に～／通曉日語。④ 通過。△彼とは A
さんを～じて知り合った／他是經 A 先生的介紹
認識的。⑤ 在整個期間。△一年を～じて／全
年。⑥ 通。△敵に～／通敵。△情を～／私通，
通姦。⑦ 共通。△両者には相～ものがある／
兩者有相通之處。
つうしん［通信］(名) ① 通信。△～員／通信
員。② 通訊。△～機関／通訊機關。
つうしん［痛心］(名・自サ) 痛心。
つうじん［通人］(名) ① 行家。② 通情達理的

人。

つうしんえいせい［通信衛星］(名) 通訊衛星。

つうしんしゃ［通信社］(名) 通訊社。

つうしんそくど［通信速度］(名)〈IT〉傳輸率。

つうしんはんばい［通信販売］(名) 函購，郵購。

つうしんぽ［通信簿］(名) ⇨つうちひょう。

つうしんもう［通信綱］(名) 通訊網。

つうすい［通水］(名・自サ) 通水。

つう・ずる［通ずる］(自他サ) ⇨つうじる

つうせい［通性］(名) 通性，共性。

つうせき［痛惜］(名・他サ) 痛惜。

つうせつ［通説］(名) 一般的説法。△～をくつがえす／推翻世上一般所公認的説法。

つうせつ［痛切］(形動) 痛切，深切。△～にその必要を感ずる／痛感其必要。

つうそく［通則］(名) ① 通則。② 通用規則。

つうぞく［通俗］(名・形動) 通俗。△～な考え方／通俗的想法。△～読物／通俗讀物。

つうだ［痛打］(名・他サ) 痛打。

つうたつ［通達］(名・他サ) ① 通知，通告。△～を発する／發佈通告。② 通曉。△ドイツ語に～する／通曉德語。

つうち［通知］(名・他サ) 通知。△～を出す／發通知。△～を受ける／接到通知。

つうちじょう［通知状］(名) 通知書。

つうちひょう［通知表］(名) 成績單。

つうちょう［通帳］(名) 摺子。△貯金～／存摺。

つうちょう［通牒］(名・他サ) 通牒。△最後～／最後通牒。

つうてん［痛点］(名) 痛點。

つうでん［通電］(名・自他サ) 通電。

つうどく［通読］(名・他サ) 通讀。

ツートンカラー［two tone color］(名) 配在一起的兩種不同顏色。

つうねん［通念］(名) 共同觀念。△社会～／社會一般的共同觀念。

つうねん［通年］(名) 全年。△～営業／全年營業。

つうば［痛罵］(名・他サ) 痛罵。

ツーピース［two-piece］(名) 二件套。

つうふう［痛風］(名)〈醫〉痛風。

つうふう［通風］(名・自サ) 通風，通氣。△～孔／通氣孔。

つうふん［痛憤］(名・自他サ) 無限憤慨。

つうぶん［通分］(名・他サ)〈數〉通分。

つうへい［通弊］(名) 通病。

つうべん［通弁］(名)〈文〉口頭翻譯。

つうほう［通報］(名・他サ) 通報，通知。△気象～／氣象通報。

つうぼう［通謀］(名・自サ) 共謀，同謀。

つうぼう［痛棒］(名) 痛斥。△～をくらわす／嚴厲訓斥。△～をくらう／受到譴責。

つうやく［通約］(名・他サ)〈數〉通約。

つうやく［通訳］(名・自他サ)(口頭) 翻譯。△同時～／同聲傳譯。

つうゆう［通有］(名・形動) 共有。△～性／共有性。

つうよう［痛癢］(名) 痛癢。△何ら～を感じない／無關痛癢。

つうよう［通用］(名・自サ) ① 通用。△世界中で～する／全世界通用。② 有效。△～期間／有效期。③ 常用。△～口／便門。④ 兼用。

つうようもん［通用門］(名) 便門。

つうらん［通覧］(名・他サ) 通覽。

つうりき［通力］(名) 神通。

ツーリスト［tourist］(名) 遊客，旅遊者。

ツーリストクラス［tourist class］(名)(飛機、船的) 經濟艙。

ツーリストビザ［tourist visa］(名) 旅遊簽證。

ツーリストビューロー［tourist bureau］(名) 旅行社。

ツーリズム［tourism］(名) 觀光業，旅遊業，觀光旅遊。

ツーリング［touring］(名) 遊覽。

ツーリングカー［touring car］(名) 大型遊覽汽車。

ツール［tool］(名) 工具，用具，起工具作用的東西，方法，手段。

ツールバー［toolbar］(名)〈IT〉工具欄。

ツールボックス［toolbox］(名)〈IT〉工具箱。

つうれい［通例］I (名) 慣例。II (副) 一般地。

つうれつ［痛烈］(名・形動) 激烈。△～な批判／激烈的批判。△～な風刺／尖鋭的諷刺。

つうろ［通路］(名) 通路，通道。

つうろん［通論］(名) 通論。△言語学～／語言學通論。

つうろん［痛論］(名・他サ) 大肆評論。嚴厲批評。

つうわ［通話］(名・自サ) 通話。△～料／電話費。

つえ［杖］(名) 枴杖，手杖。△～をつく／拄枴杖。△～にすがる／依靠枴杖。

ツェツェばえ［ツェツェ蠅］(名) 鬢舌蠅。

つえともはしらともたのむ［杖とも柱とも頼む］(連語) 唯一的依靠。

つか［束］(名) ①〈建〉(樑與脊樑之間的) 立柱，短柱。② 書的厚薄。△短暫。△～の間／瞬間。

つか［柄］(名) 把兒，柄。△刀の～／刀把兒。

つか［塚］(名) ① 土堆。② 墳。

つが［栂］(名)〈植物〉鐵杉。

つかあな［塚穴］(名) 墓穴。

つかい［使い・遣い］I (名) 被派辦事(的人)。△お～に行く／被派出去辦事。△～を出す／打發人辦事。II (接尾) 使用。△金～が荒い／亂花錢。△人～がうまい／會用人。

つがい［番］(名) 雌雄，一對。

つかいかた［使い方］(名) 用法。

つかいこな・す［使いこなす］(他五) 熟練掌握，運用自如。△日本語を上手に～／操一口流利的日語。

つかいこ・む［使い込む・遣い込む］(他五) ① 盜用，挪用。△公金を～／盜用公款。② 用慣。△～んだかんな／用慣了的鉋子。

つかいすて［使い捨て］(名) 一次性。△〜ライター／一次性打火機。

つかいて［使い手・遣い手］(名) ① 使用者，用主。② (工具、機械等) 善於使用的人。

つかいで［使いで］(名) 耐用。△〜がある／經久耐用。

つかいな・れる［使い慣れる］(自下一) 用慣。

つかいはしり［使い走り］(名・自サ) 跑腿兒。

つかいはた・す［使い果たす］(他五) 用盡，花光。

つかいふる・す［使い古す］(他五) 用舊了。

つかいみち［使い道］(名) 用途，用處。△〜にこまる／苦於無處可用。

つかいもの［使い物・遣い物］(名) ① 有用的東西。△〜にならない／沒用。② 贈品。

つかいわ・ける［使い分ける］(他下一) ① 分別使用。② 靈活運用。

つか・う［使う・遣う］(他五) ① 用，使用。△おうぎを〜／搧扇子。△いるすを〜／假稱不在家。→用いる，使用する ② 吩咐人去做。△人を〜／吩咐人去做。③ 用，花費。△金をむだに〜／亂花錢。④ 耍弄。△手品を〜／變戲法兒。△人形を〜／耍木偶。

つが・う［番う］(自五) ① 成對。② 交尾。

つか・える［支える］(自下一) ① 堵塞。△下水が〜／下水道堵住了。② 障礙。△頭が天井に〜／頭碰天花板。③ 佔用着。△電話が〜えている／電話佔綫。④ 積壓，積存。△仕事が〜ている／工作積壓。

つか・える［仕える・事える］(自下一) 侍奉。△親に〜／侍奉父母。

つが・える［番える］(他下一) ① 把箭搭在弓弦上。△弓に矢を〜／把箭搭在弓弦上。② 接合。

つかさど・る［司る］(他五) 執掌，掌管。△国務を〜／執掌國務。

つかずはなれず［付かず離れず］(連語) 不即不離。

つかぬこと［付かぬ事］(連語) 突如其來。

つか・ねる［束ねる］(他下一) ① 束，捆。△髪を〜／束髮。② 抄着手。△手を〜／袖手旁觀。

つかのま［束の間］(名) 暫短，一瞬間。△〜の幸せ／短暫的幸福。

つかぶくろ［柄袋］(名) 刀把套。

つかま・える［捕える・摑える］(他下一) ① 抓住，揪住。△〜えてはなさない／抓住不放。② 捉拿，逮捕。△犯人を〜／逮捕犯人。

つかま・せる［摑ませる］(他下一) ① 行賄。△金を〜せて口止めする／往手裏塞錢堵嘴。② 騙人購買壞東西。△偽物を〜せられた／上當買了假貨。

つかま・る［捕まる・捕まる］(自五) ① 抓住。△枝に〜ってぶらさがる／抓住樹枝吊着。② 被捕獲。△スパイが〜った／間諜被捕了。

つかみあい［摑み合い］(名) 扭打在一起。△〜になる／扭打起來。

つかみかか・る［摑み掛かる］(自五) 抓 (揪)

住對方。

つかみだ・す［摑み出す］(他五) ① 摸出。② 揪出去。

つかみどころ［摑み所］(名) 要掌握的中心 (要點)。△〜の無い人／難以捉摸的人。△〜の無い話／摸不着頭腦的話。

つか・む［摑む］(他五) ① 抓，抓住。△手を〜んで放さない／抓住手不放。↔ はなす ② 掌握，抓住。△要領を〜／掌握要領。△チャンスを〜／抓住時機。

つか・る［漬かる］(自五) 醃好。

つか・る［漬かる・浸かる］(自五) ① 浸，泡。△水に〜／泡在水裏。② 入浴。△温泉に〜／洗溫泉。

つか・れる［疲れる］(自下一) ① 累，乏，疲勞。△へとへとに疲れた／累得精疲力盡。② 用舊了，性能減低。△〜れた油／炸過東西的油。

つか・れる［憑かれる］(自下一) 被迷住。△きつねに〜／被狐狸迷住。

つかわ・す［遣わす］Ⅰ (他五) ① 派，派遣。△人を〜／派人。△使者を〜／派遣使者。② 賜給。Ⅱ (補動) (接動詞連用形 ＋ て) 給以，予以。△許して〜／饒恕你。

つき［月］(名) ① 月，月亮。△〜が出た／月亮出來了。△〜の光／月光。② 衛星。△土星の〜／土星的衛星。③ 月。△〜の初め／月初。△大の〜／大月。

つき［尽き］(名) 盡，到頭。

つき［付き］Ⅰ (名) ① 黏。△〜の悪いのり／不黏的漿糊。② 運氣。△〜が回ってくる／時來運轉。Ⅱ (接尾) ① 樣子。△顔の〜／面貌，表情。② 附帶。△条件〜／有條件。△保証〜／保修。

－つき［付き・就き］(接助) (“就く” 的連用形) ① 因為。△雨天に〜中止／因雨中止。② 關於。△この点に〜ご説明します／關於這一點作一下解釋。③ 每。△一人に〜五個／每人五個。

つき［槻］(名)〈植物〉光葉櫸樹。

つぎ［次］(名) 其次，下一個。△〜の人／下一個人。△〜の駅／下一站。

つぎ［継ぎ］(名) 補釘。△着物に〜をする／補衣服。

つきあい［付き合い］(名) ① 交往。△〜が広い／交際廣。② 奉陪。△〜で飲む／陪着喝酒。

つきあ・う［付き合う］(自五) ① 交際，交往。△長年〜／多年交往。② 陪着。△食事に〜／陪着吃飯。

つきあ・げる［突き上げる］(他下一) ① 舉上去。△拳を〜／往上舉拳頭。② 羣眾給領導施加壓力。

つきあたり［突き当たり］(名) ① 碰上。② 盡頭。△〜の部屋／最盡頭的房間。

つきあた・る［突き当たる］(自五) ① 碰上，撞上。△自転車が塀に〜った／自行車撞牆上了。② 擋住，走到頭。△壁に〜／碰壁，遇到

阻礙。

つきあわ・せる［突き合わせる］(他下一) ①面對面。△ひざを～せて話す/促膝交談。②對照，核對。△在庫品を～/核對庫存。

つぎあわ・せる［継ぎ合わせる］(他下一) 接上。△糸を～/把綫接上。△端切れを～/拼接布頭兒。

つきおくれ［月遅れ・月後れ］(名) 晚一個月，過期。△～の雑誌/過期的雑誌。△～の正月/正月，春節。

つきおと・す［突き落とす］(他五) 推下去，推掉。

つきかえ・す［突き返す］(他五) ①推回去。②退回。

つきかげ［月影］(名) 月光。

つきがけ［月掛け］(名) 按月付(存的錢)。△～で支払う/按月付款。△～貯金/按月存款。

つぎき［接ぎ木］(名・サ) 接枝。

つききず［突き傷］(名) 刺傷，扎傷。

つきぎめ［月極め］(名) 按月。△新聞を～でとる/按月訂報。

つぎこ・む［注ぎ込む］(他五) ①注入，倒入。②投入。△全財産を事業に～/把全部財産投入到事業中。

つぎざお［継ぎ竿］(名) 能接能卸的釣魚竿。

つきさ・す［突き刺す］(他五) ①扎刺。△短刀で喉を～/用匕首刺咽喉。②刺痛。△～ような言葉/刺心的話。

つきずえ［月末］(名) 月末。

つきそい［付き添い］(名) 服侍，伺候。△病人には～がいる/病人要有人護理。

つきそ・う［付き添う］(自五) 跟隨照看。△病人に～/護理病人。

つぎだい［継ぎ台・接ぎ台］(名) ①嫁接用的台木。②腳凳。

つきだし［突き出し］(名) ①(相撲) 推出去。②(飯館) 最初上的小菜，下酒菜。

つきだ・す［突き出す］(他五) ①推出。△家の外に～/推出門外。②伸出，挺起。△窓から頭を～/從窗户伸出探頭。③突出。

つぎた・す［継ぎ足す］(他五) 添上，添補。

つきた・てる［突き立てる］(他下一) 扎進，插上。

つきづき［月月］(名) 每月。△～の収入/每月的收入。

つぎつぎ［次次］(副) 接連不斷，一個接一個。△～と渡す/一個挨一個往下傳。△有望な新人が～に現われる/有前途的新人不斷湧現。

つきっきり［付きっ切り］(名) 時刻不離左右。△～で看病する/寸步不離地看護病人。

つきつ・ける［突き付ける］(他下一) ①擺出。△確かな証拠を～/擺出確鑿的證據。②提交對方。△抗議文を～/遞交抗議書。

つきつ・める［突き詰める］(他下一) ①追究。△根源まで～/追根問底。②苦思苦想。△～めて考える/苦思苦想。

つき・でる［突き出る］(自下一) 突出。

つきとお・す［突き通す］(他五) 扎透，刺穿。

つきとお・る［突き通る］(自五) 扎穿，扎透。

つきとすっぽん［月とすっぽん］(連語) 天壤之別。

つきとば・す［突き飛ばす］(他五) 猛撞。△後から～/從後面猛撞。

つきと・める［突き止める］(他下一) 查明。△原因を～/查明原因。

つきなみ［月並み］I (名) 每月。△～の会を開く/召開每月的例會。II (形動) 老一套。△～な文句/陳詞濫調。

つぎに［次に］(接) 下面，接着。△～ニュースをお伝えします/下面廣播新聞。

つきにむらくもはなにかぜ［月に叢雲花に風］(連語) 好景不長，好事多磨。

つきぬ・ける［突き抜ける］(他下一) ①穿透。②穿過。△林を～ていく/穿過樹林子。

つきのわぐま［月の輪熊］(名)〈動〉狗熊，黑熊。

つぎはぎ［継ぎ接ぎ］(名) ①補釘。△～だらけのシャツ/滿是補釘的襯衫。②拼湊。△～の論文/東拼西湊的論文。

つきはじめ［月初め］(名) 月初。

つきはな・す［突き放す］(他五) ①推開。②抛棄。

つきばらい［月払い］(名) 按月付款。

つきひ［月日］(名) 時光。△～が立つのは早いものだ/時光如梭。

つぎほ［接き穂］(名) ①接枝。→つぎ台 ②話茬。△話の～がない/沒有話茬。

つきまと・う［付き纏う］(自五) 糾纏。△病魔が～/病魔纏身。

つきみ［月見］(名) 賞月。

つきみそう［月見草］(名)〈植物〉夜來香。

つぎめ［継ぎ目］(名) 接頭(口)。△～なしのレール/無縫鋼軌。

つきもの［憑き物］(名) 附體。△～が落ちた/附體妖魔被趕走了。

つきもの［付き物］(名) 附屬品，離不開的東西。△すずりに墨は～だ/硯台離不開墨。

つきやま［築山］(名) 假山。

つきゆび［突き指］(名) 戳傷手指。

つきよ［月夜］(名) 月夜。

つきよにちょうちん［月夜に提燈］(連語) 多餘，畫蛇添足。

つ・きる［尽きる］(自上一) 盡，完。△話が～きない/話説個沒完。△林が～きた/樹林子到頭了。

つ・く［付く・附く］(自五) ①沾。△手に泥が～/手上沾了泥。②帶有。△レコードが～/配有唱片。③扎根，掌握。△根が～/扎根。△知識が身に～/掌握知識。④留有。△雪の上に足跡が～いていた/雪地上留有腳印。⑤跟隨。△父に～いて旅行に行く/跟隨父親去旅行。△行列の尻尾に～/跟在隊伍的末尾。⑥看到，聽到，聞到。△目に～/看到。△耳に～/聽到。△鼻に～/聞到。⑦生，增。

△錆が～／生銹。△肉が～／長肉。⑧點燈，點火。△家に明りが～いた／家家都點上了燈。⑨值。△一個一元に～／一個值一元。
つ・く［突く・撞く・衝く］(他五)①刺，扎。△針で～／用針扎。②打，撞。△鐘を～／敲鐘，撞鐘。③支。△杖を～／拄枴杖。④冒，衝。△意気天を～／幹勁沖天。△風雨を～いて進む／冒着風雨前進。⑤攻，乘。△不意を～／出其不意。△相手の弱点を～／攻擊對方弱點。
つ・く［吐く］(他五)嘆，説，吐。△ためいきを～／嘆氣。△嘘を～／説謊。
つ・く［点く］(自五)點燈，點火。△明かりが～いている／燈點着。
つ・く［就く］(自五)①就，從事。△席に～／就座。△社長の任に～／就任總經理。②跟隨。△先生に～いて中国語を学ぶ／跟老師學中文。
つ・く［着く］(自五)①到，到達。△目的地に～／到達目的地。△手紙が～いた／信到了。→到着する②碰，觸。△頭が天井に～／頭碰棚頂了。③入席。△席に～／入席。
つ・く［漬く］(自五)⇨つかる
つ・く［憑く］(自五)妖魔附體。
つ・く［搗く］(他五)搗，舂。△米を～／舂米。
つ・ぐ［次ぐ］(自五)①接着。△地震に～いで津波が起った／地震後緊接着來了海嘯。②次於。△大阪は東京に～大都会だ／大阪是僅次於東京的大城市。
つ・ぐ［注ぐ］(他五)倒入，注入。△お茶を～／倒茶。△酒を～／斟酒。
つ・ぐ［接ぐ］(他五)接。△骨を～／接骨。
つ・ぐ［継ぐ］(他五)①繼承。△家業を～／繼承家業。△遺志を～／繼承遺志。②縫補。△ズボンの破れを～／補褲子。③添加。△炭を～／加炭。
つくえ［机］(名)桌子，書桌。△～に向かう／面對着桌子，坐在桌前。
つくし［土筆］(名)〈植物〉問荊，馬草。
つく・す［尽す］I(他五)①盡。△手段を～／千方百計。△全力を～／竭盡全力。②盡力，效力。△国に～／為國效勞。II(接尾)△盡、全。△使い～／用盡。△花光取り～／取盡。
つくだに［佃煮］(名)用調料煮的魚貝一類小菜。
つくづく(副)①仔細，注意。△～とながめる／凝視。②深刻地。△～と考える／深思熟慮。③實在。△～いやになった／實在膩了。
つくつくぼうし［つくつく法師］(名)〈動〉寒蟬，黑蛁蟟。
つぐな・う［償う］(他五)①賠償，抵償。△損失を～／賠償損失。△金を～／賠款。②抵罪。△罪を～／抵罪。
つく・ねる［捏ねる］(他下一)捏。△粘土を～ねて人形をつくる／用黏土捏泥人。
つくねんと(副)發獃。△～すわる／獃獃地坐着。
つくばい［蹲］(名)飲茶室入口處的洗手盆。
つくば・う［蹲う］(自五)蹲下。
つくばね［衝羽根］(名)(羽毛)毽子。
つくぼう［突棒］(名)狼牙棒。
つぐみ［鶫］(名)〈動〉斑鶇。
つぐ・む［噤む］(他五)閉口。△口を～／閉口不言。
つくり［旁］(名)(漢字)右旁。
つくり［造り・作り］(名)①造，作。△ガラス～／玻璃造。△煉瓦～／磚房。②建設。△国～／建設國家。③栽培。△菊～の名人／栽培菊花的名手。
つくりあ・げる［作り上げる］(他下一)①完成。△家を～げた／房子蓋好了。②捏造，編造。
つくりか・える［作り替える］(他下一)重新做。
つくりがお［作り顔］(名)假面孔。
つくりかた［作り方］(名)做法。
つくりごえ［作り声］(名)假嗓。△～で話す／用假嗓説話。
つくりごと［作り事］(名)編造，捏造。△～を言う／説假話。
つくりじ［作り字］(名)①錯別字。②日本自己製造的漢字。
つくりだ・す［作り出す］(他五)①開始作。△詩を～と寝食を忘れる／作起詩來廢寢忘食。②製造，生產。△自動車を～／生產汽車。③創作。△創造。△名作を～／創作名著。△新語を～／創造新詞語。
つくりつけ［作り付け］(名)固定。△～の本棚／固定的書架。
つくりな・す［作り成す］(他五)仿造。
つくりにわ［作り庭］(名)人工庭園。
つくりばなし［作り話］(名)假話。編造的故事。
つくりまゆ［作り眉］(名)描眉。
つくりもの［作り物］(名)①仿製品。②農作物。③(能樂)用的舞台道具。
つくりわらい［作り笑い］(名)假笑。
つく・る［作る・造る］(他五)①做，造。△ご飯を～／做飯。△機械を～／造機器。△着物を～／做衣服。②建造。△家を～／建房子。③栽培。△野菜を～／種菜。④創作。△詩を～／作詩。△新曲を～／創作新曲。⑤制定。△規則を～／制定規則。⑥創建。△新しい会社を～／創設新公司。⑦排列。△列を～／排成隊。⑧打扮。△顔を～／化妝。⑨假裝。△笑顔～／強作笑臉。⑩生。△子供を～／生孩子。
つくろ・う［繕う］(他五)①修補。△かぎざきを～／縫補破口。②整理，裝飾。△身なりな～／整衣。
つけ［付け］I(名)賬單，欠賬。△～にする／掛賬。II(接尾)(接動詞連用形)經常，習慣。△行き～の店／常去的商店。△かかり～の医者／常給看病的醫生。
つげ［拓植・黄楊］(名)〈植物〉黄楊。

－づけ［付け］（接尾）①帶，加上。△シーツ
をのり〜にする／漿牀單。②日期。△十月一
日〜で退職する／以十月一日為期退職。

つけあが・る［付け上がる］（自五）驕傲起來。
△褒めるとすぐ〜／一誇他就翹尾巴。

つけあわせ［付け合わせ］（名）配菜。

つけあわ・せる［付け合わせる］（他下一）搭
配。

つけい・る［付け入る］（自五）抓住機會。△相
手に〜すきを与えない／使對方無可乘之機。

つけおち［付け落ち］（名）漏眼。

つけおとし［付け落とし］（名）漏寫，漏記。

つけぐすり［付け薬］（名）外用藥，塗藥。

つげぐち［告げ口］（名・自他サ）傳舌，傳話。
△先生に〜する／向老師打小報告。

つけくわ・える［付け加える］（他下一）補充，
附加。△手紙に一言／信上附加一句。

つけげんき［付け元気］（名）虛張聲勢。△〜
をつける／裝腔作勢，虛張聲勢。

つけこ・む［付け込む］（自五）利用，乘機。
△人の不幸に〜／乘人之危。△相手の無知
に〜／利用對方的無知。

つけじる［付け汁］（名）作料汁。

つけだし［付け出し］（名）賬單。

つけた・す［付け足す］（他五）→ つけくわえ
る

つけたり［付けたり］（名）附帶，附加。△〜の
品物／附帶的東西。

つけどころ［付け所］（名）須注意的地方。

つけとどけ［付け届け］（名）①禮物。②送
禮。△盆暮の〜をする／過年過節送禮。

つけね［付け値］（名）給價。

つけね［付け根］（名）根。△耳の〜／耳根。
△足の〜／腿股溝。

つけねら・う［付け狙う］（他五）跟在後面伺
機行事。△すりに〜われる／被扒手跟上。△命
を〜／伺機殺害。

つけび［付け火］（名）放火。△〜の悪人／放火
的壞人。

つけひげ［付け髭］（名）假鬍鬚。

つけまし［付け増し］（經）加價。

つけまつげ［付け睫］（名）假睫毛。

つけまわ・す［付け回す］（他五）尾隨，跟蹤。

つけめ［付け目］（名）①可乘之機。△彼の人
の好さがこっちの〜だ／他那老好人勁正是可
鑽的空子。②目標，目的。

つけもの［漬物］（名）鹹菜。

つけやき［付け焼き］（名）燒烤（食品）。

つけやきば［付け焼き刃］（名）臨陣磨槍，徒
有其表。△彼の知職は〜だ／他的知識只不過
是半瓶醋。

つ・ける［付ける］（他下一）①塗，抹。△油
を〜／抹油。△薬を〜／上藥。△シーツに糊
を〜／漿牀單。②安裝。△電話を〜／安電
話。△取手を〜／安把手。③派。△護衛を〜／
派警衛員護衛。④記，寫。△賬簿に〜／記
賬。△日記を〜／寫日記。⑤附加。△図に説

明を〜／在圖上附加説明。⑥尾隨。△あと
を〜／在後面跟着。⑦起名，決定，評定。△名
前を〜／起名字。△点数を〜／評分。⑧掌握，
養成。△身に〜／掌握。△習慣を〜／養成習
慣。⑨注意。△気を〜／注意。⑩增強。△自
信を〜／增強信心。

－つ・ける［付ける］（接尾）（接在動詞連用形
下）①習慣了。△使い〜けた万年筆／用慣了
的自來水筆。②加強（語氣）。△しかり〜／
嚴加訓斥。③察覺。△聞き〜／聽到。

つ・ける［点ける］（他下一）點燃，開。△火
を〜／點火。△電燈を〜／開電燈。↔ 消す

つ・ける［就ける］（他下一）就，任。△職
に〜／就職。△会長の地位に〜／就任會長。

つ・ける［着ける］（他下一）①穿，戴。△衣
裝を〜／穿衣服。②靠。△船を岸壁に〜／把
船靠岸。

つ・ける［浸ける・漬ける］（他下一）泡，浸。
△水に〜／泡在水裏。

つ・ける［漬ける］（他下一）醃，漬。

つ・げる［告げる］（他下一）告，告訴。△別れ
を〜／告別。△急を〜／告急。

つごう［都合］Ⅰ（名）①情況。△その時の〜
で／根據實際情況。②方便，合適。△万事〜
よく行く／一切順利。②方便（不方便）／
方便（不方便）。Ⅱ（名・他サ）安排，籌劃。
△〜をつける／安排。△百万円〜する／設法
籌劃一百萬日圓。Ⅲ（副）總計。△〜500人／
共計五百人。

つごもり［晦］（名）月末。

つじ［辻］（名）①十字路口。②街頭。△〜芸
人／賣藝的。

つじあきらい［辻商い］（名）攤販。

つじつま［辻褄］（名）情理，條理。△話の〜が
合わない／前言不搭後語。△〜うまく〜を合わ
せる／巧妙地彌縫前後矛盾。

つた［蔦］（名）〈植物〉爬山虎，地錦。

つた・う［伝う］（自五）沿，順。△ロープを〜
って登る／攀着繩子往上爬。△尾根〜いに歩
く／沿着山脊走。

つたえき・く［伝え聞く］（他五）聽説，傳説。

つた・える［伝える］（他下一）①傳，導。
△前から後に〜／由前往後傳。△熱を〜／傳
熱。△電気を〜／導電。②傳達，告知。△命
令を〜／傳達命令。△よろしくお〜えくださ
い／請代為問好。③傳授。△技術を〜／傳授
技術。

つたかずら［蔦蔓］（名）〈植物〉攀緣植物。

つたな・い［拙い］（形）①拙劣。△〜文章／
拙劣的文章。②運氣不好。△運が〜／運氣不
好。

つたら Ⅰ（副助）談到，提到。△李さん〜案外
親切なのね／小李啊，出乎意外地親切呀。Ⅱ
（終助）加強語氣。△早くしろ〜／快點呀！

つたわ・る［伝わる］（自五）①傳，導。△熱
が〜／傳熱。②沿着。△海岸を〜って行く／
順着海岸往前走。③傳。△口から口へと〜／

一個傳一個。④ 傳入，傳來，流傳。△祖先から～名畫／祖傳的名畫。△村に～伝説／在村裏流傳的傳説。

つち [土] (名) ① 土地，大地。△祖国の～／祖國大地。② 土。△黒い～／黑土。

つち [槌] (名) 錘子。

つちいろ [土色] (名) 土色，青黑色。△顔が～をしている／面如土色。

つちか・う [培う] (他五) ① 培植，栽種。② 培養。△知性と教養を～／培養知性和教養。

つちがつく [土が付く] (連語) (相撲) 輸。

つちくさ・い [土臭い] (形) ① 土腥味。② 土氣。

つちくど [土くど] (名) 土爐竈。

つちくれ [土塊] (名) 土塊。

つちけいろ [土気色] (名) 土色。→土色

つちけむり [土煙] (名) 暴土，飛塵。△～が立つ／塵土飛揚。

つちつかず [土付かず] (名) ① (相撲) 一次未輸，全勝。② 腳心。

つちならし [土均し] (名・自サ) 平整土地。

つちにかえる [土に返える] (連語) 死歸黃土，入土。

つちのえ [戊] (名) (天干中的第五位) 戊。

つちのと [己] (名) (天干中的第六位) 己。

つちふまず [土踏まず] (名) 腳心。

つちへん [土偏] (名) 提土旁兒。

つちぼこり [土埃] (名) 塵埃，塵土。

つちよせ [土寄せ] (名) 〈農〉培土。

つちろう [土牢] (名) 土牢，地牢。△～の中に監禁される／被關押在土牢裏。

つつ [筒] (名) 筒。△竹の～／竹筒。

つつ (接助) ① 一面…一面…。△働き～学ぶ／半工半讀。△考え～歩く／邊走邊想。② (用 "…～ある" 的形式) 正在…△列車は駅に近づき～ある／列車正駛向車站。

つつうらうら [津津浦浦] (名) 全國各個角落。△～に伝わる／傳到全國每一個角落。

つっかい (名) 支，頂，支柱。△塀に～をする／用支柱頂牆。△～棒／支柱。

つっか・す [突っ返す] (他五) ① 推回去。② 退回去。△贈り物を～／退回禮品。

つっかかる [突っかかる] (自五) ① 頂撞，反抗。△彼は誰にでもすぐ～っていく／他跟誰都頂撞。② 卡住，絆倒。△喉に～／卡在嗓子上。△敷居に～ってころぶ／被門檻絆倒。

つっか・ける [突っ掛ける] (他下一) ① 趿拉。△スリッパを～／趿拉拖鞋。② 猛撞。

つつが・い [恙ない] (形) 無恙，平安。△～く到着した／平安地到達了。△工事が～く進む／工程順利進行。

つづき [続き] (名) 銜接，接續。△文章の～が悪い／文章銜接得不好。

-つづき [続き] (接尾) 連續不斷。△雨～の天気／連雨天。

つづきあい [続き合い] (名) 親屬關係，親戚。

つづきがら [続き柄] (名) 親屬關係，親戚。

つづきもの [続き物] (名) 連載小説，連續電視節目。△～の小説／連載小説。△～のテレビドラマ／電視連續劇。

つっき・る [突っ切る] (他五) 穿過。△畑を～って行く／直穿過莊稼地去。

つつ・く (他五) ① 捅。△肘で～／用胳膊肘捅了一下。② 啄。△鳥が餌を～／鳥啄食。③ 挑，挑剔。△欠点を～／挑毛病。

つづ・く [続く] (自五) ① 繼續，連續。△雨が３日も～いた／雨接連下了三天。② 接着，跟着。△春は冬に～／冬去春來。△次号に～／待續。③ 相連。△裏は畑に～いている／屋後與田地相連。

つづけざま [続け様] (名) 接連，連續。△～に言う／連聲説。

つづけじ [続け字] (名) 連筆字。

つづ・ける [続ける] (他下一) ① 連續，繼續。△話を～／繼續講。△彼女はこの仕事を十年も～けている／這個工作連續幹了十年。② 連接在一起。△二つの文章を～／把兩篇文章接在一起。

つっけんどん [突っ慳貪] (形動) 冷淡，粗暴。△～な態度／冷淡的態度。

つっこみ [突っ込み] (名) ① 深入。△まだ～が足りない／還不深入。△研究の～が足りない／研究的深度不夠。② (不挑不揀) 整批買。△～で買うと安くつく／整批買價格便宜。

つっこみうり [突込み売り] (名) 〈經〉批發，大宗出售。

つっこ・む [突っ込む] Ⅰ (自五) ① 衝入。△人込みの中のに～／闖入人羣。② 深入。△～んだ話をする／深入地談。Ⅱ (他五) ① 插進。△両手をポケットに～／把兩手插進衣兜。刺透。△指を障子に～／用手指把拉門捅破了。③ 追究。△誤りを～／指摘錯誤。④ 介入。△余計な事に頭を～な／不要管閑事。⑤ 鑽研。△学問に頭を～／鑽研學問。

つっころば・す [突っ転ばす] (他五) 撞倒。

つつさき [筒先] (名) 筒口，噴口，管口。

つつじ [躑躅] (名) 〈植物〉杜鵑，映山紅。

つつしみ [慎しみ] (名) 謹慎，慎重。△～深い人／謙虛謹慎的人。

つつし・む [慎しむ・謹しむ] (他五) ① 謹慎。△言葉を～／説話謹慎。② 節制。△飲食を～／節制飲食。③ 謹。△～んで敬意を表す／謹表敬意。

つつしんで [謹んで] (副) 謹，敬。△～新年を祝う／謹祝新年。

つつそで [筒袖] (名) 圓筒袖。

つった・つ [突っ立つ] (自五) ① 威嚴站立。② 聳立。△煙突が～っている／煙筒聳立着。③ 獃站着。

つった・てる [突っ立てる] (他下一) ① 插入，用力刺入。△刀を腹に～／將刀用力刺入腹部。② 豎立。△庭の真中に柱を～／院子中央豎起一根柱子。

つっと (副) 迅速，突然。△～立ち止まる／突

然間站住。

つつぬけ [筒抜け] (名) ① 泄露出去。△計画は他人に～だ/計劃泄露給旁人了。② 聽得清楚。△隣りの部屋の話が～に聞える/隔壁房間説話聽得清楚。

つっぱ・ねる [突っ撥ねる] (他下一) 拒絶。△不当な要求を～/堅決拒絶無理要求。

つっぱり [突っ張り] (名) 支柱，支撐。△戸に～をする/把門頂上。

つっぱ・る [突っ張る] I (他五) ① 撐住。△肘を～/支開兩肘。② 堅持己見。△自説を～/固執己見。③ (相撲) 用手掌頂住。II (自五) 抽筋。△筋が～/抽筋。

つっぷ・す [突っ伏す] (自五) 突然趴下。

つつまし・い [慎ましい] (形) ① 恭恭敬敬。△～態度/恭恭敬敬的態度。② 樸實，儉樸。△～暮し/儉樸的生活。

つつましやか [慎ましやか] (形動) 彬彬有禮，嫺靜。△～な女性/嫺靜的女子。

つづま・る [約まる] (自五) 縮小，縮減。

つつみ [包み] (名) 包，包裹。△～を解く/打開包裹。△一～の菓子/一包點心。

つつみ [堤] (名) 堤，壩。

つづみ [鼓] (名) 日本手鼓。

つつみかく・す [包み隠す] (他五) 隱瞞。△すべてを～さず打ち明ける/毫不隱瞞，一五一十地説出來。

つつみがね [包み金] (名) 酬金，贈金。

つつみがまえ [包構え] (名) 包字頭兒。

つつみがみ [包み紙] (名) 包裝紙。

つつ・む [包む] (他五) ① 包。△ふろしきで～/用包袱皮兒包。② 隱藏。△真相を～/掩蓋真相。③ 籠罩。△濃い霧に～まれる/被濃霧籠罩。

つづめる [約める] (他下一) ① 縮短，縮小。△～めて言えば/簡而言之。→縮める ② 節約。→節約する

つづら [葛籠] (名) 藤箱。

つづらおり [葛折・九十九折] (名) 羊腸小道。

つづらふじ [葛藤] (名) 〈植物〉青藤。

つづり [綴り] (名) ① 裝訂成冊。△１～の書類/一份訂好的文件。② 拼寫法。△単語の～/單詞的拼法。

つづりあわ・せる [綴り合わせる] (他下一) 拼到一起。

つづりかた [綴り方] (名) ① 綴法，作文。△～を書く/寫作文。② 拼法。△ローマ字の～/羅馬字的拼法。

つづ・る [綴る] (他五) ① 裝訂。△書類を～/裝訂文件。② 作文。△文章を～/作文章。③ 拼寫。

-って (終助) 表示引用，據説。△弟も行きたい～/聽説弟弟也想去。

つて [伝手] (名) 門路。△～をたよる/靠門路。

-ってば I (副助) 提起。△おじいさん～忘れものばかりしてるんだよ/爺爺啊，他總是忘東西。II (終助) 表示焦急，不耐煩的心情。△だ

めだ～/ (告訴你) 可不行啊！

つと [苞] (名) ① 蒲包，草袋子。② 土産，禮物。

つと (副) 突然間。△～立ち止まった/突然間站住。

つど [都度] (名) 每逢，每回。△帰省の～恩師を訪ねる/每逢回鄉，一定拜訪老師。

つどい [集い] (名) 集會，聚會。△同級生の～/同窗聚會。△映画の～/電影節。

つど・う [集う] (自五) 集會，集合。

つとに [夙に] (副) 老早，早就。△～その才は注目されていた/他的才能早就被人所注目。

つとま・る [勤まる] (自五) 勝任。△議長の役が～/勝任主席的職位。

つとめ [務め] (名) 義務，職責。△～を果たす/盡職責。

つとめ [勤め] (名) 工作。△～に出る/就業，上班。△～をやめる/辭職。

つとめぐち [勤め口] (名) 職業。△～を見つける/找工作。

つとめさき [勤め先] (名) 工作單位。

つとめて [努めて・勉めて] (副) 努力，盡力，竭力。△～事を荒立てない/竭力設法不使事情鬧大。

つとめにん [勤め人] (名) 靠薪俸生活者，職員。

つと・める [努める] (自下一) 努力，盡力。△解決に～/努力解決。

つと・める [務める] (自下一) 任，擔任。△議長を～/擔任會議主席。

つと・める [勤める] (自下一) 工作。△新聞社に～ている/在報社工作。

つな [綱] (名) 繩子，繩索。△～をたぐって綱をひく/捯着繩子收網。

つながり [繋がり] (名) 關係，聯繫。△血の～/血緣關係。

つなが・る [繋がる] (自五) 連接，相連，聯繫。△大衆と密切に～/密切聯繫羣眾。△心と心が～/心連心。△その事件に～/和那件事有關聯。

つなぎ [繋ぎ] (名) ① 連接處。△なわの～目/繩子的接頭。② 補頂，補空。△次の幕までの～に音楽を流す/為了銜接下一幕播放幕間音樂。③ (烹調) 芡。

つな・ぐ [繋ぐ] (他五) ① 拴，繫。△馬を木に～/把馬拴在樹上。△船を～/繫船。② 接，連。△糸を～/接綫。△手を～/手拉手。③ 維持。△命を～/維持生命。△一縷の望みを～/留有一綫希望。

つなぐ [網具] (名) 繩索。

つなそ [黃麻] (名) 〈植物〉黃麻。

つなひき [綱引き] (名) 〈體〉拔河。

つなみ [津波] (名) 海嘯。

つなわたり [綱渡り] (名) ① 走鋼絲。② (喻) 冒險。

つね [常] (名) ① 常，經常。△～から人人の尊敬を受けている/一向受人尊敬。② 常情。△世の～/人世之常情。③ 通常，平常，普通。△世の～の人/社會上普通的人。

つねづね［常常］（副）常常，經常。△～彼の事は気にしていた／他的事常常掛在心上。

つねに［常に］（副）經常，常常。△健康に～気をつけている／經常注意健康。

つねひごろ［常日頃］（名）日常，平素。

つね・る［抓る］（他五）擰，掐。

用法提示▼

中文和日文的分別

和中文的意思不同，日文表示用指甲或手指抓痛身體。常見搭配：身體部位。

頰（ほお）、足（あし）、腕（うで）、手（て）の甲（こう）、耳（みみ）、腿（もも）、を抓（つね）る

つの［角］（名）角，犄角。△牛の～／牛角。△鹿の～／鹿角。

つのかくし［角隠し］（名）蓋頭，蒙頭紗。

つのだ・つ［角立つ］①説話有棱角。②露鋒芒。

つのつきあい［角突き合い］（名）抵觸，衝突。

つのつきあわせる［角突き合わせる］（他下一）衝突，鬧彆扭。

つのぶえ［角笛］（名）號角。

つの・る［募る］Ⅰ（自五）越來越厲害。△ますます火勢が～った／火勢越來越大。Ⅱ（他五）招，募集。△寄付を～／募捐。△原稿を～／徵稿。

つのをおる［角を折る］（連語）先硬後軟。

つのをだす［角を出す］（連語）吃醋，嫉妒。

つのをためてうしをころす［角を矯めて牛を殺す］（連語）磨瑕毀玉。矯角殺牛。

つば［唾］（名）唾沫，唾液。△～を吐く／吐唾沫。△～を飛ばしてしゃべる／濺着唾沫星子説話。

つば［鍔・鐔］（名）①（刀劍）的護手。②帽簷兒。

つばき［唾］（名）唾液。

つばき［椿］（名）〈植物〉山茶。

つばさ［翼］（名）翼，翅膀。△～を広げる／展開翅膀。△飛行機の～／機翼。

つばす（名）小鰤魚。

つばせりあい［鍔迫り合い］（名）短兵相接，決一勝負。

つばめ［燕］（名）燕子。

つぶ［粒］（名）粒，顆粒。△一～の米／一粒米。△大～の雨／大雨點。△大～の汗／大汗珠。

つぶがそろう［粒がそろう］（連語）一個賽過一個，都是好手。

つぶさに［具さに］（副）①詳細。△～説明する／詳細説明。②俱全。△～備わっている／一應俱全。

つぶしがきく［潰しがきく］（連語）多才多藝，多面手。

つぶ・す［潰す］（他五）①壓壞。△紙の箱を踏んで～／把紙箱踩壞。②毀壞。△畑を～して家を建てる／毀田造屋。△声を～／喊破嗓子。△顔を～／丟臉。③殺。△鶏を～／殺雞。④消磨。△時間を～／消磨時間。

つぶぞろい［粒揃い］（名）一個賽一個，都是好樣的。

つぶだつ［粒立つ］（自五）呈粒狀，起疙瘩。

つぶて［礫］（名）小石塊。

つぶや・く［呟く］（自他五）嘟囔。

つぶより［粒選り］（名）精選出來的。△～の選手／選拔出來的選手。△～の苺／精選的草莓。

つぶ・る［瞑る］（他五）閉眼，瞑。△目を～／①裝看不見。②死亡。

つぶ・れる［潰れる］（自下一）①毀壞，倒塌。△雪崩で家が～れた／由於雪崩房子倒塌了。②不好使。△目が～／眼睛瞎了。△鋸の目が～／鋸齒磨鈍了。③沒面子。△面目が～／丟臉，丟人。④浪費掉。△チャンスが～／錯過機會。△客の相手で半日～れた／由於客人，浪費了半天。⑤滅亡。△国が～／亡國。

つべこべ（副）強辯，講歪理。△～言うな／用不着你説廢話。

ツベルクリン［德 Tuberkulin］（名）〈醫〉結核菌素。

ツベルクローゼ［德 Tuberkulose］（名）〈醫〉肺結核。

つぼ［坪］（助數）地積單位，1 坪約等於 3.3 平方米。

つぼ［壺］（名）①壺，罐。△茶～／茶壺。②瓷鉢。③窪坑。④要點。△～を押える／抓住要點。⑤穴位。

つぼうちしょうよう［坪内逍遥］〈人名〉坪内逍遙（1859-1935）。劇作家，小説家，評論家。

つぼみ［蕾・莟］（名）花苞，花蕾。△～をつける／長了花蕾。

つぼ・む［窄む］（自五）①凋謝。②越來越窄（細）。△先の方が～んでいる／尖端細。

つぼ・める［窄める］（他下一）合攏，收攏。△傘を～／收攏傘。△口を～めて笑う／抿嘴笑。

つぼやき［壺焼き］（名）①把海螺肉剁碎倒上醬油放在殼裏烤。②烤地瓜。

つま［妻］（名）①妻。△～をめとる／娶妻。↔おっと②（生魚片等的）配菜。③（房屋的）山牆。

つま［端］（名）①邊緣。②頭緒。

つま［褄］（名）前衣襟。

つまぐ・る［爪繰る］（他五）捻、數（串珠）。

つまこ［妻子］（名）妻子和兒子。△～を養う／養活妻小。

つまさき［爪先］（名）腳尖。△～で歩く／用腳尖走。

つまさきあがり［爪先上がり］（名）上坡，慢坡（路）。

つまさきだ・つ［爪先立つ］（自五）蹺腳。

つまさ・れる（下一）感動。△身に～／引起身世的悲傷。

つまし・い［倹しい］（形）儉樸。△～く暮す／儉樸過日子。

つまず・く［躓く］(自五) ① 絆，絆倒。△石に〜いて転ぶ／被石頭絆倒。② 挫折。△事業に〜／事業受挫折。

つまだ・つ［爪立つ］(自五) 蹺腳。

つまど［妻戸］(名)〈建〉側門，旁門。

つまはじき［爪弾き］(名・他サ) ① 排斥。△仲間から〜される／被夥伴排斥在外。② 彈手指頭。

つまびらか［詳らか］(形動) 詳細。△〜にする／調査清楚。

つまみ［摘み］(名) ① 紐，鈕。△蓋の〜／蓋紐。② 酒菜。△チーズを〜にして酒を飲む／用乾酪下酒。

つま・む［摘む］(他五) ① 捏，掐，夾。△鼻を〜／捏鼻子。△花を〜／捏花。△どうぞお菓子をお〜みください／請吃塊點心吧。② 抓住。△要点を〜んで話す／抓住要點説。

つまようじ［爪楊枝］(名) 牙籤兒。

つまらな・い (形) ① 無聊的，沒趣的。△平凡で〜毎日／平凡無聊的日子。② 無價值。△〜物／沒有價值的東西。③ 無用的。△あくせく働いても〜／辛辛苦苦地幹也沒用。

つまり (副) 就是，即，總之。△そのわけは〜こうだ／其理由就是這樣。

つまり［詰まり］(名) 到頭，最終。△とどの〜／終於，到頭。

つま・る［詰まる］(自五) ① 擠滿，塞滿。△荷物の〜ったかばん／塞得滿滿的包。② 堵塞，不通。△息が〜／呼吸困難。△管が〜った／管子堵了。③ 窘迫。△言葉に〜った／無話可説。④ 縮，抽。△洗濯したら〜ってしまった／洗了一水就縮了。

つまるところ［詰まる所］(副) 歸根到底。△〜君が悪いのだ／歸根到底是你不好。

つみ［罪］Ⅰ (名) ① 罪。△〜を犯す／犯罪。△〜をあやまる／謝罪。△〜に服する／服罪。② 惡意。△〜がない／天真。Ⅱ (形動) 不近人情。△〜なことを言う／説不近人情的話。

つみあ・げる［積み上げる］(他下一) 堆起來，摞起來。△本を〜／把書摞起來。

つみいれ［摘み入れ］(名)〈烹飪〉余魚丸子。

つみおろし［積み降し］(名・他サ) 装卸。

つみか・える［積み替える・積み換える］(他下一) ① 轉載。② 重新装。

つみかさな・る［積み重なる］(自五) 摞起來。

つみかさ・ねる［積み重ねる］(他下一) 摞，堆。△山のように〜／堆積如山。

つみがない［罪がない］(連語) 天真，純潔。

つみき［積み木］(名) 積木。

つみき［積期］(名)〈經〉装船日期。

つみくさ［摘み草］(名・自サ) 春天到野外摘花草，踏青。

つみごえ［積み肥］(名・自サ) 堆肥。

つみこみねだん［積込み値段］(名)〈經〉離岸價格。

つみこ・む［積み込む］(他五) 装，載。△船に小麦を〜／往船上装小麥。

つみ・する［罪する］(他サ) 處罰，懲罰。

つみだし［積出し］(名)〈經〉啟運，装運，發送，發貨。

つみだしこう［積出港］(名)〈經〉装貨港口，啟航口岸。

つみだしにん［積出人］(名)〈經〉發貨人，託運人。

つみだ・す［積み出す］(他サ) 装運，載運。

つみた・てる［積み立てる］(他下一) 積攢，儲蓄。

つみに［積み荷］(名) 載貨。△〜目録／貨單。

つみびと［罪人］(名) 罪人。

つみぶか・い［罪深い］(形) 罪惡深重。

つみほろぼし［罪滅し］(名・自サ) 贖罪。△手柄を立てて〜をする／立功贖罪。

つむ［錘］(名) 紡錘。

つ・む［詰む］(自五) ① 密實。△目の〜んだ布地／密實的布。② (將棋) 將死。

つ・む［摘む］(他五) ① 採，摘，掐。△花を〜／摘花。△茶を〜／採茶。② 剪。△枝を〜／剪樹枝。

つ・む［積む］(他五) ① 堆，摞，疊。△煉瓦を〜／疊磚。△年月を〜／經年累月。△経験を〜／積累經驗。② 装載。△石炭を〜んだ船／装煤的船。

つむぎ［紬］(名) 捻綫綢。

つむ・ぐ［紡ぐ］(他五) 紡。△糸を〜／紡紗。

つむじ［旋毛］(名) 髮旋兒。

つむじかぜ［旋風］(名) 旋風。

つむじまがり［旋毛曲がり］(名・形動) 執拗，倔，性情乖僻。

つむじをまげる［旋毛を曲げる］(連語) 找彆扭。

つむ・る［瞑る］(他五) ⇨つぶる

つめ［爪］(名) ① 爪，指甲，趾甲。△手の〜／手指甲。△猫が〜を研ぐ／貓磨爪。② 假指甲。③ 起重鈎，錨爪。

つめ［詰］(名) ① 塞子。△穴に〜をする／堵上窟窿。② 完成階段。△最後の〜が甘い／最後的步驟太不周密。

-づめ［詰め］(接尾) ① 装。△樽〜の酒／桶装酒。② 連續。△立ち〜／一直站着。③ 派在某地工作。△外務省〜の記者／駐外交部記者。

つめあと［爪痕］(名) ① 爪痕，抓傷的痕跡。② 受災的痕跡。

つめあわせ［詰め合わせ］(名) 混装在一起。△キャンデーの〜／盒装什錦糖。

つめいん［爪印］(名) 指印。

つめえり［詰め襟］(名) 立領。△〜の学生服／立領的學生服。

つめか・ける［詰あ掛ける］(自下一) 擁上來，擠上來。△現場に各社の新聞記者が〜けた／各報社的記者擁到現場來了。

つめがた［爪形］(名) ① 爪痕。△〜を残す／留下爪印。② 爪型。

つめきり［爪切り］(名) 指甲刀。

つめき・る [詰め切る] I（自五）一直守在那裏。△徹夜で病人のそばに～／晝夜守護在病人身旁。II（他五）裝滿。

つめこみしゅぎ [詰め込み主義]（名）（教育方式）注入式，填鴨式。

つめこ・む [詰め込む]（他五）① 裝滿，塞滿。△弁当箱にご飯を～／把飯盒裝得滿滿的。② 硬灌。△知識を～／硬灌知識。

つめしょ [詰め所]（名）値勤房。

つめしょうぎ [詰め将棋]（名）（將棋的）殘局。

つめた・い [冷たい]（形）① 冷，涼。△～飲み物／清涼飲料。△～風／冷風，涼風。② 冷淡。△～人／無情的人。△世間の～目にさらされる／受世間的冷眼看待。

つめにひをともす [爪に火をともす]（連語）吝嗇。

つめのあかほど [爪の垢ほど]（連語）微不足道。

つめのあかをせんじてのむ [爪の垢を煎じて飲む]（連語）學樣兒。

つめばら [詰め腹]（名）強迫辭職。△～を切られる／被迫辭職。

つめもの [詰め物]（名）①（烹飪）填料。②（包裝用）墊的東西，填塞物。

つめよ・せる [詰め寄せる]（自下一）逼近。

つめよ・る [詰め寄る]（自五）① 逼近。△一歩一歩～／步步逼近。② 追問。

つ・める [詰める]（他下一）① 裝，填，塞。△スーツケースに衣類を～／把衣服裝進手提箱。△耳に綿を～／往耳朵裏塞棉團。△中ほどにお～め下さい／請往裏擠一擠。② 不間斷。△一日中～めて働く／整天不停地工作。③ 縮小。△行間を～めて書く／縮小行距書寫。④ 節約。△経費を～／節約經費。⑤ 屏住。△息を～／屏息。⑥ 守候。△本部に～／在本部值勤。

つもり（名）① 打算，意圖。△大学へ行く～だ／打算上大學。△そんな～はなかった／我不是那個意思。② 就當作…，就算是…。△死んだ～で働く／拚命幹活。③ 自認為。△自己では精一杯やった～だ／我認為自己已是竭盡全力了。

つも・る [積もる] I（自五）① 堆積。△雪が～／積雪。② 累積。△日が～／日積月累。II（他五）推測，估計。△人の心を～／推測他人之心。

つや [艶]（名）① 光澤。△～がある／有光澤。△～を出す／發光。△肌に～がある／皮膚滋潤。② 興趣。△～の無い話／無聊的話。艶聞。△～っぽい話／風流艶事。

つや [通夜]（名）守靈。

つやけし [艶消し] I（名）去掉光澤。II（形動）掃興。△～な話を言うな／別講掃興的話。

つやつや（副）油亮，油光。△～とした髪／油亮的頭髮。

つややか [艶やか]（形動）有光澤。△～な顔／面色紅潤。

つゆ [汁]（名）湯，汁兒。

つゆ [梅雨]（名）（氣象）梅雨。△～に入る／入梅。△～が明ける／出梅。

つゆ [露] I（名）① 露水。△～がおりる／下露水。② 暫短。△～の命／暫短的一生。II（副）一點也…△～ほども疑わない／絲毫不懷疑。

つゆあけ [梅雨明け]（名）出梅。

つゆいり [梅雨入り]（名）入梅。

つゆくさ [露草]（名）〈植物〉鴨跖草。

つゆばれ [梅雨晴れ]（名）① 梅雨過後的晴天。② 梅雨期中的晴天。

つよ・い [強い]（形）① 強，有勁。△力が～／力氣大。△～チーム／強隊。② 有本領，能手。△泳ぎが～／游泳能手。③ 堅強。△気が～／剛強。④ 強烈。△風が～／風大。△～酒／烈性酒。⑤ 強壯。△～体／強壯的身體。↔ よわい

つよがり [強がり]（名）逞強。△～を言う／説逞強的話。

つよが・る [強が・る]（自五）逞強。

つよき [強き] I（形動）硬，硬氣。△～を出す／採取強硬態度。II（名）〈經〉行情看漲。

つよきそうば [強気相場]（名）〈經〉行情看漲市。

つよごし [強腰]（名・形動）強硬態度。△～で交渉する／以強硬態度交渉。↔ 弱腰

つよび [強火]（名）旺火。

つよま・る [強まる]（自五）越來越強。

つよみ [強み]（名）① 強度。△～を増す／增加強度。② 有利條件。↔ 弱み

つよ・める [強める]（他下一）增強。△抵抗力を～／增強抵抗力。↔ 弱める

つら [面]（名）① 臉面。△～の皮が厚い／厚臉皮。△先輩～をする／擺老資格。② 表面。△河の～／河面。→おもて

つらあて [面当て]（名）諷刺話。△～がましいことを言う／説帶刺兒的話。

つら・い [辛い]（形）① 難受。△せきが出て～／咳嗽得難受。② 別れが～／捨不得離開。③ 苛薄。△～く当る／苛待。△～仕打ち／冷遇。

つらがまえ [面構え]（名）相貌。△～がにくらしい／相貌可憎。△大胆不敵な～／天不怕地不怕的面孔。

つらだましい [面魂]（名）神態。△不敵な～／大無畏的氣概。

つらつら（副）仔細地。△～考える／仔細考慮。

つらな・る [連なる]（自五）① 接連，連綿。△山脈が南北に～っている／山脈南北綿亘。② 參加，列席。△結婚式に～／參加結婚儀式。

つらにく・い [面憎い]（形）面目可憎，令人討厭。

つらぬ・く [貫く]（他五）① 穿通，貫通。△板を～矢／穿透木板的箭。△市街の中央を～いて川が流れている／河流流經市中心。② 貫徹。△初志を～／貫徹初志。→おしとおす

つら・ねる [連ねる・列ねる]（他下一）排

列，連接。△車を〜／汽車排成一條龍。② 會
同，連用。△名を〜／聯名。

つらのかわ［面の皮］(名) 臉皮。△〜が厚い／
厚顏無恥。

つらま・える［他下一]→つかまえる

つらよごし［面汚し］(名) 丟臉，出醜。

つらら［氷柱］(名) 冰柱。

つり［釣り］(名) ① 釣魚。△〜に行く／去釣
魚。② 找的零錢。

つりあい［釣り合い］(名) 平衡，均衡。△〜を
とる／保持均衡。

つりあ・う［釣り合う］(自五) ① 平衡，均衡。
△重さが〜／重量均衡。② 相稱。△〜った夫
婦／般配的夫妻。

つりあが・る［釣り上がる・吊り上がる］(自
五) 釣 (吊) 起來。

つりあが・る［吊り上がる］(自五) 向上吊。
△〜った目／吊角眼。

つりあ・げる［釣り上げる］(他下一) 釣上來。

つりあ・げる［吊り上げる］(他下一) ① 吊起。
② 抬高 (物價)。△相場を〜／抬高行情。

つりいと［釣糸］(名) 釣魚綫。

つりかね［釣り鐘］(名) 吊鐘。

つりかねそう［釣鐘草］(名)〈植物〉風鈴草。

つりかわ［吊皮・釣皮］(名) (電汽車上的) 吊
環，吊帶。

つりざお［釣り竿］(名) 釣魚竿。

つりせん［釣り銭］(名) 找的零錢。

つりだ・す［釣り出す］(他五) 勾引出來，誘
騙出來。

つりだな［釣り棚・吊り棚］(名) 吊板，吊隔
子。

つりて［釣手］(名) 釣魚的人。

つりて［釣手・吊手］(名) ① 吊繩。② 吊鈎，
吊架。

つりばし［釣り橋・吊り橋］(名) 吊橋。

つりばしご［釣梯子］(名) 軟梯子。

つりばり［釣り針］(名) 釣鈎，魚鈎。

つりひも［吊紐］(名) 吊繩，吊帶。

つりぼり［釣堀］(名) 收費釣魚池。

つりわ［吊輪］(名)〈體〉吊環。

つる［弦］(名) 弓弦。

つる［蔓］(名) ① 蔓，藤。② 綫索，門路。△〜
をたどる／尋找綫索。③ 眼鏡腿。△めがね
の〜／眼鏡腿。

つる［鶴］(名) 鶴。

つ・る［吊る］(他五) 吊，懸掛。△首を〜／上
吊。△かやを〜／掛蚊帳。△壁に棚を〜／在
牆上釘擱板。

つ・る［攣る］(自五) 抽筋，痙攣。△足が〜／
腿抽筋。

つ・る［釣る］(他五) ① 釣。△魚を〜／釣魚。
② 勾引，誘騙。

つるぎ［剣］(名) 劍。

つるくさ［蔓草］(名) 蔓草。

つるしあ・げる［吊るし上げる］(他下一) ①
綁上吊起來。② 衆人圍攻。

つる・す［吊るす］(他五) 吊，掛。△ちょうち
んを〜／掛燈籠。△看板を〜／掛招牌。

つるつる (副・自サ) 光溜，光滑。△彼は〜に
禿げている／他的頭光禿禿的。△〜すべる／
滑溜。

つるのひとこえ［鶴の一声］(連語) 權勢者的
一句話。

つるはし［鶴嘴］(名) 鶴嘴鎬。

つるべうち［釣瓶打ち］(名・他サ) 連續射擊，
接連發射。

つるべおとし［釣瓶落とし］(名) 直落，落得
得快。△秋の日は〜／秋天的太陽落得快。

つれ［連れ］(名) 伴兒。△〜になる／搭伴兒。

つれあい［連れ合い］(名) 愛人，老伴兒。

つれこ［連れ子］(名) (再婚時) 前夫或前妻帶
的孩子。

つれこ・む［連れ込む］(他五) 帶進去。

つれそ・う［連れ添う］(自五) 結成夫妻。

つれだ・す［連れ出す］(他五) 領出去。

つれだ・つ［連れ立つ］(自五) 一塊兒去。

つれづれ［徒然］(名・形動) 無聊。△〜を慰め
る／消遣。

つれづれぐさ［徒然草］〈書名〉《徒然草》，隨
筆集。

つれて［連れて］(連語) (用“…につれて”的形
式) 隨着。△時がたつに〜悲しみは薄らいだ／
隨着時間的推移，悲哀也漸漸消失了。

つれな・い［形] 冷淡。△〜く斷られた／被冷
淡地拒絕了。

つ・れる［連れる］(他下一) 帶，領。△子供
を〜れて行く／領孩子去。

つわぶき［石蕗］(名)〈植物〉大吳風草。

つわもの［兵］(名) ① 士兵，武士。② 幹將，
能手。

つわり［悪阻］(名)〈醫〉惡阻，孕吐。

つんざ・く［劈く］(他五) 震破。△耳を〜／
震耳欲聾。

ツンドラ［tundra］(名) 凍土帶。

つんぼ［聾］(名) 聾，聾子。

つんぼさじき［聾桟敷］(名) 蒙在鼓裏。△〜
におかれる／被蒙在鼓裏。

つ
ツ

て　テ

- て Ⅰ（接助）（接在活用語連用形後。接在“が行イ音便”、“撥音便”動詞後面時變成“で”）① 表示並列、添加。△うたっ～おどっ～一晩中さわぐ／又唱又跳鬧了一晩上。△おもしろく～ためになる本／既有趣又有用的書。② 表示相繼發生。△早起きし～体操をした／早起後做了體操。△戸をしめ～かぎをかけた／關上門鎖上。③ 表示手段、方法。△歩い～通う／走着往返。△タクシーを拾っ～帰る／坐出租車回去。④ 表示狀態、樣子。△手をふっ～走る／揮着手跑。△泣い～謝る／哭着認錯。⑤ 表示原因、理由。△かぜを引い～休んでいる／因感冒而休息。△金がなく～行かれない／沒錢去不了。⑥ 表示轉折。△見～見ぬふりしている／裝沒看見。△知ってい～知らん顔をしている／裝不知道。⑦ 後接 “ある”、“いる”、“いく”、“くる”、“おく”、“しまう”、“くれる”、“やる”、“もらう” 等補助動詞，構成補助語。△書い～ある／寫着。△話している／正説着。△食っ～しまう／吃完。△買っ～やる／買給。Ⅱ（格助）（口語）① （與表示引用的格助詞 “と” 相同）表示引用。△なん～言ったの／説甚麼來着？② （與 “という” 相同）表示同格。△人間～ものは勝手なもんだ／人這東西太自私了。Ⅲ（終助）① （女性）表示詢問。△お疲れになっ～／累了吧。△もうごらんになっ～？／已經看了？② （女性）表示判斷，主張。△たいしたもんだ～／真了不起呀！△私，知らない～よ／我可不知道。③ 表示請求，叮嚀。△ぼくにも見せ～／也給我看看。△かさを忘れないようにし～ね／不要忘了帶傘。△ちょっと待っ～／請等一下。
- て［手］（名）① 手，手掌，手指。△～でつかむ／用手抓。△～をたたく／拍手，鼓掌。△～にする／拿在手中。△～の甲／手背。② 臂，手臂，胳膊。△～をあげなさい／請舉手。△～をだす／伸手。參與。動手打人。△～をのばす／伸手。擴展。△～をふる／揮手。△一度も～を通していない洋服／一次也沒有穿過的西服。③ 把手，提手。△ひしゃくの～／勺子把手。△フライパンの～／煎鍋把手。④ （支撐植物藤、莖的）架。△きゅうりの～／黃瓜架。⑤ 人手，人力。△～がたりない／人手不夠。△既製品を使えば～が省ける／用現成的東西省工。△猫の～も借りたいほど忙しい／忙得不可開交。⑥ （手頭兒的）工作。△～があく／有空。△～を休める／停下手裏的活兒。△～が離せない／脱不開身。⑦ 手段，方法，策略。△～をつくす／想方設法。△今となって～の施しようがない／事到如今，無計可施。△この～でいこう／照這個方法辦吧。△その～は食わない／不吃那一套。△まんま

と敵の～に乗る／乖乖地上了敵人的圈套。⑧ 技術，本領，能力。△～があがる／技術提高。寫字進步。酒量增加。△～がおちる／退步。荒疏。△お～のもの／最擅長的工作。得意之處。△こんなに高くては～がでない／這麼貴買不起。⑨ 照顧。△～のかかる子供／費事的孩子。△～をかける／照料。△母の～一つで育てられた／由母親一手無養成人。⑩ 功夫。△～の込んだ細工／精美的工藝品。⑪ 製作。△彼の～になった絵／出自他手的畫。△天才の～になる作品／出自天才之手的作品。⑫ 筆跡，手筆。△女性の～／女性的筆跡。△枯れた～だ／老練的筆跡。⑬ 修理，修改。△～を入れる／修理。⑭ 關係。△～が切れる／斷絕關係。△～をむすぶ／友好。手拉手。△～をにぎる／攜手（合作）。△～を広げる／擴大事業範圍。⑮ 所有。△～におちる／落到手中。△～にいれる／弄到手。△今まで～にしたこともない金／手裏從沒有過的巨款。⑯ 勢頭。△火の～があがる／火着起來。⑰ 方向。△川の上～／河的上游。⑱ 傷，負傷。△～を負う／負傷。⑲ 種類。△この～は品切れだ／這種貨賣完了。△この～の本は皆難解だ／這種書都難解。⑳ 部下。△～のもの／手下人。△～をくりだす／派出部下。㉑ 手中的棋子或牌。△～が悪い／牌不好。
- て-［手］（接頭）① 表示強調。△～きびしい／嚴厲。△～狭い／狹窄。② 用手拿的，身邊的。△～鏡／帶一把小鏡子。△～荷物／身邊的行李。③ 手工製作的，自己製作的。△～べんとう／自己做的盒飯。△～打ちそば／家裏擀的蕎麥麵條。△～編みのセーター／手工編織的毛衣。△～作業／手工作業。
- -て［手］（接尾）① 做動作的人。△聞き～／聽者，△買い～／買主。② 位置，方向。△右～／靠右手（的方向）。③ 種類，性質。△奧～の稲／晚稲。④ 程度。△厚～の紙／厚紙。
- -で（格助）① 表示場所。△駅～会う／在車站見面。△工場～働く／在工場工作。△日本～一番大きい都市／日本最大的城市。② 表示時間，期限，數量。△三日～すむ仕事／三天可完成的工作。△あと一週間～夏休みだ／再過一週就放暑假了。△今忙しいからあと～来てください／現在忙，請稍後再來。△千円～買う／花一千日圓買。③ 表示方法，手段，工具。△船～行く／坐船去。△ナイフ～切る／用小刀切。△電話～知らせる／用電話通知。△ラジオ～聞いた話／從廣播中聽到的消息。△駅は人～いっぱいだ／車站擠滿了人。④ 表示材料。△大豆～みそをつくる／用大豆做醬。⑤ 表示原因，理由。△雨～客の出足が悪い／由於下雨顧客不多。△雪～家が埋まった／雪

把房子埋上了。⑥表示條件、狀態。△皆～い
っしょに歌いましょう／大家一起唱吧。△三
人～やろう／三個人幹吧。△フルスピード～
走った／全速奔跑。△水は零度～凍る／水到
零度就結冰。△十日に一遍ぐらいの割～喧嘩
をする／十來天就吵一架。⑦表示動作、作用
的主體。△野党側～強い反対を示した／在野
黨表示強烈反對。△その商品は当社～あつか
っております／本店經營那種商品。⑧表示基
準、依據。△私の時計～5時／照我的錶是5
點。△時間～賃金を計算する／按時計酬。△外
見～人を判断するな／不可憑外表看人。

で［出］（名）①出，出來。△人の～が多い／人
來得多。△今年はりんごの～が早い／今年蘋
果上市早。△水の～が悪い／水不旺。②出身。
△東北の～／東北出身。△国立大の～／國立
大學畢業。③分量。△～のある料理／實惠的
飯菜。

‐で（接尾）分量（多）。△読み～のある本／經
讀的書。△使い～がない／不經用。

‐て（も）いい（連語）接名詞時有"で（も）いい"
表示允許。△いやならしなく～／如果不願幹，
△不幹也行。まだあけ～ですか／可以開窗戶
嗎？△鉛筆～／鉛筆也行。

‐て（も）かまわない（連語）⇨て（も）いい

‐て（も）さしつかえない（連語）可以，無
妨。△少しぐらいなら食べ～／少吃點沒關係。
△ぼくは行っ～／我可以去。

てあい［手合い］（名）①傢伙，小子。△この～
が一番うるさい／這個小子最討厭。②種類。
△同じ～の品物／同類的東西。③對弈，對局。

であい［出会い］（名）①碰見，遇見。②幽會。
③河流匯合處。

であいがしら［出会い頭・出合い頭］（名）迎
頭，剛遇上。△～に人とぶつかった／迎頭撞
上一個人。

であいけいサイト［出会い系サイト］（名）
〈俗〉約會網站，為他人結識朋友、尋找戀人等
提供網上交流平台的網站。（也作"出會い系"）

であ・う［出会う・出合う］（自五）①邂逅，
遇到。△知人に～／偶遇老相識。△災難に～／
遇到災難。②（男女）約會。③（與對手）交鋒。
④（河流）匯合。

てあか［手あか・手垢］（名）手上的污垢。△～
のついた本／翻髒了的書。

てあき［手明き］（名）閑著（的人）。

‐てあげる（連語）（表示為別人做某種動作的客
氣說法）給。△分らなければ教えてあげます／
如果不懂讓我教你。△この本を貸してあげま
す／這本書借給你。

てあし［手足］（名）①手和腳。△～を伸ばす／
伸開手腳舒舒服服地休息。②部下，左右手。
△社長の～となって働く／忠實地為社長賣力。

であし［出足］（名）①啟動速度。△～のいい
車／啟動快的車。②外出（集合）的情況。△投
票者の～が悪い／投票者來得不多。△雨で客
の～が鈍る／因雨顧客稀稀拉拉。③事物開始

時（的狀態）。△～でつまずく／出師不利。④
（相撲）腳絆。

てあしくちびょう［手足口病］（名）〈醫〉手足
口病。

てあそび［手遊び］（名）①把玩，消遣。②玩
具。③賭博。

てあたりしだい［手当たり次第］（副）順手。
△～に投げつける／抓到甚麼就扔甚麼。△～
に本を読む／見到甚麼書就看甚麼書。

てあつ・い［手厚い］（形）熱情，優厚。△～
もてなし／熱情的招待。△～く葬る／厚葬。
→ねんごろ

てあて［手当て・手当］ I（名）津貼，補貼。
△超過勤務～／加班費。△住宅～／住房津貼。
II（名・他サ）治療。△傷の～を受ける／治傷。
△応急～／急救措施。

テアトル［法 théâtre］（名）劇場，電影院。

てあみ［手編み］（名）手工編織（的東西）。

てあらい［手洗い］（名）①（便後）洗手（的
水）。②廁所。

てあら・い［手荒い］（形）粗魯，粗暴。△荷
物を～く扱う／野蠻裝卸貨物。

‐てある（連語）①表示動作結果的存續。△木
が植え～種着樹。△～やにかぎがかけ～／
房間鎖着。②表示有所準備。△座席はと
っ～／座已訂好。

‐である（連語）"だ"的書面表現，表示斷定。
△犬は動物～／狗是動物。

である・く［出歩く］（自五）出去走走，外出。
△このところ～用事が多い／最近需要外出的
事多。

てあわせ［手合わせ］（名・自サ）①比賽。△一
局お～を願います／請跟我下盤棋。②簽定交
易合同。

てい［体］（名）①外表，樣子。△満足の～／滿
足的樣子。△職人～の男／手藝人模樣的男子。
②（做出的某種）姿態。△思い入れの～／沉思
的表情。△これは～のいい拒絶だ／這是婉言
謝絶。

ティア［tear］（名）眼淚。

ていあつ［低圧］（名）低壓。↔高壓

ていあん［提案］（名・他サ）提案，建議。

ティー［tee］（名）丁字形，丁字鐵。

ティー［tea］（名）茶，紅茶。△～スプーン／茶
匙。△～パーティー／茶會。△～ルーム／茶
室，茶館。

ていい［定位］（名・他サ）定位。

ティーカップ［tea cup］（名）茶杯。

ディーケー［DK］（名）廚房兼餐廳。△3～の
アパート／三室一廚的公寓。

ディージェー［DJ（Disc Jockey）］（名）音樂 DJ，
現場音響音樂編輯。→ディスクジョッキー

ティーシャツ［T シャツ］（名）T 恤衫。

ティーじょうぎ［T 定規］（名）丁字尺。

ティーセット［tea set］（名）茶具。

ディーゼルエンジン［diesel engine］（名）柴油
發動機。

テ
て

ティーチャー [teacher]（名）教師，先生。

ティーチャートレーニング [teacher training]（名）教師的進修。

ティーチングマシン [美 teaching machine]（名）(自學電動) 教學機。

ディーディーティー [DDT]（名）氯苯乙烷，滴滴涕。

ティーバッグ [tea bag]（名）袋泡茶。

ディーピーイー [DPE]（名）沖洗膠片、放大照片 (的服務部)。

ディープ [deep]（ダナ）① 深，濃。△～なブルー/深藍。△～なディッシュ/深底盤子。② 狂熱的，有很深研究的。△～なファン/粉絲，超級 (歌、球) 迷。

ディーブイ [DV (domestic violence)]（名）家庭暴力。→ ドメスティックバイオレンス

ディーブイディー [DVD (Digital Video Disc)]（名）〈IT〉DVD，音像存儲光碟，存儲密度遠高於 VCD。

ディープキス [deep kiss]（名）熱吻。

ディープスロート [deep throat]（名）深喉 (指身居要職匿名揭發政府內部非法活動的人)。

ディーラー [dealer]（名）① 經銷商，特約店。②〈經〉交易商，證券商。③ 零售店。④ (撲克) 莊家，發牌人。

ディール [deal]（名）分配，處理，交易。

ていいん [定員]（名）定員。△～を割る/不足定員。△～オーバー/超編。超過規定乘坐人數。

ティーンエージャー [美 teenager]（名）十幾歲的少年少女。

ていえん [庭園]（名）庭園。

ていおう [帝王]（名）帝王，皇帝。△～切開/剖腹產術。

ディオニソス [Dionysus]（名）(希臘神話中的酒神) 狄俄尼索斯。

ていおん [低音]（名）① 低聲。②〈樂〉低音。→ バス

ていおん [低温]（名）低溫。↔ 高溫

ていおんどうぶつ [定温動物]（名）恆溫動物。↔ 変温動物

ていか [低下]（名・自サ）下降，降低。△気温が～する/氣溫下降。△質が～する/質量下降。△学力が～する/學力下降。

ていか [定価]（名）定價。

ていかいはつこく [低開発国]（名）發展中國家。→ 発展途上国

ていがく [低額]（名）低額，少額。△～所得者/低工資收入者。↔ 高額

ていがく [定額]（名）定額。

ていがく [停学]（名）停學處分。↔ 復学

ていがくねん [低学年]（名）(小學) 低年級。

でいかざん [泥火山]（名）〈地〉泥火山。

ていかん [定款]（名）(團體的) 章程。△～を決める/制定章程。

ていかん [諦観]（名・他サ）① 審視，看透。② 看破紅塵，達觀。

ていき [定期]（名）① 定期。② 定期車票。→ 定期券 ③ 定期存款。→ 定期預金

ていき [提起]（名・他サ）提出，提起。△問題を～する/提出問題。△訴訟を～した/提出訴訟。

ていぎ [定義]（名・他サ）定義。

ていぎ [提義]（名・他サ）提議，提案。△～をだす/提出建議。

ていきあつ [低気圧]（名）①〈氣象〉低氣壓。↔ 高気圧 ② 心情不佳。③ (形勢) 不安，緊張。

ていきけん [定期券]（名）定期車票。

ていきゅう [低級]（名・形動）低級。△～な人間/品行低下的人。△～品/次品。△～な趣味/低級趣味。↔ 高級

ていきゅう [定休]（名）某些行業、商店一般人休息日不休息，為本店職工規定的休息日。(如每週二休息)

ていきゅう [庭球]（名）網球。→ テニス

ていきょう [提供]（名・他サ）提供。

ていきよきん [定期預金]（名）定期存款。

ていぎん [低吟]（名・他サ）低聲吟誦。

- ていく（連語）① 表示動作、作用的持續進行。△足音が遠くなっ～/腳步聲遠去了。△やっ～うちに分る/做着做着就明白了。△一人で生き～/一個人活下去。② 表示狀態的變化。△きれいになっ～/變得漂亮了。

ていくう [低空]（名）低空。△～飛行/低空飛行。↔ 高空

テイクオフ [take-off]（名）〈經〉①（經濟）起飛。② 經紀費。③ 委託，代理，減價，扣除。④ 上升，高潮。

ディクテーション [dictation]（名）(外語) 聽寫測驗。

ディグリー [degree]（名）① 程度，等級，資格，學位。② 溫度等的度。

ていけい [定形]（名）定形。

ていけい [定型]（名）定型。△～詩/格律詩。

ていけい [梯形]（名）梯形。→ 台形

ていけい [提携]（名・自他サ）協作，合作。△海外企業と～する/和海外企業合作。→ タイアップ

ディケード [decade]（名）十年前。

ていけつ [締結]（名・他サ）締結，簽定。△条約を～する/締結條約。

ていけつあつ [低血圧]（名）低血壓。↔ 高血壓

ていけん [定見]（名）定見，主見。△～がない/沒主見。

ていげん [低減]（名・自他サ）① 減少，減低。②（價格）下降，降低。△運賃を～する/降低運費。

ていげん [逓減]（名・自他サ費）遞減。△遠距離～制/遠距離運費遞減制。△人口が～する/人口遞減。↔ 逓増

ていげん [提言]（名・他サ）提議，建議。

ディケンス [Charles Dickens]〈人名〉狄更斯 (1812-1870)。

ていこう［抵抗］Ⅰ（名・自サ）①抵抗，反抗。△～運動／抵抗運動。②抵抗心理，反感。△このことばには～があって使えない／這話我有抵觸情緒，不能用。Ⅱ（名）①阻力。△空気の～／空氣的阻力。②電阻。△～器／電阻器。

ていこうかいようせん［定航海傭船］（名）〈經〉航次租船。

ていこうき［抵抗器］（名）電阻器。

ていこうりょく［抵抗力］（名）抵抗力。△～をつける／增強抵抗力。

ていこく［定刻］（名）定時，準時。△～に開会する／準時開會。△～に 10 分おくれた／比正點晚了十分鐘。

ていこく［帝国］（名）帝國。△ローマ～／羅馬帝國。

ていこくしゅぎ［帝国主義］（名）帝國主義。

ていざ［鼎坐］（名・自サ）鼎坐，三人對坐。

デイサービス［day service］（名）（高齢老人白天護理）日護。

ていさい［体裁］（名）①様子，外表，門面。△～よく並べる／擺得很好看。△～つくろう／修飾外表，裝潢門面。→見かけ②體面，臉面。△～が悪い／有失體面。③（一定的）格局，形式。△～をとる／採取一定的形式。△やっと～が整った／總算有了一定的格局。④奉承話。△お～を言う／説奉承話兒。△お～屋／會説奉承話兒的人。

でいざい［泥剤］（名）〈醫〉軟膏。

ていさいぶ・る［体裁振る］（自五）擺架子。

ていさつ［偵察］（名・他サ）偵察。△～飛行／偵察飛行。

ていし［停止］（名・自他サ）停止，停頓。△生産を～する／停止生産。△～信号／停止信號。

ていし［諦視］（名・他サ）諦視，仔細觀察。

ていじ［定時］（名）定時，按時。△～発車／定時發車。→定刻

ていじ［丁字］（名）丁字，丁字形。

ていじ［呈示・提示］（名・他サ）出示。△運転免許証の～を求める／要求出示駕駛執照。△証拠を～する／出示證據。

ていじ［低次］（名）低次元，低程度。↔高次

ていしき［定式］（名）一定的方式（形式）。

ていじじょうぎ［丁字定規］（名）丁字尺。

ていしせい［低姿勢］（名・形動）謙恭。→高姿勢

ていじせい［定時制］（名）（利用早晩、農閑時間授課的）定時學制。↔全日制

ディジタル［digital］（名）数字式的。△～コンピューター／数字計算機。△～電話／数字電話。△～時計／数字鐘。△～ウォッチ／数字錶。

ディジタルインプット［digital input］（名）（計算機）数字輸入。

ディジタルデータ［digital data］（名）数字數據。

ディジタルネットワーク［digital network］（名）数字網。

ディジタルメモリ［digital memory］（名）（計算

機）数字存儲器。

ていしつ［低湿］（名・形動）低濕。△～地／低濕地。

ていしつ［低質］（名・形動）劣質。

ていしゃ［停車］（名・自サ）停車。△急～／緊急停車。△各駅～／慢車。△一時～する／臨時停車。↔発車

ていしゃじょう［停車場］（名）〈舊〉車站。→駅

ていしゃば［停車場］（名）→ていしゃじょう

ていしゅ［亭主］（名）①主人，老闆。②（茶道）東道主。③丈夫。△～を尻にしく／老婆欺壓丈夫。△～関白／大男子主義，丈夫説了算。△彼女は～持ちだ／她是有夫之婦。↔女房

ていしゅう［定収］（名）固定收入。→定収入

ていじゅう［定住］（名・自サ）定居。

ていしゅうは［低周波］（名）低頻率。↔高周波

ていしゅく［貞淑］（名・形動）貞淑。↔不貞

ていしゅつ［提出］（名・他サ）提出，提交。△宿題を～する／交家庭作業。△証拠を～する／提出證據。

ていしょう［提唱］（名・他サ）①提倡，倡導。②（禪宗）説法。

ていしょう［低唱］（名・他サ）低聲唱。

ていじょう［定常］（名・形動）穩定，固定。△～波／定波，駐波。

ていしょうがいきょうそう［低障害競走］（名）〈體〉低欄賽跑。

ていしょく［定食］（名）份兒飯，客飯。△和風～／日本式份兒飯。

ていしょく［定職］（名）固定職業。△～を持つ／有固定的職業。

ていしょく［定植］（名・他サ）定植。

ていしょく［抵触・牴触］（名・自サ）觸犯。△校則に～する／觸犯校規。△法に～する行為／與法相抵觸的行為。

ていしょく［停職］（名）停職（處分）。

ていじろ［丁字路］（名）丁字形交叉道路。

ていしん［艇身］Ⅰ（名）艇的長度。Ⅱ（助數）艇長。△二～の差でゴールインした／以兩艇之先到達決勝點。

ていしん［挺身］（名・自サ）挺身。

ていしん［挺進］（名・自サ）挺進。

ていじん［梯陣］（名）梯陣。

でいすい［泥酔］（名・自サ）爛醉，酩酊大醉。

ディスインフレーション［disinflation］（名）〈經〉通貨緊縮。

ていすう［定数］（名）①名額，定額。△立候補は～にみたない／候選人提名不滿定額。②〈數〉常數。↔変数

ディスオナードチェック［dishonoured check］（名）空頭支票，拒付支票。

ディスカウンター［discounter］（名）〈經〉廉價商店，便宜商店。

ディスカウント［discount］（名・他サ）減價，折扣。△～セール／減價出售。

ディスカウントショップ [discount shop]（名）廉價商店。

ディスカウントハウス [discount house]（名）廉價商店。

ディスカッション [discussion]（名・自他サ）討論。

ディスカバー [discover]（名）發現。

ディスカバリー [discovery]（名）① 發現。② 透露（當事人必須透漏事實真相或有關文件的內容）。

ディスク [disk]（名）① 圓盤。② 唱片。③（電子計算機）磁盤。

ディスクアットワンス [disk-at-once]（名）〈IT〉整盤刻錄。

ディスクジョッキー [Disc Jockey]（名）音樂 DJ，現場音響音樂編輯。

ディスクブレーキ [disk break]（名）盤形閘。

ディスクマガジン [disk magazine]（名）輸入在磁片或 CD 上的雜誌。

ディスクロージャー [disclosure]（名）揭發，透露，揭發（或暴露）的事實，〈經〉公開公司決算。

ディスケット [diskette]（名）〈IT〉軟碟。→フロッピーディスク

ディスコ [disco]（名）① 迪斯科舞（曲）。② 迪斯科舞廳。

ディスコネクト [disconnect]（名）① 中斷聯繫。② 使分開，使分離。

ディスタンス [distance]（名）距離，間隔。

ディスタンスレース [distance race]（名）（滑雪等的）長距離競賽。

テイスト [taste]（名）味道，風味，趣味，愛好。

ディストレス [distress]（名）煩惱，痛苦，困難，窘迫。

ディズニーランド [Disneyland]（名）迪士尼樂園。

ディスパッチ [dispatch]（名）〈IT〉分派。

ディスプレイ [display]（名）〈IT〉顯示器。

ディスプレー [display]（名）①（電子計算機的）顯示裝置。② 陳列，展覽。

ディスペア [despair]（名）絕望，自暴自棄。

ディスポーザー [disposer]（名）（廚房用）垃圾處理機。

てい・する [呈する]（他サ）① 呈上，呈送。△自著を～する／贈送自己的著作。② 呈現，現出。△活況を～／呈現出一派繁榮。

てい・する [挺する]（他サ）挺。△身を～して戦う／挺身作戰。

ていせい [帝政]（名）帝政。△～ロシア／帝俄，沙俄。

ていせい [訂正]（名・他サ）訂正，更正。△前言を～する／訂正前言。

ていせい [低声]（名）低聲，小聲。

ていせつ [定説]（名）定論。

ていせつ [貞節]（名・形動）貞節。△～を守る／守節。

ていせん [停船]（名・自サ）停船。△～命令／停船命令。

ていせん [停戦]（名・自サ）停戰。△～協定／停戰協定。→休戦

ていそ [定礎]（名）奠基。△～式／奠基儀式。

ていそ [提訴]（名・自サ）起訴。△人権侵害のかどで～された／因侵犯人權被起訴。

ていそう [逓送]（名・他サ）傳遞，傳送。△村人の～によりワインを敵軍から隠す／村民依次傳遞，把葡萄酒藏了起來不給敵人。

ていそう [貞操]（名）貞操。

ていぞう [逓増]（名・自サ）遞增。

ていそく [低速]（名）低速。↔ 高速

ていそく [定則]（名）定則，規則。

ていぞく [低俗]（名・形動）庸俗，粗俗。△～な番組／庸俗的節目。→卑俗

ていそくすう [定足数]（名）法定人數。△～に達する／達到法定人數。△～を割る／不足法定名額。

ていた・い [手痛い]（形）嚴重，沉重。△～失敗／慘敗。△～打撃／沉重的打擊。

ていたい [停滞]（名・自サ）停滯。△景気が～する／景氣不振。△郵便物が～する／郵件不通。

ていたいぜんせん [停滞前線]（名）〈氣象〉靜止鋒。

ていたく [邸宅]（名）宅邸，公館。→やしき

- ていただきたい [連語]（“ーてもらいたい” 的鄭重說法）想請…△これを説明し～のですが／想請您說明一下這個。

ていたらく [体たらく]（名）狼狽相。△さんざんの～／狼狽不堪的樣子。△なんという～だ／這麼難看！

ていだん [鼎談]（名・自サ）鼎談，三人對談。

でいたん [泥炭]（名）泥煤。

ていち [低地]（名）低地，窪地。↔ 高地

ていち [定置]（名・他サ）定置。

ていちゃく [定着]（名・自他サ）① 固定。△集団指導体制はようやく～した／集體領導體制總算扎下了根。△定着した外来語／固定下來的外來語。②〈攝影〉定影。

ていちょう [低調]（名・形動）① 低水平。△～な作品／庸俗的作品。② 不順利，不興旺。△～なすべりだし／不順利的開頭。

ていちょう [丁重・鄭重]（名・形動）鄭重，有禮貌。△～な扱い／彬彬有禮的接待。△～にことわる／婉言謝絕。

ディッシュ [dish]（名）盤子，鉢。

ティッシュペーパー [tissue paper]（名）紙巾。

ていっぱい [手一杯]（名・形動）① 沒有空閒。△この仕事だけで～だ／這個工作就夠忙的了。② 盡量。△～に事業を拡張している／竭盡全力擴大事業。

ディップスイッチ [DIP switch]（名）〈IT〉電腦上的微型開關。

ていてい [亭亭]（形動トタル）亭亭。△～たる大樹／亭亭聳立的大樹。

ディテール [detail]（名）細目，細節。

ていてつ [蹄鉄]（名）馬蹄鐵，馬掌。△～を打ち付ける／釘馬掌。

ていてん [定点]（名）定點。

ていでん [停電]（名・自サ）停電。

ていど [程度]（名）① 程度。△被害の～はまだ不明だ／還不清楚受害程度。△酒はこの～にしておきなさい／酒就喝到這為止吧。② 水平，限度。△小学生の～をこえた問題／超出小學生水平的問題。△寒いといっても～がある／雖說冷也有限。

- ていど [程度]（接尾）左右。△三十分～待つ／等 30 分左右。△十人～しか集まらない／只集合了十幾個人。

ていとう [抵当]（名）抵押。△屋敷を～に入れる／拿房子做抵押。△～権／抵押權。

ていとうがし [抵当貸]（名）〈經〉抵押放款。

ていとく [提督]（海軍）提督，艦隊司令。

ていとん [停頓]（名・自サ）停頓。△作業が～する／工作陷於停頓。

ディナー [dinner]（名）（西餐）正餐。

ディナーショー [dinner show]（名）一邊吃晚餐一邊欣賞的表演。

ていない [邸内]（名）宅邸內。

ていねい [丁寧]（名・形動）① 謙恭有禮。△～にあいさつする／恭恭敬敬地塞暄。△～なもてなし／彬彬有禮的接待。② 周到，認真。△～に教える／認真地教。△～に説明する／詳詳細細地說明。△お前のすることは馬鹿～だ／你做事太煩瑣。

用法提示 ▼
中文和日文的分別
中文有"叮囑、嚼咐"的意思；日文表示"有禮貌""認真"。常見搭配：

1. 丁寧な [説明（せつめい）、治療（ちりょう）、料理法（りょうりほう）、挨拶（あいさつ）、言葉（ことば）、手紙（てがみ）、返事（へんじ）、招待状（しょうたいじょう）、礼（れい）、調子（ちょうし）、様子（ようす）、物腰（ものごし）、対応（たいおう）、作業（さぎょう）]

2. 丁寧に [洗（あら）う、掃除（そうじ）する、消毒（しょうどく）する、折（おり）る、焼（や）く、はがす、畳（たた）む、折（お）る、しまう、扱（あつか）う、包（つつ）む、見（み）る、選（えら）ぶ、書（か）く、直（なお）す、調（しら）べる]

3. 丁寧に [お辞儀（じぎ）をする、頭（あたま）を下（さ）げる、言（い）う、答（こた）える、断（ことわ）る、応対（おうたい）する]

でいねい [泥濘]（名）泥濘。

ていねいご [丁寧語]（名）（日語的）鄭重語，禮貌語。

ていねん [定年・停年]（名）退休年齡。△～退職／退休。△～になる／到退休年齡。

ていねんえんちょう [定年延長]（名）〈經〉延長退休年齡。

ていのう [低能]（名・形動）低能。△～児／低能兒。

ディバイダー [dividers]（名）（製圖用）兩腳規。

ていはく [停泊]（名・自サ）停泊。

ていはつ [剃髪]（名・自サ）〈佛教〉剃髪，落髪。△～して尼になる／落髪為尼。

デイパック [daypack]（名）用於一日旅遊的揹包。

ティピカル [typical]（形動）典型的，代表的，有代表性的。

ていひょう [定評]（名）定評。△～のある作品／有定評的作品。

ディフェンス [defence]（名）防禦，防守。

ディプロマミル [diploma mill]（名）只要付錢就可獲授證書

ディベロッパー [developer]（名）① 土地開發者。②〈攝〉顯影液。

ていへん [底辺]（名）①〈數〉底邊。△三角形の～／三角形的底層。②（社會的）底邊。△～の人人／社會底層的人們。

ていぼう [堤防]（名）堤防。△～が切れる／決堤。

デイホーム [day home]（名）白天照顧老人的設施。

ていぼく [低木]（名）灌木。↔ 高木

ていほん [定本]（名）① 定本。② 標準本。

ていまい [弟妹]（名）弟弟和妹妹。↔ 兄姉

ディマンド [demand]（名）需求。

ディマンドインフレーション [demand inflation]（名）〈經〉需求膨脹。→デマンドインフレ

ていめい [低迷]（名・自サ）① 在低處瀰漫。△暗雲～／烏雲瀰漫。空氣緊張。② 停滯。△景気が～する／市面不景氣。

ていめい [締盟]（名）結盟。

ていめん [底面]（名）〈數〉底面。

ディメンション [dimension]（名）① 尺寸，容積。②〈數〉度，維，次。

ていやく [締約]（名・自サ）締約。

ていよく [体よく]（副）體面地。△～ことわる／婉言拒絕。→体裁よく

ていらく [低落]（名・自サ）低落，下跌。△人気が～する／聲望下降。△株価が～する／股票價格下跌。↔ 高騰

ていらず [手入らず]（名）① 省事。② 沒動過的，沒用過的。③ 處女。

ていり [低利]（名）低利。↔ 高利

ていり [定理]（名）定理。△ピタゴラスの～／勾股弦定理。

でいり [出入り]（名・自サ）① 出入。△人の～が多い／出入的人多。△～口／出入口。② 經常來往。△～の植木屋／常來的花匠。③（金

錢）收支。△金の〜が多い／收支頻繁。④（流氓之間的）爭吵，糾紛。△女の〜がたえない／為女人爭風吃醋的事不斷。⑤有出入。△人數には多少の〜があるかもしれない／人數也許有些出入。⑥參差不齊。△海岸線の〜が多い／海岸綫曲曲彎彎。

デイリー [daily]（名）每日的，日刊新聞。

ていりつ [低率]（名・形動）低率，比率低。↔高率

ていりつ [定律]（名）定律。

ていりつ [鼎立]（名・自サ）鼎立。△三国が〜する／三國鼎立。

ていりゅう [底流] Ⅰ（名）（河、海的）底流。Ⅱ（名自サ）暗流，潛流。△〜をなす／形成潛在勢力。△〜をのぞかせる／流露出內心感情。

ていりゅうじょ [停留所]（名）（公共汽車）車站，（電車）車站。

ていりょう [定量]（名）定量。△〜分析／定量分析。

－ている（連語）①表示動作正持續。△彼は新聞を読んでいる／他正在看報。②表示狀態。△時計は止っ〜／鐘停了。△窓は開い〜／窗戶開着。△道はまがっ〜／道路彎曲。③表示重提過去的事。△社長はアメリカを三度訪問し〜／經理曾三次蒞美。

ていれ [手入れ]（名・他サ）①修理，修改，保養。△菊を〜する／侍弄菊花。△文意の〜をする／修改文章。△肌の〜／保養皮膚。②搜捕。△〜を受ける／受到搜捕。

ていれい [定例]（名）①定例。△〜会議／例會。②慣例。△〜の行事／例行的活動。

ディレー [delay]（名・他サ）使延期，使耽誤，使耽擱。

ディレクター [director]（名）①（電影、電視的）導演，主持人。②樂隊指揮。〈經〉③董事。④幹事長。

ディレクトリー [directory]（名）〈IT〉目錄。

ていれつ [低劣]（名・形動）低劣，庸俗。△〜な內容／低劣的內容。

ディレッタント [dilettante]（名）業餘藝術愛好者。

ていれん [低廉]（名・形動）低廉。△〜な価格／低廉的價格。

ていろん [定論]（名）定論。

ディンクス [DINKs (double income no kids)]（名）丁克（夫妻），夫妻二人都工作，並選擇不生孩子的家庭。

ティンパニー [意 timpani]（名）〈樂〉定音鼓。

ディンプル [dimple]（名）①酒窩。②高爾夫球面的小凹點。

てうす [手薄]（名・形動）不足，薄弱。△在庫が〜になった／庫存不多了。△警備が〜なところから侵入された／從守備薄弱的環節攻了進來。

デウス [葡 Deus]（名）〈宗〉宙斯。

てうち [手打ち]（名）①手製（麺條）。△〜の

そば／手擀的蕎麥麵條。②（拍手）成交，達成協議。③（也寫"手討ち"）（古代武士）斬家臣。

テークアウト [takeout]（名）外賣餐館，外帶。

テークオフ [take off]（名）（飛機）起飛，經濟起飛。

テークノート [note]（名）注意，留意。

デーゲーム [day game]（名）日場比賽。↔ナイター

テーゼ [thesis]（名）①〈哲〉命題。②（政治活動的）綱領。

データ [data]（名）資料，數據。△〜を集める／蒐集資料。

データバンク [data bank]（名）（計算機）數據庫。

データプリンター [data printer]（名）數據打印機。

データベース [data base]（名）⇨データバンク

データポインター [data pointer]（名）數據指示器。

データリーダー [data reader]（名）（計算機）數據讀出器。

データレコーダー [data recorder]（名）數據記錄器。

デート [美 date]（名・自サ）（男女）約會，幽會。

テーピング [taping]（名）運動員為了保護受傷的關節、筋肉、韌帶而纏上繃帶。

テープ [tape]（名）①（紙、布、塑料）條，帶。△〜を切る／（比賽）衝綫，剪綵。②磁帶。△〜にふきこむ／錄音。△カセット〜／盒式磁帶。△ビデオ〜／錄像帶。

テープカット [tapecut]（名・ス自）剪綵（儀式）。△落成式で〜する／在落成儀式上剪綵。

テープライブラリー [tape library]（名）錄音帶館。

テーブル [table]（名）無扉桌，條桌，餐桌。△和平交渉の〜につく／進入和平談判。

テーブルクロス [table cloth]（名）桌布。

テーブルスピーチ [table speech]（名）席間致詞，即席演說。

テーブルテニス [table tennis]（名）乒乓球。

テーブルトーク [table talk]（名）座談，雜談。

テーブルポイント [table point]（名）（馬拉松比賽時，給選手）放飲料、水的地點。

テーブルマナー [table manners]（名）（西餐）用餐禮節。

テーブルマネー [table money]（名）交際費，接待費。

テーブルワイン [table wine]（名）（酒精濃度低於 14% 的）佐餐酒。

テープレコーダー [tape recorder]（名）（磁帶）錄音機。

テーマ [德 Thema]（名）主題，題目。△研究〜／研究題目。△〜ソング／主題歌。

テーマパーク [theme park]（名）主題公園。

テーマミュージック [theme music]（名）主題音樂。

デーモン [demon]（名）惡魔，鬼神，惡靈。

テーラー [tailor]（名）① （男子）服裝加工店 ② 裁縫。

デーライト [daylight]（名）陽光。△〜セービングタイム／夏令時。

デーライトセービングタイム [daylight saving time]（名）夏令時。

デーリー [daily]（名）① 每天的，日常的。② 日刊。

テールエンド [tail end]（名）倒數第一名。

テールコート [tail coat]（名）燕尾服。

テールランプ [tail lamp]（名）尾燈。

ておい [手負い]（名）負傷。△〜のしし／受傷的獅子。

デオキシリボかくさん [デオキシリボ核酸]（名）脱氧核糖核酸（略作 DNA）。

- ておく（連語）表示有意識地保持某種狀態。△そのままにし〜／保持原樣不動。△そのことは田村さんにも言っておいた／那件事我對田村也已説過了。△前もって断っ〜／事先講明白。

ておくれ [手遅れ・手後れ]（名）為時已晚，耽誤。△手術してももう〜だ／動手術也來不及了。

ておけ [手おけ]（名）提桶。

ておし [手押し]（名）手推。△〜車／手推車。△〜ポンプ／手壓泵。

ておち [手落ち]（名）過失，疏忽。△当方に〜はない／我方沒有疏漏。

ておの [手斧]（名）錛子。→ちょうな

ており [手織り]（名）手織，家織（布）。

でおわり [出終わり]（名）（商品）下市。↔ 出初め

デカ- [法 dèca-]（接頭）表示度量、計量單位的 10 倍，符號為 Da。△〜リットル／ 10 升。△〜グラム／ 10 克。

てがあく [手が空く]（連語）有空，閑着。△じきに手があきます／馬上就能騰出手來。

てがい [手飼い]（名）自己飼養（的動物）。

でか・い（形）〈俗〉大的，好大的。△〜家／好大的房子。

てがうしろにまわる [手が後ろに回る]（連語）被逮捕。△そんな事をすると〜／幹那種事可就要蹲大獄了。

てかがみ [手鏡]（名）帶把兒小鏡子。

てかがみ [手鑑]（名）（鑑別或鑑賞用）古代人字帖。

てがかり [手掛かり・手懸かり]（名）① 抓手，抓頭。△〜のない崖／沒有抓頭的懸崖。② 綫索，頭緒。△指紋を〜にして捜査を進める／以指紋為綫索進行捜査。

てがき [手書き]（名）手寫（的東西），親筆。→肉筆

てがきく [手が利く]（連語）手巧。

てかけ [手掛け]（名）（椅子等的）扶手。

でがけ [出がけ]（名）正要出去時。

てが・ける [手掛ける・手懸ける]（他下一）① 親手做。△現在〜けている仕事／現在親手搞

的工作。②（親手）照料。△長年〜けた弟子／多年培養的弟子。

でか・ける [出かける]（自下一）① 外出，出門。△海外へ〜／到海外去。△散歩に〜／出去散步。② 剛要出去，正要出去。△これから〜ところだ／正要出門兒。

てかげん [手加減]（名・自他サ）① 酌情。△〜をくわえる／手下留情。給以照顧。② 火候，分寸。△〜が分らない／不會掌握分寸。

でか・す [出来す]（他五）① 弄出，惹出。△はれものを〜／弄出個疙瘩。②（很好地）完成。△あっぱれだ，〜したぞ／真不錯，幹得很漂亮！

デカスロン [decathlon]（名）〈體〉十項全能。

てかせ [手かせ]（名）手銬，枷鎖。△〜をはめる／戴手銬。△〜足かせとなる／成了累贅。

でかせぎ [出稼ぎ]（名・自サ）短期外出做工（的人）。

てがた [手形]（名）〈經〉票據。△〜を落とす／兌現期票。△〜を振りだす／開出票據。△割引〜／貼現票據。△為替〜／匯票。△不渡り〜／拒付支票。

でかた [出方]（名）① 態度，方式。△相手の〜を見る／看對方的態度。②（劇場等的）男招待員。

てがた・い [手堅い]（形）① 踏實。△〜人／踏實的人。△〜く商売を営む／穩紮穩打地做買賣。②（行情）穩定。

てがたふりだし [手形振出]（名）〈經〉出票。

てがたふわたりつうち [手形不渡り通知]（名）〈經〉退票通知。

デカダン [法 décadent]（名）① 頹廢派（藝術家）。② 過頹廢生活的人。

デカダンス [法 décadence]（名）① 頹廢傾向。② 頹廢派。

てかてか（副・形動・自サ）光滑，溜光，油亮。△脂ぎって〜とした顔／油亮的臉。△手すりがあぶらとあせで〜になる／扶手因油泥和汗水變得溜滑。

でかでか（副）特大。△新聞に〜と載る／醒目地登在報紙上。

てがとどく [手が届く]（連語）① 夠着，力所能及。△かゆいところに〜／體貼入微。② 快到…歲。△もう五十に〜／已經快到 50 歲了。

てがながい [手が長い]（連語）手長，有盜癖。

てがはやい [手が早い]（連語）① 麻利。② 好動手（打人）。

てがみ [手紙]（名）信，書信。△〜を書く／寫信。△〜をだす／寄信。△〜を受け取る／收信。△〜を届ける／送信。△置き〜／留言，留字。

てがら [手柄]（名）功勞，功勳。△〜を立てる／立功。△〜顔／居功自傲的神色。→功績

でがらし [出がらし]（名）泡乏的茶。△〜ですが／雖然不是新沏的茶…

てがる［手軽］（形動）簡易，輕易。△～な朝食／簡單的早餐。△～に引きうける／痛快的答應。

用法提示 ▼
中文和日文的分別
中文有"手力小"的意思，等於輕輕地用力；日文表示"簡單、輕易"。常見搭配：

1. 作定語　手軽（てがる）な［食品（しょくひん）、朝食（ちょうしょく）、ファーストフード、娯楽（ごらく）、レジャー、乗（の）り物（もの）、手段（しゅだん）］

2. 作狀語　手軽（てがる）に（味（あじ）わう、食（た）べる、調（しら）べる、扱（あつか）う、手（て）に入（はい）る）

デカルト［René Descartes］〈人名〉笛卡爾（1596-1650）。

テキ（名）（"ビフテキ"的略語）牛排。

てき［敵］（名）① 敵人。△～をつくる／樹敵。② 對手。△Aチームは我我の～ではない／A隊不是我們的對手。③ 危害。△大酒は健康の～だ／酗酒有害健康。

-てき［的］（接尾）接名詞後造成形容動詞，表示"…方面的"，"…上的"，"有…性質的"等意。△科学～な説明／科學的說明。△悲劇～な最後／悲慘的結局。△哲学～な問題／哲學性的問題。

でき［出来］（名）① 完成（的結果），成績。△～の悪い作品／質量差的作品。△～がいい／質量好。成績好。② 收成，年成。△今年も米の～がいい／今年的米收成也不錯。③ 成交。△～高／成交額。

できあい［出来合い］（名）現成，成品。△～の洋服／現成的西裝。

できあい［溺愛］（名・他サ）溺愛。

できあ・う［出来う］（自五）〈俗〉（男女）私通。

できあが・る［出来上がる］（自五）① 完成。△ビルが～／樓房蓋好了。△あと一息で～／再加把勁就做完了。② 天生，生就。△あの人はむだ使い出来ないように～っている／他好像生來就不會亂花錢。③〈俗〉酒酣。△すっかり～って／已經喝足了。

てきい［敵意］（名）敵意。△～をいだく／抱有敵意。

てきおう［適応］（名・自サ）適應，順應。△環境に～する／適應環境。△～症／適應症。

てきおん［適温］（名）適溫。△室内を～に保つ／室內保持適宜的溫度。

てきが［適芽］（名・自サ）摘芽。

てきがいしん［敵愾心］（名）對敵人仇恨之心。△～をもやす／燃起仇恨的怒火。

てきかく［適格］（名・形動）具備規定的資格，合格。△選手として～だ／作為選手夠格。↔ 失格

てきかく［的確・適確］（名・形動）正確，確切。△～な判断／準確的判斷。△情勢を～につかむ／正確地把握形勢。（也說"てっかく"）

用法提示 ▼
中文和日文的分別
中文有"十分肯定"的意思；日文表示"準確、正確"。常見搭配：對策，信息，評述等等。

1. 指示（しじ）、措置（そち）、対策（たいさく）、救助（きゅうじょ）、行動（こうどう）、運用（うんよう）

2. 情報（じょうほう）、知識（ちしき）、答（こた）え

3. 描写（びょうしゃ）、表現（ひょうげん）、解説（かいせつ）、批評（ひひょう）

てきがた［敵方］（名）敵方。↔ 味方

てきき［手利き］（名）能手。

てきぎ［適宜］（形動・副）① 適當，適宜。△～な処置／適當的措施。② 酌情，隨意。△～に計らう／酌情處理。△～に解散してください／請自行解散。→適当

てきぐん［敵軍］（名）敵軍。↔ 友軍

てきげん［適言］（名）恰當的話。

てきごう［適合］（名・自サ）適合。△条件に～する／符合條件。△なかなか都会生活に～できない／很難適應城市生活。

できごころ［出来心］（名）偶發的惡念，一時的歹意。△～から盗みをした／見財起意偷了東西。

できごと［出来事］（名）事件。△今年の大きな～／今年的大事件。△身のまわりの～／身邊瑣事。

てきざい［適材］（名）合適的人材。

てきざいてきしょ［適材適所］（連語）人盡其才。

てきさん［敵産］（名）敵產。

てきし［敵視］（名・他サ）敵視。

できし［溺死］（名・自サ）淹死，溺死。→水死

てきしつ［敵失］（名）〈體〉對方隊的失誤。

てきしゃせいぞん［適者生存］（名）適者生存。→自然選択

てきしゅ［敵手］（名）① 敵手。②（競争）對手。

てきしゅう［敵襲］（名）敵人的襲擊。△～にそなえる／防備敵人的襲擊。

てきしゅつ［摘出］（名・他サ）① 摘出，剜出。△眼球を～する／摘除眼球。△要点を～する／摘錄要點。② 指出。△不正を～／揭露不法行為。

てきじょう［敵情・敵状］（名）敵情。△～をさぐる／偵察敵情。

てきじん［敵陣］（名）敵陣。△～に攻めこむ／攻入敵陣。

てきず［手傷］（名）負傷。△～を負う／負傷。

テキスト［text］（名）① 原文，原本。②（名）〈IT〉文本。③ 教材，教科書。

テキストエディター［text editor］（名）〈IT〉文本編輯器。

デキストリン［dextrin］（名）〈化〉糊精。

てき・する［適する］（自サ）適合，適宜。△時宜に～した措置／合乎時宜的措施。△教師に～した人／適合做教師的人。

てき・する［敵する］(自サ)① 敵對。② 匹敵。

てきせい［適正］(名・形動) 適當，恰當。△～価格／公道的價錢。

てきせい［適性］(名) (適合某種工作的) 素質，能力。△医師としての～をそなえる／具備做醫生的素質。△～検査／適應性檢查。

てきせつ［適切］(形動) 恰當，適當。△～な例／恰當的例子。△～な助言／切合實際的勸告。

できそこない［出来損ない］(名)① 搞糟，做壞。△～の料理／做壞了的菜。② 廢物。△この～め／這個廢物！

てきたい［敵対］(名・自サ) 敵對，作對。△～行為／敵對行為。

できだか［出来高］(名) 產量，收穫量。△～払い／計件付酬。△米の～／大米的收穫量。

できたて［出来立て］(名) 剛做好 (的食物)。△～のほやほや／剛出鍋的熱氣騰騰 (的食物)。

てきち［敵地］(名) 敵佔區。

できちゃったこん［出来ちゃった婚］(名) 奉子成婚。

てきちゅう［的中］(名・自サ)① 射中，命中。② 猜中。△予報が～する／預報準確。

てきど［適度］(名・形動) 適度。△～の運動／適度的運動。

てきとう［適当］(名・形動)① 適當，適度。△～な人選／適當的人選。△～な大きさ／正合適的尺寸。② 酌情，隨便。△面倒なので～にあしらっておいた／因為嫌麻煩，隨便應酬了一下。△～にごまかす／隨便糊弄。

てきにん［適任］(名・形動) 適合，勝任。△その仕事なら彼が～だ／那項工作他能勝任。

できね［出来値］(名)〈經〉成交的價錢。

できばえ［出来栄え・出来映え］(名) 做出的好成果。△みごとな～／做得出色。

てきぱき (副・自サ) 利落，麻利。

てきはつ［摘発］(名・他サ) 揭發。△脱税を～する／揭發偷稅。

てきはほんのうじにあり［敵は本能寺に在り］(連語) 聲東擊西，醉翁之意不在酒。

てきひ［適否］(名) 適當與否。

てきびし・い［手厳しい］(形) 厲害，嚴厲。△～批判／嚴厲的批評。↔ 手ぬるい

できぶつ［出来物］(名) 出色的人物。

てきほう［適法］(名) 合法。△～行為／合法行為。→合法 ↔ 違法

できぼし［出来星］(名) 突然發跡 (的人)，暴發戶。

できぼつ［溺没］(名・自サ) 淹死，溺死。

てきほんしゅぎ［敵本主義］(名) 聲東擊西，別有用心。

てきめん［覿面］(形動) 立即見效。△効果～／立見效果。△天罰～／現世現報。△この薬は頭痛に～にきく／這藥治頭痛特靈。

できもうさず［出来申さず］(連語)〈經〉沒有成交。

できもの［出来物］(名) 膿腫，癤子，疙瘩。△～ができる／長 (起) 疙瘩。

てきやく［適薬］(名) 對症的藥。

てきやく［適役］(名) 適當的人選，合適的角色。△彼にはぴったりの～だ／對他是最合適的角色。

てきよう［適用］(名・他サ) 適用，應用。△法を～する／應用法律。

てきよう［摘要］(名) 摘要。

できょうじゅ［出教授］(名) 出去教授學生。

てきりょう［適量］(名) 適量。△～の塩を加える／加適量的鹽。

で・きる［出来る］(自上一)① 做好，完成，建成。△洋服が～きた／西服做好了。△用意が～／準備好了。△この辞書はとても引きやすく～きている／這本字典編得很容易查。△石で～きている／用石頭做的。② 成立，建立。△会社が～／公司建成了。③ 生，產。△子供が～きた／有孩子了。④ 出產，收穫。△米がよく～地方／盛產米的地方。△今年～きたりんご／今年摘的蘋果。⑤ 發生，有。△急用が～／有了急事。△貯金が～／有了存款。⑥ 長出，生出。△耳にたこが～ほど聞いている／聽得耳朵都生膙子了。⑦ 會。△～生徒／好學生。△英語が～／會英語。⑧ 有修養 (才能)。△よく～きた人だ／有修養的人，有才幹的人。⑨ 能夠，可以。△だれでも利用～／誰都可以利用。△～きない相談／辦不到的事情。△一人で帰ることが～／一個人能回去。△～かぎり／盡量，盡可能。△～だけ／盡量，盡可能。⑩ (男女) 私通。

てぎれ［手切れ］(名)① (男女) 等斷絕關係。② ("手切れ金" 的略語，男女等斷絕關係時給對方的) 贈養費。

てきれい［適例］(名) 恰當的例子。△～をさがす／找適當的例子。→好例

てきれい［適齢］(名) 適齡。△～期／適於結婚的年齡。

てぎれい［手奇麗］(形動) (做得) 出色。△料理を～につくる／菜做得出色。

てきろく［摘録］(名・他サ) 摘錄。

てぎわ［手際］(名)① (處理事物的) 手法，技巧，手腕。△～よく解決する／妥善地解決。△～がいい／手腕高明。② (做出的) 結果。△すばらしい～だ／做得好！

てきん［手金］(名) 定金。

テクシー (名)〈俗〉步行。△～で行く／走着去。

てぐす［天蚕糸］(名) (釣魚用的) 天蠶絲 (綫)。

テクスト［text］(名) →テキスト

てぐすねひ・く［手ぐすねひく］(自五) 嚴陣以待，做好準備。△～いてまつ／嚴陣以待。

てくせ［手癖］(名)① 手的習慣性動作。② 偷癖。△～が悪い／好偷東西。

でぐせ［出癖］(名) 在家裏不住，好出去。△～がつく／走野了。

てくだ［手管］(名) 手腕，花招。△～を弄する／玩弄手腕。

－てください（連語）（敬）請…△読んでください／請讀。△遊びに來～／請來玩。

てぐち［手口］（名）（犯罪、做壞事的）手法，伎倆。△２つの犯行は～が似ている／兩宗案子犯案手法差不多。

でぐち［出口］（名）出口。↔ 入り口

テクニカラー［Technicolor］（名）彩色，天然色（影片）。

テクニカル［technical］（形動）技術的，學術的，專門的。△～ターム／術語。

テクニカルアドバイザー［technical adviser］（名）〈經〉技術顧問。

テクニカルコーポレーション［technical cooperation］（名）〈經〉技術合作。

テクニカルスクール［technical school］（名）技術學校。

テクニクス［technics］（名）① 技術，工藝。② 專業術語。

テクニシャン［technician］（名）技術專家，行家。

テクニック［technic］（名）技術，技巧，手法。△～を教える／教技術。

テクノクラート［technocrat］（名）（科學家、技術人員出身的）行政官員。

でくのぼう［でくの坊］（名）① 木偶。② 傀儡，廢物。△この～め／你這個木頭疙瘩！

テクノポリス［technopolis］（名）科技化社會，高技術密集型城市。

テクノミスト［technomist］（名）技術經濟學家。

テクノロジー［technology］（名）科學技術。

てくばり［手配り］（名・自サ）部署，安排。△万全の～／周密的安排。

てくび［手首］（名）手腕子。△～をつかむ／抓住手腕。

てくらがり［手暗がり］（名）（自己手遮住光綫出現的）陰影，手影。

てぐり［手繰り］（名）① 用手捯（綫）。② 傳遞。△バケツを～して消火する／傳遞水桶滅火。③（工作等的）安排。△～がつかない／（工作）安排不開。

－てくる（連語）① 做某事，某動作後）回來。△本を買っ～／去買本書來。△湯にはいってこよう／洗個澡來。② 表示動作、狀態的趨向。△雨が降ってきた／下起雨來了。△ちかごろやせてきた／最近瘦了。△分っ～／開始明白了。③ 表示動作、作用的持續。△いつまでもつい～／老是跟着。△何とか今日までやってきた／好歹熬到今天。

てぐるま［手車］（名）① 手推車。② 獨輪車。③（遊戲）手轎子。④ 輦。

デクレッシェンド［意 decrescendo］（名）〈樂〉漸弱。↔ クレッシェンド

－てくれる（連語）表示為自己做某動作。△友だちが買ってきてくれた／朋友給買來了。△教えてくれ／教給我。△困ったことをしてくれた／你可給我了麻煩。

でくわ・す［出くわす］（自五）偶遇，邂逅。△町で旧友に～した／在街上偶遇故舊。

てこ［梃・梃子］（名）①〈理〉槓桿。② 橇桿，千斤頂。

てこいれ［梃入れ］（名・自サ）①〈經〉為防止行情跌落採取的措施。② 支撐，支持。△営業部の～をする／加強營業部。

デコード［decode］（名・ス自）〈IT〉解碼。

てごころ［手心］（名）酌情。△～を加える／酌情從寬處理。

でこすけ［でこ助］（名）淘氣的人。

てこず・る（自五）棘手。△あの事件にはずいぶん～った／那件事可讓我透了腦筋。

てごたえ［手応え・手答え］（名）反應。△たしかに～があったのだけれど、あげて見ると餌をとられているだけだった／分明感覺魚咬鈎了，拉起來看時只把魚吃掉了。△何を言っても～がない／一錐子扎不出血來。

てこでもうごかない［梃でも動かない］（連語）固執己見。

でこぼう［凸坊］（名）淘氣的人。

でこぼこ［凸凹］（名・形動・自サ）① 凸凹不平。△～した道／高低不平的道路。② 不均衡。△給料の～をならす／調整工資。

てごめ［手込め］（名）① 暴行。② 強姦。

でこもの［出庫物］（名）庫存處理品。

デコラティブアート［decorative art］（名）裝飾美術。

デコレーション［decoration］（名）裝飾，裝潢。△クリスマスの～／聖誕節的裝飾。

デコレーター［decorator］（名）室內裝飾家。

てごろ［手頃］（形動）① 正合手。△～なバット／正合手的球棒。② 正合適。△～な値段／合適的價錢。△核家族に～な家／適合小家庭住的房子。

てごわ・い［手ごわい］（形）不好對付，難鬥。△小国だが～／雖然是小國可不好對付。→ したたか

デザート［dessert］（名）（西餐餐後）點心，水果。

デザイナー［designer］（名）設計師。

デザイン［design］（名・自他サ）① 設計。△子供服を～する／設計童裝。② 圖案，圖樣。△建築～／建設圖紙。

でさか・る［出盛る］（自五）①（來的）人多。△花見で人が～／賞花的人很多。② 大量上市。△いちごが～時期／草莓大量上市的時期。

てさき［手先］（名）① 手指頭。△～が器用だ／手巧。② 手下，爪牙。△泥棒の～になる／成了小偷的爪牙。

でさき［出先］（名）① 目的地，去處。△～から会社に電話する／從出差地給公司打電話。②（“でさききかん”的略語）駐外機構。

てさぐり［手探り］（名・自他サ）摸，摸索。△暗闇を～で歩く／在黑暗中摸索着走。△事業はまだ～の段階だ／事業還處於摸索階段。

てさげ［手提げ］（名）手提袋，手提包。△～かご／手提籃。△～かばん／手提包。

てさばき［手捌き］（名）用手操作（的手法）。

てざわり［手触り］（名）手感。△～がいい／手

感舒適。

デシ -[deci-]（接頭）（基本計量單位的）十分一。△~グラム／分克。△~メートル／分米。△~リットル／分升。

でし［弟子］（名）弟子，徒弟。△~を取る／收徒弟。

デジアナ[DIGIANA]（名）帶數位和指標兩種表示的手錶。

てしお［手塩］（名）① 小碟，接碟。② 做飯欄時手上沾的鹽。

でしお［出潮］（名）漲潮。

てしおにかけてそだてる［手塩に掛けて育てる］（連語）親手撫育。△てしおにかけてそだてた娘／一手拉扯大的女兒。

デジカメ［digital camera]（名）（“デジタルカメラ”的略語）數碼相機。

デシケーター[desiccator]（名）乾燥器，保乾器。

てしごと［手仕事］（名）手工，手藝。

てした［手下］（名）手下，部下，嘍囉。△~を使って盗みを働く／支使嘍囉偷東西。

デジタル[digital]（形動）⇨ディジタル

デジタルいちがんレフ［デジタル一眼レフ］（名）數碼單反相機。

デジタルウオッチ[digital watch]（名）數字顯示手錶。

デジタルか［デジタル化］（名）〈經〉數位化。

デジタルカメラ[digital camera]（名）數碼相機。（也作“デジカメ”）

デジタルコントロール[digital control]（名）數控，數位控制。

デジタルテレビ[digital television]（名）（電視）數位電視。

デジタルハイビジョンテレビ[digitalhi-vision]（名）（電視）數位高清晰度電視。

デジタルビデオ[digital video]（名）〈IT〉①（“デジタルビデオカメラ”的縮略語）數碼攝像機。② 數碼影像

デジタルビデオディスク[DVD (Digital Video Disc)]（名）〈IT〉DVD，數位視盤。

デジタルフォトプリンタ[digital photo printer]（名）數碼照片印表機。

デジタルほうそう［デジタル放送］（名）〈IT〉數位信號廣播 ↔ アナログほうそう［アナログ放送］

てじな［手品］（名）① 戲法，魔術。△~をつかう／變戲法。△~の種をあかす／亮戲法的底。△~師／魔術師。② 騙術，詭計。△彼の~にひっかかった／中了他的詭計。

デシベル[decibel]（名）〈理〉分貝。

てじまい［手仕舞い］（名・自他サ）〈經〉（交易）結清，了結交易。

- てしまう（連語）① 完了。△一晩でこの本を読んでしまった／一宿就把這本書讀完了。△宿題を早くやってしまえ／快把作業做完！② 表示不可挽回的令人遺憾的結果。△すっかり忘れてしまった／忘得一乾二淨。

てじめ［手締め］（名）全體拍手。

てしゃく［手酌］（名）自斟自飲。

でしゃば・る［出しゃばる］（自五）出風頭。△要らぬところへ～／多管閑事。

デジャビュ［法 déjàvu]（名）似曾相識的感覺。（也作“デジャブ”）→きしかん（既視感）

てじゅん［手順］（名）（工作的）次序，步驟。△~がくるう／程序亂套了。△~を踏む／按部就班。

てしょう［手性］（名）手的拙巧。

てじょう［手錠］（名）手銬。△~をかける／銬上。

- でしょう（“です”的推量形）① 表示推測。△あの人もたぶん行く～／他大概也去吧。② 表示徵詢和可問的語氣。△そう～／是不是？

でしょく［出職］（名）（木、瓦匠等）外出做活。

デシン[crépe de Chine]（名）雙縐，絲綢。

です（助動・特殊型）①（接在“体言”或相當於“体言”的詞後面）表示判斷。△蓮は多年草です／荷花是多年生植物。△鯨は魚ではない／鯨不是魚。② 接在“体言”以外的詞後面增添客氣的語氣。△試験はきびしい～／考試很嚴格。△私はスポーツがすき～／我喜歡運動。③ 代替動詞述事。△おじさんはお昼はいつもそば～／叔叔午飯經常吃蕎麥麵條。△お嬢さんもご一緒～か／小姐也一起去嗎？④ 插在句中調整語氣。△とにかく～ね／總而言之吧…。△しかし～な／不過呀…。⑤“推量形”⇨でしょう

でずいらず［出ず入らず］（名・形動）出入相抵，不多不少。△これで～だ／這就兩清了。

てすう［手数］（名）① 費事，周折。△~のかかる仕事／費事的工作。△~を省く／省事。② 麻煩，費心。△お～をおかけしました／給您添麻煩了。△~料／手續費。佣金。

てずから［手ずから］（副）親自，親手。

デスカレーション[deescalation]（名）逐步縮小。

てすき［手透き］（名・形動）空閑，工夫。△お~の時来てください／有空請來。

でずき［出好き］（名・形動）好出門（的人）。△うちの奴は～で困る／我家那個就好往外跑。

です・ぎる［出過ぎる］（自上一）① 出得過多。△インクが～／墨水出得太多。△お茶が～／茶沏得太釅了。△からだが～／身體太往前了。② 過分，越分。△~ぎた行動／過分的舉動，多管閑事。

デスク[desk]（名）① 寫字枱。② 報社主編。

デスクトップ[desktop]（名）〈IT〉桌面電腦。

デスクトップパブリッシング[DTP (Desk Top Publishing)]（名・ス自）〈IT〉桌面電腦排版（也作“ディーティーピー”）

デスクプラン[desk plan]（名）紙上談兵（的計劃）。

デスクワーク[desk work]（名）事務工作。

てすさび［手遊び］（名）消遣，解悶。

てすじ［手筋］（名）① 掌紋。②〈藝術〉素質。③〈經〉買主和賣主的類別。

テスター[tester]（名）① 檢查員。② 檢驗器，萬能表。

テスティー [testee] (名) 試驗對象。

デスティニー [destiny] (名) 命運, 宿命, 必然性。

テスト [test] (名・他サ) ① 測驗, 考試。△〜をうける／參加考試。△学年末〜／學生考試。② 試驗, 檢查。△機械を〜する／試驗機器。

テストキャンペーン [test campaign] (名) 新產品試銷。

テストドライバー [test driver] (名) (汽車) 試車員。

テストパイロット [test pilot] (名) (飛機) 試飛員。

テストマーケット [test market] (名) 試銷市場, 試銷地區。

テストマーケティング [test marketing] (名) 商品試銷。

テストラン [test run] (名) (機器、汽車、電腦的) 試運行。

デストロイヤー [destroyer] (名) ① 破壞者, 破壞的東西。② 驅逐艦。

デスペレート [desperate] (形動) 令人絕望的。

デスポット [despot] (名) 暴君, 專制君主。

デスポティズム [despotism] (名) 專制, 專制政治。

デスマスク [death mask] (名) 屍體面膜。

てすり [手すり] (名) 扶手, 欄杆。

てずれ [手擦れ] (名) 磨破 (的地方)。

てせい [手製] (名) ① 自製。△〜の菓子／家做的點心。② 手製。△〜のセーター／手工編織的毛衣。→手づくり

てぜい [手勢] (名) 部卒, 手下的兵。

デセール [dessert] (名) 法式甜酥餅乾。

てぜま [手狭] (名・形動) 狹窄。△〜になる／變窄了。△〜な台所／狹窄的廚房。

でせん [出錢] (名) 開支, 花費。

てそう [手相] (名) 手相。△〜を見る／看手相。

でぞめ [出初め] (名) ① 新年初次出門。② ⇨でぞめしき

でぞめしき [出初め式] (名) 消防隊年初的第一次消防演習。

でそろ・う [出揃う] (自五) 到齊, 出齊。△各課の報告が〜った／各科的報告都交齊了。△稲の穂が〜った／稻穗出齊了。

てだい [手代] (名) (舊時商店的) 二掌櫃的。

てだし [手出し] (名・自サ) ① 伸手。② 參與, 介入, 插手。△株に〜をする／參與炒股票。③ (打架) 動手, 先動手。△〜はできはい／惹不起。

でだし [出出し] (名) 開端, 開始。△〜でつまずく／開始就受挫。△〜の調子がよい／旗開得勝。→すべりだし

てだすけ [手助け] (名・他サ) 幫助。△家計の〜をする／幫補家裏過日子。→手つだい

てだて [手立て] (名) 方法, 手段。△〜を講じる／採取方法。

でたとこしょうぶ [出たとこ勝負] (連語) 聽其自然, 走一步看一步。

てだまにとる [手玉に取る] (連語) 任意擺佈。△人を〜／玩弄人。

でたらめ [出鱈目] (名・形動) 胡說八導, 胡來, 胡鬧。△〜を言う／胡說八道。信口開河。△この記事は〜だ／這則報道是憑空捏造的。△〜の名を書く／寫假名字。△〜な奴／荒唐的人。

てだり [手足り] (名) ⇨てだれ

てだれ [手足れ] (名) (武術、技術方面的) 高手。

デタント [détente] (名) (對立關係的) 緩和。

てちか [手近] (名・形動) ① 眼前, 跟前。△〜なものでまにあわせる／用眼前的東西湊合。△〜の辞書で調べる／查手頭的辭典。② 常見, 淺近。△〜な例をあげる／舉個淺顯的例子。

てちがい [手違い] (名) 差錯。△当方の〜でご迷惑をおかけしました／由於我方的差錯, 給您添麻煩了。

てちょう [手帳] (名) 筆記本, 記事本。

てつ [鉄] (名) ① 鐵。② 鋼鐵般的。△〜の意志／鋼鐵般的意志。

てつ [轍] (名) 車轍。△前車の〜をふむ／重蹈覆轍。

てつあん [鉄案] (名) 鐵案。

ていろ [鉄色] (名) 鐵青色, 紅黑色。

てっか [鉄火] Ⅰ (名) ① 燒紅的鐵。② 賭徒。③ 刀劍和槍炮。Ⅱ (形動) 潑辣。

てっかい [撤回] (名・他サ) 撤回, 撤銷。△処分を〜する／撤銷處分。

でっかい (形) ⇨でかい

てっかく [適格] (名・形動) ⇨てきかく

てっかく [的確・適確] (形動) ⇨てきかく

てつがく [哲学] (名) 哲學。△〜者／哲學家。

てつかず [手付かず] (名) 還沒使用過, 還沒動過。△〜で残される／沒動就剩下了。

てつかぶと [鉄兜] (名) 鋼盔。→ヘルメット

てっかん [鉄管] (名) 鐵管。

てっき [鉄器] (名) 鐵器。

てっき [摘記] (名・他サ) 摘記。

てつき [手付き] (名) 手的姿勢 (動作)。△慣れた〜／熟練的手法。△あぶなっかしい〜／笨拙的動作。

デッキ [deck] (名) ① 甲板。② 火車連廊。③ ("テープデッキ" 的略語) 錄音機的走帶裝置。

テッキー [techie] (名) 技術人員, 高科技人員。

てっきじだい [鉄器時代] (名) 〈史〉鐵器時代。

デッキシューズ [deck shoes] (名) 在甲板上穿的防水、防滑鞋。

てっきょ [撤去] (名・他サ) 撤除, 撤去。△障害物を〜する／撤除障礙物。

てっきょう [鉄橋] (名) 鐵橋, 鐵路橋。

てっきり (副) 肯定, 無疑。△〜だまされたと思った／認為肯定是受騙了。△〜来ると思ったのに／我以為他一定來, 可是…。

てっきん [鉄琴] (名) 〈樂〉鐵琴。

てっきん [鉄筋] (名) ① 鋼筋。② 鋼筋水泥建築。

てっきんコンクリート［鉄筋コンクリート］（名）鋼筋水泥，鋼筋混凝土。

テック［tech］（名）①（汽車，摩托車的）練車場。②（兒童）遊樂場。

テックス［texture］（名）纖維板。

でつく・す［出尽くす］（自五）全出來了。△意見が～／意見都擺出來了。

てづくり［手作り］（名）①手製的，自製的。△～のパン／自己烤的麵包。②家織布。

てつけ［手付け］（名）①押金，定金，保證金。△～を打つ／付定金。

てっけつ［鉄血］（名）鐵血，兵器與兵力。

てっけん［鉄拳］（名）鐵拳。△～がとぶ／揮舞鐵拳。△～を食わす／飽以鐵拳。

てっこう［鉄鉱］（名）鐵礦石。

てっこう［鉄工］（名）鐵工，銀匠。

てっこう［鉄鋼］（名）鋼鐵。

てっこう［手っ甲］（名）手背套。

てっこく［敵国］（名）①敵國。②敵對勢力。

てっこつ［鉄骨］（名）（建築物的）鋼鐵構架，鋼骨。

てっさ［鉄鎖］（名）鐵鎖鏈，枷鎖。

てつざい［鉄材］（名）〈建〉鋼材。

てっさく［鉄索］（名）鐵索，索道。

てっさん［鉄傘］（名）鐵架圓屋頂。

デッサン［法 dessin］（名・他サ）草圖，素描。→スケッチ

てっしゅう［撤収］Ⅰ（名・他サ）撤除。△テントを～する／撤除帳篷。Ⅱ（自サ）撤退。→撤退

てっしょう［徹宵］（副・名・自サ）通宵，徹夜。

てつじょうもう［鉄条網］（名）鐵絲網。

てっしん［鉄心］（名）①鋼鐵意志。②鋼鐵意志。

てつじん［哲人］（名）①哲學家。②哲人。

てっ・する［徹する］（自サ）①透徹。△寒さが骨身に～する／寒氣徹骨。②徹底，始終。△信仰に～する／堅持信仰。③徹夜。△夜を～して語り合う／徹夜長談。

てっせん［鉄線］（名）①鐵絲。②〈植物〉鐵綫蓮。

てっそう［鉄窓］（名）鐵窗，牢獄。

てっそく［鉄則］（名）鐵的法則，鐵的規則。

てったい［撤退］（名・自サ）撤退，退卻。

てつだい［手伝い］（名）幫忙（人）。△～をする／幫忙。△お～さん／女傭人。

てつだ・う［手伝う］（他五）①幫助，幫忙。△家事を～／幫忙料理家務。②起一定作用。△おりからの強風も～て被害を大きくした／正趕上大風，也助長了災情。

でっち［丁稚］（名）學徒，徒弟。→小僧

でっちあ・げる（他下一）①捏造。編造。△証拠を～／造假證據。②拼湊，勉強完成。△卒論をなんとか～げた／好歹把畢業論文湊合出來了。

でっちり［出っ尻］（名）大屁股。△鳩胸～／雞胸脯大屁股。→でじり

てっつい［鉄槌］（名）①大鐵錘。②嚴厲制裁。

△～をくだす／採取堅決措施。

てつづき［手続き］（名・他サ）手續。△～を取る／辦手續。△～を踏む／履行手續。

てってい［徹底］（名・自サ）①徹底。②貫徹。△命令を～させる／貫徹命令。

てっていてき［徹底的］（形動）徹底的。△～にしらべる／徹底調查。△彼は～な自由主義者だ／他是個地地道道的自由主義者。

てつどう［鉄道］（名）鐵道，鐵路。△～を敷く／鋪設鐵路。△～が通じる／通火車。△～網／鐵路網。

デッドウェイト［deadweight］（名）（車輛，飛機等的）淨重，自重。

てっとうてつび［徹頭徹尾］（副）徹頭徹尾，始終。△彼は～容疑を否認した／他矢口否認其嫌疑。

デッドエンド［dead end］（名）死胡同，進退維谷。

デッドストック［dead stock］（名）滯銷貨，積壓品。

デッドヒート［dead heat］（名）①（幾乎同時到達終點的）比賽。②激烈的比賽。

デッドポイント［deadpoint］（名）死點，中心點。

デッドボール［dead ball］（名）〈棒球〉死球。

デッドライン［deadline］（名）①死綫，不可逾越的界限。②最後期限，截稿時間。

てっとりばや・い［手っ取り早い］（形）迅速，麻利，簡潔。△～くかたづける／麻利地收拾。△手紙より電話の方が～／寫信不如打電話省事。△～く言えば／簡單說來。

デッドルーム［deadroom］（名）（通過提高吸音效果而減少音響反射的）消聲室。

デッドロック［deadlock］（名）①僵局，停頓。②〈IT〉停頓，停滯，在兩個以上程式執行中，互相等待而停止運行的狀態。③暗礁。

てつのカーテン［鉄のカーテン］（連語）鐵幕。

てっぱい［撤廃］（名・他サ）取消，撤銷，廢除。△統制～／撤銷統制。

てっぱつ［鉄鉢］（名）（化緣用的）鐵鉢。

てっぱん［鉄板］（名）鐵板。△～焼き／用鐵板烤的魚肉或蔬菜。

てっぴ［鉄扉］（名）鐵門。

てっぴつ［鉄筆］（名）①雕刻刀。②（刻鋼板用的）鐵筆。

てつびん［鉄瓶］（名）鐵壺。

でっぷり（副・自サ）胖墩墩。△～した人／胖墩墩的人。

てつぶん［鉄分］（名）鐵份，鐵質。

てっぺい［撤兵］（名・自サ）撤兵。↔出兵

てっぺき［鉄壁］（名）鐵壁。△金城～／銅牆鐵壁。

てっぺん［天辺］（名）〈俗〉頂點，頂峰。△山の～／山頂。→頂上

てつぼう［鉄棒］（名）①鐵棒。②〈體〉單槓。

てっぽう［鉄砲］（名）①步槍。②澡盆的燒水鐵管。③河豚。④夾着蘆蒿條的紫菜飯糰。⑤（相撲）雙手猛推對方胸部。⑥（豁卷拳時出的）拳頭。

てっぽうみず [鉄砲水] (名) 洪水。△～がでる/洪水泛濫。

てづまり [手詰まり] (名) ① 無計可施。② 經濟拮据。

てづめ [手詰め] (名) 緊逼。

てつめんぴ [鉄面皮] (名・形動) 厚臉皮。

てつや [徹夜] (名・自サ) 徹夜，通宵。

てづよ・い [手強い] (形) 強烈，厲害。△～反対/強烈的反對。

でづら [出面] (名) ① 出面。② 日工的工資。

てつり [哲理] (名) 哲理。

てづる [手蔓] (名) 門路。△～を求める/走門子。找門路。

てつわん [鉄腕] (名) 鐵腕。

デディケーション [dedication] (名) ① 奉獻 (典禮)，供奉 (典禮)。② 獻身，獻身精神。③ 獻辭，題辭。

テディベア [teddy bear] (名) 玩具熊，玩偶布熊。

ててなしご [父無し子] (名) 〈俗〉① 私生子。② 無父的孩子。

でどこ [出所] (名) ① (事物的) 出處。② 出口。

てとり [手取り] (名) ① 拿在手上。② 會操縱人 (的人)。③ (相撲) 技術巧妙。

てどり [手取り] (名) ① 用手捥綾。② (扣除稅金等的) 純收入。△月収～20万円/月工資純收入二十萬日圓。

てとりあしとり [手取り足取り] (連語) ① 連手帶腳地，連拉帶扯地。② 手把手地。△～教える/把着手教。

テトロン [Tetoron] (名) 滌綸，的確良。

テナー [tenor] (名) 〈樂〉① 男高音 (歌手) ② 高音樂器。△～サックス/高音薩克斯管。

てなおし [手直し] (名・他サ) 修改。△～を加える/加以修改。

でなお・す [出直す] (自五) ① 回去後再出來。△留守のようだから～してこよう/好像家裏沒人，回去一趟再來。② 重新做起。△第一歩から～さなければならない/必須重新從頭做起。

てなが [手長] (名) ① 手臂長 (的人)。② 有盜癖 (的人)，三隻手。

てなぐさみ [手慰み] (名) ① 把玩，消遣。② 賭博。

てなし [手無し] (名) ① 無手或無臂的人。② 沒有辦法。③ 植物無蔓。

てなず・ける [手なずける] (他下一) 馴服，籠絡。△サルを～/馴猴。△日頃から部下を～けておく/打平常就施小恩小惠籠絡部下。

てなべさげても [手鍋提げても] (連語) 吃糠嚥菜也心甘情願。

てなみ [手並み] (名) 本領，本事。△お～拝見/讓我領教一下你的能耐。→うでまえ

てならい [手習い] (名・自サ) ① 習字。② 學習 (技藝、學問)。△六十の～/六十歳開始學習。

-てならない (連語) …得不得了，…得受不了。△寒く～/冷得受不了。△心配でならない/

擔心得不得了。

てな・れる [手慣れる] (自下一) ① 用慣。△～れたラケット/用慣的球拍。② 熟練。△～れたしぐさ/熟練的動作。

テナント [tenant] (名) 房客。

てにあせをにぎる [手に汗を握る] (連語) 捏一把汗，提心吊膽。

てにあまる [手に余る] (連語) 棘手，不能勝任。

てにおえない [手に負えない] (連語) 處理不了，不好辦。

てにかける [手に掛ける] (連語) ① 親自動手。② 親自殺掉。

テニス [tennis] (名) 網球。△～コート/網球場。

てにする [手にする] (連語) 拿在手中。

てにてに [手に手に] (連語) 人手一個。△ふたりは～刀をふりかざして/兩人手裏都舉着一把刀。

てにとるよう [手に取るよう] (連語) 非常清楚。△父の言葉は～に聞こえた/非常真切地聽到了父親的話。

デニム [denim] (名) 斜紋粗棉布。

てにもつ [手荷物] (名) 隨身行李，小件行李。△～取扱所/行李房。

てにをは (名) ① (日語) 助詞。② (話語的) 條理。△～が合わない/話説得不合邏輯。

てぬい [手縫い] (名) 手工縫製 (的東西)。

てぬかり [手抜かり] (名) 疏忽，漏洞。→おち

てぬき [手抜き] (名) 偷減料。△～工事/偷工減料的工程。

てぬぐい [手拭い] (名) 布手巾。

てぬる・い [手ぬるい] (形) ① 寬鬆，不嚴厲。△～処置/寬大的處理。② 遲緩，慢。△仕事が～/工作進展緩慢。↔ 手きびしい

てのうち [手の内] (名) ① 意圖，企圖，內心的想法。△～を見すかされる/內心的想法被看透了。② 本事，本領。△～をみせる/露一手。③ 勢力範圍。△おれの～から逃げられない/逃不出我的手心。△成功はもはや～にある/勝券在握。

てのうら [手の裏] (名) ⇨ 手のひら

テノール [tenor] (名) 〈樂〉⇨ テナー

てのこう [手の甲] (名) 手背。

てのひら [掌] (名) 手掌。△～を返すように変る/態度陡變。翻臉不認人。

てのまいあしのふむところをしらず [手の舞い足の踏む所を知らず] (連語) 樂不可支。

デノミネーション [denomination] (名) 〈經〉縮小貨幣面值單位。(如將一百元票面額變為一元)

てのもの [手の者] (名) 部下，手下。

ては (接助) (接在“が、ナ、バ、マ”行的五段動詞後時變為“では”) ① 表示導致消極結果的條件。△こんなに雪が降っ～、バスがおくれるだろう/雪這麼大，汽車會晚的。△こんなにあつく～何もできません/這麼熱甚麼也幹不了。② 表示動作的反復。△落ち～飛び、落ち～

飛ぶ／落下又飛起來，落下又飛起來。△降っ～
やみ，降っ～やむ／停停下下。

- てば I（副助）（提出話題）提起…△おもしろ
いってば，これもおもしろいわよ／若說有趣，
這個也滿有趣的。△あなたってば，電話ぐら
いくれてもいいのに／你這人也是！就不能給
我個電話？II（終助）表示責難和說服的語氣。
△捜せばあるってば／不是告訴你找會有的
麼！

では（接）那麼。△～本題に入ります／那麼咱們
言歸正傳。△～行ってきます／那麼我走了。

でば［出齒］（名）齙牙。

デパート（名）百貨商店。

デパートメントストア［department store］（名）
百貨商店（公司）。

てはい［手配］（名・自サ）① 安排，佈置。△車
を～する／安排車。△ホテルの～を頼む／託
人安排飯店。② 搜捕犯人。△指名～／通緝。
△～写真／通緝照片。

デはい［デ杯］（名）⇨デビスカップ

- てはいけない（連語）不准，不許。△そばへ
来～／不許靠近！△いたずらをし～／不要調
皮。

デバイス［device］（名）① 裝置，結構，構造。
② 電腦的裝置（如硬碟、記憶體等）。③ 與電
腦相連的周邊器械（如鍵盤、滑鼠、印表機等）。

ではいり［出入り］（名・自サ）① 出入。△～
口／出入口。②（數字、數量的）出入，增減。
△出席者には一・二名の～あるだろう／出席
的人也許有一兩人的出入。③ 凹凸不平。△切
り口に～がある／切口不平。

てばかり［手量り］（名）用手掂量。

てばこ［手箱］（名）匣子。

- てはこまる（連語）（表示對別人行為的責
難）叫我為難。△試験前に辞書を持っていか
れ～／考試前詞典被拿走可不好辦。

てばしこ・い［手ばしこい］（形）敏捷，麻利。

てはじめ［手始め］（名）開始，開頭。△洋裁
の～にスカートを縫う／學裁縫的開頭縫裙
子。△それを～に数数の事件を解決した／以
那為開端許多事件得到了解決。

ではじめ［出初め］（名）（商品等）剛上市。↔
出終り

- てはじめて（連語）…後…才…△子をもつ～
知る親の恩／養兒方知父母恩。

てはず［手筈］（名）步驟，程序。△～が狂う／
程序亂了套。→手順

てはず・れる［出外れる］（自下一）走出，離開。

てばた［手旗］（名）① 小旗。② 信號旗。

- てはだめだ（連語）不得，不許。△来～／不
許來。△あぶないから，そんなことし～／危
險！不許那麼幹。

デバッグ［debug］（名・ス他）〈IT〉調試，糾錯。

デバッグカード［debug card］（名）〈IT〉調試卡。

てはっちょうくちはっちょう［手八丁口八
丁］（連語）既能說又能幹。

でばな［出花］（名）新沏的茶。△鬼も十八番茶

も～／十八姑娘無醜女。新沏的粗茶也好喝。

でばな［出鼻］（名）① 突出部分。② 開端。△～
をくじかれる／一開頭兒就碰了釘子。③ 剛要
出門，剛一出門。

- ではない（連語）（表示否認的斷定）不是。△こ
れは鉛筆～／這不是鉛筆。

てばなし［手放し］（名）① 放手，鬆手。△～
で自転車にのる／兩手放開車把騎自行車。②
無顧忌。△～で息子の自慢をする／大言不慚
地誇兒子。③ 放任，不加拘束。△～の楽観は許さない／不能盲目
樂觀。③ 放任，不加拘束。△子供を～で育て
る／讓孩子自由成長。④ 無限制，無條件。△～
の支持／無條件的支持。

てばな・す［手放す］（他五）① 鬆手，放手。
② 賣掉，出手。△秘蔵の絵を～／把珍藏的畫
脫手。③（讓子女）離開。△一人息子を～／讓
獨生子自立門戶。④ 中途撒下。△～せない仕
事／撒不下的工作。

- てはならない（連語）不准，不可，不得，
不許。△うそを言っ～／不許說謊。△油断を
し～／不可大意。△あの人は会社にとってな
く～人だ／他是公司不可缺少的人物。

てばなれ［手離れ］（名・自サ）①（幼兒）離手。
△～が早い子だ／是個離手早的孩子。② 製
成，完成。

でばぼうちょう［出刃包丁］（名）厚刃尖菜刀。

ではまた（連語）（寒暄語）回頭，再見。

てばや［手早］（形動）敏捷，麻利。

てばや・い［手早い・手速い］（形）迅速，敏捷。

ではら・う［出払う］（自五）全部出去。△家
族が～ってだれもいない／家裏人都出去了，
誰也不在。△在庫品が全部～った／庫存貨全
都脫手了。

でばん［出番］（名）①（輪流）上班，值班。②
出場演出的順序。△～を待つ／等待出場。③
大顯身手的機會。△～がない／沒有出頭露面
的機會。

てびかえ［手控え］（名）① 備忘錄。② 預備，
備用（品）。

てびか・える［手控える］（他下一）① 作記錄。
② 留下一部分（不全用）。③ 控制，壓低。△生
産を～／控制生產規模。

てびき［手引］I（名・他サ）引導，領路（人）。
II（名）① 入門書。② 門路，引薦。△先輩の～
で就職できた／通過前輩的引薦有了工作。

デビスカップ［Davis cup］（名）（網球）戴維斯盃。

デビットカード［debit card］（名）借記卡。

てひど・い［手酷い］（形）嚴厲，嚴重，厲害。
△～打撃／沉重打擊。△～批判／嚴厲批判。

デビュー［debut］（名・自サ）①（演員、作家等）
初次登上舞台或文壇。△～の作／成名之作。
② 新產品初次上市。

てびょうし［手拍子］（名）（手）打拍子，拍手。
△～をとる／打拍子。

てびろ・い［手広い］（形）① 範圍廣。△～く
商売をする／營業範圍廣。② 寬敞。△～家／
寬敞的房子。

でぶ〔名〕〈俗〉胖子。

デファクト [defacto]〔名〕事實上。

デファクトスタンダード [defacto standard]〔名〕行業標準。

デフォルメ [法 déformer]〔名・他サ〕〈美術〉變形。

てぶくろ〔手袋〕〔名〕手套。△～をはめる(する)／戴手套。△～を脱ぐ／摘手套。

デフシアター [deaf theater]〔名〕聽力障礙者劇團。

でぶしょう〔出不精・出無精〕〔名・形動〕懶得出門(的人)。

デプスインタビュー [depth interview]〔名〕〈心〉(目的在於了解一般會面所不易了解到的動機、態度、感情等的)深層會面，深度採訪。

てぶそく〔手不足〕〔名・形動〕人手不足。

てふだ〔手札〕〔名〕①(撲克等)手裏的牌。②⇨手札型

てふだがた〔手札型〕〔名〕〈攝影〉四寸。△～の写真／四寸照片。

てぶら〔手ぶら〕〔名〕空手。△～では見舞に行けない／空着手没法去探病。

てぶり〔手振り〕〔名〕手勢。△～をまじえて話す／打着手勢説話。△身ぶり～／指手劃腳。

デフレ〔名〕⇨デフレーション

デフレーション [deflation]〔名〕〈經〉通貨緊縮。

デフレギャップ [deflagap]〔名〕〈經〉通貨盡緊縮差距。

デプレッション [depression]〔名〕①不景氣。②低窪，坑窪，凹陷處。③意志消沉，憂鬱。

テフロン [Teflon]〔名〕聚四氟乙烯纖維，特氟綸。

てぶんこ〔手文庫〕〔名〕文卷匣。

でべそ〔出べそ〕〔名〕鼓肚臍。

デベロッパー [developer]〔名〕①開發者。②〈攝影〉顯影液。

てべんとう〔手弁当〕〔名〕①自己帶飯去幹活。②不要報酬的勞動。

デポ [depot]〔名〕①倉庫，貯藏所。②寄存點，寄託處。③(百貨商店等為配送商品而設的)中轉貨站或貨物發送處。

てぼうき〔手帚〕〔名〕小笤帚。

でほうだい〔出放題〕〔名・形動〕信口開河。△～のほら／信口吹牛。

デポジット [deposit]〔名〕存款，保證金，抵押。

てほどき〔手解き〕〔名・他サ〕啟蒙。△俳句の～を受ける／學習俳句基本知識。

デボネア [debonair]〔ダナ〕快活的，愉快的，溫文有禮的。

デポリューション [depollution]〔名〕防止污染，防止公害。

てほん〔手本〕〔名〕①字帖，畫帖。②模範，榜樣。△～となる／作榜樣。△～をしめす／示範。

てま〔手間〕〔名〕①(工作需要的)勞力和時間。△～のかかる仕事／費事的工作。②零工，日工。③⇨手間賃

デマ〔名〕("デマゴギー" 的略語)謠言，流言。

△～をとばす(まきちらす)／散佈謠言。

てまえ〔手前〕Ⅰ〔名〕①～に引く／拉到跟前。△終点の一つ～／終點前一站。②臉面。△そう言った～引込みがつかなくなった／話已説出口没法打退堂鼓了。△皆の～君にだけ認めるわけにはいかない／當着大家的面不好只答應你一個人。△世間の～が恥ずかしい／臉面不好看。③本事，能力。△お～拝見／拿出你的本事來！④(茶道的)點茶方法，禮儀。Ⅱ〔代〕①(謙語)我，鄙人。②(卑稱)你。

でまえ〔出前〕〔名〕(飯館的)外賣。

てまえがって〔手前勝手〕〔名・形動〕只顧自己，只顧自己方便。→自分勝手

てまえみそ〔手前味噌〕〔名〕自吹自擂。△～を並べる／王婆賣瓜自賣自誇。

でまかせ〔出任せ〕〔名・形動〕①信步而行。②信口開河。△～を言う／信口胡説。

てまき〔手巻き〕〔名〕①手捲(的東西)。②用手上弦(的東西)。

てまさぐり〔手まさぐり〕〔名・他サ〕①用手擺弄。②摸索。

てまちん〔手間賃〕〔名〕工錢，手工錢。△～をもらう／領工錢。

でまど〔出窓〕〔名〕(向外突出的)凸窗。

てまど・る〔手間取る〕〔自五〕費工，費時。

てまね〔手真似〕〔名・他サ〕手勢，比劃。

てまねき〔手招き〕〔名・他サ〕招手。

てまめ〔手まめ〕〔形動〕①勤快。△～に手紙を書く／經常寫信。②手巧。

てまり〔手鞠〕〔名〕皮球，(棉花芯的)綫纏球。

てまわし〔手回し〕〔名〕①手搖，用手轉。△～ドリル／手搖鑽。②佈置，準備。△～がいい／準備得周到。

てまわり〔手回り〕〔名〕身邊，手頭。△～品／隨身攜帶的物品。

でまわ・る〔出回る〕〔自五〕①上市。△春野菜が～りはじめた／春季的蔬菜開始上市了。②市上常見。△にせものが～／僞造品泛濫。

デマンド [demand]〔名〕要求，需要。

デマンドバス [demand bus]〔名〕(根據需求運行的)呼叫巴士。

デミ [demi]〔接頭〕半。

てみじか〔手短〕〔形動〕簡短，簡略。

でみず〔出水〕〔名〕河水泛濫。

でみせ〔出店〕〔名〕①分店，分號。②貨攤子。

－てみせる〔連語〕①表示做給別人看。△無理に笑う～／強笑。②表示決心，意志。△百点をとっ～ぞ／非得考個一百分不可。

デミタス [法 demitasse]〔名〕小咖啡杯。

てみやげ〔手土産〕〔名〕簡單禮品。

－てみる〔連語〕①試試看。△食べ～／嚐嚐。△やってみろ／你試試！②(用 "～てみれば" 的形式)從…的觀點看。△親にしてみれば無理もない話だ／如果從父母的角度來看，那也是理所當然的。

てむか・う〔手向かう〕〔自五〕抵抗，反抗。

でむかえ〔出迎え〕〔名〕迎接(的人)。△～の

車／接人的車。

でむ・く［出向く］(自五) 前往，前去。

でめ［出目］(名) 金魚眼，凸眼睛 (的人)。

てめえ (名)〈俗〉⇨手前Ⅱ

でめきん［出目金］(名) 凸眼金魚。

デメリット［demerit］(名) 缺點，短處。

ても (接助)(接在 "ガ行・ナ行・バ行・マ行" 五段動詞後面時變成 "でも") 表示逆接的條件。△たとえ成功の見込はなく～やってみよう／即使沒有成功的希望也要試試。△いくら言っ～聞いてくれない／怎麼說也不聽。△押し～引い～ドアはあかなかった／無論怎麼推怎麼拉，門就是開不開。

デモ (名)(demonstration 的略語) 示威，遊行。△反戦～／反戦遊行。

でも (接)① 可是，不過。△水はきれいになった。～，魚はもうもどってこない／水變清淨了，可是魚卻一去不返了。② (表示辯解) 可是。△ "またぼくをまたせたね"。"～，5 分だけだろ。"／"又讓我等了。""可是，不就五分鐘嘛"。

でも (副助)① 表示示例。△お茶～飲もうか／咱們喝點茶怎麼樣？② 用一個例子說明其他更不在話下。△そんなことは小さな子供～分る／那種事就連小孩都明白。△たとえひとつ～無駄にしてはいけない／就是一個也不應該浪費。③ 接在疑問詞後表示全面肯定。△だれ～知っている／誰都知道。△いつ～来なさい／甚麼時候來都行。④ 表示逆接條件。△雨～行く／下雨也去。△いまから～遅くない／現在開始也不晚。

てもあしもでない［手も足も出ない］(連語) 一籌莫展，毫無辦法。

デモクラシー［democracy］(名) 民主主義，民主政治，民主政體。

デモクラチック［democratic］(形動) 民主的，民主主義的。

デモクラット［democrat］(名)① 美國民主黨黨員。② 民主主義者。

デモグラフィー［demography］(名) 人口統計，人口學，人口統計學。

デモグラフィック［demographic］(ダナ) 人口的，人口統計的，人口學的。

でもしか-(接頭) 低能，草包。△～先生／草包先生。

てもち［手持ち］(名) 手頭有的。△～が千円しかない／手頭只有一千日圓。△～がある／手頭有錢。

てもちぶさた［手持ちぶさた・手持ち無沙汰］(名・形動) 閑得無聊，閑得慌。

デモテープ［demotape］(名)(為視聽或審查用的) 錄音帶。

てもと［手元］(名)① 身邊，手頭。△～に置く／放在身邊。② 手的動作。△～がくるう／手法亂了。△メスをにぎった～がふるえる／握手術刀的手抖着。③ (器物的) 把兒。④ 手頭的錢。△～がくるしい／日子過得緊。

でもどり［出戻り］(名)① 出去後返回。② 離婚後返回娘家。

てもなく［手も無く］(副) 容易，不費事。△～だまされた／輕易地受了騙。

でもの［出物］(名)① 疙瘩，腫瘤。② 屁。△～はれもの所きらわず／放屁生瘡不擇地方。③ 出賣的舊物，不動產。

-**てもらいたい** (連語) 想請…△この手紙をポストにいれ～／請把這封信投進郵筒。△君に行っ～／想請你替我跑一趟。

デモ・る (自五) 舉行示威遊行。

デモン［demon］(名)① 鬼，惡魔，精靈。② 靈感。

デモンストレーション［demonstration］(名)①(商品使用方法或效果的) 表演。②〈體〉表演賽。③ ⇨デモ

-**てやる** (連語)① 表示為他人做某種動作。△子供に教給～／教給孩子。△川上君に貸し～／借給川上。② 表示做給別人看。△今度こそすっぱぬい～／這回非得揭他的老底不可！△なぐってやろうか／讓你瞧瞧我的厲害！

デュアルシステム［dual system］(名)〈IT〉雙系統。

デュアルバンド［dual band］(名) 雙頻。

デュー-［due］(ダナ)① 正當的，適當的，正式的。② 期滿的，到期的。③ 應付的。

デュークス［DEWKS : dual employed with kids］(名) 都工作並有孩子的夫妻。

デューティーフリー［duty-free］(名) 免稅的，無稅的。

デューティーフリショップ［duty-free shop］(名) 免稅商店。

デュエット［意 duet］(名)〈樂〉二重唱，二重奏。

デュプレックス［duplex］(名) 雙方的。

でよう［出様］(名)(交涉時的) 態度，方式。

-**てよかった** (連語) 幸好，好在。△間にあっ～／好在趕上了。△けががなく～／幸好沒受傷。

てら［寺］(名) 寺，廟。△～まいり／拜佛。

テラー［teller］(名)(銀行等的) 出納員。

てらいり［寺入り］(名・自サ) 入私塾 (的學生)。

てら・う［衒う］(他五) 炫耀，誇耀，顯示。△奇を～／標新立異。△博識を～／炫耀博學。

てらこ［寺子］(名) 私塾學生。

てらこや［寺子屋］(名)(江戸時代的) 私塾。

てらしあわ・せる［照らし合わせる］(他下一) 對照，核對。△現金と帳簿を～／對賬。→照合する

テラス［法 terrace］(名)① 陽台，涼台。② 高台，台地。

てら・す［照らす］(他五)① 照射。△懐中電燈で道を～／用手電照路。② 比照，參照，接照。△法律に～して処分する／依法判處。

テラゾー［terrazzo］(名) 水磨石。

デラックス［法 deluxe］(名・形動) 豪華，高級。△～な自動車／豪華車。

てらてら（副・自サ）油亮，光亮。△～している顔／油亮的臉。

テラマイシン［Terramycin］（名）土黴素。

てらまいり［寺参り］（名・自サ）上廟拜佛，參拜寺院。

てり［照り］（名）① 照，曬。② 晴天。③ 光澤。④（烹飪）澆汁。

テリア［terrier］（名）〈動〉㹴。

てりあ・う［照り合う］（自五）① 互相對照。② 對應。

デリート［delete］（名・ス他）〈IT〉刪除。△～キー／刪除鍵。

てりかえし［照り返し］（名）① 反射，反照。△～が強い／反射很強。② 反射器，反射裝置。

てりかがや・く［照り輝く］（自五）照耀。

デリカシー［delicacy］（名）① 纖細。② 微妙。③ 優雅。

デリケート［delicate］（形動）① 纖細，敏感。△彼女は～な感情の持主だ／她是個感情纖細的人。② 微妙。△～な問題／微妙的問題。

てりこ・む［照り込む］（自五）照入，照進。

てりつ・ける［照り付ける］（自下一）曬。△夏の日が～／夏日炎炎。

テリトリー［territory］（名）① 專業領域。② 管轄範圍。

てりは・える［照り映える］（自下一）映照。△秋の日に～紅葉／映照着秋日的紅葉。

デリミター［delimiter］（名）〈IT〉分隔符號，定界符。

てりやき［照り焼き］（名）上糖色後烤的魚、肉。

てりょうり［手料理］（名）親手做的菜，家裏做的菜。

デリンジャーげんしょう［デリンジャー現象］（名）〈理〉德林格爾現象。

て・る［照る］（自五）① 照耀，曬。△日がさんさんと～／陽光燦爛。△日がかんかんと～／太陽火辣辣地照着。② 晴天。△降っても～っても休まない／不管晴天陰天都不休息。

でる［出る］（自下一）① 出去，出來。△庭へ～／到院子裏去。△部屋から～／從房間裏出來。△ふろから～／洗完澡出來。② 離開，外出，出發。△家を～／離開家。離家出走。△そっとでていく／悄悄走開。△旅行に～／出去旅行。△汽車が～／火車開動。③ 突出，露出。△腹がでている／肚子腆出來了。△釘がでた靴／露出釘子頭兒的鞋。④ 超出，超過。△一ヵ月をでない／不超過一個月。△足がでないように金を使う／花錢不要超支。△彼は四十を一つ二つでている／他四十過一、二歲。⑤ 畢業。△大学を～／大學畢業。⑥ 上班，出席，參加，參與。△会社に～／去公司上班。△会議に～／參加會議。△電話に～／接電話。△ここはお前の～幕じゃない／這不是你出頭的時候。△社交界に～／進入社交界。⑦ 辭去，退出。△会社を～／辭去公司的工作。⑧ 通到，到達。△左へまがると駅前に～／向左拐就到站前。△どこへ～道かしら／這是通到

甚麼地方的路？⑨ 出，出現。△月がでた／月亮出來了。△芽が～／發芽。△ぼろが～／露馬腳，露出破綻。△不満が顔に～／臉上露出不滿。△温泉が～／温泉水湧出。△水が～／發水。△火が～／失火。⑩ 發生。△風が～／起風。△熱が～／發燒。⑪ 加快，來勁。△スピードが～／速度加快。△仕事の調子がでてきた／工作來勁了。△やる気が～／有幹勁了。⑫ 出版，刊登。△単行本が～／出版了單行本。△新聞に～／登在報紙上。⑬ 出產。△ダイヤが～／出產鑽石。△大豆の～土地／出產大豆的地方。⑭ 得出，得到，領到。△結論が～／得出結論。△許可が～／得到允許。△宿題が山ほど～た／留下一大堆作業。△暇が～／被解僱，被離棄。被准假。⑮ 來自，出自。△史記から～た言葉／出自史記的話。△このニュースは信頼すべき筋から～ている／這則新聞是從可靠方面得到的。⑯ 賣出，售出。△この品はよく～／這個貨好賣。△このごろちっとも～ない／最近一點也賣不動。⑰ 採取某種態度。△彼がどう～か見ものだ／看他採取甚麼態度。△強気に～／逞強。⑱ 支出，發。△今日ボーナスが～た／今天發了獎金。⑲ 發現，找到。△落し物が～／找到丟的東西。△盗品が～／臟物出來了。⑳ 出味兒。△出味兒。△このお茶は～ない／這茶沏不出味兒了。㉑ 上菜，端出。△料理が～／菜上來。△食後にアイスクリームが～／飯後上冰淇淋。

でるくいはうたれる［出る杭は打たれる］（連語）出頭的椽子先爛。槍打出頭鳥。

デルタ［delta］（名）三角洲。△～地帶／三角洲地帶。

てるてるぼうず［照る照る坊主］（名）掃晴娘。

てれかくし［照れ隠し］（名）遮羞。△～に笑う／以笑掩飾自己的害羞。

てれくさ・い［照れ臭い］（形）難為情，不好意思。△人まえでほめられて～／在人前受表揚怪不好意思的。

デレゲーション［delegation］（名）代表團。

テレコ［tape recorder］（名）磁帶錄音機。

テレコミュニケーション［telecommunication］（名）電信，遠距離通信。→テレコム

テレコンファレンス［teleconference］（名）視頻會議。

テレショップ［teleshop］（名）電話購物。

テレスコープ［telescope］（名）望遠鏡。

テレタイプ［teletype］（名）電傳打字機，電傳機。

テレックス［telex］（名）電傳，直通電報。

でれっと（副・自サ）散漫，一見女人就黏糊糊的。

でれでれ（副）〈俗〉① 邋遢。②（對女人）黏黏糊糊，賤兮兮。

テレパシー［telepathy］（名）心靈感應。

テレパス［telepath］（名）（能進行精神感應的）傳心術者，通靈術者。

テレビ（名）“television” 的略語）電視（機）。△～をつける（消す）／開（關）電視。△カラー～／彩色電視。△白黒～／黑白電視。

て
テ

テレビかいぎ［テレビ会議］(名) 視頻會議。

テレビゲーム [television game]（名）(一種在電視熒幕上進行的) 電子遊戲。

テレビショッピング [television shopping]（名）電視購物。

テレビジョン [television]（名）⇨テレビ

テレビでんわ［テレビ電話］(名) 可視電話。

テレビドラマ [television drama]（名）電視劇。

テレビマネー [television money]（名）(電視台為取得體育運動或其他活動的放映權而支付的) 放映權費。

テレファックス [telefax]（名）傳真通信, 圖文傳真。

テレホン [telephone]（名）電話 (機) (也説"テレフォン")

テレホンカード [telephone card]（名）電話磁卡。

テレホンリクエスト [telephone request]（名）電話點播節目。

テレメーター [telemeter]（名）遙測儀。

テレメディシン [telemedicine]（名）電視診斷。

テレメトリー [telemetry]（名）遙測術。

てれや［照れ屋］(名) 腼腆的人。

て・れる［照れる］(自下一) 害羞, 難為情。

てれんてくだ［手練手管］(名) 花招, 玩手段。△～を弄する／耍花招。

テロ（名）("テロリスト"、"テロリズム"的略語) 恐怖行動, 恐怖主義 (者)。

テロップ［美 telop］(名) 自動反射式幻燈機, 反射式字幕。

テロリスト [terrorist]（名）恐怖分子, 恐怖主義者。

テロリズム [terrorism]（名）⇨テロ

テロル［德 Terror］(名) (用暴力、暗殺等手段實現政治目的的) 恐怖行動, 恐怖主義。

てわけ［手分け］(名・自サ) 分工, 分頭做。△～してさがす／分頭尋找。

てわた・す［手渡す］(他五) ① 面交。△書類を～／面交文件。② 傳遞。△バケツを～／傳遞水桶。

てをうつ［手を打つ］(連語) ① 鼓掌。② 談妥, 成交。③ 採取措施。

てをかす［手を貸す］(連語) 幫助。

てをきる［手を切る］(連語) 斷絕關係。

てをくだす［手を下す］(連語) ① 親手做, 着手。② 親手殺死。

てをくわえる［手を加える］(連語) 加工, 修改。

てをそめる［手を染める］(連語) 開始, 着手。

てをつかねる［手を束ねる］(連語) 袖手, 袖手旁觀。→てをこまねく

てをつく［手をつく］(連語) (兩手觸地) 叩謝, 懇求。

てをつける［手を付ける］(連語) ① 着手, 開始做。② 使用, 消耗。③ (和女人) 發生關係。

てをぬく［手を抜く］(連語) 偷工取巧。

てをぬらさず［手を濡らさず］(連語) 不動手, 不費力。△～金もうけをした／不費吹灰之力

賺了錢。

てをひく［手を引く］(連語) ① 牽手引導。② 斷絕關係, 洗手不幹。

てをやく［手を焼く］(連語) 棘手。

てをよごす［手を汚す］(連語) ① 做麻煩事。② 做不光彩的事。

てん［天］(名) ① 天, 天空。△～を摩する／高聳入雲。↔ 地 ② 天國, 天堂。③ 上天, 上帝。△～の助け／上天之助。④ 天道, 天理, 天命。△運を～にまかせる／聽天由命。△天の時地の利／天時地利。⑤ (書畫、貨物的) 上部。△～地無用／切勿倒置。↔ 地

てん［点］(名) ① 點。△～を打つ／一點點。② 〈數〉點。③ 標點。△文に～を打つ／給句子打標點。④ 分數。△～をつける／評分。△～が甘い／給分寬鬆。△おせじを言っては～を稼ぐ／説好話等的) 批點。△ (對詩文等的) 批點。△～のうちどころもない／無可指摘。⑥ 點, 地方。△その～が問題だ／那一點正是問題。△そういう～が君のいいところだ／那點正是你的長處。⑦ (漢字的筆畫之一) 點。⑧ (比賽的) 得分。△～がはいる／得分。△點を取る／得分。

てん［貂］(名)〈動〉貂。

でん［伝］(名) ①〈俗〉作法, 招數。△いつもの～で／照例。老一套。② 傳記。

でんあつ［電圧］(名)〈理〉電壓。

てんい［転移］(名・自他サ) 轉移。△がんが～する／癌轉移。

でんい［電位］(名)〈理〉電位, 電勢。△～差／電位差。

てんいむほう［天衣無縫］(名・形動) ① (詩文等) 天衣無縫。② 天真爛漫。

てんいん［店員］(名) 店員。

てんうん［天運］(名) ① 天命。② 天體的運行。

てんえん［展延］(名・自他サ) 延展。△～性／延展性。

でんえん［田園］(名) 田園。△～詩人／田園詩人。

てんか［天下］(名) 天下, 全國, 世界。△～を取る／打天下。△～の笑いものとなる／為天下人恥笑。△かかあ～／老婆説了算。

てんか［点火］(名・自サ) 點火, 點燃。

てんか［転化］(名・自サ) 轉化。

てんか［添加］(名・自他サ) 添加。△食品～物／食品添加物。

てんか［転訛］(名・自サ) (發音) 轉訛。

てんか［転嫁］(名・他サ) 轉嫁, 推諉。△責任を～する／轉嫁責任。

てんが［典雅］(形動) 典雅。△～な調べ／典雅的曲調。

でんか［殿下］(名) 殿下。

でんか［電荷］(名)〈理〉電荷。

でんか［電化］(名・自他サ) 電氣化。△鉄道の～／鐵路電氣化。

てんかい［展開］(名・自他サ) ① 展現。△眼下に一面の銀世界が～する／眼前展現出一片銀白世界。② 開展, 展開。△運動を～する／

開展運動。△議論を～する／展開討論。③〈數〉(函數的)展開，(將立體圖變為平面圖的)展開。

てんかい [転回] (名・自他サ) 轉變方向。△コペルニクス的～／一百八十度的大轉彎。

てんがい [天外] (名) 天外。

でんかい [電界] (名) 〈理〉電場。

てんがいこどく [天涯孤独] (名・形動) 舉目無親。△～の身／天涯孤客。

でんかいしつ [電解質] (名) 〈理〉電解質。

てんかいず [展開図] (名) 〈數〉展開圖。

てんかいっぴん [天下一品] (名) 天下第一。△～の名酒／天下第一名酒。

てんかいぶ [展開部] (名) 〈樂〉(展開主題的)中間部。

てんがく [転学] (名・自サ) 轉學，轉校。

でんがく [田楽] (名) ① 田樂歌舞。② (“田樂豆腐”的略語) 醬烤豆腐串。③ (“田樂燒き”的略語) 醬烤魚肉串。

てんから [天から] (副) 壓根兒，根本。△～相手にしない／根本不理睬。

てんかん [伝換] (名・自他サ) 轉變，轉換。△局面の～／打開局面。△気分～に外へ出る／到外頭去散散心。△～期／轉折期。

てんかん [癲癇] (名) 〈醫〉癲癇。

てんがん [天眼] (名) 千里眼，火眼金睛。△～鏡／相面用凸鏡。

てんがん [点眼] (名・自サ) 點眼藥。△～水／眼藥水。

てんき [天気] (名) ① 天氣。△悪い～／壞天。△～予報／天氣預報。② 晴天，好天氣。△～になる／天轉晴。③ 心情。△お～屋／喜怒無常的人。

てんき [転記] (名・他サ) 轉記，過賬。△元帳から～する／從舊賬轉記過來。

てんき [転機] (名) 轉機，轉折點。△重大な～に直面する／面臨重大轉折。

てんき [転帰] (名) 〈醫〉(病發展的) 結果。△死の～をとる／最終死亡。

てんき [転義] (名・自サ) 轉義，引伸義。↔ 本義

でんき [伝奇] (名) 傳奇。△～小説／傳奇小説。

でんき [伝記] (名) 傳記。

でんき [電気] (名) ① 電。△～を起こす／發電。△～が通じる／通電。△～製品／電器。② 電燈。△～をつける (消す)／開 (關) 電燈。

でんき [電機] (名) 電機，電動機。

てんきあめ [天気雨] (名) 晴天雨。→きつねの嫁入り

てんきず [天気図] (名) 氣象圖。

てんきせいろう [天気晴朗] (名・形動) 天氣晴朗。

でんきぶんかい [電気分解] (名・他サ) 〈理〉電解。

てんきゅう [天球] (名) 〈天〉天球，天體。△～儀／天球儀。

でんきゅう [電球] (名) 燈泡。△～が切れた／

燈絲燒壞了。△白熱～／白熾燈。

てんきょ [典拠] (名) 典據。△～を示す／出示典據。

てんきょ [転居] (名・自サ) 遷居，搬家。△～先／遷入地址。

てんぎょう [転業] (名・自サ) 轉業，改行。

でんきょく [電極] (名) 〈理〉電極。

てんきよほう [天気予報] (名) 天氣預報。

でんきろ [電気炉] (名) 電爐。

てんきん [転勤] (名・自サ) 調轉工作。△～辞令／調令。

てんぐ [天狗] (名) ① (想像中的怪物) 天狗。② 自高自大 (的人)。

てんくう [天空] (名) 天空。

てんぐさ [天草] (名) 〈植物〉石花菜。

デングねつ [デング熱] (名) 〈醫〉登革熱。

でんぐりがえし [でんぐり返し] (名) 翻筋斗。

でんぐりがえ・る [でんぐり返る] (自五) ① 翻筋斗。② 顛倒。

てんけい [天啓] (名) 天的啟示。

てんけい [典型] (名) 典型。

てんけい [点景・添景] (名) (風景畫的) 點景人物。

てんけいてき [典型的] (形動) 典型的。△～な学者／典型的學者。

でんげき [電撃] (名) ① 電擊。△～療法／電擊療法。② 閃電般的。△～戦／閃電戰。△～結婚／突擊結婚。

てんけん [天険] (名) 天險。

てんけん [点検] (名・他サ) 查點，檢查。△綿密に～する／仔細檢查。△人員の～をする／查點人數。

でんげん [電源] (名) ① 電力資源。△～を開発する／開發電力資源。② 電源。△～を切る／切斷電源。

てんこ [点呼] (名・他サ) 點名。△～を取る／點名。

てんこう [天候] (名) 天候，天氣。△～が不順だ／天氣不好。→天気

てんこう [転向] (名・自サ) ① 改變立場，方針。② 改變人生道路。

てんこう [転校] (名・自サ) 轉學。△～生／轉學生。→転学

でんこう [電光] (名) ① 閃電。△～がはしる／閃電掠過。→いなびかり ② 電燈光。△～ニュース／燈光快報。

でんこうせっか [電光石火] (名) ① 風馳電掣。△～の早業／電光石火般的妙技。② 瞬間。

てんこく [篆刻] (名・他サ) 篆刻。

てんごく [天国] (名) ① 〈宗〉天國。② 樂園。△歩行者～／步行者樂園 (禁止車輛通行)。

でんごん [伝言] (名・自他サ) 傳話，口信。△～を頼む／求人帶口信兒。△彼からよろしくという～でした／他託我向您問好。△～板／留言板。

てんさい [天才] (名) 天才。

てんさい [天災] (名) 天災。

てんさい［甜菜］(名) 甜菜。

てんさい［転載］(名・他サ) 轉載。△無断で～
を禁じる／禁止擅自轉載。

てんざい［点在］(名・自サ) 散在。△山すそ
に～する農家／散佈在山麓的農舍。

てんさく［添削］(名・他サ) 刪改，批改。△作
文を～する／批改作文。

でんさんき［電算機］(名) ⇨電子計算機

てんし［天子］(名) 天子，皇帝。

てんし［天使］(名)①〈宗〉天使。②温柔可愛
的人。△白衣の～／白衣天使。

てんじ［点字］(名) 盲文字，點字，凸字。

てんじ［篆字］(名) 篆字。

てんじ［展示］(名・他サ) 展出。△新型車を～
する／展出新型車。△～即売会／展銷會。

でんし［電子］(名)〈理〉電子。

でんしオルガン［電子オルガン］(名) 電子琴。

でんしおんがく［電子音楽］(名)(不需人演奏
的) 電子音樂。

てんじく［天竺］(名)①(印度的古稱) 天竺國。
②("天竺木綿"的略語) 厚棉布。

でんしけいさんき［電子計算機］(名) 電子計
算機。→コンピューター

でんしけんびきょう［電子顕微鏡］(名) 電子
顯微鏡。

でんしじしょ［電子辞書］(名) 電子辭典。

でんしじゃく［電磁石］(名) 電磁石。

でんししょせき［電子書籍］(名) 電子書。

でんししょめい［電子署名］(名)〈IT〉電子簽
名。

でんししんぶん［電子新聞］(名)〈IT〉電子報
紙。

てんじそくばいかい［展示即売会］(名)〈經〉
展銷會。

でんしチケット［電子チケット］(名)〈IT〉電
子票。

でんしとうひょう［電子投票］(名) 電子投票。

でんしとしょ［電子図書］(名)〈IT〉電子圖書。
(也作"電子ブック")

でんじは［電磁波］(名)〈理〉電磁波。

でんしメール［電子メール］(名)〈IT〉電郵，
電子郵件，電子函件。

てんしゃ［転写］(名・他サ) 傳抄，謄錄。△新
聞から～する／從報紙轉抄。

でんしゃ［電車］(名) 電車。△一番～／頭班
車。△終～／末班車。△～賃／電車費。

てんしゃく［転借］(名・他サ) 轉借。→また
がり

てんしゅ［店主］(名) 店主，老闆。

てんじゅ［天寿］(名) 天年，天壽。△～をまっ
とうする／享盡天年。

でんじゅ［伝授］(名・他サ) 傳授。△秘方を～
する／傳授秘方。

てんしゅかく［天守閣］(名)(日本城堡中央的)
瞭望樓。

てんしゅきょう［天主教］(名) 天主教。

てんしゅつ［転出］(名・自サ)①遷出。△～

届／搬遷報告。↔転入 ②調出，調轉。△子
会社へ～する／調到分公司。

てんしょ［添書］(名・自サ)①附信。△～を
つけて果物を届けさせる／附一封信差人把水
果送去。②(閲讀文件後) 附的意見。

てんしょ［篆書］(名) 篆書。

でんしょ［伝書］(名)①世代相傳的書籍。②
傳授秘方的書籍。③傳遞文件、書信。

てんしょう［天象］(名) 天象。

てんじょう［転乗］(名・自サ) 轉乘。

てんじょう［天上］(名)①天空，天上。②〈佛
教〉天上世界。

てんじょう［天井］(名)①頂棚，天花板。△～
の高い部屋／天棚高的屋子。②頂點，最高處。
△～知らずの高値／價格無止境地上漲。

てんじょう［添乗］(名・自サ)(旅行社的人員)
陪同旅遊。△～員／旅遊陪同人員，導遊。

でんしょう［伝承］(名・他サ) 世代相傳。→
言いつたえ

でんじょう［電場］(名) →でんば

てんじょうびと［殿上人］(名) 古時可以進宮
中的"清涼殿"、"紫宸殿"的高官。

てんしょく［天職］(名) 天職。

てんしょく［転職］(名・自サ) 改行，轉業。

でんしょばと［伝書鳩］(名) 信鴿。

テンション［tension］(名)①緊張，不安。②
〈物〉張力，拉力。③情緒，精神狀態。△～が
あがる／情緒高漲。

てん・じる［点じる］(他下一)①點燈，點火。
△火を～／點火。②點茶。△お茶を～／點茶。

てん・じる［転じる］(自他上一)①轉變，改
變。△話題を～／改變話題。△巻返しに～／
轉為反攻。②遷居。

てんしん［天心］(名) 天心，中天。

てんしん［点心］(名) 中國點心。

てんしん［転進］(名・自サ)①改變方向前進。
②(軍隊) 轉移，撤退。

てんしん［転身］(名・自サ) 改變(身分、信仰、
思想等)。

てんじん［天神］(名)①天神。②(祭祀菅原
道真的) 天滿宮。

でんしん［電信］(名) 電報。△～かわせ／電
匯。△～機／電報機，電信機。△～柱／電綫杆。

てんしんらんまん［天真爛漫］(名・形動) 天
真爛漫，幼稚。

てんすい［天水］(名) 雨水。

てんすう［点数］(名)①分數。△よい～を取
る／得高分。△～をかせぐ／賺分，搶分，討
好。②(物品的) 件數。△～をそろえる／備齊
件數。△出品～／展品數目。

でんすけ［伝助］(名)〈俗〉①日本的輪盤賭。
②袖珍手提錄音機。

てんせい［天成］(名)①天然形成。△～の要
害／天然要塞。②天生。△～の芸術家／天生
的藝術家。

てんせい［天性］(名) 天性，秉性。

てんせい［展性］(名)〈理〉展性，延展性。

でんせい［電請］(名・他サ) 電報請示。

てんせき［典籍］(名) 典籍。

てんせき［転籍］(名・自サ) ① 轉户籍。② 轉學籍。→移籍

でんせつ［伝説］(名) 傳説。

てんせん［点線］(名) 點綫，虚綫。↔ 実線

てんせん［転戦］(名・自サ) 轉戰。

てんぜん［恬然］(形動トタル) 恬然。

でんせん［伝染］(名・自サ) 傳染。

でんせん［電線］(名) 電綫。

でんせんびょう［伝染病］(名) 傳染病。

てんそう［転送］(名・他サ) 轉送，轉寄。△葉書を移転先に～する／把明信片轉寄到新遷的地址。→回送

でんそう［電送］(名・他サ) 傳真，電傳。△～写真／傳真照片。

てんそく［天測］(名) 測天，天體定位。

てんそく［纏足］(名) 纏足，裹腳。

てんぞく［転属］(名・自他サ) 轉屬。

テンダーネス［tenderness］(名) 溫柔，關心，關懷。

てんたい［天体］(名) 天體。△～観測／天體觀測。

てんたいしゃく［転貸借］(名・他サ) 轉貸，轉租。

てんだいしゅう［天台宗］(名)〈佛教〉天台宗。

てんたかくうまこゆるあき［天高く馬肥ゆる秋］(連語) 天高馬肥之秋。

でんたく［電卓］(名) 台式電子計算機。

でんたつ［伝達］(名・他サ) 傳達，轉達。△命令を～する／傳達命令。

テンダリー［tenderly］(ダナ) 溫柔的，親切的。

デンタル［dental］(名) 牙齒的，牙科的，牙的。

デンタルエステティック［dental aesthetics］(名) 美牙，審美牙科。

デンタルケア［dental care］(名) 牙齒護理。

デンタルフロス［dental floss］(名) (用以保持牙縫清潔的扁形軟綫) 潔牙綫。

てんたん［恬淡］(名・形動) 恬淡，淡泊。

てんち［天地］(名) ① 天地。△～の差／天壤之別。② (書畫、貨物的) 上下。△～無用／切勿倒置。

てんち［転地］(名・自サ) 換地方。△～療養／異地療養。

でんち［電池］(名) 電池。△乾～／乾電池。△蓄～／蓄電池。

てんちかいびゃく［天地開闢］(名) 開天闢地。

でんちく［電蓄］(名) 留聲機。

てんちむよう［天地無用］(名) 切勿倒置。

てんちゅう［天誅］(名) 天誅，天罰。

てんちゅう［転注］(名) (漢字六書之一) 轉注。

でんちゅう［電柱］(名) 電綫杆。

てんちょう［天頂］(名) ① 山頂，頂。② 天頂。△～儀／天頂儀。

てんちょう［転調］(名・自他サ)〈樂〉轉調，變調。→移調

てんで (副) ① (後接否定詞) 完全，根本。△～

問題にならない／根本不成問題。△彼の言うことは～当てにならない／他説的簡直不可信。② 非常。△～おもしろい／非常有趣。

てんてい［点綴］(名・自他サ) 點綴。

てんてい［天帝］(名) 上帝。

てんてき［天敵］(名) 天敵。

てんてき［点滴］(名) ① 水珠，雨點。② 靜脈輸液。

てんてきいしをうがつ［点滴石をうがつ］(連語) 水滴石穿。

てんてこまい［てんてこ舞い］(名) 忙得不可開交，手忙腳亂。

てんてつき［転轍機］(名)〈鐵路〉道岔，轉轍器。

てんでに (副) ⇨てにてに

てんてん［点点］(副) ① 點點。△燈が～ともっている／燈光點點閃爍。② 滴滴答答。△血が～と落ちる／血滴滴答答地滴下來。

てんてん［転転］(副・自サ) 輾轉。△職場を～とする／不斷變換工作。△各地を～とする／輾轉各地。

テンデンシー［tendency］(名) 趨勢，傾向。

てんでんばらばら (形動) 各自東西。

てんてんはんそく［輾転反側］(名・自サ) 輾轉反側。

テント［tent］(名) 帳篷。△～をはる／支帳篷。

てんとう［店頭］(名) 鋪面。△特価品を～に並べる／把特價商品擺在鋪子前面。→みせさき

てんとう［点燈］(名・自サ) 點燈。↔ 消燈

てんとう［転倒］(名・自他サ) ① 跌倒。② 顛倒。△本末～／本末倒置。△気が～する／神魂顛倒。

てんどう［天道］(名) ① 天道，天理。② 天體運行的軌道。

でんとう［伝統］(名) 傳統。△～をつぐ／繼承傳統。

でんとう［電燈］(名) 電燈。△～をつける (けす) ／開 (關) 電燈。△懐中～／手電筒。

でんどう［伝道］(名・自サ)〈宗〉傳道，傳教。→布教

でんどう［殿堂］(名) 殿堂。△美の～／美術館。△学問の～／學府。

でんどう［電動］(名) 電動。△～式／電動式。△～ミシン／電動縫紉機。

でんどうき［電動機］(名) 電動機，馬達。→モーター

でんどうし［伝道師］(名) 傳教士。

てんどうせつ［天動説］(名)〈天〉天動説。↔ 地動説

てんとうむし［天道虫］(名)〈動〉瓢蟲。

てんとして［恬として］(連語) 恬然。△～として恥じない／恬不知恥。

てんとりむし［点取り虫］(名) 着緊考試分數的學生。

てんどん［天丼］(名) 炸蝦大碗蓋澆飯。

てんにつばする［天に唾する］(連語) 搬起石頭砸自己的腳。

てんにゅう［転入］（名・自サ）① 遷入。② 轉入（學校）。△～生／插班生。→転出

てんにょ［天女］（名）① 仙女，女神。② 美女。

てんにん［転任］（名・自サ）轉任，調職。

てんにん［天人］（名）天仙，仙女。

でんねつ［電熱］（名）① 電熱。② 電熱器。

てんねん［天然］（名）天然，天生。△～港／天然港。△～の美／天然美，自然美。

てんねんガス［天然ガス］（名）天然氣。

てんねんきねんぶつ［天然記念物］（名）法律指定保護的動植物。

てんねんしょく［天然色］（名）天然色。△～映画／彩色電影。△～写真／彩色照片。

てんねんとう［天然痘］（名）天花。

てんのう［天皇］（名）天皇。

てんのうざん［天王山］（名）①（日本）天王山。② 決定成敗的關鍵。△この勝負が～だ／這場比賽是決定勝敗的關鍵。

てんのうせい［天王星］（名）〈天〉天王星。

でんぱ［伝播］（名・自サ）① 傳播，流傳。△病気の～／疾病的傳播。②〈理〉傳導。

でんぱ［電波］（名）電波。△～探知器／雷達。△～妨害／電波干擾。△～望遠鏡／無綫電望遠鏡。

テンパー［temper］（名）① 氣質，性情。② 情緒。③ 暴躁脾氣，性急。

てんばい［転売］（名・他サ）轉賣，轉售。△土地を～する／轉賣地產。

でんぱた［田畑］（名）水田和旱田。

てんばつ［天罰］（名）報應，天罰。△～てきめん／報應不爽。

てんび［天日］（名）太陽光（熱）。△～製塩／曬鹽。△～にさらす／曝曬。

てんぴ［天火］（名）烤爐。

てんびき［天引き］（名・他サ）預先扣除。△会費は給料から～される／會費從工資中直接扣除。

てんびょう［点描］（名・他サ）①〈美術〉點描（法）。② 速寫，簡介。△時の人物を～する／簡介新聞人物。

でんぴょう［伝票］（名）單據，傳票，發票。△～を切る／開傳票。△出金～／付款單。△入金～／收款單。△振替～／轉賬傳票。

てんびん［天秤］（名）① 天平。△～にかける／用天平稱，權衡（利弊，利害，得失）。② ⇨天秤棒

てんびんぼう［天秤棒］（名）扁擔。△～でかつぐ／用扁擔挑。

てんぶ［転部］（名・自サ）轉系。

てんぷ［貼付］（名・他サ）粘上，貼上。

てんぷ［添付］（名・他サ）附加，附上。△成績証明書を～する／附上成績單。

てんぷ［天賦］（名）天賦。

でんぶ［臀部］（名）臀部。

てんぷく［転覆］（名・自他サ）①（車船等）顛覆，翻倒。② 推翻，顛覆（政府等）。

てんぶくろ［天袋］（名）靠近天棚的櫃櫥。↔ 地袋

てんぷファイル［添付ファイル］（名）〈IT〉附件。

てんぷら［天麩羅］（名）油炸蝦（魚）。△えびの～／軟炸蝦。

てんぶん［天分］（名）天資，天分。△～に恵まれる／天分很高。

でんぶん［伝聞］（名・他サ）傳聞，傳說。△これは～にすぎない／這不過是傳聞。

でんぶん［電文］（名）電文。

でんぷん［澱粉］（名）澱粉。

テンペラ［Tempera］（名）〈美術〉① 蛋黃膠水顏料。② 蛋彩畫。

テンペラメント［temperament］（名）氣質，性情，性格，稟賦。

てんぺんちい［天変地異］（名）天地變異，天崩地裂。

テンポ［tempo］（名）速度。△～の早い曲／速度快的樂曲。△～を速める／加快速度。△～がのろい／速度慢。

てんぽ［店舗］（名）店舖，舖子。

てんぼう［展望］（名・他サ）瞭望，展望。△～がきく／視野遼闊。△未来を～する／展望未來。

でんぽう［電報］（名）電報。△～を打つ／打電報。△～用紙／電報紙。△至急～／加急電報。△お祝いの～／賀電。△おくやみの～／唁電。

テンポラリーファイル［temporary file］（名）〈IT〉暫存檔案。

テンポラリーワーカー［temporary worker］（名）臨時工。

デンマーク［Denmark］〈國名〉丹麥。

てんまく［天幕］（名）帳篷。

てんません［伝馬船］（名）大舢板。

てんまつ［顛末］（名）始末，來龍去脈。△事件の～を語る／敍說事情的來龍去脈。

てんまど［天窓］（名）天窗。

てんむ［店務］（名）店務。

てんめい［天命］（名）① 天命。② 命運。△人事を尽くして～を待つ／盡人事聽天命。③ 壽數，天年。

てんめつ［点滅］（名・自他サ）（燈火）忽明忽滅。△黃色の信号が～する／黃色信號燈一閃一閃。

てんもん［天文］（名）① 天文。② →天文学

てんもんがく［天文学］（名）天文學。

てんやく［点薬］（名・他サ）點眼藥水，眼藥水。

てんやもの［店屋物］（名）從館子叫的飯菜。△お昼は～ですます／午飯吃從館子叫的便飯。

てんやわんや（副・自サ）亂哄哄，天翻地覆。

てんよ［天与］（名）天賦。

てんよう［転用］（名・他サ）轉用。△光熱費を食費に～する／把照明取暖費作為伙食費。

でんらい［伝来］（名・自サ）①（從外國）傳來。△仏教は百済から～した／佛教是從百濟傳來的。② 祖傳。△～の土地を売払った／把祖傳的地產賣了。

てんらく［転落］(名・自サ)① 摔下，滾落。△岩場から〜して死亡した／從岩壁上掉下來摔死了。② 墮落，淪落。

でんらん［電らん］(名) 電纜。

てんらんかい［展覧会］(名) 展覽會。

でんり［電離］(名・自サ) 電離，電解。

でんりそう［電離層］(名) 電離層。

でんりゅう［電流］(名) 電流。△〜計／電流計，安培計。

でんりょく［電力］(名) 電力，電功率。△〜計／電力計，瓦特計。

でんろ［転炉］(名) 轉爐。

でんろ［電路］(名) 電路。

でんわ［電話］(名・自サ) 電話。△〜が遠い／電話聽不清楚。△〜が混線している／電話串綫。△〜が通じない／電話不通。△〜がかからない／電話掛不上。△〜が切れた／電話斷了。△〜を切る／把電話筒掛上。△会社へ〜をする／給公司打電話。△〜をかける (いれる)／打電話。△〜を引く／安裝電話。△〜をかけ違う／掛錯電話。△〜口にでる／接電話。△〜ボックス／電話亭。△〜帳／電話號碼簿。△留守番〜／自動應答電話，錄音電話。

と［戸］(名) 門，房門。△～を開ける／開門。△～をしめる／關門。△～をたてる／上門（舊式拆裝的門）。△あまど／防雨門板。△人の口に～は立てられない／人嘴難封。眾口難防。→ドア，とびら

と［途］(名) 道路，路途。△帰国の～につく／啟程回國。

と［都］(名)（日本行政區劃之一）都。△東京～／東京都。

とI［格助］① (表示動作的共同者) 和，跟，與。△弟～けんかをした／跟弟弟打架了。② (表示思想，稱謂的內容) △いい～思う／我認為行。△恵子～名づける／起名叫恵子。③ (表示比較的對象) 跟，同。△AはB～等しい／A和B相等。④ (表示變化的結果)。成，當。△水が氷～なった／水變成冰。⑤ (接在副詞及名詞後，修飾後面的動詞，表示動作、行為的狀態) …地。△しっかり～結ぶ／結結實實地繫住。II (並助) 和，同，與。△本～ノート～を買う／買書和筆記本。III (接助) ① (接終止形，表示前後兩項幾乎同時或相繼進行，前項為後項的條件或前提。) 一…就，就…△ベルが鳴りおる～，電車はゆっくりと動きはじめた／鈴剛響過，電車就慢慢地開動了。→やいなや ② (接終止形表示假定) 如果，要是。△9時に出ない～遅れるよ／九點鐘若不出發就要晚了。③ (表示某條件下產生的必然結果) 一…就…△このボタンをおす～，ふたがあきます／一按這個按鈕，蓋就打開。④ (接 "う" "よう" "まい" 之下) 不管 (無論) …還是…△雨が降ろう～風が吹こう～，毎日出かけて行く／不管颳風還是下雨，每天都出去。

ど［度］I (名) ① 程度，限度。△危険の～／危險的程度。△～をこす／過度。② 態度，情緒。△～を失う／失度。③ (儀器、眼鏡等的) 度數，光度。△～を盛る／刻度數。II (接尾) 次數，回數。△三～／三次。

ドア［door］(名)（西式建築的）房門。△廻転～／轉門。△～エンジン／電車，汽車上的自動門。

ドアアイ［door eye］(名) 門眼，門上向外看的玻璃孔。

どあい［度合い］(名) ① 程度。△強弱の～／強弱程度。△～を深める／加重，加深。② (溫度計等的) 刻度。

とあみ［投網］(名) 旋網。△～をうつ／撒網。

とある (連體) 某，一個。△～町／某城鎮，某一條街。△春の～一日／春天的某一天。

とい［問い］(名) ① 問，提問。△～を発する／提問。→質問 ② 問題。△以下の～に答えよ／回答下列問題。

とい［樋］(名) ① 水溜り，落水管。△雨どい／雨水導管。② 導管，渡槽。

といあわ・せる［問い合わせる］(他下一) 詢問，查問，照會。△～せて調べる／查詢。△住所を～／詢問住址。→照会する

というのは (接)（對前面所說的事情加以解釋）所說的…是… 所謂…是…

といえども［と雖も］(連語) 雖然，儘管。△先生～この禁を破ることはできない／即使是老師也不能破此禁例。

といかえ・す［問 (い) 返す］(他五) ① 重問，再問。② 反問。△自己に～／反芻自問。

といか・ける［問 (い) 掛ける］(他下一) ① 詢問，問。△やつぎ早に～／接二連三地問。② 開始問。

といき［吐息］(名) ① 長出氣，嘆氣。△青息～／長噓短嘆。② 鬆口氣。△ほっと～をもらす／鬆一口氣。

といし［砥石］(名) 砥石，磨石。△～でとぐ／用磨石磨。

といた［戸板］(名) 窗板，門板。△負傷者を～で運ぶ／用門板運傷員。

といただ・す［問い質す］(他五) ① 問清。△わかるまで～／問明白為止。② 盤問，叮問。△根ほり葉ほり～／刨根問底。→ききただす

ドイツ［荷 Duits］〈國名〉德國。

どいっき［土一揆］(名)（室町時代）農民起義。→つちいっき

ドイツご［独逸語］(名) 德語。

といつ・める［問い詰める］(他下一) ① 盤問，追問。△わけを～／追問理由。② 問住，問倒。△ふたことみことで彼を～た／幾句話就把他問住了。

といや［問屋］(名) →とんや

トイランド［Toy land］(名) 玩具王國。

トイレ［toilet］(名) ① 化妝室。② 廁所，衛生間。△～ペーパー／手紙。衛生紙。

ドイレー［doily］(名) 小桌巾；（碗碟或小擺設下的）小墊布。

トイレタリー［toiletry］(名) 化妝品，化妝用品，盥洗用品。

トイレットソープ［toilet soap］(名) 香皂。

トイレットルーム［toilet room］(名) 化妝室，廁所。

と・う［問う］(他五) ① 問。△安否を～／問安。△意見を～／徵詢意見。② 追查。△罪を～／問罪。△責任を～／追究責任。③ 值得研究，尚是問題。△指導力が～われる／令人懷疑是否有領導能力。△適格性が～われる／是否適合還值得研究。△過去を～ても始まらない／已過去的事現在提出來也無意義。④ (用 "とわず" 形式) 不拘，不問。△理由のいかんを～わず／不管有甚麼理由…△年齢を～わず／年齡不限。

とう［唐］(名)唐朝。△〜の時代/唐代。

とう［党］(名)①黨，政黨。△〜に入る/入黨。②同夥，夥伴。△〜を粗む/結黨，結成同夥。

とう［塔］(名)塔。△テレビ〜/電視塔。

－とう［等］(接尾)△電車やバス〜の交通機関/電車、公共汽車等交通工具。

とう［薹］(名)薹，梗。△ふきの〜/款冬的薹。

と・う［訪う］(他五)訪，訪問。△友を〜/訪友。

とう［刀］(名)刀。

とう［当］(名)①當。△〜を得る/得當。②該(人、物等)。△〜の本人/該人。

とう［糖］(名)糖分，糖。

とう［籐］(名)藤。△〜細工/藤子工藝品。

とう［疾う］(副)很早，早已。△〜の昔/很早以前。△〜から知っている/早就知道。△〜にすんでしまった/早就完了。

どう(副)怎様，如何，怎麼。△体は〜/身體怎様？△〜やってもうまくいかない/怎麼做也弄不好。△どうとも好きなようにしろ/隨你的便！△今さら〜のこうの言ってもしようがない/事到如今説三道四還有甚麼用！△見てもはたちは過ぎている/往少裏説也過了二十了。

どう［胴］(名)①軀體。△〜がながい/軀幹長。②腹部，腰部，中間部分。△太鼓の〜/鼓身。③(鼓，三弦的)共鳴箱。④(劍道用護具)胸鎧。

どう［堂］(名)①堂，殿堂。△〜をたてる/建造殿堂。②集會場所，會場。△一〜に会する/會聚一堂。

どう［動］(名)動。△静中に〜あり/静中有動。

どう［銅］(名)銅。△〜を含む/含銅。

どう［筒］(名)①(擲骰子的)筒。②局東。

どう［道］(名)(日本行政區劃之一)道。△北海〜/北海道。

とうあ［東亜］(名)東亞。△〜の国国/東亞各國。

どうあく［獰悪］(形動)粗暴，兇惡。

どうあげ［胴上げ］(名・他サ)眾人把某人橫着向空中抛起。△優勝した選手を〜する/眾人把冠軍抱起來。

とうあつせん［等圧線］(名)(氣象)等壓線，氣壓谷。△鞍状〜/氣壓谷。

とうあん［答案］(名)答案，試卷。△白紙の〜/白卷。△〜用紙/試卷紙，答卷紙。△〜を出す/交卷。

どうあん［同案］(名)①相同的方案(建議)。②相同的想法，意見。

とうい［等位］(名)①等級，級別。②級別相同，職位相同。

とうい［糖衣］(名)〈醫〉糖衣。△〜錠/糖衣藥片。

どうい［同意］(名・自サ)①同意，賛成。△〜を得る/得到同意。→賛同②同義，意思相同。△〜語/同義詞。→同義

どういかく［同位角］(名)〈數〉同位角。

どういげんそ［同位元素］(名)⇨どういたい

どういご［同意語］(名)⇨どうぎご

とういす［籐椅子］(名)藤椅。

どういそくみょう［当意即妙］(形動)機敏，隨機應變。△〜に答える/隨機應變地回答。

どういたい［同位体］(名)〈理〉同位素。△放射性〜/放射性同位素。

どういたしまして(連語)哪裏哪裏，不要客氣。

とういつ［統一］(名・他サ)統一，一致。△〜戦線/統一戰綫。△〜行動/統一行動。△国を〜する/統一國家。↔ 分裂

どういつ［同一］(名・形動)①同様，同等。△〜にあつかう/同様對待。△〜には論じられない/不可同日而語。②同一。△〜人物/同一個人。

どういつし［同一視］(名・他サ)一視同仁，同様看待。

どういつてつ［同一轍］(名)前車之轍。△〜を踏む/重蹈覆轍。

とういん［頭韻］(名)頭韻。△〜をふむ/押頭韻。↔ 脚韻

とういん［登院］(名・自サ)(議員)出席議會。

とういん［党員］(名)黨員。△〜名簿/黨員名冊。

どういん［動因］(名)起因。

どういん［動員］(名・他サ)動員，發動，調動。△〜令/動員令。△軍隊を〜する/調動軍隊。

どういん［導因］(名)導因。

どうう［堂宇］(名)堂宇，殿堂。

とううす［唐臼］(名)磨。(也讀"からうす")

ドゥームズデー［Doomsday］(名)①最後審判日，世界末日。②核戰爭。

とうえい［冬営］(名)①冬營，冬季紮的營。②過冬的準備。

とうえい［倒影］(名)①倒影。②夕陽餘輝。

とうえい［燈影］(名)燈影。

とうえい［投影］(名・他サ)投影，倒映。△塔の姿が池の面に〜している/塔的倒影映在池面上。

とうえい［投映］(名・他サ)放映。△スライドを〜する/放幻燈。

とうえいき［投映機］(名)放映機。

とうえいず［投影図］(名)〈數〉投影圖。

とうおう［東欧］(名)東歐。△〜諸国/東歐各國。

とうおん［唐音］(名)唐音。[宋、元、明、清傳到日本的漢字音，如"東京"(とんきん)等]

とうおん［等温］(名)等温。△〜線/(氣象)等温綫。

どうおん［同音］(名)①同音。△〜語/同音詞。②同聲。△異口〜/異口同聲。③音調相同。

どうおんいぎご［同音異義語］(名)同音異義詞。

どうおんご［同音語］(名)同語詞，同音異義詞。

とうおんせん［等温線］(名)(氣象)等温綫。

とうか［燈火］(名)燈火，燈光。△〜管制/(夜

間防空的）燈火管制。

とうか［投下］（名・他サ）① 投下。△爆弾〜／投下炸彈。② 投資。△資金を〜する／投資。→投入

とうか［等価］（名）① 等價，價格相等，△〜交換／等價交換。②〈化〉等價，化合價相等。

とうか［透過］（名・他サ）① 透過。△光が〜する／透光。②〈理〉透射，滲透。△〜性／滲透性。

とうか［糖化］（名・自他サ）糖化。△〜飼料／糖化飼料。

とうが［冬瓜］（名）冬瓜。

とうが［冬芽］（名）冬芽。

とうが［唐画］（名）① 唐朝的畫。② 中國畫。

とうが［唐鍬］（名）鐵鎬。鑊頭。

とうが［陶画］（名）陶器上的畫。

とうが［燈蛾］（名）燈蛾。

どうか（副）① 請。△〜よろしくお願いします／請多關照。② 設法，想辦法。△あの件は〜なりませんか／那件事有甚麼辦法沒有？③ 奇怪，不正常。△頭が〜している／腦筋不正常。④ 總算，好歹。△〜こうか暮らせる／勉強可以糊口。⑤ 以“〜と思う”的形式表示疑問或者不贊成。△〜と思う／礙難同意。不合適。⑥ 是否。△本当か〜わからない／不知是真是假。△それでいいか〜彼に聞いてくれ／那樣行不行問問他看。

どうか［同化］（名・自他サ）① 同化。△〜力／同化力。△〜組織／同化組織。↔ 異化 ② 汲取，吸收。△外来文化を巧みに〜する／善於吸收外國文化。③ 感化，融化。△原住民に〜する／與土著同化。

どうか［銅貨］（名）銅幣。

どうか［導火］（名）導火，引火。△〜線／導火綫。

どうが［動画］（名）⇨アニメーション

どうが［童画］（名）① 給兒童看的畫。② 兒童畫。

とうかい［倒壊］（名・自サ）倒塌，坍塌。△〜家屋／倒塌的房屋。

とうかい［韜晦］（名・自サ）① 韜晦，隱藏。② 隱蔽，隱藏。

とうがい［凍害］（名）（農作物的）霜災。

とうがい［等外］（名）等外。△〜品／等外品。

とうがい［頭蓋］（名）頭蓋。△〜骨／顱骨。

とうがい［当該］（連體）該，有關。△〜事項／該項。有關事項。

とうかいどう［東海道］（名）〈地〉東海道。

とうかく［倒閣］（名・他サ）倒閣。△〜運動／倒閣運動。

とうかく［等角］（名）等角。△〜三角形／等角三角形。

とうかく［統覚］（名）〈心理〉統覺。△〜作用／統覺作用。

とうかく［頭角］（名）頭角。△〜をあらわす／嶄露頭角。

どうかく［同格］（名）① 同等資格。△二人は〜だ／兩人資格相同。②〈語〉同格。△主語と〜の言葉／跟主語同格的詞。

どうがく［同額］（名）同額，金額相同。△〜／等價同額，金額相同。

とうかしたしむのこう［燈火親しむの候］（連語）（書信）讀書的黃金季節（秋季）。

どうかせん［導火線］（名）① 導綫，引綫。△〜を付ける／裝上引綫。②（事件的）導火綫。

とうがたつ［薹が立つ］（連語）① 躥蓬兒，長梗。（菜老了不能吃）② 妙齡已過。（演員等）極盛期已過。

とうかつ［統括］（名・他サ）統括，總括，概括。△いろいろの事実を〜する／總括各種事實。→一括

とうかつ［統轄］（名・他サ）統轄，統管。△〜権／統轄權。

どうかつ［恫喝］（名・他サ）恫嚇，威嚇。△〜手段／威脅手段。

どうがね［胴金］（名）（箍在物體中部的）鐵環，鐵箍。

どうがめ［胴亀］（名）（“スッポン”的異稱）甲魚，鱉。

とうから［疾うから］（副）早就。△あの事は〜知っていた／早就知道那件事。

とうがらし［唐辛子］（名）辣椒。

とうかん［統監］（名）①（軍事、政治）統監。△全部隊を〜する／統監整個部隊。② 統監（明治三十八年日本把朝鮮作為殖民地而設置的長官）。

とうかん［投函］（名・他サ）投進郵筒，投函。△手紙を〜する／寄信。

とうかん［等閑］（名）等閑。△〜視／等閑視之。→なおざり

とうがん［冬瓜］（名）冬瓜。

どうかん［同感］（名・自サ）同感。△まったく〜です／完全同意你的看法，我也有同感。→共感

どうがん［童顔］（名）童顏。△白髪〜／鶴髮童顏。

とうき［冬季］（名）冬季。△〜オリンピック大会／冬季奧運會。→冬期 ↔ 夏季

とうき［冬期］（名）冬季期間。△〜講習／冬季講習班。→冬季 ↔ 夏期

とうき［陶器］（名）陶器，陶瓷器。

とうき［投棄］（名・他サ）拋棄。△〜処分／作為棄置物處理。△不法〜／非法棄置（垃圾等）。

とうき［投機］（名）投機。△〜熱が高まる／投機風盛行。

とうき［当期］（名）本期。△〜の決算／本期決算。

とうき［登記］（名・他サ）登記，註冊。△〜所／登記處。

とうき［当季］（名）本季。

とうき［党紀］（名）黨紀。

とうき［騰貴］（名・自サ）漲價。△物価が〜する／物價上漲。→高騰 ↔ 下落

とうき［党規］（名）黨規，黨章。△〜を守る／遵守黨章。

とうぎ［討議］(名・自他サ) 討論。△〜をかさねる／反覆討論。△對策を〜する／商討對策。△〜をこらす／認真討論。

とうぎ［闘技］(名) 鬥技，比賽。△〜場／比賽場。

どうき［同期］(名) ① 同時期。△ほぼ〜に世に出た作品／大體上是同一時期發表的作品。② 同年級。△〜生／同級生。

どうき［動悸］(名) 悸動，心跳。△〜がする／心悸。△〜が激しい／心跳快。→心悸

どうき［動機］(名) 動機。△〜づけ／動機的形成。

どうき［銅器］(名) 銅器。△〜時代／銅器時代。

どうぎ［同義］(名) 同義。

どうぎ［動議］(名) (會議議程之外的) 議題，提案。△緊急〜を出す／提出緊急提案。

どうぎ［道義］(名) 道義。△〜に背く／違背道義。△〜を重んずる／重道義。→道德

とうきオリンピック［冬季オリンピック］(名)〈體〉冬奧會，冬季奧運會。

どうぎご［同義語］(名) 同義詞。

とうきせいしきん［投機性資金］(名)〈經〉游資。

とうきび［唐黍］(名) →とうもろこし

とうきやく［党規約］(名) 黨章。

とうきゅう［投球］(名・自サ) (棒球) 投球。△見事な〜／漂亮的投球。

とうきゅう［等級］(名) 等級。△〜をつける／定等級。△品質に応じて〜を分ける／按質量分等級。→ランク

とうきゅう［討究］(名・他サ) ① 深入研究，鑽研。△〜をかさねる／反覆鑽研。② 研討，討論研究。

とうぎゅう［闘牛］(名) ① 鬥牛 (人與牛鬥)。△〜士／鬥牛士。② 牛與牛鬥。③ 鬥牛用的牛。

どうきゅう［同級］(名) ① 同等級。△〜にとりあつかう／同等對待。② 同班，同年級。△〜生／同班同學。

とうきゅうばん［闘球盤］(名) 克郎球，康樂球。

とうぎょ［統御］(名・他サ) 統治，統轄。△〜よろしきを得る／統治得法。△国を〜する／統治國家。

どうきょ［同居］(名・自サ) 同住。△結婚後も両親と〜する／結婚後仍和父母住在一起。

とうきょう［東京］〈地名〉東京。

どうきょう［同郷］(名) 同郷。△〜の友人／同郷的朋友。

どうきょう［道教］(名) 道教。△〜信者／道教信徒，道士。

どうぎょう［同業］(名) 同業，同行。△〜者の競争／同行之間的競爭。

とうきょく［当局］(名) 當局。△学校〜／學校當局。

とうきょく［登極］(名・自サ) 登極，即位。→即位

どうぎり［胴切り］(名) ① 腰斬。② 横切，切成圓片。

どうきん［同衾］(名・自サ) (男女) 同衾。

どうぐ［道具］(名) ① 器具，工具。△大工〜／木工工具。△舞台の〜／舞台道具。△所帯〜／家庭日用傢具。② 手段，工具。△人の〜に使われる／被人利用。△結婚を出世の〜に使う／拿結婚當作向上爬的階梯。

とうぐう［東宮］(名) 東宮，皇太子。

どうぐがた［道具方］(名) (演劇的) 道具負責人。

どうぐだて［道具立て］(名) ① 備好用具。② 做好各種準備。△〜がうまくいかない／準備不充分。

とうくつ［盗掘］(名・他サ) 盗掘，擅自挖掘。

どうくつ［洞窟］(名) 洞窟，洞穴。△〜壁画／石窟壁畫。

とうぐわ［唐鍬］(名) 钁頭。

どうくん［当君］(名) 該人，他。

どうくんいじ［同訓異字］(名) 字不同而訓讀相同。

とうけ［当家］(名) ① 本家，本宅。△〜の主人／我家的主人。② 你家。△ご〜のおくさまでいらっしゃいますか／是府上的太太嗎？

とうげ［峠］(名) ① 山峰，山頂。△〜の茶屋／嶺上茶館。② 頂點，極點。△病気も〜を過ぎた／病情已過危險期。

どうけ［道化］(名) 滑稽，滑稽演員。△〜者／丑角，喜劇演員。

とうけい［東経］(名)〈地〉東經。↔西經

とうけい［統計］(名・他サ) 統計。△〜をとる／做統計。△〜的に分析する／從統計上分析。

とうげい［陶芸］(名) 陶瓷工藝。△〜家／陶瓷工藝家。

どうけい［同系］(名) 同一系統。△〜会社／同一系統的公司。

どうけい［同慶］(名) 同慶，同喜。

どうけい［憧憬］(名・自サ) 憧憬，嚮往。△〜の的／眾人嚮往的對象。△都会の生活を〜する／嚮往城市生活。

とうげいか［陶芸家］(名) 陶瓷工藝家。

とうけつ［凍結］(名・自他サ) ① 凍結，結冰。△川が〜する／河凍冰了。→氷結 ② 凍結 (資産)。△資金〜／凍結資金。

とうげつ［当月］(名) 當月，本月。

どうけつ［洞穴］(名) 洞穴。

どうげつ［同月］(名) ① 同月，同一個月。② 該月。

とうけん［刀剣］(名) 刀劍。△〜不法所持／非法持有刀劍。

どうけん［洞見］(名・他サ) 洞見，洞察。△すべてを〜する／洞察一切。

どうけん［同権］(名) 同權。△男女〜／男女同權。

どうげん［同原・同源］(名) ① 同一起源。② 同一語源。

とうげんきょう［桃源郷］(名) 世外桃源。

どうこ［銅壺］(名) 銅壺，鐵壺。

とうこう［投降］(名・自サ) 投降。△～をすすめる／勸降。→降参

とうこう［投稿］(名・自サ) 投稿，投的稿件。△雑誌に～する／向雑誌投稿。△～が新聞にのった／稿件在報紙上刊載了。△～者／投稿人。→きこう

とうこう［陶工］(名) 陶瓷工，陶瓷匠。→燒き物師

とうこう［登降］(名・自サ) 升降，上下。

とうこう［登校］(名・自サ)(中小學生) 上學。△8時前に～する／八點前上學。↔ 下校

とうこう［燈光］(名) 燈光。△～がまたたく／燈光閃爍。

とうごう［等号］(名)〈數〉等號。↔ 不等号

とうごう［統合］(名・自他サ) 統一，合併。△意見を～する／統一意見。△～幕僚会議／幕僚聯席會議。△市町村を整理～する／整頓合併市，町，村行政區劃。

とうごう［投合］(名・自サ) 投合，相投。△意気～する／情投意合。

どうこう［同行］(名・自サ) 同行，搭夥。△～者／同行者。△ご～させてください／讓我陪您去吧。

どうこう［同好］(名) 同好，愛好相同。△～の士／同好之士。△～会／同好會。

どうこう［動向］(名) 動向。△社会の～／社会的動向。△今後の～を見守る／觀察今後動向。→趨勢

どうこう［瞳孔］(名) 瞳孔。△～縮小／瞳孔縮小。△～が開く／瞳孔擴散。→ひとみ

どうこう［どう斯う］(副・自サ) 這個那個，這樣那樣。△～言うべき筋合ではない／不該説三道四。

どうこういきょく［同工異曲］(名) 異曲同工。

とうこうせん［等高線］(名)〈地〉等高綫。

とうごく［東国］(名)① 東方之國。② 日本關東地區。→あずま

とうごく［投獄］(名・他サ) 下獄。△～をまぬがれる／免於入獄。△無実の人を～する／把無辜者關入監獄。→収監

どうこく［慟哭］(名・自サ) 痛哭，放聲大哭。→号泣

とうこつ［頭骨］(名) 頭骨。

とうこん［闘魂］(名) 鬥志。△～をみなぎらせる／鬥志昂揚。→闘志

どうこん［同根］(名)① 同一出處，同一來源。②(喻) 同根。

どうこんしき［銅婚式］(名) 銅婚式 (結婚十五周年紀念)。

とうさ［踏査］(名・他サ) 實地調査，勘察。△実地～／實地調査。→探査

とうざ［当座］(名)① 即席，當場。△～売り／當場現金出售。② 一時，暫時。△～のまにあわせ／應付一時。③ 活期。△～預金／活期儲蓄。

どうさ［動作］(名) 動作。△基本～／基本動作。△～がのろい／動作遲緩。△～がきびきびしている／動作很利落。

どうさ［陶砂・礬水］(名) 礬水。△～紙／(繪畫用) 礬水紙，有光紙。

どうざ［同座］(名・自サ)① 同席，同坐。△先生と～した／和老師同席。② 同屬一個劇團。

とうさい［登載］(名・自サ) 登載，揭載。

とうさい［搭載］(名・他サ) 裝 (貨)，裝載。△～量／載重量。△ミサイル～機／導彈運載機。

とうさい［統裁］(名・他サ) 統裁，總裁決。

とうざい［東西］(名)① 東西。△～に長い／東西長。△～南北／東西南北。② 方向。△～を失う／迷失方向。不知如何是好。③ 東方和西方，東部和西部，東洋和西洋。△～文化／東西文化。

どうざい［同罪］(名) 同罪。△両人とも～と見られる／認定二人是同罪。

とうざいく［藤細工］(名) 藤製工藝品。

とうざがし［当座貸］(名)〈經〉日拆。

とうざかしこし［当座貸越］(名)〈經〉透支。

とうさきゅうすう［等差級数］(名)〈數〉等差數列，等差數。

とうさく［倒錯］(名・自他サ)① 顛倒。②〈醫〉錯亂。△～症／神經錯亂症。△記憶の～／記憶的錯亂。

とうさく［盗作］(名・他サ)(文章，設計等) 剽竊。△～する意図はなかった／沒有剽竊的意圖。→剽窃

どうさつ［洞察］(名・他サ) 洞察，看穿。△～力／洞察力。△物の本質を～する／洞察事物的本質。

とうざよきん［当座預金］(名) 活期存款。△～通帳／活期存款摺。

とうさん［倒産］(名・自サ) 倒閉，破産。△～が相次ぐ／(公司) 相繼倒閉。→破産

どうさん［動産］(名) 動産。△～質／動産擔保權。△～銀行／動産銀行。↔ 不動産

どうざん［銅山］(名) 銅礦山。

とうさんさい［唐三彩］(名) 唐三彩。

とうし［投資］(名・他サ) 投資。△設備～／設備投資。△新企業に～する／向新企業投資。↔ 出資

とうし［凍死］(名・自サ) 凍死。

とうし［透視］(名・他サ) 透視。△～力／推測力。△レントゲン～／X 射綫透視。△～画法／(繪畫) 透視法，遠近法。

とうし［唐詩］(名)① 唐詩。② 漢詩。△～選／唐詩選。

とうし［唐紙］(名) 宣紙。

とうし［闘士］(名)① 戰士。② 鬥士，勇士。△労働運動の～／工人運動的幹將。△～型の男／英勇善戰的人。

とうし［闘志］(名) 鬥志，鬥爭精神。△～満満／鬥志昂揚。→闘魂

とうし［盗視］(名) 窺視，偷看。

とうじ［冬至］(名) 冬至。△～点／冬至點。↔ 夏至

とうじ［当時］(名) 當時，那時。△その～/那時。

とうじ［答辞］(名) 答詞。△宴会で～をよむ/在宴會上致答詞。

とうじ［悼辞］(名) 悼詞。△～を述べる/致悼詞。→弔辞

とうじ［湯治］(名) 溫泉療養。△～場/溫泉療養所。

とうじ［当事］(名) 當事。△～者/當事者。

とうじ［統治］(名・他サ) →とうち

とうじ［蕩児］(名) 浪蕩兒，浪子。

どうし［同氏］(名) 該氏，該人。

どうし［同視］(名・他サ) ("同一視" 的縮略) 一視同仁。

どうし［同志］(名) 同志。△～諸君/同志們。△～をつのる/招募志同道合的人。

どうし［童詩］(名) 兒童詩。

どうし［瞳子］(名) 瞳孔。

- どうし［同士］(接尾) 之間，關係。△かたき～/怨家。△男～の争い/男人間的爭吵。△隣り～/鄰里之間。△恋人～/戀人關係。

どうし［動詞］(名)〈語〉動詞。

どうじ［同時］I (名)① 同時。△2 人が死んだのはほとんど～だった/兩人幾乎是同時死的。△陸と空から～に攻撃が始まった/從陸地和空中同時開始攻擊。② 同時代，同時期。II (接) 同時，立刻，既…又…。△はげますと～に忠告する/又鼓勵又勸告。△到着すると～に鐘が鳴った/人一到就敲響了鐘聲。

どうじ［童子］(名) 兒童，童子。△三歳の～/三歳的兒童。→わらべ

どうしうち［同士討ち］(名) 內訌，自相殘殺。

とうしき［等式］(名)〈數〉等式 ↔ 不等式

とうじき［陶磁器］(名) 陶瓷器。→瀬戸物

とうじしゃ［当事者］(名) 當事者，當事人。△～同士で話しあう/當事者互相商量。↔ 第三者

とうしつ［等質］(名) 等質，均質，性質相同。△色は違うが、～の製品だ/顏色不同但性能相同的產品。→均質

とうじつ［当日］(名) 當日，當天。△～売りの切符/當天出售的票。

どうしつ［同質］(名) 同性質。△～の手口/同樣的手法。↔ 異質

どうじつ［同日］(名)① 同日。△～の談ではない/不能相提並論，不可同日而語。② 當天，那天。△～午後から討論会がある/當天下午開討論會。

どうじつうやく［同時通訳］(名) 同聲傳譯。

どうして I (副)① 如何地，怎樣地。△この問題を～解決したらいいだろう/這個問題怎樣解決呢。② 怎麼，為甚麼。△～きみは来なかったのか/你為甚麼沒來？ II (感)① 哪裏哪裏，遠不是這樣。△～そんなていどじゃなかったのよ/哪裏哪裏，遠不止這種程度。②(表示驚嘆) 呀，哎呀。△～大変な人気ですよ/哎呀，真受歡迎啊！

どうしても (副)① 無論如何也…怎麼也…。△～できない/怎麼也不會。② 務必，一定。△～やりとげる/一定完成。

とうしゃ［当社］(名)① 本公司，該公司。② 該神社。

とうしゃ［投射］(名・他サ) 投射，投影。△～図法/投影圖法。

とうしゃ［謄写］(名・他サ)① 謄寫。② 油印。

とうしゃ［透写］(名・他サ) 透寫，描寫，影寫。△拓本を～する/影寫拓本。

どうしゃ［同車］(名・自サ) 同車。△駅まで～する/同車到車站。

どうじゃく［瞠若］(形動タルト) 瞠若，瞠目結舌。

とうしゃばん［謄写版］(名)① 謄寫版，鋼版。→がり版 ② 油印機。△～印刷/油印。

とうしゅ［当主］(名) 本家現在的戶主。△德川家の～/德川一家的戶主。→当代 ↔ 先代

とうしゅ［投手］(名)(棒球) 投手。△～戦/投手競賽。△名～/有名的投手。→ピッチャー

とうしゅ［党首］(名) 政黨的領袖。△三～会談/三黨首領會談。

どうしゅ［同種］(名) 同一種類。△～の犯罪が相次いで起こった/同類犯罪相繼發生。△鮒と金魚は～だ/鯽魚和金魚同種。↔ 異種

とうしゅう［踏襲］(名・他サ) 沿襲，繼承。△前例を～する/沿用先例。△前内閣の政策を～する/繼承前內閣的政策。

どうしゅう［同舟］(名) 同舟 (的人)。△～相救う/同舟共濟。

どうしゅう［同臭］(名) 臭味相投。

どうしゅう［銅臭］(名) 銅臭。

とうしゅく［投宿］(名・自サ) 投宿。△ホテルに～する/投宿旅館。

どうしゅく［同宿］(名・自サ) 同住 (一個旅店)。

とうしゅつ［導出］(名・他サ) 導出 (結論)。↔ どうにゅう

とうしゅとうろん［党首討論］(名) 總理大臣和在野黨領袖的公開討論會。

とうしょ［当初］(名) 當初，最初。△計画の～から問題があった/計劃當初就有問題。

とうしょ［投書］(名・他サ)① 投稿。② 投函。△～欄/讀者來信欄。△匿名の～をする/寫匿名信。

とうしょ［頭書］I (名) 前言，事由。△～の通り/如前言所述。II (名他サ) 眉批，眉註。

とうしょ［島嶼］(名) 島嶼。

どうじょ［倒叙］(名) 倒敍。

どうじょ［童女］(名) 童女，幼女。

とうしょう［凍傷］(名)〈醫〉凍傷，凍瘡。△～にかかる/患凍瘡。

とうしょう［闘将］(名)① 闖將，幹將。② 優秀選手。③ 鬥爭的首領。

とうじょう［凍上］(名・自サ)(地面或鐵軌) 凍得凸起。

とうじょう［党情］（名）黨內情況。

とうじょう［東上］（名・自サ）東上（日本從西部去首都）。△近日中に〜する／近幾天到東京去。↔西下

とうじょう［搭乗］（名・自サ）搭乗。△〜員／乗務員。△〜手続き／登機手續。△〜券／登機牌。

とうじょう［登場］（名・自サ）①出場，登台。△配役を〜順に並べる／演員按出場順序排列。△〜人物／出場人物。②上市。△新製品が〜する／新產品上市。

どうじょう［道床］（名）〈鐵道〉道牀，路基。

どうじょう［同上］（名）同上。

どうじょう［同乗］（名・自サ）同乗，同坐。△〜の人は友人です／同車的是我的朋友。

どうじょう［同情］（名・自サ）同情。△〜心／同情心。△〜を寄せる／寄予同情。△〜を買う／贏得同情。

どうじょう［道場］（名）①〈佛教〉道場②武術場。△〜やぶり／（到武術場去）打擂。

どうしょういむ［同床異夢］（名）同牀異夢。

とうじょうじんぶつ［登場人物］（名）出場人物。

どうしようもない（連語）毫無辦法。△あいつは〜怠けものだ／那是個不可救藥的懶漢。△こうなったらもう〜／事到如今已無計可施。

どうしょく［同職］（名）同一職業。

どうしょくぶつ［動植物］（名）動植物。

とう・じる［投じる］（自他上一）①投入。△戦いに身を〜／投入戰鬥。②投，投入。△1票を〜／投上一票。③投放，給。△資本を〜／投資。△家畜にえさを〜／餵牲口。④投宿。△旅館に〜／住旅館⑤投降。△敵に〜／投敵。⑥投，扔下。△筆を〜／停筆⑦投，乘。△機に〜／投機。⑧投，關進。△獄に〜／關進監獄。

どう・じる［動じる］（自上一）動搖，心慌。△物に〜じない／鎮定自若。遇事不慌。

どう・じる［同じる］（自上一）①入夥。②同意，贊成。

とうしん［燈心］（名）燈芯。△〜をかきたてる／撥燈芯。

とうしん［投身］（名・自サ）（為自殺）跳下。△屋上から〜自殺する／跳樓自殺。△川に〜する／跳河。

とうしん［盗心］（名）盗心。

とうしん［等身］（名）等身。△〜像／等身像。

とうしん［答申］（名・他サ）（對上級諮詢的）答覆。△〜案／報告書。△文部大臣に〜する／答覆文部大臣的諮詢。↔諮問

とうじん［蕩尽］（名・他サ）蕩盡。△財産を〜する／蕩盡家產。

どうしん［同心］（名）①同心，意見一致。△〜一体／同心同德。②中心點相同。△〜円／同心圓。③（武家時代）最下級士兵。④（江戶時代）隸屬捕吏的下級官吏。

どうしん［童心］（名）童心，純真的心。△〜に返る／一返童心。

どうじん［同人］（名）①同一個人，該人，那人。②志同道合的人，愛好相同的人。△〜雑誌／同仁刊物。

どうしんえん［同心円］（名）〈數〉同心圓。

とうしんせん［等深線］（名）〈地〉等深綫。

とうすい［陶酔］（名・自サ）陶醉。△自我〜／自我陶醉。△美酒に〜する／陶醉於美酒。

とうすい［統帥］（名・自サ）統帥。△〜権／統帥權。△〜軍を〜する／統帥軍隊。

とうすい［透水］（名）透水，滲水。△〜性／透水性。

どうすい［導水］（名）導水，引水。△〜管／導水管。

とうすう［頭数］（名）（動物的）頭數。△飼育〜／飼養頭數。

どうすう［同数］（名）同數，數目相同。△賛否〜の投票／贊成和反對的票數相同。

とうずる［投ずる］（名・自サ）⇨とうじる

どうずる［同ずる］（自サ）⇨どうじる

どうずる［動ずる］（自サ）⇨どうじる

とうぜ［党是］（名）政黨的基本方針。

どうせ（副）反正，終歸。△人間は〜死ぬものだ／人總是要死的。△〜行かなければならないなら，早い方がいい／反正得去，莫如早些好。

とうせい［党性］（名）黨性。

とうせい［東征］（名・自サ）東征。

とうせい［陶製］（名）陶製品。

とうせい［当世］（名）當代，現代。△〜風／時尚。△〜風な考え方／現在時興的想法。

とうせい［統制］（名・他サ）統制，管制。△〜経済／統制經濟。△言論を〜する／（政府）管制言論。限制言論自由。

どうせい［同姓］（名）同姓。△〜同名／同姓同名。

どうせい［同性］（名）①性質相同。②性別相同。△〜愛／同性戀。↔異性

どうせい［動静］（名）動靜，動態，情況。△〜を探ぐる／探聽情況。

どうせい［同棲］（名・自サ）（未正式結婚的男女）同居。

どうせいこん［同性婚］（名）同性婚姻。

とうせき［悼惜］（名・他サ）悼惜，悼念。

とうせき［投石］（名・自サ）投石。△デモ隊が某大使館に〜した／示威隊伍向某國大使館扔了石頭。

どうせき［同席］（名・自サ）①同乗（飛機、火車），（宴會、集會）同席，在場。△あのかたとは座談会で〜したことがあります／我曾和他一起參加過座談會。②同席位，同等地位。

とうせつ［当節］（名）現在，如今，當前。△〜流行の文句／現在流行的話。△〜はなにもかも値上がりする一方だ／這年頭甚麼東西都一個勁兒往上漲。

とうせん［当選］（名・自サ）當選，中選。△市長に〜する／當選為市長。↔落選

とうせん［燈船］(名)(指示航路的)航標燈船。

とうせん［当籤］(名・自サ)中籤，中彩。

とうぜん［当然］(名・形動・副)當然，理所當然。△～の処置／應有的措施。△～すぎるほど～なこと／完全是理所當然的事。△～そうするべきだ／理應那樣做。△なぐられて～だ／活該捱揍！

とうぜん［陶然］(副)陶醉。△～たる気持ち／心曠神怡。△～と酔う／陶然而醉。

どうせん［同船］ I (名・自サ)同船。△友人と偶然に～した／與朋友偶然同乘一船。 II (名)該船。

どうせん［銅線］(名)銅綫，銅絲。

どうせん［銅錢］(名)銅錢，銅幣。

どうせん［導線］(名)〈電〉導綫。

どうぜん［同然］(形動)同樣，一樣。△ただも～の値段／等於白給(奉送)的價錢。△乞食～の姿／乞丐似的扮扮。→同様

どうぜん［同前］(名)同前。

どうぞ(副)①(表示勸誘、請求、委託)請。△～おかけください／請坐。△～よろしく／請多關照。②(表示承認，同意)可以，請。△お先に失礼します。一～／我先走啦。一請吧。

とうそう［逃走］(名・自サ)逃走，逃跑。△経路／逃跑路綫。△囚人が～を企てる／囚犯企圖逃走。

とうそう［闘争］(名・自サ)爭，爭鬥。△武力～／武裝鬥爭。△～を続ける／堅持鬥爭。△階級～／階級鬥爭。

どうそう［同窓］(名)同窗、同學。△～会／同學會。→校友

どうぞう［銅像］(名)銅像。△～を建てる／建立銅像。

とうぞく［盗賊］(名)盜賊。△～の一味／一夥盜賊

どうぞく［同属］(名)同屬。

どうぞく［同族］(名)同族，一族。△～結婚／近親結婚。

どうぞく［道俗］(名)僧俗。△～男女／僧俗男女。

どうそじん［道祖神］(名)守路神。△分れ道に～が立っている／在岔路口立着守路神像。

どうそたい［同素体］(名)〈化〉同素異形體。△ダイアモンドと石墨は～である／鑽石和石墨是同素異形體。

とうそつ［統率］(名・他サ)統率。△～力／統率能力。△陸軍を～する／統率陸軍。

とうそつりょく［統率力］(名)統率能力。

とうた［淘汰］(名・他サ)淘汰。△自然～／自然淘汰。△人為～／人為淘汰。△老朽職員を～する／淘汰老年職員。

とうだい［当代］(名)①當代，現代，現今。△～の大作家／現代大作家。②那個時代，該時代。△～の名画を集める／搜集那個時代的名畫。③現在的天皇。

とうだい［燈台］(名)①燈架，燭台。△竹～／竹燈架。②燈塔。△～守／燈塔看守人。

どうたい［胴体］(名)軀體，軀幹，(飛機)機身。△あの人は～が長い／他的上身長。△～着陸／機身着陸。→胴

どうたい［動態］(名)動態。△人口～／人口動態。↔静態

どうたい［同体］(名)①一體。△一心～／一心一體。②(相撲)同樣的姿勢。

どうたい［導体］(名)〈電〉導體，導電體。△半～／半導體。

どうたい［動体］(名)①運動的物體。②〈理〉流體。

どうたく［銅鐸］(名)銅鐸。

とうたつ［到達］(名・自サ)到達，達到。△～目標／要達到的目標。△～点／到達點。△彼も同じ結果に～した／他也得到了同樣結果。△同じ結論に～する／得出同樣結論。

とうだん［登壇］(名・自サ)登上講壇，上台。△～して演説する／上台演說。↔降壇

どうだん［同断］(名・形動)相同，同前。△前者と～／和前者相同。

とうち［当地］(名)當地，本地，此地。△～は冬でも暖かい／當地冬天也很暖和。→当所

とうち［倒置］(名・他サ)①倒置，顛倒放置②(修詞)倒置，倒裝。△～法／倒裝句。

とうち［統治］(名・他サ)統治。△～権／統治權。△～者／統治者。…△の～下にある／在…統治之下。

とうちほう［倒置法］(名)(修詞)倒裝句。

とうちゃく［到着］(名・自サ)到達，抵達，到。△～時刻／到達的時間。△定時～／正點到達。△無事に目的地に～した／安全到達目的地。

どうちゃく［撞着］(名・自サ)①撞着，碰到。②抵觸，矛盾。△自家～／自相矛盾。→矛盾

どうちゃく［同着］(名)同時到達(決勝點)，同時到達終點。

とうちゅう［頭注］(名)眉批。↔脚注

どうちゅう［道中］(名)途中，旅途中。△では～ご無事で／祝一路平安。

とうちょう［登庁］(名・自サ)(到機關)上班。△初～／(政府機關的長官)初次上任。↔退庁

とうちょう［登頂］(名・自サ)登上山頂。△初～／首次登上山頂。

とうちょう［盗聴］(名・他サ)竊聽，偷聽。

どうちょう［同調］ I (名・自サ)①贊同。△～者／贊同者。②同一步調。 II (名他サ)〈理〉調諧。△～ダイヤル／調諧度盤。

どうちょうとせつ［道聴塗説］(名)道聽途說。

とうちょく［当直］(名・自サ)值班(人)，值日。△～を引き渡す／交班。

とうちん［陶枕］(名)瓷枕。

とうつう［疼痛］(名)疼痛。△後頭部に～をおぼえる／感到後腦部疼痛。

とうてい［到底］(副)(下接否定語)無論如何也，怎麼也。△～信じられない／我根本不信。△今からじゃ～間に合わない／現在才動，哪

能來得及呢！

とうてい［童貞］（名）童貞。△～を守る／保持童貞。

とうてい［道程］（名）① 路程，行程。△20キロの～を1日で歩く／一天走二十公里的路程。② 過程。△学問研究の～は長くて険しい／研究學問的道路漫長而艱難。

とうてき［投擲］（名・他サ）① 投擲。②〈體〉投擲比賽。△～競技／投擲比賽。

どうてき［動的］（形動）① 動的，變化的。△言語は～な表現である／語言是動的表現。② 生動的，活潑的。△～な描写／生動的描寫。↔静的

とうてつ［透徹］（名・自サ）① 透徹。△～した理論／精闢的理論。② 清澈，清新。△～した湖水／清澈的湖水。

とうてん［読点］（名）逗號。△～をうつ／點逗號。

どうてん［同点］（名）分數相同。△～の答案／分數相同的答卷。

どうてん［動転］（名・自サ）① 驚慌，驚慌失措。△気が～する／驚恐萬狀。② 移動，變遷。

とうど［凍土］（名）凍土。△～帯／土帯。→ツンドラ

とうど［陶土］（名）陶土，瓷土。△～捏器／陶土捏和機。

とうと・い［貴い・尊い］（形）① 珍貴，寶貴。△～体験／寶貴的經驗。△～宝／珍寶。→貴重 ② 尊貴，高貴，值得尊敬。△～おかた／高貴的人。↔いやしい

とうとう（副）終於，終究，到底。△～雨になった／終於下起雨來。△3時間待ったが，彼は～来なかった／等了三小時，可是他到底沒來。→結局

とうとう［等等］（名）等等。△A・B・C・D～，数えあげたらきりがない／A・B・C・D等等，數不勝數。→しかじか

とうとう［滔滔］（副・連体）①（水）滔滔。△～たる大河／波濤滾滾的大河。②（話）滔滔不絕，口若懸河。△～と受け答えをする／對答如流。

どうとう［同等］（名・形動）同等，同樣。△～の資格／同等資格。△～に分ける／平分。

どうどう［堂堂］（形動トタル）① 堂堂。△～たる風格／儀表堂堂。△～たる体格／魁梧的體魄。② 堂堂正正，光明磊落。△～と所信を述べる／毫不隱諱地闡述自己的觀點。③ 公然，大搖大擺。△～と賄賂をとる／公然索賄。

どうどうめぐり［堂堂巡り・堂堂回り］（名）① 環寺院大殿周圍祈禱。② 手拉手成圓圈繞的遊戲。③（談話，辯論）來回兜圈子。△彼の話は～だ／他説的是車軲轆話。

どうとく［道徳］（名）道德。△公衆～／公共道德。△～心／道德觀念。△～家／道學先生。△～的／道義上。合乎道德。

とうとつ［唐突］（形動）唐突，冒昧，冒然。△～な話／意外的話。△～で恐縮ですが…／

恕我冒昧…

とうと・ぶ［尊ぶ・貴ぶ］（他五）尊重，尊敬，重視。△人の権利を～／尊重他人的權利。△年長者を～／尊重長者。△少数の意見を～／重視少數人的意見。→たっとぶ

とうどり［頭取］（名）銀行行長。

とうな［唐菜］（名）白菜。

どうなが［胴長］（名）① 身軀長，上身長。② 膠皮連腳褲。

とうなす［唐茄子］（名）南瓜。

とうなん［盗難］（名）失盗，被盗。△～保険／失盗保險。△～に遭う／失盗。

とうなんアジア［東南アジア］（名）東南亞。

とうに［疾うに］（副）老早，早就。△用意は～できている／早就準備好了。

どうにいる［堂に入る］（連語）熟練，造詣很深，登堂入室。△彼の司会ぶりは～ったものだ／他主持會要很老練。

とうにおちずかたるにおちる［問うに落ちず語るに落ちる］（連語）不打自招。

どうにか（副）① 好夕，總算。△～頂上まできた／總算來到了山頂上。△これで～暮しがたつ／這樣總算可以勉強度日。→やっと ② 設法，想辦法。△～なるだろう／總會有辦法的。△～してください／請給想個辦法。

どうにも（副）實在…毫無…△～やりきれない／實在受不了。△眠くて眠くて～ならない／睏得要命。△それは～ならないことだ／那是毫無辦法（毫無意義）的事。

とうにゅう［豆乳］（名）豆漿。

とうにゅう［投入］（名・他サ）① 投入，扔進。△コイン～口／投幣口。② 投入，投放。△資本を～／投資。△人員を～／投入人力。

どうにゅう［導入］（名・他サ）① 輸入，引進。△外資を～する／引進外資。② 導言，引言，楔子。△長い～部をもつ小説／有較長楔子的小説。→イントロ

とうにょうびょう［糖尿病］（名）〈醫〉糖尿病。

とうにん［当人］（名）本人，當事人。△～の意志／本人的意志。△～を呼びだして調べる／找當事人調查。→本人

とうねん［当年］（名）① 當年，那時，過去。△～をしのぶ／懷念過去。② 今年，本年。△～とって60才／今年六十歲。

どうねん［同年］（名）① 同歲，同年紀。△～輩／年紀相仿的夥伴。② 那年，該年。△～3月卒業／該年三月畢業。

どうのこうの（連語）這個那個地（説）。△今さら～言ってみたところで始まらない／到這份兒上了，説東道西也無濟於事。

とうは［党派］（名）① 黨派。△超～／超黨派。△政治家は～を結んで政争に忙しい／政治家結成黨派忙於政治鬥爭。② 小集團。△会社内はいくつもの～に分れて争っている／公司內部分為好幾個派在爭鬥。

とうは［踏破］（名・他サ）走遍。△全国を～する／走遍全國。

と
ト

どうは［道破］（名・他サ）道破，説破。△ひとことで～する／一語道破。

どうはい［銅牌］（名）銅牌，銅質獎章。

どうはい［同輩］（名）年齡資歷等大致相同的人。△彼とは～です／我和他是同輩。↔ 先輩，後輩

とうはつ［頭髪］（名）頭髪。

とうばつ［討伐］（名・他サ）討伐。△反乱軍を～する／討伐叛軍。

とうばつ［盗伐］（名・他サ）盗伐。△樹木を～する／盗伐樹木。

とうはん［登攀］（名・自サ）攀登。

とうばん［当番］（名）值日，值班。△～につく／值班。△～が明ける／值完班。↔ 非番

とうばん［登板］（名・自サ）（棒球）投手就位。△初～／首次投球。

どうはん［同伴］（名・自サ）（男女）伴侶，偕同。△～者／同行者。△夫人～で出発する／偕同夫人出發。

どうばん［銅盤］（名）銅盤。

とうひ［当否］（名）當否，是否正確，是否適當。△～はさておき／當否暫且不論。△この試案の～は後日判明する／這個草案是否合適，日後會清楚的。

とうひ［逃避］（名・自サ）逃避。△現実から～する／逃避現實。→回避 ↔ 直面

とうび［掉尾］（名）（競賽、典禮等的）最後，結尾。△～をかざる／精彩的結尾。

とうひきゅうすう［等比級数］（名）〈數〉等比數列。

どうひつ［同筆］（名）同一個人的筆跡。△この二つの写本は～である／這兩個抄本是一個人的筆跡。

とうひょう［投票］（名・自サ）投票。△～で決める／投票表決。

とうひょう［燈標］（名）航標燈。

とうびょう［闘病］（名・自サ）和疾病作鬥爭。△～生活／和疾病作鬥爭的生活。

とうびょう［投錨］（名・自サ）拋錨，停泊。△～地／錨地。

どうひょう［道標］（名）路標。△～が立っている／豎着路標。→道しるべ

どうびょう［同病］（名）① 患同一種病（的人）。△同病の患者／同病患者。② 有同樣不幸遭遇（的人）。△～相憐れむ／同病相憐。

とうひょうりつ［投票率］（名）投票率。

とうひん［盗品］（名）贓物。△～故買／收購贓物。→贓品

とうふ［豆腐］（名）豆腐。△高野～／凍豆腐。△絹ごし～／嫩豆腐。△～屋／豆腐店。

とうぶ［頭部］（名）頭部。

とうぶ［東部］（名）東部。↔ 西部

とうふう［東風］（名）⇨ひがしかぜ

とうふう［唐風］（名）① 唐代式樣。② 中國式。

どうふう［同封］（名・他サ）附在信內。△家族一同の写真を～します／隨信寄上全家的照片。

とうふく［当腹］（名）現在的妻子所生的（子女）。

とうふく［倒伏］（名・自サ）（稲、麥等）倒伏。

どうふく［同腹］（名）① 同腹，一母所生，同胞。↔ 異服 ② 同夥，同類。

どうぶつ［動物］（名）動物。

どうぶつえん［動物園］（名）動物園。

とうふにかすがい［豆腐に鎹］（連語）豆腐上釘鎹子——白費，無效。△彼に意見したって～だ／給他提意見是白費。→ぬかにくぎ

どうぶるい［胴震い］（名・自サ）顫慄，顫抖。△寒さで～する／冷得渾身發抖。

とうぶん［糖分］（名）① 糖分。△～の多い果物／糖分多的水果。② 甜味。△～がほしい／想吃甜的。

とうぶん［等分］（名・他サ）等分，平分，均分。△鹽と砂糖を～に入れる／放入等量的鹽和糖。△財産を～に分ける／平分財産。

とうぶん［当分］（副）最近，目前，暫時，一時。△～の間休業する／暫時停業。△雨は～やむまい／雨一時還不能停。→當座

どうぶん［同文］（名）① 同文，文字相同。△日本と中国は～だ／日本和中國文字相同。② 同樣文章，同樣內容。△～電報／內容相同的電報。

とうへき［盗癖］（名）盗癖，偷竊的毛病。

とうへん［等辺］（名）〈數〉等邊。△二～三角形／等腰三角形。

とうべん［答弁］（名・自サ）答辯。△文部大臣が～に立つ／文部大臣起來答辯。

とうへんぼく［唐変木］（名）〈俗〉蠢才，蠢貨，糊塗蟲。△この～め／這個糊塗蟲！

とうぼ［登簿］（名）記賬，註冊。△～済み／已註冊。

とうほう［当方］（名）這邊，我方。△～も皆元気です／我們也都很健康。↔ 先方

とうほう［答訪］（名）回訪，回拜。

とうほう［東方］（名）東方。△太陽は～から昇る／太陽從東方升起。↔ 西方

とうぼう［逃亡］（名・自サ）逃亡。△～犯人／逃犯。△～を企てる／企圖逃跑。

どうほう［同胞］（名）同胞。△血をわけた～／骨肉同胞。△在外～／海外僑胞。

どうぼう［同房］（名）同一牢房。△～者／同牢房的人。

とうほく［東北］（名）① 東北（方向、地方）。② 日本本州東北部地方。△～弁／東北方言。③ 中國的東北。

とうぼく［唐墨］（名）中國製的墨，中國墨。

とうほん［謄本］（名）① 副本，抄件。△～を取る／做成副本。② 戶口副本。↔ 抄本

とうほんせいそう［東奔西走］（名・自サ）東奔西走，到處奔走。△～して資金を集める／到處奔走籌集資金。

どうまき［胴巻き］（名）（圍繫在腰上的）錢兜子，錢兜帶。

どうまわり［胴回り］(名) 腰身，腰圍。△～を計る／量腰圍。→ウェスト

どうみゃく［動脈］(名) ① 動脈。△～硬化症／動脈硬化症。↔ 静脈 ② 交通幹綫。△大～／大動脈。主要交通幹綫。→幹線

どうみゃくこうか［動脈硬化］(名)〈醫〉動脈硬化。

とうみょう［燈明］(名)(供神佛的)燈火，供燈。

とうみん［冬眠］(名・自サ) 冬眠。△へびやえるは～する／蛇和蛙冬眠。

とうめい［透明］(名・形動) 透明。△無色～／無色透明。

どうめい［同名］(名) 同名。

どうめい［同盟］(名・自サ) 同盟。△～罷業／同盟罷工。

とうめん［当面］(名・副・自サ) 當前，目前，面臨。△～の急務／當務之急。△危機に～している／面臨危機。→直面，当分

どうも (副) ①(下接否定)怎麼也。總是。△～上手に話せない／怎麼也説不好。② 有點兒，似乎，總覺得。△～おかしい／有點兒奇怪。③ 實在，真，太。△～、～／實在太感謝了。(太對不起了。)△～ありがとう／多謝。△～困った／真糟糕！

どうもう［獰猛］(形動) 兇猛，猙獰。△～な野獣／兇猛的野獸。

とうもく［頭目］(名) 頭目，頭子。△山賊の～／山賊的頭子。→ボス

どうもく［瞠目］(名・自サ) 瞠目。△～して見る／瞠目而視。

どうもり［堂守］(名) 看廟(的人)。

とうもろこし［玉蜀黍］(名) 玉蜀黍，玉米。△～の粉／玉米粉。

どうもん［同門］(名) 同門，同師的門徒。△～のよしみ／同門之誼。

どうもん［洞門］(名) 洞門，洞口。

とうや［当夜］(名) ① 當夜，該夜。② 今夜。

とうや［陶冶］(名・自サ) 陶冶，薰陶。△～性／可塑性。

とうやく［投薬］(名・自サ) 投藥，給藥。△病状にあわせて～する／對症下藥。→投与

とうやく［湯薬］(名)〈醫〉湯藥。

どうやく［同役］(名) 同僚，同事。△ご～／同事。

どうやら (副) ① 好歹。△～仕上げた／好歹幹完了。② 彷彿，大概。△～かぜをひいたようだ／八成是着涼了。→たぶん

とうゆ［燈油］(名) ① 燈油。② 煤油。

とうゆ［桐油］(名) ① 桐油。② 桐油紙。

どうゆう［同憂］(名) 同憂。△～の士／同憂之士。

とうゆうし［投融資］(名) 投資和通融資金。

とうよ［投与］(名・他サ) 投藥，給藥。△散薬を 2 日分～する／給兩天的藥粉。→投薬

とうよう［当用］(名) 當前需要，目前使用。△～必需品／日用必需品。

とうよう［東洋］(名) ① 東洋。(亞洲的東部及南部地區)△～の文化／東方文化。②(中國稱日本)東洋。↔ 西洋

とうよう［盗用］(名・他サ) 盜用，竊用。△公印を～する／盜用公章

とうよう［登用］(名・他サ) 提拔任用，重用。△人材を～する／重用人材。→起用

どうよう［童謡］(名) 童謠。

どうよう［動揺］(名・自サ) ① 搖動，搖擺。△舟が左右に～する／船左右搖擺。②(精神)動搖。△心が～する／心神不安。

どうよう［同様］(形動) 同樣，一樣。△～にあしらう／一視同仁。△ただ～の値段／等於白給的價錢。

とうようかんじ［当用漢字］(名) 當用漢字。(日本政府規定目前日文中使用的漢字)

とうようじん［東洋人］(名) 東洋人。↔ 西洋人

とうらい［到来］(名・自サ) ①(時機等)來到。△時節～／時機到來。②(禮物)送來。△～物／(別人)送來的禮物。

とうらく［当落］(名) 當選和落選。△～の予想／預測當選或落選。

とうらく［騰落］(名)(物價)漲落。△相場の～／行市的漲落。

どうらく［道楽］(名) ①(業餘的)愛好，嗜好。△食い～／講究吃。→趣味 ② 吃喝嫖賭，不務正業。△～者／酒色之徒，賭徒。△～息子／浪蕩公子，敗家子。

どうらん［胴乱］(名) 植物標本採集箱(筒)。

どうらん［動乱］(名) 動亂，擾亂，騷動。△～を静める／平息動亂。

どうり［道理］(名) ① 道理。△～にかなう／合乎道理。△～にはずれる／不合道理。→すじ ② 有道理，不奇怪。△彼が怒るのも～だ／難怪他發火。

とうりつ［倒立］(名・自他サ) 倒立。△～像／倒像，倒立圖像。

どうりつ［同率］(名) 同樣比率，同一比例。

どうりで (副) 怪不得，當然，無怪乎。△～うれしそうな顔をしている／怪不得他面帶笑容。△まだ 7 時か，～誰も来ていないわけだ／才七點呀，怪不得一個人也沒來。

とうりゅう［逗留］(名・自サ) 逗留。△長～をする／長期逗留。→滞在

どうりゅう［同流］I (名・自サ) 同流，合流。II (名) 同一流派，該流派。

とうりゅうもん［登竜門］(名) 登龍門，飛黃騰達的門路，發跡的門徑。△文壇への～／登上文壇的門徑。

とうりょう［棟梁］(名) ① 棟樑。△一国の～／一國之棟樑。② 木匠師傅。△あの～は腕がいい／那位木匠師傅手藝好。

とうりょう［等量］(名) 等量，同量。

どうりょう［同僚］(名) 同僚，同事。

とうりょく［投力］(名) 投擲能力。

どうりょく［動力］(名) 動力，原動力。

どうりん [動輪] (名) 主動輪，驅動輪。

とうるい [盗塁] (名・自サ) (棒球) 偷壘。△～成功／偷壘成功。

どうるい [同類] (名) 同類，同夥。△～の人物／同類人物，一丘之貉。△ぼくはあの連中の～ではない／我和他們不是同夥。

どうるいこう [同類項] (名) 〈數〉同類項。

とうれつ [同列] (名) ① 同列，同排。△彼女の席はあなたと～です／她的座位跟您一排。② 同等地位，同等程度。△～に論でられない／不能相提並論。③ 一起，偕同。△ご夫婦で～でおいでください／請您夫婦一起來吧。

どうろ [道路] (名) 道路，公路。△高速～／高速公路。△～をつくる／開路，修路。△一方通行の～／單行道。

とうろう [燈籠] (名) 燈籠。△～に火を入れる／點燃燈籠。△まわり～／走馬燈。

とうろう [塔楼] (名) 塔樓。

とうろう [蟷螂] (名) 蟷螂。△～の斧／螳臂當車。

とうろうながし [燈籠流し] (名) (盂蘭盆會最後一天) 放河燈。

とうろく [登録] (名・他サ) 登記，註冊。△住民～／居民登記。△～しょうひょう／註冊商標。

とうろん [討論] (名・他サ) 討論。△～会／討論會。→討議

どうわ [童話] (名) 童話。△～映画／(電影) 童話片。

とうわく [当惑] (名・自サ) 困惑，為難。△～の色がかくせない／掩蓋不住困惑不解的神色。△彼の返事は私を～させた／他的回答使我感到莫名其妙。

とうをえる [当を得る] (連語) 得當。△とうをえた処置／妥當的處理。↔ 当を欠く

とえはたえ [十重二十重] (名) 層層，重重。△～にとりかこむ／重重包圍，層層圍住。

とお [十] (名) ① 十，十個。△～買ってきなさい／買十個來。② 十歲。△長男はもう～になった／大兒子已經十歲了。

とおあさ [遠浅] (名) (從海岸延伸到海面遠處的) 淺灘。

とおあるき [遠歩き] (名) 遠行，出遠門。

とおい [遠い] (形) ① (距離) 遠。△学校が～／學校遠。② (時間) 長，久。△～昔のことだ／很久以前的事。△～将来／遙遠的將來。③ (關係) 疏遠，遠。△あの人はわたしの～親戚です／那個人是我的遠親。④ 遲鈍，不敏感。△耳が～／耳背。△気が～くなる／神志不清。⑤ 遠視眼。△目が～／遠視眼。

とおえん [遠縁] (名) 遠親。△～にあたる人／遠親。

とおからず [遠からず] (副) 不遠，不久，最近。△～事件も解決するだろう／不久事件也會解決的。→まもなく

トーキー [talkie] (名) 有聲電影，有聲片。↔ サイレント

とおきにいくにかならずちかきよりす [遠きに行くに必ず近きよりす] (連語) 千里之行始於足下。

とおきははなのこうちかきはくそのこう [遠きは花の香近きはくその香] (連語) 人是遠來香，遠來和尚會唸經。

トーキングペーパー [talkingpaper] (名) 討論資料，在國際會議上，傳達本國主張、主旨的準備文件。

トークイン [talk-in] (名) 討論會，演說會。

トークショー [talk show] (名) 以與名人座談形式進行的電視節目，脱口秀。

トークセッション [talk session] (名) 懇談會，討論會。

とおくてちかいはだんじょのなか [遠くて近いは男女の仲] (連語) 千里姻緣一綫牽。

とおくのしんるいよりちかくのたにん [遠くの親類より近くの他人] (連語) 遠親不如近鄰。

トークバック [talk back] (名) (演出後把觀眾叫來談感想) 觀後聽感。

トークン [token] (名) 象徵，標誌，記號。

とおざか・る [遠ざかる] (自五) ① 遠離，走遠。△汽船は次第に～って行った／輪船漸漸走遠了。② 疏遠。△文壇から～／離開文壇。△仲間から～／和夥伴疏遠了。→遠のく ↔ 近づく

とおざ・ける [遠ざける] (他下一) ① 躲開，避開。△人を～／躲開人。② 疏遠。△悪友を～／與壞朋友疏遠。△敬して～／敬而遠之。→うとんじる

とおし [通し] (名) ① 一直，自始至終。△～切符／通票。△～番号／連續號碼。② (上正式菜以前的) 小菜，簡單小吃。△お～／小菜。

- どおし [通し] (接尾) 一直。△夜～勉強する／徹夜用功。△泣き～／一個勁兒地哭。

とおしばんごう [通し番号] (名) 連續號碼。

とおしふなにしょうけん [通し船荷証券] (名) 〈經〉聯運提單。

とお・す [通す] (他五) ① 通過，穿過，透過。△針に糸を～／紉針。△風を通す／通風。△ガラスは光を～／玻璃透光。△汗が着物を～した／汗水濕透了衣服。② 通達。△筋を～して話せ／要講得有條理。③ 引進，讓進。△客を応接間に～／把客人讓到客廳。④ 堅持，貫徹。△平で～／始終是個白丁。△独身で～／一輩子不結婚。△我を～／固執己見，一意孤行。△無理を～／蠻幹。△夜を～／徹夜，通宵。⑤ 通過。△法案を～／通過法案。△目を～／過目，通覽。⑥ (以 "…を～して" 形式) 通過…以…為中介。△テレビやラジオを～して宣伝する／通過電視廣播宣傳。△人を～して頼む／通過別人請託。

－とおす［通す］（接尾）…（做）完，（做）到底。△最後まで頑張り～した／堅持到最後。

トースター［toaster］（名）麵包烤箱。△～でパンを燒く／用烤箱烤麵包。

トースト［toast］（名）烤麵包片，吐司。△～にする／烤麵包片。

トータル［total］Ⅰ（名・他サ）總計，合計。△得点を～する／合計得分。Ⅱ（形動）全體的，整體的。△～からとらえかた／從整體上把握。

トータルショップ［total shop］（名）同一主題品種齊全的商品。

トータルビューティー［total beauty］（名）全身美容。

トータルルック［total look］（名）（以西服為中心，帽子、鞋、包、裝飾等衣飾的）整體感。

トーチ［torch］（名）①火炬，火把。②奥林匹克火炬。△～リレー／火炬接力。③手電筒。

とおっぱしり［遠っ走り］（名・自サ）遠走，遠行。

とおで［遠出］（名・自サ）遠行，出遠門。△～の旅／到遠處旅行。

トーテムポール［totem pole］（名）圖騰柱。

トートバッグ［tote bag］（名）大手拎包。

トートロジー［tautology］（名）同語反覆。

ドーナツ［doughnut］（名）炸麵圈。

ドーナツばん［ドーナツ盤］（名）一分鐘四十五轉的唱片。↔EP 盤

トーナメント［tournament］（名）淘汰賽。↔リーグせん

とおの・く［遠のく］（自五）①（漸漸）遠去，遠離。△足音が～／腳步聲漸漸遠去。②疏遠。△足が～／不常來。△卒業後彼とも～いてしまった／畢業後和他來往也少了。→遠ざかる ↔ 近づく ③淡薄。△興味が～／興趣淡薄了。④稀疏。△砲声が次第に～いた／炮聲漸漸稀了。

とおの・ける［遠のける］（他下一）避開，疏遠。△他人を～／遠避別人。

とおのり［遠乗り］（名・自サ）乘車（馬）遠行。△～に出かける／乘車（馬）到遠處去。

ドーパミン［dopamine］（名）（生化）（在腦中，主管神經間聯絡的神經傳輸物質）多巴胺。

ドーピング［doping］（名）〈體〉使用興奮劑。△～テスト／比賽前對運動員進行的是否服用興奮劑的檢查。

ドーピングテスト［doping test］（名）（體育競技、賽馬等）藥檢。

とおぼえ［遠ぼえ］（名）（狼、狗）在遠處嚎叫。△犬の～／背後逞能。

ドーマー［dormer］（名）屋頂窗，天窗。

とおまき［遠巻き］（名）從遠處包圍。△城を～にする／遠遠圍住城池。

とおまわし［遠回し］（名）拐彎抹角，委婉，間接。△～にことわる／婉言拒絕。

とおまわり［遠回り］（名）繞遠，繞道。△～をして帰る／繞道回去。→迂回

ドーミトリー［dormitory］（名）學生宿舍。

ドーム［dome］（名）①圓天棚。②圓屋頂。③圓頂大教堂。

とおめ［遠目］（名）①從遠處看。△～を使う／從遠處看。②遠視眼。③稍遠些。△～におく／放在稍遠處。

ドーラン［德 Dohran］（名）演員用化妝油彩。△化粧～／用油彩化妝。

とおり［通り］Ⅰ（名）①大街，馬路。△～にでる／來到大街上。②通過，來往。△人の～が多い／行人多。③通暢，流暢。△風の～が悪い／通風不良。④同樣。△まったくその～だ／一點不錯。你説的完全對。△言われた～にするのだ／要按照吩咐的那樣做。△思った～／不出所料。Ⅱ（接尾）種類。△問題の解き方は３～ある／有三種解題法。

－どおり［通り］（接尾）①…大街。△銀座～／銀座大街。②程度。△九分～できた／完成了十分之九。

とおりあめ［通り雨］（名）陣雨。→にわか雨

とおりあわ・せる［通り合わせる］（自下一）恰巧路過。

とおりいっぺん［通り一遍］（名・形動）表面的，形式的，泛泛地。△～のあいさつ／表面應酬。△～の説明／泛泛的解釋。

とおりがかり［通り掛かり］（名）路過，順便。△～の人に道をきく／向過路人問路。△～に友人をたずねる／順道訪友。

とおりかか・る［通り掛かる］（自五）路過。△～った汽船に助けられた／被駛過的輪船救上來了。

とおりがけ［通り掛け］（名）路過，順便。△～に友人の下宿に立ち寄る／順路到朋友宿舍看看。→通りがかり

とおりことば［通り言葉・通り詞］（名）①一般通用的話。②行話。

とおりすがり［通りすがり］（名）路過，順便。△～の人に道をきく／向路過的人問路。→通りがけ

とおりそうば［通り相場］（名）①公認的行市，一般的價格。△一回千円は～ですよ／一次一千日圓是一般的行市。②公認，一般評價。△けちん坊だというのが彼の～だ／人們都説他是吝嗇鬼。

とおりな［通り名］（名）通稱。

とおりぬけ［通り抜（け）］（名）穿越，通過。△～無用／禁止穿越。

とおりぬ・ける［通り抜ける］（他下一）穿過。△人ごみを～／穿過人羣。

とおりま［通り魔］（名）①過路的妖魔。②攔路搶劫的歹徒。

とおりみち［通り道・通り路］（名）①通路，通道。②經過的路。

とお・る［透る］（自五）透（光）。△光が～／透光。

とお・る［通る］（自五）①通過，過。△通用門を～って中に入る／從便門進去。△百貨店の前を～／經過百貨店門前。△左側を～っ

てください／請靠左邊走。② 開通，穿過。△このところはまだ水道が〜っていない／這兒還不通自來水。△電車が〜／通電車。△道がせまくて車が〜れない／路太窄過不去車。△トンネルを〜って海辺へ出た／穿過隧道來到海邊。△ご飯がのどを〜らない／吃不下飯去。③ 透。△明かりの〜らないカーテン／不透亮的窗簾。△つまっていた鼻が〜／不通氣的鼻子通氣了。④ 通達。△筋が〜／有道理，合情合理。△意味が通らない／意思不通。△声が〜／聲音宏亮。⑤ （客人）進去。△どうぞお〜りください／請進！⑥ 得到承認。△試験に〜／考試及格。△検査を〜／検査合格。△予選を〜／預選通過。それでは世の中は〜らない／那樣社會上是通不過的。

トーン [tone]（名）① 音色，音調。② 色調。△秋の〜／秋天的氣息。③ 事物發展的勢頭。△〜がさがる／每況愈下。△〜をあげる／蒸蒸日上。

トーンダウン [tone down]（名・ス自）柔和調子，緩和氣勢。

とか [都下]（名）① 首都內。② 東京都內。③ 東京都（二十三區以外）周圍的市、鎮、村。

とか [渡河]（名・自サ）渡河。△〜作戦／渡河作戦。

とか [並助] ①（列舉、並列一些事物）…啦，…啦。△バナナ〜オレンジ〜のくだもの／香蕉啦橘子等水果。②（表示不確切的傳說）據說。△病気だ〜いっていた／據說是生病了。

とが [咎]（名）① 錯誤，過錯。△誰の〜でもない／誰也不怪，全怪我。② 罪過，非法行為。△その〜をうける／咎有應得。△〜をかぶせる／加罪於人。

ドガ [Edgar Degas]〈人名〉多加（1834-1917）。法國畫家。

とかい [都会]（名）都市，城市。△〜生活／都市生活。↔いなか

どかい [土塊]（名）土塊。→つちくれ

どがい [度外]（名・他サ）① 範圍以外。② 置之度外，無視。

どがいし [度外視]（名・他サ）置之度外，無視。△採算を〜する／盈虧置之度外。

とかいじん [都会人]（名）都市人，城市人。

とかき [斗かき]（名）斗板，刮斗板。

とがき [卜書き]（名）（脚本的）舞台提示。

とかく（副・自サ）①（不好的）種種，這個那個。△彼には〜のうわさがある／聽到一些有關他的風言風語。② 動輒，常常，總是。△成績がよいと〜うぬぼれがちだ／成績好總容易驕傲。③ 這個那個。△〜するうちに目的地についた／不知不覺之間來到了目的地。

とかげ [蜥蜴]（名）〈動〉蜥蜴。

とか・す [梳かす]（他五）梳，攏。△かみを〜／梳頭。→くしけずる

とか・す [溶かす・解かす]（他五）溶化，熔化。△氷を〜／把冰溶化成水。△鉄を溶鉱炉で〜／用煉鐵爐化鐵。

用法提示 ▼
中文和日文的分別

和中文"溶解、溶化"的意思相同，日文表示"把X溶解到…"時，多用"Xを〜に溶かす"的形式；表示"用…把…溶解"時，多用"Xを〜で溶かす"形式。

　　1. [砂糖（さとう）をコーヒー、塩（しお）を水（みず）、みそを出し汁（だし）、ココアを牛乳（ぎゅうにゅう）、絵（え）の具（ぐ）を水（みず）、塗料（とりょう）を薬剤（やくざい）、洗剤（せんざい）を湯（ゆ）、薬品（やくひん）を溶液（ようえき）]に／で溶（と）かす

　　2. [みそを鍋（なべ）、バターをフライパン、辛子（からし）を皿（さら）、絵（え）の具（ぐ）をパレット、入浴剤（にゅうよくざい）を湯船（ゆぶね）]に溶（と）かす。

どか・す [退かす]（他五）移開，挪開。△それを〜してくれないか／請把那東西拿開。

どかた [土方]（名）（土木工程的）力工。

どかどか（副）一窩蜂地，亂哄哄地。△若者の一団が〜と電車に乗りこんできた／一幇年輕人一窩蜂地擠進電車來。

とがにん [咎人・科人]（名）罪人，犯人。

どがま [土釜]（名）沙鍋。

とがめだて [咎め立て]（名・他サ）挑剔，吹毛求疵。△あまり〜をするな／不要吹毛求疵。

とが・める [咎める]（自他下一）① 責備，責怪。△罪を〜／問罪。② 自責。△気が〜／內疚。③ 盤問。△警官に〜められる／被警察盤問。

どかゆき [どか雪]（名）鵝毛大雪。

とがら・す [尖らす]（他五）① 磨尖，削尖。△鉛筆を〜／把鉛筆削尖。② 提高嗓門。△声を〜／提高嗓門。③ 敏銳，過敏。△神経を〜／緊張。

とがりがお [尖り顔]（名）撅着嘴生氣的面孔。（也說"とんがりがお"）

とがりごえ [尖り声]（名）（生氣時）尖聲喊叫。（也說"とんがりごえ"）

とが・る [尖る]（自五）① 尖。△上の〜った帽子／尖頂帽子。② 緊張。△神経が〜／神經過敏。③ 生氣。△〜った声／不高興的聲音。

どかん [土管]（名）陶管。△〜がつまる／陶管堵了。

とき [時]（名）① 時間。△〜がたつ／時間推移。② 時代。△〜のうつりかわり／時代的變遷。③ 時期，季節。△若い〜／年輕的時候。④ 時刻，時辰。△〜をつげる／報時。⑤ 時機。△〜には／有時…在某些情況下。△〜を待つ／等待時機。⑥（下接"の"）當時的，一時的。△〜の政府／當時的政府。△〜の人／一時的紅人。⑦（上承修飾語）場合，時候。△胃の調子がよくない〜はこの薬を飲みなさ

い／胃不舒服時，請吃這藥。△いざという～／緊要關頭。

とき［鬨］（名）（古代戰鬥開始或勝利時的）吶喊。△～の声／吶喊聲。

とき［鴇・朱鷺］（名）〈動〉朱鷺。

どき［土器］（名）① 瓦器，陶器。② 出土古器。△彌生式～／彌生式陶器。

どき［怒気］（名）怒氣，怒色。△～をふくむ／含怒。

ときあか・す［説（き）明かす・解（き）明かす］（他五）講明，解明。

ときあらい［解（き）洗い］（名・他サ）拆洗。△セーターを～する／拆洗毛衣。↔ まるあらい

ドギーバッグ［doggie bag］（名）（在餐館中吃飯，把剩下的飯菜帶走的）外帶袋。

ときいろ［鴇色］（名）淺粉色。

ときうつりことさる［時移り事去る］（連語）時過境遷。

ときおこ・す［説（き）起こす］（自五）説起，談起。△その原因から～／從它的原因講起。

ときおよ・ぶ［説（き）及ぶ］（自五）談到，涉及。

ときおり［時折］（副）有時，偶爾。△春には，このあたりにもうぐいすが～やってくる／春天，黃鶯偶爾也到這一帶來。

ときがし［時貸し］（名・他サ）臨時貸給，活期貸款。

とぎすま・す［研ぎ澄ます］（他五）① 磨快。△刀を～／把刀磨快。② 磨光，擦亮。△～した鏡のような月／明月如鏡。③〈喩〉敏感。△～した神経／神經鋭敏。

ときたま［時たま］（副）有時，偶爾。△～会う／偶爾見面。△それは～のことだ／那是不大常有的事。→たまに

どぎつい（形）非常強烈。△～色合い／刺眼的顔色。△～化粧／濃妝。△～く表現して関心を引く／用刺耳的言詞引人注意。

どきつ・く（自五）心跳，心突突跳。

ときつ・ける［説（き）付ける］（他下一）説服，勸説。

ときどき［時時］Ⅰ（名）各個時期。△～の草花／四季的花草。Ⅱ（副）① 時常，常常。△彼から～便りがある／他時常來信。② 有時，偶爾。△だれだって失敗は～はするさ／不論誰，有時都會失敗的。

ときとして［時として］（副・連語）偶爾，有時。△～失敗することもある／有時候也失敗。

ときならぬ［時ならぬ］（連體）意外的，不合季節的。△～大雪／不合季節的大雪。△～来客／不速之客。

ときに［時に］Ⅰ（副）① 偶爾，有時候。△～人の名まえを忘れてしまうことがある／有時會忘記別人的名字。② 那時。△彼は 5 歳のことであった／那時他正好五歳。Ⅱ（接）（談話中另轉話題）可是，不過。△～、きみの弟さ

んはどこの学校にいっているのかね／可是，你弟弟在哪所學校上學呢？

ときにあう［時にあう］（連語）生逢其時，機遇好，時氣好。

ときにあたる［時に当たる］（連語）正當其時，到時候。

ときにしたがう［時に従う］（連語）順應時勢。

ときのうじがみ［時の氏神］（連語）在關鍵時刻出來排憂解難的人。

ときのうん［時の運］（名）時運，運氣。

ときのこえ［鬨の声・鯨波の声］（名）戰鬥的吶喊聲。△～をあげる／喊聲震天。→勝ちどき

ときのま［時の間］（名）瞬間。△～のできごと／一瞬間發生的事。

ときはかねなり［時は金なり］（連語）時間就是金錢，一寸光陰一寸金。

ときはずれ［時外れ］（名）不合時宜。

ときはな・す［解き放す・解き離す］（他五）解開，放開，解放。△古いしきたりから～／從舊習俗的束縛中解放出來。△犬を～／把狗放開。

ときはな・つ［解き放つ］（他五）→ときはなす

ときふ・せる［説き伏せる］（他下一）説服。△相手を～／説服對方。→説得する

ときほぐ・す［解きほぐす］（他五）使鬆開，解開。△筋肉を～／使筋肉放鬆。△きんちょうを～／消除緊張心理。△問題を～／理順問題。

どぎまぎ（副・自サ）慌神，慌張。△～してなにも言えなかった／驚慌失措，張口結舌。△どなりつけられて～する／受到訓斥惶惑不安。

とぎみず［磨ぎ水］（名）① 磨東西用的水。② 淘米水。

ときめか・す（他五）（激動，興奮）心怦怦地跳。△胸を～／心情激動。

ときめ・く（自五）（激動，興奮）心怦怦跳。△胸が～／心情激動。

ときめ・く［時めく］（自五）得志，走運。△今を～大臣／得勢的大臣。

どぎも［度肝・度胆］（名）膽子。△～をぬく／嚇破膽。

ときもの［解き物］（名）① 拆衣服（被褥）。② 該拆的衣服（被褥）。

とぎゃく［吐逆］（名・自サ）嘔吐。

ドキュメンタリー［documentary］（名・形動）紀實，實録。△～小説／紀實小説。△～映画／紀録影片。

ドキュメント［document］（名）① 記録，文獻。②〈IT〉文檔。

どきょう［度胸］（名）膽量。△～がある／有膽量。△～だめし／試膽。△男は～／男子漢要有膽量。

どきょう［読経］（名・自サ）唸經。

とぎれとぎれ（形動・副）斷斷續續地。△～に話す／斷斷續續地説。

とぎ・れる［途切れる］(自下一) 間断。△通信が～/通訊中断。△家なみが～/房舍再往前就没有了。→とだえる

ときわぎ［常磐木］(名) 常綠樹。

ときをうしなう［時を失う］(連語) 失掉時機，生不逢時。

ときをかせぐ［時を稼ぐ］(連語) 贏得時間。

ときをつくる［時を作る］(連語) 雄雞報曉。

と・く［梳く］(他五) 梳，攏。△髪を～/梳頭髮。

と・く［解く］(他五)① 解，解開。△むすび目を～/解扣兒。② 解除，消除。△戒厳令を～/解除戒嚴令。△誤解を～/消除誤解。③ 解答。△疑問を～/答疑。

と・く［溶く・融く］(他五) 溶化，稀釋。△絵の具を水で～/用水化開顏料。△ミルクを湯に～/沖奶粉。△卵を～/攪雞蛋。

と・く［説く］(他五) 説明，講解。△ことばの意味を～/講解詞的意思。△改革の必要を～/説明改革的必要性。

とく［得］(名・形動) 收益，賺頭。△株を買って 100 万円～をした/買股票賺了一百萬日圓。② 有利，好處，合算。△早く買った方が～だ/早買上算。△～な立場/有利的處境。△～な性分/有福氣。

とく［徳］(名)① 德，品德。△～が高い/品德高尚。② 恩德。△～を施す/施恩。③ 德望。△…を～とする/對…感恩戴德。△故人の～を傷つける/有損故人聲望。

と・ぐ［研ぐ・磨ぐ］(他五)① 磨，研磨。△包丁を～/磨菜刀。△といしで～/用磨石磨。② 淘。△米を～/淘米。

ど・く［退く］(自五) 退，讓開，躲開。△じゃまになるから～いてくれ/你躲開，別在這兒礙事。

どく［毒］(名)① 毒，毒藥，病毒。△～がまわる/毒性發作。△～をあおぐ/服毒。△～を盛る/下毒。△～有害，毒害。△目の～/對眼睛有害。△～をふくんだことば/惡毒的言語。

どくあたり［毒当り］(名・自サ) (食物等的) 中毒。

とくい［得意］(名・形動)① 得意。△～の絶頂/心滿意足。↔ 失意 ② 擅長，嫺熟。△～な種目/擅長的項目。↔ にがて ③ 顧客，主顧。△～先/主顧。

用法提示 ▼
中文和日文的分別
中文有"得意、自滿"的意思，日文還表示"擅長、嫺熟"，表達此含義的常見搭配：專業才能，興趣愛好。
　1. 科目（かもく）、分野（ぶんや）、外国語（がいこくご）、腕前（うでまえ）
　2. 歌（うた）、曲（きょく）、楽器（がっき）、料理（りょうり）、踊（おど）り、スポーツ、手法（しゅほう）、技（わざ）、芸（げい）

とくい［特異］(形動) 特異，特殊。△～体質/特異體質。△～な能力/特殊才幹。

とくいがお［得意顔］(名) 得意洋洋。

とくいく［徳育］(名) 德育。

とくいげ［得意気］(形動) 得意揚揚的様子。

とくいさき［得意先］(名) 主顧。△～をまわる/兜攬生意。

とくいまわり［得意回り］(名) 兜攬生意。

とくいまんめん［得意満面］(名・形動) 得意揚揚，滿面春風。

どぐう［土偶］(名) 土偶，泥人。

どくえい［独泳］(名・自サ)① 一個人游泳。②(游泳) 遙遙領先。

どくえき［毒液］(名) 毒液，毒汁。

どくえん［独演］(名・他サ) 獨演，獨自演出。△～会/個人演出会。

どくが［毒蛾］(名) 毒蛾。

どくが［毒牙］(名)① 毒牙。② 毒辣手段。△～にかかる/遭毒手。

どくがい［毒害］(名・他サ) 毒害，毒殺。

とくがく［篤学］(名・形動) 篤學，好學。△～の士/篤學之士。

どくがく［独学］(名・他サ) 自學。→独習

どくガス［毒ガス］(名) 毒氣，毒瓦斯。

とくがわいえやす［徳川家康］〈人名〉德川家康 (1542-1616)。江戸幕府的第一代將軍。

とくがわじだい［徳川時代］(名) ⇨ えどじだい

とくぎ［特技］(名) 特殊技能，専長。

とくぎ［徳義］(名) 德義，道義。△～を守る/遵守道義。△～心/道義心。

どくけ［毒気］(名) ⇨ どっけ

どくけし［毒消し］(名) 解毒 (藥)。

どくご［独語］(名・他サ)① 自言自語。② 德語。

どくごかん［読後感］(名) 讀後感。

とくさ［木賊・砥草］(名)①〈植物〉木賊。② 墨綠色。

どくさい［独裁］(名・他サ)① 獨斷専行。△～的な男/獨斷専行的人。② 獨裁，専政。△政治をしく/施行獨裁政治。→専制

とくさく［得策］(名) 上策，好辦法。△だまっている方が～だ/沉默是上策。

とくさつ［特撮］(名) 特技攝影。△～場面/特技鏡頭。

どくさつ［毒殺］(名・他サ) 毒殺，毒死。△～者/用毒藥殺人的兇手。

とくさん［特産］(名) 土産，特産。△～物/土特産品。→名産

とくし［特使］(名) 特使。△～を派遣する/派遣特使。

とくし［篤志］(名) 熱心，急公好義。△～家/急公好義者。

どくし［毒死］(名・自サ) 毒死。

どくじ［独自］(形動) 獨自，獨特。△～な考え/獨特的想法。→独特

經雙方同意。

とくしん［篤信］(名・他サ) 篤信，虔信。△～家／篤信者。

とくしん［特進］(名・自サ) 破格晉級。△二階級～／破格提升兩級。

どくしん［独身］(名) 獨身，未婚。△まだ～ですか／還沒結婚嗎？△一生～を通す／一輩子不成家。

どくじん［毒刃］(名) 毒刃，兇器。

どくず［読図］(名・自サ)(地圖等) 識圖，看圖。△～力／識圖能力。

どくすい［毒水］(名) 毒水。

とく・する［得する］(自サ) 得利，佔便宜。△1万円～／佔了一萬日圓的便宜。↔ 損する

とく・する［督する］(他サ) ① 督促。② 監督。③ 統帥。

どく・する［毒する］(他サ) 毒害。△青少年を～映画／毒害青少年的電影。↔ 益する

とくせい［特性］(名) 特性，特徵。△～を生かす／發揮特長。

とくせい［特製］(名) 特製。△～のケーキ／特製的點心。→スペシャル

とくせい［徳政］(名) ① 德政。△～を行う／施行德政。②〈史〉(鎌倉末期至室町時期所行的) 債務豁免令。

とくせい［徳性］(名) 德性，品德。△～を養う／培養品德。

どくせい［毒性］(名) 毒性，有毒。△～が強い／毒性強。

とくせつ［特設］(名・他サ) 特設。△～売場／特別開設的櫃台。

どくぜつ［毒舌］(名) 刻薄話，挖苦話。△～をふるう／大肆挖苦。△～家／嘴損的人。

とくせん［特撰］(名・他サ) ① 特撰。② →特選

とくせん［特選］(名・他サ) 特選，特選品。△～作品／特選作品。

とくせん［督戦］(名・自サ) 督戰。△自ら～に当る／親自督戰。

どくせん［独占］(名・他サ) ① 獨佔。△ひと部屋を～する／獨佔一個房間。② 壟斷。△～企業／專營企業。△～資本／壟斷資本。△市場を～する／壟斷市場。

どくぜん［独善］(名) 自以為是，主觀的。△～的／自以為是。△その考えは～すぎる／其想法過於主觀。→ひとりよがり

どくせんきんしほう［独占禁止法］(名) 壟斷禁止法。

どくせんじょう［独擅場］(名) ⇨どくだんじょう

どくそ［毒素］(名) 毒素。

とくそう［特捜］(名)“特別捜査”的略語：特別捜査。△～班／特別捜査班。

とくそう［特装］(名) ① 精裝。△～版／精裝本。② 特殊裝備。△～車／特殊裝備的汽車。

どくそう［独走］(名・自サ) ① 一個人跑。△～コース／單人跑道。②(賽跑時) 遙遙領先。

用法提示 ▼
中文和日文的分別

中文的“獨自”有“自己一個人”的意思；日文強調獨特、與眾不同。常見搭配：政治歷史，立場觀點，戰略方法，資料統計等等。

1. 歴史（れきし）、経済圏（けいざいけん）、政治（せいじ）、制度（せいど）

2. 判断（はんだん）、見解（けんかい）、観点（かんてん）、歴史観（れきしかん）、立場（たちば）

3. 案（あん）、戦略（せんりゃく）、製法（せいほう）、措置（そち）、方法（ほうほう）、ルート、技術（ぎじゅつ）、活動（かつどう）

4. 調査（ちょうさ）、集計（しゅうけい）、資料（しりょう）

とくしつ［得失］(名) 得失。△利害～／利害得失。△得失相なかばする／得失參半。

とくしつ［特質］(名) 特質，特性。→特性

とくじつ［篤実］(名・形動) 篤實，忠實。△温厚～／溫厚誠實。

とくしゃ［特写］(名・自サ) 特寫，特別拍照。

とくしゃ［特赦］(名・他サ) 特赦。

どくしゃ［読者］(名) 讀者。→読み手

どくじゃ［毒蛇］(名) 毒蛇。

どくしゃく［独酌］(名・自サ) 獨酌，自斟自飲。

とくしゅ［特種］(名) 特種，特殊的種類。△～の薬剤／特種藥。

とくしゅ［特殊］(名・形動) 特殊，特別。△～性／特殊性。↔ 一般

とくじゅ［特需］(名) 特需。△～品／特需品。△～景気／因為軍需而出現的繁榮。

どくしゅ［毒手］(名) 毒手。△～を下す／下毒手。

どくしゅ［毒酒］(名) 毒酒。

とくしゅう［特集］(名・他サ) 特輯，專刊，專集。△～記事／專題報道。

どくしゅう［独習］(名・他サ) 自修，自學。→独学

とくしゅこう［特殊鋼］(名) 特種鋼。

とくしゅさつえい［特殊撮影］(名) 特技攝影。

とくしゅつ［特出］(名・自サ) 出眾，卓越。△～した人物／傑出人物。

どくしょ［読書］(名・自サ) 讀書。△～にふける／埋頭讀書。△～百遍意自ら通ず／讀書百遍，其義自見。

とくしょう［特賞］(名) 特獎。△～が当たった／得了特獎。

どくしょう［独唱］(名・他サ) 獨唱。↔ 合唱

とくしょく［特色］(名) 特色，特點。△～を出す／表現出特色。△～を生かす／發揮優良特色。

とくしょく［瀆職］(名・自サ) 瀆職，貪污。→涜職

とくしん［得心］(名・他サ) 理解，明白，同意。△まだ～がいかない／還想不通。△～ずく／

③ 單獨行動，搶先，拔尖。△早くも～態勢を
とる／他很快就獨斷專行地自己幹起來。

どくそう［独奏］(名・他サ) 獨奏。△～曲／獨
奏曲。

どくそう［独創］(名・他サ) 獨創。△～力／創
造力。△～性／獨到之處。△この設計は～性
に富んでいる／這個設計獨具匠心。

どくそう［独漕］(名・他サ) (划艇比賽) 單划，
獨划。

とくそく［督促］(名・他サ) 督促，催促。△～
状／催款函。△借金を支払うように～する／
催還借款。

ドクター［doctor］(名) ① 醫生。② 博士。

ドクターカー［doctor car］(名) 有醫生同乘的救
護車。

ドクターコース［doctor course］(名) 博士課程。

ドクターショッピング［doctor shopping］(名)
不斷更換不同醫生看病。

とくだい［特大］(名) 特大。△～のズボン／特
大的褲子。

とくだね［特種］(名) 特訊，特別消息。△～記
事／獨家新聞。→スクープ

どくだん［独断］(名・他サ) 獨斷，專斷。△～
と偏見にみちた意見／充滿專斷和偏見的意
見。→いちぞん

どくだんじょう［独壇場］(名) 獨顯個人風光
的場面，獨佔鰲頭。△今日の会は彼の～だっ
た／今天的會是他的獨角戲。

どくだんせんこう［独断専行］(名・自サ) 獨
斷專行。

とぐち［戸口］(名) 房門，大門。△客を～まで
送る／把客人送到門口。

とくちょう［特長］(名) 特長，優點。△各人
の～を生かす／發揮每個人的特長。

とくちょう［特徴］(名) 特徵，特點。△～の
ある顔／有特徵的面孔。△表現の簡潔なのが
彼の文章を～づけている／行文簡潔形成他的
文章的特點。

どくづ・く［毒突く］(自五) 狠罵，咒罵。

とくてい［特定］(名・他サ) △～の人と
しか交際しない／只和特定的人交往。

とくてん［特典］(名) 優惠，特權，特殊待遇。
△会員の～／會員的特殊待遇。△学生には図
書借り出しの～がある／學生享有借閱圖書的
特權。

とくてん［得点］(名・自サ) 得分，分數。△～
をかさねる／連續得分。△～は21対16だっ
た／比分是二十一比十六。△試験の～が気に
なる／擔心考試的分數。→スコア ↔ 失点

とくでん［特電］(名) "特別電報" 的略語：專
電。△新華社～／新華社專電。

とくとう［特等］(名) 特等。△～席／特等席
(座)。

どくとく［独特・独得］(形動) 獨特，特有。
△～なやりかた／獨特的做法。→特有

どくどくし・い［毒毒しい］(形) ① (顔色) 刺
眼。△～色／刺眼的顏色。→どぎつい ② 似乎

有毒。△～きのこ／似乎有毒的蘑菇。③ 惡毒，
兇惡。△～ことば／惡毒的語言。

とくとする［徳とする］(連語) 感謝，感恩。
△友人の助力を～／非常感謝朋友的幫助。

とくとみろか［徳富蘆花］〈人名〉德富蘆花
(1868-1927)。明治、大正時代的小說家。

とくに［特に］(副) 特別，格外。△～君のため
に注文したのだ／這是特地為你要的。△今日
は～寒い／今天特別冷。

どくにもくすりにもならない［毒にも薬にも
ならない］(連語) 既無害也無益。

とくは［特派］(名・他サ) 特派。△～員／特派
員，特派記者。△～大使／特使。

どくは［読破］(名・他サ) 讀完。△上下二巻を
今～した／現在讀完了上下兩卷。

とくばい［特売］(名・他サ) ① 特價。△～品／
特價品。廉價品。② (不經招標) 賣給特定的人。

どくはく［独白］(名・他サ)〈劇〉獨白。→モ
ノローグ

とくはつ［特発］(名・自他サ) ① 臨時加開
(車)。△～列車／臨時加開的列車。② 突發
病。△～脱毛症／突發性脱毛症。

とくひつ［特筆］(名・他サ) 特書。△～にあた
いする／值得特書。△～大書する／大書特書。

とくひつ［禿筆］(名) ① 禿筆。② (謙) 拙文，
拙作。

とくひょう［得票］(名・他サ) 得票，得的票
數。△～数／得的票數。△圧倒的に～して当
選した／以絕對多數票當選了。

どくぶつ［毒物］(名) 毒品，毒藥。

とくべつ［特別］(副・形動) 特別，特殊，格外。
△～な才能／特殊才能。△～に多い／特別多。
△～機／專機。

とくべつきょか［特別許可］(名)〈經〉特批。

とくべつこっかい［特別国会］(名) 特別國會。

とくべつてあて［特別手当］(名)〈經〉特別津
貼。

どくへび［毒蛇］(名) ⇨どくじゃ

とくほう［特報］(名) 特別報導。

とくぼう［徳望］(名) 德望。△～が高い／德高
望重。

どくぼう［独房］(名) 單人牢房。△政治犯を～
に入れる／把政治犯關入單人牢房。

どくほん［読本］(名) ① 讀本，教科書。△国
語～／國語讀本。△副～／補充讀物。② 入門，
簡易讀本，解説。△文章～／文章解説。

どくみ［毒味・毒見］(名・他サ) ① 嘗嘗是否
有毒。② 嘗嘗菜的鹹淡。△お～する／嘗嘗是
否有毒，嘗嘗味道。→味見

とくめい［匿名］(名) 匿名。△～の手紙／匿名
信。

とくめい［特命］(名) 特別命令，特別任命。
△～全権大使／特命全權大使。

とくめん［特免］(名・他サ) 特別赦免，特別免
税。△～品／特准免税品。

どくや［毒矢］(名) 毒矢，毒箭。

とくやく［特約］(名・自サ) 特約，特別契約。

△～店／特約經銷商店。

とくやく［毒薬］(名) 毒藥。

とくゆう［特有］(名・形動) 特有，獨有。△～な文化／特有的文化。△彼に～の魅力／他特有的魅力。→独特

とくよう［徳用・得用］(名・形動) 價廉適用，經濟。△～品／物美價廉的商品。

とくようさくもつ［特用作物］(名) 經濟作物。

どくよけ［毒除(け)］(名) 預防中毒，防毒用具。

とくり［徳利］(名) ⇨とっくり

とくり［特利］(名) 高利息。△～預金／高利息存款。

どくりつ［独立］(名・自サ) ① 獨立，自立。△親から～する／離開父母，獨立生活。△～独歩／獨立獨行，卓越超羣。② 孤獨地存在。△～家屋／孤立的一所房子。

どくりつご［独立語］(名)〈語〉獨立詞。↔ 附属語

どくりつこく［独立国］(名) 獨立國。↔ 属国

どくりつどっぽ［独立独歩］(名) ① 獨立獨行。② 卓越超羣。

どくりょく［独力］(名) 獨力。△～でなしとげる／獨自完成。→自力

とぐるま［戸車］(名) 滑輪，門滑輪。△～のすべりが悪い／門滑輪不靈活。

とくれい［特例］(名) 特例，例外。△～を設ける／設特例。△～として認める／作為特殊情況予以承認。

とくれい［督励］(名・他サ) 督促鼓勵。△部下を～する／督促鼓勵部下。

どくろ［髑髏］(名) 髑髏。→されこうべ

どぐろ［塒］(名)〈蛇等〉盤成一團。△～をまく／盤成一團。無所事事聚集一處久坐。△学生たちが喫茶店で～をまいている／一羣學生泡在吃茶店裏。

どくをくらわばさらまで［毒を食らわば皿まで］(連語) 一不做二不休。

どくをもってどくをせいす［毒を以て毒を制す］(連語) 以毒攻毒。

とげ［刺・棘］(名) ① 刺，棘。△バラの～／薔薇刺兒。② (竹、魚等的) 刺。△指にささった～を抜く／拔出扎在手指上的刺。③ (說話) 尖酸刻薄。△～のある言葉／帶刺的刻薄話。

とけあ・う［解(け)合う］(自五) ① 和解，消除隔閡。② (互相協商) 解除合同。

とけい［時計］(名) 鐘錶。△うでどけい／手錶。△置きどけい／座鐘。△目覚しどけい／鬧鐘。△～をあわす／對錶，對鐘。

とげうお［棘魚］(名) 刺魚。

とけこ・む［溶け込む］(自五) ① 溶化，溶解，溶為一體。△彼の姿は夕闇の中に～んでしまった／他的影子隱沒在暮色中。② 熟識，融洽。△チームに～／和體育隊的隊員熟識。

どげざ［土下座］(名・自サ) 跪伏在地行叩首禮。△～してあやまる／跪在地上道歉。

とげだ・つ［刺立つ］(自五) ① 扎刺。△指に～／指上扎刺。② (說話) 有棱角，帶刺兒。

△～ったことば／帶刺兒的話。

とけつ［吐血］(名・自サ) 吐血。

とげとげしい［刺刺しい］(形) (說話) 帶刺兒，尖酸刻薄。△～話しかた／冷言冷語。

と・ける［解ける］(自下一) ① 鬆了，開了。△ひもが～／帶子開了。② 解除。△禁止令が～／禁令解除。③ 消除。△誤解が～／消除誤解。④ 解開，明白。△問題が難しくて～けない／題很難，解不開。△事件の謎が～けた／案情的謎解開了。

と・ける［溶ける・融ける］(自下一) ① 溶化，融化。△氷が～／冰化。② 溶解。△塩は水に～／鹽溶於水。

と・げる［遂げる］(他下一) 達到，完成，實現。△思いを～／如願以償。△進歩を～／進步了。△功なり，名を～／功成名就。△壯烈なさいごを～／壯烈犧牲。

ど・ける［退ける］(他下一) 挪開，移開。△道路の石を～／搬開路上的石頭。→どかす

どけん［土建］(名) 土木建築。△～業／土木建築業。

とこ［床］(名) ① 牀。△～につく／就寢。② (草蓆的) 襯墊。③ 壁龕。④ 河牀。⑤ 苗牀。

どこ［何処］(代) 何處，哪裏。△ここは～ですか／這是甚麼地方。△～にも行かなかった／哪兒也沒去。△～もかしこも／到處 (都)。△～までも知らぬ存ぜぬと通した／一口咬定說不知道。△～へともなく逃げてしまった／不知逃到甚麼地方去了。△東京は～から～まで知っている／對於東京我是無所不知的。

とこあげ［床上げ］(名・自サ) (病癒或産後) 離牀。△～の祝いに赤飯を配る／慶祝病癒 (産後) 下牀，分送小豆飯。

とこいた［床板］(名) 壁龕板。

とこいり［床入り］(名) (新婚夫婦) 入洞房。

とこう［渡航］(名・自サ) 出國。△～手続き／出國手續。

どこう［土工］(名) ① 土木工程。② 土木工人。

どごう［怒号］(名・自サ) 怒號，怒吼。△～がとびかう／吼聲四起。

とこしえ (名) 永遠，永久。△～に続く／永存。→永遠

とこずれ［床擦れ］(名・自サ) 褥瘡。

どことなく［何処と無く］(副) 總覺得，不知何故。△～あたたかい感じがする／不知為甚麼，讓人感到温暖。

とことん［俗］最後，徹底。△～までやりぬく／幹到底。△～まで追究する／徹底追究。

とこなつ［常夏］(名) ① 常夏。△～の国／常夏之國。②〈植物〉石竹。③ 瞿麥的異稱。

とこのま［床の間］(名) (日式客廳擺設裝飾品處) 壁龕。△～に花をかざる／在壁龕裏擺上花。

とこばしら［床柱］(名) 壁龕前側的立柱。

とこばなれ［床離れ］(名・自サ) 起牀。△～が悪い／懶得離開被窩。

とこばらい［床払い］(名) →とけあげ

どこふくかぜとききながす [何処吹く風と聞き流す] (連語) 當耳旁風。

とこや [床屋] (名) ① 理髮店。② 理髮師。

とこやま [床山] (名) (專給演員、力士) 梳頭的人。

とこやみ [常闇] (名) ① 常暗。② 暗無天日。△～の世/亂世。

ところ [所] I (名) ① 地方, 地區。△いたる～/到處。△便利な～/方便的地方。② 位置, 場所。△攻守～を変える/攻守換位。△兄の～に泊っている/住在哥哥家。③ 部分, 點, 處。△こわれた～を修理する/修理損壞的部分。△あの人の素朴な～がすきだ/我喜歡他樸素之處。④ 時間, 場合, 情況。△今日の～許してやろう/今天就饒你一回。⑤ 内容, 範圍。△見聞した～を述べる/講述所見所聞。II (形式名詞) ① 表示時刻, 時間。△いいところに来ましたね/你來得正好。△今の～は心配ないようです/現在好像不要緊。△出掛けようとしている～へ電話がかかってきた/正要出門的時候來了電話。② 表示情景, 場面。△たばこを吸っている～を母に見られてしまった/吸煙被母親看見了。△寝ている～を写真にとられた/睡覺時被拍了照。③ (“～る～だ”) 的形式, 表示動作即將開始。△これから行く～だ/正要去。④ (“～ている～だ”) 的形式, 表示動作正在進行。△今は資料を集めている～だ/現在正在收集資料。⑤ (“～た～だ”) 的形式, 表示動作剛剛結束。△今食事をすませた～だ/剛剛吃完飯。⑥ (“～だった”) 的形式, 表示某情況險些發生。△もうすこしで車にはねられる～だった/差一點被車撞了。⑦ (“～となる”) 的形式, 表示被動。△みんなの非難する～となった/遭到了大家的譴責。III (接助)“…た～”的形式, 敍述結果。△実験してみた～, うまくできた/實驗了一下, 結果很好。

ところえがお [所得顔] (名) 得其所哉的樣子。

ところが [所が] (接) 但是, 可是。△事件は解決したかにみえた～。二カ月たって新事実が現れたのである/案件看上去已經解決了, 可是, 過了兩個月之後, 又出現了新情況。

- ところが (接助) …的結果。△会員を募集した～百人も集まった/募集會員的結果, 竟有一百人報名。

- どころか (接助) 不但…反而。△天気がよくなる～, ひどい風雨になった/不但天氣沒轉好, 反而風雨交加。

ところがき [所書き] (名) 寫出的住址, 地址。△この～はまちがっている/這個地址錯了。

ところがら [所柄] (名) 由於地點的關係。△～服装が洗練されている/由於是在那樣的地方, 穿戴很考究。

ところかわればしなかわる [所変われば品変わる] (連語) 百里不同俗。

ところきらわず [所嫌わず] (副) 不論何處, 不分場合。△～立ち小便をする/隨地小便。

ところせまい [所狭い] (形) 滿滿登登, 沒空地方。△～までに並べる/擺得滿滿的。

ところで (接) (轉變話題) 可是。△～きみはなんの仕事をしているの/可是, 你做甚麼工作？

- ところで (接助) 即使, 縱使。△いまさら走った～まにあうまい/即使現在跑也來不及了。→ても

ところてん [心太] (名) (用石花菜做的) 洋粉。

ところてんぐさ [心太草] (名) 石花菜。→てんぐさ

ところてんしき [心太式] (名) 被人推着走, 順其自然。△～に押し出されて卒業した/稀裏糊塗地混畢業了。

ところどころ [所所] (名) 有些地方。△まだ～雪がのこっている/有的地方還有殘雪。

どこんじょう [ど根性] (名) 倔強。

とざい [吐剤] (名) 〈醫〉吐藥。→はきぐすり

とさか [鶏冠] (名) 雞冠。△ニワトリの～/雞冠。△～にくる/酒上頭；惱火。

どさくさ (名) 忙亂, 混亂。△引越の～にまぎれてそのことをすっかり忘れてしまった/搬家忙亂, 把那件事忘得一乾二淨。△～まぎれに逃げる/乘混亂逃走。

とざ・す [閉ざす] (他五) ① 關閉, 封鎖。△門を～/關門。△道を～/封鎖道路。② 封閉。△～された社会/閉關自守的社會。△暗雲に～された空/烏雲佈滿的天空。

とさつ [屠殺] (名・他サ) 屠宰。△～場/屠宰場。△牛を～する/宰牛。

とさにっき [土佐日記] 〈書名〉《土佐日記》。平安時代的遊記, 作者紀貫之。

とざま [外様] (名) ① (武家時代) 將軍家族和家臣子弟以外的諸侯, 武士。② 旁系, 旁系人。

とざまだいみょう [外様大名] (名) 〈史〉1600年關原之戰以後跟隨德川家康的諸侯。↔ 譜代大名

どさまわり [どさ回り] (名) ① 流動劇團, 江湖藝人, 自由職業者。② 流氓, 二流子。

とざん [登山] (名・自サ) 登山。△～隊/登山隊。→山登り

どさん [土産] (名) ① 土産 (品)。② 禮品。

どさんこ [道産子] (名) 北海道出生的人或馬。

とし [年] (名) ① 年。△～の始/年初。△～の暮れ/年終, 年底。△～があける/新的一年來到。△～を越す/過年。② (也寫“歳”) 年紀, 歲。△～はいくつですか/幾歲？△～をとる/上年紀。△～を食っている/長得年輕。△～にしてはふけて見える/顯得老。△～がうえ (した) だ/年長 (幼)。

とし [都市] (名) 都市, 城市。△～計画/城市規劃。△衛星～/衛星城。→都会 ↔ 村落

とじ [途次] (名) 途中。△帰国の～/歸國途中。→途上

としうえ [年上] (名) 年長, 年歲大。△～の女の子/年長的女孩。△彼女はぼくより7つ～だ/她比我大七歲。

としおとこ［年男］(名) 本命年的男子。

としおんな［年女］(名) 本命年的女子。

としがい［年甲斐］(名) 年紀大懂事理，老練。△～もない／白活這麼大年紀。△～もなく若いホステスに血道をあげている／老不知好歹，竟迷上個年輕女招待。

としかさ［年嵩］(名・形動) ① 年長。△三つ～の姉／年長三歲的姐姐。② 年老，高齡。△ずっと～の人／高齡的人。

どしがた・い［度し難い］(形) 不可救藥，無法挽救。△なんとも～人物だ／實在不可救藥的人。

としかっこう［年恰好・年格好］(名) 大約的年紀，估計的年歲

とじがね［綴(じ)金］(名) 書釘。△～で綴る／用書釘釘上。

とじきみ［戸閾］(名) ① 門檻，門限。② 軏，牛車上的軏。

としけいかく［都市計画］(名) 城市規劃。

としご［年子］(名) 挨肩兒的孩子。

としこし［年越し］(名・自サ) 過年。△～そば／除夕吃的蕎麥麵條。△郷里で～をする／在老家過年。→えつねん

とじこ・む［綴じ込む］(他五) 釘上，合釘。△新聞を～んでおく／把報紙釘在一起。

とじこ・める［閉じ込める］(他下一) 關在裏面。△犯人を～／把犯人關起來。

とじこも・る［閉じ籠もる］(自五) 悶在屋裏(家裏) △家に～／悶在家裏。△旧来の殻に～／故步自封。

としごろ［年頃］(名・副) ① 適齡期。(特指女子結婚適齡期) △～の娘／妙齡的姑娘。② 年紀，年歲。△遊びざかりの～／正是玩的年紀。

とした［年下］(名) 年少，歲數小。△～の男の子／歲數小的男孩。△彼女はぼくより3つ～だ／她比我小三歲。↔ 年上

としつき［年月］(名) 年月，歲月，光陰。△～がたつ／光陰流逝。△～をかさねる／積年累月。→歲月

として Ⅰ (連語) ① 作為。△留学生～来日する／作為留學生來日本。② 姑且不論。△これはこれ～／這個暫且不論。③ 想要。△行こう～(も) 行けない／想去而不能去。Ⅱ (副助) (下接否定語) 無例外，沒有…不…的。△一つ～不良品はない／沒有一個次品。Ⅲ (接) 假如，假定。

どしどし (副) ① 順利進行，一個接一個地。△よいと思うことは～実行しなさい／你認為是好事就請一直做下去。② 許多，很多。△～売れる／大量銷售。③ 不客氣。△～質問する／不客氣地質問。

としなみ［年波］(名) 年老。△よる～には勝てない／年歲不饒人。

としのいち［年の市］(名) ① 年貨市。△～が立つ／開年貨市。② 年終大賤賣。

としのくれ［年の暮(れ)］(名) 年末，年底。

としのこう［年の功］(名) 年高經驗多。△亀の甲より～／薑還是老的辣。

としのせ［年の瀬］(名) 年底，年關。△～がおしつまる／年關迫近。

としは［年端］(名) (兒童的) 年齡。△～の行かぬ子供／年幼的孩子。

としま［年増］(名) 中年婦女。△～の女／半老徐娘。

とじまり［戸締まり］(名) 鎖門，關門。△～がしてある／鎖着門。△～をして外出する／鎖門外出。

としまわり［年回(り)］(名) 交運，流年。△～がいい／交好運。

としゃ［吐瀉］(名・自サ) 吐瀉。△～剤／吐瀉劑。

どしゃ［土砂］(名) 土砂。△～くずれ／塌方。

どしゃくずれ［土砂崩れ］(名) 塌方。

どしゃぶり［土砂降り］(名) (大雨) 傾盆，滂沱。△～の大雨／傾盆大雨。

としょ［図書］(名) 圖書。△～館／圖書館。△児童むきの～を出版する／出版兒童讀物。→書籍

としょう［徒渉］(名・自サ) 徒渉，渉渡。△～作戦／渉渡作戰。

としょう［渡渉］(名・自サ) 過河，渡河。

とじょう［途上］(名) 途中，路上。△発展の～にある／發展之中。

とじょう［屠場］(名) 屠宰場。

どじょう［泥鰌］(名)〈動〉泥鰍。

どじょう［土壌］(名) 土壤。△肥沃な～／肥沃的土壤。

としょうじ［戸障子］(名) 拉門，拉窗。△～をしめる／關上拉門。

どしょうぼね［土性骨］(名)〈俗〉根性，秉性。△～をたたきなおす／矯正劣根性。→根性

としょかん［図書館］(名) 圖書館。

としょく［徒食］(名・自サ) 坐食，白吃飯。△無為～／無所作為。

としより［年寄り］(名) ① 老人，上年紀的人。△～の面倒を見る／照顧老人。② 相撲協會的董事。

としよりのひやみず［年寄りの冷や水］(連語) 不服老，(雪上加霜) 危險。

と・じる［閉じる］(自他上一) ① 關，閉，合上。△幕が～／閉幕。△目を～／閉眼。△本を～／合上書。② 結束。△今日の会議を～／今天的會議到此結束。

と・じる［綴じる］(他上一) ① 釘上。△新聞を～じておく／把報紙釘上。② 縫上。△着物のほころびを～／把衣服的綻縫縫上。

どじをふむ［どじを踏む］(連語) 失策，失敗。→へまをする

としん［都心］(名) 市中心。△～部／市中心地帶。

としんかいき［都心回帰］(名) 回歸城市中心 (指由於市中心公寓降價，已遷到郊外居住者又搬回市中心)。

トス [toss]（名・自サ）①〈棒球〉自下向上的輕投球。②〈排球〉托球。③〈體〉擲硬幣（視其正反決定球權、場地、跑道的順序等）。

どすう [度数]（名）① 次數，回數。△（電話の）～料／按次數的電話費。②（溫度，角度的）度數。△寒暖計の～が上がる／溫度計度數上升。

どすぐろ・い [どす黒い]（形）烏黑，黑紫。△～顔／烏黑的臉。

ドストエフスキー [Feodor Mikhailovich Dosto-evski]（人名）陀思妥耶夫斯基 (1821-1881)。

とせい [渡世]（名）度日，生活，生計。△～を送る／過活。△大工を～にしていた／做木工謀生。

どせい [土星]（名）土星。

どせい [怒声]（名）憤，怒聲。△～を発する／發出憤怒聲。

どせい [呶声]（名）喊聲，叫嚷聲。

とぜつ [途絶・杜絶]（名・自他サ）① 中斷。△連絡が～する／聯繫中斷。② 杜絕。△事故の発生を～する／杜絕事故發生。

とそ [屠蘇]（名）屠蘇（酒）。△お～を祝う／祝賀元旦。

とそう [塗装]（名・他サ）塗，塗漆，噴漆。△塀を白ペンキで～する／把圍牆塗上白漆。→塗布

どそう [土葬]（名・他サ）土葬。↔ 火葬

どぞう [土蔵]（名）泥灰牆倉庫。

どそく [土足]（名）① 泥腳。② 不脱鞋，穿着鞋。△～であがる／穿着鞋進屋。

どだい [土台] I（名）①基座，地基。△～石／基石。②基礎。△経済的～／經濟基礎。II（副）①本來，根本，完全。△～むりな話だ／根本行不通的事。

とだ・える [途絶える・跡絶える]（自下一）斷絕，杜絕，中斷。△便りが～／音信斷絕。△通信が～／通訊中斷。→とぎれる

とだな [戸棚]（名）櫥，櫃。△食器～／碗櫥。

どたばた（副・自サ）亂跳亂鬧，嘁嘁撲通。△家の中で～するな／不要在屋子裏亂蹦亂跳。△～喜劇／鬧劇。

トタン [tutanaga]（名）鍍鋅薄鐵板。△～板／鍍鋅板，瓦壠鐵。

とたん [途端]（名）正當…時候，剛一…就…△外出した～、雨になった／剛出門就下起雨了。金をわたされると、△男は～に態度をかえた／剛收下錢，他就變了臉。

とたんのくるしみ [塗炭の苦しみ]（連語）塗炭之苦，水深火熱。

どたんば [土壇場]（名）①絕境，最後關頭。△～に追いこまれる／被逼上絕路。②刑場，法場。

とち [土地]（名）①大地，地。②耕地，宅地。△～をたがやす／耕地。△～を買う／買地。③當地，某地方。△～のことば／當地語言。④領土。△～割譲／領土割讓。

とちがら [土地柄]（名）當地的風俗習慣。

とちっこ [土地っ子]（名）〈俗〉土生土長的人。

とちのき [栃の木・橡の木]（名）〈植物〉日本七葉樹。

どちゃく [土着]（名・自サ）土著。△～民／土著民。

とちゅう [途中]（名）①途中，路上。△～からひきかえす／走到半路轉回來。→中途②中途。△～でやめる／半途而廢。△お話の～ですが／對不起，打斷您的話…

どちら [何方]（代）①哪面，哪邊，哪裏。△～へおでかけですか／您到哪兒去？△～にお住いですか／您住在哪裏？②哪一個。△コーヒーと紅茶と～になさいますか／咖啡和紅茶，您喝哪個？③哪位。△失礼ですが、～さまですか／請問您是哪一位？

とち・る（自五）〈俗〉①〈演員〉説錯台詞。②忙中出錯。

とつおいつ（副・自サ）猶豫，躊躇。△～考える／猶豫不決，左思右想。

とっか [特価]（名）特價，廉價。△～品／廉價商品。

とっかい [特快]（名）特快電車。△～の通過を見送る／目送特快電車通過。

とっかい [読解]（名・他サ）閱讀理解。△～力／閱讀理解能力。

とっかえひっかえ [取っ換え引っ換え]（連語）換了又換。△洋服を～試着してみる／一件又一件地試穿衣服。

とっかかり [取っ掛り]（名）頭緒，開頭。△～がない／沒有頭緒。

とっかか・る [取っ掛かる]（自五）着手，開始。△工事に～／開工，動工。△仕事に～／着手工作。

とっかん [突貫]（名・自サ）① 突擊，一氣呵成。△～工事／突擊工程。② 衝鋒，衝進。△敵陣へ～する／向敵陣衝鋒。

とっき [突起・凸起]（名・自サ）① 突起，隆起。△虫様～／闌尾。② 突然發生。

とっき [特記]（名・他サ）特別記載，大書特書。△～事項／特別記載事項。

どっき [毒気]（名）→どっけ

とっきゅう [特急]（名）①火速，趕快。△～でお願いします／火速辦理為盼。② 特快，特別快車。△～券／特快車票。

とっきゅう [特級]（名）特級，特等。△～酒／特級酒。

とっきょ [特許]（名）專利。△～権／專利權。△新案～／新發明專利。

どっきょ [独居]（名・自サ）獨居。

とっきょきょか [特許許可]（名）〈經〉專利許可。

とっきょけんしんがい [特許権侵害]（名）〈經〉侵犯專利權。

ドッキング [docking]（名・自サ）（人造衛星或宇宙飛船在宇宙空間軌道上）對接，相接。

どっきんほう [独禁法]（名）"独占禁止法"的略語：獨佔禁止法。

とつ・ぐ［嫁ぐ］（自五）出嫁。△娘を～がせる／把女兒嫁出去。△～ぎ先／婆家。

ドック［dock］（名）① 船塢。△船が～に入る／船進船塢。② 短期住院檢查健康狀況。△人間～／健康檢查醫院。

ドッグウオーカー［dog wallker］（名）帶狗散步的人。

ドッグタッグ［dog tag］（名）① 狗牌，養狗許可證。② 士兵脖子上的識別牌。

とっくみあい［取っ組み合い］（名・自サ）〈俗〉（打架時）揪在一起，扭在一起。△～のけんか／扭打。

とっくみあ・う［取っ組み合う］（自五）（打架時）揪在一起，扭在一起。△二人が～って，けんかする／兩人揪打在一起。

とっくり［徳利］（名）酒壺。

とっくり（副）仔細，審慎地。△～と吟味する／仔細玩味。△君に～聞いてもらいたいことがある／有件事我要向你細説。

とっくん［特訓］（名）特殊訓練，專門訓練。

どっけ［毒気］（名）① 毒氣。△ガスの～にあたる／煤氣中毒。② 惡意，壞心眼。（也説“どくけ”“どっき”）

とっけい［特掲］（名・他サ）特別揭示。

とっけい［特恵］（名）特惠，最惠。△～関税／最惠關稅。

とつげき［突撃］（名・自サ）衝鋒。△～を敢行する／果敢衝鋒。△～ラッパを吹く／吹衝鋒號。

どっけをぬかれる［毒気を抜かれる］（連語）泄了氣，嚇破了膽。

とっけん［特権］（名）特權。△～階級／特權階層。

どっこいしょ（感）①（搬動重東西時）哼嗨。②（老年人起坐時發出的聲音）哼。△～と腰をおろす／哼了一聲，一屁股坐下。

とっこう［徳行］（名）德行。△～の士／有德之士。

とっこう［篤厚］（名・形動）篤實，敦厚。

どっこう［独航］（名・自サ）獨航。

どっこう［独行］（名・自サ）① 單獨行動。② 自立。△独立～／獨立自主。

とっこうやく［特効薬］（名）特效藥。

とっさ［咄嗟］（名・副）瞬間，猛然。△～の機転／急中生智。△～に身をかわす／很快一閃身。△～には思い出せない／猛然間想不起來。

どっさり（副）許多，很多。△おみやげを～もらった／得到許多禮物。

ドッジボール［dodge ball］（名）〈體〉躲避球（一種投球遊戲）。（也説“ドッチボール”“デッドボール”）

とっしゅつ［突出］（名・自サ）① 突出來，鼓出來。△～した部分／突出來的部分。② 突出，顯眼。△彼の成績は～している／他的成績突出。③ 突然出來。△ガス～事故／煤氣噴出事故。

とつじょ［突如］（副）突然。△～、雷鳴がとど

ろいた／突然雷聲轟鳴。△～として起った大事件／突然發生的大事件。→突然

どっしり（副・自サ）① 沉重，有分量。△～と重たい本／沉甸甸的書。→ずっしり ② 穩重，莊重。△監督はベンチに～とすわった／導演穩穩地坐在長椅上。

とっしん［突進］（名・自サ）突進，挺進。△ゴール目がけて～する／瞄準終點猛衝。→つっこむ

とつぜん［突然］（副）突然。△～のできごと／突然發生的事情。△～聞かれて返答に窮した／被抽冷子一問，無話可答。

とつぜんへんい［突然変異］（名）〈生物〉突然變異。

とったん［突端］（名）突出的一端，尖端。△みさきの～／岬的尖端。→先端

どっち（代）〈俗〉哪一方面，哪一個。△～が勝つか／哪一方能勝呢？→どちら

どっちつかず［何方付かず］（名・形動）模棱兩可。△～のあいまいな態度／模棱兩可含含糊糊的態度。→あいまい

どっちみち［何方道］（副）反正，歸根結底，橫豎。△～結果は同じだろう／反正結果一樣。→どの道

とっち・める［取っちめる］（他下一）嚴加訓斥，懲治。△～めてやろう／好好治治他！△首相が議会で～められた／首相在議會裏讓人家整得夠嗆。

とっつき［取っつき］（名）① 開始，開頭。② 頭一個。△二階の～のへやにいる／在二樓的第一個房間。③ 初次接觸的印象，第一印象。△あの人は～がわるい／他給人的第一印象不好。

とっつ・く［取っ付く］（自五）① 開頭。② 打交道，相處。△～きやすい人／容易接近的人。③ 糾纏。

とって［取っ手・把手］（名）把手，拉手。△ドアの～／門拉手。

とってい［突堤］（名）防波堤。

とっておき［とって置き］（名）珍藏，秘藏。△～の品／珍藏品。

とってかえ・す［取って返す］（自五）折回，返回。△途中から～／中途返回。

とってかわ・る［取って代る］（自五）取而代之，頂替。

とってつけたよう［取って付けたよう］（連語）做作，假惺惺。△～なおせじ／虛情假意的恭維。

ドット［dot］（名）點，小點，圓點，打點，網點。

とつとつ［訥訥］（副）訥訥，結結巴巴。△～と語る／訥訥而言，結結巴巴地説。

ドットマップ［dot map］（名）地圖的一種，用點的大小、疏密表示分佈狀況、人口密度、生產量等。

とつにゅう［突入］（名・自サ）衝進，闖進。△敵陣に～する／衝進敵陣。△ストに～する／毅然參加罷工。

とっぱ［突破］(名・他サ) ① 突破，衝破。△難関を～する／突破難關。② 超過，打破。△目標を～する／超過指標。

とっぱつ［突発］(名・自サ) 突然發生。△～事故／突然發生的事故。→勃発

とっぱん［凸版］(名) 凸版。△～印刷／凸版印刷。↔凹版

とっぴ［突飛］(形動) 離奇古怪。△～な服装／奇裝異服。

とっぴょうしもない［突拍子もない］(連語) 走調，失常。△～声をだす／發出怪聲怪調。△～ことを言う／説話離題。

トップ［top］(名) ① 首位，第一位。△～をきる／居於首位。② (報紙) 頭條。△～ニュース／頭條新聞。③〈IT〉頁首。

とっぷう［突風］(名) 陣風，突然颳起的暴風。

トップガン［top gun］(名) 創造最優秀成績的人，最高層的，頭等的。

トップコンディション［top condition］(名) 最好狀態。

トップシークレット［top secret］(名) 絶密。

トップス［tops］(名) 上半身穿的衣服，上衣。↔ボトムス

トップダウン［top-down］(名) ↔ボトムアップ ① (規劃或設計) 從總體到具體的，無所不包的，綜合的。② 在企業經營中，由上而下的管理方程。

トップページ［top page］(名)〈IT〉首頁。

トップヘビー［top-heavy］(名) ① 頭重腳輕的，不穩的。② (股份公司等) 投資過多，資本過剩。

トップモード［top mode］(名) 最流行式樣，最新式樣。

トップライト［top light］(名) ① 天窗。② 頭頂上的照明。

トップランキング［top ranking］(名) 第一，最高的。

とっぷり (副) 天黑。△日が～くれた／天全黑了，天大黑了。

どっぷり (副) (筆) 蘸飽，浸滿，浸透。△筆に墨を～つける／筆蘸飽墨汁。

トップ・リーダ［top leader］(名) 最高領導人，元首。

トップレディー［top lady］(名) ① 活躍在第一綫的女性。② 第一夫人。

とつべん［訥弁］(名) 拙口笨舌，不善言談。↔能弁

どっぽ［独歩］(名・自サ) ① 獨自步行。② 自立，自主。△独立～／獨立自主。③ 無與倫比，無雙。△古今～／古今無雙。

とつめんきょう［凸面鏡］(名) 凸面鏡。↔凹面鏡

とつレンズ［凸レンズ］(名) 凸透鏡。↔凹レンズ

どて［土手］(名) 堤，堤壩。△～をきずく／築堤。

どてっぱら［土手っ腹］(名)〈俗〉(罵對方) 肚皮。△～に風穴をあけてやるぞ／非叫你白刀子進去紅刀子出來不可！

とてつもな・い［途徹もない］(形) 非常，異常。△～く大きな計画／龐大驚人的計劃。

とても (副) ① 無論如何也，怎麼也…△そんなことは～信じられない／那種事我説甚麼也不相信。② 非常，很。△～景色のよい海岸／景色非常美的海岸。

どてら［褞袍］(名) →たんぜん

どどいつ［都都逸］(名) (日本的一種情歌俗曲) 都都逸。

ととう［徒党］(名) 黨徒，幫夥。△～を組む／結幫成夥。→一味

どとう［怒涛］(名) 怒濤。

とどうふけん［都道府県］(名) (日本的行政區劃) 都、道、府、縣。

とど・く［届く］(自五) ① 達到。△手が～／手夠得着。② 到達，送到。△手紙が～／信到了。③ 周到，周密。△痒い所に手が～／無微不至。④ (心願) 得償，實現。△思いが～／如願以償。

とどけ［届け］(名) 報告 (書)，申請。△欠席～／請假條。

とどけででんせんびょう［届け出伝染病］(名) 法定傳染病。

とど・ける［届ける］(他下一) ① 送到。△本を～／把書送去。② 報告，報。△警察へ～／報告警察局。

とどこお・る［滞る］(自五) ① 堵塞。△交通が～／交通堵塞。↔はかどる ② 拖欠。△家賃が～／拖欠房租。③ 拖延。△仕事が～た／工作拖延了。

ととの・う［整う・調う］(自五) ① 整齊，完整。△～った文章／完整無缺的文章。② 齊備，完備。△準備が～／準備齊全。③ 談好，商量妥。△縁組が～／婚事談妥。

ととの・える［整える・調える］(他下一) ① 整理，整頓。△服装を～／整理服裝。② 備齊，準備好。△材料を～／備齊材料。③ 達成，談妥。△縁談を～／談成婚事。

とどのつまり (副) 歸根到底，結局。△さんざん努力してみたけれど，～はつかれただけだった／力氣費了不少，結果是勞而無功。

とどまつ［椴松］(名)〈植物〉冷杉。

とどま・る［止まる・留まる］(自五) ① 留，留下，停留。△東京に～／留在東京。② 停止。△事故のため会議の進行が～／因為發生事故，會議停止進行。③ 只，止於，限於。△彼女の好奇心は～ところを知らない／她的好奇心是無止境的。

とど・める［止める・留める］(他下一) ① 留下，留住。△家に～／留在家裏。② 保持，保留。△原形を～めない／已看不出原形。③ 限於，止於。△被害を最小限に～めた／把受害控制在最低限度。

とどめをさす［止めを刺す］(連語) ① 刺咽喉。② 給人以致命打擊。△悪事をあばいて，～し

た／揭發出他幹的壞事就把他徹底整垮了。③ 最好。△花は吉野に～／櫻花要屬吉野櫻最好。

とどろか・す［轟かす］(他五) ① 使轟鳴。・爆音を～／發出轟轟隆巨響。② 轟動，震動。△勇名を～／威名振四方。③ 激動，跳動。△胸を～／心情激動。

とどろ・く［轟く］(自五) ① 轟鳴。△雷鳴が～／雷聲轟鳴。②〈名聲〉響震。△名声が～／名聲大震。③〈心〉跳動。△胸が～／心情激動。

トナーカートリッジ［toner cartridge］(名)〈IT〉硒鼓。

とない［都内］(名) ① 都内（東京都的二十三個市區）。↔ 都下 ② 東京都的中心區。

とな・える［唱える］(他下一) ① 唸，誦。△念仏を～／唸經。② 提倡，倡導。△異議を～／提出不同意見。③ 高呼，高喊。△万歳を～／高呼萬歲。

> **用法提示▼**
> 中文和日文的分別
> 中文有"歌唱"的意思，多與"歌曲"連用；日文表示"唸誦"，多與"經文、咒語、祈禱"連用。
> 常見搭配：
> 祈（いの）り、念仏（ねんぶつ）、経（きょう）、南無阿弥陀仏（なむあみだぶつ）、呪文（じゅもん）、おまじないを唱える

トナカイ［tonakai］(名) 馴鹿。

どなた(代名) 哪位。△～をおさがしですか／找哪位？

となり［隣］(名) 鄰近，鄰居，隔壁。△～の家／鄰居家。△～近所／左鄰右舍。△兄の～に坐る／坐在哥哥旁邊。

となりあ・う［隣り合う］(自五) 緊挨着，相鄰。△～って坐る／挨肩坐着。

となりあわせ［隣(り)合(わ)せ］(名) 毗鄰。△～に住む／比鄰居住。△彼女と席が～になっていた／我的座位和她挨着。

となりのせんきをずつうにやむ［隣りの疝気を頭痛に病む］(連語) 看三國掉眼淚──替古人擔憂。

となりのたからをかぞえる［隣りの宝を数える］(連語) 做徒勞無益的事。

となりのはなはあかい［隣の花は赤い］(連語) 別人家的花香，甚麼東西都是別人的好。

どな・る［怒鳴る］(自五) ① 大聲招呼，大聲喊。△そんなに～らなくても聞こえるよ／不那麼大聲喊也能聽到。② 大聲叱責。

とにかく［兎に角］(副) 總之，無論如何，好歹，不管怎樣。△留守かもしれないが、～行ってみよう／也許不在家，但是不管怎樣我們去看看。→いずれにしても

とにゅう［吐乳］(名・自サ)（嬰兒）吐奶。

どの［何の］(連體) 哪個。△～本を買おうか／買哪本書？△今井先生は～方ですか／今井先生是哪一位？

-どの［殿］(接尾)（接在姓名、身分之下，表

示尊敬）先生。△小川和雄～／小川和雄先生。

どのう［土嚢］(名) 土袋，砂袋。△～を積んで堤防を築く／堆土袋築堤。

とのがた［殿方］(名) 男人。△～用／男人用。

とのこ［砥の粉］(名) 拋光粉。

とのさま［殿様］(名) ① 對高貴的人、君主的敬稱。②（江戶時代對"大名"和"旗本"的敬稱）老爺，大人。③ 公子哥兒。

とのさまがえる［殿様蛙］(名) 青蛙，田雞。

とのさまげい［殿様芸］(名) 有錢人玩的琴棋書畫。

どのつらさげて［どの面下げて］(連語) 有甚麼臉…△～帰れようか／還有甚麼臉回去！

どのみち［どの道］(副) 總之，反正，不管怎樣。△こんどの計画は～だめだろう／這次的計劃歸根到底是不行了吧。

どば［駑馬］(名) ① 駑馬。△麒麟も老いては～に劣る／麒麟一老不如駑馬，人老珠黃不值錢。② 能力低的人。△～に鞭打ってがんばります／我雖生性愚魯，但願竭力去做。

トパーズ［topaze］(名) 黃玉。

とはいえ(接) 雖然那麼說，儘管那樣。△発作はおさまった。～、ゆだんはできない／雖然發作停止了，但還不可大意。

とばく［賭博］(名) 賭博。△～犯／賭犯。

どばし［土橋］(名)（木橋上鋪土的）土橋。

とば・す［飛ばす］I (他五) ① 使飛，放。△風船を～／放氣球。② 跳越，跳過。△途中を～して話を進める／略去中間往下說。③ 濺起，迸。△泥水を～／濺起泥水。④ 傳播，散佈。△デマを～／散佈謠言。⑤ 奔馳，疾駛。△馬を～／驅馬奔馳。⑥ 派遣。△急使を～／派遣急使。⑦ 調轉（工作）。△支店に～された／被調到支店工作。II (接尾) 接在動詞連用形下，加強語氣。△売り～／賣掉。

どはずれ［度外れ］(名) 超出限度，非常。△～のいたずら／過火的玩笑。△～に大きい／大得出奇。

とばっちり(名) 牽連。△～を食う／受牽連，受連累。→まきぞえ

どばと［土鳩・鴿］(名) 家鴿。

とばり［帳・帷］(名) 帳，帷，幕。△夜の～がおりた／夜幕降臨了。

とはん［登攀］(名・自サ) 攀登。△～隊／登山隊。（也說"とうはん"）

とばん［塗板］(名) 塗板，黑板。

とび［鳶］(名)〈動〉鳶，老鷹。△～が鷹を生む／子勝於父。

どひ［土匪］(名) 土匪。

とびあが・る［飛び上がる・跳び上がる］(自五) ① 飛起，飛向天空。△ヘリコプターが～／直升飛機飛上天空。② 跳起，跳躍。△～ってよろこぶ／高興得跳起來。→はねあがる

とびある・く［飛(び)歩く］(自五) 四處奔走。

とびいし［飛び石］(名)（稍有間隔的）踏腳石。△～づたいに庭に出る／踩着踏腳石來到院子裏。

とびいしれんきゅう［飛び石連休］(名) (中間有一兩天間隔的) 連續假日。

とびいた［飛び板］(名) (游泳) 跳板。△〜とびこみ／跳板跳水。→スプリングボート

とびいり［飛び入り］(名・自サ) (局外人) 中途加入，臨時參加。△〜で歌をうたった／臨時報名唱了個歌。△〜が五人もいた／中途加入的竟有五人。→番外

とびいろ［鳶色］(名) 茶褐色，棕色。→茶褐色

とびうお［飛び魚］(名) (動) 燕鰩魚。

とびお・きる［飛 (び) 起きる］(自上一) 一躍而起。△目ざまし時計がなると，すぐ〜／鬧鐘一響立刻起牀。

とびお・りる［飛 (び) 降りる・飛 (び) 下りる］(自上一) 跳下。△電車から〜／從電車上跳下來。

とびか・う［飛び交う］(自五) 飛來飛去，紛飛。△ほたるが〜／螢火蟲飛來飛去。

とびかか・る［飛 (び) 掛 (か) る］(自五) 猛撲上去。△わしがうさぎに〜った／老雕向兔子猛撲過去。

とびかけ・る［飛 (び) 翔る］(自五) 飛翔，翱翔。

とびきり［飛び切り］(名・副) ① 跳起來砍殺。△天狗〜の術／高高跳起砍倒對方的武藝。② 卓越，出衆。△〜上等の品／特別好的物品。③ 格外，最。△〜安い／格外便宜。

とびぐち［鳶口］(名) 救火鈎，消防鈎，鷹嘴鈎。

とびくら［飛 (び) 競］(名) 跳高、跳遠比賽。

とびこ・える［飛 (び) 越える］(他下一) ① 跳過去。② 飛越，飛越。

とびこ・す［飛び越す］(他五) ① 跳過去。△小川を〜／跳過小河。② 越級晉升。

とびこみ［飛び込み］(名) ① 跳入。△〜の仕事／突然接手的工作。△〜自殺／撞車自殺。② (游泳) 跳水。△〜台／跳水台。

とびこ・む［飛び込む］(自五) ① 跳進，跳入。△海に〜／跳進海裏。② 闖進，飛進。△ドアがあいて弟が〜んで来た／門打開，弟弟闖了進來。③ 投身於，參加。△18 歳で歌手の道に〜んだ／十八歲時開始了歌手的生涯。

とびしょく［鳶職］(名) ① 土木建築工人，架子工。② 消防員。

とびだい［飛び台］(名) ① (游泳) 跳台。② 〈經〉中間有 "零" 的一串數字。(如 "100 円〜" 即 "101 円" 至 "109 円")

とびだしナイフ［飛び出しナイフ］(名) 彈簧小刀。

とびだ・す［飛 (び) 出す］(自五) ① 飛起來，起飛。△飛行機が〜／飛機起飛。② 突然出現，闖出。△折あしくじゃまものが〜した／偏巧來了個搗亂鬼。③ 露出，鼓出。△釘が〜している／釘子露出來了。

とびた・つ［飛び立つ］(自五) ① 飛上天空，起飛，飛走。△飛行機が〜／飛機起飛。△ひなが巣から〜／小鳥飛出窩。② 高興得跳起來。△〜ほど嬉しかった／高興得幾乎跳起來。

とびち［飛 (び) 地］(名) 行政屬於本地區，但散在他處的地段。

とびちが・う［飛 (び) 違う］(自五) ① 飛來飛去，亂飛。△たんぼの上をとんぼが〜／蜻蜓在水田上來回亂飛。② 相差懸殊。△成績が〜／成績相差懸殊。

とびち・る［飛 (び) 散る］(自五) 飛散。△火花が〜／火花飛濺。

とびつ・く［飛 (び) 付く］(自五) ① 撲過來。△玄関を開けると子どもが〜いてきた／一開大門孩子就撲了過來。② (被吸引得) 爭着做，搶先。△流行に〜／趕時髦。

トピック［topic］(名) 話題。△カレント〜／當前的話題。

とび・でる［飛 (び) 出る］(自下一) →とびだす

とびどうぐ［飛び道具］(名) (弓，箭，槍等) 武器。

とびぬ・ける［飛 (び) 抜ける］(自下一) 差別顯著，相差懸殊。△〜けて一番になる／遙遙領先。

とびの・く［飛 (び) 退く］(自五) 閃開，躲閃。△あわてて〜／慌忙躲閃。

とびの・る［飛 (び) 乗る］(自五) ① 跳上 (正在行駛的交通工具)。△発車しかけている列車に〜／跳上剛開動的火車。② 一躍騎上。△ひらりと馬に〜／飛身上馬。

とびばこ［跳び箱・飛び箱］(名) 〈體〉跳箱。

とびはな・れる［飛 (び) 離れる］(自下一) ① 急忙閃開，跳離。△おどろいて〜／嚇得慌忙閃開。② 遠離，遠隔。△学校から〜れた所に家がある／家在遠離學校的地方。③ 相差懸殊。△〜れて高い／特別昂貴。

とびひ［飛び火］(名・自サ) ① 火星。△〜で出火した／飛起的火星引起火災。② 擴展，牽連。△汚職事件が国会議員にまで〜した／貪污事件牽連到國會議員。③ 〈醫〉水泡疹，水泡瘡。△顔に〜ができた／臉上生了水泡疹。

とびまわ・る［飛び回る］(自五) ① 飛來飛去，飛翔。△虫が電燈のまわりを〜／小蟲在電燈周圍飛來飛去。② 到處亂跑，到處奔走。△しかが山を〜／鹿滿山跑。△親類中を〜って金をつくった／為湊錢而東奔西走求親告友。

どびゃくしょう［土百姓］(名) 莊稼漢，鄉下佬。

どひょう［土俵］(名) ① 摔跤場。△〜入り／力士進入摔跤場的儀式。② 土袋子。

とびら［扉］(名) ① 門扉，門扇。△〜をひらく／開門。② (書的) 扉頁，(雜誌，正文前的) 第一頁。

とびらえ［扉絵］(名) ① 扉頁畫。② (櫃等的) 拉門上的畫。

とびわた・る［飛 (び) 渡る］(自五) ① 飛過去，飛渡。△渓谷を〜／飛渡峽谷。② 一下子過去。

どびん［土瓶］(名) (陶製的) 茶壺。

とふ［塗布］(名・他サ) 敷，擦。

と・ぶ［飛ぶ・跳ぶ］(自五)① 飛，飛行。△鳥が〜/鳥飛。△〜んで火に入る夏の虫/飛蛾撲火，自投羅網。② 傳播，流傳。△デマが〜/謠言流傳。③ 飛揚，飛濺。△火花が〜/火星飛濺。④ 跳。△溝を〜/跳過溝去。⑤ 急跑，飛跑。△〜んで帰る/飛跑回來。⑥ 越過，不衡接。△ページが〜/跳頁。⑦ 斷。△ヒューズが〜/保險絲燒斷了。

どぶ［溝・泥溝］(名)① 污水溝。△〜がつまる/溝堵了。② 暗溝，陰溝。△〜川/陰溝。

どぶいた［溝板］(名) 溝蓋兒，地溝蓋板。

とぶくろ［戸袋］(名) 收放板窗的地方。

どぶづけ［どぶ漬］(名) 米糠醬醃的鹹菜。

とぶとりをおとすいきおい［飛ぶ鳥を落とす勢い］(連語) 權勢登峰造極。

どぶねずみ［溝鼠］(名)〈動〉褐鼠，溝鼠。

とぶひ［飛ぶ火・烽］(名) 烽火。

どぶろく［濁酒］(名)〈日本〉濁酒。↔ 清酒

どべい［土塀］(名) 土牆，泥牆。

とほ［徒歩］(名) 走，步行。△〜でいく/走着去。△〜五分/步行五分鐘 (的距離)。

とほ［杜甫］〈人名〉杜甫 (712-770)。

とほうにくれる［途方に暮れる］(連語) 束手無策，走投無路。

とほうもない［途方もない］(連語) 出奇的，駭人聽聞的。△〜おおうそつき/鬼話連篇的傢伙。△〜計画/大而無當的計劃。

どぼく［土木］(名) 土木 (工程)。△〜工事/土木工程。

とぼ・ける［恍ける・惚ける］(自下一)① 裝糊塗，假裝不知。△そら〜/裝蒜。② 出洋相，逗樂子。△〜のがうまい/善於逗趣兒。

とぼし・い［乏しい］(形)① 缺乏，不足。△金が〜/缺錢。△知識に〜/知識貧乏。② 貧窮，貧困。△〜生活/貧窮的生活。↔ ゆたか

とぼ・す［点す］(他五) 點燈。△明りを〜/點燈。

とぼそ［樞］(名)① 戶樞。② 戶，門，門扉。

とぼとぼ (副・自サ)〈走路〉蹣跚，有氣無力。△〜と歩く/步履蹣跚。

とま［苫］(名) 苫蓆，草蓆。△〜や/茅屋。

どま［土間］(名) 不鋪地板的房間。

トマト［tomato］(名) 西紅柿，番茄。△〜ケチャップ/番茄醬。

とまどい［戸惑い・途惑い］(名) 不知所措，躊躇。△顔に〜の表情をうかべる/臉上現出惶惑的神情。

とまど・う［戸惑う・途惑う］(自五) 迷惘，惶惑。△駅の出口がわからず、〜った/找不到車站的出口，束手無策。→まごつく

トマトケチャップ［tomato ketchup］(名) 番茄醬。

とまぶき［苫葺(き)］(名) 茅草房頂，小茅草房。

とまぶね［苫舟］(名) 用草蓆覆蓋艙房的船。

とまや［苫屋］(名) 茅屋。

とまり［留(ま)り・止(ま)り］(名) 停止，終了，到頭。△先が〜になっている/前面走不過去。

とまり［泊り］(名)① 住宿，過夜。△〜客/過夜的客人。→宿泊 ② 值宿。③ 住宿處，旅館。④ 碼頭。

とまりがけ［泊まり掛け］(名) 預定在外住宿。△〜ででかける/作短期逗留的外出。

とまりぎ［止まり木］(名)①〈鳥籠裏的〉棲木。② 酒吧間的高腳凳。

とま・る［止まる・留まる］(自五)① 停住，止住，停息。△息が〜/停止呼吸。△笑いが〜らない/止不住笑。② 棲於，落在。△とんぼがかたに〜った/蜻蜓落在肩上。③ 留下，剩下。△目に〜/看在眼裏。→とどまる

とま・る［泊まる］(自五)① 投宿，住宿。△宿屋に〜/住旅店。→宿泊する ② 停泊。△港に〜/(船) 停泊在港口。→停泊する

とみ［富］(名)① 財富，財產。△〜をきずく/積累財富。② 資源。△海底にねむる〜/沉睡在海底的資源。→資源

とみさか・える［富み栄える］(自下一) 繁榮，昌盛。

とみに［頓に］(副) 忽然，頓然。△最近〜目がわるくなった/最近眼睛突然變壞。→にわかに

ドミニカ［Dominica］〈國名〉多米尼加。

ドミノげんしょう［ドミノ現象］(名) 多米諾現象 (一事件引起連續性事件現象)。

と・む［富む］(自五)① 富裕，有錢。△家が〜/家庭富裕。② 豐富。△経験に〜/經驗豐富。

とむらい［弔い］(名)① 弔唁，弔慰。② 葬禮，送葬。△お〜を出す/送葬。

とむら・う［弔う］(他五)① 弔唁，弔喪。△亡き人を〜/弔喪。② 祭奠，祭祀。△菩提を〜/祈禱亡人的冥福。

ドメイン［domain］(名)① 領域，領土，版圖。② 範圍，領域。③〈IT〉功能變數名稱。

ドメインめい［ドメイン名］(名)〈IT〉功能變數名稱。

とめがね［留め金］(名) 金屬卡子，別扣，摁鎖。→くちがね

ドメスティックバイオレンス［DV (domestic-violence)］(名) 家庭暴力。

とめそで［留め袖］(名)〈下襬有花紋的〉已婚婦女穿的和服。

とめだて［留め立て］(名・他サ) 制止，阻攔。△けんかを〜する/制止打架。

とめどない［留め処ない・止め処ない］(形) 無止境，無限。△〜く流れるなみだ/淚如泉湧。

とめばり［留(め)針］(名)① 別針，大頭針，扣針。△〜をうつ/別上別針。② 髮夾。→ヘアピン

とめぶろ［留(め)風呂］(名) 專用浴池。→とめゆ

とめやく［留(め)役］(名) 勸架人。△〜をかって出る/主動出來勸架。

とめゆ［留（め）湯］（名）① (使用) 前一天用過的洗澡水。② 專用浴池。③ 包月的澡堂（可以隨時入浴）。

と・める［止める・留める］（他下一）① 停止，止住。△車を〜/停車。△血を〜/止血。② 固定。△ボタンを〜/扣扣子。③ 制止。△けんかを〜/制止打架。④ 留下，剩下。△気に〜/注意，介意。

と・める［泊める］（他下一）① 留宿，留住。△客を〜/留客住宿。② (使船) 停泊，(使船) 入港。△貨物船を港に〜/引貨物輪進港。

とも［友］（名）① 友，朋友，同好。△〜をえらぶ/擇友。△竹馬の友/總角之交。② 友伴。△書物を〜とする/以書籍為友。

とも［供・伴］（名）① 陪同，陪伴。△お〜いたしましょう/我陪您一起去吧。② 隨從，隨員。△〜をつれる/帶隨從。

とも［共］（名）共同，一起。△起居を〜にする細君/在一起生活的妻子。△苦楽を〜にする/同甘共苦。

とも［艫］（名）艫，船尾。→せんび

とも -［共］（接頭）① 一樣。△ともぎれ/一塊布料上的布。② 一起，共同。△〜ばたらき/夫妻雙雙工作。△〜だおれ/兩敗俱傷。△〜寝/共枕。

-とも Ⅰ（接尾）① 全，一樣。△3 人〜女だった/三個人全是女的。△男女〜優勝した/男隊女隊都得了冠軍。② 包括在内。△風袋 300 グラム〜/連皮三百克。△運賃〜三千円/包括運費三千日元。

-とも（副助）最高或最低限度。△遅く〜十時には帰る/最晚十點鐘回來。△多少〜関係はある/多少總有點關係。

-とも（接助）不管…即令…△つらく〜がまんしよう/再苦也要忍耐。△何はなくとも我が家が一番/即令無一物，也是自己家好。△行かなく〜いい/不去也行。

-とも（終助）加強肯定語氣。△そうです〜/當然是那樣。△もちろん行きます〜/我當然要去。△いい〜，いい〜/可以，可以。

-ども［共］（接尾）（接名詞後表示複數）…們。（接第一人稱表示謙虛，接其他人稱時表示輕視）。△わたくし〜/我們。△女〜/女人們，老娘兒們。

ともあれ（副）無論如何，不管怎樣，總之。△〜、やっとおわった/不管怎樣，總算結束了。△なには〜無事でよかった/別的不説，總算平安無事。

ともえ［巴］（名）巴字圖案，漩渦狀圖案。△三つどもえ/圓内有三個向同一方向旋轉的巴形圖案。

ともかく（副）① 無論如何，不管怎樣，總之。△〜行ってみよう/總之，先去看一下。② 姑且不論，暫且不談。△色は〜、がらがわるい/顔色姑且不論，花紋不好。

ともかせぎ［共稼ぎ］（名・自サ）→ともばたらき

ともがら［輩］（名）同夥，夥伴。→なかま

ともぎれ［共切れ］（名）一塊布的布頭。

ともぐい［共食い］（名・自サ）①（動物）同類相殘 ② 兩敗俱傷。

ともしび［燈し火・燈］（名）燈火。△風前の〜/風前之燭，危在旦夕。

ともしらが［共白髪］（名）白頭偕老。△〜まで添い遂げる/夫妻白頭到老。

とも・す［点す・燈す］（他五）點（燈）△燈を〜/點燈。

ともすると（副）往往，動輒。△へやには電燈があったが、〜つかないことがあった/房間裏雖然有電燈，但是常常點不着。→ややもすると

ともすれば（副）⇨ともすると

ともだおれ［共倒れ］（名・自サ）兩敗俱傷，同歸於盡。

ともだち［友達］（的）朋友。△おさな〜/幼年時代的朋友。→友

ともども［共共］（副）一起，一同。△夫婦〜働きに出る/夫妻雙雙出去工作。

ともな・う［伴う］（自他五）① 伴隨，隨着。△危険が〜/帶有危險性。△科学の進歩に〜って/隨着科學的進步…② 伴同，帶領。△先生に〜って行く/隨同老師一起去。③ 相稱。△収入に〜わない生活/和收入不相稱的生活。△名実相〜/名副其實。

ともに［共に］（副）① 一起，一同。△友人と〜恩師を訪ねた/和朋友一起拜訪了老師。② 隨着，跟着。△時勢と〜進む/與時俱進。③ 同時，既…又…△うれしく感じると〜、すまなくも思う/既感到高興，又覺得過意不去。

ともばたらき［共働き］（名・自サ）夫婦共同工作，雙職工。→ともかせぎ

どもり［吃り］（名）口吃，結巴。

とも・る［点る・燈る］（自五）點上（燈）。△燈が〜/點着燈。

ども・る［吃る］（自五）口吃，結巴。△〜りながら言う/結結巴巴地説。

とやかく（副）這個那個。△〜言う/説三道四，説長道短。→あれこれと

どやき［土焼き］（名）陶器，瓦器。

とよう［渡洋］（名・自サ）渡海。△〜爆撃/渡海轟炸。

どよう［土用］（名）① 立春、立夏、立秋、立冬前十八天。② 三伏天。

どよう［土曜］（名）星期六。

どようなみ［土用波］（名）三伏天前後起的大浪。

とよとみひでよし［豊臣秀吉］〈人名〉豊臣秀吉 (1536-1598)。安土桃山時代的武將，政治家。

どよ・む（自五）響徹，轟鳴。△雷が鳴り〜/雷聲轟鳴。

どよめ・く（自五）① 響動，響徹。②（眾人）騷然，吵嚷。③ 心潮起伏。

とら［虎］（名）虎。

とら［寅］（名）① 寅（十二支之三）。② 寅時。③ 東北東。

どら [銅鑼] (名) 鑼, 銅鑼。△～を鳴らす／鳴鑼。

トライ [try] (名・自サ) ① 試, 嘗試。② (橄欖球) 在對方球門綫上帶球觸地。

とらい [渡来] (名・自サ) 舶來。△～品／進口貨。

ドライ [dry] (形動) ① 冷冰冰, 不帶感情。△仕事の打合せでもするように～に話したい／我要像交換工作意見那樣不夾雜個人感情地談。② 枯燥乏味。

ドライアイス [dry ice] (名) 乾冰, 固體二氧化碳。

トライアウト [tryout] (名) ① (選拔運動員、演員等的) 選拔賽, 選拔表演。② (戲劇等的) 試演, 預演。

トライアスロン [triathlon] (名) 〈體〉鐵人比賽, 鐵人三項競賽。→鉄人レース

トライアングル [traiangle] (名) 〈樂〉三角鈴。

トライシクル [tricycle] (名) ① 幼兒用三輪自行車。② 三輪車。

とらいじん [渡来人] (名) 〈史〉(四世紀末至八世紀) 由中國、朝鮮到日本的人。

ドライネス [dry ness] (名) 乾燥, 冷淡。

ドライバー [driver] (名) ① 螺絲刀。② 司機, 駕駛員。③ 〈IT〉驅動程式。

ドライバビリティー [driveability] (名) 駕駛性能。

ドライブ [drive] (名・自サ) ① (駕駛汽車) 兜風。② (網球等) 抽球。

ドライブウェー [driveway] (名) 汽車路, 公路。

ドライヤー [dryer] (名) 乾燥機。△ヘア～／吹風機。

ドライリハーサル [dry rehearsal] (名) 電影、電視劇的綵排, 預演。

とらえどころ [捉え所] ⇨つかみどころ

とら・える [捕らえる・捉える] (他下一) ① 捕捉, 捉住。△犯人を～／逮住犯人。△機影をレーダーが～／雷達捕捉飛機蹤影。② 抓住。△心を～／扣人心弦。△なわのはしを～／抓住繩頭。

とらがり [虎刈] (名) 頭髮理得長短不齊。

ドラキュラ [Dracula] (名) 吸血鬼。

トラクター [tractor] (名) 拖拉機。

どらごえ [どら声] (名) 粗聲。→だみ声

トラコーマ [trachoma] (名) 〈醫〉沙眼, 粒性結膜炎。→トラホーム

トラジック [tragic] (ダナ) 悲劇的, 悲痛的。

トラジディー [tragedy] (名) 悲劇, 悲劇事件, 慘案, 悲慘事件。

トラスト [trust] (名) 〈經〉托拉斯。

トラック [truck] (名) 卡車, 載重汽車。

トラック [track] (名) ① 跑道。② 徑賽。③ 錄音磁帶錄過音的部分。△サウンド～／音帶。聲跡。

ドラッグ [drag] (名・ス他) 〈IT〉拖動。

ドラッグ [drug] (名) ① 藥。② 麻醉藥, 毒品。

トラック・アンド・フィールド [track and field] (名) 田徑賽。

トラッド [trad] (名・ダナ) ① 傳統的。② 傳統服裝。

トラディショナル [traditional] (ダナ) 傳統的。

とらぬたぬきのかわざんよう [取らぬ狸の皮算用] (連語) 打如意算盤。

とらねこ [虎貓] (名) 〈動〉虎皮斑紋的貓。

とらのいをかるきつね [虎の威を借る狐] (連語) 狐假虎威。

とらのおをふむ [虎の尾を踏む] (連語) 若踏虎尾, 冒風險。

とらのまき [虎の巻き] (名) 解答教科書習題的小冊子。

トラバーユ [法 travail] (名) ① 勞動, 工作。② (主要指女性) 跳槽。

トラフィック [traffic] (名) ① 交通, 通行。② 〈IT〉通信量, 流量。

ドラフト [draft] (名) ① (棒球) ("ドラフト制度" 的略語) 新運動員選拔制度。② 草圖, 草稿, 草案。

ドラフトビール [draft beer] (名) 鮮 (生) 啤酒。

トラブル [trouble] (名) ① 糾紛, 糾葛。△～をおこす／製造糾紛。② 故障。△エンジン～／引擎發生故障。

トラベラーズチェック [traveler's check] (名) 旅行支票, 略作 "T／C"。

トラベリング [traveling] (名) (籃球) 走步。

トラベル [travel] (名) 旅行。

トラベローグ [travelogue] (名) 遊記, 旅行見聞講座。

トラホーム (名) →トラコーマ

ドラマ [drama] (名) 戲劇, 劇。△テレビ～／電視劇。△ラジオ～／廣播劇。△ホーム～／家庭故事影片 (戲劇)。

トラム [tram] (名) 有軌電車。

ドラム [drum] (名) ① 〈樂〉鼓, 大鼓。② 打擊樂的總稱。③ 機械類中的圓筒部分。

ドラムかん [ドラム缶] (名) 鐵桶, 汽油桶。

どらむすこ [どら息子] (名) 浪子, 敗家子。→放蕩息子

とらわ・れる [捕らわれる・囚われる] (自下一) ① 被囚, 被俘。△敵に～／被敵人抓住。② 受拘束, 被束縛。△先入観に～／囿於成見。△外見に～／局限於外表。

トランク [trunk] (名) ① (大型) 旅行皮箱, 皮包。② 汽車後部的行李箱。△～ルーム／貯藏室；傢具保管室。

ドランク [drunk] (名) ① 醉酒。② 醉漢, 醉酒人。

トランクルーム [trunk room] (名) ① 後備箱。② 帶溫度調節的保管庫, 保管室。

トランシーバー [transceiver] (名) 步話機, 步談機。

トランジスター [transistor] (名) ① 晶體管, 半導體管。△～ラジオ／半導體收音機。② 半導體收音機。③ 小型。△～カメラ／小型攝影機。

と
ト

トランス［transformer］(名) 變壓器。

トランスナショナル［transnational］(ダナ) 超國界的，超越國家界限的，跨國的。

トランスファー［transfer］(名) 遷移，移動，轉移。

トランスプラント［transplant］(名) ① 移植，移居。② 遷徙海外的工廠設施。

トランスポート［transport］(名) ① 運輸，運送，輸送，搬運。② 運輸工具，交通車輛。

トランスミッション［transmission］(名) ① 傳送，輸送，傳遞，傳達。②（機）傳動裝置，變速器。

トランスレーション［translation］(名) 翻譯，口譯，譯本。

トランスレーター［translator］(名) 翻譯者，口譯者。

トランプ［trump］(名) 撲克牌。△～をする／打撲克。△～を切る／洗牌。

トランペット［trumpet］(名)〈樂〉小號。

トランポリン［Trampoline］(名)〈體〉蹦牀，利用蹦牀在空中翻筋斗的體操。

とり［酉］(名) ① 酉（十二地支之第十）。② 酉時。③ 西方。

とり［取り］Ⅰ (名)（曲藝）最後演出（者）。Ⅱ (接頭) 下接動詞加強語氣。△～まとめる／匯集，匯總。

とり［鳥］(名) ① 鳥。△～を飼う／養鳥。②（也寫“鷄”）雞。△～肉／雞肉。

とりあ・う［取り合う］(他五) ① 互相拉着。△手を～／互相拉手。② 爭奪。△席を～／爭奪坐位。③ 理睬，理會。△笑って～わない／笑而不理，一笑置之。

とりあえず［取り敢えず］(副) ① 匆忙，急忙，立刻。△～返事を書く／立刻寫回信。② 首先。△～15万円送る／先寄去十五萬日圓。

とりあ・げる［取り上げる］(他下一) ① 拿起。△受話器を～げてダイヤルを回す／拿起耳機撥電話號碼。② 沒收，剝奪。△財産を～／沒收財産。③ 作為問題對待。△議題として～／列為討論的議題。△特に～べきほどのことではない／不值得特別提出來。△各紙は汚職問題を大きく～げた／各報都醒目地報導了貪污事件。④ 採納。△進言が～げられた／建議被採納。⑤ 接生。

とりあつか・う［とり扱う］(他五) ① 對待，接待。△国賓として～／作為國賓接待。② 受理，接受。△その件は戸籍係で～っている／那件事由戸籍員辦理。③ 操作，使用。△この機械は～いやすい／這機械容易操作。④ 處理，辦理。△この事件は刑事事件として～われることになった／這個案子已按刑事案件處理。△その品は当店では～っておりません／本店不經營這種商品。

とりあつ・める［取（り）集める］(他下一) 收集，搜集。△切手を～／集郵。

とりあわせ［とり合わせ］(名) 配合，搭配。△色の～がいい／顔色配得好。△各種のビスケットの～／什錦餅乾。

とりい［鳥居］(名)（神社入口的）牌坊。

トリートメント［treatment］(名) ① 養護，治療。②（保養受損頭髪的）護髪素，護髪精華素。

ドリーミー［dreamy］(ダナ) ① 多夢的，夢幻般的。② 無與倫比的，理想的。

とりい・る［とり入る］(自五) 奉承，討好，獻殷勤。△上役に～／巴結上司，討好上司。→へつらう

とりい・れる［取り入れる］(他下一) ① 收穫。△稲を～／收割水稻。② 引進，導入。△外国の文化を～／引進外國的文化。→導入する ③ 收起。△干した布団／把曬在外面的被子收起來。

とりインフルエンザ［鳥インフルエンザ］(名) 禽流感。

とりうちぼう［鳥打ち帽］(名) ⇨ハンチング

とりえ［取り柄］(名) 長處，優點。△正直だけが～だ／為人誠實是他唯一的長處。→長所

トリオ［意 trio］(名) ①〈樂〉三重唱，三重奏，三部合奏曲。② 三人一組。△仲のいい～／團結的三人夥伴。③ 三個一組，三個一套。

とりお・く［取（り）置く］(他五) 保留。

とりおさ・える［取り押さえる］(他下一) ① 壓制，制服。△暴れ馬を～／制服悍馬。② 逮捕，抓住。△どろぼうを～／抓住小偷。

とりおと・す［取り落とす］(他五) ① 丟掉，掉下。△バトンを～／把接力棒掉了。② 漏掉，遺漏。△かんじんな点を～／漏掉重要之點。

とりかえしがつかない［取り返しがつかない］(連語) 無法彌補，無法挽回。

とりかえ・す［取り返す］(他五) ① 取回來，要回來。△点を～／扳回分數。② 挽回，恢復。△権利を～／恢復權利。

とりか・える［取り替える・取り換える］(他下一) ① 換，更換。△水を～／換水。② 交換。△セーターを～／交換毛衣。→交換する

とりかか・る［取り掛かる］(自五) 開始，着手。△仕事に～／開始工作。→着手する

とりかご［鳥籠］(名) 鳥籠。

とりかこ・む［取り囲む］(他五) 圍，包圍，圍攏。△敵陣を～／包圍敵人陣地。△卓を～／圍住桌子。

とりかじ［取り舵］(名) ① 左舵。② 左舷。

とりかたづ・ける［取り片付ける］(他下一) 收拾，整理。△へやの中を～／整理房間。

とりかわ・す［取り交わす］(他五) 交換，互換。△結納を～／（結婚）下定禮。

とりきめ［取り決め］(名) 約定，商定。△～をかわす／交換合約。

とりき・める［取り決める］(他下一) 決定，商定，締結。△条約を～／締結條約。

とりくず・す［取（り）崩す］(他五) 拆毀，拆掉。△障害物を～／拆掉障礙物。

とりくち［取り口］(名)（相撲）摔跤的招數。△うまい～／高明的招數。

とりくみ［取組］(名)（相撲）扭住。② 較量的對手。△あの二人はいい～だ／他倆是棋逢對手。

とりく・む［取り組む］（自五）① 致力，努力。△課題に～／致力於課題的研究。② 扭住。③ 同…比賽。△強敵と～／與勁敵比賽。

とりけし［取り消し］（名）取消，作廢。△免許の～／吊銷執照。

とりけしせん［取り消し線］（名）〈IT〉刪除綫。

とりけ・す［取り消す］（他五）取消，作廢，收回。△前言を～／收回前言。

とりこ［虜］（名）① 俘虜。△～となる／被俘。→捕虜② 着迷，成為…的俘虜。△恋の～になる／成了愛情的俘虜。

とりこしぐろう［取り越し苦労］（名・自サ）杞人憂天。→杞憂

とりこみ［取り込み］（名）① 收穫，收割。② 忙亂，混亂。△お～中、失礼ですが／對不起，正忙時來打擾您。③ 騙取（金錢）。△～詐欺／詐貨騙走而不付錢）。

とりこ・む［取り込む］（自他五）① 取回，拿進來。△せんたくものを～／收回洗曬的衣物。② 拉攏，攏絡。△先生を～んで味方にする／拉老師入夥。③ 忙亂。△今ひっこしで～んでいる／由於搬家，現在很忙亂。④ 騙取。△公金を～／侵吞公款。

とりこ・める［取り籠める］（他下一）① 監禁，禁閉。△罪人を～／把犯人關起來。② 圍起來。△庭を～／把院子圍起來。

とりごや［鳥小屋］（名）雞窩，雞舍。

とりころ・す［取り殺す］（他五）惡魔作祟害人，（鬼魂）把人折磨死。△怨念に～される／被詛咒而死。

とりこわ・す［取り壊す・取り毀す］（他五）拆毀，拆掉。△バラックを～／拆毀臨時板房。

とりさ・げる［取り下げる］（他下一）取回，撤回，撤銷。△訴訟を～／撤銷訴訟。

とりざた［取り沙汰］（名・他サ）說三道四，風言風語。△あれこれと～している／說三道四。

とりさば・く［取（り）捌く］（他五）處理，調處。△訴えを～／處理訴訟。

とりさ・る［取り去る］（他五）除去，去掉。△水分を～／去水分。

とりしき・る［取り仕切る］（他五）一手承擔，全權處理，主持。△事務を～／主持工作。

とりしず・める［取り静める・取り鎮める］（他下一）平定，平息，鎮壓。△騒乱を～／平息騷亂。

とりしまり［取り締まり・取締］（名）① 管理，監督，管束。② "取締役" 的略語。△～やく／董事。

とりしまりやく［取締役］（名）董事。△代表～／董事長。

とりしま・る［取り締まる］（他五）管理，監督，取締。△交通違反を～／取締違反交通規則的現象。

とりしら・べる［取り調べる］（他下一）調查，審問，審訊。△容疑者を～／審訊嫌疑犯。

とりすが・る［取り縋る］（自五）① 偎靠，緊靠。△そでに～／緊緊揪住袖子。② 哀求，央求，纏住不放。

とりす・てる［取り捨てる］（他下一）扔掉，處理掉。△不要品は～／扔掉無用的東西。

とりすま・す［取り澄ます］（自五）① 裝模作樣，假正經。△～した態度／裝模作樣的態度。② 裝不知道，裝糊塗。

とりそろ・える［取り揃える］（他下一）備齊，準備好。△書類を～えて出す／將文件備齊發出。

とりだ・す［取り出す］（他五）① 拿出，掏出。△ポケットから～／從衣袋裏掏出來。② 抽出，挑出。△植物から毒を～／從植物中抽出毒質。

とりたててがた［取立手形］（名）〈經〉託收匯票。

とりた・てる［取り立てる］（他下一）① 徵收。△借金を～／催還借款。② 提拔。△課長に～／提拔為科長。③ 特別提及，提出。△～てて言うほどのこともない／不值得特別一提。

とりちが・える［取り違える］（他下一）① 拿錯。△かさを～／拿錯了傘。② 搞錯，理解錯。△意味を～／把意思理解錯了。→誤解する

とりつぎ［取次］（名）① 轉達。② 通報。△電話の～／招呼本人接電話。③ 代銷。

トリッキー［tricky］（ダナ）① 新奇的，出人意料的。② 詭計多端的，（會）要花招的。

トリック［trick］（名）① 詭計，騙局。△～にかかる／上當受騙。② （電影）特技。△～撮影／特技攝影。

とりつ・く［取り付く・取り憑く］（自五）① 揪住，拽住。△子どもたちが～いて離れない／孩子們纏住不放。② 着手，開始。△仕事に～／着手工作。③ （鬼魂、妖魔）附體。△きつねに～かれる／被狐狸精迷住。

とりつ・ぐ［取り次ぐ］（他五）① 轉達，傳達。△伝言を～／轉達口信。② 代購，代銷。△～販売をする／代銷。③ 通報（來訪者或來電話者）。

とりつくしまもない［取り付く島もない］（連語）遭對方白眼無所適從。

とりつくろ・う［取り繕う］（他五）① 修理，修補。△服の破れを～／縫補衣服的破綻。② 掩飾，遮掩，掩蓋。△その場を～／敷衍一時，打圓場。

とりつ・ける［取り付ける］（他下一）① 安裝。△電話を～／安電話。② 獲得，爭取到。△承認を～／得到批准。△諒解を～／取得諒解。③〈經〉擠兌。

トリッピング［tripping］（名）（足球、冰球）用手腳、冰球棒等絆倒對方隊員的犯規行為。

トリップメーター［trip meter］（名）〈汽車〉里程表，計程器。

とりて［取り手］（名）① 接受的人。△遺産の～がない／沒人接受遺產。② 抓骨牌的人。↔よみて ③（相撲）技能高明的人。

とりで［砦］（名）城寨，碉堡，堡壘。

とりとめのない（連語）不得要領，拉拉雜雜。△～話／不知所云的話。

とりと・める［取り留める・取り止める］(他下一) 保住(性命)。△一命を～／保住一條命。

とりなお・す［取り直す］(他五)① 改換拿法，重新拿起。△右手に～／換右手拿。② 振作，重振精神。△気を～／振奮精神。③ (相撲) 重新比賽，重摔一次。

とりな・す［取り成す・執り成す］(他五)① 説和，調解，勸解。△いろいろ～して仲直りさせる／設法調停使言歸於好。② 應酬，接待，斡旋。△客を～／應酬客人。

とりにが・す［取り逃がす］(他五)(眼看要抓住或已經抓住卻) 跑掉，逃掉。△よい機会を～／坐失良機。△護送中の犯人を～した／罪犯在押解途中逃跑了。

とりのいち［酉の市］(名) 農曆十一月酉日東京“鷲(大鳥)神社”的廟會。

とりの・ける［取り除ける］(他下一)① 除掉，挪開。△道の石を～／把路上的石頭搬開。② 留下，另外存放。△参考になる資料は～けておく／把有參考價值的資料另外存放起來。

とりのこし［取り残し］(名) 剩下(的東西)，留下(的東西)。△～が多い／剩下的很多。

とりのこ・す［取り残す］(他五)① 留下，剩下。△青い柿は～しておく／青柿子留下。② 落在後面，跟不上。△時代に～される／落後於時代。

とりのぞ・く［取り除く］(他五) 去掉，除掉。△障害を～／除掉障礙。→除去する

とりはから・う［取り計らう］(他五) 處理，照顧，安排。△しかるべく～／酌情處理。

とりはこ・ぶ［取り運ぶ］(他五) 順利進行。△会議をうまく～／使會議順利進行。

とりはず・す［取り外す］(他五)① 卸下，摘下，拆下。△いれ歯を～／摘下假牙。② 沒有抓住，錯過。△せっかくの機会を～／錯過了絕好的機會。

とりはだ［鳥肌・鳥膚］(名) 雞皮疙瘩。△～が立つ／起雞皮疙瘩。△～の人／皮膚粗糙的人。

とりはら・う［取り払う］(他五) 拆除，撤除。△道路の障害物を～／清除路障。

トリビアリズム［trivialism］(名) 對瑣事感興趣，婆婆媽媽。

とりひき［取り引き・取引］(名・自他サ) 交易。△現金～／現金交易。△空～／買空賣空。

とりひきこうちょう［取引好調］(名)〈經〉市場活躍。

とりひきじょ［取引所］(名) 交易所。

トリビュート［tribute］(名) 禮物，頌辭，感謝。

とりふだ［取り札］(名)(玩骨牌時) 抓的牌 ↔ よみふだ

ドリフター［drifter］(名) 漂泊者，遊民。

ドリブル［dribble］(名・他サ)①(足球) 帶球。②(籃球) 運球。③(排球) 連拍，連擊。

トリプルジャンプ［triple jump］(名) 三級跳遠。

トリプレット［triplet］(名)①〈樂〉三連音符。② 三胞胎。③ 三個一套。④ 三人自行車。

とりほうだい［取(り)放題］(名) 隨便拿，儘

管拿。

トリポッド［tripod］(名)① 三角桌。②(照像) 三角架。

トリマー［trimmer］(名) 貓、狗的美容師。

とりまき［取り巻き］(名)① 包圍。② 捧場，幫閑。△～連／幫閑們。

とりまぎ・れる［取り紛れる］(自下一)① 混入。△人込みに～れて見えなくなる／混入人羣中不見了。② 忙碌，被…纏住。△いそがしさに～／忙得脱不開身。

とりま・く［取り巻く］(他五)① 圍，包圍。△敵の城を～／包圍敵城。② 捧場，奉承。△～き連中／溜鬚拍馬的人。

とりみだ・す［取り乱す］(自他五)① 弄亂。△家中を～／把家裏弄得亂七八糟。② 心慌意亂，驚慌失措。

とりめ［鳥目］(名)〈醫〉夜盲症。

とりもち［鳥黐］(名) 黏鳥膠，黏蟲膠。

とりも・つ［取り持つ］(他五)① 拿，握。② 周旋，斡旋。△仲を～／作媒。③ 應酬，接待。△客を～／接待客人。

とりもど・す［取り戻す］(他五) 取回，挽回，恢復。△おとしものを～／找回失物。△おちつきを～／恢復平靜。

とりもなおさず［取りも直さず］(副) 即是，也就是。△インフレをおさえること、それは～国民の生活を安定させることだ／控制通貨膨脹也就是安定國民的生活。

とりやめ［取り止め］(名) 取消，中止。△会議は～になった／會議取消了。

とりや・める［取り止める］(他下一) 取消，停止，中止。△会議を～／會議停止舉行。

とりょう［塗料］(名) 塗料。

どりょう［度量］(名)① 長度與容量。② 氣度，度量，胸懷。△～がある／有度量。△～がせまい／心胸狹窄。

どりょうこう［度量衡］(名) 度量衡。△～器／度量衡器，計量器。

どりょく［努力］(名・自サ) 努力。△～のたまもの／努力的結果。

とりよ・せる［取り寄せる］(他下一)① 使挨近，使靠近。② 讓送來，讓寄來。△すしを～／(讓飯店) 送飯來。

ドリル［drill］(名)① 鑽，鑽頭。△電気～／電鑽。② 反覆練習，訓練。△～学習／反復訓練。

とりわけ［取り分け］(副) 特別，尤其。△彼は飲みもののなかでも、～コーヒーがすきだ／在飲料中，他特別喜歡咖啡。

と・る［取る］(他五)① 拿。△手に～って見る／拿在手裏看。△こちらに塩を～ってください／把鹽遞給我。② 去掉，消除。△雑草を～／除草。△痛を～／去痛。△帽子を～／脱帽。△ふたを～／拿掉蓋兒。△ふろは1日の疲労を～／洗澡可消除一天的疲勞。③ 取得，得到。△学位を～／拿到學位。△休みを～／請假。△客が料理を皿に～／客人把菜撥到自己碟裏。△天井から明りを～／從天棚採光。

△領土を～／佔領領土。④ 承擔。△責任を～／承擔責任。⑤ 攝取，吸收。△食事を～／用餐。△栄養を～／吸收營養。△休みを～／請假。⑥ 訂購。△新聞を～／訂報。△弁当を～／訂購盒飯。⑦ 收。△税金を～／收税。△嫁を～／娶妻。△弟子を～／收徒弟。⑧ 留取。△ノートを～／做筆記。△指紋を～られる／被取下指紋。△種を～っておく／留下種秧。△合間を～／保持一定間隔。△録音を～／録音。⑨ 計量。△タイムを～／計時。△脈を～／診脈。⑩ 耗費。△手間を～／費事。⑪ 提取。△石炭からガスを～／從煤提取煤氣。⑫ 受。△授業を～／聽課。⑬（也寫"執る"）操縦處理。△筆を～／執筆。△かじを～／掌舵。△事務を～／辦公。（也寫"捕る"）捕，捉。△さかなを～／捕魚。△ねずみを～／捕鼠。⑮（也寫"採る"）採，摘。△きのこを～／採蘑菇。⑯（也寫"採る"）錄取，採取。△新人を～／錄用新人。△南の航路を～／選取南航綫。⑰（也寫"奪る・盗る"）偷盗。△泥棒が金を～／小偷偷錢。

と・る［撮る］（他五）攝影，攝像，照相。△写真を～／照相。

ドル［dollar］（名）美元。

トルコ［葡 Turco］〈國名〉土耳其。

トルコいし［トルコ石］（名）綠松石。

トルコじょう［トルコ嬢］（名）浴室的女待者。

トルコだま［トルコ玉］（名）土耳其玉，藍寶石。

トルコぶろ［トルコ風呂］（名）① 蒸浴。② 有女侍者的澡堂。

トルストイ［Lev Nikolaevich Tolstoi］〈人名〉托爾斯泰（1828-1910）。

トルソー［意 torso］（雕塑）（無頭和手足的）軀幹雕像。

トルトンプラン［Dalton plan］（名）道爾頓制教育法。

とるにたりない［取るに足りない］（連語）不足取，不值一提。

トルネード［tornado］（名）龍捲風，旋風。

ドルばこ［ドル箱］（名）① 提供資金的人。② 能賺錢的人，搖錢樹，暢銷的商品。△～スター／最賣座的明星。△～商品／暢銷貨。

どれ I（代）哪個。△～がいいかわからない／不知道哪個好。△～もこれも似たりよったりだ／半斤八兩，全差不多。II（感）喂，噯。△～、ひと休みするか／夥計，休息一會兒吧。

トレアドル［西 toreador］（名）鬥牛士。

どれい［奴隷］（名）奴隷。

トレー［tray］（名）淺盤，托盤，碟。

トレーシングペーパー［tracing paper］（名）透寫紙，描圖紙，複寫紙。

トレース［trace］（名・他サ）① 描圖，繪圖。② 映描，透寫。

トレード［trade］（名・他サ）① 交易，貿易。②（棒球）隊員跳隊。

トレードマーク［trade mark］（名）① 商標。②（人或物的）特徵。

トレーナー［trainer］（名）①〈體〉教練員。② 運動上衣，運動服外套，訓練用上衣。

トレーニー［trainee］（名）受訓練的人。

トレーニング［training］（名）〈體〉訓練，練習。△～にはげむ／刻苦訓練。

トレーラー［trailer］（名）① 拖車，曳車。△～バス／帶拖車的公共汽車，牽引式公共汽車。△～トラック／拖掛式卡車。②（電影）預告片，宣傳片，片花。

ドレス［dress］（名）女西服。

ドレスシャツ［dress shirt］（名）禮服用的襯衫。

ドレススーツ［dress suit］（名）燕尾服，男子禮服。

ドレスリハーサル［dress rehearsal］（名）（與正式表演一樣的）正式綵排。

とれだか［取れ高］（名）收穫量，捕獲量。

トレッキング［trekking］（名）（出於鍛煉身體或娯樂目的）爬山，登山，山間徒步。

ドレッシー［dressy］（形動）優美的，華麗的。△～なよそおい／華麗的服裝。

ドレッシング［dressing］（名）① 服裝，裝飾。② 調味汁。△フレンチ～／調味汁。

ドレッシングルーム［dressing room］（名）化妝室，後台，演員休息室。

トレパン（名）"トレーニングパンツ"的略語：長運動褲。

トレモロ［意 tremolo］（名）〈樂〉顫音。

と・れる［取れる］（自下一）① 脱落，掉下。△ボタンが～れた／鈕扣掉了。② 解除，消除。△痛みが～／止住痛。△つかれが～／消除疲勞。③ 可以理解為…，可以解釋為…△皮肉に～／可以理解為諷刺。④ 保持，維持。△バランスが～／能保持平衡。⑤（也寫"捕れる・採れる"）出產，捕獲。△魚が～／捕得到魚。△米が～／出產水稻。

トレンチ［trench］（名）溝，溝渠。

トレンディー［trendy］（ダナ）時髦的，新潮的。

トレンド［trend］（名）趨勢，傾向，風潮，流行，時尚。

とろ［吐露］（名・他サ）吐露。△真情を～する／吐露真情。

どろ［泥］（名）① 泥。△～にまみれる／渾身是泥。②〈俗〉（"どろぼう"的略語）賊。△こそ～／小偷。

トロイカ［俄 Tpoňka］（名）三套馬拉的雪橇。△～方式／三人負責制。

トロイのもくば［トロイの木馬］（名）〈IT〉木馬病毒。

とろう［徒労］（名）徒勞，白費力。△～におわる／徒勞無功。→むだほね

ドローイング［drawing］（名）① 繪畫，製圖，圖樣。△～ペーパー／製圖紙。（也説"ドロー"）②（無色彩或淡彩的）繪畫，素描。

ドローイングルーム［drawing room］（名）客廳，休息室。

ドローソフト［drawing software］（名）〈IT〉繪圖軟件。

ドローバック [drawback]（名）① 缺點，不利，障礙。② 退還，退回。

トロール [trawl]（名）① 拖網。△～船／拖網船。②（“～漁業”的略語）拖網漁業。

ドローンゲーム [drawn game]（名）不分勝負的比賽，打成平局的比賽。

どろくさ・い [泥臭い]（形）① 泥土氣，土腥氣。② 土裏土氣，粗俗。△～服裝／土裏土氣的服裝。→土臭い

とろ・ける [蕩ける]（自下一）①（固體）熔化，融化。② 心曠神怡，神魂顛倒。

どろた [泥田]（名）淤泥田（水田）。

トロッコ [truck]（名）手推車，礦車。

トロット [trot]（名）①（馬的）奔騰。② 狐步舞。

ドロップ [drop] I（名）水果糖。II（名自サ）（棒球）下曲球。

ドロップアウト [dropout]（名・ス自）① 脱離社會，中途退學。②（英橄）守方 25 碼綫內抛球踢球。

ドロップイヤリング [drop earring]（名）耳墜。

とろとろ（副・自サ）① 黏糊糊。△～に煮る／燉得爛乎乎的。② 打盹兒，打瞌睡。△～と眠りかけた／打起盹兒來。③ 火勢微弱貌。△火が～と燃えている／火絲絲拉拉地着着。

どろどろ（副・自サ）① 沾滿了泥，到處是泥。△道が～で歩きにくい／路上泥濘不好走。② 隆隆地，咚咚地。△遠雷が～と聞こえる／遠處傳來隆隆的雷聲。

どろなわ [泥縄]（名）臨渴掘井。△～式／臨陣磨槍。

どろぬま [泥沼]（名）① 泥潭，泥坑。△～にはまりこむ／陷入泥潭裏。② 難以自拔的困境。

どろのき [白楊]（名）〈植物〉銀白楊。

とろび [とろ火]（名）文火，微火。

トロピカル [tropical]（名）夏季衣料。

トロフィー [trophy]（名）奬盃。

どろぶかい [泥深い]（形）泥層厚，淤泥深。

どろぼう [泥棒]（名）小偷。△～を見てなわをなう／臨渴掘井。

どろみず [泥水]（名）泥水，污水。△～稼業／賣笑生涯。

どろみち [泥道]（名）泥濘的路。

どろやなぎ [白楊]（名）⇨どろのき

どろよけ [泥よけ]（名）擋泥板。

トロリー [trolley]（名）（“トロリーバス”的縮略語）無軌電車。

トロリーバス [trolley bus]（名）無軌電車。

とろりと（副）① 打盹，打瞌睡。△しばらくの間～した／打了一會兒盹。② 黏糊糊。△～とした液体／稠糊糊的液體。

どろりと（副）黏稠，黏糊。△片栗粉を入れて～させる／加團粉勾芡。

とろろ [薯蕷]（名）① 山藥。② 山藥汁。

とろろこんぶ [とろろ昆布]（名）① 海帶絲。②〈俗〉海藻。

どろをぬる [泥を塗る]（連語）敗壞名譽，抹黑。→面をよごす

どろん（名・自サ）突然消失，跑掉。△～をきめこむ／逃之夭夭。→ちくでん

どろんこ [泥んこ]（名）〈俗〉污泥。△～の道／泥濘的道路。

とろんと（副）（睡眼）惺忪，（醉眼）矇矓。

トロンボーン [trombone]（名）〈樂〉拉管，長號。

とわ [永久]（名・副）〈文〉永久，永遠。△～の眠り／長眠。

とわずがたり [問わず語り]（名）不打自招，順口説出。△～に事故のいきさつを話す／沒人問自己就説出了事故的經過。

どわすれ [度忘れ]（名・自サ）一時想不起來。△あの人の名を～してしまった／我一時想不起他的名字。

トン [ton・噸・瓲]（名・助数）噸。△1 万～の船／一萬噸的船。

－どん（接尾）（“どんぶり”的略語）大海碗。△天～／炸蝦蓋澆飯。

とんえい [屯営]（名・自サ）駐紮，紮營地。

どんかく [鈍角]（名）〈數〉鈍角。

とんかち（名）〈俗〉鐵錘。

とんカツ [豚カツ]（名）炸豬排。

とんがらか・す [尖んがらかす]（他五）〈俗〉弄尖。△鉛筆のしんを～／削尖鉛筆心。

とんが・る [尖んがる]（自五）〈俗〉① 尖。② 不高興，生氣。

どんかん [鈍感]（名・形動）感覺遲鈍。

どんき [鈍器]（名）① 鈍刀。↔ 利器 ② 刀類以外的兇器。

ドンキー [donkey]（名）① 驢。② 笨蛋，蠢驢。

ドンキホーテ（名）唐吉訶德。△～型の人／唐吉訶德式的人。

ドンキホーテ [西 Don Quijote]（名）唐吉訶德。

とんきょう [頓狂]（名・形動）發神經。△～な声を発する／歇斯底里地一聲怪叫。△となりの庭でおんどりが昼ひなかコケコッコーと～に鳴いた／鄰居那隻公雞大白天忽然發瘋似地打起鳴來。

トンキロ（名）噸公里。

どんぐり [団栗]（名）〈植物〉① 枹，橡樹。② 橡實，橡子。

どんぐりのせいくらべ [団栗の背比べ]（連語）半斤八兩。

とんご [頓悟]（名・自サ）〈佛教〉頓悟。

どんこう [鈍行]（名）〈俗〉慢車，普通客車，普通電車。

とんざ [頓挫]（名・自サ）① 挫折。△～をきたす／帶來挫折。② 頓挫。△抑揚～／抑揚頓挫。

とんさい [頓才]（名）機智，隨機應變的能力。

どんさい [鈍才]（名）腦筋遲鈍（的人）。↔ 英才

とんし [頓死]（名・自サ）① 突然死亡，暴卒。②（將棋）將死。

とんじ [豚児]（名）（謙）犬子。

とんじ [遁辞]（名）遁詞。

とんしゃ [豚舍]（名）豬圈。

とんじゃく [頓着]（名）→とんちゃく

とんしゅ［頓首］(名・自サ)〈信〉頓首。

どんしゅう［呑舟］(名)呑舟。△〜の魚／① 呑舟之魚。② 大人物。

どんじゅう［鈍重］(名・形動)拙笨，愚笨。△〜動き／笨手笨腳。

とんしょ［屯所］(名)① 駐屯地。②〈舊〉警察署。

どんしょく［貪食］(名・他サ)貪食。

どんじり (名)〈俗〉末尾。△〜に控える／尾隨在最後。

どんす［緞子］(名)緞子，綢緞。

トンすう［トン数］(名)噸數。△発送〜／發貨噸數。

とんせい［遁世］(名・自サ)① 出家。② 隱居。

とんそう［遁走］(名・自サ)逃走，脫逃。

どんぞこ［どん底］(名)底層，最下層。△〜の生活／最貧困的生活。

とんだ (連體)① 意想不到的，意外的。△〜所でお目にかかる／想不到在這兒見到你。② 嚴重的。△〜目にあう／倒霉。③ 不可挽回的。△〜失敗／無法挽回的失敗。

とんち［頓智・頓知］(名)機智，機敏。△〜のきく人／機靈人。

とんちき［頓痴気］(名)〈俗〉癡獃，混蛋。△この〜のめ／你這個混蛋！

とんちゃく［頓着］(名・自サ)(與否定呼應)(不)放在心上，(不)在乎。△なんの〜もなく／毫不介意。

どんちゃんさわぎ［どんちゃん騒ぎ］(名・自サ)忘乎所以地吵吵鬧鬧。△酒を飲んで〜をする／飲酒作樂亂吵亂鬧。

とんちんかん［頓珍漢］(名・形動)驢唇不對馬嘴。△〜なやつ／糊塗蟲。△〜な返事／答非所問。

どんつう［鈍痛］(名)隱隱作痛。

どんづまり［どん詰まり］(名)〈俗〉① 盡頭。△この路地の〜がわたしの家です／這個胡同的盡頭就是我家。② 最後，末尾。△選挙も〜になった／選舉也接近尾聲了。

とんでひにいるなつのむし［飛んで火に入る夏の虫］(連語)飛蛾撲火。

とんでもない (形)① 不合情理，毫無道理。△まったく〜話だ／簡直豈有此理。△〜大ウソ／彌天大謊。②(客氣話)哪兒的話，不客氣。

とんでん［屯田］(名)屯田。△〜兵／屯田兵。

どんてん［曇天］(名)陰天。△〜続き／連陰天。↔晴天

どんでんがえし［どんでん返し］(名)大翻個兒，一百八十度大轉彎。

どんと［呑吐］(名・他サ)① 呑吐。△〜量／呑吐量。② 出入。△この駅は1日に何10万人もの人を〜している／這就車站一天出入好幾十萬人。

ドントノーグループ［don't know group］(名)在民意測驗答卷中回答"不知道"的人。

ドントマインド［Don't mind］(名)不要介意，不用擔心。

とんとん I (名)① 相等，不相上下。△ふたり

の成績は〜だ／兩人的成績差不多。②(收支)平衡。△これで〜になった／這就(收支)平衡了。II (副)① 順利。△話が〜とまとまった／事情順利地談妥了。② 咚咚。△ドアを〜たたく者がいる／有人咚咚敲門。

どんどん (副)① 接連不斷。△物価が〜上がる／物價不斷上漲。② 順利。△〜売れる／十分暢銷。③ 草木が〜のびる／草木茁壯生長。④ 咚咚。△太鼓を〜とたたく／咚咚地敲鼓。

とんとんびょうし［とんとん拍子］(連語)一帆風順。

どんな (連體)怎樣的。△〜ご用ですか／您有甚麼事？△〜に金がかかってもかまわない／花多少錢都沒關係。△〜にかお力おとしのことでしょう／(弔唁)深知你十分傷心。

トンネル［tunnel］I (名)隧道，坑道。△海底〜／海底隧道。II (名・他サ)〈俗〉(棒球)球從兩腿中間滾過(沒接住)。

トンネルがいしゃ［トンネル会社］(名)皮包公司。

とんび［鳶］(名)①〈動〉鳶。② 和式呢絨男外衣，男用和服外套。③〈俗〉(路過店鋪門前時)順手牽羊的扒手。

どんぴしゃり (副)絲毫不差，完全合適。△お答えは〜です／您的回答完全正確。

ドンファン［西 Don Juan］(名)色鬼，花花公子。

とんぷく［頓服］(名・他サ)頓服，一次服下。△〜薬／頓服藥。

どんぶつ［鈍物］(名)① 蠢貨，笨蛋。② 只重視形式忽視內容的人。

どんぶり［丼］(名)① 大碗，海碗。② 大碗蓋飯。△親子〜／雞肉加雞蛋蓋飯。③(手藝人等圍在腰前的)口袋。

どんぶりかんじょう［丼勘定］(名)無計劃的開支。

とんぼ［蜻蛉・蜻蜓］(名)①〈動〉蜻蜓。②("とんぼがえり"的略語)翻筋斗。

とんぼがえり［蜻蛉返り］(名)① 翻筋斗，空翻。△〜をする／翻筋斗。②〈俗〉到了目的地馬上返回。

とんま［頓馬］(名・形動)癡獃(的人)，愚傻。△〜な人／傻子。

どんま［鈍磨］(名・自サ)磨鈍。

どんま［鈍麻］(名・自サ)〈醫〉感覺遲鈍，麻木。

ドンマイ［don't mind］(感)(體育比賽中聲援等時喊的)沒關係，沉住氣，別介意。

とんや［問屋］(名)批發商，批發店。△そうは〜がおろさない／事情不會那麼稱心如意的。

どんよう［嫩葉］(名)嫩葉。→わかば

どんよく［貪欲］(名・形動)貪心，貪慾。△〜な考えかた／貪得無厭的想法。(也寫"どん欲")

どんより (副・自サ)①(天空)陰沉沉。△〜とした空／陰沉沉的天空。②(眼睛、顏色等)混濁。△〜した目／目光混濁。

どんらん［貪婪］(名・形動)貪婪。△〜あくことを知らず／貪得無厭。

どんり［貪吏］(名)貪官污吏。

な　ナ

な [名] (名) ① 名稱，名字，名。△子供に～を
つける/給孩子取名。② 姓名。△私の～は山
田京子です/我叫山田京子。③ 名聲，名譽。
△～が高い/有名氣。△～をうる/揚名。△～
を揚げる/成名。△学校の～を傷つける/敗
壞學校的名譽。④ 名義。△会社の～で見舞金
をだす/以公司的名義送慰問金。△～ばかり
の結婚式/名義上的婚禮。

な [菜] (名) ① 青菜。② 油菜。→なっぱ

- な (終助) (接在動詞終止形後) 表示禁止。△行
く～/不要去。△二度とする～よ/不許再
犯！

- な (終助) (接在動詞連用形後) 表示命令，祈
使。△食べ～食べ～/吃吧，吃吧！

- な (終助) ① 表示強調自己的判斷，主張。△私
はそう思わない～/我可不那麼想。② 表示願
望。△晴れるといい～/晴了該多好！③ 表示
要求對方同意。(男性用) △これは～大切に
するんだよ/這可得好好保存。④ 表示感嘆。
△きれいだ～/真漂亮！(也說 "なあ")

な (感) 表示提醒對方注意。△、君もそう思う
だろう/我說，你也是這麼想吧。△～、聞い
てくれよ/喂，你聽我說。

ナーク [nark] (名) 密探，告密者。

ナーサリー [nursery] (名) 託兒所。

ナーサリースクール [nursery school] (名) 幼兒
園。

ナース [nurse] (名) ① 護士。② 保姆。

ナースステーション [nurse station] (名) 護士
站。

なあて [名宛] (名) 收信 (件) 人姓名。

ナーバス [nervous] (形動) 神經質的，神經過敏
的。

ナーバスディビリチー [nervous debility] (名)
神經衰弱。

ナーバスデンパラメント [nervous temper-
ament] (名) 神經質。

ナーブセンター [nerve center] (名) 〈醫〉神經中
樞。

な・い [無い] (形) 無，沒有。△金が～/沒有
錢。△味の～料理/沒滋味的菜。△子供が～
くて淋しい/沒有孩子寂寞。△おもしろいっ
たら～んだ/有趣極了。II [亡い] 亡故，死
了。△父も母も～/父母不在了。

な・い (補形) (接在動詞連用形 +"て" 的後面或
接在形容詞、形容動詞以及一部分助動詞連用
形後面表示否定) 不，沒有。△ねこで～/不是
貓。△きれいで～/不漂亮。△寒く～/不冷。
△女らしく～/不像個女人。△食べたく～/
不想吃。△話して～/沒說。

な・い (助動) ① 接在動詞和一部分助動詞的未
然形後表示否定。△かさをささ～/不打傘。

△本を読ま～/不讀書。△話さ～で (くださ
い) /請不要説。② 表示提議，邀請。△旅行
に行か～？/不去旅行嗎？③ 表示命令，禁
止。△おい、やめ～か/喂，還不給我停下來！

ないい [内意] (名) ① 心裏的想法。② 內部的
意旨。

ナイーブ [naive] (形動) 純真，純樸。△～な
心/純真的心。

ないいん [内因] (名) 內因。

ないえつ [内謁] (名・自サ) ① 私下謁見。②
私下求助於權勢者。

ないえん [内苑] (名) 內苑。↔ 外苑

ないえん [内縁] (名) 沒辦法律手續的夫婦。
△～の妻/同居的女人。

ないおう [内応] (名・自サ) 內應，內奸。

ないおう [内奥] (名) ① 深處。② 靈魂深處。

ないか [内科] (名) 內科。

ないかい [内界] (名) 精神世界。

ないかい [内海] (名) 內海。→外海

ないがい [内外] (名) ① 裏外。△うちの～/
家裏家外。② 國內國外。

- ないがい [内外] (接尾) 左右，上下，前後。
△千円～/一千日圓左右。△一ヵ月～/一個
月左右。

ないかく [内角] (名) ① 〈數〉內角。② (棒球)
本壘內角。

ないかく [内閣] (名) 內閣。

ないかくそうりだいじん [内閣総理大臣]
(名) 內閣總理大臣。

ないがしろ (名・形動) 蔑視。△学業を～にす
る/不把學業放在眼裏。

ないかん [内観] (名・他サ) 內省。

ナイキ [Nike] (名) ① (勝利女神) 奈基。② (美
國) 奈基式地對空導彈。

ないき [内規] (名) 內部規章。

ないきん [内勤] (名・自サ) 內勤。↔ 外勤

ないくん [内訓] (名) 內部訓示。

ないけい [内径] (名) ① 內徑。② 器物內側的
尺寸。

ないけん [内見] (名・他サ) (非正式或非公開
地) 內部觀看。→内覧

ないげんかん [内玄関] (名) (家人或備人出入
的) 便門。

ないこう [内訌] (名・自サ) 內訌。

ないこう [内攻] (名・自サ) ① 〈醫〉內攻。②
(精神上的創傷、不滿等) 鬱結。△不平不滿
が～する/不滿情緒鬱結在心裏。

ないごうがいじゅう [内剛外柔] (名) 外柔內
剛。

ないこうしょう [内交渉] (形動) 內部交涉，
非正式談判。

ないこうてき [内向的] (名) 內向。△～な人/

内向的人。→うちき ↔ 外向的

ないこくぼうえき [内国貿易] (名)〈經〉國内貿易。

ないさい [内済] (名・他サ) 私下了結。

ないさい [内債] (名) 内債。↔ 外債

ないざい [内在] (名・自サ) 内在，固有。△組織に～する弱さ／組織内部存在的軟弱。↔ 外在

ないし [乃至] (接) ① 到，至。△二日～三日滞在する／逗留兩三天。② 或，或者。△万年筆～ボールペンで書く／用鋼筆或圓珠筆寫。

ないじ [内耳] (名) 内耳。→外耳，中耳

ないじ [内示] (名・他サ) (公開發表前先在)内部通知。

ナイジェリア [Nigeria]〈國名〉尼日利亞。

ないしきょう [内視鏡] (名)〈醫〉内窺鏡。

ないじつ [内実] I (名) 内情，内幕。△～は破産寸前だ／實情是瀕臨破産。II (副) 其實，實際。△～困っている／其實很為難。

ないしゃく [内借] (名・他サ) ① 暗中借款。② 預借。

ないしゅう [内周] (名) 内側周長。↔ 外周

ないじゅうがいごう [内柔外剛] (名) 外剛内柔。↔ 外柔内剛

ないしゅっけつ [内出血] (名・自サ)〈醫〉内出血。

ないしょ [内緒] (名) ① 秘密。△～の話／秘密話。△親に～で店の金を使っていたのです／背着父母用了店裏的錢。△その話は～にしてください／那事要保密。② 家務事，生計。△～が苦しい／生活困難。

ないじょ [内助] (名) 内助。

ないしょう [内傷] (名) 内傷。

ないじょう [内情] (名) 實情，内情。△～にくわしい／了解内情。

ないしょく [内職] (名・自サ) ① 副業。△～に翻訳をする／業餘搞翻譯。② (上課或開會時) 做其他的事。

ないじょのこう [内助の功] (連語) 夫人之功。

ないしん [内心] (名) ① 内心。△～を打ち明ける／説出心裏話。→心中 ↔ 外面 ②〈數〉内心。↔ 外心

ないしんしょ [内申書] (名) (學校向學生報考學校或就職公司提出的) 成績評和鑒定書。

ないしんのう [内親王] (名) (天皇的女兒或孫女) 公主，内親王。→皇女 ↔ 親王

ナイス [nice] I (感) 好，漂亮。△ナイス！／好！II (造語) 好。△～ボール／好球。

ナイスバディ [nice body] (名) 身材好，身段好，魔鬼身材。

ナイスボール [nice ball] (名)〈體〉好球。

ないせい [内政] (名) 内政。△～干渉／干涉内政。

ないせい [内省] (名・他サ) ① 反省。②〈心〉内省。

ないせつ [内接] (名・自サ)〈數〉内切，内接。△～円／内切圓。↔ 外接

ないせん [内戦] (名) 内戰。

ないせん [内線] (名) ① 内綫。△～作戦／内綫作戰。②〈軍〉内綫電話。△～につなぐ／接内綫。△～番号／内綫電話號。↔ 外線

ないそう [内装] (名) 内部装飾。↔ 外装

ないぞう [内臓] (名) 内臓。→臓器

ないぞう [内蔵] (名・他サ) 包藏，内部藏有。△いろいろの問題を～する／包藏着種種問題。△マイコンが～されている／内装自用計算機。

ないそではふれない [無い袖は振れない] (連語) 巧婦難為無米之炊。

ナイター [nighter] (名) 夜間進行的 (棒球) 比賽。↔ デーゲーム

ないだく [内諾] (名・他サ) 私下同意，非正式承諾。△～をえる／得到私下同意。

ないだん [内談] (名・他サ) 秘密商談，私下談話。

ないち [内地] (名) ① 國内。↔ 外地 ② 内陸。③ 北海道，沖繩人指本州。

ナイチンゲール [nightingale] (名)〈動〉夜鶯。

ナイチンゲール [Nightingale]〈人名〉南丁格爾 (1820-1910)。英國護士。

ないつう [内通] (名・自サ) ① 通敵，裏通。② (男女) 私通。

ないてい [内定] (名・自他サ) 内定。△採用が～している／録用已内定下來了。

ないてい [内偵] (名・他サ) 秘密偵察。

ナイティー [nighty] (名) 睡衣。

- ないでいられない (連語) 不能不，忍不住。△笑わ～／憋不住笑。

ないてき [内的] (形動) ① 内部的。△～な要因／内部因素。② 内心的。精神的。△～生活／精神生活。

- ないでください (連語) (接在動詞未然形後)請不要…△そんなことばは使わ～／請不要使用那種語言。

ないてもわらっても [泣いても笑っても] (連語) 期限已到無計可施。

ナイト [knight] (名) ① (歐洲中世紀) 騎士。② (英國) 爵士。

ナイト [night] (名) 夜，夜間。

ナイトウェア [nightwear] (名) 睡衣。

ナイトウォッチ [night watch] (名) 守夜人。

ナイトクラブ [night club] (名) 夜總會。

ナイトクリーム [night cream] (名) 夜霜。

ナイトケア [night care] (名) (針對老年人的) 夜間護理。

ナイトゲーム [night game] (名) 夜場比賽。

ナイトショー [night show] (名) 夜場演出。

ナイトスクール [night school] (名) 夜校。

ナイトスポット [night spot] (名) ① 夜總會。② 夜店。

ナイトセール [night sale] (名) 夜間營業。

ナイトラッチ [night latch] (名) 彈簧鎖。

ないない [内内] (名・副) 私下，暗中。△～の話／秘密。△～心配している／暗自擔心。

ないねんきかん［内燃機関］(名) 内燃機。

ないはつ［内発］(名・自サ) 内部發生, 自然發生。

ないはんそく［内反足］(名)〈醫〉内翻足。

ナイフ［knife］(名) 小刀, 餐刀。

ないぶ［内部］(名) 内部, 裏面。↔ 外部

ナイフアンドフォーク［knife and fork］(名)(西餐用) 刀叉。

ないふく［内服］(名・他サ) 内服。△～藥／内服藥。→内用 ↔ 外用

ないふく［内福］(名・形動) 殷實。△～な家庭／殷實的家庭。

ないふん［内紛］(名) 内訌, 内亂。

ないぶん［内分］I (名) 不公開, 秘密。△このことはご～に願います／這件事請不要聲張出去。→内緒 II (他サ)〈數〉内分。↔ 外分

ないぶんぴつ［内分泌］(名)〈生物〉内分泌。(也說"ないぶんぴ")↔ 外分泌。

ないへき［内壁］(名) 内壁。↔ 外壁

ないほう［内報］(名・他サ) 内部通報。

ないほう［内包］I (名・他サ) 包含, 含有。△まだ内紛の可能性を～している／還包含着内訌的可能性。II (名)(邏輯) 内涵。↔ 外延

ないまく［内幕］(名) 内幕。

ないま・ぜる［綯い交ぜる・綯い混ぜる］(他下一)① (把各種顏色的綫) 搓在一起。②(許多東西) 交織在一起。△多様を意見を～せた原案／綜合各種意見的草案。

ないみつ［内密］(名・形動) 暗中, 秘密。△～に話し合う／秘密商談。△～にすませる／私下解決。→内緒

ないめん［内面］(名)① 内部, 裏面。② 心中, 精神世界。△～の苦しみ／心中的痛苦。△～描写／心理描寫。↔ 外面

ないものねだり［無い物ねだり］(名) 硬要沒有的東西, 過分的要求。

ないや［内野］(名)(棒球)① 内野, 内場。② 内野手。↔ 外野

ないやく［内約］(名・他サ) 秘密約定。

ないやしゅ［内野手］(名)(棒球) 内野手。↔ 外野手

ないゆう［内憂］(名) 内憂。↔ 外患

ないよう［内用］(名・他サ) 内服。△～藥／内服藥

ないよう［内容］(名) 内容。

ないらん［内乱］(名) 内亂。

ないりく［内陸］(名) 内陸。△～性気候／大陸性氣候。

ないりんざん［内輪山］(名)〈地〉内輪山。

ナイロン［nylon］(名) 耐綸酰胺纖維, 尼龍。

ナイン［nine］(名)① 九, 九個。② 棒球隊。

ナインナイン［nine nines］(名) 九個 "9"(表示純度)。

ナウ［now］I (形動) 現代的, 流行的。△～なファッション／新潮服装。II (名) 現在。

な・う［綯う］(他五) 搓, 捻。△なわを～／搓繩子。→縒る

ナウキャスト［nowcast］(名) 即時天氣預報。

なうて［名うて］(名) 有名, 著名。△～の悪党／有名的壊蛋。△～の商売人／有名的商人。

なえ［苗］(名) 苗, 秧。△～をうえる／栽秧。△アユの～／香魚苗。

なえぎ［苗木］(名) 樹苗。

なえどこ［苗床］(名) 苗牀, 秧畦。

な・える［萎える］(自下一)① 沒勁, 沒氣力。△手足が～／手腳發軟。△気力が～／沒氣力。②(植物) 蔫, 枯萎。△花が～／花蔫了。

なお［尚・猶］I (副)① 仍然, 尚未。△今行方が知れない／現在仍然不知下落。△雨は～も降り続いている／雨還在下。△昔ながらの行事がいまも～行われている／過去的節日現在還過。② 還。△期日は～一週間ある／期限還有一週。③ 更, 更加。△手術をして～悪くなった／做了手術更糟了。△～いっそうの努力を期待します／希望更加努力。④ 猶, 猶如。△過ぎたるは～及ばざるがごとし／過猶不及。II (接) 再者, 另外。△～詳しいことはのちほど申し上げます／另外, 詳細的事以後再談。

なおかつ［尚且つ］(副)① 並且, 而且。△やさしくて～頭もよい／温柔並且聰明。② 仍然。△止められても～行く／不讓去還去。

なおさら［尚更］(副) 更加。△そのようなことをすれば～きらわれる／做那種事就更讓人討厭了。→さらに

なおざり［等閑］(名・形動) 馬虎, 扔下不管, 等閑視之。△～な返事をする／馬馬虎虎地回答。

なおし［直衣］(名) ⇨のうし

なお・す［直す］I (他五)① 改正, 糾正。△悪習を～／改正惡習。△誤字を～／糾正錯字。② 修理。△自転車を～／修理自行車。③ 修改。△文章を～／修改文章。④ 恢復, 復原。△機嫌を～／情緒好了。△ネクタイを～／整領帶。⑤ 換算。△尺をセンチに～／把尺換算成公分。⑥ 變更, 改變。△時間割を～／更改時間表。△英文を和文に～／把英文譯成日文。II (接尾) 重做。△書き～／重寫。△やり～／重做。

なお・す［治す］(他五) 治病。△病気を～／治病。

なお・なお［猶猶］(副)① 還, 再。② 越發。③ 此外, 加上。

なおまた［尚又］(副) 而且, 此外。

なおも［尚も, 猶も］(副) 更加, 繼續。

なお・る［直る］(自五)① 改好。△欠点が～／缺點改了。② 修好。△故障が～／故障排除了。③ 復原。△機嫌が～／心情好了。△天気が～った／天變好了。④ 換成 (好席位), 達到 (某一地位)。△上座に～／改坐到上座。△本妻に～／扶正。

なお・る［治る］(自五) 治好, 痊癒。△きずが～／傷治好了。△病気が～った／病治好了。

なおれ［名折れ］(名) 丟臉, 名譽掃地。

なか［中］(名)① 裏面，内部。△部屋の～／房間裏面。② 中間，當中。△～の兄／二哥。△～に立つ／居中調停。③ (事物正在進行)之中。△忙しい～をありがとう／在百忙之中叨擾了，謝謝。④ (某一範圍)之中，其中。△～に反対のものもあった／其中也有反對的。

なか［仲］(名)(人與人之間的)關係，交情。△～をさく／挑撥。△～がいい／關係好。△～を取りもどす／恢復關係。△～をなおす／言歸於好。△犬猿の～／水火不相容。

ながあめ［長雨］(名) 連陰雨。

なかい［仲居］(名)(旅館、飯館的)女招待。

ながい［長居］(名・自サ) 久坐。

なが・い［長い］(形)①(尺寸，距離)長，遠。△～髪／長髪。△気が～／慢性子。②(也寫“永い”)(時間)長，久。△～別れ／久別，永別。△尻が～／屁股沉，久坐不走。△息の～仕事／年經日久的工作。↔ 短い

ながいき［長生き］(名・自サ) 長壽。

ながいす［長椅子］(名) 長椅子，沙發。

ながいめでみる［長い目で見る］(連語) 從長遠看。

ながいも［長薯］(名)〈植物〉家山芋。

ながいものにはまかれろ［長い物には巻かれろ］(連語) 胳膊扭不過大腿。

なかいり［中入り］(名・自サ)(相撲、戲劇的)幕間休息。

なかうた［長唄］(名) 三弦曲。

なかうり［中売り］(名) 在劇院中巡迴賣食品(的人)。

ながえ［長柄］(名)① 長柄(物)。② 長把酒壺。

ながおい［長追い］(名・他サ) 窮追不捨。

なかおかはんたろう［長岡半太郎］〈人名〉長岡半太郎 (1865-1950)。日本物理學家。

なかおどり［長尾鶏］(名)〈動〉長尾雉。

なかおれ［中折れ］(名)(“中折れ帽子”的略語) 禮帽，呢帽。

なかがい［仲買］(名)〈經〉經紀人。△～人／經紀人，掮客。

ながぐつ［長靴］(名) 靴子，雨靴。

なかぐろ［中黒］(名)(表示小數點或並列名詞之間的) 間隔號。

なかごろ［中頃］(名)① 中期。△四月の～／四月中旬。② 中間，正中。△～の席／正中的席位。→中ほど

ながさ［長さ］(名) 長度。

なかし［仲仕］(名) 搬運工。

ながし［流し］(名)① 流，沖。△燈籠～／放河燈。② 洗碗池。③ 浴池的淨身處。④ 搓澡。△～を取る／搓澡。⑤ 串街攬客。△～のタクシーを拾う／叫一輛串街的出租車。△～の按摩／串街攬客的按摩師。

なかじき［中敷き］(名)① 鞋墊。② 鋪在房間中間的東西。

なかじま［中島］(名) 江河湖海中的小島。

ながしめ［流し目］(名)① 斜眼看。△～に見る／斜眼瞟。② 秋波。△～をつかう／送秋波。

ながじり［長尻］(名) 久坐。

なかす［中州］(名) 河中沙洲。

なが・す［流す］ I(他五)① 沖走，漂走。△下水を～／疏通下水道。② 使流，淌。△涙を～／流淚。△血を～／流血。△汗を～／流汗。③ 使漂流走。△いかだを～／放木筏。④ 沖洗。△背中を～／沖背。△風呂に入って汗を～／進澡堂沖掉汗水。⑤ 傳播，流傳，散佈。△うわさを～／散佈流言。△音楽を～／播送樂曲。△清らかなにおいを～／散發着清香。⑥ 流放。△島に～／放逐島上。⑦ 不放在心上。△聞き～／當耳旁風。⑧ 流產。△三カ月で～／三個月流產了。⑨ 中止，停止。△会を～／會不開了。⑩(東西)當死。△質入れた着物を～／當的和服死號了。 II(自五)(司機、藝人等)串街攬客。△ギターをひいて盛り場を～／彈着吉他串各娛樂場。

なかずとばず［鳴かず飛ばず］(連語) 默默無聞。

なかたがい［仲たがい］(名・自サ) 失和，關係破裂。↔ 仲直り

なかだち［仲立ち］(名・自サ) 居間，媒介，撮合(人)。

ながたらし・い［長たらしい］(形) 冗長。△～話／沒完沒了的話。

なかだるみ［中弛み］(名・自サ)① 中間鬆弛。②〈經〉中萎。

ながだんぎ［長談義］(名・自サ) 長篇大論。△へたの～／又臭又長的講話。

ながちょうば［長丁場］(名)① 最長的路段。② 沒完沒了的苦活。△～を乗り切る／最麻煩的一段熬過去了。

ながつかたかし［長塚節］〈人名〉長塚節 (1879-1915)。日本明治時代歌人，小説家。

なかつぎ［中継ぎ］ I(名・他サ)① 接上，接合(部分)。② 中途接續，中轉。△～貿易／轉口貿易。③ 轉播。△放送の～／轉播。④ 轉達。 II(名)①(三弦等樂器中間的) 接縫。②(裝“抹茶”的) 茶葉筒。

ながつき［長月］(名) 陰曆九月。

ながつづき［長続き］(名・自サ) 持久。

なかて［中手］(名)① 中季稻。② 二茬上市的果，菜。

なかでも［中でも］(副) 其中，尤其。△～一番おもしろい思い出／其中最有趣的回憶。→とりわけ

なかなおり［仲直り］(名・自サ) 和解，和好。↔ 仲たがい

なかなか［中中］(副)①(後接否定語) 怎麼地，總也。△仕事が～進まない／工作總也沒有進展。② 很，頗，相當。△～見どころのある奴／很有出息的傢伙。△～寒い／很冷。

ながなが［長長］(副) 長長，冗長。△～と演説をぶつ／長篇大論地演説。△ベッドに～と寝そべる／伸開手腳躺在牀上。

なかには［中には］(副) 其中。△～年よりもいる／其中也有老年人。

なかにわ［中庭］(名) 院子，裏院。→内庭

なかね［中値］(名)〈經〉中間價。

ながねん［長年］(名) 多年。

ながば［半ば］Ⅰ(名) ① 一半。△～は女性だった／一半是女性。② 中間。△道の～まで来る／來到途中。△六月～／六月中旬。△演説の～で席を立った／演説沒完就離開了。Ⅱ(副) 半是，一半。△～無意識の状態だった／半是無意識的状態。

ながばなし［長話］(名・自サ) 長談。

なかび［中日］(名)(相撲、演出等) 正當中的一天。

ながび・く［長びく］(自五) 拖延，拖。長。△病気が～／久病不癒。

ながひばち［長火鉢］(名) 長方形火盆。

なかほど［中程］(名) ① 中等。△～のくらし／中等生活。② 中間。△今月の～に完成する／本月中旬完成。③ 中途。△芝居の～に席を立つ／看戲中途退席。

なかま［仲間］(名) ① 同伴，同事。△～に入る／入夥。△飲み～／酒友。② 同類。△たんぽぽは菊の～だ／蒲公英是菊類植物。

なかまはずれ［仲間外れ］(名) 被排斥在外(的人)。△～にされる／被撇在一邊。

なかまわれ［仲間割れ］(名・自サ) 内部分裂，散夥。

なかみ［中身・中味］(名) 内容(物)。△～のない話／空洞無物的話。△～が違う／名實不副。△箱の～／箱子裏的東西。

なかみせ［仲見世］(名)(神社、寺院區域内的) 商店街。

ながむし［長虫］(名)〈俗〉蛇，長蟲。

ながめ［長目］(名・形動) 稍長。↔短め

ながめ［眺め］(名) 風景，景色。△～がいい／景色好。

なが・める［眺める］(他下一) ① 凝視，注視。△つくづくと顔を～／盯着臉看。② 眺望，遠望。△月を～／賞月。△はたから～めているだけだった／只在一旁瞅着。

ながもち［長持ち］Ⅰ(名・自サ) 耐久，耐用。Ⅱ(名) 長方形衣箱。

ながものがたり［長物語］(名) ① 長篇故事。② 長談。

ながや［長屋］(名) ①(狹長的) 房屋。② 一棟裏住許多户的房子。

なかやすみ［中休み］(名・自サ) 工間休息。

ながやみ［長病み］(名・自サ) 久病。

ながゆ［長湯］(名・自サ) 長時間洗澡。

なかゆび［中指］(名) 中指。

なかよし［仲良し］(名) 友好，好朋友。

－ながら［接助］① 一邊…一邊…△笑い～話す／一邊笑一邊説。△本を見～食べる／一邊看書一邊吃。② 雖然…但是…儘管…却…△いやいや～やる／雖然不願意但也幹了，勉強做了。△狭い～も楽しいわが家／雖然狹小但却快樂的家。△残念～今日出席できません／很遺憾今天不能出席。③ 原樣，原封不動。△昔～

の町並／一如往昔的市容。△皮～食べる／帶皮吃。△生まれ～／生來，天生。④ 全，都。△二人～お医者さんだ／兩個人都是醫生。

ながら・える［長らえる・永らえる］(自下一) 長生，長存。△生き～／繼續活下去。

ながらぞく［ながら族］(名) 慣於同時做兩件事的人。

ながれ［流れ］(助數)(數旗子時用) 面。

ながれ［流れ］(名) ① 水流，流。△～をさかのぼる／逆流而上。△人の～／人流。② 潮流。△時代の～にのる／順應時代潮流。△歴史の～／歴史潮流。③ 流派。△利休の～を汲む／繼承利休流派。④ 血統。△平家の～／平家血統。⑤ 杯中殘酒。⑥ 宴會後三五成羣的人。△忘年会の～／新年晚會後三三兩兩的人。⑦ 中止。△雨で花見は～になった／因雨賞花作罷。⑧(當的東西) 死號。⑨ 漂泊，流浪。△～の身／漂泊的命運。

ながれさぎょう［流れ作業］(名) 流水作業。

ながれぼし［流れ星］(名) 流星。→りゅうせい

なが・れる［流れる］(自下一) ① 流，流動，淌。△川が～／河水流着。② 漂流，漂動。△ヤツの実が～れて来た／漂來了椰子。② 電気が～／電流傳導。③ 散佈，傳播。△うわさが～／流言傳開。△音楽が～／傳來樂曲聲。△かおりが～／散發着芬芳。④(時間) 推移，流逝。△二十年の歳月が～／流逝了二十年的時光。⑤ 傾向，流於。△形式に～／流於形式。⑥ 流浪。⑦ 中止。△計画が～／計劃作罷了。△会が～／會不開了。⑧(當的東西) 死號。⑨ 流産。⑩ 未擊中目標。△弾丸が～／子彈沒打中。

ながれをくむ［流れを汲む］(連語) ① 繼承血統。② 繼承學派、流派。

ながわずらい［長患い］(名・自サ) 久病。

なかわた［中綿］(名)(被褥或棉衣中的) 絮棉。

なかんずく(副) 尤其，特別。△スポーツ、～サッカーがすきだ／喜歡體育運動，尤其是足球。

なぎ［凪ぎ］(名) 風平浪静。↔しけ

なきあか・す［泣き明かす］(自他五) 整日整夜哭泣，哭到天亮。

なきい・る［泣き入る］(自五) 痛哭。

なきおとし［泣き落とし］(名) 哭着哀求，哭訴。△～戦術／哭鼻子戰術。

なきおんな［泣き女］(名)(葬禮時僱的) 號喪婦。

なきがお［泣き顔］(名) 哭喪臉。

なきがら［亡骸］(名) 屍首。

なきくず・れる［泣き崩れる］(他五) 泣不成聲，哭得死去活來。

なきごえ［泣き声］(名) 哭聲，哭腔。

なきごえ［鳴き声］(名) 啼聲，鳴聲。

なきごと［泣き言］(名) 哭訴，怨言。△～をならべる／發牢騷，訴苦。

なきこむ［泣き込む］(自五) ① 哭着跑進。②

哭着請求，哀求。

なぎさ［渚・汀］（名）汀，岸邊。

なきさけ・ぶ［泣き叫ぶ］（自五）哭喊，哭叫。

なきしき・る［泣き頻る］（自五）不停地哭。

なきしず・む［泣き沈む］（自五）哭得死去活來。

なきじゃく・る［泣きじゃくる］（自五）抽搭搭地哭。

なきじょうご［泣き上戸］（名）酒醉後愛哭（的人）。↔笑い上戸

なきすが・る［泣き縋る］（自五）哭着央求。

なきだ・す［泣き出す］（自五）開始哭，哭起來。

なきた・てる［泣き立てる］（自下一）不停地哭，不住聲地哭。

なきつ・く［泣き付く］（自五）① 哭着央求。② 哭着抱住不放。

なきつら［泣き面］（名）哭臉。

なきつらにはち［泣き面に蜂］（連語）屋漏更遭連夜雨，破船偏遇頂頭風。

なきどころ［泣き所］（名）弱點，痛處。△～をおさえる／抓住痛處。△弁慶の～／迎面骨。

なきなき［泣き泣き］（副）哭哭啼啼地，哭着。

なぎなた［薙刀］（名）長刀。

なきにしもあらず［無きにしも非ず］（連語）並非沒有。△望み～／並非沒有希望。

なきぬ・れる［泣き濡れる］（自下一）哭成淚人。

なきねいり［泣き寝入り］（名・自サ）① 哭着入睡。② 忍氣吞聲。

なぎはら・う［薙ぎ払う］（他五）砍倒。△草を～／把草砍倒。

なきはら・す［泣き腫らす］（他五）哭腫眼泡兒。

なきふ・す［泣き伏す］（自五）哭倒。△畳に～した／哭倒在草蓆上。

なぎふ・せる［薙ぎ伏せる］（他下一）① 横着砍倒。② 擊敗，掃平。

なきべそをかく［泣きべそをかく］（名）哭鼻子。

なきまね［泣き真似］（名・自サ）裝哭。

なきみそ［泣き味噌］（名）動不動就哭的人。

なきむし［泣き虫］（名）愛哭（的人）。→弱虫

なきより［泣き寄り］（名）家人去世時，親友前來照料。

なきりぼうちょう［菜切り庖丁］（名）切菜刀。

なきわかれ［泣き別れ］（名・自サ）灑淚而別。

なきわらい［泣き笑い］（名・自サ）① 又哭又笑。② 悲喜。△～の人生／悲喜交錯的人生。

なきをいれる［泣きを入れる］（連語）哀告求饒。

な・く［泣く］（自五）① 哭。△声を出し～／哭出聲來。② 傷心，悲嘆。△冤罪に～／蒙冤受屈叫苦不迭。△たった一球の失投に～／僅因一球之失而慘敗。△教授の～／（不學無術）太對不起教授頭銜。③ 讓價。△ここは一つ～いてもらおう／你再出點血讓讓價吧。④ 發出聲音。△カーブのたびにタイヤが～／一

拐彎輪胎就吱吱響。

な・く［鳴く］（自五）啼，鳴，叫。△秋の虫が～／秋蟲唧唧。△鳥が～／鳥鳴，鳥叫。△犬が～／狗叫。

な・ぐ［凪ぐ］（自五）變得風平浪靜。△風が～／風停了。↔しける

な・ぐ［薙ぐ］（他五）横砍，割。△草を～／割草。

なくことじとうにはかてぬ［泣く子と地頭には勝てぬ］（連語）秀才遇到兵，有理說不清。

なぐさ・める［慰める］（他下一）安慰，慰問。△心を～／慰藉心靈。△新緑が目を～／新綠悅目。

用法提示 ▼

中文和日文的分別

日文安慰的對象是心理上的創傷、困惑等，不表示對身體的撫慰。常見搭配：人物，情感，人體部位等等。

- - - - - - - - - -

1. 不幸（ふこう）な人（ひと）、失意（しつい）の人（ひと）、友人（ゆうじん）、お年寄（としよ）り、遺族（いぞく）、被害者（ひがいしゃ）、自（みずか）ら

2. 不安（ふあん）、不満（ふまん）、悲（かな）しみ、不幸（ふこう）、霊（れい）、退屈（たいくつ）

なぐさみ［慰み］（名）消遣，解悶。△～につりをする／為解悶釣魚。△一時の～／一時的消遣。

なぐさみもの［慰み者］Ⅰ（名）玩弄的對象。△女を～にする／玩弄女性。Ⅱ［慰み物］（名）玩物，消遣品。

なぐさ・む［慰む］Ⅰ（自五）感到安慰。Ⅱ（他五）玩弄，戲耍。

なく・す［無くす］（他五）丟失，消滅。△事故を～／消滅事故。△本を～した／書丟了。

なく・す［亡くす］（他五）死去。△子供を～／孩子死了。→うしなう

なくてななくせ［無くて七癖］（連語）人多少都有點毛病。

なくてはならない（連語）不可缺少，必需，必須。

－なくても（連語）不…也行。即使沒有。△行が～／不去也行。△やら～／不幹也沒關係。

なくなく［泣く泣く］（副）哭着，哭哭啼啼地。

なくな・す［無くなす］（他五）→なくす

なくな・る［無くなる］（自五）丟失，消失。△財産が～／財產沒了。△自信が～った／失去信心。△財布が～った／錢包丟了。

なくな・る［亡くなる］（自五）去世，故去。

なくもがな［無くもがな］（連語）沒有為好，不如沒有。△～の飾り／多餘的裝飾。

なぐりがき［殴り書き］（名・他サ）潦草的書寫。

なぐ・る［殴る］（他五）打，揍。→ぶつ

なげ［投げ］（名）① 投。② （相撲）摔倒。③ （圍棋、將棋）認輸。④〈經〉拋出。

なげう・つ［擲つ・抛つ］（他五）① 抛棄。② 豁出。△命を～／豁出性命。△財産を～／捨棄財産。

なげうり［投げ売り］（名・他サ）抛售，甩賣。→たたきうり

なげか・つ［投げ勝つ］（自五）（棒球）投球取勝。

なげかわし・い［嘆かわしい］（形）可嘆。

なげき［嘆き］（名）悲嘆，慨嘆。

なげキッス［投げキッス］（名）飛吻。

なげ・く［嘆く］（自他五）① 嘆息，悲嘆。② 慨嘆，憤慨。

なげこ・む［投げ込む］（他五）投入，投進。△牢に～／投入牢房。

なげし［長押］（名）（和式建築）柱與柱之間的横木。

なげす・てる［投げ捨てる］（他下一）① 抛棄，扔。② 棄置不顧。△仕事を～てて遊ぶ／把工作扔在一邊玩耍。

なげだ・す［投げ出す］（他五）① 抛出，扔出。△足を～している／伸着腿。② 豁出，捨棄。△全財産を～／豁出全部財産。③ 放棄。△仕事を途中で～／工作做了一半就放下了。

なげつ・ける［投げ付ける］（他下一）（對着）扔過去。△石を～／扔石頭打。△怒りの言葉を～／甩出氣話。

なけなし［無けなし］（名）僅有的一點兒。△～の知恵をしぼって考える／絞盡腦汁。

なげに［投荷］（名）〈經〉投貨，棄貨，抛棄的貨物。

なげぶみ［投げ文］（名）從屋外投進來的信。

なげやり［投げ遣り］（名・形動）隨隨便便，不負責任。△～な態度／不負責任的態度。

な・げる［投げる］（他下一）① 投，扔。△ボールを～／投球。② 投射。△月が淡い光を～／月亮投射着淡淡的光。③ 提供。△話題を～／提供話題。④ 投入。△川に身を～／投河自殺。⑤ 扔下不管。△仕事を～げておく／把工作扔在一邊不管。⑥（相撲，柔道把對方）摔倒。

－なければいけない（連語）（接在動詞未然形後）應該，必須。△行か～／非得去不可。△ 10 時までには帰宅し～／得在十點鐘以前到家。

－なければならない（連語）（接在動詞未然形後）應該，必須。△法律を守ら～／必須遵守法律。

なげわざ［投げ技］（名）（相撲，柔道）將對方摔倒的招數。

なこうど［仲人］（名）媒人，冰人。

なこうどぐち［仲人口］（名）（媒人嘴裏的）好話。△～をきく／挑好聽的說。

なご・む［和む］（自五）柔和，溫和，平靜。△心が～／心情平靜。△寒さが～／寒冷緩和了。△～んだ目／柔和的眼神。→やわらぐ

なごやか［和やか］（形動）友好，和睦，溫和。

なごり［名残］（名）① 遺痕，殘餘。△戦争の～／戰爭的遺跡。② 惜別，依戀。△～がつ

きない／依依不捨。△～を惜む／惜別。

なごりおし・い［名残惜しい］（形）戀戀不捨。

なさけ［情け］（名）① 同情，慈悲。△～をかける／同情。△～にすがる／乞憐。② 愛情。△～をかわす／相愛。

なさけしらず［情け知らず］（名）無情（的人）。→非情

なさけな・い［情けない］（形）① 無情。② 可憐，遺憾。△～成績／令人遺憾的成績。△連敗とは～／連連失敗，令人遺憾。③ 可恥。△なんという～事をしてくれたのだ／你做了多麼丟人的事呀。

なさけはひとのためならず［情けは人の為ならず］（連語）與人方便，自己方便。

なさけぶか・い［情け深い］（形）仁慈。△～人／富有同情心的人。

なさけようしゃもなく［情け容赦もなく］（連語）毫不留情。

なざし［名指し］（名・他サ）指名。△～で批判する／指名批評。

なさぬなか［生さぬ仲］（連語）非親生關係。

なさ・る I（他五）（“なす”、“する”的尊敬語）做，幹，搞。△ここでは何を～ってもご自由です／在這裏做甚麼都行。II（補動）（接在動詞連用形後）表示尊敬。△社長はもうお帰り～いましたか／社長已經回去了嗎？

なし［無し］（名）無，沒有。△欠席者～／沒有缺席的。

なし［梨］（名）梨，梨樹。

なしくずし［済し崩し］（名）一點一點地，逐步地。△借金を～に返す／一點一點地還債。

なしと・げる［成し遂げる・為し遂げる］（他下一）完成。△大事を～／完成大事業。→達成する

なしのつぶて［梨のつぶて］（連語）杳無音信，石沉大海。

なじみ［馴染み］（名）① 熟識。△～が深い／很熟。②（男女）相好。△～の女／相好的女人。

なじ・む［馴染む］（自五）① 熟悉。△誰にでもすぐ～子／和誰都很快混熟的孩子。△周囲に～／熟悉了環境。② 協調，和諧，融合。△靴が足に～まない／鞋不合腳。△部屋によく～／和房間很協調。

ナショナリスティック［nationalistic］（形動）國家主義的，民族主義的。

ナショナリスト［nationalist］（名）國家主義者，民族主義者。

ナショナリズム［nationalism］（名）國家主義，民族主義。

ナショナリゼーション［nationalization］（名）國有化，國營化。

ナショナリティー［nationality］（名）① 國民性，民族性。② 國籍。

ナショナル［national］（形動）國民的，國家的。

ナショナルインカム［national income］（名）〈經〉國民收入。

ナショナルインタレスト［national interest］

(名) 國家利益，民族利益。

ナショナルエジュケーション [national educa-
tion] (名) 國民教育。

ナショナルゲーム [national game] (名) 國技。

ナショナルコスチューム [national costume]
(名) 民族服裝。

ナショナルスピリット [national spirit] (名) 國
民精神，民族精神。

ナショナルタックス [national tax] (名) 國税。

ナショナルチーム [national team] (名) 國家隊。

ナショナルデー [national day] (名) 建國紀念日。

ナショナルデット [national debt] (名) 國債。

ナショナルデフェンス [national defence] (名)
國防。

ナショナルトレジャアー [national treasure]
(名) 國庫。

ナショナルパーク [national park] (名) 國立公
園。

ナショナルフラッグ [national flag] (名) 國旗。

ナショナルブランド [national brand] (名) 全國
知名品牌，全國名牌商品。

ナショナルボンド [national bond] (名) 國債。

ナショナルミニマム [national minimum] (名)
國民最低生活水平。

なじ・る [詰る] (他五) 責備，責難，責問。

なす [茄子] (名) 茄子。

な・す [為す] (他五) 做，為。△害を～/為害。
△～術もない/束手無策。△～ところを知ら
ぬ/不知所措。

な・す [成す] (他五) ① 完成，達到。△名
を～/成名。△産を～/發家。② 生。△子ま
で～した仲/生了孩子的親密關係。③ 形成，
構成。△形を～/成形。△群れを～/成羣。
△色を～/變臉。△ごみが山を～/垃圾堆成
了山。

なすこん [茄子紺] (名) 絳紫色。

なずな [薺] (名) 〈植物〉薺菜。

なすび [茄子] (名) ⇨なす

なずむ [泥む] (自五) ① 拘泥。△旧習に～/
墨守成規。② 停滯。△暮れ～空/遲遲不黑的
天。

なすりつ・ける [擦り付ける] (他下一) ① 塗
上，擦上。② 轉嫁。

なす・る [擦る] (他五) ① 塗，抹。△壁に泥
を～/往牆上抹泥。② 嫁禍。△罪を人に～/
嫁罪於人。

なぜ [何故] (副) 為何，為甚麼。△～言わなか
ったのか/怎麼不説明？

なぜかというと (連語) 這是因為，原因是。

なぜなら [何故なら] (接) 原因是，因為。△～
そこに山があるからだ/是因為那裏有山。

なぞ [謎] (名) ① 謎語。△～を解く/解謎。
② 暗示。△～をかける/暗示。出謎語。③
謎。△千古の～/千古之謎。△～めいた微笑/
神秘的微笑。

なぞなぞ [謎謎] (名) 猜謎遊戲。→なぞかけ

なぞら・える [準える] (他下一) ① 比作。△人

生を旅に～/把人生比作旅途。② 仿照。

なぞ・る (他五) 描。△手本を～/描字帖。

なた [鉈] (名) 柴刀。△大～をふるう/大刀闊
斧地整頓 (消減)。

なだ [灘] (名) ① 浪高難航的海面。② "灘酒"
的略語。

なだい [名代] (名) 著名。△～の店/有名的店
鋪。→有名

なだか・い [名高い] (形) 著名。△政治家と
して～/作為政治家很著名。→有名

なだたる [名だたる] (連體) 有名的。△～素封
家/有名的財主。

なたね [菜種] (名) 〈植物〉① 油菜。② 油菜子。

なたねづゆ [菜種梅雨] (名) 油菜開花時的連
雨天。

なたまめ [鉈豆] (名) 〈植物〉刀豆。

なだめすか・す [宥め賺す] (他五) 哄。△泣
いている子供を～/哄哭着的孩子。

なだ・める [宥める] (他下一) 勸解，哄。△怒
りを～/勸解息怒。△子供を～/哄孩子。

なだらか (形動) ① 平緩。△～な斜面/平緩的
斜面。② 流暢，和緩。△～な声/和藹的聲音。
③ 順利。

なだれ [雪崩] (名) 雪崩，山崩。△～を打って
押し寄せる/蜂擁而來。

ナチ [德 Nazi] (名) ⇨ナチス

ナチス [德 Nazis] (名) 納粹黨。

ナチュラマ [naturama] (名) 彩色寬銀幕電影。

ナチュラリスト [naturalist] 自然主義者，博物
學家。

ナチュラル [natural] I (形動) 天然的，自然的。
△～チーズ/天然乾酪。II (名) 〈樂〉還原記號。

ナチュラルウエーブ [natural wave] (名) 天生
鬈曲的頭髮。

ナチュラルエコノミー [natural economy] (名)
自然經濟。

ナチュラルカーブ [natural curve] (名) 〈棒球〉
自然曲綫 (球)。

ナチュラルガス [natural gas] (名) 天然氣。

ナチュラルカラー [natural color] (名) 天然色。

ナチュラルサイエンス [natural science] (名)
自然科學。

ナチュラルトーン [natural tone] (名) 自然色
調，自然形象。

ナチュラルヒストリー [natural history] (名) 博
物學，自然史。

ナチュラルフード [natural food] (名) 天然食品。

ナチュラルメーク [natural make-up] (名) 自然
的化妝法。

ナチュラルランゲージ [natural language] (名)
自然語言。

ナチュラルレジン [natural resin] (名) 天然樹脂。

ナチュラルロー [natural law] (名) 自然法則。

なつ [夏] (名) 夏，夏天。

なついん [捺印] (名・自サ) 蓋章，蓋印。

なつかし・い [懐かしい] (形) 懷念，留戀。
△故郷が～/懷念故郷。

なつかし・む［懐かしむ］(他五) 思慕，眷戀，懷念。△学生時代を～/懷唸學生時代。

なつかぜ［夏風邪］(名) 熱傷風。

なつがれ［夏枯れ］(名) 夏天淡季。

なつ・く［懐く］(自五) 親近，馴順。△人に～かない犬/認生的狗。

ナックアウト［knock out］(名) ①(拳擊) 擊倒。②(棒球) 打倒投手。

ナックル［knuckle］(名) 指關節。

ナックルボール［knuckle ball］(名) (棒球) 不旋轉球。

なづけおや［名付け親］(名) 給孩子起名的人，命名的人。

なづ・ける［名付ける］(他下一) ①起名，命名。②稱為，叫做。

なつこだち［夏木立］(名) 夏季繁茂的樹叢。

なつさく［夏作］(名) 夏季作物。↔冬作

なつじかん［夏時間］(名) 夏令時。→サマータイム

ナッシング［nothing］(名) ①無，沒有。②(棒球) (記分) 零。

なつぞら［夏空］(名) 夏日的天空。

ナッツ［nuts］(名) 堅果，胡桃。

ナット［nut］(①) 螺帽，螺母。②⇨ナッツ)

ナットアウト［not out］(名) (棒球) 未出局 (打者三擊未中的接手失誤)。

なっとう［納豆］(名) 納豆 (熟大豆發酵製成的食品)。

なっとく［納得］(名・他サ) 理解，領會。△～がいく/理解。△～できない/難以理解。△～ずくで行く/取得同意後進行。

なつどり［夏鳥］(名) 夏季候鳥。↔冬鳥

なつば［夏場］(名) 夏天，夏季。△～だけの商売/夏季的生意。↔冬場

なっぱ［菜っ葉］(名) 食葉蔬菜，菜葉。

なつばて［夏ばて］(名・自サ) 苦夏。→夏負け

なつび［夏日］(名) ①夏日。②(氣象) 最高氣温在 25 度以上的日子。

ナップ［nap］(名) 打盹，午睡。

ナップザック［knapsack］(名) 簡便揹包。

なつまけ［夏負け］(名・自サ) ⇨なつばて

なつみかん［夏蜜柑］(名)〈植物〉柚子。

なつむし［夏虫］(名) 夏蟲。

なつめ［棗］(名) 棗，棗樹。

なつめそうせき［夏目漱石］〈人名〉夏目漱石 (1867-1916)。明治、大正時期的小說家。

なつもの［夏物］(名) 夏季用品，夏季服裝。↔冬物

なつやすみ［夏休み］(名) 暑假。

なつやせ［夏やせ・夏痩せ］(名・自サ) 苦夏。

なでおろ・す［撫で下ろす］(他五) 從上往下撫摩。△胸を～/放心，如釋重負。

なでがた［撫で肩］(名) 溜肩膀，削肩。↔いかり肩

なでぎり［なで切り・撫で斬り］(名・他サ) ①撽着切。②見一個殺一個。

なでしこ［撫子］(名)〈植物〉瞿麥。

な・でる［撫でる］(他下一) 撫摸。

など (副助) ①等，等等。△本やノートを～買う/買書和筆記本等等。②(表示示例) 之類的。△金～いらない/不需要錢甚麼的。③表示輕視或自謙。△私～にはとても手がでません/我這種人可買不起。④(與否定呼應表示強調) △雨～全然降っていませんよ/根本沒下雨。

ナトー［NATO］(名) 北大西洋公約組織。

なとり［名取り］(名) 繼承技藝被准許襲用藝名 (的人)。

ナトリウム［Natrium］(名)〈化〉鈉。

なな［七］(名) 七，七個。

なないろ［七色］(名) ①七色。②各種顏色。③七種，七類。

ななえのひざをやえにおる［七重の膝を八重に折る］(連語) 低聲下氣，躬身屈膝地請求。

ななくさがゆ［七草粥・七種粥］(名) 正月初七做的放上春天七種菜的粥。

ななくせ［七癖］(名) 人的種種癖性。△なくて～/誰都有脾氣，誰都有毛病。

ななころびやおき［七転び八起き］(名) 百折不回。△～の精神/百折不撓的精神。

ななつ［七つ］(名) ①七，七個。②七歲。

ななつどうぐ［七つ道具］(名) 經常攜帶的工具。

ななひかり［七光］(名) (主人或父親的) 餘蔭。△親の～で出世する/靠着老子的權勢升官發財。

ななめ［斜め］(名・形動) ①斜。△柱が～に傾いている/柱子傾斜了。△ぼうしを～にかぶる/歪戴帽子。②情緒不佳。△ご機嫌が～だ/情緒不好。△世間を～に見る/帶着成見看社會。

ななめよみ［斜め読み］(名) 速讀。

なに［何］I (代) ①甚麼，哪個。△人間とは～か/人是甚麼？②那個。△例の～を頼む/那事託你辦了。△時に～はどうなった/可是那事怎麼樣了？△大水で家も～も失ってしまった/洪水把房子和其他東西沖走了。II (副) 都，任何。△～不自由なく生活している/過着不愁吃穿的生活。III (感) ①(表示驚訝，反問) 甚麼？△～，もう一度言ってみろ/你説甚麼？再説一遍！△～，自殺したって/甚麼？自殺了？！②(表示否定) 哪裏，沒甚麼。△～それでいいんだ/沒甚麼，那就行了。△～したことはない/哪裏，沒甚麼大不了的。

ナニー［nanny］(名) 奶媽，保姆。

なにか［何か］I (連語) 某些。△～ご用ですか/有甚麼事嗎？△～食べたい/想吃點甚麼。II (副) 總覺得。△～さびしい/總覺得寂寞。

なにがし［某］(代) ①某某，某人。△鈴木という男/叫鈴木某某的男子。②某些。△～かのお金/一些錢。

なにかと［何かと］(副) 這個那個，各方面。△～と忙しい/忙這忙那的。

なにがなんでも［何が何でも］（連語）不管怎麼説，無論如何。△このことだけは～やりとげてみせる／這件事説甚麼我也要做出成績來。

なにからなにまで［何から何まで］（連語）一切，都。△～おせわになりました／各方面都受到您的關照。

なにくれとなく［何くれとなく］（連語）多方，事事。△～世話をやく／無微不至地照顧。→何かと

なにくわぬかお［何食わぬ顔］（連語）若無其事的様子。

なにげな・い［何気ない］（形）① 無意的。△～言葉が相手の心を傷つけた／無意中説的話傷了對方的心。② 若無其事。△～ふうをよそおう／咱們装不知道吧。

なにごころなく［何心無く］（副）無心地，無意地。

なにごと［何事］（名）① 何事，甚麼事情。△～にも熱心だ／對任何事情都熱心。△その時は～もなくすんだ／那時甚麼事也没出就過去了。②（後接“だ”）表示責備。△うそをつくとは～だ／你敢撒謊。

なにしろ［何しろ］（副）無論怎様，反正。△～やってみたまえ／不管怎様做做看。△～おもしろい／總之很有趣兒。→なにせ

なにせ［何せ］（副）⇨なにしろ

なにとぞ［何とぞ］（副）請，務必。△～よろしくお願いします／請多關照。△～お許しください／千萬請您寛恕。

なになに［何何］Ⅰ（代）甚麼，甚麼和甚麼。△用意するものは～と言ってください／請説説要準備的東西是些甚麼。Ⅱ（感）甚麼甚麼。△～もう一度言ってみて／甚麼甚麼？再説一遍看。

なにはさておき［何はさておき］（連語）其他暫且不管，首先。

なにはともあれ［何はともあれ］（連語）無論怎様，總之。

なにぶん［何分］Ⅰ（名）某些，若干。Ⅱ（副）① 請。△～よろしくお願いします／請多關照。② 總之，畢竟。△～年寄りのことで／畢竟上了年紀。

なにも［何も］（副）① 甚麼都，甚麼也。②（下接否定語）甚麼也（不），並不。

なにもの［何物］（名）甚麼東西，何物。

なにもの［何者］（名）甚麼人，何人。

なにやかや［何やかや］（連語）這個那個，種種。△このところ～で忙しい／最近這事那事地非常忙。

なにゆえ［何故］（副）何故。→なぜ

なにより［何より］（副）最好，比甚麼都好。△それは～の好物です／那是我最喜歡吃的。△そのことが～うれしい／那事比甚麼都使我高興。△走るのが～もいやだ／最討厭跑。

なにわぶし［浪花節］（名）浪花曲。

なぬし［名主］（名）（江戸時代村鎮的）莊頭。

ねでつらをはる［金で面を張る］（連語）用

財力壓人。

ナノガラス［nano glass］（名）納米玻璃。

ナノテクノロジー［nano technology］（名）納米技術。

なのはな［菜の花］（名）油菜，油菜花。

なのり［名乗り］（名・自サ）① 通報自己的姓名。△～をあげる／通報自己的姓名，做候選人。② 成年後的正式名字。

なの・る［名乗る］（自他五）① 自報姓名。△田中と～男／自稱為田中的人。② 出面申明自己是該人。△犯人は警察に～って出た／犯人向警察自首。③ 作為自己的姓。△夫の姓を～／姓丈夫的姓。

ナパームだん［ナパーム弾］（名）凝固汽油彈。

なばかり［名ばかり］（名）有名無實。

なはたいをあらわす［名は体を表わす］（連語）名表其體。

なび・く［靡く］（自五）① 隨風飄動。△旗が～／旗子飄揚。② 順從。△金の力に～／被金錢支配。

ナプキン［napkin］（名）① 餐巾。②（婦女用）衛生巾。（也説 “ナフキン”）

ナフサ［naphtha］（名）粗汽油。

ナフタ［NAFTA］（名）北大西洋自由貿易區。

なふだ［名札］（名）姓名卡，姓名籤。

ナフタリン［德 Naphthalin］（名）〈化〉萘，衛生球。

なぶりもの［嬲り物］（名）玩物，被戲耍的人。

なぶ・る［嬲る］（他五）① 愚弄，戲弄。② 欺負。△弱いものを～／欺負弱者。

なべ［鍋］（名）① 鍋。② 火鍋。△かき～／牡蠣火鍋。

なべぞこ［鍋底］（名）① 鍋底。② 最壞的狀態，最低。

なへん［那辺・奈辺］（代）哪裏。△真意～にありや／真意何在。

ナポレオン［Napoleon Bonaparte］〈人名〉拿破侖（1769-1821）。

なま［生］（名）① 生，鮮。△～の魚／鮮魚。△～で食べる／吃生的。△～水／生水。△～もの／生東西。② 自然，直接。△～放送／實況轉播。△市民の～の声／市民的真實聲音。③ 不充分，不徹底。△～学問／一知半解的學問。④〈俗〉現金。⑤ “生ビール” 的略語。

なま－［生］（接頭）① 不充分，不徹底。△～返事／不明確的回答。△～兵法／一知半解的軍事知識。② 有些，略微。△～ぬるい／温乎。

なまあくび［生あくび］（名）未打出的哈欠。

なまあせ［生汗］（名）冷汗。

なまあたたか・い［生暖かい］（形）略暖，微暖。

なまあん［生餡］（名）未加糖的小豆糊。

なまいき［生意気］（名・形動）傲慢，牛氣，狂妄。

なまえ［名前］（名）① 名稱。△本の～／書名。② 名，姓名。△お～は？／您貴姓？△～負けがする／名過其實。

なまがし［生菓子］(名) ① 帶餡的日本點心。② 西式奶油糕點。

なまかじり［生嚙り］(名・他サ) 一知半解。

なまかわ［生皮］(名) 未鞣的生皮。

なまがわき［生乾き］(名) 沒乾透，半乾。

なまき［生木］(名) ① 活樹。② 剛砍下的樹。

なまきず［生傷］(名) 新傷。↔ 古傷

なまきをさく［生木を裂く］(連語) 棒打鴛鴦。

なまぐさ・い［生臭い・腥い］(形) ① 腥，膻。△この魚は〜/這魚太腥了。② 血腥氣。

なまぐさぼうず［生臭坊主］(名) 花和尚。

なまぐさりょうり［生臭料理］(名) 葷菜。↔ 精進料理

なまくら［鈍］(名・形動) ① 鈍，鈍刀。② 懶惰，懶漢。

なまクリーム［生クリーム］(名) 鮮奶油。

なまけもの［怠け者］(名) 懶漢。

なまけもの［樹懶］(名)〈動〉樹懶。

なま・ける［怠ける］(自他下一) 懶惰。△仕事を〜/工作偷懶。

なまこ［生子］(名)〈動〉海參。

なまゴム［生ゴム］(名) 生橡膠。

なまごろし［生殺し］(名) ① 殺個半死。② 半途而廢，中途撒手不管。

なまコン［生コン］(名) 和好的混凝土。

なまざかな［生魚］(名) 鮮魚。

なまじ (副・形動) ① 勉強。△〜な事はやらないほうがよい/最好不做勉強的事情。② 大可不必，多餘。△〜口をだしたのが悪かった/原不該多嘴多舌。③ 不充分，不徹底。△〜知っているから困る/一知半解真糟糕。

なまじろ・い［生白い］(形) 蒼白，煞白。△〜顔/煞白的臉。

なます［膾］(名) 醋拌生魚絲，醋拌蘿蔔絲。

なまず［鯰］(名)〈動〉鮎(魚)。△〜ひげ/細長鬍鬚。

なまたまご［生卵］(名) 生雞蛋。

なまち［生血］(名) 鮮血。△〜を吸う/吸血。

なまちゅうけい［生中継］(名・他サ) 實況轉播。

なまつば［生唾］(名) 唾沫。△〜を飲み込む/嚥口水。

なまづめ［生づめ・生爪］(名) 指甲。

なまなか［生半］(副・形動) ① 不徹底。△〜の学者ではない/並不是半瓶醋的學者。△〜の恋/三心二意的愛情。△〜なことではあそこまではできない/不動點真格的是做不到那地步的。② 多此一舉。△〜知らないほうがよい/莫如不知道。△〜口を出したばかりにひどいめにあった/不該多嘴吃了苦頭。

なまなまし・い［生生しい］(形) 非常新。△記憶に〜/記憶猶新。

なまにえ［生煮え］(名・形動) 半生不熟。△〜のご飯/夾生飯。△〜な態度/曖昧的態度。

なまぬる・い［生温い］(形) ① 不夠熱，溫吞。△〜お茶/溫茶。鳥禿茶。② 不嚴格。△〜処置/不徹底的處理。

なまはんか［生半可］(名・形動) 不充分，不徹底。△〜な知識/一知半解的知識。

なまばんぐみ［生番組］(名) 實況廣播。

なまビール［生ビール］(名) 生啤酒。

なまフィルム［生フィルム］(名) 未用過的膠捲。

なまへんじ［生返事］(名自サ) 含糊其詞的回答。

なまほうそう［生放送］(名) 實況廣播。→生番組

なまみ［生身］(名) ① 活人。② 生肉。

なまみず［生水］(名) 生水。

なまめかし・い［艶めかしい］(形) 嬌媚，嬌艷。

なまもの［なま物］(名) 生鮮食品。

なまやさし・い［生易しい］(形) 輕而易舉。△スターになるのは〜ことではない/成為明星不是容易的。→なみたいてい

なまよい［生酔］(名) 微醺，半酣。

なまり［鉛］(名)〈化〉鉛。

なまり［訛］(名) 方音。△東北〜/東北土音。

なま・る［訛る］(自五) 帶方音。

なま・る［鈍まる］(自五) ① 鈍。△刀が〜/刀鈍了。② 變遲鈍，變弱。△うでが〜/手藝荒疏了。

なまワクチン［生ワクチン］(名)〈醫〉小兒麻痺疫苗。

なみ［並・並み］(名) 普通，一般。△〜の人間/普通人。△〜定食/經濟份兒飯。

－なみ［並・並み］(接尾) ① 程度相同。△世間〜/通常的水平。△客〜に扱う/以客相待。② 每。△軒〜/每戶。

なみ［波］(名) ① 波，波浪。△〜が高い/浪大。△〜が起こる/起浪。△〜にのまれる/被波浪吞沒。② 起伏。△感情の〜/感情的波瀾。③ 潮流。△時代の〜/時代潮流。△〜に乗る/乘勢。④〈理〉光波，音波。

なみ・いる［並みいる］(自上一) 列坐。△〜人人を驚かす/使在座的人吃驚。

なみうちぎわ［波打ち際］(名) 汀，岸邊。

なみう・つ［浪打つ］(自五) ① 起波浪。△〜岸辺/波浪拍打的岸邊。② 起伏。△胸が〜/心情激動。

なみがしら［波頭］(名) 波峰，浪頭。

なみかぜ［波風］(名) 風浪，風波。△〜荒い海/波濤洶湧的海。△世間の〜にもまれる/歷經人世滄桑。

なみき［並木］(名) 林蔭樹。

なみせい［並製］(名) 普通製品。↔ 上製

なみだ［涙］(名) 眼淚。△〜をながす/流淚。△〜をうかべる/含淚。△〜をこらえる/忍淚。△血も〜もない/冷酷無情。

なみたいてい［並み大抵］(名・形動) 一般。△〜の苦労ではない/吃的苦不一般。→ひととおり

なみだきん［涙金］(名) (斷絕關係時給的) 少量的錢。

なみだぐまし・い［涙ぐましい］(形) 引人落

涙的，感人的。△～努力／令人感動的努力。

なみだぐ・む［涙ぐむ］(自五) 含淚。

なみだごえ［涙声］(名) 哭腔。

なみだ・つ［波立つ］(自五) ①起波浪。②心情激動。△胸が～／心潮起伏。③不穩定，起風波。△政界が～／政局動盪。

なみだながら［涙ながら］(連語) 哭着。△～に話す／哭着説。

なみだにくれる［涙にくれる］(連語) ①悲痛欲絶。②終日以淚洗面。

なみだもろ・い［涙脆い］(形) 愛流淚，動不動掉淚。

なみだをのむ［涙をのむ］(連語) ①飲泣。②強忍。

なみなみと (副) 滿滿地。△酒を～つぐ／把酒倒得滿滿的。

なみなみならぬ［並並ならぬ］(連體) 不平常的。△～努力／不尋常的努力。

なみのはな［波の花］(名) ①浪花。②鹽。

なみのり［波乗り］(名・自サ) 衝浪運動。→サーフィン

なみはずれ［並外れ］(名・形動) 不尋常，非凡。△～に大きい／異常地大。

なみはず・れる［並外れる］(自下一) 非凡，異常。△～れた食欲／不尋常的飯量。

なみひん［並み品］(名)〈經〉大路貨。

なみま［波間］(名) ①波谷。②浪靜時。

なみもの［並物］(名) (質量) 一般的東西，大路貨。

なむあみだぶつ［南無阿弥陀仏］(名)〈佛教〉南無阿彌陀佛。

なむさん［南無三］(感) ⇨南無三宝

なむさんぼう［南無三宝］Ⅰ (名)〈佛教〉皈依三寶。Ⅱ (感) 糟了。△～しくじった／糟了，搞壞了。

なめくじ (名)〈動〉蛞蝓。

なめこ［滑子］(名)〈植物〉滑子蘑。

なめしがわ［なめし革・鞣し革］(名) 熟皮，鞣皮。

なめ・す［鞣す］(他五) 鞣 (皮子)。△皮を～／鞣皮子。

なめず・る［舐めずる］(他五) 舔嘴唇。

なめもの［嘗め物］(名) 口味濃重的小菜。

なめらか［滑らか］(形動) ①光滑。△～なはだ／光滑細膩的皮膚。②流暢，順利。△～に話す／流利地説。△～に事が運ぶ／事情進展順利。

な・める［嘗める・舐める］(他下一) ①舔。△あめを～／含糖。△炎が天井を～／火舌舔着頂棚。②嘗，經驗。△辛酸を～／飽嘗辛酸。③輕視。△相手を～／瞧不起對方。

なや［納屋］(名) 小倉庫，庫房。

なやまし・い［悩ましい］(形) ①痛苦，苦惱。②挑逗情慾的。

なやま・す［悩ます］(他五) 使苦惱。△騒音に～される／被噪音所折磨。△頭を～／傷腦筋。

なやみ［悩み］(名) 苦惱。△～のたね／心病。

なや・む［悩む］(自五) 煩惱，苦惱。△物価高に～／苦於物價高。

なよなよ (副・自サ) 柔軟，纖弱。△～としたすがた／裊娜輕盈的様子。

なよやか (形動) 柔軟，纖弱。

なら［楢］(名)〈植物〉枹樹，小橡樹。

－なら (助動) ("だ" 的假定形) ①(表示假定) 如果。△ほしい～あげるよ／喜歡就送給你。△君が行く～ぼくも行こう／你若去，我也去。△雨天～中止する／下雨就不去。②提到，提起。△旅行～夏がいい／旅行夏季為好。△酒～茅台だ／要説酒還是茅台好。

ならい［習い］(名) ①習慣。②常例。△世の～／人世之常。

ならいせいとなる［習い性となる］(連語) 習慣成自然。

なら・う［習う］(他五) ①學習，練習。△運転を～／學開車。②受教，跟…學。△先生に～／跟老師學。

ならうよりなれよ［習うより慣れよ］(連語) 熟能生巧。

ならく［奈落］(名) ①〈佛教〉地獄。②最底層。△～にしずむ／墜入地獄。③舞台下面。

ならくのそこ［奈落の底］(連語) ①十八層地獄。②無底深淵。△～におちる／落入十八層地獄。

ならし［均し］(名) 勻，平均。

ならじだい［奈良時代］(名)〈史〉奈良時代。

なら・す［均す］(他五) ①弄平。△土地を～／平整土地。②平均。△～して月二十万円の収入／平均毎月收入二十萬日圓。

なら・す［慣らす］(他五) 使習慣。△からだを寒さに～／使身體習慣寒冷。

なら・す［馴らす］(他五) 馴化。△野生のライオンを～／馴養野生獅子。

なら・す［鳴らす］(他五) ①鳴。△鐘を～／鳴鐘。△ブザーを～／按蜂音器。△鼻を～／撒嬌。②嘮叨。△不平を～／鳴不平。△非を～／非難。③出名。△歌がうまくて～した人／以歌聲美妙而聞名的人。

ならずもの［ならず者］(名) 痞子，無賴。

ならづけ［奈良漬け］(名) 奈良醬菜。

ならび［並び］(名) ①排，排列。△歯の～がよい／牙齒排列得很整齊。②同一側。△花屋の～の肉屋／和花店一排的肉屋。③類比。△～もない人物／無與倫比的人。

ならびに［並びに］(接) 和，以及。△住所～氏名／住址及姓名。

なら・ぶ［並ぶ］(自五) ①排，排列。△窓口に～／在窗口排隊。△～んで走る／排隊跑。②並列。△～んで坐る／並排坐。△才色～び備わる／才貌雙全。③匹敵。△～者がいない／沒人比得上。

ならべた・てる［並べ立てる］(他下一) 擺出，列舉。△品物を～／擺出貨物。△欠点を～／列出缺點。

なら・べる［並べる］(他下一) ① 排列。△机を～/並肩學習。△二列に～/排成兩隊。② 擺放，陳列。△品物を～/擺放商品。△料理を～/擺放飯菜。③ 列舉。△文句を～/發牢騷。△証拠を～/列舉證據。④ 比較。△その人と肩を～ものはない/沒人能比得上他。

ならわし［習わし・慣わし］(名) 習俗，慣例。△世の～/世風。→したきり

なり［形］(名) ① 樣子，打扮。△はでな～/鮮艷的裝束。② 身材，個子。△～が大きい/個子大。

-なり［接助］① 馬上就。△家にかばんを置く～遊びにでかけた/把書包往家裏一放就跑出去玩了。△見る～立ちあがった/一看就站起來了。② 原樣不動。△置った～まだ読んでいない/買了還沒讀。△帽子をかぶった～あいさつをした/戴著帽子寒暄。

-なり［副助］或者…或者，或是。△電話～手紙～で知らせる/用電話或信通知。△親～に相談しよう/或是和父母商量。△どこ～へ～とも勝手に行け/你愛上哪兒就上哪兒。

-なり［接尾］① 形狀。△弓～になる/成為弓形。② 聽任。△言い～になる/唯命是從。③ 相應的。△子供～の理屈/孩子有孩子的道理。△私には私～の考えがある/我有我的想法。

なりあがり［成り上がり］(名) 暴發(戶)。↔成り下がり

なりかわ・る［なり代わる］(自五) 代替，代理。△社長に～ってごあいさつを申しあげます/代表社長致辭。

なりきん［成金］(名) ①(將棋進入對方陣地後)變成金將的棋子。② 暴發戶。

なりさが・る［成り下がる］(自五) 落魄。沒落。△こじきに～/淪為乞丐。

ナリシングクリーム［nourishing cream］(名) 營養面霜。

なりすま・す［なり済ます］(自五) ① 完全成為。△医者に～/真正成為醫生。② 冒充。△狼がおばあさんに～/狼冒充老奶奶。

なりたち［成り立ち］(名) ①(組織或制度產生的)步驟，經過。△国連の～/聯合國成立的經過。② 結構。△文の～/文章(句子)的結構。

なりた・つ［成り立つ］(自五) ① 成立。△理屈が～/理由成立。△取引が～/成交。② 構成。△国会は衆議院と参議院から～っている/國會由眾議院和參議院組成。③ 能維持。△生活が～たない/生活維持不下去。

なりは・てる［成り果てる］(自下一) 淪為。△こじきに～/淪為乞丐。→なりさがる

なりひび・く［鳴り響く］(自五) 響徹。△名声が天下に～/天下馳名。

なりふり［なり振り］(名) 裝束，儀表。△～かまわない/不修邊幅。

なりものいり［鳴り物入り］(名) 敲鑼打鼓，吹吹打打。△～で宣伝する/大肆宣傳。

なりゆき［成り行き］(名) 趨勢，進展。△～にまかせる/聽其自然。

なりわい［生業］(名) 生計。

なりわた・る［鳴り渡る］(自五) ① 響徹四方。② 馳名。

なりをひそめる［鳴りを潜める］(連語) 消聲匿跡。

な・る［生る］(自五) 結果。△実が～/結果。△花だけで，実は～らない/有花無果。

な・る［成る］(自五) ① 成為，變為。△首相に～/當上首相。△大人に～/長大成人。△病気に～/得病。△顔が赤く～/臉紅了。△歩が金に～/(將棋)"步"變成"金"。△苦労が薬に～/辛勞對人有益。△この草は薬に～/這種草可以做藥。② 到，達。△春に～/到了春天。△全部で百万円に～/共計一百萬日圓。③ 組成。△水は酸素と水素から～/水由氧和氫構成。④ 允許，忍受。△我慢が～らない/不能忍耐。△話して～らないこと/不允許説的事。⑤ 作敬語。△ご覧に～りますか/您要看嗎？△お帰りに～りました/回家了。

な・る［鳴る］(自五) ① 鳴，響。△電話が～/電話響。△かみなりが～/打雷。△耳が～/耳鳴。△腕が～/躍躍欲試。② 聞名。△厳格をもって～先生/以嚴格著稱的老師。

なるこ［鳴子］(名) 田間驅鳥器。

ナルコチズム［narcotism］(名) 麻醉，麻醉藥中毒。

ナルシシスト［narcissist］(名) 自我陶醉者，自戀者。

なるたけ［成る丈］(副) 儘量。→なるべく

なるべく［副］儘量。△～たばこは吸わない方がよい/還是盡可能不吸煙為好。→なるたけ

なるほど［副］誠然，的確。△～よくできている/的確做得不錯。△～君の言う通りだ/誠然如你所説。

なれあい［なれ合い］(名) 串通一氣。△～の政治/互相勾結的政治。

なれあいばいばい［馴合い売買］(名)〈經〉配合買賣。

なれあ・う［馴れ合う］(自五) ① 混得很熟。② 串通。△業者と役人が～/生意人跟官吏勾結。③ 通姦。

ナレーション［narration］(名) 解説，解説詞。

ナレーター［narrator］(名) 解説員。

なれそめ［馴れ初め］(名) 相愛的開始。

なれっこ［慣れっこ］(名・形動) 習以為常。△母のぐちには～になっている/媽媽的牢騷我聽慣了。

ナレッジ［knowledge］(名) 知識，理解。

ナレッジソサイエティ［knowledge society］(名) 知識社會。

ナレッジマネジメント［knowledge management］(名) 知識管理，知識經營。

なれなれし・い［馴れ馴れしい］(形) 狎昵，自來熟。△～く話しかける/熟頭熟腦地搭話。

なれのはて［成れの果て］(名) 悲慘的下場。△貴族の～/貴族的末路。

な・れる［慣れる］(自下一) ① 習慣，適應。△水に〜／服水土。△新しい仕事に〜／適應新工作。△くつが足に〜／鞋隨腳。② 熟練。△〜れた手つき／熟練的動作。③ (接在動詞連用形後) 慣。△使い〜／用慣。

な・れる［馴れる］(自下一) 馴順，養熟。△この犬は人に〜れていない／這狗還沒有養熟。

な・れる［熟れる］(自下一) ① 發酵好，醃好。② 開始腐爛。△〜れた魚／臭魚。

な・れる［狎れる］(自下一) 狎昵，過分親昵。

なわ［縄］(名) 繩。△〜をなう／搓繩。△〜をとく／解繩。△〜にかかる／(犯人) 被捕。

なわしろ［苗代］(名) 育秧田。

なわとび［縄跳び］(名) 跳繩。

なわのれん［縄暖簾］(名) ① 繩門簾。② (掛繩門簾的) 小酒館。

なわばしご［縄梯子］(名) 軟梯，繩梯。

なわばり［縄張り］(名) ① 拉繩定界。② 勢力範圍，地盤。△〜争い／爭奪地盤。

なわめ［縄目］(名) ① 繩結，繩扣兒。② 被縛，被逮捕。△〜のはじを受ける／遭受被縛之辱。

なをあげる［名を揚げる］(連語) 揚名。

なをけがす［名を汚す］(連語) 玷污名聲。

なをすててじつをとる［名を捨てて実をとる］(連語) 捨名求實。

なをなす［名を成す］(連語) 成名。

なん－［何］(接頭) 多少，幾。△〜人／多少人。

なん［何］(代) (“なに” 的音便形) 何，甚麼。

なん［難］(名) ① 災難。△〜をさける／避難。② 缺點。△〜を言えば…／要說缺點…③ 困難。△生活〜／生活困難。

なんい［南緯］(名) 南緯。

なんい［難易］(名) 難易。

なんおう［南欧］(名) 南歐。↔ 北欧

なんか［南下］(名・自サ) 南下。↔ 北上

なんか［軟化］(名・自他サ) ① 軟化。② (態度) 緩和。↔ 硬化

なんか［何か］(連語) ⇨なにか

－なんか (副助) ⇨など

なんが［南画］(名) 〈美術〉(中國) 南宗國畫。↔ 北画

なんかい［難解］(名・形動) 難解。△〜な論文／難解的論文。↔ 平易

なんかん［難関］(名) 難關。△〜を切り抜ける／闖過難關。

なんぎ［難儀］(名・自サ・形動) 困難，費力。△〜をかける仕事／吃力的活兒。△〜をかける／添麻煩。叫 (某人) 受苦。△道がでこぼこで歩くのに〜する／道路不平，走起來真費勁。

なんきゅう［軟球］(名) 軟球。↔ 硬球

なんぎょうくぎょう［難行苦行］(名・自サ) ① 〈佛教〉苦修行。② 非常辛苦。△〜をかさねる／歷經千辛萬苦。

なんきょく［南極］(名) ① 南極。② 南磁極。↔ 北極

なんきょく［難局］(名) ① 困難的局面。△〜を打開する／打破僵局。② (圍棋等) 難以取勝的一局。

なんきょくたいりく［南極大陸］(名) 南極大陸。

なんきん［軟禁］(名・他サ) 軟禁。

なんきんじょう［南京錠］(名) 荷包鎖。

ナンキンぶくろ［ナンキン袋］(名) 麻袋，麻包。

なんきんまめ［南京豆］(名) 花生。

なんきんむし［南京虫］(名) 〈動〉臭蟲。

なんくせをつける［難癖をつける］(連語) 挑毛病，找碴兒。

なんくん［難訓］(名) 難訓讀的漢字。

なんこう［軟膏］(名) 軟膏。

なんこう［難航］(名・自サ) ① 航行困難。② 進展困難，陷入僵局。

なんこうふらく［難攻不落］(名) ① 難以攻破。② 難以說服。

なんごく［南国］(名) 南國。↔ 北国

なんこつ［軟骨］(名) 軟骨。

なんさい［何歳］(名) 幾歲，多大年紀。

なんざん［難産］(名・自サ) 難產。

なんじ［汝］(代) 〈舊〉你。

なんじ［難事］(名) 難事。

なんじ［何時］(名) 幾點鐘。

なんしき［軟式］(名) 軟式。△〜テニス／軟式網球。↔ 硬式

なんしつ［軟質］(名) 軟質，軟性。

なんじゃく［軟弱］(名・形動) 軟，軟弱。△〜な地盤／鬆軟的地基。△〜な態度／軟弱的態度。△〜外交／軟弱外交。

なんじゅう［難渋］(名・自サ・形動) 不順利。△交渉が〜している／交涉陷入僵局。△大雨で〜する／因雨行路困難。

なんしょ［難所］(名) 難關。△〜にさしかかる／到了難關。

なんしょく［難色］(名) 難色。△〜をしめす／面露難色。

なんすい［軟水］(名) 〈化〉軟水。↔ 硬水

なんせ (副) 無論怎麼說，總之。→なにせ

なんせん［難船］(名・自サ) 遇難船，(船隻) 遇難。

ナンセンス［nonsense］(名・形動) 無聊，無意義。△〜な話／廢話。△〜ギャグ／無聊的插科打諢。

なんせんほくば［南船北馬］(名) 南船北馬，旅行各地。

なんぞ［何ぞ］(副助) ⇨など

なんぞ［何ぞ］(連語) ⇨なにか

なんだ (連語) ① 甚麼。△あの光は〜／那光是甚麼？② (代替直說的詞語) 那個，甚麼。△そう言っちゃ〜けどとても君には出来まい／這麼說有點那個，我看你是幹不了的。③ (表示意外) 怎麼？甚麼？△〜また雨か／怎麼？又下雨了？④ 算不了甚麼。△こんなものが〜／這玩意兒算甚麼！⑤ “なのだ” 的口語表現。

なんだい［難題］(名) 難題。△〜をふっかける／出難題，刁難人。

なんたいどうぶつ［軟体動物］（名）〈動〉軟體動物。

なんだか［何だか］（副）① 不由得，總覺得。△～悲しくなってきた／不由得悲傷起來。② 是甚麼。△何が～分らない／不知怎麼回事。

なんたって［何たって］（連語）〈俗〉（“何と言ったって”的縮略）無論怎樣説。

なんだって［何だって］Ⅰ（連語）①（“何だと言って”的縮略語）為甚麼。②（“何であっても”的縮略語）無論甚麼。Ⅱ（感）甚麼。△～，あいつが死んだ？／甚麼？他死了？

なんちゃくりく［軟着陸］（名・自サ）軟着陸。△月に～する／在月球上軟着陸。

なんちゅう［南中］（名・自サ）天體經子午綫，中天。

なんちょう［南朝］（名）①（中國）南朝。②（日本）吉野朝。

なんちょう［難聴］（名）① 重聽。△老人性～／老年性耳聾。②（廣播等）不易收聽。△～地域／難收聽地區。

なんて（副助）①（“などと”的變化）甚麼的，這樣的。△いやだ～言えないよ／可能説不願意。△あの人が親切だ～，とんでもない話だ／説他心腸好，簡直胡説！②（“など”的變化，表示輕蔑）甚麼的，之類的。△親類～頼りにならない／親戚甚麼的靠不住。△彼がそんなことをする～信じられない／他做了那種事，真難以相信。③（表示意外）甚麼。△彼が教授だ～／他還是個教授？

なんて［何て］Ⅰ（副）① 怎樣，如何。② 多麼。Ⅱ（連語）（“何と言う”的縮略）值得説的。△～事はない／沒有特別的事。

なんで［何で］（副）為甚麼。

なんでも［何でも］（副）① 任何，甚麼都。△～ある／甚麼都有。△～知っている／甚麼都知道。② 據説是，多半是。△～うまくいったという話だ／據説很順利。

なんでもない［何でも無い］（連語）容易，沒甚麼，算不了甚麼。△それくらいのご用は～事です／那點兒事算不了甚麼。△～事からけんかになった／因為不值得的小事打起來了。

なんてん［南天］（名）① 南天。②〈植物〉南天竹。

なんてん［難点］（名）① 缺點。△どこにも～がない／無可指摘。② 難點。

なんと［何と］Ⅰ（副）① 怎樣，如何。△～したことか／怎麼搞的？△～してもこの仕事は明日までにおわらせたいと思っています／到明天為止，這件工作無論如何也得完成。△～言っても彼に勝つことができない／無論如何也勝不了他。② 多麼。△～すばらしい眺めだろう／多麼美麗的風景啊！Ⅱ（感）①（表示感嘆、吃驚）哎呀。△～これは驚いた／哎呀，嚇一跳。②（表示徵求同意或詢問意向）是吧。△～そうではありませんか／不是那樣嗎？

なんど［何度］（名）① 幾次。△～もころんだ／摔倒了好幾次。△～やってもだめだ／幹了幾

次都不行。② 多少度。△室内は～ぐらいだろう／室內有多少度？△この角度は～ですか／這個角度是多少度？

なんど［納戸］（名）① 儲藏室，藏衣室。② 青灰色。

なんとか［何とか］（副）①（不明確指出）甚麼。△～言ったらどうだ／説點甚麼怎麼樣。② 設法。△～なりませんか／有辦法沒有？③ 好歹，勉強。△～食っていける／好歹有口飯吃。

なんとなく［何となく］（副）① 總覺得，不由得。△～からだがだるい／總覺得身子乏。△～気にかかる／不由得放心不下。② 無意中。△～外をながめていると，変な光が見えたのです／無意中朝外一看，看到了奇怪的光。

なんとも［何とも］（副）① 實在。△～閉口した／實在受不了。②（下接否定）沒關係，沒甚麼。△ころんだが～なかった／摔倒了卻沒怎麼樣。③（下接否定）怎麼也，甚麼也。△もはや～手の施しようがない／已經無計可施。△～言えない魅力／無法形容的魅力。

なんとやら［何とやら］（副）① 某某，甚麼甚麼。△～言う人／一個叫某某的人。② 不由得。

なんなく［難なく］（副）容易地，輕而易舉。

なんなりと［何なりと］（副）不拘甚麼。△～おっしゃってください／您隨便説點甚麼吧。

なんなんと・する［垂んとする］（自サ）將近。△三千に～聴衆／將近三千聽眾。

なんにも［何にも］（副）甚麼也。△それでは～ならない／那樣甚麼也辦不成。△～知らなかった／甚麼也不知道。

なんの［何の］Ⅰ（連語）① 甚麼。△それ～花／那是甚麼花。△～事はない／沒甚麼大不了的事。△～役にも立たない／毫無作用。②（用“…のなんの”的形式）其他等等。好得不得了。△つらいの～と泣き言を並べる／痛啊苦啊地叫苦連天。Ⅱ（感）（表示否定語氣）沒甚麼。△～これしきの傷／算甚麼，這一點小傷。

なんぱ［軟派］（名）① 鴿派，温和派。②（報社）社會部、文化部的俗稱。③ 專門引誘女人的小痞子）。

なんぱ［難破］（名・自サ）（船隻）遇難，失事。

ナンバー［number］（名）① 數，數字。② 番號。③（雜誌的）期，號。

ナンバーディスプレイ［number display］（名）來電顯示。

ナンバーランゲージ［number language］（名）（計算機）數字語言。

ナンバーワン［number one］（名）頭號，第一名。

ナンバリングマシーン［numbering machine］（名）打號器。

なんばん［南蛮］（名）① 南蠻。②（室町時代──江戸時代指）東南亞一帶的國家。

なんびょう［難病］（名）難治之症。

なんぷう［南風］（名）南風。

なんぶつ［難物］（名）難對付的人，難處理的事。

なんぶんがく［軟文学］（名）色情文學。

なんべい［南米］(名) 南美。↔ 北米

なんぼくせんそう［南北戦争］(名)〈史〉(美國) 南北戦争。

なんぼくちょうじだい［南北朝時代］(名)〈史〉南北朝時代。

なんみん［難民］(名) 難民。

なんもん［難問］(名) 難題。△〜をたな上げする／把難題先放在一旁。

なんよう［南洋］(名) ① 太平洋赤道周圍的海域。② 南洋。

なんら［何ら］(副)(下接否定) 毫不，毫無。△〜の疑問もない／毫無疑問。△〜の効果もない／毫無効果。

なんろ［難路］(名) 險路。

な
ナ

に　二

に［荷］（名）① 貨物。→荷物 ② 行李。→荷物
③ 負擔。△〜が勝つ／負擔過重。

に［二］（名）二。

に［煮］（名）煮。△〜が足りない／沒煮好。

にⅠ［格助］① 表示存在的地點。△砂場〜子供
がいる／沙地上有小孩。② 表示移動的到達
點。△バス〜乗る／乘公共汽車。△名古屋〜
行く／去名古屋。③ 表示時間。△研究会はい
つも土曜日〜開かれる／研究會經常在星期六
開。④ 表示動作的對方或對象。△高津さん〜
相談する／同高津商量。△私〜遠慮しないで
ください／請不必顧慮我。△学生〜やらせ
る／讓學生做。△先生に叱られる／受到先生
申叱。△母〜教わる／跟母親學。△太郎〜金
を借りる／向太郎借錢。△彼は数字〜強い／
他善於擺弄數字。△私はこの記録〜満足だ／
我滿足於這個紀錄。⑤ 表示所有者。△あな
た〜兄弟がありますか／你有弟兄嗎？⑥ 表示
目的。△駅まで迎え〜行く／到車站迎接。△買
物〜出かける／出去買東西。⑦ 表示原因。
△酒〜酔う／醉酒。⑧ 表示能不能的主體。
△このクイズは君〜できるかね／這個謎能否
解嗎？△ぼく〜はわからない／我不明白。⑨
表示狀態。△直角〜交わる／成直角相交。⑩
表示比較的基準。△ＸはＹ〜等しい／Ｘ等於
Ｙ。△日本製〜劣らない／不比日本貨差。⑪
表示比率關係。△三日〜一回／每三天一次。
△3人にひとつ／每三個人一個。⑫ 表示變化
的結果。△医者〜なる／當醫生。△砂漠を良
田〜する／把沙漠變為良田。Ⅱ（並助）和，以
及。△ぶどう〜りんご／葡萄和蘋果。

にあい［似合い］（名）相配，相稱。△〜の夫
婦／般配的夫妻。

にあ・う［似合う］（自五）相配，相稱。△よ
く〜帽子／很合適的帽子。△君にも〜わない
ことを言う／說這種話跟你不相稱。

にあげ［荷揚げ］（名）（從船上）卸貨。△〜人夫／
碼頭工人。

にあげりょう［荷揚料］（名）〈經〉卸貨費。

にあし［荷足］（名）① 壓艙貨物。② 行銷。△〜
が早い／銷得快。

にあつかい［荷扱い］（名）裝卸貨物。

ニアデス［near death］（名）瀕死經歷。

ニアミス［near miss］（名）飛機（有碰撞危險的）
異常接近。

にあわし・い［似合わしい］（形）相稱，適合。

にいさん［兄さん］（名）哥哥。

ニーズ［needs］（名）需求。

ニーチェ［Nietzsche］〈人名〉尼采（1844-1900）。
德國哲學家。

にいづま［新妻］（名）新婚的妻子。

ニート［NEET（Not in Employment, Education or
Training）］（名）（不工作、不上學、也不接受就
業訓練的）社會閑散青年，無業青年。

ニード［need］（名）⇨ニーズ

ニートファッション［neat fashion］（名）乾淨利
落的服裝，簡潔的服裝。

ニードルワーク［needlework］（名）縫紉，編織，
針綫活。

にいぼん［新盆］（名）人死後的首次盂蘭盆會。
（也説 "あらぼん"）

ニーモニックシステム［mnemonic system］（名）
〈IT〉助記憶式，簡化式，縮寫式。

にいろ［丹色］（名）土紅色。

にいん［二院］（名）眾議院和參議院。

にうけ［荷受け］（名）收貨。

にうごき［荷動き］（名）貨物（商品）流通。

にうま［荷馬］（名）馱馬。

にえ［煮え］（名）煮的程度，煮熟。△〜が悪
い／不熟。

にえあが・る［煮え上がる］（自五）煮好，煮熟。

にえかえ・る［煮え返る］（自五）（沸騰）翻滾。
△腸の中が〜／怒火中燒。

にえきらな・い［煮え切らない］（形）含糊，
不明確。△〜態度／搖擺不定的態度。△〜返
事／含糊其詞的回答。

にえくりかえ・る［煮えくり返る］（自五）⇨
にえかえる

にえたぎ・る［煮えたぎる］（自五）（開水）翻
滾。

にえた・つ［煮え立つ］（自五）（水等）翻開。

にえゆ［煮湯］（名）滾開的水。

にえゆをのまされる［煮え湯を飲まされる］
（連語）被出賣，被坑害。

に・える［煮える］（自下一）① 煮熟。△まだ
よく〜えていない／還沒煮好。△心が〜／
心頭火起。② （固體）變軟。△コールタール
が〜／煤焦油（因熱）變成糊狀。

におい［匂い］（名）① 氣味。△汗くさい〜／汗
臭味。△よい〜がする／香。② 氣息，味道。
△生活の〜／生活氣息。

におい［臭い］（名）① 臭味。② （壞的）跡象。
△この事件にはどこか犯罪の〜がする／這件
事總有些犯罪的蛛絲馬跡。

にお・う［匂う］（自五）① 發出香味。△梅の
香が〜／梅花清香撲鼻。② 相得益彰。③ 鮮艷。

にお・う［臭う］（自五）① （壞的）氣味刺鼻。
△ガスが〜／煤氣味刺鼻。② 可疑，有鬼。

におう［仁王］（名）〈佛教〉金剛力士，仁王。

におうだち［仁王立ち］（名）站立不動。△〜に
なって立ちふさがる／叉腿站站擋住去路。

におくり［荷送り］（名）發貨。

-における［に於ける］（連語）在…的。△日本
における教育問題／日本的教育問題。

におも［荷重］(形動)①行李重。②負擔(責任)過重。

におわ・せる［匂わせる］(他下一)①使發出香味。△香水をぷんぷん〜／香水味衝鼻子。②暗示，露口風。△それとなく〜／婉轉地透露。(也説“におわす”)→ほのめかす

にか［堆］(名)稻垜。

にか［二化］(名)〈動〉二化。△〜螟蛾／二化螟。

にか［二価］(名)〈化〉二價。△〜の酸／二鹽基酸。

にかい［二階］(名)①二層樓房。②二樓，樓上。

にが・い［苦い］(形)①苦。②不愉快。△〜顔／不高興的樣子。③痛苦。△〜経験／痛苦的經驗。

にがうり［苦瓜］(名)〈植物〉苦瓜。

にかえ・す［煮返す］(他五)再煮一次。

にがお［似顔］(名)肖像(畫)。△〜絵／肖像畫。

－にかかわらず［に拘らず］(連語)不管…，不論…△晴雨にかかわらず／晴雨不誤。△好むと好まざるにかかわらず／不管喜好不喜好…

にがさ［荷嵩］(名)體積大，佔地方。△〜になる／東西太佔地方。

にがしたさかなはおおきい［逃がした魚は大きい］(連語)沒能到手的東西往往認為是最好的。

にが・す［逃がす］(他五)①放跑，放走，沒抓住。②錯過。△チャンスを〜／錯過機會。△よい口を〜／丟掉一個美缺。

にかた［煮方］(名)①煮法。②煮的程度。△〜が足りない／煮得不夠。

にがつ［二月］(名)二月。

にがて［苦手］(名)①難對付的人。②不擅長的事。△数学が〜だ／我最憷數學。

にがにがし・い［苦苦しい］(形)不痛快，心裏彆扭。

にがみ［苦味］(名)苦味。

にがみばしった［苦味走った］(連體)不苟言笑。△〜男／穩重的男子。

にがむしをかみつぶしたようなかお［苦虫を嚙みつぶしたような顔］(連語)一臉苦相，哭喪着臉。

にかよ・う［似通う］(自五)相像。△ふたりは性格が〜っている／兩人性格差不多。

ニカラグア［Nicaragua］〈國名〉尼加拉瓜。

にがり［苦汁・苦塩］(名)滷水。(也説“にがしお”)

にがりき・る［苦り切る］(自五)極不痛快。

にかわ［膠］(名)動物膠。

にがわせ［荷為替］(名)〈貿〉押匯。△〜を組む／做押匯。

にがわらい［苦笑い］(名・自サ)苦笑。

にがんレフ［二眼レフ］(名)雙鏡頭反光相機。

にき［二季］(名)春和秋，冬和夏。

にき［二期］(名)①二屆。②雙季。

にきさく［二期作］(名)雙季稻。

にきせい［二期生］(名)第二屆畢業生。

にぎてき［二義的］(形動)次要的，第二位的。→第二義的

にぎにぎ［握据］(名)(幼兒語)①攥拳頭。②飯糰。③(江戸時代)賄賂。

にぎにぎし・い［賑賑しい］(形)熱鬧。

にきび［痤］(名)粉刺。△〜だらけの顔／滿臉粉刺。

にぎやか［賑やか］(形動)①熱鬧。②愛説愛笑。

にきゅう［二級］(名)二等。△〜品／次貨。

にぎら・せる［握らせる］(他下一)行賄。△金を〜せれば彼は喜んでやる／給他捅些錢，他是樂得幹的。

にぎり［握り］(名)①握。②一握的長度、粗細、量。△ひと〜の砂／一把沙子。③把手。△ドアの〜／門把手。△ステッキの〜／手杖把握。④飯糰。

にぎりこぶし［握り拳］(名)①拳頭。→げんこつ，こぶし②空手兒(沒錢)。

にぎりし・める［握り緊める・握り締める］(他下一)攥緊。

にぎりずし［握鮨・握寿司］(名)加醋、糖、生魚等的飯糰。

にぎりつぶ・す［握り潰す］(他五)①攥壞。②擱置起來。△議案を〜／把議案擱置起來。

にぎりめし［握飯］(名)加少許菜的三角形或圓形飯糰。

にぎりや［握り屋］(名)守財奴。

にぎ・る［握る］(他五)①攥，握。△手を〜／握手。△手に汗を〜／捏一把汗。②掌握。△政権を〜／掌握政權。③做飯糰。

にぎわい［賑い］(名)熱鬧，繁華。△枯木も山の〜／聊勝於無。

にぎわ・う［賑う］(自五)①熱鬧。②(生意)興隆。

にぎわし・い［賑しい］(形)熱鬧。

にぎわ・す［賑わす］(他五)使熱鬧，增色。△食卓を〜たくさんの料理／豐盛的菜餚。△マスコミを〜／給宣傳媒介提供了大肆宣傳一番的材料。

にく［肉］(名)①肉。△〜がつく／長肉。△〜がおちる／掉肉。(瘦了)△豚〜／豬肉。②肉様的東西。△はんこの〜／印泥。③厚度。△〜大い字／筆畫粗的字。△〜のうすい板／薄板子。④肉體。△霊と〜／靈與肉。△〜の欲求／肉慾。

にく・い［憎い］(形)①可惡，可憎。②真好，真棒。△なかなか〜ことを言う／説得真好。

－にく・い［難い］(接尾)難…，不好…△言い〜／難以啟齒。△読み〜／不好唸。↔やすい

にくいれ［肉入れ］(名)印泥盒。

にくいろ［肉色］(名)肉色。→はだいろ

にくが［肉芽］(名)①〈植物〉小鱗莖。②(生理)肉芽。

にくからずおもう［憎からず思う］(連語) 傾心，鍾情。

にくがん［肉眼］(名) 肉眼。△～でも見える／肉眼也看得見。

にくぎゅう［肉牛］(名) 肉食牛。↔乳牛，役牛

にくしつ［肉質］(名) ① 有肉，多肉。△哺乳類のからだは～だが，昆虫のからだは～ではない／哺乳動物的身體是肉質的，昆蟲的身體則不是。② 肉厚。△～の葉／肉厚的葉子。

にくしみ［憎しみ］(名) 憎惡。△～の目を向ける／投以憎惡的目光。

にくしゅ［肉腫］(名) 〈醫〉(惡性) 肉瘤。

にくじゅう［肉汁］(名) ① 肉湯。② 肉汁。

にくしょく［肉食］(名・自サ) ① 吃肉，吃葷。↔菜食 ② 肉食。△～動物／肉食動物。↔草食

にくしん［肉親］(名) 骨肉親。△～の親／生身父母。△～の情／骨肉之情。

にくずく［肉豆蔻］(名) 〈植物〉肉豆蔻。

にくせい［肉声］(名) (不通過揚聲器等的) 嗓音。

にくたい［肉体］(名) 肉體。△～労働／體力勞動。↔精神

にくたいてき［肉体的］(形動) 肉體的，肉體上的。△～な美人／肉體美人。

にくたらし・い［憎たらしい］(形) 極可惡。

にくだん［肉弾］(名) 肉搏。

にくち［肉池］(名) ⇨にくいれ

にくづき［肉付き］(名) 肉長的多少，胖瘦。△～のよい牛／肥牛。△～の悪い頰／瘦臉。

にくづけ［肉付け］(名・自サ) (對計劃、草稿) 充實內容，潤色。

にくてい［憎体］(形動) 可憎。△～な面がまえ／討厭的長相。

にくていらし・い［憎体らしい］(形) ⇨にくてい

にくにくし・い［憎憎しい］(形) 非常討厭。

にくはく［肉薄・肉迫］(名・自サ) ① 肉搏 (戰)，白刃戰。② 緊逼，逼近。△1点差に～する／追到只差一分。③ (向對方) 尖銳地詰問。

にくばなれ［肉離れ］(名) 肌肉斷裂。

にくひつ［肉筆］(名) 手書，手寫。

にくぶと［肉太］(名・形動) 筆道兒粗。↔にくぼそ

にくぼそ［肉細］(名・形動) 筆道兒細。↔にくぶと

にくまれぐち［憎まれ口］(名) 招人恨的話。△～をたたく／惡言惡語。

にくまれっこよにはばかる［憎まれっ子世に憚かる］(連語) 越沒人緣兒的人反而越有勢力。

にくまれやく［憎まれ役］(名) 不討好的角色 (任務)，落埋怨的角色。

にくまんじゅう［肉饅頭］(名) 肉餡包子。

にく・む［憎む］(他五) 憎惡，憎恨。

にくや［肉屋］(名) 肉店。

にくよく［肉欲］(名) 肉慾，色慾。

にくらし・い［憎らしい］(形) →憎い

にぐるま［荷車］(名) (畜力、人力) 運貨車。

ニグロ［Negro］(名) 黑人，黑色人種。

ニクロム（名) 鎳鉻耐熱合金。

にげ［逃げ］(名) 逃。△～を打つ／① 逃走。② 逃避責任。

にげあし［逃足］(名) ① 逃跑的速度。△～が迅い／逃跑得快。② 想逃。△すぐ～になる／一來就想跑。→にげごし

にげう・せる［逃げ失せる］(自下一) 逃得無影無蹤。

にげおく・れる［逃げ後れる］(自下一) 逃晚了。

にげかくれ［逃隠れ］(名) 逃跑後躲藏起來。

にげき・る［逃げ切る］(自五) ① 逃掉。② (比賽) 沒被追上，到達終點。

にげぐち［逃口］(名) 逃路。△～を失う／無路可逃。

にげこうじょう［逃口上］(名) 遁辭，藉口，開脫。△苦しまぎれの～／無可奈何時的遁辭。

にげごし［逃腰］(名) 企圖逃脱，想要跑掉。△～になる／想逃走。→および腰

にげこ・む［逃げ込む］(自五) ① 逃進。② (比賽) 甩開追上來的對手取勝。

にげさ・る［逃げ去る］(自五) 逃之夭夭。

にげだ・す［逃出す］(自五) ① 逃出。② 開始逃。

にげな・い［似気ない］(形) (跟某人年齡，身分、性格等) 不相稱。△あの小心者の彼には～大胆な行動／不像他那膽小鬼做得出的大膽的行為。

にげの・びる［逃げ延びる］(自上一) 逃脱。

にげば［逃場］(名) 逃避的地方。

にげまど・う［逃げ惑う］(自五) 亂竄。

にげまわ・る［逃げ廻る］(自五) 四處逃竄，東逃西竄。

にげみち［逃道］(名) ① 逃路。△～を絶つ／斷其後路。△～を残してやる／網開一面。② 逃避，規避 (罪責，責任等)。

に・げる［逃げる］(自下一) ① 逃走，逃跑。② 躲避，迴避。△～げずに私の質問に答えなさい／回答我的問題，不要躲閃！△いやな仕事を～／避開不願做的工作。③ (競賽中) 甩開追上來的對手取勝。

にげん［二元］(名) ① 〈數〉二元。△～一次方程式／二元一次方程式。△〈哲〉二元。△～論／二元論。③ (廣播) 由兩處同時播放。

にげんきん［二弦琴］(名) 二弦琴。

にげんろん［二元論］(名) 〈哲〉二元論。

にこ［二胡］(名) 〈音〉二胡。

にこう［二項］(名) 〈數〉二項。△～定理／二項式定理。

にごう［二号］(名) ① 第二號。② 小老婆。

にこうたいせい［二交替制］(名) 〈經〉兩班工作制。

にこげ［和毛］(名) 軟毛，胎毛，茸毛。

にこごり [煮凝] (名) 魚凍兒。

にごしらえ [荷拵え] (名) 貨物包裝。

にご・す [濁す] (他五) ① 弄混。↔ 澄ます ②
弄亂，弄髒。△跡を〜／離去後留下亂糟糟的
污垢。事情結束後留下亂攤子。③ 含糊不清。
△ことばを〜／閃爍其詞。△ことば尻を〜／
欲言又止。

ニコチン [nicotine] (名)〈化〉尼古丁。

にこにこ (と) (副・自サ) 笑瞇瞇。

にこぼ・れる [煮零れる] (自下一) 跑鍋。(沸
後溢出鍋外)

にこぽん (名)〈俗〉拉攏。(笑嘻嘻地拍拍肩膀)

にこ・む [煮込む] (他五) 燉。

にこやか (形動) 笑嘻嘻。

にごら・す [濁らす] (他五) 弄混濁。△空気
を〜／污染空氣。

にごり [濁り] (名) ① 混濁。②〈語〉濁音。△〜
点／濁音符號。

にこり (と) (副) 微微一笑。△〜ともしない／
板着臉。

にごりざけ [濁酒] (名) 濁酒。

にご・る [濁る] (自五) ① 混濁，污濁。② (聲
音) 不清。③ (色) 不鮮明。④ 心地骯髒。⑤
〈語〉發濁音。↔ 澄む

にごん [二言] (名) 改口。△われわれには〜は
ない／我們説話算數。

にざかな [煮魚] (名) 煮的魚。

にさばき [荷捌き] (名) ① 處理貨物。② 銷售貨
物。

にざまし [煮冷まし] (名) 煮後放涼。

にさん [二三] (名) 二三，少許。△〜の訂正を
加える／訂正三兩個地方。

にさんかいおう [二酸化硫黄] (名)〈化〉二氧
化硫。

にさんかたんそ [二酸化炭素] (名)〈化〉二氧
化碳。

にし [西] (名) ① 西。② 西風。↔ 東

にし [螺] (名)〈動〉螺。

にじ [虹] (名) 虹。△〜がでる (かかる)／出虹。

にじ [二次] (名) ① 第二次，兩次。△〜試驗／
復試。②〈數〉二次。

にじかい [二次会] (名) 宴會結束後 (換個地方)
再舉行一次。

にしかぜ [西風] (名) 西風。

にしがわ [西側] (名) 西方，歐美。

にしき [錦] (名) 錦。

にじき [荷敷き] (名)〈經〉墊貨板。

にしきえ [錦絵] (名) 彩色"浮世繪"版畫。

にしきぎ [錦木] (名)〈植物〉衛矛。

にしきのみはた [錦の御旗] (連語) 冠冕堂皇
的旗號。

にしきへび [錦蛇] (名)〈動〉錦蟒。

にしきをかざる [錦を飾る] (連語) 衣錦還鄉。

にじげん [二次元] (名) 平方。

にじさんぎょう [二次産業] (名) 第二產業。
(加工，製造業)

にしだきたろう [西田幾多郎]〈人名〉西田幾

多郎 (1870-1945)。哲學家。

-にして (連語) ① 既是…又是。△学者〜詩
人／是學者同時也是詩人。△簡〜要／簡而賅。
△人〜人あらず／叫人可不是人。② 以。△一
日〜成らず／非一日之功。③ "にも"之意。
△不幸〜／不幸的是…④ 於。△今〜思えば／
於今思之。

にじてき [二次的] (形動) 次要的。

-にしても (連語) 也 (不例外)。△わたし〜困
る／我也難。△忙しかった〜電話をかけるぐ
らいの時間はあったはずだ／就算是忙吧，掛
個電話的時間總不至於沒有。

にしにほん [西日本] (名) 日本西半部。(中
國、近畿、四國、九州各地。有時特指九州) ↔
東日本

にしはんきゅう [西半球] (名) 西半球。↔ 東
半球

にしび [西日] (名) 夕陽。

にじほうていしき [二次方程式] (名)〈數〉二
次方程式。

にじみ・でる [滲み出る] (自下一) ① 滲出。
△汗が〜／冒汗。② 流露出。△ちょっとした
話しぶりにも人がらが〜でている／片言隻語
也能透露出為人如何。

にじ・む [滲む] (自五) 滲，沁。△繃帯に血
が〜んでいる／繃帶上滲出血來。△インク
が〜／墨水洇。△涙に〜／淚眼模糊。△血の〜
ような努力／嘔心瀝血。

にしもひがしもわからない [西も東も分から
ない] (連語) 不知東南西北。(不熟悉情況。
不熟悉情況)

にしゃ [二者] (名) 二者。△〜生還／雙雙生還。

にしゃたくいつ [二者択一] (名) 二者擇一，
二者選一。

にじゅう [二重] (名) 雙重，兩層。△〜国籍／
雙重國籍。△〜に包む／包兩層。

にじゅうかかく [二重価格] (名)〈經〉雙檔價
格。

にじゅうしき [二十四気] (名) 二十四節氣。

にじゅうしょう [二重唱] (名) 二重唱。

にじゅうじんかく [二重人格] (名)〈心〉雙重
人格。

にじゅうせいかつ [二重生活] (名) ① (一個
人同時過) 日本式和西式兩種方式的生活。②
(家庭成員) 兩地生活。

にじゅうそう [二重奏] (名) 二重奏。

にじゅうひてい [二重否定] (名)〈語〉二重否定。

にじゅうぶた [二重蓋] (名) 雙層蓋。

にじゅうまど [二重窓] (名) 雙層窗。

にじゅうまぶた [二重瞼] (名) 雙眼皮。

にじゅうよんきん [二十四金] (名) 二十四開
金。

にじょう [二乗] (名・自サ)〈數〉自乘，平方。

にしょく [二食] (名) ① 兩餐，兩頓飯。② 兩
頓飯的量。

にじりよ・る [躙り寄る] (自上一) ① 蹭着靠
近，膝行靠近。② 漸漸逼近。

にしる［煮汁］(名) 煮出的湯。(也説"にじる")

にじ・る［躙る］(自五) ① 坐 (跪) 着往前蹭。② 踩住往前拖。

－にしろ (連語) ⇨にせよ

にしん［鯡・鰊］(名)〈動〉鯡魚。△～粕／鯡魚粉。(肥料)

にしん［二心］(名) 二心，異心。→ふたごころ

にしん［二伸］(名) 又及。→追伸

にしん［二審］(名)〈法〉第二審。

にしんとう［二親等］(名)〈法〉① 隔代直系親屬。② 同代非直系親屬。

にしんほう［二進法］(名)〈數〉二進位制。

ニス (名) 清漆。

にすい［二水］(名) (漢字部首) 兩點水。

にせ［贋］(名) 假，偽造。

にせアカシア［贋アカシア］(名)〈植物〉刺槐。→はりえんじゅ

にせい［二世］(名) ① 移民美國後在美國出生並取得公民權的日本人第二代。② 二世。△ジョージ～／喬治二世。③〈俗〉兒子。

にせがね［贋金・偽金］(名) 假錢。

にせこうこく［偽広告］(名)〈經〉虛假廣告。

にせさつ［偽札・贋札］(名) 假票子。

にせブランド［偽ブランド］(名)〈經〉假冒商標。

にせもの［偽者］(名) ① 冒充者，冒名頂替的人。② 名不副實的人。

にせもの［贋物・偽物］(名) 偽造品，贋品，假貨。△このサインは～だ／這個簽字是假的。

－にせよ (連語) …也罷…也罷。△買うにせよ買わないにせよ一度見ておくといいですよ／不論買或不買，看一看總是好的。△どちらにせよやる気はないだろう／總而言之你是不想幹吧。

に・せる［似せる］(他下一) 模仿，仿效。△真珠に～首飾り／仿珍珠項鏈。

にそくさんもん［二束三文］(名) 一文不值半文。△～で売る／以很少幾個錢賣掉。

にそくのわらじ (をはく)［二足のわらじ (を穿く)］(連語) 一身兼做兩種完全不同的職業。△歌手ひと筋か、俳優とにそくわらじをはくが…／專做歌手，還是雙跨着兼做演員…

にだい［荷台］(名) 卡車的載貨箱，自行車的貨架。

にだか［荷高］(名)〈經〉裝載量，載貨量。

にたき［煮炊き］(名) 做飯，烹飪。→炊事

にだしじる［煮出汁］(名) 用鰹魚和海帶煮出的調味料。

にた・つ［煮立つ］(自五) 煮開，煮好。

にたにた (副) 獰笑。

にたものふうふ［似た者夫婦］(連語) 情投意合 (的夫妻)。

にたり (副) 皮笑肉不笑。

にたりよったり［似たり寄ったり］(名) 差不多，不相上下。△～の内容／大同小異的內容。

にだんがまえ［二段構え］(名) 兩手準備。

にだんベッド［二段ベッド］(名) 雙層牀。

にちぎん［日銀］(名)"日本銀行"的略稱。△～券／日本銀行發行的紙幣。

にちげつ［日月］(名) ⇨じつげつ

にちげん［日限］(名) 期限。→期限

にちじ［日時］(名) (出發、會晤的) 日期和時間。

にちじょう［日常］(名) 日常。△～生活／日常生活。△～会話／生活會話。

にちじょうさはんじ［日常茶飯事］(名) 極平常的事，家常便飯兒。

にちじょうせい［日常性］(名) 瑣碎平庸。△～から脱出する／擺脱平庸的狀態。

にちにち［日日］(名) 每天，天天。

にちぼつ［日没］(名) 日落。→日の入り ↔ 日の出

にちや［日夜］I (名) 白晝和夜晚。II (副) 夜以繼日，不分晝夜。

にちゃにちゃ (副) 黏糊糊。

にちょう［二調］(名)〈樂〉D 調。

にちよう［日曜］(名) 星期日。△～画家／業餘畫家。△～大工／業餘木匠。

にちよう［日用］(名) 日用。△～品／日用品。

にちれんしゅう［日蓮宗］(名)〈佛教〉日蓮宗。

にちろく［日録］(名) 日誌，每日的記錄。

－について (連語) 關於…△そのこと～は改めて話し合う／關於那個問題另行協商。

にっか［日貨］(名) 日本貨。

にっか［日課］(名) 每天必做的活動。△私は朝のランニングを～としている／我每天早晨跑步。△～表／作息時間表。

ニッカーズ［knickers］(名) ⇨ニッカーボッカー

ニッカーボッカー［knickerborkers］(名) 膝下紮起的燈籠褲。(高爾夫球、狩獵等時穿)

にっかい［肉塊］(名) 肉疙瘩。(也説"にくかい")

につかわし・い［似つかわしい］(形) 適合，相稱。△あの人なら彼女に～／那人倒和她很相配。

にっかん［日刊］(名) 日刊。

にっかんてき［肉感的］(形動) 肉感。

にっき［日記］(名) 日記。△～帳／日記本。

－につき (連語) ① ⇨について ② 由於。△祝日～休業／節日停止營業。

にっきゅう［日給］(名) 日工資。△～月給／日工資一個月一發。

にっきょうそ［日教組］(名) 日本教職員工會。

にっきん［日勤］(名) ① 每天上班。② 白班。↔ 夜勤

につ・く［似つく］(自五) ① 很像。△似ても～かない／一點兒不像。② ⇨につかわしい

ニックネーム［nickname］(名) 綽號，愛稱。△～をつける／起綽號。

にづくり［荷造り］(名) 貨物包裝。

にっけい［日系］(名) 日本血統。△～米人／日本血統的美國人。

にっけい［日計］(名) 一天的 (收入) 總計。

にっけい［肉桂］(名)〈植物〉肉桂。

にっけいれん［日経連］(名) 日本經營者聯盟。

ニッケル [nickel]（名）〈化〉鎳。

につ・ける [煮付ける]（他下一）紅燜，紅燒，乾燒。△アジの～け／紅燒竹莢魚。

にっこう [日光]（名）陽光，日光。△～浴／太陽浴。

にっこり（副）眉開眼笑。

にっさん [日参]（名・自サ）每天參拜。

にっさん [日産]（名）日產。△～ 1000 台／日產一千輛。

にっし [日誌]（名）日誌。△航海～／航海日誌。

にっしゃびょう [日射病]（名）〈醫〉日射病，中暑。

にっしゅう [日収]（名）一天的收入。

にっしょう [日照]（名）日照。△～時間／日照時間。

にっしょうき [日章旗]（名）日本國旗。

にっしょうけん [日照権]（名）為保證住宅有充足陽光拒絕在南面建築高樓的權利。

にっしょく [日食・日蝕]（名）日蝕。

にっしんげっぽ [日進月歩]（名）日新月異。

にっすう [日数]（名）天數，日數。△～がかかる／需要相當日數。

にっせい [入声]（名）入聲。

にっせき [日赤]（名）日本紅十字會。

にっちもさっちもいかない [二進も三進も行かない]（連語）進退維谷，寸步難行。

にっちゅう [日中]（名）白天。→ひるま

にっちょく [日直]（名）① 當天的值班。② 白天值班。↔ 宿直

にってい [日程]（名）日程。→スケジュール

ニット [knit]（名）針織品。

にっと（副）齜牙微笑。

にっとう [日当]（名）按天計算的津貼或工資。

ニッパー [nipper]（名）① 掐腰女貼身服。② 鉗子。

にっぴょう [日表]（名）每天的統計表、記錄表。

にっぽう [日報]（名）每天的報告、報導。

にっぽん [日本]〈國名〉日本。

につま・る [煮詰る]（自五）① 熬乾，燉乾。② （問題）接近解決，（討論）接近得出結論。

にづみ [荷積]（名）（貨物）裝車，裝船。

にて [格助]⇨で

にてもつかない [似てもつかない]（連語）絲毫不像。

にてもやいてもくえない [煮ても燒いても食えない]（連語）軟硬不吃。

にど [二度]（名）兩次。△～あることは三度ある／有了第二次就會有第三次。△～目の春／第二個春天。△～とない機会／不會再有的良機。

にとうしん [二等親]（名）⇨にしんとう

にとうぶん [二等分]（名）二等分。

にとうへんさんかっけい [二等辺三角形]（名）〈數〉等腰三角形。

にとうりゅう [二刀流]（名）① 使雙刀的武術流派。② 又愛吃甜食又喝酒。→両刀使い

にとか・す [煮溶す]（他五）煮化。

にとり [荷取り]（名）〈經〉提貨。

ニトログリセリン [nitroglycerine]（名）〈化〉硝化甘油。

ニトロセルローズ [nitrocellulose]（名）〈化〉硝化棉。

にないて [担手]（名）中堅，台柱，旗手。

にな・う [担う]（他五）① 挑，擔。△銃を～／扛槍。② 負，承擔。△責任の一端を～／承擔一部分責任。△次代を～青年／肩負未來的青年。

にならし [荷均し]（名）〈經〉平艙，平堆。

になわ [荷縄]（名）捆貨的繩子，行李繩。

ににんさんきゃく [二人三脚]（名）〈體〉二人三足。

ににんしょう [二人称]（名）〈語〉第二人稱，對稱。

にぬき [煮抜]（名）① 米湯。→おねば ② 煮雞蛋。→ゆでたまご ③ 煮的豆腐。

にぬし [荷主]（名）① 貨主。② 發貨人。

にぬり [丹塗]（名）塗朱。

にねんせい [二年生]（名）二年級學生。

にねんそう [二年草]（名）〈植物〉二年生草本。

にのあしをふむ [二の足を踏む]（連語）踟躕不前，舉棋不定。

にのうで [二の腕]（名）上膊，大胳臂。↔ 一の腕

にのくがつげない [二の句が継げない]（連語）無言以對。

にのぜん [二の膳]（名）宴席上各人一份的主菜之外加添的副菜。

にのつぎ [二の次]（名）次要。△儲かる儲からぬは～だ／賺不賺錢是次要的。△文句は～にして仕事にかかれ／有意見以後再說，先幹活！

にのまいをえんじる [二の舞を演じる]（連語）重蹈覆轍。

にのまいをふむ [二の舞を踏む]（連語）→にのまいをえんじる

にのまる [二の丸]（名）外城。↔ 本丸

にのやがつげない [二の矢が継げない]（連語）黔驢技窮。

にのやをつぐ [二の矢を継ぐ]（連語）（緊接着）又來一招兒。

にばい [二倍]（名）二倍。△収入が～になる／收入增加一倍。

にばん [二番]（名）第二。

にばんかん [二番館]（名）二輪電影院。

にばんせんじ [二番煎じ]（名）① 二遍茶。② 重複舊的，炒冷飯。△今の参議院は衆議院の～的な存在でしかない／現在的參議院不過是第二個眾議院。

にびき [荷引]（名）從產地辦貨。

にひゃくとおか [二百十日]（名）立春後的第二百一十天。（常有颱風）

にひゃくはつか [二百二十日]（名）立春後的第二百二十天。（常有颱風）

にびょうし [二拍子]（名）〈樂〉二拍子。

ニヒリスト [nihilist]（名）虚無主義者。

ニヒリズム [nihilism]（名）虚無主義。

ニヒル［拉 nihil］（名）虚無的。△～な笑いを浮べる／無所謂地笑一笑。

にぶ［二部］（名）① 二部。△～合唱／二部合唱。△～作／分上、下二部的作品。② 大學的夜校。

にぶ・い［鈍い］（形）① 鈍。△切れ味が～／（刀、剪）不快。②（頭腦、感覺）遲鈍。（動作）遲緩。（音）不響亮。（光）暗淡。

にふだ［荷札］（名）貨籤，行李籤。

にぶ・る［鈍る］（自五）① 變鈍。② 變遲鈍。△頭が～／腦筋不好使了。△腕が～／技藝生疏了。③ 變弱。△決心が～／決心動搖。

にぶん［二分］（名・他サ）分為兩部分。

にべもしゃりもない［鮸もしゃりもない］（連語）⇨にべもない

にべもない［鮸もない］（連語）冷冷地，帶答不理地。△にべもなく断わる／一口回絕。△～返事／冷淡的回答。

にぼし［煮干］（名）小雜魚乾，沙丁魚乾。

にほん［日本］〈國名〉日本。

にほんが［日本画］（名）日本畫。

にほんかいりゅう［日本海流］（名）〈地〉黑潮暖流。→くろしお

にほんご［日本語］（名）日語。

にほんさんけい［日本三景］（名）三處日本最佳風景。（天橋立，嚴島，松島）

にほんじゅうけっきゅうちゅうびょう［日本住血吸虫病］（名）〈醫〉日本血吸蟲病。

にほんしん［日本新］（名）日本新紀錄。△～を樹立／創出日本新紀錄。

にほんじんらちもんだい［日本人拉致問題］（名）日本人被綁架案。

にほんばれ［日本晴］（名）① 萬里無雲。② 心情舒暢。

にほんま［日本間］（名）日本式房間。

にまい［二枚］（名）兩張，兩片。△ハンカチ～／二塊手帕。△毛布を～に折る／把毯子疊成兩摺。△～に開く／把魚片成兩片。（一片帶骨，一片不帶）

にまいがい［二枚貝］（名）〈動〉雙殼貝。↔巻貝

にまいじたをつかう［二枚舌を使う］（連語）扯謊，自相矛盾。

にまいめ［二枚目］（名）①〈劇〉小生。②〈俗〉美男子。③ 相撲名單上排第二位的“力士”。

にまめ［煮豆］（名）加醬油、糖煮的豆。

にめんせい［二面性］（名）兩面性。

にもうさく［二毛作］（名）一年兩熟。△～の稲／雙季稻。

- にもかかわらず［にも拘らず］（連語）儘管…△努力した～失敗した／雖然做了努力，還是失敗了。

- にもせよ（連語）雖然。△弊害はある～…／儘管有害處…

にもつ［荷物］（名）① 貨物。② 行李。③ 負擔。

△彼は力になるどころかとんだお～だ／他豈只對我沒幫助，實在是個累贅。

にもの［煮物］（名）煮的食品。

にやく［荷役］（名）碼頭工人。

にや・ける（自下一）（男人）女人氣，活像個娘兒們。

にや・す［煮やす］（他五）煮熟。

にやっかい［荷厄介］（形動）累贅，負擔。△傘が～になる／傘成了累贅。△～な仕事を頼まれた／受人託辦了一件麻煩事。

にやにや（副）嘻嘻地笑（笑），嬉皮笑臉。

にやり（と）（副）嘻嘻地笑（笑）。△～スト／嘻皮笑臉的人。

ニュアンス［法 nuance］（名）語感。

にゅういん［入院］（名・自サ）住院。↔退院

にゅうえい［入営］（名・自サ）入伍。

にゅうえき［乳液］（名）① 洗面奶。②〈植物〉乳液。

にゅうえん［入園］（名・自サ）進幼兒園。

にゅうか［入荷］（名・自他サ）進貨，到貨。

にゅうか［乳化］（名）乳化。△～重合／〈化〉乳化聚合。

にゅうかい［入会］（名・自サ）入會。

にゅうかく［入閣］（名・自サ）入閣（參加內閣）。

にゅうがく［入学］（名・自サ）入學。

ニューカマー [newcomer]（名）新來的人，新手，初學者。

にゅうかん［入棺］（名・他サ）入殮。

にゅうがん［乳癌］（名）〈醫〉乳腺癌。

にゅうぎゅう［乳牛］（名）乳牛。

にゅうきょ［入居］（名・自サ）住進，遷入。

にゅうきょう［入京］（名・自サ）進京。

にゅうきん［入金］（名・自サ）① 進款。↔出金 ② 付一部分款。

にゅうこ［入庫］（名・自他サ）① 入庫。②（車輛）進庫。

にゅうこう［入行］（名・自サ）入（銀）行，到銀行就職。

にゅうこう［入坑］（名・自サ）進入坑道。

にゅうこう［入貢］（名・自サ）進貢。

にゅうこう［入寇］（名・自サ）入寇，進犯。

にゅうこう［入港］（名・自サ）進港。↔出港

にゅうこう［入構］（名・自サ）① 進站。△十番ホームに～／進入十號站台。② 進入境內。△～禁止／禁止入內。

にゅうこう［乳香］（名）〈植・醫〉乳香。

にゅうこく［入国］（名・自サ）入國。↔出国

にゅうざい［乳剤］（名）〈醫〉乳劑。

にゅうさつ［入札］（名・自サ）投標。

にゅうさん［乳酸］（名）乳酸。△～菌／乳酸菌。

ニューサンス [nuisance]（名）（噪音、空氣污染等）妨礙他人。（也說“ヌーサンス”）

にゅうし［入試］（名）入學考試。

ニュージーラント [New Zealand]〈國名〉新西蘭。

にゅうしゃ［入社］（名・自サ）入社。（到某公

司工作）↔ 退社

にゅうじゃく［柔弱］（名・形動）軟弱。

にゅうしゅ［入手］（名・他サ）得到。△情報
を～する／獲得情報。△～経路／到手的途徑。

にゅうじゅう［乳汁］（名）乳汁，奶汁。

にゅうしゅつりょく［入出力］（名）（電子計算
機的）輸入和輸出。

にゅうしょう［入賞］（名・自サ）得獎。△～
者／獲得者。△三位に～する／得到三等獎。

にゅうじょう［入城］（名・自サ）入城。（戰勝
的軍隊進入攻陷的城）

にゅうじょう［入場］（名・自サ）入場。△～
式／入場式。△～券／門票。

にゅうじょう［乳状］（名）乳狀。

ニュース［news］（名）新聞，消息。△～番組／
新聞節目。（也説“ニューズ”）

ニュースアナリスト［news analyst］（名）新聞
分析員。

ニュースキャスター［newscaster］（名）（廣播、
電視）新聞解説員。

ニュースグループ［news group］（名）新聞組。

ニュースショー（名）（電視）現場報導。

ニュースソース［news source］（名）新聞來源，
提供消息者。

ニュースバリュー［news value］（名）新聞價值。

ニュースフラッシュ［news flash］（名）新聞快
報，特別報道。

ニュースリリース［news release］（名）（通訊社
或政府機構等發佈的）新聞稿。

にゅうせいひん［乳製品］（名）乳製品。

にゅうせき［入籍］（名・自サ）〈法〉入户籍。
（婚配者、養子過户口）

にゅうせん［入選］（名・自サ）（應徵作品）入
選。

にゅうせん［乳腺］（名）〈解剖〉乳腺。△～炎／
乳腺炎。

にゅうたい［入隊］（名・自サ）入伍。↔除隊

ニュータウン［new town］（名）郊區新城市。

にゅうだん［入団］（名・自サ）（劇團、青年團）
入團。

にゅうちょう［入超］（名）〈貿〉入超。

にゅうてい［入廷］（名・自サ）（法官、被告及
有關人員）入庭。

にゅうでん［入電］（名・自サ）來電。

にゅうとう［入党］（名・自サ）入黨。↔離党，
脱党

にゅうとう［乳糖］（名）乳糖。

にゅうとう［乳頭］（名）〈解剖〉① 乳頭。→ち
くび② （舌上的）小疙瘩。

にゅうどうぐも［入道雲］（名）〈氣象〉積雨雲。

ニュートラリズム［neutralism］（名）中立主義，
中立態度，中立政策。

ニュートラリティー［neutrality］（名）中立，不
偏不倚。

ニュートラル［neutral］（名）① 中立。△～な立
場／中立立場。② （汽車）空檔。

ニュートリショニスト［nutritionist］（名）營養
學家。

ニュートロン［neutron］（名）〈理〉中子。

ニュートン［Isaac Newton］① 〈人名〉牛頓（1642-
1727）。英國物理學家。② 〈理〉牛頓，牛，N。
（力學單位，等於十萬達因）

にゅうねん［入念］（形動）仔細，精心。△～
に点検する／仔細檢查。△～な準備／周到的
準備。

ニューハーフ［new half］（名）① 穿女裝的男性。
② 變為女性的男性。

にゅうばい［入梅］（名）進入梅雨季節。

にゅうはくしょく［乳白色］（名）乳白色。

にゅうばち［乳鉢］（名）乳鉢，研鉢。（也説“に
ゅうはち”）

にゅうひ［入費］（名）費用，開銷。

ニューファミリー［new family］（名）新式家庭。

ニューフェース［new face］（名）（演員、歌手等
的）新人，新星。

にゅうぼう［乳棒］（名）乳棒，研棒。

ニューム（名）⇨アルミニューム

ニューメディア［new media］（名）（利用新技術
和通信手段的）新資訊傳媒。

にゅうもん［入門］ I （名・自サ）① 進門。
② 作弟子，拜師。 II （名）① 入門書。△心理
学～／心理學入門。② 初學。

にゅうよう［入用］（名・他サ）需要，需用。
△～の品／需用的物品。△地図が～だ／需要
地圖。△いくら～なのか／你需要多少錢？

にゅうよく［入浴］（名・自サ）洗澡。

ニューライト［New Right］（名）① （執政的保守
黨內的）進步人士。② 新保守派。

にゅうらく［乳酪］（名）奶酪。

ニューリッチ［new rich］（名）新富階層，暴發戶。

にゅうりょく［入力］（名）〈理〉輸入功率。

にゅうりょくそうち［入力装置］（名）〈IT〉輸
入設備。

ニュールック［new look］（名）（時裝等）最新
式，最新潮。

ニューロ［neuro］（名）神經的，神經組織的。

ニューロン［neuron］（名）神經元，神經細胞。

にゅうわ［柔和］（形動）温柔，和藹。

にゅっと（副）突然（出現）。△こぶしを～つき
だす／抽冷子伸出拳頭。

にょい［如意］（名）〈佛教〉如意。（僧人手執的
佛具）

にょいぼう［如意棒］（名）（孫悟空的）金箍棒。

にょう［尿］（名）尿。→小便

にょう［繞］（名）走之兒。（部首之一：辶，辶）

にょう［二様］（名）兩種，兩樣。△～の解釈／
兩種解釋。

にょうい［尿意］（名）〈生理〉尿意。△～をも
ようす／有尿意。

にょうさん［尿酸］（名）〈醫〉尿酸。

にょうしっきん［尿失禁］（名）〈醫〉小便失禁。

にょうせき［尿石］（名）〈醫〉尿路結石。

にょうそ［尿素］（名）尿素，脲。

にょうどう［尿道］（名）〈解剖〉尿道。

に
ニ

にょうどくしょう［尿毒症］(名)〈醫〉尿毒症。

にょうぼう［女房］(名) 老婆，妻。

にょうぼうやく［女房役］(名) 副手，助手。

にょきにょき (副) 形容細長的東西接連地出現，聳起。△竹の子が～生える／竹筍一個個長了出來。

にょじつ［如実］(名) 如實。△～に物語る／如實地講。

にょたい［女体］(名) ⇨じょたい

- によって［に由って・に因って・に依って］(連語) ① 根據…△人～違う／因人而異。△成績～採点する／根據成績打分。△この書式～書きこんでください／請按這個格式填寫。② (與被動式呼應) 由。△金閣は義満～建てられ，銀閣は義政～作られた／金閣寺為義滿所建，銀閣寺為義政所造。

- によっては［に由っては・に依っては・に因っては］(連語) 因…而異。△地方～“ジ”を“ズ”と発音するのもある／有的地方把“ジ”念成“ズ”。△場合～金を払わなくてもいい／根據情況也可不付錢。

にょにんきんせい［女人禁制］(名)〈宗〉禁止女人入内。

にょにんぞう［女人像］(名) 婦女形象，女性形象。

にょらい［如来］(名) 如來佛。

により［似寄り］(名) 相像。

- によると［に依ると］(連語) 據 (説)。△気象庁の長期予報によると今年の夏は暑いそうだ／據氣象廳的長期預報說今年夏季要熱。

にょろにょろ (副) (蛇類爬行) 蜿蜒地，彎彎曲曲地。

にら［韮］(名) 韭菜。

にらみ［睨み］(名) 瞪眼。△ひと～で相手をちぢみあがらせる／一瞪眼就把對方嚇破了膽。

にらみあ・う［睨み合う］(自五) 互相敵視。

にらみあわ・せる［睨み合わせる］(他下一) 對照，參照。

にらみがきく［睨みが効く］(連語) 有威力。△部下に対して～／能鎮得住部下。

にらみす・える［睨み据える］(他下一) 瞪，盯。

にらみつ・ける［睨み付ける］(他下一) ⇨にらみすえる

にらみをきかせる［睨みを効かせる］(連語) ⇨にらみがきく

にら・む［睨む］(他五) ① 瞪，怒目而視。② 盯。△棋士が盤面をじっと～んでいる／棋士不錯眼珠地盯着棋盤。△課長に～まれたら最後だ／若被科長盯上就要倒霉了。③ 仔細觀察。△動きを～／注視動向。

にらめっこ［睨めっこ］(名) ① 對峙，相峙不下。② (遊戲) 對瞼看着，看誰先笑。

にらんせいそうせいじ［二卵性双生児］(名) 雙卵性雙胞胎。

にりつはいはん［二律背反］(名)〈邏輯〉二律背反。

にりゅう［二流］(名) 第二流。△～作家／二流作家。

にりゅうかたんそ［二硫化炭素］(名)〈化〉二硫化碳。

に・る［似る］(自上一) 相像，相似。△父の方よりも母に～ている／不像父親像母親。△～た話を聞いたことがある／我聽到過類似的説法。△おそろしい顔に～ずやさしい人だった／別看長得兇，可是個和善的人。

に・る［煮る］(他上一) 煮，燉。

にるい［二塁］(名)〈棒球〉二壘。△～手／二壘手。

ニルバーナ［梵 nirvāna］(名) 涅磐。

にれ［楡］(名)〈植物〉榆樹。

にろくじちゅう［二六時中］(名) 整天，一天到晚。

にわ［庭］(名) 院子。

にわいし［庭石］(名) 庭院裏的點景石，踏腳石。

にわか［俄か］(名・形動) ① 突然，驟然。△空が～にかきくもった／忽然陰雲密佈。② 短時間的。△急に言われても～もは決められない／問題提得太突然，不能馬上就作出決定。△～成金／暴發戶。△～勉強／臨陣磨槍。

にわかあめ［俄雨］(名) 陣雨，驟雨。

にわたしこう［荷渡港］(名)〈經〉交貨港。

にわとり［鶏］(名) 雞。

にん［任］(名) ① 任，職位。△～につく／就任。△～におもむく／赴任。② 責任，任務。△～重く道遠し／任重而道遠。△彼が交渉の～に当る／由他負責交涉。

- にん［人］(造語) 人。△20 人／二十個人。△ご家族はなん～ですか／您家有幾口人？

にんい［任意］(形動) 任意，隨意。△～選ぶ／任選。△直線上の～の 2 点／直綫上的任意二點。

にんいしゅっとう［任意出頭］(名・自サ)〈法〉(被傳訊者) 自動到警察局，檢察廳去。(不抓去) △～を求める／要求自動到局。

にんいちゅうしゅつ［任意抽出］(名) 隨機抽樣。

にんか［認可］(名・他サ) 許可，批准。△～がおりる／許可下來了。△～をとりつける／取得批准。

にんかん［任官］(名・自サ) 任官。↔ 退官

にんき［人気］(名) ① 聲譽，受人歡迎或不歡迎，人緣。△～がよい／受歡迎。△～が出る／吃香，走紅。△～を失う／不受歡迎。△～者／紅人。△～商売／靠人捧場的職業，生意。② ⇨じんき

にんき［任期］(名) 任期。△～満了／任期届滿。

にんぎょ［人魚］(名) 人魚，美人魚。

にんぎょう［人形］(名) 偶人，玩偶。

にんぎょうげき［人形劇］(名) 木偶戲，傀儡戲。

にんく［人工］(名) (工程所需的) 人工，工。

にんげん［人間］(名) ① (作為社會成員的) 人。△役に立つ～／有用的人。△～の屑／社會渣

滓。② 人類。△～わざと思われない／不是人能做到的。③ 為人。△～がよすぎる／人太厚道。△～ができている／很有修養。

にんげんえいせいせん [人間衛星船]（名）載人宇宙飛船。

にんげんがたロボット [人間型ロボット]（名）仿人型機器人。

にんげんかんけい [人間関係]（名）人際關係。

にんげんくさ・い [人間臭い]（形）① 帶有人的氣息。② 有人之常情。

にんげんこうがく [人間工学]（名）人機學。

にんげんこくほう [人間国宝]（名）國寶級人物。

にんげんせい [人間性]（名）人性，人情味。

にんげんぞう [人間像]（名）① 一個人的整體形象。② 作為人應有的形象。

にんげんてき [人間的]（形動）人的，作為人的。△～な生活／像一個人的生活。

にんげんドック [人間ドック]（名）健康検査。

にんげんなみ [人間並]（形動）① 像人一様（對待）。△犬を～に扱う／像對人一様待狗。② 和一般人一様。△～な生活／和普通人一般的生活。

にんげんもよう [人間模様]（名）世態，花花世界。

にんげんわざ [人間業]（名）人力能做到的事。△～と思われない／非人力所能及。

にんさんぷ [妊産婦]（名）孕婦和産婦。

にんしき [認識]（名・他サ）認識。△～を深める／加深認識。△～が甘い／看得太簡單。

にんじゅう [忍従]（名・自サ）隱忍，逆來順受。

にんじゅつ [忍術]（名）（古時的）隱秘行動的功夫，來無影去無蹤的武術。

にんしょう [人称]（名）〈語〉人稱。

にんしょう [認証]（名・他サ）公證，正式承認。

にんじょう [人情]（名）人情。△～味／人情味。△義理～／情理和人情。

にんじょうばなし [人情話・人情咄・人情噺]（名）以世態人情為題材的單口相聲。

にんじょうぼん [人情本]（名）（江戸時代的）社會言情小説。

にんじょうみ [人情味]（名）人情味。

にん・じる [任じる] I（自上一）① 自任。② 擔任。II（他上一）任命。（也説 "にんずる"）

にんしん [妊娠]（名・自サ）妊娠，懷孕。

にんじん [人参]（名）胡蘿蔔。

にんしんちゅうぜつ [妊娠中絶]（名）人工流産。

にんずう [人数]（名）人數。

にんそう [人相]（名）相貌。△～を見る／相面。△～が悪い／長相兇惡。

にんそうみ [人相見]（名）相面的。

にんそく [人足]（名）〈舊〉力工，小工。

にんたい [忍耐]（名・自サ）忍耐。

にんち [任地]（名）任地。

にんちかがく [認知科学]（名）認知科學。

にんちくしょう [人畜生]（名）（罵人）王八蛋。

にんてい [認定]（名・他サ）認定。△事実の～に誤りがある／對事實的認定有誤。

にんにく [蒜]（名）蒜。

にんぴにん [人非人]（名）（罵人）不是人。

ニンフ [Nymph]（名）（希臘神話女神）寧夫。（水和樹林之神）

にんぷ [人夫]（名）壯工，勞工。

にんぷ [妊婦]（名）孕婦。

にんまり [と]（副・自サ）得意地（笑）。

にんむ [任務]（名）任務。

にんめい [任命]（名・他サ）任命。

にんめん [任免]（名）任免。

にんよう [任用]（名・他サ）任用。

にんをみてほうをとけ [人を見て法を説け]（連語）⇨ひとをみてほうをとけ

ぬ　ヌ

ぬ（助動）表示否定，口語中可變為"ん"（連用形為"ず"，假定形為"ね"）。△行きません／不去。△知ら～がほとけ／眼不見心不煩。△何も知らずにいる／一無所知。△行かねげなら～ところがある／有個地方不能不去。

ぬい［縫い］（名）縫。△しっかりした～／縫的結實。

ぬいあがり［縫（い）上（が）り］（名）縫好（的東西）。

ぬいあげ［縫上げ・縫揚げ］（名）褶子，打褶。△～をする／打褶兒。△～をおろす／把褶兒放開。

ぬいあ・げる［縫上げる・縫揚げる］（他下一）①（縫時）打橫褶，縫褶。②縫完，縫好。

ぬいあわ・せる［縫合せる］（他下一）縫到一起，縫合。

ぬいいと［縫糸］（名）①縫紉綫。②縫合綫。

ぬいかえ・す［縫返す］（他五）①倒針腳縫。②拆起重縫。

ぬいかた［縫方］（名）縫的方法，縫的樣式。

ぬいぐるみ［縫いぐるみ］（名）（內填棉絮的）布製動物玩具。△～の人形／布娃娃。

ぬいこ・む［縫込む］（他五）①縫進去。②縫時多留邊兒。

ぬいしろ［縫い代］（名）（衣服的）窩邊兒。△4センチの～をとる／留出四厘米的窩邊。

ぬいだ・す［縫出す］（他五）放寬窩邊兒（將衣服改肥）。

ぬいつ・ける［縫付ける］（他下一）縫上。△ボタンを～／釘鈕扣。

ぬいとり［縫取り］（名）刺綉。△～細工／刺綉工藝。→刺綉

ぬいなお・す［縫直す］（他五）拆開重縫。

ぬいばり［縫い針］（名）（縫紉，刺綉）針。

ぬいめ［縫い目］（名）縫兒。△～がほころびる／接縫開綻。②針腳。△こまかい～／密針腳。△～があらい／針腳大。

ぬいもの［縫い物］（名）針綫活兒。△～をする／做針綫活兒。△～がたまる／積壓了許多針綫活。

ぬいもよう［縫模様］（名）刺綉的花樣。

ぬ・う［縫う］（他五）①縫，縫紉。△ミシンべ～／用縫紉機縫。②刺綉。③縫合。△傷を～／縫合傷口。④穿過空隙。△人込みの中を～って歩く／在擁擠的人羣中穿行。

ヌード［nude］（名）裸體。△～ダンサー／脱衣舞女。

ヌードストッキング［nude stocking］（名）膚色（長筒）襪子。

ヌードル［noodle］（名）雞蛋掛麵。

ヌーベルバーグ［法 nouvelle vague］（名）（電影）（法國）新浪潮派。

ヌーボー（名）①新派。②摸不着頭腦（的人）。

ヌーン［noon］（名）中午，正午。

ぬえ［鵺］（名）①〈古〉虎斑地鶇。→とらつぐみ②傳説中的怪鳥。③莫明其妙的東西、人。（也寫"鵼"）

ぬか［糠］（名）糠。△こめ～／米糠。

ヌガー［法 nougat］（名）牛軋（糖）。

ぬかあぶら［糠油］（名）米糠油。

ぬかあめ［糠雨］（名）細雨，毛毛雨。→きりさめ

ぬか・す［吐かす］（他五）（貶）説，扯。△何を～か／胡扯些甚麼。

ぬか・す［抜かす］（他五）①遺漏，漏掉。△10字～した／漏掉了十個字。②跳過。△1ページ～／跳過一頁。

ぬかず・く［額ずく］（自五）磕頭，跪拜。

ぬかにくぎ［糠に釘］（連語）白費力，徒勞。

ぬかばたらき［糠働き］（名）白費力，勞而無功。

ぬかみそ［糠味噌］（名）米糠醬。△～づけ／米糠醬醃的鹹菜。

ぬかみそがくさる［糠味噌が腐る］（連語）歌聲難聽。

ぬかみそくさい［糠味噌臭い］（連語）婆婆媽媽，瑣瑣碎碎。

ぬかよろこび［糠喜び］（名）空歡喜。△～に終わる／落了個空歡喜。

ぬからぬかお［抜からぬ顔］（連語）①穩坐釣魚台。②佯裝不知。

ぬかり［抜かり］（名）疏忽，差錯。

ぬか・る［泥濘る］（自五）泥濘。△道が～／道路泥濘。

ぬか・る［抜かる］（自五）因疏忽而出錯。

ぬかるみ［泥濘］（名）泥濘。

ぬき［貫・榍］（名）〈建〉①橫木，橫撐兒。②板條。

ぬき［緯］（名）（紡織）緯綫，緯紗。↔たて

ぬき［抜き］Ⅰ（名）①抽出，去掉，取消。△前置きは～にして／省去開場白。②（泥鰍等）剔骨。Ⅱ（接尾）①省去，除去。△中身～の財布／空錢包。②連勝。△五人～／連勝五人。

ぬきあしさしあし［抜き足差し足］（連語）躡手躡腳。→しのび足

ぬきうち［抜き打ち］（名）①拔刀就砍。②突然，冷不防。△～試驗／突然襲擊的考試。

ぬきがき［抜き書き］（名・他サ）摘錄，摘錄的東西。△新聞の～／報紙摘要。

ぬきがた・い［抜き難い］（形）去掉的。△～不信感／難以排除的不信任心理。

ぬきさしならない［抜き差しならない］（連語）進退兩難，一籌莫展。

ぬきさ・る［抜き去る］（他五）趕過，超越。

ぬぎす・てる［脱ぎ捨てる］(他下一) 脱下隨手一扔。

ぬきだ・す［抜き出す］(他五)① 抽出，拔出。△カードを〜/抽出卡片。→ぬきとる ② 挑選，選出。△よいのを一つ〜/選出一個好的。

ぬきて［抜き手］(名) 拔手泳，爬泳。△〜をきる/爬泳。

ぬきと・る［抜き取る］(他五)① 拔掉。△とげを〜/拔刺。② 抽出。△サンプルを〜/抽樣。③ 竊取。△為替を封筒から〜/從信封中竊取匯票。

ぬきに［抜荷］(名) 盜賣運輸的物品。

ぬきん・でる［抜きん出る］(他下一) 出類拔萃，傑出。→ずばぬける

ぬ・く［抜く］ I (他五)① 抽出，拔出。△歯を〜/拔牙。② 省掉。△挨拶を〜いて本題に入る/免去客套話直接談正題。③ 除掉，清除。△ふろの湯を〜/放掉浴池的水。△しみを〜/去掉污垢。④ 超過。△前の車を〜/超車。⑤ 穿透。△壁を〜/穿透牆壁。 II (接尾)(接動詞連用形後)① 做到底。△がんばり〜/努力到底。② 完全。△よわり〜/十分困窘。

ぬ・ぐ［脱ぐ］(他五) 脫，摘掉。△冬着を〜/脫掉冬裝。△帽子を〜/脫帽。△一肌〜/助人一臂之力。

ぬぐ・う［拭う］(他五)① 擦試。△あせを〜/擦汗。② 消除，洗刷。△恥を〜/雪恥。

ぬくぬくと (副)① 舒服，自在。△〜暮す/舒適地生活。② 暖烘烘，熱乎乎。△〜したへや/暖烘烘的屋子。

ぬくばい［温灰］(名) 熱的灰。

ぬくま・る［温まる］(自五) 暖。△寝床に入って〜/鑽進被窩暖和暖和。

ぬくみ［温み］(名) ⇨ぬくもり

ぬくもり［温もり］(名) 暖和，溫暖。△はだの〜/體溫。△まだ布団に〜が残っている/被窩還留有熱乎氣兒。

ぬけあな［抜け穴］(名)① 通孔，穴道。△けむりの〜/煙道。② 地道，暗道。③ 漏洞。△法の〜を利用する/鑽法律的空子。

ぬけうら［抜裏］(名) 抄道兒。

ぬけうり［抜売り］(名) 盜賣。

ぬけおち［抜落］(名)(系列當中) 缺漏，脫落。

ぬけがけ［抜け駆け］(名・自サ) 搶先。△〜の功名/搶先立的功。

ぬけがら［抜け殻・脱け殻］(名)① 蟬蛻，蛇皮。② 空軀殼。△彼女は〜同然になってしまった/她簡直像掉了魂似的。

ぬけだ・す［抜け出す］(自五)① 脫身，溜走。△教室を〜/溜出教室。② 脫離，擺脫。△スランプを〜/擺脫不景氣。→ぬけでる

ぬけ・でる［抜け出る］(自下一)① 溜走，逃脫。△敵のかこみを〜/逃出敵人包圍。→ぬけだす ② 傑出。△〜でた存在/傑出的人物。→ぬきんでる

ぬけぬけと (副) 厚顏無恥。△〜うそをつく/不知羞恥地撒謊。→臆面もなく

ぬけみち［抜け道］(名)① 抄道，近道。△〜をとおる/走近道。② 後路，退路。③ (法律、規章)的空子。

ぬけめがない［抜け目がない］(連語) 精，鬼，滴水不漏。

ぬ・ける［抜ける］(自下一)① 脫落。△毛が〜/掉毛。△ページが〜/缺頁。△腰が〜/直不起腰來。② 脫離。△チームを〜/離隊。△会議を〜/退出會議。③ 消失。△空気が〜/跑氣。△疲れが〜/疲勞消失。④ 穿通。△トンネルを〜/穿過隧道。△このトンネルは海岸に〜/這隧道通到海岸。⑤ 缺心眼。

ぬ・げる［脱げる］(自下一) 脫落下來，掉下來。△くつが〜/鞋掉了。

ぬし［主］ I (名)① 主人，物主。△この車の〜は誰だ/這輛車的車主是誰？② 神話中山林湖海中的精靈。③ 老資格。

ぬすっとたけだけしい［盜っ人たけだけしい］(連語) 做了壞事反而蠻不講理。

ぬすびと［盗人］(名) 盜賊，小偷。△花〜/(賞櫻花時) 偷折花枝的人。

ぬすみ［盗み］(名) 偷盜。△〜をはたらく/行竊。

ぬすみあし［盗み足］(名) 躡手躡腳。

ぬすみぎき［盗み聞き］(名・他サ) 偷聽，竊聽。

ぬすみぐい［盗み食い］(名)① 偷東西吃。② 偷偷地吃。

ぬすみごころ［盗み心］(名) 行竊之心。

ぬすみどり［盗み撮り］(名) 偷拍 (照片)。

ぬすみどり［盗み撮］(名・ス他) 偷拍。△スターの私生活を〜する/偷拍明星的私生活。

ぬすみ・みる［盗み見る］(他上一) 偷看。

ぬすみよみ［盗み読み］(名) 偷偷地讀。

ぬす・む［盗む］(他五)① 偷盜。△お金を〜/偷錢。② 背着，瞞着。△人目を〜んで会う/避人眼目相會。③ 擠 (時間)。△暇を〜んで読む/抽空兒讀。

ぬた (名) 涼海鮮。

ぬの［布］(名) 布，布匹。△〜をおる/織布。

ぬのぎれ［布切］(名) 布頭，剪開的布。

ぬのじ［布地］(名) 布料，衣料。→生地

ぬのそう［布装］(名) 布面裝訂。

ぬのめ［布目］(名)① 布紋。△〜があらい/布紋不密實。△〜がみ/布紋紙。② 印在瓦、陶器、漆器上的布紋或花紋。

ぬま［沼］(名) 沼澤，池沼。

ぬまち［沼地］(名) 沼澤地。

ぬめ［絾］(名)(繪畫用) 綾子。

ぬめがわ［滑革］(名) 熟牛皮。

ぬめぬめ (副) 滑潤，滑溜。

ぬめり［滑り］(名)① 滑溜，光滑。② 黏液。△さかなの〜をとる/除掉魚身上的黏液。

ぬらくら (副・自サ)① 滑溜。② 遊手好閑。

ぬら・す［濡らす］(他五) 弄濕，沾濕。

ぬらりくらり (副) 躲躲閃閃，支支吾吾。△〜と言いのがれる/拿話支吾。

ぬりえ［塗り絵］(名)（兒童着色用的）輪廓畫。

ぬりか・える［塗り替える］(他下一) 重新塗，改塗。△地図が～えられる／地圖改變了顏色。

ぬりかく・す［塗り隠す］(他五)① 塗蓋，塗抹掉。② 掩蓋，遮掩。

ぬりぐすり［塗り薬］(名)〈醫〉塗劑。

ぬりたて［塗り立て］(名) 剛塗過的。△ペンキ～につき注意／注意油漆未乾。

ぬりた・てる［塗り立てる］(他下一)① 粉刷一新。② 濃妝艶抹。

ぬりつ・ける［塗り付ける］(他下一)① 塗上，搽上。△ペンキを～／塗油漆。② 推諉，轉嫁。△罪を人に～／嫁禍於人。→なすりつける

ぬりもの［塗り物］(名) 漆器。→漆器

ぬ・る［塗る］(他五) 塗抹。△くすりを～／抹藥。△人の顔に泥を～／給人臉上抹黑。△おしろいを～／搽粉。

ぬる・い［温い］(形)① 温吞，不夠熱。△お茶が～／茶有點兒涼。↔ 熱い② 不嚴格。△そんな～やりかたではだめだ／那樣手軟的做法是不行的。

ぬるで［樗・白膠木］(名)〈植物〉鹽膚木。

ぬるぬる I (名) 黏液。II (副) 滑溜。

ぬるまゆ［微温湯］(名)① 温吞水。② 不熱的洗澡水。

ぬるまゆにつかる（ひたる）［微温湯に浸かる（浸る）］(連語) 安於現狀。

ぬる・む［温む］(自五) 變暖，變温。△春になって池の水も～んできたようだ／春天到了，池水似乎也變暖了。

ぬるゆ［微温湯］(名) 温度偏低的洗澡水。↔ あつゆ

ぬるりと (副) 滑不唧溜。

ぬれえん［濡れ縁］(名)〈建〉（日本建築）外窗外的窄廊。

ぬれぎぬ［濡衣］(名) 冤枉。△～を着せる／冤枉人。△～を晴らす／伸冤。

ぬれごと［濡事］(名)① 色情。②（戲劇中的）色情表演。

ぬれそぼ・つ［濡れそぼつ］(自五) 濕透。△雨に～／被雨淋透。

ぬれてであわ［濡れ手で粟］(連語) 不勞而獲。

ぬれねずみ［濡れ鼠］(名) 渾身濕透，落湯雞。

ぬれもの［濡物］(名)① 洗後未乾的衣物。② 失火時澆濕的東西。

ぬ・れる［濡れる］(自下一)① 濕。△雨に～／被雨淋濕。②〈俗〉發生色情關係。

ね ネ

ね［子］(名) ① (十二地支之首) 子。② 子時。③ 正北。

ね［音］(名) 聲，聲音。△笛の～/笛聲。△虫の～/蟲鳴。△ぐうの～も出ない/閉口無言。不吭聲。

ね［値］(名) 價，價錢。△～を上げる/提價。△～を下げる/降價。△～をつける/要價，給價。△～が上がる/漲價。△～が下がる/落價。△～が張る/價格昂貴。→ねだん

ね［根］(名) ① 根。△木の～/樹根。△～がつく/扎根。△～をおろす/扎根。② 硬根。△歯の～/齒根。③ 根源。△悪の～を絶つ/根絕罪惡之源。④ 本性。△～が正直だ/本性誠實。

ね (感) (表示對親密者的人) 招呼，叮囑。△～，そうでしょう/你說，是那樣吧。

ね (終助) ① 表示輕微的感嘆。△ああ，美しい～/啊！真美呀！② 表示叮問。△どうだ～，やっぱりだめか/怎麼樣了，還是不行嗎？③ 表示徵求對方同意。△おもしろい～/真有趣吧？④ 表示加強語氣。△あれは～鳥の声だよ/那個呀，是鳥的聲音唄。

ねあがり［値上がり］(名・自サ) 漲價。↔ねさがり

ねあがり［根上がり］(名) 樹根露出地面。

ねあげ［値上げ］(名・他サ) 提價。△運賃を～する/提高運費。↔ねさげ

ねあせ［寝汗］(名) 盜汗。△～をかく/出盜汗。

ねいかん［佞奸・佞姦］(名・形動) 奸佞，口蜜腹劍。

ねいき［寝息］(名) 睡眠中的呼吸。△～をうかがう/察看睡着了沒有。△やすやすと～を立てる/睡得很香。

ねいじつ［寧日］(名) 寧日。△～無し/無寧日。

ねいしん［佞臣］(名) 奸臣。

ねいじん［佞人］(名) 奸人。

ねいす［寝椅子］(名) 躺椅。

ネイティブ［native］(名) 土生土長的，本地的。土著的。

ネイバーフッド［neighborhood］(名) 近鄰，鄰居，附近。

ネイビー［navy］(名) 海軍，海軍軍人。

ネイビーブルー［navy blue］(名) 深紺色。

ネイビールック［navy look］(名) 水兵服。

ねいりばな［寝入り端］(名) 剛入睡。△～を起こされた/剛入睡就被人叫醒。

ねい・る［寝入る］(自五) ① 睡着。△子供は泣きながら～った/孩子哭着哭着就睡着了。② 熟睡。△よく～っている/睡得很熟。→寝こむ

ネイルアート［nail art］(名) (在指甲上畫畫或進行裝飾) 美甲術。

ネイルエナメル［nail enamel］(名) 指甲油。

ネイルファイル［nail file］(名) 指甲銼。

ねいれ［値入れ］(名)〈經〉加標，漲價，提高標價。

ねいろ［音色］(名) 音色。△美しい～のバイオリン/音色很美的小提琴。

ねうち［値打ち］(名) 價值。△その本は一読する～がある/那本書值得一讀。△一文の～もない/一文不值。

ねえ (感) (表示對親密者的) 招呼，叮囑。△～，このおさら使っていいでしょう/喂，可以用這個盤子吧。

ねえ (終助) ①“ね”的強調形。②“ない”的變音。

ねえさん［姉さん・姐さん］(名) ① 姐姐。② (對年輕女子的稱呼) 大姐。③ (對旅館、飯館等女服務員的稱呼) 大姐。

ネーションステート［nation state］(名) 國民國家，民族國家。

ネーチャー［nature］(名) 自然，本性，天性，也作“ネイチャー”。

ネーチャーウォッチング［nature watching］(名) 觀察大自然 (的活動)，自然觀察。

ネーチャリズム［naturism］(名) 自然崇拜。

ネーティブスピーカー［native speaker］(名) 說母語的人。

ネーバル［naval］(名) 海軍的。海上的。

ネーバルベース［naval base］(名) 海軍基地。

ネーバルポート［naval port］(名) 軍港。

ネービーブルー［navy blue］(名) 海軍藍。

ネープル［navel］(名) 廣柑。

ネーミング［naming］(名・ス自) 命名，取名。

ネーミングライツ［naming rights］(名)〈體〉命名權，冠名權。

ネーム［name］(名) 名字。△万年筆に～を入れる/在鋼筆上刻上名字。

ネームカード［name card］(名) 名片。

ネームバリュー［name value］(名) 名聲。△あの人は～がある/他很有名氣。

ネームプレート［nameplate］(名) 名牌。

ネール［Nehru］〈人名〉⇨ネルー

ネールサロン［nail salon］(名) 美甲專門店。

ネールシザーズ［nail scissors］(名) 指甲剪。

ネールポリッシュ［nail polish］(名) 指甲油。

ねおき［寝起き］(名・自サ) ① 睡醒。△～のいい子/睡醒後不鬧的孩子。② 起居。△～を共にする/共同生活。

ねおし［寝押し］(名・他サ) 睡覺時放在褥子底下壓平。△ズボンを～する/把褲子放在褥子底下壓平。

ネオヒューマニズム［neo-humanism］(名) 新人文主義。

ネオポリス［neopolis］(名) 新都市，新興住宅區。

ねおろし［値卸し］(名)〈經〉批發價。

ネオロジー [neology] (名) 新詞的使用或創造。

ネオン [neon] (名) ① 霓虹燈。② 〈化〉氖。

ネオンサイン [neon sign] (名) 霓虹燈廣告牌。

ネガ (名) "ネガイブ" 的略語：(照相) 底片。↔ ポジ

ねがい [願い] (名) ① 願望。△～がかなう／如願以償。△一つお～があります／我有個請求。② 申請書。△入学～／入學申請書。△辞職～／辭職報告。→願書

ねがいごと [願い事] (名) 心願，希望。△～を聞き届ける／滿足要求。

ねがいさげ [願い下げ] (名) 撤銷申請。△その役目は～にしたい／想請辭掉那個職務。

ねがい・でる [願い出る] (他下一) 申請。△休暇を～／請假。△入学を～／申請入學。

ねが・う [願う] (他五) ① 希望，期望。△幸せを～／期望能幸福。→いのる ② 請求。△援助を～／請求援助。→依頼する ③ 祈禱。△神に～／向神禱告。

ねがえり [寝返り] (名・自サ) ① 睡覺時翻身。△～をする／翻身。② 叛變，背叛。△～を打つ／睡覺時翻身。叛變投敵。

ねがえ・る [寝返える] (自五) ① 翻身。△ごろりと～った／躺着翻了個身。② 叛變。△敵に～／叛變投敵。

ねがお [寝顔] (名) 睡相。

ねか・す [寝かす] (他五) ① 使睡覺。△赤ん坊を～／哄小孩睡覺。↔ 起こす ② 放倒。△戸棚を～して運ぶ／把櫥櫃放倒搬運。→横える ↔ 起こす，立てる ③ 積壓。△資金を～しておく／積壓資金。

ねがったりかなったり [願ったり葉ったり] (連語) 稱心如意。

ねがってもない [願ってもない] (連語) 求之不得。

ネガティブ [negative] I (形動) 否定的，消極的。△～な評価／否定的評價。II (名) (照相) 底片。

ねから [根から] (副) ① 原來。△～の商人／原來就是商人。② (下接否定) 根本。△～知らない／根本不知道。→ねっから

ねがわくは [願わくは] (副) 希望，願望。△～こうであってほしい／但願如此。

ねがわし・い [願わしい] (形) 期望的。希望的。△これは～ことだ／這是求之不得的。

ねぎ [葱] (名) 葱。△長～／大葱。△～をきざむ／切葱花。

ねぎら・う [労う] (他五) 慰勞。△労を～／慰勞。

ねぎ・る [値切る] (他五) 還價。△1200 円の品を 1000 円に～／要價一千二的東西還價一千。

ねくずれ [値崩れ] (名) 〈經〉價格急劇下跌。

ねぐせ [寝癖] (名) ① 睡覺時亂動。② (小孩) 睡覺時的壞習慣。

ネクタイ [necktie] (名) 領帶。△～を締める／打領帶。△～をする／打領帶。

ネクタイピン [necktie pin] (名) 領帶針。

ネクタイホルダー [necktie holder] (名) 領帶夾。

ねぐら [塒] (名) ① 鳥窩，鳥巢。△鳥が～に帰っていく／鳥飛回窩去。② 寢室。

ネグリジェ [nedlige] (名) 西式女睡衣。

ねぐるし・い [寝苦しい] (形) 睡不好覺。△熱のせいで～／發燒睡不好覺。

ネグレクト [neglect] (名・他サ) ① 無視，忽視，棄置不顧。△住民の要望が～される／居民的要求被置之不理。② 父母放棄對幼兒的撫養，放棄養育。

ねこ [猫] (名) 貓。△～を飼う／養貓。

ねこいらず [猫いらず] (名) 滅鼠藥。

ねこかわいがり [猫可愛がり] (名・他サ) 溺愛。△～にかわいがる／過分溺愛。

ねこぐるま [猫車] (名) 手推獨輪車。

ねごこち [寝心地] (名) 睡 (躺) 着時的心情。△～がいい／睡得很舒服。

ネゴシエーション [negotiation] (名) 〈經〉協商，談判，交涉。

ネゴシエーター [negotiator] (名) 談判者，交涉人，洽談人。

ネゴシエート [negotiate] (名) 〈經〉① 談判，磋商，交涉。② 賣手，流通。③ 兌現。④ 讓購 (轉讓給第三者付款)

ねこじた [猫舌] (名) 怕吃熱東西 (的人)。△私は～です／我怕吃熱的。

ねこぜ [猫背] (名) 水蛇腰 (的人)。

ねこそぎ [根こそぎ] I (名) 連根拔。△庭木を～にする／把院子裏的樹連根拔掉。II (副) 全部，乾淨。△～に害虫を退治する／徹底消滅害蟲。

ねごと [寝言] (名) 夢話。△～を言う／説夢話。

ねこなでごえ [猫なで声] (名) 諂媚聲，撒嬌聲。△～を出す／説話媚聲媚氣。

ねこにかつおぶし [猫にかつお節] (連語) 虎口之肉。

ねこにこばん [猫に小判] (連語) 對牛彈琴。不起作用。

ねこのてもかりたい [猫の手も借りたい] (連語) 忙得不可開交。

ねこのひたい [猫の額] (連語) 彈丸之地。

ねこのめのよう [猫の目のよう] (連語) 變化無常。

ねこばば [猫糞] (名・他サ) 把拾物昧為己有。△金を拾っても～しない／拾金不昧。

ねこ・む [寝込む] (自五) ① 熟睡。△ぐっすり～んでいる／睡得很香。② 臥病不起。△流感で 10 日間も～んでしまった／得了流感躺了十天。

ねこもしゃくしも [猫も杓子も] (連語) 不論張三李四。

ねこやなぎ [猫柳] (名) 〈植物〉細柱柳。

ねころ・ぶ [寝転ぶ] (自五) 橫臥。△芝生の上に～／躺在草坪上。

ねこをかぶる [猫を被る] (連語) ① 裝老實，裝好人。② 佯裝不知。

ねさがり [値下がり] (名・自サ) 跌價。△食料

品が～する／食品跌價。 ↔ 値上がり

ねさげ［値下げ］（名・他サ）降價。△家賃の～を要求する／要求降低房租。 ↔ 値上げ

ねざけ［寝酒］（名）臨睡前喝的酒。△～を飲む／臨睡前喝酒。

ね・す［根差す］（自五）① 扎根。△彼の文学は深く国民性に～している／他引文學植根於國民性。② 由來。△この成果は多年の研究に～ものだ／這項成果是多年深入研究取得的。

ねざめ［寝覚め］（名）睡醒。△夜更けしたので今朝は～が悪い／熬了夜，今早醒來很不舒服。

ねざめがわるい［寝覚が悪い］（連語）① 醒來時心情不好。② 夢寐不安。

ねじ［螺子・捩子・捻子］（名）① 螺釘。螺絲。△～を回す／擰螺絲。△～を締める（ゆるめる）／擰緊（擰鬆）螺絲。② 上發條的裝置。△時計の～を巻く／上錶弦。

ねじ・る［捩じ切る］（他五）擰斷。△釘金を～／把鐵絲擰斷。

ねじくぎ［螺子釘］（名）螺絲釘。

ねじ・ける［捩ける］（他五）① 乖僻。△心の～けた子／乖僻的孩子。② 彎曲。△～た釘／彎釘子。

ねじこ・む［捩じ込む］Ⅰ（他五）① 擰進。△ボルトを～／把螺釘擰進去。② 塞進。△新聞をポケットに～／把報紙塞進衣袋裏。Ⅱ（自五）譴責，抗議。△判定を不服として審判に～／對裁判不服向裁判員提出抗議。

ねしずま・る［寝静まる］（自五）夜深人靜。

ねしな［寝しな］（名）臨睡時。△～に薬を飲む／睡前吃藥。

ねじふ・せる［捩じ伏せる］（他下一）擰住胳膊按倒。

ねじま・げる［捩じ曲げる］（他下一）① 扭彎。△鉄の棒をぐいと～／一下子把鐵條扭彎。② 歪曲。△事実を～／歪曲事實。

ねじまわし［捩じ回し］（名）螺絲刀，改錐。

ねしょうべん［寝小便］（名）尿牀。

ねじりはちまき［捩り鉢巻き］（名）把手巾擰起來繫在頭上。→はちまき

ねじ・る［捩じる・捻じる］（他五）擰，扭。△体を～／扭身子。△相手の腕を～／擰對方的胳膊。△栓を～って水を出す／擰開水龍頭放水。→ひねる

ねじ・れる［捩じれる・捻じれる］（自下一）歪，擰。△ネクタイが～れている／領帶歪了。△戸が～れてあかない／門走形打不開。

ねじろ［根城］（名）老窩。△新宿を～に盗みを働く／以新宿為老窩行竊。

ねじをまく［ねじを巻く］（連語）① 給錶上弦。② 給…打氣（加油）。

ねず［杜松］（名）〈植物〉杜松。

ネスカフェ［Nescafé］（名）速溶咖啡。

ねす・ぎる［寝過ぎる］（自上一）睡得過多，睡過時間。

ねすご・す［寝過す］（自五）睡過頭。△～して、まにあわなかった／睡過頭沒趕上。

ねずのばん［寝ずの番］（名）值夜班（的人）。△～をする／值夜班。→不寝番

ねずみ［鼠］（名）〈動〉老鼠。△～の穴／老鼠洞。△袋の～／甕中之鱉。△～を取る／捉老鼠。

ねずみいろ［鼠色］（名）深灰色。△～の背広／深灰色西裝。

ねずみざん［鼠算］（名）按幾何級數增加的算法。△～に増える／按幾何數增加。

ネセシティー［necessity］（名）〈經〉必需品。

ねぜり［根芹］（名）〈植物〉（食根的）芹菜。

ね・せる［寝せる］（他下一）使睡覺。△子守歌を歌って子供を～／唱催眠曲哄孩子睡覺。

ねぞう［寝相］（名）睡相。△～が悪い／睡相不好。

ねそびれる［寝そびれる］（自下一）想睡睡不着。△隣室の話し声がうるさくて～れた／隔壁的説話聲太吵，沒睡着覺。

ねそべ・る［寝そべる］（自五）臥，躺。△犬が木陰に～っている／狗臥在樹蔭下。

ねた（名）① 材料。△記事の～／新聞材料。② 證據，把柄。△～があがる／有了證據。

ねだ［根太］（名）地板底下的橫木。

ねだい［寝台］（名）牀。→しんだい

ねたば［寝刃］（名）鈍了的刀刃。

ねたばをあわす［寝刃を合わす］（連語）① 磨刀。② 策劃陰謀。

ねたまし・い［妬ましい］（形）嫉妒。△友人の成績を～く思う／嫉妒朋友的成績。

ねだ・む［妬む］（他五）嫉妒。△友の成功を～／嫉妒朋友的成功。

ねだやし［根絶やし］（名）鏟除，根除。△雑草を～にする／鏟除雜草。→根絶

ねだ・る［強請る］（他五）死氣白賴地請求，央求。△小遣を～／磨着要零花錢。△祝儀を～／賴着要酒錢。→せがむ

ねだん［値段］（名）價格，價錢。△～が張る／價錢太貴。△～をつける／標價。

ねちが・える［寝違える］（自下一）落枕。△首を～／睡落枕了。

ネチズン［netizen］（名）〈IT〉網絡公民，網民。

ねちねち（副・自サ）黏黏糊糊，不乾脆。△～と食い下がる／死氣白賴地追問不肯罷休。△～と嫌味を言う／沒完沒了地挖苦人。

ねつ［熱］（名）① 熱，熱度。△～を加える／加熱。△～効率／熱效率。△～処理／熱處理。② 發燒。△～が出る／發燒。△～が下がる／退燒。③ 熱心，熱中。△仕事に～を入れる／熱心工作。△～がさめる／興頭過了。

ねつあい［熱愛］（名・他サ）熱愛。△祖国を～する／熱愛祖國。

ねつい［熱意］（名）熱情。△～がある／有熱情。△～が足りない／熱情不高。△～に欠ける／缺乏熱情。

ねつ・い（形）① 絮叨，黏黏糊糊。② 熱心。

ねつエネルギー［熱エネルギー］（名）〈理〉熱能。

ねつえん［熱演］(名・他サ) 認真表演。△今日のオーケストラは〜だった／今天交響樂隊的演奏很賣力。

ねつかく［熱核］(名) 熱核。△〜反応／熱核反應。

ネッカチーフ [neckerchief] (名) 方圍巾。

ねっから［根っから］(副) ① 生來。△彼は〜の正直者だ／他生來是個老實人。② 根本。△〜知らない／根本不知道。

ねっかん［熱汗］(名) 熱汗。△〜にまみれる／汗流浹背。

ねっかん［熱感］(名) 感到發燒。

ねつがん［熱願］(名・他サ) 渇望，熱切期望。△皆さんのご支援を〜します／渇望各位的援助。

ねっき［熱気］(名) ① 熱氣。高温。△炎天で〜にあてられる／天氣炎熱中了暑。△〜消毒／高温消毒。② 激動。熱情。△〜を帯びて語る／激動地述説。

ねつき［寝付き］(名) 入睡。△〜が悪い／難以入睡。△あの子はとても〜がよい／那孩子一躺下就睡着。

ねっきょう［熱狂］(名・自サ) 狂熱。△〜的なファン／狂熱的崇拜者。

ネッキング [necking] (名) 擁抱，接吻。

ネック [neck] (名) ① 脖子。② 障礙。△生産の〜はここだ／生産上障礙正在這裏。

ねつ・く［寝付く］(自五) ① 睡着。△横になるとすぐ〜いてしまった／一躺下就睡着了。△〜かれない／睡不着覺。② 臥牀不起。△無理がたたって〜いてしまった／過於勞累臥牀不起。→寝こむ

ねづく［根付く］(自五) 生根，扎根。△植えた木が〜いた／移植的樹扎根了。→根ざす

ネックバンド [neck band] (名) 襯衫領子。

ネックピース [neck piece] (名) (手機) 掛帶。

ネックレス [necklace] (名) 項鏈。

ねっけつ［熱血］(名) 熱血。△〜男児／熱血男兒。

ねっけつかん［熱血漢］(名) 熱血男兒。

ねつげん［熱源］(名) 熱源。

ねっこ［根っこ］(名) 〈俗〉根，椿。△木の〜／樹椿。△耳の〜／耳根。

ねつこ・い (形) 不爽快，不乾脆。

ねつさまし［熱冷まし］(名) 退燒藥。

ねっしゃびょう［熱射病］(名) 〈醫〉中暑。

ねつじょう［熱情］(名) 熱情。△〜をこめる／充滿熱情。△彼の〜にうたれた／被他的熱情感動了。

ねつしょり［熱処理］(名) 熱處理。△金属の〜／金屬的熱處理。

ねっしん［熱心］(名・形動) 熱心。△〜な人／熱心人。△〜に仕事をする／熱心工作。△〜に勉強する／專心學習。

ねっ・する［熱する］ I (他サ) 加熱。△水を100度に〜／把水加熱到一百度。II (自サ) ① 熱起來。△〜しやすい金属／易傳熱金屬。②

激動。△〜しやすい人／容易激動的人。

ねっせん［熱戦］(名) 酣戰。△〜をくりひろげる／展開激烈比賽。

ねつぞう［捏造］(名・他サ) 捏造。△記事を〜する／捏造新聞。△ありもしないことを〜する／憑空捏造。

ねったい［熱帯］(名) 熱帯。△〜植物／熱帯植物。↔寒帯

ねったいぎょ［熱帯魚］(名) 熱帯魚。

ねったいていきあつ［熱帯低気圧］(名) 熱帯低氣壓。

ねったいや［熱帯夜］(名) (氣象) 熱帯夜。

ねっちゅう［熱中］(名・自サ) 熱中，專心。△仕事に〜する／專心致志地工作。

ねっちり (副・自サ) 絮絮叨叨。△〜食いさがる／絮絮叨叨，不肯罷休。

ねっぽ・い［熱っぽい］(形) ① 有點發燒。△風邪のためか〜／興許是感冒，有點兒發燒。② 熱情的。△〜調子で話す／講得很熱情。

ネット [net] (名) ① 網。△卓球の〜を張る／拉上乒乓球網。△〜イン／擦邊球。△〜タッチ／觸網。② 淨重。△〜１ポンド／淨重一磅。③ 〈IT〉 ("インターネット" の縮略語) 網絡。

ねつど［熱度］(名) 熱度。△〜を測る／測量熱度。

ねっとう［熱湯］(名) 開水。△〜で消毒する／用開水消毒。

ネットウェイト [net weight] (名) 〈經〉淨重。

ネットカフェ [net café] (名) 〈IT〉網吧。

ネットぎんこう［ネット銀行］(名) 網絡銀行。

ネットゲーム [net game] (名) 〈IT〉網絡遊戲。

ネットサーフィン [net surfing] (名) 〈IT〉網上衝浪。

ネットショッピング [net shopping] (名) 〈IT〉網上購物。→オンラインショッピング

ネットとも［ネット友］(名) 〈IT〉〈俗〉網友。

ネットニュース [net news] (名) 〈IT〉網絡新聞。

ネットはんばい［ネット販売］(名) 〈IT〉網絡營銷。

ネットプライス [net price] (名) 〈IT〉實價，淨價。

ネットフレンド [net friend] (名) 〈IT〉網友。

ネットプロフィット [net profit] (名) 〈IT〉純利潤。

ネットボール [netball] (名) (排球等的) 觸網球。

ネットミーティング [net meeting] (名) 〈IT〉網絡會議。

ねっとり (副・自サ) 黏黏糊糊。△〜と汗ばむ／出汗得身上黏黏糊糊的。

ネットロス [net loss] (名) 〈經〉淨損，淨虧。

ネットワーク [net work] (名) 廣播網，電視網。

ネットワークインターフェース [network interface] (名) 〈IT〉網卡。

ネットワークカメラ [network camera] (名) 〈IT〉網絡鏡頭。

ネットワークシステム [network system] (名) 〈IT〉網絡系統。

ネットワークショー [network show] (名) 聯播節目。

ネットワークセキュリティー [network security] (名)〈IT〉網絡安全。

ネットワークプロバイダー [network provider] (名)〈IT〉網絡服務提供商。

ネットワークマネージメント [network administration] (名)〈IT〉網管，網絡管理，網絡管理員。

ねつにうかされる [熱に浮かされる] (連語) ① 發高燒說胡話。② 熱中，入迷。

ねっぱ [熱波] (名)〈氣象〉熱氣流。↔ かんぱ

ねつびょう [熱病] (名) 高燒病。

ねっぷう [熱風] (名) 熱風。△～が吹きつける／熱風吹過來。△～で乾かす／用熱風吹乾。

ねつべん [熱弁] (名) 熱烈的演講。△～を振う／熱烈地講演。

ねづよ・い [根強い] (形) 根深蒂固。△～偏見／根深蒂固的偏見。△～く反対する／堅決反對。

ねつりきがく [熱力学] (名)〈物〉熱力學。

ねつりょう [熱量] (名) 熱量。△ 4000 カロリーの～／四千卡路里的熱量。△～を測定する／測量熱量。

ねつるい [熱涙] (名) 熱淚。△感動のあまり～にむせぶ／激動得熱淚盈眶。

ねつれつ [熱烈] (名・形動) 熱烈。△～に歓迎する／熱烈歡迎。△～な恋／熱戀。

ねつろん [熱論] (名) 熱烈討論。

ねてもさめても [寝ても覚めても] (連語) 時時刻刻。

ねどこ [寝床] (名) 牀，牀鋪。△～を取る／鋪牀。△～を上げる／收拾鋪蓋。△～に入る／上牀。

ねとねと (副・自サ) 黏黏糊糊。△ゴムが腐って～している／膠皮爛得黏糊糊的。

ねとまり [寝泊り] (名・自サ) 住宿。△仕事が忙しくて仕事場に～する／工作忙得在車間裏住宿。

ねなしぐさ [根無し草] (名) 浮萍。△～のような生活／漂泊不定的生活。

ねにもつ [根に持つ] (連語) 懷恨在心。

ネバーマインド [never mind] (感) 別在意！別擔心！

ネパール [Nepal]〈國名〉尼泊爾。

ねばつ・く [粘つく] (自五) 黏。△のりが手に～／漿糊黏在手上。

ねばっこ・い [粘っこい] (形) 發黏。△もちは～／黏糕很黏。

ねばつち [粘土] (名) 黏土。△～で人形をつくる／用黏土做泥人。

ねばねば [粘粘] Ⅰ (副・自サ) 發黏。△口が～して気持が悪い／口裏黏黏糊糊的不好受。Ⅱ 發黏的東西。△手の～を取る／去掉手上的黏東西。

ねばり [粘り] (名) 黏，黏性。△～がある／有黏性。

ねばりけ [粘り気] (名) 黏性。△～がある／有黏性。

ねばりづよ・い [粘り強い] (形) ① 不屈不撓，

堅韌不拔。② 有耐性。△～く説得する／耐心說服。

ねば・る [粘る] (自五) ① 發黏。② 堅持，堅韌不拔。△最後まで～った方が勝だ／堅持到底就是勝利。

ねはん [涅槃] (名)〈佛教〉涅槃。

ねはんえ [涅槃會] (名)〈佛教〉(二月二十五日) 紀念釋迦牟尼逝式周年的法會。

ねびえ [寝冷え] (名・自サ) 睡覺着涼。△～をしないように用心する／注意睡覺時別着涼。

ねびき [値引き] (名・他サ) 減價。

ネビュラ [nebula] (名)〈天〉星雲。

ねぶか・い [根深い] (形) 根深，根深蒂固。△もれつが～／隔閡很深。△～恨み／深仇大恨。

ねぶくろ [寝袋] (名) 睡袋。

ネプチュニウム [neptunium] (名) 錼。

ねぶみ [値踏み] (名・他サ) 估價，作價。△古本を～する／給舊書估價。△ 30 万円くらいと～する／估價為三十萬日圓左右。

ネブライザー [nebulizer] (名)〈醫〉噴霧器。

ネブライザーりょうほう [ネブライザー療法] (名)〈醫〉噴霧療法。

ネフライチス [nephritis] (名)〈醫〉腎炎。

ねぶ・る [眠る] (自五) ⇨ ねむる

ネフローゼ [德 Nephrose] (名)〈醫〉腎病。

ねぼう [寝坊] (名・自サ・形動) 睡懶覺。△～して学校に遅れた／睡懶覺上學遲到了。△彼は私より～だ／他比我還貪睡。△～な人／貪睡的人。

ねぼ・ける [寝惚ける] (自下一) 睡迷糊。△～けてベッドから落ちた／睡迷糊從牀上掉了下來。

ねぼうすけ [寝坊助] (名) 愛睡懶覺的人。

ネポチズム [nepotism] (名) 重用親屬，偏袒親屬，任人唯親，裙帶關係。

ねほりはほり [根掘り葉掘り] (副) 刨根問底。△～尋ねる／刨根問底。

ねま [寝間] (名) 臥室，寢室。

ねまき [寝巻] (名) 睡衣。

ねまし [値増し] (名)〈經〉加價，提價。

ねまわし [根回し] (名) 事先疏通。△あらかじめ～をしておく／事先做好疏通工作。

ねみみ [寝耳] (名) 睡夢中聽到。△～に聞く／睡夢中聽到。

ねみみにみず [寝耳に水] (連語) 晴天霹靂，為突發的事件震驚。

ねむ [合歓] (名)〈植物〉合歓樹，馬纓花。

ねむ・い [眠い] (形) 睏倦。△～くて仕様がない／睏得不得了。△～くなる／想睡覺。睏起來了。→ねむたい

ねむけ [眠気] (名) 睡意。△～を催す／引起睡意。△～覚しに濃いお茶を飲む／喝濃茶解睏。

ねむた・い [眠たい] (形) 睏倦。→ねむい

ねむのき [合歓の木] (名)〈植物〉合歓樹。

ねむら・す [眠らす] (他五) ① 使…入睡。△あやして子供を～／哄小孩睡覺。② 殺死。△あいつを～してやる／把他幹掉。

ねむり［眠り］(名) 睡眠，睡覺。△～があさい／睡得不實。△～に落ちる／進入睡郷，入睡。△～が足りない／睡眠不足。→睡眠

ねむりぐすり［眠り薬］(名) 安眠藥。

ねむりこ・ける［眠りこける］(自下一) 酣睡，熟睡。△～けていて全く気がつかなかった／睡得死死的，完全沒有察覺到。

ねむりこ・む［眠り込む］(自五) 熟睡。△すっかり～んでいる／睡得很熟。

ねむ・る［眠る］(自五) 睡，睡覺。△ぐっすりと～／熟睡。△心配で～れなかった／因擔心睡不着。

ネモ［nemo］(名) 室外廣播。

ねもと［根元］(名) ① 根。△耳の～／耳根。② 根本，根源。

ねものがたり［寝物語り］(名) 枕邊話，私房話。△夫婦の～／夫妻的私房話。

ねもはもない［根も葉もない］(連語) 無中生有。毫無根據。

ねゆき［根雪］(名) 春天的殘雪。

ねらい［狙い］(名) ① 瞄準。△～をつける／瞄準目標。△～が外れた／脱靶了。② 目的，目標。△～がはっきりしない／目的不清楚。△質問の～所がよい／問題提到了點子上。

ねらいうち［狙い撃ち］(名・他サ) 狙擊。△敵を次々に～にした／擊退了敵人的連續進攻。

ねら・う［狙う］(他五) ① 瞄準。△的を～／瞄準靶子。② 把…作為目標。△君は命を～われている／有人要害你。△社長の地位を～っている／窺伺總經理的位子。③ 伺機。△すきを～／伺機。

ねりある・く［練り歩く］(自五) 遊行。△隊をくんで～／結隊遊行。

ねりいと［練り糸］(名) 帶光絲綫。↔ きいと

ねりえ［練り餌］(名) ① 鳥食。② (用大米、麵粉等做的) 一種釣餌。

ねりぎぬ［練り絹］(名) 熟絹。

ねりぐすり［練り薬］(名) 丸藥。

ねりなお・す［練り直す］(他五) ① 重新推敲。△草案を～／重新考慮草案。② 重新攪拌。

ねりはみがき［練り歯磨］(名) 牙膏。

ねりもの［練り物］(名) ① 珊瑚、寶石等的磨製品。② (節日或祭日) 遊行隊伍，彩車。

ねりようかん［練り羊羹］(名) 羊羹。

ネル (名) (“フランネル” 的略語) 法蘭絨。

ね・る［寝る］(自下一) ① 睡覺。△毎日8時間～／每天睡八小時。② 躺。△～ながら本を読む／躺着看書。↔ 起きる ③ 臥病。△病気で～／臥病在牀。④ 積壓。△資金が～ている／積壓資金。→ねむる

ね・る［練る］Ⅰ (他五) ① 揉，和。△小麦粉を～／揉麵。② 推敲。△文章を～／推敲文章。△対策を～／研究對策。③ 練。△技を～／練工夫。Ⅱ (自五) 結隊遊行。△町を～／在街上遊行。

ネルー［Nehru］〈人名〉尼赫魯 (1889-1964)。印度政治家。

ネルボ［nerve］(名)〈醫〉神經。

ね・れる［練れる］(自下一) 老練，成熟。△～れた人／久經風霜的人。過來人。

ねわけ［根分け］(名・他サ) 分株。△あじさいを～する／把綉球花分株繁殖。

ねわざ［寝技・寝業］(名) ① (柔道、摔跤) 倒在地上使用的招數。↔ 立ちわざ ② 暗中活動。△～師／善於搞陰謀的人。

ねをあげる［音を上げる］(連語) 受不了，叫苦連天。△仕事が多すぎて～／工作太多叫苦連天。

ねん［年］(名) 年，一年。△～に一度／一年一次。△～7分利子／年息七厘。△君は何～れですか／你是哪年生的。

ねん［念］(名) ① 念頭，心頭。△復讐の～に燃る／心裏燃燒着復仇之火。△感謝の～に満ちる／充滿感激之情。② 注意，用心。△～を押す／叮囑。

ねんいり［念入り］(形動) 精心，用心。△～に設計をする／精心設計。△～に化粧する／細心打扮。

ねんえき［粘液］(名) 黏液。

ねんえきしつ［粘液質］(名) ① 黏液質。② 冷漠遲鈍的性格。

ねんが［年賀］(名) 賀年，拜年。△～の挨拶に回る／到各家去拜年。

ねんかい［年会］(名) 年會。

ねんがく［年額］(名) 年收入。△売上は～1千万円に達する／銷售額一年達一千萬日圓。

ねんがじょう［年賀状］(名) 賀年片。

ねんがっぴ［年月日］(名) 年月日。△～を記入する／填上年月日。

ねんがらねんじゅう［年がら年中］(副) 一年到頭。△彼は～忙しい男だ／他是一年忙到頭的人。

ねんかん［年間］(名) 年間，一年。△～の計画／年計劃。△～所得／全年收入。

ねんかん［年鑑］(名) 年鑒。△～を出す／出版年鑒。

ねんかん［年刊］(名) 年刊。

ねんがん［念願］(名・他サ) 心願，宿願。△君の成功を～してやまない／祝你成功。△～がかなう／達到願望。→宿願

ねんき［年忌］(名) 每年的忌辰。周年。→かいき

ねんき［年季・年期］(名) 僱工規定的年限。△～があける／出師。△息子を3年の～奉公に出す／把兒子送去學三年徒。

ねんき［年期］(名) 一年期限。△～小作／一年期限的佃耕。

ねんきがはいる［年季が入る］(連語) 夠年份，夠年頭。

ねんきゅう［年休］(名) 年度休假。

ねんきゅう［年給］(名) 年薪。

ねんきん［年金］(名) 退休金，養老金。

ねんぐ［年貢］(名) 地租。△地主に～を納める／向地主繳地租。

ねんぐのおさめどき［年貢の納め時］（連語）悪貫満盈。

ねんげつ［年月］（名）年月，長時間。△～を重ねる／積年累月。△～が流れる／時光流逝。

ねんげん［年限］（名）年限。△～がきれる／年限満了。

ねんこう［年功］（名）① 多年来的功労。△～のある人／老資格。② 多年的経験。△～を積んだ人／工作経験豊富的人。

ねんごう［年号］（名）年号。

ねんごろ［懇ろ］（形動）① 懇切，誠懇。△～なあいさつ／誠懇的問候。② 親密。△～な交際／親密的交往。

ねんざ［捻挫］（名・自サ）扭傷。△足首を～する／扭傷了脚脖子。

ねんさい［年際］（名）毎年的祭祀。

ねんさん［年産］（名）年産。

ねんし［年始］（名）① 年初。→年初↔年末② 拝年。△～に行く／去拝年。

ねんじ［年次］（名）年度。△～報告／年度報告。△～予算／年度預算。

ねんしゅう［年収］（名）年収入。

ねんじゅう［年中］Ⅰ（名）整年，終年。△～無休／終年不休。△～行事／年中例行活動。Ⅱ（副）始終，経常。△父は～忙しがっている／爸爸一年到頭都很忙。→始終

ねんしゅつ［捻出］（名・他サ）① 籌措。△費用を～する／籌措費用。② 想出。△プランを～する／想出方案。

ねんしょ［年初］（名）年初。

ねんしょ［念書］（名）〈法〉字據。△～を取る／立字據。

ねんしょう［年少］（名）年少，年軽。△～労働者／年軽的工人。→年下↔年長

ねんしょう［燃焼］（名・自サ）① 燃焼。△完全に～する／充分燃焼。② 幹勁，熱情。

ねん・じる［念じる］（他上一）① 祈禱。② 想，想念。△行ってみたいといつも～じている／老想去看看。

ねんすう［年数］（名）年数，年頭。△～がかかる／需要很長時間。△勤続～／工齡。

ねん・ずる［念ずる］（他サ）⇨ねんじる

ねんせい［粘性］（名）〈理〉黏性。

ねんだい［年代］（名）年代。△～順に並べる／按年代順序排列。

ねんだいき［年代記］（名）編年史。

ねんちゃく［粘着］（名・自サ）黏着。△～力／黏着力。

ねんちゅうぎょうじ［年中行事］（名）一年中例行活動。

ねんちょう［年長］（名）年長。△～者／年長者。→年上↔年少

ねんちょうしゃ［年長者］（名）年長者。→年上↔年少者

ねんてん［捻転］（名・自サ）扭轉。△腸～／腸扭轉。

ねんど［年度］（名）年度。△昭和五十～の計

画／昭和五十年度的計劃。△～替り／新舊年度之交。△会計～／會計年度。

ねんど［粘土］（名）黏土。

ねんとう［年頭］（名）年初。△～のことば／新年獻辭。△～のごあいさつを申し上げます／謹致新年賀辭。→年始，年初

ねんとう［念頭］（名）心頭，心上。△～に浮ぶ／湧上心頭。△～にかかる／掛在心上。△まるで～にない／完全没在意。

ねんない［年内］（名）年内。

ねんにない［念にない］（連語）根本没放在心上。

ねんにねんをいれる［念に念を入れる］（連語）小心再小心，萬分慎重。

ねんねこ（名）背嬰兒時穿的棉外衣。

ねんねん［年年］（副）毎年，逐年。△～同じことの繰り返しだ／年年如此。△～よくなって行く／逐年好起来。

ねんねんさいさい［年年歳歳］（副）年年歳歳，年復一年。△～花相似たり／年年歳歳花相似。

ねんのため［念のため］（連語）為了更慎重起見。

ねんぱい［年配・年輩］（名）① 大約的年齢。△五十～の男／五十歳模様的人。② 年長。△客は～の人ばかりです／客人都是年長的人。③ 通暁世故的年齢，中年。△～の人／中年人。

ねんばらい［年払い］（名）① 分年付款。② 全年一次付款。

ねんばんがん［粘板岩］（名）〈地〉黏板岩。

ねんぴょう［年表］（名）年表。

ねんぷ［年譜］（名）年譜。△～を調べる／査閲年譜。

ねんぶつ［念仏］（名・自サ）〈佛教〉唸佛。△～を唱える／唸佛。

ねんぽう［年俸］（名）年薪。

ねんぽう［年報］（名）年度報告。△～を作る／編寫年度報告。

ねんまく［粘膜］（名）黏膜。

ねんまつ［年末］（名）年末。↔年始

ねんらい［年来］（名・副）多年以來。△～の宿願／多年的宿願。

ねんり［年利］（名）年利，年息。△～五パーセント／年息百分之五。

ねんりき［念力］（名）毅力。△思う～岩をも通す／精誠所至，金石為開。

ねんりつ［年率］（名）年利率。

ねんりょう［燃料］（名）燃料。△～がきれた／燃料斷了。△～を補給する／補給燃料。

ねんりん［年輪］（名）① 年輪。② 増長，發展的歳月。△～をきざむ／經歴逐年増長。△言葉の～／語言的發展史。

ねんれい［年齢］（名）年齢。△彼は実際の～より若く見える／他比實際年齢顯得年輕。△～制限／年齢限制。

ねんれいしゅうだん［年齢集団］（名）同齢人羣體。

ねんをおす［念を押す］（連語）叮囑，提醒。

の　ノ

の [野] I (名) 野地，原野。△～に遊ぶ／在野地裏專玩兒。II (接頭) 野生。△～バラ／野薔薇。

の I (格助) (接在"体言"後) ① 表示所有或所屬關係。△わたし～シャツ／我的襯衣。△県立病院～野崎先生／縣立醫院的野崎醫生。② 表示各種內容，對象，性質，分量，場所，時間等。△チョコレート～はこ／巧克力盒。△栄養～調査／營養調查。△となり～家／鄰居。△八月二十日～登校日／八月二十日上學日。③ 表示同格關係。△院長～田中先生／院長田中先生。△次女～ゆう子ちゃん／二女兒夕子。④ 在"連体修飾語"中表示主語。△いのししやかもしか～すんでいる地帯／野豬及羚羊生活的地帯。△顔色～わるい子ども／臉色不好的小孩。II (準体) ① 接在活用語後面，使活用語具有名詞性。△わたしがあんだ～はこのカーディガンです／我織的是這件對襟毛衣。△行く～はいいけれど，帰りがたいへんだぞ／去倒是可以，回來可麻煩了！② 接在"体言"後面，表示"…東西"的意思。△あなた～はどれですか／你的是哪一個？③ 句末用"のだ""のです""のか"的形式，表示強調或詢問所敘述的事情的理由及根據。△きみたちにわけてやる食料はもうない～だ／分給你們的食物已經沒有了。△わたしたちは何も知らなかった～です／原來我們甚麼也不知道。III (並助) 表示並列關係。△これを買え～，あれを買え～と，うるさいことばかりいう／要買這個買那個的，嘮叨個沒完。△行く～行かない～と，ちっともはっきり言わないんだ／去還是不去，一點也不乾脆。IV (終助) ① (主要為婦女，兒童用語) 表示輕微的判斷。△もう，いい～／好了嘛，可以了嘛。△これからはじめようと思っていたところな～／我正想要開始呢！② 語調上揚，表示輕微的詢問語氣。△さち子ちゃん，どうした～／幸子，你怎麼了？△あなた，あしたの会にはいらっしゃる～／我說呀，明天的會你去嗎？③ 語調強硬，表示質問對方或向對方提出要求等。△いったいどうした～，このちらかりようは／你怎麼搞的，弄得亂七八糟的！

ノアのはこぶね [ノアの箱船] (名) 〈宗〉諾亞方舟。

ノイズ [noise] (名) 噪音，雜音。△～が入る／有雜音。

ノイローゼ [德 Neurose] (名) 〈醫〉神經官能症。

のう [能] (名) ① 能力，本領。△勉強するだけが～ではない／光會用功頂甚麼用！△～なし／廢物。② (日本古劇) 能，能樂。

のう [脳] (名) ① 腦髓。② 腦筋，智力。△～が弱い／智力差，記憶力差。

のう [膿] (名) 〈醫〉膿。△～を持つ／化膿。

のうあるたかはつめをかくす [能ある鷹は爪を隠す] (連語) 真人不露相，能者不誇才。

のういっけつ [脳溢血] (名) ⇨のうしゅっけつ

のうえん [農園] (名) 農場。

のうえん [脳炎] (名) 〈醫〉腦炎。

のうか [農家] (名) ① 農民，農戶。② 農民的家。

のうかい [納会] (名) ① 年終最後一次會。② (交易所) 月末交易日。

のうがき [能書き] (名) ① (藥劑等) 效能說明書。② 自我吹噓。△～をならべる／自我吹噓。自賣自誇。

のうがく [能楽] (名) (日本古典劇) 能樂。

のうがく [農学] (名) 農學。

のうかん [納棺] (名・他サ) 入殮。

のうかん [脳幹] (名) 〈解剖〉腦幹。

のうかんき [農閑期] (名) 農閑期。↔ 農繁期

のうき [納期] (名) 交貨期限，繳納日期。

のうき [農期] (名) 農時。

のうき [農期] (名) 農忙期。

のうきぐ [農機具] (名) 農業機械，農具。

のうきょう [農協] (名) ⇨のうぎょうきょうどうくみあい

のうぎょう [農業] (名) 農業。

のうぎょうきょうどうくみあい [農業協同組合] (名) (日本) 農業合作社。

のうぎょうきんゆう [農業金融] (名) 農業金融。

のうきょうげん [能狂言] (名) "能楽"和"狂言"

のうきん [納金] (名・自サ) 付款，繳款。

のうぐ [農具] (名) 農具。

のうげい [農芸] (名) 農業園藝。

のうけっせん [脳血栓] (名) 〈醫〉腦血栓。

のうこう [農耕] (名) 農耕，耕種。

のうこう [濃厚] (形動) ① (色，味) 濃，濃重。△～な味／味道濃。↔ 淡泊 ② (汽體，液體) 稠，濃。△～なジュース／濃橘子汁。↔ 希薄 ③ 強烈。△収賄の疑いが～だ／收賄的嫌疑很大。△敗色～／敗局已定。

のうこつ [納骨] (名・他サ) 收骨灰。

のうこん [濃紺] (名) 深藏青色。

のうさい [納采] (名) 納彩禮。

のうさい [能才] (名) ① 才幹，本領。② 有才能的人。

のうさくぶつ [農作物] (名) 農作物。

のうさつ [悩殺] (名・他サ) (女人性魅力使男人) 神魂顛倒。

のうさんぶつ [農産物] (名) 農產品。

のうし [脳死] (名) 〈醫〉腦組織壞死，腦死。△～判定／判定腦死。

のうじ [農事] (名) 農事。

のうしゅく［濃縮］（名・他サ）濃縮。△～ウラン／濃縮鈾。

のうしゅっけつ［脳出血］（名）〈醫〉腦出血，腦溢血。

のうしょ［能書］（名）能寫，擅長書法。→能筆，達筆

のうじょう［農場］（名）農場。

のうしんけい［脳神経］（名）腦神經。

のうしんとう［脳振盪］（名）〈醫〉腦震盪。

のうぜい［納税］（名・自サ）納稅。△～者／納稅人。△～額／納稅額。

のうせいしょうにマヒ［脳性小児マヒ］（名）〈醫〉腦癱小兒麻痺。

のうそっちゅう［脳卒中］（名）〈醫〉中風，腦血管意外。

のうそん［農村］（名）農村，鄉村。

のうたん［濃淡］（名）（色，味等）深淺，濃淡。△～をつける／使（顏色）有深有淺。使（味道）有濃有淡。

のうち［農地］（名）農地，農田。→耕地

のうてい［囊底］（名）囊（錢包）底。△～をはたく／傾囊。

のうてん［脳天］（名）頭頂，腦瓜頂。△～からどやしつける／劈頭蓋臉地訓斥。

のうでんず［脳電図］（名）〈醫〉腦電圖。

のうど［農奴］（名）〈史〉農奴。

のうど［濃度］（名）濃度。△～が高い／濃度大。

のうどう［能動］（名）能動，主動。△～態／能動態。

のうどうてき［能動的］（形動）主動地，能動地。△～に働きかける／主動地向對方進行工作。

のうなし［能無し］（名）笨蛋，廢物。

のうにゅう［納入］（名・他サ）繳納。△会費を～する／交會費。

のうは［脳波］（名）〈醫〉腦電波，腦波。

のうはんき［農繁期］（名）農忙期。↔農閑期

のうひつ［能筆］（名）⇨のうしょ

のうびょう［脳病］（名）〈醫〉腦病，精神病。

のうひん［納品］（名・他サ）交納的物品，交貨。

のうひんけつ［脳貧血］（名）〈醫〉腦貧血。

のうふ［農夫］（名）農夫，農民。

のうふ［農婦］（名）農婦。

のうふ［納付］（名・他サ）（向政府等）繳納。△税金を～する／繳納稅款。

のうぶたい［能舞台］（名）演“能樂”或“狂言”的舞台。

のうぶん［能文］（名）能文，善寫文章。

のうべん［能弁］（名・形動）能言善辯。

のうほう［農法］（名）耕作方法。

のうぼく［農牧］（名）農牧。

のうほん［納本］（名・自他サ）（書出版後）交貨。

のうまくえん［脳膜炎］（名）〈醫〉腦膜炎。

のうみつ［濃密］（形動）①（色，味）濃重。△花の～な香り／濃郁的花香。②寫作細緻。△～な描写／細緻的描寫。

のうみん［農民］（名）農民。→農夫

のうむ［濃霧］（名）濃霧，大霧。

のうめん［能面］（名）①“能樂”用的面具。②無表情的面孔。

のうやく［農薬］（名）農藥。

のうやくか［農薬禍］（名）農藥污染。

のうよう［膿瘍］（名）〈醫〉膿瘍，膿腫。

のうり［能吏］（名）能幹的官吏。

のうり［脳裏］（名）腦裏，腦海裏。△～をかすめる／掠過腦海。△～に焼きつく／印在腦子裏。

のうりつ［能率］（名）效率。△～がいい（わるい）／效率高（低）。△～が上がる／效率提高。

のうりつてき［能率的］（形動）有效率（的）。△～に仕事をすすめる／有效地推進工作。→效率的

のうりょう［納涼］（名・自サ）納涼，乘涼。→ゆうすずみ

のうりょく［能力］（名）①能力。△～がある／有能力。②〈法〉（行為）能力。

のうりょくきゅう［能力給］（名）能力工資。

のうりんすいさんしょう［農林水産省］（名）（日本）農林水產省。

ノー［no］Ⅰ（名）否定，否認。△答えは～だ／回答是否定的。Ⅱ（造語）①禁止。△～スモーキング／禁止吸煙。②沒有。△～ネクタイ／不打領帶。Ⅲ（感）不，不是，否。↔イエス

ノーカウント［no count］（名）〈體〉不計分，不算分。

ノーカット［no cut］（名）（影片等）無剪切。

ノーコメント［no comment］（名）無可奉告。△その件については～だ／此事無可奉告。

ノーサンキュー［no, thank you］（感）不用，謝謝！

ノース［north］（名）北，北方。

ノースポール［North Pole］（名）北極。

ノースモーキング［no smoking］（名）禁止吸煙。

ノータックス［no tax］（名）無稅，免稅。

ノータッチ［no touch］（名）①不干涉，不介入。△その仕事にわたしは～だ／我不介入那件工作。②（棒球）未觸球。

ノータリー［notary］（名）〈法〉公證人。

ノーチー［naughty］（形動）頑皮的，不聽話的，淘氣的。

ノーチップ［no tip］（名）不收小費，謝絕小費。

ノート［note］（名・他サ）①記錄，筆記。△～をとる／做筆記。②註解，註釋。③筆記本。④〈樂〉音符。

ノートパソコン［note PC］（名）〈IT〉筆記本電腦。

ノートリアス［notorious］（ダナ）惡名昭彰，聲名狼藉的。

ノーネーム［no name］（名）〈經〉無名商品。

ノーパーキング［no parking］（名）禁止停車。

ノーハウ［know-how］（名）①技術知識，技術信息。②技術指導費。

ノーブランド［no brand］（名）〈經〉無商標商品。

ノーブル [noble]（形動）① 高尚的，高貴的。② 貴族的。

ノーブレスオブリージェ [noblesse oblige]（名）地位高則責任重。

ノーベル [Alfred Bernhard Nobel]〈人名〉諾貝爾（1833-1896）。瑞典的化學家，發明家。

ノーベルしょう [ノーベル賞]（名）諾貝爾獎。

ノーホーンちたい [ノーホーン地帯]（名）禁止鳴笛區。

ノーマライゼーション [normalization]（名）① 標準化，正常化。② 所有人都能共同生存的社會。

ノーマル [normal]（形動）正規的，正常的，標準的。△～なものの考え方／正常的想法。↔ アブノーマル

ノーマンコントロール [no man cotrol]（名）無人控制，無人操縦。

ノーミス [No-Miss]（名）沒有錯誤。

のが・す [逃す] I（他五）錯過，漏掉。△機会を～／錯過機會。△犯人を～／逃掉了犯人。→にがす II（接尾）錯過，疏漏。△うっかりして聞き～／一疏忽而聽漏。→もらす

のが・れる [逃れる]（自下一）① 逃遁，逃脱。△海外に～／逃到海外。△難を～／免遭災禍。△追手を～／甩掉追捕。② 逃避。△責任を～／逃避責任。

のき [軒]（名）房簷，屋簷。△～をつらねる／房屋櫛比鱗次。△～をならべる／房屋相連。

のぎく [野菊]（名）〈植物〉① 野菊。② 嫁菜，雞兒腸。

のきさき [軒先]（名）簷頭，簷端。

ノギス [德 Nonius]（名）游標卡尺，卡尺。

のきどい [軒樋]（名）簷溜。

のきなみ [軒並み] I（名）成排的房簷。△～の美しい町／房屋鱗次櫛比的美麗城鎮。 II（副）① 家家戶戶。△このあたりの家は～空き巣にやられた／這一帶的人家都被小偷盜了。② 所有，都。△来月から公共料が～値上げされる／下個月開始，公用事業費一律漲價。△停電で電車は～に遅れた／由於停電，各趟車都晚了。

のきば [軒端]（名）⇨のきさき

の・く [退く]（自五）退避，躲開。△そこを～いて下さい／請躲開那裏。△～け／閃開！

ノクターン [nocturne]（名）〈樂〉夜曲，夢幻曲。

のぐちひでよ [野口英世]〈人名〉野口英世（1876-1928）。日本醫學者，細菌學者。

ノクトビジョン [nocto-vision]（名）暗視裝置，紅外綫鏡。

のげし（名）〈植物〉苦菜，苦荬花。

のけぞ・る [のけ反る]（自五）上半身向後仰，仰身。

のけもの [のけ者]（名）排擠出去的人，異己者，外撇子。△人から～にされる／遭人家白眼。△彼を～にするな／別把他當外人。

の・ける [退ける] I（他下一）挪開，移開。△じゃまものを～／挪開礙事的東西。 II（補

動下一）① 做得出色，幹得漂亮。△はなれわざをみごとにやって～／驚險的絕技做得很漂亮。② 敢，勇敢地。△目の前で言って～／敢當面説出來。

のこぎり [鋸]（名）鋸。△～をひく／拉鋸。

のこくず [鋸屑]（名）鋸末子。→おがくず

のこ・す [残す]（他五）① 剩下，留下。△食事を～／剩剩飯菜。△仕事を～／遺留没做完。→余す ② 留遺。△財産を～／遺留財產。△名を～／垂名。△働いて金を～／勞動攢錢。③（相撲時，對對方的進攻）頂住，站穩。

のこのこ（副）腆着臉（來），若無其事地（走）。△１時間も遅れて～やってきた／晚了一個小時卻滿不在乎地來了。△よくも～出かけてきたものだ／虧你還有臉大模大樣地出來了。

のこらず [残らず]（副）一個不剩，全部。△～食べる／吃光。△～うちあける／全都説出來。

のこり [残り]（名）① 剩餘。△～の金／剩餘的錢。△夕飯の～／剩下的晚飯。→あまり ② 留下（的人），晚走（的人）。

のこりおし・い [残り惜しい]（形）① 遺憾，可惜。△ちょっと油断して負けたのでじつに～／由於一時疏忽輸了，真是可惜。② 依戀的，捨不得。△このまま，別れてしまうのはいかにも～／就這樣分手，實在是捨不得。

のこりすくな・い [残り少ない]（形）所剩無幾。△今年も～くなって／今年也只剩下不多幾天了。

のこりび [残り火]（名）餘燼，餘火。

のこりものにはふくがある [残り物には福がある]（連語）拿剩下的有福氣。最後拿的有福氣。

のこ・る [残る]（自五）① 剩餘，留下。△食事が～／飯菜剩下。△家に～／留在家裏。② 遺留，留傳。△金が～／錢有剩餘。△傷あとが～／留下傷痕。△名が～／留名後世。③（相撲）勝負未定，尚有希望。

のさば・る（自五）① 横行霸道，飛揚跋扈。△世に～／在世上横行霸道。②（草木）横生。△雑草が～／雜草橫生。

のざらし [野ざらし]（名）① 曝露荒野任憑風吹雨打（的東西）。△こわれた自動車が～になっている／壞了的汽車扔在野地裏。② 荒野上的骷髏。

のし [伸し]（名）側游。

のし（名）①（禮物包装纸或纸袋上的）禮籤，色紙。② 火熨斗。

のしあが・る [のし上がる]（自五）發跡，一步登天。△あの男は社長に～った／那個男的爬上了總經理的寶座。△米国が中国や日本をしのぐ世界第一の大豆の生産国と～った／美國迅速發展為超過中國和日本的世界最大的生產大豆的國家。

のしかか・る [のし掛かる]（自五）壓在…上。△責任が～／責任在身。△重圧が～／承受沉重壓力。

のしがみ［のし紙］(名)(印有禮籤或紙繩的)禮品包裝紙。

のしもち［のし餅］(名)長方形扁平的黏糕。

のじゅく［野宿］(名・自サ)露宿，露營。→野營

の・す［伸す］I(自五)①擴展，長進。△実力で～してきた企業／憑實力擴展起來的企業。△第一位に～／上升到首位。②順勢再向前進。△東北へ行ったついでに北海道まで～してきた／到東北去順便再走遠點跑了一下北海道。II(他五)打翻在地。

のずえ［野末］(名)原野的盡頭。

ノスタルジア［nostalgia］(名)鄉愁，思鄉病。

ノズル［nozzle］(名)①管嘴，噴嘴。②噴絲頭。

の・せる［乗せる］(他下一)①載人。△この船は1000人～ことができる／這條船可乘一千人。△子供を乳母車に～／讓孩子坐在嬰兒車上。②哄騙。△口車に～／花言巧語騙人。うまい話に～せられた／被人灌了迷魂湯。

の・せる［載せる］(他下一)①裝載。△荷物をトラックに～／貨物裝到卡車上。②放在上面。△コーヒーを盤に～せてはこぶ／用托盤端咖啡。③登載，運載。△新聞に広告を～／在報紙上登廣告。△リズムに～／合着韻律。

のぞか・せる［覗かせる］(他下一)露出，顯露出。△胸のポケットにハンカチを～せている／胸兜露出一點手帕。△顔を～／露一露面。

のぞき［覗(き)］(名)⇨のぞきめがね

のぞきしゅみ［覗趣味］(名)喜探聽別人隱私的癖好。

のぞきまど［覗窓］(名)門上的貓眼。

のぞきみ［覗見］(名)①窺視，偷看。②探聽他人私生活。

のぞきめがね［覗き眼鏡］(名)①西洋景，洋片。②(捕魚等用的)水鏡。

のぞ・く［覗く］I(他五)①窺視。△なかを～／窺視裏面。△窓から～／從窗戶探視。②往下看，下望。△谷底を～／下望谷底。③簡單望一望。△本屋を～／望一望書店。④偷看。△秘密を～／偷看秘密。II(自五)露出一部分。△白い歯が～／露出白牙。△雲の切れ間から太陽が～いている／太陽從雲彩縫裏露了出來。

のぞ・く［除く］(他五)①除去，去掉。△障害を～／鏟除障礙。△不安を～／除卻不安。②除外，除了。△この点を～けば、賛成です／除了這一點以外，我贊成。

のそのそ(副・自サ)慢吞吞地，慢騰騰地。△～と歩く／慢騰騰地走。

のぞまし・い［望ましい］(形)希望，最好能…△全員参加が～／最好是大家都參加。

のぞみ［望み］(名)①心願，期望。△～がかなう／願望實現。②指望，希望。△～はまだある／還有希望。△～をかける／寄與希望。△～をつなぐ／抱有希望。

のぞみうす［望み薄］(名)希望不大。△実現は～だ／實現的希望不大。

のぞみて［望み手］(名)①希望者，求婚者。②買主。

のぞみどおり［望み通り］(名)如願，稱心。△～にいかないことが多い／不如意事常八九。

のぞ・む［望む］(他五)①希望，指望。△出世を～／希望出人頭地。△きみに～／指望你。②眺望，遙望。△はるかに雪をいただいた山やまを～／眺望遠處白雪覆蓋的羣山。

のぞ・む［臨む］(自五)①臨，面對。△海に～／臨海。②出席，蒞臨。△試合に～／參加考試。△式に～／出席儀式。③臨近，面臨。△死に～／臨近死亡。④君臨，統治。△天下に～／君臨天下。

-のだ(連語)(格助詞"の"加上斷定助動詞"だ"構成。接在用言的連體形後。)表示明確的判斷，説明事由，表明決心，指示對方的行動等。

のだいこ［野太鼓］(名)①幫閑。②在冶遊場陪酒取樂的男人。

のたう・つ(自五)(痛苦地)扭動，翻滾。△病人はあまりの痛さに～った／病人痛得直打滾。

のたく・る I(自五)(蛇、蚯蚓等)蠕動，蜿蜒爬行。△みみずが～／蚯蚓爬行。II(他五)亂寫，寫得潦草。△へたな字を～／塗鴉。

のたま・う［宣う・曰う］(自五)〈文〉曰，説。(用在現代語中有諷刺意思)

のたりのたり(副・自サ)緩慢起伏。△波が～とうねる／波浪緩慢地起伏。

のたれじに［のたれ死に］(名)①死在路旁，路倒。②死得可憐。

のち［後］(名)①之後，以後。△それは～の話だ／那是後話。△晴～曇／晴轉陰。△一週間にもう一度来てください／一星期後你再來一次。②後事，將來。△～のことを考えて行動する／考慮後果再行動。

のちぞい［後添い］(名)後妻。→後妻

のちのち［後後］(名・副)將來，以後。△～のことを心配する／擔心將來的事。△～苦労する／以後要吃苦。→あとあと，将来

のちのよ［後の世］(名)①死後。②〈佛教〉後世，來世，那世界。

のちほど［後程］(副)過後，過一會兒。△～、またお目にかかります／過一會兒我再來見您。↔先程

ノッカー［knocker］(名)①門環，門扣。②(棒球)(訓練防守的)擊球員。

ノッキング［knocking］(名)(汽缸裏的)爆震。

ノック［knock］(名・他サ)①敲門。②打，敲打。③(棒球)打教練球。

ノックアウト［knockout］(名・他サ)①(拳擊)打倒，擊倒對方。②(棒球)(進攻隊一再擊出好球，迫使對方)更換投手。③徹底打敗。

ノックダウン［knockdown］(名・他サ)①(拳擊)打倒，打敗。②(機械器具)組裝，裝配。

ノックダウンゆしゅつ［ノックダウン輸出］(名)成套零件出口。

のっけ(名)開始，起頭。△～からしかられた／劈頭捱了一頓罵。

のっそり（副・自サ）① 慢騰騰地。△～と立ち上がる／慢騰騰地站起來。② 直挺挺呆立着。△～突っ立っている／直挺挺地（呆立着）。

ノット［knot］（名・接尾）① 海里。②（船速）節，小時海里。

のっと・る［則る］（自五）遵照，根據。△規則に～／遵照規則。△古式に～／遵循古式。

のっと・る［乗っ取る］（他五）奪取，劫持。△飛行機を～／劫持飛機，劫機。△Ａ会社を～った／把Ａ公司弄到手了。

のっぴきならない［退っ引きならない］（形）無法逃脱，進退兩難。△～立場においこまれた／陷入進退維谷的境地。→ぬきさしならない

のっぺらぼう（形動）① 平平淡淡，單調。△～な顔／貌不驚人。△～な読み方／唸得枯燥無味。② 個子高而無眼、鼻、口的怪物。

のっぺり（副・自サ）①（臉形）平板，扁平。△～した顔／扁平臉。②（地形）平坦。

のっぽ（名）大高個子，細高個兒。↔ちび

のづら［野面］（名）原野上，野地上。

ので（接助）（接在用言的連體形後，連結前後句，表示前句是後句的原因和理由）因為，由於。△インフルエンザの患者となった～，学級閉鎖となった／由於流感患者增多，導至班級停課。△線路工事をしております～，電車は徐行運転をいたします／由於綫路施工，電車慢速運行。

のであい［野出会い］（名）（男女）野合。

ノティス［notice］（名）通知，通告，警告，注目。

のてん［野天］（名）室外，露天。→露天

のど［喉・咽］（名）① 咽喉，嗓子。△～がかわく／渇了。△食事が～をとおらない／食不下嚥。② 歌聲，嗓音。△～を聞かせる／欣賞歌喉。③ 要害，致命處。△輸送路の～を押さえる／卡住運輸綫的咽喉。

のどか（形動）① 悠閑，舒服。△～な気分／舒適的氣氛。②（天氣）清朗，和煦。△～な春の日／春日和煦。→うららか

のどがなる［喉が鳴る］（連語）饞得要命。

のどからがでる［のどから手が出る］（連語）渇望弄到手。

のどくび（名）① 前脖頸。② 要害，致命處。△相手に～をおさえられる／被對方卡住脖子。→急所

のどじまん［喉自慢］（名）① 善歌。② 業餘歌唱比賽。

のどちんこ［喉ちんこ］（名）小舌頭，懸壅垂。

のどぶえ［のど笛］（名）氣嗓，聲門。

のどぼとけ［のど仏］（名）喉結。

のどもと［のど元］（名）咽喉，嗓子。

のどもとすぎればあつさをわすれる［のど元過ぎれば熱さを忘れる］（連語）好了傷疤忘了痛。

のに I（接助）（接在用言的連體形或句尾）卻，倒，居然。△お金を持っている～買わなかった／手裏有錢卻沒買。△すきな～そしらぬ

顔をしている／明明喜歡，卻裝做與己無關。II（終助）（表示遺憾，惋惜或不滿意的心情）卻，…該多好。△この部屋はもう少し広ければいい～／這個房間再大點該多好。△あれほど注意しておいた～／那麼告誡他（可他卻不聽）。

ノネット［德 Nonett］（名）〈樂〉九重奏，九重唱。

ののし・る［罵る］（自他五）罵，吵罵。

のば・す［伸ばす］（他五）① 伸展，成長。△かみを～／留長髮。② 伸直，展平。△うでを～／伸胳膊。△しわを～／抻平褶皺。③ 擴大，增多。△勢力を～／擴大勢力。④ 發揮，提高，施展。△才能を～／施展才能。△力を～／發揮力量。⑤ 打倒。→のす

のば・す［延ばす］（他五）① 延長。△距離を～／延長距離。② 拖延，推遲。△出発を～／推遲出發。③ 稀釋。△濃縮ジュースを水で～／用水稀釋濃橘子汁。④ 壓延。△金の板をたたいて～／壓金箔。

のばと［野鳩］（名）野鴿子。

のばなし［野放し］（名）① 放牧，放養。② 放任自流，不加管教。→放任

のはら［野原］（名）原野，野地。

のばら［野ばら］（名）〈植物〉野薔薇。

のび［伸び・延び］（名）① 伸展，發展，成長，進步。△成績の～／成績的進步。△～がとまる／增長停止。② 伸懶腰。△～をする／伸懶腰。

のび［野火］（名）野火。

のびあが・る［伸び上がる］（自五）踮起腳，蹺腳站起。△～って見る／蹺起腳看。

ノビス［novice］（名）新手，初學者。

のびなや・む［伸び悩む］（自五）停滯不前，難以進展。△売上げ～／銷售額不見增加。賣不動。

のびのび［延び延び］（名）推遲，拖延。△工期が～になっている／工期一拖再拖。

のびのび［伸び伸び］（副・自サ）舒暢，悠然自得。△～と育つ／自由自在地成長。△～と芝生に寝ころぶ／舒舒服服地躺在草坪上。

のびやか［伸びやか］（形動）舒暢，暢快。△～な筆づかい／筆勢酣暢。△～な性質の人／心寬的人。△～な山々／舒展的羣山。

の・びる［伸びる］（自下一）① 長長，增高。△ひげが～／鬍子長了。△身長が～／長身高。↔縮む ② 伸，展。△こしが～／伸腰。△しわが～／抻平褶縐。↔かがむ ③ 增強，發展。△勢力が～／勢力擴大。△売り上げが～／銷售額增加。△日本語の力がぐんと～びた／日語水平大大提高了。④ 倒下，不能動彈。

の・びる［延びる］（他五）① 延長，拖長。△時間が～／延長時間。△寿命が～／壽命延長。② 延期，推遲。△出発が～／出發推遲。③ 塗開。△よく～塗料／易塗開的塗料。④ 失去彈性。△ゴムが～／橡皮失去了彈性。

のびる［野蒜］（名）〈植物〉野蒜，山蒜。

ノブ［knob］（名）（門等的）把手，旋鈕。

のぶと・い［野太い］(形)〈俗〉① 厚顔無恥，膽大妄為。②(嗓音)粗。

のべ［延べ］(名) 累計，總共。

のべ［野辺］(名) 原野，野地。

のべいた［延板］(名) 案板，麵板。

のべおくり［野辺送り］(名) 送殯。

のべじんいん［延べ人員］(名) 總計人次。

のべつ(副)不停地，接二連三地。△～人の出入りがある／不停地有人出入。→ひっきりなしに

のべつまくなし(名) 連續不斷。△～にしゃべりまくる／喋喋不休，口若懸河，滔滔不絕。

のべにっすう［延べ日数］(名) 總計天數。

のべのおくり［野辺の送り］(連語) ⇨のべおくり

のべばらい［延べ払い］(名) 延期付款。

のべぼう［延べ棒］(名) ① 壓延金屬條。△金の～／金條。② 擀麵杖。

ノベリスト［novelist］(名) 小說家。

の・べる［伸べる・延べる］(他下一) ① 伸，伸出。△救いの手を～／伸出救援之手。② 鋪開，展開。△床を～／鋪被，鋪牀。③ 延期，推遲。△会議の日程を～／會議日程延期。

の・べる［述べる］(他下一) 敘述。△意見を～／發表意見。△考えを～／闡述想法。△事実を～／陳述事實。

のほうず［野放図］(形動) ① 野，放肆。△～な人間／肆意妄為的人。△～な生活／放蕩不羈的生活。② 無止境。△軍事力の～に行使された場合の恐しさを改めて認識した／再次認識到無止境地使用武力的可怕。

のぼ・せる［逆上せる］(自下一) ① 血湧上頭，臉發熱。△～せて鼻血が出た／上火出了鼻血。② 熱中，沉溺。△歌手に～／對歌手着迷。③ 衝昏頭腦，狂妄。△少し～せてるんじゃないか／你是不是有點昏了頭。

のぼ・せる［上せる］(他下一) 提上去，擺進去。△議題に～／提到議題上。△食膳に～／上菜。△記録に～／列進正式記錄。

のほほん(副)悠閑自在，心不在焉。△何を言われても～している／不管別人説甚麼都滿不在乎。△～として暮らす／飽食終日無所用心。

のぼり［上り］(名) ①(也寫"登り")上，攀登，升。②(也寫"登り")上坡路，登坡。△～にかかる／爬坡。△急な～／大斜坡。↔おり③上京，晉京。↔くだり④上行(上東京的)列車。

のぼり［幟］(名) ① 旗幟，幡。② 鯉魚旗。

のぼりぐち［上り口］(名) ① 登山口。② 樓梯口。

のぼりざか［上り坂］(名) ① 上坡(路)。② 上升，走向繁榮。△きみの成績は～になっている／你的成績呈上升趨勢。↔くだりざか

のぼりちょうし［上り調子］(名) 上升趨勢。

のぼ・る［上る］(自五)(也寫"昇る")升，上升。△日が～／太陽升起。△風船は 1500 メートルまで～った／氣球升到 1500 米高。△大臣の位に～／升到大臣的官位。→上がる②(也寫"登る")上，登，爬。△山を～／登山。△山に～／登到山上。△木に～／爬上樹。△坂に～／上坡。↔おりる，くだる③ 逆流而上，上溯。↔くだる④進京。△都に～／進京。⑤達到，高達。△先月の売り上げは三千万円に～った／上個月的銷售額高達三千萬日圓。⑥被提出，列入。△話題に～／成為話題。△人の口に～／被人們談論。△食膳に～／擺到餐桌上。

ノマドロジー［法 nomadologie］(名) 遊牧生活，流浪生活。

のま・れる［飲まれる］(連語) ① 被吞沒，被吞進。△波に～／被浪吞沒。② 被壓倒，被嚇倒。△勢いに～／被氣勢壓倒。③(酒等)被別人喝光了。

のみ［蚤］(名) 跳蚤。

のみ(名) 鑿子。

のみ(副助) 只，僅，唯有。△あとは返事を待つ～だ／現在只等對方答覆了。△人間に～考える力がある／只有人類具有思維能力。

のみあか・す［飲み明かす］(自五) 通宵飲酒。

のみある・く［飲み歩く］(自五) 去一家又一家酒館喝酒。

のみくい［飲み食い］(名) 吃喝。

のみぐすり［飲み薬］(名) 內服藥。

のみくだ・す［飲み下す］(他五) 吞下，嚥下。

のみこうい［呑行為］(名) ①〈經〉套購，倒賣(證券)。② 倒賣股票證券或私自發售賽車、賽馬彩票，從中謀利。

のみこみ［飲み込み］(名) 理解，領會。△～がはやい／理解快。△～がわるい／理解能力差。

のみこ・む［飲み込む］(他五) ① 吞下，嚥下。② 理解，領會。△仕事を～／熟悉工作。△こつを～／領會訣竅，摸着竅門。△私には彼の言うことが～めない／我不理解他的話。

のみすぎ［飲み過ぎ］(名) 飲酒過量。

のみたお・す［飲み倒す］(他五) ① 白喝酒。△ごろつきに～される／被流氓白喝了酒。② 喝得傾傢蕩產。

のみち［野道］(名) 田野上的道路。

のみならず Ⅰ(接) 並且，而且。△～，彼は私の命の恩人だ／並且，他是我的救命恩人。Ⅱ(連語) 不僅，不只。△知力が劣る～道義心も低い／不但智力低下，而且道義感也差。

ノミネート［nominate］(名) 提名，推薦。

のみのいち［蚤の市］(名) 舊貨市場。

のみほ・す［飲み干す］(他五) 喝乾，喝光。△ひと息に～／一飲而盡。

のみまわ・す［飲み回す］(他五) 傳杯飲酒。

のみみず［飲み水］(名) 飲用水。

のみもの［飲み物］(名) 飲料，喝的東西。

のみや［飲み屋］(名) 小酒館。

の・む［飲む］(他五) ① 喝，飲，吸。△水を～／喝水。△タバコを～／吸煙。△くすりを～／吃藥。△～まず食わず／不吃不喝。②

飲（泣），呑（聲）。△声を～／呑聲。△なみ
だを～／飲泣。うらみを～／含恨。③（不
得已地）接受，容納。△条件を～／只好接受條
件。△要求を～／不得已接受要求。④壓倒，
呑沒。△～んでかかる／壓倒（對方）。△敵
を～／壓倒敵人。⑤暗中攜帶，暗藏。

> **用法提示 ▼**
> 中文和日文的分別
> 和中文的意思相同，此外日文還可以表示"接
> 受"。常見搭配：条件、要求等。
> ---
> 例如：条件（じょうけん）、要求（ようきゅ
> う）を飲む

のめのめ（副）恬不知恥，厚着臉皮。△いまさ
ら～帰るわけにはいかない／事到如今，不能
厚着臉皮回去。

のめりこ・む［のめり込む］（自五）陷入，跌
入。△悪の道に～／誤入歧途。

のめ・る（自五）向前倒。△前～りに倒れた／
向前栽倒。

ノモグラフ［nomograph］（名）〈數〉諾模圖，列
綫圖，計算圖表。

のやき［野焼き］（名）燒荒。

のやま［野山］（名）山野。

のら［野良］（名）田原，原野。△～仕事／農活。

のらいぬ［野良犬］（名）野狗。↔飼い犬

のらくら（副・自サ）遊手好閑，無所事事。△～
と日を送る／遊手好閑，虛度光陰。

のらねこ［野良猫］（名）野貓。

のり［法・則］（名）①規範準則。△～をこえ
る／逾規。②直徑。③佛法。

のり［海苔］（名）①〈植物〉海藻。②乾紫菜。

のり［糊］（名）漿糊。△～をつける／刷漿糊。

のりあい［乗り合い］（名）（眾人）共乘，同坐
（一輛車、一隻船）。

のりあ・げる［乗り上げる］（自下一）（船）觸
礁，擱淺。（車）下道。

のりい・れる［乗り入れる］（自他下一）①乘
車進入。△構内に～／乘車進入境內。②路綫
直通到其他路綫。△相互に～／路綫相互溝通。

のりうつ・る［乗り移る］（自五）①換乘。△船
からはしけに～／由船換乘舢板。②（神靈等）
附體。△悪霊が～／惡鬼附體。

のりおく・れる［乗り遅れる］（自下一）①誤
車，趕不上。△列車に～／趕不上火車。②落
伍，跟不上。△流行に～／跟不上時尚。

のりおり［乗降・乗下］（名）上下（車船等）。

のりか・える［乗り換える］（自下一）①換乘，
改乘。△電車を～／換乘電車。△電車からバ
スに～／由電車換乘公共汽車。②改變，改換。
△理想主義から現実主義に～／由理想主義變
為現實主義。

のりかかったふね［乗りかかった船］（連語）
既已開始，只好幹下去。騎虎難下。一不做二
不休。

のりかか・る［乗り掛かる］（自五）①正要乘
（騎）上。②騎在上面。③開始做，着手。

のりき［乗り気］（名・形動）感興趣，起勁。
△今の仕事に大分～になっている／對現在的
工作滿有興趣。△彼女はこれにあまり～でな
い／她對那事不怎麼熱心。

のりき・る［乗り切る］（自五）闖過，突破。
△難局を～／闖過難關。△あら浪を～／衝過
惡浪。

のりくみいん［乗組員］（名）船員，機組人員。

のりく・む［乗り組む］（自五）（工作人員）共
乘，同乘。△船に～／同乘一條船。

のりこ・える［乗り越える］（自下一）①越過，
跨過。△へいを～／越過牆壁。②克服，度過。
△障害を～／克服障礙。△危機を～／度過危
機。③超過，超越。△先人を～／超越先輩。

のりごこち［乗り心地］（名）乘坐（車、船）的
感覺。△～がいい／坐着舒服。

のりこ・す［乗り越す］（他五）坐過站。

のりこ・む［乗り込む］（自五）①乘上，坐進。
△車に～／坐進汽車。②開進，進入，深入。
△敵地に～／進入敵營。

のりしろ［のり代］（名）為抹漿糊留出的部分。

のり・する［糊する］（他サ）①糊，用漿糊。
②糊口。△口を～／糊口，度日。

のりだ・す［乗り出す］（自他五）①出海。△大
洋に～／出海到大洋去。②着手，出馬。△新
事業に～／着手新事業。△調査に～／着手調
査。③探出，挺出。△からだを～／探出身子。
④開始乘（騎）。△自転車に～／開始騎自行車。

のりづけ［のり付け］（名・他也サ）①帶膠（的
紙張等）。②（衣服）上漿，漿。用漿糊粘貼。

のりつ・ける［乗り付ける］（自下一）①乘車
等直到…跟前。△玄関まで車で～／坐車直到
大門口。②坐慣，騎馴服。△車に～と歩くの
がめんどうになる／坐慣了車就覺得走路麻煩。

のりと［祝詞］（名）〈宗〉日本祭神的古體祈禱文。

のりにげ［乗り逃げ］（名）①白坐（車、船）。
②乘偷來的車跑掉。

のりば［乗り場］（名）乘坐車船的地方。△バ
ス～／公共汽車站。

のりまき［のり巻き］（名）用紫菜捲的飯捲。

のりまわ・す［乗り回す］（他五）乘車（或騎馬）
各處走，兜風。

のりもの［乗り物］（名）交通工具。

の・る［乗る］（自五）①乘，騎。△車に～／
坐車。△ひざに～／騎到（別人）膝上。△馬
に～／騎馬。△ぶらんこに～／打鞦韆。②乘
勢。△勝ちに～って攻めてまる／乘勢進攻。
△調子に～りすぎている／得意忘形。③諧
調。△リズムに～って踊る／隨着拍節跳舞。
④參與。△相談に～／幫助提出意見和建議。
△話に～／接受提議。⑤上當。△口車に～／
聽信了花言巧語。△その手には～らない／我
可不上那個當。⑥黏附。△おしろいが～／香
粉容易上。△この紙はインクがよく～／這紙
好上墨。△さんまは今一番あぶらが～ってう
まい／秋刀魚現在正肥，好吃。

の・る［載る］（自五）①放在上面。△本箱の

上に時計が〜っている／書櫥上放着錶。△車が小さいので荷物がそんなに〜らない／車小，放不下許多東西。②刊載。△新聞に〜っている／登在報上。△地図にも〜らない小さな村／地圖上都不印的小村莊。

ノルウェー［Norway］（名）〈國名〉挪威。

のるかそるか［のるか反るか］（連語）或成或敗。△〜やってみよう／孤注一擲，豁出去了。→一かばちか

ノルディックきょうぎ［ノルディック競技］（名）〈體〉滑雪的距離賽，跳躍賽，綜合賽三個項目。→アルペンきょうぎ

ノルマ［俄 nohvf］（名）①標準。②（工作，生產）定額。

のれん（名）①（店鋪寫有字號的）布簾。△〜を分ける／（讓店員）獨立設店。△〜をくぐる／進商店。②店鋪的字號，信譽。③門簾。

のれんにうでおし［のれんに腕押し］（連語）徒勞無益，白費勁。→ぬかに釘，豆腐にかすがい

のろ・い［鈍い］（形）①緩慢，遲緩。△足が〜／走得慢。△仕事が〜／工作緩慢。②遲鈍，笨拙。△頭の働きが〜／腦子笨。

のろ・う［呪う］（他五）詛咒，咒罵。△人を〜／罵人。△人を呪わば穴ふたつ／害人反害己。

のろ・ける（自下一）津津樂道自己和妻子或情人間無聊的事。

のろし（名）狼煙，烽火。△〜をあげる／採取預示將發動大事件的行動。

のろのろ（副・自サ）緩慢，遲緩，慢吞吞地。△〜（と）歩く／緩慢地走。△〜運転／（電車）徐行怠工。

のろま（名・形動）笨蛋。

ノワール［noir］（名）黑的，暗的，陰沉的。

のわき［野分き］（名）①秋季颱的大風。②〈文〉颱風。

ノンアルコール［non-alcohol］（名）酒精度不滿1%的清涼飲料。

のんき（形動）①安閑，逍遙自在。△〜な生活／悠閑的生活。②滿不在乎，從容不迫。△そんな〜なことは言っていられない／現在可不是閑扯的時候。

ノンステップバス［non-step bus］（名）無台階公共汽車，輪椅可入式公共汽車。

ノンストアリテーリング［non-store retailing］（名）（網上購物等）無店鋪零售業。

ノンストップ［non-stop］（名）中途不停，直達。

ノンセクト［non-sect］（名）①無黨派。②無所屬的人。

のんだくれ（名）①爛醉如泥。②醉鬼。

のんびり（副・自サ）①舒適地，修閑地，無拘無束地。△〜暮らす／悠閑地過日子。△〜した人／無拘無束的人。②（風光景色）悠然。△〜した田園風景／悠然的田園景色。

ノンフィクション［non-fiction］（名）記實，非虛構。↔フィクション

ノンブック［non-book］（名）無價值的書，劣書。

ノンブル［法 nombre］（名）頁數，（印刷）頁碼。

ノンプロ［non-professional］（名）（“ノンプロフェッショナル”之略）非職業，非專業的。→アマチュア ↔ プロ

のんべえ（名）酒鬼。

のんべんだらり（副）拖拖拉拉，慢條斯理。

ノンポリティカル［non-political］（名）非政治家，不關心政治者。

ノンメタル［non-metal］（名）非金屬。

ノンレムすいみん［ノンレム睡眠］（名）慢波睡眠，用來指第一到第四睡眠階段，各階段有不同的腦電波圖。

は［刃］(名) 刃, 刀鋒。△～がこぼれる／刀刃壞了。△～がするどい／刀刃鋒利。△かみそりの～／剃刀刃。

は［葉］(名) 葉。△～がしげる／枝葉繁茂。△～がおちる／葉落。△～をひろげる／舒展葉片。△～をつける／加葉子, 長葉子。→葉っぱ

は［歯］(名) ① 牙齒。△～がはえる／長牙。△～がわるい／牙不好。△～をみがく／刷牙。△白い～／白牙。② (器具的) 齒。△歯車の～／齒輪的齒。△のこぎりの～／鋸齒。△くしの～／梳子的齒。△げたの～／木屐的齒。

は［派］(名) 派。△党内は三つの～にわかれている／黨內分三派。↔ 党, 派閥

は［羽］(名) 羽毛, 翅膀, (箭的) 翎。

は (感) ① 是。△～, かしこまりました／是, 知道了。② (笑聲) 哈。△～～～と笑う／哈哈地笑。

は (副助) ① 提示主題。△選手団～午後の特急で出発した／運動員代表隊乘下午的特快列車起程了。△この絵～松本くんがかいたものです／這幅畫是松本畫的。△会場～案内図を見てください／會場的位置請看引導圖。② (兩個以上事物的) 對比。△からだ～小さいが, 力～強い／身體雖小, 力氣卻很大。△でかけるの～ A 組で, 残るの～ B 組です／出去的是 A 組, 留下的是 B 組。③ 強調。△お父さんと～いっしょに行きたくないな／我不想和爸爸一起去。△教室であてられ～しないかとひやひやしていた／在教室裏提心吊膽會不會被指到名字。△そのこと～よく～知りません／那件事不大清楚。△いっしょうけんめい練習して～いるが, 記録～平凡だ／雖然拼命練習, 可是記錄平平。

ば (名) (場) ① 場所, 地方。△～をもうける／開設場所。△～ちがい／不合時宜。② 場, 地。△～をもたせる／維持現場。△その～に居あわせる／當時在場。△その～で答える／當場回答。③ 〈劇〉場面。△第三幕第二～／第三幕第二場。

ば (接助) ① (表示假定) 如果, 假如。△あした雨がふれ～, 運動会は中止だ／明天如果下雨, 運動會就中止。△きょうくれ～よかったのに／若是今天來就好了, (可偏偏沒來)。→なら, たら ② (表示恆常條件) 一～就…△このボタンをおせ～, ふたがあきます／一按這個按鈕蓋子就打開。△人の顔さえ見れ～, じまんばかりしている／只要一見到人就自吹自擂。→と ③ (表示並列, 共存) 既…又…, 又…又…△英語もできれ～, 中国語もできる／既會英語又會漢語。→し

はあ (感) ① (應和) 是, 欸。△～, すぐまいり

ます／是, 我馬上就去。② (反問) 啊？△～, そうですか／啊？是嗎？△～, どういう意味ですか／啊？甚麽意思？③ (驚嘆) 嚇, 嘿。△～, みごとなものですねえ／嘖, 真漂亮。

バー［bar］(名) ① (跳高) 橫竿。② 酒吧間。

ばあい［場合］(名) ① 場合, 時候。△万一の～／萬一的場合。△当日雨の～には, 体育館で行ないます／當天下雨時, 將在體育館舉行。→おり, ケース ② 情況。△～によっては／根據情況。△ときと～／時間和情況。→状況

パーカ［parka］(名) (帶風帽的) 風雪衣。

パーカッション［percussion］(名) ① 敲擊。② 敲擊樂器。

パーキング［parking］(名) 停車 (場)。△ノー～／不准停車。

パーキングエリア［parking area］(名) ① 停車場。② 高速公路的休息區。

パーキングドライバー［parking driver］(名) 付費停車場的停車員。

はあく［把握］(名・他サ) 掌握, 把握。△状況を～する／掌握情況。→つかむ

パーク［park］(名) 公園。

パークアンドライド［park and ride］(名) 換車上班 (把自己的汽車停在就近車站, 然後換乘其他交通工具上班)。

バーゲニング［bargaining］(名) 交易, 討價還價, 交涉。

バーゲニングパワー［bargaining power］(名) 討價還價的能力, 交涉能力。

ハーケン［德 Mauerhaken］(名) (登山) 楔釘。△～を打つ／釘楔釘。

バーゲン［bargain］(名) 賤賣。△～セール／大甩賣, 大賤賣。

バーゲンストア［bargain store］(名) 廉價品商店。

バーゲンセール［bargain sale］(名) ⇨バーゲン

バーゲンマネー［bargain manner］(名) 〈經〉訂金。

バーコード［bar-code］(名) 條碼。

パーコレーター［percolator］(名) 帶過濾器的咖啡壺。

パーサー［purser］(名) (飛機、船上) 事務長。

バージ［barge］(名) 被拖拽運送貨物的小型船。

パージ［purge］(名) 〈政治〉清洗, 清除。

バージニア［Virginia］〈地名〉(美國) 弗吉尼亞州。

パーシャル［partial］(名) 部分的, 偏向的, 不公平的。

バージン［virgin］(名) 處女。

バース［berth］(名) ① 船的泊位, 停泊處。② 列車、船的臥鋪。

バースデー [birthday] (名) 生日。△～ケーキ／生日蛋糕。△～ハッピー～／生日快樂。△～プレゼント／生日禮物。△～パーティー／祝賀生日聚會，生日晚會。

パーセプション [perception] (名) 知覺，認知，理解。

パーセンテージ [percentage] (名) 百分率，百分比。

パーセント [per cent] (名・接尾) 百分比，百分之…

パーソナリティー [personality] (名) ① 個性，人格。② 唱片音樂解説員，深夜播音員。

パーソナル [personal] (形動) 個人 (的)，私人 (的)。

パーソナルインフルエンス [personal influence] (名) 個人的影響力。

パーソナルコミュニケーション [personal communication] (名) 個人溝通，人際溝通。

パーソナルコンピューター [personal computer] (名) ⇨パソコン

パーソナルヒストリー [personal history] (名) 履歴，簡歴。

パーソナルむせん [パーソナル無線] (名) 〈經〉(經審批使用的) 個人無綫電。

パーソナルラジオ [personal radio] (名) 小型收音機，攜帶式收音機。

パーソネル [personnel] (名) 職員，員工，人事部門，人事科。

パーソン [person] (名) ① 人，個人，人物，人格。② 身體，容貌。

バーター [barter] (名) 易貨 (貿易)。△～貿易／易貨貿易。△～システム／易貨貿易方式。

ばあたり [場当たり] (名) 臨時，權宜。△～的／權宜的，應付場面的。

パーチメント [parchment] (名) 羊皮紙。

バーチャルキャスター [virtual newscaster] (名) 〈IT〉虛擬主持人。

バーチャルツアー [virtual tour] (名) 〈IT〉虛擬旅行。

パーツ [parts] (名) 零件，部件，配件。

パーティー [party] (名) ① 會，集會 (茶會，晚會，舞會，聯歡會，聚餐會) △クリスマス～／聖誕晚會。② (登山) 小組，一行。△～を組む／編隊。→隊

パーティシペーション [participation] (名) 參加，參與。

パーティション [partition] (名) ① 分隔，隔開。② 〈IT〉分區。

バーテンダー [bartender] (名) 酒吧間男服務員。(也略成 "バーテン")

ハート [heart] (名) ① 心臟。② 内心，心腸，心地。△～をつかむ／抓住心理。③ (撲克牌) 紅桃，紅心牌。

ハード [hard] (形動) ① 困難，嚴格，猛烈。△～なスケジュールをくむ／日程排得滿滿的。△～トレーニング／嚴格的訓練。② 硬。△～カバー／硬封面書，精裝書。↔ ソフト

パート [part] (名) ① 角色。② (按時計酬的) 零工。△～にでる／去打零工。③ 部分，零件。(文章的) 篇，章，卷。④ 〈樂〉聲部，音部。

バードウィーク [bird week] (名) 愛鳥週。

ハードウェア [hardware] (名) ① 電子計算機硬件。↔ ソフトウェア ② (語言實驗室的) 錄音、轉錄設備。

ハードカバー [hardcover] (名) 硬皮 (書)，精裝書的。

ハードカバーブック [hardcover book] (名) 精裝書。

ハードカレンシー [hard currency] (名) ① (金、銀等的) 金屬貨幣。② 〈經〉強勢貨幣。

バードサンクチュアリ [bird sanctuary] (名) 鳥類保護區。

ハードセール [hard sale] (名) 強勢推銷。

パートタイム [part-time] (名) (按時計酬的) 零工。(可略成 "パート")

パートタイムジョブ [part time job] (名) 〈經〉兼職。

ハードタイムス [hard times] (名) 〈經〉市面蕭條，不景氣。

ハードディスク [hard disk] (名) 〈IT〉硬碟。

ハードトレーニング [hard training] (名) 嚴格訓練。

パートナー [partner] (名) ① 夥伴。合作者。② 舞伴。搭檔。

パートナーシップ [partnership] (名) ① 合作關係，夥伴關係。② 合股關係，共同經營，合資。

パートナードッグ [partner dog] (名) 幫忙犬。

ハートビート [heartbeat] (名) ① 心臟的跳動，心跳聲。② 感情，情緒。

ハートフル [heartful] (名) 真誠的，熱誠的，衷心的。

ハートブレーク [heartbreak] (名) 心碎的，斷腸的，傷心事，失戀。

ハードボイルド [hard-boiled] Ⅰ (形動) ① 冷酷，無情。② 煮得老的雞蛋。Ⅱ (名・ダナ) ① 不動感情，無情，冷酷。② 客觀冷酷。硬派。△～文學／硬文學。硬漢文學。

ハードボード [hard board] (名) 硬質纖維板，高壓製板。

ハードラック [hard luck] (名) 惡運，困苦，災難。

ハートラングマシン [heart-lung machine] (名) 人功心肺。

ハートランド [heartland] (名) 中心部，心臟地帶，中心區域。

ハードリカー [hard liquor] (名) 烈酒 (如威士忌等)。

ハードリング [hurdling] (名) 〈體〉跨欄跑。

ハードル [hurdle] (名) 跳欄，跨欄。△～レース／跨欄賽跑。△ハイ～／高欄。△ロー～／低欄。△ミドル～／中欄。

ハードワーク [hard work] (名) 困難的工作，艱難的工作。

パードン [pardon] (名) ① 饒恕，寬恕，原諒，赦免。② 對不起。

は
ハ

バードンシェアリング [burden sharing]（名）
　分擔責任。

バーナー [burner]（名）燃燒器，噴嘴，點火口。

はあはあ（副）氣喘吁吁。△彼は～いって駆け
　てきた／他氣喘吁吁地跑來。

ハーバー [harbor]（名）港，港口，港灣。

バーバー [barber]（名）理髮店。

ハーバーライト [harbor light]（名）港口燈。

バーバリアン [barbarian]（名）野蠻人，沒有教
　養的人。

バービー [Barbie]（名）芭比娃娃。

ハーフ [half]（名）半，一半。△～コート／（婦
　女）短大衣。△～タイム／中場休息。

ハーブ [herb]（名）香草。△～ティー／香草茶。

ハープ [harp]（名）豎琴。

パーフェクト [perfect]（名・形動）完全，完美。
　△～ゲーム／（棒球）全勝比賽。

ハーフカースト [half-caste]（名）印歐混血兒，
　混血兒。

ハーフコート [half-coat]（名）短大衣。

ハープシコード [harpsichord]（名）撥弦古鋼
　琴，羽管鍵琴。

ハーフタイム [half-time]（名）（比賽）中場休
　息。

パープル [purple]（名）紫，紫色的。

バーベキュー [barbecue]（名）（在野外）烤肉。

バーベキューグリル [barbecue grill]（名）燒烤
　用的工具。

ハーベスター [harvester]（名）收割機。

ハーベスト [harvest]（名）收穫，收穫期。

バーベル [barbell]（名）槓鈴。

パーマ [permanent wave]（名）燙髮。△～をかけ
　る／燙頭（髮）。

パーマネント（名）⇨パーマ

パーマネントウエーブ [permanent wave]（名）
　燙髮。

パーミッション [permission]（名）認可，許可，
　准許，許可證，授權。

パーミル [per mill]（名・接尾）千分率。

ハームスター [hamster]（名）（寵物、實驗用的）
　倉鼠。

ハーモナイゼーション [harmonization]（名）調
　和，調整，協調。

ハーモニー [harmony]（名）① 調和，協調。△～
　がとれる／協調。②（音樂）和聲。

ハーモニカ [harmonica]（名）口琴。△～をふ
　く／吹口琴。

パーラー [parlor]（名）小吃部，咖啡館，茶館。
　△フルーツ～／以水果點心為主的冷飲店。

パーラメント [parliament]（名）議會，國會。

はあり [羽蟻]（名）〈動〉羽蟻。

バール [bar]（名・接尾）（氣象）巴。

パール [pearl]（名）珍珠。

バーレル [barrel]（名）桶。△石油一～／一桶石
　油。⇨バレル

パーレン [parenthesis]（名）圓括號。

ハーン [Lafcadio Hearn]〈人名〉赫 恩（1850-

1904）。加入日本籍的英國文學家，即小泉八雲。

ハイ - [high]（接頭）① 高。△～ネック／高領。
　△～ヒール／高跟鞋。② 高級。△～クラス／
　高級。△～センス／高雅的情趣。△～レベル／
　高標準，高級。③ 高速。△～スピード／高速
　度。△～テンポ／高速度。

はい [灰]（名）灰。△～になる／成灰。

はい [杯・盃]（名）杯。酒杯。△～をかさねる／
　一杯接一杯地飲酒。

はい [肺]（名）肺。△～をわずらう／患肺病。

はい [胚]（名）胚，胚胎。

はい [蠅]（名）⇨はえ

はい（感）①（應答）唉，有，到。②（同意）是的。
　↔ いいえ ③（提請注意）喂，好。△～，読み
　なさい／喂，你讀一下。→さあ

ばい [倍]（名）倍。△～になる／成倍。→ばい
　する

パイ（名）〈數〉圓周率，符號 "π"。

パイ [pie]（名）餡餅，排。△ミート～／肉排。

はいあが・る [這い上がる]（自五）往上爬，
　攀登。

バイアス [bias]（名）①（裁縫）斜裁。②（統計）
　偏重，偏倚。③（電壓）偏壓。

はいあん [廃案]（名）廢棄的提案。

はいい [廃位]（名）廢黜王位。

はいい [配意]（名・自他サ）關心，照料。

はいいろ [灰色]（名）① 灰色。→ねずみ色，
　グレー ② 不鮮明，暗淡。△～の青春／暗淡的
　青春。↔ ばら色

はいいん [敗因]（名）敗因。↔ 勝因

ばいいん [売淫]（名・自サ）賣淫。

バイイングパワー [buying power]（名）〈經〉購
　買力。

ばいう [梅雨]（名）梅雨。⇨つゆ

ハイウエー [highway]（名）高速公路。

ばいうぜんせん [梅雨前線]（名）〈氣象〉梅雨
　鋒面。

はいえい [背泳]（名）仰泳。→バックストロー
　ク

はいえき [廃液]（名）廢液，污水。→廃水

はいえつ [拝謁]（名・自サ）晉謁，謁見。→謁
　見 ↔ 引見

ハイエナ [hyena]（名）〈動〉鬣狗。

はいえん [肺炎]（名）肺炎。

はいえん [排煙]（名・自サ）排煙，排出的煙。

はいえん [廃園]（名）荒蕪的庭園。

ばいえん [煤煙]（名）煤煙。

バイオインダストリー [bioindustry]（名）〈生
　物〉遺傳基因工業，生物技術產業。

バイオエコロジー [bioecology]（名）生物生態
　學。

バイオエタノール [bioethanol]（名）生物酒精。

バイオガス [biogas]（名）生物氣，沼氣。

バイオグラフィー [biography]（名）傳記，傳記
　文學。

はいおとし [灰落とし]（名）煙灰碟，煙灰缸。

パイオニア [pioneer]（名）先驅，開拓者。△彼

はこの分野の～だ／他是這個領域的先驅。
△～精神／開拓精神。

バイオニズム［biorhythm］（名）人體節律。

バイオねんりょう［バイオ燃料］（名）生物燃
料，乙醇燃料，（也作"エタノール燃料"）。

バイオハザード［biohazard］（名）〈生物〉生化危
機，生物危害。

バイオメカニックス［biomechanics］（名）生物
力學，生物機械工程學。

バイオリズム［biorhythm］（名）生物活動周期性
變化，生物節律。

バイオリニスト［violinist］（名）小提琴手。

バイオリン［violin］（名）小提琴。△～をひく／
拉小提琴。

バイオレット［violet］（名）菫菜，紫羅蘭，紫色。

バイオレンス［violence］（名）暴力。

バイオロジー［biology］（名）生物學。

はいか［配下・輩下］（名）手下，部下。△山田
さんの～に入る／成為山田先生的下屬。→部
下，手下

はいか［廃家］（名）① 廢屋。② 無人繼承的家
系。

はいが［胚芽］（名）胚芽。△～米／胚牙米，（保
留胚芽的）糙米。

はいが［拝賀］（名・自サ）拜謁尊長表示祝賀。

はいが［俳画］（名）俳畫，諧像畫。

ばいか［売価］（名）賣價，售價。→うりね ↔
買価

ばいか［買価］（名）買價。→かいね ↔ 売価

ばいか［倍加］（名・自他サ）加倍，倍增。△お
もしろみが～する／趣味倍增。→倍増

ばいか［梅花］（名）梅花。

ハイカー［hiker］（名）徒步旅行者。

はいかい［俳諧・誹諧］（名）俳諧。① 以滑稽
為主的和歌連歌。② 連句、俳句、川柳的總稱。
△～師／俳諧師。③ 俳句。

はいかい［俳徊］（名・自サ）徘徊。

はいがい［拝外］（名）崇拜外國。

はいがい［排外］（名）排外。

ばいかい［媒介］（名・他サ）媒介，傳播。△二
人のあいだを～する／在兩人之間牽綫（搭
橋）。→なかだち

ばいかい［売買］（名）① 買賣。② 同一個人買
賣股票。

はいかき［灰掻き］（名）① 灰鏟。②（火災後）
收拾失火現場（的人）。

はいがく［廃学］（名・自サ）① 廢學，輟學。
② 停辦學校。

ばいがく［倍額］（名）加倍的金額。

はいかぐら［灰神楽］（名）（水灑在有火的灰上）
灰塵騰起。

はいガスこうがい［排ガス公害］（名）（汽車）
廢氣公害。

はいかつりょう［肺活量］（名）肺活量。

ハイカラ［high collar］（名・形動）追求時髦的。
△～な服／時髦的衣服。

はいかん［拝観］（名・他サ）參觀（神社寺院、

實物等）。△～料／參觀費。

はいかん［配管］（名・他サ）配管，安裝管綫。

はいかん［廃刊］（名・他サ）停刊。↔ 創刊

はいかん［肺肝］（名）內心，肺與肝。

はいかん［肺患］（名）肺病。

はいかん［廃官］（名）廢除官職。

はいかん［廃艦］（名）廢艦，報廢的軍艦。

はいがん［拝顔］（名・自サ）拜謁。△～の栄に
浴する／得以拜謁尊顔。

はいがん［肺癌］（名）肺癌。

ばいかん［陪観］（名・他サ）陪同（上級等）參
觀。

パイかん［パイ罐］（名）菠蘿罐頭。

はいき［排気］（名）① 排出的空氣、瓦斯。△～
口／排氣口。②（排出的）蒸氣，氣瓦斯。△～
量／排氣量。△～ガス／廢氣。↔ 吸気

はいき［廃棄］（名・他サ）廢棄。△～処分／作
廢物處理。

はいきガス［排気ガス］（名）廢氣。（也略成"排
ガス"）

はいきしゅ［肺気腫］（名）肺氣腫。

ばいきゃく［売却］（名・他サ）賣掉，出售。

はいきゅう［配給］（名・他サ）配給，分發。

はいきゅう［排球］（名）排球。→バレーボー
ル

はいきゅう［配球］（名・他サ）（棒球）（針對打
者的）配合投球。

はいきゅう［廃休］（名）節假日加班。

ばいきゅう［倍旧］（名）多加。△～のご愛顧
をお願いいたします／請多加垂顧。

はいきゅうせいど［配給制度］（名）配給制
（度）。

はいきょ［廃墟］（名）廢墟。

はいきょう［背教］（名）叛教，違背教導。

はいぎょう［廃業］（名・他サ）關門，歇業。
△力士を～する／不當相撲運動員了。

はいきょく［敗局］（名）（圍棋、象棋）敗局。

はいきん［拝金］（名）拜金。△～主義／拜金主
義。

はいきん［背筋］（名）背肌。

はいきん［排菌］（名・自サ）排菌。

ばいきん［黴菌］（名）細菌。△～がつく／滋生
細菌。

ハイキング［hiking］（名）郊遊，遠足。→遠足，
ピクニック

バイキング［viking］（名）海盜菜，繳定費後隨
便吃的飯菜。

ハイク［hike］（名）徒步旅行。

はいく［俳句］（名）俳句。（日本的十七音短詩）
△～をたしなむ／通曉俳句。△～をつくる／
做俳句。

はいぐ［拝具］（名）（寫在書信前後）謹上。

バイク［bike］（名）機動腳踏兩用車。→単車

パイク［pike］（名）〈經〉收費公路，通行稅。

はいぐうしゃ［配偶者］（名）配偶。

ハイグレード［high-grade］（ダナ）高級的，優質
的，高清晰度的。

は
ハ

はいぐんのしょうへいをかたらず［敗軍の将
兵を語らず］（連語）敗軍之將不可言勇。

はいけい［拝啓］（名）敬啟者。→謹啓

はいけい［背景］（名）① 背景。△みずうみを～
にして写真をとる／以湖為背景拍照。→バッ
ク ② 佈景。③ 幕後情況，背景。△～をさぐ
る／探索背景。△事件の～／事件的背景。

ハイゲーム［high game］（名）（滾木球比賽中）比
分最高的一場比賽。

はいげき［排撃］（名・他サ）抨擊，痛斥。→排
斥

ばいけつ［売血］（名・自サ）賣血。

ばいけつ［買血］（名・自サ）買血。

はいけっかく［肺結核］（名）肺結核。→肺病

はいけつしょう［敗血症］（名）敗血症。

はいけん［拝見］（名・他サ）拜讀，瞻仰，看。
△ちょっと～します／我看看。

はいけん［佩剣］（名）佩劍。

はいご［背後］（名）背後。△～をつく／戳其背
後，攻其後方。△敵の～／敵人的背後。△～
関係／背地關係。

はいご［廃語］（名）已經不用的詞。→死語

はいこう［廃坑］（名）廢礦井。

はいこう［背光］（名）後光，光環。

はいこう［廃校］（名・自サ）停辦學校。

はいこう［廃鉱］（名）廢礦。

はいごう［俳号］（名）俳名，俳句詩人的筆名。

はいごう［廃合］（名・他サ）或撤銷或合併。

はいごう［配合］（名・他サ）配合，調配。△色
の～／顏色的調配。→調合

ばいこく［売国］（名）賣國。△～奴／賣國賊。

バイコロジー［bicology］（名）倡導騎自行車（以
取代乘車）的運動（以便保護自然環境，恢復人
的原貌）。

はいざい［配剤］（名・他サ）① 配藥。② 巧妙
的配合。

はいざい［廃材］（名）廢棄的木材，廢材。

ばいざい［媒材］（名）媒介質。

はいさつ［拝察］（名・他サ）推測，猜想（的自
謙語）。△みなさまにはお元気のことと～いた
します／我想諸位一定康健。

はいざら［灰皿］（名）煙灰碟，煙灰缸。

はいざん［廃山］（名）廢礦山。

はいざん［敗残］（名）戰敗而未死。△～の身／
敗北之身。△～兵／敗兵，殘兵敗將。

はいし［廃止］（名・他サ）廢止，廢除。△虚
礼～／廢除虛禮，廢する

はいし［胚子］（名）胚。

はいし［俳誌］（名）俳句雜誌。

はいし［配祀］（名・他サ）配祀，陪祀。

はいし［稗史］（名）稗史。

はいじ［拝辞］（名・他サ）① 拜辭，離別。②
辭退。

はいじ［廃寺］（名）廢寺。

はいしつ［廃疾］（名）殘疾。

はいしつ［肺疾］（名）肺病。

ばいしつ［媒質］（名）介質，媒質。

はいじつせい［背日性］（名）背日性。↔ 向日
性

はいしゃ［配車］（名・自サ）調度車輛。△～
係／車輛調度（員）。

はいしゃ［廃車］（名）報廢的車。

はいしゃ［敗者］（名）敗者。△～復活戦／雙淘
汰賽。↔ 勝者

はいしゃ［歯医者］（名）牙醫。

はいしゃ［拝謝］（名・自サ）拜謝，謹謝。

はいしゃく［拝借］（名・自他サ）借。△この
本を～します／我借這本書。

ばいしゃく［媒酌］（名・他サ）做媒，媒人。
△～人／媒人。→仲人

ハイジャック［hijack］（名・他サ）劫機。

はいしゅ［胚珠］（名）胚珠。

はいじゅ［拝受］（名・他サ）收，領受，拜領。
△お手紙を～致しました／貴函收悉。

ばいしゅう［買収］（名・他サ）收買。△用地
を～する／收買用地。△役人を～する／收買
官員。→贈賄

ばいじゅう［陪従］（名・自サ）隨從，陪同。

はいしゅつ［排出］（名・他サ）① 排出，放出。
△汚水を～する／ 排污水。② 排泄。

はいじょ［排除］（名・他サ）排除。

はいしゅつ［輩出］（名・自サ）輩出。△新鋭
が～する／後起之秀輩出。

はいしゅみ［俳趣味］（名）俳句情趣。

はいしゅん［売春］（名）賣淫。

はいしょ［俳書］（名）俳句的書籍。

はいしょ［配所］（名）發配地，流放地。

はいじょ［排除］（名・他サ）排除。

はいしょう［拝承］（名・他サ）聽，答應（的謙
語）。

はいしょう［拝誦］（名・他サ）拜讀。

はいしょう［敗将］（名）敗將。

はいしょう［廃娼］（名）廢除公娼。

はいしょう［廃消］（名）〈經〉登出。

はいじょう［配乗］（名・自サ）分配乘務員的
服務車輛。

はいじょう［廃城］（名）荒廢的城市。

ばいしょう［賠償］（名・他サ）賠償。△～金／
賠款。△国家～／國家（給的）賠償。

ばいじょう［陪乗］（名・自サ）陪同（身分高的
人）乘車。

ばいしょうふ［売笑婦］（名）妓女。

はいしょく［配色］（名）配色。

はいしょく［敗色］（名）敗勢，敗相。△～が
こい／敗相明顯。

ばいしょく［陪食］（名・自サ）陪餐。

はいしん［背信］（名）背信。△～行為／背信棄
義的行為。→裏切り

はいじん［俳人］（名）俳句詩人。△～芭蕉／俳
句詩人松尾芭蕉。

はいじん［廃人・癈人］（名）廢人。→廃疾者

ばいしん［陪臣］（名）臣下之臣，家臣的家臣。

ばいしん［陪審］（名）陪審。

ばいしんせい［陪審制］（名）陪審制。

はいすい［配水］(名・自サ) 配水，供水。△～管／供水管。→給水

はいすい［排水］(名・自サ) 排水。△～溝／排水溝。→水はけ

はいすい［廃水］(名) 廢水。→廃液

はいすいのじん［背水の陣］(連語) 背水陣。△～をしく／背水佈陣。

はいすいりょう［排水量］(名) 排水量。

はいすう［拝趨］(名・自サ) 拜訪。

ばいすう［倍数］(名) 倍數。↔ 約数

ハイスクール［high school］(名) 英語指初中、高中。(日語指) 高中。

バイスタンダー［bystander］(名) 旁觀者，觀眾。

ハイスピード［high speed］(名) 高速度。

バイスプレジデント［vice president］(名) 副總統，副總裁，副社長，副校長。

はいずみ［灰墨・掃墨］(名) 油煙墨。

はい・する［配する］(自他サ) ① 配置，配備。△人を～する／配備人員。→配置する ② 配合。△池に松を～する／給水池配上松樹。

はい・する［排する］(他サ) 排除。△万難を～する／排除萬難。→排除する

はい・する［廃する］(他サ) ① 廢除。△王政を～する／廢除君主制。② 廢黜。△将軍を～／廢黜將軍。

はいず・る［這いずる］(自五) 爬行。

ばい・する［倍する］(自他サ) 加倍。△前回に～ご支持をお願いします／請加倍支持。

はいせい［俳聖］(名) 俳聖。

はいせい［敗勢］(名) 敗勢。

はいせいしん［肺性心］(名) 肺原性心臟病。

はいせき［廃石］(名) (礦中無用的) 岩石。

はいせき［排斥］(名・他サ) 排斥，抵制。△～運動／抵制運動。→排撃

ばいせき［陪席］(名・自サ) 陪席，陪伴。

はいせつ［排雪］(名) 除雪，(被清除的) 雪堆。

はいせつ［排泄］(名・他サ) 排泄。△～物／排泄物。

はいぜつ［廃絶］(名・自サ) ① 絕嗣，斷絕後代。② 廢棄。△核兵器～運動／廢除核武器運動。

はいせん［肺尖］(名) 肺尖。

はいせん［配線］(名・自サ) ① 配綫，佈綫。△～工事／架綫工程。② 接綫。△～図／接綫圖，配綫圖。

はいせん［敗戦］(名) 戰敗，敗仗。△～投手／吃敗仗的投手。

はいせん［杯洗］(名) 洗杯器。

はいせん［配船］(名・自サ) 分配船隻。

はいせん［廃船］(名) 廢船。

はいせん［廃線］(名) 廢除鐵路綫。

はいぜん［配膳］(名・自サ) 擺上飯菜。△～台／配膳台。△～室／備餐間。

はいぜん［沛然］(副・連體) 沛然。△～として驟雨きたる／驟雨沛然而至。△～たる驟雨／沛然驟雨。

ばいせん［媒染］(名) 媒染，加媒染劑染。

はいそ［敗訴］(名・自サ) 敗訴。↔ 勝訴

はいそう［配送］(名・他サ) 發送。

はいそう［敗走］(名・自サ) 敗走。△なだれをうって～する／一敗如水，潰不成軍。

はいそう［拝送］(名・自サ) 送呈，奉上。

はいそう［背走］(名・自サ) 倒退着跑。

はいぞう［肺臓］⇨肺。

ばいぞう［倍増］(名・自他サ) 增加一倍，翻一番。△所得～／收入加倍。→倍加

はいぞく［配属］(名・自他サ) 分配。△～をきめる／決定工作崗位。→配置

ハイソサエティー［high society］(名) 上流社會，上層社交界。

ハイソックス［high socks］(名) 高勒襪。

はいそん［廃村］(名) 荒廢的村莊。

はいた［排他］(名) 排他。△～的／排外性。

はいた［歯痛］(名) 牙痛。

ばいた［売女］(名) 妓女，娼婦。

はいたい［敗退］(名・自サ) 失利，敗退。△一回戦で～する／第一輪比賽就被淘汰了。

はいたい［胚胎］(名・自サ) 起因。

はいたい［廃頽］(名) 頹廢。

ばいたい［媒体］(名) ① 媒介物。② 媒質，介質。→メディア △～となる／成為介質。

ばいだい［倍大］(名) 加大一倍。

はいたか［鷂］(名) 雀鷹。

はいだ・す［這い出す］(自五) ① 爬出來。② 開始爬。

はいたたき［蠅叩き］(名) 蠅拍。

はいたつ［配達］(名・他サ) 送，投遞。△郵便を～する／投遞郵件。△郵便～／送郵件。△新聞～／送報紙。

バイタリティー［vitality］(名) 活力，生氣。

バイタル［vital］(ダナ) 充滿活力的，生氣勃勃的。

はいだん［俳談］(名) 關於俳句的漫談。

はいだん［俳壇］(名) 俳句界，俳壇。

ハイチ［Haiti］〈國名〉海地。

はいち［配置］(名・他サ) 配置，佈置，部署。△～につく／各就各位。△うまく～する／部署很好。△机を二つ～する／佈置兩張桌子。△～転換／調動工作崗位。△気圧～／氣壓形勢。→配属

はいち［背馳］(名・自サ) 背道而馳。

ばいち［培地］(名) (細菌的) 培養基。

はいちせい［背地性］(名) 背地性。

はいちゃく［敗着］(名・自サ) (圍棋) 敗着。

はいちゃく［廃嫡］(名・他サ) 廢嫡，剝奪繼承權。

はいちょう［拝聴］(名・他サ) 恭聽，聆聽。△先生の講演を～する／聆聽先生的演說。→うかがう

はいちょう［蠅帳］(名) 防蠅紗罩。

ばいちょう［陪聴］(名・他サ) 陪聽。

はいちょうきん［腓腸筋］(名) 腓腸肌。

ハイツ［heights］(名) 高岡上的住宅。

はいつう［背痛］(名) 背痛。

はいつくば・う［這い蹲う］（自五）匍匐，拜倒在地。

はいてい［拝呈］（名・他サ）謹呈，送呈。

はいてい［廃帝］（名）廢帝，廢黜的皇帝。

ハイティーン［high teen］（名）十六歲至十九歲的青少年。

ハイテクノロジー［high technology］（名）高科技，尖端科技。

はい・でる［這い出る］（自下一）爬出。△ありの～すきもない／（圍得）水泄不通。

はいてん［配転］（名・他サ）（人員的）調配，調動。

はいでん［拝殿］（名）前殿拜殿。

はいでん［配電］（名・自サ）配電。△～所／配電站。△～盤／配電盤。

ばいてん［売店］（名）小賣店，小賣部。→スタンド

バイト ⇨アルバイト

バイト［荷 beitel］（名）刀具。

バイト［byte］（名）〈IT〉位元組。

はいとう［配当］（名・他サ）① 分配。△二人に一つずつ～する／每兩個人分給一個。② 分紅，紅利。△～金／股息，紅利。

はいとう［佩刀］（名・自サ）佩刀。

はいとう［配湯］（名・自サ）（由温泉向旅館住戶）分配温泉水。

はいとく［背徳］（名）違背道德，不道德。△～者／不講道德的人，道德敗壞者。△～行為／不道德的行為。

はいどく［拝読］（名・他サ）拜讀，拜閱。△お手紙～し，安心いたしました／拜閱貴函我放心了。

ばいどく［梅毒］（名）梅毒。

はいとり［蠅取（り）］（名）① 捕蠅。② 蠅拍。

ハイドン［Franz Joseph Haydn］〈人名〉海頓（1732-1809）。奧地利作曲家。

パイナップル［pineapple］（名）菠蘿，鳳梨。

はいならし［灰均し］（名）⇨はいかき

バイナリ［binary］（名）〈IT〉二進位制，二進位的。

はいにち［排日］（名）排斥日本。

はいにゅう［胚乳］（名）胚乳。

はいにょう［排尿］（名・自サ）排尿。

はいにん［背任］（名・自サ）瀆職。

ばいにん［売人］（名）商人，販子。

ハイネ［Heinrich Heine］〈人名〉海涅（1797-1856）。德國詩人。

はいのう［背嚢］（名）揹囊，揹包。

バイノーラル［binaural］（ダナ）立體聲的，雙頻道的，雙聲道的。

ハイパー［hyper］（接頭）超出，在…之上，高於，過度。

ハイパーテロリズム［hyper-terrorism］（名）大肆破壞的恐怖主義。

ハイパーパワー［hyperpower］（名）超級大國，指美國。

はい・はい（感）①（高興時回答）是是。（不高興時答）好啦好啦。②（打電話時應答）是是，欸欸。③（引起對方注意）喂，喂。④（驅馬聲）駕駕。

バイバイ［bye-bye］（名・感・自サ）再見。

ばいばい［売買］（名・他サ）買賣。△製品を～する／買賣產品。→売り買い

ばいばいさえき［売買差益］（名）〈經〉交易差額。

バイパス［bypass］（名）迂迴道路，旁路。△～を通す／通過迂迴道路。

ハイバネーション［hibernation］（名）〈IT〉休眠。

はいはん［背反］（名・自サ）違反，違背。

はいばん［廃盤］（名）（從目錄裏）刪掉的唱片。

はいはんちけん［廃藩置県］（名）廢藩置縣。

はいばんろうせき［杯盤狼藉］（名）杯盤狼藉。

はいび［配備］（名・他サ）配備，部署。

はいび［拝眉］（名・自サ）拜謁。

ハイヒール［high-heeled shoes］（名）高跟鞋。

はいびょう［肺病］（名）肺病。

はいひん［廃品］（名）廢品。△～回収／回收廢品。→廃物

ばいひん［売品］（名）出售品，賣品。

ばいひん［陪賓］（名）陪客。

はいふ［肺腑］（名）① 肺（臟）。② 肺腑。△～をえぐる／刺人肺腑。

はいふ［配布・配付］（名・他サ）①［配布］散發。△広報を～する／散發公告。②［配付］分發。

はいぶ［背部］（名）背部，背後。

パイプ［pipe］（名）① 管，導管。△～ライン／輸油管。△鉄～／鐵管。② 煙斗，煙嘴。

ハイファイ［hi-fi］（名）高保真度。

はいふう［俳風］（名）俳句的風格。

パイプオルガン［pipe organ］（名）管風琴。

はいふき［灰吹（き）］（名）煙灰筒。

はいふく［拝復］（名）敬覆。

はいぶつ［廃物］（名）廢物。△～利用／廢物利用。→廃品

はいぶつきしゃく［排仏毀釈］（名）排佛毀釋寺。

パイプライン［pipeline］（名）輸油管，輸煤氣管。

ハイブラウ［highbrow］（名）① 文化修養很高的人。② 自以為文化修養很高的人，賣弄學問的人。

ハイブリッド［hybrid］（名）①（動、植物的）雜種，雜交。② 混合物。③（電）混合波導聯結，橋接岔路，等差作用。

バイブル［Bible］（名）聖經，經典。△この本は数学の～だ／這本書是數學的經典。

バイプレーヤー［byplayer］（名）配角，助演者。

ハイフン［hyphen］（名）連字符，連字號。

はいぶん［配分］（名・他サ）分配。△利益を～する／分配利益。△仕事を～する／分配工作。△人数に応じて～する／按人數分配。△比例～／比例分配。→分配

はいぶん［拝聞］（名・他サ）拜聞，恭聽。

ばいぶん［売文］（名）賣文。△～の徒／賣文之徒。

はいへい［廃兵］（名）殘廢軍人。

ハイペース［high pace］（名）步速快，進度快。

はいべん［排便］（名・自サ）大便，排便。

はいほう［肺胞］（名）肺泡。

はいほう［敗報］（名）戰敗的消息。

はいぼう［敗亡］（名・自サ）因戰敗而滅亡。

バイポーラー［bipolar］（名）〈IT〉雙極的，雙向的（在晶片設計中，指使用雙極性電晶體）。

ハイボール［美 high ball］（名）加冰攙蘇打水的威士忌。

ハイポキシア［hypoxia］（名）氧過少，氧不足，低氧。

はいぼく［敗北］（名・自サ）敗北，敗仗。△～を喫する／吃敗仗。↔勝利

ばいぼく［売卜］（名）賣卜。

はいほん［配本］（名・自サ）發書，發行。

ハイマート［德 Heimat］（名）故鄉，鄉土。

ばいまし［倍増し］（名）增加一倍。

はいまつ［這松］（名）伏松，偃松，臥藤松。

はいまつわ・る［這い纏る］（自五）攀，纏。△つる草が枝に～／蔓草纏在樹枝上。

ハイミス［high miss］（名）老姑娘，大齡姑娘。

はいめい［拝命］（名・他サ）① 受命，接受任命。② 接受命令。

ばいめい［売名］（名）沽名釣譽。△～行為／沽名釣譽的行為。

はいめつ［敗滅］（名・自サ）敗亡，覆滅。

はいめつ［廃滅］（名・自サ）衰亡。

はいめん［背面］（名）背面，背後。△～からせめる／由背後攻擊。△～をつく／攻其背後。↔正面，前面

はいもん［肺門］（名）肺門。

ハイヤー［hire］（名）包租的汽車。→タクシー

バイヤー［buyer］（名）外國買主。

はいやく［配役］（名）分配角色，角色。→キャスト

はいやく［背約］（名・自サ）違約，背約。

ばいやく［売約］（名・自サ）出售契約。△“～済み”の札が貼ってある／貼著“已售”的條子。

ばいやく［売薬］（名）成藥。

ばいやくずみ［売約済み］（名）〈經〉已售。

バイアス［bias］⇨バイアス

はいゆ［廃油］（名）廢油。

はいゆう［俳優］（名）演員。△映画～／電影演員。→役者

はいゆう［俳友］（名）俳句詩友。

はいよう［佩用］（名・他サ）佩帶。

はいよう［肺葉］（名）肺葉。

はいよう［胚葉］（名）胚葉，胚層。

ばいよう［培養］（名・他サ）培養。

ハイラーテン［德 heiraten］（名・自サ）（學生語）結婚。

ハイライト［highlight］（名）①（照片上）光綫最強處，高光。↔シャドー②最精彩的場面。△今週の～／這週最精彩的場面。

バイラテラル［bilateral］（ダナ）雙邊的，雙方的，兩國間的。

はいらん［排卵］（名・自サ）排卵。

ハイランド［highlands］（名）高原，高地。位於高原的遊覽地，別墅地。

はいり［背理］（名）不合道理，不合邏輯。

はいり［背離］（名・自サ）背離，背道而馳。

はいりぐち［入（り）口］（名）入口，門。

はいりこ・む［入り込む］（自五）進入，鑽入。

ハイリスク［high risk］（名）高風險。

ばいりつ［倍率］（名）① 倍率。△～の大きい顕微鏡／倍率大的顯微鏡。② 競爭率。△～が高い／競爭率高。

はいりょ［配慮］（名・自他サ）關懷，照顧，關照。△～がいきとどく／關懷入微。△慎重な～が必要だ／要慎重照料。→心づかい，気くばり

はいりょう［拝領］（名・他サ）拜領，領受。

ばいりょう［倍量］（名）加倍的量。

ばいりん［梅林］（名）梅林，梅園。

ハイル［Heil］（感）萬歲。

はい・る［入る］（自五）① 進入。△ふろに～／洗澡。△へやに～／進入房間。△すきま風が～／進賊風。△どろぼうが～／進小偷。→はいりこむ↔出る② 加入，參加。△会社に～／加入公司。△大学に～／上大學。△なかまに～／入夥。△～りそこなう／沒能參加。③ 進入（某時期，某狀態）。△梅雨に～／入梅。△後半に～／進入後半期，進入後半場。△交渉に～／開始談判。△新しい局面に～／進入新局面。④ 容納，裝入。△一リットル～びん／容量一立升的瓶子。△かばんに～大きさ／可裝進皮箱的大小。△～りきらない／裝不下。⑤ 收入，得到。△手に～／到手。△耳に～／聽到。△目に～／看到。△連絡が～／聯繫上。取得聯繫。⑥ 含有。△熱が～／充滿熱情。△気合が～／帶勁。△たましいが～／全神貫注。

はいる［配流］（名・他サ）流放。

パイル［pile］（名）① 拉毛織物，起絨織物。△～のマット／拉毛墊子。②（建築）樁子。

はいれ［歯入れ（れ）］（名）換木屐齒（的人）。

はいれい［拝礼］（名・自他サ）叩拜，鞠躬。

はいれつ［配列・排列］（名・他サ）排列。△～をかえる／改變排列。

ハイレベル［high level］（名）高水平，高標準，高級。

はいろう［肺癆］（名）肺癆。

パイロット［pilot］（名）① 飛行員。② 領港員，引水員，引航員。

バイロン［George Gordon Byron］〈人名〉拜倫（1788-1824）。英國詩人。

パイン［pine］⇨パイナップル

バインダー［binder］（名）活頁的封面。

は・う［這う］（自五）① 爬。△～いまわる／四處爬。②（動物）爬行。△へびが～／蛇爬行。△虫が～／蟲子爬。③（植物）爬，攀援。△つたが～／常春藤爬（上…）。

ハウザーしょく［ハウザー食］（名）亳撒氏保健食品。

ハウジング [housing] (名) 住宅産業的總稱。

ハウス [house] (名) ① 房屋，住宅。△モデル～／樣品房。△タウン～／各户帶庭院的兩層樓住宅。② 塑料大棚，温室。

ハウスウエア [housewares] (名) 家庭用具，生活用品。

ハウスキーパー [housekeeper] (名) 女傭人，管家。

ハウスキーピング [housekeeping] (名) 家務，家政。

ハウスさいばい [ハウス栽培] (名・他サ) 温室培育。

ハウスダスト [house dust] (名) 家庭垃圾，灰塵。

パウダー [powder] (名) ① 粉，粉末。△ベビー～／爽身粉，痱子粉。② 香粉，撲粉。

バウチャー [voucher] (名) 證件，證書，收據，兌換券。

はうちわ [羽団扇] (名) 羽毛團扇。

ハウツー [how to] (名) ① 方法。② 指南。

ばうて [場打て] (名) 怯場。

バウムクーヘン [德 Baumkuchen] (名) 蛋糕捲。

はうら [羽裏] (名) 鳥翼的背面。

はうら [葉裏] (名) 葉背。

ハウリング [howling] (名) 嚎叫聲，咆哮聲。

バウンド [bound] (名・自サ) (球) 彈跳，滾跳。

パウンド [pound] ⇨ポンド

はえ [蠅] (名) 蒼蠅。(也説"はい") △～をたたき／蠅拍子。

はえ [南風] (名) (西) 南風 (主要指日本的中國、四國、九州等地颳的 (西) 南風)。

はえ [鮠] (名) 雅羅魚。

はえある [栄えある] (連體) 光榮的。△～勝利／光榮的勝利。

はえぎわ [生え際] (名) 髮際。△ひたいの～／額頭的髮際。

はえなわ [延繩] (名) (一根繩上拴許多釣鈎) 繩鈎。△～漁船／繩鈎漁船。

はえぬき [生え抜き] (名) ① 土生土長，地道。△～の江戸っ子／土生土長的東京人。→きっすい ② (創業以來的) 元老，最早加入的。△～の社員／老職員，公司的老人兒。

はえばえし・い [映映しい] (形) 華麗，漂亮。

は・える [生える] (自下一) 長，生，發。△草が～／長草。△根が～／生根。△かびが～／發霉。△芽～／發芽。△あの山にはいろいろめずらしい木が～えている／那座山上生長多種稀有的樹木。△あの人は，あの会社に入って，根が～えたように動かないね／他進那家公司後就像生了根一樣，再沒動地方。△歯が～／長牙。△ひげが～／長鬍鬚。

は・える [映える・栄える] (自下一) ① 照，映照。△夕日に～山なみ／夕陽映照下的峰巒。② (顯得) 漂亮。△白い船体が青い海に～て美しい／白色的船體映着碧藍的大海，很美。△せっかくの絵も，ここにかけたのでは～ない／好不容易畫好的畫，掛在這裏太不顯眼了。

はおう [覇王] (名) 霸王。

はおく [破屋] (名) 破屋。

パオズ [包子] (名) (中國) 包子。

はおと [羽音] (名) ① 振翅聲。△～をたてる／發出振翅聲。② 箭羽聲。

はおり [服折] (名) 摺疊和服下襬。

はおり [羽織] (名) (和服) 短外褂。

はお・る [羽織る] (他五) 披上。△コートを～／披風衣。

はか (名) (工作) 進度，進展。△～がいく／有進展。

はか [破瓜] (名) 破瓜 (女子十六歲)。

はか [墓] (名) 墓，墳。△～にもうでる／上墳。△～にほうむる／安葬。△～をほる／掘墓。△～をたてる／建造墳墓。△先祖代々の～／祖祖輩輩的墳墓。△～石／墓石，墓牌。△～参り／掃墓。→墳墓，墓地

ばか [馬鹿] (名・形動) ① 愚蠢，獃傻。△人を～にする／愚弄人，小看人。△～者／傻瓜，混蛋。→うすのろ・まぬけ・あけ・あんぽんたん ② (只專一樣，不會其他的) 獃子。△専門～／(只懂專業的) 書獃子。③ 出人意料。△そんな～な！／豈有此理！哪裏會有那麼荒唐的事。△～も休み休み言え／少説胡話！別瞎胡扯！④ 不合算，無聊。△～を言う／胡説。△～を見る／吃虧，倒霉。△出費が～にならない／開銷不能小看。△～話／閑聊。⑤ (用"～になる"的形式) 不好使，不靈。△かぜで，鼻が～になった／由於感冒，鼻子不好使了。→だめになる ⑥ 異常，特別。△～に寒いね／冷得厲害啊。△～でかい／大得厲害，異常大。△～ていねい／過分謙恭。

はかい [破壊] (名・自他サ) 破壞。△～のかぎりをつくす／極力破壞。△たてものを～する／破壞建築物。△組織を～する／破壞組織。△～力／破壞力。↔建設

はかい [破戒] (名) 破戒。

はがい [羽交 (い)] (名) ① (鳥的) 兩翼交叉處。② 翅膀。

はかいし [墓石] (名) 墓石，墓碑。→墓標

はがいじめ [羽交い締め・羽交い絞め] (名) 從對方身後兩腋下伸手卡住脖子的招數。

はかいてき [破壊的] (形動) 破壞性。△～な意見／破壞性的意見。↔建設的

はがうく [歯が浮く] (連語) ① 牙牀鬆動。② 倒牙，肉麻。△～ようなおせじ／叫人聽了肉麻的奉承話。

はがえ [羽替 (え)] (名) (鳥類) 褪換羽毛。

はがき [葉書] (名) 明信片。△～をだす／寄明信片。△絵～／美術明信片。

はかく [破格] (名・形動) ① 破格，破例。△～のあつかい／破格的待遇。② 打破常規。→変則。

ばかく [馬革] (名) 馬革，馬皮。△かばねを～につつむ／馬革裹屍。(指戰死沙場)

ばかくさい [馬鹿臭い] (形) 愚蠢，無聊，划不來。

はがくれ [葉隠 (れ)] (名) 隱沒在葉間。

はかげ［葉陰］(名)樹葉陰影。

ばかげた［馬鹿げた］(連體)愚蠢的，荒唐的。△～まねをするな／別幹蠢事，別幹荒唐事。

ばかさかげん［馬鹿さ加減］(名)糊塗勁兒，傻勁兒。

ばかさわぎ［馬鹿騒ぎ］(名)大鬧，亂鬧，狂歡。△酒を飲んで～をする／喝酒大鬧。

はがしごよみ［剥(が)し暦］(名)(每天撕一張的)日曆。

はかしょ［墓所］(名)墓地。

ばかしょうじき［馬鹿正直］(名・形動)過於正直，過分老實，愚頑，憨直(的人)。

はかじるし［墓標］(名)墓標，墓碑，塔形木牌。

はか・す［捌(か)す］(他五)① (使)流通。② 賣光。

はが・す［剥がす］(他五)剝掉，揭下。△びらを～／揭下傳單。→はぐ

用法提示 ▼
中文和日文的分別
中文的"剝"有"弄掉附着物""去掉外皮"兩個意思；日文只用於第一個意思，很少用於第二個意思。常見搭配：紙張，膏藥，建築物品，面紗面具等等。

1. 紙（かみ）、ポスター、張（は）り紙（がみ）、ビラ、写真（しゃしん）、ラベル、レッテル、テープ、シール

2. 絆創膏（ばんそうこう）、膏薬（こうやく）、かさぶた

3. 板（いた）、羽目板（はめいた）、天井板（てんじょういた）、塗料（とりょう）、壁（たたみ）、畳（たたみ）、屋根（やね）、舗装（ほそう）、布団（ふとん）、毛布（もうふ）

4. ベール、仮面（かめん）を剥がす

ばか・す［化かす］(他五)迷惑。△きつねに～される／被狐狸所迷惑。

ばかず［場数］(名)經驗的次數，場次。△～をふむ／積累實際經驗。

はかせ［博士］(名)①博學之士。△もの知り～／學識淵博的人。②博士。→はくし

はかた［博多］(名)①博多帶。②博多絲織品。

はがた［歯形］(名)①牙咬的印。②齒型。

はがたたない［歯が立たない］(連語)①咬不動。②比不上，啃不動。△あの人には～／我可敵不過他。

ばかづら［馬鹿面］(名)傻相，獃頭獃腦。△～をしている／一幅傻相。

はかどころ［墓所］(名)墓地，墳地。

ばかとはさみはつかいよう［馬鹿と鋏は使いよう］(連語)鈍剪子，傻獸子，會用就好使。

はかど・る［捗る］(自五)進展。△勉強が～／學習進步快。→進捗する

はかな・い［果敢無い・儚い］(形)①不可靠，虛幻。△～望み／渺茫的希望。②短暫，無常。△～命／短暫的壽命。△～い抵抗／徒勞的抵抗。

はかな・む［儚む］(他五)厭(世)。△世を～／厭世。

ばかに［馬鹿に］(副)特別，異常，厲害。△今年は～暑いね／今年熱得厲害。→いやに

はがね［鋼］(名)鋼。→鋼鐵、スチール

ばかのひとつおぼえ［馬鹿の一つ覚え］(連語)一條道跑到黑，死心眼兒。

はかば［墓場］(名)墳地，墓地。→墓地，墓地

ぱかぱか (副・自サ)①(馬蹄)得得(聲)。②(鞋帽等)肥大。△この靴は～している／這雙鞋很肥大。

はかばかし・い［捗捗しい］(形)(多後續否定詞語)進展(不)順利，進展(不)如意。△勉強が～くすすまない／學習沒有進展。

ばかばかし・い［馬鹿馬鹿しい］(形)毫無意義，毫無價值。△～話／扯談，無聊的話。

ばかはしななきゃなおらない［馬鹿は死ななきゃ治らない］(連語)渾人除死沒法治。

はかはら［墓原］(名)墓地。

はかぶ［端株］(名)①散股。②零星股票。

バガボンド［vagabond］(名)流浪者。

はかま［袴］(名)①和服裙子、褲裙。△はおり～／穿和服外褂和和服褲裙的正式服裝。②酒壺座。③葉鞘。△つくしの～／筆頭菜的葉鞘。

はがま［羽釜］(名)帶沿兒的飯鍋。

はかまいり［墓参り］(名・自サ)掃墓，上墳。(也說"ぼさん")

はがみ［歯噛み］(名・自サ)咬牙切齒。→歯ぎしり

ばかもの［馬鹿者］(名)傻瓜，混蛋。

はがゆ・い［歯痒い］(形)急死人，令人焦急。→もどかしい、じれったい

はからい［計らい］(名)①處理，處置。②安排，斡旋。③主意。

はからう［計らう］(他五)①處理，處置，考慮，安排。△適当に～ってください／請你斟酌辦理。②商量。

はからざりき［図らざりき］(連語)真沒想到。

ばからし・い［馬鹿らしい］(形)愚蠢，無聊，不值得，划不來。→くだらない

はからずも［図らずも］(副)不料，沒想到。△～生徒会長にえらばれた／出乎意料地被選為學生會長。

はかり［秤］(名)秤，天平。△台ばかり／台秤，磅秤。△さおばかり／桿秤。△ばねばかり／彈簧秤。→うわざらてんびん

ばかり (副助)①(概數)左右，上下。△千円貸してくれませんか／請借給我一千日圓左右好嗎？△かぜで三日～休みました／因感冒休息了三天左右。→くらい，ほど②(限定)只，僅，光，淨，專。△あまいもの～食べていると虫歯になるぞ／光吃甜食要壞牙的呀！③剛。△起きた～でまだ顔もあらっていない／剛剛起牀，還沒洗臉。④幾乎，快要。△泣かん～に頼みこんだ／苦苦哀求，幾乎要哭了出

來。⑤ 只剩，只等。△料理を出す〜にしておく／做好了，只等上菜了。⑥ 只因為。△やせたい〜に食事をせず，病気になってしまった／為了要減肥，不吃飯才生了病。(加重語氣時説 "ばっかり")

はかりうり ［計り売り・量り売り］(名) 按分量賣。

ばかりか (連語) 不僅，不止。豈止。

はかりがた・い ［計り難い］(形) 難以測量。難以預測。不可理解。

はかりごと ［謀］(名) 計謀，謀略。△〜をめぐらす／出謀劃策。

はかりにかける ［秤にかける］(連語) ① 用秤稱。② 權衡。→てんびんにかける

はか・る ［計る・量る・測る］(他五) 量，稱，測量。△時間を〜／計算時間。△めかたを〜／稱分量。△容積を〜／量容積。△距離を〜／測量距離。△目で〜／目測。→計量する

はか・る ［量る・測る］(他五) 推測，揣測。△相手の心を〜／揣測對方的心理。△〜りかねる／難以猜測。△おし〜／推測。

はか・る ［計る・謀る］(他五) 圖，謀，騙人，設圈套。△しまった！〜られたか／糟糕，原來中了圈套。

はか・る ［図る・謀る］(他五) 謀求，企圖，圖謀。△解決を〜／謀求解決。△べんぎを〜／謀求方便。△暗殺を〜／企圖暗殺。△拡大を〜／謀求擴大。

はか・る ［諮る］(他五) 商量，磋商，諮詢→諮問する

はが・れる ［剥がれる］(自下一) 剝落，脱落。△うすく〜／剝落薄薄一層。→はげる

ばかわらい ［馬鹿笑い］(名) 傻笑，憨笑。

はかん ［波間］(名) 波浪之間。

はがんいっしょう ［破顔一笑］(名・自サ) 破顔一笑。

バカンス ［法 vacances］(名) 休假，假期。

はき ［破棄］(名・他サ) ① 撕毀。② 廢棄，廢除。△婚約を〜する／廢除婚約。③ 撤銷，取消。△一審判決を〜する／撤銷一審判決。

はき ［霸気］(名) 鋭氣，雄心。△〜がある／有鋭氣。

はぎ ［萩］(名) 胡枝子。

はぎ ［脛］(名) 脛部，小腿。△ふくら〜／腿肚子。

はぎあわ・せる ［はぎ合わせる］(他下一) 拼起來，接合。

バギー ［buggy］(名) ① 嬰兒車。② 輕型運貨車。

はきけ ［吐き気］(名) 噁心，欲吐。△〜をもよおす／覺得噁心。

はぎしり ［歯軋り］(名・自サ) ① 咬牙。② 咬牙切齒。△〜をしてくやしがる／懊悔得咬牙切齒。→歯がみ

パキスタン ［Pakistan］〈國名〉巴基斯坦。

はきす・てる ［吐き捨てる］(他下一) 吐掉。

はきそうじ ［掃 (き) 掃除］(名・自サ) 掃除，清掃。

はきだしまど ［掃 (き) 出し窓］(名) 垃圾口。

はきだ・す ［吐き出す］(他五) ① 吐出。② 噴出，冒出。△けむりを〜／冒煙。

はきだ・す ［掃 (き) 出す］(他五) 清掃出去。

はきたて ［掃 (き) 立て］(名) ① 剛掃完。② 將幼蠶從蠶紙上掃下來。

はきだめ ［掃き溜め］(名) 垃圾堆。

はきだめにつる ［掃き溜めに鶴］(連語) 雞窩裏出鳳凰。

はきちが・える ［履き違える］(他下一) ① 穿錯。② 誤解，張冠李戴。△自由をわがままと〜／把自由誤解為任性。

はぎとり ［剥 (ぎ) 取り］(名) 把擠不上電車 (火車) 的人從後邊拉到站台上 (的管理員)。

はぎと・る ［剥ぎ取る］(他五) ① 剝下，剝掉。② 扒下。

バギナ ［德 Vagina］(名) 陰道，腟。

はきなら・す ［履き慣らす］(他五) 穿慣。

はきな・れる ［履き慣れる］(自下一) 穿慣。

はきはき (副・自サ) 麻利，爽快，乾脆。△〜と答える／回答得乾脆。△〜した生徒／活潑伶俐的學生。

はきもの ［履き物］(名) 鞋子之類，腳穿的東西。△〜をはく／穿鞋。△〜をぬぐ／脱鞋。

ばきゃくをあらわす ［馬脚を現す］(連語) 露馬腳。

はきゅう ［波及］(名・自サ) 波及，影響。

バキューム ［vacuum］(造語) 真空。△〜クリーナー／真空吸塵器。

はきょう ［破鏡］(名) 離婚。

はぎょう ［霸業］(名) 霸業。

はきょく ［破局］(名) 悲慘的結局。△〜をむかえる／落了個悲慘的結局。

はぎれ ［歯切れ］(名) 口齒。(內容的) 清晰度。△〜のいい話しかた／口齒清楚的表達。△〜がわるい／口齒不清，(內容邏輯) 含混不清。

はぎれ ［端切れ］(名) 邊角布料，碎布片。

はぎわらさくたろう ［萩原朔太郎］〈人名〉萩原朔太郎 (1886-1942)。日本大正、昭和時代的詩人。

はく ［箔］(名) ① (金屬) 箔。② 威嚴，威信。△〜がつく／鍍金，贏得聲譽。△〜をつける／鍍金。

は・く ［吐く］(他五) ① 吐出。△つばを〜／啐唾沫。△血を〜／吐血。△貝が砂を〜／貝往外吐沙子。↔ 吸う ② 吐露。△本音を〜／吐露真情。△どろを〜／招認。△よわねを〜／説泄氣話。

は・く ［佩く］(他五) 佩帶。△太刀を〜／佩帶大刀。→おびる

は・く ［穿く］(他五) (下身) 穿。△ズボンを〜／穿褲子。△〜ぬぐ

は・く ［掃く］(他五) ① 掃。△〜いてすてる／掃掉。△ゆかを〜／掃地。② 輕塗。△まゆを〜／畫眉。△はけで〜いたような雲がうか

んでいる／天空飄着的一抹薄雲。

は・く［履く］(他五) 穿 (鞋)

は・ぐ［剝ぐ］(他五) ① 剝下。△皮を～／剝皮。△ふとんを～／揭開被子。△ばけの皮を～／撕下畫皮。△～ぎとる／剝掉。→はがす, むく ② 剝奪。△官位を～／罷官。→剝奪する

は・ぐ［矧ぐ］(他五) 造箭。

は・ぐ［接ぐ］(他五) 拼綴。

ばく［貘］(名) 貘。

バグ［bug］(名) 〈IT〉電腦程式錯誤或漏洞。

ばぐ［馬具］(名) 馬的裝具, 馬具。

はくあ［白亜・堊］(名) ① 白色的牆。△～の殿堂／白牆的宏偉建築物。② 白堊, 白土子。

はくあい［博愛］(名) 博愛。

ばくあつ［爆圧］(名) 爆炸時產生的壓力。

はくい［白衣］(名) 白衣。(也説“びゃくい”)

はくいんほうしょう［博引旁証］(名) 旁徵博引。

はくう［白雨］(名) 陣雨, 驟雨。

ばくえい［幕営］(名) ① 營帳。② 野營。

ばくえき［博奕］(名) 賭博。

はくおし［箔押し］(名) ① 貼金 (銀) 箔。② 燙金 (字)。

ばくおん［爆音］(名) ① 爆炸聲。② 轟鳴聲。△～をとどろかす／發出轟轟聲。

はくが［博雅］(名) 博雅, 學識淵博。

はくが［麦芽］(名) 麥芽。

はくがい［迫害］(名・他サ) 迫害。

はくがく［博学］(名・形動) 博學。△～多才／博學多才。

はくがつく［箔が付く］(連語) 鍍金。

はくがとう［麦芽糖］(名) 麥芽糖。

はくがんし［白眼視］(名・他サ) 白眼看待。

はくぎ［歯茎］(名) 齒齦, 牙齦。

ばくぎゃく［莫逆］(名) 莫逆。

はくきょい［白居易］〈人名〉白居易 (772-846)。中國唐代詩人。

はくぎん［白銀］(名) 銀, 白銀。△～の世界／一片銀白的世界。

はくぐう［薄遇］(名・他サ) 冷遇。

はぐく・む［育む］(他五) ① 孵 (雛)。② 培養, 哺育。△両親の愛に～まれる／得到父母的哺育。

ばくげき［爆撃］(名・他サ) 轟炸。

ばくげき［駁撃］(名・他サ) 駁斥。

はくさい［白菜］(名) 白菜。

はくさい［舶載］(名・他サ) 船載, 舶來。

ばくさい［爆砕］(名・自他サ) 炸碎。

ばくさつ［爆殺］(名・他サ) 炸死。

はくし［白紙］(名) ① 空白的紙。△～の答案／白卷。② 事先沒思考, 沒研究。△～の態度でのぞむ／不帶方案去參加。③ 原狀。△～にかえす／恢復原狀。△～にもどす／～ご破算

はくし［博士］(名) 博士。△文学～／文學博士。

はくし［薄志］(名) 薄禮。

はくじ［白磁］(名) 白瓷。

ばくし［爆死］(名・自サ) 炸死。

はくしき［博識］(名・形動) 博識。△～な人／知識淵博的人。

はくじつ［白日］(名) ① 光天化日。△事件の実態が～のもとにさらされる／事件真相被暴露於光天化日之下。△青天～／① 青天白日。② 清白無辜。② 白日。→白昼

はくじつむ［白日夢］(名) 白日夢。

はくしゃ［拍車］(名) 馬刺。

はくしゃ［薄謝］(名) 薄禮, 薄酬。

はくしゃ［白砂］(名) 白沙。

はくじゃ［白蛇］(名) 白蛇。

はくしゃく［伯爵］(名) 伯爵。

はくじゃく［薄弱］(形動) ① 軟弱, 薄弱。△意志～／意志薄弱。② 不充分, 不牢靠。△～な論拠／不充分的論據。

はくしゃをかける［拍車をかける］(連語) 加速, 加快。

はくしゅ［拍手］(名・自サ) 鼓掌。△～喝采／鼓掌喝采。

ばくじゅ［白寿］(名) 九十九歳。

ばくしゅう［麦秋］(名) 麥秋。

はくしゅく［伯叔］(名) ① 哥哥與弟弟, 兄弟。② 伯父與叔叔, 舅爺。(父母的兄弟)

はくしょ［白書］(名) 白皮書。△経済～／經濟白皮書。

はくしょ［薄暑］(名) 初暑。

はくじょう［白状］(名・他サ) 坦白。△罪を～する／坦白罪行。△すべてを～する／全部供認。→自白, 告白

はくじょう［薄情］(形動) 薄情。△～な人／薄情的人。

ばくしょう［爆笑］(名・自サ) 哄笑 (哄然) 大笑。△～をさそう／引起哄堂大笑。→大笑い

ばくしょう［爆傷］(名) 炸傷。

はくしょくじんしゅ［白色人種］(名) 白種人。

はくしん［迫真］(名) 逼真。△～の演技／逼真的演技。

はくじん［白人］(名) 白人, 白種人。→おうしょくじんしゅ, こくしょくじんしゅ

はくじん［白刃］(名) 出鞘的刀, 白刃。

ばくしん［爆心］(名) 爆炸的中心。△～地／轟 (爆) 炸的中心。

ばくしん［驀進］(名・自サ) 向前猛進。→突進

はく・する［博する］(名・他サ) 博得。△名声を～／博得聲譽。△好評を～／博得好評。△巨利を～／獲得巨額利潤。

ばく・する［駁する］(他五) 駁斥。

はくせい［剝製］(名) 剝製 (標本)。△おおかみの～／剝製的狼的標本。

はくせき［白皙］(名) 白皙。

はくせつ［白雪］(名) 白雪。

はくせん［白扇］(名) 白扇。

はくせん［白線］(名) 白綫。

ばくぜん［漠然］(副・連體) 模糊, 含糊。△～と考える／想得不明晰。△～たる不安／莫名其妙的不安。

はくそ［歯屎］(名) 牙垢。

ばくたい［繃帯］(名) 繃帶。

ばくだい［莫大］(形動) 莫大，巨大。△～な費用／巨大的費用。→膨大

用法提示 ▼
中文和日文的分別
中文有"沒有比這個大"的意思；日文形容程度高或數量非常多，二者在表達的程度上有區別。
常見搭配：數量，利益損失，金錢，土地等。

1. 量（りょう）、数（かず）、在庫（ざいこ）

2. 利益（りえき）、損失（そんしつ）、損害（そんがい）、赤字（あかじ）

3. 資本（しほん）、金額（きんがく）、費用（ひよう）、借金（しゃっきん）、予算（よさん）、収入（しゅうにゅう）、財産（ざいさん）

4. 敷地（しきち）、土地（とち）

はくたいげ［白帯下］(名) 白帶。

はくだく［白濁］(名・自サ) 白濁。

はくだつ［剥奪］(名・他サ) 剥奪。△地位を～する／褫職。△特権を～する／剥奪特權。→はぐ

はくだつ［剥脱］(名・自他サ) 剥落。

はくたん［白炭］(名) 表面白色的硬木炭。

ばくだん［爆弾］(名) 炸彈。△～をおとす／投炸彈。△原子～／原子彈。△～発言／引起震動的講話。爆炸性的發言。△心に～をかかえている／心臟病隨時可以爆發。（心臟宛如掛着一枚炸彈）

はくち［白痴］(名) 白癡。

はくち［泊地］(名) (船的) 停泊地，泊位。

ばくち［博打・博奕］(名) 賭博。△～をうつ／賭博。△～うち／賭徒，賭棍。→賭博

はくちず［白地図］(名) 空白地圖，填充地圖。

はくちゅう［白昼］(名) 白晝，白天。→まひる

はくちゅう［伯仲］(名・自サ) 伯仲，不分上下。△勢力が～する／勢均力敵。△実力～／實力相當。→互角

はくちゅうむ［白昼夢］(名) 白日夢。

はくちょう［白鳥］(名) 天鵝。

ばくちん［爆沈］(名・自他サ) 炸沉。

ばくつ・く (他五) 大口地吃。

バクテリア［bacteria］(名) 細菌。

はくど［白土］(名) ① 白土。② 瓷土，高嶺土。

ばくと［博徒］(名) 賭徒。

はくとう［白桃］(名) 白桃。

はくとう［白頭］(名) 白頭，白首。

はくどう［搏動］(名・自サ) 搏動，跳動。

はくどうか［白銅貨］(名) 鎳幣。

はくとうゆ［白燈油］(名) 精製煤油。

はくないしょう［白内障］(名) 白内障。

はくねつ［白熱］(名・自サ) ① 白熾。② 激烈，白熱。△～した試合／激烈的比賽。

はくねつでんきゅう［白熱電球］(名) 白熾電燈。

はくば［白馬］(名) 白馬。

ばくは［爆破］(名・自サ) 爆破，炸毀。

はくばい［白梅］(名) 白色梅花，白梅。

バグパイプ［bagpipe］(名) 風笛。

ばくばく［漠漠］(副・連體) ① 荒漠，遼闊。② 茫然。

ぱくぱく (副) ① (嘴) 一張一合。② 大口大口地 (吃)。③ 裂開。

はくはつ［白髪］(名) 白髮。→しらが・銀髪

ばくはつ［爆発］(名・自サ) 爆炸，爆發。△核～／核爆炸。△いかりが～する／怒火爆發 (了)。△不満が～する／不滿爆發出來。

ばくはつてき［爆発的］(形動) 爆炸性的，驚人 (的)。△～パワー／驚人的功率。

はくはん［白斑］(名) ① 白色斑點。② 耀斑。③ 白癜風。

ばくはん［麦飯］(名) 麥飯。

はくび［白眉］(名) 出眾，出類拔萃的。

はくひょう［白票］(名) 空白票，棄權票。

はくびょう［白描］(名) 白描。

はくひょうをふむおもい［薄氷を踏む思い］(連語) 如履薄冰。

はくふ［伯父］(名) 伯父。

ばくふ［幕府］(名) 幕府。△かまくら～／鎌倉幕府。△むろまち～／室町幕府。△えど～／江戶幕府。

ばくふ［瀑布］(名) 瀑布。△ナイヤガラ～／尼亞加拉瀑布。

ばくふう［爆風］(名) 爆炸衝擊波，爆炸氣浪。

はくぶつかん［博物館］(名) 博物館。

はくぶん［白文］(名) 白文 (不加句逗號送假名及讀音順序符號的漢文)。

はくへいせん［白兵戦］(名) 白刃戰。

はくへき［白壁］(名) ① 白牆。②〈古〉豆腐。

はくへん［剥片］(名) 剥落的片。

はくへん［薄片］(名) 薄片。

はくぼ［薄暮］(名) 薄暮，黃昏。

はくぼく［白墨］(名) 粉筆。→チョーク

はくま［白魔］(名) (成災的) 大雪。

はくまい［白米］(名) 精米。↔ 玄米

ばくまつ［幕末］(名) 江戶時代末期。

はくめい［薄命］(名) 短命。△佳人～／紅顏薄命。

はくめい［薄明］(名) (日出前或日落後的天空) 微明。

びゃくや［白夜］(名) 白夜。(也説「びゃくや」)

ばくやく［爆薬］(名) 炸藥。△～をしかける／裝炸藥。→火薬

はくよう［白楊］(名) 白楊。

はくよう［舶用］(名) 船舶用。

はくらい［舶来］(名) 進口。△～品／進口貨。↔ 国産

ばくらい［爆雷］(名) 深水炸彈。

はぐらか・す (他五) ① 岔開。△質問を～／岔開所提出的問題。△相手を～／岔開對方。→

ごまかす②甩開，擺脱掉(在一起的人)。

はくらく［伯楽］(名)伯樂。

はくらく［剥落］(名・自サ)剥落。

はくらくてん［白楽天］〈人名〉⇨はくきょい

はくらん［白蘭］(名)白蘭。

はくらんかい［博覧会］(名)博覽會。△万国～／國際博覽會。

はくらんきょうき［博覧強記］(名)博聞強記。

はくり［剥離］(名・自サ)剥離。

はくり［薄利］(名)薄利。△～多売／薄利多銷。

はくり［白痢］(名)①白痢。②犢白痢。

はくりきこ［薄力粉］(名)沒筋性的麵粉。

はくりたばい［薄利多売］(名)薄利多銷。

ばくりゅうしゅ［麦粒腫］(名)麥粒腫。

ばくりょう［幕僚］(名)幕僚。

ばくりょう［曝涼］(名)晾曬。

はくりょく［迫力］(名)感染力。△～がある／扣人心弦。△～満点／十分動人。

はぐ・る I (他五)翻開，掀起。II (自五)失去機會。

ばく・る(他五)①偷盗。②逮捕。

はぐ・るま［歯車］(名)齒輪。△～がかみあう／齒輪嚙合。△～がかみあわない／齒輪不能嚙合，兩者不合拍。

ばくれつ［爆裂］(名・自サ)炸裂。

はぐ・れる I (自下一)走散。△群れから～／與人羣走散。II (接尾)錯過，沒趕上。△食い～／沒趕上吃(飯)。

はくれん［白蓮］(名)白蓮，白荷花。

ばくれん［莫連］(名)墮落的女人，無恥女人。

はくろ［白露］(名)露珠，白露。

ばくろ［暴露］(名・自他サ)暴露。△正体を～する／暴露真面目。→あばく ↔ 隠蔽

はくろう［白蠟］(名)白蠟。

はくろう［博労］(名)①馬(牛)販子。②伯樂。

ばくろん［駁論］(名・他サ)反駁，駁議。

はけ［刷毛］(名)刷子，毛刷。→ブラシ

はけ［捌け］(名)①流泄。△水～／排水。②銷路。△この品はとても～がいい／這貨很暢銷。

はげ［禿げ］(名)禿。△～頭／禿頭(的人)。△若～／年輕禿頂。

ばけ［化け］(名)①裝成釣餌的魚鈎。②變形。

はげあが・る［禿げ上がる］(自五)禿頂，謝頂。

はげあたま［禿げ頭］(名)禿頭。

はげいとう［葉鶏頭］(名)〈植物〉雁來紅，三色莧。

バゲージ［baggage］(名)小件行李，手提行李。

バゲーショシ［vacation］⇨バカンス

はけぐち［捌け口］(名)①排水口，泄水口。②銷路。

はげし・い［激しい・烈しい］(形)①激烈，強烈，猛烈。△～雨／暴雨。△～気性／火暴脾氣。△～くせめる／猛烈地攻擊。②(程度)厲害。△～痛み／劇痛。△競争が～／競爭激烈。△すききらいが～／挑剔得厲害。→はなはだしい

はげたか［禿げ鷹］(名)禿鷲，坐山雕。

はげちゃびん［禿げ茶瓶］(名)禿驢，禿光瓢。

はげちょろ(名)①斑禿。②部分脱毛，剥落。

バケツ［bucket］(名)水桶。△ポリ～／塑料水桶。

はけついで［刷毛序(で)］(副)順便，捎帶。

バケット［bucket］(名)(起重機的)鏟斗。

ばけのかわ［化けの皮］(名)假面具，畫皮。△～がはがれる／假面具揭掉了。

はけば［捌け場］(名)發泄的場所。

はげまし［励まし］(名)鼓勵，激勵。

はげま・す［励ます］(他五)鼓勵，勉勵。△なかまを～／鼓勵夥伴。△声を～／大聲，厲聲。

はげみ［励(み)］(名)①勤奮，努力。②刺激，鼓勵。

はげ・む［励む］(自五)努力，刻苦。△勉強に～／努力學習。

はけめ［刷毛目］(名)刷子刷過的痕跡。

ばけもの［化け物］(名)妖怪。→お化け

はげやま［禿げ山］(名)禿山。

は・ける［捌ける］(自下一)①(水)排泄。②(商品)暢銷。△この品はよく～／這貨很暢銷。→さばける

は・げる［禿げる］(自下一)禿。△頭が～／頭禿了。

は・げる［剥げる］(自下一)①剥落。△ペンキが～／油漆剥落。△めっきが～／電鍍剥落，漏餡了。→はがれる②褪色。→あせる

ば・ける［化ける］(自下一)①化形。△死んだら～けて出るぞ／死了變鬼捉你。△きつねが～／狐狸變化。②喬裝，化裝。△警官に～／喬裝成警察。

はげわし［禿鷲］(名)禿鷲。

はけん［派遣］(名・他サ)派遣。△記者を～する／派記者。

はけん［覇権］(名)霸權。△～をあらそう／爭奪霸權。△～をにぎる／掌握霸權。

ばけん［馬券］(名)馬票。

ばげん［罵言］(名)罵人的話。

はこ［箱・函］(名)①箱子，盒子。△～をあける／開箱子。△～にしまう／放進箱裏。△道具～／工具箱。②客車的車廂。

はごいた［羽子板］(名)毽球板。

はこいりむすめ［箱入り娘］(名)閨中小姐。

はこう［跛行］(名)①跛行。②不平衡，失調。

ばこう［馬耕］(名・他サ)用馬耕１田。

はこうだん［破甲弾］(名)穿甲彈。

はこおり［函折(り)］(名)疊紙盒。

はこし［箱師］(名)(專門在車上行竊的)小偷，扒手。

はごし［葉越し］(名)透過葉隙。

はこじょう［箱錠］(名)暗鎖。

ばこそ I (接助)①正因為。△泳ぎを知っていれ～，助かったのだ／正因為我會游泳，才得救了。②絕對不…△すっかり怒ってしまって，何をいっても聞か～，耳も傾けようともしない／他氣壞了，怎麼勸他也不聽。II (終助)

絶對不…，根本不…△押しても引いても動か〜。／推也推不動，拽也拽不動。

パゴダ [pagoda]（名）佛塔，浮屠。

はごたえ［歯応え］（名）嚼勁，咬勁，反應，有勁頭。△〜がない／沒反應。

はこぢょうちん［箱提燈］（名）摺疊式燈籠。

はこづめ［箱詰め］（名）裝箱。△〜のみかん／箱裝的橘子。

はこにわ［箱庭］（名）庭園式盆景。

はこね［箱根］〈地名〉箱根。

はこのり［箱乗（り）］（名）（為進行採訪，同被採訪人）同乘火車。

はこばしゃ［箱馬車］（名）轎馬車。

はこび［運び］（名）① 進行。△筆の〜／運筆。△足の〜がおぼつかない／步履蹣跚。② 階段。△計画中の美術館が着工の〜となった／計劃中的美術館已經動工。

はこびこ・む［運び込む］（他五）抬進，搬進，運進。

はこびだ・す［運び出す］（他五）運出，抬出，搬出。

はこひばち［箱火鉢］（名）方形火盆。

はこ・ぶ［運ぶ］（他五）① 運送，搬運。△にもつを〜／運東西，運行李。△風がにおいを〜／風帶來氣味。△船で〜／靠船運送。△運びこむ／運進，搬進。△運び出す／運出，搬出，抬出。△持ち〜／攜帶。→運搬する ② 行進，推進。△足を〜／移步，前往。△針を〜／運針。△ことを〜／推動事情的進展。③ 進展。△話が〜／談得順利。△会議がなめらかに〜／會議進展順利。→はかどる，進行する，進展する

はこぶね［箱船・方舟］（名）方舟。△ノアの〜／諾亞方舟。

はこべ（名）〈植物〉繁縷。

はこぼれ［刃毀れ］（名・自サ）捲刃，傷刃。

はこまくら［箱枕］（名）底座為長方形木匣的枕頭。

はこやなぎ［箱柳］（名）白楊。

はごろも［羽衣］（名）羽衣。

はこわれ［箱割れ］（名）破箱。

はこん［破婚］（名）解除婚約，離婚。

バザー [bazaar]（名）義賣會，義賣市場。

ハザード [hazard]（名）（高爾夫）窪，障礙，沙坑。

ハザードマップ [hazard map]（名）防災地圖。

はざかいき［端境期］（名）青黃不接。

はさき［刃先］（名）刀尖。

はざくら［葉桜］（名）花謝發葉時的櫻樹。

はざし［は刺し］（名）（西服領子加芯布）八字縫法。

ばさばさ（副・自サ）頭髪蓬亂貌。

ぱさぱさ（副・自サ）乾透貌。

はざま［狭間］（名）① 縫隙，間隙。② 峽谷。

はざま・る［挟まる］（自五）① 夾（在）。△食べたものが歯に〜／吃的東西塞在牙縫裏。②（兩者間）夾（有）。△コントのあいだに，歌が〜っている／小故事之間插有歌曲。

はさみ［鋏・螯］（名）Ⅰ［鋏］① 剪刀。△テープに〜を入れる／剪帶子。剪綵。△花ばさみ〜／花剪。△たちばさみ／裁衣剪。② 剪票鉗。△きっぷに〜を入れる／剪票。③（豁拳時的）剪子。［螯］Ⅱ（名）螃蟹夾子。

はさみうち［挟み撃ち］（名・自サ）夾擊。△〜にあう／遭到夾擊。△〜にする／夾擊。→挟撃

はさみがみ［挟（み）紙］（名）① 書籤。②（減少摩擦的）襯紙。

はさみき・る［挟（み）切る］（他五）剪斷。

はさみしょぎ［挟み将棋］（名）夾擊將棋。（夾擊吃掉對方棋子的遊戲）

はさ・む［挟む］（他五）① 夾，掖。△こわきに〜／夾在腋下。△しおりを〜／夾書籤。△はしで〜／用筷子夾。△〜みこむ／夾入，夾人。② 隔着。△道を〜／隔一條道。△テーブルを〜／隔着桌子。③ 插入。△口を〜／插嘴。→さしはさむ

はさん［破産］（名・自サ）破產。→倒産

はし［端］（名）① 端，頭，邊，角。△〜をそろえる／把頭部對齊。△〜にすわる／坐在一端。△道の〜／路邊。② 很小一部分。△木の〜／碎木頭。△ことばの〜／話茬，話把。△〜くれ／碎片，地位低，能力差的人。△きれ〜／零頭兒。

はし［箸］（名）筷子，箸。△〜をつける／動筷子。△〜をおく／放下筷子。

はし［橋］（名）橋。△〜をかける／搭橋。△〜をわたす／搭橋，架橋。△〜をわたる／過橋。△〜わたし／搭橋。

はじ［恥］（名）羞恥，恥辱。△〜をかく／丟醜。△〜をしのぶ／忍辱。△〜さらし／丟醜，出醜。△赤〜／當眾出醜，丟大醜。→恥辱△〜を知る／知羞恥。△〜も外聞もない／顧不得體面，不顧體面

はじ［端］（名）⇨はし［端］

はじ［把持］（名・他サ）抓住，把持住。△権力を〜する／抓住權力不放。

はじい・る［恥じ入る］（自五）羞慚，慚愧。△〜ったようす／羞愧的樣子。△ふかく〜／深感羞愧。

バジェット [budget]（名）〈經〉預算。

はしおき［箸置（き）］（名）筷子架，筷子枕。

はしか［麻疹］（名）麻疹。

はしがかり［橋懸（り）］（名）（能樂）從後台通向舞台的橋式通路。

はしがき［端書き］（名）① 序，序言，前言。→序，序文，前書 ②（信尾）又及，又啟，再啟。→追って書き，追伸

はじかみ［薑］（名）花椒、生薑的古名。

はじきだ・す［弾き出す］（他五）① 彈出。② 趕出去。③ 算出。△経費を〜／算出經費。

はじ・く［弾く］（他五）① 彈。△弦を〜／彈弦，撥弄弦子。△つまさきで〜／用指尖彈。②防，排斥。△油は水を〜／油防水。③ 打（算盤）。△そろばん玉を〜／撥算盤珠。

はしぐい［橋杙］（名）橋椿。

はしくよう［橋供養］（名・自サ）橋落成後作的法事。

はしくれ［端くれ］（名）地位低下，能力差的人。△役人の～／小官兒。

はしけ［艀］（名）駁船，舢板。

はしげた［橋桁］（名）橋桁。

はじ・ける［弾ける］（自下一）①繃開，綻開。△ばねが～／發條崩開了。△さやが～／（豆）莢炸開了。②蹦起，彈起。△～ように立ちあがる／彈射般地站起來。

はしご［梯子］（名）①梯子。△～をかける／搭梯子，架梯子。△～をのぼる／爬梯子。△～車／雲梯救火車，梯車。△なわばしご／軟梯。→きゃたつ②（"はしご酒"的略語）串酒館，逐店飲酒。

はしこ・い（形）機靈，敏捷。（口語也作はしっこい）

はじさらし［恥曝し］（名・形動）丟醜，出醜。△そんな～なまねができるか／能幹那種丟醜的事嗎？△いい～だ／好丟人！

はじしらず［恥知らず］（名・形動）不知恥，不要臉。△～な人／恬不知恥的人。△～なこと／不要臉的事。

はしせん［橋銭］（名）過橋錢。

はしたがね［端金］（名）零錢。

はしたな・い（形）卑鄙，下流。△～まね／下流的舉動。△～口をきく／説粗野話。→下品

はしちか［端近］（名・形動）靠近門口處，靠近角落。△～にすわる／坐在靠近門口處。

はしっこ［端っこ］（名）邊上，角落。

ハシッシュ［hashish］（名）印度大麻。

はしづめ［橋詰（め）］（名）橋頭。

ばじとうふう［馬耳東風］（名）耳旁風。

はしなくも［端無くも］（副）沒料到，不料想。

はしにもぼうにもかからない［箸にも棒にもかからない］（連語）無法對付，軟硬不吃。

はじぬい［端縫い］（名）折邊縫。

はじのうわぬり［恥の上塗り］（連語）一再丟醜。

はしばこ［箸箱］（名）筷子盒。

はしばし［端端］（名）這點那點。

はしばみ［榛］〈植物〉榛。

パシフィスト［pacifist］（名）和平主義者，非暴力主義者。

パシフィズム［pacifism］（名）和平主義，非暴力主義。

はじまらない［始まらない］（連語）徒勞，白費。△いまさらくやんでも～／事到如今後悔也沒用。

はじまり［始まり］（名）開始。

はじま・る［始まる］（自五）開始。△映画が～／電影開演了。△会議が～／會議開始。△新学期が～／新學期開始。↔終る

はしミシン［端ミシン］（名）折邊。

はじめ［初め・始め］（名）①開始，最初。△～のうち／起頭，開始。△～から終りまで／自

始至終。△昭和の～／昭和初期。△仕事～／（新年）首次工作，工作的第一天。△月～／月初。→初期 ↔ 終り，すえ ②（"…をはじめ"以…為首。以及。△美術館を～，各種の文化施設がつくられた／美術館以及各種文化設施建立起來。

はじめて［初めて］（副）①初次，第一次。△～の経験／頭一次經驗。△生まれて～／有生以來第一次。△～お目にかかります／初次見面。②（到那時）才。△会って～誤解がとけた／見面後誤解才消除了。

はじ・める［始める］（他下一）開始。△商売を～／開始做生意。△店を～／開店。

−はじめる［始める］（接尾）開始，起來。△歩き～／走起來。△書き～／開始寫。△読み～／開始讀。→だす ↔ 終わる

はしゃ［覇者］（名）霸主，霸王。

ばしゃ［馬車］（名）馬車。

ばしゃうま［馬車馬］（名）拉車的馬。△～のように働く／埋頭工作。

はしゃ・ぐ（自五）①喧鬧。②乾燥。

はしやすめ［箸休め］（名）（加在兩味主菜間）小食品。

ばしゃばしゃ（副）（水花飛濺）叭嗒叭嗒，吧唧吧唧。△プールわきに腰かけて水面を足で～やっている／坐在游泳池邊用雙腳叭嗒叭嗒地打水。

パジャマ［pajamas］（名）（上下分開的）西式睡衣。

はしゅ［播種］（名）播種。

ばしゅ［馬主］（名）（賽馬的）馬主。

ばしゅ［馬首］（名）①馬首。△～をめぐらす／掉轉馬頭。②跳馬的前端。

はしゅつ［派出］（名・他サ）派，派出。△～所／警察派出所。△～婦／女備人，女管家。

ばじゅつ［馬術］（名）馬術。

はしゅつじょ［派出所］（名）警察派出所。→駐在所

ばしょ［場所］（名）①場所，地點。△～をえらぶ／選擇地點。△～をかえる／改換場所。△～だけに／畢竟因為地點不一般（特殊）。△寝る～／睡的地方，躺的地方。△居～／待的地方。②（空間）地方。△この机が大きくて～をとる／這張桌子大，佔地方。△～をふさぐ／佔地方。③（相撲大會的）會期。△春～／春季相撲大會。

はじょう［波状］（名）①波狀，波形。△～紋／波狀圖案。②波浪式。△～攻撃／波浪式進攻。

ばしょう［芭蕉］Ⅰ（名）〈植物〉芭蕉。Ⅱ〈人名〉⇨松尾芭蕉。

ばじょう［馬上］（名）騎在馬上。

はしょうふう［破傷風］（名）破傷風。

ばしょがら［場所柄］（名）地點（的情形）、（當場的情形）場合。△～をわきまえる／弄明白這是甚麼地方。△港という～，外人客が多い／這裏是港口，外國遊客很多。

はしょく［波食］（名）海蝕。

は
ハ

はしょ・る（他五）①〔把衣襟〕撧起來。△すそを～/撧起衣襟。→からげる ②簡略，省略。△話を～/長話短説。

はしら［柱］（名）①柱子。②頂樑柱，支柱。△つえとも～ともたのむ/依靠唯一的靠山。△一家の～/一家（人）的頂樑柱。③杆子。△電信ばしら/電綫杆子。

-はしら［柱］（接尾）〔佛像〕尊，位。（遺體）具。

はじらい［恥じらい］（名）害羞。

はじら・う［恥じらう］（他五）害羞。△花も～年ごろ/羞花妙齢。

はしら・す［走らす］（他五）①使…跑，讓…跑。△草原に馬を～/馳馬草原。△自動車を～/開汽車。②急派。△使いを医者に～/打發人去請醫生。③飛速地寫或看。△ペンを～/奮筆疾書。△すばやく手紙に目を～した/飛快地在信上掃了一眼。

はしら・せる［走らせる］⇨はしらす

はしらどけい［柱時計］（名）掛鐘。

はしり［走り］（名）①跑。△この車は、とても～がいい/這輛車跑得很快。②初上市，前奏。△～のまつたけ/初上市的松蕈。△梅の～/梅雨的前奏。

はしりがき［走り書き］（名・他サ）潦草書寫。△～のメモ/字跡潦草的便條。→なぐり書き

はしりたかとび［走り高跳び］（名）跳高。→ハイジャンプ

はしりづかい［走り使い］（名）跑腿的人。

はしりはばとび［走り幅跳び］（名）跳遠。

はし・る［走る］（自五）①〔人與動物〕跑。△グランドを～/在運動場跑。△駅まで～/跑到火車站。△全速力で～/全速行進。△～りぬける/跑過去。△～りまわる/到處跑，四處奔走。→かける ②〔人與動物之外的東西〕快速移動。△電車が～/電車飛馳。△いなずまが～/閃電劃過。△ペンを～らせる/奮筆疾書。③急去。△使いに～/跑去辦事。④穿過，走向，通往。△農地のまんなかを用水路が～っている/水渠在田間穿過。⑤〔某種感覺、感情〕閃現出。△肩に痛みが～/肩膀出現陣陣疼痛。⑥傾向於。△極端に～/走向極端。△感情に～/偏重於感情。

用法提示 ▼
中文和日文的分別
日文表示"快跑、逃跑"，和中文"走"的意思不同。常見搭配：

［人（ひと），動物（どうぶつ），乗（の）り物（もの）］［トップ，先頭（せんとう），前方（ぜんぽう），目（め）の前（まえ），山（やま）の中（なか），野原（のはら），砂漠（さばく），町中（まちなか），道（みち），1（いち）キロ，長距離（ちょうきょり），春（はる）の日差（ひざ）しの中（なか），闇（やみ）の中（なか），吹雪（ふぶき）の中（なか）］を走（はし）る。

は・じる［恥じる］（自上一）①羞愧。△良心に～/愧對良心。△不明を～/為缺乏見識而慚愧。②（用"…に恥じない"）不愧於。△名に～じない/名副其實。

はしわたし［橋渡し］（名・他サ）搭橋，當中人。△～をかってでる/自告奮勇出面（為雙方）搭橋。→仲立ち

はじをさらす［恥をさらす］（連語）丟醜，現眼。

はじをすすぐ［恥をすすぐ］（連語）雪恥。

ばしん［馬身］（名）馬身（從馬頭到馬尾的長度）。

ばしん［婆心］（名）婆心。

はす［斜］（名）斜。△～に立てかける/斜靠上。△～むかい/斜對面。

はす［蓮］（名）〔植物〕蓮，荷，芙蓉。

ハズ［husband］（名）丈夫。

はず［筈］Ⅰ（名）①弓背兩端擊弓弦處。②箭尾。Ⅱ（形式名詞）應該，當然，理應，預定。△すぐに着く～だ/應該馬上就到。△彼ならできる～だ/若是他應該會。△彼は明後日出発する～だ/他預定後天動身。

バス［bass］（名）①男低音。②（"コントラバス"的略語）低音提琴，大提琴。③低音樂器。

バス［bath］（名）浴室。浴盆，浴池。△～タオル/浴巾。△～ルーム/浴室。△パブリック～/公共浴池。△スティーム～/蒸氣浴。

バス［bus］（名）公共汽車。△～に乗りおくれる/沒趕上公共汽車。落後於時代的潮流。△～ガイド/觀光汽車導遊員。△観光～/觀光（遊覽）汽車。

パス［pass］（名・自サ）①通過，及格，錄取。△試験に～する/考試合格。→及第，合格 ②傳球。△～がうまい/球傳得好。③（打撲克）不叫牌，放棄一次出牌機會。△（跳高等）免於試跳。△～免票。△～顔/熟人不要票。△フリー～/免費入場券，免費乗車票。④月票。△通学～/學生月票。△通勤～/職工月票。

パス［path］（名）〈IT〉路徑。

はすい［破水］（名・自サ）（分娩時）破水。

はすいと［蓮糸］（名）用蓮梗纖維捻成的綫。

はすう［端数］（名）尾數，零頭。△～を切り捨てる/捨去零頭。

はすう［羽数］（名）（禽類的）隻數。

バズーカ［bazooka］（名）反坦克火箭炮。

バスーン［bassoon］（名）巴松管，低音管。

ばすえ［場末］（名）城邊，城市的偏僻地區。

はすかい［斜交い］（名）斜，歪斜。→すじかい

はずかし・い［恥ずかしい］（形）①害羞，害臊。△～身なり/一身寒酸的打扮。②難為情，不好意思。△ほめられて～/受到誇獎不好意思。→きまりがわるい

はずかしがりや［恥かしがり屋］（名）腼腆的人，好害羞的人。→照れ屋

はずかし・める［辱める］（他下一）①羞辱，侮辱。→侮辱する ②玷污，辱沒。△家名を～/玷污門風。→けがす

パスカル [Blaise Pascal]〈人名〉帕斯卡 (1623-1662)。法國思想家、科學家。

ハスキー [husky](形動) 嘶啞，沙啞。△～な声／沙啞的聲音。△～ボイス／嘶啞嗓音。

バスケット [basket](名)① 籃子。② 籃球。

バスケットボール [basketball](名) 籃球。

バスコントロール [birth control](名) 節制生育。

はず・す [外す](他五)① 解開，摘下，卸下。△かぎを～／打開鎖。△ボタンを～／解開鈕扣。△めがねを～／摘下眼鏡。② 除去，削除。△メンバーから～／取消成員資格。△予定から～／由預定計劃中勾銷。③ 錯過，放過。△タイミングを～／錯過時機。④ 偏離。△まとを～／脱離靶子。△ねらいを～／偏離目標。⑤ 離開。△席を～／離開席位。

パスタ [德 Pasta](名)① 糊狀物。②〈醫〉軟膏。

バスタブ [bathtub](名) 浴缸。

パスツール [Louis Pasteur]〈人名〉巴斯德 (1822-1895)。法國化學家，生物學家。

はすっぱ [蓮っ葉](名・形動) 輕浮，輕佻。△～な態度／輕浮的態度。

パステル [pastel](名) 彩色粉筆。△～画／色粉畫。

バスト [bust](名)① 胸圍。② 半身像。

パストラル [pastoral](名) 田園生活，田園的風景、繪畫、文學。

はずべき [恥ずべき](連語) 可恥的。△人間として～行動／作為人的可恥行為。

パスポート [passport](名) 護照。

はずみ [弾み](名)① 彈性，反彈的力量。△このボールは～がいい／這球彈力好。△はちきれるような皮膚の～が消えていた／緊繃繃的皮膚的彈性已經消失。急停車の～をくって座席から落ちた／由於急煞車的慣性，從座位上摔了下來。△～がついているから車はすぐには止まらない／由於慣性，車子不能立刻停住。△仕事にますます～がついてきた／工作得越發起勁兒了。△もの～でしゃべってしまった／説順了嘴，順口就説出來了。△彼女ははねのく～に真仰向けになった／她一躺，就摔倒了。③ 偶然的一個條件，偶然的一個勁足。△彼とはふとした～で知りあった／我跟他是偶然相識的。△どうした～か足首をくじいた／不知怎麼一個勁，把腳歪了。

はず・む [弾む](自五)① 彈，蹦。△このボールはよく～／這個球很有彈性。② 起勁，高漲。△声が～／(高興得) 聲音發顫。△心が～／內心萬分激動。△話が～／談得很起勁。→調子づく ③ 喘粗氣。△息が～／喘粗氣。

はすむかい [斜向い](名) 斜對面。

ハスラー [hustler](名)① 有本領的人，有能耐的人。② 騙子。③ 賭徒。

パズル [puzzle](名) 謎。△クロスワード～／縱橫添字謎。△ジグソ～／七巧板。

はずれ [外れ](名)① 不中，未中。↔ あたり② 落實。△期待～／期望落空。③ 盡頭，邊緣。△町の～／城市的邊緣。△村～／村頭。

はずれ [葉擦れ](名) 葉子相互摩擦。

はず・れる [外れる](自下一)① 脱落，掉下。△かぎが～／鎖脱落。△ボタンが～／扣子掉了。② 超出範圍。△町を～れたあたりに小さな牧場がある／城郊一帶有座牧場。③ 不合標準。△調子が～／跑調，走調。△コースを～／偏離路線。△常識から～／脱離常識。△なみ～／異常，不尋常。④ 落空，不中。△くじが～／沒中彩。△あてが～／指望落空。△予想が～／預料不準。↔ 当たる

パスワード [password](名) 密碼，口令。

はぜ [沙魚・鯊](名) 鰕虎魚。

はせあつま・る [馳 (せ) 集まる](自五)① 跑來集合。② 跑忙集合。

はせい [派生](名・自サ) 派生。△問題が～する／派生出 (新) 問題。△～語／派生詞。

ばせい [罵声](名) 罵聲。△～をあびせる／破口大罵。△～をとばす／臭罵，叫罵。

はせいご [派生語](名) 派生詞。

はせいてき [派生的](形動) 派生的。△～な問題／派生的問題。

ばせき [場席](名) 座位，空位置。

パセリ [parsley](名)〈植物〉荷蘭芹。

は・せる [馳せる](自他下一)① 驅 (車)，策 (馬)。△～せ参じる／疾馳而來。② 使…遠去。△思いを～／思念。△名を～／馳名。

はせん [波線](名) 波狀綫。

はせん [破線](名) 虛綫。→実線，点線

ばぞく [馬賊](名) 馬賊。

パソコン [personal computer](名) 個人用電腦。

パソコンおんち [パソコン音痴](名) 電腦盲。

パソコンデスク [PC-desk](名) 電腦桌。

ばそり [馬橇](名) 馬拉的雪橇。

はそん [破損](名・自他サ) 破損，損壞。△～した自動車／損壞的汽車。

はた [畑](名)(常用於構成複合詞)△～仕事／地裏活兒。農活兒。△田～／田地。

はた [旗](名) 旗幟。△～をあげる／升旗。△～をかかげる／掛旗。△～をおろす／降旗。△～じるし／旗幟。△白～／白旗。

はた [端・側・旁](名)① 邊緣。△池の～／(水) 池邊。②[側・旁]身邊，旁邊 (的人)。△～でいくらやきもきしても、どうにもならない／周圍的人怎麼着急也無濟於事。→まわり，周囲

はた [機](名) 織布機。△～を織る／織布。

はだ [肌](名)① 皮膚。△～があれる／皮膚 (變) 粗糙。△～にこころよい／皮膚感到舒服。△～をぬぐ／裸露上身。助一臂之力。△白い／白皙的皮膚。△素～／肌膚。② 表面。△山の～／山的表面。△木の～／樹的表面。△岩～／岩石的表面。③ 氣質，性情，風度。△彼とは、～が合わない／與他性情不合。△学者～ (の人)／有學者風度 (的人)。△勇み～／好打抱不平。

バター [butter](名) 黄油，奶油。

はだあい [肌合い](名) 性情，氣質。△～があう／氣味相投。△～がちがう／氣味不相投。

は
八

はたあげ [旗揚げ] (名・自サ) ① 興兵，舉兵。→挙兵 ② 創辦。

ばたあし [ばた足] (名) (游泳時) 雙腳交替打水。

パターン [pattern] (名) ① 類型，形式。△行動の～/行動的模式。△ワン～/老一套，千篇一律。→タイプ ② 圖案，花紋。③ (裁剪、染色的) 紙樣子，紙型。△～をきめる/決定紙樣子。(也說「パタン」)

はたいろ [旗色] (名) (勝負的) 勢頭，形勢。△～がわるい/形勢不妙。△～をうかがう/觀望形勢。→形勢

はだいろ [肌色] (名) (近似皮膚色的) 肉色。東西表面顏色。△この焼き物の～がなんともいえぬくらい美しい/這個陶瓷器釉彩漂亮得無法形容。

はだか [裸] (名) ① 裸體。△～になる/裸體。△赤～/赤裸。→裸體。② 裸露。△～電球/沒加燈傘的電燈。③ 不加掩飾地，直率地。△～になって話しあう/打開天窗說亮話。④ 無財產。△～一貫/一文不名。→身一つ

はだかいっかん [裸一貫] (名) 一文不名，一無所有。△～から身をおこす/白手起家。

はだかうま [裸馬] (名) 裸馬，無鞍馬。

はだがしら [旗頭] (名) 頭目，首領。△新勢力の～/新興勢力的頭面人物。→リーダー

はだかむぎ [裸麦] (名) 裸大麥，青稞。

はだか・る [開かる] (自五) ① 敞開 (衣服)。△胸が～/祖胸。② 又開手腳攔住 (立於人前)。

はたき [叩き] (名) 撣子。△～をかける/(用撣子) 撣灰，撣塵土。

はだぎ [肌着] (名) 內衣，貼身衣，汗衫。→下着，ランジェリー

はた・く [叩く] (他五) ① 撣，拍，打。△オーバーの雪を～/拍打大衣上的雪。△蝿を～/拍蒼蝿。② (錢) 花光。△さいふを～/傾囊。

バタくさ・い [バタ臭い] (形) 洋氣。△～ところがある/有些洋氣。

はたけ [疥] (名) 疥癬。

はたけ [畑・畠] (名) ① 旱田。△～をたがやす/耕地。△～をつくる/種地，種莊稼。△麦ばたけ/麥地。△段々ばたけ/梯田。↔ 田 ② 專門領域。△外交ばたけ/搞外交的。△音楽ばたけ/音樂方面。→領域

はたけちがい [畑違い] (名) 不同行業。△それは私には～だ/那對我來說隔着行。

はだ・ける (自他下一) 祖露。△胸を～/祖胸。△前を～/敞胸露懷。

はたさく [畑作] (名) (在旱田) 種莊稼，旱田作物。

はださむ・い [肌寒い] (形) 冷絲絲。△～季節/冷絲絲的季節。

はだざわり [肌触り] (名) ① 接觸皮膚時的感覺。△～がいい/手感柔軟。→手ざわり ② 給

人的感覺，印象。△～がやわらかい人/和藹可親的人。→あたり

はだし [跣・裸足] (名) ① 赤腳。△～になる/打赤腳。△～ででにげる/光腳逃跑。→すあし ② (用「…～」形式) …自愧不如，…也相形見絀。△くろうと～/行家自愧不如。△専門家～/專家也相形見絀。→顔負け

はたしあい [果たし合い] (名) 決鬥。→決闘。

はたしじょう [果たし状] (名) 決鬥書。

はたして [果たして] (副) ① 果然，果真。△台風は，～東海地方を直撃した/果然，颱風直接襲擊了東海地方。② (表示疑問) 真，到底。△そんなことが，～おこりうるのだろうか/那種事會真的發生嗎？

はだじゅばん [膚襦袢・肌襦袢] (名) 貼身襯衣。→はだ着

はたじるし [旗印] (名) ① 旗號，標誌。② 旗幟。△～をかかげる/高舉旗幟。

はた・す [果たす] (他五) 完成，履行，實現。△目的を～/達到目的。△やくそくを～/履行諾言。△責任を～/盡到責任。

-はたす [果たす] (接尾) 盡，光。△有り金を使い～/把所有的錢都花光了。

はたせるかな [果たせるかな] (連語) 果然。△心配していたが～彼は失敗した/一直擔着心，果然他也失敗了。

はたち [二十・二十歳] (名) 二十歲。

はたち [畑地] (名) 旱田。

はだでかんじる [肌で感じる] (連語) ① 皮膚感知 (熱)。② 親身體驗。

はたと (副) ① 啪。△～ひざを打った/啪地一聲拍了一下膝頭。② 突然 (想到) △～思いあたる/突然想到。③ 突然中斷。△虫の声が～やんだ/昆蟲的叫聲驟然停止。→ぱたっと

はだぬぎ [肌脱ぎ] (名) 光膀子，赤背。△～になって汗をふく/光着膀子擦汗。

ばたばた (副・自サ) ① 吧嗒吧嗒。△廊下を～走る/吧嗒吧嗒在走廊上亂跑。② 慌張。△今さら～してもはじまらない/事到如今手忙腳亂也無濟於事。③ 相繼倒下。△中小企業が～と倒産した/中小企業相繼倒閉。④ 順利進展。△縁談が～と決った/親事迅速談妥了。

ぱたぱた (副) 噗噗地，啪嗒啪嗒。

はたはた (と) (副) 呼啦呼啦。△そのマントが風に膨らんで～鳴った/那件斗篷兜滿了風呼啦呼啦地響。

はたび [旗日] (名) 節日，紀念日。

バタフライ [butterfly] (名) ① 蝴蝶。② 蝶泳。

はだみ [肌身] (名) 身體。△～はなさず/不離身。

はため [傍目] (名) 旁觀者的看法。△～にもうらやましいほど仲がいい/關係好得令旁觀者都感到羨慕。→よそ目

はためいわく [傍迷惑] (名) 煩擾他人，影響四鄰。

はため・く (自五) 飄揚，招展。△旗が風に～いている/旗幟迎風招展。→ひるがえる

はたもと［旗本］(名)〈史〉旗本。(江戸時代直屬將軍的武士)

はたや［機屋］(名)織布的。

はたらか・す［働かす］(他五)開動,使工作。△あたまを～/開動腦筋。△想像力を～/發揮想像力。

はたらき［働き］(名)① 工作成績。△～がない/沒有工作,沒有成績。△～にでる/去工作。△～ざかり/身強力壯,最能工作的年齡。② 作用,功能,機能。△あたまの～/頭腦的功能。→機能

はたらきか・ける［働きかける］(自下一)向…做工作,提議,呼籲。

はたらきぐち［働き口］(名)職業,工作崗位。

はたらきて［働き手］(名)① 幹活的人。② 家庭支柱。→人手

はたらきばち［働き蜂］(名)工蜂。

はたらきもの［働き者］(名)勤勞的人。

はたら・く［働く］(自五)① 工作,勞動。② 活動。△あたまが～/動腦筋。△かんが～/直感起作用。③ 發生作用。△引力が～/引力起作用。△サーモスタットが～/恆溫器工作。④ 幹(壞事)。△ぬすみを～/偷東西。△詐欺を～/詐財騙錢。

はたをあげる［旗を揚げる］(連語)興兵(打仗),開始(某事)。

はたをまく［旗を巻く］(連語)①(戰敗)投降。② 中止,罷手。

はたん［破綻］(名・自サ)失敗,破裂。△～を生じる/發生了問題。

はだん［破談］(名)取消約定,解除婚約。△～になる/解除約定。

はたんきょう［巴旦杏］(名)〈植物〉巴旦杏,扁桃。

はち［八］(名)八。

はち［蜂］(名)〈動〉蜂。△～にさされた/叫蜂子螫了。△～の巣/蜂巢。

はち［鉢］(名)① 盆。△～にもる/裝盆。△菊を～に植える/把菊花栽到花盆裏。△～植え/栽進盆中。② 頭蓋骨。△～巻き/箍在頭上(的布巾)。

ばち(名)鼓槌,鑼槌。

ばち［罰］(名)報應。△～があたる/遭報應。→天罰

ばち［撥］(名)(彈三弦,琵琶的)撥子。

ばちあたり［罰当たり］(名・形動)遭報應(的人)。△そんな～なことを言うものではない/不該説那種會遭報應的話。

はちあわせ［鉢合わせ］(名・自サ)① 頭碰頭。②(在意外之處)碰見,遇到。

はちうえ［鉢植え］(名)盆栽。

ばちがい［場違い］(名・形動)不合時宜。△～な意見/不合適的意見。

バチカンきゅうでん［バチカン宮殿］【Vatican-】梵蒂岡宮殿。

はちき・れる(自下一)① 撐破。△食べすぎて,おなかが～れそうだ/吃得太多,肚子快放炮

了。② 精神飽滿。△～れそうな若さ/容光煥發的青春。

はちくのいきおい［破竹の勢い］(連語)破竹之勢。

ぱちくり(副・自サ)眨眼。△驚いて目を～させる/嚇得直眨眼。

はちじひげ［八字髭］(名)八字鬍。

はちじゅうはちや［八十八夜］(名)立春後第八十八天。

はちす［蓮］(名)⇨はす［蓮］

はちのすをつついたよう［蜂の巣をつついたよう］(連語)像捅了馬蜂窩似的。

はちまき［鉢巻き］(名)纏頭布。△ねじり～/搤緊的纏頭手巾。

はちみつ［蜂蜜］(名)蜂蜜。

はちめんろっぴ［八面六臂］(名)三頭六臂。△～の大活躍/在各方面大顯身手。

はちゅうるい［爬虫類］(名)爬行動物,爬蟲。

はちょう［波長］(名)波長。△彼とはどうも～が合わない/與他實在不協調(想不到一起去)。△～が合う/協調,彼此心情可溝通。

はつ［初］ I (名)第一次,首次。△～の全国大会出場/首次參加全國大會。 II (接頭)第一次的,首次的,初次的。△～雪/初雪,第一場雪。

はつ［発］(名)發自,出發。△6月1日東京～の手紙/六月一日發自東京的信件。△北京～の特急に乗る/乘坐北京發車的特快。△東京6時20分～の汽車/六時二十分由東京發車的火車。

－はつ［発］(助数)發,顆。△3～撃つ/打三發(子彈)。△弾薬5千～/彈藥五千發。

ばつ(名)中文的"×",叉。△～をつける/打叉。△～まる

ばつ［罰］(名)罰,懲罰,處罰。△～を加える/處罰。△～として外出を禁止する/罰你不許外出。△甘んじて～を受ける/甘願受罰。→制裁 ↔ 賞

ばつ［閥］(名)派系,派閥。△～を作る/結成派系。→派閥

はつあん［発案］(名・他サ)① 想出來,提議。△～者/提議人。→発意,案出 ② 提案。→発議,提議

はつい［発意］(名・自サ)提議。(也説"ほつい")→発案

はついく［発育］(名・自サ)發育,成長。△～がいい/發育得好。△～がおそい/發育得晚。→成育,成長

はつうま［初午］(名)(二月的)第一個午日。(這一天舉行稲荷神社廟會)

はつえき［発駅］(名)始發站,發貨站。 ↔ 着駅

はつえんとう［発煙筒］(名)發煙筒。

はつおん［発音］(名・自他サ)發音。△～がいい(わるい)/發音好(不好)。

はつおん［撥音］(名)撥音。

はつおんきごう［発音記号］(名)音標。

はつおんびん［撥音便］(名)撥音便。

はっか［発火］（名・自サ）起火，發火。△自然～／自燃。→引火

はっか［薄荷］（名）薄荷。

はつか［二十日］（名）二十號，二十天。

はつが［発芽］（名・自サ）發芽。→芽ばえ

ハッカー［hacker］（名）〈IT〉電腦黑客。

はっかい［発会］（名・自サ）首次開會。某某會開始活動。

はっかく［発覚］（名・自サ）被發現，暴露。→露見

バッカス［Bacchus］（名）（羅馬神話酒神）巴克斯。

はつかだいこん［二十日大根］（名）（種下二十天左右就能吃的）小蘿蔔。

はつがつお［初鰹］（名）每年第一次上市的鰹魚。初夏上市的鰹魚。

はっかてん［発火点］（名）燃點，着火點。

はつかねずみ［二十日鼠］（名）小家鼠，鼷鼠。

ばつがわるい［ばつが悪い］（連語）不好意思，難為情，尷尬。

はっかん［発刊］（名・他サ）發刊，創刊。→発行 ↔ 廃刊

はっかん［発汗］（名・自サ）發汗，出汗。

はっき［発揮］（名・他サ）發揮，施展。△才能を～する／施展才能。△実力を～する／發揮實力。

はつぎ［発議］（名・自サ）提議，提案。→発案，提議，提案

はづき［葉月］（名）陰曆八月。

はっきゅう［薄給］（名）低薪，薄俸。△～にあまんじる／安於低薪。↔ 高給

はっきょう［発狂］（名・自サ）發狂，發瘋。

はっきり（副・自サ）①清楚，清晰，鮮明，明確，明顯。△～（と）見える／清晰可見。△～（と）しない／不清楚。②清醒，清爽，利索。△頭が～しない／頭腦不清醒。△天気が～しない／天氣陰晴不定。

はっきん［白金］（名）白金，鉑。→プラチナ

はっきん［発禁］（名）禁止發行，禁售。△～本／禁售書。

ばっきん［罰金］（名）罰款，賠償。

バック［back］（名）①背景。△富士山を～にして写真をとる／以富士山為背景照相。②後退，倒。△車が～する／車向後倒。③仰泳。④後衛。→フォワード⑤後盾，靠山，後台。△あの人には有力な～がある／他有一個強有力的後台。

バッグ［bag］（名）提包。△ハンド～／手提包。△ボストン～／（軟式）旅行包。△ショルダー～／挎包。

バックアップ［backup］I（名・他サ）①（棒球）接球隊員後面策應。（排球）後排保護。②做後盾，後援。II（名・ス他）〈IT〉備份。

バックアップファイル［backup file］（名）〈IT〉備份檔案。

バックグラウンド［background］（名）背景情況。

バックグラウンドミュージック［background music］（名）（提高效率、放鬆氣氛的）環境音樂，氣氛音樂。（也簡略"BGM"）

バックストリート［backstreet］（名）後街，小胡同，巷。

はっくつ［発掘］（名・他サ）①發掘（遺跡）。△遺跡を～する／發掘遺跡。②發現，發掘（人才）。△人材を～する／發掘人才。

バックドア［backdoor］（名）〈IT〉後門。

バックナンバー［back number］（名）①過期雜誌。△～をそろえる／將過期雜誌湊齊。②（汽車）車尾牌號。

バックネット［back net］（名）（棒球）接手背後的擋球網。

バックパック［backpack］（名）揹包，揹囊。

バックハンド［backhand］（名）（網球乒乓球等）反手擊球。↔ フォアハンド

バックピアス［back pierce］（名）耳釘。

バックボーン［backbone］（名）①脊骨。②骨氣，氣概。③骨幹。④〈IT〉主幹網。△～のある人間／有骨氣的人。

バックミラー［back mirror］（名）（汽車）後視鏡。

バックヤード［backyard］（名）內庭，後院。

バックル［buckle］（名）皮帶扣。

ばつぐん［抜群］（名・形動）超羣，出眾。△～のでき／出類拔萃（質量、成績、收成）。△～の成績／超羣的成績。△～にうまい／好得出眾，異常好（漂亮）。→傑出，卓絕

はっけ［八卦］（名）八卦，占卜。△～見／算卦的。△当たるも～当たらぬも～／算卦也靈也不靈。

パッケージツアー［package tour］（名）（旅行社組織的）包乾旅遊。

はっけっきゅう［白血球］（名）白血球。↔ 赤血球

はっけつびょう［白血病］（名）白血病。

はっけん［発見］（名・他サ）發現。→見い出す

はつげん［発言］（名・自サ）發言。△～権を持たない／沒有發言權。

はつご［発語］（名）發語詞，發端詞。

ばっこ［跋扈］（名・自サ）跋扈，橫行。△盜賊が～する／盜賊橫行。

はつこい［初恋］（名）初戀。△～の人／初戀的人。

はっこう［発光］（名・自サ）發光。△～体／發光體。△～塗料／發光塗料。

はっこう［発行］（名・他サ）①發行。△公債を～する／發行公債。△～者／發行人。→刊行，出版②發放。△証明書を～する／發證明書。

はっこう［発効］（名・自サ）生效。△条約が～する／條約生效。↔ 失効

はっこう［発酵・醗酵］（名・自サ）發酵。△コムギ粉を～させる／發麵。

はっこう［薄幸・薄倖］（名・形動）不幸，薄命。△若くて～の生涯をとじる／年輕輕地結束了不幸的一生。→不幸

はっこうじょ［発行所］（名）發行所，發行處。

はっこつ［白骨］(名) 白骨。△～と化す／化成
白骨。△～死体／屍骸。→散骨

パッサージュ［法 passage］(名) 通道，走廊。

はっさん［発散］(名・他サ) ① 散發，發散。
② 發泄。△感情を～させる／發泄情感。△不
満を～させる／發泄不滿。

ハッジ［阿 jaji］(名) 朝聖，朝覲。

ばっし［末子］(名)（排行末了的）末子，老兒
子，老閨女，小兒子，小女兒。(也説「まっし」)
→すえっ子 ↔ 長子

ばっし［抜糸］(名・自サ) 拆綫。

ばっし［抜歯］(名・自サ) 拔牙。

バッジ［badge］(名) 徽章，證章。(也説 "バッ
チ")

はっしと (副) ①（硬物猛烈相撞的樣子或聲音）
噹啷。②（猛投，猛射進）噹啷一聲。

はつしも［初霜］(名) 初霜，第一場霜。

はっしゃ［発車］(名・自サ) 發車，開車。△～
オーライ／好，開車。↔ 停車

はっしゃ［発射］(名・他サ) 發射。△ピストル
を～する／打手槍。△ロケットを～する／發
射火箭。

はっしょう［発祥］(名・自サ) 發源，發祥。
△文明～の地／文明發祥地。

はつじょう［発情］(名・自サ) 發情。△～期／
發情期。

ばっしょう［跋渉］(名・自サ) 跋涉。△山河
を～する／跋山涉水。

はっしょうち［発祥地］(名) 發祥地，發源地。
△オリンピックの～／奧林匹克的發源地。

はっしょく［発色］(名・自サ) 生色，顯色，
發色。

はっしん［発疹］(名・自サ) 出疹子，皮疹。
△～がでる／出疹。(也説 "ほっしん")

はっしん［発信］(名・自他サ) 寄信，發報。
△～人／發 (信) 報人。→送信 ↔ 受信

はっしん［発進］(名・自サ) 出發，（汽車）始
動，（船）起航，（飛機）起飛。△緊急～／緊
急起飛，緊急出動。

バッシング［bashing］(名) 猛擊，攻擊。

はっしんチフス［発疹チフス］(名) 斑疹傷寒。

はっしんにん［発信人］(名) 發信人，發報人。
↔ 受信人

ばっすい［抜粋］(名・他サ) 摘錄。△要点を～
する／摘錄要點。→ぬき書き

ハッスル［hustle］(名・自サ) 幹勁十足，精力
旺盛。△大～／十分帶勁 (起勁)，精力十分充
沛。

はっ・する［発する］(自他サ) ① 發生，發源，
發端。△…に端を～／發端於…。△天竜川
は諏訪湖にみなもとを～／天龍川發源於諏訪
湖。② 發射，發散，發出。△声を～／發聲。
△光を～／發光。

ばっ・する［罰する］(他五) ① 懲罰，處罰。
② 治罪，定罪。△法で～せられる／依法治罪。
→処罰する

はっせい［発生］(名・自他サ) 發生，出現。

△台風が～する／颱風生成。△チフスが～す
る／出現傷寒。△大量～／大量出現。△事故
が～する／出現事故。

はっせい［発声］(名・自サ) ① 發聲，發音。
△～法／發音法。△～練習／發音練習。② 領
頭，領唱。→音頭

パッセンジャー［passenger］(名) 乘客，旅客。

はっそう［発送］(名・自サ) 寄送，發送。

はっそう［発想］(名・自他サ) ① 念頭，主
意，想法。△～の転換／改換想法。△ユニー
クな～／獨特的想法。② 構思法。△獨
特的想法。△日本人の～／日本人的（獨特）想
法。③（音樂）表示，反映（樂曲的情緒、輕重
緩急）。△～記号／標識符號。

はっそう［発走］(名・自サ) 起跑。△～員／發
令員。△～材／起跑材。

はっそく［発足］(名・自サ) ⇨ほっそく

ばっそく［罰則］(名) 罰規，懲罰規則。△～を
設ける／制定罰規。

ばった (名)〈動〉蝗蟲，蚱蜢。

バッター［batter］(名)（棒球）擊球員。

はつたけ［初茸］(名)（秋初産於松林中淡紅褐
色食用菌）青乳菇。

はったつ［発達］(名・自サ) ① 發育，成長。
△心身の～／身心成長。→発育 ② 發達，發
展。△～した低気圧／增强了的低氣壓。△文
明が～した／文明發達。→発展

はったり (名) 故弄玄虛，虛張聲勢。△～をき
かす／故弄玄虛，唬人。

ばったり (と) (副) 突然（落下、倒下、相遇、
停止）。△気分が悪くなって～ (と) たおれ
た／身體不適一下子摔倒了。△道で小学校の
ときの友だちに～会った／在路上突然見到了
小學同學。△戦争で貿易は～と止まった／由
於戰爭，貿易一下子中斷了。

ハッチ［hatch］(名)（船甲板）升降口，艙口。

パッチ［patch］(名)〈IT〉補丁。

はっちゃく［発着］(名・自サ) 出發和到達。
△～時刻／發車（起飛、起航）和到達的時刻。
→離着陸

はっちゅう［発注］(名・他サ) 訂貨。△部品
を～する／訂購零件。↔ 受注

ぱっちり (副) 大睜眼睛，眼睛水汪汪，（水靈
靈）。△目もとの～した可愛い子／眼睛水汪汪
的可愛的孩子。△～と目を覚した／睜着一雙
大眼睛睡醒了。

バッティング［batting］(名)（棒球）擊球，擊球
動作。△～がいい／擊球擊球好。△～フォー
ム／擊球姿勢。

ばってき［抜擢］(名・他サ) 提拔。→起用，登
用

バッテリー［battery］(名) ① 蓄電池，電池組。
△～があがる／蓄電池沒電了（電用完了）。
△車の～／汽車蓄電池。②（棒球）投手和接
手。△～をくむ／為投手和接手編組。

はってん［発展］(名・自サ) 發展，擴展。△～
をとげる／有了發展。△話題が～する／話題

展開。△意外な方向に～する／向意想不到的方向發展。

はつでん［発電］（名・自サ）發電。△～機／發電機。△火力～／火力發電。△水力～／水力發電。

はつでんしょ［発電所］（名）發電廠，發電站。△原子力～／核電站。

はってんとじょうこく［発展途上国］（名）發展中國家。→後進国 ↔ 先進国

はっと［法度］（名）①（武士時代的）法令。②（以“ごはっと”形式）禁止，禁忌，禁令。△ご～をやぶる／破壊禁忌。

はっと（副）突然（想起），意外吃驚。△～気が付く／突然察覺。△子供が車にひかれそうになったのを見て～した／看到小孩差點被車軋着，嚇了一跳。

バット［bat］（名）（棒球、板球等）球棒，球杖，球桿，球拍。△～をふる／揮球棒。△～をかまえる／作撃球的姿勢。

ぱっと（副）①一下子，突然。△桜は～咲いて～散る／櫻花一下子全開了，又一下子全謝了。△電気が～つく／電燈突然亮了。△～立ち上がった／霍地一下站起來。②顯眼，出色，景氣。△売行きは～しない／銷路不好。△彼は学生時代はあまり～しない存在だった／他學生時代不太引人注意。△何か～した話はないか／有甚麼好消息沒有。

はつどう［発動］（名・他サ）行使。△強権を～する／行使強權。

はつどうき［発動機］（名）發動機。→エンジン

はつに［初荷］（名）新年第一批貨。△～が入った／新年頭批貨進來了。

はつね［初音］（名）初啼，初唱，初鳴。

はつねつ［発熱］（名・自サ）發熱，發燒。

はっぱ［葉っぱ］（名）葉子。

はっぱ［発破］（名）爆破；炸藥。△岩石に～をかける／在岩石上打眼放炮。△彼はこの頃たるんでいるから～をかけてやろう／他近來有些鬆勁，給他打打氣吧。

バッハ［Johann Sebastian Bach]〈人名〉巴赫（1685-1750）。德國作曲家。

はつばい［発売］（名・他サ）發售，出售。△～中／正在出售。△新～／發售新產品。→売り出し

はつはる［初春］（名）①新年，新春。△～のおよろこびを申し上げます／祝您新春愉快。→新春 ②初春。（也説“しょしゅん”）

はつひ［初日］（名）元旦早晨的太陽。

はっぴ［法被］（名）（工匠等穿的後背印有字號的）號衣。

ハッピエンド［happy ending］（名）幸福的結局。△～をむかえる／迎來圓滿的結局。

はつびょう［発病］（名・自サ）發病。

はっぴょう［発表］（名・他サ）發表。△小説を～する／發表小説。△合格／公佈及格。

はっぷ［発布］（名・他サ）發佈，頒佈。△憲法

を～する／頒佈憲法。→公布

バッファー［buffer］（名）〈IT〉緩衝。

はつぶたい［初舞台］（名）初登舞台。△～をふむ／初登舞台。→デビュー

はっぷん［発奮・発憤］（名・自サ）發憤，奮發。

ばつぶん［跋文］（名）跋，跋文。→あとがき ↔ 序文

はつほ［初穂］（名）①當年最早成熟的稻穂，或最早成熟的果實、蔬菜等農產品。②（為神佛上供的）供品或上供的金錢。

はっぽう［八方］（名）①八方。②各方面，一切方面。△～手をつくしてさがしまわる／盡一切努力四面八方去尋找。△～やぶれ／漏洞百出。△四方～／四面八方。

はっぽう［発砲］（名・自サ）開槍，開炮。

はっぽうスチロール［発泡スチロール］（名）發泡苯乙烯。

はっぽうびじん［八方美人］（名）八面玲瓏。

はっぽうふさがり［八方塞がり］（名）到處碰壁，處處受阻。

ばっぽんてき［抜本的］（形動）根本的，徹底的。△～改革／根本上的改革。△～な対策／徹底的對策。

はつみみ［初耳］（名）初次聽到。△～へ，それは～だ／哎呀，這可是頭一次聽説。

はつめい［発明］（名・他サ）發明。△新しい機械を～する／發明新機器。→考案

はつもうで［初詣で］（名）（新年後）首次參拜。

はつもの［初物］（名）最早上市的。→はしり

はつゆき［初雪］（名）①（入冬後的）頭場雪，初雪。②（新年後的）頭場雪。

はつゆめ［初夢］（名）（新年）頭一個夢。

はつよう［発揚］（名・他サ）①鼓舞，振奮。△士気を～する／振奮士氣。②發揚。△国威を～する／發揚國威。

はつらつ［潑剌］（副・形動）活潑，精力旺盛。△～たる青年／朝氣蓬勃的青年。△～とした少年／活潑的少年。△元気～／健康活潑。

はつれい［発令］（名・自サ）發佈（法律、命令、任免令、警報等）。

はつろ［発露］（名・自サ）流露。△心情の～／心情的流露。

ばつをあわせる［ばつを合わせる］（連語）迎合，隨聲附和。△彼の話にうまく～／順着他的話説。

はて［果て］（名）邊際，盡頭。△～がない／無止境。△あげくの～／最後，終於，結果。△なれの～／末路，下場。

はて（感）（懷疑，猶豫時）嗯，欸，哎呀。

はで［派手］（形動）花哨，華麗，大肆。△～な服装／華麗的服裝。△～にけんかをする／大吵大鬧。△～ごのみ／講排場。△～ずき／好花哨，講究排場。→華美 ↔ じみ

パテ［putty］（名）油灰，膩子。

ばてい［馬蹄］（名）馬蹄。

バディー［buddy］（名）朋友，夥伴。

パディング［padding］（名）〈IT〉塞塞，填充，

補白。

はてしな・い［果てしない］(形) 没完没了，無邊無際。△～議論／没完没了的辯論。△～砂漠／一望無際的沙漠。

はてな (感)(表示困惑，奇怪) 哎喲，欸，呀，喲，咦，哎。△～，どっちだろうか／哎喲，是哪個呀？

は・てる［果てる］(自下一) ① 完，終。△宴が～／終席，酒宴告終。② 死。

-はてる［-果てる］(接尾) 到極點，徹底，完全。△あきれ～／十分驚訝。△こまり～／一籌莫展，毫無辦法。

ば・てる (自下一) 疲憊不堪，精疲力竭。

バテレン［葡 padre］(名) 基督教傳教士，基督教，基督教徒。

はてんこう［破天荒］(形動) 破天荒。△～な冒険をなしとげる／完成一項破天荒的冒険。

パテント［patent］(名)〈經〉專利，專利權。

はと［鳩］(名) 鴿子。

はとう［波頭］(名) 波峰，浪頭。

はとう［波濤］(名) 波濤。△～をこえる／越過波濤，劈波斬浪。

はどう［波動］(名) 波動。

はどう［覇道］(名) 覇道。

ばとう［罵倒］(名・他サ) 痛罵。

ばとう［馬頭］(名) 馬頭。△～きん／馬頭琴。

パトカー⇨パトロルカー

パトグラフィー［Pathographie］(名) 病情記録，病史。

はとこ［再従兄弟・再従姉妹］(名) ⇨またいとこ

はとは［鳩派］(名) 鴿派。

はとば［波止場］(名) 碼頭。→埠頭

バドミントン［badminton］(名) 羽毛球。(也説 "バトシントン")

はとむね［鳩胸］(名) 雞胸。

はどめ［歯止め］(名) ① 車閘，制動器。②(防止停在坡道上的車下滑的) 掩車物。△インフレに～をかける／煞住通貨膨脹。

パトリオット［patriot］(名) 愛國者，愛國主義者。

パトリオティズム［patriotism］(名) 愛國主義，愛國心。

パドル［paddle］(名) 槳，蹼。

パドレ［padre］(名) 神父。

パトロール［patrol］(名・自他サ) 巡邏。

パトロールカー［patrol car］(名) 巡邏車。(也説 "パトカー")

パトロネージ［patronage］(名) 後援，保護。

パトロン［patron］(名) 資助者。→後援者

ハトロンし［ハトロン紙］(名) 牛皮紙。

バトン［baton］(名) ① 接力棒。② 指揮棒。△～ガール／擔任(遊行、樂隊) 音樂指揮的少女。

バトンタッチ［baton touch］Ⅰ (名・他サ) ①傳接力棒。② 交待工作。→バトンをわたす Ⅱ (名)(田徑) 接力棒，交接工作，交班。

バトンをわたす［バトンを渡す］(連語) 交待

工作。→バトンタッチする

はな［花］(名) ① 花。△～が咲く／花開。△～がひらく／花開放(了)。△～をつける／長出花來，添上花。△～が散る／花謝。△～がしぼむ／花蔫了。②("以…の～" 形式) 突出代表。△彼女はクラスの～だった／她曾是班級之花。△～形／紅人。③ 最好的時期，黄金時代。△あのころが，ぼくの人生の～だった／那時候是我人生的黄金時代。④ 美好，光彩。△両手に花／有美人左右相伴，左右逢源。⑤ 玩花紙牌。△～見／看櫻花。△～～ぐもり／櫻花開放時的微陰天氣。△～だより／關於櫻花開放的消息，花訊。△～ふぶき／飛雪般的落花。

はな［鼻］(名) ① 鼻子。△～がつまる／鼻子不通氣。△～がきく／鼻子靈。△～を鳴らす／哼鼻子；撒嬌(聲)。△～をつまむ／捏鼻子。△～をつまあわせる／面對面，聚集在狹窄的地方。△木で～をくくる／愛答不理。△～にかかった声／帯鼻音的嗓音。△小ばな／鼻翅兒。△目～／眼和鼻，眉眼，頭緒。② 鼻涕。△～がでる／流鼻涕。△～じる／鼻涕。△水っぱな／清鼻涕。

はな［端］(名) ① 開端，開頭。△～から強気にでる／一開頭就來硬的。△しょっぱな／開頭。△～のっけ ② 先端。△半島の～／半島尖上。

-ばな［端］(接尾) 剛…時，開始…時。△出～／一開頭。△寝入り～／剛睡着。

バナー［banner］(名) ① 旗，軍旗。② 標題。

はないき［鼻息］(名) ① 用鼻子呼吸，鼻息。② 別人情緒(的好壞) △～をうかがう／仰人鼻息。

はないきがあらい［鼻息が荒い］(連語) 盛氣凌人，趾高氣揚。

はないけ［花活け］(名) 插花用的器皿。

はなうた［鼻唄］(名) 哼唱的歌曲。△～まじり／哼着歌兒。

はなお［鼻緒］(名) 木屐帶，草屐帶。△～が切れる／木屐帶斷了。△～をすげる／穿上木屐帶。

はながさ［花笠］(名) 裝飾花的斗笠。

はなかぜ［鼻風邪］(名) 輕傷風。△～をひく／患了輕微感冒。

はながた［花形］(名) ① 花樣，花紋。② 紅人，明星。△～選手／明星運動員。△～産業／時髦的産業。△社交界の～／社交界的紅人。→スター

はながたかい［鼻が高い］(名) 得意，驕傲。

はながまがる［鼻が曲がる］(連語) 臭不可聞，惡臭。

はながみ［鼻紙］(名) 擤鼻涕紙，手紙。→ちり紙，ティッシュペーパー

はなぐすり［鼻薬］(名) ① 鼻子藥。② 小賄賂，小恩小惠。△～をかがせる／行小賄。△～をきかす／讓小恩小惠起作用。

はなぐもり［花曇り］(名) 櫻花開放時的微陰天氣。△～の空／櫻花開時的微陰天空。

はなごえ ［鼻声］（名）① 鼾聲（撒嬌）。② 鼻子發齆。齆鼻子。

はなことば ［花言葉］（名）花象徵語。△ばらの～は愛情／玫瑰花象徵愛情。

はなごよみ ［花暦］（名）印有應時花卉的月暦，花暦。

はなざかり ［花盛り］（名）① 花盛開（的時期）。② 最美好的時期。

はなさき ［鼻先］（名）① 眼前。△～につきける／擺到眼前。② 鼻子尖，鼻頭。△～であしらう／冷淡對待。△～でせせら笑う／嗤之以鼻。

はなさくはるにあう ［花咲く春にあう］（連語）時來運轉。

はなし ［話］（名）① 話，談話。△～をする／講話，説話。△～をきく／聽（人）講話。△～をかえる／改換話題。△～をもちだす／提起話題。△～が合う／説得來。△～がうまい／會説話。△～のたね／話柄，話題。△～がはずむ／越説越起勁。△～が横道にそれる／話離題了。△～をそらす／把話岔開。△それでは～が違う／那就跟説的不一樣了。△世間ばなし／聊天兒，家常話。△立ばなし／站着説話。② 值得聽的事。△～にならない／不像話，不值一提。△耳よりな話／值得一聽的話。△金もうけの～／談論賺錢的事。③ 商量，商議。△～がある／有事商量。△～がわかる／通達事理。△～をつける／談妥，説和。△～がまとまる／談妥，講好。△～をきめる／把事情談妥。④ 故事。△それにはちょっとした～がある／這裏有個小故事。△むかしばなし／故事。⑤（常用“咄・噺”字）滑稽故事（類似單口相聲）。△～の名人／講滑稽故事的大師。△人情ばなし／反映世態人情的滑稽故事。⑥ 傳聞，聽説。△彼は試験に合格したという～だ／聽説他考上了。

－ぱなし ［放し］（接尾）①（保持某種狀態）一直。△戸が開けっ～になっている／門一直開着（未關）。△私のところは子供がいるせいもあっていつでも散らかしっ～でしたけど…／我這兒也由於有小孩，東西總是扔得很亂。△ラジオをつけっ～にしている／收音機一直開着（沒關）。② 連續，一直。△勝ちっ～／接連獲勝。△降りっ～／一直下個不停。

はなしあい ［話し合い］（名）① 面談。② 商量，商議，商談。△～にはいる／進入商議，開始商量。△～がつく／商量妥當，達成協議。

はなしあいて ［話相手］（名）談話的對手。商量的對象。△～がない／沒有談心的人。△老人の～になる／陪老人談天兒。

はなしあ・う ［話し合う］（自五）① 交談。② 商量，協商。

はなしか ［咄家・噺家］（名）説書（滑稽故事）人，單口相聲演員。

はなしがい ［放し飼い］（名）放養，放牧。

はなしか・ける ［話し掛ける］（自下一）① 搭話。△見知らぬ人に～けられた／一個不相識

的人向我搭起話來。② 開始説，話到半路。△私が～とすぐあの人は電話を切った／我剛開始説，他就把電話掛了。

はなしがぜんごする ［話が前後する］（連語）語無倫次，前言不搭後語。△～してしまいましたが，わかりましたか／説得很混亂，您聽懂了嗎？

はなしかた ［話し方］（名）説法，講話的技巧。説話的樣子。

はなしがちがう ［話が違う］（連語）與諾言有出入。△きいていると，君の～じゃないか／聽你的口氣，和你從前應允的事大不相同了。

はなしがつく ［話がつく］（連語）商量妥當，意見統一。△あの件はもう，～がついたよ／那件事已經談妥啊。

はなしがはずむ ［話が弾む］（連語）愈説愈起勁。△そのことから～んだ／由那件事談起，愈説愈起勁。

はなしがまとまる ［話が纏まる］（連語）談妥，取得圓滿結果。△故郷で結婚することに～っていた／談妥在故郷結婚。

はなしがわかる ［話が分かる］（連語）懂道理，明白事理。△あの人ははなしのわかる人だ／他是一個明白事理的人。

はなしかわって ［話変わって］（連語）換個話題，卻説…

はなしぎらい ［話し嫌い］（名）不喜歡講話（的人）。

はなしごえ ［話し声］（名）説話聲。△数人の～が聞こえる／聽到幾個人的説話聲。

はなしことば ［話し言葉］（名）口頭語言，口語。→口語 ↔ 書きことば

はなしこ・む ［話し込む］（自五）只顧説話。△彼女と～んでいるうちに夕方になってしまった／跟她談着談着，天黑了。

はなしじょうず ［話上手］（名・形動）會説（的人），能説會道（的人）。

はなしじょうずのききべた ［話上手の聞き下手］（連語）會説不會聽，善説不善聽。→話上手に聞き下手

はなしじょうずのしごとべた ［話上手の仕事下手］（連語）巧言拙行。

はなしじょうずはききてじょうず ［話上手は聞き手上手］（連語）能言善聽。

はなしずき ［話し好き］（名・形動）愛説話。饒舌。△たいへん～な人／很愛講話的人。

はなして ［話し手］（名）説話的人。→話者，語り手 ↔ 聞き手

はなしでもちきっている ［話で持ち切っている］（連語）談論某事，某事成為話題。△町中がその～／整個城市都在談論那件事。

はなじどうしゃ ［花自動車］（名）彩車，花車。

はなしにならない ［話にならない］（連語）不像話，不值一提，一塌糊塗。△奴らのやったことは全く～／這些傢伙幹的事太不像話了。

はなしにはながさく ［話に花が咲く］（連語）交談得津津有味，談得很高興。

はなしにみがいる［話に実が入る］(連語) 越説越變說。

はなしのたね［話しの種］(名) 話題，談話的材料。

はなしはんぶん［話半分］(名)（誇張之言）可信一半。△～に聞く／只能信一半，打對折來聽。

はなしべた［話下手］(名・形動) 不會說話，拙於言辭。

はなしょうぶ［花菖蒲］(名)〈植物〉花菖蒲，玉蟬花。

はなじろ・む［鼻白む］(自五) 膽虛，敗興。

はな・す［放す］(他五) ① 放開(手)，鬆開(手)。△手を～／放手。△ハンドルを～／鬆開方向盤。↔ つかむ ② 放走，放跑，放掉。△犬を～／把狗放跑。→解放する

はな・す［離す］(他五) ① (使…) 離開，分開。△きり～／分開，割裂。△目を～／使目光離開。△この道は車が多くて子供から目が～せない／這條路車多，得町住孩子。△今仕事で手が～せない／現在由於工作，脫不開身。② 拉開，隔開。△ストーブをもっと壁から～して置きなさい／把爐子放得離牆遠一點。

はな・す［話す］(他五) ① 說，講，談。△人に～／對別人說。△友達に～／和朋友談。△事件を～／講事件。→言う，語る，しゃべる，口にする ② 商量，商議。△～せばわかる／商量一下就會明白的。

はなすじ［鼻筋］(名) 鼻樑兒。△～がとおる／通天鼻子，高鼻樑。

はな・せる［話せる］(自下一) ① 能說，會話。② 通情達理，好說話兒。△彼は～男だ／他那個人好說話，他是個通情達理的人。

はなぞの［花園］(名) 花園。

はなだいろ［縹色］(名) 淺藍色。

はなたかだか［鼻高高］(形動) 揚揚得意，趾高氣揚。

はなたけ［鼻茸］(名)〈醫〉鼻息肉。

はなたて［花立］(名) 花筒，花瓶。

はなたば［花束］(名) 花束。△～をおくる／獻花。→ブーケ

はなだより［花便り］(名) 花訊，櫻花開放的信息。→花信

はなたらし［洟垂(ら)し］(名) 流鼻涕(的孩子)。(罵人用) 乳臭未乾的毛孩子，黃口小兒。

はなたれ［洟垂れ］(名) ① 流鼻涕娃子。② 乳臭未乾的毛孩子，黃口小兒。

はなぢ［鼻血］(名) 鼻出血，鼻衄。

はな・つ［放つ］(他五) ① 放。△光を～／放光。△矢を～／放箭，射箭。△虎を野に～／放虎歸山。② 派出。△スパイを～／派間諜。③ 放逐，流放。△罪人を～／流放犯人。

はなつくり［花作り］(名) ① 種花。② 花匠。

はなっぱしら［鼻っ柱］(名) ① 傲氣。△～をへしおる／挫其鋭氣，挫其氣焰。② 固執，倔强。→むこう意気

はなっぱしらがつよい［鼻っ柱が強い］(連語) 固執己見，倔强。

はなつまみ［鼻摘まみ］(名) 討人嫌(的人)。

はなづまり［鼻詰(ま)り］(名) 鼻塞，鼻子不通氣。

はなづら［鼻面］(名) 鼻子尖兒，鼻子頭。(也說"はなっつら")

はなつんぼ［鼻聾］(名) 鼻子聞不出味來。嗅覺不靈。

はなであしらう［鼻であしらう］(連語) 嗤之以鼻，待答不理。

はなどき［花時］(名) 花期，花季(櫻花開放期)。

はなとちる［花と散る］(連語) (像櫻花凋謝一樣) 慷慨就義；壯烈犧牲。

バナナ［banana］(名) 香蕉。

はなにあらし［花に嵐］(連語) 好事多磨，好景不長。

はなにかける［鼻にかける］(連語) 炫耀，自豪，自高自大。→うぬぼれる

はなにつく［鼻につく］(連語) 討厭；膩煩。

はなのしたがながい［鼻の下が長い］(連語) 色迷，色鬼。

はなのみやこ［花の都］(連語) 繁華的都市。△～パリ／絢麗如錦的都市巴黎。

はなはおりたしこずえはたかし［花は折りたし梢は高し］(連語) 可望而不可即。

はなはさくらぎひとはぶし［花は桜木人は武士］(連語) 櫻花為花首，武士為人傑。花數櫻花，人數武士。

はなばさみ［花鋏］(名) (園藝用) 修花剪。

はなばしら［鼻柱］(名) 鼻中隔，鼻樑。

はなはだ［甚だ］(副) 甚，太，很，非常，極其。△～めいわくだ／非常為難。→すこぶる，非常に，たいそう，おおいに

はなはだし・い［甚だしい］(形) 很，甚，過分，非常。△～損害／很大損害。△誤解も～／誤會也很深。△～くふゆかいだ／極不愉快。→はげしい

はなはっそうばい［花八層倍］(連語) 賣花賺大錢；追逐暴利。

はなばなし・い［華華しい］(形) 出色，漂亮。△～活躍／大顯身手。△～最期を遂げる／壯烈犧牲。

はなはねにとりはふるすに［花は根に鳥は故巣］(連語) 花落根下，鳥歸舊巢，葉落歸根。

はなび［花火］(名) 煙火，焰火。

はなびえ［花冷え］(名) 櫻花開時天變冷，花季冷天。

はなびら［花びら］(名) 花瓣。→花弁

はなぶさ［花房］(名) 花串兒，成串開的花，成嘟嚕的花。

はなふだ［花札］(名) 花紙牌。

はなふぶき［花吹雪］(名) 櫻花飄落似飛雪，落英繽紛。△～がまう／漫天落花隨風舞。

パナマ［Panama］〈國名〉巴拿馬。

はなまつり［花祭り］(名) 浴佛節。

はなみ［花見］(名) 觀賞櫻花，看櫻花。△～に行く／去賞櫻花。

は
ハ

はなみち［花道］(名)① 歌舞伎演員上下場的通道。② 相撲運動員出場的通道。△〜をかざる／載譽引退。

はなむけ［贐・餞］(名) 餞行，贐儀。△〜のことば／送別辭。△〜に詩集をおくる／餞別贈詩集。→餞別

はなむこ［花婿・花聟］(名) 新郎。→新郎 ↔ 花嫁

はなもじ［花文字］(名)①(拉丁字母的)大寫字母。② 用花組成的大寫拉丁字母。

はなもちならない［鼻持ちならない］(連語)① 臭不可聞。② 令人作嘔，令人討厭。△〜きざなやつ／令人作嘔的討厭傢伙。

はなもはじらう［花も恥じらう］(連語) 羞花(閉月之貌)。

はなもひっかけない［鼻も引っかけない］(連語) 不加理睬。

はなもみもある［花も実もある］(連語) 有名有實；外觀好看内容又充實。

はなやか［華やか］(形動)① 華麗，華美。△〜なふんいき／歡快熱烈的氣氛。② 顯赫，引人注目。△〜なかつやく／大顯身手。

はなや・ぐ［華やぐ・花やぐ］(自五) 變得輝煌，盛大，熱鬧起來。△彼女がやってきたので，座がいっぺんに〜いだ／由於她的來臨，全場一下子活躍起來了。

はなよめ［花嫁］(名) 新娘。→新婦 ↔ 花婿

はなよりだんご［花より団子］(連語) 捨華求實，與其風雅不如實惠。

はなれ［離れ］(名)(離開主房的) 獨間兒。

ばなれ［場慣れ］(名・自サ) 習慣於某種場面。

はなれうま［放れ馬］(名) 脱韁之馬。

はなれじま［離れ島］(名) 孤島。

はなればなれ［離れ離れ］(名) 分散，離散，失散。△〜になる／分散到各地。→別れ別れ

はなれや［離れ家］(名)(遠離村落的) 獨户人家。

はな・れる［放れる］(自上一) 脱開，脱離。△くさりを〜れて自由になる／脱開鎖鏈得自由。

はな・れる［離れる］(自下一)① 分離，離開。△〜れていく／(遠)離(而) 去。△人心が〜／人心離散。② 有距離，有間隔。△〜れたところ／隔着一段距離的地方。△年が〜れている／年齡差别太大。③ 脱離，離别，離開。△故郷を〜／離開故郷。△戦列を〜／離開戰鬥行列。△手を〜／不歸…所有；脱離…監護(指導)。△脳裏を〜れない／離不開腦海。印在腦子裏。

はなれわざ［離れ業］(名) 絶技。△〜を演じる／表演驚人的技藝。

はなわ［花輪・花環］(名)① 花環。② 花圈。→くすだま

はなをあかす［鼻を明かす］(連語) 搶先使對方吃驚。

はなをうつ［鼻を打つ］(連語)(氣味) 刺鼻子。

はなをおる［鼻を折る］(連語) 挫其傲氣。

はなをたかくする［鼻を高くする］(連語) 趾高氣揚，得意揚揚；翹尾巴。

はなをつきあわせる［鼻を突き合わせる］(連語) 面對面，聚集在狹窄的地方。

はなをつく［鼻を突く］(連語)(惡臭等) 刺鼻，撲鼻。

はなをつままれてもわからない［鼻を撮まれても分からない］(連語) 伸手不見五指，漆黑。

はなをならす［鼻を鳴らす］(連語) 撒嬌。

はなをもたせる［花を持たせる］(連語) 讓人露臉，讓功於人。

はに［埴］(名) 黏土。

ハニー［honey］(名)① 蜂蜜。② 主要指男性對女性的愛稱。

ハニカム［honeycomb］(名) 蜂巢，蜂窩構造。

はにか・む (自五) 害羞，腼腆。

はにきぬをきせない［歯に衣を着せない］(連語) 直言不諱。

パニック［panic］(名) 恐慌。△〜におちいる／陷入恐慌之中。

パニックしょうがい［パニック障害］(名) 恐慌症。

バニラ［vanilla］(名)〈植物〉香子蘭，香草子。

はにわ［埴輪］(名) 明器，陶俑。

はね［羽・羽根］(名)①［羽］羽毛。△〜ぶとん／羽絨被。→羽毛 ②［羽］翅膀。△〜をひろげる／展(開) 翅(膀)。△〜をたたむ／收起翅膀。△〜をやすめる／歇息翅膀。→つばさ ③［羽］(飛機) 機翼。④［羽根］扇葉，葉片。△扇風機の〜／電扇的葉片。△〜をまわす／轉動扇葉。⑤［羽根］羽毛毽子。△〜をつく／打羽毛毽子。

はね［跳ね］(名)① 濺上泥水。△〜を上げる／濺起泥水。② 散場，散戲。→打ち出し

はね［撥ね］(名)(書法中的) 挑(提)，鈎。

ばね［発条］(名)① 發條，彈簧。△〜じかけ／發條裝置。② 彈跳力。△〜が強い／彈跳力強。

はねあがり［跳ね上がり］(名)① 輕佻，頑皮(的姑娘)。② 行為過激的人。

はねあが・る［跳ね上がる］(自五)① 跳起來。△どろが〜／泥水濺起來。△物価が〜／物價猛漲(暴漲)。②(不服從領導) 過激行動，輕舉妄動。

はねお・きる［跳ね起きる］(自上一)(從牀上) 跳起來。

はねかえ・す［跳ね返す］(他五) 彈回去。△ボールを〜／把球彈回去。

はねかえ・す［撥ね返す］(他五) 頂回，撞回。△押え込んできた相手を〜／把壓上來的對手推開。→はねつける

はねかえ・る［跳ね返る］(自五)① 撞回，跳回。△ボールが〜／球彈了回來。② 反過來影響。△賃上げが物価に〜／漲工資反過來影響物價。

はねっかえり［跳ねっ返り］(名) 輕狂的婦女。

はねつ・ける［撥ね付ける］(他下一) 拒絶。

△要求を〜/拒絕要求。△きっぱりと〜/斷然拒絕。

はねとば・す[撥ね飛ばす](他五)彈出去，撞出去，濺出去。

はねの・ける[撥ね除ける](他下一)① 用力推開。△ふとんを〜/踢開被子。② 排除，淘汰。△困難を〜/排除困難。

ばねばかり[ばね秤](名)彈簧秤。

はねばし[跳ね橋](名)吊橋，開合橋。

はねぶとん[羽布団](名)羽絨被。

はねまわ・る[跳ね回る](自五)跳來跳去，歡蹦亂跳。

ハネムーン[honeymoon](名)蜜月旅行。

はねもの[撥ね物](名)處理品，次品。

は・ねる[刎ねる](他下一)砍(頭)，刎。

は・ねる[跳ねる](自下一)① 跳，蹦。△さかなが〜/魚兒跳。△とび〜/蹦跳。飛濺。△水が〜/水濺起。△油が〜/油飛濺。③ 繃開，爆。△豆が〜/豆子爆了。④ 散場。△芝居が〜のは何時ですか/戲劇散場是幾點？

は・ねる[撥ねる](他下一)①(書法)挑(提)，鈎。② 剔除，淘汰。△不良品を〜/剔除次品。△検査で〜/通過檢查來淘汰。③ 彈，彈射。△人を〜/撞了人。△車に〜られる/被車撞了。④ 剋扣，提成。△うわまえを〜/從中剋扣。⑤ 砍(頭)。△首を〜/砍頭。

パネル[panel](名)①(建築)嵌板，鑲板。② 油畫板。③ 廣告牌。△〜写真/張貼照片。

パネルディスカッション[panel discussion](名)在聽眾面前舉行的討論會。

はねをのばす[羽を伸ばす](連語)無拘無束，放開手腳，自由行動。

はのぬけたよう[歯の抜けたよう](連語)空虛，若有所失。

はのねがあわない[歯の根が合わない](連語)打顫。

パノラマ[panorama](名)① 全景立體畫。② 開闊的景色。

はは[母](名)母，母親。↔ 父 △きょうは"〜の日"です/今天是母親節。△必要は發明の〜/需要是發明之母。

はば[幅](名)① 寬度，幅面。△〜がひろい/寬闊。△〜をひろげる/擴大寬度。△〜ひろ(のネクタイ)/寬幅(領帶)。△横〜/橫寬。△道〜/道路寬度。△肩〜/肩寬。② 大範圍。△〜がある/有幅度。△〜をとる/佔有很大地盤。△〜のひろい活動/大範圍的活動，廣泛的工作。△人間に〜ができる/為人老成，可以通融。△〜広い/廣泛。③ 餘地，伸縮性。△〜をあたえる/給一個幅度。△〜をもたせる/使其留有餘地。→ゆとり ④ 幅度。△ゆれの〜/擺動的幅度，震幅。△高値と安値の〜/高低價差。△値〜/價格幅度。

ばば[馬場](名)練馬場，跑馬場。△重〜/因雨難跑的賽馬場。

パパ(名)爸爸。↔ ママ

パパイヤ[papaya](名)〈植物〉番木瓜。

ははうえ[母上](名)(書信用語)母親大人，令堂。→母堂 ↔ 父上

ははおや[母親](名)母親。↔ 父親

はばがきく[幅が利く](連語)有勢力。△はばを利かせる/顯示權力。→顔が利く

ははかた[母方](名)母系。△〜の親戚/母系親屬。

はばかり[憚り](名)① 忌憚，顧忌，客氣。△〜がある/有(所)顧忌。→さしさわり ② 廁所。

はばかりさま[憚り様](感)對不起，麻煩您，勞駕，謝謝。

はばかりながら[憚りながら](副)① 請原諒。△〜二三希望を申しあげます/請恕我提兩三點希望。② 不是誇口，不客氣地說。△〜，これでも男だ/不客氣地說我也是個男子漢。

はばか・る[憚る] I (他五)顧忌，忌憚，怕。△人目を〜/怕人看。△他聞を〜/怕他人聽見。 II (自五)得勢，吃得開。△にくまれっこ，世に〜/受人恨的人反倒有權有勢。

ははこぐさ[母子草](名)〈植物〉香青，鼠曲草。

はばた・く[羽ばたく](自五)振翅。△白鳥が〜/天鵝拍打翅膀。△未来へ大きく〜若者/振翅奔向未來的年輕人。

はばつ[派閥](名)派系，派別。

はばとび[幅跳び](名)跳遠。△走り〜/急行跳遠。△立ち〜/立定跳遠。

はばひろ・い[幅広い](形)廣泛。△〜支持/廣泛支持。△〜視野/開闊的視野。

はば・む[阻む](他五)阻擋，阻礙。△行く手を〜/擋住去路。→阻止する

パピー[puppy](名)小狗。

はびこ・る[蔓延る](自五)① 蔓延，叢生。△雑草が〜/雜草叢生。→繁茂する ② 橫行，猖獗。△悪が〜/邪惡猖獗。

ハビテーション[habitation](名)居住，居住地，住所。

パピルス[拉 papyrus](名)①〈植物〉紙莎草。② 寫在紙莎草上的文稿，文書。

はふ[破風](名)〈建〉(日本建築)人字屋頂兩端的人字板。

はぶ[波布](名)〈動〉飯匙倩(毒蛇)。

パフ[puff](名)粉撲。

パブ[pub](名)小酒店。→居酒屋

パプアニューギニア[Papua New Guinea]〈國名〉巴布亞新幾內亞。

パフェ[法 parfait](名)凍糕。

パフォーマー[performer](名)演出者，表演者。

パフォーマンス[performance](名)① 表演，演技，演出，演奏。②(美術)行為藝術，身體藝術。△〜/。③ 效果，性能。△〜がよい/效率高，運作成本低。△コスト〜/性價比，運作成本。

パフォーマンスマネー[performance money](名)出場費，演出費。

パフォーム［perform］(名) ① 演奏，上演。② 完成工作，完成任務。

はぶ・く［省く］(他五) 省。省略。△てまを～/省事。△むだを～/消除浪費。

ハブくうこう［ハブ空港］(名) 中樞機場。

はぶたえ［羽二重］(名) ① 紡綢。② 細嫩的白色物。△～もち/白嫩光滑的年糕。

ハプニング［happening］(名) 偶發事件。△～がおこる/發生不測事件。

パフューム［perfume］(名) 香水，香料。

はブラシ［歯ブラシ］(名) 牙刷。

はぶり［羽振り］(名) 權勢，威望。△～がいい/聲望高。△～をきかせる/抖威風。

パブリックアクセス［public access］(名) 公共頻道。

パブリックオピニオン［public opinion］(名) 輿論。

パブリックサーバント［public servant］(名) 公僕，公務員，政府工作人員。

バブルガム［bubble gum］(名) 吹成泡泡的口香糖。

ばふん［馬糞］(名) 馬糞。

はへい［派兵］(名・自他サ) 派兵。

はべ・る［侍る］(自五) 侍候，陪侍。

はへん［破片］(名) 碎片。

ばぼう［馬房］(名)(馬厩内隔起的各個)馬棚。

はぼたん［葉牡丹］(名)〈植物〉甘藍。

はま［浜］(名) 海濱，湖濱。

はまき［葉巻］(名) 雪茄煙。

はまぐり［蛤］(名)〈動〉文蛤，蛤蜊。

はまだらか［羽斑蚊］(名) 虐蚊，按蚊。

はまち［鰤］(名) 鰤魚的幼魚。

はまなす［浜茄子］(名) 玫瑰。

はまべ［浜辺］(名) 海濱，湖濱。

はまや［破魔矢］(名) 驅邪箭，避邪箭。

はまやき［浜焼き］(名) 在海(湖)邊烘烤剛捉到的魚。

はまゆう［浜木棉］(名)〈植物〉文殊蘭。

はま・る［嵌まる］(自五) ① 正合適，符合。△ボタンが～/鈕子正合適。△条件に～/符合條件。△型に～/落俗套子，千篇一律。② 掉進，陷入。△池に～/掉入池中。③ 中(計)。△わなに～/上了圈套。

はみがき［歯磨き］(名) 刷牙。牙膏(牙粉)。牙刷。

はみだ・す［食み出す］(自五) 露出來。△わくから～/從框子裏面露出來。→はみ出る

はみ・でる［食み出る］(自下一) 露出。→はみ出す

ハミング［humming］(名・自サ) 哼(唱)。△楽しそうに～しながら仕事をしている/一面快樂地哼着歌一面工作着。

ハム［ham］(名) ① 火腿。② 業餘無綫電愛好者。

は・む［食む］(他五) ①(動物)吃。△草を～/吃草。② 領取(工資)。△高給を～/領高薪。

はむか・う［歯向かう・刃向かう］(自五) 抵抗，反抗，造反。△権威に～/反抗權威。

はむし［羽虫］(名) ① 有翅膀的小昆蟲。② 羽蝨。

はむし［葉虫］(名)〈動〉金花蟲。

ハムレット［Hamlet］(名)〈劇〉哈姆雷特。(莎士比亞的四大悲劇之一)△～型の人/優柔寡斷型的人。

はめ［羽目・破目］(名) ①〈建〉板壁。② 窘境，困境。△ひとりであとしまつをする～になった/陷入一個人處理善後的窘境。

はめいた［羽目板］(名)〈建〉壁板，護牆板。

はめこ・む［嵌め込む・填め込む］(他五) 鑲上，嵌入。

はめつ［破滅］(名・自サ) 破滅，毀滅，滅亡。△～をまねく/招致毀滅。△～に瀕する/瀕於滅亡。△身の～/身敗名裂。

は・める［嵌める・填める］(他下一) ① 鑲，嵌，安上。△窓にガラスを～/把玻璃安在窗上。△ボタンを～/扣上鈕子。② 套，戴。△手袋を～/戴手套。△指輪を～/戴戒指。③ 使上當，使受騙。△わなに～/騙人上圈套。△敵を～/使敵人上當。

はめをはずす (連語) 盡情，過分。

ばめん［場面］(名) 場面，場景。△とんだ～にでくわした/遇到了意想不到的場面。△～が変わる/場面變換。

はも［鱧］(名)〈動〉海鰻，狼牙鱔。

はもの［刃物］(名) 刀。△痴情から～三昧に及んだ/由於癡情而動起刀來。→やいば

はもん［波紋］(名) ① 波紋。△～がひろがる/波紋擴散開來。② 影響。△～を投じる/引起影響。△～をなげかける/影響到…引起轟動。

はもん［破門］(名・他サ) ① 開除。△彼は師匠から～された/他被師傅開除了。② 逐出教門。△背教者を～する/把叛教者逐出教門。

はや［鮠］(名)〈動〉鱲，桃花魚。

はや［早］(副) 早已，已經。△故郷を出て～三年/離開故郷早已三年。→もう，すでに，早くも

はやあし［早足］(名) ① 快步。△～で歩く/快步走。△馬を～でやる/駆馬小跑。② 以普通的行進速度前進。

はや・い［速い・早い］(形) ① [速い] 快，迅速。△足が～/走得快，跑得快。△スピードが～/速度快。△理解が～/理解快。△手が～/手快(幹活麻利;好動手打架;搞女人快)。△話が～/直截了當地説，簡單説。② [早い] 早。△～うちに/趁早。△はやくから/從早。早就。△気が起きる／早起。△朝が～/清晨起得早。△～く来すぎた/來得太早。△話すのはまだ～/要説還是時太早。③ 用“～'する'が早いか”的形式表示一…就…，馬上。△ホームに待っていた乗客は，ドアがあくが早いか，なだれこんだ/等在站台上的乗客，車門一開就湧了進去。↔おそい

はやいこと［早いこと］(副) 迅速，趕快。△～知らせておこう/趕早通知吧。

はやいところ［早い所］(副) ⇨はやいこと

はやうま［早馬］(名)(古時傳送急信的)快馬。

はやうまれ［早生まれ］(名)生日早，生日大(的人)。↔おそうまれ

はやおき［早起き］(名・自サ)早起。

はやおきはさんもんのとく［早起きは三文の徳］(連語)早起三分利，早起三朝當一工。

はやがえり［早帰り］(名)早歸，清晨歸來。

はやかご［早駕籠］(名)快轎子。

はやがてん［早合点］(名・自サ)貿然斷定。→早のみこみ

はやがね［早鐘］(名)(報警)緊敲的鐘聲。△胸が～のように鳴る／心像打鼓似的咚咚跳。

はやがわり［早変わり］(名・自サ)迅速換裝，迅速變成另分身，搖身一變。

はやく［破約］(名・他サ)① 解約。→解約 ② 爽約，毀約，違約。→違約

はやく［端役］(名)小角色，龍套。↔主役

はやくち［早口］(名)説話快，嘴快。

はやくちことば［早口言葉］(名)繞口令。

はやざき［早咲き］(名)早開，先開。△～のうめ／早開的梅花。↔おそ咲き

はやじに［早死に］(名・自サ)早死，早逝，夭折。→夭折，若死に

はやじも［早霜］(名)(霜期到來前的)早霜。△～の被害／早霜災害。↔遅霜

ハヤシライス［hash rice］(名)牛肉丁、葱頭蓋澆飯。

はや・す［生やす］(他五)使…生長。△根を～／使其生根。△ひげを～／蓄鬍子。

はや・す［囃す］(他五)① 吹奏。② 打拍子。③ 喝彩，叫好。△～したてる／起勁喝彩。④ 耍笑，戲弄。

はやせ［早瀬］(名)急流，急湍。

はやだち［早立ち］(名・自サ)清晨動身。

はやて［疾風］(名)疾風，強勁的陣風。

はやてまわし［早手回し］(名)提前準備。

はやとちり［早とちり］(名)武斷造成失敗，着慌説錯台詞。△～をする／貿然斷定而失敗。

はやね［早寝］(名・自サ)早睡。△～早起き／早睡早起。↔おそ寝

はやのみこみ［早飲み込み・早呑み込み］(名)貿然斷定。△～をする／貿然斷定。→早がてん

はやばまい［早場米］(名)早熟稻米。

はやばやと［早早と］(副)早早地，極早地。△～ひきあげる／早早地提拔，早早地撤回。△～すませる／早早地結束。

はやばん［早番］(名)早班。↔おそ番

はやびけ［早引け］(名・自サ)早退。(也説"は

やびき")→早退

はやぶさ［隼］(名)〈動〉隼，遊隼，鶻。

はやま・る［早まる］(自五)① 提早，提前，加快。△予定が～／預定提前。△時間が～／時間提前。② 慌亂出錯，輕率從事。△決して～ってはいけない／不要貿然行事。

はやみち［早道］(名)① 近道，捷徑。② 簡便辦法。

はやみみ［早耳］(名)消息靈，耳朵快。△きみ～だね，もう知ってるの／你的耳朵真靈啊，已經知道了嗎？

はや・める［早める］(他下一)① 加快。△足を～／加快腳步。② 提前。△予定を～／提前定計劃。△時間を～／提前時間。△死を～／使死期提前，加速死亡。

はやり［流行］(名)流行，時興，時髦。△～の服／流行服裝，新潮服裝。△いまの～／時下的流行。△～歌／流行歌曲。△～かぜ／流行性感冒。△～すたり／時髦與過時→流行 ↔ すたり

はやりうた［流行り歌］(名)流行歌曲。

はやりっこ［流行りっ子］(名)紅人兒。

はやりめ［流行り目］(名)流行性結膜炎，紅眼病。

はや・る［逸る］(自五)精神振奮，心急。△血気に～／血氣方剛。△心が～／心情振奮；心急。

はや・る［流行る］(自五)① 流行，時髦，時興。△ことし～っているコートの色はベージュ系です／今年大衣(上衣)的流行色是淡茶色系列。→流行する ↔ すたれる，すたる ② 興隆，興旺。△よく～っている店／買賣興隆的店鋪。③ (疾病)蔓延，流行。△いま，新型のインフルエンザが～っている／現在有一種新型的流感在蔓延。→流行する

はやわかり［早分かり］(名)理解得快。

はやわざ［早技・早業］(名)神速妙技，麻利手法。△目にもとまらぬ～／令人看不見的麻利手法。

はら［原］(名)原野，平原。△草～／草野。△笹～／矮竹莽原。△野～／野地，原野。△～っぱ／(住宅間)空地。△すすきの～／芒草甸子。△焼け野が～／一片焦土。

はら［腹］(名)① 腹，肚子。△～の調子／肚子狀況。△～が痛い／腹痛。△～がくだる／瀉肚，拉肚子。△～をこわす／壞肚子。△魚の～／魚腹。△指の～／手指肚兒。△筆の～／毛筆肚兒。△～がでる／肚子腆出來了。△背に～はかえられない／應急護肚皮，豁出背捱打；捨車保帥。△横ばら／側腹，腰窩。△下～／小腹，小肚子。△たいこばら／大腹便便。△～がへる／肚子餓。△～をみたす／填飽肚子，果腹。→おなか ② 胎內，母體內。△～をいためた子／親生孩子。③ 內心，真心。△～をわって話す／開誠佈公(推心置腹)地交談。△～をくくる／下定決心。△～をよむ／揣摩(別人)心理。△～をきめる／下決心，拿定主意。

△せめてきたら，にげる～だ／真正的想法是，如果打來就逃跑。△～づもり／(心中) 打算，計劃。④ 心胸，度量，器量。△～がふとい／度量大。△～におさめる／記在心裏。△～にすえかねる／忍無可忍。△～をたてる／生氣。△ふとっぱら／度量大。⑤ 決心。△～がすわる／有決心，沉着。△～をすえる／下決心，有思想準備。

ばら [薔薇] (名) 薔薇，玫瑰。

ばら [散] (名) 零，散。△～で売る／零賣。△～づみ／散裝。

ばら [荊棘] (名) 荊棘。

-ばら [輩・儕] (接尾) 們，輩，儕。

バラード [法 ballade] (名) ① 敍事詩。② 〈樂〉敍事曲。擬敍事曲。

はらい [払い] (名) ① 付錢，付款。△～をすませる／付清錢款。△～前ばらい／預付。△分割ばらい／分期付款。→勘定 ② 賣掉 (沒用的東西)。

はらい [祓い] (名) 祓除，除災求福。△厄～にお～をしてもらう／請人消災除厄。

はらいおと・す [払い落とす] (他五) 拂落，撣落。

はらいこ・む [払い込む] (他五) 繳納，交納。

はらいさ・げる [払い下げる] (他下一) 政府 (將其擁有的東西) 出售 (給民間)。

はらいせ [腹癒せ] (名) 泄憤，出氣。△～をする／泄憤。

はらいた [腹痛] (名) 腹痛。

はらいっぱい [腹一杯] (名) ① 飽，滿腹。→たらふく ② 盡情。

はらいの・ける [払い除ける] (他下一) 推開，甩開，排除。

はらいもどし [払戻し] (名) 〈經〉退款，找還，返還。

はらいもど・す [払い戻す] (他五) 退還 (多收的) 錢款。

ばらいろ [薔薇色] (名) 玫瑰色，粉紅色。象徵幸福，美好的未來。△～の人生／美好的人生。△～の夢／錦繡前程。

はら・う [払う] (他五) ① 拂，撣。△すすを～／打煤炱，撣塔灰。△ほこりを～／撣灰。△厄を～／祓災驅邪。△～い落とす／撣落。△～いのける／推開，甩開，排除。△追い～／轟走，攆走，驅逐。② 支付。△税金を～／納税。△入場料を～／繳入場券。△～いこむ／繳納。△支～／支付。③ 賣掉 (廢品)。△古新聞を～／賣廢報紙。④ 表示，加以。△敬意を～／表示敬意。△注意を～／加以注意。

バラエティー [variety] (名) ① 變化，多樣化，豐富多彩。△～に富んだ食事をする／飲食富於變化。② 歌、舞、劇等的聯合演出。③ 〈生物〉變種。④ "バラエティーショー" 的略語。

バラエティーショー [variety show] (名) 綜合節目，綜藝節目。

はらがあとへよってくる [腹が後へ寄って来る] (連語) 肚皮貼到脊樑上，飢腸轆轆。

はらがいえる [腹が癒える] (連語) 消氣。

はらがくさる [腹が腐る] (連語) 頹廢，墮落。

はらがくだる [腹が下る] (連語) 瀉肚。

はらがくろい [腹が黒い] (連語) 黑心腸。→腹ぐろい

はらがすわる [腹が据わる] (連語) 有膽量，沉着，有思想準備。

はらがたつ [腹が立つ] (連語) 生氣，發怒。→立腹する

はらがちいさい [腹が小さい] (連語) 心胸狹窄，氣量小。

はらができている [腹が出来ている] (連語) 有膽量，下定了決心。

はらがない [腹が無い] (連語) 沒膽量。沒度量。

はらがはる [腹が張る] (連語) ① 肚子飽。② 脹肚。③ 肚子鼓起來。

はらがふくれる [腹が膨れる] (連語) 肚子飽。憋着一肚子話，心情不舒暢。

はらがふとい [腹が太い] (連語) 度量大，有膽量，偷懶。

はらがへってはいくさができぬ [腹が減っては戦ができぬ] (連語) 餓着肚子不能打仗。空腹難為計，人是鐵飯是鋼。

はらから [同胞] (名) 同胞。

はらぐあい [腹具合] (名) 肚子 (胃腸) 的情況。△～がわるい／胃腸不好。

パラグアイ [Paraguay] 〈國名〉巴拉圭。

パラグライダー [para glider] (名) 〈體〉飛行傘，滑翔傘，翼傘滑翔。

はらぐろ・い [腹黒い] (形) 黑心腸，黑心。△～人／黑心的人。→腹が黒い

はらげい [腹芸] (名) ① (除語言、動作外) 通過姿態等表示人物的心情。② 有膽識，有膽量。

はらごしらえ [腹拵え] (名) 先填飽肚子，吃飯。

はらごなし [腹ごなし] (名) 消食。△～に散歩する／為消食而散步。

パラサイト [parasite] (名) 寄生生物，寄居。

パラシュート [parachute] (名) 降落傘。

ハラショー [俄 khorosho] (感) 好！

はら・す [晴らす] (他五) 洗雪，發泄，消除。△うらみを～／雪恨。△うっぷんを～／發泄氣憤。△疑いを～／消除疑惑。

はら・す [腫らす] (他五) 使…腫脹。(也説 "はらせる") △目を～／把眼睛弄腫了。把眼睛哭腫了。△泣きを～／哭腫了。

ばら・す [払五] ① 拆開，拆卸，拆散。△～して運ぶ／拆開運。△時計を～／把錶拆卸開。② 殺掉，殺死。△あいつを～せ／宰了那傢伙！③ 揭穿，揭露。△秘密を～／揭露秘密。→すっぱぬく，あばく

バラス (卜) [ballast] (名) ① (航海) 壓艙物。② (鋪路) 碎石，石碴。

ばらせん [茨線] (名) 有刺鉛絲，鐵蒺藜。

ばらせん [ばら銭] (名) 零錢。

パラソル [法 parasol] (名) 陽傘，旱傘。

パラダイス [paradise] (名) 天國，樂園。

は
ハ

はらだたし・い［腹立たしい］(形) 可氣, 可恨。

はらだたしげ［腹立たしげ］(形動) 氣冲冲。△～に席を立つ／氣冲冲地離開座位, 憤然退席。

はらちがい［腹違い］(名) 同父異母。△～の妹／同父異母的妹妹。→異母

パラチフス［德 Paratyphus］(名)〈醫〉副傷寒。

バラック［barracks］(名) 板房, 板棚。

ばらつ・く (自五) ① 散亂。△髮が～／頭髮散亂。② (雨點、霰等) 吧嗒吧嗒地下。

ぱらつ・く (自五) 稀稀拉拉地下 (雨等)。

はらつづみ［腹鼓］(名) 鼓腹。△～を打つ／(飽食者) 陶然拍腹。

はらっぱ［原っぱ］(名) (住宅間的) 空草地。野地。△子供のころ, うらの～でよく遊んだものだ。／在孩子時期, 我經常在房後的野地裏玩耍。

はらづもり［腹積もり］(名) 打算, 方案。△～がある／心中有計劃。→心づもり

はらどけい［腹時計］(名) 根據肚子 (餓的程度) 推算時間。

パラドックス［paradox］(名) 反論。

ばらに［ばら荷］(名)〈經〉散裝貨。

はらにいちもつ［腹に一物］(連語) 心懷鬼胎, 居心叵測。△～もっている／心懷叵測。

はらにすえかねる［腹に據えかねる］(連語) 忍無可忍。

はらのかわをよる［腹の皮をよる］(連語) 笑破肚皮, 捧腹大笑。

はらのむし［腹虫］(名) ① 人體寄生蟲, 蛔蟲。② 情緒。△～がおさまらない／忍不住火氣。

はらばい［腹這い］(名) ① 匍匐, 爬行。② 俯臥, 趴。△～になる／趴下。

はらはちぶ［腹八分］(名) 吃八分飽。

はらはちぶにいしゃいらず［腹八分に医者いらず］(連語) 飯吃八分飽, 保證身體好。飯吃八分飽, 醫生不用找。

はらはら (副) ① (輕而薄的東西, 如樹葉、花瓣等) 飄落。△～(と) 散る／紛紛飄落。② (眼淚、水珠) 撲簌簌落下。△～と捏一把汗。△あのときはどうなることかと～していた／那時候不知道會怎麼樣而捏了一把汗。→ひやひや

ばらばら I (形動) ① 零散。△～になる／散開。△～にする／拆 (摘) 得七零八落。② 不統一, 不一致。△～な服装／不統一的服装。△てんでん～／各行其是, 不一致。→まちまち II (副) ① 嘩啦嘩啦, 啪啦啪啦。△～(と) ふる／嘩裏啪啦地下霰。② (子彈、石塊) 嗖嗖。△つぶてが～(と) 飛んでくる／小石塊嗖嗖地飛過來。

パラフィン［paraffin］(名) 石蠟。

パラペット［parapet］(名) 欄杆, 扶手。

パラマウント［paramount］(名) 最高的, 主要的, 至高無上的。

はらまき［腹巻き］(名) 圍腰子, 腹帶。

ばらま・く［ばら蒔く］(他五) 撒, 散佈。四處給錢。△金を～／到處花錢。△まめを～／撒豆子。△うわさを～／散佈傳聞。

はら・む［孕む］(他五) ① 懷孕。② 孕育, 包含。△あらしを～／孕育着暴風雨。△風を～／鼓滿風。

パラメータ［parameter］(名) (IT、經) 參數。

はらもち［腹持ち］(名) 消化慢的食物。耐餓。△もちは～がいい／年糕耐餓。

はらもみのうち［腹も身の内］(連語) 肚子也是自己的, 愛惜身身。

バラモン［Brahman］(名) 婆羅門, 僧侶。

バラライカ［俄 balalaika］(名)〈樂〉巴拉萊卡琴。

パラリンピック［Paralympics］(名)〈體〉傷殘奧運動會, 簡稱殘奧會。

はらわた［腸］(名) 腸子, 内臟。

はらわたがくさる［腸が腐る］(連語) 頹廢, 墮落。→はらがくさる

はらわたがちぎれる［腸がちぎれる］(連語) 肝腸寸斷, 悲痛欲絕。

はらわたがにえくりかえる［腸が煮え繰り返る］(連語) 怒不可遏, 氣憤七竅生煙。

はらわたをたつ［腸を断つ］(連語) 斷腸。

はらをあわせる［腹を合わせる］(連語) 合謀, 同心協力。

はらをいためたこ［腹を痛めた子］(連語) 親生子。

はらをいやす［腹を癒す］(連語) 消氣, 泄氣。

はらをえぐる［腹を抉る］(連語) (看破對方意圖) 尖銳地追問。

はらをかかえる［腹を抱える］(連語) 捧腹大笑。

はらをかためる［腹を固める］(連語) 下決心。

はらをきめる［腹を決める］(連語) 下決心, 做好思想準備。

はらをきる［腹を切る］(連語) ① 剖腹。② 大笑。③ 自己掏腰包。

はらをくくる［腹をくくる］(連語) 下定決心, 豁出去。

はらをこしらえる［腹を拵える］(連語) 吃飽飯。

はらをこやす［腹を肥やす］(連語) 中飽私囊。

はらをさぐる［腹を探る］(連語) 刺探他人心意。△いたくもない腹をさぐられる／無緣無故受懷疑。

はらをすえる［腹を据える］(連語) 下定決心, 做好思想準備。

はらをたてる［腹を立てる］(連語) 生氣, 動怒。

はらをよむ［腹を読む］(連語) 猜測 (對方) 心理, 意圖。

はらをわる［腹を割る］(連語) 推心置腹, 開誠佈公。

はらん［波乱・波瀾］(名) 風波, 波折。△～をおこす／產生風波。△～にとんだ人生をおくる／度過波瀾起伏的一生。△～万丈／波瀾萬丈。

バランス［balance］(名) 平衡, 均勢。△～をとる／保持平衡。

バランスオブパワー [balance of power] (名) 勢力均衡。

はらんばんじょう [波乱万丈・波瀾万丈] (名) 波瀾萬丈。

はり [針] (名) ① 針，針頭。△～をはこぶ／運針。縫術。△～の穴／針鼻兒。△～に系をとおす／紉針。穿針。△～さし／針扎兒。針包兒。△～ばこ／針綫盒。△絹ばり／細針。△まちばり／[縫紉] 繃針。△注射ばり／注射針頭。② 指針。△～がふれる／指針擺動。△時計の～／錶針。△計器の～／儀錶指針。△メータの～／儀錶指針。③ [留聲機] 唱針。△レコードばり／唱針。④ 釣魚鈎。△釣ばり／釣鈎。⑤ 刺。△ばらの～／玫瑰的刺。⑥ [蜂子等蜇人的] 毒針。

はり [張り] Ⅰ (名) ① 張力，拉力。△この弓は～がいい／這張弓拉力大。△～のない肌／乾枯的皮膚。② 勁頭，精神。△～のある声／有勁的聲音。△～のある文章／生動有力的文章。△こころの～をうしなう／失去心中的勁頭。心裏沒勁了。Ⅱ (接尾) (弓) …張。(燈籠) …盞，個。(幕) …幅。△ひとはり／一張(弓)。一盞(燈籠)。一幅(幕)。

はり [鍼] (名) [醫] 針，刺針，銀針。△～をうつ／扎針。△～医／針灸醫生。△～麻酔／針刺麻醉。針麻。

はり [玻璃] (名) ① 水晶。② 玻璃。

はり [梁] (名) 〈建〉房樑，大樑。

-ばり [張り] (接尾) 模仿，酷似。△ピカソ～のカづよい絵をかく／畫一幅酷似畢加索的力作。

パリ [Paris] 〈地名〉巴黎。

バリア [barrier] (名) ① 柵欄，屏障。② 障礙，妨礙因素，障礙物。(也作「バリヤー」)

はりあい [張り合い] (名) ① 勁頭，幹頭。△～がある／有勁頭。△～が抜ける／泄勁兒。② 競爭。

はりあ・う [張り合う] (自他五) 競爭，彼此爭奪。

はりあげる [張り上げる] (他下一) 大聲，扯開嗓子。

バリアブルコンデンサー [variable condenser] (名) 〈電〉可變電容器。

はりあわ・せる [張り合わせる] (他下一) 黏在一起。

バリアント [variant] (名) ① 變型，變種。② 異本，不同版本。

バリウム [Barium] (名) 〈化〉鋇。

バリエーション [variation] (名) ① 變化，變種。② 變奏曲。

はりがね [針金] (名) 鐵絲，銅絲，鋼絲。

はりがみ [張り紙・貼り紙] (名・自サ) 貼紙，招貼。

バリカン [法 Bariquand et Marre 之略] (名) 理髮推子。△電気～／電推子。

ばりき [馬力] (名) ① (接尾) 〈物〉馬力。② 體力，精力，幹勁。△～がある／有精力。△～

をかける／加把勁。鼓幹勁。

はりき・る [張り切る] (自五) 幹勁十足，精神飽滿。

バリケード [barricade] (名) 路障，街壘。△～をきずく／建路障。

ハリケーン [hurricane] (名) 颶風，颭風。

はりこ [張り子] (名) 紙糊的東西。

はりこのとら [張り子の虎] (連語) 紙老虎。→見かけだおし

はりこ・む [張り込む] (他五) ① 埋伏。△刑事が～／刑事警察設埋伏。② 豁出去。△お祝いだから特別に～こもう／由於是賀禮，就特別多花些錢吧。

はりさ・ける [張り裂ける] (自下一) ① 迸裂，撐破。△袋が～ほど物を詰め込む／袋子裝得要迸裂了。② 滿懷悲憤。△胸も～んばかりの悲しみ／撕心裂肺般的悲痛。

はりしごと [針仕事] (名) 針綫活。

ばりぞうごん [罵詈雑言] (名) 破口大罵，痛罵。

はりたお・す [張り倒す] (他五) 打倒。

はりだ・す [張り出す] (自他サ) ① 伸出，延伸。△～軒を～／使房簷向外伸出來。△シベリアの高気圧が日本海に～してきた／西伯利亞的高氣壓延伸到了日本海。② 張貼，揭示，公佈。(也寫作「貼り出す」) △成績を～／公佈成績。→掲示する

はりつ・く [張り付く・貼り付く] (自五) 貼上，粘上。△汗でシャツが背中に～／由於出汗，襯衣緊緊貼在後背上。

はりつけ [磔] (名) 古時候將罪人綁在柱子或板子上用矛刺死的刑罰。

はりつ・ける [張り付ける・貼り付ける] (他下一) 貼上，粘上。

ばりっと (副) (有些厚度的東西揭下來、破裂時的聲音) 嘎吱一聲，嘎巴一聲，刺啦一聲，咔哧一聲。

ぱりっと (副) (衣服等新且高級的樣子) 儀表堂堂。△新調の～した服／剛做好的嶄新的衣服。△～した鉄筋の店を出した／蓋起了一座新穎漂亮的鋼筋水泥的商店。

はりつ・める [張り詰める] (自下一) ① 水面佈滿。△氷が～／結上一層冰。水面封凍了。② 緊張。△～めた気持／緊張的心情。→ゆるむ

はりて [張り手] (名) (相撲) 用掌擊臉或頸部。△～をかませる／給對方一巴掌。

はりとば・す [張り飛ばす] (他五) 用巴掌狠打，一巴掌打個趔趄。

バリトン [baritone] (名) 〈樂〉男中音，男中音歌手。

はりねずみ [針鼠] (名) 〈動〉刺猬。

はりのあなからてんじょうをのぞく [針の穴から天井を覗く] (連語) 坐井觀天，管中窺天，管窺蠡測。

はりのおちるおとがきこえるよう [針の落ちる音が聞こえるよう] (連語) 靜 (得) 可聽到針落

地（聲），鴉雀無聲。

はりのむしろ［針の蓆］（名）針蓆，針氈。△～にすわるここち／如坐針氈。

はりばこ［針箱］（名）針綫盒。

ばりばり（副）①（搔、撕、揭東西）咯吱咯吱、咔啉咔咻。②（嚼硬物）嘎巴嘎巴，咯嘣咯嘣。③（工作）勁頭十足，大刀闊斧。

ぱりぱり（副）①吱啦吱啦，嘎叭嘎叭。②有生氣，精神飽滿。③嶄新，挺括。

はりばん［張り番］（名・自サ）看守，守衛。→見張り番

はりほどのことをぼうほどにいう［針程のことを棒程に言う］（連語）小題大作，誇大其詞，言過其實。

はりめぐら・す［張り巡らす］（他五）四周圍起，圍圈。△なわを～／四周拉起繩子。△あみを～／佈下（天）羅地網。

バリュエーション［valuation］（名）估價，定價，評價。

はる［春］（名）①春，春季。△～が浅い／春色淺。△～のいぶき／春天的氣息。△～のおとずれ／春天的來臨。△～らんまん／春花爛漫。△ゆく～／逝去的春天。晚春。△春がすみ／春霞。△～さめ／春雨。△～有春意。△～をむかえる／迎新春。②極盛時期。△～を謳歌する／謳歌極盛時期。△わが世の～／我一生的黄金時代。→最盛期 ③性意識，春心。△～のめざめ／情竇初開。

は・る［張る］（自他五）①覆蓋。△氷が～／結一層冰。②伸展，擴展。△木の根が～／樹扎根。③脹，鼓脹。△かさが～／傘（張開）蹦得緊緊的。△あごが～／下巴寬。④緊張。△気を～／精神緊張。⑤（價錢）貴。△この絵は値が～／這張畫價格貴。⑥張，張掛，伸張。△幕を～／張掛帷幕。△あみを～／張網。△アンテナを～／架天綫。△勢力を～／擴張勢力。△根を～／扎根。⑦灌滿。△水槽に水を～／給水箱灌滿水。⑧（横向）伸開。△ひじを～／支開胳膊肘。△胸を～／挺起胸脯。△かたひじを～／逞強。⑨固執。△意地を～／固執己見。△虚勢を～／虚張聲勢。△強情を～／執拗。△みえを～／擺虚架子。裝門面。⑩開設，設置。△店を～／開店。△論陣を～／展開辯論。△むこうを～／與對方對抗。→かまえる ⑪（也寫“貼る”）貼，黏。△かべ紙を～／貼壁紙。△～りつける／貼上。△～り紙／張貼。招紙。附箋。△うらばり／襯布。襯布。⑫扇（打）（耳光）。△～横っつらを～／扇耳光。打嘴巴。△～りたおす／（用手掌）打倒。⑬監視。△容疑者を～／監視嫌疑犯。

－ばる（接尾）①拘泥。△形式～／拘泥形式。②像…樣子行動。△四角～／成四方形。拘謹。鄭重其事。

パル［pal］（名）朋友。

はるいちばん［春一番］（名）（預示春季來臨的二月末至三月初的）第一次強勁的南風。

はるか［遥か］（形動・副）（時間、距離、程度）遠，遙遠。△～かなた／遠方。△～むかし／遙遠往昔。遠古。△太平洋は日本海より～に大きい／太平洋比日本海大得多。△この店のほうが～に安い／這家商店便宜得多。→ずっと

はるがすみ［春霞］（名）春霞，春天的雲靄。

はるかぜ［春風］（名）春風。

バルクメモリー［bulk memory］（名）〈IT〉大容量記憶體。

バルコ［意 parco］（名）公園，廣場。

バルコニー［balcony］（名）陽台，露台。→ベランダ

はるさき［春先］（名）初春，早春。

バルザック［Honoré de Balzac］〈人名〉巴爾扎克（1799-1850）法國小説家。

はるさめ［春雨］（名）①春雨。②粉絲。

ハルシネーション［hallucination］（名）幻覺。

パルス［pulse］（名）①脈搏。②（電）脈衝。③波動，振動。

パルタイ［德 Partei］（名）①黨派，政黨。②共產黨的別稱。

パルチザン［法 Partisan］（名）遊擊隊。

はるつげどり［春告げ鳥］（名）黄鶯。

バルトーク［Bartók Béla］〈人名〉巴爾托克（1881-1945）匈牙利作曲家、鋼琴家。

はるのななくさ［春の七草］（名）代表春季的七種草。（它們是“せり／芹菜”、“なずな／薺菜”、“ごきょう／鼠麴草”、“はこべ／繁縷”、“ほとけのざ／佛座”、“すずな／蔓菁”、“すずしろ／蘿蔔”）

はるばしょ［春場所］（名）（相撲）春季（三月在大阪舉行的）賽會。

はるばる［遥遥］（副）遙遠，迢迢。△遠路～／千里迢迢。

バルブ［valve］（名）閥，活門，氣門。△～をしめる／關上閥門。

パルプ［pulp］（名）紙漿。

はるめ・く［春めく］（自五）有春意，有春色。△ようやく～いてきた／漸漸有了春意。

はるやすみ［春休み］（名）春假。

はれ［晴れ］（名）①晴。→曇天②盛大，隆重。△～の入学式／隆重的入學典禮。③消除嫌疑。△～の身となる／嫌疑消除。被昭雪。

ばれい［馬齢］（名）馬齒，（謙稱自己）年齡。△むなしく～をかさねております／馬齒徒增。虚度年華。

ばれいしょ［馬鈴薯］（名）⇨ジャガいも

バレエ［法 ballet］（名）芭蕾舞。

バレー（名）⇨バレーボール

ハレーション［halation］（名）（照像）暈光，暈影。

ハレーすいせい［ハレー彗星］（名）〈天〉哈雷彗星。

パレード［parade］（名・自サ）遊行。

バレーボール［volleyball］（名）排球，排球運動。

はれがまし・い［晴れがましい］（形）盛大，隆重。△～席／盛大的場面。

はれぎ［晴れ着］（名）盛裝，好衣服。↔ふだん着

パレス [palace]（名）宮殿，宏偉的建築。

はれすがた [晴れ姿]（名）① 身着盛装。②（盛大場面的）堂堂風度。

パレスチナ [Palestina]〈地名〉巴勒斯坦。

はれつ [破裂]（名・自サ）破裂。△タイヤが〜する／輪胎破裂。△爆弾が〜した／炸彈爆炸了。

はれつおん [破裂音]（名）① 塞音，爆破音。② 爆破聲。

パレット [法 palette]（名）調色板。△〜ナイフ／調色刀。

はれのぶたい [晴れの舞台]（連語）榮耀的舞台（時期）。

はればれ [晴れ晴れ]（副・自サ）爽快，爽朗，輕鬆愉快。△〜（と）した顔／爽朗的神情。△〜（と）した気分／輕鬆愉快的心情。

はれぼった・い [腫れぼったい]（形）有些腫。

はれま [晴れ間]（名）① 雲隙。△〜が見える／雲隙間露出藍天。②（雨，雪）停下期間。△梅雨の〜／梅雨停止期間。

はれもの [腫れ物]（名）疙瘩。

はれものにさわるよう [腫れ物に触るよう]（連語）小心翼翼，提心吊膽。

はれやか [晴れやか]（形動）① 爽快，爽朗。△〜な顔／爽朗的表情。② 華麗。△〜なよそおい／華麗的裝扮。③ 晴朗。△〜な空／晴朗的天空。

バレリーナ [意 ballerina]（名）芭蕾舞女演員。

は・れる [晴れる]（自下一）① 天晴。△空が〜／天空放晴。△天気が〜／天晴。↔ くもる ② 暢快起來，（疑雲）消散。△気が〜／心情舒暢起來。△うたがいが〜／疑雲消散。

は・れる [腫れる]（自下一）腫，腫脹。△顔が〜／臉腫。△肝臓が〜／肝腫大。

ば・れる（自下一）暴露，敗露。△うそが〜／謊言敗露。

ハレルヤ [hallelujah]（名）〈宗〉哈利路亞。

はれわた・る [晴れ渡る]（自五）響晴。△〜った秋空／秋天的萬里晴空。

バレンタインデー [Valentine's Day]（名）（二月十四日）聖・瓦倫丁節，情人節。

はれんち [破廉恥]（名・形動）無恥，寡廉鮮恥。△〜なふるまい／恬不知恥的行為。→はじしらず

はろう [波浪]（名）波浪。△〜注意報／大海浪預報，海濤預報。

ハロウィーン [Halloween]（名）萬聖節。

ハロゲン [Halogen]（名）〈化〉鹵（素）。

バロック [法 baroque]（名）巴羅克式，怪異型。

パロディー [parody]（名）諧模詩文，諷刺詩文。→もじり

バロメーター [barometer]（名）① 氣壓計。② 標誌。△体重は健康の〜だ／體重是健康的標誌。

バロン [baron]（名）男爵。

パワー [power]（名）① 力量，勢力。△〜がある／有力量。△学生〜／學生力量。② 馬力，動力。△〜アップ／提高效率。

パワーゲーム [power game]（名）權力鬥爭，特指大國或權力者之間的權力之爭。

ハワイ [Hawaii]〈地名〉夏威夷。

はわたり [刃渡り]（名）刀刃的長度。

パワフル [powerful]（ダナ）強壯的，強健的。

はをくいしばる [歯を食いしばる]（連語）咬緊牙關。△〜ってがまんする／咬牙忍耐。

はん [半]（名）① 半，一半。② 奇數。△〜と出る／出現奇數。△丁か〜か／是偶數還是奇數。↔ 丁

はん [判]（名）① 畫押，印鑒，圖章。→はんこ ② 印刷用紙和書的大小。△ A 〜／合格紙張加工尺寸之一。（A 系列 O 番為 814 毫米 ×1189 毫米，A1 判為其一半，共分 A12 判。）△B5 〜／約 181.25 毫米 ×257.5 毫米。△四六〜／788 毫米 ×1091 毫米。→判型

はん [版]（名）版。△〜をかさねる／再版。

はん [班]（名）班，組。△〜をつくる／組班。→グループ

はん [煩]（名）煩，煩瑣。△〜をいとわない／不厭其煩。△〜にたえない／不勝其煩。

はん [藩]（名）藩。

ばん [晩]（名）晚。△〜のご飯／晚飯。△あすの〜／明天晚上。△朝から〜まで／從早到晚。△〜のしたく／準備晚飯 ↔ あさ

ばん [番]（名）① 輪班，班。△〜を待つ／等候輪到自己。△やって私の〜になった／好不容易輪到我了。② 看（門）。△〜をする／看守。△にもつの〜／看行李。△寝ずの〜／守夜。△るす〜／看家。看門。

ばん [盤]（名）① 棋盤。△将棋の〜にこまをならべる／往棋盤上擺棋子。② 盤子形的容器。③ 唱片。△ドーナツ〜／一分轉四十五轉的唱片。

ばん [万]（副）① 絕對…沒，萬無…△〜遺漏なきよう／以期萬無一失。② 無論如何。△〜やむをえない／萬不得已。

パン [葡 pão]（名）麵包。

パン [pan]（名）平鍋，帶柄煎鍋。

はんい [範囲]（名）範圍，界限。△〜をかぎる／限定範圍。△〜をひろげる／擴大範圍。△〜に入る／進入範圍。

はんいご [反意語]（名）反義詞。→反対語，反義語

はんえい [反映]（名・自他サ）反映。△夕日がみずうみに〜する／夕陽照在湖中。△みんなの意見を〜させた計画／反映大家意見的計劃。→投影

はんえい [繁栄]（名・自サ）繁榮。△国家の〜／國家的繁榮。↔ 衰退

はんえいきゅう [半永久]（名）半永久。△〜的／半永久性。

はんえり [半襟]（名）襯領。△〜をかける／繫上襯領。

はんえん [半円]（名）半圓。△〜形／半圓形。

はんおん [半音]（名）〈樂〉半音。△〜あげる／提高半音。↔ 全音

はんか〔反歌〕(名)(附在長歌後的)尾歌。

はんか〔頒価〕(名)賣價。

はんか〔繁華〕(名・形動)繁華。△～な市街／繁華的街市。△～街／繁華街。

はんが〔版画〕(名)〈美術〉版畫。△～家／版畫家。

ばんか〔晩夏〕(名)晩夏。↔初夏

ばんか〔挽歌〕(名)輓歌。

ハンガー〔hanger〕(名)衣架。→えもんかけ

ハンガーストライキ〔hunger strike〕(名)絶食鬥爭。

バンガード〔vanguard〕(名)前衛，先驅者，先導。

はんかい〔半開〕(名・自サ)半開。△せんを～にする／半開瓶塞。→半びらき ↔ 全開

はんかい〔半壊〕(名・自サ)半壊，壊掉一半。△～家屋／半壊的房屋。

ばんかい〔挽回〕(名・他サ)挽回。△名誉を～する／挽回名譽。

ばんがい〔番外〕(名)① 規定的以外。△～として先生の手品がある／規定的節目以外，有老師的魔術。→とびいり ② 例外，特別。△彼だけは～だ／唯獨他例外。

はんかがい〔繁華街〕(名)繁華街。

はんがく〔半額〕(名)半價。△～セール／半價出售。→半値

ばんがく〔晩学〕(名)晩上學。

ばんがさ〔番傘〕(名)油紙雨傘。

ばんかず〔番数〕(名)節目，比賽場次。

ハンカチ(名)"ハンカチーフ"的略語。(也説"ハンケチ"。)

ハンカチーフ〔handkerchief〕(名)手帕、手絹。(也可略成"ハンカチ"、"ハンケチ"。)

はんかつう〔半可通〕(名・形動)一知半解，似通非通。

ばんカラ〔蛮カラ〕(名・形動)粗野，粗俗。△～な学生／粗野的學生。

ハンガリー〔Hungary〕〈國名〉匈牙利。

バンガロー〔bungalow〕(名)簡易小房。

はんかん〔反感〕(名)反感。△～をかう／引起反感。△～をいだく／懷有反感。→反発

はんかん〔反間〕(名)反間。△～のはかりごと／反間計。

はんかん〔繁簡〕(名)繁簡。△～よろしきをえる／繁簡適宜。繁簡得當。

はんかん〔繁閑〕(名)忙閑。

ばんかん〔万感〕(名)百感。△～胸にせまる／百感交集。

はんかんはんみん〔半官半民〕(名)半官半民，官民合辦。

はんがんびいき〔判官びいき〕(名)⇨ほうがんびいき

はんき〔反旗・叛旗〕(名)叛旗，反旗。

はんき〔半期〕(名)半期，半年。△上・下～／上半年。

はんき〔半旗〕(名)半旗。→弔旗

はんぎ〔版木・板木〕(名)木版。

ばんき〔万機〕(名)國家大事。

ばんき〔晩期〕(名)晩期，晩年，末期。

はんぎご〔反義語〕(名)反義詞。

はんぎゃく〔反逆・叛逆〕(名・自サ)叛逆，反叛，造反。△～をくわたてる／企圖反叛。△～児／擰性子。乖僻的人。

はんきゅう〔半球〕(名)半球。△北～／北半球。△東～／東半球。

はんきゅう〔半休〕(名)半休，半日休息。

はんきょう〔反響〕(名・自サ)反響，回響。△～が大きい／反響很大。△～をよぶ／引起反響。

はんきょうらん〔半狂乱〕(名)半癲狂。

ばんきん〔板金・鈑金〕(名)板金。

バンク〔bank〕(名)銀行。△アイ～／眼庫。

パンク〔puncture〕(名・自サ)放炮，撐破。△注文が多くて～しそうだ／定貨太多快放炮了。

パンク〔punk〕(名)① 朋克，身着奇裝異服，行動古怪的反傳統青年。△～ファッション／朋克髮型和服裝。② "パンク・ロック"的略語。

バンクカード〔bank card〕(名)銀行卡。

バンクノート〔bank note〕(名)〈經〉鈔票，紙幣。

ばんぐみ〔番組〕(名)節目。△～表／節目表。→プログラム

バングラデシュ〔Bangladesh〕〈國名〉孟加拉國。

バンクラブシー〔bankruptcy〕(名)破産，倒閉。

ハングル(名)朝鮮文字。

バングル〔bangle〕(名)手鐲。

ばんくるわせ〔番狂わせ〕(名)出乎意料。△～がおこる／出現意外。

バンクローン〔bank loan〕(名)〈經〉① 銀行貸款。② 銀行間借款，給發展中國家融資的一種方式。

はんぐん〔反軍〕(名)① 反軍，反對軍部。② 反戰。③ 叛軍。

はんけい〔半径〕(名)半徑。

はんけい〔判型〕(名)紙的開數。

はんげき〔反撃〕(名・自サ)反撃，反攻。△～に転じる／轉入反攻。→反攻

ハンケチ(名)"ハンカチーフ"的略語

はんけつ〔判決〕(名)判決。△～をくだす／作出判決。△～がくだる／判決下來了。△～を言いわたす／宣告判處。△～をくつがえす／推翻判決。△～文／判決書。△有罪～／有罪判決。

はんげつ〔半月〕(名)半月，半月形。△～形／半月形。

はんけん〔版権〕(名)版權。

はんげん〔半減〕(名・自サ)減半。△興味が～する／興趣減半。△事故が～する／事故減半。

ばんけん〔番犬〕(名)看門狗。

はんこ〔判こ〕(名)印鑒。

はんご〔反語〕(名)① 反問，反語。② 反話。

パンこ〔パン粉〕(名)① 麵包粉。② 麵粉。

はんこう〔反攻〕(名・自サ)反攻，反撃。→反撃

はんこう〔反抗〕(名・自サ)反抗。△親に～する／反抗父母。△～期／反抗期。↔ 服従

はんこう［犯行］(名) 罪行，犯罪。△～をかさねる／一再犯罪。→犯罪

はんごう［飯盒］(名) 飯盒。△～炊爨／用飯盒做飯。

ばんこう［蛮行］(名) 野蠻行為，暴行。

ばんごう［番号］(名) 號碼，號數。△～をうつ／打上號碼。△～をつける／加上號碼。△～順／號碼順序。△郵便～／郵政編碼。→ナンバー

はんこうき［反抗期］(名)(孩子的)反抗期。

ばんこく［万国］(名) 萬國，世界。

ばんこくき［万国旗］(名) 世界各國國旗。(也説"ばんこっき")

はんこつ［反骨・叛骨］(名) 反骨。△～精神／反抗精神。→硬骨

ばんごや［番小屋］(名) 看守人的小屋。

はんごろし［半殺し］(名) 半死不活。△～にする／弄個半死。△～の目にあう／被弄得半死。→生殺し

ばんこん［晩婚］(名) 晩婚。↔早婚

はんさ［煩瑣］(名・形動) 煩瑣。△～な手続き／煩瑣的手續。→煩雑

はんざい［犯罪］(名) 犯罪。△～をおかす／犯罪。△～者／罪犯。→犯行

ばんざい［万歳］I (名・形動) ① 萬歳。△千秋～／千秋萬歳。祝萬壽無疆。△～三唱／三呼萬歳。② 投降。△こんなにいきづまったら、～するよりしようがない／這樣走投無路就只有投降了。II (感) 太好了。

はんさく［半作］(名)(平年的)一半收成。

ばんさく［万策］(名) 千方百計。△～つきる／無計可施。△～を講じる／採取萬全之策。

はんざつ［煩雑・繁雑］(名・形動) ①［煩雑］繁瑣，煩雑。△～をさける／避免繁瑣。△～な手続き／繁瑣的手續。△～な家事／繁雑的家務勞動。→煩瑣 ↔ 簡略 ②［繁雑］繁雑。

はさてつがく［煩瑣哲学］(名) 煩瑣哲學。

ハンサム［handsome］(名・形動) 美男子。△～な若者／長得漂亮的年輕人。

はんさよう［反作用］(名) 反作用。

ばんさん［晩餐］(名) 晩餐，晩宴。△～会／晩餐會。→ディナー

はんし［半紙］(名)(習字用的) 日本白紙。

はんじ［判事］(名)(下級法院的) 法官。

ばんし［万死］(名) 萬死。

ばんじ［万事］(名) 萬事。△一事が～／從一件事可看萬件事。→諸事

パンジー［pansy］(名) 三色菫。

バンジージャンプ［bungee jump］(名)〈體〉笨豬跳，蹦極跳。

ばんじきゅうす［万事休す］(連語) 萬事皆休。

ばんしにいっしょうをえる［万死に一生を得る］(連語) 死裏逃生，九死一生。→九死に一生を得る

はんしはんしょう［半死半生］(名) 半死不活。→虫の息

はんじもの［判じ物］(名) 猜謎畫，謎語。

はんしゃ［反射］(名・自サ) 反射。△家のやねの～がまぶしい／房頂的反射晃眼。△乱～／亂反射。△～運動／反射運動。△条件～／條件反射。

はんしゃきょう［反射鏡］(名) 反射鏡。

ばんしゃく［晩酌］(名・自サ) 晩飯時喝(的)酒。

ばんじゃく［盤石・磐石］(名) 磐石。△～の重み／磐石般的分量。

はんしゅ［藩主］(名) 藩主，諸侯。

ばんしゅう［晩秋］(名) 晩秋。→暮秋 ↔ 初秋

はんじゅうしん［半獣神］(名) ⇨ぼくしん

はんじゅく［半熟］(名) 半熟，未熟透。△～卵／半熟的雞蛋。

ばんじゅく［晩熟］(名) 晩熟。

はんしゅつ［搬出］(名・他サ) 搬出。↔ 搬入

ばんしゅん［晩春］(名) 晩春。↔ 早春，初春

ばんしょ［板書］(名・自他サ) 在黑板上寫字，板書。△黒板に～する／板書。

ばんしょ［番所］(名) 崗哨，市鎮衛門。

はんしょう［反証］(名・他サ) 反證。

はんしょう［半焼］(名・自サ) 燒掉一半。

はんしょう［半鐘］(名) 警鐘。

はんじょう［半畳］(名) 半張蓆子大小。

はんじょう［繁盛］(名・自サ) 繁榮昌盛，興隆。△商売～／買賣興隆。

ばんしょう［万障］(名) 萬難。△～おくりあわせのうえ、ご出席ください／務請撥冗光臨。

ばんしょう［晩鐘］(名) 晩鐘。△～が聞こえる／聽到晩鐘響。

ばんじょう［万丈］(名) 萬丈。

はんじょうをいれる［半畳を入れる］(連語) 冷嘲熱諷。

バンジョー［banjo］(名) 班卓琴。

はんしょく［繁殖］(名・自サ) 繁殖。

パンしょく［パン食］(名) 吃麵包。

はんしょくみんち［半殖民地］(名) 半殖民地。

はんしん［半身］(名) 半身。△上～／上半身。△～像／半身像。↔ 全身

ばんにん［万人］(名) ⇨ばんにん［万人］

はんしんちほう［阪神地方］(名) 阪神地區。

はんしんはんぎ［半信半疑］(名) 半信半疑。

はんしんふずい［半身不随］(名) 半身不遂。

バンス［和 vance］(名)〈經〉① 成交，達成協定。② 預付，預付款，預支，借支。

はんすう［反芻］(名・他サ) 反芻，反復回味。

はんすう［反数］(名) 半數。

ハンスト［hunger strike］(名)("ハンガーストライキ"的略語。) 絶食。

ハンズフリー［handsfree］(名)(電話) 免提。(也作"ハンドフリー")

はんズボン［半ズボン］(名) 短褲。

はん・する［反する］(自サ) 與…相反，違反，違背。△法規に～／違反法律。

はんせい［半生］(名) 半生，半輩子。

はんせい［反省］(名・他サ) 反省。△～をうな

がす／促使反省。△～会／反省會。檢討會。

ばんせい［晩成・晩生］(名・自サ)①［晩生］(莊稼)晩熟。↔早生②［晩成］晩成。△大器は～する／大器晩成。△大器～／大器晩成。

ばんせいせつ［万聖節］(名) 萬聖節。

ばんせいひん［半製品］(名) 半成品。

ばんせつ［晩節］(名) 晩節, 晩年的操守。

はんせん［反戦］(名) 反戰。△～運動／反戰運動。↔主戦

はんせん［帆船］(名) 帆船。

はんぜん［判然］(副・連體) 判然, 明確, 清楚。△～たる証拠／明確的證據。△なぜそうなったのか理由が～としない／為甚麼會這樣, 理由不清楚。

ばんぜん［万全］(名・形動) 萬全。△～を期する／以期萬全。

ハンセンびょう［ハンセン病］(名) 漢森氏病, 麻瘋病。

はんそう［帆走］(名・自サ) 揚帆行駛。

はんそう［搬送］(名・他サ) 運送, 搬運。

ばんそう［伴走］(名・自サ) 陪跑。

ばんそう［伴奏］(名・自サ) 伴奏。△ピアノ～／鋼琴伴奏。

ばんそう［晩霜］(名) 晩霜。

ばんそうこう［絆創膏］(名) 橡皮膏。

はんそく［反則］(名・自サ) 犯規。△～をおかす／犯規。△～負け／因犯規而輸掉。

はんそく［反側］(名・自サ) 反側, 翻身。△輾転～／輾轉反側。

ばんそつ［番卒］(名) 哨兵。

はんそで［半袖］(名) 半袖, 短袖。△～シャツ／半袖襯衣。

はんだ (名) 焊錫。△～ごて／烙鐵。△～づけ／焊接, 焊上。

パンダ［panda］(名) 熊貓。

ハンター［hunter］(名) 獵人。

はんたい［反対］(名) Ⅰ(名・形動) 相反。△～になる／正相反。△～色／相反色。△正～／正相反。→あべこべ Ⅱ(名自サ) 反對。△～をとなえる／提出反對。△～を受ける／受到反對。△～意見／反對意見。→敵対, 対立 ↔ 賛成

ばんだい［番台］(名)(澡堂等收費) 高台。

はんたいご［反対語］(名) 反義詞。→反義語, 反義語

はんだくおん［半濁音］(名) 半濁音。↔ 清音, 濁音

はんだくてん［半濁点］(名) 半濁音符號。

パンタグラフ［pantograph］(名) 架式受電弓。

パンタロン［pantalon］(名) 喇叭褲。

はんだん［判断］(名・他サ)①判斷。△～があまい／判斷太天真。△～に苦しむ／難以判斷。△～にまよう／不知如何是好。△～をあおぐ／仰仗判斷。△～をくだす／下判斷。△～力／判斷力。②占卜。△姓名～／按姓名測字。

ばんたん［万端］(名) 一切, 萬事。△用意～ととのう／萬事俱備。→全部

ばんち［番地］(名) 門牌號。△所～／地名和門牌號。→住所

パンチ［punch］(名)①拳擊。△～をくわせる／給一拳。△強烈な～／強烈的打擊。②強有力的, 動人的。△～のきいた歌い方／強有力的歌聲。③剪票夾, 打孔機。△～を入れる／剪票。

ばんちゃ［番茶］(名) 粗茶。↔ 煎茶

ばんちゃもでばな［番茶も出花］(連語) ⇨ 鬼も十八番茶も出来。

はんちゅう［範疇］(名) 範疇。△～がことなる／範疇不同。△～に入れる／納入範疇。

はんちょう［班長］(名) 班長, 組長。

ばんちょう［番長］(名) 壞學生頭兒。

ハンチング［hunting］(名) 鴨舌帽。

パンツ［pants］(名)①褲衩。△海水～／游泳褲。→ブリーフ②西服褲。

ばんづけ［番付］(名) 順序表, 等級表。△～にのる／登上順序表。△～があがる／排列名次升級了。△長者～／富翁的順序表。

はんてい［判定］(名・他サ) 判定, 判斷。

ハンディー［handy］(形動) 輕便。△～なラジオ／袖珍收音機。

パンティー［panties］(名)(婦女用) 三角褲衩。△～ストッキング／連褲襪。

ハンディキャップ［handicap］(名)①不利條件。△～を克服する／克服不利的條件。②讓步, 差點。(也説"ハンディ""ハンデ")

ハンディクラフト［handicraft］(名) 手工, 手工藝。

ハンティングドッグ［hunting dog］(名) 獵犬。

バンデージ［bandage］(名)①(用來包紮傷口等的) 繃帶。②(結縛、加固或緊壓用的) 帶子。

はんてん［反転］(名・自他サ)①反轉。②掉頭。△飛行機は～して飛びさった／飛機掉頭飛走了。③轉印。

はんてん［半纏］(名) 短上衣, 短褂子。△しるしばんてん／(工匠穿的) 在衣領、後背上印有字號、家徽的短褂子。

はんてん［斑点］(名) 斑點。△赤い～／紅色斑點。△～が出る／出現斑點。

はんと［反徒・叛徒］(名) 叛徒。→謀反人

はんと［版図］(名) 版圖。△～をひろげる／擴大版圖。

バント［bunt］(名・他サ)(棒球) 觸擊球。△送り～／使跑壘員由一壘進入二壘的觸擊球。

バンド［band］(名)①帶子。△ヘア～／髮帶。②腰帶。→ベルト③樂隊, 樂團。△ブラス～／吹奏樂隊。

はんとう［半島］(名) 半島。

はんどう［反動］(名)①反作用。△～がくる／產生反作用力。②反動。△～政治／反動政治。

ばんとう［晩冬］(名) 晩冬。↔ 初冬

ばんとう［晩稲］(名) 晩稻。↔ わせ

ばんとう［番頭］(名) 總管。

はんどうたい［半導体］(名)〈理〉半導體。

ハンドオーバー［handover］(名)〈IT〉切換。

は
ハ

はんどく［判読］(名・他サ) 判讀, 猜着讀。

ハンドグリップ [handgrip] (名) 自行車的車把, 球拍的柄。

はんとし［半年］(名) 半年。

ハンドシェーク [handshake] (名) 握手。

ハンドニット [hand knit] (名) 手編的, 手編製品。

ハンドバッグ [handbag] (名) (女用) 手提包。

ハンドブック [handbook] (名) 手冊, 指南, 便覽。

ハンドヘルドパソコン [handheld PC] (名)〈IT〉掌上電腦。

ハンドボール [handball] (名) 手球。

パントマイム [pantomime] (名) 啞劇。

ハンドマネー [hand money] (名)〈經〉訂金, 預付款, 保證金。

ハンドメード [handmade] (名) 手工製的, 手工製品。

ハンドル [handle] (名) ① 方向盤, 手柄, 搖柄。② (門的) 把手。

はんドン［半ドン］(名) 上午上班, 半日工作。

ばんなん［万難］(名) 萬難。△～を排して実行する／排除萬難, 加以實行。

はんにえ［半煮え］(名・形動) 煮得半生不熟。

はんにち［反日］(名) 反日。△～感情／反日情緒。↔ 親日

はんにち［半日］(名) 半日。△～仕事／半日工作。

はんにゃ［般若］(名) 般若。

はんにゅう［搬入］(名・他サ) 搬入。

はんにん［犯人］(名) 犯人。

ばんにん［万人］(名) 萬人, 眾人。(也説"ばんじん")△～むき／適合眾人。

ばんにん［番人］(名) 看守, 值班人。

はんにんまえ［半人前］(名) 半人份兒。

はんね［半値］(名) 半價。→半額

はんねん［半年］(名) 半年。

ばんねん［晩年］(名) 晩年, 暮年。

はんのう［反応］(名・自サ) ① 反響, 反應。△～を示す／表示反應。② 反應。△拒否～／拒絕反應。△～をおこす／發生反應。

ばんのう［万能］(名) ① 效驗。△～薬／萬能藥。② 萬能。△～選手／萬能運動員。

はんのうはんぎょ［半農半漁］(名) 半農半漁。

はんのき［榛の木］(名)〈植物〉赤楊。

はんば［飯場］(名) 工棚。

はんぱ［半端］(名・形動) ① 零數, 零頭。△～な数／零星的數。△～物／零貨。② 不徹底, 半瓶醋。△中途～／不徹底, 半吊子。△どっちつかず

バンパー [bumper] (名) 保險槓, 緩衝器。

ハンバーガー [hamburger] (名) 漢堡包。

ハンバーグステーキ [hamburg steak] (名) 漢堡牛肉餅。

はんばい［販売］(名・他サ) 銷售。△自動～機／自動售貨機。

はんばいかかく［販売価格］(名)〈經〉售價。

はんばいき［販売機］(名)〈經〉售貨機。

はんばいそくしん［販売促進］(名)〈經〉推銷。

はんばいそくしんかつどう［販売促進活動］(名)〈經〉促銷活動。

はんばいもう［販売網］(名)〈經〉銷售網。

はんばいりょう［販売量］(名)〈經〉銷量。

はんばく［反駁］(名・自他サ) 反駁。

はんぱつ［反発・反撥］(名・自サ) ① 彈回, 回跳。△～力／反跳力。② 反抗, 不接受。△～を感じる／感到不能接受。

はんはん［半半］(名) 各半。△～にわける／分成一半。

ばんばん［万万］(副) ① 充分地, 全。△～承知しています／全答應。② 不至於, 萬萬。(與否定謂語呼應)△危険は～あるまい／危險是萬萬沒有的。

ぱんぱん (副) ① 砰砰, 乓乓。② 鼓鼓的, 緊繃繃的。

はんびらき［半開き］(名) 半開。

はんぴれい［反比例］(名・自サ) 反比例。↔ 正比例

はんぷ［頒布］(名・他サ) 分發。△～会／分發會。

バンブー [bamboo] (名) 竹子, 竹製的。

パンプキン [pumpkin] (名) 南瓜。

はんぷく［反復］(名・他サ) 反覆。△～して覚える／反覆記憶。

はんぷくきごう［反復記号］(名) ⇨リピート

ばんぶつ［万物］(名) 萬物。→森羅万象

ばんぶつのれいちょう［万物の霊長］(連語) 萬物之靈。

パンフレット [pamphlet] (名) 小冊子。→小冊子

はんぶん［半分］I (名) 一半。△これで全行程の～までできた／這樣走了全行程的一半。II (造語) 半…△おもしろ～／尋開心。△じょうだん～／半開玩笑。

はんぶんじょくれい［繁文縟礼］(名) 繁文縟節。

ばんぺい［番兵］(名) 哨兵, 崗哨。→番卒

はんべつ［判別］(名・他サ) 判別, 辨別。△～がつく／辨別出來。

はんぼいん［半母音］(名) 半元音。

はんぼう［繁忙］(名・形動) 繁忙。△～をきわめる／極為繁忙。

ハンマ [hammer] (名) ① 鐵錘。② 鏈球。

はんま［半間］(名・形動) ① 零星, 不齊全。② 笨 (人), 癡獃 (的人)。

ハンマなげ［ハンマ投げ］(名) 擲鏈球。

はんみ［半身］(名) ① 斜着身子, 側身。△～にかまえる／擺出斜着身子的架勢。② 半片魚。→片身

はんみょう［斑猫］(名)〈動〉斑蝥, 虎蟲。

はんめい［判明］(名・自サ) 判明, 弄清楚。△事件の全貌が～した／弄清楚了事件的全貌。

はんめん［反面］I (名) 反面。II (副) 另一方面。△これは便利な～, こわれやすい欠点がある／這個東西很方便, 但是也有容易壞的

缺點。

はんめん［半面］（名）① 半邊臉。② 半面，片面。△〜だけみてとやかく言うことはできない／只看了一面兒，不能説三道四的。

はんも［繁茂］（名・自サ）繁茂。△雑草が〜する／雜草茂盛。→茂る

はんもく［反目］（名・自サ）反目。→対立

ハンモック［hanmoek］（名）吊牀。

はんもと［版元］（名）出版社。

はんもん［反問］（名・自他サ）反問。

はんもん［煩悶］（名・自サ）煩悶，苦惱。

はんもん［斑紋］（名）斑紋。

パンヤ［panha］（名）木棉。

ばんゆう［蛮勇］（名）蠻勇，無謀之勇。△〜をふるう／蠻幹。

ばんゆういんりょく［万有引力］（名）萬有引力。

ばんらい［万雷］（名）萬雷，雷鳴（般）。△〜の拍手をあびる／博得雷鳴般的掌聲。

はんらん［反乱・叛乱］（名・自サ）叛亂。△〜をくわだてる／謀反。

はんらん［氾濫］（名・自サ）泛濫。△川が〜する／河水泛濫。△世間には雑誌が〜している／社會上雜誌泛濫。→出水

ばんり［万里］（名）萬里。

ばんりのちょうじょう［万里の長城］（名）萬里長城。

はんりょ［伴侶］（名）伴侶。△人生の〜／人生的伴侶。

はんれい［凡例］（名）凡例。

はんれい［判例］（名）判例。

はんろ［販路］（名）銷路。

はんろん［反論］（名・自他サ）反論，反駁。→反駁

ひ [日] (名) ① 日, 太陽。△～がのぼる／日出。△～が沈む／日落。△～がさす／陽光照射。△～にあたる／曬太陽。△～に焼ける／曬黑。② 白天。△～が暮れる／天黑了。△～が長い／天長。△夜を～についで／夜以繼日。③ 日, 一天, 一晝夜。△～をかさねる／日復一日。△～をかぞえる／數日子。△～をおって／逐日。日漸。④ 天數, 日子。△～をへて／過些日子。△開会までには, まだ～がある／到開會時還有些日子。⑤ 日期, 期限。△～をかぎる／限期。△次の会合の～をきめる／決定下次開會的日期。⑥ 節日, 假日。△文化の日／文化節。△子供の日／小孩節。⑦ 時代, 日子。△若き～の姿／年輕時的風貌。⑧ 天, 天氣。△いい～になった／天氣好了。

ひ [火] (名) ① 火。△～がつく／着火。△～をつける／點火。△～を消す／滅火。② 火焰。③ 炭火, 爐火。△～をおこす／生火。生爐子。④ 火災。△～を出す／失火。△～の用心／小心火燭。⑤ 熱。△～をとおす／加熱。⑥ 激憤, 怒火, 火氣。△胸の～／胸中的怒火。△目から～が出る／眼冒金火。

ひ [燈] (名) 燈, 燈光。△～をともす／點燈。→ともしび

ひ [樋] (名) ① (木, 竹等製的) 導水管。② (在物體上刻的) 細長溝。③ (刀身上的) 血道。

ひ [比] (名) ① 比, 倫比, 匹敵。△他に～を見ない／無與倫比。△わたしはとうてい彼の～ではない／我怎麼也比不上他。② (數) 比, 比例。△～の～を求める／求～之比。△AとBの～／A 和 B 之比。③ "菲律賓" 的略語。

ひ [非] (名) ① 錯誤, 缺點。△～をみとめる／承認錯誤。△～をおおう／掩蓋錯誤。② 不對, 不好, 罪行。△～をあげく／揭露罪行。③ 非難, 責難。△～を鳴らす／非難, 譴責。④ 非, 不妙。△形勢～ならず／形勢不妙。

ひ [碑] (名) 碑。△～を建てる／立碑。

ひ [緋] (名) 緋紅, 火紅。

び [美] (名) ① 美, 美麗。△～の世界／美的世界。△自然の～／自然美。② 美好, 可嘉。△有終の～をかざる／善始善終。

ピア [beer] (名) 啤酒。

ピア [peer] (名) 同事, 同等地位的人。

ピア [pier] (名) 〈經〉碼頭, 防波堤, 棧橋。

ひあい [悲哀] (名) 悲哀。△～をかみしめる／嘗受悲哀。△人生の～／人生的悲哀。

ひあが・る [干上がる] (自五) ① 乾透。△たんぼが～／田地乾透。② 乾涸。△川という川はすっかり～ってしまった／所有的河都乾涸了。③ 難以糊口, 無法生活。△口が～／難以糊口。

ひあし [日脚・日足] (名) 日腳, 白天。△～が

のびる／日腳長。天長。

ひあし [火足・火脚] (名) 火勢的速度。

ピアス [pierced earrings] (名) 耳環。

ピアスイヤリング [pierce earring] (名) 無孔耳飾。

ビアスタンド [beer stand] (名) 立飲啤酒店。

ひあそび [火遊び] (名) ① (小孩) 玩火。② 危險的遊戲, 遊戲戀愛。

ひあたり [日当たり] (名) 向陽, 向陽處。△～がいい／向陽。光照好。

ピアニシモ [意 pianissimo] (名) 〈樂〉最輕奏音。記號 PP。 ↔ フォルテシモ

ピアニスト [pianist] (名) 鋼琴家。

ピアノ [piano] (名) ① 鋼琴。△～をひく／彈鋼琴。② 〈樂〉弱音。記號 P。 ↔ フォルテ

ひあぶり [火あぶり] (名) (古代) 火刑。

ビアホール [beer hall] (名) 啤酒飲啤館。 (也說 "ビヤホール")

ヒアリング [hearing] (名) ① 聽力。 (也說 "ヒヤリング") ② 意見聽取會。

びい [微意] (名) (謙) 微意, 寸心。

ビー [B, b] (名) ① (鉛筆黑色濃度記號) B。② 〈化〉硼。③ 胸圍。

ピー [P, p] (名) ① 頁。② 〈化〉磷。③ 停車場。

ピーアル [PR] (名・他サ) 廣告宣傳活動。

ピーエム [p. m.・P. M.] (名) 下午, 午後。 ↔ a. m.

ビーエル [BL] (名) 〈經〉提貨單。

ビーカー [beaker] (名) 燒杯。

ひいき (名・自サ) ① 照顧, 偏袒, 庇護, 捧場。△ひいきにする／照顧。偏袒。捧場。② 捧場的人, 眷顧者。

ひいきのひきたおし [ひいきの引き倒し] (連語) 過分袒護反害其人, 慣性如殺子。

ひいきめ [ひいき目] (名) 偏袒的看法, 偏心眼。△～に見る／偏袒地看 (問題)。

ピーク [peak] (名) ① 山頂, 頂峰。② 最高峰, 最高潮。△混雑の～／交通高峰。→頂点

ビークル [vehicle] (名) 運輸手段, 交通工具, 汽車。

ビーシー [B. C.] (名) 公元前。 ↔ A.D.

ビージーエム [BGM] (名) 調和氣氛的音樂。

ビーシージー [BCG] (名) 〈醫〉卡介苗。

ビーシーへいき [BC 兵器] (名) 生物化學武器。

びいしき [美意識] (名) 美感, 審美意識。

ビーズ [beads] (名) 有孔玻璃珠, 串珠。

ピース [piece] (名) ① 小塊, 小片。② 一部分, 一節。③ 短篇, 小品。

ヒーター [heater] (名) ① 暖氣裝置。② 電爐, 電熱器。

ピータン [皮蛋] (名) 皮蛋, 松花蛋。

ひいちにち [日一日] (副) 一天天地, 逐日地。

ビーチパラソル [beach parasol] (名) (海水浴場的) 太陽傘。

ピーティーエー [PTA] (名) 家長和教師的聯席會。

ひいては (副) 進而，進一步，而且。△彼自身の，～学校全体のめいよになる/這是他自身的，進而也是整個學校的名譽。

ひい・でる [秀でる] (自下一) 優秀，卓越，擅長。△一芸に～/有一技之長。

ビート [beat] (名) ① (游泳) 打水，兩腿拍水。② 〈樂〉拍子，節拍。△～のきいた演奏/節拍清晰的演奏。

ビート [beet] (名) 甜菜，糖蘿蔔。

ビートル [beetle] (名) 甲蟲。

ビードロ [葡 vidro] (名) 玻璃。

ビーナス [Venus] (名) ① 維納斯 (羅馬神話中的美和愛神)。② 〈天〉金星。

ピーナッツ [peanuts] (名) 花生，花生米。

ビーバー [beaver] (名) 〈動〉海狸。

ビーばん [ビー判] (名) (紙張規格) B 判。

ピーピーエム [ppm] (名・接尾) 百萬分比。

ビービーシー [BBC] (名) 英國廣播公司。

ビーフ [beef] (名) 牛肉。

ビープ [veep] (名) ① 副社長，副會長。② (美國) 副總統。

ビーフカツレツ [beef cutlet] (名) 炸牛排。

ピープル [people] (名) ① 人，人們。② 人民，國民。③ 民族。

ピーマン [法 piment] (名) 〈植物〉青椒，柿子椒，圓辣椒。

ヒーラー [healer] (名) 治療者，治療師。

ひいらぎ [柊] (名) 〈植物〉柊樹，帶刺桂花。

ヒーリング [healing] (名) 治療，醫治。

ヒール [heel] (名) 鞋跟。

ビール [荷 bier] (名) 啤酒。

ビールス [德 Virus] (名) 〈醫〉病毒。

ひいれ [火入れ] (名) ① (高爐，原子爐等) 點火，開爐。② (釀造) 加熱。③ 小火盆。

ヒーロー [hero] (名) ① 英雄，勇士。② (電影，小說等) 男主人公。↔ ヒロイン ③ 〈體〉主將，主力隊員，核心人物。

ひうお [干魚] (名) 乾魚。

ひうお [氷魚] (名) ⇨ひお

ひうちいし [火打ち石] (名) 燧石，火石。

ひうつり [火移り] (名) 延燒。

ひうん [非運] (名) 厄運，不幸。↔ 幸運

ひうん [悲運] (名) 悲慘的命運，苦命。△～に泣く/為苦命而哭泣。

ひえ [稗] (名) 〈植物〉稗子。

ひえこ・む [冷え込む] (自五) ① 驟冷，氣溫急劇下降。△あしたはいちだんと～でしょう/明天氣溫大概會急劇下降吧。② 受寒，着涼。③ (經濟活動) 冷落，蕭條。△景気が～/不景氣。

ひえしょう [冷え性] (名) 寒症。

ピエタ [意 pieta] (名) 聖母哀痛耶穌畫像。

ひえびえ [冷え冷え] (副・自サ) ① 冷颼颼。△～とした室内/冷颼颼的屋子。② 空虛，惆悵。△～とした気持ち/惆悵的心情。

ヒエラルキー [德 Hierarchie] (名) 金字塔式的等級制度，等級組織。

ひ・える [冷える] (自下一) ① 變冷，變涼。△～えたビール/冰鎮啤酒。△からだが～/身體發冷。② 冷淡。△愛情が～/愛情變得冷淡。③ 感覺冷，覺着涼。△今夜はほんとうに～/今晚真涼。

ピエロ [法 pierrot] (名) (戲劇，馬戲等) 小丑，丑角。

ヒエログリフ [hieroglyph] (名) 象形文字。

びえん [鼻炎] (名) 〈醫〉鼻炎。

ビエンチャン [Vientiane] 〈地名〉 (老撾首都) 萬象。

ビエンナール [意 biennale] (名) (每兩年一次的) 國際美術展。

ひお [氷魚] (名) 〈動〉小香魚。

ひおい [日覆い] (名) 遮陽幕。

ひおう [秘奥] (名) 奧秘，蘊奧。

ひおけ [火おけ] (名) (木製) 圓火盆。

ピオネール [俄 пионер] (名) 少年先鋒隊。

ビオラ [viola] (名) 〈樂〉中提琴。

びおん [微温] (名) 微溫。

びおん [鼻音] (名) 鼻音。

ひか [皮下] (名) 皮下。

ひか [悲歌] (名) ① 悲歌，哀歌。② 唱悲歌。

ひが [彼我] (名) 彼此。△～の力関係/彼此的力量結構。

びか [美化] (名・他サ) 美化。

ひがあさい [日が浅い] (連語) 日子淺，日子不長。

ひがい [被害] (名) 受害，遭災。△～が大きい/受害嚴重。

ひがいしゃ [被害者] (名) 受災者，受害人。↔ 加害者

ぴかいち [ぴか一] (名) 〈俗〉出類拔萃，數第一。

ひがいもうそう [被害妄想] (名) 〈醫〉被迫害妄想症。

ひかえ [控え] (名) ① 候補，預備。△～の選手/後補隊員。② 副本，抄件，記錄。△～をとる/做副本。製抄件。③ 等候。△～の間/候補室。休息室。④ (相撲) 等候上場的力士。⑤ (牆壁，小樹等的) 支柱。

ひかえしつ [控え室] (名) 休息室，等候室，候診室。

ひかえめ [控え目] (名・形動) ① 謹慎，客氣。△～な態度/謹慎的態度。② 比平時少。△塩分を～にする/少放鹽。

ひがえり [日帰り] (名) 當天回來。

ひか・える [控える] Ⅰ (自下一) 等候，待命。△次の間に～/在隔壁房間等候。Ⅱ (他下一) ① 勒住，拉住。△馬を～えて待つ/勒馬等待。② 控制，抑制。△発言を～/控制 (自己的) 發言。△酒を～/節酒。③ 暫不…。△外出を～/暫不外出。④ 面臨，迫近。△出発を間ぢかに～

えている/出發在即。⑤記下，記錄（以便備用）。△メモ帳に～/抄記在賬。⑥靠，臨。△後に山を～えた町/後面靠山的城鎮。

用法提示 ▼
中文和日文的分別
中文有"控制"的意思，日文除了這個意思之外，還表示"面臨，迫近"。常見搭配：比賽考試，婚禮，工作，判決等。

- -

1. 試合（しあい）、決勝（けっしょう）、試験（しけん）、面接（めんせつ）

2. 結婚式（けっこんしき）、出産（しゅっさん）

3. 就職（しゅうしょく）、定年（ていねん）、組織再編（そしきさいへん）

4. 判決（はんけつ）、総選挙（そうせんきょ）、大事（だいじ）な行事（ぎょうじ）を/が控える

ひかき［火かき］（名）火鉤子，爐鏟子。

ひがきえたよう［火が消えたよう］（連語）毫無生氣，非常寂靜。

ひかく［皮革］（名）皮革。

ひかく［比較］（名・他サ）比較。△～にならない/不可比擬。△～の対象/比較的對象。→比べる

びがく［美学］（名）美學。

ひかくさんげんそく［非核三原則］（名）無核三原則。

ひかくちたい［非核地帯］（名）無核地帶。

ひかくてき［比較的］（副）比較。△～あたたかい/比較暖和。→わりあい

ひかげ［日陰］（名）① 背陰處，陰涼處。△～に入る/到陰涼處。↔ ひなた ② 見不得人，湮沒於世。

ひかげ［日影］（名）陽光，日光。

ひかげん［火加減］（名）火候。

ひがさ［日傘］（名）陽傘，旱傘。

ひかさ・れる［引かされる］（自下一）被吸引住，割捨不得。

ひがし［干菓子］（名）和式乾點心。↔ なまがし

ひがし［東］（名）① 東，東方。② 東風。↔ 西

ひがし［日貸し］（名）〈經〉按日放貸，日拆。

ひがしアジア［東アジア］（名）東亞（包括中國，朝鮮，日本等）。

ひがしかぜ［東風］（名）東風。↔ 西風

ひがしがわ［東側］（名）① 東側，東面。② 東方國家。↔ 西側

ひがしはんきゅう［東半球］（名）東半球。↔ 西半球

ひかず［日数］（名）日數，天數。△～をへる/經過時日。△～をかさねる/日復一日。

ピカソ［Pablo Picasso］〈人名〉畢加索（1881-1973）西班牙畫家。

ひがた［干潟］（名）海灘。

びかちょう［鼻下長］（名）好色。

ひがね［日金］（名）① 按日計息的貸款。② 約定每天償還一部分的貸款。

ぴかぴか（副・自サ）① 光亮，亮晶晶。△～のくつ/鋥亮的皮鞋。② 閃閃，閃耀。△稲妻が～光る/雷電閃閃。

ひがひをよぶ［火が火を呼ぶ］（連語）一傳十，十傳百。

ビガミー［bigamy］（名）重婚，重婚罪。

ひが・む［僻む］（自五）乖僻，抱偏見，彆扭。→ひねくれる

ひがめ［ひが目］（名）① 斜視，斜眼。② 看錯，誤會。③ 偏見。△そう考えるのは、きみの～だ/那麼想，是你的偏見。

ひがら［日柄］（名）日子的吉凶。△～がいい/日子吉利。

ひから・す［光らす］（他五）① 使發光，使光亮。△革靴をぴかぴかに～/把皮鞋擦得鋥亮。② 擦亮眼睛，監視。△目を～/擦亮眼睛。

ひから・びる［干からびる］（自上一）乾透，乾枯。△～びた花/乾枯了的花。

ひかり［光］（名）① 光，光亮，光線。△～をなげる/放光。△月の～/月光。→あかり ② 光澤，光芒。△金剛石は、みがけばみがくほど～をます/金剛石越磨越增加光芒。③ 光亮，光明。△～をうしなう/（眼睛）失明。④ 光明，希望。△～をもたらす/帶來希望。⑤ 威望，勢力。△親の～は七光/老子的威望兒子的餘蔭。→威光

ひかりつうしん［光通信］（名）光導通訊。

ぴかりと（副・自サ）閃光，閃爍。

ひかりファイバー［光ファイバー］（名）光導纖維。△～ケーブル/通信光纜。△～ツーザホーム（Fiber-to-the-home）/光纖入戶。

ひかりをはなつ［光を放つ］（連語）發光，大放異彩。

ひか・る［光る］（自五）① 發光，發亮。△きらきら～/閃閃發亮。△星が～/星光閃耀。△目が～/眼光銳利。② 顯眼，出眾。△彼は仲間のなかで、ひときわ～った存在だ/他在夥伴中非常突出。

ピカルーン［picaroon］（名）① 歹徒，盜賊。② 海盜，海盜船。

ひかるものかならずしもおうごんならず［光るもの必ずしも黄金ならず］（連語）閃光的未必都是黃金。

ひかれもののこうた［引かれ者の小唄］（連語）故作鎮靜，硬裝好漢。

ひか・れる［引かれる］（自下一）被吸引住，被迷住。△気持ちが～/迷戀。難以割捨。

ひかん［悲観］（名・自他サ）悲觀。△将来を～する/悲觀前途。↔ 楽観

ひかん［避寒］（名・自サ）避寒。↔ 避暑

ひがん［彼岸］（名）① 彼岸，對岸。△太平洋の～/太平洋的彼岸。② 春分，秋分前後各加三天共七天的期間。③〈佛教〉彼岸，來世。

ひがん［悲願］（名）①〈佛教〉悲願，大慈大悲的誓願。② 夙願。△～を達成する/夙願以償。

びかん［美観］(名) 美觀。△～をそこなう／有損美觀。

ひがんざくら［彼岸桜］(名)〈植物〉日本早櫻。

ひかんてき［悲観的］(形動) 悲觀的。△～な見かた／悲觀的看法。

ひがんばな［彼岸花］(名)〈植物〉石蒜, 龍爪花。

ひき［引き］Ⅰ(名)① 引薦, 關照, 抬舉。△先輩の～で就職がきまった／靠前輩的關照, 找好了工作。② 門路, 門子。③〈釣魚〉拉力, 引力。Ⅱ(接尾) 表示“降價, 便宜”的意思。

ひき［悲喜］(名) 悲喜。△～こもごも／悲喜交集。→哀歓

ひき［匹］(接尾)①(獸, 魚, 蟲等) 匹, 隻。②(布) 疋。△絹布十～／絹十疋。

ひぎ［非議］(名・他サ) 非議, 毀謗。

びぎ［美技］(名) 妙技, 絕技。

ひきあい［引き合い］(名)① 引證。△～に出す／引作例證。② 見證人。③ 交易, 講買賣(的函詢)。

ひきあいにん［引合人］(名)〈法〉見證人。

ひきあ・う［引き合う］(自五)① 互相拉, 扯。② 合算, 劃得來。△こんなに売れ残ったのでは, ～わない／賣剩這麼多可不合算。→割りに合う ③ 講買賣的詢問, 函詢。

ひきあ・げる［引き上げる・引き揚げる］(他下一)① 捲揚, 打撈。↔ 引きおろす ② 漲價, 提高。△料金を～／費用提價。↔ 引き下げる ③ 提升, 高升。↔ 引き下げる ④ 返回, 回歸。△やっとのことで外地から～げてきた／總算是從外地回來了。

ひきあ・てる［引き当てる］(他下一)① (抽籤) 中籤, 中彩。② 對照, 比較。△わが身に～てて考える／對照自身想一想。

ひきあみ［引き網］(名) 拖網。

ひきあわ・せる［引き合わせる］(他下一)① 介紹, 引見。② 對照, 比較。→照合する ③ 搭接起來, 合起來。△えりを～／把(和服)領子合起來。

ひき・いる［率いる］(他下一) 率領, 帶領。△全軍を～／率領全軍。

ひきい・れる［引き入れる］(他下一)① 拉進來, 引進來。② 勸誘, 拉其入夥。△味方に～／拉到自己一邊來。

ひきう・ける［引き受ける］(他下一)① 接受, 承擔。△責任を～／承擔責任。② 保證。△身元を～／作保(人)。③ 照應, 應付。△留守番がぼくが～／由我來看家。④ 繼承。⑤〈經〉保付, 承兌。

ひきうす［碾き臼］(名) 磨。△～をひく／推磨。

ひきうつし［引き写し］(名)① 照抄。② 照描, 描繪。

ひきおこ・す［引き起こす］(他五)① 扶起, 拉起。② 引起, 惹起。△混乱を～／引起混亂。→招く

ひきおろ・す［引き下ろす］(他五) 拉下, 卸下。

ひきおん［引き音］(名) 拉長音。

ひきかえ・す［引き返す］Ⅰ(他五)① 倒回來。②反(翻) 過來。③反覆。Ⅱ(自五) 返回, 折回。△忘れものをして, 家へ～した／因為忘了東西, 又返回家去。→折り返す

ひきか・える［ひき換える］(他下一)① 交換, 兌換。△当選券と景品を～／交換當選票和贈品。② 不同, 相反。△戦争中に～えて, 今日のゆたかさはどうだろう／和戰時相反, 現在多麼富裕啊。

ひきがえる［蟇蛙］(名)〈動〉蟾蜍, 癩蛤蟆。

ひきがたり［弾き語り］(名) 自彈自唱。△ギターの～／自己彈吉他自己唱。

ひきがね［引き金］(名)① 扳機。② 誘因。

ひきき・る［引き切る］(他五) 拉斷, 拽斷。

ひきぎわ［引き際］(名) (也説“ひけぎわ”)① 臨下班時。② 臨退休時, 臨別時。

ひきげき［悲喜劇］(名) 悲喜劇。

ひきこみせん［引き込み線］(名) (鐵路、電綫的) 支綫。

ひきこ・む［引き込む］(他五)① 引入, 拉進來。△ガス管を～／拉瓦斯管。② 拉攏, 引誘進來。△なかまに～／拉…入夥。③ 傷風, 感冒。

ひきこもり［引き籠り］(名) 悶居家中, 閉門不出。

ひきこも・る［引きこもる］(自五) 閑居。△いなかに～／閑居鄉下。

ひきさが・る［引き下がる］(自五)① 退出, 離開。△すごすごと～／垂頭喪氣地離開。② 撒手, 作罷。△おとなしく～／老實作罷。→手を引く

ひきさ・く［引き裂く］(他五)① 撕開, 撕破。② 挑撥, 離間。△仲を～／挑撥離間。

ひきさ・げる［引き下げる］(他下一)① 降低。△料金を～／降低費用。↔ 引き上げる ② 撤回, 使後退。△意見を～／撤回意見。

ひきざん［引き算］(名)〈數〉減法。↔ たし算 →減算

ひきしお［引き潮］(名) 退潮, 落潮。↔ 満ち潮, 上げ潮

ひきしぼ・る［ひき絞る］(他五)① 拉滿, 拉圓(弓)。② 扯開嗓門。△声を～／扯開嗓子喊。

ひきしま・る［ひき締まる］(自五)① 繃緊, 緊閉。△～ったからだつき／硬梆梆的體格。② 緊張。③(行市) 見挺。

ひきし・める［ひき締める］(他下一)① 繃緊, 勒緊。△口もとを～／繃緊嘴角。② 緊縮, 節儉。△財政を～／緊縮財政。③ 緊張, 振作。△気を～／振作精神。

ひぎしゃ［被疑者］(名)〈法〉嫌疑者, 嫌疑犯。

ひきす・える［引き据える］(他下一) (強按對方) 坐下。

ひきずりこ・む［引き摺り込む］(他五) 強拉進去, 拽入。

ひきず・る［引きずる］(自他五)① 拖, 曳。△疲れた足を～／拖着疲憊的腿。△すそを～／拖拉着衣襟。② 強拉硬拽。③ 拖延, 拖長。△問題を～／拖延問題。

ひきたお・す［引き倒す］(他五) 拉倒, 搬倒。

ひきだし［引き出し］(名) ① 抽屜。② 提取, 取款。

ひきだ・す［引き出す］(他五) ① 拉出, 引出。△飛行機を格納庫から〜/把飛機從機庫裏拖出。② 誘導, 發揮。△才能を〜/發揮才能。③ 提款。△貯金を〜/提取存款。

ひきた・つ［ひき立つ］(自五) ① 格外顯眼, 醒目。△〜って見える/顯得格外醒目。△味が〜/提味。②(精神) 高昂。△気が〜/情緒振作。

ひきたて［引き立て］(名) 愛護, 垂愛。△毎度お〜にあずかり, ありがとうございます/承蒙每次垂愛, 不勝感激。→愛顧

ひきた・てる［引き立てる］(他下一) 襯托, 使…顯得好看。△まつの緑が城壁の白さをいちだんと〜ている/松樹的綠色, 更加襯托出城牆的潔白。② 援助, 關照。③ 振作。△気を〜/振作精神。④ 強行帶走。△犯人を〜/強行帶走犯人。⑤ 提拔。△後進を〜/提拔後進。

ひきちぎ・る［引き千切る］(他五) 撕碎, 扯掉。

ひきつ・ぐ［引き継ぐ］(他五) 接替, 接辦。△仕事を〜/接替工作。△後任に〜/繼任。→受け継ぐ

ひきつ・ける［引きつける］I (自下一)(小兒) 痙攣, 抽筋。△子供が〜/小孩痙攣。II (他下一) ① 吸引, 誘惑。△人を〜魅力のある人/有誘人魅力的人。② 弄到身邊。△球を〜けて打つ/把球撥到跟前打。

ひきつづき［引き続き］I (名) 繼續。△去年からの〜/去年的繼續。II (副) ① 繼續, 接着。△では, 〜, つぎの議題にうつります/那麼, 接着進行下一個議題。② 連續。△去年から〜委員長をつとめる/從去年起連續任委員長。

ひきづな［引き網］(名) 纜繩, 拉索。

ひきつ・る［引きつる］(自五) ①(皮膚, 肌肉的非自然) 變形, 收縮。② 痙攣, 抽筋。③ 僵硬, 發僵。△顔が〜/扳起面孔。

ひきつ・れる［引き連れる］(他下一) 率領, 帶領。→引率する

ひきでもの［引き出物］(名)(宴客時, 主人回贈的) 贈品, 紀念品。

ひきど［引き戸］(名) 拉門。

ひきどき［引き時］(名) 脫身的好機會, 好時候。

ひきと・める［引き止める］(他下一) ① 制止。② 留, 挽留。

ひきとりにん［引取人］(名) ① 領取人。② 收養者。

ひきと・る［引き取る］I (自五) 退出, 離去。△どうぞお〜りください/請回吧。II (他五) ① 領取, 取回。△トランクを〜/取回皮箱。② 收養。△親に死なれた子どもを〜/收養死了雙親的孩子。③ 死, 嚥氣。△息を〜/死, 嚥氣。

ビキニ［Bikini］(名) ①〈地〉比基尼島。② 比基

尼泳裝。

ひきにく［引き肉］(名) 絞肉。△とりの〜/絞的雞肉。

ひきにげ［ひき逃げ］(名) 軋了人後逃走。

ひきぬ・く［引き抜く］(他五) ① 撥出。② 爭取, 拉攏過來。△有力選手を〜/拉攏優秀選手。

ひきの・ける［引き退ける］(他下一) 拉開。

ひきのば・す［引き伸ばす］(他五) ① 拉長, 伸長。② 稀釋。③(照片) 放大。

ひきのば・す［引き延ばす］(他五) 延期。△解決を〜/延期解決。

ひきはが・す［引き剥す］(他五) 撕下, 揭下。

ひきはな・す［引き離す］(他五) ① 拆開, 拉開。△親から〜/拆散父子。②(競賽時距離) 拉開, 拉下。

ひきはら・う［ひき払う］(他五) 搬遷, 遷出。△アパートを〜/遷出公寓。

ひきふね［引き船］(名) ① 拖船。② 被拖的船

ひきまく［引き幕］(名)(舞台前的) 拉幕。

ひきまゆげ［引き眉毛］(名) 描的眉。

ひきまわ・す［引き回す］(他五) ① 領着到處走, 走遍。△町中〜されてくたびれた/被領着走遍了埠裏, 累得筋疲力盡。②(用幕或繩) 圍上。△紅白の幕を〜した式場/用紅白幕圍上的儀式場。③ 指導, 指教。

ひきもきらず (副) 接連不斷, 絡繹不絕。△問いあわせの電話が〜かかってきた/詢問的電話接連不斷地打來。

ひきもど・す［引き戻す］(他五) ① 拉回, 領回。

ひきもの［引き物］(名) ⇨ひきでもの

ひきゃく［飛脚］(名) ①(古時) 信使, 使者。②江戸時代以遞信, 運貨為業者。

びきょ［美挙］(名) 美舉, 可嘉的行為。

ひきょう［比況］(名)〈語〉比況, 比喻。

ひきょう［秘境］(名) 秘境。

ひきょう［卑怯］(形動) ① 膽怯, 懦弱。△〜なふるまい/懦弱之舉。② 卑鄙。△〜な人/卑鄙的人。膽小的人。→卑劣 ↔ 勇敢

用法提示 ▼

中文和日文的分別

中文兼有 "卑鄙" 和 "怯懦" 雙重意思；日文也有以上兩個含義, 但分屬不同意思, 常分開使用。
常見搭配：性格態度, 行為等。

- -

1. 人 (ひと)、性格 (せいかく)、態度 (たいど)

2. 人 (ひと)、行為 (こうい)、振 (ふ) る舞 (ま) い、まね、やり方 (かた)、仕打 (しう) ち、手段 (しゅだん)

ひきょう［悲境］(名) 逆境, 悲慘境遇。

ひぎょう［罷業］(名) 罷工。

ひきよ・せる［引き寄せる］(他下一) 拉到近旁。△あかりを〜/把燈拉到跟前。

ひぎり［日切り］(名) ⇨にちげん

ひきわけ［引き分け］(名) 不分勝負, 和局。

△～になる／和局。→あいこ，勝負なし

ひきわた・す［引き渡す］(他五) ① 拉上。△木と木のあいだにつなを～／在樹和樹之間拉上繩子。② 移交，提交。△犯人を警察に～／把犯人交給警察。↔ ひき取る

ひきわ・る［挽き割る］(他五) 鋸開。

ひきわ・る［碾き割る］(他五) 碾碎，磨碎。

ひきん［卑近］(形動) 淺近，淺顯。△～な例／淺顯的例子。

ひきんぞく［卑金属］(名)〈化〉賤金屬(易氧化金屬)。↔ 貴金属

ひきんぞくげんそ［非金属元素］(名)〈化〉非金属元素。↔ 金属元素

ひ・く［引く］(他五) ① 拉，拽。△弓を～／拉弓。△手まえに～／拉到眼前。②(也寫“曳く”)牽，拉。△車を～／拉車。↔ おす ③ 引導，安裝。△水道を～／引自來水。④ 患，得。△かぜを～／感冒。⑤(也寫“惹く”)吸引，喚起。△人目を～／引人注目。△注意を～／引起注意。⑥(血統)繼承。△血すじを～／繼承血統。⑦ 查(字典等)△辞書を～／查詞典。⑧ 引用。△たとえを～／引用例子。△人のことばを～／引用別人的話。→引用する ⑨ 抽(籤)，撥出。△おみくじを～／抽籤。⑩(也寫“退く”)退出。△身を～／退身。⑪ 減，減去。△九から五を～／九減去五。→減 ↔ 足す ⑫ 減價，扣除。△一割～いて売る／賤賣一成。→まける ⑬ 拉，拉長。△幕を～／拉幕，閉幕。△線を～／畫綫。△あとを～／留下影響。吃喝完了還想吃(同樣的東西)。⑭ 塗。△油を～／塗油。⑮(也寫“退く”)退，退卻。△潮が～／退潮。△退くことも～こともできない／進退兩難。⑯ 退，消。△熱が～／退燒。△血のけが～／臉煞白，面如土色。

ひ・く［挽く］(他五) ① 拉(鋸)，鋸。② 絞(肉)，旋。③ 拉(車，馬等)。

ひ・く［弾く］(他五) 彈奏，拉。△バイオリンを～／拉小提琴。

ひ・く［碾く］(他五) 碾。△まめを～／碾豆。

ひ・く (他五) 壓，軋。

びく［比丘］(名)(佛教)比丘，僧。↔ 比丘尼

びく (名) 魚籃。

ひく・い［低い］(形) ① 低，矮。△～山／矮山。△こしが～／謙恭。△熱が～／低燒。②(聲音)小，低。△～声／低聲。↔ 高い

ピクセル［pixel］(名)〈IT〉圖元，畫素。→がそ(畫素)

ひぐち［火口］(名) ① 火源。② 點火口。

ひぐちいちよう［樋口一葉］〈人名〉樋口一葉(1872-1896)。日本明治時代小説家。

ひくつ［卑屈］(形動) 卑屈，低三下四。△～な態度／低聲下氣的態度。

びくっと (副) 嚇一跳。

ひくて［引く手］(名) 邀請者，拉攏者。△～あまた／來邀請者很多。

びくともしない (連語) ① 紋絲不動。△おしても引いても～／巋然不動。② 毫不動搖，無所

畏懼。△～態度／毫不動搖的態度。

ピクトリアル［pictorial］(ダナ) 有插圖的。

ビクトリー［victory］(名) 勝利。

びくに［比丘尼］(名)(佛教)比丘尼，尼姑。

ピクニック［picnic］(名) 郊遊，野遊。→遠足，ハイキング

ひくにひかれず［引くに引かれず］(連語) 進退兩難，進退維谷。

ひくひく (副・自サ) 微動，抽動。△鼻を～させる／抽動鼻子。

びくびく (副・自サ) ① 戰戰兢兢，發抖。② 哆嗦。

ぴくぴく (副・自サ) 抽動，跳動。△唇が～震えている／嘴唇微微顫動。

ひぐま (名)〈動〉羆，棕熊。

ピグミー［Pygmy］(名) 俾格米人。

ひく・める［低める］(他下一) 降低。△身を～／低下身子。哈腰鞠躬。

ひぐらし (名)〈動〉茅蜩。

ピクルス［pickles］(名) 西式鹹菜，泡菜。

ひぐれ［日暮れ］(名) 日暮，黃昏。→夕暮れ ↔ 夜明け

ひくれてみちとおし［日暮れて途遠し］(連語) 日暮途窮，前途渺茫。

ひけ［引け］(名) ① 下班，收工。△きょうは五時で～だ／今天五時收工。② 遜色，落後。△～をとる／落後於人。△～をとらない／不比別人差。

ひげ［髭］(名) ① 鬍鬚。△～がこい／鬍鬚重。②(動物的)鬚。△どじょうの～／泥鰍的鬚。

ひげ［卑下］(名・自他サ) 自卑，過分謙遜。△～した態度／自卑的態度。

ピケ［picket］(名)(“ピケット”的略語)(罷工時的)糾察隊，糾察，哨兵。△～をはる／設糾察。放哨。

ひけあとけはい［引け後気配］(名)〈經〉收盤行情。

ひけい［秘計］(名) 妙計，秘謀。

びけい［美景］(名) 美景。

ひげき［悲劇］(名) 悲劇。△～がおこる／發生悲劇。△戦争の～／戰爭的悲劇。

ひけぎわ［引け際］(名) ① 臨下班或放學時。② 臨退休，臨別時。③〈經〉臨近收盤時。

ひけし［火消し］(名) ①(江戶時代的)消防員。② 滅火，消防。③ 平息鬧事。

ひけだか［引け高］(名)〈經〉收盤行情。

ひけつ［秘訣］(名) 秘訣。△成功の～／成功的秘訣。→こつ

ひけつ［否決］(名・他サ) 否決。↔ 可決

ひげづら［ひげ面］(名) 鬍子臉。

ひけどき［引け時］(名) 下班時，放學時。

ひけね［引け値］(名)〈經〉收盤價。

ひげのちりをはらう［ひげの塵を払う］(連語) 諂媚，拍馬屁。

ひけめ［引け目］(名) ① 慚愧，自卑感。△～を感じる／自感慚愧。→劣等感 ② 短處，弱點。③ 減量。

ひけもの［引け物］（名）次品。

ひけらか・す（他五）賣弄，炫耀。△知識を～／賣弄知識。

ひ・ける［引ける］（自下一）①（也寫“退ける”）下班，放學。△学校が～／學校放學。②難為情，不好意思。△借金を申しこむのは，気が～ものだ／提出借債，實在不好意思。

ひけん［披見］（名・他サ）拆閱，披見。

ひけん［比肩］（名・自サ）並肩，匹敵。

ひけん［卑見］（名）愚見，拙見。

ひけんしゃ［被験者］（名）被試驗者，被實驗的對象。

ひこ［曾孫］（名）曾孫。

ひご［籤］（名）細竹籤，竹篾子。

ひご［庇護］（名・他サ）庇護。△～をうける／受庇護。△～を加える／加以庇護。

ひご［卑語］（名）粗野話，下流話。

ひご［飛語］（名）蜚語，流言。

ひごい［緋鯉］（名）〈動〉（觀賞用）緋鯉。

ひこう［非行］（名）不良行為。△～にはしる／走邪路，入歧途。

ひこう［飛行］（名・自サ）飛行。

ひごう［非業］（名）〈宗〉非業，非前世業緣。△～の死／橫死，死於非命。△非業の最期／死於非命。

びこう［尾行］（名・自サ）尾隨，跟蹤，盯梢。△～をまく／甩掉尾巴。

びこう［備考］（名）備考。

びこう［鼻孔］（名）鼻孔。

びこう［微光］（名）微光。

ひこうかい［非公開］（名）非公開，不公開。↔ 公開

ひこうき［飛行機］（名）飛機。

ひこうきぐも［飛行機雲］（名）航跡雲。

ひこうし［飛行士］（名）飛行員，飛機駕駛員。

ひこうしき［非公式］（名）非正式。↔ 公式

ひこうじょう［飛行場］（名）機場。→空港

ひこうせん［飛行船］（名）飛艇。

ひごうほう［非合法］（名）不合法，非法。

ひごうり［非合理］（名・形動）不合理。→不合理

ひこく［被告］（名）〈法〉被告。↔ 原告

ひこくにん［被告人］（名）〈法〉被告人。

ひこくみん［非国民］（名）叛國者，賣國賊。

びこつ［尾骨］（名）尾骨。

ひごと［日ごと］（名）①每天，天天。②逐日，日漸。△～にあたたかくなる／日漸暖和。

ひこぼし［ひこ星］（名）⇨けんぎゅう

ひごろ［日ごろ］（名・副）①平日，素日。△～の行ない／素行。②近日，近來。△～考えていることがいろいろある／近來有許多事在考慮。

ひざ［膝］（名）①膝，膝蓋。△～をすりむく／膝蓋蹭破了。②大腿。

ビザ［法 visa］（名）簽證，入國許可。

ピザ［意 pizza］（名）比薩餅，皮扎，匹查餅，烤點心。

ひさい［被災］（名・自サ）受災。

ひさい［非才］（名）不才，才疏學淺。

びさい［微細］（形動）①細小，細微。△～にしらべる／詳細調查。△～なちがい／細微的差別。②微賤。

びざい［微罪］（名）〈法〉微罪，輕罪。↔ 重罪，大罪

ひざおくり［膝送り］（名）串座（坐着的人依次倒換位子）

ひざかけ［膝掛け］（名）（蓋在膝上的）圍毯，包毯。

ひざがしら［ひざ頭］（名）膝蓋。

ひざかり［日盛り］（名）（一天中）陽光最強時。

ひさく［秘策］（名）秘策，秘計。△～をさずける／授予秘計。

ひさ・ぐ（他五）鬻，賣。

ひさご［瓠］（名）①〈植物〉葫蘆。②瓢，酒葫蘆。

ひざこぞう［ひざ小僧］（名）〈俗〉膝蓋。

ひさし［庇・廂］（名）①〈建〉房簷。②帽舌，帽簷。

ひざし［日差し］（名）陽光照射。△～が強い／日照強。→日光，陽光

ひさし・い［久しい］（形）許久，好久。△彼とは～しく会っていない／和他好久沒見面了。

ひさしぶり［久し振り］（名）隔了好久。△～に会う／隔了好久才見面。

ひさしをかしておもやをとられる［ひさしを貸して母屋を取られる］（連語）出租廂房，結果主房也被霸佔。喧賓奪主。

ひざづめ［膝詰め］（名）促膝。

ピサのしゃとう［ピサの斜塔］（名）（意大利）比薩斜塔。

ピザパイ［pizza pie］（名）⇨ピザ

ひさびさ［久久］（副）隔了好久，許久。△～に会う／久別重逢。

ひざまくら［膝枕］（名）以別人的大腿作枕。

ひざまず・く［跪く］（自五）跪，跪拜。△～いて，いのる／跪祝。→ぬかずく

ひさめ［氷雨］（名）①雹，霰。②秋雨，冷雨。

ひざもと［ひざ元・ひざ下］（名）①膝下，跟前。△親の～をはなれる／離開父母膝下。②（天皇，幕府的）所在地。

ひざらし［日曝し］（名）曝曬。

ひざをうつ［膝を打つ］（連語）（恍然大悟或忽然想起甚麼時）拍大腿。

ひざをおる［膝を折る］（連語）屈膝，屈服。

ひざをかかえる［膝を抱える］（連語）抱膝，無所事事。

ひざをくずす［膝を崩す］（連語）隨便坐，盤腿坐。

ひざをくむ［膝を組む］（連語）盤腿坐，蹺起二郎腿。

ひざをただす［膝を正す］（連語）端坐。

ひざをまじえる［膝を交える］（連語）促膝（交談）。

ひさん［悲惨］（形動）悲慘。△～な光景／悲慘

的情景。

ビザンチンていこく［ビザンチン帝国］（名）〈史〉拜占庭帝國（395-1453）。

ひし（名）〈植物〉菱，菱角。

ひし［秘史］（名）秘史。

ひじ［肘］（名）① 肘，肱，胳臂肘。△～をつく／支着胳臂肘。△～でつつく／用肘輕碰。② 肘形物。△いすの～／椅子扶手。

びじ［美辞］（名）美言，巧語。

ビジー［busy］（名）忙。

ひしがた［ひし形］（名）〈數〉菱形。

ひじき（名）〈植物〉羊棲菜。

ひじ・く［拉く］（他五）① 壓碎。△鬼をも～いきおい／勢不可當。② 挫，挫敗。△敵の気勢を～／挫敗敵人的銳氣。

ひししょくぶつ［被子植物］（名）〈植物〉被子植物。↔ 裸子植物

ひしつ［皮質］（名）皮質。↔ 髄質

ひじつき［肘突き］（名）肘墊。

びしてき［微視的］（形動）① 微小的。△～な生物／微小的生物。② 微觀的。△～な見かた／微觀的看法。↔ 巨視的

ひじてつ［ひじ鉄］（名）⇨ひじでっぽう

ひじでっぽう［ひじ鉄砲］（名）① 用肘撞人。② 嚴重拒絕。△～をくらわす／讓他碰釘子。

ビジネス［business］（名）① 事務，工作。② 實業，商業。

ビジネスカード［business card］（名）〈經〉商業名片。

ビジネスサークル［business circle］（名）〈經〉商業界。

ビジネススーツ［business suit］（名）〈經〉工作服，男西服。

ビジネスセンター［business center］（名）商業中心。

ビジネスパーソン［business person］（名）商人。

ビジネスマン［businessman］（名）① 實業家，商人。② 事務員，辦事員。

ビジネスライク［businesslike］（形動）① 事務性的，商業性的。② 有效率的。

ビジネスリスク［business risk］（名）經營風險，商業風險。

ビジネスロー［business law］（名）〈經〉企業法規。

ひしひし（副）① 緊緊地，步步緊逼地。② 深刻地，強烈地。△身の危険を～と感じる／深切地感到自身危險。

ひじまくら［肘枕］（名）曲肱為枕。

ひしむすび［菱結び］（名）菱形結。

ひしめ・く（自五）① 擁擠。△群衆が～／人羣擁擠。② 〈響聲〉吱吱嘎嘎。

ひしもち（名）菱形黏糕。

ひしゃ［飛車］（名）（日本將棋）飛車。

ひしゃく［柄杓］（名）柄杓。△～ですくう／用柄杓舀。

びじゃく［微弱］（形動）微弱。△～な反応／微弱的反應。△～な電波／微弱的電波。

ひしゃ・げる（自下一）被壓癟，壓碎。

ひしゃたい［被写体］（名）被拍照的物體。

びしゃもんてん［毘沙門天］（名）〈佛教〉毗沙門天王。

びしゅ［美酒］（名）美酒。△勝利の～によいしれる／暢飲勝利的美酒。

ビジュアルランゲージ［visual language］（名）視覺語言。

ひじゅう［比重］（名）①〈理〉比重。② 比例，重點。△～が大きい／比例大。→重点，ウェート

びしゅう［美醜］（名）美醜。

ひしゅうしょくご［被修飾語］（名）〈語〉被修飾語。

ひじゅつ［秘術］（名）秘訣。△～をつくす／用盡絕招。→おくの手

びじゅつ［美術］（名）美術。

ひじゅん［批准］（名・他サ）〈法〉批准。

ひしょ［秘書］（名）① 秘書。② 秘藏的書籍。

ひしょ［避暑］（名）避暑。↔ 避寒

びじょ［美女］（名）美女。→美人

ひしょう［飛翔］（名・自サ）飛翔。

ひしょう［費消］（名・他サ）消費，用完，耗盡。

ひしょう［悲傷］（名）悲傷。

ひじょう［非常］Ｉ（名）非常，緊急。△～の際／緊急時刻。Ⅱ（形動）非常，很。△～に楽しい／非常愉快。△～の努力／很努力。→たいへん，きわめて，とても

ひじょう［非情］（名・形動）① 冷酷，無情。△～な人／冷酷的人。→冷酷，冷血，情け知らず ② 無情。↔ 有情

びしょう［微傷］（名）微傷。

びしょう［微笑］（名・自サ）微笑。△～をうかべる／露出微笑。→ほほえみ

びしょう［微小・微少］（形動）①［微小］微小。△～な生物／微小的生物。↔ 巨大 ②［微少］微少。△～な金額／少量金額。

びじょう［尾錠］（名）（皮帶等的）卡子，扣子。

ひじょうきん［非常勤］（名）特邀出勤，按規定日期上班。↔ 常勤

ひじょうぐち［非常口］（名）緊急出口，太平門。

ひじょうじ［非常時］（名）非常時期，緊急時期。

ひじょうしき［非常識］（名・形動）沒有常識，不合情理。△～な考え／不合乎情理的想法。△～にもほどがある／不可太沒有常識。

ひじょうじたい［非常事態］（名）緊張局勢。

ひじょうしゅだん［非常手段］（名）① 非常手段。② 暴力，武力。△～にうったえる／訴諸武力，武力解決。

ひじょうすう［被乗数］（名）〈數〉被乗數。↔ 乗数

ひじょうせん［非常線］（名）（事故，火災等現場的）禁區綫，警戒綫。△～をはる／劃禁區綫。

びしょうねん［美少年］（名）美少年。

ひじょうよう［非常用］（名）緊急用。

ひしょく［非職］（名）① 不在現職。② 保留身分免除職務。

ひ
ヒ

びしょく［美食］（名・自サ）美食。↔粗食

ひじょすう［被除数］（名）〈數〉被除數。↔除数

びしょぬれ（名）淋透，濕透。△〜になる／濕透。

びしょびしょ I（副）（雨）連綿不斷。△〜（と）降るなかをでかけた／冒着連綿淫雨出去了。II（形動）濕透。△〜にぬれたシャツ／濕透了的襯衣。

ビジョン［vision］（名）想像，幻想。△〜がある／有幻想。△〜をえがく／描繪未來。

ひじり（名）① 天子。② 聖人。③ 高僧。④（學識，技術）高超者。

びじれいく［美辞麗句］（名）美辭麗句，花言巧語。△〜をつらねる／羅列華麗詞藻。

ひしん［皮疹］（名）〈醫〉麻疹，風疹。

びしん［微震］（名）〈地〉微震，弱震。

びじん［美人］（名）美人。→美女

ビス［法 vis］（名）螺絲。

ひすい［翡翠］（名）① 翡翠（寶石）。② ⇨かわせみ

ビスケット［biscuit］（名）餅乾。

ビスターカー［Vista Car］（名）觀景車，二層式瞭望車。

ビスタコーチ［Vista Coach］（名）公共汽車、電車的觀光車。

ヒスタミソ［德 histamine］（名）〈生物〉組胺。

ヒステリー［德 Hysterie］（名）歇斯底里，癔病。

ヒステリック［hysteric］（形動）歇斯底里的。△〜な声／歇斯底里的聲音。

ヒストリアン［historian］（名）歷史學家。

ヒストリー［history］（名）① 歷史。② 來歷，由來。

ピストル［pistol］（名）手槍。→短銃

ピストン［piston］（名）活塞，活栓。

ひずみ［歪み］（名）① 歪斜，翹曲。△〜が生じる／產生歪斜。② 不良後果，弊病。△経済の〜／經濟弊病。③〈理〉變形。

ひず・む［歪む］（自五）歪斜，變形。

ひずめ⇨ひづめ

ひ・する［比する］（他サ）比，比較。△売り上げに〜して，経費がかかりすぎる／跟銷售額相比，需用經費過高。

ひ・する［秘する］（他サ）隱秘。△思いを心中ふかく〜して，語らない／把想法深深地隱藏在心裏不説。

びせい［美声］（名）美聲，美妙的聲音。↔悪声

びせいぶつ［微生物］（名）〈生物〉微生物。

ひせき［秘跡］（名）〈宗〉聖禮，聖餐。

ひせき［碑石］（名）① 碑石。② 石碑。

びせきぶん［微積分］（名）〈數〉微積分。

ひせつ［秘説］（名）秘説。

ひぜに［日銭］（名）日薪。△〜をかせぐ／掙日薪。

ひぜん［皮癬］（名）〈醫〉皮癬。

びせん［微賎］（形動）微賤，卑賤。

ひせんきょけん［被選挙権］（名）〈法〉被選舉權。↔選挙権

ひせんろん［非戦論］（名）反戰論。△〜をとなえる／主張反戰論。

ひそ［砒素］（名）〈化〉砷，砒。

ひそう［皮相］（名・形動）① 表皮，外表。② 膚淺。△〜な見解／膚淺的見解。

ひそう［悲壮］（形動）悲壯，壯烈。△〜な決意／悲壯的決心。

ひそう［悲愴］（形動）悲愴，悲傷。

ひぞう［秘蔵］（名・他サ）① 秘藏，珍藏。△〜の品／珍藏品。② 珍愛。

ひぞう［脾臓］（名）脾臟。

ひそか（形動）秘密，悄悄，私自。△〜な決意／暗下決心。△〜に出かける／悄悄出去。

ひぞく［卑属］（名）〈法〉卑親屬，晚輩親屬。↔尊属

ひぞく［卑俗］（形動）卑俗，庸俗。→低俗

びそくどさつえい［微速度撮影］（名）慢速攝影。↔高速度映画

ひぞっこ［秘蔵っ子］（名）〈俗〉① 珍愛的兒子。② 得意門生。

ひそひそ（副）喊喊喳喳，悄悄地。△〜（と）ないしょ話をする／喊喊喳喳地説悄悄話。

ひそひそばなし［ひそひそ話］（名）悄悄話，竊竊私語。

ひそ・む［潜む］（自五）隱藏，潛藏。△ものかげに〜／隱藏在暗處。△心に〜／埋藏在心裏。

ひそ・める［潜める］（他下一）① 隱藏，潛藏。△身を〜／藏身。② 消（聲）。△声を〜／消聲。△息を〜／屏息。

ひそ・める（他下一）顰蹙，皺（眉）。

ひそやか（形動）① 偷偷，悄悄。△〜なささやき声／低低私語。② 寂靜。

ひた –（接頭）只顧，一個勁兒地。

ひだ（名）褶，襞。△〜をとる／做出衣褶。

ひたい［額］（名）額，天庭。△〜にあせする／（幹得）滿頭大汗。

ひだい［肥大］（名・自サ）①〈醫〉（因病）肥大，腫大。② 肥大，龐大。△〜した産業／龐大的產業。

びたい［媚態］（名）媚態。

びたいちもん［びた一文］（名）一文錢。△〜だﾅさない／一毛不拔。

ひたいをあつめる［額を集める］（連語）聚首商議。

ひたおし［直押し］（名・他サ）一個勁兒地推。

びだくおん［鼻濁音］（名）鼻濁音。

ひだこ［火だこ］（名）臁子，繭皮。

ひたごころ［直心］（名）① 死心眼。② 癡心，一心一意。

ピタゴラス［Pythagoras］〈人名〉畢達哥拉斯（前590 左右 − 前 510 左右）。希臘數學家，哲學家。證明了"畢達哥拉斯定理"。

ピタゴラスのていり［ピタゴラスの定理］（連語）〈數〉畢達哥拉斯定理。

ひた・す［浸す］（他五）浸，泡。△タオル

を～／浸毛巾。→つける

ひたすら［副］專，只顧。

ひたたれ［直垂］（名）（鎌倉時代方領帶胸扣的一種）武士禮服。

ひだち［肥立ち］（名）① 日益長大。△～のいい子／日益長大的好孩子。② （產婦，病人）康復。△産後の～／產後康復。

ひだっそ［脾脱疽］（名）〈醫〉炭疽，脾脱疽。

ひだね［火種］（名）火種。△～をたやさない／不讓火種滅掉。

ひたぶる（形動）一個勁兒地，只顧。

ひだま［火玉］（名）① 火球，火團。② 燐火，鬼火。

ひだまり［日だまり］（名）（冬天）向陽處，有陽光的地方。

ビタミン［vitamin］（名）維生素，維他命。

ひたむき（形動）専心，一心一意，専注。△～な生き方／真摯的生活態度。

ひだり［左］（名）① 左，左面。△～にまがる／向左拐。△～の手／左手。↔ 右 ② 能喝酒。③ 左派，左傾。→左翼 ↔ 右

ひだりうちわ［左うちわ］（名）安閑度日。

ひだりがわ［左側］（名）左側，左邊。

ひだりきき［左利き］（名）① 左撇子。↔ 右利き ② 好喝酒的人。

ひだりクリック［左クリック］（名・ス自）〈IT〉左撃。

ひだりて［左手］（名）左手，左面。△～に海が見えた／左面見到了海。↔ 右手

ひだりとう［左党］（名）酒徒，酒友。

ひだりまえ［左前］（名）① （和服衣襟）左扣，左衽。② 衰敗，倒霉，經濟困難起來。△財政が～になる／財政滑坡。

ひだりまき［左巻き］（名）① 左撚，左捲。↔ 右巻き ② 遲鈍，性情古怪。

ひだりまわり［左回り］（名）逆時針轉，反轉。

ひだりむき［左向き］（名）① 向左，朝左。② 衰落，不景氣。

ひた・る［浸る］（自五）① 浸，泡，淹。② 沉涵，陶醉。△思い出に～／沉涵於回憶。

ひだる・い［形］餓得慌，餓得沒精神。

ひだるま［火だるま］（名）渾身是火，火人。△～になる／成了火人。

ひたん［悲嘆］（名・自サ）悲嘆。△～にくれる／日夜悲嘆。

びだん［美談］（名）美談。△～として伝わる／傳爲美談。

びだんし［美男子］（名）美男子。

ピチカート［意 pizzicato］（名）〈樂〉撥奏。

びちく［備蓄］（名・他サ）儲備。

ぴちぴち（副・自サ）① （魚）活蹦亂跳。② 活潑，朝氣勃勃。△～（と）した若者たち／朝氣勃勃的青年們。

ビチューメン［bitumen］（名）〈礦〉瀝青。

ひちりき（名）〈樂〉篳篥。

ひつ［櫃］（名）① 櫃子，大箱子。② 飯桶。→

お鉢。

ひつう［悲痛］（形動）悲痛。△～なおももち／悲痛的神色。

ひっか［筆禍］（名）筆禍。△～をこうむる／身蒙筆禍。

ひっかか・る［引っ掛かる］（自五）① 掛住，掛上。△あみに～／掛在網上。② 受騙。△まんまと～／被巧妙地騙了。③ 介意，不能接受。△彼の話にはなにか～ところがある／他的話有些讓人懷疑的地方。④ 牽連，連累。△収賄事件に～／與受賄事件有牽連。

ひっかきまわ・す［引っかき回す］（他五）① 弄亂，翻亂。② 攪亂，擾亂。

ひっかく［筆画］（名）筆畫。

ひっか・く［引っかく］（他五）搔，撓。△顔を～／搔臉。

ひっか・ける［引っ掛ける］（他下一）① 掛上，掛起來。△くぎに～／掛到釘子上。② 披上。△コートをかたに～／把大衣披在肩上。③ 欺騙。△みごとに～けられる／被巧妙地騙了。④ 潑，濺。△つばを～／濺上痰。△はなも～けない／毫不理睬。⑤ 大口喝。△一杯～／一口氣乾了一杯。⑥ 借機會，牽扯。△出張に～けて帰省する／借出差之機省親。

ひっかぶ・る［引っ被る］（他五）① （猛然）蓋上，戴上。△ふとんを～／猛然蓋上被子。② 承擔（過失，責任等）。△罪を～／承擔罪責。

ひっき［筆記］（名・他サ）筆記，記錄。

ひつぎ（名）柩，棺。→棺桶，棺

ひっきょう［畢竟］（副）畢竟，總之，結局。△～おなじことだ／終究是一回事。

ひっきりなし（形動）接連不斷地。△～に来客がある／來客不斷。→のべつまくなし，ひきもきらず

ビッグ［big］（造語）大的，重要的。

ピックアップ［pickup］Ⅰ（名・他サ）揀起，挑選。Ⅱ（名）拾音器。

ビッグガン［big gun］（名）大人物，權威人士，有勢力的人。

ひっく・くる［引っくくる］（他五）捆，紮。

ビッグサイエンス［big science］（名）大科學（如宇宙開發，原子能研究等）。

ビッグショット［big shot］（名）重要人物，大人物。

ビッグテクノロジー［big technology］（名）大技術（如宇宙開發技術和原子能技術）。

ビッグバン［big bang］（名）① 宇宙大爆炸。② （金融）大改革。

ビッグビジネス［big business］（名）大企業，大產業。

ビッグベン［Big Ben］（名）（英）大笨鐘。

びっくり（名・自サ）吃驚，嚇一跳。

ひっくりかえ・す［ひっくり返す］（他五）① 弄倒，翻倒。② 翻過來。△かばんを～／把包翻過來。③ 推翻。△定説を～／推翻定論。

ひっくりかえ・る［ひっくり返る］（自五）① 倒下，翻倒。△あおむけに～／仰面朝天地倒

下。②顚倒，翻轉。△ボートが～／小艇翻扣
過來。③垮，崩潰。△評価が～／評價顚倒過來。③垮，崩潰。△形勢が～／形勢逆轉。△試合が～／比賽敗北。

びっくりぎょうてん [びっくり仰天] (名・自サ) 大吃一驚。

ひっくる・める [引っ括める] (他下一) 彙總起來，包括在內。△全部～めて，費用はどのくらいでしょうか／全部加起來，費用大約多少呢？

ひつけ [火付け] (名) ① 放火，縱火。② 肇事。

ひづけ [日付] (名) 年月日，日期。

ひっけい [必携] (名) 必攜。

ひづけへんこうせん [日付変更線] (名) 〈地〉國際日期變更綫。

ピッケル [pickel] (名) 〈登山〉冰杖，冰鎬。

ひっけん [必見] (名・他サ) 必閱，必讀。△～の書／必讀的書。

びっこ [跛] (名) ① 跛，瘸子。△～をひく／瘸腿。一瘸一點地走。② 不成雙(對)。△～のげた／單隻木屐。

ひっこう [筆耕] (名) 筆耕。

ひっこし [引っ越し] (名) 搬遷。

ひっこ・す [引っ越す] (他五) 搬家，遷居。△新居に～／搬進新居。→転居する，移転する

ひっこみじあん [引っ込み思案] (名・形動) 畏縮不前，消極。△～の人／畏縮不前的人。

ひっこ・む [引っ込む] (自五) ① 退居，隱居。△田舎に～／退居鄉間。② 縮進，消失。△へやに～／縮進屋裏。△こぶが～／瘤子消失。③ 塌，凹下。△通りから～んだ家／從街面縮進去的房子。

ひっこ・める [引っ込める] (他下一) ① 縮回。△首を～／縮頭。② 撤回。△提案を～／撤回提案。

ピッコロ [意 piccolo] (名) 〈樂〉短笛。

ひっさ・げる [引っ提げる] (他下一) ① 提，攜帶。② 率領。

ひっさつ [必殺] (名) 必殺，誓殺。

ひっさん [筆算] (名・他サ) 筆算。

ひっし [必至] (名) 必至，一定到來。△このままでは石油不足になることは～だ／照此下去，必有石油短缺之日。

ひっし [必死] (名・形動) ① 拚命，殊死。△～でがんばる／殊死拼搏。△～の覚悟／殊死的決心。② (將棋) 必死，將死。

ひつじ (名) ① 〈地支第八位〉未。② (方向) 南南西。③ (時辰) 未時。

ひつじ [羊] (名) 〈動〉羊，綿羊。

ひつじぐさ [ひつじ草] (名) 〈植〉睡蓮。

ひっしにつくしがたい [筆紙に尽くし難い] (連語) 筆墨難盡。

ひっしゃ [筆者] (名) 筆者，作者。

ひっしゃ [筆写] (名・他サ) 抄寫，筆寫。△手本を～する／抄寫樣本。

ひっしゅう [必修] (名) 必修。

ひつじゅひん [必需品] (名) 必需品。

ひつじゅん [筆順] (名) 筆順。

ひっしょう [必勝] (名) 必勝。△～を期する／期待必勝。△～の信念／必勝的信念。

ひっしょく [筆触] (名) 筆觸。

びっしょり (副) 濕透。△～(と) 汗をかく／汗流浹背。

びっしり (副) ① 密密麻麻，滿滿地。△こまかい字で，ノートに～(と) 書いてある／本子上寫滿了密密麻麻的小字。△スケジュールが～で，休めない／日程安排得滿滿的，不得休息。② 充分，嚴格。△～きたえて選手に育てる／嚴格訓練，培養成選手。

ひっす [必須] (名) 必須，必要。

ひっせい [畢生] (名) 畢生，一生。△～の大作／畢生的傑作。→一生，終生

ひっせい [筆勢] (名) 筆勢。

ひっせき [筆跡] (名) 筆跡。

ひつぜつ [筆舌] (名) 筆舌，筆墨言詞。

ひつぜつにつくしがたい [筆舌に尽くし難い] (連語) 筆舌難盡。

ひつぜん [必然] (名) 必然。△歴史の～／歷史的必然。↔ 偶然

ひつぜんせい [必然性] (名) 必然性。

ひつぜんてき [必然的] (形動) 必然的。△～に決まる／必然的決定。

ひっそく [逼塞] (名・自サ) ① 淪落，沉淪。② 困窘，一籌莫展。

ひっそり (副・自サ) ① 寂靜，鴉雀無聲。△～(と) した室内／寂靜的室內。② 偷偷地，悄悄地。△～(と) 暮らす／悄悄地生活。

ヒッター [hitter] (名) 〈棒球〉擊球員。

ひったく・る (他五) 搶奪，奪取。△かばんを～られる／皮包被搶走。

ひった・てる [引っ立てる] (他下一) 押解，押送。

ぴったり (副・自サ) ① 緊緊地，緊密。② 準確無誤，恰好。△～(と) 帳じりがあう／賬目正對。③ 適合，相稱。△自分に～した仕事／適合於自己的工作。

ひつだん [筆談] (名・自サ) 筆談。

ひっち [筆致] (名) 筆致，筆鋒。△軽妙な～／秀美的筆致。

ピッチ [pitch] (名) ① 次數，速度。△～をあげる／加速。② 音調。△～が高い／音調高。③ 瀝青。④ (機械) 齒距，節距。⑤ (飛機) 螺距。

ヒッチハイク [hitchhike] (名) 搭車旅行。

ピッチブレンド [pitchblende] (名) 瀝青鈾礦。

ピッチャー [pitcher] (名) 〈棒球〉投手。

ひっちゃく [必着] (名・自サ) 必須到達，必到。

ひっちゅう [必中] (名) 必中。

ぴっちり (副・自サ) 緊繃繃，嚴絲合縫。△～したズボン／緊繃繃的褲子。

ピッチング [pitching] (名) ① (船，飛機等) 縱搖，前後顛簸。↔ ローリング ② (棒球) 投球。

ひっつ・く [引っ付く] (自五) ① 粘住。② 〈俗〉 (男女) 勾搭上，結為夫婦。

ひっつめ［引詰め］(名) 垂髻。

ひってき［匹敵］(名・自サ) 匹敵, 比得上。△～するものがない／無可匹敵。

ヒット［hit］(名・自サ)① (棒球) 安全打。② 大受歡迎, 巨大成功, 最暢銷。

ビット［bit］(名) 比特, 指二進位法的1和0。

ピット［pit］(名)① 豎井。② 沙坑。

ひっとう［筆頭］(名)① 筆頭, 筆尖。②(排列姓名時) 第一名。△～にあげる／名列第一。△戸籍の～／戸主。

ヒットエンドラン［hit-and-run］(名) (棒球) 打球和跑壘, 擊和跑的戰術配合。

ひつどく［必読］(名・他サ) 必讀。

ヒットソング［hit song］(名) 流行歌曲。

ビッドプライス［bid price］(名)〈經〉買入價。

ヒットマン［hit man］(名) 殺手, 暗殺者。

ひっぱく［逼迫］(名・自サ)〈經濟〉窘迫, 困窘。△財政が～する／財政窘迫。→窮迫

ひっぱたく［他五〕〈俗〉揍, 摑。

ひっぱりだこ［引っ張りだこ］(名) 受歡迎 (的人或東西)。△～になる／受歡迎。

ひっぱ・る［引っ張る］(他五)① 拉, 拽。△客車を～／拉客車。② 拉緊, 繃緊。③ 拉攏, 引誘。△新入生をクラブに～／拉新生加入俱樂部。④ 拉走, 揪去。△容疑者が警察に～られた／嫌疑犯被警察抓走了。⑤ 拖長, 拖延。△語尾を～／把語音拖長。⑥ 拉, 架 (綫)。⑦ (棒球) 向側面猛撃。

ヒッピー［hippie］(名) 嬉皮派, 希比派。

ヒップ［hip］(名)① (服装) 臀圍。② 屁股, 臀部。

ひっぷ［匹夫］(名) 匹夫。

ビップ［VIP］(名) 重要人物。

ひっぷのゆう［匹夫の勇］(連語) 匹夫之勇。

ヒップポケット［hip pocket］(名) 後褲兜。

ひっぷもこころざしをうばうべからず［匹夫も志を奪うべからず］(連語) 匹夫不可奪志。

ヒッポ［hippo］(名)〈動〉河馬。

ひっぽう［筆法］(名)① 筆法, 運筆。②(文章的) 筆法, 措詞。③ 作法, 方法。△いつもの～でことをはこんだ／老辦法習用。

ひつぼく［筆墨］(名)① 筆和墨。② 墨跡。

ひづめ［蹄］(名) 蹄。

ひつめい［筆名］(名) 筆名。

ひつめつ［必滅］(名・自サ) 必定滅亡。

ひつもんひっとう［筆問筆答］(名) 書面問答。

ひつよう［必要］(名・形動) 必要, 必需。△～がある／有必要。△～にせまられる／迫於需要。△～な品物。↔ 不要

ひつようははつめいのはは［必要は発明の母］(連語) 需要是發明之母。

ひつりょく［筆力］(名) 筆力, 筆勢。

ひてい［否定］(名・他サ)① 否定。△ファシズムを～する／否定法西斯主義。↔ 肯定 ② 否定, 否認。△うわさを～する／否定謠傳。→否認

ひていこつ［尾骶骨］(名)⇨びこつ

ビデオ［video］(名)① 影像, 錄像, 視頻。②

錄像機。

ビデオゲーム［video game］(名) 電子遊戲。

ビデオテープ［videotape］(名) 錄像磁帶。

ビデオフォーン［videophone］(名) 可視電話。

ビデオホール［video hall］(名) 錄像放映廳。

びてき［美的］(形動) 美, 美的。△～感覚／美感。

ひてつきんぞく［非鉄金属］(名) 有色金屬。

ひでり［日照り］(名)① 太陽強照。② 旱, 乾旱。③ 缺乏, 不足。

ひでりあめ［日照雨］(名) 晴天雨。

ひてん［批点］(名)① 圈點, 批點。② 修正之處。

ひでん［秘伝］(名) 秘傳。

びてん［美点］(名) 優點, 長處。→長所 ↔ 欠点

びでん［美田］(名) 良田, 肥田。

ひでんか［妃殿下］(名) 王妃殿下。

ひと［人］(名)① 人, 人類。② 世上的人, 一般人, 人の世。③ 他人, 別人。△～を使う／吩咐人。僱人。△～にたよる／依靠別人。△知らない～／不認識的人。④ 成人, 大人。△～をつくる／培養人。△～を～とも思わない／不拿人當人待。△～となる／長大成人。⑤ 人手。△～がたりない／人手不夠。⑥ 人, 某一個人。△時の～／一時的紅人。△意中の～／意中人。△(説話人自己) 我。△～をなんだと思っているんだ／你把我看成了甚麼人！⑧ 人品, 品質。△～がいい／人品好。

ひとあし［人足］(名) 行人來往。

ひとあし［一足］(名)① 一步。② 一點遠。

ひとあしらい［人あしらい］(名) 待人接物, 應酬方式。

ひとあせ［一汗］(名) 一點汗。

ひとあたり［人当たり］(名) 待人接物的態度。△～がやわらかい／待人和藹。

ひとあめ［一雨］(名)① 一場雨。② 一陣 (大) 雨。

ひとあるなかにひとなし［人ある中に人なし］(連語) 山多林少。

ひとあれ［一荒れ］(名)① 一場暴風雨。② 一場風波, 一陣騷亂。

ひとあわふかせる［一泡吹かせる］(連語) 使人大吃一驚, 把人嚇一跳。

ひとあんしん［一安心］(名・自サ) 暫且放心。△これで～だ／這下暫且放心了。

ひど・い［酷い］(形)① 厲害, 嚴重。△～風／大風。△～寒さ／酷寒。② 殘酷, 無情。△～しうち／對人殘酷, 態度冷酷。

ひといき［一息］(名)① 一口氣。△～いれる／喘一口氣。△～に飲みほす／一口喝乾。② 一鼓作氣, 一氣。△～にかけあがる／一鼓作氣幹到底。→一気 ③ (再加) 一把勁。△頂上まで, あと～だ／再加把勁就到頂上了。

ひといきつく［一息つく］(連語)① 稍休息一下, 喘口氣。② 好容易才喘口氣, 總算鬆口氣。

ひといきれ［人いきれ］(名) (因地方窄小眾人集而) 悶熱。

ひといちばい［人一倍］(名・副) 比別人加倍。△～の努力／加倍努力。△～食べる／比人多吃一倍。

ひといろ［一色］(名) ① 一種顔色。② 一様，一種。

ひどう［非道］(名・形動) 残忍，残暴，不講道理。△～な男／兇惡的傢伙。

びどう［微動］(名・自サ) 微動。△～だにしない／紋絲不動。

ひとうけ［人受け］(名) 人縁。

ひとうち［一打ち］(名) ① 一撃。② 一下打倒。

ひとえ［一重］(名) ① 一重，一層，單。② (花)單瓣。

ひとえ［単・単衣］(名) 和服單衣。↔ あわせ

ひとえに (副) ① 惟有，誠心誠意。△よろしくお引き立てのほど，～お願い申しあげます／誠願多多垂愛。② 完全。△わたしがこうしていられるのも，～きみのおかげです／我之所以能這樣，也全仰仗着你。

ひとおじ［人おじ］(名・自サ) 認生，怕人。△～しない子ども／不認生的孩子。→ 人見知り

ひとおもいに［一思に］(副) 一狠心，毅然決然地。△～飲みこむ／一咬牙喝下去。

ひとかい［人買い］(名) 人販子。

ひとかかえ［一抱え］(名) 一摟 (粗)，一抱。

ひとがき［人垣］(名) 人牆。△～がくずれる／人牆潰散。△～をつくる／組成人牆。

ひとかげ［人影］(名) ① 人，人影。△～がない／不見人影。② 人的影子。△～がさす／有人的影子。

ひとかず［人数］(名) ① 人數。② 成年人。

ひとかたならぬ［一方ならぬ］(連語) 特別，分外。△～おせわになり，ありがとうございました／承蒙特別照顧，不勝感謝。

ひとかど (名) ① 出類拔萃，了不起。△～の人物／出類拔萃的人物。② 一份，某種程度。△～の役に立つ／起一定作用。

ひとがまし・い［人がましい］(形) ① 像個人様。② 是個人物。

ひとがら［人柄］(名) 人品，品質。△～がにじみでる／顯露出人品。△～がいい／人品好。△ゆかしい～／高尚的人品。

ひとぎき［人聞き］(名) 風聲，傳聞。△～がわるい／風聲不好。

ひとぎらい［人嫌い］(名) 嫌惡別人 (的性格)，不善交際 (的人)。

ひときり［一切り］(名) 一段落，一時。

ひときれ［一切れ］(名) 一片，一塊。

ひときわ (副) 格外，尤其。△～美しい／格外美。→ いちだんと，いっそう

ひとく［秘匿］(名・他サ) 秘匿，隱藏。

びとく［美徳］(名) 美徳。△謙譲の～／謙遜的美徳。↔ 悪徳

ひとくいじんしゅ［人食い人種］(名) 食人肉的種族。

ひとくさ・い［人臭い］(形) ① 有人間氣息，似乎有人。② 像個人様。

ひとくさり［一くさり］(名) 一段，一席。△いつものじまん話を，また，～聞かされた／又把老一套東西吹噓了一番。

ひとくせ［一癖］(名) 怪癖，個性，乖張。△～ありそうな人／似乎有些個性的人。

ひとくだり［一行］(名) 一行，一部分。

ひとくち［一口］(名) ① 一口。△～に食べる／一口吃下。△～いかがですか／只 (吃，喝) 一點如何？② 一句，三言兩語。△とても～では言えない／三言兩語根本説不清楚。③ 一句，三言兩語。④ 一股，一份。△～千円です／一股一千日圓。

ひとくちのる［一口乗る］(連語) 算我一股。

ひとくちばなし［一口話］(名) 簡短的笑話，小笑話。

ひとくふう［一工夫］(名) 再動動腦筋。

ひとくろう［一苦労］(名) 一番辛苦。

ヒトクローン［ヒトクローン］(名)〈醫〉克隆人。

ひとけ［人け］(名) 人的聲息。△～がない／沒有 (人的) 聲息。

ひどけい［日時計］(名) 日晷。

ひとこいし・い［人恋しい］(形) 思戀。

ひとこえ［一声］(名) 一聲，一句話。

ひとごえ［人声］(名) 人聲，説話聲。△～がする／有人聲。

ひとごこち［人心地］(名) (從恐怖和憂慮中清醒過來的) 正常心情。△～がつく／緩過神來。

ひとごころ［人心］(名) ① 人心。② ⇨ ひとごこち

ひとこと［一言］(名) 一句話，隻言片語。△本人からは～もれんらくがない／他本人一點也沒有聯繫。△わたしからも～いわせてもらおう／讓我也講幾句吧。

ひとごと［人事］(名) 別人的事。△～ではない／不是別人的事。→ よそごと，他事

ひとこま［一こま］(名) 一個場面，一個鏡頭。

ひとごみ［人込み］(名) 人羣，人山人海。△～にまぎれる／混入人羣裏。

ひところ［一頃］(名) 前些日子，曾有一時。△～は，よくつりにでかけたものだ／前些日子常出去釣魚。

ひとごろし［人殺し］(名・自サ) 殺人，兇手。△～をする／殺人。→ 殺人

ひとさかり［一盛り］Ⅰ (名) 興盛一時。Ⅱ (副) 一陣，一時。

ひとさしゆび［人差し指・人指し指］(名) 食指。

ひとざと［人里］(名) 村落，村莊。△～はなれる／離開村莊。

ひとさま［人様］(名) 旁人，別人。△～にめいわくをかけてはいけない／不要給別人添麻煩。

ひとさまざま［人様様］(名) 人各不相同。

ひとさらい［人さらい］(名) 拐子，人騙子。

ひとさわがせ［人騒がせ］(名・形動) (無故) 驚擾旁人。△～なできごと／驚擾事件。

ひとし・い [等しい] (形) 相等，等於。△ほとんどないに～／幾乎等於沒有。

ひとしお (副) 更加，格外。△雨にあらわれた若葉は，～美しかった／經雨澆過的嫩葉更加美麗。△寒さが～身にこたえる／寒氣越發襲人。→ひときわ，いちだんと

ひとしきり (副) 一陣。△～，にぎやかな歌声がつづいた／熱鬧的歌聲持續了一陣。

ひとしずく [一滴] (名) 一滴。

ひとじち [人質] (名) 人質。△～にとる／扣作人質。

ひとじに [人死 (に)] (名) 喪生，橫死。

ひとしれず [人知れず] (副) 暗中，背地。△～なやむ／暗自傷神。

ひとしれぬ [人知れぬ] (連體) 人所不知的。

ピトシン [pitocin] (名) 〈醫〉催產素。

ひとずき [人好き] (名) 受人歡迎，招人喜愛。△～がする／受人歡迎。

ひとすじ [一筋] (名) ① 一條，一道。△～の流れ／一條流水。② 專心致志。

ひとすじなわではいかない [一筋縄では行かない] (連語) 用普通的辦法難以奏效。

ひとずれ [人擦れ] (名・自サ) 世故。△～している／老於世故。

ひとそろい (名) 一套，一組。→ワンセット

ひとだかり [人だかり] (名・自サ) 眾人聚集，人山人海。

ひとだすけ [人助け] (名) 幫助人，救助。

ひとだのみ [人頼み] (名) 借人之力。

ひとたび [一度] (副) ① 一回，一次。② 一旦，如果。△～この世に生をうけたからには…／既然投生到這個世上…

ひとだま [人魂] (名) 鬼火，燐火。

ひとだまり [人だまり] (名) 人多處。△～をさける／避開人多處。

ひとたまりもない [一溜りもない] (連語) 一會兒也支持不了，立即潰敗。

ひとちがい [人違い] (名) 認錯人。△～をする／認錯人。

ひとつ [一つ] I (名) ① 一個。△たった～／僅只一個。△もう，～しか残っていない／只剩一個。② 一歲。③ 接“体言”，加強語氣。△進むもしりぞくもきみの決心～だ／是進是退就看你的決心啦。④ 相同，一樣。△世界は～／世界大同。△心を～にする／心心相印。△～の屋根の下で暮らす／一起生活。⑤ 一方面。△旅行に行かないのは，～には時間がかかるし，～には金がないからだ／不去旅行，一方面是因為費時間，另一方面是因為沒錢。⑥ 一。⑦ (用 “～として…ない”，“～も…ない”，“なに～…ない” 的形式) 表示強烈的否定。△～として完全なものはない／沒有一點完整的東西。II (副) ① 試一試，稍微。△どうです～，話にのってみませんか／怎麼樣？你不稍微嘮一嘮？② 請。△～よろしくお願い／請多關照。

ひとつあなのむじな [一つ穴の貉] (連語) 一

丘之貉。

ひとつおぼえ [一つ覚え] (名) 只記住一件事。△ばかの～／死心眼，一條道跑到黑。

ひとづかい [人使い] (名) 用人。△～があらい／用人粗暴，酷使人。

ひとつがき [一つ書き] (名) 逐條書寫。

ひとづきあい [人付き合い] (名) 交際，處人。△～がいい／交際好。

ひとづて [人づて] (名) 間接傳聞，託人傳送。

ひとつばなし [一つ話] (名) ① 口頭禪。② 奇談，逸話。

ひとつひとつ [一つ一つ] (副) 一一地，逐個地。

ひとつぶえり [一粒選り] (名) 精選，篩選。(也説 “ひとつぶより”)

ひとつぶだね [一粒種] (名) 獨生子。

ひとづま [人妻] (名) ① 已婚女子。② 他人之妻。

ひとつまみ [一つまみ] (名) 一撮，少量。

ひとて [一手] (名) ① 一手，獨自。② (棋類) 走一步。

ひとで [人手] (名) ① 人手，勞力。△～がたりない／人手不足。② 人員。△～をくわえる／增加人員。③ 他人，旁人之手。△～にかかる／被殺。△～にわたる／歸別人所有。

ひとで [人出] (名) 外出的人，街上的人。△五万人の～があった／街上有五萬人之眾。

ひとで (名) 〈動〉海星，海盤車。

ひとでなし [人で無し] (名) 不是人，人面獸心。→人非人

ひとでにかかる [人手にかかる] (連語) 他殺。

ひとでにかける [人手にかける] (連語) 借他人之手殺死。

ひととおり [一通り] (名・副) ① 一般，普通。△～の苦しみようではない／並非一般苦難。② 大概，粗略。△～の目をとおす／粗略通覽一遍。△～のことはできる／事體基本可以。

ひととおり [人通り] (名) 行人來往。△～がはげしい／行人來往頻繁。△～が少ない／行人來往少。

ひととき [一時] (名) ① 一會兒，一時。△いこいの～／休息一會兒。② 一個時辰。

ひととなり [人となり] (名) 為人。

ひととび [一跳び] (名) ① 一跳，一躍。② 一飛就到。

ひとなか [人中] (名) ① 人堆，眾人面前。△～で，いいはじをかいた／在眾人面前出醜。② 人世間，社會。△～にでる／進入社會。

ひとなだれ [人なだれ] (名) 蜂擁的人羣，人潮。

ひとなつかし・い [人懐かしい] (形) 想念人，戀慕人。

ひとなつこ・い [人懐こい] (形) 和藹可親，平易近人，不認生。△～子ども／不認生的孩子。

ひとなのか [一七日] (名) (人死後) 第七天，頭七。

ひとなみ［人波］(名) 人潮，蜂擁的人羣。△～をかきわける／分開人羣。

ひとなみ［人並み］(名・形動) 普通，一般。△～はずれた／與衆不同。△～のくらし／普通的生活。

ひとな・れる［人馴れる］(自下一) ① 慣於交際。② (動物) 馴熟。

ひとにぎり［一握り］(名) ① 一把，少量。△～の意見／一點意見。② 一小撮。△～の敵／一小撮敵人。

ひとにはそうてみよ，うまにはのってみよ［人には添うてみよ，馬には乗ってみよ］(連語) 路遙知馬力，日久見人心。

ひとねいり［一寝入り］(名・自サ) ⇨ ひとねむり

ひとねむり［一眠り］(名・自サ) 睡一小覺，打個盹兒。→一睡

ひとのうわさもしちじゅうごにち［人の噂も七十五日］(連語) 謠言只是一陣風，傳説長不了。

ひとのくちにとはたてられぬ［人の口に戸は立てられぬ］(連語) 人口封不住，人嘴堵不住。

ひとのはなはあかい［人の花は赤い］(連語) 東西總是別人的好。

ひとのふりみてわがふりなおせ［人のふり見てわがふり直せ］(連語) 借鑒別人，改正自己。

ひとのふんどしですもうをとる［人のふんどしで相撲を取る］(連語) 借花獻佛，利用別人的東西為自己謀利。

ひとは［一葉］(名) ① 一片葉子，一葉。△桐～／一片桐葉。② 一隻小船。

ひとはいちだい，なはまつだい［人は一代，名は末代］(連語) 人生一代，名垂千古。

ひとはうじよりそだち［人は氏より育ち］(連語) 人貴教養，不在門第。

ひとばしら［人柱］(名) ① 日本古時作為祭品被活埋在建築物底下的人。② 獻身的人，犧牲者。

ひとはしり［一走り］(名) 跑一下。

ひとはぜんあくのともによる［人は善悪の友による］(連語) 近朱者赤，近墨者黑。

ひとはだ［人肌］(名) ① 人的肌膚。② 體溫。△酒を～にあたためる／把酒略燙一下。

ひとはたあげる［一旗揚げる］(連語) 興辦新事業，樹旗創業。

ひとはだぬぐ［一肌脱ぐ］(連語) 助一臂之力。

ひとはなさかせる［一花咲かせる］(連語) 榮耀一時。重新活躍。

ひとはひと，われはわれ［人は人，我は我］(連語) 我行我素。

ひとはみかけによらぬもの［人は見かけによらぬもの］(連語) 人不可貌相。

ひとばらい［人払い］(名・自サ) ① 屏退。② 喝道，靜街。

ひとばん［一晩］(名) ① 一晩上，一夜。② 某天晚上。

ひとびと［人人］(名) ① 許多人，人們。② 每個人。

ひとひねり［一捻り］(名) ① 輕而易舉。② 別出心裁。

ひとひら［一ひら］(名) 一張，一枚，一片。△～の雪／一片雪花。

ひとふで［一筆］(名) ① 一筆 (寫成)。② 略寫數語。△～書きそえる／略添幾筆。

ひとまえ［人前］(名) 人前，衆人面前。△～に出る／到衆人面前。△～なのでえんりょしておいた／因為是在衆人面前，所以很客氣。

ひとまかせ［人任せ］(名) 委託別人。△～にする／委託給別人。

ひとまく［一幕］(名) ① 〈劇〉一幕。② 一個場面。△なみだの～もあった／還流過一回淚。

ひとまず［一先ず］(副) 暫且，暫時。△～，家へ帰ろう／暫且回家吧。

ひとまちがお［人待ち顔］(名・形動) 好像在等人的樣子。

ひとまとめ［一まとめ］(名) 收攏一起，總括起來。

ひとまね［人まね］(名・自サ) ① 模仿別人。② (動物) 模仿人。

ひとまろ［人麿］〈人名〉⇨ かきのもとのひとまろ

ひとまわり［一回り］(名・自サ) ① 轉一圈。△時計の針が～する／錶針轉一圈。② 繞一周。△会場を～する／繞會場一周。③ (十二支) 一輪。△年が～ちがう／年齢差一輪。④ (物品大小相差) 一格，一層，一圈兒。△人物が～大きい／人高一格，才識過人。

ひとみ［瞳］(名) ① 瞳孔。② 眼睛。△つぶらな～／圓圓的眼睛。

ひとみごくう［人身御供］(名) ① 活人祭祀。② 犠牲者。

ひとみしり［人見知り］(名・自サ) 認生。→人おじ

ひとみをこらす［瞳を凝らす］(連語) 凝視。

ひとむかし［一昔］(名) 往昔，過去 (一般指十年前的事)。△もう～もまえの話だ／已經是過去的事了。

ひとむら［一むら］(名) 一叢，一簇。

ひとむれ［一群］(名) 一羣，一窩。

ひとめ［一目］(名) ① 看一眼。△～見る／看一眼。→一見，一瞥 ② 一眼望盡，一眼看穿。△～で見わたす／一望無際。

ひとめ［人目］(名) 世人眼光，衆目。△～をひく／引人注目。△～をさける／避人眼目。

ひとめあぶら［火止め油］(名) 精製煤油，保險石油。

ひとめぐり［一巡り］(名) ① 轉一周，巡迴一圈。② 一周年忌辰。

ひとめにあまる［人目に余る］(連語) 令人生厭，讓人看不慣。

ひとめにたつ［人目に立つ］(連語) 引人注目。

ひとめにつく［人目につく］(連語) 顯眼。

ひとめぼれ［一目ぼれ］(名) 一見鍾情。

ひとめをしのぶ［人目を忍ぶ］(連語) 避人眼目。

ひとめをぬすむ［人目を盗む］(連語) 偷偷地，背着人。

ひとめをはばかる［人目をはばかる］(連語) 不願見人。

ひともうけ［一儲け］(名・自サ) 賺一筆錢。

ひともじ［人文字］(名) 許多人排列成為文字圖案。

ひともしごろ［火ともしごろ］(名) 上燈時，黃昏時。

ひともなげ［人も無げ］(形動) 旁若無人。

ひとやくかう［一役買う］(連語) 主動承擔任務，主動幫忙。

ひとやすみ［一休み］(名) 休息片刻，歇一會兒。

ひとやま［一山］(名) ① 一座山。② 一堆。

ひとやま［人山］(名) 人山人海。△～をきずく／聚得人山人海。

ひとやまあてる［一山当てる］(連語) 碰運氣，投機走運發財。

ひとよ［一夜］(名) ① 一夜，一晚。② 某夜，某天晚上。

ひとよせ［人寄せ］(名・自サ) ① 招引人。② 為招引人而進行的開場白或演技。

ヒトラー［Adolf Hitler］〈人名〉希特勒 (1889-1945)。德國政治家，納粹首領。發動二次世界大戰，後戰敗自殺。

ヒドラジン［hydrazine］(名)〈化〉肼，聯氨。

ひとり［一人・独り］Ⅰ (名) ① 一個人。△～で散歩する／一個人散步。② 獨身，單身。△まだ，～でおります／我還是單身。Ⅱ (副) (後接否定) 僅僅，只是。△～わが校だけの問題ではない／不僅是我們校的問題。

ひどり［日取り］(名) 日期，定日期。△式の～をきめる／定儀式的日期。

ひとりあるき［一人歩き・独り歩き］(名・自サ) ①［一人歩き］獨步，單人行。②［独り歩き］自立，獨自生活。△むすこもやっと～できるようになった／兒子也終於能自食其力了。③ (小孩) 自己能走。

ひとりあんない［独り案内］(名) 自學讀本。

ひとりが［火取蛾］(名)〈動〉燈蛾，飛蛾。

ひとりがてん［独り合点］(名・自サ) 自以為懂。

ひとりぎめ［独り決め］(名・自サ) ① 獨斷。② 自己認定，自我確信。

ひとりぐち［一人口］(名) 獨自謀生。

ひとりぐらし［一人暮らし］(名) 單身生活。

ひとりごと［独り言］(名) 自言自語。

ひとりじめ［独り占め・一人占め］(名・他サ) 獨佔。△～にする／據為己有。→独占

ひとりずもう［一人相撲・独り相撲］(名) ① 一個人賣力氣，唱獨角戲。△～をとる／唱獨角戲。② 雙方實力相差懸殊，不能較量。△～におわる／輕易完成。

ひとりぜりふ［独り台詞］(名)〈劇〉獨白。

ひとりだち［独り立ち］(名・自サ) ① (小孩) 自己邁步。② 獨立生活，工作。

ひとりたび［一人旅］(名) 獨自旅行。

ひとりっこ［一人っ子］(名) 獨生子 (女)。

ひとりでに (副) 自然而然地，自動地。△～なおる／自然好了。△～ひらく／自動打開。

ひとりてんか［独り天下］(名) 一個人的天下，獨斷獨行。

ひとりのこらず［一人残らず］(副) 全部，一個人不剩地。

ひとりひとり［一人一人］(副) ① 每個人，各自。② 一個人一個人地。

ひとりぶたい［独り舞台・一人舞台］(名) ① 獨角戲。② 擅場。③ 獨斷獨行。

ひとりぼっち［一人ぼっち・独りぼっち］(名) 孤獨一人，無依無靠。△～になる／落得無依無靠。

ひとりむし［火取り虫］(名)〈動〉⇨ひとりが

ひとりもの［独り者］(名) 獨身。

ひとりよがり［独り善がり］(名・形動) 自以為是，獨善。△～な人／自以為是的人。→独善

ひとわたり［一わたり］(副) 一次，大略。△～目をとおしてみた／大略地瀏覽了一下。→ひととおり

ひとをくう［人を食う］(連語) 愚弄人。目中無人。

ひとをのろわばあなふたつ［人を呪わば穴二つ］(連語) 害人如害己。

ひとをみてほうをとけ［人を見て法を説け］(連語) 見甚麼人說甚麼話。

ひな［雛］Ⅰ (名) ① 雛雞 (鳥)。② (女孩玩具) 偶人。Ⅱ (接頭) 小 (巧)。

ひなうた［鄙歌］(名) 鄉間民謠。

ひなか［日中］(名) 白天，晝間。

ひなが［日長・日永］(名) 天長，晝長。△春の～／春天的晝長。↔ 夜長

ひながた［ひな型］(名) ① 雛型。→模型，ミニチュア ② (書寫的) 格式，款式。

ひなぎく［ひな菊］(名)〈植物〉雛菊。

ひなげし (名)〈植物〉麗春花，虞美人。

ひなし［日済し］(名) ① 按日還錢。② 按日還錢的貸款。

ひなた［日向］(名) 朝陽處，向陽地兒。△～にでる／到向陽地兒去。↔ 日陰

ひなたでほこりをたてる［日向でほこりを立てる］(連語) 沒事找事。

ひなたぼっこ (名) 曬太陽。

ひなだん［ひな壇］(名) ① (女兒節) 陳列偶人的台階。② (歌舞伎樂隊所坐的) 上下兩層的座位。③ (會場等的) 階梯式座位。

ひなどり［ひな鳥］(名) ⇨ひなⅠ ①

ひなにんぎょう［ひな人形］(名) (日本三月三日女兒節陳列用的) 偶人。

ひな・びる (自上一) 帶有鄉土氣。△～びた風情／鄉土風情。

ひなまつり［ひな祭り］(名) (日本三月三日的) 女兒節，偶人節。

ひならずして［日ならずして］(副) 不日，不久。

ひなわじゅう［火縄銃］（名）火繩槍。

ひなん［非難・批難］（名・他サ）非難，譴責。△～のまと／眾矢之的。△～をあびる／遭受譴責。

ひなん［避難］（名・自サ）避難。

びなん［美男］（名）美男子。→ハンサム ↔ 美女。

ひなんこう［非難港 POR］（名）〈經〉避難港，避風港。

ひにあぶらをそそぐ［火に油を注ぐ］（連語）火上澆油。

ビニール［vinyl］（名）乙烯基，乙烯樹脂。

ビニールハウス［vinyl house］（名）塑料棚，塑料房。

ひにく［皮肉］（名・形動）① 諷刺，挖苦。△しんらつな～／辛辣的諷刺。② 不如意，不湊巧。△遠足の日にふるとは，～な雨だ／在旅遊的日子下雨，可真是個時候。③ 皮肉，身體。

ひにくのたん［髀肉の嘆］（連語）髀肉復生之嘆（長期安逸，無所作為）。

ひにく・る［皮肉る］（他五）挖苦，奚落。

ひにち［日にち］（名）① 天數，日數。② 日子，日期。

ひにひに［日に日に］（副）日益，一天比一天。△～大きくなる／日益長大。

ひにょうき［泌尿器］（名）泌尿器。

ビニロン［vinylon］（名）維尼綸。

ひにん［否認］（名・他サ）否認。△犯行を～する／否認犯罪。↔ 是認

ひにん［避妊］（名・自サ）避孕。

ひにんじょう［非人情］（名・形動）① 冷酷，無情。△～な人／冷酷無情的人。→不人情 ② 超越人情。

ひねく・る（他五）① 玩弄，擺弄。② 辯解，講。△こむずかしい理屈を～／胡攪蠻纏，講歪理。

ひねく・れる（自下一）①（性格）乖僻，拗。②（形狀）彎曲，扭勁。

ひねつ［比熱］（名）〈理〉比熱。

びねつ［微熱］（名）微燒，低燒。△～がつづく／持續低燒。

ひねもす（副）〈文〉終日，整天。↔ よもすがら

ひねりだ・す［ひねり出す］（他五）① 絞盡腦汁。②（千方百計）籌款。

ひねりまわ・す［捻り回す］（他五）① 擺弄，玩弄。② 費盡心機，絞盡腦汁。

ひね・る（他五）① 擰，扭。△スイッチを～／擰開關。△にわとりを～／殺雞。② 扭轉。△足を～／擰腳。△首を～／不解，左思右想。③ 構思，動腦筋。△～った問題／獨出心裁的問題。△頭を～／動腦筋。④ 打敗，擊敗。△簡単に～／輕而易舉地擊敗。

ひのいり［日の入り］（名）日暮，黃昏。→日沒 ↔ 日の出

ひのうちどころがない［非の打ちどころがない］（連語）無可非議，無懈可擊。

ひのき（名）〈植物〉扁柏，絲柏。

ひのきぶたい［ひのき舞台］（名）① 扁柏木板（鋪成的）舞台。② 大顯身手的好場所。

ひのくるま［火の車］（名）①〈佛教〉火焰車。② 貧困，拮据。△わが家の家計は～だ／我們家家計拮据。

ひのけ［火の気］（名）火兒，火的熱乎氣。△～がない／沒有火的熱乎氣。→火気

ひのこ［火の粉］（名）火星。△～がまい上がる／火星飛舞。

ひのし［火熨斗］（名）火熨斗。

ひのしたかいさん［日の下開山］（名）天下無敵，舉世無雙。

ひのたま［火の玉］（名）① 火團，火球。② 燐火，鬼火。

ひのついたように［火のついたように］（連語）嬰兒突然大哭。

ひので［火の手］（名）① 火苗，火勢。② 氣勢，氣焰。

ひので［日の出］（名）日出。↔ 日の入り

ひのでのいきおい［日の出の勢い］（連語）旭日東升之勢，蒸蒸日上。

ひのないところにけむりはたたぬ［火のない所に煙は立たぬ］（連語）無風不起浪。

ひのばん［火の番］（名）望火哨，火災警戒（員）。

ひのべ［日延べ］（名・自サ）① 延長日期。② 延緩日期。

ひのまる［日の丸］（名）① 太陽形。② 日本國旗，太陽旗。

ひのみやぐら［火の見やぐら］（名）火警瞭望台。

ひのめをみる［日の目を見る］（連語）問世，重見天日。

ひのもと［火の元］（名）① 起火地點（原因）。② 有火處。

ひばい［肥培］（名）〈農〉施肥培育。

ひばいどうめい［非買同盟］（名）抑制購買同盟。

ひばいひん［非売品］（名）非賣品。

ひはく［飛白］（名）①〈書法〉飛白。② 碎白點花紋（的布）。

ひばく［被爆］（名・自サ）① 被炸。② 遭核爆炸和核輻射。

ひばく［飛瀑］（名）（古）飛瀑。

ひばくしょうがい［被爆障害］（名）輻射傷害。

ひばし［火ばし］（名）火筷子。

ひばしら［火柱］（名）火柱，柱狀火焰。△～が上がる／火柱升騰。

ひはだ［美肌］（名）美膚，使皮膚美麗。

ひばち［火鉢］（名）火盆。△～にあたる／（挨近火盆）烤火。

ひばな［火花］（名）火花，火星。△～が散る／迸火星。

ひばなをちらす［火花を散らす］（連語）火花四濺，激戰，激烈爭論。

ひばら［脾腹］（名）側腹。

ひばり（名）〈動〉雲雀。

ビバルディ［Antonio Vivaldi］〈人名〉維伐爾地

（約 1678-1741）。意大利作曲家，小提琴家。

ひはん［批判］（名・他サ）① 批判。② 批評。△〜を受ける／受批判。受批評。

ひばん［非番］（名）不值班，歇班。△〜の日／歇班日。

ひはんてき［批判的］（形動）批判的。△〜な態度／批判的態度。

ひひ（名）〈動〉狒狒。

ひび［日日］（名）天天，每天。△〜精進する／日日潔身慎行。△〜の暮らし／每天的生活。

ひび（名）皸裂。△〜がきれる／皸裂。→あかぎれ

ひび（名）（陶器，玻璃等的）裂璺，裂口。

ひび［微微］（連體）微微，甚少。△もうけは〜たるものだ／進財甚微。

ひびがはいる［ひびが入る］（連語）① 裂璺，裂口。② （親密關係）發生裂痕。③ （身體）受損傷。

ひびき［響き］（名）① 響，音響。△海鳴りの〜／海鳴之聲。② 回音，回響。△このホールは，音の〜がいい／這個大廳回音好。→反響 ③ 影響。④ 振響。⑤ （對聲音的）感受。△耳に〜のいいことば／順耳之言。

ひびきわた・る［響き渡る］（自五）響徹，響遍。

ひび・く［響く］（自五）① 響。△音が〜／聲響。② 回響，響徹。△音がてんじょうに〜／聲音響徹天空。③ 影響。△からだに〜／影響身體。△生活に〜／影響生活。④ 揚名，聞名。

用法提示 ▼
中文和日文的分別
和中文的意思不同，日文只能表示擴展到較大範圍的聲響。常見搭配：聲音，場所等。
1. 声（こえ）、歌声（うたごえ）、ハーモニー、こだま、足音（あしおと）、汽笛（きてき）、銃声（じゅうせい）が響く
2. ホール、ドーム、隣（となり）の部屋（へや）、階下（かいか）、町（まち）、草原（そうげん）に響く

ビビッド［vivid］（形動）生動，栩栩如生。

ひひょう［批評］（名・他サ）評價，評論。→評論

ひびわ・れる［ひび割れる］（自下一）裂璺。

びひん［備品］（名）備品。

ひふ［皮膚］（名）皮膚。

ひぶ［日歩］（名）（原一百日圓的）日息，日利。

びふう［美風］（名）美風，良好風氣。↔ 悪風

びふう［微風］（名）微風。→そよ風

ひふく［被覆］（名・他サ）被覆，覆蓋。

ひふく［被服］（名）被服，衣着。△〜の手入れ／準備衣装。

ひぶくれ［火ぶくれ］（名・自サ）燒腫，燙腫。

ひぶたをきる［火蓋を切る］（連語）開賽。開戰。

ひぶつ［秘仏］（名）秘藏的佛像。

ビフテキ［法 bifteck］（名）牛排。

ヒプノティズム［hypnotism］（名）催眠術。

ビブラート［意 vibrato］（名）〈樂〉顫音。

ひふん［悲憤］（名・自サ）悲憤。△〜のなみだ／悲憤的眼淚。

ひぶん［碑文］（名）碑文。

びぶん［美文］（名）詞藻華麗的文章。

びぶん［微分］（名・他サ）〈數〉微分。

ひふんこうがい［悲憤慷慨］（名・他サ）悲憤激昂。

ひへい［疲弊］（名・自サ）① 疲憊，疲乏。② （經濟）疲弊，蕭條。

ビヘイビアー［behavior］（名）行為，行動。

ビヘイビアリズム［beghaviorism］（名）行動主義。

ピペット［pipette］（名）〈化〉吸量管，移液管。

ピペラジン［piperazine］（名）〈藥〉驅蛔靈。

ひほう［飛報］（名）急電，緊急通知。

ひほう［秘方］（名）〈中藥〉秘方。

ひほう［秘宝］（名）秘寶，珍寶。

ひほう［秘法］（名）秘法，秘訣。

ひほう［悲報］（名）悲痛的消息，訃聞。△〜がとどく／傳來悲痛的消息。→凶報 ↔ 朗報，吉報

ひぼう［誹謗］（名・他サ）誹謗。

ひぼう［非望］（名）非分的願望，奢望。

びほう［び縫］（名）彌縫，補救。

びぼう［美貌］（名）美貌。

びぼうろく［備忘録］（名）備忘錄。

ひぼかんのん［悲母観音］（名）大慈大悲觀音菩薩。

ヒポコンデリー［荷 Hypochondrie］（名）〈醫〉疑病症。

ひぼし［火干し］（名）烤乾。

ひぼし［日ぼし］（名）曬乾。↔ かげ干し

ひぼし［干ぼし］（名）餓瘦。△〜になる／餓瘦。

ひほん［秘本］（名）① 珍藏的書，秘本。② 秘書，淫書。

ひぼん［非凡］（名・形動）非凡，卓越。△〜な才能／非凡的才能。

ひま［暇］Ⅰ（名）① 空暇，閑工夫。△〜がない／沒空。△〜をおしむ／珍惜空閑時間。② 時間。△残念だがもう〜がない／很遺憾，再沒有時間了。③ 休假。△〜をもらう／請假。Ⅱ（形動）空閑。△〜な一日／空閑的一天。

ひま［蓖麻］（名）〈植物〉蓖麻。

ひまく［皮膜］（名）① 皮膚和黏膜。② 皮膜。③ 微妙差別。

ひまご［ひ孫］（名）曾孫。

ひましに［日増しに］（副）日益，逐日。△〜暑くなる／日益炎熱。

ひまじん［暇人］（名）閑人，閑手。

ひまつ［飛沫］（名）飛沫。→しぶき

ひまつぶし［暇つぶし］（名）① 消磨時間，打發時間。△〜に本を読む／靠看書來打發時間。② 浪費時間。

ひまど・る［暇取る］（自五）費時間，耽誤時間。

ヒマラヤ［Himalayas］（名）喜馬拉雅山脈。

ヒマラヤすぎ［ヒマラヤ杉］（名）〈植物〉喜馬拉雅杉樹，雪松。

ひまわり (名)〈植物〉向日葵，葵花。

ひまをだす [暇を出す](連語) ① 給假。② 解僱。③ 離婚，休妻。

ひまをつぶす [暇をつぶす](連語) 消磨時間，消遣。

ひまをとる [暇を取る](連語) 請假。

ひまをぬすむ [暇を盗む](連語) 擠時間，偷空。

ひまん [肥満](名・自サ) 肥胖。

びまん [瀰漫](名・自サ) 瀰漫，充滿。△厭戦気分が～する/充滿厭戰情緒。

びみ [美味](名・形動) 美味。△これは～だ/美味極了。

ひみず [火水](名) ① 水火。△～をもいとわない/不辭赴湯蹈火。② 水火不相容。

ひみつ [秘密](名・形動) 秘密，機密。△～がもれる/走漏機密。△～をあかす/揭開秘密。△公然の～/公開的秘密。

ひみつけっしゃ [秘密結社](名) 秘密結社。

ひみつたんてい [秘密探偵](名) 密探。

びみょう [美妙](形動) 美妙。

びみょう [微妙](形動) △～な言いかた/微妙的說法。△～な段階/微妙階段。

ひむろ [氷室](名) 冰窖，冰窨。

ひめ [姫] Ⅰ (名) ① 姑娘，小姐。② 名媛，閨秀。Ⅱ (接頭) 小巧，可愛。

ひめい [非命](名) 非命。

ひめい [碑銘](名) 碑文，碑銘。

ひめい [悲鳴](名) ① 慘叫，驚叫。② 叫苦。△～をあげる/叫苦。驚叫，喊叫。

びめい [美名](名) 美名。△～にかくれて，悪事をはたらく/在美名的掩護下做壞事。

ひめがき [姫垣](名) 矮籬笆，矮垣牆。

ひめくり [日めくり](名) 日曆，月份牌。

ひめごと [秘め事](名) 秘事，秘聞。

ひめまつ [姫松](名) 小松樹，矮松。

ひめゆり [姫ゆり](名)〈植物〉山丹。

ひ・める [秘める](他下一) 隱藏，埋藏。△胸に～/埋在心裏。△～秘する，包夾mysmikh。

ひめん [罷免](名・他サ) 罷免，免職。△裁判官を～する/罷免法官。→免職

ひめんけん [罷免権](名) 罷免權。

ひも [紐](名) ① 帶，細繩。△～をかける/紮上細繩。△～でしばる/緊上細繩。② 條件。③ (靠女人生活的) 情夫。

ひもく [費目](名) 經費項目。

ひもく [眉目](名) 眉目，容貌。

ひもじ・い (形) 餓，餓得慌。

ひもじいときにまずいものなし [ひもじい時にまずい物なし](連語) 飢不擇食。

ひもち [日もち](名・自サ) 保存時日，耐鮮度。△～がいい/耐鮮度好。

ひもち [火持ち](名) 耐燒，抗燒。

ひもつき [ひも付き](名) ① 有帶兒。② 附加條件。③ 有情夫 (的女人)。

ひもつきえんじょ [ひもつき援助](名) 有條件的援助。

ひもと [火元](名) ① 有火處。② 起火處，火主。③ 起因，導火線。

ひもと・く Ⅰ (自五)(花) 開放。Ⅱ (他五) 閱讀，翻閱。△書を～/讀書。→読書する

ひもの [干物](名) 曬乾的魚，貝類。

ひや [冷や](名) 涼 (酒，水)。△お～をください/給我一杯涼水。△～で飲む/(酒) 涼喝。

ひや [火矢](名) 火箭，火矢。

ひやあせ [冷や汗](名) 冷汗。△～をかく/冒冷汗。

ひやか・す [冷やかす](他五) ① 冷卻，冰鎮。② 嘲笑，奚落。△そう～なよ/不要嘲笑人家嘛。③ (逛商店) 只問價不買。△夜店を～してあるく/逛夜間商店。

ひゃく [百](名) ① 百，一百。② 許多。

ひやく [秘薬](名) ① 秘方。② 妙藥，媚藥。

ひやく [飛躍](名・自サ) ① 跳躍。② 飛躍，躍進。③ 活躍。④ 跳躍，不連貫。△話が～する/說話東一頭西一頭。

びゃくえ [白衣](名) 白衣。

ひゃくがい [百害](名) 百害。

ひゃくがいあっていちりなし [百害あって一利なし](連語) 有百害而無一利。

ひゃくげいはいちげいのくわしきにしかず [百芸は一芸の精しきに如かず](連語) 通百藝不如精一藝。

ひゃくじ [百事](名) 百事，諸事。

ひゃくしゃくかんとう [百尺竿頭](名) 百尺竿頭。

ひゃくじゅう [百獣](名) 百獸。

ひゃくしゅつ [百出](名・自サ) 百出。△議論が～する/議論紛紜。

ひゃくしょう [百姓](名) 百姓，農民。

ひゃくしょういっき [百姓一揆](名)〈史〉(江戸時代) 農民起義。

ひゃくしょうよみ [百姓読み](名) 唸白字。

ひゃくせつふとう [百折不撓](名) 百折不撓。

ひゃくせん [百千](名) 千百，極多。

ひゃくせんひゃくしょう [百戦百勝](名) 百戰百勝。

ひゃくたい [百態](名) 千姿百態，各種姿態。

ひゃくだい [百代](名) ① 第一百代。② 百代，年年代代。

びゃくだん [白檀](名)〈植物〉白檀，檀香木。

ひゃくにちぜき [百日咳](名)〈醫〉百日咳。

ひゃくにちそう [百日草](名)〈植物〉百日草。

ひゃくにんいっしゅ [百人一首](名) ⇨おぐらひゃくにんいっしゅ

ひゃくにんりき [百人力](名) ① 百人之力。② 心中有依仗，壯膽。

ひゃくねん [百年](名) ① 一百年，一百歲。② 長年，長遠。

ひゃくねんかせいをまつ [百年河清を待つ](連語) 百年俟河清。

ひゃくねんさい [百年祭](名) 百年祭，一百周年紀念。

ひゃくねんのけい [百年の計](連語) 百年之

計。

ひゃくねんのふさく［百年の不作］(連語) 遺恨終身的憾事。

ひゃくパーセント［百パーセント］(名)① 百分之百。② 完全，頂好。

ひゃくはちじゅうど［百八十度］(名) 一百八十度，徹底。

ひゃくはちぼんのう［百八煩悩］(名)〈佛教〉一百零八種煩惱。

ひゃくぶんはいっけんにしかず［百聞は一見に如かず］(連語) 百聞不如一見。

ひゃくぶんひ［百分比］(名) ⇨パーセンテージ

ひゃくぶんりつ［百分率］(名) ⇨パーセンテージ

ひゃくまん［百万］(名)① 百萬。② 極多。

ひゃくまんだら［百万陀羅］(名) 碎嘴子，嘮叨。

ひゃくまんちょうじゃ［百万長者］(名) 百萬富翁。

ひゃくみだんす［百味箪笥］(名) 中藥櫃。

ひゃくめんそう［百面相］(名) 各種表情，多種臉譜。

ひゃくもしょうち［百も承知］(連語) 十分清楚，都知道。

びゃくや［白夜］(名) ⇨はくや

ひゃくやくのちょう［百薬の長］(連語) 百薬之長。

ひゃくようばこ［百葉箱］(名) 百葉箱。

ひゃくようをしっていちようをしらず［百様を知って一様を知らず］(連語) 樣樣通樣樣鬆，識博而不精。

ひゃくりをゆくものはきゅうじゅうりをなかばとす［百里を行く者は九十里を半ばとす］(連語) 行百里者半九十。

びゃくれん［白蓮］(名)① 白蓮。②(喩) 一塵不染。

ひやけ［日焼け］(名・自サ)① 曬黑。② 曬乾。△このへやのたたみは～している／這個房間的座墊曬乾了。

ひやざけ［冷酒］(名) 冷酒，涼酒。

ヒヤシンス［hyacinth］(名)〈植物〉風信子。

ひや・す［冷やす］(他五)① 冰鎮。△ビールを～／冰鎮啤酒。② 使…鎮靜。△頭を～／使頭腦冷靜下來。冷敷。

ビヤだる［ビヤ樽］(名) 啤酒桶。

ひゃっかじてん［百科事典］(名) 百科辭典。

ひゃっかてん［百貨店］(名) 百貨商店。

ひゃっかりょうらん［百花繚乱］(名) 百花繚亂。

ひゃっきやぎょう［百鬼夜行］(名)① 百鬼夜行。② 羣魔亂舞。

ひゃっぱつひゃくちゅう［百発百中］(名)① 百發百中，彈無虛發。②(預見，計劃) 準確無誤。

ひやひや［冷や冷や］(副・自サ)① 涼颼颼的，發涼。② 擔心，提心吊膽。△逆転されそうに

なって～した／就要逆轉，讓人擔心。

ビヤホール［beer hall］(名) 啤酒館。

ひやみず［冷や水］(名) 冷水，涼水。△年寄りの～／不服老，幹些不幹亦可的事。

ひやむぎ［冷や麦］(名) 冷麵，過水麵。

ひやめし［冷や飯］(名) 冷飯，涼飯。

ひやめしからゆげがたつ［冷や飯から湯気が立つ］(連語) 根本不可能。

ひやめしをくう［冷や飯を食う］(連語) 遭受冷遇。

ひややか［冷ややか］(形動)① 冷，涼。② 冷淡，冷冰冰。△～な態度／冷淡的態度。△～な目／冷眼。③ 冷靜。

ひややっこ［冷ややっこ］(名) 涼拌豆腐。

ヒヤリングエイド［hearing aid］(名) 助聽器。

ひゆ［比喩・譬喩］(名) 比喩。

ビューゲル［德 Bügel］(名)(電車的) 集電環。

びゅうけん［謬見］(名) 謬見，錯誤意見。

ヒューズ［fuse］(名)〈電〉保險絲。△～がきれる／保險絲燒斷。

びゅうせつ［謬説］(名) 謬論。

ビューティー［beauty］(名)① 美人。② 美容。

ビューティー［society beauty］(名) 交際花。

ビューティーコーナー［beauty corner］(名) 化妝品專櫃。

ビューティーコンテスト［beauty contest］(名) 選美比賽。

ビューティフル［beautiful］(ダナ) 美麗的，漂亮的。

ビューデント［viewdent］(名) 電視生，通過電視學習的人。

ビューポイント［viewpoint］(名) 觀點。

ピューマ［puma］(名)〈動〉美洲獅。

ヒューマニスト［humanist］(名) 人道主義者。

ヒューマニズム［humanism］(名)① 人文主義。② 人道主義。

ヒューマニティー［humanity］(名) 人性，人道。

ヒューマンアセスメント［human assessment］(名) 能力測定。

ヒューマンタッチ［human touch］(名) 人情味。

ヒューマンファクター［human factor］(名) 人為因素。

ヒューマンライト［human rights］(名) 人權。

ヒューマンリレーション［human relation］(名) 人際關係。

ヒュームかん［ヒューム管］(名)〈建〉休謨管，混凝土管。

ピューリタニズム［Puritanism］(名) 清教主義，清教徒式的生活。

ピューリタン［Puritan］(名) 清教徒。

ビューロー［bureau］(名) 辦公桌。

ビューロクラシー［bureaucracy］(名) 官僚政治，官僚主義。

ヒュッテ［德 Hutte］(名)(登山者用的) 山間小屋，臨時宿營地。

ビュッフェ［法 buffet］(名)(列車或火車站內無座位的) 餐室，簡易食堂。

ピュリッツァーしょう［ピュリッツァー賞］（名）普利策獎。

ビュレット［burette］（名）〈化〉滴定管，量管。

ひょいと（副）① 突然，忽然。② 無意中。③（動作）輕輕地，輕鬆地。

ひょう［表］（名）表，表格。△～にする／列表。

ひょう［票］（名）票，選票。△～をいれる／投票。△～をよむ／唱票。

ひょう［評］（名）評，評論。

ひょう［豹］（名）〈動〉豹。

ひょう［雹］（名）〈氣象〉雹。

ひよう［飛揚］（名・自サ）飛揚。

ひよう［費用］（名）費用，開銷。

びょう［鋲］（名）① 圖釘。② 鞋釘。③ 鉚釘。

びょう［廟］（名）廟，祠堂。

びよう［美容］（名）① 美貌。② 美容。

ひょういつ［飄逸］（形動）飄逸，灑脱。

ひょういもじ［表意文字］（名）表意文字。↔ 表音文字，音標文字

びょういん［病院］（名）病院，醫院。

びょういん［病因］（名）病因。

びよういん［美容院］（名）美容院。

びょうえい［苗裔］（名）後裔。

ひょうおんもじ［表音文字］（名）表音文字。→音標文字 ↔ 表意文字

ひょうか［評価］（名・他サ）① 估價，定價。△～が高い／定價高。② 估計，估量。△財産を～する／估計財産。③ 評價。△人を～する／評價人。

ひょうが［氷河］（名）冰川，冰河。

ひょうかい［氷海］（名）冰海。

ひょうかい［氷塊］（名）冰塊。

ひょうかい［氷解］（名・自サ）（疑問，誤會等）冰解，冰釋。△長年の疑念が～した／多年的疑團消除了。

ひょうがい［病害］（名）〈農〉病害。

ひょうがじだい［氷河時代］（名）冰河時代。

ひょうかん［剽悍］（形動）剽悍。

ひょうき［氷期］（名）〈地〉冰期。

ひょうき［表記］（名・他サ）① 表記，記載。② 表面記載，標記。

ひょうき［標記］（名・他サ）① 標誌，記號。② 標題。

ひょうぎ［評議］（名・他サ）評議，討論。

びょうき［病気］（名・自サ）① 病，疾病。△～をなおす／治病。△～になる／得病。△おもい～／重病。→やまい，疾患，疾病 ↔ 健康 ② 毛病，缺點。

ひょうきん（形動）① 輕佻。△～なしぐさ／輕佻的姿態。② 快活，滑稽。

びょうきん［病菌］（名）病菌。

ひょうぐ［表具］（名）裱褙，裱糊。

びょうく［病苦］（名）病苦。△～にたえる／耐受病痛。

びょうく［病躯］（名）病軀，病身。

ひょうけい［表敬］（名）表敬。

ひょうけつ［氷穴］（名）冰穴。

ひょうけつ［氷結］（名・自サ）結冰，結凍。→凍結

ひょうけつ［表決］（名・他サ）表決。

ひょうけつ［票決］（名・他サ）投票表決。

ひょうけつ［評決］（名・他サ）討論決定。

びょうけつ［病欠］（名・自サ）病缺。

ひょうげん［氷原］（名）冰原。

ひょうげん［表現］（名・他サ）表現，表達。△たくみな～／巧妙的表達。

ひょうげん［評言］（名）評語。

びょうげんきん［病原菌］（名）病原菌。

びょうげんたい［病原体］（名）病原體。

ひょうご［評語］（名）① 評語，評論。② （成績的）評語。

ひょうご［標語］（名）標語。△交通安全の～／交通安全的標語。→スローガン，モットー

びょうご［病後］（名）病後。△～の身／病後之身。

ひょうこう［標高］（名）⇨かいばつ

びょうこん［病根］（名）① 病根，病因。△～をたつ／鏟除病根。② 惡習。

ひょうさ［錨鎖］（名）錨鏈。

ひょうさつ［表札・標札］（名）門牌，名牌。

ひょうざん［氷山］（名）冰山。

ひょうざんのいっかく［氷山の一角］（連語）冰山的一角。整體中的一小部分。

ひょうし［拍子］（名）①（打）拍子。△～をとる／打拍子。②〈樂〉拍，節拍。③（用 "…の拍子に" 的形式）剛一…的時候，一刹那。△ころんだ～にわすれてしまった／摔倒了就忘了。

ひょうし［表紙］（名）封面，封皮。△～をめくる／掀開封皮。

ひょうじ［表示］（名・他サ）① 表示，顯示。②（用圖表）表示。

ひょうじ［標示］（名・他サ）標示，標出。

びょうし［病死］（名・自サ）病死。→病没

ひょうしき［標識］（名）標誌，標識。

ひょうしぎ［拍子木］（名）梆子。

びょうしき［病識］（名）病感。

ひょうしつ［氷室］（名）⇨ひむろ

びょうしつ［病室］（名）病房，病室。

ひょうしぬけ［拍子抜け］（名・自サ）掃興，泄氣。

ひょうしゃ［評者］（名）批評者，評論者。

びょうしゃ［描写］（名・他サ）描寫，描繪。△風景を～する／描寫風景。

びょうしゃ［病舎］（名）病房，醫院樓。

びょうじゃく［病弱］（名・形動）病弱。△～な人／病弱的人。

ひょうしゅつ［表出］（名・他サ）表露出。

ひょうじゅん［標準］（名）基準，標準。△判斷の～／判斷的基準。△～からはずれる／偏離標準。△～に達する／達到標準。

ひょうじゅんご［標準語］（名）標準語，普通話。→共通語 ↔ 方言

ひょうじゅんじ［標準時］（名）標準時。

ひょうしょう［表象］（名・他サ）①〈心〉表象。② 象徵。

ひょうしょう［表彰］(名・他サ)表彰，表揚。

ひょうじょう［氷上］(名)冰上。

ひょうじょう［表情］(名)表情。△～がくもる／表情陰鬱。△～をかえない／面不改色。△～たっぷりに歌う／感情飽滿地唱。

ひょうじょう［評定］(名・他サ)評定，議定。

びょうしょう［病床］(名)病牀，病榻。△～にふす／臥病在牀。

びょうじょう［病状］(名)病情。△～が悪化する／病情惡化。→病勢，症状，容態

ひょうしょうじょう［表彰状］(名)奬狀。

びょうしん［秒針］(名)秒針。

びょうしん［病身］(名)病身。→病軀

ひょうすう［票数］(名)票數。

ひょう・する［表する］(他サ)表示。△敬意を～／表示敬意。

ひょう・する［評する］(他サ)評論，評價。△人物を～／評價人物。

びょうせい［病勢］(名)病勢，病情。△～がすすむ／病勢加重。

ひょうせつ［氷雪］(名)冰雪。

ひょうせつ［剽窃］(名・他サ)剽竊。→盗作

ひょうぜん［飄然］(副・連體)飄然，飄乎不定。△～とあらわれる／飄然出現。

ひょうそう［表層］(名)表層。

ひょうそう［表装］(名・他サ)裱，裱褙。

ひょうそう［瘭疽］(名)〈醫〉瘭疽，甲溝炎。

ひょうそう［氷層］(名)冰層。

びょうそう［病巣］(名)病竈。△～を摘出する／摘除病竈。

ひょうそく［平仄］(名)平仄。

びょうそく［秒速］(名)秒速。△～ 30 メートル／秒速 30 米。每秒 30 米。

ひょうだい［表題・標題］(名)標題，題目。

びょうたい［病体］(名)病體，病身。

びょうたい［病態］(名)① 病情，病況。② 病態，病情經過。

ひょうたん(名)①〈植物〉葫蘆。② 瓢。

ひょうだん［評壇］(名)評論界。

ひょうたんあいいれず［氷炭相容れず］(連語)冰炭（水火）不相容。

ひょうたんからこま［ひょうたんから駒］(連語)笑談成真實。事出意外。

ひょうたんなまず［瓢簞鯰］(名)無法捉摸。不得要領。

ひょうちゃく［漂着］(名・自サ)漂至，漂到（岸上）。

びょうちゅうがい［病虫害］(名)〈農〉病蟲害。

ひょうちょう［漂鳥］(名)〈動〉漂鳥。

ひょうちょう［表徴］(名)① 表徵。② 象徵。

ひょうてい［評定］(名・他サ)評定。

ひょうてき［標的］(名)標的，標靶。→的

びょうてき［病的］(形動)病態。△～な心理／病態心理。

ひょうてん［氷点］(名)冰點，（攝氏）零度。

ひょうてん［評点］(名)① 評語和批點。② 評分。

ひょうてんか［氷点下］(名)冰點以下，（攝氏）零度以下。△～にさがる／降至冰點下。→零下

ひょうど［表土］(名)表土。

びょうとう［病棟］(名)病房樓，住院樓。

びょうどう［平等］(名・形動)平等。△～にあつかう／平等對待。△～の権利／平等權利。

びょうどく［病毒］(名)病毒。

びょうなん［病難］(名)病災，病難。

びょうにん［病人］(名)病人，患者。△～につきそう／護理病人。→患者

ひょうのう［氷嚢］(名)冰嚢，冰囊。

ひょうはく［漂白］(名・他サ)漂白。△ふきんを～する／漂白抹布。→さらす

ひょうはく［表白］(名・他サ)〈文〉表白，表述。

ひょうはく［漂泊］(名・自サ)① 漂泊，流浪。△～の人生／漂泊的人生。② 漂流。

ひょうばん［評判］(名・他サ)① 評價，名聲。△～がいい／評價好。② 出名，有名望。△～になる／有名。③ 傳聞，輿論。

ひょうひ［表皮］(名)〈植物〉表皮。

ひょうひょう［飄飄］(副・連體)① 飄飄，飄動。② 飄逸，悠然。△～とした人物／悠然自得的人。△～たる態度／超然的態度。

びょうぶ［屏風］(名)屏風。

びょうぶだおし［屏風倒し］(名)仰面跌倒。

びょうへい［病弊］(名)弊病。

びょうへき［病癖］(名)怪癖。

ひょうへん［豹変］(名・自サ)豹變，突變。△君子～す／君子豹變。

びょうへん［病変］(名)病變。

ひょうほう［兵法］(名)⇨へいほう

ひょうぼう［標榜］(名・他サ)標榜。

びょうぼう［渺茫］(形動)浩瀚，遼闊。

びょうぼつ［病没］(名・自サ)病沒，病死。

ひょうほん［標本］(名)標本。△～をつくる／製標本。

びょうま［病魔］(名)病魔。△～におかされる／病魔纏身。

ひょうめい［表明］(名・他サ)表明。

びょうめい［病名］(名)病名。

ひょうめん［表面］(名)① 表面。△～にたつ／公開，特意給人看。② 表面，外表。

ひょうめんか［表面化］(名・自サ)表面化。△問題が～する／問題表面化。

ひょうめんせき［表面積］(名)表面積。

ひょうめんちょうりょく［表面張力］(名)〈理〉表面張力。

ひょうもく［標目］(名)① 目錄，目次。② 目標。

ひょうよみ［票読み］(名)① 估計得票數。② 唱票。

びょうよみ［秒読み］(名)讀秒。△～の段階／讀秒階段，最後階段。

ひょうり［表裏］(名)表裏，表面和背後。

ひょうりいったい［表裏一体］(連語)表裏如一。→車の両輪

びょうりかいぼう［病理解剖］(名)病理解剖。

びょうりがく［病理学］(名)病理學。

ひょうりゅう［漂流］(名・自サ) 漂流。

びょうれき［病歴］(名) 病歴。

ひょうろうぜめ［兵糧攻め］(名) 斷敵糧道。

ひょうろん［評論］(名・他サ) 評論。

ひよく［肥沃］(形動) 肥沃。△～な平野／肥沃
的平原。

ひよく［比翼］(名) ① 比翼。②〈服〉(衣服的
底襟、袖口等做成) 雙層。

びよく［尾翼］(名)〈飛機〉尾翼。

ひよけ［日除け］(名) 遮陽，遮簾。

ひよけ［火除け］(名) 防火，防火装置。

ひよこ［雛］(名) ① 雛鳥，雛雞。② 雛兒，黃口小兒。

ひょっと (副) ⇨ ひょいと

ひょっとこ (名) ① (一隻眼小而嘴尖的) 滑稽假
面具。② 醜八怪。

ひょっとしたら (副) ⇨ ひょっとすると

ひょっとして (副) ⇨ ひょっとすると

ひょっとすると (副) 或許，説不定。△～来る
かもしれない／或許來。

ひよどり (名)〈動〉栗耳短腳雞。

ひより［日和］(名) ① 天氣 (情況)。② 晴天，
好天氣。③ (事物的) 形勢，趨勢。

ひよりみ［日和見］(名) ① 天氣預測。② 觀望
形勢。

ひよりみしゅぎ［日和見主義］(名) 觀望主義，
機會主義。

ひょろつ・く (自五) 步履蹣跚。

ひょろなが・い［ひょろ長い］(形) 瘦長，細
長。△～脚／細長的腿。

ひょろひょろ (副・自サ) ① 搖搖晃晃。② 細
長，細高。△～とした木／細高的樹。

ひよわ［ひ弱］(形動) 軟弱，虛弱。△～な子ど
も／虛弱小孩。

ひよわ・い［ひ弱い］(形) 纖弱，軟弱。

ぴょんぴょん (副) 一跳一跳地。

ピョンヤン［Pyongyang］(名) 平壤。

ひら［平］(名) ① 平，扁平 (物)。② 普通，一
般。

びら (名) 傳單，廣告。△～をはる／張貼廣告。
△～を配る／散傳單。

ひらあやまり［平謝り］(名) 賠禮道歉。△～
にあやまる／一個勁兒地賠禮道歉。

ひらい［飛来］(名・自サ) 飛來。

ひらいしん［避雷針］(名) 避雷針。

ひらおし［平押し］(名) 一個勁兒地推。

ひらおよぎ［平泳ぎ］(名) 蛙泳。

ひらおり［平織り］(名) 平織，平紋織布。

ひらがな［平仮名］(名) 平假名。

ひらき［開き］(名) ① 距離，差距。△～が大
きい／差距大。△実力の～は相当のものだ／
實力相差懸殊。② (剖開魚腹取出內臟的) 乾
魚。△さんまの～／秋刀魚乾兒。③ 開，門戶。
④ 結束，散會。

びらき［開き］(接尾) ① 開始。② 開。③ 開放。

ひらきど［開き戸］(名) 活頁門。

ひらきなお・る［開き直る］(自五) ① 突然正
顏厲色。② 改變場所重新開始。

ひら・く［開く］Ⅰ (自五) ① 開。△戸が～／
門開了。△窓が～／窗戶開了。↔ とじる，し
まる ② 開花。△花が～／花開。② 拉開，加
大。差が～／拉開差距。↔ つまる ④ 敞開，
開放。△先が～いた形／前頭呈扇形。↔ せば
まる Ⅱ (他五) ① 打開，開。△門を～／開門。
△目を～／睜開眼。↔ とじる，しめる ② 召
開，開始。△会を～／開會。③ 開拓，開發。
△新生面を～／開拓新局面。④〈數〉開方。
⑤ 開導。

ひら・ける［開ける］(自下一) ① 開化，進步。
△世のなかが～／世道開化。② 開明，開通。
△彼はなかなか～けた人だ／他可真是位開明
人士。③ 開闊，寬敞。△きりがはれて視界が～
けた／霧散後，視野開闊了。④ 轉運，走運。
△運が～／轉運。

ひらぞこ［平底］(名) 平底。

ひらた・い［平たい］(形) ① 平，扁平。△～
さら／平碟。② 顏／扁平臉。→たいら ② 淺
顯易懂。△～ことば／淺顯易懂的詞句。△～
く言う／簡單地説。

ひらち［平地］(名) 平地。

ひらて［平手］(名) ① 手掌。↔ こぶし ② (日
本將棋) (不讓子) 平下。

ひらなべ［平鍋］(名) 平底鍋。

ひらに［平に］(副) 務必，懇請。△～ご容赦く
ださい／懇請寬恕。

ピラニア［piranha］(名)〈動〉食人魚。

ひらひら (副) 飄飄，翩翩。

ピラフ［法 pilaf］(名) 肉飯，雜燴飯。

ひらまく［平幕］(名) (相撲) 橫綱和頭三個等
級力士以外的力士。

ピラミッド［pyramid］(名) 金字塔。

ひらめ［平目］(名)〈動〉比目魚，牙鮃。

ひらめか・す［閃かす］(他五) ① 使…閃閃發
光。△ナイフを～／使刀子閃亮。② 顯示，誇
示。

ひらめき［閃き］(名) ① 閃光，閃耀。② 閃爍，
閃現。△天才の～／天才的閃現。

ひらめ・く［閃く］(自五) ① 閃耀，閃動。△白
刃が～／白刃閃耀。② 飄動，飄揚。② 閃現，閃念。
△名案が～／忽然想出妙計。

ひらや［平屋・平家］(名) 平房。

ひらやね［平屋根］(名) 平屋頂。

ひらり (副) 輕巧地，敏捷地。△～と体をかわ
す／敏捷地一閃身。

ビリ［billi］(名) 忽，毫微 (10^{-9})。

びり (名)〈俗〉末尾，倒數第一。

ビリー［billy］(名) ① 棍，棒。② 警棍。

ピリオド［period］(名) 歐美文的句號。"・"。
→句点

ピリオドをうつ［ピリオドを打つ］(連語) 打
上句號。到此為止。

ビリオネア［billionaire］(名) 億萬富翁。

ビリオン［billion］(名) (美、法) 10 億，(英、德)
1 兆。

ひりき［非力］(名・形動) 沒有力量，乏力。

△～な選手／沒有實力的選手。

ビリケン［Billiken］（名）〈美國〉福神。

ピリジン［pyridine］（名）〈化〉吡啶。

ひりつ［比率］（名）比率。△～がたかい／比率高。→割合

びりびり（副・自サ）①（觸電時的感覺）麻酥酥的。②（震動聲）嘎啦嘎啦，嘩啦嘩啦。

ぴりぴり（副・自サ）①針刺一般地，火辣辣。②辣得慌。③神經過敏，戰戰兢兢。

ビリヤード［billiards］（名）桌球。

びりゅうし［微粒子］（名）微粒子。

ひりょう［肥料］（名）肥料。→こやし

びりょう［微量］（名）微量。

ひりょく［非力］（名・形動）⇨ひりき

びりょく［微力］（名・形動）微力。△～をつくす／盡綿薄之力。△～ながら協力させていただきます／願盡微力相助。

ひる［昼］（名）①白天，晝。↔夜②午間，晌午。→日中，昼間③正午。④午飯。△そろそろ～にしよう／該吃午飯了。→昼食

ひる［蛭］（名）〈動〉水蛭，螞蟥。

ひ・る（他五）放出，排泄（屁，糞，鼻涕等）。

ひ・る［干る］（自上一）①乾。②落潮，退潮。↔満ちる③（用）盡，光。

ビル［building］（名）①（"ビルディング"的略語）大樓，大廈。②建築。

ビル［bill］（名）①證券，票據。②賬單。③傳單。

ピル［pill］（名）①藥丸。②口服避孕藥。

ひるあんどん［昼行燈］（名）不頂用的人，笨蛋。

ひるいない［比類ない］（連語）無與倫比。△～名作／無與倫比的名作。

ピルエット［pirouette］（名）腳尖立地旋轉。

ビルオブレーディング［bill of lading］（名）〈經〉提單，提貨賃單。

ひるがえ・す［翻す］（他五）①翻過來。△身を～／翻身。△前言を～／翻悔。②使…飄動。△旗を～して進む／旗幟飄揚向前進。

ひるがえって［翻って］（接）反過來，回過頭來。△～国内情勢をみるに…／回過頭來看國內形勢…

ひるがえ・る［翻る］（自五）①飄揚。△校旗が～／校旗飄揚。→はためく②翻轉，改變。

ひるがお［昼顔］（名）〈植物〉旋花，籬天劍。

ひるさがり［昼下がり］（名）過午（下午兩點左右）。

ひるざけ［昼酒］（名）白天飲的酒，白日酒。

ひるすぎ［昼過ぎ］（名）過午，午後。

ビルダー［builder］（名）①建設者，建築工人。②促淨劑（摻入洗滌劑以促進淨化作用）。

ビルディング［building］（名）⇨ビル

ビルトイン［built-in］（名）內藏，內鑲。

ビルトゥオーソ［意 virtuoso］（名）名人，名手，名演奏家。

ひるとんび［昼鳶］（名）〈俗〉白日竊賊。

ひるなか［昼中］（名）晝間，白天。

ひるね［昼寝］（名・自サ）午睡。

ひるひなか［昼日中］（名）大白天。

ビルびょう［ビル病］（名）公寓病。

ひるま［昼間］（名）晝，白天。

ビルマ［Burma］〈國名〉緬甸。

ひるまえ［昼前］（名）①上午，午前。②傍午，傍晌。

ひる・む（自五）畏怯，膽怯。△一撃をうけて～んだところを，すかさずとりおさえた／趁遭到打擊而膽怯的時機，迅速地制服了。→おじける，たじろぐ

ひるめし［昼飯］（名）午飯。

ひるやすみ［昼休み］（名）午休。

ヒレ［法 filet］（名）裏脊肉。

ひれ（名）〈動〉①鰭。②鰭肉。

ひれい［比例］（名・自サ）①〈數〉比例。②比例關係。

ひれい［非礼］（名・形動）非禮，沒有禮貌。△～をわびる／道歉。→無礼，失礼

びれい［美麗］（名・形動）美麗。△～な建造物／美麗的建築物。

ひれいだいひょうせい［比例代表制］（名）比例代表制。

ひれいはいぶん［比例配分］（名・他サ）〈數〉比例分配。

ひれき［披瀝］（名・他サ）披瀝，表露。△心中を～する／表露心跡。

ひれつ［卑劣］（形動）卑劣，卑鄙。△～な手段／卑鄙的手段。

ビレッジ［village］（名）鄉村，村落。

ピレトリン［德 Pyrethrin］（名）〈化〉除蟲菊素。

ひれふ・す［ひれ伏す］（自五）跪拜，叩拜。→平伏する

ひれん［悲恋］（名）以悲劇結局的戀愛。

ひろ（名・接尾）庹。

ひろ・い［広い］（形）①寬廣，遼闊。△～海原／遼闊的海洋。②寬，寬闊。△～道／寬道。③廣泛，淵博。△顔が～／交際廣。△～く知られる／眾所周知。

ヒロイズム［heroism］（名）英雄主義，英雄氣概。

ひろいぬし［拾い主］（名）拾主。

ひろいもの［拾い物］（名）①拾物。↔落とし物②意外的收穫，白撿的便宜。△思わぬ～／意外收穫。

ひろいよみ［拾い読み］（名・他サ）①挑着讀。△～で大意をつかむ／挑着讀，抓大概意思。②一個字一個字地讀。

ヒロイン［heroine］（名）（小説，電影等的）女主人公。↔ヒーロー

ひろ・う［拾う］（他五）①拾，撿。△どんぐりを～／撿栗子。↔すてる②挑，選。△活字を～／撿字。③（意外）得到，取得。△勝ちを～／意外獲勝。△命を～／撿一條命。④（在路上）叫車，僱車。△車を～／叫車。

ひろう［披露］（名・他サ）①披露，表演。△うでまえを～する／顯示技能。②公佈，宣佈。

ひろう［疲労］（名・自サ）疲勞。△～がたまる／疲憊。→つかれ

ビロウ［馬来 pinang］（名）⇨びんろう

ひろう［尾籠］(形動) ① 粗魯，沒禮貌。② 下流，猥褻。△～な話／下流話。

ひろうこんぱい［疲労困憊］(名・自サ) 筋疲力盡，疲憊不堪。

ビロード［葡 veludo］(名) 天鵝絨。

ひろが・る［広がる］(自五) ① 放開，打開。△さきが～／末梢開了。② 蔓延，傳開。△うわさが～／風聲四傳。

ひろくち［広口］(名) ① 廣口，大口。② (花道) 水盤。

ひろ・げる［広げる］(他下一) ① 打開。△かさを～／打開傘。△本を～／打開書。→あける ② 擴展，敞開。△道路を～／加寬公路。△両手を～／攤開雙手。→拡張する

ひろさ［広さ］(名) ① 寬度，幅度。② 面積。③ 廣博，廣泛。

ピロサーム［pilotherm］(名) 恆溫器。

ピロシキ［俄 pirozhki］(名) 油炸包子。

ひろっぱ［広っぱ］(名)〈俗〉空地，廣場。

ひろば［広場］(名) 廣場。

ひろはば［広幅］(名) 寬幅布。↔ 並幅

ひろびろ［広広］(副・自サ) 遼闊，寬廣。△～とした牧場／遼闊的牧場。

ヒロポン［philopon］(名) 非洛淨 (興奮劑)。

ひろま［広間］(名) 客廳，大廳。

ひろま・る［広まる］(自五) 傳播，擴散。△うわさが～／謠言四散。△名声が～／名聲四傳。↔ せばまる

用法提示 ▼

中文和日文的分別

中文有"擴大、擴展"的意思，可用於自然事物及抽象事物的擴展；日文多用於抽象事物的擴展。常見搭配：語言，評價，思考，知識，宗教信仰等。

- -

1. うわさ、話 (はなし)、知 (し) らせ、ニュース

2. 名声 (めいせい)、評判 (ひょうばん)

3. 考 (かんが) え、理解 (りかい)、思想 (しそう)

4. 学問 (がくもん)、知識 (ちしき)

5. 宗教 (しゅうきょう)、信仰 (しんこう)、制度 (せいど)、風習 (ふうしゅう) が広まる

ひろ・める［広める］(他下一) 傳播，擴大。△うわさを～／傳播風聲。↔ せばめる

ひわ (名)〈動〉金翅雀。

ひわ［秘話］(名) 秘話，秘聞。

ひわ［悲話］(名) 悲慘的故事。→哀話

びわ (名)〈植物〉枇杷。

びわ［琵琶］(名) (樂器) 琵琶。

ひわい［卑猥］(形動) 卑猥，下流。△～な話／下流話。

びわほうし［琵琶法師］(名) 琵琶法師 (彈琵琶説唱的盲藝人)。

ひわり［日割り］(名) ① 按日計算 (工錢等)。② 日程，進程。△工事の～／工事進程。

ひわ・れる［干割れる］(自下一) 乾裂。

ひをあらためる［日を改める］(連語) 改日。△また、日を改めてうかがいます／改日再登門拜訪。

ひをおなじくしてろんずべからず［日を同じくして論ずべからず］(連語) 不可同日而語。

ひをふくちからもない［火を吹く力も無い］(連語) 精疲力盡。非常貧困。

ひをみるよりもあきらか［火を見るよりも明らか］(連語) 洞若觀火。十分明顯。

ひん［品］(名) ① 品格，風度，品位。△～がない／沒有品位。△～がいい／品格好。② 品，貨。

びん［便］(名) ① 書信。△～で送る／信寄。② 郵寄，航班 (等)。△午後の～／下午的航班。③ 方便，機會。

びん［瓶］(名) 瓶。△ビールの～／啤酒瓶。△～につめる／裝到瓶裏。

びん［鬢］(名) 鬢髮。△～に白いものがまじっている／兩鬢染白。

ピン［pin］(名) ① 大頭針，髮卡。② (機械) 銷，栓。③ (保齡球) 球靶子。

ピンアップ［pinup］(名) (貼在牆上的) 美人照片，美人像。(也説"ピンナップ")

ひんい［品位］(名) ① 品位，品格。△～がある／有品位。△～を高める／提高品格。② (金銀的) 成色。③ (礦石的) 品位，含量。

ピンイン［拼音］(名) (漢語) 拼音。

ひんかく［貧化］(名・自サ) 貧化。

ひんかく［品格］(名) 品格，人品。△～がある／有品格。

ひんかく［賓客］(名) ⇨ひんきゃく

びんかつ［敏活］(形動) 敏捷，靈活。

ピンからキリまで (連語) 從始至終。從最好的到最壞的。

ひんかん［貧寒］(副・連體) 貧寒，寒酸。△～とした部屋／毫無陳設的房間。

びんかん［敏感］(形動) 敏感。△～な鼻／敏感的鼻子。→鋭敏 ↔ 鈍感

ひんきゃく［賓客］(名) 賓客。

ひんきゅう［貧窮］(名・自サ) 貧窮，貧困。

ひんく［貧苦］(名) 貧苦。△～にあえぐ／掙扎於貧苦之中。

ピンク［pink］(名) 粉紅色。

ピンクッション［pincushion］(名)〈服〉針墊。

ビンクリスチン［vincristine］(名)〈藥〉長春新鹼 (抗癌藥物)。

ひんけつ［貧血］(名) 貧血。△～をおこす／發生貧血。

ひんこう［品行］(名) 品行。△～がよい／品行好。△～をつつしむ／慎行。

ひんこん［貧困］(名・形動) 貧困，貧窮。

ひんし［品詞］(名)〈語〉品詞，詞類。

ひんし［瀕死］(名) 瀕死。△～の重傷／致命的重傷。

ひんしつ［品質］(名) 質量。△～がおとる／質量差。△～をたかめる／提高質量。

ひんじゃ［貧者］(名) 貧者，窮人。

ひんじゃく［貧弱］(名・形動) ① 瘦弱，破舊。△～な体格／瘦弱的體格。② 貧弱，貧乏。△～な知識／貧乏的知識。

ひんじゃのいっとう［貧者の一燈］(連語) 貧者捐獻的一盞燈，出於至誠雖少亦可貴。

ひんしゅ［品種］(名)〈生物〉品種。

ひんしゅかいりょう［品種改良］(名) 改良品種。

ひんしゅく［顰蹙］(名・自サ) 顰蹙，顰眉。△～をかう／惹人討厭。

ひんしゅつ［頻出］(名・自サ) 頻繁出現，屢次發生，層出不窮。

びんしょう［憫笑］(名・他サ) 憐憫的笑。

びんしょう［敏捷］(名・形動) 敏捷。△～な少年／敏捷的少年。△～にうごく／敏捷地運動。

びんじょう［便乗］(名・自サ) 就便搭乘。趁機利用。△時局に～する／趁機利用時局。

ヒンズーきょう［ヒンズー教］(名)〈宗〉印度教。

ピンスポット［pin-spot］(名) (舞台用) 追光燈。

ひん・する［貧する］(自サ) 貧窮。

ひん・する［瀕する］(自サ) 瀕臨，迫近。△危機に～する／瀕臨危機。

ひんすればどんする［貧すれば鈍する］(連語) 貧則愚，人窮志短。

ひんせい［品性］(名) 品性，品質。△～がやさしい／品性溫和。

ピンセット［pincet］(名) 鑷子，小鉗子。

びんせん［便箋］(名) 信紙，便箋。

びんせん［便船］(名) 便船。

ひんそう［貧相］(名) 貧相，窮樣子。△～な身なり／一副窮樣子，窮相出世。↔ 福相

びんそく［敏速］(名・形動) 敏捷，靈敏。

ピンチ［pinch］(名) 困境，危機關頭。△～をきりぬける／擺脱困境。

ピンチコック［pinchcook］(名) 節流夾。

ピンチヒッター［pinch hitter］(名) ① (棒球) 關鍵時刻上場的擊球員。②(為擺脱危機而) 代理出頭的人。

ピンチランナー［pinch runner］(名) (棒球) (關鍵時刻上場的) 替補跑壘員。

びんづめ［瓶詰］(名) 瓶裝。→缶詰

ヒンディ［Hindi］(名) 印地語。

ヒント［hint］(名) 暗示，啟發。△～をえる／得到啟發。△～をあたえる／給予暗示。→暗示

ひんど［頻度］(名) 頻度。△～が高い／頻度高。△～を調べる／調查頻度。

ピント［荷 brandpunt］(名) ① (鏡頭的) 焦點，焦距。△～を合わせる／對焦距。② 要點，中心。△～がはずれる／離題。

ピント［荷 pint］(名) 品脱 (容積單位之一)。

ひんとう［品等］(名) 等級，品等。

ぴんとくる (連語) 恍然大悟，一提就懂。

びんどめ［鬢留め］(名) 髮卡，髮夾。

ひんのう［貧農］(名) 貧農。↔ 富農

ひんぱつ［頻発］(名・自サ) 頻發，屢屢發生。△事故が～する／事故頻發。→多発，続発，継起

ピンはね［撥ね］(名・他サ) 剋扣，揩油。

ひんばん［品番］(名)〈經〉貨號。

ひんぱん［頻繁］(形動) 頻繁。△～におきる／頻頻發生。

ひんぴょう［品評］(名・他サ) 品評，評定。→品さだめ

ひんぴん［頻頻］(副・連體) 頻頻，再三。△事故が～とおこる／事故迭起。

ぴんぴん［(副・自サ)］① 用力跳躍，活蹦亂跳。② 健壯，硬朗。

ひんぷ［貧富］(名) 貧富。△～の差／貧富之差。

ピンポイント［pinpoint］(名) ① 針尖。② 精確位置。

びんぼう［貧乏］(名・形動・自サ) 貧窮。△～な家／貧窮之家。→まずしい

用法提示 ▼
中文和日文的分別
中文有"貧窮"和"欠缺"的意思，日文只表示貧窮，沒有"欠缺、不豐富"的意思。

1. 貧乏な[家 (うち)、家庭 (かてい)、村 (むら)、国 (くに)、暮 (く) らし、人 (ひと)]

2. 貧乏を[する、苦 (く) にする、見 (み) かねる、絵 (え) に描 (か) いたような暮 (く) らし]

3. 貧乏に[さいなまれる、苦 (くる) しむ、耐 (た) える、負 (ま) ける]

びんぼうがみ［貧乏神］(名) 窮神。↔ 富の神

びんぼうくじ［貧乏くじ］(名) ① 不吉利的籤。② 倒霉，不走運。△～を引く／走厄運，倒霉。

びんぼうしょう［貧乏性］(名) 窮命，小氣。

びんぼうたらし・い［貧乏たらしい］(形) 顯得很窮的樣子，寒酸相。

びんぼうひまなし［貧乏暇なし］(連語) 越窮越忙。

びんぼうゆすり［貧乏揺すり］(名) 腿下意識地不停地搖動，哆嗦腿。

ピンホール［pinhole］(名) 針洞，針孔。

ピンホールカメラ［pinhole camera］(名) 針孔攝影機。

ピンぼけ (名) ① (照相) 影像模糊。② 不得要領，抓不住要點。△～みたいなことをいう／説些不得要領的話。

ピンポン［ping-pong］(名) 乒乓球。

ひんみんくつ［貧民窟］(名) 貧民窟。

ひんめい［品名］(名) 品名。

ひんもく［品目］(名) 品目，種類。

びんらん［便覧］(名) 便覽。

びんらん［紊乱］(名・自他サ) 紊亂。

びんろう［檳榔］(名)〈植物〉檳榔。

びんわん［敏腕］(名・形動) 有能力，能力。△～をふるう／大顯身手。△～の刑事／能幹的刑警。→やり手，うできき

ふ フ

ふ［府］(名) ① (日本行政區劃之一) 府。 (大阪府與京都府) ② 某種活動中心。△学問の～／學府。

ふ［歩］(名) (日本象棋 "歩兵" 的略語) 兵，卒。

ふ［負］(名) ①〈数〉負數。△～の数／負數。② 〈理〉負電，負極。↔ 正

ふ［腑］(名) 內臟。

ふ［訃］(名) 訃告。

ふ［麩］(名) 麩質食品。

ふ［譜］(名)〈樂〉樂譜。△～を読む／讀譜，看譜。

ぶ［分・歩］(名) ① 有利。△～がいい／有利。△この試合は～がない／這次比賽沒有勝利希望。② 酬金，手續費，佣金。

ぶ［部］(名) ① (某一) 部分。△夜の～／(影戲) 晚場。△第一～／第一部。② 某種類。△上の～に入る／屬於上等。△こんな問題はまだ単純な～だ／這問題尚屬單純。③ (政府、公司中大於 "課" 的) 部。④ (學校、車間中志趣相同的人建立的) 小組，部。

プア［poor］(ダナ) 貧窮的。

ファーコート［fur coat］(名) 裘皮大衣。

ファースト［first］Ⅰ (造語) 第一，首先，最初。△ファーストクラス／頭等，第一級。△レディーファースト／婦女優先。Ⅱ (名) (棒球) 第一壘，一壘手。

ファーストネーム［first name］(名) (與姓相對的) 名。

ファーストフード［fast food］(名) 速食。 (也作 "ファストフード")

ファーストレディー［first lady］(名) (美國) 總統夫人，第一夫人。

ファーター［德 Vater］(名) 父親。

ファーニチュア［furniture］(名) 傢具。

ファーブル［法 fable］(名) 寓言，虛構的故事。

ファーブル［Jean Henri Fabre (1823-1913)］〈人名〉法布爾。法昆蟲學家。

ファーマシー［pharmacy］(名) 藥房，藥局。

ファームプライス［firm price］(名)〈經〉固定價格。

ぶあい［歩合］(名) ① 比率，比值。△公定～／再貼現率。② 回扣，佣金。

ファイアアラーム［fire alarm］(名) 火災警報，火災報警器。

ファイアインシュアランス［fire insurance］(名) 火災保險。

ファイアウォール［firewall］(名)〈IT〉防火牆 (電腦中的安全保護軟件)。

ファイアプルーフ［fireproof］(名) 耐火的，不易燃的。

ファイアマン［fireman］(名) ① 消防員。② 蒸汽機車司機的助手。③ 棒球的救援投手。

ぶあいきょう［無愛敬・無愛嬌］(名・形動) 不可愛，不親切。

ぶあいざん［歩合算］(名) 本利計算法。

ぶあいせい［歩合制］(名)〈經〉備金制，手續費制度。

ぶあいそう［無愛想］(名・形動) 冷淡，簡慢。△～な返事／冷漠的回話。△～な店員／待理不理的店員。 (也説 "ぶあいそ" ↔ 愛想

ファイティング［fighting］(名) 戰爭，戰鬥的。

ファイト［fight］(名) 鬥志，幹勁。△ファイトがある／有鬥志。△ファイトをもやす／鼓起幹勁。

ファイトバック［fightback］(名) 反擊。

ファイナリスト［finalist］(名) 進入決賽的選手，決賽選手名單。

ファイナル［final］(名)〈體〉決賽。

ファイナルセット［final set］(名) 網球、排球的決勝局。

ファイナンシャル［financial］(名) 財政的，金融的。

ファイナンシャル・プランナー［financial planner］(名)〈經〉理財策劃師，財務策劃顧問，金融理財師。

ファイナンス［finance］(名) ① 財政，財務。② 財源，通融資金，貸款。

ファイバー［fiber］(名) ① 纖維，人造纖維。② 人造棉。③ 硬化紙板。

ファイブスター［five star］(名) (賓館的最高標準) 五星。

ファイル［file］(名・他サ) ① 文件夾，紙夾，檔案。② 訂存 (文件、報紙等)，歸檔。

ファイル［file］(名)〈IT〉文件。

ファイルコピー［file copy］(名・ス自)〈IT〉文件複製。

ファイルブック［file book］(名) 活頁筆記本。

ファインダー［finder］(名) (照相機) 取景器。

ファインプレー［fine play］(名) 妙技，絕招。

ファウスト［Faust］〈書名〉"浮士德"。

ファウル［foul］(名) ① (棒球) 界外球，綫外球。↔ フェア ② (球賽) 違例，犯規。

ファウンダー［founder］(名) 創立者，發起人，鼻祖。

ファウンデーション［foundation］(名) ① 基礎。② 粉底。③ 貼身衣。→ファンデーション

ファクシミリ［facsimile］(名) 傳真機，傳真文件或傳真照片。 (也説 "ファックス")。↔ 電送写真

ファクション［faction］(名) 派別，宗派，小團體。

ファクター［factor］(名)〈經〉代理商。

ファクトリー［factory］(名) 工廠，製造廠。

ファゴット [意 fagotto] (名)〈樂〉巴松管。(也叫"バスーン")

ファザコン [father complex] (名) 戀父情結。

ファシスト [fascist] (名) 法西斯分子。

ファシズム [fascism] (名) 法西斯主義。

ファシリティー [facility] (名)① 靈巧, 熟練, 便利。② 設施, 設備。

ファシリティーマネージメント [facility management] (名)〈IT〉設備、機構、人員的綜合管理。

ファスチャン [fustian] (名) 粗斜紋布, 燈芯絨。

ファスト [fast] (名) 快。

ファストフード [fast food] (名) 速成食品。

ファストフォワード [fast forward] (名) 快速前進。

ファスナー [fastener] (名) 拉鎖, 拉鏈。

ぶあつ・い [分厚い・部厚い] (形) 厚。△〜本/厚書。

ファッショ [意 fascio] (名) 法西斯主義, 法西斯主義者。

ファッショナブル [fashionable] (ダナ) 流行的, 新潮的。

ファッション [fashion] (名) 流行服装。△〜ショー/時装表演。

ファッションデザイナー [fashion designer] (名) 服装設計師。

ファッションモデル [fashion model] (名) 時装模特。

ファット [fat] (名) 脂肪。

ファナティシズム [fanaticism] (名) 狂熱, 入迷。

ファニー [funny] (ダナ) 有趣的, 有意思的, 滑稽的。

ファニーフェース [funny face] (名) 可愛的容貌。

ファニチャー [furniture] (名) 傢具 (類別), 備品。

ファミリアー [familiar] (名)① 親近的, 無隔閡的。② 熟悉的, 精通的。

ファミリー [family] (名)① 家, 家庭, 一家。② 動物的科 (分類單位)。

ファミリーネーム [family name] (名) (與名相對) 姓, 姓氏。

ファルス [法 farce] (名) 笑劇, 鬧劇, 滑稽戲, 可笑。

ファン [fan] (名)① 風扇, 鼓風機。② 崇拜者, …迷。△〜レター/崇拜者的來信。△映画〜/電影迷。

ふあん [不安] (名・形動) 不安, 不放心。→心配

ファンキー [funky] (ダナ) 樸實的, 原始的, 野性的, 土氣的。

ファンクショナル [functional] (ダナ)① 機能的, 實用的。②〈數〉函數的。

ファンクション [function] (名)① 機能, 功能, 作用, 職能, 職務。②〈數〉函數。

ファンクションキー [function key] (名)〈IT〉功能鍵。

ファンクションテーブル [function table] (名)〈IT〉函數表。

ファンシードレス [fancy dress] (名) 晚會用的服裝。

ファンシーボール [fancy ball] (名) 化妝舞會。

ファンタジー [fantasy] (名)① 空想, 幻想。②〈樂〉幻想曲。(也叫"ファンタジア")。

ファンタスティック [fantastic] (ダナ)① 幻想的, 古怪的。② 極好的, 出色的。

ファンダメンタリスト [fundamentalist] (名) 原理主義者, 教條主義者。

ファンダメンタル [fundamental] (ダナ) 基礎的, 基本的, 根本的。

ファンダメンタルズ [fundamentals] (名)① 基本, 原理, 根本法則。②〈經〉經濟專案指標。

ふあんてい [不安定] (形動) 不安定, 不穩定。△〜な気持ち/不安定的心情。↔ 安定

ファントム [phantom] (名) 幻影, 虛幻。

ふあんない [不案内] (名・形動) 不熟悉。△経済問題について私は〜だ/我對經濟問題不熟悉。

ファンファーレ [意 fanfare] (名) 銅管樂曲。

ファンブル [fumble] (名・ス自) (棒球) 漏接, 失球。→ハンブル

ふい (名) 白費, 無效。(常以"ふいにする""ふいになる"的形式使用) △財産を〜にした/財産化為泡影。△せっかくのチャンスが〜になった/難得的機會錯過了。

ふい [不意] (名・形動) 突然, 意外。△〜の客/不速之客。△〜をつく/出其不意。→だしぬけ

ブイ [buoy] (名)① 浮標。② 救生圈, 救生衣。

ぶい [武威] (名) 威武。

フィアンセ [法 fiance] (名) 未婚夫 (妻)。→いいなずけ

フィーチャー [feature] (名)① 面孔, 容貌。② 特點, 特色。③ 特別節目, 特別報道。④ 作為精彩節目, 作為引入注目的東西。

フィート [feet] (名・接尾) 英尺。

フィードバック [feed back] (名)〈經〉反饋, 回授。

フィーバー [fever] (名・ス自) 狂熱, 熱衷, 興奮。

フィーリング [feeling] (名) 感覺, 知覺, 感受。→感じ

フィールド [field] (名)① 田賽場地。↔ トラック ② 學術研究的領域, 範圍。

フィールドアスレチック [Field Athletic] (名) 穿越各種障礙的運動或障礙設施。

フィールドスポーツ [field sports] (名) 野外運動 (特別是狩獵、釣魚等)。

フィールドノート [field note] (名) 實地觀察, 調查記錄。

フィールドワーク [fieldwork] (名) 實地考察, 現場調查。

ふいうち [不意打ち] (名) 奇襲, 突襲。△〜をくわせる/給對方一個突然襲擊。

ふフ

フィギュア [figure]（名）（"フィギュアスケート"之略）花様滑冰。

フィギュアスケート [figure skating]（名）〈體〉花様滑冰。

ふいく [扶育]（名・他サ）養育。

ぶいく [撫育]（名・他サ）撫育。

フィクサー [fixer]（名）調停者。

フィクション [fiction]（名）① 虚構，虚擬。→虚構 ② 小説。↔ ノンフィクション

ふいご（名）風箱。

フィジー [Fiji]〈國名〉斐済。

フィジオロジー [physiology]（名）生理學。

フィジカル [physical]（名）① 物理的。② 身體的，肉體的。

ふいちょう [吹聴]（名・他サ）吹噓，宣揚。△～してまわる／四處宣揚。→言いふらす

ふいつ [不一]（名）不一（書信結尾語）。→草草

ふいっち [不一致]（名）不符合，不一致。

フィッティング [fitting]（名）① 試穿，試衣。② （房屋内的）固定裝置，傢具，器材。

フィッティングルーム [fitting room]（名）試衣室。

フィット [fit]（名・自サ）① 符合，適合。△現代感覚に～する／符合現代意識。② （衣服）合身。

フィットネス [fitness]（名）健康，健美。△～クラブ／健身房。

フィットネスクラブ [fitness club]（名）健康倶樂部。

ブイティーアール [VTR]（名）録放像機。（也可說 "ビデオテープレコーダー"）

ふいと（副）忽然。△～立ちあがる／抽冷子站了起來。

ぷいと（副）突然。△～横をむく／突然把臉扭過去。

フィナーレ [意 finale]（名）① 〈樂〉終曲。② 最後一幕，結尾，收場。

フィナンシャー [financier]（名）〈經〉① 財政官。② 財政家。③ 金融資本家。

フィナンシャル [financial]（名）財政的，金融的。

フィニッシュ [finish]（名）〈體〉① 體操的最後動作，落地。② 賽跑的衝刺。

フィフィきょう [回回教]（名）回教。

フィブリン [fibrin]（名）（血）纖維蛋白。

フィヨルド [fjord]（名）峽灣。

ブイヨン [法 bouillon]（名）肉湯，雞湯，骨頭湯。

フィラテリスト [philatelist]（名）集郵者。

フィラメント [filament]（名）燈絲，熱絲。

フィラリア [filaria]（名）〈醫〉絲蟲，血寄生絲蟲。

ふいり [不入り]（名）客少，觀衆少。↔ 大入り

ふいり [斑入り]（名）斑點，斑紋。

フィリピン [Philippines]〈國名〉菲律賓。

フィルター [filter]（名）① 濾器。② 濾色鏡。③ 過濾嘴。

フィルタリング [filtering]（名）過濾，挑選，揀選。

フィルハーモニー [德 Philharmonie]（名）① 音樂愛好者。② 交響管弦樂團。

フィルム [film]（名）① 膠卷，膠片，軟片。② 電影。

フィン [fin]（名）① 鰭，鰭狀物。② （潛水用的）腳蹼。

ふいん [父音]（名）子音，輔音。

ふいん [訃音]（名）訃告，訃聞，訃報。

ぶいん [無音]（名）久疏音信。

フィンガー [finger]（名）① 手指，指狀物。△～ボール／洗指鉢。② 衛星登機堡通道。

フィンスイミング [fin swimming]（名）〈體〉蹼泳。

フィンランド [Finland]〈國名〉芬蘭。

ふう [風]（名）① 様式，方式習俗。△都会の～になじまない／不適應城市的習慣。② 作法，狀態，樣子。△なにげない～をする／若無其事的樣子。△掃除はこんな～にやるものだ／打掃衛生應該這麽搞法。

ふう [封]（名）封住，封閉。△～をする／封口。△～を切る／開封，拆封。

ふうあい [風合]（名）看上去的感覺，柔軟的手感。

ふうあつ [風圧]（名）風壓。△～をうける／受到風壓。△～計／風壓計。

ふうい [風位]（名）風向。

ふうい [諷意]（名）諷刺味道。

ふういん [風韻]（名）風趣。

ふういん [封印]（名・自サ）封印，封條。△～を破る／揭封，啟封。

ブーイング [booing]（名）喝倒彩，起哄。

ふうう [風雨]（名）① 風和雨，風雨。△～にさらす／經受風雨。② 大風雨。→嵐

ふううん [風雲]（名）風雲，動盪的形勢。△～急を告げる／局勢吃緊。

ふううんじ [風雲児]（名）風雲人物。

ふうえい [諷詠]（名）吟詠，作詩。

ふうか [風化]（名・自サ）風化。△～作用／風化作用。

ふうか [富家]（名）富豪，財主。

ふうが [風雅]（名・形動）風雅，雅致。△～な茶室／雅致的茶室。△～なおもむき／高雅的情趣。△～をこのむ／喜歡風雅。→風流

フーガ [意 fuga]（名）〈樂〉賦格（曲）。

ふうがい [風害]（名）風災。

ふうかく [風格]（名）風格，風度，風采。△～がある／頗有風格，氣度不凡。△王者の～／帝王的風度。→格調

ふうがら [風柄]（名）① 風度。風采。② 人品，品格。

ふうがわり [風変わり]（形動）奇特，古怪，與衆不同。→エキセントリック

ふうかん [封緘]（名・自サ）封緘，封信口。

ふうかん [諷諫]（名）諷諫，婉言規諫。

ふうがん [風眼]（名）膿漏眼。

ふうき［風紀］(名) 風紀。△～が乱れる／風紀紊亂。

ふうき［富貴］(名・形動) 富貴。(也説"ふっき")

ふうぎ［風儀］(名) ① 風習，習慣。② 禮貌，教養。

ふうきゅう［風級］(名) 風級。

ふうきょう［風教］(名) 風教，風化。

ふうきり［封切り］(名) ① 開封，拆封。② 首映。→ロードショー

ふうきん［風琴］(名) 風琴。

ブーケ［法 bouquet］(名) 花束。

ふうけい［風景］(名) 風景，景致。△～をながめる／觀賞景物。△すばらしい～／美景，絶妙的景致。△～画／風景畫，山水畫。△田園～／田園風光。→けしき

ふうげき［風隙］(名) 風口，風坳。

ふうけつ［風穴］(名) 風穴。

ふうげつ［風月］(名) 清風明月，風月。△～を友とする／以風月為友。△花鳥～／花鳥風月。

ふうこう［風向］(名) 風向。△～計／風向計。

ふうこう［風光］(名) 風光，風景。△～明媚／風光明媚。

ふうさ［封鎖］(名・他サ) ① 封鎖，封閉。△道路を～する／封鎖道路。△海上～／海上封鎖。② 〈經〉封鎖。△経済～／經濟封鎖。

ふうさい［風災］(名) 風災，風害。

ふうさい［風采］(名) 風采，相貌。△～が上がらない／其貌不揚。→風貌

ふうさつ［封殺］(名・他サ) 封殺，迫殺。→フォースアウト

ふうし［夫子］(名) 夫子，先生。△村～／村夫子。

ふうし［風姿］(名) 風姿，風采，儀表。

ふうし［風刺・諷刺］(名・他サ) 諷刺。△～漫画／諷刺漫畫。△社会～／社會諷刺。

プージェント［pageant］(名) ① 露天戲。② (節日化妝的) 遊行行列或表演。

プーシキン［Aleksandr sergeevich Pushkin］〈人名〉普希金 (1799-1837)。俄國詩人，小説家。

ふうじこ・む［封じ込む］(他五) →ふうじこめる

ふうじこめ［封じ込め］(名) 封鎖。

ふうじこ・める［封じ込める］(他下一) 封鎖，遏制，禁錮。

ふうしつ［風疾］(名) 中風。

ふうしつ［風湿］(名) 風濕症。

ふうじて［封じ手］(名) ① (圍棋、象棋) 封局(着)，封盤(着)。② (相撲等) 禁止使用的招數。

ふうじめ［封じ目］(名) 封口。

ふうしゃ［風車］(名) 風車。

ふうしゅ［風趣］(名) 風趣，風致。

ふうじゅ［諷誦］(名・他サ) 朗誦，大聲念。

ふうしゅう［風習］(名) 風俗習慣。△～にしたがう／隨俗。→風俗

ふうしょ［封書］(名) 封的郵件，封緘的書信。

ふうしょく［風食・風蝕］(名) 風蝕，風剝，風砂剝蝕。

ふうじる［封じる］(他下一) ① 封閉。② 封鎖，阻止住。△口を～／封口。(也説"封ずる")

ふうしん［風疹］(名) 〈醫〉風疹。

ふうじん［風塵］(名) ① 風塵。② 俗事。

ふうすいがい［風水害］(名) 風災和水災。

ふう・する［諷する］(他サ) 諷刺，譏諷。

ふうずる［封ずる］(他サ) →ふうじる

ふうせい［風声］(名) ① 風聲。② 消息。③ 風格和聲望。

ふうせつ［風雪］(名) 風和雪，大風雪。△～注意報／大風雪警報。△～にたえる／經風雨。

ふうせつ［風説］(名) 風聞，傳説，謠傳。

ふうせん［風船］(名) 氣球。

ふうぜん［風前］(名) 風前。

ふうぜんのともしび［風前の燈］(連語) 風中之燭，岌岌可危。

ふうそう［風葬］(名) 風葬。↔ 火葬，水葬，土葬

ふうそう［風霜］(名) 風霜。△多年の～をしのぐ／經歷多年的風霜。

ふうそく［風速］(名) 風速。

ふうぞく［風俗］(名) ① 風俗。△～習慣／風俗習慣。→風習 ② 風紀。△乱れた～／傷風敗俗。

ふうぞくえいぎょう［風俗営業］(名) 遊樂行業。

ふうたい［風体］(名) →ふうてい

ふうたい［風袋］(名) 皮重，包装 (袋子、箱子)，容器。

ブータン［Bhutan］〈國名〉不丹。

ふうち［風致］(名) 風趣，風光。△～林／風景林。△～地区／風景地區。

ふうちょう［風潮］(名) 傾向，風氣，潮流。

ふうちょう［風鳥］(名) 風鳥，極樂鳥。

ブーツ［boots］(名) 靴子。→長ぐつ

ふうてい［風体］(名) 打扮，穿戴，模様。(也説"ふうたい") △あやしい～の男／装束奇特的人，怪模怪様的漢子。

ふうてき［風笛］(名) 風笛。

ふうど［風土］(名) 風土，水土。△～に合う／適應水土。△～になじむ／適應風土。△日本の～／日本的風土。

フード［hood］(名) ① (連衣的) 帽子。△～をかぶる／戴帽子。② 鏡頭蓋。

フード［food］(造語) 食品，食物。△ドッグ～／狗食。

ふうとう［封筒］(名) 信封。

ふうどう［風洞］(名) 風洞。△～実験／風洞實驗。

フードスペシャリスト［food specialist］(名) 食品專家，營養師。

ふうどびょう［風土病］(名) 地方病。

フードプロセッサー［food processor］(名) (換上不同刀具通電後能擔任切、剁等多種作業的) 食品加工器。多功能切碎機。

ふうにゅう［封入］(名・他サ) 封入，裝入信封。

ふうは［風波］(名) 風浪。△～が高まる／風浪大。→風浪

ふうばいか［風媒花］(名)〈植物〉風媒花。

ふうばぎゅう［風馬牛］(名・形動) 風馬牛不相及，互不相干。

ふうはつ［風発］(名・自サ) 風生。

ふうび［風靡］(名・他サ) 風靡。△一世を～する／風靡一時，風靡一代人。

ブービー［booby］(名) ① 笨蛋，獃子，傻瓜。② (在比賽或遊戲中) 成績最差的人 (或隊)，日本多指倒數第二。

ふうひょう［風評］(名) 風聞，傳說，謠傳。△どうも彼女にはとかくの～がある／對她確有各種風言風語。

ふうふ［夫婦］(名) 夫婦，夫妻。△～になる／結為夫妻。△似合いの～／般配夫妻。△夫婦者／夫妻。△～げんか／夫妻吵架。→夫妻

ぶうぶう (副) ① 嘮叨。△～文句を言う／嘟嘟嚷嚷地發牢騷。② 嘟嘟。

ふうふう (と) (副) ① 呼哧呼哧。△～いう／呼哧呼哧喘。② 噗噗地。

ふうふげんか［夫婦喧嘩］(名) 夫妻吵架。△～は犬も食わぬ／夫妻吵架狗都不理。

ふうぶつ［風物］(名) ① 風物，風景。△山の～をあじわう／欣賞山景。② 應季的東西。△すいかは夏の～だ／西瓜是夏令瓜果。

ふうぶつし［風物詩］(名) 季節詩，風景詩。△花火は夏の～だ／煙火是夏季的風景詩。

ふうふともかせぎ［夫婦共稼ぎ］(名) 雙職工。

ふうふべっせい［夫婦別姓］(名) 夫妻不同姓，妻子不隨夫姓。

ふうふやくそく［夫婦約束］(名) 訂婚，婚約。

ふうふわかれ［夫婦別れ］(名・自サ) 離婚。

ふうぶん［風聞］(名) 風聞，傳聞，傳說。

ふうぼう［風貌］(名) 風貌，風采，風度。△きりっとした～／颯爽英姿。

ふうみ［風味］(名) 風味，味道。△～がある／有風味，有獨特的滋味。△～をそこなう／損害了風味，有損味道。

ブーム［boom］(名) 熱潮，一時的流行。△～がおこる／掀起潮流，颳起…風。△～になる／形成一個熱潮。△～にのる／趕潮流，趕時髦，趕浪頭。

ブームタウン［boom town］(名) 新興城市。

ブームレット［boom let］(名) 小景氣，短暫的繁榮。

ブーメラン［boomerang］(名) 飛鏢，飛去來器。

ふうもん［風紋］(名) 風紋，沙波。

ふうらいぼう［風来坊］(名) 流浪漢。

ふうらん［風蘭］(名)〈植物〉風蘭。

フーリガン［hooligan］(名) ① 惡棍，無賴，氓。② 足球流氓。

ふうりゅう［風流］(名・形動) ① 風雅，風流，雅致。△～な庭／幽靜的庭園。② 雅興，雅趣。△～を解する／懂得風雅。→風雅

ふうりょく［風力］(名) ① 風力。△～発電／

風力發電。② 風力 (大小)。△風力 4／風力四級。

ふうりん［風鈴］(名) 風鈴。

プール［pool］(名・他サ) ① 游泳池。② 停放處。△モーター～／汽車停車場。③ 積蓄，儲備。△資金を～する／儲備資金。

ふうろう［風浪］(名) 風浪。

ふうろう［封蠟］(名) 封蠟，火漆。

ふうん［不運］(名・形動) 不走運，運氣不佳，不幸。△～な一生／不幸的一生。→非運 ↔ 幸運

ぶうん［武運］(名) 武運。△～を祈る／祈禱武運 (長久)，祈禱獲勝。

ふえ［笛］(名) ① 笛子。△～を吹く／吹笛。△たて～／豎笛，△尺八。よこ～／橫笛。② 哨子。

ふえ［不壊］(名) 堅固，不壊。△金剛～／金剛不壊。

フェア［fair］Ⅰ (名・形動) ① 公正，光明正大。△～にたたかう／光明正大地鬥爭。△～な態度／公正的態度。② (棒球) 界內球，好球。↔ ファウル Ⅱ (名) 銷售，展銷。△ブック～／書籍展銷。

フェアプレー［fair play］(名) 堂堂正正地參加比賽。△～の精神／光明正大的精神。

フェイク［fake］(名) 偽造，捏造，偽裝，假裝。

フェイクアート［fake art］(名) 仿造藝術。

フェイクファー［fake fur］(名) 人造毛皮。

フェイスペインティング［face painting］(名) 在臉上畫各種圖案。

フェイスライン［face line］(名) 臉的輪廓。

ふえいせい［不衛生］(名・形動) 不衛生。

フェイント［feint］(名) 假動作，佯攻，虛晃一招。

フェース［face］(名)〈經〉① 額面，票面。② 表面，正面。

フェーズ［phase］(名) ① 局面，階段，情況。②〈物〉相位，位相。

フェースリフティング［face lifting］(名) ① 美容整形。② 建築物的外部改裝。

フェースリフト［face lift］(名) ① 整容術，整容。② (建築物的) 翻新，改建。③ (汽車式樣的) 更新，外觀的變化。

フェータルエラー［fatal error］(名) 致命錯誤。

フェーブル［fable］(名) 寓言故事。

フェーンげんしょう［フェーン現象］(名) 焚風現象。

ふえき［不易］(名) 不變，不易。△～流行／不易流行。

ふえき［賦役］(名) 賦役，差役。

フェザー［feather］(名) 羽毛。

フェザープレーン［feather plane］(名) 超輕量型室內模型飛機。

フェスタ［意 festa］(名) 節日，慶祝日，假日。

フェスティバル［festival］(名) 祭禮，典禮，慶祝活動。

ふえて［不得手］(名・形動) 不擅長，不喜好。

△人まえで話すのは〜だ／不擅長在人前講話。→苦手 ↔ 得手

フェデラリズム［federalism］（名）聯邦主義，聯邦制度。

フェデレーション［federation］（名）① 同盟，聯盟，聯合會。② 聯邦，聯邦政府。

フェニックス［Phoenix］（名）① 不死鳥，長生鳥。②〈植物〉海棗。

ふえふき［笛吹き］（名）吹笛的人。

ふえふけどおどらず［笛吹けど踊らず］（連語）自吹笛子無人跳舞，萬事齊備無人應邀。

フェミニスト［feminist］（名）女權主義者，崇拜女性者，尊重女權。

フェミニン［feminine］（ダナ）女性的，女子氣的。

フェミニンルック［feminine look］（名）女性化的服裝，有女人味的服裝。

フェリー［ferryboat 之略］（"フェリーボート"略語）渡輪，渡船。

ふ・える［増える・殖える］（自下一）①（數量）增加。②（財産）增多，增殖。③（生物）繁衍。↔ 減る

フェルト［felt］（名）毛氈。

プエルトリコ［Puerto Rico］〈國名〉波多黎各。

フェルマータ［意 fermata］（名）〈樂〉延長符號（⌒）。

フェロー［fellow］（名）① 伙伴，同輩，同時代的人。②（英美大學的）特別研究員。

ふえん［敷衍］（名・他サ）詳細説明。△〜して話す／詳細講解。

フェンシング［fencing］（名）擊劍，劍術。

フェンス［fence］①（名）垣牆，籬笆，欄杆，柵欄，圍牆。②（棒球場四周的）擋網，擋牆。△〜ごえ／本壘打。

ぶえんりょ［無遠慮］（形動）不客氣，肆無忌憚。△〜にあがりこむ／肆無忌憚地闖進來。→あつかましい

フォアグラウンド［foreground］（名）① 前景。② 前面，前端。

フォアハンド［forehand］（名）（乒乓球、網球等）正手，正手握拍。↔ バックハンド

フォアボール［Four+ball］（名）（棒球）四次壞球。

フォーエバー［forever］（名）永遠，永久。

フォーキャスト［forecast］（名）預測，天氣預報。

フォーク［fork］（名）叉子。

フォーク［folk］（名）① 民俗，民衆。② 家族，家屬。

フォークアート［folk art］（名）民間藝術。

フォークストーリー［folk story］（名）民間故事。

フォークソング［folk song］（名）（歐美）民歌，民謠。

フォークダンス［folk dance］（名）集體舞，民間舞蹈。

フォークニック［folknik］（名）民間歌手，民歌愛好者。

フォークボール［forkball］（名）（棒球）分指扣球的投球法，直綫投球法。

フォークミュージック［folk music］（名）民俗音樂，民謠。

フォークリフト［forklift］（名）鏟車，叉車。

フォーサイト［foresight］（名）洞察力，先見之明。

フォース［force］（名）力量，勢力，軍隊。

フォーチュン［fortune］（名）① 運，命運，運勢。② 好運，幸運。③ 財富，財産。

フォービスム［法 fauvisme］（名）〈美術〉野獸派。

フォーマット［format］（名）〈IT〉格式化。

フォーマル［formal］（形動）正式的，合法的，正規的。△〜ウェア／禮服，制服。↔ カジュアル

フォーム［form］（名）姿勢，姿態，型，形式。△バッティング〜／（棒球）擊球姿態。→型

フォーメーション［formation］（名）① 構成，形式。②〈體〉隊形，陣形。

フォーリントレード［foreign trade］（名）〈經〉外貿，對外貿易。

フォール［fall］（名・自サ）（摔跤）兩肩着地。

フォールト［fault］（名）① 過失，缺點，短處。②（網球、排球、評判球等）發球失敗。

フォスター［Stephen Collins Foster］〈人名〉斯蒂芬・柯林斯・福斯特（1826-1864）。美國作詞家、作曲家。

フォッサマグナ［名］〈地〉縱貫本州中部的大地溝帶。

フォトギャラリー［photo gallery］（名）網頁圖庫，照片庫。

フォトグラフ［phonograph］（名）照片，相片。

フォトグラファー［photographer］（名）攝影家，攝影師。

フォトグラフィ［photography］（名）照相，攝影術。

ぶおとこ［醜男］（名）醜男人，醜八怪。↔ 美男

フォリナー［foreigner］（名）外國人。

フォルダー［folder］（名）〈IT〉文件夾。（也作"ホルダー"）

フォルテ［意 forte］（名）〈樂〉強記號（f），強音。↔ ピアノ

フォローアップ［follow up］（名）①（球賽的）助攻。② 後續處置，後續行動。

フォローアップちょうさ［フォローアップ調査］（名）追蹤調査。

ふおん［不穏］（形動）不穏，險惡。△〜な空気／險惡的氣氛。→険悪

フォント［font］（名）〈IT〉字體。

ふおんとう［不穏当］（形動）不妥當，欠妥，不穏當。△〜な発言／不妥當的發言。

ぶおんな［醜女］（名）醜女，難看的女人。

ふおんぶんし［不穏分子］（名）危險分子。

ふか［鱶］（名）〈動〉大鯊魚，鯊魚。

ふか［不可］（名）① 不可，不行。△可もなく〜もない／無可無不可，不好不壞。② 不及格，劣等。

ふか［付加］(名・他サ) 附加。→追加

ふか［負荷］(名) 負荷，負載。

ふか［孵化］(名・他サ) 孵化。

ふか［賦課］(名・他サ) 徵收，課稅。

ぶか［部下］(名) 部下，部屬。→配下↔上司

ふか・い［深い］(形動) ① 深。△底が～／底深。△おくゆきが～／進深大。② 深，濃。△～緑／深綠。△～感動／深地感動。△～知識／淵博的知識。△経験が～／經驗豐富。△ねむりが～／睡得沉。△なさけ～／仁慈，有同情心。↔浅い

ふかい［付会］(名・他サ) 附會。△牽強～／牽強附會。

ふかい［不快］(名・形動) 不快，不高興，不舒服。△～を感じる／感到不快。△～な思い／不愉快的感受。△～感／不快感。→不愉快↔快

ぶがい［部外］(名) (自己組織、團體的) 外部，局外人。△～者／外部人員，局外人。

ふかいこう［不開港］(名) 不開放的港口。

ふかいしすう［不快指数］(名) 不快指數。夏季人體舒服程度指數，指數達到 70 時，一部分人感覺不舒服，75 以上時一半人，80 以上時所有人都感覺不舒服。

ふがいな・い［不甲斐無い］(形) 沒志氣，窩囊廢。△～やつ／窩囊廢，不中用的傢伙。→はがゆい

ふかいにゅう［不介入］(名・自サ) 不干涉，不干預。

ふかいり［深入り］(名・自サ) 陷得深，牽扯進去。

ふかおい［深追い］(名・他サ) 窮追，緊追。

ふかかい［不可解］(形動) 不可理解，琢磨不透。

ふかかち［付加価値］(名)〈經〉附加價值，增值，創造價值。

ふかく［不覚］(名・形動) ① 失策，過失，失敗。△～をとる／疏忽大意失敗了。△～にもそれに気がつかなかった／馬馬虎虎沒有注意到那一點。② 不由得，不知不覺。△～のなみだをながす／不知不覺流下眼淚。△前後～にねむる／迷迷糊糊地睡着了。

ふかく［俯角］(名) 俯角。↔仰角

ぶがく［舞楽］(名) 舞樂。

ふかくじつ［不確実］(形動) 不確實，不可靠的。△～な情報／靠不住的信息，不確實的情報。

ふかくだい［不拡大］(名) 不擴大。

ふかぐつ［深靴］(名) 高勒 (皮鞋)。

ふかくてい［不確定］(名・形動) 未確定，不明確。

ふかくにん［不確認］(名) 未確認，未證實。

ふかけつ［不可欠］(形動) 不可少的，必需的。△～の条件／必可少的條件。

ふかこうりょく［不可抗力］(名) 不可抗拒的力量。

ふかさ［深さ］(名) 深度，深淺。

ふかざけ［深酒］(名) 飲酒過量。

ふかし［不可視］(名) 不可見。△～光線／不可見光。↔可視

ふかし［蒸し］(名) 蒸，蒸的東西。

ふかしぎ［不可思議］(名・形動) 不可思議。

ふかしたて［蒸かしたて］(名) 剛蒸好。

ふかしん［不可侵］(名) 不可侵犯。△相互～条約／互不侵犯條約。

ふかす［吹かす］(他五) ① 噴煙，吸煙。△タバコを～／噴煙，吸煙。△パイプを～／吸煙斗。② 加快引擎轉數。③ 賣弄，炫耀。△先輩風を～／擺老資格。

ふか・す［更かす］(他五) 熬夜。△夜を～／熬夜。

ふかす［蒸かす］(他五) 蒸。△いもを～／蒸地瓜。→むす

ふかぜい［付加税］(名) 附加稅。

ふかちろん［不可知論］(名)〈哲〉不可知論。

ぶかっこう［無格好］(名・形動) 難看，不好看。△～なくつ／難看的鞋。

ふかつじょう［不割譲］(名) 不割讓。

ふかっぱつ［不活発］(名・形動) 不活潑，不活躍。

ふかづめ［深爪］(名) 指甲剪得苦。

ふかで［深手］(名) 重傷。△～を負う／負重傷。→重傷↔浅手

ふかなさけ［深情け］(名) 深情，深厚的愛情。

ふかのう［不可能］(名・形動) 不可能，辦不到。△～を可能にする／使不可能變成可能。△～な要求／辦不到的要求。→不能↔可能

ふかのひれ［鱶の鰭］(名) 魚翅。

ふかひ［不可避］(名) 不可避免。

ふかふか (副・自サ) 鬆軟，暄。△～のパン／又暄又軟的麵包。

ふかぶか［深深］(副) 深深地。△～とソファーにこしかける／坐在沙發上深深陷進去。△～とおじぎをする／深深鞠了一躬。

ぶかぶか (副・形動・自サ) 肥大。

ぷかぷか (副) ① (使勁吸煙) 吧嗒吧嗒地。② 漂浮。③ 達達達地。

ふかぶん［不可分］(名・形動) 不可分，分不開。△～の関係／牢不可破的關係。△～にむすびつく／緊密相連不可分割。

ふかま［深間］(名) ① (水) 深處。② (男女間) 親密。

ふかま・る［深まる］(自五) 深化，深起來。△秋が～／秋深了。△知識が～／知識深化了。

ふかみ［深み］(名) ① 深水處，深水。△～にはまる／掉進深水裏。△悪の～にはまる／陷入罪惡的深淵，泥足深陷。② 深度。△～のある人物／(思想上) 有深度的人物。

ふかみどり［深緑］(名) 深綠。

ふかむらさき［深紫］(名) 深紫色。

ふかめる［深める］(他下一) 加深。△親善を～／加深友好關係。

ふかん［俯瞰］(名・他サ) 俯瞰，俯視。△市街を～する／俯瞰市容。△～図／俯視圖，鳥瞰圖。→鳥瞰

ぶかん［武官］（名）武官。↔ 文官

ふかんしへい［不換紙幣］（名）〈經〉不兌換紙幣。↔ 兌換紙幣

ふかんしょう［不感症］（名）①（婦女）不感症，性感缺乏症。②感覺遲鈍。

ふかんしょう［不干渉］（名）不干涉，不干預。

ふかんぜん［不完全］（名・形動）不完全，不完備，不完善。△～な仕事／不完善的工作。△～燃燒／不完全燃燒。→不備 ↔ 完全

ふき［蕗］（名）〈植物〉蜂斗菜，款冬。

ふき［不帰］（名）不歸，一去不復返。△～の客となる／死去。

ふき［付記］（名・他サ）附記，附註。

ふぎ［不義］（名）不道德，不義，私通。→不倫

ふぎ［付議］（名・他サ）提到日程上，提出討論。

ぶき［武器］（名）武器。→兵器

ぶぎ［武技］（名）武藝，武術。

ふきあが・る［吹き上がる］（他下一）①颳到空中。②（水）噴起。

ふきあげ［吹き上げ］（名）①起風的地方。②噴泉，噴水。

ふきあ・れる［吹き荒れる］（自下一）狂風大作，（風）猛吹。

ふきいた［葺き板］（名）屋頂板。

ふきいど［噴き井戸］（名）自流井，噴水井。

ふきおく・る［吹き送る］（他五）（風）吹送。

ふきおと・す［拭き落とす］（他五）揩去，擦掉。

ふきおろす［吹き下ろす］（他五）（風）往下颳。

ふぎかい［府議会］（名）府議會。

ふきかえ［吹き替え］（名）①配音複製。②替角。

ふきかえ・す［吹き返す］（他五）①風倒颳，颳回來。②（風）吹翻。③復蘇，恢復呼吸，醒過來。△～息を～／恢復呼吸。

ふきか・ける［吹き掛ける］（他下一）①吹給，吹送，噴上。△息を～／向某物上吹氣。②找碴兒，挑釁。△議論を～／挑起爭論。③謊報價格，要高價，要謊價。

ふきがら［吹き殼］（名）煙袋灰。

ふきけ・す［吹き消す］（他五）吹滅，吹熄。

ふきげん［不機嫌］（名・形動）不高興，不開心，愁眉不展。△～な顔つき／滿臉不高興，不高興的樣子。↔ 上機嫌

ふきこぼ・れる［吹きこぼれる・吹き零れる］（自下一）溢出，噴溢。

ふきこみ［吹き込み］（名）①吹進，吹入。②灌唱片。

ふきこ・む［吹き込む］（自他五）①（風、雨、雪）吹進來，颳進，灌進。△風が～／風吹進來。②灌輸，教唆，注入。△うわさを～／傳播小道消息。△考えを～／把自己的想法灌輸給別人。③灌唱片，用磁帶錄音。

ふきさらし［吹きさらし・吹き曝し］（名）任憑風吹雨打，放在露天。（也説“ふきっさらし”）

ふきす・ぎる［吹き過ぎる］（自上一）（風）吹過。

ふきすさ・ぶ［吹きすさぶ・吹き荒ぶ］（自五）

大風呼嘯，猛颳，狂吹。（也説“ふきすさむ”）△寒風が～／寒風勁吹，寒風呼嘯。→吹きあれる

ふきすさ・む［吹きすさむ・吹き荒む］（自五）→前項

ふきそ［不起訴］（名）不起訴。

ふきそうじ［拭き掃除］（名・自サ）擦淨。

ふきそく［不規則］（名・形動）不規則。△～な生活／不規則的生活。

ふきだし［吹き出し］（名）吹出，噴出。

ふきだ・す［噴き出す］（自五）①噴出，冒出。△温泉が～／溫泉湧出。②（忍不住）笑出來。△思わず～／不由得笑出來。

ふきだまり［吹き溜まり］（名）①被風颳到一起的雪堆，落葉堆等。②落魄之人聚集的地方。△社会の～／生活無着落的人聚居的場所。

ふきちら・す［吹き散らす］（他五）（把東西）吹亂，吹散。

ふきつ［不吉］（形動）不吉祥，不吉利。△～な予感／不吉利的預感。

ふきつ・ける［吹き付ける］（他下一）①（風、雨、雪、煙等）吹打，狂吹。②噴向，噴出。→吹きかける ③噴上。

ぶきっちょ（名・形動）笨拙。

ふきつの・る［吹き募る］（自五）（風）越颳越大。

ふきでもの［吹き出物］（名）瘡，小疙瘩。

ふき・でる［吹き出る・噴き出る］（自下一）湧出，冒出。

ふきとおし［吹き通し］（名）通風，通風的地方。

ふきとば・す［吹き飛ばす］（他五）①吹飛，吹跑，颳跑。②消除，趕跑。△寒さを～／把寒冷趕跑。

ふきながし［吹き流し］（名）①幡，風向袋。②日本鯉魚旗幡。

ふきぬき［吹き抜き］（名）①風幡。②通道，通風井。

ふきのとう［蕗の薹］（名）〈植物〉蜂斗菜的（款冬的）花梗。

ふきば［吹き場］（名）精煉場，鑄造場。

ふきぶり［吹き降り］（名）疾風伴着大雨，風雨交加，狂風暴雨。△～をついて出かける／冒着風雨出了門。

ふきまく・る［吹きまくる・吹き捲る］（他五）①風猛颳。②説大話，吹牛皮。△ほらを～／大吹大擂。

ふきまさ・る［吹き増さる］（他五）（風）越颳越大。

ふきまめ［富貴豆］（名）糖煮去皮蠶豆。

ふきまわし［吹き回し］（名）（常用どういう風の吹き回しか）“どうした風の吹き回しか”的形式）是甚麼原因，不知颳的是甚麼風。△どうした風の～か筆不精的彼が暑中見舞いをよこした／不知是甚麼風，使得一向手懶的他寄來了暑假問候信。

ぶきみ［不気味，無気味］（形動）令人不快的，可怕的。△～な静けさ／可怕的寂靜。

ふきや［吹き矢］（名）吹筒箭。

ふきゅう［不朽］（名）不朽。△～の名作／不朽的名作。→不滅

ふきゅう［普及］（名・自サ）普及。△知識が～する／知識普及。△全国に～する／普及到全國。

ふきゅう［腐朽］（名・自サ）腐朽。

ふきゅうばん［普及版］（名）普及本。

ふきょ［不許］（名）不准，不許。

ふきょう［不況］（名）不景氣，蕭條。↔好況

ふきょう［不興］（名）不高興，不愉快，沒味，掃興。△～を買う／惹人不高興。

ふきょう［布教］（名・他サ）傳教，傳道，佈道。

ふきょう［富強］（名・形動）富強。

ぶきよう［不器用・無器用］（名・形動）① 笨。△～な手つき／笨手。→ぶきっちょ ↔ 器用 ②（辦事）笨，幹不好。

ぶぎょう［奉行］（名）〈史〉奉行（武士官名）。

ふぎょうぎ［不行儀］（形動）沒規矩，沒禮貌。

ふぎょうじょう［不行状］（形動）行為不端，品行壞。

ふぎょうせき［不行跡］（名・形動）不規矩，行為不端。

ふきょうわ［不協和］（名・形動）不融洽，不和諧。

ふきょうわおん［不協和音］（名）不諧和音。

ふきょか［不許可］（名）不准許，不許可。

ふきょく［負極］（名）→いんきょく

ふきょく［布局］（名）（圍棋等的）佈局。

ぶきょく［舞曲］（名）舞曲。

ぶきょく［部局］（名）（政府各部門）部、局。

ふきよせ［吹き寄せ］（名）①（用口哨等將動物）聚集在一起。△小鳥の～／用哨音招集鳥。② 雜湊，雜燴。

ふぎり［不義理］（名・形動）① 不合情理，欠人情。對不起人。② 欠債。△～をかさねる／屢次欠債（屢欠人情）。

ふきりつ［不規律］（名・形動）①（生活）放蕩，散漫。② 無規律。

ぶきりょう［不器量・無器量］（名・形動）醜，難看，其貌不揚。△～な人／相貌醜陋的人。→不細工

ふきわ・ける［吹き分ける］（他下一）①（風把…）吹開。② 提煉。

ふきん［布巾］（名）抹布。

ふきん［付近］（名）附近。△家の～／家的附近，房子的附近。↔遠方→あたり，近所

ふきんいつ［不均一］（名）不均等。

ふきんこう［不均衡］（名）不均衡，不平衡。△～をただす／糾正不平衡。貿易の～／貿易不平衡→アンバランス

ふきんしつ［不均質］（名）質量不均勻。

ふきんしん［不謹慎］（形動）不謹慎，輕率，不慎重。△～なふるまい／輕率的舉止。

ふ・く［吹く］（自他五）① 颳。△風が～／颳風。△風に吹かれる／被風吹拂。② 吹。△炭を～いて赤くする／把木炭火吹旺，把炭火吹紅。△火吹き竹／吹火竹筒。③ 吹（樂器）。△らっぱを～／吹號，吹喇叭。④ 露出，冒出。△芽を～／發芽。△あわを～／冒泡，△吐白沫。こなを～／（像乾柿餅那樣）出霜，出現粉。⑤（用熔化的玻璃、金屬）鑄型，吹製。△鐘を～／鑄鐘。⑥ 説大話。△ほらを～／吹牛皮。△あの人がまた～いているな／他又吹起牛皮來了啊！

ふく［拭く］（他五）（用布、紙等）擦。△ガラスを～／擦玻璃。△あせを～／擦汗。→ぬぐう

ふ・く［葺く］（他五）（用瓦、板子、茅草等）蓋屋頂，苫房頂。△かわらでやねを～／用瓦蓋屋頂，房頂掛瓦。

ふ・く［噴く］（自他五）（液、氣體）噴出。△火を～／噴火。△潮を～（鯨魚）噴水（柱）。

ふく［服］（名）外衣，衣服。△～を着る／穿衣服。△～をぬぐ／脱衣服。

ふく［副］（副）△議長は正と～との計二名を選ぶ／選出兩名正副議長。↔正

ふく［福］（名）福，幸福，幸運。△笑う門にはきたる／歡笑之家福必至，笑門得福，和氣致祥。△わざわいを転じて福となす／轉禍為福。△残りものには～がある／吃最後剩的東西有福氣。↔禍

ふぐ［河豚］（名）河豚。△～にあたる／吃河豚中毒。

ふぐ［不具］（名）殘廢。

ふくあん［腹案］（名）腹稿。△～をねる／擬定腹稿，內心盤算。

ふくい［復位］（名）復位。

ふくいく［馥郁］（副・連體）馥郁，芳香。△～としたかおり／馥郁芬芳。△～たるかおり／馨香。

ふくいん［幅員］（名）（公路、船舶等的）寬度。△～がせまい／寬度小，窄。

ふくいん［復員］（名・自他サ）復員。

ふくいん［福音］（名）福音。△～書／福音書。

ふくいん［副因］（名）次要原因。

ふくいんしょ［福音書］（名）福音書。

ふぐう［不遇］（名・形動）懷才不遇，遭遇不佳。△～をかこつ／抱怨遭遇不佳。△一生を～のうちにおえる／終身懷才不遇。

ふくうん［福運］（名）幸福，幸運。

ふくえき［服役］（名・他サ）① 服刑。→服罪 ② 服役，服兵役。

ふくえん［復縁］（名・自サ）恢復夫妻關係，復婚。△～をせまる／逼迫復婚。

ふくが［伏臥］（名・自サ）俯臥。↔仰臥

ふくがく［復学］（名・自サ）復學。

ふくかげん［服加減］（名）（茶道）茶的溫度，濃度。

ふくがん［複眼］（名）〈動〉複眼。↔単眼

ふくぎちょう［副議長］（名）副主席，副議長。

ふくぎょう［副業］（名）副業。→アルバイト ↔ 本業。

ふくぎょう［復業］（名・自サ）復業，恢復原來的職業。

ふくきん［腹筋］(名) 腹肌。(也作ふっきん)

ふくげん［復元・復原］(名・自他サ) 復原，恢復原狀。△～力／恢復正常姿態的能力。△～図／復原圖。

ふくげんりょく［復原力］(名) ① 恢復能力。② (彈力體的) 恢復力。

ふくこう［腹腔］(名) 腹腔。

ふくごう［複合］(名・自他サ) 複合。△～語／複合詞。

ふくごうかざん［複合火山］(名) 複合火山。

ふくこうがん［副睾丸］(名) 副睾丸。

ふくこうかんしんけい［副交感神経］(名) 副交感神經。

ふくごうご［複合語］(名)〈語〉複合語。

ふくごうどうし［複合動詞］(名)〈語〉複合動詞。

ふくさ［袱紗］(名) 小方綢巾，小綢巾。

ふくざ［複座］(名) 雙座。

ふくざい［伏在］(名・自サ) 隱藏，潛伏。

ふくざい［服罪］(名・自サ) 服刑。

ふくざつ［複雑］(名・形動) 複雜。△～な気持／複雜的心情。△～な表情／複雜的表情。△～な構造／複雜的結構，複雜的構造。↔ 単純，簡単

ふくさよう［副作用］(名) 副作用。△～がある／有副作用。

ふくざわゆきち［福沢諭吉］〈人名〉福澤諭吉 (1834-1901)。日本明治時代的思想家，教育家。

ふくさんぶつ［副産物］(名) 副產品，副產物。

ふくし［副詞］(名) 副詞。

ふくし［福祉］(名) 福利。△～国家／福利國家。△社会～／社會福利。

ふくじ［服地］(名) 衣服料，衣料。

ふくしき［複式］(名) 複式。△～学級／複式學制。

ふくしきかざん［複式火山］(名)〈地〉複式火山。

ふくしこっか［福祉国家］(名) 福利國家。

ふくじてき［副次的］(形動) 次要的，從屬的。△～な問題／次要的問題，從屬的問題。→二次的

ふくしゃ［複写］(名・他サ) ① 複印。→コピー ② 複寫。△～紙／複寫紙。

ふくしゃ［伏射］(名) 臥射。

ふくしゃ［輻射］(名・他サ) 輻射。△～熱／輻射熱。

ふくしゃ［覆車］(名) 翻車。

ふくじゅ［福寿］(名) 福壽，幸福長壽。

ふくしゅう［復習］(名・他サ) 複習。→おさらい ↔ 預習

ふくしゅう［復讐］(名・他サ) 復仇，報仇。△～の鬼／復仇狂。△～の念／復仇的念頭。

ふくじゅう［服従］(名・自サ) 服從。△命令に～する／服從命令。↔ 反抗

ふくじゅそう［福寿草］(名) 側金盞花。

ふくしょう［副賞］(名) 附加獎。

ふくしょう［副章］(名) 副勳章。

ふくしょう［復唱・復誦］(名・他サ) 複述，重述。

ふくしょく［服飾］(名) 服飾。△～デザイナー／服飾設計師。

ふくしょく［副食］(名) 副食，菜餚。△～費／副食費。→おかず ↔ 主食

ふくしょく［復職］(名・自サ) 復職。

ふくじょし［副助詞］(名) 副助詞。

ふくしん［腹心］(名) 心腹。△～の部下／心腹部下。→片うで

ふくしん［副審］(名) 副裁判員。

ふくじん［副腎］(名) 副腎。

ふくすい［覆水］(名) 覆水，潑了的水。

ふくすいぼんにかえらず［覆水盆に返らず］(連語) 覆水難收。

ふくすう［複数］(名) ① 複數 (二以上的數)。② 複數 (表示兩個人以上或兩個以上的事物)。↔ 単数

ふくすけ［福助］(名) (日本民間傳說) 招福童子。

ふく・する［服する］(自他サ) 服，服從。△刑に～／服刑。△命令に～／服從命令。△喪に～／服喪。

ふく・する［復する］(自他サ) 恢復，復原。△舊に～／復舊。△正常に～／恢復正常。

ふく・する［伏する］(自他サ) ① 伏，俯。△伏，使俯。② 潛伏，使潛伏。③ 降伏，屈服，使屈伏。

ふくせい［複製］(名・他サ) 複製。△名画を～する／複製名畫。△～画／複製畫。

ふくせい［復姓］(名・自サ) 恢復原姓。

ふくせき［復籍］(名・自サ) 復籍 (恢復戶口、學籍等)。

ふくせき［復席］(名・自サ) 歸席，回到原來的席位。

ふくせん［伏線］(名) 伏綫，伏筆。△～をしく／埋下伏筆。△～を設ける／做個伏筆。

ふくせん［復線］(名) 複綫，雙軌。↔ 単線

ふくそう［服装］(名) 服裝，衣着。△～を正す／端正服裝。△～を整える／整裝。

ふくそう［副葬］(名) 殉葬。

ふくそう［福相］(名) 福相。↔ 貧相

ふくそう［輻輳］(名・自サ) 輻輳，雲集。△年末は事務が～する／年終諸事猬集，年末事務太忙。→ラッシュ

ふくそう［複像］(名) ① 疊影，雙像。② 多重圖像。

ふくそうさい［副総裁］(名) 副總裁。

ふくぞうない［腹蔵ない］(形) 坦誠，直率。△～なく話す／坦率地講，毫無隱諱地談。

ふくそうり［副総理］(名) 副總理。

ふくぞく［服属］(名・自サ) 隸屬；隨從。

ふくそすう［複素数］(名) 複數。

ふくたい［腹帯］(名) ① 腹帶。② 肚帶。

ふくだい［副題］(名) 副標題，副題。→サブタイトル

ふくだいじん［副大臣］(名) 大臣政務官。

ふぐたいてん［不倶戴天］(名)不共戴天。△～の敵／不共戴天的敵人。

ふくだいとうりょう［副大総領］(名)副總統。

ふくちじ［副知事］(名)副知事，代理知事。

ふくちゃ［福茶］(名)吉祥茶。

ふくちょう［副長］(名)①副長(副部長，大學副校長，副組長)。②副艦長。

ふくちょう［復調］(名・自サ)恢復，康復。△～いちじるしい／恢復明顯。

ふくつ［不屈］(名・形動)不屈不撓。△～の精神／不屈不撓的精神。△不撓々／不屈不撓。

ふくつう［腹痛］(名)腹痛。→はらいた

ふくてつ［覆轍］(名)覆轍。

ふくど［覆土］(名)蓋土，覆土。

ふくとく［福徳］(名)福德，有福有德。

ふくどく［服毒］(名・自サ)服毒。△～自殺／服毒自殺。

ふくどくほん［副読本］(名)副課本，輔助讀物。

ふくのかみ［福の神］(名)福神，財神，財神爺。△～がまいこむ／福星臨門。↔貧乏神，厄病神

ふくはい［腹背］(名)腹背。△～に敵を受けて苦戦する／腹背受敵，進行苦戰。

ふくびき［福引き］(名)抽籤，抽彩。中彩，得獎。

ふくひょう［復氷］(名)復冰(現象)。

ふくぶ［腹部］(名)①腹部。②中部。

ふくふく(と)(副)膨脹鬆軟。

ぶくぶく(と)(副)①虛胖。②膨脹。③冒泡。

ぷくぷく(と)(副)①膨脹。②冒泡。

ふくぶくし・い［福福しい］(形)胖呼呼，(有)福相。

ふくふくせん［複複線］(名)雙複綫，並列複綫。

ふくぶん［複文］(名)複句。

ふくぶんすう［複分数］(名)繁分數。

ふくべ［瓠・匏］(名)〈植物〉葫蘆。→ひょうたん

ふくへい［伏兵］(名)伏兵。

ふくへき［腹壁］(名)腹壁。

ふくぼく［副木］(名)夾板，支架。

ふくぼつ［覆没］(名・自サ)沉没，覆没。

ふくまく［腹膜］(名)腹膜。

ふくまくえん［腹膜炎］(名)腹膜炎。

ふくまでん［伏魔殿］(名)魔窟。

ふくまめ［福豆］(名)(立春前為袪災而撒的)炒豆。

ふくま・れる［含まれる］(自下一)含有，包含。

ふくみ［含み］(名)含蓄。△～のある発言／含蓄的發言。

ふくみごえ［含み声］(名)含混的聲音。

ふくみしさん［含み資産］(名)賬外富餘的資產。

ふくみだし［副見出し］(名)副標題。

ふくみみ［福耳］(名)耳垂大的耳朵。

ふくみわらい［含み笑い］(名)含笑。

ふく・む［含む］(他五)①含，銜。△口に水を～／水含口中。②包含，包括。△塩分を～んだ水／含有鹽分的水。③帶有，懷恨。△水分を～／含水分。△～ところがはる／懷有怨恨。△顔に笑みを～／面帶笑容。△うれいを～んだまなざし／帶有憂傷的目光。

ふくむ［服務］(名・自サ)工作，服務。→勤務

ふくめい［復命］(名・他サ)覆命，回報(完成命令的結果)。

ふくめつ［覆滅］(名・他サ)覆滅。

ふくめに［含め煮］(名)燉(的食物)。

ふく・める［含める］(他下一)①包括，包含。△本代を～めて三千円かかった／包括書費在內，共花了三千日圓。②講清楚，講明白。△いい～／説清楚。

ふくめん［覆面］(名・自サ)蒙面遮面(布)。△覆面作家／匿名作家。△～パトカー／不露面目的警車。

ふくも［服喪］(名・自サ)服喪。→喪に服する

ふくやく［服薬］(名・自サ)服藥。

ふくよう［服用］(名・他サ)服用，服藥。→服薬

ふくよう［服膺］(名・他サ)服膺，銘記。

ふくよう［複葉］(名)〈植物〉複葉。

ふくよか［脹よか］(形動)豐滿。△～な胸／豐滿的胸脯。

ふくらか［脹らか］(形動)→ふくよか

ふくらしこ［膨らし粉］(名)發酵粉，麵起子。

ふくらすずめ［膨ら雀］(名)肥胖的小麻雀。

ふくらはぎ［脹ら脛］(名)腓，腿肚子。→こむら，こぶら

ふくらま・す［膨らます］(他五)使膨脹，鼓起。△ほほを～／鼓起腮幫子。△風船を～／吹鼓氣球。

ふくら・む［膨らむ］(自五)鼓起，脹大。△希望が～／希望越來越大。△つぼみが～／花苞脹大。→ふくれる↔しぼむ

ふくり［福利］(名)福利。△～厚生／福利保健。

ふくり［複利］(名)〈經〉複利。↔単利

ふくりゅう［伏流］(名)底流，潛流。

ぶくりょう(名)茯苓。

ふくれ［膨れ］(名)①膨脹，鼓起。②(鑄物的)氣孔，氣泡。

ふくれっつら［膨れっ面］(名)噘着嘴的臉，繃起的臉。

ふく・れる［膨れる］(自下一)①脹，膨大。△腹が～／肚子脹，△肚子大了(有孕)。もちが～／黏糕脹脹，發酵了。△～れ上がる／脹起來，鼓起來。→ふくらむ②(生氣)噘嘴。→むくれる

ふくろ［袋］(名)①口袋。△～につめる／塞進口袋。△～入り／袋裝。△手さげ～／手提袋。②類似口袋的東西。△胃ぶくろ／胃。△戸ぶくろ／收放板窗的地方。③(葡萄之類的)皮兒。

ふくろ［復路］(名)歸途。↔往路

ふくろあみ［袋網］(名)袋狀網。

ふくろいり［袋入り］(名) 袋裝，袋裝的東西。

ふくろう［梟］(名)〈動〉鴟鴞，貓頭鷹。

ふくろおび［袋帯］(名) 筒帶。

ふくろおり［袋織り］(名)(雙層) 織成袋狀，
筒織。

ふくろがけ［袋掛け］(名) 套紙袋。

ふくろく［福禄］(名) 福祿。

ふくろくじゅ［福禄寿］(名) 福祿壽(三星)。

ふくろこうじ［袋小路］(名) 死胡同，死路。
△～におちいる／陷入僵局，走投無路。

ふくろだたき［袋だたき・袋叩き］(名) 羣起
而攻之，圍打起來，圍攻。

ふくろだな［袋棚］(名) →ふくろとだな

ふくろち［袋地］(名) 被圍在中間無出路的土
地。

ふくろづの［袋角］(名) 鹿茸。

ふくろづめき［袋詰め機］(名) 裝袋機。

ふくろとじ［袋とじ、袋綴じ］(名) 古本折疊
式紙張的綫裝書。

ふくろとだな［袋戸棚］(名) 櫥櫃，壁櫥。

ふくろぬい［袋縫い］(名) 袋縫。

ふくろねこ (名) 袋貓。

ふくろのねずみ［袋の鼠］(連語) 囊中之物，
甕中之鱉。

ふくろはり［袋張り］(名) 糊紙袋。

ふくろみち［袋道］(名) 不能通行的路，死胡同。

ふくわじゅつ［腹話術］(名) 腹語術。

ふけ［雲脂］(名) 頭皮，頭屑。△～がでる／長
頭皮。

ぶけ［武家］(名) ① 武士門第。↔公家 ② 武士。

ふけい［父兄］(名) 父兄。△～会／家長會。

ふけい［父系］(名) ① 父系(血統) ② 父系(繼
承)。△～家族／父系家族。↔母系

ふけい［不敬］(名・形動) 無禮，不敬，沒禮貌。

ふけい［婦警］(名) 女警察。

ぶげい［武芸］(名) 武術，武藝。→武道

ふけいき［不景気］(名・形動) ①(產品滯銷)
不景氣，蕭條。→不況 ↔好景気 ②(商店等)
不興隆，不景氣。③ 無精打彩，愁眉不展。△～
な顔／無精打采的面孔。

ふけいざい［不経済］(名) 不經濟，浪費。

ふけこ・む［老け込む］(自五) 蒼老，衰老，
上了年紀。△めっきり～／顯得衰老多了。→
老いこむ

ふけそう［普化僧］(名) 普化僧，虛無僧。

ふけつ［不潔］(名・形動) 不潔，不淨，髒。△～
な手／髒手。△～な身なり／不整潔的穿着。
△～な金／骯髒的金錢。↔清潔

ふける［老ける］(自下一) 老，上年紀。△父も
めっきり～けた。／父親也顯老了。→老いる

ふ・ける［更ける・深ける］(自下一) ① 深夜。
△夜が～／夜深。② 秋深。△秋も～け，すず
しさをました／秋深了，一天涼似一天。

ふ・ける［耽ける］(自五) 沉溺，沉迷，埋頭
(於)。△思い出に～／陷入回憶之中。△読書
に～／埋頭讀書。△読み～／讀得着迷。→熱
中する

ふ・ける［蒸ける］(自下一) 蒸熟，熟透。△い
もが～／紅薯蒸熟了。

ふけん［夫権］(名) 夫權。

ふけん［父権］(名) 父權。↔ぼけん。

ふげん［不言］(名) 緘默無言。

ふげん［付言］(名・他サ) 附言，附帶説。△～
すれば…／若附帶説明…

ふげん［富源］(名) 富源。

ぶげん［誣言］(名) 誣衊，誹謗。

ふけんこう［不健康］(名・形動) ① 不健康，對健
康不利。△夜ふかしは～だ／熬夜對健康不利。
②(想法等) 不健康。△～な考え方／不健康的
想法。→不健全 ↔健康的，健全

ふけんしき［不見識］(名・形動) 沒見識，輕率。

ふげんじっこう［不言実行］(名) 不言而行，
不聲不響地實幹。

ぶげんしゃ［分限者］(名) "財主"的舊説法。

ふけんぜん［不健全］(形動) 不健全。△～き
わまる／極不健全。△～な考え／不健全的想
法。→不健康 ↔健全

ふこう［不幸］(名・形動) ① 不幸，倒霉。△～
な一生／不幸的一生。△～をなげく／為不幸
而悲嘆。△～中のさいわい／不幸中的大幸。
→不幸せ。不運 ↔幸福 ② 親人死去。△～が
ある／有不幸(喪事)。△とつぜんの～／突如
其來的不幸(喪事)。

ふこう［不孝］(名・形動) 不孝。△親～／不孝
敬父母。↔孝行

ふこう［富鉱］(名) 富礦。

ふごう［負号］(名)〈數〉負號。→マイナス ↔
正号

ふごう［符号］(名) 符號，記號。

ふごう［符合］(名・自サ) 符合，吻合。△目擊
者の話と～する／與目擊者的説法吻合。

ふごう［富豪］(名) 富豪，百萬富翁。△大富
豪／大富豪。→大金持ち，金満家

ふごうかく［不合格］(名) 不合格。

ふこうし［不行使］(名) 不行使。

ふこうちゅうのさいわい［不幸中の幸い］(連
語) 不幸中之大幸。

ふこうへい［不公平］(名・形動) 不公平，不
公道。△～なあつかい／不公平對待。→不平
等 ↔公平

ふごうり［不合理］(名・形動) 不合理。→非合
理 ↔合理

ふこうりゅう［不拘留］(名) 不拘留。

ふこく［布告］(名・他サ) 公佈，宣佈，佈告，
公告。△宣戦布告／宣戰公告。

ふこく［富国］(名) ① 富國。② 富裕的國家。

ぶこく［誣告］(名・他サ) 誣告。

ふこくきょうへい［富国強兵］(名) 富國強兵。

ぶこくざい［誣告罪］(名) 誣告罪。

ふこころえ［不心得］(名・形動) 輕率，冒失，
行為不端。△～をさとす／對不肖行為加以告
誡。△～者／行為不端的人。

ぶこつ［武骨］(名・形動) 粗野，不禮貌。△～
な手／粗壯的手。△～者／不文雅的人。

ふさ［房・総］(名) ① 纓子，穗子，流蘇。② 一串，一簇。△ぶどうの〜/△葡萄串花〜/一串花。

ブザー［buzzer］(名) 蜂音器，蜂鳴器。△〜を鳴らす/按響蜂音器。

ふさい［夫妻］(名) 夫妻，夫婦。

ふさい［負債］(名) 負債，欠債。△〜を負う/負債，欠下債務。△〜をかかえる/有債務。

ふさい［不才］(名) 不才，無才。

ふさい［付載］(名・他サ) 附錄，附載。

ふざい［不在］(名) 不在，不在家。△国民不在の政治/無視國民的政治。→留守

ぶさいく［不細工・無細工］(名・形動) ① 粗笨，不靈巧，不好。△〜なかぼちや/收成不好的南瓜。② 難看，醜。△〜な顔/難看的面孔。→不器量

ふざいしゃとうひょう［不在者投票］(名)〈法〉不在選舉人投票，郵寄投票。(因故不能在投票日期投票者，可在投票日前一天投票的制度。)

ふさが・る［塞がる］(自五) ① 關、合、閉。△穴が〜/洞堵住了，窟窿堵住了。△傷口が〜/傷口癒合。△目が〜/眼閉上了。→しまる ② 堵，塞。△道が〜/道路堵塞。△胸が〜/心裏堵得慌。→つまる・つかえる ③ (被) 佔用，佔滿，佔着。△席が〜/座位被人佔着。△手が〜/騰不出手來，手被佔着。△あいにくその日は〜がっていてお会いできません/不巧，那天騰不出空來，不能見您。↔あく

ふさぎこ・む［ふさぎ込む・塞ぎ込む］(自五) 鬱鬱不樂，悶悶不樂，心情不舒暢。

ふさく［不作］(名) 收成不好，歉收。→凶作 ↔豊作

ふさ・ぐ［塞ぐ］(自他五) ① 關，閉，塞，堵。△穴を〜/堵洞。△口を〜/堵住嘴。△耳を〜/堵住耳朵。↔あける ② 佔，擋。△場所を〜/佔地方。△道を〜/擋道。↔あける ③ 敷衍，應付。△責めを〜/敷衍塞責。④ 鬱悶不樂。△気が〜/心裏堵得慌。△彼は最近どういうわけか〜でいる/他最近不知是甚麼原因，總是悶悶不樂。→しずむ

ふさくい［不作為］(名)〈法〉有意不為，不履行。

ふざけ (名) ① 耍戲。② 開玩笑。

ふざ・ける (自下一) ① 鬧，戲耍，耍笑。→おどける ② (小孩) 歡鬧，蹦蹦亂跳。③ 嘲弄，愚弄。△〜な/別開玩笑了！別捉弄人！

ぶさた［無沙汰］(名・自サ) 久疏問候，久未通信，久遠。△〜をわびる/久疏問候，表示歉意。△長らくご〜しています/久未通信了。→無音

ぶざつ［蕪雜］(名・形動) 蕪雜，不嚴整，無條理。

ふさなり［総生り］(名・副) 一簇簇，一串串，一掛掛。

ふさふさ［総総・房房］(副・自サ) 簇生，成簇。

ぶさほう［無作法・不作法］(名・形動) 沒規矩，不禮貌，粗魯。△〜な態度/不禮貌的態度。→ぶしつけ。無禮

ぶさま［無様・不様］(形動) 不像樣子，難看。△〜なかっこう/難看的樣子，醜態。→ぶかっこう，醜態

ふさも［房藻］(名) 狐尾藻。

ふさようじ［総楊枝］(名) 一頭兒劈成數瓣的牙籤。

ふさわし・い［相応しい］(形) 相稱，適稱，適合。△その場に〜服装/很適合那種場面的服装。△年齢に〜/與年齡相稱。

ふさん［不参］(名・自サ) 不參加，不出席。

ふし［節］(名) ① (竹、葦的) 節。△竹の〜/竹節。② (樹木的) 癤子。△〜の多い板/癤子多的木板。△〜くれだつ/多癤而不光滑。③ (人、動物) 關節。△〜が多い/許多關節，許多地方。④ 段落，階段。△あの仕事はぼくにとって大きな節となつた/那項工作對我來說是重大的階段。△〜目/段落，階段。⑤ (音樂的) 旋律，曲調。△〜が合う/曲調相同。△〜をつける/配上譜兒。△一〜歌う/唱一支曲子。⑥ "かつおぶし" 的略語。(調味用) 木魚，乾松魚。⑦ (看到的) 點，地方。△彼の言動にはどことなくあやしい〜がある/他的言行中總有些可疑之處。

ふし［父子］(名) 父子。↔母子

ふし［不死］(名) 不死，長生，永生。

ふじ［藤］(名)〈植物〉紫藤。

ふじ［富士］(名) ① "富士山" 的略語。② 給與富士山形狀相似的美麗的山起的名字。△津軽〜/津輕富士。△出羽〜/鳥海山。

ふじ［不治］(名) 不治 (的病)。(也説 "ふち")△〜の病/不治之症。

ふじ［不時］(名) 意外，萬一。△〜の出費/意外的開銷，意外的花費。△〜の客/不速之客。△〜着/臨時着陸，迫降。

ぶし［武士］(名)〈史〉武士。→武人

ぶじ［無事］(名・形動) 平安，平安無事。△〜をいのる/祈禱平安無事。△〜におわる/圓滿地結束了。△〜に帰る/平安地返回。△ご〜でなによりです/平安無事，再好不過了。

ふしあな［節穴］(名) (木板上的) 癤子孔，癤子眼。△きさまの目は〜か！/你小子的眼睛瞎了嗎？

ふしあわせ［不幸せ］(名・形動) 不幸，倒霉，不走運。△〜な生活/不幸的生活。↔しあわせ

ふしいと［節糸］(名) 多節的絲。

ふじいろ［藤色］(名) 淡紫色。

ふしおが・む［伏し拝む］(他五) 叩拜。

ふしぎ［不思議］(名・形動) 奇怪，奇異，不可想像。△〜な現象/奇怪的現象。△〜な事件/不可思議的事件。△〜に思う/感到奇怪，覺得離奇。△〜がる/感到奇怪，認為離奇。△七〜/(世界上) 七大怪事。△〜まか〜/非常離奇，百思不得其解，神乎其神。

ふしくれ［節くれ］(名) 瘤子多的木料。

ふしくれだ・つ［節くれ立つ］(自五) 多節而不平滑，(手指) 骨節突出。△～った手／粗黑的手，粗壯的手。

プシケ (名)① 普賽克，愛神丘比特之妻。② 靈魂。

ふじざいく［藤細工］(名) 用藤蔓製造工藝品。

ふじさや (か)(名)〈植物〉節莢 (果)。

ふじさん［富士山］〈地名〉富士山。

ふしぜん［不自然］(形動) 不自然。做作。造作。△～な態度／做作的態度。→わざとらしい

ふしだつ［節立つ］(名) 長節，長疙瘩。

ふしだな［藤棚］(名) 藤架，藤蘿架。

ふしだら (名・形動) 荒唐，放蕩，不規矩。△～な生活／荒唐的生活。→だらしがない

ふじちゃく［不時着］(名・自サ)(飛機) 降落別處，迫降，緊急降落。

ふしちょう［不死鳥］(名)(埃及神話) 不死鳥，火鳳凰。

ふしつ［浮室］(名)① 氣艙。② 浮力櫃，空氣櫃。

ふじつ［不実］(名・形)① 不誠實，虛偽。△～をせめる／責備不誠實。△～な男／虛偽的人，薄情的人。② 不真實。

ふじつ［不日］(形) 不日，不久，日內。

ぶしつけ［不躾］(名・形動) 不禮貌，粗野，冒失，冒昧。△～な質問／冒昧的問題。△～なお願いをお許しください／請原諒冒昧的請求。→無禮，無作法

ふじつぼ (名)〈動〉藤壺。

ふして［伏して］(副) 懇切，衷心，謹。

ぶしどう［武士道］(名) 武士道。

ふじばかま［藤袴］(名)〈植物〉(貫葉) 澤蘭。

ぶしはくわねどたかようじ［武士は食わねど高楊枝］(連語) 武士不露餓相。武士不飲盜泉之水。

ふしばらい［節払い］(名) 砍去瘤子。

ふじびたい［富士額］(名) 富士山形的前額髮際。

ふしぶし［節節］(名)①(全身) 各個關節。△～が痛む／全身關節痛② 各點，許多地方。△あの男にはあやしい～がある／他有許多可疑之點。

ふしぼね［節骨］(名) 關節骨。

ふしま［節間］(名) 節距。

ふしまつ［不始末］(名・形動)① 不注意，不經心。△火の～／用火不當心。②(行為) 不檢點，不規矩。→不行跡

ふじまめ (名)(埃及) 菜豆，扁豆。

ふしまわし［節回し］(名) 曲調，抑揚頓挫。→声調

ふじみ［不死身］(名・形動) 鐵身板，硬骨漢。△～な人／硬漢子。

ふしめ［伏し目］(名) 眼睛向下看。低頭。△～がち／總是低下頭，好垂雙眼。

ふしめ［節目］(名)①(竹樹) 的節眼。② 段落，

階段。△～をつける／確定一個階段，告一個段落。△人生の～／人生的一個階段。

ふしゃ［富者］(名) 富人，富翁。

ふしゅ［浮腫］(名) 浮腫。→むくみ

ふじゅ［腐儒］(名) 腐儒。

ぶしゅ［部首］(名) 部首。→偏旁冠脚

ふしゅう［俘囚］(名) 俘囚，俘虜。

ふしゅう［腐臭］(名) 腐臭。

ふじゆう［不自由］(名・形動・自サ) 不自由，不如意，不方便。△金に～する／缺錢，手頭緊。△～なく暮らす／過着舒心的生活。生活上不犯愁。

───────────────

用法提示 ▼
中文和日文的分別
中文有"心裏不自由"的意思；日文多表示身體殘疾或客觀條件造成的不方便。

1. 不自由な [人 (ひと)、体 (からだ)、足 (あし)、手 (て)、上半身 (じょうはんしん)、目 (め)、格好 (かっこう)、思 (おも)い、暮 (く)らし、生活 (せいかつ)]

2. 不自由を [味 (あじ)わう、極 (きわ)める、忍 (しの)ぶ、察 (さっ)する、補 (おぎな)う、ものともしない]

3. [会話 (かいわ)、生活 (せいかつ)、金 (かね)、移動 (いどう)に不自由をする

───────────────

ぶしゅうぎ［不祝儀］(名) 凶事，晦氣，喪事。↔祝儀

ふしゅうこう［不銹鋼］(名) 不銹鋼。

ふしゅうざい［付臭剤］(名) 加臭劑。

ふじゅうぶん［不十分・不充分］(名・形動) 不充分，不夠，不充足，不完全。→不完全 ↔十分

ぶしゅかん (名) 佛手柑，佛手。

プシュケー［psyche］(名)① 心，精神。② 希臘羅馬神話中象徵靈魂的美少女。

ふじゅつ［不出］(名) 不出門，不往外拿。

ふじゅつ［巫術］(名) 巫術。

ぶじゅつ［武術］(名) →ぶげい

ふしゅび［不首尾］(名・形動) 失敗，結果不好。↔上首尾

ふじゅん［不順］(名・形動) 不正常，反常，不調。△～な天候／反常的天氣。

ふじゅん［不純］(名・形動) 不純。△～な動機／不純的動機。△～物／不純物。↔清純

ふじゅんぶつ［不純物］(名) 雜質，不純物，夾雜物。

ふじょ［扶助］(名) 扶助，補助，幫助。△～をうける／得到扶助。△相互～／互相幫助。

ふじょ［婦女］(名) 婦女，女性，女人。

ぶしょ［部署］(名)(分配) 崗位，職守。

ふしょう［不詳］(名) 不詳，不明，不清楚。△身元～／身分不明。→不明，未詳

ふしょう［不肖］(名)① 不肖。△～の子／不肖之子。② 鄙人 (自謙)，不才。△～わたくしがいたします／鄙人來幹。

ふしょう［不祥］（名・形動）不祥，不吉利。

ふしょう［負傷］（名・自サ）負傷，受傷。△～者／負傷者，傷員。

ふしょう［富商］（名）富商，有錢的商人。

ふじょう［不浄］I（形動）不清淨，不清潔，污穢。△～の金／不義之財。II（名）（用“ご～”這一形式表示）廁所。

ふじょう［浮上］（名・自サ）浮起，浮上，浮出（水面）。→うきあがる

ぶしょう［不精・無精］（名・形動・自サ）懶，懶惰。△髭子邋遢，不刮臉。△筆～／不願寫，手懶。→ものぐさ

ぶしょう［武将］（名）武將。

ふしょうか［不消化］（名・形動）不消化，消化不良。

ふしょうじ［不祥事］（名）不吉利的事，不體面的事，不幸事，棘手的事。△～をおこす／發生棘手的事。

ふしょうじき［不正直］（名・形動）不正直，不誠實。

ふしょうち［不承知］（名・形動）不答應，不同意。

ふしょうにん［不承認］（名）不承認。

ぶしょうひげ［不精ひげ・無精ひげ］（名）髭子邋遢。

ふしょうぶしょう［不承不承］（副）勉勉強強地，不情願。△～したがう／勉強服從。→しぶしぶ，いやいや

ふしょうふずい［夫唱婦随］（連語）夫唱婦隨。

ぶしょうもの［不精者］（名）懶漢，遊手好閑的人。

ふじょうり［不条理］（名・形動）不合道理，不合理。

ふじょき［不如帰］（名）→ほととぎす

ふしょく［腐植］（名）腐植。△～土／腐植土。

ふしょく［腐食・腐蝕］（名・自他サ）腐蝕。

ふしょく［扶植］（名・他サ）扶植，灌輸。

ぶじょく［侮辱］（名・他サ）侮辱。△～にたえる／忍受侮辱。△～をうける／受到侮辱。

ふしょくばい［負触媒］（名）緩化劑，負催化劑。

ふしょくふ［不織布］（名）無紡織布。

ふじょし［婦女子］（名）婦女，婦女和小孩。

ふじわらかまたり［藤原鎌足］〈人名〉藤原鎌足（614-669）。大化革新的中心人物。

ふじわらしゅんぜい［藤原俊成］〈人名〉藤原俊成（1114-1204）。平安到鎌倉時代的歌人。是“千載和歌集”的編撰人。藤原定家的父親。

ふじわらていか［藤原定家］〈人名〉藤原定家（1162-1241）。鎌倉時代的歌人。“新古今和歌集”和“新勅撰和歌集”的編撰人。新古今調的代表歌人之一，有關和歌評論的書很多。

ふじわらみちなが［藤原道長］〈人名〉藤原道長（966-1027）。平安時代中期的政治家，作為天皇的外祖父，極有權勢，為藤原氏的全盛時代奠定了基礎。

ふしん［不信］（名）① 沒信義，不誠實。△～

の行為／不誠實的行為。→不実，不誠実② 不可信，不可靠，懷疑。△～の念／懷疑的念頭，不信任的心情。△～をまねく／招致對方不信任。△～感／不相信，不信任，懷疑。

ふしん［不審］（名・形動）可疑，懷疑，疑問。△～をいだく／抱有懷疑。△～に思う／覺得可疑，覺得奇怪。△～火／原因不明的火災。△～顔／滿臉狐疑，懷疑的神色。△挙動～／行跡可疑。→あやしい，疑わしい

ふしん［不振］（名・形動）不振，不興旺，蕭條，不佳。△～におちいる／陷入蕭條。△食欲～／食慾不振。→ふるわない

ふしん［普請］（名・他サ）修建，修築，修。△安～／廉價建築（的房子），簡易修建。

ふしん［腐心］（名・自サ）絞盡腦汁，煞費苦心，處心積慮。→苦心，苦慮

ふじん［夫人］（名）夫人。△社長～／經理夫人。→奥様

ふじん［布陣］（名・自サ）佈陣，佈下陣勢，佈置兵力。△万全の～／萬無一失的陣勢。→陣だて

ふじん［婦人］（名）婦女，女性，女人。△～警官／女警察。

ふじん［不仁］（名）沒有仁愛心，不仁。

ぶしん［武臣］（名）武臣，武將。

ぶじん［武士］（名）武士，軍人。↔ 文人

ふじんか［婦人科］（名）婦科。

ふしんかん［不信感］（名）不相信，懷疑。

ふしんこうい［不信行為］（名）違約行為，不守信用的行為。

ふしんせつ［不親切］（名・形動）不親切，不熱情，冷淡。

ふしんにん［不信任］（名）不信任，不相信。△～案／不信任案。△内閣～／對內閣不信任，對政府不信任。↔ 信任

ふしんにんあん［不信任案］（名）不信任案。

ふしんばん［不寝番］（名）巡夜（人），值夜班（的人）守夜。

ふじんふく［婦人服］（名）女服，女裝。

ふじんよう［婦人用］（名）女用。

ふしんりゃく［不侵略］（名）不侵略，不侵犯。

ふす［伏す］（他五）① 伏，伏臥，趴下，躺，臥。△草に～／伏在草上，躺在草上。② 病倒在牀上。△病床に～／臥倒在病牀，臥病在牀。

ふず［付図］（名）附圖。

ふずい［不随］（名）不遂，中風，麻痹。△半身～／半身不遂，偏癱。

ふずい［付随］（名・自サ）隨着，附帶。△～した問題／附帶的問題。

ぶすい［無粋・不粋］（名・形動）不風流，不風雅，不懂風趣。→無風流 ↔ 粋

ふずいい［不随意］（名）不隨意，不如意。

ふずいいきん［不随意筋］（名）不隨意肌。↔ 随意筋

ふすう［負数］（名）〈數〉負數。↔ 正数

ぶすう［部数］（名）① 冊數，份數。② 部數。

ぶすっと（副・自サ）① 不高興。② 噗哧一聲（刺

進去）。

ぶすぶす（副）① 冒煙燃燒貌。② 噗哧噗哧（陷落聲；扎人聲）。

ふすま［襖］（名）隔扇。

ふすま［麩］（名）麩子，麥糠。

ふすま［衾］（名）被子，棉被。

フズリナ［fusulina］（名）紡錘蟲（屬）。

ふ・する［付する］（他サ）① 附加。△条件を～/附加條件。→つける ② （用"…に付する"這種形式）付交，付之。△審議に～/提交審議。△不問に～/置之不問。

ふせ［布施］（名）佈施，施捨。△～をつつむ/獻上（包着的錢做）佈施。

ふせい［父性］（名）父性。↔母性

ふせい［不正］（名・形動）舞弊，不正當，不正派，非法，不正經。△～を働く/做壞事，作弊。△～な行為/舞弊行為，違法行為。△～事件/貪污事件，營私舞弊。

ふせい［不整］（名・形動）不整齊，不規則。

ふせい［負性］（名）負性，負。

ふせい［浮生］（名）浮生，人生。

ふぜい［風情］Ⅰ（名）① 情趣，趣味。△～がある/有風致。△～をそえる/增添情趣。△秋の～/秋天的情趣。② （"ようす""ありさま"的老説法）樣子，情況。△身も世もあらぬといった～でうつむいている/一副自暴自棄的樣子，低垂着頭。Ⅱ（接尾）（接在表示人的名詞後，表示輕蔑或自謙）…之類，…之流。△わたし～にこんなことまでしていただいておそれいります/像我這種人為了這類事情來麻煩您，真不好意思。

ふぜい［賦税］（名）賦税，課税。

ぶぜい［無勢］（名）人少。△多勢に～/寡不敵眾。

ふせいあい［父性愛］（名）父性愛。↔母性愛

ふせいかく［不正確］（名・形動）不正確，不準確。

ふせいき［不正規］（名）不正規。

ふせいけい［不正形］（名）〈礦〉假像，假晶。

ふせいこう［不成功］（名）沒成功，失敗。△～に終わる/以失敗告終。→失敗

ふせいごう［不整合］（名）①〈電〉失配，失諧。②〈地〉不整合。

ふせいこうい［不正行為］（名）① 違法行為，犯規行為。② 瀆職行為。

ふせいし［不正視］（名）不正視，屈光不正，變常眼。

ふせいじつ［不誠実］（名・形動）不誠實，虛情假意。

ふせいしゅだん［不正手段］（名）非法手段，不正當手段。

ふせいしゅつ［不世出］（名）罕見，稀世，稀奇。△～の天才/罕見的天才。

ふせいせい［不整斉］（名）不規則，不整齊。

ふせいせき［不成績］（名・形動）成績差，成績不好。△今学期は～におわった/本學期以不好的成績而告終。↔好成績

ふせいとりひき［不正取引］（名）〈經〉非法交易，違法交易，不公平交易。

ふせいぶん［不成文］（名）不成文。

ふせいりつ［不成立］（名）失敗，不成立。

ふせき［布石］（名）①〈圍棋〉佈局。② 為將來做準備。△～をうつ/為將來早做準備。

ふせき［斧石］（名）〈礦〉斧石。

ふせ・ぐ［防ぐ］（他五）① 防備，防禦，防守，防衛。△攻撃を～/防禦進攻。△防備來犯敵人を～/防禦敵人。→守る，防衛する，防戰する ② 防止，預防，防備。△風を～/防風。△未然に～/防（患）於未然。→防止する

ふせじ［伏せ字］（名）（文章中用空白 ○、× 表示）不公開的字，避諱的字。

ふぜい［伏せ勢］（名）伏兵，埋伏。

ふせつ［符節］（名）符節，兵符。△～を合わせるように/讓兩者完全吻合，完全一致。

ふせつ［敷設・布設］（名・他サ）① 鋪鐵軌。② 鋪設（水管，煤氣管），架設（電綫）。

ふせつ［浮説］（名）風傳，流言，謠傳。

ふせっせい［不摂生］（名・形動）不注意健康，不會養生。△～がたたる/不注意健康所致。→不養生 ↔摂生

ふせどい［伏せ樋］（名）暗渠。

ふ・せる［伏せる］（自他下一）① 躺，臥，伏。△草むらに～/伏在草叢中。② 朝下，向下。△顔を～/低下頭。△手を下雙眼。→うつむく ↔上げる ③ 扣（着蓋）倒過來，翻過來。△本を～/把書扣着放。④ 隱藏，瞞。△この話はしばらく～ておこう/這話先不要聲張，這話暫且瞞着吧。

ふせ・る［臥せる］（自五）臥牀，臥牀不起。△病床に～/臥病不起。

ふせん［付箋］（名）附籤，籤條，書籤。

ふぜん［不全］（名）不完全，不良。△発育～/發育不（完）全。△心～/心力衰竭，心功能障礙。

ぶぜん［憮然］（副・連體）失望，不高興。△～とした表情/失望的表情。△～たるおももち/滿臉失望的樣子。

ふせんしょう［不戦勝］（名）不戰而勝。

ふそ［父祖］（名）① 父親與爺爺。② 祖先。

ぶそう［武装］（名・自サ）武裝。△～をとく/解除武裝。△～した兵/武裝的士兵。△～解除/解除武裝。△核～/核武裝，核軍備。→装備

ふそうおう［不相応］（名・形動）不相稱。△身分～な暮らし/與身分不相稱的生活。

ふそく［不測］（名）不測，難以預料。△～の事態/不測事態。

ふそく［付則］（名）附則。↔本則

ふぞく［付属・附属］（名・自サ）附屬。△～病院/附屬醫院。

ぶそく［不足］Ⅰ（名・形動・自サ）不足，不夠。△～をおぎなう/彌補不足。△金が～する/錢不夠。△なに～なくそだつ/甚麼都不缺地長大成人，在富裕的家庭長大。Ⅱ（名）不

滿，牢騷，不平。△～を言う／發牢騷。△～
を鳴らす／鳴不平，抱怨。↔満足

ぶぞく [部族]（名）部族。→種族

ふぞくご [付属語]（名）附屬語。（如助詞、助
動詞）↔自立語

ふそくふり [不即不離]（名）不即不離。△～
の関係／不即不離的關係。→つかずはなれず

ふぞろい [不揃い]（名・形動）不齊，不一致。
△～の茶わん／不成套的飯碗（茶碗），不一樣
的飯碗。

ふそん [不遜]（名・形動）不遜。△～な態度／
傲慢不遜的態度。↔けんそん

ぶそん [蕪村]〈人名〉→よさぶそん

ふた [蓋]（名）蓋子。△～をする／蓋蓋兒。
△なべ～／鍋蓋。

ふた -[二・雙]（接頭）①[二]表示兩個，兩
種。△二色／雙色。△二間／兩個房間（套房）。
②[二・雙]對，雙。△二子／雙生子，孿生，
雙胞胎。△二親／雙親，父母。

ふだ [札]（名）①牌子，條子，籤子。△にもつ
に～をつける／給行李拴上貨籤。△立て～／
揭示牌，△告示牌。名～／名牌。△荷～／貨
籤，貨物飛子。②撲克牌，紙牌。△～をくば
る／發牌。△切り～／王牌，主牌。△手～／
名籤，名牌，手中的牌。③→おふだ

ぶた [豚]（名）豬。

ふたあけ [ふた明け・蓋明け]（名）開始，開
頭，開場。→幕あけ

ふだい [譜代]（名）①世襲，世代相傳的譜系。
②代代相傳的家臣。↔外様

ぶたい [部隊]（名）①部隊，軍人。②（為同一
目的集合的）一夥人。△平和～／和平隊。

ぶたい [舞台]（名）舞台。△～に立つ／登台。
△～をつとめる／認真演戲，擔任舞台工作。
△初～／初登舞台。→ステージ

ぶたいうら [舞台裏]（名）後台，幕後。△～
で工作する／在幕後進行工作。

ぶたいげき [舞台劇]（名）舞台劇。

ふたいじょうけん [付帯条件]（名）〈經〉附帶
條件。

ぶたいそうち [舞台装置]（名）舞台裝置，舞
台設施。

ふだいだいみょう [譜代大名]（名）〈史〉譜代
大名。

ふたいてん [不退転]（名）不動搖，不後退。
△～の決意／不動搖的決心。

ふたえ [二重]（名）雙層，雙重。△～まぶた／
雙眼皮。→にじゅう

ふたおや [二親]（名）父親和母親，雙親。↔
片親

ふたく [付託]（名・他サ）託付，委託。△その
議案は委員会の～となった／那項議案委託給
委員會了。→委任，委託

ふたご [雙子]（名）雙胞胎，孿生子。→双生児

ふたごころ [二心]（名）二心，不忠實。△～
をいだく／懷有二心。→他意

ふたことめ [二言目]（名）（以 "二言目には"
的形式）一張嘴（就說），一開口（就說）。△彼
は～には若いときのじまんばなしを始める
／他一開口就吹噓自己年輕時候如何得意。

ぶたごや [豚小屋]（名）①豬圈。②骯髒的小
屋。

ふたしか [不確か]（形動）不確實，靠不住，不
可靠。△～な情報／靠不住的信息。→不明確
↔確か

ふだしょ [札所]（名）名刹。

ふたたび [再び]（副）再，又，重。△二度
と…／（不）再…△失敗にこりず，～挑戰し
た／不怕失敗，再次挑戰。

ふたつ [二つ]（名）①（數字）兩個。②兩歲，
兩個。△世に～とない宝／舉世無雙的珍寶。

ふだつき [札付き]（名）①（商品）明碼標價，
價碼，價格標籤。②臭名昭著，聲名狼藉。△～
の悪党／聲名狼藉的壞蛋。

ふたながら（副）兩者都，兩方面都。

ふたつへんじ [二つ返事]（名）立即同意，痛
快答應。△～でひきうける／二話沒說就接受
了，馬上答應了。→快諾

ふだどめ [札止め]（名）（客滿）停止售票。→
客止め

ぶたにく [豚肉]（名）豬肉。

ぶたにしんじゅ [豚に真珠]（連語）明珠暗投。
→猫に小判

ふたば [雙葉・二葉]（名）雙子葉。

ふたばていしめい [二葉亭四迷]〈人名〉二葉
亭四迷（1864-1909）。明治時代的小說家，翻
譯家。

ふたまた [二股]（名）分叉，兩岔。

ふたまたをかける [二股を掛ける]（連語）腳
踩兩隻船，做兩手準備。

ふたり [二人]（名）兩個人。

ふたをあける [蓋を開ける]（連語）①重新開
始。②揭曉。△与党有利と予想されていた選
挙だったがいざふたを開けてみると野党の善
戦がめだった／原估計對執政黨有利，而選舉
一揭曉，看來在野黨幹得相當漂亮。

ふたん [負担]（名・他サ）負擔，接受，承擔。
△～がおもい／負擔重。△～になる／成為負
擔。△費用を～する／承擔費用，負擔費用。

ふだん [不断・普段] I [不断]（名）①不斷。
△～の努力／不斷努力。②難下決心，寡斷。
△優柔～／優柔寡斷。II [普段]（名・副）△平
素，平時，平常，日常。△～の心がけ／平時
注意。△～から災害時にそなえる／平時防備
受災時。△普段着／日常穿的衣服，便服。

ブタン [德 Butan]（名）〈化〉丁烷。

ふだんぎ [普段着・不断着]（名）平時穿的衣
服，便服。↔晴れ着・よそゆき

ふち [淵]（名）①淵，潭，深水處。↔瀬②（難
以擺脱的困境、心境）深淵。△絶望の～からは
い上がる／由絕望的深淵中爬了上來。

ふち [縁]（名）①邊，緣。△～がかける／缺
邊。邊壞了。△テーブルの縁／桌子邊。△が
けっぷち／懸崖邊。→へり②框，邊。

をとる/鑲邊。△めがねの～/眼鏡框。△～
どる/加邊，鑲邊。△～とり/邊飾，鑲邊。
△額～/畫框，鏡框。△～/帽子簷，遮陽。

ふち［不治］(名)→ふじ［不治］

ふち［扶持］(名・他サ)① 餉糧，俸祿米。→扶
持米。② 撫養，養活。

ぶち［斑］(名) 斑，斑紋，斑點 (動物的毛色)。
△～になる/出現斑紋。△～の犬/花狗。

ぶち－［打ち］(接頭) 冠於動詞之前，表示“用
力”。有的動詞前用“ぶん”或“ぶつ”。△～こ
わす/打破，打壞。△～ぶんなぐる/用力打，
飽以老拳。△ぶったたく/用力打，猛毆。

ぶちこ・む［ぶち込む・打ち込む］(他五) 投
進，扔進。

ぶちこわし［打ち壊し］(名)① 打碎。② 毀壞。

ぶちこわ・す［ぶち壊す・打ち壊す］(他五)
打壞，打破。△机を～/把桌子打壞。

ふちどり［縁取り］(名・自サ) 加邊，鑲邊。
△レースの～のあるハンカチ/帶花邊的手帕。

ふちどる［縁取る］(他五) 加邊，鑲邊。

ぶちぬ・く［打ち抜く］(他五) 打穿，打通。

ぶちのめ・す［打ちのめす］(他五) 狠打，打垮。

プチブル［法 petit bourgeois］(名) 小資產階級。
→中產階級，小市民

ぶちま・ける (他下一) 傾倒一空，全部倒出。
△不滿を～/把牢騷全部倒出。

ふちゃく［付着］(名・自サ) 粘上，附着。△よ
ごれが～する/黏上了髒東西。→付く

ふちゃりょうり［普茶料理］(名) 素菜。(也有
時略作“普茶”。)

ふちゅうい［不注意］(名・形動) 不注意，不
小心，疏忽。△～な事故/不小心造成的事故。
△～から事故をおこす/因為疏忽引起了事故。

ふちょう［不調］(名・形動)① 不正常，不順
利。△～をうったえる/訴説不順利。△エン
ジンの～/發動機不正常。↔ 好調，快調 ②
談不攏，不成功，破裂。△商談は～におわっ
た/貿易談判破裂了，生意沒談成。

ふちょう［符丁・符牒］(名)① 標示價格的符
號，記號。② 暗號，行話，黑話。

ぶちょうほう［不調法・無調法］(名・形動)
① 不周到，疏忽大意。△～者/笨拙的人，不
會吸煙、喝酒的人。△口～/嘴笨，沒口才。
② 錯誤，失禮。△～をしでかす/幹了一件錯
事。③ 不會煙酒，不會玩。△どうも～なもの
ですから…/實在是不會，請原諒。

ふちょうわ［不調和］(名・形動) 不調和，不
諧調。

ふちん［浮沈］(名・自サ) 浮沉，盛衰，榮枯，
變遷。△～がはげしい/幾經浮沉。△～をか
ける/不管盛衰。△～にかかわる/關係到盛
衰。關係到命運。→うきしずみ

ぶつ［打つ］(他五)① 打，敲，擊。△人を～/
打人。△げんこつで～/用拳頭打。→なぐる
② 搞講演，演說。△一席～/講演一番。

ふつう［不通］(名)① (交通，通訊) 不通。②
沒有書信來往。△音信～/音信不通，斷絕音

信。→無音，無沙汰

ふつう［普通］I (名・形動) 普通，通常，平
常，一般。△～にある/常有。△～に考える/
一般認為，通常想法。△～の成績/一般的成
績。△ごく～の人/極為普通的人。△～郵便/
平寄郵件，平信。△～預金/活期存款。△～
列車/慢車。→あたりまえ II (副) 一般，通常。
△親は～子どもより先に死ぬ/父母一般比孩
子先死。→一般，通例

ふつうかぶ［普通株］(名)〈經〉普通股。

ふつうせんきょ［普通選挙］(名) 普選。

ふつうめいし［普通名詞］(名) 普通名詞。

ふつか［二日］(名)① 二號，二日。② 兩天。

ぶっか［物価］(名) 物價。△～があがる/物價
上漲。△～にはねかえる/反過來影響物價。
△～高/物價昂貴，高物價。

ぶっかく［仏閣］(名) 佛閣，寺院，寺廟。△神
社～/神社寺院。→寺院，仏寺

ふっか・ける［ふっ掛ける］(他下一)→ふき
かける

ぶっか・ける［打っ掛ける］(他下一) 噴，灑，
潑。

ぶっかしすう［物価指数］(名)〈經〉物價指數。

ぶっかじょうしょう［物価上昇］(名)〈經〉物
價上漲。

ふっかつ［復活］(名・自他サ)① 復活，復蘇。
→蘇生，よみがえる ② 恢復，復辟。△記憶
が～する/記憶得到恢復。③ 祭日得到恢復，
節日得到恢復，廟會又恢復了。

ふっかつさい［復活祭］(名)〈宗〉復活節。→
イースター

ぶっかひきさげ［物価引下げ］(名)〈經〉物價
下降。

ふつかよい［二日酔い］(名・自サ) 醉到第二
天，宿醉。

ぶつか・る (自五)① 碰上，撞上。△トラッ
クとタクシーが～/卡車與出租車相撞。→衝
突する ② 遇到，碰到。△困難に～/碰到困
難。△かべに～/碰壁。③ 當作直接的對手或
與對方爭執，衝突，爭吵。△優勝候補と～/
遇到最有可能獲得優勝的人。△進學問題で親
と～/因為升學問題與父母發生衝突。④ (時
間) 遇到一起。△日曜日と祭日が～/星期天與
節日碰到一起。→かちあう，重なる

ぶっかん［復刊］(名・自他サ) 復刊。↔ 休刊

ふっき［復帰］(名・自サ) 重返，重歸，恢復，
復原。△戦列に～する/重返戰鬥的行列。△社
会～/重返社會。

ふづき［文月］(名) 陰曆七月。(“ふみづき”的
略語)

ぶつぎ［物議］(名) 物議，羣眾的批評。△～を
かもす/引起物議。

ブッキッシュ［bookish］(ダナ)① 不實際的，
脱離現實的。② 迂腐的，學究式的，書獃子氣
的，只有書本知識的。

ふっきゅう［復舊］(名・自他サ) 修復，恢復
原狀。△～工事/修復工程。

ふつぎょう［払暁］（名）拂曉，黎明。→あけがた、あかつき

ぶっきょう［仏教］（名）〈宗〉佛教。

ぶっきらぼう（名・形動）生硬，魯莽，不和氣。△～に答える／生硬地回答。

ぶっき・る［打っ切る］（他五）（使勁兒）切，砍，劈。

ふっき・れる［吹っ切れる］（自下一）① 出膿。② 心情愉快。③ 突然中斷。

ふっきん［腹筋］（名）腹肌。

ブッキング［booking］（名）〈經〉① 訂貨。② 訂運。③ 訂艙。④ 記載，記賬。

ブックエンド［bookends］（名）書擋。

ブックキーピング［bookkeeping］（名）簿記，登錄賬目。

ブックトーク［booktalk］（名）讀書普及運動。

フックのほうそく［フックの法則］（名）〈理〉虎克定律（彈性定律）。

ブックマーク［bookmark］（名）〈IT〉書籤。

ふっくら（副・自サ）豐滿，肥胖，喧騰。△～したパン／喧騰騰的麵包。

ぶつ・ける（他下一）扔，投，打。碰上，撞上。△石を～／扔石頭打。△車を～／撞車上。

ぶっけん［物件］（名）物件，物品。△証拠～／物證，證物。

ふっこ［復古］（名・自他サ）復古。△～調／復古調。△王政～／王政復古。

ふつご［仏語］（名）法國語。

ぶっこ［物故］（名・自サ）物故，（人）死去，故去，去世。△～者／故去者。→逝去；死去

ふっこう［復興］（名・自他サ）復興，重建。△町が～する／城市重建。△戦災から～する／在戰爭的廢墟上復興。→再興

ふつごう［不都合］（名・形動）① 不合適，不相宜，不妥。△そんなことをされては～だ／跟我們搞這一套不太像話。② 豈有此理，萬不應該。△～千万／太可惡，不可饒恕。

ぶっさん［物産］（名）物產。

ぶっし［物資］（名）物資。

ぶつじ［仏事］（名）佛事，法事。→法会，法事，法要

ぶっしき［仏式］（名）佛教儀式。↔神式

ぶっしつ［物質］（名）物質。△～文明／物質文明。△～欲／物質慾，物質要求。↔精神

ぶっしゃ［仏者］（名）佛教徒，僧侶。

ぶっしゃり［仏舎利］（名）〈佛教〉釋迦的遺骨，佛舍利，舍利子。

プッシュ［push］（名・他サ）推，按（開關，按鈕）。

ぶっしょ［仏書］（名）① 法語書。② 佛書，佛經。

ぶっしょう［仏性］（名）① 悟性。② 佛性。

ぶっしょう［物象］（名）①（無生命的）物的現象。② 物理、化學等學科的總稱。

ぶっしょう［物証］（名）物證。

ぶつじょう［物上］（名）〈法〉物質，財產。

ぶつじょう［物情］（名）社會的情況，人心。

ふっしょく［払拭］（名・他サ）拂去，清除，

肅清。△舊弊を～する／清除舊弊。△不安を～する／消除不安。

ぶっしょく［物色］（名・他サ）物色（物或人）。

ふつじん［仏人］（名）法國人。

ぶっしん［物心］（名）物質與精神。△～両面からの援助をうける／得到了精神與物質兩方面的援助。

ぶっしん［仏心］（名）① 佛心。② 佛性。

ぶっしん［佛身］（名）佛身，佛體。

ぶっしん［仏神］（名）神佛。

ぶっせい［物性］（名）物性。

ぶつぜい［物税］（名）物稅。

ぶっせつ［仏説］（名）佛的教導。

ふつぜん［怫然］（副・連體）怫然，怒氣沖沖，怒色，怒容。△～とした顔つき／滿面怒火，怫然的面孔，怒容。

ぶつぜん［仏前］（名）① 佛前，佛龕前。（死人的）靈牌前。△～にそなえる／供奉佛前。② 以“御（ご）仏前”的形式寫在佛龕前供奉物上的話。→靈前

ふっそ［弗素］（名）〈化〉氟，符號 F。

ぶっそ［仏祖］（名）佛祖，釋迦牟尼。

ぶっそう［仏葬］（名）佛教儀式的葬禮。

ぶっそう［物騒］（形動）危險，動盪不安，不安全。△～な世の中／動盪不安的世道。△～な男／危險人物。

ぶつぞう［仏像］（名）（雕刻或畫的）佛像。

ぶっそくせき［仏足石］（名）佛足石（刻有釋迦牟尼圓寂前的足印的石頭）。

ぶつだ［仏陀］（名）〈佛教〉佛，佛陀，聖僧，特指釋迦牟尼。也説“ぶっだ”。

フッター［footer］（名）〈IT〉頁腳。

ぶったい［物体］（名）物體。

ぶったい［仏体］（名）佛體，佛身。

ぶったお・す［ぶっ倒す］（他五）打倒。

ぶったお・れる［打っ倒れる］（自下一）（突然）倒下。

ぶったぎ・る［打った切る］（他五）用力砍，切。

ぶったく・る［打ったくる］（他五）① 奪，硬搶。② 敲竹槓，額外要錢。

ぶったた・く［打っ叩く］（他五）使勁打。

ぶったま・げる［打っ魂消る］（自下一）大吃一驚，嚇一跳。

ぶつだん［仏壇］（名）（放佛像、牌位的）佛壇，佛龕。

プッチーニ［Giacomo Puccini］〈人名〉普契尼（1858-1924）。意大利作曲家。

ぶっちがい［ぶっ違い］（名）交叉。

ぶっちょうづら［仏頂面］（名）繃着臉，哭喪臉，不高興的面孔。△～をする／哭喪着臉。

ぶっちらか・す［ぶっ散らかす］（他五）→ちらかす

ぶっちらか・る［ぶっ散らかる］（自五）→ちらかる

ふつつか［不束］（形動）粗魯，不周到，沒禮貌。△～な者ですがよろしくお願いします／很不懂事，請多關照。

ぶっつか・る→ぶつかる

ぶっつけ (名) 突然，直接。△～本番／未經排練就正式演出。

ぶっつづけ [ぶっ続け] (名) 連續不斷。△～でする／連續不斷地進行。→ぶっとおし

ふっつり (副) 突然斷絕，嘆哧一聲。△糸が～(と)切れた／綾突然斷了。△音信が～とだえた。／一下子杳無音信了。→ぷっつり

ふってい [払底] (名・自サ) 匱乏，缺乏，告罄。△食料が～する／糧食缺乏。

ぶってき [物的] (形動) 物質的，物質上。△～な条件／物質上的條件。△～証拠／物證。

ぶってき [仏敵] (名) 佛教的敵人。

ぶつでし [仏弟子] (名) ① 釋迦牟尼的弟子。② 佛教徒。

ふってん [沸点] (名) 沸點。→沸騰点。

ぶってん [仏典] (名) 佛教的經典。

ぶつでん [仏殿] (名) 佛殿。

ふっと (副) ① 忽然。② 嘆地。

ぶっと [仏徒] (名) 佛教徒。

ぶっと (副) ① 嘆地。② 嘆哧一聲。③ 稍微生氣的樣子。

ぶつど [仏土] (名) 佛土，淨土。

ふっとう [沸騰] (名・自サ) 沸騰。△水が～する／水沸騰了，水燒開了。→煮沸△世論が～する／輿論沸騰。△人気が～／大受歡迎，紅得發紫。

ぶっとう [仏塔] (名) 佛塔。

ぶつどう [仏道] (名) 佛法，佛道，佛教。△～に入る／入佛道。→仏門，仏法

ふっとうてん [沸騰點] (名) 沸點。→ふってん

ぶっとおし [ぶっ通し] (名) 連續不斷，接連不斷，不間斷。△～で働く／連續不斷幹活。→ぶっつづけ

ぶっとお・す [ぶっ通す] (他五) 連續不斷。

フットケア [foot care] (名) 足療。

フットサル [西 FUTSAL] (名) 室内足球，五人制足球。

ぶっとば・す [ぶっ飛ばす] (他五) 飛速前進，猛地吹跑。

ふっと・ぶ [吹っ飛ぶ] (自五) ① 颳跑。② 一下子就消失了。

フットボール [football] (名) 足球。→蹴球，サッカー

フットライト [footlights] (名) 腳光，腳燈，舞台燈。△～をあびる／登台，露頭角，引人注目。

フットワーク [footwork] (名) (打球，拳擊時的) 步法。腳技，腳功。

ふっトン [仏トン] (名) 噸。

ぶつのう [物納] (名・他サ) 以實物繳納。

ぶつばち [仏罰] (名) 佛的懲罰。

ぶっぱな・す [ぶっ放す] (他五) 發射，射出。

ぶっぱら・う [ぶっ払う] (他五) 趕走，轟走。

ぶっぴん [物品] (名) 物品。

ふつふつ [沸沸] (副) 咕嘟咕嘟 (水開貌)。

ぶつぶつ I (副) ① (低聲自語) 嘮叨，叨咕，嘟嚷。② 抱怨，發牢騷。△～いう／發牢騷。II (名) (皮膚表面的) 粒狀物，小疙瘩。

ぶつぶつこうかん [物物交換] (名)〈經〉以物易物，易貨貿易。

ふつぶん [仏文] (名) ① 法語寫的文章。② 法國文學。

ふつほう [仏法] (名) 法國法律學。

ぶっぽう [仏法] (名) 佛法，佛教。→仏教，仏道

ぶっぽうそう [仏法僧] (名)〈動〉① 三寶鳥。② 紅角鴞。

ぶつぼさつ [仏菩薩] (名) 佛和菩薩。

ぶつま [仏間] (名) 佛堂。

ぶづみ [歩積 (み)] (名) 票據貼現押金。

ぶつみょう [仏名] (名) ① 佛名。② 佛名法會。

ぶつめつ [仏滅] (名) 大凶日，諸事不宜。↔大安

ぶつもん [仏門] (名) 佛門，佛道。△～に入る／步入佛門，出家為僧。

ふつやく [仏訳] (名・他サ) 譯成法文。

ぶつよく [物欲・物慾] (名) 物慾，(對金錢等) 貪心。△～にとらわれる／為物慾所惑，利慾薰心。

ぶつり [物理] (名) 物理 (學)。

ふりあい [不釣り合い] (名・形動) 不相稱，不勻配，不般配，不平衡。△～なカップル／不般配的一對兒。

ぶつりがく [物理学] (名) 物理學。

ぶつりてき [物理的] (形動) 物理的，物理上的。

ぶつりへんか [物理変化] (名)〈化〉物理變化。↔化学変化

ふつりょう [仏領] (名) 法國領土，法屬 (的領土)。

ぶつりょう [物量] (名) 物的數量，大量物資。△～にものをいわせる／使大量物質發揮作用，依靠雄厚的物力。△～作戦／依靠大量物質的戰術。

ぶつりょう [物療] (名) (“物理療法” 的略語) 理療。

ふつわ [仏和] (名) 法日辭典。

ふで [筆] (名) ① 毛筆，筆。△絵～／畫筆。→毛筆 ② 寫字，作畫，寫文章。△～がさえる／作畫高超。△～をとる／執筆。△～をおく／擱筆，停筆。△～をふるう／揮毫。△～の力／寫作 (繪畫) 的能力。

ふてい [不定] (名・形動) 不定。△住所が～／住址不定。

ふてい [不貞] (名・形動) 不守貞操，不忠貞。

ふてい [不逞] (名・形動) 不逞。△～の輩／不逞之徒。

ふていき [不定期] (名・形動) 不定期。△～なダイヤ／不定期的列車時刻表。△～便／不定期飛機。

ふていさい [不体裁] (名・形動) 不體面，不好看，不像樣子。

ふていしょう [不定称] (名) 不定稱。→にんしょうだいめいし

ブティック［法 boutique］(名) 出售精緻女服、服飾品的商店。

ふでいれ［筆入れ］(名) 鉛筆盒。→筆ばこ

プディング［pudding］(名) 布丁。(即“プリン”洋點心)

ふでがしら［筆頭］(名) ① 筆尖。② 第一名。

ふでがたつ［筆が立つ］(連語) 文章寫得好，會寫文章。

ふてき［不適］(名・形動) 不適合，不適當，不合適。△～／合適不合適，合適與否。

ふてき［不敵］(形動) 大膽，無畏，勇敢。△～なつらがまえ／無所畏懼的神態。△大胆～／大膽無畏，膽大包天。

ふできこ［不出来］(名・形動) 做得不好，收成不好。△～なケーキ／做得不好的西式蛋糕。→できそこない ↔ 上出來

ふてきとう［不適当］(形動) 不適當，不合適，不恰當。△～な人物／不合適的人選。

ふてきにん［不適任］(名・形動) 不勝任，不合適。

ふてぎわ［不手際］(名・形動) (做得) 不精巧，不漂亮，不圓滿。△～がある／有漏洞。△～な処理／不圓滿的處理。

ふてくされ［不貞腐れ］(名) 慪氣。

ふてくさ・れる［ふて腐れる・不貞腐れる］(自下一) 賭氣，鬧情緒，慪氣，破罐破摔。

ふでさき［筆先］(名) ① 筆頭，運筆。② (天理教) 教祖寫的文章。

ふでたて［筆立 (て)］(名) 筆架，筆筒。

ふでづか［筆塚］(名) 廢筆塚。

ふでづかい［筆遣い］(名) 運筆，筆法，寫法。△～があらい／運筆不講究，亂筆。

ふでつき［筆付 (き)］(名) 筆觸。

ふでづつ［筆筒］(名) 筆筒。

ふてってい［不徹底］(名・形動) 不徹底，虎頭蛇尾，有始無終。△～な仕事ぶり／做事總是虎頭蛇尾。

ふてね［ふて寝］(名) (因鬧彆扭、嘔氣而) 躺下。

ふでばこ［筆箱］(名) 鉛筆盒，文具盒。→筆入れ

ふでぶしょう［筆不精・筆無精］(名・形動) 懶得動手 (的人)，不好動筆 (的人)。△～な人／不好動筆的人。↔ 筆まめ

ふてぶてし・い［太太しい］(形) 目中無人，厚臉皮，毫不客氣。△～態度／目中無人的態度。

ふでぶと［筆太］(名・形動) 筆畫粗，粗筆濃墨。△～に書く／粗筆濃墨地寫。→肉ぶと

ふでまめ［筆まめ］(名・形動) 好動筆，勤於寫文章，手勤。↔ 筆不精

ふでをいれる［筆を入れる］(連語) 修改文章。

ふでをおる［筆を折る］(連語) 停止寫作。

ふでをたつ［筆を絶つ］(連語) 半路停筆，不再執筆。

ふてん［普天］(名) 普天。

ふと (副) 忽然，突然，偶然，偶爾。△～思いだす／偶然想起。△～たちどまる／突然站住。

ぶと［蚋］(名) 蟣。

ふと・い［太い］(形) ① (綫狀、棒狀型) 粗。△～糸／粗綫。△足が～／腿粗。② 不柔弱，有力量感。△～やつ／無恥之徒，臉皮厚的傢伙。△神経が～／對小事不介意，△豁達。腹が～／度量大，有膽量。△線が～／綫條粗，顯得有力。③ 聲音低而響亮。△～声／粗聲。↔ 細い

ふとい［太藺］(名)〈植物〉燈心草，紙莎草。

ふとう［不当］(名・形動) 不正當，不合理，不當。△～な利益／不正當的利益。↔ 正当

ふとう［埠頭］(名) 碼頭。

ふとう［不凍］(名) 不凍。△～港／不凍港。

ふどう［不同］(名・形動) 不同。△順～／不按次序，無順序。

ふどう［府道］(名) 府道 (府經營的公路)。

ふどう［浮動］(名・自サ) 浮動，不固定。

ふどう［婦道］(名) 婦道。

ふどう［不動］(名) ① 不動，不可動搖，堅定不移。△～の地位 (をきずく)／(建立) 不可動搖的地位。△～の信念／堅定不移的信念。△直立～／挺立不動，直立不動。② △“不動明王／不動明王”之略語。

ぶとう［舞踏］(名・自サ) 舞蹈。△～会／舞蹈會。→ダンス

ぶどう［武道］(名) ① 武士道。② 武術，武藝。→武芸，武術

ぶどう［葡萄］(名)〈植物〉葡萄。→グレープ

ふどうい［不同意］(名・形動) 不同意。

ふとういつ［不統一］(名・形動) 不統一。△～がめだつ／不統一很顯眼，明顯不統一。△～な服／不統一的服裝。

ふとうおう［不倒翁］(名) 不倒翁。

ふとうこう［不凍港］(名) 不凍港。

ふとうごう［不等号］(名)〈數〉不等號。↔ 等号。

ふどうさん［不動産］(名) 不動產。△～業／不動產業，經營不動產的商行 (人)。↔ 動産

ふとうしき［不等式］(名)〈數〉不等式。↔ 等式

ぶどうしゅ［ぶどう酒・葡萄酒］(名) 葡萄酒。→ワイン

ふどうたい［不導体］(名) 非導體，絕緣體，不良導體。→不良導体 ↔ 導体，良導体

ぶどうとう［ぶどう糖・葡萄糖］(名)〈生物〉葡萄糖。

ふどうとく［不道徳］(名・形動) 不道德，不講道德。

ふどうひょう［浮動票］(名) 浮動票。↔ 固定票

ふとうふくつ［不撓不屈］(名・形動) 不屈不撓。△～の精神／不屈不撓的精神。

ふどうみょうおう［不動明王］(名)〈佛教〉不動明王。

ふとうめい［不透明］(名・形動) 不透明。

ふとおり［太織］(名) 粗織絲綢。

ふどき［風土記］(名) ① 風土記，地方誌。→地誌 ② 奈良時代的地理書。

ふときぬ［太絹］⇨ふとおり

ふとく［不徳］（名）不道德，無德。△〜のいたすところ／無德所致。△〜のいたり／無德之至。

ふとく［婦德］（名）婦德，婦道。

ぶとく［武德］（名）武德。

ふとくい［不得意］（名・形動）不擅長，不精通，不拿手。△〜な科目／不擅長的學科。→不得手

ふとくぎ［不德義］（名・形動）不講道義，不道德。

ふとくさく［不得策］（名・形動）下策，不是良策。

ふとくてい［不特定］（名・形動）非特定，不固定，不是指定的。△〜多数／非特定多數。

ふとくようりょう［不得要領］（名・形動）不得要領，模棱兩可。

ふところ［懐］（名）①懷，懷抱。△〜にする／放進懷裏。△〜にいだかれる／被抱在懷中，懷抱。△〜に手を入れる／把手插進懷裏。②擁有的錢，腰包，手頭。△〜がさびしい／手頭緊。手中無錢。△〜ぐあい／手頭（如何），經濟狀況，身上帶多少錢。③心事，內心。△〜を見すかす／看透（別人的）內心。④被環抱，圍着。△山の〜／羣山環抱。

ふところがあたたかい［懐が暖かい］（連語）有很多錢，帶着錢多。

ふところがさむい［懐が寒い］（連語）腰中無錢，手頭緊。

ふところがたな［懐刀］（名）①（藏在懷中的）匕首。②心腹，親信。

ふところで［懐手］（名）①雙手揣在懷裏。△〜をする／雙手插進懷裏。②自己不動手全靠別人。

ふところをこやす［懐を肥やす］（連語）中飽私囊。→私腹を肥やす

ふとじ［太字］（名）①筆道粗的字。②黑體。

ふとした（連語）偶然的。△〜ことで彼女と知りあった／一個偶然的機會我認識了她。

ふとっちょ［太っちょ］（名）胖子，胖墩兒。

ふとっぱら［太っ腹］（名・形動）度量大，大度。△〜な人／度量大的人，寬宏大量的人。

ふとどき［不届き］（名・形動）①（招待、服務）不周到。△〜をお許しください／招待不周到，請原諒。→不行き届き②沒禮貌，不規矩，不道德，豈有此理。△〜なやつ／豈有此理的傢伙。△〜者／不懂禮貌的人。△〜千万／極沒禮貌，太不像話。

ふとばし［太箸］（名）粗筷子。

ふとぶと（副）非常胖，肥胖貌。

プトマイン［ptomaine］（名）〈化〉屍鹼，屍毒。

ふとまき［太巻き］（名）捲得粗。

ぶどまり［歩留まり］（名）成品率。△〜がいい／成品率高。

ふとめ［太目］（名）①眼大。②較粗。

ふともの［太物］（名）①衣服料。②棉織品，麻織品。

ふともも［太もも・太股］（名）大腿，大腿根。

ふとりじし［太り肉］（名）肥胖，豐滿。

ふと・る［太る］（自五）①胖，肥。↔やせる②數量增多。

ふとん［布団・蒲団］（名）鋪蓋，被褥。△〜をしく／鋪被褥。△〜をたたむ／疊被褥。△〜に入る／進被窩。△座ぶとん／座墊。△せんべいぶとん／又薄又硬的被褥。

ふな［鮒］（名）〈動〉鯽魚。

ふな［船］（造語）船。△〜荷／船貨。△〜火事／船上火災。

ぶな［橅］（名）〈植物〉山毛櫸，水清岡。

ふなあし［船脚・船足］（名）①船速。②（船）吃水深度。→喫水

ふなあそび［船遊び］（名）乘船遊玩。

ふない［府内］（名）①府的區域內。②江戶的市區內。

ぶない［部内］（名）內部，部的內部。

ふないくさ［船戦・船軍］（名）①海戰，水戰。②海軍，水軍。

ふないた［船板］（名）①船中的蓋板。②（造船用）木板。

ふなうた［舟歌］（名）船歌，（船夫）駛船時唱的歌。

ふなおさ［船長］（名）船長。

ふなおろし［船卸し］（名）〈經〉卸貨，卸船。

ふなか［不仲］（名）不和睦，關係不好。

ふながかり［船懸かり］（名・自サ）（船）停泊（在碼頭），停泊處。→停泊

ふなかた［船方］（名）船員，水手，海員。

ふなぐ［船具］（名）船具。

ふなぐら［船倉］（名）船艙。

ふなぐら［船蔵］（名）船塢。

ふなぐり［舶繰り］（名）調配船隻。

ふなげた［船げた・船桁］（名）船的骨架（構架）。

ふなごや［船小屋］（名）小船塢，艇庫。

ふなじ［船路］（名）航程，航路。→航路

ふなじるし［船標］（名）船舶的標誌。

ふなぞこ［船底］（名）船底。

ふなだいく［船大工］（名）造船的木匠，船匠。

ふなだな［船棚］（名）木船兩側的踏板。

ふなたび［船旅］（名）乘船旅行，海上旅行，海上航行。

ふなだま［船靈］（名）護航神。

ふなちん［船賃］（名）船費，船票錢，（船貨的）運費。

ふなつきば［船着き場］（名）船埠，碼頭。

ふなづみ［船積み］（名・他サ）裝船。

ふなで［船出］（名・自サ）開船，出航，起航。→出港，出帆，出船△人生の〜／走上人生的航程。△新しき〜／新的旅程。

ふなとこ［船床］（名）鋪在船裏的竹蓆。

ふなどめ［船留（め）］（名）禁止開船，禁止船通行。

ふなに［船荷］（名）船貨。△〜をあげる／從船上卸貨。△〜証券／船貨提單。

ふなぬし［船主］(名) 船主。也説“船主 (せんしゅ)”

ふなのり［船乗り］(名) 船員，海員，水手。→船員・海員

ふなばし［船橋］(名) 浮橋船。

ふなばた［舷］(名) 船邊，船舷。→舷 (げん)

ふなびと［船人］(名) ① 乘船人。② 水手，船夫。

ふなびん［船便］(名) 用船郵寄，船運。

ふなべり［船べり・船縁］(名) ⇨ふなばた

ふなまち［船待 (ち)］(名) 等船，等開船。

ふなむし［船虫］(名) 海蛆。

ふなもり［船守］(名) 看船人。

ふなやど［船宿］(名) 船家，出租船隻 (供人垂釣或遊玩) 的業者。

ふなよい［船酔い］(名・自サ) 暈船。

プナルティ［penalty］(名) ① 刑罰，罰。△～を課する／處罰。② 罰款。③〈體〉罰球。△～キック／罰球球。

ふなれ［不慣れ］(名・形動) 不習慣，不熟練。

ふなわたし［船渡し］(名) ① 渡船。② 渡口。③ 離岸 (價格)。

ぶなん［無難］(名・形動) ① 不好也不壞，説得過去。② 穩妥。△あの人には近づかないほうが～だ／最好不要接近他。

ふにあい［不似合い］(名・形動) 不相稱，不適當。

ふにおちない［腑に落ちない］(連語) 令人納悶兒，不能理解。

ふにく［腐肉］(名) 腐肉。

ぶにち［侮日］(名) 侮辱日本 (人)。

ふにょい［不如意］(名・形動) 不如意，不隨心。(生活) 困難，(經濟) 不寬裕。△手元～／手頭緊。△勝手元～／日子過得很緊。生活困難。

ふにん［赴任］(名・自サ) 赴任，上任。

ふにん［不妊］(名) 不孕。

ぶにん［無人］(名・形動) ① 人手不夠。② 無人。

ふにんじょう［不人情］(名・形動) 無情，不近人情。→非人情

ふぬけ［ふ抜け・腑抜け］(名・形動) 沒志氣，不爭氣，沒出息，窩囊廢。→いくじなし，こしぬけ

ふね［船・舟］(名) ① 舟，船。△～をだす／出船，派船。△～をこぐ／划船。△～にのる／乘船。②(裝水等平底的) 箱槽，和抹牆泥的大箱子。△湯ぶね／澡盆，浴池，浴池。②(餐館，旅店裝生魚片、貝肉等送上飯桌的) 船形容器。

ふねっしん［不熱心］(形動) 不熱心，沒熱情。

ふねん［不燃］(名) 不燃，不易燃。△～建築／耐火建築。↔ 可燃

ぶねん［無念］(形動) 不注意，不留心，遺憾。

ふねんぶつ［不燃物］(名) 不燃燒的物質。↔ 可燃物

ふのう［富農］(名) 富農。↔ 貧農

ふのう［不能］(名・形動) ① 不能，不可能。

△再起～／難以好轉，不能再起。→不可能 ↔ 可能 ② 無能。

ふのう［不納］(名) 不繳納。

ふのぬけたよう［腑の抜けたよう］(連語) 像是丟了魂。

ふのり (名) ①〈植物〉海藻，海蘿，鹿角菜。② 熬海蘿作成的粉漿 (漿衣服用)。

ふはい［腐敗］(名・自サ) 腐敗，腐朽，腐爛，墮落。△～した精神／墮落的精神。△政治の～／政治的腐敗。

ふはい［不敗］(名) 不敗。

ふばい［不買］(名) 不買。

ふはく［布帛］(名) 棉布和絲綢。

ふはく［浮薄］(名・形動) 輕浮。

ふばこ［文箱］(名) 信匣，信箱。

ふはつ［不発］(名) ①(槍、炮彈) 打不出，(炸彈、炮彈) 不爆炸。△～弾／臭子彈，臭彈。② 想做沒做成，落空。△～におわる／告吹。

ふばつ［不抜］(名) 不拔，不可動搖。

ふばらい［不払 (い)］(名) 不付款，拒絕付款。

ぶばらい［賦払 (い)］(名) 分期付款。

ぶば・る［武張る］(自五) ① 逞威風，顯示武藝。② 生硬，粗魯。

ふび［不備］(名・形動) 不完備，不完善。↔ 完備

ぶび［武備］(名) 軍備，戰備。

ぶびき［分引き・歩引き］(名) 減價，打折扣。→割引

ふびじん［不美人］(名) 醜。

ふひつよう［不必要］(名・形動) 不必要。

ふひょう［付票］(名) 貨籤。

ふひょう［不評］(名) 評價低，聲譽不好。△～をかう／遭到不好的評價。→惡評 ↔ 好評

ふひょう［付表］(名) 附表。

ふひょう［浮氷］(名) 浮冰。

ふひょう［浮標］(名) 浮標，浮子，航標。→ブイ

ふひょう［譜表］(名) 五綫譜。

ふびょうどう［不平等］(名・形動) 不平等，不公平。△～をなくす／消除不平等。△～なあつかい／不公平的待遇。

ふひょうばん［不評判］(名・形動) 名聲不好。

ふびん［不憫・不愍］(名・形動) 可憐。△～に思う／覺得可憐。△～がる／覺得可憐。

ふびん［不敏］(名・形動) ① 不敏捷。② 無才，無能。

ぶひん［部品］(名) 零件。△～をとりかえる／換零件。

ふひんこう［不品行］(名・形動) 行為不良，行為不端。

ぶふうりゅう［無風流・不風流］(名・形動) 不風趣，不文雅。△～な男／粗俗的男人。

ふぶき［吹雪］(名) 暴風雪。△紙～／(歡迎或祝賀時) 撒的彩色紙屑。△花～／落英繽紛。→風雪

ふふく［不服］(名・形動) 不服，不滿。△～がある／心存不滿。△～を申したてる／提出異

議。→不平

ふぶ・く [自五] 風雪交加。

ふふん (感) ① (首肯對方的話) 嗯。② (蔑視人) 哼。

ふぶん [不文] (名) ① 不成文。② 文章不好。③ 沒有學問。

ぶぶん [部分] (名) 部分。△～的／部分的。△一～／一部分。△大～／大部分。↔ 全体, 総体

ぶぶんきょくひつ [舞文曲筆] (名) 舞文弄墨。

ぶぶんしょく [部分食・部分蝕] (名)〈天〉(日、月的) 偏食。↔ 皆既食

ぶぶんてき [部分的] (形動) 部分。

ふぶんほう [不文法] (名)〈法〉不成文法。↔ 成文法

ふぶんりつ [不文律] (名) 不成文法, 習慣法。→不文法

ふへい [不平] (名・形動) 不滿意, 牢騷。△～を鳴らす／鳴不平。△～をならべる／發牢騷。△～家／好發牢騷的人。△～不滿／牢騷怪話。

ぶべつ [侮蔑] (名・他サ) 污蔑, 輕蔑, 看不起。→輕蔑, 輕侮, 見さげる

ふへん [不変] (名) 不變, 永恆。

ふへん [普遍] (名) 普遍。△～性／普遍性。→一般 ↔ 特殊

ふへん [不偏] (名) 不偏。

ふべん [不便] (名・形動) 不便, 不方便。△～な土地／不方便的地方。△～をしのぶ／忍受不方便。△ここは交通が～だ／這兒交通不方便。

ふべん [不弁] (名) 不善於說話。

ふべんきょう [不勉強] (名・形動) 不用功, 學習不夠。

ふへんせい [普遍性] (名) 普遍性。

ふへんふとう [不偏不党] (名) 不偏不倚, 中立。

ふぼ [父母] (名) 父母, 雙親。

ふほう [不法] (名・形動) ① 違法, 非法。△～行為／非法行為, 違法行為。② 不合理, 越軌, 非法。△～な要求／非法要求。

ふほう [訃報] (名) 訃告。△～に接する／接到訃告。→訃音, 悲報

ふほうこうい [不法行為] (名) 非法行為。

ふほうしんにゅう [不法侵入] (名) 非法侵入。

ふほうせんきょ [不法占拠] (名) 非法佔據。

ふほうせんゆう [不法占有] (名) 非法佔有。

ふほうにゅうこく [不法入国] (名) 非法入境。

ふぼく [浮木] (名) 浮木, 漂浮水面的木頭。

ふぼん [不犯] (名)〈佛教〉不犯 (淫亂) 戒。

ふほんい [不本意] (名・形動) 非本意, 違心。△～ながら承知した／違心地同意了。

ぶま [不間] (名・形動) 獃, 傻, 愚蠢。

ふまえどころ [踏まえ所] (名) ① 立足點。② 立場。

ふま・える [踏まえる] (他下一) ① 踏, 踩。△大地を～て立つ／腳踏大地。② 根據, 依據。△事実を～／根據事實。

ふまじめ [不真面目] (名・形動) 不認真, 不嚴肅, 不正經。△～な態度／不嚴肅的態度。↔ まじめ

ふまん [不満] (名・形動) 不滿, 抱怨。△～がつのる／怨聲載道。△～をいだく／心懷不滿。△不平～／怪話, △牢騷, 抱怨。欲求～／慾望得不到滿足。

ふまんぞく [不満足] (名・形動) 不滿足, 不滿意。△～なでき／收成不佳。不能令人滿意的成果。

ふみ [文] (名)〈文〉信。△～を付ける／給情書。

ふみ [不味] (名・形動) 味道不好。

ふみあと [踏 (み) 跡] (名) 足跡。

ふみあら・す [踏み荒らす] (他五) 亂踩, 踏壞。

ふみいし [踏み石] (名) ① 門口脱鞋的地方放置的石頭。② 踏腳石。→飛び石

ふみいた [踏 (み) 板] (名) (蓋溝渠等的) 踏板。

ふみうす [踏 (み) 臼] (名) 腳蹬舂米臼。

ふみえ [踏み絵] (名) ① 江戶時代為驗證是不是天主教徒, 讓人用腳踏的刻有聖母瑪利亞、耶穌像的木板或銅板。② 檢查思想 (的手段)。

ふみかた・める [踏み固める] (他下一) 踩結實。

ふみがら [文殻] (名) (讀後不要的) 舊信。

ふみきり [踏み切り] (名) ① 岔口, 道口。△無人～／無人看守的道口。② (跳高、跳遠的) 起跳板, 踏板。③ (下) 決心。

ふみき・る [踏み切る] (他五) ① 田徑、體操賽中的起跳。② 下定決心開始幹。

ふみこ・える [踏み越える] (自下一) ① 邁過。② 渡過, 擺脱。

ふみこし [踏み越し] (名) (相撲) 腳出圈外。

ふみこた・える [踏みこたえる] (他下一) 叉開雙腳站穩, 頂住, 支撐住。

ふみこみ [踏 (み) 込 (み)] (名) ① (相撲) 站起來就越過中綫搶先踏入對方一邊。② 放鞋的地方。

ふみこ・む [踏み込む] (自五) ① 陷入, 跨進, 踩進去。△どろ沼に～／陷進沼澤地。② 闖入。△犯人のかくれがに～／闖入犯人的隱藏之處。③ 深入。△～んだ議論／深入的討論。

ふみしだ・く [踏みしだく] (他五) 踩得亂七八糟, 踩爛。△しばふを～／把草坪踩得一塌糊塗。

ふみし・める [踏み締める] (他下一) ① 用力踩。△大地を～／用力地踏在大地上。② 踏結實。△土を～／把土踏結實。

ふみだい [踏み台] (名) (上高處的) 腳凳兒, 梯凳。

ふみたお・す [踏み倒す] (他五) 賴帳。△借金を～／借錢不還。

ふみだ・す [踏み出す] (他五) ① 邁出, 邁步。② 開始 (新計劃)。△第一歩を～／邁出第一步。③ 涉足規定的範圍之外。△足を～／腳踩到外邊。

ふみだん [踏み段] (名) 台階。

ふみづかい [文使 (い)] (名) 送信的人。

ふみづき [文月] (名) 陰暦七月, 也説“ふづき”

ふみづくえ [文机] (名) 書案。

ふみつ・ける [踏み付ける] (他下一) ① (用力) 踩在腳下。踐踏。② 欺侮, 藐視。△人を～/作賤人。△欺侮人。人を～けにする/欺侮人。

ふみつぶ・す [踏み潰す] (他五) ① 踩破, 踩碎。② 置若罔聞。

ふみづら [踏 (み) 面] (名) 梯凳的踏腳面。↔蹴あげ

ふみどころ [踏 (み) 所] (名) 落腳處, 立足處。

ふみとどま・る [踏み止まる] (自五) ① 留下不走。△最後まで～/留到最後。② (想幹但強忍着) 止住, 停止。→思いとどまる

ふみなら・す [踏 (み) 均す] (他五) 踩平。

ふみなら・す [踏み鳴らす] (他五) 踏響, 踩 (腳)。

ふみにじ・る [踏みにじる] (他五) ① 踩爛。② 踐踏, 踩蹦。△好意を～/辜負好意。△法を～/踐踏法律。

ふみぬ・く [踏み抜く] (他五) ① 踩出窟窿。② 扎上, 刺上。△くぎを～/踩上釘子。

ふみはず・す [踏み外す] (他五) ① 踩跳, 踩空。△足を～/腳踩跳了。② 不幹正經事, 偏離正道。△人の道を～/走上邪道。

ふみはだか・る [踏みはだかる] (自五) 叉開兩腿站着。

ふみまよ・う [踏み迷う] (自五) ① 迷路。② 誤入歧路, 走上邪道。

ふみもち [不身持 (ち)] (名・形動) 在男女關係方面品行不端。

ふみわ・ける [踏み分ける] (他下一) 踏開 (草木等) 前進, 分開草木前進。

ふみん [不眠] (名) 不睡, 不眠。△～症/失眠症。↔安眠

ふみん [府民] (名) 府内的居民。

ふみん [富民] (名) 富民, 富人。

ぶみん [部民] (名) (古時的) 奴隷。

ふみんしょう [不眠症] (名) 失眠症。

ふみんふきゅう [不眠不休] (名) 不眠不休, 不分晝夜。△～で研究に没頭する/孜孜不倦地埋頭搞研究。

ふむ [踏む] (他五) ① 踩, 踏。△人の足を～/踩別人的腳。△舞台を～/登上舞台。△ペダルを～/踩 (自行車, 縫紉機) 踏板。△じだんだを～/ (後悔, 懊喪得) 跺腳。△この足を～/重蹈覆轍。② 經歷過, 經驗過。△場数を～/經驗豐富。③ 遵循, 履行。△手順を～/遵循 (工作的) 程序。④ 估計, 估價, 評價。⑤ 押韻。△韻を～/押韻。

ふむ (感) 嗯, 哼 (表示理解、同感、疑問)。

ふむき [不向き] (名・形動) 不適合, 不適宜, 不相稱。△私に～な仕事/不適合我的工作。

ふめい [不明] (名・形動) ① 不明, 不詳, 不清楚。△原因は～だ/原因不明。△ゆくえ～/去向不明。② 無能, 見識少, 無才。△～をはじる/自愧無才。

ふめいすう [不名数] (名) 無名數。

ふめいよ [不名誉] (名・形動) 不體面, 名聲不好, 不光彩。△～な事件/不光彩的事件。

ふめいりょう [不明瞭] (名・形動) 不清楚, 不明確。△～な発音/含混不清的發音。↔明瞭

ふめいろう [不明朗] (名・形動) ① 人物性格曖昧, 不豁達, 不明朗。② 不光明正大。△～な会計/賬目不清的財務。

ふめつ [不滅] (名) 不可磨滅, 不朽。△～の栄誉/不朽的榮譽。→不朽

ふめん [譜面] (名) 〈樂〉樂譜。

ぶめん [部面] (名) 方面。

ふめんぼく [不面目] (名・形動) 沒臉, 丟臉, 不光彩。也可説“ふめんもく”

ふもう [不毛] (名) 不毛, 薄瘠。△～の地/不毛之地。↔肥沃

ふもと [麓] (名) 山麓, 山脚下。↔いただき

ふもん [不問] (名) 不問。△～に付す/不予過問。置之不理。

ぶもん [部門] (名) 部門, 部類, 方面。

ぶもん [武門] (名) 武士之家, 武士門第。

ふやか・す (他五) 泡漲, 浸泡。

ふやく [夫役] (名) 勞役。

ふや・ける (自下一) ① 泡漲。② 懶散, 鬆懈。△～た男/懶散的人, 不爭氣的人。

ふやじょう [不夜城] (名) 不夜城。

ふや・す [増やす・殖やす] (他五) ① (數量) 加, 増添。② “殖やす” 繁殖, 増殖, 増加。△財産を～/擴充財富。↔減らす

ふゆ [冬] (名) 冬天, 冬季。△～をこす/過冬。△きびしい～/嚴冬。△～がれ/冬季草木枯萎。△～ごもり/貓冬, 越冬。△～木立/冬季 (樹葉落光了的) 蕭瑟的小樹林。

ぶゆ [不輸] (名) 不納 (租税)。

ぶゆ [蚋] (名) 〈動〉蚋, 蠓蟲→ぶよ

ふゆう [浮遊] (名・自サ) (在水或空氣中) 飄浮, 浮游。△～生物/浮游生物。

ふゆう [富裕] (名・形動) 富裕, 富有。△～な階層/富裕的階層。

ふゆう [蜉蝣] (名) 〈動〉① 蜉蝣。② 短暫。

ぶゆう [武勇] (名) 勇敢, 英勇。△～伝/英勇善戰的故事。

ふゆうせいぶつ [浮游生物] (名) 〈生物〉浮游生物。→プランクトン

ふゆかい [不愉快] (名・形動) 不愉快, 不痛快。

ふゆがれ [冬枯れ] (名) ① 冬季草木枯黄, 冬季荒涼景象。② (商品銷路不好) 冬天的淡季 (特指二月)。↔夏枯れ

ふゆき [冬木] (名) ① 冬季枯萎的樹。② 常綠樹。

ふゆぎ [冬着] (名) 冬裝, 防寒服。→冬物 ↔夏着

ふゆきとどき [不行き届き] (名・形動) (招待等) 不周到, 疏忽, 馬虎。

ふゆくさ [冬草] (名) 冬天的枯草, 越冬的青草。

ふゆげ [冬毛] (名) (鳥獸秋天長出的) 絨毛。

ふゆご [冬仔] (名) 冬天生的動物的崽。

ふゆこだち［冬木立］(名)〈冬天〉〈樹葉凋落的〉蕭瑟的小樹林。

ふゆごもり［冬ごもり・冬籠り］(名・自下一)〈人和動物〉悶在家或洞穴中。貓冬，越冬。

ふゆごも・る［冬籠る］(自五)閉門越冬，蟄伏。

ふゆさく［冬作］(名)越冬作物。

ふゆざれ［冬ざれ］(名)〈俳句〉冬季荒涼的景象。

ふゆしょうぐん［冬将軍］(名)嚴冬的別名。

ふゆぞら［冬空］(名)冬季的天空。

ふゆどり［冬鳥］(名)〈動〉〈冬季在日本越冬的〉候鳥。↔夏鳥

ふゆば［冬場］(名)冬季期間。

ふゆび［冬日］(名)①冬天柔弱的陽光。②〈氣象〉最低氣溫在零度以下的天氣。↔夏日

ふゆふく［冬服］(名)冬裝。

ふゆもの［冬物］(名)冬季用品，冬季衣着。→冬着↔夏物

ふゆやすみ［冬休み］(名)寒假。

ふゆやま［冬山］(名)①冬季荒山。②冬季登山，冬季登的山。

ふよ［付与］(名・他サ)授予，給予，賦予。△権限を～する／授予權限。

ふよ［賦与］(名・他サ)天賦。

ふよ［不予］(名)〈文〉①天皇生病。②不愉快。

ぶよ［蚋］(名)〈動〉蚋，蠓蟲。

ふよう［不用・不要］(名・形動)不用，不需要，不起作用。△～品／不用的物品。

ふよう［芙蓉］(名)①蓮花。②芙蓉花。

ふよう［扶養］(名・他サ)撫養，養育。△親を～する／贍養父母。△～家族／撫養的家屬。

ふよう［浮揚］(名・自他サ)飄浮，漂起，揚起。

ぶよう［舞踊］(名)舞蹈，跳舞。△日本～／日本舞蹈。→おどり

ふようい［不用意］(名・形動)沒準備，不慎，不小心。△～なことば／不加思索的話。隨便說的話。

ふようじょう［不養生］(名・形動)不注意健康，不注意保養身體。△医者の～／醫生反而不注意健康。

ぶようじん［不用心・無用心］(名・形動)麻痹大意。

ふようせい［不溶性］(名)不溶性。

ふようど［腐葉土］(名)腐植土。

ふよく［扶翼］(名・他サ)扶翼，輔佐。

ぶよぶよ(副・自サ)柔軟貌，肥胖貌。

フラ［hula］(→フラダンス)

ぶら(造語)〈在熱鬧街上〉閑逛。△銀～／逛銀座大街。△道～／逛〈大阪的〉道頓堀。

フラー［hurrah］(感)萬歲。

ブラース⇨ブラウス

ブラームス［Johannes Brahms］〈人名〉勃拉姆斯(1833-1897)。德國作曲家。

フライ［fly］(名)〈棒球〉擊飛球，騰空球。△ライト～／右側騰空球。

フライ［fry］(名)〈西餐〉油炸〈魚肉等〉。

フライ［frei］(名・形動)閑着，自由。

ぶらい［無頼］(名・形動)惡棍，流氓，無賴。△～漢／地痞，流氓，無賴漢。→ごろつき，ならずもの

ぶらいかん［無頼漢］(名)流氓，地痞。

プライス［price］(名)價格，行情。

プライズ［prize］(名)獎，獎品。

プライスダウン［price down］(名)降價。

フライスばん［フライス盤］(名)銑牀。

ブライダル［bridal］(名)婚禮。

フライト［flight］(名)①飛機飛向目的地。②〈滑雪〉跳躍。③跳越障礙。

フライド［fried］(名)炸。△～ポテト／炸薯條，炸土豆。△～チキン／炸雞。

プライド［pride］(名)自尊心。△～が高い／自尊心很強。△～をきずつける／挫傷自尊心。

フライトアテンダント［flight attendant］(名)客機乘務員。

フライトスーツ［flight suit］(名)飛行服。

プライバシー［privacy］(名)個人隱密，隱私。△～にかかわる／有關隱私。△～の侵害／侵犯私生活，侵犯隱私。

フライパン［frying pan］(名)長柄平鍋，煎鍋，炸鍋。

プライベート［private］(形動)個人的，私人的。

プライベートブランド［private brand］(名)自家商標，自有品牌。

プライマリー［primary］(名)①初步的，初級的。△～スクール／初等學校，小學校。②初學者練習用的滑翔機。

プライマリースクール［primary school］(名)小學。

プライム［prime］(接頭)第一的，最好的，全盛的。

プライムタイム［prime time］(名)〈電視、廣播的〉黃金時間，黃金時段。

フライング［flying］(名)〈賽跑、游泳比賽〉搶先起跑。

フライングスタート［flying start］(名)〈體〉〈起跑時〉搶跑，〈游泳時〉搶跳。

フライングソーサー［flying saucer］(名)飛碟，不明飛行物。

ブラインド［blind］(名)百葉窗。

ブラインドタッチ［blind touch］(名)〈IT〉盲打，不看鍵盤按鍵操作。→タッチタイピング

ブラインドテスト［blind test］(名)蒙眼品嚐〈會〉。

フラウ［德 Frau］(名)妻子。

プラウ［plough plow］(名)犁。

ブラウザー［browser］(名)〈IT〉瀏覽器。(也作"ブラウザ")

ブラウス［blouse］(名)〈婦女、兒童穿的〉寬大的罩衫，筒袖上衣，女襯衫。

ブラウン［brown］(名)棕色，褐色。

ブラウンうんどう［ブラウン運動］(名)〈理〉布朗運動。

ブラウンかん［ブラウン管］(名)〈電視〉顯像管，布勞恩管，陰極射綫管。

ふ
フ

プラカード［placard］（名）標語牌。

フラク⇨フラクション

ぶらく［部落］（名）① 村莊，部落。② 日本一部分受歧視的部落，村落。

プラグ［plug］（名）〈電〉插銷，插頭。

プラグアンドプレー［plug and play］（名）〈IT〉即插即用。

フラクション［fraction］（名）（政黨在公司、工會內的組織）支部、小組。

プラクティカル［practical］（形動）實用的，實際的。

プラグマチズム［pragmatism］（名）實用主義。

ブラケットⅠ［bracket］（名）燈架。Ⅱ［brackets］（名）括弧。

ふらここ［鞦韆］（名）鞦韆。（俳句表示春天的季語）

プラザ［西 plaza］（名）廣場，市場。

ブラザー［brother］（名）兄弟。↔シスター

ぶらさが・る［ぶら下がる］（自五）① 吊垂，懸掛。△つりかわに～／抓住吊環。② 全靠別人。③ 眼看到手。△目の前に大臣の地位が～っている／眼看部長的職位就弄到手。

ぶらさ・げる［ぶら下げる］（他下一）① 吊懸，懸掛。② 手提，拎。

ブラシ［brush］（名）刷子。△～をかける／用刷子刷。△歯～／牙刷。

ブラジャー［brassiere］（名）胸罩，乳罩。

ブラジル［Brazil］（名）〈國名〉巴西。

ふら・す［降らす］（他五）使降。

ブラス［brass］（名）〈樂〉銅管樂隊，軍樂隊。（"ブラスバンド" 的略語）

プラス［plus］（名・他サ）① 加法。② 正數，加號（＋）。③〈電〉陽極，正極，正極符號（＋）。④ 利益，好處。△～になる／有益，有好處。⑤ 積極的，正面的。↔マイナス

プラスアルファ（名）再加上一些，附加部分。

フラスコ［frasco］（名）〈化〉燒瓶，長頸瓶。

プラスチック［plastics］（名）〈化〉塑料，塑膠，可塑物。

フラストレーション［frustration］（名）慾望，要求得不到滿足，受挫折。△～がたまる／慾望得不到滿足而灰心喪氣。

ブラスバンド［brass band］（名）銅管樂隊，軍樂隊，吹奏樂團。簡稱 "ブラス"

プラズマ［plasma］（名）① 等離子體（區）。② 血漿。

プラタナス［platanus］（名）〈植物〉懸鈴樹，法國梧桐。

フラダンス（名）（夏威夷）草裙舞，呼拉呼拉舞，草裙舞曲，呼拉圈舞曲。

ふらち［不埒］（名・形動）豈有此理，不講道理，可惡，混賬。△～なやつ／可惡的東西。△～千万／蠻不講理。可惡已極。

プラチナ［platina］（名）鉑，白金。

ふらつ・く（自五）① （腳步）不穩，搖晃，蹣跚。△足が～／腳步不穩。步履蹣跚。② 猶豫不定，優柔寡斷，游移不定。△～いた態度／猶豫不定的態度。

ブラック［black］（名）① 黑色。②（不放牛奶、白糖的）黑咖啡。

ぶらつ・く（自五）溜達，閑逛。△あたりを～／在附近閑蕩。

ブラックジャック［blackjack］（名）（一種坐莊遊戲）抓大點（21 點）。

ブラックパワー［black power］（名）（指美國黑人在爭取政治、經濟的平等地位而進行的）黑人運動。

ブラックホール［black bole］（名）〈天〉黑洞。

ブラックボックス［black box］（名）① 檢測地下核試驗的黑匣子，黑箱。② 複雜的電子器具。

ブラックマーケット［black market］（名）〈經〉黑市。

ブラックマネー［black money］（名）不正當收入。

ブラックマンデー［Black Monday］（名）黑色星期一。

ブラックユーモア［black humor］（名）（一種荒誕、病態、誇張的）黑色幽默。

ブラックリスト［blacklist］（名）黑名單。△～にのる／上了黑名單。

フラッシュ［flash］（名）閃光，閃光燈。△～をたく／用閃光燈。→ストロボ

ブラッシュアップ［brushup］（名）① 擦亮。② 溫習，復習。

フラッシュディスク［flash disk］（名）〈IT〉U 盤，快閃記憶體盤。

フラッシュニュース［flash news］（名）快報，新聞快報。

フラッシュメモリー［flash memory］（名）〈IT〉快閃記憶體。

ブラッシング［brushing］（他サ）（用刷子）梳頭髮。

フラット［flat］（名）① 平，平坦。②〈樂〉降半音，降音符（b）↔シャープ ③〈體〉（賽跑用的時間，秒以下）沒有零數，恰好，整。△10 秒～／恰好十秒整。

ふらっと（副）⇨ふらりと

フラットヒール［flat heel］（名）平底。

プラットホーム［platform］（名）站台。

フラッパー［flapper］（名）輕浮的姑娘）。

フラップ［flap］（名）襟翼，折翼。

プラトニック［platonic］（形動）純潔的，精神的。△～ラブ／精神戀愛。

プラトン［platon］〈人名〉柏拉圖（公元前 429 － 公元前 347）。古希臘的哲學家。

プラネタリウム［德 planetarium］（名）天象儀，天文館。

フラノ［flano］（名）法蘭絨。

フラフープ［Hula-Hoop］（名）呼啦圈。

ふらふら［副・自サ］① 蹣跚，搖晃，晃盪。△頭が～する／頭沉，頭暈。△～歩く／步履蹣跚。② 優柔寡斷，猶豫不決。△委員長の意見が～していてこまる／委員長的意見猶豫不定，讓人傷腦筋。

ぶらぶら（副・自サ）①（吊着東西）晃盪，搖晃，搖動。② 信步而行，溜達。△～歩く／閑

溜達。△→ぶらつく，徘徊する△ちょっとそこらを～してこよう／去那裏溜達一會兒吧。③(没有工作) 賦閑，無所事事。△～遊んでいる／閑呆着。

フラフラダンス [hula-hula dance] ⇨フラダンス

ブラボー [bravo] (感) 妙極了，真棒。

フラミンゴ [flamingo] (名) 紅鶴，火烈鳥。

プラム [plum] (名) 洋李。

フラメンコ [西 flamenco] (名)(靠吉他伴奏的) 西班牙熱情的歌舞。

プラモ (名) 塑料模型。

ふらりと (副) 忽然 (出現)。

ぶらりと (副) ① 耷拉。② 忽然 (出現)。

ふら・れる [振られる] (自下一) 被 (異性) 甩掉。

フラワー [flower] (造語) 花。△～ガール／賣花女。在新娘前撒花的女孩。

フラワービジネス [flower business] (名) 花卉産業，鮮花産業。

フラワーランゲージ [flower language] (名) 花語。

フラン [法 franc] (名・接尾) 法郎。

ふらん [腐乱・腐爛] (名・自サ) 腐爛。△～死体／腐屍。

ふらん [孵卵] (名) 孵卵。

ぶらん (副) 垂着不動，耷拉着。

プラン [plan] (名) 計劃，設計，方案。△～をたてる／訂計劃。△～をねる／擬定計劃。→企画

フランク [frank] (形動) 直率，坦率。△～に話しあう／坦率地交談。△もっと～になれよ／要更直率些！

ブランク [blank] (名) ① 空白，空欄。② (某時期不工作) 空閑，空白。△～をうめる／填補空白。→空白

プランクトン [plankton] (名)〈生物〉浮游生物。→浮游生物

ブランケット [blanket] (名) ① 毛毯。② (印刷用) 膠布。

ぶらんこ (名) 鞦韆。

フランス [France]〈國名〉法蘭西 (法國)。

フランスかくめい [フランス革命] (名)〈史〉法蘭西革命。

フランセ [法 francais] (名) ① 法國的。② 法國人，法語。

フランチャイズチェーン [franchise chain] (名) 特許經銷連鎖店。

ブランデー [brandy] (名) 白蘭地酒。

ブランド [brand] (名)〈經〉商標，牌號。(尤其指優質産品) 拳頭商品。

プラント [plant] (名)(工廠的) 成套産品，全套設備。△～輸出／出口成套設備。

ブランドシェア [brand share] (名)〈經〉商標市場佔有率。

プランナー [planner] (名) 計劃制定者。

プランニング [planning] (名) 計劃，制定計劃。

フランネル [flannel] (名)〈服〉法蘭絨 (布)。

ふり [振り] (名) ① 擺動，振動。△バントの～／揮棒球。② 假裝，裝作。△…の～をする／假裝…樣子，裝作…△知らない～／假裝不知道。△見て見ぬ～をする／假裝没看見。△人の～見てわが～なおせ／借鑒他人，矯正自己。③ (演劇、舞蹈的) 動作。△～をつける／設計姿勢，教給動作。→所作 ④ 陌生。△～の客／生客。

ふり [不利] (名・形動) 不利。△～な立場／不利的立場。↔ 有利

ふり [降り] (名) 下雨，下雨的程度。

ぶり [鰤] (名)〈動〉鰤。

-ぶり [振り] (接尾) ① 狀態，樣子。△えだ～／樹形。△男～／男人的風采。△混雑～／擁擠的情形。② 文體，格律。△万葉～／萬葉集格律。③ 相隔。△五年～／相隔五年。△久し～／久違。

ふりあい [振 (り) 合 (い)] (名)(和其他) 比較，(和其他) 平衡。

ふりあ・う [振 (り) 合う・触 (り) 合う] (自五) ① [振 (り) 合う] 互相揮動。② [触 (り) 合う] 相觸。

ふりあ・げる [振り上げる] (他下一) 揮起，揚起，往上搖 (擺)。

ふりあて [振 (り) 当て] (名) 分配，分派。

ふりあ・てる [ふり当てる] (他下一) 分派，分配。△役を～／分配角色。△時間を～／分配時間。△損な役目を～てられた／分配給我一個吃虧的任務。

フリー [free] (名・形動) ① 無拘束，自由。△～な立場／自由的立場。② 免費。

フリーク [freak] (名) ① 畸形，怪物，怪人。② 狂熱愛好者。

フリーグッズ [free goods] (名)〈經〉免税品。

フリークライミング [free climbing] (名)〈體〉徒手攀岩，自由式攀岩。

フリーザー [freezer] (名) 冷凍室，冷卻裝置。

フリージア [freesia] (名)〈植物〉小蒼蘭，香蘭，香雪蘭。

フリースタイル [free style] (名) ① 自由式摔跤。→グレコローマン ② 自由泳，爬泳。

フリースペース [free space] (名) 自由空間。

フリーソフト [free software] (名)("IT"“フリーソフトウェア”的縮略語) 免費軟件。

フリーター [フリーター] (名)“フリーアルバイター”的縮略語。

フリーダイヤル [free dial] (名) 免費電話。

フリータックス [free tax] (名) 免税。

フリーダム [freedom] (名) 自由，自由狀態，自由使用權。

ブリーチ [bleach] (名) ① 漂白，漂白劑。② 毛髮等的脱色。

ブリーチャーズ [bleachers] (名) 比賽場的室外觀看席，外場席位。

プリーツ [pleats] (名)〈服〉打褶。

フリートーキング (名) 自由交談，自由討論，漫談會。(是將 free 與 talking 組合而成)

フリーパス [free pass]（名）免費乘車，免費入
場券。

ブリーフ [brief]（名）① 摘要，概要。② 男子三
角褲。

ブリーフィング [briefing]（名）事前的概要說
明，指示，事前碰頭。

ブリーフケース [briefcase]（名）〈IT〉公事包。

フリーペーパー [free paper]（名）免費報紙。

フリーマーケット [flea market]（名）跳蚤市場，
舊物市場。

フリーマガジン [free magazine]（名）免費雜誌。

プリーム [premiere]（名）首次公演，首次公映。

フリーメール [free mail]（名）〈IT〉免費郵件。

フリーライド [free ride]（名）免費搭車，不勞而
獲。

ふりうり [振(り)売(り)]（名）挑擔叫賣(的
人)，貨郎。

ふりえき [不利益]（名・形動）沒有好處，不
利，損失。△～をうける／受到損失。

ふりかえ [振替]（名）① 調換。② 轉賬，過戶，
匯劃。③（通過郵局的）轉賬存款。

ぶりかえし [ぶり返し]（名）舊病復發，死灰
復燃。

ぶりかえ・す [ぶり返す]（自五）① 反復，重
犯，變壞。△かぜが～／感冒復發。②（天氣）
反復。△猛暑が～／酷暑又反撲過來。

ふりか・える [振りかえる]（他五）① 回頭
看，向後看。→振り向く ② 回顧。△少年時代
を～／回顧少年時代。△半生を～／回顧前半
生。→顧みる

ふりか・える [振り替える]（他下一）① 調換，
轉換挪用。② 轉賬。

ふりかか・る [降り懸かる]（自五）① 落到身
上。△火の粉が～／火星兒落到身上。②（災
禍）降臨。△災難が～／禍從天降。

ふりかけ [振(り)掛け]（名）將魚，紫菜等加
工成粉狀的加工食品。

ふりか・ける [振り掛ける]（他下一）撒上。
△こしょうを～／撒上胡椒粉。

ふりかざ・す [振りかざす]（他五）①（刀等）
高舉過頭，揮起。△かたなを～／掄起
刀。②（自己的主張）大肆宣揚。

ふりかた [振り方]（名）① 揮，掄的方法。②
處置，對待。△身の～を考える／考慮自己的
謀生之道。

ふりがち [降りがち]（名）常下雨。△～な天
気／多雨的天氣。

フリカッセ [fricassee]（名）雜燴。

ふりがな [振り仮名]（名）注音假名。→ルビ

ふりかぶ・る [振りかぶる]（他五）舉過頂。

ブリキ [荷 blik]（名）馬口鐵，鍍錫鐵皮，白鐵
皮。

ふりき・る [振り切る]（他五）① 斷然拒絕。
△ひきとめるのを～って家を出た／不聽勸阻離
家而走。→振り放す・振り捨てる ② 甩開，甩
掉。△相手の追いこみを～って首位をまもっ
た／甩開緊追的對手，保持了第一名。

ふりぐせ [降り癖]（名）愛下雨，動不動就下雨。

プリクラ [プリントクラブの略語]（名）大頭
貼。

ふりくら・す [降り暮らす]（自五）整天下雨
(雪)。

ふりこ [振り子]（名）擺。△～時計／帶擺的
鐘。擺鐘。

ふりこう [不履行]（名）不履行，不執行。

ふりこ・む [降り込む]（自五）（風）颳進，（雨）
淋進。

ふりこ・む [振り込む]（他五）（把錢）存入(銀
行戶頭等)，撥入。△授業料を～／把學費存入
銀行戶頭。

ふりこ・める [降りこめる・降り籠める]（自
下一）雨雪下得很大(困住人不能出門)。△雨
に～られる／被大雨困住不能出門。

ブリザード [blizzard]（名）(極地的) 風雪。

ふりさけ・みる [振(り)去(け)見る]（他上
一）抬頭遠望。

ふりしき・る [降りしきる・降り頻る]（自五）
(雨雪) 不停地下，猛下。

ふりし・く [降り敷く]（自五）（雪）蓋滿大地。

ふりしぼ・る [ふり絞る]（他五）拼命，竭盡
全力。△声を～／聲嘶力竭地叫。

ふりす・てる [振り捨てる]（他下一）拋棄，
丟棄，甩掉，打消(念頭)。△まよいを～／不
再猶豫彷徨。→振り切る，振り放す

フリスビー [Frisbee]（名）(一種投擲玩具) 飛碟。

プリズム [prism]（名）〈理〉棱鏡，三棱鏡。

ふりそそ・ぐ [降り注ぐ]（自五）傾盆而下，
紛紛落下。△雨が～／大雨傾盆。△光が～／
陽光普照，灑滿陽光。

ふりそで [振りそで・振り袖]（名）(未婚婦女)
長袖和服，青年婦女的盛裝。

ぶりだいり [部理代理]（名）部分代理。

ふりだし [振り出し]（名）①（事物的）起點，
出發點。（交易）開盤。△～にもどる／回到出
發點。② 簽發票據，匯票。

ふりだしぐすり [振出薬]（名）湯藥。

ふりだ・す [降り出す]（自五）雨（雪）下起來，
開始下。△雨が～した／雨下起來了。

ふりだ・す [振り出す]（他五）① 搖出，晃出。
② 煎(藥)。③ 開出(票據)，發出(票據)。

ふりた・てる [振りたてる]（他下一）用力甩
動，用力搖動。

ふりつ [府立]（名）府立。

ブリックス [BRICs]（名）新興經濟四國 (巴西，
俄羅斯，印度，中國)。

ふりつけ [振り付け]（名）創作和指導舞蹈動作
的人。△～師／舞蹈動作設計者。

ブリッジ [bridge]（名）① 火車站的天橋。② 船
橋，艦橋。③（西式摔跤中防止雙肩觸地時的
姿勢）撐橋。④ 橋牌。

フリッター [fritter]（名）西式油炸餅。

ふりつづみ [振り鼓]（名）① 撥浪鼓。② 雙撥
鼓。

ふりつの・る [降り募る]（自五）雨越下越大。

フリッピング [flipping]（名）頻繁更換電視頻道。

プリティー [pretty]（ダナ）可愛的。

プリテンド [pretend]（名）假裝，裝作，裝扮。

ふりどけい [振(り)時計]（名）擺鐘。

ふりとば・す [振飛ばす]（他五）用力遠扔。

ふりはな・す [振り放す]（他五）甩開，掙脫開，甩掉。→振り切る，振り捨てる

プリビレッジ [privilege]（名）特權，優惠。

ふりぷり（副・自サ）① 柔軟而富有彈性。△～とした赤ちゃんの手／嬰兒胖而富有彈性的手。② (怒氣) 沖沖。

ぶりぶり（副）生氣貌，怒氣沖沖。

プリベンティブケア [preventive care]（名）預先計劃，事前對策。

ふりほど・く [振り解く]（他五）抖開，甩開，掙脫開。

プリマ [意 prima]（名）主角 (的)。

ふりま・く [振りまく・振り撒く]（他五）撒，散佈。△えがおを～／對人們笑臉相迎。

プリマドンナ [意 prima donna]（名）(歌劇、芭蕾舞的) 女主角。

ふりまわ・す [振り回す]（他五）① 揮舞，掄起。△はものを～／揮舞鋼刀。要刀子。② 濫用，顯示，賣弄。△権力を～／濫用權力。△知識を～／賣弄知識。

ブリミア [bulimia]（名）吃得過多，過飽症。

ふりみだ・す [振り乱す]（他五）弄亂，弄得亂蓬蓬。△髪を～／披頭散髮。

プリミティブ [primitive]（形動）① 幼稚。② 原始的，樸素。

プリミティブアート [primitive art]（名）原始的，舊式的，幼稚的，樸素的。

ふりみふらずみ [降りみ降らずみ]（名）時下時停。

ふりむ・く [振り向く]（自五）回頭，回頭看。→振り返る

ふりむ・ける [ふり向ける]（他下一）① 扭回身 (臉)。② 挪用，轉用。

ふりや・む [降り止む]（自五）(雨、雪) 停止。

ふりゅうもんじ [不立文字]（名）(佛教) 不立文字。→以心伝心

ふりょ [不慮]（名）意外，不測，想不到。△～の事故／意外事故。

ふりょ [俘虜]（名）俘虜。→捕虜

ふりょう [不漁・不猟]（名）①[不漁] 捕魚量少。↔ 大漁，豊漁 ②[不猟] 獵獲物少。↔ 大猟

ふりょう [不良]（名・形動）① 不好，劣，壞。△～品／劣品，次品。△成績～／成績劣等。↔ 良好 ② 品行不好，流氓。

ぶりょう [無聊]（名・形動）無聊，鬱悶。△～をかこつ／抱怨無聊。△～をなぐさめる／消遣，解悶。

ふりょうけん [不料簡・不了見・不量見]（名・形動）錯誤想法，壞心。

ふりょうどうたい [不良導体]（名）〈理〉非導體，不良導體。→不導体・絶縁体 ↔ 導体・良

導体

ふりょく [浮力]（名）〈理〉浮力。△～がつく／產生浮力。

ぶりょく [武力]（名）武力。△～にうったえる／訴諸武力。→戦力，兵力

ブリリアンティン [brilliantine]（名）① 髮蠟。② 一種有光澤的毛織品。

フリル [frill]（名）波形褶邊，皺邊，飾邊。

プリレコ [pre-recording]（名）(“プレスコアリング” 的縮略語) 電影等預先錄音。

ふりわけ [振り分け]（名）① 分開，分成兩半。②“振りわけ髪”(中分髮形，頭髮披散在兩邊) 的略語。③“振り分け荷物”(一前一後搭在肩上的行李) 的略稱。

ふりわ・ける [ふり分ける]（他下一）分成兩半，分成兩份。

ふりん [不倫]（名・形動）違背人倫。△～の恋／違背倫常之愛。△～な関係／不正常的男女關係。

プリン（名）布丁 (西餐的一種點心) 來自“プディング”。

フリンジタイム [fringe time]（名）與黃金播放時間鄰接的時間短，午後 7 點前和 11 點後。

プリンシパル [principal]（ダナ）① 主要的，第一的，重要的。② 校長，主角。③ 本金，本人。

プリンス [prince]（名）皇太子，王子，皇子，親王。↔ プリンセス

プリンセス [princess]（名）皇女，公主，王妃，皇太妃。↔ プリンス

プリンター [printer]（名）〈IT〉印表機。

プリンティング [printing]（名）印刷，印刷術，印刷業。

プリント [print]（名・他サ）① 印刷，印刷品。② 印花，印染。→捺染 ③〈攝影〉印照片，拷貝，洗照片。

フル [full]（名）最大限度，充分，滿。△～に利用する／充分利用。△～回転／全速運轉，最高轉速。△～スピード／最高速度，全速。

ふ・る [振る]（他五）① 揮，搖，擺。△首を～／搖頭。△手を～／揮手，擺手。△バットを～／揮動球棒。② 撒，丟，扔，擲。△塩を～／撒鹽。△さいころを～／擲骰子。③ 放棄，犧牲，甩掉。△棒に～／白扔。△大臣のいすを～／放棄大臣的地位。④ 確立某種位置，工作，作用等。△ルビを～／加注音假名。△役を～／分派角色。△割り～／分配，分派。⑤ 拒絕 (請求等)。△彼に～られる／遭他拒絕，被他甩了。

ふ・る [降る]（自五）① 下，降。△～っても照っても／不管晴雨。△～ってわいたよう／突如其來。△雨が～／下雨。△雪が～／下雪。△～りしきる／(雨、雪) 下個不停。△～りそそぐ／大雨傾盆。(光) 強射。②（喩）突如其來。△災難が～／災難從天而降。

ぶ・る [振る]（自五）① 炫耀，顯示。△そんなに～らないでほしいな／別那樣神氣好不好。→きどる ②（接尾）裝腔作勢，裝模作樣。

擺…架子。裝樣子。△えら～/拿架子。△学者の～/擺學者架子。

ふるい［篩］(名)篩子。

ふる・い［古い］(形)① 舊，老，古。△～友人/老朋友。△～たてもの/舊建築物。② 落後，老，過時的。△～考え/落後的想法。過時的想法。△～しゃれ/過時的俏皮話。△あたまが～/老腦筋。↔ あたらしい

ぶるい［部類］(名)部類，種類。△これはいい～だ/這是好品種。

ふるいおこ・す［奮い起す］(他五)振奮，煥發，激發。△勇気を～/鼓起勇氣。

ふるいおと・す［ふるい落とす］(他五)篩掉，淘汰。

ふるいた・つ［奮い立つ］(自五)奮起，奮勇。

ふるいつ・く［震(い)付く］(自五)一把摟住。

ふるいにかける［篩にかける］(連語)過篩子，篩(東西)。

ふる・う［奮う・振るう］(自他五)① 振作，鼓起勁。△士気おおいに～/士氣大振。△成績が～わない/成績不佳。② 揮，揮動。△筆を～/揮筆，△揮毫。大なたを～/大砍。大刀闊斧地精簡(機構)。③ 顯示，發揮。△うでを～/顯本領，△發揮特長。猛威を～/振虎威。△勇気を～/鼓足勇氣，奮勇。④ 用 "ふるった""ふるっている" 的形式表示離奇，古怪，與眾不同，奇特，特別。△～った趣向/離奇的主意，奇特的想法。△かなり～っている/相當古怪，非常奇特。

ふる・う(他五)① 篩選，篩。② 淘汰，選拔。

ブルー［blue］(名)藍色。

ブルーカラー［blue-collar］(名)藍領工人，體力勞動者。↔ ホワイトカラー

ブルース［blues］(名)布魯斯舞(曲)。

ブルースクリーン［blue screen］(名)〈IT〉藍屏。

プルースト［Marcel proust］〈人名〉普魯斯特(1871-1922)。法國小説家。

フルーツ［fruit］(名)水果。

フルーツす［フルーツ酢］(名)水果醋。

ブルーデー［blue day］(名)憂鬱日，(女性的)生理日。

フルート［flute］(名)長笛，橫笛。也説 "フリュート"。

ブルートゥース［bluetooth］(名)〈IT〉藍牙，一種近距離無綫傳輸方式。

ブルートレイン［blue train］(名)JR 長途臥鋪特快列車。

プルーフ［proof］(名)① 證明，證據。② 校樣，樣張。③ 酒類酒精含量單位。

ブルーブラッド［blue blood］(名)貴族，名門。

ブルーヘルメット［blue helmet］(名)聯合國維和部隊，維和部隊隊員。

ブルーマンデー［Blue Monday］(名)休息過後(憂鬱)的星期一。

フルーリボン賞［Blue Ribbon Prize］(名)日本電影記者獎。

ふるえ［震え］(名)哆嗦，顫抖。

ふる・える［震える］(自下一)發抖，震動，哆嗦，顫抖。△足が～/腿發抖。△声が～/聲音顫抖。△字が～/字(寫得)歪歪扭扭。△がたがた～/直打哆嗦。渾身發顫。△～えあがる/打顫，哆嗦。

ふるがお［古顔］(名)舊人，老資格，老手。↔ 新顔

ふるかぶ［古株］(名)老手，舊人，老資格。

ブルガリア［Bulgaria］〈國名〉保加利亞。

ふるぎ［古着］(名)舊衣服。

ふるきず［古傷］(名)舊傷，舊傷疤。△～にふれる/觸動舊傷。↔ 生傷

ふるくさ・い［古臭い］(形)陳舊的，陳腐的，落後的，過時的，古老的。△～考え/陳舊的想法，老掉牙的思想。

ふるさと［故郷］(名)故鄉，故土，故里，家鄉。△～をしのぶ/懷念故鄉，思念故鄉。△心の～/精神故鄉。→故郷(こきょう)

ブルジョア［法 bourgeois］(名)① 資産階級。↔ プロレタリア ② 資産者，資本家。

ふるす［古巣］(名)老巢，老窩，舊居，故居。△～にかえる/回故居。

フルスクリーン［full screen］(名)全屏。

プルタークえいゆうでん［プルターク英雄伝］〈書名〉普魯塔克英雄傳。

フルタイム［full time］(名)(工作、學習等的)全部規定時間，全班時間。

ふるだぬき［古だぬき・古狸］(名)老油子，老狐狸，老奸巨滑的人。

プルタブ［pull tab］(名)(罐頭或密封容器上藉以拉開的)金屬拉片。

ふるって［奮って］(副)踴躍，主動，積極。△～ご参加ください/請踴躍參加。

ふるつわもの［古つわもの・古兵］(名)① 老兵，有戰鬥經驗的武士，老將。② 老手，經驗豐富的人。

ふるて［古手］(名)老手，老人，老資格。↔ 新手

ふるどうぐ［古道具］(名)舊傢具，舊工具。

ブルドーザー［bulldozer］(名)推土機。

ブルドッグ［bulldog］(名)〈動〉虎頭狗，猛犬。

プルトニウム［plutonium］(名)〈化〉鈈，化學符號 Pu。

フルドレス［full dress］(名)禮服，(軍人的)正式服裝。

フルネーム［full name］(名)姓名，全名。

ふる・びる［古びる］(自上一)變舊，陳舊。

ぶるぶる(副)哆嗦，顫抖。→がたがた

ブルペン［bullpen］(名)(棒球場裏的)投球練習場。

ふるぼ・ける［古ぼける］(自下一)陳舊，破舊。△～けた家/陳舊的房子。

ふるほん［古本］(名)舊書。△～屋/舊書鋪，古舊書店。

ふるまい［振る舞い］(名)① 舉止，動作，行為。△みごとな～/漂亮灑脱的舉止。△古ち

居～/舉動行為。② 請客，設宴招待。△大
盤～/大請賓客。

ふるま・う [振る舞う]（自五）① 動作，行為。
△かってに～/為所欲為地行動。② 請客，招
待。△気まえよく～/慷慨地款待。

フルマラソン [full marathon]（名）42.195 千米
的全程馬拉松。↔ ハーフマラソン

プルメーク [pre-make]（名）化妝打底。

ふるめかし・い [古めかしい]（形）古老，陳
舊。△～たてもの/古老的建築。

フルメンバー [full member]（名）① 正式會員。
② 全體會員。

ふるわ・す [震わす]（他五）⇨ふるわせる。

ふるわ・せる [震わせる]（他下一）使顫抖。

ブルンジ [Burundi]〈國名〉布隆迪。

ふれ [触れ]（名）（官府發的）通知，命令。△～
を出す/出告示。

プレ－ [pre]（接頭）（在…之）前，先，預先。△～
オリンピック/在奧林匹克運動會前一年舉行
的運動會，奧林匹克預賽。

ふれあい [触れ合い]（名）接觸。

ふれあ・う [触れ合う]（自五）互相接觸。△ほ
おが～/臉貼臉。△心が～/心貼心，心連心。

ふれある・く [触れ歩く]（自五）到處通知，
到處傳達。→触れまわる

ぶれい [無礼]（名・形動）無禮，不恭敬。△～
者/沒有禮貌的人。→失礼・非礼・失敬

ぶれいこう [無礼講]（名）不講虛禮，不拘席
次，開懷暢飲的酒宴（集會）。

プレイパーク [play park]（名）（兒童）遊樂園。

プレー [play]（名・自サ）① 體育比賽，比賽的
技能，技巧，技術。△ファイン～/妙技，絕
技。②（體育比賽的）開始。△～ボール/開
始，開球 ③ 玩耍，遊戲。△～ボーイ/花花公
子。④ 爵士樂的演奏。

プレーガイド（名）（電影、戲劇的）預售票處，
售票代理處。

ブレーキ [brake]（名）閘，制動器。△～をかけ
る/煞車，煞閘，制止住。△～がきかない/
煞不住。

ブレーク [break]（名・ス自）①（拳擊中呈抱持
狀態時，裁判命令）分開，散開。②（網球）破
發，對方發球的球局時，勝出對方。③ 休息。
△ティー～/喝茶休息時間。④ 變得大受歡
迎，非常成功，暢銷。△女子高生に～する/
在高中的女生中很受歡迎。

ブレークダンス [break dance]（名）（包括單手
倒立等動作的）特技舞蹈，霹靂舞，街頭舞。

フレーズ [phrase]（名）① 短語，詞組。△キャ
ッチ～/吸引人的句子，（書報等的）副標題。
② 樂句，小樂節。

プレースメント [placement]（名）職業介紹。

プレート [plate]（名）① 薄金屬板。△ナン
バ～/汽車牌照。②（棒球）投手板。③（棒球）
本壘，本壘板。④（照像）感光片，底片。

フレーバーコーヒー [flavor coffee]（名）風味
咖啡，香咖啡。

フレーム [frame]（名）① 框，架。② 木框架作
的小溫室，溫牀。

フレームアップ [frame-up]（名・ス他）捏造。

フレームワーク [framework]（名）框架，構造，
體制。

プレーメート [playmate]（名）遊戲夥伴，一起
玩的朋友。

プレーヤー [player]（名）① 電唱機。② 爵士樂
等的演奏者。③ 運動員。

ブレーン [brains trust]（名）顧問機關，智囊團。

プレーン [plain]（名）① 平，平坦，平淡，普通。
△～な服装/普通的服裝。△～ヨーグルト/
純酸乳酪，淨酸奶。

ブレーンストーミング [brainstorming]（名）腦
力激盪（集體討論以產生新創意的方法）。

フレグランス [fragrance]（名）芳香，香。

ふれこみ [触れ込み]（名）（事先的）誇大宣傳。

ふれこ・む [触れ込む]（他五）（脫離實際的過
分）宣傳，宣揚，吹噓。

ブレザー [blazer]（名）（用法蘭絨做的較寬鬆的）
西裝式運動服上衣。△～コート/西裝式運動
服上衣。

プレジデンシー [presidency]（名）總統職務。

プレス [press]（名・他サ）① 推，推舉。② 熨
衣服。③ 壓狀，沖狀，壓力機，壓榨機，印刷機。

プレスカード [press card]（名）採訪證。

フレスコ [fresco]（名）〈美術〉（水彩）壁畫。△～
画/（濕繪）水彩壁畫。

プレスセンター [press center]（名）（國際會議等
的）採訪（報道）中心。

プレスルーム [pressroom]（名）記者招待室，記
者室。

プレゼンス [presence]（名）存在，存在感，軍
隊的駐留，軍事、政治的影響力。

プレゼンター [presenter]（名）推薦者，任命者，
主持人。

プレゼンテーション [presentation]（名）〈IT〉
演示，發表，介紹。△～ソフト/演示軟件

プレゼント [present]（名・他サ）贈禮，禮品，
禮物。

プレタポルテ [法 prêt-à-porter]（名）婦女高級
現成服裝。

フレックスタイム制 [flextime system]（名）（僱
員主要做滿規定的工時可自行決定上下班時間
的）彈性工作時間（制）。

フレッシャー [fresher]（名）新人，新生。

プレッシャー [pressure]（名）（精神方面的）壓
力，壓迫，強制。△～がかかる/精神上有壓
力。

プレッシャーポリティックス [pressure poli-
tics]（名）政治壓力。

フレッシュ [fresh]（名・形動）新鮮，清新。△～
な感覚/新鮮的感覺，清新的感覺。△～マン/
新人，（大學）新生。（公司的）新職員。△～
ジュース/鮮果汁。

ブレティンボード [bulletin-board]（名）佈告
欄，公告欄（也作"ブレチンボード"）。

ふ

フ

プレハブ [prefab]（名）預製件現場組裝法，預製件組裝的房屋。

プレビュー [preview]（名）〈IT〉預演，預覽，預看，試映。

プレママ [premama]（名）要當媽媽的人，準媽媽。

ふれまわ・る [触れ回る]（自五）到處散佈，到處宣揚，到處通知。→触れあるく

プレミア [premiere]（名）（電影、戲劇的）初演。

プレミアム [premium]（名）① （股票等）超過票面價格，溢價。② （票的）加價。△～がつく／帶有加價。△～付の切符／飛票。③ （兌換貨幣時的）貼水，升水。④ （商品的）贈品，（懸獎的）獎品。△～セール／附送贈品的售貨方式。⑤ 高級的，優質的，物超所值。（也作 "プレミア"）

プレリュード [prelude]（名）前奏曲，序曲。

ふ・れる [振れる]（自下一）① 顫動。② 偏向。△磁石の針が大きく西に～た／磁針向西偏了許多。

ふ・れる [触れる]（自他下一）① 摸，觸。△手が～／手摸，△手碰。手を～な／不要碰。△外気に～／接觸外面空氣，接觸戶外空氣。△指さきで～／用手指尖接觸。② （眼、耳）感覺。△目に～／看見。△耳に～／聽見。③ 涉及，觸及。△問題に～／觸及要點。△手みじかに～／簡單談到，簡略涉及。④ 觸犯，抵觸。△法に～／觸犯法律。△逆鱗に～／批逆鱗，觸忤。⑤ 廣為宣揚。△～れあるく／各處通知，到處宣傳。△～れまわる／各處通知，到處宣揚。

ぶ・れる（自下一）（攝影時）照像機晃動（照片圖像不清）。

ふれんぞくせん [不連続線]（名）（氣象）鋒緣。→ぜんせん

フレンド [friend]（名）朋友，友人。△ボーイ～／男朋友。△ガール～／女朋友。

ブレンド [blend]（名・他サ）（摻合糖、奶等其它材料的）咖啡、酒類。

ブレンド [blend]（名・ス他）調和，混合。

フレンドリー [friendly]（ダナ）友好的，親切的。

ふろ [風呂]（名）澡堂，浴池，澡盆。△～がわく／洗澡水熱了。△～をたてる／燒洗澡水。△～がま／在洗澡木桶下用於燒洗澡水的鍋爐（爐竈）。△むし～／蒸氣浴。

プロ I（名）（"プロフェッショナル" の略語）職業的，專業的，專門的。△～野球／職業棒球隊。→くろうと ↔ アマ II（"プロダクション" の略）① 生產，製造，作品，產品。② （電影）製片。製片廠。影片製作者。

フロア [floor]（名）① 地板。② （樓房的）層。

フロアプライス [floor price]（名）底價，最低價格。

フロアレディー [floor lady]（名）管接待的女服務員。

フロイト [Sigmund Freud]〈人名〉弗洛伊德（1856-1939）。奧地利的心理學家，精神分析學家。

ブロイラー [broiler]（名）（用特殊方法飼養的肉用）童子雞。

ふろう [不老]（名）不老。△～不死／長生不老。△～長寿／長壽，長生不老。

ふろう [浮浪]（名・自サ）流浪。△～者／流浪者。

ふろうしょとく [不労所得]（名）不勞而獲的收入。（如房租、利息等）。

ブロー [blow]（名）① 頭髮用吹風機定型。② 打擊，不幸。

ブローカー（名）經紀人，掮客。

ブロークン [broken]（名・形動）不合規則，不合語法。△ひどく～な英語で話す／用很不合語法的英語講。

ふろおけ [風呂おけ・風呂桶]（名）木製浴盆，木製浴桶。

ブローチ [brooch]（名）胸針。

ブロードキャスター [broadcaster]（名）① 廣播電台，廣播公司。② 廣播員。

ブロードキャスティング [broadcasting]（名）廣播，播音，播放。

ブロードバンド [broadband]（名）〈IT〉寬頻。

ブロードバンドネットワーク [broadband network]（名）〈IT〉寬頻網。

ふろく [付録]（名）① 附錄，附表。② 雜誌附帶的小冊子，增刊。

ブログ [blog]（名）〈IT〉（"ウェブログ" 的縮略語）博客，網絡隨筆。

プログラマー [programmer]（名）① 程序設計者。② 節目製作人。

プログラム [program]（名）① 節目，節目單。② 預定表，計劃表。③ （計算機）程序表。

プログレス [progress]（名）進行，進步，發展。

プログレッシブ [progressive]（名・ダナ）進步的，進步主義者，革新主義者。

プロジェクション [projection]（名）投射，發射，投影。

プロジェクト [project]（名）開發計劃，設計項目。△～チーム／課題研究小組，計劃推進小組。

ふろしき [風呂敷]（名）包袱皮。

フロスト [frost]（名）霜，霜柱，冰凍，結凍。

プロセス [process]（名）① 經過，過程。② （工作的）方法，程序，工序。

プロセッサー [processor]（名）〈IT〉處理器。

プロゼミナール [proseminar]（名）大學的教養課程。

プロダクション [production]（名）① 電影製片，製片廠。② （演員、歌手、模特兒）介紹所，代理公司。（可略稱 "プロ"）

プロダクションマネージャー [production manager]（名）（電影）製片人。

プロダクト [product]（名）生產，產品，製品，作品，成果。

プロダクトアド [product ad]（名）商品廣告。

プロダクトデザイン [product design]（名）產品

設計。

ブロック [bloc]（名）集團，陣營。△～経済／布洛克經濟，集團經濟，區劃經濟。

ブロック [block] I（名）①〈建〉預製板，預製塊。△コンクリート～／混凝土的預製板。②區域，地段，街段。II（名他サ）（網球、冰球的）阻擋截擊，（棒球）妨礙球（比賽的人或物觸球），（排球）封網，（乒乓球）擋球，平擋。

フロックコート [frock coat]（名）男用大禮服。

フロッグマン [frogman]（名）潛水員。

プロット [plot]（名）（小説、戲曲等）情節，結構，構思。

フロッピーディスク [floppy disk]（名）〈IT〉軟碟。

プロテスタント [protestant]（名）（基督教的）新教徒。↔ カトリック

プロデューサー [producer]（名）節目製作人，製片人。

プロデューサーデレクター [producer director]（名）電影導演。

プロトコル [protocol]（名）① 議定書。② 通信規定。

ふろば [風呂場]（名）浴室，浴澡間。

プロパガンダ [propaganda]（名）政治宣傳，宣傳鼓動。

プロパン [propane]（名）〈化〉丙烷氣。△～ガス／液化石油氣。

プロフィール [profile]（名）①（人的）側面像。② 人物側寫。

プロフェッショナリズム [professionalism]（名）專家意識，專家氣質。

プロフェッショナル [professional]（形動）職業的，專業的。（簡稱為“プロ”）↔ アマチュア

プロフェッション [profession]（名）①（專業知識或特殊訓練的）職業。②（信仰、意見、感情等的）表示，表白，宣言。

フロベール [Gustave Flaubert]〈人名〉福樓拜（1821-1880）。法國現實主義小説家。

プロペラ [propeller]（名）（船、飛機的）螺旋槳。△～機／螺旋槳式飛機。

プロポーザル [proposal]（名）申請，提案。

プロポーション [proportion]（名）人體各部分的比例。△～がいい／身材匀稱。

プロポーズ [propose]（名・自サ）求婚。→求婚

ブロマイド [bromide]（名）（電影演員、運動員的）明星照片。（也説“プロマイド”）

プロミス [promise]（名）① 允諾，諾言。② 可能性，有前途。

プロミネンス [prominence]（名）重讀，重音。△～をおく／要重讀。

プロムナード [promenade]（名）散步道。

プロモーション [promotion]（名）① 升級，晉級，高升。② 廣告，促銷，促進。

プロモーター [promoter]（名）發起人，舉辦人。

プロやきゅう [プロ野球]（名）職業棒球（隊），專業棒球（隊）。

プロレタリア [德 Proletarier]（名）無產者。↔

プルジョア

プロレタリアート [德 Proletariat]（名）無產階級。↔ ブルジアジー

プロローグ [prologue]（名）①（小説、戲劇的）序幕。② 開頭，開端。→序章，序曲 ↔ エピローグ

ブロンズ [bronze]（名）青銅，青銅像。

フロンテイア [frontier]（名）① 國境，邊疆。②（美國西部）親開發地。△～スピリット／拓荒精神，開拓（者）精神。

フロント [front]（名）① 正面，前面。△～ガラス／（汽車的）擋風玻璃。② 賬房，總服務台。

ブロンド [blond]（名）金髮（女郎）。

フロントページ [front page]（名）新聞的頭版。

フロントランナー [front runner]（名）在競爭中領先的人，最有力的候補。

プロンプト [prompt]（名）〈IT〉提示符。

ふわ [不和]（名・形動）不和，不和睦。→仲たがい

ふわく [不惑]（名）（四十歳的異稱）不惑之年。

ふわたり [不渡り]（名）（票據）拒付。△～手形／空頭支票。

ふわふわ（副）① 軟綿綿的。△～（と）した羽根ぶとん／軟綿綿的羽絨被。→ふかふか，ふんわり ② 輕飄飄的。△風船が～と飛んでいく／氣球輕飄飄地飛去了。→ふわりふわり ③ 心神不定，浮躁。△気持が～（と）している／心情浮躁。

ふわらいどう [付和雷同]（名・自サ）隨聲附和。

ふわり（名）① 微微飄動，輕微飄動。△風で帽子が～とまいあがった／帽子隨風飄走了。② 輕輕地（蓋上，放上等）。△彼女は毛皮のコートを～とはおった／她輕輕披上裘皮大衣。

ふん [分]（名）（時間、角度、重量、貨幣）分。

ふん [糞]（名）糞，屎。△～をする／拉屎。△犬の～／狗屎。→くそ

ふん（感）哼。

ぶん [文]（名）① 文，文章。△～をつくる／作文。△～を練る／錘煉作品。② 句，句子。△質問の～／疑問句。③（與武相對的）文。④（與詩相對的）文，散文。

ぶん [分]（名）① 本分。△～をまもる／守本分。△～をこえる／非分。②（以“…分には”的形式）只要那様就…△制限速度をまもっている～にはあぶないこともなかろう／只要遵守限制速度，恐怕就不會有危險。③（以“この分なら”的形式）如果事物要那様進展。△この～なら明日中にはできそうだ／照現在這様，明天就可完成。④ 相應的分量，相應的部分。△早く起きた～だけ早くねむくなった／起得早，睏得也早。

ぶんあん [文案]（名）文章的底稿，草稿。

ぶんい [文意]（名）文意，文章内容。

ふんいき [雰囲気]（名）氣氛。△熱っぽい～をかもしだす／造成熱烈氣氛。△家庭的な～／家庭氣氛。

ふんえん [噴煙]（名）(火山) 噴煙。

ふんか [噴火]（名・自サ）(火山) 噴火，噴發。△～口／火山口。

ぶんか [文化]（名）文化。

ぶんか [文科]（名）文科。△～系／文學系。↔理科

ぶんか [分科]（名）分科。△～会／分組會。

ぶんか [分化]（名・自サ）分化。

ふんがい [憤慨]（名・自サ）憤慨。→いきどおり

ぶんかい [分解]（名・自他サ）① 卸開，拆開，拆卸。△ラジオを～する／拆開收音機。△時計の～掃除／鐘錶擦油。△因数～／因數分解。△空中～／飛機空中散落。②〈化〉分解。△電気～／電解。

ぶんかいさん [文化遺産]（名）文化遺產。→文化財

ぶんがく [文学]（名）① 文學。② 文藝。③ 人文科學。△～博士／文學博士。↔理学

ぶんがくしゃ [文学者]（名）文學家。

ぶんかくんしょう [文化勲章]（名）文化勳章。

ふんかこう [噴火口]（名）〈地〉噴火口，火山口。

ぶんかこっか [文化国家]（名）注重文化的國家。

ぶんかさい [文化祭]（名）文化節。

ぶんかざい [文化財]（名）文物，文化遺產。△重要～／重要文物。

ふんかざん [噴火山]（名）活火山，正在噴火的火山。

ぶんかじん [文化人]（名）文化人。

ぶんかちょう [文化庁]（名）文化廳。(屬文部省)

ぶんかつ [分割]（名・他サ）分割，分開，瓜分。△～ばらい／分期付款。

ぶんかのひ [文化の日]（名）文化節。(十一月三日)

ぶんかん [文官]（名）文官。↔武官

ふんき [奮起]（名・自サ）奮發，振奮。△～をうながす／催人奮進。

ぶんき [分岐]（名・自サ）分歧，分岔。△～点／岔路口。

ぶんきてん [分岐点]（名）分歧點，岔路口。△人生の～／人生的十字路口。

ふんきゅう [紛糾]（名・自サ）糾紛。△議事が～する／審議爭論不休。

ぶんきょう [文教]（名）文化教育。

ぶんぎょう [分業]（名・他サ）分工，專業分工。△～化／專業化。

ぶんきょうじょう [分教場]（名）(中小學校的) 分校，(學生數特少的) 教學點。

ふんぎり [踏ん切り]（名）決斷，下決心。△～がつく／決心下定。△～をつける／下決心。→決断

ぶんぐ [文具]（名）文具。→文房具

ぶんけ [分家]（名・自サ）分家，另立戶，分出去的家。↔本家

ぶんげい [文芸]（名）① 文藝。△～時評／文藝時評。△～大衆／大眾文藝。② 學問和藝術。△～復興／文藝復興。

ふんけいのまじわり [刎頸の交わり]（連語）刎頸之交，生死之交。

ぶんげいふっこう [文芸復興]（名）文藝復興。→ルネサンス

ふんげき [憤激]（名・自サ）激憤，憤怒，非常氣憤。△～のあまりわれをわすれた／由於過分氣憤，忘掉了一切。

ぶんけつ [分蘗]（名・自サ）分蘗。

ぶんけん [文献]（名）文獻，文件。△～をあさる／搜集文獻。

ぶんけん [分権]（名）分權。△地方～／地方分權，↔集権

ぶんけん [分遣]（名・他サ）分遣。△～隊／分遣隊。

ぶんげん [分限]（名）本分，身分，地位，資格。△～をわきまえる／守本分，知道進退。→分際

ぶんこ [文庫]（名）① 廉價袖珍本。△～判／三十二開本。△～本／袖珍本。② 書庫，藏書。△学級～／班級文庫(圖書角)。③ 箱。△手～／小文件箱，小書箱。

ぶんご [文語]（名）① 文章語，書面語。↔口頭語② 文語。△～文法／文語語法。

ぶんこう [分校]（名）分校。↔本校

ぶんごう [文豪]（名）文豪，偉大的作家。△～トルストイ／大文豪托爾斯泰。

ぶんこうき [分光器]（名）〈理〉光譜計，分光器，分光儀。

ぶんごたい [文語体]（名）文語體。↔口語体

ぶんこつ [分骨]（名・他サ）骨灰分葬。

ふんこつさいしん [粉骨砕身]（名・自サ）粉身碎骨。→身を粉にする

ぶんごぶん [文語文]（名）文言文。↔口語文

ふんさい [粉砕]（名・他サ）① 粉碎，破碎。② 打垮。△敵を～する／粉碎敵人，打垮敵人。

ぶんさい [文才]（名）文才，寫文章的才能。△～がある／有文才。△～をしめす／顯示文才。

ぶんざい [分際]（名）身分，地位。→分限

ぶんさつ （名・他サ）分成幾冊，各分冊。

ぶんさん [分散]（名・自他サ）① 分散。②〈物〉色散。

ふんし [憤死]（名・自サ）氣憤而死，憂憤而死。

ぶんし [文士]（名）文人。(職業) 作家，小說家。△三文～／無聊文人。整腳作家。

ぶんし [分子]（名）①〈理、化〉分子。②〈數〉(分數綫上的) 分子。↔分母③ (階級，階層等) 分子。△危険～／危險分子。

ぶんししき [分子式]（名）〈化〉分子式。

ふんしつ [紛失]（名・自他サ）丟失，遺失。△～物／丟失物，遺失物。

ふんしゃ [噴射]（名・他サ）噴射，噴氣，噴出。△逆～／反噴射。

ぶんじゃく [文弱]（名・形動）文弱。△～な

男／文弱的男子。

ぶんしゅう［文集］（名）文集。△～をあむ／編輯文集。

ふんしゅつ［噴出］（名・他サ）噴出，射出。

ふんしょ［焚書］（名）焚書。

ぶんしょ［文書］（名）文書，公文，文件。△～で申し入れる／書面提出意見（希望，要求）。△公～／公文。

ぶんしょう［文相］（名）文相（日本文部大臣）。

ぶんしょう［文章］（名）文章。

ぶんじょう［分乗］（名・自サ）分乗，分別乗坐。

ぶんじょう［分譲］（名・他サ）（土地等）分成小塊出售，分開出售。△～住宅／按戶出售的住宅。分開出售住宅。

ぶんしょうか［文章家］（名）傑出的作家，會寫文章的人。

ぶんしょうご［文章語］（名）書面語言。

ふんしょく［粉食］（名）麵食，食麵。

ふんしょく［粉飾］（名・他サ）粉飾，裝璜門面。△～決算／假決算。虛假的決算。

ぶんしょく［文飾］（名・他サ）① 文飾。② 裝飾，點綴。

ぶんしりょう［分子量］（名）〈化〉分子量。

ふんじん［粉塵］（名）粉塵，灰塵。

ふんじん［奮迅］（名）奮勇猛進，奮進。△獅子～の勢い／雷霆萬鈞之勢。

ぶんしん［分身］（名）分身。△作品は作者の～だ／作品是作者的化身。

ぶんじん［文人］（名）① 文人。↔ 武人 ② 詩人，俳人。

ぶんじんが［文人画］（名）文人畫，南畫。→なんが

ふんすい［噴水］（名）①（人工）噴泉，噴泉水。② 噴出的水。

ぶんすいれい［分水嶺］（名）分水嶺。

ぶんすう［分数］（名）分數。

ふん・する［扮する］（自サ）裝扮，扮演。△ハムレットに～／扮演哈姆雷特。→扮装する

ぶんせき［文責］（名）文責。

ぶんせき［分析］（名・他サ）① 分析，研究。△原因を～／分析原因。△状況を～する／分析情況。↔ 綜合 ②〈化〉化驗，分析。

ぶんせつ［文節］（名）文節，詞組（也稱文素）。

ぶんせつ［分節］（名・他サ）分節，分段，段落。

ふんせん［奮戦］（名・自サ）奮戰。→奮鬥

ふんせん［噴泉］（名）噴泉。

ふんぜん［憤然］（名・自サ）（副・連体）憤然。△～として席を立つ／憤然退席。拂袖而去。△～たるおももち／滿面怒容。

ふんぜん［奮然］（副）奮發，振作起來。△～とたちむかう／奮然對抗。奮起迎戰。

ふんそう［扮装］（名・自サ）化裝，裝扮，扮演。△～をこらす／悉心扮裝。→扮する

ふんそう［紛争］（名）紛爭，糾紛。△～をひきおこす／引起糾紛。→もめごと

ぶんそうおう［分相応］（名・形動）合乎身分的，與身分相稱的。△～な暮らし／（與自己身

分、地位）相稱的生活。

ふんぞりかえ・る［ふん反り返る］（自五）（座在椅子上等）傲慢的伸腿向後靠（仰）。

ぶんたい［文体］（名）文體。

ぶんだく・る［他五］硬奪，生搶。

ぶんたん［分担］（名・他サ）分擔。△役割を～する／分擔任務。→手わけ

ぶんだん［文壇］（名）文壇，文藝界。

ぶんだん［分断］（名・他サ）切斷，分裂，割裂。△敵を～する／切斷敵人。

ふんだんに（副）用不完，很多。△～ある／有很多。

ぶんちょう［文鳥］（名）〈動〉文鳥。

ぶんちん［文鎮］（名）文鎮，鎮紙。

ぶんつう［文通］（名・自サ）通信，書信往還。

ぶんてん［文典］（名）語法書。

ふんど［憤怒］（名）忿怒。

ふんとう［奮闘］（名・自サ）奮戰，奮鬥。△孤軍～／孤軍奮戰。→奮戦

ぶんどう［分銅］（名）砝碼，秤砣。

ぶんとう［文頭］（名）文章（句子）開頭的部分。↔ 文末

ぶんどき［分度器］（名）量角器。

ふんどし［褌］（名）（男子用的）兜襠布。△人の～ですもうをとる／利用別人為己謀利。△六尺～／六尺兜襠布。△越中～／丁字形兜襠褲。

ふんどしをしめてかかる［褌を締めてかかる］（連語）全力以赴。

ぶんど・る［分捕る］（他五）捕獲，繳獲，劫掠，搶，拿。△敵の大砲を～／繳獲敵人的大炮。

ぶんなぐ・る［ぶん殴る］（他五）用力打。

ぶんな・げる［ぶん投げる］（他下一）使勁扔。

ふんにゅう［粉乳］（名）奶粉。→粉ミルク

ふんにょう［糞尿］（名）屎尿，大小便。

ふんぬ［憤怒・忿怒］（名）〈文〉ふんど

ぶんのう［分納］（名・他サ）分繳，分期交納。↔ 全納

ぶんのせいぶん［文の成分］（連語）句子成分。

ぶんぱ［分派］（名・自サ）派別，流派。

ぶんぱい［分配］（名・他サ）分配，分給。→配分

ふんぱつ［奮発］（名・自サ）① 發憤。②（一狠心）豁出錢來（買）。

ふんば・る［踏ん張る］（自五）① 叉開腿用力踏地。△足を～／叉開腿站着。② 堅持，掙扎。△土俵ぎわで～／作最後掙扎。（在相撲台邊用力站穩，再後退一步就輸了。）

ふんぱん［噴飯］（名）噴飯，忍不住笑，十分可笑。△～もの／笑煞人的事。

ふんぱんもの［噴飯物］（名）可笑至極，笑煞人的事。

ぶんぴ［分泌］（名・他自サ）〈生物〉分泌。→ぶんぴつ

ぶんぴつ［文筆］（名）〈文〉文筆，筆墨。△～家／文學家，作家。△～活動／文筆活動，搞寫作。

ぶんぴつ［分泌］(名・他自サ) 分泌。也説 "ぶんぴ"。△～物／分泌物。

ぶんぴつ［分筆］(名・自サ)〈法〉把登記的一塊土地分成數份。

ぶんびょう［分秒］(名) 一分一秒，片刻，分秒。△～をあらそう／分秒必爭。△～をおしむ／珍惜一分一秒。

ぶんぶ［文武］(名)〈文〉文武。△～両道／能文能武。

ぶんぷ［分布］(名・自他サ) 分佈。△～図／分佈圖。

ぶんぶつ［文物］(名)〈文〉文物，古董。△西洋の～／西方的文物。

ふんぷん［紛紛］(副・連體) 紛紛，莫衷一是。△諸説～としていっこうにらちがあかない／眾説紛纭，根本得不到解決（統一不了）。

ふんべつ［分別］(名・他サ) 辨別力，判斷力，思考力。△～がある／懂得事理。△～がつかない／不懂事。△～ざかり／通情達理的成年年齡。最富有辨別能力的年齡。思想成熟的年齡。

ぶんべつ［分別］(名・他サ) 分別，分類，區別。△ゴミの～／垃圾的分類。

ふんべつくさ・い［分別臭い］(形) 好像通情達理似的。

ぶんべん［分娩］(名・他サ) 分娩。

ふんぼ［墳墓］(名) 墳墓，墓，墳。△～の地／墓地，墳地。→墓・墓地

ぶんぼ［分母］(名)〈數〉分母 ↔ 分子

ぶんぽう［文法］(名) 文法，語法。

ぶんぼうぐ［文房具］(名) 文具。

ふんまつ［粉末］(名) 粉末。

ぶんまつ［文末］(名) 文章末了部分，句子末尾。↔ 文頭

ふんまん［憤懣・忿懣］(名) 憤懣，氣憤。△～やるかたない／憤懣無處發泄。△～をぶつける／發泄憤懣。

ぶんみゃく［文脈］(名) ① 上下文。② 章法。

ぶんみん［文民］(名) 非軍人，一般平民。↔ 軍人

ふんむき［噴霧器］(名) 噴霧器。→きりふき，スプレー

ぶんめい［文名］(名) 文學家的名氣。△～が高い／(文學家) 聲望高。

ぶんめい［文明］(名) 文明。△～がすすむ／文明發達。△～の利器／文明的利器。△高度な～／高度文明。△～国／文明國家。△西洋～／西方文明。

ぶんめい［分明］(名・形動・自サ) 一清二楚，分明。也説 "ふんみょう"

ぶんめいかいか［文明開化］(名) 文明開化。

ぶんめん［文面］(名) 字面，字面的意思。

ぶんや［分野］(名) 領域，範圍，範疇。△勢力～／勢力範圍。→領域

ぶんらく［文楽］(名) 木偶戲。→にんぎょうじょうるり

ぶんり［分離］(名・自他サ) ①〈化〉分離，提取。② 分離。

ぶんりつ［分立］(名・自他サ) 分立，分別獨立。△三権～／三權分立。

ぶんりゅう［分流］(名) ① (河流的) 分流。② (流派的) 分支，支派，分派。→分派

ぶんりゅう［分溜］(名・他サ)〈化〉分餾。

ぶんりょう［分量］(名) 分量，重量，數量。△～が多い／分量多。△～をへらす／減少分量。△目～／(用眼睛估計的分量) 估量。

ぶんりょう［分領］(名) (幾個人) 分別佔有。

ぶんりょく［分力］(名)〈理〉分力。↔ 合力

ぶんるい［分類］(名・他サ) 分類。

ふんれい［奮励］(名) 奮勉。△～努力／努力奮進。

ぶんれい［文例］(名) 文例，文字的例子。

ぶんれつ［分列］(名) 分列，列隊。△～行進／分列式。

ぶんれつ［分裂］(名・自サ) 分裂，裂開。△政党が～する／政黨分裂。△核～／核裂變。↔ 統一

ふ
フ

へ（格助）① 表示動作，作用的方向。△飛行機は東～むけて飛びたった／飛機向東飛去。② 表示動作、作用的對方、對象。△友だち～手紙を書く／給朋友寫信。③ 表示動作、作用的到達站。△にもつはロッカー～しまいなさい／請把行李放在櫥櫃裏。④ 以 "ところ～" 的形式表示正當…的時候。△寝ようとしたところ～電話がかかってきた／正要睡覺時，來電話了。

へ［屁］（名）屁。△～をひる／放屁。

-べ［辺］（接尾）邊，旁邊。△海～／海邊。△海濱。△岸～／岸邊。

ヘア［hair］（名）毛，髮。△～ドライヤ／（頭髮）吹風機。

ペア［pair］（名）一對，一雙，成對的東西。△～をくむ／配對。

ペア［pear］（名）梨。

ヘアアイロン［hair iron］（名）髮鉗，燙髮剪。

ヘアエステティック［hair aesthetics］（名）頭髮美容術。

へあがる［経上がる］（自五）（地位）逐漸提高，逐步晉級。

ヘアクリーム［hair cream］（名）髮膏。

ヘアケア［hair care］（名）頭髮護理。

ヘアスタイリスト［hair stylist］（名）髮型師。

ヘアスタイル［hairslyle］（名）髮型。

ヘアスプレー［hair spray］（名）噴髮劑，噴霧式髮膠。

ヘアデザイナー［hair designer］（名）髮型設計師。

ベアトップ［bare top］（名）露肩、露背的女性服裝樣式。

ヘアトニック［hair tonic］（名）生髮液，生髮香水。

ヘアドレッサー［hairdresser］（名）美髮師。美容師。

ヘアピース［hairpiece］（名）假髮。

ヘアピン［hairpin］（名）髮夾，髮卡。

ヘアピンカーブ［hairpin curve］（名）U 字形急轉彎（的道路）。

ヘアモード［hair mode］（名）髮型。

ヘアリキッド［hair liquid］（名）護髮水。

ベアリング［bearing］（名）軸承。△ボール～／滾珠軸承。

ペアリング［pairing］（名）配對，組合。

ヘアリンス［hair rinse］（名）護髮素。→リンス

ペアルック［pair look］（名）情侶裝。

ペアレンタルロック［parental lock］（名）（父母不想讓孩子看的電視節目而設密碼的）密碼管理功能。

へい［塀］（名）圍牆。△れんが～／磚牆。

へい［弊］（名）弊病，害處。△飲酒の～／飲酒

之害。

ベイ［bay］（名）① 灣，港灣。②〈IT〉托架。

ペイアウト［payout］（名）花費，支出。

へいあん［平安］（名・形動）① 平安。△～をいのる／祝願平安。②"～京" 的略語：平安京（京都）。③"～時代" 的略語：平安時代。

へいあんじだい［平安時代］（名）〈史〉(794-1192) 平安時代。

へいい［平易］（名・形動）淺顯，容易，通俗。△～な文章／通俗的文章。→やさしい ↔ 難解

へいい［敝衣・弊衣］（名）敝衣，破衣。△～破帽／衣冠襤褸。

へいいん［兵員］（名）① 兵員，兵數。△～が足りない／兵力不足。② 士兵。

へいいん［閉院］（名・自他サ）①（醫院等）關門，下班。②（國會，眾、參議院）閉會。

へいえい［兵営］（名）兵營，營房。

へいえき［兵役］（名）兵役。△～に服する／服兵役。

ペイエクィティ［pay equity］（名）（男女）同工同酬。

へいえん［閉園］（名・自サ）① 封閉遊園地或幼兒園。②（過了遊覽時間）關閉遊園地或動物園。↔ かいえん

ペイオフ［payoff］（名）① 工資發放，結算日。② 清算，決算。③ 賄賂。

へいおん［平温］（名）常溫，常年溫度。

へいおん［平穏］（名・形動）平穩，平安，平靜。△～無事／平安無事。→平安

へいおんせつ［閉音節］（名）閉音節（接尾是子音的音節，相當於日語中含有撥音或促音的音節）。

へいか［平価］（名）① 比價（以本位貨幣含金量折合的兩國貨幣的比值）。△～切り下げ／貨幣貶值。②（有價證券的時價與票面金額相等）平價。

へいか［兵火］（名）戰火，戰禍。△～をのがれる／免遭戰禍。→戦火

へいか［陛下］（名）陛下。△女王～／女王陛下。

へいか［閉架］（名）（圖書館）閉架。↔ 開架

べいか［米価］（名）米價。

へいかい［閉会］（名・自他サ）閉會。△～の辞／閉幕詞。↔ 開会

へいがい［弊害］（名）弊病，毛病。△～が生じる／出毛病。→悪弊

へいかきりさげ［平価切り下げ］（名）貶低幣值。

へいがく［兵学］（名）兵學，軍事學。

へいかつ［平滑］（名・形動）平滑，光滑。△～筋／平滑肌。

へいき［平気］（名・形動）① 冷靜，鎮靜。△～をよそおう／故作鎮靜。② 無動於衷，不在乎，

不介意。△あいつは～でうそをつく／他瞪眼
説謊話。

へいき［兵器］（名）兵器，武器。△化学～／化
學武器。→武器

へいき［併記］（名・他サ）（兩種以上的事項）
並記，同時記。

へいきのへいざ［平気の平左］（連語）滿不在
乎，無動於衷。

へいきょ［閉居］（名・自サ）閉居家中。

へいぎょう［閉業］（名・自他サ）①閉店，休
業。△本日は～しました／今天閉店了。→休
業②廢業，歇業。△商売不振で～する／由於
生意不好停業。

へいきょく［平曲］（名）⇨いけびわ

へいきん［平均］（名・自他サ）①平均。△～
して一日三時間勉強した／平均一天學習三個
小時。②平衡，均衡。△～台／平衡木。→平
衡〈數〉平均值。

へいきんだい［平均台］（名）平衡木。

へいきんち［平均値］（名）〈數〉平均值。△～
をもとめる／求平均值。

へいけ［平家］（名）①〈史〉平氏家族。②“平
家物語”的略語：平家物語。

へいけがに［平家がに］（名）日本關公蟹，平
家蟹（多產於瀨戸内海，蟹殻表面似人面）。

へいけつ［併結］（名・他サ）（客、貨車等）混
合編組。

へいけびわ［平家琵琶］（名）以琵琶伴奏講述
“平家物語”的一種曲藝。→へいきょく

へいけものがたり［平家物語］〈書名〉平家物
語。

へいけん［兵権］（名）兵權，軍權。

へいげん［平原］（名）平原。△大～／大平原。

べいご［米語］（名）美國式英語。→英語

へいこう［平行］（名・自サ）①〈數〉平行。△～
線／平等綫。△～四辺形／平行四邊形。②並
行。△議論は～線のまま終わった／討論以各
持己見而告終。

へいこう［平衡］（名・自サ）平衡。△～をたも
つ／保持平衡。→均衡

へいこう［並行］（名・自サ）①並行。△線路
と道路が～している／鐵路和公路並行。②同
時進行。△受け付けと発送を～して行う／收
發同時進行。

へいこう［閉口］（名・自サ）①閉口無言。②
為難，無法對付。△暑さに～する／熱得受不
了。→辟易

へいこう［閉校］（名・自サ）停課。↔かいこ
う

へいこう［閉講］（名・自サ）停講，停課。↔
開講

へいごう［併合］（名・自他サ）合併，併吞。
△子会社を～する／合併子公司。→合併

へいこうしへんけい［平行四辺形］（名）〈數〉
平行四邊形。

へいこうせん［平行線］（名）平行綫。

へいこうぼう［平行棒］（名）〈體〉雙槓。

べいこく［米国］〈國名〉美國。

べいこく［米穀］（名）米穀，糧穀。△～商／糧
商。

へいさ［閉鎖］（名・自他サ）封閉，關閉，封鎖。
△門を～する／關門。△～社会／閉塞的社會。
↔開放

べいさく［米作］（名）①種稻。△～農家／種
稻子的農戶。②稻穀收成。△ことしの～は平
年なみだ／今年的稻穀收成與往年相同。→稻
作

へいさつ［併殺］（名・他サ）→ダブルプレー

へいざん［閉山］（名・自他サ）①（登山期已經
結束）封山。②（因不景氣等）封閉礦山（礦井）。

べいさん［米産］（名）生產稻米。△～地／產米
區。

へいし［平氏］（名）⇨へいけ

へいし［兵士］（名）戰士，士兵。→兵卒

へいし［閉止］（名・自サ）作用（活動）停止。
△月経～／閉經。

へいじ［平時］（名）①平時，平素。②和平時
期。↔戦時

へいじ［兵事］（名）兵事，軍事。△～係／軍事
主管人。

へいしき［閉式］（名・自サ）結束儀式。↔か
いしき

へいじつ［平日］（名）平日，星期、節假日以外
的日子。→週日

へいしゃ［平射］（名）①平面投影。△～図法／
平射投影法。②（軍）平射。△～砲／平射炮。

へいしゃ［兵舎］（名）兵營。→兵営

へいしゃ［弊社］（名）敝公司。

べいじゅ［米寿］（名）八十八壽辰。

へいしゅう［弊習］（名）壞風氣，壞風俗，惡習。

べいしゅう［米収］（名）稻穀的收穫。△～高／
稻穀收穫量。

へいしゅつ［迸出］（名・自サ）迸發出，迸出。
△～岩／噴出岩。

へいじゅんか［平準化］（名）①使…成水平，
找平。②使（物價）穩定。△物価の～／穩定
物價。

へいじょう［平常］（名）平常，平素，普通。
△～どおり営業いたします／照常營業。→ふ
だん

へいじょう［閉場］（名・自サ）①會場等停止
使用。②散場。△五時に～する／五點散場。

べいしょく［米食］（名）以大米為主食。

へいじょぶん［平叙文］（名）敍述句。

へいしん［平信］（名）平信，平安家信。

へいしんていとう［平身低頭］（名・自サ）俯
首，低頭認錯。

へいすい［平水］（名）①平時水量。△～量／
正常水量。②平靜的水。

へいする［聘する］（他サ）①聘請。②聘娶。

へいせい［平静］（名・形動）平靜，沉着，鎮靜。
△～をたもつ／保持鎮靜。→平穩

へいぜい［平生］（名）平日，平素。→日ごろ

へいせつ［併設］（名・他サ）並設，同時設置，

附設。△大学に幼稚園を～する/大學附設幼兒園。

へいせん［兵船］(名)兵船。

へいぜん［平然］(形動トタル)沉着，泰然，冷靜。△～たる態度/冷靜的態度。

へいそ［平素］(名)平素，平常，素日。△～のごぶさたをわびる/久疏問候，歉甚。→平常

へいそく［閉塞］(名・自他サ)閉塞，堵塞。△出入り口を～する/堵塞出入口。△腸～/腸梗阻。→閉鎖

へいそつ［兵卒］(名)士兵，戰士→兵士

へいそん［併存］(名・自サ)並存，共存。

へいたい［兵隊］(名)①士兵。②軍隊。

へいたん［平坦］(名・形動)平坦。△～な道/平坦的道路。

へいたん［平淡］(名・形動)平淡。△～な文章/平淡的文章。

へいち［平地］(名)平地。↔山地

へいち［併置］(名・他サ)附設，同時設置。

へいてい［閉廷］(名・自サ)〈法〉閉庭。↔開庭

へいてい［平定］(名・自他サ)平定。△反乱を～する/平定叛亂。

ペイテレビ［pay television］(名)收費電視。

へいてん［閉店］I(名・自他サ)廢業，倒閉。△店が～する/商店倒閉。→廃業 II(名自サ)停止營業，打烊。△本日は～しました/今天已經停止營業了。↔開店

へいてん［弊店］(名)(對自己的商店的謙稱)敝店。△～員/敝店職員。

へいどく［併読］(名・他サ)同時閱讀(兩種以上讀物)。△2誌を～する/同時訂閱兩種雜誌。

へいどん［併呑］(名・他サ)吞併，吞滅。△他国を～する/吞併他國。

へいねつ［平熱］(名)正常體温。

へいねん［平年］(名)①平年，非閏年。△ことしは～でうるう年ではない/今年是平年，不是閏年。②平年，常年。△～作/普通年成。→例年

へいば［兵馬］(名)①兵馬，軍隊，軍備。△～の権/平地板。③戰馬，軍馬。

ペイバイホン［pay by phone］(名)電話付款。

へいはつ［併発］(名・自他サ)併發。△肺炎を～した/併發肺炎。△～症/併發症。

へいはん［平版］(名)〈印〉平版。△～印刷/平版印刷。↔とつばん

へいばん［平板］I(名)①平的板，平板。②(農)平地板。II(形動)平淡，單調，呆板。△～な文章/乏味單調的文章。→単調

へいび［兵備］(名)軍備。

へいふう［弊風］(名)壞風俗，陋習。△～にそまる/染上壞習氣。

へいふく［平服］(名)便服，便衣。△～の巡查/便衣警察。↔れいふく

へいふく［平復］(名・自サ)康復。

へいふく［平伏］(名・自サ)叩拜，叩頭。△～して許しを請う/叩頭求饒。→ひれふす

へいべい［平米］(名・接尾)平方米。

へいへいたんたん［平平坦坦］(形動トタル)平平坦坦。

へいへいぼんぼん［平平凡凡］(形動トタル)平平凡凡，非常平凡。△～と暮らす/平平凡凡地生活。

へいへん［兵変］(名)兵變。

へいほう［平方］(名)①〈數〉平方，自乘。△～根/平方根。②平方，見方。△千メートルの土地/面積為一千平方米的土地。

へいほう［兵法］(名)①兵法。△～を学ぶ/學習兵法。②武術，劍術。(也説"ひょうほう")

へいほうこん［平方根］(名)〈數〉平方根。

へいぼん［平凡］(名・形動)平凡，普通，一般。△～な人生/平凡的人生。→凡庸 ↔非凡

へいまく［閉幕］(名・自サ)①閉幕。△大会は成功裏に～した/大會勝利閉幕了。②結束，告終。

へいみゃく［平脈］(名)〈醫〉正常脈搏。

へいみん［平民］(名)平民，百姓，庶民。△～宰相/平民宰相。→庶民

へいめい［平明］(名・形動)①簡明。△～な文章/簡明的文章。②黎明，拂曉。

へいめん［平面］(名)平面。

へいめんず［平面図］(名)平面圖。

へいめんてき［平面的］(形動)平面的，膚淺的。

ペイメント［payment］(名)〈經〉①支付，償還。②報酬。

へいもん［閉門］(名・自サ)①關門。△～時刻/關門時間。↔開門 ②(江戸時代的一種刑罰)關門反省，關禁閉。

へいや［平野］(名)平原。△関東～/關東平原。

へいゆ［平愈］(名・自サ)痊癒。△彼女の～を祈っている/祝她痊癒。→治愈

へいよう［併用］(名・他サ)並用。△日本語と英語を～する/同時使用日語和英語。

へいらん［兵乱］(名)戰亂，戰禍。△～のちまた/戰亂之地。

へいりつ［並立］(名・自サ)並列，並存。△二つの政権が～する/兩個政權並存。→両立

へいりつじょし［並立助詞］(名)並列助詞。

へいりゃく［兵略］(名)戰略。

へいりょく［兵力］(名)兵力，戰鬥力。△～を増強する/增強兵力。→戦力

ベイル［bale］(名)〈經〉①保釋。②保釋金。③保釋人。

へいれつ［並列］(名・自他サ)①並列，並排。△車が二台～して進む/兩輛車並排前進。②〈電〉並聯。△～回路/並聯電路。

へいわ［平和］(名・形動)和平。

ペイント［paint］(名)油漆，塗料。

ベーカリー［bakery］(名)麵包房，糕點鋪。→パン屋

ベーキングパウダー［baking powder］(名)發酵粉。(也説"パウダー")

ベークライト [Bakelite] (名) 電木, 酚醛塑料。

ヘーゲル [Georg Wilhelm Friedrich Hegel] 〈人名〉黑格爾 (1770-1831)。德國哲學家。

ベーコン [bacon] (名) 臘肉, 醃肉, 燻肉。

ベーコン [Francis Bacon] 〈人名〉培根 (1561-1626)。英國哲學家, 文學家。

ページ [page] (名) 頁。△～をめくる／翻頁。

ペーシェンス [patience] (名) 忍耐, 耐性。

ベーシス [basis] (名) 基礎。

ページビュー [page view] (名) 〈IT〉頁面瀏覽。

ベージュ [beige] (名) 淺茶色, 淺駝色。

ヘージング [hazing] (名) 高年級生對新生的欺負。

ベース [base] (名) ① 基本, 基礎, 基準。△～アップ／提高基本工資。② 基地, 根據地。△～キャンプ／登山隊的基地帳篷。部隊的大本營。③ (棒球) 壘。△ホーム～／本壘。

ベース [bass] (名) 〈樂〉① 低音部, 男低音。② 低音樂器。

ペース [pace] (名) 速度。△～が速い／速度快。→テンポ

ベースキャンプ [base camp] (名) ① 探險隊、登山隊的基地帳篷。② 部隊的大本營。

ペースト [paste] (名) ① (糊狀食品) 醬。△レバー～／肝醬。② 〈IT〉粘貼。

ベースボール [baseball] (名) 棒球。

ペースメーカー [pacemaker] (名) ① 〈體〉帶跑者, 帶步人。② 〈醫〉起搏器, 起搏點。

ベースレート [base rate] (名) (關稅的) 基準稅率。

ベースロン [base loan] (名) 基礎貸款。

ペーソス [pathos] (名) 悲傷, 哀愁。△～がただよう／流露出哀愁。

ベータせん [β線] (名) 〈理〉β 射綫。→アルファせん・ガンマせん

ベートベン [Ludwig van Beethoven] 〈人名〉貝多芬 (1770-1827)。德國音樂家。

ペートリオティズム [patriotism] (名) 愛國主義。

ペーハー [pH] (名) pH 值。

ペーパー [paper] (名) ① 紙, 文件。△トイレット～／草紙, 手紙。② "サンドペーパー" 的略語：砂紙。

ペーパーカンパニー [paper company] (名) 〈經〉皮包公司, 冒名公司。

ペーパークライシス [paper crisis] (名) 債券 (或證券) 大泛濫, 債券 (或證券) 危機。

ペーパークラフト [papercraft] (名) 剪紙工藝。

ペーパータオル [paper towel] (名) 擦手紙, 紙手帕。

ペーパーテスト [papertest] (名) 筆試。

ペーパードライバー [paper driver] (名) 有駕駛執照但不開車的司機。

ペーパーナイフ [paper knife] (名) 裁紙刀。

ペーパーバス [vapor bath] (名) 蒸氣浴。

ペーパーバッグ [paper bag] (名) 紙袋。

ペーパーバックス [paperbacks] (名) 平裝本。

ペーパーファイル [paper file] (名) 文件夾。

ペーパープラン [paper plan] (名) 紙上計劃, 紙上談兵。

ペーパーマネー [paper money] (名) 紙幣。

ペーパーワーク [paper work] (名) 文書工作。

ベール [veil] (名) ① 面紗。△花嫁の～／新娘的面紗。② 遮蔽物, 假面具。△～をかぶせる／隱瞞, 掩蓋。

ペール [pail] (名) 桶, 提桶。

ペガサス [pegasus] (名) ① (希臘神話) 飛馬, 天馬。② 〈天〉飛馬星座。

-べからず [可からず] (連語) ① 禁止。△入る～／禁止入內。② 不能。△この景観, 筆舌につくす～／這種壯觀的景致, 非筆墨語言所能形容。

へき [癖] (名) 惡癖, 怪脾氣。△～がある／有怪脾氣。

-べき [可き] (助動) 〈文〉① 應該。△守る～規則／必須遵守的規則。② 合適, 適當。△これは子供が見る～テレビじゃない／這個電視節目小孩看不合適。

へきえき [辟易] (名・自サ) ① 畏縮, 退縮。△あまりの高値には～する／價格昂貴得令人不敢問津。② 〈俗〉沒辦法, 為難。△あいつのしつこさには～したよ／對那傢伙的糾纏, 我真服了。

へきえん [僻遠] (名) 偏僻, 偏遠。△～の地／偏僻之地。

へきが [壁画] (名) 壁畫。△～を描く／畫壁畫。

へきけん [僻見] (名) 偏見。△それは君の～というものだ／那是你的偏見。

へきしょ [壁書] I (名・他サ) ① 題壁, 壁書。② (寫在壁上的) 規章, 佈告。II (名) (日本戰國時代諸侯的) 家法。

へきち [僻地] (名) 偏僻地方, 僻地, 僻壤。△寒村～／窮鄉僻壤。→辺地

へきとう [劈頭] (名) 開頭, 最初。△会議の～にあたって一言申し上げます／值此會議開幕之際請允許我講幾句話。

へきめん [壁面] (名) 牆面。△～に絵を描く／在牆上畫畫。

へきれき [霹靂] (名) 霹靂。△青天の～／青天霹靂。

ペキン [北京] 〈地名〉北京 (中華人民共和國首都)。

ぺきんオリンピック [北京オリンピック] (名) 北京奧運會。

ぺきんげんじん [北京原人] (名) 北京猿人。

ヘクタール [hectare] (名・助数) 公頃。

ペクチン [pectin] (名) (果實中含有的) 果膠。

ベクトル [Vektor] (名) 〈數〉向量, 矢量。↔スカラー

ヘゲモニー [Hegemonie] (名) 霸權, 主導權。△～をにぎる／掌握領導權。

へこおび [兵児帯] (名) (男人或孩子繫的) 用整幅布做的腰帶。

へこた・れる (自下一) ① 精疲力盡。② 氣餒,

萎靡不振。△暑さに〜／熱得萎靡不振。

ベゴニア［begonia］（名）〈植物〉秋海棠。

ぺこぺこ I（形動）（肚子）非常餓。△おなかが〜になった／肚子餓癟了。II（副ト・自サ）點頭哈腰，諂媚。△上役に〜する／對上司低三下四。

へこま・せる［凹ませる］（他下一）① 弄癟。△腹を〜／癟回肚子。收腹。② 駁倒，打敗。△相手を〜／駁倒對方。

へこ・む［凹む］（自五）① 凹下，癟。△地面が〜／地面下窪。② 服輸，認輸。△言い負かされて〜／被駁倒認輸。

へさき［舳先］（名）船頭，船首。↔ とも

ペザント［peasant］（名）農民，郷下人。

へしあ・う［へし合う］（自五）擁擠。△押し合い〜う／你推我操地擁擠。

へしお・る［へし折る］（他五）① 折斷，壓斷。△木の枝を〜／折斷樹枝。② 挫敗，使屈服。△鼻っ柱を〜／挫其傲氣。

ベジタブル［vegetable］（名）蔬菜，青菜。

ベジタリアン［vegetarian］（名）素食主義者。

ヘジテーション［hesitation］（名）① 猶豫，踟躇，遲疑不決。② 支吾吞吞，結巴。③（舞蹈中）兼有停頓和滑行步的華爾茲。

ペシミズム［pessimism］（名）悲觀主義，厭世主義。↔ オプティミズム

へしめ［減し目］（名）（編織）減針（減少網眼數）。↔ 増し目

ベスト［best］（名）① 最好，特優。△〜メンバー／最優秀成員。② 全力。△〜をつくす／竭盡全力。

ベスト［vest］（名）① （婦女穿的）背心，馬甲。② 袖珍，小型。△〜型カメラ／（用 127 型膠片的）小型照相機。

ペスト［pest］（名）〈醫〉鼠疫，黑死病。

ベストセラー［best seller］（名）暢銷書。△〜作家／暢銷書作家。

ヘスペロス［Hesperos］（名）金星。

へそ［臍］（名）① 臍，肚臍。△〜に力を入れる／氣沉丹田。② 突起，磨臍。△なすびの〜／茄子把兒。

べそ（名）（小孩）要哭的面孔。△〜をかく／哭鼻子，小孩子哭。

へそくり［臍繰り］（名）體己錢，私房錢。

へそでちゃをわかす［臍で茶を沸かす］（連語）捧腹大笑，笑破肚皮。

へそのお［臍の緒］（名）臍帶。△〜切って以来／誕生以来。

へそまがり［臍曲がり］（名・形動）脾氣倔強，情情乖僻。△〜な人／情情乖僻的人。→ あまのじゃく

へそをまげる［臍を曲げる］（連語）鬧彆扭。→ つむじを曲げる

へた［下手］（名・形動）①（手藝，技藝）拙笨（的人），不高明（的人）。△〜な英語をしゃべる／講着生硬的英語。② 馬虎，不謹慎。△〜に手を出せない／不可輕舉妄動。

へた［帯］（名）〈植物〉（茄，柿等）蒂，尊。

へた［屧］（名）〈動〉屧。

ベターハーフ［better half］（名）（"妻"的異稱）愛人，妻子。

べたぐみ［べた組み］（名）〈印〉密排。

へたすると［下手すると］（連語）運氣不好時，搞不好。△〜大変なことになる／搞不好會出大事。

へだた・る［隔たる］（自五）① 相隔。△いまを〜２千前の昔／距現在兩千年以前。△２地点は約１キロ〜っている／兩地相隔一公里左右。② 不同，不一致。△実力が〜／實力不同。③ 疏遠，發生隔閡。△心が〜／發生隔閡。

べたつく（自五）① 發黏。△汗で手が〜／出汗，手發黏。② 糾纏（撒嬌）。△母親に〜子／纏着母親撒嬌的孩子。

へだて［隔て］（名）① 間壁，隔開物。△〜にびょうぶを置く／用屏風隔開。② 區別對待。△〜なくあつかう／同等對待。③ 隔閡，隔膜。△〜ができる／產生了隔閡。

へだ・てる［隔てる］（他下一）① 隔開，間隔。△川を〜／隔着河。② 隔，離間。△仲を〜／離間關係。③（時間）相隔。△ 20 年の歳月を〜てて故郷を再訪する／時隔二十年再訪故郷。

へたなてっぽうもかずうてばあたる［下手な鉄砲も数撃てばあたる］（連語）多實踐總會成功。

へたのかんがえやすむににたり［下手の考え休むに似たり］（連語）笨人想不出好主意來。

へたのどうぐしらべ［下手の道具調べ］（連語）技術不好怨工具。

へたのながだんぎ［下手の長談議］（連語）又臭又長的講話，廢話連篇。

へたのよこずき［下手の横好き］（連語）笨手笨腳偏愛好，本來搞不好偏要搞。

へたば・る（自五）〈俗〉累垮，精疲力盡。

べたべた（副・自サ）① 黏糊糊地。△あめがとけて〜する／糖化得黏糊糊的。② 塗滿，貼滿。△ポスターを〜（と）はる／貼滿宣傳畫。③ 厚厚地（塗抹）。△ペンキを〜（と）ぬる／厚厚地塗一層漆。④ 糾纏，緊貼不離。△あの

二人は、いつも～している／他倆總是形影不離。

ペダル［pedal］（名）（鋼琴，縫紉機，自行車等的）踏板，腳蹬。△ピアノの～をふむ／踏鋼琴的踏板。

ペダルペール［pedal pail］（名）腳踏式垃圾桶。

ペダロ［pedalo］（名）（單人或雙人）腳踏小遊船。

ペダンチズム［pedantism］（名）賣弄學問，炫耀才華。

ペダントリー［pedantry］（名）炫耀學問。

ペチカ［俄 печка］（名）（俄式）壁爐。（也説 “ペーチカ”）

ペチコート［petticoat］（名）（婦女、兒童用的）襯裙。

へちま［糸瓜］（名）①〈植物〉絲瓜。② 比喻無用的東西。△～野郎／無用之輩。

べちゃくちゃ（と）（副）喋喋不休。△～しゃべる／喋喋不休地説。

べつ［別］（名・形動）① 區別。△男女の～／男女之別。② 另外，不同。△～な意見／不同意見。△～の機會／其他機會。△～に考える／另作考慮。△彼は～だ／他例外。

べつあつらえ［別誂え］（名）特別訂做（的物品）。

べついん［別院］（名）〈佛教〉① 分寺。② 設在寺廟之外的僧侶常住處。

べつえん［別宴］（名）送別宴會。

べっかく［別格］（名）破格，特別。△～にあつかう／特別處理。

べつがく［別学］（名）男女分校（不在同一學校學習）。↔ 共学

べっかん［別館］（名）分館，別館。△～を建てる／修建分館。

べっき［別記］（名・他サ）別記，附錄。△～のように／如附錄。

べっきょ［別居］（名・自サ）分居。△～生活／分居生活。↔ 同居

ペッグ［peg］（名）① 釘子，栓，卡鎖，插門。②（帳篷用的）椿。

べつくち［別口］（名）① 另一種類，另一途徑。△～の仕事／另外一種工作。② 另一筆賬，另一個戶頭。

べっけ［別家］（名・自サ）① 分支，另立門戶。② 分店，分號。

べっけい［別掲］（名・自他サ）附錄，附記。△～の表／附錄表。

べっけん［別件］（名）〈法〉另外的事件，其他案件。△～逮捕／另案逮捕。↔ 本件

べっけん［瞥見］（名・他サ）瞥一眼，略看一眼。→一瞥

べつげん［別言］（名・他サ）換言之。△～すれば／換句話説。

べっこ［別個］（名・形動）① 另外，不同。△それとこれとは～の問題だ／那個和這個是不同的問題。→別別 ② 分別開，個別。△～にあつかう／個別對待。→別

べっこう［鼈甲］（名）鱉甲，玳瑁。△～縁のめ

がね／玳瑁框兒的眼鏡。

べっこう［別項］（名）別項，另一項目。△～にかかげる／載入另項。

べっこん［別懇］（名・形動）特別親密，交往密切。△～にお願いします／請格外關照。△～の間柄／特別親密的關係。

べっさつ［別冊］（名）（雜誌，全集等的）增刊，附冊，另冊。△～付録／另加的附錄。

ペッサリー［pessary］（名）〈醫〉子宮帽，子宮栓。

ヘッジ［hedge］（名）① 樹籬。② 圍欄，障礙物，界限，限制。③ 防止損失的措施。

べっし［蔑視］（名・他サ）蔑視，歧視。△人を～する／蔑視人，瞧不起人。→見くだす

べっし［別紙］（名）① 另一張紙，另紙。△答は～に記入すること／答案要寫在另外一張紙上。② 文件的附件。△～の通り／如附件。

べつじ［別事］（名）特別的事情。△～なく暮らす／平安度日。

べっしつ［別室］（名）① 另一房間，別的房間。△～に控える／在另一房間裏等候。② 特別的房間。

べっして［別して］（副）〈文〉特別，格外。△～きみにはがんばってもらわなければならない／希望你加倍地努力。

べっしゅ［別種］（名）另一種類。△～の植物／另一種類的植物。

べっしょ［別所］（名）別所，別處。

べっしょう［別称］（名）別號，別名。

べっしょう［蔑称］（名）蔑稱。

べつじょう［別状］（名）異狀，毛病。△命には～ない／生命沒有危險。

べつじょう［別条］（名）變化，不正常。△～なく暮らす／平安度日。

べつじん［別人］（名）別人，另一個人。

べっせい［別製］（名）特製品。

べっせかい［別世界］（名）① 另一個世界。② 完全不同的環境。

べっせき［別席］（名）① 另外的座席。② 雅座。

べっそう［別荘］（名）別墅。

べっそう［別送］（名・他サ）另寄，另郵。△～の小包／另寄的包裹。

べったく［別宅］（名）（本宅之外的）另一所住宅。↔ 本宅

べつだん［別段］（名・副）另外，特別，格外。△～言うこともない／沒有甚麽特別要説的。△～の扱いを受ける／受到特殊待遇。

べっち［別置］（名）另放，另置。△～図書／另放的圖書。

べっちょう［別丁］（名）附頁。

へっつい［竈］（名）竈。

ヘッディング［heading］（名）頂球，頭球。△～シュート／頭球射門。（也説 “ヘディング”）

ペッティング［petting］（名）（性交以外的）性遊戲。

べつでん［別伝］（名）① 特別傳授。② 另一種傳説。

べつでん［別電］（名）另拍來的電報。△～で知

らせる／另行拍電通知。

べってんち［別天地］（名）另一個世界，別有洞天，世外桃源。→別世界

ヘッド［head］ I （名）① 頭，首長。△～コーチ／總教練。② 標題，題目。③（錄音的）磁頭。II（造語）頭。△～ライン／（報刊的）大字標題。△～ワーク／腦力勞動。

べっと［別途］（名・副）〈文〉① 其他途徑，另一種辦法。△～考慮する／另行考慮。② 另一方面，另項。△～会計／另項眼目。

ベッド［bed］（名）牀。△ダブル～／雙人牀。△シングル～／單人牀。

ペット［pet］（名）①（飼養的）喜愛的動物，愛物。②（喻）心愛的少男少女，寵兒。女兒的（比自己）年輕情人。

べつどうたい［別働隊・別動隊］（名）別動隊。

ヘッドギア［headgear］（名）〈體〉頭盔，護耳。

ヘッドクオーター［headquarters］（名）① 本部，司令部，總公司。② 總部職員，司令部人員。

ベッドシーン［bed scene］（名）（電影電視劇中的）牀上戲，寢室場面，（戲劇中的）艷情場面。

ペットショップ［pet shop］（名）寵物店。

ベッドタウン［bed town］（名）衛星城市，大城市周圍的住宅地區。

ヘッドノート［headnote］（名）前言，眉批。

ヘッドボイス［head voice］（名）頭高，高音區嗓音，尖聲。

ヘッドホーン［headphone］（名）〈電〉頭戴式受話器，耳機。

ペットボトル［PET bottle］（名）塑膠瓶。

ヘッドホンステレオ［headphone stereo］（名）（帶耳機的）隨身聽。

ヘッドライト［headlight］（名）車頭燈，前燈。↔ テールライト

ベッドルーム［bedroom］（名）寢室，臥室。

ヘッドレスト［headrest］（名）（車內座椅上讓頭部休息的）靠枕。

ペトロス［pet loss］（名）失去寵物的悲傷心理狀態。

ヘッドワード［headword］（名）（辭書的）詞目。

べつに［別に］（副）① 另外，特別，除此之外。△これについては～定める／關於這點另作規定。②（下接否定語）並不…△～ほしいものはない／並不想要甚麼。

べつのう［別納］（名・他サ）另外繳納。△料金～郵便／另繳郵費的郵件。

べっぱ［別派］（名）① 另一流派。△～を立てる／另立一派。② 另一黨派。

ペッパー［pepper］（名）胡椒。（也作 "ペパー"）

べっぴょう［別表］（名）〈經〉另表，附表。

へっぴりごし［屁っ放り腰］（名）① 抬起屁股似站非站的姿勢。②（喻）坐立不安，戰戰兢兢。

べつびん［別便］（名）另寄的郵件，另函。△～にて写真をお送りします／照片另函寄上。

べっぴん［別嬪］（名）美人。

べっぷう［別封］ I（名・他サ）分別封上。II（名）另函，另附的信件。

べつべつ［別別］（名・形動）分別，各自，各別。△～にする／分別做。△～の意見／各自的意見。→別個

べっぽう［別法］（名）別的方法。△～を講じる／採取別的方法。

べつま［別間］（名）別的屋子。

べつむね［別棟］（名）另一棟房子。△～に住む／住在另一棟房子裏。

べつめい［別名］（名）別名。△～をつける／起別名。→別称

べつめい［別命］（名）特別命令。△～を待つ／等候特別命令。

べつめん［別面］（名）（報紙的）另一版。

べつもの［別物］（名）① 不同的東西，別的東西。△それとこれとは～だ／那個和這個不同。② 例外，特別。△彼だけが～だ／只是他例外。

べつもんだい［別問題］（名）別的問題，另一回事。△それは～だ／那是另一回事。

へつら・う［諂う］（自五）阿諛奉承，獻媚。△こび～／獻媚。→おもねる

べつり［別離］（名）別離，分別，離別。△～のなみだをながす／流下惜別的眼淚。→離別

べつるい［別涙］（名）惜別之淚。

ヘディング（名）⇨ヘッディング

ベテラン［veteran］（名）老手，老練者。△～記者／老資格的記者。→エキスパート ↔ かけだし

ヘテロジーニアス［heterogeneous］（名）異種的，異源的，異質的。

ぺてん（名）欺騙，詐騙。△～師／騙子手。詐欺

へど［反吐］（名）嘔吐（物）。△～を吐く／嘔吐。

べとつ・く（自五）① 黏糊。△手のひらが～／手心兒黏了。② 粘上。△手にのりが～／漿糊黏在手上。

ベトナム［Vietnam］〈國名〉越南。

へとへと（副）精疲力盡，非常疲勞。△～に疲れる／累得精疲力盡。→くたくた

へどろ（名）淤泥。

ペトローリアム［petroleum］（名）石油。

ペナント［pennant］（名）① 細長三角旗，錦旗。② 優勝錦旗，冠軍。△～レース／（棒球）錦標賽。

べに［紅］（名）① 胭脂紅。△口～／口紅。② 紅色。△～しょうが／紅薑。→くれない

べにがら［紅殻］（名）⇨ベンガラ

ベニヤいた［ベニヤ板］（名）膠合板。

ベネズエラ［Venezuela］〈國名〉委內瑞拉。

ベネフィット［benefit］（名）① 益處，恩惠，好處。② 慈善演出，義演。

ペパーミント［peppermint］（名）① 薄荷。△～ガム／薄荷口香糖。② 薄荷甜酒。

へばりつ・く［へばり付く］（自五）依附，粘上。△ヤモリが壁に～いている／壁虎緊緊貼在牆上。

へば・る（自五）精疲力竭，極其軟弱。△すっかり～／精疲力竭。→ばてる

へび［蛇］（名）〈動〉蛇。

ヘビー［heavy］I（造語）① 重（的），激烈。△～級／重量級。↔ ライト ② 程度高，激烈。△～スモーカー／煙癮大的人，煙鬼。II（名）猛烈的，盡最大努力。△ラスト～／最後的努力。

ベビー［baby］I（名）嬰兒。△～服／童裝。～カー／嬰兒車。II（造語）小，小型。△～たんす／小型衣櫥。

ベビーギャング［baby gang］（名）（説話行事）使大人難堪的孩子，不好對付的孩子。

ベビーシート［baby seat］（名）兒童座位。

ベビーシッター［baby sitter］（名）看小孩的人，照顧者。

ヘビースモーカー［heavy smoker］（名）嚴重吸煙者，重症煙民。

ベビードール［baby doll］（名）① 玩具娃娃。② 漂亮但稚氣的女子。

ベビーバスト［baby bust］（名）出生率驟降時代。

ベビーブーマー［baby boomer］（名）生育高峰期出生的人。

ベビーブーム［baby boom］（名）嬰兒出生高峰期（二戰後，日本先後於 1947-1949 年、1971-1974 年出現兩次）。

ベビーフェース［baby face］（名）娃娃臉，嬰兒般圓潤嬌嫩的臉蛋。

ヘビーローテーション［heave rotation］（名）廣播電台的反覆播放，一日播放多次的電台推薦曲目。

へびにあしをそう［蛇に足を添う］（連語）畫蛇添足。

へびのなまごろし［蛇の生殺し］（連語）① 辦事拖拖拉拉，不徹底。② 折磨得半死不活。

ペプシン［pepsin］（名）胃蛋白酶。

ヘブン［heaven］（名）天國，天堂。

へぼ（名）① 笨拙，技藝不高明。△～将棋／臭棋（簍子），技術不高的棋手。② 果實結得不好。△～きゅうり／長得不好的黃瓜。

ヘボンしき［ヘボン式］（名）（日語羅馬字的一種拼寫法）黑本式。→くんれいしき

へま（名・形動）① 愚蠢，遲鈍。△～なやつ／拙笨的傢伙。② 疏忽，做錯，失敗。△～をやる／做錯。→どじ

ヘモグロビン［德 Hämoglobin］（名）血紅朊。

へや［部屋］（名）① 房間，屋子。△空き～／空房間。△～を借りる／租房子。② （相撲）“部屋”。

へやだい［部屋代］（名）房費，房租。

へら［箆］（名）刮刀，竹刀，木刀。→こて

へらさぎ［箆鷺］（名）篦鷺，闊嘴鴨。

へらじか［箆鹿］（名）駝鹿，麋。

へら・す［減らす］（他五）① 減少。△人を～／裁減人員。② （肚子）餓。△腹を～／肚子餓。↔ 増す

へらずぐち［減らず口］（名）嘴硬，強詞奪理。△～をたたく／吸吸不休。

べらべら I（副）① 口若懸河，滔滔不絕。△秘密を～としゃべってしまった／口若懸河地説漏了嘴。② 流暢。△フランス語は～だ／法語講得很流利。II（形動・自タ）單薄貌，不結實。△～の紙／薄而不結實的紙。

べらぼう［箆棒］（名・形動）〈俗〉① （罵）混蛋，混賬。△～め／混蛋。② 非常，很。△～な暑さ／熱得厲害。

ベランダ［veranda］（名）陽台，涼台。

へり［縁］（名）① 緣，邊兒。△机の～／桌邊。② 簷。△帽子の～／帽簷。③ 包邊兒。△～をとる／鑲上邊兒。

ヘリウム［Helium］（名）〈化〉氦。

ペリカン［pelican］（名）〈動〉鵜鶘，塘鵝，淘河鳥。

へりくだ・る［謙る・遜る］（自五）謙遜，謙虛。△～った態度／謙虛的態度。→けんそんする

へりくつ［屁理屈］（名）歪理，謬論。△～をこねる／強詞奪理。→詭弁

ヘリコプター［helicopter］（名）直升飛機。→オートジャイロ

ヘリポート［heliport］（名）直升飛機場。

へ・る［減る］（自五）① 減，減少。△人口が～／人口減少。→減少する ↔ ふえる ② 磨損。△くつがすっかり～ってしまった／鞋底磨薄了。③ 餓。△腹が～／肚子餓。

へ・る［経る］（自下一）① （時間）經過。△2年を～／經過兩年。② （場所）通過，經由，路過。△香港を～て広州へ行く／經由香港去廣州。③ （過程）經，經歷。△数多くの困難を～て現在の地位を築いた／克服了許多困難，確立了現有的地位。

ベル［bell］（名）電鈴，鈴。△～をならす／打鈴。△非常～／警鈴。

ペルー［Peru］〈國名〉秘魯。△～共和国（首都リマ）／秘魯共和國（首都利馬）。

ベルギー［Belgium］〈國名〉比利時。△～王国（首都ブリュッセル）／比利時王國（首都布魯塞爾）。

ベルク［berg］（名）山，冰山。

ペルシア［Persia］（名）“イラン”的舊稱。波斯。△～ねこ／波斯貓。

ベルタイマー［bell timer］（名）電鬧鐘。

ヘルツ［德 Hertz］（名・助数）赫茲（頻率單位“週/秒”）。

ベルツすい［ベルツ水］（名）化妝水。

ベルト［belt］（名）① 皮帶，帶狀物。△安全～／安全帶。② 傳送帶，傳動帶。△～コンベヤー／傳送帶。③ 地帶。△～グリーン／馬路中央綠化地。城郊綠化地帶。

ベルトウエー［beltway］（名）城市的環狀道路。

ベルトコンベヤー［belt conveyor］（名）傳送帶，皮帶式輸送機。

ヘルニア［hernia］（名）〈醫〉① 疝，赫尼亞。△そけい部～／腹股溝疝。② （內臟器）脱出，突出。△椎間板～／腰椎間盤突出。

ベルベット [velvet]（名）⇨ビロード

ベルボトム [bell bottoms]（名）喇叭褲。

ヘルメット [helmet]（名）① 頭盔，鋼盔。② 安全帽，防護帽。③ 軟木遮陽帽，防暑帽。

ベレー [法 béret]（名）貝雷帽。△～帽／貝雷帽。

ヘレニズム [Hellenism]（名）〈史〉希臘文化，希臘精神，希臘主義。

べろ（名）〈俗〉舌。△～を出す／伸出舌頭。

ヘロイン [heroin]（名）海洛因（麻藥）。

ベロナール [veronal]（名）〈醫〉佛羅那（催眠鎮靜劑）。

べろべろ Ⅰ（副ト）舔的樣子。△皿を～となめる／舔碟子。Ⅱ（副ニト）酩酊大醉。△～に酔う／喝得酩酊大醉。

へん [辺]（名）① 附近，一帯。△この～は閑静だ／這一帯很幽靜。△では この～で（やめよう）／那麼，到此結束（停止）吧。③〈數〉邊。△三角形の～／三角形的邊。

へん [変] Ⅰ（名）① 事件，事變。△本能寺の～／本能寺事變。②〈樂〉降半音 "♭" 的記號。↔ えい（嬰）。△～記号／降半音記號。△～ホ長調／降 E 大調。Ⅱ（形動）奇怪，異常。△～な味／怪味。

へん [偏]（名）偏旁（漢字偏旁）。△木～／木字旁。△人べん／人字旁，立人。↔ つくり（旁）

へん [編]（名）① 編，編輯，編纂。△本書は A 氏の～にかかる／本書是 A 先生編著的。② 卷，篇，冊。△上～／上篇。△第一の～／第一冊。

べん Ⅰ [弁・瓣]（名）① 瓣。△花～／花瓣。② 閥，活門，氣門。△～をひねる／擰開（開關）門。△安全～／安全閥，保險閥。Ⅱ [弁・辯] ① 演説，口才。△彼は～がたつ／他能言善辯。△就任の～／就職演説。② 口音。△関西～の男／關西口音的人。

べん [便]（名）① 便利，方便。△～がいい／方便。△不～／不方便。② 大小便。△～の検査／驗便。

ペン [pen]（名）① 鋼筆。△～フレンド／筆友。△ボール～／圓珠筆。② 自來水筆。③ 文筆，文章。△～の力／寫作能力。

へんあい [偏愛]（名・他サ）偏愛。△長男を～する／偏愛長子。

へんあつき [変圧器]（名）〈理〉變壓器。

へんい [変異]（名）① 變化，變異。△爆発で火山に大きな～が認められた／火山在爆發後顯出很大的變化。△〈生物〉變異。△個体～／個體變異。

へんい [変移]（名・自他サ）變移，變化。△位置が～する／位置轉移。

へんい [偏倚]（名・自サ）① 偏倚，偏向。②〈數・理〉偏差。

へんい [変位]（名・自サ）〈理〉變位，轉位，位移。△電気～／位移電流。

べんい [便衣]（名）便衣，便服。△～隊／便衣隊。

べんい [便意]（名）便意。△～をもよおす／要大小便。

へんえんけい [扁円形]（名）扁圓形。

へんおんどうぶつ [変温動物]（名）變温動物，冷血動物。↔ 定温動物

へんか [返歌]（名）（答贈的歌）答歌。

へんか [変化]（名・自サ）① 變化。△～がない／沒有變化。②〈語〉（詞尾的）變化。

へんかい [変改]（名・他サ）改變，變更。△制度の～／制度的改變。

べんかい [弁解]（名・自他サ）辯解，分辯。△～の余地がない／無可辯爭。→ 言い訳

へんかきごう [変化記号]（名）〈樂〉樂音記號，升，降音記號。♯♭。

へんかきゅう [変化球]（名）曲綫球。↔ 直球

へんかく [変革]（名・自他サ）變革，改革。△～期／變革時期。

へんがく [扁額]（名）匾額，横匾。

べんがく [勉学]（名・自他サ）勤學，用功。△～にいそしむ／勤學苦練。

ベンガラ [荷 Bengala・弁柄・紅柄]（名）①（用黃土製成的）紅色顔料。②"～縞"的略語：（經綫用絲綫、緯綫用棉綫織成的）帶條紋的織品。

へんかん [返還]（名・他サ）返還，歸還。△領土を～する／歸還領土。

へんかん [変換]（名・自他サ）變換，轉化。△方針を～する／改變方針。

べんき [便器]（名）大（小）便器，便盆。

べんぎ [便宜]（名・形動）① 便宜，方便。△～をはかる／謀求方便。② 權宜。△～の処置をする／權宜處置。△～的／權宜的。△～上／為方便起見。

ペンキ [荷 pek]（名）油漆，塗料。△～をぬる／塗油漆。

へんきごう [変記号]（名）〈樂〉降半音記號。↔ 嬰記号

べんぎてき [便宜的]（形動）權宜的。△～な方法／權宜之計，權宜的方法。

へんきゃく [返却]（名・他サ）歸還，返還，退還。△図書を～する／還書。

へんきょう [辺境]（名）邊境，邊疆。△～を侵す／侵犯邊境。→ 辺地

へんきょう [偏狭]（形動）狹小，狹窄。△～な人／度量小的人。→ 狭量

べんきょう [勉強]（名・他サ）① 學習，用功。△～家／用功的人。△学習②學習，經驗。△いい～になった／受到很大的教益。③〈俗〉賤賣，廉價。△せいぜい～しておきます／盡量給您少算一些（價錢）。

へんきょく [編曲]（名・他サ）〈樂〉編曲，改編樂曲。△曲をバイオリン用に～する／把曲子改編成小提琴樂曲。

へんきん [返金]（名・自他サ）還賬，還債。

ペンギン [penguin]（名）〈動〉企鵝。

へんくつ [偏屈]（名・形動）乖僻，古怪。△～な人／乖僻的人。→ 偏狭

ペンクラブ [P・E・N・Club] (名) 國際筆會，國際作家協會。

へんげ [変化] (名) ①妖魔，鬼怪。△妖怪～/牛鬼蛇神。②〈神佛等變成人〉下凡。

へんけい [変形] (名・自他サ) 變形，變相。△はこが～する/箱子變形。

べんけい [弁慶] (名)①〈人名〉武藏坊弁慶 (鎌倉時代初期源義經的忠臣)。②強者。△～泣き所/脛骨。③うち~/在家裏稱雄，在外面懦弱的人。④插放炊事用具的帶小孔的竹筒。④拍馬屁 (的人)，捧場 (的人)。

べんけいじま [弁慶縞] (名) 兩種顔色的大方格花紋。

べんけいそう [弁慶草] (名)〈植物〉紫景天。

へんけいどうぶつ [扁形動物] (名) 扁形動物。

べんけいよみ [弁慶読み] (名) 讀得顛三倒四。

へんけん [偏見] (名) 偏見。△～をすてる/抛掉偏見。△～を抱く/抱有偏見。

へんげん [片言] (名) 片言。△～隻語/片言隻語。

へんげん [変幻] (名) 變幻。△～自在/變化自如。

べんご [弁護] (名・他サ) 辯護，辯解。△～士/辯護士，律師。△自己～/自我辯護。

へんこう [変更] (名・他サ) 變更，改變，更改。△住所を～する/改變住址。

へんこう [偏向] (名・自サ) ①偏向。△ある～があらわれた/出現某種偏向。②〈理〉偏轉。

べんこう [弁巧] (名) 口才好，能説善辯。

べんこう [弁口] (名) 口才，能説善辯。

へんこうせい [変光星] (名)〈天〉變星。

べんごし [弁護士] (名)〈法〉辯護士，律師。

べんごにん [弁護人] (名)〈法〉辯護人，律師。

へんさい [返済] (名・他サ) 還債，還東西。△借金を～する/還債。

へんざい [偏在] (名・自サ) 不均。△富の～/貧富不均。

へんざい [遍在] (名・自サ) 普遍存在。△物質は宇宙に～する/物質普遍存在於宇宙中。

べんさい [弁才] (名) 口才，能言善辯。△～がある/能言善辯。

べんさい [弁済] (名・他サ) 償還，還清。△借金を～する/還清借款。

べんざいてん [弁才天・弁財天] (名)〈佛教〉(七福神之一) 掌管口才，音樂，財福，智慧的女神。→しちふくじん

へんさつ [返札] (名) 回信，回函。

へんさん [編纂] (名・他サ) 編纂。△辞書を～する/編纂詞典。→編集

へんし [変死] (名・自サ) 死於非命，橫死。△～体/死於非命者的屍體。→橫死

へんじ [返事・返辞] (名・自サ) ①回答，回話，答覆。△～にこまる/難以答覆，無法回答。②回信，覆信。△～をだす/回信。

へんじ [変事] (名) 變故，意外的事。△～が起こる/發生變故。→異変

べんし [弁士] (名)①講演者。②口才好的人。③無聲電影的解説員。

へんしつ [変質] I (名・自サ) 變質，變質的東西。△油が～する/油變質了。II (名) 精神異常 (失常)，性格異常的人。△～者/精神不正常的人。

へんしつ [偏執] (名) 固執。→へんしゅう

へんしゃ [編者] (名) 編者，編輯人。

へんしゅ [変種] (名) 變種。△リンゴの～/蘋果的變種。→変わりだね ↔ 原種

へんしゅ [編首・篇首] (名) 篇首，詩文的開頭。

へんしゅう [編修] (名・他サ) 編修。△史書を～する/編修歷史。

へんしゅう [編集・編輯] (名・他サ) 編輯，編纂。△～者/編輯，編者。→編纂

へんしょ [返書] (名) 回信。

べんじょ [便所] (名) 便所，廁所。→トイレ

へんしょう [返照] (名・他サ) ①返照。②夕照，夕陽。

へんじょう [返上] (名・他サ) 歸還，奉歸。△休日を～する/假日照常工作。不休假日，照常勞動。

へんじょう [遍照] (名) 普照。△～光明/光明普照。

べんしょう [弁償] (名・他サ) 賠償，包賠。△～金/賠款。→賠償

べんじょうか [編上靴] (名) 高勒鞋。

べんしょうほう [弁証法] (名) 辯證法。

へんしょく [変色] (名・自他サ) ①褪色，掉色。△布地が～する/布料褪色。②變色。△～剤/變色劑。

へんしょく [偏食] (名・自サ) ①偏食。②(小孩) 愛吃零食。

ペンション [pension] (名) 簡易旅館，食宿公寓。

へん・じる [変じる] (自他上一) 變，變化，改變。△形を～/改變形狀。

べん・じる [弁じる] (自他上一) ①終了，結束。△用が～/事情辦完。②辨別，識別。△黒白を～/辨別黑白。③申述，辯解。△とうとうと～/滔滔不絶地陳述。

ペンシル [pencil] (名) ①鉛筆。②活心鉛筆。

へんしん [返信] (名) 回電，回信。△～が遅れる/回信晚了。↔ 往信

へんしん [変心] (名・自サ) 變心。△恋人の～/情人變了心。→心変わり

へんしん [変身] (名・自他サ) 變身，變形，變化的身態。

へんじん [変人・偏人] (名) 古怪的人。△彼女は本当に～だ/她真是個怪人。→常人

ベンジン [benzine] (名)〈化〉汽油，揮發油。

へんすい [辺陲] (名) 邊陲，邊疆。

へんすう [変数] (名)〈數〉變數 (符號)。△～法/變數法。↔ ていすう

へんずつう [片頭痛・偏頭痛] (名)〈醫〉偏頭痛。

へん・する [偏する] (自サ) 偏，偏向。△一方に～する/偏向一方。→かたよる

へん・する [貶する] (自サ) ①貶，貶低。②貶職，貶斥。

へん・ずる［変ずる］(自他サ) ⇨へんじる

べん・ずる［弁ずる］(自他サ) ⇨べんじる

へんせい［編制］(名・他サ)(團體、軍隊的)編制、組織。△戰時～/戰時編制。

へんせい［編成］(名・他サ)組織、組成、編造。△クラス～/編班。△予算を～する/編造預算。

へんせい［変声］(名)變聲。△～期/變聲期。

へんせいがん［変成岩］(名)變質岩。

へんせいき［変声期］(名)(青春期的)變嗓音期，聲帶發生變化的時期。

へんせいふう［偏西風］(名)偏西風。

へんせつ［変節］(名・自サ)變節，叛變。△～漢/變節分子。

べんぜつ［弁舌］(名)口才，口齒。△～さわやか/口齒伶俐。△～をふるう/施展辯才。

へんせん［変遷］(名・自サ)變遷。△時代の～/時代的變遷。

ベンゼン［benzene］(名)〈化〉苯。△～核/苯核。→ベンゾール

へんそう［返送］(名・他サ)送還，退還，寄回。△手紙を～する/把信退回。

へんそう［変装］(名・自サ)化裝，喬裝，改扮。△漁民に～する/化裝成漁民。

へんそうきょく［変奏曲］(名)〈樂〉變奏曲。

ベンゾール［benzol］(名)苯。

へんそく［変速］(名・自サ)變速。△～器/變速器。

へんそく［変則］(名・形動)不正規，不合常規。△～的/不正規的。→破格 ↔ 正則・本則

へんたい［変態］(名)① 變態。△生物の～を研究する/研究生物的變態。△毛虫は～して蝶になる/毛蟲變成了蝴蝶。②"変態性慾"的略語。△～せいよく/變態性慾。

へんたい［編隊］(名)編隊。△～飛行/編隊飛行。

へんたい［変体］(名)變體，體裁不同。

へんたいがな［変体仮名］(名)變體假名(舊時使用的比平假名更接近漢字的假名)→草がな

ペンタゴン［Pentagon］(名)五角大樓。(美國國防部)

べんたつ［鞭達］(名・他サ)鞭策，鼓勵。△自己を～する/鞭策自己。

ペンタッチ［pen touch］(名)〈IT〉觸摸屏操作介面。

ペンタブレット［pen tablet］(名)〈IT〉繪圖板，手寫板。

ペンダント［pendant］(名)垂飾。→首かざり

へんち［辺地］(名)邊遠地方，偏僻地方。→僻地

ベンチ［bench］(名)① 長凳，長椅。△公園の～/公園的長凳子。②(球賽)教練、選手的席位。△～をあたためる/坐在選手席上很少出場。

ピンチャーズ［pinchers］(名)鉗子，鋼絲鉗。

ベンチウォーマー［bench warmer］(名)(難得有機會上場的)替補隊員，板凳隊員。

ベンチマーク［bench mark］(名)基準，水準。

ベンチャー［venture］(名)〈經〉冒險，投機。

へんちょ［編著］(名)編著，編著的作品。△～者/編著者。

へんちょう［変調］(名・自他サ)① 情況異常，不正常。△～をきたす/身體發生異常。②〈樂〉變調，移調，轉調。③〈電〉調制。△～周波数/調頻。

へんちょう［偏重］(名・他サ)偏重。△学歴～/偏重學歷。

ベンチレーター［ventilator］(名)通風器。通氣孔。

べんつう［便通］(名)通便，大便(的排泄)。→通じ

へんてこ［変梃］(形動)奇怪，奇特。△～なやつ/奇怪的傢伙。→奇妙

へんてつ［変哲］(名)出奇，奇特，與眾不同。△なんの～もない/平淡無奇。

へんてん［変転］(名・自サ)轉變，變化。△～きわまりない/變化無窮。→変遷

へんでん［返電］(名)回電，覆電。△～が来た/來了回電。

へんでんしょ［変電所］(名)變電所。

へんとう［返答］(名・自サ)回答，回信。△～窮/難以回答。→回答・返事

へんどう［変動］(名・自サ)變動，波動。△物価の～/物價的波動。△社会の大～/社會的大動盪。△地殻の～/地殼變動。

べんとう［弁当］(名)①(外出時攜帶的裝在盒裏的)簡單飯菜。△～を持参する/自帶飯菜。②(在食堂、火車站等處買的)便飯，盒飯。△～を使う/吃盒飯。△～ばこ/飯盒。

へんとうせん［扁桃腺］(名)〈醫〉扁桃腺，～炎/扁桃腺(體)炎。

べんなん［弁難］(名・他サ)批駁。△相手を～する/批駁對方。

へんにゅう［編入］(名・他サ)編入，插入。△三年に～する/編入三年級。

ペンネーム［pen name］(名)筆名。△～を使う/使用筆名。

へんねんし［編年史］(名)〈史〉編年史。

へんねんたい［編年体］(名)〈史〉編年體。↔ 紀伝体

へんのう［返納］(名・他サ)送回，送還，奉還。△器材を倉庫に～する/把器材送回倉庫。

へんのうゆ［片脳油］(名)〈化〉樟腦油。

へんぱ［偏頗］(名・形動)偏向，不公平。△～なあつかい/不公平的待遇。

へんぱい［返杯・返盃］(名・自他サ)還杯，回敬酒。△ご～します/回敬您一杯。

べんぱく［弁駁］(名・他サ)辯駁，反駁。△～の余地もない/沒有反駁的餘地。

べんぱつ［弁髪］(名)(男人的)辮髮。

ペンパル［pen pal］(名)(未見過面的)通信朋友，筆友。

へんぴ［辺鄙］(名・形動)偏僻。△～な片いなか/窮鄉僻壤。

べんぴ [便秘] (名・自サ) 便秘。△～になる／患便秘。

へんぴん [返品] (名・自他サ) 退貨，退的貨。△～お断り／概不退貨，謝絕退貨。

へんぷ [返付] (名・他サ) 還，返還。

へんぷく [辺幅] (名) 邊幅，外表。△～を飾らず／不修邊幅。

べんぷく [便服] (名) 便服，便衣。→ふだんぎ

へんぶつ [偏物・変物] (名) 古怪的人。彆扭的人。→へんじん

ペンフレンド [pen friend] (名) 通信朋友，筆友。

へんぺい [偏平・扁平] (名・形動) 扁平。△～な形／扁平形。

へんぺいそく [扁平足] (名)〈醫〉扁平足。

べんべつ [弁別] (名・他サ) 辨別，區分，識別。△～力／辨別能力。

ベンベルグ [德 Bmbeerg] (名) (紡織) 鉸銅絲。

へんぺん [片片] (形動トタル) ① 片斷。△～たる文句／片言隻語。△～たる知識／一知半解的知識。② 微不足道，零碎。△～たる小事／微不足道的小事。③ 紛紛，紛飛。△桜花～として散り乱れる／櫻花紛謝。

べんべん [便便] (形動トタル) ① 悠閑，浪費時間。△～と日を送る／修閑度日，虛度光陰。②（大腹）便便。△～とした腹をした人／大腹便便的人。

ぺんぺんぐさ [ぺんぺん草] (名)〈植物〉("ナズナ"的異稱) 薺，薺菜。

へんぼう [変貌] (名・自サ) 改變面貌，變樣子。△完全に～した／完全變了樣。

へんぼう [偏旁] (名) 偏旁。△～冠脚／偏旁部首。

へんぽう [返報] (名・自サ) ① 報答。② 報仇，報復。△～がえし／報仇。

べんぽう [便法] (名) ① 簡便的方法，捷徑。△～を講じる／走捷徑。② 權宜的方法，權宜之計。△一時の～に過ぎない／不過是一時的權宜之計。

へんぽん [返本] (名・自他サ) 退書 (書店把賣剩下的書退回出版社或發行者)。還書。

へんぽん [翩翻] (形動トタル) 飄揚，飄舞。△国旗が～とひるがえっている／國旗飄揚。

べんまく [弁膜] (名)〈解剖〉(心臟，動脈，靜脈等的) 瓣膜。

へんまん [遍満] (名・自サ) 遍地都是，到處都是。△木は山に～している／滿山是樹。

べんむかん [弁務官] (名) (派往殖民地或佔領地的行政) 官員，專員。△高等～／高級專員。

へんむけいやく [片務契約] (名)〈法〉單邊契約。↔ そうむけいやく

へんめい [変名] (名・自サ) 化名，假名。△～をつかう／使用假名 (化名)。

べんめい [弁明] (名・他サ) 辯白，説明，解釋。△友だちのために～する／為朋友辯解。

べんもう [便蒙] (名) ① 啟蒙讀物。② 對初學者通俗易懂地解釋。

べんもう [鞭毛] (名)〈生物〉鞭毛。△～運動／鞭毛運動。△～虫／鞭毛蟲。

へんもく [編目] (名) 篇目，篇章的題目，目錄。

へんもく [篇目] (名) (漢字字典) 部首目錄。

へんやく [変約] (名・自サ) 違約。

へんよう [変容] (名・自他サ) 變樣，改觀。△～をとげる／變樣，改觀。

へんらん [変乱] (名) 戰亂，變亂。

べんらん [便覧] (名) 便覽，手冊。△学生～／學生便覽，學生手冊。

べんり [弁理] (名) 處理，辦理。△～公使／外交代辦。△～士／(代替申請人辦理有關專利，註冊商標等手續的專業的) 代理人，代辦人。

べんり [便利] (名・形動) 便利，方便。△あそこは交通が～だ／那個地方交通方便。↔ 不便

べんりや [便利屋] (名) 以送信，送貨，傳話為職業的人。

へんりゅう [偏流] (名) (飛機) 偏航 (角)，偏流，偏移。

へんりょう [変量] (名)〈數〉變量。

へんりん [片鱗] (名) 片鱗，一斑。△～をうかがわせる／窺見一斑。

ヘンルーダ [荷 wijnruit] (名)〈植物〉蕓香。

へんれい [返礼] (名・自サ) 回禮，答禮。△～の品を送る／送答謝禮品。

へんれい [返戻] (名・他サ) 送回，送還。→へんきゃく

べんれい [勉励] (名・自サ) 勤奮，勤勉，專心努力。△刻苦～／刻苦努力。

べんれいたい [駢儷体] (名) 駢儷體。△四六～／四六駢儷體。

へんれき [遍歴] (名・自サ) 遍歷，周遊。△諸国を～する／周遊列國。△人生～／生活閱歷。

へんろ [遍路] (名)〈佛教〉朝聖，参拜弘法和尚修行過的日本四國地區八十八處遺跡，巡禮者。△お～さん／巡禮者。

べんろん [弁論] (名・自サ) ① 辯論。△～大会／辯論大會。②〈法〉陳述，申述。△口頭～／口頭申辯。

ペンをおる [ペンを折る] (連語) 擱筆，停筆。

ペンをとる [ペンを執る] (連語) 執筆，寫文章。

ほ　ホ

ほ［帆］(名) 帆。△〜を上げる／揚帆。△〜を下ろす／落帆。

ほ［歩］(名) ① 步。△〜を進める／邁步。②(距離單位) 步。△3〜前へ／向前三步走！

ほ［穂］(名) ①〈植物〉穗。△〜が出る／抽穗。② (矛、筆等的) 尖。

ほあん［保安］(名) ① 保證安全。△〜規程／安全規程。△〜対策／安全措施。② 治安。△〜官／公安官員。

ほあんけいさつ［保安警察］(名) 治安警察。

ほあんしょぶん［保安処分］(名) (防止發生犯罪的) 保安措施。

ほあんよういん［保安要員］(名) 安全員。

ほい［本意］(名) ⇨ほんい

ほい［補遺］(名) 補遺。

－ぽい (接尾) (一般以"っぽい"形式出現, 接名詞、動詞連用形後, 作形容詞用) 表示具有某種傾向、狀態。△白〜／發白。△俗〜／很俗氣。△忘れ〜／健忘。

ホイート［wheat］(名) 小麥。

ホイートストーンブリッジ［Wheatstone bridge］(名) 惠斯登電橋, 單臂電橋。

ホイール［wheel］(名) ① 輪, 車輪。② 旋轉, 迴轉, 滾動。

ほいく［保育］(名・他サ) 保育。△〜器／(早產兒) 保溫箱。

ほいく［哺育］(名・他サ) 哺育, 餵養。△乳児を〜する／哺育嬰兒。

ほいくえん［保育園］(名) 保育園。

ほいくじょ［保育所］(名) 託兒所。

ボイコット［boycott］(名・他サ) (為抗議) 共同抵制 (某種商品), 聯合罷工 (課)。△公害企業の製品を〜する／聯合抵制有公害企業的產品。△授業を〜する／罷課。

ボイス［voice］(名) ① 聲音。② 發言, 表明。③〈語〉語態。

ボイスアーティスト［voice artist］(名) 配音演員。

ボイスオーバー［voice-over］(名) 旁白的。

ホイスト［hoist］(名) (輕便) 起重機, 捲揚機, 升降機。

ボイストレーニング［voice training］(名) 發聲訓練。

ホイッスル［whistle］(名) (裁判員用的) 哨子。

ホイットマン［Walt Whitman］〈人名〉惠特曼 (1819–1892)。美國詩人。

ボイラー［boiler］(名) 鍋爐。△〜をたく／燒鍋爐。

ぼいん［母音］(名)〈語〉母言, 元音。↔ 子音

ぼいん［拇印］(名) (用大拇指按的) 手印, 指印。△〜を押す／按手印。

ポイント［point］(名) ① 點, 句點。△〜を打つ／加句點。② 小數點。△2-5／二點五。③ 要點, 關鍵。△〜をおさえる／抓住要點。④〈體〉得分, 分數。△〜ゲッター／得分者。⑤ (鐵路) 轉轍器, 道岔。△〜を切り換える／扳道岔。⑥ (印刷) (鉛字) 號兒。△8〜の活字／八號鉛字。

ポイントオブビュー［point of view］(名) 觀點, 見解, 着眼點。

ポイントカード［point card］(名) 積分卡。

ほう［方］(名) ① 方向, 方位。△右の〜に曲る／往右面拐。② 方面。△君の〜が悪い／是你不好。△貿易の〜の仕事をする／從事貿易方面工作。③ (比較中的一個) 方面。△早く行った〜がいい／還是早去好。△春よりも秋の〜がすきだ／春秋相比, 我更喜歡秋天。④ 類型。△彼女はどちらかと言えば楽天的な〜だ／説起來她屬於樂天派。

ほう［法］(名) ① 法, 法律。△〜を守る／守法。△〜を犯す／犯法。② 方法。△健康〜／健身法。③ 禮法, 禮節, 規矩。△〜にかなう／合乎禮法。△そんな〜はない／沒有那種道理。④〈佛教〉法。△人を見て〜を説け／因人施教。

ほう［苞］(名)〈植物〉苞。

ほう［報］(名) 報知, 通知。△父死去の〜に接する／接到父親去世的消息。

ぼう［某］(代) 某。△〜氏／某氏。△〜年月／某年某月。

ぼう［棒］(名) ① 棍子, 棒子。△〜でなぐる／用棒子打。△足が〜のようになる／腿累得僵直。△〜に振る／斷送。② 綫。△〜を引いて消す／劃綫勾掉。

ぼうあげ［棒上げ］(名)〈經〉〈行情〉飛漲, 直綫上升。↔ 棒下げ

ほうあん［法案］(名) 法案, 法律草案。

ぼうあんき［棒暗記］(名・他サ) 死背硬記。→まる暗記

ほうい［方位］(名) 方位。

ほうい［包囲］(名・他サ) 包圍。△敵を〜する／包圍敵人。△〜を解く／解圍。

ほうい［法衣］(名) (原讀"ほうえ") 法衣, 僧衣。△〜をまとう／披法衣。

ぼうい［暴威］(名) 淫威。△〜をふるう／施淫威。

ほういかく［方位角］(名) ①〈天〉方位角。②〈理〉磁偏角。

ほういがく［法医学］(名) 法醫學。

ほういつ［放逸］(名・形動) 放縱, 放蕩不羈。△〜なふるまい／放蕩的行為。

ぼういんぼうしょく［暴飲暴食］(名・自サ) 暴飲暴食。△〜がたたって胃潰瘍になった／暴飲暴食得了胃潰瘍。

ほうえ［法会］(名)〈佛教〉法會, 法事。

ほうえい [放映] (名・自他サ) 放映。

ぼうえい [防衛] (名・他サ) 防衛，保衛。△正当〜/〈法〉正當防衛。△タイトルを〜する/(比賽) 衛冕。

ほうえき [防疫] (名) 防疫。

ぼうえき [貿易] (名・自サ) 貿易。△自由〜/自由貿易。△バーター〜/易貨貿易。

ぼうえきあかじ [貿易赤字] (名)〈經〉貿易逆差。

ぼうえきがいとりひき [貿易外取引] (名)〈經〉無形貿易。

ぼうえきくろじ [貿易黒字] (名)〈經〉貿易順差。

ぼうえきとりひき [貿易取引] (名)〈經〉有形貿易。

ぼうえきふう [貿易風] (名)〈氣象〉信風，貿易風。

ほうえつ [法悦] (名) ①〈佛教〉法悦。②心曠神怡。△〜にひたる/陶然忘我。

ほうえん [砲煙] (名) 硝煙。△〜弾雨をくぐって進む/冒着槍林彈雨前進。

ぼうえんきょう [望遠鏡] (名) 望遠鏡。△天体〜/天文望遠鏡。

ほうえんこう [方鉛鉱] (名) 方鉛礦。

ぼうえんレンズ [望遠レンズ] (名) 望遠鏡頭。

ほうおう [法王] (名)〈宗〉教皇。

ほうおう [法皇] (名) 法皇 (退位後進入佛門的天皇)。

ほうおう [訪欧] (名・自サ) 訪歐，訪問歐洲。

ほうおう [鳳凰] (名) 鳳凰。

ぼうおく [茅屋] (名) 寒舍 (對自己家的謙稱)。

ほうおん [芳恩] (名) (您的) 恩情，大恩。

ほうおん [報恩] (名) 報恩。

ぼうおん [防音] (名) 防音。△〜室/隔音室。

ぼうおん [忘恩] (名) △〜の徒/忘恩負義之徒。

ほうか [邦貨] (名) 日本貨幣。

ほうか [法貨] (名) ①法定貨幣。②法郎。

ほうか [法科] (名) 法科，法律系。

ほうか [放課] (名) 放學。△〜後/放學後。

ほうか [放火] (名・自サ) 放火，縱火。△〜犯/縱火犯。

ほうか [放歌] (名・自サ) 放聲高歌。

ほうか [砲火] (名) 炮火。△〜をまじえる/交戰。△敵に〜を浴びせる/炮轟敵人。

ほうが [邦画] (名) ①日本電影。②日本畫。↔ 洋画

ほうが [萌芽] (名・自サ) 萌芽。△悪の〜をつみとる/鏟除壞的苗頭。

ぼうか [防火] (名) 防火。△〜壁/防火牆。△〜用水/防火用水。

ぼうが [忘我] (名) 忘我，出神。△〜の境/忘我之境。

ほうかい [崩壊] (名・自サ) 崩潰，瓦解。△ビルが〜する/樓房崩塌。△家庭が〜する/家庭破裂。△政権が〜する/政權瓦解。

ほうがい [法外] (形動) 分外，過分。△〜な値をつける/漫天要價。△〜な要求/過分的要求。

ぼうがい [妨害] (名・他サ) 妨害，妨礙。△交通を〜する/妨礙交通。△安眠〜/妨礙睡眠。

ぼうがい [望外] (名) 望外。△〜のしあわせ/喜出望外。

ほうかいせき [方解石] (名) 方解石。

ほうがく [方角] (名) 方向，方位。△〜ちがい/方向錯誤。△〜が分らない/摸不清方向。△〜がわるい/風水不好。

ほうがく [邦楽] (名) 日本傳統音樂。↔ 洋楽

ほうがく [法学] (名) 法學。

ぼうがしら [棒頭] (名) 轎夫 (的) 頭 (目)。

ほうがちょう [奉加帳] (名) (對神社、寺院捐款的) 捐贈簿。

ほうかつ [包括] (名・他サ) 包括，總括。△〜的に述べればこうなります/總括來説是這樣的。

ほうかぶつ [硼化物] (名)〈化〉硼化物。

ほうかん [砲艦] (名) 炮艦。

ほうかん [幇間] (名) ⇨たいこもち ①

ほうがん [包含] (名・他サ) 包含。△この言葉は真理を〜している/這句話包括着真理。

ほうがん [砲丸] (名) ①炮彈。②〈體〉鉛球。

ぼうかん [防寒] (名) 防寒。△〜具/防寒用具。△〜服/防寒服。

ぼうかん [傍観] (名・他サ) 旁觀。△〜者/旁觀者。

ぼうかん [暴漢] (名) 暴徒，歹徒。△〜にそわれる/被歹徒襲擊。

ほうがん [帽岩] (名)〈地〉冠岩。

ほうがんし [方眼紙] (名) 坐標紙。

ほうがんなげ [砲丸投げ] (名)〈體〉擲鉛球。

ほうがんびいき [判官びいき] (名) (也讀 "はんがんびいき") 同情弱者。

ほうき [帚・箒] (名) 笤帚，掃帚。△〜で庭を掃く/用笤帚掃院子。△〜で掃くほど/多得很。

ほうき [芳紀] (名) 芳齡。△〜まさに十八歳/芳齡十八。

ほうき [法規] (名) 法規。△〜を守る/遵守法規。

ほうき [放棄] (名・他サ) 放棄。△権利を〜する/放棄權利。△陣地を〜する/放棄陣地。

ほうき [蜂起] (名・自サ) 起義，暴動。△いっせいに〜する/一同舉行起義。

ぼうき [紡機] (名) 紡紗機。

ぼうぎ [謀議] (名・他サ)〈法〉同謀，合謀。△共同〜/共同謀劃。

ほうきぐさ [箒草] (名)〈植物〉藜。

ほうきぼし [ほうき星] (名) ⇨彗星

ほうきゃく [訪客] (名) 來客。

ぼうきゃく [忘却] (名・他サ) 忘卻，忘記。△使命を〜する/忘記使命。△〜のかなた/忘掉的過去。

ぼうぎゃく [暴虐] (名・形動) 暴虐，暴戾。

ほ
ホ

△〜の限りを尽す／極盡暴虐之能事。

ほうきゅう［俸給］(名)薪水，工資。△〜を
もらう／領工資。→給与

ほうきょ［崩御］(名・自サ)駕崩。

ほうきょ［妄挙］(名)妄動，胡來。

ほうきょ［暴挙］(名)①妄動，暴行。△〜に
出る／訴諸暴力。②暴動。

ぼうぎょ［防御］(名・他サ)防禦。△〜が固
い／防禦堅固。

ぼうきょう［望郷］(名)望郷，思郷。△〜の
念にかられる／思郷之情不能自己。

ほうきょうじゅつ［豊胸術］(名)(美容)豐胸
法。

ほうぎょく［宝玉］(名)寶玉，寶石。

ぼうぎれ［棒切れ］(名)(也讀“ぼうきれ”)半
截木棒。

ほうきん［砲金］(名)〈冶金〉炮銅。

ほうぎん［放吟］(名・他サ)放聲高歌。

ぼうぎん［棒銀］(名)銀條。

ぼうぐ［防具］(名)(撃剣等)防護用具。

ぼうぐい［棒杭］(名)木樁。

ぼうくう［防空］(名)防空。△〜演習／防空演
習。

ぼうくうごう［防空壕］(名)防空壕，防空洞。

ぼうグラフ［棒グラフ］(名)條綫統計圖表。

ぼうくん［傍訓］(名)旁註假名(在漢字旁邊註
的假名)。

ぼうくん［暴君］(名)暴君。△弟はわが家の〜
だ／弟弟是我們家的霸王。

ほうげ［放下］(名・他サ)〈佛教〉解脱，脱俗。

ほうけい［方形］(名)方形。△〜の陣立て／方
陣。

ほうけい［包茎］(名)〈醫〉包莖。

ぼうけい［亡兄］(名)亡兄。

ぼうけい［傍系］(名)旁系。△〜親族／旁系親
屬。↔直系

ぼうけい［謀計］(名)計謀，謀略。△〜をめぐ
らす／設計。

ほうけいさんえん［硼硅酸塩］(名)〈化〉硼硅
酸鹽。

ほうげき［砲撃］(名・他サ)炮撃，炮轟。△敵
陣を〜する／炮轟敵陣。

ほう・ける［惚ける］(自下一)(常用作接尾詞，
構成複合動詞)①(身體)衰弱，(精神)恍惚。
△病み〜／病得虚弱不堪。②着迷，熱中。△一
日中遊び〜／一天到晚沒命地玩。

ほうけん［法権］(名)(對外國人的)司法權。
△治外〜／治外法權。

ほうけん［封建］(名)封建。△父は〜的だ／父
親是個老封建。

ほうげん［方言］(名)方言，土話。↔標準語・
共通語

ほうげん［放言］(名・他サ)信口開河。△無責
任に〜する／不負責任地信口開河。

ぼうけん［冒険］(名・自サ)冒險。△命がけ
の〜／冒生命危險。△〜家／冒險家。△〜小
説／驚險小説。

ぼうけん［剖検］(名・他サ)〈醫〉解剖檢査。

ぼうげん［暴言］(名)粗暴的話，狂言。△〜を
吐く／口出狂言。△それは〜だ／那是粗暴無
理的話。

ほうけんじだい［封建時代］(名)〈史〉封建時
代。

ほうけんしゅぎ［封建主義］(名)封建主義。

ほうけんせいど［封建制度］(名)〈史〉封建制
度。

ぼうけんたいしゃく［冒険貸借］(名)〈經〉船
貨抵押借款。

ほうこ［宝庫］(名)寶庫。△知識の〜／知識的
寶庫。

ぼうご［防護］(名・他サ)防護。△〜壁／防護
牆壁。

ほうこう［方向］(名)①方向。△あなたとは
帰る〜が逆だ／我和你回家的方向相反。△〜
音痴／不認路，不記道。②方針，方向，△将
来の〜を決する／決定將來的方向。

ほうこう［芳香］(名)芳香。△〜をはなつ／散
發芳香。

ほうこう［彷徨］(名・自サ)彷徨。△街を〜す
る／彷徨街頭。

ほうこう［奉公］(名・自サ)僱工。△酒屋に
10年〜した／在酒館當了十年伙計。△〜人／
僕人。

ほうこう［咆哮］(名・自サ)咆哮，吼叫。△ラ
イオンが〜する／獅子吼。

ほうこう［放校］(名・他サ)開除學籍。△〜処
分／開除學籍處分。

ほうこう［砲口］(名)炮口。

ほうこう［縫工］(名)縫紉工，裁縫。

ほうごう［法号］(名)〈佛教〉(受戒或死後的)
法號，法名，戒名。

ほうごう［縫合］(名・他サ)〈醫〉縫合。△傷
口を〜する／縫合傷口。

ぼうこう［棒鋼］(名)條形鋼，條形鋼材。

ぼうこう［膀胱］(名)膀胱。△〜炎／膀胱炎。

ぼうこう［暴行］(名・自サ)①暴行。△〜を
はたらく／逞兇。②強姦。△婦女〜事件／強
姦案。

ほうこうたい［芳香体］(名)〈化〉苯化合物。

ほうこうたんちき［方向探知機］(名)探向器，
測向器。

ほうこうてんかん［方向転換］(名・自サ)改
變方針，轉變方向。△輸出一辺倒から輸入拡
大に〜する／變單純輸出為擴大輸入。

ほうこく［報告］(名・他サ)報告，彙報。△現
地の状況を〜する／報告當地的情況。△〜
書／報告書。

ほうこく［報国］(名)報國。△一死〜／以身報
國。

ぼうこく［亡国］(名)亡國。△〜の民／亡國之
民。

ぼうこひょうが［暴虎馮河］(名)暴虎馮河，
(喻)有勇無謀。

ぼうこん［亡魂］(名)亡魂。

ほうざ［砲座］(名) 炮座，炮架。

ほうさ［防砂］(名) 防沙。△〜林／防沙林。

ほうさい［亡妻］(名) 亡妻。

ほうさい［防災］(名) 防災。

ほうさきをきる［棒先を切る］(連語) 抽頭，揩油。

ほうさく［方策］(名) 方策，計策。△〜が尽きる／無計可施。△〜を立てる／制定方策。

ほうさく［豊作］(名) 豐收。↔凶作，不作

ほうさげ［棒下げ］(名)〈經〉(行情) 直線下跌。↔棒上げ

ほうさつ［忙殺］(名・他サ) 非常忙。△雑務に〜される／雑事忙死人。

ほうさつ［謀殺］(名・他サ) 謀殺，謀害。△彼の死は〜の疑いが濃い／他很可能是被謀殺而死的。

ほうさん［放散］(名・自他サ) 擴散，輻射，放射。△熱を〜する／散熱。

ほうさん［硼酸］(名)〈化〉硼酸。△〜軟膏／硼酸軟膏。

ほうさん［坊さん］(名) 和尚 (的親切稱呼)。

ほうし［芳志］(名) (您的) 好意，盛情。△ご〜深く感謝いたします／深謝您的盛情。

ほうし［放恣］(名・形動) 放肆，放縱，放蕩。△〜な生活／放蕩的生活。

ほうし［法師］I (名)〈佛教〉法師，和尚。II (接尾) 像…樣的人。△影ぼうし／影子。△やせぼうし／瘦子。

ほうし［奉仕］(名・自サ)① 服務，效勞。△国家に〜する／為國效勞。△勤労〜／義務勞動。② 廉價賣。△〜品／廉價品。→サービス

ほうし［奉祀］(名・他サ) 奉祀，供奉。

ほうし［放資］(名・自サ) 投資，出資。

ほうし［胞子］(名)〈植物〉孢子。

ほうじ［法事］(名) 法事，佛事。△〜を営む／作法事。

ぼうし［亡姉］(名) 亡姉。

ぼうし［防止］(名・他サ) 防止。△事故を〜する／防止事故。

ぼうし［某氏］(名) 某氏，某人。

ぼうし［眸子］(名) 眸子，瞳孔。

ぼうし［帽子］(名) 帽子。△〜をかぶる／戴帽子。△〜を脱ぐ／摘帽子。

ぼうじ［房事］(名) 房事。△〜を慎む／節制房事。

ほうしき［方式］(名) 方式。△〜にしたがう／按規定方式。△新しい〜／新式。

ほうしき［法式］(名)① 條例，規章。②(典禮等的) 儀式。

ほうじちゃ［ほうじ茶］(名) 焙製的茶葉。

ぼうしつ［防湿］(名) 防潮，防濕。△〜剤／防潮劑。

ほうしゃ［放射］(名・他サ) 放射，輻射。△太陽は莫大な熱エネルギーを〜している／太陽放射出巨大的熱能。△〜状／放射狀。

ほうしゃ［砲車］(名) 炮車。

ほうしゃ［硼砂］(名)〈化〉硼砂。

ぼうじゃくぶじん［傍若無人］(名・形動) 旁若無人。△〜のふるまい／旁若無人的舉止。

ほうしゃせいげんそ［放射性元素］(名)〈化〉放射性元素。

ほうしゃせん［放射線］(名)〈理〉放射綫。△〜療法／放射綫療法。

ほうしゃのう［放射能］(名) 放射能。△〜汚染／放射性污染。

ほうしゅ［砲手］(名) 炮手。

ほうしゅ［芒種］(名) 芒種 (二十四節氣之一)。

ぼうじゅ［傍受］(名・他サ) 旁聽，監聽 (無綫電通信)。△敵の無電を〜する／偵聽敵人的電訊。

ほうしゅう［報酬］(名) 報酬，報答。△〜をえる／得到報酬。△あれは，彼の努力に對する当然の〜だ／那是對他的努力理所當然的回報。

ほうじゅう［放縦］(名・形動) 放縱，放蕩。△〜な生活を送る／過着放蕩的生活。

ぼうしゅう［防臭］(名) 防臭。△〜剤／防臭劑。

ほうしゅく［奉祝］(名・他サ) 慶祝，祝賀。△〜行事／慶祝活動。

ぼうしゅく［防縮］(名・他サ) (紡織品的) 防縮。

ほうしゅつ［放出］(名・他サ)① 放出，排出，噴出。② 發放，投放。△被災地に備蓄米を〜する／向災區發放儲備的大米。△軍の〜物資／軍隊所處理的物資。

ほうしゅつ［萌出］(名・自サ) (牙齒) 冒出，長出。

ほうじゅん［芳醇］(形動) 芳醇。△〜な酒／芳醇的酒。

ほうしょ［芳書］(名) 華翰，大札。

ほうしょ［奉書］(名) (“奉書紙”之略) 奉書紙 (用桑科植物纖維製的一種高級白紙)。

ほうじょ［幇助］(名・他サ)〈法〉幫助。△犯罪を〜する／輔助犯罪。△自殺〜罪／自殺輔助罪。

ほうしょ［防暑］(名) 防暑。△〜服／防暑服。

ほうしょ［某所］(名) 某處，某地。

ぼうじょ［防除］(名・他サ) (農業) 防治。△虫害を〜する／防治蟲害。

ほうしょう［法相］(名) 法相，法務大臣。

ほうしょう［報奨］(名) 獎勵，獎賞。△〜金／獎金。

ほうしょう［報償］(名・自サ) 補償，賠償，報償。△〜金／賠款。

ほうしょう［褒章］(名) 獎章。△紫綬〜／紫綬獎章。

ほうじょう［褒賞］(名) 褒獎，獎賞，獎品。

ほうじょう［方丈］(名)〈佛教〉方丈，住持。

ほうじょう［芳情］(名) (您的) 深情厚意。△ご〜感謝します／感謝您的厚意。

ほうじょう［法帖］(名) 法帖，字帖。

ほうじょう［豊穣］(名) 豐收。△五穀〜をいのる／祝五穀豐登。

ほうじょう［豊饒］(名・形動) 富饒。△〜な

土地／富饒的土地。

ぼうしょう［芒硝］（名）〈化〉芒硝。

ぼうしょう［傍証］（名）旁證。△～をかためる／搜集旁證。

ほうしょう［帽章］（名）帽徽。

ほうじょうき［方丈記］〈書名〉方丈記。

ほうしょく［奉職］（名・自サ）供職。△外務省に～している／在外交部供職。

ほうしょく［飽食］（名・自サ）飽食。△～暖衣／飽暖。

ぼうしょく［防食］（名）防蝕，防銹。△～剤／防銹劑。

ぼうしょく［紡織］（名）紡織。

ほう・じる［奉じる］（他上一）（也作“ほうずる”）① 奉上，呈上。② 尊奉，信奉。△命を～／奉命。△キリスト教を～／信奉基督教。③ 供職。△職を～／供職。

ほう・じる［報じる］（他上一）（也作“ほうずる”）① 通知，告知。△近況を～／告之近況。② 報。△恩に～／報恩。△あだを～／報仇。

ほう・じる［焙じる］（他上一）焙，烘，炒。△茶を～／焙茶葉。

ほうしん［方針］（名）方針。△～をきめる／決定方針。△既定～／既定方針。

ほうしん［放心］（名・自サ）① 發獃，茫然。△～したように突っ立っている／茫然若失地直立着。② 放心，安心。△どうぞご～ください／請放心。

ほうしん［砲身］（名）炮身。

ほうしん［疱疹］（名）〈醫〉疱疹。△帯状～／帯状疱疹。

ほうじん［邦人］（名）（在國外的）日本人。△ブラジルの在留～／僑居巴西的日本人。

ほうじん［法人］（名）〈法〉法人。△～税／法人税。△財団～／財團法人。

ぼうしん［防振］（名）防震。

ぼうじん［防塵］（名）防塵。△～装置／防塵裝置。

ぼうず［坊主］（名）① 僧，和尚。② 光頭。△～刈りにする／剃光頭。③（山，樹等）秃，光。△濫伐で山が～になった／亂砍亂伐，山都秃了。④（對男孩的愛稱）小鬼，小子。△このいたずら～め／你這個淘氣包。

ぼうずあたま［坊主頭］（名）秃頭，光頭。

ほうすい［放水］（名・自サ）① 放水。△～門を開いて～する／開閘門放水。△～路／溢洪道，渠道。②（為滅火）噴水。

ぼうすい［防水］（名・他サ）防水。△～加工／防水加工。△～時計／防水表。

ぼうすい［紡錘］（名）紡錘，紗錠。

ほうすいろ［放水路］（名）溢洪道，渠道。

ぼうずにくけりゃけさまでにくい［坊主憎けりゃ袈裟まで憎い］（連語）討厭和尚連袈裟都討厭。

ほう・ずる［奉ずる］（他サ）⇨奉じる

ほう・ずる［封ずる］（他サ）封（爵位，領地）。

ほう・ずる［報ずる］（他サ）⇨報じる

ほうせい［法制］（名）法制。

ほうせい［砲声］（名）炮聲。

ほうせい［鳳声］（名）（書信用語）轉達。△ご～ください／敬請轉達。

ほうせい［縫製］（名）縫製。△～品／縫製品。

ぼうせい［暴政］（名）暴政。△～に苦しむ／苦於暴政。

ほうせき［宝石］（名）寶石。△～箱／寶石盒。

ぼうせき［紡績］（名）紡織，紡紗。△～機／紡織機。△～工場／紡紗廠。

ぼうせつ［防雪］（名）防雪。△～林／防雪林。

ぼうせつ［傍切］（名）〈數〉旁切。△～円／旁切圓。

ほうせん［砲戦］（名）炮戰。

ぼうせん［防戦］（名・自サ）防禦戰。△～につとめる／拚命抵禦。

ぼうせん［傍線］（名）（在字旁畫的綫）旁綫。△次の文の～の箇所を訳せ／翻譯下文中畫綫部分。

ぼうぜん［呆然・茫然］（副・連體）呆呆地，茫然。△～と立ちつくす／呆呆地站着不動。△～たるおももち／茫然的神色。

ほうせんか［鳳仙花］（名）〈植物〉鳳仙花。

ぼうぜんじしつ［茫然自失］（名・自サ）茫然自失。

ほうそう［包装］（名・他サ）包装。△～紙／包装紙。

ほうそう［放送］（名・他サ）廣播，播送。△ニュースを～する／廣播新聞。△～局／廣播電台。△～劇／廣播劇。△～番組／廣播節目。

ほうそう［法曹］（名）法律界人士。△～界／法律界。

ほうそう［疱瘡］（名）〈舊〉天花。→天然痘

ぼうそう［暴走］（名・自サ）①（無視規則，駕車）狂奔亂跑。△～族／駕車狂奔亂跑者。②（車失去控制）亂跑亂撞。△～車／亂跑亂撞的車。③ 魯莽，越軌。△一部分年輕人為所欲為。一部分年輕人為所欲為／一部の若者が～する／一部分年輕人為所欲為。

ほうそく［法則］（名）①（自然）法則。△万有引力の～／萬有引力定律。② 規則。

ほうたい［包帯］（名）繃帶。△指に～をする／把手指纏上繃帶。

ほうたい［奉戴］（名・他サ）奉戴，推戴。

ほうだい［砲台］（名）炮台。

- ほうだい［放題］（接尾）（接動詞連用形或助動詞“たい”之後）自由，任意，隨便。△食い～／隨便吃。△言いたい～／隨便説。

ぼうだい［傍題］（名）副題，副標題。

ぼうだい［膨大］（形動）龐大。△～な費用／龐大的費用。

ぼうたかとび［棒高跳び］（名）撐竿跳高。

ぼうだち［棒立ち］（名）① 呆立不動。△無残な光景に～となった／目睹慘狀，木然而立。②（馬等用後腿）站起。

ほうだん［放談］（名・他サ）漫談。△新春～／新春漫談。

ほうだん［砲弾］（名）炮彈。

ほ
ホ

ぼうだん［防弾］(名) 防彈。△～ガラス／防彈玻璃。△～チョッキ／防彈衣。

ほうち［放置］(名・他サ) 擱置。△この問題は～してはおけない／這個問題不能置之不理。

ほうち［法治］(名) 法治。△～国家／法治國家。

ほうち［報知］(名・他サ) 報知。△火災～器／火災報警器。

ほうちく［放逐］(名・他サ) 驅逐。△国外に～する／驅逐出境。

ほうちこく［法治国］(名) 法治國。

ほうちゃく［逢着］(名・自サ) 碰上，遇到。△矛盾に～する／遇到矛盾。

ぼうちゅう［忙中］(名) 忙中。△～閑あり／忙中有閑。

ぼうちゅう［傍注］(名) 旁註。△～をつける／加旁註。

ぼうちゅうざい［防虫剤］(名) 防蟲劑。

ほうちょう［包丁］(名) 菜刀。

ぼうちょう［傍聴］(名・他サ) 旁聽。△裁判を～する／旁聽審判。△～席／旁聽席。

ぼうちょう［膨張・膨脹］(名・自サ) ①〈理〉膨脹。△～率／膨脹係數。② 膨脹，增大。△予算が年年～する／預算年年增大。

ぼうちょうてい［防潮堤］(名) 防波堤。

ぼうっと (副・自サ) ① 朦朧，模糊。△山が～かすむ／山色模糊不清。△頭が～する／頭迷迷糊糊的。② 突然燃起。△～と火が～燃える／火突然燃燒起來。

ぽうっと (副・自サ) ① 恍惚，模糊。△病み疲れて～する／病得神志模糊。②(臉) 微紅。△彼女は頬を～染めた／她臉上泛起紅潮。

ほうてい［法定］(名) 法定。△～価格／法定價格。△～相続人／法定繼承人。

ほうてい［法廷］(名) 法庭。△～をひらく／開庭。△～へ出る／出庭。

ぼうてい［亡弟］(名) 亡弟。

ほうていかわせてきせいそうば［法定為替適正相場］(名)〈經〉法定匯兑平價。

ほうていしき［方程式］(名)〈數〉方程式。△～をとく／解方程。

ほうていでんせんびょう［法定伝染病］(名)〈醫〉法定傳染病。

ほうてき［放棄］(名・他サ) 拋棄。△家業を～する／拋棄家業。

ほうてき［法的］(形動) 法律上。△～な根処／法律上的根據。

ほうてん［宝典］(名) 寶典，便覽。△育児～／育兒寶典。

ほうてん［法典］(名) 法典。

ほうでん［放電］(名・自サ)〈理〉放電。△火花～／火花放電。△～管／放電管。

ぼうてん［傍点］(名) 旁點，着重號。

ほうと［方途］(名) 方法，途徑，措施。△～を摸索する／摸索途徑。△実現の～／實現的途徑。

ぼうと［暴徒］(名) 暴徒。△興奮した群衆は～と化した／激昂的人羣陷於瘋狂的狀態。

ほうとう［宝刀］(名) 寶刀。△伝家の～を抜く／使出看家本領。

ほうとう［奉答］(名・自サ) 奉答，謹答。

ほうとう［放蕩］(名・自サ) 放蕩，吃喝嫖賭。△～に身を持ち崩す／由於放蕩身敗名裂。△～息子／敗家子，浪蕩公子。

ほうどう［報道］(名・他サ) 報道，報導。△災害の状況を～する／報道災害情況。△～陣／記者團。

ぼうとう［冒頭］(名)(文章、話等的) 開頭。△国会は～から荒れた／國會從一開始就陷於混亂。△演説の～／講演的開始。

ぼうとう［暴投］(名・自サ)〈棒球〉猛投。

ぼうとう［暴騰］(名・自サ)〈經〉(行市等) 暴漲。△株価が～する／股票價格猛漲。↔ 暴落

ぼうどう［暴動］(名) 暴動。△～をおこす／鬧暴動。

ほうどうきかん［報道機関］(名) 新聞報導機關。

ぼうとく［冒涜］(名・他サ) 冒涜，褻涜。△神を～する／涜神。

ぼうどく［防毒］(名) 防毒。△～マスク／防毒面具。

ほうにち［訪日］(名・自サ) 訪(問)日(本)。

ほうにょう［放尿］(名・自サ) 小便，撒尿。

ほうにん［放任］(名・他サ) 放任。△子供を～する／放任孩子。

ほうにん［法認］(名・他サ)〈法〉法律承認。

ほうねつ［放熱］(名・自サ) ① 放熱。△ラジエーターが～して部屋を暖める／放熱器放熱使房間暖和。②(機器) 散熱。

ぼうねつ［防熱］(名) 防熱。△～フィルター／防熱過濾器。

ほうねん［放念］(名・自サ) 放心，安心。△どうかご～ください／敬請釋懷。

ほうねん［豊年］(名) 豐年。↔ 凶年

ぼうねんかい［忘年会］(名) 年終聚餐。

ほうのう［奉納］(名・他サ)(向神佛) 供獻，奉獻。△～試合／敬神比賽會。

ほうのき［朴の木］(名)〈植物〉木蘭屬植物，木蘭花。

ぼうのぼり［棒登り］(名)〈體〉爬杆。

ほうはい［澎湃］(副) 澎湃。△平和を求める声～として起こる／要求和平的呼聲高漲。

ほうばい［朋輩］(名) 朋輩，朋友。

ぼうはく［傍白］(名)(戯劇) 旁白。

ぼうばく［茫漠］(形動トタル) ① 茫茫，遼闊。△～たる広野／茫茫曠野。② 模糊，渺茫。△前途は～としている／前途渺茫。

ぼうはつ［暴発］(名・自サ) ①(槍) 走火。② 暴發，突然發生。

ぼうはてい［防波堤］(名) 防波堤。

ぼうばり［棒針］(名)(打毛綫衣等用的) 棒針。

ぼうはん［防犯］(名) 防止犯罪。△～ベル／防盜警報器。

ぼうはん［謀判］(名) 偽造(的) 圖章，私刻(的) 圖章。

ほうび［褒美］(名) ① 褒獎。② 獎品。△～を
もらう／得獎。

ぼうび［防備］(名・他サ) 防備。△～を固め
る／加強防備。

ぼうびき［棒引き］(名) 一筆勾銷。△借金を～
にする／把欠債一筆勾銷。

ぼうひょう［妄評］(名・他サ) 妄評 (常用於自
謙)。△～多罪／亂加批評請多原諒。

ほうふ［抱負］(名) 抱負。△～を語る／述説抱
負。

ほうふ［豊富］(形動) 豐富。△～な経験／豐富
的經驗。

ほうぶ［邦舞］(名) 日本傳統舞蹈。

ぼうふ［亡夫］(名) 亡夫。

ぼうふ［亡父］(名) 亡父。

ぼうふう［防風］(名) 防風。△～林／防風林。

ぼうふう［暴風］(名) 暴風。△～が吹き荒れ
る／暴風怒吼。

ぼうふうう［暴風雨］(名) 暴風雨。△～に襲
われる／遭受暴風雨襲撃。

ぼうふうせつ［暴風雪］(名) 暴風雪。

ほうふく［法服］(名) ① 法衣 (法官或律師在法
庭上穿的衣服)。② 僧衣, 袈裟。

ほうふく［報復］(名・自サ) 報復。△敵に～す
る／給敵人以報復。△～手段／報復手段。

ほうふくぜっとう［抱腹絶倒］(名・自サ) 捧
腹大笑。

ぼうふざい［防腐剤］(名) 防腐劑。

ほうふつ［仿佛・髣髴］(副・自サ) 彷彿, 模
糊。△なき母のおもかげが～としてくる／亡
母的面影彷彿出現在眼前。△きりのなかに山
頂が～として見えた／霧中模糊看到山頂。

ほうぶつせん［放物線］(名)〈數〉拋物綫。

ぼうふら (名)〈動〉子孓。△～がわく／生子孓。

ほうぶん［邦文］(名) 日文。↔ 欧文

ほうぶん［法文］(名) 法令條文。

ほうへい［砲兵］(名) 炮兵。

ぼうへき［防壁］(名) 屏障, 防禦物。△～をき
ずく／修築防禦物。

ぼうべに［棒紅］(名)(棒狀) 口紅。

ほうべん［方便］(名) 權宜之計, 臨時措施。
△それは一時の～に過ぎぬ／那不過是權宜之
計。△うそも～／説謊也是權宜之計。

ぼうぼ［亡母］(名) 亡母。

ほうほう［方法］(名) 方法, 辦法。△打開の～
を探る／尋找打開局面的方法。△その外に～
はない／此外沒有辦法。

ほうぼう［方方］(名) 到處, 四處。△～から投
書が殺到した／意見書從四面八方紛紛寄來。

ほうぼう［蜂房］(名) 蜂巢, 蜂房。

ほうぼう［鮄鰰］(名)〈動〉鮄鰰, 綠鰭魚。

ぼうぼう［某某］(名) 某某, 某人。

ぼうぼう［茫茫］(形動トタル) 茫茫。△～たる
大海原／茫茫大海。

ぼうぼう (副) ① (毛髮, 草等) 蓬蓬, 蓬亂。△草
が～としげる／雜草叢生。② (火) 熊熊 (燃
燒)。△火が～と燃えている／火熊熊燃燒。

ほうほうのてい［ほうほうの体］(名) 驚慌失
措 (逃跑)。△～で逃げ出す／狼狽逃跑。

ほうほうろん［方法論］(名) 方法論。

ほうぼく［放牧］(名・他サ) 放牧。△～地／牧
場。

ぼうまい［亡妹］(名) 亡妹。

ほうまつ［泡沫］(名) 泡沫。△～候補／無望當
選的候選人。

ほうまん［放漫］(名・形動) 隨便, 散漫。△～
な経営のため倒産した／由於經營隨便倒閉
了。△～財政／紊亂的財政。

ほうまん［豊満］(形動) 豐滿, 豐腴。△～な肉
体／豐滿的肉體。

ほうみょう［法名］(名)〈佛教〉法名, 戒名。

ほうむしょう［法務省］(名) 法務省。

ほうむだいじん［法務大臣］(名) 法務大臣,
司法部長。

ほうむ・る［葬る］(他五) ① 埋葬。△なきが
らを～／埋葬遺骸。② 掩蓋。△闇から闇
に～／徹底掩蓋歼於無形。③ 拋棄。△社会か
ら～られる／被社會拋棄。

ほうめい［芳名］(名) 芳名。△～簿／芳名簿。

ぼうめい［亡命］(名・自サ) 亡命, 流亡。△～
者／流亡者。

ほうめん［方面］(名) 方面, 領域。△関西～へ
出張する／去關西一帶出差。△将来はどちら
の～へ進みたいと思いますか／將來您想專攻
哪一方面？

ほうめん［放免］(名・他サ) 釋放, 放掉。△無
罪～となる／被無罪釋放。

ほうもう［法網］(名) 法網。△～をくぐる／鑽
法律空子。

ほうもつ［宝物］(名) 寶物。

ほうもん［砲門］(名) 炮口。△～を開く／開炮。

ほうもん［訪問］(名・他サ) 訪問, 拜訪。△昨
日Ａ氏の～を受けた／昨天Ａ先生來訪了。
△～客／來訪的客人。

ほうもんぎ［訪問着］(名) 簡便婦女和服禮服。

ぼうや［坊や］(名)(對男孩的愛稱) 寶寶, 小
弟弟。△～は, よい子だ, ねんねしな／好寶
寶, 快睡覺。

ほうやく［邦訳］(名・他サ) 譯成日文, 日譯
本。△この本はまだ～されていない／這部書
還沒有譯成日文。

ほうゆう［朋友］(名)〈文〉朋友。

ぼうゆう［亡友］(名) 亡友。

ほうよう［包容］(名・他サ) 包容, 容納。△異
なった意見を～する／容納不同的意見。△～
力のある人／寛宏大量的人。

ほうよう［法要］(名)〈佛教〉法事, 佛事。△～
をいとなむ／作佛事。

ほうよう［抱擁］(名・他サ) 擁抱。△母と子が
相～する／母子互相擁抱。

ぼうよう［茫洋］(形動トタル) 汪洋。△～たる
海原／汪洋大海。

ぼうようのたん［亡羊の嘆］(連語) 亡羊之嘆。

ぼうよみ［棒読み］(名・他サ) 乾巴巴地唸。

ほうらい [蓬莱] (名) ①（中國傳説中的）蓬莱山。②（台灣；富士山的異稱）蓬莱。

ぼうらく [暴落] (名・自サ)〈經〉暴跌，猛跌。△株価が～する／股票暴跌。↔暴騰

ほうらつ [放埒] (名・形動) 放蕩，放縱。△～な生活をする／生活放蕩。

ほうらん [抱卵] (名・自サ) 孵卵。△～期／孵卵期。

ぼうり [暴利] (名) 暴利。△～をむさぼる／牟取暴利。

ほうりあ・げる [放り上げる] (他下一) 向上抛（扔）。△ボールを高く～／把球高高向上抛。

ほうりこ・む [ほうり込む] (他五) 投進去，扔進去。△洗たく機に洗たく物を～／把要洗的衣物扔進洗衣機。

ほうりだ・す [ほうり出す] (他五) ① 扔出去。△外へ～／扔到外邊。② （中途）扔開，丟下。△仕事を～／丟下工作。③ 抛棄，抛下。△子どもを～して外出する／抛下孩子不管外出。

ほうりつ [法律] (名) 法律。△～を守る／守法。△～に訴える／訴諸法律。

ぼうりゃく [謀略] (名) 謀略，策略。△～をめぐらす／謀劃策略。

ほうりゅう [放流] (名・他サ) ① 放（魚苗）。② 放出（堵住的水）。

ぼうりゅう [傍流] (名) ①（河的）支流。② 旁系。

ほうりょう [豊漁] (名) 捕魚豐收。

ぼうりょく [暴力] (名) 暴力，武力。△～に訴える／訴諸武力。△～を振う／動武。

ぼうりょくだん [暴力団] (名) 暴力團（日本黑社會組織）。

ボウリング [bowling] (名)〈體〉保齡球。

ほう・る [放る] (他五) ① 抛，扔。△石を～／扔石頭。② （中途）丟下，抛下。△宿題を～ったままで遊びに行く／把作業扔到一邊去玩。

用法提示 ▼
中文和日文的分別
中文有"攔、放"的意思；日文表示"扔向遠方"。
常見搭配：廢棄物，小東西，服裝等。
1. 吸（す）い殻（がら）、空（あ）き缶（かん）
2. ボール、釣（つ）り銭（せん）
3. 上着（うわぎ）、帽子（ぼうし）、タオルを放る

ボウル [bowl] (名) 碗，鉢。

ほうるい [堡塁] (名) 堡壘。

ほうれい [法令] (名) 法令。

ほうれい [法例] (名) 法例，法律適用的例子。

ぼうれい [亡霊] (名) ① 亡靈，亡魂。② 幽靈。△～にとりつかれる／叫鬼魂纏住了。

ぼうれい [暴戻] (名・形動) 暴戾。

ほうれつ [放列] (名) 排成一排。△大砲の～をしく／把大砲排成一排。△カメラの～の前で記者会見が始まった／在一大排攝影機前開始了記者招待會。

ほうれんそう (名)〈植物〉菠菜。

ほうろう [放浪] (名・自サ) 流浪。△諸国を～する／到處流浪。△～癖／流浪成性。

ほうろう [琺瑯] (名) ⇨エナメル

ぼうろう [報労] (名) 酬勞。△～金／酬勞金。

ぼうろう [望楼] (名) 瞭望塔。

ほうろうしつ [琺瑯質] (名)（牙的）琺瑯質。

ほうろく [焙烙] (名) 沙鍋。

ぼうろん [暴論] (名) 謬論。△～を吐く／發謬論。

ほうわ [法話] (名)〈佛教〉説法。

ほうわ [飽和] (名・自サ) ①〈化〉飽和。② 極限，飽和。△ A 市の人口は～状態に達した／A 市的人口已經達到了飽和狀態。

ポエジー [法 poésie] (名) ① 詩。② 作詩。③ 詩意。

ほえた・てる [吠え立てる] (自下一) 狂吠，怒吼。

ポエット [poet] (名) 詩人。

ほえづら [吠え面] (名) 哭喪臉，哭時的臉。△～をかく／哭鼻子。

ポエム [poem] (名) 詩。

ほ・える [吠える・吼える] (自下一)（狗、野獸等）吠，叫，吼。△犬がわんわん～／狗汪汪地叫。

ほお [朴] (名)〈植物〉朴樹。

ほお [頬] (名) 頰，臉蛋兒。△～がこける／兩頰消瘦。△～を赤らめる／兩頰緋紅。

ポー [Edgar Allan Poe]〈人名〉愛倫・坡 (1809-1849)。美國詩人，小説家。

ボーイ [boy] (名) ① 男孩。△～スカウト／童子軍。△～フレンド／男朋友。② 男服務員。

ボーイッシュ [boyish] (形動) 男孩式的。

ポーカー [poker] (名) 撲克牌一種玩法。

ポーカーフェース [poker face] (名) 無表情的臉。

ほおがおちそう [頬が落ちそう] (連語) 非常好吃。

ほおかぶり [頬被り] (名・他サ) ① 把頭、臉包起來。② 裝糊塗。△～をきめこむ／佯裝不知。

ボーカリスト [vocalist] (名) 聲樂家，歌唱家。

ボーカル [vocal] (名)〈樂〉樂團中的）歌唱者，聲樂。△リード～／領唱者。

ボーキサイト [bauxite] (名) 礬土，鋁土礦。

ボーク [balk] (名)（棒球）投手犯規。

ボーグ [vogue] (名) 流行，風行，時髦。

ポーク [pork] (名) 豬肉。△～カツ／炸豬排。

ボークライン [balk line] (名)〈體〉（田賽）起跳綫，限制綫。

ポーション [portion] (名) 部分，應得的份，分配額。

ほおじろ [ほお白] (名)〈動〉黄道眉（鳥）。

ホース [hose] (名) 軟管，膠皮管，水龍帶。

ポーズ [pause] (名) ① 休止，停頓。②〈樂〉休止符。

ポーズ [pose] (名) ①（照像等的）姿勢。△～

をとる／擺姿勢。② 裝模作樣。△わざとらしい～を作る／故作姿態。

ホースアウト [force-out]（名）(棒球) 封殺出局。

ほおずき [酸漿]（名）〈植物〉酸漿。

ポーズキー [pause key]（名）〈IT〉暫停鍵。

ホースパワー [horse power]（名）〈理〉馬力。

ほおずり [ほお擦り]（名・自サ）貼臉。△子供を抱きしめて～する／抱在懷裏臉貼臉地親孩子。

ホースレース [horse race]（名）賽馬。

ポーセリン [porcelain]（名）瓷器，瓷器製品。

ボーダーライン [border line]（名）① 界綫，分界綫。② 兩可之間的界綫。△～ケース／模棱兩可。

ボーダーレス [borderless]（ダナ）沒有國界的，沒有界限的。

ボーダーレスボーダレス [border less]（名）無國界，無國境，超越國界，超越國境。△経済の～化／經濟的全球化。△～型犯罪／跨國犯罪。

ボータイ [bow tie]（名）蝴蝶結領帶。

ポータブル [portable]（名）便攜式，手提式。△～ラジオ／手提式收音機。

ポータルサイト [portal site]（名）〈IT〉門戶網站，門戶站點。

ポーチ [porch]（名）(西式建築) 門廊。

ほおづえ [頰杖]（名）托腮，以手托臉。△～をついて考え込む／手托下巴沉思。

ボーディングカード [boarding card]（名）登機牌。

ホーデン [Hoden]（名）睪丸。

ボート [boat]（名）小船。△～レース／划船比賽。△救命～／救生艇。

ポート [port]（名）〈IT〉埠，介面。

ポートアイランド [port-island]（名）港灣人工島。

ボードゲーム [board game]（名）棋類遊戲的總稱。

ポートタウン [port town]（名）〈經〉港區，港市。

ポートレート [portrait]（名）肖像，肖像畫。

ボードレール [Charles Baudelaire]〈人名〉波德萊爾 (1821-1867)。法國詩人。

ポートワイン [port wine]（名）紅葡萄酒。

ボーナス [bonus]（名）定期津貼，獎金。

ホーバークラフト [hovercraft]（名）氣墊船。

ホーバートレーン [hovertrain]（名）氣墊火車。

ほおば・る [ほお張る]（他五）大口吃。△御飯を～／大口吃飯。

ほおひげ [頰髭]（名）連鬢鬍子。△～をたくわえる／留連鬢鬍子。

ホープ [hope]（名）被寄以希望的人。△マラソンの～／馬拉松界所矚望的人。

ポープ [pope]（名）〈宗〉羅馬教皇。

ほおべに [頰紅]（名）胭脂。△～をさす／搽胭脂。

ポーポー [papaw]（名）〈植物〉番木瓜樹，番木瓜。

ほおぼね [ほお骨]（名）頰骨，顴骨。△～の張った人／顴骨突出的人。

ホーマー [homer]（名）(棒球) 本壘打。

ホーマー [Homeros]〈人名〉⇨ホメロス

ホーム [platform]（名）("プラットホーム"之略) (車站的) 月台。

ホーム [home]（名）① 家，家庭。② (養老院，孤兒院等設施) 院。△老人～／養老院。③ (棒球) 本壘 ("ホームベース"之略)。△～をふむ／踏上本壘。

ホームイン [home in]（名・自サ）(棒球) 回到本壘。

ホームエコノミックス [home economics]（名）家政學，家政學指導 (或實踐)。

ホームグラウンド [home grounds]（名）(棒球) (本隊的) 球場。

ホームシアター [home theater]（名）家庭影院。

ホームシック [homesick]（名）思鄉病。△～にかかる／害思鄉病。

ホームスチール [homesteal]（名）(棒球) 盜本壘。

ホームスティ [home stay]（名）(為學習語言等) 住在外國普通家庭 (一個時期)。

ホームドクター [home doctor]（名）家庭醫生。

ホームドラマ [home drama]（名）(以家庭生活為題材的) 家庭劇。

ホームページ [home page]（名）〈IT〉主頁，主網頁。△會社の～にアクセスする／訪問公司的主頁。△～アドレス／主頁網址。

ホームベース [home base]（名）(棒球) 本壘。

ホームヘルパー [home helper]（名）家庭服務員，家政工作者。

ホームヘルプサービス [home help service]（名）家庭服務 (企業等僱用的家庭服務員幫助職工照料家務或老人等)。

ホームラン [home run]（名）(棒球) 本壘打。

ホームルーム [home room]（名）(學校) 班會。△この問題は～の時間に話し合おう／這個問題在班會上討論吧。

ホームレス [homeless]（名）無家可歸的人，流浪者。

ホームワーカー [home worker]（名）(利用電腦網絡) 在家工作的人。

ポーラータイ [polar tie]（名）細條領帶。

ポーランド [Poland]〈國名〉波蘭。

ボーリング [boring]（名・自サ）(地質) 鑽探，鑽孔。

ポーリング [polling]（名）〈IT〉查詢，詢問。

ホール [hall]（名）① 大廳。△ダンス～／舞廳。② 會館。△市民～／市民會館。

ボール [ball]（名）① 球。② (棒球) 壞球。

ボール [bowl]（名）(餐具) 鉢，碗，盆。

ポール [pole]（名）① 竿，柱。△トーテム～／圖騰柱。② (電車的) 觸電杆。

ボールがみ [ボール紙]（名）紙板，馬糞紙。

ポールジャンプ [pole jump]（名）〈體〉撐竿兒跳。

ほ
ホ

ホールター [halter]（名）女三角背心。

ホールタードレス [halter dress]（名）無袖連衣裙。

ボールダンシング [ball dancing]（名）交際舞。

ホールディング [holding]（名）①（排球）持球。②（足球、籃球）拉人犯規。

ホールド [hold]（名）①抓，支撐。②抓手。

ボールド [bolt]（名）⇒ボルト

ボールド [bold]（名）〈IT〉①黑板。②粗體字。

ホールドアップ [hold up]（名）①（命令）舉起手來。②攔路搶劫。

ボールばん [ボール盤]（名）鑽牀。

ボールベアリング [ball bearing]（名）滾珠軸承。

ボールペン [ball pen]（名）圓珠筆。

ボールミル [ball mill]（名）球磨機。

ボールルーム [ball room]（名）舞廳。

ほおをふくらます [頬を膨らます]（連語）氣鼓鼓的。

ほおん [保温]（名・自サ）保温。△この容器は～がよい／這件容器保温良好。

ホーン [horn]（名）①（動物的）角，茸角。②羊角號，號角。③汽車喇叭。

ボーン [bone]（名）骨頭。

ポーン [pawn]（名）〈經〉典當，抵押，扣押。

ボーンアゲイン [born-again]（名）重生，再生，復活，再生。

ポーンショップ [pawn shop]（名）當鋪。

ボーンヘッド [bonehead]（名）①笨蛋，傻瓜。②失誤的發球。

ほか [外・他]（名）①別處。△～をさがす／另找地方。△～へ行く／去別的地方。→よそ②別外，別的，其他。△～の人／別人。△～のこと／別的事情。△～でもない／不是別的，正是…。△～に用がなければ私は帰ります／要是沒有別的事，我就回去了。△それは思案の～だった／那真出乎意料。

ほか（副助）（後接否定語）只好，只有。△やると言ったからには、やる～ない／既然説幹就只好幹了。△彼より～知っている者はいない／除他之外沒人知道。→しか

ほかい [補回]（名）（棒球在第九局比賽尚不能決定勝負時）延長。

ほかく [捕獲]（名・他サ）捕獲。△鯨を～する／捕獲鯨魚。△敵艦２隻を～した／俘獲兩艘敵艦。

ほかく [補角]（名）〈數〉補角。

ほかげ [帆影]（名）帆影，遠帆。

ほかげ [火影]（名）①燈光，火光。△港の～が見えてきた／港口的燈光映入眼簾。②燈影。

ほかけぶね [帆掛け船]（名）帆船。

ぼか・す（他五）①使（顔色）模糊，濃淡不清。△絵の背景を～／把畫的背景弄模糊。②含糊，曖昧。△返答を～／回答含糊其辭。

ほかならない [他ならない]（連語）①不外，無非，正是。△今回の成果は、つらい練習にたえぬいた忍耐の結果に～／這次的成果是堅持不懈練習的結果。②（用於句首，也作“ほ

かならぬ”）既然是。△～あなたのことだから引き受けない訳にはいかない／既然是您的事情，我不能不答應。

ほかほか（副・自サ）熱乎乎的。△日に干したので布団が～になった／被曬得暖烘烘的。

ぽかぽか（副）①暖烘烘。△～した春先の一日／暖烘烘的初春的一天。②劈劈啪啪（地打）。△～と殴られた／被劈劈啪啪地打了一頓。

ほがらか [朗らか]（形動）①明朗，開朗，爽朗。△～な性格／開朗的性格。△～な笑い声／爽朗的笑聲。②晴朗。△～な秋空／秋季晴空。

ほかん [保管]（名・他サ）保管。△財産を～する／保管財産。

ぼかん [母艦]（名）母艦。△航空～／航空母艦。

ぽかんと（副）①（敲打，裂開）啪嚓。②張嘴貌。△～口をあけている／張着大嘴。③發獃貌。△～していないでさっさと仕事をしなさい／別發獃了，快工作吧！

ほき [補記]（名・他サ）補記，補寫。

ぼき [簿記]（名）簿記。△複式～／複式簿記。

ボギー [bogey]（名）（高爾夫球）（比每穴標準打數）超一擊。

ボキャブラリー [vocabulary]（名）語彙，詞彙。

ほきゅう [捕球]（名・他サ）（棒球）接球。

ほきゅう [補給]（名・他サ）補給，補充。△弾薬を～する／補給彈藥。

ほきゅうきん [補給金]（名）補給金。

ほきょう [補強]（名・他サ）增強，加強，加固。△橋を～する／加固橋樑。△チームを～する／加強隊力。

ぼきん [募金]（名・他サ）募捐。△道行く人に～を呼び掛ける／向行人募捐。

ほきんしゃ [保菌者]（名）〈醫〉帶菌者。

ぼく [僕]（代）①（男人自稱）我。②大人對男幼兒招呼時用。△～、いくつ／小朋友，幾歲了？

ほくい [北緯]（名）〈地〉北緯。△～35度／北緯三十五度。↔ 南緯

ほくおう [北欧]（名）〈地〉北歐。

ほくが [北画]（名）〈美術〉（中國畫一派）北畫，北宗畫。↔ 南画

ほくげん [北限]（名）（生物分佈的）北方界限。

ボクサ [boxer]（名）拳擊運動員。

ぼくさつ [撲殺]（名・他サ）打死。△野良犬を～／打死野狗。

ぼくし [牧師]（名）〈宗〉牧師。

ぼくしゃ [卜者]（名）算卦先生。

ぼくしゃ [牧舎]（名）畜欄，畜舍。

ぼくしゅ [墨守]（名・他サ）墨守，固執。△旧習を～する／墨守成規。

ぼくじゅう [墨汁]（名）墨汁。

ぼくじょう [北上]（名・自サ）北上。△台風は～しつつある／颱風逐漸北上。↔ 南下

ぼくじょう [牧場]（名）牧場。

ぼくしん [牧神]（名）（希臘神話）牧羊神。

ボクシング [boxing]（名）〈體〉拳擊。

ほぐ・す (他五) ① 解開，拆開。△もつれた糸を〜／理開亂綫。② 揉開，緩和。△かたのこりを〜／揉鬆發板自肩。△緊張を〜／緩和緊張的情緒。

ぼく・する [トする] (他サ) ① 占卜。△運命を〜／算命。② 選定。△居を〜／卜居。

ほくせい [北西] (名) 西北。△〜の風／西北風。

ぼくせき [木石] (名) 木石。△人は〜ではない／人非草木，孰能無情。

ぼくせき [墨跡] (名) 墨跡，筆跡。

ぼくそう [牧草] (名) 牧草。

ほくそえ・む [ほくそ笑む] (自五) 暗笑，暗喜。△彼はしてやったりと〜んだ／他覺得正中下懷暗自稱快。

ぼくたく [木鐸] (名) 木鐸，先導。△社会の〜となる／為社會之先導。

ほくたん [北端] (名) 北端。

ほくち [火口] (名) (燧石打火用) 火絨。

ぼくちく [牧畜] (名) 畜牧。△〜業／畜牧業。

ほくちょう [北朝] (名)〈史〉北朝 (指十四世紀足利尊抗吉野在京都建立的朝廷)。

ぼくてき [牧笛] (名) 牧笛。

ほくとう [北東] (名)△〜の風／東北風。

ぼくとう [木刀] (名) 木刀，木劍。

ぼくどう [牧童] (名) 牧童，牧人。

ほくとしちせい [北斗七星] (名)〈天〉北斗七星。

ぼくとつ [朴訥・木訥] (形動) 木訥。△〜な性格／木訥寡言的性格。

ぼくねんじん [朴念仁] (名) 木頭人，死性人。△おまえのよう〜に何がわかる／你這樣的木頭人懂得甚麼。

ほくぶ [北部] (名) 北部。

ほくふう [北風] (名) ⇨きたかぜ

ほくべい [北米] (名) 北美洲。↔南米

ほくほく (副・自サ) ① 喜沖沖，喜笑顏開。△お年玉をたくさんもらって，〜している／得到很多壓歲錢，喜笑顏開。② (蒸後的薯類) 又軟又麵。△このさつま芋は〜しておいしい／這白薯又軟又麵很好吃。

ほくほくせい [北北西] (名) 西北偏北。

ほくほくとう [北北東] (名) 東北偏北。

ぼくめつ [撲滅] (名・他サ) 撲滅，消滅。△蚊と蠅を〜する／撲滅蚊蠅。△がんを〜する／消滅癌症。

ほくめんのぶし [北面の武士] (名) 古時警衛太上皇宮的武士。

ほくよう [北洋] (名) 北洋。△〜漁業／北洋漁業。↔南洋

ほくりく [北陸] (名) 北陸 (指福井、富山、石川、新潟四縣)。

ほぐ・れる (自下一) ① (纏繞在一起的東西) 解開。△糸のもつれがやっと〜れた／好容易理好了亂綫。② 鬆緩，舒暢。△肩のこりがなかなか〜れない／發板的肩膀怎麼也輕鬆不了。△気分が〜／心情舒暢。

ほくろ [黒子] (名) 痣，黑痣。△なき〜／眼下的黑痣。

ぼけ [惚] (名) 昏職，糊裏糊塗。△〜がくる／(老) 糊塗了。△寝〜／睡矇了。△戦争〜／被戰爭弄呆了。

ぼけ [木瓜] (名)〈植物〉木瓜。

ほげい [捕鯨] (名) 捕鯨。△〜船／捕鯨船。

ぼけい [母系] (名) ① 母方血統。② 母系。△〜社会／母系社會。↔父系

ぼけい [母型] (名)〈印刷〉字模。

ほけきょう [法華経] (名)〈佛教〉法華經。

ほげた [帆桁] (名) (船) 帆桁，帆架。

ほけつ [補欠] (名) 補缺 (者)。△〜選挙／補缺選舉。△〜選手／替補選手。

ほけつ [補血] (名・自サ) 補血。△〜剤／補血劑。

ぼけつ [墓穴] (名) 墓穴。△〜を掘る／自掘墳墓。

ポケッタブル [pocketable] (形動) 袖珍，可裝在衣袋裏的。

ポケット [pocket] (名) 衣袋，口袋。△〜ブック／袖珍本。△〜マネー／零用錢。

ぼ・ける [呆ける・惚ける] (自下一) ① (因年老等) 糊塗。△頭が〜けた／腦袋糊塗了。② (形狀、顏色等) 模糊。△ピントが〜／焦點模糊。

ほけん [保健] (名) 保健。△〜衛生／保健衛生。

ほけん [保険] (名) ① 保險。△〜に入る／加入保險。△〜会社／保險公司。△〜金／保險金。△生命〜／人壽保險。② (“健康保険”之略) 健康保險。

ぼけん [母権] (名) 母權。△〜制時代／母權社會時代。

ほけんきゅうしょう [保険求償] (名)〈經〉保險索賠。

ほけんしつ [保健室] (名) (學校、公司等) 保健室，醫務室。

ほけんじょ [保健所] (名) 保健站。

ほけんしょう [保険証] (名) 健康保險證，醫療證。

ほけんりょう [保険料] (名)〈經〉保費，保險費。

ほこ [矛] (名) 矛。△〜をおさめる／停戰，收兵。

ほご [反故・反古] (名) 廢紙，廢物。△そんな証文は〜同然だ／那種字據如同一張廢紙。△約束を〜にする／違背諾言。

ほご [保護] (名・他サ) 保護。△自然を〜する／保護自然。△〜をうける／受保護。△〜をあたえる／給予保護。

ほご [補語] (名)〈語〉補語。

ぼご [母語] (名) ① (最初學會的語言) 母語。② (語系的) 母語。

ほこう [歩行] (名・自サ) 步行，走路。△〜者優先／先行者優先。

ほこう [補講] (名) 補講，補課。

ぼこう [母校] (名) 母校。

ぼこう [母港] (名) 母港，船籍地。

ほ
ホ

ぼこく［母国］(名) 祖國。△〜語／母語。

ほこさき［矛先］(名) 矛頭，鋒芒。△〜を政府に向ける／把矛頭指向政府。△〜を交える／交鋒。

ほごしゃ［保護者］(名) 保護人，監護人。

ほごしょく［保護色］(名)(動物的) 保護色。

ほごちょう［保護鳥］(名) 保護鳥，禁捕鳥。

ほごぼうえき［保護貿易］(名)〈經〉保護貿易。↔ 自由貿易

ほこら［祠］(名) 祠堂，小廟。

ほこらか［誇らか］(形動) 自豪。△〜に独立を宣言する／自豪地宣佈獨立。

ほこらし・い［誇らしい］(形) 驕傲，自豪。△代表に選ばれて〜く思う／被選為代表感到驕傲。

ほこり［埃］(名) 塵土，灰塵。△〜だらけになる／弄得滿是灰塵。△〜をかぶる／落上灰塵。

ほこり［誇り］(名) 自豪，驕傲。△〜を持つ／感到自豪。△〜をきずつける／傷害自尊心。△母校の〜／母校的驕傲。

ほこりっぽ・い［埃っぽい］(形) 滿是灰塵

ほこ・る［誇る］(自五) 自豪，驕傲，誇耀。△家がらを〜／為家世自豪。△才能を〜／誇耀才能。

ほころば・せる［綻ばせる］(他下一) 使綻開，使張開。△嬉しさに口元を〜せた／高興得開口微笑。

ほころび［綻び］(名) 開綻，綻縫。△着物の〜を繕う／縫上開綻的衣服。

ほころ・びる［綻びる］(自下一) ① 開綻，開綻。△縫目が〜／開綻了。② 微微張開。△口元が〜／開口微笑。△桜の蕾が〜び始めた／櫻蕾初綻。

ほさ［補佐］(名・他サ) 輔佐。△部長を〜する／協助部長工作。△課長〜／副科長。

ぼさい［募債］(名・自サ)〈經〉募集公債。

ほさき［穂先］(名) 芒，尖。△麦の〜／麥芒。△筆の〜／毛筆尖。

ほざ・く (他五)〈俗〉胡説。△つべこべ〜な／別胡説八道。

ぼさつ［捕殺］(名・他サ) 捕殺。

ぼさつ［菩薩］(名)〈佛教〉菩薩。△観音〜／觀音菩薩。

ぼさぼさ (副・自サ) ① 頭髮蓬亂。△髮を〜にしている／頭髮蓬亂。② 發獃。△何をそんな所で〜しているのだ／你在那兒發甚麽呆？

ぼさん［墓参］(名・自サ) 上墳，掃墓。

ほし［星］(名) ① 星，星星。△〜がまたたく／星光閃爍。△〜移り物変る／物換星移。△〜印／星記號。② (星相) 命運。△しあわせな〜のもとに生まれる／生來命好。③ (作為搜捕對象的) 犯人。△〜をあげる／逮捕罪犯。④ (相撲) (表示勝負的) 點。△白〜／勝點。△黒〜／負點。

ほじ［保持］(名・他サ) 保持。△一位を〜する／保持第一。

ぼし［母子］(名) 母子。△〜家庭／母子家庭。

↔ 父子

ポジ［positive］(名)("ポジティブ"之略)(照像) 正片。↔ ネガ

ほしあかり［星明かり］(名) 星光。

ほし・い［欲しい］(形) ① 想要，希望得到。△水が〜／想喝水。② (以"…して欲しい"的形式，表示) 要求，希望。△早く返てし〜／希望早點還給我。

ほしいまま (形動) 任意，肆意，恣意。△〜にふるまう／肆無忌憚。△権力を〜にする／專權。

ほしうらない［星占い］(名) 占星，占星術。

ほしがき［干柿］(名) 柿餅。

ほしかげ［星影］(名) 星光。△〜さやかな夜／星光明亮之夜。

ほしが・る［欲しがる］(他五) 想要。△子供がお菓子を〜／孩子想吃點心。

ほしくさ［干草］(名) (飼料用) 乾草。

ほしくず［星屑］(名) 羣星。

ほじく・る (他五) ① 挖，摳。△鼻を〜／摳鼻子。② 刨根問底，挑剔。△人のあらを〜／挑別人的毛病。

ポジション［position］(名) ① (球類運動員的) 位置。△〜につく／就位。② 地位，職位。

ポジションペーパー［position paper］(名) 意見書。

ほしじるし［星印］(名) 星號，星徽。

ほしぞら［星空］(名) 星空。

ポジチビスト［positivist］(名)〈哲〉實證主義者，實證論者。

ポジチビズム［positivism］(名)〈哲〉實證主義，實證論者。

ポジチブ［positive］(名・形動) ⇨ポジティブ

ほしづきよ［星月夜］(名) (也讀"ほしづくよ") 星光明亮的夜晚。

ポジティブ［positive］Ⅰ (名)〈攝影〉正片，正片膠片。Ⅱ (形動) 積極的，肯定的。

ほしとりひょう［星取表］(名) (相撲) 得分表。

ポジトロニウム［positronium］(名)〈化〉電子偶素，陽電子素。

ポジトロン［positron］(名)〈理〉陽電子，正電子。

ポシビリティー［possibility］(名) 可能性。

ほしぶどう［干葡萄］(名) 葡萄乾兒。

ほしまつり［星祭り］(名) ⇨たなばた

ほしめ［星目・星眼］(名)〈醫〉白翳。

ほしめい［墓誌銘］(名) 墓誌銘。

ほしもの［干物］(名) ① 曬乾的東西。② (洗後) 晾曬的衣服。△〜をする／曬衣服。

ほしゃく［保釈］(名・他サ)〈法〉保釋。△〜金／保釋金。

ほしゅ［保守］(名・他サ) ① 保守。△彼は〜的だ／他很保守。△〜主義／保守主義。△〜党／保守黨。② (機器等) 保養。△機械を〜する／保養機器。

ほしゅ［捕手］(名) (棒球) 接 (球) 手。

ほしゅう［補修］(名・他サ) 修補。△家屋を〜する／修補房屋。

ほしゅう［補習］（名・他サ）補習，補課。△生徒に～をする／給學生補課。

ほじゅう［補充］（名・他サ）補充。△欠員を～する／補充空缺。

ぼしゅう［暮秋］（名）暮秋，晩秋。

ぼしゅう［募集］（名・他サ）募集，招募。△生徒を～する／招生。

ぼじゅう［母獣］（名）母獣。

ほしゅてき［保守的］（形動）保守的。△～見解／保守的見解。

ぼしゅん［暮春］（名）暮春，晩春。

ほじょ［補助］（名・他サ）補助。△生活費を～する／補助生活費。△～金／補助費。

ぼしょ［墓所］（名）墳場，墓地。

ほしょう［歩哨］（名）步哨，哨兵。△～に立つ／站崗。

ほしょう［補償］（名・他サ）補償，賠償。△損害を～する／補償損失。△～金／補償費。

ほしょう［保証］（名・他サ）保證，擔保。△彼の人は私が～する／他的為人我可以擔保。△このカメラは1年間の～付です／這架照相機保修一年。

ほしょう［保障］（名・他サ）保障。△生活を～する／保障生活。△安全～／安全保障。

ぼじょう［慕情］（名）戀慕之情。△心に～をいだく／心懷戀慕之情。

ほしょうぼうえき［補償貿易］（名）〈經〉補償貿易。

ほじょかへい［補助貨幣］（名）〈經〉輔幣。

ほしょく［補色］（名）〈美術〉補色。

ほしょく［捕食］（名・他サ）捕食。△動物を～する／捕食動物。

ぼしょく［暮色］（名）暮色。△～迫る頃／薄暮時分。

ほじょどうし［補助動詞］（名）〈語〉補助動詞。

ほじ・る（他五）⇨ほじくる

ほしん［保身］（名）保身。△～の術にたけた人／善於明哲保身的人。

ほ・す［干す］（他五）① 曬，晾，曬乾。△ふとんを～／曬被褥。② （把池水等）弄乾，淘乾。△池の水を～／把池水弄乾。③ 喝乾。△まあ1杯～したまえ／先乾一杯吧。④ （常用被動形式）被冷落。△あの歌手は～されている／那個歌手受到冷落。

ボス［boss］（名）頭目，頭子，魁首。

ほすう［補数］（名）〈數〉補数。

ぼすう［母数］（名）〈數〉參数，總體參数。

ポスター［poster］（名）廣告畫，宣傳畫，海報。

ポスターカラー［poster color］（名）廣告色。

ポスティッシュ［postiche］（名）假髪。

ホステス［hostess］（名）① （宴會的）女主人。② （酒吧、夜總會等的）女招待員。↔ ホスト

ホステル［hostel］（名）（為青年旅行設的）招待所。

ホスト［host］（名）（宴會的）男主人。↔ ホステス

ホスト［host］（名）〈IT〉（ホストコンピューター”的縮略語）主機。

ポスト［post］（名）① 郵筒，信箱。② 職位。△重要な～につく／就重要職位。

ホストコンピューター［host computer］（名）〈IT〉主機，主電腦。

ホストファミリー［host family］（名）接待外國留學生的家庭。

ポストロジー［postology］（名）（與未來學相對的）過去學。

ボストンバッグ［Boston bag］（名）（旅行用）手提包，旅行袋。

ホスホニウム［phosphonium］（名）〈化〉磷。

ほせい［補正］（名・他サ）補正，補充。△誤差を～する／修正誤差。△～予算／補充預算。

ぼせい［母性］（名）母性。↔ 父性

ぼせいあい［母性愛］（名）母愛。↔ 父性愛

ほぜいく［保税区］（名）〈經〉保税區。

ほぜいそうこ［保税倉庫］（名）〈經〉保税倉庫。

ほぜいそうこわたし［保税倉庫渡し］（名）〈經〉關倉交貨。

ぼせき［墓石］（名）墓石，墓碑。

ほせつ［補説］（名）補充説明。

ほせん［保線］（名）（鐵路）養路。△～係／養路工。

ほぜん［保全］（名・他サ）保全。△領土を～する／保全領土。

ぼせん［母船］（名）母船，加工船。△捕鯨～／捕鯨母船。

ぼぜん［墓前］（名）墓前。△～に花を供える／在墓前供花。

ほぞ［臍］（名）（“へそ”的舊稱）臍。△～をかためる／下決心。△～をかむ／悔之莫及。

ほそ・い［細い］（形）① 細。△～糸／細綫。△目を～くして笑う／瞇着眼睛笑。② 微小，微弱。△食が～／飯量小。△神経が～／神經過敏。△線が～／沒氣魄，度量小。③ （聲音）細。

ほそう［舗装］（名・他サ）（用柏油、混凝土等）鋪着面。△～道路／柏油路。

ほそうで［細腕］（名）細瘦無力的胳膊。△女の～で一家を支える／靠女人微薄的力量維持一家生活。

ほそおもて［細面］（名）長臉。△～の美人／瓜子臉的美人。

ほそく［歩測］（名・他サ）步測。△距離を～する／步測距離。

ほそく［捕捉］（名・他サ）捕捉，捉摸。△敵の主力を～する／捕捉敵軍主力。△真意を～しがたい／很難捉摸真意。

ほそく［補足］（名・他サ）補足，補充。△若干の～をする／作些補充。△～説明／補充説明。

ほそじ［細字］（名）細體字。△～用の筆／小楷筆。

ぼそっと（副・自サ）① 發獃。△～立っている／呆呆地站着。② 小聲説話。△～つぶやく／小聲嘟噥。

ほそなが・い［細長い］（形）細長。△～指／細長的手指。

ほそびき［細引き］(名) 細麻繩。

ほそぼそ［細細］(副) 勉勉強強。△～と暮らす／勉強糊口。△店は～ながら続いている／鋪子勉強維持着。

ほそぼそ (副・自サ) 嘰嘰咕咕。△～と話す／嘰嘰咕咕地説。

ほそみ［細身］(名) 細長，瘦長。△～の刀／細長的刀。△～の服／瘦衣服。

ほそみち［細道］(名) 小道，小路。

ほそめ［細め］(名) ① 小縫，窄縫。△戸を～に開ける／把門開個縫兒。② 稍細。△～のズボン／稍瘦的褲子。△～に切る／切得細些。

ほそめ［細目］(名) 瞇縫眼睛。△～を開けてそっと見る／瞇縫着眼睛偷看。

ほそ・める［細める］(他下一) 使細，弄細。△声を～／壓低聲音。△ガスの火を～／把煤氣火擰小。

ほそやか［細やか］(形動) 纖細，苗條。

ポゾラン［pozzolan］(名)〈建〉火山灰水泥。

ほそ・る［細る］(自五) 變瘦，變小，變弱。△心配で身も～思いだ／擔心得人都變瘦了。△夏になると食が～／一到夏天胃口就小。

ほぞん［保存］(名・他サ) 保存。△資料を～する／保存資料。△なま物は～がきかない／生鮮食品不易保存。

ポタージュ［potage］(名) 濃湯。

ぼたい［母体］(名) ① 母 (親的身) 體。△このままでは～が危ない／這樣下去母體危險。② 母體，基礎。△この学校は私塾を～にして生れた／這所學校是在私塾的基礎上建成的。

ぼたい［母胎］(名) 母胎。△～を離れる (出る)／誕生。

ぼだい［菩提］(名)〈佛教〉菩提。△～をとむらう／祈禱冥福。△～心／慈悲心。

ぼだいじ［菩提寺］(名)〈佛教〉家廟。

ぼだいじゅ［菩提樹］(名)〈植物〉菩提樹。

ほださ・れる［絆される］(自下一) 礙於 (情面)，被 (感情) 束縛。△情に～／礙於情面。

ポタシウム［potassium］(名)〈化〉鉀。

ほたてがい［帆立て貝］(名)〈動〉扇貝。

ボタニー［botany］(名) 植物學。

ぽたぽた (副) (水滴等) 吧嗒吧嗒 (滴)。△汗が～流れ落ちる／汗珠吧嗒吧嗒往下淌。

ぼたもち［牡丹餅］(名) (日本式黏糕的一種) 牡丹餅。△棚から～／福自天降。

ぼたやま［ぼた山］(名) (煤礦的) 矸石山。

ぽたり (副) (水滴等滴落貌) 啪嗒。

ほたる［螢］(名)〈動〉螢，螢火蟲。

ほたるいし［螢石］(名)〈礦物〉熒石，氟石。

ほたるび［螢火］(名) 螢火，螢光。

ボタン［botão］(名) 鈕扣，扣子。△～をかける／扣扣子。△～を外す／解扣子。△～穴／扣眼。

ボタン［button］(名) 電鈕。△～を押す／按電鈕。

ぼたん［牡丹］(名)〈植物〉牡丹。

ぼたんゆき［ぼたん雪］(名) 鵝毛雪。

ぼち［墓地］(名) 墓地，墳地。△共同～／公墓。

ホチキス［Hotchkiss］(名) (也作"ホッチキス")

釘書器。

ぼちゃぼちゃ (副) 啪嚓啪嚓 (弄水)。△水溜りを～と歩く／啪嚓啪嚓在水坑裏走。

ぽちゃぽちゃ (副・自サ) ① 啪嚓啪嚓 (弄水)。△～と水をはねる／啪嚓啪嚓地撩水。② 胖乎乎。△丸顔の～した娘／胖乎乎的圓臉姑娘。

ほちゅう［補注］(名) 補註。

ほちゅう［捕虫］(名) 捕蟲。△～網／捕蟲網。

ほちょう［歩調］(名) 步調，步伐。△～を揃えて歩く／步伐整齊地走。△～を取れ！／正步走！△彼ひとり皆と仕事の～が合わない／就他一個人的工作和大家不合拍。

ほちょうき［補聴器］(名) 助聽器。

ぼつ［没］(名) ① 歿。△明治 3 年～／歿於明治三年。② (投稿) 沒被採用。△私の原稿は～になった／我的稿子沒被採用。

ほつい［発意］(名・自サ) ⇨ はつい

ぼっか［牧歌］(名) 牧歌。△～曲／田園曲。

ぼつが［没我］(名) 忘我。△～の境／忘我之境。△～の精神／忘我的精神。

ほっかいどう［北海道］〈地名〉北海道。

ぼっかく［墨客］(名) 墨客。△文人～／文人墨客。

ぼっかてき［牧歌的］(形動) 牧歌式的，田園式的。△～な風景／田園風光。

ほっき［発起］(名・他サ) 發起。△その会社の設立は彼の～による／那家公司是由他發起成立的。△一念～して煙草をやめる／狠下決心戒煙。

ぼっき［勃起］(名・自サ)〈醫〉勃起。

ほっきにん［発起人］(名) 發起人。

ぼっきゃく［没却］(名・他サ) 無視，忘卻，丟掉。△法の精神を～する／無視法律的精神。△己を～して世のために尽す／忘我地為社會服務。

ほっきょく［北極］(名) 北極。△～海／北冰洋。△～熊／北極熊。↔ 南極

ほっきょくけん［北極圏］(名) 北極圈。

ほっきょくせい［北極星］(名) 北極星。

ぽっきり Ⅰ (副) 嘎巴 (折斷)。△枝が～折れた／樹枝嘎巴一聲斷了。Ⅱ (接尾) (接表示數量的詞後) 正好。△百円～の品／正好一百日圓的東西。

ホック［hook］(名) 鈎，子母扣。

ほっく［発句］(名) ① (詩的) 第一句。② 俳句。

ボックス［box］(名) ① 箱，盒，匣。△アイス～／(攜帶用) 冰箱。② (劇院的) 包廂，(飯店等的) 雅座。③ 小屋，崗亭。△電話～／電話亭。④ (棒球) 區。△バッター～／擊球員區。

ぽっくり (副) ① 嘎巴 (折斷)。② 暴卒。△脳出血で～死んだ／因腦出血驟然死去。△～病／驟亡症。

ぼっけい［墨刑］(名)墨刑(中國古代五刑之一)。

ホッケー[hockey](名)曲棍球。

ほっけしゅう［法華宗］(名)〈佛教〉法華宗。

ぼっけん［木剣］(名)木刀。

ぼつご［没後］(名)死後,歿後。

ぼっこう［勃興］(名・自サ)勃興,興起。△新勢力が〜する／新的勢力興起。

ぼっこうしょう［没交渉］(名・形動)(也作"ぼつこうしょう")無關係,無來往。△世間と〜に暮す／過着與世隔絶的生活。

ほっこく［北国］(名)北國。↔南国

ぼっこん［墨痕］(名)墨痕。△〜あざやかに大書する／潑墨揮毫。

ほっさ［発作］(名)〈醫〉發作。△喘息の〜が起る／氣喘發作。△心臓〜／心臟病發作。

ほっさてき［発作的］(形動)發作性的。

ポッシブル[possible](ダナ)可能的。

ぼっしゅう［没収］(名・他サ)沒收。△財産を〜する／沒收財産。

ぼっしょ［没書］(名・自サ)投稿不被採用。

ほっしん［発心］(名・自サ)①決心,立志。△〜して学に励む／立志勤學。②〈佛教〉發心,出家。

ほっす［払子］(名)〈佛教〉拂塵。

ほっ・する［欲する］(他サ)希望,想得到。△自分の〜通りにやりなさい／你随意辦吧！△平和を〜／要求和平。

ぼっする［没する］(自他サ)①沒,沉沒,埋沒。△日が西に〜／日落西方。△船は水中に姿を〜した／船沉入水中。②歿。△彼が〜して5年になる／他去世已經五年。

ほっせき［発赤］(名)〈醫〉(局部充血)發紅。

ぼつぜん［没前］(名)生前,死前。

ぼつぜん［勃然］(形動タルト)勃然。

ほっそく［発足］(名・自サ)(也作"はっそく")(團體等)開始活動。△委員会は5月に正式に〜する／委員會五月開始正式工作。

ほっそり(副・自サ)細長,苗條。△〜した少女／苗條的少女。

ポッタース[potasse](名)〈化〉碳酸鉀。

ほったてごや［掘っ建て小屋］(名)窩棚。

ほったらか・す(他五)棄之不顧,丟下不管。△仕事を〜して遊び歩く／扔下工作不管到處遊逛。

ほったん［発端］(名)開端,發端。△〜から話す／從頭説起。↔結束

ぼっちゃん［坊ちゃん］(名)①令郎。△お宅の〜は何年生ですか／令郎幾年級了。②公子哥兒。△彼は〜育ちだ／他是個嬌生慣養的少爺。

ぽっちり(副)稍微,一點點。

ボッティチェルリ[Sandro Boticelli]〈人名〉波提切利(1444?－1510)意大利畫家。

ぽってり(副・自サ)胖而重(貌)。△〜(と)太った女の人／胖乎乎的女人。

ホット[hot] I(形動)最新。△〜な話題／熱門話題。II(造語)①熱。②("ホットコーヒー"之略)熱咖啡。

ほっと(副・自サ)放心(貌)。△なくした財布が見つかって〜した／找到丢失的錢包,放了心。

ぼっと(副・自サ)①模糊(貌)。△頭が〜なって何も考えられない／頭昏昏沉沉的没法進行思考。②突然燃燒(貌)。△いぶっていた薪が〜燃え上がった／冒煙的木柴一下子燃燒起來了。

ポット[pot](名)①壺。△コーヒー〜／咖啡壺。②暖瓶。

ぽっと(副・自サ)①模糊(貌),出神,發獃。②突然亮起來。△〜明りがついた／燈忽然亮了。③(臉)突然發紅。△〜顔を赤らめた／臉上泛起紅潮。

ぼっとう［没頭］(名・自サ)埋頭,專心致志。△彼はロケットの研究に〜している／他埋頭於火箭的研究。

ほっとうにん［発頭人］(名)領頭者,肇事人。

ホットエアバルーン[hot air balloon](名)熱氣球。

ほっと・く(他五)〈俗〉置之不理,丟開不管。△あいつは〜け／別理他。

ホットケーキ[hot cake](名)(用麵粉、雞蛋、白糖、牛奶等做的)烤餅。

ホットスポット[hot spot](名)〈經〉熱點。

ぽっとで［ぽっと出］(名)由鄉村初到城市(的人)。△〜の青年／剛從鄉下來的小伙子。

ホットドッグ[hot dog](名)(也作"ホットドック")熱狗,香腸麵包。

ホットドライブ[hot drive](名)(棒球)猛力擊球。

ホットドリンク[hot drink](名)熱飲。

ホットニュース[hot news](名)最新消息。

ホットハウス[hot house](名)溫室,乾燥室。

ホットポテト[hot potato](名)難題,棘手的問題。

ホットマネー[hot money](名)〈經〉(國際金融市場的)游資。

ホットライン[hot line](名)熱綫,直通電話。

ほづな［帆綱］(名)帆繩。

ぼつにゅう［没入］(名・自サ)①没入,沉入。②埋頭,專心致志。△仕事に〜する／埋頭工作。

ぼつねん［没年］(名)卒年,終年。△〜90歳であった／終年九十歲。

ぽつねんと(副)獨自,孤單單地。△一人〜座っている／一個人孤零零地坐着。

ぼっぱつ［勃発］(名・自サ)爆發。△戦争が〜する／戰爭爆發。

ポッピー[poppy](名)〈植物〉罌粟。

ホップ[hop](名)〈植物〉啤酒花,忽布,蛇麻。

ホップ[hop](名)單足跳。△〜ステップジャンプ／三級跳遠。

ボブ[bob](名)(也作"ボブ")(女人的)短髮。

ポップコーン[pop corn](名)爆玉米花。

ポップジャズ [pop jazz] (名) 通俗爵士樂，流行爵士樂。

ポップス [pops] (名) 流行音樂，通俗音樂。

ボッブヘアー [bobbed hair] (名) 短髪。

ほっぺた [煩っぺた] (名) 〈俗〉臉蛋兒。

ほっぽう [北方] (名) 北方。

ぽつぼつ I (名) 小疙瘩，小斑點。△いぼのような～がある/有許多瘊子似的小疙瘩。II (副) 漸漸，慢慢。△人が～集まってきた/人漸漸聚集起來。

ぽっぽと (副・自サ) (熱汽、煙等) 上升 (貌)。△頭から～湯気を立てて怒る/氣得直冒火。△～湯気の立つ饅頭/熱氣騰騰的豆沙包。

ぽつらく [没落] (名・自サ) 沒落。△私は子供の頃家が～してだいぶ苦労した/我小時家道中落吃了不少苦。

ぽつりぽつり (副) ① 滴滴嗒嗒。△雨が～降り出した/雨滴滴嗒嗒地下起來了。② 斷斷續續。△～と話す/斷斷續續地講。

ほつ・れる [解れる] (自下一) 綻，散。△セーターの袖口が～れている/毛衣的袖口開綻了。△～れ毛を掻き上げる/把散落下的頭髪攏上去。

ボツワナ [Botswana] 〈國名〉博茨瓦納 (非洲)。

ぽつんと (副) ① 點滴貌。△～雨が顔に当った/雨點掉到臉上了。② 孤零零地。△～建っている一軒家/孤零零的一所房子。

ほてい [布袋] (名) 布袋 (七福神之一)。

ボディー [body] (名) ① 身體。② (裁縫用) 軀體模型。③ (汽車) 車體。④ (拳擊) 腹部。

ボディーガード [bodyguard] (名) 護衛，警衛員。

ボディーコンシャス [body conscious] (名) (也稱 "ボディコン") 指青年女性特意突出胸部等身體綫條的打扮。

ボディーシャンプー [body shampoo] (名) 沐浴露。

ボディースーツ [bodysuit] (名) 緊身連體衣。

ボディーチェック [body check] (名) ① (機場安全檢查等的) 搜身，檢查兇器。② (進行有無危險品的) 身體檢查。

ボディービル [body building] (名) 用槓鈴等鍛煉身體肌肉。

ボディーペインティング [body painting] (名) 在人體上彩繪上各種圖案。

ボディーランゲージ [body language] (名) 肢體語言。

ボディーワニス [body varnish] (名) (車身) 上光蠟。

ボディピアッシング [body piercing] (名) 在身體上 (舌、鼻、唇、乳頭等處) 帶掛飾。

ポテト [potato] (名) 馬鈴薯。△～サラダ/土豆色拉。

ポテトチップ [potato chip] (名) 炸馬鈴薯片。

ぽてふり [棒手振り] (名) 挑擔叫賣 (魚、菜的商人)。

ホテル [hotel] (名) 賓館，飯店。

ほて・る [火照る] (自五) (臉、身體) 發熱，發燒。△恥しさに顔を～らせて皆の前に立った/羞得臉上火辣辣的站在大家面前。

ほてん [補填] (名・他サ) 填補。△赤字を～する/填補虧空。

ポテンシャル [potential] (名) 潛在能力，可能性。

ほど [程] (名) ① 限度，分寸。△なにごとにも～というものがある/凡事都有限度。② 情形，情況。△真偽の～は分らない/真假不得而知。△決心の～を語る/談自己所下的決心。

ほど (副助) ① (大致數量、範圍) 左右。△10日～休む/休息十天左右。△駅まで10キロ～ある/離車站約十公里。② (與否定語相互應，表示極限) 量…，再沒…。△友達～有難いものはない/沒有比朋友更可貴的了。③ (與否定語相互應，表示比較) 不像那麼，並不那麼。△今年は去年～暑くない/今年沒有去年那麼熱。△うわさに聞いた～には被害はひどくなかった/受災並不像從傳聞中聽到的那樣嚴重。④ (用 "…すれば…するほど" 的形式) 越…越。△上へ行けば行く～道が急になる/越往上走路越陡。△手伝いの人は多ければ多い～よい/幫忙的人越多越好。⑤ 表示程度非常高。△彼～の人ならうまくやれるでしょう/要是他那樣的高手，會做好的。

ほどあい [程合] (名) 正合適，恰到好處。△遊びも～にしておけ/玩也要適可而止。

ほどう [歩道] (名) 人行道。△横斷～を渡る/過人行橫道。

ほどう [補導] (名・他サ) (對青、少年) 教育，誘導。△非行少年を～する/教育劣跡少年。

ほどう [舗道] (名) 鋪築的道路。

ほどう [母堂] (名) 令堂。

ほどうきょう [歩道橋] (名) (在交通量大的地方架設的) 人行天橋。

ほど・く [解く] (他五) ① 解開 (繫着的東西等)。② 拆開 (衣服等)。

ほとけ [仏] (名) ① 佛，佛陀，佛爺。△～の道に入る/入佛道。△～をおがむ/拜佛。△知らぬが～/眼不見心不煩。△地獄で～に会ったよう/久旱逢甘霖。② 死者。△これでは～が浮ばれない/這樣死者可不能瞑目。

ほとけごころ [仏心] (名) 佛心，慈悲心。

ほとけつくってたましいれず [仏作って魂入れず] (連語) 為山九仞，功虧一簣。

ほとけのかおもさんど [仏の顔も三度] (連語) 忍耐是有限度的 (事不過三)。

ほとけのざ [仏の座] (名) 〈植物〉① 寶蓋草。② 稻槎菜。

ほとけのひかりよりかねのひかり [仏の光より金の光] (連語) 佛面不如金錢。

ほど・ける [解ける] (自下一) 開。△靴のひもが～けた/鞋帶開了。

ほどこし [施し] (名) 施捨。△私は～など受けたくない/我不想接受人家施捨。

ほどこ・す [施す] (他五) ① 施捨，周濟。△恩惠を～/施恩。② 施，施行。△策を～/施計。

△手当てを～／醫治。△彩色を～／上色。△面目を～／露臉。

ポドゾル [podzol] (名)〈地〉灰壤，灰化土。

ほどちか・い [程近い] (形) 不太遠。△ここから～ところに郵便局があります／郵局離這不遠。

ほどとお・い [程遠い] (形) 相當遠。△完成には～／離完成還着呢。

ほととぎす [時鳥・杜鵑・不如帰] (名)〈動〉杜鵑，杜宇。

ほどなく [程なく] (副) 不久。△父が死んで～母も世を去った／父親去世不久母親也故去了。

ほとばし・る [迸る] (自五) 迸出，噴出。△傷口から鮮血が～／傷口裏鮮血直噴。△若い情熱が～／迸發出青春的熱情。

ほとほと (副) 實在，非常。△これには～困り果てた／這把我弄得實在沒辦法。△彼女には～愛想が尽きた／我對她討厭透了。

ほどほどに [程程に] (副) 適當地，有分寸地，恰到好處地。△～する／適可而止。△冗談も～しろ／開玩笑要有分寸。

ほとぼり (名)① 餘熱，餘溫。② (興奮過後的) 餘勢。(事情的) 餘波。△今はひどく興奮しているから～がさめてから話そう／他現在過於激動，等平靜下來再説吧。△時間をかけて事件の～をさます／用些時間平息事件餘波。

ボトム [bottom] (名)① 底，底部。② 臀部，屁股。③ 衣服的下襬。④〈經〉底價，最低價。

ほどよ・い [程好い] (形) 適當，恰好。△～湯かげん／水溫熱正合適。△燗が～くついた／酒燙得恰到好處。

ほとり (名) 畔，旁邊。△川の～／河邊。△湖の～／湖畔。

ボトル [bottle] (名) 瓶，酒瓶。

ほとんど [殆んど] Ⅰ (副) 幾乎，差不多。△金は～使ってしまった／錢差不多花光了。Ⅱ (名・副) 大部分，大體上。△～の人は参加した／大部分人参加了。

ほなみ [穂波] (名) 稲浪，麥浪。

ボナンザグラム [bonanzagram] (名) (報紙、雑誌等的) 有獎填字比賽。

ポニー [pony] (名) 小馬，矮種馬。

ポニーテール [pony tail] (名) (小) 馬尾式髮型。

ほにゅう [哺乳] (名) 哺乳。△～瓶／奶瓶。

ほにゅう [母乳] (名) 母乳。

ほにゅうるい [哺乳類] (名)〈動〉哺乳類。

ほね [骨] (名)① 骨，骨頭。△～が折れた／骨折了。△～と皮ばかりにやせた／瘦得皮包骨。② (建築物、器物的) 骨架。△扇の～／扇子骨。△傘の～／傘骨。③ 中心，核心。△論文の～になる部分／論文的中心部分。△チームの～になる人物／隊裏的台柱子。④ 骨氣，費力。△～のある人物／有骨氣的人。⑤ 辛苦，費力。△この仕事はなかなか～だ／這個工作非常費力。△～を惜しまず人の面倒をみる／不辭勞苦地照顧別人。

ほねおしみ [骨惜しみ] (名・自サ) 不肯吃苦，不賣力氣。△～せずに働く／不辭辛苦地勞動。

ほねおり [骨折り] (名) 努力，辛勞。△～甲斐があった／没有白費力氣。△お～に感謝します／感謝您的辛勞。

ほねおりぞん [骨折り損] (名) 徒勞。

ほねおりぞんのくたびれもうけ [骨折り損のくたびれもうけ] (連語) 徒勞無益。

ほねお・る [骨折る] (自五) 賣力氣，盡力。△他人のために～／為別人不辭辛勞。

ほねがおれる [骨が折れる] (連語) 費力氣，費勁。△～仕事／費力氣的工作。

ほねぐみ [骨組み] (名) 骨架，骨格。△～のがっしりした男／骨架結實的漢子。△たてものの～／建築物框架。△文章の～／文章的框架。

ほねちがい [骨違い] (名) 脱臼。

ほねつぎ [骨接ぎ] (名) 接骨，正骨。△～術／接骨法。

ほねっぷし [骨っ節] (名)① 骨節，關節。△体中の～が痛む／渾身骨節疼。② 骨氣。△～のある男／有骨氣的人。

ほねっぽ・い [骨っぽい] (形)① (魚等) 刺多。△～魚／刺多的魚。② 有骨氣。△あいつはなかなか～／他很有骨氣。

ほねなし [骨無し] (名) 軟骨頭。△あんなな～は頼りにならない／那種軟骨頭靠不住。

ほねぬき [骨抜き] (名)① (做菜時將魚、雞等) 去掉骨頭。② 抽掉重要部分。△議案は～にされた／議案的重要内容被抽掉了。

ほねば・る [骨張る] (自五)① (瘦得) 露出骨頭。△～った手／瘦得嶙峋的手。② 固執。

ほねみ [骨身] (名) 骨和肉，全身。△寒風が～にこたえる／寒風刺骨。△～を惜しまず働く／不辭辛苦地勞動。

ほねみをけずる [骨身を削る] (連語) 辛辛苦苦，拚命。△～思いでためた金／辛辛苦苦攢的錢。

ほねやすめ [骨休め] (名・自サ) 休息。△今日は一日～だ／今天歇一天，休息休息。

ほねをおる [骨を折る] (連語) 賣力氣。

ほの‐ (接頭) 輕微，稍微。△～白い／微微發白。

ほのお [炎] (名) 火焰，火苗。△～に包まれる／被火焰包圍。△～の海と化す／變成一片火海。△憤怒の～を燃やす／怒火中燒。

ほのか [仄か] (形動) 微微，模糊，隱約。△～な期待／一綫希望。△～に見える／隱約可見。△～な恋心を抱いている／懷着一絲愛戀之情。

ほのぐら・い [ほの暗い] (形) 微暗，昏暗。△～部屋／昏暗的房間。△毎朝～うちから起きて働く／每天天矇矇亮就起來幹活。

ほのぼのと (副)① 微亮。△夜が～と明けそめる／天矇矇亮。② 感到溫暖。△～とした気分を誘う／使人感到溫暖。

ほのめか・す [仄めかす] (他五) 暗示，微微透露。△辞職の決意を～／暗示辭職的決心。

ほのめ・く [仄めく] (自五) 隱約可見。△灯火が～／燈火隱約可見。

ポバール [poval] (名)〈化〉聚乙烯醇。

ほばく［捕縛］(名・他サ) 捕拿。△犯人を～する／捕拿犯人。

ほばしら［帆柱］(名) 桅，桅杆。

ほはば［歩幅］(名) 步幅。△～が広い／步幅寛。

ぼはん［母斑］(名) 胎痣。

ぼひ［墓碑］(名) 墓碑。△～を立てる／立墓碑。

ほひつ［補筆］(名・自サ) 補寫，補筆。

ぼひめい［墓碑銘］⇨ぼしめい

ポピュラー［popular］(名・形動) 通俗。△～ソング／大衆歌曲。△～ミュージック／通俗音樂。

ポピュラーミュージック［popular music］(名) 流行音樂，通俗音樂。

ポピュラリティー［popularity］(名) ① 通俗性，大衆性。② 流行，普及。③ 名望，聲望。

ぼひょう［墓標］(名) 墓標，墓表，墓碑。

ほふく［匍匐］(名・自サ) 匍匐。△～して前進する／匍匐前進。

ボブスレー［bobsleigh］(名) (也作“ボッブスレー”) 雪橇，雪橇比賽。

ポプラ［poplar］(名)〈植物〉白楊。

ポプリン［poplin］(名)〈紡織〉府綢。

ほふ・る［屠る］(他五) ① 屠宰 (鳥、獸等)。△牛を～／宰牛。② 殲滅。△敵を一挙に～／一舉殲滅敵人。③ (比賽) 打敗 (對方)。

ほへい［歩兵］(名) 步兵。

ほへい［募兵］(名・自サ) 募兵，招兵。

ほほ［頰］(名) ⇨ほお

ほぼ［略］(副) 大致，大約，大體。△我々は～同年輩である／我們年齡大約相仿。△～できあがった／大體上做好了。

ほぼ［保母］(名) 保姆，保育員。

ほほえまし・い［微笑ましい］(形) 令人笑，惹人笑。△なんとも～光景だ／真是令人欣慰的情景。

ほほえ・む［微笑む］(自五) ① 微笑。△にっこりと～／嫣然一笑。② (花) 微綻。

ホマーテ［Homate］(名)〈地〉白狀火山。

ポマード［pomade］(名) (男用) 髮蠟，髮乳。△～をつける／擦髮乳。

ほまれ［誉れ］(名) 光榮，榮譽。△このような生徒は学校の～だ／這樣的學生是學校的光榮。△秀才の～が高い／大有高才之聲譽。

ほめそや・す［誉めそやす］(他五) 人人誇獎，讚不絕口。△やんやと～／齊聲讚揚。

ほめたた・える［誉め称える］(他下一) 盛讚，極力讚揚。△口をそろえて～／異口同聲地讚揚。

ほめちぎ・る［誉めちぎる］(他五) 極力稱讚。

ほめはや・す［誉め囃す］(他五) (大家) 極力稱讚，推崇。

ほ・める［褒める］(他下一) 誇獎，稱讚，表揚。△子どもを～／誇孩子。△あまり～めた話ではない／那件事可不敢恭維。

ホメロス［Homeros］〈人名〉荷馬 (約為公元前九世紀) 古希臘敍事詩人。

ホモ［homo］(名) ① 人，人類。② 均質。△～牛乳／均脂牛奶。③〈俗〉(男人) 同性戀 (者)。

ホモサピエンス［Homo sapiens］(名) 有理智的人，人類。

ホモニム［homonym］(名)〈語〉同音異義詞。

ほや［火屋］(名) 玻璃燈罩。

ほや［海鞘］(名)〈動〉海鞘。

ぼや (名) 小火災。△～を出した／失了一場小火。

ぼや・く (自他五) 嘟嚷，牢騷。△彼は仕事がうまくいかないと～いた／他嘟嚷説工作搞不好。

ぼや・ける (自下一) 模糊，不清楚。△記憶が～／記憶模糊。△霧で景色が～けて見える／由於霧景色模糊。

ほやほや (名) ① (食品剛出鍋) 熱氣騰騰，軟乎乎。△焼きたてで～のパン／剛出爐的熱乎乎的麵包。② (剛完成) 不久。△新婚～のカップル／剛結婚的一對。

ぼやぼや (副・自サ) 發獃。△この忙しい時に何を～しているのだ／這麼忙，發甚麼獃。

ほゆう［保有］(名・他サ) 持有，擁有，保有。△核兵器～国／擁有核武器國家。

ほゆうつうか［保有通貨］(名)〈經〉儲備貨幣。

ほよう［保養］(名・自サ) 休養，療養。△温泉に～に行く／去溫泉療養。△目の～をする／飽眼福。

ほら［法螺］(名) ①〈動〉海螺。② 大話，牛皮。△～を吹く／吹牛皮。

ほら (感) 喏，瞧，喂。△～，飛行機が飛んでいる／看！飛機在飛。

ぼら［鰡］(名)〈動〉鯔魚。

ホラーえいが［ホラー映画］(名) 恐怖影片。

ボラード［bollard］(名) (碼頭或船甲板上的) 繫纜柱。

ほらあな［洞穴］(名) 洞，洞穴。

ほらがい［ほら貝］(名) ①〈動〉海螺。② 螺號。△～を吹く／吹螺號。

ほらがとうげ［洞が峠］(名) 觀望。△～をきめこむ／看風使舵。

ボラゾン［borazon］(名)〈化〉博拉任 (人造亞硝酸硼)。

ほらふき［ほら吹き］(名) 吹牛者。

ボラン［borane］(名)〈化〉硼烷。

ボランティア［volunteer］(名) ① 義務人員，義務工作者。② 志願者。

ほり［堀］(名) ① 溝，渠。② 護城河。△城に～をめぐらす／在城四周挖護城河。

ほり［彫り］(名) 雕刻。△これは見事な～だ／這雕刻真精妙。△～の深い顔／輪廓鮮明的臉。

ポリアクリルさんエステル［ポリアクリル酸エステル］(名)〈化〉聚丙烯酸脂。

ポリアクリルさんじゅし［ポリアクリル酸樹脂］(名)〈化〉聚丙烯酸樹脂。

ポリアセチレン［polyacetylen］(名)〈化〉聚乙炔。

ポリアミド［polyamide］(名)〈化〉聚酰胺。

ボリウッド［Bollywood］(名) 寶萊塢 (印度電影基地)。

ポリエステル［polyester］(名)〈化〉聚酯。

ポリエチレン［polyäthylen］(名)〈化〉聚乙烯。

ポリエン［polyene］(名)〈化〉多烯(烃)。

ポリオ［polio］(名)〈醫〉小兒麻痺。

ほりおこ・す［掘り起こす］(他五)①掘出，挖掘出。△埋めた宝を〜／挖出埋着的寶貝。△あたらしい事実を〜／挖出新的事實。②開墾土地。△荒地を〜／開墾荒地。

ポリガミー［polygamy］(名)一夫多妻或一妻多夫。

ほりかわ［掘川］(名)運河，人工河，水渠。

ポリクローム［polychrome］(名)多色彩的，彩色的。

ポリゴン［polygon］(名)多邊形，多角形。

ほりさ・げる［掘り下げる］(他下一)①往深挖。②深入思考。△問題点を〜／深入思考爭論的焦點。

ポリシー［policy］(名)政策，方針。

ポリス［police］(名)警察。

ポリス［polis］(名)〈史〉都市國家。

ポリスチレン［polystyrene］(名)〈化〉聚苯乙烯。

ホリゾント［horizont］(名)〈戲劇〉穹窿佈景。

ほりだしもの［掘り出し物］(名)偶爾弄到的珍品，便宜貨。△骨董屋で〜をあさる／在古董店裏尋找珍品。

ほりだ・す［掘りだ・す］(他五)①挖出，掘出。△死体を〜／挖出屍體。②偶然發現，買到（珍貴、便宜東西）。△古本屋で珍本を〜／在舊書店買到珍本書。

ほりたつお［堀辰雄］〈人名〉堀辰雄(1904-1953)小説家。

ポリッシング［polishing］(名)擦亮，擦光。

ポリティクス［politics］(名)政治，政治學，政治策略。

ポリティシャン［politician］(名)政客，政治家。

ポリティックス［politics］(名)政治學。

ホリデー［holiday］(名)假日，節日，紀念日。

ポリテーン［polythene］(名)〈化〉(也作"ポリテン")聚乙烯。

ほりぬきいど［掘抜き井戸］(名)自流井。

ボリビア［Bolivia］〈國名〉玻利維亞。

ポリビニール［polyvinyl］(名)〈化〉聚乙烯。

ポリフォニー［polyphony］(名)〈樂〉複調音樂，對位法。

ポリプロピレン［polypropylene］(名)〈化〉聚丙烯。

ぼりぼり(副)①咯吱咯吱，咔咔嚓嚓(咬硬物聲)。②唰啦唰啦(用指甲搔皮膚聲)。

ぽりぽり(副)咯吱咯吱(比"ぼりぼり"稍輕)。

ほりもの［彫り物］(名)①雕刻品。②紋身。

ほりゅう［保留］(名・他サ)保留。△態度を〜する／採取保留態度。△発表を〜する／暫緩發表。

ボリューム［volume］(名)①分量，量。△彼女はすごい〜だ／她可真胖。△〜のあるものを食べたい／想吃一頓豐盛的食物。②音量。

△〜を下げる／縮小音量。

ボリュームコントロール［volume control］(名)(收音機等)音量調節器。

ほりょ［捕虜］(名)俘虜。△〜になる／當俘虜。

ほりわり［掘り割り］(名)溝，水渠。

ほ・る［彫る］(他五)①雕刻。△仏像を〜／雕刻佛像。②刺(紋身)。△腕に牡丹を〜／在臂上刺牡丹。

ほ・る［掘る］(他五)挖，刨，挖掘。△井戸を〜／打井。△トンネルを〜／開隧道。△石炭を〜／挖煤。

ぼ・る(他五)敲竹槓。△ひどく〜られた／被狠敲了一筆。

ポルカ［polka］(名)波爾卡舞，波爾卡舞曲。

ホルスタイン［holstein］(名)荷蘭種奶牛。

ポルタメント［portamento］(名)〈樂〉滑音，延音。

ボルテージ［voltage］(名)①電壓，伏特數。②熱情。△〜が高い演説／充滿熱情的演說。

ポルテニアおんがく［ポルテニア音楽］(名)〈樂〉阿根廷民族音樂，阿根廷探戈舞曲，阿根廷華爾茲舞曲。

ボルト［bolt］(名)螺栓，螺絲釘。△〜をしめる／擰螺絲。

ボルト［volt］(名・接尾)(電壓)伏特，伏。

ボルドーえき［ボルドー液］(名)波爾多液。

ポルトガル［Portugal］〈國名〉葡萄牙。

ボルトメーター［voltmeter］(名)電壓錶，伏特計。

ポルトランドセメント［portland cement］(名)波特蘭水泥，硅酸鹽水泥。

ポルノ［porno］(名)春畫，色情文學。

ポルノサイト［porno site］(名)〈IT〉成人網站，黃色網站。

ホルマリン［formalin］(名)〈化〉福爾馬林。

ホルモン［hormon］(名)①激素，荷爾蒙。②牛、豬等內臟。

ホルン［horn］(名)〈樂〉圓號。

ほれぼれ［惚れ惚れ］(副・自サ)神往，沉醉。△〜と見とれる／看得出神。△〜するような歌声だ／令人神往的歌聲。

ポレミック［polemic］(形動)論爭，論戰，爭辯。

ほ・れる［惚れる］(自下一)①看中，愛上。△彼はその娘に〜れてしまった／他看上了那個姑娘。②出神，沉醉。△聞き〜／聽得出神。

ボレロ［bolero］(名)①〈西班牙〉包列羅舞曲。②無鈕婦女短上衣。

ほろ［幌］(名)車篷。△〜をかける／罩上車篷。△〜馬車／帶篷馬車。

ぼろ［襤褸］(名)①破布，破爛衣服。△〜をまとう／穿破爛衣服。△〜きれ／破布。②破舊。△〜自転車／破自行車。③破綻，漏洞。△〜が出る／露出破綻。

ぼろ・い(形)①一本萬利。△〜商売／一本萬利的買賣。②粗糙，低劣。△〜本／粗製濫造的書。

ほろがや［ほろ蚊帳］(名)(兒童用)罩式蚊帳。

ぼろくそ［襤褸糞］（名・形動）一錢不值。△人を～に言う／把人說得一錢不值。

ホログラフィー［holography］（名）〈理〉全息攝影。

ホログラム［hologram］（名）〈理〉全息圖。

ポロシャツ［poloshirt］（名）短袖開領衫。

ホロスコープ［horoscope］（名）星象，占星術，（算命用的）天宮圖。

ポロニウム［polonium］（名）〈化〉釙。

ほろにが・い［ほろ苦い］（形）微苦，稍苦。△～味／味稍苦。△～人生／苦樂難言的人生。

ポロネーズ［polonaise］（名）〈樂〉波蘭（慢三拍）舞曲。

ほろばしゃ［ほろ馬車］（名）帶篷的馬車。

ほろ・びる［滅びる］（自上一）滅亡，滅絕。△国が～／國家滅亡。△保護鳥のトキが～びないように気をつける／注意不要讓法定保護鳥朱鷺滅絕。

ほろ・ぶ［滅ぶ］（自五）⇨ほろびる

ほろぼ・す［滅ぼす］（他五）使滅亡，消滅，毀滅。△国を～／亡國。△敵を～／消滅敵人。△身を～／毀滅自己。

ぼろぼろ I（名・形動）① 破爛不堪。△このくつ下はもう～だ／這雙襪子已經破得不成樣子了。②（食物等）乾，散。△～になったごはん／變得又乾又硬的飯。II（副）（粒狀物下落貌）吧嗒吧嗒，哩哩啦啦。△大つぶのなみだが～とこぼれる／大眼淚吧嗒吧嗒往下掉。

ぼろぼろ（名・形動・副）（比 “ぼろぼろ” 程度輕些）①（粒狀物下落貌）吧嗒吧嗒。②（食物等）乾，散。

ほろよい［ほろよい］（名）微醉。△彼は～機嫌だ／他略帶醉意了。

ほろりと（副）①（淚等）灑落貌。△涙が～落ちる／掉下幾滴眼淚。② 感動貌。△彼の話に思わず～させられた／他的話不禁使我為之感動。③ 微醉貌。△～と酔う／微醉。

ぽろりと（副）墜落貌。△ボタンが～取れた／鈕扣吧嗒一下掉了。

ホワイエ［foyer］（名）劇場等的休息室，大廳。

ホワイト［white］（名）① 白色。② 白種人。③ 白色顏料。

ホワイトカラー［white-collar］（名）白領階層，腦力勞動者。

ホワイトデー［White Day］（名）3 月 14 日，在日本，男性給情人節時送給自己禮物的女性還禮。

ホワイトハウス［White House］（名）（美國的）白宮。

ホワイトペーパー［white paper］（名）白皮書。

ホワイトホール［White hall］（名）白廳，英國政府。

ホワイトリカー［white liquor］（名）白酒，燒酒。

ホン［phon］（名・接尾）〈理〉（也作 “フォン”，“ホーン”，音響單位）方。△この辺は騒音が80 ～を超える／這一帶噪音超過八十方。

ほん［本］I（名）① 書，書籍。△～を出す／

出書。△～を読む／讀書。② 本。△～校／本校。△～事件／這個事件。II（接尾）（接數詞後，表示細長物的單位）根，支，棵，條，瓶。△えんぴつが 5 ～ある／有五支鉛筆。△ビール 3 ～／三瓶啤酒。

ボン［bon］（名）好，正確的。

ぼん［盆］（名）① 盤。△お茶を～にのせて運ぶ／把茶放在茶盤上端去。②⇨うらぼん

ほんあん［翻案］（名・他サ）改編。△これは《リア王》の～だ／這是由李爾王改編的。△～小說／改編的小說。

ほんい［本位］（名）① 本位，中心。△自己～／以我為中心。△サービス～／以服務為第一。②（貨幣）本位。△金～／金本位。

ほんい［本意］（名）本意，原意。△～ではない／並非本意。△これでやっと～を遂げた／這才算實現了心願。

ほんい［翻意］（名・自サ）改變主意。△彼に～をうながす。／勸他改變主意。

ほんいかへい［本位貨幣］（名）〈經〉本位貨幣。↔ 補助貨幣

ほんいきごう［本位記号］（名）⇨ナチュラル

ほんいせい［本位制］（名）〈經〉（貨幣的）本位制。

ほんいんぼう［本因坊］（名）本因坊（授予圍棋比賽優勝者稱號之一）。

ほんえい［本営］（名）本營，總部。

ぼんおどり［盆踊り］（名）盂蘭盆會舞。

ほんか［本科］（名）（學校的）本科。

ほんかい［本懐］（名）本願，夙願。△～をとげる／得償夙願。

ほんかくてき［本格的］（形動）正式的，真正的。△工事が～に開始された／工程正式開工了。△～な夏になった／進入真正的夏天。

ほんかどり［本歌取り］（名）利用原來和歌中的優秀句子，創作新的和歌。

ほんかん［本館］（名）主樓。↔ 別館

ほんがん［本願］（名）① 夙願。②〈佛教〉本願，普度眾生之願。③ 寺院創建者。

ほんき［本気］（名・形動）真的，認真。△君それは～か／你這話當真？△彼は～で怒り出した／他真火了。△～で仕事をする／認真工作。

ほんぎ［本義］（名）本義。△これがこの字の～である／這是這個字的本義。↔ 転義

ほんぎまり［本決まり］（名）正式決定。△彼の海外派遣もいよいよ～になった／派遣他到海外的事終於正式決定了。

ほんきゅう［本給］（名）基本工資。

ほんきょ［本拠］（名）根據地，大本營。△～を東京に置く／把根據地設在東京。

ほんぎょう［本業］（名）本行，本職。

ほんきょく［本局］（名）總局。

ほんぐもり［本曇り］（名）烏雲滿天（眼看要下雨）。

ぼんくら（名）愚蠢的人，蠢貨。

ぼんくれ［盆暮れ］（名）中元節和年末。

ほんけ［本家］（名）① 本家，正支。△～の跡

を継ぐ／繼承本家家業。②（流派等的）正宗，嫡派。△カステラ製造の～本元／製造蛋糕的正宗字號。

ほんけい［本刑］（名）〈法〉（判決的）主刑。

ほんけい［盆景］（名）盆景。

ほんけがえり［本卦がえり］（名）滿六十歲，花甲。→還暦

ほんげつ［本月］（名）本月。

ほんけん［本件］（名）本案，該事。△～はこれで落着した／本案於此告終。

ほんけん［本絹］（名）純絲，真絲。

ぼんご［梵語］（名）梵文，梵語。

ほんこう［本校］（名）①（別於分校的）本校，總校。②（稱自己的學校）本校。

ほんこく［翻刻］（名・他サ）翻印，翻版。△古書を～する／翻印古籍。

ほんごく［本国］（名）本國。△密航者を～に送還する／把偷渡者遣送回本國。

ほんごし［本腰］（名）大力氣，認真努力。△～を入れる／下大力氣。△～をすえる／沉下心來（做）。

ぽんこつ（名）破舊，廢舊。△～車／破車。

ホンコン［Hong Kong］〈地名〉香港。

ほんさい［本妻］（名）嫡配，正妻。

ぼんさい［凡才］（名）庸才，庸人。

ぼんさい［盆栽］（名）盆花，盆景。

ほんざや［本ざや］（名）〈經〉進出差價，差額。

ほんざん［本山］（名）〈佛教〉本山，總寺院。

ほんし［本旨］（名）本旨，宗旨。△～にかなう／符合宗旨。

ほんし［本紙］（名）①本報。②（對號外、附錄、特刊而言的）正版。

ほんし［本誌］（名）①本刊。②（對附錄等而言的）正刊。

ほんじ［本字］（名）①（對假名而言的）漢字。②（對簡體字而言的）正字，繁體字。

ほんしき［本式］（名）正式。△～に習う／正式學習。

ほんしけん［本試験］（名）正式考試。

ほんしつ［本質］（名）本質。△偽善者の～を見抜く／看破偽善者的本質。

ほんじつ［本日］（名）本日，今天。△～休業／今天停業。

ほんしつてき［本質的］（形動）本質上。△～にちがう／本質上不同。

ほんしゃ［本社］（名）①總公司。②（稱自己的公司）本公司。③（神社）總神社。

ほんしゅう［本州］〈地名〉（日本列島中的中心島）本州。

ホンジュラス［Honduras］〈國名〉洪都拉斯。

ほんしょ［本書］（名）①（對副本、抄本而言的）正本。②本書，此書。

ほんしょう［本性］（名）①本性。△彼女はとうとう～を現した／她終於露出了真面目。②理智。△酒を飲んでも～を失わない／喝了酒也不失理智。

ぼんしょう［梵鐘］（名）梵鐘，寺院鐘樓上的

吊鐘。

ほんしょく［本職］（名）①本職。↔兼職②專業，行家。△さすが～の大工の仕事だけある／到底是内行木匠幹的活兒。

ほんしん［本心］（名）①正常心理狀態。△女のために～を失う／為女人神魂顛倒。△～に立ち返る／清醒過來。②真心，真意。△～を打ち明ける／説出真心話。

ほんじん［本陣］（名）①司令部。②（江戸時代供諸侯住的）驛站旅館。

ぼんじん［凡人］（名）凡人，凡夫。△われわれ～にはまねのできないことだ／我們凡人是效仿不了的。

ほんすじ［本筋］（名）正題，本題。△～からはずれる／離開正題。△話を～にもどす／把話拉回到正題。

ほんせい［本姓］（名）①（結婚前的）原姓。→旧姓②（與筆名等相對的）真姓。

ほんせき［本籍］（名）原籍。

ほんせん［本線］（名）（鐵路）幹綫。△東海道～／東海道幹綫。

ほんせんうけとりしょう［本船受取証］（名）〈經〉大副收據。

ほんせんわたしかかく［本船渡し価格］（名）〈經〉離岸價格。

ほんそう［本葬］（名）正式葬禮。↔密葬

ほんそう［奔走］（名・自サ）奔走，奔波。△資金あつめに～する／為籌集資金奔波。

ほんそく［本則］（名）（法律、規約等）正文。↔付則

ぼんぞく［凡俗］（名）凡俗，凡人。△～を超越する／超越凡俗。

ボンソワール［Bonsoir］（名）晚上好，晚安，再見。

ほんぞん［本尊］（名）①（寺院的）正佛，主佛。△この寺の～は觀音様だ／這個寺院的正佛是觀音大士。②中心人物。③本人。△御～は平気な顔をしている／本人倒滿不在乎。

ぼんだ［凡打］（名・他サ）（棒球）不出色的撃球。△～をくり返す／接二連三撃不出好球。

ほんたい［本体］（名）①真相，本來面目。→正体②主體。△計算機の～／計算機本體。

ほんだい［本題］（名）本題，正題。△～に入る／進入正題。

ほんたて［本立て］（名）書擋，書立。

ほんだな［本棚］（名）書架。

ほんだわら（名）〈植物〉羊棲菜，馬尾藻。

ぼんち［盆地］（名）盆地。

ポンチ［Punch］（名）（“ポンチ絵”之略）諷刺漫畫。

ポンチ［punch］（名）①混合甜飲料。②衝牀，打孔機。

ポンチョ［poncho］（名）①（南美人穿的，方形方領的）披巾。②（登山用）雨衣。

ほんちょう［本朝］（名）日本（的舊稱）。

ほんちょうし［本調子］（名）應有的狀態。△体の具合がやっと～になった／身體好容易恢復

ほ
ホ

了常態。△ピッチャーはまだ～といえない／投手還沒達到應有的狀態。

ほんてん［本店］（名）① 總店，總號。② 本店，本號。

ほんでん［本殿］（名）（神社等的）正殿，大殿。

ほんど［本土］（名）本土。△英国～／英國本土。

ぼんと（副）①（用手拍）啪的一下，啪的一聲。△肩を叩く／啪地拍一下肩膀。② 一下子。△100万円～寄付した／一下子捐了一百萬日圓。

ポンド［pound］（名・接尾）①（重量單位）磅。②（貨幣）英鎊。△1～／一英鎊。

ほんとう［本当］（名・形動）真，真正，的確。△～を言えば／說真的。△～にする／信以為真。△～の寒さはこれからだ／真正寒冷還在後頭呢。△～にきれいな娘さんだ／真是個漂亮的姑娘。

ほんどう［本堂］（名）（寺院的）正殿，大殿。

ほんどう［本道］（名）① 幹綫道路。②（人生的）正道。△～を行く／走正道。

ボンナネ［Bonne annee］（名）新年好！

ほんにん［本人］（名）本人。△～から直接事情をきく／直接問本人。△やるかやらぬかは～次第だ／幹不幹在本人。

ほんね［本音］（名）真心話。△なかなか～を吐かない／怎麽也不肯說真心話。

ボンネット［bonnet］（名）①（頦下繫帶的）女帽，童帽。②（汽車的）引擎蓋。

ほんねん［本年］（名）本年，今年。△～もどうぞよろしく／今年也請多關照。

ほんの（連體）只，僅僅，不過。△これは～おしるしです／這只是我的一點點心意。△～すこしで結構です／稍微有一點就行了。△～子供／不過是個孩子。

ほんのう［本能］（名）本能。△母性～／母性本能。△～的に危険を感じて逃げた／本能地感到危險跑了。

ぼんのう［煩悩］（名）〈佛教〉煩惱。△～のとりになる／陷於煩惱之中。

ぼんのくぼ［盆の窪］（名）頸窩。

ほんのり（副・自サ）微微，稍微。△東の空が～明るくなった／東方的天空微亮了。

ほんば［本場］（名）① 原産地，主要產地。△お茶の～／茶的主要產地。② 發源地。△～の英語／地道的英語。△～じこみの中国語／在中國學的中國語。

ほんば［奔馬］（名）奔馬。△～の勢い／來勢兇猛。

ほんばこ［本箱］（名）書箱，書櫃。

ほんばしょ［本場所］（名）（相撲）（決定力士等級、待遇等的）正式比賽。

ほんばん［本番］（名）正式演出。△ぶっつけ～／不經練習就正式演出。

ほんぶ［本部］（名）總部，本部。△大学～／大學本部。

ぼんぷ［凡夫］（名）①〈佛教〉俗人。② 凡夫俗子。

ポンプ［pomp］（名）泵，唧筒。△空気～／氣泵。

ほんぷく［本復］（名・自サ）〈舊〉痊癒。

ほんぶり［本降り］（名）（雨、雪）大下。↔ 小降り

ほんぶん［本文］（名）正文，本文。△条約の～／條約的正文。

ほんぶん［本分］（名）本分，應盡的責任。△～を守る／守本分。△～を尽くす／盡責。

ボンベ［Bombe］（名）彈狀儲氣瓶。△酸素～／氧氣瓶。

ほんぽ［本舗］（名）① 總號，總店，本店。② 本店，此店。

ほんぽう［本邦］（名）我國。△～初演／在我國初次演出。

ほんぽう［本俸］（名）基本工資。

ほんぽう［奔放］（名・形動）奔放。△自由～な生活／自由奔放的生活。

ぼんぼり［雪洞］（名）① 小型四方紙燈。② 紙罩燭台。

ぼんぼん［凡凡］（副・連體）平凡。△平平～／平平凡凡。

ぼんぼん（名）（兒童語）肚子。

ぽんぽん（副）①（輕輕敲打聲）啪啪，砰砰。△～とつづみをうつ／咚咚地敲鼓。② 直言不諱（貌）。△～（と）ものを言う／不客氣地説話。

ほんまつ［本末］（名）本末。△～を誤る／本末倒置。

ほんまつてんとう［本末転倒］（名）本末倒置。

ほんまる［本丸］（名）城堡中的中心部分。

ほんみょう［本名］（名）本名，真名。森鷗外を～を森林太郎という／森鷗外原名叫森林太郎。

ほんめい［本命］（名）①（星相）本命（年）。②（賽馬、賽車等）預料優勝者。△～馬／預料優勝馬。△次期社長の～は彼だという噂だ／風傳下期最有力的總經理人選是他。

ほんめい［奔命］（名）奔命。△～に疲れる／疲於奔命。

ほんもう［本望］（名）① 夙願。△～をとげる／夙願得償。② 滿足，心甘情願。△彼に会えば～だ／如能見到他就心滿意足了。

ほんもと［本元］（名）根源，起源。△本家～／創始人。正宗。

ほんもの［本物］（名）真貨，真品。△まるでそっくりだ／簡直跟真的一樣。△彼の腕前は～だ／他的手藝是地道的。↔ にせもの

ほんもん［本文］（名）①（對前言、附錄而言的）正文。②（註釋的）原文。

ほんや［本屋］（名）書店。

ほんやく［翻訳］（名・他サ）翻譯。△スタンダールの小説を日本語に～する／把司湯達的小説譯成日文。

ぼんやり（副・自サ）① 模糊。△霧の中に燈台が～見える／燈塔在霧中隱約可見。△～した記憶／模糊的記憶。② 發獃，不留神，心不在焉。△～していて乗り過した／沒留神坐過了

站。△～（と）ながめる／呆呆地看。

ポンユー［pengyou］（名）朋友。

ぼんよう［凡庸］（名・形動）平庸。△～な作家／平庸的作家。

ほんよみ［本読み］（名）① 好讀書的人。②（排劇、拍電影等，為熟悉劇情、作者、導演、演員一起）讀劇本。

ほんらい［本来］Ⅰ（名・副）本來，原來。△～の使命／本來的使命。△あの男も～は正直者だ／他本來也是個老實人。Ⅱ（名）當然，

按道理。△～なら私が参上すべきところですが…／按道理我應該拜訪您。

ほんりゅう［本流］（名）①（河的）幹流。②（思潮等的）主流。△日本文學の～／日本文學的主流。

ほんりゅう［奔流］（名）奔流，急流。

ほんりょう［本領］（名）本領，特長。△～を十二分に発揮する／充分發揮自己的本領。

ほんるい［本塁］（名）（棒球）本壘。

ほんるいだ［本塁打］（名）⇨ホームラン

ほ
ホ

ま　マ

ま［真］（名）真實，實在。

ま－［真］（接頭）① 正。△～東／正東。② 真正的，純的。△～人間／正直人。正經人。△～水／淡水，淨水。△～新しい／嶄新。

ま［魔］（名）魔，魔鬼。△～がさす／中魔、鬼迷心竅、鬼使神差（頓生邪念）。

ま［間］（名）①（空間）空隙，間隔。△～をふさぐ／填滿空隙。②（時間）閑暇，間歇。△またたく～／瞬間。③ 時機，機會。△～をうかがう／伺機。④ 房間。△茶の～／茶室。

－ま［間］（接尾）（房屋的）間數，間。△三～／三間。

まあ Ⅰ（副）① 暫且，先。△～おかけ下さい／請坐吧。△～食べてごらん／先嘗嘗看。② 還算，勉強，還可以。△売行きは～～といったところだ／銷路還算可以。Ⅱ（感）（婦女）（驚嘆時發出的聲音）呀！

まあい［間合い］（名）① 工夫，閑暇。△～をつめる／抓緊時間。② 適當時機。△～をはかる／伺機。△～をとる／抓住時機。△～がいい／機會好。

マーガリン［margarine］（名）人造牛油。

マーガレット［marguerite］（名）〈植物〉雛菊。

マーカンティリズム［mercantilism］（名）〈經〉重商主義。

マーキー［marquee］（名）大帳篷。

マーキュリ［mercury］（名）〈化〉汞，水銀。〈天〉水星。

マーキュロ［mercuro］（名）〈醫〉（“マーキュロクローム”的略語）汞溴紅，紅汞。（也說“マーキロ”）

マーキング［marking］（名・ス他）〈經〉標誌，記號，商標，徽章，印記，牌子。

マーク［mark］Ⅰ（名）標誌，記號，徽章。△～をつける／作記號。Ⅱ（名・他サ）① 記錄。△世界記録を～する／創世界記錄。② 盯上，盯住，（足、籃球）盯人。

マークシート［mark sheet］（名）① 符號圖表，標記紙。②（考試用的）答題卡，填塗卡。

マークセンス［mark sense］（名）塗卡式測試。

マークトウエーン［Mark Twain］〈人名〉馬克・吐溫（1835-1910），美國作家。

マーケタブル［marketable］（名）〈經〉銷路好的，適合市場的。（也作“マーケッタブル”）

マーケット［market］（名）① 商場，集市。△スーパー～／超級商場。② 市場，行情，銷路。（也說“マーケート”）

マーケットシェア［market share］（名）〈經〉市場佔有率，市場份額。

マーケットデー［market day］（名）〈經〉交易日。

マーケットメーカー［market maker］（名）消費者。

マーケットリサーチ［market research］（名）〈經〉市場調查。

マーケティング［marketing］（名）〈貿〉在市場上購買或賣出，銷售學。△～リサーチ／市場調查。（也說“マーケッティング”）

まあじ［真鰺］（名）竹筴魚。（也稱黃鯖，刺鰺）

マージ［merge］（名・ス自）〈經〉合併，吞併。

マージナル［marginal］（ダナ）① 邊緣的，邊沿地區的。② 邊際的，臨界的。

マーシャラー［marshaller］（名）機場的地面導航員。

マージャン［麻雀］（名）麻雀（牌），麻將（牌）。△～をする／打麻將。

マーシュガス［marsh gas］（名）沼氣。

マージン［margin］（名）① 利潤，佣金。△～をとる／索取佣金。②（印刷品）頁邊的空白，欄外。

マージンとりひき［マージン取り引き］（名）〈貿〉信用交易。

まあたらし・い［真新しい］（形）全新的，嶄新的。

マーチ［march］（名）進行曲。

マーチャンダイジング［merchandising］（名）① 商品的促銷活動。② 促銷用商品。

マーテン［marten］（名）貂，貂皮。

マートル［myrtle］（名）〈植物〉番石榴，山桃。

マーブル［marble］（名）① 大理石。② 大理石花紋（的紙）。③（遊戲用）彈子，玻璃球。

マーマレード［marmalade］（名）橘皮果醬。（也說“ママレード”）

マーマン［merman］（名）人魚（雄）。

マーメイド［mermaid］（名）美人魚，人魚。△～ライン／美人魚式（服裝）。（也作“マーメード”）

マーメード［mermaid］（名）人魚（雌）。

マーモット［marmot］（名）土撥鼠。

マイ［my］（名）我的。

まい［舞］（名）舞，舞蹈。△～をまう／跳舞。

－まい（助動）①（否定的推測）大概不…，也許不…。△まさかあのチームに負けることはある～／總不會敗給那個隊吧。②（否定的決心）不…，不打算…。△もうあんなところには行く～／我決不再去那種地方。③（接接續助詞“し”）因為不是…所以。△小さな子どもじゃある～し，わからないはずはないよ／又不是小孩子，不可能不懂。

－まい［枚］（助數）（計算平薄物體的量詞）張，幅，塊，扇，片。△紙１～／一張紙。△２～の葉っぱ／兩片葉子。

まい－［毎］（接頭）每。△～日／每天。△～度／每次。

まいあが・る［舞い上がる］（自五）飛舞，飛

揚。△ほこりが～／塵土飛揚。

まいあさ［毎朝］（名）每天早晨。

まいおうぎ［舞扇］（名）舞蹈用的扇子。

マイカ［mica］（名）雲母。

マイカー［my car］（名）自用汽車。

まいきょ［枚挙］（名・他サ）枚舉，例舉。

まいきょにいとまがない［枚挙に暇がない］（連語）不勝枚舉，舉不勝舉。

マイク（名）（"マイクロホン"的略稱）麥克風，話筒，送話器。

マイクル［micro］（名）① 微小的。② 表示萬分之一的接頭詞，記號 "μ"。

マイクロ –［micro］（接頭）微小。（也説 "ミクロ"）

マイクロウエーブ［microwave］（名）〈理〉微波，超短波。

マイクロカード［microcard］（名）（書刊、報紙等的）微縮卡。

マイクロケーション［microphone location］（名）麥克風錄音，現場實況廣播。

マイクロコピー［microcopy］（名）縮微複製，（書刊等的）縮小本，縮微稿。

マイクロスコープ［microscope］（名）顯微鏡。

マイクロは［マイクロ波］（名）微波，超短波（頻率在 3-30 千兆赫的電波）。→マイクロウェーブ

マイクロフィルム［microfilm］（名）縮微膠卷。

マイクロプリント［microprint］（名）縮微印刷品。

マイクロホン［microphone］（→マイク）

マイクロメーター［micrometer］（名）測微計，千分尺。

マイクロモーター［micromotor］（名）微型電動機。

マイクロモジュール［micromodulle］（名）微型組件，超小型器件。

マイクロリーダー［microreader］（名）縮微膠卷閱讀器。

まいげつ［毎月］（名）每月，每一個月。

まいこ［毎戸］（名）每戶，家家戶戶。

まいご［迷子・迷児］（名）迷路的孩子，走失的孩子。△～になる／迷了路。

まいこ・む［舞い込む］（自五）①（花瓣、雪片等）飛進，飄進。②（人或物出乎意外地）到來，進來。△変な奴が～んで来た／闖進來一個陌生人。

マイコン［microcomputer］（名）微型電腦。

まいじ［毎次］（名）每次，每回。

まいじ［毎時］（名）每一小時。△～ 90 キロの速さ／每小時九十公里的速度。

まいしゅう［毎週］（名）每週，每個星期。

まいしょく［毎食］（名）每餐。

マイシリン［mycillin］（名）〈醫〉青鏈黴素。

マイシン［myicin］（名）〈醫〉（"ストレプトマイシン" 的略語）鏈黴素。

まいしん［邁進］（名・自サ）邁進。△一路～する／一往直前。

マイスター［Meister］（名）師傅，專家，高手。

まいせつ［埋設］（名・他サ）埋設。△下水管を～する／埋設下水管道。

まいそう［埋葬］（名・他サ）埋葬。

まいぞう［埋蔵］（名・他サ）① 埋藏。② 蘊藏，儲藏。

まいちもんじ［真一文字］（名）一直，筆直。△～に口をむすぶ／緊閉雙唇。

まいつき［毎月］（名）每月，月月。

まいど［毎度］（名）① 每次，每回。② 屢次，常常。△～ありがとうございます／屢蒙關照，深為感謝。

マイドキュメント［My Documents］（名）〈IT〉我的文檔。

まいとし［毎年］（名）每年，年年。

マイナー［minor］（名・ダナ）① 較小的，較少的，較輕微的。② 較不重要的，次要的。③ 小曲，小調。

マイナス［minus］I（名・他サ）減。II（名）①〈數〉負數，負號，減號。②〈理〉負極，陰極。③ 不利，損失。△まじめ一点ばりだと、逆に～になることがある／一味認真，反倒不利。④ 赤字，虧空。↔ プラス

まいにち［毎日］（名）每日，天天。

マイネットワーク［My Network］（名）〈IT〉網上鄰居。

まいねん［毎年］（名）每年。

まいばん［毎晩］（名）每晚，每夜。

マイピクチャ［My Pictures］（名）〈IT〉我的照片。

まいひめ［舞姫］（名）舞女，女舞蹈演員。

マイブーム［my boom］（名）自己現在的愛好，自己現在感興趣的事。

マイペース［my pace］（名）適合自己的進度，方法。△～で勉強する／按照自己的節奏學習。

マイホーム［my home］（名）自己的家，我家。

まいぼつ［埋没］（名・自サ）① 埋沒。② 不為人知。△世に～した業績／埋沒於世的功績。

まいまい［毎毎］（副）經常，時常，屢次。

まいまいつぶろ［舞舞螺］（→かたつむり）

マイミュージック［My Music］（名）〈IT〉我的音樂。

まいもど・る［舞い戻る］（自五）（輾轉）返回。△郷里へ～／重返故里。

マイル［mile］（名）英里，哩。（也寫 "哩"）

まい・る［参る］（自五）①（"行く""来る"的謙遜語）去，來。△私の方からそちらに～ります／我上您那去。② 參拜，朝拜。△お寺に～／到寺院朝拜。△お墓に～／掃墓。③ 輸，折服。△まいった、許してくれ／服了，饒了我吧。④ 受不了，不堪，累垮。△からだが～／身體受不了。

– まい・る［参る］（補動）（"…て行く""…て来る" 的謙遜語）去，來。

マイルド［mild］（ダナ）①（味道、香氣）溫和，醇和。△～な味／味道醇厚。②（事情的程度、人的性情、態度等）溫和，和緩。△～な口調／溫和的語氣。

マインド［mind］（名）心，精神。

マインドコントロール［mind control］（名）精神控制，洗腦。

ま・う［舞う］（自五）① 舞蹈，跳舞。△舞を～／跳舞。② 飛舞，飄。△風に～／随風飄舞。

まうえ［真上］（名）正上面，正當頭。↔ 真下

マウス［mouse］（名）① 家鼠，鼷鼠。②〈IT〉滑鼠。

マウスパッド［mouse pad］（名）〈IT〉滑鼠墊。

マウンテンバイク［MTB（mountain bike）］（名）山地自行車。→オールテラインバイク

マウンド［mound］（名）（棒球）投手踏板。

まえ［前］（名）①（空間的）前，前面，前方。△～へ進め／（口令）齊步走！△机の～に座る／坐在桌前。△電車は～がすいている／電車前邊很空。↔ うしろ ②（時間的）前，以前，從前。△～から知っている／以前就知道。△結婚～の娘／未出閨的姑娘。△～あと，のち ③（順序的）前面，之前。△～置き／前言，開場白。↔ あと

- まえ［前］（接尾）等於，相當於。△三人～の料理／三人份的飯菜。

まえあし［前足］（名）前足，前肢，前爪。↔ あとあし

まえいわい［前祝い］（名）預祝，祝賀。

まえうけ［前受け］（名）〈經〉預收。

まえうり［前売り］（名）（車票，入場券等）預售。△～券／預售票。

まえおき［前置き］（名）前言，引言，開場白。

まえかがみ［前屈み］（名）上身向前彎，哈腰。△～になって歩く／彎着腰走。

まえがき［前書き］（名・自サ）（文章、書籍的）緒言，序文，前言。↔ あと書き

まえかけ［前掛け］（名）圍裙。△～をかける／繫圍裙。→エプロン

まえがし［前貸し］（名・他サ）預付，預支。△給料を～する／預付工資。

まえがしら［前頭］（名）（相撲）次於“小結”的力士級別。

まえがみ［前髪］（名）劉海兒（髮型）。

まえがり［前借り］（名・他サ）預支，借支。△給料を～する／預借工資。

まえぎり［前桐］（名）梧桐木櫃（箱）面。

まえきん［前金］（名）預付（款），定金。

まえく［前句］（名）（連歌・俳句的）上句，前句。↔ つけく

まえくち［前口］（名）先申請的，先報名的。↔ あとくち

まえげい［前芸］（名）（曲藝、雜技等）開場小節目。

まえげいき［前景気］（名）（事前的）氣氛。△～をあおる／事前進行鼓動。

まえこうじょう［前口上］（名）開場白，引子。△～が長すぎる／開場白太長。

まえこごみ［前屈み］（名）拱腰，哈腰。

まえだれ［前垂れ］→まえかけ

まえづけ［前付け］（名）（書籍的）序言，目次。↔ あとづけ

まえば［前歯］（名）門牙，門齒。↔ 奥歯

まえばらい［前払い］（名・他サ）預付。△代金を～する／預付貨款。↔ あとばらい

まえび［前日］（名）前一天。

まえぶれ［前触れ］（名）① 預先通知，預告。② 前兆，預兆。

まえまえ［前前］（名）以前，老早。△～から注意していた／早就注意了。

まえむき［前向き］（名）① 朝前，面向正面。△～にたおれる／朝前倒下。② 積極，進取。△～に検討する／積極研究。△～の姿勢／向前看的態度。

まえもって［前もって］（副）預先，事先。△～準備する／事先準備。

まえやく［前厄］（名）（迷信）厄運年的前一年。

まえわたし［前渡し］（名・他サ）預付，先交。△日当～をする／預付日薪。

まえん［魔縁］（名）惡魔。

まおう［麻黄］（名）〈植物〉麻黄。

まおう［魔王］（名）魔王。

まおとこ［間男］（名）①（有夫之婦與人）私通。△～をする／偷漢子。② 姘夫，情夫。

まかい［魔界］（名）魔境，惡魔的世界。

まがい［紛い］（名）偽造，假造（的東西）。

まがいい［間がいい］（連語）① 湊巧。② 走運。

まがいもの［紛い物］（名）贋品，偽造品。△～にせもの

まが・う［紛う］（自五）（因混雜、相似）分辨不清，疑是，猶如。△見～／看錯。△～方もない／不會弄錯。

まが・える［紛える］（他下一）① 使分辨不清，使混雜難分。② 仿造，冒充。

まがお［真顔］（名）嚴肅的面孔，鄭重的面孔。△～になる／表情嚴肅起來。板起面孔。

まがき［籬］（名）籬笆。

まかげ［目蔭］（名）舉手遮光。△～をさす／手搭涼棚。

まがさす［魔が差す］（連語）中魔，鬼迷心竅，神差鬼使。

まがし［間貸し］（名・自サ）出租房間。↔ 間借り

マガジン［magazine］（名）① 雜誌。②（照相機的）暗盒，軟片盒。

マガジンラック［magazine rack］（名）雜誌架，報架。

まか・す［任す］（他五）→まかせる

まか・す［負（か）す］（他五）打敗，戰勝。

まかず［間数］（名）（房屋）間數。

まかぜ［魔風］（名）妖風，邪風。

まか・せる［任せる］（他下一）① 託付，委託。△仕事を～／託付工作。② 聽任，任憑。△なりゆきに～／聽其自然。③ 盡量，充分發揮。△ひまに～て歩きまわる／可着時間到處轉。

まがたま［勾玉・曲玉］（名）（古代裝飾用的）月牙形的玉。

まかない［賄い］(名) 供給伙食 (的人)。△～つきの下宿／包飯的寄宿處 (人)。

まかないかた［賄い方］(名) 廚師, 包飯的。

まかな・う［賄う］(他五)① 籌措 (金錢等), 維持, 處置。△費用を～／籌措費用。② 供給伙食。

まがぬける［間が抜ける］(連語)① 愚蠢, 糊塗。② 馬虎, 大意。

まかぬたねははえぬ［まかぬ種は生えぬ］(連語) 無所作為則無所收穫。

まがね［真金］(名)〈文〉鐵。

まかふしぎ［摩訶不思議］(形動) 百思不得其解, 非常離奇。

まがまがし・い［禍禍しい・枉枉しい・曲曲しい］(形) 不吉利的, 不祥的, 可憎的。

まがも［真鴨］(名) 野鴨。

まがり［間借り］(名・自サ) 租用房間。↔ 間貸し

まがりかど［曲がり角］(名)①(道路的) 拐角。② 轉機, 轉折點。△人生の～に立っている／處在人生的轉折點上。

まがりがね［曲 (が) (り) 金・曲 (が) (り) 尺］(名) (木工用) 直角尺。

まがりくね・る［曲 (が) りくねる］(自五) 曲折, 彎彎曲曲。

まがりじゃく［曲 (が) (り) 尺］(名) →まがりがね

まかり・でる［罷り出る］(自下一)①(從身份高的人面前) 退出, 退下。② 厚着臉皮到人前去。

まかりとお・る［まかり通る］(自五) 横行無阻。△不正が～世の中／不正之風盛行的社會。

まがりなり［曲 (が) りなり］(名) 曲形, 不完整形。

まがりなりにも［曲 (が) りなりにも］(連語) 勉勉強強, 好容易, 湊湊合合。△まがりなりにも大学を卒業した／好歹算唸完了大學。

まかりまちが・う［罷り間違う］(自五) 萬一有失, 稍有差錯。△～えば, とんでもないことになるぞ／萬一有失, 可就闖大禍了。

まがりめ［曲 (が) り目］(名) 拐角處。

まか・る［負 (か) る］(自五) 能讓價。△これ以上は～らない／不能再讓價了。

まが・る［曲がる］(自五)① 彎, 彎曲。△腰が～／彎腰。△～ったえだ／彎彎的樹枝。② 拐彎, 轉彎。△右へ～／向右拐。△角を～／轉過拐角。③ 歪。△ネクタイが～／領帶歪了。④(行為、心思) 不正, (性情) 乖僻。△～った根性／乖僻的性情。

マガログ［magalog］(名) 商品目錄雜誌, 商品促銷雜誌。

マカロニ［maccheroni］(名) 通心粉, 葱管麵。

まがわるい［間が悪い］(連語)① 不湊巧。② 運氣不好。③ 尷尬。

まき［牧］(名) 牧場。

まき［真木］(名)〈植物〉① 扁柏、柳杉等的總稱。②(也寫"槙") 變種細小葉羅漢松。

まき［薪］(名) (做燃料用的) 木柴, 劈柴。△か

まどに～をくべる／往竈裏添木柴。

まきあげき［巻き上げ機］(名) 捲揚機, 提升絞車。

まきあ・げる［巻き上げる］(他下一)① 捲起, 捲揚。△すだれを～／捲起簾子。② 纏, 捲。△糸を～／纏綫。③ 搶奪, 勒索。△金を～／勒索錢。

まきあみ［巻 (き) 網・旋網］(名) 旋網, 圍網。

まきえ［蒔絵］(名) (日本獨特的漆器工藝之一) 泥金畫, 描金畫。

まきえ［撒 (き) 餌］(名) (給魚、鳥等) 撒食。

まきおこ・す［巻 (き) 起 (こ) す］(他五) 掀起, 引起, 惹起。△センセーションを～／引起轟動。

まきおと・す［巻 (き) 落 (と) す］(他五) (相撲) 抱住對方身體向左或右摔倒。

まきがい［巻き貝］(名)〈動〉螺。

まきかえし［巻き返し］(名) 反擊, 反撲, 捲土重來。△～に出る／進行反攻。

まきがみ［巻紙］(名) 成捲的信紙。

まきがり［巻狩 (り)］(名) 圍獵。

まきごえ［蒔 (き) 肥］(名) 底肥。△～をやる／施底肥。

まきこ・む［巻き込む］(他五)① 捲入, 捲進。△車輪に～まれる／捲進車輪。② 牽連, 連累。△やっかいな事件に～まれた／被牽連到一件麻煩事裏去了。

マキシ［maximum］(名) ("ワングスカート"的異稱) 長裙。

まきじた［巻き舌］(名) 夾雜捲舌音的快而重的語調。

マキシマム［maximum］(名) 最大, 最高, 最大值。(也說"マクシマム") ↔ ミニマム

マキシム［maxim］(名) 格言, 箴言。

まきじゃく［巻き尺］(名) 捲尺。

まきずし［巻き鮨］(名) 紫菜或蛋餅等捲的飯饍。

まきせん［巻き線］(名) 綫圈。→コイル

まきぞえ［巻き添え］(名) 牽連, 連累。△～を食う／受連累。

まきた［真北］(名) 正北。

まきたばこ［巻 (き) 煙草］(名)① 紙煙, 捲煙。② 雪茄煙。

まきちら・す［撒き散らす］(他五) 播撒, 散佈。△豆を～／撒豆子。△デマを～／散佈謠言。

まきつ・く［巻き付く］(自五) 纏, 纏繞。△大蛇に～かれて動けない／被大蛇纏住不能動彈。

まきつ・ける［巻き付ける］(他下一) 纏, 盤繞。

まきば［牧場］(名) 牧場。→ぼくじょう

まきひげ［巻きひげ］(名)〈植物〉(黄瓜、葡萄等的) 捲鬚。

まきもの［巻き物］(名) 卷軸 (書畫)。△絵～／畫卷。

まきゅう［魔球］(名) (棒球) 曲綫球, 下墜球。

まぎら・す［紛らす］(他五)① 排遣, 消除。△たいくつを～／解悶。△気を～／消愁。②

假充。△悲みを冗談に～／用玩笑掩飾自己的悲傷。

まぎらわし・い [紛らわしい] (形) 不易分辨的，容易混淆的。

まぎれこ・む [紛れ込む] (自五) 混進，混入。

まぎれもない [紛れもない] (連語) 確鑿，無可置疑。△まぎれもない事実／確鑿的事實。

まぎ・れる [紛れる] (自下一) ① 混入。△人ごみに～／混入人羣。② 忘卻。△悲しみが～／暫時忘掉悲哀。△気が～／解悶。散心。

まぎわ [間際・真際] (名) 將要…的時候，快要…以前。△閉店～／正要閉店之時。

マキントッシュ [mackintosh] (名) 防水膠布，膠布雨衣。

ま・く [蒔く] (他五) ① 播 (種)。② (畫泥金書時在漆上) 撒 (金粉)。

ま・く [撒く] (他五) ① 撒，灑，散佈。△水を～／灑水。△ビラを～／撒傳單。△金を～／揮霍。揮金如土。② 甩掉 (尾隨者)。△尾行を～／甩掉跟蹤的。

ま・く [巻く] (他五) ① 捲，纏。△糸を～／纏綫。△繃帶，纏上，包上。△包帶を～／纏上繃帶。△マフラーを首に巻く／脖子上圍圍巾 ③ 上弦，擰 (發條等)。△ぜんまいを～／上弦。④ 打旋。△うずを～／打旋兒。

まく [幕] (名) ① 幕，幕布，帷幕。△～を張る／掛幕。△～を引く／拉幕。△～を切る／開幕。揭幕。△～があく／開幕。開始。② 〈劇〉幕。△彼は次の～に出る／他在下一幕出場。③ 場面。△きみの出る～じゃない／不是你出頭的時候。④ (相撲的力士等級) 幕內。

まく [膜] (名) 膜，薄膜。

まくあい [幕合い] (名) 〈劇〉幕間。

まくあき [幕開き] (名) 開場，開幕。↔ 幕ぎれ

まくうち [幕内] (名) (相撲) 高於 "前頭" 的幕內級力士。(也説 "まくのうち")

マグェー [maguey] (名) 〈植物〉龍舌蘭。

まくぎれ [幕切れ] (名) 〈劇〉(一幕) 閉幕，收場。↔ 幕あき

まぐさ [秣] (名) (牲畜) 飼草，乾草。△～をやる／餵草料。△～切り／鍘刀。→飼い葉

まぐさば [秣場] (名) ① 牧草場。② (一定區域內的居民共同使用的) 山林原野。

まくしあ・げる [巻し上げる] (他下一) 挽起，捲起。△袖を～／挽起袖子。

まくした [幕下] (名) (相撲) ("十両" 和 "三段目" 之間的力士等級) 二級力士。

まくした・てる [まくし立てる] (他下一) 滔滔不絕地説。

まくじり [幕尻] (名) (相撲) (列在名單) 最末排的力士。

まぐち [間口] (名) ① (房屋、土地等) 正面寬度。△～が狭い／開間很窄。② (喻) (事業或知識的) 範圍，領域。△～の広い人／見識廣的人。↔ おくゆき

マグナカルタ [Magna Charta] (名) 〈史〉英國大憲章。(1215 年)

マグニチュード [magnitude] (名) 地震震級。(記號 M)

マグニファイア [magnifier] (名) 放大鏡，放大物。

マクニン [Macnin] (名) (驅蛔蟲藥) 麥克寧。

マグネサイト [magnesite] (名) 菱鎂礦，菱苦土礦。

マグネシア [magnesia] (名) 〈化〉氧化鎂。

マグネシウム [magnesium] (名) 〈化〉鎂。

マグネチックカード [magnetic card] (名) 磁卡。

マグネット [magnet] (名) 〈理〉磁石，磁鐵。

まくのうち [幕の内] (名) ① → まくうち ② ("まくのうち弁当" 的略語) (看劇中間休息時食用的) 盒飯。

マグノリア [magnolia] (名) 〈植物〉木蘭。

マグマ [magma] (名) 岩漿，稠液。

まくら [枕] (名) ① 枕頭。△～をする／枕枕頭。△～につく／就寢。② (曲藝、滑稽故事等的) 開場白。

まくらがたな [まくら刀] (名) (放在枕邊的) 護身刀。

まくらぎ [まくら木] (名) 枕木，軌枕。

まくらきん [まくら金] (名) 定錢，押金，保證金。

まくらことば [枕詞] (名) ("和歌" 中為修飾或調整語調而冠在某詞上的詞，通常為五音節) 枕詞。

まくらさがし [まくら捜し、まくら探し] (名) 趁旅客睡覺時進行偷竊 (的賊)。

まくらのそうし [枕草子] (名) (作品名)《枕草子》。(平安時代清少納言所作隨筆)

まくらもと [まくら元] (名) 枕邊。

まくらをたかくしてねる [枕を高くして寝る] (連語) 高枕無憂。

まく・る [捲る] (他五) 露出，捲起，挽起。△そでを～／挽起袖子。

-まくる [捲る] (接尾) (接動詞連用形) 激烈地，拼命地，繼續地。△書き～／一個勁兒地寫。△ふき～／(風) 猛颳。

まぐれ (名) 僥幸。

まぐれあたり [まぐれ当たり] (名) 偶然碰對 (猜中，命中)，僥幸成功。

まぐれざいわい [まぐれ幸い] (名) 僥幸。

まく・れる [捲れる] (自下一) 捲起，捲起。

マクロ [macro] (名) 長，大。↔ ミクロ

まぐろ [鮪] (名) 〈動〉金槍魚。

マクロコスモス [macro cosmos] (名) 大宇宙，宏觀世界。

マクロコントロール [macro control] (名) 〈經〉宏觀調控。

まぐわ [馬鍬] (名) 畜力耙子，拖耙。

まくわうり [真桑瓜] (名) 甜瓜，香瓜。

まけ [負け] (名) 輸，負，敗。

まげ [髷] (名) 髮髻。△～を結う／挽髻。

まけいくさ [負 (け) 戦] (名) (戰爭或比賽) 敗仗。

まけいぬ［負け犬］（名）咬架敗了夾起尾巴逃走的狗，慘敗者。

まけおしみ［負け惜しみ］（名）不服輸，不認輸。△～が強い／死不認輸。

まけぎらい［負け嫌い］（名・形動）逞強，不服氣，不服輸。

まけこ・す［負け越す］（自五）（比對方）敗多勝少。↔ 勝ち越す

まけじだましい［負けじ魂］（名）頑強精神，倔強精神，爭強好勝。

まけずおとらず［負けず劣らず］（副）不相上下，不分優劣。△ふたりとも、～がんこだ／兩個人差不離，都很固執。

まけずぎらい［負けず嫌い］（名・形動）好強，好勝。△～な人／要強的人。

マケット［maquette］（名）模型，雛形。

まげて［曲げて］（副）勉強，強迫，硬逼。△～ご承諾ねがいます／請務必答應。△～応ずる／屈就，遷就，俯就。

まけばら［負け腹］（名）輸得生了氣。△～を立てる／輸急眼了。

ま・ける［負ける］Ⅰ（自下一）① 輸，敗，經受不住。△ 2 対 1 で～／以二比一敗北。△誘惑に～／經不起引誘。△暑さに～／中了暑。②（對漆、藥等過敏）皮膚發炎。△うるしに～／被漆咬了。Ⅱ（他下一）減價。

ま・げる［曲げる］（他下一）① 彎。△腰を～／彎腰。↔ のばす ② 屈，改變。△節を～／屈節。△信念を～／改變信念。③ 歪曲。△事実を～／歪曲事實。△法を～／枉法。

まけるがかち［負けるが勝ち］（連語）敗中有勝。

まけんき［負けん気］（名）要強，好勝。

まご［孫］（名）孫子。

まご –［孫］（接頭）隔代，隔輩。△～弟子／徒孫。

まご［馬子］（名）（古時以牽馬為業的）馬夫，馬童。

まごい［真鯉］（名）〈動〉黑鯉魚。

まごこ［孫子］（名）① 兒孫。② 子孫，後代。△～の代まで／到子孫後代。

まごころ［真心］（名）真心，誠意。△～をこめる／真心實意。

まごつ・く（自五）着慌，發慌，張皇失措。△返答に～／不知如何回答才好。

まこと［誠］Ⅰ（名）① 真實，事實。△嘘が～になる／假話成了真事。弄假成真。② 真心，誠意。△～を尽す／竭誠。Ⅱ（副）真，實在，的確。△～に申しわけありません／實在抱歉。

まことしやか（形動）煞有介事。

まごのて［孫の手］（名）撓癢耙，老頭樂。

まごびき［孫引き］（名・他サ）盲目抄引其他書的引文。

まごまご（副・自サ）不知所措，徘徊。

まごむすめ［孫娘］（名）孫女。

マザーインロー［mother-in-law］（名）婆婆，岳母。

マザーオイル［mother oil］（名）原油。

マザーカントリー［mother country］（名）本國，祖國。

マザーコンプレックス［mother-complex］（名）戀母情結，戀母症。→マザコン

マザーシップ［mother ship］（名）航空母艦。

マザーズデー［Mother's Day］（名）（美、加）母親節。（五月第二個星期日）

マザーネーチャー［Mother Nature］（名）（孕育萬物的）大自然。

マザーボード［motherboard］（名）〈IT〉主板。→メインボード

マザーリング［mothering］（名）慈母般的，愛撫的。

まさおかしき［正岡子規］〈人名〉正岡子規（1867-1902）。詩人。

まさか（副）（下接否定詞）難道，莫非，焉能。△～本心ではないだろうね／決不會是真心吧。△～あの人に負けるとは思わなかった／萬沒想到輸給他了。

まさかのとき［まさかの時］（連語）萬一。△まさかのときを考えて遺言を書いておく／寫下遺囑，以備萬一。

まさかり［鉞］（名）板斧。

まさき［正木］〈植物〉矛衛，大葉黃楊。△～のかずら／扶芳藤。

まさしく［正しく］（副）確實，正是，的確。△これは～ほんものだ／這的確是地道貨。

まさつ［摩擦］（名）① 摩擦。②〈理〉阻力。③ 不和睦，摩擦。△ふたりの間には～が絶えない／兩人之間不斷發生摩擦。

まさつおん［摩擦音］（名）〈語〉摩擦音。

まさに［正に］（副）① 真的，的確。△～そのとおり／正是那樣。② 正好，恰好。△～攻撃の好機だ／現在正是進攻的好時機。③（以 "まさに…べきである" 的形式）當然。△長男のきみこそ～家をつぐべきだ／身為長子的你才應當承襲家業。

まざまざ（副）清清楚楚，歷歷在目。△～と思いだす／清楚地想起。

まさめ［正目］（名）直木紋。↔ 板目

まさゆめ［正夢］（名）與事實相吻合的夢。↔ さかゆめ

まさ・る［勝る］（自五）勝過，優越。△～ともおとらない／有過之而無不及。↔ おとる

まざ・る［交ざる・混ざる］（自五）混雜，夾雜。

まし［増し］Ⅰ（名）增加，增多。△日～に／與日俱增。Ⅱ（形動）勝過，強於。△ないより～だ／總比沒有好。

マジェスティック［majestic］（ダナ）有威嚴的，堂堂正正的，雄偉的。

まじ・える［交える］（他下一）① 夾雜，攙雜。△私情を～／帶有私情。② 交，交叉。△膝を～えて語り合う／促膝談心。③ 交換，交。△言葉を～／交談。△一戦を～／交一次鋒。

ましかく［真四角］（名・形動）正方形。

まじきり［間仕切り］（名）間壁。

マジシャン [magician] (名) 魔術師，妖道，魔法師。

ました [真下] (名) 正下面。↔真上

マジック [magic] (名) ① 魔術，戲法。② ("マジックインキ" 略語) 萬能筆。(可在油污金屬表面上或一般筆不能寫書的物體表面上畫印記)。

マジックアイ [magic eye] (名) 電眼，電子射綫管。

マジックガラス [magic glass] (名) 單面可視玻璃。

マジックドア [magic door] (名) 自動門。

マジックナンバー [magic number] (名)〈體〉棒球公開賽過半後，顯示此時獲優勝率第一名的隊還須幾勝可獲冠軍的數字。

マジックハンド [magic hand] (名)〈理〉(原子堆操作時用的) 機械手，人造手。

マジックミラー [magic mirror] (名) 魔鏡。

まして [況して] (副) 何況，況且。△大人でもわからないのに，～小さい子どもにわかるわけがない／連大人都不懂，小孩就更不明白了。

まじない [呪い] (名) 符咒，咒語。

まじな・う [呪う] (他五) 唸咒。

まじまじと (副) 目不轉睛地 (看)，盯着 (看)。

マシマロ [marshmallow] (名) (蛋清、糖、香料等製的) 果汁軟糖。

ましめ [増し目] (名)〈編織〉加扣。

まじめ [真面目] (名・形動) ① 認真，正經。△～に勉強する／認真學習。△くそ～／死心眼，過分認真。② 真實，實在。△～な話／老實話。

まじめくさ・る [真面目腐る] (自五) 假裝認真，一本正經。

ましゃく [間尺] (名) ① (工程、建築物等的) 尺碼。② 計算，比率。

ましゃくにあわない [間尺に合わない] (連語) 不合算，划不來。

ましゅ [魔手] (名) 魔爪，魔掌。△～にかかる／墜入魔掌。

まじゅつ [魔術] (名) ① 妖術。② 魔術，戲法。

まじょ [魔女] (名) 魔女。

ましょう [魔性] (名) 妖性。△～のもの／妖魔鬼怪。

ましょうめん [真正面] (名) 正對面，正面。

マジョリカ [majolica] (名) (原意大利出產的) 花飾陶器。

まじりけ [交じり気・混じり気] (名) 夾雜 (物)，摻雜 (物)。△～がない／純的。清一色。

まじりもの [交じり物・混じり物] (名) 混雜物，混合物。

まじ・る [交じる・混じる] (自五) 混雜，摻混。

まじろ・ぐ [瞬ぐ] (自五) 眨眼。△～ぎもせずに見詰める／不眨眼地盯着。

まじわり [交わり] (名) 交際，交往。△～を結ぶ／結交。△～を絶つ／斷交。

まじわ・る [交わる] (自五) ① 交叉。② 交際。③ 性交。

マシン [machine] (名) ① 機械，機器。② 賽車。

ましん [麻疹] (名) 麻疹。→はしか

ます [升] (名) ① 升。② 用升量得的分量。③ (劇場、相撲等) 間隔成方形的觀眾席。

ます [鱒] (名) 鱒魚。

ま・す [増す] Ⅰ (自五) 增加，增多。△人口が～／人口增多。△何にも～して／最為…↔減る Ⅱ (他五) 增加，增多。△もっと人手を～して下さい／請再增加人手。↔減らす

－ます (助動) 接在動詞和一部分助動詞的連用形後，對談話對方表示恭敬、鄭重。

まず [先ず] (副) ① 首先。△～仮名を習う／先學假名。② 總之，且先。△～お茶を一杯／且喝杯茶。△～はお礼まで／特表謝意。③ 大概。△～降らないとは思うが，傘は持って行こう／大概不會下，不過傘還是帶去吧。

ますい [麻酔] (名)〈醫〉麻醉。△～をかける／施行麻醉。

まず・い [不味い] (形) ① 難吃，不好吃。↔おいしい，うまい ② 不好，拙劣。△字が～／字寫得不好。③ 不方便，不合適。△～ことになる／情況不妙。△～ところに来たものだ／來得真不是個時候。

ますいざい [麻酔剤] (名) 麻醉劑。

マズート [mazut] (名) 重油。

マスカット [muscat] (名)〈植物〉麝香葡萄。

マスカラ [mascara] (名) 染睫毛油。

マスカラード [mascarade] (名) 假面舞會，化裝舞會。

マスカルチャー [mass culture] (名) 大眾文化。

マスキュリンスタイル [masculine] (名) 女子的男性打扮與服裝。

マスク [mask] (名) ① 假面具。② 防毒面具，口罩。△～をかける／戴口罩。③ (棒球，劍道的) 面罩。④ 相貌，容貌。△いい～をしている／相貌標致。

マスクメロン [musk melon] (名)〈植物〉甜瓜。

マスゲーム [mass game] (名) 集體遊戲，團體操。

マスコット [mascot] (名) 福神，吉祥物。

マスコットキャラクター [mascot character] (名) (大會等的) 吉祥物。

マスコミ [mass communication] (名) 大眾宣傳，大規模宣傳。

マスコミュニケーション [mass communication] (名) →マスコミ

まずし・い [貧しい] (形) ① 貧窮，貧困。② 貧乏。△～才能／才疏學淺。

マススタート [mass start] (名) (比賽的) 集體起跑。

マスセールス [mass sales] (名) 大量販賣，大量出售。

マスター [master] Ⅰ (名) ① 店主，老闆，僱主。② 碩士。△～コース／碩士課程。③ 船長，校長。Ⅱ (他サ) 熟練，精通，掌握。△英語を～する／精通英語。

マスターオブセレモニー [master of ceremonies] (名) 主持人，司儀。

マスターキー [master key] (名) 萬能鑰匙。

マスタード [mustard]（名）芥辣粉。

マスターピース [masterpiece]（名）傑作，名作，代表作。

マスト [mast]（名）桅，桅杆。

マストアイテム [must item]（名）必需品。

マスプロ [mass production]（名）大量生産。

マスプロダクション [mass production]（名）→マスプロ

ますます [益益]（副）越發，更加。→いよいよ

ますめ [升目]（名）① 用升量的分量。② (像升般) 格狀的東西。

マスメディア [mass media]（名）(報紙，電視，廣播等) 宣傳媒介，宣傳工具。

ますらお [益荒男・丈夫]（名）大丈夫，男子漢。

ますらたけお [益荒猛男]（名）→ますらお

マズルカ [mazurka]（名）(波蘭) 馬祖卡舞 (曲)。

ませいせっき [磨製石器]（名）(新石器時代的) 磨製石器。

まぜおり [交ぜ織り]（名）混紡織品。

まぜかえ・す [混ぜ返す]（他五）別人説話時用笑話打岔。

ませがき [籬垣]（名）籬笆。

まぜこぜ（名）混雜。

まぜっかえ・す [混ぜっ返す]（他五）→まぜかえす

ま・せる（自下一）(少年) 老成，早熟。△ませた口をきく／(小孩) 説話像大人似的。

ま・ぜる [混ぜる・交ぜる]（他下一）① 摻合，摻混。② 攪合，攪拌。

マゾヒズム [masochism]（名）受虐淫，被虐狂。

まそん [摩損・磨損]（名・自サ）磨損。

また [股]（名）大腿根。△～を開く／叉開腿。△ズボンの～のところがほろびた／褲襠開綻了。△世界を～にかける／走遍全世界。

また [又]（名）分叉 (處)。△木の～／樹杈子。

また [又] Ⅰ（名）① 又，再。△～の日／改日。△～にしましょう／(下次) 再説罷。△では～／再見！② 別。△～の名／別名。Ⅱ（副）① 也。△彼も～彼女が好きだ／他也愛她。→同じく ② 還，並且。△その時代子供は～労働力でもあった／那時代兒童又是勞動力。一方では～再。△～とない機會／難得的機會。△あいつ～来た／他又來了。△今日も～雨か／今天又是個雨天。△いずれ～伺います／改日再來拜訪。→ふたたび ④ 可是。△なんで～そんなことを言うのですか／你怎麼説這種話！→それにしても Ⅲ（接）並且。△彼女は俳優であり～歌手でもある／她是演員又是歌手。△そんな事は知らないし～知りたくもない／那種事我不知道，也不想知道。→且つ

また-[又]（接頭）(冠在名詞之上) 間接。△～借り／轉借。△～聞き／間接聽到。

まだ [未だ]（副）還，尚。△～来ない／還沒來。△～間にあう／還來得及。△これから～寒くなる／往後還要冷。△～三年しかたっていない／才過了三年。△こちらの方が～ましだ／這還算好的。

まだい [真鯛]（名）〈動〉真鯛 (加級魚)。

まだい [間代]（名）房費，房租。

またいとこ [又従兄弟・又従姉妹]（名）從堂兄弟 (姐妹)，從表兄弟 (姐妹)。

またがし [又貸し]（名・他サ）轉借出，轉租出。

またがし [また貸し]（名）〈經〉轉貸，轉借出。

マダガスカル [Madagascar]〈國名〉馬達加斯加。

またがり [又借り]（名・他サ）轉借入，轉租入。△本を人から～する／跟別人轉借書。

また・ぐ [跨がる・股がる]（自五）① 騎，跨。② 橫跨，連續。△三県に～平野／跨三個縣的平原。△七年に～大事業／時貫七年的大工程。

またぎき [又聞き]（名・他サ）間接聽到。

また・ぐ [跨ぐ]（他五）跨過，邁過。

またぐら [股ぐら・股座]（名）兩大腿之間，襠。

まだけ [真竹]（名）〈植物〉苦竹。

まだらい [又家来]（名）僕從，陪臣。

まだこ [真章魚・真蛸]（名）章魚。(簡稱蛸)

またしても [又しても]（副）再，又。△～やられた／又吃了苦頭。→またまた，またもや

まだしも [未だしも]（副）雖然不足但還 (行，好)。△～こちらの方がましだ／這邊的還強一些。

またぞろ（副）又，再。△～やって来た／又來了。

またた・く [瞬く]（自五）① 眨眼。→まばたく ② 閃爍。△星が～／星光閃爍。

またたくま [瞬く間]（名）轉瞬之間。

まただのみ [又頼み]（名）轉託。

またたび（名）〈植物〉木天蓼，葛棗。

またたび [股旅]（名）(賭徒等) 到處流竄。

またでし [又弟子]（名）徒孫。

マタドール [matador 西]（名）鬥牛士。

まただなり [又隣]（名）隔一家的鄰居。

またにかける [股に掛ける]（連語）走遍…

マタニティーウエア [maternity wear]（名）孕婦服装。

マタニティーブルー [maternity blues]（名）產後引起的精神不安和情緒不穩。

マタニティドレス [maternity dress]（名）妊婦服，產婦服。

または [又は]（接）或，或是。△今日の午後雨～雪が降るだろう／今天下午可能下雨或者下雪。

またまた [又又]（副）→またしても

まだまだ [未だ未だ]（副）("まだ" 的強調形) 還，仍。△～ある／還有的是。

マダム [madam]（名）① 夫人，太太。② (酒吧等的) 老闆娘。

またもや [又もや]（副）→またしても

まだら [斑]（名）斑駁，斑點，花斑。

まだら [真鱈]（名）〈動〉鱈。(通稱大頭魚)

まだるっこ・い [間怠っこい]（形）慢騰騰。△～くて見ていられない／慢吞吞的急死人。

まち Ⅰ [街]（名）①（也寫 "町"）城市，城鎮，集鎮。②（商店）街，大街。Ⅱ [町]①（日本行政區劃）町。② 街道。

まちあい［待合］(名) 約會 (的時間、地點)。

まちあいしつ［待合室］(名) 候車室, 候診室。

まちあか・す［待ち明かす］(他五) 等人到天亮。

まちあぐ・む［待ち倦む］(他五) 等膩, 等得不耐煩。

まちあわ・せる［待ち合わせる］(他下一) 約會。△ 10 時に駅で～ことになっている／約定十點在車站見面。(也說"待ちあわす")

まちう・け［待ち受け］(名)〈IT〉待機。

まちうけがめん［待ち受け画面］(名)〈IT〉待機畫面。

まちうけじかん［待ち受け時間］(名)〈IT〉待機時間。

まちう・ける［待ち受ける］(他下一) 等待 (…來, …發生。) △思わぬ災難が彼を～けていた／意想不到的災難在等着他。

まぢか［間近］(名・形動) 臨近, 靠近。△～にせまる／迫在眉睫。逼近。

まちがい［間違い］(名)① 錯, 不正確。△計算に～が多い／計算錯誤很多。② 過失, 過錯。△～を犯す／犯錯誤。

まぢか・い［間近い］(形) 臨近, 靠近。△冬休みも～／寒假也快到了。

まちが・う［間違う］Ⅰ (自五) 錯。△君の考えは～っている／你的想法不對。Ⅱ (他五) 弄錯。△機械の操作を～った。／機器操作錯了。→間違える, あやまる

まちが・える［間違える］(他下一)① 做錯, 弄錯。△字を書き～／把字寫錯了。△計算を～／計算錯了。② 認錯, 記錯。△犯人と～えられる／被誤認成罪犯。→間違う, あやまる

まちかど［街角］(名)① 大街拐角。② 街頭。→街頭

まちか・ねる［待ち兼ねる］(他下一) 等得不耐煩。△～ねて先に帰る／等得不耐煩先回去了。

まちかま・える［待ち構える］(他下一) (做好了準備) 等候, 等待。→待ちうける

まちぎ［町着］(名) 外出時穿的衣服。

まちくたび・れる［待ちくたびれる］(自下一) 等得疲倦, 等得不耐煩。

まちこが・れる［待ち焦がれる］(他下一) 焦急地等待, 渴望, 翹盼。

まちじかん［待ち時間］(名)〈IT〉等候時間。

マチス［Henri Matisse］〈人名〉馬蒂斯 (1869-1954)。法國畫家。

まちどおし・い［待ち遠しい］(名) 盼望已久, 望眼欲穿。

まちなか［町中］(名) 市内中心區, 市内繁華街。

まちなみ［町並み］(名) 房屋櫛比鱗次 (的地方)。→家並み

まちにまった［待ちに待った］(連語) 等了又等, 等待已久。

マチネー［matinée］(名)〈劇〉日場, 白天音樂會。

まちば［町場］(名) 商業區。

まちはずれ［町外れ］(名) 市郊, 城郊。

まちばり［待ち針］(名)(縫紉) 別在布上作記號用的針。

まちぶせ［待ち伏せ］(名) 埋伏, 伏擊。

まちぼうけ［待ちぼうけ］(名) 白等。△～を食う／白等。

まちまち（名・形動）各式各樣, 不一致。△意見が～でまとまらない／意見不一, 統一不起來。

マチュア［mature］(名) 成熟的, 大人的, 好吃的季節, 正好吃的時候。

まちわ・びる［待ち侘びる］(他上一) 焦急地等待。△返事を～／急切地等待回音。

まつ［松］(名)①〈植物〉松, 松樹。△～に鶴／松鶴延年。② 門松 (新年裝飾正門的松枝)。

ま・つ［待つ］(他五)① 等, 等待。△チャンスを～／等待時機。△人を～／等人。△あと 1 日～ってくれ／請再等一天。② 期待, 指望。△君の自覚に～／等待你自覺。△今更言うを～たない／現在更自不待言。△今後の研究に～／有待於今後的研究。

まつい［末位］(名) 末位。

まつえい［末裔］(名) 後裔, 子孫。

まつおばしょう［松尾芭蕉］〈人名〉松尾芭蕉 (1644-1694)。"俳句"詩人。

まっか［真っ赤］(名・形動)① 赤紅, 通紅, 鮮紅。② 完全, 純粹。△～な偽物／十足的贋品。△～な嘘だ／純屬謊言。

まつかさ［松かさ・松毬］(名) 松塔。

まつかざり［松飾り］(名) 日本新年時裝飾在門口的松樹枝。

まつかぜ［松風］(名)① 松濤。②(茶壺的) 水沸聲。

まっき［末期］(名)① 末期。△平安時代～／平安時代末期。↔ 初期, 中期 ② 末期, 晚期。△肺癌の～症状／肺癌晚期的症狀。

マッキントッシュ［Macintosh］(名)① 美國蘋果公司的電腦。② 防水膠布, 雨衣布。

マッグ［mug］(名) 杯, 優勝杯。

まっくら［真っ暗］(名・形動) 漆黑, 黑洞洞。△一寸先も分らぬ～闇／黑得伸手不見五指。△お先～／前途渺茫。

まっくろ［真っ黒］(名・形動) 烏黑, 漆黑, 黝黑。△～に日燒けした顔／曬得黝黑的臉。

まつげ［睫・睫毛］(名) 睫毛。

まつご［末期］(名) 臨死, 臨終。

まっこう［真っ向］(名) 正面, 迎面。△～から否定する／全盤否定。

まっこうくさ・い［抹香臭い］(形) 帶信佛的氣息 (貶義)。

まつごのみず［末期の水］(名) 給臨死的人嘴裏含的水。△～をとる／送終。

まつざ［末座］(名) 末席, 末座。

マッサージ［massage］(名・他サ) 按摩, 推拿。

マッサージスト［massagist］(名) 按摩師。

マッサージャー［massager］(名) 按摩師, 按摩機。

まっさお［真っ青］(名・形動) ① 湛藍，蔚藍。② (臉色) 蒼白，鐵青。

まっさかさま［真っ逆様］(形動) 頭朝下，倒栽葱。

まっさかり［真っ盛り］(名) 最高潮，最盛時期。

まっさき［真っ先］(名) 最先，首先，最前面。

まっさつ［抹殺］(名・他サ) ① 抹掉，勾銷，去掉。△名簿から～する／從名冊上勾掉。② 抹煞。△少数意見を～する／完全不理睬少數意見。

まっし［末子］(名) 末子。(也説 "ばっし" → すえっこ ↔ 長子

まつじ［末寺］(名)〈佛教〉末寺，(寺院的) 下院。

まっしぐら［驀地］(副) 猛進，勇往直前。

まつじつ［末日］(名) ① 最後一天。② 月末。

マッシャー［masher］(名) 搗碎機。

マッシュ［mash］(名) 漿，馬鈴薯泥。

マッシュルーム［mushroom］(名)〈植物〉蘑菇，蕈。

まっしょ［末書］(名) ① 註釋本。② 後續本。

まつじょ［末女］(名) 最小的女兒。

まっしょう［抹消］(名・他サ) 勾銷，抹掉。△事実を～する／把事實一筆勾銷。

まっしょう［末梢］(名) ① 枝頭，樹梢。② 末梢，末端。△～にこだわる／拘泥於細節。

まっしょうじき［真っ正直］(形動) 非常正直。

まっしょうしんけい［末梢神経］(名) 末梢神經。↔ 中枢神経

まっしょうてき［末梢的］(形動) 枝節的，細節的，微不足道的。

まっしょうめん［真っ正面］(名) 正面，正對面。

まっしろ［真っ白］(形動) 雪白，純白。

まっすぐ［真っ直ぐ］(副・形動) ① 筆直。△背中を～のばす／把背伸直。② 直接，徑直。△～(に) 家に帰る／直接回家。③ 老實，正直。△～な人間／耿直的人。

マッスル［muscle］(名) ① 肌肉。② 使勁擠出 (一條路)。

まっせ［末世］(名)〈佛教〉末世。

まっせき［末席］(名) 末席，末座，下等座位。△～を汚す／(謙) 忝列末座。

まっせつ［末節］(名) 枝節，末節。△枝葉～／細枝末節。

まっそん［末孫］(名) 後裔。

まった［待った］(連語) (象棋等要求對方暫緩進攻) 等一等。△～をする／悔棋。△～なし／不許悔棋。△工事に～をかける／要求停工。△～がかかる／被命令停工。

まつだい［末代］(名) 後世。△～まで汚名を残す／遺臭萬年。△人は一代，名は～／人生一世，名留千古。

まったく［全く］(副) ① 完全，全然。△私は～無一物になった／我已一貧如洗。② 真，實在。△～のところ信じられない／簡直難以相信。

まつたけ［松茸］(名) 松蕈，松蘑。

まったん［末端］(名) ① 末端。② 基層。△～にまで徹底する／貫徹到基層。↔ 中央

マッチ［match］(名) 火柴。△～をする／劃火柴。△～ばこ／火柴盒。

マッチ［match］I (名) 比賽。△タイトル～／錦標賽，冠軍賽。II (自サ) 相稱，相配。△顔だちに～した髪型／跟臉形相稱的髮型。

マッチポイント［match point］(名) 賽點 (比賽中取勝所需的最後 1 分)。

まっちゃ［抹茶］(名) 綠粉茶，粉茶。

マッチング［matching］(名・ス自) 調和，平衡。

まってい［末弟］(名) 季弟，小弟。(也説 "ばってい")

マット［mat］(名) ① (放在門口的) 蹭鞋墊。② 牀墊，(體操用) 墊子。③ (摔跤、拳擊等競技場上的) 墊子。

まっとう・する［全うする］(他サ) 圓滿完成。△任務を～／完成任務。

マットレス［mattress］(名) 牀墊，褥墊。

まつのうち［松の内］(名) 日本新年一月一日到七日。

マッハ［德 Mach］(名) 馬赫 (氣流速度與音速之比，用於計算超音速飛機速度)。(記號 M)

まつば［松葉］(名) 松樹葉。

まっぱい［末輩］(名) 末輩，地位低的人，無名小輩。

まっぱだか［真っ裸］(名) 一絲不掛，赤身露體。

まつばづえ［松葉杖］(名) 枴杖。

まつばぼたん［松葉牡丹］(名)〈植物〉半支蓮，大花馬齒莧。

まつばやし［松林］(名) 松樹林。

まつばら［松原］(名) 松樹叢生的海岸或平原。

まつび［末尾］(名) 末尾，終了。

まっぴつ［末筆］(名) (書信結尾用語) 順致，順請。

まっぴら［真っ平］(副)〈俗〉千萬別…，絕對不…。△～ごめん／實在對不起，礙難遵命；請饒恕，請原諒。△それは～だ／那個我絕對不幹。△あんな所へ行くのはもう～だ／那種地方我可再也不去了。

まっぴるま［真っ昼間］(名) 大白天，正晌午。

マッピング［mapping］(名) ① 繪圖，製圖。②〈生物〉基因圖的繪製，染色體圖譜法。

マップ［map］(名)〈經〉地圖，空頭支票。

まっぷたつ［真っ二つ］(名) ("まふたつ" 的口語形) 正兩半。

まつぼっくり［松ぼっくり］(名) →まつかさ

まつむし［松虫］(名)〈動〉金琵琶。(蟋蟀的一種)

まつやに［松脂］(名) 松脂，松香。

まつよいぐさ［待つ宵草］(名)〈植物〉月見草，夜來香。

まつよう［末葉］(名) ① 末葉，末期。② 子孫，後裔。(也説 "ばつよう")

まつり［祭り］(名) ① 祭典，祭祀。△お～／祭日。廟會。② (為招攬顧客而舉行的) 各種

娯樂活動。△きく〜／菊花會（節）。△あと
の〜／雨後送傘。

まつり［茉莉］(名)〈植物〉茉莉（花）。

まつりあ・げる［祭り上げる］(他下一) 推崇,
捧上台。△会長に〜／捧上台當會長。

まつりゅう［末流］(名)① 子孫, 後代。②（藝
術流派的）分支, 末流。

まつ・る (他五)［縫frappe］(為防止布邊等開綻) 用
綫鎖上, 包縫。

まつ・る［祭る］(他五)① 祭祀, 祭奠。② 當
作神來祭祀, 供奉。

まつろ［末路］(名) 末路,（悲惨）下場。

まつわ・る［纏わる］(自五)① 糾纏, 纏繞。
△子供が〜りついて離れない／小孩子纏着離
不開。② 關係, 關聯。△月に〜伝説／有關月
亮的傳説。

まで (副助)①（表示空間和時間的終點或界限）
到, 止。△対岸〜泳いで渡る／游到對岸。△夕
食〜に帰る／晩飯前回來。△六時〜待つ／等
到六點。②（限定範圍）唯有。△そんな話は断
わる〜だ／那種事只有拒絶。年齡は 30 △歳〜
とする／年齡以三十歳為限。③（表示程度或
限度）直到…（程度）△完膚無き〜にやりこ
めた／駁得體無完膚。△よくわかる〜説明す
る／一直解釋到完全懂為止。④（舉出極端事
例, 暗示其他)連, 連…都, 甚至於。△彼は親
に〜見離された／連父母都不理他了。

まてばかいろのひよりあり［待てば海路の日
和あり］(連語) 耐心等待終會時來運轉。

マテハンロボット［material handing robot］(名)
〈IT〉産業用機器人。

マテリアリズム［materialism］(名) 唯物論。

マテリアル［material］(名) 原料, 材料, 素材,
資料, 質地。

まてんろう［摩天楼］(名) 摩天樓。

まと［的］(名)① 靶, 靶子。△〜にあたる／中
靶。△弾は〜を外れた／子彈脱靶了。②（以
"…の的"的形式）對象。△あこがれの〜／衆
人嚮往的人、物。△非難の〜／衆矢之的。③
要害。△〜を射る／抓住要害, 擊中要害；打
中目標；達到目的。

まど［窓］(名) 窗戸。△〜をあける（しめる）／
開（關）窗戸。

まどあかり［窓明かり］(名) 從窗戸照進的光
綫。

まと・う［纏う］(他五) 使纏上, 使纏繞, 穿。
△ぼろを〜／穿破爛衣服。

まど・う［惑う］(自五)① 困惑, 拿不定主意。
△あれこれ思い〜／猶豫不决。拿不定主意。
② 迷惑, 誤入歧途。△女に〜／迷戀女色。

まどか［円か］(形動)① 圓形。△〜な月／圓
圓的月亮。② 安靜, 安穏。△〜に夢路をたど
る／安穏入睡。

まどかけ［窓掛け］(名) 窗簾。→カーテン

まどぐち［窓口］(名)①（郵局、銀行等的）窗

口。△〜の応対が悪い／窗口的服務態度不好。
② 問訊處。

まどごし［窓越し］(名) 隔窗。△〜に見る／隔
着窗看。

まとば［的場］(名) 靶場。

まとはずれ［的外れ］(名・形動) 沒有抓住中
心, 沒打中要害。

まとま・る［纏まる］(自五) 集中, 歸納, 統
一。△〜った金／一筆數目可觀的錢。△〜っ
た注文がきた／來了一批訂貨。△意見を〜／
歸納意見。

まと・める［纏める］(他下一) 匯集, 統一,
歸納。

まとも (名・形動)① 正面。△〜にぶつかる／
正面相撞。撞個滿懐。② 正經。△〜な人間／
正經的人。

マドラー［muddler］(名)① 攪拌匙。(攪拌飲料
用的長匙)。(名)② 攪拌飲料的棒。

まどり［間取り］(名) 房間的配置, 房間的設計。

まどろ・む (自五) 打盹, 打瞌睡。

まどわ・す［惑わす］(他五) 迷惑, 誘惑, 蠱
惑。△人心を〜／蠱惑人心。

マトン［mutton］(名) 羊肉。

マドンナ［Madonna］(名)〈宗〉聖母瑪利亞, 聖
母瑪利亞像。

まな［真名・真字］(名)（對日本假名而言的）漢
字。△〜仮名／萬葉假名。漢字假名。

マナー［manners］(名) 禮貌, 禮節。

マナーハウス［manor house］(名) 豪宅。

まないた［俎］(名) 砧板, 菜墩子。

まないたにのせる［俎に載せる］(連語) 提出
來加以評論。

まないたのこい［俎の鯉］(名) 俎上肉。

まなこ［眼］(名) 眼珠, 眼睛。△観念の〜を閉
じる／斷念。死心。

まなざし［眼差し］(名) 目光, 視綫, 眼神。

まなじり［眦］(名) 外眼角。

まなじりをけっする［眦を決する］(連語)①
(發怒) 目眦盡裂。② 毅然决然。

まなつ［真夏］(名) 盛夏。↔ 真冬

まなつび［真夏日］(名)（最高氣溫超過攝氏
三十度的）酷暑日。↔ 真冬日

まなでし［愛弟子］(名) 得意門生。

まな・ぶ［学ぶ］(他五) 學, 學習。→勉強する

まなむすめ［愛娘］(名) 愛女, 掌上明珠。

マニア［mania］(名) 狂熱者, 迷。△切手〜／集
郵迷。(也説"マニヤ")

まにあ・う［間に合う］(自五)①（時間）趕得
上, 來得及。△汽車に〜／趕得上火車。② 夠
用, 頂用。△一万円で〜／一萬日圓就足夠了。

マニアック［maniac］(ダナ) 躁狂的, 瘋狂的。

まにあわせ［間に合わせ］(名) 權宜之計, 暫
時敷衍。△その場の〜／臨時湊合。→一時し
のぎ

まにうける［真に受ける］(連語)（把謊話、玩
笑）當真。

マニエール［maniere］(名) 方法, 手法, 表現方

法，做法，做派。

マニェスクリプト［manuscript］（名）手抄，抄本。

マニェファクチェア［manufacture］（名）〈史〉工場手工業。

マニエラ［maniera］（名）手法，様式。

マニキュア［manicure］（名）修指甲（術）。

まにし［真西］（名）正西。

マニピュレーター［manipulater］（名）操作手，機械手。→マジックハンド

マニフェスト［德 Manifest］（名）① 宣言，聲明。② 共產黨宣言。

マニフェスト［manifesto］（名）（競選）宣言，聲明，宣言書。

まにまに［間に間に］（副）順勢，任其自然。△波の～ただよう／隨波飄蕩。

マニヤ［mania］（名）→マニア

マニュアル［manual］（名）手動檔，手動變速裝置。

まにんげん［真人間］（名）（改邪歸正的）正經人。△改心して～になる／改過自新，重新做人。

マヌーバー［maneuver］（名）作戰，演習，策略。

まぬか・れる［免れる］（他下一）避免，擺脱。△責任を～／逃避責任。△大惨事を～れた／避免了一場大惨禍。△軽率のそしりを～れない／免不了被人批評為輕率。

マヌカン［mannequin］（名）→マネキン

まぬけ［間抜け］（名・形動）愚蠢，糊塗。△この～め／你這個蠢貨！

マネ［法 Edouard Manet］〈人名〉馬奈（1832-1883）。法國畫家。

まね［真似］（名・他サ）① 模仿，學，裝。△眠った～をする／裝睡。②（愚蠢，糊塗的）舉止，動作。△ばかな～をするな／別幹那種傻事。

マネー［money］（名）錢。△ポケット～／零用錢。

マネーオーダー［money order］（名）匯兌，郵匯，匯票。

マネージメント［management］（名）〈經〉經營，管理。

マネージャー［manager］（名）①（旅館、飯店等的）經理。②（體育運動的）管理人，幹事。

マネーロンダリング［money laundering］（名）〈經〉洗錢，洗黑錢。（也作ロンダリング）

マネキン［mannequin］（名）① 人體模型。② 時裝模特兒。→モデル

まね・く［招く］（他五）①（招手、點頭）招呼。② 招待，請，招聘，聘請。△～かれざる客／不速之客。不受歡迎的人。③ 惹起，招致。△災いを～／招災。惹禍。

ま・ねる［真似る］（他下一）模仿，仿效。↔模倣する

まのあたり［目の当たり］Ⅰ（名）眼前。△～に見る／目睹。Ⅱ（副）親自，直接。△～に聞く／直接聽到。

まのび［間延び］（名・自サ）拖延（時間），弛緩，遲鈍。△～した話／冗長的講話。△～した顔／獸頭獸腦。

まばたき［瞬き］（名・自サ）眨眼。△～するほどの間／一眨眼之間。

まばた・く［瞬く］（他五）① 轉瞬，轉眼。△～間に／轉瞬之間。② 閃爍。

まばゆ・い［目映い・眩い］（形）耀眼，炫目，晃眼。

まばら［疎ら］（形動）稀疏，稀少。

まひ［麻痺］（名・自サ）麻痺，癱瘓。△良心が～している／沒有良心。

まひがし［真東］（名）正東。

まび・く［間引く］（他五）間苗。△苗を～／間苗。

まひる［真昼］（名）正午，晌午，大白天。↔真夜

マフィア［Mafia］（名）黑手黨。

まぶか［目深］（形動）深戴（帽子等）。△～にかぶる／深戴帽子。↔あみだ

まぶし・い［眩しい］（形）晃眼，耀眼，刺眼。△～ほど美しい／艷麗奪目。△太陽が～／太陽刺眼。

まぶ・す［塗す］（他五）塗滿，撒滿。△粉を～／塗粉。上粉。

まぶた［瞼］（名）眼皮，眼瞼。△ひとえ～／單眼皮。△ふたえ～／雙眼皮。△～に浮ぶ／時時想起。△～の母／心目中的母親。

まぶち［目縁］（名）眼眶，眼圈。

まふゆ［真冬］（名）嚴冬，隆冬。↔真夏

まふゆび［真冬日］（名）（隆冬的）嚴寒日。↔夏見日

マフラー［muffler］（名）① 圍巾。△～をかける／繫圍巾。②（汽車等的）消音器。

まほう［魔法］（名）魔法，妖術。△～にかかる／中了魔法。△～使い／魔術師。巫師。→魔術

まほうびん［魔法瓶］（名）暖水瓶。

マホガニー［mahogany］（名）〈植物〉桃花心木。

マホメット［Mahomet］〈人名〉穆罕默德（570-632）。伊斯蘭教創始人。

マホメットきょう［マホメット教］（名）〈宗〉伊斯蘭教，回教，清真教。

まぼろし［幻］（名）虛幻，夢幻，幻影。

ママ［mama］（名）媽媽。

まま［儘］（名）① 照舊，原封不動。△見た～を書く／如實地寫。△人のいう～になる／唯命是從。百依百順。△出かけた～帰って来ない／從家走後，始終未歸。△靴の～部屋に入る／穿着鞋進屋。② 隨心所欲，如意，自由。△思った～を書く／怎樣想就怎樣寫。△すべて思いの～だ／萬事如意。△足の向く～に歩く／信步而行。

まま［間間］（副）有時，時常。

ママー［mummer］（名）啞劇演員。

ままおや［繼親］（名）繼父母，養父母。

ままきょうだい［継兄弟］(名)同父異母的兄弟姊妹。

ままこ［継子］(名)①繼子，繼女，前生子女。↔実子②受歧視者。△～扱い／歧視。另眼相待。

ままごと［飯事］(名)過家家。△～をして遊ぶ／過家家玩。

ままちち［継父］(名)繼父。

ままならぬ［儘ならぬ］(連語)不如意，不隨心。△～が浮世の常／不如意事常八九。

ままはは［継母］(名)繼母。

ままよ(感)隨它去！豁出去了！

ママリー［mummery］(名)啞劇，假面舞。

まみ・える［見える］(自下)(多指與長輩、上級)見面，相見。

まみず［真水］(名)淡水。→淡水

まみ・れる［塗れる］(自下一)渾身都是(泥、土、汗等)。△一敗地に～／一敗塗地。△汗に～／渾身是汗。

まむかい［真向い］(名)正對面，對過。

まむし［蝮］(名)〈動〉蝮蛇。

まむすび［真結び］(名)死結，死扣。

まめ［忠実］(名・形動)①實幹，勤快。②健康。△母も～で暮しています／母親還很硬朗。

まめ Ⅰ［豆］(名)豆，大豆。△～つぶ／豆粒兒。Ⅱ［豆・肉刺］名(水泡)。△手に～ができた／手上磨出了泡。

まめ－［豆］(接頭)小型，微型。△～電球／小燈泡。△～本／袖珍本。

まめかす［豆粕］(名)豆餅。

まめたん［豆炭］(名)煤球。

まめつ［磨滅・摩滅］(名・自サ)磨滅，磨損。

まめほん［豆本］(名)袖珍本，微型書籍。

まめまき［豆撒き］(名)立春前一日夜裏撒豆驅邪(的習俗)。

まめまめし・い(形)踏實，勤懇。

まめめいげつ［豆名月］(名)陰曆九月十三日夜的月亮。

まもう［磨耗・摩耗］(名・自サ)磨耗，磨損。

まもなく［間も無く］(名)不久，一會兒。

まもの［魔物］(名)妖魔，魔鬼。

まもり［守り］(名)①保衛，防守，戒備。△～をかためる／加強保衛。②護身符。

まもりがたな［守り刀］(名)護身短刀。

まもりがみ［守り神］(名)守護神。

まもりふだ［守り札］(名)護身符。

まも・る［守る］(他五)①保衛，守衛，防備，維護。△自然を～／保護大自然。△～に易く攻めるに難い／易守難攻。②遵守，保守。△約束を～／守約。遵守諾言。

まやかし(名)欺騙，詭騙。→ごまかし，いかさま，いんちき

まやく［麻薬］(名)麻藥，麻醉劑。

まゆ［眉］(名)眉，眉毛。△～を引く／描眉。△～に唾をつける／加小心。△～をひらく／安下心來。

まゆ［繭］(名)〈動〉繭，蠶繭。

まゆげ［眉毛］(名)眉毛。

まゆじり［眉尻］(名)眉梢。↔まゆね

まゆずみ［眉墨・黛］(名)眉筆。

まゆだま［繭玉］(名)日本正月裏的一種裝飾品。(用繭形面團、玉、古金幣等象徵吉祥的物品，掛在柳、竹枝上)

まゆつばもの［眉唾物］(名)可疑(的人、物)，應加小心的(人、物)。

まゆにひがつく［眉に火がつく］(連語)火燒眉毛，燃眉之急。

まゆをひそめる［眉を顰める］(連語)①皺眉頭。②擔心。③不贊成。

まゆをよむ［眉を読む］(連語)推測他人的心理。

まよい［迷い］(名)迷惑，迷惘。△～からさめる／清醒過來。醒悟過來。

まよ・う［迷う］(自五)①迷失(方向)。△道に～／迷路。②猶豫，躊躇。③判斷に～／難以判斷。③着迷，迷惑。△女に～／迷戀女色。④〈佛教〉迷執，(死者)沒成佛。

まよけ［魔除け］(名)避邪，避邪物。

まよなか［真夜中］(名)半夜，深夜。→夜ふけ，深夜

マヨネーズ［法 mayonnaise］(名)(烹飪)蛋黃醬。

まよわ・す［迷わす］(他五)蠱惑，迷惑。

マラカイト［malachite］(名)孔雀石。

マラスキーノ［意 maraschino］(名)櫻桃酒。

マラソン［marathon］(名)〈體〉馬拉松，越野賽。

マラリア［德 malaria］(名)〈醫〉瘧疾。

まり［毬・鞠］(名)(遊戲用)球。△～をつく／拍球。

マリア［Maria］〈人名〉〈宗〉瑪利亞，聖母。

マリーゴールド［marigold］(名)〈植物〉金盞草。

マリーン［marine］(名)①海上的，海產的，海洋性的。②美國海軍隊員。

マリオネット［法 marionnette］(名)①提綫木偶。②傀儡。

マリッジ［marriage］(名)①結婚，婚姻。②結婚(指紙牌遊戲中，出牌時同花色的 K 與 Q 碰在一起的情況)。

マリネード［marinade］(名)加味酒。

まりも［毬藻］(名)〈植物〉綠球藻。

まりょく［魔力］(名)魔力。

まる［丸］(名)①圓形，球形。②全部，完全，整個兒。△～のまま煮る／(不切也不剝皮)囫圇個兒煮。△～暗記／死記硬背。△～損／完全損失。△～一年／整整一年。△城廓內部。△～本／城的中心。△(在正確答案上畫的)圓圈兒。△答案に～をつける／在答案上畫圓圈兒。↔ばつ⑤句號。△文の終りに～を打つ／在句末打句號。

－まる［丸］(接尾)接在小孩、船、狗、刀等的名字下。△牛若～／(小孩名)牛若丸。△浅間～／淺間號(船)。

まる・い［丸い・円い］(形)①圓形的。△背中が～／駝背。②圓滑的，溫和的。③圓滿。

△けんかを～くおさめる／圓滿地解決糾紛。

マルカ [Markka]（名）馬克（芬蘭貨幣單位）。

まるがち [丸勝]（名）全勝。

まるガッパ [丸ガッパ・丸合羽]（名）防雨斗篷。

まるがり [丸刈り]（名）光頭。

まるき [丸木]（名）原木。

まるきばし [丸木橋]（名）獨木橋。

まるきぶね [丸木舟]（名）獨木舟。

まるきり [丸きり]（副）全然，完全。△おれにはそんな才能は～ないのだ／我根本沒那份能耐。△それが～素人なんですもの／那完全是外行。

マルク [Mark]（名）馬克（德國貨幣單位）。

マルクス [Marx]〈人名〉馬克思（1818-1883）。德國哲學家、經濟學家，馬克思主義的創始人。

マルクスしゅぎ [マルクス主義]（名）馬克思主義。

まるくび [丸首]（名）圓領。△～シャツ／圓領襯衫。↔Ｖネック

まるごし [丸腰]（名）徒手，不帶武器。

まるごと [丸ごと]（副）囫圇個兒，整個兒，全部。

マルコポーロ [Marco Polo]〈人名〉馬可・波羅（1254-1324）。意大利旅行家。

マルサスしゅぎ [Malthus 主義]（名）馬爾薩斯主義。

マルス [Mars]（名）① 火星。② (羅馬神話中的) 戰神，馬耳斯。

まるぞん [丸損]（名）完全虧損，全賠。↔まるもうけ

まるた [丸太]（名）(剝了皮的) 原木。

まるだし [丸出し]（名）全部露出。△方言～／滿口方言。

マルチ [multi]（ダナ）(數量和種類) 多，重。△～な機能をもつ電話機／用多種功能的電話。△～カラー／多重色。△～人間／全能型人才。△～ウエ／音響組合的方式。△～クライアント方式／從顧客那裏籌集資金進行調查的方式。

マルチカルチャー [multi-culture]（名）多文化。

マルチしょうほう [マルチ商法]（名）傳銷，連鎖銷售法。→むげんれんさこう（無限連鎖講）

マルチタレント [multi-talent]（名）多才多藝的人，多面手。

マルチチャンネル [multi-channel]（名）多頻道。

マルチパーティーシステム [multi-party system]（名）多黨制。

マルチパーパス [multi-purpose]（名・ダナ）多目的的，多功能的，萬能的。△～のファミリーカー／多功能家用車。

マルチメディア [multi-media]（名）〈IT〉多媒體。

マルチメディアメッセージサービス [Multi-media Messaging Service]（名）〈IT〉多媒體簡訊服務。

マルチメディア技術 [multi-media technology]（名）〈IT〉多媒體技術。

マルチョイ [multiple-choice test]（名）選擇法測驗。

まるっきり [丸っ切り]（副）（"まるきり"的強調形）完全，全然，簡直。

まるつぶれ [丸潰れ]（名）完全崩潰，徹底垮台。△家が～になった／房子全都倒塌了。△面目が～／丟盡面子。

まるで（副）① 完全，全部，簡直。△～話にならない／簡直不像話。② 好像，宛如。△～夢のようだ／好像做夢一樣。

まるてんじょう [円天井]（名）① 圓屋頂，圓球形天棚。② 天空，蒼穹。

まるどり [丸取り]（名・他サ）全取，全拿。

まるね [丸寝]（名）和衣而睡。

まるのみ [丸呑み]（名）① 囫圇吞，整個吞。△蛇が蛙を～／蛇吞食青蛙。② 囫圇吞棗。△人の意見を～にする／不假思索輕信人家的意見。

まるはだか [丸裸]（名）赤身露體，一絲不掛。

まるぼうず [丸坊主]（名）禿頭，光頭。△～に刈る／推光頭。

まるまる [丸丸]（副）① 全部，完全。△～損する／全賠了。② 胖胖的。△赤ん坊は～と太っている／小娃娃胖乎乎的。

まるみ [丸み]（名）① 圓形。△～をおびた声／圓潤的聲音。② 圓滑。△～のある人柄／為人圓通。

まるみえ [丸見え]（名）全看得見。△ここから見ると，あの家の中は～だ／從這兒看，那所房子裏面一覽無遺。

まるめこ・む [丸め込む]（他五）① (把布等) 揉成團塞入。② 拉攏，籠絡。

まる・める [丸める]（他下一）① 弄圓。△背中を～／彎腰縮背。② 剃頭。落髮 (出家)。△頭を～／剃頭。〈佛教〉落髮 (出家) ③ 拉攏，籠絡。

マルメロ [marmelo]（名）〈植物〉榅桲。

まるもうけ [丸儲け]（名・自サ）全部賺下。△坊主～／無本生意。↔まるぞん

まるやき [丸焼き]（名）(獸類、魚、鳥等) 整個烤，囫圇個烤。△あひるの～／烤全鴨。

まるやけ [丸焼け]（名）燒光。△家が～になった／房子燒光了。

まれ [希・稀]（形動）少有，稀有，罕見。

マレーシア [Malaysia]〈國名〉馬來西亞。

マロニエ [法 marronnier]（名）〈植物〉七葉樹。

まろやか [円やか]（形動）① 圓圓的。△～な頰／圓圓的臉蛋。② (味道) 可口。

マロン [marron]（名）① 栗子。② 棕色。

まわし [回し]（名）① 轉，旋轉。② 輪流。△～読み／傳閱。③ (力士用) 兜襠布。

まわしもの [回し者]（名）奸細，密探。

まわ・す [回す]（他五）① 轉，旋轉。△電話のダイヤルを～／撥電話號碼。△目を～／吃驚；昏過去。② 圍上。圍繞。△木になわを～／把繩子拴在樹上。③ 挪動，轉移。△迎えの車

をそちらに～／派車去接您。△生活費を学費
に～／生活費挪用做學費。△敵に～／以…為
敵。④（依次）傳。△書類を～／傳閱文件。
△次回に～／轉到下次。⑤使之遍及全部。
△事前に手を～／事前做好工作。△八方に手
を～／想方設法。△気を～／猜疑。疑心。
－まわ・す［回す］（接尾）（接動詞連用形）①
遍及四周。△張り～／貼滿。△見～／四下張
望。②接連不斷。△飲み～／喝（酒）了一處
又一處。△女を追い～／町上女人不放手。

まわた［真綿］（名）絲綿。

まわたでくびをしめる［真綿で首を締める］
（連語）軟刀殺人。

まわたにはりをつつむ［真綿に針を包む］（連
語）笑裏藏刀。

まわり［回り・廻り］Ⅰ（名）①轉，旋轉。
△モーターの～が悪い／馬達運轉不好。△近
所に挨拶～に行く／拜訪左鄰右舍。②蔓延，
擴展。△火の～が早い／火蔓延得快。△毒の
～が早い／毒發作得快。（（二）［周り］）Ⅱ名（周
圍，附近。△～を見まわす／環顧四周。△池
の～／池子周圍。）

まわりあわせ［回り合わせ］（名）運氣，命運。
→めぐり合わせ

まわりぎ［回り気］（名）多疑，多心。

まわりくど・い［回りくどい］（形）拐彎抹角，
繞彎子。△～話／囉唆話。

まわりくね・る（自五）曲折，彎彎曲曲。

まわりどうろう［回り燈籠］（名）走馬燈。

まわりぶたい［回り舞台］（名）（劇場的）轉台。

まわりみち［回り道］（名）彎路，繞道，繞遠。

まわりもち［回り持ち］（名）輪流擔當，輪班。

まわ・る［回る］（自五）①轉，旋轉。△こま
が～／陀螺旋轉。②轉動，繞圈兒。△惑星
が太陽のまわりを～／行星繞着太陽轉。③
傳遞，輪流，巡迴。△あいさつに～／一一拜
訪。④繞道，迂迴，轉道。△敵の背後に～／
迂迴到敵人背後。△帰りに友人の家に～／回
來時順便到朋友家走一趟。⑤遍及全體。△酒
が～／酒勁兒上來了。△手が～らない／騰不
開手。非常忙。⑥超過（時間）。△もう２時
を～った／已經過兩點了。

－まわ・る［回る］（接尾）（接動詞連用形）在
一定範圍內移動。△歩き～／到處走。

マン［man］（名）人，男人，人類。

まん［万］（名）①（數字）萬。②極多。△～に
一つの失敗もない／萬無一失。

まん［満］（名）①滿。△～を持す／充分準備
（以待時機）。②（年齡）周歲。△～で６歳／
六周歲。↔かぞえ

まんいち［万一］Ⅰ（名）萬一。△万一の場合／
萬一的時候。Ⅱ（副）萬一，倘若。△～私が行

かなかったら／萬一我不去的話。

まんいん［満員］（名）客滿，滿座。△～電車／
客滿的電車。

まんえつ［満悦］（名・自サ）欣喜，大悦。
△ご～の体／很高興的樣子。

まんえん［蔓延］（名・自サ）蔓延。△伝染病
が～する／傳染病蔓延。

まんが［漫画］（名）①漫畫。△～映画／動畫
片。②連環畫。

マンガー［monger］（名）〈經〉商人，商販子。

まんかい［満開］（名）盛開。

まんがいち［万が一］（名・副）（“まんいち”
的強調形式）萬一。

マンガン［mangaan］（名）〈化〉錳。

まんがん［満願］（名）〈佛教〉結願。

まんかんしょく［満艦飾］（名）①（節日等）張
燈結綵的軍艦。②〈婦女〉打扮得花枝招展。
③晾曬的衣物花花綠綠。

まんき［満期］（名）期滿，到期。

まんきつ［満喫］（名・他サ）飽餐，飽嘗，充分
享受（玩味）。△古都の春を～する／飽覽古都
春色。

マングース［mongoose］（名）〈動〉獴。

まんげつ［満月］（名）（陰曆十五的月亮）滿月，
圓月。

マンゴー［mango］（名）〈植物〉芒果。

まんざ［満座］（名）滿場，全體在場人員。△～
の中で恥をかかされた／在大庭廣眾之前丟醜。

まんさい［満載］（名・他サ）①（人，物等）滿
載，載滿，裝滿。②（報刊、雜誌等）登滿，記滿。

まんざい［万歳］（名）新年伊始邊打鼓邊起舞為
各家獻祝詞的藝人。

まんざい［漫才］（名）（對口）相聲。△～をす
る／説相聲。△～師／相聲演員。

まんさく［満作］（名）豐收。

まんざら［満更］（副）（下接否定語）並不完全，
不一定。△～すてたものでもない／並非完全
無用。

まんざん［満山］（名）滿山，全山。

まんじ［卍］（名）萬字。（佛教的吉祥符號，地
圖上寺院的記號）

まんじゅう［饅頭］（名）豆包。△肉～／肉包
子。△～笠／圓頂草帽，圓笠。

まんじゅしゃげ［曼珠沙華］（名）→ひがんば
な

まんじょう［満場］（名）滿場，全場。△～の
喝采をあびる／博得全場喝彩。

マンション［mansion］（名）高級公寓。

まんじり（副）合眼，打盹兒。△～もしない／
一點沒瞌睡。

まんしん［満身］（名）滿身，全身，渾身。→全
身

まんしん［慢心］（名・自サ）自大，驕傲。

まんしんそうい［満身創痍］（名）①遍體鱗
傷。②備受責難。

マンス［month］（名）月，月份。

まんすい［満水］（名・月サ）水滿。△貯水池

が〜になった／蓄水池水滿了。

まんせい [慢性] (名) 慢性。↔ 急性

まんせき [滿席] (名) 滿座。

まんぜん [漫然] (形動) 漫不經心，心不在焉。△〜と暮す／混日子。

まんぞく [滿足] I (名・自サ・形動) ① 滿足，滿意。△現状に〜する／滿足現狀。△こんな回答では〜できない／這種回答可能令人滿意。② 圓滿，完美。△手紙も〜に書けない／連封信也寫不好。II (名他サ) 使方程式成立。△方程式を〜する X の値／使方程式成立的 X 值。

マンダリン [mandarin] (名) ①〈植物〉柑，柑色，橘子。② (中國清朝九品以上的) 官員。③ 官話，北京話。

まんだん [漫談] (名) ① 漫談。② 單口相聲。

まんちょう [滿潮] (名) 滿潮。→みちしお ↔ 干潮

マンツーマン [man-to-man] (名) 一對一。△〜で教える／一對一地教。

まんてん [滿天] (名) 滿天。

まんてん [滿点] (名) ① (考試等) 滿分。△〜をとる／得滿分。② 頂好，絕佳。△栄養〜／營養豐富。△サービス〜／服務態度極佳。

まんてんか [滿天下] (名) 全世界，滿天下。

マント [法 manteau] (名) 斗篷。

マンドリン [mandoline] (名)〈樂〉曼陀林。

マントル [mantle] (名) ① 斗篷。② (煤氣燈的) 白熾罩。

マントルピース [mantelpiece] (名) 壁爐台，壁爐前飾。

まんなか [真ん中] (名) 正中間，當中。

マンネリ [manneri] (名) →マンネリズム

マンネリズム [mannerism] (名) 千篇一律，老一套。

まんねんぐさ [万年草] (名)〈植物〉佛甲草。

まんねんだけ [万年茸] (名)〈植物〉靈芝。

まんねんどこ [万年床] (名) 起牀後從不疊被。

まんねんひつ [万年筆] (名) 自來水筆。

まんねんゆき [万年雪] (名) 常年不化的積雪。

まんねんれい [満年齢] (名) 周歲，足歲。

まんぱい [滿杯] (名) ① 一杯 (碗)，滿杯。② 滿，最大限度。

マンハッタン [Manhattan] (名) 曼哈頓 (紐約市的金融商業中心)。

マンパワー [manpower] (名)〈經〉人力資源，勞動力。

まんぴつ [漫筆] (名) 漫筆，隨筆。

まんびょう [万病] (名) 百病，各種疾病。△かぜは〜のもと／傷風感冒是百病之源。

まんぷく [滿腹] (名・自サ) 飽腹。↔ 空腹

マンフライデー [man Friday] (名) 忠僕，得力助手。

まんべんなく [万遍なく・満遍なく] (副) 到處，沒有遺漏。△飼料を〜掻き混ぜる／把飼料拌均勻。△隅隅まで〜探した／找遍每個角落。

マンボ [mambo] (名)〈樂〉古巴的一種舞曲。

まんぽ [漫歩] (名・自サ) 漫步，信步。

マンホール [manhole] (名) 入孔，工作口，升降口。

まんまく [幔幕] (名) (會場的) 帷幔。

マンマシンコミュニケーション [man-machine communication] (名)〈IT〉人機對話。

まんまん [滿滿] (副) 充滿。△自信〜／滿懷信心。△不平〜／滿腹牢騷。

まんめん [滿面] (名) 滿臉，滿面。

マンモス [mammoth] (名) ① (古生代) 長毛象。② 巨大。△〜タンカー／超級巨大油輪。

まんゆう [漫遊] (名・自サ) 漫遊。

まんようがな [万葉仮名] (名) 萬葉假名。(借漢字音訓注日語發音，如"也末"＝やま＝山)

まんようしゅう [万葉集] (名) 萬葉集。(日本最古的歌集，奈良時代末完成)

まんりき [万力] (名) 老虎鉗，虎頭鉗。

まんりょう [満了] (名・自サ) 期滿。△任期〜／任期屆滿。

まんるい [滿壘] (名) (棒球) 滿壘。

まんをじす [満を持す] (連語) 充分準備以待時機。

まん一 [滿] (接頭) (年月) 滿。△〜三年／整三年。↔ あしかけ

ま
マ

み　ミ

み［巳］(名)①(地支第六位)巳。②(方位)南,南東。③巳時。

み［身］(名)①身,身體。△〜がもたない／身體吃不消。△〜のすくむ思い／驚恐萬狀。△寒さが〜にしみる／寒氣逼人。△〜をもって体験する／親身體驗。△そんなことは〜に覚えがない／我沒幹那種事。③立場,處境。△相手の〜になって考える／設身處地地為對方著想。△〜を持ちくずす／過放浪生活。④身分。△〜にあまる光栄／無上光榮。△〜のほどを知らない／不知天高地厚。△浪人の〜となる／成為浪人。⑤精神,心。△仕事に〜が入る／全神貫注地工作。⑥肉。△〜が柔らかい魚／肉質柔軟的魚。⑦刀身。△ぬき〜／(從刀鞘中)抽出的刀。⑧容器本身。△〜とふたが合わない／蓋子和身不合。

み［実］(名)①果實,種子。△〜がなる／結果。△不断の努力が〜をむすんだ／不斷的努力有了結果。②内容。△〜のある話／内容充實的話。③(湯裏的)菜碼兒。

み［箕］(名)簸箕。

み-［接頭]接在名詞前面,表示美稱或調整語調。△〜雪／雪。

み-［御](接頭)接在有關尊敬者、神佛的名詞前面,表示尊敬或鄭重。△〜心／心。△〜国／祖國。

-み(接尾)①(接在形容詞、形容動詞的詞幹後面)表示狀態、程度。△赤〜／發紅。△重〜／重量。△真剣〜／認真的程度。②(接在形容詞詞幹後)表示場所。△高〜の見物／袖手旁觀。△弱〜につけこむ／抓住把柄。抓住弱點。

みあい［見合い］(名・自サ)①平衡。②相親。△〜結婚／經人介紹結婚。△〜写真／相親照片。

みあ・う［見合う］Ⅰ(自五)平衡,相稱。△収支が〜っていない／收支不相抵。△年齢に〜った服装／和年紀適稱的衣服。Ⅱ(他五)互相看。

みあかし［御燈］(名)神佛前供的燈。

みあ・きる［見飽きる］(自上一)看夠,看膩煩。

みあ・げる［見上げる］(他下一)①仰望。△空を〜／仰望天空。②景仰,欽佩。△〜げた態度／值得欽佩的態度。

みあた・る［見当たる］(自五)找到,看到。△どこにも〜らない／哪兒也沒有。

みあやま・る［見誤る］(他五)看錯。△目標を〜／看錯目標。

みあらわ・す［見顕わす］(他五)識破。△事の真相を〜／看清事物的真相。

みあわ・せる［見合わせる］(他下一)①互相看。△顔を〜／面面相覷。②對照。△類書をあれこれ〜／對比各種同類書。③暫停。△雨

なら行くのは〜／若下雨就不去。

ミージェネレーション［me generation］(名)自我為中心的一代。

ミーター［meter］(名)儀表。

みいだ・す［見出す］(他五)找到,發現。△解決策を〜／找到解決辦法。△才能を〜／發現才能。→みつける

ミーティング［meeting］(名)會議,集會。

ミート［meet］(名)(棒球)撃準。

ミート［meat］(名)肉,肉類。

ミートアップ［meet up］(名)①(有共同興趣的人的)集會。②偶然碰見。

ミートスナック［meat snack］(名)肉類方便食品。

ミートパイ［meat pie］(名)肉餡餅。

ミートバンク［meat bank］(名)肉類冷藏庫。

ミイラ［葡 mirra］(名)木乃伊。

ミイラとりがミイラになる［ミイラ取りがミイラになる］(連語)去叫別人的人自己也一去不返。

みいり［実入り］(名)①(穀物)結實。△〜が悪い／顆粒不飽滿。②收入。△〜がいい／收入好。

ミーリングばん［ミーリング盤］(名)銑牀。

みい・る［見入る］(自他五)注視。△画面に〜／注視畫面。

みい・る［魅入る・見入る］(自五)迷住,附體。△あくまに〜られる／惡魔附體。

ミール［meal］(名)粗粉,麥片,玉米片。

ミーンバリュー［mean value］(名)平均值。

みう・ける［見受ける］(他下一)①看到。②看上去。△おー けたところそんなお年とは思われません／您看起來不像那麼大年紀。

みうごき［身動き］(名)轉身,轉動身體。△〜できない／動彈不了。△資金難で〜ならない／資金短缺周轉不開。

みうしな・う［見失う］(他五)看不見了,丟失了。△方向を〜／迷失方向。

みうち［身内］(名)①渾身,全身。②親屬。△〜の者／親屬。③師兄弟,自家人。

みうり［身売り］(名・自サ)①賣身。②(公司等)轉讓。

みえ［見え］(名)①(也寫"見栄")外表,門面。△〜を張る／裝闊。→体裁 ②(也寫"見得")(歌舞伎等)亮相。△大〜／大亮相。

みえがくれ［見え隠れ］(名・自サ)時隱時現。△人家の燈が〜する／住家的燈光時隱時現。△〜にあとをつける／悄悄跟蹤。

みえす・く［見え透く］(自五)看透。△〜いたうそ／騙不了人的謊話。△本心が〜いている／内心昭然若渴。

みえっぱり［見えっ張り］(名・形動)愛虛榮

（的人）。→見え坊

みえぼう［見え坊］（名）愛虛榮的人。→みえっぱり

みえもがいぶんもない［見えも外聞もない］（連語）顧不得面子。

み・える［見える］（自下一）① 看見，看得見。△富士山が〜／看得見富士山。△目に〜えてよくなる／明顯地變好。② 看起來像似。△病人に〜／看起來像病人。△とても小学生には〜えない／看起來無論如何不像個小學生。③（"来る"的尊敬説法）來。△先生が〜えた／老師來了。

みえをきる［見えを切る］（連語）①（演員）亮相。② 吹噓自己。

みお［澪］（名）① 航道。② 航跡。

みおく・る［見送る］（他五）① 目送。② 送行。△駅まで〜／送到車站。③ 靜觀，放過。△一電車を〜／放過一趟電車。△今回は〜／這次就放過去吧。④ 送葬。

みお・さめ［見納め］（名）看最後一次，見最後一面。△この世の〜／今生今世的最後一面。

みおつくし［澪標］（名）〈舊〉航標。

みおと・す［見落す］（他五）看漏。

みおとり［見劣り］（名・自サ）遜色。△安い品物はやはり〜がする／便宜貨終歸還是差點。↔ みばえ

みおぼえ［見覚え］（名）眼熟，似曾見過。△〜がある／眼熟。

みおも［身重］（名）懷孕。

みおろ・す［見下ろす］（他五）① 俯視。② 輕視，小瞧。↔ 見上げる

みかい［未開］（名）①（文明）未開化。△〜社会／野蠻社會。②（土地）未開發。

みかいけつ［未解決］（名）未解決。△〜の問題／未解決的問題。

みかいたく［未開拓］（名）未開發，未開墾。

みかいはつ［未開発］（名）未開發。

みかえし［見返し］（名）①（書籍的）環襯。②（服裝的）貼邊。

みかえ・す［見返す］（他五）① 回顧，回頭。② 重新看，反覆看。③（向對方）還眼。④（受到侮辱後）爭氣。△いつか〜してやる／早晚讓他瞧瞧我的本事。

みかえり［見返り］（名）① 回顧，回頭看。② 抵押（品）。△〜品／抵押品。

みか・える［見変える］（他下一）見異思遷，喜新厭舊。

みかえ・る［見返る］（他五）回頭看，回顧。

みがき［磨き・研ぎ］（名）① 磨亮，擦亮。② 磨練。△〜をかける／磨亮。精益求精。

みかぎ・る［見限る］（他五）（因不抱希望而）放棄。△医者からも〜られる／連醫生都甩手了。→見捨てる

みかく［味覚］（名）味覺。

みが・く［磨く］（他五）① 刷淨，擦亮。△歯を〜／刷牙。△靴を〜／擦皮鞋。② 磨練。△芸を〜／練工夫。

みかけ［見掛け］（名）外觀，外表。△人は〜によらないものだ／人不可貌相。→うわべ

みかげいし［御影石］（名）花崗岩。

みかけだおし［見掛け倒し］（名）徒有其表，華而不實。

みか・ける［見掛ける］（他下一）① 看到。△時どき〜人／時常見到的人。② 開始看。

みかた［見方］（名）① 看的方法。△はかりの〜／看秤的方法。② 看法，見解。△新しい〜／新的看法。

みかた［味方］ I（名）我方，同夥。△〜に引き入れる／拉入夥。△〜になる／成為同夥。↔ 敵 II（名・自サ）支持，幫助。△弱いものの〜をする／站在弱者一邊。

みかづき［三日月］（名）新月。

みがって［身勝手］（名・形動）自私，任性。→自分勝手

みかど［帝］（名）皇帝。

みか・ねる［見兼ねる］（他下一）看不下去。△見るに〜／目不忍睹。

みがはいる［身が入る］（連語）全神貫注。

みがまえ［身構え］（名）架勢。

みがま・える［身構える］（自下一）擺開架勢，拉好架勢。

みがら［身柄］（名）（當事人的）身體。△〜を押える／扣押某人。

みからでたさび［身から出たさび］（連語）自作自受。→自業自得

みがる［身軽］（名・形動）① 身體輕快。△〜な動作／輕快的動作。② 輕裝。△〜な旅裝／輕便的旅行裝束。③ 輕鬆，自在。△〜なひとり者／無牽無掛的單身漢。

みかわ・す［見交わす］（他五）對視。△目を〜／對視。→見合わせる

みがわり［身代わり］（名）代替，替身。△〜を立てる／拿別人做替身。

みかん［未完］（名）未完。△〜の小説／未完成的小説。

みかん［未刊］（名）未出版。↔ 既刊

みかん［蜜柑］（名）橘子（樹）。

みかんせい［未完成］（名・形動）未完成。△〜の作品／未完成的作品。

みかんせいひん［未完成品］（名）〈經〉半成品。

みき［神酒］（名）供神的酒。

みき［幹］（名）① 樹幹。②（事物的）主要部分，骨幹。

みぎ［右］（名）① 右，右側。② 上文，前文。△〜のとおり／如前所述。③ 右翼，右派。

みぎうで［右腕］（名）① 右腕。② 左膀右臂。

みぎからひだりへ［右から左へ］（連語）有錢就花。△彼は金が手にはいると右へ左へ使ってしまう／他一有錢就花個光。

みきき［見聞き］（名・他サ）見聞。→けんぶん

みぎきき［右利き］（名）右撇子。↔ 左利き

ミキサー［mixer］（名）①（水泥）攪拌機。② 絞果汁器。

ミキシング［mixing］（名）混合，攪拌，調合。

みぎて［右手］(名) 右手。↔ 左手

みぎひだり［右左］(名) ① 左右。△～に別れる／各自西東。② 左右弄反。△手袋が～だ／手套戴反了。

みきり［見切り］(名) 放棄，斷念。△～をつける／不抱希望。△～品／減價商品。

みぎり［砌］(名) 時節，時候。△上京の～はよろしく願います／進京時請多關照。

みき・る［見切る］(他五) ① 看完。② 放棄。③ 廉價處理。

みぎれい［身奇麗］(形動) 衣着整潔。

みぎわ［汀］(名) 水邊。

みきわ・める［見極める］(他下一) 看清。△大勢を～／認清形勢。△本質を～／看清本質。→見定める

ミクスドダブルス［mixed doubles］(名)〈體〉(男女) 混合雙打。

みくだ・す［見下す］(他五) ① 俯視。② 輕視，瞧不起。

みくだりはん［三行半］(名) 休書。

みくび・る［見くびる］(他五) 輕視，小瞧。△風邪を～な／可不要小看感冒。

みくら・べる［見比べる］(他下一) 對照，比較。

みぐるし・い［見苦しい］(形) 難看，寒碜。→みっともない

みぐるみ［身ぐるみ］(名) 身上穿的所有衣服。△～はがれる／全身被剝得精光。

ミクロ［法 micro］(名) 微型，微小。△～の世界／微觀世界。→マイクロ

ミクロン［法 micron］(名・助数) 微米。

みけ［三毛］(名) ① 白、黑、茶色混雜的毛。② 花貓。

みけいけん［未経験］(名・形動) 沒經驗過。△～者／初次做的人。

みけつ［未決］(名) 尚未決定。△～囚／未決犯。↔ 既決

ミケランジェロ［Michelangelo Buonarroti］〈人名〉米開朗基羅 (1475-1564)。意大利文藝復興時期的雕塑家、畫家、建築師和詩人。

みけん［未見］(名) 未見過。

みけん［眉間］(名) 眉頭，眉間。△～にしわを寄せる／皺眉頭。

みこ［神子］(名) 在神社中從事奏樂、祈禱等的未婚女子。

みこ［巫女］(名) 女巫，巫婆。

みこ［御子・皇子］(名) 皇子。

みごうしゃ［見巧者］(名・形動)(對戲劇等) 有鑒賞能力的人。

みこし［神輿］(名)(祭祀時抬着神牌位遊街的) 神轎。

みこしらえ［身拵え］(名・自サ) 裝束，打扮。

みこしをあげる［神輿を上げる］(連語) ① 站起來。② 站起來工作。△やっとみこしをあげて仕事にかかった／好不容易才動手幹活。

みこしをかつぐ［神輿を担ぐ］(連語) 捧人，抬轎子。

みこしをすえる［神輿を据える］(連語) 坐着不動。

みこ・す［見越す］(他五) ① 越過…看。△塀を～／隔着牆看。② 預料，預見。△先を～／預見將來。

みごたえ［見応え］(名) 值得看。△～のある演技／值得一看的演技。

みごと［見事］(形動) ① 好看，出色。△～なできばえ／出色的成果。△～にやってのけた／出色地完成了。② 完全。△～に落第する／完全考砸了。

みことのり［詔］(名) 詔書。

みごなし［身ごなし］(名) 舉止，動作。

みこみ［見込み］(名) 預料，估計。△一か月後に完成する～だ／預計一個月後完成。△勝てる～はない／沒有勝利的希望。△彼は～のある青年だ／他是個有出息的青年。

みこ・む［見込む］(他五) ① 預計，估計 (在內)。△一割の破損を～／估計到有一成的破損。△臨時収入を～んだ予算／把臨時收入估計在內的預算。② 相信，信賴。△君を男と～んでのたのみがある／信得過你，求你一件事。△親が～んで嫁にもらう／是父母看中娶的。③ 盯住，纏住不放。△へびに～まれたかえる／被蛇盯上的青蛙。△悪魔に～まれる／惡鬼纏身。

みごも・る［身籠もる］(自他五) 懷孕。

みごろ［身頃］(名)(衣服的) 前後身。

みごろ［見頃］(名) 正好看的時候，觀賞的最佳時候。

みごろし［見殺し］(名) 見死不救。△～にする／見死不救。

みこん［未墾］(名) 未開墾。↔ 既墾

みこん［未婚］(名) 未婚。↔ 既婚

ミサ［拉 missa］(名)〈宗〉① 彌撒。② 彌撒曲。

ミサイル［missile］(名) 導彈。△～基地／導彈基地。△核～／核導彈。

ミサイル・エスコート［missile escort］(名) 導彈護衛艦。

ミサイルフリゲート［missile frigate］(名) 大型導彈驅逐艦。

みさお［操］(名) ① 節操。② 貞操。△～をまもる／守節。

みさかい［見境］(名) 區別，辨別。△～がつかない／不能辨別。△前後の～なく／不分青紅皂白。→見わけ

みさき［岬］(名) 海岬。

みさ・げる［見下げる］(他下一) 瞧不起，蔑視。△～げた奴／卑鄙的傢伙。

みさご［鶚］(名)〈動〉鶚，魚鷹。

みささぎ［陵］(名) 皇陵。

みさだ・める［見定める］(他下一) 看準，看清。△なりゆきを～／看清趨勢。

ミサライアンス［misalliance］(名) 不適當的婚姻。

みざるきかざるいわざる［見ざる聞かざる言わざる］(連語) 不看不聽不說，三不主義。

みじか・い［短い］(形) 短。△足が～／腿短。

△日が～くなった／天短了。△さきが～／來日不多。△気が～／性子急。↔長い

みじかめ [短目] (名・形動) 略短些。△～に切る／剪短點。

みじたく [身支度] (名・自サ) (外出的) 裝束，打扮。

みじまい [身仕舞い] (名・自サ) 裝束，打扮。△～に時間がかかる／打扮花費時間。→身じたく

みしみし (副・自サ) 咯吱咯吱。△～いう／咯吱咯吱響。

みじめ [惨め] (形動) 惨，凄惨。△～な生活／悲惨的生活。△～に敗北する／惨敗。△～な思いをする／感到凄惨。

みしゅう [未収] (名) 未徵收。

みじゅく [未熟] (名・形動) ① 未成熟。② 未發育好。△～児／早產兒。③ 不熟練。△～者／生手。

みしょう [未詳] (名) 不詳。△作者～／作者不詳。→不詳

みしょう [実生] (名) 由種子發芽生長的 (草木)。

みじょう [身性] (名) ① 秉性。② 身分。

みしらず [身知らず] (名・形動) ① 不自量力。② 不愛惜身體。

みしらぬ [見知らぬ] (連體) 沒見過，陌生。△～人／陌生人。

みしりごし [見知り越し] (名) 老相識。

みし・る [見知る] (他五) 見過，認識。△今後お～りおきください／今後請記着我。請多關照。

みじろぎ [身じろぎ] (名・自サ) 動彈，轉動身體。△～もしない／紋絲不動。

ミシン [machine] (名) 縫紉機。

みじん [微塵] Ⅰ (名) ① 微塵。② "みじんきり"的略語。③ 很少，一點兒。△つらいとは～も感じない／一點沒感到難過。Ⅱ (形動) 粉碎。△ガラスは～に砕けた／玻璃打得粉碎。

みじんぎり [みじん切り] (名) 切碎的 (蔬菜)。△玉ねぎの～／洋葱末。

みじんこ [微塵子] (名) 〈動〉水蚤。

ミス [Miss] (名) ① (用於未婚女子姓名之前的敬稱) 小姐。△～中村／中村小姐。② 未婚女性，小姐。△オールド～／老處女，△老小姐。まだ～でいる／還未結婚。③ 美人代表。△～日本／日本第一美人。△～ユニバース／(選美中的) 女皇。

ミス [miss] (名・自他サ) 錯誤，失敗。△～をおかす／犯錯誤。△～プリント／印錯。

みず [水] (名) ① 水，涼水。△～を飲む／喝水。△～がかれる／水乾了。△～が出る／發水。△ふろはまだ～だ／洗澡水還是涼的。② 液體，水分。△汗～／汗水。

みずあか [水垢] (名) 水垢，水銹。△～がつく／生水銹了。

みずあげ [水揚げ] (名・他サ) ① 從船上卸貨。② 漁獲量。③ 收入額。△一日の～／一天的收入。

みずあさぎ [水浅葱] (名) 淺藍色。

みずあし [水足] (名) 水漲落的速度。

みずあそび [水遊び] (名) 在水中玩，玩水。

みずあたり [水中り] (名・自サ) 飲用生水生病。

みずあび [水浴] (名・自サ) ① 洗澡，沖涼。② 游泳。

みずあぶら [水油] (名) ① (梳) 頭油。② 燈油。

みずあめ [水飴] (名) 糖稀。

みずあらい [水洗い] (名・他サ) 水洗。

みすい [未遂] (名) 未遂。△殺人～／殺人未遂。△自殺～／自殺未遂。↔既遂

みずいらず [水入らず] (名) 只有自家人 (沒有外人)。△親子～のタ食／只有父母孩子的晚餐。

みずいり [水入り] (名) (相撲的) 短時間休息。

みずいろ [水色] (名) 淺藍色。

みずうみ [湖] (名) 湖。

みずえ [水絵] (名) 水彩畫。

みずえのぐ [水絵の具] (名) 水彩顏料。

みす・える [見据える] (他下一) ① 注視。② 看準，看清。△行くえを～／看準去向。△現状を～／看清現狀。

みずおけ [水桶] (名) 水桶。

みずおしろい [水おしろい] (名) (化妝用) 水粉。

みずおち [鳩尾] (名) 心口窩。→みぞおち

みずかい [水飼い] (名) 飲牲畜。

みずがい [水貝] (名) 生拌鮑魚片。

みずかがみ [水鏡] (名) 映着物影的水面，以水為鏡。

みずかき [水搔き] (名) 蹼。

みずかけろん [水掛け論] (名) 各執一詞沒完沒了的爭論。

みずかげん [水加減] (名) (調節) 加水的量。

みずかさ [水嵩] (名) 水量。△大雨で川の～が増す／因大雨河漲水了。→水量

みずがし [水菓子] (名) 〈舊〉水果。

みすか・す [見透かす] (他五) 看穿，看透。△相手のはらを～／看透了對方的用心。→見ぬく

みずがめ [水瓶] (名) 水缸。

みすがら [身すがら] (名) 孤身一人。

みずから [自ら] Ⅰ (名) 自己。△～省みる／反躬自省。Ⅱ (副) 親自，親手。△～手を下す／親自動手。

みずガラス [水ガラス] (名) 硅酸鈉。

みずがれ [水涸れ] (名) (井、河等) 乾涸。

みすぎ [身過ぎ] (名・自サ) 生計。

みずぎ [水着] (名) 游泳衣。→海水着

みずききん [水飢饉] (名) 乾旱，水荒。→渇水

みずきよければうおすまず [水清ければ魚棲まず] (連語) 水至清則無魚。

みずきり [水切り] (名・他サ) ① 瀝水，除去水分。② 打水漂兒。③ (生花) 在水中剪去枝，根。

みずぎれ［水切れ］（名）斷水，水乾了。

みずぎわ［水際］（名）水邊。→水べ

みずぎわだ・つ［水際立つ］（自五）顯著，精彩。△～ったうでまえ／超人的本領。△～った美しさ／超羣的美麗。

みずくさ［水草］（名）水草。

みずくさ・い［水臭い］（形）① 水分多，味道淡。△～酒／味淡乱酒。② 見外。△～ことを言うな／別説生分話。

みずぐすり［水薬］（名）藥水。

みずぐち［水口］（名）① 出水口。②（廚房的）汲水口。

みずくみ［水汲み］（名・自サ）打水（人）。△～人夫／擔水工。

みずぐるま［水車］（名）→すいしゃ

みずけ［水気］（名）水分。△～の多い果物／汁水多的水果。

みずけむり［水煙］（名）① 水沫。△～を立てる／濺起水花。② 水霧。

みずごえ［水肥］（名）水肥。

みずごけ［水蘚］（名）〈植物〉泥炭蘚。

みずごころ［水心］（名）水性。

みすご・す［見過す］（他五）① 漏看，看漏。② 放過，忽視。△だまって～せない／不能置之不理。

みずごり［水垢離］（名）（祈禱前）沐浴淨身。

ミスコン［Miss contest］（名）選美比賽。

みずさいばい［水栽培］（名）水耕法。

みずさかずき［水杯］（名）（永別或長別時）互相交杯飲水作別。

みずさきあんない［水先案内］（名）領航（員）。

みずさし［水差し］（名）水罐，水瓶，水壺。

みずしごと［水仕事］（名）洗涮活兒。

みずしぶき［水しぶき］（名）水花，浪花。△～をあげる／濺起水花。

みずじも［水霜］（名）霜露。

ミスジャッジ［misjudge］（名）〈體〉錯判。

ミスシュート［miss shoot］（名）（籃球）投籃不中。

みずしょう［水性］（名）①（五行中的）水性。②（女人）水性楊花。

みずしょうばい［水商売］（名）（收入不穩定的）攬客服務行業。

みずしらず［見ず知らず］（連語）素不相識，沒見過。

みずすまし［水澄まし］（名）〈動〉豉蟲。

みずせっけん［水石鹼］（名）洗滌劑。

みずぜめ［水攻］（名・他サ）① 水攻。② 切斷敵人水源。

みずぜめ［水責］（名・他サ）水刑。

みずた［水田］（名）水田。

ミスター［Mister, Mr.］（名）①（冠於姓名之前）先生。↔ ミセス ②（作為代表選出的）男子。△～ユニバース／（選美中頭獎的）美男子。↔ ミス

みずたき［水炊き］（名）余雞肉塊。

みずたま［水玉］（名）① 水珠。② 水珠花樣。

みずたまり［水溜り］（名）水窪。

みずち［蛟］（名）蛟。

ミスチシズム［mysticism］（名）神秘主義。

みずっぱな［水っぱな］（名）清鼻涕。

みずっぽ・い［水っぽい］（形）水分多的，味淡的。△～酒／味薄乱酒。△～味／淡味。

ミスティシズム［mysticism］（名）神秘主義，神秘體驗。

ミステーク［mistake］（名）錯誤。

みずでっぽう［水鉄砲］（名）水槍。

ミステリアス［mysterious］（ダナ）神秘的，不可思議的。

ミステリー［mystery］（名）① 神秘，不可思議。② 推理小説。

みす・てる［見捨てる］（他下一）撒手不管，抛棄。

みずてん［見ず転］（名）〈俗〉不擇對象給錢就賣身（的藝妓）。

みずとあぶら［水と油］（連語）水火不相容。→犬猿の仲

みずどけい［水時計］（名）漏刻，刻漏。

みずとり［水鳥］（名）水鳥。

ミストレス［mistress］（名）① 主婦，女主人。② 情婦，小妾。

みずに［水煮］（名）清燉。

みずにながす［水に流す］（連語）付之流水。△これまでのことは水に流がそう／過去的事就讓它過去吧。

みずぬれ［水濡れ］（名）水漬，濕。

みずのあわ［水の泡］（名）水泡，泡影。

みずのえ［壬］（名）（天干第九位）壬。

みずのしたたるよう［水のしたたるよう］（連語）嬌滴滴，水靈。

みずのと［癸］（名）（天干第十位）癸。

みずのみ［水飲み］（名）飲水器皿，飲水處。

みずのみびゃくしょう［水飲み百姓］（名）貧窮農民。

みずばかり［水計り・水準］（名）水準儀。

みずばかり［水秤］（名）水測比重儀。

みずはけ［水捌け］（名）排水。△～が悪い／排水不暢。→排水

みずばしょう［水芭蕉］（名）〈植物〉觀音蓮。

みずばしら［水柱］（名）水柱。△～が立つ／濺起水柱。

ミスパス［mispass］（名）（足球、籃球）錯傳。

みずばら［水腹］（名）① 喝了一肚子水。② 飲水充飢。

みずばり［水張り］（名）① 把布洗後貼在板子上晾乾。②（水彩畫）畫前將紙浸濕貼在畫板上。

ミスパンチ［mispunch］（名）（拳擊）打空，擊空。

みずひき［水引］（名）①（包裝禮品用的）雙色紙繩。②〈植物〉毛蓼。

みずびたし［水浸し］（名）浸水。△～になる／淹了。→冠水

ミスフォーチュン［mistfortune］（名）不幸，災難。

みずぶくれ［水膨れ］（名）水疱。△～ができ

た／起水疱了。→水疱

みず・ぶね［水船］（名）① 運水船。② （也寫“水槽”）水箱，裝活魚的水槽。③ 遇難浸水的船。

ミスプリント［misprint］（名）印錯，印刷品中的錯字。

みず・べ［水辺］（名）岸邊，水濱。→水ぎわ

みずぼうそう［水疱瘡］（名）〈醫〉水痘。

みすぼらし・い（形）寒酸。△～身なり／寒碜的打扮。

ミスパンチ［mispunch］（名）（計算機）穿孔錯誤。

みずまくら［水枕］（名）冰水枕，冰袋。→氷まくら

みず・まし［水増し］（名・他サ）① 摻水（充數）。△～された酒／摻水的酒。② 虛報。△被害額を～して報告する／虛報損失額。

みす・ます［見澄ます］（他五）看清，看準。

みすみす（副）眼看着。△～犯人をとりにがした／眼睜睜地讓犯人跑了。

みずみずし・い［瑞瑞しい］（形）水靈，嬌嫩。△～果物／新鮮水果。△～はだ／細嫩的皮膚。

みず・むし［水虫］（名）〈醫〉腳癬。

みず・もち［水餅］（名）浸在水中的年糕。

みず・もの［水物］（名）① （含水分多的）水果，飲料。② 難以預測（的事物）。△勝負は～だ／勝負無常。

みずももらさぬ［水も漏らさぬ］（連語）戒備森嚴，水泄不通。

みず・もり［水盛り］（名）水準儀。

みず・や［水屋］（名）① （神社）參拜者的淨手處。② （茶室的）茶器放置清洗處。③ 廚房。④ 碗櫃。

ミスリード［mislead］（名・ス他）誤導。

み・する［魅する］（他サ）迷住。△美声に～せられる／被美妙的聲音迷住。

みず・ろう［水牢］（名）水牢。

みず・わり［水割り］（名・他）① 往酒裏攙水。② 攙假。

みずをあける［水をあける］（連語）（比賽中把對方）拉下很遠。

みずをうったよう［水を打ったよう］（連語）鴉雀無聲。

みずをさす［水を差す］（連語）① 加水。② 挑撥離間。③ 潑冷水。

みずをむける［水を向ける］（連語）（用話）引誘。

みせ［店］（名）商店。△～をだす／開始營業。△～を開ける／開板兒。△～を開く／開板兒。開店。△～をしめる／關板兒。△～をたたむ／歇業。關板兒。

みせい［未成］（名）未完成。

みせいねん［未成年］（名）未成年。

みせいひん［未製品］（名）半成品。

みせがかり［店懸り］（名）商店的構造。

みせか・ける［見せかける］（他下一）假裝。△自殺に～／假裝自殺。△ほんとうらしく～／裝得像真的似的。

みせがね［見せ金］（名）（為取得信任）亮給對方看的金錢。

みせがまえ［店構え］（名）鋪面。△しゃれた～／時新的鋪面。

みせぐち［店口］（名）店鋪的門面。

みせさき［店先］（名）商店的門前，店頭。

みせじまい［店仕舞い］（名・自サ）① （店鋪下班）閉店。② （店鋪）歇業，倒閉。

みせしめ［見せしめ］（名）懲戒，懲治。

ミセス［Mrs.］（名）（冠於姓名之前）夫人，已婚女性。

みせつ［未設］（名）未設置。↔ 既設

みせつ・ける［見せつける］（他下一）顯示，賣弄。△仲のいいところを～／顯示兩人很要好。→見せびらかす

ミゼット［midget］（名）微型（製品）。

みせどころ［見せ所］（名）最拿手的地方，最精彩的場面。

みぜに［身錢］（名）私款。△～をきる／（為公事或他人）掏腰包。

みせば［見せ場］（名）最精彩的場面。→見どころ

みせばん［店番］（名）照看鋪子（的人）。

みせびらか・す［見せびらかす］（他五）炫耀，顯示。△ダイヤを～／顯示鑽石。

みせびらき［店開き］（名・自サ）① 新店開張。② 商店開門（營業）。↔ 店じまい

みせもの［見世物］（名）① 雜技，雜耍兒。△～小屋／雜耍場。② 出洋相，出醜。△いい～になる／大出洋相。

みせや［店屋］（名）店鋪。

み・せる［見せる］I（他下一）① 給…看，讓…看。△友に本を～／給朋友看書。△それを～せてください／把那個給我看看。② 露出。△いらだちの色を～／露出焦急的神色。△誠意を～／顯示出誠意。△姿を～せない／不露面。③ 請醫生診斷。△お医者さんに～せましょう／請醫生看看吧。④ 使知道，使見識。△目にものを～せてやる／叫你見識見識。△痛い目を～／叫你嘗嘗厲害。II（補動）（用“…て見せる”的形式）① 表示決心。△きっとやりとげて～／一定搞成功給你看看。② 做給…看。△先生がまずやって～せた／老師做了示範。

みぜん［未然］（名）未然。△～に防ぐ／防患於未然。

みぜんけい［未然形］（名）〈語〉未然形。

みそ［味噌］（名）① 醬。△～を仕込む／做醬。△～をする／磨醬。拍馬屁。② 似醬的東西。△脳～／腦漿。△かにの～／蟹黃。③ 得意之處。△手前～／自吹自擂。△この案が～だ／這個發明是很獨到的。

みぞ（名）針鼻兒。

みぞ［溝］（名）① 溝。△～を掘る／挖溝。→どぶ ② 槽。△レコードの～／唱片的槽紋。③ 隔閡。△二人の間に～が出来る／兩人之間出現隔閡。△～が深まる／裂痕加深。

みそあえ［味噌和え］（名）醬拌（食物）。

みぞう［未曾有］(名) 從未有過。△〜の出来事／未曾有過的事。

みぞおち［鳩尾］(名) 胸口兒，心口兒。

みそか［三十日・晦日］(名) 月末最後一天，晦。→つごもり

みそぎ［禊］(名) 祓禊。△〜をすます／祓禊完畢。

みそくそ［味噌糞］(形動)〈俗〉亂七八糟。

みそこし［味噌漉し］(名) 濾醬篩子。

みそこな・う［見損なう］(他五)① 看錯。△お前を〜っていた／我把你看錯了。② 錯過看的機會。

みそさざい［鷦鷯］(名)〈動〉鷦鷯。

みそじ［三十］(名) 三十，三十歲。

みそしき［未組織］(名) 未組織。

みそしる［味噌汁］(名) 醬湯。

みそすり［味噌擂り］(名)① 磨醬。② 諂媚(的人)。

みそっかす［味噌滓］(名)① 醬渣。② 廢物。③ 毛孩子。

みそづけ［味噌漬け］(名) 醬菜。

みそっぱ［味噌っ歯］(名) (兒童因齲齒而出現的) 黑牙。

みそひともじ［三十一文字］(名) 和歌，短歌。

みそまめ［味噌豆］(名) 做醬用的蒸豆。

みそ・める［見初める］(他下一)① 初次見到。② 一見鍾情。

みそもくそもいっしょ［味噌もくそも一緒］(連語) 魚龍混雜，良莠不齊。

みそら［身空］(名) 境遇，身分。△若い〜で／年輕輕地。△生きた〜もない／怕得要死。

みぞれ［霙］(名) 雨夾雪。

みそ・れる［見逸れる］(他下一) 沒認出來。

みそをつける［味噌をつける］(連語) 砸了鍋，丟人現眼。

みだ［彌陀］(名) “阿彌陀”的略語。

みたい・だ［助動］(接“體言”或“用言”的“連體形”)① 像…，像…一樣，宛如。△あの岩は人の顔は〜／那塊岩石好像人的臉。△本当の兄弟に〜に仲がよい／似親兄弟般要好。② 例如…這樣的。△すいか〜な水気の多い果物／例如西瓜這樣的水分多的瓜果。△今日〜な日／例如今天這樣的天。③ 似乎，好像。△熱がある〜だ／好像發燒。

みたけ［身丈］(名) 身長，身高。

みだし［見出し］(名)① 標題。△新聞の〜／報紙的標題。△小〜をつける／加小標題。② 目次，索引。

みだしなみ［身だしなみ］(名)① 注意儀表，講究服飾。△〜がいい／儀表整潔。② 教養。△車の運転は現代人の〜とさえ言われる／開車被認為是現代人的教養之一。

みた・す［満たす］(他五)① 裝滿。△杯に酒を〜／往杯子裏倒滿酒。② 使滿足。△要求を〜／滿足要求。

みだ・す［乱す］(他五) 弄亂，搞亂。△列を〜／打亂行列。△髪を〜／弄亂頭髮。

みたて［見立て］(名)① 選擇(的眼力)。② 診斷(的手法)。△彼は〜がよい／他的脈氣高。

みた・てる［見立てる］(他下一)① 選擇。△背広を〜／選西服。② 診病。△ガンと〜／診斷為癌。③ 比作，當作。△立木を人に〜／把樹當作人。

みたところ［見た所］(連語) 看起來，看來。

みたま［御霊］(名) 靈魂。

みため［見た目］(連語) 看上去的感覺，外觀。△〜がよい／順眼。

みだら［淫ら］(形動) 淫亂，猥褻。

みたらし［御手洗］(名)① (神社的參拜者) 淨手漱口處。② 洗手，洗臉。

みだりがわし・い［猥りがわしい］(形) 淫穢。

みだりに［妄りに］(副) 隨便地，胡亂。

みだれ［乱れ］(名) 亂。△列車のダイヤの〜／火車行車時間的混亂。△〜の世／亂世。

みだ・れる［乱れる］(自下一) 亂，混亂，紊亂。△心が〜／心亂如麻。△一糸〜れぬ行進／秩序井然的遊行隊伍。

みち［道］(名)① 道，路，路途。△〜が込む／道路擁擠。△〜に迷う／迷路。△〜をゆずる／讓路。△〜を急ぐ／趕路。△〜を行く／走路。△〜をたずねる／問路。△〜をまちがえる／走錯路。△千里の〜も一歩から／千里之行，始於足下。② 方法，手段。△ほかに〜がない／別無他策。③ 道理。△〜にかなう(そむく)／合乎(違背)道理。④ 領域。△その〜の達人／那方面的高手。△すきな〜／喜愛的專業。

みち［未知］(名) 未知。△〜の世界／未知的世界。↔ 既知

みちあんない［道案内］I (名) →路標。II (名・自他サ) 帶路(人)。

みちいと［道糸］(名) (從魚竿頂端到鉛墜子的) 釣綫。

みぢか［身近］(名・形動) 身旁，身邊。△〜な問題／切身問題。→手近

みちが・える［見違える］(他下一)① 看錯。△彼を弟と〜えた／把他看成弟弟了。② 認不出來。△〜ほど変った／變得認不出來了。

みちかけ［満ち欠け］(名) (月亮的) 盈虧。

みちくさ［道草］(名) 路旁的草。

みちくさをくう［道草を食う］(連語) 中途貪玩耽擱。△どこで道草を食ったのか／你在哪兒逛來着？

みちしお［満ち潮］(名) 滿潮。↔ 引き潮

みちじゅん［道順］(名) 路徑。△駅への〜を尋ねる／打聽去車站的路。

みちしるべ［道しるべ］(名)① 路標，指南。△研究の〜／研究指南。

みちすう［未知数］(名)①〈數〉未知數。② 難以預測的事物。△実力は〜だ／實力是未知數。

みちすがら［道すがら］(副) 沿途，途中。→道道

みちすじ［道筋］(名)① 道路，路綫。△学校への〜／去學校的道路。② 條理，道理。△〜が立たない／沒有道理。沒條理。

みちた・りる［満ち足りる］（自上一）滿足。

みちづれ［道連れ］（名）旅伴。△旅は〜世は情け／出門靠旅伴，處世靠情義。

みちなか［道中］（名）① 道路的中間。② 途中，路上。

みちならぬ［道ならぬ］（連語）不道德的。

みちのく［陸奥］（名）〈舊〉日本東北部。

みちのり［道のり］（名）路程。△駅まで五キロの〜／到車站是五公里的路。

みちばた［道端］（名）路旁。→路傍

みちひ［満ち干］（名）（潮水的）漲落。△潮の〜／潮水的漲落。→干満

みちび・く［導く］（他五）① 領路。② 指導，引導。③ 導致。△社会を混乱に〜／導致社會混亂。

みちぶしん［道普請］（名・自サ）修路（工程）。

みちみち［道道］Ⅰ（名）① 條條道路。② 各種專業。Ⅱ（副）途中，一路上。△〜考える／一路上思考。

みちゃく［未着］（名）未到。

み・ちる［満ちる］（自上一）① 滿，充滿。△水が〜／水滿了。△活力に〜ちている／充滿活力。② 到期限（限度）。△任期が〜／任期滿了。△定員に〜／到了定額。③（月）圓。△月が〜／月圓。到產期。④（潮）漲。△潮が〜／漲潮。

みつ［蜜］（名）① 蜂蜜。② 糖蜜。△〜をすう／吸蜜。

みっか［三日］（名）① 三日，初三。② 三天。

みつが［密画］（名）工筆畫。

みっかい［密会］（名・自サ）幽會。

みつがさね［三つ重ね］（名）三個一套。△〜の杯／三件一套的杯子。

みっかてんか［三日天下］（名）五日京兆。

みつかど［三つ角］（名）① 三個角。② 三岔路口。

みっかぼうず［三日坊主］（名）沒有常性（的人）。

みつか・る［見つかる］（自五）① 找到。△仕事が〜／找到工作。△解決策が〜らない／找不到解決的方法。② 被發現。△不正が〜／舞弊被發現。

みつき［見付き］（名）〈俗〉外觀。

みつぎ［密議］（名・他サ）密談。△〜をこらす／秘密商議。

みつぎもの［貢ぎ物］（名）貢品。

みっきょう［密教］（名）〈佛教〉密教。

みつ・ぐ［貢ぐ］（他五）① 上貢，納貢。② 供給（生活費）。

ミックス［mix］Ⅰ（名・他サ）混合，攙合。Ⅱ（名）〈體〉男女混合隊。

ミックストダブルス［mixed doubles］（名）男女混合雙打。

みづくろい［身繕い］（名・自サ）打扮，裝束。→身ごしらえ

みつくろ・う［見繕う］（他五）適當地備置。△料理を〜／斟酌着辦些菜餚。△お土産

を〜／適當地挑些土產。→見はからう

みつけ［見付］（名）（城門的）甕城。

みっけい［密計］（名）密謀。

みつげつ［蜜月］（名）蜜月。△〜旅行／蜜月旅行。

みつ・ける［見付ける］（他下一）① 找，找到，發現。△仕事を〜／找工作。△落し物を〜／找到丢的東西。② 眼熟，看慣。△〜けた風景／看慣了的風景。

みつご［三つ子］（名）① 三胞胎。② 三歲小孩。

みっこう［密行］（名・自サ）① 悄悄走。② 秘密行動。

みっこう［密航］（名・自サ）① 偷渡出境。△〜者／偷渡者。② 違禁航海。

みっこく［密告］（名・他サ）密告。

みつごのたましいひゃくまで［三つ子の魂百まで］（連語）江山易改，本性難移。

みっさつ［密殺］（名・他サ）偷宰家畜。

みっし［密使］（名）秘密使者。

みつじ［密事］（名）密事。

ミッシー［missy］（名）女孩。

みっしつ［密室］（名）密室。

みっしゅう［密宗］（名）〈佛教〉密宗。→真言宗

みっしゅう［密集］（名・自サ）密集。△家屋が〜した地域／房屋密集的地域。

みっしゅっこく［密出国］（名・自サ）偷渡出境。↔密入国

みっしょ［密書］（名）密件，密函。

みっしょく［密植］（名・他サ）密植。

ミッション［mission］（名）①（基督教的）傳教團。②（基督教的）教區。③ 使節團。

ミッションスクール［mission school］（名）教會學校。

みっしり（副）① 密實實在。② 專心致志，嚴格。

ミッシング［missing］（名）找不到，失踪。

みっせい［密生］（名・自サ）密生。△樹木が〜する／樹木叢生。

みっせつ［密接］Ⅰ（名・自サ）緊挨，相連。△隣家が〜している／鄰居家緊挨着。Ⅱ（形動）密切。△〜な関係／密切的關係。

みっせん［密栓］（名）蓋嚴。

みっせん［蜜腺］（名）〈植物〉蜜腺。

みっそう［密送］（名・他サ）秘密發送。

みっそう［密葬］（名・他サ）① 秘密埋葬。② 只有近親參加的葬禮。

みつぞう［密造］（名・他サ）秘密製造。△〜酒／私酒。

みつぞろい［三つ揃い］（名）（西裝的）三件套。

みつだん［密談］（名・自サ）密談。

みっちゃ（名）〈俗〉麻子（臉）。

みっちゃく［密着］（名・自サ）① 密切，緊貼。△生活に〜する／和生活密切相關。②〈攝影〉印相。

みっちょく［密勅］（名）密敕。

みっつ［三つ］（名）① 三，三個。② 三歲。

みっつう［密通］（名・自サ）男女私通。

みってい［密偵］(名) 密探。→スパイ

ミット［mitt］(名)〈棒球〉合指手套。→グローブ

ミッド［mid］(名) 中間的，中部的。

みつど［密度］(名)① 密度。△人口～／人口密度。②〈理〉密度。③ 内容。△～の高い作品／内容充實的作品。

ミッドサマー［mid-summer］(名) 仲夏。

ミッドナイト［midnight］(名) 午夜，半夜。

ミッドフィールド［midfield］(名)〈足球〉中場。

ミッドポイント［mid-point］(名) 平均價格。

みつどもえ［三つどもえ］(名)① 三個旋渦狀的圖案。② 三方混雜。△～のたたかい／三方混戰。

みっともな・い (形) 難看，不成體統。△～恰好／難看的樣子。

ミッドラー［middler］(名) 中距離賽跑運動員。

みつにゅうこく［密入国］(名・自サ) 非法入境。↔ 密出国

みつば［三つ葉］(名)①〈植物〉鴨兒芹。② 三片葉。△～あおい／三葉葵。

みつばい［密売］(名・他サ) 私賣。△麻薬を～する／私販麻薬。

みつばち［蜜蜂］(名) 蜜蜂。

みっぷう［密封］(名・他サ) 密封。△書類を～する／密封文件。

みっぺい［密閉］(名・他サ) 密封，封閉。△部屋を～する／封閉房間。

みつぼう［密謀］(名) 密謀。

みつぼうえき［密貿易］(名) 走私貿易。

みつまた［三つ椏］(名)〈植物〉黃瑞香。

みつまめ［蜜豆］(名) 蜜豆涼粉。

みつみつ［密密］(副)① 秘密地，悄悄地。② 親密地。

みつめ［三目］(名)① 三隻眼。②（婚禮、誕生的）第三天（的祝賀）。

みつ・める［見詰める］(他下一) 凝視。△穴のあくほど～／死死地盯着。△事態を～／注視形勢發展。

みつもり［見積もり］(名) 估算，估計。△～書／估價單。

みつもりしょ［見積書］(名)〈經〉估價單。

みつも・る［見積もる］(他五) 估算，估計。△内輪に～／保守地估計。

みつやく［密約］(名・自サ) 密約。

みつゆ［密輸］(名・自サ) 走私。△～船／走私船。

みつゆしゅつ［密輸出］(名・他サ) 走私出口。↔ 密輸入

みつゆにゅう［密輸入］(名・他サ) 走私進口。↔ 密輸出

みつゆび［三つ指］(名)（三個指頭按着草蓆）行大禮。

みつゆひん［密輸品］(名)〈經〉黑貨，私貨，水貨。

みづら・い［見辛い］(形)① 看不下去。② 看不清楚。

みつりょう［密猟］(名・他サ) 偷獵，非法狩獵。

みつりょう［密漁］(名・他サ) 偷捕（魚貝類），非法捕魚。

みつりん［密林］(名) 密林。

みつろう［蜜蠟］(名) 蜂蠟。

みてい［未定］(名・形動) 未定。△～稿／未定稿。↔ 既定

ミディアムテク［medium-tech］(名)①〈肉〉烤得適中的，中等熟度的。② 媒質，媒介物。③ 中間的，中等的。

みてくれ［見てくれ］(名) 外表，外觀。△～がいい／外表漂亮。△～だけつくろう／光修飾表面。→外観

みてと・る［見てとる］(他五) 看出，看透。△相手の気持を～／看出對方的心意。

みてみぬふり［見て見ぬ振り］(連語) 假裝看不見。△見て見ぬ振りをする／裝看不見。

みとう［未到］(名) 未達到。△前人～／前人未能達到。

みとう［未踏］(名) 足跡未到。△人跡～の地／人跡未到之地。

みとおし［見通し］(名)① 遠望，眺望。△霧で～がきかない／有霧看不遠。② 預料。△～が立たない／不能預測。△～がつく／預料到。△将来の～は明るい／前景看好。③ 看透。△神様はすべてお～だ／老天爺明鑒。

みとお・す［見通す］(他五)① 遠望，瞭望。△むこうまで～／望到對面。② 預料。△こうなることを～している／早就預料到會這樣。③ 看穿，看破。△彼の計略を～／看穿了他的計策。④ 一直看，看完。△最後まで～時間がない／沒有時間看到完。

みとが・める［見咎める］(他下一) 盤問。

みとく［味得］(名・他サ) 領會，融會貫通。

みどく［味読］(名・他サ) 細讀，玩味。

みどころ［見所］(名)① 精彩之處。② 前途，出息。△～のある学生／有前途的學生。

ミトス［希 mythos］(名) 神話。

みとど・ける［見届ける］(他下一)① 看到最後。△最期を～／送終。② 看準，看清。△真相を～／看清真相。

みとめ［認め］(名)“認め印”的略語。

みとめいん［認め印］(名) 便章，手戳。△～を押す／蓋章。↔ 実印

みと・める［認める］(他下一)① 看到。△異常を～めない／未發現異常。② 承認，認可。△犯行を～／承認犯罪。△正当と～／承認是正當的。③ 認識，賞識。△世に～められる／得到社會的承認。

みとり［看取り］(名・他サ) 看護（病人）。

みどり［見取り］(名) 挑選。

みどり［緑］(名)① 緑，緑色。② 緑色草木。△～がすくない／草木不多。

みどりご［嬰児］(名) 嬰兒。

みとりざん［見取り算］(名) 看着數字打算盤。

みとりず［見取り図］(名) 示意圖，略圖。

みどりなす［緑なす］(連語)① 緑色的。② 光

潤的。△～黒髪／油黑的頭髮。

みと・る［看取る］（他五）護理（病人）。△最期を～／護理到死。→看護する

ミドルエージ［middle age］（名）中年，初老。

ミドルきゅう［ミドル級］（名）（舉重）中量級（選手）。

ミドルクラス［middle class］（名）中產階級，中間階層。

ミドルティーン［middle teen］（名）十五六歲的少男少女。

ミドルマン［middleman］（名）經紀人，中間人。

みと・れる［見とれる］（自下一）看得入迷。△美人に～／看美人出了神。

－みどろ（接尾）滿是。△汗～／汗流浹背。△血～／渾身是血。

ミトン［mitten］（名）連指手套。

みな［皆］Ⅰ（名・代）大家，全體。△～で決める／大家決定。△～さん／諸位。Ⅱ（副）全，都。△小遣銭は～使ってしまった／零用錢全用光了。△～でいくらですか／一共是多少？

みなお・す［見直す］Ⅰ（他五）① 重看，再看。△答案を～／重看卷子。② 重新估價。△わが子を～／重新認識自己的孩子。△価値が～れる／得到新的評價。③ 重新研究。△外交政策を～／重新研究外交政策。Ⅱ（自五）好轉。△相場もだいぶ～してきた／行情大有好轉。△病人が～してきた／病人見好。

みなかみ［水上］（名）①（河）上游。② 起源，源頭。

みなぎ・る［漲る］（自五）① 漲滿。△雪どけ水が川に～／雪水融化使河水上漲。② 充滿，溢滿。△活気が～／充滿活力。

みなげ［身投げ］（名・自サ）投河（海等）自殺。

みなごろし［皆殺し］（名）殺光，斬盡殺絕。

みなさま［皆様］（名）（敬）諸位。

みなしご［孤児］（名）孤兒。→こじ

みな・す［見なす］（他五）① 視為，看作。△返事のない者は賛成と～／沒有回答的人視為贊成。② 假定，當作。△一人前と～／當成年人看待。

みなづき［水無月］（名）陰曆六月。

みなと［港］（名）港口，碼頭。△～にはいる／入港。

みなとまち［港町］（名）港口城市。

みなのか［三七日］（名）〈佛教〉死後第二十一天，三七。

みなまたびょう［水俣病］（名）水俣病。

みなみ［南］（名）南，南方。↔北

みなみアフリカきょうわこく［南アフリカ共和国］〈國名〉南非共和國。

みなみアメリカ［南アメリカ］〈地名〉南美洲。

みなみかいきせん［南回帰線］（名）〈地〉南回歸綫。↔北回帰線

みなみかぜ［南風］（名）南風。↔北風→なんぷう

みなみじゅうじせい［南十字星］（名）〈天〉南十字（星）座。

みなみはんきゅう［南半球］（名）南半球。↔北半球

みなもと［源］（名）① 水源，源頭。② 起源。△仏教の～／佛教的起源。

みなもとのさねとも［源実朝］〈人名〉源實朝（1192-1219）。鎌倉幕府第三代將軍。

みなもとのよしつね［源義経］〈人名〉源義經（1159-1189）。平安末期到鎌倉初期的武將。

みなもとのよりとも［源頼朝］〈人名〉源賴朝（1147-1199）。鎌倉幕府的初代將軍。

みならい［見習い］（名）① 學習，模仿。② 見習（的人）。△～社員／見習職員。

みなら・う［見習う］（他五）學，模仿。△商売を～／學着經商。△先輩に～／向前輩學習。

みなり［身なり］（名）服飾，裝束。△～を整える／打扮停當。△きちんとした～／整潔的裝束。△～に構わない人／不修邊幅的人。

みなれざお［水馴れ竿］（名）篙。

みな・れる［見慣れる］（自下一）看慣。△～れた顔／熟面孔。△～ない人／眼生的人。

ミニ－［mini］（接頭）小型，微型。△～カー／微型車。汽車模型。△～スカート／超短裙。

ミニアチュアチューブ［miniature tube］（名）小型（電子）管，微型管。

みにあまる［身に余る］（連語）無上的，過分的。△身に余る光栄／無上的光榮。

みにおぼえがある［身に覚えがある］（連語）做過（某事）。△身におぼえがない罪／冤枉罪。

みにく・い［醜い］（形）① 醜，難看。△～顔／難看的面孔。② 醜惡。△～あらそい／醜惡的爭奪。→みっともない

みにく・い［見にくい］（形）不容易看，難以看清。△画面が～／畫面看不清。

みにこたえる［身に応える］（連語）難以忍受。△今日の暑さは～／今天這熱勁可夠受的。

ミニコピー［mini-copy］（名）（印刷物）縮微複製。

ミニコンピュータ［mini-computer］（名）小型電子計算機。

ミニサミット［mini-summit］（名）小型首腦會議。

みにしみる［身に染みる］（連語）切身感受，深感。△好意が身に染みる／深感好意。

ミニスーパーマーケット［mini-supermarket］（名）小型超級商場。

ミニスター［minister］（名）① 大臣，公使。② 牧師。

ミニチュア［miniature］（名）① 小型，模型。②〈美術〉袖珍畫，纖細畫。

みにつける［身につける］（連語）① 帶着。△大金を身につけている／帶着巨款。② 掌握。△なにか技術をみにつけた方がいい／最好掌握一門技術。

ミニット［minute］（名）會議記録，備忘録。

みにつまされる［身につまされる］（連語）感同身受。

ミニテレフォン［mini-telephone］（名）小型電話機。

ミニマム［minimum］（名）最小限度，最小值。

ミニマムタームズ［minimum terms］（名）（貸款）最低條件。

ミニマラソン［mini-Marathon］（名）〈體〉（五公里左右的）短距拉松賽跑。

ミニマル［minimal］（ダナ）最小的，極小的。

ミニリセッション［mini-recession］（名）〈經〉小衰退。

ミヌエット［minuet］（名）小步舞（曲）。→メヌエット

みぬ・く［見抜く］（他五）看穿，看透。△正体を～／看穿真面目。△相手のうそを～／看穿對方的謊言。→見やぶる

みね［峰］（名）① 峰，山峰。② 刀背。

みねうち［峰打ち］（名）用刀背砍。

ミネラル［mineral］（名）礦物質，無機質營養素。△～ウォーター／礦泉水。

ミネラルズ［minerals］（名）礦泉水。

ミネラルブラック［mineral black］（名）石墨。

ミネルバ［拉 Minerva］（名）（羅馬神話中的女神）密涅瓦。

みの［美濃］（名）①“美濃紙”的略語。②“美濃判”的略語。

みの［蓑］（名）蓑衣。

みのう［未納］（名）未繳，未交。△会費～／未交會費。

みのうえ［身の上］（名）身世，遭遇，命運。△子供の～を案ずる／擔心孩子的境況。△～ばなし／身世談。

みのが・す［見逃す］（他五）① 看漏。△誤字を～／看漏了錯字。② 錯過看的機會。△今度～したら二度見られない／這次錯過機會就再也看不到了。③ 放過，寬恕。△罪を～／恕罪。

みのがみ［美濃紙］（名）美濃紙。

みのかわ［身の皮］（名）身上穿的衣服。△～をはぐ／脫下衣服賣錢花。

みのけ［身の毛］（名）汗毛。

みのけもよだつ［身の毛もよだつ］（連語）毛骨悚然。

みのこ・す［見残す］（他五）沒看完。

みのしろきん［身の代金］（名）贖身錢。

みのたけ［身の丈］（名）身長。→背丈

みのばん［美濃判］（名）美濃紙的尺寸。

みのふりかた［身の振り方］（連語）謀生之計。

みのほど［身の程］（名）自己的能力，身分。△～を知らない／不量力。△～をわきまえる／有自知之明。

みのまわり［身の回り］（名）① 身邊衣物。② 日常用品。③ 生活瑣事。△～の世話をする／照顧日常起居。

みのむし［蓑虫］（名）〈動〉結草蟲，蓑蛾。

みのり［実り］（名）成熟。

みの・る［実る］（自五）成熟，結果。△果物の～季節／水果結果的季節。△研究が～／研究出了成果。

みば［見場］（名）外表，表面印象。

みばえ［見栄え・見映え］（名）美觀，好看。

△～のしない服装／不起眼的服裝。

みはから・う［見計らう］（他五）① 斟酌。△～って買う／酌量着買。② 估計（時機）。△ころあいを～って顔をだす／看準時機出面。

みはつ［未発］（名）① 未發生。② 未發明。

みはっぴょう［未発表］（名）未發表。

みはてぬ［見果てぬ］（連體）未看完，未竟。△～夢／未做完的夢。未實現的理想。

みはな・す［見放す・見離す］（他五）放棄，撒手不管。△親類から～された／被親人拋棄。

みはらい［未払い］（名）未付。

みはらし［見晴らし］（名）眺望（的景致）。△～がきく／適於遠眺。△～台／眺望台。

みはら・す［見晴らす］（他五）眺望。△海を～／眺望海面。

みはり［見張り］（名）看守（人），警戒。△～を立てる／派人站崗。

みはりばん［見張り番］（名）崗哨，哨兵。

みは・る［見張る］（他五）① 看守，監視。△犯人を～／看守犯人。②（也寫“瞠る”）瞪目而視。△目を～らんばかりに驚く／驚訝得目瞪口呆。

みはるか・す［見晴るかす］（他五）極目遠眺。

みびいき［身びいき］（名）偏袒。△親類緣者に～する／祖護親戚。

みひつのこい［未必の故意］（名）〈法〉故意過失。

みひとつ［身一つ］（名）孑然一身，身無一物。

みひらき［見開き］（名）（書籍等）打開後左右相對的兩頁。

みひら・く［見開く］（他五）睜大眼睛。

みぶり［身振り］（名）姿態，動作。△～手振り／比劃。△～で示す／用動作指示。→しぐさ

みぶるい［身震い］（名・自サ）發抖，戰慄。△寒さに～する／冷得發抖。

みぶん［身分］（名）身分，地位。△～がある／有身分。△～が卑しい／身分卑賤。△～が高い／地位高貴。△いいご～だ／（帶諷刺意味）過得不錯呢。

みぶんそうおう［身分相応］（名）合乎身分。

みぼうじん［未亡人］（名）未亡人，遺孀。→後家

みほ・れる［見惚れる］（自下一）看得入迷。→見とれる

みほん［見本］（名）① 樣品，貨樣。△～市／商品展銷會。② 樣子，例子。△かれは不良の～だ／他是個流氓的典型。△いい～／好榜樣。

みほんいち［見本市］（名）〈經〉商品展銷市場，展覽會。

みまい［見舞い］（名）① 探望，問候。△火事～に行く／慰問遭火災的人。△病気～／探病。② 慰問信（品）。△お～をだす／發慰問信。

みま・う［見舞う］（他五）① 探望，慰問。② 遭受。△水害に～われる／遭受水災。

みまが・う［見紛う］（他五）看錯。△花と～雪／疑為落花的雪片。

みまか・る［身罷る］（自五）謝世，過世。

みまも・る［見守る］（他五）①監護，照料。②關注，注視。△なりゆきを～／注視事態發展。

みまわ・す［見回す］（他五）環視。△あたりを～／環顧四周。

みまわり［見回り］（名）巡視（的人）。

みまわ・る［見回る］（他五）巡視，巡查。

みまん［未満］（名）未滿。△十八歳～／不滿十八歳。△千円～／不足一千日圓。→以下

みみ［耳］（名）①耳，耳朵。②聽力，聽見。△～がいい／耳朵尖。△～が遠い／耳朵背。△～にする／聽到。△～にはいる／聽到。△～が肥えている／（對音樂等）有鑒賞力。△～が早い／消息靈通。△～に入れる／告訴。△～に逆らう／逆耳。③（器物的）耳子。△なべの～／鍋耳子。④（紙張、麵包等的）邊兒。△パンの～／麵包邊兒。△～をそろえて借金を返す／把錢湊齊還上。

みみあか［耳垢］（名）耳垢。

みみあたらし・い［耳新しい］（形）初次聽到的。△～話／新鮮事兒。

みみあて［耳当て］（名）（防寒用）耳套。

みみうち［耳打ち］（名・自サ）耳語。△そっと～する／悄悄耳語。

みみがいたい［耳が痛い］（連語）刺耳。

みみかき［耳掻き］（名）掏耳杓。

みみがくもん［耳学問］（名）道聽途説的知識，一知半解的知識。

みみかざり［耳飾り］（名）→イヤリング

みみがとおい［耳が遠い］（連語）耳背，耳沉。

みみがはやい［耳が早い］（連語）消息靈通，耳朵長。

みみくそ［耳糞］（名）→耳垢

みみこすり［耳擦り］（名・自サ）①耳語。②指桑罵槐。

みみざと・い［耳聡い］（形）聽力好，耳朵尖。

みみざわり［耳障り］（名・形動）刺耳的。△車の音が～だ／車的聲音刺耳。

みみざわり［耳触り］（名）聽後的感覺。△～がいい（わるい）／好聽（不好聽）。

みみず［蚯蚓］（名）〈動〉蚯蚓。

みみずく［木菟］（名）〈動〉鴟鵂，貓頭鷹。

みみずばれ［蚯蚓腫れ］（名）（皮膚劃過後出現的）血道子。

みみだ・つ［耳立つ］（自五）①聽着明顯。②聽着刺耳。

みみたぶ［耳たぶ］（名）耳垂兒。

みみだれ［耳垂れ］（名）〈醫〉耳漏。

みみっち・い（形）小氣，吝嗇。

みみどお・い［耳遠い］（形）①耳背。②沒聽慣。

みみなり［耳鳴り］（名）耳鳴。△～がする／耳鳴。

みみな・れる［耳慣れる］（自下一）耳熟。△～

れない言葉／耳生的詞。

みみにたこができる［耳にたこができる］（連語）聽膩。

みみにつく［耳につく］（連語）①聽後忘不了。②聽膩了。

みみにはさむ［耳にはさむ］（連語）風聞。△うわさを耳にはさむ／聽到風聲。

みみもと［耳元］（名）耳邊。△～でささやく／在耳邊悄悄説。

みみより［耳寄り］（形動）值得一聽，願聽。△～な話／值得一聽的話。

みみわ［耳輪］（名）→イヤリング

みみをうたがう［耳を疑う］（連語）疑心聽錯。

みみをかす［耳を貸す］（連語）聽取，參與商議。

みみをすます［耳を澄ます］（連語）側耳傾聽。

みみをそばだてる［耳をそばだてる］（連語）豎起耳朵聽。

みみをそろえる［耳をそろえる］（連語）湊齊錢。

みみをつんざく［耳をつんざく］（連語）震耳欲聾。

みむきもしない［見向きもしない］（連語）看也不看，睬也不睬。

みむ・く［見向く］（他五）回顧，轉過頭來看。

みめ［見目］（名）①容貌。△～うるわしい／面目清秀。②面子，名譽。△～をはばかる／顧全面子。

みめい［未明］（名）黎明，拂曉。→払暁

みめかたち［見目形］（名）姿容。

みめよ・い［見目よい］（形）美貌。△～人／美人兒。

ミモザ［mimosa］（名）〈植物〉①含羞草。②巴黎金合歡。

みもしらぬ［見も知らぬ］（連語）陌生，沒見過。△～人／陌生人。

みもだえ［身悶え］（名・自サ）（因痛苦而）扭動身體，折騰。△痛さのあまり～する／疼得打滾。

みもち［身持ち］（名）①品行。△～が悪い／品行不端。②懷孕。△～の女／孕婦。

みもと［身元・身許］（名）①出身，來歷，經歷。△～不明の死体／來歷不明的死屍。△～を洗う／調査出身經歴。②身分。△～保証人／身分保證人。△～を引き受ける／擔保。

みもの［見物］（名）值得看的。△この試合は～だ／這場比賽值得看。

みもふたもない［身も蓋もない］（連語）露骨，不含蓄。

みもよもない［身も世もない］（連語）悲痛得不能自持。

みもん［未聞］（名）未聞。△前代～／前所未聞。

みや［宮］（名）①皇宮。②皇族。③神社。

みゃく［脈］（名）①〈醫〉脈，血管。△動～／動脈。△静～／靜脈。②脈搏。△～をとる／診脈。③（暗中的）聯繋。△かげで～を引いている／暗中牽着線。④希望。△～がある／有希望。

みゃくう・つ［脈打つ］（自五）①脈搏跳動。②搏動。△青年のころの情熱がいまも〜っている／青年時代熱情依然在脈搏裏跳動。

みゃくどう［脈動］（名）①搏動。②〈地〉脈動。

みゃくどころ［脈所］（名）①脈搏跳動處。②要害。

みゃくはく［脈拍］（名）脈搏。

みゃくみゃく［脈脈］（名・形動）連綿不絕。△〜と続く／連綿不絕。

みゃくらく［脈絡］（名）脈絡。△〜のない議論／前後不聯貫的辯論。

みやげ［土産］（名）①特産，土産。②禮物，禮品。

みやげばなし［土産話］（名）旅行見聞。

みやこ［都］（名）①首都。→首府 ②（繁華的）都市。③（有特點的）名城。△水の〜ベニス／水城威尼斯。

みやこおち［都落ち］（名）①從都市逃到鄉下。②從都市搬到鄉下。

みやこどり［都鳥］（名）①〈動〉蠣鷸。②赤嘴鷗。

みやざわけんじ［宮沢賢治］〈人名〉宮澤賢治（1896-1933）。大正、昭和時代的童話作家、詩人。

みやしばい［宮芝居］（名）在神社裏演的戲。

みやす・い［見易い］（形）①易看，顯眼。△〜席／好座位。②淺顯。△〜道理／淺顯的道理。

みやずもう［宮相撲］（名）（祭祀時）在神社內舉辦的相撲表演。

みやだいく［宮大工］（名）修建神社、宮殿的木匠。

みやづかえ［宮仕え］（名・自サ）在宮中、官衙、公司裏供職。△すまじきものは〜／官身子不自由。

みゃっかん［脈管］（名）血管。

みやびやか［雅びやか］（形動）優雅，文雅。

みやぶ・る［見破る］（他五）看穿，識破。→見ぬく

みやまいり［宮参り］（名・自サ）①參拜神社。②嬰兒滿月後初次參拜本地保護神。③兒童三歲、五歲、七歲時參拜本地保護神。

みやもり［宮守］（名）①皇宮的衛士。②神社守護人。

みや・る［見遣る］（他五）①遠眺。②朝…看。△〜りもせずに過ぎる／看也沒看就過去了。

ミュージカル［musical］（名）音樂劇，音樂電影。

ミュージシャン［musician］（名）音樂家，演奏家。

ミュージック［music］（名）音樂。

ミュージックテープ［music tape］（名）音樂磁帶。

ミューズ［Muse］（名）（希臘神話中司文學、詩歌的女神）繆斯。

ミュータント［mutant］（名）〈生物〉突變體。

ミューチュアルファンド［mutual fund］（名）〈經〉相互基金（美國的一種投資信託）。

ミュート［mute］（名）消音的，不出聲的。

みよ・い［見好い］（形）①好看。△夫婦げんかは〜ものではない／兩口子打架不好看。②容易看，得看。△〜席／好座位。→見やすい ↔ 見にくい

みょう［妙］ I （名・形動）①出色，巧妙。②奧妙，玄妙。 II （形動）奇怪。△〜な男／奇怪的人。△〜な縁／奇妙的緣分。△〜だなあ，彼がまだ来ていないとは／真怪，他還不來。

みよう［見様］（名）看法。△〜によってはどちらとも言える／根據不同看法怎麼說都行。

みょうあさ［明朝］（名）明晨。

みょうあん［妙案］（名）妙計。

みょうおう［明王］（名）〈佛教〉明王，不動明王。

みょうおん［妙音］（名）悦耳的聲音（音樂）。

みょうが［茗荷］（名）〈植物〉蘘荷。

みょうが［冥加］ I （名）神們的保佑。△〜につきる／洪福齊天。 II （形動）幸運。△〜に余る／極其有福。

みょうぎ［妙技］（名）妙技。△〜をひろうする／表演妙技。

みょうきょく［妙曲］（名）名曲。

みょうけい［妙計］（名）妙計。

みょうご［冥護］（名）〈神佛〉保佑。

みょうごう［名号］（名）①阿彌陀佛的佛號。②唸佛。△〜をとなえる／唸佛。

みょうごにち［明後日］（名）後天。

みょうさく［妙策］（名）妙計。

みょうじ［名字・苗字］（名）姓。

みょうじたいとう［名字帯刀］（名）（江戶時代特許有功農民、商人）稱姓佩刀。

みょうしゅ［妙趣］（名・形動）妙趣。

みょうしゅ［名主］（名）〈史〉有田地的農民。

みょうしゅ［妙手］（名）①名手，妙手。②（圍棋）妙着，高着。

みょうしゅん［明春］（名）明春。→来春，翌春

みょうしょ［妙所］（名）妙處。

みょうじょ［冥助］（名）〈佛教〉保佑。

みょうじょう［明星］（名）①金星。②明星。△歌の〜／歌星。

みょうじん［明神］（名）靈驗的神。

みょうせき［名跡］（名）（祖上傳下來的）家號。

みょうせんじしょう［名詮自性］（名）〈佛教〉名詮自性，名實相符。

みょうだい［名代］（名）代理人。△父の〜で参りました／代表父親來了。→代理

みょうちょう［明朝］（名）明晨。

みょうてい［妙諦］（名）妙諦，真髓。

みょうに［妙に］（副）奇怪地，奇妙地。△〜に胸騒ぎがする／不知為甚麼心裏不安。

みょうにち［明日］（名）明日，明天。↔ 昨日

みょうねん［明年］（名）明年，來年。↔ 昨年

みょうばつ［冥罰］（名）〈佛教〉報應。

みょうばん［明晩］（名）明晚。→昨晩

みょうばん［明礬］（名）〈化〉礬，明礬。

みょうほう［妙法］（名）〈佛教〉法華經。

みょうみ［妙味］(名) 妙趣，妙味。

みょうみまね［見様見まね］(連語) 模仿，看様學様。

みょうみょうごにち［明明後日］(名) 大後天。

みょうみょうごねん［明明後年］(名) 大後年。

みょうや［明夜］(名) 明晩。

みょうやく［妙薬］(名) 靈丹妙藥。

みょうり［名利］(名) 名利。

みょうり［冥利］(名) ①〈佛教〉善報。②(外人所不知的) 幸福。△男～／作為男人的幸福。

みょうりにつきる［冥利に尽きる］(連語) 非常幸運。

みょうれい［妙齢］(名) 妙齢。

みより［身寄り］(名) 親人，親屬。△～のない老人／無依無靠的老人。

ミラーリング［mirroring］(名)〈IT〉鏡像。

みらい［未来］(名) ① 未來，將來。△～がある／有前途。②〈佛教〉來生，來世。

みらい［味蕾］(名) 味蕾。

ミラクル［miracle］(名) 奇跡。

ミラクルチップ［miracle chip］(名) 超大規模集成電路。

ミリ［法 milli］I (名・助数) (“ミリメートル”的略語) 毫米。II (接頭) 毫。△～グラム／毫克。

ミリオネア［millionnaire］(名) 百萬富翁，富豪。

ミリオン［million］(名) 百萬。

ミリグラム［法 milligramme］(名・助数) 毫克。

ミリタリーエクステンション［military extension］(名) 軍備擴張。

ミリタリーコンピューター［military computer］(名) 軍用電子計算機。

ミリタリズム［militarism］(名) 軍國主義。

ミリバール［法 millibar］(名・助数) 毫巴。

ミリメートル［法 millimètre］(名・助数) 毫米。

みりょう［未了］(名) 未了。△審議～／審議未完。↔ 完了

みりょう［魅了］(名・他サ) 使…入迷。△観客を～する妙技／使觀眾入迷的絶技。

みりょく［魅力］(名) 魅力。

みりょくてき［魅力的］(形動) 有魅力，有吸引力。

ミリリットル［法 millilitre］(名・助数) 毫升。

みりん［味醂・味淋］(名) 甜料酒。△～ぼし／料酒浸過曬製的小乾魚。

みる［見る］I (他上一) ①看，瞧。△ゆめを～／做夢。△～に見かねて／看不下去。② 判斷，觀察。△答案を～／看卷子。△人を～目がある／會看人。△ふろを～／看看洗澡水熱不熱。△ようすを～／看情況。③ (也寫“診る”) 診察。△医者に見てもらう／請醫生看病。④ 認為，推斷。△十日かかると～／估計需要十天。⑤ 照看，照料。△めんどうを～／照料。△老人を～／照看老人。△事務を～／處理事務。⑥ 品味，試試。△味を～／品味。△ほうちょうの切れ味を～／試試菜刀刃快不快。⑦ 遭到。△ばかを～／倒霉。△痛い目

を～／嘗到苦頭。II (補動下一) ①(用“…てみる”的形式) 試試看。△食べて～／吃吃看。△やって～／做做看。△すこし待ってみよう／再等一會兒看。②(用“…てみると”或“…てみたら”的形式) 一看，看來。△来て～と誰もいなかった／來到一看誰也不在。

みるかげもない［見る影もない］(連語) 面目全非。

みるからに［見るからに］(副) 一看就…△～元気そう／顯得非常健康。→いかにも

ミルキーウエー［Milky Way］(名) 銀河。

ミルク［milk］(名) 牛奶，奶粉，煉乳。

ミルクキャラメル［milk caramel］(名) 奶糖。

ミルクチョコレート［milk chocolate］(名) 奶油巧克力。

ミルクティー［milk tea］(名) 奶茶。

ミルクバー［milk bar］(名) 牛奶小吃店。

ミルク・ブラウン［milk brown］(名) 乳褐色。

みるちゃ［みる茶］(名) 茶緑色。

みるみる (副) 眼看着。△彼の顔色が～変った／眼看他臉色變了。

ミレー［Jean François Millet］〈人名〉米勒 (1814-1875)。法國畫家。

みれん［未練］(名・形動) 留戀，依戀。△～がある／留戀。△～が残る／戀戀不捨。

みれんがまし・い［未練がましい］(形) 戀戀不捨的，不乾脆的。

みろく［彌勒］(名)〈佛教〉彌勒佛。

みわく［魅惑］(名・他サ) 迷惑。△～的な人／迷人的人。△男を～する／迷惑男人。

みわ・ける［見分ける］(他下一) 辨別，區分。

みわす・れる［見忘れる］(他下一) 看過忘記了，看過想不起來了。

みわた・す［見渡す］(他五) 遠望，環視。△～かぎりの大海原／一望無際的汪洋大海。△全体を～して調整する／通覽全局後調整。

みをいれる［身を入れる］(連語) 一心一意，用心。

みをかためる［身を固める］(連語) ① 裝束停當。② 結婚成家。③ 有了固定職業。

みをきられるよう［身を切られるよう］(連語) 切膚，刺骨。

みをこにする［身を粉にする］(連語) 拚命，不辭辛苦。

みをすててこそうかぶせもあれ［身を捨ててこそ浮かぶ瀬もあれ］(連語) 肯犧牲性才能成功。

みをたてる［身を立てる］(連語) ① 成名。② 立世。

みをとうじる［身を投じる］(連語) 投身。△政界に身を投じる／投身於政界。

みをひく［身を引く］(連語) ① 後退。② 脱離。

みをよせる［身を寄せる］(連語) 寄居。△友人の家に身を寄せる／寄居在朋友家。

みん［明］(名)〈史〉(中國) 明朝。

みんい［民意］(名) 民意。△～を問う／徴詢民意。

みんえい［民営］(名) 民營，民辦。△～鉄道／民辦鐵道。↔公営

みんか［民家］(名) 民房。

みんかん［民間］(名)① 民間。△～療法／民間療法。偏方。② 民營。△～放送／民辦廣播。③ 在野。△～人／民間人士。

みんぎょう［民業］(名) 私營企業。

ミンク［mink］(名)〈動〉水貂。

みんげい［民芸］(名) 民間藝術，民間工藝品。△～品／民間工藝品。

みんけん［民権］(名)〈法〉民權。

みんじ［民事］(名)〈法〉民事。△～訴訟／民事訴訟。↔刑事

みんしゅ［民主］(名) 民主。△～主義／民主主義。

みんじゅ［民需］(名) 民需。↔軍需

みんしゅう［民衆］(名) 民衆。

みんしゅく［民宿］(名・自サ)① 家庭旅店。② 在民家投宿。

みんしゅしゅぎ［民主主義］(名) 民主主義。

みんしゅせいじ［民主政治］(名) 民主政治。

みんじょう［民情］(名) 民情。

みんしん［民心］(名) 民心。

みんせい［民生］(名) 民生。

みんせい［民政］(名) 民政。↔軍政

みんせん［民選］(名・他サ) 民選。

みんそ［民訴］(名) “民事訴訟” 的略語。

みんぞく［民俗］(名) 民俗。△～学／民俗學。

みんぞく［民族］(名) 民族。△～主義／民族主義。

みんぞくがく［民俗学］(名) 民俗學。

みんぞくがく［民族学］(名) 民族學。

みんぞくじけつ［民族自決］(名) 民族自決。

みんぞくしゅぎ［民族主義］(名) 民族主義。

ミンチ［mince］(名) 切碎的肉，碎肉，肉餡。

みんちょう［明朝］(名)〈史〉(中國) 明朝。

みんちょうかつじ［明朝活字］(名) 明體鉛字。

ミント［mint］(名) 薄荷。△～ティー／薄荷茶。

みんど［民度］(名) 人民生活，文明水平。△～が高い／人民生活水平高。

みんな［皆］I (名・代名) 大家，全體。△～で決める／大家決定。II (副) 全部，都。△～あげるよ／全給你。△～私が悪いのです／都是我不好。→みな

みんぺい［民兵］(名) 民兵。

みんぽう［民法］(名)〈法〉民法。

みんぽう［民放］(名) (“民間放送” 的略語) 民辦廣播。

みんみんぜみ［みんみん蟬］(名)〈動〉蛁蟟。

みんゆう［民有］(名) 私有。△～地／私有地。→私有 ↔国有

みんよう［民謡］(名) 民謠，民歌。

みんりょく［民力］(名) 民力。

みんわ［民話］(名) 民間傳說，民間故事。

む　ム

む［無］(名) ① 無，沒。△～に等しい／等於沒有。② 徒勞。△～になる／化為泡影。

ムアリング［mooring］(名)〈經〉停泊，拋錨。

ムアリングブイ［mooring buoy］(名) 繫船浮筒。

むい［無意］(名) 無意，無意識。

むい［無為］(名・形動) ①〈佛教〉無為。② 無所作為，隨其自然。③ 無所事事。△～徒食／虛度光陰。

むいか［六日］(名) 六日，六號。

むいかのあやめとおかのきく［六日の菖蒲十日の菊］(連語) 明日黃花。雨後送傘。→夏炉冬扇。

むいしき［無意識］(名・形動) ① 失去意識，不省人事。△～状態／昏迷狀態。② 無意識，不知不覺。△～な動作／無意識的動作。△～の犯行／無意識犯罪。

むいそん［無医村］(名) 無醫村。

むいちもつ［無一物］(名) 一無所有。△～になる／變得一無所有。

むいちもん［無一文］(名) 一文不名。△とうとう～になる／終於落得一文不名。→一文なし，文なし

むいみ［無意味］(名・形動) 無意義，無價值，無聊。△～になる／白費了。△～な仕事／無聊的工作。△～な言葉／無意義的話。→無意義

ムーア［moor］(名)〈地〉沼。

ムーアコック［moorcock］(名)〈動〉公紅松雞。

ムーアじん［ムーア人］(名) 摩爾人。

ムーアヘン［moorhen］(名)〈動〉母紅松雞。

ムーアライト［moor light］(名) 停泊燈。

ムーサイ［希 Mousai］(名)(希臘神話中的掌管文藝、音樂等的女神) 繆斯。

ムース［moose］(名)〈動〉麋。

ムース［mousse］(名) ①(整理頭髮用) 摩絲。② 奶油凍點心。

ムース［法 mousse］(名) ① 泡，泡狀。② 慕斯，用起泡奶油等做的蛋糕，奶油凍。△ショコラ／巧克力慕斯蛋糕。

ムーチョ［much］(名) 很多，很。

ムーディー［moody］(ダナ) 情緒化的。

ムート［moot］(名) 討論，爭論。

ムード［mood］(名) 氣氛，氛圍，情緒。△独特な～／獨特的氣氛。△～音楽／氣氛音樂。△～が高まる／情緒高漲。△～に乗る／乘興。

ムートポイント［moot point］(名) 爭論點。

ムートン［法 mouton］(名) 羊皮。

ムーバブルクレーン［movable crane］(名) 移動起重機。

ムーバブルズ［movables］(名) 動產。

ムーバブルブリッジ［movable bridge］(名) 活動橋。

ムービー［movie］(名) 電影，影片。

ムービーオペレーター［movie operator］(名) 電影放映員。

ムービーカメラ［movie camera］(名) 電影攝影機。

ムービーファン［movie fan］(名) 電影迷。

ムービーホール［movie hall］(名) 電影院。

ムービングコイル［moving coil］(名) 可動綫圈。

ムービングセール［moving sale］(名) 搬遷時賣掉不要的物品。

ムーブネット［mobile home facility］(名) 成套可動住宅設備。

ムーブメント［movement］(名)(政治、思想、社會) 運動。

ムール［mull］(名) 漂白細布。

ムールがい［ムール貝］(名)〈動〉貽貝。

ムーン［moon］(名) 月亮，月球。

ムーングレー［moongray］(名) 暗灰色。

ムーンシャイナー［moonshiner］(名) 非法釀酒者。

ムーンシャイン［moonshine］(名) ① 月光。② 走私。

ムーンストーン［moonstone］(名)〈礦〉月長石。

ムーンバギー［moonbuggy］(名) 月球車。

ムーンフィッシュ［moonfish］(名)〈動〉月魚。

ムーンフェイス［moon face］(名)(長期服用激素形成的) 圓盤大臉。

ムーンフラワー［moonflower］(名)〈植物〉月光花。

ムーンライター［moonlighter］(名) 夜間兼職的人。

ムーンライト［moonlight］(名) 月光。

ムーンレスナイト［moonless night］(名) 無月之夜。

ムーンロケット［moon rocket］(名) 月球火箭。

むえき［無益］(名・形動) 無益。△～な議論／無益的議論。↔ 有益

むえん［無援］(名) 無援。△孤立～／獨立無援。

むえん［無縁］Ⅰ(名)〈佛教〉死後無親人祭祀。Ⅱ(形動) 無緣。△政治には～だ／和政治無緣。↔ 有縁 (うえん)

むえんガソリン［無鉛ガソリン］(名) 無鉛汽油。

むえんぼとけ［無縁仏］(名) 無人祭祀的死人，義塚。

むが［無我］(名) ① 無私。△～の愛／無私的愛。② 忘我。△～夢中／忘我。拼命。→無心

むかい［向かい］(名) 對面，對過。△～の家／對面的房子。△お～さん／對面人家。對門兒。

むがい［無害］(名・形動) 無害。△人畜～／對人畜無害。↔ 有害

むかいあ・う［向かい合う］(自五) 相對，對面。△～って座る／相對而坐。

むかいあわせ［向かい合わせ］(名) 相對，面對面。△学校と〜の文房具屋／學校對面的文具店。△〜の席／面對面的席位。↔ 背中合わせ

むかいかぜ［向かい風］(名) 逆風，頂風。→ 逆風 ↔ 追い風

むか・う［向かう］(自五)① 面向，朝。△〜って左へ曲がる／朝左拐。△机に〜／伏案用功。② 前往，前去，朝…去。△北へ〜／朝北走。△現場へ〜／前往現場。③ 接近，臨近。△春に〜／快到春天了。△病気が快方に〜／病情見好。④ 反抗，對抗。△敵に〜／抗敵。△〜ところ敵なし／所向無敵。

むかえ［迎え］(名) 迎接，去迎接的人。△〜に行く／去迎接。↔ 送り

むかえう・つ［迎え撃つ］(他五) 迎撃。△敵を〜／迎撃敵人。→ 迎撃する

むかえび［迎え火］(名)(盂蘭盆時在家門前點的) 迎魂火。↔ 送り火

むか・える［迎える］(他下一)① 迎接。△笑顔で客を〜／笑迎客人。② 請，聘請。△専門家を〜／聘請專家。△医者を〜／請醫生。③ 娶親，招婿。△嫁を〜／娶媳婦。④ 迎合。△意を〜／迎合心意。⑤ 迎接，等待 (來臨)。△新年を〜／迎新年。△新時代を〜／迎接新時代。

むがく［無学］(名・形動) 沒受過教育，沒有文化。△〜な人／沒文化的人。

むかご(名)〈植物〉珠芽，零餘子。

むかし［昔］(名)① 過去，從前，古時候。△〜をしのぶ／懷舊。△〜のおもかげ／過去的痕跡。△〜遠い〜／很久以前。△〜からの習慣／自古以來的習慣。↔ 今 → 過去 ②(過去的) 十年。

むかしかたぎ［昔気質］(名・形動) 古板，老派。△〜の職人／老派的匠人。

むかしつ［無過失］(名)〈法〉無過失，非故意。

むかしとったきねづか［昔とった杵柄］(連語) 從前學的本事。

むかしながら［昔ながら］(副) 一如既往。△〜の姿をとどめている／還保留着舊日的模樣。

むかしなじみ［昔馴染み］(名) 老朋友，老相識。→ おさななじみ

むかしばなし［昔話］(名)① 傳說，故事。② 老話，陳話。△〜にふける／沉湎於敍說往事。

むかしふう［昔風］(名) 舊式，老式。→ 古風

むかしむかし［昔昔］(名) 很久很久以前，古時候。

むかつ・く(自五)① 噁心。△胸が〜／噁心。② 生氣，發火。△彼を見ると〜いてくる／看見他就來氣。

むかっぱら［向かっ腹］(名) 無故生氣。△〜を立てる／發無名火。

むかで［百足・蜈蚣］(名)〈動〉蜈蚣。

むかむか(副・自サ)① 噁心。② 來氣，火冒三丈。△話を聞いただけで〜とする／聽了那話就來氣了。

むがむちゅう［無我夢中］(名) 忘我，入迷。△〜になる／入迷。△〜で逃げる／拼命逃。

むかん［無感］(名)〈地〉無感。△〜地震／無感地震。

むかんがえ［無考え］(名・形動) 欠考慮的，輕率的。

むかんかく［無感覚］(名・形動)① 無感覺，無知覺。△寒すぎて手が〜になる／冷得手沒有知覺了。② 麻木不仁。△〜な人／麻木不仁的人。

むかんけい［無関係］(名・形動) 無關，無關係。△事件とは〜の人／和事件無關的人。

むかんしん［無関心］(名・形動) 不關心。△政治に〜な人／對政治不關心的人。

むかんのていおう［無冠の帝王］(名)① 無冕之王。②〈俗〉新聞工作者。

むき［向き］(名)① 方向。△〜が変わる／改變方向。△風の〜／風向。△南〜の部屋／朝南的房間。△表〜の理由／表面上的理由。→ 方向 ②(某一方面的) 人，人們。△ご希望の〜には差し上げます／送給需要的人。△反對を唱える〜もある／也有喊反對的人。③ 適合，合乎。△〜不〜／適合不適合。△婦人〜の番組／面向婦女的節目。④ 傾向，趨向。△すぐ弱気になる〜がある／有馬上就膽怯的傾向。⑤ 意旨，內容。△ご用の〜／您的意思。⑥ 當真，認真。△〜になる／當真。生氣。△〜になって言い争う／當真吵了起來。

むき［無期］(名) 無期。→ 無期限

むき［無機］(名) 無機 (物)。↔ 有機

むぎ［麦］(名) 麥子。

むきあ・う［向き合う］(自五) 相對，面對面。△〜って座る／相對而坐。

むぎあき［麦秋］(名) 麥秋。

むききごうぶつ［無機化合物］(名)〈化〉無機化合物。

むきかわ・る［向き変わる］(自五) 改變方向，轉換方向。△右へ〜／轉向右面。

むきげん［無期限］(名) 無限期。△〜スト／無限期罷工。→ 無期

むぎこ［麦粉］(名) 麵粉。

むぎこがし［麦焦がし］(名)(大麥) 炒麵。

むぎさく［麦作］(名)① 種麥。② 麥子的收成。

むきしつ［無機質］(名) 礦物質，無機鹽。

むきず［無傷］(名・形動)① 無損傷。△〜のりんご／沒有傷的蘋果。② 無瑕疵，無罪，無失敗。△〜で勝ちのこる／連戰連勝取得決賽權。

むきだし［剥き出し］(名・形動) 露出，露骨。△〜の肌／裸露的肌膚。△感情を〜にする／毫不掩飾感情。→ あらわ

むぎちゃ［麦茶］(名) 麥茶。

むきどう［無軌道］Ⅰ(名) 無軌。△〜電車／無軌電車。Ⅱ(名・形動) 脱軌，放蕩。△〜な生活／放蕩的生活。

むきなお・る［向き直る］(自五) 轉過身來。△急に〜ってこちらを見る／急轉過身來看這邊。

む
ム

むぎぶえ［麦笛］(名) 麥笛。

むきぶつ［無機物］(名)〈化〉無機物。↔ 有機物

むぎふみ［麦踏み］(名) 踏麥苗。

むきみ［剥き身］(名) (從貝殼中剝出的) 肉。△貝の〜／貝肉。△えびの〜／蝦仁兒。

むきむき［向き向き］(名) 各有所好，各有不同。△人によって〜がある／人各有所好。

むきめい［無記名］(名) 不記名。△〜投票／不記名投票。↔ 記名

むぎめし［麦飯］(名) 麥飯。

むきゅう［無休］(名) 不休息。△年中〜／假日照常營業。△年内〜／年底照常營業。

むきゅう［無給］(名) 無工資，無報酬。△〜で働く／白幹活兒。無報酬勞動。

むきゅう［無窮］(名・形動) 無窮。△天壤〜／天長地久。

むきょういく［無教育］(形) 沒受教育，沒知識。

むきりょく［無気力］(名・形動) 沒氣力，沒精神。△〜な生活／死氣沉沉的生活。△〜になる／變得沒氣力了。

むぎわら［麦わら］(名) 麥稭。△〜帽子／草帽。

むきん［無菌］(名) 無菌。△〜室／無菌室。

む・く［向く］(自五) ① 向，朝。△上を〜／臉朝上。△そっぽを〜／背過臉去。△海に〜いた家／面海的房子。② 傾向，趨向。△足が〜／信步。△運が〜／轉運了。△病気が快方に〜／病情好轉。③ 適合。△女性に〜仕事／適合女性幹的工作。

む・く［剥く］(他五) 剝，削。△皮を〜／剝皮。削皮。△豆を〜／剝豆。△目を〜／瞪眼。△牙を〜／呲牙。

むく［無垢］(名・形動) ①〈佛教〉離開煩惱，沒有煩惱。② 無垢。△〜なたましい／無瑕的靈魂。△〜な心／純潔的心。③ 純色的衣服。④ 純粹的。△金／純金。

むくい［報い］(名) 報應。△人をだました〜／騙人的報應。② 報酬。△何の〜も望まない／不期望任何報酬。

むく・いる［報いる］(自他下一) 報答，回報，報復。△恩に〜／報恩。△努力が〜／努力得到報償。△一矢を〜／還擊。

むく・う［報う］(自五) 報答，回報。△〜われない仕事／沒有回報的工作。

むくげ［尨毛］(名) 長毛。△〜の犬／長毛狗。

むくげ［木槿］(名)〈植物〉木槿。

むくち［無口］(名・形動) 寡言少語。△〜な人／寡言少語的人。→寡黙

むくどり［椋鳥］(名)〈動〉白頭翁。

むくみ［浮腫み］(名) 浮腫。△〜がでる／浮腫了。△〜がひいた／浮腫消退了。

むく・む［浮腫む］(自五) 浮腫，水腫。△〜んだ足／浮腫的腿。

むくむく (副) ① 滾滾。△雲が〜と湧く／烏雲滾滾湧來。② 胖乎乎。

むぐら［葎］(名)〈植物〉葎草。

むく・れる (自下一) 繃臉生氣。△ちょっとしたことですぐ〜／為一點小事馬上就板起臉來。

むくろ［骸］(名) 屍首，屍體。

－むけ［向け］(接尾) 向，對。△子ども〜の本／以兒童為對象的書。

むけい［無形］(名) 無形。△〜の財産／無形的財富。

むげい［無芸］(名・形動) 一無所長，沒本事。△〜大食／飯桶。△多芸は〜／樣樣通，樣樣鬆。

むけいかく［無計画］(名) 無計劃。

むけいぶんかざい［無形文化財］(名) 無形文化財富。

むけつ［無血］(名) 不流血。△〜革命／不流血的革命。

むげに［無下に］(副) 不加思索地，一概。△〜断るわけにも行かない／不能一口回絕。△〜見捨てたものでもない／並非一概拋棄。

む・ける［向ける］(他下一) ① 朝，向。△顔を前に〜／臉朝前。△矛先を政府に〜／把矛頭指向政府。△厳しい目を〜／投去嚴厲的目光。△背を〜／不理睬。② 挪用。△給料の一部を交際費に〜／把薪水的一部分用於交際費了。③ 派遣。△代理の者を〜／派代理人去。

むげん［夢幻］(名) 夢幻。

むげん［無限］(名・形動) 無限。△〜の空間／無限的空間。△〜に広がる空／無邊無際的天空。↔ 有限

むげんだい［無限大］(名・形動) ① 無限大。②〈數〉無窮大。

むこ［無辜］(名) 無辜。

むこ［婿］(名) 婿，女婿。△花〜／新郎。△〜をとる／招女婿。△〜養子／上門女婿。↔ 嫁

むご・い［惨い・酷い］(形) ① 悲慘。△〜死にかた／死得很慘。② 殘酷。△〜しうち／殘酷的手段。

ムコイチン［mucoitin］(名) 黏液素。

ムコイド［mucoid］(名)〈化〉類黏蛋白。

むこいり［婿入り］(名・自サ) 入贅。↔ 嫁入り

むこう［向こう］(名) ① 正面，對面。△川〜／河對面。△〜の家／對門的人家。② 那兒，那邊。△山の〜／山那邊。△〜に着いたら連絡してください／到了那裏請聯繫。③ 對方。△〜の言い分も聞こう／也聽聽對方的意見吧。△〜を張る／較量，對抗。④ 今後。△今後三ヵ月／今後三個月。△二月から〜は忙しい／從二月份就忙了。

むこう［無効］(名・形動) 無效。△〜になる／無效。作廢。△〜投票／無效票。↔ 有效

むこういき［向こう意気］(名) 競爭心，不甘示弱。△〜がつよい／不甘示弱。

むこうずね［向こう脛］(名) 迎面骨。

むこうはちまき［向こう鉢巻き］(名) 纏在頭上正面打結的手巾。

むこうみず［向こう見ず］(名・形動) 魯莽，冒失。△〜な人／冒失鬼。→無鉄砲

む
ム

むごたらしい (形) 惨, 悲惨。△～死にざま／死得凄惨。→むごい

むこん [無根] (名・形動) 無根據。△事実～／事實沒根據。

むごん [無言] (名) 無言。△～の圧力／無言的壓力。△～劇／啞劇。

むさ・い (形) 骯髒的。△～かっこう／骯髒的樣子。

むさい [無才] (名・形動) 無才, 無能。△無学～／不學無術。

むざい [無罪] (名) 無罪。↔ 有罪

むさく [無策] (名) 無對策。△無為～／束手無策。

むさくい [無作為] (名) 隨意, 任意。△～抽出／隨機抽樣。

むさくるし・い (形) 骯髒。△～みなり／邋遢的衣着。

むささび [鼯鼠] (名)〈動〉鼯鼠。

むさつ [無札] (名) 無票。△～入場／無票入場。

むさべつ [無差別] (名・形動) 無差別, 平等。△男女～に扱う／男女平等對待。

むさぼ・る [貪る] (他五) 貪婪。△～ように本を読んだ／如飢似渴地讀書。△暴利を～／貪圖暴利。

むざむざ (副) 白白地, 輕易地。△～と敵の策に陥る／輕易地落入敵人的圈套。△チャンスを～と逃してしまった／白白地放過了機會。

むざん [無残・無惨] (名・形動) ① 凄慘。△～な最期／凄慘的死。② 殘酷, 無情。△～にも人を殺す／殘酷地殺人。

むさんかいきゅう [無産階級] (名) ⇨ プロレタリア

むさんそうんどう [無酸素運動] (名)〈體〉無氧運動。

むし [虫] (名) ① 蟲, 昆蟲。△～の音／蟲聲。△～にさされる／被蟲咬了。△米に～がわいた／米生蟲了。△～に食われる／被蟲蛀了。② 寄生蟲。△～を下す／打蟲子。驅蟲。③ 身體中影響感情或興奮的東西。△腹の～がおさまらない／怒火難熄。△塞ぎの～／悶悶不樂。④ (熱衷於某一事物的) 迷。△本の～／書迷。△仕事の～／工作迷。

むし [無死] (名) (棒球) 無出局。

むし [無視] (名・他サ) 無視。△信号を～する／無視信號。→黙殺

むし [無私] (名・形動) 無私。△公平～／公正無私。

むじ [無地] (名) 素色, 統一色。△～の着物／素色和服。↔ がらもの

むしあつ・い [蒸し暑い] (形) 悶熱。△～夜／悶熱的夜晚。

むしがいい [虫がいい] (連語) 自私自利。△虫がいい考え／自私的想法。

むしかえ・す [蒸し返す] (他五) ① 重蒸, 餾。△～したご飯／餾過的飯。② 舊話重提。△議論を～／重新議論。

むしかく [無資格] (名・形動) 無資格。

むじかく [無自覚] (名・形動) 不自覺。△～な人／不自覺的人。

むしかご [虫籠] (名) 蟲籠。

むしがし [蒸し菓子] (名) 蒸製的點心。

むしがしらせる [虫が知らせる] (連語) 預感 (不幸或不好的事等)。

むしがすかない [虫が好かない] (連語) 總覺得討厭。△あいつはどうも虫がすかない／那傢伙不知為甚麼覺得討厭。

むしがつく [虫がつく] (連語) ① 附着蟲子了。② 姑娘有了 (父母不稱心的) 情人。

むしき [蒸し器] (名) 蒸鍋, 蒸籠。

むしくい [虫食い] (名) ① 蟲蛀。② (釉子不勻的) 蟲咬紋茶碗。

むしくだし [虫下し] (名) 驅蟲藥。

むしけ [虫気] (名) ① (小兒) 疳積。② 臨產預兆。

むしけら [虫けら] (名) 蟲豸。△～同然の扱い／看得豬狗不如。

むしけん [無試験] (名) 免試。

むじこ [無事故] (名) 無事故。

むしずがはしる [むしずが走る] (連語) 作嘔。△あいつを見るとむしずが走る／看見那傢伙就噁心。

むじつ [無実] (名) ① 無内容, 無實。△有名～／有名無實。② 無罪, 冤案。△～の罪／冤案。

むじな [狢・貉] (名)〈動〉① 狢。② 狸。

むしなべ [蒸し鍋] (名) 蒸鍋。

むしのいき [虫の息] (連語) 奄奄一息。

むしのいどころがわるい [虫の居所が悪い] (連語) 心中不快。

むしのしらせ [虫の知らせ] (連語) 預感。

むしば [虫歯] (名) 齲齒, 蟲牙。

むしば・む [蝕む] (他五) 侵蝕, 腐蝕。

むしばら [虫腹] (名) 蛔蟲引起肚子痛。

むじひ [無慈悲] (名・形動) 冷酷無情, 狠毒。△～な扱いをする／冷酷地對待。→冷酷

むしピン [虫ピン] (名) 大頭針。

むしぶろ [蒸し風呂] (名) 蒸汽浴, 桑拿浴。△～に入ったよう／如進蒸籠。

むしぼし [虫干し] (名・自サ) (為防霉防蟲) 晾曬衣物, 書籍等。

むしむし (副・自サ) 悶熱。

むしめがね [虫眼鏡] (名) 放大鏡。△～でみる／用放大鏡看。

むしもころさない [虫も殺さない] (連語) 仁慈, 心善。△虫も殺さない顔をしている／顯出一幅仁慈的樣子。

むしもの [蒸し物] (名) ① 蒸製的菜餚。② 蒸製的點心。

むしゃ [武者] (名) 武士。

むしやき [蒸し焼き] (名) 乾蒸 (菜餚)。△～にする／乾蒸。

むじゃき [無邪気] (名・形動) 天真, 幼稚, 單純。△～な子供／天真的孩子。△～な質問／幼稚的提問。→天真爛漫

むしゃくしゃ（副・自サ）①（心情）煩亂。△朝から～する／從早晨就心煩意亂。②（頭髪）蓬亂。

むしゃにんぎょう［武者人形］（名）（五月五日時擺的）武士偶人。

むしゃのこうじさねあつ［武者小路実篤］〈人名〉武者小路實篤（1885-1976）。日本明治、大正、昭和時代的小說家。

むしゃぶりつ・く（自五）猛撲上去。

むしゃぶるい［武者震い］（名・自サ）精神抖擻。△試合にのぞんで～をした／面臨考試，精神抖擻。

むしゃむしゃ（副）狼吞虎嚥地。△～と食べる／狼吞虎嚥地吃。

むしゅう［無臭］（名）無味，無臭。

むじゅうりょく［無重力］（名）無重力，失重。△～状態／失重状態。

むしゅみ［無趣味］（名・形動）①無意趣，沒意趣。②不風雅，沒有愛好。

むじゅん［矛盾］（名・自サ）矛盾。△～がある／有矛盾。△～した話／前後矛盾的話。△～をあばきだす／揭露矛盾。→撞着

むしょう［無償］（名）無償，免費。△～の愛／無償的愛。

むじょう［無上］（名）無上。△～のよろこび／無比喜悦。→最上

むじょう［無情］（名・形動）無情。△～な男／無情的男子。

むじょう［無常］（名・形動）無常。△諸行～／諸行無常。△世の～を感ずる／感到人世無常。

むじょうけん［無条件］（名）無條件。△～でうけいれる／無條件接受。

むしょうに［無性に］（副）非常，特別。△～眠い／睏得要命。△～腹だたしい／非常生氣。

むしょうろうどう［無償労働］（名）無償勞動，沒有報酬的勞動（如家務、看護、育兒、購物、志願活動等）。→アンペイドワーク

むしょく［無色］（名）無色。△～透明／無色透明。

むしょく［無職］（名）無職業。

むしよけ［虫除け］（名）①除蟲（用品）。②避蟲符。

むしょぞく［無所属］（名）無黨派。△～の議員／無黨派議員。

むし・る［毟る・挘る］（他五）拔，薅。△毛を～／薅毛。△魚の肉を～／剔魚肉。

むじるし［無印］（名）①無標記。②〈俗〉無收入。

ムシレージ［mucilage］（名）〈化〉膠水，黏質。

むしろ［筵・蓆］（名）蓆子。△～をしく／鋪蓆子。

むしろ［寧ろ］（副）與其…不如。△議論というより～けんかだ／與其說是辯論，不如說是吵架。

むしん［無心］Ⅰ（形動）①天真。△～な笑顔／天真的笑臉。②專心致志，一心一意。△～に遊ぶ子／一心一意玩耍的孩子。Ⅱ（他サ）要錢（東西）。△親にお金を～する／跟父母要錢。

むじん［無人］（名）無人。△～の境／無人之境。

むじん［無尽］（名）①無盡。②互助會。△～にあたる／得了會金。

むしんけい［無神経］（名・形動）反應遲鈍，不解人意。△～な人／反應遲鈍的人。不體諒別人的人。→無感覚

むじんぞう［無尽蔵］（名・形動）無窮盡。△～の資源／取之不盡的資源。

むしんろん［無神論］（名）無神論。↔有神論

む・す［蒸す］Ⅰ（自五）悶熱。△今日はだいぶ～ね／今天夠悶熱了。Ⅱ（他五）蒸。△ご飯を～／蒸飯。

むすう［無数］（名・形動）無數。△～にある／有無數個。△～の人／成千上萬的人。

むずかし・い［難しい］（形）①難，困難，艱澀。△～文章／難懂的文章。△解決が～紛争／難以解決的糾紛。↔やさしい②麻煩，費事。△～手続き／繁瑣的手續。△～く考える／想得複雜了。③挑剔。△食べ物に～／挑別飯食。④心情不好，不痛快。△～人物／脾氣不好的人。△～顔／哭喪着的臉。⑤（疾病）難以治好。△～病気／難治的病。

むずがゆ・い［むず痒い］（形）刺癢。

ムスカリン［muscarine］（名）〈化〉蕈毒鹼。

むずか・る［憤る］（自五）（孩子）鬧人。△ねむくて～／（孩子）睏了鬧人。

ムスク［musk］（名）麝香。

ムスクカット［musk cat］（名）〈動〉靈貓。

むすこ［息子］（名）兒子。△うちの～／我兒子。↔むすめ

ムスコン［muskone］（名）〈化〉麝香酮。

むずと（副）猛然用力。△肩を～つかまれる／肩膀猛地被用力抓住。

むすび［結び］（名）①打結，結。△ちょう～／蝴蝶結。△男～／正結。②結束。△～の言葉／結束語。③飯糰。

むすびつ・く［結び付く］（自五）結合，有聯繫。△友情で～いたふたり／由友情結合起來的兩個人。△合格に～努力／帶來合格的努力。△政治家に～いた商人／和政治家相勾結的商人。

むすびめ［結びめ］（名）結子，扣兒，扣子。△～をほどく／把扣兒解開。

むす・ぶ［結ぶ］Ⅰ（他五）①繫，結，紮。△リボンを～／繫蝴蝶結。△おびを～／繫腰帶。②連結。△直線で～／用直線連結。△東京・大阪を～高速道路／連結東京與大阪的高速公路。③結合，建立關係。△縁を～／結緣。結親。△同盟を～／締結同盟。△条約を～／締結條約。△手を～／握手。④緊閉。△口を～／閉嘴。⑤結束。△会を～／閉會。△感謝の言葉で話を～／以感謝的話語結束。⑥結果，結成。△実を～／結果。△庵を～／結庵。△ゆめを～／入夢。△露を～／凝成露珠兒。Ⅱ（自五）結，凝結。△つゆが～／露珠凝結。

む
ム

むずむず〔副・自サ〕①癢癢。△鼻が～する／鼻子發癢。②躍躍欲試。△野球をしたくて～する／想打棒球手發癢。

むすめ［娘］〔名〕①女兒。②未婚女子。△～時代／少女時代。△～盛り／豆蔲年華。妙齡。

むすめむこ［娘婿］〔名〕女婿。

ムスリム［Muslim］〔名〕伊斯蘭教，伊斯蘭教徒，穆斯林。

むせい［無性］〔名〕無性。△～生殖／無性繁殖。

むせい［無声］〔名〕無聲。△～映画／無聲電影。↔有声

むぜい［無税］〔名〕無稅，免稅。↔有税

むせいおん［無声音］〔名〕〈語〉無聲音。↔有声音

むせいげん［無制限］〔名・形動〕無限制。△～に発行する／無限制地發行。△～な拡大／無限制地擴大。

むせいげんぼうえき［無制限貿易］〔名〕〈經〉自由貿易。

むせいせいしょく［無性生殖］〔名〕〈生物〉無性生殖。↔有性生殖

むぜいひん［無税品］〔名〕〈經〉免稅品，無稅品。

むせいふ［無政府］〔名〕無政府。△～主義／無政府主義。

むせいぶつ［無生物］〔名〕無生物。↔生物

むせいらん［無精卵］〔名〕無精卵。↔受精卵

むせかえ・る［むせ返える］〔自五〕①嗆。△たばこの煙で～／吸煙嗆着了。②抽泣。

むせき［無籍］〔名〕無國籍，無戸籍，無學籍。

むせきついどうぶつ［無脊椎動物］〔名〕〈動〉無脊椎動物。↔脊椎動物

むせきにん［無責任］Ⅰ〔名〕沒有責任。Ⅱ〔名・形動〕不負責任。△～な人／不負責的人。

むせびな・く［むせび泣く］〔自五〕抽抽搭搭地哭。

むせ・ぶ［噎ぶ・咽ぶ］〔自五〕①嗆。△けむりに～／被煙嗆着了。②哽咽，抽泣。△涙に～／流淚抽泣。

む・せる［噎せる］〔自下一〕嗆。△～ような花のかおり／撲鼻的花香。△けむりに～／被煙嗆。

むせん［無線］〔名〕①無綫。△～局／無綫電台。②"無線電信"的略語。③"無線電話"的略語。

むせんLAN［無線LAN］〔名〕〈IT〉無綫局域網。

むせんLANカード［無線LANカード］〔名〕〈IT〉無綫網卡。

むせんそうじゅう［無線操縦］〔名〕無綫電操縱。→ラジオコントロール

むせんでんしん［無線電信］〔名〕無綫電通信。

むせんでんわ［無線電話］〔名〕無綫電話。△携帯用～機／步話機。

むせんほうそう［無線放送］〔名〕無綫廣播。

むそう［無双］〔名〕①無雙，獨一無二。△古今～／古今無雙。②（裏和用面同一種材料製成的）衣服，用具。

むそう［夢想］〔名・他サ〕①做夢。②夢想。

△～にふける／沉醉於夢想。△～家／空想家。

むぞうさ［無造作］〔名・形動〕①簡單，輕而易舉。△～にやってのける／毫不費力地幹好了。②漫不經心，隨便。△札束を～にポケットに突っ込む／漫不經心地把鈔票揣進口袋。△～に書く／潦草地寫。

むだ［無駄］〔名・形動〕白費，浪費。△～になる／白費了。△忠告しても～だ／忠告也白搭。△～についやす／白破費。△～を省く／減少浪費。△お金を～にする／白花錢。△～な努力／徒勞。

むだあし［無駄足］〔名〕白跑。△～をふむ／白跑一趟。

ムターゼ［mutase］〔名〕〈化〉變位酶。

むたい［無体］〔名・形動〕①無形。△～財産／無形財産。②不合乎道理。△無理～／蠻不講理。

むだぐち［無駄口］〔名〕閑話，廢話。△～をたたく／扯閑篇兒。→駄弁

むだづかい［無駄遣い］〔名・他サ〕浪費。△予算を～する／浪費預算。△水を～する／浪費水。→浪費

むだばな［むだ花］〔名〕謊話。

むだばなし［無駄話］〔名〕閑話兒，廢話。△～はさておき／閑話少說。説正經的。→遺話

むだぼね［無駄骨］〔名〕徒勞。△～を折る／徒勞。白受累。△努力が～に終わる／努力也終歸徒勞。→徒労

むだぼねおり［むだ骨折り］〔名〕徒勞。

むだめし［むだ飯］〔名〕閑飯。△～を食う／吃閑飯。

むだん［無断］〔名〕擅自。△～で使う／擅自使用。△～欠勤／擅自缺勤。△～使用を禁ずる／禁止擅自使用。→ことわりなく

むち［鞭・笞］〔名〕①鞭子。△～をふるう／揮鞭。△～で打つ／用鞭子抽。△～をあてる／鞭笞。②教鞭。

むち［無知］〔名・形動〕①無知。△～な人／無知的人。△～蒙昧／愚昧無知。②愚笨。

むち［無恥］〔名・形動〕無恥。△厚顔～／厚顔無恥。→はじしらず

むちうちしょう［鞭打ち症］〔名〕撃撞頸椎挫傷症。

むちう・つ［鞭打つ］〔自他五〕①鞭笞，鞭打。△馬に～って急ぐ／策馬趨路。②鞭策。△老骨に～／鞭策老身進取。→鞭撻する

むちゃ［無茶］〔名・形動〕①胡亂，毫無道理。△～を言う／胡說。△～なねだん／毫無道理的價錢。②很，過分。△～に飲む／喝得過多。

むちゃくちゃ［無茶苦茶］〔名・形動〕①胡亂，毫無次序。△～なことを言う／説些毫無條理的話。②非常，過分。△～にかわいがる／過分溺愛。→めちゃくちゃ

むちゃくりく［無着陸］〔名〕中途不着陸（飛行）。

むちゅう［霧中］〔名〕霧中。△五里～／如墜五里霧中。

むちゅう [夢中] I (名) 夢中。II (形動) 入迷, 着迷。△～になる／入迷。△無我～／熱中。忘我。

用法提示 ▼
中文和日文的分別
中文有"睡夢之中"的意思；日文可表示"正在做夢"，但多用於"入迷、着迷"，一般作狀語修飾動詞，如"夢中で"後跟動詞。
- -
勉強 (べんきょう) する、働 (はたら) く、食 (た) べる、飲 (の) む、読 (よ) む、しゃべる、書 (か) く、見 (み) る、走 (はし) る、駆 (か) け出 (だ) す、叫 (さけ) ぶ、逃 (に) げる、飛 (と) び込 (こ) む、飛 (と) び出 (だ) す、祈 (いの) る

ムチン [mucin] (名) 黏蛋白。

むちん [無賃] (名) 不交費，不收費。△～乗車／無票乗車。

むつう [無痛] (名) 無痛。△～分娩／無痛分娩。

むつかしい [難しい] (形) ⇨むずかしい

むつき [睦月] (名) 陰曆一月。

むつき [襁褓] (名) ① 尿布。② 襁褓。

むつごと [睦言] (名) 情話，悄悄話。

ムッシュ [mush] (名) 噪聲，分諧波。

むっつ [六つ] (名) 六，六個，六歲。

むっつり (副・自サ) 板着臉，悶聲不響。△～とした顔／板着臉。△～屋／沉默寡言的人。

むっと (副・自サ) ① 發火，動氣。△悪口を言われて～する／聽到説壞話立刻動了氣。② 氣悶。△～する部屋／悶人的房間。

むつまじ・い [睦まじい] (形) 和睦。△仲～夫婦／和睦的夫妻。

むつまやか [睦まやか] (形動) 和睦的, 親睦的。

むて [無手] (名) ① 赤手空拳。② 無資本，無方法，無本事。

むていけい [無定形] (名) ① 無定形。② 〈化〉非結晶 (物質)。

むていけい [無定型] (名) 無定型。△～詩／無格式的詩。

むていけん [無定見] (名・形動) 無主見。△～な人／無主見的人。

むていこう [無抵抗] (名・形動) 不抵抗。

むてかつりゅう [無手勝流] (名) ① 不戰而勝的方法。② 自己獨創的方法。

むてき [無敵] (名・形動) 無敵。△天下～／天下無敵。

むてき [霧笛] (名) 霧中警笛。

むてっぽう [無鉄砲] (名・形動) 魯莽，莽撞。△～な人／莽漢。→むこうみず

むでん [無電] (名) ①"無線電信"的略語。△～をうつ／用無綫電發送。②"無線電話"的略語。

むてんか [無添加] (名) 無添加物 (劑)。△～食品／無添加食品，純天然食品。

むとう [無党] (名) 無黨。△～派／無黨派。

むどう [無道] (名・形動) 無道，不道。△悪逆～／大逆不道。

むどく [無毒] (名) 無毒。↔ 有毒

むとくてん [無得点] (名) 沒得分。

むとどけ [無届け] (名) 沒事先請示。△～デモ／未經呈報的遊行。

むとんじゃく [無頓着] (名・形動) 不在乎，不介意。△彼は身なりに～だ／他不修邊幅。△金には～だ／不在乎金錢。

むないた [胸板] (名) 胸脯，胸膛。△～をうちぬく／擊穿胸膛。

むなぎ [棟木] (名) 檁木。

むなくそがわるい [胸糞が悪い] (連語) 心情不舒暢。

むなぐら [胸ぐら] (名) 前襟。△～をつかむ／揪住前襟。

むなぐるし・い [胸苦しい] (形) 胸口悶得慌。△なんとなく～／不知怎麼胸口憋得慌。→息苦しい

むなげ [胸毛] (名) 胸毛。

むなさわぎ [胸騒ぎ] (名) 忐忑不安。△～がする／心緒不寧。

むなざんよう [胸算用] (名・自他サ) 心裏的打算，内心的估算。△～をする／在心中盤算。△～ははずれてしまった／如意算盤落了空。

むなし・い [空しい・虚しい] (形) ① 空虚，空洞。△～生活／空虚的生活。△～話／空洞無物的話。② 枉費，徒然。△必死の努力も～くなった／拚命努力也落了空。△～く歳月を送る／虚度年華。

むなつきはっちょう [胸突き八丁] (名) ① 陡坡。② 最困難的局面。△～にさしかかる／進入最困難的地步。

むなづもり [胸積り] (名・自他サ) ⇨胸算用

むなもと [胸元] (名) 胸口。△～につきつける／對準胸口。→胸先

むに [無二] (名) 唯一，無雙。△～の親友／最好的朋友。△～の宝／獨一無二的寶貝。→無比

ムニエル [法 meunière] (名) 法式黃油炸魚。

むにする [無にする] (連語) 辜負，使…落空。△長年の苦労を無にする／使多年的辛苦白費。

むにんしょだいじん [無任所大臣] (名) 不管部長。

むね [旨] (名) ① 意旨。△～を伝える／傳達意旨。② 宗旨。△当店では，サービスを～としております／本店以服務為宗旨。

むね [胸] (名) ① 胸，胸脯，胸膛。△～を張って歩く／挺起胸膛走路。△～に手をあてる／捫心 (自問)。② 心臟。△～がどきどきする／心咚咚跳。③ 肺。△～病気／肺病。④ 胃。△～がむかむかする／噁心，心裏。△～がつぶれる／心碎。△～をふくらませる／滿懷希望，滿心喜悦。△～のうちを明かす／説出心裏話。△～をひめる／藏在心中。

むね [棟] (名) ① 屋脊。② 檁木。

- むね [棟] (助數) 棟。△五～が全焼した／五棟房子全燒光了。

むねあげ [棟上げ] (名) 〈建〉上樑。△～を祝う／慶賀上樑。

むねがいたい［胸が痛い］(連語) 痛心。

むねがいっぱいになる［胸が一杯になる］(連語) 激動，充滿了 (喜悦，悲傷)。

むねがさける［胸が裂ける］(連語) 心如刀割。

むねがさわぐ［胸が騒ぐ］(連語) 忐忑不安。

むねがすく［胸がすく］(連語) 心情痛快了。

むねがつまる［胸が詰まる］(連語) ① 心裏堵得慌。② 噎得慌。

むねがふさがる［胸がふさがる］(連語) 心情鬱悶，難受。

むねがやける［胸が焼ける］(連語) 燒心。

むねつ［無熱］(名) 不發燒。

むねにえがく［胸に描く］(連語) 想像，浮想聯翩。

むねにきざむ［胸に刻む］(連語) 銘刻在心。

むねにせまる［胸に迫る］(連語) 感動萬分。

むねにたたむ［胸に畳む］(連語) 藏在心中。

むねやけ［胸焼け］(名) 燒心。

むねをうたれる［胸を打たれる］(連語) 被打動。

むねをうつ［胸を打つ］(連語) 打動 (心弦)。

むねをおどらせる［胸を躍らせる］(連語) 心情激動。

むねをなでおろす［胸をなでおろす］(連語) 放下心來，鬆了一口氣。

むねをはる［胸を張る］(連語) 挺胸。

むねん［無念］I (名) 無念。△～無想／無念無想，萬念皆空。II (形動) 懊悔。△～を晴らす／雪恨。

むねんむそう［無念無想］(名) 無念無想。△～の境地／無念無想的境地。

むのう［無能］(名・形動) 無能。△～な人／無能的人。↔ 有能

むのうりょく［無能力］(名・形動) ① 無能力。② 〈法〉無行為能力。

ムハメッドきょう［ムハメッド教］(名) 伊斯蘭教。→イスラム教

むひ［無比］(名) 無比。△当代～／一時獨步。→無双

むひょう［霧氷］(名) 樹掛，霧凇。

むびょう［無病］(名) 無病。△～息災／無病無災→達者

むひょうじょう［無表情］(名・形動) 無表情。△～な顔／無表情的臉。

むふう［無風］(名) ① 無風。△～状態／無風狀態。② 平穩。△～選挙区／平靜的選舉區。

むふんべつ［無分別］(名・形動) 莽撞，不知好歹，不知輕重。△～なやりかた／不知好歹的作法。

むへんだい［無辺大］(名) 無邊大。

むほう［無法］(名・形動) ① 不守法。△～地帯／無法無天的地區。② 不講道理，無法無天。△～者／胡作非為的人。

むぼう［無謀］(名・形動) 魯莽。△～な試み／欠考慮的嘗試。△～な計画／不成熟的計劃。→向こう見ず

むほうしゅう［無報酬］(名) 無報酬。

むぼうび［無防備］(名・形動) 無防備。

むほん［謀反］(名・自サ) 謀反。△～をおこす／謀反。→反逆

むま［夢魔］(名) 夢魔，惡夢。

むみ［無味］(名) ① 無味。△～無臭／無味無臭。② 無趣。△～乾燥な話／枯燥無味的話。

むみかんそう［無味乾燥］(名・形動) 乾燥無味。

むめい［無名］(名) ① 無名。△～戦士／無名戦士。△～の作家／無名作家。② 不具名。△～の投書／沒署名的稿件。

むめいし［無名指］(名) ⇨ くすりゆび

むめんきょ［無免許］(名) 沒取得許可，沒有執照。

むやみ［無暗・無闇］(名・形動) ① 胡亂，隨便。△～に山の木をきる／濫砍山上的樹。△～なことを言う／胡說。△～に人を信ずる／隨便信任人。② 過度，過分。△～にかわいがる／過分溺愛。

むゆうびょう［夢遊病］(名) 〈醫〉夢遊症。

むよう［無用］(名・形動) ① 無用。② 不必要。△心配はご～です／請不必擔心。③ 沒事。△～の者立ち入り禁止／閑人免進。④ 不得，不許。△天地～／切勿倒置。

むようのちょうぶつ［無用の長物］(連語) 廢物。

むよく［無欲］(名・形動) 無慾。△～な人／無慾的人。↔ 貪欲

むら (名・形動) ① 不勻，斑斑點點。△品質に～がない／質量均勻。△色に～ができる／顔色深淺不勻。② 沒常性，忽冷忽熱。△成績が～がある／成績時好時壞。△～のある性格／沒準性子。

むら［村］(名) 村，村莊。→村落

むらが・る［群がる］(自五) 聚集。△ありが～／螞蟻麇集。→群れる

むらき［むら気］(名・形動) 沒準性子。△～の (な) 人／沒準性子的人。→気まぐれ

むらぎえ［むら消え］(名) 〈雪〉花花搭搭地融化。

むらさき［紫］(名) ① 紫色。② 〈植物〉紫草。③ 醬油。

むらさきしきぶ［紫式部］〈人名〉紫式部 (973 前後－ 1014 前後)。日本平安時代女作家。

むらさきずいしょう［紫水晶］(名) 紫石英。

むらざと［村里］(名) 村子。→村落。

むらさめ［村雨］(名) 陣雨。→とおり雨

むらしぐれ［村時雨］(名) 陣雨，下下停停的雨。

むらしばい［村芝居］(名) 社戲。

むら・す［蒸らす］(他五) 燜。△ご飯を～／燜飯。

むらすずめ［群雀］(名) 成羣的麻雀。

むらたけ［群竹］(名) 叢竹。

むらはずれ［村外れ］(名) 村頭，村邊。

むらはちぶ［村八分］(名) 全村與違反村規的人絕交的制度。

む
ム

むらびと［村人］(名) 村民。

むらむら (副・自サ) 怒上心頭，頓起。△〜と悪心を起す／不由起了歹意。

むらやくば［村役場］(名) 村公所。

むり［無理］(名・形動) ① 無理，不合理。△〜がない／不無道理。難怪。② 困難，勉強。△〜な注文／無法辦到。△子供には〜な仕事／孩子難以勝任的工作。③ 硬要，強迫。△〜に行かせる／硬叫去。△〜がきかない／不能硬幹。△〜をして体をこわす／過度勞累傷身子。△〜に笑顔をつくる／強顔歡笑。

用法提示 ▼
中文和日文的分別
中文有"沒有道理""沒有禮節"的意思；日文也有以上意思，但更多用於"勉強、難以辦到"。
常見搭配：話語，請求，政策等。
- -
1. 話 (はなし)、言 (い) い分 (ぶん)、筋立 (すじだ) て
2. 頼 (たの) み、願 (ねが) い、相談 (そうだん)、要求 (ようきゅう)
3. 作戦 (さくせん)、金策 (きんさく)、取 (と) り立 (た) て
4. 注文 (ちゅうもん)、仕事 (しごと)、冒険 (ぼうけん)、矯正 (きょうせい)

むりおし［無理押し］(名・自サ) 強行，硬幹。△〜に決める／強行決定。

むりかい［無理解］(名・形動) 不理解。

むりがとおればどうりがひっこむ［無理が通れば道理が引っこむ］(連語) 邪惡當道，正理不存。

むりさんだん［無理算段］(名・他サ) 東拼西湊。△〜した金／東拼西借的錢。

むりじい［無理強い］(名・他サ) 強迫，硬逼。△酒を〜する／逼着喝酒。

むりすう［無理数］(名)〈數〉無理數。↔ 有理数

むりそく［無利息］(名) 無利息。

むりなんだい［無理難題］(名) 過分的要求。△〜をふっかける／出難題。提無理要求。

むりやり［無理やり］(副) 硬，強迫。△〜 (に) おしつける／強制。強加。△〜やらせる／逼着幹。→強引

むりょう［無料］(名) 免費。△入場〜／免費入場。↔ 有料

むりょう［無量］(名) 無量。△感慨〜／無限感慨。

むりょく［無力］(名・形動) 無力。△〜な先生／沒有能力的老師。△〜な政治家／沒有勢力的政治家。↔ 有力

むるい［無類］(名・形動) 無比。

ムルムル［murumuru］(名)〈植物〉星實櫚。

むれ［群］(名) 羣。△〜をなす／成羣。

む・れる［群れる］(自下一) 羣聚，羣集。△鳥が〜れている／鳥兒羣聚在一起。→むらがる

む・れる［蒸れる］(自下一) ① 燜。△ご飯が〜／飯燜好了。② 悶熱。△足が〜／腳捂得難受。

むろ［室］(名) 窖，地窖。

むろざき［室咲き］(名) 溫室開的花。

むろまちじだい［室町時代］(名)〈史〉室町時代。

むろん［無論］(副) 當然，不用説。△〜，きみのせいではない／當然不是你的錯兒。→もちろん

ムロンフラッペ［法 melon frappé］(名) 冰鎮甜瓜。

むんむん (副・自サ) 悶得慌。

め［目］（名）① 眼，眼睛。△〜を閉じる／閉眼。△〜をあける／睜開眼睛。△〜を見張る／瞪目。△〜をふせる／眼睛朝下看。耷拉眼皮。△〜をさます／醒來。△〜がさめる／醒來。△〜をまるくする／瞪大眼睛。△〜をほそくする／瞇縫着眼睛。△〜がくぼむ／眼睛凹陷。△〜をこする／揉眼睛。△〜がつぶれる／眼睛瞎了。△〜をぱちぱちさせる／眨巴眼睛。△〜をつりあげる／横眉立目。② 眼珠。△青い〜／藍眼珠。△〜がくるくる動いている／眼珠滴溜滴溜轉。③ 視綫。△〜をつける／注意。△〜をそらす／移開視綫。△〜を引く／引人注目。△〜にうかぶ／浮現在眼前。△〜があう／視綫相對。△花に〜をとめる／視綫停留在花上。△〜がとどく／注意。④ 目光，眼神。△好奇の〜／好奇的目光。△変な〜で見る／用奇怪的眼神看。△険のある〜／兇狠的眼光。△色っぽい〜／妖冶的眼神兒。△白い〜で見る／用白眼看。⑤ 視力。△〜がいい／視力好。△〜が悪い／視力差。△〜がかすむ／眼發花。△〜が弱る／眼睛不好。⑥ 眼力，眼力。△〜がある／有眼力。△〜が高い／有眼光。△〜がきく／有鑒賞力。△〜がこえている／眼光高。△専門家の〜／專家的眼力。⑦ 看法，見解。△日本人の〜から見た中国／日本人眼中的中國。△大人の〜と子供の〜／大人的看法和孩子的看法。⑧ 經驗。△つらい〜に会う／遭到難堪。△ひどい〜に会う／倒霉。△いろんな〜に会う／飽嘗酸甜苦辣。⑨ 格，眼，孔。△〜のあらい布／粗布。△あみの〜／網眼兒。△碁盤の〜／圍棋盤的位。△台風の〜／颱風眼。△針の〜／針眼。△魚の〜／雞眼。⑩ 齒。△鋸の〜／鋸齒。△くしの〜／梳子齒兒。⑪（秤、尺上的）刻度。△はかりの〜／秤星。⑫（木材的）紋理，木紋。△〜のあらい板／紋理粗糙的板子。

－め［目］（接尾）①（表示順序）第。△五人〜／第五人。△三年〜／第三年。②（接在形容詞詞幹後）稍，一點兒。△早〜に帰える／早點兒回去。△長〜／稍長點。③（接在動詞連用形後表示）界限，區分點。△折り〜／折疊處。△切れ〜／裂縫，縫隙。△死に〜／臨終。

め［芽］（名）芽。△〜をふく／發芽。△〜がでる／發芽。出現吉兆。

め－［女］（接頭）① 女。△〜神／女神。②（二者中比較弱的）一方。△〜竹／（兩竹中）小的一株。

め－［雌］（接頭）雌。→お

めあか［目垢］（名）眼眵。→目やに

めあき［目明き］（名）① 視力正常的人。② 明理的人。③ 識字的人。

めあたらし・い［目新しい］（形）新鮮，新穎。

△〜デザイン／新穎的設計。

めあて［目当て］（名）① 目的。△金を〜に結婚する／為金錢而結婚。→目的 ② 目標。△交番を〜に歩く／看着派出所往前走。→目標，目じるし

めい［姪］（名）侄女，外甥女。↔ 甥

めい［命］（名）① 命令。△〜をくだす／下令。△〜を受ける／受命。② 生命。△〜旦夕にせまる／命在旦夕。③ 命運。

めい［銘］（名）① 銘，銘文。△石碑に〜を刻む／往石碑上刻銘文。②（刻在工藝品上的）製作者姓名。③ 警句，座右銘。△座右の〜／座右銘。

メイ（／ー）ンイベント［main event］（名）主要活動。

めいあん［名案］（名）好主意，妙計。△〜が浮かぶ／想出好主意。→妙案

めいあん［明暗］（名）① 光明與黑暗。△人生の〜／人生的悲喜。△〜を分ける／（命運）泰否分明。②（繪畫）明暗，濃淡。

めいい［名医］（名）名醫。

めいう・つ［銘打つ］（自五）以…為名，打着旗號。△慈善事業と〜／以慈善事業為名。

めいうん［命運］（名）命運。△〜がつきる／氣數已盡。

めいおうせい［冥王星］（名）〈天〉冥王星。

めいか［名家］（名）① 名門。△〜の出／名門出身。② 名家。△〜文集／名人文集。

めいか［銘菓］（名）著名糕點，高級點心。

めいが［名画］（名）① 名畫。②（電影）名片子。

めいかい［冥界］（名）冥界，陰間，冥土。→冥土

めいかい［明快］（名・形動）明快，明確。△〜な答え／明確的回答。→明解，明確

めいかく［明確］（名・形動）明確。△〜に規定する／明確地規定。→明解，明快

めいがら［銘柄］（名）商標，名牌。△〜品／名牌貨。

めいかん［名鑑］（名）名簿。→人名録

めいき［名器］（名）名器，珍貴器物。

めいき［明記］（名・他サ）寫明，載明。△理由を〜する／寫明理由。

めいき［銘記］（名・他サ）銘記。△心に〜する／銘記在心。→銘じる

めいぎ［名義］（名）名義。

めいきゅう［迷宮］（名）迷宮。△〜入り／進入迷宮。找不到頭緒。

めいきょ［明渠］（名）明渠。↔ 暗渠

めいきょうしすい［明鏡止水］（名）明鏡止水，心懷坦蕩。△〜の心境／明鏡止水般的心境。心似明鏡台。

めいきょく［名曲］（名）名曲。

めいく［名句］(名) ① 佳句，名言。→名言 ②
名俳句。→名吟

めいくん［名君］(名) 名君。

めいくん［明君］(名) 明君。

めいげつ［名月・明月］(名) ① 明月。② 中秋
月。

めいげん［名言］(名) 名言。→名句

めいげん［明言］(名・他サ) 明説，明言。△～
を避ける／不明説。→断言

めいご［冥護］(名)〈佛教〉冥護。

めいこう［名工］(名) 名匠。→名匠

めいコンビ［名コンビ］(名) 好搭擋。

めいさい［明細］I (名・形動) 詳細。△～に
記録する／詳細記録。II (名)"明細書"的略
語：清單，詳單。

めいさい［迷彩］(名) 迷彩。△～服／迷彩服。
→カムフラージュ

めいさいひょう［明細表］(名)〈經〉明細表，
詳細清單。

めいさく［名作］(名) 名作。→傑作

めいさつ［名刹］(名) 名刹，古刹。

めいさつ［明察］(名・他サ) 明察。△ご～のと
おりです／如您所深知。

めいさん［名産］(名) 名産。→特産

めいざん［名山］(名) 名山。

めいし［名士］(名) 名士。

めいし［名刺］(名) 名片。△～をだす／遞名片。

めいし［名詞］(名) 名詞。

めいじ［明示］(名・他サ) 明示，寫明。△内容
を～する／明示內容。

めいじいしん［明治維新］(名)〈史〉明治維新。

めいじじだい［明治時代］(名)〈史〉明治時代
(1868-1912)。

めいじつ［名実］(名) 名與實。△～相伴わぬ／
名不副實。△～共に／名副其實。

めいしゃ［目医者］(名) 眼科醫生。

めいしゃ［鳴謝］(名・自サ) 鳴謝。

めいしゅ［銘酒］(名) 名酒。

めいしゅ［名酒］(名) 名酒。

めいしゅ［名手］(名) 名手。△笛の～／名笛
手。→名人

めいしゅ［盟主］(名) 盟主。△～をおし立て
る／推舉盟主。

めいしょ［名所］(名) 名勝。

めいしょう［明証］(名) 明證，明確的證據。

めいしょう［名匠］(名) 名匠，名手。→名工

めいしょう［名将］(名) 名將。

めいしょう［名称］(名) 名稱。

めいしょう［名勝］(名) 名勝。△～の地／名
勝地。→景勝

めいじょう［名状］(名・他サ) 名狀。△～し
がたい／難以名狀。不可名狀。

めいしょきゅうせき［名所旧跡］(名) 名勝古
跡。

めいしょく［明色］(名)〈美術〉明色，亮色。
↔暗色

めい・じる［命じる］(他上一) ① 命令。△退

場を～／命令退場。→命令する ② 任命。△課
長を～／任命科長。→任命する ③ 命名。→命
名する

めい・じる［銘じる］(他上一) 銘記。△肝
に～／銘記在心。→銘記する

めいしん［迷信］(名) 迷信。△～を打破する／
破除迷信。

めいじん［名人］(名) ① 名人，名手。② (圍
棋、將棋的) 國手。

めいすう［名数］(名) ① 名數，數量詞。② 帶
數字的專有名詞。

めいすう［命数］(名) 壽數。△～がつきる／壽
數已盡。→天寿

めい・ずる［命ずる］(他サ) ⇨命じる

めい・ずる［銘ずる］(他サ) ⇨銘じる

めいせい［名声］(名) 名聲，聲望。△～が高
い／聲望高。→声価

めいせき［明晰］(名・形動) 明晰，清晰。△～
な頭脳／清晰的頭腦。

めいせつ［名節］(名) 名節，名譽與節操。

めいせん［名川］(名) 名川。

めいせん［銘仙］(名) 銘仙綢。

めいそう［名僧］(名) 名僧，高僧。

めいそう［瞑想］(名・自サ) 瞑想。△～にふけ
る／陷入瞑想。

めいそうじょうき［明窓浄机］(名) 窗明几淨。

めいそうしんけい［迷走神経］(名)〈醫〉迷走
神經。

めいだい［命題］(名) ①〈哲〉命題。② 課題。

めいち［明知］(名) 明智。

めいちゃ［銘茶］(名) 名茶。

めいちゅう［鳴虫］(名) (秋天叫的) 蟲。

めいちゅう［螟虫］(名)〈動〉螟蟲。

めいちゅう［命中］(名・自サ) 命中。△目標
に～する／命中目標。→的中

めいちょ［名著］(名) 名著。

めいちょう［明澄］(名・形動) 清澈。

めいっぱい［目一杯］(副・形動) 竭盡全力。
△～がんばる／竭盡全力堅持。→精一杯

めいてい［酩酊］(名・自サ) 酩酊。△すっか
り～してしまった／酩酊大醉。→泥酔

めいてつほしん［名哲保身］(名) 明哲保身。

めいてん［名店］(名) 有名的商店。

メイド［maid］(名) ① 侍女，保姆。② 旅館客房
女服務員。

めいど［明度］(名)〈美術〉明度。

めいど［冥土・冥途］(名)〈佛教〉冥土，冥府。
△～の旅にでる／命赴黃泉。→冥府，黄泉

めいとう［名刀］(名) 名刀。

めいとう［名答］(名) 出色的回答。△ご～／答
對了！

めいとう［明答］(名・自サ) 明確的回答。△～
をえる／得到明確的答覆。

めいどう［鳴動］(名・自サ) 轟響。△大山～
して，鼠一匹／雷聲大，雨點小。

めいにち［命日］(名) 忌辰，忌日。△今日は父
の～だ／今天是父親的忌日。

めいはく［明白］（名・形動）明白，明顯。△罪状は～だ／罪狀明顯。→明瞭

用法提示 ▼
中文和日文的分別
中文中有"了解"的意思；日文表示事物清晰可見。
常見搭配：
----
1. 明白な［事実（じじつ）、理由（りゆう）、証拠（しょうこ）、痕跡（こんせき）、意義（いぎ）、動機（どうき）、誤（あやま）り、落（お）ち度（ど）]
2. 明白に［答（こた）える、述（の）べる、物語（ものがた）る、示（しめ）す、掲（かか）げる]

めいび［明媚］（名・形動）明媚。△風光～／風光明媚。
めいひん［名品］（名）名作，名品。
めいびん［明敏］（名・形動）精明。△～な頭脳／靈活的頭腦。
めいふく［冥福］（名）冥福。△～をいのる／祈禱冥福。→後生
めいぶつ［名物］（名）① 名産，特産。② 因奇特而出名的人。△会社の～男／公司的活寶。
めいぶん［名聞］（名）社会上（對某人）的評論。
めいぶん［名文］（名）名文。↔ 悪文
めいぶん［名分］（名）① 名分。△大義～／大義名分。② 理由，名目。△～が立つ／有理由。
めいぶん［明文］（名）明文。△法律に～化する／在法律上明文規定。
めいべん［明弁］（名・他サ）明辨。△理非を～する／明辨是非。
めいぼ［名簿］（名）名單，名冊。△会員～／會員名單。
めいほう［名宝］（名）有名的寶物。
めいほう［盟邦］（名）盟國。
めいぼう［名望］（名）名望。
めいぼうこうし［明眸皓歯］（名）明眸皓齒。
めいぼく［名木］（名）① 名木，古樹。② 珍貴的香木。
めいぼく［銘木］（名）上等木材。
めいみゃく［命脈］（名）命脈。△～を保つ／維持一綫生命。
めいむ［迷夢］（名）迷夢。△～からさめる／從迷夢中醒來。
めいむ［迷霧］（名）迷霧。
めいめい［冥冥］（名）① 昏暗。② 不知不覺地。
めいめい［命名］（名・自他サ）命名。△～式／命名式。→名づける
めいめい［銘銘］（名）各各，各自。△～の考えを聞く／聽取每個人的想法。→おのおの，それぞれ
めいめいはくはく［明明白白］（名・形動）明明白白。△～な事実／明明白白的事實。
めいめつ［明滅］（名・自サ）閃爍，忽明忽滅。△ネオンサインが～する／霓虹燈忽明忽滅。→点滅

めいもく［瞑目］（名・自サ）瞑目。
めいもく［名目］（名）① 名義，名目。△～だけの会長／掛名會長。② 藉口。△～が立たない／不能成為藉口。沒有理由。
めいもん［名門］（名）① 世家，名門望族。② 名校。
めいやく［名薬］（名）名藥，特效藥。
めいやく［名訳］（名）著名的翻譯。
めいやく［盟約］（名・他サ）盟約。△～を結ぶ／締結盟約。
めいゆう［名優］（名）名演員，名角。
めいゆう［盟友］（名）盟友。
めいよ［名誉］（名・形動）① 名譽。△～を傷つける／玷污名譽。△～挽回／挽回名譽。△～にかかわる／關係到名譽。②（接在職務前）名譽。△～教授／名譽教授。△～市民／名譽市民。
めいよしょく［名誉職］（名）名譽職位。
めいり［名利］（名）名利。△～を追う／追求名利。
めいりゅう［名流］（名）（社會）名流。
めいりょう［明瞭］（名・形動）明瞭。△～をかく／不明確。△意識が～でない／神志不清。↔ 不明瞭→明白
めい・る［滅入る］（自五）鬱悶，喪氣。△気が～／氣悶。
めいれい［命令］（名・自他サ）命令。△～をくだす／下令。△～をうける／接受命令。△～に従う／服從命令。→指令
めいれいけい［命令形］（名）（語法）命令形。
めいろ［目色］（名）眼神，眼色。
めいろ［迷路］（名）迷路。△～に陥る／陷入迷途。
めいろう［明朗］（名・形動）① 開朗。△～快活／開朗快活。② 光明正大。△～な政治／光明正大的政治。↔ 不明朗
めいわく［迷惑］（名・自サ・形動）麻煩，為難，打擾。△～をかける／添麻煩。△いい～だ／真麻煩。△～千万な話だ／真讓人心煩。△そんな大きな音を出しては近所～だ／弄出那麼大的動靜影響四鄰。
めいわくメール［迷惑メール］（名）〈IT〉不明郵件。
メインボード［main board］（名）〈IT〉主板。→マザーボード
めうえ［目上］（名）長輩，上級。↔ 目下
めうち［目打ち］（名）①（釘紙用的）錐子。②（剖鰻魚時往眼睛上釘的）錐子。③ 郵票等的孔綫。
めうつり［目移り］（名・自サ）眼花繚亂。△～がして選べない／看花了眼沒挑完。
メーカー［maker］（名）製造廠，廠家。
メーカーオファー［maker offer］（名）廠商批發價。
メーカーひん［メーカー品］（名）名牌產品。
メーキャップ［make-up］（名・自サ）上妝，化妝。
メーク［make］（名）製造。

メージャーエクスポート [major export]（名）主要出口商品。

メージャーサイクル [major cycle]（名）大循環。

メージャースピーチ [major speech]（名）主要發言。

メーター [meter] I（名）（計量）表，儀錶。△水道～／水表。△ガス～／瓦斯表。II（助數）⇒メートル

メーターケース [meter case]（名）儀器罩。

メータースイッチ [meter switch]（名）儀錶開關。

メータースタンプ [meter stamp]（名）（標有郵資的）郵戳。

メータク [meter-taxi]（名）計程車，出租汽車。

メーデー [May Day]（名）五一國際勞動節。

メード [maid]（名）女人，女接待員。

メードイン [made in. . .]（名）…製造。

メードインジャパン [made in Japan]（名）日本製。

メートリックシステム [metric system]（名）米制，公制。

メートル [法 mètre]（名・助數）公尺，米。

メートルトランス [meter transformer]（名）儀錶用變壓器。

メートルほう [メートル法]（名）國際公制單位。

メードンワーク [maiden work]（名）處女作。

メープル [maple]（名）〈植物〉楓樹，槭樹。

メーヤー [mayor]（名）市長。

メーヤレス [mayoress]（名）① 女市長。② 市長夫人。

メーリングリスト [mailing list]（名）通訊名單。

メール [mail]（名）① 郵件。② 郵船。

メールアドレス [mail address]（名）〈IT〉郵件地址。

メールオーダー [mail order]（名）郵購。

メールクレジット [mail credit]（名）〈經〉信匯信用證。

メールサービス [mail service]（名）郵政，郵件。

メールショッピング [mail-shopping]（名）郵購。

メールバック [mailbag]（名）郵袋。

メールボックス [mailbox]（名）〈IT〉電子信箱。

メーン [main]（名）主要的，重要的。

メーンエベント [main event]（名）主要的比賽。

メーンオフィス [main office]（名）總公司。

メーンカルチャー [main culture]（名）主導文化，主體文化。

メーンケーブル [main cable]（名）總輸電電纜。

メーンゲスト [main guest]（名）主賓。

メーンサーキット [main circuit]（名）主電路，幹綫。

メーンスイッチ [main switch]（名）總開關。

メーンスタジアム [main stadium]（名）大型體育場。

メーンスタンド [main stand]（名）正面看台，正面席位。

メーンストリート [main street]（名）主要街道，大街。

メーンタイトル [main title]（名）正標題。

メーンテナンスフリー [maintenance free]（名）免費修理。

メーンバンク [main bank]（名）〈經〉主要往來銀行。

メーンポール [main pole]（名）主旗杆。

めおと [夫婦]（名）〈舊〉夫婦。△～茶碗／鴛鴦碗。

メカ I（名）"メカニズム"的略語。II（形動）"メカニック"的略語。

メガ-[mega]（接頭）百萬，兆。△～トン／百萬噸。△～サイクル／兆周。

めがお [目顔]（名）眼神，眼色。△～で知らせる／使眼色。

めがきく [目が利く]（連語）有眼力，有鑒賞力。

めかくし [目隠し]（名・自サ）① 蒙眼。△～されて連行される／被蒙上眼睛帶走。② 圍牆。

めがくらむ [目がくらむ]（連語）① 眼花，目眩。② 利令智昏。

めかけ [妾]（名）妾。

めが・ける [目掛ける]（他下一）以…為目標。△敵を～けて一発うつ／對準敵人開了一槍。

めかご [目籠]（名）竹籃。

めがこえる [目が肥える]（連語）有鑒賞力。

めがさめる [目が覚める]（連語）① 睡醒。② 覺醒。

-めかし・い（接尾）似乎，好像。

めかしこ・む [めかし込む]（自五）打扮得很漂亮。△～んで出かける／打扮得漂漂亮亮出去了。

めかしや [めかし屋]（名）講究穿戴的人。

めがしら [目頭]（名）眼角。△～が熱くなる／感動得要落淚。↔ 目じり

-めか・す（接尾）假裝，裝作…的樣子。△学者～／裝成學者的樣子。△冗談～／假裝開玩笑。

めか・す [粧す]（自五）打扮。△ずいぶん美しく～したね／打扮得真漂亮啊！

めかた [目方]（名）重量，分量。△～が切れる／分量不足。△～がふえる／體重增加了。△～で売る／按重量賣。

めがたかい [目が高い]（連語）有眼力，有鑒賞力。→目が利く

めがたき [女敵]（名）（和自己妻子相好的）情敵。

めかど [目角]（名）眼角。△～を立てる／橫眉立目。

めがとどく [目が届く]（連語）注意到，照顧到。

メガトン [megaton]（名・助數）① 百萬噸。② 百萬噸級。

めがない [目がない]（連語）① 非常喜歡。△彼は酒に目がない／他見到酒就沒命。② 沒眼力。

メカニカル [mechanical]（形動）機械的，機械論的。

メカニカルペンシル [mechanical pencil]（名）活動鉛筆。

メカニズム [mechanism]（名）① 機械裝置。② 機構。③〈哲〉機械論。

メカニック [mechanic]（形動）⇨メカニカル

めがね [眼鏡]（名）① 眼鏡。△～をかける／戴眼鏡。△～をはずす／摘眼鏡。△色～／帶色眼鏡。△虫～／放大鏡。△～の玉／鏡片。△～のケース／眼鏡盒。② 眼光。△～ちがい／看錯了。△～が狂う／眼光不準。△～にかなう／被看中。

メガホン [megaphone]（名）擴音器，話筒。

めがまわる [目が回る]（連語）① 目眩。② 忙得團團轉。△目が回るほど忙しい／忙得團團轉。

めがみ [女神]（名）女神。△自由の～／自由女神。

めからうろこがおちる [目からうろこが落ちる]（連語）恍然大悟。

めからはなへぬける [目から鼻へ抜ける]（連語）伶俐，機靈。

めからひがでる [目から火が出る]（連語）兩眼冒金星。

メガロポリス [megalopolis]（名）大型都市羣。

めきき [目利き]（名）① 鑒別（書畫，古玩）。② 有鑒別力的人。

メキシコ [Mexico]〈國名〉墨西哥。

めきめき（副）顯著地。△～と上達する／進步很快。

めキャベツ [芽キャベツ]（名）〈植物〉結球甘藍。

めぎれ [目切れ]（名）分量不足。

‐め・く（接尾）有某種傾向，有點。△春～／有些春意。△皮肉～いた言い方／有刺的話。

めくされ [目腐れ]（名）〈俗〉爛眼邊（的人）。

めくされがね [目腐れ金]（名）微不足道的錢。

めくじらをたてる [目くじらを立てる]（連語）吹毛求疵。

めぐすり [目薬]（名）眼藥。△～をさす／上眼藥。

めくそ [目糞]（名）眼眵。→目やに

めくそはなくそをわらう [目糞鼻糞を笑う]（連語）五十步笑百步，烏鴉落在豬身上。

めくばせ [目配せ]（名・自サ）使眼色。△～して話をやめさせる／使眼色叫（他）別説了。

めくばり [目配り]（名・自サ）四下張望。△油斷なく～する／警惕地四下張望。

めぐま・れる [恵まれる]（自下一）幸運，富有，天賦。△友人に～／有好朋友。△～れた才能／天賦的才能。△好天に～／天公作美。

めぐ・む [芽ぐむ]（自五）發芽，出芽。△木が～／樹木發芽。

めぐ・む [恵む]（他五）① 同情。② 施捨。△こじきに金を～／給討飯的錢。

めくら [盲]（名）① 盲人。② 文盲。

めくらさがし [盲捜し]（名・他サ）① 用手摸。② 瞎摸。

めぐら・す [巡らす]（他五）① 轉。△きびすを～／往回走。② 圈，圍。△かきを～／圍一

道籬笆。③ 思謀，動腦筋。△計略を～／設計。出謀劃策。△思いを～／動腦筋。

めくらばん [盲判]（名）不看內容就蓋章，盲目蓋章。△～を押す／瞎蓋章。

めくらへびにおじず [盲蛇に怖じず]（連語）初生之犢不怕虎。

めくらほうし [盲法師]（名）① 盲僧。② 彈琵琶的盲人。

めくらめっぽう [名・形動]胡搞，亂來。△～にやる／胡搞。

めぐり [巡り]（名）① 循環。△血の～が悪い／腦子笨。→回り ② 巡遊。△名所～／遍歷名勝。③ 周圍。△池の～／池塘周圍。

めぐりあ・う [巡り会う]（自五）邂逅。△幸運に～／碰上好運氣。→邂逅する

めぐりあわせ [巡り合わせ]（名）運氣，機緣。△～が悪い／運氣不佳。→回り合わせ

めく・る [捲る]（他五）掀，翻，揭。△カレンダーを～／掀日曆。→まくる

めぐ・る [巡る]（自五）① 循環。△季節が～／季節循環。△池を～／繞着池子轉。② 巡迴，周遊。△名所を～／周遊名勝。③ 圍繞。△現代の教育を～諸問題／圍繞着現代教育的諸問題。

めくるめ・く [目眩く]（自五）目眩，頭暈。△～ようなたのしさを味わう／體味到飄飄欲仙的感覺。

めく・れる [捲れる]（自下一）打捲。△壁のポスターが～／牆上的廣告捲邊了。

め・げる（自下一）氣餒，畏葸。△困難に～げない／不畏困難。

めこぼし [目こぼし]（名・他サ）寬恕，裝作沒看見。△お～をねがう／請高抬貴手。

めさき [目先]（名）① 眼前，目前。△彼の顔が～にちらつく／眼前浮現着他的面孔。△～の利害／眼前的利害。② 眼光，眼力，預見。△～がきく／有眼光，有預見。③ 外觀。△～がかわってくる／變樣了。

めざし [目刺し]（名）穿成串的沙丁魚乾。

めざ・す [目指す]（他五）以…為目標。△大学を～／以上大學為目的。

めざと・い [目敏い]（形）① 眼尖。△～く見つける／一下子就找到了。② 容易醒。△老人は～／老人睡覺容易醒。

めざまし [目覚まし]（名）① 叫醒。② 鬧鐘。

めざまし・い [目覚ましい]（形）顯著的，驚人的。△～成長／顯著的成長。

めざましどけい [目覚まし時計]（名）鬧鐘。

めざめ [目覚め]（名）① 睡醒。△～がおそい／醒得晚。② 覺醒，覺悟。△春の～／春心萌動。△自我の～／自我覺醒。

めざ・める [目覚める]（自下一）① 睡醒。△夜中にふと～めた／夜晚突然醒來。② 覺醒，覺悟。△性に～／情竇初開。③ 自覺。△現實に～めた／對現實有了認識。△良心に～／良心發現。

めざる [目笊]（名）大眼笊籬。

めざわり［目障り］（名・形動）礙眼（的東西），刺眼（的東西）。△〜なもの／礙眼的東西。

めし［飯］（名）飯。△〜を食う／吃飯。△〜をたく／煮飯。

めじ［目地］（名）〈建〉接縫。

メシア［Messiah］（名）〈宗〉救世主。

めしあが・る［召し上がる］（他五）（“食べる”，“飲む”的尊敬説法）吃，喝。△〜ってください／請用餐（喝）。

めしあ・げる［召し上げる］（他下一）没收。△農地を〜／没収耕地。→没収する

メシアニズム［messianism］（名）① 信仰救世主的信念。② 對正義事業的堅貞信念。

めしい［盲］（名）⇨めくら

めしかか・える［召し抱える］（他下一）僱用。△運転手を〜／僱司機。

めしじゃくし［飯杓子］（名）飯杓。

めしじょう［召し状］（名）〈法〉傳票。

メジシンボール［medicine ball］（名）頭上傳球遊戲。

めした［目下］（名）晚輩，下級。↔目上

めしたき［飯炊き］（名）做飯（的人）。

めしだ・す［召し出す］（他五）① 召見。② 僱用。

めしつかい［召し使い］（名）僕人。

めしつぶ［飯粒］（名）飯粒。

めしと・る［召し捕る］（他五）逮捕。

めしびつ［飯櫃］（名）飯桶。→お鉢，おひつ

めしべ［雌蕊］（名）〈植物〉雌蕊。↔おしべ

めじまぐろ［めじ鮪］（名）金槍魚的幼魚。

めしや［飯屋］（名）飯鋪。

メジャー［measure］（名）① 計量，度量。△〜カップ／量杯。② 捲尺。

めしょう［目性］（名）視力。△〜が悪い／視力差。

めじり［目尻］（名）眼梢，外眼角。↔目がしら

めじりをさげる［目尻を下げる］（連語）（男人看女人時）色迷迷的。

めじるし［目印］（名）標記，記號。△〜をつける／作記號。

めじろ（名）〈動〉鰤的幼魚的通稱。

めじろ［目白］（名）〈動〉綉眼鳥。

めじろおし［目白押し］（名）一個擠一個地挨着。△〜にならぶ／一個挨一個地排着。

メス［荷 mes］（名）手術刀。

めす［雌］（名）雌，牝。↔雄

め・す［召す］（他五）① 召見。△国王の御前に〜される／被國王召見。②（“食べる”，“飲む”，“着る”，“ふろにはいる”，“かぜをひく”等的尊敬説法）吃，喝，穿，洗澡，感冒。

メスエット［德 Menuett］（名）〈樂〉小步舞（曲）。

メスシリンダー［德 Messzylinder］（名）量杯。

めずらし・い［珍しい］（形）新奇，稀奇，珍奇，罕見。△〜客／稀客。△〜く早起きする／難得起早。

メスをいれる［メスを入れる］（連語）動手術，採取果斷措施。

めすんぽう［目寸法］（名）〈經〉大概估計。

メゾソプラノ［意 mezzo soprano］（名）〈樂〉女中音。

メソッド［method］（名）方法，方式。

メソポタミアぶんめい［メソポタミア文明］（名）〈史〉美索不達米亞文明。

めそめそ（副・自サ）①（女人、小孩）低聲哭泣。② 愛哭。

メソン［meson］（名）〈理〉介子。

めだか［目高］（名）〈動〉鱂。

めだき［女滝］（名）（兩個瀑布中）較小的瀑布。

めだけ［雌竹］（名）〈植物〉山竹。

めだし［芽出し］（名）① 出芽。② 新芽。

メタスコープ［metascope］（名）便攜式紅外綫探知器。

メタセコイア［metasequoia］（名）〈植物〉水杉。

めだ・つ［目立つ］（自五）顯眼。△対立が〜／對立明顯。△〜たない存在／不起眼。不引人注目。

めたて［目立て］（名）銼（鋸齒）。△鋸の〜をする／銼鋸齒。

メタノール［德 Methanol］（名）⇨メチルアルコール

メタファー［metaphor］（名）隱喻，暗喻。

メタフィジックス［metaphysics］（名）〈哲〉形而上學，純正哲學，紙上談兵。

メタフォール［metaphor］（名）隱喻。

メタボリズム［metabolism］（名）新陳代謝。

めだま［目玉］（名）① 眼珠，眼球。② 捱訓。△お〜を食う／捱訓。③ ⇨目玉商品

めだましょうひん［目玉商品］（名）熱門貨，吸引顧客的商品。

めだまやき［目玉焼き］（名）煎荷包蛋。

めためた（名・形動）⇨めちゃくちゃ

メタモル［metamorphosis］（名）變形，變質，變態。

メタモルフォーゼ［Metamorphose］（名）變態，變形，變身。

メダリスト［medalist］（名）（比賽時）獎牌獲得者。△オリンピック〜／奧運會獎牌獲得者。

メタリック［metallic］（形動）金屬的，金屬製的。△〜な感じ／金屬質的感覺。

メタル［metal］（名）① 金屬。② 獎章。

メダル［medal］（名）獎章，獎牌。△金〜／金牌。→メタル

メタン［methane］（名）〈化〉甲烷，沼氣。

メタンガス［methane gas］（名）⇨メタン

メタンガスランプ［methane-gas lamp］（名）沼氣燈。

メタンハイドレート［methane hydrate］（名）可燃冰。

メチエ［法 métier］（名）（藝術方面的）技巧。

メチオニン［法 méthionine］（名）〈化〉蛋氨酸，甲硫基丁氨酸。

めちがい［目違い］（名）看錯。

めちゃ［目茶］（名・形動）不合理。△〜を言う／胡説。△〜な値段／離譜的價錢。

めちゃくちゃ［滅茶苦茶］（名・形動）① 不合道理。△～を言う／蠻不講理。② 亂七八糟。△～に走る／亂跑。△～にこわれる／破得稀爛。→めちゃめちゃ

めちゃめちゃ［滅茶滅茶］（名・形動）⇨めちゃくちゃ

めちょう［雌蝶］（名）雌蝶。

メチルアルコール［德 Methylalkohol］（名）〈化〉甲醇。

メッカ［Mecca］（名）①〈地〉麥加。② 中心地，發源地，嚮往之地。

めづかい［目遣い］（名）眼神。

めっき［鍍金］ I（名・他サ）鍍，鍍金。II（名）徒有其表。△～がはげる／現原形。

めつき［目付き］（名）眼神，眼光。△～が悪い／眼神兇狠。→まなざし

めっきゃく［滅却］（名・自他サ）滅卻，消滅。

めっきり（副）顯著，明顯。△～すずしくなる／顯著地涼快了。

めっきん［滅菌］（名・自他サ）滅菌。

めつけ［目付け］（名）（日本武家的職名）監督官。

めっけもの［目っけ物］（名）①（得到）意想不到的好東西。② 好運氣。

めつざい［滅罪］（名）〈佛教〉滅罪。

メッシュ［mesh］（名）① 篩眼，網眼。②（篩子的細度單位）目。

めっ・する［滅する］（名・他サ）① 滅亡。② 消滅。

メッセージ［message］（名）① 口信，通信，電報。② 聲明。③（美國總統的）諮文。

メッセージソング［message song］（名）主題歌。

メッセージボード［message board］（名）〈IT〉留言板。

メッセンジャー［messenger］（名）信使。

めっそう［滅相］ I（名）〈佛教〉滅相。II（形動）豈有此理。△～なこと／無理的事。

めっそうもない［滅相もない］（連語）豈有此理。→とんでもない

めった［滅多］（形動）① 胡亂，隨便。△～切り／亂砍。②（和 "ない" 呼應）不常，稀少。△～客が来ない／不常來客。△～に怒らない／不輕易生氣。

めったうち［滅多打ち］（名）亂打。△相手を～にする／朝對方拳打腳踢。

メッチェン［德 Mädchen］（名）（學生用語）少女，姑娘。

めつぶし［目潰し］（名）瞇（人）眼睛。△～の砂／瞇眼的沙土。

めつぼう［滅亡］（名・自サ）滅亡。△平家の～／平家的滅亡。

めっぽう［滅法］（副）非常，異常。△～強い／格外厲害。△～足が速い／跑得飛快。

めづもり［目積り］（名）（憑眼力）估量。

めて［馬手・右手］（名）持馬繮的手，右手。↔弓手

メディア［media］（名）媒介。△マス～／宣傳

媒介。

メディアレプ［media representative］（名）銷售代辦，廣告代理店。

メディエーター［mediator］（名）調解人，中人。

メディカル［medical］（造語）醫學的，醫療的。

メディケア［medicare］（名）醫療保險，醫療保障。

メディケア［Medicare］（名）（美國、加拿大對老年人實行的）保健醫療（制度）。

メディケイド［Medicaid］（名）醫療補助（制度）。

メディシン［medicine］（名）① 藥品，內服藥。② 醫學。

メディテーション［meditation］（名）默想，冥想。

メテオ［meteor］（名）流星，隕石。

めでた・い［目出度い・芽出度い］（形）① 喜事，可慶賀的。△合格して～／考上了真是可慶可賀。② 順利，圓滿，非常好。△～く完成／圓滿完成。△社長の覚えが～／社長的記性相當好。③ 過於誠實，頭腦簡單。△お～やつ／死腦筋。

め・でる［愛でる］（他下一）① 愛。② 欣賞，讚賞。△花を～／賞花。

めど［針孔］（名）針鼻。△～を通す／紉針。

めど［目処］（名）眉目，目標，頭緒。△～が立つ（つく）／有眉目了。

めどおし［目通し］（名）過目。△お～を願う／請過目。

めどおり［目通り］（名）謁見。△～を許す／准許謁見。→謁見

めとはなのあいだ［目と鼻の間］（連語）近在咫尺。→目と鼻の先

めと・る［娶る］（他五）娶（親）。△妻を～／娶妻。

メドレー［medley］（名）①〈樂〉混合曲。②⇨メドレーリレー

メドレーリレー［medley relay］（名）〈體〉① 混合接力。② 混合泳接力賽。

メトロ［法 métro］（名）地下鐵道。

メトロノーム［德 Metronom］（名）〈樂〉節拍器。

メトロポリス［metropolis］（名）① 首都。② 大都市。

めなだ［赤目魚］（名）〈動〉蠣子鯔。

めな・れる［目慣れる］（自下一）△～れた文章／司空見慣的文章。

めにあまる［目に余る］（連語）看不下去，不能默視。△目に余るふるまい／不能容忍的行為。

めにいっていじもない［目に一丁字もない］（連語）目不識丁。→文盲

めにかどをたてる［目に角を立てる］（連語）橫眉立目。

めにしみる［目に染みる］（連語）① 刺眼，薰眼。△タバコの煙が目に染みる／香煙的煙薰眼睛。② 刺眼，耀眼。△目に染みるような青／耀眼的藍色。

めにする［目にする］（連語）看見。

めにたつ［目に立つ］(連語) 顯眼。

めにつく［目に付く］(連語) 看見，顯眼，引人注目。→目に立つ

めにとまる［目に留まる］(連語) ① 映入眼簾。→目にふれる ② 看中。→目をひく

めにはめをはにははを［目には目を歯には歯を］(連語) 以眼還眼，以牙還牙。

めにふれる［目に触れる］(連語) 看見，映入眼簾。△～にはいる

めにみえて［目に見えて］(連語) 眼看着，顯著。△目に見えておとろえる／眼看着衰弱下去。

めにもとまらぬ［目にも留まらぬ］(連語) 一晃，神速。△目にも留まらぬ早わざ／神速的手法。

めにものみせる［目に物見せる］(連語) 讓…嘗嘗厲害。△いつか目に物見せてやる／早晚叫他嘗嘗厲害。

メニュー［法 menu］(名) 菜單。

メニューバー［menu bar］(名)〈IT〉功能表欄。

めぬきどおり［目抜き通り］(名) 繁華街道。

めねじ［雌ねじ］(名) 螺絲帽，螺母。

めのいろをかえる［目の色を変える］(連語) ① 變臉色。② 拚死爭奪。

めのう［瑪瑙］(名) 瑪瑙。

めのうえのこぶ［目の上のこぶ］(連語) 眼中釘。

めのかたき［目の敵］(連語) 眼中釘。△目の敵にする／當作眼中釘。

めのくろいうち［目の黒いうち］(連語) 有生之年。△おやじの目の黒いうちは，この家を壊すことはできまい／在我活着的時候不能毀了這個家。

めのこざん［目の子算］(名) 心算，概算。

めのたま［目の玉］(名) 眼珠。△～の黒いうち／還活着的時候。△～が飛びでる／驚人。

めのどく［目の毒］(連語) ① 看了有害 (的東西)。△こんな雑誌は目の毒だ／這種雜誌看了有害。② 看了眼熱的東西。

めのなかにいれてもいたくない［目の中に入れても痛くない］(連語) 非常疼愛。

メノポーズ［menopause］(名) 更年期，更年期障礙。

めのまえ［目の前］(名) ① 眼前，跟前。② 目前。△出発が～にせまった／出發在即。

めのまえがくらくなる［目の前が暗くなる］(連語) 眼前發黑。

めばえ［芽生え］(名) 萌芽。△愛の～／愛的萌芽。

めば・える［芽生える］(自下一) 發芽，萌發。△柳が～／柳樹發芽。△友情が～／產生了友情。→芽ぶく

めはくちほどにものをいう［目は口ほどに物を言う］(連語) 眉目傳情勝過話語。

めはし［目端］(名) 機靈，機警。△～がきく／機靈。

めばち (名)〈動〉雲裳金槍魚。

めはちぶ［目八分］(名) ① 捧至眉睛之處。△おぜんを～に捧げる／舉案齊眉。② 八分 (程度)。△ご飯を～に盛る／把飯盛八分滿。△～に見る／小瞧人。

めはな［目鼻］(名) ① 眼睛和鼻子。② 輪廓，眉目。△～をつける／搞出眉目。③ ⇨めはなだち

めばな［雌花］(名)〈植物〉雌花。↔ おばな

めはながつく［目鼻がつく］(連語) (事情) 有了眉目。

めはなだち［目鼻だち］(名) 相貌，五官。△～がととのっている／五官端正。

めばや・い［目速い］(形) 眼快，眼尖。

めばり［目張り・目貼り］(名・自他サ) (給門窗) 溜縫，糊縫。

めばる［眼張］(名)〈動〉鮋。

めひきそでひき［目引き袖引き］(副) 擠眉弄眼。

メフィストフェレス［德 Mephistopheles］(名) (歌德所著《浮士德》中的魔鬼) 靡菲斯特。

めぶ・く［芽吹く］(自五) 發芽。△やなぎが～／柳樹發芽。→芽生える

めぶんりょう［目分量］(名) 目測 (量)。△～で測る／目測。

めべり［目減り］(名・自サ) 損耗，折耗。

めぼし［目星］(名) (大致的) 目標，估計。△犯人の～をつける／找到犯人的綫索。→けんとう

めぼし・い (形) 重要的，值錢的。△～作品／重要作品。△～物は皆盗られた／值錢的東西都被偷走了。

めぼしをつける［目星をつける］(連語) 找到目標，估計到。

めまい［眩暈］(名) 眩暈。△～がする／眩暈。頭暈。

めまぐるし・い［目まぐるしい］(形) 眼花繚亂，目不暇給。△社会の～変化／社會瞬息萬變的變化。

めまぜ［目交ぜ］(名・自サ) ⇨めくばせ

めまつ［雌松］(名)〈植物〉紅松。→雄松

めみえ［目見え］(名) ⇨おめみえ

めめし・い［女女しい］(形) 女人氣，懦弱。△～ふるまい／女人氣的動作。↔ おおしい

メモ［memo］(名・他サ) 記録，筆記。△～をとる／做筆記。△～用紙／便箋。→手びかえ

めもあてられない［目も当てられない］(連語) 目不忍睹。△目も当てられない慘狀／目不忍睹的慘狀。

めもくれない［目もくれない］(連語) 不屑一顧，不理睬。△異性には目もくれない／對異性不理睬。

めもと［目元］(名) 眼睛，眉眼。△～がすずしい／眼睛水靈。

メモランダム［memorandum］(名) 備忘録，便條。

めもり［目盛り］(名) (計量器的) 刻度。△～を読む／看刻度。

メモリータイム [memory time] (名) (計算機) 存儲時間。

メモリーダンプ [memory dump] (名) (計算機) 信息轉儲，(存儲器) 清除打印。

メモリーハイアラーキ [memory hierarchy] (名) (計算機) 分級存儲器體系。

メモワール [法 mémoire] (名) 回憶錄。→回想錄

めやす [目安] (名) 基準，目標。△～をつける／確定目標。

めやすばこ [目安箱] (名) (江戸時代法院前放的) 投訴箱。

めやに [目脂] (名) 眼眵。→めくそ

メラニン [melanin] (名) 黑色素。

メラミン [melamine] (名) 〈化〉密胺，三聚氰酰胺。

メランコリー [melancholy] (名) 〈醫〉憂鬱症。

メリークリスマス [Merry Christmas] (感) 恭賀聖誕。

メリーゴーラウンド [merry-go-round] (名) 旋轉木馬。

メリケンこ [メリケン粉] (名) 小麥粉，麵粉。

めりこ・む [めり込む] (自五) 沉進，陷入。△どろの中に～／陷進泥裏。

メリット [merit] (名) 功績，優點，利益，長處。↔デメリット

メリットクラシー [meritocracy] (名) 天才教育。

メリディアン [meridian] (名) ① 子午綫。② 頂點，鼎盛。

メリトクラシー [meritocracy] (名) 實力主義，能力主義。

めりはり (名) 抑揚頓挫。△～のきいたせりふ／抑揚頓挫的台詞。

メリヤス [西 medias] (名) 針織品 (衣物)。

メリンス [西 merinos] (名) 薄毛呢。

メルシー [法 merci] (感) 謝謝。

メルとも [メル友] (名) 〈俗〉網友。

メルトン [melton] (名) 麥爾登呢。

メルヘン [德 Märchen] (名) 童話，故事。

メロディー [melody] (名) 〈樂〉旋律，曲調。

メロドラマ [melodrama] (名) 愛情劇。

メロン [melon] (名) 〈植物〉白蘭瓜，甜瓜。

めをうたがう [目を疑う] (連語) 不敢相信。△自分の目をうたがう／不敢相信自己的眼睛。

めをうばわれる [目を奪われる] (連語) 奪目。

めをおおう [目をおおう] (連語) 蒙上眼睛，移開視綫。

めをかける [目をかける] (連語) 照料。△先生に目をかけてもらう／請老師關顧。

めをくばる [目を配る] (連語) 注意地看。

めをくらます [目をくらます] (連語) 蒙蔽，打馬虎眼。

めをこらす [目を凝らす] (連語) 凝視。

めをさらにする [目を皿にする] (連語) 睜大眼睛。

めをさんかくにする [目を三角にする] (連語) 橫眉立目。→目をいからす

めをしばしばさせる [目をしばしばさせる] (連語) 眨巴眼。

めをしろくろさせる [目を白黒させる] (連語) 翻白眼。

めをすえる [目を据える] (連語) 眼睛發直。

めをそらす [目をそらす] (連語) 移開視綫。

めをつぶる [目をつぶる] (連語) ① 閉眼。② 死去。③ 裝看不見，呼一隻眼閉一隻眼。

めをとおす [目を通す] (連語) 瀏覽。

めをとめる [目を留める] (連語) 目光落在…上。△道端の草花に目を留める／目光落在路邊的花草上。

めをぬすむ [目を盗む] (連語) 避人耳目，悄悄地。△親の目をぬすんで映画を見に行く／背着父母去看電影。

めをひからす [目を光らす] (連語) 注意監視。

めをひく [目を引く] (連語) 引人注目。

めをほそめる [目を細める] (連語) 瞇縫眼睛 (笑)。

めをまるくする [目を丸くする] (連語) 瞪大眼睛，目瞪口呆。→目を見はる

めをみはる [目を見張る] (連語) 瞪大眼睛。→目を丸くする

めをむく [目をむく] (連語) 瞪眼睛。

めん [面] (名) ① 臉，顏。△お～がいい／長得漂亮。② 假面具。△～をかぶる／戴假面具。③ 防護面具。△防毒～／防毒面具。④ 表面。△水～／水面。⑤ 〈數〉面。△～を取る／倒角。⑥ 方面。△財政の～では／在財政方面。⑦ 版面。

めん [綿] (名) 棉。

めん [雌] (名) 〈俗〉雌。↔おん

めんえき [免疫] (名) 免疫。

めんおりもの [綿織物] (名) 棉織品。

めんか [綿花] (名) 棉花。

めんかい [面会] (名・自サ) 面晤，會面。△～を求める／請求面晤。

めんかやく [綿火薬] (名) 棉花火藥。

めんかん [免官] (名・他サ) 免官，免職。

めんきつ [面詰] (名・他サ) 面詰，當面責備。△約束不履行を～する／當面責備不履行約定。

めんきゅう [綿球] (名) 〈醫〉棉球。→タンポン

めんきょ [免許] (名・他サ) ① 許可。② 執照。△～をとる／取得執照。△運転～／駕駛證。

めんくい [面食い] (名) 〈俗〉(選配偶) 挑相貌。

めんくら・う [面喰う] (自五) 〈俗〉吃驚，驚慌失措。

めんこ [面こ] (名) 打紙牌 (遊戲)。

めんざい [免罪] (名) 免罪。

めんし [綿糸] (名) 棉紗。

メンシェビーキ [俄 меньшевик] (名) 孟什維克。↔ボルシェビキ

めんしき [面識] (名) 認識。△～がある／見過面。

めんじつゆ [綿実油] (名) 棉籽油。

めんしゅう [免囚] (名) 刑滿釋放人員。

めんじゅうふくはい［面従腹背］（名）陽奉陰違。

めんじょ［免除］（名・他サ）免除。△授業料〜／免收學費。

めんじょう［免状］（名）①許可證，執照。②畢業證。

めんしょく［免職］（名・他サ）免職，撤職。

めん・じる［免じる］（他上一）①免除。△税を〜／免税。②免職。△官を〜／罷官。③看在…的面子上。△親に〜じて許す／看在父母的面子上原諒了。

メンス［德 Menstruation］（名）（俗）月經。

メンズコスメ［men's cosmetics］（名）男性化妝品。

メンズデー［men's day］（名）（電影的）男性優惠日。

めん・する［面する］（自サ）面向，面臨。△海に〜ホテル／面對大海的飯店。△死に〜して／面臨死亡。

めんぜい［免税］（名・自他サ）免税。

めんせいひん［綿製品］（名）棉織品。

めんせき［面責］（名・他サ）面斥，當面斥責。

めんせき［面積］（名）面積。

めんせつ［面接］（名・自サ）面試，接見。△〜試験／面試。

めんセル［綿セル］（名）棉嗶嘰。

めんぜん［面前］（名）面前。△大衆の〜／大眾的面前。

めんそ［免訴］（名）〈法〉免訴。

めんそう［面相］（名）面貌，容貌。△たいしたごーの人／面貌非常醜惡的人。

メンター［mentor］（名）指導者，恩師。

めんたい［明太］（名）①〈動〉狭鱈（魚）。②鹹狭鱈魚子。

メンタル［mental］（形動）心理的，精神的，智力的。△〜テスト／智力測驗。

メンタルエージ［mental age］（名）智力年齡。

メンタルヘルス［mental health］（名）精神健康，精神衛生。

めんだん［面談］（名・自サ）面談。

メンチ［mince］（名）肉餡。△〜カツ／炸肉餅。△〜ボール／肉丸子。

めんちょう［面疔］（名）面瘡。

メンツ［面子］（名）面子。△〜を立てる／留面子，看面子。

めんてい［面体］（名）面相，相貌。△怪しい〜

の男／面目可疑的人。

メンデリズム［Mendelism］（名）孟德爾定律。

メンテレーフのほうそく［メンテレーフの法則］（名）〈化〉門捷列夫周期律。

めんどう［面倒］（名・形動）①麻煩，煩瑣。△〜な問題／麻煩的問題。△〜な手続／煩瑣的手續。△〜をかける／添麻煩。②照料，照顧。△子供の〜を見る／照顧孩子。

めんどうくさ・い［面倒臭い］（形）非常麻煩，太麻煩。△辞書を引くのは〜／翻辭典太麻煩。

めんどおし［面通し］（名）（對嫌疑者）當面對證。→首実検

メントール［德 Menthol］（名）〈醫〉薄荷腦。

めんどり［雌鳥］（名）雌鳥，母雞。↔おんどり

めんないちどり［めんない千鳥］（名）捉迷藏。→めかくし

めんネル［綿ネル］（名）棉絨布。

めんば［面罵］（名・他サ）當面罵。△両親に〜された／被父母當面罵了一頓。

メンバー［member］（名）成員，隊員。△〜に加える／加入成員中。△〜がそろう／隊員齊了。

メンバーシップ［membership］（名）會員，會員資格。

めんぴ［面皮］（名）臉皮。△〜をはぐ／撕破厚臉皮。△鉄〜／厚臉皮。

めんビロード［綿ビロード］（名）平絨。

めんぷ［綿布］（名）棉布。

めんぷく［綿服］（名）棉布衣服。

めんぼう［綿棒］（名）〈醫〉藥棉棒。

めんぼう［綿棒］（名）擀麵杖。

めんぼく［面目］（名）臉面，面子。△〜を施す／爭面子，作臉。△〜が立たない／沒臉面。△〜をつぶす／丟臉。△〜まるつぶれ／丟盡了臉。△〜を保つ／保持體面。△〜にかかわる／有傷體面。→めんもく

めんぼくな・い［面目無い］（形）無顏見人。

めんみつ［綿密］（名・形動）周密，細密。△〜な計画／周密的計劃。

めんめん［綿綿］（形動トタル）綿綿。△〜たるうらみ／宿怨。△〜としてつきない／連綿不絕。

めんもく［面目］（名）⇨めんぼく

めんよう［面妖］（形動）奇怪。

めんよう［綿羊］（名）綿羊。

めんるい［麵類］（名）麵食。

も　モ

も（副助）①（表示並列或列舉）也，又，都。△あした～雨かなあ／明天也要下雨吧。△字～絵～へただ／寫字、畫畫都不擅長。②（接疑問代詞後）也，都。△どれ～よくできている／全都做得很好。△なんで～わかる／甚麼都懂。③（表示程度、限度）也，都，連，最。△一つ～ない／一個也沒有。△電気～ない山の中で生活した／生活在連電都沒有的山溝裏。△少なく～千円は有る／最少一千日圓是有的。④（接數詞後表示強調、感嘆）連，竟。△学校まで2時間～かかる／到學校竟要兩個小時。△10人～来ないだろう／連十個人也來不了吧。

も［喪］（名）喪。△～に服する／服喪。△～が明ける／服喪期滿。

も［藻］（名）藻，水藻。

もう（副）①已，已經。△お菓子は～ありません／點心已經沒了。△～5時だ／已經五點了。②再，另外。△～一つください／請再給我一個。③就，就要，快，快要。△～じき夏休だ／快要放暑假了。

もう［蒙］（名）蒙，蒙昧。△～をひらく／啟蒙。

もう-［猛］（接頭）猛烈。△～勉強する／拚命用功。△～反対／強烈反對。

もうあ［盲啞］（名）盲啞。△～者／盲啞人。△～学校／盲啞學校。

もうあい［盲愛］（名・他サ）溺愛。△末っ子を～する／溺愛小兒子。

もうあく［猛悪］（名・形動）殘暴，殘忍。

もうい［猛威］（名）猛烈的威勢。△～をふるう／猖獗。橫行。肆虐。

もうう［猛雨］（名）暴雨，大雨。

もうか［猛火］（名）猛火，烈火。△～に包まれる／被大火困住。

もうか［孟夏］（名）孟夏，初夏。

もうがっこう［盲学校］（名）盲人學校。

もうか・る［儲かる］（自五）①賺，賺錢。△～商売／賺錢的買賣。△千円～／賺一千日圓。②得便宜。△行かずに済んで～った／沒去也沒事，撿便宜了。

もうかん［毛管］（名）①毛細管。②毛細血管。

もうかんげんしょう［毛管現象］（名）〈理〉毛細管現象。

もうかんじゅうそう［盲管銃創］（名）子彈留在體內的槍傷。

もうき［盲亀］（名）〈文〉盲龜。△～の浮木／瞎貓碰個死耗子，千載難逢的機會。

もうきん［猛禽］（名）猛禽。

もうけ［儲け］（名）賺頭，利潤。△金～／賺錢。△くたびれ～／勞而無功。白出力。△ぼろ～／暴利。

もうげき［猛撃］（名・他サ）猛烈攻擊。

もうけぐち［儲け口］（名）賺錢的買賣，賺錢的工作。△うまい～を捜す／找賺錢的好買賣。

もうけもの［儲け物］（名）意外收穫，白撿的便宜。

もう・ける［設ける］（他下一）設，設置，設立，開設。△一席～／設宴。△口実を～／找藉口。△特別委員会を～／設立特別委員會。

もう・ける［儲ける］（他下一）①賺錢，得利。△金を～／賺錢。△一万円～けた／賺了一萬日圓。②得便宜，撿便宜。△一日～・けた／白撿了一天。③得（子）。生（子）。△子を～／得子。

もうけん［猛犬］（名）猛犬。△～注意／注意狗咬。

もうこ［蒙古］〈國名〉蒙古。

もうこ［猛虎］（名）猛虎。

もうこう［猛攻］（名・他サ）猛攻。

もうこはん［蒙古斑］（名）蒙古斑，兒斑。

もうこん［毛根］（名）毛根。

もうさいかん［毛細管］（名）毛細管。

もうさいけっかん［毛細血管］（名）微血管。

もうし［孟子］〈人名〉孟子（前 372 — 前 289）中國戰國時代思想家。

もうしあ・げる［申し上げる］Ⅰ（他下一）（謙）說，講，申述。△お詫びを～／道歉。△お礼を～／致謝。Ⅱ（補助）（用“お…～”或“ご…～”的形式構成自謙敬語）△よろしくお願い～げます／請您多多關照。

もうしあわせ［申し合わせ］（名）約定，協定，協議。△～を守る／遵守協議。△～事項／協議事項。

もうしあわ・せる［申し合わせる］（他下一）約定，商定，協商。△～せたように／像約好了似的，不約而同地。

もうしい・れる［申し入れる］（他下一）要求，希望，提出。△会談を～／要求會談。△苦情を～／訴苦，提意見。

もうしう・ける［申し受ける］（他下一）〈謙〉接受，承受。△ご注文を～／接受訂貨。

もうしおくり［申し送り］（名）傳達，交代，轉告。△～事項／傳達事項。

もうしか・ねる［申し兼ねる］（他下一）難以開口，不好意思說。

もうしご［申し子］（名）①祈求神佛生的孩子。②私生子，非婚生子。

もうしこし［申し越し］（名）（通過書信或派人送的）通知，要求。△お～の件／您提出的那件事。

もうしこみ［申し込み］（名）報名，申請。△～の受付は月末まで／報名到本月底截止。

もうしこみようし［申込用紙］（名）〈經〉申請表。

もうしこ・む［申し込む］（自五）提出，申請，

報名。△結婚を〜／求婚。△寄付を〜／要求捐贈。

もうしそ・える [申し添える] (他下一) 補述。△一言〜／補充一句。

もうした・てる [申し立てる] (他下一) 提出，申述。△異議を〜／提出異議。

もうしつ・ける [申し付ける] (他下一) 吩咐，命令，指示。△ご用の節はなんなりとおもうしつけください／有甚麼事儘管吩咐。

もうし・でる [申し出る] (自下一) 提出，申請，報名。△援助を〜／申請援助。

もうしひらき [申し開き] (名・他サ) 申辯，申明，辯解。△〜が立たない／無法申辯。

もうしぶん [申し分] (名) 缺點，不足之處。△〜がない／沒可挑剔的地方。極好。

もうしゃ [猛射] (名・他サ) 猛烈射擊。

もうじゃ [亡者] (名) ① 亡者，死人。② 利慾薰心的人。△金の〜／財迷。

もうしゅう [猛襲] (名・他サ) 猛烈襲擊。△〜をくわえる／猛烈襲擊。

もうしゅう [妄執] (名) 執迷不悟。

もうしゅう [孟秋] (名) 孟秋，初秋。

もうじゅう [盲従] (名・自サ) 盲從。△権力に〜する／盲從權勢。

もうじゅう [猛獣] (名) 猛獸。

もうしゅん [孟春] (名) 孟春，初春。

もうしょ [猛暑] (名) 酷暑，酷熱。△〜に見まわれる／遇到酷熱天氣。

もうしょう [猛将] (名) 猛將。

もうじょう [網状] (名) 網狀。△〜膜／網狀膜。

もうしわけ [申し訳] (名) ① 申辯，辯解。△〜が立たない／無可申辯。② 只是走走形式。△〜程度の寄付／很少的一點捐款。

もうしわけな・い [申し訳ない] (形) 抱歉，對不起。△誠に申し訳ありません／實在對不起。

もうしわた・す [申し渡す] (他五) 宣告，宣判，宣佈，通告。△判決を〜／宣佈判決。

もうしん [盲信] (名・他サ) 盲信，迷信。△権威を〜する／迷信權威。

もうしん [盲進] (名・自サ) 盲目前進。△豚突〜／盲目冒進。

もうしん [猛進] (名・自サ) 猛進。

もうじん [盲人] (名) 盲人。

もう・す [申す] Ⅰ (他五) 説，講，告訴，叫做。△〜までもない／不用説。毫無疑問。Ⅱ (補動) (用 "お…〜"、"ご…〜" 的形式構成自謙敬語) △ご案内〜します／我來做嚮導。

もうすこし [もう少し] (連語) 再…一點。△〜はやく歩きなさい／再快點走。△〜で乗り遅れるところだった／差點沒趕上車。

もうせい [猛省] (名・自他サ) 深刻反省。△〜を促す／促使深刻反省。

もうぜい [猛勢] (名) 猛勢，兇猛的勢頭。

もうせん [毛氈] (名) 氈子。→フェルト

もうぜん [猛然] (形動) 猛然，猛烈，激烈。△〜とたたかう／激烈搏鬥。△〜たるいきおい／猛烈的氣勢。

もうせんごけ [毛氈苔] (名) 〈植物〉毛氈苔。

もうそう [妄想] (名・他サ) 妄想，胡思亂想。△被害〜／〈醫〉△受迫害妄想。誇大〜／誇大狂。

もうそうちく [孟宗竹] (名) 〈植物〉孟宗竹，毛竹。

もうだ [猛打] (名・他サ) (棒球) 連續猛擊球。

もうたん [妄誕] (名・形動) 荒誕，荒謬。

もうだん [盲断] (名・他サ) 妄加判斷。

もうちょい (副) 〈俗〉就差一丁點。

もうちょう [盲腸] (名) 盲腸，闌尾。△〜炎／闌尾炎。

もうちょう [猛鳥] (名) ⇨もうきん

もう・でる [詣でる] (自下一) 參拜，朝拜。△神宮に〜／參拜神宮。

もうてん [盲点] (名) ①〈眼球〉盲點。② 漏洞，空子。△〜をつく／鑽空子。

もうとう [毛頭] (副) (下接否定語) 絲毫，一點也。△〜ない／絲毫沒有。

もうとう [孟冬] (名) 孟冬，初冬。

もうどう [妄動] (名・自サ) 妄動。△軽挙〜／輕舉妄動

もうどう [朦朧] (名) 〈文〉朦朧。

もうどうけん [盲導犬] (名) 導盲犬。

もうどく [猛毒] (名) 劇毒。

もうねん [妄念] (名) ⇨妄執

もうばく [猛爆] (名・他サ) 猛烈轟炸。

もうばく [盲爆] (名・他サ) 狂轟濫炸。

もうはつ [毛髪] (名) 毛髮。

もうひつ [毛筆] (名) 毛筆，水筆。

もうひょう [妄評] (名) (自謙) 妄加評論。

もうふ [毛布] (名) 毯子，毛毯。

もうべん [猛勉] (名・他サ) 拚命用功，拚命學習。

もうぼさんせん [孟母三遷] (連語) 孟母三遷。

もうまい [蒙昧] (名・形動) 蒙昧。△無知〜／愚昧無知。

もうまく [網膜] (名) 視網膜。

もうもう [濛濛] (形動) 滾滾，瀰漫。△〜たる砂ぼこり／滾滾的沙塵。△〜とけむりをはく／濃煙滾滾。

もうもく [盲目] (名) 盲目。△恋は〜／愛情是沒有理智的。

もうもくてき [盲目的] (形動) 盲目的。△〜な愛情／盲目的愛情。

もうゆう [猛勇] (名) 勇猛。

もうら [網羅] (名・他サ) 網羅，收羅，包羅。△すべてを〜する／全部包羅在內。

もうりょう [魍魎] (名) 魍魎。△魑魅〜／魑魅魍魎。

もうれつ [猛烈] (名・形動) 猛烈，激烈。△〜なスピード／飛快的速度。△〜に勉強する／拚命學習。△〜にかゆい／癢得要命。

もうろう [朦朧] (形動) 朦朧，模糊。△意識が〜とする／意識朦朧。神志模糊。

もうろく [耄碌] (名・自サ) 老耄，老糊塗，年老昏聵。

もえ［燃え］(名) 燃燒。△〜がいい／(火) 默着得好。

もえあが・る［燃え上がる］(自五) 燃燒起來。△怒りの火が〜／怒火中燒。

もえがら［燃え殻］(名) 灰渣。△石炭の〜／煤渣。

もえぎ［萌え黄・萌え葱］(名) 葱綠, 嫩綠。△〜色／葱綠色。

もえさか・る［燃え盛る］(自五) 火勢旺盛。△〜ほのお／旺盛的火焰。

もえさし［燃えさし］(名) 餘燼。△マッチの〜／點過的火柴桿。

もえた・つ［燃え立つ］(自五) 燒起, 燃起。

もえつ・く［燃え付く］(自五) 點着。△〜きやすい／好點。△着物に火が〜／火燒着了衣服。

もえ・でる［萌え出る］(自下一) 萌芽, 發芽。△若葉が〜／發出嫩芽。

もえのこり［燃え残り］(名) 餘燼。

も・える［萌える］(自下一) 萌芽, 發芽。△〜若葉／發出的嫩芽。△新緑に〜／新芽吐綠。

も・える［燃える］(自下一) ① 燃燒, 着火。△火が〜／燃燒。△家が〜／房子着火。② (熱情) 洋溢。△〜思い／火熱的戀情。③ 火紅。△〜ような紅葉／火紅的紅葉。

モーゲージ［mortgage］(名)〈經〉抵押權, 抵押罩。

モーション［motion］(名) 動作, 行動。△スロー〜／慢動作(鏡頭)。△〜を掛ける／(對異性) 獻慇懃。

モーゼ［Moses］〈人名〉摩西 (公元前十四世紀以色列人的領袖)。

モーゼル［Mauser］(名) 毛瑟槍。

モーター［motor］(名) 馬達, 電動機, 發動機。

モーターサイクル［motorcycle］(名) 摩托車。→オートバイ

モーターバイク［motorbike］(名) 摩托車。

モータープール［motor pool］(名) 停車場。

モーターボート［motorboat］(名) 摩托艇, 汽艇。

モーダル［modal］(ダナ) 樣式的, 形式的, 形態的。

モーツァルト［Mozart］〈人名〉莫札特 (1756-1791)。奧地利作曲家。

モーティブ［motive］(名) 動機。

モーテル［motel］(名) (帶車庫的) 汽車遊客旅館。

モード［mode］(名) (服裝的) 流行式樣。△ニュー〜／新式樣。

モートル［motor］(名) ⇨モーター

モーニング［morning］(名) ① 早晨, 上午。② 晨禮服。

モーニングアフター［morning after］(名) 宿醉, 醉то第二天。

モーニングコート［morning coat］(名) (男用) 晨禮服。

モーニングコール［morning call］(名) 晨叫服務。

モーパッサン［Maupassant］〈人名〉莫泊桑

(1850-1893)。法國小説家。

モービル［mobile］(名) 移動的, 可移動的。(也作 "モビール")

モーメント［moment］(名) ①〈理〉力矩。② 瞬間。③ 契機。

モーリタニア［Mauritania］〈國名〉毛里塔尼亞。

モール［mogol］(名) 飾帶, 飾繐。

モールスしんごう［モールス信号］(名) 莫爾斯電碼。

モカ［Mocha coffee］(名) (北也門產) 木哈咖啡。

も・が［踠ぐ］(自五) 掙扎。△〜けば〜ほど深みにはまる／越掙扎越陷得深。

もぎしけん［模擬試験］(名) 模擬考試, 模擬測驗。

もぎてん［模擬店］(名) (遊園會, 運動會上模擬實際商店的) 臨時飲食商亭。

もぎどう［没義道］(名)〈俗〉無情無義, 蠻不講理。

もぎと・る［捥ぎ取る］(他五) 擰掉, 扭下, 摘取。△ミカンを〜／摘橘子。

もぎりじょう［捥り嬢］(名) 劇場, 電影院收入場券的小姐。

もぎ・る［捥ぎる］(他五) 扭下, 揪下, 撕下。△入場券を〜／撕下入場券。

もぎ・れる［捥れる］(自下一) (被) 揪下, (被) 扭掉。△満員電車でボタンが〜れた／在擁擠的電車裏鈕扣擠掉了。

もく［目］(名) ① (生物分類的) 目。② (圍棋) 目。

もく［木］(名) ① 樹, 樹木。② 木, 木頭。③ ("もくめ" 之略) 木紋。④ ("木曜" 之略) 星期四。

も・ぐ［捥ぐ］(他五) 扭下, 揪下, 摘下。△梨を〜／摘梨。

もくあみ (名) ⇨もとのもくあみ

もくぎょ［木魚］(名) 木魚。△〜を叩く／敲木魚。

もくぐう［木偶］(名) 木偶。→でく

もくげい［目迎］(名・他サ) 目迎, 注目禮。△〜目送／目迎目送。

もくげき［目撃］(名・他サ) 目擊, 目睹。△事件を〜する／目睹事件。△〜者／目擊者。

もくげき［黙劇］(名) 啞劇。

もくざ［黙座］(名・自サ) 默坐, 靜坐。

もぐさ［艾］(名) 艾, 艾絨, 艾蒿。

もぐさ［藻草］(名) ⇨藻

もくざい［木材］(名) 木材。

もくさく［木柵］(名) 木柵欄。

もくさつ［黙殺］(名・他サ) 無視, 不理睬。△申し出を〜する／無視他人的要求。

もくさん［目算］(名他サ) ① 估計, 估量。△〜を立てる／估計。△〜が立たない／估計不出來。② 企圖, 意圖, 計劃, 打算。△〜がくるう／計劃落空。

もくし［黙視］(名・他サ) 默視, 坐視。△〜するにしのびない／不忍坐視。

もくし［黙止］(名・他サ) 保持沉默, 默不作聲。

もくじ［目次］（名）目次，目録。

もくしつ［木質］（名）木質。

もくしょう［目睫］（名）眉睫。△～の間に迫る／迫在眉睫。

もくず［藻屑］（名）碎海藻。△～と消える△～となる／葬身海底，葬身魚腹。

もく・する［目する］（他サ）① 看，矚目，注目。△将来を～される／前途有希望。② 看做，視為。△第一人者と～される／被視為最高權威。

もく・する［黙する］（自サ）沉默。△～して語らず／沉默不語。

もくせい［木星］（名）〈天〉木星。

もくせい［木犀］（名）〈植物〉木犀，桂樹，桂花。

もくせい［木製］（名）木製。△～品／木製品。

もくせい［木精］（名）① 回聲。② 木醇。

もくぜん［黙然］（形動）默然。△～とつっ立っている／默默地站着。

もくぜん［目前］（名）目前，眼前，當前。△～にせまる／迫在眉睫。

もくそう［黙想］（名・自サ）默想，沉思。△～にふける／陷於沉思。

もくそう［目送］（名・他サ）目送。

もくぞう［木造］（名）木造。△～家屋／木造房屋。

もくぞう［木像］（名）木像，木頭雕像。

もくそく［目測］（名・他サ）目測。△～をあやまる／目測錯誤。

もくだく［黙諾］（名・他サ）默認，默許。

もくたん［木炭］（名）木炭。△～画／木炭畫。

もくちょう［木彫］（名）木雕，木刻。

もくてき［目的］（名）目標，目的。△～をはたす／達到目的。△～地／目的地。

もくてきご［目的語］（名）〈語〉賓語。

もくと［目睹］（名・他サ）目睹。

もくと［目途］（名）目標，目的。△来春を～として／以來年春天為目標。

もくとう［黙禱］（名・自サ）默禱，默哀。

もくどく［黙読］（名・他サ）默讀。△本を～する／默讀書。

もくにん［黙認］（名・他サ）默認，默許。△不正を～する／默許不正當的行為。

もくねじ［木捻子］（名）螺絲釘。→ねじくぎ

もくねん［黙然］（形動）⇨もくぜん（黙然）

もくば［木馬］（名）木馬。△回転～／旋轉木馬。

もくはい［木杯］（名）木製酒杯。

もくはん［木版］（名）木版。△～画／木刻。

もくひ［黙秘］（名・自サ）沉默。△～権／〈法〉沉默權。

もくひ［木皮］（名）〈中薬〉樹皮。△草根～／草根樹皮。

もくひつ［木筆］（名）（畫日本畫的）木筆。

もくひょう［目標］（名）目標。△～に達する／達到目標。△～をかかげる／舉起目標（標誌）。△～額／定額。

もくぶ［木部］（名）木質部（分）。△植物の～／

植物的木質部。△スキーの～／滑雪板的木質部分。

もくへん［木片］（名）木片。

もくほん［木本］（名）木本。△～植物／木本植物。

もくめ［木目］（名）木紋。

もくもく［黙黙］（形動）默默。△～と働く／默默地幹活。

もくもく（副）（煙）滾滾。△黒い煙が～と立ち上がる／黑煙滾滾。

もぐもぐ（副）① 閉着嘴嚼東西。② 嘟嘟噥噥。

もくやく［黙約］（名）默契。

もくよう［木曜］（名）星期四。

もくよく［沐浴］（名・自サ）沐浴。△斎戒～／齋戒沐浴。

もぐら［土竜］（名）〈動〉鼴鼠。

もぐり［潜り］（名）① 潛水。② 非法（營業）。△～の医者／非法行醫的醫生。

もぐりこ・む［潜り込む］（自五）① 潛入。② 鑽進。

もぐ・る［潜る］（自五）① 潛入。△海に～／潛入海中。△地下に～って活動する／潛入地下活動。② 鑽進。△ふとんに～／鑽進被窩。

もくれい［目礼］（名・自サ）目禮，以目致意。△～をかわす／互致目禮。

もくれい［黙礼］（名・自サ）默禮，默默敬禮。

もくれん［木蓮］（名）〈植物〉木蘭，玉蘭。

もくれんが［木煉瓦］（名）木磚。

もくろう［木蝋］（名）木蠟。

もくろく［目録］（名）目錄。△図書～／圖書目錄。

もくろみ［目論見］（名）計劃，企圖。△～がはずれる／計劃落空。

もくろ・む［目論む］（他五）計劃，策劃，籌劃，企圖。△一攫千金を～／企圖發橫財。

もけい［模型］（名）模型。△～飛行機／模型飛機。

も・げる［捥げる］（自下一）脱落，掉下。△人形のうでが～げた／偶人的胳膊掉了。

もこ［模糊］（形動トタル）模糊。△曖昧～／模糊不清。

もこし［裳層］（名）〈建〉飛簷。

もさ［猛者］（名）猛將，健將。

モザイク［mosaic］（名）馬賽克，鑲嵌花樣。

もさく［摸索］（名・他サ）摸索。△方法を～する／摸索方法。△暗中～／暗中摸索。

もさっと（副・自サ）發獃，獃獃地。△～した奴／獃頭獃腦的傢伙。

もさ・る（他五）（藉口）巧奪（別人的財物），敲竹槓。

モザンビーク［Mozambique］〈國名〉莫桑比克。

もし［若し］（副）如果，假如，要是。△～彼が来たら伝えてください／如果他來了，請告訴我。

もじ［文字］（名）字，文字。

もしか［若しか］（副）如果，假使，萬一。△明日～雨なら…／如果明天下雨…

もしかしたら［若しかしたら］（副）⇨もしかすると

もしかすると［若しかすると］（副）或許，説不定。△～会えるかもしれない／説不定能見到。

もしきず［模式図］（名）模式圖。△日本海の～／日本海的模式圖。

もしくは［若しくは］（接）或，或者。△世界史～日本史／世界史或日本史。

もじどおり［文字通り］（副）① 照字面。② 完全，簡直，的確。△～の一文なしになった／簡直是囊空如洗。

もじばけ［文字化け］（名）〈IT〉亂碼。

もじばん［文字盤］（名）（鐘錶，儀錶等）錶盤，刻度盤。

もしも［若しも］（副）如果，假如，萬一。△～のことがあったら，どうするんだ／萬一有三長兩短怎麼辦？

もしもし（感）喂，喂喂。△～，どちらさまですか／喂，您貴姓？

もじもじ（副・自サ）扭扭捏捏。

もしゃ［模写］（名・他サ）臨摹，摹寫，摹本。△壁画の～／壁畫的摹本。△声帯～／口技。

もしや［若しや］（副）是否，莫非，萬一，或許。△～鈴木さんではありませんか／您就是鈴木先生嗎？

もしゅ［喪主］（名）喪主。

モジュール［module］（名）〈IT〉模組。

もしょう［喪章］（名）喪事帶的黑紗。

もじ・る［捩る］（他五）（為追求生動，幽默的表現效果）模仿現成的言詞。△古歌を～って題名をつける／套用一句古詩作標題。△"考古学"を～って"考現学"ということばを作った／模仿"考古學"造出"考現學"一詞。

モス（名）⇨モスリン

も・す［燃す］（他五）燒，焚燒。△ごみを～／焚燒垃圾。

もず［百舌・鵙］（名）〈動〉伯勞。

モスク［mosque］（名）清真寺。

モスクワ［Moskva］〈地名〉莫斯科。

もすこし［も少し］（副）⇨もうすこし

もすそ［裳裾］（名）衣襟，下襬。

モスリン［moslin］（名）（平紋薄毛呢）麥斯林。

も・する［模する］（他サ）模仿，仿照。△唐の都長安を～／仿照唐代都城長安。

もぞう［模造］（名・他サ）仿造，仿製。△～品／仿製品。△～真珠／人造珍珠。

もぞうし［模造紙］（名）模造紙。

もそっと（副）（老人語）稍微。△～前へ～／請稍往前一點。

もぞもぞ（副・自サ）① 咕哝容容。△背中が～する／脊背像有小蟲爬似的。② 滯滯扭扭。△～と立ちあがる／滯滯扭扭地站了起來。

もだ・える［悶える］（自下一）① 苦惱，苦悶，煩惱。△恋に～／為戀愛而苦惱。②（因痛苦而）扭動身體。△痛みに身を～／疼得渾身亂動。

もた・げる［擡げる］（他下一）抬起，豎起。△頭を～／抬頭。

もだしがた・い［黙し難い］（形）不能視若無睹，不能坐視不管。

もたせか・ける［凭せ掛ける］（他下一）依，靠，搭在。△椅子の背に～／靠在椅子上。

もた・せる［凭せる］（他下一）靠，依。→もたせかける

もた・せる［持たせる］（他下一）① 使拿，讓帶着。△子どもに荷物を～／讓孩子拿行李。② 讓拿去，讓拿來。△書類を～せて，さしむけます／打發人把文件送去。③ 維持。△気を～／引誘。④ 讓…負擔（費用）。△先方に費用を～せよう／讓對方負擔費用。

もたつ・く（自五）進展不大，蹩手。

モダニズム［modernism］（名）現代派。

モダニゼーション［modernization］（名）現代化。

もたもた（副）〈俗〉停滯不前，慢慢吞吞。

もたら・す［齎らす］（他五）① 帶來。△繁栄を～／帶來繁榮。② 造成。△被害を～／造成災害。

もたれかか・る［凭れ掛かる・靠れ掛かる］（自五）→もたれる

もた・れる［凭れる・靠れる］（自下一）① 靠，憑靠，依靠。△かべに～／靠牆。② 積食，存食，不消化。△胃に～／胃積食。

モダン［modern］（形動）現代，時髦，時興。△～な色彩／流行的色彩。

モダンガール［modern girl］（名）現代女性，時髦女郎。

もち（副）〈俗〉⇨もちろん

もち［持ち］（名）① 持有，所有。△～時間／所具有的時間。△～力／有力量。△有勁。婦人～／婦女用。② 持久性，耐久性。△～がいい／耐用。③ 負擔。△会社～／公司負擔。

もち［餅］（名）年糕。△～をつく／搗年糕。性交。

もち［糯］（名）糯米。黏米。

もち［黐］（名）黏鳥膠，黏蟲膠。

もちあい［持ち合い］（名）① 共同出力。△～世帯／全家人共同維持的家庭。② 勢均力敵。③（也寫"保ち合い"）〈經〉行情平穩。

もちあが・る［持ち上がる］（自五）①（被）抬起。△やっと～った／好容易抬起來了。② 隆起，升起。△地面が～／地面隆起。③ 發生，出現。△問題が～／發生問題。④（老師隨學生升級）跟班走。

もちあ・げる［持ちあげる］（他下一）① 拿起，舉起。△荷物を～／搬起行李。② 捧，奉承。△～げられてうちょうてんになる／被捧得得意忘形。

もちあじ［持ち味］（名）① 原味，原有風味。△材料の～／材料的原有風味。② 獨特風格。△～を生かす／發揮獨特風格。

もちあつか・う［持ち扱う］（他五）① 難處理，難對付。② 對待，處理。③ 用手操作。

もちあわせ［持ち合わせ］(名) 現有 (的錢)，現存 (的貨)。△〜がない／沒有現款 (貨)。

もちあわ・せる［持ち合わせる］(他下一) 手頭有，現在有。△同情心など始めから〜せていない／根本沒有甚麼同情心。

もちいえ［持ち家］(名) 自己的房屋。→もちや ↔借り家

モチーフ［motive / motif］(名) ① 動機。②(音樂、藝術作品的) 主題。

もち・いる［用いる］(他上一) ① 用，使用。△下剤を〜／用瀉藥。② 採用。△彼の提案は〜いられなかった／他的提案未被採用。③ 任用，錄用。△新人を〜／任用新人。

もちおもり［持ち重り］(名) 拿着覺得重，越拿越沉。△〜がする／拿着覺得沉。越拿越沉。

もちか・える［持ち替える］(他下一) 倒手，換手拿。△右手に〜／換右手拿。

もちか・ける［持ち掛ける］(他下一) 開口說，主動提出。△彼に相談を〜／與他商量。

もちかぶ［持ち株］(名) 持有的股票。△〜会社／控股公司。

もちきり［持ち切り］(名) 人人談論。△学校中がその話で〜だ／全校都在談論這件事。

もちきれな・い［持ち切れない］(連語) ① 拿不了。△持ち切れないほどの荷物／行李多得拿不了。② 維持不下去。△援軍が来るまで城は持ち切れない／援軍到來之前城池就會失守。

もちぐさ［餅草］(名) 艾蒿 (嫩葉)。

もちぐされ［持ち腐れ］(名) 放着不用。△宝の〜／放着好東西不用 (也是白搭)。

もちくず・す［持ち崩す］(他五) 敗壞。△身を〜／身敗名裂。

もちこ・す［持ち越す］(他五) 遺留，留下。△結論を〜／暫不下結論。

もちこた・える［持ち堪える］(他下一) 維持，保持。△政権を〜／維持政權。△病人はこの冬を〜えた／病人好歹熬過了這個冬天。

もちごま［持駒］(名) ①(日本將棋) 贏在手中的棋子。② 備用人員。

もちこ・む［持ち込む］(他五) ① 拿進，帶進 (不相宜的東西) △危険品の〜みお断り／禁止帶入危険品。② 提出。△厄介な話を〜んできた／提出了個難題。△縁談を〜／提親。

もちごめ［糯米］(名) 糯米，江米。

もちざお［鵜竿］(名) (黏蟲、鳥的) 黏竿。

もちだし［持ち出し］(名) ① 拿出 (的東西)。△図書の〜禁止／圖書不准帶出。△非常〜／緊急時帶出的物品。② 自己出一部分錢。

もちだ・す［持ち出す］(他五) ① 拿出。△家財を〜／拿出家産。② 盜用，挪用。△会社の金を〜／挪用公司公款。③ 提起，提出。△話を〜／提起一件事。

もちつき［餅搗き］(名・自サ) 搗粘糕 (的人)。

もちづき［望月］(名) 望月，滿月。

もちつもたれつ［持ちつ持たれつ］(連語) 互相幫助。

物主。

もちなお・す［持ち直す］I (自五) 恢復原狀，好轉。△病人が〜／病人見好。II (他五) 換手拿。

もちにげ［持ち逃げ］(名・他サ) 拐走，攜帶潛逃。△金を〜する／攜款潛逃。

もちぬし［持ち主］(名) 物主，所有者，持有人。

もちのき［鵜の木］(名) 〈植物〉冬青。

もちば［持ち場］(名) 工作崗位，職權範圍，管轄範圍。△〜につく／上崗工作。

もちはこ・ぶ［持ち運ぶ］(他五) 攜帶，搬運。△〜びに不便だ／不便攜帶 (搬運)。

もちはだ［餅膚・餅肌］(名) 光滑細膩的皮膚。

もちばな［餅花］(名) (日本新年的裝飾品) 掛在柳枝上的小圓年糕片。

もちはもちや［餅は餅屋］(連語) 辦事還得行家，不愧是行家。

もちばん［持ち番］(名) 值班。

もちぶん［持ち分］(名) 份額，份。

もちまえ［持ち前］(名) ① 天性，生性，稟性。△〜の陽気／天生的快活性格。② 份額，份。

もちまわり［持ち回り］(名) 輪流。△〜でつとめる／輪流擔當。△〜の優勝カップ／流動獎盃。△〜閣議／將議題讓各大臣傳閱徵求意見或表決的內閣會議。

もちもの［持ち物］(名) 持有物，攜帶物品。

もちや［持ち家］(名) ⇨もちいえ

もちや［餅屋］(名) 黏糕店，賣黏糕的。

もちゅう［喪中］(名) 服喪期間。

もちよ・る［持ち寄る］(他五) 湊集。△不用品を〜ってバザーを開く／將無用物品湊在一起開義賣會。

もちろん［勿論］(副) 當然，不用說。△〜行くよ／當然去啦。△英語は〜のこと，フランス語もできる／英語自不必說，法語也會。

も・つ［持つ］(他五) ① 拿，持。△カバンを〜／拿提包。② 帶，攜帶。△ハンカチを〜／帶手絹。③ 有，持有。具有。△財産を〜／有財産。④ 懷有，抱有。△希望を〜／抱希望。⑤ 擔任，擔負，負擔。△一年生を〜／擔任一年級。

もつ (名) 下水，雜碎。△とり〜／雞雜兒。

もっか［目下］(名) 目前，當前。

もっか［黙過］(名・他サ) 默認，默許，容忍，置之不理。

もっかい［木灰］(名) (肥料) 草木灰。

もっかん［木簡］(名) 木簡。

もっかんがっき［木管楽器］(名) 木管樂器。

もっきょ［黙許］(名・他サ) 默許，默認。

もっきり［盛っ切り］(名) ① 只盛一次的份飯。△〜めし／份飯。② 大杯酒。△〜一杯／一大杯酒。

もっきん［木琴］(名) 〈樂〉木琴。

もっきん［木筋］(名) 〈建〉木筋。△〜コンクリート／木筋混凝土。

もっけ［勿怪］(名) 意外，出乎意料。

もっけい［黙契］(名) 默契。

もっけのさいわい［勿怪の幸い］（連語）意外的幸運，碰巧走運。

もっこ［畚］（名）網篼。△～をかつぐ／挑網篼。

もっこう［木工］（名）① 木工，木匠。② 木材工藝。

もっこう［黙考］（名・自サ）默想。△沈思～／沉思默想。

もっこく［木斛］（名）〈植物〉厚皮香。

もっこつ［木骨］（名）〈建〉木骨。

もっこん［目今］（名）目前，眼下。△～の情勢／目前的形勢。

もっさり（副）笨手笨脚，獃頭獃腦。

もったいな・い［勿体無い］（形）① 可惜，浪費。△捨てるのは～／扔掉太可惜。△～ことをする／糟踏東西。② 不敢當。△～おことば／這話可不敢當。

もったい・ぶ・る［勿体振る］（自五）擺架子，裝模作樣，拿捏。

もったいをつ・ける［勿体を付ける］（連語）裝腔作勢。

もって［以て］I（連語）（用“…を～”的形式）① 以，用。△文書を～通知する／用文件通知。② 因為，由於。△以上の理由を～／由於上述理由。③（時間、數量的）界綫。△これを～会議は終わりにいたします／會議到此結束。II（接）因而，因此，由此可見。

－もっていって［持って行って］（連語）（用“そこへもっていって”的形式）再加上，而且。

もってうまれた［持って生まれた］（連體）天生的。△～性質／天生的性格。天性。

－もってきて［持って来て］（連語）（用“…ところへもってきて”的形式）尤其糟糕的是。

もってこい（連語）恰好，正合適。△この仕事は君に～だ／這個工作對你正合適。→おあつらえむき

もってのほか［以ての外］（連語）豈有此理，真不像話。

もってまわった［持って回った］（連體）不直説。△～言い方／兜圈子的話。

もっと（副）更，再，還。△～ください／再給我些。△～前よりも悪くなった／比先前更糟了。

モットー［motto］（名）行動口號，座右銘。△健康を～にする／以健康第一為座右銘。

もっとも［尤も］I（形動）理所當然，有道理。△～な理由／正當的理由。△～な意見／正確的意見。II（接）不過，可是。

もっとも［最も］（副）最。△～美しい／最美。△その点で～苦心した／那是我最費心血之處。

もっともらし・い［尤もらしい］（形）① 似乎正確。△～理由／似乎正當的理由。② 好像正經，裝作正經。△～顔／裝作一本正經的樣子。

もっぱら［専ら］（副）專門，專心，淨，都。△～のうわさ／人們都傳説。△～遊ぶ／淨玩。

モッブ［mob］（名）① 羣眾。△～シーン／（電影裏的）羣眾場面。② 暴徒。

モップ［mop］（名）拖把，拖布。

もつやく［没薬］（名）〈醫〉没薬。

もつれこ・む［縺れ込む］（自五）糾纏不清，拖泥帶水。

もつ・れる［縺れる］（自下一）① 糾纏，混亂。△糸が～／綫亂了。② 糾紛，糾葛。△感情が～／感情發生糾葛。③（語言、動作）不靈，不聽使喚。△足が～／腿脚不靈。

もてあそ・ぶ［玩ぶ・弄ぶ］（他五）① 擺弄。△ナイフを～／擺弄小刀。② 玩弄，耍戲。△運命に～ばれる／受命運的擺佈。△女を～／玩弄女人。

もてあま・す［持て余す］（他五）無法對付，難以處理。△ひまを～／悶得發慌。△体を～／力氣沒處使。

もてなし［持て成し］（名）接待，招待，請客。△客の～が上手だ／會待客。

もてな・す［持て成す］（他五）接待，招待，款待。△客を～／招待客人。

もてはや・す［持て囃す］（他五）高度評價，極力讚揚。△世間で～される／為世人所推崇。

もてもて［持て持て］（名）〈俗〉極受歡迎，紅得發紫。

モデラート［moderato］（名）〈樂〉中板，中速。

モデリング［modelling］（名）〈美術〉立體感表現法。

モテル［motel］（名）（附有停車場的）駕車遊客旅館。

も・てる［持てる］（自下一）有人緣，受歡迎。△女性に～／受女人歡迎。

もてる［持てる］（連體）富有。△～者の悩み／富人的苦惱。

モデル［model］（名）① 模型。② 典型，模範。③ 模特兒。④（作品的）原型。

モデルケース［model case］（名）典型事例。

モデルチェンジ（名）改變商品形式。

もと［下］（名）① 下面。△花の～／花下。② 旁邊，跟前。△親の～をはなれる／離開父母身邊。③（用“…の～に”的形式）在…之下。△この条件の～に／在這種條件下。

もと［元］I（名）① （也寫“本”）根，本。△～と末／本末。△～が太くなっている柱／根部粗細柱子。②（也寫“本”“基”）根源，基礎。△～をたずねる／尋根。△農は国の～／農為國本。△豆を～にして作った調味料／以大豆為原料製造的調味品。③（也寫“素”）本錢。④ 原先，以前。△ここは～は荒れ地だった／這兒原先是一塊荒地。II（連體）原。△～首相／原首相。

もとい［基］（名）根基，基礎，根本。△家の～／房基。

もとい（感）⇨もとへ

もとおりのりなが［本居宣長］〈人名〉本居宣長（1730-1801）江戶時代日本國學家。

もどかし・い（形）令人着急，急不可耐。△～思い／急不可耐的心情。

もとき［本木］（名）樹幹。△～にまさるうらきなし／人是舊的好。

－もどき［擬き］（接尾）像，似。△梅～／似梅。

もときん［元金］(名) 本錢, 資本, 資金。

もど・く［牴悟く］(他五) 責難, 譴責。

もど・く［擬く］(他五) 模仿, 仿照。

もとごえ［基肥］(名) 基肥, 底肥。

もとごめ［元込め］(名)（槍, 炮）從後面裝子彈。

もどしぜい［戻し税］(名)〈經〉退税。

もとじめ［元締め］(名) ① 總管。② (賭博) 頭目。

もど・す［戻す］(他五) ① 返還, 恢復原狀。△本を～/把書放回原處。② 嘔吐。

もとせん［元栓］(名)（水, 煤氣等的）總門, 總開關。

もとだか［本高］(名) 本金, 本錢。

もとだね［元種］(名) 原料, 材料。

もとちょう［元帳］(名) 總賬。

もとづ・く［基づく］(自五) 基於, 根據, 按照。△事実に～/根據事實。

もとづめ［元詰め］(名) 原裝 (的產品)。

もとで［元手］(名) 本金, 本錢。△からだが～/身體是本錢。

もとどり［髻］(名)（日本髮型）頂髻。

もとなり［元生り］(名)（植物蔓、幹）根部結實, 根部結的果實。

もとね［元値］(名) 原價, 進 (貨) 價。

もとのさやにおさま・る［元の鞘に収まる］(連語) 言歸於好, 破鏡重圓。

もとのもくあみ［元の木阿弥］(連語) 回到原狀, 前功盡棄。

もとぶね［本船］(名) 母船。

もとへ［感］（要求重說、重做的口令）重新說！再做一遍！

もとま・る［求まる］(自五)〈俗〉（"求められる"的簡化）被求。△答えが～/求答案。

もとみや［本宮］(名) ①（神社的）本社。②（神社的）正殿。

もとめ［求め］(名) 求。△～に応じる/應求。

もとめて［求めて］(副) 主動地, 特地。

もと・める［求める］(他下一) ① 求, 尋求, 謀求, 追求。△名声を～/求功名。② 請求, 要求。△助けを～/求救。③ 尋找。△人材を～/物色人材。△職を～/找工作。④ 買, 購買。△早くお～めください/請從速購買。

もともこもな・い［元も子もない］(連語) 雞飛蛋打, 本利全丟。

もともと［元元］Ⅰ (名) 算不了甚麼, 也不吃虧。△負けて～/輸了也算不了甚麼。Ⅱ (副) 本來, 原來。△～活発な子だった/本來是個活潑的孩子。

もとゆい［元結い］(名) ① 髮髻。② 髮繩。

もとより［固より・素より］(副) ① 本來, 原先。△～の覚悟/早有思想準備。② 不肖說, 當然。△新聞は～小説も読める/報紙不用說, 小説也能讀懂。→もちろん

もどり［戻り］(名) ① 返回, 回來, 回家。② 恢復。③ (行情) 回升。④ (針、鈎等的) 倒鈎。

もと・る［悖る］(自五) 悖逆, 違反, 違背。△信義に～/背信棄義。

もど・る［戻る］(自五) 返回, 恢復。△席に～/回座位。△平熱に～/恢復常溫。

もなか［最中］(名) ① 最高潮。→さいちゅう ② 正中。③ 糯米豆沙餡點心。

モナコ［Monaco］〈國名〉摩納哥。

モニター［monitor］(名) ① 監察器。② 監聽員。（廣播節目、商品）評論員。

モニタリング［monitoring］(名) 監視, 觀察, 監聽。

モニュメント［monument］(名) 紀念碑, 紀念物。

もぬけ［蛻］(名) 蛻。

もぬけのから［蛻の殻］(名) ① 蛻皮。② 人逃走後的空房子。③ 沒有靈魂的軀體。

もの［物］(名) ① 物, 物品, 東西。△私の～/我的東西。② 事物。△～は試し/凡事要試試。③ 道理。△～がわかる/懂道理。④ 數得上 (的東西), 出色 (的東西)。△～ともせず/不當回事。△～の数にも入らない/數不上, 不入流。

もの［者］(名) 者, 人。△金を拾った者/拾到錢的人。

もの (終助)（表示申述理由）嘛。△だって, ぼくはなんにも知らなかったんだ～/可我甚麼也不知道啊。

ものあわれ［物哀れ］(名) 可憐。

ものあんじ［物案じ］(名) 憂慮。△～顔/愁容。

ものいい［物言い］(名) ① 説話, 説法, 措辭。△～がへただ/不會説話。②（對裁判等）提出異議。△～がつく/有反對意見。

ものいみ［物忌み］(名) 齋戒, 避諱。

ものいり［物要り・物入り］(名) 開銷, 開支, 開銷大。△思いがけない～/意外的開銷。

ものう・い［物憂い・懶い］(形) 倦怠, 懶洋洋。△～顔/面帶倦容。

ものうり［物売り］(名) 貨郎。

ものおき［物置］(名) 堆房, 倉庫。

ものおじ［物怖じ］(名・自サ) 膽小, 膽怯, 畏怯。△～しない/不畏怯. 不怯生。

ものおしみ［物惜しみ］(名・自サ) 吝嗇, 吝惜。

ものおそろし・い［物恐ろしい］(形) 可怕。

ものおと［物音］(名) 聲音, 聲響, 響聲。△～がする/有聲音。

ものおぼえ［物覚え］(名) 記性, 記憶 (力)。△～がいい/記性好。△～がはやい/學得快。

ものおもい［物思い］(名) 思慮, 憂慮。△～にふける/悶悶不樂。

ものか (終助) 哪能, 怎能, 哪裏。△もうあんな奴と口をきく～/怎能再理那種人。

ものかげ［物陰］(名) 隱蔽處, 隱藏在東西後面看不見的地方。

ものかげ［物影］(名) 影子。△～の動くのを認める/看到有個影子在動。

ものがた・い［物堅い］(形) 拘謹, 古板。

ものがたり［物語］(名) ① 講話。△～をする/講話。② 故事, 傳説。△歴史～/歷史故事。

ものがた・る［物語る］(他五)講，談，講述。
△体験を～／講述親身經歷。

ものがなし・い［物悲しい］(形)難過，悲傷。
△～歌声／淒涼的歌聲。

ものかは(連語)①滿不在乎，不當回事。△寒
さも～／不畏寒冷。②“ものか”的強調。

ものがわか・る［物が分かる］(連語)懂事，
懂道理。

ものぐさ［物臭］(名・形動)嫌麻煩(的人)，
怕麻煩(的人)。△～な態度／嫌麻煩的態度。

モノグラフ［monograph］(名)專欄文章，專題
論著。(也説“モノグラフィー”)

モノグラム［monogram］(名)交織字母，花押字。

ものぐる・い［物狂い］(名)瘋子，狂人。

ものぐるおし・い［物狂おしい］(形)瘋狂，
狂熱。△～思い／狂熱的思潮。(也説“ものぐ
るわしい”)

モノクローム［monochrome］(名)①黑白片。
②單色畫。(也説“モノクロ”)

ものごい［物乞い］(名・自サ)乞討，乞丐。

ものごころ［物心］(名)懂事。△～がつく／
開始懂事。

ものごころつ・く［物心つく］(自五)開始懂
事。

ものごし［物腰］(名)態度，言行，舉止。△や
わらかな～／和藹的態度。

ものごと［物事］(名)事物，事情。

ものさし［物差し・物指し］(名)①尺。②尺
度，標準。△自分を～にして／以個人為標準。

ものさびし・い［物寂しい］(形)寂靜，冷清。
△～風景／冷清的景致。

ものさびた［物さびた］(連體)古色古香的。
△～社／古廟。

ものさわがし・い［物騒がしい］(形)①吵吵
嚷嚷，鬧鬧哄哄。②不安寧，不太平。

ものしずか［物静か］(形動)①寂靜，肅靜。
△～な場所／清靜的地方。②沉着，冷靜，穩
重。△～に話す／語氣平和地講話。

ものしり［物知り］(名)知識淵博(的人)，萬
事通。

ものずき［物好き］(名・形動)好奇，好事。
△～な人／好事的人。

ものすご・い［物凄い］(形)①可怕，可怖，
毛骨悚然。△～顔つき／可怕的表情。②非常，
驚人，厲害。△～人出／人山人海。

ものすさまじ・い［物凄まじい］(形)非常猛
烈。

もの・する［物する］(他サ)①做，幹，搞。
②寫。△一筆～／寫上一筆。△一大文章
を～／寫一長篇文章。

モノタイプ［Monotype］(名)自動鑄字排版機。

- ものだから(接助)因為，由於。

ものだち［物断ち］(名)(向神佛許願)戒茶，
戒鹽等。

ものだね［物種］(名)根本。△命あっての～／
沒有生命一切都無從談起。

ものたりな・い［物足りない］(形)不夠充分，

不夠完美。

ものづくし［物尽くし］(名)全部列舉出(某類
東西)。△花～／舉出各種花名。

モノトーン［monotone］(名)單調，千篇一律。

ものともしな・い［物ともしない］(連語)不
當回事，不在乎。

ものとり［物取り］(名)盜賊。

- ものなら(接助)①萬一，假設。△行ける～
行ってみたい／假如我能去的話我一定去。②
(上接助動詞“ら”“よう”)如果，膽敢。△う
そをつこう～ただではおかない／如果你敢撒
謊，我可輕饒不了你。

ものな・れる［物慣れる］(自下一)熟練，嫻熟。

ものに・する［物にする］(連語)①學會，掌
握。△英語を～／掌握英語。②弄到手。

ものにな・る［物になる］(連語)①成功，如
願以償。②成大器。

ものの［物の］(連體)大致，大約。△～5分／
大約五分鐘。

- ものの(接助)雖然…但是。

もののあわれ［物の哀れ］(名)①詩情畫意。
②〈俗〉感傷。

もののかず［物の数］(名)數得着。△～でな
い～に入らない／數不着。

もののぐ［物の具］(名)①工具，器具。②(日
本古時武士的)鎧甲。

もののけ［物の怪］(名)陰魂，鬼魂。

もののふ［武士］(名)〈文〉武士。

もののほん［物の本］(名)(有關)書籍。△～
によると／據有關書籍記載。

ものはそうだん［物は相談］(連語)商量好辦
事。

ものはためし［物は試し］(連語)凡事先做起
來看。

ものび［物日］(名)節日，紀念日。

ものほし［物干し］(名)曬衣物(的地方)。△～
場／曬衣服的地方。

ものほしげ［物欲しげ］(形動)眼饞，稀罕。
△～な表情／眼饞的表情。

モノポリ［monopoly］(名)壟斷權，專利權，專
賣權。

モノマニア［monomania］(名)〈醫〉偏執狂。

ものまね［物真似］(名・他サ)模仿，仿效。
△～をする／模仿。

ものみ［物見］(名)①參觀，遊覽。△～高い／
好奇。△～遊山／遊山玩水。②瞭望，偵察。

ものみだか・い［物見高い］(形)好奇。△～
群衆／好奇的人羣。

ものめずらし・い［物珍しい］(形)(覺得)新
鮮，稀奇。△～そうに見る／好奇地看着。

ものもう・す［物申す］(自五)提出抗議，提
批評意見。

ものもうで［物詣で］(名)參拜(神社等)。

ものもち［物持ち］(名)①財主，富翁。②用
東西(愛惜與否)。△～がいい／愛惜東西。

ものものし・い［物物しい］(形)①森嚴，森
嚴。△～警戒／戒備森嚴。②誇大，小題大作。

ものもらい［物貰い］(名) ① 乞丐。② 〈醫〉麥粒腫，（長）針眼。

ものやわらか［物柔らか］(形動) 柔和，溫和，和藹，穩靜。△～に話す／和顔悦色地講。

モノレール［monorail］(名) 單軌鐵路。

モノローグ［monologue］(名) 〈劇〉① 獨白。② 獨腳戲。

ものわかり［物分かり］(名) 理解，領會。△～がはやい／理解得快。△～がいい／理解力強。

ものわかれ［物別れ］(名) 破裂，決裂。△～におわる／以決裂告終。

ものわすれ［物忘れ］(名・自サ) 健忘，好忘。△～がひどい／非常健忘。

ものわらい［物笑い］(名) 笑柄，笑話。△～の種になる／成為笑柄。

ものを I （接助）(含不滿、惋惜情緒) 但。△一言謝ればいい～，意地を張っている／賠句不是就完了，但卻一味賭氣。II（終助）(表示婉惜)…就好了。△早く来ればいい～／早點兒來就好了。

ものをい・う［物を言う］(連語) ① 説話。② 有用，起作用。△学歴が～／學歴起作用。

モバイル［mobile］(名・ダナ)〈IT〉移動 (的)。

もはや［最早］(副) 已經。△～夜明けが近い／已經快天亮了。

もはん［模範］(名) 模範，榜樣，典型。△～をしめす／示範。

モビールハウス［mobile house］(名) 移動住宅，汽車住宅。

モビールゆ［モビール油］(名) 內燃機潤滑油。

モビリティー［mobility］(名) 流動性。移動性。

もふく［喪服］(名) 喪服。

もほう［模倣・摸倣］(名・他サ) 模仿。

もほん［模本］(名) ① 摹本。② 字帖。

もみ［籾］(名) ① 稻穀。② 稻殻。

もみ［樅］(名)〈植物〉樅樹。

もみあ・う［揉み合う］(自五) ① 互相擁擠，亂作一團。② 激烈爭論。

もみあげ［揉み上げ］(名) 鬢角。

もみがら［籾殻］(名) 稻殻。

もみくちゃ［揉みくちゃ］(名) 揉搓得發縐。

もみけ・す［揉み消す］(他五) ① 揉滅，搓滅。△煙草の火を～／揉滅煙頭。② (把事情) 壓下去，掩蓋住。△事件を～／把事件暗中了結。

もみごめ［籾米］(名) 稻穀。

もみじ［紅葉］(名・自サ) ① (樹葉) 變紅。② 紅葉。③ 楓樹。

もみじがり［紅葉狩り］(名) 賞紅葉。

もみで［揉み手］(名) 搓手 (請求、道歉)。△～をして頼む／搓着手求請。

もみぬか［籾糠］(名) ⇨もみがら

もみりょうじ［揉み療治］(名) 按摩，推拿。

も・む［揉む］(他五) ① 揉，搓。△紙を～／搓紙。△肩を～／揉肩。② (用 "気を～" 的形式) 擔心，操心，着急。△親に気を～ませる／讓父母操心。③ 擁擠。△人ごみに～まれる／在人羣中挨擠。④ (用被動語態) 磨煉，鍛鍊。

△世の荒波に～まれる／經風雨見世面。⑤ 爭論，爭辯。

もめごと［揉め事］(名) 糾紛，爭執。

も・める［揉める］(自下一) 爭執，爭吵。△会議が～／會議發生爭執。△気が～／擔心。焦慮。着急。

もめん［木綿］(名) 棉花，棉綫，棉布。△～のハンカチ／棉布手絹。

モメント［moment］(名) ① 瞬間。② 機會。③〈理〉矩，力矩。

もも［股・腿］(名) 股，大腿。

もも［桃］(名) ①〈植物〉桃。② 桃紅色，粉紅色。

ももいろ［桃色］(名) 桃紅色，粉紅色。

ももたろう［桃太郎］(名) (日本兒童故事及其主人公名) 桃太郎。

もものせっく［桃の節句］(名) (三月三日) 女孩節。

ももひき［股引き］(名) ① 緊腿褲。② 褲衩。

ももわれ［桃割れ］(名) (日本女孩髮型之一) 桃瓣型髮髻。

もや［靄］(名) 靄，薄霧。△～がかかる／起薄霧。

もや［母屋］(名) ① 正房。② 正堂。

もやい［催合］(名) 共有，共用。△～にする／共有。共用。

もやいぶね［舫船］(名) 繫在一起的船。

もやし［萌やし］(名) 豆芽菜。

もや・す［燃やす］(他五) ① 燃燒。△ごみを～／燒垃圾。② 洋溢。△情熱を～／熱情洋溢。

もやもや I （名）隔閡，疙瘩。△～が残る／存有隔閡。II（副・自サ）① 模糊，朦朧。△湯気が～とあがる／熱氣騰騰。② 不舒暢，不痛快。△～した気分／心情不舒暢。

もよう［模様］(名) ① 花樣，花紋，圖案。△～をつける／畫上圖案。△唐草～／蔓草花紋。② 情況，情形，狀況。△空～／天氣情況。

もようがえ［模様変え］(名・他サ) 裝修 (門面)。改變面貌。△部屋の～をする／改變室內的佈置。

もよおし［催し］(名) ① 主辦，舉辦，籌辦。② 集會，文娛活動。△歓迎の～／歡迎會。③ 預兆，徵兆。

もよお・す［催す］(他五) ① 主辦，舉辦，籌辦。△会を～／舉行會議。② 覺得 (身體要發生某種生理現象)。△ねむけを～／想睡覺。

もより［最寄り］(名) 跟前，附近。△～の店／附近的店鋪。

モラール［morale］(名) 士氣，朝氣，活力。

もらいこ［貰子］(名) 養子。

もらいちち［貰乳］(名) 要別人的奶餵孩子。

もらいなき［貰い泣き］(名・自サ) 跟着哭，陪着哭。△苦労話を聞かされて、～してしまった／聽了辛酸事，不覺流下淚來。

もらいもの［貰い物］(名) 別人給的東西，禮物，禮品。△これは～です／這是別人給的。

もら・う [貰う] I (他五) ① 領取, 得到。△お
やつを〜/分得點心。△一週間の暇を〜/請
一星期假。△幼兒園ではしかを〜ってきた/
在幼兒園招來了麻疹。② 娶, 收養。△嫁を〜/
娶妻。③ 承擔。II (補動) △ (用 "…て〜" 的
形式) 請, 承蒙。△教えて〜/請教。

もら・す [漏らす] I (他五) ① 漏, 泄漏。△た
めいきを〜/嘆息。② 流露, 表露。△不滿
を〜/表示不滿。③ 遺漏。△一言も〜さず/
一句不漏。△おしっこを〜/尿褲子。II (接
尾) (接動詞連用形後) 漏…。△言い〜/漏説
忘説。

モラリティー [morality] (名) 道德, 德性, 品行。

モラル [moral] (名) 道德, 道德觀念。

もり [守り] I (名) 看孩子 (的人)。II (接尾) 守衛, 守護, 看守。
△燈台〜/看守燈塔 (的人)。

もり [盛り] (名) ① 盛 (飯), 盛的分量。△〜
がいい/盛得滿。盛得多。② ("もりそば" 的
略語) 盛在蒸籠裏的蕎麥麵條。

もり [森・杜] (名) 森林。

もり [漏] (名) 漏。△〜がひどい/漏得厲害。

もり [銛] (名) 魚叉。

もりあがり [盛り上がり] (名) 高漲, 興盛。
△〜に欠ける/沒有高潮。

もりあが・る [盛り上がる] (自上一) ① 隆起。
△〜った筋肉/隆起的肌肉。② 興起, 湧起。
△ふんいきが〜/氣氛高漲。

もりおうがい [森鷗外] 〈人名〉森鷗外 (1862-
1922) 日本小説家, 評論家之。

もりかえ・す [盛返す] (他五) 恢復, 復興,
挽回。△勢力を〜/恢復勢力。

もりきり [盛り切り] (名) (只盛一次的) 份飯。

もりこ・む [盛り込む] (他五) 加進, 納入。
△計画に〜/列入計劃之内。

もりころ・す [盛り殺す] (他五) ① 毒死。②
用錯藥致死。

もりそば [盛り蕎麦] (名) 盛在蒸籠裏的蕎麥麵
條。

もりだくさん [盛り沢山] (形動) 很多, 豐富。
△〜な行事/豐富的慶祝活動。

もりた・てる [守り立てる] (他下一) 扶植。
△社運を〜/振興公司。△幼君を〜/輔佐幼主。

もりつ・ける [盛り付ける] (他下一) (將菜)
裝盤。

もりっこ [守っ子] (名) 看孩子 (的人)。

もりつち [盛り土] (名) 堆土, 土堆。

もりつぶ・す [盛り潰す] (他五) 灌得酩酊大
醉。

もりばな [盛花] (名) (插花的一種) 插滿花,
插滿的花。

モリブデン [Molybdian] (名) 〈化〉鉬。

もりもり (副) 勁頭地。△〜働く/甩開膀子幹。
△〜食べる/大口大口地吃。

も・る [盛る] (他五) ① 盛。△ご飯を〜/盛
飯。② 堆。△土を〜/堆土。③ 下 (毒)。△毒
を〜/下毒藥。④ 列入 (文中)。

も・る [漏る] (自五) 漏。△雨が〜/漏雨。

モルグ [morgue] (名) ① 停屍室, 陳屍所。② (報
社、電影製片廠等的) 資料庫, 資料室, 資料檔
案。

モルタル [mortar] (名) 〈建〉灰漿, 沙漿。

モルヒネ [morphine] (名) 嗎啡。

モルモット [marmot] (名) 〈動〉天竺鼠, 荷蘭
豬, 土撥鼠。

もれき・く [漏聞く] (他五) 風聞, 聽別人説。

もれなく [漏れなく] (副) 全部, 無一遺漏。
△〜連絡する/全部通知到。

も・れる [漏れる・洩れる] (自下一) ① 漏。
△油が〜/漏油。② 泄漏。△秘密が〜れた/
秘密泄漏了。③ 遺漏。△名簿に私の名前が〜
れている/名簿上漏了我的名字。④ 落 (選)。
△選に〜/落選。

もろ [諸] (名) 全部, 完全。△〜に倒れる/全
部倒下。△〜腐る/連根爛。

もろ・い [脆い] (形) ① 脆, 易壞。△刃が〜/
刀刃脆。② 脆弱。△情に〜/感情脆弱。心軟。
△〜くも敗れる/不堪一撃。

もろこし [蜀黍] (名) 〈植物〉高粱。

もろこし [唐・唐土] (名) (古時日本稱) 中國。

もろざし [両差し] (名) (相撲) 兩手插入對方
兩腋下。

モロッコ [Morocco] 〈國名〉摩洛哥。

もろて [諸手] (名) 兩手, 雙手。△〜をあげて
賛成する/舉雙手贊成。

もろとも [諸共] (名・副) 一起, 一同。△死
なば〜だ/死就死在一起！△財宝は船〜沈ん
だ/財寶跟船一起沉了。

もろに [諸に] (副) 全部, 全面, 完全, 徹底。
△門の柱に〜ぶつかった/和門柱撞了個正着。

もろは [諸刃] (名) 兩刃。

もろはだ [諸肌] (名) 整個上半身。△〜を脱
ぐ/光着膀子。竭盡全力。

もろもろ [諸諸] (名) 許多, 種種。△〜の事情
がある/有種種原因。

もん [門] I (名) ① 門, 大門。② 門下。△〜
に入る/拜師。③ (生物分類) 門。II (接尾)
(表示炮的量詞) 門。

もん [紋] (名) 家徽。

-もん [問] (接尾) 題, 問題。△第 I 〜/第一
題。

もんえい [門衛] (名) 門衛。

もんか [門下] (名) 門下。

もんか (終助) ⇨ものか

もんがいかん [門外漢] (名) 門外漢, 外行人。

もんがいふしゅつ [門外不出] (名) 珍藏, 秘
藏。△〜の名画/珍藏的名畫。

もんがまえ [門構え] (名) ① 街門 (的樣式)。
② (漢字部首) 門字框。

モンキーハウス [monkey house] (名) 拘留所。

モンキービジネス [monkey business] (名) 詐
騙, 欺騙。

もんきりがた [紋切り型] (名) 千篇一律, 老
一套。△〜の挨拶/千篇一律的致辭。

もんく［文句］(名)① 詞句，字句。② 不滿，牢騷，意見。△～をつける／發牢騷。△～なし／沒意見。

もんげん［門限］(名) (夜間) 關門時間。

もんこ［門戸］(名)門戸。△～開放／門戸開放。

モンゴル［Mongol］(名) 蒙古。

もんし［門歯］(名) 門齒，門牙。

もんし［悶死］(名・自サ) 悶死。

もんじゅ［文殊］(名) 文殊菩薩。△三人寄れば～の知恵／三個臭皮匠，賽過諸葛亮。

もんしょう［紋章］(名) 家徽。

もんしろちょう［紋白蝶］(名)〈動〉白粉蝶，菜粉蝶。

もんしん［問診］(名・他サ) 問診。

もんじん［門人］(名) 門人，門生。

モンスーン［monsoon］(名) 季風，季節風。

モンスター［monster］(名)① 妖怪。② 特大。

もんせき［問責］(名・他サ) 責問，指責。△～を受ける／受到責問。

もんぜつ［悶絶］(名・自サ) 昏厥。△痛みのあまり～した／疼得昏過去了。

もんぜん［門前］(名) 門前。△～市を成す／門庭若市。

もんぜんばらい［門前払い］(名) 不讓進屋。△～を食う／吃閉門羹。

モンタージュ［montage］(名・他サ) (電影) 蒙太奇，剪輯。△～写真／蒙太奇照片。

もんだい［問題］(名)① 問題。△試験～／試題。② 事件。△～を起こす／惹亂子。

もんち［門地］(名) 門第。

もんちゃく［悶着］(名・自サ) 爭執，糾紛。△～を引き起す／惹是非。

もんちりめん［紋縮緬］(名) 帶凸紋的縐綢。

もんつき［紋付き］(名) 有家徽的和服。

もんてい［門弟］(名) 門生，門徒。

もんていし［門弟子］(名) 門弟子。

もんと［門徒］(名)① 門徒。②〈佛教〉施主。

もんどう［問答］(名・自サ) 問答。△～無用／無須多言。

もんどりう・つ (自五) 翻筋斗。

もんなし［文無し］(名)① 一文不名。② 特大號日本襪子。

もんばつ［門閥］(名) 門閥。

もんばん［門番］(名) 門衛，看門的。

もんぴょう［門標］(名) 門牌。

もんぷく［紋服］(名) ⇨もんつき

もんぶしょう［文部省］(名) (日本的) 文部省 (教育部)。

もんみゃく［門脈］(名)〈解剖〉門脈。

もんもう［文盲］(名) 文盲。

もんもん［悶悶］(形動) 悶悶，苦悶。△～として一夜を明かした／悶悶不樂地過了一夜。

モンローしゅぎ［モンロー主義］(名) 門羅主義。

も

モ

や ヤ

や［矢］(名) ① 箭，矢。△～を放つ／射箭。② 楔子。

や［野］(名) ① 原野。② 野，民間。△～にくだる／下野。↔官

や (並助)(表示並列關係) 和，及。△野球～テニスなどの球技がすきだ／我喜歡棒球及網球等球類比賽。

や (接助)(多用"～いな～"形式) 剛…就…△戸が開く～いな～外へとびだした／門一開就跑出去了。△鳥の死なんとする～その声哀し／鳥之將亡，其鳴也哀。

や (副助) 加強語氣。△いま～ロボットの時代となった／現在已是機器人時代。

や (終助) ①(同輩之間或對晚輩) 表示催促。△もう帰ろう～／快回去吧。②(放在名字後面) 表示招呼對方。△次郎～，ちょっとおいで／次郎，你來一下。③ 自言自語。△まあ，いい～／算了。

－や［屋］(接尾) ① 店，鋪，或其經營者。△肉～／肉鋪。△八百～／賣菜的。② 具有某種性質或特徵的人。△はにかみ～／腼腆人。△お天気～／沒準脾氣的人。③ 字號。△木村～／木村商店。

やあ (感)(表示驚訝) 哎呀，哎喲。△～，しばらく／哎呀，久違了。

ヤード［yard］(名) ①(長度) 碼。②(鐵路) 調車場。△貨物～／貨物站台。

ヤードクレーン［yard-crane］(名) 場內移動吊車。

ヤードポンドほう［ヤードポンド法］(名) 碼磅度量衡制。

ヤール (名)(紡織品的長度單位) 碼。

ヤーン［yarn］(名) 紡織綫，編織綫，紡綫，紗，紗綫。

やい Ⅰ (感) 招呼對方。△～，返事をしろ／喂，你答應一聲！Ⅱ (終助) 表示命令或強調。△よせ～／拉倒吧！△いらない～／我不要嘛！

やいた［矢板］(名)〈建〉板樁。

やいと (名)〈舊〉灸。

－やいなや［や否や］(連語) ① 剛一…就…△家に帰る～机に向う／一回到家就學習。② 是否。△価値がある～疑問だ／是否有價值，值得懷疑。

やいのやいの (副) 拼命地催。△～と言われて行く／被催得沒辦法只好去了。

やいば［刃］(名) ① 刀刃。② 刀，劍。△～にかける／斬，刀斬。

やいやい Ⅰ (感)(招呼人) 喂喂！Ⅱ (副) 七嘴八舌。

やいん［夜陰］(名) 黑夜，暗夜。△～に乗じ／乘着黑夜。

やえ［八重］(名) ① 八層，多重。②(花) 重瓣。

やえい［野営］(名・自サ) ① 野營，露營。② 露宿。

やえい［夜営］(名) 夜營，夜營地。

やえざくら［八重桜］(名)〈植物〉八重櫻。

やえじゅうもんじ［八重十文字］(名)(用繩帶) 五花大綁。

やえなり［八重生り］(名) 果實纍纍。

やえば［八重歯］(名) 雙重齒，虎牙。

やえん［野猿］(名) 野猴。

やえん［夜宴］(名) 夜宴。

やおちょう［八百長］(名)(事先講好勝負的) 假比賽。

やおもて［矢面］(名) ① 箭射的正面。② 責難，攻擊的對象。△～に立つ／成為眾矢之的。

やおや［八百屋］(名) 菜店，蔬菜商。

やおやロジスト［八百屋ロジスト］(名) 萬事通。

やおよろず［八百万］(名) 眾多，無數。△～の神／眾神。諸神。

やおら (副) 從容不迫，不慌不忙。△～起きあがって背のびをした／不慌不忙地爬起牀，伸了個懶腰。

－やか (接尾) 樣子。△にこ～／笑盈盈的。

やかい［夜会］(名) 晚會。

やがい［野外］(名) ① 野外，郊外。② 室外，戶外。

やかいふく［夜会服］(名) 晚禮服。

やがく［夜学］(名) 夜校。△～にかよう／上夜校。

やかた (名) ①(貴族、豪族的) 宅第，公館。② 老爺，大人。

やかた［屋形］(名)(車、船的) 屋形頂。

やかたぶね［屋形船］(名)(有屋頂形船篷的) 船，遊船。

やがて (副) ① 不久。△～夏休みもおわる／暑假也快結束了。② 終究。△自然を守ることは，～人間社会をすくう道につながるだろう／保護自然終究是和拯救人類社會聯繫在一起的。

やかまし・い (形) ① 吵鬧，喧雜。△テレビが～／電視吵人。② 囉嗦，嘮叨。△～おやじ／嘴碎的老爺子。③ 嚴格，嚴厲。△服装に～先生／對服裝要求嚴格的老師。

やかましや［喧し屋］(名) 吹毛求疵的人，好尋根究底的人。

やから (名) 輩，徒，之流。△無頼の～／無賴之徒。

－やが・る (接尾)(接動詞連用形，表示輕蔑，憎惡之意) △何をし～んだ／你想幹甚麼！△とっとと消え～れ／快給我滾蛋。

やかん［夜間］(名) 夜間。△～営業／夜間營業。△～パトロール／夜間巡邏。↔昼間

やかん［薬罐］(名) 壺，水壺。

やき［焼き］(名)① 燒，烤(的程度)。② 淬火。

やき［夜気］(名)① 夜間的冷空氣，夜氣。△～にあたる／受夜氣侵襲。② 夜幕，夜色。△～がせまる／夜幕降臨。

やぎ (名)〈動〉山羊。

やきあみ［焼き網］(名)(烤食物用的)鐵絲網。

やきいも［焼き芋］(名) 烤甘薯。

やきいれ［焼き入れ］(名) 淬火。↔ 焼きもどし

やきいん［焼き印］(名) 烙印，火印。

やきうち［焼き打ち］(名・他サ) 火攻。△～をかける／用火攻。

やきえ［焼き絵］(名) 烙畫。

やきがね［焼き金］(名)① 火印，烙印。②〈醫〉燒灼針，電烙針。

やきがまわる［焼きが回る］(連語)①(刀等)鍛過了火候不鋒利。② 年老昏聵。

やきき・る［焼き切る］(他五)① 燒斷。② 燒光，燒完。

やきぐし［焼き串］(名) 烤魚、肉的扦子。

やきざかな［焼き魚］(名) 烤魚。

やきそば［焼きそば］(名) 炒麵。

やきつ・く［焼き付く］(自五)① 燒接。② 留下深刻印象。△心に～／銘刻於心。

やきつけ［焼き付け］(名)①(陶瓷) 燒上彩花。②(照相) 洗印，曬相。③ 鍍。

やきつ・ける［焼き付ける］(他下一)① 燒上記號。② 燒接，焊接。③ 洗相，印相。④ 留下深刻印象。

やきどうふ［焼き豆腐］(名) 烤豆腐。

やきとり［焼き鳥］(名) 烤肉串。

やきなおし［焼き直し］(名・他サ)① 重烤。② 重洗印。△写真を～する／重印照片。③ 改編，翻版。

やきにく［焼き肉］(名) 烤肉。

やきば［焼き場］(名)① 火葬場。② 焚毀場所。

やきばた［焼き畑］(名) 燒荒種田，火田。

やきはら・う［焼き払う］(他五) 燒掉，燒光。

やぎひげ［山羊ひげ］(名) 山羊鬍。

やきぶた［焼き豚］(名) 叉燒肉。

やきまし［焼き増し］(名・他サ)(照相) 加印，加洗。

やきめし［焼き飯］(名)① 炒飯。② 烤飯糰。

やきもき (副・自サ) 焦慮不安。△時間におくれはしないかと～した／擔心是不是晚了。

やきもち［焼き餅］(名)① 烤黏糕。② 嫉妒，吃醋。△～をやく／吃醋。

やきもどし［焼き戻し］(名) 退火。↔ 焼き入れ

やきもの［焼き物］(名)① 陶瓷。② 烤食(雞魚等)。

やきゅう［野球］(名)〈體〉棒球。

やぎゅう［野牛］(名)〈動〉野牛。

やぎょう［夜業］(名) 夜間工作，夜班。

やきょく［夜曲］(名)〈樂〉⇨セレナーデ

やきをいれる［焼きを入れる］(連語)① 淬

火。② 磨煉。③ 制裁，拷問。

やきん［冶金］(名) 冶金。

やきん［夜勤］(名・自サ) 夜班。

やきん［野禽］(名) 野禽。↔ 家禽

ヤク［yak］(名)〈動〉牦牛。

や・く［妬く］(他五) 嫉妒，吃醋。

や・く［焼く］(他五)① 燒，焚。△ごみを～／燒垃圾。② 烤，焙，炒，燒。△さかなを～／烤魚。△鉄板で～／用鐵板烤。③ 燒製。△炭を～／燒炭。④(太陽) 曬。△せなかを～／曬後背。⑤(照相) 曬，洗。⑥ 燒傷。△硫酸で～いた傷あと／硫酸燒的傷痕。

やく［厄］(名)① 災難。△～をはらう／除(消)災。②("厄年"之略) 厄運之年。

やく［役］(名)① 任務，角色。△仲人の～／仲介人的角色。② 職務。△～につく／任職。③〈劇〉角色。△～を振る／分配角色。

やく［約］Ⅰ (名) 約，約定。△～をはたす／踐約。Ⅱ (副) 約，大約。△～一時間かかる／約需要一小時。

やく［訳］(名) 譯，翻譯。△～をつける／加譯文。

やく［薬］(名)〈植物〉藥。

やぐ［夜具］(名) 寢具。

やくいん［役員］(名)①(企業、團體的) 負責人，董事。② 工作人員。

やくいん［役印］(名) 公章，官印。

やくえき［薬液］(名) 藥水。

やくおとし［厄落とし］(名) 祓除不祥，消災。

やくおん［約音］(名)〈語〉約音。

やくがい［薬害］(名) 藥害。

やくがえ［役替え］(名) 調換工作，調職。

やくがく［薬学］(名) 藥學。

やくがら［役柄］(名)① 職務的性質。②〈劇〉角色。③ 身分，職位。△～をおもんじる／珍重職位。

やくげん［約言］(名・他サ) 簡言，約言。△これらの事実を～すれば…／這些事實簡單些講…

やくご［訳語］(名) 譯語，譯詞。↔ 原語

やくざ (名)① 無賴，流氓。② 賭徒。

やくざい［薬剤］(名) 藥，藥劑。

やくざいし［薬剤師］(名) 藥劑師。

やくさつ［薬殺］(名・他サ) 毒殺，藥死。

やくさつ［扼殺］(名・他サ) 扼殺，掐死。

やくし［訳詞］(名) 翻譯歌詞，翻譯的歌詞。

やくし［訳詩］(名) 譯詩，翻譯的詩。

やくし［薬師］(名)〈佛教〉藥師如來。

やくじ［薬事］(名) 有關藥物之事。△～法／藥事法。

やくじ［薬餌］(名) 藥品和食物。△～に親しむ／多病。

やくしにょらい［薬師如来］(名)〈佛教〉藥師如來。

やくしゃ［役者］(名)① 演員。② 善於做戲的人。

やくしゃ［訳者］(名) 譯者。

やくしゃがいちまいうえ［役者が一枚上］（連語）智謀高人一籌。

やくしゃがそろう［役者がそろう］（連語）濟濟一堂。

やくしゅ［薬酒］（名）藥用酒，藥酒。

やくしゅつ［訳出］（名・他サ）譯出。

やくしょ［役所］（名）官署，官廳。

やくじょ［躍如］（形動トタル）逼真，栩栩如生。△面目〜としている／面目逼真。

やくじょう［約定］（名・自サ）約定，訂約。

やくしょく［役職］（名）① 官職，職務。△〜につく／就職。② 要職。

やくしん［躍進］（名・自サ）躍進。△〜の年／躍進之年。

やく・す［訳す］（他五）⇨やく・する

やくすう［約数］（名）〈數〉約數。↔ 倍数

やく・する［約する］（他サ）① 約定，約會。△再会を〜／約定再會。② 簡略，約略。△〜して表現する／簡略敍述。③〈數〉約分。

やく・する［訳する］（他サ）① 譯，翻譯。② 解釋，譯（古文）。

やく・する［扼する］（他サ）① 扼，掐住。② 扼守，控制。

やくせき［薬石］（名）藥石，醫治。△〜効なく／藥石無效。

やくせつ［約説］（名・他サ）簡而言之。

やくそう［薬草］（名）藥草。

やくそく［約束］（名・他サ）① 約，約定，約會。△〜をまもる／守約。△〜をたがえる／違約。② 規章。△会の〜／會的章程。

やくそくてがた［約束手形］（名）〈經〉期票。

やくだい［薬代］（名）藥費。

やくだく［約諾］（名・他サ）許諾，應諾。

やくだ・つ［役立つ］（自五）⇨やくにたつ

やくちゅう［訳注］（名）① 譯註，翻譯和註釋。② 譯者註。↔ 原注

やくづき［役付き］（名）負責人員。△〜になる／當上負責人。

やくとう［薬湯］（名）① 湯藥。② 加藥材的洗澡水。

やくどう［躍動］（名・自サ）躍動，跳動。

やくとく［役得］（名）因工作關係而得到的額外利益。△あのポストは〜が多い／那個職位油水多。

やくどく［薬毒］（名）藥毒。

やくどころ［役所］（名）恰當的職位，合適的角色。

やくどし［厄年］（名）① 厄運之年齡（日俗男四十二，女三十三）。② 災難之年。

やくなん［厄難］（名）災難。

やく にたつ［役に立つ］（連語）有用處，有益。△暮しにやくにたつ／對生活有用。△今度の交渉で彼の英語が大いにやくにたった／這次談判他的英語起了很大作用。△少額ですが何かのおやくにたてて下さい／錢不多，您隨便用吧。

やくにん［役人］（名）官員，公務員。

やくば［役場］（名）村公所，鎮公所。

やくはらい［厄払い］（名）除去不祥，消災。

やくび［厄日］（名）凶日。

やくひつ［訳筆］（名）譯筆。

やくびょう［疫病］（名）⇨えきびょう

やくびょうがみ［疫病神］（名）① 瘟神，喪門神。↔ 福の神 ② 討厭鬼。

やくひん［薬品］（名）藥品。

やくぶそく［役不足］（名・形動）大材小用，屈才。

やくぶつ［薬物］（名）藥物。

やくぶつちゅうどく［薬物中毒］（名）藥物中毒。

やくぶん［約分］（名・他サ）〈數〉約分。

やくぶん［訳文］（名）① 譯文。②（對古文的）解釋。

やくほう［薬方］（名）藥方，處方。

やくほん［訳本］（名）譯本，翻譯本。

やくまわり［役回り］（名）差事。△私はいつも損な〜だ／倒霉的差事總輪到我頭上。

やくみ［薬味］（名）佐料。△〜を入れる／放佐料。

やくむき［役向き］（名）職務（任務）的性質。→やくがら

やくめ［役目］（名）任務，職責。△〜をはたす／履行職責。△名詞の〜をする／起名詞的作用。

やくめい［役名］（名）職銜。

やくめい［訳名］（名）譯名。

やくめい［薬名］（名）藥名。

やくよう［薬用］（名）藥用，作藥材用。

やくよけ［厄除け］（名）消災，除去不祥。

やぐら（名）① 城樓，箭樓。② 瞭望樓。③（相撲、戲劇等用）高台。④ 腳爐木架。⑤（將棋）“將軍”的一種招數。

やぐらだいこ［櫓太鼓］（名）高台鼓。

やぐらもん［櫓門］（名）城門樓。

やくり［薬理］（名）藥理。△〜学／藥理學。

やくりょう［薬量］（名）藥量。

ヤクルト［± yōghurt］（名）酸乳酪。

やぐるま［矢車］（名）（插在鯉魚幟杆上的）風車。

やくろう［薬籠］（名）藥箱。

やくろうちゅうのもの［薬籠中の物］（連語）囊中物（可隨時利用的人或物）。

やくわり［役割］（名）①（分派的）任務，職責，職能。△〜をきめる／分派任務。② 角色。

やくわん［扼腕］（名・自サ）扼腕。△切歯〜／咬牙切齒。

やけ（名）自暴自棄。△〜を起こす／自暴自棄。

やけ［焼け］（名）金屬礦牀露出地表處。

やけあと［焼け跡］（名）燒痕，火災後的遺跡。

やけあな［焼け穴］（名）燒的窟窿。

やけい［夜景］（名）夜景。

やけい［夜警］（名）夜警，夜間巡邏。

やけいしにみず［焼け石に水］（連語）杯水車薪。

やけお・ちる［焼け落ちる］(自上一) 燒塌。

やけくそ［自棄糞］(名・形動) 自暴自棄。

やけこげ［焼け焦げ］(名) 燒焦，燒煳。

やけざけ［やけ酒］(名) 悶酒。△～をあおる／喝悶酒。

やけだ さ・れる［焼け出される］(自下一) 遭火災無家可歸。

やけただ・れる［焼けただれる］(自下一)(皮肉) 燒爛。

やけつ・く［焼け付く］(自五)①燒接。②灼熱，酷熱。△～ような暑さ／燬熱。

やけど［火傷］(名・自サ) 燒傷，燙傷。

やけに (副) 非常，格外。△今日は～寒い／今天格外冷。

やけのはら［焼け野原］(名) 野火燒過的原野。△一面の～／一片焦土。

やけのみ［自棄飲み］(名) 喝悶酒。

やけぼっくいにひがつく［焼けぼっくいに火がつく］(連語)(男女) 重溫舊夢。

や・ける［妬ける］(自下一) 嫉妒，吃醋。

や・ける［焼ける］(自下一)①着火，燃燒。△家が～／房子着火。②燒熱，熾熱。△地面が～／地面熾熱。③烤製，烤熟。△パンが～／麵包烤好。④(皮膚) 曬黑。△日に～／被太陽曬黑。⑤褪色。△日に～けたたたみ／被曬褪了色的草墊蓆。⑥天空變紅。△まっかに～けた夕空／通紅的夕陽。⑦操心，費事。⑧燒心，醋心。

やけん［野犬］(名) 野犬，野狗。↔かい犬

やご (名)〈動〉水蠆。

やこう［夜光］(名) 夜光。

やこう［夜行］(名)①夜行，夜間行走。②夜車。△～でたつ／坐夜車出發。

やごう［屋号］(名)①商號，店名。②("歌舞伎" 演員的) 堂號。

やこうちゅう［夜光虫］(名)〈動〉夜光蟲。

やこうとりょう［夜光塗料］(名) 夜光塗料。

やごえ［矢声］(名) (射箭或射中時射手的) 吶喊。

やさい［野菜］(名) 蔬菜。

やさおとこ［優男］(名) 溫文爾雅的男子。

やさがし［家捜し・家探し］(名・自サ)①找遍家中。②找住房。

やさがた［優形］(名) 舉止文雅。→やさ男

やさき［矢先］(名)①箭頭，鏃。△遊びに出かけようとした～に，急に雨がふりだした／正要出去玩的時候，突然下起了雨。③箭射來的方向。

やさし・い［易しい］(形)①容易，簡單。△～問題／簡單的問題。②易懂 ↔ むずかしい

やさし・い［優しい］(形)①溫柔，溫和。△～く看病する／悉心護理。②親切，慈祥。△～顔をした人形／面目可愛的人形。

やさつ［野冊］(名)〈植物〉標本夾。

やし［椰子］(名)〈植物〉椰子。

やし［野史］(名) 野史。

やし［野師］(名) 江湖藝人，江湖商人。

やじ［野次］(名) 倒彩。△～をとばす／喝倒彩。

やじうま［野次馬］(名) (跟在別人後面) 起鬨，亂吵亂嚷 (的人)。

やしき［屋敷］(名)①宅地。②住宅，宅邸。

やじきた［彌次喜多］(名)①快樂的旅行夥伴。②一對兒滑稽者。

やしな・う［養う］(他五)①生養，養育。△孤児を～／養育孤兒。②扶養，供養。△家族を～／養家。③飼養。△子馬を～／餵養小馬。④培養。△実力を～／培養實力。

ヤシマク［yashmak］(名) 伊斯蘭教徒頭巾。(也說 "ヤシュマカ")

やしゃ［夜叉］(名)〈佛教〉夜叉。

やしゃご (名) 玄孫。

やしゅ［野手］(名)(棒球) 內野手和外野手。

やしゅ［野趣］(名) 野趣，田園風趣。△～にとむ／富有野趣。

やしゅう［夜襲］(名・他サ) 夜襲。△～をかける／進行夜襲。

やじゅう［野獣］(名) 野獸。

やじゅうは［野獣派］(名) ⇨フォービスム

やしょく［夜食］(名) 夜餐，夜宵。

やじり［鏃］(名) 鏃，箭頭。

やじ・る［野次る］(他五) 喝倒彩，奚落。

やじるし［矢印］(名) 箭形符號。

やしろ［社］(名) 神社，神殿。

やじろべえ［彌次郎兵衛］(名)(玩具) 挑擔偶人。

やしん［野心］(名) 野心，雄心。△～をいだく／懷抱野心。

やじん［野人］(名)①鄉下人。②粗野的人。③在野的人，普通老百姓。

やす (名) 魚叉。

やすあがり［安上がり］(名・形動) 省錢，便宜。△～な方法／省錢的辦法。

やす・い［安い］(形) 便宜。△～値段／便宜的價錢。△～かろう悪かろう／一分錢一分貨。(便宜沒好貨) ↔ 高い

やす・い［易い］Ⅰ(形) 容易，簡單。△言うは～く行なうは難し／説着容易，做起來難。Ⅱ(接尾)(接動詞連用形) 易，容易。△わかり～／易懂。↔にくい △まちがい～／容易錯。

やすうけあい［安請け合い］(名・自サ) 輕易答應，輕諾。

やすうり［安売り］(名・他サ)①賤賣，減價銷售。②輕易答應。△親切の～／不必要地表示親切。

やすき［安き］(名) 安穩，安然。△泰山の～に置く／穩如泰山。

やすき［易き］(名)〈文〉易。△～につく／(避難) 就易。

やすくにじんじゃ［靖国神社］(名) 靖國神社。

やすっぽ・い［安っぽい］(形)①不值錢。△～洋服／不值錢的西裝。②庸俗，卑賤。△～人間／卑賤的人。

やすで［安手］(名・形動)①便宜。②⇨やすっぽい

やすね［安値］(名) ① 賤價，廉價。② (股票交易) 最低價。

やすぶしん［安普請］(名) 廉價建築，簡易住宅。

やすま・る［休まる］(自五) 得到休息，放鬆。△気が～/心情得到寬慰。

やすみ［休み］(名) ① 休息。② 休假，假日。△～をとる/請假。△～の日/假日。③ 睡覺。

やすみやすみ［休み休み］(副) 做一做停一停。

やす・む［休む］(自他五) ① ゆっくり～/好好休息。② 停歇，暫停。△日記をつけるのを一週間～んだ/停記了一週日記。③ 不上學，不上班。△学校を～/不上學。→欠席する，欠勤する ④ 公休。⑤ 睡覺，安歇。△おそいからもう～/太晚了，睡吧。

やすめ［休め］(名) (口令) 稍息。↔ 気をつけ

やすめ［安目］(名) (物價) 稍賤，價略低些。

やす・める［休める］(他下一) ① 停下，停止。△手を～/歇歇手。② 休息，放鬆。△頭を～/讓腦子輕鬆一下。△心を～/養神。

やすもの［安物］(名) 便宜貨。

やすものがいのぜにうしない［安物買いの銭失い］(連語) 圖便宜白扔錢。

やすやす (副) 輕而易舉地。△大きな石を～(と)持ち上げた/輕而易舉地搬起了一塊大石頭。

やすやど［安宿］(名) 小客店。

やすらか［安らか］(形動) ① 安樂，無憂無慮。△～な心/安樂的心情。△～なねむり/安穩的睡眠。② 文靜，溫順。

やすらぎ［安らぎ］(名) 無憂無慮，安閑。△～を覚える/心裏自在。

やすらぐ［安らぐ］(自五) 無憂無慮，舒暢。△心が～/心情舒暢。

やすり (名) 銼，銼刀。△～をかける/用銼刀銼。

やすりがみ［やすり紙］(名) 砂紙。

やすん・じる［安んじる］I (自上一) ① 安心，放心。△～じておまかせ下さい/請儘管放心。② 滿足，安於…△現状に～/安於現狀。II (他上一) 安定，使安心。△人心を～/安定人心。

やせ［痩せ］(名) 瘦。△～の大食い/瘦人飯量大。

やせい［野性］(名) 野性，粗野的性格。

やせい［野生］(名・自サ) 野生。△～のぶどう/山葡萄。

やせうで［やせ腕］(名) ① 瘦胳膊。② 力量單薄。

やせおとろ・える［やせ衰える］(自下一) 消瘦，瘦弱。

やせがまん［やせ我慢］(名・自サ) 硬挺，逞能。

やせぎす (名・形動) 骨瘦如柴，枯瘦。△～な女/乾瘦的女人。↔ 豊満

やせこ・ける (自下一) 枯瘦，乾瘦。

やせさらば・える［痩せさらばえる］(自下一) 骨瘦如柴。

やせち［やせ地］(名) 薄地。↔ 沃地

や・せる (自下一) ① 瘦。△～せた人/瘦人。△～せてもかれても/不論怎麼難。↔ ふとる

② (土地) 貧瘠。△～せた土地/貧瘠的土地。↔ 肥える

やせん［野戦］(名) 野戰。

やせん［夜戦］(名) 夜戰。

やせん［野選］(名) (棒球) 守場員選擇失誤。

やそう［野草］(名) 野草。

やそうきょく［夜想曲］(名) ⇨ノクターン

ヤソきょう［ヤソ教］(名) 基督教。

やたい［屋台］(名) ① 攤牀，貨攤，小吃攤。② (節日的) 臨時舞台。

やたいぼね［屋台骨］(名) ① 房屋的支柱，骨架。② 家產。△～がかたむく/生活艱難。③ 一家的頂樑柱。

やたいみせ［屋台店］(名) 攤牀，貨攤。

やたて［矢立て］(名) ① 箭筒，箭壺。② (古時攜帶的小型) 筆墨盒。

やだねがつきる［矢種が尽きる］(連語) ① 箭全射完。② 無計可施，手段用盡。

やたら (形動・副) 隨便，胡亂。△～なことを言う/亂説。△～に走りまわる/到處瞎跑。△～に眠い/瞌睡要命。

やちゅう［夜中］(名) 夜間。

やちよ［八千代］(名) 千秋萬代。

やちょう［野鳥］(名) 野鳥。

やちょう［夜鳥］(名) 夜鳥，夜禽。

やちょく［夜直］(名) 夜值，值夜班。↔ 日直

やちん［家賃］(名) 房租。

やつ［八つ］(名) ⇨やっつ

やつ［奴］I (名) 對人或物的輕蔑説法。△本当に憎らしい～だ/真是個可惡東西！△そこの大きい～をくれ/把那個大的給我。II (代) 那小子。△～にはとてもかなわない/我可比不上那小子。

やつあたり［八つ当たり］(名・自サ) 亂發脾氣，拿人出氣。△家に帰って妻に～する/回家拿老婆出氣。

やっか［薬価］(名) ① 藥價。② 藥錢，藥費。

やっかい［厄介］(名・形動) 麻煩，費事。△長い間ご～になりました/長時間給您添了許多麻煩。△他人の～にはならない/我不想依賴別人。△～な事件/棘手的事情。△手続が～だ/手續煩瑣。

やっかいもの［厄介者］(名) ① 寄食的人，食客。② 難對付的人，累贅。△～扱いにする/當累贅。

やっかん［約款］(名) 條款。

やっき［躍起］(名・形動) 拚命，竭力。△～になって弁解する/極力辯解。△今の境遇を脱けだそうと～になる/拚命想擺脱現在境況。

やつぎばや［矢継ぎ早］(名・形動) 接二連三。△～に質問する/接連不斷地問。

やっきょう［薬莢］(名) 彈殼。

やっきょく［薬局］(名) ① 藥房，藥鋪。② (醫院) 取藥處。

やっきょくほう［薬局方］(名) 藥典方。

やつぎり［八つ切り］(名) (照相) 八開紙。

やづくり［家作り］(名) ① 蓋房子，建房。②

（房屋）構造，結構。

ヤッケ［德 Jacke］（名）防風衣，風雪衣，登山服。

やっこ（名）涼拌豆腐丁。

やっこう［薬効］（名）藥效。

やっこさん（代）（昵稱不在場的人）那傢伙。△～，どうしたかな，やけにおそいが／那傢伙怎麼了？都這麼晚了！

やっこどうふ［奴豆腐］（名）涼拌豆腐丁。

やつざき［八つ裂き］（名）碎裂，寸斷。△～にしてもあきたりない／碎屍萬段也不解恨。

やっさもっさ（副・自サ）亂哄哄，亂糟糟。

やつ・す（他五）① 裝扮（貧窮）。△乞食に身を～／裝成乞丐。② 入迷。△恋にうき身を～／為愛情身心交瘁。

やっつ［八つ］（名）① 八，八個。② 八歲。

やっつけしごと［やっつけ仕事］（名）草率應急的工作。

やっつ・ける（他下一）① 打敗，整治。△あいつは生意気だから～けてやろう／那小子太驕傲，得整他一下。△激論のすえ相手を～けた／經過激烈爭論駁倒了對方。② 草率了事，倉促完成。

やつで［八つ手］（名）〈植物〉八角金盤。

やって・いく［遣って行く］（自五）過活。△この給料ではとても～けない／這點工資根本過不下去。

やって・くる［やって来る］（連語）（“来る”的強調形）來，到來。

やっての・ける［遣って退ける］（他下一）出色地完成，幹得乾淨利落。

やっと（副）好容易才…，好歹，勉強。△～まにあった／好歹趕上了。△～暮している／勉強度日。△～電車が来た／好容易來了電車。

やっとこ（名）鉗子，鍛工鉗。

やっぱし（副）⇨やっぱり

やっぱり（副）〈俗〉到底還是。△～思ったとおりだ／果不出所料。→やっぱし

やつぼ［矢壷］（名）箭靶。

ヤッホー［yo-ho］（感）① （登山者之間相互招呼）喂喂。② （歡呼聲）呀喝。

やつめうなぎ［八つ目うなぎ］（名）〈動〉七鰓鰻。

やつら［奴等］（名）〈蔑〉這些傢伙，這些東西。△たちの悪い～だ／是些品質惡劣的傢伙。

やつ・れる（自下一）憔悴。△～れた顔／憔悴的面孔。

やど［宿］（名）① 家，住處。△埴生の～／陋室。土房。② 宿處，過夜處，旅店。△～を取る／定旅館。

やといにん［雇い人］（名）僱工，傭人。↔ 雇い主

やといぬし［雇い主］（名）僱主。→僱用者 ↔ 雇い人

やと・う［雇う］（他五）僱，僱傭。△人を～／僱人。→雇用する

やとう［野党］（名）在野黨。↔ 与党

やとう［夜盗］（名）夜盜。

やどかり［宿借り］（名）〈動〉寄居蟹，寄居蟲。

やど・す［宿す］（他五）① 懷孕。△子を～／懷孕。② 附着，留有。△露を～／帶露水。

やどちょう［宿帳］（名）店簿，旅館登記簿。△～をつける／記店簿。

やどちん［宿賃］（名）宿費，店錢。

やどなし［宿無し］（名）無棲身之地，沒家（的人）。

やどぬし［宿主］（名）① 店主，房東。② 〈動・植〉寄主，宿主。

やどひき［宿引き］（名）（旅館）攬客的人。

やどや［宿屋］（名）旅店，旅館。→旅館

やどりぎ［宿り木］（名）〈植物〉① 寄生植物。② 槲寄生。

やど・る［宿る］（自五）① 住宿，投宿。② 留在，寓於。△心に～／留在心裏。△子が～／懷孕。△水面に月かげが～／月光映照在水面上。③ 寄生。

やどろく［宿六］（名）〈俗〉（妻稱夫）當家的。

やどわり［宿割り］（名）（團體旅行時）分配住房（的人）。

やな（名）魚梁。

やながわなべ［柳川鍋］（名）泥鰍魚火鍋。

やなぎ［柳］（名）〈植物〉柳。

やなぎごうり［柳行李］（名）柳條包。

やなぎごし［柳腰］（名）柳腰，細腰。

やなぎにかぜ［柳に風］（連語）順水推舟，逆來順受。

やなぎにゆきおれなし［柳に雪折れなし］（連語）柔能剋剛。

やなぎのしたにいつもどじょうはいない［柳の下にいつもどじょうはいない］（連語）不可守株待兔。

やなみ［家並み］（名）① 房屋的排列，一排房子。② 家家戶戶。

やに（名）① 樹脂。② 燈油。③ 眼屎。

やにさが・る［やに下がる］（自五）得意洋洋。

やにっこ・い（形）① 油膩，黏糊糊。② 絮絮叨叨，不爽快。

やにょうしょう［夜尿症］（名）夜尿，尿牀。

やにわに（副）立即，突然，冷不防。△ものも言わず～殴りかかってきた／甚麼也不說冷不防打了過來。

やぬし［家主］（名）房東，房主。

やね［屋根］（名）① 房蓋，屋頂，屋脊。△世界の～／世界屋脊。② （遮雨的）篷，蓋。

やねうら［屋根裏］（名）屋頂室，頂樓。

やのあさって［彌の明後日］（名）① 大大後天。② 〔方言〕大後天。

やのさいそく［矢の催促］（連語）緊催。

やば［矢場］（名）射箭場。

やば・い（形）〈俗〉危險，不妙。

やはず［矢筈］（名）① 箭尾。② 箭羽花紋。③ （掛畫等用的）帶叉竹竿。

やはり（副）① 仍然，還是。△故郷は～緑につつまれている／家鄉依然是翠綠環繞。② 終歸是，到底還是。△りこうそうでも～子供だ／

看着聰明, 畢竟還是個孩子。③也, 同樣。△私たちも～反対だ／我們也反對。④果然。△経験者は～手つきがちがう／有經驗的人果然身手不凡。

やはん［夜半］（名）夜半, 半夜。

やばん［野蛮］（名・形動）①野蠻。→未開②粗野, 沒教養。△～な行為／粗野的行為。

やひ［野卑］（名・形動）下流。△～なことば／下流話。

やぶ［藪］（名）①草叢, 灌木叢。②庸醫。

やぶいしゃ［やぶ医者］（名）庸醫。

やぶいり［やぶ入り］（名）（日本）僱工一年兩次的假日。

ヤフー［Yahoo］（名）雅虎。

やぶか［やぶ蚊］（名）〈動〉豹腳蚊。

やぶからぼう［やぶから棒］（連語）出其不意, 沒頭沒腦地。

やぶ・く［破く］（他五）弄破。

やぶ・ける［破ける］（自下一）破。△ズボンが～／褲子破了。→破れる

やぶさかで（は）ない［吝かではない］（連語）不吝, 不惜。△過ちを改めるにやぶさかではない／願意改正錯誤。

やぶにらみ（名）①斜視, 斜眼。②主觀片面, 有偏差。△～の意見／片面的意見。

やぶへび［やぶ蛇］（名）多管閑事, 自尋煩惱。

やぶ・る［破る］（他五）①弄破。△手紙を～／撕破信件。②打破。△しずけさを～／打破寂靜。③破壞, 違反。△約束を～／違約。④突破。△記録を～／破紀錄。

やぶ・る［破る・敗る］（他五）敗, 敗北。

やぶれあな［破れ穴］（名）破洞, 破處。

やぶれかぶれ［破れかぶれ］（名・形動）自暴自棄, 破罐破摔。

やぶれめ［破れ目］（名）破的地方, 破處。

やぶ・れる［破れる］（自下一）①破損。△くつが～／鞋破了。②破裂。△調和が～／調解失敗。③破滅。△夢が～／夢想破滅。△恋に～／愛情破滅。

やぶ・れる［敗れる］（自下一）失敗, 敗北。△たたかいに～／比賽輸了。

やぶをつついてへびをだす［やぶをつついて蛇を出す］（連語）⇨やぶへび

やぶん［夜分］（名）夜間, 半夜。

やぼ［野暮］（名・形動）①土氣。△～な男／土包子。↔粋②不知趣, 不知好歹。

やほう［野砲］（名）野炮。

やぼう［野望］（名）奢望, 野心。△～をいだく／抱有奢望。→野心

やま［山］（名）①山。△～にのぼる／登山。△～をおりる／下山。△～のふもと／山腳下。②成堆。△～とつむ／堆成山。△せんたくものの～／要洗的衣服成堆。③礦山。△～をほりあてる／探礦。④押寶, 碰運氣。△～をかける／押題。押寶。△～があたる／押寶押中。猜題猜對。⑤高潮, 頂點。△～をこす／過了高潮。△話の～／談話的高潮。⑥山林。

やまあい［山合い］（名）山間, 山谷。

やまあらし［山荒らし］（名）〈動〉豪豬, 箭豬。

やまあらし［山嵐］（名）山中風暴。

やまい［病］（名）①病。△～にたおれる／病倒。△不治の～／不治之症。②毛病, 惡癖。△～がでる／犯毛病。

やまいこうこうにいる［病膏肓に入る］（連語）病入膏肓。

やまいぬ［山犬］（名）〈動〉①日本狼。②野狗。

やまいぬ［病犬］（名）〈動〉①病犬。②狂犬。

やまいはきから［病は気から］（連語）病從心上起。

やまいも［山芋］（名）⇨やまのいも

やまうば［山姥］（名）山中女妖。

やまおく［山奥］（名）深山。

やまおとこ［山男］（名）①山中男妖。②住在山裏的男人, 在山裏做粗重工作的男人。③登山迷。

やまおろし［山おろし］（名）山風, 下山風。

やまが［山家］（名）①山中人家, 山中房屋。②山村, 山溝。

やまかけ［山掛け］（名）生魚片等上面澆上山藥汁的日本菜。

やまかげ［山陰］（名）山陰, 山背後。

やまかご［山かご］（名）登山轎子。

やまかじ［山火］（名）山火。

やまかぜ［山風］（名）①山風。②夜間從山上颳下來的冷風。

やまがた［山形］（名）山形, 人字形, 角形。

やまかたな［山刀］（名）柴刀。

やまがら（名）〈動〉山雀。

やまがり［山狩り］（名・自他サ）①山中狩獵。②搜山。

やまかわ［山川］（名）山川, 山河。

やまがわ［山川］（名）山間河川。

やまかん［山勘］（名）①騙, 哄騙。②猜想, 瞎猜。

やまぎわ［山際］（名）山邊。

やまくじら［山鯨］（名）野豬肉。

やまくずれ［山崩れ］（名）山崩。

やまぐに［山国］（名）①山國。②山區。

やまけ［山気］（名）投機心, 冒險心。（也説"やまっけ"）

やまごえ［山越え］（名・自サ）①過山, 翻山。②偷越山間關卡。

やまごもり［山ごもり］（名・自サ）①閑居山中, 隱居山中。②〈佛教〉山中修行。

やまごや［山小屋］（名）（登山用）山中小屋。→ヒュッテ

やまざくら［山桜］（名）〈植物〉山櫻花, 野櫻。

やまざと［山里］（名）山村。

やまざる［山猿］（名）①〈動〉山猴。②〈蔑〉野人, 鄉下佬。

やまし［山師］（名）①找礦人。②販賣山中木材者。③投機者, 冒險者。④騙子, 詐騙師。

やまじ［山路］（名）山路。

やまし・い（形）虧心，内疚。△～ところがある／有内疚之處。

やますそ［山すそ］（名）山麓，山脚。

やまたいこく［邪馬台国・耶馬台国］（名）〈史〉（三世紀左右，日本的）邪馬台國。

やまたかぼうし［山高帽子］（名）圓頂禮帽。

やまだし［山出し］（名）①從山裏運出的木材，木炭等。②剛到城裏的郷下人，郷下佬。

やまだち［山立ち］（名）①山賊。②獵人。

やまつなみ［山津波］（名）山崩，泥石流。

やまづみ［山積み］（名）堆積如山。

やまでら［山寺］（名）山寺。

やまと［大和］Ⅰ（名）①〈史〉大和國。②日本國。Ⅱ（接頭）大和。

やまとごころ［大和心］（名）日本精神，日本人的風尚。

やまとことば［大和言葉］（名）①日語（日本固有的語言）。②和歌。

やまとじだい［大和時代］（名）〈史〉大和時代（約4世紀到645年）。

やまとだましい［大和魂］（名）日本民族精神。

やまとみんぞく［大和民族］（名）大和民族，日本民族。

やまどめ［山止め］（名）封山，禁止入山。

やまどり［山鳥］（名）〈動〉①山鳥。②鷁雉。

やまなみ［山なみ］（名）山脈，山嶺連亘。△国ざかいの～／國界的山脈。

やまなり［山なり］（名）抛物綫形，弧綫形。△～の投球／弧綫投球。

やまなり［山鳴り］（名）（地震等時）山鳴。

やまねこ［山猫］（名）〈動〉山猫。

やまねこスト［山猫スト］（名）（日本分工會或會員未經總部指示的）分散罷工。

やまのいも［山の芋］（名）〈植物〉薯芋，山藥。

やまのかみ［山の神］（名）①山神。②〈俗〉老婆，内當家。

やまのさち［山の幸］（名）山貨，山珍。↔海の幸

やまのて［山の手］（名）①山的附近。②高崗地帶的住宅區（特指東京高崗住宅區）。↔下町

やまのてせん［山手線］（名）（鐵路）山手綫。

やまのは［山の端］（名）山際，山脊。

やまば［山場］（名）高潮，頂點。△～にさしかかる／臨近高潮。→クライマックス

やまはだ［山肌］（名）山坡，山的土層。

やまばと［山鳩］（名）〈動〉山鳩，綠鳩。

やまばん［山番］（名）護林人，守山人。

やまびこ［山びこ］（名）回聲，回響。→こだま，エコー

やまひだ［山ひだ］（名）山麓的皺褶。

やまびらき［山開き］（名）①開山築路。②開放山林。③開放山林的慶祝活動。

やまぶき［山吹］（名）①〈植物〉棣棠。②金黄色。③金幣。

やまぶきいろ［山吹色］（名）金黄色。

やまぶし［山伏］（名）〈宗〉①山中修行的僧侶。

②（日本“修驗道”的）修行者。

やまふところ［山懐］（名）山窪，山中凹地。

やまべ［山辺］（名）山邊，山旁。→山ぎわ↔海辺

やまみち［山道］（名）山路，山道。

やまめ［山女］（名）〈動〉鱒，大馬哈魚。

やまもと［山元］（名）①山麓，山脚。②山主，礦山主。③（礦井，煤礦）現場。

やまもとゆうぞう［山本有三］〈人名〉山本有三（1887-1974）。劇作家，小説家。

やまもり［山盛り］（名）堆得冒尖。

やまやき［山焼き］（名）（早春時）燒荒，放荒。

やまやまⅠ（名）群山。Ⅱ（副）①很多。②很渴望。△会いたいのは～だが，事情がゆるさない／非常渴望見到您，可客觀條件不允許。

やまり（名）〈動〉守宮，壁虎。

やまわけ［山分け］（名・他サ）平分，均分。△～えものを～する／利益均分。

やみ［闇］（名）①一片漆黑，黑暗。△～の夜／黑夜。△真相が～に葬られる／真相被徹底掩蓋起來。②糊塗，迷惑。△心の～／心中糊塗。③黑市（交易）。

やみあがり［病み上がり］（名）病後，患病剛好。

やみいち［闇市］（名）黑市。

やみうち［やみ討ち］（名・他サ）①夜襲。②突然襲撃。△～をくう／吃了一悶棍。

やみかかく［闇価格］（名）黑市價格。

やみくも（形動）沒頭沒腦，胡亂。△～に走り出す／亂跑。→むやみ

やみじ［闇路］（名）①夜道。②癡迷。③冥土，陰間。

やみそうば［闇相場］（名）黑市行情，暗盤。

やみつき［病み付き］（名）①剛患病。②着迷。△～になる／入迷。

やみとりひき［やみ取り引き］（名）①黑市交易。②暗中交涉。

やみほう・ける［病ほうける］（自下一）病得衰弱不堪，昏昏沉沉。

やみや［闇屋］（名）黑市商人。

やみよ［やみ夜］（名）黑夜。→暗夜

やみよにからす［やみ夜に鳥］（連語）辨別不清。

やみよにてっぽう［やみ夜に鉄砲］（連語）盲目，沒目標。

や・む（自五）止，中止，停止。△雨が～／雨停了。△～に～まれず／欲罷不能。

や・む［病む］（他五）①生病，得病。△神経を～／犯神經病。②煩惱。△気に～／憂慮。

やむな・い（形）⇨やむをえない

やむなく（副）⇨やむをえず

やむをえず（副）不得已，無可奈何。△～中止する／不得已停下來。

やむをえな・い［やむを得ない］（連語）不得已。△～事情／不得已的情況。（也説“やむない”）

やむをえぬ［やむを得ぬ］（連體）無可奈何，迫不得已。△～事情／無可奈何的情況。

や・める［止める・辞める］(他下一) 中止，停止。△会社を〜/辭掉公司的工作。△タバコを〜/戒煙。△学校を〜/退學。△旅行を〜/取消旅行。

や・める［病める］(自下一) ① 疼痛，苦惱。△後腹が〜/產後腹痛。② 事後為金錢出虧空而苦惱。

やもうしょう［夜盲症］(名) 夜盲症。→とりめ

やもたてもたまらず［矢も盾もたまらず］(連語) 迫不及待。

やもの［鰥夫］(名) 鰥夫。→おとこやもめ

やもめ［寡婦］(名) 寡婦，未亡人。

やや (副) 稍微，略微。△〜大きめの茶碗/稍大的飯碗。

ややあって (副) 不大工夫，過了一會兒。△〜彼は帰っていった/不一會兒，他就走了。

ややこし・い (形) 複雜的，麻煩的。△〜手続/煩瑣的手續。

ややもすると (副) 動不動，動輒。△〜生活費がたりなくなる/生活費動輒不足。△夏は〜睡眠不足に陥りがちだ/夏天常常會出現睡眠不足的情況。(也說“ややともすると”)

ややもすれば (副) (也説“ややともすれば”) ⇨ ややもすると

やゆ［揶揄］(名・他サ) 揶揄，嘲笑。

やよい［彌生］(名) 陰曆三月。

やよいじだい［彌生時代］(名) (日本) 彌生時代 (約公元前三世紀到三世紀)。

やら I (並助) 用於列舉一些事物。△くつ〜ズボン〜買いたいものがたくさんある/鞋啦，褲子啦，要買的東西很多。△泣く〜わめく〜大さわぎだった/又哭又喊，鬧個不可開交。△來る〜来ないの〜はっきりしない/又説來，又説不來，不清楚。II (副助) 表示不能確定。△なに〜言っているがよく聞こえない/像是在説甚麼，可一點也聽不見。△いつ完成するの〜自分でもわからない/到底甚麼時候完成，我自己也不知道。III (終助) 表示輕微的疑問。△どうしたらよいの〜/怎麼辦好呢？

やらい［夜来］(名) 昨夜以來。△〜の雨/夜來下的雨。

やらい［矢来］(名) 柵欄。

やらか・す (他五)〈俗〉做，幹。△大失敗を〜した/幹了件大蠢事。

やら・す (他五) 讓…做。△部下に〜/讓下屬做。

やらずのあめ［やらずの雨］(連語) 留客的雨。

やらずぶったくり (名)〈俗〉(對財物) 只要不給，光進不出。

やら・れる (自下一) ① 被抓住弱點。② 被打敗。③ 受害。④ 被殺。

やり (名) ① 長槍，矛。△〜が降っても/無論發生甚麼事，哪怕下刀子。② (將棋) 香車。

やりあ・う［やり合う］(自五) 爭吵，爭論。

やりがい (名) 值得幹，有幹頭。△〜がある/有幹頭。

やりかえ・す［やり返す］(他五) ① 重做。② 反駁，還擊。

やりかけ (名) 做到中途。△〜の仕事をかたづける/把未完的工作做完。

やりかた［やり方］(名) 做法，方法，手段。△うまい〜/巧妙的做法。△ひどい〜だ/手段太惡劣了！

やりがんな (名) 尖頭刨子。

やりきれな・い［やり切れない］(形) ① 做不完，做不過來。△一日ではとても〜/一天根本做不完。② 受不了，吃不消。△〜気持ち/難以忍耐的心情。→かなわない

やりくち［やり口］(名) 做法，手段。△〜がきたない/手段卑鄙。→手ぐち

やりくり［やり繰］(名・他サ) 安排，籌措。△時間を〜する/安排時間。△食うだけでも〜がつかない/光是吃飯也支應不了。

やりくりさんだん［やり繰り算段］(名・他サ) (金錢上) 東挪西湊，勉強籌措。△〜してどうにか暮している/東挪西湊勉強度日。

やりこな・す (他五) 妥善處理，出色完成。

やりこ・める［やり込める］(他下一) 駁倒，問住。→へこます，言いまかす

やりさき［槍先］(名) 矛頭，槍尖。

やりす・ぎる［やり過ぎる］(他上一) 做過了頭。

やりすご・す［やり過ごす］(他五) ① (把後來者) 讓過去。△二、三台〜して空いたのに乗った/讓過兩三輛，乘上一部沒客的車。② 做過分。△酒を〜/飲酒過度。

やりそこな・う［やり損う］(他五) 做錯，失敗。

やりだまにあげる［やり玉に上げる］(連語) 定為攻擊目標。

やりっぱなし［やりっ放し］(名) 有始無終，做事有頭無尾。

やりて［遣手］(名) 可給予的人。△貰い手はあっても〜がない/有要的人，可是沒有給予的人。

やりて［やり手］(名) ① 做事的人，工作者。△〜がいない/缺少做事的人。② 能幹的人，幹將。△彼はなかなかの〜だ/他是能幹剛強的人。→うできき

やりと・げる［やり遂げる］(他下一) 做完，完成。→遂行する

やりとり［やり取り］(名・他サ) 交換，互贈。△生命の〜/不是你死就是我亡。△杯の〜/換盞。△手紙の〜/互相通信。

やりなお・す［やり直す］(他五) ① 重做。② 和好。△二人で〜そう/兩人言歸於好吧。

やりなげ［やり投げ］(名) 擲標槍，標槍比賽。

やりにく・い (形) 難做，棘手。

やりぬ・く［やり抜く］(他五) 做完，幹到底。

やりば［やり場］(名) 送去的地方。△目の〜に困る/眼不知看哪裏好。△〜のないいかりを感じる/感到無處發泄的憤怒。

やりみず［やり水］(名) ① (庭園中的) 引水設施。② (給庭園的花木) 澆水，灌溉。

や・る［遣る］I (他五) ① 送，派，打發。△使

いを～／遣使。△車を～／派車。△手紙を～／
去信。② 餵。△小鳥にえさを～／給小鳥餵食。
③ 給（別人）。△これをおまえに～／這個給
你。④ 做，搞，實行。△～ってみる／試試看。
△へまを～／做錯事。△どえらいことを～／
膽大妄為。⑤ 喝（酒）。△一杯～／喝一杯。
⑥ 玩。△ピンポンを～／打乒乓球。⑦〈俗〉
性交。II（補動）（用“てやる”的形式）（表示對
同輩或晚輩以及動植物等）可給予。△金を貸し
て～／借錢給你。△弟に勉強を教えて～／教
弟弟學習。△殺して～／殺掉。△死んで～／
死給你看。

やるかたな・い［やる方ない］（形）不可名狀，
無可奈何。△無念～／悔恨之極。

やるき［やる気］（名）想做的念頭，積極性。
△～が出る／想幹上一番。△～を失う／沒積
極性了。

やるせな・い（形）不開心，鬱鬱不樂。△～思
い／百無聊賴。

ヤルタかいだん［ヤルタ会談］（名）〈史〉雅爾
塔會議。（1945 年）

ヤルタきょうてい［ヤルタ協定］（名）〈史〉雅
爾塔協定。

やれぐき［やれ茎］（名）被折彎的草莖。

やれやれ（感）① 表示放心，鬆口氣。△～，試
験もやっとすんだ／考試總算完了。② 表示失
望。△～，まただめか／哎呀，還是不行呀。

やろう［野郎］ I（名）① 小子，傢伙。△こ
の～／這個東西！② 男子，小伙子。△～ばか
りじゃつまらない／光是小伙子沒意思。II
（代）（粗俗語）傢伙，他。△～ならやりかねな
い／要是那傢伙，可說不定能幹得出來！

やろうじだい［夜郎自大］（名）夜郎自大。

やわ［夜話］（名）夜話。

やわはだ［柔肌］（名）細皮嫩肉。

やわらか［柔らか・軟らか］（形動）① 柔軟。
△～なからだ／柔軟的身體。→柔軟，ソフト
② 溫和，柔和。△～な日ざし／柔和的陽光。
△～な眼／溫和的目光。△林さんは，頭が～
だ／林先生思想很靈活。

やわらか・い［柔らかい・軟らかい］（形）①
柔軟的，柔和的。△～パン／軟和麵包。↔ か
たい ② 柔和的。△～日ざし／柔和的陽光。
△頭が～／腦子活。

やわら・ぐ［和らぐ］（自五）和緩，平靜下來。
△寒さが～／寒意和緩。△いかりが～／怒氣
漸消。

やわら・げる［和らげる］（他下一）① 使之柔
和，使之緩和。△態度を～／使態度緩和下來。
② 使之易懂。△表現を～／使表達易懂。

ヤンガージェネレーション［younger genera-
tion］（名）年輕的一代，青少年層，青年一代，
青少年。

ヤンキー［Yankee］（名）美國佬（侮辱用語）。

ヤング［young］（名）〈俗〉青年人。

ヤングスター［youngster］（名）少年，年輕人。

ヤングマン［young man］（名）年青人，小伙子。

ヤングレディー［young lady］（名）年青女子。

やんごとな・い（形）極高貴，尊貴。△～生ま
れ／高貴出身。

やんちゃ（名・形動）〈俗〉（小孩）任性，頑皮。

やんま（名）〈動〉大蜻蜓。

やんや（感）喝彩聲。△～の喝彩／一片喝彩。

やんわり（副・自サ）柔和，婉轉，柔軟。△～
と釘をさす／婉轉地問一下。△～と手に触
る／摸着柔軟。

ゆ　ユ

ゆ［湯］(名)① 開水，熱水。△～を沸かす／燒水。② 浴池，澡堂。△お～に入る／洗澡。③ 溫泉。

ゆあか［湯垢］(名) 水銹，水垢。△～が付く／長水垢。△～を落す／去掉水垢。

ゆあがり［湯上り］(名)① 剛洗完澡。② 洗完澡圍的浴巾。

ゆあたり［湯中り］(名・自サ) 洗溫泉或洗澡時間過長身體受病。

ゆあつ［油壓］(名) 油壓。△～ポンプ／油壓泵。

ゆあみ［湯浴み］(名・自サ)〈文〉入浴。△～をする／入浴。

ゆいあ・げる［結い上げる］(他下一)①(把頭髮)盤上。② 繫。

ゆいいつ［唯一］(名) 唯一。△～の方法／唯一的方法。

ゆいいつむに［唯一無二］(名) 獨一無二。

ゆいがどくそん［唯我独尊］(名) 唯我獨尊。

ゆいごん［遺言］(名・自他サ) 遺言，遺囑。△～状／遺書。

ゆいしょ［由緒］(名)① 由來，緣由。△～をたずねる／尋問緣由。② 好門第。△～ある家柄／名門。

ゆいしん［唯心］(名)〈哲〉唯心。△～論／唯心論。↔ 唯物

ゆいのう［結納］(名) 彩禮，定禮。△～を交わす／送彩禮。

ゆいびしゅぎ［唯美主義］(名) 唯美主義。

ゆいぶつ［唯物］(名)〈哲〉唯物。△～論／唯物論。

ゆいぶつしかん［唯物史観］(名) 唯物史觀。

ゆいぶつべんしょうほう［唯物弁証法］(名) 唯物辯證法。

ゆう［夕］(名)〈文〉夕，黃昏。

ゆ・う［結う］(他五) 繫，紮，梳。△髪を～／束髪。△おさげに～／紮辮子。

ゆ・う［言う］(自他五) ⇨いう

ゆう［勇］(名) 勇氣。△～をふるう／鼓起勇氣。

ゆう［雄］(名) 雄。△～を争う／爭雄。△一方の～／一方之雄。

ゆう［優］(名) 優，優秀。

ゆう［有］(名)① 有。② 所有。△人民の～に帰す／歸人民所有。

ゆうあい［友愛］(名) (兄弟、朋友間的) 友情。

ゆうあん［幽暗］(名・形動) 幽暗。

ゆうい［有為］(名・形動) 有為。

ゆうい［有意］(名・形動)① 有意識。△～行為／有意識的行為。② 有意義。△～な差／有意義的差。

ゆうい［優位］(名・形動) 優勢。△～に立つ／佔優勢。

ゆうい［雄偉］(名・形動) 雄偉。

ゆういぎ［有意義］(名・形動) 有意義。

ゆういん［誘因］(名) 起因。

ゆういん［誘引］(名・他サ) 引誘。

ゆううつ［憂鬱］(名・形動) 憂鬱，鬱悶。△～な天候／悶人的天氣。

ゆううつしつ［憂鬱質］(名)〈醫〉憂鬱質。

ゆううつしょう［憂鬱症］(名)〈醫〉憂鬱症。

ゆうえい［遊泳］(名・自サ) 游泳。

ゆうえき［有益］(名・形動) 有益。

ユーエスエー［USA］〈國名〉美國。

ゆうえつ［優越］(名・自サ) 優越。△～感／優越感。

ユーエッチエフ［UHF］(名) 超短波。

ゆうえん［幽遠］(名・形動) 幽靜。

ゆうえん［悠遠］(名・形動) 悠遠，遙遠。△～なる昔／很久以前。

ゆうえん［優婉］(名・形動) 溫柔，嫻雅。△～の女性／溫柔的女性。

ゆうえんち［遊園地］(名) 公園，遊樂場。

ゆうおうまいしん［勇往邁進］(名・自サ) 勇往直前。

ゆうか［有価］(名) 有價。

ゆうが［優雅］(名・形動)① 優雅。△～な踊り／優雅的舞蹈。② 優裕。△～な生活／優裕的生活。

ゆうかい［幽界］(名) 陰間，黃泉。

ゆうかい［誘拐］(名・他サ) 拐騙，誘拐。△子供を～する／拐騙小孩。

ゆうかい［融解］(名・自サ) 融解。↔ 凝固

ゆうがい［有害］(名・形動) 有害。↔ 無害

ゆうがい［有蓋］(名) 有蓋。△～貨車／有蓋貨車。

ゆうかいてん［融解点］(名) ⇨ゆうてん

ゆうかいねつ［融解熱］(名)〈理〉熔化熱。

ゆうがお［夕顔］(名)〈植物〉瓠子。

ゆうかく［遊郭］(名) 煙花巷。

ゆうかく［遊客］(名) ⇨ゆうきゃく

ゆうがく［遊学］(名・自サ) 遊學。△東京に～する／到東京遊學。

ゆうかげ［夕影］(名) 夕陽。

ゆうかしょうけん［有価証券］(名)〈經〉有價證券。

ゆうかぜ［夕風］(名) 晚風。

ゆうがた［夕方］(名) 傍晚。→夕暮れ

ゆうがとう［誘蛾燈］(名) 誘蛾燈。

ユーカリ［eucalyptus］(名)〈植物〉桉樹。

ゆうかん［夕刊］(名) 晚報。↔ 朝刊

ゆうかん［有閑］(名) 有閑。△～マダム／有閑階級的太太。

ゆうかん［勇敢］(形動) 勇敢。

ゆうかん［憂患］(名) 憂患。

ゆうかんじしん［有感地震］(名)〈地〉有感地震。

ゆうき［勇気］(名) 勇氣。△～を出す／拿出勇氣。△～に欠ける／沒勇氣。

ゆうき［有期］(名) 有期。△～刑／有期徒刑。

ゆうき［幽鬼］(名) ① 亡靈。② 鬼怪。

ゆうき［有機］(名) 有機。↔ 無機

ゆうぎ［友誼］(名) 友誼，友情。

ゆうぎ［遊戯］(名) 遊戯，遊藝。

ゆうきかがく［有機化学］(名)〈化〉有機化學。

ゆうきかごうぶつ［有機化合物］(名)〈化〉有機化合物。

ゆうきたい［有機体］(名) 有機體。

ゆうきてき［有機的］(形動) 有機的。

ゆうきぶつ［有機物］(名) 有機物。↔ 無機物

ゆうきゃく［遊客］(名) ① 遊客，遊人。② 嫖客。

ゆうきゅう［有給］(名) 有薪。△～休暇／工資照發的休假。↔ 無給

ゆうきゅう［悠久］(名・形動) 悠久。△～な歴史／悠久的歴史。

ゆうきゅう［遊休］(名) (設備等) 閑置。△～施設／閑置設備。

ゆうきょう［遊俠］(名) 遊俠。

ゆうきょう［遊興］(名・自サ) 玩樂，吃喝玩樂。

ゆうぎょうじんこう［有業人口］(名) 在業人口。

ゆうぎり［夕霧］(名) 夕霧。

ゆうきん［遊金］(名) ① 閑錢，游資。② 死錢。

ゆうく［憂苦］(名) 憂苦。

ゆうぐう［優遇］(名・他サ) 優待。

ユークリッドきかがく［ユークリッド幾何学］(名)〈數〉歐幾里得幾何學。

ゆうぐれ［夕暮れ］(名) 傍晚。

ゆうぐん［友軍］(名) 友軍。

ゆうぐん［遊軍］(名) 機動部隊。

ゆうげ［夕食・夕餉］(名) 晚飯。→ゆうはん

ゆうけい［有形］(名) 有形。△～資産／有形資産。

ゆうけい［雄勁］(名・形動) 雄勁，雄渾。△筆力～／筆力雄渾。

ゆうげい［遊芸］(名) 遊藝。(茶道、插花、舞蹈、音樂等)

ゆうげき［遊撃］(名) 遊撃。△～戦／遊撃戰。

ゆうげきしゅ［遊撃手］(名) (棒球) 遊撃手。→ショート

ゆうげしき［夕景色］(名) 晚景。

ゆうけむり［夕煙］(名) ① 夕煙。② 暮靄。

ゆうけん［郵券］(名) 郵票。→切手

ゆうげん［有限］(名・形動) 有限。↔ 無限

ゆうげん［幽玄］(名・形動) 幽玄，奥妙。

ゆうげんがいしゃ［有限会社］(名)〈經〉有限公司。

ゆうけんしゃ［有権者］(名) ① 有權力的人。② 有選舉權者。

ゆうげんせきにん［有限責任］(名)〈經〉有限責任。

ユーゴ〈國名〉⇨ユーゴスラビア

ゆうこう［友好］(名) 友好。△～関係／友好關係。

ゆうこう［有功］(名) 有功。△～章／勳章。

ゆうこう［有効］(名・形動) 有效。△～な措施／有效措施。△～成分／有效成分。

ゆうこう［遊行］(名) 信步而行。

ゆうごう［融合］(名・自サ) 融合。↔ 分裂

ゆうこうきかん［有効期間］(名)〈經〉有效期。

ゆうこうすうじ［有効数字］(名)〈數〉有效數字。

ユーゴー［Victor Marie Hugo］〈人名〉雨果 (1802-1885)。法國文學家。

ゆうこく［夕刻］(名) 傍晚。

ゆうこく［幽谷］(名) 幽谷。△深山～／深山幽谷。

ゆうこく［憂国］(名) 憂國。△～の士／憂國之士。

ユーゴスラビア［Yugoslavia］〈國名〉南斯拉夫。

ゆうごはん［夕御飯］(名) 晚飯。

ゆうこん［雄渾］(名・形動) 雄渾。

ユーザー［user］(名) (汽車、機器等的) 使用者。↔ メーカー

ユーザー名［user name］(名)〈IT〉用戶名。

ゆうざい［有罪］(名) 有罪。↔ 無罪

ゆうさんかいきゅう［有産階級］(名) 有産階級。

ユーザンスビル［time usancebill］(名)〈經〉限期匯票。遠期匯票。

ゆうさんそうんどう［有酸素運動］(名) 有氧運動，健身運動。

ゆうし［有史］(名) 有史。△～以来／有史以來。

ゆうし［有志］(名) 有志。△～をつのる／招募有志之士。

ゆうし［勇士］(名) 勇士。

ゆうし［勇姿］(名) 英姿。

ゆうし［雄姿］(名) 雄姿。

ゆうし［遊子］(名) 遊子。

ゆうし［融資］(名・自他サ)〈經〉通融資金，貸款。

ゆうし［遊資］(名)〈經〉游資。

ゆうじ［有事］(名) 有事，發生事變。△一朝～の際／一旦有事之時。

ゆうしお［夕潮］(名) 晚潮。

ゆうしきしゃ［有識者］(名) 有識之士。

ゆうしゃ［勇者］(名) 勇士。

ユージュアル［usual］(ダナ) 日常的，通常的。

ゆうしゅう［幽愁］(名) 隱憂。

ゆうしゅう［憂愁］(名) 憂愁。

ゆうしゅう［幽囚］(名) 囚禁。△～の身となる／作階下囚。

ゆうしゅう［優秀］(名・形動) 優秀。△～な成績／優秀的成績。

ゆうしゅうのびをかざる［有終の美を飾る］(連語) 有始有終，堅持到底。

ゆうじゅうふだん［優柔不断］(名・形動) 優柔寡斷。

ゆうしゅつ［涌出］(名・自サ) 湧出。

ユージュリ［usury］(名) 高利貸。

ユージュリー［usury］(名)〈經〉高利貸，重利。

ゆうじょ［遊女］(名) 藝妓，娼妓。

ゆうしょう［有償］(名) 有代價，有償。↔無償

ゆうしょう［優勝］(名・自サ)① 冠軍。△〜カップ／獎盃。△〜チーム／冠軍隊。② 優者勝。△〜劣敗／優勝劣敗。

ゆうしょう［勇将］(名) 勇將。

ゆうしょう［優賞］(名) 厚賞。

ゆうじょう［友情］(名) 友情。△〜に厚い／重情誼。

ゆうしょうのもとにじゃくそつなし［勇将の下に弱卒なし］(連語) 強將手下無弱兵。

ゆうしょうれっぱい［優勝劣敗］(名) 優勝劣敗。

ゆうしょく［夕食］(名) 晩飯。

ゆうしょく［有色］(名) 有色。

ゆうしょく［憂色］(名) 憂色，愁容。△〜を帯びる／面帶愁容。

ゆうしょくじんしゅ［有色人種］(名) 有色人種。

ゆうしょくやさい［有色野菜］(名) 含維生素甲多的蔬菜。(鮮蘿蔔、西紅柿、南瓜等)

ゆうしん［雄心］(名) 雄心。△〜勃勃／雄心勃勃。

ゆうじん［友人］(名) 友人。

ゆうしんろん［有神論］(名) 有神論。↔無神論

ゆうすい［幽邃］(名・形動) 幽邃，幽深。

ゆうずい［雄蕊］(名)〈植物〉雄蕊。→おしべ ↔雌蕊

ゆうすいち［遊水池］(名)(防洪用) 排水池。

ゆうすう［有数］(名) 有數，屈指可數。

ゆうずう［融通］(名・他サ)① 暢通。△〜無礙／暢通無阻。② 通融。△金を〜する／通融錢款。

ゆうすずみ［夕涼み］(名・自サ) 乘晩涼，納晩涼。

ユーズドカー［used car］(名) 二手車。

ユースホステル［youth hostel］(名) 青少年旅行者招待所。

ゆう・する［有する］(他サ) 有。△選挙権を〜／有選舉權

ゆうせい［有声］(名) 有聲。

ゆうせい［遊星］(名)〈天〉行星。

ゆうせい［優性］(名)〈生物〉顯性。△〜遺伝／顯性遺傳。

ゆうせい［雄性］(名) 雄性。↔雌性

ゆうせい［郵政］(名) 郵政。△〜相／郵政大臣。

ゆうせい［優勢］(名・形動) 優勢。△〜を占める／佔優勢。

ゆうぜい［有税］(名) 有稅。△〜品／有稅品。↔無税

ゆうぜい［郵税］(名) 郵資，郵費。

ゆうぜい［遊説］(名・自サ) 遊說。△地方〜／巡迴演講。

ゆうせいおん［有声音］(名)〈語〉有聲音。↔無声音

ゆうせいがく［優生学］(名) 優生學。

ゆうせいしょう［郵政省］(名)(日本) 郵政省。

ゆうせいせいしょく［有性生殖］(名)〈生物〉有性生殖。

ゆうせつ［融雪］(名) 融雪。

ユーゼニックス［eugenics］(名) 優生學。

ゆうせん［有線］(名) 有綫。△〜放送／有綫廣播。△〜電信／有綫電信。↔無線

ゆうせん［勇戦］(名・自サ) 奮勇戰鬥。

ゆうせん［郵船］(名) 郵船。

ゆうせん［優先］(名・自サ) 優先。

ゆうぜん［友禅］(名) ⇨ゆうぜんぞめ

ゆうぜん［悠然］(形動トタル) 悠然。△〜とかまえる／悠然自得。△〜たる態度／悠閑的態度。

ゆうせんけん［優先権］(名) 優先權。

ゆうぜんぞめ［友禅染め］(名) 友禪印染(法)。(印染色彩鮮艷的花鳥、山水的絲綢)

ゆうせんほうそう［有線放送］(名) 有綫廣播。

ゆうそう［郵送］(名・他サ) 郵寄。△〜料／郵費。

ゆうそう［勇壮］(名・形動) 雄壯。△〜な行進曲／雄壯的進行曲。

ユーターン［U ターン］(名・自サ)(汽車) 掉頭。△〜禁止／禁止掉頭。

ゆうたい［勇退］(名・自サ) 勇退，主動辭去。

ゆうたい［優待］(名・他サ) 優待。△〜券／優待券。

ゆうだい［雄大］(形動) 雄偉，宏偉。△〜な計画／宏偉的計劃。

ゆうたいぶつ［有体物］(名)〈法〉有體物。(作為財産有價值的一切物品) ↔無体物

ゆうだち［夕立］(名) 陣雨，雷陣雨。

ゆうだちはうまのせをわける［夕立は馬の背を分ける］(連語) 隔道不同雨。

ユータナジー［法 euthanasie］(名)〈醫〉安樂死。

ゆうだん［勇断］(名・他サ) 果敢，果斷。

ゆうだんしゃ［有段者］(名)(武術、圍棋等達到初段以上的) 有段者。

ゆうち［誘致］(名・他サ)① 招致。② 招攬。△観光客を〜する／招攬遊客。

ゆうちょう［悠長］(形動) 不緊不慢，悠閑。△〜に構える／泰然處之。

ゆうづう［融通］(名・他サ) ⇨ゆうずう

ゆうづき［夕月］(名) 傍晩的月亮。

ユーティリティー［utility］(名)① 有用，實用。② 雜務室。

ユーテラス［uterus］(名)〈醫〉子宮。

ゆうてん［融点］(名)〈理〉熔點。

ゆうと［雄図］(名) 宏偉計劃，宏圖。△〜を抱く／胸有宏圖。

ゆうとう［友党］(名) 友黨。

ゆうとう［遊蕩］(名・自サ) 遊蕩。△〜児／敗家子，浪蕩公子。

ゆうとう［優等］(名) 優等，優秀。△〜賞／優等獎。↔劣等

ゆうどう［誘導］(名・他サ)① 誘導，引導。

△飛行機を～する／導航。△～尋問／誘供。②〈理〉誘導，感應。△～電流／感應電流。

ゆうどうえんぼく［遊動円木］（名）浪木，浪橋。

ゆうとうせい［優等生］（名）優等生。

ゆうどうたい［誘導体］（名）〈理〉誘導體。

ゆうどうだん［誘導弾］（名）導彈。

ゆうとく［有徳］（名）有德。△～の士／有德之士。

ゆうどく［有毒］（名・形動）有毒。△～ガス／有毒氣體。△～色素／有毒色素。 ↔ 無毒

ユートピア［Utopia］（名）理想鄉，烏托邦。

ユートピアン［Utopian］（名）空想家，幻想家。

ゆうなぎ［夕凪］（名）傍晚海面風平浪靜。

ゆうなみ［夕波］（名）傍晚海面的波浪。

ゆうに［優に］（副）① 文雅。△～やさしい姿／文雅而溫柔的姿態。② 足有。△～百万円はある／足有百萬日圓。

ゆうのう［有能］（名・形動）有能力，有才能。△～な人材／有才能的人。

ゆうはい［有配］（名）〈經〉有紅利。

ゆうばえ［夕映え］（名）晚霞，火燒雲。

ゆうばく［誘爆］（名・他サ）引爆。

ゆうはつ［誘発］（名・他サ）引起。△連鎖反応を～する／引起連鎖反應。

ゆうばれ［夕晴れ］（名）晚晴。

ゆうはん［夕飯］（名）晚飯。

ゆうひ［夕日・夕陽］（名）夕陽，夕照。△～が沈む／夕陽西下。

ゆうひ［雄飛］（名・自サ）活躍。△海外に～する／活躍在海外。

ゆうび［優美］（名・形動）優美。△～な物腰／優美的姿態。

ゆうびん［郵便］（名）① 郵政。② 郵件。△～を出す／郵信。△～を配達する／送信。

ゆうびんうけ［郵便受け］（名）信箱。

ゆうびんがわせ［郵便為替］（名）郵匯。

ゆうびんきって［郵便切手］（名）郵票。

ゆうびんきょく［郵便局］（名）郵局。

ゆうびんしゃ［郵便車］（名）郵車。

ゆうびんはいたつにん［郵便配達人］（名）郵遞員。

ゆうびんはがき［郵便葉書］（名）明信片。

ゆうびんばこ［郵便箱］（名）信箱。

ゆうびんぶつ［郵便物］（名）郵件。

ゆうびんポスト［郵便ポスト］（名）郵筒。

ゆうびんりょう［郵便料］（名）郵費。

ゆうぶ［勇武］（名）勇武，勇猛。

ユーブイ［UV（ultraviolet）］（名）紫外綫。△～カット／防紫外綫。△～乳液／防曬乳液。△～フィルター／紫外綫濾光鏡。

ユーフォー［UFO］（名）宇宙飛碟。

ユーフォリア［euphoria］（名）幸福感，情緒很好。

ゆうふく［裕福］（名・形動）富裕。△～な家庭／富裕的家庭。

ゆうぶつ［尤物］（名）① 尤物。② 美人。

ゆうふん［憂憤］（名）憂憤。

ゆうべ［昨夜・昨夕］（名）昨夜，昨晚。

ゆうべ［夕べ］（名）① 傍晚。② 晚會。

ゆうへい［幽閉］（名・他サ）囚禁，禁閉。△牢屋に～される／囚禁在牢房。

ゆうへん［雄編・雄篇］（名）傑作，鉅作。

ゆうべん［雄弁］（名・形動）雄辯。△事実は～にまさる／事實勝於雄辯。

ゆうほ［遊歩］（名・自サ）散步，漫步。

ゆうほう［友邦］（名）友邦。

ゆうぼう［有望］（形動）有希望。△前途～な青年／前途有為的青年。

ゆうぼく［遊牧］（名・自サ）遊牧。△～生活／遊牧生活。

ゆうぼくみん［遊牧民］（名）遊牧民。

ゆうほどう［遊歩道］（名）散步路。

ゆうまぐれ［夕間暮れ］（名）黃昏，薄暮。→ゆうぐれ

ゆうみん［遊民］（名）（無職業的）遊民。

ゆうめい［有名］（形動）有名。△～な作家／名作家。△～になった／出名了。 ↔ 無名

ゆうめい［勇名］（名）威名。△～を天下にとどろかす／威名震天下。

ゆうめい［幽明］（名）幽明，陰間和陽世。

ゆうめい［幽冥］（名）冥府。

ゆうめいむじつ［有名無実］（名）有名無實。

ゆうめし［夕飯］（名）晚飯。

ゆうめん［宥免］（名・他サ）寬恕，赦免。

ユーモア［humour］（名）幽默。△～に富む／富於幽默。

ゆうもう［勇猛］（名・形動）勇猛。△～果敢／勇猛果敢。

ユーモラス［humorous］（形動）幽默的。△～な人／幽默的人。

ユーモリスト［humorist］（名）① 幽默的人。② 幽默作家。

ユーモレスク［法 humoresque］（名）〈樂〉輕鬆的樂曲。

ゆうもん［幽門］（名）〈解剖〉幽門。

ゆうもん［憂悶］（名・自サ）憂悶。

ゆうやく［勇躍］（名・自サ）意氣風發。

ゆうやく［釉薬］（名）釉，釉子。

ゆうやけ［夕焼け］（名）晚霞，火燒雲。

ゆうやみ［夕闇］（名）暮色。△～がせまる／天色將晚。

ゆうやろう［遊冶郎］（名）浪蕩公子。

ゆうゆう［悠悠］（形動トタル）① 從容，悠然。△彼は遅れて来て～と席についた／他來晚了，卻從容不迫地坐到位置上。② 悠閒。△～自適／悠閒自在。③ 綽綽有餘。△～間にあう／完全來得及。

ゆうゆうかんかん［悠悠閑閑］（形動トタル）悠閒。

ゆうゆうじてき［悠悠自適］（名・自サ）悠然自得。

ゆうよ［猶予］Ⅰ（名・自サ）猶豫，遲疑。Ⅱ（名・他サ）延期，緩期。△一刻も～できない／刻不容緩。△執行～／〈法〉緩刑。

ゆ
ユ

– ゆうよ［-有余］(接尾) 有餘。△一年～／一年多。

ゆうよう［有用］(名) 有用。△国家～の人材／國家有用之才。↔無用

ゆうよう［悠揚］(形動タル) 從容不迫。△～迫らぬ態度／從容不迫的態度。

ユーラシア［Eurasia］(名) 亞歐。△～大陸／亞歐大陸。

ゆうらん［遊覧］(名・自サ) 遊覽。△～船／遊船。

ゆうり［遊離］(名・自サ) ①脱離。△民衆と～する／脱離羣眾。②〈化〉游離。△～水／游離水。

ゆうり［有利］(形動) 有利。△～な立場に立つ／處於有利地位。↔不利

ゆうり［遊里］(名) 煙花巷。

ゆうりすう［有理数］(名)〈数〉有理數。↔無理数

ゆうりゃく［雄略］(名) 雄才大略。

ゆうりょ［憂慮］(名・他サ) 憂慮。△～すべき事態／令人憂慮的事態。

ゆうりょう［有料］(名) 收費。△～道路／收費公路。↔無料

ゆうりょう［優良］(名・形動) 優良。△～な商品／優質商品。△成績～／成績優良。

ゆうりょう［遊猟］(名・自サ) 遊獵。

ゆうりょく［有力］(形動) 有力。△～な反証／有力的反證。

ゆうりょくしゃ［有力者］(名) 有勢力的人。

ゆうれい［幽霊］(名) ①幽靈, 鬼魂。②有名無實。△～会社／皮包公司。△～人口／虛報的人口。

ゆうれい［優麗］(名・形動) 温柔美麗。

ゆうれき［遊歴］(名・自サ) 遊歴。周遊。△諸国を～する／周遊列國。

ゆうれつ［優劣］(名) 優劣。△～をきそう／爭高低。

ユーロ［Euro］(名) 歐元。

ユーロダラー［Euro dollar］(名) 歐洲美元。

ゆうわ［宥和］(名・自サ) 綏靖。△～政策／綏靖政策。

ゆうわ［融和］(名・自サ) 融洽, 和睦。△両国の～を図る／促進兩國友好。

ゆうわく［誘惑］(名・他サ) 誘惑。△～に負ける／經不住誘惑。

ゆえ［故］I (名) 緣故。△～なく欠勤する／無故缺勤。II (接助) 因為。△貧～の盗み／因窮而偷。

ゆえつ［愉悦］(名・自サ) 愉快, 喜悦。

ゆえに［故に］(接) 因而, 因此。△10は2の倍数である。～偶数である／十是二的倍數, 故是偶數。

ゆえん［所以］(名) 理由。△これが私の辞退する～である／這就是我之所以要辭退的理由。

ゆえん［油煙］(名) 油煙。

ゆおう［硫黄］(名) 硫磺。（也説“いおう”）

ゆか［床］(名) 地板。△～を張る／鋪地板。↔天井

ゆが［瑜珈］(名) ⇨ヨガ

ゆかい［愉快］(形動) 愉快。△～な気分／愉快的氣氛。

ゆかいた［床板］(名) 地板。

ゆかうえ［床上］(名) 地板上。

ゆかうんどう［床運動］(名) 自由體操。

ゆが・く［湯掻く］(他五) 焯。△野菜を～／把青菜焯一下。

ゆかし・い［床しい・懐しい］(形) 高尚。△～人柄／人品高尚。

ゆかした［床下］(名) 地板下面。

ゆかた［浴衣］(名) (日本人) 夏季穿的單和服。

ゆが・む［歪む］(自五) ①歪, 歪斜。△苦痛に顔が～／疼得臉都歪了。△～んだ鼻／歪鼻子。②(心地、行為) 不正。△心が～んでいる／心術不正。

ゆが・める［歪める］(他下一) 扭歪, 歪曲。△口を～／歪嘴, 咧嘴。△事実を～／歪曲事實。

ゆかり［縁］(名) 因緣。△縁も～もない／沒有任何關係。

ゆかわひでき［湯川秀樹］〈人名〉湯川秀樹 (1907-1981)。日本物理學家, 諾貝爾獎得獎人。

ゆかん［湯灌］(名)〈佛教〉入殮前用熱水淨身。

ゆき［行き］(名) ⇨いき

ゆき［雪］(名) ①雪。△～が降る／下雪。②雪白。△～のはだ／雪白的皮膚。△頭に～をいただく／白髮蒼蒼。

ゆき［裄］(名) (和服從脊縫到袖口的) 袖長。

ゆぎ［靫・靱］(名) (古時) 箭袋。

ゆきあ・う［行き会う・行き逢う］(自五) (在路上) 遇上, 碰見。

ゆきあかり［雪明かり］(名) 雪光。

ゆきあそび［雪遊び］(名・自サ) 玩雪。

ゆきあたり［行き当り］(名) 盡頭。△経理課はこの廊下の～の部屋です／財務科是這走廊頭上那個房間。

ゆきあたりばったり［行き当りばったり］(連語) 漫無計劃。

ゆきあた・る［行き当る］(自五) ①走到盡頭。△岩に～／碰到岩石上。②碰壁。

ゆきおとこ［雪男］(名) 雪人。

ゆきおれ［雪折れ］(名) (樹枝, 幹) 被積雪壓斷。

ゆきおろし［雪下ろし］(名) 打掃積雪, 除雪。

ゆきおんな［雪女］(名) 雪仙子。

ゆきか・う［行き交う］(自五) 來來往往, 有來有去的。△通りは～人でにぎわっている／大道上人來人往非常熱鬧。

ゆきかえり［行き返り］(名) 往返, 來回。

ゆきかえ・る［往き還る・行き返る］(自五) 往返。

ゆきがかり［行き掛り］(名) 事已至此。△～上やめられない／已經到了這種地步就無法停止了。

ゆきかき［雪掻き］(名) ①耙雪。②雪耙子。

ゆきかきぐるま［雪掻き車］(名) 除雪車。

ゆきがけ［行き掛け］(名) 順路，順便。△～の駄賃／順手撈一把。△～にこの手紙を出してください／請捎帶把這封信郵了。

ゆきがこい［雪囲い］(名) 防雪柵欄，防雪護板。

ゆきかた［行き方］(名) ① 走法，走甚麼路。△～を教わる／問明怎麼走。② 做法。△～が全くちがうふたり／做法完全不同的兩個人。

ゆきがっせん［雪合戦］(名) 打雪仗玩。

ゆきき［行き来］(名) ① 往來。② 交往。

ゆきぐつ［雪靴］(名) 雪鞋。

ゆきぐに［雪国］(名) 雪國，雪鄉。

ゆきぐも［雪雲］(名) 降雪雲。

ゆきく・れる［行き暮れる］(他下一) 走到半路天黑了。

ゆきげしき［雪景色］(名) 雪景。

ゆきげしょう［雪化粧］(名・自サ) 一色白的佈置。

ゆきけむり［雪煙］(名) 煙雪，飄雪。

ゆきす・ぎる［行き過ぎる］(自上一) ① 通過。② 走過頭。③ 過火。△君のやりかたはゆきすぎだ／你搞得太過頭了。

ゆきずり［行きずり］(名) 萍水相逢。△～の縁／一面之識。

ゆきぞら［雪空］(名) 要下雪的天空。

ゆきだおれ［行き倒れ］(名) (因寒冷、飢餓、疾病等) 倒在街頭。

ゆきだるま［雪達磨］(名) 雪人。△～をこしらえる／堆雪人。

ゆきだるましき［雪達磨式］(名) 滾雪球式的。△借金が～にふえる／欠債越滾越多。

ゆきちがい［行き違い］(名) ① 走兩岔。② 不合。△二人の間に～がある／兩人之間感情不合。③ (火車等) 交錯。

ゆきつ・く［行き着く］(自五) 到達。△～所は一つ／結果是一樣。△事態はとうとう～所まで来てしまった／事情終於弄到不可挽回的地步。

ゆきつけ［行き付け］(名) 常去。△～のレストラン／常去的菜館。

ゆきづま・る［行き詰まる］(自五) ① 走不通。② 停滯，陷入僵局。△交渉が～った／交涉陷入僵局。

ゆきつもどりつ［行きつ戻りつ］(連語) 來來往往。

ゆきどけ［雪解け］(名) ① 雪融 (時期)。② 緩和。

ゆきとど・く［行き届く］(自五) 周到，周密。△～いた看病／無微不至的護理。

ゆきどまり［行き止まり］(名) 走到盡頭。△部長で～だ／做到部長也就到頭了。

ゆきなだれ［雪雪崩］(名) 雪崩。

ゆきなや・む［行き悩む］(自五) ① 難以前進。△難路に～／路險難以前行。② 難以進展。△打開に～／打不開僵局。△会議が～／會議進展不順利。

ゆきのした［雪の下］(名)〈植物〉虎耳草。

ゆきば［行き場］(名) 去處。△どこへも～もない／無處可去。

ゆきばな［雪花］(名) 雪花。

ゆきみ［雪見］(名) 賞雪景。△～酒／賞雪時喝的酒。△～どうろう／石刻燈籠。

ゆきみち［雪道］(名) 雪道。

ゆきもどり［行き戻り］(名) ① 往返。② 返回。

ゆきもよう［雪模様］(名) 要下雪的天氣。

ゆきやけ［雪焼け］(名・自サ) 因雪反射，皮膚曬黑。

ゆきやなぎ［雪柳］(名)〈植物〉珍珠花。

ゆきやま［雪山］(名) 雪山。

ゆきわた・る［行き渡る］(自五) 遍及，普及。△お土産が全員に～った／所有人都得到了禮品。△日の光が隅隅まで～／陽光照遍每個角落。

ゆきわりそう［雪割り草］(名)〈植物〉獐耳細辛。

ゆ・く［行く］(自五)⇨いく

ゆ・く［逝く］(自五)⇨いく［逝く］

ゆくえ［行方］(名) ① 去向，下落。△～不明／下落不明。② 前途。△～を案じる／擔心將來。

ゆくさき［行く先］(名) ① 去處。② 將來，未來。

ゆくさきざき［行く先先］(連語) 所到之處，每到一處。

ゆくすえ［行く末］(名) 前途，將來。△～長くお幸せに／祝你們永遠幸福。

ゆくて［行く手］(名) 前方，去路。△～をさえぎる／擋住去路。

ゆくゆく［行く行く］(副) ① 邊走邊…△～考える／邊走邊想。② 將來。△～は父の仕事を継ぐつもりだ／打算將來繼承父業。

ゆくりなく (副) 意外，偶然。

ゆげ［湯気］(名) 熱氣，蒸氣。△～が立つ／冒熱氣。

ゆけつ［輸血］(名・自サ) 輸血。

ゆけむり［湯煙］(名) 熱氣，蒸氣。

ゆごう［愈合］(名・自サ) 癒合。

ユゴー〈人名〉⇨ユーゴー

ゆこく［諭告］(名・自サ) 曉諭，告誡。

ゆさい［油彩］(名) 油彩。

ゆざい［油剤］(名)〈醫〉油劑。

ゆさぶ・る［揺さぶる］(他五) ① 搖，搖動。△木を～／搖樹。② 震撼。△心を～／驚心動魄。

ゆさまし［湯冷まし］(名) 涼開水。

ゆざめ［湯冷め］(名・自サ) 洗澡後身上感覺冷。

ゆさん［遊山］(名) 遊山。△物見～／遊山逛景。

ゆし［油紙］(名) 油紙。

ゆし［油脂］(名) 油脂。

ゆしゅつ［輸出］(名・他サ) 出口，輸出。△～品／出口品。↔輸入

ゆしゅつかんぜい［輸出関税］(名)〈經〉出口稅。

ゆしゅつぜい［輸出税］(名) 出口稅。

ゆしゅつちょうか［輸出超過］(名) 出超。

ゆしゅつにゅう［輸出入］(名) 進出口。△～貿易／進出口貿易。

ゆ
ユ

ゆず［柚子］(名)〈植物〉柚子。

ゆす・ぐ［漱ぐ］(他五) 漱口。→すすぐ

ゆす・ぐ［濯ぐ］(他五) 涮。△洗濯物を～／把洗的衣服用水涮一涮。

ゆすぶ・る［揺ぶる］(他五)⇨ゆさぶる

ゆすらうめ［梅桃］(名)〈植物〉山櫻桃。

ゆすり［強請り］(名) 敲詐，勒索。△～を働く／敲詐勒索。

ゆずり［譲り］(名) 讓給，讓與，傳給，傳下來。△姉のお～／姐姐給的東西。△親～の才能／天生的才幹。

ゆずりあ・う［譲り合う］(他五) 相讓。

ゆずりは［譲り葉］(名)〈植物〉交讓木。（日本風俗，用其葉為新年裝飾）

ゆす・る［揺する］(他五) 搖晃。△木を～って実を落す／從樹上搖果實下來。△いくら～っても起きない／怎麼推也不起來。

ゆす・る［強請る］(他五) 敲詐，勒索。

ゆず・る［譲る］(他五)① 讓。△席を～／讓座。△道を～／讓路。② 讓給，出讓，賣。△車を安く～／低價出讓汽車。③ 讓步。△一歩も～れない／不能做絲毫讓步。④ 拖後。△話は他日に～／以後再談。

ゆせい［油井］(名) 油井。

ゆせい［油性］(名) 油性。

ゆせいかん［輸精管］(名)〈解剖〉輸精管。

ゆせん［湯煎］(名・他サ)（裝在容器內）放進開水裏。△バターを～する／用熱水化奶油。

ゆせん［湯銭］(名) 洗澡費。

ゆそう［油送］(名) 運輸石油。△～船／運油船，油輪。

ゆそう［油槽］(名) 油槽。

ゆそう［輸送］(名・他サ) 輸送，運輸。

ゆそうせん［輸槽船］(名) 油輪。

ゆそうりょく［輸送力］(名)〈經〉運力。

ゆタオル［湯タオル］(名) 大浴巾。

ゆたか［豊か］(形動)① 豐富，富裕。△～な想像力／豐富的想像力。② 足夠。△六尺な～男／足有六尺高的男子。

ゆだ・ねる［委ねる］(他下一) 委託，託靠。△全権を～／委以全權。△判断を読者に～／完全由讀者來判斷。△教育に一身を～／獻身於教育事業。

ユダヤ［拉 Judaea］(名) 猶太。

ユダヤきょう［ユダヤ教］(名)〈宗〉猶太教。

ユダヤじん［ユダヤ人］(名) 猶太人。

ゆだ・る［茹だる］(自五) 煮好。△卵が～／雞蛋煮熟了。

ゆだん［油断］(名・自サ) 疏忽大意。△～もすきもない／無懈可擊。△～がならない／不可大意。

ゆだんたいてき［油断大敵］(連語) 千萬不能大意。

ゆたんぽ［湯たんぽ］(名) 暖水袋。

ゆちゃく［癒着］(名・自サ)〈醫〉粘連。△腸が～した／腸子粘連了。

ユッカ［yucca］(名)〈植物〉絲蘭。

ゆっくり(副)① 慢慢，緩慢。△～運転する／開慢車。△～と検討する／慢慢研究。△久しぶりに來たんだから～して行きなさい／好久不來了，你多坐一會（不要急着走）。△～急げ／急事要緩辦。② 有餘地。△～間に合う／滿來得及。△～一日の仕事だ／足夠一天做的事。△この靴の方が足に～している／這雙鞋穿着感覺鬆。

ゆったり(副・自サ)① 寬鬆，寬敞。△～とした着物／寬鬆的衣服。② 悠閑。△椅子に～と掛ける／悠閑地坐在椅子上。

ゆであが・る［茹で上がる］(自五) 煮好，煮熟。

ゆでこぼ・す［茹で溢す］(他五) 煮好扔掉汁液。

ゆでたまご［茹で卵］(名) 煮雞蛋。

ゆ・でる［茹でる］(他五) 煮，焯。△栗を～／煮栗子。△ほうれん草を～／焯菠菜。

ゆでん［油田］(名) 油田。

ゆとう［湯桶］(名) 盛開水的水桶。

ゆどうふ［湯豆腐］(名) 燙豆腐。

ゆどの［湯殿］(名) 澡塘，洗澡間。

ゆとり(名) 寬裕，富裕。△家計に～がない／家計不寬綽。

ユナイテッド［united］(名) 聯合的，團結的。

ユニーク［unique］(形動) 獨特，與眾不同。△～な考え／獨特的想法。

ユニオン［union］(名)① 聯合。② 工會。

ユニオンジャック［Union Jack］(名) 英國國旗。

ユニサイクル［unicycle］(名) 獨輪車。

ユニセックス［unisex］(名) 中性打扮。

ユニセフ［UNICEF］(名) 聯合國國際兒童基金。

ユニット［unit］(名)① 單位，一個。②〈教育〉單元。

ユニットバス［unit bath］(名) 浴缸、地板、牆壁一體的浴室。

ユニバーサリティー［universality］(名) 普遍性，一般性。

ユニバーシアード［Universiade］(名) 國際大學生運動會。

ユニバーシティー［university］(名) 大學，綜合大學。

ユニホーム［uniform］(名)① 制服。② 運動服。

ゆにゅう［輸入］(名・他サ) 輸入，進口。△～品／進口貨。△～税／進口稅。△～貿易／進口貿易。↔ 輸出

ゆにゅうちょうか［輸入超過］(名)〈貿〉入超。↔ 輸出超過

ゆにょうかん［輸尿管］(名)〈解剖〉輸尿管。

ユニラテラリズム［unilateralism］(名) 單邊主義。

ユネスコ［UNESCO］(名) 聯合國教科文組織。

ゆのし［湯熨］(名) 用蒸汽熨平。△～をかける／熨平。

ゆのはな［湯の花］(名)① 溫泉中沉澱的礦物質。② 水垢。

ゆのみ［湯飲み］(名) 茶碗，茶杯。

ゆば［湯葉］(名) 豆腐皮，腐竹。

ゆび [指] (名) 指，趾。△〜の腹／手指肚。△足の〜／腳趾。△〜を折る／屈指。△〜を鳴らす／打榧子。

ゆびいっぽんもささせない [指一本も差させない] (連語) 無可挑剔。

ゆびおり [指折り] (名) ① 屈指計算。② 屈指可數。

ゆびきり [指切り] (名・自サ) 用小指互相拉鈎。

ゆびさき [指先] (名) 指尖。

ゆびさ・す [指差す] (他五) 用手指。(也説"ゆびざす")

ゆびずもう [指相撲] (名) 扳手指。

ゆびにんぎょう [指人形] (名) 布袋木偶。

ゆびぬき [指貫き] (名) 頂針。

ゆびぶえ [指笛] (名) (用手) 打口哨。

ゆびわ [指輪] (名) 戒指。△〜をはめる／戴戒指。

ゆびをくわえる [指を銜える] (連語) 眼饞，嘴饞。

ゆぶね [湯船] (名) 澡盆，浴盆。

ユマニスム [humanism] (名) 人性，人道主義，人文主義。(也作"ヒューマニズム")

ゆみ [弓] (名) ① 弓。△〜を射る／射箭。△〜を引き絞る／拉滿弓。② (樂器的) 弓子。

ゆみおれやつきる [弓折れ矢尽きる] (連語) 箭盡弓折。

ゆみず [湯水] (名) 開水和水。△〜のように使う／揮金如土。

ゆみなり [弓形] (名) 弓形。△〜になってこらえる／躬着身子忍着 (疼痛)。

ゆみや [弓矢] (名) 弓箭。

ゆみをひく [弓を引く] (連語) 反抗，背叛。

ゆめ [夢] (名) ① 夢。△〜を見る／做夢。△父を〜に見た／夢見了父親。△〜からさめる／從夢中醒來。△こわい〜／噩夢。② 夢幻。△〜のまた〜／③ 幻想。④ 往事如春夢。⑤ 夢想，理想。

ゆめ [努] (副) (下接否定) 切勿，千萬。△〜疑うなかれ／切勿懷疑。

ゆめうつつ [夢現] (名) 似夢非夢。

ゆめうらない [夢占い] (名) 圓夢，占夢。

ゆめごこち [夢心地] (名) 恍如夢境。

ゆめじをたどる [夢路を辿る] (連語) 進入夢郷。△安らかに〜／安然入夢。

ゆめのよ [夢の世] (連語) 浮生若夢。

ゆめまくらにたつ [夢枕に立つ] (連語) 在夢中出現。

ゆめみ [夢見] (名) 做夢。

ゆめみごこち [夢見心地] (名) ⇨ゆめごこち

ゆめ・みる [夢見る] I (自上一) 做夢，夢見。II (他上一) 空想，夢想。△未来を〜／遐想未來。

ゆめものがたり [夢物語] (名) ① 説夢 (見的事)。② 幻想的事。

ゆめゆめ (副) 千萬 (不)。△先生の教えを〜忘れてはいけない／千萬不要忘記老師的教導。

ゆもと [湯土・湯本] (名) 有溫泉的地方。

ゆゆし・い [由由しい] (形) 嚴重。△〜問題／

重大問題。

ゆらい [由来] I (名・自サ) 由來。△地名の〜／地名的由來。△中国に〜する／來源於中國。II (副) 從來，歷來。

ゆら・ぐ [揺らぐ] (自五) ① 搖擺。△風に〜／隨風搖擺。② 動搖。△自信が〜／信心動搖了。

ゆら・す [揺らす] (他五) 搖動。

ゆらめ・く [揺らめく] (自五) 搖晃。△炎が〜／火苗搖曳。

ゆらゆら (副・自サ) 輕輕飄動，輕輕搖晃。△炊事の煙が〜と立ちのぼる／炊煙裊裊。

ゆり [百合] (名) 〈植物〉百合。

ユリア [urea] (名) 〈化〉尿素。

ユリーミア [uraemia] (名) 〈醫〉尿毒症。

ゆりうごか・す [揺り動かす] (他五) 搖動，搖撼。△人の心を〜／動搖人心。

ゆりおこ・す [揺り起こす] (他五) 推醒。

ゆりかえし [揺り返し] (名) ① 來回晃盪。② 餘震。

ゆりかご [揺り籠] (名) 搖籃。

ゆる・い [緩い] (形) ① 鬆。△靴の紐を〜く結ぶ／鬆繫鞋帶。△靴が〜／鞋有點大。② 不嚴。△取締りが〜／管理不嚴。③ 緩。△〜上り坂／緩坡。④ 稀。△〜粥／稀粥。

ゆるがす [揺るがす] (他五) 震動，震撼。△天地を〜／震撼天地。

ゆるがせ [忽せ] (名) 疏忽，馬虎。△〜にできない／不能馬虎。少しも〜にしない／一絲不苟。

ゆる・ぐ [揺るぐ] (自五) 動搖。△信念が〜／信心動搖。

ゆるし [許し] (名) ① 允許，許可。△〜を受ける／得到允許。② 寬恕。△罪の〜を請う／請求寬恕。

ゆる・す [許す] (他五) ① 允許，許可。△使用を〜／准許使用。② 饒恕。△罪を〜／赦罪。③ 鬆懈。△気を〜／疏忽。④ 承認。△自他ともに〜／人所公認。

ゆる・む [緩む・弛む] (自五) 鬆，鬆弛。△弦が〜／弦鬆了。△ねじが〜んだ／螺絲鬆了。△気が〜／精神鬆懈。

ゆる・める [緩める・弛める] (他下一) ① 放鬆。△帯を〜／把帶子放鬆。△ねじを〜／擰鬆螺絲。△制限を〜／放寬限制。② 放慢。△スピードを〜／放慢速度。

ゆるやか [緩やか] (形動) ① 緩慢。△〜な傾斜／平緩的傾斜。△汽車が〜に動き出した／火車徐徐地開動了。② 寬，鬆。△制限が〜になった／限制放寬了。

ゆ・れる [揺れる] (自下一) ① 搖晃。△梢が風に〜／樹梢隨風搖動。△地面が〜／地面搖晃。② 動搖。△心が〜／心裏動搖了。△考えが〜／猶豫。

ゆわ・える [結わえる] (他下一) 綁，拴，繫。△紐を〜／拴繩子。

ゆわかし [湯沸かし] (名) 水壺，燒水壺。

ゆんで [弓手] (名) 拿弓的手，左手。↔馬手

よ　ヨ

よ［世］(名) ① 社會。△～に出る／出社會。△～に知られる／聞名於世。② 時代，時期。△明治の～／明治時代。③ 人生，一生。△わが～／我這一生。④〈佛教〉(三世的) 世。

よ［余］I (名)〔用“…の余”的形式〕…之餘，…之多。△三月の～も入院していた／住了三個多月醫院。→あまり ② 其餘，其他。△～の事／其他的事。II (接尾)〔接數量詞後〕餘。

よ［夜］(名) 夜，晚上。△～がふける／夜深。△～があける／天亮。↔ 昼

よ［余・予］(代) 余，我。

よ (終助) ① 表示命令，敦促，告誡等口吻。△もう八時です～／都八點了！△そこはあぶない～／那兒危險！△いっしょに行こう～／一起去吧。② 表示懷疑，責難的口吻。△だれ～，私のケーキを食べたのは／是誰呀，把我的糕點吃了！③ 表示招呼。△おまえ～，しっかりやれ／你呀，加油幹吧。

よあかし［夜明し］(名・自サ) 通宵，徹夜。△～で遊ぶ／通宵達旦地玩。

よあきない［夜商］(名)〈經〉夜市，夜間經營。

よあきんど［夜商人］(名)〈經〉夜市商人，做夜市生意的人。

よあけ［夜明け］(名) 黎明，天亮。↔ 日暮れ

よあそび［夜遊び］(名・自サ) 夜裏出遊。

よあるき［夜歩き］(名・自サ) 走夜路。

よい［宵］(名) 傍晚，黃昏。↔ 明け

よい［酔い］(名) 醉。△～がさめる／醒酒。△～をさます／解酒。

よ・い［良い・善い］(形) ⇨いい

よいごこち［酔い心地］(名) 醉意。

よいごし［宵越し］(名) 隔夜，過夜。

よいざまし［酔い覚まし］(名) 醒醒酒。

よいざめ［酔い覚め］(名・自サ) 醒酒，從醉中醒來。

よいしょ (感)(號子) 嗨喲，唉嗨。

よいっぱり［宵っ張り］(名) 熬夜(的人)。△～の朝寝坊／晚睡晏起。

よいつぶ・れる［酔い潰れる］(自下一) 大醉，爛醉。

よいね［宵寝］(名・自サ) 天黑就睡，早睡。

よいのくち［宵の口］(名) 天剛黑。

よいのみょうじょう［宵の明星］(名) 金星，長庚星。↔ 明けの明星

よいまちぐさ［宵待ち草］(名)〈植物〉月見草，夜來香。

よいまつり［宵祭り］(名)(日本大祭前夜的) 小祭。

よいやみ［宵やみ］(名) 黃昏。△～がせまる／黃昏臨近。→夕やみ

よいん［余韻］(名) ①(鐘等的) 餘音。② 餘韻，餘味。△～さめやらぬ／餘韻不絕。

よ・う［酔う］(自五) ①(酒) 醉。△酒に～／醉酒。②暈(車、船等)。△バスに～／暈車。③ 陶醉，迷醉。△音楽に～／陶醉於音樂。

よう［用］(名) ① 事情，工作。△～がある／有事情。△急ぎの～／急事。② 用途，用處。③ 費用，開支。

よう［要］(名) ① 要點，要領。△～をえない／不得要領。→要点，キーポイント ② 必要，需要。△再考の～があると思われる／我認為有重新考慮的必要。

よう［陽］(名) ① 表面。②(“陰陽”的) 陽。

よう［幼］(名) 幼，幼年。

よう［洋］(名) ① 海洋。② 東洋和西洋。③ 西方的東西。

よう (名)〈醫〉癰。

よう (終助)(終助詞“よ”的強調形) ⇨よ

よう (助動)(接上一段、下一段、カ変、サ変動詞的未然形，接助動詞“せる”“させる”，“れる”“られる”的未然形) ① 表示意願和動員對方一起行動。△今度はぼくがボールを投げ～／這回我來投球吧。△さあ，食べ～／來，一塊吃吧。⇨だろう ②(用“～が”“～と”“～ものなら”形式) 表示假設某種情況出現。△人になんと言われ～が，平気だ／誰說甚麼我不在乎。△仕事の手伝いをさせ～ものならとのお礼がたいへんだ／叫他幫忙，過後的酬謝可受不了。

-よう［様］(接尾)(接動詞連用形) 樣子，方式，方法。△話し～が悪い／說的方式不好。

ようい［用意］(名・自他サ) 準備，預備。△食事を～する／準備飯食。△～がととのう／準備齊全。

ようい［容易］(形動) 容易，簡單。→たやすい，やさしい ↔ 困難

よういく［養育］(名・他サ) 撫養，養育。

よういしゅうとう［用意周到］(形動) 準備周到。△～な人／穩紮穩打的人。

よういん［要因］(名) 主要原因，主要因素。

よういん［要員］(名) 必要人員，工作人員。

ようえき［溶液］(名)〈化〉溶液。

ようえき［用役］(名) 使用的目的，作用。

ようえん［妖艶］(形動) 妖艶。

ようおん［拗音］(名)〈語〉拗音。↔ 直音

ようか［養家］(名) 養父母的家。↔ 実家

ようが［洋画］(名) ① 西洋畫，油畫。↔ 日本畫 ② 西方影片。↔ 邦画

ようが［陽画］(名) ⇨ポジ ↔ 陰画

ようかい［妖怪］(名) 妖怪。→化け物

ようかい［容喙］(名・自サ) 插嘴，多嘴。

ようかい［溶解］(名・自他サ) ①〈化〉溶解。② 熔解，熔化。

ようがい［要害］(名)① 險關，要害。② 要塞，堡壘。

ようがく［洋学］(名)〈史〉西學，西洋學術。↔漢学，国学

ようがく［洋楽］(名)西樂，西洋音樂。↔邦楽

ようがさ［洋傘］(名)洋傘。→こうもり傘↔和傘

ようがし［洋菓子］(名)西式糕點。↔和菓子

ようかん［羊羹］(名)豆沙或栗粉加瓊脂做的甜點心。

ようかん［洋館］(名)(明治、大正時代)西式建築。

ようがん［溶岩］(名)熔岩。

ようがん［容顔］(名)容顔，容貌。

ようかんいろ［羊羹色］(名)黑紫色。

ようき［妖気］(名)妖氣，邪氣。

ようき［容器］(名)容器。→うつわ

ようき［陽気］I (名)① 天氣，氣候。② 陽氣。II (形動)① 爽朗，快活。△～な人／爽朗的人。↔陰気 ② 熱鬧，興高采烈。△～にさわぐ／歡鬧。

ようき［揚棄］(名・他サ)〈哲〉揚棄。→止揚

ようぎ［容疑］(名)嫌疑。

ようぎ［容儀］(名)儀容，儀表。

ようぎが［用器画］(名)器械製圖。

ようぎしゃ［容疑者］(名)〈法〉嫌疑犯。

ようきゅう［洋弓］(名)⇨アーチェリー

ようきゅう［要求］(名・他サ)要求，需要。△～に応じる／滿足要求。△～をしりぞける／拒絕要求。

ようぎょ［幼魚］(名)魚苗，幼魚。

ようぎょ［養魚］(名)養魚。

ようきょう［陽狂］(名)佯狂，裝瘋賣傻。

ようぎょう［窯業］(名)窰業，陶瓷業。

ようきょく［陽極］(名)〈電〉陽極，正極。↔陰極

ようきょく［謡曲］(名)(日本"能樂"的)謠曲。

ようぎん［洋銀］(名)鎳銀，西洋銀幣。

ようぐ［用具］(名)用具，工具。→器具

ようぐ［庸愚］(名)庸愚。

ようくん［幼君］(名)幼君，幼主。

ようけい［養鶏］(名)養雞。

ようげき［邀撃］(名・他サ)迎擊。

ようけつ［要訣］(名)要訣，竅門。

ようけん［用件］(名)事，事情。△～をすます／辦完事情。

ようけん［要件］(名)① 要事。② 必要條件。△～をみたす／具備必要條件。

ようけん［洋犬］(名)洋犬，洋狗。

ようげん［用言］(名)〈語〉用言，用詞。↔体言

ようご［用語］(名)用語，措詞。

ようご［養護］(名・他サ)養護，保育。

ようご［擁護］(名・他サ)擁護。△憲法の～／擁護憲法。

ようこう［要項］(名)要點，重要項目。

ようこう［洋行］(名・自サ)① 出洋，去歐美(旅行，留學)。② 洋行，外國商行。

ようこう［陽光］(名)陽光。→日光，日差し

ようこう［要綱］(名)綱要，綱領。

ようこうろ［溶鉱炉］(名)高爐。

ようごがっこう［養護学校］(名)弱智學校。

ようこそ (感)(對來訪者表示歡迎的話)歡迎！△～おいでくださいました／歡迎您來！

ようさい［洋裁］(名)裁製西裝。↔和裁

ようさい［要塞］(名)要塞。

ようさい［洋菜］(名)西洋蔬菜。

ようざい［用材］(名)木材，木料。

ようざい［溶剤］(名)〈化〉溶劑。

ようさん［養蚕］(名・自サ)養蠶。

ようし［用紙］(名)用於特定目的、指定使用的紙。

ようし［要旨］(名)要點，摘要。△～をまとめる／歸納要點。

ようし［洋紙］(名)西洋紙。↔和紙

ようし［容姿］(名)姿容。

ようし［陽子］(名)〈理〉質子。

ようし［養子］(名)養子。△～をもらう／收養子。↔実子

ようし［容止］(名)舉止，舉動。

ようじ［要事］(名)要事。

ようじ［用字］(名)用字。

ようじ［用事］(名)事情。△～で出かける／出外辦事。△～がある／有事情。→用件，所用，用

ようじ［幼児］(名)幼兒，幼童。

ようじ［幼時］(名)幼時，幼年時代。

ようじ［楊枝］(名)① 牙籤。△～を使う／剔牙。② 牙刷。

ようしき［洋式］(名)西式，洋式。→洋風↔和式

ようしき［様式］(名)① 樣式，式樣，格式。② 風格，格調。

ようじきょういく［幼児教育］(名)幼兒教育。

ようしつ［洋室］(名)西式房間。↔和室

ようしつ［溶質］(名)〈化〉溶質，→溶媒

ようしゃ［容赦］(名・他サ)① 寬恕，原諒。△なにとぞぞ～ください／萬望寬恕。② 客氣，容忍。△なさけ～のないしうちだ／毫不留情的態度。

ようじゃく［幼弱］(名)幼弱。

ようしゅ［洋酒］(名)洋酒。↔日本酒

ようしゅ［幼主］(名)幼主，幼君。

ようしゅ［洋種］(名)西洋品種。

ようじゅつ［妖術］(名)妖術，魔法。

ようしゅん［陽春］(名)① 陽春。② 陰曆正月。

ようしょ［要所］(名)① 要衝，要道。△交通の～／交通要道。② 要點。△～をおさえる／抓住要點。

ようしょ［洋書］(名)西洋書籍。↔和書，漢書

ようじょ［幼女］(名)幼女。

ようじょ［養女］(名)養女，繼女。

ようじょ［妖女］(名) ① 妖婦。② 女妖。

ようしょう［幼小］(名) 幼小。→幼年

ようしょう［要衝］(名) 要衝，要道。

ようしょう［要償］(名)〈法〉要求賠償。

ようじょう［養生］(名・自サ) ① 養生，保養身體。△不～／不注意身體。② 療養。

ようじょう［洋上］(名) 海上，船上。

ようじょう［葉状］(名) 葉狀。

ようしょく［洋食］(名) 西餐。↔和食

ようしょく［要職］(名) 要職。△～につく／就任要職。

ようしょく［容色］(名) 容貌，姿色。△～がおとろえる／色衰。→容貌

ようしょく［養殖］(名・他サ) 養殖。△真珠の～／養殖真珠。

ようじん［用心］(名・自サ) 注意，小心，警惕。△～をおこたる／放鬆警惕。△火の～／小心防火。△～ぶかい／處處加小心。

ようじん［要人］(名) 要人，重要人物。

ようじんぶか・い［用心深い］(形) 十分小心，十分謹慎。

ようじんぼう［用心棒］(名) ① 保鏢，警衛。② 頂門棍。③ 護身棒。

ようす［様子］(名) ① 情形，情況。△～がわからない／情況不明。② 樣子，身相。△～を見すぼらしい～／寒酸相。③ 舉止，姿態。△あいつは，どうも，～がおかしい／那個傢伙形跡實在可疑。④ 緣故，情由。△～ありげ／似有緣故。⑤ 似乎，好像。△風もおさまりそうな～だ／風似乎要停了。

ようず［要図］(名) 草圖，略圖。

ようすい［用水］(名) 用水。

ようすい［羊水］(名)〈生理〉羊水。

ようすい［揚水］(名・他サ) 揚水，抽水。

ようすいりょう［容水量］(名) 容水量。

ようすうじ［洋数字］(名) ⇨アラビアすうじ

ようすぶ・る［様子ぶる］(自五) 擺架子，端架勢。

ようずみ［用済み］(名) 完事，完成任務。

よう・する［要する］(他サ) 需要，必要。△技術を～／需要技術。△多言を～しない／無需多説。

よう・する［擁する］(他サ) ① 擁有。△人口百万を～大都市／擁有百萬人口的大城市。② 率領。△大軍を～／率領大軍。

ようするに［要するに］(副) 總之，總而言之。△～しっかりやれということだ／總之一句話，要好好幹。

ようせい［夭逝］(名・自サ) 夭折，夭逝。

ようせい［妖精］(名) 妖精。

ようせい［要請］(名・他サ) ① 請求，要求。△～に応じる／應請。② (學術上的) 公理，先決條件。

ようせい［養成］(名・他サ) 培養，造就。→育成

ようせい［陽性］(名・形動) ① 快活，開朗。△～な人／快活的人。②〈醫〉陽性，陽性反應。↔陰性

ようせい［幼生］(名)〈生物〉幼體，幼蟲。

ようせいじょ［養成所］(名) 訓練所，培訓班。

ようせき［容積］(名) ① 容積，容量。② 體積。

ようせつ［夭折］(名・自サ) 夭折，夭亡。

ようせつ［溶接］(名・他サ) 焊接，熔接。

ようせん［用船］(名) 租用的船。

ようせん［溶銑］(名) ① 熔化生鐵。② 鐵水。

ようそ［沃素］(名)〈化〉碘。

ようそ［要素］(名) ① 要素，因素。②〈理・化〉因素，因子。

ようそう［洋装］(名) ① 西裝，西服。② (書籍) 洋裝，精裝。↔和裝

ようそう［様相］(名) 樣子，模樣。△複雑な～を呈する／呈現複雜的形勢。

よう・だ (助動) (接在活用語的"連體形"後，接在名詞加助詞"の"的後面) ① 用於比喩。△星の～に光っている／像星星一樣閃光。② 表示不確切的斷定或推測。△事故があった～／似乎發生了事故。③ 表示舉例。△ラグビーやサッカーの～なはげしい運動には体力がいる／像橄欖球和足球那樣劇烈的運動是需要體力的。④ 表示目的或希望。△はやく着く～にタクシーで行った／為了早點到，坐出租車去了。△どうぞ合格します～に／祝願你考試合格。⑤ 指示內容。△前記の～な条件／如以上所述條件。

ようたい［様態］(名) 樣子，狀態。

ようたい［要諦］(名) ⇨ようてい

ようだい［容態・容体］(名) 病情，病狀。△～がわるい／病情不好。

ようたし［用足し］(名) ① 辦事。△～に行く／去辦事。② 解手，大小便。③ ⇨ごようたし

ようだ・てる［用立てる］(他下一) ① 借墊，墊款。△一万円～／借墊一萬日圓。② 用，使用。

ようだん［用談］(名・自サ) 商談，商量。△～をすませる／結束商談。

ようだん［要談］(名・自サ) 重要的商談。

ようだんす［用簞笥］(名) 小型櫃櫥。

ようち［要地］(名) 要衝，要地。

ようち［夜討ち］(名) 夜襲。→夜襲 ↔朝駆け

ようち［用地］(名) 用地。△ビルの建設～／大樓建築用地。

ようち［幼稚］(形動) 幼稚。△～な考え／幼稚的想法。

ようち［揚地］(名) (船的) 卸貨地。

ようちえん［幼稚園］(名) 幼兒園。

ようちく［養畜］(名) 飼養家畜。

ようちゅう［幼虫］(名)〈動〉幼蟲。↔成虫

ようちょう［膺懲］(名・他サ) 膺懲，撻伐。

ようちょう［揚超］(名)〈經〉超支。

ようつい［腰椎］(名)〈解剖〉腰椎。

ようてい［要諦］(名) 要義，要旨。

ようてん［要点］(名) 要點。△～を述べる／敍述要點。→眼目，要所

ようてん［陽転］(名・自サ)〈醫〉轉為陽性。

ようでんき［陽電気］（名）〈理〉正電，陽電。↔陰電気

ようでんし［陽電子］（名）陽電子，正電子。

ようと［用途］（名）用途，用處。△～がひろい／用途廣。

ようど［用度］（名）①（辦公用品等的）供應。②費用，用款。△～係／庶務股。

ようとう［洋燈］（名）煤油燈。

ようどう［幼童］（名）幼童，兒童。

ようとうくにく［羊頭狗肉］（名）掛羊頭賣狗肉。

ようどうさくせん［陽動作戦］（名）佯動作戰。

ようとじ［洋とじ］（名）西式裝訂（本）。↔和とじ→洋装

ようとして（副）杳然。△～行方が知れない／杳無行跡。

ようとん［養豚］（名）養豬。

ようなし［用無し］（名）①閑暇，無事。②不需要，沒用。

ようにん［容認］（名・他サ）承認，容忍。△～できない／不能容忍。

ようねん［幼年］（名）幼年。

ようのとうざいをとわず［洋の東西を問わず］（連語）無論東方或西方。

ようは［要は］（副）歸根到底，重要的是。△～勉強することだ／重要的是要學習。

ようはい［遙拝］（名・他サ）遙拝。

ようばい［溶媒］（名）〈化〉溶劑，溶媒。↔溶質

ようはつ［洋髪］（名）西式髮型。↔日本髪

ようび［曜日］（名）星期，曜日。

ようび［妖美］（名）妖艷。

ようひし［羊皮紙］（名）羊皮紙。

ようひつ［用筆］（名）①（使用的）筆。②運筆。

ようひん［用品］（名）用品，用具。

ようひん［洋品］（名）洋貨。

ようふ［養父］（名）養父，繼父。↔実父

ようぶ［腰部］（名）腰部。

ようふう［洋風］（名）西式，西洋風格。→洋式 ↔和風

ようふく［洋服］（名）西裝，洋服。↔和服

ようふぼ［養父母］（名）養父母。

ようぶん［養分］（名）養分。

ようへい［用兵］（名）用兵。△～の妙／用兵之妙。

ようへい［葉柄］（名）〈植物〉葉柄。

ようへき［擁壁］（名）擋土牆，防護牆。

ようべん［用便］（名・自サ）解手，大小便。△～をたす／去解手。

ようぼ［養母］（名）養母。↔実母

ようほう［用法］（名）用法。→使い方

ようほう［陽報］（名）現世的報應。

ようほう［養蜂］（名）養蜂。

ようぼう［要望］（名・他サ）要求，期望。△～にこたえる／應…的要求。

ようぼう［容貌］（名）容貌。

ようぼく［用木］（名）木材，木料。

ようほん［洋本］（名）①西洋書。②洋裝書。

ようま［洋間］（名）西式房間。→洋室 ↔日本間

ようまく［羊膜］（名）〈解剖〉羊膜。

ようみゃく［葉脈］（名）〈植物〉葉脈。

ようむ［用務］（名）工作，事務。

ようむ［要務］（名）要務。

ようむいん［用務員］（名）勤務員，勤雜工。

ようむき［用向き］（名）事情，情由。

ようめい［用命］（名）①吩咐，囑託。△なんなりとご～ください／您儘管吩咐。②訂購。△ご～の品／您訂購的東西。

ようめい［幼名］（名）幼名，乳名。

ようもう［羊毛］（名）⇨ウール

ようもうざい［養毛剤］（名）生髮藥。→育毛剤

ようやく（副）好容易，總算。△～頂上にたどりついた／總算爬到了山頂。→やっと，ようよう

ようやく［要約］（名・他サ）概括。△一言で～すれば／一言以蔽之。

ようゆう［溶融］（名・自サ）溶化，融解。

ようよう（副）⇨ようやく

ようよう［洋洋］（形動トタル）①浩渺。△～とひろがる海／浩渺廣闊的大海。②（前途）廣大，寬闊。△～たる前途／前程遠大。

ようよう［要用］（名）①要緊事情。②當務之急。

ようよう［揚揚］（形動トタル）揚揚（得意）。

ようらん［要覧］（名）便覽。

ようらん［揺籃］（名）①搖籃，搖車。②事物發展的初級階段，搖籃。

ようりく［揚陸］（名・自他サ）①（從船上）卸貨。②登陸。

ようりつ［擁立］（名・他サ）擁立。

ようりゃく［要略］（名・他サ）概略，概要。

ようりょう［用量］（名）藥物等的用量，使用量。

ようりょう［要領］（名）①要領，要點。△～をえない／不得要領。②訣竅，方法。△～をおぼえる／掌握訣竅。

ようりょう［容量］（名）容量。△～をはかる／測容量。

ようりょく［揚力］（名）〈理〉揚力。

ようりょくそ［葉緑素］（名）〈植物〉葉綠素。

ようりょくたい［葉緑体］（名）〈植物〉葉綠體。

ようれい［用例］（名）實例。△～を示す／舉例。

ようれき［陽暦］（名）陽暦。↔陰暦

ようろ［要路］（名）①要道，要衝。△交通の～／交通要道。②重要地位。△～にたつ／居於重要地位。

ようろ［溶炉］（名）〈冶金〉熔爐。

ようろう［養老］（名）養老，贍養老人。

よえい［余映］（名）餘輝。

よえい［余栄］（名）餘榮，死後的榮譽。

ヨーガ［梵 yoga］（名）（印度）瑜伽，瑜伽功。△～瞑想法（めいそうほう）／瑜伽冥想。（也作“ヨガ”）

ヨーグルト［德 Yoghurt］（名）酸奶，酸乳酪。

ヨードチンキ［德 Jodtinktur］（名）〈醫〉碘酒，碘酊。

ヨーヨー［yo-yo］（名）〔玩具〕搖搖。

ヨーロッパ［葡 Europa］（名）歐洲。

ヨーロッパきょうどうたい［ヨーロッパ共同体］（名）歐共體，EC。

ヨーロッパ協議会［Council of Europe］（名）歐盟，EU。

よか［予価］（名）預定價格。

よか［余暇］（名）業餘時間，工餘。△～をたのしむ／業餘消遣。→レジャー

よか［予科］（名）預科。

ヨガ（名）瑜伽。（也說"ヨーガ"）

ヨガ［梵 yoga］（名）（印度）瑜伽，瑜伽功。→ヨーガ

よかく［余角］（名）〈數〉餘角。

よかく［予覚］（名・他サ）預感。

よかぜ［夜風］（名）夜風。

よかせぎ［夜稼〕（名）夜裏賺錢的營生。（如娼妓、偷盜）

よがよなら［世が世なら］（連語）如果生逢其時，如果時勢不變的話。

よからぬ［良からぬ］（連體）不好的，壞的。△～うわさ／醜聞，壞名聲。△～心／夕意。

よが・る［善がる］（自五）覺得好，覺着滿意。

よかれ［善かれ］（名）希望好。△～と祈る／祝願成功。祝願好運。

よかれあしかれ（副）好歹，無論如何。△こうなってはもう，～このまま進むしかない／到了這種地步，不管怎樣，只好做下去了。

よかん［予感］（名・他サ）預感。△～があたる／不出所料。△不吉な～／不祥的預感。

よかん［余寒］（名）餘寒，春寒。

よき［予期］（名・他サ）預料，意料。△～に反する／與預想相反。→予想，予測

よき［良き］（名）① 好（結果）。② 吉祥。

よぎ［余技］（名）餘技，業餘愛好。

よぎ［夜着］（名）被子。

よぎしゃ［夜汽車］（名）夜行列車。

よぎな・い［余儀無い］（形）不得已，無奈。△～事情／不得已的情況。

よきょう［余興］（名）餘興。

よぎり［夜霧］（名）夜霧。

よぎ・る（自五）閃過，掠過。△目の前を～／從眼前閃過。△一抹の不安が心を～った／心中掠過一絲不安。

よきん［預金］（名・他サ）存款。△～をおろす／提存款。△～を引きだす／提存款。

よく（副）① 好好，認真。△～考える／認真考慮。② 經常。△～学校を休む子／經常不上學的孩子。③ 好，漂亮。△～やった／幹得漂亮。④（做反語用）竟，竟然。△あれだけ人にめいわくをかけておいて，～平気でいられるものだ／給人家添了那麼多的麻煩，竟毫不在乎。⑤ 很，非常。△あの母親と子どもは～似ている／那母子倆長得非常像。

よく［欲］（名）慾望。△～が深い／貪心不足。△～を言ったらきりがない／慾壑難填。

よく［翼］（名）① 翼，翅膀。② 葉片，葉板。③（建築物）側翼。④（軍隊）側，翼。

よくあさ［翌朝］（名）第二天早晨，次晨。→明朝，あくる朝

よくあつ［抑圧］（名・他サ）壓制，壓迫。△言論の～／壓制言論。

よくうつ［抑うつ］（名）抑鬱。

よくけ［欲気］（名）貪慾，貪心。

よくげつ［翌月］（名）下個月。→來月 ↔ 前月

よくさん［翼賛］（名・他サ）（對天子等）輔佐，輔弼。

よくし［抑止］（名・他サ）抑止，抑制。△ガンの進行を～する／抑制癌的發展。

よくしせんりゃく［抑止戦略］（名）威懾戰略。

よくしたもので［良くしたもので］（連語）了不起。△人間というものは～，どんな逆境にあってもなんとかのりきっていけるものだ／人真是了不起，無論遇到甚麼樣的逆境都能戰勝它。

よくしつ［浴室］（名）浴室。→ふろ場，バスルーム，湯殿

よくじつ［翌日］（名）第二天，翌日。→明日 ↔ 前日

よくしゅう［翌週］（名）下一週。→次週，来週

よくしゅん［翌春］（名）下一年的春天。→来春

よくじょう［浴場］（名）浴場，洗澡間。

よくじょう［欲情］（名）① 慾望，貪心。② 情慾，性慾。

よくしりょく［抑止力］（名）威懾力。

よくしん［欲心］（名）慾念，貪心。

よく・する［善くする］（他サ）善於，擅長。△画家でありながら俳句も～／雖是個畫家卻也擅長俳句。

よく・する［浴する］（自サ）① 沐浴，洗澡。② 受，蒙受。△恩恵に～／蒙受恩惠。

よくせい［抑制］（名・他サ）抑制，抑止。△インフレを～／抑制通貨膨脹。

よくそう［浴槽］（名）浴缸，浴槽。

よくたん［翼端］（名）（飛機）翼端。

よくち［沃地］（名）肥田，沃土。↔ やせ地

よくちょう［翌朝］（名）第二天早晨。

よくど［沃土］（名）沃土。

よくとく［欲得］（名）貪婪，貪圖。

よくとくずく［欲得ずく］（名）貪心，利慾薰心。△～で参加する／出於貪心而參加。

よくとし［翌年］（名）第二年。→あくる年 ↔ 前年

よくにめがくらむ［欲に目がくらむ］（連語）利令智昏，見錢眼開。

よくねん［翌年］（名）⇨よくとし

よくねん［欲念］（名）慾念，私心雜念。

よくのかわがつっぱる［欲の皮が突っぱる］（連語）貪得無厭，慾壑難填。

よくばり［欲張り］(名・形動) 貪婪 (的人)。△～な人／貪婪的人。→貪欲，欲深

よくば・る［欲張る］(自五) 貪婪，貪得無厭。△～とかえって損をする／貪婪反招損。

よくばん［翌晩］(名) 第二天晚上，翌晚。→明晚

よくふか［欲深］(名・形動) 貪得無厭，貪心不足。

よくぼう［欲望］(名) 慾望。△～をみたす／滿足慾望。△～に目がくらむ／利令智昏。

よくめ［欲目］(名) 偏心，偏愛。△～で見る／偏待。→ひいき目

よくも (副) 竟敢，竟能。△～やりやがったな／你竟敢這樣做。

よくや［沃野］(名) 沃野。△～がひろがる／沃野無邊。

よくよう［抑揚］(名) 抑揚。△～をつける／抑揚頓挫。

よくよう［浴用］(名) 浴用，洗澡用。

よくよく (副) ① 認真，仔細地。△～考える／仔細地考慮。② 特別，實在。△～こまる／實在為難。③ 萬不得已。△～のこと／萬不得已的事。

よくよく［翼翼］(連體) (小心) 翼翼。

よくりゅう［抑留］(名・他サ) 扣留，扣下。

-よけ［接尾］避，擋，防。△どろぼう～／防盜。△魔～／避邪。

よけい［余計］I (形動) 多餘的，不必要的。△～な心配／瞎操心。△→餘分△～なお世話／多管閑事。II (副) ① 多。△人より～練習した／比別人多練習。② 越發，更加。△だめだと言われると～にやりたくなる／越説不行越想試試。

よけつ［預血］(名)〈醫〉存血。(把血存到血庫裏)

よ・ける (他下一) ① 避開，躲開。△車を～／躲開汽車。② 防範，躲避。△雨を～／躲雨。→さける

よけん［予見］(名・他サ) 預見，預知。

よけん［与件］(名)〈哲〉論據，已知條件。

よげん［予言］(名・他サ) ① 預言。②〈宗〉啟示，神啟。

よこ［横］(名) ① 横。△～が広がる／横向延伸。△～になる／躺下。△首を～にふる／搖頭。② 旁邊，側面。△箱の～にシールをはる／在箱子的側面貼封條。△～から口を出す／從旁插嘴。△帽子を～にかぶる／歪戴帽子。

よご［予後］(名)〈醫〉預後。△～は良好だ／預後良好。② 病後。△～を養う／病後調養。

よこあい［横合い］(名) ① 旁邊，側面。② 局外。△～から口を出す／從旁插嘴。

よこいと［横糸］(名)〈紡織〉緯紗，緯綫。↔たて糸

よこう［予行］(名・他サ) 預演。

よこう［余光］(名) ① 殘照，餘光。② 餘蔭。

よこがお［横顔］(名) ① 側臉。② 人物簡介。

よこがき［横書き］(名) 横寫。↔たて書き

よこがみやぶり［横紙破り］(名) 專横，一意孤行。

よこぎ［横木］(名) 横木，横樑。

よこぎ・る［横切る］(他五) 横過，横穿。△道を～／横過馬路。→横断する，わたる

よこく［予告］(名・他サ) 預告。△次週の～／下週預告。

よこく［与国］(名) 盟國。

よこぐも［横雲］(名) 帶狀雲。

よこぐるま［横車］(名) ① 專横，不講理。② (武術) 横槍 (刀槍等)。

よこぐるまをおす［横車を押す］(連語) 蠻不講理，蠻幹，横推車。

よここう［横坑］(名) (礦山的) 水平坑道。

よこざ［横座］(名) ① 主人的座位。② 正座，上座。③ 側座，横座。

よこじく［横軸］(名) 横軸，水平軸。

よこしま (形動) 邪惡，不正經。△～な考え／邪惡的思想。

よこじま［横じま］(名) 横格，横紋。↔たてじま

よこ・す I (他五) 寄來，送來，派來。△友だちが手紙を～した／朋友寄來一封信。△金を～せ／拿錢來！△助手をひとり～してくれ／給我叫個助手來。II (補動五) (用 “て～” 形式) …來，來…△国もとからみかんを送って～した／從老家送來了橘子。

よご・す［汚す］(他五) ① 弄髒。△服を～／弄髒衣服。② 攪和，拌。△せりを胡麻で～／芹菜拌上芝麻。

よこずき［横好き］(名) 外行的愛好。△へたの～／不高明偏偏愛好。

よこすじ［横筋］(名) ① 横綫。② 離題。

よこすべり［横滑り］(名・自サ) ① 横滑，側滑。△雨で車が～する／因下雨車横裏打滑。② 平行調動，同級調動。

よこずわり［横座り］(名) 側歪着身坐。

よこた・える (他下一) 横放，横臥。

よこたおし［横倒し］(名) 横倒，翻倒。

よこたわ・る［横たわる］(自五) ① 横臥。△ベッドに～／横臥牀上。② 横放，横亘。△山が前方に～っている／山横亘在前方。③ 擺在面前，面臨。△困難が～／面臨困難。

よこちょう［横町］(名) 胡同，小巷。

よこづけ［横付け］(名・他サ) 停靠，横靠。△車を玄関に～する／把汽車停在門口。

よこっつら［横つ面］(名) 面頰。

よこづな［横綱］(名) ① (“相撲” 中最高級別的大力士) 横綱。② 首屈一指，超羣出眾。

よこて［横手］(名) 側面，旁邊。△ビルの～／大廈的旁邊。

よこで［横手］(名) 拍手，鼓掌。

よごと［夜毎］(名) 每夜。

よことじ［横綴じ］(名) 横訂。

よこどり［横取り］(名・他サ) 搶奪，奪取。△財産を～する／搶奪財產。

よこなが［横長］(名) 横寬，長方形。

よこながし［横流し］(名・他サ) 倒賣 (統製品)，暗盤出售。△資材を〜する/倒賣資材。

よこなぐり［横殴り］(名・他サ) 從側面打。△〜の雨/斜瀟的雨。

よこなみ［横波］(名)①〈理〉橫波。②橫浪，側浪。↔たて波

よこのものをたてにもしない［横のものを縦にもしない］(連語) 懶得油瓶倒了都不扶。

よこばい［横ばい］(名)①橫爬，橫行。△かにの〜/螃蟹橫爬。②平穩，停滯。△物価は〜状態だ/物價處於平穩狀態。

よこはば［横幅］(名) 寬，寬度。

よこばら［横腹］(名)①側腹。②(車，船的) 側面。

よこぶえ［横笛］(名) 橫笛。↔たて笛

よこぶとり［横太り］(名・自サ) 矮胖。

よこぶり［横降り］(名)(風，雪) 斜下，瀟。

よこみち［横道］(名)①岔道。△〜を通る/走岔道。②離題，旁鶩。△〜にそれる/離題。

よこむき［横向き］(名) 側面，側身。△〜になる/朝向側面。△〜に寝る/側身而臥。

よこめ［横目］(名)①側視，斜看。△〜で見る/側眼看。△〜を使う/送秋波。②(木材或紙張的) 橫紋。

よこもじ［横文字］(名)①橫寫的文字。②西方文字。

よこやり［横やり］(名) 插嘴，干涉。△〜を入れる/從旁干涉。

よこやりをいれる［横槍を入れる］(連語) 從旁插嘴，從旁干涉。

よごれやく［汚れ役］(名)(日本劇) 扮演下等人物的角色。

よご・れる［汚れる］(自下一)①髒，污染。△〜れた空気/污染了的空氣。②不純，骯髒。△〜れた心/骯髒的心。

よこれんぼ［横恋慕］(名) 第三者插足。

よさ［良さ・善さ］(名) 好處，長處，好的程度。

よざい［余罪］(名) 餘罪，其他罪行。△〜を追及する/追究其他罪行。

よざい［余財］(名) 餘財，剩餘的財產。

よざかり［世盛り］(名)①全盛時期。②精力充沛時期。

よざくら［夜桜］(名) 夜櫻。

よさむ［夜寒］(名)(晚秋) 夜寒。

よさん［予算］(名) 預算。△〜をくむ/編製預算。

よし［由］(名)①緣故，理由。△〜ありげな態度/似有甚麼緣由的態度。②方法，手段。△知る〜もない/無法知道。③(用 "…の由" 的形式) 聽說，據說。

よし(名)〈植物〉葦子，蘆葦。

よし(副)〈文〉即便，縱然。△この計画が，〜失敗におわったとしても，私は後悔しない/即使這個計劃失敗了，我也不後悔。

よし［止し］(名) 停止，作罷。

よし［良し］(形)〈文〉好，行，可以。△帰って〜/可以回去了。

よし［縦し］(感) 好。△〜，そこまで/好，就到這裏。△〜，やろう/好，幹吧。

よじ［余事］(名)①餘事，別的事情。②閑事。

よしあし［善しあし］(名)①善惡，好壞。△〜を見分ける/分辨善惡。②是非判斷，有好有壞。△家と職場が近いのも〜だ/家和工作單位近，也好也不好。

よしきり［よし切り］(名)〈動〉葦鶯。

よじげん［四次元］(名) 四維，四維空間。

よしず［葦簀］(名) 葦簾子。

よしずばり［よしず張り］(名) 葦棚，蓆棚。

よじつ［余日］(名)①餘日，剩下的日子。②他日，改日。③空閑的日子。

よしど［葦戸］(名) 葦門。

よしな・い［由無い］(形)①沒理由。△〜反対/無故反對。②不得已。△やいやい言われて〜く従う/被吵得無奈只好聽從。③沒價值。△〜ことに荷担する/參與一椿無聊的事情。

よしなに(副) 適當地，酌情。

よしのざくら［吉野桜］(名) 吉野山的櫻花，山櫻。

よじのぼ・る［よじ登る］(自五) 攀登。△木に〜/爬樹。

よしみ(名)①友誼，交情。△〜をむすぶ/結交。②情誼，關係。△同窓の〜/同窗之誼。

よしゅう(予習)(名・他サ) 預習。↔復習

よじょう［余剰］(名) 剩餘。

よじょう［余情］(名) 餘韻，回味。

よじょうはん［四畳半］(名) 鋪四張半蓆子的小房間。

よしょく［余色］(名) 互補色。

よじ・る(他五) 扭，擰。△からだを〜/擰身體。

よ・じる［攀じる］(自上一) 攀登，爬上。

よじ・れる(自下一) 擰。△腹の皮が〜/笑破肚皮。

よしん［余震］(名) 餘震。

よじん［余人］(名) 其餘的人，別人。△〜をまじえない/叫外人出去。不夾雜外人。→他人

よじん［余燼］(名) 餘燼，餘火。

よしんば(副) 即使，縱然。

よ・す(他五) 停止，作罷。△この話は〜そう/這事就算了吧。→やめる

よすが(名) 依據，依靠。△身を寄せる〜もない/無處棲身。

よすがら［夜すがら］(副) 整夜，通宵。△〜語り合う/整夜暢談。

よすてびと［世捨て人］(名) 和尚，隱士。

よせ［寄席］(名) 曲藝場，說書場，雜技場。

よせ［寄せ］(名)①歸攏，聚集。②(棋類) 殘局。

よせあつめ［寄席集め］(名) 拼湊。△〜のチーム/拼湊的隊。

よせい［余生］(名) 餘生。△〜を送る/度晚年。

よせい［余勢］(名) 餘勢，剩勇。△〜をかる/拿出最後的力量。

よせがき［寄せ書き］(名) 集體寫、畫。

よせぎ［寄せ木］(名) 木塊拼花, 嵌木。

よせぎざいく［寄せ木細工］(名) 木塊拼花工藝。

よせざん［寄せ算］(名) ⇨たしざん

よせつぎ［寄せ接ぎ］(名)〈樹木〉活枝嫁接。

よせつ・ける［寄せ付ける］(他下一) 讓…靠近, 使…接近。△人を～けない／不讓人靠近。

よせて［寄せ手］(名) 攻上來的敵人。

よせなべ［寄せ鍋］(名) 火鍋。

よせむね［寄せ棟］(名) ⇨よせむねづくり

よせむねづくり［寄せ棟造り］(名)〈建〉四面坡頂的房屋。

よ・せる［寄せる］I (他下一) ① 靠近, 挨近。△車を～／靠車。△関心を～／寄與關心。② 召集, 聚集。△顔を～／碰頭, 聚會。③ 投送, 寄送。△手紙を～／寄信。④ 寄託, 寄予。△花に～せて思いを述べる／寄景敍情。⑤ 加。△4と6を～と10になる／四加六等於十。II (自下一) ① 靠近, 挨近。△波が～／波浪湧來。② 拜訪, 訪問。△～せていただく／拜訪您。

よせん［予選］(名) 預選。△～を通過する／通過預選。

よぜん［余喘］(名) 殘喘。

よそ (名) ① 別處, 他鄉。△～へにげる／逃往別處。△～と無關。～の人／他人。～の国／外國。↔ うち ③ (以 “…よそに” 形式) 置之不理。△任務を～に遊びほうける／玩忽職守, 一心貪玩。

よそいき［よそ行き］(名) ① 出門穿的衣服。② 鄭重其事, 一本正經。△～のことば／正經話。

よそう［予想］(名・自サ) 預想, 預料。△～がはずれる／出乎預料。△～に反して／與預料相反。

よそ・う［装う］(他五) ① ⇨よそおう ② 盛 (飯食)。

よそうがい［予想外］(名・形動) 預料之外, 意外。△～のでき／意外收穫。

よそうどおり［予想どおり］(名) 如所預料。

よそ・える (他下一) ① 比作, 比擬。② 假借, 假託。

よそおい［装い］(名) ① 裝束, 服裝。△春の～／春裝。② 打扮, 裝扮。△～をこらす／精心打扮。③ 裝飾, 裝修。△～を新たにする／裝飾一新。

よそお・う［装う］(他五) ① 穿戴, 裝束。△美しく～／打扮得漂亮。② 假裝, 偽裝。△平気を～／故作鎮靜。

よそく［予測］(名・他サ) 預測, 預料。△～がつく／能預料到。→予想, 予見

よそごと［よそ事］(名) 分外事, 與己無關的事。△～とは思えない／不能認為是分外的事情。

よそながら (副) 遙遠, 暗中, 間接地。△～案じる／暗自着急。

よそみ［よそ見］(名) ① 向旁處看。→わき見 ② 別人瞧着。△～が悪い／別人看着不好。

よそめ［よそ目］(名) ① 旁觀, 從局外人看來。△彼の苦しんでいるようすは, ～にもはっきりわかった／他那痛苦的樣子, 別人也看得很清楚。② 冷眼一看, 乍一看。

よそもの［余所者］(名) 外地人。

よそゆき［よそ行き］(名) ⇨よそいき

よそよそし・い (形) 疏遠, 冷淡。△～態度／冷淡的態度。→他人行儀

よぞら［夜空］(名) 夜空。

よたか［夜高か］(名) ①〈動〉夜鷹。② (江戸時代) 娼妓。

よたく［預託］(名・他サ) 委託保管, 寄存。

よだち［夜立ち］(名) 夜裏動身 (啟程)。

よだ・つ (自五) 悚然, 戰慄。△身の毛が～／毛骨悚然。

よたもの［与太者］(名) 惡棍, 流氓。

よたよた (副) 蹣跚, 東倒西歪。

よだれ (名) 涎水, 口水。△～を流す／流口水。△～を垂らす／重涎。

よだれかけ［涎掛］(名) (嬰兒) 圍嘴。

よだん［予断］(名・他サ) 預斷。△～をゆるさない／難以預斷。

よだん［余談］(名) 閑話, 廢話。△これは, ～になりますが…／説句離題的話…

よち［予知］(名・他サ) 預知。→予見, 予見

よち［余地］(名) ① 空地。② 考慮的～がない／沒有考慮的餘地。

よちよち (副・自サ) (走路) 搖搖晃晃, 東倒西歪。

よつ［四つ］(名) ① 四, 四個。② 四歲。③ 巳時, 亥時。④ (相撲) 四手相交的姿勢。

よつあし［四つ足］(名) ① 四條腿。② 畜生, 獸類。

よっか［四日］(名) ① 四日。② 四天。

よっかく［浴客］(名) 浴客。(也説 “よっきゃく”)

よつかど［四つ角］(名) ① 四個角。② 十字路口。→四つ辻, 交差点

よつぎ［世継ぎ］(名) ① 繼承。② 繼承人, 繼嗣。→後継ぎ

よっきゅう［欲求］(名・他サ) 慾望, 希求。△～を満す／滿足慾望。

よっきゅうふまん［欲求不満］(名) 不稱心, 不滿足。

よつぎり［四つ切り］(名) 四開的印相紙。

よつだけ［四つ竹］(名) 竹板, 響板。

よっつ［四つ］(名) ① 四, 四個。② 四歲。③ 第四。

よって［因って］(接) 因而, 從而。△証拠不十分, ～被告人は無罪／證據不足, 因此被告人無罪。

よつであみ［四つ手網］(名) 罩網, 四方形抬網。

ヨッティング［yachting］(名) 駕駛帆船。

よってたかって［寄ってたかって］(連語) 簇擁而上。△～いじめる／結夥欺負人。

ヨット［yacht］(名) 快艇, 帆船。

ヨットハーバー [yacht harbor]（名）遊艇港，遊艇停泊處。

ヨットレース [yacht race]（名）帆船競賽。

よっぱらい [酔っ払い]（名）醉漢，醉鬼。

よっぴて [夜っぴて]（副）整夜，一夜。△～風がつよかった／整夜風很大。

よっぽど（副）〈俗〉⇨よほど

よつみ [四つ身]（名）兒童和服。

よつめがき [四つ目垣]（名）方格籬笆。

よつゆ [夜露]（名）夜裏的露水。

よづり [夜釣り]（名・自他下）夜間垂釣。

よつんばい [四つんばい]（名）匍匐爬，趴下。

よてい [予定]（名・他サ）預定。

よてき [余滴]（名）① 殘餘的水滴。② 點滴，花絮。

よど [淀]（名）死水灣。

よとう [与党]（名）① 執政黨。↔ 野党 ② 同夥，同黨。

よどおし [夜通し]（副）整夜，通宵。△～看病する／通宵護理。

よとぎ [夜とぎ]（名）通宵陪伴。

よとく [余得]（名）額外收入。

よとく [余徳]（名）餘德，恩澤。

よどく [余毒]（名）餘毒，遺害。

よど・む [淀む]（自五）① 停滯，不流動。△水が～／淤水。△～みなくしゃべる／滔滔不絕地説。② 沉澱。

よなおし [世直し]（名・自サ）改造社會。

よなか [夜中]（名）半夜，子夜。→夜半，夜ふけ

よなが [夜長]（名）夜長。△秋の～／秋天的長夜。↔ 日長

よなき [夜鳴き]（名・自サ）① (鳥) 夜鳴。② 夜晚沿街叫賣的人。

よなき [夜泣き]（名・自サ）(嬰兒) 夜裏哭泣。

よなべ [夜なべ]（名・自他サ）加夜班，夜間繼續工作。△～で仕上げる／夜裏加班完成。

よなよな [夜な夜な]（副）每夜夜裏。△～幽霊が出る／夜夜鬧鬼。

よな・れる [世慣れる]（自下一）老於世故。

よにげ [夜逃げ]（名・自サ）夜裏潛逃。

よねつ [余熱]（名）餘熱。

よねつ [予熱]（名）預熱。

よねん [余念]（名）雜念。△勉強に～がない／專心學習。

よのう [予納]（名・他サ）預交，預先繳納。

よのつね [世の常]（連語）司空見慣，尋常。

よのなか [世の中]（名）① 世間，社會。△～に出る／出社會。② 時代。△～が変わる／時代變化。→世間，社会

よのならい [世の習い]（連語）世俗，社會習慣。

よは [余波]（名）餘波。△台風の～／颱風的餘波。△インフレの～を受ける／受到通貨膨脹的影響。

よはく [余白]（名）空白。→欄外

よばたらき [夜働き]（名・自サ）① 夜裏幹活。② 夜盜，夜賊。③ 夜攻，夜襲。

よばなし [夜話]（名・自他サ）夜談。

よばり [夜尿]（名）遺尿。

よばわり [呼ばわり]（名）扣帽子。△泥棒～／(給人) 扣小偷帽子。

よばん [夜番]（名）值夜班 (人員)，打更，巡夜 (人員)。

よび [予備]（名）預備。

よびあつ・める [呼び集める]（他下一）召集。

よびうり [呼び売り]（名）叫賣，叫賣的小販。

よびえき [予備役]（名）(軍隊的) 預備役。

よびおこ・す [呼び起こす]（他五）① 叫起，喚醒。② 喚起。△反発を～／引起反感。

よびか・ける [呼び掛ける]（他下一）① 召喚，招呼。△大声で～／大聲召喚。② 呼籲，號召。△結束を～／呼籲團結。

よびかわ・す [呼び交わす]（他五）互相召喚，互相招呼。

よびきん [予備金]（名）〈經〉備用金。

よびこ [呼び子]（名）哨子，叫笛。

よびこう [予備校]（名）補習學校，預備學校。

よびごえ [呼び声]（名）① 召喚聲，吆喝聲。② 呼聲，輿論。△次期首相の～が高い／當選下屆首相的呼聲很高。

よびこ・む [呼び込む]（他五）叫進來，讓進來。

よびすて [呼び捨て]（不加敬稱）光叫姓名。△～にする／不用敬稱。

よびせんきょ [予備選挙]（名）預選。

よびだし [呼び出し]（名）① 呼喚。② 傳呼電話。③ (相撲) 檢錄員，報告員。

よびだ・す [呼び出す]（他五）叫。△電話で～／打電話叫去。△電話口へ～／叫來接電話。

よびた・てる [呼び立てる]（他下一）① 高呼，大聲喊。② 特意叫來。

よびちしき [予備知識]（名）預備知識。

よびつ・ける [呼び付ける]（他下一）① 喚到跟前。② 叫慣。

よびな [呼び名]（名）通稱，慣稱。→通称

よびね [呼び値]（名）〈貿〉單價。

よびみず [呼び水]（名）① (注入水泵的) 啟動水。② 誘因。△この事故が～になって事故が續發した／這個事故導致了一連串事故的發生。

よびもど・す [呼び戻す]（他五）① 召回，回來。② 恢復。△記憶を～／喚起回憶。

よびもの [呼び物]（名）精彩節目，叫座節目。

よびょう [余病]（名）併發症。

よびよ・せる [呼び寄せる]（他下一）叫到跟前來。

よびりん [呼び鈴]（名）傳呼鈴，電鈴。

よ・ぶ [呼ぶ]（他五）① 呼，喚，叫。△名前を～／叫名字。② 請來，叫來。△医者を～／請醫生。△救急車を～／叫救護車。③ 招待。△夕食に～／招待晚飯。④ 稱呼，叫做。⑤ 招致，引起。△人気を～／受歡迎。△疑惑を～／引起懷疑。

よふかし [夜更かし]（名）熬夜。→宵っぱり

よふけ [夜更け]（名）半夜，深夜。→夜中，夜半

よぶこどり［呼ぶ子鳥］(名)〈動〉⇨かっこう

よぶね［夜船］(名)夜船。△白河〜／睡熟了，甚麼也不知道。

よふん［余憤］(名)餘憤。△〜をもらす／發泄餘憤。

よぶん［余聞］(名)插曲，花絮。→こぼれ話

よぶん［余分］Ⅰ(名)剩餘，多餘。Ⅱ(形動)多餘。△それは〜な話だ／那是多餘的話。→余計

よへい［余弊］(名)流弊，副作用。

よほう［予報］(名・他サ)預報。

よぼう［予防］(名・他サ)預防。

よぼう［輿望］(名)眾望，聲望。△〜をになう／肩負眾望。→衆望

よぼうさく［予防策］(名)預防措施。

よぼうせっしゅ［予防接種］(名)〈醫〉預防接種。

よぼうせん［予防線］(名)防綫。△〜を張る／設防綫。

よほど(副)① 很，頗，相當。△〜大きなにもつ／相當大的行李。→かなり，ずいぶん ② 幾乎要…△〜むかえに行こうかと思ったがやめた／差一點想去接，可還是作罷了。

よぼよぼ(副・自サ)(老人)走路蹣跚，搖搖晃晃。

よまいごと［世迷い言］(名)嘟囔，牢騷。

よまき［余まき］(名)(農業)連播。

よま・せる［読ませる］(他下一)引人愛讀。

よまつり［夜祭り］(名)夜祭。

よまわり［夜回り］(名・自サ)巡夜人。

よみ(名)黄泉，冥府，陰間。

よみ［読み］(名)① 唸，讀。② (漢字的)讀法。③ 判斷，推察，理解。△〜が深い／看得深。△〜が当る／估計得對。

よみあ・げる［読み上げる］(他下一)① 大聲讀，宣讀。② 讀完。

よみあわ・せる［読み合わせる］(他下一)① 核對，校對。② (演員)對台詞。

よみうり［読み売り］(名)(江戸時代邊讀邊賣的)瓦版報紙(或報販)。

よみがえ・る［甦る］(自五)蘇醒，復活。△記憶が〜／恢復記憶。

よみかき［読み書き］(名)讀和寫。

よみかきそろばん［読み書き算盤］(名)寫寫算算。

よみかた［読み方］(名)① 讀法，發音。△漢字の〜／漢字的讀法。② 理解法。△難解な文章だから，人によって〜がちがう／因為是深奧的文章，所以理解因人而異。

よみきり［読み切り］(名)① 讀完，唸完。② 一次登載完。↔連載

よみくだ・す［読み下す］(他五)① 通讀。② 按日文語序誦讀漢文。

よみごたえ［読み応え］(名)有讀頭，讀起來耐人尋味。

よみこな・す［読みこなす］(他五)讀懂，讀透。

よみさし［読みさし］(名)讀到中途，尚未讀完。△〜の本／讀了一半的書。

よみさ・す［読みさす］(他五)讀到中途停止。

よみじ［黄泉路］(名)冥途，黄泉路。

よみせ［夜店・夜見世］(名)夜攤，夜市。

よみだしせんようメモリ［読み出し専用メモリー］(名)〈IT〉唯讀記憶體。

よみち［夜道］(名)夜路。

よみて［読み手］(名)① 讀者。→読者 ↔書き手 ② (和歌，詩的)作者。③ (玩日本紙牌的)唱牌人。↔取り手

よみで［読みで］(名)經得起讀，有看頭。

よみと・る［読み取る］(他五)① 讀懂。△内容を〜／看懂内容。② 領會，理解。△心を〜／領會心意。

よみなが・す［読み流す］(他五)① 粗枝大葉地讀，粗讀。② 讀得流暢。

よみびとしらず［読み人知らず］(名)(和歌)作者不詳。

よみふ・ける［読みふける］(自他五)埋頭閱讀，讀得入迷。

よみふだ［読み札］(名)(玩日本紙牌時用的)唱牌。↔取り札

よみほん［読本］(名)(江戸時代的)長篇傳奇小說。

よみもの［読み物］(名)讀物。

よみや［夜宮］(名)⇨よいまつり

よ・む［読む］(他五)① 讀，看。△文章を〜／讀文章。② 讀，唸。△〜んで聞かせる／唸給他聽。③ 推察，揣摩，判斷。△色を〜／察言觀色。④ (圍棋、將棋)考慮招數。△先を〜／考慮下一步棋。

よ・む［詠む］(他五)作詩，作和歌。△花を〜／詠花。

よめ［夜目］(名)夜眼，夜視。

よめ［嫁］(名)① 兒媳婦。△うちの〜／我家兒媳婦。② 媳婦，妻。△〜に行く／出嫁。△〜をもらう／娶媳婦。△娘を〜にやる／嫁女兒。△これは私の〜です／(有父母兄弟在場的情況下)這是我妻子。③ (多用"お〜さん"形式)新娘。

よめい［余命］(名)餘生，殘年。△〜いくばくもない／將不久於人世。

よめいり［嫁入り］(名・自サ)出嫁，出嫁儀式。↔婿入り

よめとおめがさのうち［夜目遠目笠の内］(連語)女人在夜裏，在遠處，在斗笠下都顯得動人。

よめとり［嫁取り］(名・自サ)娶媳婦，迎親。

よめな［嫁菜］(名)〈植物〉雞兒腸。

よもぎ(名)〈植物〉艾，艾蒿。

よもすがら［夜もすがら］(副)⇨よすがら

よもひもあけない［夜も日も明けない］(連語)片刻不離。

よもや(副)(下接否定詞語)未必，不至於，難道。△〜あの相手に敗れようとは思わなかった／萬沒想到敗給那個對手。

よもやま［よも山］(名)① 世間，社會。② 各種各樣，東拉西扯。

よもやまばなし［四方山話］(名) 山南海北的話，聊天。

よやく［予約］(名・他サ) 預約，預訂，預購。△～がとれる／預訂好了。△ホテルを～する／預訂飯店房間。△雑誌の購読を～する／訂閱雜誌。

よゆう［余裕］(名) ① 剩餘，富餘。△～がある／有富餘。② 從容，沉着。

よゆうしゃくしゃく［余裕綽綽］(名) 從容不迫。

よよ［代代］(名) 代代，世世代代。

よらばたいじゅのかげ［寄らば大樹の陰］(連語) 大樹底下好乘涼。

より［寄り］(名) ① 集會，聚會。② (相撲) 抓住對方腰帶迫使其後退。

より (名) 搓，捻 (繩等)。△～をかける／加油，加勁。

より (副) 更，更加。△～楽しい人生／更快樂的生活。△～よい考え／更好的主意。→もっと，いっそう

より (格助) ① 比。△すもう～野球の方がおもしろい／棒球比相撲有趣。② (用“より…ない”形式) 只能，只有。△自分でやる～しかたがない／只好自己幹了。③ 從，開始。△これ～試合を開始いたします／現在開始比賽。→から ④ 與其…不如。△聞く～見るほうがいい／耳聞不如眼見。⑤ 由於。△失敗は往往にして不注意～生ずる／失敗往往由於不小心引起。

- より (接尾) 偏，靠，挨。△南～の風／偏南風。△左～の立場／左傾立場。

よりあい［寄り合い］(名) ① 集會，聚集。△町内の～／街道集會。② 烏合之衆。

よりあいじょたい［寄り合い所帯］(名) ① 許多戶雜居。② 烏合之衆。

よりかか・る［寄り掛かる］(自五) 依賴，靠。△壁に～／靠在牆上。△親に～／依靠父母。

よりき［与力］(名) ① (江戸時代) 捕吏，警察。② 協力，幫助。

よりけり (連語) 依…而定，要看…如何。△買うかどうかは値段に～だ／買不買取決於價格如何。

よりごのみ［より好み］(名・他サ) 挑剔。△～がはげしい／專愛挑剔。

- よりしかない (連語) ⇨ -よりほかない

よりすぐ・る (他五) 挑選，精選。△～った選手／精選的選手。

よりそ・う［寄り添う］(自五) 挨近，靠近。△～ふたり／挨着肩的兩個人。

よりつ・く［寄り付く］(自五) 接近，靠攏。△人が～かない／沒人挨近。

よりつけ［寄付け］(名) 〈經〉開盤。△～相場／開盤價。

よりどころ［より所］(名) ① 依據，根據。② 基礎，依靠。△心の～／精神支柱。

よりどり［より取り］(名・他サ) 隨意挑選。

- よりない (連語) ⇨よりほかない

よりによって［選りに選って］(連語) 偏偏要選…，偏要…△～，この忙しい時にくるとは／怎麼偏要在忙的時候來。(也說“えりにえって”)

よりぬき［より抜き］(名) 選拔，挑選。△当店～の品／本店特選的精品。

- よりほかない (連語) 除了…以外，只好…△そうする～／只好這樣做。

よりみち［寄り道］(名・自サ) ① 繞道，繞遠。△～をする／繞路。② 順便到，順路。

よりめ［寄り目］(名) 斜視。

よりょく［余力］(名) 餘力。△～を残す／留有餘力。

よりをもどす［よりを戻す］(連語) 恢復關係，破鏡重圓。

よる［夜］(名) 夜，晚上。

よ・る［因る］(自五) ① (也寫“由る”) 因，因為。△不注意に～事故／不注意而發生的事故。② (也寫“緣る・由る”) 根據，依。△手術するかどうかは今後の病状に～／手術與否，要看今後的病情如何。③ (也寫“依る・拠る”) 根據。△気象庁の長期予報に～と，ことしの夏は暑いそうだ／據氣象廳的長期預報，今年夏天熱。

よ・る［寄る］(自五) ① 靠近，挨近。△そばに～／靠近身邊。② 聚集。△～とさわると／人們聚到一起就…③ 倚靠。△柱に～／靠着柱子。④ 順路去。△学校の帰りにデパートに～った／從學校回來順路去了商店。⑤ (相撲) 抓住對方的腰帶推搡。

よ・る［選る］(他五) 選擇，挑選。→選ぶ，選択する

よ・る［縒る］(他五) 捻，搓，撚。△糸を～／搓綫。

よるい［余類］(名) 餘類，餘黨。

ヨルダン［Jordan］〈國名〉約旦。

よるのとばり［夜のとばり］(連語) 暗夜，漆黑之夜。

よるべ［寄るべ］(名) 依靠，靠山。△～がない／沒有依靠。

よるもひるも［夜も昼も］(連語) 不分晝夜地。

よれい［予鈴］(名) 預備鈴。

よれよれ (名) 皺皺巴巴，滿是褶皺。

よろい (名) 鎧甲。

よろいど［よろい戸］(名) ① 百葉窗。② 摺捲式鐵葉門。

よろいまど［よろい窓］(名) 百葉窗。

よろく［余禄］(名) 外快，額外收入。

よろく［余録］(名) ① 正文之外的記錄。② 餘聞，逸事。

よろ・ける (自下一) 蹌踉，步履不穩。→よろめく

よろこばし・い［喜ばしい］(形) 可喜，值得高興。

よろこび［喜び］(名) ① 喜悅，歡喜。↔悲しみ ② (用“およろこび”表示) 道喜，祝賀。△新年のお～を申しあげます／恭賀新年之喜。

よろこ・ぶ［喜ぶ］(他五) 歡喜，高興。△無事

を～／欣喜平安。△人に～ばれる／受人歡迎。
△～んでお手伝い致します／我樂意為您效勞。

よろし・い [宜しい] (形) 好，可以，適當。
△これで～ゅうございます／這樣就可以了。
△帰って～／可以回去了。△～，ひきうけま
した／好，收下了。

よろしく (副) ① 好好地。△あとの事は～頼
む／以後的事就拜託你了。△彼一人～やって
いる／他一個人幹得蠻不錯。② 關照。△どう
ぞ～／請多關照。③ 問候。△皆様に～／向大
家問好。④ 務必。△～勉學にはげむべし／務
宜勤奮學習。

よろしく (副助) 果然像。△だて男～ベレー帽
をかぶる／果然俏皮，戴一頂貝雷帽。

よろず I (名) 成千上萬，眾多。II (副) 一切，
萬事。△～，相談うけたまわります／萬事好
商量。

よろずや [よろず屋] (名) ① 雜貨店，百貨店。
② 多面手，萬事通。

よろめ・く (自五) ① 踉蹌，趔趄。→よろける
② (被引誘) 上鈎，喝了迷魂湯。

よろよろ (副・自サ) 踉踉蹌蹌，趔趔趄趄。

よろん [世論] (名) 輿論。

よろんちょうさ [世論調査] (民) 民意測驗。

よわ [余話] (名) 餘聞，逸事。

よわい [齢] (名) 年齡，年紀。→年齢，年

よわ・い [弱い] (形) ① 弱，軟弱，差。△～
チーム／弱隊。△視力が～／視力差。△～風／
微風。② (用 "…に弱い" 的形式) 抵不過，經
不起。△船に～／暈船。△寒さに～／不耐凍。
③ 脆弱，不結實。△～生地／不結實的布料。
↔ 強い

よわき [弱気] (名・形動) ① 懦弱，膽怯。△～
を出す／表現懦弱。△～な人／膽怯的人。↔
強気 ② (交易) 行情看跌。

よわごし [弱腰] (名) ① 腰窩。② 懦弱，膽怯。
△～を見せる／示弱。↔ 強腰

よわたり [世渡り] (名) 生活，處世。△～がう

まい／善於處世。

よわね [弱音] (名) 泄氣話，不爭氣的話。△～
をはく／告饒。

よわま・る [弱まる] (自五) 變弱，衰弱。△風
が～／風減弱。↔ 強まる

よわみ [弱み] (名) 弱點，缺點。△～につけこ
む／抓住小辮子。→弱点 ↔ 強み

よわむし [弱虫] (名) 懦夫。

よわ・める [弱める] (他下一) 削弱，減弱。
△火を～／把火弄小。△力を～／削弱力量。
↔ 強める

よわよわし・い [弱弱しい] (形) 軟弱無力，孱
弱。△～声／微弱的聲音。△～体つき／弱
不禁風。

よわりめにたたりめ [弱りめに祟りめ] (連
語) 禍不單行。

よわ・る [弱る] (自五) ① 減弱，衰弱。△か
らだが～／身體衰弱。② 為難，困窘。△女房
に寝こまれて～った／老婆病倒，弄得我焦頭
爛額。

よをあかす [夜を明かす] (連語) 徹夜不眠，
坐以待旦。

よをさる [世を去る] (連語) 去世，逝世。

よをしのぶ [世を忍ぶ] (連語) 避開人世，躲
起來。

よをすてる [世を捨てる] (連語) ① 出家。②
隱居。

よをひにつぐ [夜を日に継ぐ] (連語) 夜以繼
日。

よん [四] (名) 四，四個。

よんどころな・い (形) 不得已，無可奈何。△～
用事／不得已之事。→やむをえない

よんむしゅぎ [四無主義] (名) 四無主義 (無氣
力，無關心，無責任，無感動)。

よんよんろくせい [4・4・6制] (名) (教育) 4
・4・6 學制。

よんりん [四輪] (名) 四輪，四個輪子。△～
車／(大卡車以外的) 汽車。(也説 "よりん")

ら　ラ

ラ［意 la］（名）〈樂〉拉。（七音音階的第六音名）

-ら［等］（接尾）①…們，…等。△かれ～／他們。△子ども～／孩子們。△佐藤さん～／佐藤等。②…些。△これ～／這些。△それ～／那些。

ラーゲル［德 Lager］（名）俘虜收容所，集中營。

ラージ［large］（名）大規模的，大的，寬廣的。

ラード［lard］（名）豬油，大油。

ラーニング［learning］（名）學習，學問。

ラーメン（名）湯麵。△インスタント～／快餐麵。

ライ［rye］（名）稞麥，黑麥。△～パン／黑麵包。

らい-［来］（接頭）下…。△～学期／下學期。△～年／明年。

-らい［来］（接尾）以來。△20年～の友人／二十年來的朋友。△2，3日～／這兩三天。

らい［癩］（名）麻風病。

ライアビリティー［liability］（名）①責任，民事責任。②負債，債務。

らい［来意］（名）①來意。△～を告げる／說明來意。②來信所說之事。△ご～の件につきお答えします／現就來函所談之事答覆如下。

らいう［雷雨］（名）雷雨。

らいうん［雷雲］（名）積雨雲，雷雨雲。

らいえん［来援］（名・自サ）前來援助。△～を乞う／請求前來援助。

らいえん［来演］（名・自サ）前來公演。

ライオット［riot］（名）暴動，暴亂，大混亂。

ライオン［lion］（名）獅子。→しし

らいが［来駕］（名）光臨。△御～をお待ちしております／恭候大駕光臨。

ライカばん［ライカ判］（名）萊卡膠捲。

らいかん［雷管］（名）雷管。

らいかん［来観］（名・自サ）前來觀看，來參觀。△多数の～者があった／有很多人來參觀。

らいきゃく［来客］（名）來客人，來的客人。△～中／有客人。

らいぎょ［雷魚］（名）〈動〉黑魚，鱧魚。

らいげき［雷撃］（名・他サ）用魚雷攻擊。

らいげつ［来月］（名）下月。↔先月

らいこう［来校］（名・自サ）來本校。

らいごう［来迎］（名）①〈佛教〉來迎。②高山觀日出。→ごらいごう

らいさん［礼賛］（名・他サ）①〈佛教〉拜佛頌德。②歌頌，讚揚。△かがやかしい功績を～する／歌頌輝煌功績。

らいし［来旨］（名）（對方）所囑之事。

らいじ［来示］（名）來函所言之事。

らいしゃ［来社］（名・自サ）到本公司來。

らいしゅう［来週］（名）下星期。↔先週

らいしゅう［来襲］（名・自サ）來襲擊。△敵機の～／敵機來襲。

らいしゅん［来春］（名）明春。（也説"らいはる"）

らいしょ［来書］（名）來函。

らいじょう［来場］（名・自サ）到場，與會。△ご～の皆様／與會各位。

らいしん［来信］（名）來信，來書。

らいしん［来診］（名・自サ）（到病人家）出診。△医者に～を頼む／請醫生來家診病。

らいしんし［頼信紙］（名）電報紙。→電報発信紙

ライス［rice］（名）（西餐的）米飯。

ライスカレー（名）咖喱飯。→カレーライス

ライスケーキ［rice cake］（名）米點心，米果子。

らいせ［来世］（名）〈佛教〉來世，來生。

ライセンス［licence］（名）執照，許可證。

らいだ［懶惰］（形動）⇨らんだ

ライター［lighter］（名）打火機。△ガス～／氣體打火機。

ライター［writer］（名）作家，作者。△シナリオ～／腳本作者。△コピー～／廣告撰稿人。

ライダー［rider］（名）摩托車手。

らいたく［来宅］（名・自サ）來舍下。△ご～ください／請光臨舍下。

らいだん［来談］（名・自サ）來談。

らいちょう［来朝］（名・自サ）來日本。→らいにち

らいちょう［雷鳥］（名）〈動〉雷鳥。

らいてん［来店］（名・自サ）來我店。△ご～のお客様／光顧本店的顧客。

らいでん［来電］（名・自サ）來電。△大阪からの～によれば／據大阪來電稱…。

らいでん［雷電］（名）雷電。

ライト［light］（名）燈。△～をつける／點燈。△ヘッド～／前燈。△テール～／尾燈。△フット～／（舞台）腳燈。△スポット～／聚光燈。

ライト［light］（名）①輕。△～級／〈體〉輕量級。②簡易。△～ランチ／快餐。③鮮（色）。△～ブルー／海藍色。

ライド［ride］（名）騎，乘。

ライトアップ［light up］（名・ス他）點燈，照明。

ライトきゅう［ライト級］（名）（舉重等）輕量級。

ライトきょうだい［ライト兄弟］〈人名〉韋伯・萊特（兄）（1867-1912）和歐比・萊特（弟）（1871-1948）。飛機的發明者。

ライトバン（名）客貨兩用汽車。

ライトヘビーきゅう［ライトヘビー級］（名）（舉重等）輕重量級。

ライトモチーフ［德 Leitmotiv］（名）①（作品的）主題思想。②〈樂〉主旋律。

ライナー［liner］（名）（棒球）直綫球。

らいにち［来日］（名・自サ）來日本。△デンマーク女王の～／丹麥女王來日。

らいねん［来年］（名）明年，來年。

らいねんのことをいえばおにがわらう［来年の事を言えば鬼が笑う］（連語）將來的事難以預料。

ライノタイプ［Linotype］（名）行型鑄字機。

らいはい［礼拝］（名・自サ）拜神，拜佛。

らいはる［来春］（名）⇨らいしゅん

ライバル［rival］（名）①（勢均力敵的）競爭對手。②情敵。

らいびょう［癩病］（名）⇨癩

らいひん［来賓］（名）來賓。△～祝辞／來賓致賀詞。

ライフ［life］（名）①生命。②一生，人生。

ライブ［live］（名・ダナ）（“ライブショー”的縮略語）實況轉播，現場直播。現場演奏（演唱）會。△～で放送する／現場直播。△～コンサート／現場音樂會。△～ハウス／舉辦小型演奏會的歌廳。

ライフガード［lifeguard］（名）救生員。

ライフサイエンス［lifescience］（名）生命科學。

ライフサポートアドバイザー［life support adviser］（名）生活顧問，生活指導員。

ライフジャケット［life jacket］（名）救生衣。

ライブショー［live show］（名）實況轉播，現場演出。

ライフスタイル［lifestyle］（名）生活方式。

ライフセーバー［lifesaver］（名）救生員。

ライフタイム［lifetime］（名）生涯，壽命。

ライフベスト［life vest］（名）救生衣。

ライフボート［lifeboat］（名）救生艇。

ライブラリー［library］（名）①圖書館。②藏書。③叢書，文庫。

ライフル［rifle］（名）來福槍。

ライフルじゅう［ライフル銃］（名）來福槍。

ライフワーク［life work］（名）畢生事業。

らいほう［来訪］（名・自サ）來訪。△～者／來訪的人。△佐治さんの～を受ける／接待佐治先生來訪。

ライむぎ［ライ麦］（名）〈植物〉黑麥。

ライムライト［lime light］（名）灰光燈。

らいめい［雷名］（名）大名。△～をとどろかす／大名鼎鼎。

らいめい［雷鳴］（名）雷鳴，震耳雷聲。

らいゆ［来由］（名）來由，原由。

らいよけ［雷除け］（名）避雷，避雷針。

らいらく［磊落］（名・形動）磊落，大方，豪爽。

ライラック［lilac］（名）⇨リラ

らいれき［来歴］（名）來歷，來路。△故事～／掌故。

ライン［line］（名）①航綫。△香港～／香港航綫。②排。△～ダンス／舞者排成一排的羣舞。③綫。△合格～／錄取綫。△スタート～／起跑綫。

ラインアンドスタッフ［line and staffs］（名）企業經營的第一綫和後方參謀組織。

ラインズマン［linesman］（名）（足球）巡邊員。（排球）司綫。

ラインナップ［lineup］（名）①成員，名單，構成。②擊球順序，陣容。

ラウドスピーカー［loudspeaker］（名）揚聲器。

ラウンジ［lounge］（名）（旅館的）大廳。→ロビー

ラウンジウエア［loungewear］（名）在家休閑穿的衣服。

ラウンド［round］（名）〈體〉輪，場，回合。△5～／五輪。

ラオス［Laos］〈國名〉老撾。

らか［裸荷］（名）裸裝貨。

ラガー［rugger］（名）橄欖球，橄欖球選手。

らかん［羅漢］（名）〈佛教〉羅漢。

らがん［裸眼］（名）不戴眼鏡（的眼睛），肉眼。

らく［楽］（名・形動）①安樂，舒適，輕鬆。△～をする／清閑自在。△両親に～をさせる／讓父母享樂。△薬が効いて大分～になった／藥起了作用，舒服多了。△暮しが～になった／日子好過了。△～な仕事ではない／不是一件輕鬆工作。②容易。△～に手に入る／很容易弄到手。△～に勝った／沒費力就贏了。△この車には5人は～に乗れる／這輛車坐五個人綽綽有餘。

用法提示 ▼
中文和日文的分別
中文有“歡喜、快樂”的意思；日文表示沒有負擔而感到輕鬆，引伸出“生活寬裕”等意思。常見搭配：

① 楽（らく）な［生活（せいかつ）、暮（く）らし、人生（じんせい）、気持（きも）ち、気分（きぶん）、姿勢（しせい）、立場（たちば）、仕事（しごと）、作業（さぎょう）、問題（もんだい）、課題（かだい）]

② 楽に［こなす、やれる、勝（か）つ、合格（ごうかく）する、読（よ）める、歌（う）たえる、手（て）に入（い）れる]

③ 楽を（する、させる）

らくいん［烙印］（名）烙印。△犯罪者の～をおされる／被打上罪犯的烙印。

らくいん［落胤］（名）（貴人的）私生子。△～ばら／妾生子。→おとしだね

らくいんきょ［楽隠居］（名）享清福的退休者。

らくえん［楽園］（名）樂園。△子供の～／兒童樂園。→パラダイス

らくがき［落書き・楽書き］（名・自サ）（在牆上、紙上）胡亂寫，胡亂畫。

らくご［落伍］（名・自サ）落後，落伍，掉隊。△人生の～者／人生路上的落伍者。

らくご［落語］（名）落語。（類似單口相聲的曲藝）△～家／落語藝人。

らくさ［落差］（名）①落差。△滝の～／瀑布的落差。②差距。△文化の～／文化差距。

らくさつ［落札］（名・自サ）得標，中標。△この工事はＡ組が～した／這項工程Ａ建築行中標了。

ら
ラ

らくさつしゃ［落札者］(名)〈經〉中標者。

らくじ［落字］(名) 漏掉的字。

らくじつ［落日］(名) 落日。△荘厳な～/壮麗的夕陽。→夕日, いりひ

らくしゅ［落手］(名・他サ) ① (下棋的) 錯步。② 收到。△お便り本日無事～いたしました/來信今日收到無誤。

らくしゅ［落首］(名) (諷刺時事或人物的) 匿名打油詩。

ラグジュアリー［luxury］(形動) 高級, 奢侈。

らくしゅはいけん［落手拜見］(名・他サ) 收閱。

らくしょう［楽勝］(名・自サ) 不費力就取得勝利。△1回戦には～した/第一輪比賽輕易就獲勝了。

らくじょう［落城］(名・自サ) (城池) 失守。

らくせい［落成］(名・自サ) 落成, 建成。△～式/落成典禮。

らくせいひん［酪製品］(名) 乳製品。

らくせき［落石］(名・自サ) 石頭掉下來。△～注意/小心石頭掉下來。

らくせん［落選］(名・自サ) 落選。△2票差で～する/以兩票之差落選。

らくだ［駱駝］(名) 駱駝。

らくたい［落体］(名)〈理〉落體。

らくだい［落第］(名・自サ) ① 不及格, 落榜。△試験に～する/考試不及格。② 留級。△～生/留級生。

らくたん［落胆］(名・自サ) 灰心, 泄氣。

らくちゃく［落着］(名・自サ) 了結, 有了結果。△これで一件～/這個問題解決了。

らくちょう［落潮］(名) ① 落潮。② 行情下跌。

らくちょう［落丁］(名) (書) 缺頁。△～, 乱丁本はお取替えいたします/缺頁, 錯頁書負責換貨。

らくてんか［楽天家］(名) 樂天的人, 樂天派。

らくてんてき［楽天的］(形動) 樂天的。↔悲観的

らくど［楽土］(名) 樂土, 樂園。

らくね［楽寝］(名) 舒心覺, 舒服覺。

らくのう［酪農］(名) 酪農。△～家/酪農戶。

らくば［落馬］(名・自サ) 落馬。

ラグビー［rugby］(名)〈體〉橄欖球。

らくはく［落魄］(名・自サ) 落魄, 潦倒。→おちぶれる

らくばく［落莫］(形動) 凄涼, 冷落。△～たる廃坑/荒涼的廢礦井。

らくばん［落盤］(名・自サ) 塌方, 冒頂。

らくめい［落命］(名・自サ) 喪命, 喪生。

らくよう［落葉］(名・自サ) 落葉。△～松/落葉松。

らくらい［落雷］(名・自サ) 雷撃, 雷打。△～にうたれる/被雷撃。

らくらく［楽楽］(副) ① 舒舒服服。△～と寝る/舒舒服服地睡上一覺。② 輕而易舉, 毫不費力。

らくるい［落涙］(名・自サ) 落淚, 流淚。

ラケット［racket］(名)〈體〉球拍。△テニス～/網球拍。△卓球～/乒乓球拍。

ラコニック［laconic］(形動) 簡潔的, 簡明的。

－らしい (助動) (接活用語終止形、體言、形容動詞詞幹) ① 表示有根據的推測。△だれか来た～/像是有人來了。△あの様子ではいくら頼んでもだめ～/看那樣子怕是再怎麼求也沒用。△髪の毛は長いが, どうやら男～/別看頭髮長, 大概是個男人。② 委婉的斷定。△彼はどうやら不合格だった～/他大概是沒考上。

－らしい (接尾) 表示名實相副的樣子。△子供～くしなさい/孩子就要像個孩子。△男らしい/有男子氣概的。

ラジウム［Radium］(名)〈化〉鐳。

ラジエーション［radiation］(名) 放射, 照射, 放射綫。

ラジエーター［radiator］(名) ① 暖氣片, 暖氣散熱器。② 汽車水箱, 汽車的冷卻器。

ラジオ［radio］(名) 收音機。△～放送/無綫電廣播。△～をつける/開收音機。△～をけす/關收音機。△～を聞く/聽廣播。

ラジオアイソトープ［radioisotope］(名) 放射性同位素。

ラジオゾンデ［radiosonde］(名) 無綫電探空儀。

ラジオドラマ［radio drama］(名) 廣播劇。

ラジオニュース［radio news］(名) 廣播新聞。

ラジオビーコン［radio beacon］(名) 無綫電信標。

ラジオブイ［radio buoy］(名) 無綫電浮標。

ラジオメーター［radiometer］(名)〈理〉輻射計。

ラジカセ (名) 收錄兩用機。

ラジカセ［radio cassette recorder］(名) ("ラジオカセット"的縮略語) 收錄兩用機。

ラジカル［radical］(名) ① 根本。△～な問題/根本問題。② 激進。△～な考え/過激思想。

らししょくぶつ［裸子植物］(名) 裸子植物。

ラシャ［葡 raxa 羅紗］(名) 呢子, 毛呢。

らしゅつ［裸出］(名・自サ) 裸露。△岩肌が～している/岩石裸露。

らしん［裸身］(名) 裸體。

らしんばん［羅針盤］(名) 羅盤針。

ラス［lath］(名) 金屬網。

ラスク［rusk］(名) 甜脆餅。

ラスター［raster］(名) (電視) 光柵。

ラスト［last］(名) 最後的, 最終的。△ラストチャンス/最後機會。△ラストシーン/最後的鏡頭。

ラストスパート［last spurt］(名)〈體〉最後衝刺。△～をかける/衝刺。↔スタードダッシュ

らせん［螺旋］(名) 螺旋。△～階段/螺旋梯。△～状/螺旋狀。△～をえがいて上っていく/螺旋上升。

らぞう［裸像］(名) 裸體像。

らたい［裸体］(名) 裸體。→ヌード

ラタン［rattan］(名) 藤, 藤製品。

らち［拉致］(名・他サ) 綁架。(也説"らっち")

らち［埒］(名) ① 圍牆, 柵欄。② 範圍, 界限。

△～をこえる／超過界限。△道徳の～を踏み
はずす／超越道德所容許的範圍。

らちがあかない［埒が明かない］(連語) 沒頭
緒，沒結果。△返事を待っていても，らちが
あかない／等回話也是白等。△目的のうちを
さがすのになかなからちがあかなかった／要
找的人總是沒找到。

らちがい［埒外］(名) 圈外，範圍外。△その事
は課長の權限の～にある／那事不在科長權限
之內。△～の行動／越軌行動。△～に置かれ
る／被排斥在圈外。

らちくちもない［埒口も無い］(連語) ⇨らち
もない

らちない［埒内］(名) 圈內，範圍內。

らちもない［埒も無い］(連語) 沒用的，無聊
的，不着邊際的。△らちもない議論／沒用的
議論。△らちもなく喜んでいる／莫名其妙地
得意。

らっか［落果］(名) 未熟而掉下來的果實。

らっか［落花］(名) 落花。△～枝に返らず／覆
水難收。

らっか［落下］(名・自サ) 降下。△隕石が～す
る／隕石落下。

ラッカー［lacquer］(名) 噴漆，速乾清漆。

らっかさん［落下傘］(名) 降落傘。

らっかせい［落花生］(名) 花生。→南京豆

らっかん［落款］(名) 落款。

らっかん［楽観］(名・自サ) 樂觀。△～を許さ
ない／不容樂觀。

ラッキー［lucky］(名・形動) 幸運，吉祥。△～
ボーイ／幸運兒。

ラッキーセブン［lucky seventh］(名)(棒球) 幸
運的第七局。

らっきょう［辣韭］(名)〈植物〉薤頭。

ラック［lac］(名) 蟲膠。

ラッコ［pipefish］(名)〈動〉海龍。

ラッシュ［rush］Ⅰ (名)① 擁擠。△～を避けて
出かける／避開高峰時間出門。② 熱潮。△ゴ
ールド～／淘金熱。③(影視) 工作樣片(試
帶)。Ⅱ (名・他サ)(拳擊) 猛打。

ラッシュアワー［rush hours］(名) 上下班高峰時
間。

らっ・する［拉する］(名) 強行帶走。

ラッセル［russel］Ⅰ (名) ⇨ラッセルしゃ Ⅱ (名
・自サ)(登山) 排雪前進。

ラッセル［Rassel］(名)〈醫〉囉音，水泡音。

ラッセル［Bertrand Russell］〈人名〉羅素 (1872-
1970)。英國數學家，哲學家。

ラッセルしゃ［ラッセル車］(名) 除雪車。

ラッチ［latch］(名) 碰鎖，彈簧鎖。

ラット［rat］(名)① 老鼠。② 脫黨分子。

らっぱ［喇叭］(名) 喇叭，號。△～手／號手。
△～を吹く／吹號。吹牛。

らっぱのみ［らっぱ飲み］(名) 嘴對瓶口喝。
△ビールを～にする／對瓶嘴喝啤酒。

ラップ［rap］(名)(美國黑人音樂的一種) 説唱音
樂，饒舌音樂。

ラップタイム［lap time］(名)〈體〉跑一圈的時
間。△～を計る／分段計時。

らつわん［辣腕］(名) 幹練，能幹。△～をふる
う／大顯身手。△～家／能手，幹將。

ラテ［latte］(名) 拿鐵(咖啡)。

ラティス［lattice］(名) 格子。

ラディッシュ［radish］(名)〈植物〉水蘿葡。

ラテックス［latex］(名) 膠乳，橡漿。

ラテン［Latin］(名) 拉丁。

らでん［螺鈿］(名) 螺鈿。

ラテンアメリカ［Latin America］(名)〈地名〉拉
丁美洲。

ラドン［radon］(名)〈化〉氡。

ラノリン［lanolin］(名)〈化〉羊毛脂。

ラバ［lava］(名) 熔岩。

らば［騾馬］(名) 騾子。

ラバー［rubber］(名) 橡膠。

ラバーセメント［rubber cement］(名) 橡膠黏合
劑。

ラバソール［rubber soled shoes］(名) 膠底鞋。

ラバトリー［lavatory］(名) 盥洗室，洗手間。

ラフ［rough］(形動)① 粗糙的，粗紋理的。②
粗獷的，粗綫條的。△～な着こなし／隨隨便
便的穿戴。③ 粗野的。△～なプレー／(體育
比賽中) 粗野的動作。④ 粗枝大葉的。

らふ［裸婦］(名) 裸女。

ラブ［love］(名) 愛，戀愛。

ラファエロ［Sangio Raffaello］〈人名〉拉斐爾
(1483-1520)。意大利畫家。

ラプソディー［rhapsody］(名)〈樂〉狂想曲。

ラフティング［rafting］(名) 漂流(活動)，水上
漂流。

ラブレター［love letter］(名) 情書。

ラベリング［labeling］(名) 做標記，區分。

ラベル［label］(名) 標籤，商標，唱片中央的標示。

ラベンダー［lavender］(名)〈植物〉薰衣草。

ラマ［llama］(名)〈動〉美洲駝，駝羊。

ラマきょう［ラマ教］(名) 喇嘛教。

ラマダン［Ramadan］(名) 齋月，回曆的 9 月，
該月內教徒每日從黎明到日落禁食。(也作“ラ
マダーン”)

ラム［lamb］(名) 羊羔皮，羊羔肉。

ラム［rum］(名) 火酒，朗姆酒。

ラムネ［lemonade］(名)① 檸檬碳酸水。②〈俗〉
分月付款。

ラメ［lame］(名) 金銀綫。△～入り／帶金銀綫。

ララバイ［lullaby］(名) 搖籃曲，催眠曲。

ラリー［rally］(名)①(球類) 連續對打。② 汽
車定時長跑比賽。

られつ［羅列］(名・他サ) 羅列。△数字を～す
る／羅列數目字。△単語の～／堆砌單詞。

－ら・れる (助動)(接上一段、下一段、カ行
變格活用動詞)① 表示被動。△彼は祖母に育
て～れた／他是由祖母扶養的。△看護婦にさ
さえ～れて歩く／由護士攙扶着走路。② 表示
尊敬。△お宅を出～れたのは何時ごろでした
か／您從家裏出來大約是幾點鐘？③ 表示可

能。△じっとしてい～れない／坐不住了。△そんな質問には答え～ない／這種問題我不能回答。④ 表示自然而然。△子どもの身の上が案じ～／不免擔心孩子的安全。

ラワン [lauan]（名）〈植物〉柳安木，婆羅雙樹。

らん [乱]（名）亂。△保元の～／(1156 年發生在皇室內部的) 保元之亂。

らん [欄]（名）欄。△婦人問題の～／婦女問題欄。

らん [蘭]（名）〈植物〉蘭花。

らん [卵]（名）卵，蛋。

らんうん [乱雲]（名）烏雲，雨雲。

らんえんけい [卵円形]（名）卵圓形。

らんおう [卵黄]（名）蛋黄。→きみ ↔ 卵白

らんがい [欄外]（名）欄外。△～に書く／寫在欄外。

らんかく [卵殻]（名）蛋殼。

らんかく [乱獲・濫獲]（名・他サ）濫捕。△鯨の～を規制する／限制濫捕鯨。

らんがく [蘭学]（名）江戸時代通過荷蘭語傳入日本的西方科學知識。

らんかん [欄干]（名）欄杆。△～にもたれる／倚在欄杆上。

らんぎょう [乱行]（名）荒唐，放蕩。△酩酊して～に及ぶ／酒後無德。酗酒滋事。

らんぎり [乱切り]（名）(烹飪) 切割不拘形狀。

らんきりゅう [乱気流]（名）(氣象) 渦流。

ランキング [ranking]（名）〈體〉運動員出場次序。

ランク [rank]（名・自他サ）名次，等級。△～をつける／排名次。△～を落とす／降等。△第一位に～する／排在第一位。

ランクアップ [rank up]（名）〈經〉高檔次。

らんぐいば [乱杭歯・乱杙歯]（名）齒列不整的牙。

らんくつ [濫掘]（名・他サ）無計劃開採。

らんぐん [乱軍]（名）亂軍。

らんけい [卵形]（名）卵圓形。

ランゲージ [language]（名）語言。

ランゲージラボラトリー [language laboratory]（名）電化教室。（簡稱 "エルエル教室"）

らんげき [乱撃]（名・他サ）亂放 (槍炮)。

らんこう [乱交]（名）羣交。

らんこん [乱婚]（名）羣婚。

らんさいぼう [卵細胞]（名）(生理) 卵細胞。

らんさく [乱作・濫作]（名・他サ）粗製濫造 (的作品)。

らんざつ [乱雑]（名・形動）雜亂無章。△引出しの中が～になっている／抽屜裏亂七八糟。

らんし [卵子]（名）(生理) 卵子。

らんし [乱視]（名）〈醫〉散光，散光眼。△～用のめがね／散光眼鏡。

ランジェリー [ligerie]（名）女用貼身衣褲。

らんししょく [藍紫色]（名）紫藍色。

らんしゃ [乱射]（名・他サ）亂放 (槍)。

らんしゅ [乱酒]（名）⇒酒乱

らんじゅく [爛熟]（名・自サ）① (水果) 熟透了。② 十分成熟。△～した文化／過度成熟的文化。

らんしょう [濫觴]（名）濫觴，起源。

らんしん [乱心]（名・自サ）精神錯亂。△～者／瘋子。

らんすうひょう [乱数表]（名）〈數〉隨機數表。

ランスルー [run through]（名）(從頭到尾的) 排演，排練，預演。

らんせい [卵生]（名）卵生。△～動物／卵生動物。↔ 胎生

らんせい [乱世]（名）亂世。△～の英雄／亂世英雄。

らんせいしょく [藍青色]（名）靛藍色。

らんせん [乱戦]（名）① 混戰，打亂了套。②（比賽）難解難分。

らんそう [卵巣]（名）〈解剖〉卵巢。

らんぞう [濫造]（名・他サ）濫造。△粗製～／粗製濫造。

らんそううん [乱層雲]（名）(氣象) 雨層雲。

らんだ [乱打]（名・他サ）① 亂打，猛敲。△警鐘を～する／猛敲警鐘。②（網球、棒球等）練習擊球。

らんたいせい [卵胎生]（名）〈動〉卵胎生。

ランダムサンプリング [random sampling]（名）隨機抽樣法。

ランタン [lantern]（名）玻璃提燈。

ランチ [launch]（名）汽艇。

ランチ [lunch]（名）午餐，便餐。

らんちきさわぎ [乱痴気騒ぎ]（名）① 因爭風吃醋打架。② 耍瘋癲。

らんちょう [乱丁]（名）(書) 訂錯頁。

らんちょう [乱調]（名）① 紊亂，混亂。② 行情波動大。

ランチョン [luncheon]（名）午餐，正式的午餐。

ランデブー [rendez-vous]（名）① 人造衛星會合。②（男女）約會。→デート

らんとう [乱闘]（名・自サ）混戰，撕打成一團。

らんどく [乱読・濫読]（名・他サ）亂讀，瞎讀。△小説を～する／亂讀小説。

ランドスケープ [landscape]（名）① 風景，景色。② 風景畫。

ランドセル（名）(小學生揹的) 書包。

ランドマーク [landmark]（名）①（顯而易見的）地標，路標 (人為設置的物或自然景物)。② 劃時代的事件。③ 歷史性的建造物。

らんどり [乱取]（名）(柔道) 自由練習。

ランドリー [laundry]（名）洗衣店。△コイン～／投幣洗衣機。

ランナー [runner]（名）①（徑賽）跑者。△マラソン～／越野賽跑者。②（棒球）跑者。

らんにゅう [乱入]（名・自サ）闖進，蜂擁而入。

ランニング [run]（名）①〈體〉跑。②⇒ランニングシャツ

ランニングシャツ（名）運動背心。

らんばい [乱売]（名・他サ）拋售，甩賣，拍賣。

らんぱく [卵白]（名）蛋白，蛋清。

らんばつ [乱伐]（名・他サ）亂砍亂伐。

らんぱつ [乱発]（名・他サ）亂打槍，亂開炮。

らんぱつ［乱発・濫発］(名・他サ) 濫發 (紙幣)，亂立 (法令)。

らんはんしゃ［乱反射］(名・自サ)〈理〉漫反射，亂反射。

らんぴ［乱費］(名・他サ) 浪費，亂花錢。

らんぴつ［乱筆］(名) 字跡潦草。△～ごめんください／(信) 字跡潦草請原諒！

らんぶ［乱舞］(名・自サ) 狂舞。△狂喜～する／狂歡狂舞。

ランプ［lamp］(名) 煤油燈。△～のほや／燈罩。

ランプサム［lump-sum］(名)〈經〉① 總額，總結算。② 一次總付金額。

らんぺき［藍碧］(名) 碧藍色。

らんぼう［乱暴］(名・自サ・形動) ① 粗野，粗魯。△～な言葉づかい／説話粗野。△字が～だ／字跡潦草。② 蠻橫，野蠻。△～をはたらく／耍野蠻。③ 亂來，胡來。△金を～に使う／亂花錢。

らんぼん［藍本］(名) 藍本。

らんま［乱麻］(名) 亂麻。△快刀～を断つ／快刀斬亂麻。

らんまん［爛漫］(名・形動トタル) (花) 爛漫。

らんみゃく［乱脈］(名・形動) 紊亂，雜亂無章。△～な文章／沒條理的文章。△～な経理／亂了套的賬目。

らんみん［乱民］(名) 暴亂分子。

らんよう［乱用・濫用］(名・他サ) 濫用。△職権を～する／濫用職權。

らんようしゅ［卵用種］(名) 産卵種雞。

らんりつ［乱立・濫立］(名・自サ) ① 雜亂地立着。△～する赤旗／參差不齊地插着的紅旗。② 胡亂推選。△候補者が～する／候選人泛濫。

らんりゅう［乱流］(名)〈理〉紊流。↔ 層流

らんりん［乱倫］(名・形動) 性亂。

らんる［襤褸］(名) 襤褸。→ぼろ

り［利］(名) ① 利, 利益。△～にさとい／寸利必得。△～をむさぼる／貪得無厭。△～に目がくらむ／利令智昏。② 有利, 便利。△地の～を得る／佔地利。③ 利, 利息。△～が～を生む／利滾利。

り［理］(名) ① 理, 道理。△～にかなう／合乎道理。△～につまる／理屈詞窮。② 原理, 法則。

－り［裏］(接尾) 在…之中, 在…狀態下。△事は極秘～に進められている／事情在極秘密地進行。△成功～に終わる／勝利結束。

リアーエンジン［rear engine］(名) 後引擎, 後部發動機。△～カー／後引擎汽車。(也寫 "リアエンジン")

リアカー (名) ⇨リヤカー

リアクション［reaction］(名) 反動, 反應, 反作用。△～を利用する／利用反作用。

リアクションタイム［reaction time］(名) 反應時間。

リアスしきかいがん［リアス式海岸］(名) 〈地〉里亞斯型海岸, 三角灣海岸, 沉降海岸。

リアプロジェクションテレビ［rear projection television］(名) 背後投影電視, 背投電視。

リアリスチック［realistic］(形動) ① 現實主義的。② 寫實的。

リアリスト［realist］(名) ① 現實主義者。② 寫實主義者, 寫實派。③〈哲〉實在論者。

リアリズム［realism］(名) ① 現實主義。② 寫實主義。③〈哲〉實在論。

リアリゼーション［realization］(名) ① 實現, 現實化。② 實感, 認識。

リアリティ［reality］(名) 現實性。

リアル［real］(形動) ① 現實的, 實際的。② 真實的, 本來的。△人間の～な姿／人的本來面目。③ 寫實的。△～な描写／寫實的描寫。

リアルタイム［real time］(名)〈IT〉即時, 實時。

リーガル［legal］(ダナ) 法律的, 法定的。

リーグ［league］(名) ① 同盟, 聯盟, 聯合會。②〈體〉競賽聯合會。

リーグせん［リーグ戦］(名) 聯賽, 循環賽。↔トーナメント

リース［lease］(名)〈經〉① 租賃。② 長期租賃契約。

リーズナブル［reasonable］(ダナ) ① 合理的。② 適合的, 妥當的。

リーゾナブル［reasonable］(形)〈經〉合理的, 低廉的。

リーダー［leader］(名) 領導, 首領。

リーダー［reader］(名) ① 教科書, 讀本。△英語の～／英語讀本。② 讀者。

リーダーシップ［leadership］(名) ① 領導權, 領導地位。② 領導能力。

リーダビリティー［readability］(名) 易讀, 有趣。

リート［lied］(名)（德國）歌曲, 浪漫曲。△シュベルトの～／舒伯特的小夜曲。(也寫 "リード")

リード［lead］(名・自他サ) ① 領導, 引導, 帶領。△彼の～で踊る／由他帶舞。② 領先。△3点～する／領先三分。③ 跑壘員離壘。△ランナーが3塁から～する／跑壘員離開三壘。④ (新聞的) 導語, 內容提要。

リード［reed］(名)（樂器的）簧。△～楽器／簧樂器。

リードオンリー［read only］(名)〈IT〉唯讀。

リーフ［leaf］(名) ① 樹葉。② 書籍的一張 (2頁)。③ 暗礁, 沙洲。

リーフレット［leaflet］(名) 廣告傳單, 商品説明書。

リーベ［德 Liebe］(名) 情人。

リール［reel］(名) ①（錄音磁帶等的）捲盤, 捲軸。②（影片）一盤, 一捲。

リウマチ［rheumatism］(名) 風濕病, 風濕症。→リューマチ

りえき［利益］(名) ① 利益, 益處。② 盈利, 賺頭, 利潤。△～がうすい／利薄。

りえきしゃかい［利益社会］(名) 利益結社 (以獲利為目標的社會團體)。

リエゾン［liaison］(名) ① 連音。② 聯絡, 聯繫。

りえん［梨園］(名) ① 梨園, 戲劇界。② 歌舞伎界。

りえん［離縁］(名・他サ) ① 離婚。② 和養子養女斷絕關係。

りか［理科］(名) 理科。↔文科

りか［梨花］(名) 梨花。

リカー［liquor］(名) 烈酒, 蒸餾酒。

りかい［理解］(名・他サ) ① 理解, 了解, 領會。② 體諒, 諒解。

りかい［理会］(名・他サ)〈文〉領悟, 理解。

りがい［利害］(名) 利害, 利弊。△～がからむ／有利害關係。△～得失を計算する／權衡利害得失。

りがいかんけい［利害関係］(名) 利害關係。

りかがく［理化学］(名) 理化, 物理和化學。

りかく［離隔］(名・自他サ) ⇨隔離

りがく［理学］(名) ① 自然科學, 理學。② 物理學。

りがひでも［理が非でも］(連語) 無論如何。△～こうしてもらわねばならぬ／無論如何你要這樣做。

りかん［離間］(名・他サ) 離間。△～策／離間計。

りき［力］(名) 力氣, 力量。△～がある／有力氣。△千人～／力大無比。

りき［利器］（名）① 利器，便利的工具，機械。△文明の〜／文明利器。② 利刃，鋭利的武器。

りきえい［力泳］（名・自サ）用力游泳。

りきえん［力演］（名・自サ）賣力的表演，熱情的表演。

りきがく［力学］（名）力學。△応用〜／應用力學。

りきさく［力作］（名）精心的作品，力作。

りきし［力士］（名）① 相撲運動員。②〈佛教〉金鋼力士。

りきせつ［力説］（名・他サ）強調，極力主張。

りきせん［力戦］（名・自サ）奮戰。

りきそう［力走］（名・自サ）用盡全力跑，拼命跑。△全コースを〜する／拼命跑完全程。

リキッド［liquid］（名）液體的，流動的，液體。

りきてん［力点］（名）① 力點。 ↔ 支点 ② 重點，着重點。△この船は速度に〜をおいて設計された／這隻船是以速度為重點設計出來的。

りきとう［力投］（名・他サ）盡全力投擲。

りき・む［力む］（自五）① 使勁，憋勁。② 逞強。

りきゅう［離宮］（名）離宮，行宮。

りきゅういろ［利休色］（名）墨綠色。

りきゅうこうじゅう［裏急後重］（名）〈醫〉裏急後重。

りきゅうねずみ［利休鼠］（名）綠灰色。

リキュール［liqueur］（名）利久酒，甜香酒。

りきょう［離郷］（名・自サ）離郷，離開故郷。 ↔ 帰郷

りきょう［離京］（名・自サ）離開東京（京都）。

りきりょう［力量］（名）能力，力量，本領。

りく［陸］（名）陸地。△船から〜に上がる／離船上岸。

りくあげ［陸揚げ］（名・他サ）（從船上）卸貨。

りぐい［利食い］（名）套利。△〜売り／為套利而轉售。

りくうん［陸運］（名）陸運，陸路運輸。△〜業／陸運業。

リクエスト［request］（名・他サ）① 要求，希望。② 點播。△〜番組／點播節目。

りくかい［陸海］（名）① 陸地和海上。② 陸軍和海軍。△〜空／陸海空。

りくぐん［陸軍］（名）陸軍。△〜士官／陸軍軍官。

りくさん［陸産］（名）陸地的出産。

りくしょ［六書］（名）六書（象形、指事、會意、形聲、假借、轉註）。

りくじょう［陸上］（名）陸上，陸地。△〜運送／陸運。△〜自衛隊／陸上自衛隊。

りくじょうきょうぎ［陸上競技］（名）田徑賽。

りくせい［陸棲］（名・自サ）陸棲。△〜動物／陸棲動物。 ↔ 水棲

りくせん［陸戦］（名）陸戰，陸地作戰。△海軍〜隊／海軍陸戰隊。

りくそう［陸送］（名・他サ）陸路運輸。

りくぞく［陸続］（形動トタル）陸續，接連不斷。△観客が〜とつめかける／觀眾陸續到來。

りくたい［六体］（名）六體（大篆、小篆、八分、隷書、行書、草書）。

りくだな［陸棚］（名）大陸架。

りくち［陸地］（名）陸地。

りくちょう［六朝］（名）〈史〉六朝（吳、東晉、宋、齊、梁、陳）。

りくつ［理屈］（名）① 道理，理由。△〜に合わない／不合道理。② 藉口，歪理。△〜をこねる／強詞奪理。△〜をつける／找藉口。

りくつっぽ・い［理屈っぽい］（形）好講歪理，好揠死理。

りくとう［陸稲］（名）旱稻。

りくふう［陸風］（名）陸風。

リクライニングシート［reclining seat］（名）（客車、公共汽車等的）可調式座位，躺椅座位。

リクリエーション［recreation］（名）⇨レクリエーション

リクルートカット［recruit cut］（名）學生為就職面試而剪髮、整理頭型。

りくろ［陸路］（名）陸路，旱路。

リゲイン［regain］（名）取回，恢復，奪回。

リケッチア［rickettsia］（名）〈醫〉立克次氏體（斑疹傷寒等的病原微生物）。

りけん［利権］（名）權益，專利權，特權。△〜をあさる／爭權奪利。

りげん［俚諺］（名）俚諺，諺語。

りこ［利己］（名）利己，自私自利。△〜的な行動／自私的行為。

りこう［利口・利巧］（名・形動）① 聰明，伶俐，機靈。△〜な子ども／聰明的孩子。△おかげでひとつ〜になった／多虧您，我又長了一分見識。② 精明，圓滑，巧妙周旋。△〜に立ちまわる／賣乖討好。③ 寶貝，乖乖。△お〜さんだから泣くんじゃない／好乖乖，不要哭。

りこう［履行］（名・他サ）履行。△義務を〜する／履行義務。△契約を〜する／履行合同。

りごうしゅうさん［離合集散］（名・自サ）離合聚散。

りこうもの［利口者］（名）① 聰明伶俐的人。② 圓滑周到的人。

リコール［recall］（名・他サ）（由居民投票對官員、議員等實行）罷免。△市長を〜する／經市民投票罷免市長。△〜運動／罷免運動。

リコール［recall］（名・ス他）①（由居民投票對選出的官員、議員等實行）罷免。②（將有缺陷的商品）回收，召回。　〜うんどう［〜運動］罷免運動。〜せい［〜制］罷免制。

りこしゅぎ［利己主義］（名）利己主義。△〜者／利己主義者。

リコメンド［recommend］（名）推薦，勸。

りこん［離婚］（名・自サ）離婚。△〜届／離婚申請。

リサーチ［research］（名・他サ）調査，研究，探究。△マーケット〜／市場調査。

リサーチャー［researcher］（名）調査者，研究者，學術研究者。

リサーチワーカー［research worker］（名）調研人員。

リサーブ [reserve]（名・他サ）預約，預訂。△ホテルを～する／預約旅館。△～カー／包車。

リザーブファンド [reserve fund]（名）〈經〉公積金，儲備金。

りさい [罹災]（名・自サ）遭災，受害。△火事で～する／遭受火災。△水害に～する／遭水災。

リサイクリング [recycling]（名）① 資源回收再用。②〈經〉短期資金回流。

リサイクル [recycle]（名・ス他）（廢品）回收，再利用。△アルミ缶を～する／回收利用鋁罐。△～ショップ／舊物品回收再銷售商店，舊貨店。

リサイタル [recital]（名）獨奏會，獨唱會。△ピアノ～／鋼琴獨奏會。△～を開く／舉行獨奏（唱）會。

りさげ [利下げ]（名）〈經〉降低利率。↔ りあげ（利上げ）

りさつ [利札]（名）⇨ りふだ

リザベーション [reservation]（名）① 預約票，房間。預約席。② 附加條件，保留。條件。

りざや [利ざや]（名）差額利潤，賺頭。△～をかせぐ／轉手獲利。

りさん [離散]（名・自他サ）離散。△一家～する／一家離散。△人心が～していく／人心日益離散。

りし [利子]（名）利息，利錢。△～がつく／有利息。△～をしはらう／付利息。

りじ [理事]（名）理事，董事。

りしゅう [履修]（名・自他サ）學完，完成學業。△単位を～する／取得學分。

りしゅう [離愁]（名）離愁。

りじゅん [利潤]（名）利潤。

りしょく [利殖]（名・自サ）謀利，生財。△～の道に明るい／很懂生財之道。

りしょく [離職]（名・自サ）① 離職。② 失業。△～手当／失業津貼。

りす [栗鼠]（名）松鼠。

りすう [理数]（名）理科和數學。△～科／數理科。

リスキー [risky]（ダナ）危險的。

リスク [risk]（名）風險，危險。△～をおかす／冒風險。△～船主持ち／船主負擔危險。

リスタート [restart]（名・ス他）〈IT〉重新開啟。

リスト [list]（名）① 名冊，名單。② 表，目錄，一覽表。△～をつくる／造一覽表。

リスト [Franz von Liszt]〈人名〉李斯特。（1811-1886）匈牙利作曲家，鋼琴演奏家。

リストバンド [wristband]（名）腕套，手鍊。

リストラ [restructuring]（名・ス他）企業結構改革，公司重組，裁減人員，裁員。△長年勤めた会社を～された／被工作多年的公司解僱了。

リストラクチャリング [restructuring]（名）① 再構成，重建，改組。② 精減。

リスニング [listening]（名）聽。聽力。△～ルーム／音樂欣賞室。音樂試聽室。

リズミカル [rhythmical]（形動）有節奏的，韻律

和諧的。△～な動き／有節奏的動作。

リズム [rhythm]（名）節奏，韻律。△～をとる／打拍子。△～に合わせて踊る／和着拍子跳舞。

リズムアンドブルース [rhythm and blues]（名）（音樂）R&B。美國黑人通俗音樂。

り・する [利する] I（自サ）有利，有益。△少しも～ところがない／毫無益處。II（他サ）有利於。△敵を～／利敵。② 利用。△地勢を～／利用地勢。

りせい [理性]（名）〈哲〉理性。

りせいてき [理性的]（形動）理性的，理智的。△～な人／有理智的人。△～的に行動する／有理智地行動。

リゼントメント [resentment]（名）憤怒，氣憤，仇恨。

りそう [理想]（名）理想。△～の人／理想中的人。△遠大な～／遠大理想。

りそうきょう [理想郷]（名）理想國，烏托邦。

りそうしゅぎ [理想主義]（名）理想主義。△～に走る／流於理想主義。

リソース [resource]（名）① 資源，資產，財源。②〈IT〉資源。△サフー／避暑地。

リゾート [resort]（名）休養地，娛樂地，度假勝地，休閑勝地。

リゾール [lysol]（名）來蘇兒。△～水／來蘇水。

りそく [利息]（名）利息。△～を取る／要利錢。△～をはらう／付利息。

りそん [離村]（名・自サ）離村，離鄉。

りた [利他]（名）利他。△～的な考え／捨己為人的想法。↔ 利己

リターナブル [returnable]（ダナ）可回收的，可再利用的。

リターン [return]（名・ス自）① 返回，回程。② 利益。

リターンキー [return key]（名）〈IT〉回車鍵。

リターンチケット [return ticket]（名）〈經〉往返車票。

リターンマッチ [return match]（名）（拳擊等的）奪回冠軍賽，雪恥賽。

リタイア [retire]（名・ス自）① 退休。② 比賽等的棄權。

リダイヤル [redial]（名）重撥。

リダクション [reduction]（名）① 削減，減少。② 還原法，還原。

りだつ [離脱]（名・他サ）脫離。△戰線から～する／離開戰綫。△煩悩～／擺脫煩惱。△国籍を～する／脫離國籍。

リタッチ [retouch]（名）① 修改（畫，文章），補妝，重染（染髮後新生長的頭髮）。△生え際にヘアカラーを～／給髮際處重新染上色。② 修正（照片），對照片進行加工。（也作 "レタッチ"）

りち [理知]（名）理智。△～を失う／失去理智。

リチウム [lithium]（名）〈化〉鋰。△～爆弾／鋰彈。

りちぎ [律儀・律義]（名・形動）① 忠實，誠實，規規矩矩。△～者／忠厚老實的人。△～

に約束を守る／忠實地遵守諾言。△〜に働く／規規矩矩地幹活兒。②〈佛教〉守戒。

りちてき［理知的］(形動) 理智的。

リチャージ［recharge］(名) 再充電。

リチャージカード［rechargeable］(名) 充值卡。

りちゃくりく［離着陸］(名・自サ) (飛機等) 起飛和降落。

りつ［率］(名) ① 率，比率，成數。△合格の〜がいい／合格率高。② 有利或不利的程度。△〜のいい仕事／報酬高的工作。

りつあん［立案］(名・自サ) ① 制定方案，設計，籌劃。△都市計画を〜する／制定城市計劃。② 起草，擬定。△〜者／起草人。

りっか［立夏］(名) 立夏。

りつきてがた［利付手形］(名) 附加利息的票據。

りっきゃく［立脚］(名・自サ) 立足，根據。

りっきゃくち［立脚地］(名) 立足點。

りっきゃくてん［立脚点］(名) ⇨りっきゃくち

りっきょう［陸橋］(名) 天橋，跨綫橋。△〜をわたる／過天橋。

リッグ［rig］(名)〈經〉壟斷，囤積。

りっけん［立憲］(名) 立憲。

りっけんくんしゅせい［立憲君主制］(名) 君主立憲制。

りっこう［力行］(名・自サ)〈文〉身體力行。

りっこうほ［立候補］(名・自サ) (作) 候選人，參加競選。

りっこく［立国］(名) ① 建國。② 立國。△工業〜／工業立國。

りっし［立志］(名・自サ) 立志。

りっしでん［立志伝］(名) 立志刻苦奮鬥終於成功者的傳記。

りっしゅう［立秋］(名) 立秋。

りっしゅん［立春］(名) 立春。

りっしょう［立証］(名・他サ) 證明，證實。△予言は〜された／預言得到了證實。△無罪の〜／無罪的證明。

りっしょく［立食］(名・自サ) 立餐。△〜パーティー／立餐酒會。

りっしん［立身］(名・自サ) 發跡，出息。

りっしんしゅっせ［立身出世］(名・自サ) 發跡，飛黃騰達。

りっすいのよちもない［立錐の余地もない］(連語) 無立錐之地。

りっ・する［律する］(他サ) 衡量，要求。△自分を厳しく〜／嚴格要求自己。△自分の経験だけで，他人を〜してはいけない／不能只憑自己的經驗來要求人。

りつぜん［慄然］(副) 發抖，悚然。

りつぞう［立像］(名) 立像。↔ 座像

りったい［立体］(名) 立體。△〜感／立體感。△〜幾何学／立體幾何學。

りったいこうさ［立体交差］(名) 立體交叉。

りったいてき［立体的］(形動) ① 立體的，立體感的。② 多方面的，多維的。△〜に考える／

從多種角度考慮。

りったいは［立体派］(名) (繪畫) 立體派。

リッチ［rich］(ダナ) 有錢的，豐富的。

りっち［立地］(名) (工農業等的) 地理環境。

りっちじょうけん［立地条件］(名) 地理條件。△〜に恵まれる／地理條件好。

りっとう［立冬］(名) 立冬。

りつどう［律動］Ⅰ (名) 節律，節奏。△〜感／節奏感。Ⅱ (名・自サ) 律動。△生命の〜／生命的律動。

リットル［litre］(名・助数) 公升，立升。

りっぱ［立派］(形動) ① 漂亮，美，好。△〜な服装／華麗的服裝。△〜なごちそう／豐盛的菜餚。△落ち着いた〜な態度／鎮靜自若的態度。△〜な行い／高尚的行為。△〜な成績／優異的成績。② 充分，完全。△これはまだ〜に使える／這還完全能夠使用。③ 光明正大，正當。△〜な取引／合法交易。

リップ［lip］(名) 嘴唇。

りっぷく［立腹］(名・自サ) 生氣，惱怒。△〜を買う／惹人生氣。

リップサービス［lip service］(名) 口惠，説的好但不落實。

リップスティック［lip-stick］(名) 唇膏。

リップリーディング［lipreading］(名) 讀唇術。

りっぽう［立方］(名) 立方，三次冪。△〜に開く／開立方。△〜根／立方根。△〜メートル／立方米。

りっぽう［立法］(名) 立法。△〜権／立法權。

りっぽうたい［立方体］(名) 立方體。

りづめ［理詰め］(名) 講道理，堅持説理。△〜で説き伏せる／以理服人。△〜ではいかない／光講道理行不通。

りつりょう［律令］(名)〈史〉律令 (日本奈良、平安時代的法令)。

りつろん［立論］(名・自サ) 立論。△〜の根拠／立論的根據。

りてい［里程］(名) 里程，路程。△〜を測る／測量里程。△〜標を立てる／立里程標。

リデュース［reduce］(名) ① 減少，縮小。② 還原。③ 減價。

リテラチャー［literature］(名) ① 文學，文藝，文學作品。② 文獻，論文，著述。

リテラリー［literary］(名) 文學的，文學性的，文藝的。

りてん［利点］(名) 優點，好處。

りとう［離党］(名・自サ) 脱黨，退黨。

りとう［離島］Ⅰ (名) 孤島，遠離陸地的島嶼。Ⅱ (名・自サ) 離開島嶼。

りとく［利得］(名) 收益，利益。△〜に走る／惟利是圖。

リトマスし［リトマス紙］(名)〈化〉石蕊試紙。

リトマスしけんし［リトマス試験紙］(名) ⇨リトマスし

リトライ［re-try］(名) 重試，再試，再挑戰。

リニアモーターカー［linear motor car］(名) 磁懸浮列車。

リ
リ

りにち［離日］（名・自サ）（外國人）離開日本。
↔来日

りにゅう［離乳］（名・自サ）斷奶。△～期／斷奶期。△～食／斷奶食。

りにょう［利尿］（名）利尿。△～劑／利尿劑。

りにん［離任］（名・自サ）離任，離職。

りねん［理念］（名）〈哲〉理念，觀念，根本想法。△平和の～／和平理念。

りのう［離農］（名・自サ）棄農。△～して商業をいとなむ／棄農經商。

リノールさん［リノール酸］（名）〈化〉亞油酸。

リノベーション［renovation］（名）① 刷新，改善。② 修理，修復。

リノリウム［linoleum］（名）油氈。

リハーサル［rehearsal］（名）排練，排演。△劇の～をする／排練戲劇。

りはつ［理髪］（名・自サ）理髮。△～店／理髮店。

りはつ［利発］（形動）聰明，伶俐。△～な子／聰明伶俐的孩子。

リバティー［liberty］（名）① 自由，解放，隨便。② 權利，特權。

リバノール［德 Rivanol］（名）〈醫〉雷弗諾爾。

リハビリテーション［rehabilitation］（名）〈醫〉康復訓練，醫療指導（包括身體機能恢復訓練、心理指導、職業訓練等）。簡稱“リハビリ”。

りばらい［利払い］（名）支付利息。△～を怠る／不按期付息。

りはん［離反］（名・自サ）背離。△人心が～する／離心離德。

りひ［理非］（名）是非。△～曲直／是非曲直。△～をわきまえぬ／不辨是非。

リビア［Libya］〈國名〉利比亞。

リピート［repeat］（名）① 重映，重播。②〈音〉重複唱的符號。

りひきょくちょく［理非曲直］（名）是非曲直。

リヒテンシュタイン［Liechtenstein］〈國名〉列支敦士登。

リビドー［libido］（名）〈心〉力比多，性力。

りびょう［罹病］（名・自サ）患病。△～率／患病率。△伝染病に～する／患傳染病。

リビングキッチン［living kitchen］（名）廚房兼起居室。

リビングルーム［living room］（名）起居室。

リファイン［refine］（名・他サ）精製，精煉。

リファレンス［reference］（名）參考，參照，參考圖書。

リブート［reboot］（名）〈IT〉重新啟動。

リフォーム［reform］（名）（服裝）翻新。

りふじん［理不尽］（名・形動）不講理，無理。△～な要求／無理的要求。△～を言うな／不要強詞奪理。

りふだ［利札］（名）息單，利票。

リフト［lift］（名）①（滑雪）升降吊椅。② 小型運物升降機。

リプリント［reprint］（名・他サ）複印。

リフレイン［refrain］（名）歌詞、旋律的重複部分。

リプレー［replay］（名・ス自）① 再生。② 再演。③ 再比賽。

リフレーション［reflation］（名）〈經〉調整物價緩和通貨緊縮。

リプレース［replace］（名）更換，替換。

リフレーン［refrain］（名）（詩歌、樂曲結尾部的）反覆部分。（也寫“リフレイン”）

リフレクター［reflector］（名）反射器，反射板，反射鏡。

リフレせいさく［リフレ政策］（名）⇨リフレーション

リフレッシュ［refresh］（名・ス他）恢復精神，重新振作，使恢復活力。△スポーツで～する／做運動來恢復精力。△～した気分になる／變得精神爽利。△～休暇／自我調整身心的休假。

リペア［repair］（名）修理。

リベート［rebate］（名）① 回扣。△メーカーから～をもらう／從廠家拿回扣。② 手續費，服務費。△～をとる／收手續費。

りべつ［離別］（名・自サ）① 離別，分別。② 離婚。△妻と～する／和妻子離婚。

リベット［rivet］（名）鉚釘。△～でとめる／用鉚釘固定。

リベラリズム［liberalism］（名）自由主義。

リベリア［Liberia］〈國名〉利比里亞。

リベルテ［liberty］（名）自由，解放。

リベンジ［revenge］（名）復仇，報仇。

リポート［report］（名）① 調查報告，研究報告（書）。△現地～／現場報告。② 新聞報導。→レポート

リボン［ribbon］（名）① 緞帶，絲帶，髮帶，飄帶。△～をかける／繫上綢帶。②（打字）色帶。

りまわり［利回り］（名）利率。△～がいい／利率高。

リミット［limit］（名）界限，限度，極限。△タイム～／期限。△人の忍耐にも～がある／人的忍耐也是有限度的。

リミテッドカンパニー［limited company］（名）股份會社，有限公司。

リム［rim］（名）輪圈，輪緣。

リムーバブルディスク［removable disk］（名）〈IT〉可移動磁片。

リメーク［remake］（名・ス他）① 重新製作（的東西）。② 重新拍成（的）電影，重拍，翻拍。△往年の名作を現代版に～する／把往年的名作翻拍成現代版。△～権／重拍權。

りめん［裏面］（名）① 裏面，背面。△～の注意を読んで記入せよ／請看好背面注意事項填寫。② 內幕，幕後。△～で操る／幕後操縱。△政界の～／政界內幕。

リモートカー [remote car] (名) 廣播電台現場轉播車。

リモートコンソール [remote console] (名) 遙控台, 遙控桌。

リモートコントロール [remote control] (名・他サ) 遙控。(簡稱"リモコン")

リモートセンサー [remote sensor] (名) 遙控感應器。

リモコン (名) ⇨リモートコントロール

リモデル [remodel] (名) 改造。

リヤカー [rear car] (名) (自行車牽引的) 雙輪拖車。

りゃく [略] (名) 省略, 從略。△以下～/以下從略。△プロはプロフェッショナルの～だ/プロ是プロフェッショナル的略語。

りゃく [利益] (名) 〈佛教〉⇨ごりやく

りゃくぎ [略儀] (名) 簡略方式。△～ながら書面をもってごあいさつ申しあげます/先函致意, 幸恕不周。

りゃくげん [略言] (名・他サ) 簡述。

りゃくご [略語] (名) 略語, 縮語。△"日銀"は"日本銀行"の～です/"日銀"是"日本銀行"的略語。

りゃくごう [略号] (名) 略號, 簡寫符號。

りゃくじ [略字] (名) 簡化字, 簡體字。

りゃくしき [略式] (名) 簡略方式, 簡便方法。↔ 正式

りゃくじゅ [略綬] (名) (勳章的) 略綬。

りゃくじゅつ [略述] (名・他サ) 簡述, 略述。△経歴を～して下さい/請略述一下經歷。↔ 詳述

りゃくしょ [略書] (名・他サ) 簡略書寫。

りゃくしょう [略称] (名・自サ) 簡稱。

りゃく・す [略す] (他五) ① 簡略。△字を～して書く/把字簡化書寫。② 省略。△敬称を～する/省略敬稱。

りゃくず [略図] (名) 簡圖, 草圖。

りゃくせつ [略説] (名・他サ) 簡要説明。↔ 詳説

りゃくそう [略装] (名) 便服, 便装。↔ 正装

りゃくだつ [略奪] (名・他サ) 掠奪, 搶劫。

りゃくでん [略伝] (名) 略傳, 傳略。↔ 詳伝

りゃくひつ [略筆] (名・他サ) ① 簡述。② 簡筆 (字)。

りゃくひょう [略表] (名) 略表。

りゃくふ [略譜] (名) ① 簡略宗譜。② 〈樂〉簡譜。

りゃくふく [略服] (名) 便服。

りゃくほう [略報] (名・他サ) 簡報。↔ 詳報

りゃくれき [略歴] (名) 簡歷。

りゃくれき [略暦] (名) 簡明曆書。

りゃっかい [略解] (名・他サ) 簡釋。↔ 詳解

りゃっき [略記] (名・他サ) 扼要記述。

りゅう [竜] (名) 龍。

-りゅう [流] (接尾) ① 等級。△三～のレストラン/三流餐館。② 流派。△小原～/小原流派。

りゆう [理由] (名) ① 理由, 緣故。△断る～がない/沒有理由拒絶。② 藉口。△～をつける/找藉口。

りゅうあん [硫安] (名) 硫銨, 硫酸銨。

りゅうあんかめい [柳暗花明] (名) 柳暗花明。

りゅうい [留意] (名・自サ) 留心, 注意。△この点に十分～してほしい/這一點請充分注意。

りゅういき [流域] (名) 流域。△信濃川の～/信濃川流域。

りゅういん [溜飲] (名) 反酸, 燒心, 吐酸水。△～が下がる/心裏痛快了。

りゅうおう [竜王] (名) 龍王。

りゅうか [硫化] (名・自サ) 〈化〉硫化。△～水素/硫化氫。△～ナイリウム/硫化鈉。

りゅうか [流下] (名・自サ) 流下。

りゅうかい [流会] (名・自サ) 會議取消。△出席者が少なくて～になった/因出席人數少會議取消了。

りゅうがく [留学] (名・自サ) 留學。

りゅうがくせい [留学生] (名) 留學生。

りゅうかすいそ [硫化水素] (名) 硫化氫。

りゅうかん [流感] (名) (流行性感冒的略語) 流感。

りゅうがん [竜眼] (名) 龍眼, 桂圓。

りゅうき [隆起] (名・自サ) 隆起。△地盤の～/地盤隆起。△～海岸/上升海岸。

りゅうぎ [流儀] (名) ① 流派。△華道の～/花道的流派。② 做法, 式樣, 派頭。△昔～の人/老派人。

りゅうきゅう [琉球] (名) 沖繩縣的舊稱。

りゅうぐう [竜宮] (名) 龍宮。△～城/龍宮。

りゅうぐう [流寓] (名・自サ) 到處寄居。

りゅうけい [流刑] (名) 流刑, 流放。

りゅうけつ [流血] (名) 流血。△～を見る/發生流血事件。

りゅうげん [流言] (名) 流言, 謠言。△～飛語/流言蜚語。

りゅうこ [竜虎] (名) ① 龍虎。② 兩雄。△～相打つ/龍虎鬥。

りゅうこう [流行] (名・自サ) ① 流行, 時興。△～をおう/趕時髦。② (病) 流行, 蔓延。

りゅうこうおくれ [流行遅れ] (名) 過時, 不時興。

りゅうこうか [流行歌] (名) 流行歌曲。

りゅうこうご [流行語] (名) 流行語。

りゅうこうじ [流行兒] (名) 紅人。△文壇の～/文壇寵兒。

りゅうこうせいかんぼう [流行性感冒] (名) 流行性感冒。→インフルエンザ

りゅうこうびょう [流行病] (名) 流行病。

りゅうこつ [竜骨] (名) ① (船) 龍骨, 船脊骨。→キール ② (大型動物化石) 龍骨。

りゅうさん [硫酸] (名) 〈化〉硫酸。

りゅうざん [流産] (名・自サ) ① 〈醫〉流産, 小産。② 失敗, 半途而廢。△計画は～に終った/計劃流産了。

りゅうさんアンモニウム［硫酸アンモニウ
ム］(名)〈化〉硫酸銨。

りゅうさんだん［榴散弾］(名)榴散彈，子母
彈。

りゅうし［粒子］(名)粒子。△微～／微粒子。

りゅうしつ［流失］(名・自サ)沖走，流失。
△家屋～／沖走房屋。

りゅうしゃ［流砂］(名)①流沙。②沙漠。

りゅうしゅつ［流出］(名・自サ)流出，外流。
△土砂の～／水土流失。△人口が～する／人
口外流。

りゅうしゅつ［溜出］(名・他サ)蒸餾出。

りゅうじょ［柳絮］(名)柳絮。→柳わた

りゅうしょう［隆昌］(名)繁榮，昌盛。△国
運の～／國運昌盛。

りゅうしょく［粒食］(名)食粒(糧食)。↔
粉食

りゅうじん［竜神］(名)龍王。

りゅうず［竜頭］(名)①錶把，錶柄。△～を
巻く／(錶)上弦。②龍頭狀吊鈎。

りゅうすい［流水］(名)流水。△行雲～／行
雲流水。↔止水

りゅうせい［流星］(名)〈天〉流星。△～雨／
流星雨。

りゅうせい［隆盛］(名)隆盛，昌盛。

りゅうぜつらん［竜舌蘭］(名)〈植物〉龍舌蘭。

りゅうせんけい［流線型］(名)流綫型。

りゅうそく［流速］(名)流速。

りゅうぞく［流俗］(名)一般習俗。

りゅうたい［流体］(名)〈理〉流體。△～力学／
流體力學。

りゅうだん［流弾］(名)流彈。△～にあたる／
中流彈。

りゅうだん［榴弾］(名)榴彈。△～炮／榴彈炮。

りゅうち［留置］(名・他サ)拘留。△～場／拘
留所。

りゅうちじょう［留置場］(名)拘留所。

りゅうちょう［留鳥］(名)〈動〉留鳥。↔候
鳥。渡り鳥

りゅうちょう［流暢］(形動)流利，流暢。

りゅうつう［流通］(名・自サ)①(空氣等)流
通。②(商品)流通。③通行，通用。△～貨
幣／流通貨幣。

りゅうつぼ［立坪］(名)(土砂)六尺立方。

りゅうでん［流伝］(名・自サ)流傳。

りゅうとう［竜燈］(名)①海上燐火。②神社
的燈籠。

りゅうとう［流燈］(名)在河上放燈。→燈籠
ながし

りゅうどう［流動］(名・自サ)流動。△～体／
流體。△～資本／流動資本。

りゅうどうしょく［流動食］(名)流食。

りゅうどうたい［流動体］(名)①〈理〉流體。
②流質物。

りゅうとうだび［竜頭蛇尾］(名)虎頭蛇尾。
△～に終わる／有始無終。

りゅうとした(連語)衣冠楚楚。△～身なり／

衣冠楚楚。

りゅうにち［留日］(名・自サ)留學日本。

りゅうにゅう［流入］(名・自サ)流入，流
進。△外資の～が激増する／外資流入劇增。

りゅうにん［留任］(名・自サ)留任。△現職
に～する／留任現職。

りゅうねん［留年］(名・自サ)留級。↔進級。

りゅうのう［竜脳］(名)龍腦香。

りゅうのひげ［竜のひげ］(名)〈植物〉沿階草。

りゅうは［流派］(名)流派。

りゅうびじゅつ［隆鼻術］(名)〈美容〉隆鼻術。

りゅうひょう［流氷］(名)流冰，浮冰，冰排。

りゅうびをさかだてる［柳眉を逆立てる］(連
語)柳眉倒豎。

りゅうぶん［溜分］(名)〈化〉餾分。

りゅうほ［留保］(名・自サ)①保留。△回答
を～する／暫不回答。②(國際法)(對履行條
約)有保留。

りゅうぼく［流木］(名)①浮木，漂流木。②
流放的木材。

リューマチ(ス)［荷 rheumatisch］(名)〈醫〉風
濕病。

りゅうみん［流民］(名)遊民。流離失所的難民。

りゅうもんがん［流紋岩］(名)〈礦〉流紋岩。

りゅうよう［流用］(名・他サ)挪用。△公金
を～する／挪用公款。

りゅうよう［留用］(名・他サ)留用。

りゅうよう［柳腰］(名)柳腰。

りゅうらく［流落］(名)〈文〉流浪。

りゅうり［流離］(名・自サ)流離，流浪。

りゅうりゅう［隆隆］(形動トタル)①(肌肉)
隆起。△～たる筋肉／發達的肌肉。②隆盛，
昌盛。△～とさかえる／繁榮昌盛。△～たる
声望／顯赫的聲望。

りゅうりゅうしんく［粒粒辛苦］(名・自サ)
千辛萬苦。△～の末やっと完成させた／費盡
心血終於完成了。

りゅうりょう［流量］(名)流量。△～計／流
量計。

りゅうりょう［嚠喨］(形動トタル)嘹亮。

りゅうれい［流麗］(形動)流麗。△～な文章／
流麗的文章。

りゅうれん［流連］(名・自サ)流連忘返。△～
荒亡／冶遊無度。

りゅうろ［流露］(名・自他サ)流露。△真情
が～する／流露真情。

リュクス［luxury］(名)豪華，優雅，奢華。

リュックサック［rucksack］(名)揹包，揹囊。
△～をせおう／揹揹包。

りょう［両］(名)①雙，兩個。△～の手／雙
手。②節。△3～目の車両／第三節車廂。

りょう［了］(名)完結。△上巻～／上巻完。⇨
諒

りょう［良］(名)①良好。②(成績)良。

りょう［涼］(名)涼，涼爽。△～をとる(いれ
る)／乘涼。

りょう［猟］(名)①獵，狩獵。②獵物。

りょう［量］(名) 量。△～より質／質重於量。

りょう［漁］(名) ① 打魚，捕魚。② 漁獲量。

りょう［寮］(名) 宿舍。△大学の～／大學生宿舍。

りょう［料］(名) 料，材料。

りょう［諒］(名) 諒，諒解。△～とする／可以諒解。

りよう［利用］(名・他サ) ① 利用。△廃物～／廢物利用。△人の無知を～する／利用別人的無知。② 使用。△飛行機を～してロンドンへ飛ぶ／坐飛機去倫敦。

りよう［理容］(名) 理髪。△～師／理髪師。

りよう［俚謡］(名) 民謡。

りょうあし［両足］(名) 雙腿。

りょうあん［良案］(名) 良策，好主意。

りょうい［良医］(名) 良醫。

りょういき［領域］(名) ① 領土。△隣国の～／鄰國的領土。② (學術等) 領域。△考古学の～／考古學的領域。

りょういん［両院］(名) ① 眾議院和参議院。② 上院和下院。

りょういんせい［両院制］(名) 兩院制。

りょうう［涼雨］(名) 夏季帶來涼意的雨。

りょううで［両腕］(名) ① 雙手，雙臂。② 左右臂，得力助手。

りょうえん［良縁］(名) 良緣。△～にめぐまれる／天賜良緣。

りょうえん［遼遠］(形動) 遼遠，遙遠。△前途～／路途遙遠。

りょうおうレンズ［両凹レンズ］(名) 雙凹透鏡。

りょうか［良家］(名) 良家。△～の婦人／良家婦女。

りょうか［良貨］(名) 〈經〉良幣。

りょうが［凌駕］(名・他サ) 勝過，超過。△今年度の実績は昨年度をはるかに～している／今年的成績遠遠超過去年。

りょうかい［了解・領会］(名他サ) 了解，理解。△真意を～する／理解真意。

りょうかい［諒解］(名・他サ) 諒解。△～を得る／得到諒解。

りょうかい［領海］(名) 領海。↔ 公海

りょうがい［領外］(名) ① 領土之外。② 範圍之外。

りょうがえ［両替］(名・他サ) 兌換。△円をドルに～する／把日幣兌換成美元。△一万円札を～する／破開一萬日圓票子。

りょうがけ［両掛け］(名) 套利。

りょうがわ［両側］(名) 兩側，兩邊，兩面。△道の～／道路兩旁。△紙の～／紙的正反面。

りょうかん［涼感］(名) 涼意。

りょうかん［猟官］(名) 〈文〉獵取官職。

りょうかん［量感］(名) 量感。△～がある／有量感。

りょうかん［良寛］〈人名〉良寛 (1758-1831)。江戸時代的僧人，詩人。

りょうがん［両岸］(名) 兩岸。

りょうがん［両眼］(名) 兩眼，雙眼。

りょうき［涼気］(名) 涼氣，涼爽。

りょうき［猟奇］(名) 獵奇。△～小説／獵奇小説。

りょうき［猟期］(名) 狩獵季節。

りょうき［漁期］(名) 捕魚季節。

りょうき［僚機］(名) 僚機。

りょうぎ［両義］(名) 兩種含意。

りょうぎいん［両議院］(名) ⇨両院

りょうぎし［両岸］(名) ⇨りょうがん

りょうきゃく［両脚］(名) 雙腳，雙腿。△コンパスの～／圓規的兩腳。

りょうきゃっき［両脚規］(名) 兩腳規，圓規。

りょうきょく［両極］(名) ① (南北) 兩極。② (陰陽) 兩極。△プラスとマイナスの～／正負兩極。

りょうきょくたん［両極端］(名) 兩個極端。△～に立つ２つの意見／處於兩個極端的兩種意見。

りょうきん［料金］(名) 費用。△電話の～／電話費。△～別納／郵資另付。

りょうぐ［猟具］(名) 獵具。

りょうくう［領空］(名) 領空。△～権／領空權。

りょうぐん［両軍］(名) 作戰雙方的軍隊。

りょうけ［良家］(名) ⇨りょうか

りょうけい［量刑］(名)〈法〉量刑。

りょうけん［了見・料簡］(名) 想法，念頭，主意。△～がせまい／心窄。△悪い～を起こす／起壞念頭。

りょうけん［猟犬］(名) 獵狗，獵犬。

りょうげん［両舷］(名) (船) 兩舷。

りょうげん［燎原］(名)〈文〉燎原。

りょうけんざ［猟犬座］(名)〈天〉獵犬 (星) 座。

りょうけんちがい［料簡違い］(名) 想法不對。△君は～をしている／你想錯了。

りょうこう［良港］(名) 良港。△天然の～／天然良港。

りょうこう［良好］(形動) 良好。△経過が～だ／病情良好。↔ 不良

りょうこく［両国］(名) 兩國。

りょうごく［領国］(名) 領地。△～の争い／領地之爭。

りょうさい［良妻］(名) 賢妻。△～賢母／賢妻良母。↔ 悪妻

りょうざい［良材］(名) ① 優質木材。② 優秀人材。

りょうさく［良策］(名) 良策，上策。△～をさずける／授以妙計。

りょうさつ［諒察］(名・他サ) 體諒。

りょうさん［両三］(名) 二三。△～日／三兩天。△～度／兩三次。

りょうさん［量産］(名・他サ) 批量生産。

りょうし［猟師］(名) 獵人。

りょうし［漁師］(名) 漁夫。

りょうし［量子］(名)〈理〉量子。△エネルギー～／能量量子。△～力学／量子力學。

りょうし［良師］(名)〈文〉良師。

りょうじ [領事] (名) 領事。△～館／領事館。

りょうじ [療治] (名・他サ) 治療，醫治。△もみ～／按摩療法。

りょうじ [両次] (名) 兩次。△～の大戦／兩次世界大戦。

りょうじかん [領事館] (名) 領事館。

りょうしき [良識] (名) 理智，健全的判斷力。△～に欠ける／缺乏常識。

りょうじそうじょう [領事送状] (名) 領事發票，簽證發票。

りょうしつ [良質] (名・形動) 優質，上等。△～な品／上等貨。↔ 悪質

りょうしゃ [両者] (名) 二者，雙方。△～の言い分を聞く／聽取雙方的意見。

りょうしゅ [良種] (名) 良種。

りょうしゅ [領主] (名) ① 領主，莊園主。② 諸侯。

りょうしゅう [領収] (名・他サ) 收到。△～書／收據。

りょうしゅう [領袖] (名) 〈文〉領袖。

りょうじゅう [猟銃] (名) 獵槍。

りょうしゅうしょ [領収書] (名) 收據，收條。→ レシート

りょうしょ [両所] (名) ① 兩處。△東西～／東西兩處。②(敬) 您二位。

りょうしょ [良書] (名) 良書，好書。↔ 悪書

りょうしょう [了承] (名・他サ) 知道，明白。△委細～しました／備悉一切。△～をもとめる／求得同意。△～をえる／得到諒解。

りょうじょう [猟場] (名) 狩獵場。

りょうじょうのくんし [梁上の君子] (連語) 樑上君子。

りょうしょく [糧食] (名) 糧食，食糧。

りょうじょく [凌辱] (名・他サ) ① 凌辱，侮辱。② 姦污。

りょうしろん [量子論] (名) 〈理〉量子論。

りょうしん [両親] (名) 雙親，父母。

りょうしん [良心] (名) 良心。△～に恥じる／問心有愧。

りょうしん [良臣] (名) 〈文〉良臣。

りょうじん [良人] (名) 〈文〉丈夫，良人。

りょうじんひしょう [梁塵秘抄] 〈書名〉梁塵秘抄(平安時代末期的歌集)。

りょうすい [領水] (名) 領水。

りょう・する [了する] (他サ) ① 完結。② 了解。

りょう・する [領する] (他サ) ① 佔有，領有。② 領會。

りょう・する [諒する] (他サ) 諒解。

りょうせい [両性] (名) ①(男女，雌雄) 兩性。② 兩種性質。

りょうせい [両生] (名) 兩棲。△～動物／兩棲動物。△水陸～の戦車／水陸兩用坦克。

りょうせい [良性] (名・形動) 良性。△～の腫瘍／良性腫瘤。↔ 悪性

りょうせい [寮生] (名) 住宿學生。

りょうせいせいしょく [両性生殖] (名) 〈生物〉兩性生殖。

りょうせいばい [両成敗] (名) 兩敗俱傷。△喧嘩～／各打五十大板。

りょうせいるい [両生類] (名) 兩棲類。

りょうせつ [両説] (名) 兩種説法，兩種學説。

りょうせん [稜線] (名) 山脊的稜綫。

りょうぜん [瞭然] (形動タトル) 瞭然。△一目～／一目了然。

りょうぜん [両全] (名) 〈文〉兩全。△～の策／兩全的辦法。

りょうそく [両側] (名) ⇨ りょうがわ

りょうぞん [両損] (名) 兩敗俱傷。

りょうだてよきん [両建預金] (名) 〈經〉套利存款。

りょうだめ [両為] (名) 雙方有利。

りょうたん [両端] (名) ① 兩端，兩頭。△首鼠～を持す／首鼠兩端。② 開始和結束，首尾。

りょうだん [両断] (名・他サ) 兩斷。△一刀～／一刀兩斷。

りょうち [領地] (名) 領地，領土。

りょうち [両地] (名) 兩地。

りょうち [良知] (名) 天生的智力。△～良能／良知良能。

りょうち [領置] (名) 〈法〉扣留。△～物／扣留的東西。

りょうて [両手] (名) 兩手，雙手。△～に汗を握る／捏一把汗。提心吊膽。

りょうてい [料亭] (名) (日本式) 餐館。

りょうてい [量定] (名・他サ) 〈法〉裁定。△刑の～／量刑。

りょうてき [量的] (形動) 數量上的。↔ 質的

りょうてにはな [両手に花] (連語) 兩椿好事一人得。

りょうてんびんをかける [両天秤を掛ける] (連語) 腳踏兩隻船。

りょうど [領土] (名) 領土。△～権／領土權。

りょうとう [両刀] (名) (武士佩帶的) 大小兩刀。

りょうどう [糧道] (名) 糧道，運軍糧的路。△～をたつ／斷糧道。停止提供生活費用。

りょうどうたい [良導体] (名) 〈理〉良導體。↔ 不導体。不良導體

りょうとうづかい [両刀使い] (名) ① 能使雙刀(的人)。② 愛吃甜食又愛喝酒。

りょうとく [両得] 一舉兩得。

りょうどく [両得] 雙方有利。

りょうどなり [両隣] (名) 兩鄰，左右鄰。

りょうのう [良能] (名) 天生的才能。

りょうば [両刃] (名) 雙刃。△～の剣／雙刃劍。有利也有弊。

りょうば [猟場] (名) 獵場，圍場。△～を開く／開放獵場。

りょうば [漁場] (名) 漁場。

りょうば [良馬] (名) 良馬。

りょうひ [良否] (名) 好壞，善惡，是非。△～を見分ける／辨明是非。

りょうびらき［両開き］（名）可向左右兩面拉開（的拉門）。

りょうひん［良品］（名）佳品，好貨。

りょうふう［良風］（名）良風，好風氣。△～美俗／良風美俗。

りょうふう［涼風］（名）涼風，清風。

りょうぶん［領分］（名）① 領域，（勢力）範圍。△人の～をおかす／侵犯他人的勢力範圍。② 領地。

りょうぶん［両分］（名・他サ）兩分，分為兩部分。

りょうぼ［陵墓］（名）皇陵。

りょうほう［両方］（名）雙方，兩者。△～の意見を聞く／聽取雙方意見。

りょうほう［療法］（名）療法。△食餌～／飲食療法。△民間～／民間療法。△物理～／理療。

りょうまい［糧米］（名）食用米。

りょうまえ［両前］（名）雙排扣（上衣）。

りょうまつ［糧秣］（名）糧秣，糧草。

りょうみ［涼味］（名）涼爽（的感覺）。△～を満喫する／感到很涼爽。

りょうみん［良民］（名）良民。

りょうめ［量目］（名）分量。△～がたりない／分量不夠。△～をごまかす／缺斤短兩。

りょうめん［両面］（名）①（正反、表裏）兩面。② 兩方面。△～作戦／兩面作戰。

りょうや［良夜］（名）良宵。

りょうや［涼夜］（名）涼夜。

りょうやく［良薬］（名）良藥。△～は口に苦し／苦口良藥。忠言逆耳。

りょうゆう［両雄］（名）兩雄。△～並び立たず／兩雄不並立。

りょうゆう［領有］（名・他サ）領有，所有。△日本が～する島島／日本所領有的島嶼。

りょうゆう［僚友］（名）同事。

りょうゆう［良友］（名）良友。

りょうゆう［療友］（名）病友。

りょうよう［両用］（名）兩用。△水陸～の車／水陸兩用車輛。△晴雨～／晴雨兩用。

りょうよう［両様］（名）兩樣，兩種。△～に解釈する／做兩種解釋。

りょうよう［療養］（名・自サ）療養。△転地～／易地療養。△自宅～／自宅療養。

りょうよく［両翼］（名）① 兩翼。△鳥の～／鳥的兩翼。②（軍隊、隊列等的）兩翼。

りょうらきんしゅう［綾羅錦繍］（名）綾羅綢緞。

りょうらん［繚乱］（名・形動）繚亂。△百花～／百花爭艷。

りょうり［料理］（名・他サ）① 烹飪，烹調。△魚を～する／做魚。② 菜，菜餚。△一品～／單點菜。△西洋～／西餐。③ 料理，處理。△やこしい仕事をうまく～する／很好地處理繁雜的工作。

りょうりつ［両立］（名・自サ）兩立，並存。△仕事と趣味の～をはかる／使工作和愛好兩者不誤。

りょうりや［料理屋］（名）飯莊。

りょうりょう［稜稜］（形動トタル）① 凜凜，嚴肅可畏。△～たる気骨／凜凜的氣節。② 凜冽。

りょうりょう［両両］（名）兩者，雙方。△～相讓らない／各不相讓。△～あいまって／兩者相輔相成。

りょうりょう［寥寥］（形動トタル）寂寥。△会場は～としている／會場的人寥寥可數。

りょうりん［両輪］（名）（車的）兩輪。△車の～を成す／兩者缺一不可。

りょう・る［料る］（他五）〈俗〉做菜。

りょうろん［両論］（名）兩種論調，兩種意見。△賛否～／贊成和反對兩種意見。

りょうわき［両脅］（名）① 兩脅。② 兩側。

りょがい［慮外］（名・形動）① 意外，② 冒昧，魯莽。

りょかく［旅客］（名）旅客，乘客。△～機／客機。

りょかっき［旅客機］（名）客機。（也寫“りょかくき”）

りょかん［旅館］（名）旅館。△～に泊る／住旅館。△～を営む／經營旅館。

りょきゃく［旅客］（名）→りょかく

りよく［利欲］（名）利慾。△～の深い人／貪婪的人。△～に目がくらむ／利令智昏。

りょぐ［旅具］（名）旅行用品。

りょくいん［緑陰］（名）綠蔭。

りょくおうしょく［緑黄色］（名）黃綠色。

りょくぎょくせき［緑玉石］（名）綠寶石。→エメラルド

りょくじゅ［緑樹］（名）綠樹。

りょくじゅうじ［緑十字］（名）綠十字（綠化運動的標誌）。

りょくそう［緑草］（名）青草。

りょくそうしょくぶつ［緑藻植物］（名）綠藻植物。

りょくち［緑地］（名）綠地。草木茂盛之地。

りょくちたい［緑地帯］（名）綠化地帶。

りょくちゃ［緑茶］（名）綠茶。

りょくちゅうせき［緑柱石］（名）綠柱石。

りょくど［緑土］（名）① 草木茂盛地帶。②〈礦〉綠土。

りょくとう［緑豆］（名）綠豆。

りょくないしょう［緑内障］（名）〈醫〉綠內障，青光眼。→あおそこひ

りょくばん［緑礬］（名）〈化〉綠礬，硫酸亞鐵。

りょくひ［緑肥］（名）綠肥。

りょくべん［緑便］（名）〈醫〉（嬰兒）綠便。

りょけん［旅券］（名）護照。→パスポート

りょこう［旅行］（名・自サ）旅行。

りょこうしゃ［旅行者］（名）旅客。

りょしゅう［旅愁］（名）旅愁。△～にひたる／浸沉於旅愁之中。

りょしゅう［虜囚］（名）俘虜。

りょじょう［旅情］（名）旅情。

りょそう［旅装］(名) 行裝。△～をとく／脱下行裝。

りょっか［緑化］(名・他サ) 綠化。

りょてい［旅程］(名) ① 旅程，行程。△一日の～／一天的旅程。② 旅行日程。△～表／旅行日程表。

りょひ［旅費］(名) 旅費。

りょりょく［膂力］(名) 力氣，臂力。

リラ［lilas］(名) 〈植物〉紫丁香。→ライラック

リライアビリティー［reliability］(名) 信賴度，準確性。

リライアブル［reliable］(名) 可靠的，可信賴的。

リライト［rewrite］(名・他サ) 改寫。△～して発表する／改寫後發表。

リラクセーション［relaxation］(名) ① 修養，休息，休閑。② 緩和，放鬆，減輕，減弱。

リラックス［relax］(名・自サ) 鬆弛，放鬆，輕鬆。△～ムード／輕鬆氣氛。

リリース［release］(名) ① 放開，解放，解除。② 公開發行 (影片，唱片，音像盒帶等)。

リリーフ［relief］I (名) 浮雕。II (名・他サ) 救援，替換。△～投手／〈棒球〉替補投手。

リリカル［lyrical］(形動) 抒情的，抒情詩的。△～な格調／抒情的格調。

りりく［離陸］(名・自サ) 起飛。↔着陸

りりしい［凛凛しい］(形) 威風凜凜。

リリシズム［lyricism］(名) 抒情風格，抒情主義。

りりつ［利率］(名) 利率。

リルケ［Rainer Maria Rilke］〈人名〉里爾克 (1875-1926)。德國詩人。

リレー［relay］I (名) ① 接力。△～レース／接力賽跑。② 繼電器。△～回路／繼電器回路。II (名・他サ) 中繼，轉播。△～放送／轉播。② 傳遞。△水をバケツの～で運ぶ／傳遞水桶運水。

リレーション［relation］(名) 關係，關聯，親屬，血緣關係。

りれき［履歴］(名) 履歷，經歷。△～を偽る／偽造歷史。△～書／履歷書。

りれきげんしょう［履歴現象］(名) 〈理〉滯後現象。

りれきしょ［履歴書］(名) 履歷書。△～を出す／提交履歷書。

りろ［理路］(名) 理路，條理。△～整然としている／有條有理。

りろん［理論］(名) 理論。△相対性～／相對論。

リワインド［rewind］(名) 倒帶。

りん［鈴］(名) ① 鈴。△～を鳴らす／打鈴。② 電鈴。

りん［燐］(名) ① 磷。② 燐火。△～のように光る／像燐火似的發光。

りんか［輪禍］(名) 車禍。△～にあう／遭到車禍。

りんか［隣家］(名) 鄰居，鄰舍。

リンカーン［Abraham Lincoln］〈人名〉林肯 (1809-1865)。美國第十六任總統。

りんかい［臨海］(名) 臨海，沿海。△～工業地帯／沿海工業地帯。

りんかい［臨界］(名) 臨界。△～温度／臨界溫度。

りんかいがっこう［臨海学校］(名) 海濱夏令營。

りんかく［輪郭］(名) ① 輪廓。△～がぼける／輪廓模糊。②(事物的) 梗概。△事件の～がうかびあがる／事件輪廓顯露出來。

りんがく［林学］(名) 林業學。

りんかん［林間］(名) 林間，林中。

りんかん［輪換］(名) 輪作。△～栽培／輪作。

りんかん［輪姦］(名・他サ) 輪姦。

りんかんがっこう［林間学校］(名) 林間夏令營。

りんき［悋気］(名) 嫉妒心。

りんきおうへん［臨機応変］(名) 隨機應變。

りんきゅう［臨休］(名) ① 臨時停業。② 臨時休假。

りんぎょう［林業］(名) 林業。

りんぎょう［輪業］(名) 自行車行業。

りんきん［淋菌］(名) 淋菌。

りんきん［臨近］(名) 附近。

リンク［rink］(名) 滑冰場。△スケート～／滑冰場。

リング［ring］(名) ① 圈，環，輪。△～状／環狀。② 戒指。△エンゲージ～／訂婚戒指。③ 拳擊台，摔跤台。

リンクせい［リンク制］(名) 〈經〉聯銷易貨貿易。

リンクバーター［link-barter］⇨リンク制

リングブック［ring-book］(名) 活頁夾。

リンクル［wrinkle］(名) 皺，褶。

りんけい［鱗茎］(名) 鱗莖。

りんけい［鱗形］(名) 環狀。

リンケージ［linkage］(名) ① 關聯，連鎖。② 關聯外交。

りんげつ［臨月］(名) 臨產，臨盆。

リンゲルえき［リンゲル液］(名) 〈醫〉林格氏液。(也寫"リンガー液")

りんけん［臨検］(名・他サ) 現場檢查。△犯罪の現場を～する／檢查犯罪現場。

りんご［林檎］(名) 蘋果。△～ジャム／蘋果醬。

りんこう［燐光］(名) 磷光。

りんこう［燐鉱］(名) 磷礦，磷礦石。

りんごく［隣国］(名) 鄰國，鄰邦。

りんざいしゅう［臨済宗］(名) 臨済宗 (禪宗的一派)。

りんさく［輪作］(名・他サ) 輪作，輪種。↔連作

りんさん［燐酸］(名) 磷酸。△～塩／磷酸鹽。

りんさんカルシウム［燐酸カルシウム］(名) 磷酸鈣，磷酸石灰。

りんさんひりょう［燐酸肥料］(名) 磷肥。

りさんぶつ［林産物］(名) 林産，林産物。

りんじ［臨時］(名) ① 臨時。△～休業／臨時停業。△～ニュース／緊急新聞。② 暫時。△～ダイヤ／暫行行車時刻表。

りんじきごう［臨時記号］(名)〈樂〉臨時記號。
りんじこっかい［臨時国会］(名)臨時國會。
りんしつ［隣室］(名)鄰室，隔壁。
りんしつ［淋疾］(名)淋病。
りんしゃ［臨写］(名・他サ)臨摹。
りんじゅう［臨終］(名)臨終，臨死。△～を
　みとる／送終。
りんしょ［臨書］(名・他サ)臨帖。
りんしょう［輪唱］(名・他サ)〈樂〉輪唱。
りんしょう［臨床］(名)臨牀。△～医学／臨
　牀醫學。
りんじょう［臨場］(名・自サ)到場，身臨現
　場。△当主が自ら～した／主人親自到場。
りんじょうかん［臨場感］(名)身臨其境之感。
　△～のある描写／有身臨其境之感的描寫。
りんしょく［吝嗇］(名・形動)吝嗇。△～家／
　吝嗇鬼。→けち
りんじん［隣人］(名)鄰人，鄰居。
リンス［hair conditioner］(名)護髮素。
りんず［綸子］(名)綾子。
りんせい［輪生］(名・自サ)〈植物〉輪生。△～
　葉／輪生葉。↔互生。對生
りんせき［臨席］(名・自サ)出席。△なにとぞ
　こ～をお願い申しあげます／敬請光臨。
りんせつ［隣接］(名・自サ)鄰接，毗連。
りんせん［臨戦］(名・自サ)臨陣，臨戰。
りんぜん［凜然］(形動トタル)① 凜冽。△～
　たる北風／凜冽的北風。② 凜然，嚴肅。△～
　と言いはなつ／凜然斷言。
りんタク［輪タク］(名)人力三輪車。
リンチ［lynch］(名・他サ)私刑。
リンデン［德 Linden］(名)菩提樹。
りんてんき［輪転機］(名)輪轉式印刷機。
りんと［凜と］(副)① 凜然，嚴肅。△～した
　顔つき／嚴肅的面容。② 凜冽。△～した北
　風／凜冽的北風。

りんどう［林道］(名)① 林中道路。② 運木材
　的路。
りんどう［竜胆］(名)〈植物〉龍膽。
りんどく［輪読］(名・他サ)輪流講讀。
りんどく［淋毒］(名)淋毒。
リンネ［Carl von Linne］〈人 名〉林 耐 (1707-
　1778)。瑞典博物學者。
りんね［輪回・輪廻］(名・自サ)〈佛教〉輪廻。
リンネル［linen］(名)亞麻布。
リンパえき［リンパ液］(名)淋巴液。
リンパせん［リンパ腺］(名)淋巴腺。
りんばん［輪番］(名)輪流，輪班。△～でや
　る／輪班幹。△～制／輪班制。
りんぴ［燐肥］(名)磷肥。
りんびょう［淋病］(名)淋病。
りんぶ［輪舞］I (名・自サ)輪舞。II (名)圓
　舞。△～曲／圓舞曲。
りんぷん［鱗粉］(名)(蝶、蛾等身上的)鱗片。
りんぽう［隣邦］(名)鄰國，鄰邦。
りんぽん［臨本］(名)字帖，書帖。
りんも［臨模・臨摹］(名・他サ)臨摹。
りんや［林野］(名)林野，森林和原野。
りんらく［淪落］(名・自サ)淪落，墮落。△～
　の身／沉淪之人。
りんり［倫理］(名)① 倫理，道德。② 倫理學。
りんり［淋漓］(形動)淋漓。△流汗～／汗水淋
　漓。△墨痕～／墨跡淋漓。
りんりがく［倫理学］(名)倫理學。
りんりつ［林立］(名・自サ)林立。△煙突が～
　する／煙囪林立。△候補者が～する／候選人
　非常多。
りんりん［凜凜］(形動トタル)① 凜凜。△～
　たる勇気／威武，威風凜凜。② 凜冽。△～と
　して身にしみる／凜冽徹骨。
りんれつ［凜冽］(名・形動)凜冽。△寒気～／
　寒氣凜冽。

るい［累］（名）連累。△人に～を及ぼす／累及他人。

るい［塁］（名）① 堡壘。②（棒球）壘。△ランナーが～に出る／跑壘員上壘。△盗～／偷壘。

るい［類］（名）類。△他に～を見ない高度な技術／無與倫比的高超技術。△～は友を呼ぶ／物以類聚。

るいえん［類縁］①〈生物〉親緣關係。② 相類似的事物。

るいか［累加］（名・自他サ）累進，遞增。

るいがいねん［類概念］（名）〈邏輯〉類概念，種概念。

るいぎご［類義語］（名）同義詞，近義詞。

るいけい［累計］（名・他サ）累計。

るいけい［類型］（名）① 類型。② 類似的型。→パターン

るいけいてき［類型的］（形動）一般化的，無特點的。△～な作品／千篇一律的作品。

るいご［類語］（名）⇨るいぎご

るいこん［涙痕］（名）涙痕。

るいじ［累次］（名）屢次，多次。

るいじ［類似］（名・自サ）類似。

るいじつ［累日］（名）連日（來）。

るいしょ［類書］（名）同種類的書。

るいしょう［類焼］（名・自サ）延燒。→延燒

るいじょう［累乗］（名・他サ）〈數〉乘方。

るいしん［累進］（名・自サ）① 累進。△～課税／累進税。② 步步高升，連升。△局長に～する／累升為局長。

るいじんえん［類人猿］（名）類人猿。

るいすい［類推］（名・他サ）類推。

るい・する［類する］（自サ）類似。

るいせき［累積］（名・自サ）累積。△～赤字／累積赤字。

るいせん［涙腺］（名）〈解剖〉涙腺。

るいぞう［累増］（名・自サ）遞增。

るいだい［累代］（名）世世代代。△先祖～の墓／歴代祖墳。

るいどう［類同］（名・自サ）類同。

るいはん［累犯］（名）累犯。

るいべつ［類別］（名・他サ）分門別類。

るいるい［累累］（形動トタル）累累。△～たる尸体／積屍累累。

るいれい［類例］（名）類似的事例。

るいれき［瘰癧］（名）〈醫〉鼠瘡。（淋巴結核）

ルー［法 roux］（名）乳酪麵糊。

ルージュ［法 rouge］（名）口紅。

ルーズ［loose］（形動）散漫，鬆鬆垮垮。△～な管理／鬆散的管理。

ルーズベルト［Roosevelt］〈人名〉羅斯福（1882-1945）。美國第三十二任總統。

ルーズリーフ［loose-leaf］（名）活頁筆記本。

ルーター［router］（名）〈IT〉路由器。

ルーチン［routine］（名）① 日常工作，例行公事。②（計算機）例行程序。

ルーツ［roots］（名）根源，起源，祖先。

ルート［root］（名）〈數〉根，方根。

ルート［route］（名）渠道，途徑。△密輸～／走私途徑。△特別な～で入手する／經特殊渠道得到。

ルーバー［louver］（名）固定百葉窗。

ルーピー［groupie］（名）追隨名人的狂熱女"粉絲"，追星族。

ルービックキューブ［Rubik's Cube］（名）魔術方塊，是一種益智玩具。

ループアンテナ［loop-antenna］（名）室内（環形）天綫。

ルーフィング［roofing］（名）油氈紙。

ルーフガーデン［roof garden］（名）屋頂花園。

ループせん［ループ線］（名）盤山鐵路。

ループホーム［group home］（名）團體之家（指為老人及智力殘障者提供的護理地方）。

ループホール［loophole］（名）後路，退路，逃跑的地道，逃路。

ルーフラック［roof rack］（名）（機動車的車頂供載行李用的）車載台。

ルーマー［rumor］（名）傳言，傳聞。

ルームクーラー（名）室内冷氣。

ルームメート［room mate］（名）同一房間的人。

ルーラー［ruler］（名）統治者，支配者。

ルーラル［rural］（名）田園的，田園式的。

ルール［rule］（名）規則，章程。

ルーレット［roulette］（名）輪盤賭。（也説"ルレット"）

ルクス［德 Lux］（名）勒。（照度單位）（也説"ルックス"）

ルゴール［lugol solution］（名）〈醫〉濃碘溶液。

るす［留守］（名）① 不在家。△家を～にする／不在家。△～宅／（主人不在的）空房子。② 不聞不問。△遊びに夢中で勉強がお～になる／只顧玩樂，把學習拋在腦後。③ 看家。

るすい［留守居］（名）⇨るすばん

るすばん［留守番］（名）看家。

ルソー［Jean-Jaques Rousseau］〈人名〉盧梭（1712-1778）。法國啟蒙思想家。

ルックアヘッド［look ahead］（名）超前，先行。

ルックダウン［look down］（名）向下看，俯視。

るつぼ［坩堝］（名）① 坩堝。② 狂熱的場面。△会場は興奮の～と化す／會場上羣情激昂。

るてん［流転］（名・自サ）①（萬物）流動變化。②〈佛教〉輪廻。

ルネサンス［法 Renaissance］（名）〈史〉文藝復興。

ルビ［ruby］（名）日語漢字標音用的小號假名。

ル	ル

ルビー［ruby］（名）紅寶石。（七月的生日寶石）

ルピー［rupee］（名）盧比。（印度、巴基斯坦的貨幣單位）

るふ［流布］（名・自サ）廣為流傳。

ルポ（名）⇨ルポルタージュ

ルポライター（名）報告文學作者。

ルポルタージュ［reportage］（名）① 現場通訊報導。② 報告文學。

ルミノールはんのう［ルミノール反応］（名）血跡鑒定反應。

るみん［流民］（名）流民。→りゅうみん

るり［瑠璃］（名）琉璃。

るろう［浪浪］（名・自サ）流浪。

ルンペン［德 Lumpen］（名）遊民，流浪漢。

れ　レ

レ［意 re］（名）〈樂〉長音階第二章，短音階第四音。

レア［rare］（名・ダナ）① (肉) 半熟的，烤得嫩的。② 珍貴，珍奇。△～なケース／罕見的事例。

レアリズム［realism］（名）① 現實主義，寫實主義。②〈哲〉實在論。(也説 "リアリズム")

れい［礼］（名）① 禮儀，禮貌，禮節。△～をする／行禮，敬禮。△目～／注目禮。② 道謝，酬謝 (的禮品)。△～をおくる／贈送謝禮。

れい［例］（名）① 例子，先例。△～を引く／舉例。△～のない旱魃に見舞われた／遭到史無前例的旱災。② 常例，慣例。△～によっておくれてきた／照例又遲到了。

れい［零］（名）零，0。

れい［霊］（名）① 精神。② 靈魂。△祖先の～を祭る／祭祀祖先之靈。

レイアウト［layout］（名）(報刊、雜誌的) 版面設計。

れいあんしつ［霊安室］（名）〈醫院〉太平間。

れいあんぽう［冷罨法］（名）〈醫〉冷敷。

れいい［霊位］（名）靈位，靈牌。

れいいき［霊域］（名）(神社、佛寺) 神聖的地方，靈域。

れいえん［霊園］（名）公墓，陵園。

レイオフ［layoff］（名）〈經〉臨時解僱，下崗。

れいか［冷夏］（名）低溫之夏。

れいか［冷菓］（名）(冰淇淩等) 冷食品。

れいか［零下］（名）〈攝氏〉零下，冰點下。

れいかい［例会］（名）例會。

れいかい［例解］（名・他サ）舉例解釋，説明。

れいがい［冷害］（名）(夏季的) 低溫災害。

れいがい［例外］（名）例外。

れいがえし［礼返し］（名）答禮，回禮，回敬禮物。

れいかん［霊感］（名）靈感。→インスピレーション

れいがん［冷眼］（名）冷眼，鄙視。

れいかんしょう［冷感症］（名）〈醫〉(婦女) 性冷淡。

れいき［冷気］（名）冷氣，寒氣。

れいぎ［礼儀］（名）禮節，禮貌。△～正しい／有禮貌。△～作法／禮儀。

れいきゃく［冷却］（名・自他サ）冷卻。△～期間／(談判等) 暫停期間。

れいきゅうしゃ［霊柩車］（名）靈車。

れいきん［礼金］（名）① 酬謝金。② (租房時) 提前交的押金。→敷金

れいく［例句］（名）例句，例證。

れいく［麗句］（名）美麗的辭藻。

れいぐう［礼遇］（名・他サ）禮遇。△厚い～を受ける／受到優厚禮遇。

れいぐう［冷遇］（名・他サ）冷遇。→ひや飯を食わせる ↔ 厚遇，優援

れいけつ［冷血］（名）冷酷無情。△～漢／冷酷無情的人。→非情，冷酷

れいげん［冷厳］（形動）① 冷靜而莊嚴。② 冷酷無情。

れいげん［霊験］（名）靈驗。△～あらたか／很靈驗。

れいこう［励行］（名・他サ）厲行，嚴格執行。

れいこく［冷酷］（形動）冷酷。→非情

れいこん［霊魂］（名）靈魂。

れいさい［例祭］（名）例行祭祀。

れいさい［零細］（形動）零碎，零星。△～企業／小企業。

れいざん［霊山］（名）〈佛教〉(供神佛的) 靈山。

れいし［茘枝］（名）茘枝。

れいじ［例示］（名・他サ）例示，舉例説明。

れいじ［零時］（名）① 零點 (二十四點)。② 中午 12 點。

れいしょ［隷書］（名）(漢字書體之一) 隷書。

れいしょう［冷笑］（名・他サ）冷笑，嘲笑。△～をうける／被譏笑。

れいしょう［例証］（名・他サ）例證。

れいじょう［令状］（名）〈法〉傳票，逮捕證，命令書。△召集～／入伍通知書。

れいじょう［令嬢］（名）〈敬〉令愛，令媛。

れいじょう［礼状］（名）感謝信，致謝信，謝帖。

れいじん［麗人］（名）美人。

れいすい［冷水］（名）冷水，涼水。→ひや水 ↔ 温水

れいせい［冷静］（名・形動）冷靜，鎮靜。

れいせつ［礼節］（名）禮節，禮儀。

れいせん［冷戦］（名）冷戰。

れいぜん［霊前］（名）靈前。△御～／(靈前供品上寫的) 奠。

れいぜん［冷然］（形動）冷淡，冷冰冰。→冷淡

れいそう［礼装］（名・自サ）禮服。→礼服，正装

れいそう［礼奏］（名）〈樂〉(正式演奏之外的) 謝幕演奏，(被要求) 重演。

れいぞう［冷蔵］（名・他サ）冷藏。△電気～庫／電冰箱。

れいぞうこ［冷蔵庫］（名）冷藏庫，冰箱。

れいそく［令息］（名）〈敬〉令郎，公子。

れいぞく［隷属］（名・自サ）隷屬。→従属

れいたい［冷帯］（名）(北半球) 亞寒帶。

れいだい［例題］（名）例題。

れいたん［冷淡］（名・形動）冷淡。

れいだんぼう［冷暖房］（名）冷氣和暖氣 (設備)。

れいちょう［霊長］（名）靈長。△人間は万物の～である／人是萬物之靈。

れいちょうるい［霊長類］（名）〈生物〉靈長類。

れいてつ［冷徹］(名・形動)(對事物的觀察) 冷靜而透徹。

れいてん［零点］(名) ① 零分。△試験で～を取った／考試考了個零分。△彼は人間として～だ／他不夠人格。② 冰點。

レイテンシー［latency］(名)〈IT〉等待時間, 延遲時間。

れいど［零度］(名) 零度。

れいとう［冷凍］(名・他サ) 冷凍。

れいとうこ［冷凍庫］(名) 冰箱。

れいねん［例年］(名) 例年, 往年。

れいの［例の］(連體) ① (談話雙方都知道的) 那。△～の話はどうなりましたか／上次説的那件事怎麼樣了? ② 照例。△～の所で待ってるよ／還在老地方等你。

れいはい［礼拝］(名・他サ)〈宗〉禮拜。△～堂／禮拜堂。

れいはい［零敗］(名・自サ)(比賽) 以零分敗北。△～を喫する／以零分慘敗。

れいひつ［麗筆］(名) 漂亮, 工整的字跡, 書法。△～をふるう／揮毫。

れいふく［礼服］(名) 禮服。

れいぶん［例文］(名) 例句。

れいほう［礼砲］(名) 禮炮。

れいほう［霊峰］(名) 神聖的高山。(多用來形容富士山)

れいぼう［冷房］(名・他サ) 冷氣, 冷氣設備。△～車／冷氣車廂。↔暖房

れいぼう［礼帽］(名) 禮帽。

れいぼく［零墨］(名)(古人殘缺不全的) 墨跡, 手跡。

レイマン［layman］(名) 外行, 門外漢。

れいめい［令名］(名) 好名聲。△～が高い／名聲好。→高名, 名声

れいめい［黎明］(名) ① 黎明。② 新時代的開始。

れいもつ［礼物］(名) 禮物, 禮品。

レイヤー［layer］(名)〈IT〉圖層。

れいらく［零落］(名・自サ) 零落, 淪落。→落魄, 凋落

れいり［怜悧］(形動) 伶俐。→聡明

れいれいしい［麗麗しい］(形) 顯示, 炫耀, 小題大作。△～く読みあげる／故意高聲宣讀。

れいろう［玲瓏］(形動トタル) 玲瓏。

レインアウト［rainout］(名) 因下雨中止的活動或比賽。

レインボーブリッジ［Rainbow Bridge］(名) 東京的彩虹橋。

レーキ［rake］(名) 耙子, 鐵耙。

レーク［lake］(名) 湖, 湖泊。

レークサイド［lakeside］(名) 湖畔。△～ホテル／湖濱旅館。

レーサー［racer］(名)〈體〉賽跑者, 比賽用快艇, 賽馬, 賽車。

レーザー［razor］(名) ① 剃刀。② ⇨レーザーこうせん

レーザーこうせん［レーザー光線］(名) 激光。

レーザーディスク［Laser Disc］(名)〈IT〉光碟, 光碟。

レーザーマウス［laser mouse］(名)〈IT〉鐳射滑鼠。

レージー［lazy］(ダナ) 懶惰的。

レーシズム［racism］(名) 種族主義。

レーシング［racing］(名) 賽跑, 賽馬。

レーシングカー［racing car］(名) 賽車。

レーシングカップ［racing cup］(名)〈體〉獎盃。

レース［lace］(名) 花邊, 網眼針織物。

レース［race］(名) 賽跑, 比賽。△ボート～／賽艇。

レースボート［race boat］(名) 賽艇。

レーズン［raisin］(名) 葡萄乾。

レーダー［radar］(名) 雷達。

レート［rate］(名) 比率, 比例。△為替～／匯率, 匯價。

レーニン［Vladimir Ilyich Lenin］〈人名〉列寧 (1870-1924)。俄國無產階級革命領袖。

レーバー［labour］(名) 勞動。

レーバーユニオン［labour union］(名) 工會。

レービィーズ［rabies］(名)〈醫〉狂犬病。

レーヨン［法 rayonne］(名) 人造絲, 人造纖維。

レール［rail］(名) ① 軌道, 鋼軌。△モノ～／單軌鐵路。② 橫杆, 圍欄。△カーテン～／掛門(窗) 簾的橫杆。

レールを敷く［レールをしく］(連語) ① 鋪設鋼軌。② (為使事情順利進行) 事前做準備。

レーン［rain］(造語) 雨, 雨天用的。△～シューズ／雨鞋。

レーン［lane］(名) ①〈體〉跑道。②〈體〉泳道。③〈體〉(保齡球的) 球道, 滾球綫。

レーンコート［raincoat］(名) 雨衣。

レオスタット［rheostat］(名)〈電〉變阻器, 電阻箱。

レオタード［leotard］(名) 芭蕾舞服。

レオナルド・ダ・ビンチ［Leonardo da Vinci］〈人名〉達・芬奇 (1452-1519)。意大利文藝復興時期藝術家、科學家。

レオロジー［rheology］(名) ①〈理〉流變學。②〈化〉液流學。

レガート［意 legato］(名)〈樂〉連奏。

レガシー［legacy］(名) 遺產。

レガチー［legatee］(名)〈法〉遺產繼承人。

レガッタ［regatta］(名)〈體〉划艇比賽, 賽艇。

れき［礫］(名) ①〈地〉直徑大於 2 毫米的岩石碎片。② 小石塊, 碎石。

れきがん［礫岩］(名)〈地〉(沉積岩的一種) 礫岩。

れきし［歴史］(名) 歷史。△～に名を留める／名垂史冊。△～学／歷史學。

れきし［轢死］(名・自サ)(被車) 軋死。

れきしてき［歴史的］(形動) ① 歷史的, 歷史上的。② 歷史性的, 有歷史意義的。△～大事件／歷史性的大事件。△～役割／具有歷史意義的作用。

れきしてきかなづかい［歴史的仮名遣い］（名）舊的假名用法。↔ 現代仮名遣い

れきせい［瀝青］（名）瀝青。

れきせん［歴戦］（名）歷經多次戰鬥。△〜の勇士／身經百戰的勇士。

れきぜん［歴然］（形動トタル）明確，確鑿。→明瞭，判然△〜たる証拠／確鑿的證據。

れきだい［歴代］（名）歷代，歷屆。△〜史／編年史。→代代

れきちょう［歴朝］（名）歷代朝廷。

れきてい［歴程］（名）歷程，經過的路程。

れきど［礫土］（名）礫土，多含砂礫的土。

れきにん［歴任］（名・他サ）歷任。△要職を〜する／歷任諸多重要職務。

れきねん［暦年］（名）曆年。（曆法上規定的一年）

れきほう［歴訪］（名・他サ）依次訪問。△東南アジア諸国を〜する／歷訪東南亞各國。

れきほう［暦法］（名）曆法。

れきゆう［歴遊］（名・自サ）遊歷，遊覽各地。

レギュラー［regular］（名）① ［體］正式選手。↔ 補欠 ②（廣播、電視連續節目的）正式演員。→常連 ↔ ゲスト ③ 普通的，一般的。

レギュレーション［regulation］（名）規章，章程，調整，調節，管理。

れきらん［歴覧］（名・他サ）遊歷。

れきれき［歴歴］（名）高官顯宦，赫赫有名之人。→おえらがた

レギンズ［leggings］（名）綁腿褲，腿褲。

レクイエム［拉 requiem］（名）〈宗〉安魂（彌撒）曲。

レクチュア［lecture］（名）講課，講義講演。△〜をする／講課，講演。

レクリエーション［recreation］（名）休養，娛樂，消遣。

レコーダー［recorder］（名）① 記錄人，記錄員。② 記錄器。③ 錄音機。

レコーディング［recording］（名・他サ）記錄，記載，錄音。

レコード［record］（名）① 唱片。△〜をかける／放唱片。△〜に吹き込む／灌唱片。→ディスク ② 記錄。△〜をつくる／創記錄。△〜を更新する／刷新記錄。

レコードコンサート［record concert］（名）唱片音樂會。

レコードプレーヤー［record player］（名）電唱機。

レサー［lessor］（名）出租人。

レザー［leather］（名）① 皮革，皮製品。②（“レザークロス”的略語）漆布，油布，人造革。

レザークロス［leathercloth］（名）合成皮革。

レザーコート［leather coat］（名）皮大衣。

レザージャケット［leather jacket］（名）皮夾克。

レシー［lessee］（名）承租人。

レシート［receipt］（名）收條，收據。→受取

レシーバー［receiver］（名）① 受話器，耳機，聽筒，收報機。②（網球等的）接球員。

レシーブ［receive］（名・他サ）接球。↔ サーブ

レジーム［regime］（名）制度，體制。

レジスター［register］（名）（現金出納）自動記錄器。

レジスタード［registered］（名）〈經〉登記，註冊。

レジスタンス［法 rèsistance］（名）抵抗，抵抗運動。

レジスト［legist］（名）法律學家。

レジストリー［registry］（名）〈IT〉註冊表。

レジストレーション［registration］（名）登機，登錄，記錄，記載。

レジティマシー［legitimacy］（名）正統性，合法性。

レジデンス［residence］（名）公寓式單元住宅。

レシピ［recipe］（名）① 烹飪法，食譜。△〜ブック／烹飪書，食譜。② 處方箋。

レジャー［leisure］（名）空閑，閑暇（時的娛樂、旅行）。

レジャーサービス［leisure service］（名）娛樂觀光事業。

レジャースペース［leisure space］（名）娛樂場所。

レジャーセンター［leisure centre］（名）遊覽中心。

レジャーランド［leisure land］（名）遊樂園。

レジューム［resume］（名）〈IT〉中斷後再重新開始。

レジュメ［法 rèsumè］（名）大略，梗概，摘要。

レジン［resin］（名）〈化〉樹脂。

レストラン［restaurant］（名）西餐館。

レストルーム［rest room］（名）① 旅館、劇場等的化妝室、休息室。② 衛生間。

レスビアン［Lesbian］（名）女性的同性戀（人）。

レスポンス［response］（名）回答，感應，反應。

レスラー［wrestler］（名）〈體〉摔跤選手。

レスリング［wrestling］（名）摔跤（比賽）。

レセプション［reception］（名）歡迎會，招待會。

レゼルブ［reserve］（名）儲蓄，儲備，珍藏的酒。高級葡萄酒。

レター［letter］（名）① 書信。△ラブ〜／情書。② 羅馬字。△キャピタル〜／大寫。△スモール〜／小寫。

レターキャリャー［letter carrier］（名）郵遞員，信使。

レターシート［letter sheet］（名）信箋。

レターフレンド［letter friend］（名）（只通信不相識的）通信朋友。

レターペーパー［letter paper］（名）信紙。

レタス［lettuce］（名）〈植物〉萵苣。

レタリング［lettering］（名）（廣告等醒目的）美術字。

れつ［列］（名）① 隊列，隊伍。△〜をつくる／排隊。② 行列。△優秀選手の〜に入る／進入優秀運動員的行列。③ 五十音圖的段（“ア・カ・サ・タ…”）。

れつあく［劣悪］（形動）惡劣。△〜な品／劣等貨。→粗悪 ↔ 優良

れっか［烈火］（名）烈火。

レッカーしゃ［レッカー車］（名）牽引車，救險車。

れっき［列記］（名・他サ）開列。△参考文献を～する／開列参考文獻。

れっきとした［歴とした］（連語）毫不含糊的。△～家柄／名門望族。△～夫のある女性／明擺着的有夫之婦。△～俳優／完全夠格的演員。

れっきょ［列挙］（名・他サ）列舉。

れっきょう［列強］（名）列強。

レッグガード［leg gaurd］（名）（棒球）護腿。

れっこく［列国］（名）列國，各國。

れっし［烈士］（名）忠烈之士。

れつじつ［烈日］（名）烈日。△秋霜烈日／秋霜烈日。（無情的、嚴厲的態度）

れっしゃ［列車］（名）列車。△急行～／快車。△臨時～／臨時加車。

れっしょう［裂傷］（名）裂傷。

れつじょう［劣情］（名）獸慾，色慾。

れっしん［烈震］（名）〈地〉強烈地震（震級六級）。

れっする［列する］（自他サ）① 列席。△会議に～／列席會議。→列席する ② 列入。△強国に～／進入強國之列。→伍する

レッスン［lesson］（名）學習，練習。

レッスンプラン［lesson plan］（名）教案。

れっせい［劣性］（名）〈生物〉隱性（遺）。△～遺伝／隱性遺傳。↔ 優性

れっせい［劣勢］（名・形動）劣勢。↔ 優勢

れっせき［列席］（名・自サ）列席，参加。

レッテル［letter］（名）標籤，商標，→ラベル

レッテルをはる［レッテルを貼る］（連語）（給人）扣帽子。

れつでん［列伝］（名）列傳。

れっとう［列島］（名）列島，羣島。

れっとう［劣等］（名）劣等。△～生／劣等生。↔ 優等

れっとうかん［劣等感］（名）自卑感。→コンプレックス ↔ 優越感

レッドウッド［redwood］（名）〈植物〉水杉，紅木。

レッドカード［red card］（名）（足）紅牌。

レッドクロス［Red Cross］（名）紅十字會。

れっぷう［烈風］（名）烈風。

レディー［lady］（名）貴婦人，女士。△～ファースト／婦女優先。↔ ジェントルマン

レディースデー［lady's day］（名）（電影的）女性優惠日。

レディーファースト［lady-first］（名）婦女優先。

レディーメード［ready-made］（名）成衣。↔ オーダーメード

レディーラブ［ladylove］（名）情婦。

レディスコミック［lady's comic］（名）以 20 多歲女孩為對象的（愛情）漫畫故事。

レトリック［rhetoric］（名）修辭學。

レトルト［荷 retort］（名）（化學實驗用具）曲頸瓶，蒸餾器。

レノボ［Lenovo］（名）聯想集團。

レバー［lever］（名）槓桿。

レバー［liver］（名）（烹調用猪、牛、雞等的）肝臟。

レパートリー［repertory］（名）①（劇團、樂團等）保留節目。② 個人專長。

レバノン［Lebanon］〈國名〉黎巴嫩。

レビュー［法 revue］（名）輕鬆歌劇。

レビュー［review］（名）評論。

レフェリー［referee］（名）（拳擊、摔跤等的）裁判員。（也説“レフリー”）

レフト［left］（名）① 左邊，左側，左翼。②（棒球）左場手，左外場手。↔ ライト

レフュージ［refuge］（名）避難，避難所。

レフュージー［refugee］（名）難民，逃難者。

レプラ［leprosy］（名）〈醫〉麻風。

レプリカ［replica］（名）複製品，摹寫品。

レフリゼラント［refrigerant］（名）冷卻劑，冷卻液。

レプリゼント［represent］（名）代表，表達，表達。

レフレックス［reflex］（名）〈攝影〉反光鏡箱。

レペティション［repetition］（名）反覆。

レベル［level］（名）水平，水準，標準。

レベルゲージ［level gauge］（名）水準儀。

レポーター［reporter］（名）① 報告人。② 採訪記者，通訊員。

レポート［report］（名）⇨リポート

レボリューション［revolution］（名）革命，變革。

レボルト［revolt］（名）反抗，暴動。

レム睡眠［REM sleep］（名）淺度睡眠。

レモナード［lemonade］（名）檸檬水。

レモン［lemon］（名）〈植物〉檸檬。

レモンエロー［lemon yellow］（名）檸檬黄。

レモンティー［lemon tea］（名）檸檬茶。

レリーフ［relief］（名）浮雕。

－れる（助動）（下一段活用，接五段動詞的未然形，サ變動詞未然形“さ”後）① 表示被動。△首を蚊に刺さ～た／脖子叫蚊子叮了。② 表示尊敬。△これは校長先生が書か～た文章です／這是校長寫的文章。③ 表示自然而然地。△故郷の山河が思い出さ～／不禁使我想起故郷的河山。④ 表示能夠。△駅まで 10 分で行か～／十分鐘就可以到車站。

れんあい［恋愛］（名・自サ）戀愛。

れんか［廉価］（名・形動）廉價，價格便宜。↔ 高価

れんが［連歌］（名）〈文學〉連歌（數人分別詠上、下句的日本詩歌體裁）

れんが［煉瓦］（名）磚。△どろ～／土坯。△～を積む／砌磚。

れんかん［連関］（名・自サ）互相關聯，有關係。

れんき［連記］（名・他サ）選舉時把兩人以上的候選人名字寫在同一張選票上。△～に投票する／用連記法投票。↔ 単記

れんぎ［連木］（名）研磨棒。△～で腹を切る／用研磨棒剖腹。（徒勞無功）

れ
レ

れんきゅう［連休］(名) 連續休假。△飛び石～/有間隔的連休。

れんきゅう［連丘］(名) 連綿的丘陵。

れんぎょう［連翹］(名)〈植物〉連翹。

れんきんじゅつ［錬金術］(名) 煉金術。

れんく［連句］(名)〈文學〉形式與 "和歌"、"連歌" 相同，但規則寬泛。

レングス［length］(名) 長度。

れんげ［蓮華］(名) ① 蓮花。② 〈植物〉 ("れんげそう" 的略語) 紫雲英。

れんけい［連係］(名・他サ) 聯繫，聯絡。

れんけい［連携］(名・自サ) 合作，聯合。

れんけつ［連結］(名・他サ) 連結，聯結。△～器/車鈎，掛鈎。△この列車は食堂車を～している/這趟列車掛着餐車。

れんけつ［廉潔］(名・形動) 廉潔，清廉。

れんけつき［連結器］(名) (火車的) 車鈎。

れんこ［連呼］(名・自他サ) ① 連呼，連喊。② 語言中的疊音。(如 "ちち"、"つくづく")

れんご［連語］(名)〈語〉詞組，短語。

れんこう［連行］(名・他サ) (強制性) 帶來，帶走。△犯人を～する/押送犯人。

れんごう［連合・聯合］(名・自他サ) 聯合 (團體)。△国際～/聯合國。

れんごうぐん［聯合軍・連合軍］(名) ① 聯合軍隊。② 〈體〉聯合隊。

れんごうこく［連合国・聯合国］(名) ① 同盟國。② 聯邦。

れんごく［煉獄］(名)〈宗〉煉獄。

れんこん［蓮根］(名)〈植物〉藕。

れんさ［連鎖］(名) 連鎖。

れんざ［連座・連坐］(名・自サ)〈法〉連坐。

れんさい［連載］(名・他サ) 連載。↔ 読みきり

れんさく［連作］(名・他サ) ① 〈農〉連作。↔ 輪作 ② (圍繞一個題材多人合寫) 合著。③ (一位作者圍繞一個主題寫成的) 系列作品。

れんさじょうきゅうきん［連鎖状球菌］(名)〈醫〉鏈球菌。

れんさはんのう［連鎖反応］(名) 連鎖反應。

れんざん［連山］(名) 山巒。→連峰

レンジ［range］(名) ① 爐竈。△ガス～/煤氣竈。② 區域，領域。

れんじ［櫺子］(名) 窗櫺子。

れんしつ［連失］(名) ① (比賽) 接連失誤。② 連遭失敗。

れんじつ［連日］(名) 連日。△～連夜/每天每夜。

れんしゅう［練習］(名・他サ) 練習。→けいこ，トレーニング

れんじゅく［練熟］(名・他サ) 熟練。

れんしょ［連署］(名・他サ) 聯署，聯合署名。

れんしょう［連勝］(名・自サ) 連勝。↔ 連敗

レンズ［lens］(名)〈理〉透鏡，凹凸鏡片。

れんせん［連戦］(名・自サ) 連戰。

れんせんれんしょう［連戦連勝］(名・自サ) 連戰連勝。

れんそう［連想］(名・他サ) 聯想。

れんぞく［連続］(名・自他サ) 連續，接連。

れんだ［連打］(名・他サ) 連打。(多指棒球、拳擊等運動) △～をあびせる/發出連撃。

れんたい［連隊］(名) 相當於 "團" 的軍隊編制。

れんたい［連体］(名)〈語〉連體。△～修飾語/連體修飾語。

れんたい［連帯］(名・自サ) 聯合，共同。△～責任/共同負責。△～意識/協作觀念。

れんたいけい［連体形］(名)〈語〉(用言、助詞的活用形之一) 連體形。

レンタイゴー［lentigo］(名) 雀斑。

れんたいし［連体詞］(名)〈語〉連體詞。

れんたいしゅうしょくご［連体修飾語］(名)〈語〉連體修飾語。

レンタカー［car rental］(名) 租用汽車。

れんだく［連濁］(名)〈語〉連濁。(由兩個單詞構成的複合詞中，後一個單詞的頭一個音發生的濁化現象)

れんたつ［練達］(名・自サ・形動) 熟練，精通。△～の士/熟手。

レンタルルーム［rental room］(名) 計時出租的小房間。

れんたん［練炭・煉炭］(名) 煤球，蜂窩煤。

れんだん［連弾］(名・他サ)〈樂〉聯彈，兩人同彈 (一台鋼琴)。

レンチ［wrench］(名) 螺絲扳子。

れんち［廉恥］(名) 廉恥。

れんちゃく［恋着］(名・自サ) 依戀。

れんちゅう［連中］(名) ① 同事，夥伴。△会社の～/公司的同事們。② 傢伙們，小子們。△あんな～とはつきあうな/別跟那號人來往！

れんどう［連動］(名・自サ) 聯動。△～装置/連鎖裝置。

レントゲン［德 Röntgen］(名) X 射綫，倫琴射綫。

れんにゅう［練乳・煉乳］(名) 煉乳。

れんねん［連年］(名) 連年。

れんぱ［連破］(名・他サ) 連續打敗 (對方)。

れんぱ［連覇］(名・自サ) 連續冠軍。△3 年～を遂げる/三年連冠。

れんばい［廉売］(名・他サ) 賤賣。

れんぱい［連敗］(名・自サ) 連敗。↔ 連勝

れんぱつ［連発］(名・自他サ) ① 連續發射。△～銃/連發槍。② 連續發生。△質問を～する/連續發問。

れんびん［憐憫・憐愍］(名) 憐憫，同情。→あわれみ

れんぶ［練武］(名) 練武。

レンブラント［Rembrandt Harmensz Van Rijn］〈人名〉倫勃朗 (1606-1669)。荷蘭著名畫家。

れんぼ［恋慕］(名・自他サ) 愛慕。

れんぽう［連邦］(名) 聯邦。△～共和国/聯邦共和國。

れんぽう［連峰］(名) 連綿的山峰。→連山

れんま［錬磨］(名・他サ) 磨練。△百戦～の
　士／身經百戰之士。
れんめい［連名］(名) 聯名。→連署
れんめい［連盟・聯盟］(名) 聯盟。
れんめん［連綿］(形動) 連綿。→綿綿
れんや［連夜］(名) 連夜。△連日～／夜以繼日。
れんよう［連用］(名・他サ) 連續使用。△睡眠
　薬の～／連續服用安眠藥。
れんようけい［連用形］(名)〈語〉(用言、助動
　詞的活用形之一) 連用形。
れんようしゅうしょくご［連用修飾語］(名)
　〈語〉連用修飾語。

れんらく［連絡］(名・他サ)① 聯絡。△～を
　つける／進行聯絡。△このバスは特急列車
　に～する／這班公共汽車與特快列車銜接。
　△～切符／聯運票。△～事務所／聯絡辦事處。
　② 聯繫，通信。△～を絶つ／斷絕聯繫。△～
　をとる／取得聯繫。△～先／通訊處。
れんらくせん［連絡船］(名) 渡輪。
れんりつ［連立・聯立］(名・自サ) 聯合，並立。
　△～内閣／聯合内閣。
れんりつほうていしき［連立方程式］(名)
　〈數〉聯立方程式。
れんれん［恋恋］(形動) 依戀，戀戀不捨。

れ
レ

ろ　ロ

ロ（名）〈樂〉B調。△〜長調／B大調。

ろ［炉］（名）①地爐。△〜を切る／砌地爐。②熔爐。

ろ［絽］（名）羅。△〜の着物／羅衣。

ろ［櫓・艪］（名）櫓。△〜を漕ぐ／搖櫓。

ろ［艣］（名）①舳，船頭。②艫，船尾。

ろあく［露悪］（名）故意暴露自己的壞處。△〜趣味／以醜化自己為樂。

ロイシン［leucine］（名）白氨酸。

ロイター［Reuters］（名）英國的國際通信社，路透社。

ロイマチス［rheumatism］（名）〈醫〉風濕症。→リューマチ

ロイヤリティー［royalty］（名）①王權，王位。②專利權使用費，著作權使用費，版稅。③王族，特權階級。

ロイヤル［loyal］（形動）⇨ローヤル。

ロイヤルティー［loyalty］（名）忠誠，忠心。也指顧客對公司、商店感到親切和信賴。

ろう［老］（名）老年人。△〜をうやまう／敬老。

ろう［牢］（名）監獄。牢房。△〜に入れる／關進監獄。

ろう［労］（名）①勞苦，辛勞。△〜をいとわない／不辭辛苦。△〜多くして功少なし／事倍功半。②功勞，功績。△〜をたたえる／表彰功績。

ろう［蠟］（名）蠟。△〜を引く／打蠟。

ろう［廊］（名）走廊。

ろうあ［聾啞］（名）聾啞。△〜教育／聾啞教育。△〜文字／盲文。

ろうえい［朗詠］（名・他サ）朗誦，吟詠。△詩を〜する／吟詩。

ろうえい［漏洩］（名・自他サ）①泄露，泄漏。△試験問題が〜した／跑題了。試題泄漏了。②（液體）漏。

ろうえき［労役］（名）勞役。△つらい〜にたえる／忍受繁重的勞役。

ろうおく［陋屋］（名）陋室，寒舍。

ろうか［老化］（名・自サ）①老化。△ゴムが〜する／橡膠老化。②衰老，衰退。△〜現象／衰老現象。

ろうか［廊下］（名）走廊，廊子。

ろうかい［老獪］（形動）老奸巨猾。△彼はなかなか〜だ／他是個老滑頭。→海千山千

ろうかく［樓閣］（名）樓閣。△砂上の〜／空中樓閣。

ろうがん［老眼］（名）老花眼。

ろうがんきょう［老眼鏡］（名）老花鏡。

ろうき［牢記］（名・他サ）牢記。△〜して忘れない／牢記不忘。

ろうきほう［労基法］（名）⇨労働基本法。

ろうきゅう［老朽］（名・自サ）①老朽。△〜して仕事にたえられない／年邁勝任不了工作。②陳舊。破舊。△〜船を解体する／拆卸破舊船隻。△〜校舎／陳舊的校舍。

ろうきゅう［籠球］（名）籃球。→バスケットボール

ろうきょ［籠居］（名・自サ）深居，閉門不出。

ろうきょう［老境］（名）老年，晚年。△〜に入る／進入晚年。

ろうきょく［浪曲］（名）⇨なにわぶし

ろうきん［労金］（名）⇨労働金庫

ろうぎん［労銀］（名）工資。→ちんぎん

ろうぎん［朗吟］（名・他サ）朗誦。

ろうく［老軀］（名）老軀。衰老的身軀。△〜を駆って／不顧年老體衰。

ろうく［労苦］（名）勞苦，辛勞。△〜をねぎらう／慰勞。△多年の〜に報いる／答謝多年的辛勞。

ろうけち［﨟纈・蠟纈］（名）⇨ろうけつぞめ

ろうげつ［臘月］（名）臘月。

ろうけつぞめ［﨟纈染・蠟纈染］（名）蠟染。

ろうこ［牢固］（形動トタル）堅固。△〜たる基礎／堅固的基礎。

ろうこ［牢乎］（形動トタル）堅定。△〜たる決意／堅定的決心。

ろうご［老後］（名）晚年。△〜を安らかに送る／安度晚年。

ろうこう［老巧］（名・形動）老練，純熟。△〜なやりくち／老練的手法。

ろうこう［陋巷］（名）陋巷。

ろうこく［漏刻］（名）漏刻，靠積水量計時的鐘錶。

ろうこく［鏤刻］（名・他サ）⇨るこく

ろうごく［牢獄］（名）牢獄，監牢。

ろうこつ［老骨］（名）老杇，老軀，老年人。△〜に鞭打って働く／拼着老命工作。

ろうさい［労災］（名）勞動保險。

ろうざいく［蠟細工］（名）蠟工藝（品）。△〜の標本／蠟製標本。

ろうさく［労作］（名・自サ）①辛勤勞動。②精心創作（的作品）。

ろうし［老師］（名）①（經驗豐富的）老教師，老師父。②（多年修行的）老和尚。

ろうし［労使・労資］（名）勞資，工人和資本家。△〜協議会／勞資協議會。△〜紛争／勞資糾紛。

ろうし［浪士］（名）無君主的武士。→浪人

ろうし［老子］（名）①〈人名〉老子。②（書名）《老子》。

ろうし［老死］（名・自サ）老死，衰老而死。

ろうし［牢死］（名・自サ）死在監牢。→ごくし

ろうしがん［老視眼］（名）⇨ろうがん

ろうしつ［陋室］（名）陋室。

ろうしゃ［牢舎］(名) 監牢。

ろうじゃく［老若］(名) 老少。△～を問わず／不論老少。△～男女／男女老少。

ろうじゃく［老弱］(名) ① 老弱，老人和兒童。② 年老體弱。

ろうしゅ［老手］(名) 老手。

ろうじゅ［老樹］(名) 老樹。

ろうしゅう［老醜］(名) 老醜，老而難看，老而無恥。△～をさらす／丟老醜。

ろうしゅう［陋習］(名) 陋習，惡習。△～を打破する／打破陋習。

ろうじゅう［老中］(名)〈史〉老中，閣老。(江戸幕府時代，直屬於將軍、執行政務，統領諸大名的官職)

ろうじゅく［老熟］(名・自サ) 老練。熟練。純熟。△～の域に達する／達到純熟的地步。

ろうしゅつ［漏出］(名・自他サ) 漏出。

ろうじょ［老女］(名) 老婦人。

ろうしょう［朗唱］(名・他サ) 朗誦。△詩を～する／朗誦詩。

ろうしょう［老少］(名) 老少，老幼。

ろうじょう［籠城］(名・自サ) ① 固守城池。② 閉門不出。△～して執筆に励む／閉門謝客專心寫作。

ろうじょう［老嬢］(名) 老姑娘。→ハイミス

ろうしょうふじょう［老少不定］(名) 黄泉路上無老少。

ろうじん［老人］(名) 老人，老年人。

ろうじんびょう［老人病］(名) 老年病。

ろうじんふくし［老人福祉］(名) 老年人福利事業。

ろうじんふくしでんわ［老人福祉電話］(名) 政府給孤寡老人安裝的電話。

ろうじんホーム［老人ホーム］(名) 養老院。

ろうすい［老衰］(名・自サ) 衰老。△～でなくなる／衰老而死。

ろうすい［漏水］(名・自サ) 漏水。△船が～し始めた／船開始漏水了。

ろう・する［弄する］(他サ) ① 擺弄。△駄弁を～／閑扯。② 耍，玩弄，賣弄。△策を～／玩弄手段。△技巧を～／賣弄技巧。

ろう・する［労する］Ⅰ (自サ) 勞苦，出力，勞動。△～して功なし／勞而無功。△～せずして得る／不勞而獲。Ⅱ (他サ) 勞累，費力。△人手を～／煩人代勞。

ろう・する［聾する］(他サ)(使) 耳聾。△高熱で耳を～した／由於發高燒耳朵聾了。

ろうせい［老成］(名・自サ) ① 老練。△～の筆致／老練的筆法。② 老成，少年老成。

ろうせき［蠟石］(名) 葉蠟石。

ろうぜき［狼藉］(名) ① 狼藉，亂七八糟。△杯盤～／杯盤狼藉。② 粗暴，野蠻。△～の限りをつくす／極其粗野。

ろうせつ［漏泄・漏洩］(名・自他サ) →ろうえい

ろうそ［労組］(名) ⇨ろうどうくみあい

ろうそう［狼瘡］(名)〈醫〉狼瘡。△紅斑性～／紅斑狼瘡。

ろうそく［蠟燭］(名) 蠟燭。△～をともす／點蠟燭。

ろうぞめ［蠟染］(名) ⇨ろうけつぞめ

ろうたい［老体］(名) ① 老軀，衰老的身體。△～ゆえ無理はきかない／年老體弱，不能過力。② 老人。△～をいたわる／關心老人身體。

ろうたいか［老大家］(名) 年老經驗豐富的專家。△書道の～／書法界的耆宿。

ろうた・ける［﨟たける］(自下一) ① 老練的，富有經驗的。△いかにも～ように見える／看來很富有經驗。② (女人) 美麗而文雅。△～女／美麗而文雅的婦女。

ろうだん［壟断］(名・他サ) 壟斷，獨佔。→独占

ろうちん［労賃］(名) 工資，工錢。

ろうづけ［鑞付け］(名・他サ) 焊接，焊接物。

ろうでん［漏電］(名・自サ) 漏電，跑電。△～から火事になった／漏電引起了火災。

ろうと［漏斗］(名) 漏斗。

ろうどう［朗党・朗等］(名) 家臣。

ろうどう［労働］(名・自サ) 勞動，工作。△精神～／腦力勞動。△肉体～／體力勞動。

ろうどううんどう［労働運動］(名) 工人運動，勞工運動。

ろうどうくみあい［労働組合］(名) 工會。

ろうどうしゃ［労働者］(名) 工人，勞動者。△～階級／工人階級。

ろうどうしょう［労働省］(名)(日本内閣) 勞動省 (部)。

ろうどうそうぎ［労働争議］(名) 勞資糾紛。

ろうどうりょく［労働力］(名) 勞動力。

ろうどく［朗読］(名・他サ) 朗讀，朗誦。

ろうとして［牢として］(副) 堅固，根深蒂固，牢不可破。△～抜くべからず／牢不可破。

ろうにゃく［老若］(名)〈舊〉老少。

ろうにゃくなんにょ［老若男女］(名) 男女老少。

ろうにん［浪人］(名・自サ) ① (無君主) 流浪的武士。② 失業 (者)，失學 (者)，無業人士。

ろうにんぎょう［蠟人形］(名) 蠟偶人。

ろうぬけ［牢脱け］(名) 越獄。

ろうねん［老年］(名) 老年。△～期／老年期。△～病／老年病。

ろうのう［労農］(名) 工農。

ろうば［老婆］(名) 老太婆。

ろうばい［狼狽］(名・自サ) 狼狽，驚慌失措。△～の色を見せる／現出狼狽相。

ろうはいぶつ［老廃物］(名) 廢物。

ろうばしん［老婆心］(名) 婆心，過分懇切之心。△～ながら一言つけ加える／也許太婆婆媽媽了，讓我附加一句。

ろうひ［浪費］(名・他サ) 浪費。

ろうびき［蠟引き］(名・自サ) 塗蠟。

ろうふ［老父］(名) 老父，年邁的父親。

ろうほ［老舗］(名) 老字號，老鋪子。→しにせ

ろうぼ［老母］(名) 老母。

ろうほう［朗報］（名）喜報，喜訊，好消息。

ろうぼく［老木］（名）老樹，古樹。

ろうむしゃ［労務者］（名）勞工，工人。

ろうや［老爺］（名）老翁，老頭兒。

ろうや［牢屋］（名）牢獄，監牢。△～にとじこめる／關進監獄裏。

ろうやくにん［牢役人］（名）獄史，監獄的看守。

ろうやぶり［牢破り］（名）① 越獄。② 越獄的犯人。

ろうゆう［老友］（名）老友。

ろうよう［老幼］（名）老幼。△～を問わず／不論老幼。

ろうらく［籠絡］（名・他サ）籠絡。△～手段／籠絡手段。

ろうりょく［労力］（名）① 出力，費力。△この仕事は～に値しない／這種事不值得幹。② 勞動力，勞力。

ろうれい［老齢］（名）老年，高齢。△～年金／養老金。

ろうれつ［陋劣］（名・形動）卑鄙，卑劣。

ろうれん［老練］（形動）老練，熟練。△～なやりくち／老練的做法。

ろうれん［労連］（名）工會聯合會。

ろうろう［朗朗］（形動トタル）朗朗，宏亮，嘹亮。△音吐～／聲音宏亮。

ろえい［露営］（名・自サ）露營，野營。

ロー［law］（名）法律。

ロー［low］（名）① 低廉。② 矮。③（汽車）低檔。

ローカライズ［localize］（名・ス他）〈IT〉（使）本地化，（使）局部化，（使）地方化。

ローカリズム［localism］（名）地方主義，地方觀念，鄉土觀念。

ローカルガバメント［local government］（名）地方政府，地方自治。

ローカルカラー［local color］（名）地方色彩，地方情調。

ローカルきょく［ローカル局］（名）廣播、電視的地方分局。

ローカルせん［ローカル線］（名）鐵路支綫，航綫支綫。

ローカルタイム［local time］（名）當地時間，地方時間。

ローカルニュース［local news］（名）地方新聞。

ローグレード［low grade］（名）低級的，品質差的，程度低的。

ローコスト［low cost］（名）低價，低成本。△～住宅／廉價住宅。

ローション［lotion］（名）① 化妝水。② 洗滌劑。

ローシルク［raw silk］（名）生絲。

ロース［roast］（名）裏脊肉。

ローズ［rose］（名）薔薇。

ローズ（名）殘品，剔莊貨。

ローズウッド［rosewood］（名）紫檀。

ロースター［roaster］（名）烤箱，烤爐。

ロースト［roast］（名・ス他）① 烤肉。△～チキン／烤雞。△～ハム／烤火腿。△～ビーフ／烤牛排。② 炒（豆類）。△～されたナッツ／炒好的堅果。③ 煎炒（咖啡豆）。

ロータリー［rotary］（名）（十字路口的）轉盤，交通指揮台。

ロータリーエンジン［rotary engine］（名）轉缸式發動機。

ロータリークラブ［Rotary Club］（名）扶輪社（國際社交團體）。

ローティーン［low teen］（名）十三、四歲的男女少年。

ローディング［loading］（名）裝貨，載荷。

ローテーション［rotation］（名）① 輪作。②（棒球）投手的替換順序。③（排球的）位置輪轉。

ロード［load］（名）〈IT〉載入，裝入，輸入。

ロードショー［roadshow］（名）〈影〉特約放映，首場放映。

ロードマップ［road map］（名）道路地圖，行程表。

ロートル［老頭兒］（名）老頭。

ロードレース［road race］（名）越野賽跑，（自行車等）越野賽。

ローブ［robe］（名）① 寬鬆女袍。② 法衣。

ロープ［rope］（名）繩，索，纜。

ローファット［low fat］（名）低脂肪的。

ロープウエー［ropeway］（名）索道，纜車。

ロープデコルテ［robe declletee］（名）袒背晚禮服。

ローマ［Romae］（名）羅馬。

ローマカトリックきょう［ローマカトリック教］（名）羅馬天主教。

ローマじ［ローマ字］（名）羅馬字，拉丁字母。

ローマすうじ［ローマ数字］（名）羅馬數字。

ローマていこく［ローマ帝国］（名）〈史〉羅馬帝國。

ローマほうおう［ローマ法王］（名）羅馬教皇。

ローマン［roman］（名）⇨ロマン

ローマンしゅぎ［ローマン主義］（名）浪漫主義。

ロマンス［romance］（名）⇨ロマンス。

ローミング［roaming］（名・ス自）〈IT〉漫遊。

ローム［loam］（名）〈地〉壚坶壤土，砂質黏土。

ローヤル［loyal］（形動）忠實的。

ローヤルゼリー［royal jelly］（名）蜂王精。

ローラー［roller］（名）滾子，滾輪，滾筒。△ロード～／壓路機，汽碾。

ローラースケート［roller skate］（名）旱冰鞋，滑旱冰。△～をする／滑旱冰。

ローラーブレード［roller blade］（名）直排輪溜冰鞋。

ローラーホッケー［roller hockey］（名）溜冰運動。

ローライズパンツ［low rised oante］（名）短襠褲。

ローラン［loran］（名）勞蘭，遠程無綫電導航系統。

ローリエ［laurier］（名）① 月桂樹。② 桂冠，榮譽，榮冠。

ローリング [rolling]（名・自サ）① (船、飛機) 左右搖晃。↔ ピッチング ②（游泳）身體左右搖擺。

ロール [roll]（名・他自サ）捲，捲兒。△バター〜／奶油捲兒。△髪を〜する／捲頭髮。

ロールプレーイング [role-playing]（名）角色扮演，角色模仿。△〜ゲーム／角色扮演遊戲。

ローン [lawn]（名）① 草坪。△〜テニス／草坪網球。② 細麻紗布。

ローン [loan]（名）貸款，放款。△住宅〜／住宅貸款。

ろか [濾過]（名・他サ）過濾。△〜器／過濾器。△〜紙／過濾紙。

ろかた [路肩]（名）路崖，道崖。

ロカビリー [rockabilly]（名）霹靂舞。

ろく [六]（名）六。

ろく [禄]（名）祿，俸祿。△〜を盗む／無功受祿。△〜を食む／食俸祿。

ろく [陸]（名）平，直。△〜に坐る／盤腿坐。

ろく（形動）(與否定呼應) 正常，像樣。△〜なことはない／沒好事。△〜でもないやつ／不三不四的人。△〜に話もできない／話都説不好。

ログ [log]（名）〈IT〉存入，聯機，記錄，日誌。

ログアウト [log out]（名）〈IT〉登出。

ログイン [log in]（名）〈IT〉登錄，註冊。

ろくおん [録音]（名・他サ）録音。△〜を取る／録音。△実況〜／實況録音。△〜機／録音機。

ろくが [録画]（名・他サ）録像。

ろくさんせい [六三制]（名）(日本中小學義務教育) 六三制。

ろくしょう [緑青]（名）① 銅緑，銅銹。△〜が吹く／生銅銹。② 銅緑色染料。

ろくすっぽ（副）〈俗〉⇨ろく

ろくだいしゅう [六大州]（名）六大洲。

ろくだか [禄高]（名）(武士的) 俸祿額。

ろくたまもない [ろくたまも無い]（連語）⇨ろくでもない

ろくでなし [碌でなし]（名）草包，廢物，窩囊廢。

ろくでもな・い [碌でもない]（形）無用，無聊，不正經。△〜物／廢物。△〜話をするな／別胡説。△〜奴と付き合う／和不三不四的人交往。

ろくぶんぎ [六分儀]（名）六分儀。

ろくぼく [肋木]（名）肋木。△〜にのぼる／攀肋木。

ろくまく [肋膜]（名）① 胸膜，肋膜。② 胸膜炎。△〜をわずらう／患胸膜炎。

ろくめんたい [六面体]（名）〈數〉六面體。

ろくやね [陸屋根]（名）平屋頂。

ろくろ [轆轤]（名）① 轆轤，絞車，滑車。② 旋牀。△〜でひく／用旋牀切削。③ 陶車，陶鈞。④ 傘軸。

ろくろく [碌碌]（副）① 碌碌無為，平庸無奇。△〜として一生を終える／碌碌無為地了此一生。②（下接否定）不很好地，不充分地。△〜ねられなかった／沒睡好。沒怎麼睡。

ろくろくばん [六六判]（名）〈攝影〉6×6 厘米底片。→シックス

ロケ（名）⇨ロケーション

ロケーション [location]（名）拍外景。

ロケット [locket]（名）(掛在項鏈下裝照片或紀念品等的) 小金屬盒。

ロケット [rocket]（名）火箭。△月〜／月球火箭。

ロケマージン [location margin]（名）場地租費，地皮錢。

ろけん [露見・露顕]（名・自サ）暴露，敗露。△陰謀が〜する／陰謀敗露。

ろこうけい [露光計]（名）⇨ろしゅつけい

ロココ [rococo]（名）洛可可。△〜風／洛可可風格。△〜式／洛可可式。

ロゴス [logos]（名）① 語言。② 理性，論理。③〈哲〉宇宙規律。④〈宗〉聖言，聖子，基督。

ろこつ [露骨]（名・形動）露骨，毫不掩飾。

ロザリオ [rosario]（名）〈宗〉① 對聖母瑪利亞的祈禱。② 祈禱用的唸珠。

ろし [濾紙]（名）濾紙。

ろじ [路地]（名）① 胡同，小巷，弄堂。△〜裏に住む／住在胡同裏頭。②（門内、庭内）甬道。

ロシア（名）俄羅斯，俄國。△〜語／俄語。

ロジカル [logical]（形動）論理的，合乎邏輯的。

ロジスティックス [logistics]（名）① 物流。② 後勤學。

ロジック [logic]（名）邏輯，邏輯學。

ろしゅつ [露出]（名・自サ）① 裸露，露出。②〈攝影〉曝光，感光。△〜不足／曝光不夠。

ろしゅつけい [露出計]（名）〈攝影〉曝光表。

ろしゅつしょう [露出症]（名）〈心〉裸露癖。

ろじょう [路上]（名）① 街上，路上。△〜に大きく，U ターン禁止と書いてある／路上用大字寫着：禁止調頭。② 途中。

ロジン [rosin]（名）〈化〉松香，松脂。

ろじん [魯迅]〈人名〉魯迅 (1881-1936)。

ロス [loss]（名）① 損失，損耗，浪費。△エネルギーの〜／能源的浪費。②〈經〉虧損，虧折。

ロスタイム [loss time]（名）(補中斷時間的) 加時賽。

ロスリーダー [loss leader]（名）熱門商品，特賣品。

ろせん [路線]（名）①（交通）綫路。△赤字〜を廃止する／取消虧損鐵路綫。② 路綫。△大衆〜／羣眾路綫。

ろだい [露台]（名）⇨バルコニー

ロダン [Auguste Rodin]〈人名〉羅丹 (1840-1917)。法國雕刻家。

ロッカー [locker]（名）帶鎖櫥櫃，保險櫃。

ろっかく [六角]（名）六角（形）。△〜形／六角形。

ろっかせん [六歌仙]（名）平安時代初期的六位和歌名人：在原業平、僧正遍昭、喜撰法師、大伴黒主、文屋康秀、小野小町。

ろっかん［肋間］（名）肋間。△〜神経痛／肋間神經痛。

ロッキングチェア［rocking chair］（名）搖椅。

ロック［rock］（名）岩石。

ロック［lock］（名・他サ）鎖，鎖上。△戸を〜する／鎖門。

ロック［rock］（名）⇨ロックンロール

ロックアウト［lockout］（名・他サ）封閉工廠（資本家對付罷工的一種手段）。

ロッククライミング［rock-climbing］（名）攀登岩壁。

ロックンロール［rockn'roll］（名）搖擺舞（曲），搖滾舞（曲）。

ろっこつ［肋骨］（名）①肋骨。②（船體的）肋材。

ろっこん［六根］（名）〈佛教〉六根（眼、耳、鼻、舌、身、意）。△〜清浄／六根清淨。

ロッジ［lodge］（名）簡易旅館。

ロッタリー［lottery］（名）彩票。

ロッドアンテナ［rodantenna］（名）可伸縮天綫。

ろっぷ［六腑］（名）六腑。△五臓〜／五臟六腑。

ろっぽう［六法］（名）〈法〉六法（憲法、刑法、民法、商法、刑事訴訟法、民事訴訟法）。

ろっぽうせき［六方石］（名）水晶，石英。

ろっぽうぜんしょ［六法全書］（名）六法全書。

ろっぽうたい［六方体］（名）〈數〉六面體。

ろてい［露呈］（名・自他サ）露出，暴露。△本心が〜する／露出真心。△欠点を〜した／暴露出缺點。

ろてん［露天］（名）露天，室外。△〜ぶろ／露天浴池。△〜掘り／露天礦。

ろてん［露店］（名）貨攤。△〜商／攤販。

ろてん［露点］（名）露點。△〜計／露點計。

ろてんしょう［露天商］（名）攤販。

ろてんぼり［露天掘］（名）露天礦。

ろとう［路頭］（名）路旁，街頭。△〜に迷う／生活無着。流落街頭。

ろなわ［櫓縄］（名）櫓繩。

ろは（名）〈俗〉不要錢，免費。△芝居を〜で見る／白看戲。

ろば［驢馬］（名）驢。

ろはき［濾波器］（名）濾波器。

ろばた［爐端］（名）爐旁，爐邊。

ロビー［lobby］（名）（旅館等的）門廳，休息廳。→ラウンジ

ろひょう［路標］（名）路標。→道標

ロブスター［lobster］（名）龍蝦。

ろへん［爐辺］（名）爐邊。△〜談話／爐邊漫話。

ろへん［路辺］（名）路邊，道旁。

ろぼう［路傍］（名）路旁，路邊。△〜の人／路人。素不相識的人。

ロボット［robot］（名）①機器人，自動裝置。②傀儡。

ロボットこうがく［ロボット工学］（名）機器人工程學，遙控工程學。

ロマネスク［romanesque］（名）羅馬式，羅馬風格。△〜建築／羅馬式建築。

ロマン［roman］（名）長篇小説。（也寫“ローマン”）

ロマンしゅぎ［ロマン主義］（名）浪漫主義。

ロマンス［romance］（名）①愛情故事，風流韻事，浪漫色彩。②傳奇小説。③浪漫曲，抒情小樂曲。

ロマンチシズム［romanticism］（名）浪漫主義。

ロマンチスト［romanticist］（名）①浪漫主義者。②空想家。（也寫“ロマンチシスト”）

ロマンチック［romantic］（形動）①傳奇的。△〜な物語／傳奇故事。②浪漫的，羅曼蒂克。△〜な生涯／浪漫的一生。△〜な考え／離奇的想法。

ロマンロラン［Romain Rolland］〈人名〉羅曼・羅蘭（1866-1914）。法國文學家。

ろめい［露命］（名）朝不保夕的生命。△わずかな収入で〜をつなぐ／靠微薄的收入糊口。

ろめん［路面］（名）路面。△〜電車／有軌電車。

ロヤリティー［royalty］（名）版税，上演費，專利使用費。

ろれつ［呂律］（名）音調，發音。△〜がまわらない／（因醉酒等）口齒不清。舌眼不好使。

ろん［論］（名）①議論，論證，討論。△〜を待たない／無可爭辯。②觀點，意見，見解。③論，論文。△進化〜／進化論。△人生〜／人生論。

ろんがい［論外］（名・形動）①題外，討論範圍以外。②不值一談。△彼の言う事など〜だ／他説的不值一談。

ろんかく［論客］（名）→ろんきゃく

ろんぎ［論議］（名・自他サ）①討論，議論。△〜を尽す／充分進行討論。②爭論，辯論。△〜の焦点となる／成為爭論的焦點。

ろんきつ［論詰］（名・他サ）批駁，駁斥。

ろんきゃく［論客］（名）①論客，好發議論的人。②評論家。

ろんきゅう［論及］（名・自サ）論及，談到。△作家の私生活にまで〜する／甚至談到作家的私生活。

ろんきゅう［論究］（名・他サ）深入討論。

ろんきょ［論拠］（名）論據。

ロング［long］（名）長。△〜ソックス／長統襪。△〜シュート／（籃球）遠距離投籃，（足球）遠距離射門。△〜セラー／長期暢銷商品。

ロングショット［long shot］（名）（電影、電視）遠拍，遠鏡頭。

ロングトン［longton］（名）英噸。

ロングラン［long run］（名）（劇、影）長期上演，長期放映。

ろんご［論語］〈書名〉論語。△〜読みの〜知らず／死讀書不會應用。

ろんこうこうしょう［論功行賞］（名）論功行賞。

ろんこく［論告］（名・他サ）〈法〉（檢察官）提出判罪意見。

ろんごよみのろんごしらず［論語読みの論語知らず］（連語）空頭理論家。書本先生。

ロンサム [lonesome]（名）寂寞，孤獨。

ろんさん [論纂]（名）⇨論集

ろんし [論旨]（名）論點。△～明快／論點清楚明了。

ろんしゃ [論者]（名）論者（自稱或評論他人）。

ろんしゅう [論集]（名）（合編多人的）論文集。

ろんじゅつ [論述]（名・他サ）論述，闡述。△外交問題について～する／就外交問題加以論述。

ろんしょう [論証]（名・他サ）論證。△実例をあげて～する／舉出實例論證。

ろん・じる [論じる]（他上一）① 論述，闡述，議論。△一概に～じられない／不可一概而論。② 爭論，辯論，討論。△是非を～／爭辯是非。

ろんじん [論陣]（名）辯論的陣勢。△～をはる／擺開辯論的陣勢。

ろん・ずる [論ずる]→ろんじる

ろんせつ [論説]（名）① 評論。△～文／論説文。② 社論。△～委員／（報社）評論員。

ろんせん [論戦]（名・自サ）論戰，論爭。△～をいどむ／挑起論戰。

ろんそう [論争]（名・自サ）爭論，論戰，論爭。

ろんだい [論題]（名）討論的主題，論文題目。

ろんだん [論壇]（名）① 論壇，言論界。② 講台，講壇。△～に立つ／登上講壇。

ろんだん [論断]（名・自サ）論斷。△それは一方的な～だ／那是片面的論斷。

ろんちょう [論調]（名）論調。△はげしい～／激烈的論調。

ろんてき [論敵]（名）論敵。

ろんてん [論点]（名）論點。△～を整理する／歸納論點。

ロンド [rondo]（名）輪舞，輪舞曲。

ロンドン [London]〈地名〉倫敦。

ろんなん [論難]（名・他サ）論難，論駁。△はげしい～をあびせる／大加駁難。

ろんぱ [論破]（名・他サ）駁倒。

ロンパース [rompers]（名）兒童連衣褲。

ろんばく [論駁]（名・他サ）駁斥，反駁。△彼の見解を～する／駁斥他的見解。

ろんぴょう [論評]（名・他サ）評論。

ろんぶん [論文]（名）論文。△博士～／博士論文。

ろんぶんはかせ [論文博士]（名）論文博士。

ろんべん [論弁]（自サ）論證，論辯。

ろんぽう [論法]（名）論法，論述方式，邏輯。△～に合わない／不合乎邏輯。△三段～／三段論法。

ろんぽう [論鋒]（名）議論的鋒芒。△～を内閣に向ける／把評論的矛頭指向內閣。

ろんよりしょうこ [論より証拠]（連語）事實勝於雄辯。

ろんり [論理]（名）① 邏輯。△～に合う／合邏輯。△～性を欠く／缺乏邏輯性。② 道理，規律。△歴史的発達の～／歷史發展的規律。

ろんりがく [論理学]（名）邏輯學。△形式～／形式邏輯。

ろんりてき [論理的]（形動）合乎邏輯的。△～な物の考え方／合乎邏輯的思維方法。

ろ
ロ

わ　ワ

わ［和］(名)① 和好，和平。△～を乞う／求和。②〈数〉和。

わ［輪・環］(名)① 環，圈。△土星の～／土星環。△桶の～／桶箍。△～になって踊る／站成一圈兒跳舞。② 車輪。

わ（終助)①（女性用）表示強調。△知らない～／不知道呀！②（女性用）表示感動。△まあ，きれいだ～／喲，真好看！③ 表示驚嘆。△いる～，いる～，砂糖の上に蟻がいっぱい／哎呀，糖上這麼多螞蟻。

-わ［把］(接尾)把，捆。△薪 1 ～／一捆柴。

-わ［羽］(接尾)隻。△雞が 2 ～／兩隻雞。△兔が 1 ～／一隻兔子。

わあ (感) 表示驚奇。△～，そりゃ大変／哎呀，這可不得了！

わあ (と)(副)（哭聲）哇。△～っと泣き出す／哇地一聲哭起来。

ワーカホリック［workaholic］(名) 工作迷，工作狂。

ワーキングホリデー［working holiday］(名) 工作旅行（邊打工邊旅行）。

ワークアウト［workout］(名)① 練習。② 試驗，試用。

ワークシェアリング［work sharing］(名)（為擴大就業面）工作平衡分配。

ワークショップ［work shop］(名)（教員的）研究會。

ワークブック［work book］(名) 習題冊，習題簿。

ワード［word］(名) 語言，辭彙，單詞。

ワードパッド［WordPad］(名)〈IT〉寫字板。

ワードプロセッサー［word processor］(名) 文字處理器，文字編輯機。（簡稱“ワープロ”）

ワードローブ［wardrobe］(名)（個人的）全部服裝。△旅の～／旅行時帶的服裝。

ワープ［warp］(名・自サ)① 宇宙飛船的超高速飛行。②〈心〉心靈超越時空界限。

ワープロ (名) ⇨ワードプロセッサー

ワーム［worm］(名)〈IT〉蠕蟲病毒。

ワールド［world］(名) 世界。△～カップ／世界盃。△ミス～／（公選出來的）世界美女。

ワールドエンタプライズ［world enterprise］(名) 跨國企業。

ワールドカップ［World Cup］(名) 世界盃。

ワールドトレード［world trade］(名)〈經〉國際貿易。

ワールドバンク［World Bank］(名) 世界銀行。

ワールドフィナンシャルマーケッツ［world financial markets］(名) 世界金融市場。

ワールドフライト［world flight］(名) 環球飛行。

ワールドランゲージ［world language］(名) 世界語。

ワールドワイド［worldwide］(ダナ) 環球，世界性的。世界中的。△～に活躍するビジネスパーソン／在世界範圍內發揮作用的商務人士。

わいきょく［歪曲］(名・他サ) 歪曲。△事実を～する／歪曲事實。

わいざつ［猥雑］(名・形動) 烏七八糟。△～な内容の雑誌／內容下流的雑誌。

ワイシャツ［white shirts］(名)（男）襯衫。

わいしょう［矮小］(形動) 矮小。

ワイズ［wise］(名) 聰明的，博學的。

ワイズクラック［wisecrack］(名) 妙語，俏皮話。

わいせつ［猥褻］(名・形動) 猥褻。淫穢。△～行為／猥褻行為。

わいだん［猥談］(名) 褻語，下流話。

ワイドアングルレンズ［wide-angle lens］(名) 廣角鏡頭。

ワイドえいが［ワイド映画］(名) 闊銀幕電影。

ワイドカラー［wide colour］(名) 彩色闊銀幕電影。

ワイドスクリーン［wide screen］(名)① 闊銀幕。② 闊銀幕電影。

ワイドテレビ［wide television］(名) 大尺寸電視機。

ワイドばん［ワイド版］(名) 大開本，大型版本。

ワイドフィルム［wide film］(名) 闊銀幕電影，闊銀幕影片。

ワイパー［wiper］(名) 車窗（風擋）刮水器。

ワイフ［wife］(名) 妻子。

わいほん［猥本］(名) 淫書。

ワイヤ［wire］(名)① 鋼絲。② 電綫。③〈樂〉弦。④ ⇨ワイヤロープ（也説“ワイヤー”）。

ワイヤタッピング［wiretapping］(名) 竊聽電話。

ワイヤダンサー［wiredancer］(名) 走鋼絲演員。

ワイヤレス［wireless］(名)① 無綫的。△～マイク／無綫麥克風。② 無綫電報，無綫電話。

ワイヤレスキーボード［wireless board］(名)〈IT〉無綫鍵盤。

ワイヤレスマウス［wireless mouse］(名)〈IT〉無綫滑鼠。

ワイヤロープ［wire rope］(名) 鋼索，鋼纜。

ワイルドライフ［wildlife］(名) 野生動物，野生生物。

わいろ［賄賂］(名) 賄賂。△～を使う／行賄。△～を受ける／受賄。

ワイン［wine］(名) 葡萄酒。

ワインパーティー［wine party］(名) 酒會。

わおん［和音］(名)〈樂〉和弦。

わか［和歌］(名) 和歌。△～を詠む／作和歌。→短歌，歌

わが―［我が］(接頭) 我的。△～国／我國。△～子／我孩子。△～ことのようによろこぶ／像自己的事一樣高興。

わか・い［若い］(形)① 年輕。△年より～く

見える／看上去比實際年齡年輕。△姉より2つ～／比姐姐小兩歲。②不成熟。③(號碼)小。△番号の～方から始める／從號碼小的開始。

わかい [和解] (名) 和解，和好。

わかいつばめ [若い燕] (名) (比妻子) 年輕的丈夫。

わがいをえたり [我が意を得たり] (連語) 正合我意。

わかえだ [若枝] (名) 嫩枝。

わかがえり [若返り] (名) ① 返老還童。② 復壯，再生。

わかがえ・る [若返る] (自五) 返老還童。△化粧すると五つは～／一化妝就顯得年輕了五歲。

わかぎ [若木] (名) 小樹。↔ 老木

わかくさ [若草] (名) 嫩草。

わがくに [我が国] (名) 我國。

わかげ [若気] (名) 血氣方剛。△～のいたりで申しわけありません／因緣於幼稚，請多原諒。

わかさ [若さ] (名) 年輕，青春。△～にものを言わせる／憑年輕的衝勁兒。△22歳の～で死ぬ／年輕輕的，才二十二歲就死了。

わかさぎ [若さぎ] (名) 〈動〉公魚。

わかさま [若様] (名) 公子，少爺。

わかざり [輪飾り] (名) (新年裝飾用的) 稻草圈。

わがし [和菓子] (名) 日本 (式) 點心。↔ 洋菓子

わかじに [若死 (に)] (名・自サ) 早死，夭折。→早死に，早世，夭折

わかしゆ [沸かし湯] (名) ① 燒開的水，燒熱的洗澡水。② 燒熱的礦泉水。

わかしらが [若白髪] (名) 少白頭。

わか・す [沸かす] (他五) ① 燒開，燒熱。△湯を～／燒水。△ミルクを～／煮牛奶。② 使 (觀眾) 狂熱。

わかぞう [若僧・若造] (名) 小子，小夥子。

わかたけ [若竹] (名) 幼竹，新竹。

わがたへみずをひく [我が田へ水を引く] (連語) 只顧自己方便。→我田引水

わかだんな [若旦那] (名) 大少爺。

わかち [分かち] (名) 區別，差別。△老若のなく／不分老少。△昼夜の～なく働く／不分晝夜地工作。

わかちあ・う [分かち合う] (他五) 分享，分擔。△苦しみと楽しみを～／同甘共苦。△責任を～／共同負責。

わかちがき [分かち書き] (名) 詞語之間分隔開的寫法。

わか・つ [分つ] (他五) ① 分，區別，分開。△成功と失敗を～もの／成敗的關鍵。△善悪を～／辨別善惡。② 分配。△会員には安く～ちます／低價分配給會員。③ 分享。△喜びを～／共享喜悅。

わかづくり [若作り] (名) (年紀大的人) 往年輕打扮。

わかづま [若妻] (名) 年輕的妻子，新娘子。

わかて [若手] (名) 年輕人。△～の社員／青年職員。→少壮

わかな [若菜] (名) (初春可食的) 嫩菜。

わがね [輪金] (名) ① 金屬箍。② (機械) 套圈。

わかば [若葉] (名) 嫩菜，新菜。

わがはい [我が輩] (名) 我，吾。→余

わかふうふ [若夫婦] (名) 年輕夫婦。

わかまつ [若松] (名) ① 幼松，小松樹。② 新年點綴用的小松樹。

わがまま [我が儘] (名) 任性，放肆。△～な人／任意妄為的人。△～を言う／説任性的話。

わがみ [我が身] (名) ① 自己的身體。② 自己。△～を省みる／反躬自省。

わかみず [若水] (名) 元旦 (立春) 早晨汲的水。

わがみにつまされる [我が身につまされる] (連語) 設身處地表示同情。

わかみや [若宮] (名) ① 年幼的皇子。② 供奉祭神之子的神社。③ 新設的神社。

わがみをつねってひとのいたさをしれ [我が身をつねって人の痛さを知れ] (連語) 推己及人。

わかむき [若向き] (名) 適合年輕人。△～の着物／適合年輕人的衣服。

わかむしゃ [若武者] (名) 年輕的武士。

わかむらさき [若紫] (名) 淺紫色。

わかめ (名) 〈植物〉裙帶菜。

わかめ [若芽] (名) 嫩芽，新芽。

わかもの [若者] (名) 年輕人。→青年，わこうど

わがもの [我が物] (名) 自己的東西。△～にする／據為己有。

わがものがお [我が物顔] (名) 旁若無人，傲然。

わがや [我が家] (名) 自己的家。

わかや・ぐ [若やぐ] (自五) 變年輕。△若やいだ声／聽上去年輕的聲音。

わかゆ [若湯] (名) 新年後首次燒的洗澡水。

わがよのはる [我が世の春] (連語) 春風得意的時期。

わからずや [分からず屋] (名) 不懂道理 (的人)，不通人情世故 (的人)。

わかりきった [分かり切った] (連體) 明明白白，十分清楚。△そんな～ことをいちいち聞くな／那麼明擺着的事別問個沒完。△～うそをつく／説明顯的謊話。

わかりにく・い [分かり難い] (形) 不易懂，難理解。

わかりやす・い [分かり易い] (形) 易懂，淺顯。

わか・る [分かる] (自五) ① 明白，理解。△フランス語が～／懂法語。△～のった人／通情達理的人。△君の気持はよく～／我很了解你的心情。② 知道。△犯人が～らない／不知道犯人是誰。△彼の家はすぐ～った／他的家一下子就找到了。△試験の結果が～った／考試結果揭曉了。△どうしたらよいか～らない／不知如何是好。

わかれ [別れ] (名) 離別，辭別。△～を惜しむ／惜別。△遺体に～を告げる／向遺體告別。

わかれじも［別れ霜］（名）晩霜。→晩霜，遅霜

わかればなし［別れ話］（名）有關離婚的磋商。△～を持ち出す／提出離婚。

わかれみち［別れ道・分かれ道］（名）岔道，歧路。△人生の～に差しかかる／來到了人生的岔路口。

わかれめ［分かれ目］（名）① 界限，分歧點。△善悪の～／善惡的界限。△路の～／道路的分坐點。② 關鍵。△勝負の～／勝負的關鍵。△一生の～／一生的緊要關頭。

わか・れる［分かれる］（自下一）分開，分歧。△ここで道は三方に～／道路在這裏分成三股。△いくつもの党派に～／分裂成好幾個黨派。△その問題で意見が分かれた／在那個問題上，意見發生了分歧。

わか・れる［別れる］（自下一）離別，分手。△友だちと名古屋で～／和朋友在名古屋分手。△妻と～／和妻離婚。

わかれわかれ［別れ別れ］（名）分頭，分開。△～に出かける／分頭出去。△～に住む／分開居住。△道に迷って～になる／迷了路走散了。→はなればなれ

わかわかし・い［若若しい］（形）年輕輕，朝氣蓬勃。

わかん［和漢］（名）① 日本和中國。② 日文和漢文。

わかん［和姦］（名）通姦。

わかんむり［ワ冠］（名）（部首）禿寶蓋，冖部。

わき［脇・腋］（名）① 腋下，胳肢窩。△ハンドバッグを～にかかえる／把小手提包夾在腋下。②〈服〉袖。△シャツの～がほころびる／襯衣的袖綻綻了。③ 旁邊。△道の～に寄る／靠到路邊旁。△～から口を出す／從旁插嘴。④ 別的地方。△～ばかり見ている／淨往旁處看。△話が～へそれる／話離題。⑤（能樂）配角。↔仕手

わぎ［和議］（名）① 和議，和談。△～を結ぶ／締結和約。△～を持ちかける／提出和談。②〈法〉（償還部分欠款而了結債務的）協議。

わきあいあい［和氣藹藹］（副）一團和氣，和和氣氣。

わきあが・る［沸き上がる］（自五）① 沸騰。△湯が～／水開得翻滾。② 湧現。△黒い雲がもくもくと～／烏雲滾滾。△不満の声が～／一片不滿之聲。△いかりが～／怒氣沖天。

わきおこ・る［わき起こる］（自五）湧起，湧現。△拍手が～／響起熱烈的掌聲。

わきが［腋臭］（名）狐臭。

わきかえ・る［沸き返る］（自五）① 沸騰。△湯が～／開水翻滾。②（氣得）暴跳，（感情）激動，興奮。△胸のうちが～／心潮澎湃。→わきたつ

わきげ［脇毛］（名）腋毛。

わきざし［脇差し］（名）（武士佩帶雙刀中的）短刀。

わきた・つ［沸き立つ］（自五）① 沸騰。△～

熱湯／翻滾的開水。→たぎる ② 激奮，歡騰。△闘志をわきたたせる／鬥志昂揚。△スタンドが～／觀眾席上轟動起來。→わきかえる

わきづけ［脇付け］（名）寫在收信人名字後邊的敬稱。（"足下""机下"等）

わきで・る［涌き出る］（自下一）噴出，湧出。△涙がいっぱい～／涙如泉湧。

わきど［脇戸］（名）耳門，旁門。

わきどうぐ［脇道具］（名）〈劇〉側景。

ワギナ［拉 vagina］（名）〈解剖〉膣，陰道。

わきのした［脇の下］（名）① 腋下，胳肢窩。△～にかかえる／夾在腋下。→わき ②〈服〉抬根。

わきばら［脇腹］（名）① 側腹。△～を下にして横になる／側身而臥。→よこばら ② 妾生。

わきポケット［脇ポケット］（名）側兜，插兜。

わきまえ［脇前］（名）辨別，明辨（是非）。△前後の～もなく手を出す／貿然從事。→分別

わきま・える［弁える］（他下一）識別，懂。△ことのよしあしを～／識別事情的好壞。△身分を～／自知是甚麼身分。△礼儀を～えない人／不懂禮貌的人。△身のほどを～えない／不知自量。

わきみ［脇見］（名・自サ）往別處看，往旁邊看。△～運転／漫不經心的駕駛。

わきみず［涌水］（名）湧出的水，泉水。

わきみち［脇道］（名）① 岔道。② 不正確的道路。△話しが～にそれる／話離題了。△若い時にはずいぶん～にそれたことをしてきた／年輕時走了很多彎路。

わきめ［脇目］（名）① 往旁邊看。△～もふらずに勉強する／目不斜視地學習。② 旁觀者的眼睛。△～にばかばかしく見える／在別人看來愚蠢透頂。

わきめもふらず［脇目も振らず］（連語）目不轉睛，聚精會神。

わきやく［脇役］（名）配角。↔主役

わぎり［輪切り］（名）切成圓片。△大根を～にする／把蘿蔔切成圓片。

わく［枠］（名）① 框。△額の～／畫框。△めがねのレンズを～にはめる／把眼鏡片鑲進框裏。△各ページに～をつける／每頁都加上邊綫。△セメントが固まったので～をはずす／混凝土乾了，拆掉模子。② 範圍。△～をこえる／超出範圍。

わ・く［沸く］（自五）① 沸騰。△ふろが～／洗澡水燒開。② 激動，興奮。△青春の血が～／青春的熱血沸騰。△議論が～／議論紛紛。

わ・く［涌く］（自五）① 湧出。△温泉が～／溫泉湧出。② 湧現。△なかなか実感がわかない／很難產生實感。③ 孳生。△うじが～／生蛆。△ぼうふらが～／孳生子孑。

わくがい［枠外］（名）框圍外，範圍外。△常用漢字の～／超出常用漢字的範圍。

わくぐみ［枠組み］（名）框架，結構。△計画の～／計劃的大致輪廓。

わくせい［惑星］（名）①〈天文〉行星。↔恒星

② 前途不可限量的人。△政界の～／政界前途不可限量的人。

ワクチン [Vakzin]（名）〈醫〉① 疫苗。② 痘苗。

ワクチンソフト [vaccine soft]（名）〈IT〉殺毒軟件，防病毒軟件，反病毒軟件。

わくでき [惑溺]（名・自サ）沉溺。△酒色に～する／沉湎於酒色。

ワグナー [Wilhelm Richard Wagner]〈人名〉瓦格納 (1813-1883)。德國作曲家。

わくない [枠内]（名）範圍内。△予算の～／預算内。 ↔ 枠外

わくらば [わくら葉]（名）① 受病蟲害的葉子。② 夏季變黄的葉子。

わくらん [惑乱]（名・他サ）蠱惑。△人心を～する／蠱惑人心。

わくわく（副・自サ）① 歡欣雀躍。② 忐忑不安。

わくん [和訓]（名）〈漢字的〉訓讀。

わけ [訳]（名）① 道理，情理。△そんなことがある～がない／決不會有那種事。△そんなら泣く～だ／怪不得哭了。② 意思。△彼の話はなんのことやらさっぱり～がわからない／他説些甚麼，莫名其妙。③ 情況，理由。△～があって会社をやめた／因故辭掉了公司的工作。△彼ひとり悪いという～ではない／並非只他一個人不好。

わけあ・う [分け合う]（他五）分享，分攤。

わけあた・える [分け與える]（他下一）分發，分配。

わけい・る [分け入る]（自五）撥開進入。△群衆の中へ～／撥開人羣擠進去。

わけがない（連語）很容易，輕而易舉。

わけて（副）特別，尤其。△果物は何でも好きだが、～すいかが好きだ／水果我都喜歡，尤其是愛吃西瓜。→とりわけ，なかでも

– わけではないが（連語）倒不是…（引出下文的話）△自慢するわけではないが、一度も休んだことがない／不是我誇口，我一次也沒請過假。

わけても（副）⇨わけて

わけな・い [訳ない]（形）⇨わけがない

– わけにはいかない（連語）…（於理不合）不能…△今さら止める～／事到如今已不能罷手。△このままにしておく～／不能讓它這樣繼續下去。

わけへだて [わけ隔て]（名）區別對待，因人而異。

わけまえ [分前]（名）（自己）分得的一份。

わけめ [分け目]（名）① 區分點，分界綫。② 關鍵，關頭。△天下～の戦い／決定天下誰屬之戰。

わ・ける [分ける]（他下一）① 分，分開。△均等に～／均分。△髪の毛をまん中から～／把頭髮從中間分開。△関東地方を 1 都 6 県に～／把關東地劃分為一都六縣。△大きさによって～／按大小分開。② 分配，分派。△トランプを～／發撲克牌。△血を～けた兄弟／骨肉同胞。③ 平局。△星を～／不分勝負。△票

を～／得票相等。④ 撥開。△人波を～けてそとに出た／撥開人羣出去。

わご [和語]（固有的）日語。→やまとことば ↔ 漢語，外來語

わこう [倭寇]（名）〈史〉倭冦，日本海盗。

わごう [和合]（名・自サ）和睦，友好。

わこうど [若人]（名）年輕人，青年。

わごと [和事]（名）（歌舞伎的）戀愛場面。

わゴム [輪ゴム]（名）橡皮圈。△包みに～を掛ける／把橡皮圈套在包上。

わこん [和魂]（名）日本精神。△～漢才／日本精神與中國學識。

ワゴン [wagon]（名）① 小型手推（運貨）車，流動服務車。△～サービス／手推車流動售貨。② 後半部可載貨的客車。

わごん [和琴]（名）〈樂〉日本六弦琴。

わざ [技]（名）① 技能，本領。△～をみがく／練功夫。△～をきそう／比本領。② （柔道等的）招數。

わざ [業]（名）事情，事業，工作。△神～／奇跡。△至難の～／極為困難的事。

わさい [和裁]（名）日式剪裁。 ↔ 洋裁

わざし [業師]（名）①（相撲）善於使用招數的力士。② 善弄權術的人。

わざと（副）故意地。△～とぼける／故意裝糊塗。△～やったわけでない／並非是故意做的。

わざとらし・い（形）不自然的，假裝似的。△～お世辞／假惺惺的奉承話。△～わらいかた／假笑。

わさび（名）〈植物〉山葵菜。（吃生魚片的辣味調料）△～のきいた話／沁人心脾的話。

わざもの [業物]（名）利器，快刀，寶刀。

わざわい [災い]（名・自サ）禍，災難，災禍。△～をまねく／惹禍。△～にあう／遭殃。

わざわいもさんねんたてばやくにたつ [災いも三年たてば役に立つ]（連語）災後三年，時來運轉。

わざわいをてんじてふくとなす [災いを転じて福となす]（連語）轉禍為福。

わざわざ（副）特意。△～持ってきてくれて、ありがとう／您特意拿來，非常感謝。△～空港まで送りにいく／專程送到飛機場。

わさん [和算]（名）日本數學。

わし [鷲]（名）〈動〉鷲，雕。△～鼻／鷹鈎鼻。

わし（代）俺。（較為粗魯的説法）

わし [和紙]（名）日本紙。→日本紙 ↔ 洋紙

わじ [和字]（名）① 日本字母，假名。② 日造漢字。

わしき [和式]（名）日本式。 ↔ 洋式

わしざ [鷲座]（名）〈天〉天鷹座。

わしつ [和室]（名）日本式房間。→日本間 ↔ 洋室

わしづかみ（名）大把抓。

わしばな [鷲鼻]（名）鷹鈎鼻子。

わしゃ [話者]（名）説話者，演講者。

わしゅうごう [和集合]（名）〈數〉並集。

わじゅつ［和術］(名) 説話技巧，説話方式。△〜がうまい／善於辭令。

わしょ［和書］(名) ① 日語書。② 日本式裝訂的書。

わじょう［和上］(名) 高僧，和尚。△鑑真〜／鑑真和尚。

わしょく［和食］(名) 日本餐，日本飯菜。→日本料理 ↔ 洋食

わしん［和親］(名) 親善，睦鄰。△〜条約／友好條約。△〜協商／友好協商。

わじん［和人］(名) 日本人。(過去中國人、阿伊努人等對日本人的稱呼)。

ワシントン［George Washington］〈人名〉華盛頓 (1732-1799)。美國第一任總統。

ワシントン［Washington］〈地名〉華盛頓。

わずか［僅か］(形動・副) 一點點。△〜一週間で完成した／僅用一週時間就完成了。△残りは〜しかない／僅剩下一點兒。△〜な違い／微小的差別。

わずらい［煩い］(名) 煩惱，苦惱。

わずらい［患い］(名) 病。△長〜／久病。

わずら・う［患う］(自他五) 患 (病)。△肺を〜／患肺病。

わずらわし・い［煩わしい］(形) 煩瑣，麻煩。△〜手続き／麻煩的手續。△儀礼／煩瑣的禮節。△子どもをつれてゆくのは，まったく〜／帶孩子去太累贅了。

わずらわ・す［煩わす］(他五) ① 使煩惱，為…煩惱。△心を〜／操心。△つまらないことで〜されるのはいやだ／不願為無所謂的事情苦惱。② 麻煩。△親の手を〜／煩擾父母。△人の手を〜／麻煩別人。

わ・する［和する］(他サ) ① 和諧。△夫婦相〜／夫妻和睦。② 附和，協調。△〜して歌う／和唱。△声を〜／一同唱。

わすれがた・い［忘れ難い］(形) 難忘。△〜印象／難忘的印象。

わすれがたみ［忘れ形見］(名) ① 遺物。△母の〜の指輪／母親的遺物戒指。② 遺孤。

わすれがち［忘れがち］(形動) 健忘。△年を取るととかく〜になる／上了年紀就健忘。

わすれぐさ［忘れ草］(名)〈植物〉萱草。

わすれじも［忘れ霜］(名) 晚霜。

わすれっぽい［忘れっぽい］(形) 好忘，健忘。△〜人／記性不好的人。

わすれなぐさ［忘れな草］(名)〈植物〉勿忘草。

わすれもの［忘れ物］(名) 遺忘的東西，遺失物。△〜をしないように／請不要忘記東西。

わす・れる［忘れる］(他下一) 忘。△なまえを〜／忘掉名字。△さっぱり忘れてしまった／忘得一乾二淨。△時間のたつのも〜／忘卻時間流逝。△彼の家に本を〜れてきた／把書忘在他家了。

わせ［早稲・早生］(名) ① 早稲。↔ おくて，晚稲 ② 早熟作物。△〜のぶどう／早熟葡萄。③ 早成熟的人。

わせい［和声］(名)〈樂〉和聲。

わせい［和製］(名) 日本造。

ワセリン［Vaseline］(名)〈化〉凡士林。

わせん［和船］(名) 日本老式木船。

わせん［和戦］(名) ① 和平與戰爭。△〜両様のかまえをする／做好 "和" 與 "戰" 兩手準備。② 停戰。△〜条約／停戰條約。

わそう［和装］(名) ① 穿日式服裝，日式服裝打扮。△〜で行く／穿日服去。② 日本式裝訂的，綫裝的。△〜本／日本式裝訂的書。↔ 洋装

わた［綿］(名) ①〈植物〉棉。② 棉花。△〜をつむ／摘棉花。△〜を入れる／(往衣、被等裏面) 絮棉花。△〜を打ち直す／彈舊棉花。△〜のように疲れる／累得像散了架子。△柳の〜／柳絮。

わたあめ［綿飴］(名) 棉花糖。

わだい［話題］(名) 話題，談話材料。△〜をかえる／換話題。△〜にのぼる／成為談論的材料。

わたいれ［綿入れ］(名) 棉衣。

わたうち［綿打ち］(名) 彈棉花 (的人)。△〜をする／彈棉花。

わたがし［綿菓子］(名) 棉花糖。

わだかまり［隔閡］(名)。△心に〜がある／心裏有解不開的疙瘩。

わだかま・る［隔かまる］(自五) 有成見，有隔閡。△まだ何か〜っているのか／你還有甚麼想不開的麼！△両者の間に不信感が〜／兩者互不信任。

わたくし［私］Ⅰ(名) ① 私，私事。△〜の用件／私事。② 私利。△〜をはかる／謀私。Ⅱ(代) 我。→わたし

わたくしごと［私事］(名) ① 個人的事，私事。② 秘密的事。

わたくししょうせつ［私小説］(名) 自敍體小説。

わたくし・する［私する］(他サ) 私吞，據為己有。△権力を〜／竊取權力。

わたくしりつ［私立］(名) 私立。→しりつ

わたぐも［綿雲］(名) 捲毛雲。

わたげ［綿毛］(名) ① 汗毛，胎毛。② 絨毛。△たんぽぽの〜／蒲公英的絨毛。

わたし［渡し］(名) ① 擺渡，渡船，渡口。② 跳板。③ (車牀的) 過橋。④ 交付。△代金引き換え〜／現款交貨。△月極め〜／按月交貨。

わたし［私］(代) 我。△〜にまかせてください／就交給我辦罷。

わたしかぶ［渡し株］(名)〈貿〉交付股票。

わたしば［渡し場］(名) 渡口。

わたしぶね［渡し船・渡し舟］(名) 擺渡船。

わたしもり［渡し守］(名) 渡船的船夫，艄公。

わた・す［渡す］(他五) ① 送過河。△小舟で人をむこう岸へ渡す／用小船把人渡過對岸。② 架，搭。△橋を〜／架橋。△えだからえだ〜綱を〜／從一條樹枝往另一條樹枝拉繩子。③ 交給。△金を〜／付款。△卒業証書を〜／發畢業證書。△家を人手に〜／房產落入他人之手。

わただねあぶら［綿種油］(名) 棉籽油。

わだち［轍］(名) 車轍。

わだちのふな［轍の鮒］(連語) 涸轍之鮒。

わたつみ (名) 海神，海。也説“わだつみ”

わたのようにつかれる［綿のように疲れる］
(連語) 精疲力竭。

わたぼうし［綿帽子］(名) 絲棉帽子 (婚禮時
用)。

わたまゆ［綿繭］(名) (取絲棉的) 蠶繭。

わたむし［綿虫］(名) 棉蚜，蜜蟲。

わたゆき［綿雪］(名) 鵝毛大雪。

わたり［渡り］(名)① 渡(河)② 渡口。③ 連
絡，拉關係。△～をつける／拉上關係。④ (由
外國) 傳來，進口貨。△オランダ～／荷蘭進口
(的貨物)。

わたりあ・う［渡り合う］(自五)① 交鋒。△刀
を持って～／拿刀厮殺。② 互相爭論，論戰。
△五分に～／相互爭論不下。

わたりある・く［渡り歩く］(自五) 走遍。△全
国を～いて来た人／走遍全國的人。△あちこ
ちの会社を～／不斷轉職於各個公司。△世間
を～／闖蕩江湖。

わたりいた［渡り板］(名) 跳板。△舟から岸
に～を渡す／從船向岸上搭上跳板。

わたりぞめ［渡り初め］(名) 開通典禮。

わたりどり［渡り鳥］(名)① 候鳥。→候鳥 ↔
留鳥② 到處奔走謀生的人。

わたりにふね［渡りに船］(連語) 巧遇良機。

わたりもの［渡り者］(名)① 到處流浪謀生的
人。② 外地回來定居的人。

わたりろうか［渡り廊下］(名) (連接兩個建築
物的) 遊廊。

わた・る［渡る］Ⅰ (自五)① 渡，過。△舟で
海を～／坐船渡海。△道を～／過馬路。△橋
を～／過橋。△田のうえを風が～／風掠過水
田。② 遷徙。△つばめが春とともに渡って来
た／燕子一到春天就飛來了。③ 渡世，過日子。
△世間を～／在社會上生活。④ 到手，歸…所
有。△人手に～／落入他人手中。⑤ 涉及。△話
が私事に～／談到個人私事。

わた・る［亘る］(自五)① 持續 (時間)。△3
ヵ月に～工事／持續三個月的工程。② 涉及
(範圍)。△被害は広範囲に～った／受災地區
很廣。

わたるせけんにおにはなし［渡る世間に鬼は
なし］(連語) 人世間總有好人。

わだん［和談］(名・自サ) 協議，和解。△～が
成立した／達成諒解。

ワックス［wax］(名) (黄) 蠟。

ワックスドル［wax doll］(名)① 蠟人② 没表情
的美人。

ワックスペーパー［wax paper］(名) 蠟紙。

わっしょい (感) 嘿吆。 (喊號子聲) △～～と荷
物を運ぶ／嘿吆，嘿吆地搬東西。

ワット［James Watt］〈人名〉瓦特 (1736 –1819)。
完成蒸汽機的英國發明家。

ワット［watt］(名)〈電〉瓦特，瓦。△100 ～の
電球／一百瓦的燈泡。

わっと (副) 哇地。△～泣き出す／哇地一聲哭
起來。△～歓声があがった／哇地一聲歡呼起
來。

わっぱ (名) 淘氣鬼，小東西。

ワッフル［waffle］(名) 蛋奶烘餅，華夫餅乾。

ワッペン［wappen］(名) 徽章。

わとじ［和とじ］(名) 日本式裝訂，綫裝。△～
の本／日本式裝訂的書。

わな［罠］(名) 圈套。△～を仕掛ける／設圈
套。△～にかかる／上圈套。△～におびきこ
む／誘入圈套。

わなげ［輪投げ］(名) 套圈 (遊戲)。

わなな・く (自五) 發抖，哆嗦。△恐しさに～／
嚇得打哆嗦。→おののく

わに［鰐］(名)〈動〉鱷魚。

わにあし［鰐足］(名) 八字腳。

わにぐち［鰐口］(名)①(佛殿，寶塔簷下懸掛
的) 鱷嘴鈴。② 大嘴。△～の人／大嘴的人。

ワニス［varnish］(名) 清漆。

わにわをかける［輪に輪を掛ける］(連語)①
誇大其詞。② 大一圈兒。

わぬけ［輪抜け］(名) 鑽圈。

わのり［輪乗り］(名・自サ) 騎馬跑圈。

わび［侘び］(名) 閑寂，恬靜。

わび［詫び］(名) 賠不是，道歉。△～を入れ
る／賠不是。

わびい・る［詫び入る］(自五) 深表歉意。△頭
を地につけて～／低頭認罪。

わび・しい［侘しい］(形)① 寂寞。△ひとり
住まいは～ものだ／單身生活很寂寞。② 冷
清。△～けしき／凄涼的景色。③ 貧困。△～
暮らし／貧困的生活。△～かっこう／寒酸相。

わびじょう［詫び状］(名) 道歉的信，謝罪信。
△～をしたためる／寫道歉的信。

わびずまい［侘び住まい］(名)① 寂寞的生活。
② 清苦的生活。③ 寂靜的住宅。

わ・びる［侘びる］Ⅰ (自下一) 感覺寂寞悲傷。
Ⅱ (接尾) 接動詞連用形，表焦急之意。△待
ち～／焦急地盼望。

わ・びる［詫びる］(他下一) 道歉，謝罪，賠不
是。

わふう［和風］(名)① 日本式。△～の建築物／
日本式建築物。△～料理／日本風格的菜。↔
洋風② 微風，和風。

わふく［和服］(名) 和服，日本式衣服。△～
姿／和服打扮。↔ 洋服

わぶん［和文］(名) 日文。△～英訳／日譯英。

わへい［和平］(名) 和平，和睦。△～交渉／和
平談判。

わほう［話法］(名)① 説話技巧。②〈語〉引語。
△直接～を間接～に直す／把直接引語改為間
接引語。

わぼく［和睦］(名・自サ) 和睦。

わめい［和名］(名) 日本名

わめきごえ［喚き声］(名) 喊叫聲。

わめ・く［喚く］(自五) 喊，嚷。△泣いても～
いてもおいつかない／哭也没用。

わやく［和訳］(名・他サ)(把外語、外文)譯成日語、日文。→邦訳。

わようせっちゅう［和洋折衷］(名)日西合璧。

わら(名)稲草，麥稈。△～人形／稲草人。

わらい［笑い］(名)①笑。△～がとまらない／笑個不停。△～をおさえる／憋着不笑。②嘲笑，冷笑。△～をまねく／招人笑話。

わらいがお［笑い顔］(名)笑容。△無理に～を作る／故作笑顔。

わらいぐさ［笑い種］(名)笑柄。△とんだお～だ／真是天大的笑話。

わらいごえ［笑い声］(名)笑聲。

わらいこ・ける［笑いこける］(自下一)笑得前仰後合。

わらいごと［笑い事］(名)玩笑，可笑的事情。△～ではない／可不是闇着玩兒的。

わらいじょうご［笑い上戸］(名)①醉後好笑(的人)。↔泣き上戸②好笑(的人)。

わらいとば・す［笑い飛ばす］(他五)一笑置之，付之一笑。

わらいばなし［笑い話］(名)笑話。

わらいもの［笑い物］(名)笑柄，笑料。△世間の～になる／成為人們的笑料。

わら・う［笑う］(自五)①笑。△にこにこ～／滿面笑容。△にやにや～／瞇瞇地笑。△くすくす～／味味地笑。△げらげら～／哈哈大笑。②嘲笑。

わらうかどにはふくきたる［笑う門には福きたる］(連語)笑門開，幸福來。

わらじ(名)草鞋。

わらぞうり［藁草履］(名)稲草鞋。

わらにもすがる［稈にも縋る］(連語)抓救命稲草。

わらばんし［藁半紙］(名)粗糙的日本紙，草紙。

わらび(名)〈植物〉蕨菜。

ワラビー［wallaby］(名)〈動〉小袋鼠。

わらぶき(名)稲草修葺的房頂。△～の家／草房。

わらぶとん［わら布団］(名)草墊子。△～を敷く／鋪上草墊子。

わらべ［童］(名)兒童。

わらべうた［童歌］(名)兒歌，童謠。

わらわ［童］(名)⇨わらべ

わらをもつかむ(連語)⇨わらにもすがる

わり［割］(名)①比率，比例。△週こいちどの～で連絡がある／一週平均聯絡一次。②合適，上算。△～をくう／不上算。△～がいい／合算。③比，比較。△高い～にまずい／價格貴可不好吃。△年の～に若く見える／比起年齡看上去年輕。

-わり［割］(接尾)成，十分之一。△年１～の利子／年利一分。△３～引で売る／打七折出售。

わりあい［割合］Ⅰ(名)比例。△五人にひとりの～でめがねをかけている／五人中有一人戴眼鏡。→比率割。Ⅱ(副)比較。△～元気だったので安心した／比想像的健康，所以放心了。△この子は～と勉強する／這個孩子比較用功。

わりあて［割り当て］(名)分配，分攤。△宿直の～をする／分派值夜班的任務。

わりあ・てる［割り当てる］(他下一)分配，分攤。△宿舎を～／分配宿舍。△仕事を～／分派工作。△役を～／分派角色。→割りふる

わりいん［割り印］(名)騎縫印，對口印。→あいいん

わりがあわない［割が合わない］(連語)得不償失，不上算。

わりがき［割り書き］(名)(行間)小註。

わりかん［割り勘］(名)分攤費用，均攤。△部屋代は４人で～にする／房費四人分攤。

わりき［割り木］(名)劈柴。

わりき・る［割り切る］(他五)①除盡。△３は６を～／三能除盡六。②明確地下結論，乾脆地解決。△この問題はそう簡単には～れない／對這個問題不能那麼簡單地下結論。

わりき・れる［割り切れる］(自下一)①除得開。△６は２で～／六用二除得開。②想得通。△いくら説明されてもどようも割り切れない／怎麼講也還是想不通。

わりぐり［割り栗］(名)碎石塊。△～を敷いた道／鋪碎石塊的道路。

わりご(名)木條編的飯盒。

わりこみ［割り込み］(名)①加楔子。△～禁止／禁止加楔子。②超越停在十字路口的車輛。△～禁止／禁止超車。

わりこ・む［割り込む］(自五)①擠進(隊伍)，加楔子。△行列に～／往排裏加楔子。②插嘴。△人の話に横から～／人家談話時，不要插嘴。③〈經〉行市下跌。

わりごめ［割米］(名)碾碎的米。

わりざん［割り算］(名)〈數〉除法。↔かけ算

わりした［割り下］(名)佐料汁。△てんぷらに～をつけて食べる／蘸佐料汁吃炸蝦。

わりだか［割高］(形動)(就質量來説)價錢比較貴。↔わりやす

わりだ・す［割り出す］(他五)①(用除法)算出。△經費を～／算出經費。②推論。△犯人の人相を～／推斷出犯人的相貌。

わりちゅう［割り注］(名)行間小註。

わりつけ［割り付け］(名)版面設計。→レイアウト

わりない(連體)(男女相愛)有緣。

わりに［割に］(副)①比較。△きょうの試験は～やさしかった／今天的考試比較容易。②格外，出乎意料。△彼は～けちだ／沒想到他那麼吝嗇。(也説"わりと")

わりばし［割り箸］(名)衛生筷，方便筷。

わりはん［割り判］(名)⇨わりいん

わりびき［割引］(名・他サ)①減價，折價。△～なし／不折不扣。△残品を～して売る／削價出售剩貨。②〈經〉貼現。△～手形／現票據。

わりび・く［割り引く］(他五)①減價，打折

扣。△彼の話は～いて聞いたほうがいいよ／他的話最好打折扣聽。②貼現。

わりふ [割り符] (名) 符板，對號牌。

わりふり [割り振り] (名) 分配，分派。△役の～をきめる／確定角色的分派。

わりふ・る [割り振る] (他五) 分配，分派。△時間を～／分配時間。△仕事をめいめいに～／給每個人分配工作。→割り当てる

わりまえ [割り前] (名) 分得的一份。△～をもらう／領取分得的一份。△勘定の～を払う／支付應攤的賬款。→分け前，配当

わりまし [割り増し] (名) 加價，加成。△深夜は～料金になる／深夜費用加成。△給料に～をする／薪金之外加補貼。↔割引

わりもどし [割り戻し] (名)〈經〉回扣，退回（的一部分款）。△～金／回扣款。

わりもど・す [割り戻す] (他五) (按比率) 退還一部分。

わりやす [割安] (形動) 價錢比較便宜。↔わりだか

わる [悪] Ⅰ (名) 壊人。△ふだつきの～／臭名遠揚的壞蛋。Ⅱ (接頭) ①壊。△～知恵／壞主意。△～賢い／狡猾。②過度。△～ふざけ／惡作劇。Ⅲ (接尾) 壞人，壞事。△意地～／壞心眼的人。

わ・る [割る] (他五) ①分，切，割。△ケーキを～／切蛋糕。△くるみを～／砸核桃。△竹を～／劈竹子。△へやを～って使っている／把大房間分成小間使用。②弄碎，破裂。△ガラスを～／打碎玻璃。③分離，分隔。△あいだにわって入る／擠進中間。△割り込む／插進。④攙，兑。△水で～／兑水。△酒に水を～／往酒裏攙水。⑤説實話。△腹を割って話す／坦率地説出心裏話。△口を～／招供。⑥除。△8を2で～／八除以二。↔かける⑦低於，打破 (某數額)。△10秒を～／打破十秒。△半数を～／不足半數。△きる⑧出界。△土俵を～／越出撰跤場地。

わるあがき [悪あがき] (名・自サ) 垂死掙扎，越鬧越糟。

わる・い [悪い] (形) ①壞，不好。△頭が～／腦筋不好。△条件が～／條件惡劣。△からだに～／對身體有害。↔よい②不吉利，不吉祥。△運が～／倒霉。△きょうは日が～／今天日子不吉利。③不舒暢，不適合。△胃の調子が～／胃口不舒服。△気分が～／心情不好。↔よい④不對，錯誤。△こうなったのはだれが～のか／弄成現在這樣是誰的錯？⑤對不起。△さきに帰っては彼に～からのこっていよう／先回去向他道歉，留下吧。

わるがしこ・い [悪賢い] (形) 狡猾。→ずるい

わるぎ [悪気] (名) 惡意，歹意。△～はない／並無惡意。

わるくすると [悪くすると] (副) 最壊的場合可能…，弄不好也許…△～倒産するかもしれない／弄不好説不定會倒閉。

わるぐち [悪口] (名) 壊話，罵人。△陰で～を言う／背後説壞話。(也説 “わるくち”)

わるさ [悪さ] (名) ①不好。△物をなくした時の後味の～は格別だ／丟了東西以後的彆扭滋味沒法説。②惡劣行為。

わるだくみ [悪巧み] (名) 陰謀詭計。

わるだっしゃ [悪達者] (名) (演員，藝人等) 演技熟練但低級庸俗。

わるぢえ [悪知恵] (名) 壊主意。△～のはたらくやつ／會使壞的小子。

ワルツ [waltz] (名) ①華爾茲舞。△～を踊る／跳華爾茲舞。②圓舞曲。

わるどめ [悪止め] (名・他サ) 強留 (客人)。

わるのり [悪乗り] (名・自サ) 得意忘形。

わるび・れる [悪びれる] (自下一) 發怵，打怵 (多以否定形式使用)。△大勢の前で～れずに自分の意見を述べる／當眾發表自己的意見毫不怯場。△逮捕されても～れた風もない／被逮捕也處之泰然。

わるふざけ [悪ふざけ] (名) 惡作劇。

わるもの [悪者] (名) 壊人。

わるよい [悪酔い] (名・自サ) 醉後難受。△この酒は～する／這個酒醉後難受。

われ [我] Ⅰ (名) 自我，自己。△～を忘れて／下意識地。△～と思わん者／自以為有把握者。Ⅱ (代名) 我。△～は海の子／我乃海之子。

われおとらじと [我劣らじと] (連語) 爭先恐後。

われがちに [我勝ちに] (副) 爭先恐後地。

われがね [破れ鐘] (名) 破鐘。△～のような声／破鑼似的聲音。

われかんせず [我関せず] (連語) 事不關己。

われさきに [我先に] (副) 爭先恐後地。△～席をとる／爭先恐後地佔座位。

われしらず [我知らず] (副) 不知不覺地，無意識地。△～身をのりだした／不由得探出了身子。

われながら [我ながら] (副) 連自己都…△～よくやったと思う／連自己都認為做得不錯。

われなべにとじぶた [割れ鍋にとじ蓋] (連語) 癲驢配破車。

われにもなく [我にもなく] (副) 不由地，不自覺地。△～取りみだした／不由得心慌意亂。

われめ [割れ目] (名) ①裂縫，裂紋。△氷河の～／冰河的裂縫。→さけめ。②〈地〉節理，裂口。△～噴火／裂縫噴火。

われもこう (名)〈植物〉地楡。

われもの [割れ物] (名) ①破碎的東西。②易碎品。△～注意／易碎物品小心輕放。

われやす・い [割れ易い] (形) 易碎。

われら [我等] (代) 吾等。△自由を～に／給我們自由。

わ・れる [割れる] (自下一) ①碎。△花びんが割れた／花瓶碎了。②暴露，敗露。△ホシが～／犯人查到。△秘密が～／秘密敗露。③裂開。△氷が割れた／冰裂開了。④分裂。△統一戦線が割れた／統一戰綫分裂了。

われわれ［我我］(代) 我們，咱們。→われら

わをかける［輪をかける］(連語)① 誇大其詞。△聞いた話に輪をかけて人に話す／把聽到的話誇大其詞地講給別人。② 變本加厲。△騒ぎにわをかける／騒亂越來越嚴重了。

ワン［one］(代)① 一個 ② 一分。△～オール／一比一。一平。

わん［湾］(名) 灣。△東京～／東京灣。→いりえ，入り海

わん［椀・碗・鋺］Ⅰ (名) 碗，木碗。△～にみそ汁をよそう／碗裏盛上醬湯。Ⅱ (接尾) 碗。△1～の汁／一碗湯。

ワンウェイ［one-way］(名) 一次性。

ワンオンワン［one on one］(名) 一對一。

わんがん［湾岸］(名) 海灣的沿岸。

わんきょく［湾曲］(名・自サ) 彎曲。

ワンコース［one course］(名)〈醫〉一個療程。

ワンサイドゲーム［one-sided game］(名) 一邊倒的比賽，實力懸殊的比賽。

わんしょう［腕章］(名) 袖標，臂章。

ワンスアゲン［once again］(名) 再來一次。(喝彩語)

ワンストップサービス［one stop service］(名) 一次性服務，一站式服務。

ワンスモア［once more］(感) 再來一次！

ワンセット［one set］(名) 一套。

ワンダーフォーゲル［wandervogel］(名) 青少年徒步旅行。

ワンタッチ［one touch］(名)① 方便飯，快餐。② 電鈕式操作。

ワンタッチダイヤル［one touch dial］(名) 一鍵撥號。

ワンダフル［wonderful］(名・感) 出色，優秀，非常好。

ワンタン (名) 餛飩。

わんにゅう［湾入］(名・自サ)〈地〉(海) 彎進 (陸地)。△海は深く陸地に～している／海深深地彎進陸地。

わんぱく［腕白］(名・形動) 淘氣。△～小僧／淘氣鬼。

ワンピース［one-piece dress］(名) ⇨ワンピースドレス

ワンピースドレス［one-piece dress］(名) 連衣裙。

ワン・ベッドルーム［one-bed room］(名) 只有一張牀的房間。

ワンポイント［one point］(名)① 一點，重點。△～アドバイス／一點忠告。△～リリーフ／臨時救援投手。②(得分等的) 一分。△～のリード／領先一分。

ワンマン［one-man］(名) 獨斷獨行的人。△～社長／大權獨攬的公司經理。

ワンマンショー［one-man show］(名)(某人) 專場演出。

ワンマンバス［one-man bus］(名) 司機兼售票員的公共汽車。

わんりょく［腕力］(名)① 腕力，力氣。△～が強い／有力氣。② 暴力。△～に訴える／訴諸暴力。

わんわん Ⅰ (名) 狗。(幼兒語) Ⅱ (副・感)①(狗叫聲) 汪汪。②(人的哭聲) 哇哇。△迷子が～(と) 泣く／迷路的小孩子哇哇地哭。

を ヲ

を（格助）① 表示動作所及之物、對象。△本〜読む／讀書。② 表示動作作用的結果。△計画〜立てる／制定計劃。△ご飯〜たく／做飯。③ 表示移動或離開的場所。△毎日公園を散歩します／每天在公園散步。△空を飛ぶ／在空中飛。△汽車が山の下〜通る／火車經過山下。△道を歩く／走路。△泳いで川を渡る／游泳過河。△生まれ故郷〜離れる／離開故鄉。△大学〜卒業した／大學畢業了。④ 表示經過的時間。△長い年月〜経る／經過漫長的歲月。△寝たきりで５年〜送る／臥牀不起度過五年。△昼休み〜読書ですごす／讀書以消磨午休時間。

をことてん［乎古止点］（名）漢文訓讀符號。

－をして（連語）使…，讓…。△われわれ〜言わしめれば／如果讓我們說的話…。

－をや（終助）何況…乎。△犬だに恩を知る。いわんや人において〜／犬尚知恩，何況人乎。

ん ン

ん（助動）不。△行か〜／不去。不行。△知ら〜顔をしている／佯裝不知。△君に分から〜はずはない／你不會不懂。△あすはどこへも出かけ〜よ／明天哪兒也不去。

ん（感）嗯？（表示輕微疑問）△〜，なに？／嗯，甚麼？

んだ（連語）⇨のだ

んち（連語）（“…の家”的約音）…的家。△私〜へおいでよ／來我家吧。

んとこ（連語）（“…の所”的約音）…的地方。△君〜が静かでいいよね／你那兒安靜，好。△ここ〜しばらく来ないね／有一陣子沒來了。

ンフトウェア［software］（名）（計算機的）軟件，程序設備。

ンフトウォーター［soft water］（名）軟水。

ンフトエナメル［soft enamel］（名）皺面軟人造革。

ンフトボール［soft ball］（名）〈體〉壘球。

ンフトローン［soft loan］（名）① 優惠貸款。② 無息貸款。

ンフホーズ［俄 sovkhoz］（名）（前蘇聯的）國營農場。

−んぼう［ん坊］（接尾）人物。△甘え〜／撒嬌的孩子。△おこり〜／好發火的人。△けち〜／吝嗇鬼。△赤〜／嬰兒。△隠れ〜／捉迷藏。

附 錄
一、日語常用縮略語

アーサ【ASA】東南亞聯盟
アール【R】註冊商標標記
アールエムビー【RMB】(中國) 人民幣
アールオーケー【ROK】大韓民國
アールブイ【RV】週末旅遊汽車
アイアール【IR】情報檢索
アイアールシー【IRC】國際紅十字會
アイアールビーエム【IRBM】中距離彈道導彈
アイイーエー【IEA】國際能源機構
アイエーイーエー【IAEA】國際原子能機構
アイエーエー【IAA】國際廣告協會
アイエーエフ【IAF】國際航天聯合會
アイエーティーエー【IATA】國際航空運輸協會
アイエスエスエー【ISSA】國際社會保險協會
アイエフ【IF】國際體育運動聯合會
アイエフジェー【IFJ】國際新聞工作者聯合會
アイエムエフ【IMF】國際貨幣基金組織
アイエムオー【IMO】國際氣象組織
アイエル【IL】進口許可證
アイエルオー【ILO】國際勞工組織
アイ・オー・シー【I.O.C】奧林匹克運動委員會
アイオーそうち【I/O 裝置】電子計算機輸入輸出裝置
アイキュー【IQ】智商,智力商數
アイシー【IC】集成電路
アイジーエー【IGA】國際穀物協定
アイシーエーオー【ICAO】(聯合國) 國際民間航空組織
アイシーシー【ICC】國際商會
アイシージェー【ICJ】國際法院
アイシービーエム【ICBM】洲際導彈
アイシーピーオー【ICPO】國際刑事警察組織
アイシーピーユーエーイー【ICPUAE】和平利用原子能國際會議
アイ・ティー【IT】一切在內的旅行,綜合服務的旅遊
アイティーアイ【ITI】國際戲劇協會
アイディーエー【IDA】國際開發協會
アイティーエフ【ITF】國際貿易展覽會
アイティーオー【ITO】國際貿易組織
アイディーオー【IDO】國際裁軍組織
アイディーカード【ID カード】身分證明書
アイティーティーエフ【ITTF】國際乒乓球聯合會
アイディーピー【IDP】綜合數據處理法
アイティーユー【ITU】國際電信聯盟
アイビー【IB】大學入學國際資格制度
アイビーアイ【IBI】國際廣播協會
アイピーエム【IBM】(美國) 國際商用機器公司
アイピーピーエフ【IPPF】國際計劃生育聯合會

アイピーユー【IPU】各國議會聯盟
アイユーシーエヌ【IUCN】國際自然及自然資源保護聯盟
アイユーシーダブリュ【IUCW】國際兒童福利聯合會
アイワイシー【IYC】國際兒童年
アイワイディーピー【IYDP】國際殘疾青年
アスパック【ASPAC】亞洲及太平洋理會會,亞太理事會
アセアン【ASEAN】東南亞國家聯盟
アルゴル【ALGL】算法語言,程序語言
アンスク【UNSC】聯合國安全理事會
イーイーカメラ【EE カメラ】電子照相機,電子攝像機
イーイーシー【EEC】歐洲經濟共同體
イーエーエル【EAL】(美國) 東方航空公司
イーエスエス【ESS】英語會話協會
イーエスピー【ESP】靈感,第六感,超感覺力
イーエフティーエー【EFTA】歐洲自由貿易聯盟
イーシー【EC】歐洲共同體
イーシーアール【ECR】自動現金出納記錄機
イーシーイー【ECE】(聯合國) 歐洲經濟委員會
イーシーエー【ECA】(聯合國) 非洲經濟委員會
イーシーエーエフイー【ECAFE】(聯合國) 亞洲及遠東經濟委員會
イーシーエルエー【ECLA】拉丁美洲經濟委員會
イーディーピーエス【EDPS】電子數據處理系統
イカオ【ICAO】(聯合國) 國際民間航空組織
イクシュ【ICSU】國際科學協會理事會
イコンス【ICONS】集成電路控制系統
イソ【ISO】國際標準化組織
インテルサット【INTELSAT】國際通信衛星組織
うんーゆーろうーれん【運輸労連】(全日本運輸産業労動組合連合会) 全日本運輸產業工會聯合會
エイズ【AIDS】後天性免疫不全症候羣
えいーはいーきょう【映俳協】(日本映画俳優協会) 日本電影演員協會
エーアイエム【AIM】空對空導彈
エーイーカメラ【AE カメラ】自動曝光照相機
エーエーエム【AAM】空對空導彈
エーエーかいぎ【AA 会議】亞非會議
エーエーシーエム【AACM】亞非共同市場
エーエス【AS】人造衛星
エーエスエム【ASM】空對地導彈
エーエスピーエーシー→アスパック
エーエヌエー【ANA】全日本空運公司,簡稱全日空

エーエヌエヌ【ANN】全日本新聞電視網
エーエフ【AF】空軍
エーエフカメラ【AFカメラ】自動調焦照相機
エーエムエム【AMM】反彈道導彈
エーエムユー【AMU】亞洲貨幣單位
エーキュー【AQ】成績指數
エーシー【AC】自動控制裝置
エーシー【AC】交流電流
エーシーエー【A.C.A】亞洲協力會
エージーエフ【AGF】亞洲運動會聯合會
エーシーエム【ACM】阿拉伯共同市場
エーシーシー【ACC】聯合國協調工作行政委員會
エーシーシー【ACC】全日本商業廣告協會
エーティー【AT】學力測驗
エーティー【AT】自動變速裝置
エー・ディー【A.D.】西曆紀元，公元
エーティーエス【ATS】列車自動停止裝置
エーティーエム【ATM】自動存款提取裝置
エーティーシー【ATC】列車自動控制裝置
エーディービー【ADB】亞洲開發銀行
エーディービー【ADB】非洲開發銀行
エーディーピー【ADP】自動數據處理
エー・ピー【A.P.】美聯社
エーピーエー【APA】日本廣告攝影家協會
エービーエム【ABM】彈道導彈截擊導彈
エーピーオー【APO】亞洲新聞組織
エービーシー【ABC】美國廣播公司
エービーシー【ABC】日本朝日廣播公司
エービーシーへいき【ABC兵器】原子、生物、化學武器
エーピーティー【APT】自動圖像傳送
エービーユー【ABU】亞洲廣播聯盟
エーピーユー【APU】亞洲國會議員聯盟
エーブィきき【AV機器】視聽覺機器
エカッフェ【ECAFE】（聯合國）亞洲及遠東經濟委員會
エクスポ【EXPO】世界博覽會，萬國博覽會
エクラ【ECLA】（聯合國）拉美經濟委員會
エスアイエーエム【SRAM】短程攻擊導彈
エスアイエー【SIA】新加坡航空公司
エスエー【S.A.】股份公司，股份有限公司
エスエーエム【SAM】薩姆導彈，地對空導彈
エスエースルティー【SALT】（俄美）限制戰略武器會談
エスエスエム【SSM】地對地導彈
エスエスティー【SST】超音速運輸機
エスエスディーディーエス【SSDDS】自選商場
エスエッチエーピーイー【SHAPE】（北約）歐洲盟軍最高司令部
エスエッチエフ【SHF】超高頻
エスエフ【SF】科學幻想小說
エスエフエックス【SFX】特殊視覺效果
エスエムエフ【SMF】靜止氣象衛星
エスエムジー【SMG】殘疾人運動會，傷殘人運動會

エスオーエス【SOS】（船舶、飛機）呼救信號
エスオーシーオーエヌワイ【SOCONY】美孚石油公司
エスカップ【ESCAP】（聯合國）亞洲及大平洋經濟社會委員會
エスキャット【ESCAT】航空交通緊急安全管制
エスキューシー【SQC】統計質量管理
エスケーディー【SKD】（日本）松竹歌劇團
エスご【エス語】世界語
エスシー【SC】（聯合國）安全保障理事會，簡稱安理會
エスシーエーアール【SCAR】（聯合國）教科文組織。國際南極考察科學委員會
エスダブリュエーエル【SWAL】（日本）西南航空公司
エスディーアイ【SDI】戰略防禦構想
エスティーエーアールティー【START】削減戰略武器的交涉
エスディーエス【SDS】大減價
エスティーディー【STD】性病
エスパー【ESPer】有超人知覺者；有特異功能的人
エスピー【SP】保安警察，公安警察
エスピーエッチ【SPH】日本建設省設計標準公寓
エスピーシー【SPC】自殺防止中心
エタップ【ETAP】（聯合國）擴大技術援助計劃（項目）
エッチアール【H.R.】眾議院，下院
エッチエス【HS】高等學校
エッチエフ【HF】高頻
エッチケーディー【HKD】（香港貨幣單位）港元，港幣
エッチディーティーブィ【HDTV】高清晰度電視，高品位電視
エッチピー【HP】馬力
エドサック【EDSAC】電子數據儲存自動計算機
エニセフ【UNICEF】聯合國兒童基金
エヌアールエヌ【NRN】（日本）全國無綫電廣播網
エヌアイエス【NIS】（日本）全國情報網
エヌアイエスティー【NIST】（日本）全國科學技術情報系統
エヌアイシーエス【NICS】新興工業國
エヌイーエルエスオーエヌ【NELSON】報紙編輯和排版系統
エヌエーエスディーエー【NASDA】日本國家空間發展局
エヌエーティー【NAT】北大西洋公約
エヌエーピーエフ【NAPF】全日本無產者藝術聯盟
エヌエッチケー【NHK】日本廣播協會
エヌエヌエヌ【NNN】日本新聞廣播網
エヌエヌピー【NNP】國民生產淨值
エヌエム【NM】浬，海里。
エヌオーシー【NOC】全國奧林匹克委員會
エヌきょう【N響】日本廣播協會交響樂團

エヌシーエヌエー【NCNA】中國新華社

エヌティーブィ【NTV】日本電視網，日本電視台

エヌビー【N. B】(標語等)注意！

エヌビーシーへいき【NBC 兵器】原子、生物、化學武器

エヌ・ワイーかぶ【N. Y 株】① 紐約市場股票；② 紐約股票交易所

エヌワイケー【NYK】日本郵船公司

エネけん【エネ研】日本能源經濟研究會

エフアール【FR】汽車後輪驅動方式

エフアイエスイー【FISE】國際教育工作者工會聯盟

エフアイエスユー【FISU】國際大學生體育運動聯合會

エフアイエフエー【FIFA】國際足球協會聯合會

エフアイオー【FIO】(日本)全國產業工會聯合會

エフアイジェー【FIJ】國際新聞工作者聯合會

エフアイブィビー【FIVB】國際排球聯合會

エフィーピー【FEP】提高計算機功效的處理裝置

エフエーアイ【FAI】國際航空聯合會

エフエーオー【FAO】(聯合國)糧食及農業組織，簡稱糧農組織

エフエックス【FX】擬下一期採用的主力戰鬥機，機種未定

エフエッチ【F. H.】消防栓

エフエッチジェー【FHJ】全日本高中家庭問題俱樂部聯盟

エフヌヌヌ【FNN】日本富士電視新聞廣播網

エフエフ【FF】汽車前輪驅動方式

エフエフエッチ【FFH】世界免於飢餓運動

エフエム【FM】調頻，頻率，調制

エフオービー【FOB】離岸價格

エフケー【FK】罰任意球

エフシー【FC】合同連鎖店

エフビーアイ【FBI】美國聯邦調查局

エフワイアイ【FYI】供參考

エムアール【MR】購買動機調查

エムアールビーエム【MRBM】中程彈道導彈

エムアイエス【MIS】經營情報系統

エムアイシーオーエス【MICOS】氣象情報提供系統

エムアイティーアイ【MITI】(日本)通產省，通商產業省

エムイー【ME】微電子學

エムエー【M. A.】文學碩士

エムエーティーブィ【MATV】共同電視天綫

エム・エス・エー【M. S. A.】美國共同安全法

エムエスエーシー【MSAC】最貧困國家；最受影響的國家

エムエス・ドス【MS-DOS】計算機操作系統

エムエヌイー【MNE】多國籍企業，多國公司，跨國公司

エムエヌシー【MNC】多國籍企業

エムエムアール【MMR】大眾傳播(報紙、廣播、電視等)調查，有影響的宣傳工具調查

エムエムアイ【MMI】人類和計算機的通訊(聯繫)

エムエムシー【MMC】市場利息活動型存款

エムオーエル【MOL】載入軌道實驗站

エムティーヌ【MTN】多邊貿易談判

エムティービー【MTB】攀山摩托車

エムティーピー【MTP】管理人員培訓(訓練)計劃

エムティーぼう-えき【MT 貿易】(中日民間)貿易備忘錄

エムビーエー【MBA】工商管理碩士

エムビーオー【MBO】目標管理制度

エムブィピー【MVP】最佳運動員，最佳選手

エムマーク【M マーク】(日本優質生活用品)經營標誌

エルアイビー【LIB】婦女解放

エルエスアイ【LSI】大規模集成電路

エルエスティー【LST】當地標準時間

エルエッチテープ【LH テープ】低雜音高質量錄音帶

エルエヌジー【LNG】液化天然氣

エルエル【LL】語言學習機器室，語言研究室

エルエルぎゅう-にゅう【LL 牛乳】長期保鮮牛奶

エルエルディー【L. L. D】法學博士

エルエルディーシー【LLDC】最不發達國家

エルオーアールシーエス【LORCS】紅十字會聯盟

エルティーエスこう-かん-そうち【LTS 交換裝置】長途電話交換系統

エルディーケー【LDK】起居室，飯廳兼厨房

エルティーディー【LTD】股份有限公司

エルピー【LP】低壓力；低氣壓

エル・ピー・ガス【LPgas】液化石油氣

エルピーばん【LP 盤】單面連續放錄唱片，密紋唱片

エレきょう【エレ協】日本電梯協會

エレク【ELEC】英語教育協會

オアベック【OAPEC】阿拉伯石油輸出國組織

オイスカ・インター【OISCA・INT】國際工業宗教文化促進會

オーアイエスシーエー【OISCA】(日本)工業宗教文化促進會

オーイーシーディー【OECD】經濟合作與發展組織

オーエー【OA】自動化辦公室(電子計算機自動處理公務)

オーエーアイ【OAI】阿拉伯工業組織

オーエーアイエー【OAIA】亞洲通訊社組織

オーエーイー【OAE】非洲統一組織

オーエーイーシー【OAEC】亞洲經濟組織

オーエーエー【OAA】新西蘭東方航空公司

オーエーエー【OAA】糧食及農業組織

オーエーエーピーエス【OAAPS】亞非人民團結組織

オーエーエル【OAL】阿拉伯聯盟

オーエーピーイーシー【OAPEC】阿拉伯石油
輸出國組織
オーエーユー【OAU】非洲統一組織
オーエス【OS】計算機的控制系統
オーエツチピー【OHP】架空投影機 (電化教學
設備之一)
オーエル【OL】女辦事員, 女職員
オー・ケー【O.K】對；好；可以
オーティー【O.T.】《舊約全書》聖經
オーディー【OD】經濟開發組織
オーディーエー【ODA】政府對外發展援助
オーディオきょう-かい【ODO 協會】日本音響
協會
オーティーシー【OTC】(國際) 貿易合作組織
オー・ビー【O.B】畢業生, 校友, 引退的選手
オーユーピー【OUP】(英國) 牛津大學出版社
オゴ【OGO】地球物理觀測衛星
オフコン【オフィス・コンピューター】辦公用
電子計算機
オペック【OPEC】石油輸出國組織
オペックス【OPEX】(聯合國) 管理和行政人員
計劃
オンス【OZ.】(單) 盎斯
カーペー【KP】共產黨
がい-ため-ほう【外為法】外匯及外貿管理法
かく-きん-かい-ぎ【核禁會議】(日本) 禁止核
武器, 和平建設國民會議
ガット【GATT】(聯合國) 關稅及貿易總協定
カルコン【CULCON】日美文化教育會議
ガルブ【GARP】全球大氣研究計劃
かん-ぎん【勸銀】日本勸業銀行
ぎ-うん-い【議運委】眾議院議員運營 (工作) 委
員會
ぎ-のう-ご-りん【技能五輪】〈體〉國際職業訓
練比賽大會
キャスタシア【CASTASIA】(聯合國) 亞洲開發
科學技術應用會議
キャセイ【CATHAY】(香港) 國泰太平洋航空公
司
キャット【CAT】(台灣) 國際航空公司
キャット【CAT】工業學院, 工科大學
キャノン【CANON】佳能公司
キャプテン【CAPTAIN】文字圖形信息網絡系統
キューアンドエー【Q&A】質問與解答, 問答
キューシー【QC】質量管理, 質量控制
キューダブリュエル【QWL】生活質量, 生活水
平
キューマーク【Q マーク】(產品) 質量標識
きん-ぞく-ろう-きょう【金屬勞協】國際金屬
工會聯合會日本協議會
きん-だい-きょう【近代協】現代化協議會
くう-じ【空自】航空自衛隊
グラスリスト【GRAS リスト】允許販賣的食品
清單
グループ・ワークきょう-かい【グループワー
ク協會】勤勞青少年集體指導協會
けい-き-ちょう【経企庁】(日本) 經濟企劃廳

げい-きょう【芸協】日本藝術協會
けい-こう-れん【輕工連】日本輕工業品團體聯
合會
けい-ざいセンター【経済センター】日本經濟
研究中心
げい-だん-きょう【芸団協】日本文藝演員團體
協議員
けい-だん-れん【経団連】(日本) 經濟團體聯合
會
けい-ちょう【経調】經濟調查協會
ケーエーエル【KAL】韓國航空公司
ケーエスプロジェクト【KS プロジェクト】遠
東森林資源開發計劃
ケー・ケー【KK】株式會社, 股份公司
ケー・ケー・ケー【KKK】美國三 K 黨
ケージービー【KGB】克格勃即原蘇聯國家安全
委員會
ケーディーディー【KDD】(日本) 國際電報電
話公司
ケービー【KB】(原蘇聯) 共產黨
ケーブイ【KV】〈電〉千伏 (特)
ケーブイエー【KVA】〈電〉千伏 (特) 安 (培)
ケーユーティーブイ【KUTV】東方勞動者共產
主義大學
げん-おん【現音】日本現代音樂協會
げん-すい-きょう【原水協】禁止原子彈氫彈日
本協議會
げん-すい-きん【原水禁】禁止原子彈氫彈
げん-たい-きょう【原対】廣島原子彈爆炸受
害者對策協議會
けん-だん-れん【検団連】日本出口檢查團體聯
合會
けん-てい-しん【検定審】教科書審定調查審議
會
ケントー【CENTO】中央條約組織
けん-ぽ【健保】健康保險法
けん-ぽ-せい-ど【健保制度】國民健康保險制度
けん-ぽ-れん【健保連】健康保險工會聯合會
こう-くう-かい【航空会】日本航空宇宙工業會
こう-くう-どう-めい【航空同盟】全日本航空
產業工會總同盟
こう-こう-そう-たい【高校総体】全國高中綜
合體育大會
こう-さい【高裁】(高等裁判所) 高等法院
こう-つう-ろう-れん【交通労連】全國交通運
輸產業工會總聯合
こう-ぶん【高文】高等文官考試
こう-ほう-きょう【公法協】公益法人協會
こう-りつ-きょう-さい【公立共済】公立學校
互助會
こく-かい-しょく-れん【国会職連】國會職員
工會聯合會
こく-かん-れん【国観連】國際旅遊賓館聯盟
こく-ぎ-きょう【国技協】國際技術合作會議
こく-きん-けん-ぽ【国金健保】國民金融公庫健
康保險工會
こく-こう-れん【国公連】國家公務員工會聯合

會議

こく-こう-ろう-れん【国公労連】日本國家公務員工會聯合會

こく-ご-しん【国語審】國語審議會

こく-さい-でん-でん【国際電電】國際電信電話公司

こく-さい-ぼう-そく【国際貿促】日本國際貿易促進協會

こく-さい-りく-れん【国際陸連】國際陸上運動比賽聯盟

こく-そう-しん【国総審】國土綜合開發審議會

こく-たい【国体】國民體育大會

こく-でん【国電】日本國有鐵路電車

こく-ど-しん【国土審】國土審議會

こく-ぽ【国保】國民健康保險

こく-れん【国連】聯合國

ココム【COCOM】巴黎統籌委員會

コネフォ【CONEFO】新興力量會議

コミッション【JBC】日本拳擊聯盟

コメコン【COMECON】經濟相互援助委員會

さい-こう-さい【最高裁】最高法院

さい-ちん-せい【最賃制】(最低賃金制)最低工資制

サエダ【SAEDA】東南亞農業教育開發協會

ざつ-こう-きょう【雑広協】日本雜誌廣告協會

サム【SAM】薩姆地對空導彈

サモス【SAMOS】衛星和導彈偵察系統

さん-せい【産制】(産児制限)節制生育

サンディー【3D】立體電影

さん-よう【三洋】三洋電機株式會社

さん-ろう-ちょう【産労調】產業勞動調查所

ジアール【JARL】日本業餘無線電愛好者聯盟

シアトー【SEATO】東南亞條約組織

シアム【CIAM】現代建築國際會議

シーアール【CR】消費者調查,市場調查

シーアールアイ【CRI】(美國)互惠情報委員會

シーアールせい-さん【CR生產】利用廢物再生產

シーアールビー【CRB】(美國)中央儲備銀行

シーアイ【CI】字幕

ジーアイ【GI】美國兵

シーアイイーシー【CIEC】國際經濟合作會議

シー・アイ・エー【CIA】美國中央情報局

シーアイエービー【CIAB】煤炭工業・諮詢委員會

シーアイエス【CIS】地區情報化系統

シーアイエス【CIS】獨聯體

ジーアイエス【GIS】全球情報系統

シーアイエスエーシー【CISAC】作詞作曲家協會國際聯合會

シーアイエフ【CIF】到岸價格

シーアイエフアンドアイ【CIF&I】到岸價格和利息價格

シーアイエフアンドイー【CIF&E】到岸價格加匯費價格

シーアイエフアンドシーアイ【CIF&CI】到岸價格加佣金和利息價格

シーアイオー【CIO】(美國)產業工會聯合會

シーアイオーエス【CIOS】國際科學管理委員會

シーアイキュー【CIQ】海關移民檢疫

シーアイシーティー【CICT】國際商品貿易委員會

シーアイディーエッチ【CIDH】泛美人權委員會

シーアイピーイーシー【CIPEC】銅礦出口國聯合委員會

シーアンドエフ【C&F】成本加運費價格,目的港價格

シーイー【CE】歐洲會議

シーイーアールエヌ【CERN】歐洲核子研究委員會

シーイーエー【CEA】美國(總統)經濟顧問委員會

シーイーエヌティーオー【CENTO】中央條約組織

シーイーディー【CED】(美國)經濟發展委員會

シーイーアールアイエフティーエー【CARIFTA】加勒比自由貿易協會

シーエーアールイー【CARE】美國援外合作社

ジーエーアールピー【GARP】全球大氣研究計劃

シーエーアイ【CAI】計算機輔助教學

シーエーエーシー【CAAC】中國民用航空總局,簡稱中國民航

シーエーエスティーエーエスアイエー【CASTASIA】(聯合國)亞洲開發科學技術應用會議

ジーエーエヌイーエフオー【GANEFO】新興力量運動會

シーエーエフイーエー【CAFEA】國際商會亞洲及遠東事務委員會

シーエーエム【CAM】〔計〕檢查及自動監視

シーエーエル【CAL】(台灣)中華航空公司

シーエーエル【CAL】(美國)大陸航空公司

シーエーちょ-ぞう【CA貯蔵】長期保鮮貯藏(法)

シーエーティー【CAT】民用航空運輸公司

シーエーディー【CAD】計算機輔助設計

シーエービー【CAB】(日本)航空局

シーエーピー【CAP】非洲人民大會

ジーエスアイ【GSI】大規模集成電路

ジーエスエス【GSS】24小時衛星,(地球)同步衛星

ジーエスエス【GSS】全球對空觀察系統

シーエスエフ【CSF】科學與自由委員會

シーエスシーイー【CSCE】全歐安全保衛協會

ジーエヌイー【GNE】國民總支出

シーエヌエス【CNS】中國通信社

ジーエヌエス【GNS】國民總供給

ジーエヌエス【GNS】國民總滿足

ジーエヌダブリュ【GNW】國民總福利

ジーエヌディー【GND】國民總需要

ジーエヌピー【GNP】國民生產總值

シーエフ【CF】廣告錄像片

シーエム【CM】商業廣告商業咨文

ジーエム【GM】導彈

ジーエム【GM】（美國）通用汽車製造公司

シーエムアイ【CMI】電子計算機教學管理系統

シーエムイーエー【CMEA】經互會

ジーエムティー【GMT】格林尼治時間

ジーエムビーエッチ【GMBH】有限股份公司

シーオーエスピーエーアール【COSPAR】國際空間研究委員會

シーオーエヌイーエフオー【CONEFO】新興力量會議

シーオーオーピー【CO-OP】合作社，消費合作社

シージー【CG】顧問委員會，顧問團

シージー【CG】計算機圖形學

シーシーアイ【CCI】（日本）商工會、商工會議所

シーシーアイエス【CCIS】同軸電纜情報系統

シーシーアイティーティー【CCITT】國際電報電話諮詢委員會

シーシーエス【CCS】美國中國研究中心

シーシーシー【CCC】關稅合作理事會

シーシーシーピー【CCCP】（原）蘇維埃社會主義共和國聯盟，簡稱蘇聯

シーシーディー【CCD】日內瓦裁軍委員會會議

シーシーティーブィ【CCTV】閉路電視

シーティー【C/T】電信、電報費

シーディー【CD】現金自動支付機

シーティーエス【CTS】電子式照相排版系統

ジーティーカー【GT カー】豪華旅行車

シーティーディー【CTD】貿易開發委員會

ジーディーピー【GDP】國內生産總值

シーティーブィ【CTV】商業電視

シーピー【CP】共産黨

シーピーアール【CPR】中華人民共和國

シー・ビー・アールへい-き【CBR 兵器】化學、生物、原子武器

シーピーアイ【CPI】消費物價指數

シービーエス【CBS】（美國）哥倫比亞廣播公司

シービーエス【CPS】消費者物價調査

シーピーシー【CBC】加拿大廣播公司

シーピーピー【CPP】職（專）業訓練計劃

シーピーユー【CPU】中央處理機，中央處理器

シーメオ【SEAMEO】東南亞教育部長會組織

シーレーン【SLOC】海上通道，海上交通綫

ジェーアール【JR】國鐵民営化以後的鐵道公司

ジェーアールシー【JRC】少年紅十字會；日本紅十字會

ジェーアイディーエー【JIDA】（美國）日本工業設計家協會

ジェーアイディーピーオー【JIDPO】（美國）日本工業品款式設計振興會

ジェーエーアールエル【JARL】日本業餘無綫電聯盟

ジェーエーアールオー【JARO】日本廣告審査局

ジェーエーエー【JAA】日本亞洲航空公司

ジェーエーエーエー【JAAA】日本業餘體育協會

ジェーエーエスディーエフ【JASDF】日本航空自衛隊

ジェーエスシー【JSC】日本學術會議

ジェーエスティー【JST】日本標準時間

ジェーエスディーエー【JSDA】日本防衛廳

ジェーエスピー【JSP】日本社會黨

ジェーエヌアール【JNR】日本國有鐵道；國鐵

ジェーエヌエヌ【JNN】日本新聞廣播網

ジェーエヌティーエー【JNTA】日本全國觀光協會

ジェーエヌティーオー【JNTO】日本全國觀光組織

ジェーエムエスディーエフ【JMSDF】日本海上自衛隊

ジェーエルシー【JLC】日本奧林匹克委員會

ジェーオーシーブィ【JOCV】日本青年海外協力事業團

ジェーシーアイ【JCI】國際青年會議

ジェーシーエー【JCA】日本消費者協會

ジェーシーエービー【JCAB】日本航空局

ジェーシーエス【JCS】參謀長聯席會議。

ジェージーエスディーエフ【JGSDF】日本陸上自衛隊

ジェーシーシー【JCC】青年商會

ジェーシーシーアイ【JCCI】日本商工會議所

ジェーシーピー【JCP】日本共産黨

ジェーディーアール【JDR】日本預託證券

ジェーティーシー【JTC】日本信托證券

ジェーディーシーエー【JDCA】日本設計師、技師協會

ジェーティーティーエー【JTTA】日本乒乓球協會

ジェーティーユー【JTU】日本教職員工會

ジェーピーエス【JPS】日本郵票愛好者協會

ジェーピーエス【JPS】日本攝影家協會

ジェーピーシー【JPC】日本特許分類

シェープ【SHAPE】歐洲盟軍最高司令部

ジェーブィ【JV】聯合企業，合資企業

ジェーブィエー【JVA】日本排球協會

ジェス【JES】日本技術標準規程

ジェック【JECC】日本經營者懇談會

ジェトロ【JETRO】日本海外貿易振興會

ジェフ【JF】日本食品服務網協會

し-きょう-れん【私教連】私立學校教職員工會聯合會

じ-けい-れん【自経連】汽車産業經營者聯盟

シサック【CISAC】作詞作曲家協會國際聯合會

じ-じ-ろう-れん【自治労連】全國自治團體工會聯合會

シス【CIS】地區情報系統

シス【CIS】國家情報系統

ジス【JIS】日本工業規格，日本工業標準

し-だい-れん【私大連】私立大學聯盟

し-てつ-そう-れん【私鉄総連】日本私營鐵路工會總聯合會

じ-はん-き【自販機】自動售貨機

シフ【CIF】包括成本、運費、保險費在內的價格，到岸價格

シフアンドシーね-だん【CIF&C 値段】到岸價格加佣金價格

ジブデック【JIPDEC】日本情報處理開發中心

じ-ぶん-きょう【児文協】日本兒童文學工作者協會

シャーブ夏普公司

しゃ-し-れん【社市連】社會市民聯合會

ジャス【JAS】日本農產品、水產品、加工食品標準規格

ジャップ日本人

ジャフ【JAF】日本汽車聯盟

ジャル【JAL】日航，日本航空公司

ジャルパック【JALPACK】日本航空公司海外團體旅行

しゅつ-きゆう【出協】日本出版協會

しゅ-ふ-れん【主婦連】日本家庭主婦聯合會 (消費者五團體之一)

しょう-だん-れん【消団連】全國消費者團體聯絡會

しょ-きょう【書協】日本圖書出版協會

しょ-きょう【書教】全日本書法教育協會

じょ-せい-かい【助成会】教育設備贊助會

しん-い-きょう【新医師】新日本醫師協會

しんエスエヌエー【新 SNA】新國民經濟計算體系

シンコム【SYNCOM】(美國) 同步通信衛星

しん-せい-きょう【新生協】新生活運動協會

しん-ぜん-そう【新全総】新全國綜合開發計劃

しん-たい-れん【新体連】新日本體育聯盟全國比賽大會

しん-はん-きょう【信販協】全國信用販賣協會

しん-ぶん-ろう-れん【新聞労連】日本新聞工作聯合會

スカー【SCAR】空中反潛火箭

スカール【SCAR】南極考察特別委員會

スカップ【SCAP】盟軍最高司令部，駐日盟軍總部

スキャット【SCAT】空中交通安全管制

スタック【STAC】科學技術管理委員會

スポニチ日本體育新聞社

スポンス【SPNS】南太平洋新聞社

スリー エー【threeAs】同 "アーラ (AALA)" 亞洲、非洲、拉丁美洲

スリーシーアイ【3CI】指揮、控制、通信和情報

スロック【SLOC】海上交通綫，海上航路

スローモ緩慢的動作；慢鏡頭

セアトー【SEATO】東南亞條約組織

セアメック【SEAMEC】東南亞國家教育部長會議

せい-かつ-しん【生活審】國民生活審議會

せい-きょう-きょう【性教協】日本性教育協會

せい-きょう-ろう-れん【生協労連】全國生產合作工會聯合會

せい-ほ【生保】生命保險協會

せい-ほう-きょう【青法協】青年法律家協會

ゼー・ピー・ジー【Z. P. G】爭取人口零增長率組織

せ-かい-ろう-れん【世界労連】世界工會聯合會

セクラ【CECLA】拉丁美洲協調特別委員會

せ-けい-ちょう【世経調】世界經濟調查會

セチ【SETT】地球外文明探查計劃

ゼットアイピー【ZIP】郵政編碼，郵區號碼

ゼッドディーうん-どう【ZD 運動】無差錯運動

ゼネスト罷工，大罷工，總罷工

セリ【CERI】教育研究和革新中心

セルきょう【セル協】日本自動服務協會

ぜん-がく-れん【全学連】全日本學生自治會總聯合會

ぜん-きょう【全協】日本工會全國協議會

ぜん-きょう-れん【全教連】全國教職員團體聯合會

ぜん-ぎん-きょう【全銀協】全國銀行協會

ぜん-そう【全総】全國綜合開發計劃

ぜん-なん-や-れん【全軟野連】全日本壘球聯盟

ぜん-にち-しゃ-れん【全日写連】全日本攝影聯盟

ぜん-にっ-くう【全日空】全日本航空公司

ぜん-ほう-れん【全法連】全國法人會總聯合

ぜん-ろう【全労】全日本航空工會

そう-けい-しん【総計審】綜合計劃審議會

そう-ごう-あん-ぽ【総合安保】綜合安全保障會議

そう-ごうエネちょう【総合エネ調】綜合能源調查會

そう-どう-めい【総同盟】全日本工會總同盟

そう-ひょう【総評】日本工會總評議會，總評

そう-ひょう-しゅ-ふのかい【総評主婦の会】總評主婦之會全國理事會

そう-れん【総連】在日朝鮮人總聯合會

そう-れん-ごう【総連合】全國工會總聯合

ソニー【SONY】索尼公司

ダイアルス【DIALS】電報電話公司電話信息業務系統

だい-がく-せい-きょう-れん【大学生協連】全國大學生協同組合聯合會

たい-きょう【体協】日本體育協會

タクサット【TACSAT】戰術通信衛星，同タコムサット

タス【TASS】塔斯通訊社，簡稱塔斯社

ダック【DAC】發展援助委員會

ダブリュアイエスシー【WISC】(同ニウイスク)，兒童智力檢查標準

ダブリュアイエルピーエフ【WILPF】國際婦女爭取和平自由聯盟

ダブリュアイピーオー【WIPO】世界知識產權組織

ダブリュイーユー【WEU】西歐聯盟

ダブリュエー【WA】海損擔保

ダブリュエーエスピー【WASP】世界廣告和銷售促進會

ダブリュエーワイ【WAY】世界青年大會

ダブリュエスピー【WSP】婦女和平運動

ダブリュ・エッチ・オー【W. H. O.】世界衛生組織

ダブリュエフエムエチ【WFMH】世界心理衛生聯合會

ダブリュ・エフ・ティー・ユー【W. F. T. U】世界工會聯合會, 世界工聯

ダブリュエフディーワイ【WFDY】世界民主青年聯盟

ダブリュエフビー【WFB】世界佛教徒聯誼會

ダブリュエフピー【WFP】世界糧食計劃

ダブリュエフユーエヌエー【WFUNA】聯合國協會世界聯合會

ダブリュエムオー【WMO】世界氣象組織

ダブリュオーティーピー【WOTP】世界教學組織

ダブリュ・シー【W. C.】廁所

ダブリュシーアールピー【WCRP】世界宗教人士和平會議

ダブリュシーエム【WCM】世界經營協議會

ダブリュシーオーティーピー【WCOTP】世界教學職業組織聯合會

ダブリュシーシー【WCC】世界基督教協會

ダブリュシーティーユー【WCTU】基督教婦女矯風會

ダブリュシーピー【WCP】同 WCPP。世界和平理事會

ダブリュシーピーピー【WCPP】世界和平理事會

ダブリュダブリュエフ【WWF】世界野生生物基金

ダブリュダブリュエフ【WWF】世界摔跤聯合會

ダブリュティーシー【WTC】世界貿易中心

ダブリュはい【W 杯】世界盃比賽

ダブリュピーアイ【WPI】批發物價指數

ダブリュビーエー【WBA】世界拳擊協會

ダブリュビーシー【WBC】世界拳擊理事會

ダブリュピーシー【WPC】世界石油會議

ちゅう-こう-しん【中公審】中央公害對策審議會

ちゅう-こう-れん【中高連】日本私立中學高級中學聯合會

ティーアールレーダー【TR レーダー】收發兩用雷達

ティーアイエー【TIA】國際航空公司

ディーアイエーエルエス【DIALS】電報電話公司電話信息業務系統

ティーアイエス【TIS】技術情報系統

ディーアイピーエス【DIPS】電報電話公司高速信息處理系統

ディーアイワイ【DIY】自己動手

ティーイーイー【TEE】歐洲國際特別快車

ディーエー【DA】存款賬戶

ディーエー【DA】平均深度

ティーエーシー【TAC】泰國航空公司

ディーエーシー【DAC】發展援助委員會

ティーエーシーエスエーティー【TACSAT】同タクサット, 戰術通信衛星

ティーエーシーオーエムエスエーティー【TACOMSAT】戰術通信衛星

ティーエーディーシー【TADC】東京業餘戲劇愛好者俱樂部

ティーエービー【TAB】技術援助局

ティーエスイー【TSE】東京證券交易所, 簡稱東證

ディーエックス【DX】奢華, 豪華, 豐富

ディーエヌエー【DNA】脱氧核糖核酸

ティーエヌシー【TNC】貿易談判委員會

ティーエヌダブリュ【TNW】戰術核武器

ティーエヌティー【TNT】三硝基甲苯, 梯恩梯, 黃色炸藥

ティーエム【TM】教師手冊

ディーエム【DM】直接郵寄, 廣告直接寄給用戶

ディーエムゼット【DMZ】非軍事區

ディーエル【DL】柴油機車

ディー・オー【D/O】交貨通知

ティーオーイーアイシー【TOEIC】同トーイック, 國際通信英語能力考試

ティーオーイーエフエル【TOEFL】同トーフル, 英語能力考試

ティーオーピーアイシーエス【TOPICS】總聯機程序和信息控制系統

ティージー【TG】同【THAI】, 泰國國際航空公司

ティージー【TG】女中學生

ティーシーエーティー【TCAT】日本新東京國際機場關卡和服務設施

ティーダブリュエー【TWA】美國環球航空公司

ティーティー【TT】技術試驗

ティーティー【T. T.】電匯, 電信匯款

ティーティーアール【TTR】代收電匯

ティーディーエー【TDA】日本東亞國內航空公司

ディーディーエックス【DDX】數字資料交換網系統

ディーディーシー【DDC】直接數字控制

ディー・ディー・ティー【D. D. T】滴滴涕

ティーディーティーほう-しき【TDT 方式】全國提高素質訓練

ティーディービー【TDB】聯合國貿易和發展委員會

ディーディーブイピー【DDVP】敵敵畏, 滴滴畏

ティービー【TB】肺結核

ティービー【TB】國庫債券, 國庫券

ディーピー【DP】照相館, 印相館, 曬相館

ディーピーイー【DPE】照相館, 沖相館, 印相館, 曬相館, 放相館

ティービーエス【TBS】日本東京廣播公司

ディービーエムエス【DBMS】數據庫管理系統

ティーピーオー【TPO】時間、場所、場合

ティーユーエーシー【TUAC】經濟合作與發展組織工會諮詢委員會

ディー-シー【DC】直流，直流電

ディプス【DIPS】日本電報電話公司高速信息處理系統

デフコン【DEFCON】戒備狀態

テュアック【TUAC】經濟合作與發展組織工會諮詢委員會

テルスター【TELSTAR】美國通信衛星

テレショップばん-ぐみ【テレショップ番組】電視商業廣告節目

テレックス【TELEX】用戶電報、電報用戶直通電路，電傳

でん-でん-こう-しゃ【電電公社】日本電報電話公司

とう-いつ-きょう-かい【統一教會】世界基督教統一神靈協會

とう-いつ-ろう-そ-こん【統一労組懇】統一戰綫促進工會懇談會

とう-おん【東音】東京音樂會

とう-かぶ【東株】東京股票交易所

とう-かん【東管】東京廣播管弦樂團

とう-きオリンピック【冬季オリンピック】冬季奧林匹克運動會

とう-きょう【東響】東京交響樂團

とう-きょう-がい-かわ【東京外為】東京外匯市場

とう-きょう-か-さい【東京家裁】東京民事法院

とう-きょう-ち-けん【東京地検】東京地方檢察廳

とう-きょう-ち-さい【東京地裁】東京地方法院

とう-きょう-ほう-そう【東京放送】東京廣播公司

とう-きょう-ろう-えん【東京労演】東京勤勞者戲劇協議會

とう-きょう-ろう-おん【東京労音】東京勤勞者音樂協議會

とう-こん【東混】東京混聲合唱團

とう-さん-ぎ-ちょう【統参議長】參謀長聯席會議主席

とう-しば-き-かい【東芝機械】東芝機械公司

とう-しょう【東証】東京股票交易所

とう-しょう【東商】東京商工會議所

とう-めい【同盟】全日本勞動總同盟

トーイック【TOEIC】國際通信英語能力考試

トーフル【TOEFL】英語能力考試，托福

と-きょう【都響】東京都交響樂團

と-しん-せい-きょう【都新生協】東京都新生活運動協會

トヨタじ-どう-しゃ【トヨタ自動車】豊田汽車工業公司

トランスポ【TRANSPO】萬國交通博覽會，國際交通博覽會

と-ろう-れん【都労連】東京都工會聯合會

ナーク【NAAC】日本廣告技術協議會

ナサ【NASA】國家航空和宇宙航行局

ナス【NAS】日本編織手藝協會

ナズダック【NASDAQ】美國全國證券交易商協會自動行情指數

ナダ【NADA】日本業餘戲劇聯盟

ナック【NUC】日本制服中心

ナップ【NAPF】全日本無產者藝術聯盟

ナトー【NATO】北大西洋公約組織

ナフタ【NAFTA】北大西洋自由貿易地區

ニーズ【NIES】新興工業經濟地區或國家

ニス【NIS】全國情報系統

ニス【NIS】情報業務網

ニスト【NIST】全國科技情報系統

にち-おん-きょう【日音協】日本音樂協議會

にち-じょ-たい-れん【日女体連】日本女子體育聯盟

にち-はい-きょう【日俳協】日本演員協會

にち-び【日美】日本美術會

にち-べん-れん【日弁連】日本律師聯合會

にち-ほう-か【日法協】日本法律家協會

にちユきょう-れん【日ユ連】日本、聯合國教育、科學及文化組織協會聯盟

にっ-がい-きょう【日外協】日本海外企業協會

にっ-か-ぎ-れん【日科技連】日本科學技術聯盟

にっガン【日ガン】日本抗癌協會

にっ-かん-れん【日看連】日本護士聯盟

にっ-きょう【日響】新交響樂團於一九四二年改名後稱日本交響樂團

にっ-きょう-きょう【日教協】日本教育協會

にっ-きょう-めい【日教盟】日本教育聯盟

ニックス【NICS】新興工業國家羣

にっ-けい-ちょう【日経調】日本經濟調查協議會

にっ-けい-れん【日経連】日本經營者團體聯盟

にっ-さん【日産】日産汽車株式會社

にっ-しょう-れん【日消連】日本無產者消費工會聯盟

にっ-せいユきょう【日青ユ協】日本青年、聯合國教科文組織聯絡協商會

にっ-せい-れん【日生連】日本生活教育聯盟

にっ-せき【日赤】日本紅十字會

にっ-たい【日体】日本體育會

にっ-たい-だい【日体大】日本體育大學

にっ-ちゅう-ぎ-れん【日中議連】日中友好議員聯盟

にっ-ちゅう-けい-きょう【日中経協】日中經濟協會

にっ-ちゅう-ごう-どう-い【日中合同委】日中經濟合作委員會

にっ-ちゅう-こう-りゅう-きょう【日中交流協】日本中國文化交流協會

にっ-ちゅう-れん【日中連】日本中小企業聯盟

にっ-ぽん-ほう-そう【日本放送】日本廣播協會

に-ほん-こく-れん-きょう-かい【日本国連協会】日本國際聯合協會

に-ほん-ひ-だん-きょう【日本被団協】日本原子彈被害者團體協議會

ネフォス【NEFOS】新興力量
ネルソン【NELSON】報紙編輯和排版系統
パルほう-しき【PAL 方式】彩電標準方式
ビーアイエーシー【BIAC】(聯合國) 工商業顧問委員會
ビーエー【BA】英國航空公司
ピーエーエー【PAA】泛美世界航空公司
ピーエーエヌエー【PANA】泛亞新聞聯盟
ピーエーティー【Pat.】專利, 專利權
ピーエーティーエー【PATA】太平洋地區旅遊協會
ピーエーユー【PAU】泛美聯盟
ビーエス【BS】實驗用靜止廣播衛星
ピー・エス【P.S.】馬力
ビーエスアイ【BSI】經營者預測調查
ビーエスオー【B.S.O.】(美國) 波斯頓交響樂團
ビーエフ【BF】男友們
ピーエフ【PF】政治幻想小説
ピーエフエー【PFA】亞洲報業基金會
ピー・エム【p.m.】下午, 午後
ピーエルオー【PLO】巴勒斯坦解放組織
ピーオー【PO】郵政局
ピーオーダブリュ【POW】戰俘
ピーオービー【POB】郵政信箱
ピーケーオー【PKO】聯合國維持和平活動
ピー・シー【B.C.】公元前, 紀元前
ビー・ジー【B.G】女事務員, 女辦事員
ピーシーエー【PCA】常設仲裁法院
ピーシーエム【PCM】脈衝編碼調制
ピージーエム【PGM】精密制導武器
ビーシーエル【BCL】廣播聽眾
ビーシージー【BCG】防結核疫苗, 卡介苗
ピーシーシー【PCC】程控計算機
ビーダブリュ【BW】體重
ピーダブリュ【PW】戰俘
ピーティーエー【PTA】學生家長和教師聯誼會
ビーティーエス【BTS】(日本) 廣播協會標準
ピーピー【PP】生產者價格
ビーピーアイ【BPI】智能指標
ビービーエスうん-どう【BBS 運動】大兄大姐運動
ピーピーエム【PPM】百萬分之一
ピービーシー【BBC】英國廣播公司
ピーピーシー【PPC】普通紙複印機
ひ-たち【日立】日立製作所 (公司)
ピックス【PICS】個人情報控制系統
ビップ【VIP】顯貴, 要員, 要人;政府要人
ファッコム【FACOM】日本富士通用自動電子計算機
ブィエー【VA】價值分析
ブィエーティー【VAT】價值附加税
ブィエッチエス【VHS】家庭用録像機的録像方法之一
ブィエッチエフ【VHF】超短波, 甚高頻
ブィエルエフ【VLF】甚低頻, 超長波
ブィオーエー【VOA】美國之音

ブィオーエル【VOL】音量
ブィシー【VC】自由連鎖店
ブィシー【VC】志願軍
ブィシー・アール【VCR】盒式磁帶録像機
ブィディー【VD】性病
ブィティーアール【VTR】磁帶録像機, 視頻信號磁帶記録器
ブィディーティー【VDT】顯像管等的装置 (計算機用語)
フェコム【FECOM】歐洲貨幣合作基金
プレスクラブ【PRESS CLUB】日本駐外特派員協會
ぶん-しゅん《文春》《文藝春秋》
ぶん-てん【文展】文部省主辦的美術展覽會
ベイシック【BASIC】電子計算機程序語言
ペン・クラブ【PEN】國際筆會
ほく-れん-きょう【北連協】北方領土返還運動聯絡協議會
ボップ【BOP】國際收支委員會
マップ【MAP】軍事援助計劃
ミス【MIS】美國軍事情報局
ミス【MIS】情報管理 (信息) 系統
ミス【MIS】宇宙飛行計劃;人力情報系統
ミディ【MIDI】穆斯林國際發展公司
モップ【MOP】議會議員
モル【MOL】(美國) 載人軌道實驗站
ユーアイシーエフ【UICF】國際鐵路聯盟
ユーアイシーシー【UICC】國際防治癌症聯合會
ユーアイピーエム【UIPM】國際現代五項運動聯合會
ユーイーエー【UEA】國際世界語協會
ユーエー【UA】(美國) 聯合航空公司
ユーエーエム【UAM】潛對空導彈
ユーエーティーピー【UATP】世界空中旅行計劃
ユーエス【US】美國
ユーエスアイエー【USIA】美國新聞署
ユーエスエー【USA】美國
ユーエスエムシー【USMC】美國海軍陸戰隊
ユーエスディーディー【USDD】美國國防部
ユーエッチエフ【UHF】超高頻
ユーエヌ【UN】聯合國
ユーエヌアールエー【UNRA】聯合國善後救濟總署
ユーエヌアイティーエーアール【UNITAR】聯合國訓練研究所
ユーエヌイーピー【UNEP】聯合國環境計劃
ユーエヌエー【UNA】聯合國協會
ユーエヌエージェー【UNAJ】日本聯合國協會
ユーエヌエス【UNS】聯合國協進會
ユーエヌエスエフ【UNSF】聯合國特別基金
ユーエヌエスシー【UNSC】聯合國安全理事會, 聯合國安理會
ユーエヌエスシー【UNSC】聯合國社會委員會
ユーエヌエフ【UNF】聯合國部隊, 聯合國軍
ユーエヌオー【UNO】聯合國組織, 聯合國
ユーエヌシー【UNC】聯合國憲章

ユーエヌシーエー【UNCA】聯合國記者協會

ユーエヌジーエー【UNGA】聯合國大會

ユーエヌシーエスティーディー【UNCSTD】聯合國科學技術促進發展會議

ユーエヌシーエフ【UNCF】聯合國兒童基金

ユーエヌシーティーエーディー【UNCTAD】聯合國貿易和開發會議

ユーエヌシーディーエフ【UNCDF】聯合國資本開發基金

ユーエヌシーピーユーオーエス【UNCPUOS】聯合國和平利用外層空間委員會

ユーエヌディーシー【UNDC】聯合國裁軍委員會

ユーエヌティーディービー【UNTDB】聯合國貿易發展理事会

ユーエヌディーピー【UNDP】聯合國發展計劃

ユーエヌブイ【UNV】聯合國和平隊

ユーエフオー【UFO】不明飛行體，飛碟

ユーエムアイエス【UMIS】城市行政管理情報系統

ユージーエム【UGM】潛艇發射彈道導道

ユーシーシー【UCC】萬國版權公約

ユーティー【UT】世界時

ユーティーオー【UTO】世界旅遊組織

ユーピーアイ【UPI】國際郵政聯盟

ユー・ピーアイ【UPI】美國合眾國際社

ユーピーシー【UPC】萬國郵政公約

ユーピーシー【UPC】萬國郵政大會

ユーピーシー【UPC】統一商品編號制

ユーピーユー【UPU】萬國郵政聯盟

ユーブイ【UV】紫外綫

ユーロビジョン【EUROVISION】歐洲電視聯播節目

ユきょう-れん【ユ協連】日本聯合國教育科學文化機關協會聯盟

ユニセ【UNICE】歐洲共同體工業聯盟

ユニド【UNIDO】聯合國工業發展組織

ユネスコ【UNESCO】聯合國教育、科學、文化組織

ユネフ【UNEF】聯合國緊急部隊

ユノー【UNO】聯合國組織，聯合國

ユルニオン【UERUNION】歐洲聯盟

ラフタ【LAFTA】拉丁美洲自由貿易協會

ララ【LALA】亞洲救濟聯盟

ラン【LAN】利用計算機通訊

りく-れん【陸連】日本田徑運動協會

リベ【LIBE】國際盲人世界語協會

ろう-れん【労連】工會聯合會，工聯

ワイ【Y】釔

ワイエッチ【YH】青年宿舍

ワイエムシーエー【YMCA】基督教青年會

ワイス【WEIS】世界經濟情報服務中心

ワイダブリュシーエー【YWCA】基督教女青年會

ワイティーブイ【YTV】日本讀賣電視廣播公司

ワタ【WATA】世界旅行協會

ワン【WAN】廣泛利用計算機的通訊

二、日語活用語活用表

動詞活用表

活用型	行	基本形	詞幹	未然	連用	終止	連體	假定	命令
五段	カ	書く	か	かこ	きい	く	く	け	け
	ガ	泳ぐ	およ	がご	ぎい	ぐ	ぐ	げ	げ
	サ	押す	お	さそ	し	す	す	せ	せ
	タ	勝つ	か	たと	ちっ	つ	つ	て	て
	ナ	死ぬ	し	なの	にん	ぬ	ぬ	ね	ね
	バ	飛ぶ	と	ばぼ	びん	ぶ	ぶ	べ	べ
	マ	飲む	の	まも	みん	む	む	め	め
	ラ	乗る	の	らろ	りっ	る	る	れ	れ
	ワ	買ぅ	か	わお	いっ	う	う	え	え
上一段	ア	居る		い	い	いる	いる	いれ	いろ いよ
	カ	着る		き	き	きる	きる	きれ	きろ きよ
	ガ	過ぎる	す	ぎ	ぎ	ぎる	ぎる	ぎれ	ぎろ ぎよ
	サ	察しる	さつ	し	し	しる	しる	しれ	しろ しし
	ザ	減じる	ばん	じ	じ	じる	じる	じれ	じろ じよ
	タ	落ちる	お	ち	ち	ちる	ちる	ちれ	ちろ ちち
	ナ	似る		に	に	にる	にる	にれ	にれ によ
	ハ	干る		ひ	ひ	ひる	ひる	ひれ	ひろ ひよ
	バ	延びる	の	び	び	びる	びる	びれ	びろ びよ
	マ	見る		み	み	みる	みる	みれ	みろ みよ
	ラ	降りる	お	り	り	りる	りる	りれ	りろ りよ

活用型	行	基本形	詞幹	未然	連用	終止	連體	假定	命令
	ア	得る		え	え	える	える	えれ	えろ えよ
	カ	受ける	う	け	け	ける	ける	けれ	けろ けよ
	ガ	投げる	な	げ	げ	げる	げる	げれ	げろ げよ
	サ	乗せる	の	せ	せ	せる	せる	せれ	せろ せよ
	ザ	混ぜる	ま	ぜ	ぜ	ぜる	ぜる	ぜれ	ぜろ ぜよ
下	タ	捨てる	す	て	て	てる	てる	てれ	てろ てよ
一	ダ	撫でる	な	で	で	でる	でる	でれ	でろ でよ
段	ナ	尋ねる	たず	ね	ね	ねる	ねる	ねれ	ねろ ねよ
	ハ	経る		へ	へ	へる	へる	へれ	へろ へよ
	バ	比べる	くら	べ	べ	べる	べる	べれ	べろ べよ
	マ	改める	あら た	め	め	める	める	めれ	めろ めよ
	ラ	流れる	な	れ	れ	れる	れる	れれ	れろ れよ
カ変	カ	来る		こ	き	くる	くる	くれ	こい
サ変	サ	為る		さ し せ	し	する	する	すれ	しろ せよ
	ザ	減ずる	げん	じ ぜ	じ	ずる	ずる	ずれ	じろ ぜよ

助動詞活用表

種類	基本形	未然	連用	終止	連體	假定	命令	接續法
使役	せる	せ	せ	せる	せる	せれ	せろ せよ	五段、サ變未然
	させる	させ	させ	させる	させる	させれ	させろ させよ	一段、カ變未然形
被動	れる	れ	れ	れる	れる	れれ	れろ れよ	五段未然形
	られる	られ	られ	られる	られる	られれ	られろ られよ	五段外的未然形
可能	れる	れ	れ	れる	れる	れれ		五段未然形
敬語	られる	られ	られ	られる	られる	られれ		五段外的未然形
斷定	だ	だろ	だっ で に	だ	な	なら		體言、助詞、副詞
	です	でしょ	でし	です				體言、助詞、副詞、動詞、形容詞連體形
否定	ない	なかろ	なかっ なく	ない	ない	なけれ		動詞未然形 形容詞連用形
	ぬ(ん)		ず	ぬ(ん)	ぬ(ん)	ね		動詞未然形
過去	た	たろ		た	た	たら		動詞、形容詞連用形
敬體	ます	ませ ましょ	まし	ます	ます	ますれ	まし ませ	動詞連用形
願望	たい	たかろ	たかっ たく	たい	たい	たけれ		動詞連用形
	たがる	たがら たがろ	たがり たがっ	たがる	たがる	たがれ		
推量	う			う	う			五段未然形
	よう			よう	よう			五段外未然形
	らしい		らしく らしかっ	らしい	らしい			體言、形容動詞詞幹、動詞和形容詞終止形
	まい			まい	まい			五段終止形 五段外未然形
傳聞	そうだ		そうで	そうだ				用言終止形
樣態	そうだ	そうだろ	そうだっ そうで そうに	そうだ	そうな	そうなら		動詞連用形 形容詞、形容動詞詞幹
比況	ようだ	ようだろ	ようだっ ようで ように	ようだ	ような	ようなら		連體形、助詞"の"

形容詞活用表

基本形	詞幹	未然	連用	終止	連體	假定	命令
赤い	あか	かろ	く かっ	い	い	けれ	
楽しい	たのし	かろ	く かっ	い	い	けれ	

形容動詞活用表

基本形	詞幹	未然	連用	終止	連體	假定	命令
賑やかだ	にぎやか	だろ	だっ で に	だ	な	なら	

三、漢字音訓讀法

一畫

[一] いち・いつ・ひ・ひと・ひとつ

一一 いちいち・ひとつひとつ

一二 いちに

一丁 いっちょう

一七日 いっしちにち・ひとなのか

一人 ひとり

一人一人 ひとりびとり

一人口 ひとりぐち

一人子 ひとりっこ

一人占 ひとりじめ

一人歩 ひとりあるき

一人相撲 ひとりずもう

一人前 いちにんまえ

一人称 いちにんしょう

一人旅 ひとりたび

一人暮 ひとりぐらし

一人舞台 ひとりぶたい

一刀両断 いっとうりょうだん

一工夫 ひとくふう

一寸 いっすん・ちょっと

一寸見 ちょっとみ

一寸法師 いっすんぼうし

一大 いちだい一

一大事 いちだいじ

一口 ひとくち

一口話 ひとくちばなし

一山 ひとやま

一夕 いっせき

一子相伝 いっしそうでん

一元 いちげん

一元論 いちげんろん

一木 いちぼく

一匹 いっぴき

一匹狼 いっぴきおおかみ

一戸 いっこ

一切 いっさい・ひときれ

一切合切 いっさいがっさい

一日 いちじつ・いちにち・ついたち

一円 いちえん

一手 いって・ひとて

一手販売 いっていはんばい

一手販売契約 いってはんばいけいやく

一毛作 いちもうさく

一片 いっぺん

一介 いっかい

一分 いちぶ

一分一厘 いちぶいちり

一月 いちがつ

一文 いちもん

一文字 いちもんじ

一六勝負 いちろくしょうぶ

一六銀行 いちろくぎんこう

一方 いっぽう

一方的 いっぽうてき

一方通行 いっぽうつうこう

一心 いっしん

一心不乱 いっしんふらん

一打 ひとうち

一世 いっせ・いっせい

一世一代 いっせいいちだい

一本化 いっぽんか

一本立 いっぽんだち

一本気 いっぽんぎ

一本槍 いっぽんやり

一本調子 いっぽんちょうし

一本橋 いっぽんばし

一札 いっさつ

一石二鳥 いっせきにちょう

一旦 いったん

一目 いちもく・ひとめ

一生 いっしょう

一生面 いちせいめん・いっせいめん

一生涯 いっしょうがい

一生懸命 いっしょうけんめい

一代 いちだい

一代記 いちだいき

一旬 いっく

一半 いっぱん

一礼 いちれい

一辺倒 いっぺんとう

一式 いっしき

一考 いっこう

一再 いっさい

一両日 いちりょうじつ

一両年 いちりょうねん

一存 いちぞん

一列 いちれつ

一曲 いっきょく

一同 いちどう

一因 いちいん

一回 ひとまわり

一回忌 いっかいき

一年 いちねん

一年生 いちねんせい

一年生植物 いちねんせいしょくぶつ

一年忌 いちねんき

一年草 いちねんそう

一気 いっき

一気呵成 いっきかせい

一休 ひとやすみ

一件 いっけん

一任 いちにん

一向 いっこう

一向宗 いっこうしゅう

一行 いっこう・ひとくだり

一旬 いちじゅん

一名 いちめい

一色 ひといろ

一次 いちじ

一次財 いちじざい

一次産品 いちじさんぴん

一衣帯水 いちいたいすい

一汗 ひとあせ

一安心 ひとあんしん

一巡 いちじゅん・ひとめぐり

一走 ひとはしり

一声 ひとこえ

一見 いっけん

一見識 いちけんしき

一助 いちじょ

一里塚 いちりづか

一足 ひとあし

一足飛 いっそくとび

一別以来 いちべつついらい

一利 いちり

一体 いったい

一体全体 いったいぜんたい

一位 いちい

一身 いっしん

一身上 いっしんじょう

一角 いっかく

一卵生 いちらんせい

一系 いっけい

一言 いちごん・ひとこと

一言一行 いちげんいっこう

一言半句 いちごんはんく

一言居士 いちげんこじ

一対 いっつい

一応 いちおう

一決 いっけつ

一局 いっきょく

一抹 いちまつ

一長一短 いっちょう
　いったん
一拍 いっぱく
一抱 ひとかかえ
一昔 ひとむかし
一苦労 ひとくろう
一直線 いっちょくせ
　ん
一杯 いっぱい
一枚 いちまい
一枚岩 いちまいいわ
一枚看板 いちまいか
　んばん
一画 いっかく
一雨 ひとあめ
一歩 いっぽ
一具 いちぐ
一味 いちみ
一国 いっこく
一門 いちもん
一知半解 いっちはん
　かい
一例 いちれい
一所 いっしょ
一所懸命 いっしょけ
　んめい
一刹那 いっせつな
一命 いちめい
一念発起 いちねんほ
　っき
一服 いっぷく
一周 いっしゅう
一周忌 いっしゅうき
一夜 いちや・ひとよ
一斉 いっせい
一刻 いっこく
一法 いっぽう
一泊 いっぱく
一定 いってい
一括 いっかつ
一括契約 いっかつけ
　いやく
一荒 ひとあれ
一面 いちめん
一面的 いちめんてき
一面識 いちめんしき
一点 いってん
一点張 いってんばり
一昨 いっさく-
一昨日 おととい・お
　ととい

一昨年 おととし
一昨昨 いっさくさく-
一思 ひとおもい
一品 いっぴん
一品料理 いっぴんり
　ょうり
一重 ひとえ
一段 いちだん
一段落 いちだんらく
一律 いちりつ
一計 いっけい
一度 いちど・ひとたび
一変 いっぺん
一巻 いっかん
一派 いっぱ
一軍 いちぐん
一神教 いっしんきょ
　う
一昼夜 いっちゅうや
一発 いっぱつ
一発回答 いっぱつかい
　とう
一帯 いったい
一軒 いっけん
一軒屋 いっけんや
一軒家 いっけんや
一連 いちれん
一致 いっち
一時 いちじ・いっと
　き・ひととき
一時的 いちじてき
一時帰休制 いちじき
　きゅうせい
一眠 ひとねむり
一員 いちいん
一笑 いっしょう
一個人 いっこじん
一隻眼 いっせきがん
一倍 いちばい
一息 ひといき
一般 いっぱん
一般的 いっぱんてき
一般消費税 いっぱん
　しょうひぜい
一般論 いっぱんろん
一般職 いっぱんしょ
　く
一途 いちず・いっと
一殺多生 いっさつた
　しょう・いっせつた
　しょう

一脈 いちみゃく
一席 いっせき
一座 いちざ
一病息災 いちびょう
　そくさい
一流 いちりゅう
一挙 いっきょ
一挙一動 いっきょいち
　どう
一挙手一投足 いっき
　ょしゅいっとうそく
一挙両得 いっきょり
　ょうとく
一家 いっか
一家言 いっかげん
一案 いちあん
一書 ひとつがき
一姫二太郎 いちひめ
　にたろう
一能 いちのう
一通 ひととおり
一陣 いちじん
一院制 いちいんせい
一理 いちり
一捻 ひとひねり
一掃 いっそう
一転 いってん
一転機 いってんき
一盛 ひとさかり
一頃 ひところ
一敗 いっぱい
一眼 いちがん
一問一答 いちもんい
　っとう
一唱三嘆 いっしょう
　さんたん
一喝 いっかつ
一進一退 いっしんい
　ったい
一得 いっとく
一族 いちぞく
一部 いちぶ
一部分 いちぶぶん
一部始終 いちぶしじ
　ゅう
一望 いちぼう
一粒 いちりゅう
一粒万倍 いちりゅう
　まんばい
一粒種 ひとつぶだね
一粒選 ひとつぶえり

一宿一飯 いっしゅく
　いっぱん
一視同仁 いっしどう
　じん
一張羅 いっちょうら
一貫 いっかん
一斑 いっぱん
一場 いちじょう
一喜一憂 いっきいち
　ゆう
一報 いっぽう
一握 ひとにぎり
一揆 いっき
一期 いちご・いっき
一葉 いちよう
一散 いっさんに
一朝一夕 いっちょう
　いっせき
一遍 いっぺん
一晩 ひとばん
一過 いっか
一幅 いっぷく
一等 いっとう
一等星 いっとうせい
一等親 いっとうしん
一策 いっさく
一筋 ひとすじ
一筆 いっぴつ・ひと
　ふで
一番 いちばん
一番乗 いちばんのり
一番鶏 いちばんどり
一着 いっちゃく
一覚 ひとつおぼえ
一富士二鷹三茄子 い
　ちふじにたかさんな
　すび
一陽来復 いちようら
　いふく
一隅 いちぐう
一幕 ひとまく
一献 いっこん
一睡 いっすい
一路 いちろ
一腹 いっぷく
一触即発 いっしょく
　そくはつ
一話 ひとつばなし
一新 いっしん
一意専心 いちいせん
　しん

一義 いちぎ
一義的 いちぎてき
一戦 いっせん
一寝入 ひとねいり
一群 ひとむれ
一様 いちよう
一酸化炭素 いっさんかたんそ
一種 いっしゅ
一読 いちどく
一語 いちご
一説 いっせつ
一端 いったん・いっぱし
一滴 いってき
一層 いっそう
一緒 いっしょ
一網打尽 いちもうだじん
一蓮托生 いちれんたくしょう
一輪 いちりん
一輪車 いちりんしゃ
一撃 いちげき
一徹 いってつ
一審 いっしん
一線 いっせん
一興 いっきょう
一環 いっかん
一覧 いちらん
一瞥 いちべつ
一翼 いちよく
一縷 いちる
一騎打 いっきうち
一騎当千 いっきとうせん
一騎討 いっきうち
一瞬 いっしゅん
一癖 ひとくせ
一類 いちるい
一瀉千里 いっしゃせんり
一蹴 いっしゅう
一顧 いっこ
一躍 いちやく
一攫千金 いっかくせんきん
〔乙〕おつ・おつに・きのと・めり
乙女 おとめ
乙姫 おとひめ

二畫

〔二〕に・ふ・ふう・ふた・ふたつ
二十 はたち
二十日 はつか
二十日大根 はつかだいこん
二十日鼠 はつかねずみ
二十四気 にじゅうしき
二十四金 にじゅうよんきん
二十歳 はたち
二人 ふたり
二人三脚 ににんさんきゃく
二人称 ににんしょう
二刀流 にとうりゅう
二三 にさん
二丸 にのまる
二元 にげん
二元論 にげんろん
二日 ふつか
二日酔 ふつかよい
二水 にすい
二毛作 にもうさく
二化 にか
二分 にぶん
二月 にがつ
二六時中 にろくじちゅう
二心 にしん・ふたごころ
二世 にせい
二号 にごう
二百二十日 にひゃくはつか
二百十日 にひゃくとおか
二年生 にねんせい
二年草 にねんそう
二交替制 にこうたいせい
二次 にじ・にのつぎ
二次元 にじげん
二次方程式 にじほうていしき
二次会 にじかい
二次的 にじてき

二次産業 にじさんぎょう
二束三文 にそくさんもん
二足穿 にそくのわらじ（をはく）
二男 じなん
二伸 にしん
二返性 ふたつへんじ
二卵性双生児 にらんせいそうせいじ
二言 にごん
二言目 ふたことめ
二拍子 にびょうし
二者 にしゃ
二者択一 にしゃたくいつ
二枚 にまい
二枚目 にまいめ
二枚貝 にまいがい
二季 にき
二価 にか
二股 ふたまた
二弦琴 にげんきん
二胡 にこ
二面性 にめんせい
二乗 じじょう・にじょう
二重 にじゅう・ふたえ
二重人格 にじゅうじんかく
二重生活 にじゅうせいかつ
二重否定 にじゅうひてい
二重価格 にじゅうかかく
二重奏 にじゅうそう
二重唱 にじゅうしょう
二重窓 にじゅうまど
二重蓋 にじゅうぶた
二重瞼 にじゅうまぶた
二段 にだん
二律背反 にりつはいはん
二食 にしょく
二度 にど
二級 にきゅう

二倍 にばい
二流 にりゅう
二院 にいん
二進法 にしんほう
二部 にぶ
二項 にこう
二期 にき
二期生 にきせい
二期作 にきさく
二葉 ふたば
二葉亭四迷 ふたばていしめい
二硫化炭素 にりゅうかたんそ
二塁 にるい
二等分 にとうぶん
二等辺三角形 にとうへんさんがっけい
二等親 にとうしん
二番 にばん
二番煎 にばんせんじ
二番館 にばんかん
二腕 にのうで
二階 にかい
二義的 にぎてき
二様 によう
二酸化炭素 にさんかたんそ
二酸化硫黄 にさんかいおう
二調 にちょう
二審 にしん
二膳 にのぜん
二親 ふたおや
二親等 にしんとう
〔丁〕てい・ちょう・ちょうと・ひのと
丁丁 ちょうちょう
丁子 ちょうじ
丁字 ていじ
丁字定規 ていじじょうぎ
丁字路 ていじろ
丁重 ていちょう
丁度 ちょうど
丁番 ちょうばん
丁稚 でっち
丁寧 ていねい
丁寧語 ていねいご
丁髷 ちょんまげ

〔十〕じゅう・そ・つ
づ・と・とお・じっ

十二支 じゅうにし

十二分 じゅうにぶん

十二指腸 じゅうにし
ちょう

十二音階 じゅうにお
んかい

十人十色 じゅうにん
といろ

十人並 じゅうにんなみ

十八番 おはこ・じゅ
うはちばん

十三夜 じゅうさんや

十干 じっかん

十五夜 じゅうごや

十中八九 じっちゅう
はっく・じゅうちゅ
うはっく

十手 じって

十分 じゅうぶん

十文字 じゅうもんじ

十六 じゅうろく

十六夜 いざよい・じ
ゅうろくや

十目 じゅうもく

十代 じゅうだい

十両 じゅうりょう

十死一生 じっしいっ
しょう

十年一日 じゅうねん
いちじつ

十全 じゅうぜん

十字 じゅうじ

十戒 じっかい

十把一絡 じっぱひと
からげ

十姉妹 じゅうしまつ

十指 じっし

十重二十重 とえはた
え

十能 じゅうのう

十進法 じっしんほう

十割 じゅうわり

十誡 じっかい

〔七〕しち・な・なな
・ななつ

七七日 しちしちにち

七八起 しちてんはっ
き

七八倒 しちてんはっ
とう

七三 しちさん

七夕 たなばた

七五三 しちごさん

七五調 しちごちょう

七分丈 しちぶたけ

七分身 しちぶしん

七分袖 しちぶそで

七分搗 しちぶづき

七光 ななひかり

七回忌 しちかいき

七色 なないろ

七言絶句 しちごんぜ
っく

七夜 しちや

七宝 しっぽう

七宝焼 しっぽうやき

七草粥 ななくさがゆ

七厘 しちりん

七面倒 しちめんどう

七面鳥 しちめんちょ
う

七転八起 しちてんは
っき・ななころびや
おき

七転八倒 しちてんは
っとう

七彩 しちさい

七道具 ななつどうぐ

七福神 しちふくじん

七種粥 ななくさがゆ

七輪 しちりん

七曜 しちよう

七癖 ななくせ

〔卜〕ぼく・うらない

卜者 ぼくしゃ

〔人〕じん・にん・ひ
と・たり

人一倍 ひといちばい

人人 ひとびと

人力 じんりき・じん
りょく

人士 じんし

人工 じんこう・にん
く

人工心肺 じんこうし
んはい

人工芝 じんこうしば

人工気胸 じんこうき
きょう

人工呼吸 じんこうこ
きゅう

人工的 じんこうてき

人工授粉 じんこうじ
ゅふん

人工授精 じんこうじ
ゅせい

人工語 じんこうご

人工頭脳 じんこうず
のう

人工衛星 じんこうえ
いせい

人口 じんこう

人山 ひとやま

人夫 にんぷ

人日 じんじつ

人中 ひとなか

人手 ひとで

人文 じんもん

人文字 ひともじ

人文科学 じんぶんか
がく

人心 じんしん・ひと
ごころ

人心地 ひとごこち

人払 ひとばらい

人世 じんせい

人本主義 じんぽんし
ゅぎ

人目 ひとめ

人生 じんせい

人生観 じんせいかん

人付合 ひとづきあい

人代名詞 じんだいめ
いし

人込 ひとごみ

人外境 じんがいきょ
う

人民 じんみん

人民券 じんみんけん

人出 ひとで

人台 じんだい

人死 ひとじに

人当 ひとあたり

人気 にんき

人件費 じんけんひ

人任 ひとまかせ

人肌 ひとはだ

人名 じんめい

人好 ひとずき

人寿 じんじゅ

人形 にんぎょう

人形劇 にんぎょうげ
き

人声 ひとごえ

人材 じんざい

人材銀行 じんざいぎ
んこう

人見知 ひとみしり

人助 ひとだすけ

人里 ひとざと

人足 にんそく・ひと
あし

人我 じんが

人体 じんたい

人位 じんい

人身 じんしん

人身御供 ひとみごく
う

人災 じんさい

人事 じんじ・ひとごと

人事不省 じんじふせ
い

人事院 じんじいん

人妻 ひとづま

人非人 にんぴにん

人知 じんち

人物 じんぶつ

人使 ひとづかい

人命 じんめい

人受 ひとうけ

人乳 じんにゅう

人並 ひとなみ

人波 ひとなみ

人性 じんせい

人定 じんてい

人参 にんじん

人垣 ひとがき

人指指 ひとさしゆび

人柄 ひとがら

人相 にんそう

人相見 にんそうみ

人柱 ひとばしら

人面 じんめん

人界 じんかい

人品 じんぴん

人皇 じんのう

人臭 ひとくさい

人待顔 ひとまちがお

人後 じんご

人前 ひとまえ
人為 じんい
人海 じんかい
人馬 じんば
人格 じんかく
人格化 じんかくか
人骨 じんこつ
人員 じんいん
人造 じんぞう
人称 にんしょう
人倫 じんりん
人殺 ひとごろし
人脈 じんみゃく
人畜 じんちく
人畜生 にんちくしょう
人差指 ひとさしゆび
人家 じんか
人通 ひとどおり
人魚 にんぎょ
人望 じんぼう
人情 にんじょう
人情本 にんじょうぼん
人情味 にんじょうみ
人情咄 にんじょうばなし
人情話 にんじょうばなし
人情噺 にんじょうばなし
人寄 ひとよせ
人間 にんげん
人間工学 にんげんこうがく
人間国宝 にんげんこくほう
人間的 にんげんてき
人間並 にんげんなみ
人間性 にんげんせい
人間業 にんげんわざ
人間模様 にんげんもよう
人間関係 にんげんかんけい
人間像 にんげんぞう
人間衛星船 にんげんえいせいせん
人買 ひとかい
人無 ひとももなげ
人智 じんち

人税 じんぜい
人証 じんしょう
人道 じんどう
人道主義 じんどうしゅぎ
人馴 ひとなれる
人跡 じんせき
人傑 じんけつ
人数 にんずう・ひとかず
人煙 じんえん
人違 ひとちがい
人嫌 ひとぎらい
人絹 じんけん
人魂 ひとだま
人様 ひとさま
人様様 ひとさまざま
人聞 ひとぎき
人種 じんしゅ
人徳 じんとく
人語 じんご
人権 じんけん
人影 ひとかげ
人質 ひとじち
人選 じんせん
人頼 ひとだのみ
人頭 じんとう
人懐 ひとなつかしい・ひとなつこい
人擦 ひとずれ
人糞 じんぷん
人麿 ひとまろ
人類 じんるい
人騒 ひとさわがせ
〔入〕にゅう・いり・いれる・いれ・しお・いる・はいる
入力 にゅうりょく
入力装置 にゅうりょくそうち
入口 いりぐち・はいりぐち
入子 いれこ
入日 いりひ
入水 じゅすい
入手 にゅうしゅ
入札 いれふだ・にゅうさつ
入目 いりめ・いれめ
入代 いれかわり・いれかわる

入込 いりこむ・いれごみ・はいりこむ
入用 いりよう・にゅうよう
入出力 にゅうしゅつりょく
入団 にゅうだん
入行 にゅうこう
入会 にゅうかい
入交 いりまじる
入江 いりえ
入坑 にゅうこう
入声 にっせい
入廷 にゅうてい
入乱 いりみだれる
入社 にゅうしゃ
入国 にゅうこく
入門 にゅうもん
入知恵 いれぢえ
入物 いれもの
入金 にゅうきん
入念 にゅうねん
入京 にゅうきょう
入学 にゅうがく
入居 にゅうきょ
入城 にゅうじょう
入相 いりあい
入海 いりうみ
入貢 にゅうこう
入荷 にゅうか
入梅 にゅうばい
入党 にゅうとう
入庫 にゅうこ
入浴 にゅうよく
入浸 いりびたる
入院 にゅういん
入船 いりふね
入寇 にゅうこう
入組 いりくむ
入替 いれかえ・いれかえる
入超 にゅうちょう
入場 にゅうじょう
入換 いれかえ
入棺 にゅうかん
入歯 いれば
入道雲 にゅうどうぐも
入港 にゅうこう
入営 にゅうえい

入費 にゅうひ
入婿 いりむこ
入隊 にゅうたい
入電 にゅうでん
入園 にゅうえん
入試 にゅうし
入違 いりちがう・いれちがう
入構 にゅうこう
入墨 いれずみ
入閣 にゅうかく
入賞 にゅうしょう
入潮 いりしお
入選 にゅうせん
入籍 にゅうせき
〔八〕はち・はつ・や・やつ・やっつ
八十八夜 はちじゅうはちや
八千代 やちよ
八切 やつぎり
八手 やつで
八方 はっぽう
八方美人 はっぽうびじん
八目 やつめうなぎ
八百万 やおよろず
八百長 やおちょう
八百屋 やおや
八当 やつあたり
八字髭 はちじひげ
八卦 はっけ
八面六臂 はちめんろっぴ
八重 やえ
八重十文字 やえじゅうもんじ
八重桜 やえざくら
八重歯 やえば
八裂 やつざき
〔乃〕ない・だい
乃至 ないし
〔九〕きゅう・く・この・ここのつ
九十九折 つづらおり
九九 くく
九寸五分 くすんごぶ
九日 ここのか
九分九厘 くぶくりん
九月 くがつ

九尺二間 くしゃくにけん	又従兄弟 またいとこ	三次元 さんじげん	三部合唱 さんぶがっしょう
九死 きゅうし	又従姉妹 またいとこ	三羽烏 さんばがらす	三部作 さんぶさく
九州 きゅうしゅう	又家来 またげらい	三助 さんすけ	三揃 みつぞろい
九官鳥 きゅうかんちょう	又貸 またがし	三男 さんなん	三葉 みつば
〔几〕き・つくえ	又聞 またぎき	三役 さんやく	三椏 みつまた
几帳面 きちょうめん	又頼 まただのみ	三角 さんかく・みつかど	三等 さんとう
〔匕〕ひ・さじ	又隣 またどなり	三角州 さんかくす	三等親 さんとうしん
匕首 あいくち		三角形 さんかっけい	三寒四温 さんかんしおん
〔了〕りょう	**三畫**	三角函数 さんかくかんすう	三階 さんがい
了見 りょうけん	〔三〕さん・み・みつ・みっつ	三角貿易 さんかくぼうえき	三嘆 さんたん
了承 りょうしょう	三十 みそじ	三拝九拝 さんぱいきゅうはい	三歎 さんたん
了解 りょうかい	三十一文字 みそひともじ	三拍子 さんびょうし	三権分立 さんけんぶんりつ
〔刀〕とう・かたな	三十日 みそか	三枚 さんまい	三輪車 さんりんしゃ
刀剣 とうけん	三七日 みなのか	三枚目 さいまいめ	三親等 さんしんとう
〔力〕りょく・りき・りきむ・ちから	三人三様 さんにんさんよう	三味絃 さみせん	〔干〕かん・ひる・ほす
力一杯 ちからいっぱい	三人称 さんにんしょう	三味線 しゃみせん	干与 かんよ
力士 りきし	三三九度 さんさんくど	三国間貿易 さんごくかんぼうえき	干天 かんてん
力水 ちからみず	三三五五 さんさんごご	三和土 たたき	干支 えと・かんし
力布 ちからぬの	三丸 さんのまる	三指 みつゆび	干拓 かんたく
力仕事 ちからしごと	三子 みつご	三面記事 さんめんきじ	干物 ひもの・ほしもの
力付 ちからづける	三太郎 さんたろう	三面鏡 さんめんきょう	干草 ほしくさ
力任 ちからまかせ	三日 みっか	三重 みつがさね	干柿 ほしがき
力行 りっこう	三日天下 みっかてんか	三重奏 さんじゅうそう	干害 かんがい
力走 りきそう	三日月 みかづき	三重唱 さんじゅうしょう	干菓子 ひがし
力投 りきとう	三日坊主 みっかぼうず	三段跳 さんだんとび	干魚 ひうお
力作 りきさく	三毛 みけ	三段構 さんだんがまえ	干渉 かんしょう
力泳 りきえい	三月 さんがつ	三段論法 さんだんろんぽう	干満 かんまん
力学 りきがく	三文 さんもん	三訂 さんてい	干割 ひわれる
力持 ちからもち	三目 みつめ	三度 さんど	干葡萄 ほしぶどう
力点 りきてん	三代 さんだい	三郎 さぶろう	干魃 かんばつ
力添 ちからぞえ	三半規管 さんはんきかん	三原色 さんげんしょく	干潮 かんちょう
力強 ちからづよい	三百代言 さんびゃくだいげん	三時 さんじ	干潟 ひがた
力落 ちからおとし	三回忌 さんかいき	三途川 さんずのかわ	干瓢 かんぴょう
力量 りきりょう	三年忌 さんねんき	三差路 さんさろ	〔土〕と・ど・つち
力業 ちからわざ	三行半 みくだりはん	三流 さんりゅう	土一揆 どいっき
力試 ちからだめし	三色菫 さんしきすみれ・さんしょくすみれ	三彩 さんさい	土工 どこう
力戦 りきせん	三交代 さんこうたい	三脚 さんきゃく	土下座 どげざ
力説 りきせつ	三交替 さんこうたい	三部曲 さんぶきょく	土木 どぼく
力演 りきえん			土手 どて
力瘤 ちからこぶ			土手腹 どてっぱら
力頼 ちからだのみ			土方 どかた
〔又〕ゆう・また・まった			土付 つちつかず
又又 またまた			土用 どよう
又弟子 またでし			土用波 どようなみ
又借 またがり			土台 どだい

土地 とち
土地子 とちっこ
土地柄 とちがら
土百姓 どびゃくしょう
土気色 つちけいろ
土色 つちいろ
土均 つちならし
土足 どそく
土佐日記 とさにっき
土牢 つちろう
土性骨 どしょうぼね
土砂 どしゃ
土砂降 どしゃぶり
土星 どせい
土臭 つちくさい
土建 どけん
土埃 つちぼこり
土匪 どひ
土俵 どひょう
土釜 どがま
土竜 もぐら
土偶 どぐう
土偏 つちへん
土産 どさん・みやげ
土産話 みやげばなし
土瓶 どびん
土寄 つちよせ
土塀 どべい
土葬 どそう
土間 どま
土筆 つくし
土着 どちゃく
土焼 どやき
土塊 つちくれ・どかい
土鳩 どばと
土煙 つちけむり
土管 どかん
土蔵 どぞう
土踏 つちふまず
土器 かわらけ・どき
土壇場 どたんば
土橋 どばし
土曜 どよう
土壌 どじょう
土嚢 どのう
〔士〕し・さむらい
士気 しき
士卒 しそつ
士官 しかん

士族 しぞく
士道 しどう
士農工商 しのうこうしょう
士魂 しこん
〔工〕こう・く
工人 こうじん
工夫 くふう・こうふ
工手 こうしゅ
工芸 こうげい
工作 こうさく
工事 こうじ
工房 こうぼう
工具 こうぐ
工法 こうほう
工学 こうがく
工面 くめん
工科 こうか
工員 こういん
工船 こうせん
工場 こうじょう・こうば
工場制手工業 こうじょうせいしゅこうぎょう
工場管理 こうじょうかんり
工場監督 こうじょうかんとく
工期 こうき
工程 こうてい
工費 こうひ
工業 こうぎょう
工業化 こうぎょうか
工賃 こうちん
工廠 こうしょう
〔才〕さい
才人 さいじん
才子 さいし
才女 さいじょ
才気 さいき
才色 さいしょく
才走 さいばしる
才芸 さいげい
才知 さいち
才物 さいぶつ
才能 さいのう
才量 さいりょう
才覚 さいかく
才媛 さいえん

才幹 さいかん
才槌 さいづち
才槌頭 さいづちあたま
才蔵 さいぞう
〔下〕か・げ・おりる・おろし・おろす・くださる・くだされる・くだす・くだし・くだり・くだる・さがり・くだる・さげ・さげる・した・しも・もと
下一段活用 しもいちだんかつよう
下下 しもじも
下女 げじょ
下女中 しもじょちゅう
下戸 げこ
下水 げすい
下水道 げすいどう
下手 したて・しもて・へた・へたすると
下手人 げしゅにん
下手物 げてもの
下火 したび
下心 したごころ
下打合 したうちあわせ
下世話 げせわ
下目 しため
下仕事 したしごと
下付 かふ
下句 しものく
下半身 かはんしん
下半期 しもはんき
下地 したじ
下劣 げれつ
下回 したまわり・したまわる
下血 げけつ
下向 かこう・したむき
下旬 げじゅん
下坂 くだりざか
下克上 げこくじょう
下車 げしゃ
下見 したみ
下町 したまち
下男 げなん
下作 げさく

下位 かい
下役 したやく
下取 したどり
下味 したあじ
下垂 かすい
下金 おろしがね
下肢 かし
下肥 しもごえ
下弦 かげん
下拵 したごしらえ
下草 したくさ
下相談 したそうだん
下界 げかい
下品 げひん
下段 げだん
下風 かふう
下穿 したばき
下限 かげん
下級 かきゅう
下級生 かきゅうせい
下馬評 げばひょう
下校 げこう
下唇 したくちびる
下値 したね
下記 かき
下座 しもざ
下疳 げかん
下剤 げざい
下流 かりゅう
下書 したがき
下降 かこう
下院 かいん
下野 げや
下船 げせん
下舵 さげかじ
下魚 げうお
下部 かぶ
下宿 げしゅく
下婢 かひ
下期 しもき
下落 げらく
下歯 したば
下等 かとう
下脹 しもぶくれ
下痢 げり
下着 したぎ
下渡 さげわたす
下絵 したえ
下働 したばたらき
下腹 かふく・したはら

下意 かい
下準備 したじゅんび
下塗 したぬり
下髪 さげがみ
下駄 げた
下駄組 げたくみ
下種 げす
下僕 げぼく
下膊 かはく
下獄 げごく
下読 したよみ
下端 かたん・したっぱ
下層 かそう
下敷 したじき
下賤 げせん
下賜 かし
下請 したうけ
下請負 したうけおい
下調 したしらべ
下潮 さげしお
下履 したばき
下線 かせん
下薬 くだしぐすり
下積 したづみ
下縫 したぬい
下顎 したあご
〔寸〕すん・き
寸切 ずんぎり
寸分 すんぶん
寸志 すんし
寸刻 すんこく
寸法 すんぽう
寸秒 すんびょう
寸前 すんぜん
寸時 すんじ
寸毫 すんごう
寸断 すんだん
寸陰 すんいん
寸評 すんぴょう
寸劇 すんげき
〔丈〕じょう・たけ・だけ
丈夫 じょうふ・じょうぶ・ますらお
丈比 たけくらべ
〔大〕だい・たい・おお

大人 おとな・おとなしい・おとなびる・たいじん
大人気無 おとなげない
大入 おおいり
大八車 だいはちぐるま
大八洲 おおやしま
大力 だいりき
大工 だいく
大才 たいさい
大丈夫 だいじょうぶ
大大的 だいだいてき
大上段 だいじょうだん
大小 だいしょう
大口 おおぐち
大山 たいさん
大川 おおかわ
大凡 おおよそ
大王 だいおう
大夫 たゆう
大木 たいぼく
大戸 おおど
大切 たいせつ
大円 だいえん
大内裏 だいだいり
大水 おおみず
大手 おおて・おおで
大仏 だいぶつ
大凶 だいきょう
大分 だいぶ・だいぶん
大文字 おおもじ
大方 おおかた
大火 たいか
大正時代 たいしょうじだい
大本 おおもと
大本営 だいほんえい
大目玉 おおめだま
大冊 たいさつ
大兄 たいけい
大仕掛 おおじかけ
大立者 おおだてもの
大半 たいはん
大穴 おおあな
大写 おおうつし
大出来 おおでき
大台 おおだい

大吉 だいきち
大老 たいろう
大地 だいち
大西洋 たいせいよう
大有 おおあり
大成 たいせい
大当 おおあたり
大団円 だいだんえん
大同小異 だいどうしょうい
大回 おおまわり
大回転 だいかいてん
大気 たいき
大気汚染 たいきおせん
大気圏 たいきけん
大任 たいにん
大仰 おおぎょう
大自然 だいしぜん
大向 おおむこう
大全 たいぜん
大会 たいかい
大名 だいみょう
大名屋敷 だいみょうやしき
大名旅行 だいみょうりょこう
大多数 だいたすう
大汗 おおあせ
大宇宙 だいうちゅう
大字 おおあざ
大安 たいあん
大尽 だいじん
大好 だいすき
大麦 おおむぎ
大形 おおがた・おおぎょう
大志 たいし
大声 たいせい
大車輪 だいしゃりん
大臣 だいじん
大豆 だいず
大見得 おおみえ
大足 おおあし
大別 たいべつ
大乱 たいらん
大体 だいたい
大作 たいさく
大身 おおみ
大役 たいやく

大角豆 ささげ
大言壮語 だいげんそうご
大判 おおばん
大局 たいきょく
大抵 たいてい
大昔 おおむかし
大枚 たいまい
大枠 おおわく
大事 おおごと・だいじ
大雨 おおあめ・たいう
大味 おおあじ
大国 たいこく
大典 たいてん
大物 おおもの
大和 やまと
大和心 やまとごころ
大和民族 やまとみんぞく
大和言葉 やまとことば
大和時代 やまとじだい
大和魂 やまとだましい
大使 たいし
大使館 たいしかん
大往生 だいおうじょう
大金 おおがね・たいきん
大股 おおまた
大河 たいが
大学 だいがく
大学者 だいがくしゃ
大学院 だいがくいん
大空 おおぞら
大姉 だいし
大型 おおがた
大持 おおもて
大荒 おおあれ
大柄 おおがら
大相撲 おおずもう
大要 たいよう
大威張 おおいばり
大乗 だいじょう
大乗的 だいじょうてき
大便 だいべん

大食 たいしょく
大胆 だいたん
大胆不敵 だいたんふてき
大風 おおかぜ
大急 おおいそぎ
大計 たいけい
大変 たいへん
大音声 だいおんじょう
大前提 だいぜんてい
大逆 たいぎゃく
大海 たいかい
大洋 たいよう
大洋洲 たいようしゅう
大軍 たいぐん
大振 おおぶり
大真面目 おおまじめ
大根 だいこん
大砲 たいほう
大時代 おおじだい
大恩 だいおん
大笑 おおわらい
大息 おおいき
大将 たいしょう
大病 だいびょう
大差 たいさ
大挙 たいきょ
大家 おおや・たいか・たいけ
大家族 だいかぞく
大害 たいがい
大通 おおどおり
大納言 だいなごん
大理石 だいりせき
大規模 だいきぼ
大掛 おおがかり
大赦 たいしゃ
大掃除 おおそうじ
大酔 たいすい
大盛 おおもり
大雪 おおゆき・たいせつ
大敗 たいはい
大黒 だいこく
大黒天 だいこくてん
大黒柱 だいこくばしら
大黒頭巾 だいこくずきん

大晦日 おおつごもり・おおみそか
大略 たいりゃく
大蛇 おろち・だいじゃ
大喝 だいかつ
大動脈 だいどうみゃく
大脳 だいのう
大猟 たいりょう
大祭 たいさい
大部 たいぶ
大部分 だいぶぶん
大部屋 おおべや
大商 おおあきない
大望 たいもう
大粒 おおつぶ
大陸 たいりく
大陸棚 たいりくだな
大暑 たいしょ
大量 たいりょう
大量生産 たいりょうせいさん
大過 たいか
大幅 おおはば
大筋 おおすじ
大衆 たいしゅう
大衆文学 たいしゅうぶんがく
大衆伝達 たいしゅうでんたつ
大御所 おおごしょ
大番 おおばん
大勝 たいしょう
大道 だいどう
大道具 おおどうぐ
大寒 だいかん
大統領 だいとうりょう
大鼓持 たいこもち
大勢 おおぜい・たいせい
大業物 おおわざもの
大賊 たいぞく
大愚 たいぐ
大路 おおじ
大罪 たいざい
大腸 だいちょう
大腸菌 だいちょうきん
大詰 おおづめ

大意 たいい
大義 たいぎ
大義名分 たいぎめいぶん
大戦 たいせん
大福 だいふく
大福帳 だいふくちょう
大群 たいぐん
大嫌 だいきらい
大静脈 だいじょうみゃく
大摑 おおづかみ
大様 おおよう
大概 たいがい
大関 おおぜき
大腿骨 だいたいこつ
大腿部 だいたいぶ
大漁 たいりょう
大層 たいそう
大熊座 おおくまざ
大綱 たいこう
大蔵大臣 おおくらだいじん
大蔵省 おおくらしょう
大蔵省証券 おおくらしょうしょうけん
大輪 たいりん
大賞 たいしょう
大器 たいき
大器晩成 たいきばんせい
大儀 たいぎ
大盤石 だいばんじゃく
大盤振舞 おおばんぶるまい
大慶 たいけい
大敵 たいてき
大潮 おおしお
大樹 たいじゅ
大橋 たいきょう
大儒 たいじゅ
大鋸 おが
大鋸屑 おがくず
大鮃 おひょう
大霜 おおしも
大騒 おおさわぎ
大韓民国 だいかんみんこく

大願 たいがん
大鏡 おおかがみ
〔万〕ばん・まん・よろず
万一 まんいち・まんがいち
万人 ばんじん・ばんにん
万力 まんりき
万丈 ばんじょう
万万 ばんばん
万有引力 ばんゆういんりょく
万死 ばんし
万年床 まんねんどこ
万年青 おもと
万年草 まんねんぐさ
万年茸 まんねんだけ
万年雪 まんねんゆき
万年筆 まんねんひつ
万全 ばんぜん
万里 ばんり
万事 ばんじ
万国 ばんこく
万国旗 ばんこくき
万物 ばんぶつ
万病 まんびょう
万能 ばんのう
万葉仮名 まんようがな
万葉集 まんようしゅう
万遍 まんべんなく
万策 ばんさく
万聖節 ばんせいせつ
万感 ばんかん
万雷 ばんらい
万歳 ばんざい・まんざい
万端 ばんたん
万障 ばんしょう
万機 ばんき
万難 ばんなん
〔与〕よ・あずかる・あたえる
与力 よりき
与太者 よたもの
与件 よけん
与国 よこく
与易 くみしやすい
与党 よとう

〔上〕じょう・あがり・あがる・あがった・り・あげ・あげる・うわ・うえ・かみ・のぼす・のぼせる・のぼり・のぼる

上一段活用 かみいちだんかつよう

上人 しょうにん

上土 うわつち

上下 あがりさがり・あげおろし・うえした・じょうか・じょうげ

上上 じょうじょう

上口 あがりぐち・のぼりぐち

上巳 じょうし

上天 じょうてん

上天気 じょうてんき

上戸 じょうご

上水道 じょうすいどう

上手 うわて・かみて・じょうず

上手物 じょうてもの

上分別 じょうふんべつ

上方 かみがた

上玉 じょうだま

上世 じょうせい

上古 じょうこ

上目 あがりめ

上甲板 じょうかんばん

上申 じょうしん

上田 じょうでん

上代 じょうだい

上白 じょうはく

上句 かみのく

上半身 じょうはんしん

上司 じょうし

上出来 じょうでき

上皮 じょうひ

上辺 うわべ

上回 うわまわる

上気 じょうき

上気道 じょうきどう

上向 うわむき

上旬 じょうじゅん

上米 じょうまい

上坂 のぼりざか

上声 じょうしょう・じょうせい

上呈 じょうてい

上告 じょうこく

上体 じょうたい

上作 じょうさく

上位 じょうい

上役 うわやく

上長 じょうちょう

上述 じょうじゅつ

上昇 じょうしょう

上物 じょうもの

上使 じょうし

上肢 じょうし

上京 じょうきょう

上底 あげぞこ

上刻 じょうこく

上官 じょうかん

上空 じょうくう

上弦 じょうげん

上奏 じょうそう

上面 うわっつら

上背 うわぜい

上映 じょうえい

上品 じょうひん

上乗 うわのせ・じょうじょう

上段 じょうだん

上皇 じょうこう

上帝 じょうてい

上首尾 じょうしゅび

上洛 じょうらく

上客 じょうきゃく

上屋 うわや

上屋敷 かみやしき

上限 じょうげん

上級 じょうきゅう

上荷 うわに

上唇 うわくちびる

上値 うわね

上記 じょうき

上席 じょうせき

上座 かみざ・じょうざ

上流 じょうりゅう

上浣 じょうかん

上書 うわがき・じょうしょ

上院 じょういん

上納 じょうのう

上紙 うわがみ

上掲 じょうけい

上梓 じょうし

上略 じょうりゃく

上得意 じょうとくい

上船 じょうせん

上部 じょうぶ

上張 うわっぱり

上陸 じょうりく

上場 じょうじょう

上達 じょうたつ

上期 かみき

上棟 じょうとう

上歯 うわば

上等 じょうとう

上等兵 じょうとうへい

上策 じょうさく

上訴 じょうそ

上着 うわぎ

上湯 あがりゆ

上靴 うわぐつ

上意 じょうい

上滑 うわすべり

上塗 うわぬり

上様 うえさま・かみさま・じょうさま

上製 じょうせい

上膊 じょうはく

上端 じょうたん

上演 じょうえん

上層 じょうそう

上篇 じょうへん

上質 じょうしつ

上調子 うわちょうし・のぼりちょうし

上潮 あげしお

上澄 うわずみ

上履 うわばき

上編 じょうへん

上薬 うわぐすり

上﨟 じょうろう

上機嫌 じょうきげん

上積 うわづみ

上膳 あげぜん

上膳据膳 あげぜんすえぜん

上澣 じょうかん

上覧 じょうらん

上簇 じょうぞく

上顎 うわあご・じょうがく

〔小〕しょう・お・こ・さ・ちいさな・ちいさい

小人 こびと・しょうじん・しょうにん

小人物 しょうじんぶつ

小刀 こがたな・しょうとう

小才 しょうさい

小口 こぐち

小山 こやま

小千世界 しょうせんせかい

小川 おがわ

小天地 しょうてんち

小太 こぶとり

小太鼓 こだいこ

小切 こぎれ

小切手 こぎって

小止 おやみ

小手 こて

小手回 こてまわし

小手先 こてさき

小片 しょうへん

小爪 こづめ

小父 おじ

小分 こわけ

小月 しょうのつき

小文 しょうぶん

小文字 こもじ

小火 しょうか

小心 しょうしん

小正月 こしょうがつ

小田原評定 おだわらひょうじょう

小冊 しょうさつ

小冊子 しょうさっし

小史 しょうし

小皿 こざら

小生 しょうせい

小生産 しょうせいさん

小生意気 こなまいき

小用 こよう・しょうよう

小包 こづつみ

小包郵便 こづつみゆうびん

小市民 しょうしみん	小弟 しょうてい	小酌 しょうしゃく	小楊枝 こようじ
小出 こだし	小社 しょうしゃ	小破 しょうは	小暗 こぐらい
小弁 こべん	小林一茶 こばやしいっさ	小党 しょうとう	小路 こうじ
小母 おばさん	小林多喜二 こばやしたきじ	小唄 こうた	小遣 こづかい
小吉 しょうきち	小枝 こえだ	小倉百人一首 おぐらひゃくにんいっしゅ	小農 しょうのう
小吏 しょうり	小松菜 こまつな	小脇 こわき	小節 しょうせつ
小曲 しょうきょく	小事 しょうじ	小高 こだかい	小僧 こぞう
小回 こまわり	小雨 こさめ・しょうう	小差 しょうさ	小鉢 こばち
小気味 こきみよい	小国 しょうこく	小粋 こいき	小禽 しょうきん
小伝 しょうでん	小物 こもの	小宴 しょうえん	小腸 しょうちょう
小休止 しょうきゅうし	小使 こづかい	小害 しょうがい	小話 こばなし・しょうわ
小舟 こぶね	小径 しょうけい	小袖 こそで	小数 しょうすう
小会派 しょうかいは	小金 こがね	小書 こがき	小鼻 こばな
小名 しょうみょう	小股 こまた	小娘 こむすめ	小銭 こぜに
小羊 こひつじ	小店 しょうてん	小降 こぶり	小銃 しょうじゅう
小宇宙 しょううちゅう	小夜曲 しょうやきょく	小紋 こもん	小誌 しょうし
小守歌 こもりうた	小刻 こきざみ	小規模 しょうきぼ	小説 しょうせつ
小字 しょうじ	小学 しょうがく	小著 しょうちょ	小旗 こばた
小安 こやす	小学校 しょうがっこう	小雪 こゆき・しょうせつ	小憎 こにくらしい
小麦 こむぎ	小官 しょうかん	小逕 しょうけい	小輪 しょうりん
小麦色 こむぎいろ	小突 こづく	小異 しょうい	小器 しょうき
小麦粉 こむぎこ	小姓 こしょう	小鳥 ことり	小器用 こきよう
小形 こがた	小春日和 こはるびより	小船 こぶね	小篇 しょうへん
小走 こばしり	小型 こがた	小脳 しょうのう	小篆 しょうてん
小坊主 こぼうず	小指 こゆび	小康 しょうこう	小皺 こじわ
小売 こうり	小柄 こがら	小粒 こつぶ	小敵 しょうてき
小売価格 こうりかかく	小品 しょうひん	小細工 こざいく	小潮 こしお
小売店 こうりてん	小乗 しょうじょう	小惑星 しょうわくせい	小選挙区 しょうせんきょく
小売業者 こうりぎょうしゃ	小便 しょうべん	小暑 しょうしょ	小編 しょうへん
小声 こごえ	小泉八雲 こいずみやくも	小量 しょうりょう	小賢 こざかしい
小豆 あずき	小食 しょうしょく	小閑 しょうかん	小憩 しょうけい
小戻 こもどり	小胆 しょうたん	小間物 こまもの	小職 しょうしょく
小児 しょうに	小急 こいそぎ	小間物屋 こまものや	小難 しょうなん
小見 しょうけん	小計 しょうけい	小間結 こまむすび	小額 しょうがく
小見出 こみだし	小変 しょうへん	小景 しょうけい	小競合 こぜりあい
小町 こまち	小前提 しょうぜんてい	小過 しょうか	小躍 こおどり
小別 しょうべつ	小首 こくび	小喧 こやかましい	小癪 こしゃく
小我 しょうが	小為替 こがわせ	小買 こがい	〔口〕こう・く・くち
小利 しょうり	小祠 しょうし	小策 しょうさく	口入 くちいれ
小利口 こりこう	小屋 こや	小遊星 しょうゆうせい	口下手 くちべた
小兵 こひょう	小昼 こひる	小善 しょうぜん	口上 こうじょう
小作 こさく	小振 こぶり	小道 こみち	口上書 こうじょうがき・こうじょうしょ
小作農 こさくのう	小恥 こはずかしい	小道具 こどうぐ	口口 くちぐち
小役人 こやくにん	小荷物 こにもつ	小満 しょうまん	口元 くちもと
小言 こごと		小寒 しょうかん	口止 くちどめ
小序 しょうじょ		小隊 しょうたい	口中 こうちゅう
			口内 こうない

口火 くちび
口付 くちつき・くちづけ
口外 こうがい
口写 くちうつし
口出 くちだし
口当 くちあたり
口先 くちさき
口舌 くぜつ・こうぜつ
口伝 くちづたえ・くちづて・くでん
口合 くちあい
口汚 くちぎたない・くちよごし
口走 くちばしる
口車 くちぐるま
口囲潰瘍 こういかいよう
口利 くちきき
口直 くちなおし
口述 こうじゅつ
口固 くちがため
口供 こうきょう
口径 こうけい
口金 くちがね
口実 こうじつ
口承 こうしょう
口重 くちおも・くちおもい
口臭 こうしゅう
口紅 くちべに
口約束 くちやくそく
口振 くちぶり
口真似 くちまね
口唇 こうしん
口唇紋 こうしんもん
口座 こうざ
口書 こうしょ
口授 こうじゅ
口悪 くちわる
口唱 こうしょう
口移 くちうつし
口笛 くちぶえ
口許 くちもと
口添 くちぞえ
口惜 くちおしい・くやしい・くやしがる
口寂 くちさびしい
口達 こうたつ

口軽 くちがる・くちがるい
口堅 くちがたい
口開 くちあけ
口喧 くちやかましい
口喧嘩 くちげんか
口幅 くちはばったい
口答 くちごたえ
口腔 こうこう
口証 こうしょう
口絵 くちえ
口跡 こうせき
口数 くちかず
口煩 くちうるさい
口禍 こうか
口語 こうご
口語文 こうごぶん
口語体 こうごたい
口説 くぜつ・くどく
口論 こうろん
口調 くちょう
口頭 こうとう
口頭弁論 こうとうべんろん
口頭発表 こうとうはっぴょう
口頭試問 こうとうしもん
口銭 こうせん
口癖 くちぐせ
口籠 くちごもる
〔山〕 さん・やまり
山刀 やまかたな
山小屋 やまごや
山川 やまかわ・やまがわ
山女 やまめ
山元 やまもと
山犬 やまいぬ
山止 やまどめ
山中 さんちゅう
山内 さんない
山水 さんすい
山手 やまのて
山手線 やまのてせん
山分 やまわけ
山火 やまかじ
山本有三 やまもとゆうぞう
山立 やまだち

山出 やまだし
山辺 やまべ
山寺 やまでら
山地 さんち
山芋 やまいも・やまのいも
山気 やまけ
山伏 やまぶし
山合 やまあい
山肌 やまはだ
山羊 やぎ
山形 やまがた
山村 さんそん
山車 だし・だんじり
山里 やまざと
山男 やまおとこ
山吹 やまぶき
山吹色 やまぶきいろ
山系 さんけい
山幸 やまのさち
山林 さんりん
山東菜 さんとうさい
山国 やまぐに
山岳 さんがく
山河 さんが
山茶花 さざんか
山荒 やまあらし
山査子 さんざし
山峡 さんきょう
山風 やまかぜ
山狩 やまがり
山海 さんかい
山津波 やまつなみ
山姥 やまうば
山桜 やまざくら
山砲 さんぽう
山師 やまし
山脈 さんみゃく
山高帽子 やまたかぼうし
山家 やまが
山掛 やまかけ
山頂 さんちょう
山勘 やまかん
山菜 さんさい
山盛 やまもり
山野 さんや
山崩 やまくずれ
山鳥 やまどり
山猫 やまねこ

山陰 さんいん・やまかげ
山陰道 さんいんどう
山越 やまごえ
山場 やまば
山椒 さんしょう
山椒魚 さんしょううお
山紫水明 さんしすいめい
山開 やまびらき
山間 さんかん
山嵐 やまあらし
山奥 やまおく
山番 やまばん
山道 さんどう・やまみち
山焼 やまやき
山陽道 さんようどう
山賊 さんぞく
山路 やまじ
山稜 さんりょう
山腹 さんぷく
山猿 やまざる
山鳩 やまばと
山鳴 やまなり
山端 やまのは
山際 やまぎわ
山積 さんせき・やまづみ
山懐 やまふところ
山麓 さんろく
山鯨 やまくじら
〔巾〕 きん・はば
巾着 きんちゃく
〔千〕 せん・ち
千一夜物語 せんいちやものがたり
千万 ‐せんばん
千木 ちぎ
千切 せんぎり・ちぎる・ちぎれる
千古 せんこ
千石船 せんごくぶね
千代 ちよ
千代紙 ちよがみ
千切 せんじん
千字文 せんじもん
千羽 せんばづる
千羽鶴 せんばづる
千里眼 せんりがん

千利休 せんのりきゅう

川幅 かわはば

〔及〕きゅう・および・およぶ・およぼす

亡姉 ぼうし

千状万態 せんじょうばんたい

川筋 かわすじ

及第 きゅうだい

亡魂 ぼうこん

千辛万苦 せんしんばんく

川端 かわばた

及腰 およびごし

亡骸 なきがら

千枚通 せんまいどおし

川端康成 かわばたやすなり

〔夕〕せき・じゃく・ゆう・ゆうべ

亡靈 ぼうれい

千思万考 せんしばんこう

川霧 かわぎり

夕日 ゆうひ

〔尸〕し・しかばね・かばね

千秋 せんしゅう

川獺 かわうそ

夕月 ゆうづき

尸斑 しはん

千秋楽 せんしゅうらく

〔丸〕がん・まる・たま・まるい・まるめる・まろめる・まるみ

夕方 ゆうがた

尸骸 しがい

千変万化 せんぺんばんか

丸丸 まるまる

夕刊 ゆうかん

〔己〕き・こ・うね・つちのと・おの・おのれ

千姿万態 せんしばんたい

丸木 まるき

夕立 ゆうだち

巳然形 いぜんけい

千客万来 せんきゃくばんらい

丸木舟 まるきぶね

夕凪 ゆうなぎ

〔已〕い・やめ・やめる・すでに・やむ

千軍萬馬 せんぐんばんば

丸木橋 まるきばし

夕刻 ゆうこく

〔弓〕きゅう・ゆみ

千振 せんぶり

丸太 まるた

夕波 ゆうなみ

弓手 ゆんで

千島海流 ちしまかいりゅう

丸切 まるっきり

夕映 ゆうばえ

弓矢 ゆみや

千差万別 せんさばんべつ

丸刈 まるがり

夕食 ゆうげ・ゆうしょく

弓形 ゆみなり

千鳥 ちどり

丸込 まるめこむ

夕風 ゆうかぜ

弓馬道 きゅうばのみち

千鳥足 ちどりあし

丸出 まるだし

夕涼 ゆうすずみ

弓術 きゅうじゅつ

千紫万紅 せんしばんこう

丸合羽 まるガッパ

夕晴 ゆうばれ

弓道 きゅうどう

千尋 せんじん

丸坊主 まるぼうず

夕間暮 ゆうまぐれ

〔子〕し・こ・ね

千載一遇 せんざいいちぐう

丸見 まるみえ

夕景色 ゆうげしき

子子孫孫 ししそんそん

千歳 ちとせ

丸呑 まるのみ

夕御飯 ゆうごはん

子女 しじょ

千編一律 せんぺんいちりつ

丸取 まるどり

夕飯 ゆうはん・ゆうめし

子午線 しごせん

〔乞〕こう・こい

丸首 まるくび

夕焼 ゆうやけ

子分 こぶん

乞食 こじき

丸勝 まるがち

夕陽 ゆうひ

子会社 こがいしゃ

〔川〕せん・かわ

丸焼 まるやき・まるやけ

夕煙 ゆうけむり

子守 こもり

川下 かわしも

丸損 まるぞん

夕暮 ゆうぐれ

子安 こやす

川上 かわかみ

丸腰 まるごし

夕餉 ゆうげ

子役 こやく

川口 かわぐち

丸寝 まるね

夕影 ゆうかげ

子弟 してい

川止 かわどめ

丸裸 まるはだか

夕潮 ゆうしお

子房 しぼう

川向 かわむこう

丸潰 まるつぶれ

夕闇 ゆうやみ

子供 こども・こどもだまし・こどもっぽい

川舟 かわぶね

丸薬 がんやく

夕顔 ゆうがお

川床 かわどこ

丸儲 まるもうけ

夕霧 ゆうぎり

子供心 こどもごころ

川岸 かわぎし

〔久〕きゅう・ひさしい

〔亡〕ぼう・なくす・なくなす・なくする・なくなる・なき・ほろびる・ほろぶ・ほろぶ・

子宝 こだから

川柳 せんりゅう

久久 ひさびさ

子持 こもち

川面 かわづら・かわも

久振 ひさしぶり

子音 しいん

川原 かわら

久遠 くおん

亡夫 ぼうふ

子息 しそく

川開 かわびらき

〔凡〕ぼん・はん・およそ・およ・すべて

亡友 ぼうゆう

子宮 しきゅう

凡人 ぼんじん

亡父 ぼうふ

子孫 しそん

凡才 ぼんさい

亡兄 ぼうけい

子規 しき

凡凡 ぼんぼん

亡母 ぼうぼ

子細 しさい・しさいらしい

凡夫 ぼんぷ

亡弟 ぼうてい

凡打 ぼんだ

亡者 もうじゃ

子細顔 しさいがお

凡例 はんれい

亡妻 ぼうさい

子項目 ここうもく

凡俗 ぼんぞく

亡国 ぼうこく

子葉 しよう

凡庸 ぼんよう

亡命 ぼうめい

子飼 こがい

亡妹 ぼうまい

子煩悩 こぼんのう
子爵 ししゃく
子嚢菌 しのうきん
〔子〕けつ・げつ
〔屮〕そう・てつ・くさ
〔女〕じょ・にょ・め・おんな
女人禁制 にょにんきんせい
女人像 にょにんぞう
女工 じょこう
女丈夫 じょじょうふ
女子 おなご・じょし
女女 めめしい
女王 じょおう
女王蜂 じょおうばち
女王蟻 じょおうあり
女天下 おんなでんか
女中 じょちゅう
女手 おんなで
女世帯 おんなじょたい
女史 じょし
女囚 じょしゅう
女主 おんなあるじ
女気 おんなけ
女色 じょしょく
女好 おんなずき
女形 おやま・おんながた
女声 じょせい
女医 じょい
女児 じょじ
女体 じょたい・にょたい
女狂 おんなぐるい
女系 じょけい
女房 にょうぼう
女房役 にょうぼうやく
女所帯 おんなじょたい
女店員 じょてんいん
女性 じょせい
女性的 じょせいてき
女性語 じょせいご
女学生 じょがくせい
女学校 じょがっこう
女官 じょかん
女帝 じょてい

女郎 じょろ・じょろう
女郎花 おみなえし
女郎蜘蛛 じょろうぐも
女神 じょしん・めがみ
女将 おかみ・じょしょう
女流 じょりゅう
女陰 じょいん
女装 じょそう
女尊男卑 じょそんだんぴ
女湯 おんなゆ
女婿 じょせい
女給 じょきゅう
女傑 じょけつ
女滝 めだき
女嫌 おんなぎらい
女権 じょけん
女敵 めがたき
女優 じょゆう
女難 じょなん
〔刃〕にん・じん・は・やいば
刃先 はさき
刃向 はむかう
刃物 はもの
刃渡 はわたり
刃毀 はこぼれ
〔又〕さ・しゃ・また

四畫

〔王〕おう
王子 おうじ
王女 おうじょ
王水 おうすい
王手 おうて・おうてをかける
王妃 おうひ
王位 おうい
王者 おうじゃ
王国 おうこく
王城 おうじょう
王政 おうせい
王政復古 おうせいふっこ
王侯 おうこう
王室 おうしつ
王冠 おうかん

王将 おうしょう
王座 おうざ
王家 おうけ
王宮 おうきゅう
王族 おうぞく
王朝 おうちょう
王道 おうどう
王様 おうさま
王義之 おうぎし
〔井〕せい・い
井戸 いど
井戸側 いどがわ
井水 せいすい
井目 せいもく
井守 いもり
井底 せいてい
井然 せいぜん
〔天〕てん・あま
天人 てんにん
天才 てんさい
天下 あまくだり・てんか
天下一品 てんかいっぴん
天与 てんよ
天上 てんじょう
天川 あまのがわ
天子 てんし
天女 てんにょ
天王山 てんのうざん
天王星 てんのうせい
天井 てんじょう
天日 てんぴ
天水 てんすい
天分 てんぶん
天文 てんもん
天文学 てんもんがく
天火 てんぴ
天心 てんしん
天引 てんびき
天丼 てんどん
天外 てんがい
天主教 てんしゅきょう
天辺 てっぺん
天台宗 てんだいしゅう
天地 てんち
天地開闢 てんちかいびゃく

天地無用 てんちむよう
天成 てんせい
天気 てんき
天気予報 てんきよほう
天気図 てんきず
天気雨 てんきあめ
天気晴朗 てんきせいろう
天衣無縫 てんいむほう
天守閣 てんしゅかく
天寿 てんじゅ
天体 てんたい
天災 てんさい
天邪鬼 あまのじゃく
天国 てんごく
天竺 てんじく
天使 てんし
天命 てんめい
天狗 てんぐ
天河 あまのがわ
天性 てんせい
天空 てんくう
天草 てんぐさ
天柱元 ちりけもと
天皇 てんのう
天変地異 てんぺんちい
天帝 てんてい
天神 てんじん
天蚕糸 てぐす
天真爛漫 てんしんらんまん
天原 あまのはら
天秤 てんびん
天秤棒 てんびんぼう
天候 てんこう
天球 てんきゅう
天頂 てんちょう
天啓 てんけい
天眼 てんがん
天動説 てんどうせつ
天袋 てんぶくろ
天涯孤独 てんがいこどく
天窓 てんまど
天険 てんけん
天晴 あっぱれ
天象 てんしょう

天然 てんねん
天然色 てんねんしょく
天然記念物 てんねんきねんぶつ
天然痘 てんねんとう
天道 てんどう
天道虫 てんとうむし
天測 てんそく
天運 てんうん
天幕 てんまく
天誅 てんちゅう
天罰 てんばつ
天麩羅 てんぷら
天賦 てんぷ
天敵 てんてき
天職 てんしょく
〔夫〕ふ・おっと
夫人 ふじん
夫子 ふうし
夫役 ふやく
夫妻 ふさい
夫唱婦随 ふしょうふずい
夫婦 ふうふ・めおと
夫婦別姓 ふうふべっせい
夫婦約束 ふうふやくそく
夫婦喧嘩 ふうふげんか
夫権 ふけん
〔元〕がん・げん・もと・もとより
元元 もともと
元日 がんじつ
元手 もとで
元凶 げんきょう
元本 がんぽん
元旦 がんたん
元号 げんごう
元生 もとなり
元込 もとごめ
元老 げんろう
元年 がんねん
元気 げんき
元気付 げんきづく・げんきづける
元来 がんらい
元利 がんり
元価 げんか

元金 がんきん・もときん
元服 げんぷく
元帥 げんすい
元首 げんしゅ
元祖 がんそ
元素 げんそ
元素記号 げんそきごう
元栓 もとせん
元値 もとね
元宵 げんしょう
元帳 もとちょう
元寇 げんこう
元朝 がんちょう
元禄文化 げんろくぶんか
元結 もとゆい
元詰 もとづめ
元種 もとだね
元勲 げんくん
元締 もとじめ
〔云〕うん・いう
云云 しかじか
〔木〕もく・ぼく・き・こ・け
木刀 ぼくとう
木工 もっこう
木口 きぐち・こぐち
木戸 きど
木片 もくへん
木仏 きぶつ
木本 もくほん
木石 ぼくせき
木目 きめ・もくめ
木瓜 ぼけ
木立 こだち
木皮 もくひ
木地 きじ
木耳 きくらげ
木灰 もっかい
木材 もくざい
木芽 きのめ
木杯 もくはい
木版 もくはん
木型 きがた
木枯 こがらし
木柵 もくさく
木星 もくせい
木炭 もくたん

木馬 もくば
木骨 もっこつ
木造 もくぞう
木剣 ぼっけん
木通 あけび
木捻子 もくねじ
木偶 もくぐう
木偏 きへん
木彫 きぼり・もくちょう
木魚 もくぎょ
木斛 もっこく
木訥 ぼくとつ
木部 もくぶ
木陰 こかげ
木琴 もっきん
木菟 ずく・みみずく
木菟入 ずくにゅう
木葉 このは
木筋 もっきん
木筆 もくひつ
木犀 もくせい
木賊 とくさ
木賃宿 きちんやど
木煉瓦 もくれんが
木槌 きづち
木蝋 もくろう
木製 もくせい
木管楽器 もっかんがっき
木像 もくぞう
木精 もくせい
木漏目 こもれび
木綿 もめん
木蓮 もくれん
木蔦 きづた
木槿 むくげ
木質 もくしつ
木曜 もくよう
木簡 もっかん
木鐸 ぼくたく
〔五〕ご・ぐ・ごん・いつ・いつつ
五十歩百歩 ごじっぽひゃっぽ
五十音 ごじゅうおん
五十音図 ごじゅうおんず
五十音順 ごじゅうおんじゅん

五七調 ごしちちょう
五大州 ごだいしゅう
五大陸 ごたいりく
五日 いつか
五分 ごぶ
五分五分 ごぶごぶ
五月 ごがつ・さつき
五月雨 さみだれ
五月病 ごがつびょう
五月蠅 うるさい
五目 ごもく
五色 ごしき
五里霧中 ごりむちゅう
五体 ごたい
五言絶句 ごごんぜっく
五官 ごかん
五指 ごし
五重奏 ごじゅうそう
五段活用 ごだんかつよう
五風十雨 ごふうじゅうう
五経 ごきょう
五感 ごかん
五節句 ごせっく
五節供 ごせっく
五穀 ごこく
五徳 ごとく
五輪 ごりん
五線紙 ごせんし
五臓 ごぞう
〔市〕し・いち・まち
〔支〕し・かう・ささえ・ささえる・つかえる
支払 しはらい・しはらう
支払手形 しはらいてがた
支払拒絶 しはらいきょぜつ
支払延滞 しはらいえんたい
支払猶予 しはらいゆうよ
支払猶予日 しはらいゆうよび
支圧 しあつ
支出 ししゅつ

支弁 しべん
支社 ししゃ
支那 しな
支局 しきょく
支所 ししょ
支店 してん
支持 しじ
支柱 しちゅう
支点 してん
支度 したく
支配 しはい
支配人 しはいにん
支配的 しはいてき
支流 しりゅう
支部 しぶ
支援 しえん
支給 しきゅう
支署 ししょ
支障 ししょう
支線 しせん
支離滅裂 しりめつれつ
〔不〕ふ・ぶ
不一 ふいつ
不一致 ふいっち
不十分 ふじゅうぶん
不人情 ふにんじょう
不入 ふいり
不了見 ふりょうけん
不干渉 ふかんしょう
不才 ふさい
不日 ふじつ
不手際 ふてぎわ
不毛 ふもう
不仁 ふじん
不介入 ふかいにゅう
不公平 ふこうへい
不文 ふぶん
不文法 ふぶんほう
不文律 ふぶんりつ
不心得 ふこころえ
不予 ふよ
不正 ふせい
不正手段 ふせいしゅだん
不正行為 ふせいこうい
不正形 ふせいけい
不正取引 ふせいとりひき

不正直 ふしょうじき
不正規 ふせいき
不正視 ふせいし
不正確 ふせいかく
不払 ふばらい
不世出 ふせいしゅつ
不本意 ふほんい
不可 ふか
不可分 ふかぶん
不可欠 ふかけつ
不可抗力 ふかこうりょく
不可知論 ふかちろん
不可思議 ふかしぎ
不可侵 ふかしん
不可能 ふかのう
不可視 ふかし
不可解 ふかかい
不可避 ふかひ
不平 ふへい
不平等 ふびょうどう
不甲斐無 ふがいない
不用 ふよう
不用心 ぶようじん
不用意 ふようい
不犯 ふぼん
不立文字 ふりゅうもんじ
不必要 ふひつよう
不出 ふしゅつ
不出来 ふでき
不弁 ふべん
不吉 ふきつ
不老 ふろう
不朽 ふきゅう
不在 ふざい
不在者投票 ふざいしゃとうひょう
不死 ふし
不死身 ふじみ
不死鳥 ふしちょう
不成文 ふせいぶん
不成功 ふせいこう
不成立 ふせいりつ
不成績 ふせいせき
不当 ふとう
不同 ふどう
不同意 ふどうい
不気味 ぶきみ
不仲 ふなか

不自由 ふじゆう
不自然 ふしぜん
不向 ふむき
不行状 ふぎょうじょう
不行使 ふこうし
不行跡 ふぎょうせき
不行儀 ふぎょうぎ
不全 ふぜん
不合格 ふごうかく
不合理 ふごうり
不名数 ふめいすう
不名誉 ふめいよ
不充分 ふじゅうぶん
不安 ふあん
不安定 ふあんてい
不如帰 ふじょき・ほととぎす
不如意 ふにょい
不抜 ふばつ
不孝 ふこう
不均一 ふきんいつ
不均質 ふきんしつ
不均衡 ふきんこう
不束 ふつつか
不肖 ふしょう
不見識 ふけんしき
不足 ぶそく
不利 ふり
不利益 ふりえき
不体裁 ふていさい
不似合 ふにあい
不作 ふさく
不作法 ぶさほう
不作為 ふさくい
不身持 ふみもち
不条理 ふじょうり
不言 ふげん
不言実行 ふげんじっこう
不快 ふかい
不快指数 ふかいしすう
不労所得 ふろうしょとく
不完全 ふかんぜん
不良 ふりょう
不良導体 ふりょうどうたい
不即不離 ふそくふり

不妊 ふにん
不拘留 ふこうりゅう
不拡大 ふかくだい
不幸 ふこう・ふしあわせ
不協和 ふきょうわ
不協和音 ふきょうわおん
不具 ふぐ
不味 ふみ
不明 ふめい
不明朗 ふめいろう
不明瞭 ふめいりょう
不易 ふえき
不知火 しらぬい
不和 ふわ
不服 ふふく
不夜城 ふやじょう
不法 ふほう
不法入国 ふほうにゅうこく
不法占有 ふほうせんゆう
不法占拠 ふほうせんきょ
不法行為 ふほうこうい
不法侵入 ふほうしんにゅう
不況 ふきょう
不注意 ふちゅうい
不治 ふじ・ふち
不実 ふじつ
不定 ふてい
不定称 ふていしょう
不定期 ふていき
不屈 ふくつ
不承不承 ふしょうぶしょう
不承知 ふしょうち
不承認 ふしょうにん
不届 ふとどき
不始末 ふしまつ
不参 ふさん
不相応 ふそうおう
不要 ふよう
不面目 ふめんぼく
不貞 ふてい
不貞腐 ふてくされ・ふてくされる
不思議 ふしぎ

不品行 ふひんこう
不便 ふべん
不信 ふしん
不信任 ふしんにん
不信任案 ふしんにんあん
不信行為 ふしんこうい
不信感 ふしんかん
不侵略 ふしんりゃく
不風流 ぶふうりゅう
不変 ふへん
不美人 ふびじん
不首尾 ふしゅび
不活発 ふかっぱつ
不浄 ふじょう
不祝儀 ぶしゅうぎ
不退転 ふたいてん
不発 ふはつ
不振 ふしん
不起訴 ふきそ
不埒 ふらち
不真面目 ふまじめ
不連続線 ふれんぞくせん
不時 ふじ
不時着 ふじちゃく
不眠 ふみん
不眠不休 ふみんふきゅう
不眠症 ふみんしょう
不特定 ふとくてい
不透明 ふとうめい
不敏 ふびん
不倒翁 ふとうおう
不倶戴天 ふぐたいてん
不倫 ふりん
不勉強 ふべんきょう
不凍 ふとう
不凍港 ふとうこう
不粋 ぶすい
不料簡 ふりょうけん
不帰 ふき
不消化 ふしょうか
不案内 ふあんない
不祥 ふしょう
不祥事 ふしょうじ
不能 ふのう
不通 ふつう

不純 ふじゅん
不純物 ふじゅんぶつ
不納 ふのう
不規則 ふきそく
不規律 ふきりつ
不都合 ふつごう
不逞 ふてい
不敗 ふはい
不問 ふもん
不動 ふどう
不動明王 ふどうみょうおう
不動産 ふどうさん
不偏 ふへん
不偏不党 ふへんふとう
不健全 ふけんぜん
不健康 ふけんこう
不得手 ふえて
不得要領 ふとくようりょう
不得策 ふとくさく
不得意 ふとくい
不猟 ふりょう
不許 ふきょ
不許可 ふきょか
不断 ふだん
不断着 ふだんぎ
不細工 ぶさいく
不経済 ふけいざい
不揃い ふぞろい
不敬 ふけい
不惑 ふわく
不量見 ふりょうけん
不開港 ふかいこう
不間 ぶま
不遇 ふぐう
不景気 ふけいき
不買 ふばい
不等号 ふとうごう
不等式 ふとうしき
不備 ふび
不順 ふじゅん
不評 ふひょう
不評判 ふひょうばん
不道徳 ふどうとく
不満足 ふまんぞく
不測 ふそく

不渡 ふわたり
不愉快 ふゆかい
不覚 ふかく
不割譲 ふかつじょう
不運 ふうん
不随 ふずい
不随意 ふずいい
不随意筋 ふずいいきん
不統一 ふとういつ
不摂生 ふせっせい
不感症 ふかんしょう
不誠実 ふせいじつ
不詳 ふしょう
不意 ふい
不意打 ふいうち
不義 ふぎ
不義理 ふぎり
不滅 ふめつ
不溶性 ふようせい
不戦勝 ふせんしょう
不寝番 ふしんばん
不憫 ふびん
不様 ぶざま
不徳 ふとく
不徳義 ふとくぎ
不適 ふてき
不適当 ふてきとう
不適任 ふてきにん
不精 ぶしょう・ぶしょうひげ
不精者 ぶしょうもの
不満 ふまん
不漁 ふりょう
不慣れ ふなれ
不遜 ふそん
不撓不屈 ふとうふくつ
不熱心 ふねっしん
不確 ふたしか
不確実 ふかくじつ
不確定 ふかくてい
不確認 ふかくにん
不慮 ふりょ
不器用 ぶきよう
不器量 ぶきりょう
不徹底 ふてってい
不調 ふちょう
不調和 ふちょうわ
不調法 ぶちょうほう

不敵 ふてき
不養生 ふようじょう
不導体 ふどうたい
不潔 ふけつ
不憫 ふびん
不審 ふしん
不履行 ふりこう
不壊 ふえ
不機嫌 ふきげん
不輸 ぶゆ
不整 ふせい
不整合 ふせいごう
不整斉 ふせいせい
不興 ふきょう
不躾 ぶしつけ
不衛生 ふえいせい
不銹鋼 ふしゅうこう
不親切 ふしんせつ
不燃 ふねん
不燃物 ふねんぶつ
不謹慎 ふきんしん
不織布 ふしょくふ
不穏 ふおん
不穏分子 ふおんぶんし
不穏当 ふおんとう

〔灰〕そく・ほの・ほのか・ほのめく・ほのめかす

〔太〕たい・おとい・ふとる

太刀 たち
太刀打 たちうち
太刀先 たちさき
太刀風 たちかぜ
太刀捌 たちさばき
太刀魚 たちうお
太刀筋 たちすじ
太山 たいさん
太夫 たゆう
太太 ふてぶてしい
太古 たいこ
太平 たいへい
太平洋 たいへいよう
太平洋戦争 たいへいようせんそう
太平記 たいへいき
太平楽 たいへいらく
太目 ふとめ
太肉 ふとりじし

太守 たいしゅ
太字 ふとじ
太初 たいしょ
太物 ふともの
太股 ふともも
太政大臣 だじょうだいじん
太政官 だじょうかん
太巻 ふとまき
太宰治 だざいおさむ
太陰 たいいん
太陰暦 たいいんれき
太極拳 たいきょくけん
太陽 たいよう
太陽系 たいようけい
太陽暦 たいようれき
太鼓 たいこ
太鼓医者 たいこいしゃ
太鼓判 たいこばん
太鼓腹 たいこばら
太鼓橋 たいこばし
太腹 ふとっぱら
太絹 ふときぬ
太閤 たいこう
太箸 ふとばし
太織 ふとおり
太繭 ふとい
〔犬〕けん・いぬ
犬死 いぬじに
犬釘 いぬくぎ
犬畜生 いぬちくしょう
犬歯 けんし
犬蓼 いぬたで
犬橇 いぬぞり
〔区〕く
区区 くく
区切 くぎり・くぎる
区分 くぶん・くわけ
区会 くかい
区別 くべつ
区画 くかく
区域 くいき
区間 くかん
〔友〕ゆう・とも
友人 ゆうじん
友好 ゆうこう
友邦 ゆうほう

友軍 ゆうぐん
友党 ゆうとう
友情 ゆうじょう
友達 ともだち
友愛 ゆうあい
友禅 ゆうぜん
友禅染 ゆうぜんぞめ
友誼 ゆうぎ
〔尤〕ゆう・もっとも
尤物 ゆうぶつ
〔匹〕ひつ・ひき
匹夫 ひっぷ
匹敵 ひってき
〔厄〕やく
厄日 やくび
厄介 やっかい
厄介者 やっかいもの
厄払 やくはらい
厄年 やくどし
厄除 やくよけ
厄落 やくおとし
厄難 やくなん
〔戸〕こ・と・へ・い・え
戸口 ここう・とぐち
戸外 こがい
戸毎 こごと
戸車 とぐるま
戸板 といた
戸袋 とぶくろ
戸棚 とだな
戸惑 とまどい・とまどう
戸数 こすう
戸障子 としょうじ
戸締 とじまり
戸閾 とじきみ
戸籍 こせき
戸籍抄本 こせきしょうほん
戸籍謄本 こせきとうほん
牙城 がじょう
〔屯〕とん・たむろ
屯田 とんでん
屯所 とんしょ
屯営 とんえい
〔戈〕か・ほこ
〔比〕ひ・くらべ・くらべる・たぐい・た

ぐう・たぐえる・よそえる
比丘 びく
比丘尼 びくに
比肩 ひけん
比例 ひれい
比例代表制 ひれいだいひょうせい
比例配分 ひれいはいぶん
比況 ひきょう
比重 ひじゅう
比率 ひりつ
比喩 ひゆ
比較 くらべる・ひかく
比較的 ひかくてき
比熱 ひねつ
比翼 ひよく
比類 ひるいない
〔互〕ご・たがい・たがいに
互生 ごせい
互先 たがいさき
互助 ごじょ
互角 ごかく
互換 ごかん
互違 たがいちがい
互選 ごせん
互譲 ごじょう
〔切〕せつ・さい・きり・きる・きらす・きれ・きれる
切下 きりさげる
切上 きりあげる
切口 きりくち
切子 きりこ
切戸 きりど
切切 せつせつ
切手 きって
切札 きりふだ
切目 きれめ
切込 きりこむ
切立 きりたつ
切出 きりだす
切地 きれじ
切回 きりまわす
切先 きっさき
切字 きれじ
切羽詰 せっぱつまる
切抜 きりぬく・きりぬける

切売 きりうり
切身 きりみ
切返 きりかえす
切言 せつげん
切長 きれなが
切者 きれもの
切取 きりとる
切取線 きりとりせん
切味 きれあじ
切迫 せっぱく
切放 きりはなす
切刻 きりきざむ
切実 せつじつ
切要 せつよう
切株 きりかぶ
切倒 きりたおす
切殺 きりころす
切屑 きりくず
切通 きりどおし
切除 せつじょ
切紙 きりがみ
切紙細工 きりがみざいく
切掛 きりかかる
切捨 きりすて・きりすてる
切盛 きりもり
切崩 きりくずす
切符 きっぷ
切望 せつぼう
切断 せつだん
切張 きりばり
切替 きりかえる
切落 きりおとす
切裂 きりさく
切歯扼腕 せっしやくわん
切貼 きりばり
切開 きりひらく・せっかい
切診 せっしん
切結 きりむすぶ
切絵 きりえ
切傷 きりきず
切腹 せっぷく
切詰 きりつめる
切端 きれはし
切磋 せっさ
切磋琢磨 せっさたくま

切線 せっせん
切願 せつがん
切離 きりはなす
〔止〕し・さし・さす・とどまる・とどめる・とまる・とめる・やむ・やめる・とどめ・よし・よす
止木 とまりぎ
止水 しすい
止処 とめどない
止血 しけつ
止宿 ししゅく
止揚 しよう
止痛 しつう
〔少〕しょう・すくない・すこし
少女 しょうじょ
少少 しょうしょう
少目 すくなめ
少弐 しょうに
少考 しょうこう
少年 しょうねん
少年団 しょうねんだん
少壮 しょうそう
少佐 しょうさ
少判 こばん
少国民 しょうこくみん
少食 しょうしょく
少時 しょうじ
少将 しょうしょう
少差 しょうさ
少納言 しょうなごん
少尉 しょうい
少量 しょうりょう
少閑 しょうかん
少数 しょうすう
少輔 しょうゆう
少憩 しょうけい
少額 しょうがく
〔日〕にち・じつ・か・ひ
日一日 ひいちにち
日入 ひのいり
日丸 ひのまる
日切 ひぎり
日日 にちにち・ひび
日中 にっちゅう・ひなか

日月 じつげつ・にちげつ
日収 にっしゅう
日刊 にっかん
日本 にっぽん・にほん
日本人拉致問題 にほんじんらちもんだい
日本三景 にほんさんけい
日本住血吸虫病 にほんじゅうけっきゅうちゅうびょう
日本画 にほんが
日本海流 にほんかいりゅう
日本晴 にほんばれ
日本間 にほんま
日本新 にほんしん
日本語 にほんご
日付 ひづけ
日付変更線 ひづけへんこうせん
日用 にちよう
日永 ひなが
日出 ひので
日光 にっこう
日当 にっとう・ひあたり
日赤 にっせき
日足 ひあし
日系 にっけい
日没 にちぼつ
日表 にっぴょう
日長 ひなが
日取 ひどり
日直 にっちょく
日歩 ひぶ
日和 ひより
日和見 ひよりみ
日和見主義 ひよりみしゅぎ
日延 ひのべ
日金 ひがね
日夜 にちや
日参 にっさん
日柄 ひがら
日食 にっしょく
日計 にっけい
日限 にちげん
日時 にちじ

日時計 ひどけい
日射病 にっしゃびょう
日記 にっき
日差 ひざし
日帰 ひがえり
日除 ひよけ
日教組 にっきょうそ
日盛 ひざかり
日常 にちじょう
日常性 にちじょうせい
日常茶飯事 にちじょうさはんじ
日貨 にっか
日進月歩 にっしんげっぽ
日章旗 にっしょうき
日産 にっさん
日済 ひなし
日陰 ひかげ
日経連 にっけいれん
日報 にっぽう
日勤 にっきん
日程 にってい
日貨 ひがし
日傘 ひがさ
日焼 ひやけ
日割 ひわり
日給 にっきゅう
日照 にっしょう・ひでり
日照雨 ひでりあめ
日照権 にっしょうけん
日数 にっすう・ひかず
日増 ひまし
日暮 ひぐれ
日銭 ひぜに
日銀 にちぎん
日蝕 にっしょく
日誌 にっし
日蓮宗 にちれんしゅう
日影 ひかげ
日課 にっか
日録 にちろく
日覆 ひおい
日曜 にちよう

日曬 ひざらし
〔曰〕えつ・いう・いわく・のたまう・のたまわく
〔中〕じゅう・ちゅう・あたる・うち・なか
中入 なかいり
中小企業 ちゅうしょうきぎょう
中巾 ちゅうはば
中天 ちゅうてん
中元 ちゅうげん
中止 ちゅうし
中日 ちゅうにち・なかび
中中 なかなか
中手 なかて
中心 ちゅうしん
中心地 ちゅうしんち
中正 ちゅうせい
中世 ちゅうせい
中古 ちゅうこ・ちゅうぶる
中古車 ちゅうこしゃ
中央 ちゅうおう
中央処理装置 ちゅうおうしょりそうち
中央委員会 ちゅうおういいんかい
中央政府 ちゅうおうせいふ
中央集権 ちゅうおうしゅうけん
中央銀行 ちゅうおうぎんこう
中生代 ちゅうせいだい
中外 ちゅうがい
中立 ちゅうりつ
中耳 ちゅうじ
中耳炎 ちゅうじえん
中肉 ちゅうにく
中肉中背 ちゅうにくちゅうぜい
中年 ちゅうねん
中気 ちゅうき
中休 なかやすみ
中旬 ちゅうじゅん
中州 なかす
中弛 なかだるみ

中折 なかおれ
中売 なかうり
中佐 ちゅうさ
中身 なかみ
中近東 ちゅうきんとう
中毒 ちゅうどく
中枢 ちゅうすう
中枢神経 ちゅうすうしんけい
中枢部 ちゅうすうぶ
中東 ちゅうとう
中味 なかみ
中国 ちゅうごく
中和 ちゅうわ
中卒 ちゅうそつ
中波 ちゅうは
中性 ちゅうせい
中性子 ちゅうせいし
中学 ちゅうがく
中学校 ちゅうがっこう
中空 ちゅうくう
中型 ちゅうがた
中指 なかゆび
中背 ちゅうぜい
中点 ちゅうてん
中秋 ちゅうしゅう
中段 ちゅうだん
中風 ちゅうぶう
中退 ちゅうたい
中級 ちゅうきゅう
中華 ちゅうか
中華人民共和国 ちゅうかじんみんきょうわこく
中核 ちゅうかく
中称 ちゅうしょう
中値 なかね
中島 なかじま
中途 ちゅうと
中途半端 ちゅうとはんぱ
中将 ちゅうじょう
中庭 なかにわ
中座 ちゅうざ
中流 ちゅうりゅう
中宮 ちゅうぐう
中納言 ちゅうなごん
中頃 なかごろ

中黒 なかぐろ
中略 ちゅうりゃく
中進国 ちゅうしんこく
中庸 ちゅうよう
中部 ちゅうぶ
中産階級 ちゅうさんかいきゅう
中断 ちゅうだん
中尉 ちゅうい
中習者 ちゅうしゅうしゃ
中期 ちゅうき
中葉 ちゅうよう
中軸 ちゅうじく
中堅 ちゅうけん
中間 ちゅうかん
中間子 ちゅうかんし
中間色 ちゅうかんしょく
中距離 ちゅうきょり
中幅 ちゅうはば
中程 なかほど
中等 ちゅうとう
中道 ちゅうどう
中隊 ちゅうたい
中絶 ちゅうぜつ
中農 ちゅうのう
中傷 ちゅうしょう
中腰 ちゅうごし
中腹 ちゅうふく
中継 ちゅうけい・なかつぎ
中継貿易 ちゅうけいぼうえき
中層 ちゅうそう
中綿 なかわた
中敷 なかじき
中震 ちゅうしん
中篇 ちゅうへん
中盤 ちゅうばん
中編 ちゅうへん
中興 ちゅうこう
中衛 ちゅうえい
〔円〕えん・まるい・まる・まろし
円天井 まるてんじょう
円安 えんやす
円形 えんけい
円卓 えんたく

中黒 円卓会議 えんたくかいぎ
円価 えんか
円周 えんしゅう
円周率 えんしゅうりつ
円弧 えんこ
円相場 えんそうば
円柱 えんちゅう
円為替 えんかわせ
円建 えんだて
円借款 えんしゃっかん
円高 えんだか
円座 えんざ
円陣 えんじん
円貨 えんか
円筒 えんとう
円満 えんまん
円滑 えんかつ
円舞 えんぶ
円舞曲 えんぶきょく
円盤 えんばん
円盤投 えんばんなげ
円熟 えんじゅく
円錐 えんすい
円錐曲線 えんすいきょくせん
〔内〕のう・だい・ない・うち
内内 うちうち・ないない
内反足 ないはんそく
内分 ないぶん
内分泌 ないぶんぴつ
内心 ないしん
内示 ないじ
内払 うちばらい
内申書 ないしんしょ
内用 ないよう
内外 –ないがい・ないがい
内包 ないほう
内玄関 ないげんかん
内出血 ないしゅっけつ
内弁慶 うちべんけい
内地 ないち
内耳 ないじ
内在 ないざい
内劣 うちおとり

内因 ないいん
内回 うちまわり
内気 うちき
内向的 ないこうてき
内交渉 ないこうしょう
内攻 ないこう
内見 ないけん
内助 ないじょ
内乱 ないらん
内角 ないかく
内応 ないおう
内国貿易 ないこくぼうえき
内的 ないてき
内径 ないけい
内金 うちきん
内股 うちまた
内服 ないふく
内周 ないしゅう
内法 うちのり
内実 ないじつ
内定 ないてい
内政 ないせい
内苑 ないえん
内面 うちづら・ないめん
内省 ないせい
内界 ないかい
内科 ないか
内海 うちうみ・ないかい
内祝 うちいわい
内発 ないはつ
内柔外剛 ないじゅうがいごう
内約 ないやく
内剛外柔 ないごうがいじゅう
内耗 うちべり
内借 ないしゃく
内訌 ないこう
内訓 ないくん
内容 ないよう
内孫 うちまご
内通 ないつう
内紛 ないふん
内規 ないき
内接 ないせつ
内堀 うちぼり

内野 ないや
内野手 ないやしゅ
内患 たいかん
内偵 ないてい
内側 うちがわ
内兜 うちかぶと
内訳 うちわけ
内部 ないぶ
内済 ないさい
内情 ないじょう
内密 ないみつ
内視鏡 ないしきょう
内陸 ないりく
内報 ないほう
内勤 ないきん
内奥 ないおう
内装 ないそう
内減 うちべり
内渡 うちわたし
内幕 うちまく・ない
　まく
内債 ないさい
内傷 ないしょう
内裏 だいり
内意 ないい
内戦 ないせん
内福 ないふく
内閣 ないかく
内閣総理大臣 ないか
　くそうりだいじん
内緒 ないしょ
内蔵 ないぞう
内輪 うちわ・うちわ
　もめ
内輪山 ないりんざん
内憂 ないゆう
内諾 ないだく
内謁 ないえつ
内談 ないだん
内線 ないせん
内縁 ないえん
内親王 ないしんのう
内燃機関 ないねんき
　かん
内懐 うちぶところ
内壁 ないへき
内職 ないしょく
内観 ないかん
内臓 ないぞう
内鰐 うちわに

〔水〕すい・みず・み
水入 みずいり
水力 すいりょく
水力学 すいりきがく
水干 すいかん
水上 すいじょう・み
　なかみ
水上生活者 すいじょ
　うせいかつしゃ
水上警察 すいじょう
　けいさつ
水上競技 すいじょう
　きょうぎ
水口 みずぐち
水天 すいてん
水天一碧 すいてんい
　っぺき
水天彷彿 すいてんほ
　うふつ
水夫 すいふ
水切 みずきり・みず
　ぎれ
水中 すいちゅう・み
　ずあたり
水牛 すいぎゅう
水分 すいぶん
水月 すいげつ
水火 すいか
水心 みずごころ
水引 みずひき
水玉 みずたま
水圧 すいあつ
水石鹸 みずせっけん
水平 すいへい
水平思考 すいへいし
　こう
水平線 すいへいせん
水田 すいでん・みず
　た
水生 すいせい
水仕事 みずしごと
水仙 すいせん
水瓜 すいか
水加減 みずかげん
水辺 すいへん・みず
　べ
水母 くらげ
水死 すいし
水成岩 すいせいがん
水虫 みずむし
水団 すいとん

水気 すいき・みずけ
水先案内 みずさきあ
　んない
水色 すいしょく・み
　ずいろ
水攻 みずぜめ
水車 すいしゃ・みず
　ぐるま
水貝 みずがい
水足 みずあし
水利 すいり
水兵 すいへい
水位 すいい
水系 すいけい
水冷 すいれい
水汲 みずくみ
水没 すいぼつ
水沢 すいたく
水牢 みずろう
水防 すいぼう
水芭蕉 みずばしょう
水杯 みずさかずき
水枕 みずまくら
水門 すいもん
水物 みずもの
水肥 みずごえ
水府 すいふ
水底 すいてい
水炊 みずたき
水沫 すいまつ
水油 みずあぶら
水泡 すいほう
水泳 すいえい
水波 すいは
水性 みずしょう
水性塗料 すいせいと
　りょう
水垢 みずあか
水垢離 みずごり
水草 すいそう・みず
　くさ
水柱 すいちゅう・み
　ずばしら
水面 すいめん
水星 すいせい
水俣病 みなまたびょ
　う
水臭 みずくさい
水食 すいしょく
水計 みずばかり
水浅葱 みずあさぎ

水洗 すいせん・みず
　あらい
水軍 すいぐん
水神 すいじん
水屋 みずや
水素 すいそ
水栽培 みずさいばい
水捌 みずはけ
水時計 みずどけい
水耕 すいこう
水秤 みずばかり
水飢饉 みずききん
水脈 すいみゃく
水疱 すいほう
水疱瘡 みずぼうそう
水差 みずさし
水浴 すいよく・みず
　あび
水流 すいりゅう
水流地 すいりゅうち
水浸 みずびたし
水害 すいがい
水書 すいしょ
水紋 すいもん
水球 すいきゅう
水責 みずぜめ
水城 すいいき
水菓子 みずがし
水桶 みずおけ
水盛 みずもり
水鳥 すいちょう・み
　ずとり
水船 みずぶね
水彩 すいさい
水彩画 すいさいが
水鹿 すいろく
水族 すいぞく
水産 すいさん
水商売 みずしょうば
　い
水瓶 みずがめ
水涸 みずがれ
水深 すいしん
水密 すいみつ
水張 みずばり
水陸 すいりく
水郷 すいきょう・す
　いごう
水揚 みずあげ
水煮 みずに

水葬 すいそう	水滴 すいてき	手分 てわけ	手拍子 てびょうし
水量 すいりょう	水蜜桃 すいみつとう	手文庫 てぶんこ	手者 てのもの
水晶 すいしょう	水際 みずぎわ	手心 てごころ	手招 てまねき
水晶体 すいしょうたい	水際立 みずぎわだつ	手引 てびき	手取 てとり・てどり
水無月 みなづき	水練 すいれん	手打 てうち	手直 てなおし
水筒 すいとう	水綿 あおみどろ	手本 てほん	手枕 たまくら
水筆 すいひつ	水槽 すいそう	手札 しゅさつ・てふだ	手奇麗 てぎれい
水飲 みずのみ	水質 すいしつ	手札型 てふだがた	手明 てあき
水飲百姓 みずのみびゃくしょう	水盤 すいばん	手甲 てのこう	手金 てきん
水遊 みずあそび	水餅 みずもち	手仕事 てしごと	手斧 ておの
水着 みずぎ	水論 すいろん	手仕舞 てじまい	手放 てばなし・てばなす
水道 すいどう	水澄 みずすまし	手付 てつかず・てつき・てつけ	手並 てなみ
水温 すいおん	水薬 すいやく・みずぐすり	手代 てだい	手法 しゅほう
水割 みずわり	水膨 みずぶくれ	手込 てごめ	手性 てしょう
水運 すいうん	水霜 みずじも	手広 てびろい	手帚 てぼうき
水絵 みずえ	水濡 みずぬれ	手立 てだて	手始 てはじめ
水絵具 みずえのぐ	水難 すいなん	手写 しゅしゃ	手拭 てぬぐい
水損 すいそん	水曜 すいよう	手出 てだし	手持 てもち・てもちぶさた
水勢 すいせい	水曜日 すいようび	手加減 てかげん	手垢 てあか
水搔 みずかき	水瀉 すいしゃ	手弁当 てべんとう	手荒 てあらい
水蒸気 すいじょうき	水藻 すいそう	手当 てあて	手柄 てがら
水雷 すいらい	水鏡 みずかがみ	手早 てばや・てばやい	手相 てそう
水黽 あめんぼ	水鶏 くいな	手回 てまわし・てまわり	手厚 てあつい
水路 すいろ	水爆 すいばく	手先 てさき	手品 てじな
水嵩 みずかさ	水蘚 みずごけ	手伝 てつだい・てつだう	手段 しゅだん
水鉄砲 みずでっぽう	水嚢 すいのう	手向 たむける・てむかう	手後 ておくれ
水禽 すいきん	〔午〕ご・うま	手合 てあい・てあわせ	手負 ており
水飼 みずかい	午後 ごご	手交 しゅこう	手狭 てぜま
水飴 みずあめ	午前 ごぜん	手形 てがた	手巻 てまき
水腹 みずばら	午前様 ごぜんさま	手形振出 てがたふりだし	手前 てまえ
水煙 すいえん・みずけむり	午睡 ごすい	手抜 てぬき	手前味噌 てまえみそ
水源 すいげん	午餐 ごさん	手抄 しゅしょう	手前勝手 てまえがって
水源地 すいげんち	〔手〕しゅ・て・た	手芸 しゅげい	手首 てくび
水準 すいじゅん・みずばかり	手一杯 ていっぱい	手車 てぐるま	手洗 てあらい
水溜 みずたまり	手八丁口八丁 てはっちょうくちはっちょう	手助 てだすけ	手振 てぶり
水溶 すいよう	手土産 てみやげ	手足 てあし・てだり・てだれ	手捌 てさばき
水禍 すいか	手工芸 しゅこうげい	手足口病 てあしくちびょう	手荷物 てにもつ
水増 みずまし	手工業 しゅこうぎょう	手利 てきき	手真似 てまね
水酸化 すいさんか	手下 てした	手作 てづくり	手速 てばやい
水酸化物 すいさんかぶつ	手口 てぐち	手近 てぢか	手酌 てしゃく
水墨画 すいぼくが	手元 てもと	手応 てごたえ	手配 てくばり・てはい
水稲 すいとう	手不足 てぶそく	手長 てなが	手透 てすき
水管 すいかん	手切 てぎれ	手押 ておし	手記 しゅき
水銀 すいぎん	手中 しゅちゅう		手料理 てりょうり
水銀灯 すいぎんとう	手水 ちょうず		手書 しゅしょ・てがき
			手紙 てがみ

手掛 てがかり・てかけ・てがける
手控 てびかえ・てびかえる
手探 てさぐり
手頃 てごろ
手帳 てちょう
手動 しゅどう
手袋 てぶくろ
手術 しゅじゅつ
手淫 しゅいん
手強 てづよい
手習 てならい
手提 てさげ
手落 ておち
手軽 てがる
手堅 てがたい
手量 てばかり
手間 てま
手間取 てまどる
手間賃 てまちん
手無 てなし
手筈 てはず
手答 てごたえ
手筋 てすじ
手順 てじゅん
手短 てみじか
手腕 しゅわん
手腕家 しゅわんか
手痛 ていたい
手遊 てあそび・てすさび
手渡 てわたす
手遅 ておくれ
手塩 てしお
手勢 てぜい
手暗 てくらがり
手跡 しゅせき
手傷 てきず
手飼 てがい
手触 てざわり
手解 てほどき
手詰 てづまり・てづめ
手話 しゅわ
手裏剣 しゅりけん・しりけん
手数 てすう
手違 てちがい
手続 てつづき

手榴弾 しゅりゅうだん
手酷 てひどい
手製 てせい
手管 てくだ
手旗 てばた
手慣 てなれる
手際 てぎわ
手練 しゅれん
手練手管 てれんてくだ
手綱 たづな
手蔓 てづる
手箱 てばこ
手慰 てなぐさみ
手締 てじめ
手編 てあみ
手薄 てうす
手錠 てじょう
手縫 てぬい
手擦 てずれ
手鞠 てまり
手厳 てきびしい
手蹟 しゅせき
手癖 てくせ
手織 ており
手鏡 てかがみ
手離 てばなれ
手繰 たぐる・てぐり
手繰込 たぐりこむ
手懸 てがかり・てがける
手鑑 てかがみ
〔牛〕ぎゅう・ご・うし
牛耳 ぎゅうじる
牛肉 ぎゅうにく
牛車 ぎっしゃ・ぎゅうしゃ
牛歩 ぎゅうほ
牛乳 ぎゅうにゅう
牛馬 ぎゅうば
牛飲馬食 ぎゅういんばしょく
〔毛〕もう・け
毛孔 けあな
毛布 もうふ
毛生薬 けはえぐすり
毛穴 けあな
毛皮 けがわ

毛虫 けむし
毛色 けいろ
毛糸 けいと
毛抜 けぬき
毛足 けあし
毛並 けなみ
毛虱 けじらみ
毛蚕 けご
毛根 もうこん
毛唐 けとう
毛脚 けあし
毛脛 けずね
毛深 けぶかい
毛細血管 もうさいけっかん
毛細管 もうさいかん
毛筆 もうひつ
毛鉤 けばり
毛裏 けうら
毛嫌 けぎらい
毛髪 もうはつ
毛管 もうかん
毛管現象 もうかんげんしょう
毛際 けぎわ
毛頭 もうとう
毛氈 もうせん
毛氈苔 もうせんごけ
毛臑 けずね
毛蟹 けがに
毛織物 けおりもの
毛黴 けかび
〔壬〕じん・みずのえ
〔升〕しょう・ます
升目 ますめ
〔夭〕よう
夭折 ようせつ
夭逝 ようせい
〔仁〕にん・じん
仁王 におう
仁王立 におうだち
仁兄 じんけい
仁君 じんくん
仁者 じんしゃ
仁政 じんせい
仁恵 じんけい
仁恕 じんじょ
仁術 じんじゅつ
仁愛 じんあい
仁義 じんぎ

仁慈 じんじ
仁徳 じんとく
什宝 じゅうほう
什器 じゅうき
〔片〕へん・べん・かた・かたす・ひら
片一方 かたいっぽう
片刃 かたは
片手 かたて
片手落 かたておち
片手間 かたてま
片片 へんぺん
片方 かたほう
片目 かため
片田舎 かたいなか
片付 かたづく・かたづける
片仮名 かたかな
片言 かたこと・へんげん
片面 かためん
片思 かたおもい
片時 かたとき
片側 かたがわ
片寄 かたよる
片務契約 へんむけいやく
片腕 かたうで
片道 かたみち
片割 かたわれ
片隅 かたすみ
片腹痛 かたはらいたい
片脳油 へんのうゆ
片意地 かたいじ
片端 かたっぱしから・かたはし
片輪 かたわ
片頭痛 かたずつう・へんずつう
片親 かたおや
片鱗 へんりん
〔仇〕きゅう・あだ
仇討 あだうち
仇敵 きゅうてき
〔化〕か・け・かする・ばかす・ばける
化石 かせき
化合 かごう
化合物 かごうぶつ
化身 けしん

化物 ばけもの
化肥 かひ
化学 かがく
化学反応 かがくはんのう
化学式 かがくしき
化学肥料 かがくひりょう
化学変化 かがくへんか
化学記号 かがくきごう
化学調味料 かがくちょうみりょう
化学繊維 かがくせんい
化現 けげん
化粧 けしょう
化粧室 けしょうしつ
化膿 かのう
化繊 かせん
〔仏〕ぶつ・ほとけ
仏人 ふつじん
仏土 ぶつど
仏文 ふつぶん
仏心 ぶっしん・ほとけごころ
仏式 ぶっしき
仏名 ぶつみょう
仏足石 ぶっそくせき
仏体 ぶったい
仏弟子 ぶつでし
仏者 ぶっしゃ
仏事 ぶつじ
仏門 ぶつもん
仏典 ぶってん
仏和 ふつわ
仏舎利 ぶっしゃり
仏法 ふつほう・ぶっぽう
仏法僧 ぶっぽうそう
仏性 ぶっしょう
仏陀 ぶつだ
仏前 ぶつぜん
仏祖 ぶっそ
仏神 ぶっしん
仏徒 ぶっと
仏書 ぶっしょ
仏頂面 ぶっちょうづら
仏教 ぶっきょう

仏訳 ふつやく
仏塔 ぶっとう
仏菩薩 ぶつぼさつ
仏葬 ぶっそう
仏間 ぶつま
仏道 ぶつどう
仏滅 ぶつめつ
仏殿 ぶつでん
仏閣 ぶっかく
仏罰 ぶつばち
仏像 ぶつぞう
仏領 ふつりょう
仏語 ふつご
仏説 ぶっせつ
仏敵 ぶってき
仏壇 ぶつだん
〔斤〕きん
斤量 きんりょう
〔爪〕そう・つめ・つま
爪切 つめきり
爪立 つまだつ
爪先 つまさき
爪印 つめいん
爪形 つめがた
爪痕 つめあと
爪弾 つまはじき
爪楊枝 つまようじ
爪繰 つまぐる
〔反〕はん・たん・そり・そる・そらす・ほん・かえす・かえし・かえって・かえり・かえる
反比例 はんぴれい
反日 はんにち
反収 たんしゅう
反古 ほご
反目 はんもく
反当 たんあたり
反吐 へど
反攻 はんこう
反抗 はんこう
反抗期 はんこうき
反乱 はんらん
反作用 はんさよう
反身 そりみ
反返 そっくりかえる・そりかえる
反対 はんたい
反対語 はんたいご

反応 はんのう
反物 たんもの
反故 ほご
反面 はんめん
反省 はんせい
反則 はんそく
反映 はんえい
反逆 はんぎゃく
反軍 はんぐん
反発 はんぱつ
反骨 はんこつ
反射 はんしゃ
反射鏡 はんしゃきょう
反徒 はんと
反芻 はんすう
反転 はんてん
反間 はんもん
反動 はんどう
反側 はんそく
反間 はんかん
反復 はんぷく
反復記号 はんぷくきごう
反証 はんしょう
反感 はんかん
反意語 はんいご
反義語 はんぎご
反戦 はんせん
反駁 はんばく
反歌 はんか
反語 はんご
反旗 はんき
反撥 はんぱつ
反撃 はんげき
反論 はんろん
反橋 そりはし
反響 はんきょう
〔刈〕かる・かり
刈入 かりいれ
刈上 かりあげる
刈込 かりこむ
刈取 かりとる
刈萱 かるかや
〔介〕かい・かいする
介入 かいにゅう
介在 かいざい
介抱 かいほう
介添 かいぞえ
介錯 かいしゃく

介護 かいご
介護福祉士 かいごふくしし
〔父〕ふ・ちち・てて・とと
父上 ちちうえ
父子 ふし
父方 ちちかた
父兄 ふけい
父母 ふぼ
父系 ふけい
父性 ふせい
父性愛 ふせいあい
父音 ふいん
父祖 ふそ
父無子 ててなしご
父権 ふけん
父親 ちちおや
〔今〕こん・きん・いま・いまめかしい
今一 いまひとつ
今夕 こんゆう
今日 きょう・こんにち・こんにちは
今日明日 きょうあす
今月 こんげつ
今方 いましがた
今生 こんじょう
今回 こんかい
今年 ことし・こんねん
今年度 こんねんど
今更 いまさら
今迄 いままで
今昔 こんじゃく
今明日 こんみょうにち
今所 いまのところ
今夜 こんや
今後 こんご
今風 いまふう
今度 こんど
今時 いまどき
今般 こんぱん
今宵 こよい
今週 こんしゅう
今朝 けさ
今晩 こんばん・こんばんは
今様 いまよう
〔凶〕きょ・きょう

凶刃 きょうじん
凶年 きょうねん
凶行 きょうこう
凶作 きょうさく
凶事 きょうじ
凶徒 きょうと
凶悪 きょうあく
凶報 きょうほう
凶弾 きょうだん
凶漢 きょうかん
凶暴 きょうぼう
凶器 きょうき
〔分〕ぶん・ぶん・ぶ
・わけ・わける・わ
かり・わかる・わか
れる・わかち・わか
つ
分入 わけいる
分力 ぶんりょく
分子 ぶんし
分子式 ぶんししき
分子量 ぶんしりょう
分切 わかりきった
分水嶺 ぶんすいれい
分化 ぶんか
分引 ぶびき
分布 ぶんぷ
分目 わかれめ・わけ
め
分立 ぶんりつ
分母 ぶんぼ
分列 ぶんれつ
分光器 ぶんこうき
分合 わかちあう・わ
けあう
分別 ふんべつ・ぶん
べつ
分別臭 ふんべつくさ
い
分岐 ぶんき
分岐点 ぶんきてん
分身 ぶんしん
分担 ぶんたん
分析 ぶんせき
分明 ぶんめい
分易 わかりやすい
分泌 ぶんぴ・ぶんぴ
つ
分相応 ぶんそうおう
分厚 ぶあつい
分乗 ぶんじょう

分秒 ふんびょう
分科 ぶんか
分度器 ぶんどき
分前 わけまえ
分派 ぶんぱ
分屋 わからずや
分限 ぶんげん
分限者 ぶげんしゃ
分捕 ぶんどる
分校 ぶんこう
分配 ぶんぱい
分骨 ぶんこつ
分流 ぶんりゅう
分家 ぶんけ
分書 わかちがき
分娩 ぶんべん
分納 ぶんのう
分教場 ぶんきょうじ
ょう
分野 ぶんや
分断 ぶんだん
分散 ぶんさん
分裂 ぶんれつ
分量 ぶんりょう
分筆 ぶんぴつ
分道 わかれみち
分割 ぶんかつ
分業 ぶんぎょう
分遣 ぶんけん
分節 ぶんせつ
分与 わけあたえる
分解 ぶんかい
分数 ぶんすう
分溜 ぶんりゅう
分銅 ふんどう
分領 ぶんりょう
分際 ぶんざい
分権 ぶんけん
分難 わかりにくい
分類 ぶんるい
分離 ぶんり
分蘖 ぶんけつ
分譲 ぶんじょう
〔乏〕ぼう・とぼしい
〔公〕こう・きみ・お
おやけ・おうやけ
公人 こうじん
公分母 こうぶんぼ
公文 こうぶん
公文書 こうぶんしょ

公刊 こうかん
公示 こうじ
公正 こうせい
公正証書 こうせいし
ょうしょ
公布 こうふ
公平 こうへい
公用 こうよう
公用語 こうようご
公立 こうりつ
公司 こうし
公民 こうみん
公民権 こうみんけん
公民館 こうみんかん
公式 こうしき
公式主義 こうしきし
ゅぎ
公式試合 こうしきし
あい
公共心 こうきょうし
ん
公共団体 こうきょう
だんたい
公共企業体 こうきょ
うきぎょうたい
公共事業 こうきょう
じぎょう
公共放送 こうきょう
ほうそう
公共施設 こうきょう
しせつ
公共料金 こうきょう
りょうきん
公共福祉広告 こうき
ょうふくしこうこく
公共職業安定所 こう
きょうしょくぎょう
あんていじょ
公有 こうゆう
公有物 こうゆうぶつ
公団 こうだん
公印 こういん
公休日 こうきゅうび
公会堂 こうかいどう
公企業 こうきぎょう
公安 こうあん
公売 こうばい
公図 こうず
公告 こうこく
公私 こうし
公言 こうげん

公序 こうじょ
公判 こうはん
公社 こうしゃ
公社員 こうしゃいん
公表 こうひょう
公事 こうじ
公明正大 こうめいせ
いだい
公使 こうし
公的 こうてき
公金 こうきん
公舎 こうしゃ
公邸 こうてい
公法 こうほう
公定 こうてい
公定歩合 こうていぶ
あい
公海 こうかい
公約 こうやく
公約数 こうやくすう
公租 こうそ
公称 こうしょう
公倍数 こうばいすう
公卿 くぎょう
公庫 こうこ
公益 こうえき
公家 くげ
公害 こうがい
公案 こうあん
公孫 こうそん
公理 こうり
公教会 こうきょうか
い
公転 こうてん
公設 こうせつ
公娼 こうしょう
公務 こうむ
公務員 こうむいん
公報 こうほう
公募 こうぼ
公開 こうかい
公開状 こうかいじょ
う
公開価格 こうかいか
かく
公開講座 こうかいこ
うざ
公衆 こうしゅう
公然 こうぜん
公証 こうしょう

公訴 こうそ
公道 こうどう
公営 こうえい
公費 こうひ
公園 こうえん
公署 こうしょ
公債 こうさい
公傷 こうしょう
公算 こうさん
公僕 こうぼく
公徳心 こうとくしん
公認 こうにん
公演 こうえん
公権 こうけん
公権力 こうけんりょく
公器 こうき
公儀 こうぎ
公課 こうか
公憤 こうふん
公選 こうせん
公館 こうかん
公聴会 こうちょうかい
公爵 こうしゃく
公職 こうしょく

〔月〕げつ・がつ・つき
月下氷人 げっかひょうじん
月下美人 げっかびじん
月日 がっぴ・つきひ
月内 げつない
月月 つきづき
月収 げっしゅう
月刊 げっかん
月末 げつまつ・つきずえ
月払 つきばらい
月光 げっこう
月見 つきみ
月見草 つきみそう
月利 げつり
月初 つきはじめ
月表 げっぴょう
月例 げつれい
月夜 つきよ
月並 つきなみ
月面 げつめん

月後 つきおくれ
月食 げっしょく
月桂冠 げっけいかん
月桂樹 げっけいじゅ
月球 げっきゅう
月掛 つきがけ
月産 げっさん
月経 げっけい
月報 げっぽう
月極 つきぎめ
月間 げっかん
月遅 つきおくれ
月給 げっきゅう
月賦 げっぷ
月影 つきかげ
月餅 げっぺい
月齢 げつれい
月謝 げっしゃ
月曜 げつよう
月額 げつがく

〔氏〕し・うじ
氏子 うじこ
氏名 しめい
氏育 うじよりそだち
氏神 うじがみ
氏族 しぞく

〔勿〕もち・もつ・なかれ
勿怪 もっけ
勿論 もちろん

〔匁〕もんめ

〔欠〕けつ・かく・かけ・かける・かかす・あくび
欠乏 けつぼう
欠本 けっぽん
欠目 かけめ
欠礼 けつれい
欠如 けつじょ
欠伸 あくび
欠点 けってん
欠巻 けっかん
欠格 けっかく
欠唇 いぐち・けっしん
欠員 けついん
欠航 けっこう
欠席 けっせき
欠席裁判 けっせきさいばん

欠陥 けっかん
欠場 けつじょう
欠勤 けっきん
欠落 けつらく
欠番 けつばん
欠損 けっそん
欠餅 かきもち
欠講 けっこう

〔匂〕におい・におう・におやか・におわせる

〔丹〕たん・に
丹田 たんでん
丹色 にいろ
丹花 たんか
丹毒 たんどく
丹念 たんねん
丹前 たんぜん
丹頂鶴 たんちょうづる
丹誠 たんせい
丹塗 にぬり
丹精 たんせい

〔勾〕こう・く
勾引 こういん
勾玉 まがたま
勾配 こうばい
勾留 こうりゅう

〔之〕し・これ
之繞 しんにゅう・しんにゅうをかける

〔文〕ぶん・もん・あや・ふみ・もどろく
文人 ぶんじん
文人画 ぶんじんが
文士 ぶんし
文才 ぶんさい
文化 ぶんか
文化人 ぶんかじん
文化国家 ぶんかこっか
文化財 ぶんかざい
文化祭 ぶんかさい
文化勲章 ぶんかくんしょう
文化遺産 ぶんかいさん
文化廰 ぶんかちょう
文月 ふづき・ふみづき
文末 ぶんまつ
文句 もんく

文民 ぶんみん
文机 ふみづくえ
文名 ぶんめい
文字 もじ
文字盤 もじばん
文芸 ぶんげい
文芸復興 ぶんげいふっこう
文体 ぶんたい
文武 ぶんぶ
文房具 ぶんぼうぐ
文具 ぶんぐ
文明 ぶんめい
文明開化 ぶんめいかいか
文典 ぶんてん
文物 ぶんぶつ
文使 ふみづかい
文例 ぶんれい
文盲 もんもう
文法 ぶんぽう
文学 ぶんがく
文学者 ぶんがくしゃ
文官 ぶんかん
文相 ぶんしょう
文面 ぶんめん
文科 ぶんか
文殊 もんじゅ
文脈 ぶんみゃく
文庫 ぶんこ
文案 ぶんあん
文書 ぶんしょ
文弱 ぶんじゃく
文通 ぶんつう
文責 ぶんせき
文教 ぶんきょう
文殻 ふみがら
文鳥 ぶんちょう
文部省 もんぶしょう
文章 ぶんしょう
文章家 ぶんしょうか
文章語 ぶんしょうご
文無 もんなし
文筆 ぶんぴつ
文集 ぶんしゅう
文献 ぶんけん
文節 ぶんせつ
文楽 ぶんらく
文飾 ぶんしょく
文意 ぶんい

文語 ぶんご
文語文 ぶんごぶん
文語体 ぶんごたい
文豪 ぶんごう
文箱 ふばこ
文壇 ぶんだん
文頭 ぶんとう
文鎮 ぶんちん
〔六〕ろく・りく・む・むつ・むっつ
六三制 ろくさんせい
六大州 ろくだいしゅう
六日 むいか
六分儀 ろくぶんぎ
六六判 ろくろくばん
六方石 ろっぽうせき
六方体 ろっぽうたい
六体 りくたい
六角 ろっかく
六法 ろっぽう
六法全書 ろっぽうぜんしょ
六面体 ろくめんたい
六根 ろっこん
六書 りくしょ
六朝 りくちょう
六腑 ろっぷ
六歌仙 ろっかせん
〔尢〕こう
〔方〕ほう・あて・かた・がた・けた・みざかり・まさに
方丈 ほうじょう
方丈記 ほうじょうき
方方 かたがた・ほうぼう
方式 ほうしき
方向 ほうこう
方向探知機 ほうこうたんちき
方向転換 ほうこうてんかん
方舟 はこぶね
方形 ほうけい
方位 ほうい
方位角 ほういかく
方角 ほうがく
方言 ほうげん
方法 ほうほう
方法論 ほうほうろん

方面 ほうめん
方便 ほうべん
方途 ほうと
方針 ほうしん
方眼紙 ほうがんし
方程式 ほうていしき
方策 ほうさく
方鉛鉱 ほうえんこう
方解石 ほうかいせき
〔火〕か・ひ・ふ・ほ
火入 ひいれ
火力 かりょく
火力発電 かりょくはつでん
火干 ひぼし
火口 かこう・ひぐち・ほくち
火口原 かこうげん
火口湖 かこうこ
火山 かざん
火山灰 かざんばい
火山岩 かざんがん
火山帯 かざんたい
火元 ひもと
火止油 ひどめあぶら
火水 ひみず
火手 ひのて
火玉 ひだま
火打石 ひうちいし
火矢 ひや
火付 ひつけ
火加減 ひかげん
火成岩 かせいがん
火気 かき
火花 ひばな
火車 ひのくるま
火足 ひあし
火災 かさい
火災保険 かさいほけん
火災報知器 かさいほうちき
火災警報 かさいけいほう
火取蛾 ひとりが
火事 かじ
火事場 かじば
火事場泥棒 かじばどろぼう
火炎 かえん

火持 ひもち
火柱 ひばしら
火点 かてん
火星 かせい
火急 かきゅう
火屋 ほや
火砲 かほう
火粉 ひのこ
火消 ひけし
火除 ひよけ
火移 ひうつり
火脚 ひあし
火葬 かそう
火番 ひのばん
火遊 ひあそび
火勢 かせい
火照 ほてる
火傷 やけど
火鉢 ひばち
火種 ひだね
火影 ほかげ
火器 かき
火熨斗 ひのし
火縄銃 ひなわじゅう
火薬 かやく
火燵 こたつ
火曜 かよう
火曜日 かようび
〔斗〕と・ます・とます
〔辶〕しんにゅう・しんにょう
〔冗〕じょう
冗文 じょうぶん
冗句 じょうく
冗舌 じょうぜつ
冗長 じょうちょう
冗官 じょうかん
冗員 じょういん
冗費 じょうひ
冗語 じょうご
冗漫 じょうまん
冗談 じょうだん
冗談半分 じょうだんはんぶん
〔心〕しん・こころ
心入 こころいれ
心力 しんりょく
心土 しんど
心丈夫 こころじょうぶ

心木 しんぎ
心不全 しんふぜん
心太 ところてん
心太式 ところてんしき
心太草 ところてんぐさ
心友 しんゆう
心中 しんじゅう・しんちゅう
心打 しんうち
心付 こころづけ
心外 しんがい
心地 ここち・しんじ
心劣 こころおとり
心当 こころあたり・こころあて
心気 しんき
心休 こころやすみ
心任 こころまかせ
心血 しんけつ
心行 こころゆく
心字池 しんじいけ
心安 こころやすい
心尽 こころづくし
心材 しんざい
心身 しんしん
心肝 しんかん
心労 しんろう
心苦 こころぐるしい
心房 しんぼう
心的 しんてき
心服 しんぷく
心底 しんそこ・しんてい
心性 しんせい
心学 しんがく
心持 こころもち
心柱 しんばしら
心待 こころまち
心胆 しんたん
心変 こころがわり
心音 しんおん
心室 しんしつ
心神 しんしん
心根 こころね
心配 こころくばり・しんぱい
心配事 しんぱいごと
心配性 しんぱいしょう

心残 こころのこり
心理 しんり
心理小説 しんりしょうせつ
心理学 しんりがく
心理戦 しんりせん
心掛 こころがけ・こころがける
心酔 しんすい
心眼 しんがん
心得 こころえ・こころえる
心得顔 こころえがお
心許無 こころもとない
心添 こころぞえ
心情 しんじょう
心悸 しんき
心強 こころづよい
心細 こころぼそい
心棒 しんぼう
心無 こころない
心筋 しんきん
心象 しんしょう
心然 ひつぜん
心証 しんしょう
心痛 しんつう
心覚 こころおぼえ
心裡 しんり
心電図 しんでんず
心遣 こころづかい・こころやり
心腹 しんぷく
心猿 しんえん
心裏 しんり
心意気 こころいき
心魂 しんこん
心境 しんきょう
心構 こころがまえ
心像 しんぞう
心憎 こころにくい
心緒 しんしょ・しんちょ
心霊 しんれい
心機一転 しんきいってん
心頼 こころだのみ
心頭 しんとう
心積 こころづもり
心願 しんがん
心臓 しんぞう

心臓移植 しんぞういしょく
心臓麻痺 しんぞうまひ
〔尺〕しゃく
尺八 しゃくはち
尺取虫 しゃくとりむし
尺度 しゃくど
尺貫法 しゃっかんほう
〔弔〕ちょう・とぶらい・とぶらう・とむらい・とむらう
弔文 ちょうぶん
弔花 ちょうか
弔砲 ちょうほう
弔問 ちょうもん
弔詞 ちょうし
弔電 ちょうでん
弔辞 ちょうじ
弔意 ちょうい
弔歌 ちょうか
弔旗 ちょうき
弔慰 ちょうい
〔引〕いん・ひき・ひく・ひける
引入 ひきいれる
引力 いんりょく
引下 ひきおろす・ひきさがる・ひきさげる
引上 ひきあげる
引戸 ひきど
引切 ひききる
引止 ひきとめる
引手 ひくて
引分 ひきわけ
引火 いんか
引目 ひけめ
引付 ひっつく
引込 ひきこむ
引用 いんよう
引立 ひきたて・ひきたてる・ひったてる
引写 ひきうつし
引出 ひきだし・ひきだす
引当 ひきあてる
引回 ひきまわす・ひっかきまわす

引肉 ひきにく
引合 ひきあい・ひきあう・ひきあわせる
引合人 ひきあいにん
引抜 ひきぬく
引戻 ひきもどす
引見 いんけん
引伸 ひきのばす
引返 ひきかえす
引決 いんけつ
引取 ひきとる
引取人 ひきとりにん
引物 ひきもの・ひけもの
引延 ひきのばす
引金 ひきがね
引受 ひきうける
引括 ひっくるめる
引音 ひきおん
引退 いんたい・ひきのける
引起 ひきおこす
引連 ひきつれる
引致 いんち
引時 ひきどき・ひけどき
引値 ひけね
引倒 ひきたおす
引航 いんこう
引高 ひけだか
引被 ひっかぶる
引剥 ひきはがす
引責 いんせき
引据 ひきすえる
引船 ひきふね
引率 いんそつ
引寄 ひきよせる
引張 ひっぱる
引越 ひっこし
引提 ひっさげる
引揚 ひきあげる
引裂 ひきさく
引喩 いんゆ
引証 いんしょう
引渡 ひきわたす
引幕 ひきまく
引詰 ひっつめ
引続 ひきつづき
引継 ひきつぐ
引摺込 ひきずりこむ

引算 ひきざん
引際 ひきぎわ・ひけぎわ
引網 ひきあみ・ひきづな
引導 いんどう
引潮 ひきしお
引離 ひきはなす
引籠 ひきこもり
〔丑〕ちゅう・うし
丑三 うしみつ
丑寅 うしとら
丑満 うしみつ
〔爿〕しょう・ゆか・とこ
〔孔〕こう・あな
孔子 こうし
孔版 こうはん
孔孟 こうもう
孔雀 くじゃく
〔巴〕は・ともえ
巴旦杏 はたんきょう
〔収〕しゅう・おさまる・おさめる・おさまり
収入 しゅうにゅう
収支 しゅうし
収用 しゅうよう
収束 しゅうそく
収受 しゅうじゅ
収拾 しゅうしゅう
収差 しゅうさ
収益 しゅうえき
収容 しゅうよう
収容所 しゅうようじょ
収納 しゅうのう
収得 しゅうとく
収量 しゅうりょう
収集 しゅうしゅう
収賄 しゅうわい
収蔵 しゅうぞう
収監 しゅうかん
収録 しゅうろく
収獲 しゅうかく
収斂 しゅうれん
収縮 しゅうしゅく
収穫 しゅうかく
収攬 しゅうらん
〔予〕よ・かねて・あらかじめ

予予 かねがね
予行 よこう
予見 よけん
予告 よこく
予言 よげん
予防 よぼう
予防接種 よぼうせっしゅ
予防策 よぼうさく
予防線 よぼうせん
予知 よち
予価 よか
予定 よてい
予科 よか
予後 よご
予約 よやく
予納 よのう
予断 よだん
予報 よほう
予期 よき
予備 よび
予備役 よびえき
予備知識 よびちしき
予備金 よびきん
予備校 よびこう
予備選挙 よびせんきょ
予測 よそく
予覚 よかく
予想 よそう・よそうどおり
予想外 よそうがい
予感 よかん
予鈴 よれい
予算 よさん
予熱 よねつ
予選 よせん
〔双〕 そう
双一次 そういちじ
双子葉植物 そうしようしょくぶつ
双方 そうほう
双方決済 そうほうけっさい
双生児 そうせいじ
双曲線 そうきょくせん
双肩 そうけん
双発 そうはつ
双翅類 そうしるい

双書 そうしょ
双紙 そうし
双殻類 そうかくるい
双眼 そうがん
双眼鏡 そうがんきょう
双眸 そうぼう
双脚 そうきゃく
双魚宮 そうぎょきゅう
双務 そうむ
双務条約 そうむじょうやく
双極子 そうきょくし
双頬 そうきょう
双璧 そうへき
〔幻〕 げん・まぼろし
幻灯 げんとう
幻相 げんそう
幻術 げんじゅつ
幻覚 げんかく
幻想 げんそう
幻想的 げんそうてき
幻滅 げんめつ
幻像 げんぞう
幻影 げんえい
幻聴 げんちょう

五畫

〔玉〕 ぎょく・ごく・たま
玉子綴 たまごとじ
玉手箱 たまてばこ
玉石混交 ぎょくせきこんこう
玉目 たまもく
玉虫 たまむし
玉虫色 たまむしいろ
玉串 たまぐし
玉取 たまとり
玉房 たまぶさ
玉垂 たまだれ
玉突 たまつき
玉垣 たまがき
玉砂利 たまじゃり
玉砕 ぎょくさい
玉乗 たまのり
玉造 たまつくり
玉将 ぎょくしょう

玉座 ぎょくざ
玉除 たまよけ
玉菜 たまな
玉細工 たまざいく
玉無 たまなし
玉葱 たまねぎ
玉椿 たまつばき
玉蜀黍 とうもろこし
玉算 たまざん
玉鉾 たまぼこ
玉総 たまぶさ
玉露 ぎょくろ
〔刊〕 かん
刊本 かんぽん
刊行 かんこう
〔未〕 び・み・いまだ・まだ・ひつじ
未了 みりょう
未亡人 みぼうじん
未収 みしゅう
未刊 みかん
未未 まだまだ
未払 みはらい
未成 みせい
未成年 みせいねん
未来 みらい
未見 みけん
未決 みけつ
未完 みかん
未完成 みかんせい
未完成品 みかんせいひん
未到 みとう
未明 みめい
未知 みち
未知数 みちすう
未定 みてい
未発 みはつ
未発表 みはっぴょう
未通女 おぼこ
未納 みのう
未設 みせつ
未婚 みこん
未組織 みそしき
未経験 みけいけん
未開 みかい
未開拓 みかいたく
未開発 みかいはつ
未然 みぜん
未然形 みぜんけい

未着 みちゃく
未遂 みすい
未曾有 みぞう
未満 みまん
未解決 みかいけつ
未詳 みしょう
未聞 みもん
未製品 みせいひん
未練 みれん・みれんがましい
未踏 みとう
未熟 みじゅく
未墾 みこん
〔末〕 ごつ・まつ・すえ・うら・うれ
末子 すえっこ・ばっし・まっし
末女 まつじょ
末日 まつじつ
末末 すえずえ
末世 すえのよ・まっせ
末生 うらなり
末代 まつだい
末広 すえひろ・すえひろがり
末寺 まつじ
末位 まつい
末弟 まってい
末尾 まつび
末長 すえながく
末始終 すえしじゅう
末恐 すえおそろしい
末席 まっせき
末座 まつざ
末流 まつりゅう
末書 まっしょ
末孫 まっそん
末梢 まっしょう
末梢的 まっしょうてき
末梢神経 まっしょうしんけい
末期 まっき・まつご
末葉 まつよう
末筆 まっぴつ
末路 まつろ
末節 まっせつ
末裔 まつえい
末端 まったん
末輩 まっぱい

末頼 すえたのもしい	打倒 だとう・ぶったおれる	正切 せいせつ	正負 せいふ
〔示〕しあす・しあし	打殺 うちころす	正中 せいちゅう	正風 しょうふう
示合 しめしあわせる	打留 うちどめ	正午 しょうご	正客 しょうきゃく
示威 しい・じい	打席 だせき	正反対 せいはんたい	正真 しょうしん
示度 しど	打粉 うちこ	正月 しょうがつ	正真正銘 しょうしんしょうめい
示唆 しさ	打陣 だじん	正文 せいぶん	正株 しょうかぶ
示準化石 しじゅんかせき	打球 だきゅう	正方 せいほう	正格 せいかく
示談 じだん	打掛 うちかけ・ぶっかける	正方形 せいほうけい	正射図 せいしゃず
〔井〕どん・どんぶり	打率 だりつ	正正堂堂 せいせいどうどう	正倉院 しょうそういん
井勘定 どんぶりかんじょう	打落 うちおとす	正本 しょうほん・せいほん	正座 しょうざ・せいざ
〔打〕だ・うつ・うち・ぶつ・ぶち	打開 だかい	正札 しょうふだ	正書法 せいしょほう
打力 だりょく	打順 だじゅん	正目 しょうめ・まさめ	正規 せいき
打上 うちあげ・うちあげる	打勝 うちかつ	正号 せいごう	正教 せいきょう
打切 ぶっきる・ぶったぎる	打診 だしん	正史 せいし	正教員 せいきょういん
打止 うちどめ	打電 だでん	正犯 せいはん	正接 せいせつ
打水 うちみず	打傷 うちきず	正式 せいしき	正副 せいふく
打手 うつて	打楽器 だがっき	正当 せいとう	正常 せいじょう
打方 うちかた	打数 だすう	正当化 せいとうか	正眼 せいがん
打打 ちょうちょう	打違 うちちがい	正当防衛 せいとうぼうえい	正貨 せいか
打払 うちはらう	打製石器 だせいせっき	正肉 しょうにく	正視 せいし
打叩 ぶったたく	打算 ださん	正気 しょうき・せいき	正極 せいきょく
打付 うちつける・うってつけ	打算的 ださんてき	正伝 せいでん	正答 せいとう
打込 うちこむ・ぶちこむ	打綿 うちわた	正多角形 せいたかくけい	正装 せいそう
打立 うちたてる	打撲傷 だぼくしょう	正字 せいじ	正道 せいどう
打出 うちだし	打撃 だげき	正攻法 せいこうほう	正覚 しょうがく
打抜 うちぬく・ぶちぬく	打壊 うちこわす・ぶちこわし・ぶちこわす	正体 しょうたい	正覚坊 しょうがくぼう
打見 うちみ	打擲 ちょうちゃく	正体不明 しょうたいふめい	正統 せいとう
打身 うちみ	〔巧〕こう・たくみ・たくむ	正角定規 せいかくじょうぎ	正統派 せいとうは
打返 うちかえす	巧手 こうしゅ	正系 せいけい	正夢 まさゆめ
打者 だしゃ	巧技 こうぎ	正対 せいたい	正電気 せいでんき
打取 うちとる	巧言 こうげん	正社員 せいしゃいん	正業 せいぎょう
打歩 うちぶ	巧言令色 こうげんれいしょく	正邪 せいじゃ	正解 せいかい
打明 うちあける	巧妙 こうみょう	正直 しょうじき	正義 せいぎ
打明話 うちあけばなし	巧者 こうしゃ	正妻 せいさい	正数 せいすう
打所 うちどころ	巧緻 こうち	正味 しょうみ	正殿 せいでん
打砕 うちくだく	〔正〕せい・しょう・ただしい・ただす・まさに・ただし	正門 せいもん	正続 せいぞく
打点 だてん	正三角形 せいさんかくけい	正岡子規 まさおかしき	正絹 しょうけん
打重 うちかさなる	正大 せいだい	正金 しょうきん	正誤 せいご
打首 うちくび	正木 まさき	正念場 しょうねんば	正嫡 せいちゃく
打建 うちたてる	正比 せいひ	正油 しょうゆ	正麩 しょうふ
打破 うちやぶる・だは	正比例 せいひれい	正弦 せいげん	正確 せいかく
		正面 しょうめん	正課 せいか
			正論 せいろん
			正調 せいちょう
			正賓 せいひん

正編 せいへん
正餐 せいさん
正鵠 せいこう・せい
　こく
〔功〕こう・く・いさ
　お・いさおし
功夫 カンフー
功名 こうみょう
功名心 こうみょうし
　ん
功利 こうり
功利主義 こうりしゅ
　ぎ
功利的 こうりてき
功労 こうろう
功科 こうか
功過 こうか
功業 こうぎょう
功罪 こうざい
功徳 くどく
功績 こうせき
〔瓦〕が・かわら
瓦解 がかい
瓦礫 がれき
〔去〕きょ・さる
去年 きょねん
去来 きょらい
去就 きょしゅう
去勢 きょせい
〔払〕ふつ・はらい・
　はらう
払下 はらいさげる
払子 ほっす
払込 はらいこむ
払戻 はらいもどす
払底 ふってい
払拭 ふっしょく
払除 はらいのける
払落 はらいおとす
払暁 ふつぎょう
〔甘〕かん・うま・う
　まし・あまい・あま
　し・あまえる・あま
　ったるい・あまっち
　ょろい・あまったれ
　る・あまんじる・あ
　まんずる・あまやか
　す
甘口 あまくち
甘皮 あまかわ
甘坊 あまえんぼう

甘言 かんげん
甘辛 あまから・あま
　からい
甘味 あまみ・かんみ
甘味料 かんみりょう
甘味噌 あまみそ
甘受 かんじゅ
甘草 かんぞう
甘茶 あまちゃ
甘美 かんび
甘栗 あまぐり
甘党 あまとう
甘酒 あまざけ
甘納豆 あまなっとう
甘煮 あまに
甘酸 あまずっぱい・
　かんさん
甘蔗 かんしょ
甘醋 あまず
甘薯 かんしょ
甘藷 かんしょ
甘露 かんろ
〔世〕せ・せい・よ
世才 せさい
世上 せじょう
世中 よのなか
世代 せだい
世代交代 せだいこう
　たい
世外 せがい
世直 よなおし
世事 せじ
世知 せち
世知辛 せちがらい
世阿彌 ぜあみ
世故 せこ
世相 せそう
世界 せかい
世界一 せかいいち
世界一周 せかいいっ
　しゅう
世界大戦 せかいたい
　せん
世界中 せかいじゅう
　・せかいぢゅう
世界的 せかいてき
世界連邦 せかいれん
　ぽう
世界時 せかいじ
世界記録 せかいきろ
　く

世界銀行 せかいぎん
　こう
世界観 せかいかん
世俗 せぞく
世紀 せいき
世紀末 せいきまつ
世帯 せたい
世盛 よざかり
世常 よのつね
世情 せじょう
世間 せけん
世間体 せけんてい
世間知 せけんしらず
世間並 せけんなみ
世間胸算用 せけんむ
　ねさんよう
世間話 せけんばなし
世評 せひょう
世道 せどう
世渡 よわたり
世辞 せじ
世話 せわ
世話人 せわにん
世話女房 せわにょう
　ぼ
世話役 せわやく
世話物 せわもの
世継 よつぎ
世態 せたい
世論 せろん・よろん
世論調査 よろんちょ
　うさ
世襲 せしゅう
〔古〕こ・ふる・ふる
　い・ふるす・ふるび
　る・いにしえ
古人 こじん
古手 ふるて
古今 ここん
古今東西 ここんとう
　ざい
古文 こぶん
古文書 こもんじょ
古本 ふるほん
古生代 こせいだい
古代 こだい
古式 こしき
古老 ころう
古色 こしょく
古色蒼然 こしょくそ
　うぜん

古米 こまい
古来 こらい
古兵 ふるつわもの
古希 こき
古事記 こじき
古典 こてん
古典主義 こてんしゅ
　ぎ
古往今来 こおうこん
　らい
古利 こさつ
古参 こさん
古城 こじょう
古臭 ふるくさい
古風 こふう
古株 ふるかぶ
古狸 ふるだぬき
古書 こしょ
古都 こと
古巣 ふるす
古着 ふるぎ
古道具 ふるどうぐ
古跡 こせき
古傷 ふるきず
古戦場 こせんじょう
古語 こご
古豪 こごう
古墳 こふん
古謡 こよう
古顔 ふるがお
〔本〕ほん・もと・も
　とづく
本人 ほんにん
本土 ほんど
本山 ほんざん
本丸 ほんまる
本元 ほんもと
本木 もとき
本日 ほんじつ
本分 ほんぶん
本月 ほんげつ
本文 ほんぶん・ほん
　もん
本心 ほんしん
本末 ほんまつ
本末転倒 ほんまつて
　んとう
本立 ほんたて
本式 ほんしき
本刑 ほんけい

本当 ほんとう
本因坊 ほんいんぼう
本年 ほんねん
本気 ほんき
本件 ほんけん
本旨 ほんし
本名 ほんみょう
本州 ほんしゅう
本字 ほんじ
本来 ほんらい
本邦 ほんぽう
本体 ほんたい
本位 ほんい
本位制 ほんいせい
本位記号 ほんいきごう
本位貨幣 ほんいかへい
本決 ほんぎまり
本社 ほんしゃ
本局 ほんきょく
本卦 ほんけがえり
本拠 ほんきょ
本妻 ほんさい
本国 ほんごく
本物 ほんもの
本命 ほんめい
本店 ほんてん
本性 ほんしょう
本居宣長 もとおりのりなが
本姓 ほんせい
本則 ほんそく
本科 ほんか
本音 ほんね
本屋 ほんや
本格的 ほんかくてき
本校 ほんこう
本俸 ほんぽう
本高 もとだか
本流 ほんりゅう
本家 ほんけ
本宮 もとみや
本書 ほんしょ
本能 ほんのう
本陣 ほんじん
本降 ほんぶり
本紙 ほんし
本堂 ほんどう
本船 もとぶね

本船受取証 ほんせんうけとりしょう
本部 ほんぶ
本望 ほんもう
本場 ほんば
本場所 ほんばしょ
本葬 ほんそう
本朝 ほんちょう
本棚 ほんだな
本塁 ほんるい
本塁打 ほんるいだ
本筋 ほんすじ
本復 ほんぷく
本番 ほんばん
本尊 ほんぞん
本道 ほんどう
本営 ほんえい
本給 ほんきゅう
本業 ほんぎょう
本腰 ほんごし
本試験 ほんしけん
本意 ほい・ほんい
本義 ほんぎ
本殿 ほんでん
本絹 ほんけん
本領 ほんりょう
本誌 ほんし
本読 ほんよみ
本箱 ほんばこ
本質 ほんしつ
本質的 ほんしつてき
本舗 ほんぽ
本調子 ほんちょうし
本線 ほんせん
本曇 ほんぐもり
本館 ほんかん
本職 ほんしょく
本題 ほんだい
本願 ほんがん
本懐 ほんかい
本籍 ほんせき
〔朮〕じゅつ・うけら・おけら
〔札〕さつ・さね・ふだ・ふみた
札止 ふだどめ
札付 ふだつき
札所 ふだしょ
〔辻〕つじ
辻褄 つじつま

〔可〕か・べく・べし
可処分所得 かしょぶんしょとく
可否 かひ
可決 かけつ
可哀相 かわいそう
可耕 かこう
可耕地 かこうち
可笑 おかしい
可能 かのう
可能性 かのうせい
可能動詞 かのうどうし
可惜 あったら
可視 かし
可愛 かわいい・かわいがる・かわいらしい
可塑性 かそせい
可憐 かれん
可燃 かねん
可燃物 かねんぶつ
〔丙〕へい・ひのえ
〔圧〕あつ・おし・おす
圧力 あつりょく
圧力計 あつりょくけい
圧死 あっし
圧制 あっせい
圧延 あつえん
圧迫 あっぱく
圧政 あっせい
圧巻 あっかん
圧倒 あっとう
圧倒的 あっとうてき
圧殺 あっさつ
圧勝 あっしょう
圧搾 あっさく
圧搾空気 あっさくくうき
圧縮 あっしゅく
〔左〕さ・ひだり
左手 ひだりて
左右 さゆう
左回 ひだりまわり
左向 ひだりむき
左折 させつ
左利 ひだりきき
左岸 さがん
左官 さかん・しゃかん

左巻 ひだりまき
左前 ひだりまえ
左派 さは
左党 ひだりとう
左記 さき
左側 ひだりがわ
左舷 さげん
左旋 させん
左様 さよう
左遷 させん
左翼 さよく
〔右〕う・ゆう・みぎ
右手 みぎて・めて
右左 みぎひだり
右折 うせつ
右利 みぎきき
右岸 うがん
右往左往 うおうさおう
右派 うは
右党 うとう
右記 うき
右舷 うげん
右腕 みぎうで
右翼 うよく
右顧左眄 うこさべん
〔石〕せき・こく・いし・いしな・いわ
石工 いしく
石川啄木 いしかわたくぼく
石女 うまずめ
石切 いしきり
石仏 いしぼとけ・せきぶつ
石灰 いしばい・せっかい
石灰水 せっかいすい
石灰岩 せっかいがん
石竹 せきちく
石印 せきいん
石臼 いしうす
石材 せきざい
石英 せきえい
石板 せきばん
石門 せきもん
石版 せきばん
石斧 せきふ
石油 せきゆ

石油備蓄 せきゆびちく

石油戦略 せきゆせんりゃく

石突 いしづき

石持 いしもち

石垣 いしがき

石南花 しゃくなげ

石炭 せきたん

石段 いしだん

石室 せきしつ

石造 せきぞう

石高 こくだか

石拳 いしけん

石黄 せきおう

石亀 いしがめ

石清水 いわしみず

石塔 せきとう

石棺 せきかん・せっかん

石畳 いしだたみ

石筍 せきじゅん

石筆 せきひつ

石楠花 しゃくなげ

石窟 せっくつ

石榴 ざくろ

石榴石 ざくろいし

石碑 せきひ

石墨 せきぼく

石像 せきぞう

石膏 せっこう

石綿 いしわた・せきめん

石蓴 あおさ

石器 せっき

石器時代 せっきじだい

石質 せきしつ

石橋 いしばし

石頭 いしあたま

石蕗 つわぶき

石蠟 せきろう

石鹸 せっけん

〔布〕ふ・ほ・きれ・ぬの

布巾 ふきん

布切 ぬのぎれ

布石 ふせき

布目 ぬのめ

布地 きれじ・ぬのじ

布団 ふとん

布告 ふこく

布局 ふきょく

布帛 ふはく

布施 ふせ

布陣 ふじん

布教 ふきょう

布袋 ほてい

布設 ふせつ

布装 ぬのそう

〔戊〕ぼ・ぼう・つちのえ

〔平〕へい・ひょう・たいら・たいらげる・ひら・ひらに・ひらめる・たいらか・たいらぐ・ひらたい

平凡 へいぼん

平仄 ひょうそく

平日 へいじつ

平水 へいすい

平手 ひらて

平氏 へいし

平方 へいほう

平方根 へいほうこん

平平凡凡 へいへいぼんぼん

平平坦坦 へいへいたんたん

平目 ひらめ

平生 へいぜい

平民 へいみん

平地 ひらち・へいち

平曲 へいきょく

平年 へいねん

平気 へいき

平伏 へいふく

平仮名 ひらがな

平行 へいこう

平行四辺形 へいこうしへんけい

平行棒 へいこうぼう

平行線 へいこうせん

平米 へいべい

平安 へいあん

平安時代 へいあんじだい

平均 へいきん

平均台 へいきんだい

平均値 へいきんち

平身低頭 へいしんていとう

平坦 へいたん

平押 ひらおし

平板 へいばん

平明 へいめい

平易 へいい

平和 へいわ

平価 へいか

平版 へいはん

平底 ひらぞこ

平泳 ひらおよぎ

平定 へいてい

平面 へいめん

平面図 へいめんず

平面的 へいめんてき

平信 へいしん

平叙文 へいじょぶん

平屋 ひらや

平屋根 ひらやね

平素 へいそ

平原 へいげん

平時 へいじ

平射 へいしゃ

平脈 へいみゃく

平家 ひらや・へいけ

平家物語 へいけものがたり

平家琵琶 へいけびわ

平常 へいじょう

平野 へいや

平清盛 たいらのきよもり

平淡 へいたん

平等 びょうどう

平復 へいふく

平然 へいぜん

平温 へいおん

平幕 ひらまく

平愈 へいゆ

平滑 へいかつ

平準化 へいじゅんか

平静 へいせい

平熱 へいねつ

平衡 へいこう

平鍋 ひらなべ

平謝り ひらあやまり

平織 ひらおり

平穏 へいおん

〔丞〕すべらかす・すべり・すべる

〔巨〕きょ・こ

巨人 きょじん

巨大 きょだい

巨万 きょまん

巨木 きょぼく

巨匠 きょしょう

巨利 きょり

巨体 きょたい

巨星 きょせい

巨視的 きょしてき

巨漢 きょかん

巨頭 きょとう

巨額 きょがく

〔北〕ほく・きた

北大西洋条約機構 きたたいせいようじょうやくきこう

北上 ほくじょう

北方 ほっぽう

北斗七星 ほくとしちせい

北北西 ほくほくせい

北北東 ほくほくとう

北半球 きたはんきゅう

北西 ほくせい

北回帰線 きたかいきせん

北米 ほくべい

北東 ほくとう

北画 ほくが

北欧 ほくおう

北国 ほっこく

北京原人 ペキンげんじん

北風 きたかぜ・ほくふう

北海道 ほっかいどう

北洋 ほくよう

北限 ほくげん

北原白秋 きたはらはくしゅう

北部 ほくぶ

北陸 ほくりく

北朝 ほくちょう

北極 ほっきょく

北極星 ほっきょくせい

北極圏 ほっきょくけん

北端 ほくたん

北緯 ほくい

〔凸〕とつ・で

凸凹 でこぼこ

凸坊 でこぼう

凸版 とっぱん

凸面鏡 とつめんきょう

凸起 とっき

〔占〕せん・うら・うらえ うらない・うらなう・しめる

占有 せんゆう

占拠 せんきょ

占星術 せんせいじゅつ

占筮 せんぜい

〔以〕い・もって

以下 いか

以上 いじょう

以内 いない

以心伝心 いしんでんしん

以外 いがい

以来 いらい

以呂波 いろは

以後 いご

以前 いぜん

以降 いこう

〔旧〕きゅう・ふる・ふるい・ふるす・ふるびる・もと

旧大陸 きゅうたいりく

旧友 きゅうゆう

旧正月 きゅうしょうがつ

旧世界 きゅうせかい

旧石器時代 きゅうせっきじだい

旧式 きゅうしき

旧年 きゅうねん

旧仮名遣 きゅうかなづかい

旧交 きゅうこう

旧字体 きゅうじたい

旧来 きゅうらい

旧作 きゅうさく

旧制 きゅうせい

旧知 きゅうち

旧版 きゅうはん

旧居 きゅうきょ

旧姓 きゅうせい

旧盆 きゅうぼん

旧約聖書 きゅうやくせいしょ

旧家 きゅうか

旧教 きゅうきょう

旧悪 きゅうあく

旧訳 きゅうやく

旧道 きゅうどう

旧跡 きゅうせき

旧暦 きゅうれき

旧聞 きゅうぶん

旧説 きゅうせつ

旧態 きゅうたい

旧弊 きゅうへい

旧館 きゅうかん

旧蹟 きゅうせき

旧臘 きゅうろう

〔氷〕ひょう・こおる・つらら・こおり

氷上 ひょうじょう

氷山 ひょうざん

氷水 こおりみず

氷穴 ひょうけつ

氷豆腐 こおりどうふ

氷雨 ひさめ

氷河 ひょうが

氷河時代 ひょうがじだい

氷柱 つらら

氷砂糖 こおりざとう

氷点 ひょうてん

氷点下 ひょうてんか

氷海 ひょうかい

氷室 こおりむろ・ひむろ・ひょうしつ

氷屋 こおりや

氷原 ひょうげん

氷雪 ひょうせつ

氷魚 ひうお・ひお

氷期 ひょうき

氷結 ひょうけつ

氷塊 ひょうかい

氷解 ひょうかい

氷層 ひょうそう

氷囊 ひょうのう

〔且〕かつ・かつは

且又 かつまた

〔旦〕たん

旦夕 たんせき

旦那 だんな

旦暮 たんぼ

〔目〕もく・ま・め・もくする

目一杯 めいっぱい

目八分 めはちぶ

目下 めした・もっか

目寸法 めすんぼう

目上 めうえ

目元 めもと

目切 めぎれ

目今 もっこん

目分量 めぶんりょう

目方 めかた

目玉 めだま・めのたま

目玉商品 めだましょうひん

目玉焼 めだまやき

目打 めうち

目付 めつき・めつけ

目白 めじろ

目処 めど

目立 めだつ・めたて

目礼 もくれい

目尻 めじり

目出度 めでたい

目地 めじ

目当 まのあたり・めあて

目先 めさき

目印 めじるし

目色 めいろ

目交 めまぜ

目次 もくじ

目安 めやす

目安箱 めやすばこ

目医者 めいしゃ

目見 みまみえ

目利 めきき

目角 めかど

目迎 もくげい

目刺 めざし

目明 めあき

目物 めっけもの

目的 もくてき

目的語 もくてきご

目性 めしょう

目垢 めあか

目指 めざす

目茶 めちゃ

目映 まばゆい

目星 めぼし・めぼしをつける

目送 もくそう

目前 めのまえ・もくぜん

目速 めばやい

目配 めくばせ・めくばり

目眩 めくるめく

目笊 めざる

目敏 めざとい

目途 もくと

目脂 めやに

目高 めだか

目通 めどおし・めどおり

目掛 めがける

目盛 めもり

目移 めうつり

目深 まぶか

目張 めばり

目貼 めばり

目減 めべり

目測 もくそく

目覚 めざまし・めざましい・めざめ・めざめる

目睹 もくと

目睫 もくしょう

目遣 めづかい

目新 めあたらしい

目違 めちがい

目算 もくさん

目鼻 めはな・めはながつく・めはなだち

目腐 めくされ

目端 めはし

目隠 めかくし

目障 めざわり

目蔭 まかげ

目標 もくひょう

目撃 もくげき

目論 もくろむ

目論見 もくろみ

目潰 めつぶし

目縁 まぶち

目薬 めぐすり	申訳 もうしわけ・もうしわけない	史実 しじつ	しうど・とらう・とりこ・とろう
目頭 めがしら	申添 もうしそえる	史記 しき	囚人 しゅうじん
目積 めづもり	申越 もうしこし	史料 しりょう	囚徒 しゅうと
目録 もくろく	申達 しんたつ	史家 しか	囚虜 しゅうりょ
目糞 めくそ	申開 もうしひらき	史書 ししょ	〔四〕し・よ・よう・よっ・よっつ
目顔 めがお	申渡 もうしわたす	史跡 しせき	
目籠 めかご	申請 しんせい	史話 しわ	四十八手 しじゅうはって
〔叮〕てい	〔号〕ごう・ごうする	史劇 しげき	
〔叶〕きょう・かなう・かなえる	号令 ごうれい	史論 しろん	四十九日 しじようくにち
	号外 ごうがい	史蹟 しせき	
〔甲〕こう・かん・かぶと・よろい・きのえ	号泣 ごうきゅう	史観 しかん	四十雀 しじゅうから
	号音 ごうおん	史籍 しせき	四十腕 しじゅううで
甲乙 こうおつ	号砲 ごうほう	〔兄〕けい・せ・きょう・あに	四天王 してんのう
甲皮 こうがわ	号数 ごうすう		四切 よつぎり
甲虫 かぶとむし・こうちゅう	号鐘 ごうしょう	兄弟 きょうだい	四日 よっか
	〔田〕でん・た	兄弟子 あにでし	四手網 よつであみ
甲走 かんばしる	田山花袋 たやまかたい	兄姉 けいし	四分五裂 しぶんごれつ
甲状腺 こうじょうせん	田虫 たむし	兄貴 あにき	
	田作 たづくり	兄嫁 あによめ	四分六 しぶろく
甲板 かんぱん	田舎 いなか	〔叱〕しつ・しかる・しかり	四月馬鹿 しがつばか
甲冑 かっちゅう	田舎者 いなかもの		四六判 しろくばん
甲骨文 こうこつぶん	田畑 たはた	叱正 しっせい	四六時中 しろくじちゅう
甲高 かんだかい・こうだか	田圃 たんぼ	叱咤 しった	
	田植 たうえ	叱責 しっせき	四方 しほう
甲殻 こうかく	田遊 たあそび	〔叩〕こう・はたく・はたき・たたく	四方山話 よもやまばなし
甲斐 かい・かいがいしい・かいない	田園 でんえん		
	田楽 でんがく	叩大工 たたきだいく	四目垣 よつめがき
甲斐性 かいしょう	田螺 たにし	叩上 たたきあげる	四半分 しはんぶん
甲論乙駁 こうろんおつばく	〔由〕ゆう・ゆ・よし・よる	叩付 たたきつける	四半期 しはんき
		叩込 たたきこむ	四辺 しへん
甲羅 こうら	由由 ゆゆしい	叩出 たたきだす	四竹 よつだけ
〔申〕しん・さる・もうす・もうし・もうさく	由来 ゆらい	叩台 たたきだい	四次元 よじげん
	由無 よしない	叩売 たたきうり	四囲 しい
申入 もうしいれる	由緒 ゆいしょ	叩起 たたきおこす	四足 しそく・よつあし
申上 もうしあげる	〔只〕し・ただ	叩殺 たたきころす	四身 よつみ
申子 もうしご	只人 ただびと	叩毀 たたきこわす	四角 しかく・しかくい・よつかど
申付 もうしつける	只今 ただいま	叩鐘 たたきがね	
申込 もうしこみ・もうしこむ	只戻 ただもどり	〔皿〕さら	四角四面 しかくしめん
	只奉公 ただぼうこう	皿回 さらまわし	
申込用紙 もうしこみようし	只者 ただもの	〔凹〕おう・くぼ・くぼむ・へこみ・へこむ・へこませる	四角形 しかくけい
	只事 ただごと		四苦八苦 しくはっく
申立 もうしたてる	只乗 ただのり	凹凸 おうとつ	四国 しこく
申出 もうしでる	〔叭〕かます	凹地 おうち	四季 しき
申合 もうしあわせ・もうしあわせる	〔史〕し・ふひと	凹版 おうはん	四肢 しし
	史上 しじょう	凹型 おうがた	四股名 しこな
申告 しんこく	史伝 しでん	凹面鏡 おうめんきょう	四周 ししゅう
申受 もうしうける	史的 してき	〔囚〕しゅう・とらわれ・とらわれる・め	四阿 あずまや
申送 もうしおくり	史学 しがく		四面 しめん
申兼 もうしかねる			四則 しそく
			四重奏 しじゅうそう

四重唱 しじゅうしょう

四時 しじ

四書 ししょ

四書五経 ししょごきょう

四通八達 しつうはったつ

四球 しきゅう

四捨五入 ししゃごにゅう

四散 しさん

四畳半 よじょうはん

四無主義 よんむしゅぎ

四輪 よんりん

四隣 しりん

〔生〕しょう・せい・いかす・いかる・いき・いきる・いける・うまわ・うまれる・うむ・き・なす・なま・ならす・なり・なる・はえる

生一本 きいっぽん

生子 うみのこ・なまこ

生木 なまき

生中継 なまちゅうけい

生水 なまみず

生化学 せいかがく

生仏 いきぼとけ

生爪 なまづめ

生方 いきかた

生石灰 せいせっかい

生生 いきいき・なまなましい

生生世世 しょうじょうせぜ

生生流転 せいせいるてん

生白 なまじろい

生立 うまれたて・おいたち

生半 なまなか

生半可 なまはんか

生写 いきうつし

生出 うみだす

生皮 せいひ・なまかわ

生母 せいぼ

生老病死 しょうろうびょうし

生地 きじ・せいち

生地獄 いきじごく

生存 せいぞん

生存者 せいぞんしゃ

生存権 せいぞんけん

生存競争 せいぞんきょうそう

生死 しょうし・せいし

生成 せいせい

生成熱 せいせいねつ

生肉 せいにく

生年 せいねん

生年月日 せいねんがっぴ

生気 せいき

生先 おいさき

生仲 なさぬなか

生血 いきち・なまち

生色 せいしょく

生汗 なまあせ

生字引 いきじびき

生糸 きいと

生抜 いきぬく・はえぬき

生花 いけばな・せいか

生来 しょうらい・せいらい

生別 いきわかれ・せいべつ

生作 いけづくり

生身 なまみ

生返 いきかえる

生返事 なまへんじ

生卵 なまたまご

生没年 せいぼつねん

生長 いきながらえる・せいちょう

生長素 せいちょうそ

生者 せいじゃ

生者必滅 しょうじゃひつめつ

生茂 おいしげる

生協 せいきょう

生国 しょうこく

生易 なまやさしい

生物 いきもの・せいぶつ

生物学 せいぶつがく

生延 いきのびる

生金 いきがね

生命 せいめい

生命力 せいめいりょく

生命保険 せいめいほけん

生命線 せいめいせん

生乳 せいにゅう

生放送 なまほうそう

生育 おいそだつ・せいいく

生垣 いけがき

生故郷 うまれこきょう

生臭 なまぐさい

生臭坊主 なまぐさぼうず

生臭料理 なまぐさりょうり

生後 せいご

生食 せいしょく

生計 せいけい

生変 うまれかわる

生姜 しょうが

生前 せいぜん

生活 せいかつ

生活水準 せいかつすいじゅん

生活体 せいかつたい

生活体験 せいかつたいけん

生活苦 せいかつく

生活習慣病 せいかつしゅうかんびょう

生活費 せいかつひ

生活様式 せいかつようしき

生活難 せいかつなん

生捕 いけどる

生起 せいき

生埋 いきうめ

生恥 いきはじ

生真面目 きまじめ

生残 いきのこる

生息 せいそく

生息子 きむすこ

生徒 せいと

生徒会 せいとかい

生徒監 せいとかん

生殺 なまごろし

生殺与奪 せいさつよだつ

生粋 きっすい

生家 せいか

生娘 きむすめ

生理 せいり

生理的 せいりてき

生菓子 なまがし

生乾 なまがわき

生酔 なまよい

生唾 なまつば

生動 せいどう

生得 しょうとく・せいとく

生彩 せいさい

生魚 せいぎょ・なまざかな

生産 せいさん

生産力 せいさんりょく

生産手段 せいさんしゅだん

生産目標 せいさんもくひょう

生産地 せいさんち

生産者価格 せいさんしゃかかく

生産拠点 せいさんきょてん

生産物 せいさんぶつ

生産的 せいさんてき

生産性 せいさんせい

生産財 せいさんざい

生産高 せいさんだか

生産量 せいさんりょう

生産過剰 せいさんかじょう

生産関係 せいさんかんけい

生産管理 せいさんかんり

生涯 しょうがい

生涯教育 しょうがいきょういく

生煮 なまにえ

生棲 せいせい

生硬 せいこう

生殖 せいしょく

生番組 なまばんぐみ

生温 なまぬるい
生業 せいぎょう・なりわい
生暖 なまあたたかい
生傷 なまきず
生意気 なまいき
生滅 しょうめつ
生憎 あいにく
生態 せいたい
生際 はえぎわ
生麩 しょうふ
生霊 いきりょう・せいれい
生誕 せいたん
生蕃 せいばん
生薬 きぐすり・しょうやく
生還 せいかん
生餡 なまあん
生親 うみのおや
生薑 しょうが
生鮮 せいせん
生鮮食品 せいせんしょくひん
生繭 せいけん
生嚙 なまかじり
生類 せいるい
〔失〕しつ・うしなう・うせる・しっする
失火 しっか
失心 しっしん
失礼 しつれい
失地 しっち
失当 しっとう
失名氏 しつめいし
失投 しっとう
失体 しったい
失言 しつげん
失対 しったい
失明 しつめい
失念 しつねん
失効 しっこう
失点 してん
失神 しっしん
失格 しっかく
失速 しっそく
失笑 しっしょう
失恋 しつれん
失敗 しっぱい
失脚 しっきゃく

失望 しつぼう
失敬 しっけい
失策 しっさく
失着 しっちゃく
失禁 しっきん
失業 しつぎょう
失跡 しっせき
失楽園 しつらくえん
失意 しつい
失語症 しつごしょう
失態 しったい
失権 しっけん
失踪 しっそう
失調 しっちょう
失墜 しっつい
失職 しっしょく
〔矢〕し・や・さ
矢立 やたて
矢先 やさき
矢印 やじるし
矢声 やごえ
矢車 やぐるま
矢来 やらい
矢板 やいた
矢面 やおもて
矢壷 やつぼ
矢場 やば
矢筈 やはず
〔禾〕か・のぎ・いね
禾本科 かほんか
〔丘〕きゅう・おか
丘陵 きゅうりょう
〔仕〕し・っかえ・つかる・つかまっる
仕入 しいれ・しいれる
仕上 しあがり・しあがる・しあげ・しあげる
仕切 しきり・しきる
仕切状 しきりじょう
仕切金 しきりきん
仕切値段 しきりねだん
仕切書 しきりしょ
仕切場 しきりば
仕手 して
仕手株 してかぶ
仕分 しわけ
仕方 しかた

仕打 しうち
仕付 しつけ・しつける
仕込 しこむ
仕込杖 しこみづえ
仕立 したて・したてる
仕立下 したておろし
仕立直 したてなおし
仕立物 したてもの
仕出 しだし・しだす・しでかす
仕向 しむける
仕合 しあい・しあわせ
仕来 しきたり
仕返 しかえし
仕事 しごと
仕事師 しごとし
仕官 しかん
仕草 しぐさ
仕度 したく
仕送 しおくり・しおくる
仕振 しぶり
仕留 しとめる
仕兼 かねる
仕納 しおさめ
仕掛 しかかる・しかけ・しかける
仕掛人 しかけにん
仕訳 しわけ
仕組 しくみ・しくむ
仕落 しおち
仕損 しそんじる・しそんずる
仕業 しわざ
仕置 しおき
仕置場 しおきば
仕様 しよう
仕種 しぐさ
仕舞 しまい・しまう
仕儀 しぎ
仕懸 しかかる
〔付〕ふ・つけ・っく・つき・ふする・つける
付入 つけいる
付与 ふよ
付上 つけあがる
付元気 つけげんき

付火 つけび
付目 つけめ
付込 つけこむ
付出 つけだし
付加 つけくわえる・ふか
付加価値 ふかかち
付加税 ふかぜい
付回 つけまわす
付会 ふかい
付合 つきあい・つきあう・つけあわせ・つけあわせる
付足 つけたす
付図 ふず
付近 ふきん
付言 ふげん
付表 ふひょう
付物 つきもの
付和雷同 ふわらいどう
付所 つけどころ
付狙 つけねらう
付届 つけとどけ
付則 ふそく
付臭剤 ふしゅうざい
付帯条件 ふたいじょうけん
付根 つけね
付値 つけね
付託 ふたく
付記 ふき
付票 ふひょう
付添 つきそい・つきそう
付落 つけおち・つけおとし
付着 ふちゃく
付焼 つけやき
付属 ふぞく
付属語 ふぞくご
付随 ふずい
付載 ふさい
付睫 つけまつげ
付箋 ふせん
付髭 つけひげ
付薬 つけぐすり
付録 ふろく
付議 ふぎ
付纏 つきまとう

〔代〕だい・かえ・かえる・しろ・よ・かわり・かわる

代入 だいにゅう

代日 だいにち

代打 だいだ

代代 かわるがわる・だいだい・よよ

代用 だいよう

代弁 だいべん

代印 だいいん

代休 だいきゅう

代行 だいこう

代名詞 だいめいし

代作 だいさく

代役 だいやく

代言 だいげん

代決 だいけつ

代表 だいひょう

代表作 だいひょうさく

代表者 だいひょうしゃ

代表的 だいひょうてき

代物 しろもの

代価 だいか

代金 だいきん

代金引換 だいきんひきかえ

代官 だいかん

代参 だいさん

代映 かわりばえ

代馬 しろうま

代案 だいあん

代書 だいしょ

代理 だいり

代執行 だいしっこう

代替 だいがえ・だいがわり・だいたい

代筆 だいひつ

代診 だいしん

代掻 しろかき

代置 だいち

代数 だいすう

代償 だいしょう

代講 だいこう

代謝 たいしゃ

代議士 だいぎし

〔仙〕せん

仙人 せんにん

仙界 せんかい

仙骨 せんこつ

仙郷 せんきょう

仙境 せんきょう

〔白〕はく・ひゃく・しら・しらける・しろ・しろい・しろばむ

白人 はくじん

白儿帳面 しらきちょうめん

白土 しらつち・はくど

白下 しろした

白川夜船 しらかわよふね

白子 しらこ・しらす・しろこ

白刃 しらは・はくじん

白木 しらき

白木帳面 しらきちょうめん

白木綿 しらゆう

白日 はくじつ

白日夢 はくじつむ

白内障 はくないしょう

白水 しろみず

白月九 しらはだ

白文 はくぶん

白玉 しらたま

白玉椿 しらたまつばき

白石 しろいし

白目 しろめ

白田売買 しろたばいばい

白白 しろじろ

白瓜 しろうり

白地 しらじ・しろじ

白地図 はくちず

白帆 しらほ

白血病 はっけつびょう

白血球 はっけっきゅう

白色人種 はくしょくじんしゅ

白衣 はくい・びゃくえ

白米 はくまい

白州 しらす

白羽 しらは

白糸 しらいと・しろいと

白寿 はくじゅ

白亜 はくあ

白豆 しろまめ

白兵戦 はくへいせん

白身 しろみ

白状 はくじょう

白妙 しろたえ

白長須鯨 しろながすくじら

白雨 はくう

白味 しろみ

白味噌 しろみそ

白物 しろいもの

白和 しらあえ

白金 はっきん

白夜 はくや・びゃくや

白河夜船 しらかわよふね

白波 しらなみ

白居易 はくきょい

白茶 しらちゃ

白南風 しらはえ

白砂 はくしゃ

白砂糖 しろざとう

白面 しらふ

白星 しろぼし

白炭 しろずみ・はくたん

白首 しらくび・しろくび

白洲 しらす

白昼夢 はくちゅうむ

白眉 はくび

白飛白 しろがすり

白馬 しろうま・はくば

白帯下 こしけ

白栲 しろたえ

白梅 しらうめ・はくばい

白桃 はくとう

白根 しらね・しろね

白扇 はくせん

白骨 はっこつ

白粉 おしろい

白粉花 おしろいばな

白酒 しろざけ

白浪 しらなみ

白書 はくしょ

白紙 しらかみ・はくし

白描 はくびょう

白菜 はくさい

白菊 しらぎく

白票 はくひょう

白雪 しらゆき・はくせつ

白眼 しろめ

白眼視 はくがんし

白黒 しろくろ

白蛇 はくじゃ

白鳥 しらとり・はくちょう

白魚 しらうお

白鹿毛 しろかげ

白晝 はくちゅう

白張 しらはり

白斑 はくはん

白煮 しらに

白雲 しらくも

白無垢 しろむく

白装束 しろしょうぞく

白痢 はくり

白焼 しらやき

白湯 さゆ

白粥 しらかゆ

白絞油 しらしめゆ

白絣 しろがすり

白葡萄酒 しろぶどうしゅ

白楊 どろのき・どろやなぎ・はくよう

白晢 はくせき

白鼠 しろねずみ

白楽天 はくらくてん

白飴 しろあめ

白痴 たわけ・はくち

白滝 しらたき

白髪 はくはつ

白髪昆布 しらがこぶ

白髪染 しらがぞめ

白髪頭 しらがあたま

白磁 はくじ

白墨 はくぼく

白銅貨 はくどうか

白銀 はくぎん
白旗 しらはた
白蜜 しろみつ
白熊 しろくま
白練 しろねり
白綾 しらあや
白髪 しらが
白蓮 はくれん・びゃくれん
白熱 はくねつ
白熱電球 はくねつでんきゅう
白膠木 ぬるで
白線 はくせん
白鞘 しらさや
白樺 しらかば・しらかんば
白樫 しらかし
白頭 はくとう
白餡 しろあん
白燈油 はくとうゆ
白濁 はくだく
白壁 しらかべ・はくへき
白檀 びゃくだん
白癜 しろなまず
白蟻 しろあり
白蘭 はくらん
白露 しらつゆ・はくろ
白蠟 はくろう
白魔 はくま
白鷺 しらさぎ
〔仔〕し
仔細 しさい・しさいらしい
仔細顔 しさいがお
〔他〕た・ほか・あだ・あだし
他人 たにん
他人行儀 たにんぎょうぎ
他力本願 たりきほんがん
他日 たじつ
他方 たほう
他用 たよう
他出 たしゅつ
他言 たごん
他序 たじょ
他社 たしゃ

他者 たしゃ
他事 たじ
他国 たこく
他物 たぶつ
他所 たしょ
他面 ためん
他界 たかい
他律 たりつ
他派 たは
他称 たしょう
他殺 たさつ
他流 たりゅう
他流試合 たりゅうじあい
他家 たけ
他動詞 たどうし
他郷 たきょう
他意 たい
他聞 たぶん
他説 たせつ
他端 たたん
他薦 たせん
〔斥〕せき・しりぞける
斥力 せきりょく
斥候 せっこう
〔瓜〕か・うり・ふり
瓜二 うりふたつ
瓜実顔 うりざねがお
〔平〕こ
平古止点 をことてん
〔込〕こみ・こめる・こむ
込入 こみいる
込上 こみあげる
込合 こみあう
〔令〕れい・れいする
令名 れいめい
令状 れいじょう
令息 れいそく
令嬢 れいじょう
〔用〕よう・もちいる・もちゅ
用木 ようぼく
用水 ようすい
用心 ようじん
用心棒 ようじんぼう
用立 ようだてる
用地 ようち
用件 ようけん

用向 ようむき
用字 ようじ
用材 ようざい
用足 ようたし
用兵 ようへい
用役 ようえき
用言 ようげん
用事 ようじ
用具 ようぐ
用例 ようれい
用命 ようめい
用法 ようほう
用品 ようひん
用便 ようべん
用度 ようど
用途 ようと
用紙 ようし
用船 ようせん
用務 ようむ
用務員 ようむいん
用量 ようりょう
用筆 ようひつ
用意 ようい
用意周到 よういしゅうとう
用語 ようご
用器画 ようきが
用談 ようだん
用箪笥 ようだんす
〔句〕く
句切 くぎり・くぎる
句会 くかい
句点 くてん
句碑 くひ
句読点 くとうてん
〔凧〕たこ・いか・いかのぼり
〔勿〕そう
〔卯〕ぼう・う
卯月 うづき
卯花 うのはな
〔犯〕はん・おかす
犯人 はんにん
犯行 はんこう
犯罪 はんざい
〔外〕がい・げ・ほか・はずす・はずれ・はずれる・そと
外人 がいじん

外反母趾 がいはんぼし
外反拇趾 がいはんぼし
外分 がいぶん
外心 がいしん
外圧 がいあつ
外用薬 がいようやく
外出 がいしゅつ
外出先 がいしゅつさき
外出着 がいしゅつぎ
外皮 がいひ
外地 がいち
外耳 がいじ
外在 がいざい
外回 そとまわり
外気 がいき
外向的 がいこうてき
外交 がいこう
外交的 がいこうてき
外交官 がいこうかん
外交員 がいこういん
外交辞令 がいこうじれい
外米 がいまい
外字新聞 がいじしんぶん
外形 がいけい
外車 がいしゃ
外来 がいらい
外来語 がいらいご
外見 そとみ
外囲 そとがこい
外角 がいかく
外事 がいじ
外国 がいこく
外国人 がいこくじん
外国為替 がいこくかわせ
外国航路 がいこくこうろ
外国通貨 がいこくつうか
外国崇拝 がいこくすうはい
外国債 がいこくさい
外国資本 がいこくしほん
外国製品 がいこくせいひん

外国語 がいこくご	外部記憶装置 がいぶきおくそうち	処断 しょだん	〔孕〕よう・はらむ・はらみ
外延 がいえん	外商 がいしょう	処務 しょむ	
外的 がいてき	外務大臣 がいむだいじん	処暑 しょしょ	〔主〕しゅ・しゅう・おも・おもな・おもに・あるじ・しゅたる・ぬし
外股 そとまた	外務省 がいむしょう	処遇 しょぐう	
外周 がいしゅう	外勤 がいきん	処置 しょち	
外泊 がいはく	外開 そとびらき	処罰 しょばつ	主人 しゅじん
外注 がいちゅう	外装 がいそう	〔冬〕とう・ふゆ	主力 しゅりょく
外相 がいしょう	外遊 がいゆう	冬山 ふゆやま	主文 しゅぶん
外面 がいめん・そとづら	外遊星 がいゆうせい	冬木 ふゆき	主犯 しゅはん
外面的 がいめんてき	外湯 そとゆ	冬木立 ふゆこだち	主立 おもだつ
外界 がいかい	外電 がいでん	冬日 ふゆび	主成分 しゅせいぶん
外科 げか	外債 がいさい	冬毛 ふゆげ	主因 しゅいん
外信 がいしん	外傷 がいしょう	冬仔 ふゆご	主任 しゅにん
外食 がいしょく	外資 がいし	冬瓜 とうが・とうがん	主旨 しゅし
外海 がいかい・そとうみ	外資企業 がいしきぎょう	冬至 とうじ	主我 しゅが
外洋 がいよう	外資系企業 がいしけいきぎょう	冬休 ふゆやすみ	主体 しゅたい
外客 がいきゃく	外資導入 がいしどうにゅう	冬作 ふゆさく	主体的 しゅたいてき
外祖父 がいそふ		冬芽 とうが	主体性 しゅたいせい
外祖母 がいそぼ	外様 とざま	冬物 ふゆもの	主位 しゅい
外柔内剛 がいじゅうないごう	外様大名 とざまだいみょう	冬季 とうき	主役 しゅやく
外連 けれん	外需 がいじゅ	冬服 ふゆふく	主君 しゅくん
外套 がいとう	外聞 がいぶん	冬空 ふゆぞら	主事 しゅじ
外容 がいよう	外語 がいご	冬草 ふゆくさ	主知 しゅち
外孫 がいそん・そとまご	外輪山 がいりんざん	冬枯 ふゆがれ	主命 しゅめい
外紙 がいし	外敵 がいてき	冬眠 とうみん	主治医 しゅじい
外接 がいせつ	外賓 がいひん	冬将軍 ふゆしょうぐん	主要 しゅよう
外堀 そとぼり	外線 がいせん	冬鳥 ふゆどり	主点 しゅてん
外戚 がいせき	外燈 がいとう	冬場 ふゆば	主食 しゅしょく
外野 がいや	外壁 がいへき	冬期 とうき	主計 しゅけい
外野手 がいやしゅ	外題 げだい	冬着 ふゆぎ	主音 しゅおん
外側 そとがわ	外観 がいかん	冬営 とうえい	主客 しゅかく
外貨 がいか	〔処〕しょする・ところ・か	冬籠 ふゆごもり・ふゆごもる	主格 しゅかく
外貨手形 がいかてがた	処士 しょし	〔包〕ほう・つつみ・つつむ	主根 しゅこん
外貨危機 がいかきき	処女 しょじょ	包丁 ほうちょう	主砲 しゅほう
外貨勘定 がいかかんじょう	処女地 しょじょち	包子 パオズ	主恩 しゅおん
外貨準備 がいかじゅんび	処女作 しょじょさく	包囲 ほうい	主峰 しゅほう
外貨管理 がいかかんり	処女林 しょじょりん	包含 ほうがん	主従 しゅじゅう
外貨獲得 がいかかくとく	処女膜 しょじょまく	包茎 ほうけい	主脈 しゅみゃく
外郭 がいかく	処分 しょぶん	包金 つつみがね	主将 しゅしょう
外郭団体 がいかくだんたい	処方 しょほう	包括 ほうかつ	主席 しゅせき
外部 がいぶ	処世 しょせい	包帯 ほうたい	主剤 しゅざい
	処処 しょしょ	包容 ほうよう	主流 しゅりゅう
	処刑 しょけい	包紙 つつみがみ	主宰 しゅさい
	処決 しょけつ	包装 ほうそう	主教 しゅきょう
	処理 しょり	包構 つつみがまえ	主眼 しゅがん
		包隠 つつみかくす	主唱 しゅしょう
			主動 しゅどう
			主祭 しゅさい
			主産地 しゅさんち

主産物 しゅさんぶつ
主情 しゅじょう
主張 しゅちょう
主婦 しゅふ
主軸 しゅじく
主筆 しゅひつ
主訴 しゅそ
主幹 しゅかん
主業 しゅぎょう
主催 しゅさい
主意 しゅい
主義 しゅぎ
主戦 しゅせん
主管 しゅかん
主語 しゅご
主演 しゅえん
主権 しゅけん
主調 しゅちょう
主導権 しゅどうけん
主賓 しゅひん
主審 しゅしん
主謀 しゅぼう
主翼 しゅよく
主題 しゅだい
主観 しゅかん
主観的 しゅかんてき
市井 しせい
市区 しく
市中 しちゅう
市中銀行 しちゅうぎんこう
市内 しない
市外 しがい
市庁 しちょう
市立 いちりつ・しりつ
市民 しみん
市町村 しちょうそん
市役所 しやくしょ
市長 しちょう
市松模様 いちまつもよう
市制 しせい
市価 しか
市況 しきょう
市政 しせい
市販 しはん
市場 いちば・しじょう

市場占有率 しじょうせんゆうりつ
市場価格 しじょうかかく
市場相場 しじょうそうば
市場調査 しじょうちょうさ
市街 しがい
市道 しどう
市電 しでん
市債 しさい
市銀 しぎん
市議 しぎ
市議会 しぎかい
〔庁〕ちょう
庁舎 ちょうしゃ
〔広〕ひろい・ひろがる・ひろげる・ひろやか・ひろめる・ひろまる
広大 こうだい
広口 ひろくち
広広 ひろびろ
広壮 こうそう
広告 こうこく
広告放送 こうこくほうそう
広角 こうかく
広軌 こうき
広狭 こうきょう
広野 こうや
広場 ひろば
広報 こうほう
広葉樹 こうようじゅ
広間 ひろま
広幅 ひろはば
広義 こうぎ
広漠 こうばく
広範 こうはん
広範囲 こうはんい
広闊 こうかつ
〔立〕たつ・たち・だて・たてる
立入 たちいり・たちいる
立上 たちあがる・たちのぼる
立小便 たちしょうべん
立木 たちき

立止 たちどまる
立毛 たちげ
立方 りっぽう
立方体 りっぽうたい
立引 たてひき
立打 たちうち
立去 たちさる
立札 たてふだ
立代 たちかわる
立込 たちこめる・たてこむ・たてこめる
立冬 りっとう
立台 たちだい
立地 りっち
立地条件 りっちじょうけん
立回 たちまわり
立至 たちいたる
立向 たちむかう
立行 たちゆく
立会 たちあい・たちあう
立合 たちあい・たちあう
立交 たちまじる
立尽 たちつくす
立技 たちわざ
立志 りっし
立志伝 りっしでん
立売 たちうり
立戻 たちもどる
立見 たちみ
立体 りったい
立体交差 りったいこうさ
立体的 りったいてき
立体派 りったいは
立身 りっしん
立身出世 りっしんしゅっせ
立返 たちかえる
立坪 りゅうつぼ
立直 たちなおる・たてなおす
立国 りっこく
立並 たちならぶ
立法 りっぽう
立泳 たちおよぎ
立居 たちい
立居振舞 たちいふるまい

立春 りっしゅん
立枯 たちがれ
立秋 りっしゅう
立待月 たちまちのつき
立後 たちおくれる
立食 たちぐい
立姿 たちすがた
立前 たてまえ
立派 りっぱ
立退 たちのく
立振舞 たちふるまい・たちぶるまい
立夏 りっか
立候補 りっこうほ
立射 たちうち
立席 たちせき
立消 たちぎえ
立流 たちながし
立案 りつあん
立通 たちどおし・たてとおす
立掛 たちかかる
立脚 りっきゃく
立脚地 りっきゃくち
立脚点 りっきゃくてん
立寄 たちよる
立替 たてかえる
立替払 たてかえばらい
立場 たちば
立幅飛 たちはばとび
立幅跳 たちはばとび
立番 たちばん
立飲 たちのみ
立勝 たちまさる
立証 りっしょう
立竦 たちすくむ
立業 たちわざ
立暗 たちぐらみ
立働 たちはたらく
立腹 りっぷく
立詰 たちづめ
立話 たちばなし
立塞 たちふさがる
立続 たちつづける・たてつづく
立聞 たちぎき
立像 りつぞう

立読 たちよみ
立腐 たちぐされ
立膝 たてひざ
立論 りつろん
立憲 りっけん
立憲君主制 りっけん
　くんしゅせい
立騒 たちさわぐ
立瀬 たつせ
立籠 たてこもる
〔玄〕げん
玄人 くろうと
玄米 げんまい
玄武岩 げんぶがん
玄翁 げんのう
玄孫 げんそん
玄関 げんかん
〔半〕はん・なかば・
　なから
半人前 はんにんまえ
半日 はんにち
半円 はんえん
半分 はんぶん
半月 はんげつ
半可通 はんかつう
半生 はんせい
半半 はんはん
半永久 はんえいきゅ
　う
半母音 はんぼいん
半死半生 はんしはん
　しょう
半年 はんとし・はん
　ねん
半休 はんきゅう
半作 はんさく
半身 はんしん・はん
　み
半身不随 はんしんふ
　ずい
半狂乱 はんきょうら
　ん
半径 はんけい
半周 はんしゅう
半官半民 はんかんは
　んみん
半面 はんめん
半信半疑 はんしんは
　んぎ
半音 はんおん
半値 はんね

半島 はんとう
半殺 はんごろし
半袖 はんそで
半紙 はんし
半球 はんきゅう
半煮 はんにえ
半期 はんき
半殖民地 はんしょく
　みんち
半開 はんかい
半間 はんま
半畳 はんじょう
半焼 はんしょう
半減 はんげん
半農半漁 はんのうは
　んぎょ
半数 はんすう
半製品 はんせいひん
半旗 はんき
半端 はんぱ
半熟 はんじゅく
半導体 はんどうたい
半壊 はんかい
半濁点 はんだくてん
半濁音 はんだくおん
半獣神 はんじゅうし
　ん
半額 はんがく
半襟 はんえり
半鐘 はんしょう
半纏 はんてん
〔汀〕てい・みぎわ
〔汁〕じゅう・しる・
　つゆ
汁気 しるけ
汁物 しるもの
汁粉 しるこ
汁液 じゅうえき
汁椀 しるわん
〔氾〕はん
氾濫 はんらん
〔穴〕けつ・あな・あ
　なぼほこ
穴子 あなご
穴居 けっきょ
穴馬 あなうま
穴埋 あなうめ
穴釣 あなづり
穴痔 あなじ
穴場 あなば

穴蜂 あなばち
穴熊 あなぐま
穴蔵 あなぐら
〔写〕しゃ・うつし・
　うつす・うつる
写本 しゃほん
写生 しゃせい
写実 しゃじつ
写真 しゃしん
〔礼〕(禮) れい・らい
　・いや・うや
礼返 れいがえし
礼状 れいじょう
礼拝 れいはい
礼物 れいもつ
礼金 れいきん
礼服 れいふく
礼奏 れいそう
礼拝 らいはい
礼砲 れいほう
礼遇 れいぐう
礼帽 れいぼう
礼装 れいそう
礼電 れいでん
礼節 れいせつ
礼賛 らいさん
礼儀 れいぎ
〔必〕ひっする・かな
　らず
必中 ひっちゅう
必死 ひっし
必至 ひっし
必見 ひっけん
必要 ひつよう
必修 ひっしゅう
必殺 ひっさつ
必須 ひっす
必勝 ひっしょう
必然的 ひつぜんてき
必然性 ひつぜんせい
必着 ひっちゃく
必携 ひっけい
必滅 ひつめつ
必需品 ひつじゅひん
必読 ひつどく
〔永〕えい・とこしえ
　・ながい
永久 えいきゅう・と
　わ
永久歯 えいきゅうし

永久資産 えいきゅう
　しさん
永世 えいせい
永世中立国 えいせい
　ちゅうりつこく
永年 えいねん
永字八法 えいじはっ
　ぽう
永劫 えいごう
永別 えいべつ
永住 えいじゅう
永眠 えいみん
永訣 えいけつ
永遠 えいえん
永続 えいぞく
〔司〕し・つかさ・つ
　かさどる
司令 しれい
司会 しかい
司法 しほう
司書 ししょ
司教 しきょう
司祭 しさい
〔尻〕こう・しり
尻下 しりさがり
尻上 しりあがり
尻切 しりきれ
尻切草履 しりきれぞ
　うり
尻毛 しりげ
尻付 しりつき
尻込 しりごみ
尻抜 しりぬけ
尻足 しりあし
尻尾 しっぽ
尻押 しりおし
尻取 しりとり
尻拭 しりぬぐい
尻重 しりおも
尻振 しりふり
尻胼胝 しりだこ
尻窄 しりすぼみ
尻軽 しりがる
尻隠 しりかくし
尻擽 しりこそばゆい
尻癖 しりくせ
尻鰭 しりびれ
〔尼〕に・あま
尼子 あまっこ
尼寺 あまでら

尼法師 あまほうし
〔民〕みん・たみ
民力 みんりょく
民心 みんしん
民生 みんせい
民主 みんしゅ
民主主義 みんしゅしゅぎ
民主政治 みんしゅせいじ
民有 みんゆう
民芸 みんげい
民兵 みんぺい
民事 みんじ
民放 みんぽう
民法 みんぽう
民政 みんせい
民草 たみぐさ
民俗 みんぞく
民俗学 みんぞくがく
民度 みんど
民家 みんか
民族 みんぞく
民族主義 みんぞくしゅぎ
民族自決 みんぞくじけつ
民族学 みんぞくがく
民情 みんじょう
民宿 みんしゅく
民間 みんかん
民衆 みんしゅう
民訴 みんそ
民営 みんえい
民業 みんぎょう
民話 みんわ
民意 みんい
民需 みんじゅ
民権 みんけん
民選 みんせん
民謡 みんよう
弗素 ふっそ
〔弘〕こう
弘法 こうぼう
弘法大師 こうぼうだいし
〔疋〕しょ・ひつ・ひき・むら
〔出〕しゅつ・で・でる・いず・いだす

・いでる・だす・だし
出入 しゅつにゅう・だしいれ・でいり・ではいり
出力 しゅつりょく
出土 しゅつど
出口 でぐち
出刃包丁 でばぼうちょう
出不精 でぶしょう
出水 しゅっすい・でみず
出欠 しゅっけつ
出方 でかた
出火 しゅっか
出払 ではらう
出世 しゅっせ
出世頭 しゅっせがしら
出札 しゅっさつ
出目 でめ
出目金 でめきん
出生 しゅっしょう・しゅっせい
出仕 しゅっし
出処進退 しゅっしょしんたい
出立 いでたち・しゅったつ
出汁 だしじる
出尻 でっちり
出出 でだし
出帆 しゅっぱん
出回 でまわる
出先 でさき
出任 でまかせ
出自 しゅつじ
出血 しゅっけつ
出血貿易 しゅっけつぼうえき
出向 しゅっこう・でむく
出会 であい・であう
出合 であう
出色 しゅっしょく
出尽 でつくす
出好 でずき
出抜 だしぬく・だしぬけ
出花 でばな

出来 しゅったい・でかす・でき・できる
出来上 できあがる
出来心 できごころ
出来立 できたて
出来合 できあい
出来事 できごと
出来物 できぶつ・できもの
出来映 できばえ
出来星 できぼし
出来栄 できばえ
出来値 できね
出来高 できだか
出来損 できそこない
出戻 でもどり
出足 であし
出廷 しゅってい
出兵 しゅっぺい
出身 しゅっしん
出迎 でむかえ
出没 しゅつぼつ
出初 でぞめ
出社 しゅっしゃ
出芽 しゅつが
出直 でなおす
出奔 しゅっぽん
出歩 あるく
出国 しゅっこく
出典 しゅってん
出物 だしもの・でもの
出版 しゅっぱん
出版社 しゅっぱんしゃ
出版権 しゅっぱんけん
出征 しゅっせい
出所 しゅっしょ・でどこ
出金 しゅっきん
出京 しゅっきょう
出店 でみせ
出放題 でほうだい
出面 でづら
出品 しゅっぴん
出前 でまえ
出発 しゅっぱつ
出発点 しゅっぱつてん
出馬 しゅつば

出荷 しゅっか
出格 しゅっかく
出校 しゅっこう
出航 しゅっこう
出席 しゅっせき
出席簿 しゅっせきぼ
出庫 しゅっこ
出庫物 でこもの
出家 しゅっけ
出陣 しゅつじん
出納 すいとう
出現 しゅつげん
出教授 できょうじゅ
出殻 だしがら
出盛 でさかる
出動 しゅつどう
出猟 しゅつりょう
出産 しゅっさん
出渋 だししぶる
出窓 でまど
出張 しゅっちょう
出超 しゅっちょう
出場 しゅつじょう
出揃 でそろう
出勤 しゅっきん
出棺 しゅっかん
出雲 いずも
出雲阿国 いずものおくに
出歯 でば
出塁 しゅつるい
出過 ですぎる
出無精 でぶしょう
出番 でばん
出港 しゅっこう
出費 しゅっぴ
出資 しゅっし
出様 でよう
出鼻 でばな
出銭 でせん
出獄 しゅつごく
出漁 しゅつりょう
出演 しゅつえん
出撃 しゅつげき
出穂 しゅっすい
出稼 でかせぎ
出潮 でしお
出頭 しゅっとう
出職 でしょく
出題 しゅつだい

出癖 でぐせ
出願 しゅつがん
出鱈目 でたらめ
〔奴〕ど・ぬ・め・や
　つ・やっこ
奴豆腐 やっこどうふ
奴隷 どれい
〔加〕か・くわえる・
　くわわる
加入 かにゅう
加工 かこう
加水分解 かすいぶん
　かい
加圧 かあつ
加担 かたん
加味 かみ
加持 かじ
加点 かてん
加重 かじゅう
加速 かそく
加速度 かそくど
加配 かはい
加害者 かがいしゃ
加筆 かひつ
加減 かげん
加勢 かせい
加盟 かめい
加算 かさん
加算税 かさんぜい
加熱 かねつ
加線 かせん
加療 かりょう
加護 かご
〔召〕しょう・めす・
　めし
召上 めしあがる・め
　しあげる
召出 めしだす
召状 めしじょう
召抱 めしかかえる
召使 めしつかい
召捕 めしとる
召致 しょうち
召募 しょうぼ
召喚 しょうかん
召集 しょうしゅう
召電 しょうでん
召還 しょうかん
〔皮〕ひ・かわ
皮下 ひか

皮切 かわきり
皮肉 ひにく
皮革 ひかく
皮相 ひそう
皮疹 ひしん
皮蛋 ピータン
皮算用 かわさんよう
皮膜 ひまく
皮膚 ひふ
皮質 ひしつ
皮癬 ひぜん
〔辺〕へん・あたり
辺地 へんち
辺幅 へんぷく
辺陲 へんすい
辺境 へんきょう
辺鄙 へんぴ
〔弁〕べん・べんじる
　・わきまえる
弁士 べんし
弁才 べんさい
弁才天 べんざいてん
弁口 べんこう
弁巧 べんこう
弁当 べんとう
弁舌 べんぜつ
弁別 べんべつ
弁明 べんめい
弁財天 べんざいてん
弁理 べんり
弁済 べんさい
弁務官 べんむかん
弁証法 べんしょうほ
　う
弁解 べんかい
弁髪 べんぱつ
弁駁 べんぱく
弁膜 べんまく
弁論 べんろん
弁慶 べんけい
弁慶草 べんけいそう
弁慶読 べんけいよみ
弁慶縞 べんけいじま
弁償 べんしょう
弁難 べんなん
弁護 べんご
弁護人 べんごにん
弁護士 べんごし
〔台〕だい・うてな
台本 だいほん

台地 だいち
台形 だいけい
台所 だいどころ
台風 たいふう
台座 だいざ
台紙 だいし
台帳 だいちょう
台無 だいなし
台詞 せりふ・だいし
台頭 たいとう
〔矛〕む・ほこ
矛先 ほこさき
矛盾 むじゅん
〔母〕ぼ・も・ぼう・
　はは・かか・おも
母上 ははうえ
母子 ぼし
母子草 ははこぐさ
母方 ははかた
母体 ぼたい
母系 ぼけい
母国 ぼこく
母乳 ぼにゅう
母性 ぼせい
母性愛 ぼせいあい
母型 ぼけい
母胎 ぼたい
母音 ぼいん
母屋 おもや・もや
母校 ぼこう
母家 おもや
母堂 ぼどう
母船 ぼせん
母斑 ぼはん
母港 ぼこう
母数 ぼすう
母語 ぼご
母権 ぼけん
母親 ははおや
母獣 ぼじゅう
母艦 ぼかん
〔幼〕よう・おさな・
　おさない
幼小 ようしょう
幼子 おさなご
幼女 ようじょ
幼友達 おさなともだ
　ち
幼心 おさなごころ
幼生 ようせい

幼主 ようしゅ
幼虫 ようちゅう
幼年 ようねん
幼名 ようめい
幼児 ようじ
幼児教育 ようじきょ
　ういく
幼君 ようくん
幼時 ようじ
幼弱 ようじゃく
幼魚 ようぎょ
幼童 ようどう
幼馴染 おさななじみ
幼稚 ようち
幼稚園 ようちえん

六畫

〔弍〕に
〔匤〕きょう
〔式〕しき
式台 しきだい
式次第 しきしだい
式典 しきてん
式服 しきふく
式菓子 しきがし
式場 しきじょう
式辞 しきじ
〔刑〕ぎょう・けい
刑吏 けいり
刑死 けいし
刑事 けいじ
刑事裁判 けいじさい
　ばん
刑事訴訟 けいじそし
　ょう
刑具 けいぐ
刑法 けいほう
刑務所 けいむしょ
刑場 けいじょう
刑期 けいき
刑罰 けいばつ
〔戎〕じゅう・えびす
〔寺〕じ・てら
寺入 てらいり
寺子 てらこ
寺子屋 てらこや
寺社 じしゃ
寺参 てらまいり
寺院 じいん

寺領 じりょう
〔圭〕けい
〔艾〕がい・げい・も
　ぐさ・よもぎ
〔吉〕きつ・きち
吉日 きちじつ・きち
　にち
吉凶 きっきょう
吉兆 きっちょう
吉相 きっそう
吉野桜 よしのざくら
吉報 きっぽう
〔扣〕こう
〔托〕たく
托鉢 たくはつ
〔考〕こう・かんがえ
　・かんがえる
考古学 こうこがく
考付 かんがえつく
考込 かんがえこむ
考出 かんがえだす
考直 かんがえなおす
考事 かんがえごと
考物 かんがえもの
考査 こうさ
考案 こうあん
考現学 こうげんがく
考深 かんがえぶかい
考証 こうしょう
考違 かんがえちがい
考察 こうさつ
考慮 こうりょ
考課 こうか
〔老〕ろう・おい・お
　いらく・おいる・お
　ゅ・おゆらく・ふけ
　る
老人 ろうじん
老人病 ろうじんびょ
　う
老人福祉 ろうじんふ
　くし
老人福祉電話 ろうじ
　んふくしでんわ
老大家 ろうたいか
老子 ろうし
老女 ろうじょ
老木 おいき・ろうぼ
　く
老友 ろうゆう
老少 ろうしょう

老少不定 ろうしょう
　ふじょう
老中 ろうじゅう
老手 ろうしゅ
老化 ろうか
老父 ろうふ
老巧 ろうこう
老込 おいこむ・ふけ
　こむ
老母 ろうぼ
老幼 ろうよう
老朽 おいくちる・ろ
　うきゅう
老死 ろうし
老成 ろうせい
老年 ろうねん
老先 おいさき
老体 ろうたい
老若 ろうじゃく・ろ
　うにゃく
老若男女 ろうにゃく
　なんにょ
老後 ろうご
老骨 ろうこつ
老師 ろうし
老衰 ろうすい
老弱 ろうじゃく
老眼 ろうがん
老眼鏡 ろうがんきょ
　う
老婆 ろうば
老婆心 ろうばしん
老視眼 ろうしがん
老廃物 ろうはいぶつ
老爺 ろうや
老境 ろうきょう
老練 ろうれん
老舗 しにせ・ろうほ
老熟 ろうじゅく
老樹 ろうじゅ
老頭児 ロートル
老獪 ろうかい
老嬢 ろうじょう
老醜 ろうしゅう
老軀 ろうく
老齢 ろうれい
〔扱〕あつかい・あつ
　かう・こく・しごく
扱下 こきおろす
扱使 こきつかう
扱落 こきおとす

〔地〕じ・ち・つち
地力 じりき・ちりょく
地下 ちか
地下水 ちかすい
地下茎 ちかけい
地下室 ちかしつ
地下組織 ちかそしき
地下街 ちかがい
地下道 ちかどう
地下鉄 ちかてつ
地上 ちじょう
地上権 ちじょうけん
地口 じぐち
地元 じもと
地区 ちく
地中 ちちゅう
地中海 ちちゅうかい
地方 ちほう
地方分権 ちほうぶん
　けん
地方公共団体 ちほう
　こうきょうだんたい
地方公務員 ちほうこ
　うむいん
地方自治 ちほうじち
地方自治体 ちほうじ
　ちたい
地方行政 ちほうぎょ
　うせい
地方色 ちほうしょく
地方紙 ちほうし
地方裁判所 ちほうさ
　いばんしょ
地方検察庁 ちほうけ
　んさつちょう
地方税 ちほうぜい
地方銀行 ちほうぎん
　こう
地方議会 ちほうぎか
　い
地平線 ちへいせん
地代 じだい
地主 じぬし
地曳 じびき
地虫 じむし
地合 じあい
地肌 じはだ
地名 ちめい
地色 じいろ
地衣 ちい
地衣類 ちいるい

地形 ちけい
地均 じならし
地声 じごえ
地吹雪 じふぶき
地図 ちず
地位 ちい
地役権 ちえきけん
地表 ちひょう
地坪 じつぼ
地取 じどり
地歩 ちほ
地味 じみ・ちみ
地固 じがため
地価 ちか
地所 じしょ
地金 じがね
地底 ちてい
地学 ちがく
地面 じめん
地点 ちてん
地峡 ちきょう
地帯 ちたい
地核 ちかく
地唄 じうた
地租 ちそ
地酒 じざけ
地紋 じもん
地球 ちきゅう
地球温暖化 ちきゅう
　おんだんか
地理 ちり
地域 ちいき
地域手当 ちいきてあ
て
地域社会 ちいきしゃ
　かい
地域差 ちいきさ
地異 ちい
地動説 ちどうせつ
地場 じば
地裁 ちさい
地殻 ちかく
地軸 ちじく
地番 ちばん
地象 ちしょう
地道 じみち
地割 じわり・じわれ
地階 ちかい
地勢 ちせい
地雷 じらい

地溝 ちこう
地滑 じすべり
地続 じつづき
地境 じざかい
地歌 じうた
地磁 ちじき
地蜘蛛 じぐも
地鳴 じなり
地獄 じごく
地獄一丁目 じごくの
　いっちょうめ
地獄耳 じごくみみ
地誌 ちし
地層 ちそう
地際 じぎわ
地熱 じねつ・ちねつ
地熱発電 ちねつはつ
　でん
地蔵 じぞう
地蔵眉 じぞうまゆ
地蔵顔 じぞうがお
地震 じしん
地膚 じはだ
地質 じしつ・ちしつ
地質学 ちしつがく
地質時代 ちしつじだ
　い
地盤 じばん
地縁 ちえん
地頭 じとう
地積 ちせき
地鎮祭 じちんさい
地顔 じがお
地籍 ちせき
地響 じひびき
〔扱〕さて・さても・
　さっても
〔耳〕じ・みみ
耳元 みみもと
耳打 みみうち
耳目 じもく
耳立 みみだつ
耳当 みみあて
耳垂 みみだれ
耳学問 みみがくもん
耳垢 みみあか
耳寄 みみより
耳順 じじゅん
耳遠 みみどおい
耳掻 みみかき

耳飾 みみかざり
耳新 みみあたらしい
耳聡 みみざとい
耳鳴 みみなり
耳鼻科 じびか
耳漏 じろう
耳慣 みみなれる
耳障 みみざわり
耳輪 みみわ
耳擦 みみこすり
耳糞 みみくそ
耳触 みみざわり
〔芋〕いも
芋虫 いもむし
芋名月 いもめいげつ
芋茎 ずいき
芋刺 いもざし
芋粥 いもがゆ
芋頭 いもがしら
〔共〕きょう・ども・
　ともに・とも
共切 ともぎれ
共生 きょうせい
共白髪 ともしらが
共用 きょうよう
共犯 きょうはん
共共 ともども
共有 きょうゆう
共存 きょうそん
共同 きょうどう
共同声明 きょうどう
　せいめい
共同体 きょうどうた
　い
共同社会 きょうどう
　しゃかい
共作 きょうさく
共和国 きょうわこく
共和制 きょうわせい
共学 きょうがく
共食 ともぐい
共栄 きょうえい
共振 きょうしん
共倒 ともだおれ
共益 きょうえき
共通 きょうつう
共通点 きょうつうて
　ん
共通語 きょうつうご
共著 きょうちょ

共産 きょうさん
共済 きょうさい
共営 きょうえい
共感 きょうかん
共催 きょうさい
共働 ともばたらき
共鳴 きょうめい
共演 きょうえん
共稼 ともかせぎ
共謀 きょうぼう
共謀罪 きょうぼうざ
　い
共闘 きょうとう
〔芝〕し・しば
芝刈 しばかり
芝生 しばふ
芝居 しばい
芝居気 しばいぎ
芝草 しばぐさ
〔朽〕きゅう・くちる
〔朴〕ぼまく・ほお・
　えのき
朴木 ほうのき
朴念仁 ぼくねんじん
朴訥 ぼくとつ
〔机〕き・つくえ
机上 きじょう
〔朸〕おうご
〔再〕さい・ふたたび
再三 さいさん
再分配 さいぶんぱい
再刊 さいかん
再生 さいせい
再生不能性貧血 さい
　せいふのうせいひん
　けつ
再生産 さいせいさん
再処理 さいしょり
再出発 さいしゅっぱ
　つ
再考 さいこう
再再 さいさい
再任 さいにん
再会 さいかい
再来 さいらい
再来月 さらいげつ
再来年 さらいねん
再来週 さらいしゅう
再拝 さいはい
再版 さいはん

再度 さいど
再軍備 さいぐんび
再建 さいけん・さい
　こん
再発 さいはつ
再発見 さいはっけん
再起 さいき
再起動 さいきどう
再従兄弟 はとこ
再従姉妹 はとこ
再帰 さいき
再帰熱 さいきねつ
再挙 さいきょ
再現 さいげん
再婚 さいこん
再検討 さいけんとう
再開 さいかい
再診 さいしん
再割引 さいわりびき
再嫁 さいか
再演 さいえん
再審 さいしん
再審査 さいしんさ
再選 さいせん
再編 さいへん
再縁 さいえん
再築 さいちく
再興 さいこう
再燃 さいねん
再議 さいぎ
〔吏〕り
〔両〕りゃん・りょう
　・もろ
両刀 りょうとう
両三 りょうさん
両刃 りょうば
両手 りょうて
両分 りょうぶん
両方 りょうほう
両生 りょうせい
両生類 りょうせいる
　い
両用 りょうよう
両立 りょうりつ
両地 りょうち
両両 りょうりょう
両成敗 りょうせいば
　い
両全 りょうぜん
両次 りょうじ

両足 りょうあし
両者 りょうしゃ
両国 りょうこく
両岸 りょうがん・りょうぎし
両所 りょうしょ
両性 りょうせい
両性生殖 りょうせいせいしょく
両面 りょうめん
両前 りょうまえ
両為 りょうだめ
両軍 りょうぐん
両建預金 りょうだてよきん
両差 もろざし
両脅 りょうわき
両院 りょういん
両院制 りょういんせい
両掛 りょうがけ
両眼 りょうがん
両側 りょうがわ・りょうそく
両得 りょうとく・りょうどく
両舷 りょうげん
両脚 りょうきゃく
両脚規 りょうきゃっき
両断 りょうだん
両替 りょうがえ
両極 りょうきょく
両極端 りょうきょくたん
両雄 りょうゆう
両開 りょうびらき
両腕 りょううで
両損 りょうぞん
両義 りょうぎ
両様 りょうよう
両説 りょうせつ
両端 りょうたん
両輪 りょうりん
両論 りょうろん
両親 りょうしん
両隣 りょうどなり
両翼 りょうよく
両議院 りょうぎいん
〔西〕 せい・さい・にし
西下 さいか

西日 にしび
西日本 にしにほん
西方 せいほう
西北 せいほく
西北西 せいほくせい
西田幾多郎 にしだきたろう
西瓜 すいか
西半球 にしはんきゅう
西行 さいぎょう
西京 さいきょう
西南 せいなん
西南西 せいなんせい
西独 せいどく
西風 にしかぜ
西海道 さいかいどう
西洋 せいよう
西洋人 せいようじん
西洋画 せいようが
西洋館 せいようかん
西紀 せいき
西高東低 せいこうとうてい
西域 さいいき・せいいき
西側 にしがわ
西部 せいぶ
西部劇 せいぶげき
西経 せいけい
西暦 せいれき
西欧 せいおう
西諺 せいげん
〔互〕 わたり・わたる
〔戌〕 じゅつ・いぬ
〔在〕 ざい・ある・あり・います・おわす
在中 ざいちゅう
在方 ありかた
在世 ざいせい
在外 ざいがい
在外公館 ざいがいこうかん
在処 ありか
在任 ざいにん
在宅 ざいたく
在来 ざいらい
在来型戦争 ざいらいがたせんそう
在住 ざいじゅう
在位 ざいい

在役 ざいえき
在京 ざいきょう
在学 ざいがく
在官 ざいかん
在荷 ざいか
在原業平 ありわらのなりひら
在留 ざいりゅう
在留外人 ざいりゅうがいじん
在席 ざいせき
在庫 ざいこ
在庫品 ざいこひん
在野 ざいや
在郷 ざいきょう
在勤 ざいきん
在監 ざいかん
在職 ざいしょく
在籍 ざいせき
〔有〕 ゆう・う・ある
有力 ゆうりょく
有力者 ゆうりょくしゃ
有丈 ありたけ
有功 ゆうこう
有史 ゆうし
有用 ゆうよう
有合 ありあわせ
有名 ゆうめい
有名無実 ゆうめいむじつ
有色 ゆうしょく
有色人種 ゆうしょくじんしゅ
有色野菜 ゆうしょくやさい
有形 ゆうけい
有志 ゆうし
有声 ゆうせい
有声音 ゆうせいおん
有来 ありきたり
有利 ゆうり
有体 ありてい
有体物 ゆうたいぶつ
有余 ありあまる・ゆうよ
有毒 ゆうどく
有掛 うけ
有事 ゆうじ
有明 ありあけ
有価 ゆうか

有価証券 ゆうかしょうけん
有金 ありがね
有効 ゆうこう
有効期間 ゆうこうきかん
有効数字 ゆうこうすうじ
有性生殖 ゆうせいせいしょく
有段者 ゆうだんしゃ
有為 ゆうい
有為転変 ういてんぺん
有神論 ゆうしんろん
有限 あらんかぎり・あるかぎり・ゆうげん
有限会社 ゆうげんがいしゃ
有限責任 ゆうげんせきにん
有配 ゆうはい
有時払 あるときばらい
有島武郎 ありしまたけお
有高 ありだか
有料 ゆうりょう
有益 ゆうえき
有害 ゆうがい
有能 ゆうのう
有理数 ゆうりすう
有頂天 うちょうてん
有得 ありうる
有産階級 ゆうさんかいきゅう
有望 ゆうぼう
有情 うじょう
有期 ゆうき
有閑 ゆうかん
有無 ありなし・うむ
有税 ゆうぜい
有勝 ありがち
有象無象 うぞうむぞう
有給 ゆうきゅう
有蓋 ゆうがい
有感地震 ゆうかんじしん
有業人口 ゆうぎょうじんこう

有罪 ゆうざい
有触 ありふれた
有意 ゆうい
有意義 ゆういぎ
有数 ゆうすう
有様 ありさま・ありよう
有酸素運動 ゆうさんそうんどう
有徳 ゆうとく
有権者 ゆうけんしゃ
有線 ゆうせん
有線放送 ゆうせんほうそう
有縁 うえん
有機 ゆうき
有機化合物 ゆうきかごうぶつ
有機化学 ゆうきかがく
有機体 ゆうきたい
有機物 ゆうきぶつ
有機的 ゆうきてき
有儘 ありのまま
有償 ゆうしょう
有難 ありがたい・ありがとう
有難迷惑 ありがためいわく
有難涙 ありがたなみだ
有識者 ゆうしきしゃ
〔百〕ひゃく・もも・ほ
百人一首 ひゃくにんいっしゅ
百人力 ひゃくにんりき
百八十度 ひゃくはちじゅうど
百八煩悩 ひゃくはちぼんのう
百万 ひゃくまん
百万長者 ひゃくまんちょうじゃ
百万陀羅 ひゃくまんだら
百千 ひゃくせん
百日草 ひゃくにちそう
百日咳 ひゃくにちぜき

百日紅 さるすべり
百分比 ひゃくぶんひ
百分率 ひゃくぶんりつ
百尺竿頭 ひゃくしゃくかんとう
百代 ひゃくだい
百出 ひゃくしゅつ
百年 ひゃくねん
百年祭 ひゃくねんさい
百舌 もず
百合 ゆり
百折不撓 ひゃくせつふとう
百花繚乱 ひゃっかりょうらん
百足 むかで
百事 ひゃくじ
百味簞笥 ひゃくみだんす
百姓 ひゃくしょう
百姓一揆 ひゃくしょういっき
百姓読 ひゃくしょうよみ
百面相 ひゃくめんそう
百科事典 ひゃっかじてん
百発百中 ひゃっぱつひゃくちゅう
百鬼夜行 ひゃっきやぎょう
百害 ひゃくがい
百貨店 ひゃっかてん
百済 くだら
百葉箱 ひゃくようばこ
百戦百勝 ひゃくせんひゃくしょう
百態 ひゃくたい
百獣 ひゃくじゅう
〔存〕そん・ぞん・そんじる・ぞんずる
存亡 そんぼう
存分 ぞんぶん
存外 ぞんがい
存立 そんりつ
存在 そんざい
存在理由 そんざいりゆう

存否 そんぴ
存命 ぞんめい
存続 そんぞく
〔而〕じ・しかして・しかも・しこうして
而立 じりつ
〔匠〕しょう・たくみ
〔灰〕かい・はい・あく
灰皿 はいざら
灰色 はいいろ
灰均 はいならし
灰吹 はいふき
灰神楽 はいかぐら
灰落 はいおとし
灰掻 はいかき
灰墨 はいずみ
灰燼 かいじん
〔列〕れつ
列伝 れつでん
列車 れっしゃ
列国 れっこく
列島 れっとう
列記 れっき
列席 れっせき
列挙 れっきょ
列強 れっきょう
〔死〕し・しぬ
死人 しにん
死力 しりょく
死亡 しぼう
死亡率 しぼうりつ
死火山 しかざん
死去 しきょ
死目 しにめ
死生 しせい
死処 ししょ・しにどころ
死刑 しけい
死地 しち
死灰 しかい・しのはい
死因 しいん
死因処分 しいんしょぶん
死守 ししゅ
死別 しにわかれる・しべつ
死体 したい
死身 しにみ

死角 しかく
死者 ししゃ
死果 しにはてる
死物 しぶつ
死物狂 しにものぐるい
死所 ししょ・しにどころ
死金 しにがね
死学問 しにがくもん
死相 しそう
死臭 ししゅう
死後 しご・しにおくれる
死急 しにいそぐ
死変 しにかわる
死活 しかつ
死神 しにがみ
死恥 しにはじ
死時 しにどき
死脈 しみゃく
死病 しびょう
死球 しきゅう
死票 しひょう
死産 しざん
死斑 しはん
死場所 しにばしょ
死期 しき
死装束 しにしょうぞく
死遅 しにおくれる
死絶 しにたえる
死損 しにぞこない・しにそこなう
死罪 しざい
死傷 ししょう
死滅 しめつ
死語 しご
死際 しにぎわ
死蔵 しぞう
死様 しにざま
死霊 しりょう
死線 しせん
死骸 しがい
死闘 しとう
死顔 しにがお
〔成〕せい・じょう・なす・なり・なる
成人 せいじん
成人式 せいじんしき

成人病 せいじんびょう

成下 なりさがる

成丈 なるたけ

成上 なりあがり

成仏 じょうぶつ

成分 せいぶん

成文 せいぶん

成文化 せいぶんか

成文法 せいぶんほう

成功 せいこう

成句 せいく

成立 せいりつ・なりたち・なりたつ

成虫 せいちゅう

成因 せいいん

成年 せいねん

成竹 せいちく

成行 なりゆき

成形手術 せいけいしゅじゅつ

成否 せいひ

成長 せいちょう

成長株 せいちょうかぶ

成長産業 せいちょうさんぎょう

成果 せいか

成典 せいてん

成金 なりきん

成育 せいいく

成型 せいけい

成約 せいやく

成員 せいいん

成案 せいあん

成敗 せいばい

成魚 せいぎょ

成婚 せいこん

成就 じょうじゅ

成遂 なしとげる

成算 せいさん

成語 せいご

成層 せいそう

成層圏 せいそうけん

成熟 せいじゅく

成績 せいせき

〔夷〕い・えびす

〔此〕し・こ・ここ・この・これ

此上 このうえ

此外 このほか

〔尖〕せん・とがらす・とがる

尖声 とがりごえ

尖閣諸島 せんかくしょとう

尖鋭 せんえい

尖頭 せんとう

尖顔 とがりがお

〔劣〕れつ・おとる

劣性 れっせい

劣悪 れつあく

劣情 れつじょう

劣等 れっとう

劣等感 れっとうかん

劣勢 れっせい

〔光〕こう・ひからす・ひかり・ひかる

光化学 こうかがく

光化学電池 こうかがくでんち

光化学触媒 こうかがくしょくばい

光圧 こうあつ

光年 こうねん

光合成 こうごうせい

光芒 こうぼう

光束 こうそく

光来 こうらい

光沢 こうたく

光画 こうが

光明 こうみょう

光波 こうは

光学 こうがく

光学密度 こうがくみつど

光背 こうはい

光度 こうど

光栄 こうえい

光速 こうそく

光速度 こうそくど

光通信 ひかりつうしん

光彩 こうさい

光陰 こういん

光景 こうけい

光源 こうげん

光熱 こうねつ

光輪 こうりん

光輝 こうき

光線 こうせん

光臨 こうりん

〔当〕とう・あたり・あたる・あてる・あたらす・あて

当人 とうにん

当日 とうじつ

当分 とうぶん

当月 とうげつ

当方 とうほう

当世 とうせい

当代 とうだい

当込 あてこむ

当用 とうよう

当用漢字 とうようかんじ

当外 あたりはずれ・あてはずれ

当主 とうしゅ

当地 とうち

当年 あたりどし・とうねん

当字 あてじ

当否 とうひ

当身 あてみ

当役 あたりやく

当初 とうしょ

当社 とうしゃ

当君 どうくん

当局 とうきょく

当直 とうちょく

当事 あてごと・とうじ

当事者 とうじしゃ

当物 あてもの

当季 とうき

当夜 とうや

当砕 あたってくだけろ

当面 とうめん

当逃 あてにげ

当前 あたりまえ

当屋 あたりや

当馬 あてうま

当時 とうじ

当座 とうざ

当座貸 とうざがし

当座貸越 とうざかしこし

当座預金 とうざよきん

当家 とうけ

当期 とうき

光臨 こうりん

〔当〕とう・あたり・あたる・あてる・あたらす・あて

当散 あたりちらす

当落 とうらく

当惑 とうわく

当嵌 あてはまる・あてはめる

当無 あてなし

当番 とうばん

当然 とうぜん

当節 とうせつ

当腹 とうふく

当該 とうがい

当意即妙 どういそくみょう

当障 あたらずさわらず・あたりさわり

当選 とうせん

当擦 あてこすり・あてこする

当籤 とうせん

〔早〕さ・はやい・はやまる・はやめる

早乙女 さおとめ

早口 はやくち

早口言葉 はやくちことば

早手回 はやてまわし

早分 はやわかり

早引 はやびけ

早世 そうせい

早生 はやうまれ・わせ

早立 はやだち

早耳 はやみみ

早死 はやじに

早早 そうそう

早合点 はやがてん

早技 はやわざ

早足 はやあし

早呑込 はやのみこみ

早苗 さなえ

早所 はやいところ

早春 そうしゅん

早咲 はやざき

早秋 そうしゅう

早急 さっきゅう・そうきゅう

早計 そうけい

早変 はやがわり

早退 そうたい

早発 そうはつ

早馬 はやうま

早起 はやおき
早帰 はやがえり
早教育 そうきょういく
早産 そうざん
早婚 そうこん
早場米 はやばまい
早期 そうき
早期重合 そうきじゅうごう
早朝 そうちょう
早暁 そうぎょう
早晩 そうばん
早番 はやばん
早飲込 はやのみこみ
早着 そうちゃく
早道 はやみち
早業 はやわざ
早寝 はやね
早稲 わせ
早漏 そうろう
早熟 そうじゅく
早駕籠 はやかご
早霜 はやじも
早瀬 はやせ
早鐘 はやがね
〔吐〕と・はく
吐出 はきだす
吐気 はきけ
吐血 とけつ
吐乳 とにゅう
吐逆 とぎゃく
吐息 といき
吐剤 とざい
吐捨 はきすてる
吐瀉 としゃ
吐露 とろ
〔曳〕えい・ひく
曳光弾 えいこうだん
曳航 えいこう
〔叫〕きょう・さけぶ・さけび
叫声 さけびこえ
叫喚 きょうかん
〔虫〕ちゅう・むし
虫干 むしぼし
虫下 むしくだし
虫気 むしけ
虫垂 ちゅうすい
虫食 むしくい

虫息 むしのいき
虫害 ちゅうがい
虫除 むしよけ
虫眼鏡 むしめがね
虫歯 むしば
虫媒花 ちゅうばいか
虫腹 むしばら
虫籠 むしかご
〔曲〕きょく・まがる・まがり・まげる
曲尺 かねじゃく・まがりがね・まがりじゃく
曲玉 まがたま
曲目 きょくもく・まがりめ
曲曲 まがまがしい
曲折 きょくせつ
曲芸 きょくげい
曲角 まがりかど
曲者 くせもの
曲金 まがりがね
曲面 きょくめん
曲馬 きょくば
曲浦 きょくほ
曲流 きょくりゅう
曲解 きょっかい
曲線 きょくせん
〔団〕だん・とん・どん・まるい
団子 だんご
団平 だんぺい
団地 だんち
団団 だんだん
団交 だんこう
団体 だんたい
団体交渉 だんたいこうしょう
団長 だんちょう
団居 まどい
団栗 どんぐり
団扇 うちわ
団員 だんいん
団結 だんけつ
団欒 だんらん
〔同〕どう・おなじ・おなじく
同一 どういつ
同一視 どういつし
同一轍 どういつてつ
同人 どうじん

同士 - どうし
同工異曲 どうこういきょく
同上 どうじょう
同日 どうじつ
同化 どうか
同月 どうげつ
同氏 どうし
同文 どうぶん
同心 どうしん
同心円 どうしんえん
同列 どうれつ
同年 おないどし・どうねん
同行 どうこう
同舟 どうしゅう
同名 どうめい
同好 どうこう
同志 どうし
同車 どうしゃ
同体 どうたい
同位元素 どういげんそ
同位体 どういたい
同位角 どういかく
同伴 どうはん
同役 どうやく
同系 どうけい
同床異夢 どうしょういむ
同房 どうぼう
同門 どうもん
同性 どうせい
同性婚 どうせいこん
同居 どうきょ
同姓 どうせい
同封 どうふう
同点 どうてん
同乗 どうじょう
同臭 どうしゅう
同胞 どうほう・はらから
同音 どうおん
同音異義語 どうおんいぎご
同音語 どうおんご
同前 どうぜん
同級 どうきゅう
同素体 どうそたい
同格 どうかく

同根 どうこん
同原 どうげん
同時 どうじ
同時通訳 どうじつうやく
同衾 どうきん
同訓異字 どうくんいじ
同席 どうせき
同座 どうざ
同病 どうびょう
同流 どうりゅう
同案 どうあん
同船 どうせん
同族 どうぞく
同率 どうりつ
同断 どうだん
同情 どうじょう
同宿 どうしゅく
同窓 どうそう
同視 どうし
同郷 どうきょう
同期 どうき
同棲 どうせい
同等 どうとう
同筆 どうひつ
同然 どうぜん
同着 どうちゃく
同属 どうぞく
同感 どうかん
同業 どうぎょう
同盟 どうめい
同罪 どうざい
同腹 どうふく
同意 どうい
同意語 どういご
同義 どうぎ
同義語 どうぎご
同数 どうすう
同源 どうげん
同様 どうよう
同種 どうしゅ
同僚 どうりょう
同権 どうけん
同憂 どうゆう
同輩 どうはい
同質 どうしつ
同調 どうちょう
同慶 どうけい
同職 どうしょく

同類 どうるい	吸物 すいもの	回復 かいふく	肉眼 にくがん
同類項 どうるいこう	吸残 すいのこし	回診 かいしん	肉欲 にくよく
同額 どうがく	吸殻 すいがら	回廊 かいろう	肉細 にくぼそ
〔吊〕 ちょう・つる・つり・つるす・つるし・つれる	吸寄 すいよせる	回遊 かいゆう	肉筆 にくひつ
	吸飲 すいのみ	回道 まわりみち	肉弾 にくだん
	吸着 きゅうちゃく	回想 かいそう	肉塊 にっかい
吊上 つりあがる・つりあげる・つるしあげる	吸盤 きゅうばん	回路 かいろ	肉感的 にっかんてき
	〔屹〕 きつ	回数 かいすう	肉腫 にくしゅ
	〔帆〕 はん・ほ	回数券 かいすうけん	肉質 にくしつ
吊手 つりて	帆立貝 ほたてがい	回線 かいせん	肉薄 にくはく
吊皮 つりかわ	帆走 はんそう	回避 かいひ	肉親 にくしん
吊紐 つりひも	帆柱 ほばしら	回覧 かいらん	肉饅頭 にくまんじゅう
吊棚 つりだな	帆桁 ほげた	回顧 かいこ	
吊輪 つりわ	帆船 はんせん	〔至〕 し・いたる・いたり	肉離 にくばなれ
吊橋 つりばし	帆綱 ほづな		〔年〕 ねん・とし・とせ
〔吃〕 きつ・どもる・どもり・ども	帆影 ほかげ	至上 しじょう	年下 としした
	〔回〕 かい・え・わ	至当 しとう	年上 としうえ
吃音 きつおん	回文 かいぶん	至芸 しげい	年子 としご
〔因〕 いん・ちなみ・よって・ちなむ・よる	回心 かいしん	至近 しきん	年女 としおんな
	回収 かいしゅう	至言 しげん	年少 ねんしょう
	回生 かいせい	至妙 しみょう	年中 ねんじゅう
因子 いんし	回付 かいふく	至宝 しほう	年中行事 ねんちゅうぎょうじ
因果 いんが	回礼 かいれい	至要 しよう	
因果応報 いんがおうほう	回虫 かいちゅう	至便 しべん	年内 ねんない
	回回教 フィフィきょう	至急 しきゅう	年月 としつき・ねんげつ
因習 いんしゅう		至高 しこう	
因循 いんじゅん	回気 まわりぎ	至純 しじゅん	年月日 ねんがっぴ
因業 いんごう	回向 えこう	至情 しじょう	年収 ねんしゅう
因数 いんすう	回合 まわりあわせ	至極 しごく	年刊 ねんかん
因数分解 いんすうぶんかい	回忌 かいき	至善 しぜん	年末 ねんまつ
	回者 まわしもの	至誠 しせい	年功 としのこう・ねんこう
因縁 いんねん	回国巡礼 かいこくじゅんれい	至難 しなん	
因襲 いんしゅう		〔肉〕 にく・しし	年払 ねんばらい
〔吸〕 きゅう・すう	回春 かいしゅん	肉入 にくいれ	年甲斐 としがい
吸入 きゅうにゅう	回持 まわりもち	肉太 にくぶと	年号 ねんごう
吸上 すいあげ・すいあげる	回送 かいそう	肉牛 にくぎゅう	年代 ねんだい
	回航 かいこう	肉付 にくづき・にくづけ	年代記 ねんだいき
吸口 すいくち	回帰 かいき		年市 としのいち
吸引 きゅういん	回帰線 かいきせん	肉汁 にくじゅう	年回 としまわり
吸収 きゅうしゅう	回教 かいきょう	肉色 にくいろ	年年 ねんねん
吸玉 すいだま	回転 かいてん	肉池 にくち	年年歳歳 ねんねんさいさい
吸付 すいつく・すいつける	回転子 かいてんし	肉声 にくせい	
	回転灯 かいてんとう	肉豆蔻 にくずく	年休 ねんきゅう
吸込 すいこみ・すいこむ	回転椅子 かいてんいす	肉体 にくたい	年会 ねんかい
	回転資金 かいてんしきん	肉体的 にくたいてき	年次 ねんじ
吸出 すいだし・すいだす		肉芽 にくが	年来 ねんらい
	回船 かいせん	肉迫 にくはく	年男 としおとこ
吸気 きゅうき	回旋 かいせん	肉食 にくしょく	年利 ねんり
吸血 きゅうけつ	回答 かいとう	肉屋 にくや	年初 ねんしょ
吸取 すいとる		肉桂 にっけい	年忌 ねんき
吸取紙 すいとりがみ			

年表 ねんぴょう
年長 ねんちょう
年長者 ねんちょうしゃ
年季 ねんき
年金 ねんきん
年波 としなみ
年始 ねんし
年度 ねんど
年恰好 としかっこう
年限 ねんげん
年貢 ねんぐ
年格好 としかっこう
年配 ねんぱい
年俸 ねんぽう
年頃 としごろ
年産 ねんさん
年率 ねんりつ
年寄 としより
年越 としこし
年報 ねんぽう
年期 ねんき
年間 ねんかん
年賀 ねんが
年賀状 ねんがじょう
年給 ねんきゅう
年嵩 としかさ
年数 ねんすう
年増 としま
年暮 としのくれ
年端 としは
年際 ねんさい
年輪 ねんりん
年輩 ねんぱい
年頭 ねんとう
年齢 ねんれい
年齢集団 ねんれいしゅうだん
年額 ねんがく
年譜 ねんぷ
年瀬 としのせ
年鑑 ねんかん
〔朱〕しゅ・あ
朱子学 しゅしがく
朱肉 しゅにく
朱印 しゅいん
朱印船 しゅいんせん
朱珍 シチン
朱紅色 しゅこうしょく

朱唇 しゅしん
朱書 しゅしょ
朱唇 しゅしん
朱筆 しゅひつ
朱塗 しゅぬり
朱鞘 しゅざや
朱鷺 とき
〔缶〕かん・かま
缶切 かんきり
缶詰 かんづめ
〔気〕き・ぎ・け・げ・い
気力 きりょく
気丈 きじょう
気不味 きまずい
気化 きか
気化熱 きかねつ
気分 きぶん
気心 きごころ
気孔 きこう
気功 きこう
気圧 きあつ
気圧計 きあつけい
気付 きづく・きつけ・きづけ
気立 きだて
気早 きばや・きばやい
気団 きだん
気休 きやすめ
気合 きあい
気色 きしょく・けしき
気忙 きぜわしい
気安 きやすい
気抜 きぬけ
気体 きたい
気位 きぐらい
気毒 きのどく
気長 きなが
気取 きどり・きどる
気苦労 きぐろう
気味 きみ・ぎみ
気迫 きはく
気炎 きえん
気泡 きほう
気性 きしょう
気持 きもち
気品 きひん
気乗 きのり
気後 きおくれ

気負 きおう
気風 きっぷ・きふう
気迷 きまよい
気前 きまえ
気振 けぶり
気恥 きはずかしい
気根 きこん
気配 きくばり・けはい
気骨 きこつ
気候 きこう
気候帯 きこうたい
気息奄奄 きそくえんえん
気脈 きみゃく
気高 けだかい
気疲 きづかれ
気兼 きがね
気流 きりゅう
気弱 きよわ
気紛 きまぐれ
気球 ききゅう
気掛 きがかり
気転 きてん
気動車 きどうしゃ
気密 きみつ
気張 きばる
気落 きおち
気軽 きがる
気晴 きばらし
気量 きりょう
気短 きみじか
気象 きしょう
気象予報士 きしょうよほうし
気象庁 きしょうちょう
気象台 きしょうだい
気焔 きえん
気温 きおん
気運 きうん
気絶 きぜつ
気勢 きせい
気遣 きづかい・きづかう・きづかわしい
気楽 きらく
気触 かぶれ・かぶれる
気詰 きづまり
気褄 きづま

気違 きちがい
気違沙汰 きちがいさた
気構 きがまえ
気概 きがい
気管 きかん
気管支 きかんし
気障 きざ
気魄 きはく
気質 かたぎ・きしつ
気鋭 きえい
気儘 きまま
気難 きむずかしい
気嚢 きのう
〔先〕せん・さき・さきんずる・さっき・まず
先人 せんじん
先入観 せんにゅうかん
先口 せんくち
先天的 せんてんてき
先日 せんじつ
先手 せんて
先月 せんげつ
先方 さきがた・せんぽう
先払 さきばらい
先史時代 せんしじだい
先生 せんせい
先代 せんだい
先立 さきだつ
先考 せんこう
先回 さきまわり
先年 せんねん
先先 さきざき・せんせん
先先月 せんせんげつ
先任 せんにん
先行 さきゆき・せんこう
先安 さきやす
先走 さきばしる
先攻 せんこう
先売 さきうり
先見 せんけん
先住 せんじゅう
先決 せんけつ
先取 さきどり・せんしゅ

先妻 せんさい	先鞭 せんべん	毎週 まいしゅう	伝道師 でんどうし
先制 せんせい	〔牝〕ひん・め・めす・めん	毎朝 まいあさ	伝統 でんとう
先物 さきもの	〔舌〕ぜつ・し	毎晩 まいばん	伝聞 つたえきく・でんぶん
先物市場 さきものしじょう	舌打 したうち	〔印〕いん・かね・しるし・しるす・じるし	伝説 でんせつ
先物取引 さきものとりひき	舌平目 したびらめ	印半纒 しるしばんてん	伝播 でんぱ
先刻 せんこく	舌代 しただい・ぜつだい	印肉 いんにく	〔休〕きゅう・やす・やすむ・やすめる・やすらう・やすらい・やすまる
先乗 さきのり	舌尖 ぜっせん	印行 いんこう	
先客 せんきゃく	舌先 したさき	印池 いんち	休止 きゅうし
先祖 せんぞ	舌足 したたらず	印材 いんざい	休止符 きゅうしふ
先祖代代 せんぞだいだい	舌長 したなが	印画 いんが	休日 きゅうじつ
先発 せんぱつ	舌音 ぜつおん	印画紙 いんがし	休火山 きゅうかざん
先約 せんやく	舌根 ぜっこん	印刻 いんこく	休心 きゅうしん
先哲 せんてつ	舌舐 したなめずり	印刷 いんさつ	休刊 きゅうかん
先借 さきがり	舌戦 ぜっせん	印刷用紙 いんさつようし	休休 やすみやすみ
先般 せんぱん	舌禍 ぜっか	印刷電信機 いんさつでんしんき	休会 きゅうかい
先途 せんど	舌嘗 したなめずり		休廷 きゅうてい
先高 さきだか	舌鋒 ぜっぽう	印紙 いんし	休学 きゅうがく
先陣 せんじん	舌癌 ぜつがん	印章 いんしょう	休校 きゅうこう
先頃 さきごろ	〔竹〕ちく・たけ・たか	印税 いんぜい	休眠 きゅうみん
先進 せんしん	竹刀 しない	印象 いんしょう	休耕 きゅうこう
先進国 せんしんこく	竹子 たけのこ	印象主義 いんしょうしゅぎ	休息 きゅうそく
先週 せんしゅう	竹夫人 ちくふじん	印象的 いんしょうてき	休符 きゅうふ
先細 さきぼそり	竹本義太夫 たけもとぎだゆう	印欧語 いんおうご	休假 きゅうか
先達 せんだつ	竹矢来 たけやらい	印鑑 いんかん	休場 きゅうじょう
先買 さきがい	竹光 たけみつ	〔伝〕でん・つて・つたえ・つたう・つたうたい・つたえる	休閑地 きゅうかんち
先程 さきほど	竹取物語 たけとりものがたり		休診 きゅうしん
先貸 さきがし	竹冠 たけかんむり	伝手 つて	休電日 きゅうでんび
先勝 せんしょう	竹馬 たけうま	伝来 でんらい	休業 きゅうぎょう
先着 せんちゃく	竹島問題 たけしまもんだい	伝助 でんすけ	休戦 きゅうせん
先着順 せんちゃくじゅん	竹細工 たけざいく	伝言 でんごん	休演 きゅうえん
先渡 さきわたし	竹輪 ちくわ	伝奇 でんき	休養 きゅうよう
先覚 せんかく	竹篦 しっぺい	伝承 でんしょう	休憩 きゅうけい
先遣 せんけん	〔毎〕まい・ごと・ごとに	伝染 でんせん	休館 きゅうかん
先触 さきぶれ	毎戸 まいこ	伝染病 でんせんびょう	休講 きゅうこう
先駆 さきがけ	毎日 まいにち	伝馬船 てんません	休職 きゅうしょく
先駆者 せんくしゃ	毎月 まいげつ・まいつき	伝記 でんき	〔伍〕ご
先端 せんたん	毎年 まいとし・まいねん	伝書 でんしょ	〔伎〕き・ぎ
先憂後楽 せんゆうこうらく	毎毎 まいまい	伝書鳩 でんしょばと	〔伏〕ふく・ふくす・ふす・ふせる
先輩 せんぱい	毎次 まいじ	伝授 でんじゅ	伏目 ふしめ
先鋒 せんぽう	毎食 まいしょく	伝票 でんぴょう	伏在 ふくざい
先鋭 せんえい	毎度 まいど	伝換 てんかん	伏字 ふせじ
先導 せんどう	毎時 まいじ	伝達 でんたつ	伏兵 ふくへい
先潜 さきくぐり		伝道 でんどう	伏拝 ふしおがむ
先賢 せんけん			伏臥 ふくが
先頭 せんとう			伏射 ふくしゃ
			伏流 ふくりゅう

伏勢 ふせぜい
伏樋 ふせどい
伏線 ふくせん
伏魔殿 ふくまでん
〔臼〕きゅう・うす
臼歯 きゅうし
〔伐〕ばつ・きろ
〔仲〕ちゅう・なか
仲人 ちゅうにん・なこうど
仲人口 なこうどぐち
仲介 ちゅうかい
仲仕 なかし
仲立 なかだち
仲見世 なかみせ
仲良 なかよし
仲直 なかなおり
仲居 なかい
仲春 ちゅうしゅん
仲裁 ちゅうさい
仲裁裁判所 ちゅうさいさいばんしょ
仲間 なかま
仲買 なかがい
〔件〕けん・くだり・くだん
件数 けんすう
〔任〕にん・にんじる・まかせる
任用 にんよう
任地 にんち
任命 にんめい
任免 にんめん
任官 にんかん
任務 にんむ
任期 にんき
任意 にんい
任意出頭 にんいしゅっとう
任意抽出 にんいちゅうしゅつ
〔仮〕かす・かり・かりに・か
仮分数 かぶんすう
仮令 たとえ
仮処分 かりしょぶん
仮死 かし
仮名 かな
仮名草子 かなぞうし
仮初 かりそめ
仮泊 かはく

仮性 かせい
仮定 かてい
仮定形 かていけい
仮定法 かていほう
仮面 かめん
仮眠 かみん
仮称 かしょう
仮借 かしゃ・かしゃく
仮病 けびょう
仮設 かせつ
仮葬 かそう
仮装 かそう
仮想 かそう
仮想現実 かそうげんじつ
仮睡 かすい
仮構 かこう
仮説 かせつ
仮縫 かりぬい
〔倅〕さい・せがれ
〔仰〕ぎょう・あおむき・あおむけ・あおむく・あおむける・おおせ・おおす・あおぐ
仰天 ぎょうてん
仰仰 ぎょうぎょうしい
仰向 あおむく・あおむけ
仰角 ぎょうかく
仿佛 ほうふつ
〔优〕こう
〔自〕じ・おのずから・おのずと・みずから
自力 じりき
自力更生 じりきこうせい
自大 じだい
自小作 じこさく
自己 じこ
自己分解 じこぶんかい
自己主義 じこしゅぎ
自己弁護 じこべんご
自己批判 じこひはん
自己否定 じこひてい
自己免疫 じこめんえき
自己保存 じこほぞん
自己流 じこりゅう

自己陶酔 じことうすい
自己紹介 じこしょうかい
自己欺瞞 じこぎまん
自己満足 じこまんぞく
自己疎外 じこそがい
自己暗示 じこあんじ
自己資本 じこしほん
自己嫌悪 じこけんお
自己誘導 じこゆうどう
自刃 じじん
自分 じぶん
自分天狗 じぶんてんぐ
自分自身 じぶんじしん
自分免許 じぶんめんきょ
自分勝手 じぶんかって
自由 じゆう
自由円 じゆうえん
自由化 じゆうか
自由主義 じゆうしゅぎ
自由刑 じゆうけい
自由自在 じゆうじざい
自由交換貨幣 じゆうこうかんかへい
自由形 じゆうがた
自由奔放 じゆうほんぽう
自由放任 じゆうほうにん
自由型 じゆうがた
自由為替相場 じゆうかわせそうば
自由経済 じゆうけいざい
自由勝手 じゆうかって
自由貿易 じゆうぼうえき
自由港 じゆうこう
自由結婚 じゆうけっこん
自由業 じゆうぎょう
自由詩 じゆうし

自由意志 じゆういし
自生 じせい
自失 じしつ
自白 じはく
自他 じた
自用 じよう
自主 じしゅ
自主的 じしゅてき
自主性 じしゅせい
自主権 じしゅけん
自立 じりつ
自弁 じべん
自在 じざい
自在画 じざいが
自在鉤 じざいかぎ
自在継手 じざいつぎて
自伝 じでん
自任 じにん
自刎 じふん
自宅 じたく
自戒 じかい
自足 じそく
自我 じが
自体 じたい
自作 じさく
自作農 じさくのう
自身 じしん
自余 じよ
自序 じじょ
自沈 じちん
自決 じけつ
自若 じじゃく
自画 じが
自画自賛 じがじさん
自画像 じがぞう
自国 じこく
自明 じめい
自制 じせい
自供 じきょう
自邸 じてい
自炊 じすい
自治 じち
自治会 じちかい
自治体 じちたい
自治省 じちしょう
自虐 じぎゃく
自省 じせい
自乗 じじょう
自重 じちょう

自信 じしん
自律 じりつ
自後 じご
自叙 じじょ
自叙伝 じじょでん
自負 じふ
自前 じまえ
自首 じしゅ
自活 じかつ
自浄 じじょう
自発 じはつ
自発的 じはつてき
自称 じしょう
自修 じしゅう
自殺 じさつ
自态 じし
自家 じか
自家中毒 じかちゅうどく
自家保険 じかほけん
自害 じがい
自責 じせき
自責点 じせきてん
自転 じてん
自転車 じてんしゃ
自転車操業 じてんしゃそうぎょう
自閉症 じへいしょう
自問 じもん
自問自答 じもんじとう
自動 じどう
自動車 じどうしゃ
自動制御 じどうせいぎょ
自動的 じどうてき
自動販売器 じどうはんばいき
自動詞 じどうし
自動装置 じどうそうち
自得 じとく
自惚 うぬぼれ・うぬぼれる
自粛 じしゅく
自習 じしゅう
自裁 じさい
自筆 じひつ
自然 しぜん
自然人 しぜんじん

自然主義 しぜんしゅぎ
自然死 しぜんし
自然法 しぜんほう
自然界 しぜんかい
自然科学 しぜんかがく
自然保護 しぜんほご
自然食 しぜんしょく
自然破壊 しぜんはかい
自然現象 しぜんげんしょう
自然淘汰 しぜんとうた
自然数 しぜんすう
自然選択 しぜんせんたく
自然環境 しぜんかんきょう
自尊 じそん
自尊心 じそんしん
自覚 じかく
自営 じえい
自費 じひ
自堕落 じだらく
自給 じきゅう
自業自得 じごうじとく
自愛 じあい
自棄 じき
自棄飲 やけのみ
自意識 じいしき
自滅 じめつ
自製 じせい
自説 じせつ
自認 じにん
自適 じてき
自慢 じまん
自蔵 じぞう
自暴自棄 じぼうじき
自賠責 じばいせき
自嘲 じちょう
自慰 じい
自選 じせん
自薦 じせん
自儘 じまま
自衛 じえい
自衛隊 じえいたい
自瀆 じとく
自爆 じばく

自縄自縛 じじょうじばく
〔伊〕い
伊呂波 いろは
伊呂波歌 いろはうた
伊達 だて
伊達者 だてしゃ
伊達姿 だてすがた
伊達巻 だてまき
伊勢 いせえび
伊勢物語 いせものがたり
伊藤博文 いとうひろぶみ
〔血〕けつ・ち
血小板 けっしょうばん
血友病 けつゆうびょう
血止 ちどめ
血圧 けつあつ
血目 ちまなこ
血肉 けつにく
血気 けっき・ちのけ
血行 けっこう
血色 けっしょく
血色素 けっしきそ
血巡 ちのめぐり
血走 ちばしる
血豆 ちまめ
血判 けっぱん
血沈 けっちん
血尿 けつにょう
血青素 けっせいそ
血相 けっそう
血便 けつべん
血迷 ちまよう
血染 ちぞめ
血栓 けっせん
血脈 けつみゃく
血涙 けつるい
血書 けっしょ
血球 けっきゅう
血眼 ちまなこ
血祭 ちまつり
血痕 けっこん
血族 けつぞく
血清 けっせい
血液 けつえき
血液型 けつえきがた

血液銀行 けつえきぎんこう
血斑 けっぱん
血達磨 ちだるま
血税 けつぜい
血筋 ちすじ
血痢 けつり
血道 ちみち
血統 けっとう
血路 けつろ
血腥 ちなまぐさい
血腫 けっしゅ
血痰 けったん
血煙 ちけむり
血塗 ちまみれ
血戦 けっせん
血管 けっかん
血瘤 けつりゅう
血糊 ちのり
血潮 ちしお
血漿 けっしょう
血縁 けつえん
血糖 けっとう
血膿 ちうみ
〔向〕こう・むく・むけ・むき・むかう・むかい・むこう
向上 こうじょう
向日性 こうじっせい・こうにちせい
向心力 こうしんりょく
向光性 こうこうせい
向向 むきむき
向合 むかいあう・むかいあわせ・むきあう
向見 むこうみず
向直 むきなおる
向学 こうがく
向風 むかいかぜ
向変 むきかわる
向暑 こうしょ
向寒 こうかん
向鉢巻 むこうはちまき
向腹 むかっぱら
向臑 むこうずね
〔后〕こう・ご・きみ・きさき
后妃 こうひ

〔行〕あん・ぎょう・こう・いく・いき・おこない・おこなう・くだり・ゆく

行人 こうじん

行止 いきどまり・ゆきどまり

行水 ぎょうずい

行手 ゆくて

行文 こうぶん

行方 いきかた・ゆきかた・ゆくえ

行火 あんか

行末 ゆくすえ

行付 いきつけ・ゆきつけ

行司 ぎょうじ

行列 ぎょうれつ

行当 ゆきあたり・ゆきあたる

行年 ぎょうねん・こうねん

行先 いきさき・ゆくさき

行先先 ゆくさきざき

行行 ゆくゆく

行会 いきあう・ゆきあう

行合 いきあう

行交 いきかう・ゆきかう

行李 こうり

行来 いきき・ゆきき

行戻 ゆきもどり

行住座臥 ぎょうじゅうざが

行返 ゆきかえり・ゆきかえる

行状 ぎょうじょう

行者 ぎょうじゃ

行幸 ぎょうこう

行事 ぎょうじ

行使 こうし

行金 こうきん

行届 いきとどく・ゆきとどく

行政 ぎょうせい

行為 こうい

行軍 こうぐん

行倒 いきだおれ・ゆきだおれ

行悩 ゆきなやむ

行宮 あんぐう

行書 ぎょうしょ

行掛 いきがかり・いきがけ

行動 こうどう

行動半径 こうどうはんけい

行進 こうしん

行進曲 こうしんきょく

行脚 あんぎゃ

行逢 ゆきあう

行商 ぎょうしょう

行場 ゆきば

行雲流水 こううんりゅうすい

行間 ぎょうかん

行過 ゆきすぎる

行程 こうてい

行装 こうそう

行着 いきつく・ゆきつく

行渡 いきわたる・ゆきわたる

行路 こうろ

行跡 ぎょうせき

行楽 こうらく

行詰 ゆきづまる

行違 いきちがい・ゆきちがい

行暮 ゆきくれる

行賞 こうしょう

行儀 ぎょうぎ

行燈 あんどん

〔舟〕しゅう・ふな・ふね

舟航 しゅうこう

舟運 しゅううん

舟歌 ふなうた

〔全〕ぜん・まったく・まったい・まっとうする・すべて

全人 ぜんじん

全人民 ぜんじんみん

全土 ぜんど

全日 ぜんじつ

全日制 ぜんじつせい・ぜんにちせい

全世界 ぜんせかい

全生涯 ぜんしょうがい

全自動 ぜんじどう

全会 ぜんかい

全村 ぜんそん

全図 ぜんず

全体 ぜんたい

全体主義 ぜんたいしゅぎ

全体像 ぜんたいぞう

全身 ぜんしん

全身全霊 ぜんしんぜんれい

全角 ぜんかく

全快 ぜんかい

全長 ぜんちょう

全欧 ぜんおう

全国 ぜんこく

全国民 ぜんこくみん

全国的 ぜんこくてき

全知全能 ぜんちぜんのう

全治 ぜんち

全面的 ぜんめんてき

全音 ぜんおん

全校 ぜんこう

全速力 ぜんそくりょく

全員 ぜんいん

全般 ぜんぱん

全容 ぜんよう

全書 ぜんしょ

全能 ぜんのう

全納 ぜんのう

全紙 ぜんし

全責任 ぜんせきにん

全掲 ぜんけい

全盛 ぜんせい

全敗 ぜんぱい

全訳 ぜんやく

全部 ぜんぶ

全開 ぜんかい

全景 ぜんけい

全幅 ぜんぷく

全集 ぜんしゅう

全勝 ぜんしょう

全然 ぜんぜん

全廃 ぜんぱい

全焼 ぜんしょう

全損 ぜんそん

全数 ぜんすう

全滅 ぜんめつ

全裸 ぜんら

全貌 ぜんぼう

全権 ぜんけん

全潰 ぜんかい

全線 ぜんせん

全編 ぜんぺん

全壊 ぜんかい

全額 ぜんがく

〔会〕かい・かいする・あう・あわせる・え

会心 かいしん

会合 かいごう

会見 かいけん

会社 かいしゃ

会社員 かいしゃいん

会長 かいちょう

会者定離 えしゃじょうり

会所 かいしょ

会則 かいそく

会食 かいしょく

会計 かいけい

会計士補 かいけいしほ

会計年度 かいけいねんど

会計監査 かいけいかんさ

会員 かいいん

会席料理 かいせきりょうり

会堂 かいどう

会得 えとく

会釈 えしゃく

会場 かいじょう

会報 かいほう

会期 かいき

会葬 かいそう

会費 かいひ

会話 かいわ

会意 かいい

会誌 かいし

会談 かいだん

会頭 かいとう

会館 かいかん

会議 かいぎ

〔合〕ごう・がつ・がっする・あう・あい・あわせる・あわせて

合一 ごういつ
合力 ごうりょく
合口 あいくち
合子 あいのこ
合手 あいのて
合本 がっぽん
合札 あいふだ
合冊 がっさつ
合弁 ごうべん
合弁花 ごうべんか
合成 ごうせい
合成洗剤 ごうせいせんざい
合成酒 ごうせいしゅ
合成語 ごうせいご
合成樹脂 ごうせいじゅし
合同 ごうどう
合気道 あいきどう
合印 あいいん・あいじるし
合名会社 ごうめいがいしゃ
合否 ごうひ
合図 あいず
合邦 がっぽう
合体 がったい
合作 がっさく
合言葉 あいことば
合判 あいはん
合板 ごうはん
合併 がっぺい
合併症 がっぺいしょう
合金 ごうきん
合服 あいふく
合法 ごうほう
合性 あいしょう
合奏 がっそう
合持 あわせもつ
合点 がってん・がてん
合計 ごうけい
合挽 あいびき
合格 ごうかく
合致 がっち
合剤 ごうざい
合流 ごうりゅう
合理 ごうり
合理化 ごうりか

合理主義 ごうりしゅぎ
合理的 ごうりてき
合唱 がっしょう
合符 あいふ
合宿 がっしゅく
合掌 がっしょう
合間 あいま
合衆国 がっしゅうこく
合評 がっぴょう
合着 あいぎ
合資会社 ごうしがいしゃ
合意 ごうい
合戦 がっせん
合算 がっさん
合歓 ごうかん・ねむ
合歓木 ねむのき
合縁奇縁 あいえんきえん
合憲 ごうけん
合壁 がっぺき
合鍵 あいかぎ
合議 ごうぎ
〔兆〕ちょう・きざし
兆候 ちょうこう
〔企〕き・たくらむ・くわだて・くわだてる
企図 きと
企画 きかく
企業 きぎょう
企業合併 きぎょうがっぺい
企業法 きぎょうほう
企業法人 きぎょうほうじん
〔兇〕きょう
兇刃 きょうじん
兇徒 きょうと
兇弾 きょうだん
兇暴 きょうぼう
〔肌〕はだ・はだえ
肌合 はだあい
肌色 はだいろ
肌身 はだみ
肌脱 はだぬぎ
肌着 はだぎ
肌寒 はださむい
肌触 はだざわり

肌襦袢 はだじゅばん
〔肋〕ろく・あばら
肋木 ろくぼく
肋骨 あばらぼね・ろっこつ
肋間 ろっかん
肋膜 ろくまく
〔凩〕こがらし
〔夙〕しゅく・つとに
〔危〕き・あぶない・あやうい・あやぶむ・あやうく・あやめる
危地 きち
危殆 きたい
危急 ききゅう
危害 きがい
危惧 きぐ
危険 きけん
危機 きき
危機一髪 ききいっぱつ
危機感 ききかん
危篤 きとく
危難 きなん
〔凪〕なぎ・なぐ
〔旨〕し・うまい・むね
〔旬〕しゅん・じゅん
旬日 じゅんじつ
旬刊 じゅんかん
旬報 じゅんぽう
旬間 じゅんかん
〔旭〕きょく・あさひ
〔刎〕ふん・はねる
匈奴 きょうど
〔各〕かく・おの・おのおの
各人 かくじん
各月 かくげつ
各方面 かくほうめん
各地 かくち
各自 かくじ
各各 おのおの
各位 かくい
各国 かっこく
各省 かくしょう
各駅 かくえき
各種 かくしゅ
各種学校 かくしゅがっこう

各論 かくろん
〔名〕な・めい・みょう
名人 めいじん
名刀 めいとう
名士 めいし
名工 めいこう
名山 めいざん
名川 めいせん
名木 めいぼく
名手 めいしゅ
名分 めいぶん
名月 めいげつ
名文 めいぶん
名札 なふだ
名目 めいもく
名号 みょうごう
名付 なづける
名代 なだい・みょうだい
名句 めいく
名主 なぬし・みょうしゅ
名匠 めいしょう
名曲 めいきょく
名字 みょうじ
名字帯刀 みょうじたいとう
名折 なおれ
名声 めいせい
名医 めいい
名利 みょうり・めいり
名作 めいさく
名言 めいげん
名状 めいじょう
名君 めいくん
名取 なとり
名画 めいが
名刺 めいし
名門 めいもん
名物 めいぶつ
名所 めいしょ
名所旧跡 めいしょきゅうせき
名刹 めいさつ
名店 めいてん
名実 めいじつ
名宝 めいほう
名宛 なあて
名指 なざし

名品 めいひん
名乗 なのり・なのる
名前 なまえ
名哲保身 めいてつほしん
名残 なごり
名残惜 なごりおしい
名称 めいしょう
名将 めいしょう
名高 なだかい
名酒 めいしゅ
名流 めいりゅう
名家 めいか
名案 めいあん
名著 めいちょ
名訳 めいやく
名産 めいさん
名望 めいぼう
名答 めいとう
名勝 めいしょう
名詞 めいし
名跡 みょうせき
名節 めいせつ
名僧 めいそう
名詮自性 みょうせんじしょう
名義 めいぎ
名数 めいすう
名誉 めいよ
名誉職 めいよしょく
名聞 めいぶん
名器 めいき
名薬 めいやく
名優 めいゆう
名簿 めいぼ
名鑑 めいかん
〔多〕た・おお・おおく・おおい・さわ・ふさ
多人数 たにんず・たにんずう
多士済済 たしせいせい
多才 たさい
多大 ただい
多元 たげん
多元放送 たげんほうそう
多元論 たげんろん
多少 たしょう
多毛 たもう

多毛作 たもうさく
多分 たぶん
多文化主義 たぶんかしゅぎ
多方面 たほうめん
多目 おおめ
多目的 たもくてき
多用 たよう
多辺形 たへんけい
多弁 たべん
多肉 たにく
多年 たねん
多年生 たねんせい
多年草 たねんそう
多血質 たけつしつ
多多 たた
多色 たしょく
多忙 たぼう
多芸 たげい
多岐 たき
多作 たさく
多角 たかく
多角形 たかくけい
多角決済 たかくけっさい
多言 たげん・たごん
多事 たじ
多雨 たう
多国籍企業 たこくせききぎょう
多面 ためん
多面体 ためんたい
多重 たじゅう
多食 たしょく
多神教 たしんきょう
多発 たはつ
多病 たびょう
多祥 たしょう
多能 たのう
多動性障害 たどうせいしょうがい
多欲 たよく
多彩 たさい
多望 たぼう
多情 たじょう
多細胞生物 たさいぼうせいぶつ
多項式 たこうしき
多量 たりょう
多湿 たしつ

多勢 たぜい
多感 たかん
多照 たしょう
多義 たぎ
多義語 たぎご
多数 たすう
多数決 たすうけつ
多数派 たすうは
多様 たよう
多種多様 たしゅたよう
多読 たどく
多端 たたん
多寡 たか
多趣味 たしゅみ
多慾 たよく
多謝 たしゃ
多難 たなん
多額 たがく
〔争〕そう・いかでか・いかで・あらがう・あらそい・あらそう
争点 そうてん
争奪 そうだつ
争闘 そうとう
争議 そうぎ
争議調整 そうぎちょうせい
争覇 そうは
〔色〕しょく・しき・いろ
色女 いろおんな
色分 いろわけ
色分解 いろぶんかい
色収差 いろしゅうさ
色目 いろめ
色仕掛 いろじかけ
色気 いろけ
色気違 いろきちがい
色合 いろあい
色色 いろいろ
色好 いろごのみ
色糸 いろいと
色抜 いろぬき
色町 いろまち
色男 いろおとこ
色即是空 しきそくぜくう
色直 いろなおし
色事 いろごと

色事師 いろごとし
色物 いろもの
色盲 しきもう
色刷 いろずり
色柄 いろがら
色相 しきそう
色香 いろか
色変 いろがわり
色素 しきそ
色恋 いろこい
色消 いろけし
色弱 しきじゃく
色紙 いろがみ・しきし
色盛 いろざかり
色眼鏡 いろめがね
色欲 しきよく
色彩 しきさい
色情 しきじょう
色情狂 しきじょうきょう
色落 いろおち
色焼 いろやけ
色温度 いろおんど
色補正 いろほせい
色絵 いろえ
色感 しきかん
色鉛筆 いろえんぴつ
色模様 いろもよう
色慾 しきよく
色調 しきちょう
色褪 いろあせる
色濃 いろこい
〔壮〕そう・さかん
壮烈 そうれつ
〔庄〕しょうそう・おごそか
庄屋 しょうや
庄園 しょうえん
〔亦〕また
〔交〕こう・まざる・まじらい・まじる・まじわり・まじわる・まぜる・まじえる・かわす
交友 こうゆう
交互 こうご
交付 こうふ
交付金 こうふきん
交代 こうたい
交代制 こうたいせい

交代時間 こうたいじかん
交代員 こうたいいん
交気 まじりけ
交合 こうごう
交角 こうかく
交尾 こうび
交易 こうえき
交物 まじりもの
交点 こうてん
交信 こうしん
交配 こうはい
交差 こうさ
交差点 こうさてん
交流 こうりゅう
交通 こうつう
交通地獄 こうつうじごく
交通安全 こうつうあんぜん
交通妨害 こうつうぼうがい
交通事故 こうつうじこ
交通事故傷害保険 こうつうじこしょうがいほけん
交通信号 こうつうしんごう
交通規則 こうつうきそく
交通麻痺 こうつうまひ
交通渋滞 こうつうじゅうたい
交通量 こうつうりょう
交通道徳 こうつうどうとく
交通費 こうつうひ
交通路 こうつうろ
交通禍 こうつうか
交通違反 こうつういはん
交通遮断 こうつうしゃだん
交通網 こうつうもう
交通機関 こうつうきかん
交通整理 こうつうせいり
交通難 こうつうなん

交渉 こうしょう
交情 こうじょう
交替 こうたい
交換 こうかん
交換手 こうかんしゅ
交換台 こうかんだい
交換価値 こうかんかち
交換学生 こうかんがくせい
交換教授 こうかんきょうじゅ
交番 こうばん
交感神経 こうかんしんけい
交戦 こうせん
交戦状態 こうせんじょうたい
交戦国 こうせんこく
交雑 こうざつ
交際 こうさい
交歓 こうかん
交誼 こうぎ
交錯 こうさく
交織 こうしょく・まぜおり
交響楽 こうきょうがく
交響詩 こうきょうし
〔次〕じ・つぎ・つぐ・ついで
次子 じし
次女 じじょ
次元 じげん
次号 じごう
次兄 じけい
次代 じだい
次回 じかい
次次 つぎつぎ
次男 じなん
次位 じい
次長 じちょう
次官 じかん
次点 じてん
次郎 じろう
次席 じせき
次第 しだい
次週 じしゅう
次期 じき
次葉 じよう
次善 じぜん

〔衣〕い・きぬころも・そ
衣服 いふく
衣食 いしょく
衣食住 いしょくじゅう
衣冠 いかん
衣帯 いたい
衣料 いりょう
衣魚 しみ
衣替 ころもがえ
衣装 いしょう
衣鉢 いはつ
衣擦 きぬずれ
衣類 いるい
決明子 ケツメイシ
〔冴〕さえ・さえる
冴渡 さえわたる
〔亥〕がい・い
〔充〕じゅう
充分 じゅうぶん
充当 じゅうとう
充血 じゅうけつ
充足 じゅうそく
充実 じゅうじつ
充満 じゅうまん
充填 じゅうてん
充電 じゅうでん
充溢 じゅういつ
〔妄〕ぼう・もう・みだり
妄念 もうねん
妄挙 ぼうきょ
妄執 もうしゅう
妄動 もうどう
妄評 ぼうひょう・もうひょう
妄想 もうそう
妄誕 もうたん
〔羊〕よう・ひつじ
羊水 ようすい
羊毛 ようもう
羊皮紙 ようひし
羊歯 しだ
羊膜 ようまく
羊羹 ようかん
羊羹色 ようかんいろ
羊頭狗肉 ようとうくにく

〔米〕まい・べい・こめ・よね・メートル
米収 べいしゅう
米寿 べいじゅ
米作 べいさく
米刺 こめさし
米国 べいこく
米価 べいか
米油 こめあぶら
米食 べいしょく
米食虫 こめくいむし
米屋 こめや
米俵 こめだわら
米産 べいさん
米粒 こめつぶ
米穀 べいこく
米語 べいご
米蔵 こめぐら
米騒動 こめそうどう
〔灯〕とう・あかし・ともしび・ともす・ともる
〔州〕しゅう・す
〔汗〕かん・あせ・あせばむ
汗牛充棟 かんぎゅうじゅうとう
汗取 あせとり
汗知 あせしらず
汗臭 あせくさい
汗疣 あせも
汗染 あせじみる
汗馬 かんば
汗疹 あせも
汗腺 かんせん
汗塗 あせまみれ
汗顔 かんがん
〔汚〕お・きたない・よごれ・よごれる・よごす
汚水 おすい
汚名 おめい
汚役 よごれやく
汚物 おぶつ
汚点 おてん
汚染 おせん
汚辱 おじょく
汚損 おそん
汚濁 おだく
汚職 おしょく
汚穢 おわい

〔江〕こう・え
江戸 えど
江戸子 えどっこ
江戸前 えどまえ
江戸時代 えどじだい
江畔 こうはん
江湖 こうこ
〔汎〕はん・うかぶ
〔汐〕しお
〔池〕ち・いけ
池沼 ちしょう
池亭 ちてい
〔汝〕じょ・な・なむ
　ち・なんじ
〔村〕そん
忖度 そんたく
〔忙〕ぼう・いそがし
　い・せわしい・いそ
　がわしい
忙中 ぼうちゅう
忙殺 ぼうさつ
〔宇〕う・のき
宇内 うだい
宇宙 うちゅう
宇宙往還機 うちゅう
　おうかんき
宇宙線 うちゅうせん
〔守〕しゅ・まもる・
　まもり・もろ・もり
　・かみ
守刀 まもりがたな
守子 もりっこ
守札 まもりふだ
守立 もりたてる
守成 しゅせい
守兵 しゅへい
守神 まもりがみ
守秘義務 しゅひぎむ
守備 しゅび
守勢 しゅせい
守銭奴 しゅせんど
守衛 しゅえい
守護 しゅご
〔宅〕たく・やか・や
　け
宅地 たくち
宅診 たくしん
〔字〕じ・あざ・あざな
字引 じびき
字句 じく
字母 じぼ

字形 じけい
字体 じたい
字余 じあまり
字画 じかく
字典 じてん
字並 じならび
字面 じづら
字音 じおん
字配 じくばり
字訓 じくん
字消 じけし
字書 じしょ
字間 じかん
字幕 じまく
字詰 じづめ
字義 じぎ
字源 じげん
〔安〕あん・やすい・
　やすっぱ・やすまる
　・やすらい・やすら
　うやすらか・やすら
　けく・やすらぐ・や
　すらぎ・やすんじる
安上 やすあがり
安山岩 あんざんがん
安手 やすで
安心 あんしん
安打 あんだ
安目 やすめ
安死術 あんしじゅつ
安気 あんき
安全 あんぜん
安全弁 あんぜんべん
安全地帯 あんぜんち
　たい
安全性 あんぜんせい
安全器 あんぜんき
安危 あんき
安売 やすうり
安否 あんぴ
安住 あんじゅう
安直 あんちょく
安臥 あんが
安易 あんい
安物 やすもの
安価 あんか
安定 あんてい
安泰 あんたい
安眠 あんみん
安値 やすね

安息 あんそく
安座 あんざ
安堵 あんど
安逸 あんいつ
安産 あんざん
安宿 やすやど
安閑 あんかん
安着 あんちゃく
安普請 やすぶしん
安置 あんち
安楽 あんらく
安楽死 あんらくし
安静 あんせい
安寧 あんねい
安穏 あんのん
安藤広重 あんどうひ
　ろしげ
〔艮〕こん・ごん・う
　しとら
〔迅〕じん・はやい
迅速 じんそく
迅雷 じんらい
〔尽〕じん・つくす・
　つく・つかす・つき
　る・づくし・ことご
　とく・ずく
尽力 じんりょく
尽忠 じんちゅう
尽瘁 じんすい
〔弛〕ち・たゆむ・た
　るむ・ゆるい・ゆる
　み・ゆるむ・ゆるめ
　る
弛張 しちょう・ちち
　ょう
弛緩 しかん・ちかん
〔丞〕じょう
丞相 じょうしょうし
　ょうじょう
〔奸〕かん・かたまし
　い
奸佞 かんねい
奸智 かんち
奸策 かんさく
〔如〕じょ・にょ・ご
　とく・ごとし
如才 じょさい
如上 じょじょう
如月 きさらぎ
如来 にょらい

如何 いかがわしい・
　いかん
如雨露 じょうろ
如実 にょじつ
如意 にょい
如意棒 にょいぼう
如露 じょろ
如鱗木 じょりんもく
〔妃〕ひ
妃殿下 ひでんか
〔好〕こう・いい・こ
　のましい・このみ・
　このむ・すき・すく
　・よい・よし
好一対 こういっつい
好人物 こうじんぶつ
好天 こうてん
好日 こうじつ
好手 こうしゅ
好打 こうだ
好成績 こうせいせき
好合 すきあう
好色 こうしょく
好好 すきこのみ・す
　きこのむ・すきずき
好好爺 こうこうや
好走 こうそう
好男子 こうだんし
好者 すきしゃ・すき
　もの
好事家 こうずか
好奇 こうき
好奇心 こうきしん
好尚 こうしょう
好物 こうぶつ
好例 こうれい
好放題 すきほうだい
好況 こうきょう
好配 こうはい
好個 こうこ
好都合 こうつごう
好転 こうてん
好悪 こうお
好景気 こうけいき
好勝手 すきかって
好評 こうひょう
好評噴々 こうひょう
　さくさく
好結果 こうけっか
好感 こうかん
好意 こうい

好意手形 こういてがた
好漢 こうかん
好嫌 すききらい
好適 こうてき
好演 こうえん
好餌 こうじ
好調 こうちょう
好敵手 こうてきしゅ
好機 こうき
〔羽〕う・は・はね
羽二重 はぶたえ
羽子板 はごいた
羽毛 うもう
羽化 うか
羽化登仙 うかとうせん
羽布団 はねぶとん
羽目 はめ
羽目板 はめいた
羽虫 はむし
羽団扇 はうちわ
羽交 はがい
羽衣 はごろも
羽音 はおと
羽振 はぶり
羽根 はね
羽釜 はがま
羽斑蚊 はまだらか
羽替 はがえ
羽裏 はうら
羽数 はすう
羽織 はおり・はおる
羽蟻 はあり
〔糸〕し・いと
糸入 いといり
糸口 いとぐち
糸目 いとめ
糸瓜 へちま
糸杉 いとすぎ
糸車 いとぐるま
糸枠 いとわく
糸柳 いとやなぎ
糸巻 いとまき
糸屑 いとくず
糸偏 いとへん
糸操 いとあやつり
糸錦 いとにしき
糸鋸 いとのこ
糸織 いとおり

糸繰 いとくり
〔巡〕じゅん・めぐらす・めぐり・めぐる
巡礼 じゅんれい
巡回 じゅんかい
巡行 じゅんこう
巡会 めぐりあう
巡合 めぐりあわせ
巡拝 じゅんぱい
巡査 じゅんさ
巡洋艦 じゅんようかん
巡航 じゅんこう
巡視 じゅんし
巡検 じゅんけん
巡遊 じゅんゆう
巡業 じゅんぎょう
巡歴 じゅんれき
巡演 じゅんえん
巡閲 じゅんえつ
巡覧 じゅんらん
巡邏 じゅんら

七畫

〔寿〕じゅ・ことぶき・ことぶく
寿司 すし
寿命 じゅみょう
〔弄〕ろう・ろうする・いじる・いらう・もてあそぶ
〔麦〕ばく・むぎ
麦作 むぎさく
麦芽 ばくが
麦芽糖 ばくがとう
麦茶 むぎちゃ
麦秋 ばくしゅう・むぎあき
麦粉 むぎこ
麦笛 むぎぶえ
麦粒腫 ばくりゅうしゅ
麦焦 むぎこがし
麦飯 ばくはん・むぎめし
麦踏 むぎふみ
〔迂〕う
迂回 うかい
迂遠 うえん
迂愚 うぐ

迂闊 うかつ
〔形〕けい・かた・かたち・なり
形式 けいしき
形式名詞 けいしきめいし
形式的 けいしきてき
形而下 けいじか
形而上 けいじじょう
形成 けいせい
形走類 けいそうるい
形声 けいせい
形見 かたみ
形作 かたちづくる
形状 けいじょう
形相 ぎょうそう
形容 けいよう
形容動詞 けいようどうし
形容詞 けいようし
形動 めくらめっぽう
形象 けいしょう
形勢 けいせい
形跡 けいせき
形態 けいたい
形態素 けいたいそ
形態論 けいたいろん
形質 けいしつ
形骸 けいがい
形骸化 けいがいか
形體 けいたい
〔戒〕かい・いましめる・いましむ
戒心 かいしん
戒名 かいみょう
戒律 かいりつ
戒禁 かいきん
戒厳 かいげん
戒厳令 かいげんれい
〔扶〕ふ
扶助 ふじょ
扶育 ふいく
扶持 ふち
扶植 ふしょく
扶養 ふよう
扶翼 ふよく
〔技〕ぎ・わざ
技巧 ぎこう
技芸 ぎげい
技法 ぎほう

技官 ぎかん
技師 ぎし
技能 ぎのう
技術 ぎじゅつ
技術者 ぎじゅつしゃ
技術革新 ぎじゅつかくしん
技術移転 ぎじゅついてん
技量 ぎりょう
〔抜〕ばつ・ぬかす・ぬく・ぬかる・ぬける
抜手 ぬきて
抜打 ぬきうち
抜去 ぬきさる
抜本的 ばっぽんてき
抜穴 ぬけあな
抜出 ぬきんでる・ぬけだす・ぬけでる
抜糸 ばっし
抜売 ぬけうり
抜取 ぬきとる
抜荷 ぬきに
抜差 ぬきさしならない
抜粋 ばっすい
抜殻 ぬけがら
抜落 ぬけおち
抜歯 ばっし
抜道 ぬけみち
抜裏 ぬけうら
抜群 ばつぐん
抜駆 ぬけがけ
抜擢 ばってき
抜難 ぬきがたい
抜顔 ぬからぬかお
〔扼〕やく
扼殺 やくさつ
扼腕 やくわん
批判 ひはん
批判的 ひはんてき
批点 ひてん
批准 ひじゅん
批評 ひひょう
批難 ひなん
〔址〕し・あと
〔走〕そう・はしらす・はしる
走日性 そうじつせい
走化性 そうかせい

走光性 そうこうせい
走気性 そうきせい
走行 そうこう
走行台 そうこうだい
走者 そうしゃ
走使 はしりづかい
走狗 そうく
走査 そうさ
走馬燈 そうまとう
走破 そうは
走書 はしりがき
走塁 そうるい
走湿性 そうしつせい
走路 そうろ
走禽 そうきん
〔抄〕しょう・すく
抄本 しょうほん
抄出 しょうしゅつ
抄物 しょうもつ
抄紙 しょうし
抄訳 しょうやく
抄録 しょうろく
〔勺〕しゃく
芍薬 しゃくやく
〔芒〕ほう・すすき
芒硝 ぼうしょう
芒種 ぼうしゅ
〔攻〕こう・せめる
攻入 せめいる
攻込 せめこむ
攻守 こうしゅ
攻防 こうぼう
攻略 こうりゃく
攻落 せめおとす
攻勢 こうせい
攻撃 こうげき
〔赤〕せき・しゃく・
　あか・あかい・あか
　らむ・あかめる・あ
　からめる
赤十字 せきじゅうじ
赤土 あかつち
赤子 あかご
赤手 せきしゅ
赤毛 あかげ
赤化 せきか
赤心 せきしん
赤札 あかふだ
赤目魚 めなだ
赤外線 せきがいせん

赤血球 せっけっきゅ
　う
赤字 あかじ
赤字予算 あかじよさ
　ん
赤赤 あかあか
赤坊 あかんぼう
赤貝 あかがい
赤身 あかみ
赤沈 せきちん
赤松 あかまつ
赤味 あかみ
赤金 あかがね
赤茶 あかちゃける
赤砂糖 あかざとう
赤面 せきめん
赤信号 あかしんごう
赤軍 せきぐん
赤恥 あかはじ
赤貧 せきひん
赤紫蘇 あかじそ
赤蛙 あかがえる
赤帽 あかぼう
赤飯 せきはん
赤痢 せきり
赤道 せきどう
赤絨毯 あかじゅうた
　ん
赤葡萄酒 あかぶどう
　しゅ
赤電話 あかでんわ
赤鉄鉱 せきてっこう
赤誠 せきせい
赤新聞 あかしんぶん
赤裸 あかはだか
赤裸裸 せきらら
赤褐色 せきかっしょ
　く・せっかっしょく
赤蜻蛉 あかとんぼ
赤鼻 あかばな
赤銅 しゃくどう
赤銅鉱 せきどうこう
赤旗 あかはた
赤熱 せきねつ
赤潮 あかしお
赤錆 あかさび
赤燐 せきりん
赤緯 せきい
赤檻 あかがし
赤顔 あからがお

赤鰯 あかいわし
赤鱝 あかえい
〔折〕せつ・おり・お
　る・おれる・おれる
折入 おりいって
折戸 おりど
折目 おりめ
折込 おりこみ・おり
　こむ
折半 せっぱん
折曲 おりまげる
折合 おりあい・おり
　あう
折折 おりおり
折返 おりかえし・お
　りかえす
折角 せっかく
折重 おりかさなる
折衷 せっちゅう
折紙 おりがみ
折菓 おりがし
折悪 おりあしく
折帳 おりちょう
折畳 おりたたむ
折節 おりふし
折詰 おりづめ
折鞄 おりかばん
折衝 せっしょう
折檻 せっかん
折襟 おりえり
〔抓〕つねる・つまむ
　・つめる
〔坂〕はん・さか
坂本竜馬 さかもとり
　ょうま
坂道 さかみち
扮装 ふんそう
〔孝〕こう
孝子 こうし
孝女 こうじょ
孝心 こうしん
孝行 こうこう
孝道 こうどう
孝養 こうよう
〔均〕きん・ならす・
　ならし
均一 きんいつ
均分 きんぶん
均斉 きんせい
均等 きんとう
均質 きんしつ

均整 きんせい
均衡 きんこう
〔抑〕よく・そも・そ
　もそも
抑止 よくし
抑止力 よくしりょく
抑止戦略 よくしせん
　りゃく
抑圧 よくあつ
抑制 よくせい
抑留 よくりゅう
抑揚 よくよう
〔抛〕ほう・ほうる・
　なげうつ
〔投〕とう・なげ・な
　げる
投入 とうにゅう
投力 とうりょく
投下 とうか
投与 とうよ
投手 とうしゅ
投文 なげぶみ
投石 とうせき
投付 なげつける
投込 なげこむ
投合 とうごう
投技 なげわざ
投売 なげうり
投身 とうしん
投函 とうかん
投映 とうえい
投映機 とうえいき
投荷 なげに
投射 とうしゃ
投書 とうしょ
投降 とうこう
投球 とうきゅう
投捨 なげすてる
投票 とうひょう
投票率 とうひょうり
　つ
投宿 とうしゅく
投勝 なげかつ
投遣 なげやり
投棄 とうき
投資 とうし
投獄 とうごく
投網 とあみ
投影 とうえい
投影図 とうえいず

七畫

投稿 とうこう
投薬 とうやく
投機 とうき
投機性資金 とうきせいしきん
投融資 とうゆうし
投錨 とうびょう
投擲 とうてき
〔坊〕ぼう・ぼうや・ぼっちゃん
坊主 ぼうず
坊主頭 ぼうずあたま
〔坑〕こう
坑口 こうこう
坑内 こうない
坑外 こうがい
坑外夫 こうがいふ
坑道 こうどう
〔抗〕こう
抗元 こうげん
抗日 こうにち
抗生物質 こうせいぶっしつ
抗血清 こうけっせい
抗争 こうそう
抗告 こうこく
抗体 こうたい
抗拒 こうきょ
抗原 こうげん
抗病力 こうびょうりょく
抗菌 こうきん
抗戦 こうせん
抗議 こうぎ
〔志〕し・こころざし・こころざす
志士 しし
志向 しこう
志望 しぼう
志賀直哉 しがなおや
志操 しそう
志願 しがん
〔壱〕いち・いつ・ひとつ
〔売〕ばごい・うり・うる・うれる
売乙波 うりおつは
売卜 ばいぼく
売人 ばいにん
売上 うりあげ
売口 うれくち

売子 うりこ・うれっこ
売女 ばいた
売切 うりきれ・うりきれる
売手 うりて
売手市場 うりてしじょう
売文 ばいぶん
売払 うりはらう
売叩 うりたたき・うりたたく
売付 うりつける
売込 うりこむ
売立 うりたて
売出 うりだし・うりだす・うれだす
売血 ばいけつ
売行 うれゆき
売名 ばいめい
売声 うりごえ
売却 ばいきゃく
売歩 うりあるく
売国 ばいこく
売物 うりもの
売価 ばいか
売店 ばいてん
売春 はいしゅん
売相場 うりそうば
売品 ばいひん
売食 うりぐい
売急 うりいそぐ
売飛 うりとばす
売約 ばいやく
売捌 うりさばく
売残 うれのこり
売笑婦 ばいしょうふ
売値 うりね
売淫 ばいいん
売惜 うりおしみ
売場 うりば
売買 うりかい・ばいかい・ばいばい
売買差益 ばいばいさえき
売筋商品 うれすじしょうひん
売渡 うりわたし
売薬 ばいやく
売繋 うりつなぎ
〔抉〕けつ・えぐる・こじる

〔択〕たく・えらぶ
択一 たくいつ
〔声〕せい・こえ
声下 こえのした
声名 せいめい
声色 こわいろ・せいしょく
声声 こえごえ
声門 せいもん
声明 せいめい
声価 せいか
声点 しょうてん
声変 こえがわり
声音 こわね
声帯 せいたい
声帯模写 せいたいもしゃ
声高 こわだか
声涙 せいるい
声紋 せいもん
声掛 こえがかり
声域 せいいき
声部 せいぶ
声望 せいぼう
声援 せいえん
声量 せいりょう
声喩 せいゆ
声楽 せいがく
声調 せいちょう
声優 せいゆう
〔把〕は・たば
把手 とって
把持 はじ
把握 はあく
〔却〕きゃく・かえって・かえりて
却下 きゃっか
〔抒〕じょ
抒情 じょじょう
〔劫〕こう・ごう
劫初 ごうしょ
〔芸〕げい
芸人 げいにん
芸当 げいどう
芸名 げいめい
芸者 げいしゃ
芸事 げいごと
芸風 げいふう
芸能 げいのう
芸術 げいじゅつ

芸術的 げいじゅつてき
芸術家 げいじゅつか
芸無 げいなし
芸道 げいどう
〔花〕か・はな
花八層倍 はなはっそうばい
花文字 はなもじ
花火 はなび
花札 はなふだ
花立 はなたて
花弁 かべん
花自動車 はなじどうしゃ
花形 はながた
花束 はなたば
花見 はなみ
花吹雪 はなふぶき
花作 はなつくり
花言葉 はなことば
花冷 はなびえ
花茎 かけい
花林糖 かりんとう
花房 はなぶさ
花柱 かちゅう
花便 はなだより
花信 かしん
花活 はないけ
花冠 かかん
花時 はなどき
花粉 かふん
花梗 かこう
花盛 はなざかり
花崗岩 かこうがん
花笠 はながさ
花祭 はなまつり
花瓶 かびん
花菖蒲 はなしょうぶ
花道 かどう・はなみち
花婿 はなむこ
花園 はなぞの
花嫁 はなよめ
花暦 はなごよみ
花聟 はなむこ
花輪 はなわ
花穂 かすい
花鋏 はなばさみ
花蕊 かずい

花壇 かだん
花曇 はなぐもり
花環 はなわ
花譜 かふ
〔芳〕ほう・かぐわしい・かんばしい・こうばしい
芳名 ほうめい
芳志 ほうし
芳香 ほうこう
芳香体 ほうこうたい
芳紀 ほうき
芳恩 ほうおん
芳書 ほうしょ
芳情 ほうじょう
芳醇 ほうじゅん
〔芦〕ろ・あし・よし
〔芯〕しん
芯地 しんじ
〔克〕こう・こく・かつ
克己 こっき
克明 こくめい
克服 こくふく
〔杜〕と・ず・もり
杜甫 とほ
杜若 かきつばた
杜松 ねず
杜絶 とぜつ
杜鵑 ほととぎす
〔材〕ざい
材木 ざいもく
材料 ざいりょう
材質 ざいしつ
〔村〕そん・むら
村人 むらびと
村八分 むらはちぶ
村夫子 そんぷうし
村外 むらはずれ
村芝居 むらしばい
村里 むらざと
村役場 むらやくば
村長 そんちょう
村雨 むらさめ
村時雨 むらしぐれ
村落 そんらく
〔杖〕じょう・つえ
〔杙〕よく・くい
〔杏〕あんず・きょう
杏子 あんず
〔杣〕そま

杣小屋 そまごや
杣山 そまやま
〔杉〕さん・すぎ
杉天牛 すぎかみきり
杉戸 すぎど
杉皮 すぎかわ
杉形 すぎなり
杉折 すぎおり
杉並木 すぎなみき
杉重 すぎじゅう
杉原 すぎはら
杉菜 すぎな
杉箸 すぎばし
杉叢 すぎむら
〔巫〕ふ・こうなぎ・かみなき・かむなき・かんなぎ
巫女 みこ
巫術 ふじゅつ
〔杓〕しゃく・しゃくう・ひさご
杓子 しゃくし
杓子定規 しゃくしじょうぎ
杓文字 しゃもじ
〔杞〕き
杞憂 きゆう
〔李〕り・すもも
〔求〕きゅう・もとめ・もとめて・もとめる・もとまろ
求人 きゅうじん
求人広告 きゅうじんこうこく
求心力 きゅうしんりょく
求刑 きゅうけい
求婚 きゅうこん
求愛 きゅうあい
求職 きゅうしょく
〔車〕しゃ・くるま
車上 しゃじょう
車夫 しゃふ
車戸 くるまど
車中 しゃちゅう
車内 しゃない
車引 くるまひき
車代 くるまだい
車台 しゃだい
車両 しゃりょう
車体 しゃたい

車券 しゃけん
車前草 おおばこ
車海老 くるまえび
車室 しゃしつ
車馬 しゃば
車庫 しゃこ
車座 くるまざ
車酔 くるまよい
車偏 くるまへん
車寄 くるまよせ
車窓 しゃそう
車椅子 くるまいす
車検 しゃけん
車軸 しゃじく
車掌 しゃしょう
車道 しゃどう
車賃 くるまちん
車種 しゃしゅ
車輛 しゃりょう
車輪 しゃりん
車線 しゃせん
〔更〕こう・さらに・ふける
更正 こうせい
更生 こうせい
更年期 こうねんき
更衣室 こういしつ
更更 さらさら
更改 こうかい
更迭 こうてつ
更訂 こうてい
更級日記 さらしなにっき
更新 こうしん
〔臣〕しん・おみ
臣下 しんか
臣民 しんみん
臣服 しんぷく
臣従 しんじゅう
臣節 しんせつ
〔亜〕あ・つぐ
亜欧 あおう
亜砒酸 あひさん
亜炭 あたん
亜流 ありゅう
亜麻 あま
亜麻仁 あまに
亜硫酸 ありゅうさん
亜寒帯 あかんたい
亜鈴 あれい

亜鉛 あえん
亜鉛華 あえんか
亜種 あしゅ
亜熱帯 あねったい
〔束〕そく・たば・たばね・たばねる・つか・つかねる
束子 たわし
束帯 そくたい
束間 つかのま
束縛 そくばく
〔吾〕ご・あ・われ・わが
吾人 ごじん
吾妻 あずま
〔豆〕とう・まめ
豆本 まめほん
豆名月 まめめいげつ
豆乳 とうにゅう
豆炭 まめたん
豆粕 まめかす
豆腐 とうふ
豆撒 まめまき
〔酉〕ゆう・とり
〔医〕い・いやす・いする
医方 いほう
医用 いよう
医長 いちょう
医者 いしゃ
医学 いがく
医界 いかい
医科 いか
医師 いし
医書 いしょ
医院 いいん
医術 いじゅつ
医務 いむ
医薬 いやく
医療 いりょう
〔辰〕しん・たつ
〔励〕れい・はげまし・はげます・はげみ・はげむ
励行 れいこう
〔否〕ひ・いな・いなや・いや
否応 いやおう
否決 ひけつ
否定 ひてい
否認 ひにん

〔夾〕きょう・はさみ・さしはさむ・はさまる
夾竹桃 きょうちくとう
夾雑物 きょうざつぶつ

〔㲦〕むく
㲦毛 むくげ

〔豕〕し・ぶた・いのこ

〔来〕らい・きたす・きたる・く・くる
来日 らいにち
来月 らいげつ
来方 きしかた・こしかた
来示 らいじ
来世 らいせ
来由 らいゆ
来年 らいねん
来合 きあわせる
来旨 らいし
来宅 らいたく
来迎 らいごう
来社 らいしゃ
来店 らいてん
来春 らいしゅん・らいはる
来信 らいしん
来客 らいきゃく
来校 らいこう
来書 らいしょ
来週 らいしゅう
来訪 らいほう
来場 らいじょう
来援 らいえん
来朝 らいちょう
来診 らいしん
来電 らいでん
来意 らいい
来歴 らいれき
来演 らいえん
来談 らいだん
来賓 らいひん
来駕 らいが
来観 らいかん
来襲 らいしゅう

〔戻〕れい・もどす・もどり・もどる
戻税 もどしぜい

〔児〕じ・こ
児童 じどう
児童文学 じどうぶんがく
児童劇 じどうげき
児戯 じぎ

〔肖〕しょうそ
肖像 しょうぞう

〔旱〕かん・ひでり
旱天 かんてん
旱害 かんがい
旱魃 かんばつ

〔呈〕てい・ていする
呈示 ていじ

〔貝〕ばい・かい
貝柱 かいばしら
貝殻 かいがら
貝細工 かいざいく
貝塚 かいつか
貝焼 かいやき

〔見〕けん・みる・みせる・みえ
見入 みいる
見下 みおろす・みくだす・みさげる
見上 みあげる
見比 みくらべる
見切 みきり・みきる
見分 みわける
見方 みかた
見巧者 みごうしゃ
見世物 みせもの
見本 みほん
見本市 みほんいち
見目 みため・みめ
見目形 みめかたち
見失 みうしなう
見付 みつき・みつけ・みつける
見込 みこみ・みこむ
見立 みたて・みたてる
見出 みいだす・みだし
見地 けんち
見劣 みおとり
見当 けんとう・みあたる
見回 みまわす・みまわり・みまわる
見向 みむく

見合 みあい・みあう・みあわせる
見交 みかわす
見守 みまもる
見好 みよい
見抜 みぬく
見坊 みえぼう
見返 みかえし・みかえす・みかえり・みかえる
見応 みごたえ
見辛 みづらい
見忘 みわすれる
見初 みそめる
見取 みどり
見苦 みぐるしい
見直 みなおす
見事 みごと
見果 みはてぬ
見易 みやすい
見知 みしらぬ・みしる・みずしらず
見物 けんぶつ・みもの
見物人 けんぶつにん
見所 みせどころ・みどころ
見金 みせがね
見受 みうける
見咎 みとがめる
見放 みはなす
見学 けんがく
見定 みさだめる
見届 みとどける
見映 みばえ
見逃 みのがす
見計 みはからう
見変 みかえる
見送 みおくる
見栄 みばえ
見限 みかぎる
見破 みやぶる
見残 みのこす
見透 みえすく・みすかす
見殺 みごろし
見脈 けんみゃく
見兼 みかねる
見通 みとおし
見納 みおさめ
見紛 みまがう

見掛 みかけ・みかける
見捨 みすてる
見据 みすえる
見転 みずてん
見頃 みごろ
見逸 みそれる
見惚 みほれる
見張 みはり・みはる
見習 みならい・みならう
見越 みこす
見場 みせば・みば
見落 みおとす
見極 みきわめる
見晴 みはらし・みはらす
見開 みひらき・みひらく
見過 みすごす
見渡 みわたす
見覚 みおぼえ
見損 みそこなう
見晴 みはるかす
見遣 みやる
見飽 みあきる
見解 けんかい
見詰 みつめる
見違 みちがえる
見境 みさかい
見様 みよう
見聞 けんぶん・みきき
見誤 みあやまる
見慣 みなれる
見隠 みえがくれ
見舞 みまい・みまう
見澄 みすます
見積 みつもり・みつもる
見積書 みつもりしょ
見顕 みあらわす
見繕 みつくろう
見識 けんしき
見離 みはなす

〔助〕じょ・すけ・すける・たすけ・たすける・たすかる
助人 すけっと
助力 じょりょく
助太刀 すけだち

助手 じょしゅ
助成 じょせい
助字 じょじ
助走 じょそう
助兵衛 すけべえ
助言 じょげん
助長 じょちょう
助命 じょめい
助奏 じょそう
助教授 じょきょうじゅ
助教論 じょきょうゆ
助動詞 じょどうし
助船 たすけぶね
助祭 じょさい
助産 じょさん
助詞 じょし
助勢 じょせい
助辞 じょじ
助数詞 じょすうし
助演 じょえん
〔里〕り・さと
里子 さとご
里方 さとかた
里心 さとごころ
里芋 さといも
里帰 さとがえり
里程 りてい
里親 さとおや
〔呆〕ほう・ぼう・あ
　きれる
呆気 あっけ
呆返 あきれかえる
呆果 あきれはてる
呆然 ぼうぜん
〔囲〕い・かこむ・か
　こい・かこう
囲炉裏 いろり
囲碁 いご
〔吠〕ばい・べい・ほ
　える・ほえ
吠立 ほえたてる
吠面 ほえづら
〔町〕ちょう・まち
町人 ちょうにん
町中 まちなか
町内 ちょうない
町外 まちはずれ
町会 ちょうかい
町名 ちょうめい

町村 ちょうそん
町歩 ちょうぶ
町長 ちょうちょう
町並 まちなみ
町場 まちば
町着 まちぎ
町議会 ちょうぎかい
〔足〕そく・あし・た
　りる・たす・たし
足下 そっか
足元 あしもと
足止 あしどめ
足手纏 あしでまとい
足付 あしつき
足代 あしだい
足出 あしがでる
足早 あしばや
足任 あしまかせ
足形 あしがた
足芸 あしげい
足利尊氏 あしかがた
　かうじ
足序 あしついで
足長蜂 あしながばち
足拍子 あしびょうし
足取 あしどり
足固 あしがため
足並 あしなみ
足枷 あしかせ
足音 あしおと
足前 たしまえ
足首 あしくび
足留 あしどめ
足弱 あしよわ
足掛 あしがかり・あ
　しかけ
足袋 たび
足許 あしもと
足場 あしば
足軽 あしがる
足馴 あしならし
足搔 あがき・あがく
足業 あしわざ
足跡 あしあと・そく
　せき
足腰 あしこし
足溜 あしだまり
足駄 あしだ
足算 たしざん
足慣 あしならし

足踏 あしぶみ
足繁 あししげく
足蹴 あしげ
〔虬〕きゅう・みずち
〔男〕だん・なん・お
　・おとて・おのこ
男一匹 おとこいっぴ
　き
男工 だんこう
男子 だんし
男女 おとこおんな・
　だんじょ
男女同権 だんじょど
　うけん
男手 おとこで
男囚 だんしゅう
男気 おとこぎ
男色 だんしょく
男好 おとこずき
男声 だんせい
男児 だんじ
男旱 おとこひでり
男狂 おとこぐるい
男系 だんけい
男泣 おとこなき
男性 だんせい
男性的 だんせいてき
男性語 だんせいご
男臭 おとこくさい
男前 おとこまえ
男振 おとこぶり
男根 だんこん
男冥利 おとこみょう
　り
男盛 おとこざかり
男勝 おとこまさり
男装 だんそう
男尊女卑 だんそんじ
　よひ
男優 だんゆう
男爵 だんしゃく
男鰥 おとこやもめ
〔困〕こん・こまる
困却 こんきゃく
困苦 こんく
困果 こまりはてる
困惑 こんわく
困窮 こんきゅう
困憊 こんぱい
困難 こんなん

〔串〕くし
串刺 くしざし
串柿 くじがき
〔吶〕とつ・どもる
〔呂〕ろ・りょ
呂律 ろれつ
〔吟〕ぎん
吟行 ぎんこう
吟味 ぎんみ
吟咏 ぎんえい
〔別〕べつ・わかれ・
　わかれる・わかち・
　わかつ・わかる
別丁 べっちょう
別人 べつじん
別口 べつくち
別天地 べってんち
別世界 べっせかい
別冊 べっさつ
別伝 べつでん
別件 べっけん
別名 べつめい
別宅 べったく
別別 べつべつ・わか
　れわかれ
別条 べつじょう
別言 べつげん
別状 べつじょう
別表 べっぴょう
別事 べつじ
別物 べつもの
別所 べっしょ
別命 べつめい
別法 べっぽう
別学 べつがく
別居 べっきょ
別封 べっぷう
別荘 べっそう
別面 べつめん
別段 べつだん
別便 べつびん
別送 べっそう
別派 べっぱ
別室 べっしつ
別格 べっかく
別称 べっしょう
別個 べっこ
別途 べっと
別記 べっき
別席 べっせき

別涙 べつるい
別家 べっけ
別宴 べつえん
別院 べついん
別納 べつのう
別紙 べっし
別掲 べっけい
別問題 べつもんだい
別動隊 べつどうたい
別項 べっこう
別棟 べつむね
別間 べつま
別道 わかれみち
別電 べつでん
別置 べっち
別働隊 べつどうたい
別話 わかればなし
別誂 べつあつらえ
別製 べっせい
別種 べっしゅ
別墾 べっこん
別館 べっかん
別嬪 べっぴん
別離 べつり
〔吻〕ふん
〔吹〕すい・ふく・ふき・ふかす
吹下 ふきおろす
吹上 ふきあがる・ふきあげ
吹切 ふっきれる
吹分 ふきわける
吹矢 ふきや
吹付 ふきつける
吹込 ふきこみ・ふきこむ
吹出 ふきだし・ふきでる
吹出物 ふきでもの
吹回 ふきまわし
吹抜 ふきぬき
吹返 ふきかえす
吹奏 すいそう
吹奏楽団 すいそうがくだん
吹荒 ふきあれる・ふきすさぶ
吹送 ふきおくる
吹飛 ふきとばす・ふっとぶ
吹消 ふきけす

吹流 ふきながし
吹通 ふきとおし
吹降 ふきぶり
吹掛 ふきかける
吹捲 ふきまくる
吹殻 ふきがら
吹雪 ふぶき
吹寄 ふきよせ
吹替 ふきかえ
吹散 ふきちらす
吹募 ふきつのる
吹過 ふきすぎる
吹零 ふきこぼれる
吹溜 ふきだまり
吹増 ふきまさる
吹鳴 すいめい
吹管 すいかん
吹聴 ふいちょう
吹曝 ふきさらし
〔呉〕ご・くれる・くれ
呉服 ごふく
呉音 ごおん
呉越同舟 ごえつどうしゅう
〔吼〕こん・ほえる
〔岐〕き・ちまた・わかれる
岐路 きろ
〔辿〕てん・たどる・たどり
辿辿 たどたどしい
辿着 たどりつく
〔囮〕か・および
〔図〕ず・よ・はかる・え
図入 ずいり
図工 ずこう
図上 ずじょう
図太 ずぶとい
図示 ずし
図式 ずしき
図式的 ずしきてき
図会 ずえ
図形 ずけい
図抜 ずぬける
図図 ずうずうしい
図体 ずうたい
図表 ずひょう
図取 ずどり

図画 ずが
図画工作 ずがこうさく
図版 ずはん
図柄 ずがら
図面 ずめん
図星 ずぼし
図案 ずあん
図書 としょ
図書館 としょかん
図絵 ずえ
図解 ずかい
図説 ずせつ
図鑑 ずかん
〔邦〕ほう・くに
邦人 ほうじん
邦文 ほうぶん
邦画 ほうが
邦貨 ほうか
邦訳 ほうやく
邦楽 ほうがく
邦舞 ほうぶ
〔牡〕ぼ・お・おす・おん
牡丹 ぼたん
牡丹餅 ぼたもち
牡蠣 かき
〔告〕こく・つげる
告口 つげぐち
告示 こくじ
告白 こくはく
告別 こくべつ
告別式 こくべつしき
告知 こくち
告発 こくはつ
告訴 こくそ
〔我〕が・わ・わが・われ
我田引水 がでんいんすい
我劣 われおとらじと
我先 われさきに
我我 われわれ
我利 がり
我身 わがみ
我武者羅 がむしゃら
我知 われしらず
我流 がりゅう
我欲 がよく
我等 われら

我勝 われがちに
我慢 がまん
〔廷〕てい・にわ
〔乱〕らん・みだす・みだる・みだれ・みだれる
乱丁 らんちょう
乱入 らんにゅう
乱反射 らんはんしゃ
乱心 らんしん
乱打 らんだ
乱世 らんせい
乱用 らんよう
乱立 らんりつ
乱民 らんみん
乱気流 らんきりゅう
乱伐 らんばつ
乱行 らんぎょう
乱交 らんこう
乱売 らんばい
乱杙歯 らんぐいば
乱作 らんさく
乱取 らんどり
乱杭歯 らんぐいば
乱軍 らんぐん
乱発 らんぱつ
乱倫 らんりん
乱射 らんしゃ
乱脈 らんみゃく
乱酒 らんしゅ
乱流 らんりゅう
乱麻 らんま
乱視 らんし
乱婚 らんこん
乱雲 らんうん
乱筆 らんぴつ
乱費 らんぴ
乱痴気騒 らんちきさわぎ
乱数表 らんすうひょう
乱戦 らんせん
乱雑 らんざつ
乱読 らんどく
乱層雲 らんそううん
乱撃 らんげき
乱暴 らんぼう
乱舞 らんぶ
乱調 らんちょう
乱獲 らんかく

乱闘 らんとう

〔利〕り・りする・きく・きき・きかせる
利口 りこう
利口者 りこうもの
利己 りこ
利己主義 りこしゅぎ
利子 りし
利巧 りこう
利払 りばらい
利札 りさつ・りふだ
利目 ききめ
利付手形 りつきてがた
利他 りた
利用 りよう
利回 りまわり
利気 きかんき
利休色 りきゅういろ
利休鼠 りきゅうねずみ
利坊 きかんぼう
利尿 りにょう
利点 りてん
利食 りぐい
利発 りはつ
利息 りそく
利益 りえき・りやく
利益社会 りえきしゃかい
利害 りがい
利害関係 りがいかんけい
利得 りとく
利欲 りよく
利率 りりつ
利殖 りしょく
利腕 ききうで
利権 りけん
利器 りき
利潤 りじゅん

〔禿〕かぶろ・かむろ・ちびる・はげ・はげる
禿上 はげあがる
禿山 はげやま
禿筆 ちびふで・とくひつ
禿頭 はげあたま
禿鷲 はげわし
禿鷹 はげたか

〔秀〕しゅう・ひいでる
秀才 しゅうさい
秀句 しゅうく
秀抜 しゅうばつ
秀作 しゅうさく
秀逸 しゅういつ
秀歌 しゅうか
秀麗 しゅうれい

〔私〕し・わたし・わたくし・わたい・わし・あたし・あたくし
私人 しじん
私大 しだい
私小説 ししょうせつ・わたくししょうせつ
私文書 しぶんしょ
私心 ししん
私生児 しせいじ
私生活 しせいかつ
私用 しよう
私立 しりつ・わたくしりつ
私刑 しけい
私有 しゆう
私印 しいん
私宅 したく
私見 しけん
私利 しり
私事 しじ・わたくしごと
私物 しぶつ
私的 してき
私服 しふく
私邸 してい
私法 しほう
私法人 しほうじん
私学 しがく
私信 ししん
私怨 しえん
私室 ししつ
私党 しとう
私財 しざい
私益 しえき
私案 しあん
私書箱 ししょばこ
私通 しつう
私欲 しよく
私設 しせつ

私産 しさん
私淑 ししゅく
私情 しじょう
私娼 ししょう
私経済 しけいざい
私道 しどう
私営 しえい
私費 しひ
私傷 ししょう
私鉄 してつ
私意 しい
私製 しせい
私語 しご
私塾 しじゅく
私蔵 しぞう
私権 しけん
私慾 しょく
私憤 しふん

〔呑〕とん・どん・のむ・のみ
呑吐 どんと
呑行為 のみこうい
呑舟 どんしゅう

〔佞〕ねい
佞人 ねいじん
佞奸 ねいかん
佞臣 ねいしん

〔兵〕へい・ひょう・つわもの
兵力 へいりょく
兵士 へいし
兵火 へいか
兵児帯 へこおび
兵乱 へいらん
兵役 へいえき
兵事 へいじ
兵舎 へいしゃ
兵卒 へいそつ
兵法 ひょうほう・へいほう
兵学 へいがく
兵変 へいへん
兵馬 へいば
兵員 へいいん
兵略 へいりゃく
兵船 へいせん
兵備 へいび
兵営 へいえい
兵隊 へいたい
兵権 へいけん

兵器 へいき

〔体〕たい・てい・からだ
体力 たいりょく
体内 たいない
体内時計 たいないどけい
体付 からだつき
体刑 たいけい
体当 たいあたり
体形 たいけい
体位 たいい
体系 たいけい
体言 たいげん
体長 たいちょう
体制 たいせい
体育 たいいく
体育館 たいいくかん
体型 たいけい
体面 たいめん
体重 たいじゅう
体臭 たいしゅう
体格 たいかく
体現 たいげん
体側 たいそく
体得 たいとく
体液 たいえき
体裁 ていさい
体温 たいおん
体温計 たいおんけい
体勢 たいせい
体罰 たいばつ
体質 たいしつ
体調 たいちょう
体操 たいそう
体操競技 たいそうきょうぎ
体積 たいせき
体験 たいけん
体軀 たいく

〔何〕か・どの・どれ・なに・なん
何分 なにぶん
何方 どちら
何方道 どっちみち
何心無 なにごころなく
何処 どこ
何気無 なにげない
何何 なになに

何者 なにもの
何事 なにごと
何物 なにもの
何故 なぜ・なにゆえ
何度 なんど
何時 いつ・なんじ
何歳 なんさい
〔佐〕さ
〔佑〕ゆう・う
〔似〕じ・に・にる・にせる
似気無 にげない
似合 にあう・にあわしい
似通 にかよう
似寄 により
似顔 にがお
〔但〕だん・だだし
但書 ただしがき
〔伸〕しん・のし・のす・のば・のび・のびる・のびやか
伸上 のびあがる
伸子 しんし
伸長 しんちょう
伸悩 のびなやむ
伸展 しんてん
伸張 しんちょう
伸銅 しんどう
伸縮 しんしゅく
〔佃〕てん・でん・つくだ
佃煮 つくだに
〔佚〕いつ
〔作〕さく・さ・つくる・つくり
作上 つくりあげる
作文 さくぶん
作方 つくりかた
作付 さくづけ・つくりつけ
作用 さよう
作用点 さようてん
作出 つくりだす
作成 さくせい・つくりなす
作曲 さっきょく
作字 つくりじ
作声 つくりごえ
作男 さくおとこ
作図 さくず

作者 さくしゃ
作事 つくりごと
作物 さくもつ・つくりもの
作法 さほう
作柄 さくがら
作品 さくひん
作風 さくふう
作為 さくい
作笑 つくりわらい
作家 さっか
作動 さどう
作替 つくりかえる
作間 さくま
作詞 さくし
作業 さぎょう
作話 つくりばなし
作意 さくい
作戦 さくせん
作製 さくせい
作顔 つくりがお
〔伯〕はく
伯父 おじ・はくふ
伯母 おば
伯仲 はくちゅう
伯叔 はくしゅく
伯楽 はくらく
伯爵 はくしゃく
〔伶〕れい
〔低〕てい・ひくい・ひくまる・ひくみ・ひくめる・ひくめ
低下 ていか
低木 ていぼく
低圧 ていあつ
低地 ていち
低劣 ていれつ
低気圧 ていきあつ
低血圧 ていけつあつ
低次 ていじ
低声 ていせい
低吟 ていぎん
低利 ていり
低周波 ていしゅうは
低学年 ていがくねん
低空 ていくう
低俗 ていぞく
低姿勢 ていしせい
低音 ていおん
低迷 ていめい

低級 ていきゅう
低速 ていそく
低能 ていのう
低唱 ていしょう
低率 ていりつ
低落 ていらく
低開発国 ていかいはつこく
低減 ていげん
低湿 ていしつ
低温 ていおん
低廉 ていれん
低障害競走 ていしょうがいきょうそう
低質 ていしつ
低調 ていちょう
低額 ていがく
佝僂病 くるびょう
〔住〕じゅう・すむ・すまい・すまう
住人 じゅうにん
住込 すみこむ
住民 じゅうみん
住民票 じゅうみんひょう
住民税 じゅうみんぜい
住民登録 じゅうみんとうろく
住血吸虫 じゅうけつきゅうちゅう
住宅 じゅうたく
住所 じゅうしょ
住居 じゅうきょ
住慣 すみなれる
住職 じゅうしょく
〔位〕い・くらい・ぐらい
位取 くらいどり
位相 いそう
位負 くらいまけ
位牌 いはい
位階 いかい
位置 いち
〔伴〕はん・Iごん・とも・ともなう
伴走 ばんそう
伴奏 ばんそう
伴侶 はんりょ
〔佇〕ちょ・たたずむ・たたずまい

佇立 ちょりつ
〔身〕しん・み
身一 みひとつ
身丈 みたけ・みのたけ
身上 しんしょう・しんじょう・みのうえ
身口意 しんくい
身元 みもと
身支度 みじたく
身内 みうち
身毛 みのけ
身分 みぶん
身分相応 みぶんそうおう
身心 しんしん
身仕舞 みじまい
身代 しんだい・みがわり
身皮 みのかわ
身辺 しんぺん
身回 みのまわり
身投 みなげ
身売 みうり
身体 からだ・しんたい
身体検査 しんたいけんさ
身体装検器 しんたいそうけんき
身体障害者 しんたいしょうがいしゃ
身近 みぢか
身長 しんちょう
身奇麗 みぎれい
身知 みしらず
身命 しんみょう・しんめい
身性 みじょう
身空 みそら
身持 みもち
身拵 みごしらえ
身柄 みがら
身柱元 ちりけもと
身重 みおも
身振 みぶり
身頃 みごろ
身動 みうごき
身許 みもと
身寄 みより
身軽 みがる

身過 みすぎ
身勝手 みがって
身悶 みもだえ
身魂 しんこん
身構 みがまえ
身障 しんしょう
身震 みぶるい
身罷 みまかる
身錢 みぜに
身繕 みづくろい
身籠 みごもる
皀莢 さいかち
〔伺〕し・うかがう・うかがい
伺候 しこう
〔兎〕と・う・うさぎ
兎毛 うのけ
兎唇 いぐち
佛身 ぶっしん
〔伽〕か・とぎ
伽藍 がらん
伽羅 きゃら
〔近〕きん・ちかい・ちかく
近日 きんじつ
近日点 きんじつてん
近刊 きんかん
近世 きんせい
近古 きんこ
近目 ちかめ
近付 ちかづき・ちかづく・ちかづける
近代 きんだい
近代化 きんだいか
近代的 きんだいてき
近辺 きんぺん
近在 きんざい
近因 きんいん
近年 きんねん
近来 きんらい
近似 きんじ
近似値 きんじち
近近 きんきん・ちかぢか
近東 きんとう
近所 きんじょ
近況 きんきょう
近郊 きんこう
近海 きんかい
近称 きんしょう

近接 きんせつ
近頃 ちかごろ
近眼 きんがん
近寄 ちかよる
近視 きんし
近郷 きんごう
近景 きんけい
近距離 きんきょり
近道 ちかみち
近路 ちかみち
近影 きんえい
近畿 きんき
近親 きんしん
近隣 きんりん
〔役〕えき・やく・えきする・えだち
役人 やくにん
役不足 やくぶそく
役牛 えきぎゅう
役目 やくめ
役付 やくづき
役立 やくだつ
役回 やくまわり
役印 やくいん
役向 やくむき
役名 やくめい
役者 やくしゃ
役所 やくしょ・やくどころ
役柄 やくがら
役員 やくいん
役病 やくびょう
役病神 やくびょうがみ
役得 やくとく
役務 えきむ
役替 やくがえ
役場 やくば
役割 やくわり
役職 やくしょく
〔彷〕ほう
彷徨 さまよう・ほうこう
〔返〕へん・かえし・かえす・かえって・かえる
返上 へんじょう
返本 へんぽん
返札 へんさつ
返付 へんぷ

返礼 へんれい
返却 へんきゃく
返材 かえりざい
返戻 へんれい
返返 かえすがえす
返杯 へんぱい
返事 へんじ
返金 へんきん
返盃 へんぱい
返点 かえりてん
返品 へんぴん
返咲 かえりざき
返信 へんしん
返送 へんそう
返討 かえりうち
返書 へんしょ
返納 へんのう
返済 へんさい
返報 へんぽう
返答 へんとう
返電 へんでん
返照 へんしょう
返辞 へんじ
返歌 へんか
返還 へんかん
〔余〕よ・あまり・あまる
余人 よじん
余力 よりょく
余日 よじつ
余分 よぶん
余生 よせい
余白 よはく
余地 よち
余光 よこう
余色 よしょく
余技 よぎ
余角 よかく
余毒 よどく
余事 よじ
余所者 よそもの
余命 よめい
余念 よねん
余波 よは
余映 よえい
余計 よけい
余栄 よえい
余財 よざい
余病 よびょう
余剰 よじょう

余得 よとく
余情 よじょう
余喘 よぜん
余寒 よかん
余裕 よゆう
余裕綽綽 よゆうしゃくしゃく
余禄 よろく
余勢 よせい
余暇 よか
余罪 よざい
余話 よわ
余聞 よぶん
余徳 よとく
余滴 よてき
余熱 よねつ
余震 よしん
余弊 よへい
余儀無 よぎない
余談 よだん
余憤 よふん
余興 よきょう
余録 よろく
余類 よるい
余燼 よじん
余韻 よいん
〔希〕き・まれ・こいねがう・こいね
希少 きしょう
希少価値 きしょうかち
希代 きたい
希有 きゆう
希求 ききゅう
希望 きぼう
希塩酸 きえんさん
希薄 きはく
〔坐〕ざ・すわる・すわり・いながら
坐礁 ざしょう
〔谷〕たに・やち・きわまる
谷川 たにがわ
谷合 たにあい
谷足 たにあし
谷底 たにそこ
谷風 たにかぜ
谷間 たにま
谷懐 たにぶところ
〔妥〕だ・やすし

妥当 だとう
妥協 だきょう
妥結 だけつ
〔含〕かん・がん・ふ
　くむ・ふくみ・ふく
　まる・ふくめる
含有 がんゆう
含声 ふくみごえ
含味 がんみ
含笑 ふくみわらい
含羞草 おじぎそう
含煮 ふくめに
含量 がんりょう
含蓄 がんちく
含嗽 がんそう
〔肝〕かん・きも
肝不全 かんふぜん
肝心 かんじん
肝玉 きもったま
肝油 かんゆ
肝要 かんよう
肝胆 かんたん
肝試 きもだめし
肝煎 きもいり
肝銘 かんめい
肝臓 かんぞう
〔肚〕と・はら
〔肛〕こう
肛門 こうもん
〔肘〕ちゅう・ひじ
肘枕 ひじまくら
肘突 ひじつき
〔狂〕きょう・くるわ
　しい・くるわせる・
　くるう
狂人 きょうじん
狂犬病 きょうけんび
　ょう
狂牛病 きょうぎゅう
　びょう
狂句 きょうく
狂気 きょうき
狂乱 きょうらん
狂言 きょうげん
狂奔 きょうほん
狂咲 くるいざき
狂信 きょうしん
狂喜 きょうき
狂歌 きょうか
狂態 きょうたい

狂暴 きょうぼう
狂騒 きょうそう
狂躁 きょうそう
〔狆〕ちゅう・ちん
〔狄〕えびす
〔角〕かく・かど・す
　み・つの・つのぐむ
角切 かくぎり
角立 かどだつ・かど
　だてる・つのだつ
角材 かくざい
角兵衛獅子 かくべえ
　じし
角角 かどかどしい
角柱 かくちゅう
角度 かくど
角屋敷 かどやしき
角逐 かくちく
角笛 つのぶえ
角張 かくばる
角煮 かくに
角帽 かくぼう
角番 かどばん
角膜 かくまく
角隠 つのかくし
角質 かくしつ
角錐 かくすい
〔条〕(條) じょう
条文 じょうぶん
条目 じょうもく
条虫 じょうちゅう
条件 じょうけん
条件反射 じょうけん
　はんしゃ
条条 じょうじょう
条例 じょうれい
条約 じょうやく
条理 じょうり
条規 じょうき
条項 じょうこう
条播 じょうは
〔卵〕らん・たまご
卵子 らんし
卵円形 らんえんけい
卵生 らんせい
卵白 らんぱく
卵用種 らんようしゅ
卵色 たまごいろ
卵形 らんけい

卵迪丼 たまごどんぶ
　り
卵胎生 らんたいせい
卵殻 らんかく
卵黄 らんおう
卵細胞 らんさいぼう
卵巣 らんそう
〔灸〕きゅう・やいと
〔迎〕げい・むかえ
迎火 むかえび
迎合 げいごう
迎春 げいしゅん
迎撃 げいげき・むか
　えうつ
迎賓館 げいひんかん
〔系〕けい
系列 けいれつ
系図 けいず
系統 けいとう
系統的 けいとうてき
系統樹 けいとうじゅ
系譜 けいふ
〔言〕げん・ごん・ゆ
　う・いい・いう・こ
　と・いえる・いわせ
　る
言下 げんか
言及 げんきゅう
言切 いいきる
言分 いいぶん
言文一致 げんぶんい
　っち
言方 いいかた
言古 いいふるす
言付 ことづけ・こと
　づける
言外 げんがい
言広 いいひろめる
言立 いいたてる
言出 いいだす
言当 いいあてる
言回 いいまわし
言伝 いいつたえ・い
　いつたえる
言伏 いいふせる
言行 げんこう
言合 いいあう・いい
　あわせる
言争 いいあらそう
言交 いいかわす
言尽 いいつくす

言抜 いいぬけ
言足 いいたす
言含 いいふくめる
言直 いいなおす
言明 げんめい
言知 いいしれぬ
言放 いいはなつ
言逃 いいのがれ
言負 いいまかす
言送 いいおくる
言残 いいのこす
言笑 げんしょう
言兼 いいかねる
言通 いいとおす
言紛 いいまぎらす
言掛 いいがかり
言捨 いいすて・いい
　すてる
言動 げんどう
言做 いいなす
言訳 いいわけ
言渋 いいしぶる
言寄 いいよる
言習 いいならわし
言換 いいかえる
言葉 ことば
言散 いいちらす
言募 いいつのる
言落 いいおとす
言開 いいひらき
言過 いいすぎる
言渡 いいわたす
言損 いいそこなう
言置 いいおく
言辞 げんじ
言触 いいふらす
言違 いいちがい
言様 いいよう
言聞 いいきかせる
言語 げんご・ごんご
言語政策 げんごせい
　さく
言語道断 ごんごどう
　だん
言誤 いいあやまる
言説 げんせつ
言漏 いいもらす
言質 げんち
言論 げんろん
言繕 いいつくろう

言囃 いいはやす

〔状〕じょう
状況 じょうきょう
状差 じょうさし
状景 じょうけい
状勢 じょうせい
状態 じょうたい
状箱 じょうばこ

〔床〕しょうとこ・ゆか・ゆかしい
床入 とこいり
床几 しょうぎ
床下 ゆかした
床上 とこあげ・ゆかうえ
床山 とこやま
床机 しょうぎ
床板 とこいた・ゆかいた
床柱 とこばしら
床屋 とこや
床間 とこのま
床運動 ゆかうんどう
床擦 とこずれ
床離 とこばなれ

〔庇〕ひ・かばう・ひさし
庇立 かばいだて
庇護 ひご

〔疔〕ちょう

〔対〕たい・てい・たいする
対人 たいじん
対比 たいひ
対内 たいない
対生 たいせい
対句 ついく
対外 たいがい
対処 たいしょ
対立 たいりつ
対抗 たいこう
対位法 たいいほう
対角線 たいかくせん
対応 たいおう
対決 たいけつ
対局 たいきょく
対岸 たいがん
対物 たいぶつ
対空 たいくう
対面 たいめん

対峙 たいじ
対称 たいしょう
対座 たいざ
対症療法 たいしょうりょうほう
対流 たいりゅう
対流圏 たいりゅうけん
対案 たいあん
対陣 たいじん
対頂角 たいちょうかく
対晤 たいご
対偶 たいぐう
対訳 たいやく
対幅 ついふく
対等 たいとう
対策 たいさく
対象 たいしょう
対照 たいしょう
対照的 たいしょうてき
対置 たいち
対話 たいわ
対義語 たいぎご
対数 たいすう
対戦 たいせん
対語 たいご・ついご
対質 たいしつ
対談 たいだん

〔吝〕りん・しわい・やぶさか
吝坊 しわんぼう
吝嗇 りんしょく

〔冷〕れい・さめる・さます・つめたい・ひえ・ひえる・ひや・ひやか す・ひやし・ひやす
冷水 ひやみず・れいすい
冷込 ひえこむ
冷気 れいき
冷血 れいけつ
冷汗 ひやあせ
冷麦 ひやむぎ
冷却 れいきゃく
冷冷 ひえびえ・ひやひや
冷房 れいぼう
冷性 ひえしょう

冷帯 れいたい
冷夏 れいか
冷笑 れいしょう
冷凍 れいとう
冷凍庫 れいとうこ
冷酒 ひやざけ
冷害 れいがい
冷菓 れいか
冷眼 れいがん
冷淡 れいたん
冷遇 れいぐう
冷飯 ひやめし
冷然 れいぜん
冷感症 れいかんしょう
冷暖房 れいだんぼう
冷遣 さめやらぬ
冷罨法 れいあんぽう
冷戦 れいせん
冷静 れいせい
冷酷 れいこく
冷蔵 れいぞう
冷蔵庫 れいぞうこ
冷徹 れいてつ
冷厳 れいげん

〔応〕おう・いらえ・こたえ・こたえる
応手 おうしゅ
応分 おうぶん
応用 おうよう
応召 おうしょう
応対 おうたい
応急 おうきゅう
応急処置 おうきゅうしょち
応変 おうへん
応射 おうしゃ
応接 おうせつ
応接間 おうせつま
応援 おうえん
応募 おうぼ
応答 おうとう
応診 おうしん
応酬 おうしゅう
応戦 おうせん
応徴 おうちょう
応諾 おうだく

〔序〕じょ・ついで・ついでる
序二段 じょにだん

序口 じょのくち
序文 じょぶん
序列 じょれつ
序曲 じょきょく
序言 じょげん
序奏 じょそう
序段 じょだん
序破急 じょはきゅう
序章 じょしょう
序開 じょびらき
序詞 じょし
序幕 じょまく
序数詞 じょすうし
序歌 じょか
序説 じょせつ
序盤 じょばん
序論 じょろん

〔辛〕しん・からい・からさ・つらい・かのと
辛口 からくち
辛子 からし
辛目 からめ
辛亥革命 しんがいかくめい
辛労 しんろう
辛抱 しんぼう
辛苦 しんく
辛党 からとう
辛勝 しんしょう
辛酸 しんさん
辛辣 しんらつ

〔冶〕や
冶金 やきん

〔忘〕ぼうず・わすれる
忘年会 ぼうねんかい
忘却 ぼうきゃく
忘我 ぼうが
忘物 わすれもの
忘草 わすれぐさ・わすれなぐさ
忘恩 ぼうおん
忘難 わすれがたい

〔判〕はん・ばん・はんじる・
判別 はんべつ
判決 はんけつ
判事 はんじ
判明 はんめい

判物 はんじもの
判例 はんれい
判定 はんてい
判型 はんけい
判断 はんだん
判然 はんぜん
判読 はんどく
〔兌〕だ
兌換 だかん
兌換紙幣 だかんしへい
灼熱 しゃくねつ
〔弟〕てい・おとうと
弟子 でし
弟妹 ていまい
〔沐〕もく
沐浴 もくよく
沛然 はいぜん
〔汰〕だ・た
〔沙〕さ・しゃ・す・すな・いさご
沙汰 さた
沙汰止 さたやみ
沙門 しゃもん
沙魚 はぜ
〔沖〕ユちゅう・おき
沖仲仕 おきなかし
沖合 おきあい
沖合人工島 おきあいじんこうとう
沖釣 おきづり
沖積土 ちゅうせきど
沖積世 ちゅうせきせい
沖積平野 ちゅうせきへいや
沖縄 おきなわ
〔汽〕き
汽缶 きかん
汽車 きしゃ
汽笛 きてき
汽船 きせん
〔沃〕よう・よく
沃土 よくど
沃地 よくち
沃素 ようそ
沃野 よくや
〔汲〕きゅう・くむ
汲干 くみほす
汲分 くみわける

汲出 くみだす
汲汲 きゅうきゅう
汲取 くみとる
〔没〕ばつ
没入 ぼつにゅう
没収 ぼっしゅう
没年 ぼつねん
没交渉 ぼっこうしょう
没却 ぼっきゃく
没我 ぼつが
没後 ぼつご
没前 ぼつぜん
没書 ぼっしょ
没落 ぼつらく
没義道 もぎどう
没薬 もつやく
没頭 ぼっとう
〔沈〕ちん・しん・じん・しずみ・しずむ・しずめる
沈丁花 じんちょうげ・ちんちょうげ
沈下 ちんか
沈没 ちんぼつ
沈金 ちんきん
沈思 ちんし
沈香 じんこう
沈降 ちんこう
沈菜 キムチ
沈酔 ちんすい
沈設 ちんせつ
沈淪 ちんりん
沈痛 ちんつう
沈着 ちんちゃく
沈涵 ちんめん
沈滞 ちんたい
沈殿 ちんでん
沈静 ちんせい
沈黙 ちんもく
沈潜 ちんせん
沈澱 ちんでん
沈鬱 ちんうつ
〔沁〕しん・しむ
〔決〕けつ・きまる・きめる
決切 きまりきった
決手 きめて
決心 けっしん
決付 きめつける

決込 きめこむ
決死 けっし
決行 けっこう
決別 けつべつ
決定 けってい
決定打 けっていだ
決定版 けっていばん
決定的 けっていてき
決定権 けっていけん
決定論 けっていろん
決起 けっき
決断 けつだん
決断力 けつだんりょく
決済 けっさい
決裁 けっさい
決裂 けつれつ
決答 けっとう
決勝 けっしょう
決然 けつぜん
決着 けっちゃく
決意 けつい
決戦 けっせん
決算 けっさん
決算期 けっさんき
決選投票 けっせんとうひょう
決壊 けっかい
決闘 けっとう
決議 けつぎ
〔沢〕たく・さわ
沢山 たくさん
沢庵 たくあん
〔忰〕すい・せがれ
〔快〕のかい・はやい・こころよい・おそれる
快刀 かいとう
快方 かいほう
快打 かいだ
快投 かいとう
快男児 かいだんじ
快事 かいじ
快味 かいみ
快哉 かいさい
快便 かいべん
快美 かいび
快活 かいかつ
快速 かいそく
快眠 かいみん

快拳 かいきょ
快晴 かいせい
快復 かいふく
快勝 かいしょう
快感 かいかん
快楽 かいらく
快適 かいてき
快諾 かいだく
快調 かいちょう
快癒 かいゆ
〔忸〕じく
忸怩 じくじ
〔労〕ろう・ろうする・いたつき・いたわる・いたわしい・ねぎらう
労力 ろうりょく
労作 ろうさく
労役 ろうえき
労災 ろうさい
労苦 ろうく
労使 ろうし
労金 ろうきん
労連 ろうれん
労基法 ろうきほう
労務者 ろうむしゃ
労組 ろうそ
労農 ろうのう
労賃 ろうちん
労働 ろうどう
労働力 ろうどうりょく
労働争議 ろうどうそうぎ
労働者 ろうどうしゃ
労働省 ろうどうしょう
労働組合 ろうどうくみあい
労働運動 ろうどううんどう
労資 ろうし
労銀 ろうぎん
〔完〕かん・まつたし
完了 かんりょう
完工 かんこう
完本 かんぽん
完成 かんせい
完成品 かんせいひん
完全 かんぜん

完全無欠 かんぜんむ
けつ
完全試合 かんぜんし
あい
完投 かんとう
完治 かんじ・かんち
完封 かんぷう
完納 かんのう
完敗 かんぱい
完訳 かんやく
完済 かんさい
完備 かんび
完遂 かんすい
完結 かんけつ
完黙 かんもく
完熟 かんじゅく
完璧 かんぺき
〔宋〕そう
宋学 そうがく
宋音 そうおん
〔宏〕こう・ひろい
〔牢〕ろう・かたい
牢平 ろうこ
牢死 ろうし
牢役人 ろうやくにん
牢固 ろうこ
牢舎 ろうしゃ
牢屋 ろうや
牢破 ろうやぶり
牢記 ろうき
牢脱 ろうぬけ
牢獄 ろうごく
〔究〕きゅう・きわま
る・きわめる
究明 きゅうめい
究極 きゅうきょく
〔宍〕しし・に
〔良〕りょう・いいよ
い・よく・よし
良人 りょうじん
良友 りょうゆう
良心 りょうしん
良民 りょうみん
良好 りょうこう
良材 りょうざい
良臣 りょうしん
良医 りょうい
良否 りょうひ
良妻 りょうさい
良知 りょうち

良夜 りょうや
良性 りょうせい
良品 りょうひん
良風 りょうふう
良馬 りょうば
良師 りょうし
良家 りょうか・りょ
うけ
良案 りょうあん
良書 りょうしょ
良能 りょうのう
良貨 りょうか
良策 りょうさく
良港 りょうこう
良寛 りょうかん
良種 りょうしゅ
良質 りょうしつ
良導体 りょうどうた
い
良縁 りょうえん
良薬 りょうやく
良顔 いいかお
良識 りょうしき
〔初〕しょ・うい・う
ぶ・うぶい・はつ・
はじめ・はじめて・
はじまり・はじまる
初一念 しょいちねん
初七日 しょなぬか
初太刀 しょだち
初切 しょっきり
初日 しょにち・はつひ
初午 はつうま
初手 しょて
初心 しょしん
初刊 しょかん
初号 しょごう
初生 しょせい
初代 しょだい
初句 しょく
初犯 しょはん
初冬 しょとう
初出 しょしゅつ
初老 しょろう
初耳 はつみみ
初光 しょこう
初回 しょかい
初年 しょねん
初伝 しょでん
初任 しょにん

初旬 しょじゅん
初志 しょし
初見 しょけん
初対面 しょたいめん
初初 ういういしい
初歩 しょほ
初物 はつもの
初版 しょはん
初夜 しょや
初学 しょがく
初刷 しょずり
初春 しょしゅん・は
つはる
初映 しょえい
初秋 しょしゅう
初段 しょだん
初便 しょびん
初音 はつね
初発 しょはつ
初級 しょきゅう
初茸 はつたけ
初荷 はつに
初校 しょこう
初速 しょそく
初夏 しょか
初恋 はつこい
初孫 ういまご
初陣 ういじん
初球 しょきゅう
初雪 はつゆき
初動 しょどう
初訳 しょやく
初産 しょさん
初婚 しょこん
初経 しょけい
初期 しょき
初葉 しょよう
初等 しょとう
初診 しょしん
初給 しょきゅう
初夢 はつゆめ
初感染 しょかんせん
初電 しょでん
初詣 はつもうで
初戦 しょせん
初端 しょっぱな
初演 しょえん
初舞台 はつぶたい
初穂 はつほ
初篇 しょへん

初盤 しょばん
初潮 しょちょう
初審 しょしん
初選 しょせん
初編 しょへん
初頭 しょとう
初霜 はつしも
初鰹 はつがつお
〔社〕しゃ・やしろ
社日 しゃじつ・しゃ
にち
社内 しゃない
社用 しゃよう
社外 しゃがい
社寺 しゃじ
社団法人 しゃだんほ
うじん
社会 しゃかい
社会人 しゃかいじん
社会化 しゃかいか
社会主義 しゃかいし
ゅぎ
社会事業 しゃかいじ
ぎょう
社会的 しゃかいてき
社会性 しゃかいせい
社会学 しゃかいがく
社会面 しゃかいめん
社会科 しゃかいか
社会科学 しゃかいか
がく
社会保険 しゃかいほ
けん
社会保障 しゃかいほ
しょう
社会悪 しゃかいあく
社会開発 しゃかいか
いはつ
社会復帰 しゃかいふ
っき
社会運動 しゃかいう
んどう
社会福祉 しゃかいふ
くし
社交 しゃこう
社交性 しゃこうせい
社交界 しゃこうかい
社交辞令 しゃこうじ
れい
社宅 しゃたく
社長 しゃちょう

社則 しゃそく
社風 しゃふう
社屋 しゃおく
社員 しゃいん
社章 しゃしょう
社運 しゃうん
社業 しゃぎょう
社債 しゃさい
社殿 しゃでん
社歴 しゃれき
社説 しゃせつ
社線 しゃせん
〔祀〕し・まてる
〔君〕くん・きみ
君子 くんし
君主 くんしゅ
君主国 くんしゅこく
君影草 きみかげそう
君臨 くんりん
那辺 なへん
〔即〕そく・そくする
　・すなわち
即日 そくじつ
即死 そくし
即売 そくばい
即位 そくい
即応 そくおう
即決 そっけつ
即物的 そくぶつてき
即金 そっきん
即効 そっこう
即刻 そっこく
即時 そくじ
即席 そくせき
即座 そくざ
即納 そくのう
即断 そくだん
即答 そくとう
即詠 そくえい
即興 そっきょう
即興曲 そっきょうきょく
即興詩 そっきょうし
〔屁〕ひ・おなら
屁理屈 へりくつ
〔尿〕にょう・ばり・
　いばり・ゆばり
尿石 にょうせき
尿失禁 にょうしっきん

尿毒症 にょうどくしょう
尿屎 ししばば
尿素 にょうそ
尿道 にょうどう
尿意 にょうい
尿酸 にょうさん
〔尾〕び・お
尾行 びこう
尾花 おばな
尾根 おね
尾骨 びこつ
尾骶骨 びていこつ
尾錠 びじょう
尾翼 びよく
尾鰭 おびれ
尾籠 びろう
〔局〕きょく
局外 きょくがい
局地 きょくち
局長 きょくちょう
局所 きょくしょ
局面 きょくめん
局限 きょくげん
局部 きょくぶ
〔改〕かい・あらたま
　る・あらためる
改元 かいげん
改心 かいしん
改正 かいせい
改札 かいさつ
改札口 かいさつぐち
改行 かいぎょう
改名 かいめい
改作 かいさく
改良 かいりょう
改良主義 かいりょう
　しゅぎ
改版 かいはん
改宗 かいしゅう
改定 かいてい
改姓 かいせい
改革 かいかく
改変 かいへん
改造 かいぞう
改称 かいしょう
改修 かいしゅう
改悪 かいあく
改訳 かいやく
改組 かいそ

改装 かいそう
改廃 かいはい
改善 かいぜん
改悛 かいしゅん
改新 かいしん
改暦 かいれき
改選 かいせん
改築 かいちく
改題 かいだい
改竄 かいざん
〔忌〕き・いむ・いま
　わしい・いみ
忌日 きじつ・きにち
忌中 きちゅう
忌引 きびき
忌忌 いまいましい
忌明 きあけ
忌嫌 いみきらう
忌憚 きたん
忌避 きひ
〔孜〕し
孜孜 しし
壮士 そうし
壮大 そうだい
壮年 そうねん
壮行 そうこう
壮図 そうと
壮快 そうかい
壮者 そうしゃ
壮途 そうと
壮挙 そうきょ
壮健 そうけん
壮絶 そうぜつ
壮漢 そうかん
壮語 そうご
壮観 そうかん
壮麗 そうれい
〔妓〕ぎ・うたいめ・
　あそびめ
〔妙〕みょう・たえ
妙手 みょうしゅ
妙曲 みょうきょく
妙技 みょうぎ
妙味 みょうみ
妙所 みょうしょ
妙法 みょうほう
妙計 みょうけい
妙音 みょうおん
妙案 みょうあん
妙策 みょうさく

妙趣 みょうしゅ
妙薬 みょうやく
妙諦 みょうてい
妙齢 みょうれい
〔妊〕にん・はらむ
妊娠 にんしん
妊娠中絶 にんしんち
　ゅうぜつ
妊産婦 にんさんぷ
妊婦 にんぷ
〔妖〕よう・およずれ
妖女 ようじょ
妖気 ようき
妖怪 ようかい
妖美 ようび
妖術 ようじゅつ
妖精 ようせい
妖艶 ようえん
〔妨〕ぼう・さまたげ
　・さまたげる
妨害 ぼうがい
〔忍〕にん・し
忍込 しのびこむ
忍会 しのびあい
忍声 しのびごえ
忍足 しのびあし
忍返 しのびがえし
忍耐 にんたい
忍笑 しのびわらい
忍従 にんじゅう
忍術 にんじゅつ
忍寄 しのびよる
〔努〕ど・つとめる・
　ゆめ・つとむ・つと
　めて
努力 どりょく
〔阪〕はん・さか
阪神地方 はんしんち
　ほう
〔防〕ぼう・ふせぎ・
　ふせぐ
防止 ぼうし
防水 ぼうすい
防火 ぼうか
防犯 ぼうはん
防虫剤 ぼうちゅうざ
　い
防災 ぼうさい
防毒 ぼうどく
防具 ぼうぐ
防波堤 ぼうはてい

防空 ぼうくう
防空壕 ぼうくうごう
防砂 ぼうさ
防臭 ぼうしゅう
防食 ぼうしょく
防風 ぼうふう
防疫 ぼうえき
防音 ぼうおん
防振 ぼうしん
防除 ぼうじょ
防雪 ぼうせつ
防暑 ぼうしょ
防備 ぼうび
防御 ぼうぎょ
防湿 ぼうしつ
防寒 ぼうかん
防弾 ぼうだん
防戦 ぼうせん
防腐剤 ぼうふざい
防塵 ぼうじん
防熱 ぼうねつ
防潮堤 ぼうちょうてい
防衛 ぼうえい
防衛庁 ぼうえいちょう
防壁 ぼうへき
防縮 ぼうしゅく
防護 ぼうご
〔糺〕きゅう・ただす
糺明 きゅうめい
糺弾 きゅうだん
〔災〕さい・わざわい
災厄 さいやく
災害 さいがい
災禍 さいか
災難 さいなん

八畫

〔奉〕ほう・まつる・たてまつる
奉公 ほうこう
奉仕 ほうし
奉加帳 ほうがちょう
奉行 ぶぎょう
奉祀 ほうし
奉祝 ほうしゅく
奉書 ほうしょ
奉納 ほうのう

奉答 ほうとう
奉戴 ほうたい
奉職 ほうしょく
〔玩〕がん・もちあそぶ・もてあそぶ
玩弄 がんろう
玩具 がんぐ
玩味 がんみ
玩物喪志 がんぶつそうし
〔武〕ぶ・む・たけ
武人 ぶじん
武力 ぶりょく
武士 ぶし・もののふ
武士道 ぶしどう
武田信玄 たけだしんげん
武技 ぶぎ
武芸 ぶげい
武臣 ぶしん
武者 むしゃ
武者人形 むしゃにんぎょう
武者小路実篤 むしゃのこうじさねあつ
武門 ぶもん
武官 ぶかん
武威 ぶい
武勇 ぶゆう
武骨 ぶこつ
武将 ぶしょう
武家 ぶけ
武術 ぶじゅつ
武張 ばばる
武備 ぶび
武装 ぶそう
武道 ぶどう
武運 ぶうん
武徳 ぶとく
武器 ぶき
〔青〕せい・あお・あおい・あおばむ・あおむ・あおやか
青二才 あおにさい
青人草 あおひとぐさ
青大将 あおだいしょう
青山 せいざん
青天井 あおてんじょう

青天白日 せいてんはくじつ
青木 あおき
青少年 せいしょうねん
青毛 あおげ
青玉 せいぎょく
青田 あおた
青史 せいし
青白 あおじろい
青立 あおだち
青写真 あおじゃしん
青地 あおじ
青光 あおびかり
青虫 あおむし
青年 せいねん
青年団 せいねんだん
青年期 せいねんき
青竹 あおだけ
青色 あおいろ
青豆 あおまめ
青貝 あおがい
青青 あおあお
青松 せいしょう
青味 あおみ
青果 せいか
青果市場 せいかいちば
青果物 せいかぶつ
青物 あおもの
青侍 あおざむらい
青空 あおぞら
青春 せいしゅん
青草 あおくさ
青柳 あおやぎ
青信号 あおしんごう
青臭 あおくさい
青洟 あおっぱな
青海苔 あおのり
青海原 あおうなばら
青海亀 あおうみがめ
青馬 あおうま
青桐 あおぎり
青梅 あおうめ
青息吐息 あおいきといき
青竜刀 せいりゅうとう
青粉 あおこ
青書 せいしょ

青黄粉 あおぎなこ
青菜 あおな
青票 あおひょう・せいひょう
青眼 せいがん
青鳥 あおいとり
青魚 あおざかな
青葉 あおば
青紫蘇 あおじそ
青蛙 あおがえる
青畳 あおだたみ
青嵐 あおあらし・せいらん
青筋 あおすじ
青脹 あおぶくれ
青痣 あおあざ
青道心 あおどうしん
青割 あおがり
青電話 あおでんわ
青碧 せいへき
青酸 せいさん
青磁 あおじ・せいじ
青銅 せいどう
青銅器時代 せいどうきじだい
青豌豆 あおえんどう
青瓢箪 あおびょうたん
青蠅 あおばえ
青黴 あおかび
〔表〕ひょう・あらわす・おもて
表土 ひょうど
表日本 おもてにほん
表方 おもてかた
表示 ひょうじ
表札 ひょうさつ
表白 ひょうはく
表立 おもてだつ
表出 ひょうしゅつ
表皮 ひょうひ
表向 おもてむき
表作 おもてさく
表沙汰 おもてざた
表決 ひょうけつ
表具 ひょうぐ
表門 おもてもん
表明 ひょうめい
表面 ひょうめん
表面化 ひょうめんか

表面張力 ひょうめん
ちょうりょく
表面積 ひょうめんせ
き
表看板 おもてかんば
ん
表音文字 ひょうおん
もじ
表記 ひょうき
表書 おもてがき
表紙 ひょうし
表現 ひょうげん
表情 ひょうじょう
表敬 ひょうけい
表街道 おもてかいど
う
表象 ひょうしょう
表装 ひょうそう
表裏 ひょうり
表裏一体 ひょうりい
ったい
表意文字 ひょういもじ
表徴 ひょうちょう
表彰 ひょうしょう
表彰状 ひょうしょう
じょう
表層 ひょうそう
表題 ひょうだい
〔毒〕どく・どくする
毒刃 どくじん
毒牙 どくが
毒水 どくすい
毒手 どくしゅ
毒矢 どくや
毒死 どくし
毒気 どくけ・どっき
・どっけ
毒舌 どくぜつ
毒見 どくみ
毒毒 どくどくしい
毒味 どくみ
毒物 どくぶつ
毒性 どくせい
毒突 どくづく
毒素 どくそ
毒殺 どくさつ
毒酒 どくしゅ
毒消 どくけし
毒害 どくがい
毒除 どくよけ

毒蛇 どくじゃ・どく
へび
毒液 どくえき
毒蛾 どくが
毒薬 どくやく
〔盂〕う
盂蘭盆 うらぼん
〔忝〕てん・かたじけ
ない
〔拜〕はい・おがみ・
おがむ・おろがむ
拝外 はいがい
拝礼 はいれい
拝呈 はいてい
拝見 はいけん
拝具 はいぐ
拝金 はいきん
拝命 はいめい
拝受 はいじゅ
拝承 はいしょう
拝送 はいそう
拝眉 はいび
拝借 はいしゃく
拝啓 はいけい
拝復 はいふく
拝賀 はいが
拝辞 はいじ
拝殿 はいでん
拝聞 はいぶん
拝領 はいりょう
拝読 はいどく
拝誦 はいしょう
拝察 はいさつ
拝謁 はいえつ
拝趨 はいすう
拝聴 はいちょう
拝謝 はいしゃ
拝観 はいかん
拝顔 はいがん
〔抹〕まつ
抹茶 まっちゃ
抹殺 まっさつ
抹消 まっしょう
〔長〕ちょう・ぢょう
じる・たける・なが
い・ながたらしい・
ながらえる
長丁場 ながちょうば
長刀 ちょうとう
長大息 ちょうたいそ
く

長久 ちょうきゅう
長子 ちょうし
長女 ちょうじょ
長円 ちょうえん
長月 ながつき
長文 ちょうぶん
長方形 ちょうほうけ
い
長火鉢 ながひばち
長打 ちょうだ
長石 ちょうせき
長目 ながめ
長兄 ちょうけい
長生 ながいき
長広舌 ちょうこうぜ
つ
長尻 ながじり
長幼 ちょうよう
長考 ちょうこう
長老 ちょうろう
長虫 ながむし
長年 ながねん
長年月 ちょうねんげ
つ
長江 ちょうこう
長寿 ちょうじゅ
長足 ちょうそく
長男 ちょうなん
長身 ちょうしん
長尾 ちょうび
長尾鶏 ながおどり
長長 ながなが
長押 なげし
長者 ちょうじゃ
長雨 ながあめ
長岡半太郎 ながおか
はんたろう
長物 ちょうぶつ
長物語 ながものがた
り
長径 ちょうけい
長所 ちょうしょ
長命 ちょうめい
長夜 ちょうや
長波 ちょうは
長官 ちょうかん
長居 ながい
長持 ながもち
長柄 ながえ
長追 ながおい

長音 ちょうおん
長音階 ちょうおんか
い
長屋 ながや
長逝 ちょうせい
長唄 ながうた
長途 ちょうと
長針 ちょうしん
長剣 ちょうけん
長病 ながやみ
長蛇 ちょうだ
長患 ながわずらい
長堤 ちょうてい
長塚節 ながつかたか
し
長期 ちょうき
長期手形 ちょうきて
がた
長期金利 ちょうきき
んり
長期貸付 ちょうきか
しつけ
長椅子 ながいす
長軸 ちょうじく
長距離 ちょうきょり
長短 ちょうたん
長湯 ながゆ
長靴 ちょうか・なが
ぐつ
長嘆 ちょうたん
長話 ながばなし
長続 ながつづき
長髪 ちょうはつ
長歌 ちょうか
長篇 ちょうへん
長調 ちょうちょう
長談義 ながだんぎ
長編 ちょうへん
長薯 ながいも
〔卦〕け
〔坩〕かん
坩堝 るつぼ
〔拓〕たく・ひらく
拓本 たくほん
拓植 つげ
拓殖 たくしょく
〔坪〕へい・つぼ
坪内逍遥 つぼうちし
ょうよう
〔拒〕きょ・こばむ
拒否 きょひ

拒否反応 きょひはんのう

拒否権 きょひけん

拒食症 きょしょくしょう

拒絶 きょぜつ

〔芙〕ふ

芙蓉 ふよう

〔拈〕ねん・ひねる・ひねり

〔芽〕が・げ・め・めぐむ

芽生 めばえる

芽出 めだし

芽出度 めでたい

芽吹 めぶく

〔芹〕きん・せり

〔芥〕かい・あくた

芥川竜之介 あくたがわりゅうのすけ

芥子 からし・けし

芥子人形 けしにんぎょう

芥菜 からしな

〔邪〕じゃ・や・か・よこしま

邪心 じゃしん

邪気 じゃき

邪念 じゃねん

邪馬台国 やまたいこく

邪恋 じゃれん

邪推 じゃすい

邪悪 じゃあく

邪欲 じゃよく

邪淫 じゃいん

邪険 じゃけん

邪道 じゃどう

邪慳 じゃけん

邪論 じゃろん

邪魔 じゃま

邪魔者 じゃまもの

〔坦〕たん

坦坦 たんたん

〔担〕たん・かつぐ・になう

担手 にないて

担当 たんとう

担任 たんにん

担保 たんぽ

担架 たんか

担税 たんぜい

〔坤〕こん・ひつじさる

〔押〕おう・おさえ・おさえる・おす

押入 おしいる・おしいれ

押切 おしきる

押収 おうしゅう

押付 おさえつける・おしつける

押込 おさえこむ・おしこむ・おしこめる

押広 おしひろげる・おしひろめる

押立 おしたてる

押出 おしだし・おしだす

押印 おういん

押伏 おしふせる

押合 おしあう

押麦 おしむぎ

押売 おしうり

押花 おしばな

押押 おすなおすな・おせおせ

押迫 おしせまる

押退 おしのける

押倒 おしたおす

押流 おしながす

押被 おっかぶせる

押通 おしとおす

押頂 おしいただく

押捲 おしまくる

押寄 おしよせる

押葉 おしば

押開 おしあける・おしひらく

押絵 おしえ

押遣 おしやる

押詰 おしつまる・おしつめる

押黙 おしだまる

押潰 おしつぶす

押戴 おしいただく

押韻 おういん

〔抽〕ちゅう・ぬきんでる・ぬく

抽出 ちゅうしゅつ

抽象 ちゅうしょう

抽象的 ちゅうしょうてき

抽選 ちゅうせん

抽籤 ちゅうせん

拐帯 かいたい

〔芭〕は・ば

芭蕉 ばしょう

〔拍〕はく

拍子 ひょうし

拍子木 ひょうしぎ

拍手 はくしゅ

拍車 はくしゃ・はくしゃをかける

〔者〕しゃ・もの

〔拆〕たく

〔抵〕てい

抵当 ていとう

抵当貸 ていとうがし

抵抗 ていこう

抵抗力 ていこうりょく

抵抗器 ていこうき

抵触 ていしょく

〔拘〕こう・く・かかわる・こだわる

拘束 こうそく

拘束力 こうそくりょく

拘束時間 こうそくじかん

拘泥 こうでい

拘留 こうりゅう

拘禁 こうきん

拘置 こうち

〔拠〕きょ・こ・よる・よりどころ・よんどころ

拠出 きょしゅつ

拠点 きょてん

〔抱〕ほう・いだく・かかえ・かかえる・だく・だっこ

抱上 だきあげる

抱込 かかえこむ

抱合 だきあう・だきあわせ

抱卵 ほうらん

抱負 ほうふ

抱腹絶倒 ほうふくぜっとう

抱締 だきしめる

抱擁 ほうよう

〔拡〕かく・ひろがる・ひろがり・ひろげる・ひろめる

拡大 かくだい

拡大鏡 かくだいきょう

拡充 かくじゅう

拡声器 かくせいき

拡販 かくはん

拡張 かくちょう

拡張子 かくちょうし

拡散 かくさん

〔拉〕ら・ひさぐ・ひしぎ・ひしぐ

拉致 らち

〔幸〕こう・さち・さいわい・しあわせ

幸田露伴 こうだろはん

幸先 さいさき

幸甚 こうじん

幸便 こうびん

幸運 こううん

幸福 こうふく

〔拙〕せつ・まずい・つたない

拙劣 せつれつ

拙宅 せったく

拙作 せっさく

拙者 せっしゃ

拙速 せっそく

拙悪 せつあく

拙論 せつろん

〔招〕しょう・まねき・まねく

招入 しょうじいれる

招来 しょうらい

招待 しょうたい

招致 しょうち

招宴 しょうえん

招降 しょうこう

招集 しょうしゅう

招聘 しょうへい

招電 しょうでん

招魂 しょうこん

招請 しょうせい

〔披〕ひ・ひらく

披見 ひけん

披瀝 ひれき

披露 ひろう

拇印 ぼいん

〔拗〕よう・こじらせる・こじらす・こじられる・すねる・ねじくねる・ねじける・ねじれねじれる

拗音 ようおん

〔其〕き・そ・その・それ

其処 そこら

其場 そのば

其儘 そのまま

〔取〕しゅ・とり・とる・とれる・とっ・とって・とらせる

取入 とりいれる

取下 とりさげる

取上 とりあげる

取口 とりくち

取止 とりとめる・とりやめる

取手 とって・とりて

取分 とりわけ

取引 とりひき

取引好調 とりひきこうちょう

取引所 とりひきじょ

取去 とりさる

取払 とりはらう

取札 とりふだ

取付 とっつく・とりつく・とりつける

取代 とってかわる

取込 とりこみ・とりこむ

取立 とりたてる

取立手形 とりたててがた

取出 とりだす

取合 とりあう

取次 とりつぎ・とりつぐ

取材 しゅざい

取材妨害 しゅざいぼうがい

取戻 とりもどす

取囲 とりかこむ

取乱 とりみだす

取返 とってかえす・とりかえす

取沙汰 とりざた

取決 とりきめ・とりきめる

取押 とりおさえる

取直 とりなおす

取放題 とりほうだい

取持 とりもつ

取柄 とりえ

取逃 とりにがす

取計 とりはからう

取巻 とりまき・とりまく

取捌 とりさばく

取残 とりのこし・とりのこす

取殺 とりころす

取留 とりとめる

取高 とれだか

取消 とりけし・とりけす

取消線 とりけしせん

取除 とりのける・とりのぞく

取紛 とりまぎれる

取掛 とっかかり・とっかかる・とりかかる

取捨 しゅしゃ

取崩 とりくずす

取得 しゅとく

取舵 とりかじ

取寄 とりよせる

取組 とりくみ・とりくむ

取替 とりかえる

取敢 とりあえず

取換 とりかえる

取揃 とりそろえる

取落 とりおとす

取集 とりあつめる

取運 とりはこぶ

取置 とりおく

取毀 とりこわす

取違 とりちがえる

取静 とりしずめる

取調 とりしらべる

取澄 とりすます

取締 とりしまり・とりしまる

取締役 とりしまりやく

取憑 とりつく

取縋 とりすがる

取鎮 とりしずめる

取繕 とりつくろう

取壊 とりこわす

取籠 とりこめる

邯鄲夢 かんたんのゆめ

〔昔〕じゃく・しゃく・せき・むかし

昔日 せきじつ

昔気質 むかしかたぎ

昔昔 むかしむかし

昔風 むかしふう

昔時 せきじ

昔馴染 むかしなじみ

昔話 むかしばなし

〔苦〕く・くるしい・くるしむ・くるしめる・にがい

苦切 にがりきる

苦手 にがて

苦心 くしん

苦瓜 にがうり

苦汁 にがり

苦吟 くぎん

苦役 くえき

苦言 くげん

苦労 くろう

苦労性 くろうしょう

苦苦 にがにがしい

苦杯 くはい

苦味 にがみ

苦学 くがく

苦界 くがい

苦笑 くしょう・にがわらい

苦衷 くちゅう

苦悩 くのう

苦紛 くるしまぎれ

苦渋 くじゅう

苦情 くじょう

苦痛 くつう

苦悶 くもん

苦塩 にがり

苦節 くせつ

苦楽 くらく

苦戦 くせん

苦境 くきょう

苦慮 くりょ

苦難 くなん

苦闘 くとう

〔苛〕か・いじめる・さいなむ

苛立 いらだち・いらだつ

苛性 かせい

苛政 かせい

苛烈 かれつ

苛酷 かこく

〔若〕じゃく・にゃく・もし・わか・わかい

若人 わこうど

若干 じゃっかん

若夫婦 わかふうふ

若木 わかぎ

若水 わかみず

若手 わかて

若旦那 わかだんな

若白髪 わかしらが

若死 わかじに

若年 じゃくねん

若気 わかげ

若竹 わかたけ

若向 わかむき

若作 わかづくり

若返 わかがえる

若武者 わかむしゃ

若芽 わかめ

若者 わかもの

若若 わかわかしい

若枝 わかえだ

若松 わかまつ

若妻 わかづま

若草 わかくさ

若造 わかぞう

若宮 わかみや

若菜 わかな

若葉 わかば

若紫 わかむらさき

若湯 わかゆ

若僧 わかぞう

若様 わかさま

若輩 じゃくはい

若燕 わかいつばめ

〔茂〕も・ぼう・しげる・しげみ

茂合 しげりあう

〔苗〕びょう・みょう・なえ

苗木 なえぎ

苗代 なわしろ
苗字 みょうじ
苗床 なえどこ
苗裔 びょうえい
〔英〕えい・はなぶさ
英才 えいさい
英文 えいぶん
英気 えいき
英名 えいめい
英字 えいじ
英国 えいこく
英国風 えいこくふう
英明 えいめい
英知 えいち
英和 えいわ
英姿 えいし
英連邦 えいれんぽう
英訳 えいやく
英断 えいだん
英雄 えいゆう
英傑 えいけつ
英語 えいご
英霊 えいれい
英邁 えいまい
〔直〕ちょく・じか・
　じかに・じき・じき
　に・すぐ・ただちに
　・なおし・なおす・
　なおる・ひた
直下 ちょっか
直方体 ちょくほうたい
直心 ひたごころ
直立 ちょくりつ
直列 ちょくれつ
直伝 じきでん
直行 ちょっこう
直衣 なおし
直売 ちょくばい
直角 ちょっかく
直角三角形 ちょっか
　くさんかくけい
直系 ちょっけい
直言 ちょくげん
直弟子 じきでし
直押 ひたおし
直披 じきひ
直取引 じきとりひき
直直 じきじき
直垂 ひたたれ

直物取引 じきものと
　りひき
直往 ちょくおう
直往邁進 ちょくおう
　まいしん
直径 ちょっけい
直参 じきさん
直奏 じきそう
直面 ちょくめん
直後 ちょくご
直音 ちょくおん
直送 ちょくそう
直前 ちょくぜん
直射 ちょくしゃ
直航 ちょっこう
直流 ちょくりゅう
直通 ちょくつう
直球 ちょっきゅう
直接 ちょくせつ
直接行動 ちょくせつ
　こうどう
直接的 ちょくせつて
　き
直接販売 ちょくせつ
　はんばい
直接税 ちょくせつぜ
　い
直接選挙 ちょくせつ
　せんきょ
直販 ちょくはん
直進 ちょくしん
直訳 ちょくやく
直情 ちょくじょう
直情径行 ちょくじょ
　うけいこう
直視 ちょくし
直裁 ちょくさい
直喩 ちょくゆ
直答 じきとう・ちょ
　くとう
直筆 じきひつ
直訴 じきそ
直渡 ちょくわたし
直覚 ちょっかく
直営 ちょくえい
直属 ちょくぞく
直結 ちょっけつ
直感 ちょっかん
直路 ちょくろ
直腸 ちょくちょう

直滑降 ちょっかっこ
　う
直蒔 じかまき・じき
　まき
直截 ちょくさい・ち
　ょくせつ
直播 じかまき
直撃 ちょくげき
直談判 じかだんぱん
直線 ちょくせん
直輸入 ちょくゆにゅ
　う
直輸出 ちょくゆしゅ
　つ
直諫 ちょっかん
直轄 ちょっかつ
直観 ちょっかん
茎葉植物 けいようし
　ょくぶつ
枉枉 まがまがしい
〔林〕りん・はやし
林立 りんりつ
林学 りんがく
林野 りんや
林産物 りさんぶつ
林間 りんかん
林間学校 りんかんが
　っこう
林道 りんどう
林業 りんぎょう
林檎 りんご
〔枝〕し・え・えだ
枝打 えだうち
枝肉 えだにく
枝折 しおり
枝折戸 しおりど
枝垂 しだれる
枝垂柳 しだれやなぎ
枝垂桜 しだれざくら
枝振 えだぶり
枝葉 えだは・しよう
枝葉末節 しようまつ
　せつ
枝道 えだみち
〔杯〕はい・さかずき
杯洗 はいせん
杯盤狼藉 はいばんろ
　うせき
〔枢〕すう・くるる・
　とぼそ
枢要 すうよう

枢軸 すうじく
枢軸国 すうじくこく
枢機 すうき
枢機卿 すうききょう
　・すうきけい
〔杪〕びょう・こずえ
〔柄〕ぜい・ほぞ
〔杵〕しょ・きね・き
杵柄 きねづか
〔枡〕しょう・ます
〔枚〕まい・ひら
枚挙 まいきょ
〔析〕せき
析出 せきしゅつ
〔板〕いた・ば
板木 はんぎ
板目 いため
板金 いたがね・ばん
　きん
板垣退助 いたがきた
　いすけ
板前 いたまえ
板挟 いたばさみ
板書 ばんしょ
板船 いたふね
板場 いたば
板塀 いたべい
板間 いたのま
板敷 いたじき
〔松〕しょう・まつ
松内 まつのうち
松虫 まつむし
松竹梅 しょうちくば
　い
松尾芭蕉 まつおばし
　ょう
松林 まつばやし
松明 たいまつ
松柏 しょうはく
松風 まつかぜ
松茸 まつたけ
松原 まつばら
松脂 まつやに
松毬 まつかさ
松葉 まつば
松葉杖 まつばづえ
松葉牡丹 まつばぼた
　ん
松飾 まつかざり
松濤 しょうとう

松露 しょうろ
松籟 しょうらい
〔枠〕わく
枠内 わくない
枠組 わくぐみ
〔杭〕こう・くい
〔述〕じゅつ・のべる
述語 じゅつご
述懐 じゅっかい
〔枕〕まくら・ちん
枕草子 まくらのそうし
枕詞 まくらことば
枕頭 ちんとう
〔軋〕あつ・きしむ・きしる・きしめく
軋轢 あつれき
〔東〕とう・あずま・ひがし・ひんがし
東上 とうじょう
東方 とうほう
東北 とうほく
東半球 ひがしはんきゅう
東西 とうざい
東亜 とうあ
東奔西走 とうほんせいそう
東欧 とうおう
東国 とうこく
東征 とうせい
東京 とうきょう
東南 とうなん
東風 とうふう・ひがしかぜ
東海道 とうかいどう
東洋 とうよう
東洋人 とうようじん
東屋 あずまや
東宮 とうぐう
東側 ひがしがわ
東部 とうぶ
東経 とうけい
東雲 しののめ
東歌 あずまうた
〔或〕わく・こく・あり・ある・あるいは
〔画〕が・かく・えがく・かくする・え
画一的 かくいつてき
画工 がこう

画引 かくびき
画布 がふ
画仙紙 がせんし
画用紙 がようし
画伯 がはく
画板 がばん
画帖 がじょう
画面 がめん
画風 がふう
画室 がしつ
画架 がか
画素 がそ
画時代的 かくじだいてき
画竜 がりゅう・がりょう
画竜点睛 がりょうてんせい
画家 がか
画報 がほう
画期的 かっきてき
画幅 がふく
画策 かくさく
画筆 がひつ
画集 がしゅう
画然 かくぜん
画廊 がろう
画数 かくすう
画像 がぞう
画賛 がさん
画鋲 がびょう
画餅 がべい
画譜 がふ
〔臥〕が・ふさる・ふす・ふせる
臥薪嘗胆 がしんしょうたん
〔事〕じ・つかえる
事大主義 じだいしゅぎ
事切 こときれる
事欠 ことかく
事由 じゆう
事犯 じはん
事件 じけん
事足 ことたりる
事事 ことごとしい
事事物物 じじぶつぶつ
事典 じてん
事物 じぶつ

事例 じれい
事実 じじつ
事実無根 じじつむこん
事故 じこ
事柄 ことがら
事後 じご
事変 じへん
事前 じぜん
事理 じり
事情 じじょう
事寄 ことよせる
事務 じむ
事務局 じむきょく
事務的 じむてき
事務官 じむかん
事項 じこう
事無 こともなげ
事象 じしょう
事業 じぎょう
事跡 じせき
事新 ことあたらしい
事態 じたい
事績 じせき
事蹟 じせき
〔刺〕し・せき・ささる・さす・さし・とげ
刺子 さしこ
刺立 とげだつ
刺身 さしみ
刺青 しせい
刺刺 とげとげしい
刺客 しきゃく・せっかく
刺殺 しさつ
刺通 さしとおす
刺戟 しげき
刺絡 しらく
刺傷 ししょう
刺激 しげき
刺繍 ししゅう
〔雨〕う・あめ・あま・さめ
雨上 あめあがり
雨乞 あまごい
雨天 うてん
雨支度 あまじたく
雨戸 あまど

雨水 あまみず・うすい
雨気 あまけ
雨合羽 あまがっぱ
雨足 あまあし
雨男 あめおとこ
雨具 あまぐ
雨垂 あまだれ
雨季 うき
雨空 あまぞら
雨後 うご
雨風 あめかぜ
雨冠 あまかんむり
雨降 あめふり
雨域 ういき
雨雪 あめゆき
雨間 あまあい
雨脚 あまあし・あめあし
雨粒 あまつぶ
雨宿 あまやどり
雨期 うき
雨雲 あまぐも
雨量 うりょう
雨蛙 あまがえる
雨傘 あまがさ
雨勝 あめがち
雨靴 あまぐつ
雨模様 あまもよう・あめもよう
雨樋 あまどい
雨漏 あまもり
雨曇 あまぐもり
雨避 あまよけ
雨覆 あまおおい
雨曝 あまざらし
雨霰 あめあられ
〔協〕きょう
協力 きょうりょく
協力的 きょうりょくてき
協同 きょうどう
協同組合 きょうどうくみあい
協会 きょうかい
協定 きょうてい
協奏曲 きょうそうきょく
協約 きょうやく
協商 きょうしょう

協賛 きょうさん
協調 きょうちょう
協議 きょうぎ
〔砭〕こつ
〔奈〕な
奈辺 なへん
奈良時代 ならじだい
奈良漬 ならづけ
奈落 ならく
〔刳〕こ・くり・くる・えぐり・えぐる
刳舟 くりふね
刳貫 くりぬく
〔奔〕ほん・はしる
奔走 ほんそう
奔命 ほんめい
奔放 ほんぽう
奔馬 ほんば
奔流 ほんりゅう
〔奇〕き・くしき
奇人 きじん
奇才 きさい
奇行 きこう
奇形 きけい
奇抜 きばつ
奇声 きせい
奇妙 きみょう
奇奇怪怪 ききかいかい
奇怪 きかい
奇計 きけい
奇特 きとく
奇病 きびょう
奇異 きい
奇術 きじゅつ
奇遇 きぐう
奇策 きさく
奇想天外 きそうてんがい
奇跡 きせき
奇跡的 きせきてき
奇数 きすう
奇禍 きか
奇談 きだん
奇縁 きえん
奇矯 ききょう
奇蹟 きせき
奇観 きかん
奇癖 きへき
奇麗 きれい

奇襲 きしゅう
〔奄〕えん
奄奄 えんえん
〔欧〕おう
欧文 おうぶん
欧米 おうべい
欧州 おうしゅう
欧州連合 おうしゅうれんごう
欧字 おうじ
欧風 おうふう
〔殴〕おう・なぐる
殴打 おうだ
殴殺 おうさつ
殴書 なぐりがき
〔歿〕ぼつ
〔妻〕さい・つま・めあわせる
妻子 さいし・つまこ
妻戸 つまど
妻帯 さいたい
〔肩〕けん・かた・かたげる
肩入 かたいれ
肩甲骨 けんこうこつ
肩車 かたぐるま
肩胛骨 けんこうこつ
肩帯 けんたい
肩透 かたすかし
肩書 かたがき
肩掛 かたかけ
肩章 けんしょう
〔房〕ぼう・へや・ふさ
房事 ぼうじ
房房 ふさふさ
房藻 ふさも
〔到〕とう・いたる
到来 とうらい
到底 とうてい
到達 とうたつ
到着 とうちゃく
〔叔〕しゅく・おじ
叔父 おじ
叔母 おば
〔肯〕こう・がえんじる・うけがう
肯定 こうてい
肯綮 こうけい
〔歩〕ほ・ぶ・あるく・あゆみ・あゆむ

歩引 ぶびき
歩行 ほこう
歩合 ぶあい
歩合制 ぶあいせい
歩合算 ぶあいざん
歩兵 ほへい
歩哨 ほしょう
歩留 ぶどまり
歩寄 あゆみより・あゆみよる
歩幅 ほはば
歩道 ほどう
歩道橋 ほどうきょう
歩測 ほそく
歩調 ほちょう
歩積 ぶづみ
〔些〕さ・すこし・ちっと・ちと・いささか
些少 さしょう
些細 ささい
〔卓〕たく
卓上 たくじょう
卓出 たくしゅつ
卓抜 たくばつ
卓見 たっけん
卓球 たっきゅう
卓袱 しっぽく
卓袱台 ちゃぶだい
卓越 たくえつ
卓絶 たくぜつ
卓説 たくせつ
卓論 たくろん
〔虎〕こ・とら
虎口 ここう
虎刈 とらがり
虎巻 とらのまき
虎視眈眈 こしたんたん
虎猫 とらねこ
〔毟〕むしる
〔尚〕しょう・なおも・なお
尚又 なおまた
尚古 しょうこ
尚且 なおかつ
尚早 しょうそう
尚更 なおさら
尚武 しょうぶ
尚侍 しょうじ

尚書 しょうしょ
〔旺〕おう
旺盛 おうせい
〔具〕ぐ・ぐする・つぶさに
具申 ぐしん
具合 ぐあい
具体 ぐたい
具体化 ぐたいか
具体例 ぐたいれい
具体的 ぐたいてき
具現 ぐげん
具眼 ぐがん
具象 ぐしょう
〔味〕み・び・あじ・あじわい・あじわう
味方 みかた
味付 あじつけ
味気無 あじけない
味見 あじみ
味物 あじもの
味得 みとく
味淋 みりん
味覚 みかく
味読 みどく
味醂 みりん
味噌 みそ
味噌汁 みそしる
味噌豆 みそまめ
味噌和 みそあえ
味噌歯 みそっぱ
味噌滓 みそっかす
味噌漬 みそづけ
味噌漉 みそこし
味噌擂 みそすり
味噌糞 みそくそ
味蕾 みらい
〔果〕か・くだもの・はて・はてし・はてる・はたす
果汁 かじゅう
果皮 かひ
果肉 かにく
果合 はたしあい
果状 はたしじょう
果物 くだもの
果実 かじつ
果断 かだん
果敢 かかん
果敢無 はかない

果報 かほう
果報者 かほうもの
果樹 かじゅ
果樹園 かじゅえん
果糖 かとう
〔昆〕こん
昆布 こぶ・こんぶ
昆虫 こんちゅう
〔国〕こく・かく・くに
国力 こくりょく
国土 こくど
国木田独歩 くにきだどっぽ
国内 こくない
国内総生産 こくないそうせいさん
国文 こくぶん
国文法 こくぶんぽう
国文学 こくぶんがく
国号 こくごう
国史 こくし
国外 こくがい
国立 こくりつ
国民 こくみん
国民生活白書 こくみんせいかつはくしょ
国民年金 こくみんねんきん
国民投票 こくみんとうひょう
国民体育大会 こくみんたいいくたいかい
国民所得 こくみんしょとく
国民性 こくみんせい
国民健康法 こくみんけんこうほう
国民総生産 こくみんそうせいさん
国民審査 こくみんしんさ
国民選好度 こくみんせんこうど
国有 こくゆう
国会 こっかい
国会議員 こっかいぎいん
国名 こくめい
国交 こっこう
国字 こくじ
国技 こくぎ

国体 こくたい
国防 こくぼう
国画 こくが
国法 こくほう
国学 こくがく
国宝 こくほう
国定 こくてい
国帑 こくど
国政 こくせい
国是 こくぜ
国連 こくれん
国辱 こくじょく
国庫 こっこ
国粋 こくすい
国益 こくえき
国家 こっか
国家公務員 こっかこうむいん
国家主義 こっかしゅぎ
国書 こくしょ
国教 こっきょう
国産 こくさん
国情 こくじょう
国務大臣 こくむだいじん
国葬 こくそう
国税 こくぜい
国策 こくさく
国道 こくどう
国営 こくえい
国運 こくうん
国費 こくひ
国勢 こくせい
国勢調査 こくせいちょうさ
国電 こくでん
国賊 こくぞく
国債 こくさい
国鉄 こくてつ
国境 くにざかい・こっきょう
国歌 こっか
国語 こくご
国語学 こくごがく
国語辞典 こくごじてん
国旗 こっき
国際 こくさい
国際人 こくさいじん

国際主義 こくさいしゅぎ
国際的 こくさいてき
国際法 こくさいほう
国際音声記号 こくさいおんせいきごう
国際為替 こくさいかわせ
国際連合 こくさいれんごう
国際通貨基金 こくさいつうかききん
国際商標登録 こくさいしょうひょうとうろく
国際裁判所 こくさいさいばんしょ
国際結婚 こくさいけっこん
国際語 こくさいご
国権 こっけん
国論 こくろん
国賓 こくひん
国憲 こっけん
国籍 こくせき
〔門〕もん・かど・と
門人 もんじん
門下 もんか
門口 かどぐち
門戸 もんこ
門火 かどび
門外不出 もんがいふしゅつ
門外漢 もんがいかん
門出 かどで
門地 もんち
門弟 もんてい
門弟子 もんていし
門松 かどまつ
門並 かどなみ
門柱 かどばしら
門前 もんぜん
門限 もんげん
門徒 もんと
門脈 もんみゃく
門歯 もんし
門番 もんばん
門構 もんがまえ
門閥 もんばつ
門標 もんぴょう
門衛 もんえい

〔呵〕か・しかる
呵責 かしゃく
〔昇〕しょう・のぼり・のぼる
昇天 しょうてん
昇任 しょうにん
昇承 しょうこう
昇官 しょうかん
昇段 しょうだん
昇叙 しょうじょ
昇級 しょうきゅう
昇華 しょうか
昇格 しょうかく
昇降 しょうこう
昇進 しょうしん
昇給 しょうきゅう
昇殿 しょうでん
〔明〕みん・みょう・めい・あかし・あかす・あからむ・あきらめる・あかり・あかる・あかるい・あかるみ・あかるむ・あき・あきらか・あく・あけ・あける
明王 みょうおう
明太 めんたい
明日 あした・あす・みょうにち
明月 めいげつ
明文 めいぶん
明方 あけがた
明示 めいじ
明石 あかし
明白 めいはく
明広 あけっぴろげ
明弁 めいべん
明年 みょうねん
明先 あかりさき
明色 めいしょく
明言 めいげん
明快 めいかい
明君 めいくん
明取 あかりとり
明明 あかあか
明明白白 めいめいはくはく
明明後日 しあさって・みょうみょうごにち

明明後年 みょうみょうごねん

明知 めいち

明夜 みょうや

明盲 あきめくら

明治時代 めいじじだい

明治維新 めいじいしん

明春 みょうしゅん

明星 みょうじょう

明後日 あさって・みょうごにち

明度 めいど

明神 みょうじん

明透 あけすけ

明敏 めいびん

明記 めいき

明朗 めいろう

明眸皓歯 めいぼうこうし

明渠 めいきょ

明窓浄机 めいそうじょうき

明細 めいさい

明細表 めいさいひょう

明朝 みょうあさ・みょうちょう・みんちょう

明朝活字 みんちょうかつじ

明晰 めいせき

明晩 みょうばん

明答 めいとう

明証 めいしょう

明渡 あけわたす

明媚 めいび

明暗 めいあん

明滅 めいめつ

明暮 あけくれ・あけくれる

明察 めいさつ

明確 めいかく

明澄 めいちょう

明瞭 めいりょう

明鏡止水 めいきょうしすい

明礬 みょうばん

〔易〕い・えき・やすい・やさしい

易化 いか

易者 えきしゃ

易損品 いそんひん

〔昂〕こう・たかぶる

昂然 こうぜん

〔典〕てん

典拠 てんきょ

典型 てんけい

典型的 てんけいてき

典雅 てんが

典籍 てんせき

〔固〕こ・かためる

固有 こゆう

固有名詞 こゆうめいし

固形 こけい

固体 こたい

固定 こてい

固定記憶装置 こていきおくそうち

固定票 こていひょう

固持 こじ

固陋 ころう

固執 こしつ・こしゅう

固着 こちゃく

固辞 こじ

〔忠〕ちゅう

忠士 ちゅうし

忠死 ちゅうし

忠孝 ちゅうこう

忠臣 ちゅうしん

忠告 ちゅうこく

忠実 ちゅうじつ・まめ

忠勇 ちゅうゆう

忠勤 ちゅうきん

忠節 ちゅうせつ

忠誠 ちゅうせい

忠義 ちゅうぎ

忠魂 ちゅうこん

忠僕 ちゅうぼく

〔迚〕とても

〔咀〕そ・かむ

咀嚼 そしゃく

〔呷〕こう・すう・のむ・かまびすし

呻声 うめきごえ

呻吟 しんぎん

〔呪〕じゅ・のろい・のろう・まじない・まじなう・かじる・のろわしい

呪術 じゅじゅつ

呪詛 じゅそ

呪文 じゅもん

呪符 じゅふ

呪縛 じゅばく

〔呱〕こ・なく

〔呼〕こ・よぶ・よび

呼子 よびこ

呼水 よびみず

呼込 よびこむ

呼立 よびたてる

呼出 よびだし・よびだす

呼吸 こきゅう

呼吸器 こきゅうき

呼気 こき

呼名 よびな

呼交 よびかわす

呼売 よびうり

呼声 よびごえ

呼戻 よびもどす

呼応 こおう

呼物 よびもの

呼起 よびおこす

呼称 こしょう

呼値 よびね

呼掛 よびかける

呼捨 よびすてる

呼寄 よびよせる

呼集 よびあつめる

呼鈴 よびりん

〔咆〕ほう・ほえる

咆哮 ほうこう

〔呟〕げん・つぶやく・つぶやき

〔咄〕とつ・はなし・はなす

咄家 はなしか

咄嗟 とっさ

〔呶〕ど・かまびすし

呶声 どせい

〔岸〕がん・きし

岸辺 きしべ

岸壁 がんぺき

〔岩〕がん・いわ・いわお

岩山 いわやま

岩石 がんせき

岩肌 いわはだ

岩床 がんしょう

岩室 いわむろ

岩魚 いわな

岩清水 いわしみず

岩場 いわば

岩棚 いわだな

岩間 いわま

岩塩 がんえん

岩窟 がんくつ

岩盤 がんばん

岩漿 がんしょう

岩壁 がんぺき

岩礁 がんしょう

〔岨〕そ・そば・そわ

〔岬〕こう・みさき

〔峡〕ちつ・ふまき

〔沓〕とう・くつ

〔囹〕れい・りょう・ひとや

〔岡〕こう・おか

岡引 おかっぴき

岡目八目 おかめはちもく

岡持 おかもち

〔非〕ひ・あらず

非人情 ひにんじょう

非力 ひりき・ひりょく

非才 ひさい

非凡 ひぼん

非公式 ひこうしき

非公開 ひこうかい

非礼 ひれい

非行 ひこう

非合法 ひごうほう

非合理 ひごうり

非売品 ひばいひん

非国民 ひこくみん

非金属元素 ひきんぞくげんそ

非命 ひめい

非核三原則 ひかくさんげんそく

非核地帯 ひかくちたい

非常 ひじょう

非常口 ひじょうぐち

非常手段 ひじょうしゅだん

非常用 ひじょうよう
非常事態 ひじょうじたい
非常時 ひじょうじ
非常勤 ひじょうきん
非常線 ひじょうせん
非常識 ひじょうしき
非望 ひぼう
非情 ひじょう
非買同盟 ひばいどうめい
非番 ひばん
非道 ひどう
非運 ひうん
非業 ひごう
非鉄金属 ひてつきんぞく
非戦論 ひせんろん
非職 ひしょく
非難 ひなん
非議 ひぎ
〔制〕せい・せいす・せいする
制止 せいし
制圧 せいあつ
制式 せいしき
制作 せいさく
制服 せいふく
制定 せいてい
制空権 せいくうけん
制度 せいど
制海権 せいかいけん
制限 せいげん
制約 せいやく
制欲 せいよく
制裁 せいさい
制帽 せいぼう
制御 せいぎょ
制勝 せいしょう
制腐剤 せいふざい
制爆 せいばく
制覇 せいは
〔知〕ち・しらせ・しらせる・しる
知人 しりびと・ちじん
知力 ちりょく
知己 ちき
知友 ちゆう
知日 ちにち
知仏 しらぬがほとけ

知辺 しるべ
知合 しりあい・しりあう
知名 ちめい
知名度 ちめいど
知抜 しりぬく
知見 ちけん
知者 ちしゃ
知事 ちじ
知知 しらずしらず
知的 ちてき
知的所有権 ちてきしょゆうけん
知育 ちいく
知性 ちせい
知勇 ちゆう
知振 しったかぶり
知恵 ちえ
知恵者 ちえしゃ
知恵袋 ちえぶくろ
知恵歯 ちえば
知能 ちのう
知能指数 ちのうしすう
知能検査 ちのうけんさ
知得 ちとく
知悉 ちしつ
知情意 ちじょうい
知歯 ちし
知遇 ちぐう
知渡 しれわたる
知覚 ちかく
知徳 ちとく
知謀 ちぼう
知顔 しらずがお・しらんかお
知識 ちしき
知識人 ちしきじん
知識階級 ちしきかいきゅう
〔垂〕すい・たれ・たれる・たらす
垂下 すいか・たれさがる
垂木 たるき
垂目 たれめ
垂耳 たれみみ
垂死 すいし
垂直 すいちょく

垂直思考 すいちょくしこう
垂流 たれながし
垂涎 すいえん・すいぜん
垂幕 たれまく
垂絹 たれぎぬ
垂髪 たれがみ
垂穂 たりほ
垂範 すいはん
垂線 すいせん
垂籠 たれこめる
〔牧〕ぼく・まき
牧舎 ぼくしゃ
牧草 ぼくそう
牧神 ぼくしん
牧師 ぼくし
牧畜 ぼくちく
牧笛 ぼくてき
牧場 ぼくじょう・まきば
牧童 ぼくどう
牧歌 ぼっか
牧歌的 ぼっかてき
〔物〕ぶつ・もつ・もの・もん・ものする
物入 ものいり
物干 ものほし
物上 ぶつじょう
物乞 ものごい
物日 ものび
物分 ものわかり
物心 ぶっしん・ものごころ
物申 ものもうす
物件 ぶっけん
物色 ぶっしょく
物尽 ものづくし
物好 ものずき
物売 ものうり
物見 ものみ
物足 ものたりない
物別 ものわかれ
物体 ぶったい
物狂 ものぐるい・ものぐるおしい
物言 ものいい
物忘 ものわすれ
物忌 ものいみ
物取 ものとり

物事 ものごと
物知 ものしり
物物 ものものしい
物物交換 ぶつぶつこうかん
物価 ぶっか
物価上昇 ぶっかじょうしょう
物価指数 ぶっかしすう
物的 ぶってき
物怖 ものおじ
物性 ぶっせい
物怪 もののけ
物珍 ものめずらしい
物持 ものもち
物指 ものさし
物故 ぶっこ
物要 ものいり
物思 ものおもい
物品 ぶっぴん
物臭 ものぐさ
物哀 ものあわれ・もののあわれ
物音 ものおと
物柔 ものやわらか
物恐 ものおそろしい
物真似 ものまね
物笑 ものわらい
物凄 ものすごい・ものすさまじい
物差 ものさし
物案 ものあんじ
物納 ぶつのう
物理 ぶつり
物理的 ぶつりてき
物理学 ぶつりがく
物理変化 ぶつりへんか
物欲 ぶつよく・ものほしげ
物産 ぶっさん
物断 ものだち
物情 ぶつじょう
物惜 ものおしみ
物寂 ものさびしい
物陰 ものかげ
物貰 ものもらい
物堅 ものがたい
物量 ぶつりょう
物悲 ものがなしい

物税 ぶつぜい
物象 ぶっしょう
物証 ぶっしょう
物覚 ものおぼえ
物置 ものおき
物腰 ものごし
物資 ぶっし
物数 もののかず
物静 ものしずか
物種 ものだね
物語 ものがたり・も
　のがたる
物慣 ものなれる
物憂 ものうい
物影 ものかげ
物質 ぶっしつ
物慾 ぶつよく
物療 ぶつりょう
物騒 ぶっそう・もの
　さわがしい
物議 ぶつぎ
〔乖〕かい
乖離 かいり
〔刮〕かつ・こそげる
刮目 かつもく
〔和〕わ・あえる・な
　ごやか・やわらぐ
和人 わじん
和上 わじょう
和毛 にこげ
和文 わぶん
和平 わへい
和式 わしき
和気藹藹 わきあいあ
　い
和合 わごう
和名 わめい
和字 わじ
和声 わせい
和事 わごと
和尚 おしょう
和物 あえもの
和服 わふく
和食 わしょく
和風 わふう
和音 わおん
和洋折衷 わようせっ
　ちゅう
和室 わしつ
和姦 わかん

和訓 わくん
和書 わしょ
和紙 わし
和菓子 わがし
和術 わじゅつ
和船 わせん
和訳 わやく
和琴 わごん
和裁 わさい
和集合 わしゅうごう
和装 わそう
和睦 わぼく
和解 わかい
和漢 わかん
和戦 わせん
和魂 わこん
和歌 わか
和製 わせい
和算 わさん
和語 わご
和談 わだん
和親 わしん
和議 わぎ
〔季〕き
季刊 きかん
季節 きせつ
季節風 きせつふう
季語 きご
季題 きだい
〔委〕い・まかせる・
　ゆだねる
委曲 いきょく
委任 いにん
委員 いいん
委託 いたく
委託加工 いたくかこ
　う
委細 いさい
委嘱 いしょく
委譲 いじょう
〔佳〕か・よし
佳人 かじん
佳日 かじつ
佳作 かさく
佳良 かりょう
佳肴 かこう
佳品 かひん
佳景 かけい
佳境 かきょう

〔侍〕じ・し・はべる
　・はべり・さむらい
侍史 じし
侍従 じじゅう
〔佶〕きつ
〔岳〕がく・たけ
岳父 がくふ
〔供〕きょう・く・と
　も・きょうする・そ
　なえ・そなえる
供与 きょうよ
供出 きょうしゅつ
供応 きょうおう
供述 きょうじゅつ
供物 くもつ・そなえ
　もの
供託 きょうたく
供給 きょうきゅう
供養 くよう
〔使〕し・つかわす・
　つかう・つかい
使手 つかいて
使分 つかいわける
使方 つかいかた
使古 つかいふるす
使込 つかいこむ
使用 しよう
使走 つかいはしり
使役 しえき
使者 ししゃ
使果 つかいはたす
使物 つかいもの
使命 しめい
使徒 しと
使途 しと
使道 つかいみち
使節 しせつ
使嗾 しそう
使慣 つかいなれる
使館 しかん
〔価〕か・あたい
価格 かかく
価格差 かかくさ
価値 かち
〔例〕れい・ためし・
　たとえば
例文 れいぶん
例示 れいじ
例句 れいく
例外 れいがい

例年 れいねん
例会 れいかい
例祭 れいさい
例証 れいしょう
例解 れいかい
例題 れいだい
〔俠〕きょう
〔版〕はん
版元 はんもと
版木 はんぎ
版図 はんと
版画 はんが
版権 はんけん
〔延〕えん・のばす・
　のび・のびやか・の
　びる・のべ・のべる
延引 えんいん
延払 のべばらい
延年 えんねん
延寿 えんじゅ
延長 えんちょう
延長戦 えんちょうせ
　ん
延板 のべいた
延延 えんえん・のび
　のび
延命 えんめい
延発 えんぱつ
延納 えんのう
延期 えんき
延棒 のべぼう
延着 えんちゃく
延焼 えんしょう
延滞 えんたい
延髄 えんずい
延縄 はえなわ
〔侃〕かん
侃侃諤諤 かんかんが
　くがく
〔株〕しゅ・じゅ
侏儒 しゅじゅ
〔凭〕もたれる・もた
　る・もたせる
凭掛 もたせかける・
　もたれかかる
〔侮〕ぶ・あなる
侮日 ぶにち
侮辱 ぶじょく
侮蔑 ぶべつ
〔佩〕はい・はく
佩刀 はいとう

佩用 はいよう
佩剣 はいけん
〔依〕い・え・より・よる・よって
依存 いそん
依拠 いきょ
依怙 えこ
依怙地 いこじ・えこじ
依然 いぜん
依頼 いらい
依頼心 いらいしん
佞姦 ねいかん
〔併〕へい・しかし
併乍 しかしながら
併用 へいよう
併存 へいそん
併合 へいごう
併呑 へいどん
併発 へいはつ
併殺 へいさつ
併記 へいき
併設 へいせつ
併結 へいけつ
併置 へいち
併読 へいどく
〔佗〕た・わびしい・わび・わびる
佗住 わびずまい
〔帛〕はく・きぬ
〔的〕てき・いくは・まと・ゆくは
的中 てきちゅう
的外 まとはずれ
的場 まとば
的確 てきかく・てっかく
〔迫〕はく・せむ・せまる・せり・せる
迫力 はくりょく
迫出 せりだし・せりだす
迫真 はくしん
迫害 はくがい
〔欣〕きん
欣喜雀躍 きんきじゃくやく
欣然 きんぜん
〔征〕せい
征伐 せいばつ
征服 せいふく

征途 せいと
征討 せいとう
征旅 せいりょ
征路 せいろ
〔往〕おう・ゆく・いく・いき
往日 おうじつ
往生 おうじょう
往生際 おうじょうぎわ
往年 おうねん
往来 おうらい
往事 おうじ
往往 おうおう
往信 おうしん
往時 おうじ
往航 おうこう
往復 おうふく
往復葉書 おうふくはがき
往診 おうしん
往路 おうろ
往還 おうかん・ゆきかえる
〔爬〕は
爬虫類 はちゅうるい
〔彼〕ひ・かれ・あれ・あの・かの
彼女 かのじょ
彼氏 かれし
彼方 あなた・かなた
彼方此方 あちこち
彼奴 あいつ
彼我 ひが
彼岸 ひがん
彼岸花 ひがんばな
彼岸桜 ひがんざくら
彼程 あれほど
〔径〕けい
径数 けいすう
〔所〕しょ・とこ・どころ・ところ
所収 しょしゅう
所以 ゆえん
所用 しょよう
所司代 しょしだい
所在 しょざい
所有 しょゆう
所存 しょぞん
所伝 しょでん

所行 しょぎょう
所見 しょけん
所作 しょさ
所作事 しょさごと
所長 しょちょう
所所 しょしょ・ところどころ
所定 しょてい
所持 しょじ
所柄 ところがら
所要 しょよう
所信 しょしん
所狭 ところせまい
所為 しょい・せい
所帯 しょたい
所帯持 しょたいもち
所帯染 しょたいじみる
所帯崩 しょたいくずし
所帯道具 しょたいどうぐ
所帯褻 しょたいやつれ
所員 しょいん
所得 しょとく
所得税 しょとくぜい
所得顔 ところえがお
所産 しょさん
所望 しょもう
所期 しょき
所属 しょぞく
所載 しょさい
所感 しょかん
所業 しょぎょう
所詮 しょせん
所管 しょかん
所領 しょりょう
所説 しょせつ
所蔵 しょぞう
所論 しょろん
所謂 いわゆる
所懐 しょかい
所轄 しょかつ
〔金〕きん・こん・かな・かね
金一封 きんいっぷう
金入 かねいれ
金力 きんりょく
金山 きんざん

金元 かねもと
金木犀 きんもくせい
金切声 かなきりごえ
金仏 かなぶつ
金火箸 かなひばし
金本位制 きんほんいせい
金石文 きんせきぶん
金目 かねめ
金外国為替混乱 きんがいこくかわせこんらん
金回 かねまわり
金気 かなけ
金印 きんいん
金色 きんいろ・こんじき
金字塔 きんじとう
金串 かなぐし
金利 きんり
金言 きんげん
金床 かなとこ
金具 かなぐ
金物 かなもの
金的 きんてき
金肥 かねごえ
金持 かねもち
金城鉄壁 きんじょうてっぺき
金柑 きんかん
金星 きんせい・きんぼし
金品 きんぴん
金科玉条 きんかぎょくじょう
金保有 きんほゆう
金臭 かなくさい
金屎 かなくそ
金剛 こんごう
金剛力 こんごうりき
金剛石 こんごうせき
金剛砂 こんごうしゃ
金釘 かなくぎ
金釘流 かなくぎりゅう
金高 きんだか
金庫 きんこ
金粉 きんぷん
金屑 かなくず
金堂 こんどう
金蛇 かなへび

金貨 きんか
金魚 きんぎょ
金婚式 きんこんしき
金壺 かなつぼ
金壺眼 かなつぼまなこ
金棒 かなぼう
金棒引 かなぼうひき
金歯 きんば
金無垢 きんむく
金策 きんさく
金貸 かねかし
金満家 きんまんか
金属 きんぞく
金属元素 きんぞくげんそ
金塊 きんかい
金盞花 きんせんか
金遣 かねづかい
金鉱 きんこう
金解禁 きんかいきん
金準備 きんじゅんび
金髪 きんぱつ
金槌 かなづち
金箔 きんぱく
金管楽器 きんかんがっき
金銭 きんせん
金銀 きんぎん
金鳳花 きんほうげ
金網 かなあみ
金蔵 かねぐら
金権 きんけん
金輪際 こんりんざい
金敷 かなしき
金鋏 かなばさみ
金縁 きんぶち
金融 きんゆう
金融機関 きんゆうきかん
金頭 かながしら
金盥 かなだらい
金縛 かなしばり
金環食 きんかんしょく
金環蝕 きんかんしょく
金儲 かねもうけ
金鍔 きんつば
金曜 きんよう

金鎖 かなぐさり
金額 きんがく
金額未記入小切手 きんがくみきにゅうこぎって
金蠅 きんばえ
金離 かねばなれ
金繰 かねぐり
金轡 かなぐつわ
〔舎〕しゃ・おく
舎利 しゃり
舎監 しゃかん
〔利〕さつ・せつ
利那 せつな
〔命〕めい・みょう・いのち
命乞 いのちごい
命日 めいにち
命中 めいちゅう
命令 めいれい
命令形 めいれいけい
命名 めいめい
命取 いのちとり
命知 いのちしらず
命拾 いのちびろい
命脈 めいみゃく
命運 めいうん
命数 めいすう
命綱 いのちづな・いのちのつな
命題 めいだい
命懸 いのちがけ
〔肴〕こう・さかな
〔斧〕ふ・おの・よき
斧石 ふせき
〔受〕じゅ・うけ・うける・うかる
受入 うけいれる
受口 うけぐち
受止 うけとめる
受付 うけつける
受刑 じゅけい
受光 じゅこう
受血 じゅけつ
受戒 じゅかい
受売 うけうり
受身 うけみ
受忍限度 じゅにんげんど
受取 うけとり・うけとる

受取人 うけとりにん
受取利息 うけとりりそく
受注 じゅちゅう
受持 うけもち・うけもつ
受信 じゅしん
受胎 じゅたい
受洗 じゅせん
受託 じゅたく
受粉 じゅふん
受益 じゅえき
受流 うけながす
受容 じゅよう
受納 じゅのう
受理 じゅり
受動 じゅどう
受検 じゅけん
受診 じゅしん
受註 じゅちゅう
受渡 うけわたし
受給 じゅきゅう
受業 じゅぎょう
受話器 じゅわき
受継 うけつぐ
受像 じゅぞう
受領 じゅりょう
受精 じゅせい
受賞 じゅしょう
受勲 じゅくん
受諾 じゅだく
受講 じゅこう
受験 じゅけん
受難 じゅなん
〔乳〕にゅう・ちち・ち
乳牛 にゅうぎゅう
乳化 にゅうか
乳白色 にゅうはくしょく
乳汁 にゅうじゅう
乳母 うば
乳母車 うばぐるま
乳状 にゅうじょう
乳房 ちぶさ
乳香 にゅうこう
乳臭 ちちくさい
乳首 ちくび
乳剤 にゅうざい
乳液 にゅうえき
乳棒 にゅうぼう

乳飲子 ちのみご
乳酪 にゅうらく
乳鉢 にゅうばち
乳腺 にゅうせん
乳酸 にゅうさん
乳製品 にゅうせいひん
乳鋲 ちびょう
乳頭 にゅうとう
乳糖 にゅうとう
乳癌 にゅうがん
乳離 ちばなれ
〔采〕さい
采目 さいのめ
〔念〕ねん・わんじる・れんずる
念入 ねんいり
念力 ねんりき
念仏 ねんぶつ
念書 ねんしょ
念頭 ねんとう
念願 ねんがん
〔忿〕ふん・いかる・いかり
忿怒 ふんぬ
忿懣 ふんまん
〔肢〕し・え
肢体 したい
〔肱〕こう・ひじ・かいな
〔朋〕ほう・とも
朋友 ほうゆう
朋輩 ほうばい
〔股〕こ・また・もも・またがる
股引 ももひき
股肱 ここう
股座 またぐら
股旅 またたび
〔服〕ふく・ふくする・ふくす
服用 ふくよう
服加減 ふくかげん
服地 ふくじ
服折 はおり
服役 ふくえき
服毒 ふくどく
服従 ふくじゅう
服務 ふくむ
服喪 ふくも

服装 ふくそう
服属 ふくぞく
服罪 ふくざい
服飾 ふくしょく
服薬 ふくやく
服膺 ふくよう
〔肥〕ひ・こえ・こえ
　る・こやし・こやす
　・こゆ・ふとる
肥大 ひだい
肥立 ひだち
肥沃 ひよく
肥料 ひりょう
肥培 ひばい
肥満 ひまん
肥溜 こえだめ
〔周〕しゅう・まわり
周辺 しゅうへん
周休 しゅうきゅう
周囲 しゅうい
周忌 しゅうき
周到 しゅうとう
周知 しゅうち
周延 しゅうえん
周波 しゅうは
周波数 しゅうはすう
周旋 しゅうせん
周章 しゅうしょう
周密 しゅうみつ
周期 しゅうき
周期表 しゅうきひょ
　う
周遊 しゅうゆう
周縁 しゅうえん
〔邸〕てい・やしき
邸内 ていない
邸宅 ていたく
〔昏〕こん
昏迷 こんめい
昏倒 こんとう
昏睡 こんすい
〔免〕めん・ゆるす・
　めんずる・まぬかれ
　る・まぬがれる
免囚 めんしゅう
免状 めんじょう
免官 めんかん
免疫 めんえき
免除 めんじょ
免許 めんきょ

免税 めんぜい
免訴 めんそ
免罪 めんざい
免職 めんしょく
〔狙〕そ・ねらい・ね
　らう
狙撃 そげき・ねらい
　うち
〔狎〕こう・なる
〔狐〕こ・きつね
狐火 きつねび
狐色 きつねいろ
〔忽〕こつ・たちまち
　・ゆるがせ
〔狗〕く・いぬ
〔狒〕ひ・ひひ
〔咎〕きゅう・とがめ
　る・とがめ
咎人 とがにん
咎立 とがめだて
〔炙〕しゃ・あぶる
炙物 あぶりもの
〔京〕きょう・けい・
　みや
京阪 けいはん
京浜 けいひん
京都議定書 きょうと
　ぎていしょ
京劇 きょうげき
〔享〕きょう・うける
享有 きょうゆう
享年 きょうねん
享受 きょうじゅ
享楽 きょうらく
〔店〕てん・たな・み
　せ
店口 みせぐち
店子 たなこ
店仕舞 みせじまい
店主 てんしゅ
店先 みせさき
店屋 みせや
店屋物 てんやもの
店晒 たなざらし
店員 てんいん
店務 てんむ
店開 みせびらき
店番 みせばん
店賃 たなちん
店構 みせがまえ
店舗 てんぽ

店請 たなうけ
店頭 てんとう
店懸 みせがかり
〔夜〕や・よ・よる・
　よなべ
夜叉 やしゃ
夜中 やちゅう・よなか
夜分 やぶん
夜目 よめ
夜立 よだち
夜半 やはん
夜光 やこう
夜光虫 やこうちゅう
夜光塗料 やこうとり
　ょう
夜曲 やきょく
夜回 よまわり
夜気 やき
夜毎 よごと
夜行 やこう
夜会 やかい
夜会服 やかいふく
夜更 よふかし・よふ
　け
夜来 やらい
夜見世 よみせ
夜汽車 よぎしゃ
夜尿 よばり
夜尿症 やにょうしょ
　う
夜長 よなが
夜直 やちょく
夜歩 よあるき
夜具 やぐ
夜明 よあかし・よあけ
夜店 よみせ
夜夜 よなよな
夜盲症 やもうしょう
夜泣 よなき
夜学 やがく
夜空 よぞら
夜逃 よにげ
夜食 やしょく
夜風 よかぜ
夜郎自大 やろうじだ
　い
夜桜 よざくら
夜討 ようち
夜宴 やえん
夜宮 よみや

夜通 よどおし
夜鳥 やちょう
夜船 よぶね
夜釣 よづり
夜祭 よまつり
夜盗 やとう
夜商 あきない
夜商人 よあきんど
夜陰 やいん
夜勤 やきん
夜間 やかん
夜景 やけい
夜番 よばん
夜遊 よあそび
夜着 よぎ
夜道 よみち
夜営 やえい
夜寒 よさむ
夜想曲 やそうきょく
夜業 やぎょう
夜働 よばたらき
夜話 やわ・よばなし
夜戦 やせん
夜鳴 よなき
夜稼 よかせぎ
夜警 やけい
夜霧 よぎり
夜露 よつゆ
夜襲 やしゅう
〔府〕ふ
府内 ふない
府立 ふりつ
府民 ふみん
府道 ふどう
府議会 ふぎかい
〔底〕てい・そこ
底力 そこぢから
底上 そこあげ
底辺 ていへん
底光 そこびかり
底気味悪 そこきみわ
　るい
底抜 そこぬけ
底冷 そこびえ
底面 ていめん
底値 そこね
底流 ていりゅう
底無 そこなし
底意 そこい
底意地 そこいじ

底翳 そこひ

〔庖〕ほう

〔疝〕せん・あたはら・しらたみ

〔疚〕きゅう・やましい

〔卒〕そつ そつする

卒中 そっちゅう

卒倒 そっとう

卒塔婆 そとば

卒業 そつぎょう

〔斉〕せい・ととのう

斉一 せいいつ

斉射 せいしゃ

斉唱 せいしょう

〔効〕こう・かい・きくきき

効力 こうりょく

効目 ききめ

効用 こうよう

効果 こうか

効能 こうのう

効能書 こうのうがき

効率 こうりつ

効率的 こうりつてき

効験 こうけん

〔庚〕こう・かのえ

〔放〕ほう・はなす・はなつ・ほうる・ほかす

放下 ほうげ

放上 ほうりあげる

放水 ほうすい

放水路 ほうすいろ

放火 ほうか

放心 ほうしん

放出 ほうしゅつ

放列 ほうれつ

放任 ほうにん

放吟 ほうぎん

放言 ほうげん

放屎 ほうにょう

放牧 ほうぼく

放物線 ほうぶつせん

放念 ほうねん

放免 ほうめん

放映 ほうえい

放送 ほうそう

放馬 はなれうま

放埒 ほうらつ

放校 ほうこう

放逐 ほうちく

放射 ほうしゃ

放射性元素 ほうしゃせいげんそ

放射能 ほうしゃのう

放射線 ほうしゃせん

放恣 ほうし

放流 ほうりゅう

放浪 ほうろう

放逸 ほういつ

放散 ほうさん

放電 ほうでん

放置 ほうち

放飼 はなしがい

放棄 ほうき

放資 ほうし

放歌 ほうか

放漫 ほうまん

放熱 ほうねつ

放課 ほうか

放談 ほうだん

放蕩 ほうとう

放縦 ほうじゅう

放擲 ほうてき

放題 −ほうだい

〔於〕お・おける・おいて

〔妾〕しょう・めかけ

妾出 しょうしゅつ

妾宅 しょうたく

妾腹 しょうふく

〔盲〕もう・めくら

盲人 もうじん

盲目 もうもく

盲目的 もうもくてき

盲判 めくらばん

盲法師 めくらほうし

盲学校 もうがっこう

盲点 もうてん

盲信 もうしん

盲従 もうじゅう

盲唖 もうあ

盲進 もうしん

盲亀 もうき

盲断 もうだん

盲捜 めくらさがし

盲愛 もうあい

盲腸 もうちょう

盲管銃創 もうかんじゅうそう

盲導犬 もうどうけん

盲爆 もうばく

〔刻〕こく・きざみ・きざむ

刻一刻 こくいっこく

刻込 きざみこむ

刻印 こくいん

刻苦 こっく

刻刻 こくこく・こっこく

刻限 こくげん

〔育〕そだつ・そだち・そだてる・はぐくむ

育成 いくせい

育児 いくじ

育児院 いくじいん

育児箱 いくじばこ

育英 いくえい

〔券〕けん

券売機 けんばいき

〔並〕へい・なみ・ならび・ならびに・ならぶ・ならべ

並木 なみき

並外 なみはずれる

並立 ならべたてる・へいりつ

並立助詞 へいりつじょし

並列 へいれつ

並行 へいこう

並物 なみもの

並並 なみなみ

並品 なみひん

並製 なみせい

〔炬〕きょ・こ

炬火 たいまつ

〔炉〕ろ

〔炒〕しょう・いため・いためる・いり

炒豆 いりまめ

炒飯 チャーハン

〔炊〕すい・たく・かしぐ・たける

炊夫 すいふ

炊出 たきだし

炊事 すいじ

炊婦 すいふ

炊飯 すいはん

炊飯器 すいはんき

炊煙 すいえん

〔炎〕えん・ほのお

炎上 えんじょう

炎天 えんてん

炎色反応 えんしょくはんのう

炎炎 えんえん

炎症 えんしょう

炎暑 えんしょ

炎熱 えんねつ

〔沫〕あわ・まつ

〔法〕ほう・のっとる・のり

法人 ほうじん

法王 ほうおう

法文 ほうぶん

法号 ほうごう

法令 ほうれい

法外 ほうがい

法式 ほうしき

法会 ほうえ

法名 ほうみょう

法衣 ほうい

法医学 ほういがく

法廷 ほうてい

法事 ほうじ

法典 ほうてん

法帖 ほうじょう

法制 ほうせい

法例 ほうれい

法的 ほうてき

法服 ほうふく

法治 ほうち

法治国 ほうちこく

法学 ほうがく

法定 ほうてい

法定伝染病 ほうていでんせんびょう

法定為替適正相場 ほうていかわせてきせいそうば

法相 ほうしょう

法要 ほうよう

法則 ほうそく

法科 ほうか

法皇 ほうおう

法律 ほうりつ

法度 はっと

法華宗 ほっけしゅう

法華経 ほけきょう

法師 ほうし
法悦 ほうえつ
法案 ほうあん
法被 はっぴ
法規 ほうき
法曹 ほうそう
法貨 ほうか
法務大臣 ほうむだいじん
法務省 ほうむしょう
法話 ほうわ
法認 ほうにん
法網 ほうもう
法権 ほうけん
法螺 ほら
〔沽〕こ
沽券 こけん
〔河〕か・かわ
河口 かこう・かわぐち
河川 かせん
河川敷 かせんしき
河水 かすい
河床 かしょう
河岸 かがん・かし・かわぎし
河馬 かば
河原 かわら
河畔 かはん
河流 かりゅう
河豚 ふぐ
河鹿蛙 かじかがえる
河童 かっぱ
河港 かこう
〔沮〕そ・はばむ
〔油〕ゆ・あぶら
油井 ゆせい
油圧 ゆあつ
油田 ゆでん
油虫 あぶらむし
油気 あぶらけ
油性 ゆせい
油送 ゆそう
油屋 あぶらや
油脂 ゆし
油剤 ゆざい
油差 あぶらさし
油紙 あぶらがみ・ゆし
油菜 あぶらな
油彩 ゆさい

油粕 あぶらかす
油断 ゆだん
油断大敵 ゆだんたいてき
油揚 あぶらあげ
油絵 あぶらえ
油照 あぶらでり
油煙 ゆえん
油槽 ゆそう
油蟬 あぶらぜみ
〔況〕きょう・まして・いわんや
〔泊〕はく・とまる・とめる・とまり
泊地 はくち
泊掛 とまりがけ
〔沿〕えん・ぞい・そう
沿岸 えんがん
沿革 えんかく
沿海 えんかい
沿道 えんどう
沿線 えんせん
〔泡〕ほう・あわ・あぶく
泡立 あわだつ
泡沫 うたかた・ほうまつ
泡盛 あわもり
泡銭 あぶくぜに
〔注〕ちゅう・そそぐ・つぐ
注入 ちゅうにゅう
注文 ちゅうもん
注目 ちゅうもく
注込 つぎこむ
注油 ちゅうゆ
注連飾 しめかざり
注連縄 しめなわ
注射 ちゅうしゃ
注記 ちゅうき
注進 ちゅうしん
注釈 ちゅうしゃく
注脚 ちゅうきゃく
注視 ちゅうし
注解 ちゅうかい
注意 ちゅうい
注意報 ちゅういほう
〔泣〕きゅう・なく・なき・なかす
泣入 なきいる
泣上戸 なきじょうご

泣女 なきおんな
泣付 なきつく
泣込 なきこむ
泣立 なきたてる
泣出 なきだす
泣叫 なきさけぶ
泣虫 なきむし
泣伏 なきふす
泣声 なきごえ
泣別 なきわかれ
泣言 なきごと
泣沈 なきしずむ
泣味噌 なきみそ
泣明 なきあかす
泣所 なきどころ
泣泣 なきなき
泣面 なきつら
泣真似 なきまね
泣笑 なきわらい
泣崩 なきくずれる
泣寄 なきより
泣落 なきおとし
泣寝入 なきねいり
泣縋 なきすがる
泣濡 なきぬれる
泣顔 なきがお
〔泌〕ひ・ひつ
泌尿器 ひにょうき
〔泳〕えい・およぎ・およぐ
〔泥〕でい・どろ・なずむ・ひじ
泥水 どろみず
泥火山 でいかざん
泥田 どろた
泥沼 どろぬま
泥炭 でいたん
泥臭 どろくさい
泥剤 でいざい
泥酔 でいすい
泥深 どろぶかい
泥棒 どろぼう
泥道 どろみち
泥溝 どぶ
泥濘 でいねい・ぬかるみ
泥縄 どろなわ
泥鰌 どじょう
〔沸〕ふつ・わく・わかす

沸上 わきあがる
沸立 わきたつ
沸返 わきかえる
沸沸 ふつふつ
沸点 ふってん
沸湯 わかしゆ
沸騰 ふっとう
沸騰點 ふっとうてん
〔沼〕しょう・ぬま
沼地 ぬまち
沼気 しょうき
沼沢 しょうたく
〔波〕は・なみ
波及 はきゅう
波止場 はとば
波布 はぶ
波立 なみだつ
波乱 はらん
波乱万丈 はらんばんじょう
波状 はじょう
波長 はちょう
波乗 なみのり
波食 はしょく
波風 なみかぜ
波浪 はろう
波紋 はもん
波動 はどう
波間 なみま・はかん
波線 はせん
波頭 なみがしら・はとう
波濤 はとう
波瀾 はらん
波瀾万丈 はらんばんじょう
〔治〕ち・じ・おさまり・おさまる・おさめる
治山 ちさん
治水 ちすい
治世 ちせい
治外法権 ちがいほうけん
治安 ちあん
治者 ちしゃ
治国 ちこく
治効 ちこう
治愈 ちゆ
治療 ちりょう

〔怯〕きょうおびえる
ひるみ・ひるむ
〔怖〕ふ・おじろ・お
じけ
怖気 おじけ
怖怖 おずおず・おど
おど
怖臆 おめずおくせず
〔快〕おう
〔性〕しょうせい・さ
が
性分 しょうぶん
性生活 せいせいかつ
性犯罪 せいはんざい
性向 せいこう
性行 せいこう
性交 せいこう
性別 せいべつ
性状 せいじょう
性典 せいてん
性知識 せいちしき
性的 せいてき
性急 せいきゅう
性格 せいかく
性格俳優 せいかくは
いゆう
性格描写 せいかくび
ょうしゃ
性根 しょうこん・し
ょうね
性病 せいびょう
性能 せいのう
性教育 せいきょうい
く
性転換手術 せいてん
かんしゅじゅつ
性悪 しょうわる
性悪説 せいあくせつ
性欲 せいよく
性情 せいじょう
性善 せいぜん
性善説 せいぜんせつ
性腺 せいせん
性器 せいき
性質 せいしつ
性慾 せいよく
性癖 せいへき
〔怜〕れい・れん
怜悧 れいり
〔佛〕ひ・ほつ・ふつ
佛然 ふつぜん

怪人 かいじん
怪力 かいりき
怪文書 かいぶんしょ
怪死 かいし
怪我 けが
怪我人 けがにん
怪我負 けがまけ
怪事 かいじ
怪奇 かいき
怪物 かいぶつ
怪訝 けげん
怪盗 かいとう
怪偉 かいい
怪傑 かいけつ
怪談 かいだん
怪獣 かいじゅう
〔学〕がく・まなぶ
学力 がくりょく
学士 がくし
学士院 がくしいん
学区 がっく
学友 がくゆう
学内 がくない
学兄 がっけい
学生 がくせい
学用 がくよう
学用品 がくようひん
学年 がくねん
学会 がっかい
学名 がくめい
学芸 がくげい
学芸会 がくげいかい
学位 がくい
学系 がくけい
学究 がっきゅう
学長 がくちょう
学者 がくしゃ
学制 がくせい
学則 がくそく
学界 がっかい
学科 がっか
学風 がくふう
学級 がっきゅう
学校 がっこう
学徒 がくと
学院 がくいん
学問 がくもん
学問的 がくもんてき
学術 がくじゅつ

学術会議 がくじゅつ
かいぎ
学部 がくぶ
学窓 がくそう
学習 がくしゅう
学習指導要領 がくし
ゅうしどうようりょ
う
学報 がくほう
学期 がっき
学殖 がくしょく
学帽 がくぼう
学童 がくとう
学割 がくわり
学費 がくひ
学業 がくぎょう
学園 がくえん
学僧 がくそう
学資 がくし
学歴 がくれき
学閥 がくばつ
学徳 がくとく
学説 がくせつ
学際的 がくさいてき
学際組織 がくさいそ
しき
学齢 がくれい
学識 がくしき
学籍 がくせき
〔実〕じつ・さね・ざ
ね・まこど・み・み
のりみのる
実入 みいり
実力 じつりょく
実子 じっし
実父 じっぷ
実収 じっしゅう
実兄 じっけい
実生 みしょう
実生活 じっせいかつ
実用 じつよう
実用主義 じつようし
ゅぎ
実用的 じつようてき
実包 じっぽう
実写 じっしゃ
実母 じつぼ
実刑 じっけい
実地 じっち
実在 じつざい

実存主義 じつぞんし
ゅぎ
実印 じついん
実行 じっこう
実名 じつみょう・じ
つめい
実技 じつぎ
実車 じっしゃ
実否 じっぴ
実見 じっけん
実利 じつり
実体 じったい
実弟 じってい
実社会 じっしゃかい
実直 じっちょく
実物 じつぶつ
実例 じつれい
実効 じっこう
実況 じっきょう
実定法 じっていほう
実妹 じつまい
実姉 じっし
実科 じっか
実施 じっし
実紀 じっき
実株 じつかぶ
実員 じついん
実記 じっき
実益 じつえき
実家 じっか
実害 じつがい
実現 じつげん
実情 じつじょう
実習 じっしゅう
実務 じつむ
実検 じっけん
実景 じっけい
実証 じっしょう
実測 じっそく
実費 じっぴ
実弾 じつだん
実損 じっそん
実感 じっかん
実業 じつぎょう
実践 じっせん
実働 じつどう
実話 じつわ
実意 じつい
実数 じっすう
実戦 じっせん

実像 じつぞう
実演 じつえん
実態 じったい
実際 じっさい
実際的 じっさいてき
実権 じっけん
実質 じっしつ
実質的 じっしつてき
実質賃金 じっしつちんぎん
実線 じっせん
実録 じつろく
実績 じっせき
実験 じっけん
〔宝〕ほう・たから
宝刀 ほうとう
宝玉 ほうぎょく
宝石 ほうせき
宝典 ほうてん
宝物 たからもの・ほうもつ
宝庫 ほうこ
〔宗〕そう・しゅう・むね
宗主 そうしゅ
宗匠 そうしょう
宗旨 しゅうし
宗門 しゅうもん
宗派 しゅうは
宗祖 しゅうそ
宗徒 しゅうと
宗家 そうけ
宗教 しゅうきょう
宗教改革 しゅうきょうかいかく
宗族 そうぞく
〔定〕てい・じょう・きめる・さだめる・さだめ・さだめし・さだめて・さだか・さだまる
定小屋 じょうごや
定木 じょうぎ
定収 ていしゅう
定本 ていほん
定石 じょうせき
定式 じょうしき・ていしき
定年 ていねん
定年延長 ていねんえんちょう

定休 ていきゅう
定形 ていけい
定見 ていけん
定足数 ていそくすう
定住 ていじゅう
定位 ていい
定価 ていか
定例 ていれい
定刻 ていこく
定法 じょうほう
定型 ていけい
定点 ていてん
定則 ていそく
定律 ていりつ
定食 ていしょく
定連 じょうれん
定時 ていじ
定時制 ていじせい
定員 ていいん
定航海備船 ていこうかいようせん
定紋 じょうもん
定理 ていり
定規 じょうぎ
定常 ていじょう
定宿 じょうやど
定款 ていかん
定期 ていき
定期券 ていきけん
定期預金 ていきよきん
定植 ていしょく
定量 ていりょう
定評 ていひょう
定着 ていちゃく
定温動物 ていおんどうぶつ
定業 じょうごう
定跡 じょうせき
定置 ていち
定詰 じょうづめ
定義 ていぎ
定数 ていすう
定説 ていせつ
定論 ていろん
定職 ていしょく
定礎 ていそ
定額 ていがく
〔宜〕ぎ・よろしい・よろしく

〔宙〕ちゅう
宙返 ちゅうがえり
宙釣 ちゅうづり
〔官〕かん・つかさ
官女 かんじょ
官公庁 かんこうちょう
官公吏 かんこうり
官本 かんぽん
官庁 かんちょう
官立 かんりつ
官辺 かんぺん
官吏 かんり
官有 かんゆう
官印 かんいん
官名 かんめい
官制 かんせい
官物 かんぶつ
官舎 かんしゃ
官命 かんめい
官服 かんぷく
官邸 かんてい
官学 かんがく
官軍 かんぐん
官途 かんと
官能 かんのう
官費 かんぴ
官署 かんしょ
官話 かんわ
官製 かんせい
官僚 かんりょう
官僚的 かんりょうてき
官選 かんせん
官憲 かんけん
官職 かんしょく
〔突〕とつ・つっ・つき・つく・つつく・つん
突入 とつにゅう
突上 つきあげる
突切 つっきる
突止 つきとめる
突付 つきつける
突込 つっこみ
突立 つきたてる・つったつ・つったてる
突出 つきだす・つきでる・とっしゅつ
突当 つきあたり・つきあたる

突伏 つっぷす
突合 つきあわせる
突如 とつじょ
突抜 つきぬける
突返 つきかえす・つっかえす
突拍子 とっぴょうし
突刺 つきさす
突放 つきはなす
突指 つきゆび
突風 とっぷう
突飛 つきとばす・とっぴ
突発 とっぱつ
突起 とっき
突破 とっぱ
突通 つきとおす・つきとおる
突転 つっころばす
突進 とっしん
突張 つっぱり・つっぱる
突貫 とっかん
突堤 とってい
突落 つきおとす
突棒 つくぼう
突然 とつぜん
突然変異 とつぜんへんい
突傷 つききず
突端 とったん
突慳貪 つっけんどん
突撥 つっぱねる
突撃 とつげき
〔空〕くう・あだ・うつ・うつく・うつけ・うつぼ・うつお・うつろ・うろ・あき・あける・すかす・すく・すき・から・そら・むなしい
空元気 からげんき
空中 くうちゅう
空中楼閣 くうちゅうろうかく
空手 からて
空手形 からてがた
空文 くうぶん
空世辞 からせじ
空目 そらめ
空白 くうはく

空包 くうほう
空母 くうぼ
空地 あきち・くうち
空耳 そらみみ
空回 からまわり
空缶 あきかん
空気 くうき
空名 くうめい
空色 そらいろ
空売 からうり
空車 からぐるま・くうくゃ
空豆 そらまめ
空似 そらに
空位 くうい
空身 からみ
空谷 くうこく
空言 くうげん・そらごと
空冷式 くうれいしき
空所 くうしょ
空念仏 からねんぶつ
空泣 そらなき
空空 くうくう・そらぞらしい
空空漠漠 くうくうばくばく
空相場 からそうば
空威張 からいばり
空風 からっかぜ
空送 からおくり
空前 くうぜん
空前絶後 くうぜんぜつご
空洞 くうどう
空海 くうかい
空軍 くうぐん
空振 からぶり
空挺部隊 くうていぶたい
空恐 そらおそろしい
空株 くうかぶ
空梅雨 からつゆ
空席 くうせき
空拳 くうけん
空涙 そらなみだ
空家 あきや
空理空論 くうりくうろん
空域 くういき
空殻 あきがら

空転 くうてん
空虚 くうきょ
空瓶 あきびん
空巣 あきす
空揚 からあげ
空喜 そらよろこび
空閑地 くうかんち
空間 あきま・くうかん
空景気 からげいき
空港 くうこう
空費 くうひ
空疎 くうそ
空夢 そらゆめ
空蒸 からむし
空想 くうそう
空路 くうろ
空腸 くうちょう
空腹 くうふく・すきはら
空解 そらどけ
空寝 そらね
空隙 くうげき
空模様 そらもよう
空閨 くうけい
空嘔 からえずき
空輪 くうゆ
空箱 あきばこ
空論 くうろん
空調 くうちょう
空頼 そらだのみ
空騒 からさわぎ
空爆 くうばく
空欄 くうらん
空襲 くうしゅう
〔宛〕えん・あて・あてる・ずつ・あたかも・あてがう・さながら
宛先 あてさき
宛行扶持 あてがいぶち
宛名 あてな
宛所 あてしょ
宛転 えんてん
宛然 えんぜん
〔穹〕きゅう
〔祈〕き・いのり・いのる・ねぐ・のみ・のむ
祈祷 きとう
祈願 きがん

〔祇〕ぎ
祇候 しこう
祇園精舎 ぎおんしょうじゃ
〔帚〕そう・ほうき
〔居〕きょ・いる・おる・いながら
居士 こじ
居丈高 いたけだか
居心地 いごこち
居乍 いながら
居合 いあわせる
居住 きょじゅう
居直 いなおる
居直強盗 いなおりごうとう
居所 いどころ・きょしょ
居並 いならぶ
居食 いぐい
居室 きょしつ
居残 いのこる
居眠 いねむり
居候 いそうろう
居留 きょりゅう
居座 いすわる
居酒屋 いざかや
居流 いながれる
居場所 いばしょ
居間 いま
居着 いつく
〔刷〕さつ・すり・する・はく
刷毛 はけ
刷毛目 はけめ
刷毛序 はけついで
刷物 すりもの
刷新 さっしん
〔屈〕くつ・こごむ・かがまる・かがめる・くぐまる・こごめる
屈込 かがみこむ
屈伏 くっぷく
屈折 くっせつ
屈伸 くっしん
屈服 くっぷく
屈指 くっし
屈辱 くつじょく
屈従 くつじゅう
屈託 くったく

屈強 くっきょう
〔弥〕び・み・いや・いよ・いよいよ・や
〔弧〕こ・ゆみ
弧光 ここう
弧状 こじょう
〔弦〕げん・つる
弦楽 げんがく
弦楽四重奏 げんがくしじゅうそう
弦楽器 げんがっき
〔承〕しょう・うけたまわる
承句 しょうく
承伏 しょうふく
承知 しょうち
承服 しょうふく
承前 しょうぜん
承継 しょうけい
承認 しょうにん
承諾 しょうだく
〔孟〕もう
孟子 もうし
孟冬 もうとう
孟母三遷 もうぼさんせん
孟宗竹 もうそうちく
孟春 もうしゅん
孟秋 もうしゅう
孟夏 もうか
〔孤〕こ・みなしご
孤立 こりつ
孤立語 こりつご
孤舟 こしゅう
孤児 こじ・みなしご
孤城 こじょう
孤独 こどく
孤軍奮闘 こぐんふんとう
孤島 ことう
孤高 ここう
〔届〕かい・とどく・とどけ・とどける
〔函〕かん・はこ
函折 はこおり
函数 かんすう
〔妹〕まい・いもうと
〔姑〕こ・しゅうと・しゅうとめ
姑息 こそく

〔妬〕と・ねたし・ね
たましい・ねたみ・
ねたむ・やく・やけ
る

〔姓〕しょう・せい・
やから・かばね

姓名 せいめい

〔姉〕し・あね

姉妹 きょうだい・し
まい

〔始〕し・はじまる・
はじめ・はじめて・
はじめる

始末 しまつ

始末書 しまつしょ

始生代 しせいだい

始皇帝 しこうてい

始祖 しそ

始祖鳥 しそちょう

始発 しはつ

始動 しどう

始終 しじゅう

始業 しぎょう

〔虱〕しつ・しらみ

虱潰 しらみつぶし

〔参〕まいる・さんす
る・さんじる

参入 さんにゅう

参与 さんよ

参上 さんじょう

参内 さんだい

参加 さんか

参考 さんこう

参考人 さんこうにん

参列 さんれつ

参会 さんかい

参拝 さんぱい

参画 さんかく

参政権 さんせいけん

参差 しんし

参院 さんいん

参堂 さんどう

参着 さんちゃく

参着払 さんちゃくば
らい

参道 さんどう

参照 さんしょう

参詣 さんけい

参戦 さんせん

参謀 さんぼう

参観 さんかん

〔阿〕あ・お・おもねる

阿片 あへん

阿古屋貝 あこやがい

阿呆 あほう・あほら
しい

阿倍仲麻呂 あべのな
かまろ

阿婆擦 あばずれ

阿鼻叫喚 あびきょう
かん

阿漕 あこぎ

阿諛 あゆ

阿彌陀 あみだ

〔阻〕そ・はばむ

阻止 そし

阻害 そがい

阻喪 そそう

阻隔 そかく

〔附〕ふ・ぶ・つき・
つける・つく・ふす

附属 ふぞく

九畫

〔契〕けい・ちぎり・
ちきる

契印 けいいん

契沖 けいちゅう

契約 けいやく

契約日 けいやくび

契約取消 けいやくと
りけし

契約制 けいやくせい

契約金 けいやくきん

契約書 けいやくしょ

契約違反 けいやくい
はん

契機 けいき

〔奏〕そう・かなでる
・そうする

奏功 そうこう

奏者 そうしゃ

奏効 そうこう

奏法 そうほう

奏楽 そうがく

奏鳴曲 そうめいきょ
く

〔春〕しゅん・はる

春一番 はるいちばん

春七草 はるのななく
さ

春分 しゅんぶん

春本 しゅんぽん

春光 しゅんこう

春先 はるさき

春休 はるやすみ

春告鳥 はるつげどり

春画 しゅんが

春雨 はるさめ

春季 しゅんき

春肥 しゅんぴ

春秋 しゅんじゅう

春秋時代 しゅんじゅ
うじだい

春風 しゅんぷう・は
るかぜ

春蚕 しゅんさん

春夏秋冬 しゅんかし
ゅうとう

春眠 しゅんみん

春耕 しゅんこう

春宵 しゅんしょう

春菊 しゅんぎく

春場所 はるばしょ

春期 しゅんき

春寒 しゅんかん

春陽 しゅんよう

春雷 しゅんらい

春暖 しゅんだん

春機発動期 しゅんき
はつどうき

春霞 はるがすみ

春闘 しゅんとう

〔法〕ほう

〔珊〕さ人・さんち

珊瑚 さんご

珊瑚礁 さんごしょう

〔耽〕たい

〔珍〕ちん・めずらか
・めずらしい・うず

珍本 ちんぽん

珍妙 ちんみょう

珍事 ちんじ

珍奇 ちんき

珍味 ちんみ

珍品 ちんぴん

珍重 ちんちょう

珍客 ちんきゃく

珍書 ちんしょ

珍貨 ちんか

珍鳥 ちんちょう

珍答 ちんとう

珍説 ちんせつ

珍蔵 ちんぞう

珍談 ちんだん

珍優 ちんゆう

〔玲〕れい

玲瓏 れいろう

〔玻〕は

玻璃 はり

〔型〕けい・かた

型破 かたやぶり

型通 かたどおり

型紙 かたがみ

〔拭〕ふくぬぐう

拭掃除 ふきそうじ

拭落 ふきおとす

〔封〕ふう・ほう・ほ
うずる・ふうじる・
ふうずる

封入 ふうにゅう

封切 ふうきり

封手 ふうじて

封目 ふうじめ

封込 ふうじこめ・ふ
うじこめる

封印 ふういん

封建 ほうけん

封建主義 ほうけんし
ゅぎ

封建制度 ほうけんせ
いど

封建時代 ほうけんじ
だい

封殺 ふうさつ

封書 ふうしょ

封筒 ふうとう

封蝋 ふうろう

封緘 ふうかん

封鎖 ふうさ

〔持〕じ・もつ・もてる

持上 もちあがる

持久 じきゅう

持切 もちきり

持手 もちて

持分 もちぶん

持込 もちこむ

持主 もちぬし

持出 もちだし・もち
だす

持扱 もちあつかう
持成 もてなし・もてなす
持回 もちまわり
持合 もちあい・もちあわせ・もちあわせる
持余 もてあます
持直 もちなおす
持味 もちあじ
持物 もちもの
持参 じさん
持参金 じさんきん
持持 もちつもたれつ
持重 もちおもり
持逃 もちにげ
持前 もちまえ
持株 もちかぶ
持病 じびょう
持家 もちいえ・もちや
持掛 もちかける
持崩 もちくずす
持寄 もちよる
持替 もちかえる
持堪 もちこたえる
持越 もちこす
持場 もちば
持番 もちばん
持運 もちはこぶ
持碁 じご
持続 じぞく
持説 じせつ
持腐 もちぐされ
持駒 もちごま
持論 じろん
持囃 もてはやす
拮抗 きっこう
〔拷〕こう・ごう
拷問 ごうもん
〔拱〕きょう・こまぬく
〔垣〕えん・かき
垣根 かきね
〔拵〕こしらえる・こしらえ
〔城〕じょう・しろ
城下 じょうか
城下町 じょうかまち
城内 じょうない
城代 じょうだい

城主 じょうしゅ
城市 じょうし
城址 じょうし・しろあと
城東 じょうとう
城門 じょうもん
城府 じょうふ
城趾 じょうし
城郭 じょうかく
城塁 じょうるい
城跡 しろあと
城塞 じょうさい
城閣 じょうかく
城廓 じょうかく
城頭 じょうとう
城壁 じょうへき
挟切 はさみきる
挟紙 はさみがみ
挟撃 はさみうち
〔茉〕ばつ・まつ
茉莉 まつり
〔政〕せい
政令 せいれい
政庁 せいちょう
政争 せいそう
政見 せいけん
政体 せいたい
政冷経熱 せいれいけいねつ
政局 せいきょく
政事 せいじ
政府 せいふ
政況 せいきょう
政治 せいじ
政治犯 せいじはん
政治的 せいじてき
政治活動 せいじかつどう
政治家 せいじか
政治教育 せいじきょういく
政治意識 せいじいしき
政治権力 せいじけんりょく
政界 せいかい
政変 せいへん
政派 せいは
政党 せいとう
政党政治 せいとうせいじ

政教 せいきょう
政略 せいりゃく
政商 せいしょう
政情 せいじょう
政務 せいむ
政経 せいけい
政策 せいさく
政道 せいどう
政費 せいひ
政戦 せいせん
政綱 せいこう
政権 せいけん
政論 せいろん
政敵 せいてき
〔赴〕ふ・おもむく
赴任 ふにん
〔苫〕せん・とま
苫舟 とまぶね
苫屋 とまや
苫葺 とまぶき
〔苜〕ぼく・もく
〔苞〕ほう・つと
〔苧〕ちょ・からむし
〔哉〕さい・や・か・かな・はじむ
〔茄〕なす・なすび
茄子 なす・なすび
茄子紺 なすこん
〔苔〕たい・こけ・けむす
〔茅〕ぼう・かや
茅屋 ぼうおく
茅葺 かやぶき
〔括〕かつ・くびる・くくる・くびれる
括弧 かっこ
〔垢〕こう・く・あか
垢染 あかじみる
〔拾〕しゅう・ひろい・ひろう
拾主 ひろいぬし
拾物 ひろいもの
拾得 しゅうとく
拾読 ひろいよみ
〔挑〕ちょう・いどむ
挑発 ちょうはつ
挑戦 ちょうせん
挑撥 ちょうはつ
〔指〕し・ゆび・さし・さす・ゆびさす

指人形 ゆびにんぎょう
指了図 しりょうず
指切 ゆびきり
指示 さししめす・しじ
指示代名詞 しじだいめいし
指圧 しあつ
指令 しれい
指先 ゆびさき
指印 しいん
指向 しこう
指名 しめい
指名手配 しめいてはい
指名投票 しめいとうひょう
指折 ゆびおり
指図 さしず
指図式小切手 さしずしきこぎって
指図証券 さしずしょうけん
指事 しじ
指定 してい
指南 しなん
指南番 しなんばん
指相撲 ゆびずもう
指値 さしね
指針 ししん
指差 ゆびさす
指紋 しもん
指笛 ゆびぶえ
指貫 ゆびぬき
指揮 しき
指揮棒 しきぼう
指話法 しわほう
指数 しすう
指摘 してき
指嗾 しそう
指標 しひょう
指輪 ゆびわ
指導 しどう
〔挌〕かく
拼音 ピンイン
〔按〕あん・あんじる・あんずる
按分 あんぶん
按排 あんばい
按摩 あんま

〔某〕ぼう・それがし・なにがし
某氏 ぼうし
某所 ぼうしょ
某某 ぼうぼう
〔甚〕じん・いた・いたく・いたし・はなはだ・はなはだし
甚大 じんだい
甚六 じんろく
甚平 じんぺい
甚句 じんく
甚助 じんすけ
甚兵衛 じんべい
〔耶〕や・じや・か
耶馬台国 やまたいこく
〔革〕かく・かわ・あらたまる・あらためる
革命 かくめい
革命的 かくめいてき
革靴 かわぐつ
革新 かくしん
〔巷〕こう・ちまた
巷間 こうかん
巷説 こうせつ
巷談 こうだん
〔草〕そう・くさ
草子 そうし
草木 くさき・そうもく
草刈 くさかり
草分 くさわけ
草本 そうほん
草地 くさち
草仮名 そうがな
草色 くさいろ
草花 くさばな
草体 そうたい
草取 くさとり
草枕 くさまくら
草臥 くたびれる
草草 そうそう
草枯 くさがれ
草相撲 くさずもう
草食 そうしょく
草冠 くさかんむり
草屋 くさや・そうおく
草原 くさはら・そうげん

草案 そうあん
草書 そうしょ
草紙 そうし
草野球 くさやきゅう
草笛 くさぶえ
草魚 そうぎょ
草庵 そうあん
草深 くさぶかい
草創 そうそう
草葺 くさぶき
草稿 そうこう
草餅 くさもち
草履 ぞうり
草履虫 ぞうりむし
草競馬 くさけいば
〔茶〕ちや・さ
茶人 ちゃじん
茶巾 ちゃきん
茶化 ちゃかす
茶目 ちゃめ
茶代 ちゃだい
茶托 ちゃたく
茶会 ちゃかい
茶色 ちゃいろ
茶坊子 ちゃぼうず
茶利 ちゃり
茶味 ちゃみ
茶果 さか
茶所 ちゃどころ
茶店 ちゃてん・ちゃみせ
茶柱 ちゃばしら
茶室 ちゃしつ
茶屋 ちゃや
茶掛 ちゃがけ
茶殻 ちゃがら
茶菓子 ちゃがし
茶匙 ちゃさじ
茶瓶 ちゃびん
茶渋 ちゃしぶ
茶壺 ちゃつぼ
茶棚 ちゃだな
茶間 ちゃのま
茶筒 ちゃづつ
茶番 ちゃばん
茶飯事 さはんじ
茶飲 ちゃのみ
茶飲話 ちゃのみばなし

茶道 さどう・ちゃどう
茶道具 ちゃどうぐ
茶湯 ちゃのゆ
茶碗 ちゃわん
茶園 ちゃえん
茶話 ちゃわ
茶話会 さわかい・ちゃわかい
茶褐色 ちゃかっしょく
茶摘 ちゃつみ
茶漬 ちゃづけ
茶漉 ちゃこし
茶器 ちゃき
茶請 ちゃうけ
茶簞笥 ちゃだんす
〔荘〕しょう・そう
荘重 そうちょう
荘園 しょうえん
荘厳 しょうごん・そうごん
〔茨〕し・いばら
茨線 ばらせん
〔荒〕こう・あらい・あらくれる・あらす・あらっぽい・あらびる・あららか・あららげる・あれ・あれる・すさぶ・すさむ
荒天 こうてん
荒仕事 あらしごと
荒立 あらだつ・あらだてる
荒地 あれち
荒年 こうねん
荒行 あらぎょう
荒肌 あれはだ
荒肝 あらぎも
荒狂 あれくるう
荒武者 あらむしゃ
荒者 あらくれもの
荒事 あらごと
荒果 あれはてる
荒物 あらもの
荒法師 あらほうし
荒波 あらなみ
荒性 あれしょう
荒城 こうじょう
荒荒 あらあらしい

荒削 あらけずり
荒海 あらうみ
荒馬 あらうま
荒砥 あらと
荒唐無稽 こうとうむけい
荒家 あばらや
荒野 あらの・あれの
荒淫 こういん
荒涼 こうりょう
荒筋 あらすじ
荒廃 こうはい
荒塗 あらぬり
荒模様 あれもよう
荒稼 あらかせぎ
荒縄 あらなわ
荒磯 あらいそ
荒療治 あらりょうじ
〔故〕こ・ゆえ・ゆえに・もと
故人 こじん
故老 ころう
故事 こじ
故事成語 こじせいご
故事来歴 こじらいれき
故国 ここく
故実 こじつ
故殺 こさつ
故郷 こきょう・ふるさと
故意 こい
故障 こしょう
〔胡〕こ・したくび
胡瓜 きゅうり
胡桃 くるみ
胡座 あぐら
胡座鼻 あぐらばな
胡麻 ごま
胡散臭 うさんくさい
胡椒 こしょう
胡蝶 こちょう
〔南〕なん・みなみ
南十字星 みなみじゅうじせい
南下 なんか
南天 なんてん
南中 なんちゅう
南北朝時代 なんぼくちょうじだい

南北戦争 なんぼくせんそう

南瓜 カボチャ

南半球 みなみはんきゅう

南回帰線 みなみかいきせん

南米 なんべい

南画 なんが

南欧 なんおう

南国 なんごく

南京虫 なんきんむし

南京豆 なんきんまめ

南京錠 なんきんじょう

南風 なんぷう・はえ・みなみかぜ

南洋 なんよう

南船北馬 なんせんほくば

南朝 なんちょう

南極 なんきょく

南極大陸 なんきょくたいりく

南無三 なむさん

南無三宝 なむさんぼう

南無阿弥陀仏 なむあみだぶつ

南蛮 なんばん

南緯 なんい

〔柾〕まさ・まさき

〔柑〕かん

柑橘類 かんきつるい

〔枯〕こ・からす・かる・かれる

枯死 こし

枯野 かれの

枯渇 こかつ

枯葉 かれは

枯槁 ここう

枯露柿 ころがき

〔柄〕へい・え・がら・つか

柄杓 ひしゃく

柄物 がらもの

柄袋 つかぶくろ

〔栃〕とち

栃木 とちのき

〔柘〕しゃ・ざく・つみ

〔柩〕きゅう・ひつぎ

〔査〕さ

査収 さしゅう

査問 さもん

査証 さしょう

査察 ささつ

査閲 さえつ

〔相〕しょう・そう・あい

相子 あいこ

相互 そうご

相互批判 そうごひはん

相互依存 そうごいぞん

相互貿易 そうごぼうえき

相互銀行 そうごぎんこう

相手 あいて

相方 あいかた

相打 あいうち・あいうつ

相生 あいおい

相半 あいなかばする

相加平均 そうかへいきん

相当 そうとう

相伝 そうでん

相合す あいわす

相合傘 あいあいがさ

相次 あいつぐ

相好 そうごう

相克 そうこく

相見 あいみる

相似 そうじ

相伴 しょうばん

相身互 あいみたがい

相対 あいたいする・そうたい

相対取引 あいたいとりひき

相対注文 あいたいちゅうもん

相応 そうおう・ふさわしい

相判 あいばん

相弟子 あいでし

相国 しょうこく

相性 あいしょう

相学 そうがく

相承 そうしょう

相持 あいもち

相思 そうし

相思相愛 そうしそうあい

相乗 あいのり・そうじょう

相乗平均 そうじょうへいきん

相俟 あいまつ

相変 あいかわらず

相客 あいきゃく

相姦 そうかん

相称 そうしょう

相殺 そうさい

相席 あいせき

相容 あいいれない

相部屋 あいべや

相宿 あいやど

相場 そうば

相棒 あいぼう

相搏 あいうつ

相携 あいたずさえる

相碁 あいご

相跨原子価 そうこげんしか

相違 そうい

相違点 そういてん

相嫁 あいよめ

相続 そうぞく

相槌 あいづち

相聞 そうもん

相関 そうかん

相撲 すもう

相談 そうだん

〔柚〕ゆう・ゆ・ゆず

柚子 ゆず

〔枳〕き・し

枳殻 からたち

〔柞〕さく・ゆしのき・ゆす

柞蚕 さくさん

〔柏〕はく・かしわ

柏手 かしわで

柏餅 かしわもち

〔柵〕さく・しがらみ

〔枾〕し・かき

〔枸〕く・こう

枸杞 くこ

〔柳〕りゅう・やなぎ

柳川鍋 やながわなべ

柳行李 やなぎごうり

柳絮 りゅうじょ

柳暗花明 りゅうあんかめい

柳腰 やなぎごし・りゅうよう

〔柊〕しゅう・ひらぎ・ひいらぎ

〔柱〕ちゅう・はしら

柱石 ちゅうせき

柱時計 はしらどけい

柱頭 ちゅうとう

〔柿〕し・かき・こけら

柿本人麻呂 かきのもとのひとまろ

〔枷〕か・かし・かせ

〔栂〕つが・と・が

〔勃〕ぼつ

勃発 ぼっぱつ

勃起 ぼっき

勃然 ぼつぜん

勃興 ぼっこう

〔軌〕き

軌道 きどう

軌跡 きせき

軌範 きはん

〔専〕せん・もっぱら

専一 せんいつ

専心 せんしん

専用 せんよう

専有 せんゆう

専任 せんにん

専攻 せんこう

専売 せんばい

専売特許 せんばいとっきょ

専門 せんもん

専門的 せんもんてき

専門家 せんもんか

専門語 せんもんご

専制 せんせい

専制政治 せんせいせいじ

専念 せんねん

専科 せんか

専修 せんしゅう

専従 せんじゅう

専務 せんむ

専属 せんぞく

専業 せんぎょう

専横 せんおう	威服 いふく	厚情 こうじょう	面妖 めんよう
〔勅〕ちょく・みこと のり	威信 いしん	厚遇 こうぐう	面長 おもなが
勅使 ちょくし	威風 いふう	厚着 あつぎ	面持 おももち
勅命 ちょくめい	威風堂堂 いふうどう どう	厚意 こうい	面相 めんそう
勅書 ちょくしょ	威容 いよう	厚誼 こうぎ	面食 めんくい
勅語 ちょくご	威喝 いかつ	〔砒〕ひ	面前 めんぜん
勅撰 ちょくせん	威望 いぼう	砒素 ひそ	面倒 めんどう
〔要〕よう・いる・い り・かなめ	威張 いばる	〔郁〕いく	面従腹背 めんじゅう ふくはい
要人 ようじん	威勢 いせい	〔砌〕みぎり・いぬき	面差 おもざし
要用 ようよう	威徳 いとく	〔砂〕しゃ・さ・すな	面通 めんどおし
要地 ようち	威儀 いぎ	砂山 すなやま	面責 めんせき
要因 よういん	威嚇 いかく	砂丘 さきゅう	面接 めんせつ
要件 ようけん	威厳 いげん	砂地 すなじ・すなち	面舵 おもかじ
要旨 ようし	〔歪〕わい・いがみ・ いがむ・ひずみ・ひ ずむ・ゆがみ・ゆが む・いびつ・いがめ ろ・ゆがめる	砂利 じゃり	面喰 めんくらう
要求 ようきゅう		砂肝 すなぎも	面詰 めんきつ
要図 ようず		砂防 さぼう	面魂 つらだましい
要事 ようじ		砂岩 さがん	面構 つらがまえ
要所 ようしょ	歪曲 わいきょく	砂金 さきん・しゃき ん	面憎 つらにくい
要点 ようてん	〔盃〕さかずき・はい	砂時計 すなどけい	面影 おもかげ
要約 ようやく	〔研〕けん・とぎ・と ぐ・みがく・みがき	砂浜 すなはま	面罵 めんば
要素 ようそ		砂場 すなば	面談 めんだん
要員 よういん	研究 けんきゅう	砂嵐 すなあらし	面積 めんせき
要害 ようがい	研究所 けんきゅうじ ょ	砂鉄 さてつ	面識 めんしき
要略 ようりゃく		砂煙 すなけむり	〔耐〕たい・たえる
要訣 ようけつ	研究室 けんきゅうし つ	砂漠 さばく	耐久 たいきゅう
要望 ようぼう		砂漠化 さばくか	耐久力 たいきゅうり よく
要務 ようむ	研修 けんしゅう	砂塵 さじん	
要項 ようこう	研澄 とぎすます	砂糖 さとう	耐久消費財 たいきゅ うしょうひざい
要路 ようろ	研磨 けんま	砂糖大根 さとうだい こん	
要塞 ようさい	研鑽 けんさん		耐水 たいすい
要領 ようりょう	〔頁〕けつ・ページ	砂糖黍 さとうきび	耐乏 たいぼう
要綱 ようこう	頁岩 けつがん	砂礫 しゃれき	耐火 たいか
要衝 ようしょう	〔厚〕こう・あつい・ あつかましい・あつ ぼったい	砂嚢 さのう	耐圧 たいあつ
要請 ようせい		〔砕〕さい・くだく・ くだける	耐忍 たえしのぶ
要談 ようだん			耐食 たいしょく
要諦 ようたい・よう てい	厚手 あつで	砕氷船 さいひょうせ ん	耐湿 たいしつ
	厚化粧 あつげしょう		耐寒 たいかん
要覧 ようらん	厚生 こうせい	〔面〕めん・おも・お もて・つら	耐蝕 たいしょく
要償 ようしょう	厚生大臣 こうせいだ いじん	面子 メンツ	耐熱 たいねつ
要職 ようしょく		面目 めんぼく・めん もく	耐震 たいしん
〔甍〕ぼう	厚生年金 こうせいね んきん		耐難 たえがたい
〔威〕い・おかす・お どし・おどす・おそ れる・たけしい		面白 おもしろい	〔殆〕たい・ほとほと ・ほとんど
	厚生省 こうせいしょ う	面皮 つらのかわ・め んぴ	
			〔扁〕へん・ひらたい
威力 いりょく	厚地 あつじ	面当 つらあて	扁円形 へんえんけい
威圧 いあつ	厚板 あついた	面会 めんかい	扁平 へんぺい
威令 いれい	厚相 こうしょう	面汚 つらよごし	扁平足 へんぺいそく
威光 いこう	厚恩 こうおん	面体 めんてい	扁形動物 へんけいど うぶつ
	厚紙 あつがみ	面疔 めんちょう	

扁桃線 へんとうせん
扁額 へんがく
〔皆〕かい・みな
皆目 かいもく
皆殺 みなごろし
皆既食 かいきしょく
皆納 かいのう
皆済 かいさい
皆勤 かいきん
皆無 かいむ
皆様 みなさま
〔背〕はい・せ・せい・そ・そびら・そむき・そむく・そむける
背丈 せたけ
背戸 せど
背比 せいくらべ
背日性 はいじつせい
背中 せなか
背反 はいはん
背文字 せもじ
背広 せびろ
背地性 はいちせい
背光 はいこう
背任 はいにん
背走 はいそう
背伸 せのび
背板 せいた
背泳 せおよぎ・はいえい
背革綴 せがわとじ
背面 はいめん
背信 はいしん
背後 はいご
背負 しょう・しょってる・せおう
背負上 しょいあげ
背負子 しょいこ
背負込 しょいこむ
背負投 しょいなげ・せおいなげ
背約 はいやく
背格好 せかっこう
背骨 せぼね
背理 はいり
背教 はいきょう
背部 はいぶ
背景 はいけい
背筋 せすじ

背番号 せばんごう
背痛 はいつう
背節 せぶし
背徳 はいとく
背馳 はいち
背離 はいり
背嚢 はいのう
〔貞〕てい・さだし
貞淑 ていしゅく
貞節 ていせつ
貞操 ていそう
〔点〕てん・たてる・つける・とぼす・とぼる・ともす・ともる・てんじる・てんずる
点火 てんか
点心 てんしん
点在 てんざい
点字 てんじ
点取虫 てんとりむし
点呼 てんこ
点点 てんてん
点描 てんびょう
点眼 てんがん
点検 てんけん
点景 てんけい
点数 てんすう
点滅 てんめつ
点滴 てんてき
点綴 てんてい
点線 てんせん
点薬 てんやく
点燈 てんとう
〔虐〕ぎゃく・しいたぐ・しいたげる・しえたぐ・せたぐ・せたげる
虐待 ぎゃくたい
虐殺 ぎゃくさつ
〔省〕しょう・せい・かえりみる・はぶく
省力 しょうりょく
省内 しょうない
省令 しょうれい
省庁 しょうちょう
省都 しょうと
省略 しょうりゃく
省筆 せいひつ
省線 しょうせん
省議 しょうぎ

〔削〕さく・けずる・げずれる・そげる
削氷機 さくひょうき
削除 さくじょ
削減 さくげん
〔是〕ぜ・これ
是正 ぜせい
是非 ぜひ
是是非非 ぜぜひひ
是認 ぜにん
〔則〕そく・すなわち・のっとる・のり・そくする
〔眈〕たん
眈眈 たんたん
〔県〕けん・あがた
県内 けんない
県庁 けんちょう
県立 けんりつ
県会 けんかい
県知事 けんちじ
県政 けんせい
県税 けんぜい
県営 けんえい
県勢 けんせい
映笑 こうしょう
〔冒〕ぼう・おかす
冒険 ぼうけん
冒険貸借 ぼうけんたいしゃく
冒頭 ぼうとう
冒瀆 ぼうとく
〔映〕えい・うつり・うつる・うつす・はえ・はえる
映写 えいしゃ
映画 えいが
映画化 えいがか
映画界 えいがかい
映画監督 えいがかんとく
映画館 えいがかん
映映 はえばえしい
映発 えいはつ
映倫 えいりん
映像 えいぞう
〔閂〕さん・かんぬき
〔星〕せい・しょう・ほし
星月夜 ほしづきよ
星斗 せいと

星目 ほしめ
星団 せいだん
星印 ほしじるし
星辰 せいしん
星条旗 せいじょうき
星表 せいひょう
星取表 ほしとりひょう
星明 ほしあかり
星夜 せいや
星空 ほしぞら
星座 せいざ
星屑 ほしくず
星眼 ほしめ
星祭 ほしまつり
星宿 せいしゅく
星雲 せいうん
星影 ほしかげ
星霜 せいそう
〔昨〕さく
昨夕 ゆうべ
昨日 きのう・さくじつ
昨今 さっこん
昨年 さくねん
昨夜 さくや・ゆうべ
昨晩 さくばん
〔昴〕ぼう・すばる
〔昵〕じつ・なずむ
昵懇 じっこん
〔昭〕しょう
毘沙門天 びしゃもんてん
〔畏〕い・おそれる・おそれ・かしこまる
畏服 いふく
畏怖 いふ
畏敬 いけい
畏縮 いしゅく
〔冑〕かぶと
〔胃〕い
胃下垂 いかすい
胃拡張 いかくちょう
胃炎 いえん
胃病 いびょう
胃弱 いじゃく
胃袋 いぶくろ
胃液 いえき
胃散 いさん
胃痛 いつう

胃腸 いちょう	思做 おもいなし	咳込 せきこむ	幽霊 ゆうれい
胃酸 いさん	思惟 しい	〔咲〕しょう・さく	幽邃 ゆうすい
胃潰瘍 いかいよう	思壺 おもうつぼ	咲乱 さきみだれる	〔卸〕しゃ・おろす・
胃壁 いへき	思惑 おもわく	咲残 さきのこる	おろし
胃癌 いがん	思量 しりょう	咲誇 さきほこる	卸売 おろしうり
〔界〕かい・け・さか	思過 おもいすごし	〔峙〕そばたつ	卸売業者 おろしうり
い	思想 しそう	〔炭〕たん・すみ	ぎょうしゃ
界隈 かいわい	思遣 おもいやり・お	炭山 たんざん	卸商 おろししょう
界標 かいひょう	もいやる	炭水 たんすい	〔看〕かん・みる
〔虹〕こう・にじ	思詰 おもいつめる	炭水化物 たんすいか	看守 かんしゅ
虹彩 こうさい	思違 おもいちがい	ぶつ	看取 かんしゅ・みと
〔虻〕ほう・あぶ・あ	思慕 しぼ	炭水車 たんすいしゃ	り・みとる
む	思慮 しりょ	炭化 たんか	看板 かんばん
〔思〕し・おもい・お	思潮 しちょう	炭化水素 たんかすい	看板娘 かんばんむす
もう	〔品〕ひん・しな	そ	め
思入 おもいいれ	品切 しなぎれ	炭火 すみび	看破 かんぱ
思上 おもいあがる	品分 しなわけ	炭田 たんでん	看病 かんびょう
思切 おもいきり・お	品目 ひんもく	炭団 たどん	看過 かんか
もいきる	品行 ひんこう	炭坑 たんこう	看護 かんご
思止 おもいとどまる	品名 ひんめい	炭車 たんしゃ	看護師 かんごし
思付 おもいつき・お	品別 しなわけ	炭価 たんか	看護婦 かんごふ
もいつく	品位 ひんい	炭肺 たんはい	〔矩〕く・かね
思込 おもいこむ	品物 しなもの	炭素 たんそ	矩尺 かねじゃく
思外 おもいのほか	品性 ひんせい	炭庫 たんこ	矩形 くけい
思立 おもいたつ	品定 しなさだめ	炭疽 たんそ	〔矧〕はぐ
思出 おもいだす・お	品持 しなもち	炭疽菌 たんそきん	〔乗〕じょう・のせる
もいで	品枯 しながれ	炭殻 たんがら	・じょうずる・のる
思召 おぼしめし・お	品柄 しながら	炭焼 すみやき	乗入 のりいれる
ぼしめす	品格 ひんかく	炭鉱 たんこう	乗下 のりおり
思弁 しべん	品等 ひんとう	炭酸 たんさん	乗上 のりあげる
思考 しこう	品番 ひんばん	炭酸水 たんさんすい	乗切 のりきる
思存分 おもうぞんぶ	品評 ひんぴょう	炭塵 たんじん	乗心地 のりごこち
ん	品詞 ひんし	炭層 たんそう	乗号 じょうごう
思当 おもいあたる	品数 しなかず	炭質 たんしつ	乗付 のりつける
思至 おもいいたる	品種 ひんしゅ	〔峡〕きょう・かい	乗込 のりこむ
思合 おもいあわせる	品種改良 ひんしゅか	峡谷 きょうこく	乗用 じょうよう
思返 おもいかえす	いりょう	〔幽〕ゆう・かすか・	乗用車 じょうようし
思余 おもいあまる	品質 ひんしつ	かそけしい	ゃ
思直 おもいなおす	品薄 しなうす	幽囚 ゆうしゅう	乗出 のりだす
思知 おもいしらせる	〔咽〕いん・えん・え	幽玄 ゆうげん	乗回 のりまわす
・おもいしる	つ・のど・のむ・む	幽谷 ゆうこく	乗気 のりき
思念 しねん	せぶ	幽門 ゆうもん	乗合 のりあい
思春期 ししゅんき	咽喉 いんこう	幽明 ゆうめい	乗車 じょうしゃ
思思 おもいおもい	咽頭 いんとう	幽界 ゆうかい	乗取 のっとる
思振 おもわせぶり	咬合 こうごう	幽鬼 ゆうき	乗具 じょうぐ
思起 おもいおこす	咬傷 こうしょう	幽冥 ゆうめい	乗物 のりもの
思索 しさく	〔咳〕がい・せき・し	幽閉 ゆうへい	乗法 じょうほう
思料 しりょう	わぶく	幽遠 ゆうえん	乗逃 のりにげ
思浮 おもいうかべる	咳止 せきどめ	幽暗 ゆうあん	乗客 じょうきゃく
思案 しあん	咳払 せきばらい	幽愁 ゆうしゅう	乗馬 じょうば
思描 おもいえがく			

乗員 じょういん
乗除 じょうじょ
乗降 じょうこう・のりおり
乗掛 のりかかる
乗移 のりうつる
乗船 じょうせん
乗務 じょうむ
乗組 のりくむ
乗組員 のりくみいん
乗越 のりこえる・のりこす
乗場 のりば
乗換 のりかえる
乗遅 のりおくれる
乗数 じょうすう
乗数効果 じょうすうこうか
乗算 じょうざん
乗機 じょうき
乗艦 じょうかん
〔牲〕せい・いけにえ・にえ
牴牾 もどく
牴触 ていしょく
〔秕〕ひ・しいな
〔秒〕びょう
秒速 びょうそく
秒針 びょうしん
秒読 びょうよみ
〔香〕こう・か・かおり・かおる・かんばしい
香水 こうすい
香気 こうき
香合 こうごう
香車 きょうしゃ
香辛料 こうしんりょう
香具 こうぐ
香典 こうでん
香炉 こうろ
香華 こうげ
香料 こうりょう
香煎 こうせん
香煙 こうえん
〔秋〕しゅう・あき
秋刀魚 さんま
秋口 あきぐち
秋日和 あきびより
秋分 しゅうぶん

秋末 あきずえ
秋立 あきたつ
秋虫 あきむし
秋色 しゅうしょく
秋雨 あきさめ・しゅうう
秋雨前線 あきさめぜんせん
秋味 あきあじ
秋波 しゅうは
秋空 あきぞら
秋風 あきかぜ
秋海棠 しゅうかいどう
秋耕 しゅうこう
秋高 あきだか
秋爽 しゅうそう
秋祭 あきまつり
秋涼 しゅうりょう
秋期 しゅうき
秋晴 あきばれ
秋蒔 あきまき
秋闘 しゅうとう
〔科〕か・しな・とが
科人 とがにん
科木 しなのき
科目 かもく
科白 かはく・せりふ
科学 かがく
科学者 かがくしゃ
科学的 かがくてき
科料 かりょう
科挙 かきょ
〔重〕じゅう・ちょう・おもい・おもし・おもる・おもり・おもみ・おもんずる・かさなる・かさねて・かさねる
重力 じゅうりょく
重工業 じゅうこうぎょう
重大 じゅうだい
重水素 じゅうすいそ
重化学工業 じゅうかがくこうぎょう
重文 じゅうぶん
重心 じゅうしん
重圧 じゅうあつ
重石 おもし

重且大 じゅうかつだい
重用 ちょうよう
重犯 じゅうはん
重立 おもだつ
重刑 じゅうけい
重任 じゅうにん
重合 かさなりあう・じゅうごう
重臣 じゅうしん
重体 じゅうたい
重役 じゅうやく
重労働 じゅうろうどう
重苦 おもくるしい
重版 じゅうはん
重金属 じゅうきんぞく
重油 じゅうゆ
重宝 じゅうほう・ちょうほう
重奏 じゅうそう
重要 じゅうよう
重要文化財 じゅうようぶんかざい
重厚 じゅうこう
重点 じゅうてん
重重 おもおもしい・かさねがさね・じゅうじゅう
重訂 じゅうてい
重度 じゅうど
重荷 おもに
重砲 じゅうほう
重殺 じゅうさつ
重症 じゅうしょう
重病 じゅうびょう
重責 じゅうせき
重曹 じゅうそう
重唱 じゅうしょう
重患 じゅうかん
重訳 じゅうやく
重盗 じゅうとう
重商主義 じゅうしょうしゅぎ
重視 じゅうし
重婚 じゅうこん
重量 じゅうりょう
重畳 ちょうじょう
重過失罪 じゅうかしつざい

重税 じゅうぜい
重創 じゅうそう
重着 かさねぎ
重湯 おもゆ
重陽 ちょうよう
重農主義 じゅうのうしゅぎ
重罪 じゅうざい
重傷 じゅうしょう
重詰 じゅうづめ
重罰 じゅうばつ
重複 じゅうふく・ちょうふく
重態 じゅうたい
重障児 じゅうしょうじ
重箱 じゅうばこ
重機 じゅうき
重餅 かさねもち
重職 じゅうしょく
重鎮 じゅうちん
重爆 じゅうばく
〔竿〕かん・さお
竿竹 さおだけ
竿秤 さおばかり
〔段〕たん・だん・きだ
段収 たんしゅう
段丘 だんきゅう
段当 たんあたり
段位 だんい
段取 だんどり
段段 だんだん
段段畑 だんだんばたけ
段差 だんさ
段通 だんつう
段梯子 だんばしご
段袋 だんぶくろ
段落 だんらく
段階 だんかい
段違 だんちがい
段鼻 だんばな
〔便〕べん・びん・たより・たよる・よすが・べんずる
便衣 べんい
便利 べんり
便利屋 べんりや
便所 べんじょ
便服 べんぷく

便法 べんぽう
便宜 べんぎ
便宜的 べんぎてき
便乗 びんじょう
便便 べんべん
便秘 べんぴ
便通 べんつう
便船 びんせん
便意 べんい
便蒙 べんもう
便箋 びんせん
便器 べんき
便覧 びんらん
便覧 べんらん
俠気 きょうき
俠客 きょうかく
〔昇〕きょ・かく
〔俚〕り・さとぶ
俚謡 りよう
俚諺 りげん
〔保〕ほ・ほう・たもつ
保母 ほぼ
保有 ほゆう
保有通貨 ほゆうつうか
保存 ほぞん
保全 ほぜん
保守 ほしゅ
保守的 ほしゅてき
保安 ほあん
保安処分 ほあんしょぶん
保安要員 ほあんよういん
保安警察 ほあんけいさつ
保身 ほしん
保育 ほいく
保育所 ほいくじょ
保育園 ほいくえん
保持 ほじ
保留 ほりゅう
保菌者 ほきんしゃ
保健 ほけん
保健所 ほけんじょ
保健室 ほけんしつ
保釈 ほしゃく
保険 ほけん
保険求償 ほけんきゅうしょう

保険料 ほけんりょう
保険証 ほけんしょう
保税区 ほぜいく
保税倉庫 ほぜいそうこ
保証 ほしょう
保温 ほおん
保管 ほかん
保障 ほしょう
保養 ほよう
保線 ほせん
保護 ほご
保護色 ほごしょく
保護者 ほごしゃ
保護鳥 ほごちょう
保護貿易 ほごぼうえき
〔促〕そく・うながす
促成 そくせい
促音 そくおん
促音便 そくおんびん
促進 そくしん
促進剤 そくしんざい
〔俄〕が・にわか
俄雨 にわかあめ
俄然 がぜん
〔俗〕ぞく・ぞくに・ぞくっぽい
俗人 ぞくじん
俗化 ぞっか
俗世間 ぞくせけん
俗曲 ぞっきょく
俗気 ぞくけ
俗名 ぞくみょう
俗字 ぞくじ
俗事 ぞくじ
俗物 ぞくぶつ
俗受 ぞくうけ
俗界 ぞっかい
俗信 ぞくしん
俗臭 ぞくしゅう
俗称 ぞくしょう
俗悪 ぞくあく
俗眼 ぞくがん
俗楽 ぞくがく
俗語 ぞくご
俗説 ぞくせつ
俗塵 ぞくじん
俗謡 ぞくよう
〔俘〕ふ

俘囚 ふしゅう
俘虜 ふりょ
〔係〕けい・かかる・かかわる・かかり
係受 かかりうけ
係員 かかりいん
係累 けいるい
係船 けいせん
係結 かかりむすび
係数 けいすう
〔信〕しん・しんじる・しんずる
信女 しんにょ
信天翁 あほうどり
信心 しんじん
信号 しんごう
信込 しんじこむ
信用 しんよう
信用状 しんようじょう
信用取引 しんようとりひき
信用取立 しんようとりたて
信用金庫 しんようきんこ
信用組合 しんようくみあい
信用逼迫 しんようひっぱく
信玄袋 しんげんぶくろ
信伏 しんぷく
信任 しんにん
信仰 しんこう
信合 しんじあう
信条 しんじょう
信奉 しんぽう
信者 しんじゃ
信念 しんねん
信服 しんぷく
信徒 しんと
信託 しんたく
信書 しんしょ
信教 しんきょう
信望 しんぼう
信越 しんえつ
信愛 しんあい
信義 しんぎ
信管 しんかん

信賞必罰 しんしょうひつばつ
信頼 しんらい
信憑 しんぴょう
〔佛〕てい・おもかげ
〔皇〕こう・すべらぎ・すめ・すめら・すめらぎ・すめろぎ
皇子 おうじ・みこ
皇女 こうじょ
皇太子 こうたいし
皇太后 こうたいごう
皇后 こうごう
皇居 こうきょ
皇帝 こうてい
皇室 こうしつ
皇宮 こうぐう
皇孫 こうそん
皇族 こうぞく
皇陵 こうりょう
皇嗣 こうし
〔臭〕しゅう・くさい・におう
臭化 しゅうか
臭化物 しゅうかぶつ
臭気 しゅうき
臭味 しゅうみ
臭素 しゅうそ
臭覚 しゅうかく
〔泉〕せん・いずみ
泉水 せんすい
〔侵〕しん・おかす
侵入 しんにゅう
侵犯 しんぱん
侵攻 しんこう
侵食 しんしょく
侵害 しんがい
侵掠 しんりゃく
侵略 しんりゃく
侵寇 しんこう
侵蝕 しんしょく
〔卑〕ひ・いやしい・いやしむ・いやしめる
卑下 ひげ
卑劣 ひれつ
卑見 ひけん
卑近 ひきん
卑金属 ひきんぞく
卑怯 ひきょう

卑屈 ひくつ
卑俗 ひぞく
卑猥 ひわい
卑属 ひぞく
卑語 ひご
〔侯〕こう
侯爵 こうしゃく
〔追〕つい・おう・おって
追及 ついきゅう
追手 おって
追分 おいわけ
追分節 おいわけぶし
追刊 ついかん
追払 おいはらう
追号 ついごう
追付 おいつく・おっつけ
追込 おいこみ・おいこむ
追立 おいたてる
追出 おいだす
追加 ついか
追抜 おいぬく
追走 ついそう
追求 おいもとめる・ついきゅう
追伸 ついしん
追返 おいかえす
追究 ついきゅう
追尾 ついび
追肥 おいごえ・ついひ
追放 ついほう
追注文 おいちゅうもん
追突 ついとつ
追追 おいおい
追風 おいかぜ・おいて
追送 ついそう
追従 ついしょう
追討 おいうち・ついとう
追討軍 ついとうぐん
追記 ついき
追書 おってがき
追剥 おいはぎ
追納 ついのう
追掛 おいかける
追悼 ついとう

追散 おいちらす
追訴 ついそ
追善 ついぜん
追随 ついずい
追給 ついきゅう
追想 ついそう
追跡 ついせき
追試験 ついしけん
追詰 おいつめる
追慕 ついぼ
追徴 ついちょう
追銭 おいせん
追認 ついにん
追撃 おいうち・ついげき
追懐 ついかい
追憶 ついおく
追縋 おいすがる
追難 ついな
追贈 ついぞう
〔俊〕しゅん
俊才 しゅんさい
俊足 しゅんそく
俊秀 しゅんしゅう
俊英 しゅんえい
俊敏 しゅんびん
俊傑 しゅんけつ
〔盾〕たて
盾突 たてつく
〔待〕たい・まつ・まち・まて
待伏 まちぶせ
待合 まちあい・まちあわせる
待合室 まちあいしつ
待明 まちあかす
待侘 まちわびる
待受 まちうけ・まちうける
待倦 まちあぐむ
待針 まちばり
待兼 まちかねる
待宵草 まつよいぐさ
待望 たいぼう
待遇 たいぐう
待遇表現 たいぐうひょうげん
待焦 まちこがれる
待遠 まちどおしい
待構 まちかまえる

待機 たいき
待避 たいひ
〔衍〕えん
〔律〕りつ・りち・りっする
律令 りつりょう
律動 りつどう
律義 りちぎ
律儀 りちぎ
〔後〕ご・こう・うしろ・のち・あと
後人 こうじん
後口 あとくち
後天 こうてん
後天的 こうてんてき
後日 ごじつ
後手 ごて
後毛 おくれげ
後片付 あとかたづけ
後方 こうほう
後引 あとひき
後払 あとばらい・ごばらい
後世 こうせい・のちのよ
後生 こうせい・ごしょう
後仕舞 あとじまい
後付 あとづけ
後代 こうだい
後半 こうはん
後半生 こうはんせい
後考 こうこう
後光 ごこう
後回 あとまわし
後年 こうねん
後先 あとさき
後任 こうにん
後向 うしろむき
後会 こうかい
後戻 あともどり
後見 こうけん
後見人 こうけんにん
後足 あとあし・しりあし
後身 こうしん
後押 あとおし
後者 こうしゃ
後述 こうじゅつ
後味 あとあじ

後知恵 あとぢえ
後学 こうがく
後屈 こうくつ
後始末 あとしまつ
後奏 こうそう
後面 こうめん
後便 こうびん
後盾 うしろだて
後後 あとあと・のちのち
後姿 うしろすがた
後前 うしろまえ
後悔 こうかい
後退 あとずさり・こうたい
後退翼 こうたいよく
後発 こうはつ
後釜 あとがま
後記 こうき
後帰 あとがえり
後書 あとがき
後陣 こうじん
後略 こうりゃく
後患 こうかん
後進 こうしん
後進国 こうしんこく
後脚 あとあし
後逸 こういつ
後祭 あとのまつり
後部 こうぶ
後添 のちぞい
後援 こうえん
後援者 こうえんしゃ
後期 こうき
後景 こうけい
後程 のちほど
後暗 うしろぐらい
後嗣 こうし
後置詞 こうちし
後裔 こうえい
後続 こうぞく
後継 こうけい
後髪 うしろがみ
後腐 あとくされ
後塵 こうじん
後障害 こうしょうがい
後遺症 こういしょう
後輩 こうはい
後馳 おくればせ

後衛 こうえい
後難 こうなん
後顧 こうこ
〔舢〕さん
〔叙〕じょ
叙上 じょじょう
叙任 じょにん
叙位 じょい
叙述 じょじゅつ
叙事 じょじ
叙事詩 じょじし
叙唱 じょしょう
叙情 じょじょう
叙情詩 じょじょうし
叙景 じょけい
叙説 じょせつ
叙勲 じょくん
叙爵 じょしゃく
〔逃〕とう・にがす・
　にげる・のがす・の
　がれる
逃口 にげぐち
逃口上 にげこうじょ
　う
逃亡 とうぼう
逃切 にげきる
逃去 にげさる
逃失 にげうせる
逃込 にげこむ
逃出 にげだす
逃走 とうそう
逃足 にげあし
逃延 にげのびる
逃廻 にげまわる
逃場 にげば
逃惑 にげまどう
逃道 にげみち
逃腰 にげごし
逃隠 にげかくれ
逃避 とうひ
〔俎〕そ・まないた
俎上 そじょう
〔食〕しょく・じき・
　くわす・くう・くら
　う・たべる・くえる
　・くらわす・はむ
食入 くいいる
食下 くいさがる
食上 くいあげ
食切 くいきる

食止 くいとめる
食中 しょくあたり
食中毒 しょくちゅう
　どく
食分 しょくぶん
食生活 しょくせいか
　つ
食代 くいしろ
食込 くいこむ・くら
　いこむ
食用 しょくよう
食出 はみだす・はみ
　でる
食虫植物 しょくちゅ
　うしょくぶつ
食肉 しょくにく
食肉植物 しょくにく
　しょくぶつ
食気 くいけ・しょく
　け
食休 しょくやすみ
食合 くいあう・くい
　あわせ
食汚 たべよごし
食余 くいあまし・く
　いあます
食言 しょくげん
食初 くいぞめ
食青 しょくせい
食事 しょくじ
食卓 しょくたく
食味 しょくみ
食物 くいもの・くわ
　せもの・しょくもつ
　・たべもの
食物連鎖 しょくもつ
　れんさ
食延 くいのばす
食放題 くいほうだい
食券 しょっけん
食油 しょくゆ
食性 しょくせい
食指 しょくし
食荒 くいあらす
食思 しょくし
食品 しょくひん
食後 しょくご
食逃 くいにげ
食前 しょくぜん
食客 しょっかく
食紅 しょくべに

食残 くいのこし
食倒 くいたおす・く
　いだおれ
食殺 くいころす
食料 くいりょう・し
　よくりょう
食料品 しょくりょう
　ひん
食兼 くいかねる
食害 しょくがい
食通 しょくつう
食掛 くいかけ
食盛 たべざかり
食堂 しょくどう
食欲 しょくよく
食散 くいちらす
食裂 くいさく
食間 しょっかん
食過 くいすぎ・くい
　すぎる
食道 しょくどう
食道楽 しょくどうら
　く
食禄 しょくろく
食費 しょくひ
食塩 しょくえん
食置 くいおき
食傷 しょくしょう
食飽 くいあきる
食詰 くいつめる
食滞 しょくたい
食溜 くいだめ
食違 くいちがい・く
　いちがう
食嫌 くわずぎらい・
　たべずぎらい
食管 しょっかん
食器 しょっき
食慾 しょくよく
食餌 しょくじ
食糧 しょくりょう
食繋 くいつなぐ
食饍 しょくぜん
食齧 くいかじる
〔盆〕ぼん
盆地 ぼんち
盆栽 ぼんさい
盆景 ぼんけい
盆暮 ぼんくれ
盆踊 ぼんおどり

盆窪 ぼんのくぼ
〔胚〕はい
胚子 はいし
胚芽 はいが
胚乳 はいにゅう
胚胎 はいたい
胚珠 はいしゅ
胚葉 はいよう
〔胆〕たん・きも
胆力 たんりょく
胆石 たんせき
胆汁 たんじゅう
胆汁質 たんじゅうし
　つ
胆嚢 たんのう
〔胝〕ち
〔胞〕ほう・えな
胞子 ほうし
胞衣 えな
〔肺〕はい
肺尖 はいせん
肺気腫 はいきしゅ
肺肝 はいかん
肺門 はいもん
肺炎 はいえん
肺性心 はいせいしん
肺胞 はいほう
肺活量 はいかつりょ
　う
肺病 はいびょう
肺疾 はいしつ
肺患 はいかん
肺葉 はいよう
肺腑 はいふ
肺結核 はいけっかく
肺癌 はいがん
肺癆 はいろう
肺臓 はいぞう
〔胎〕たい
胎内 たいない
胎生 たいせい
胎衣 たいい
胎児 たいじ
胎位 たいい
胎教 たいきょう
胎動 たいどう
胎盤 たいばん
〔匍〕ほ・はう
匍匐 ほふく

〔負〕ふ・おう・おえ
る・おぶう・おぶさ
る・おんぶ・まかす
・まけ・まける
負犬 まけいぬ
負目 おいめ
負号 ふごう
負劣 まけずおとらず
負気 まけんき
負担 ふたん
負性 ふせい
負荷 ふか
負惜 まけおしみ
負越 まけこす
負極 ふきょく
負債 ふさい
負傷 ふしょう
負腹 まけばら
負触媒 ふしょくばい
負数 ふすう
負戦 まけいくさ
負嫌 まけぎらい
負魂 まけじだましい
狭小 きょうしょう
狭心症 きょうしんし
ょう
狭苦 せまくるしい
狭軌 きょうき
狭量 きょうりょう
狭間 はざま
狭義 きょうぎ
〔独〕どく・ひとり
独力 どくりょく
独天下 ひとりてんか
独占 どくせん・ひと
りじめ
独占禁止法 どくせん
きんしほう
独白 どくはく
独立 どくりつ・ひと
りだち
独立国 どくりつこく
独立独歩 どくりつどっ
ぽ
独立語 どくりつご
独台詞 ひとりぜりふ
独自 どくじ
独行 どっこう
独合点 ひとりがてん
独走 どくそう
独身 どくしん

独言 ひとりごと
独決 ひとりぎめ
独者 ひとりもの
独房 どくぼう
独歩 どっぽ・ひとり
あるき
独泳 どくえい
独学 どくがく
独居 どっきょ
独奏 どくそう
独相撲 ひとりずもう
独活 うど
独酌 どくしゃく
独特 どくとく
独航 どっこう
独案内 ひとりあんな
い
独唱 どくしょう
独得 どくとく
独逸語 ドイツご
独断 どくだん
独断専行 どくだんせ
んこう
独習 どくしゅう
独裁 どくさい
独創 どくそう
独善 どくぜん・ひと
りよがり
独禁法 どっきんほう
独語 どくご
独漕 どくそう
独演 どくえん
独舞台 ひとりぶたい
独壇場 どくだんじょ
う
独擅場 どくせんじょ
う
〔風〕ふう・かぜ・か
ざ
風力 ふうりょく
風土 ふうど
風土記 ふどき
風土病 ふうどびょう
風下 かざしも
風上 かざかみ
風上置 かざかみに
(も)おけない
風子 かぜのこ
風水害 ふうすいがい
風化 ふうか
風月 ふうげつ

風圧 ふうあつ
風穴 かざあな・ふう
けつ
風光 ふうこう
風当 かぜあたり
風向 かざむき・ふう
こう
風合 ふうあい
風折 かざおれ
風声 ふうせい
風車 かざぐるま・ふ
うしゃ
風来坊 ふうらいぼう
風見 かざみ
風呂 ふろ・ふろおけ
風呂桶 ふろおけ
風呂場 ふろば
風呂敷 ふろしき
風体 ふうたい・ふう
てい
風位 ふうい
風災 ふうさい
風邪 かぜ
風邪引 かぜひき
風刺 ふうし
風雨 ふうう
風味 ふうみ
風物 ふうぶつ
風物詩 ふうぶつし
風采 ふうさい
風波 ふうは
風柄 ふうがら
風便 かぜのたより
風俗 ふうぞく
風俗営業 ふうぞくえ
いぎょう
風食 ふうしょく
風変 ふうがわり
風姿 ふうし
風前 ふうぜん
風洞 ふうどう
風神 かぜのかみ
風発 ふうはつ
風級 ふうきゅう
風紀 ふうき
風馬牛 ふうばぎゅう
風格 ふうかく
風速 ふうそく
風致 ふうち
風疾 ふうしつ

風疹 ふうしん
風流 ふうりゅう
風浪 ふうろう
風害 ふうがい
風通 かざとおし・か
ぜとおし
風紋 ふうもん
風教 ふうきょう
風雪 ふうせつ
風眼 ふうがん
風笛 ふうてき
風袋 ふうたい
風鳥 ふうちょう
風船 ふうせん
風情 ふぜい
風習 ふうしゅう
風琴 ふうきん
風葬 ふうそう
風雲 ふううん
風雲児 ふううんじ
風景 ふうけい
風評 ふうひょう
風湿 ふうしつ
風媒花 ふうばいか
風雅 ふうが
風鈴 ふうりん
風隙 ふうげき
風聞 ふうぶん
風貌 ふうぼう
風蝕 ふうしょく
風説 ふうせつ
風塵 ふうじん
風趣 ふうしゅ
風儀 ふうぎ
風潮 ふうちょう
風霜 ふうそう
風靡 ふうび
風韻 ふういん
風蘭 ふうらん
〔忽〕そう
〔狢〕かく・むじな
〔狡〕こう・こすい・
ずるい
狡猾 こうかつ
狡賢 ずるがしこい
狡獪 こうかい
〔狩〕しゅ・かり・か
る
狩人 かりうど・かり
ゅうど

狩出 かりだす
狩衣 かりぎぬ
狩猟 しゅりょう
〔怨〕えん・おん・え
　んじる・うらみ・う
　らみっこ・うらむ
怨言 うらみごと・え
　んげん
怨念 おんねん
怨恨 えんこん
怨嗟 えんさ
怨霊 おんりょう
〔急〕きゅう・せく・
　せかす・せそぐ・い
　そがしい
急込 せきこむ
急用 きゅうよう
急立 せきたつ・せき
　たてる
急死 きゅうし
急先鋒 きゅうせんぼ
　う
急行 きゅうこう
急足 いそぎあし
急告 きゅうこく
急使 きゅうし
急迫 きゅうはく
急所 きゅうしょ
急性 きゅうせい
急拵 きゅうごしらえ
急変 きゅうへん
急逝 きゅうせい
急速 きゅうそく
急峻 きゅうしゅん
急造 きゅうぞう
急病 きゅうびょう
急病人 きゅうびょう
　にん
急流 きゅうりゅう
急降下 きゅうこうか
急転 きゅうてん
急転直下 きゅうてん
　ちょっか
急患 きゅうかん
急進 きゅうしん
急務 きゅうむ
急場 きゅうば
急報 きゅうほう
急落 きゅうらく
急須 きゅうす
急増 きゅうぞう

急激 きゅうげき
急遽 きゅうきょ
急騰 きゅうとう
急襲 きゅうしゅう
〔胤〕いん・たね
〔盈〕えい・みつ
〔訂〕てい
訂正 ていせい
〔計〕けい・はからい
　・はからう・はかる
　・はかり
計上 けいじょう
計売 はかりうり
計画 けいかく
計画的 けいかくてき
計重台 けいじゅうだ
　い
計時 けいじ
計略 けいりゃく
計量 けいりょう
計測 けいそく
計数 けいすう
計算 けいさん
計算尺 けいさんじゃ
　く
計算器 けいさんき
計算機 けいさんき
計器 けいき
計難 はかりがたい
〔訃〕ふ
訃音 ふいん
訃報 ふほう
〔哀〕あい・かなしい
　・かなしむ・かなし
　み・あわれむ・あわ
　れみ・あわれ
哀切 あいせつ
哀号 あいごう
哀史 あいし
哀惜 あいせき
哀悼 あいとう
哀訴 あいそ
哀感 あいかん
哀愁 あいしゅう
哀傷 あいしょう
哀楽 あいらく
哀話 あいわ
哀歌 あいか
哀歓 あいかん
哀調 あいちょう
哀憐 あいれん

哀願 あいがん
〔亭〕てい・ちん
亭主 ていしゅ
亭亭 ていてい
〔度〕ど・たく・たび
度外 どがい・どはず
　れ
度外視 どがいし
度合 どあい
度肝 どぎも
度忘 どわすれ
度重 たびかさなる
度胆 どぎも
度度 たびたび
度胸 どきょう
度量 どりょう
度量衡 どりょうこう
度数 どすう
度難 どしがたい
〔変〕へん・かえる・
　かわり・かわる
変人 へんじん
変化 へんか・へんげ
変化記号 へんかきご
　う
変化球 へんかきゅう
変心 へんしん
変幻 へんげん
変圧器 へんあつき
変目 かわりめ
変死 へんし
変成岩 へんせいがん
変光星 へんこうせい
変名 へんめい
変色 へんしょく
変形 へんけい
変声 へんせい
変声期 へんせいき
変更 へんこう
変乱 へんらん
変体 へんたい
変体仮名 へんたいが
　な
変位 へんい
変身 かわりみ・へん
　しん
変改 へんかい
変事 へんじ
変物 へんぶつ

変奏曲 へんそうきょ
　く
変革 へんかく
変則 へんそく
変約 へんやく
変哲 へんてつ
変速 へんそく
変記号 へんきごう
変容 へんよう
変梃 へんてこ
変転 へんてん
変異 へんい
変移 へんい
変動 へんどう
変換 へんかん
変量 へんりょう
変装 へんそう
変温動物 へんおんど
　うぶつ
変電所 へんでんしょ
変節 へんせつ
変数 へんすう
変種 かわりだね・へ
　んしゅ
変貌 へんぼう
変態 へんたい
変遷 へんせん
変質 へんしつ
変調 へんちょう
〔疣〕いぼ・たり
疣痔 いぼじ
〔疥〕かい・はたけ
疥癬 かいせん
〔疫〕え・えき・やく
疫病 えきびょう
疫痢 えきり
郊外 こうがい
〔施〕し・せ・ほどこ
　し・ほどこす
施工 しこう・せこう
施主 せしゅ
施行 しこう・せこう
施肥 しひ
施政 しせい
施設 しせつ
施策 しさく
施餓鬼 せがき
施錠 せじょう
施療 せりょう
〔姿〕し・すがた

姿見 すがたみ

姿容 しよう

姿煮 すがたに

姿勢 しせい

姿勢転換 しせいてんかん

姿態 したい

〔音〕ね・おん・おと・いん・と

音叉 おんさ

音引 おんびき

音吐朗朗 おんとろうろう

音曲 おんぎょく

音名 おんめい

音色 おんしょく・ねいろ

音声 おんせい

音沙汰 おとさた

音波 おんぱ

音便 おんびん

音信 いんしん・おんしん

音信不通 おんしんふつう

音速 おんそく

音訓 おんくん

音域 おんいき

音符 おんぷ

音訳 おんやく

音量 おんりょう

音程 おんてい

音階 おんかい

音感 おんかん

音節 おんせつ

音節文字 おんせつもじ

音楽 おんがく

音楽会 おんがくかい

音楽配信 おんがくはいしん

音楽家 おんがくか

音痴 おんち

音数律 おんすうりつ

音読 おんどく・おんよみ

音標文字 おんぴょうもじ

音質 おんしつ

音調 おんちょう

音頭 おんど

音譜 おんぷ

音韻 おんいん

音響 おんきょう

〔彦〕ひこ

〔颯〕さつ・さっと

〔帝〕てい・みかど

帝王 ていおう

帝国 ていこく

帝国主義 ていこくしゅぎ

帝政 ていせい

〔美〕び・うつくしい・うるわしい

美人 びじん

美女 びじょ

美少年 びしょうねん

美化 びか

美文 びぶん

美田 びでん

美肌 びはだ

美名 びめい

美技 びぎ

美声 びせい

美男 びなん

美男子 びだんし

美妙 びみょう

美味 おいしい・びみ

美的 びてき

美学 びがく

美点 びてん

美食 びしょく

美風 びふう

美酒 びしゅ

美挙 びきょ

美容 びよう

美容院 びよういん

美術 びじゅつ

美景 びけい

美辞 びじ

美辞麗句 びじれいく

美意識 びいしき

美徳 びとく

美貌 びぼう

美談 びだん

美濃 みの

美濃判 みののばん

美濃紙 みのがみ

美醜 びしゅう

美観 びかん

美麗 びれい

〔叛〕はん・ほん・そむく

叛乱 はんらん

叛逆 はんぎゃく

叛骨 はんこつ

叛徒 はんと

叛旗 はんき

〔送〕そう・おせくり・おくる

送水 そうすい

送付 そうふ

送出 おくりだす

送気管 そうきかん

送仮名 おくりがな

送行 そうこう

送別 そうべつ

送別会 そうべつかい

送迎 おくりむかえ・そうげい

送状 おくりじょう

送金 そうきん

送油 そうゆ

送届 おくりとどける

送信 そうしん

送風 そうふう

送料 そうりょう

送球 そうきゅう

送達 そうたつ

送検 そうけん

送電 そうでん

送電線 そうでんせん

送辞 そうじ

送話器 そうわき

送稿 そうこう

送還 そうかん

〔巻〕かん・けん・まくまき

巻上 まきあげる・まくしあげる

巻子本 かんすぼん

巻尺 まきじゃく

巻末 かんまつ

巻付 まきつく・まきつける

巻込 まきこむ

巻舌 まきじた

巻貝 まきがい

巻返 まきかえし

巻物 まきもの

巻狩 まきがり

巻首 かんしゅ

巻起 まきおこす

巻紙 まきがみ

巻添 まきぞえ

巻落 まきおとす

巻数 かんすう

巻煙草 まきたばこ

巻網 まきあみ

巻線 まきせん

巻頭 かんとう

巻鮨 まきずし

〔迷〕めい・まよい・まよう・まよわす

迷子 まいご

迷走神経 めいそうしんけい

迷児 まいご

迷信 めいしん

迷宮 めいきゅう

迷彩 めいさい

迷惑 めいわく

迷夢 めいむ

迷路 めいろ

迷霧 めいむ

〔籾〕もみ

籾米 もみごめ

籾殻 もみがら

籾糠 もみぬか

〔前〕ぜん・まえ・さき

前人 ぜんじん

前人未到 ぜんじんみとう

前口 まえくち

前口上 まえこうじょう

前厄 まえやく

前日 ぜんじつ・まえび

前月 ぜんげつ

前文 ぜんぶん

前方 ぜんぽう

前方後円墳 ぜんぽうこうえんふん

前払 まえばらい

前世 ぜんせ

前世紀 ぜんせいき

前号 ぜんごう

前付 まえづけ

前代未聞 ぜんだいみもん

前句 まえく

前半 ぜんはん	前納 ぜんのう	首筋 くびすじ	〔剃〕てい・そる
前回 ぜんかい	前掛 まえかけ	首罪 しゅざい	剃刀 かみそり
前年 ぜんねん	前菜 ぜんさい	首飾 くびかざり	剃髪 ていはつ
前任 ぜんにん	前略 ぜんりゃく	首魁 しゅかい	〔為〕い・す・する・ため・なさる・なす
前向 まえむき	前進 ぜんしん	首領 しゅりょう	為出 しでかす
前兆 ぜんちょう	前部 ぜんぶ	首輪 くびわ	為直 しなおす
前売 まえうり	前項 ぜんこう	首謀 しゅぼう	為所 しどころ
前芸 まえげい	前提 ぜんてい	首題 しゅだい	為政者 いせいしゃ
前車 ぜんしゃ	前期 ぜんき	〔逆〕ぎゃくさか・さかさ・さからう	為兼 しかねる
前足 まえあし	前歯 まえば	逆上 ぎゃくじょう・さかあがり・のぼせる	為書 ためがき
前身 ぜんしん	前景 ぜんけい	逆子 さかご	為悪 しにくい
前言 ぜんげん	前景気 まえげいき	逆比例 ぎゃくひれい	為替 かわせ
前者 ぜんしゃ	前貸 まえがし	逆手 ぎゃくて・さかて	為落 しおち
前述 ぜんじゅつ	前渡 まえわたし	逆目 さかめ	為筋 ためすじ
前非 ぜんぴ	前照灯 ぜんしょうとう	逆用 ぎゃくよう	為遂 しとげる
前垂 まえだれ	前置 まえおき	逆立 さかだち・さかだつ・さかだてる	為損 しそこなう・しそんじる
前金 まえきん	前置詞 ぜんちし	逆光 ぎゃっこう	為遣 してやる
前受 まえうけ	前触 まえぶれ	逆光線 ぎゃくこうせん	為難 しにくい
前夜 ぜんや	前髪 まえがみ	逆行 ぎゃっこう	〔浅〕せん・あさ・あさい
前夜祭 ぜんやさい	前審 ぜんしん	逆効果 ぎゃくこうか	浅手 あさで
前屈 まえかがみ・まえこごみ	前線 ぜんせん	逆戻 ぎゃくもどり	浅知恵 あさぢえ
前奏 ぜんそう	前頭 まえがしら	逆風 ぎゃくふう	浅学 せんがく
前奏曲 ぜんそうきょく	前衛 ぜんえい	逆巻 さかまく	浅春 せんしゅん
前面 ぜんめん	〔酋〕しゅう	逆恨 さかうらみ	浅黄 あさぎ
前科 ぜんか	酋長 しゅうちょう	逆流 ぎゃくりゅう	浅黒 あさぐろい
前便 ぜんびん	〔首〕しゅ・くび・こうべ・しるし	逆剥 さかむけ	浅智慧 あさぢえ
前後 ぜんご	首丈 くびったけ	逆接 ぎゃくせつ	浅葱 あさぎ
前後不覚 ぜんごふかく	首切 くびきり	逆捩 さかねじ	浅蜊 あさり
前後左右 ぜんごさゆう	首引 くびっぴき	逆転 ぎゃくてん	浅傷 あさで
前後関係 ぜんごかんけい	首吊 くびつり	逆夢 さかゆめ	浅漬 あさづけ
前前 ぜんぜん・まえまえ	首位 しゅい	逆睫 さかさまつげ	浅緑 あさみどり
前祝 まえいわい	首尾 しゅび	逆賊 ぎゃくぞく	浅薄 せんぱく
前栽 せんざい	首長 しゅちょう	逆数 ぎゃくすう	浅瀬 あさせ
前桐 まえぎり	首肯 しゅこう	逆境 ぎゃっきょう	〔洪〕こう
前時代 ぜんじだい	首府 しゅふ	逆蜻蛉 さかとんぼ	洪水 こうずい
前哨戦 ぜんしょうせん	首実検 くびじっけん	逆算 ぎゃくさん	洪恩 こうおん
前借 ぜんしゃく・まえがり	首相 しゅしょう	逆説 ぎゃくせつ	洪積世 こうせきせい
前途 ぜんと	首枷 くびかせ	逆撫 さかなで	洪積層 こうせきそう
前途有望 ぜんとゆうぼう	首巻 しゅかん	逆襲 ぎゃくしゅう	〔洒〕しゃ・すすぐ
前記 ぜんき	首班 しゅはん	〔畑〕はた・はたけ	洒洒落落 しゃしゃらくらく
前座 ぜんざ	首根 くびねっこ	畑地 はたち	洒脱 しゃだつ
前書 まえがき	首席 しゅせき	畑作 はたさく	洒落 しゃらく・しゃれ
	首座 しゅざ・しゅそ	畑違 はたけちがい	洒落臭 しゃらくさい
	首都 しゅと	炯眼 けいがん	〔洟〕はな
	首都圏 しゅとけん	炸裂 さくれつ	
	首唱 しゅしょう		
	首脳 しゅのう		
	首部 しゅぶ		

湊垂 はなたらし・はなたれ

〔洩〕もる・もれ・もれる・もらす

〔洞〕どう・ほら

洞穴 どうけつ・ほらあな

洞見 どうけん

洞門 どうもん

洞窟 どうくつ

洞察 どうさつ

〔洗〕せん・あらう

洗立 あらいたてる

洗物 あらいもの

洗面 せんめん

洗浄 せんじょう

洗晒 あらいざらし

洗剤 せんざい

洗粉 あらいこ

洗浚 あらいざらい

洗眼 せんがん

洗脳 せんのう

洗場 あらいば

洗髪 せんぱつ

洗滌 せんじょう

洗熊 あらいぐま

洗濯 せんたく

洗顔 せんがん

〔活〕かつ・いかす・いかる・いき・いく・いける

活力 かつりょく

活仏 かつぶつ

活火山 かっかざん

活用 かつよう

活用形 かつようけい

活用語 かつようご

活用語尾 かつようごび

活写 かっしゃ

活弁 かつべん

活気 かっき

活字 かつじ

活字体 かつじたい

活社会 かっしゃかい

活版 かっぱん

活況 かっきょう

活性 かっせい

活性炭 かっせいたん

活発 かっぱつ

活栓 かっせん

活殺 かっさつ

活動 かつどう

活動写真 かつどうしゃしん

活魚 かつぎょ

活着 かっちゃく

活路 かつろ

活劇 かつげき

活潑 かっぱつ

活線 かっせん

活躍 かつやく

〔海〕かい・うみ・うな・あま

海人小舟 あまおぶね

海人草 かいじんそう

海上 かいじょう

海上保険 かいじょうほけん

海上運送 かいじょううんそう

海上権 かいじょうけん

海千山千 うみせんやません

海女 あま

海王星 かいおうせい

海中 かいちゅう

海水 かいすい

海水浴 かいすいよく

海水着 かいすいぎ

海手 うみて

海月 くらげ

海外 かいがい

海外投資 かいがいとうし

海外放送 かいがいほうそう

海外貿易 かいがいぼうえき

海外渡航 かいがいとこう

海抜 かいばつ

海里 かいり

海図 かいず

海幸 うみのさち

海事 かいじ

海国 かいこく

海岸 かいがん

海岸段丘 かいがんだんきゅう

海岸線 かいがんせん

海底 かいてい

海苔 のり

海草 かいそう

海面 かいめん

海峡 かいきょう

海胆 うに

海風 かいふう

海洋 かいよう

海洋汚染 かいようおせん

海軍 かいぐん

海神 かいじん

海原 うなばら

海員 かいいん

海豹 あざらし

海浜 かいひん

海流 かいりゅう

海域 かいいき

海蛇 うみへび

海鳥 かいちょう

海豚 いるか

海亀 うみがめ

海猫 うみねこ

海産 かいさん

海産物 かいさんぶつ

海陸 かいりく

海陸風 かいりくふう

海棠 かいどう

海道 かいどう

海港 かいこう

海運 かいうん

海賊 かいぞく

海賊版 かいぞくばん

海路 かいろ

海溝 かいこう

海戦 かいせん

海鳴 うみなり

海綿 かいめん

海綿動物 かいめんどうぶつ

海鞘 ほや

海獣 かいじゅう

海難 かいなん

海藻 かいそう

海驢 あしか

〔派〕は・はする

派手 はで

派生 はせい

派生的 はせいてき

派生語 はせいご

派出 はしゅつ

派出所 はしゅつじょ

派兵 はへい

派遣 はけん

派閥 はばつ

〔染〕せん・しみる・じみる・そめる・そまる

染入 しみいる

染上 そめあがり・そめあげる

染井吉野 そめいよしの

染付 しみつく

染込 しみこむ

染色 せんしょく

染色体 せんしょくたい

染抜 しみぬき

染物 そめもの

染透 しみとおる

染髪 せんぱつ

〔洛〕らく

〔浄〕じょう・きよめる

浄土 じょうど

浄水 じょうすい

浄化 じょうか

浄火 じょうか

浄写 じょうしゃ

浄血 じょうけつ

浄衣 じょうえ

浄財 じょうざい

浄書 じょうしょ

浄琉璃 じょうるり

浄域 じょういき

〔洋〕よう

洋上 ようじょう

洋弓 ようきゅう

洋犬 ようけん

洋本 ようほん

洋式 ようしき

洋行 ようこう

洋画 ようが

洋服 ようふく

洋学 ようがく

洋品 ようひん

洋食 ようしょく

洋風 ようふう

洋洋 ようよう

洋室 ようしつ

洋酒 ようしゅ

洋書 ようしょ

洋紙 ようし

洋菓子 ようがし

洋菜 ようさい

洋裁 ようさい

洋間 ようま

洋傘 ようがさ

洋装 ようそう

洋楽 ようがく

洋数字 ようすうじ

洋髪 ようはつ

洋種 ようしゅ

洋銀 ようぎん

洋館 ようかん

洋燈 ようとう

〔洲〕しゅう

〔津〕しん・つ

津波 つなみ

津津 しんしん

津津浦浦 つつうらうら

〔恃〕じ・たのむ・たのみ

〔恒〕こう

恒久 こうきゅう

恒心 こうしん

恒例 こうれい

恒星 こうせい

恒信風 こうしんふう

恒風 こうふう

恒常 こうじょう

恒産 こうさん

恒温 こうおん

恒温動物 こうおんどうぶつ

恒数 こうすう

〔恍〕こう・とぼ・とほける

恍惚 こうこつ

〔恫〕どう・とう

恫喝 どうかつ

〔恬〕てん

恬淡 てんたん

恬然 てんぜん

〔悔〕かい・げ・くいる・くい・くやみ・くやむくやしがる・くやしい

悔改 くいあらためる

悔恨 かいこん

悔涙 くやしなみだ

悔悟 かいご

〔恰〕かつ・こう・あたかも

恰好 かっこう

恰度 ちょうど

恰幅 かっぷく

〔恨〕こん・うらみ・うらむ・うらめしい

恨言 うらみごと

〔単〕たん・ぜん・ひとえ・たんなる

単一 たんいつ

単一手形 たんいつてがた

単一化 たんいつか

単刀直入 たんとうちょくにゅう

単子葉植物 たんしようしょくぶつ

単元 たんげん

単文 たんぶん

単打 たんだ

単式 たんしき

単式印刷 たんしきいんさつ

単行 たんこう

単行本 たんこうぼん

単色 たんしょく

単衣 ひとえ

単糸 たんし

単車 たんしゃ

単利 たんり

単体 たんたい

単作 たんさく

単位 たんい

単身 たんしん

単価 たんか

単舎利別 たんシャリベツ

単軌 たんき

単科大学 たんかだいがく

単独 たんどく

単独行動主義 たんどくこうどうしゅぎ

単音 たんおん

単発 たんぱつ

単級 たんきゅう

単記 たんき

単座 たんざ

単純 たんじゅん

単純化 たんじゅんか

単純明快 たんじゅんめいかい

単純泉 たんじゅんせん

単純語 たんじゅんご

単眼 たんがん

単産 たんさん

単細胞生物 たんさいぼうせいぶつ

単項式 たんこうしき

単葉 たんよう

単勝 たんしょう

単試合 たんしあい

単数 たんすう

単語 たんご

単複 たんぷく

単綴 たんてつ

単調 たんちょう

単線 たんせん

単機 たんき

単騎 たんき

〔栄〕えい・さかえ・さかえる・はえ

栄光 えいこう

栄花物語 えいがものがたり

栄枯 えいこ

栄枯盛衰 えいこせいすい

栄冠 えいかん

栄華 えいが

栄転 えいてん

栄進 えいしん

栄達 えいたつ

栄誉 えいよ

栄養 えいよう

栄養失調 えいようしっちょう

栄養価 えいようか

栄養素 えいようそ

栄螺 さざえ

栄螺梯子 さざえばしご

栄耀 えいよう

栄耀栄華 えようえいが

〔宣〕せん・せんする・のる・のりのたま

うのたもうのたまわく

宣伝 せんでん

宣旨 せんじ

宣告 せんこく

宣言 せんげん

宣教師 せんきょうし

宣戦 せんせん

宣誓 せんせい

〔宦〕かん

宦官 かんがん

〔宥〕ゆう・なだめる

宥和 ゆうわ

宥免 ゆうめん

宥賺 なだめすかす

〔室〕しつ・むろ

室内 しつない

室外 しつがい

室町時代 むろまちじだい

室咲 むろざき

室料 しつりょう

室温 しつおん

〔窃〕せつ・ひそか

窃取 せっしゅ

窃盗 せっとう

〔客〕きゃくかく

客止 きゃくどめ

客引 きゃくひき

客死 かくし

客車 きゃくしゃ

客足 きゃくあし

客体 きゃくたい

客員 かくいん・きゃくいん

客船 きゃくせん

客寄 きゃくよせ

客間 きゃくま

客演 きゃくえん

客観 きゃっかん

客観的 きゃっかんてき

〔穿〕せん・はく・うがつ

穿孔 せんこう

穿鑿 せんさく

〔冠〕かん・こうぶり・かんむり・かぶり・かむり・かむる

冠水 かんすい

冠者 かじゃ

冠省 かんしょう	〔神〕しん・かみ・かむ・かん	神経衰弱 しんけいすいじゃく	祝賀 しゅくが
冠婚葬祭 かんこんそうさい	神人 しんじん	神経症 しんけいしょう	祝電 しゅくでん
冠詞 かんし	神力 しんりょく	神経過敏 しんけいかびん	祝辞 しゅくじ
冠絶 かんぜつ	神子 みこ	神経痛 しんけいつう	祝意 しゅくい
〔郎〕ろう・おっと	神水 しんすい	神経戦 しんけいせん	祝福 しゅくふく
〔軍〕ぐん・いくさ	神化 しんか	神経質 しんけいしつ	祝筵 しゅくえん
軍人 ぐんじん	神仏 しんぶつ	神葬 しんそう	祝儀 しゅうぎ
軍刀 ぐんとう	神父 しんぷ	神無月 かんなづき	〔祠〕し・ほくう・ほこら
軍手 ぐんて	神火 しんか	神童 しんどう	〔建〕けん・こん・たつ・たてる
軍令 ぐんれい	神代 じんだい	神道 しんとう	建付 たてつけ
軍拡 ぐんかく	神仙 しんせん	神聖 しんせい	建白書 けんぱくしょ
軍事 ぐんじ	神主 かんぬし	神業 かみわざ	建込 たてこむ
軍国主義 ぐんこくしゅぎ	神出鬼没 しんしゅつきぼつ	神楽 かぐら	建立 こんりゅう
軍服 ぐんぷく	神色 しんしょく	神話 しんわ	建売 たてうり
軍法 ぐんぽう	神州 しんしゅう	神殿 しんでん	建材 けんざい
軍政 ぐんせい	神技 しんぎ	神魂 しんこん	建坪 たてつぼ
軍配 ぐんばい	神助 しんじょ	神様 かみさま	建直 たてなおす
軍記物語 ぐんきものがたり	神佑 しんゆう	神罰 しんばつ	建具 たてぐ
軍曹 ぐんそう	神位 しんい	神算 しんさん	建国 けんこく
軍部 ぐんぶ	神社 じんじゃ	神徳 しんとく	建国記念日 けんこくきねんび
軍務 ぐんむ	神妙 しんみょう	神隠 かみがくし	建物 たてもの
軍備 ぐんび	神国 しんこく	神権 しんけん	建前 たてまえ
軍装 ぐんそう	神明 しんめい	神霊 しんれい	建造 けんぞう
軍属 ぐんぞく	神典 しんてん	神慮 しんりょ	建造物 けんぞうぶつ
軍費 ぐんぴ	神学 しんがく	神器 しんき・じんぎ	建設 けんせつ
軍隊 ぐんたい	神学校 しんがっこう	神頼 かみだのみ	建設的 けんせつてき
軍勢 ぐんぜい	神官 しんかん	神謀 しんぼう	建設省 けんせつしょう
軍靴 ぐんか	神苑 しんえん	神燈 しんとう	建増 たてまし
軍資金 ぐんしきん	神威 しんい	神輿 しんよ・みこし	建築 けんちく
軍歌 ぐんか	神品 しんぴん	神職 しんしょく	建議 けんぎ
軍需 ぐんじゅ	神風 かみかぜ	神髄 しんずい	〔退〕たい・すさる・しさる・しりぞく・しりぞける・そく・どかす・どく・どける・のくのける・ひく・ひける・ひけ
軍閥 ぐんばつ	神変 しんぺん	神韻 しんいん	退化 たいか
軍旗 ぐんき	神祖 しんそ	神饌 しんせん	退去 たいきょ
軍縮 ぐんしゅく	神神 こうごうしい	〔祝〕しゅく・いわい・いわう・しゅくする	退出 たいしゅつ
軍医 ぐんい	神祇 じんぎ	祝日 しゅくじつ	退任 たいにん
軍艦 ぐんかん	神格 しんかく	祝言 しゅうげん	退行 たいこう
〔衿〕えり	神速 しんそく	祝杯 しゅくはい	退色 たいしょく
〔袂〕たもと	神秘 しんぴ	祝典 しゅくてん	退却 たいきゃく
〔祐〕ゆう・たすく	神託 しんたく	祝砲 しゅくほう	退位 たいい
〔祖〕そ・おや	神酒 みき	祝宴 しゅくえん	退役 たいえき
祖父 じい・じじ・じじい・そふ	神宮 じんぐう	祝捷 しゅくしょう	退社 たいしゃ
祖父母 そふぼ	神域 しんいき	祝祭日 しゅくさいじつ	退歩 たいほ
祖母 そぼ	神都 しんと	祝勝 しゅくしょう	
祖先 そせん	神授 しんじゅ	祝詞 のりと	
祖述 そじゅつ	神符 しんぷ		
祖国 そこく	神祭 しんさい		
	神経 しんけい		

退治 たいじ
退学 たいがく
退官 たいかん
退屈 たいくつ
退室 たいしつ
退校 たいこう
退席 たいせき
退座 たいざ
退陣 たいじん
退院 たいいん
退場 たいじょう
退散 たいさん
退勤 たいきん
退廃 たいはい
退勢 たいせい
退路 たいろ
退隠 たいいん
退潮 たいちょう
退避 たいひ
退職 たいしょく
退職年金 たいしょく
　ねんきん
〔屍〕し・しかばね・
　かばね
屍体 したい
屍臭 ししゅう
〔屋〕おく・や
屋上 おくじょう
屋内 おくない
屋号 やごう
屋外 おくがい
屋台 やたい
屋台店 やたいみせ
屋台骨 やたいぼね
屋形 やかた
屋形船 やかたぶね
屋根 やね
屋根里 やねうら
屋敷 やしき
〔昼〕し・あた・た
〔昼〕ちゅう・ひる
昼下 ひるさがり
昼日中 ひるひなか
昼中 ひるなか
昼休 ひるやすみ
昼行燈 ひるあんどん
昼夜 ちゅうや
昼夜兼行 ちゅうやけ
　んこう
昼食 ちゅうしょく

昼前 ひるまえ
昼酒 ひるざけ
昼間 ちゅうかん・ひ
　るま
昼過 ひるすぎ
昼飯 ひるめし
昼寝 ひるね
昼鳶 ひるとんび
昼顔 ひるがお
〔屏〕へい・びょう
屏風 びょうぶ
〔屎〕し・くそ・ばば
屎尿 しにょう
屎瓶 しびん
〔韋〕い・おしかわ
韋駄天 いだてん
〔眉〕び・まゆ・まみ
　・まよ
眉毛 まゆげ
眉目 びもく
眉尻 まゆじり
眉唾物 まゆつばもの
眉間 みけん
眉墨 まゆずみ
〔姥〕ぼ・とめ・うば
姥桜 うばざくら
〔姪〕てつ・めい
〔姻〕いん
姻戚 いんせき
姻族 いんぞく
〔姦〕かん・かしまし
　い
姦通 かんつう
姦策 かんさく
〔怒〕ど・おこる・い
　かる・いかり
怒号 どごう
怒気 どき
怒声 どせい
怒肩 いかりがた
怒鳴 どなる
怒濤 どとう
〔架〕か
架空 かくう
架設 かせつ
架線 かせん
架橋 かきょう
〔飛〕ひ・とぶ・とばす
飛入 とびいり
飛下 とびおりる

飛上 とびあがる
飛切 とびきり
飛火 とびひ・とぶひ
飛石 とびいし
飛石連休 とびいしれ
　んきゅう
飛付 とびつく
飛白 ひはく
飛込 とびこみ・とび
　こむ
飛立 とびたつ
飛出 とびだす・とび
　でる
飛台 とびだい
飛地 とびち
飛回 とびまわる
飛行 ひこう
飛行士 ひこうし
飛行船 ひこうせん
飛行場 ひこうじょう
飛行機 ひこうき
飛行機雲 ひこうきぐ
　も
飛交 とびかう
飛抜 とびぬける
飛車 ひしゃ
飛来 ひらい
飛板 とびいた
飛歩 とびあるく
飛沫 しぶき・ひまつ
飛乗 とびのる
飛退 とびのく
飛起 とびおきる
飛降 とびおりる
飛掛 とびかかる
飛鳥時代 あすかじだ
　い
飛脚 ひきゃく
飛魚 とびうお
飛越 とびこえる・と
　びこす
飛揚 ひよう
飛報 ひほう
飛散 とびちる
飛翔 とびかける・ひ
　しょう
飛渡 とびわたる
飛違 とびちがう
飛語 ひご
飛箱 とびばこ
飛瀑 ひばく

飛離 とびはなれる
飛競 とびくら
飛躍 ひやく
〔勇〕ゆう・いさまし
　い・いさみ・いさむ
勇士 ゆうし
勇立 いさみたつ
勇気 ゆうき
勇肌 いさみはだ
勇名 ゆうめい
勇壮 ゆうそう
勇足 いさみあし
勇武 ゆうぶ
勇者 ゆうしゃ
勇往邁進 ゆうおうま
　いしん
勇姿 ゆうし
勇退 ゆうたい
勇将 ゆうしょう
勇猛 ゆうもう
勇断 ゆうだん
勇敢 ゆうかん
勇戦 ゆうせん
勇躍 ゆうやく
〔怠〕たい・なまける
　・おこたる
怠者 なまけもの
怠惰 たいだ
怠慢 たいまん
〔癸〕き・みずのと
〔発〕はつ・ほつ・あ
　ばく・たつ
発火 はっか
発火点 はっかてん
発心 ほっしん
発刊 はっかん
発布 はっぷ
発生 はっせい
発令 はつれい
発句 ほっく
発光 はっこう
発行 はっこう
発行所 はっこうじょ
発会 はっかい
発色 はっしょく
発汗 はっかん
発走 はっそう
発赤 ほっせき
発売 はつばい
発声 はっせい

発車 はっしゃ
発見 はっけん
発足 はっそく・ほっそく
発作 ほっさ
発作的 ほっさてき
発狂 はっきょう
発条 ばね
発言 はつげん
発表 はっぴょう
発芽 はつが
発明 はつめい
発効 はっこう
発育 はついく
発泡 はっぽう
発注 はっちゅう
発信 はっしん
発信人 はっしんにん
発音 はつおん
発音記号 はつおんきごう
発送 はっそう
発起 ほっき
発起人 ほっきにん
発砲 はっぽう
発破 はっぱ
発射 はっしゃ
発病 はつびょう
発疹 はっしん
発案 はつあん
発祥 はっしょう
発祥地 はっしょうち
発展 はってん
発展途上国 はってんとじょうこく
発掘 はっくつ
発動 はつどう
発動機 はつどうき
発進 はっしん
発情 はつじょう
発揚 はつよう
発達 はったつ
発揮 はっき
発散 はっさん
発着 はっちゃく
発覚 はっかく
発禁 はっきん
発想 はっそう
発電 はつでん
発電所 はつでんしょ

発意 はつい
発煙筒 はつえんとう
発駅 はつえき
発酵 はっこう
発語 はつご
発端 ほったん
発熱 はつねつ
発憤 はっぷん
発頭人 ほっとうにん
発奮 はっぷん
発議 はつぎ
発露 はつろ
〔柔〕じゅう・やわらか・やわらかい
柔肌 やわはだ
柔和 にゅうわ
柔弱 にゅうじゃく
柔軟 じゅうなん
柔術 じゅうじゅつ
柔順 じゅうじゅん
柔道 じゅうどう
矜持 きょうじ
〔陋〕ろう・いやしい
陋劣 ろうれつ
陋巷 ろうこう
陋室 ろうしつ
陋屋 ろうおく
陋習 ろうしゅう
〔限〕げん・きり・かぎり・かぎる
限外 げんがい
限定 げんてい
限界 げんかい
限度 げんど
〔紆〕う
紆余曲折 うよきょくせつ
〔紅〕こう・べに・くれな
紅一点 こういってん
紅毛碧眼 こうもうへきがん
紅白 こうはく
紅茶 こうちゃ
紅軍 こうぐん
紅梅 こうばい
紅唇 こうしん
紅殻 べにがら
紅葉 もみじ
紅葉狩 もみじがり

紅塵 こうじん
紅旗 こうき
紅綬褒章 こうじゅほうしょう
紅蓮 ぐれん
紅潮 こうちょう
紅顔 こうがん
〔糾〕きゅう あざなう
糾合 きゅうごう
糾明 きゅうめい
糾弾 きゅうだん
〔約〕やく・つづめる・つじまる
約分 やくぶん
約束 やくそく
約束手形 やくそくてがた
約言 やくげん
約定 やくじょう
約音 やくおん
約款 やっかん
約数 やくすう
約説 やくせつ
約諾 やくだく
〔級〕きゅう
級友 きゅうゆう
級長 きゅうちょう
級数 きゅうすう
〔紀〕き
紀元 きげん
紀元前 きげんぜん
紀伝体 きでんたい
紀行 きこう
紀念 きねん
紀要 きよう
紀貫之 きのつらゆき

十畫

〔泰〕たい
泰山 たいざん
泰山木 たいざんぼく
泰斗 たいと
泰平 たいへい
泰西 たいせい
泰然 たいぜん
泰然自若 たいぜんじじゃく
〔秦〕しん・はた
〔珪〕けい

珪土 けいど
珪石 けいせき
珪亜鉛鉱 けいあえんこう
珪肺 けいはい
珪素 けいそ
珪酸 けいさん
珪藻 けいそう
珪藻土 けいそうど
〔珠〕しゅ・たま
珠玉 しゅぎょく
珠算 しゅざん・たまざん
〔班〕はん
班長 はんちょう
〔素〕す・そ・もと
素人 しろうと
素子 そし
素手 すで
素地 そじ
素朴 そぼく
素早 すばやい
素因 そいん
素因数 そいんすう
素行 そこう
素肌 すはだ
素抜 すっぱぬく
素志 そし
素材 そざい
素見 すけん
素足 すあし
素直 すなお
素知顔 そしらぬかお
素泊 すどまり
素性 すじょう
素姓 すじょう
素封家 そほうか
素面 しらふ
素振 すぶり・そぶり
素通 すどおし・すどおり
素描 すがき・そびょう
素粒子 そりゅうし
素晴 すばらしい
素焼 すやき
素数 そすう
素裸 すっぱだか
素踊 すおどり
素質 そしつ

素敵 すてき
素養 そよう
素謡 すうたい
素顔 すがお
素麺 そうめん
〔匿〕とく・かくす
匿名 とくめい
〔祓〕ばつ・ふつ・はらい・けらう
〔栞〕しおる・しおり
〔蚕〕さん・かいこ・こ
蚕糸 さんし
蚕食 さんしょく
〔栽〕さい
栽培 さいばい
〔捕〕は・とらう・とらえる・とらまえる・とらわれる・とる
捕手 ほしゅ
捕虫 ほちゅう
捕食 ほしょく
捕捉 ほそく
捕殺 ほさつ
捕球 ほきゅう
捕虜 ほりょ
捕獲 ほかく
捕縛 ほばく
捕鯨 ほげい
〔馬〕ば・ま・うま
馬力 ばりき
馬上 ばじょう
馬子 まご
馬手 めて
馬主 ばしゅ
馬市 うまいち
馬耳東風 ばじとうふう
馬車 ばしゃ
馬車馬 ばしゃうま
馬身 ばしん
馬返 うまがえし
馬房 ばぼう
馬具 ばぐ
馬券 ばけん
馬革 ばかく
馬面 うまづら
馬背 うまのせ
馬乗 うまのり
馬追 うまおい

馬追虫 うまおいむし
馬首 ばしゅ
馬屋 うまや
馬骨 うまのほね
馬耕 ばこう
馬酔木 あしび・あせび
馬術 ばじゅつ
馬鹿 ばか・ばかげた・ばからしい
馬鹿一覧 ばかのひとつおぼえ
馬鹿正直 ばかしょうじき
馬鹿加減 ばかさかげん
馬鹿者 ばかもの
馬鹿面 ばかづら
馬鹿臭 ばかくさい
馬鹿馬鹿 ばかばかしい
馬鹿笑 ばかわらい
馬鹿騒 ばかさわぎ
馬場 ばば
馬賊 ばぞく
馬鈴薯 ばれいしょ
馬橇 ばそり
馬頭 ばとう
馬蹄 ばてい
馬齢 ばれい
馬鍬 まぐわ
馬糞 ばふん
〔振〕しん・ふく・ふり・ぶり・ふれ・ふれる・ぶれる・ふる・ぶる・ふるう
振上 ふりあげる
振子 しんし・ふりこ
振切 ふりきる
振分付 ふりわけ
振方 ふりかた
振去見 ふりさけみる
振付 ふりつけ
振込 ふりこむ
振出 ふりだし・ふりだす
振出薬 ふりだしぐすり
振当 ふりあて
振回 ふりまわす
振仮名 ふりがな

振向 ふりむく
振合 ふりあい・ふりあう
振売 ふりうり
振乱 ふりみだす
振作 しんさく
振放 ふりはなす
振飛 ふりとばす
振時計 ふりどけい
振袖 ふりそで
振掛 ふりかけ・ふりかける
振捨 ふりすてる
振動 しんどう
振替 ふりかえ・ふりかえる
振幅 しんぷく
振鼓 ふりつづみ
振解 ふりほどく
振撒 ふりまく
振舞 ふるまい・ふるまう
振蕩 しんとう
振興 しんこう
振盪 しんとう
〔挟〕きょう・はさむ
挟殺 きょうさつ
挟撃 きょうげき
〔荊〕けい・いばら
荊妻 けいさい
荊棘 ばら
〔捗〕ちょく・はかどる
捗捗 はかばかしい
〔茸〕きのこ・たけ
〔茜〕せん・あかね
茜色 あかねいろ
〔起〕き・おきる・おこす・おこる
起工 きこう
起上 おきあがる
起用 きよう
起立 きりつ
起死回生 きしかいせい
起因 きいん
起伏 きふく
起抜 おきぬけ
起床 きしょう
起居 ききょ

起承転結 きしょうてんけつ
起草 きそう
起点 きてん
起重機 きじゅうき
起案 きあん
起動 きどう
起訴 きそ
起債 きさい
起源 きげん
起算 きさん
起稿 きこう
起爆 きばく
茴香 ういきょう
〔茱〕しゅ
莅苒 じんせん
荀子 じゅんし
〔茗〕めい・みょう
茗荷 みょうが
〔茫〕ぼう
茫洋 ぼうよう
茫茫 ぼうぼう
茫然 ぼうぜん
茫然自失 ぼうぜんじしつ
茫漠 ぼうばく
〔捏〕ねつ・こねくる・こねる・こね・つくねる
捏回 こねまわす
捏返 こねかえす
捏造 ねつぞう
〔貢〕こう・みつぐ
貢物 みつぎもの
貢献 こうけん
〔埋〕まい・うずまる・うずめる・うずもれる・うまる・うめる・うもれる・うもる
埋木 うもれぎ
埋火 うずみび
埋立 うめたて・うめたてる
埋合 うめあわせ
埋没 まいぼつ
埋草 うめくさ
埋設 まいせつ
埋葬 まいそう
埋樋 うずみひ
埋蔵 まいぞう

〔捜〕そう・さがす
捜物 さがしもの
捜索 そうさく
〔捉〕そく・つかまる・とらう・とらえる
捉所 とらえどころ
〔捆〕こん
捆包 こんぽう
〔捌〕さばき・さばく
捌口 はけぐち
捌場 はけば
〔茹〕じゅ・じょ・ゆだる・ゆでる
〔茘〕れい・り
茘枝 れいし
〔挺〕てい・ちょう
挺身 ていしん
挺進 ていしん
挿花 そうか
挿話 そうわ
〔哲〕てつ
哲人 てつじん
哲学 てつがく
哲理 てつり
〔逝〕せい・ゆく
逝去 せいきょ
耄碌 もうろく
〔耆〕き・おゆ・としより
耆那教 ジャイナきょう
〔挫〕ざ・くじく・くじける
挫折 ざせつ
挫傷 ざしょう
〔埒〕らち
埒内 らちない
埒外 らちがい
〔挽〕ばん・ひく
挽回 ばんかい
挽割 ひきわる
挽歌 ばんか
〔恐〕きょう・おそらく・おそれ・おそれる・おそろしい
恐水病 きょうすいびょう
恐多 おそれおおい
恐妻 きょうさい
恐怖 きょうふ
恐恐 おそるおそる

恐竜 きょうりゅう
恐悦 きょうえつ
恐喝 きょうかつ
恐慌 きょうこう
恐戦 おそれおののく
恐縮 きょうしゅく
〔埃〕あい・ほこり
〔挨〕あい
挨拶 あいさつ
〔耽〕たん・ふける
耽美 たんび
耽美主義 たんびしゅぎ
耽溺 たんでき
耽読 たんどく
〔恥〕ち・はじ・はじる
恥入 はじいる
恥知 はじしらず
恥辱 ちじょく
恥骨 ちこつ
恥部 ちぶ
恥曝 はじさらし
〔華〕か・け・げ・はな・はなやか
華氏 かし
華甲 かこう
華美 かび
華華 はなばなしい
華奢 きゃしゃ
華族 かぞく
華道 かどう
華僑 かきょう
華麗 かれい
〔恭〕きょう・うやうやしい・つつしむ
恭順 きょうじゅん
恭賀 きょうが
〔帯〕たいする・おぶ・おび・おびる
帯止 おびどめ
帯皮 おびかわ
帯金 おびがね
帯封 おびふう
帯革 おびかわ
帯留 おびどめ
帯電 たいでん
帯締 おびじめ
帯鋸 おびのこ

〔荷〕か・に・になう・になう
荷厄介 にやっかい
荷引 にびき
荷札 にふだ
荷主 にぬし
荷台 にだい
荷扱 にあつかい
荷均 にならし
荷車 にぐるま
荷足 にあし
荷役 にやく
荷取 にとり
荷物 にもつ
荷受 にうけ
荷拵 にごしらえ
荷重 かじゅう・におも
荷送 におくり
荷為替 にがわせ
荷馬 にうま
荷捌 にさばき
荷造 にづくり
荷高 にだか
荷動 にうごき
荷揚 にあげ
荷揚料 にあげりょう
荷渡港 にわたしこう
荷電 かでん
荷嵩 にがさ
荷敷 にじき
荷縄 になわ
荷積 にづみ
〔苔〕がん・かん・つぼみ
〔真〕しん・ま・まこと・まん
真一文字 まいちもんじ
真二 まっぷたつ
真人間 まにんげん
真下 ました
真上 まうえ
真木 まき
真中 まんなか
真水 まみず
真分数 しんぶんすう
真心 まごころ
真打 しんうち
真正 しんせい

真正直 まっしょうじき
真正面 ましょうめん・まっしょうめん
真平 まっぴら
真北 まきた
真田虫 さなだむし
真四角 ましかく
真白 まっしろ
真冬 まふゆ
真冬日 まふゆび
真皮 しんぴ
真西 まにし
真因 しんいん
真先 まっさき
真竹 まだけ
真向 まっこう・まむかい
真行草 しんぎょうそう
真名 まな
真字 まな
真如 しんにょ
真赤 まっか
真否 しんぴ
真似 まね・まねる
真言 しんごん
真言宗 しんごんしゅう
真青 まっさお
真直 まっすぐ
真東 まひがし
真価 しんか
真金 まがね
真夜中 まよなか
真底 しんそこ
真性 しんせい
真実 しんじつ
真宗 しんしゅう
真空 しんくう
真草 しんそう
真相 しんそう
真柱 しんばしら
真面目 しんめんもく・まじめ
真逆様 まっさかさま
真昼 まひる
真昼間 まっぴるま
真勇 しんゆう
真紅 しんく

真珠 しんじゅ	桔梗 ききょう	格上 かくあげ	核戦争 かくせんそう
真夏 まなつ	〔栲〕たえ・たく	格子 こうし	核酸 かくさん
真夏日 まなつび	〔栖〕せい・すむ・す	格付 かくづけ	核融合 かくゆうごう
真骨頂 しんこっちょう	〔桎〕しつ	格式 かくしき	核燃料 かくねんりょう
真剣 しんけん	桎梏 しっこく	格安 かくやす	〔桜〕おう・さくら
真書 しんかき	〔梺〕かせ	格安品 かくやすひん	桜肉 さくらにく
真桑瓜 まくわうり	〔桐〕とう・きり	格好 かっこう	桜色 さくらいろ
真理 しんり	桐油 とうゆ	格助詞 かくじょし	桜坊 さくらんぼう
真菌 しんきん	〔株〕しゅ・かぶ・く	格別 かくべつ	桜花 おうか
真盛 まっさかり	い・くいぜ	格言 かくげん	桜貝 さくらがい
真黒 まっくろ	株分 かぶわけ	格段 かくだん	桜草 さくらそう
真偽 しんぎ	株主 かぶぬし	格差 かくさ	桜狩 さくらがり
真章魚 まだこ	株主総会 かぶぬしそ	格納庫 かくのうこ	桜前線 さくらぜんせ
真率 しんそつ	うかい	格調 かくちょう	ん
真情 しんじょう	株式 かぶしき	格闘 かくとう	桜桃 おうとう
真善美 しんぜんび	株式会社 かぶしきが	格闘技 かくとうぎ	桜餅 さくらもち
真結 まむすび	いしゃ	〔校〕こう	〔根〕こん・ね
真暗 まっくら	株投機 かぶとうき	校了 こうりょう	根上 ねあがり
真跡 しんせき	株券 かぶけん	校友 こうゆう	根元 こんげん・ねも
真蛸 まだこ	株間 かぶま	校内 こうない	と
真新 まあたらしい	〔栴〕せん	校正 こうせい	根太 ねだ
真意 しんい	栴檀 せんだん	校合 こうごう	根比 こんくらべ
真義 しんぎ	〔梅〕ばい・うめ	校長 こうちょう	根毛 こんもう
真裸 まっぱだか	梅干 うめぼし	校具 こうぐ	根分 ねわけ
真際 まぎわ	梅干婆 うめぼしばば	校舎 こうしゃ	根本 こんぽん
真綿 まわた	あ	校服 こうふく	根本的 こんぽんてき
真摯 しんし	梅花 ばいか	校定 こうてい	根号 こんごう
真影 しんえい	梅見 うめみ	校則 こうそく	根付 ねづく
真鴨 まがも	梅毒 ばいどく	校風 こうふう	根回 ねまわし
真諦 しんたい・しん	梅林 ばいりん	校訂 こうてい	根気 こんき
てい	梅雨 つゆ・ばいう	校紀 こうき	根芹 ねぜり
真鍮 しんちゅう	梅雨入 つゆいり	校時 こうじ	根拠 こんきょ
真蹟 しんせき	梅雨明 つゆあけ	校庭 こうてい	根底 こんてい
真鯉 まごい	梅雨前線 ばいうぜん	校規 こうき	根治 こんじ
真顔 まがお	せん	校章 こうしょう	根性 こんじょう
真贋 しんがん	梅雨晴 つゆばれ	校歌 こうか	根城 ねじろ
真髄 しんずい	梅桃 ゆすらうめ	校旗 こうき	根負 こんまけ
真鯛 まだい	梅酒 うめしゅ	校閲 こうえつ	根限 こんかぎり
真鱈 まだら	梅漬 うめづけ	〔核〕かく・さね	根差 ねざす
真鯵 まあじ	〔桁〕こう・けた	核分裂 かくぶんれつ	根掘葉掘 ねほりはほ
〔框〕きょう・かまち	〔栓〕せん	核心 かくしん	り
框外 わくがい	〔桃〕とう・もも	核汚染 かくおせん	根雪 ねゆき
〔桟〕さん	桃太郎 ももたろう	核兵器 かくへいき	根深 ねぶかい
桟道 さんどう	桃色 ももいろ	核実験 かくじっけん	根強 ねづよい
桟敷 さじき	桃割 ももわれ	核保有国 かくほゆう	根無草 ねなしぐさ
桟橋 さんばし	桃節句 もものせっく	こく	根絶 こんぜつ・ねだ
〔桂〕けい・かつら	桃源郷 とうげんきょ	核軍縮 かくぐんしゅ	やし
桂馬 けいま	う	く	根幹 こんかん
〔桔〕き・けつ	〔格〕こ・かく・きゃ	核家族 かくかぞく	根源 こんげん
格下 かくさげ	く・こう	核弾頭 かくだんとう	

根瘤 こんりゅう
〔索〕さく・あなぐり・あなぐる
索引 さくいん
索漠 さくばく
〔軒〕けん・のき
軒先 のきさき
軒灯 けんとう
軒並 のきなみ
軒数 けんすう
軒樋 のきどい
軒端 のきば
〔連〕れん・つらなる・つれ・つれる
連山 れんざん
連子 つれこ
連木 れんぎ
連日 れんじつ
連中 れんちゅう
連打 れんだ
連失 れんしつ
連丘 れんきゅう
連込 つれこむ
連用 れんよう
連用形 れんようけい
連用修飾語 れんようしゅうしょくご
連句 れんく
連立 つれたつ・れんりつ
連立方程式 れんりつほうていしき
連出 つれだす
連年 れんねん
連休 れんきゅう
連行 れんこう
連合 つれあい・れんごう
連合国 れんごうこく
連合軍 れんごうぐん
連名 れんめい
連邦 れんぽう
連体 れんたい
連体形 れんたいけい
連体修飾語 れんたいしゅうしょくご
連体詞 れんたいし
連作 れんさく
連坐 れんざ
連呼 れんこ
連夜 れんや

連係 れんけい
連発 れんぱつ
連帯 れんたい
連破 れんぱ
連峰 れんぽう
連記 れんき
連座 れんざ
連敗 れんぱい
連動 れんどう
連添 つれそう
連勝 れんしょう
連弾 れんだん
連隊 れんたい
連結 れんけつ
連結器 れんけつき
連絡 れんらく
連絡船 れんらくせん
連載 れんさい
連携 れんけい
連想 れんそう
連盟 れんめい
連署 れんしょ
連戦 れんせん
連戦連勝 れんせんれんしょう
連続 れんぞく
連歌 れんが
連関 れんかん
連語 れんご
連綿 れんめん
連濁 れんだく
連翹 れんぎょう
連鎖 れんさ
連鎖反応 れんさはんのう
連鎖状球菌 れんさじょうきゅうきん
連覇 れんぱ
〔恵〕けい・あぐみ・めぐむ
恵比寿 えびす
恵贈 けいぞう
〔速〕そく・すみやか・はやい・はやまる・はやめる
速力 そくりょく
速成 そくせい
速攻 そっこう
速決 そっけつ
速効 そっこう

速度 そくど
速度制限 そくどせいげん
速修 そくしゅう
速記 そっき
速達 そっきゅう
速達 そくたつ
速乾 そっかん
速断 そくだん
速報 そくほう
速筆 そくひつ
速戦即決 そくせんそっけつ
速算 そくさん
速読 そくどく
〔栗〕りつ・くり
栗毛 くりげ
栗名月 くりめいげつ
栗色 くりいろ
栗鼠 りす
〔酎〕ちゅう
〔酌〕しゃく・くむ
酌交 くみかわす
酌婦 しゃくふ
酌量 しゃくりょう
〔配〕はい・くばろ
配下 はいか
配水 はいすい
配分 はいぶん
配本 はいほん
配布 はいふ
配付 はいふ
配列 はいれつ
配当 はいとう
配合 はいごう
配色 はいしょく
配車 はいしゃ
配役 はいやく
配祀 はいし
配乗 はいじょう
配送 はいそう
配剤 はいざい
配流 はいる
配球 はいきゅう
配転 はいてん
配偶者 はいぐうしゃ
配船 はいせん
配達 はいたつ
配備 はいび

配湯 はいとう
配属 はいぞく
配給 はいきゅう
配給制度 はいきゅうせいど
配電 はいでん
配置 はいち
配意 はいい
配管 はいかん
配慮 はいりょ
配線 はいせん
配膳 はいぜん
〔匪〕ひ
〔辱〕じょく・はずかしめる・かたじけない
〔唇〕しん・くちびる
唇音 しんおん
唇歯 しんし
唇歯輔車 しんしほしゃ
〔夏〕か・げ・なつ
夏木立 なつこだち
夏日 なつび
夏目漱石 なつめそうせき
夏虫 なつむし
夏至 げし
夏休 なつやすみ
夏作 なつさく
夏物 なつもの
夏季 かき
夏炉冬扇 かろうとうせん
夏空 なつぞら
夏枯 なつがれ
夏負 なつまけ
夏風邪 なつかぜ
夏時間 なつじかん
夏眠 かみん
夏鳥 なつどり
夏場 なつば
夏期 かき
夏瘦 なつやせ
夏蜜柑 なつみかん
〔砕〕ほう・ずり
〔砧〕ちん・きぬた
〔砥〕と
砥石 といし
砥草 とくさ

砥粉 とのこ

〔砲〕ほう
砲口 ほうこう
砲丸 ほうがん
砲手 ほうしゅ
砲火 ほうか
砲台 ほうだい
砲声 ほうせい
砲車 ほうしゃ
砲兵 ほうへい
砲身 ほうしん
砲門 ほうもん
砲金 ほうきん
砲座 ほうざ
砲弾 ほうだん
砲煙 ほうえん
砲戦 ほうせん
砲撃 ほうげき
砲艦 ほうかん

〔破〕は・やれ・やぶ
れる・やぶれ・やぶ
ろ・やぶく・やぶけ
る・われ・われる
破天荒 はてんこう
破水 はすい
破片 はへん
破目 はめ・やぶれめ
破甲弾 はこうだん
破瓜 はか
破戒 はかい
破局 はきょく
破門 はもん
破風 はふ
破屋 はおく
破約 はやく
破格 はかく
破産 はさん
破婚 はこん
破裂 はれつ
破裂音 はれつおん
破損 はそん
破傷風 はしょうふう
破棄 はき
破廉恥 はれんち
破滅 はめつ
破綻 はたん
破談 はだん
破線 はせん
破壊 はかい
破壊的 はかいてき

破顔一笑 はがんいっ
しょう
破鏡 はきょう
破鐘 われがね
破魔矢 はまや

〔原〕げん・はら・ば
ら・もと
原人 げんじん
原寸 げんすん
原子 げんし
原子力 げんしりょく
原子式 げんししき
原子価 げんしか
原子炉 げんしろ
原子核 げんしかく
原子時計 げんしとけ
い
原子記号 げんしきご
う
原子病 げんしびょう
原子量 げんしりょう
原子番号 げんしばん
ごう
原子爆弾 げんしばく
だん
原木 げんぼく
原水 げんすい
原水爆 げんすいばく
原毛 げんもう
原文 げんぶん
原本 げんぽん
原石 げんせき
原生代 げんせいだい
原生林 げんせいりん
原生動物 げんせいど
うぶつ
原因 げんいん
原名 げんめい
原色 げんしょく
原麦 げんばく
原形 げんけい
原形質 げんけいしつ
原材料 げんざいりょ
う
原図 げんず
原告 げんこく
原作 げんさく
原住民 げんじゅうみ
ん
原状 げんじょう
原初 げんしょ

原拠 げんきょ
原板 げんばん
原画 げんが
原典 げんてん
原価 げんか
原油 げんゆ
原注 げんちゅう
原始 げんし
原始人 げんしじん
原始林 げんしりん
原始時代 げんしじだ
い
原型 げんけい
原点 げんてん
原則 げんそく
原炭 げんたん
原泉 げんせん
原発 げんはつ
原索動物 げんさくど
うぶつ
原料 げんりょう
原案 げんあん
原書 げんしょ
原紙 げんし
原理 げんり
原著 げんちょ
原著者 げんちょしゃ
原票 げんぴょう
原野 げんや
原動力 げんどうりょ
く
原動機 げんどうき
原産 げんさん
原産地 げんさんち
原裁判 げんさいばん
原註 げんちゅう
原罪 げんざい
原話 げんわ
原義 げんぎ
原種 げんしゅ
原語 げんご
原器 げんき
原稿 げんこう
原稿用紙 げんこうよ
うし
原盤 げんばん
原論 げんろん
原潜 げんせん
原審 げんしん
原簿 げんぼ

原爆 げんばく
原爆症 げんばくしょ
う
原籍 げんせき

〔逐〕ち・おう・おって
逐一 ちくいち
逐日 ちくじつ
逐年 ちくねん
逐次 ちくじ
逐条 ちくじょう
逐電 ちくでん
逐語訳 ちくごやく

〔残〕ざん・のこす・
のこり・のこる
残土 ざんど
残月 ざんげつ
残欠 ざんけつ
残火 のこりび
残心 ざんしん
残存 ざんそん
残光 ざんこう
残余 ざんよ
残忍 ざんにん
残金 ざんきん
残念 ざんねん
残虐 ざんぎゃく
残品 ざんぴん
残党 ざんとう
残留 ざんりゅう
残高 ざんだか
残雪 ざんせつ
残惜 のこりおしい
残務 ざんむ
残暑 ざんしょ
残飯 ざんぱん
残業 ざんぎょう
残照 ざんしょう
残置 ざんち
残滓 ざんさい・ざんし
残酷 ざんこく
残像 ざんぞう
残骸 ざんがい
残額 ざんがく

〔烈〕れつ・はげしい
烈士 れっし
烈日 れつじつ
烈火 れっか
烈風 れっぷう
烈震 れっしん

〔殊〕しゅ・ことに

殊外 ことのほか
殊遇 しゅぐう
殊勝 しゅしょう
殊勲 しゅくん
〔殉〕じゅん
殉死 じゅんし
殉国 じゅんこく
殉教 じゅんきょう
殉情 じゅんじょう
殉職 じゅんしょく
殉難 じゅんなん
〔扇〕せん・あおぐ・
　おうぎ
扇子 せんす
扇形 おうぎがた・せ
　んけい
扇状地 せんじょうち
扇風機 せんぷうき
扇動 せんどう
〔致〕ち・いたす
致死 ちし
致死量 ちしりょう
致命 ちめい
致命的 ちめいてき
致命傷 ちめいしょう
〔鬥〕とう・たたかい
〔柴〕さい・しば
柴刈 しばかり
柴折戸 しおりど
柴垣 しばがき
〔党〕とう
党性 とうせい
党是 とうぜ
党首 とうしゅ
党首討論 とうしゅと
　うろん
党派 とうは
党紀 とうき
党員 とういん
党規 とうき
党規約 とうきやく
党情 とうじょう
〔時〕じ・とき
時下 じか
時日 じじつ
時化 しけ・しける
時分 じぶん
時世 じせい
時代 じだい
時代色 じだいしょく

時代物 じだいもの
時代後 じだいおくれ
時代遅 じだいおくれ
時代精神 じだいせい
　しん
時代劇 じだいげき
時代錯誤 じだいさく
　ご
時好 じこう
時折 ときおり
時余 じよ
時局 じきょく
時事 じじ
時雨 しぐれ・しぐれる
時季 じき
時価 じか
時効 じこう
時刻 じこく
時宗 じしゅう
時宜 じぎ
時空 じくう
時点 じてん
時侯 じこう
時計 とけい
時限 じげん
時速 じそく
時時 ときどき
時時刻刻 じじこっこ
　く
時針 じしん
時差 じさ
時流 じりゅう
時鳥 ほととぎす
時報 じほう
時期 じき
時間 じかん
時間外 じかんがい
時間表 じかんひょう
時間帯 じかんたい
時間割 じかんわり
時間講師 じかんこう
　し
時評 じひょう
時運 じうん
時給 じきゅう
時勢 じせい
時節 じせつ
時節柄 じせつがら
時弊 じへい
時論 じろん

時機 じき
〔晒〕さい・さらし
晒木綿 さらしもめん
晒者 さらしもの
晒首 さらしくび
晒粉 さらしこ
〔財〕ざい・たから
財力 ざいりょく
財布 さいふ
財団 ざいだん
財物 ざいぶつ
財宝 ざいほう
財政 ざいせい
財政赤字 ざいせいあ
　かじ
財政黒字 ざいせいく
　ろじ
財政関税 ざいせいか
　んぜい
財界 ざいかい
財産 ざいさん
財産譲渡 ざいさんじ
　ょうと
財務 ざいむ
財源 ざいげん
財閥 ざいばつ
〔眩〕げん・くるめく
　・まばゆい・くらむ
　・まぶしい
眩惑 げんわく
眩暈 めまい
〔眠〕みん・ねむい・
　ねむたい・ねむり・
　ねむる・ねむれ・ね
　むれる
眠込 ねむりこむ
眠気 ねむけ
眠薬 ねむりぐすり
〔哮〕こう・はえる・
　たけ
〔哺〕ほ・ふくめる
哺乳 ほにゅう
哺乳類 ほにゅうるい
哺育 ほいく
〔閃〕せん・ひらめく
　・ひらめかす
閃光 せんこう
〔唖〕あ・ああ・あく
　・おし
唖然 あぜん
〔剔〕てき

〔暈〕うん・かさ・ぼ
　かす・ぼかし
〔蜺〕ぜい・ぶと・ぶ
　よ・ぶゆ
〔畔〕はん・あぜ・く
　ろ・ほとり
畔道 あぜみち
〔蚊〕ぶん・か
蚊取線香 かとりせん
　こう
蚊柱 かばしら
蚊屋 かや
蚊除 かよけ
蚊帳 かや
蚊鉤 かばり
〔哨〕しょう・ゆがむ
　・みはり
哨戒 しょうかい
哨兵 しょうへい
哨舎 しょうしゃ
〔骨〕こつ・ほ
骨子 こっし
骨灰 こっぱい
骨肉 こつにく
骨休 ほねやすめ
骨抜 ほねぬき
骨折 こっせつ・ほね
　おり・ほねおる
骨折損 ほねおりぞん
骨材 こつざい
骨身 ほねみ
骨格 こっかく
骨接 ほねつぎ
骨粗鬆症 こつそしょ
　うしょう
骨惜 ほねおしみ
骨張 ほねばる
骨組 ほねぐみ
骨揚 こつあげ
骨無 ほねなし
骨董 こっとう
骨節 ほねっぷし
骨違 ほねちがい
骨膜 こつまく
骨箱 こつばこ
骨盤 こつばん
骨髄 こつずい
〔員〕いん・えん
員外 いんがい
員数 いんずう
〔唄〕ばい・うた

〔哭〕こく・なげく

〔恩〕おん
恩人 おんじん
恩返 おんがえし
恩典 おんてん
恩知 おんしらず
恩恵 おんけい
恩師 おんし
恩赦 おんしゃ
恩着 おんきせがましい
恩給 おんきゅう
恩義 おんぎ
恩賞 おんしょう
恩賜 おんし
恩寵 おんちょう
恩顧 おんこ
恩讐 おんしゅう

〔唆〕さ・そそのかす
〔豈〕あに
〔罠〕びん・みん・わな

峨峨 がが
〔峰〕ほう・ぶ・ねおろ・みね
峰打 みねうち
〔峻〕しゅん
峻別 しゅんべつ
峻拒 しゅんきょ
峻烈 しゅんれつ
峻険 しゅんけん
峻厳 しゅんげん

〔剛〕ごう
剛直 ごうちょく
剛胆 ごうたん
剛球 ごうきゅう
剛健 ごうけん
剛毅 こうぎ

〔耕〕こう・たがやす
耕地 こうち
耕作 こうさく
耕具 こうぐ
耕耘機 こううんき

〔転〕うん・くさぎる
〔缺〕けつ・かく・かける
缺本 けっぽん
缺巻 けっかん
缺格 けっかく

〔特〕とく・とくに

特大 とくだい
特用作物 とくようさくもつ
特写 とくしゃ
特出 とくしゅつ
特有 とくゆう
特色 とくしょく
特技 とくぎ
特売 とくばい
特別 とくべつ
特別手当 とくべつてあて
特別国会 とくべつこっかい
特別許可 とくべつきょか
特利 とくり
特快 とっかい
特長 とくちょう
特典 とくてん
特使 とくし
特価 とっか
特例 とくれい
特命 とくめい
特免 とくめん
特性 とくせい
特定 とくてい
特急 とっきゅう
特派 とくは
特発 とくはつ
特約 とくやく
特級 とっきゅう
特恵 とっけい
特殊 とくしゅ
特殊撮影 とくしゅさつえい
特殊鋼 とくしゅこう
特訓 とっくん
特記 とっき
特効薬 とっこうやく
特揭 とっけい
特赦 とくしゃ
特異 とくい
特進 とくしん
特許 とっきょ
特許許可 とっきょきょか
特許権侵害 とっきょけんしんがい
特設 とくせつ
特産 とくさん

特捜 とくそう
特報 とくほう
特等 とくとう
特筆 とくひつ
特集 とくしゅう
特装 とくそう
特電 とくでん
特需 とくじゅ
特製 とくせい
特種 とくしゅ・とくだね
特徴 とくちょう
特撮 とくさつ
特撰 とくせん
特権 とっけん
特賞 とくしょう
特質 とくしつ
特選 とくせん

〔造〕ぞう・つくり・つくる
造山運動 ぞうざんうんどう
造化 ぞうか
造反 ぞうはん
造成 ぞうせい
造血 ぞうけつ
造形 ぞうけい
造形美術 ぞうけいびじゅつ
造花 ぞうか
造作 ぞうさ・ぞうさく
造言 ぞうげん
造林 ぞうりん
造物主 ぞうぶつしゅ
造型 ぞうけい
造船 ぞうせん
造営 ぞうえい
造園 ぞうえん
造詣 ぞうけい
造語 ぞうご
造幣局 ぞうへいきょく
造影剤 ぞうえいざい
造癌物質 ぞうがんぶっしつ

〔舐〕し・なめずる
〔秣〕まつ・まぐさ
秣場 まぐさば
〔秤〕ひょう・はかり
〔租〕そ

租界 そかい
租借 そしゃく
租庸調 そようちょう
租税 ぞぜい
租税特別措置 ぞぜいとくべつそち

〔秩〕ちつ
秩序 ちつじょ

〔称〕しょう・となえる・となえ・たたえる・はかり
称号 しょうごう
称呼 しょうこ
称美 しょうび
称揚 しょうよう
称賛 しょうさん
称讃 しょうさん

〔秘〕ひ・ひめる・ひそか
秘仏 ひぶつ
秘方 ひほう
秘本 ひほん
秘史 ひし
秘伝 ひでん
秘事 ひめごと
秘法 ひほう
秘宝 ひほう
秘計 ひけい
秘匿 ひとく
秘書 ひしょ
秘術 ひじゅつ
秘訣 ひけつ
秘密 ひみつ
秘密探偵 ひみつたんてい
秘密結社 ひみつけっしゃ
秘策 ひさく
秘奥 ひおう
秘跡 ひせき
秘話 ひわ
秘境 ひきょう
秘説 ひせつ
秘蔵 ひぞう
秘蔵子 ひぞっこ
秘薬 ひやく

〔透〕とう・すかし・すかす・すき・すく
透水 とうすい
透写 すきうつし・とうしゃ

透伐 すかしぎり	借入 かりいれる	修行 しゅぎょう	俳句 はいく
透見 すきみ	借上 かりあげる	修好 しゅうこう	俳画 はいが
透身 すきみ	借切 かりきる	修身 しゅうしん	俳風 はいふう
透明 とうめい	借用 しゃくよう	修学 しゅうがく	俳書 はいしょ
透通 すきとおる	借出 かりだす	修訂 しゅうてい	俳聖 はいせい
透彫 すかしぼり	借地 しゃくち	修理 しゅうり	俳誌 はいし
透視 とうし	借物 かりもの	修得 しゅうとく	俳趣味 はいしゅみ
透間 すきま	借金 しゃっきん	修復 しゅうふく	俳談 はいだん
透間風 すきまかぜ	借受 かりうける	修道 しゅうどう	俳壇 はいだん
透過 とうか	借財 しゃくざい	修業 しゅうぎょう・しゅぎょう	俳諧 はいかい
透絵 すかしえ	借倒 かりたおす	修辞 しゅうじ	俳優 はいゆう
透綾 すきや	借料 しゃくりょう	修飾 しゅうしょく	〔倭〕わ・い・やまと
透影 すきかげ	借家 しゃくや	修練 しゅうれん	倭寇 わこう
透徹 とうてつ	借款 しゃっかん	修養 しゅうよう	〔倫〕りん
透編 すかしあみ	借景 しゃっけい	修整 しゅうせい	倫理 りんり
透織 すかしおり・すきおり	借銭 しゃくせん	修築 しゅうちく	倫理学 りんりがく
〔笑〕しょう・えむ・わらい・わらう・わらわす	〔値〕ち・ね・あたい	修錬 しゅうれん	〔倹〕けん・つましい
笑止 しょうし	値入 ねいれ	修繕 しゅうぜん	倹約 けんやく
笑気 しょうき	値下 ねさがり・ねさげ	修羅 しゅら	〔隼〕じゅん・はやぶさ
笑声 しょうせい・わらいごえ	値上 ねあがり・ねあげ	修羅場 しゅらじょう・しゅらば	〔隻〕せき
笑事 わらいごと	値切 ねぎる	修羅道 しゅらどう	隻手 せきしゅ
笑物 わらいもの	値引 ねびき	〔個〕か・こて	隻句 せっく
笑飛 わらいとばす	値打 ねうち	個人 こじん	隻眼 せきがん
笑殺 しょうさつ	値卸 ねおろし	個人主義 こじんしゅぎ	隻腕 せきわん
笑納 しょうのう	値段 ねだん	個人的 こじんてき	隻語 せきご
笑話 しょうわ・わらいばなし	値崩 ねくずれ	個人所得税 こじんしょとくぜい	隻影 せきえい
笑種 わらいぐさ	値増 ねまし	個人差 こじんさ	〔俯〕ふ・うつぶせる・うつむく・うつむき・うつむける
笑劇 しょうげき	値踏 ねぶみ	個人情報 こじんじょうほう	俯角 ふかく
笑覧 しょうらん	〔俺〕おれ	個別 こべつ	俯瞰 ふかん
笑顔 えがお・わらいがお	〔倒〕とう・たおれ・たおす・たおれる	個体 こたい	〔倍〕べ・ばい
〔竺〕そう・ざる	倒立 とうりつ	個性 こせい	倍大 ばいだい
竺蕎麦 ざるそば	倒伏 とうふく	個性的 こせいてき	倍旧 ばいきゅう
〔笏〕こつ・しゃく	倒叙 とうじょ	個室 こしつ	倍加 ばいか
〔笈〕きゅう・おい	倒産 とうさん	個個 ここ	倍率 ばいりつ
〔敏〕びん・とし	倒置 とうち	個展 こてん	倍量 ばいりょう
敏活 びんかつ	倒置法 とうちほう	個数 こすう	倍数 ばいすう
敏速 びんそく	倒閣 とうかく	〔候〕こう・そうろう・そろ・さぶらう	倍増 ばいぞう・ばいまし
敏捷 びんしょう	倒影 とうえい	候文 そうろうぶん	倍額 ばいがく
敏腕 びんわん	倒壊 とうかい	候鳥 こうちょう	〔倣〕ほう・ならう
敏感 びんかん	倒錯 とうさく	候補 こうほ	〔倦〕けん・うむ
〔俸〕ほう	〔修〕しゅ・しゅう・おさまる・おさむ・おさめる	〔俳〕はい	倦弛 うまずたゆまず
俸給 ほうきゅう	修了 しゅうりょう	俳人 はいじん	倦怠 けんたい
〔俵〕ひょう・たわら	修士 しゅうし	俳友 はいゆう	倦厭 けんえん
〔借〕しゃく・かり・かりる・かる・かす	修女 しゅうじょ	俳号 はいごう	〔倥〕こう
	修正 しゅうせい		〔射〕しゃ・さす・いる
			射止 いとめる

射手 いて・しゃしゅ	鬼門 きもん	従姉妹 いとこ・じゅうしまい	〔針〕 しん・はり
射出 しゃしゅつ	鬼神 きじん	従前 じゅうぜん	針小棒大 しんしょうぼうだい
射当 いあてる	鬼婆 おにばば	従軍 じゅうぐん	針孔 めど
射幸 しゃこう	鬼歯 おにば	従容 しょうよう	針圧 しんあつ
射的 しゃてき	〔師〕 し	従量税 じゅうりょうぜい	針仕事 はりしごと
射界 しゃかい	師友 しゆう	従順 じゅうじゅん	針灸 しんきゅう
射倖 しゃこう	師匠 ししょう	従属 じゅうぞく	針金 はりがね
射殺 しゃさつ	師団 しだん	従業員 じゅうぎょういん	針術 しんじゅつ
射掛 いかける	師走 しはす・しわす	〔股〕 いん	針葉樹 しんようじゅ
射場 しゃじょう	師弟 してい	股股 いんいん	針路 しんろ
射程 しゃてい	師事 しじ	股賑 いんしん	針鼠 はりねずみ
射精 しゃせい	師道 しどう	股勲 いんぎん	針箱 はりばこ
射撃 しゃげき	師範 しはん	股勲無礼 いんぎんぶれい	〔殺〕 さつ・ころす・そぐ・そげる
〔躬〕 きゅう・みずから	〔逓〕 てい	〔般〕 はん	殺人 さつじん
〔息〕 そく・いき・いきむ	逓送 ていそう	般若 はんにゃ	殺文句 ころしもんく
息子 むすこ	逓減 ていげん	〔航〕 こう	殺生 せっしょう
息女 そくじょ	逓増 ていぞう	航行 こうこう	殺気 さっき
息切 いきぎれ	〔徒〕 と・あだ・あだし・むだ・かち・いたずら・ただ	航走 こうそう	殺伐 さつばつ
息抜 いきぬき	徒花 あだばな	航空 こうくう	殺到 さっとう
息吹 いぶき	徒弟 とてい	航空母艦 こうくうぼかん	殺風景 さっぷうけい
息災 そくさい	徒労 とろう	航空便 こうくうびん	殺屋 ころしや
息苦 いきぐるしい	徒歩 とほ	航空保険 こうくうほけん	殺害 さつがい・せつがい
息張 いきばる	徒食 としょく	航空路 こうくうろ	殺陣 たて
息詰 いきづまる	徒桜 あだざくら	航空機 こうくうき	殺菌 さっきん
〔島〕 とう・しま	徒党 ととう	航海 こうかい	殺傷 さっしょう
島田 しまだ	徒渉 としょう	航進 こうしん	殺意 さつい
島田髷 しまだまげ	徒情 あだなさけ	航程 こうてい	殺戮 さつりく
島伝 しまづたい	徒然 つれづれ	航路 こうろ	〔拿〕 だ
島国 しまぐに	徒然草 つれづれぐさ	航跡 こうせき	拿捕 だほ
島島 しまじま	〔徐〕 じょ・おもむろ	航続 こうぞく	〔剣〕 けん・つるぎ
島流 しまながし	徐行 じょこう	舫船 もやいぶね	剣山 けんざん
島崎藤村 しまざきとうそん	徐徐 じょじょに	〔途〕 と・みち	剣呑 けんのん
島陰 しまかげ	〔従〕 じゅう・したがって・したがえる・したがう	途上 とじょう	剣法 けんぽう
島嶼 とうしょ	従子 いとこ	途中 とちゅう	剣突 けんつく
〔畠〕 はた・はたけ	従兄 いとこ	途方 とほう	剣術 けんじゅつ
〔烏〕 う・からす	従兄弟 いとこ・じゅうけいてい	途次 とじ	剣道 けんどう
烏口 からすぐち	従犯 じゅうはん	途惑 とまどい・とまどう	剣幕 けんまく
烏瓜 からすうり	従来 じゅうらい	途絶 とぜつ・とだえる	剣豪 けんごう
烏有 うゆう	従弟 いとこ	途端 とたん	〔釜〕 かま
烏麦 からすむぎ	従者 じゅうしゃ	途徹 とてつ	釜返 かまがえり
烏帽子 えぼし	従事 じゅうじ	〔釘〕 くぎ	釜師 かまし
烏賊 いか	従価税 じゅうかぜい	釘付 くぎづけ	釜飯 かまめし
〔鬼〕 き・おに	従妹 いとこ	釘抜 くぎぬき	〔豺〕 さい
鬼才 きさい	従姉 いとこ		〔豹〕 ひょう
鬼火 おにび			豹変 ひょうへん
鬼瓦 おにがわら			〔氅〕 ちょう・ゆぶくろ
鬼気 きき			

〔倉〕そう・くら
倉皇 そうこう
倉庫 そうこ
〔飢〕き・うえ・うえる
飢死 うえじに
飢餓 きが
飢饉 ききん
〔衾〕きん・ふすま
〔翁〕おう・おきな・おきなぶ
〔胴〕どう
胴上 どうあげ
胴回 どうまわり
胴乱 どうらん
胴体 どうたい
胴長 どうなが
胴金 どうがね
胴巻 どうまき
胴亀 どうがめ
胴震 どうぶるい
〔胭〕えん・べに
〔脈〕みゃく
脈打 みゃくうつ
脈拍 みゃくはく
脈所 みゃくどころ
脈脈 みゃくみゃく
脈動 みゃくどう
脈絡 みゃくらく
脈管 みゃっかん
〔脆〕ぜい・もろい
脆弱 ぜいじゃく
〔脂〕し・あぶら・やに
脂手 あぶらで
脂気 あぶらけ
脂汗 あぶらあせ
脂足 あぶらあし
脂身 あぶらみ
脂肪 しぼう
脂性 あぶらしょう
〔胸〕きょう・むな・むね
胸元 むなもと
胸中 きょうちゅう
胸毛 むなげ
胸囲 きょうい
胸苦 むなぐるしい
胸板 むないた
胸突八丁 むなつきはっちょう

胸郭 きょうかく
胸部 きょうぶ
胸焼 むねやけ
胸裏 きょうり
胸算用 むなざんよう
胸像 きょうぞう
胸廓 きょうかく
胸積 むなづもり
胸騒 むなさわぎ
胸襟 きょうきん
〔胼〕へん
胼胝 たこ
〔胗〕ちん
〔脇〕きょう・わき
脇下 わきのした
脇戸 わきど
脇毛 わきげ
脇目 わきめ
脇付 わきづけ
脇見 わきみ
脇役 わきやく
脇差 わきざし
脇道 わきみち
脇道具 わきどうぐ
脇腹 わきばら
〔勉〕べん・つとめて・つとめる
勉励 べんれい
勉学 べんがく
勉強 べんきょう
〔狭〕きょう・せまい・せばまる・せばめる
〔狸〕り・たぬき
狸寝入 たぬきねいり
〔狼〕ろう・おおかみ
狼狽 ろうばい
狼瘡 ろうそう
狼藉 ろうぜき
〔卿〕きょう・けい
〔留〕りゅう・ろ・とどまる・とどめる・とまり・とまる・とめる
留日 りゅうにち
留用 りゅうよう
留立 とめだて
留年 りゅうねん
留任 りゅうにん
留守 るす

留守居 るすい
留守番 るすばん
留役 とめやく
留金 とめがね
留学 りゅうがく
留学生 りゅうがくせい
留保 りゅうほ
留風呂 とめぶろ
留針 とめばり
留袖 とめそで
留鳥 りゅうちょう
留湯 とめゆ
留置 りゅうち
留置場 りゅうちじょう
留意 りゅうい
〔訌〕こう
〔討〕とう・うつ
討入 うちいり
討手 うって
討伐 とうばつ
討究 とうきゅう
討取 うちとる
討論 とうろん
討議 とうぎ
〔訓〕くん・くんずる
訓示 くんじ
訓令 くんれい
訓戒 くんかい
訓育 くんいく
訓点 くんてん
訓話 くんわ
訓読 くんどく・くんよみ
訓練 くんれん
訓導 くんどう
〔託〕たく・たくする・かこつける・ことづける・ことづける
託児所 たくじしょ
託送 たくそう
託宣 たくせん
〔訊〕じん
訊問 じんもん
〔記〕き・しるす・しるし・きする
記入 きにゅう
記号 きごう
記名 きめい

記名小切手 きめいこぎって
記名船荷証券 きめいふなにしょうけん
記者 きしゃ
記述 きじゅつ
記事 きじ
記念 きねん
記念日 きねんび
記念碑 きねんひ
記帳 きちょう
記章 きしょう
記載 きさい
記数法 きすうほう
記録 きろく
記憶 きおく
〔凌〕りょう・しのぎ・しのぐ
凌辱 りょうじょく
凌駕 りょうが
〔凍〕とう・いてる・こおる・こごえる・しみ・しみる・いてつく
凍土 とうど
凍上 とうじょう
凍死 とうし
凍害 とうがい
凍結 とうけつ
凍傷 とうしょう
〔凄〕せい・すごい・すごむ・すさまじい
凄烈 せいれつ
凄惨 せいさん
凄腕 すごうで
凄絶 せいぜつ
凄艶 せいえん
〔将〕しょう・はた
将士 しょうし
将来 しょうらい
将来性 しょうらいせい
将兵 しょうへい
将卒 しょうそつ
将官 しょうかん
将帥 しょうすい
将軍 しょうぐん
将校 しょうこう
将家 しょうか
将棋 しょうぎ
将領 しょうりょう

将器 しょうき
〔浆〕しょう
〔衰〕すい・おそろえる
衰亡 すいぼう
衰退 すいたい
衰容 すいよう
衰弱 すいじゃく
衰運 すいうん
衰勢 すいせい
衰微 すいび
衰滅 すいめつ
〔畂〕ほ・うね・せ・あぜ
畂間 うねま
〔衷〕ちゅう
衷心 ちゅうしん
衷情 ちゅうじょう
〔高〕こう・こうじる・たか・だか・たかい・たかぶる・たかまり・た　かまる・たかめる・た　からか
高下 こうげ
高山 こうざん
高山帯 こうざんだい
高山病 こうざんびょう
高山植物 こうざんしょくぶつ
高木 こうぼく
高手小手 たかてこて
高分子 こうぶんし
高札 こうさつ
高圧 こうあつ
高圧的 こうあつてき
高句麗 こうくり
高台 たかだい
高地 こうち
高気圧 こうきあつ
高血圧 こうけつあつ
高名 こうめい
高次 こうじ
高村光太郎 たかむらこうたろう
高見 こうけん
高足 こうそく
高吟 こうぎん
高利 こうり
高低 こうてい

高位 こうい
高角 こうかく
高弟 こうてい
高枕 たかまくら
高尚 こうしょう
高知 たかがしれる
高価 こうか
高所 こうしょ
高周波 こうしゅうは
高炉 こうろ
高性能 こうせいのう
高学年 こうがくねん
高官 こうかん
高空 こうくう
高空病 こうくうびょう
高段 こうだん
高度 こうど
高姿勢 こうしせい
高音 こうおん
高祖 こうそ
高架 こうか
高飛 たかとび
高飛車 たかびしゃ
高級 こうきゅう
高級品 こうきゅうひん
高校 こうこう
高速 こうそく
高速中性子 こうそくちゅうせいし
高速度 こうそくど
高速増殖炉 こうそくぞうしょくろ
高配 こうはい
高原 こうげん
高恩 こうおん
高値 たかね
高射 こうしゃ
高島田 たかしまだ
高脂血症 こうしけつしょう
高高 たかだか
高高度 こうこうど
高座 こうざ
高浜虚子 たかはまきょし
高書 こうしょ
高菜 たかな
高堂 こうどう

高野豆腐 こうやどうふ
高唱 こうしょう
高進 こうしん
高望 たかのぞみ
高率 こうりつ
高揚 こうよう
高裁 こうさい
高貴 こうき
高等 こうとう
高等学校 こうとうがっこう
高等教育 こうとうきょういく
高等裁判所 こうとうさいばんしょ
高評 こうひょう
高湿 こうしつ
高温 こうおん
高禄 こうろく
高給 こうきゅう
高雅 こうが
高遠 こうえん
高感度 こうかんど
高跳 たかとび
高僧 こうそう
高歌 こうか
高鳴 たかなる
高徳 こうとく
高説 こうせつ
高慢 ごうまん
高察 こうさつ
高層 こうそう
高層建築 こうそうけんちく
高層雲 こうそううん
高障碍競走 こうしょうがいきょうそう
高踏的 こうとうてき
高論 こうろん
高調 こうちょう
高潔 こうけつ
高潮 こうちょう・たかしお
高積雲 こうせきうん
高緯度 こういど
高邁 こうまい
高齢 こうれい
高嶺 たかね
高額 こうがく
高騰 こうとう

〔席〕せき・むしろ
席上 せきじょう
席末 せきまつ
席代 せきだい
席次 せきじ
席画 せきが
席亭 せきてい
席巻 せっけん
席書 せきがき
席捲 せっけん
席貸 せきがし
席順 せきじゅん
庫裡 くり
庫裏 くり
〔恋〕れん・こい・こいしい・こう
恋人 こいびと
恋文 こいぶみ
恋心 こいごころ
恋仲 こいなか
恋者 こいはくせもの
恋物語 こいものがたり
恋風 こいかぜ
恋恋 れんれん
恋病 こいのやまい
恋焦 こいこがれる
恋着 れんちゃく
恋路 こいじ
恋愛 れんあい
恋慕 こいしたう・れんぼ
恋歌 こいうた
恋敵 こいがたき
〔迹〕せき・あと
〔准〕じゅん
准尉 じゅんい
〔庭〕てい・にわ
庭石 にわいし
庭球 ていきゅう
庭園 ていえん
〔座〕ざ・ざする・すわり・すわる
座右 ざゆう
座布団 ざぶとん
座込 すわりこみ・すわりこむ
座長 ざちょう
座金 ざがね
座骨 ざこつ

座高 ざこう
座席 ざせき
座視 ざし
座椅子 ざいす
座禅 ざぜん
座像 ざぞう
座標 ざひょう
座敷 ざしき
座談会 ざだんかい
座薬 ざやく
座興 ざきょう
〔脊〕せき・せ・さい
脊柱 せきちゅう
脊索 せきさく
脊椎 せきつい
脊椎動物 せきついどうぶつ
脊髄 せきずい
〔症〕しょう
症状 しょうじょう
症例 しょうれい
症候 しょうこう
〔疳〕かん
疳性 かんしょう
疳高 かんだかい
〔病〕びょう・やまい・やむ・やめる
病人 びょうにん
病上 やみあがり
病犬 やまいぬ
病欠 びょうけつ
病付 やみつき
病死 びょうし
病虫害 びょうちゅうがい
病因 びょういん
病気 びょうき
病名 びょうめい
病体 びょうたい
病身 びょうしん
病状 びょうじょう
病床 びょうしょう
病没 びょうぼつ
病毒 びょうどく
病苦 びょうく
病的 びょうてき
病舎 びょうしゃ
病後 びょうご
病変 びょうへん
病室 びょうしつ

病根 びょうこん
病原体 びょうげんたい
病原菌 びょうげんきん
病害 びょうがい
病弱 びょうじゃく
病院 びょういん
病理学 びょうりがく
病理解剖 びょうりかいぼう
病菌 びょうきん
病躯 びょうく
病巣 びょうそう
病棟 びょうとう
病勢 びょうせい
病歴 びょうれき
病態 びょうたい
病弊 びょうへい
病難 びょうなん
病癖 びょうへき
病識 びょうしき
病魔 びょうま
〔疾〕しつ・とう・とく・とっく・とうに
疾走 しっそう
疾風 しっぷう・はやて
疾風迅雷 しっぷうじんらい
疾病 しっぺい
疾患 しっかん
疾駆 しっく
〔痀〕く
〔疼〕とう・うずく・ひひく・ひいらぐ
疼痛 とうつう
〔疱〕ほう
疱疹 ほうしん
疱瘡 ほうそう
〔痂〕かさぶた
〔疲〕ひ・つかれる
疲労 ひろう
疲労困憊 ひろうこんぱい
疲弊 ひへい
〔痙〕けい
〔剤〕ざい・せい
〔素〕びん・ぶん
素乱 びんらん

〔唐〕とう・から・もろこし
唐三彩 とうさんさい
唐土 もろこし
唐手 からて
唐臼 とううす
唐辛子 とうがらし
唐松 からまつ
唐画 とうが
唐突 とうとつ
唐茄子 とうなす
唐草模様 からくさもよう
唐風 とうふう
唐変木 とうへんぼく
唐音 とうおん
唐紙 からかみ・とうし
唐菜 とうな
唐揚 からあげ
唐黍 とうきび
唐傘 からかさ
唐詩 とうし
唐様 からよう
唐墨 とうぼく
唐鋤 からすき
唐鍬 とうが・とうぐわ
〔凋〕ちょう・しぼむ
凋落 ちょうらく
〔旅〕りょ・たび
旅人 たびびと
旅支度 たびじたく
旅仕度 たびじたく
旅立 たびだつ
旅先 たびさき
旅行 りょこう
旅行者 りょこうしゃ
旅芸人 たびげいにん
旅役者 たびやくしゃ
旅具 りょぐ
旅物 たびもの
旅券 りょけん
旅客 りょかく・りょきゃく
旅客機 りょかっき
旅情 りょじょう
旅程 りょてい
旅装 りょそう
旅費 りょひ

旅路 たびじ
旅愁 りょしゅう
旅館 りょかん
旅寝 たびやつれ
〔恣〕ほしいまま
恣意 しい
〔剖〕ふ・ぼう
剖検 ぼうけん
〔竜〕りゅう・りょう・たつ
竜王 りゅうおう
竜舌蘭 りゅうぜつらん
竜虎 りゅうこ
竜胆 りんどう
竜巻 たつまき
竜神 りゅうじん
竜骨 りゅうこつ
竜宮 りゅうぐう
竜眼 りゅうがん
竜脳 りゅうのう
竜頭 りゅうず
竜頭蛇尾 りゅうとうだび
竜燈 りゅうとう
〔旁〕ぼう・かたおだ・つくり
〔畜〕ちく
畜力 ちくりょく
畜犬 ちくけん
畜生 ちくしょう
畜産 ちくさん
畜類 ちくるい
〔差〕さ・さし・さす
差入 さしいれ
差上 さしあげる
差支 さしつかえ・さしつかえる
差止 さしとめる
差引 さしひき・さしひく
差引勘定 さしひきかんじょう
差込 さしこみ・さしこむ
差立 さしたてる
差出 さしだす・さしでる
差出人 さしだしにん
差出口 さしでぐち
差当 さしあたり

差回 さしまわす	粋狂 すいきょう	帰途 きと	〔消〕しょう・きえる・けす
差向 さしむかい・さしむき・さしむける	〔料〕りょう	帰納 きのう	消入 きえいる
差戻 さしもどす	料金 りょうきん	帰納法 きのうほう	消止 けしとめる
差足 さしあし	料亭 りょうてい	帰巣 きそう	消化 しょうか
差別 さべつ	料理 りょうり	帰巣本能 きそうほんのう	消化不良 しょうかふりょう
差伸 さしのべる	料理屋 りょうりや	帰郷 ききょう	消火 しょうか
差押 さしおさえ	料簡 りょうけん	帰朝 きちょう	消去 きえさる・しょうきょ
差迫 さしせまる	〔益〕えき・ますます	帰順 きじゅん	消石灰 しょうせっかい
差金 さきん・さしがね	益虫 えきちゅう	帰着 きちゃく	消石膏 しょうせっこう
差挟 さしはさむ	益荒男 ますらお	帰港 きこう	消失 しょうしつ
差益 さえき	益荒猛男 ますらたけお	帰属 きぞく	消光 しょうこう
差掛 さしかかる・さしかける	益益 ますます	帰結 きけつ	消印 けしいん
差控 さしひかえる	益鳥 えきちょう	帰路 きろ	消灯 しょうとう
差異 さい	〔兼〕けん・かねる	帰還 きかん	消尽 しょうじん
差渡 さしわたし	兼用 けんよう	帰趨 きすう	消却 しょうきゃく
差置 さしおく	兼有 けんゆう	〔浦〕ほ・うら	消沈 しょうちん
差障 さしさわり	兼任 けんにん	浦里 うらざと	消防 しょうぼう
差額 さがく	兼合 かねあい	〔酒〕しゅ・さか・さけ	消毒 しょうどく
〔恙〕よう・つつが	兼好 けんこう	酒石酸 しゅせきさん	消長 しょうちょう
恙無 つつがない	兼修 けんしゅう	酒仙 しゅせん	消炎 しょうえん
〔逬〕ユヘい・とばしる・はとばしる	兼兼 かねがね	酒気 しゅき	消臭 しょうしゅう
逬出 へいしゅつ	兼務 けんむ	酒色 しゅしょく	消音 しょうおん
〔拳〕けん・こぶし	兼備 かねそなえる・けんび	酒乱 しゅらん	消退 しょうたい
拳万 げんまん	兼営 けんえい	酒肴 しゅこう	消飛 けしとぶ
拳法 けんぽう	兼摂 けんせつ	酒保 しゅほ	消夏 しょうか
拳骨 げんこつ	兼業 けんぎょう	酒屋 さかや	消耗 しょうこう・しょうもう
拳拳服膺 けんけんふくよう	兼職 けんしょく	酒造 しゅぞう	消耗品 しょうもうひん
拳銃 けんじゅう	〔朔〕さく・ついたち	酒徒 しゅと	消耗戦 しょうもうせん
拳闘 けんとう	朔風 さくふう	酒宴 しゅえん	消耗熱 しょうもうねつ
〔粃〕ひ・しいな	〔烟〕えん・けぶい・けぶり・けぶる・けむり	酒盛 さかもり	消息 しょうそく
〔粉〕ふん・こ・こな	〔烙〕らく	酒場 さかば	消息子 しょうそくし
粉末 ふんまつ	烙印 らくいん	酒量 しゅりょう	消息通 しょうそくつう
粉石鹸 こなせっけん	〔帰〕かえり・かえす・きす・きする	酒税 しゅぜい	消息筋 しょうそくすじ
粉乳 ふんにゅう	帰支度 かえりじたく	酒飲 さけのみ	消雪 しょうせつ
粉砕 ふんさい	帰化 きか	酒豪 しゅごう	消散 しょうさん
粉食 ふんしょく	帰化人 きかじん	酒精 しゅせい	消極 しょうきょく
粉骨砕身 ふんこつさいしん	帰心 きしん	酒器 しゅき	消極的 しょうきょくてき
粉雪 こなゆき・こゆき	帰宅 きたく	酒興 しゅきょう	消閑 しょうかん
粉微塵 こなみじん	帰社 きしゃ	酒癖 しゅへき	消然 しょうぜん
粉飾 ふんしょく	帰国 きこく	〔涙〕るい・なみだ	
粉塵 ふんじん	帰依 きえ	涙声 なみだごえ	
粉薬 こなぐすり	帰京 ききょう	涙金 なみだきん	
〔粋〕すい・し・き	帰省 きせい	涙脆 なみだもろい	
粋人 すいじん	帰航 きこう	涙痕 るいこん	
		涙腺 るいせん	
		〔娑〕さ・しゃ	
		娑婆 しゃば	
		娑婆気 しゃばけ	

消費 しょうひ
消費者 しょうひしゃ
消費物価指数 しょうひぶっかしすう
消費財 しょうひざい
消滅 しょうめつ
消磨 しょうま
涅槃 ねはん
涅槃會 ねはんえ
〔浬〕かいり
〔涓〕けん
〔浩〕こう
浩然 こうぜん
浩瀚 こうかん
〔浜〕ひん・はま
浜木棉 はまゆう
浜辺 はまべ
浜茄子 はまなす
浜焼 はまやき
〔浴〕よく・あびる・あびせる
浴用 よくよう
浴衣 ゆかた
浴室 よくしつ
浴客 よっかく
浴場 よくじょう
浴槽 よくそう
〔浮〕ふ・うく・うき・うかす・うかべる・うかぶ
浮力 ふりょく
浮上 うかびあがる・うきあがる・ふじょう
浮女 うかれめ
浮木 うきぎ・ふぼく
浮世 うきよ
浮石 うきいし
浮氷 ふひょう
浮生 ふせい
浮立 うきたつ
浮出 うきだす
浮気 うわき
浮名 うきな
浮沈 ふちん
浮沈 うきしずみ
浮草 うきくさ
浮室 ふしつ
浮島 うきしま
浮浮 うきうき

浮浪 ふろう
浮動 ふどう
浮動票 ふどうひょう
浮袋 うきぶくろ
浮彫 うきぼり
浮揚 ふよう
浮雲 うきぐも
浮貸 うきがし
浮遊 ふゆう
浮游生物 ふゆうせいぶつ
浮腫 ふしゅ・むくむ
浮説 ふせつ
浮塵子 うんか
浮標 ふひょう
浮薄 ふはく
浮橋 うきはし
浮顔 うかぬかお
浮織 うきおり
〔流〕りゅう・う・ながす・ながれる・ながれ
流入 りゅうにゅう
流下 りゅうか
流木 りゅうぼく
流水 りゅうすい
流石 さすが
流布 るふ
流氷 りゅうひょう
流目 ながしめ
流失 りゅうしつ
流用 りゅうよう
流民 りゅうみん・るみん
流出 りゅうしゅつ
流刑 りゅうけい
流伝 りゅうでん
流血 りゅうけつ
流行 はやり・はやる・りゅうこう
流行子 はやりっこ
流行目 はやりめ
流行兒 りゅうこうじ
流行性感冒 りゅうこうせいかんぼう
流行病 りゅうこうびょう
流行歌 はやりうた
流行語 りゅうこうご
流会 りゅうかい
流体 りゅうたい

流言 りゅうげん
流砂 りゅうしゃ
流星 ながれぼし・りゅうせい
流俗 りゅうぞく
流派 りゅうは
流連 りゅうれん
流速 りゅうそく
流通 りゅうつう
流紋岩 りゅうもんがん
流域 りゅういき
流転 るてん
流動 りゅうどう
流動体 りゅうどうたい
流動食 りゅうどうしょく
流産 りゅうざん
流落 りゅうらく
流量 りゅうりょう
流寓 りゅうぐう
流弾 りゅうだん
流感 りゅうかん
流暢 りゅうちょう
流儀 りゅうぎ
流線型 りゅうせんけい
流燈 りゅうとう
流麗 りゅうれい
流離 りゅうり
流露 りゅうろ
〔涕〕てい・なみだ
〔涴〕かん
〔浪〕ろう・なみ
浪人 ろうにん
浪士 ろうし
浪打 なみうつ
浪曲 ろうきょく
浪花節 なにわぶし
浪浪 るろう
浪費 ろうひ
〔浸〕しん・つかる・つける・ひたす・ひたる
浸入 しんにゅう
浸水 しんすい
浸礼 しんれい
浸出 しんしゅつ
浸炭 しんたん
浸食 しんしょく

浸染 しんせん
浸透 しんとう
浸剤 しんざい
浸蝕 しんしょく
浸潤 しんじゅん
〔涌〕ゆう・わく・わかす
涌水 わきみず
涌出 ゆうしゅつ・わきでる
〔浚〕しゅん・さらう
浚渫 しゅんせつ
〔悖〕はい・もとる
〔悚〕しょう・そう
悚然 しょうぜん
〔悟〕ご・さとる・さとり・さとす
悟性 ごせい
〔悄〕しょう
悄気 しょげる
悄気込 しょげこむ
悄気返 しょげかえる
悄悄 しょうしょう
悄然 しょうぜん
〔悋〕りん
悋気 りんき
悦楽 えつらく
悩殺 のうさつ
〔挙〕きょ・あがる・あげる・こぞる・こぞって
挙手 きょしゅ
挙句 あげく
挙式 きょしき
挙行 きょこう
挙兵 きょへい
挙措 きょそ
挙動 きょどう
〔宸〕しん
宸筆 しんぴつ
宸翰 しんかん
宸襟 しんきん
〔家〕か・け・いえ・うち・や
家人 かじん
家元 いえもと
家内 かない
家父 かふ
家主 いえぬし・やぬし
家出 いえで

家老 かろう	家路 いえじ	容赦 ようしゃ	被告 ひこく
家名 かめい	家賃 やちん	容量 ようりょう	被告人 ひこくにん
家宅 かたく	家禽 かきん	容喙 ようかい	被災 ひさい
家臣 かしん	家鳩 いえばと	容貌 ようぼう	被服 ひふく
家来 けらい	家構 いえがまえ	容疑 ようぎ	被乗数 ひじょうすう
家作 かさく・やづくり	家蔵 かぞう	容疑者 ようぎしゃ	被修飾語 ひしゅうしょくご
家系 かけい	家鴨 あひる	容認 ようにん	
家長 かちょう	家宝 かほう	容態 ようだい	被害 ひがい
家事 かじ	〔宵〕しょう・よい	容器 ようき	被害妄想 ひがいもうそう
家具 かぐ	宵口 よいのくち	容儀 ようぎ	
家門 かもん	宵待草 よいまちぐさ	容積 ようせき	被害者 ひがいしゃ
家並 いえなみ・やなみ	宵祭 よいまつり	容顔 ようがん	被除数 ひじょすう
	宵張 よいっぱり	〔窄〕すばり・すぶ・	被疑者 ひぎしゃ
家政 かせい	宵越 よいごし	すぼる・すぼり・す	被選挙権 ひせんきょけん
家政婦 かせいふ	宵寝 よいね	ぼまる・すぼめる・	
家柄 いえがら	〔宴〕えん・うたげ	すぼむ・つぼむ・つ	被験者 ひけんしゃ
家相 かそう	宴会 えんかい	ぼめる・つぼまる	被覆 ひふく
家風 かふう	宴席 えんせき	〔宰〕さい	被爆 ひばく
家計 かけい	宴楽 えんらく	宰相 ざいしょう	被爆障害 ひばくしょうがい
家計簿 かけいぼ	〔宮〕きゅう・ぐう・	〔案〕あん・あんじ	
家屋 かおく	みや	案下 あんか	〔祥〕しょう・さが
家屋敷 いえやしき	宮大工 みやだいく	案山子 かかし	祥月 しょうつき
家格 かかく	宮中 きゅうちゅう	案内 あんない	祥瑞 しょうずい
家財 かざい	宮内庁 くないちょう	案分 あんぶん	〔冥〕めい・みょう
家訓 かくん	宮仕 みやづかえ	案文 あんぶん	冥土 めいど
家庭 かてい	宮司 ぐうじ	案外 あんがい	冥王星 めいおうせい
家庭争議 かていそうぎ	宮芝居 みやしばい	案出 あんしゅつ	冥加 みょうが
	宮守 みやもり	案件 あんけん	冥助 みょうじょ
家庭的 かていてき	宮廷 きゅうてい	案配 あんばい	冥利 みょうり
家庭科 かていか	宮沢賢治 みやざわけんじ	案顔 あんじがお	冥界 めいかい
家庭料理 かていりょうり		〔朗〕ろう・ほがらか	冥途 めいど
	宮参 みやまいり	・ほがら	冥冥 めいめい
家庭教師 かていきょうし	宮城 きゅうじょう	朗吟 ろうぎん	冥福 めいふく
	宮相撲 みやずもう	朗党 ろうどう	冥罰 みょうばつ
家庭訪問 かていほうもん	宮殿 きゅうでん	朗朗 ろうろう	冥護 みょうご・めいご
	〔害〕がい	朗唱 ろうしょう	
家庭裁判所 かていさいばんしょ	害虫 がいちゅう	朗報 ろうほう	〔冤〕えん
	害毒 がいどく	朗等 ろうどう	冤罪 えんざい
家庭着 かていぎ	害悪 がいあく	朗詠 ろうえい	〔書〕しょ・しょする
家畜 かちく	害鳥 がいちょう	朗読 ろうどく	・かく・ふみ
家紋 かもん	害獣 がいじゅう	〔袖〕しゅう・そで	書入 かきいれる
家探 やさがし	〔容〕よう・いれる	袖下 そでのした	書下 かきおろす・かきくだす
家常茶飯 かじょうさはん	容止 ようし	袖珍 しゅうちん	
	容水量 ようすいりょう	袖屏風 そでびょうぶ	書中 しょちゅう
家族 かぞく		〔被〕ひ・おおい・お	書手 かきて
家捜 やさがし	容色 ようしょく	おう・かぶせる・か	書分 かきわける
家筋 いえすじ	容体 ようだい	ぶる・かぶり・こう	書方 かきかた
家運 かうん	容易 たやすい・ようい	むる	書札 しょさつ
家督 かとく		被子植物 ひししょくぶつ	書目 しょもく
家業 かぎょう	容姿 ようし	被写体 ひしゃたい	書生 しょせい
			書生論 しょせいろん

書付 かきつけ
書込 かきこみ・かきこむ
書立 かきたてる
書写 かきうつす・しょしゃ
書出 かきだし・かきだす
書式 しょしき
書名 しょめい
書抜 かきぬく
書見 しょけん
書体 しょたい
書言葉 かきことば
書状 しょじょう
書忘 かきわすれる
書初 かきぞめ
書表 かきあらわす
書取 かきとり・かきとる
書直 かきなおす
書画 しょが
書房 しょぼう
書味 かきあじ
書物 しょもつ
書店 しょてん
書法 しょほう
書契 しょけい
書面 しょめん
書信 しょしん
書風 しょふう
書送 かきおくる
書架 しょか
書飛 かきとばす
書紀 しょき
書残 かきのこす
書留 かきとめ・かきとめる
書記 かきしるす・しょき
書庫 しょこ
書流 かきながす
書家 しょか
書院 しょいん
書捨 かきすて・かきすてる
書替 かきかえる
書換 かきかえ
書落 かきおとす
書棚 しょだな
書幅 しょふく

書証 しょしょう
書評 しょひょう
書道 しょどう
書割 かきわり
書損 かきそこなう・かきそんじる
書聖 しょせい
書置 かきおき
書債 しょさい
書誌学 しょしがく
書影 しょえい
書壇 しょだん
書翰 しょかん
書齋 しょさい
書簡 しょかん
書癖 しょへき
書類 しょるい
書類送検 しょるいそうけん
書籍 しょせき
〔剥〕はく・はぐ・はげ・はげる・はがす・はがれる・むく・むける
剥出 むきだし
剥身 むきみ
剥暦 はがしこよみ
〔郡〕ぐん・こおり
〔既〕き・すでに・すんでに
既刊 きかん
既払 きばらい
既出 きしゅつ
既存 きそん
既成 きせい
既成品 きせいひん
既決 きけつ
既知 きち
既知数 きちすう
既往症 きおうしょう
既卒 きそつ
既定 きてい
既記 きき
既得 きとく
既得権 きとくけん
既婚 きこん
既着 きちゃく
既遂 きすい
既製 きせい
〔展〕てん

展示 てんじ
展示即売会 てんじそくばいかい
展延 てんえん
展性 てんせい
展望 てんぼう
展開 てんかい
展開図 てんかいず
展開部 てんかいぶ
展覧会 てんらんかい
〔屑〕せつ・くず・いさぎよし
屑米 くずまい
屑屋 くずや
屑鉄 くずてつ
屑籠 くずかご
〔弱〕じゃく・よわい・よわり・よわる・よわまる・よわめる
弱小 じゃくしょう
弱化 じゃっか
弱虫 よわむし
弱肉強食 じゃくにくきょうしょく
弱年 じゃくねん
弱気 よわき
弱体 じゃくたい
弱者 じゃくしゃ
弱国 じゃっこく
弱点 じゃくてん
弱音 よわね
弱冠 じゃっかん
弱弱 よわよわしい
弱視 じゃくし
弱電 じゃくでん
弱腰 よわごし
弱震 じゃくしん
弱輩 じゃくはい
弱敵 じゃくてき
〔孫〕そん・まご
孫子 まごこ
孫手 まごのて
孫引 まごびき
孫娘 まごむすめ
〔祟〕たたる・たたり
〔姫〕ひめ
姫松 ひめまつ
姫垣 ひめがき
恕限度 じょげんど
〔娯〕ご

娯楽 ごらく
〔娘〕じょう・むすめ
娘婿 むすめむこ
〔脅〕きょう・おどす・おどかす・おびやかす・おびえる
脅迫 きょうはく
脅威 きょうい
脅喝 きょうかつ
〔畚〕ほん・ふご・もっこ・いしみ
〔能〕のう・あたう・よく・よくする
能力 のうりょく
能力給 のうりょくきゅう
能才 のうさい
能文 のうぶん
能弁 のうべん
能吏 のうり
能狂言 のうきょうげん
能面 のうめん
能書 のうがき・のうしょ
能動 のうどう
能動的 のうどうてき
能率 のうりつ
能率的 のうりつてき
能無 のうなし
能筆 のうひつ
能楽 のうがく
能舞台 のうぶたい
〔通〕かよ・かようがる・つう・つうじ・つうじる・とおし・どおし・どおす・とおり・どおり・とおる
通一遍 とおりいっぺん
通人 つうじん
通力 つうりき
通水 つうすい
通分 つうぶん
通史 つうし
通用 つうよう
通用門 つうようもん
通弁 つうべん
通有 つうゆう
通年 つうねん

通気 つうき
通行 つうこう
通行人 つうこうにん
通行券 つうこうけん
通行許可 つうこうきょか
通行税 つうこうぜい
通合 とおりあわせる
通名 とおりな
通抜 とおりぬけ・とおりぬける
通告 つうこく
通言 つうげん
通言葉 とおりことば
通事 つうじ
通雨 とおりあめ
通知 つうち
通知状 つうちじょう
通知表 つうちひょう
通例 つうれい
通念 つうねん
通夜 つや
通性 つうせい
通学 つうがく
通相場 とおりそうば
通則 つうそく
通俗 つうぞく
通信 つうしん
通信社 つうしんしゃ
通信速度 つうしんそくど
通信教育 こうしんきょういく
通信販売 つうしんはんばい
通信綱 つうしんもう
通信衛星 つうしんえいせい
通信簿 つうしんぼ
通風 つうふう
通計 つうけい
通約 つうやく
通称 つうしょう
通航 つうこう
通院 つういん
通掛 とおりがかり・とおりかかる・とおりがけ
通常 つうじょう
通常国会 つうじょうこっかい

通患 つうかん
通帳 つうちょう
通貨 つうか
通釈 つうしゃく
通訳 つうやく
通産 つうさん
通産相 つうさんしょう
通産省 つうさんしょう
通商 つうしょう
通商協定 つうしょうきょうてい
通商産業省 つうしょうさんぎょうしょう
通経 つうけい
通達 つうたつ
通報 つうほう
通勤 つうきん
通暁 つうぎょう
通過 つうか
通過査証 つうかさしょう
通過貨物 つうかかぶつ
通過税 つうかぜい
通過貿易 つうかぼうえき
通番号 とおしばんごう
通詞 つうじ・とおりことば
通道 とおりみち
通運 つううん
通電 つうでん
通路 つうろ・とおりみち
通辞 つうじ
通牒 つうちょう
通解 つうかい
通話 つうわ
通関 つうかん
通算 つうさん
通読 つうどく
通語 つうご
通説 つうせつ
通弊 つうへい
通論 つうろん
通謀 つうぼう
通覧 つうらん
通観 つうかん

通魔 とおりま
〔蚤〕のみ
蚤市 のみのいち
〔桑〕そう・くわ
桑果 そうか
桑門 そうもん
桑海 そうかい
桑園 そうえん
剝片 はくへん
剝取 はぎとり
剝脱 はくだつ
剝落 はくらく
剝奪 はくだつ
剝製 はくせい
剝離 はくり
〔陣〕じん・じんする
陣太鼓 じんだいこ
陣中 じんちゅう
陣中見舞 じんちゅうみまい
陣立 じんたて
陣地 じんち
陣列 じんれつ
陣羽織 じんばおり
陣形 じんけい
陣没 じんぼつ
陣取 じんとり・じんどる
陣歿 じんぼつ
陣所 じんしょ
陣容 じんよう
陣笠 じんがさ
陣痛 じんつう
陣営 じんえい
陣幕 じんまく
陣頭 じんとう
陣鐘 じんがね
〔陛〕へい・きざはし・ひ
陛下 へいか
〔陞〕しょう
陞任 しょうにん
陞叙 しょうじょ
陞進 しょうしん
〔除〕じょ・のぞくのける・じょする
除去 じょきょ
除号 じょごう
除外 じょがい
除虫 じょちゅう

除虫菊 じょちゅうぎく
除名 じょめい
除服 じょふく
除夜 じょや
除法 じょほう
除波器 じょはき
除草 じょそう
除害 じょがい
除菌 じょきん
除雪 じょせつ
除喪 じょも
除湿 じょしつ
除隊 じょたい
除幕 じょまく
除感作 じょかんさ
除数 じょすう
除算 じょさん
除塵機 じょじんき
除霜 じょそう
除籍 じょせき
〔陷〕かん・おちいる・おといれる
陥没 かんぼつ
陥穽 かんせい
陥落 かんらく
〔降〕こう・ふり・おりる・おろし・ふろす・ふる・ふらす
降下 こうか
降口 おりくち
降止 ふりやむ
降水 こうすい
降圧剤 こうあつざい
降込 ふりこむ
降立 おりたつ
降出 ふりだす
降灰 こうかい
降伏 こうふく
降車 こうしゃ
降雨 こうう
降服 こうふく
降注 ふりそそぐ
降参 こうさん
降納 こうのう
降雪 こうせつ
降募 ふりつのる
降着 こうちゃく
降給 こうきゅう
降嫁 こうか

降敷 ふりしく
降誕 こうたん
降壇 こうだん
降頻 ふりしきる
降職 こうしょく
降癖 ふりぐせ
降懸 ふりかかる
降籠 ふりこめる
〔院〕いん
院内 いんない
院生 いんせい
院外 いんがい
院主 いんしゅ
院長 いんちょう
〔純〕じゅん
純一 じゅんいつ
純毛 じゅんもう
純化 じゅんか
純文学 じゅんぶんがく
純正 じゅんせい
純白 じゅんぱく
純乎 じゅんこ
純朴 じゅんぼく
純血 じゅんけつ
純利 じゅんり
純良 じゅんりょう
純金 じゅんきん
純度 じゅんど
純美 じゅんび
純真 じゅんしん
純粋 じゅんすい
純益 じゅんえき
純情 じゅんじょう
純量 じゅんりょう
純然 じゅんぜん
純減 じゅんげん
純愛 じゅんあい
純絹 じゅんけん
純増 じゅんぞう
純銀 じゅんぎん
純綿 じゅんめん
純潔 じゅんけつ
〔納〕のう・おさまる・おさめる
納入 のうにゅう
納戸 なんど
納本 のうほん
納付 のうふ
納会 のうかい

納豆 なっとう
納金 のうきん
納采 のうさい
納品 のうひん
納屋 なや
納骨 のうこつ
納得 なっとく
納涼 のうりょう
納期 のうき
納棺 のうかん
納税 のうぜい
〔紛〕ふん・まがう・まがえる・まぎれ・まぎれる・まぎらかす・まぎ
紛失 ふんしつ
紛込 まぎれこむ
紛争 ふんそう
紛物 まがいもの
紛糾 ふんきゅう
紛紛 ふんぷん
〔紙〕し・かみ
紙一重 かみひとえ
紙入 かみいれ
紙工品 しこうひん
紙上 しじょう
紙切 かみきれ
紙片 しへん
紙芝居 かみしばい
紙吹雪 かみふぶき
紙型 しけい
紙面 しめん
紙屑 かみくず
紙魚 しみ
紙細工 かみざいく
紙幣 しへい
紙鑢 かみやすり
〔紋〕もん
紋付 もんつき
紋白蝶 もんしろちょう
紋服 もんぷく
紋章 もんしょう
紋縮緬 もんちりめん
〔紡〕ぼう・つむぐ
紡機 ぼうき
紡錘 ぼうすい
紡績 ぼうせき
紡織 ぼうしょく
〔紐〕じゅう・ひも

紐帯 じゅうたい・ちゅうたい

十一畫

〔彗〕すい
彗星 すいせい
〔舂〕つく・うすづく
〔球〕きゅう・たま
球団 きゅうだん
球形 きゅうけい
球技 きゅうぎ
球足 たまあし
球茎 きゅうけい
球面 きゅうめん
球乗 たまのり
球根 きゅうこん
球菌 きゅうきん
球場 きゅうじょう
球審 きゅうしん
〔責〕せき・せめ・せめる・せたむ
責任 せきにん
責任者 せきにんしゃ
責苦 せめく
責苛 せめさいなむ
責務 せきむ
〔現〕げん・あらわす・あらわれる・うつつ
現下 げんか
現今 げんこん
現収 げんしゅう
現払 げんばらい
現世 げんせ・げんせい
現世紀 げんせいき
現生 げんなま
現代 げんだい
現代文 げんだいぶん
現代仮名遣 げんだいかなづかい
現代的 げんだいてき
現地 げんち
現在 げんざい
現有 げんゆう
現存 げんそん
現任 げんにん
現行 げんこう
現行犯 げんこうはん

現住 げんじゅう
現住所 げんじゅうしょ
現役 げんえき
現状 げんじょう
現制 げんせい
現物 げんぶつ
現物価格 げんぶつかかく
現金 げんきん
現金出納帳 げんきんすいとうちょう
現況 げんきょう
現実 げんじつ
現実主義 げんじつしゅぎ
現実的 げんじつてき
現品 げんぴん
現段階 げんだんかい
現前 げんぜん
現高 げんだか
現場 げんじょう・げんば
現象 げんしょう
現勢 げんせい
現業 げんぎょう
現像 げんぞう
現職 げんしょく
〔理〕り・ことわり
理不尽 りふじん
理化学 りかがく
理由 りゆう
理会 りかい
理事 りじ
理非 りひ
理非曲直 りひきょくちょく
理知 りち
理知的 りちてき
理念 りねん
理性 りせい
理性的 りせいてき
理学 りがく
理屈 りくつ
理科 りか
理容 りよう
理想 りそう
理想主義 りそうしゅぎ
理想郷 りそうきょう
理路 りろ

理解 りかい
理詰 りづめ
理数 りすう
理髪 りはつ
理論 りろん
〔琉〕りゅう・る
琉球 りゅうきゅう
〔規〕き
規制 きせい
規定 きてい
規則 きそく
規則的 きそくてき
規律 きりつ
規約 きやく
規格 きかく
規程 きてい
規準 きじゅん
規模 きぼ
規範 きはん
〔捧〕ほう・ささげる・ささぐ
〔掛〕かかり・かかる・かけ・かけろ
掛目 かけめ
掛付 かかりつけ
掛合 かかりあい・かかりあう・かけあい・かけあう・かけあわせる
掛売 かけうり
掛声 かけごえ
掛図 かけず
掛取 かけとり
掛物 かけもの
掛金 かけがね・かけきん
掛持 かけもち
掛時計 かけどけい
掛値 かけね
掛軸 かけじく
掛買 かけがい
掛詞 かけことば
掛違 かけちがう
掛算 かけざん
掛蕎麦 かけそば
掛繋 かけつなぎ
〔措〕そ・おく
措置 そち
措置入院 そちにゅういん
措辞 そじ

〔描〕びょう・えがく
描写 びょうしゃ
〔埴〕しょく・はに
埴土 しょくど
埴輪 はにわ
〔域〕いき
〔捺〕なつ・おす
捺印 なついん
〔掩〕えん・おおう
掩蔽 えんぺい
掩壕 えんごう
〔捷〕しょう
捷径 しょうけい
捷報 しょうほう
〔焉〕えん・いずくんか・いずくんぞ
〔掉〕とう・ちょう
掉尾 とうび
〔莢〕きょう・さや
〔莖〕けい・くき
〔莫〕ばく・なかれ
莫大 ばくだい
莫逆 ばくぎゃく
莫連 ばくれん
〔覓〕けん・ひゆ
〔莓〕ばい・いちご
〔茶〕だ
茶毘 だび
〔莚〕ざ・ござ
〔荻〕てき・おぎ
莞爾 かんじ
〔掴〕つかまる・つかむ・つかみ
掲示 けいじ
掲示板 けいじばん
掲出 けいしゅつ
掲揚 けいよう
掲載 けいさい
〔排〕はい
排日 はいにち
排水 はいすい
排水量 はいすいりょう
排仏毀釈 はいぶつきしゃく
排他 はいた
排斥 はいせき
排外 はいがい
排出 はいしゅつ
排列 はいれつ

排気 はいき
排卵 はいらん
排尿 はいにょう
排泄 はいせつ
排便 はいべん
排除 はいしゅつ・はいじょ
排球 はいきゅう
排菌 はいきん
排雪 はいせつ
排煙 はいえん
排撃 はいげき
〔赦〕しゃ・ゆるす
赦免 しゃめん
〔堆〕たい・つい・うずたかい
堆朱 ついしゅ
堆肥 たいひ
堆積 たいせき
堆積岩 たいせきがん
〔推〕すい・おす
推力 すいりょく
推知 すいち
推服 すいふく
推定 すいてい
推参 すいさん
推重 すいちょう
推計 すいけい
推挙 すいきょ
推理 すいり
推移 すいい
推進 おしすすめる・すいしん
推断 すいだん
推量 おしはかる・すいりょう
推測 すいそく
推奨 すいしょう
推算 すいさん
推敲 すいこう
推察 すいさつ
推賞 すいしょう
推論 すいろん
推薦 すいせん
推戴 すいたい
〔頂〕ちょう・いただく
頂上 ちょうじょう
頂角 ちょうかく
頂点 ちょうてん

頂戴 ちょうだい
〔都〕と・つ・みやこ
都下 とか
都内 とない
都心 としん
都心回帰 としんかいき
都市 とし
都市計画 としけいかく
都会 とかい
都会人 とかいじん
都合 つごう
都度 つど
都都逸 どどいつ
都鳥 みやこどり
都落 みやこおち
都道府県 とどうふけん
〔埠〕ふ
埠頭 ふとう
〔捨〕しゃ・すてる
捨子 すてご
捨去 すてさる
捨石 すていし
捨印 すていん
捨売 すてうり
捨身 すてみ
捨金 すてがね
捨値 すてね
捨象 しゃしょう
捨鉢 すてばち
〔採〕さい・とる
採寸 さいすん
採用 さいよう
採光 さいこう
採血 さいけつ
採択 さいたく
採否 さいひ
採決 さいけつ
採取 さいしゅ
採油 さいゆ
採点 さいてん
採炭 さいたん
採納 さいのう
採掘 さいくつ
採訪 さいほう
採集 さいしゅう
採鉱 さいこう
採算 さいさん

採録 さいろく

〔授〕じゅ・さずかる・さずける

授与 じゅよ

授戒 じゅかい

授物 さずけもの

授受 じゅじゅ

授乳 じゅにゅう

授粉 じゅふん

授章 じゅしょう

授業 じゅぎょう

授精 じゅせい

授権 じゅけん

授賞 じゅしょう

授爵 じゅしゃく

〔捻〕ねん・ひねくる・ひねり・ひねる・ねじる・ねじれる・ねず

捻子 ねじ

捻出 ねんしゅつ

捻回 ひねりまわす

捻挫 ねんざ

捻転 ねんてん

〔教〕きょう・おしえ・おしえる・おそわる

教子 おしえご

教化 きょうか

教示 きょうじ

教生 きょうせい

教団 きょうだん

教会 きょうかい

教戒 きょうかい

教材 きょうざい

教条主義 きょうじょうしゅぎ

教卓 きょうたく

教具 きょうぐ

教典 きょうてん

教育 きょういく

教育漢字 きょういくかんじ

教官 きょうかん

教則本 きょうそくほん

教科 きょうか

教科書 きょうかしょ

教皇 きょうこう

教室 きょうしつ

教祖 きょうそ

教員 きょういん

教唆 きょうさ

教師 きょうし

教徒 きょうと

教訓 きょうくん

教案 きょうあん

教書 きょうしょ

教理 きょうり

教授 きょうじゅ

教務 きょうむ

教義 きょうぎ

教養 きょうよう

教壇 きょうだん

教頭 きょうとう

教諭 きょうゆ

教職 きょうしょく

教職員 きょうしょくいん

教鞭 きょうべん

〔掏〕とう・する

〔掬〕きく・すくう

掬上 すくいあげる

掬出 すくいだす

掬網 すくいあみ

〔掠〕りゃくかすめる・かする

掠取 かすめとる

〔培〕ばい・つちかう

培地 ばいち

培養 ばいよう

〔接〕せつ・はぐ・つぐ・つぎ

接木 つぎき

接収 せっしゅう

接写 せっしゃ

接台 つぎだい

接地 せっち

接合 せつごう

接見 せっけん

接吻 せっぷん

接近 せっきん

接尾語 せつびご

接岸 せつがん

接受 せつじゅ

接点 せってん

接待 せったい

接客 せっきゃく

接骨 せっこつ

接着 せっちゃく

接着剤 せっちゃくざい

接辞 せつじ

接触 せっしょく

接戦 せっせん

接続 せつぞく

接続助詞 せつぞくじょし

接続詞 せつぞくし

接続語 せつぞくご

接種 せっしゅ

接穂 つぎほ

接線 せっせん

接頭語 せっとうご

〔執〕しつ・しゅう・とる

執刀 しっとう

執心 しゅうしん

執成 とりなす

執行 しっこう

執行猶予 しっこうゆうよ

執拗 しつよう

執事 しつじ

執念 しゅうねん

執政 しっせい

執務 しつむ

執達吏 しったつり

執筆 しっぴつ

執着 しゅうじゃく・しゅうちゃく

執権 しっけん

〔捲〕けん・まく・まくり・まくる・まくれる・めくり・めくる・めくれる

捲土重来 けんどじゅうらい

〔掟〕おきて

〔控〕こう・ひかえ・ひかえる

控目 ひかえめ

控室 ひかえしつ

控除 こうじょ

控訴 こうそ

〔捥〕わん・もぎり・もぎる・もぐ・もげる

捥取 もぎとる

捥嬢 もぎりじょう

〔捩〕ねじる・ねじれる・よじれる・よじる

捩子 ねじ

捩切 ねじきる

捩込 ねじこむ

捩曲 ねじまげる

捩回 ねじまわし

捩鉢巻 ねじりはちまき

〔探〕たん・さぐり・さぐる・さがす

探当 さがしあてる・さぐりあてる

探求 たんきゅう

探足 さぐりあし

探究 たんきゅう

探知 たんち

探物 さがしもの

探春 たんしゅん

探査 たんさ

探海燈 たんかいとう

探索 たんさく

探書 たんしょ

探偵 たんてい

探偵小説 たんていしょうせつ

探訪 たんぼう

探険 たんけん

探検 たんけん

探勝 たんしょう

探測 たんそく

探照燈 たんしょうとう

探鉱 たんこう

探聞 たんぶん

探察 たんさつ

探題 たんだい

〔殻〕かく・から

〔掃〕そう・はく

掃立 はきたて

掃出 はきだす

掃海 そうかい

掃射 そうしゃ

掃討 そうとう

掃除 そうじ

掃除機 そうじき

掃掃除 はきそうじ

掃滅 そうめつ

掃溜 はきだめ

掃墨 はいずみ

〔据〕きょ・すえる
据付 すえつけ・すえつける
据物 すえもの
据風呂 すえふろ
据置 すえおき・すえおく
据膳 すえぜん
〔堀〕ほり・ほる
堀辰雄 ほりたつお
〔掘〕くつ・ほり・ほる・ほれる
掘下 ほりさげる
掘川 ほりかわ
掘出物 ほりだしもの
掘削 くっさく
掘起 ほりおこす
掘割 ほりわり
掘鑿 くっさく
〔基〕き・もとい・もとづく・もと
基本 きほん
基本的 きほんてき
基本給 きほんきゅう
基地 きち
基金 ききん
基肥 きひ・もとごえ
基底 きてい
基点 きてん
基幹 きかん
基数 きすう
基準 きじゅん
基準金利 きじゅんきんり
基盤 きばん
基調 きちょう
基壇 きだん
基礎 きそ
〔聊〕りょう・しささか
〔勘〕かん
勘弁 かんべん
勘当 かんどう
勘所 かんどころ
勘定 かんじょう
勘定書 かんじょうしょ
勘案 かんあん
勘違 かんちがい
勘繰 かんぐる
〔娶〕めとる・めあわせる

〔著〕ちょ・あられす・いちじるしい
著名 ちょめい
著作 ちょさく
著作権 ちょさくけん
著者 ちょしゃ
著述 ちょじゅつ
著書 ちょしょ
著減 ちょげん
著増 ちょぞう
著聞 ちょぶん
著録 ちょろく
〔菫〕きん・すみれ
〔黄〕おう・こう・き・きばむ
黄土 こうど
黄土色 おうどいろ
黄玉 おうぎょく・こうぎょく
黄色 おうしょく・きいろ
黄色人種 おうしょくじんしゅ
黄体 おうたい
黄身 きみ
黄味 きみ
黄金 おうごん・こがね
黄金分割 おうごんぶんかつ
黄金虫 こがねむし
黄金時代 おうごんじだい
黄昏 たそがれ
黄河 こうが
黄砂 こうさ
黄泉 こうせん
黄泉路 よみじ
黄梅 おうばい
黄桃 おうとう
黄疸 おうだん
黄粉 きなこ
黄鳥 こうちょう
黄麻 おうま・つなそ
黄道 こうどう
黄楊 つげ
黄鉄鉱 おうてっこう
黄銅 おうどう
黄塵 こうじん
黄緑 きみどり

黄熱病 おうねつびょう
黄燐 おうりん
黄鶏 かしわ
帯分数 たいぶんすう
〔菓〕か
菓子 かし
〔菌〕きん・くさびら・きのこ・たけ
菌系 きんし
菌類 きんるい
〔萎〕い・しおれる・しなびる・しばむ・なえる
萎縮 いしゅく
〔菜〕さい・な
菜食 さいしょく
菜葉 なっぱ
菜園 さいえん
菜種 なたね
菜種梅雨 なたねづゆ
菜箸 さいばし
〔菊〕きく
菊池寛 きくちかん
〔乾〕かん・けん・いぬい・からびる・かわかす・かわき・かわく・ほし・ひる
乾布 かんぷ
乾坤一擲 けんこんいってき
乾杯 かんぱい
乾板 かんぱん
乾物 かんぶつ
乾季 かんき
乾性 かんせい
乾拭 からぶき
乾留 かんりゅう
乾期 かんき
乾湿 かんしつ
乾湿計 かんしつけい
乾電池 かんでんち
乾溜 かんりゅう
乾漆 かんしつ
乾麺 かんめん
乾瓢 かんぴょう
乾燥 かんそう
乾燥剤 かんそうざい
〔苺〕ばい・いちご
〔梵〕ぼん
梵語 ぼんご

梵鐘 ぼんしょう
〔梗〕こう・ふさがる
梗塞 こうそく
梗概 こうがい
〔梧〕ご
梧桐 あおぎり
〔梢〕しょう・こずえ
〔桿〕かん
桿菌 かんきん
〔梱〕こん・こうる・こり・こる
〔梣〕しん・とねりこ
〔梃〕てい・てこ
梃入 てこいれ
梃子 てこ
〔樒〕しきみ
〔梔〕し・くちなし
〔梲〕せつ・うだつ・うだち
〔梓〕し・あずさ
〔梳〕くしけずる・けずる・すく・とかす
梳毛 すきげ
梳櫛 すきぐし
〔梯〕てい・はしご
梯子 はしご
梯形 ていけい
梯陣 ていじん
〔梶〕び・かじ
梶棒 かじぼう
〔桶〕とう・おけ・こが
〔粱〕さつ・からげる
〔救〕きゅう・すくい・すくう
救上 すくいあげる
救世主 きゅうせいしゅ
救世軍 きゅうせいぐん
救主 すくいぬし
救出 きゅうしゅつ・すくいだす
救助 きゅうじょ
救命 きゅうめい
救荒 きゅうこう
救急 きゅうきゅう
救急車 きゅうきゅうしゃ
救済 きゅうさい
救援 きゅうえん

救難 きゅうなん
救護 きゅうご
〔転〕てん・てんずる
　・うたた・ころがす
　・ころがる・ころげ
　る・ころばす・ころ
　ぶ・まろぶ・まろが
　す
転入 てんにゅう
転化 てんか
転込 ころがりこむ・
　ころげこむ
転用 てんよう
転写 てんしゃ
転出 てんしゅつ
転地 てんち
転回 てんかい
転任 てんにん
転向 てんこう
転売 てんばい
転身 てんしん
転炉 でんろ
転注 てんちゅう
転学 てんがく
転居 てんきょ
転乗 てんじょう
転送 てんそう
転校 てんこう
転借 てんしゃく
転倒 てんとう
転記 てんき
転帰 てんき
転転 てんてん
転移 てんい
転進 てんしん
転訛 てんか
転部 てんぶ
転勤 てんきん
転落 てんらく
転貸借 てんたいしゃ
　く
転属 てんぞく
転載 てんさい
転業 てんぎょう
転義 てんぎ
転戦 てんせん
転嫁 てんか
転調 てんちょう
転機 てんき
転職 てんしょく
転覆 てんぷく

転轍機 てんてつき
転籍 てんせき
〔軛〕やく・くびき
〔斬〕ざん・きる
斬込 きりこむ
斬新 ざんしん
〔軟〕なん・やわらか
　・やわらかい
軟水 なんすい
軟化 なんか
軟文学 なんぶんがく
軟式 なんしき
軟体動物 なんたいど
　うぶつ
軟派 なんぱ
軟骨 なんこつ
軟弱 なんじゃく
軟球 なんきゅう
軟着陸 なんちゃくり
　く
軟禁 なんきん
軟膏 なんこう
軟質 なんしつ
専 もっぱら
〔敕〕ちょく・みこと
　のり
〔曹〕そう・ぞう
曹灰長石 そうかいち
　ょうせき
曹灰硼石 そうかいほ
　うせき
〔悪〕あく・あし・わ
　る・わるい・にくい
悪人 あくにん
悪口 あっこう・わる
　ぐち
悪口雑言 あっこうぞ
　うげん
悪女 あくじょ
悪天 あくてん
悪天候 あくてんこう
悪友 あくゆう
悪止 わるどめ
悪日 あくにち
悪化 あっか
悪文 あくぶん
悪心 あくしん
悪玉 あくだま
悪巧 わるだくみ
悪平等 あくびょうど
　う

悪用 あくよう
悪汁 あく
悪因 あくいん
悪気 わるぎ
悪行 あくぎょう
悪名 あくめい
悪声 あくせい
悪役 あくやく
悪条件 あくじょうけ
　ん
悪者 わるもの
悪事 あくじ
悪妻 あくさい
悪知恵 わるぢえ
悪例 あくれい
悪所 あくしょ
悪念 あくねん
悪性 あくしょう・あ
　くせい
悪阻 おそ・つわり
悪政 あくせい
悪乗 わるのり
悪臭 あくしゅう
悪食 あくじき
悪風 あくふう
悪変 あくへん
悪疫 あくえき
悪逆 あくぎゃく
悪党 あくとう
悪病 あくびょう
悪書 あくしょ
悪酔 わるよい
悪貨 あっか
悪習 あくしゅう
悪達者 わるだっしゃ
悪筆 あくひつ
悪循環 あくじゅんか
　ん
悪評 あくひょう
悪童 あくどう
悪寒 おかん
悪運 あくうん
悪夢 あくむ
悪感情 あくかんじょ
　う・あっかんじょう
悪業 あくごう
悪路 あくろ
悪意 あくい
悪漢 あっかん

悪戦苦闘 あくせんく
　とう
悪徳 あくとく
悪銭 あくせん
悪辣 あくらつ
悪態 あくたい
悪趣味 あくしゅみ
悪霊 あくりょう
悪弊 あくへい
悪影響 あくえいきょ
　う
悪罵 あくば
悪質 あくしつ
悪質商法 あくしつし
　ょうほう
悪賢 わるがしこい
悪癖 あくへき
悪魔 あくま
〔副〕ふく・そえ・そ
　える
副大臣 ふくだいじん
副大総領 ふくだいと
　うりょう
副木 ふくぼく
副因 ふくいん
副交感神経 ふくこう
　かんしんけい
副次的 ふくじてき
副助詞 ふくじょし
副作用 ふくさよう
副長 ふくちょう
副知事 ふくちじ
副食 ふくしょく
副章 ふくしょう
副産物 ふくさんぶつ
副葬 ふくそう
副詞 ふくし
副腎 ふくじん
副業 ふくぎょう
副睾丸 ふくこうがん
副読本 ふくどくほん
副総理 ふくそうり
副総裁 ふくそうさい
副賞 ふくしょう
副審 ふくしん
副題 ふくだい
副議長 ふくぎちょう
〔逗〕とう
逗留 とうりゅう
〔票〕ひょう

票決 ひょうけつ
票数 ひょうすう
票読 ひょうよみ
〔酔〕すい・えい・よ
　い・よう
酔払 よっぱらい
酔生夢死 すいせいむ
　し
酔余 すいよ
酔狂 すいきょう
酔客 すいかく・すい
　きゃく
酔眼 すいがん
酔覚 よいざまし・よ
　いざめ
酔漢 すいかん
酔態 すいたい
酔潰 よいつぶれる
酔顔 すいがん
〔脣〕しん・くちびる
〔厠〕し・かわや
〔硅〕けい
〔瓠〕ひさご・ふくべ
〔匏〕ほう・ひさご・
　ふくべ
〔奢〕しゃ・おごり・
　おごる
奢侈 しゃし
〔爽〕そう・さわやか
爽快 そうかい
〔厩〕きゅう・うまや
厩舎 きゅうしゃ
厩肥 きゅうひ
〔盛〕せい・しょう・
　もる・さかる・さか
　ん・さかり
盛土 もりつち
盛大 せいだい
盛上 もりあがり・も
　りあがる
盛切 もっきり・もり
　きり
盛付 もりつける
盛代 せいだい
盛込 もりこむ
盛年 せいねん
盛行 せいこう
盛会 せいかい
盛名 せいめい
盛花 もりばな
盛返 もりかえす

盛沢山 もりだくさん
盛者必衰 しょうじゃ
　ひっすい
盛事 せいじ
盛況 せいきょう
盛夏 せいか
盛時 せいじ
盛殺 もりころす
盛衰 せいすい
盛挙 せいきょ
盛場 さかりば
盛期 せいき
盛暑 せいしょ
盛装 せいそう
盛運 せいうん
盛業 せいぎょう
盛徳 せいとく
盛儀 せいぎ
盛潰 もりつぶす
盛蕎麦 もりそば
〔雫〕しずく
〔雪〕せつ・そそぐ・
　ゆき・すすや
雪下 ゆきのした
雪上車 せつじょうしゃ
雪山 ゆきやま
雪女 ゆきおんな
雪化粧 ゆきげしょう
雪月花 せつげつか
雪舟 せっしゅう
雪合戦 ゆきがっせん
雪折 ゆきおれ
雪花 ゆきばな
雪見 ゆきみ
雪囲 ゆきがこい
雪男 ゆきおとこ
雪国 ゆきぐに
雪明 ゆきあかり
雪盲 せつもう
雪空 ゆきぞら
雪柳 ゆきやなぎ
雪洞 ぼんぼり
雪辱 せつじょく
雪原 せつげん
雪害 せつがい
雪冤 せつえん
雪雪崩 ゆきなだれ
雪崩 なだれ
雪渓 せっけい

雪達磨 ゆきだるま
雪達磨式 ゆきだるま
　しき
雪雲 ゆきぐも
雪景 せっけい
雪景色 ゆきげしき
雪遊 ゆきあそび
雪道 ゆきみち
雪焼 ゆきやけ
雪割草 ゆきわりそう
雪掻 ゆきかき
雪掻車 ゆきかきぐる
　ま
雪靴 ゆきぐつ
雪解 ゆきどけ
雪煙 ゆきけむり
雪駄 せった
雪模様 ゆきもよう
雪隠 せっちん
雪踏 せった
〔頃〕けい・ころ
〔屓〕こ
〔啓〕けい
啓上 けいじょう
啓示 けいじ
啓発 けいはつ
啓蒙 けいもう
啓蒙主義 けいもうし
　ゅぎ
啓蒙思想 けいもうし
　そう
啓蟄 けいちつ
〔砦〕さい・とりで
〔齟〕ろ・かすむ・し
　おっち
〔虚〕きょ・うつ・う
　つけ・うつろ・うろ
虚心 きょしん
虚心坦懐 きょしんた
　んかい
虚礼 きょれい
虚名 きょめい
虚実 きょじつ
虚空 こくう
虚栄 きょえい
虚栄心 きょえいしん
虚弱 きょじゃく
虚虚実実 きょきょじ
　つじつ
虚偽 きょぎ
虚脱 きょだつ

虚報 きょほう
虚無 きょむ
虚無主義 きょむしゅ
　ぎ
虚勢 きょせい
虚飾 きょしょく
虚数 きょすう
虚構 きょこう
虚像 きょぞう
〔雀〕すずめ・じゃく
雀榕 あこう
雀躍 じゃくやく
〔逍〕しょう
逍遥 しょうよう
〔堂〕どう
堂宇 どうう
堂守 どうもり
堂堂 どうどう
堂堂回 どうどうめぐ
　り
堂堂巡 どうどうめぐ
　り
〔常〕じょう・つね・
　つねに・とこ
常人 じょうじん
常日頃 つねひごろ
常打 じょううち
常用 じょうよう
常民 じょうみん
常在 じょうざい
常任 じょうにん
常会 じょうかい
常体 じょうたい
常住 じょうじゅう
常住坐臥 じょうじゅ
　うざが
常直 じょうちょく
常夜灯 じょうやとう
常況 じょうきょう
常軌 じょうき
常食 じょうしょく
常客 じょうきゃく
常連 じょうれん
常夏 とこなつ
常套 じょうとう
常時 じょうじ
常規 じょうき
常常 つねづね
常得意 じょうとくい
常設 じょうせつ

常情 じょうじょう
常宿 じょうやど
常習 じょうしゅう
常務 じょうむ
常勤 じょうきん
常備 じょうび
常雇 じょうやとい
常飲 じょういん
常勝 じょうしょう
常道 じょうどう
常温 じょうおん
常置 じょうち
常備 じょうよう
常数 じょうすう
常態 じょうたい
常緑 じょうりょく
常駐 じょうちゅう
常磐木 ときわぎ
常闇 とこやみ
常識 じょうしき
常識的 じょうしきてき
常識論 じょうしきろん
〔眦〕まなじり
〔匙〕さじ・しゅじ
匙加減 さじかげん
〔逞〕てい・くましい・たくましゅうする
〔晨〕しん
〔眺〕ちょう・ながめ・ながめる
眺望 ちょうぼう
〔敗〕はい・やぶれる・やぶる・まける
敗亡 はいぼう
敗北 はいぼく
敗因 はいいん
敗血症 はいけつしょう
敗色 はいしょく
敗走 はいそう
敗局 はいきょく
敗者 はいしゃ
敗退 はいたい
敗残 はいざん
敗将 はいしょう
敗報 はいほう
敗訴 はいそ
敗着 はいちゃく

敗勢 はいせい
敗滅 はいめつ
敗戦 はいせん
〔販〕はん
販売 はんばい
販売価格 はんばいかかく
販売促進 はんばいそくしん
販売促進活動 はんばいそくしんかつどう
販売量 はんばいりょう
販売網 はんばいもう
販売機 はんばいき
販路 はんろ
〔眼〕がん・げん・まなこ・め
眼力 がんりき・がんりょく
眼下 がんか
眼中 がんちゅう
眼目 がんもく
眼光 がんこう
眼底 がんてい
眼科 がんか
眼前 がんぜん
眼帯 がんたい
眼病 がんびょう
眼差 まなざし
眼球 がんきゅう
眼張 めばる
眼福 がんぷく
眼鏡 めがね
眼識 がんしき
眸子 ぼうし
〔野〕や・の・ぬ
野人 やじん
野口英世 のぐちひでよ
野山 のやま
野天 のてん
野太 のぶとい
野太鼓 のだいこ
野犬 やけん
野手 やしゅ
野牛 やぎゅう
野分 のわき
野火 のび
野心 やしん
野末 のずえ

野冊 やさつ
野史 やし
野生 やせい
野外 やがい
野辺 のべ
野次 やじ・やじる
野次馬 やじうま
野良 のら
野良犬 のらいぬ
野良猫 のらねこ
野放 のばなし
野放図 のほうず
野性 やせい
野草 やそう
野面 のづら
野卑 やひ
野郎 やろう
野砲 やほう
野原 のはら
野党 やとう
野師 やし
野球 やきゅう
野菜 やさい
野菊 のぎく
野鳥 やちょう
野望 やぼう
野宿 のじゅく
野道 のみち
野焼 のやき
野営 やえい
野禽 やきん
野猿 やえん
野鳩 のばと
野戦 やせん
野蒜 のびる
野暮 やぼ
野趣 やしゅ
野選 やせん
野獣 やじゅう
野獣派 やじゅうは
野蛮 やばん
〔黒〕（黑）こく・くろ・くろむ・くろめる・くろずむ・くろっぽい・くろばむ
黒人 こくじん
黒土 くろつち
黒山 くろやま
黒子 ほくろ
黒文字 くろもじ

黒目 くろめ
黒白 こくびゃく
黒死病 こくしびょう
黒光 くろびかり
黒色 こくしょく
黒色人種 こくしょくじんしゅ
黒米 くろごめ
黒字 くろじ
黒坊 くろんぼう
黒豆 くろまめ
黒身 くろみ
黒板 こくばん
黒松 くろまつ
黒枠 くろわく
黒砂糖 くろざとう
黒点 こくてん
黒星 くろぼし
黒船 くろふね
黒雲 くろくも
黒焦 くろこげ
黒貂 くろてん
黒幕 くろまく
黒鼠 くろねずみ
黒鉛 こくえん
黒煙 くろけむり
黒髪 くろかみ
黒熊 くろくま
黒潮 くろしお
黒縁 くろぶち
黒檀 こくたん
黒曜石 こくようせき
黒蟻 くろあり
黒鯛 くろだい
〔畢〕ひつ
畢生 ひっせい
畢竟 ひっきょう
啞鈴 あれい
〔閉〕へい・しまる・とざす・とじる
閉口 へいこう
閉山 へいざん
閉切 しめきる
閉止 へいし
閉込 とじこめる
閉式 へいしき
閉会 へいかい
閉廷 へいてい
閉門 へいもん
閉店 へいてん

閉居 へいきょ	異母兄弟 いぼきょうだい	略服 りゃくふく	喝采 かっさい
閉音節 へいおんせつ	異曲同工 いきょくどうこう	略称 りゃくしょう	喝破 かっぱ
閉架 へいか	異同 いどう	略記 りゃっき	〔患〕かん・わずらう
閉校 へいこう	異名 いみょう・いめい	略書 りゃくしょ	患者 かんじゃ
閉院 へいいん	異色 いしょく	略略 ほぼ	患部 かんぶ
閉場 へいじょう	異字同訓 いじどうくん	略報 りゃくほう	〔唾〕だ・つば・つばき
閉幕 へいまく	異形 いぎょう	略筆 りゃくひつ	唾液 だえき
閉業 へいぎょう	異見 いけん	略装 りゃくそう	唾棄 だき
閉園 へいえん	異邦 いほう	略解 りゃっかい	〔唯〕い・ゆい・ただ・たった
閉塞 へいそく	異体 いたい	略歴 りゃくれき	唯一 ゆいいつ
閉講 へいこう	異状 いじょう	略暦 りゃくれき	唯一無二 ゆいいつむに
閉鎖 へいさ	異国 いこく	略奪 りゃくだつ	唯今 ただいま
閉籠 とじこもる	異物 いぶつ	略語 りゃくご	唯心 ゆいしん
〔問〕もん・とう	異例 いれい	略説 りゃくせつ	唯見 ただみる
問合 といあわせる	異性 いせい	略綬 りゃくじゅ	唯我独尊 ゆいがどくそん
問返 といかえす	異姓 いせい	略儀 りゃくぎ	唯物 ゆいぶつ
問屋 といや・とんや	異臭 いしゅう	略譜 りゃくふ	唯物史観 ゆいぶつしかん
問責 もんせき	異変 いへん	〔蛆〕しょ・そじ	唯物弁証法 ゆいぶつべんしょうほう
問掛 といかける	異称 いしょう	蛆虫 うじむし	唯美主義 ゆいびしゅぎ
問答 もんどう	異教 いきょう	〔蚰〕ゆう・げ	唯唯 いい
問診 もんしん	異教徒 いきょうと	蚰蜒 げじ	唯唯諾諾 いいだくだく
問詰 といつめる	異常 いじょう	〔蚯〕きゅう・みみず	〔唸〕てん・うなる
問語 とわずがたり	異動 いどう	蚯蚓 みみず	〔啖〕たん・くらう
問質 といただす	異彩 いさい	〔蛇〕じゅ・だ・くちなわ・へび	啖呵 たんか
問題 もんだい	異郷 いきょう	蛇口 じゃぐち	〔啜〕せつ・すすろ
〔閊〕つかえ・つかえ	異腹 いふく	蛇行 だこう	〔帳〕ちょう・とばり
〔曼〕まん・ばん	異義 いぎ	蛇足 だそく	帳元 ちょうもと
曼珠沙華 まんじゅしゃげ	異境 いきょう	蛇毒 じゃどく	帳尻 ちょうじり
〔唖〕がい・いがむ	異様 いよう	蛇腹 じゃばら	帳面 ちょうづら・ちょうめん
〔晦〕かい・つごもり・つもごり・くらます	異聞 いぶん	蛇管 じゃかん	帳消 ちょうけし
晦日 みそか	異種 いしゅ	蛇籠 じゃかご	帳場 ちょうば
晦冥 かいめい	異説 いせつ	累日 るいじつ	帳締 ちょうじめ
〔啄〕たく・ちゅう・ついばむ	異端 いたん	累代 るいだい	帳簿 ちょうぼ
啄木鳥 きつつき	異質 いしつ	累犯 るいはん	〔崖〕がけ
〔畦〕あぜ・うね	異論 いろん	累加 るいか	〔崎〕さき・みさき
〔異〕い・ことなる・ことなり・あだし・あやし・こと	異議 いぎ	累次 るいじ	〔帷〕い・とばり・たれぎぬ
異人 いじん	〔略〕りゃく・りゃくする	累乗 るいじょう	〔崩〕ほう・くずれる・くずれ・くずす・くずし
異土 いど	略号 りゃくごう	累計 るいけい	崩字 くずしじ
異口同音 いくどうおん	略式 りゃくしき	累累 るいるい	崩書 くずしがき
異化 いか	略伝 りゃくでん	累進 るいしん	
異父 いふ	略字 りゃくじ	累増 るいぞう	
異分子 いぶんし	略図 りゃくず	累積 るいせき	
異文化 いぶんか	略言 りゃくげん	〔唱〕しょう・となえ・となえる	
異母 いぼ	略表 りゃくひょう	唱和 しょうわ	
	略述 りゃくじゅつ	唱道 しょうどう	
		唱歌 しょうか	
		唱導 しょうどう	
		〔喝〕かつ・しかる	

崩御 ほうぎょ
崩壊 ほうかい
〔崇〕すう・あがもう・あがめる
崇拝 すうはい
崇高 すうこう
崇敬 すうけい
圏外 けんがい
〔毬〕きゅう・いか・かさ・まり
毬藻 まりも
〔郵〕ゆう
郵券 ゆうけん
郵政 ゆうせい
郵政省 ゆうせいしょう
郵便 ゆうびん
郵便切手 ゆうびんきって
郵便車 ゆうびんしゃ
郵便局 ゆうびんきょく
郵便物 ゆうびんぶつ
郵便為替 ゆうびんがわせ
郵便配達人 ゆうびんはいたつにん
郵便料 ゆうびんりょう
郵便葉書 ゆうびんはがき
郵便箱 ゆうびんばこ
郵送 ゆうそう
郵船 ゆうせん
郵税 ゆうぜい
〔剰〕じょう・あまつさえ
剰余 じょうよ
剰余価値 じょうよかち
剰余金 じょうよきん
剰官 じょうかん
剰員 じょういん
剰語 じょうご
〔甜〕てん・あまい
甜菜 てんさい
〔梨〕り・なし
梨花 りか
梨園 りえん

〔移〕い・うつす・うつし・うつる・うつり・うつろう
移入 いにゅう
移民 いみん
移出 いしゅつ
移気 うつりぎ
移行 いこう
移住 いじゅう
移乗 いじょう
移香 うつりが
移変 うつりかわり・うつりかわる
移送 いそう
移転 いてん
移動 いどう
移動性高気圧 いどうせいこうきあつ
移項 いこう
移植 いしょく
移管 いかん
移駐 いちゅう
移監 いかん
移調 いちょう
移籍 いせき
〔動〕どう・うごかす・うごく・うごき・どうじる
動力 どうりょく
動因 どういん
動向 どうこう
動乱 どうらん
動体 どうたい
動作 どうさ
動画 どうが
動物 どうぶつ
動物園 どうぶつえん
動的 どうてき
動員 どういん
動脈 どうみゃく
動脈硬化 どうみゃくこうか
動転 どうてん
動産 どうさん
動悸 どうき
動揺 どうよう
動植物 どうしょくぶつ
動詞 どうし
動静 どうせい
動態 どうたい

動輪 どうりん
動機 どうき
動議 どうぎ
〔笹〕ささ
笹舟 ささぶね
笹叢 ささむら
〔笛〕てき・ふえ
笛吹 ふえふき
〔笙〕しょう
〔符〕ふ
符丁 ふちょう
符号 ふごう
符合 ふごう
符節 ふせつ
符牒 ふちょう
〔笠〕りゅう・かさ
〔第〕だい
第一 だいいち
第一人者 だいいちにんしゃ
第一印象 だいいちいんしょう
第一次世界大戦 だいいちじせかいたいせん
第一次産業 だいいちじさんぎょう
第一歩 だいいっぽ
第一線 だいいっせん
第二次世界大戦 だいにじせかいたいせん
第二次産業 だいにじさんぎょう
第三 だいさん
第三世界 だいさんせかい
第三次産業 だいさんじさんぎょう
第三者 だいさんしゃ
第三国 だいさんごく
第六感 だいろっかん
〔答〕しもと・むち
〔偖〕さて
〔偕〕かい
偕老同穴 かいろうどうけつ
〔袋〕たい・ふくろ
袋入 ふくろいり
袋小路 ふくろこうじ
袋戸棚 ふくろとだな
袋叩 ふくろだたき

袋地 ふくろち
袋角 ふくろづの
袋帯 ふくろおび
袋掛 ふくろがけ
袋袋綴 ふくろとじ
袋張 ふくろはり
袋棚 ふくろだな
袋道 ふくろみち
袋詰機 ふくろづめき
袋網 ふくろあみ
袋縫 ふくろぬい
袋織 ふくろおり
〔偵〕てい
偵察 ていさつ
〔悠〕ゆ・ゆう・けるか・とおい
悠久 ゆうきゅう
悠長 ゆうちょう
悠悠 ゆうゆう
悠悠自適 ゆうゆうじてき
悠悠閑閑 ゆうゆうかんかん
悠揚 ゆうよう
悠然 ゆうぜん
悠遠 ゆうえん
〔側〕そく・そばめる・そば
側仕 そばづかえ
側杖 そばづえ
側近 そっきん
側面 そくめん
側溝 そっこう
側聞 そくぶん
側線 そくせん
〔偶〕ぐう・たま
偶有 ぐうゆう
偶因 ぐういん
偶作 ぐうさく
偶発 ぐうはつ
偶偶 たまたま
偶然 ぐうぜん
偶詠 ぐうえい
偶感 ぐうかん
偶数 ぐうすう
偶像 ぐうぞう
〔偽〕げ
〔偲〕しのぶ
〔貨〕か
貨車 かしゃ

貨物 かもつ

貨物船 かもつせん

貨客船 かきゃくせん

貨幣 かへい

貨幣価値 かへいかち

〔進〕しん・すすみ・すすむ・すすめる

進入 しんにゅう

進士 しんし

進上 しんじょう

進水 しんすい

進化 しんか

進出 しんしゅつ

進行 しんこう

進攻 しんこう

進呈 しんてい

進言 しんげん

進取 しんしゅ

進歩 しんぽ

進物 しんもつ

進学 しんがく

進度 しんど

進軍 しんぐん

進退 しんたい

進発 しんぱつ

進級 しんきゅう

進捗 しんちょく

進貢 しんこう

進航 しんこう

進展 しんてん

進塁 しんるい

進路 しんろ

進境 しんきょう

進駐 しんちゅう

進撃 しんげき

進講 しんこう

〔停〕てい・とどまり・とどめる

停止 ていし

停年 ていねん

停車 ていしゃ

停車場 ていしゃじょう・ていしゃば

停泊 ていはく

停学 ていがく

停留所 ていりゅうじょ

停船 ていせん

停電 ていでん

停頓 ていとん

停滞 ていたい

停滞前線 ていたいぜんせん

停戦 ていせん

停職 ていしょく

〔偽〕ぎ・にせ・いつわり・いつわる

偽札 ぎさつ・にせさつ

偽広告 にせこうこく

偽名 ぎめい

偽足 ぎそく

偽作 ぎさく

偽者 にせもの

偽物 ぎぶつ・にせもの

偽金 にせがね

偽造 ぎぞう

偽造品 ぎぞうひん

偽悪 ぎあく

偽筆 ぎひつ

偽証 ぎしょう

偽装 ぎそう

偽善 ぎぜん

〔偏〕へん・かたよる・かたより・ひとえに

偏人 へんじん

偏平 へんぺい

偏西風 へんせいふう

偏在 へんざい

偏向 へんこう

偏見 へんけん

偏物 へんぶつ

偏屈 へんくつ

偏重 へんちょう

偏食 へんしょく

偏狭 へんきょう

偏倚 へんい

偏旁 へんぼう

偏流 へんりゅう

偏執 へんしつ

偏愛 へんあい

偏頗 へんぱ

偏頭痛 へんずつう

〔梟〕きょう・ふくろう・ふくろ

〔鳥〕ちょう・とり

鳥小屋 とりごや

鳥打帽 とりうちぼう

鳥目 ちょうもく・とりめ

鳥肌 とりはだ

鳥居 とりい

鳥媒花 ちょうばいか

鳥銃 ちょうじゅう

鳥膚 とりはだ

鳥獣 ちょうじゅう

鳥瞰 ちょうかん

鳥瞰図 ちょうかんず

鳥類 ちょうるい

鳥籠 とりかご

鳥黐 とりもち

〔健〕けん・こん・すこやか

健在 けんざい

健気 けなげ

健全 けんぜん

健投 けんとう

健忘症 けんぼうしょう

健啖 けんたん

健脚 けんきゃく

健康 けんこう

健康色 けんこうしょく

健康法 けんこうほう

健康保険 けんこうほけん

健康食 けんこうしょく

健康診断 けんこうしんだん

健筆 けんぴつ

健勝 けんしょう

健闘 けんとう

〔兜〕ど・かぶと

兜虫 かぶとむし

〔皎〕こう

〔皐〕こう

〔偓〕あく

〔術〕じゅつ・すべ

術中 じゅっちゅう

術後 じゅつご

術前 じゅつぜん

術策 じゅっさく

術数 じゅっすう

術語 じゅつご

〔得〕とく・う・うる・える・とくする

得手 えて

得手勝手 えてかって

得心 とくしん

得失 とくしつ

得用 とくよう

得物 えもの

得点 とくてん

得票 とくひょう

得策 とくさく

得意 とくい

得意気 とくいげ

得意先 とくいさき

得意満面 とくいまんめん

得意顔 とくいがお

得難 えがたい

〔徘〕はい

徘徊 はいかい

〔衒〕げん・てらう

衒学 げんがく

〔舳〕じく・へ

舳先 へさき

〔舶〕はく

舶用 はくよう

舶来 はくらい

舶載 はくさい

舶繰 ふなぐり

〔船〕せん・ふな・ふね

船人 ふなびと

船大工 ふなだいく

船小屋 ふなごや

船方 ふなかた

船主 せんしゅ・ふなぬし

船出 ふなで

船虫 ふなむし

船団 せんだん

船守 ふなもり

船足 ふなあし

船体 せんたい

船床 ふなとこ

船尾 せんび

船長 せんちょう・ふなおさ

船板 ふないた

船具 ふなぐ

船底 ふなぞこ

船卸 ふなおろし

船乗 ふなのり

船便 ふなびん

船待 ふなまち	斜面 しゃめん	欲情 よくじょう	〔脱〕だつ・だっする・ぬぐ・ぬげる
船首 せんしゅ	斜度 しゃど	欲張 よくばり・よくばる	脱力 だつりょく
船室 せんしつ	斜眼 しゃがん	〔彩〕さい・いろどる	脱水 だっすい
船客 せんきゃく	斜視 しゃし	彩色 さいしき	脱毛 だつもう
船軍 ふないくさ	斜塔 しゃとう	彩度 さいど	脱化 だっか
船荷 ふなに	斜陽 しゃよう	彩雲 さいうん	脱文 だつぶん
船桁 ふなげた	斜読 ななめよみ	〔貪〕どん・たん・むさぼる	脱出 だっしゅつ
船員 せんいん	斜線 しゃせん	貪吏 どんり	脱皮 だっぴ
船倉 せんそう・ふなぐら	〔釧〕くしろ	貪食 どんしょく	脱臼 だっきゅう
船留 ふなどめ	〔釣〕ちょう・つり・つる	貪婪 どんらん	脱会 だっかい
船旅 ふなたび	釣上 つりあがる・つりあげる	貪欲 どんよく	脱色 だっしょく
船酔 ふなよい	釣手 つりて	〔貧〕ひん・びん・まずしい・まどし	脱衣 だつい
船側 せんそく	釣出 つりだす	貧化 ひんか	脱字 だつじ
船舶 せんぱく	釣皮 つりかわ	貧乏 びんぼう	脱走 だっそう
船脚 ふなあし	釣合 つりあい・つりあう	貧乏性 びんぼうしょう	脱却 だっきゃく
船宿 ふなやど	釣糸 つりいと	貧乏神 びんぼうがみ	脱兎 だっと
船窓 せんそう	釣果 ちょうか	貧民窟 ひんみんくつ	脱牢 だつろう
船棚 ふなだな	釣竿 つりざお	貧血 ひんけつ	脱法 だっぽう
船遊 ふなあそび	釣針 つりばり	貧困 ひんこん	脱俗 だつぞく
船渡 ふなわたし	釣堀 つりぼり	貧者 ひんじゃ	脱臭 だっしゅう
船隊 せんたい	釣梯子 つりばしご	貧苦 ひんく	脱退 だったい
船路 ふなじ	釣棚 つりだな	貧相 ひんそう	脱党 だっとう
船賃 ふなちん	釣銭 つりせん	貧弱 ひんじゃく	脱脂 だっし
船腹 せんぷく	釣橋 つりばし	貧寒 ひんかん	脱脂乳 だっしにゅう
船戦 ふないくさ	釣鐘 つりかね	貧富 ひんぷ	脱脂綿 だっしめん
船蔵 ふなぐら	釣鐘草 つりかねそう	貧農 ひんのう	脱捨 ぬぎすてる
船標 ふなじるし	〔悉〕しつ・ことごとく	貧窮 ひんきゅう	脱殻 ぬけがら
船縁 ふなべり	悉曇 シッタン	〔脚〕きゃく・あし	脱落 だつらく
船橋 ふなばし	〔釈〕しゃく	脚本 きゃくほん	脱硫 だつりゅう
船頭 せんどう	釈明 しゃくめい	脚立 きゃたつ	脱帽 だつぼう
船積 ふなづみ	釈放 しゃくほう	脚光 きゃっこう	脱税 だつぜい
船懸 ふながかり	釈迦 しゃか	脚気 かっけ	脱営 だつえい
船籍 せんせき	釈然 しゃくぜん	脚色 きゃくしょく	脱腸 だっちょう
船靈 ふなだま	〔蚻〕こだま	脚注 きゃくちゅう	脱穀 だっこく
〔舷〕げん・ふなばた	〔欲〕よく・ほしい・ほっする・ほる・ほしがる・ほりす	脚絆 きゃはん	脱酸 だっさん
舷梯 げんてい		脚註 きゃくちゅう	脱獄 だつごく
舷側 げんそく	欲心 よくしん	脚韻 きゃくいん	脱漏 だつろう
舷窓 げんそう	欲目 よくめ	〔豚〕とん・ぶた	脱稿 だっこう
舷燈 げんとう	欲気 よくけ	豚小屋 ぶたごや	脱線 だっせん
〔舵〕た・だ・かじ	欲求 よっきゅう	豚肉 ぶたにく	〔脳〕のう
舵取 かじとり	欲求不満 よっきゅうふまん	豚児 とんじ	脳天 のうてん
舵楫 かじ		豚舎 とんしゃ	脳出血 のうしゅっけつ
〔斜〕しゃ・ななめ・なのめ・はす	欲念 よくねん	〔脛〕けい・すね・はぎ	脳死 のうし
斜方 しゃほう	欲得 よくとく		脳血栓 のうけっせん
斜辺 しゃへん	欲望 よくぼう	脛骨 けいこつ	脳卒中 のうそっちゅう
斜向 はすむかい	欲深 よくふか		脳炎 のうえん
斜交 はすかい			脳波 のうは
斜坑 しゃこう			

脳神経 のうしんけい
脳振盪 のうしんとう
脳病 のうびょう
脳貧血 のうひんけつ
脳幹 のうかん
脳電図 のうでんず
脳裏 のうり
脳溢血 のういっけつ
脳膜炎 のうまくえん
〔彫〕ちょう・えり・える・ほり・ほる
彫工 ちょうこう
彫心鏤骨 ちょうしんるこつ
彫物 ほりもの
彫金 ちょうきん
彫刻 ちょうこく
彫琢 ちょうたく
彫塑 ちょうそ
彫像 ちょうぞう
〔週〕しゅう
週日 しゅうじつ
週内 しゅうない
週刊 しゅうかん
週末 しゅうまつ
週初 しゅうしょ
週報 しゅうほう
週期 しゅうき
週間 しゅうかん
週番 しゅうばん
週給 しゅうきゅう
〔亀〕き・かめ
亀子 かめのこ
亀甲 きっこう
亀裂 きれつ
亀頭 きとう
〔魚〕ぎょ・うお・さかを・とと
魚介 ぎょかい
魚市場 うおいちば
魚肉 ぎょにく
魚河岸 うおがし
魚滓 うおかす
魚群 ぎょぐん
魚網 ぎょもう
魚類 ぎょるい
〔逸〕いつ・そらす・それる・いち・そる
逸材 いつざい
逸品 いっぴん

逸脱 いつだつ
逸遊 いつゆう
逸弾 それだま
逸楽 いつらく
逸話 いつわ
逸聞 いつぶん
〔猜〕さい・それむ
猜忌 さいき
猜疑 さいぎ
〔猫〕びょう・みょう・ねこ
猫舌 ねこじた
猫車 ねこぐるま
猫柳 ねこやなぎ
猫背 ねこぜ
猫糞 ねこばば
〔猖〕しょう
猖獗 しょうけつ
〔猊〕げい
〔猟〕りょうかり・かる
猟犬 りょうけん
猟犬座 りょうけんざ
猟奇 りょうき
猟具 りょうぐ
猟官 りょうかん
猟師 りょうし
猟場 りょうば
猟期 りょうき
猟銃 りょうじゅう
〔猛〕もう・たける・たけし
猛犬 もうけん
猛火 もうか
猛打 もうだ
猛攻 もうこう
猛毒 もうどく
猛者 もさ
猛雨 もうう
猛虎 もうこ
猛威 もうい
猛省 もうせい
猛勇 もうゆう
猛烈 もうれつ
猛射 もうしゃ
猛勉 もうべん
猛将 もうしょう
猛悪 もうあく
猛進 もうしん
猛鳥 もうちょう

猛猛 たけだけしい
猛暑 もうしょ
猛然 もうぜん
猛勢 もうぜい
猛禽 もうきん
猛撃 もうげき
猛獣 もうじゅう
猛爆 もうばく
猛襲 もうしゅう
〔逢〕ほう・あう
逢引 あいびき
逢着 ほうちゃく
〔祭〕さい・まつる・まつり
祭上 まつりあげる
祭日 さいじつ
祭文 さいぶん・さいもん
祭礼 さいれい
祭司 さいし
祭典 さいてん
祭壇 さいだん
〔訝〕が・いよかる・いぶかしい
〔訥〕とつ
訥弁 とつべん
訥訥 とつとつ
〔許〕きょ・もと・ゆるす・ゆるし
許可 きょか
許容 きょよう
許婚 いいなずけ
許嫁 いいなずけ
〔訛〕か・なまり・なまる
〔設〕せつ・もうけ・もうける
設立 せつりつ
設定 せってい
設計 せっけい
設計図 せっけいず
設問 せつもん
設備 せつび
設営 せつえい
設置 せっち
〔這〕はう
這上 はいあがる
這出 はいだす・はいでる
這松 はいまつ
這蹲 はいつくばう

這纏 はいまつわる
〔訪〕ほう・とぶらう・たずねる・おとずれる・おとずれ
訪日 ほうにち
訪欧 ほうおう
訪客 ほうきゃく
訪問 ほうもん
訪問着 ほうもんぎ
〔訣〕けつ
〔訳〕やく・冬くする・わけ
訳文 やくぶん
訳本 やくほん
訳出 やくしゅつ
訳名 やくめい
訳者 やくしゃ
訳注 やくちゅう
訳筆 やくひつ
訳詞 やくし
訳詩 やくし
訳語 やくご
〔毫〕ごう
毫末 ごうまつ
毫光 ごうこう
〔孰〕いずれも・いずれ・いずれか
〔郭〕かく・くるわ
郭公 かっこう
〔庶〕しょ
庶子 しょし
庶民 しょみん
庶出 しょしゅつ
庶物 しょぶつ
庶政 しょせい
庶流 しょりゅう
庶務 しょむ
庶幾 しょき
〔麻〕ま・あさ
麻布 あさぬの
麻糸 あさいと
麻疹 はしか・ましん
麻黄 まおう
麻酔 ますい
麻酔剤 ますいざい
麻雀 マージャン
麻痺 まひ
麻薬 まやく
〔庵〕あん・いおり・いお

〔庫〕しびれ・しびれる
〔痔〕じ
痔瘻 じろう
〔疵〕きず
〔痒〕よう・かゆい
〔痕〕こん・あこ
痕跡 こんせき
〔斎〕（齋）さい・ものいみ・いつく・いわう・いむ
〔庸〕よう・やとい
庸愚 ようぐ
〔鹿〕ろく・かしか・しし・かのしし
鹿爪 しかつめらしい
〔族〕ぞく・うから・やから
族議員 ぞくぎいん
〔旋〕せん・つむじ・めぐる
旋毛 つむじ
旋回 せんかい
旋律 せんりつ
旋風 せんぷう・つむじかぜ
旋網 まきあみ
旋盤 せんばん
旋頭歌 せどうか
甕器 じき
〔盗〕とう・ぬすむ・ぬすみ
盗人 ぬすびと
盗心 とうしん・ぬすみごころ
盗用 とうよう
盗伐 とうばつ
盗見 ぬすみみる
盗足 ぬすみあし
盗作 とうさく
盗品 とうひん
盗食 ぬすみぐい
盗掘 とうくつ
盗視 とうし
盗塁 とうるい
盗賊 とうぞく
盗聞 ぬすみぎき
盗読 ぬすみよみ
盗撮 ぬすみどり
盗聴 とうちょう
盗難 とうなん

盗癖 とうへき
〔部〕べ・ぶ
部下 ぶか
部内 ぶない
部分 ぶぶん
部分的 ぶぶんてき
部分食 ぶぶんしょく
部分蝕 ぶぶんしょく
部外 ぶがい
部民 ぶみん
部局 ぶきょく
部門 ぶもん
部厚 ぶあつい
部面 ぶめん
部品 ぶひん
部首 ぶしゅ
部屋 へや
部屋代 へやだい
部理代理 ぶりだいり
部族 ぶぞく
部落 ぶらく
部隊 ぶたい
部署 ぶしょ
部数 ぶすう
部類 ぶるい
〔章〕しょう
章句 しょうく
章節 しょうせつ
〔竟〕ついに
〔産〕さん・うまれる・うむ・うぶ
産土神 うぶすながみ
産毛 うぶげ
産出 さんしゅつ
産地 さんち
産休 さんきゅう
産衣 うぶぎ
産声 うぶごえ
産児 さんじ
産児制限 さんじせいげん
産児調節 さんじちょうせつ
産卵 さんらん
産物 さんぶつ
産品 さんぴん
産科 さんか
産後 さんご
産屋 うぶや
産院 さんいん

産婆 さんば
産婦 さんぷ
産婦人科 さんふじんか
産量 さんりょう
産痛 さんつう
産着 うぶぎ
産道 さんどう
産湯 うぶゆ
産業 さんぎょう
産業予備軍 さんぎょうよびぐん
産業革命 さんぎょうかくめい
産銅 さんどう
産調 さんちょう
産額 さんがく
〔商〕しょう・あきなう・あきない・あきのう
商人 あきんど・しょうにん
商工 しょうこう
商才 しょうさい
商号 しょうごう
商用 しょうよう
商行為 しょうこうい
商会 しょうかい
商売 しょうばい
商売人 しょうばいにん
商売気 しょうばいぎ
商売柄 しょうばいがら
商状 しょうじょう
商社 しょうしゃ
商取引 しょうとりひき
商事 しょうじ
商店 しょうてん
商法 しょうほう
商況 しょうきょう
商学 しょうがく
商品 しょうひん
商品目録 しょうひんもくろく
商品見本 しょうひんみほん
商品券 しょうひんけん

商品棚 しょうひんだな
商科 しょうか
商家 しょうか
商都 しょうと
商略 しょうりゃく
商船 しょうせん
商務 しょうむ
商量 しょうりょう
商道 しょうどう
商港 しょうこう
商運 しょううん
商業 しょうぎょう
商戦 しょうせん
商魂 しょうこん
商慣習 しょうかんしゅう
商標 しょうひょう
商権 しょうけん
商談 しょうだん
商機 しょうき
商館 しょうかん
〔望〕ぼう・のぞむ・のぞみ・のぞましい・もち
望手 のぞみて
望月 もちづき
望外 ぼうがい
望通 のぞみどおり
望郷 ぼうきょう
望遠 ぼうえん
望遠鏡 ぼうえんきょう
望楼 ぼうろう
望薄 のぞみうす
〔率〕そつ・りつ・ひきいる
率先 そっせん
率直 そっちょく
〔牽〕けん・ひく
牽牛 けんぎゅう
牽引車 けんいんしゃ
牽制 けんせい
牽強付会 けんきょうふかい
〔羚〕れい・かもしか
羚羊 かもしか
〔羞〕しゅう・はじる・はずかしい
羞恥 しゅうち
〔瓶〕びん・かめ

瓶詰 びんづめ

〔眷〕けん

眷属 けんぞく

〔粘〕ねん・ねばい・
　ねばつく・ねばり・
　ねばる

粘土 ねばつち・ねん
　ど

粘気 ねばりけ

粘板岩 ねんばんがん

粘性 ねんせい

粘粘 ねばねば

粘液 ねんえき

粘液質 ねんえきしつ

粘強 ねばりづよい

粘着 ねんちゃく

粘膜 ねんまく

〔粗〕そ・あら・あら
　い・あららか

粗大 そだい

粗方 あらかた

粗玉 あらたま

粗末 そまつ

粗目 ざらめ

粗衣 そい

粗衣粗食 そいそしょ
　く

粗朶 そだ

粗忽 そこつ

粗放 そほう

粗放農業 そほうのう
　ぎょう

粗茶 そちゃ

粗相 そそう

粗削 あらけずり

粗品 そしな・そひん

粗食 そしょく

粗砥 あらと

粗探 あらさがし

粗悪 そあく

粗野 そや

粗略 そりゃく

粗粗 あらあら

粗密 そみつ

粗筋 あらすじ

粗塗 あらぬり

粗違 そういない

粗製 そせい

粗製乱造 そせいらん
　ぞう

粗雑 そざつ

粗漏 そろう

粗暴 そぼう

粗餐 そさん

粗糖 そとう

粗壁 あらかべ

粗糠 あらぬか

〔粕〕かす

〔粒〕りゅう・つぶ

粒子 りゅうし

粒立 つぶだつ

粒食 りゅうしょく

粒粒辛苦 りゅうりゅ
　うしんく

粒揃 つぶぞろい

粒選 つぶより

〔断〕だん・だんじる
　・だんずる・ことわ
　る・たつ

断切 たちきる

断水 だんすい

断片 だんぺん

断末魔 だんまつま

断行 だんこう

断交 だんこう

断言 だんげん

断固 だんこ

断念 だんねん

断定 だんてい

断面 だんめん

断面図 だんめんず

断食 だんじき

断郊 だんこう

断案 だんあん

断崖 だんがい

断章 だんしょう

断断乎 だんだんこ

断裁 だんさい

断雲 だんうん

断然 だんぜん

断割 たちわる

断絶 だんぜつ

断罪 だんざい

断滅 だんめつ

断続 だんぞく

断続的 だんぞくてき

断髪 だんぱつ

断種 だんしゅ

断獄 だんごく

断層 だんそう

断熱 だんねつ

断線 だんせん

断橋 だんきょう

断頭台 だんとうだい

剪定 せんてい

剪詰 せんじつめる

〔曽〕そう・かって

〔烽〕ほう・のろし・
　とぶひ

〔清〕しん・せい・し
　ょう・きよい・きよ
　める・きよまる・き
　よらか

清元 きよもと

清少納言 せいしょう
　なごん

清水 しみず・せいす
　い

清白 せいはく

清光 せいこう

清明 せいめい

清冽 せいれつ

清夜 せいや

清泉 せいせん

清音 せいおん

清洗 せいせん

清浄 しょうじょう・
　せいじょう

清栄 せいえい

清酒 せいしゅ

清流 せいりゅう

清祥 せいしょう

清書 せいしょ

清純 せいじゅん

清教徒 せいきょうと

清掃 せいそう

清爽 せいそう

清貧 せいひん

清清 すがすがしい

清涼 せいりょう

清涼剤 せいりょうざ
　い

清涼飲料 せいりょう
　いんりょう

清悍 せいかん

清朝 しんちょう

清閑 せいかん

清遊 せいゆう

清雅 せいが

清楚 せいそ

清廉 せいれん

清廉潔白 せいれんけ
　っぱく

清新 せいしん

清算 せいさん

清談 せいだん

清潔 せいけつ

清澄 せいちょう

清穆 せいぼく

清興 せいきょう

清濁 せいだく

清聴 せいちょう

清覧 せいらん

清麗 せいれい

清艶 せいえん

〔添〕てん・そい・そ
　う・そえ・そえる・
　そわせる・そわる

添木 そえぎ

添付 てんぷ

添加 てんか

添物 そえもの

添乳 そえぢ

添削 てんさく

添乗 てんじょう

添書 そえがき

添景 てんけい

添遂 そいとげる

添寝 そいね

〔渚〕しょ・なぎさ・
　みぎわ

〔淋〕りん・さびしい
　・さみしい

淋毒 りんどく

淋病 りんびょう

淋疾 りんしつ

淋菌 りんきん

淋漓 りんり

〔渠〕きょ

〔淑〕しゅく・しとや
　か

淑女 しゅくじょ

〔渉〕しょう

渉外 しょうがい

渉猟 しょうりょう

渉禽類 しょうきんる
　い

〔渋〕じゅう・しぶ・
　しぶい・しぶる

渋皮 しぶかわ

渋色 しぶいろ

渋味 しぶみ

渋茶 しぶちゃ
渋柿 しぶがき
渋面 じゅうめん
渋紙 しぶがみ
渋渋 しぶしぶ
渋滞 じゅうたい
〔混〕こん・こむ・まじる・まぜる
混入 こんにゅう
混生 こんせい
混用 こんよう
混在 こんざい
混成 こんせい
混同 こんどう
混気 まじりけ
混血 こんけつ
混合 こんごう
混合物 こんごうぶつ
混交 こんこう
混声合唱 こんせいがっしょう
混乱 こんらん
混返 まぜかえす・まぜっかえす
混物 まじりもの
混和 こんわ
混信 こんしん
混食 こんしょく
混迷 こんめい
混浴 こんよく
混紡 こんぼう
混然 こんぜん
混戦 こんせん
混種語 こんしゅご
混雑 こんざつ
混線 こんせん
混濁 こんだく
〔渇〕かつ・かわく
渇水 かっすい
〔涸〕こ・からす・かれる
涸渇 こかつ
〔涎〕えん・よだれ
涎掛 よだれかけ
〔淪〕りん
淪落 りんらく
〔渓〕けい・たに
渓谷 けいこく
渓流 けいりゅう
〔淫〕いん・みだら

淫売 いんばい
淫乱 いんらん
淫風 いんぷう
淫逸 いんいつ
淫婦 いんぷ
淫猥 いんわい
淫慾 いんよく
淫蕩 いんとう
〔淘〕とう・よなげる・ゆる
淘汰 とうた
〔涼〕りょう・すずしい・すずみ・すずむ・すずやか
涼台 すずみだい
涼気 りょうき
涼雨 りょうう
涼味 りょうみ
涼夜 りょうや
涼風 すずかぜ・りょうふう
涼感 りょうかん
涼顔 すずしいかお
〔淳〕じゅん
淳化 じゅんか
淳朴 じゅんぼく
淳良 じゅんりょう
〔液〕えき・つゆ
液化 えきか
液汁 えきじゅう
液体 えきたい
液状 えきじょう
液剤 えきざい
液晶 えきしょう
液温 えきおん
〔済〕せい・さい・すみ・すむ・すます・なす
済崩 なしくずし
済済 せいせい
〔淤〕お
〔淡〕たん・あわい・あわす
淡水 たんすい
淡水魚 たんすいぎょ
淡白 たんぱく
淡味 たんみ
淡泊 たんぱく
淡紅色 たんこうしょく

淡黄色 たんこうしょく
淡雪 あわゆき
淡彩 たんさい
淡淡 たんたん
淡湖 たんこ
淡褐色 たんかっしょく
〔涼〕そう
〔淀〕でん・よど・よどむ・よどみ
〔深〕しん・ふかい・ふかす・ふかまる・ふかむ・ふかめる・ふける
深入 ふかいり
深山 しんざん
深切 しんせつ
深手 ふかで
深化 しんか
深爪 ふかづめ
深成岩 しんせいがん
深交 しんこう
深更 しんこう
深沈 しんちん
深長 しんちょう
深呼吸 しんこきゅう
深夜 しんや
深刻 しんこく
深甚 しんじん
深厚 しんこう
深追 ふかおい
深度 しんど
深浅 しんせん
深海 しんかい
深紅 しんこう
深耕 しんこう
深酒 ふかざけ
深雪 しんせつ
深部 しんぶ
深深 しんしん・ふかぶか
深情 ふかなさけ
深窓 しんそう
深紫 ふかむらさき
深閑 しんかん
深間 ふかま
深奥 しんおう
深淵 しんえん
深遠 しんえん
深靴 ふかぐつ

深意 しんい
深層 しんそう
深緑 ふかみどり
深憂 しんゆう
深慮 しんりょ
深謝 しんしゃ
深邃 しんすい
〔涵〕かん
婆心 ばしん
〔梁〕りょう・うつばり・やな・はり
梁塵秘抄 りょうじんひしょう
〔滲〕しん・しむ・しみる・にじむ
〔情〕じょう・なさけ
情人 じょうにん
情夫 じょうふ
情火 じょうか
情死 じょうし
情合 じょうあい
情交 じょうこう
情状 じょうじょう
情状酌量 じょうじょうしゃくりょう
情事 じょうじ
情知 なさけしらず
情念 じょうねん
情炎 じょうえん
情況 じょうきょう
情実 じょうじつ
情宜 じょうぎ
情致 じょうち
情理 じょうり
情偽 じょうぎ
情欲 じょうよく
情深 なさけぶかい
情張 じょうっぱり
情婦 じょうふ
情報 じょうほう
情報化社会 じょうほうかしゃかい
情景 じょうけい
情無 じょうなし
情勢 じょうせい
情感 じょうかん
情愛 じょうあい
情話 じょうわ
情痴 じょうち
情意 じょうい

情歌 じょうか
情態 じょうたい
情緒 じょうしょ・じょうちょ
情趣 じょうしゅ
情熱 じょうねつ
情熱的 じょうねつてき
情慾 じょうよく
情誼 じょうぎ
情操 じょうそう
〔根〕ちょう
〔惜〕せき・しゃく・おしい・おしむ・おしがる
惜別 せきべつ
惜春 せきしゅん
惜敗 せきはい
惜無 おしみない
〔悼〕とう・いたみ・いたむ
悼惜 とうせき
悼辞 とうじ
〔悍〕かん・おずし・おずまし・おぞし・おぞまし
悍馬 かんば
悍婦 かんぷ
〔惘〕ぼう・あきれる
〔惚〕こつ・ぼける・ほれる・とぼける
惚惚 ほれぼれ
惨死 ざんし
惨状 さんじょう
惨事 さんじ
惨殺 ざんさつ
惨害 さんがい
惨敗 ざんぱい
惨禍 さんか
惨鼻 さんび
惨劇 さんげき
惨憺 さんたん
〔巣〕そう・す・すくう・すがく
巣窟 そうくつ
蛍光 けいこう
蛍光燈 けいこうとう
蛍雪 けいせつ
〔寅〕いん・とら
〔寄〕き・よる・より・よせる・よせ

寄与 きよ
寄木 よせぎ
寄手 よせて
寄目 よりめ
寄生 きせい
寄生虫 きせいちゅう
寄付 きふ・よせつける・よりつく・よりつけ
寄合 よりあい
寄附 きふ
寄航 きこう
寄航港 きこうこう
寄留 きりゅう
寄託状 きたくじょう
寄席 よせ
寄書 よせがき
寄掛 よりかかる
寄接 よせつぎ
寄進 きしん
寄添 よりそう
寄宿舎 きしゅくしゃ
寄棟 よせむね
寄道 よりみち
寄港 きこう
寄港地 きこうち
寄算 よせざん
寄稿 きこう
寄贈 きぞう
〔寂〕じゃく・せき・さびしい・さびれる・さみしい
寂寂 じゃくじゃく・せきせき
寂然 せきぜん
寂漠 せきばく
寂寥 せきりょう
〔宿〕しゅく・やど・やどる・やどり・やどす
宿木 やどりぎ
宿六 やどろく
宿引 やどひき
宿主 しゅくしゅ・やどぬし
宿老 しゅくろう
宿坊 しゅくぼう
宿舎 しゅくしゃ
宿命 しゅくめい
宿泊 しゅくはく
宿学 しゅくがく

宿怨 しゅくえん
宿屋 やどや
宿根草 しゅくこんそう
宿借 やどかり
宿値 しゅくちょく
宿将 しゅくしょう
宿悪 しゅくあく
宿帳 やどちょう
宿望 しゅくぼう
宿場 しゅくば
宿場町 しゅくばまち
宿無 やどなし
宿営 しゅくえい
宿割 しゅくわり・やどわり
宿業 しゅくごう
宿賃 やどちん
宿痾 しゅくあ
宿駅 しゅくえき
宿弊 しゅくへい
宿敵 しゅくてき
宿衛 しゅくえい
宿題 しゅくだい
宿願 しゅくがん
〔窓〕そう・まど
窓口 まどぐち
窓外 そうがい
窓明 まどあかり
窓越 まどごし
〔室〕ちつ
室素 ちっそ
室息 ちっそく
室掛 まどかけ
〔密〕みつ・ひそか・ひそやか・みそか
密入国 みつにゅうこく
密生 みっせい
密出国 みつしゅっこく
密行 みっこう
密会 みっかい
密売 みつばい
密告 みっこく
密林 みつりん
密画 みつが
密事 みつじ
密使 みっし
密宗 みっしゅう

密封 みっぷう
密勅 みっちょく
密計 みっけい
密度 みつど
密送 みっそう
密室 みっしつ
密約 みつやく
密栓 みっせん
密造 みつぞう
密航 みっこう
密殺 みっさつ
密書 みっしょ
密通 みっつう
密教 みっきょう
密接 みっせつ
密閉 みっぺい
密偵 みってい
密猟 みつりょう
密密 みつみつ
密葬 みっそう
密植 みっしょく
密集 みっしゅう
密貿易 みつぼうえき
密着 みっちゃく
密漁 みつりょう
密談 みつだん
密輸 みつゆ
密輸入 みつゆにゅう
密輸出 みつゆしゅつ
密輸品 みつゆひん
密謀 みつぼう
密議 みつぎ
〔袴〕こ・はかま
〔裃〕かみしも
袱紗 ふくさ
〔裄〕ゆき
〔袷〕あわせ
〔視〕し・みる
視力 しりょく
視角 しかく
視床 ししょう
視点 してん
視界 しかい
視神経 ししんけい
視座 しざ
視差 しさ
視野 しや
視診 ししん
視覚 しかく
視話法 しわほう

視察 しさつ
視線 しせん
視聴 しちょう
視聴者 しちょうしゃ
視聴率 しちょうりつ
視聴覚教育 しちょう
　かくきょういく
〔逮〕たい・てい
逮捕 たいほ
〔粛〕しゅく
粛正 しゅくせい
粛清 しゅくせい
粛粛 しゅくしゅく
粛然 しゅくぜん
〔尉〕い・じょう
尉官 いかん
尉鐐 じょうびたき
〔屠〕と・ほふる
屠殺 とさつ
屠場 とじょう
屠蘇 とそ
〔張〕ちょう・はる
張力 ちょうりょく
張上 はりあげる
張子 はりこ
張切 はりきる
張手 はりて
張本人 ちょうほんに
　ん
張付 はりつく
張込 はりこむ
張出 はりだす
張合 はりあい・はり
　あう・はりあわせる
張巡 はりめぐらす
張飛 はりとばす
張倒 はりたおす
張紙 はりがみ
張裂 はりさける
張番 はりばん
張詰 はりつめる
〔強〕きょう・ごう・
　あながち・しいる・
　しいて・こわい・し
　たたか・つよい・つ
　よがる・つよがり・
　つよまる・つよみ・
　つよめる
強力 きょうりょく・
　ごうりき
強大 きょうだい

強弓 ごうきゅう
強化 きょうか
強火 つよび
強心剤 きょうしんざ
　い
強引 ごういん
強打 きょうだ
強圧 きょうあつ
強弁 きょうべん
強気 ごうぎ
強気相場 つよきそう
　ば
強行 きょうこう
強行軍 きょうこうぐ
　ん
強壮 きょうそう
強者 きょうしゃ・し
　たたかもの
強肩 きょうけん
強国 きょうこく
強固 きょうこ
強制 きょうせい
強制的 きょうせいて
　き
強制執行 きょうせい
　しっこう
強迫観念 きょうはく
　かんねん
強要 きょうよう
強面 こわもて
強風 きょうふう
強度 きょうど
強窃盗 ごうせっとう
強姦 ごうかん
強烈 きょうれつ
強弱 きょうじゃく
強健 きょうけん
強欲 ごうよく
強盗 ごうとう
強情 ごうじょう
強靱 きょうじん
強硬 きょうこう
強訴 ごうそ
強電 きょうでん
強腰 つよごし
強意 きょうい
強奪 ごうだつ
強豪 きょうごう
強権 きょうけん
強震 きょうしん

強請 ねだる・ゆすり
　・ゆする
強調 きょうちょう
強敵 きょうてき
強襲 きょうしゅう
〔蛋〕たん・たまご
蛋白質 たんぱくしつ
婥約 しゃくやく
〔娼〕しょう・よね
娼妓 しょうぎ
娼家 しょうか
娼婦 しょうふ
〔婢〕ひ・めのこやっ
　こ
〔婚〕こん
婚礼 こんれい
婚姻 こんいん
婚約 こんやく
婚期 こんき
〔婉〕えん・したがう
婉曲 えんきょく
婉然 えんぜん
〔婦〕ふ
婦人 ふじん
婦人用 ふじんよう
婦人服 ふじんふく
婦人科 ふじんか
婦女 ふじょ
婦女子 ふじょし
婦道 ふどう
婦徳 ふとく
婦警 ふけい
〔婀〕あ・なまめく
婀娜 あだ
〔袈〕け
袈裟 けさ
袈裟掛 けさがけ
袈裟懸 けさがけ
〔習〕しゅう・ならう
　・ならわし
習字 しゅうじ
習作 しゅうさく
習性 しゅうせい
習俗 しゅうぞく
習得 しゅうとく
習慣 しゅうかん
習熟 しゅうじゅく
習癖 しゅうへき
〔翌〕よく・あす
翌日 よくじつ

翌月 よくげつ
翌年 よくとし・よく
　ねん
翌春 よくしゅん
翌週 よくしゅう
翌朝 よくあさ・よく
　ちょう
翌晩 よくばん
翌檜 あすなろ
〔逡〕しゅん
逡巡 しゅんじゅん
〔務〕む・つとめ・つ
　とめる
〔陸〕りく・ろく・く
　が・おか
陸上 りくじょう
陸上競技 りくじょう
　きょうぎ
陸地 りくち
陸風 りくふう
陸送 りくそう
陸海 りくかい
陸軍 りくぐん
陸屋根 ろくやね
陸産 りくさん
陸揚 りくあげ
陸棲 りくせい
陸棚 りくだな
陸奥 みちのく
陸運 りくうん
陸路 りくろ
陸戦 りくせん
陸続 りくぞく
陸稲 おかぼ・りくと
　う
陸橋 りっきょう
〔陵〕りょう
陵墓 りょうぼ
〔貫〕かん・つらぬく
　・ぬき
貫目 かんめ
貫流 かんりゅう
貫通 かんつう
貫禄 かんろく
貫徹 かんてつ
〔陳〕ち人
陳皮 チンピ
陳列 ちんれつ
陳述 ちんじゅつ
陳情 ちんじょう
陳腐 ちんぷ

陳謝 ちんしゃ

〔陰〕いん・かげ・か
げる

陰口 かげくち

陰子 いんし

陰日向 かげひなた

陰毛 いんもう

陰火 いんか

陰弁慶 かげべんけい

陰地 かげち

陰気 いんき

陰画 いんが

陰雨 いんう

陰門 いんもん

陰刻 いんこく

陰性 いんせい

陰核 いんかく

陰唇 いんしん

陰茎 いんけい

陰萎 いんい

陰乾 かげぼし

陰部 いんぶ

陰惨 いんさん

陰険 いんけん

陰極 いんきょく

陰晴 いんせい

陰湿 いんしつ

陰陽 いんよう

陰電子 いんでんし

陰電気 いんでんき

陰暦 いんれき

陰徳 いんとく

陰影 いんえい

陰膳 かげぜん

陰謀 いんぼう

陰嚢 いんのう

陰鬱 いんうつ

〔険〕けん・けわしい

険阻 けんそ

険悪 けんあく

〔陶〕とう・すえ

陶土 とうど

陶工 とうこう

陶芸 とうげい

陶芸家 とうげいか

陶冶 とうや

陶枕 とうちん

陶画 とうが

陶物 すえもの

陶砂 どうさ

陶酔 とうすい

陶然 とうぜん

陶磁器 とうじき

陶製 とうせい

陶器 とうき

〔隆〕りゅう

隆昌 りゅうしょう

隆起 りゅうき

隆盛 りゅうせい

隆隆 りゅうりゅう

隆鼻術 りゅうびじゅ
つ

〔陪〕ばい・ほべる

陪臣 ばいしん

陪乗 ばいじょう

陪食 ばいしょく

陪従 ばいじゅう

陪席 ばいせき

陪賓 ばいひん

陪審 ばいしん

陪審制 ばいしんせい

陪聴 ばいちょう

陪観 ばいかん

〔郷〕ごう・きょう

郷土 きょうど

郷土色 きょうどしょ
く

郷里 きょうり

郷愁 きょうしゅう

〔紺〕こん

紺色 こんいろ

紺青 こんじょう

紺屋 こうや・こんや

紺碧 こんぺき

〔絆〕きずな

〔組〕そ・くみ・くむ

組入 くみいれる

組分 くみわけ

組込 くみこむ

組立 くみたて・くみ
たてる

組成 そせい

組曲 くみきょく

組伏 くみふせる

組合 くみあい・くみ
あわせ・くみあわせ
る

組紐 くみひも

組替 くみかえ・くみ
かえる

組閣 そかく

組敷 くみしく

組織 そしき

組織労働者 そしきろ
うどうしゃ

〔紬〕ちゅう・つむぎ

〔紳〕しん

紳士 しんし

〔細〕さい・こまい・
こまか・こまかい・
ささやか・ほそい・
ほそめる・ほそやか
・ほそる

細工 さいく

細切 こまぎり・こま
ぎれ

細毛体 さいもうたい

細分 さいぶん

細心 さいしん

細引 ほそびき

細目 さいもく・ほそ
め

細民 さいみん

細字 ほそじ

細身 ほそみ

細君 さいくん

細長 ほそながい

細事 さいじ

細波 さざなみ

細面 ほそおもて

細則 さいそく

細胞 さいほう

細胞分裂 さいぼうぶ
んれつ

細菌 さいきん

細雪 ささめゆき

細部 さいぶ

細密 さいみつ

細細 ほそぼそ

細腕 ほそうで

細道 ほそみち

細説 さいせつ

〔終〕しゅう・しまう
・しまい・おわり・
おわる・つい・つい
に・おえる

終了 しゅうりょう

終止 しゅうし

終止符 しゅうしふ

終日 しゅうじつ

終刊 しゅうかん

終末 しゅうまつ

終世 しゅうせい

終生 しゅうせい

終列車 しゅうれっし
ゃ

終曲 しゅうきょく

終車 しゅうしゃ

終助詞 しゅうじょし

終身 しゅうしん

終局 しゅうきょく

終夜 しゅうや

終始 しゅうし

終点 しゅうてん

終発 しゅうはつ

終値 おわりね

終息 しゅうそく

終焉 しゅうえん

終章 しゅうしょう

終期 しゅうき

終極 しゅうきょく

終着 しゅうちゃく

終結 しゅうけつ

終幕 しゅうまく

終電 しゅうでん

終電車 しゅうでんし
ゃ

終業 しゅうぎょう

終戦 しゅうせん

終熄 しゅうそく

終漁 しゅうりょう

終篇 しゅうへん

終盤 しゅうばん

終審 しゅうしん

終編 しゅうへん

〔絃〕げん

〔絆〕ばん・きずな・
ほだされる・ほだす

絆創膏 ばんそうこう

〔紹〕しょう

紹介 しょうかい

〔経〕けい・きょう・
へる・たつ

経上 へあがる

経口 けいこう

経木 きょうぎ

経文 きょうもん

経由 けいゆ

経団連 けいだんれん

経典 きょうてん・け
いてん

経度 けいど
経師屋 きょうじや
経書 けいしょ
経理 けいり
経常 けいじょう
経帷子 きょうかたびら
経産婦 けいさんぷ
経済 けいざい
経済力 けいざいりょく
経済白書 けいざいはくしょ
経済成長 けいざいせいちょう
経済成長率 けいざいせいちょうりつ
経済制裁 けいざいせいさい
経済的 けいざいてき
経済政策 けいざいせいさく
経済特区 けいざいとっく
経済特別区 けいざいとくべつく
経済秩序 けいざいちつじょ
経済衰退 けいざいすいたい
経済情勢 けいざいじょうせい
経済復興 けいざいふっこう
経過 けいか
経過法 けいかほう
経営 けいえい
経営理念 けいえいりねん
経費 けいひ
経絡 けいらく
経路 けいろ
経歴 けいれき
経線 けいせん
経緯 いきさつ・けいい
経験 けいけん
経験主義 けいけんしゅぎ
巣立 すだつ
巣箱 すばこ
巣離 すばなれ

十二畫

〔琵〕び
琵琶 びわ
琵琶法師 びわほうし
〔琴〕きん・こと
琴爪 ことづめ
琴線 きんせん
〔琢〕たく・みがく
〔琥〕こ
琥珀 こはく
〔斑〕はん・ふ・ふち・ぶち・まだら
斑入 ふいり
斑点 はんてん
斑紋 はんもん
斑猫 はんみょう
琺瑯 ほうろう
琺瑯質 ほうろうしつ
〔替〕たい・かえ・かわり・かわる
替刃 かえば
替玉 かえだま
替着 かえぎ
替歌 かえうた
〔款〕かん
〔堪〕かん・こたえる・こらえる・たう・たえる・たまる
堪忍 かんにん
堪忍袋 かんにんぶくろ
堪性 こらえしょう
堪兼 たまりかねる
堪能 たんのう
〔揶〕や
揶揄 やゆ
〔塔〕とう・あららぎ
塔楼 とうろう
塔頭 たっちゅう
〔搭〕とう
搭乗 とうじょう
搭載 とうさい
〔堰〕えん・いせき・せき・せく
堰塞湖 えんそくこ
〔埋〕いん
〔馭〕ぎょ
馭者 ぎょしゃ
〔項〕こう・うなじ

項目 こうもく
〔菱〕りょう・ひし
菱結 ひしむすび
〔萩〕しゅうすずな
〔越〕えつ・こす・こし・こえる
越冬 えっとう
越年 えつねん
越年草 えつねんそう
越境 えっきょう
越権 えっけん
〔超〕ちょう・こえる
超人 ちょうじん
超大国 ちょうたいこく
超凡 ちょうぼん
超自然 ちょうしぜん
超克 ちょうこく
超国家主義 ちょうこっかしゅぎ
超俗 ちょうぞく
超音波 ちょうおんぱ
超音速 ちょうおんそく
超特急 ちょうとっきゅう
超脱 ちょうだつ
超越 ちょうえつ
超過 ちょうか
超過勤務 ちょうかきんむ
超短波 ちょうたんぱ
超然 ちょうぜん
超絶 ちょうぜつ
〔敢〕かん・あえて
敢行 かんこう
敢然 かんぜん
敢闘 かんとう
〔賁〕ひ・ほん
〔菖〕しょう
菖蒲 あやめ・しょうぶ
〔萌〕ほう・きざし・きざす・めぐむ・もえる・もやし
萌出 ほうしゅつ・もえでる
萌芽 ほうが
萌黄 もえぎ
萌葱 もえぎ
〔菲〕ひ

〔苦〕ぼ
菩提 ぼだい
菩提寺 ぼだいじ
菩提樹 ぼだいじゅ
菩薩 ぼさつ
〔菠〕はう・は
〔菅〕かん・すが・すげ
菅原道真 すがわらみちざね
菅笠 すげがさ
〔堤〕てい・つつみ
堤防 ていぼう
〔提〕てい
提示 ていじ
提出 ていしゅつ
提言 ていげん
提供 ていきょう
提起 ていき
提案 ていあん
提唱 ていしょう
提訴 ていそ
提携 ていけい
提督 ていとく
提義 ていぎ
提燈 ちょうちん
〔場〕じょうば
場内 じょうない
場末 ばすえ
場打 ばうて
場外 じょうがい
場当 ばあたり
場合 ばあい
場長 じょうちょう
場所 ばしょ
場所柄 ばしょがら
場面 ばめん
場席 ばせき
場景 じょうけい
場裡 じょうり
場裏 じょうり
場数 ばかず
場違 ばちがい
場慣 ばなれ
〔揚〕よう・あがる・あげ・あげる
揚力 ようりょく
揚水 ようすい
揚玉 あげだま
揚句 あげく

揚地 ようち
揚羽蝶 あげはちょう
揚物 あげもの
揚油 あげあぶら
揚巻 あげまき
揚荷 あげに
揚陸 ようりく
揚超 ようちょう
揚揚 ようよう
揚棄 ようき
揚鍋 あげなべ
〔博〕はく・はくす・はくする
博士 はかせ・はくし
博引旁証 はくいんぼうしょう
博打 ばくち
博多 はかた
博労 はくろう
博物館 はくぶつかん
博学 はくがく
博奕 はくえき・ばくち
博徒 ばくと
博雅 はくが
博愛 はくあい
博覧会 はくらんかい
博覧強記 はくらんきょうき
博識 はくしき
〔揭〕けい・かかげる
〔喜〕き・よろこぶ・よろこび・よろこばしい・よろこばす
喜色 きしょく
喜寿 きじゅ
喜怒哀楽 きどあいらく
喜悦 きえつ
喜捨 きしゃ
喜歌劇 きかげき
喜劇 きげき
揣摩臆測 しまおくそく
〔菰〕こ・こも・まこも
〔插〕そう・さす
插入 そうにゅう
插木 さしき
插絵 さしえ
捜査 そうさ

〔煮〕しゃ・に・にえ・にえる・にる
煮干 にぼし
煮上 にえあがる
煮方 にかた
煮付 につける
煮込 にこむ
煮立 にえたつ・にたつ
煮汁 にしる
煮出汁 にだしじる
煮抜 にぬき
煮豆 にまめ
煮返 にえかえる・にえくりかえる・にかえす
煮冷 にざまし
煮物 にもの
煮炊 にたき
煮沸 しゃふつ
煮魚 にざかな
煮湯 にえゆ
煮零 にこぼれる
煮詰 につまる
煮溶 にとかす
煮凝 にこごり
〔援〕えん
援用 えんよう
援助 えんじょ
援兵 えんぺい
援軍 えんぐん
援護 えんご
〔搖〕よう・ゆする・ゆすれる・ゆらぐ・ゆらめく・ゆるがす・ゆるぐ・ゆれる
揺返 ゆりかえし
揺起 ゆりおこす
揺動 ゆりうごかす
揺籃 ようらん
揺籠 ゆりかご
〔換〕かん・かえる
換地 かんち
換気 かんき
換言 かんげん
換物 かんぶつ
換金 かんきん
換骨奪胎 かんこつだったい
換喩 かんゆ
換算 かんさん

〔裁〕さい・さばき・さばく・たつ・たち
裁切 たちきる
裁台 たちだい
裁判 さいばん
裁判長 さいばんちょう
裁判所 さいばんしょ
裁判官 さいばんかん
裁決 さいけつ
裁板 たちいた
裁定 さいてい
裁定人 さいていにん
裁定相場 さいていそうば
裁屑 たちくず
裁断 さいだん
裁量 さいりょう
裁縫 さいほう・たちぬい
〔達〕たつ・たち・たっする
達人 たつじん
達文 たつぶん
達引 たてひき
達示 たっし
達弁 たつべん
達成 たっせい
達見 たっけん
達者 たっしゃ
達筆 たっぴつ
達意 たつい
達磨 だるま
達観 たっかん
〔報〕ほう・むくいる
報告 ほうこく
報労 ほうろう
報国 ほうこく
報知 ほうち
報恩 ほうおん
報復 ほうふく
報道 ほうどう
報道機関 ほうどうきかん
報酬 ほうしゅう
報奨 ほうしょう
報償 ほうしょう
〔揃〕せん・そろい・そろう・そろえ・そろえる
〔揮〕き・ふる

揮発 きはつ
揮発油 きはつゆ
揮毫 きごう
〔塚〕つか
塚穴 つかあな
〔壺〕こ・つぼ
壺焼 つぼやき
〔握〕あく・にぎり・にぎる
握力 あくりょく
握手 あくしゅ
握寿司 にぎりずし
握屋 にぎりや
握拳 にぎりこぶし
握据 にぎにぎ
握飯 にぎりめし
握緊 にぎりしめる
握潰 にぎりつぶす
握締 にぎりしめる
握鮨 にぎりずし
〔塀〕へい
〔塔〕むこ
〔揉〕じゅう・もむ・もめ・もめる
揉上 もみあげ
揉手 もみで
揉合 もみあう
揉事 もめごと
揉消 もみけす
〔棊〕き・ご
〔斯〕し・かかる・かく・かくて・こう
斯界 しかい
斯斯 かくかく
斯道 しどう
斯様 かよう
〔期〕き・ご
期日 きじつ
期末 きまつ
期待 きたい
期首 きしゅ
期限 きげん
期限付手形 きげんつきてがた
期間 きかん
〔欺〕ぎ・あざむく
欺心 ぎしん
欺瞞 ぎまん
〔葉〕よう・は
葉月 はづき

葉虫 はむし
葉牡丹 はぼたん
葉状 ようじょう
葉柄 ようへい
葉巻 はまき
葉桜 はざくら
葉脈 ようみゃく
葉書 はがき
葉陰 はかげ
葉越 はごし
葉裏 はうら
葉隠 はがくれ
葉緑体 ようりょくたい
葉緑素 ようりょくそ
葉擦 はずれ
葉鶏頭 はげいとう
〔靭〕じん・ゆぎ
〔勒〕ろく・ろくするう
靭皮 じんぴ
〔散〕さん・さんずる・ちらかす・ちらす・ちらし・ちらばる・ちる・ばら
散大 さんだい
散水 さんすい
散文 さんぶん
散文詩 さんぶんし
散布 さんぷ
散布超過 さんぷちょうか
散在 さいざい
散会 さんかい
散寿司 ちらしずし
散見 さんけん
散乱 さんらん
散歩 さんぽ
散発 さんぱつ
散財 さんざい
散栗 さんぴょう
散逸 さんいつ
散超 さんちょう
散散 さんざん・ちりぢり
散開 さんかい
散弾 さんだん
散髪 さんぱつ
散漫 さんまん
散敷 ちりしく
散薬 さんやく

散瞳 さんどう
〔葬〕そう・ほうむる
葬礼 そうれい
葬式 そうしき
葬列 そうれつ
葬具 そうぐ
葬祭 そうさい
葬場 そうじょう
葬儀 そうぎ
〔貰〕もらう・もらい
貰子 もらいこ
貰物 もらいもの
貰乳 もらいぢち
貰泣 もらいなき
〔勤〕きん・いそし・いそしむ・つとめ・つとめる・つとまる
勤人 つとめにん
勤王 きんのう
勤先 つとめさき
勤労 きんろう
勤皇 きんのう
勤倹 きんけん
勤勉 きんべん
勤務 きんむ
勤務年数 きんむねんすう
勤続 きんぞく
〔募〕ぼ・つのる
募兵 ぼへい
募金 ぼきん
募集 ぼしゅう
募債 ぼさい
〔葛〕かつ・かずら・くず・つづら
葛折 つづらおり
葛掛 くずかけ
葛粉 くずこ
葛湯 くずゆ
葛餡 くずあん
葛藤 かっとう・つづらふじ
葛籠 つづら
蓚酸 しゅうさん
〔葎〕りつ・むぐら
〔敬〕けい・きょう・うやまい・うやまう
敬白 けいはく
敬礼 けいれい
敬具 けいぐ

敬服 けいふく
敬虔 けいけん
敬称 けいしょう
敬遠 けいえん
敬愛 けいあい
敬意 けいい
敬慕 けいぼ
敬語 けいご
敬體 けいたい
〔落〕らく・おち・おちる・おつ・おとし・おとす
落丁 らくちょう
落人 おちうど
落下 らっか
落下傘 らっかさん
落子 おとしご
落日 らくじつ
落手 らくしゅ
落手拝見 らくしゅはいけん
落札 らくさつ
落札者 らくさつしゃ
落石 らくせき
落目 おちめ
落込 おちこむ
落主 おとしぬし
落穴 おとしあな
落成 らくせい
落伍 らくご
落合 おちあう
落字 らくじ
落花 らっか
落花生 らっかせい
落体 らくたい
落果 らっか
落物 おとしもの
落延 おちのびる
落命 らくめい
落城 らくじょう
落胆 らくたん
落胤 らくいん
落度 おちど
落首 らくしゅ
落馬 らくば
落差 らくさ
落涙 らくるい
落書 らくがき
落莫 らくばく
落第 らくだい

落款 らっかん
落葉 おちば・らくよう
落落 おちおち
落着 おちつく・らくちゃく
落雷 らくらい
落零 おちこぼれる
落語 らくご
落窪 おちくぼむ
落穂 おちぼ
落魄 おちぶれる・らくはく
落盤 らくばん
落潮 らくちょう
落選 らくせん
〔朝〕ちょう・あさ・あした・ちょうする
朝三暮四 ちょうさんぼし
朝夕 あさなゆうな・あさゆう
朝日 あさひ
朝方 あさがた
朝刊 ちょうかん
朝令暮改 ちょうれいぼかい
朝市 あさいち
朝立 あさだち
朝礼 ちょうれい
朝会 ちょうかい
朝凪 あさなぎ
朝廷 ちょうてい
朝参 あさまいり
朝食 ちょうしょく
朝風呂 あさぶろ
朝起 あさおき
朝起三文徳 あさおきはさんもんのとく
朝貢 ちょうこう
朝帰 あさがえり
朝野 ちょうや
朝涼 あさすず
朝朝 あさなあさな
朝晩 あさばん
朝飯 あさめし
朝飯前 あさめしまえ
朝焼 あさやけ
朝湯 あさゆ
朝寒 あささむ
朝寝 あさね

朝寝坊 あさねぼう

朝駆 あさがけ

朝暮 ちょうぼ

朝潮 あさしお

朝鮮 ちょうせん

朝鮮人参 ちょうせん
　にんじん

朝鮮民主主義人民共和
　国 ちょうせんみん
　しゅしゅぎじんみん
　きょうわこく

朝鮮朝顔 ちょうせん
　あさがお

朝顔 あさがお

朝露 あさつゆ

〔喪〕そう・も

喪中 もちゅう

喪心 そうしん

喪失 そうしつ

喪主 もしゅ

喪服 もふく

喪神 そうしん

喪家 そうか

喪章 もしょう

〔棒〕ぼう

棒下 ぼうさげ

棒上 ぼうあげ

棒切 ぼうぎれ

棒手振 ぼてふり

棒引 ぼうびき

棒立 ぼうだち

棒杭 ぼうぐい

棒紅 ぼうべに

棒針 ぼうばり

棒高跳 ぼうたかとび

棒登 ぼうのぼり

棒暗記 ぼうあんき

棒銀 ぼうぎん

棒読 ぼうよみ

棒頭 ぼうがしら

棒鋼 ぼうこう

〔楮〕ちょ・うこぞ

〔棋〕き・ご

棋士 きし

棋譜 きふ

〔植〕しょく・うえる

植木 うえき

植木鉢 うえきばち

植毛 しょくもう

植生 しょくせい

植付 うえつけ・うえ
　つける

植込 うえこみ

植民 しょくみん

植皮 しょくひ

植字 しょくじ

植林 しょくりん

植物 しょくぶつ

植物人間 しょくぶつ
　にんげん

植樹 しょくじゅ

〔森〕しん・もり

森林 しんりん

森森 しんしん

森閑 しんかん

森厳 しんげん

森羅万象 しんらばん
　しょう

森鷗外 もりおうがい

〔焚〕ふん・たく・や
　く・もやす

焚火 たきび

焚付 たきつけ・たき
　つける

焚書 ふんしょ

〔棟〕とう・むね

棟上 むねあげ

棟木 むなぎ

棟梁 とうりょう

〔椅〕い・いす

椅子 いす

〔極〕きょく・ごく・
　きわまり・きわまる
　・きまり・きまる・
　きめる・きわめて・
　きわめる

極力 きょくりょく

極大 きょくだい

極上 ごくじょう

極小 きょくしょう

極太 ごくぶと

極月 ごくげつ

極左 きょくさ

極右 きょくう

極北 きょくほく

極付 きわめつき

極刑 きょっけい

極地 きょくち

極光 きょっこう

極印 ごくいん

極言 きょくげん

極東 きょくとう

極点 きょくてん

極度 きょくど

極限 きょくげん

極限状態 きょくげん
　じょうたい

極致 きょくち

極悪 ごくあく

極彩色 ごくさいしき

極超短波 ごくちょう
　たんぱ

極量 きょくりょう

極楽 ごくらく

極楽浄土 ごくらくじ
　ょうど

極楽鳥 ごくらくちょ
　う

極意 ごくい

極端 きょくたん

極論 きょくろん

〔棲〕せい・すむ

棲息 せいそく

〔棹〕さお・さ

棹立 さおだち

棍棒 こんぼう

〔椙〕すぎ

〔椎〕つい・すし・し
　い・つち

椎茸 しいたけ

椎骨 ついこつ

椎間板 ついかんばん

椎間盤 ついかんばん

〔棉〕めん・わた

〔検〕けん

検分 けんぶん

検札 けんさつ

検出 けんしゅつ

検地 けんち

検死 けんし

検印 けんいん

検字 けんじ

検束 けんそく

検尿 けんにょう

検事 けんじ

検非違使 けびいし

検波 けんぱ

検定 けんてい

検査 けんさ

検便 けんべん

検疫 けんえき

検校 けんぎょう

検索 けんさく

検針 けんしん

検脈 けんみゃく

検討 けんとう

検挙 けんきょ

検眼 けんがん

検問 けんもん

検視 けんし

検証 けんしょう

検診 けんしん

検温 けんおん

検痰 けんたん

検算 けんざん

検認 けんにん

検察 けんさつ

検察庁 けんさつちょ
　う

検察官 けんさつかん

検閲 けんえつ

〔棚〕ほう・たな

棚上 たなあげ

棚引 たなびく

棚田 たなだ

棚卸 たなおろし

棚浚 たなざらえ

〔椋〕りょう・むく

椋鳥 むくどり

〔棕〕しゅ・そう

棕櫚 しゅろ

〔棺〕かん・ひつぎ・
　ひとき

棺桶 かんおけ

〔椀〕わん・まり

椀飯振舞 おうばんぶ
　るまい

〔颪〕おろし

〔軸〕じく

軸物 じくもの

軸受 じくうけ

軸承 じくうけ

〔軽〕けい・かるい・
　かるみ・かろしめる
　・かろやか

軽工業 けいこうぎょ
　う

軽口 かるくち

軽少 けいしょう

軽水 けいすい

軽石 かるいし

軽気球 けいききゅう
軽合金 けいごうきん
軽快 けいかい
軽労働 けいろうどう
軽妙 けいみょう
軽妙灑脱 けいみょう
　しゃだつ
軽易 けいい
軽侮 けいぶ
軽佻浮薄 けいちょう
　ふはく
軽金属 けいきんぞく
軽油 けいゆ
軽重 けいじゅう・け
　いちょう
軽便 けいべん
軽食 けいしょく
軽度 けいど
軽音楽 けいおんがく
軽症 けいしょう
軽挙 けいきょ
軽挙妄動 けいきょも
　うどう
軽率 けいそつ
軽粒子 けいりゅうし
軽視 けいし
軽軽 かるがる・かる
　がるしい
軽量 けいりょう
軽飲食店 けいいんし
　ょくてん
軽減 けいげん
軽業 かるわざ
軽傷 けいしょう
軽微 けいび
軽蔑 けいべつ
軽演劇 けいえんげき
軽熱 けいねつ
軽震 けいしん
軽薄 けいはく
軽燥 けいそう
軽躁 けいそう
〔甦〕そ・よみがえる
〔惑〕まどい・まどう
　・まどわす
惑乱 わくらん
惑星 わくせい
惑溺 わくでき
〔堅〕けん・かたい
堅気 かたぎ
堅牢 けんろう

堅苦 かたくるしい
堅固 けんご
堅物 かたぶつ
堅実 けんじつ
堅持 けんじ
堅陣 けんじん
堅調 けんちょう
〔粟〕ぞく・あわ
粟立 あわだつ
粟粒 あわつぶ
〔棗〕そう・なつめ
〔棘〕いばら・とげ
棘皮動物 きょくひど
　うぶつ
棘魚 とげうお
〔酣〕かん・たけなわ
〔酢〕さく・そ・す
酢貝 すがい
酢牡蠣 すがき
酢物 すのもの
酢和 すあえ
酢酸 さくさん
酢漬 すづけ
酢漿 かたばみ
〔厨〕ちゅう・くりや
厨子 ずし
厨房 ちゅうぼう
〔硬〕こう・かたい・
　ぼた
硬口蓋 こうこうがい
硬水 こうすい
硬化 こうか
硬化油 こうかゆ
硬化症 こうかしょう
硬玉 こうぎょく
硬式 こうしき
硬材 こうざい
硬直 こうちょく
硬性 こうせい
硬度 こうど
硬派 こうは
硬骨 こうこつ
硬球 こうきゅう
硬軟 こうなん
硬貨 こうか
硬筆 こうひつ
硬質 こうしつ
硬調 こうちょう
〔硝〕しょう
硝化 しょうか

硝石 しょうせき
硝安 しょうあん
硝煙 しょうえん
硝酸 しょうさん
硝薬 しょうやく
〔硯〕けん・すずり
硯北 けんぽく
〔硫〕りゅう
硫化 りゅうか
硫化水素 りゅうかす
　いそ
硫安 りゅうあん
硫黄 いおう・ゆおう
硫酸 りゅうさん
〔雁〕がん・かり
雁木 がんぎ
雁皮 がんぴ
雁皮紙 がんぴし
雁字搦 がんじがらめ
雁首 がんくび
雁瘡 がんがさ
雁擬 がんもどき
〔敧〕そばだてる
〔殖〕しょく・ふえる
　・ふやす
殖民 しょくみん
殖産 しょくさん
殘量 ざんりょう
〔裂〕れつ・きれ・さ
　く・さける
裂目 さけめ
裂傷 れっしょう
〔雄〕ゆう・おん・お
　す・お
雄大 ゆうだい
雄心 ゆうしん
雄弁 ゆうべん
雄叫 おたけび
雄花 おばな
雄図 ゆうと
雄性 ゆうせい
雄勁 ゆうけい
雄姿 ゆうし
雄飛 ゆうひ
雄略 ゆうりゃく
雄雄 おおしい
雄偉 ゆうい
雄渾 ゆうこん
雄篇 ゆうへん
雄編 ゆうへん

雄蕊 ゆうずい
雄螺旋 おねじ
雄鶏 おんどり
〔雲〕うん・くも・くむ
雲水 うんすい
雲丹 うに
雲母 うんも
雲行 くもゆき
雲足 くもあし
雲底 うんてい
雲海 うんかい
雲脂 ふけ
雲脚 くもあし
雲散霧消 うんさんむ
　しょう
雲雲 うんぬん
雲量 うんりょう
雲間 くもま
雲隠 くもがくれ
雲霞 うんか
雲霧 うんむ
〔雰〕ふん
雰囲気 ふんいき
〔遍〕へん・あまねく
　・あまねし
遍在 へんざい
遍満 へんまん
遍照 へんじょう
遍路 へんろ
遍歴 へんれき
〔扉〕ひ・とびら
扉絵 とびらえ
〔紫〕し・むらさき
紫水晶 むらさきずい
　しょう
紫外線 しがいせん
紫式部 むらさきしき
　ぶ
紫苑 しおん
紫紺 しこん
紫斑 しはん
紫陽花 あじさい
紫煙 しえん
紫檀 したん
紫蘇 しそ
紫蘭 しらん
〔歯〕し・は・よわい
歯入 はいれ
歯牙 しが
歯切 はぎれ

歯止 はどめ
歯石 しせき
歯向 はむかう
歯形 はがた
歯車 はぐるま
歯医者 はいしゃ
歯応 はごたえ
歯朶 しだ
歯茎 はくぎ
歯軋 はぎしり
歯科 しか
歯音 しおん
歯屎 はくそ
歯痒 はがゆい
歯痛 はいた
歯槽 しそう
歯噛 はがみ
歯磨 はみがき
歯髄 しずい
〔覘〕てん・のぞく・のぞき
敝衣 へいい
〔棠〕とう
〔掌〕しょう・たなごころ・てのひら・つかさどる
掌中 しょうちゅう
掌紋 しょうもん
掌握 しょうあく
掌篇 しょうへん
掌編 しょうへん
〔晴〕せい・はれ・はれやか・はれる
晴天 せいてん
晴雨 せいう
晴雨計 せいうけい
晴姿 はれすがた
晴朗 せいろう
晴眼 せいがん
晴晴 はればれ
晴間 はれま
晴嵐 せいらん
晴着 はれぎ
晴渡 はれわたる
晴曇 せいどん
〔喫〕きつ・きっする
喫水 きっすい
喫茶 きっさ
喫茶店 きっさてん
喫煙 きつえん

〔暁〕ぎょう・あかつき・さとる
〔暑〕しょ・あつい・あつし・あつかり
暑中 しょちゅう
暑気 しょき
暑苦 あつくるしい
暑熱 しょねつ
〔最〕さい・さいたる・もっとも・も
最大 さいだい
最大公約数 さいだいこうやくすう
最大仕事 さいだいしごと
最大限 さいだいげん
最上 さいじょう
最小 さいしょう
最小公倍数 さいしょうこうばいすう
最小限 さいしょうげん
最少 さいしょう
最中 さいちゅう・さなか・もなか
最古 さいこ
最早 もはや
最先端 さいせんたん
最多 さいた
最低 さいてい
最低限 さいていげん
最近 さいきん
最良 さいりょう
最初 さいしょ
最長 さいちょう
最果 さいはて
最後 さいご
最後屁 さいごっぺ
最後通牒 さいごつうちょう
最前 さいぜん
最恵国 さいけいこく
最高 さいこう
最高位 さいこうい
最高限 さいこうげん
最高峰 さいこうほう
最高裁判所 さいこうさいばんしょ
最高潮 さいこうちょう
最悪 さいあく

最盛期 さいせいき
最寄 もより
最強 さいきょう
最終 さいしゅう
最終日 さいしゅうじつ
最終財 さいしゅうざい
最期 さいご
最敬礼 さいけいれい
最短 さいたん
最善 さいぜん
最愛 さいあい
最新 さいしん
最新情報 さいしんじょうほう
最適 さいてき
〔量〕りょう・はかる
量子 りょうし
量子論 りょうしろん
量目 りょうめ
量刑 りょうけい
量売 はかりうり
量的 りょうてき
量定 りょうてい
量産 りょうさん
量感 りょうかん
〔貼〕ちょう・はる
貼付 てんぷ・はりつく・はりつける
貼紙 はりがみ
〔貶〕へん・おとしめる・さげすむ・けなす
〔貯〕ちょ・たくわえる・たくわえ
貯木 ちょぼく
貯水 ちょすい
貯水池 ちょすいち
貯金 ちょきん
貯金通帳 ちょきんつうちょう
貯炭 ちょたん
貯蓄 ちょちく
貯蔵 ちょぞう
〔貽〕い
〔喋〕ちょう・しゃべる
喋散 しゃべりちらす
喋喋 ちょうちょう
〔閏〕じゅん・うるう

閏月 じゅんげつ
閏年 うるうどし・じゅんねん
〔開〕かい・ひらき・びらき・あける・あく・あかる・ひらく・ひらける
開口一番 かいこういちばん
開山 かいさん
開戸 ひらきど
開化 かいか
開平 かいへい
開広 あけっぴろげ
開会 かいかい
開花 かいか
開廷 かいてい
開拓 かいたく
開拓地 かいたくち
開披 かいひ
開直 ひらきなおる
開国 かいこく
開門 かいもん
開明 かいめい
開店 かいてん
開店休業 かいてんきゅうぎょう
開放 あけっぱなし・あけはなす・あけはなつ・かいほう
開放的 かいほうてき
開始 かいし
開始価格 かいしかかく
開封 かいふう
開城 かいじょう
開削 かいさく
開映 かいえい
開祖 かいそ
開架 かいか
開発 かいはつ
開通 かいつう
開基 かいき
開票 かいひょう
開眼 かいがん・かいげん
開閉 あけしめ・あけたて・かいへい
開帳 かいちょう
開設 かいせつ
開陳 かいちん

開港 かいこう
開幕 かいまく
開業 かいぎょう
開業医 かいぎょうい
開催 かいさい
開戦 かいせん
開演 かいえん
開墾 かいこん
開豁 かいかつ
開闢 かいびゃく
〔閑〕かん・ひま
閑文字 かんもじ
閑古鳥 かんこどり
閑地 かんち
閑却 かんきゃく
閑居 かんきょ
閑寂 かんじゃく
閑散 かんさん
閑話 かんわ
閑話休題 かんわきゅうだい
閑静 かんせい
閑談 かんだん
閑職 かんしょく
晶化 しょうか
〔間〕あい・かん・けん・ま・あいだ
間一髪 かんいっぱつ
間八 かんぱち
間口 まぐち
間子 あいのこ
間欠 かんけつ
間欠泉 かんけつせん
間尺 ましゃく
間引 まびく
間氷期 かんぴょうき
間仕切 まじきり
間代 まだい
間合 まあい・まにあう・まにあわせ
間色 かんしょく
間抜 まぬけ
間投詞 かんとうし
間男 まおとこ
間作 かんさく
間近 まぢか・まぢかい
間取 まどり
間延 まのび
間奏 かんそう

間奏曲 かんそうきょく
間柄 あいだがら
間食 あいだぐい・かんしょく
間借 まがり
間接 かんせつ
間接的 かんせつてき
間接税 かんせつぜい
間接選挙 かんせつせんきょ
間脳 かんのう
間断 かんだん
間間 まま
間無 まもなく
間貸 まがし
間道 かんどう
間歇 かんけつ
間歇泉 かんけつせん
間数 まかず
間違 まちがい・まちがう・まちがえる
間隔 かんかく
間隙 かんげき
間際 まぎわ
間諜 かんちょう
〔喇〕らつ・ら
喇叭 らっぱ
〔喊〕かん
〔晩〕ばん
晩生 おくて・ばんせい
晩冬 ばんとう
晩成 ばんせい
晩年 ばんねん
晩学 ばんがく
晩春 ばんしゅん
晩秋 ばんしゅう
晩酌 ばんしゃく
晩夏 ばんか
晩婚 ばんこん
晩期 ばんき
晩節 ばんせつ
晩稲 おくて・ばんとう
晩熟 ばんじゅく
晩餐 ばんさん
晩霜 ばんそう
晩鐘 ばんしょう
〔景〕けい・えしぼ

景気 けいき
景気後退 けいきこうたい
景色 けしき
景物 けいぶつ
景品 けいひん
景勝 けいしょう
景観 けいかん
〔跋〕ばつ
跋文 ばつぶん
跋扈 ばっこ
跋渉 ばっしょう
〔距〕きょ
距離 きょり
〔跗〕ふ・あなひら
〔跑〕だく
〔跛〕びっこ・ちんば
跛行 はこう
〔貴〕き・とうとい・とうとぶ
貴人 きじん
貴下 きか
貴公 きこう
貴公子 きこうし
貴方 あなた
貴兄 きけい
貴金属 ききんぞく
貴重 きちょう
貴重品 きちょうひん
貴族 きぞく
貴婦人 きふじん
貴紳 きしん
貴殿 きでん
貴様 きさま
貴賤 きせん
貴賓 きひん
〔蛙〕あ・かいる・かえる・かわず
蛙泳 かえるおよぎ
〔蛄〕るい
〔蛭〕しつ・ひる
〔蛔〕かい・はらのむし
〔蛞〕かつ・なめくじ
〔蛤〕こう・はま・はまぐり
〔蛟〕こう・みずち
蛟竜 こうりょう
〔畳〕じょう・たたみ・たたむ・たとう

畳込 たたみこむ
畳字 じょうじ
畳表 たたみおもて
畳掛 たたみかける
畳替 たたみがえ
畳語 じょうご
畳韻 じょういん
〔過〕か・あやまち・あやまつ・すぎ・すぎる・すごす・よぎる
過大 かだい
過小 かしょう
過小評価 かしょうひょうか
過不及 かふきゅう
過不足 かふそく
過少 かしょう
過日 かじつ
過分 かぶん
過去 かこ・すぎさる
過去帳 かこちょう
過払 かばらい
過失 かしつ
過失致死 かしつちし
過半 かはん
過半数 かはんすう
過当 かとう
過年度 かねんど
過行 すぎゆく
過多 かた
過言 かごん
過労 かろう
過労死 かろうし
過重 かじゅう
過保護 かほご
過信 かしん
過度 かど
過客 かかく
過敏 かびん
過料 かりょう
過剰 かじょう
過密 かみつ
過程 かてい
過渡的 かとてき
過渡期 かとき
過疎 かそ
過飽和 かほうわ
過酷 かこく

過酸化水素 かさんかすいそ
過誤 かご
過熱 かねつ
過燐酸石灰 かりんさんせっかい
過激 かげき
〔喘〕ぜん・あえぐ・あえぎ
喘息 ぜんそく
喘喘 あえぎあえぎ
〔啾〕しゅう・なく
啾啾 しゅうしゅう
〔喉〕こう・のど
喉自慢 のどじまん
喉頭 こうとう
〔喩〕ゆ・たとえ・たとい・たとう・たとえる
〔喰〕そん・くう・くらう
〔喚〕かん・わめく・
喚叫 かんきょう
喚声 かんせい・わめきごえ
喚起 かんき
喚問 かんもん
〔啼〕てい・なく
〔喧〕けん・やかましい・かしましい
喧屋 やかましや
喧喧囂囂 けんけんごうごう
喧嘩 けんか
喧噪 けんそう
喧騒 けんそう
〔喀〕かく・はく
喀血 かっけつ
〔嵌〕かん・はまる・はめる
嵌込 はめこむ
〔幅〕ふく・はば
幅広 はばひろい
幅員 ふくいん
幅跳 はばとび
〔劃〕がい
〔凱〕がい
凱風 がいふう
凱旋 がいせん
凱旋門 がいせんもん
凱歌 がいか

〔買〕かう・ばい
買上 かいあげる
買手 かいて
買方 かいかた
買収 ばいしゅう
買占 かいしめ・かいしめる
買付 かいつける
買込 かいこみ
買出 かいだし
買血 ばいけつ
買足 かいたす
買初 かいぞめ
買取 かいとり・かいとる
買物 かいもの
買価 ばいか
買受 かいうけ
買注文 かいちゅうもん
買乗 かいのせ
買食 かいぐい
買時 かいどき
買値 かいね
買掛 かいかけ
買控 かいびかえ
買得 かいどく
買集 かいあつめる
買損 かいぞん
買置 かいおき
〔帽〕ほう
帽子 ぼうし
帽岩 ぼうがん
帽章 ぼうしょう
〔嵐〕らん・あらし
〔圏〕けん・おり・さかずき・めぐる
圏内 けんない
圏点 けんてん
〔悲〕ひかなしい・かなしみ・かなしむ
悲母観音 ひぼかんのん
悲壮 ひそう
悲哀 ひあい
悲恋 ひれん
悲惨 ひさん
悲喜 ひき
悲喜劇 ひきげき
悲報 ひほう

悲痛 ひつう
悲運 ひうん
悲嘆 ひたん
悲傷 ひしょう
悲話 ひわ
悲愴 ひそう
悲境 ひきょう
悲歌 ひか
悲鳴 ひめい
悲劇 ひげき
悲憤 ひふん
悲憤慷慨 ひふんこうがい
悲観 ひかん
悲観的 ひかんてき
悲願 ひがん
〔甥〕おい
〔無〕ぶ・む・ない・なくす・なくする・なくなす・なき・なし・なかれ
無一文 むいちもん
無一物 むいちもつ
無二 むに
無人 ぶにん・むじん
無力 むりょく
無才 むさい
無下 むげに
無上 むじょう
無口 むくち
無比 むひ
無手 むて
無手勝流 むてかつりゅう
無分別 むふんべつ
無心 むしん
無双 むそう
無札 むさつ
無生物 むせいぶつ
無用 むよう
無用心 ぶようじん
無礼 ぶれい
無礼講 ぶれいこう
無辺大 むへんだい
無考 むかんがえ
無地 むじ
無死 むし
無気力 むきりょく
無気味 ぶきみ
無印 むじるし

無休 むきゅう
無任所大臣 むにんしょだいじん
無自覚 むじかく
無血 むけつ
無名 むめい
無名指 むめいし
無色 むしょく
無尽 むじん
無尽蔵 むじんぞう
無形 むけい
無形文化財 むけいぶんかざい
無声 むせい
無声音 むせいおん
無芸 むげい
無医村 むいそん
無我 むが
無我夢中 むがむちゅう
無利息 むりそく
無私 むし
無体 むたい
無作法 ぶさほう
無作為 むさくい
無条件 むじょうけん
無言 むごん
無沙汰 ぶさた
無防備 むぼうび
無表情 むひょうじょう
無毒 むどく
無邪気 むじゃき
無抵抗 むていこう
無事 ぶじ
無事故 むじこ
無味 むみ
無味乾燥 むみかんそう
無制限 むせいげん
無制限貿易 むせいげんぼうえき
無知 むち
無物 ないものねだり
無所属 むしょぞく
無念 ぶねん・むねん
無念無想 むねんむそう
無免許 むめんきょ
無効 むこう
無法 むほう

無性 むせい

無性生殖 むせいせいしょく

無学 むがく

無実 むじつ

無定形 むていけい

無定見 むていけん

無定型 むていけい

無届 むとどけ

無政府 むせいふ

無垢 むく

無茶 むちゃ

無茶苦茶 むちゃくちゃ

無軌道 むきどう

無重力 むじゅうりょく

無臭 むしゅう

無風 むふう

無風流 ぶふうりゅう

無計画 むけいかく

無音 ぶいん

無為 むい

無神経 むしんけい

無神論 むしんろん

無限 むげん

無限大 むげんだい

無恥 むち

無格好 ぶかっこう

無根 むこん

無残 むざん

無党 むとう

無造作 むぞうさ

無記名 むきめい

無脊椎動物 むせきついどうぶつ

無病 むびょう

無差別 むさべつ

無粋 ぶすい

無料 むりょう

無益 むえき

無害 むがい

無能 むのう

無能力 むのうりょく

無責任 むせきにん

無理 むり

無理押 むりおし

無理強 むりじい

無理解 むりかい

無理数 むりすう

無理算段 むりさんだん

無理難題 むりなんだい

無教育 むきょういく

無聊 ぶりょう

無菌 むきん

無常 むじょう

無得点 むとくてん

無欲 むよく

無産階級 むさんかいきゅう

無断 むだん

無添加 むてんか

無情 むじょう

無惨 むざん

無視 むし

無細工 ぶさいく

無援 むえん

無報酬 むほうしゅう

無期 むき

無期限 むきげん

無辜 むこ

無量 むりょう

無過失 むかしつ

無税 むぜい

無税品 むぜいひん

無策 むさく

無痛 むつう

無着陸 むちゃくりく

無道 むどう

無給 むきゅう

無遠慮 ぶえんりょ

無勢 ぶぜい

無感 むかん

無感覚 むかんかく

無電 むでん

無頓着 むとんじゃく

無暗 むやみ

無罪 むざい

無傷 むきず

無賃 むちん

無鉄砲 むてっぽう

無愛敬 ぶあいきょう

無愛想 ぶあいそう

無愛嬌 ぶあいきょう

無試験 むしけん

無資格 むしかく

無意 むい

無意味 むいみ

無意識 むいしき

無数 むすう

無慈悲 むじひ

無駄 むだ

無駄口 むだぐち

無駄足 むだあし

無駄骨 むだぼね

無駄遣 むだづかい

無駄話 むだばなし

無様 ぶざま

無酸素運動 むさんそうんどう

無関心 むかんしん

無関係 むかんけい

無精 ぶしょう

無精卵 むせいらん

無趣味 むしゅみ

無熱 むねつ

無器用 ぶきよう

無器量 ぶきりょう

無論 むろん

無調法 ぶちょうほう

無敵 むてき

無窮 むきゅう

無線 むせん

無線放送 むせんほうそう

無線電信 むせんでんしん

無線電話 むせんでんわ

無線操縦 むせんそうじゅう

無縁 むえん

無縁仏 むえんぼとけ

無機 むき

無機化合物 むきかごうぶつ

無機物 むきぶつ

無機質 むきしつ

無頼 ぶらい

無頼漢 ぶらいかん

無謀 むぼう

無闇 むやみ

無償 むしょう

無償労働 むしょうろうどう

無職 むしょく

無難 ぶなん

無類 むるい

無籍 むせき

〔犇〕ほん・ひしと・ひしめく

犁肘 せいちゅう

〔智〕ち

智力 ちりょく

智勇 ちゆう

智能 ちのう

智略 ちりゃく

智歯 ちし

智慧 ちえ

智謀 ちぼう

智嚢 ちのう

〔毳〕せい・ぜい・けば・む・くげ

〔惣〕そう・すべて

〔稍〕しょう・そう・やや

〔稈〕かん・わら

〔程〕てい・ほど

程合 ほどあい

程好 ほどよい

程近 ほどちかい

程度 ていど

程程 ほどほどに

程遠 ほどとおい

〔稀〕き・け・まれ・うすい

稀少 きしょう

稀少価値 きしょうかち

稀代 きたい

稀有 きゆう・けう

稀薄 きはく

〔黍〕しょ・きび

〔犂〕り・すき

〔税〕ぜい・ちから

税引 ぜいびき

税収 ぜいしゅう

税目 ぜいもく

税込 ぜいこみ

税吏 ぜいり

税表 ぜいひょう

税制 ぜいせい

税金 ぜいきん

税法 ぜいほう

税理士 ぜいりし

税率 ぜいりつ

税務 ぜいむ

税務署 ぜいむしょ

税源 ぜいげん

税関 ぜいかん
税関手続 ぜいかんてつづき
税関申告書 ぜいかんしんこくしょ
税関検査 ぜいかんけんさ
税額 ぜいがく
〔喬〕きょう
喬木 きょうぼく
〔筐〕きょう・かたみ
筐体 きょうたい
〔等〕とう・など・なんど・ひとしい・ら
等比級数 とうひきゅうすう
等分 とうぶん
等圧線 とうあつせん
等号 とうごう
等外 とうがい
等辺 とうへん
等式 とうしき
等位 とうい
等身 とうしん
等角 とうかく
等価 とうか
等級 とうきゅう
等高線 とうこうせん
等差級数 とうさきゅうすう
等深線 とうしんせん
等量 とうりょう
等閑 とうかん・なおざり
等等 とうとう
等温 とうおん
等温線 とうおんせん
等質 とうしつ
〔策〕さく・むち
策士 さくし
策略 さくりゃく
策動 さくどう
策源地 さくげんち
策謀 さくぼう
〔筒〕どう・つつ
筒先 つつさき
筒抜 つつぬけ
筒袖 つつそで
〔筈〕はず
〔筏〕ごつ・いかだ

〔筌〕せん・うえ・うけ
〔答〕とう・こたえ・こたえる
答申 とうしん
答礼 とうれい
答弁 とうべん
答案 とうあん
答訪 とうほう
答辞 とうじ
〔筋〕きん・すじ
筋子 すじこ
筋目 すじめ
筋立 すじだて
筋肉 きんにく
筋向 すじむかい
筋合 すじあい
筋交 すじかい
筋金 すじがね
筋金入 すじがねいり
筋屋 すじや
筋骨 きんこつ
筋書 すじがき
筋張 すじばる
筋揉 すじもみ
筋道 すじみち
筋違 すじちがい・すじちがえ
〔筍〕たけのこ
〔筆〕ひつ・ふで・ふみて
筆入 ふでいれ
筆力 ひつりょく
筆不精 ふでぶしょう
筆太 ふでぶと
筆付 ふでつき
筆立 ふでたて
筆写 ひっしゃ
筆先 ふでさき
筆舌 ひつぜつ
筆名 ひつめい
筆者 ひっしゃ
筆画 ひっかく
筆法 ひっぽう
筆致 ひっち
筆耕 ひっこう
筆記 ひっき
筆問筆答 ひつもんひっとう
筆塚 ふでづか

筆無精 ふでぶしょう
筆筒 ふでづつ
筆順 ひつじゅん
筆勢 ひっせい
筆跡 ひっせき
筆遣 ふでづかい
筆触 ひっしょく
筆禍 ひっか
筆墨 ひつぼく
筆算 ひっさん
筆箱 ふでばこ
筆談 ひつだん
筆頭 ひっとう・ふでがしら
筝曲 そうきょく
〔備〕び・そなえ・そなえる・そなわる・つぶさに
備付 そなえつける
備考 びこう
備忘録 びぼうろく
備品 びひん
備蓄 びちく
〔貸〕たい・かす
貸与 たいよ
貸切 かしきり
貸手 かして
貸方 かしかた
貸本 かしほん
貸付 かしつけ
貸付金 かしつけきん
貸主 かしぬし
貸出 かしだす
貸出金利 かしだしきんり
貸出限度 かしだしげんど
貸借 たいしゃく
貸料 かしりょう
貸家 かしいえ・かしや
貸間 かしま
〔順〕じゅん・したがう
順手 じゅんて
順化 じゅんか
順礼 じゅんれい
順列 じゅんれつ
順光 じゅんこう
順当 じゅんとう
順行 じゅんこう

順次 じゅんじ
順守 じゅんしゅ
順位 じゅんい
順応 じゅんおう・じゅんのう
順序 じゅんじょ
順良 じゅんりょう
順奉 じゅんぽう
順延 じゅんえん
順法 じゅんぽう
順風 じゅんぷう
順送 じゅんおくり
順逆 じゅんぎゃく
順接 じゅんせつ
順順 じゅんじゅんに
順番 じゅんばん
順路 じゅんろ
順境 じゅんきょう
順調 じゅんちょう
順養子 じゅんようし
順繰 じゅんぐり
〔短〕だん・みじか・みじかい・みじかめる
短刀 たんとう
短才 たんさい
短大 たんだい
短小 たんしょう
短日 たんじつ
短日月 たんじつげつ
短水路 たんすいろ
短文 たんぶん
短尺 たんじゃく
短打 たんだ
短目 みじかめ
短冊 たんじゃく
短句 たんく
短冊 たんざく
短気 たんき
短見 たんけん
短兵急 たんぺいきゅう
短呼 たんこ
短径 たんけい
短所 たんしょ
短命 たんめい
短夜 たんや
短波 たんぱ
短音 たんおん
短音階 たんおんかい

短時日 たんじじつ
短倪 たんげい
短針 たんしん
短剣 たんけん
短章 たんしょう
短期 たんき
短期大学 たんきだいがく
短期手形 たんきてがた
短期間 たんきかん
短期講習 たんきこうしゅう
短距離 たんきょり
短絡 たんらく
短靴 たんぐつ
短艇 たんてい
短詩 たんし
短資 たんし
短髪 たんぱつ
短歌 たんか
短銃 たんじゅう
短慮 たんりょ
短篇 たんぺん
短篇小説 たんぺんしょうせつ
短調 たんちょう
短編 たんぺん
短編小説 たんぺんしょうせつ
短繋 たんけい
短縮 たんしゅく
〔堡〕ほう
堡塁 ほうるい
〔傀〕かい
傀儡 かいらい
〔集〕しゅう・つどい・つどう・あつまる・あつめる
集大成 しゅうたいせい
集中 しゅうちゅう
集札 しゅうさつ
集成 しゅうせい
集光 しゅうこう
集団 しゅうだん
集会 しゅうかい
集合 しゅうごう
集束 しゅうそく
集金 しゅうきん
集計 しゅうけい

集約 しゅうやく
集約農業 しゅうやくのうぎょう
集荷 しゅうか
集配 しゅうはい
集散 しゅうさん
集落 しゅうらく
集結 しゅうけつ
集塵器 しゅうじんき
集権 しゅうけん
集積 しゅうせき
集積回路 しゅうせきかいろ
〔焦〕しょう・あせり・あせる・こがし・こがす・こがれる・こげる・じらす・じれる
焦土 しょうど
焦込 じれこむ
焦茶 こげちゃ
焦点 しょうてん
焦臭 こげくさい
焦眉 しょうび
焦飯 こげめし
焦熱 しょうねつ
焦慮 しょうりょ
焦燥 しょうそう
焦躁 しょうそう
〔傍〕ぼう・かたわら・そば・はた
傍切 ぼうせつ
傍目 はため
傍白 ぼうはく
傍系 ぼうけい
傍若無人 ぼうじゃくぶじん
傍受 ぼうじゅ
傍注 ぼうちゅう
傍点 ぼうてん
傍迷惑 はためいわく
傍訓 ぼうくん
傍流 ぼうりゅう
傍証 ぼうしょう
傍線 ぼうせん
傍題 ぼうだい
傍観 ぼうかん
傍聴 ぼうちょう
〔皓〕こう・しろし
皓皓 こうこう
〔偉〕い・えらい

偉人 いじん
偉力 いりょく
偉才 いさい
偉丈夫 いじょうふ
偉大 いだい
偉功 いこう
偉容 いよう
偉業 いぎょう
偉様 えらいさん
偉観 いかん
〔衆〕しゅ・しゅう
衆人 しゅうじん
衆目 しゅうもく
衆生 しゅじょう
衆知 しゅうち
衆院 しゅういん
衆望 しゅうぼう
衆智 しゅうち
衆寡 しゅうか
衆論 しゅうろん
衆議 しゅうぎ
衆議院 しゅうぎいん
〔奥〕おくまる・おく
奥手 おくのて
奥方 おくがた
奥付 おくづけ
奥地 おくち
奥伝 おくでん
奥行 おくゆき
奥羽 おうう
奥床 おくゆかしい
奥底 おくそこ
奥深 おくぶかい
奥歯 おくば
奥義 おうぎ
奥様 おくさま
〔街〕がい・まち
街角 まちかど
街商 がいしょう
街道 かいどう
街路 がいろ
街路樹 がいろじゅ
街頭 がいとう
街燈 がいとう
〔御〕ご・ぎょ・お・おん・ぎょする
御七夜 おしちや
御人好 おひとよし
御下地 おしたじ

御上 おのぼりさん
御口 おちょぼぐち
御子 みこ
御天気屋 おてんきや
御不浄 ごふじょう
御互様 おたがいさま
御日様 おひさま
御中 おなか・おんちゅう
御水取 おみずとり
御手上 おてあげ
御手玉 おてだま
御手付 おてつき
御手伝 おてつだい
御手洗 みたらし
御手柔 おてやわらかに
御手盛 おてもり
御仁 ごじん
御化 おばけ
御父 おとうさん
御方 おかた
御玉杓子 おたまじゃくし
御払箱 おはらいばこ
御世辞 おせじ
御世話 おせわ
御札 おふだ
御目玉 おめだま
御目出度 おめでた・おめでとう
御目見得 おめみえ
御生憎様 おあいにくさま
御仕着 おしきせ
御仕舞 おしまい
御用 ごよう
御用学者 ごようがくしゃ
御用始 ごようはじめ
御用納 ごようおさめ
御用商人 ごようしょうにん
御用達 ごようたし
御用新聞 ごようしんぶん
御用聞 ごようきき
御礼 おれい
御召 おめし
御存 ごぞんじ
御当所 ごとうしょ

御早 おはよう
御年玉 おとしだま
御多福風 おたふくかぜ
御守 おまもり
御宅 おたく
御安 おやすい
御巡 おまわり
御形 ごぎょう
御花畑 おはなばたけ
御来光 ごらいこう
御見逸 おみそれ
御足 おあし
御足労 ごそくろう
御告 おつげ
御利益 ごりやく
御伽 おとぎ
御伽草子 おとぎぞうし
御伽噺 おとぎばなし
御返 おかえし
御言葉 おことば
御冷 おひや
御初 おはつ
御忍 おしのび
御者 ぎょしゃ
御披露目 おひろめ
御苦労 ごくろう
御虎子 おまる
御供 おそなえ・おとも
御使 おつかい
御所 ごしょ
御免 ごめん
御陀仏 おだぶつ
御茶 おちゃ
御盆 おぼん
御負 おまけ
御前 おまえ・ごぜん
御洒落 おしゃれ
御祖母 おばあさん
御神酒 おみき
御神輿 おみこし
御神籤 おみくじ
御荷物 おにもつ
御株 おかぶ
御破算 ごはさん
御恩 ごおん
御針 おはり
御針子 おはりこ

御座 ござる
御座所 ござしょ
御涙 おなみだ
御流水 おながれ
御浸 おひたし
御浚 おさらい
御通 おとおし
御納戸色 おなんどいろ
御都合主義 ごつごうしゅぎ
御転婆 おてんば
御曹子 おんぞうし
御曹司 おんぞうし
御移 おうつり
御袋 おふくろ
御祭 おまつり
御粘 おねば
御粗末 おそまつ
御婆 おばあさん
御強 おこわ
御陵 ごりょう
御陰 おかげ
御握 おにぎり
御喋 おしゃべり
御開 おひらき
御無用 ごむよう
御無沙汰 ごぶさた
御御御付 おみおつけ
御飯 ごはん
御粧 おめかし
御弾 おはじき
御結 おむすび
御絞 おしぼり
御馴染 おなじみ
御萩 おはぎ
御辞儀 おじぎ
御節 おせち
御節介 おせっかい
御節料理 おせちりょうり
御鉢 おはち
御腹 おなか
御触 おふれ
御意 ぎょい
御殿 ごてん
御霊 みたま
御幣 ごへい
御影石 みかげいし
御膝下 おひざもと

御調子者 おちょうしもの
御慰 おなぐさみ
御馳走 ごちそう
御馳走様 ごちそうさま
御機嫌 ごきげん
御膳 ごぜん
御膳立 おぜんだて
御燈 みあかし
御嬢様 おじょうさま
御覧 ごらん
御襁褓 おむつ
御題目 おだいもく
御囃子 おはやし
〔復〕ふく・ふくする
復元 ふくげん
復刊 ふっかん
復古 ふっこ
復氷 ふくひょう
復位 ふくい
復命 ふくめい
復学 ふくがく
復姓 ふくせい
復活 ふっかつ
復活祭 ふっかつさい
復原 ふくげん
復原力 ふくげんりょく
復員 ふくいん
復席 ふくせき
復帰 ふっき
復唱 ふくしょう
復習 ふくしゅう
復業 ふくぎょう
復路 ふくろ
復製 ふくせい
復誦 ふくしょう
復調 ふくちょう
復線 ふくせん
復縁 ふくえん
復興 ふっこう
復舊 ふっきゅう
復職 ふくしょく
復籍 ふくせき
復讐 ふくしゅう
〔循〕じゅん
循環 じゅんかん
循環小数 じゅんかんしょうすう

循環器 じゅんかんき
〔須〕しゅ
須臾 しゅゆ
須弥山 しゅみせん
〔雇〕こ・やとい・やとう
雇人 やといにん
雇用 こよう
雇用保険 こようほけん
雇主 やといぬし
雇員 こいん
〔鉅〕きょ
〔鈍〕どん・にぶい・のろい
鈍才 どんさい
鈍行 どんこう
鈍角 どんかく
鈍物 どんぶつ
鈍重 どんじゅう
鈍麻 どんま
鈍痛 どんつう
鈍感 どんかん
鈍器 どんき
鈍磨 どんま
〔鈔〕しょう
〔鈑〕ばん
鈑金 ばんきん
〔欽〕きん・つつしむ
鈎針 かぎばり
〔翕〕きゅう
〔番〕ばん・つがう・つがい・つがえる
番人 ばんにん
番小屋 ばんごや
番犬 ばんけん
番号 ばんごう
番付 ばんづけ
番外 ばんがい
番台 ばんだい
番地 ばんち
番兵 ばんぺい
番狂 ばんくるわせ
番長 ばんちょう
番所 ばんしょ
番卒 ばんそつ
番茶 ばんちゃ
番組 ばんぐみ
番傘 ばんがさ
番数 ばんかず

番頭 ばんとう

〔釉〕ゆう・うわぐすり

釉薬 ゆうやく

〔傘〕さん・かさ

傘下 さんか

〔貂〕ちょう

〔創〕そう

創刊 そうかん

創世紀 そうせいき

創立 そうりつ

創見 そうけん

創作 そうさく

創始 そうし

創面 そうめん

創建 そうけん

創造 そうぞう

創造力 そうぞうりょく

創案 そうあん

創設 そうせつ

創痕 そうこん

創業 そうぎょう

創傷 そうしょう

創意 そうい

創製 そうせい

〔飯〕はん・めし・いい・まま・まんま

飯杓子 めしじゃくし

飯事 ままごと

飯炊 めしたき

飯屋 めしや

飯盒 はんごう

飯粒 めしつぶ

飯場 はんば

飯櫃 めしびつ

〔飲〕いん・のむ・のます

飲干 のみほす

飲下 のみくだす

飲水 のみみず

飲込 のみこみ・のみこむ

飲用 いんよう

飲回 のみまわす

飲歩 のみあるく

飲明 のみあかす

飲物 のみもの

飲食 いんしょく・のみくい

飲屋 のみや

飲倒 のみたおす

飲料 いんりょう

飲料水 いんりょうすい

飲酒 いんしゅ

飲過 のみすぎ

飲薬 のみぐすり

〔脹〕ちょう・ふくむ・ふくれる・ふくらす

脹脛 ふくらはぎ

〔腓〕ひ・こぶら・こむら

腓腸筋 はいちょうきん

〔脾〕ひ

脾脱疽 ひだっそ

脾腹 ひばら

脾臓 ひぞう

〔腋〕えき・わき

腋臭 わきが

腋窩 えきが

〔腑〕ふ

腑抜 ふぬけ

〔勝〕しょう・かち・がち・すぐれる・まさる

勝手 かって

勝手口 かってぐち

勝目 かちめ

勝地 しょうち

勝因 しょういん

勝気 かちき

勝抜 かちぬく

勝抜戦 かちぬきせん

勝利 しょうり

勝局 しょうきょく

勝者 しょうしゃ

勝取 かちとる

勝負 かちまけ・しょうぶ

勝負事 しょうぶごと

勝負師 しょうぶし

勝敗 しょうはい

勝率 しょうりつ

勝越 かちこす

勝報 しょうほう

勝訴 しょうそ

勝着 しょうちゃく

勝運 しょううん

勝勢 しょうせい

勝算 しょうさん

勝機 しょうき

勝鬨 かちどき

勝鬨 かちほこる

〔腔〕こう

腔腸動物 こうちょうどうぶつ

〔腕〕わん・うで・かいな

腕力 わんりょく

腕木 うでぎ

腕比 うでくらべ

腕白 わんぱく

腕立 うでだて

腕利 うできき

腕相撲 うでずもう

腕前 うでまえ

腕首 うでくび

腕時計 うでどけい

腕捲 うでまくり

腕章 わんしょう

腕組 うでぐみ

腕達者 うでだっしゃ

腕揃 うでぞろい

腕節 うでっぷし

腕試 うでだめし

腕輪 うでわ

〔象〕しょう・ぞう・かたどる・きさ

象牙 ぞうげ

象牙質 ぞうげしつ

象虫 ぞうむし

象形 しょうけい

象限 しょうげん

象眼 ぞうがん

象亀 ぞうがめ

象嵌 ぞうがん

象徴 しょうちょう

象徴主義 しょうちょうしゅぎ

象徴詩 しょうちょうし

〔猪〕ちょ・しし・いのしし・いのこ

猪口 ちょく・ちょこ

猪口才 ちょこざい

猪口船 ちょきぶね

猪突 ちょとつ

猪首 いくび

〔猩〕しょう

猩紅熱 しょうこうねつ

猩猩 しょうじょう

猩猩緋 しょうじょうひ

猩猩蠅 しょうじょうばえ

〔猥〕わい・みだり・みだら・みだる

猥本 わいほん

猥雑 わいざつ

猥談 わいだん

猥褻 わいせつ

〔猶〕ゆう・なお

猶予 ゆうよ

猶猶 なおなお

〔艇〕てい

〔然〕ぜん・ねん・さる・しかし・しかして・しかも・しからば・しかり・しかる・しかれども

然可 しかるべき・しかるべく

然乍 しかしながら

然然 しかじか

〔貿〕ぼう

貿易 ぼうえき

貿易外取引 ぼうえきがいとりひき

貿易赤字 ぼうえきあかじ

貿易取引 ぼうえきとりひき

貿易風 ぼうえきふう

貿易黒字 ぼうえきくろじ

〔証〕しょう・しょうする・あかし

証人 しょうにん

証文 しょうもん

証左 しょうさ

証言 しょうげん

証言拒絶権 しょうげんきょぜつけん

証拠 しょうこ

証明 しょうめい

証券 しょうけん

証書 しょうしょ

証紙 しょうし

証票 しょうひょう

証跡 しょうせき
証憑 しょうひょう
〔評〕ひょう
評言 ひょうげん
評判 ひょうばん
評決 ひょうけつ
評者 ひょうしゃ
評価 ひょうか
評定 ひょうじょう・ひょうてい
評点 ひょうてん
評語 ひょうご
評論 ひょうろん
評壇 ひょうだん
評議 ひょうぎ
〔詛〕のろい・のろう
〔詐〕さ・いつわり・いつわる
詐取 さしゅ
詐欺 さぎ
詐欺行為 さぎこうい
〔訴〕そ・うりたえ・うったえる
訴人 そにん
訴因 そいん
訴状 そじょう
訴追 そつい
訴訟 そしょう
訴答 そとう
訴権 そけん
訴願 そがん
〔診〕しん
診断 しんだん
診察 しんさつ
診療 しんりょう
〔註〕ちゅう・ちゅうする
註文 ちゅうもん
註記 ちゅうき
註釈 ちゅうしゃく
註解 ちゅうかい
〔詠〕えい・うたう・ながむ・ながめ
詠唱 えいしょう
詠嘆 えいたん
〔詞〕し・ことば
詞章 ししょう
〔詔〕しょう・みことのり
詔勅 しょうちょく

詔書 しょうしょ
〔装〕そう・しょう・よそう・よそおう
装丁 そうてい
装甲 そうこう
装束 しょうぞく
装身具 そうしんぐ
装具 そうぐ
装荷 そうか
装備 そうび
装粧品 そうしょうひん
装填 そうてん
装置 そうち
装飾 そうしょく
〔就〕しゅう・つく・ついて
就任 しゅうにん
就床 しゅうしょう
就労 しゅうろう
就学 しゅうがく
就眠 しゅうみん
就航 しゅうこう
就業 しゅうぎょう
就園 しゅうえん
就働 しゅうどう
就寝 しゅうしん
就職 しゅうしょく
〔廂〕ひさし
〔蛮〕ばん・えびす
蛮行 ばんこう
蛮勇 ばんゆう
〔痣〕あざ
〔痘〕とう
痘痕 あばた・いも
〔痞〕つかえる・つかえ
痙攣 けいれん
〔痩〕そう・やせ・やせる・やすこける
〔痛〕つう・いたい・いたむ・いためる
痛入 いたみいる
痛切 つうせつ
痛心 つうしん
痛打 つうだ
痛快 つうかい
痛苦 つうく
痛点 つうてん
痛風 つうふう

痛恨 つうこん
痛烈 つうれつ
痛哭 つうこく
痛惜 つうせき
痛棒 つうぼう
痛飲 つういん
痛痛 いたいたしい
痛覚 つうかく
痛感 つうかん
痛撃 つうげき
痛論 つうろん
痛憤 つうふん
痛□ つうば
痛癢 つうよう
〔廊〕ろう・ひさし
廊下 ろうか
〔廃〕はい・すたる・すたれる
廃人 はいじん
廃山 はいざん
廃止 はいし
廃水 はいすい
廃刊 はいかん
廃石 はいせき
廃寺 はいじ
廃休 はいきゅう
廃合 はいごう
廃坑 はいこう
廃材 はいざい
廃村 はいそん
廃車 はいしゃ
廃兵 はいへい
廃位 はいい
廃物 すたりもの・はいぶつ
廃油 はいゆ
廃学 はいがく
廃官 はいかん
廃城 はいじょう
廃品 はいひん
廃帝 はいてい
廃校 はいこう
廃疾 はいしつ
廃消 はいしょう
廃家 はいか
廃案 はいあん
廃船 はいせん
廃液 はいえき
廃娼 はいしょう
廃絶 はいぜつ

廃業 はいぎょう
廃園 はいえん
廃鉱 はいこう
廃棄 はいき
廃滅 はいめつ
廃語 はいご
廃嫡 はいちゃく
廃墟 はいきょ
廃盤 はいばん
廃線 はいせん
廃頽 はいたい
廃藩置県 はいはんちけん
廃艦 はいかん
〔竦〕しょう・すくむ・すくめる
竦然 しょうぜん
〔童〕どう・わらわ・わらべ・わらんべ・わらわべ
童子 どうじ
童女 どうじょ
童心 どうしん
童画 どうが
童貞 どうてい
童詩 どうし
童話 どうわ
童歌 わらべうた
童謡 どうよう
童顔 どうがん
〔竣〕しゅん
竣工 しゅんこう
竣功 しゅんこう
竣成 しゅんせい
〔遊〕ゆう・あそばす・あそび・あそぶ・すさび
遊山 ゆさん
遊子 ゆうし
遊女 ゆうじょ
遊水池 ゆうすいち
遊民 ゆうみん
遊休 ゆうきゅう
遊行 ゆうこう
遊芸 ゆうげい
遊里 ゆうり
遊冶郎 ゆうやろう
遊歩 ゆうほ
遊歩道 ゆうほどう
遊牧 ゆうぼく

遊牧民 ゆうぼくみん
遊金 ゆうきん
遊泳 ゆうえい
遊学 ゆうがく
遊星 ゆうせい
遊俠 ゆうきょう
遊客 ゆうかく・ゆう
　きゃく
遊軍 ゆうぐん
遊動円木 ゆうどうえ
　んぼく
遊猟 ゆうりょう
遊郭 ゆうかく
遊園地 ゆうえんち
遊楽 ゆうらく
遊資 ゆうし
遊歴 ゆうれき
遊説 ゆうぜい
遊撃 ゆうげき
遊撃手 ゆうげきしゅ
遊戯 ゆうぎ
遊蕩 ゆうとう
遊興 ゆうきょう
遊覧 ゆうらん
遊離 ゆうり
〔翔〕しょう・かける
　・かけろう
翔破 しょうは
〔着〕ちゃく・き・き
　せる・きる・つく・
　つける
着工 ちゃっこう
着丈 きたけ
着水 ちゃくすい
着手 ちゃくしゅ
着火 ちゃっか
着払 ちゃくばらい
着古 きふるし
着目 ちゃくもく
着付 きつけ
着込 きこむ
着用 ちゃくよう
着地 ちゃくち
着任 ちゃくにん
着色 ちゃくしょく
着衣 ちゃくい
着床 ちゃくしょう
着岸 ちゃくがん
着物 きもの
着服 ちゃくふく

着実 ちゃくじつ
着信 ちゃくしん
着発 ちゃくはつ
着荷 ちゃっか
着席 ちゃくせき
着座 ちゃくざ
着流 きながし
着眼 ちゃくがん
着崩 きくずれ
着陸 ちゃくりく
着替 きがえ・きかえ
　る
着散 きちらす
着帽 ちゃくぼう
着筆 ちゃくひつ
着順 ちゃくじゅん
着痩 きやせ
着着 ちゃくちゃく
　（と）
着道楽 きどうらく
着弾 ちゃくだん
着想 ちゃくそう
着飾 きかざる
着意 ちゃくい
着駅 ちゃくえき
〔羨〕せん・うらやま
　しい・うらやむ・う
　らやみ
羨望 せんぼう
羨道 えんどう
〔善〕ぜん・よい
善人 ぜんにん
善心 ぜんしん
善玉 ぜんだま
善用 ぜんよう
善処 ぜんしょ
善行 ぜんこう
善男善女 ぜんなんぜ
　んにょ
善政 ぜんせい
善後策 ぜんごさく
善美 ぜんび
善悪 ぜんあく
善意 ぜんい
善戦 ぜんせん
〔普〕ふ・あまねく・
　あまねし
普及 ふきゅう
普及版 ふきゅうばん
普天 ふてん

普化僧 ふけそう
普茶料理 ふちゃりょ
　うり
普段 ふだん
普段着 ふだんぎ
普通 ふつう
普通名詞 ふつうめい
　し
普通株 ふつうかぶ
普通選挙 ふつうせん
　きょ
普遍 ふへん
普遍性 ふへんせい
普請 ふしん
〔尊〕そん・たっとい・
　とうとい・とうとむ
　・とうとぶ
尊大 そんだい
尊父 そんぷ
尊名 そんめい
尊重 そんちょう
尊皇攘夷 そんのうじ
　ょうい
尊卑 そんぴ
尊称 そんしょう
尊敬 そんけい
尊敬語 そんけいご
尊属 そんぞく
尊属殺人 そんぞくさ
　つじん
尊厳 そんげん
尊顔 そんがん
〔道〕どう・みち・み
　ちすがら
道中 どうちゅう・み
　ちなか
道化 どうけ
道糸 みちいと
道床 どうしょう
道具 どうぐ
道具方 どうぐがた
道草 みちくさ
道俗 どうぞく
道祖神 どうそじん
道連 みちづれ
道破 どうは
道案内 みちあんない
道理 どうり
道教 どうきょう
道産子 どさんこ
道場 どうじょう

道程 どうてい
道筋 みちすじ
道順 みちじゅん
道普請 みちぶしん
道道 みちみち
道路 どうろ
道楽 どうらく
道義 どうぎ
道徳 どうとく
道端 みちばた
道標 どうひょう
道聴塗説 どうちょう
　とせつ
〔遂〕すい・ついに・
　とげる
遂行 すいこう
曾 かつて
曾祖父 そうそふ
曾祖母 そうそぼ
曾孫 そうそん・ひこ
〔焼〕しょう・やき・
　やく・やけ・やける
焼入 やきいれ
焼切 やききる
焼打 やきうち
焼払 やきはらう
焼失 しょうしつ
焼付 やきつく・やき
　つけ・やきつける・
　やけつく
焼穴 やけあな
焼出 やけだされる
焼芋 やきいも
焼死 しょうし
焼成 しょうせい
焼夷弾 しょういだん
焼肉 やきにく
焼印 やきいん
焼尽 しょうじん
焼売 シューマイ
焼却 しょうきゃく
焼戻 やきもどし
焼串 やきぐし
焼身 しょうしん
焼灼 しょうしゃく
焼直 やきなおし
焼物 やきもの
焼金 やきがね
焼香 しょうこう
焼畑 やきばた

焼酎 しょうちゅう
焼殺 しょうさつ
焼野原 やけのはら
焼鳥 やきとり
焼豚 やきぶた
焼魚 やきざかな
焼場 やきば
焼落 やけおちる
焼鈍 しょうどん
焼飯 やきめし
焼絵 やきえ
焼損 しょうそん
焼跡 やけあと
焼増 やきまし
焼網 やきあみ
〔焜〕こん
焜炉 こんろ
〔焔〕ほのお・ほむら
〔焠〕さい・ゼ・なます
〔焙〕はい・ほう・あぶる
焙出 あぶりだし
焙烙 ほうろく
〔湊〕そう・みなと
〔湛〕たん・たたえる・たたう
〔満〕まん・みたす・みちる・みつ
満了 まんりょう
満干 みちひ
満山 まんざん
満天 まんてん
満天下 まんてんか
満水 まんすい
満月 まんげつ
満欠 みちかけ
満年齢 まんねんれい
満更 まんざら
満足 まんぞく・みちたりる
満作 まんさく
満身 まんしん
満身創痍 まんしんそうい
満杯 まんぱい
満面 まんめん
満点 まんてん
満員 まんいん
満席 まんせき

満座 まんざ
満悦 まんえつ
満場 まんじょう
満期 まんき
満遍 まんべんなく
満喫 まんきつ
満開 まんかい
満満 まんまん
満載 まんさい
満腹 まんぷく
満潮 まんちょう・みちしお
満願 まんがん
〔港〕こう・みなと
港口 こうこう
港外 こうがい
港町 みなとまち
港湾 こうわん
〔渫〕せつ・さらう
〔湖〕こ・みずうみ
湖水 こすい
湖沼 こしょう
湖畔 こはん
〔渣〕さ
〔湘〕しょう
湘南 しょうなん
〔湮〕えん・ん
湮没 いんぼつ
湮滅 いんめつ
〔減〕げん・へす・へらす・へる
減少 げんしょう
減水 げんすい
減反 げんたん
減収 げんしゅう
減目 へしめ
減刑 げんけい
減色法 げんしょくほう
減却 げんきゃく
減作 げんさく
減価償却 げんかしょうきゃく
減免 げんめん
減法 げんぼう
減点 げんてん
減食 げんしょく
減退 げんたい
減速 げんそく
減配 けんぱい

減員 げんいん
減俸 げんぼう
減殺 げんさい
減産 げんさん
減量 げんりょう
減税 げんぜい
減給 げんきゅう
減損 げんそん
減数分裂 げんすうぶんれつ
減算 げんざん
減額 げんがく
〔渺〕びょう
渺茫 びょうぼう
〔測〕そく・はかり・はかる
測定 そくてい
測候所 そっこうじょ
測量 そくりょう
〔湯〕とう・ゆ
湯土 ゆもと
湯上 ゆあがり
湯川秀樹 ゆかわひでき
湯中 ゆあたり
湯水 ゆみず
湯本 ゆもと
湯気 ゆげ
湯豆腐 ゆどうふ
湯冷 ゆさまし・ゆざめ
湯沸 ゆわかし
湯治 とうじ
湯垢 ゆあか
湯浴 ゆあみ
湯桶 ゆとう
湯船 ゆぶね
湯婆 たんぽ
湯葉 ゆば
湯飲 ゆのみ
湯掻 ゆがく
湯煎 ゆせん
湯煙 ゆけむり
湯殿 ゆどの
湯銭 ゆせん
湯熨 ゆのし
湯薬 とうやく
湯灌 ゆかん
〔湿〕しつ・しめす・しめり・しめる

湿布 しっぷ
湿地 しっち
湿気 しけ・しっき・しっけ・しめりけ
湿性 しっせい
湿度 しつど
湿原 しつげん
湿疹 しっしん
湿潤 しつじゅん
〔温〕おん・ぬくい・ぬくまる・ぬくみ・ぬくめる・ぬくもり・ぬくもる・ぬるい・ぬるむ・あたたまる・あたたか・あたたかい・あたためる
温水 おんすい
温存 おんぞん
温灰 ぬくばい
温血動物 おんけつどうぶつ
温床 おんしょう
温良 おんりょう
温和 おんわ
温突 オンドル
温故知新 おんこちしん
温厚 おんこう
温泉 おんせん
温度 おんど
温度計 おんどけい
温室 おんしつ
温室育 おんしつそだち
温柔 おんじゅう
温帯 おんたい
温帯低気圧 おんたいていきあつ
温情 おんじょう
温順 おんじゅん
温雅 おんが
温暖 おんだん
温暖前線 おんだんぜんせん
温顔 おんがん
渇望 かつぼう
〔渦〕か・うず
渦中 かちゅう
渦巻 うずまき
渦巻 うずまく
渦紋 かもん

渦潮 うずしお
溲瓶 しびん
〔淵〕 えん・ふぢ
淵源 えんげん
淵藪 えんそう
〔涅〕 ね・くり
〔渙〕 かん
〔渡〕 と・わたし・わ
　たす・わたり・わた
　る
渡世 とせい
渡舟 わたしぶね
渡合 わたりあう
渡守 わたしもり
渡来 とらい
渡来人 とらいじん
渡初 わたりぞめ
渡者 わたりもの
渡板 わたりいた
渡歩 わたりあるく
渡河 とか
渡洋 とよう
渡株 わたしかぶ
渡航 とこう
渡鳥 わたりどり
渡船 わたしぶね
渡渉 としょう
渡場 わたしば
〔湾〕 わん
湾入 わんにゅう
湾曲 わんきょく
湾岸 わんがん
〔游〕 ゆう・およぐ
〔滋〕 じ
滋雨 じう
滋味 じみ
滋養 じよう
〔渾〕 こん
渾天儀 こんてんぎ
渾名 あだな
渾身 こんしん
〔湑〕 しょ・したむ
〔湧〕 ゆう・わく・わ
　かす
〔慌〕 こう・あわてる
　・あわただしい
慌者 あわてもの
〔惰〕 だ
惰力 だりょく
惰性 だせい

惰眠 だみん
〔惻〕 そく
惻隠 そくいん
〔愕〕 がく
愕然 がくぜん
〔愉〕 ゆ
愉快 ゆかい
愉悦 ゆえつ
〔悩〕 のう・なやまし
　い・なやます・なや
　み・なやむ・なやめ
　る
〔覚〕 かく・おぼえ・
　おぼえる・おぼしい
　・おとる・さとり・
　さます・さめる
覚束 おぼつかない
覚悟 かくご
覚書 おぼえがき
覚醒 かくせい
覚醒剤 かくせいざい
〔営〕 えい・いとなむ
　・いとなみ
営利 えいり
営林 えいりん
営為 えいい
営営 えいえい
営業 えいぎょう
営業収入 えいぎょう
　しゅうにゅう
営業主 えいぎょうし
　ゅ
営業許可 えいぎょう
　きょか
営業許可証 えいぎょ
　うきょかしょう
営繕 えいぜん
〔寒〕 かん・さむい
寒入 かんのいり
寒天 かんてん
寒中 かんちゅう
寒心 かんしん
寒地 かんち
寒気 かんき・さむけ
寒気団 かんきだん
寒色 かんしょく
寒村 かんそん
寒卵 かんたまご
寒冷 かんれい
寒冷前線 かんれいぜ
　んせん

寒冷紗 かんれいしゃ
寒明 かんあけ
寒念仏 かんねんぶつ
寒肥 かんごえ
寒夜 かんや
寒波 かんぱ
寒空 さむぞら
寒風 かんぷう
寒帯 かんたい
寒梅 かんばい
寒烈 かんれつ
寒剤 かんざい
寒流 かんりゅう
寒害 かんがい
寒暑 かんしょ
寒寒 さむざむ
寒雷 かんらい
寒暖 かんだん
寒暖計 かんだんけい
寒稽古 かんげいこ
寒餅 かんもち
寒鮒 かんぶな
寒露 かんろ
〔富〕 ふ・とみ・とむ
富士 ふじ
富士山 ふじさん
富士額 ふじびたい
富民 ふみん
富者 ふしゃ
富国 ふこく
富国強兵 ふこくきょ
　うへい
富栄 とみさかえる
富家 ふうか
富商 ふしょう
富強 ふきょう
富貴 ふうき
富貴豆 ふきまめ
富裕 ふゆう
富農 ふのう
富鉱 ふこう
富源 ふげん
富豪 ふごう
〔寓〕 ぐう・ぐうする
寓目 ぐうもく
寓言 ぐうげん
寓居 ぐうきょ
寓話 ぐうわ
寓意 ぐうい

〔割〕 かつ・さく・わ
　り・わる・われる
割下 わりした
割木 わりき
割切 わりきる・わり
　きれる
割引 わりびき・わり
　びく
割目 われめ
割付 わりつけ
割込 わりこみ・わり
　こむ
割出 わりだす
割当 わりあて・わり
　あてる
割印 わりいん
割合 わりあい
割米 わりごめ
割安 わりやす
割戻 わりもどし・わ
　りもどす
割判 わりはん
割拠 かっきょ
割易 われやすい
割物 われもの
割注 わりちゅう
割前 わりまえ
割振 わりふり・わり
　ふる
割栗 わりぐり
割高 わりだか
割書 わりがき
割勘 わりかん
割符 わりふ
割烹 かっぽう
割烹料理 かっぽうり
　ょうり
割烹着 かっぽうぎ
割愛 かつあい
割腹 かっぷく
割増 わりまし
割算 わりざん
割賦 かっぷ
割賦金 かっぷきん
割箸 わりばし
割線 かっせん
割譲 かつじょう
〔窖〕 こう・あなぐら
〔箸〕 たしなめる
〔運〕 うん・はこび・
　はこぶ

運込 はこびこむ	補筆 ほひつ	遅生 おそうまれ	うとましい・おろか
運用 うんよう	補給 ほきゅう	遅延 ちえん	・おろそか・まばら
運出 はこびだす	補給金 ほきゅうきん	遅効 ちこう	疎水 そすい
運気 うんき	補填 ほてん	遅刻 ちこく	疎外 そがい
運休 うんきゅう	補数 ほすう	遅参 ちさん	疎外感 そがいかん
運任 うんまかせ	補語 ほご	遅咲 おそざき	疎抜 うろぬく
運行 うんこう	補説 ほせつ	遅配 ちはい	疎通 そつう
運否天賦 うんぷてん	補遺 ほい	遅筆 ちひつ	疎略 そりゃく
ぷ	補導 ほどう	遅鈍 ちどん	疎密 そみつ
運命 うんめい	補聴器 ほちょうき	遅番 おそばん	疎開 そかい
運命共同体 うんめい	補償 ほしょう	遅遅 ちち	疎遠 そえん
きょうどうたい	補償貿易 ほしょうぼ	遅滞 ちたい	疎隔 そかく
運命論 うんめいろん	うえき	遅寝 おそね	疎漏 そろう
運河 うんが	補講 ほこう	遅蒔 おそまき	〔疏〕そ
運送 うんそう	裲襠 うちかけ	遅疑 ちぎ	疏水 そすい
運航 うんこう	〔裕〕ゆう	遅霜 おそじも	靭帯 じんたい
運針 うんしん	裕福 ゆうふく	〔屢〕る・しば・しば	〔媒〕各ごい・なかだ
運転 うんてん	〔裙〕くん・すそ	しば	ち
運転手 うんてんしゅ	〔禄〕ろく	〔費〕ひ・ついやす	媒介 ばいかい
運動 うんどう	禄高 ろくだか	費目 ひもく	媒材 ばいざい
運筆 うんぴつ	〔冪〕みゃくべき	費用 ひよう	媒体 ばいたい
運営 うんえい	〔尋〕じん・ひろ・た	費消 ひしょう	媒染 ばいせん
運搬 うんぱん	ずねる	〔粥〕じゅく・かい・	媒酌 ばいしゃく
運勢 うんせい	尋常 じんじょう	かゆ	媒質 ばいしつ
運賃 うんちん	尋問 じんもん	〔弾〕だん・ひく・は	〔口〕おう・おうな
運試 うんだめし	〔悶〕もん・もだえる	じく・はじく・はじ	〔嫂〕そう・あによめ
運算 うんざん	悶死 もんし	ける・はずみ・はず	〔媚〕び・こびる
運輸 うんゆ	悶着 もんちゃく	む・たま	媚態 びたい
〔補〕ほ・ふ・おぎな	悶悶 もんもん	弾力 だんりょく	〔壻〕むこ
い・おぎなうおきぬ	悶絶 もんぜつ	弾丸 だんがん	婿入 むこいり
う おぎのう	〔覘〕し・のぞく	弾圧 だんあつ	〔賀〕が・がす
補欠 ほけつ	覘見 のぞきみ	弾出 はじきだす	賀正 がしょう
補正 ほせい	覘眼鏡 のぞきめがね	弾雨 だんう	賀状 がじょう
補回 ほかい	覘窓 のぞきまど	弾劾 だんがい	賀表 がひょう
補血 ほけつ	覘趣味 のぞきしゅみ	弾劾裁判所 だんがい	賀春 がしゅん
補色 ほしょく	〔犀〕せい・さい	さいばんしょ	賀詞 がし
補充 ほじゅう	〔属〕ぞく・しょく・	弾性 だんせい	〔登〕とう・のぼる・
補助 ほじょ	ぞくする	弾奏 だんそう	のぼり
補助動詞 ほじょどう	属目 しょくもく	弾倉 だんそう	登山 とざん
し	属地 ぞくち	弾除 たまよけ	登用 とうよう
補助貨幣 ほじょかへ	属国 ぞっこく	弾痕 だんこん	登庁 とうちょう
い	属性 ぞくせい	弾着 だんちゃく	登板 とうばん
補足 ほそく	属託 しょくたく	弾道 だんどう	登校 とうこう
補佐 ほさ	属望 しょくぼう	弾語 ひきがたり	登記 とうき
補角 ほかく	属領 ぞくりょう	弾薬 だんやく	登竜門 とうりゅうも
補注 ほちゅう	〔遅〕ち・おくらす・	弾薬盒 だんやくごう	ん
補修 ほしゅう	おくらせろ・おくれ	弾頭 だんとう	登降 とうこう
補記 ほき	・おくれる・おそい	〔巽〕そん・たつみ	登院 とういん
補強 ほきょう	・おそなわる	〔疎〕そ・うとい・う	登頂 とうちょう
補習 ほしゅう	遅払 ちはらい	とむ・うとんずる・	登場 とうじょう

登場人物 とうじょう
　じんぶつ
登極 とうきょく
登載 とうさい
登壇 とうだん
登録 とうろく
登攀 とうはん・とはん
登簿 とうぼ
〔皴〕しゅん・ひび・しわ
〔堕〕だ・だする
堕落 だらく
〔随〕ずい・したがえる・したがう・したがって
随一 ずいいち
随分 ずいぶん
随処 ずいしょ
随行 ずいこう
随伴 ずいはん
随身 ずいじん
随所 ずいしょ
随時 ずいじ
随員 ずいいん
随従 ずいじゅう
随喜 ずいき
随筆 ずいひつ
随筆家 ずいひつか
随想 ずいそう
随感 ずいかん
随意 ずいい
随意筋 ずいいきん
随徳寺 ずいとくじ
〔階〕かい
階下 かいか
階上 かいじょう
階名 かいめい
階段 かいだん
階段式 かいだんしき
階段教室 かいだんきょうしつ
階級 かいきゅう
階級闘争 かいきゅうとうそう
階梯 かいてい
階層 かいそう
〔陽〕よう・ひ
陽子 ようし
陽光 ようこう
陽気 ようき

陽狂 ようきょう
陽画 ようが
陽炎 かげろう
陽性 ようせい
陽春 ようしゅん
陽転 ようてん
陽動作戦 ようどうさくせん
陽報 ようほう
陽極 ようきょく
陽電子 ようでんし
陽電気 ようでんき
陽暦 ようれき
〔隅〕ぐう・ぐ・すみ・すみっこ
隅隅 すみずみ
〔隈〕わい・くま
隈取 くまどり
隈笹 くまざさ
隈無 くまなく
〔隊〕たい
隊列 たいれつ
隊伍 たいご
隊形 たいけい
隊長 たいちょう
隊員 たいいん
隊商 たいしょう
〔絨〕じゅう
絨毛 じゅうもう
絨毯 じゅうたん
絨緞 じゅうたん
〔結〕けつ・ゆわく・すく・むすび・むすぶ・ゆう
結上 ゆいあげる
結末 けつまつ
結石 けっせき
結氷 けっぴょう
結付 むすびつく
結成 けっせい
結団 けつだん
結合 けつごう
結束 けっそく
結社 けっしゃ
結尾 けつび
結局 けっきょく
結果 けっか
結実 けつじつ
結約 けつやく
結核 けっかく

結党 けっとう
結託 けったく
結納 ゆいのう
結紮 けっさつ
結婚 けっこん
結婚式 けっこんしき
結晶 けっしょう
結集 けっしゅう
結盟 けつめい
結腸 けっちょう
結滞 けったい
結構 けっこう
結膜炎 けつまくえん
結語 けつご
結論 けつろん
結審 けっしん
〔絎〕くける
〔絵〕かい・え
絵文字 えもじ
絵心 えごころ
絵本 えほん
絵地図 えちず
絵画 かいが
絵画的 かいがてき
絵具 えのぐ
絵空事 えそらごと
絵柄 えがら
絵巻物 えまきもの
絵馬 えま
絵葉書 えはがき
絵筆 えふで
絵解 えとき
〔給〕きゅう・たまえ・たもる
給与 きゅうよ
給水 きゅうすい
給仕 きゅうじ
給付 きゅうふ
給油 きゅうゆ
給食 きゅうしょく
給料 きゅうりょう
〔絢〕けん
絢爛 けんらん
〔絡〕らく・からむ・からげる・からまる
絡付 からみつく
絡繰 からくり
〔絶〕ぜつ・たえて・たやす・たえる・たつ・たえず

絶大 ぜつだい
絶世 ぜっせい
絶句 ぜっく
絶叫 ぜっきょう
絶交 ぜっこう
絶好 ぜっこう
絶体絶命 ぜったいぜつめい
絶対 ぜったい
絶対主義 ぜったいしゅぎ
絶対多数 ぜったいたすう
絶対値 ぜったいち
絶対視 ぜったいし
絶対温度 ぜったいおんど
絶妙 ぜつみょう
絶佳 ぜっか
絶版 ぜっぱん
絶命 ぜつめい
絶品 ぜっぴん
絶後 ぜつご
絶食 ぜっしょく
絶美 ぜっび
絶海 ぜっかい
絶倒 ぜっとう
絶倫 ぜつりん
絶息 ぜっそく
絶域 ぜついき
絶頂 ぜっちょう
絶唱 ぜっしょう
絶望 ぜつぼう
絶望的 ぜつぼうてき
絶景 ぜっけい
絶無 ぜつむ
絶筆 ぜっぴつ
絶勝 ぜっしょう
絶絶 たえだえ
絶遠 ぜつえん
絶滅 ぜつめつ
絶賛 ぜっさん
絶縁 ぜつえん
絶縁体 ぜつえんたい
絶壁 ぜっぺき
〔絞〕こう・しぼり・しぼる
絞上 しぼりあげる
絞首 こうしゅ
絞染 しぼりぞめ

絞殺 こうさつ
〔統〕とう・すべる・すばる・すぶ
統一 とういつ
統合 とうごう
統制 とうせい
統治 とうじ・とうち
統括 とうかつ
統帥 とうすい
統計 とうけい
統率 とうそつ
統率力 とうそつりょく
統裁 とうさい
統御 とうぎょ
統覚 とうかく
統監 とうかん
統轄 とうかつ
〔絣〕ほう・かすり
〔幾〕き・いく・いくつ・いくら
幾分 いくぶん
幾多 いくたの
幾何 きか
幾何学 きかがく
幾重 いくえ
幾度 いくたび・いくど

十三畫

〔瑋〕たい
〔瑞〕ずい・みず
瑞兆 ずいちょう
瑞祥 ずいしょう
瑞瑞 みずみずしい
瑜珈 ゆが
〔瑕〕か・きず
〔頑〕がん・かたくな
頑丈 がんじょう
頑固 がんこ
頑是 がんぜない
頑迷 がんめい
頑健 がんけん
頑張 がんばる
頑張屋 がんばりや
頑強 がんきょう
頑愚 がんぐ
摂氏 せっし
摂生 せっせい

摂取 せっしゅ
摂政 せっしょう
摂理 せつり
摂関政治 せっかんせいじ
〔載〕さい・のせる
〔搏〕はく
搏動 はくどう
〔馴〕じゅん・なれ・なわる
馴化 じゅんか
馴合 なれあう
馴初 なれそめ
馴染 なじみ・なじむ
填込 はめこむ
〔惹〕ひかれる・ひく
惹起 じゃっき
〔韮〕きゅう・にら
〔葺〕しゅう・ふく
葺板 ふきいた
蒿苣 ちさ
〔萼〕がく・うてな
〔萩〕ジュウ・はぎ
萩原朔太郎 はぎわらさくたろう
〔雅〕が・みやびやか
雅号 がごう
雅称 がしょう
雅量 がりょう
雅楽 ががく
雅語 がご
雅趣 がしゅ
〔葡〕ほ・ぶ
葡萄 ぶどう
葡萄酒 ぶどうしゅ
葡萄糖 ぶどうとう
〔葱〕そう・ねぎ
〔葷〕くん
〔塒〕ねぐら・とや・とぐら
〔損〕そん・そこなう・そこねる
損失 そんしつ
損耗 そんもう
損料 そんりょう
損益 そんえき
損害 そんがい
損害防止 そんがいぼうし
損害保険 そんがいほけん

損害賠償 そんがいばいしょう
損得 そんとく
損傷 そんしょう
損壊 そんかい
〔遠〕えん・とおい・とおざかる・とおざける・とおのくとおのける
遠大 えんだい
遠日点 えんじつてん
遠方 えんぽう
遠心力 えんしんりょく
遠目 とおめ
遠写 えんしゃ
遠出 とおで
遠因 えんいん
遠回 とおまわし・とおまわり
遠交近攻 えんこうきんこう
遠走 とおっぱしり
遠来 えんらい
遠足 えんそく
遠近 えんきん
遠近法 えんきんほう
遠歩 とおあるき
遠国 えんごく
遠征 えんせい
遠巻 とおまき
遠泳 えんえい
遠乗 とおのり
遠浅 とおあさ
遠海 えんかい
遠洋 えんよう
遠称 えんしょう
遠射砲 えんしゃほう
遠島 えんとう
遠戚 えんせき
遠眼 えんがん
遠望 えんぽう
遠視 えんし
遠景 えんけい
遠距離 えんきょり
遠雷 えんらい
遠路 えんろ
遠隔 えんかく
遠隔操作 えんかくそうさ
遠慮 えんりょ

遠縁 とおえん
遠謀 えんぼう
〔鼓〕こ・こする・つづみ
鼓弓 こきゅう
鼓吹 こすい
鼓動 こどう
鼓笛 こてき
鼓膜 こまく
鼓舞 こぶ
〔葦〕い・あし・よし
葦戸 よしど
葦原 あしはら
葦笛 あしぶえ
〔葵〕き・あおい
〔塩〕えん・しお
塩干 しおぼし
塩水 えんすい・しおみず
塩化 えんか
塩化水素 えんかすいそ
塩化亜鉛 えんかあえん
塩化物 えんかぶつ
塩化鉄 えんかてつ
塩分 えんぶん
塩田 えんでん
塩出 しおだし
塩気 しおけ
塩花 しおばな
塩辛 しおから
塩辛声 しおからごえ
塩胡椒 しおこしょう
塩素 えんそ
塩素水 えんそすい
塩素量 えんそりょう
塩素酸 えんそさん
塩茹 しおゆで
塩梅 あんばい
塩害 えんがい
塩基 えんき
塩魚 しおざかな
塩揉 しおもみ
塩焼 しおやき
塩蒸 しおむし
塩酸 えんさん
塩漬 しおづけ
塩鮭 しおざけ
塩類 えんるい

〔携〕けい・たずさえる・たずさわる
携行 けいこう
携帯 けいたい
携帯電話 けいたいでんわ
〔搗〕とう・つく
〔塊〕かい・かたまり・くれ
塊炭 かいたん
塊根 かいこん
塊茎 かいけい
〔搬〕はん
搬入 はんにゅう
搬出 はんしゅつ
搬送 はんそう
〔勢〕せい・いきおい
勢力 せいりょく
勢込 いきおいこむ
勢揃 せいぞろい
〔填〕てん・はまる・はめろ
〔跫〕きょう
〔搾〕さく・しぼり・しぼる
搾上 しぼりあげる
搾出 しぼりだす
搾取 さくしゅ
〔搦〕じゃく・からめる・からむ
搦手 からめて
搦捕 からめとる
〔搔〕そう・かく
搔分 かきわける
搔払 かっぱらい・かっぱらう
搔込 かっこむ
搔立 かきたてる
搔出 かいだす
搔回 かきまわす
搔乱 かきみだす
搔抱 かきいだく
搔巻 かいまき
搔捨 かきすて
搔掘 かいぼり
搔混 かきまぜる
搔寄 かきよせる
搔揚 かきあげる
搔鳴 かきならす
〔聖〕せい・しょう・ひじり

聖人 しょうにん・せいじん
聖天子 せいてんし
聖火 せいか
聖目 せいもく
聖代 せいだい
聖句 せいく
聖母 せいぼ
聖地 せいち
聖寿 せいじゅ
聖者 しょうじゃ・せいじゃ
聖画 せいが
聖典 せいてん
聖夜 せいや
聖帝 せいてい
聖徒 せいと
聖書 せいしょ
聖域 せいいき
聖教 せいきょう
聖堂 せいどう
聖衆 しょうじゅ
聖跡 せいせき
聖戦 せいせん
聖歌 せいか
聖像 せいぞう
聖徳太子 しょうとくたいし
聖霊 せいれい
聖誕祭 せいたんさい
聖廟 せいびょう
聖賢 せいけん
聖餐 せいさん
聖餐式 せいさんしき
聖職 せいしょく
聖観音 しょうかんのん
〔碁〕ご
碁打 ごうち
碁石 ごいし
碁笥 ごけ
碁盤 ごばん
碁敵 ごがたき
〔戡〕かん
〔蓋〕がい・おおう・けだし・ふた
蓋明 ふたあけ
蓋然性 がいぜんせい
〔靴〕か・くつ
靴下 くつした

靴墨 くつずみ
靴擦 くつずれ
莫 ご
〔墓〕ぼ・はか
墓石 はかいし・ぼせき
墓穴 ぼけつ
墓地 ぼち
墓所 はかしょ・はかどころ・ぼしょ
墓参 はかまいり・ぼさん
墓前 ぼぜん
墓原 はかはら
墓場 はかば
墓碑 ぼひ
墓碑銘 ぼひめい
墓誌銘 ぼしめい
墓標 はかじるし・ぼひょう
〔幕〕まく・ばく
幕下 まくした
幕切 まくぎれ
幕内 まくうち
幕末 ばくまつ
幕尻 まくじり
幕合 まくあい
幕府 ばくふ
幕開 まくあき
幕営 ばくえい
幕僚 ばくりょう
〔夢〕む・ゆめ・やみ・いめ
夢中 むちゅう
夢心地 ゆめごこち
夢幻 むげん
夢世 ゆめのよ
夢占 ゆめうらない
夢見 ゆめみ・ゆめみる
夢見心地 ゆめみごこち
夢物語 ゆめものがたり
夢現 ゆめうつつ
夢遊病 むゆうびょう
夢想 むそう
夢魔 むま
〔蒐〕しゅう
蒐集 しゅうしゅう

〔蓄〕ちく・たくおう・たくわえる
蓄音機 ちくおんき
蓄財 ちくざい
蓄電 ちくでん
蓄電池 ちくでんち
蓄電器 ちくでんき
蓄積 ちくせき
蓄膿症 ちくのうしょう
〔幹〕かん・から・みき
幹事 かんじ
幹部 かんぶ
幹線 かんせん
〔蒸〕じょう・ふかす・むし・むす
蒸気 じょうき
蒸返 むしかえす
蒸汽 じょうき
蒸物 むしもの
蒸発 じょうはつ
蒸留 じょうりゅう
蒸散 じょうさん
蒸暑 むしあつい
蒸焼 むしやき
蒸溜 じょうりゅう
蒸溜水 じょうりゅうすい
蒸器 むしき
蒸鍋 むしなべ
蒸籠 せいろう
〔献〕けん・こん・さげる
献上 けんじょう
献本 けんぽん
献立 こんだて
献血 けんけつ
献花 けんか
献呈 けんてい
献身 けんしん
献杯 けんぱい
献金 けんきん
献納 けんのう
献辞 けんじ
献燈 けんとう
〔楔〕けつ・せつ・くさび
楔形文字 くさびがたもじ・せっけいもじ
〔椿〕ちん・つばき

〔椹〕ちん・じん・さわら

〔椰〕や・やし

椰子 やし

〔楮〕じゃく・しもと

〔楠〕なん・くす・くすのき

〔禁〕きん・きんずる・きんじる

禁止 きんし

禁圧 きんあつ

禁令 きんれい

禁句 きんく

禁足 きんそく

禁忌 きんき

禁固 きんこ

禁制 きんせい

禁物 きんもつ

禁酒 きんしゅ

禁欲 きんよく

禁猟 きんりょう

禁断 きんだん

禁煙 きんえん

禁漁 きんりょう

禁慾 きんよく

禁輪 きんゆ

禁錮 きんこ

〔楚〕そ

楚楚 そそ

〔楝〕れん・おうち

〔楕〕だ

楕円 だえん

〔楷〕かい

楷書 かいしょ

〔楊〕よう

楊枝 ようじ

〔想〕そう・おもう

想定 そうてい

想起 そうき

想望 そうぼう

想像 そうぞう

想像力 そうぞうりょく

〔楫〕しゅう・かじ

〔榱〕すい・たるき

〔椴〕たん・とど

椴松 とどまつ

〔楯〕じゅん・たて

楯突 たてつく

〔嗇〕しょく・しわい

〔楡〕ゆ・にれ

〔楓〕ふう・かえで

〔楤〕たら

楤木 たらのき

楤穂 たらぼ

〔楼〕ろう

〔楢〕ゆう・しゅう・なら

〔榊〕さかき

〔椽〕てん・たるき

〔裘〕きゅう・かわごろも・けごろも

〔較〕かく・こう・くらぐる

〔腎〕じん・むらと

腎不全 じんふぜん

腎盂 じんう

腎炎 じんえん

腎臓 じんぞう

〔逼〕ひつ・せまる

逼迫 ひっぱく

逼塞 ひっそく

〔剽〕ひょう

剽窃 ひょうせつ

剽悍 ひょうかん

〔酩〕めい

酩酊 めいてい

〔酪〕らく

酪農 らくのう

酪製品 らくせいひん

〔酬〕しゅう・むくいる・むくゅ・むくい

〔蜃〕しん

蜃気楼 しんきろう

〔感〕かん・かんじ・かんじる

感化 かんか

感心 かんしん

感圧紙 かんあつし

感光 かんこう

感状 かんじょう

感応 かんのう

感知 かんち

感佩 かんぱい

感受性 かんじゅせい

感服 かんぷく

感泣 かんきゅう

感性 かんせい

感冒 かんぼう

感度 かんど

感染 かんせん

感涙 かんるい

感動 かんどう

感動詞 かんどうし

感情 かんじょう

感情論 かんじょうろん

感極 かんきわまる

感量 かんりょう

感無量 かんむりょう

感覚 かんかく

感覚的 かんかくてき

感覚神経 かんかくしんけい

感想 かんそう

感想文 かんそうぶん

感電 かんでん

感嘆 かんたん

感嘆符 かんたんふ

感嘆詞 かんたんし

感傷 かんしょう

感傷的 かんしょうてき

感触 かんしょく

感慨 かんがい

感慨無量 かんがいむりょう

感銘 かんめい

感奮 かんぷん

感興 かんきょう

感激 かんげき

感謝 かんしゃ

〔碍〕かい

碍子 がいし

〔碓〕からうす

〔硼〕ほう

硼化物 ほうかぶつ

硼砂 ほうしゃ

硼硅酸塩 ほうけいさんえん

硼酸 ほうさん

〔碇〕てい・いかり

〔碗〕わん

〔碌〕ろく・ろくに

碌碌 ろくろく

〔電〕でん・いなずま

電力 でんりょく

電子 でんし

電子投票 でんしとうひょう

電子図書 でんしとしょ

電子計算機 でんしけいさんき

電子音楽 でんしおんがく

電子書籍 でんししょせき

電子署名 でんししょめい

電子辞書 でんしじしょ

電子新聞 でんししんぶん

電子顕微鏡 でんしけんびきょう

電化 でんか

電文 でんぶん

電圧 でんあつ

電光 でんこう

電光石火 でんこうせっか

電気 でんき

電気分解 でんきぶんかい

電気炉 でんきろ

電池 でんち

電車 でんしゃ

電位 でんい

電卓 でんたく

電波 でんぱ

電柱 でんちゅう

電界 でんかい

電信 でんしん

電送 でんそう

電荷 でんか

電流 でんりゅう

電球 でんきゅう

電動 でんどう

電動機 でんどうき

電場 でんじょう

電報 でんぽう

電極 でんきょく

電蓄 でんちく

電路 でんろ

電解質 でんかいしつ

電話 でんわ

電源 でんげん

電磁石 でんじしゃく

電磁波 でんじは

電算機 でんさんき

電熱 でんねつ
電撃 でんげき
電請 でんせい
電線 でんせん
電機 でんき
電燈 でんとう
電離 でんり
電離層 でんりそう
〔雷〕らい・かみなり・いかずち
雷名 らいめい
雷雨 らいう
雷除 らいよけ
雷鳥 らいちょう
雷魚 らいぎょ
雷雲 らいうん
雷電 らいでん
雷鳴 らいめい
雷管 らいかん
雷撃 らいげき
〔零〕れい・こぼす・こぼれる
零下 れいか
零点 れいてん
零度 れいど
零時 れいじ
零敗 れいはい
零細 れいさい
零落 れいらく
零墨 れいぼく
〔雹〕ひょう
〔竪〕たて
竪穴 たてあな
竪琴 たてごと
〔頓〕とん・とみ・ひたぶる
頓才 とんさい
頓死 とんし
頓狂 とんきょう
頓知 とんち
頓服 とんぷく
頓珍漢 とんちんかん
頓首 とんしゅ
頓馬 とんま
頓挫 とんざ
頓悟 とんご
頓智 とんち
頓着 とんじゃく・とんちゃく
頓痴気 とんちき

〔督〕とく
督励 とくれい
督促 とくそく
督戦 とくせん
〔歳〕さい・とし・とせ
歳入 さいにゅう
歳月 さいげつ
歳末 さいまつ
歳出 さいしゅつ
歳計 さいけい
歳時記 さいじき
歳費 さいひ
歳暮 さいぼ・せいぼ
〔遉〕てい
〔虜〕りょ・とりこ
虜囚 りょしゅう
〔虞〕ぐ・おそれ
虞美人草 ぐびじんそう
〔業〕ぎょう・ごう・わざ・なり
業者 ぎょうしゃ
業物 わざもの
業界 ぎょうかい
業師 わざし
業務 ぎょうむ
業腹 ごうはら
業種 ぎょうしゅ
業績 ぎょうせき
業曝 ごうさらし
〔睹〕と・とす・みる
〔睦〕むつまじい・むつまやか・むつぶ・むつむ・むつみ
睦月 むつき
睦言 むつごと
〔睚〕がい・まなじり
〔睫〕まつげ
睫毛 まつげ
〔睡〕すい・ねむり・ねしる
睡眠 すいみん
睡眠口座 すいみんこうざ
睡眠薬 すいみんやく
睡蓮 すいれん
睡魔 すいま
〔睨〕げい・にらむ・にらみ
睨付 にらみつける

睨合 にらみあう・にらみあわせる
睨据 にらみすえる
〔雎〕しょ・き・い・みさで
〔賊〕ぞく
賊軍 ぞくぐん
〔賄〕わい・まかなう
賄方 まかないかた
賄賂 わいろ
〔鼎〕てい・かなえ
鼎立 ていりつ
鼎坐 ていざ
鼎談 ていだん
〔嗜〕し・たしなむ・たしむ
嗜好 しこう
嗜虐 しぎゃく
〔嘆〕たん・なげく・なげき・なげかわしい
嘆声 たんせい
嘆息 たんそく
嘆賞 たんしょう
嘆願 たんがん
〔愚〕ぐ・おろか
愚劣 ぐれつ
愚見 ぐけん
愚図 ぐず・ぐずる
愚図愚図 ぐずぐず
愚作 ぐさく
愚者 ぐしゃ
愚直 ぐちょく
愚昧 ぐまい
愚連隊 ぐれんたい
愚息 ぐそく
愚問 ぐもん
愚策 ぐさく
愚鈍 ぐどん
愚痴 ぐち
愚説 ぐせつ
愚論 ぐろん
〔閘〕こう
閘門 こうもん
〔嗄〕かる・かれる・からす・しゃがれる・しわがれる
〔暖〕だん・あたたか・あたたかい・あたたまる・あたためる
暖冬 だんとう

暖色 だんしょく
暖衣 だんい
暖房 だんぼう
暖国 だんごく
暖炉 だんろ
暖帯 だんたい
暖流 だんりゅう
〔盟〕めい
盟友 めいゆう
盟主 めいしゅ
盟邦 めいほう
盟約 めいやく
〔暗〕あん・あんに・くらい・くらむ・くらます・そうらんじる・そらんずる
暗中 あんちゅう
暗中摸索 あんちゅうもさく
暗示 あんじ
暗号 あんごう
暗号化 あんごうか
暗君 あんくん
暗所 くらいところ
暗夜 あんや
暗面 あんめん
暗室 あんしつ
暗紅色 あんこうしょく
暗射地図 あんしゃちず
暗殺 あんさつ
暗記 あんき
暗涙 あんるい
暗転 あんてん
暗黒 あんこく
暗唱 あんしょう
暗渠 あんきょ
暗雲 あんうん
暗喩 あんゆ
暗然 あんぜん
暗幕 あんまく
暗愚 あんぐ
暗暗裏 あんあんり
暗算 あんざん
暗誦 あんしょう
暗黙 あんもく
暗影 あんえい
暗箱 あんばこ
暗澹 あんたん

暗礁 あんしょう
暗闇 くらやみ
暗闘 あんとう
暗譜 あんぷ
暗躍 あんやく
暗鬱 あんうつ
〔暇〕か・いとま・ひま
暇人 ひまじん
暇乞 いとまごい
暇取 ひまどる
〔照〕しょう・てり・てる・てれる・てらす
照尺 しょうしゃく
照付 てりつける
照込 てりこむ
照会 しょうかい
照合 しょうごう・てらしあわせる・てりあう
照返 てりかえし
照応 しょうおう
照門 しょうもん
照明 しょうめい
照空灯 しょうくうとう
照映 てりはえる
照星 しょうせい
照臭 てれくさい
照度 しょうど
照屋 てれや
照射 しょうしゃ
照焼 てりやき
照準 しょうじゅん
照隠 てれかくし
照輝 てりかがやく
照顧 しょうこ
照魔鏡 しょうまきょう
〔畸〕き・かたわ
畸型 きけい
〔踐〕せん
踐祚 せんそ
〔跨〕こ・またぐ・またがる・またげる
跨線橋 こせんきょう
〔跣〕せん・はだし
〔跳〕ちょう・とぶ・はねる

跳上 とびあがる・はねあがり・はねあがる
跳回 はねまわる
跳返 はねかえす・はねかえる・はねっかえり
跳馬 ちょうば
跳起 はねおきる
跳梁 ちょうりょう
跳箱 とびばこ
跳橋 はねばし
跳躍 ちょうやく
〔跪〕き・ひざまずく
〔路〕ろ・じ・みち
路上 ろじょう
路辺 ろへん
路地 ろじ
路肩 ろかた
路面 ろめん
路傍 ろぼう
路標 ろひょう
路線 ろせん
路頭 ろとう
〔跡〕せき・あと・と
跡目 あとめ
跡形 あとかた
跡取 あととり
跡絶 とだえる
跡継 あとつぎ
〔園〕えん・その
園丁 えんてい
園地 えんち
園芸 えんげい
園児 えんじ
園長 えんちょう
園庭 えんてい
園遊会 えんゆうかい
〔遣〕けん・つかい・つかう・つかわす・やらす・やりこなす
遣手 つかいて・やりて
遣込 つかいこむ
遣外 けんがい
遣行 やっていく
遺物 つかいもの
遣退 やってのける
遣唐使 けんとうし
遣隋使 けんずいし
〔蛸〕しょう・たこ

〔蜆〕けん・しじみ
〔蜈〕ご・むかで
蜈蚣 むかで
〔蛾〕が
蛾眉 がび
〔蜉〕ふ・かげろう
蜉蝣 かげろう・ふゆう
〔蜂〕ほう・はち
蜂房 ほうぼう
蜂起 ほうき
蜂蜜 はちみつ
〔蛻〕ぜい・もぬく・もぬけ・ぬけがら
〔蛹〕よう・さなぎ
〔豊〕ほう・ゆたか・とよ
豊臣秀吉 とよとみひでよし
豊作 ほうさく
豊胸術 ほうきょうじゅつ
豊満 ほうまん
豊富 ほうふ
豊漁 ほうりょう
豊饒 ほうじょう
豊穣 ほうじょう
〔農〕のう
農夫 のうふ
農民 のうみん
農奴 のうど
農地 のうち
農芸 のうげい
農村 のうそん
農作物 のうさくぶつ
農林水産省 のうりんすいさんしょう
農事 のうじ
農協 のうきょう
農具 のうぐ
農牧 のうぼく
農法 のうほう
農学 のうがく
農耕 のうこう
農家 のうか
農産物 のうさんぶつ
農婦 のうふ
農場 のうじょう
農期 のうき
農閑期 のうかんき

農業 のうぎょう
農業協同組合 のうぎょうきょうどうくみあい
農業金融 のうぎょうきんゆう
農園 のうえん
農薬 のうやく
農薬禍 のうやくか
農機具 のうきぐ
農繁期 のうはんき
〔骭〕かん・すね・はぎ
〔嗣〕し・つぐ・つぎ・よつぎ
嗣子 しし
〔嗅〕きゅう・かぐ
嗅付 かぎつける
嗅出 かぎだす
嗅覚 きゅうかく
〔嗚〕う・お・ああ
嗚咽 おえつ
〔罫〕けい
罫引 けびき
罫紙 けいし
〔署〕しょ・しょする
署名 しょめい
署長 しょちょう
署員 しょいん
〔置〕ち・おく
置引 おきびき
置去 おきざり
置石 おきいし
置物 おきもの
置放 おきばなし
置場 おきば
置換 おきかえる・ちかん
置傘 おきがさ
置碁 おきご
罨法 あんぽう
〔罪〕ざい・つみ
罪人 ざいにん・つみびと
罪名 ざいめい
罪状 ざいじょう
罪科 ざいか
罪悪 ざいあく
罪深 つみぶかい
罪過 ざいか
罪証 ざいしょう

罪跡 ざいせき
罪滅 つみほろぼし
〔蜀〕しょく
蜀黍 もろこし
蜀錦 しょっきん
〔幌〕ほろ・とばり
〔嵩〕すう・かさ・か
　さむ
〔勧〕かん・すすめ・
　すすめる・すすむ
勧告 かんこく
勧送 かんそう
勧進 かんじん
勧進元 かんじんもと
勧進帳 かんじんちょ
　う
勧善懲悪 かんぜんちょうあく
勧業 かんぎょう
勧誘 かんゆう
〔矮〕わい
矮小 わいしょう
矮鶏 ちゃぼ
〔雉〕ち・きじ
雉子 きぎす・きじ
〔辞〕じ・じする・い
　なむ・やめる
辞去 じきょ
辞世 じせい
辞令 じれい
辞任 じにん
辞表 じひょう
辞林 じりん
辞典 じてん
辞退 じたい
辞書 じしょ
辞意 じい
辞職 じしょく
〔稜〕りょうそば
稜稜 りょうりょう
稜線 りょうせん
〔稚〕ち・おさない
稚気 ちき
稚児 ちご
稚拙 ちせつ
稚蚕 ちさん
稚魚 ちぎょ
〔稗〕はい・べ・ひえ
稗史 はいし

〔稔〕ねん・じん・み
　のる・みのり
〔稠〕ちゅう・ちょう
稠密 ちゅうみつ
〔愁〕しゅう・うれい
　・うれえる
愁色 しゅうしょく
愁眉 しゅうび
愁嘆 しゅうたん
愁傷 しゅうしょう
筮竹 ぜいちく
〔筧〕けん・かけい・
　かけひ
〔筥〕きょ・はこ
〔節〕せつ・せちふ・
　ふし・よ
節水 せっすい
節介 せっかい
節分 せつぶん
節払 ふしばらい
節目 ふしめ
節句 せっく
節立 ふしくれだつ・
　ふしだつ
節穴 ふしあな
節回 ふしまわし
節米 せつまい
節糸 ふしいと
節足動物 せっそくど
　うぶつ
節制 せっせい
節供 せっく
節食 せっしょく
節度 せつど
節約 せつやく
節骨 ふしぼね
節倹 せっけん
節理 せつり
節間 ふしま
節減 せつげん
節電 せつでん
節節 ふしぶし
節操 せっそう
節録 せつろく
〔債〕さい
債主 さいしゅ
債券 さいけん
債務 さいむ
債権 さいけん
債権国 さいけんこく

〔傲〕ごう・おごり・
　おごる
傲岸 ごうがん
傲然 ごうぜん
傲慢 ごうまん
〔僅〕きん・わずか
僅少 きんしょう
僅差 きんさ
〔傴〕う
毀損 きそん
毀損貨物補償状 きそ
　んかもつほしょうじ
　ょう
毀誉 きよ
毀誉褒貶 きよほうへ
　ん
〔毀〕き
〔舅〕きゅう・しゅう
　と
〔鼠〕そ・ねずみ
鼠色 ねずみいろ
鼠算 ねずみざん
〔傾〕けい・かしぐ・
　かしげる・かたげる
　・かたむく・かたむ
　き・かたむける
傾向 けいこう
傾角 けいかく
傾注 けいちゅう
傾度 けいど
傾倒 けいとう
傾斜 けいしゃ
傾聴 けいちょう
〔蜑〕あま
絛虫 じょうちゅう
〔催〕さい・きょおす
　・きょおし
催合 もやい
催告 さいこく
催促 さいそく
催眠 さいみん
催涙 さいるい
催涙弾 さいるいだん
〔傷〕しょう・きず・
　いたみ・いたむ
傷人 しょうじん
傷口 きずぐち
傷心 しょうしん
傷付 きずつく・きず
　つける
傷兵 しょうへい

傷者 しょうしゃ
傷物 きずもの
傷神 しょうしん
傷病 しょうびょう
傷害 しょうがい
傷痍 しょうい
傷痕 しょうこん
傷寒 しょうかん
傷跡 きずあと
〔賃〕ちん
賃仕事 ちんしごと
賃労働 ちんろうどう
賃金 ちんぎん
賃借 ちんがり・ちん
　しゃく
賃料 ちんりょう
賃貸 ちんがし・ちん
　たい
賃貸借 ちんたいしゃ
　く
〔働〕どう・はたらき
　・はたらく
働口 はたらきぐち
働手 はたらきて
働者 はたらきもの
働蜂 はたらきばち
〔傑〕けつ
傑人 けつじん
傑出 けっしゅつ
傑作 けっさく
傑物 けつぶつ
〔傭〕よう・やとい・
　やとう
〔僧〕そう
僧正 そうじょう
僧号 そうごう
僧形 そうぎょう
僧侶 そうりょ
僧院 そういん
僧庵 そうあん
僧職 そうしょく
〔躱〕かわす
〔麀〕ふ・けり・かも
〔楽〕がく・たのしい
　・たのしみ・たのし
　む
楽土 らくど
楽天的 らくてんてき
楽天家 らくてんか
楽団 がくだん
楽車 だんじり

楽長 がくちょう
楽典 がくてん
楽府 がふ
楽界 がっかい
楽屋 がくや
楽屋雀 がくやすずめ
楽屋話 がくやばなし
楽屋裏 がくやうら
楽書 らくがき
楽章 がくしょう
楽勝 らくしょう
楽隊 がくたい
楽聖 がくせい
楽園 らくえん
楽楽 らくらく
楽寝 らくね
楽隠居 らくいんきょ
楽劇 がくげき
楽器 がっき
楽観 らっかん
楽譜 がくふ
〔遁〕とん・にげる・のがる
遁世 とんせい
遁走 とんそう
遁辞 とんじ
〔微〕び・かすか
微力 びりょく
微小 びしょう
微少 びしょう
微分 びぶん
微生物 びせいぶつ
微光 びこう
微妙 びみょう
微風 びふう
微速度撮影 びそくどさつえい
微笑 びしょう・ほほえむ
微弱 びじゃく
微動 びどう
微粒子 びりゅうし
微視的 びしてき
微細 びさい
微量 びりょう
微温 びおん
微温湯 ぬるまゆ・ぬるゆ
微罪 びざい
微傷 びしょう

微微 びび
微意 びい
微塵 みじん
微塵子 みじんこ
微熱 びねつ
微震 びしん
微賤 びせん
微積分 びせきぶん
〔艇〕てい
艇身 ていしん
〔觧〕ふ・はけけ
〔鉦〕しょう・かね・どら
鉦鼓 しょうこ
〔鉗〕けん・つぐむ・はさみ・かん
鉗子 かんし
〔鉢〕はち・ねつ
鉢合 はちあわせ
鉢巻 はちまき
鉢植 はちうえ
〔鉞〕えつ・まさかり・おの
〔鉄〕てつ・くろがね
鉄工 てっこう
鉄分 てつぶん
鉄火 てっか
鉄心 てっしん
鉄血 てっけつ
鉄色 てついろ
鉄材 てつざい
鉄条網 てつじょうもう
鉄板 てっぱん
鉄面皮 てつめんび
鉄則 てっそく
鉄索 てっさく
鉄砲 てっぽう
鉄砲水 てっぽうみず
鉄骨 てっこつ
鉄拳 てっけん
鉄案 てつあん
鉄兜 てつかぶと
鉄瓶 てつびん
鉄窓 てっそう
鉄琴 てっきん
鉄棒 かなぼう・てつぼう
鉄扉 てっぴ
鉄筋 てっきん

鉄筆 てっぴつ
鉄傘 てっさん
鉄腕 てつわん
鉄道 てつどう
鉄鉢 てっぱつ
鉄鉱 てっこう
鉄槌 てっつい
鉄管 てっかん
鉄器 てっき
鉄器時代 てっきじだい
鉄線 てっせん
鉄橋 てっきょう
鉄鋼 てっこう
鉄壁 てっぺき
鉄鎖 てっさ
〔鈴〕りん・れい・すず
鈴虫 すずむし
〔鉛〕えん・なまり
鉛毒 えんどく
鉛直 えんちょく
鉛版 えんぱん
鉛筆 えんぴつ
鉛管 えんかん
〔鉋〕ほう・かんな・かな
鉋屑 かんなくず
〔鉱〕こう・あらがね
鉱工業 こうこうぎょう
鉱山 こうざん
鉱夫 こうふ
鉱区 こうく
鉱水 こうすい
鉱石 こうせき
鉱坑 こうこう
鉱毒 こうどく
鉱物 こうぶつ
鉱泉 こうせん
鉱員 こういん
鉱脈 こうみゃく
鉱害 こうがい
鉱産 こうさん
鉱業 こうぎょう
鉱滓 こうさい・こうし
〔鉉〕げん・つる
〔鉈〕なた
鉈豆 なたまめ

〔鉤〕こう・かぎ
鉤括弧 かぎかっこ
鉤鼻 かぎばな
〔愈〕いよいよ
愈合 ゆごう
愈着 ゆちゃく
〔鳰〕にお・かいつぶり
〔爺〕じい・じじ・じじい
〔禽〕きん・とり
禽獣 きんじゅう
〔遥〕よう・はるか
遥遥 はるばる
〔愛〕あい・あいする・いとしい・まな・めでる
愛人 あいじん
愛子 いとしご
愛犬 あいけん
愛他主義 あいたしゅぎ
愛用 あいよう
愛好 あいこう
愛車 あいしゃ
愛児 あいじ
愛弟子 まなでし
愛社 あいしゃ
愛玩 あいがん
愛妻 あいさい
愛国 あいこく
愛育 あいいく
愛馬 あいば
愛称 あいしょう
愛息 あいそく
愛書 あいしょ
愛娘 まなむすめ
愛唱 あいしょう
愛鳥 あいちょう
愛欲 あいよく
愛猫 あいびょう
愛情 あいじょう
愛惜 あいせき
愛婿 あいせい
愛敬 あいきょう・あいけい
愛着 あいじゃく・あいちゃく
愛婿 あいせい
愛想 あいそ
愛煙 あいえん

愛慕 あいぼ
愛読 あいどく
愛誦 あいしょう
愛憎 あいぞう
愛撫 あいぶ
愛蔵 あいぞう
愛嬌 あいきょう
愛機 あいき
愛嬢 あいじょう
愛護 あいご
愛顧 あいこ
〔貉〕かく・むじな
〔飾〕しょく・かざる
飾立 かざりたてる
飾気 かざりけ
飾物 かざりもの
飾窓 かざりまど
〔飽〕ほう・あく・あき・あかす・あきる
飽和 ほうわ
飽食 ほうしょく
飽飽 あきあき
〔飼〕し・かい・かう・かわく
飼犬 かいいぬ
飼手 かいて
飼主 かいぬし
飼育 しいく
飼殺 かいごろし
飼料 しりょう
飼鳥 かいどり
飼葉 かいば
飼慣 かいならす
飼養 しよう
〔飴〕あめ・たがね
飴玉 あめだま
飴色 あめいろ
飴煮 あめに
〔頒〕はん・わかつ
頒布 はんぷ
頒価 はんか
〔頌〕しょう
頌春 しょうしゅん
頌辞 しょうじ
頌詩 しょうし
頌歌 しょうか
頌徳 しょうとく
〔腰〕よう・こし
腰巾着 こしぎんちゃく

腰元 こしもと
腰弁当 こしべん（とう）
腰回 こしまわり
腰抜 こしぬけ
腰板 こしいた
腰垣 こしがき
腰砕 こしくだけ
腰巻 こしまき
腰高 こしだか
腰掛 こしかけ・こしかける
腰部 ようぶ
腰椎 ようつい
〔腸〕ちょう・はらわた・わた
腸炎 ちょうえん
腸閉塞症 ちょうへいそくしょう
腸液 ちょうえき
腸詰 ちょうづめ
腸壁 ちょうへき
膃肭臍 おっとせい
〔膃〕おつ
〔腥〕せい・なまぐさい
〔腭〕がく・あぎと・あご
〔腫〕はれ・はらす・はれる
腫物 しゅもつ・はれもの
腫瘍 しゅよう
〔腹〕ふく・はら
腹一杯 はらいっぱい
腹八分 はらはちぶ
腹心 ふくしん
腹立 はらだたしい・はらだたしげ
腹虫 はらのむし
腹芸 はらげい
腹具合 はらぐあい
腹持 はらもち
腹拵 はらごしらえ
腹背 ふくはい
腹巻 はらまき
腹帯 ふくたい
腹時計 はらどけい
腹案 ふくあん
腹黒 はらぐろい
腹這 はらばい

腹部 ふくぶ
腹筋 ふくきん・ふっきん
腹腔 ふくこう
腹痛 はらいた・ふくつう
腹鼓 はらつづみ
腹話術 ふくわじゅつ
腹違 はらちがい
腹膜 ふくまく
腹膜炎 ふくまくえん
腹積 はらづもり
腹壁 ふくへき
腹癒 はらいせ
〔腺〕せん
腺毛 せんもう
腺病質 せんびょうしつ
腺腫 せんしゅ
〔腱〕けん
腱鞘 けんしょう
〔猿〕えん・さる
猿人 えんじん
猿芝居 さるしばい
猿回 さるまわし
猿知恵 さるぢえ
猿股 さるまた
猿真似 さるまね
猿轡 さるぐつわ
〔鳩〕きゅう・はと
鳩尾 みずおち・みぞおち
鳩舎 きゅうしゃ
鳩派 はとは
鳩胸 はとむね
〔獅〕し
獅子 しし
獅子吼 ししく
獅子鼻 ししばな
獅子舞 ししまい
獅子頭 ししがしら
獅子奮迅 ししふんじん
〔触〕しょく・さわる・ふれる
触手 しょくしゅ
触込 ふれこみ・ふれこむ
触回 ふれまわる
触合 ふりあう・ふれあい・ふれあう

触角 しょっかく
触歩 ふれあるく
触法 しょくほう
触発 しょくはつ
触診 しょくしん
触覚 しょっかく
触媒 しょくばい
触感 しょっかん
〔斟〕しん・くむ
斟酌 しんしゃく
〔解〕かい・げ・ほどく・ほつす・とかす・とく・とける・かいする・げす
解氷 かいひょう
解任 かいにん
解合 とけあう
解体 かいたい
解決 かいけつ
解決法 かいけつほう
解決策 かいけつさく
解毒 げどく
解析 かいせき
解明 かいめい・ときあかす
解物 ときもの
解放 かいほう
解洗 ときあらい
解約 かいやく
解凍 かいとう
解剖 かいぼう
解消 かいしょう
解除 かいじょ
解釈 かいしゃく
解散 かいさん
解答 かいとう
解雇 かいこ
解禁 かいきん
解像度 かいぞうど
解読 かいどく
解説 かいせつ
解熱 げねつ
解職 かいしょく
解離 ときはなす
〔試〕し・こころみる・こころみ・ためし・ためす
試用 しよう
試写 ししゃ
試行錯誤 しこうさくご

試合 しあい
試技 しぎ
試走 しそう
試売 しばい
試作 しさく
試金石 しきんせき
試乗 しじょう
試食 ししょく
試射 ししゃ
試航 しこう
試料 しりょう
試案 しあん
試掘 しくつ
試問 しもん
試着 しちゃく
試運転 しうんてん
試弾 しだん
試煉 しれん
試製 しせい
試算 しさん
試練 しれん
試薬 しやく
試聴 しちょう
試験 しけん

〔詩〕し
詩人 しじん
詩文 しぶん
詩吟 しぎん
詩作 しさく
詩的 してき
詩情 しじょう
詩経 しきょう
詩集 ししゅう
詩話 しわ
詩魂 しこん
詩境 しきょう
詩歌 しいか・しか
詩碑 しひ
詩劇 しげき
詩論 しろん
詩壇 しだん
詩興 しきょう

〔詰〕きつ・つまる・
　　つめる・つむ
詰切 つめきる
詰込 つめこむ
詰合 つめあわせ
詰物 つめもの
詰所 つまるところ・
　　つめしょ

詰将棋 つめしょうぎ
詰掛 つめかける
詰問 きつもん
詰寄 つめよせる・つ
　　めよる
詰腹 つめばら
詰襟 つめえり

〔誇〕こ・ほこり・ほ
　　こる・ほこらか
誇大 こだい
誇大広告 こだいこう
　　こく
誇大妄想 こだいもう
　　そう
誇称 こしょう
誇張 こちょう

〔誠〕せい・まこと
誠心誠意 せいしんせ
　　いい
誠忠 せいちゅう
誠実 せいじつ
誠意 せいい

〔誄〕るい

〔誅〕ちゅう
誅伐 ちゅうばつ

〔話〕わ・はなす・は
　　なし
話下手 はなしべた
話上手 はなしじょう
　　ず
話手 はなして
話方 はなしかた
話込 はなしこむ
話半分 はなしはんぶ
　　ん
話合 はなしあい・は
　　なしあう
話好 はなしずき
話声 はなしごえ
話言葉 はなしことば
話者 わしゃ
話法 わほう
話相手 はなしあいて
話変 はなしかわって
話掛 はなしかける
話嫌 はなしぎらい
話題 わだい

〔詮〕せん
詮所 せんずるところ
詮索 せんさく

〔誂〕ちょう・あつら
　　え・あつらえる
誂向 あつらえむき

〔詭〕き
詭弁 きべん

〔詣〕けい・もうでる

〔該〕がい
該当 がいとう
該博 がいはく

〔詳〕しょう・くわし
　　い・つまびらか
詳伝 しょうでん
詳言 しょうげん
詳述 しょうじゅつ
詳記 しょうき
詳密 しょうみつ
詳細 しょうさい
詳報 しょうほう
詳解 しょうかい
詳説 しょうせつ
詳録 しょうろく

〔詫〕た・わび・わび
　　る
詫入 わびいる
詫状 わびじょう

〔奨〕しょう・すすめ
　　る
奨励 しょうれい
奨金 しょうきん
奨学 しょうがく

〔裏〕り・うら
裏口 うらぐち
裏山 うらやま
裏切 うらぎり・うら
　　ぎる
裏日本 うらにほん
裏手 うらて
裏方 うらかた
裏打 うらうち
裏布 うらぬの
裏目 うらめ
裏付 うらづけ・うら
　　づける
裏白 うらじろ
裏地 うらじ
裏技 うらわざ
裏声 うらごえ
裏芸 うらげい
裏町 うらまち
裏作 うらさく

裏返 うらがえし・う
　　らがえす・うらがえ
　　る
裏表 うらおもて
裏門 うらもん
裏面 りめん
裏急後重 りきゅうこ
　　うじゅう
裏書 うらがき
裏通 うらどおり
裏街 うらまち
裏街道 うらかいどう
裏道 うらみち
裏腹 うらはら
裏話 うらばなし
裏漉 うらごし

〔凜〕ひん・りん

〔棄〕き・すてる
棄却 ききゃく
棄損 きそん
棄権 きけん

〔痲〕りん

〔瘤〕こ・しこり・し
　　こる

〔痴〕ち・しれる
痴人 ちじん
痴呆 ちほう
痴言 しれごと
痴事 しれごと
痴情 ちじょう
痴愚 ちぐ
痴話 ちわ
痴話喧嘩 ちわげんか
痴漢 ちかん
痴態 ちたい

〔痰〕たん
痰壺 たんつぼ

〔痾〕あ

〔廉〕れん・かど
廉売 れんばい
廉価 れんか
廉恥 れんち
廉潔 れんけつ

〔資〕し
資力 しりょく
資本 しほん
資本主義 しほんしゅ
　　ぎ
資本逃避 しほんとう
　　ひ

資本凍結 しさんとうけつ

資本移転 しほんいてん

資材 しざい

資金 しきん

資格 しかく

資料 しりょう

資産 しさん

資源 しげん

資質 ししつ

靖国神社 やすくにじんじゃ

〔新〕しん・あたらしい・あたらしがる・あらた・にい

新人 しんじん

新入 しんいり・しんにゅう

新刀 しんとう

新大陸 しんたいりく

新山 しんやま

新手 あらて・しんて

新仏 あらぼとけ・しんぼとけ

新月 しんげつ

新収 しんしゅう

新刊 しんかん

新世界 しんせかい

新古今和歌集 しんこきんわかしゅう

新本 しんぽん

新石器時代 しんせっきじだい

新旧 しんきゅう

新田 しんでん

新生 しんせい

新生代 しんせいだい

新生面 しんせいめん

新令 しんれい

新出 しんしゅつ

新式 しんしき

新地 しんち

新曲 しんきょく

新年 しんねん

新任 しんにん

新仮名遣 しんかなづかい

新米 しんまい

新宅 しんたく

新字 しんじ

新字体 しんじたい

新形 しんがた

新車 しんしゃ

新来 しんらい

新兵 しんぺい

新体詩 しんたいし

新作 しんさく

新身 あらみ

新芽 しんめ

新奇 しんき

新妻 にいづま

新味 しんみ

新制 しんせい

新知識 しんちしき

新版 しんぱん

新所帯 あらじょたい

新店 しんみせ

新卒 しんそつ

新法 しんぽう

新注 しんちゅう

新居 しんきょ

新参 しんざん

新春 しんしゅん

新型 しんがた

新政 しんせい

新茶 しんちゃ

新柄 しんがら

新柳 しんりゅう

新星 しんせい

新品 しんぴん

新香 しんこ・しんこう

新秋 しんしゅう

新盆 にいぼん

新風 しんぷう

新帝 しんてい

新巻 あらまき

新派 しんぱ

新郎 しんろう

新建材 しんけんざい

新屋 あたらしがりや

新発意 しんぼち

新約 しんやく

新約聖書 しんやくせいしょ

新紀元 しんきげん

新株 しんかぶ

新造 しんぞう

新訓 しんくん

新粉 しんこ

新酒 しんしゅ

新家 しんけ

新案 しんあん

新書 しんしょ

新規 しんき

新都 しんと

新教 しんきょう

新著 しんちょ

新菊 しんぎく

新患 しんかん

新進 しんしん

新設 しんせつ

新訳 しんやく

新涼 しんりょう

新婚 しんこん

新婦 しんぷ

新陳代謝 しんちんたいしゃ

新開 しんかい

新註 しんちゅう

新装 しんそう

新着 しんちゃく

新粧 しんそう

新道 しんみち

新幹線 しんかんせん

新路 しんみち

新暦 しんれき

新聞 しんぶん

新種 しんしゅ

新語 しんご

新漬 しんづけ

新緑 しんりょく

新撰 しんせん

新劇 しんげき

新盤 しんばん

新鋭 しんえい

新調 しんちょう

新潮 おやしお

新選 しんせん

新薬 しんやく

新機軸 しんきじく

新築 しんちく

新興 しんこう

新館 しんかん

新禧 しんき

新鮮 しんせん

新繭 しんまゆ

新顔 しんがお

新譜 しんぷ

〔意〕い・おもう

意力 いりょく

意中 いちゅう

意外 いがい

意地 いじ

意地汚 いじきたない

意地悪 いじわる

意匠 いしょう

意気 いき

意気込 いきごみ・いきごむ

意気地 いくじ

意気投合 いきとうごう

意気張 いきばり

意気揚揚 いきようよう

意向 いこう

意志 いし

意見 いけん

意図 いと

意図的 いとてき

意表 いひょう

意味 いみ

意味深長 いみしんちょう

意思 いし

意馬心猿 いばしんえん

意欲 いよく

意訳 いやく

意想外 いそうがい

意義 いぎ

意趣 いしゅ

意識 いしき

意識不明 いしきふめい

意識的 いしきてき

〔義〕ぎ

義人 ぎじん

義士 ぎし

義太夫 ぎだゆう

義手 ぎしゅ

義父 ぎふ

義兄 ぎけい

義兄弟 ぎきょうだい

義母 ぎぼ

義気 ぎき

義臣 ぎしん

義足 ぎそく

義弟 ぎてい

義侠心 ぎきょうしん
義肢 ぎし
義姉 ぎし
義勇 ぎゆう
義訓 ぎくん
義理 ぎり
義眼 ぎがん
義務 ぎむ
義援金 ぎえんきん
義歯 ぎし
義賊 ぎぞく
義憤 ぎふん
〔粳〕こう・うる・うるち
〔数〕すう・かぞえ・かぞえる
数人 すうにん
数立 かぞえたてる
数式 すうしき
数列 すうれつ
数回 すうかい
数年 かぞえどし・すうねん
数多 あまた・すうた
数次 すうじ
数字 すうじ
数奇 すうき・すき
数刻 すうこく
数学 すうがく
数学的帰納法 すうがくてききのうほう
数学的論理学 すうがくてきろんりがく
数度 すうど
数珠 じゅず
数珠玉 じゅずだま
数値 すうち
数理 すうり
数寄 すき
数寄者 すきしゃ
数寄屋 すきや
数量 すうりょう
数等 すうとう
数詞 すうし
数数 かずかず
数歌 かぞえうた
〔煎〕せん・せんじ・せんじる・いる
煎汁 せんじゅう
煎卵 いりたまご

煎茶 せんちゃ
煎薬 せんじぐすり
煎餅 せんべい
煎餅布団 せんべいぶとん
〔塑〕そ
塑性 そせい
塑像 そぞう
〔慈〕じ・いつくしむ
慈母 じぼ
慈雨 じう
慈悲 じひ
慈善 じぜん
慈善市 じぜんいち
慈善鍋 じぜんなべ
慈愛 じあい
〔煤〕ばい・すす・すすける・すすばむ
煤払 すすはらい
煤煙 ばいえん
〔煬〕よう・ちょう・いためる
〔煙〕えん・けぶい・けむい・けむたい・けむり・けむる
煙火 えんか
煙毒 えんどく
煙雨 えんう
煙突 えんとつ
煙害 えんがい
煙硝 えんしょう
煙道 えんどう
煙弾 えんだん
煙幕 えんまく
煙管 キセル
煙霞 えんか
煙霧 えんむ
〔煉〕れん・れる
煉瓦 れんが
煉乳 れんにゅう
煉炭 れんたん
煉獄 れんごく
〔煩〕はん・うるさい・わずらう・わずらわしい・わずらわす
煩悩 ぼんのう
煩悶 はんもん
煩瑣 はんさ
煩瑣哲学 はさてつがく
煩雑 はんざつ

〔煌〕こう・きらめかす・きらめく
煌煌 こうこう
〔煖〕だん・あたためる
〔煥〕かん
煥発 かんぱつ
〔溝〕こう・どぶ・みぞ
溝板 どぶいた
溝鼠 どぶねずみ
〔滞〕たい・とどおる
滞日 たいにち
滞在 たいざい
滞留 たいりゅう
滞納金 たいのうきん
滞貨 たいか
滞船費 たいせんひ
滞積 たいせき
〔漠〕ばく
漠然 ばくぜん
漠漠 ばくばく
〔漢〕かん・あや
漢文 かんぶん
漢方 かんぽう
漢方薬 かんぽうやく
漢民族 かんみんぞく
漢字 かんじ
漢和 かんわ
漢学 かんがく
漢音 かんおん
漢訳 かんやく
漢詩 かんし
漢数字 かんすうじ
漢語 かんご
漢籍 かんせき
〔滅〕めつ・ほろびる・ほろぶ・ほろぼす
滅入 めいる
滅亡 めつぼう
滅多 めった
滅却 めっきゃく
滅法 めっぽう
滅茶苦茶 めちゃくちゃ
滅茶滅茶 めちゃめちゃ
滅相 めっそう
滅菌 めっきん
滅罪 めつざい

〔源〕げん・みなもと
源五郎 げんごろう
源氏 げんじ
源氏物語 げんじものがたり
源平 げんぺい
源平盛衰記 げんぺいせいすいき
源実朝 みなもとのさねとも
源泉 げんせん
源泉課税 げんせんかぜい
源流 げんりゅう
源義経 みなもとのよしつね
源頼朝 みなもとのよりとも
〔滑〕かつ・すべり・すべる・すべらす・なめらかめ・ぬめり・ぬめる
滑入 すべりいる
滑子 なめこ
滑止 すべりどめ
滑尺 かっしゃく
滑石 かっせき
滑込 すべりこむ
滑出 すべりだし
滑台 すべりだい
滑舌 かつぜつ
滑走 かっそう
滑車 かっしゃ
滑空 かっくう
滑革 ぬめがわ
滑降 かっこう
滑脱 かつだつ
滑落 かつらく
滑稽本 こっけいぼん
〔準〕じゅん・なずらえる・なぞらえる
準用 じゅんよう
準決勝 じゅんけっしょう
準拠 じゅんきょ
準則 じゅんそく
準看護婦 じゅんかんごふ
準急 じゅんきゅう
準将 じゅんしょう
準備 じゅんび

準禁治産 じゅんきんじさん
準準決勝 じゅんじゅんけっしょう
準縄 じゅんじょう
〔塗〕と・ぬり・ぬる・まぶす・まみる・まみれる
塗布 とふ
塗付 ぬりつける
塗立 ぬりたて・ぬりたてる
塗板 とばん
塗物 ぬりもの
塗料 とりょう
塗替 ぬりかえる
塗装 とそう
塗絵 ぬりえ
塗隠 ぬりかくす
塗薬 ぬりぐすり
〔滔〕とう・ひたたく
滔滔 とうとう
〔滄〕そう
滄海 そうかい
〔溜〕りゅう・たまり・たまる・ためる・ため
溜分 りゅうぶん
溜込 ためこむ
溜出 りゅうしゅつ
溜池 ためいけ
溜息 ためいき
溜桶 ためおけ
溜飲 りゅういん
溜塗 ためぬり
〔滝〕ろう・たき
滝壺 たきつぼ
滝廉太郎 たきれんたろう
〔滂〕ぼう
〔溢〕いつ・あふれる・こぼれ・こぼれ・こぼれる
溢美 いつび
〔溯〕そ・さかのばる
〔溶〕よう・とかす・とける・とく
溶込 とけこむ
溶岩 ようがん
溶炉 ようろ
溶剤 ようざい

溶接 ようせつ
溶液 ようえき
溶媒 ようばい
溶鉱炉 ようこうろ
溶解 ようかい
溶銑 ようせん
溶質 ようしつ
溶融 ようゆう
〔滓〕し・かす
〔溺〕でき・おばらす・おぼれる
溺死 できし
溺没 できぼつ
溺愛 できあい
〔慎〕しん・つつしみ・つつしむ・つつましい
慎重 しんちょう
〔慄〕りつ
慄然 りつぜん
〔愧〕き・はず
〔慊〕けん・あきたる
〔慨〕がい
慨嘆 がいたん
〔誉〕と・ほまれ・ほめる・ほめそやす
誉称 ほめたたえる
誉囃 ほめはやす
〔戦〕せん・いくさ・たたかい・たたかう
戦士 せんし
戦友 せんゆう
戦火 せんか
戦史 せんし
戦犯 せんぱん
戦地 せんち
戦死 せんし
戦争 せんそう
戦車 せんしゃ
戦乱 せんらん
戦利品 せんりひん
戦没 せんぼつ
戦局 せんきょく
戦災 せんさい
戦果 せんか
戦国時代 せんごくじだい
戦況 せんきょう
戦後 せんご
戦後派 せんごは

戦前 せんぜん
戦時 せんじ
戦記 せんき
戦陣 せんじん
戦略 せんりゃく
戦術 せんじゅつ
戦場 せんじょう
戦備 せんび
戦勝 せんしょう
戦傷 せんしょう
戦意 せんい
戦慄 せんりつ
戦戦恐恐 せんせんきょうきょう
戦禍 せんか
戦塵 せんじん
戦端 せんたん
戦線 せんせん
戦機 せんき
戦績 せんせき
戦闘 せんとう
戦艦 せんかん
〔塞〕さい・そく・ふさぐ・ふさがる・ふさげる
塞止 せきとめる
塞込 ふさぎこむ
塞伏 ねじふせる
塞敢 せきあえず
〔寛〕かん・くつろぎ・くつろぐ・くつろげる
寛大 かんだい
寛容 かんよう
寛恕 かんじょ
〔窟〕くつ・いわや
〔寝〕しん・い・ね・ねる・ねむり・ねかす
寝入 ねいる
寝入端 ねいりばな
寝小便 ねしょうべん
寝刃 ねたば
寝心地 ねごこち
寝付 ねつき・ねつく
寝込 ねこむ
寝台 しんだい・ねだい
寝耳 ねみみ
寝汗 ねあせ
寝技 ねわざ

寝坊 ねぼう
寝坊助 ねぼすけ
寝返 ねがえり・ねがえる
寝言 ねごと
寝床 ねどこ
寝冷 ねびえ
寝押 ねおし
寝苦 ねぐるしい
寝具 しんぐ
寝物語 ねものがたり
寝所 しんじょ
寝泊 ねとまり
寝相 ねぞう
寝食 しんしょく
寝巻 ねまき
寝室 しんしつ
寝起 ねおき
寝息 ねいき
寝酒 ねざけ
寝転 ねころぶ
寝袋 ねぶくろ
寝惚 ねぼける
寝椅子 ねいす
寝間 ねま
寝過 ねすぎる・ねすごす
寝装 しんそう
寝覚 ねざめ
寝業 ねわざ
寝殿 しんでん
寝違 ねちがえる
寝静 ねしずまる
寝穢 いぎたない
寝癖 ねぐせ
寝顔 ねがお
〔褄〕ひょう
〔褄〕つま
〔裸〕ら・はだか
裸一貫 はだかいっかん
裸子植物 らししょくぶつ
裸出 らしゅつ
裸麦 はだかむぎ
裸足 はだし
裸体 らたい
裸身 らしん
裸馬 はだかうま
裸荷 らか

裸眼 らがん
裸婦 らふ
裸像 らぞう
〔褐〕かち・かつ
褐色 かっしょく
褐炭 かったん
褐鉄鉱 かってっこう
〔裨〕ひ
裾上 すそあがり
裾分 すそわけ
裾形 すそがた
裾物 すそもの
裾捌 すそさばき
裾野 すその
裾模様 すそもよう
〔禊〕けい・みそぎ
〔福〕ふく
福引 ふくびき
福耳 ふくみみ
福寿 ふくじゅ
福寿草 ふくじゅそう
福豆 ふくまめ
福助 ふくすけ
福利 ふくり
福沢諭吉 ふくざわゆきち
福祉 ふくし
福祉国家 ふくしこっか
福茶 ふくちゃ
福相 ふくそう
福音 ふくいん
福音書 ふくいんしょ
福運 ふくうん
福禄 ふくろく
福禄寿 ふくろくじゅ
福福 ふくぶくしい
福徳 ふくとく
〔禍〕か・わざわい
禍根 かこん
禍禍 まがまがしい
〔禅〕ぜん・ゆずる
禅宗 ぜんしゅう
禅室 ぜんしつ
禅問答 ぜんもんどう
禅譲 ぜんじょう
〔群〕ぐん・むらがる・むれる・むれ
群山 ぐんざん
群生 ぐんせい

群竹 むらたけ
群青 ぐんじょう
群島 ぐんとう
群雀 むらすずめ
群落 ぐんらく
群棲 ぐんせい
群雄 ぐんゆう
群集心理 ぐんしゅうしんり
群衆 ぐんしゅう
群像 ぐんぞう
群舞 ぐんぶ
〔殿〕でん・との・どの
殿下 でんか
殿上人 てんじょうびと
殿方 とのがた
殿堂 でんどう
殿様 とのさま
殿様芸 とのさまげい
殿様蛙 とのさまがえる
辟易 へきえき
〔憫〕びん・みん・あわれむ
〔違〕い・ちがい・ちがえる・たがう・たがえる
違反 いはん
違令 いれい
違犯 いはん
違和感 いわかん
違法 いほう
違約 いやく
違棚 ちがいたな
違憲 いけん
〔嫗〕こう
〔嫉〕しつ・そねみ・それむ
嫉妬 しっと
〔嫌〕けん・いや・いやがる・きらい・きらう
嫌気 いやき・いやけ
嫌味 いやみ
嫌悪 けんお
嫌嫌 いやいや
嫌疑 けんぎ
〔嫁〕とつぐ・よめ
嫁入 よめいり

嫁取 よめとり
嫁菜 よめな
嫋嫋 じょうじょう
〔預〕よ・あらかじめ・あずける・あずかる
預血 よけつ
預金 よきん
預託 よたく
彙報 いほう
〔隔〕かく・へだて・へだつ・へだてる・へだたり・へだたる
隔日 かくじつ
隔月 かくげつ
隔世 かくせい
隔世遺伝 かくせいいでん
隔年 かくねん
隔週 かくしゅう
隔絶 かくぜつ
隔靴掻痒 かっかそうよう
隔膜 かくまく
隔壁 かくへき
隔離 かくり
〔隙〕げき・ひま・すき
隙間 すきま
隙間風 すきまかぜ
〔隕〕うん・いん
隕石 いんせき
隕星 いんせい
隕鉄 いんてつ
〔隘〕あい・けわしい
隘路 あいろ
〔続〕ぞく・しょく・つづき・つづく・つづける
続刊 ぞっかん
続出 ぞくしゅつ
続行 ぞっこう
続合 つづきあい
続字 つづけじ
続物 つづきもの
続柄 ぞくがら・つづきがら
続発 ぞくはつ
続続 ぞくぞく
続様 つづけざま
続演 ぞくえん

続編 ぞくへん
続騰 ぞくとう
〔絹〕けん・きぬ
絹本 けんぽん
絹布 けんぷ
絹糸 きぬいと・けんし
絹雲 けんうん
絹漉 きぬごし
絹層雲 けんそううん
絹積雲 けんせきうん
〔継〕けい・つぐ・つぎ・ままい・まま
継子 ままこ
継父 けいふ・ままちち
継父母 けいふぼ
継目 つぎめ
継兄弟 ままきょうだい
継台 つぎだい
継母 けいぼ・ままはは
継合 つぎあわせる
継走 けいそう
継足 つぎたす
継泳 けいえい
継承 けいしょう
継竿 つぎざお
継起 けいき
継接 つぎはぎ
継電器 けいでんき
継続 けいぞく
継親 ままおや
〔紲〕かせ
〔剿〕そう

十四畫

〔瑪〕め
瑪瑙 めのう
〔瑣〕さ
瑣事 さじ
〔碧〕へき
〔静〕せい・じょう・しずか・しずまる・しずめる
静力率 せいりょくりつ
静止 せいし

静止気象衛星 せいし
　きしょうえいせい
静水 せいすい
静返 しずまりかえる
静物 せいぶつ
静的 せいてき
静夜 せいや
静脈 じょうみゃく
静脈産業 じょうみゃ
　くさんぎょう
静座 せいざ
静寂 せいじゃく
静粛 せいしゅく
静電気 せいでんき
静静 しずしず
静態 せいたい
静養 せいよう
静聴 せいちょう
静謐 せいひつ
静観 せいかん
〔瑠〕る・りゅう
瑠璃 るり
〔魂〕こん・たま・た
　ましい
魂胆 こんたん
魂消 たまげる
魂魄 こんぱく
髪切虫 かみきりむし
髪形 かみがた
髪型 かみがた
髣髴 ほうふつ
〔摸〕も・ばく
摸索 もさく
摸倣 もほう
〔駄〕た・だ
駄本 だほん
駄目 だめ
駄弁 だべん
駄作 ださく
駄物 だもの
駄洒落 だじゃれ
駄馬 だば
駄菓子 だかし
駄賃 だちん
駄駄 だだ
駄駄子 だだっこ
〔駆〕く・かける・か
　る
駆引 かけひき
駆付 かけつける

駆込 かけこむ
駆立 かりたてる
駆出 かけだし・かけ
　だす・かりだす
駆虫剤 くちゅうざい
駆回 かけまわる
駆巡 かけめぐる
駆抜 かけぬける
駆足 かけあし
駆使 くし
駆逐 くちく
駆除 くじょ
駆落 かけおち
駆集 かりあつめる
〔駁〕はく・ふち・ば
　くする
駁撃 ばくげき
駁論 ばくろん
駃騠 けってい
〔駅〕えき
駅手 えきしゅ
駅弁 えきべん
駅伝 えきでん
駅長 えきちょう
駅前 えきまえ
駅員 えきいん
駅留 えきどめ
駅頭 えきとう
〔蒜〕にんにく・ひる
〔蓍〕し・めどぎ
〔蓐〕じょく
蓐瘡 じょくそう
〔蒔〕し・じ・まく
蒔肥 まきごえ
蒔絵 まきえ
〔蓖〕ひ
蓖麻 ひま
〔蒼〕そう
蒼白 そうはく
蒼空 そうくう
蒼穹 そうきゅう
蒼海 そうかい
蒼然 そうぜん
〔蓑〕さ・みの
蓑虫 みのむし
〔蒿〕わ
〔蓆〕せき・むしろ
〔蒲〕ほ・ふ・かば・
　がま
蒲公英 たんぽぽ

蒲団 ふとん
蒲色 かばいろ
蒲焼 かばやき
蒲鉾 かまぼこ
〔蒙〕もう・こうむる
蒙古 もうこ
蒙古斑 もうこはん
蒙昧 もうまい
摑出 つかみだす
摑合 つかみあい
摑所 つかみどころ
摑掛 つかみかかる
〔嘉〕か・よい・よみ
　する
嘉納 かのう
〔赫〕かく・かがやか
　し・かがやき
赫赫 かっかく
〔截〕せつ・きる・た
　つ
截然 せつぜん
〔誓〕せい・ちかい・
　ちかう
誓文 せいぶん・せい
　もん
誓言 せいげん
誓約 せいやく
誓詞 せいし
誓願 せいがん
〔境〕きょう・けい・
　さかい
境内 けいだい
境目 さかいめ
境地 きょうち
境界 きょうかい・け
　いかい
境涯 きょうがい
境遇 きょうぐう
〔摘〕てき・つむ・つ
　まむ
摘入 つみいれ
摘出 てきしゅつ
摘草 つみくさ
摘要 てきよう
摘発 てきはつ
摘記 てっき
摘録 てきろく
〔増〕ぞう・ふえる・
　ます・まし
増大 ぞうだい
増水 ぞうすい

増刊 ぞうかん
増目 ましめ
増加 ぞうか
増車 ぞうしゃ
増長 ぞうちょう
増刷 ぞうさつ
増発 ぞうはつ
増員 ぞういん
増進 ぞうしん
増設 ぞうせつ
増産 ぞうさん
増強 ぞうきょう
増援 ぞうえん
増殖 ぞうしょく
増量 ぞうりょう
増幅 ぞうふく
増税 ぞうぜい
増減 ぞうげん
増補 ぞうほ
増結 ぞうけつ
増感 ぞうかん
増賄 ぞうわい
増資 ぞうし
増築 ぞうちく
増額 ぞうがく
〔穀〕こく
穀雨 こくう
穀物 こくもつ
穀倉 こくそう
穀類 こくるい
〔摺〕する
聡明 そうめい
〔碇〕しかと・しっか
　り
〔聚〕しゅう
聚光 しゅうこう
聚落 しゅうらく
〔鞆〕とも・ほむだ
〔鞄〕かばん
鞄持 かばんもち
〔慕〕ぼ・したう・し
　たわしい
慕情 ぼじょう
〔暮〕ぼ・くらし・く
　らす・くれ・くれる
暮方 くれがた
暮向 くらしむき
暮色 ぼしょく
暮春 ぼしゅん
暮秋 ぼしゅう

〔萿〕こん

〔蔑〕べつ・さげしみ・さげすみ・ないがしろ・なみす

蔑称 べっしょう

蔑視 べっし

〔斡〕あつ

斡旋 あっせん

〔競〕きょう

〔榧〕ひ・かや

〔榛〕しん・はしばみ・はり

榛木 はんのき

〔構〕こう・かまう・かまえ

構内 こうない

構手 かまいて

構文 こうぶん

構外 こうがい

構成 こうせい

構図 こうず

構造 こうぞう

構想 こうそう

構築 こうちく

〔榰〕こう・て

〔模〕も・ぼ・かたぎ

模本 もほん

模写 もしゃ

模式図 もしきず

模型 もけい

模造 もぞう

模造紙 もぞうし

模倣 もほう

模様 もよう

模範 もはん

模糊 もこ

模擬店 もぎてん

模擬試験 もぎしけん

〔榎〕か・えのき

〔槐〕えんじゅ

〔槌〕つい・ずい・つち

〔槍〕そう・やり

槍先 やりさき

槍騎兵 そうきへい

〔榴〕りゅう

榴散弾 りゅうさんだん

榴弾 りゅうだん

〔様〕よう・さま

様子 ようす

様式 ようしき

様相 ようそう

様様 さまざま

様態 ようたい

〔榕〕よう・あこう

〔榨〕さく・しぼり

榨油 さくゆ

〔概〕がい・おおむね

概念 がいねん

概念的 がいねんてき

概念論 がいねんろん

概況 がいきょう

概括 がいかつ

概要 がいよう

概略 がいりゃく

概評 がいひょう

概数 がいすう

概算 がいさん

概説 がいせつ

概論 がいろん

概論的 がいろんてき

概観 がいかん

〔樋〕ひ・とい

樋口一葉 ひぐちいちよう

〔輔〕ふ・ほ

軽装 けいそう

〔塹〕ざん

塹壕 ざんごう

〔輓〕ばん

〔歌〕か・うた・うたい・うたう

歌人 うたびと・かじん

歌上 うたいあげる

歌手 うたいて・かしゅ

歌心 うたごころ

歌曲 かきょく

歌合 うたあわせ

歌声 うたごえ

歌物語 うたものがたり

歌柄 うたがら

歌風 かふう

歌唱 かしょう

歌集 かしゅう

歌詠 うたよみ

歌詞 かし

歌道 かどう

歌碑 かひ

歌劇 かげき

歌舞 かぶ

歌舞伎 かぶき

歌謡 かよう

歌謡曲 かようきょく

〔遭〕そう・あつ

遭遇 そうぐう

遭難 そうなん

〔酵〕こう

酵母 こうぼ

酵素 こうそ

〔酷〕こく・ひどい・むごい

酷似 こくじ

酷使 こくし

酷悪 こくあく

酷暑 こくしょ

酷評 こくひょう

酷寒 こっかん

酷薄 こくはく

〔酸〕さん・すっぱい

酸化 さんか

酸茎 すぐき

酸味 さんみ

酸性 さんせい

酸性雨 さんせいう

酸度 さんど

酸素 さんそ

酸敗 さんぱい

酸鼻 さんび

酸漿 ほおずき

〔歴〕れき・へる

歴史 れきし

歴史的 れきしてき

歴代 れきだい

歴任 れきにん

歴訪 れきほう

歴朝 れきちょう

歴程 れきてい

歴然 れきぜん

歴遊 れきゆう

歴戦 れきせん

歴歴 れきれき

歴覧 れきらん

〔暦〕れき・こよみ

暦年 れきねん

暦法 れきほう

〔厭〕えん・あき・いとう・あく・いとわしい

厭人 えんじん

厭世 えんせい

厭戦 えんせん

〔碩〕せき

碩学 せきがく

〔碑〕ひ・いしぶみ・えりいし

碑文 ひぶん

碑石 ひせき

碑銘 ひめい

〔磁〕じ

磁力 じりょく

磁土 じど

磁石 じしゃく

磁気 じき

磁性 じせい

磁界 じかい

磁針 じしん

磁場 じじょう・じば

磁極 じきょく

磁鉄鉱 じてっこう

〔爾〕じ・しか・しかく・なんじ

爾来 じらい

爾余 じよ

爾後 じご

〔奪〕だつ・うばう

奪回 だっかい

奪合 うばいあい・うばいあう

奪取 だっしゅ

奪還 だっかん

〔需〕じゅ・もとむ

需要 じゅよう

需給 じゅきゅう

〔鳶〕えん・とび・とんび

鳶口 とびぐち

鳶色 とびいろ

鳶職 とびしょく

〔雌〕め・めす・めん・し

雌竹 めだけ

雌伏 しふく

雌花 めばな

雌松 めまつ

雌性 しせい

雌鳥 めんどり

種下 たねおろし	算段 さんだん	鼻血 はなぢ	徴税 ちょうぜい
種子 しゅし	算術 さんじゅつ	鼻声 はなごえ	徴集 ちょうしゅう
種切 たねぎれ	算術平均 さんじゅつへいきん	鼻炎 びえん	徴証 ちょうしょう
種牛 たねうし	算術級数 さんじゅつきゅうすう	鼻柱 はなっぱしら・はなばしら	徴憑 ちょうひょう
種本 たねほん	算数 さんすう	鼻面 はなづら	〔衞〕くくむ・くくめる・くわえる
種目 しゅもく	算盤 そろばん	鼻風邪 はなかぜ	銜込 くわえこむ
種芋 たねいも	〔箇〕こ・か	鼻音 びおん	〔慇〕いん・ねんごろ
種別 しゅべつ	箇月 かげつ	鼻茸 はなたけ	〔銭〕せん・ぜに・かね
種取 たねとり	箇条 かじょう	鼻唄 はなうた	銭湯 せんとう
種苗 しゅびょう	箇所 かしょ	鼻息 はないき	〔銅〕どう・あか・あかがね
種板 たねいた	箆鹿 へらじか	鼻高高 はなたかだか	銅山 どうざん
種明 たねあかし	箆鷺 へらさぎ	鼻紙 はながみ	銅臭 どうしゅう
種油 たねあぶら	〔箏〕そう・こと	鼻筋 はなすじ	銅貨 どうか
種変 たねがわり	〔箔〕はく	鼻詰 はなつまり	銅婚式 どうこんしき
種馬 たねうま	箔押 はくおし	鼻摘 はなつまみ	銅壺 どうこ
種畜 しゅちく	箪笥 たんす	鼻緒 はなお	銅牌 どうはい
種族 しゅぞく	〔管〕かん・くだ	鼻薬 はなぐすり	銅像 どうぞう
種痘 しゅとう	管下 かんか	鼻濁音 びだくおん	銅器 どうき
種違 たねちがい	管内 かんない	鼻聾 はなつんぼ	銅盤 どうばん
種蒔 たねまき	管見 かんけん	〔魁〕かい・さきがけ	銅線 どうせん
種概念 しゅがいねん	管長 かんちょう	魁偉 かいい	銅銭 どうせん
種種 くさぐさ・しゅじゅ	管制 かんせい	〔睾〕こう	銅鐸 どうたく
種類 しゅるい	管制塔 かんせいとう	睾丸 こうがん	銅鑼 どら
〔稲〕とう・いね	管弦 かんげん	〔徳〕とく	〔銑〕せん・ずく
稲刈 いねかり	管弦楽 かんげんがく	徳川時代 とくがわじだい	銑鉄 ずくてつ・せんてつ
稲田 いなだ	管理 かんり	徳川家康 とくがわいえやす	〔銛〕せん・もり・ぜ
稲扱 いねこき	管絃楽 かんげんがく	徳用 とくよう	〔銓〕せん・はかる
稲光 いなびかり	管楽 かんがく	徳行 とっこう	銓衡 せんこう
稲作 いなさく	管楽器 かんがっき	徳利 とくり・とっくり	〔銚〕ちょう
稲妻 いなずま	管領 かんりょう	徳育 とくいく	銚子 ちょうし
稲荷 いなり	管轄 かんかつ	徳性 とくせい	〔銘〕めい・めいじる・めいする
稲荷鮨 いなりずし	〔箒〕ほうき	徳政 とくせい	銘木 めいぼく
稲熱病 いもちびょう	箒草 ほうきぐさ	徳望 とくぼう	銘打 めいうつ
稲穂 いなほ	〔僭〕せん	徳富蘆花 とくとみろか	銘仙 めいせん
稲叢 いなむら	僭称 せんしょう	徳義 とくぎ	銘茶 めいちゃ
〔甃〕しゅう・いしだたみ・しきがわら	僭越 せんえつ	〔徴〕ちょう・はたる・めし	銘柄 めいがら
〔箝〕けん・かん	〔僥〕ぎょう	徴収 ちょうしゅう	銘記 めいき
箝口令 かんこうれい	僥幸 ぎょうこう	徴用 ちょうよう	銘酒 めいしゅ
〔箍〕こ・たが	〔僚〕りょう	徴兵 ちょうへい	銘菓 めいか
〔箕〕き・み	僚友 りょうゆう	徴表 ちょうひょう	銘銘 めいめい
〔算〕さん	僚機 りょうき	徴発 ちょうはつ	〔銃〕じゅう
算入 さんにゅう	僭上 せんじょう	徴候 ちょうこう	銃口 じゅうこう
算用数字 さんようすうじ	〔僕〕ぼく	徴章 きしょう	銃火 じゅうか
算出 さんしゅつ	〔鼻〕び・はな	徴募 ちょうぼ	銃声 じゅうせい
算式 さんしき	鼻下長 びかちょう		銃身 じゅうしん
算法 さんぼう	鼻孔 びこう		
算定 さんてい	鼻白 はなじろむ		
	鼻先 はなさき		

銃後 じゅうご
銃砲 じゅうほう
銃殺 じゅうさつ
銃剣 じゅうけん
銃座 じゅうざ
銃眼 じゅうがん
銃猟 じゅうりょう
銃創 じゅうそう
銃弾 じゅうだん
銃撃 じゅうげき
銃器 じゅうき
〔銀〕ぎん・しろがね
銀世界 ぎんせかい
銀行 ぎんこう
銀色 ぎんいろ
銀杏 いちょう・ぎんなん
銀河 ぎんが
銀河系 ぎんがけい
銀座 ぎんざ
銀紙 ぎんがみ
銀貨 ぎんか
銀婚式 ぎんこんしき
銀幕 ぎんまく
銀髪 ぎんぱつ
銀輪 ぎんりん
銀器 ぎんき
銀盤 ぎんばん
銀鱗 ぎんりん
〔鉾〕ぼう・ほこ
〔蝕〕しょく・むしばむ
蝕分 しょくぶん
蝕害 しょくがい
〔餃〕ぎょう
餃子 ギョーザ
〔領〕りょう・うしはく・うすはく
領土 りょうど
領水 りょうすい
領分 りょうぶん
領収 りょうしゅう
領収書 りょうしゅうしょ
領外 りょうがい
領主 りょうしゅ
領地 りょうち
領有 りょうゆう
領会 りょうかい
領事 りょうじ

領事送状 りょうじそうじょう
領事館 りょうじかん
領国 りょうごく
領空 りょうくう
領海 りょうかい
領袖 りょうしゅう
領域 りょういき
領置 りょうち
〔膜〕まく
〔膀〕ぼう
膀胱 ぼうこう
〔腿〕たい・もも
〔雑〕ざつ・ぞう・まざる・まじる・まじえる・まぜる
雑巾 ぞうきん
雑木 ぞうき
雑木林 ぞうきばやし
雑文 ざつぶん
雑用 ざつよう
雑多 ざった
雑色 ざっしょく
雑技 ざつぎ
雑兵 ぞうひょう
雑作 ぞうさ
雑役 ざつえき
雑言 ぞうごん
雑念 ざつねん
雑炊 ぞうすい
雑学 ざつがく
雑居 ざっきょ
雑草 ざっそう
雑品 ざっぴん
雑食 ざっしょく
雑音 ざつおん
雑記 ざっき
雑益 ざつえき
雑貨 ざっか
雑魚 ざこ・じゃこ
雑魚寝 ざこね
雑務 ざつむ
雑煮 ぞうに
雑費 ざっぴ
雑感 ざっかん
雑穀 ざっこく
雑種 ざっしゅ
雑誌 ざっし
雑踏 ざっとう
雑談 ざつだん

〔疑〕ぎ・うたがい・うたがう・うたがわしい・うたぐる
疑心 ぎしん
疑心暗鬼 ぎしんあんき
疑団 ぎだん
疑似 ぎじ
疑念 ぎねん
疑点 ぎてん
疑問 ぎもん
疑問符 ぎもんぷ
疑深 うたがいぶかい・うたぐりぶかい
疑惑 ぎわく
疑義 ぎぎ
疑獄 ぎごく
〔鳳〕ほう・おおとり
鳳仙花 ほうせんか
鳳声 ほうせい
鳳凰 ほうおう
〔颱〕たい
〔獄〕ごく・ひとや
獄死 ごくし
獄舎 ごくしゃ
〔獐〕のろ
〔孵〕ふ・かえす・かえる
孵化 ふか
孵卵 ふらん
遥拝 ようはい
〔誡〕かい・いましめる・いましむ
〔誌〕し・しるす
〔読〕どく・よむ
読下 よみくだす
読上 よみあげる
読切 よみきり
読手 よみて
読方 よみかた
読本 どくほん・よみほん
読札 よみふだ
読合 よみあわせる
読売 よみうり
読図 どくず
読応 よみごたえ
読者 どくしゃ
読物 よみもの
読点 とうてん
読後感 どくごかん

読破 どくは
読流 よみながす
読書 どくしょ・よみかき
読経 どきょう
読解 どっかい
〔誣〕ぶ・ふ・しいる
誣告 ぶこく
誣告罪 ぶこくざい
誣言 ぶげん
〔語〕ご・かたらう・かたり・かたる
語末 ごまつ
語句 ごく
語気 ごき
語呂 ごろ
語尾 ごび
語例 ごれい
語法 ごほう
語学 ごがく
語草 かたりぐさ
語釈 ごしゃく
語順 ごじゅん
語勢 ごせい
語幹 ごかん
語感 ごかん
語路 ごろ
語意 ごい
語義 ごぎ
語源 ごげん
語彙 ごい
語幣 ごへい
語調 ごちょう
語頭 ごとう
語録 ごろく
〔誤〕ご・あやまり・あやまる
誤用 ごよう
誤字 ごじ
誤判 ごはん
誤信 ごしん
誤差 ごさ
誤訳 ごやく
誤報 ごほう
誤植 ごしょく
誤診 ごしん
誤電 ごでん
誤解 ごかい
誤算 ごさん
誤認 ごにん

誤審 ごしん
誤謬 ごびゅう
〔誘〕ゆう・おびく・いさなう・さそう
誘入 さそいいれる
誘水 さそいみず
誘引 ゆういん
誘出 おびきだす
誘因 ゆういん
誘拐 ゆうかい
誘発 ゆうはつ
誘致 ゆうち
誘寄 おびきよせる
誘惑 ゆうわく
誘蛾燈 ゆうがとう
誘導 ゆうどう
誘導体 ゆうどうたい
誘導弾 ゆうどうだん
誘爆 ゆうばく
〔誨〕かい
〔誑〕きょう・たらす・たぶらかす
誑込 たらしこむ
〔説〕せつ・とく
説及 ときおよぶ
説付 ときつける
説伏 せっぷく・ときふせる
説明 せつめい・ときあかす
説明文 せつめいぶん
説法 せっぽう
説起 ときおこす
説破 せっぱ
説教 せっきょう
説得 せっとく
説話 せつわ
説話文学 せつわぶんがく
説諭 せつゆ
〔認〕にん・みとめる・したためる
認可 にんか
認印 みとめいん
認知科学 にんちかがく
認定 にんてい
認証 にんしょう
認識 にんしき
〔誦〕じゅ・しょう
誦経 ずきょう

〔敲〕こう・たたき・たたく
敲鐘 たたきがね
〔豪〕ごう・えらい・えらがる
豪気 ごうき・ごうぎ
豪壮 ごうそう
豪州 ごうしゅう
豪快 ごうかい
豪雨 ごうう
豪邸 ごうてい
豪放 ごうほう
豪胆 ごうたん
豪華 ごうか
豪奢 ごうしゃ
豪雪 ごうせつ
豪商 ごうしょう
豪遊 ごうゆう
豪勢 ごうせい
豪農 ごうのう
豪傑 ごうけつ
豪語 ごうご
豪儀 ごうぎ
〔膏〕こう・あぶら
膏血 こうけつ
膏肓 こうこう
膏薬 こうやく
〔塾〕じゅく
〔遮〕しゃ・さえぎる
遮二無二 しゃにむに
遮光 しゃこう
遮音 しゃおん
遮断 しゃだん
遮蔽 しゃへい
〔腐〕ふ・くさす・くさらかす・くさり・くさる
腐心 ふしん
腐朽 ふきゅう
腐肉 ふにく
腐乱 ふらん
腐臭 ふしゅう
腐食 ふしょく
腐敗 ふはい
腐葉土 ふようど
腐植 ふしょく
腐蝕 ふしょく
腐縁 くされえん
腐儒 ふじゅ
腐爛 ふらん

〔瘧〕ぎゃく・わらわやみ・おこり
〔瘍〕よう
〔廓〕かく・くるわ
〔瘋〕ふう
〔瘦〕ろう
〔塵〕じん・ちり
塵外 じんがい
塵芥 ちりあくた
塵取 ちりとり
塵界 じんかい
塵埃 じんあい
塵紙 ちりがみ
〔旗〕き・はた
旗日 はたび
旗手 きしゅ
旗本 はたもと
旗印 はたじるし
旗色 はたいろ
旗揚 はたあげ
旗幟 きし
旗頭 はたがしら
旗艦 きかん
膂力 りょりょく
〔辣〕らつ・からし
辣腕 らつわん
辣韮 らっきょう
〔端〕は・たん・はし・はした
端子 たんし
端切 はぎれ
端午 たんご
端末 たんまつ
端正 たんせい
端近 はしぢか
端役 はやく
端坐 たんざ
端初 たんしょ
端的 たんてき
端金 はしたがね
端株 はかぶ
端座 たんざ
端書 はしがき
端渓 たんけい
端然 たんぜん
端艇 たんてい
端数 はすう
端境期 はざかいき
端端 はしばし

端緒 たんしょ・たんちょ
端縫 はしぬい
端厳 たんげん
端麗 たんれい
颯 さっと
颯爽 さっそう
〔適〕てき・たく・せき・かなう・かなえる・たまたま
適切 てきせつ
適正 てきせい
適用 てきよう
適当 てきとう
適任 てきにん
適合 てきごう
適材 てきざい
適材適所 てきざいてきしょ
適否 てきひ
適役 てきやく
適言 てきげん
適応 てきおう
適芽 てきが
適者生存 てきしゃせいぞん
適例 てきれい
適法 てきほう
適性 てきせい
適宜 てきぎ
適度 てきど
適格 てきかく・てっかく
適量 てきりょう
適温 てきおん
適確 てきかく・てっかく
適薬 てきやく
適齢 てきれい
〔遡〕そ・さかのぼる
遡及 そきゅう
遡行 そこう
遡航 そこう
〔精〕しょう・せい・くわしい・しらげる
精一杯 せいいっぱい
精力 せいりょく
精力的 せいりょくてき
精子 せいし
精巧 せいこう

精白 せいはく
精包 せいほう
精出 せいだす
精肉 せいにく
精気 せいき
精米 せいまい
精麦 せいばく
精励 せいれい
精兵 せいへい
精良 せいりょう
精妙 せいみょう
精到 せいとう
精油 せいゆ
精度 せいど
精美 せいび
精神 せいしん
精神力 せいしんりょく
精神分析 せいしんぶんせき
精神分裂症 せいしんぶんれつしょう
精神文化 せいしんぶんか
精神生活 せいしんせいかつ
精神主義 せいしんしゅぎ
精神年齢 せいしんねんれい
精神労働 せいしんろうどう
精神的 せいしんてき
精神科学 せいしんかがく
精神病 せいしんびょう
精神異常 せいしんいじょう
精神測定 せいしんそくてい
精神論 せいしんろん
精神薄弱 せいしんはくじゃく
精神衛生 せいしんえいせい
精華 せいか
精根 せいこん
精留 せいりゅう
精粉 せいふん
精粋 せいすい

精通 せいつう
精紡 せいぼう
精進 しょうじん
精進物 しょうじんもの
精彩 せいさい
精粗 せいそ
精液 せいえき
精密 せいみつ
精強 せいきょう
精細 せいさい
精勤 せいきん
精農 せいのう
精微 せいび
精魂 せいこん
精製 せいせい
精算 せいさん
精銅 せいどう
精読 せいどく
精練 せいれん
精確 せいかく
精霊 しょうりょう・せいれい
精霊会 しょうりょうえ
精霊飛蝗 しょうりょうばった
精霊蜻蛉 しょうりょうとんぼ
精鋭 せいえい
精選 せいせん
精薄 せいはく
精錬 せいれん
精鋼 せいこう
精糖 せいとう
精緻 せいち
精髄 せいずい
精囊 せいのう
〔粽〕そう・ちまき
〔熔〕よう・とかす・とく・とける
〔煽〕せん・あおぐ・あおり・あおる・おだてる
煽動 せんどう
〔漬〕し・つかる・づけ・つける
漬物 つけもの
満塁 まんるい
満艦飾 まんかんしょく

滞納 たいのう
〔漆〕しつ・うるし
漆黒 しっこく
漆喰 しっくい
漆器 しっき
〔漸〕ぜん・ようやく
漸次 ぜんじ
漸進 ぜんしん
漸進主義 ぜんしんしゅぎ
漸減 ぜんげん
漸増 ぜんぞう
〔漣〕さざなみ
〔漕〕そう・こぐ
漕手 そうしゅ
〔漱〕そう・うがう
〔漂〕ひょうただよう・ただよわす
漂白 ひょうはく
漂泊 ひょうはく
漂流 ひょうりゅう
漂鳥 ひょうちょう
漂着 ひょうちゃく
〔漫〕まん・すずろぶ・そぞろ
漫才 まんざい
漫画 まんが
漫歩 まんぽ
漫筆 まんぴつ
漫然 まんぜん
漫遊 まんゆう
漫談 まんだん
〔漁〕ぎょりょう・あさる・いさり
漁夫 ぎょふ
漁民 ぎょみん
漁色 ぎょしょく
漁村 ぎょそん
漁労 ぎょろう
漁法 ぎょほう
漁師 りょうし
漁船 ぎょせん
漁場 ぎょじょう・りょうば
漁期 りょうき
漁港 ぎょこう
漁業 ぎょぎょう
漁網 ぎょもう
漁撈 ぎょろう
漁獲 ぎょかく

〔演〕こん・たぎる
〔漉〕ろく・こす・すく
漉入 すきいれ
〔滴〕てき・したたる・したたらす
〔演〕えん
演出 えんしゅつ
演出家 えんしゅつか
演台 えんだい
演技 えんぎ
演芸 えんげい
演奏 えんそう
演奏会 えんそうかい
演習 えんしゅう
演歌 えんか
演歌師 えんかし
演算 えんざん
演説 えんぜつ
演劇 えんげき
演壇 えんだん
演題 えんだい
演繹 えんえき
演繹法 えんえきほう
〔漏〕ろう・もり・もれ・もれる・もる・もらす
漏水 ろうすい
漏斗 じょうご・ろうと
漏出 ろうしゅつ
漏刻 ろうこく
漏泄 ろうせつ
漏洩 ろうえい・ろうせつ
漏電 ろうでん
漏聞 もれきく
〔漲〕ちょうみなぎる
滲出 しんしゅつ・にじみでる
滲炭 しんたん
滲透 しんとう
〔慚〕ざん
慚愧 ざんき
〔慳〕けん
〔慢〕まん
慢心 まんしん
慢性 まんせい
〔慥〕そう・たしか
〔働〕どう
慟哭 どうこく

〔慷〕こう
慷慨 こうがい
〔憎〕ぞう・にくい・にくしみ・にくしむ・にくみ・にくむ・にくたらしい・にくらしい・にくがる
憎口 にくまれぐち
憎体 にくてい
憎役 にくまれやく
憎悪 ぞうお
憎憎 にくにくしい
慴伏 しょうふく
〔惨〕さん・みじめ・むごい
〔慣〕かん・なれる・ならす・ならわし
慣手段 かんしゅだん
慣用 かんよう
慣用句 かんようく
慣用的 かんようてき
慣用音 かんようおん
慣行 かんこう
慣例 かんれい
慣性 かんせい
慣習 かんしゅう
慣習法 かんしゅうほう
慣熟 かんじゅく
〔寡〕か・やまめ・やもめ
寡占 かせん
寡作 かさく
寡欲 かよく
寡婦 かふ・やもめ
寡聞 かぶん
寡頭政治 かとうせいじ
寡黙 かもく
〔窪〕くぼ・くぼまる・くぼめる・くぼみ・くぼむ
窪地 くぼち
〔察〕さっ・さっする
察知 さっち
〔寧〕ねい・むしろ
寧日 ねいじつ
〔蜜〕みち・みつ
蜜月 みつげつ
蜜豆 みつまめ
蜜柑 みかん

蜜蜂 みつばち
蜜腺 みっせん
蜜蝋 みつろう
〔寮〕りょう
寮寮 りょうりょう
〔皸〕くん・あかぎれ・ひび
〔複〕ふく
複分数 ふくぶんすう
複文 ふくぶん
複写 ふくしゃ
複式 ふくしき
複式火山 ふくしきかざん
複合 ふくごう
複合火山 ふくごうかざん
複合動詞 ふくごうどうし
複合語 ふくごうご
複利 ふくり
複素数 ふくそすう
複座 ふくざ
複眼 ふくがん
複葉 ふくよう
複数 ふくすう
複像 ふくぞう
複複線 ふくふくせん
複雑 ふくざつ
〔褌〕ふんどし・まわし
屢 しばしば
屢屢 しばしば
〔層〕そう
層一層 そういっそう
層灰岩 そうかいがん
層状 そうじょう
層雲 そううん
層積雲 そうせきうん
〔遜〕そん・へりくだる
遜色 そんしょく
〔嫣〕えん
嫣然 えんぜん
嫩葉 どんよう
〔嫗〕う・おうな
〔嫖〕ひょう・かるい
〔嫦〕じょう
嫦娥 じょうが
〔嫡〕てき・ちゃく

嫡子 ちゃくし
嫡出 ちゃくしゅつ
嫡男 ちゃくなん
嫡流 ちゃくりゅう
嫡孫 ちゃくそん
〔顄〕は・すこぶる
〔翠〕すい・みどり
翠玉 すいぎょく
翠色 すいしょく
翠緑 すいりょく
翠黛 すいたい
翠巒 すいらん
〔熊〕ゆう・くま
熊手 くまで
熊笹 くまざさ
熊蜂 くまばち
熊襲 くまそ
〔態〕たい・てい・ざま・わざと
態度 たいど
態勢 たいせい
〔隠〕いん・おん・かくし・かくす・かくれ・かくれる
隠元豆 いんげんまめ
隠玉 かくしだま
隠立 かくしだて
隠芸 かくしげい
隠花植物 いんかしょくぶつ
隠言葉 かくしことば
隠忍 いんにん
隠者 いんじゃ
隠事 かくしごと
隠居 いんきょ
隠持 かくしもつ
隠匿 いんとく
隠家 かくれが
隠逸 いんいつ
隠密 おんみつ
隠棲 いんせい
隠喩 いんゆ
隠然 いんぜん
隠遁 いんとん
隠微 いんび
隠語 いんご
隠撮 かくしどり
隠蔽 いんぺい
隠避 いんぴ

〔際〕さい・さいして・きわ
際立 きわだつ
際会 さいかい
際物 きわもの
際限 さいげん
際疾 きわどい
〔障〕しょう・さわり・さわる
障子 しょうじ
障屏画 しょうへいが
障害 しょうがい
障害競走 しょうがいきょうそう
障壁 しょうへき
障礙 しょうがい
〔練〕れん・ねる・ねり
練羊羹 ねりようかん
練糸 ねりいと
練武 れんぶ
練直 ねりなおす
練歩 ねりあるく
練物 ねりもの
練乳 れんにゅう
練炭 れんたん
練習 れんしゅう
練達 れんたつ
練歯磨 ねりはみがき
練絹 ねりぎぬ
練熟 れんじゅく
練薬 ねりぐすり
〔緒〕しょ・ちょ・いとぐち・お
緒言 しょげん・ちょげん
緒戦 しょせん
緒論 しょろん・ちょろん
〔綾〕りょう・あや
綾取 あやとり
綾錦 あやにしき
綾織 あやおり
綾羅錦繍 りょうらきんしゅう
〔綺〕き・かんはた・いろつや
綺談 きだん
綺麗 きれい
綺羅星 きらぼし

〔綽〕しゃく
綽名 あだな
綽約 しゃくやく
綽然 しゃくぜん
綽綽 しゃくしゃく
〔網〕もう・あみ
網戸 あみど
網打 あみうち
網目 あみめ
網代 あじろ
網状 もうじょう
網具 つなぐ
網棚 あみだな
網膜 もうまく
網羅 もうら
〔綱〕こう・つな
綱引 つなひき
綱紀 こうき
綱渡 つなわたり
綱領 こうりょう
〔緋〕ひ・あけ
緋鯉 ひごい
〔維〕い・これ
維持 いじ
維新 いしん
〔綿〕めん・わた
綿入 わたいれ
綿毛 わたげ
綿火薬 めんかやく
綿打 わたうち
綿布 めんぷ
綿虫 わたむし
綿羊 めんよう
綿糸 めんし
綿花 めんか
綿服 めんぷく
綿実油 めんじつゆ
綿球 めんきゅう
綿菓子 わたがし
綿雪 わたゆき
綿密 めんみつ
綿棒 めんぼう
綿雲 わたぐも
綿帽子 わたぼうし
綿飴 わたあめ
綿製品 めんせいひん
綿種油 わただねあぶら
綿綿 めんめん
綿繭 わたまゆ

綿織物 めんおりもの
〔綸〕りん
綸子 りんず
〔綬〕じゅ
〔総〕そう・すべて・ふさ・そうじて
総力 そうりょく
総支出 そうししゅつ
総毛立 そうけだつ
総収 そうしゅう
総本山 そうほんざん
総本家 そうほんけ
総生 ふさなり
総代 そうだい
総立 そうだち
総司令官 そうしれいかん
総出 そうで
総当 そうあたり
総会 そうかい
総合 そうごう
総合口座 そうごうこうざ
総合収支 そうごうしゅうし
総合芸術 そうごうげいじゅつ
総合的 そうごうてき
総合商社 そうごうしょうしゃ
総合課税 そうごうかぜい
総合選択制高校 そうごうせんたくせいこうこう
総攻撃 そうこうげき
総花 そうばな
総見 そうけん
総体 そうたい
総身 そうみ
総状 そうじょう
総決算 そうけっさん
総長 そうちょう
総画 そうかく
総和 そうわ
総括 そうかつ
総指揮 そうしき
総革 そうがわ
総柄 そうがら
総点 そうてん
総則 そうそく

総重量 そうじゅうりょう
総帥 そうすい
総計 そうけい
総退却 そうたいきゃく
総桐 そうぎり
総索引 そうさくいん
総員 そういん
総称 そうしょう
総記 そうき
総益金 そうえききん
総浚 そうざらい
総理 そうり
総理大臣 そうりだいじん
総理府 そうりふ
総掛 そうがかり
総勘定元帳 そうかんじょうもとちょう
総菜 そうざい
総崩 そうくずれ
総動員 そうどういん
総務 そうむ
総裁 そうさい
総量 そうりょう
総勢 そうぜい
総楊枝 ふさようじ
総督 そうとく
総辞職 そうじしょく
総裏 そううら
総意 そうい
総数 そうすう
総髪 そうはつ
総模様 そうもよう
総需要 そうじゅよう
総領 そうりょう
総領事 そうりょうじ
総総 ふさふさ
総監 そうかん
総稽古 そうげいこ
総論 そうろん
総選挙 そうせんきょ
総締 そうじめ
総轄 そうかつ
総額 そうがく
〔絢〕とう・なつ
絢交 ないまぜる
絢混 ないまぜる
〔綜〕そう・あぜ

〔綻〕たん・ほころばす・ほころびる・ほころぶ
〔縮〕たがねる・わがねる・わげる
〔緑〕りょく・みどり
緑十字 りょくじゅうじ
緑土 りょくど
緑内障 りょくないしょう
緑化 りょっか
緑玉石 りょくぎょくせき
緑地 りょくち
緑地帯 りょくちたい
緑豆 りょくとう
緑青 ろくしょう
緑肥 りょくひ
緑草 りょくそう
緑茶 りょくちゃ
緑柱石 りょくちゅうせき
緑便 りょくべん
緑黄色 りょくおうしょく
緑陰 りょくいん
緑樹 りょくじゅ
緑藻植物 りょくそうしょくぶつ
緑礬 りょくばん
〔綴〕つづる・つづ・つづれ・とじる・とじ
綴方 つづりかた
綴込 とじこむ
綴合 つづりあわせる
綴金 とじがね
〔緇〕し

十五畫

〔慧〕けい・さとい
慧眼 けいがん
〔駈〕かける・かる
〔麹〕きく・かむだち・こうじ
麹菌 こうじきん
麹黴 こうじかび
〔輦〕れん
〔賛〕さん

横笛 よこぶえ
横断 おうだん
横軸 よこじく
横雲 よこぐも
横幅 よこはば
横筋 よこすじ
横着 おうちゃく
横着者 おうちゃくもの
横道 よこみち
横隊 おうたい
横腹 よこばら
横溢 おういつ
横隔膜 おうかくまく
横領 おうりょう
横綱 よこづな
横暴 おうぼう
横線 おうせん
横線小切手 おうせんこぎって
横顔 よこがお
〔標〕ひょう・しめ・しるし・しるす
標示 ひょうじ
標本 ひょうほん
標札 ひょうさつ
標目 ひょうもく
標的 ひょうてき
標記 ひょうき
標高 ひょうこう
標準 ひょうじゅん
標準時 ひょうじゅんじ
標準語 ひょうじゅんご
標榜 ひょうぼう
標語 ひょうご
標題 ひょうだい
標識 ひょうしき
〔樗〕ちょ・おうち
楼閣 ろうかく
〔樏〕るい・かんじき
〔権〕けん・ごん
権力 けんりょく
権内 けんない
権化 ごんげ
権利 けんり
権利金 けんりきん
権柄 けんぺい
権威 けんい

権威筋 けんいすじ
権限 けんげん
権高 けんだか
権益 けんえき
権能 けんのう
権勢 けんせい
権謀 けんぼう
権謀術数 けんぼうじゅつすう
〔樅〕しょう・もみ
〔麩〕ふ・ふすま
〔樛〕こう
〔樟〕しょう・くす・くすのき
樟脳 しょうのう
〔樒〕みつ・しきみ
〔楔〕ぬき
〔暫〕ざん・しばし・しばらく
暫定 ざんてい
暫時 ざんじ
〔輪〕りん・わ
輪切 わぎり
輪生 りんせい
輪回 りんね
輪形 りんけい
輪抜 わぬけ
輪投 わなげ
輪作 りんさく
輪金 わがね
輪廻 りんね
輪乗 わのり
輪姦 りんかん
輪転機 りんてんき
輪唱 りんしょう
輪郭 りんかく
輪換 りんかん
輪番 りんばん
輪業 りんぎょう
輪飾 わかざり
輪禍 りんか
輪読 りんどく
輪舞 りんぶ
〔撃〕うつ
撃止 うちとめる
撃抜 うちぬく
撃沈 げきちん
撃退 げきたい
撃破 げきは
撃針 げきしん

撃滅 げきめつ
撃墜 げきつい
〔輜〕し
輜重 しちょう
〔敷〕ふ・しき・しく
敷石 しきいし
敷布 しきふ
敷布団 しきぶとん
敷地 しきち
敷板 しきいた
敷物 しきもの
敷金 しききん
敷居 しきい
敷革 しきがわ
敷衍 ふえん
敷島 しきしま
敷設 ふせつ
敷詰 しきつめる
敷蒲団 しきぶとん
敷藁 しきわら
〔監〕けん・かん
監査 かんさ
監修 かんしゅう
監理 かんり
監視 かんし
監禁 かんきん
監督 かんとく
監製 かんせい
監獄 かんごく
監察 かんさつ
監護 かんご
〔緊〕きん
緊迫 きんぱく
緊要 きんよう
緊急 きんきゅう
緊密 きんみつ
緊張 きんちょう
緊縮 きんしゅく
〔豎〕じゅ・だて
〔豌〕えん
豌豆 えんどう
〔遷〕せん
遷都 せんと
〔醋〕さく・そ・す
醋酸 さくさん
〔酳〕りん・あわす・さわす
〔醇〕じゅん
醇化 じゅんか
醇平 じゅんこ

醇朴 じゅんぼく
醇美 じゅんび
〔磊〕らい
磊落 らいらく
〔憂〕ゆう・う・れい・うれえる
憂目 うきめ
憂色 ゆうしょく
憂苦 ゆうく
憂国 ゆうこく
憂患 ゆうかん
憂晴 うさばらし
憂悶 ゆうもん
憂愁 ゆうしゅう
憂慮 ゆうりょ
憂憤 ゆうふん
憂鬱 ゆううつ
憂鬱症 ゆううつしょう
憂鬱質 ゆううつしつ
〔磑〕からうす
〔磔〕たく・たくする・はりつけ
磔刑 たっけい
〔確〕かく・しっかと・しっかり・たしか・たしかめる・かくたる・しかと
確平 かっこ
確立 かくりつ
確固 かっこ
確実 かくじつ
確定 かくてい
確定的 かくていてき
確保 かくほ
確信 かくしん
確度 かくど
確約 かくやく
確執 かくしつ
確率 かくりつ
確報 かくほう
確答 かくとう
確証 かくしょう
確認 かくにん
〔碾〕ひく
碾臼 ひきうす
碾割 ひきわる
〔贋〕がん・かり
〔震〕しん・ふるう・ふるえる・ふるわす

震天動地 しんてんどうち	劇評 げきひょう	瞋恚 しんい	瞑想 めいそう
震旦 しんたん	劇痛 げきつう	〔暴〕ぼう・あばく・あばれる	〔黙〕もく・もだす・だまる・だんまりこくる
震央 しんおう	劇詩 げきし	暴力 ぼうりょく	
震付 ふるいつく	劇壇 げきだん	暴力団 ぼうりょくだん	黙止 もくし
震災 しんさい	劇薬 げきやく	暴水川 あばれがわ	黙込 だまりこむ
震度 しんど	劇職 げきしょく	暴立 あばきたてる	黙礼 もくれい
震害 しんがい	歔欷 きょき	暴行 ぼうこう	黙考 もっこう
震域 しんいき	〔戯〕ぎ・おどけ・ざれる・じゃれる・たわける・たわむれる	暴走 ぼうそう	黙契 もっけい
震動 しんどう		暴投 ぼうとう	黙約 もくやく
震幅 しんぷく	戯曲 ぎきょく	暴戻 ぼうれい	黙秘 もくひ
震源 しんげん	戯作 げさく	暴利 ぼうり	黙殺 もくさつ
震駭 しんがい	戯言 たわごと	暴言 ぼうげん	黙座 もくざ
震撼 しんかん	戯画 ぎが	暴君 ぼうくん	黙許 もっきょ
震盪 しんとう	〔膚〕はだ・はだえ	暴虎馮河 ぼうこひょうが	黙視 もくし
震盪 しんとう	膚襦袢 はだじゅばん		黙過 もっか
〔霊〕れい・たま・たましい	〔慮〕りょ・おもんばかる	暴政 ぼうせい	黙然 もくぜん
		暴威 ぼうい	黙想 もくそう
霊山 れいざん	慮外 りょがい	暴虐 ぼうぎゃく	黙読 もくどく
霊安室 れいあんしつ	〔輝〕き・かかやく・かかやかしい・かがやかす	暴風 ぼうふう	黙認 もくにん
霊位 れいい		暴風雨 ぼうふうう	黙劇 もくげき
霊長 れいちょう		暴風雪 ぼうふうせつ	黙黙 もくもく
霊長類 れいちょうるい	輝石 きせき	暴発 ぼうはつ	黙諾 もくだく
	〔弊〕へい	暴徒 ぼうと	黙難 もだしがたい
霊柩車 れいきゅうしゃ	弊衣 へいい	暴挙 ぼうきょ	黙禱 もくとう
	弊社 へいしゃ	暴動 ぼうどう	〔噴〕ふん・ふく
霊前 れいぜん	弊店 へいてん	暴落 ぼうらく	噴水 ふんすい
霊屋 たまや	弊風 へいふう	暴飲暴食 ぼういんぼうしょく	噴火 ふんか
霊峰 れいほう	弊害 へいがい		噴火口 ふんかこう
霊域 れいいき	弊習 へいしゅう	暴漢 ぼうかん	噴火山 ふんかざん
霊祭 たままつり	〔幣〕へい・ぬさ・みてぐら	暴論 ぼうろん	噴出 ふきだす・ふきでる・ふんしゅつ
霊感 れいかん		暴騰 ぼうとう	
霊園 れいえん	〔賞〕しょう	暴露 ばくろ	噴泉 ふんせん
霊魂 れいこん	賞与 しょうよ	〔賦〕ふ	噴射 ふんしゃ
霊験 れいげん	賞用 しょうよう	賦与 ふよ	噴飯 ふんぱん
霄壌 しょうじょう	賞状 しょうじょう	賦払 ぶばらい	噴飯物 ふんぱんもの
翩翻 へんぽん	賞杯 しょうはい	賦役 ふえき	噴煙 ふんえん
〔鴉〕あ・からす	賞味 しょうみ	賦税 ふぜい	噴霧器 ふんむき
〔劇〕げき・はげし	賞金 しょうきん	賦課 ふか	〔噎〕えつ・むせる
劇化 げきか	賞盃 しょうはい	〔賤〕せん・いやしめる・いやしい	〔嘶〕せい・いななく・いななき・いばえる
劇団 げきだん	賞品 しょうひん		
劇作 げきさく	賞美 しょうび	〔賜〕し・たまもの・たまわる・たまう	
劇毒 げきどく	賞揚 しょうよう		〔嘲〕ちょう・とう・あざける
劇画 げきが	賞牌 しょうはい	賜物 たまもの・たまわりもの	
劇的 げきてき	賞嘆 しょうたん		嘲弄 ちょうろう
劇性 げきせい	賞辞 しょうじ	〔賠〕ばい	嘲笑 あざわらう・ちょうしょう
劇映画 げきえいが	賞罰 しょうばつ	賠償 ばいしょう	
劇変 げきへん	賞賛 しょうさん	〔瞑〕めい・つぶる・つむる	嘲罵 ちょうば
劇務 げきむ	賞翫 しょうがん		〔閲〕えつ
劇場 げきじょう	賞讃 しょうさん	瞑目 めいもく	閲兵 えっぺい
			閲覧 えつらん

閲覧室 えつらんしつ

〔影〕えい・かげ
影印 えいいん
影武者 かげむしゃ
影法師 かげぼうし
影絵 かげえ
影像 えいぞう
影響 えいきょう
影響力 えいきょうりょく
〔踝〕くるぶし
〔踏〕とう・ふむ・ふまえる
踏切 ふみきり・ふみきる・ふんぎり
踏止 ふみとどまる
踏分 ふみわける
踏石 ふみいし
踏付 ふみつける
踏込 ふみこみ・ふみこむ
踏外 ふみはずす
踏出 ふみだす
踏台 ふみだい
踏臼 ふみうす
踏抜 ふみぬく
踏均 ふみならす
踏板 ふみいた
踏固 ふみかためる
踏所 ふまえどころ・ふみどころ
踏荒 ふみあらす
踏査 とうさ
踏面 ふみづら
踏段 ふみだん
踏迷 ふみまよう
踏破 とうは
踏倒 ふみたおす
踏張 ふんばる
踏越 ふみこえる・ふみこし
踏絵 ふみえ
踏跡 ふみあと
踏鳴 ふみならす
踏潰 ふみつぶす
踏締 ふみしめる
踏襲 とうしゅう
〔踠〕もがく
〔踞〕きょ・うずくまる

〔遺〕い・ゆい・のこす
遺文 いぶん
遺失 いしつ
遺失物 いしつぶつ
遺伝 いでん
遺伝子 いでんし
遺伝子工学 いでんしこうがく
遺伝子変異 いでんしへんい
遺志 いし
遺児 いじ
遺体 いたい
遺作 いさく
遺言 いごん・ゆいごん
遺尿 いにょう
遺物 いぶつ
遺命 いめい
遺孤 いこ
遺品 いひん
遺風 いふう
遺恨 いこん
遺骨 いこつ
遺留品 いりゅうひん
遺家族 いかぞく
遺容 いよう
遺書 いしょ
遺著 いちょ
遺族 いぞく
遺産 いさん
遺習 いしゅう
遺業 いぎょう
遺跡 いせき
遺跡博物館 いせきはくぶつかん
遺棄 いき
遺精 いせい
遺漏 いろう
遺影 いえい
遺稿 いこう
遺骸 いがい
遺憾 いかん
遺贈 いぞう
〔蝶〕ちょう
蝶番 ちょうつがい
蝶結 ちょうむすび
蝶蝶 ちょうちょう
蝶鮫 ちょうざめ

〔蝴〕こ・ちょう
〔蜊〕ざり
〔蠅〕よう・はい・はえ
〔蝸〕か
蝸牛 かたつむり
〔蝮〕ふく・まむし
〔蝗〕こう・いなご
蝤蛑 かざみ
〔蝙〕ふく・かわほり・こうもり
〔蝦〕か・えび
蝦夷 えぞ
蝦腰 えびごし
蝦蟇 がま
〔器〕き・うつわ
器用 きよう
器用貧乏 きようびんぼう
器材 きざい
器具 きぐ
器物 きぶつ
器官 きかん
器械 きかい
器械体操 きかいたいそう
器楽 きがく
〔嘸〕ぶ・さぞ
〔噂〕そん・うわさ
〔嘱〕しとし
嘱目 しょくもく
嘱託 しょくたく
嘱望 しょくぼう
〔罵〕ば・ののしり・ののしる
罵声 ばせい
罵言 ばげん
罵倒 ばとう
罵詈雑言 ばりぞうごん
〔罷〕ひ・やめる・まかる
罷出 まかりでる
罷免 ひめん
罷免権 ひめんけん
罷間違 まかりまちがう
罷業 ひぎょう
〔幟〕し・のぼり
〔輩〕はし・ぼら・やから・ともがら

輩下 はいか
輩出 はいしゅつ
〔舞〕ぶ・まい・まう
舞上 まいあがる
舞文曲筆 ぶぶんきょくひつ
舞込 まいこむ
舞台 ぶたい
舞台装置 ぶたいそうち
舞台裏 ぶたいうら
舞台劇 ぶたいげき
舞曲 ぶきょく
舞戻 まいもどる
舞扇 まいおうぎ
舞姫 まいひめ
舞楽 ぶがく
舞踊 ぶよう
舞踏 ぶとう
舞舞螺 まいまいつぶろ
〔歓〕かん・よろこび
歓天喜地 かんてんきち
歓心 かんしん
歓声 かんせい
歓迎 かんげい
歓呼 かんこ
歓待 かんたい
歓喜 かんき
歓楽 かんらく
歓談 かんだん
〔靠〕もたれる
靠掛 もたれかかる
〔穂〕ほ・すい
穂先 ほさき
穂波 ほなみ
〔稽〕けい
稽古 けいこ
〔黎〕れい
黎明 れいめい
〔稿〕こう・わら・したたき
〔稼〕か・かせぎ・かせぐ
稼動 かどう
稼業 かぎょう
稼働 かどう
〔勲〕くん・いさお
勲功 くんこう

勲章 くんしょう
〔箸〕ちょ・はし
箸休 はしやすめ
箸置 はしおき
箸箱 はしばこ
〔箱〕そう・は
箱入娘 はこいりむすめ
箱火鉢 はこひばち
箱枕 はこまくら
箱柳 はこやなぎ
箱乗 はこのり
箱馬車 はこばしゃ
箱根 はこね
箱師 はこし
箱庭 はこにわ
箱船 はこぶね
箱提燈 はこぢょうちん
箱割 はこわれ
箱詰 はこづめ
箱錠 はこじょう
〔範〕はん
範囲 はんい
範疇 はんちゅう
〔箴〕しん
箴言 しんげん
〔篇〕へん
篇目 へんもく
篇首 へんしゅ
〔篆〕てん
篆字 てんじ
篆刻 てんこく
篆書 てんしょ
〔儚〕ぼう・はかない・はかなむ
〔億〕おく
億劫 おっくう
〔儀〕ぎ
儀仗 ぎじょう
儀仗兵 ぎじょうへい
儀礼 ぎれい
儀式 ぎしき
儀典 ぎてん
〔麁〕うつけ
〔鴃〕げき・もず
皚皚 がいがい
〔魅〕み・みする
魅入 みいる
魅了 みりょう

魅力 みりょく
魅力的 みりょくてき
魅惑 みわく
〔僻〕へき・ひがむ・ひがみ
僻地 へきち
僻見 へきけん
僻遠 へきえん
〔質〕しつ・しち・たち・ただす
質入 しちいれ
質札 しちふだ
質朴 しつぼく
質的 しつてき
質実 しつじつ
質草 しちぐさ
質屋 しちや
質素 しっそ
質問 しつもん
質量 しつりょう
質種 しちぐさ
質疑 しつぎ
質樸 しつぼく
〔衝〕しょう・つく
衝天 しょうてん
衝立 ついたて
衝羽根 つくばね
衝突 しょうとつ
衝動 しょうどう
衝撃 しょうげき
衝撃波 しょうげきは
慫慂 しょうよう
〔徹〕てつ・てっする
徹夜 てつや
徹底 てってい
徹底的 てっていてき
徹宵 てっしょう
徹頭徹尾 てっとうてつび
〔艘〕そう
磐石 ばんじゃく
〔盤〕ばん
盤石 ばんじゃく
〔鋳〕ちゅう・いる
鋳込 いこむ
鋳物 いもの
鋳型 いがた
鋳造 ちゅうぞう
鋳掛 いかけ

鋳鉄 いてつ・ちゅうてつ
鋳潰 いつぶす
鋳鋼 ちゅうこう
〔鉈〕ぼう
〔鋪〕ほ
〔鋏〕きょう・はさむ・やっとこ
〔銷〕しょう
銷却 しょうきゃく
銷沈 しょうちん
銷夏 しょうか
〔鋤〕すき・すく
鋤返 すきかえす
鋤起 すきおこす
鋤焼 すきやき
鋤鍋 すきなべ
〔鋲〕びょう
〔鋒〕ほう・ほこ・ほこさき
〔鋭〕えい・するどい
鋭気 えいき
鋭利 えいり
鋭角 えいかく
鋭敏 えいびん
鋭意 えいい
鋭鋒 えいほう
〔舗〕ほ
舗装 ほそう
舗道 ほどう
〔慾〕よく
〔餌〕じ・え・えさ
餌付 えづけ・えづける
餌食 えじき
〔餅〕へい・もち
餅肌 もちはだ
餅花 もちばな
餅草 もちぐさ
餅屋 もちや
餅搗 もちつき
餅膚 もちはだ
〔餓〕が・うえ・うえる
餓死 がし
餓鬼 がき
餓鬼大将 がきだいしょう
〔餘〕よ・あます・あまり・あまる
〔膝〕ひざ

膝下 しっか
膝枕 ひざまくら
膝送 ひざおくり
膝掛 ひざかけ
〔遯〕とん
〔滕〕とう・かがる
〔膣〕ちつ
〔膠〕こう・にかわ
膠着 こうちゃく
膠着語 こうちゃくご
膠漆 こうしつ
膠質 こうしつ
〔鴇〕ほう・とき
鴇色 ときいろ
〔魳〕かます
魯迅 ろじん
〔魴〕ほう
魴鮄 ほうぼう
〔皺〕しわ・しわめる・しわむ・しわばむ
皺伸 しわのばし
皺寄 しわよせ
皺腹 しわばら
〔請〕しょう・せい・うけ・うける・こう・しょうずる
請入 しょうじいれる
請求 せいきゅう
請負 うけおい・うけおう
請訓 せいくん
請願 せいがん
〔諸〕しょ・もろ・もろもろ
諸口 しょくち
諸山 しょざん
諸刃 もろは
諸元表 しょげんひょう
諸手 もろて
諸公 しょこう
諸氏 しょし
諸本 しょほん
諸兄 しょけい
諸処 しょしょ
諸式 しょしき
諸共 もろとも
諸因 しょいん
諸行 しょぎょう
諸肌 もろはだ

諸色 しょしき
諸車 しょしゃ
諸君 しょくん
諸事 しょじ
諸国 しょこく
諸物 しょぶつ
諸所 しょしょ
諸法 しょほう
諸宗 しょしゅう
諸姉 しょし
諸政 しょせい
諸相 しょそう
諸侯 しょこう
諸島 しょとう
諸般 しょはん
諸家 しょか
諸掛 しょがかり
諸悪 しょあく
諸道 しょどう
諸費 しょひ
諸節 しょせつ
諸種 しょしゅ
諸説 しょせつ
諸豪 しょごう
諸諸 もろもろ
諸賢 しょけん
諸嬢 しょじょう
〔諾〕だく・だくする
　・うべなう
諾否 だくひ
諾諾 だくだく
諫言 かんげん
〔課〕か・かする
課目 かもく
課外 かがい
課長 かちょう
課程 かてい
課程博士 かていはかせ
課税 かぜい
課題 かだい
〔謁〕えつ・えっする
謁見 えっけん
〔誹〕はい・ひ・そしる・そしり
誹諧 はいかい
誹謗 ひぼう
〔誕〕たん
誕生 たんじょう

誕生石 たんじょうせき
〔誰〕た・たれ・だれ
誰何 すいか
誰其 だれそれ
誰知 だれしらぬ
誰彼 だれかれ
誰誰 だれだれ
〔論〕ろん・ろんじる・あげつらう
論及 ろんきゅう
論文 ろんぶん
論文博士 ろんぶんはかせ
論功行賞 ろんこうこうしょう
論外 ろんがい
論弁 ろんべん
論旨 ろんし
論争 ろんそう
論告 ろんこく
論究 ろんきゅう
論者 ろんしゃ
論拠 ろんきょ
論述 ろんじゅつ
論法 ろんぽう
論点 ろんてん
論客 ろんかく・ろんきゃく
論破 ろんぱ
論陣 ろんじん
論理 ろんり
論理的 ろんりてき
論理学 ろんりがく
論断 ろんだん
論集 ろんしゅう
論証 ろんしょう
論評 ろんぴょう
論詰 ろんきつ
論戦 ろんせん
論駁 ろんばく
論語 ろんご
論説 ろんせつ
論鋒 ろんぽう
論調 ろんちょう
論敵 ろんてき
論壇 ろんだん
論難 ろんなん
論題 ろんだい
論纂 ろんさん

論議 ろんぎ
〔諍〕そう・いさかい
〔調〕ちょう・しらべる・しらべ
調子 ちょうし
調子者 ちょうしもの
調号 ちょうごう
調弁 ちょうべん
調印 ちょういん
調合 ちょうごう
調車 しらべぐるま
調味 ちょうみ
調味料 ちょうみりょう
調和 ちょうわ
調法 ちょうほう
調弦 ちょうげん
調革 しらべがわ
調査 ちうさ
調査費 ちょうさひ
調律 ちょうりつ
調度 ちょうど
調帯 しらべおび
調剤 ちょうざい
調書 ちょうしょ
調理 ちょうり
調理師 ちょうりし
調教 ちょうきょう
調停 ちょうてい
調達 ちょうたつ
調節 ちょうせつ
調髪 ちょうはつ
調製 ちょうせい
調練 ちょうれん
調薬 ちょうやく
調整 ちょうせい
〔諂〕てん・へつらう
〔諒〕りょう
諒解 りょうかい
諒察 りょうさつ
〔諄〕じゅん・くどい
諄諄 じゅんじゅん
〔談〕だん・だんずる・だんじる
談込 だんじこむ
談合 だんごう
談判 だんぱん
談笑 だんしょう
談話 だんわ
談義 だんぎ

談論風発 だんろんふうはつ
〔誼〕ぎ・よしみ
〔熟〕じゅく・いずれ・うむ・うれる
熟考 じゅっこう
熟年 じゅくねん
熟字 じゅくじ
熟字訓 じゅくじくん
熟知 じゅくち
熟達 じゅくたつ
熟睡 じゅくすい
熟読 じゅくどく
熟語 じゅくご
熟練 じゅくれん
熟慮 じゅくりょ
〔廟〕びょう
〔摩〕ま・さする・すれる
摩天楼 まてんろう
摩耗 まもう
摩訶不思議 まかふしぎ
摩損 まそん
摩滅 まめつ
摩擦 まさつ
摩擦音 まさつおん
〔麾〕き・さしまねく
麾下 きか
〔褒〕ほう・ほめる
褒美 ほうび
褒章 ほうしょう
褒賞 ほうしょう
廠舎 しょうしゃ
〔瘡〕そう・かさ
〔瘤〕こぶ・しいね
〔瘠〕やせ・やせる・やす
〔慶〕けい・けいする
慶弔 けいちょう
慶事 けいじ
慶賀 けいが
廃人 はいじん
〔凛〕りん・りんと
凛冽 りんれつ
凛然 りんぜん
凛凛 りりしい・りんりん
〔毅〕き
毅然 きぜん

〔敵〕てき・あだ・か
　たき・かなう・てき
　する
敵手 てきしゅ
敵方 てきがた
敵本主義 てきほんし
　ゅぎ
敵失 てきしつ
敵地 てきち
敵状 てきじょう
敵対 てきたい
敵国 てっこく
敵軍 てきぐん
敵討 かたきうち
敵陣 てきじん
敵産 てきさん
敵情 てきじょう
敵視 てきし
敵意 てきい
敵愾心 てきがいしん
敵襲 てきしゅう
〔養〕よう・やしない
　・やしなう
養子 ようし
養女 ようじょ
養毛剤 ようもうざい
養父 ようふ
養父母 ようふぼ
養分 ようぶん
養生 ようじょう
養母 ようぼ
養老 ようろう
養成 ようせい
養成所 ようせいじょ
養育 よういく
養蚕 ようさん
養畜 ようちく
養家 ようか
養豚 ようとん
養魚 ようぎょ
養殖 ようしょく
養蜂 ようほう
養鶏 ようけい
養護 ようご
養護学校 ようごがっ
　こう
〔羹〕かん・こう・あ
　つもの
鄰合 となりあう
〔糂〕じん

〔糊〕こ・のり
糊口 ここう
糊塗 こと
〔鄭〕てい
鄭重 ていちょう
〔遵〕じゅん
遵守 じゅんしゅ
遵奉 じゅんぽう
遵法 じゅんぽう
〔導〕どう・みちびく
導入 どうにゅう
導水 どうすい
導火 どうか
導火線 どうかせん
導出 どうしゅつ
導因 どういん
導体 どうたい
導線 どうせん
〔潔〕けつ・いさぎよ
　い
潔白 けっぱく
潔斎 けっさい
潔癖 けっぺき
〔潜〕せん・くぐり・
　くぐる・もぐる・も
　ぐり
潜入 せんにゅう
潜戸 くぐりど
潜水 せんすい
潜水夫 せんすいふ
潜水母艦 せんすいぼ
　かん
潜水艦 せんすいかん
潜込 もぐりこむ
潜在 せんざい
潜在意識 せんざいい
　しき
潜伏 せんぷく
潜行 せんこう
潜航 せんこう
潜望鏡 せんぼうきょ
　う
潜勢力 せんせいりょ
　く
潜像 せんぞう
澎湃 ほうはい
〔潮〕ちょう・しお
潮水 しおみず
潮目 しおめ
潮汐 ちょうせき
潮位 ちょうい

潮垂 しおたれる
潮待 しおまち
潮風 しおかぜ
潮時 しおどき
潮流 ちょうりゅう
潮路 しおじ
潮解 ちょうかい
潮煙 しおけむり
潮境 しおざかい
潮鳴 しおなり
潮騒 しおさい
〔潸〕さん
〔潰〕かい・ついえる
　・つぶし・つぶす・
　つぶれる
潰瘍 かいよう
〔潟〕かた
潟湖 せきこ
〔潤〕じゅん・うるおい
　・うるおう・うる
　おす・うるむ・ほと
　びる
潤色 じゅんしょく
潤沢 じゅんたく
潤筆 じゅんぴつ
潤滑油 じゅんかつゆ
〔潺〕せん
潺潺 せんせん
〔澄〕ちょう・すむ・
　すます・すまし
澄切 すみきる
澄汁 すましじる
澄明 ちょうめい
澄渡 すみわたる
〔潑〕はつ
潑剌 はつらつ
〔憤〕ふ・いきどおり
　・いきどおる
憤死 ふんし
憤怒 ふんど・ふんぬ
憤然 ふんぜん
憤慨 ふんがい
憤激 ふんげき
憤懣 ふんまん
〔憬〕けい・あこがれ
　・あこがれる
〔憚〕たん・はばから
　・はばかる
憚様 はばかりさま
〔憮〕ぶ
憮然 ぶぜん

〔憔〕しょう
憔悴 しょうすい
〔憧〕しょうどう・あ
　こがれ・あこがれる
憧憬 しょうけい・ど
　うけい
〔憐〕れん・あわれび
　・あわれみ・あわれ
　む
憐愍 れんびん
憐憫 れんびん
〔憫〕びん・あわれみ
憫笑 びんしょう
〔賓〕ひん・まろうど
賓客 ひんかく・ひん
　きゃく
〔寮〕りょう
寮生 りょうせい
〔審〕しん・つまびら
　か
審判 しんぱん
審査 しんさ
審美 しんび
審美眼 しんびがん
審理 しんり
審問 しんもん
審議 しんぎ
〔窮〕きゅう・きわま
　る・きわめる・きわ
　まり
窮乏 きゅうぼう
窮地 きゅうち
窮余 きゅうよ
窮状 きゅうじょう
窮迫 きゅうはく
窮屈 きゅうくつ
窮極 きゅうきょく
〔窯〕よう・かま
窯元 かまもと
窯業 ようぎょう
褫奪 ちだつ
〔褪〕たい・さめる・
　あせる
〔蝨〕しつ・しらみ
〔熨〕い・うつ・のし
　・のす・ひのし
〔慰〕い・なぐさめる
慰安 いあん
慰労 いろう
慰者 なぐさみもの
慰留 いりゅう

慰問 いもん
慰霊 いれい
慰藉 いしゃ
慰謝料 いしゃりょう
〔劈〕へき・つんざく
劈頭 へきとう
〔履〕り・はく
履行 りこう
履物 はきもの
履修 りしゅう
履違 はきちがえる
履歴 りれき
履歴書 りれきしょ
履歴現象 りれきげんしょう
履慣 はきならす・はきなれる
〔選〕せん・えらぶ・える・よる
選手 せんしゅ
選手権 せんしゅけん
選外 せんがい
選民思想 せんみんしそう
選出 せんしゅつ
選考 せんこう
選任 せんにん
選好 えりごのみ
選抜 えりぬき・せんばつ
選択 せんたく
選択肢 せんたくし
選択科目 せんたくかもく
選別 せんべつ
選者 せんじゃ
選定 せんてい
選炭 せんたん
選挙 せんきょ
選挙人 せんきょにん
選挙権 せんきょけん
選書 せんしょ
選球 せんきゅう
選集 せんしゅう
選評 せんぴょう
漿果 しょうか
漿液 しょうえき
漿麩 しょうふ
〔嬉〕き・うれしい・うれしがる
嬉泣 うれしなき

嬉涙 うれしなみだ
嬉嬉 きき
〔篤〕ど
篤馬 どば
〔駕〕が・がする
駕籠 かご
〔墜〕つい
墜死 ついし
墜落 ついらく
〔緘〕かん
緘口令 かんこうれい
緘黙 かんもく
〔縄〕じょう・なわ
縄目 なわめ
縄梯子 なわばしご
縄張 なわばり
縄暖簾 なわのれん
縄跳 なわとび
〔縕〕おん
縕袍 どてら
〔緞〕どん
緞子 どんす
〔線〕せん
線分 せんぶん
線画 せんが
線香 せんこう
線香花火 せんこうはなび
〔緩〕かん・ゆるめる・ゆるむ・ゆるい・ゆるやか・ゆるり
緩和 かんわ
緩急 かんきゅう
緩怠 かんたい
緩徐 かんじょ
緩慢 かんまん
緩衝 かんしょう
緩衝地帯 かんしょうちたい
〔締〕てい・しまり・しまる・しめる
締上 しめあげる
締切 しめきり・しめきる
締付 しめつける
締出 しめだし・しめだす
締金 しめがね
締括 しめくくり・しめくくる
締約 ていやく

締殺 しめころす
締結 ていけつ
締盟 ていめい
〔編〕へん・あむ・あみ
編入 へんにゅう
編上 あみあげる
編上靴 へんじょうか
編目 へんもく
編出 あみだす
編成 へんせい
編曲 へんきょく
編年史 へんねんし
編年体 へんねんたい
編杓子 あみじゃくし
編者 へんしゃ
編制 へんせい
編物 あみもの
編首 へんしゅ
編修 へんしゅう
編針 あみばり
編著 へんちょ
編笠 あみがさ
編棒 あみぼう
編集 へんしゅう
編隊 へんたい
編機 あみき
編輯 へんしゅう
編纂 へんさん
〔縁〕えん・ふち・よすが・よる・ゆかり・へり
縁切 えんきり
縁日 えんにち
縁台 えんだい
縁先 えんさき
縁者 えんじゃ
縁取 ふちどり・ふちどる
縁故 えんこ
縁起 えんぎ
縁起物 えんぎもの
縁家 えんか
縁戚 えんせき
縁側 えんがわ
縁組 えんぐみ
縁結 えんむすび
縁遠 えんどおい
縁続 えんつづき
縁語 えんご

縁談 えんだん
縁類 えんるい
〔畿〕き
畿内 きない

十六畫

〔璞〕あらたま
〔麺〕めん
麺棒 めんぼう
麺類 めんるい
隷書 れいしょ
〔髭〕し・ひげ
〔髷〕きょく・まげ
墻壁 しょうへき
〔駱〕らく・かわらげ
駱駝 らくだ
〔駢〕へん・ぺん・ならび・ならぶ
駢儷体 べんれいたい
〔馳〕ち・はせ・はせる
馳走 ちそう
馳集 はせあつまる
馳駆 さく
〔擂〕らい・する
〔蕈〕じん・きのこ・たけ
〔蕨〕けつ・わらび
〔薉〕さい・せつ
〔薨〕ぼう・いらか
〔蕪〕ぶ・かぶ・かぶら
蕪村 ぶそん
蕪雑 ぶざつ
〔蕎〕きょう
蕎麦 そば
蕎麦掻 そばがき
〔蕉〕しょう
蕉風 しょうふう
〔蕃〕はん・ばん
〔蕩〕とう・つたよう・とろかす・とろける
蕩尽 とうじん
蕩児 とうじ
〔蕁〕じん・たん
蕁麻 じんま
蕁麻疹 じんましん
〔操〕そう・あやつり・あやつる・みさお

操人形 あやつりにん ぎょう
操行 そうこう
操車 そうしゃ
操作 そうさ
操作卓 そうさたく
操業 そうぎょう
操業短縮 そうぎょう たんしゅく
操縦 そうじゅう
〔蔬〕そ
蔬菜 そさい
〔壊〕かい・え・こわ れる・こわれ・こわ す
壊血病 かいけつびょ う
壊乱 かいらん
壊物 こわれもの
壊変 かいへん
壊滅 かいめつ
〔壇〕だん
壇上 だんじょう
〔壌〕じょう
壌土 じょうど
〔擁〕よう
擁立 ようりつ
擁壁 ようへき
擁護 ようご
〔鞘〕しょう・さや
鞘当 さやあて
鞘取買売 さやとりば いばい
〔燕〕えん・つばめ
燕麦 えんばく
燕尾服 えんびふく
燕窩 えんか
〔薙〕ち・なぎ
薙刀 なぎなた
薙払 なぎはらう
薙伏 なぎふせる
〔薫〕くん・かおり・ かおる・くんずる
薫陶 くんとう
薫製 くんせい
〔薬〕やく・くすり
薬方 やくほう
薬玉 くすだま
薬石 やくせき
薬代 くすりだい・や くだい

薬用 やくよう
薬名 やくめい
薬局 やっきょく
薬局方 やっきょくほ う
薬毒 やくどく
薬事 やくじ
薬味 やくみ
薬物 やくぶつ
薬物中毒 やくぶつち ゅうどく
薬価 やっか
薬効 やっこう
薬学 やくがく
薬指 くすりゆび
薬草 やくそう
薬品 やくひん
薬屋 くすりや
薬師 やくし
薬師如来 やくしにょ らい
薬殺 やくさつ
薬剤 やくざい
薬剤師 やくざいし
薬酒 やくしゅ
薬害 やくがい
薬理 やくり
薬莢 やっきょう
薬液 やくえき
薬量 やくりょう
薬湯 やくとう
薬箱 くすりばこ
薬餌 やくじ
薬籠 やくろう
薬罐 やかん
﨟纈 ろうけち
﨟纈染 ろうけつぞめ
〔薦〕せん・こも・す すめる
〔薪〕しん・たきぎ・ まき
薪水 しんすい
薪炭 しんたん
〔蒟〕こん・く
〔薄〕はく・うす・う すい・うすめる・う する・うすら・うす らぐ・すすき
薄力粉 はくりきこ
薄口 うすくち
薄日 うすび

薄手 うすで
薄片 はくへん
薄化粧 うすげしょう
薄目 うすめ
薄地 うすじ
薄気味悪 うすきみわ るい
薄志 はくし
薄利 はくり
薄利多売 はくりたば い
薄幸 はっこう
薄板 うすいた
薄明 はくめい
薄命 はくめい
薄茶 うすちゃ
薄荷 はっか
薄笑 うすわらい
薄倖 はっこう
薄弱 はくじゃく
薄情 はくじょう
薄雲 うすぐも
薄暑 はくしょ
薄遇 はくぐう
薄着 うすぎ
薄焼 うすやき
薄給 はっきゅう
薄暮 はくぼ
薄薄 うすうす
薄謝 はくしゃ
〔頤〕い・あご・おと がい
〔樺〕か・かぼご
樺色 かばいろ
〔橄〕かん
橄欖 かんらん
〔樹〕じゅ・き
樹下 じゅか
樹木 じゅもく
樹立 じゅりつ
樹皮 じゅひ
樹冰 じゅひょう
樹林 じゅりん
樹海 じゅかい
樹脂 じゅし
樹液 じゅえき
樹蔭 じゅいん
樹齢 じゅれい
樹懶 なまけもの
〔樫〕かし

〔樬〕ぬるで
〔樸〕ぼく
〔橅〕ぶな
〔橇〕きょう・そり・ かんじき
〔橋〕きょう・はし
橋杙 はしぐい
橋供養 はしくよう
橋桁 はしげた
橋詰 はしづめ
橋銭 はしせん
橋頭堡 きょうとうほ
橋縣 はしがかり
〔樵〕しょう・こる・ きこり・きこる
樵夫 きこり
〔褸〕ふすま
〔橡〕しょう・つるば み・とち
橡木 とちのき
〔樽〕そん・たる
樽柿 たるがき
樽酒 たるざけ
〔橙〕とう・だいだい
橙色 だいだいいろ
〔橘〕きつ・たちばな
〔機〕き・はた
機下 きか
機中 きちゅう
機内 きない
機帆船 きはんせん
機先 きせん
機会 きかい
機体 きたい
機長 きちょう
機知 きち
機宜 きぎ
機屋 はたや
機敏 きびん
機能 きのう
機械 きかい
機械工業 きかいこう ぎょう
機械化 きかいか
機械文明 きかいぶん めい
機械的 きかいてき
機転 きてん
機略 きりゃく
機動 きどう

機船 きせん
機密 きみつ
機智 きち
機運 きうん
機微 きび
機嫌 きげん
機構 きこう
機関 きかん
機関士 きかんし
機関車 きかんしゃ
機関紙 きかんし
機関銃 きかんじゅう
機銃 きじゅう
機器 きき
機縁 きえん
〔輻〕や・ふく
輻射 ふくしゃ
輻輳 ふくそう
〔輯〕しゅう
輯録 しゅうろく
〔輸〕ゆ
輸入 ゆにゅう
輸入超過 ゆにゅうちょうか
輸出 ゆしゅつ
輸出入 ゆしゅつにゅう
輸出超過 ゆしゅつちょうか
輸出税 ゆしゅつぜい
輸出関税 ゆしゅつかんぜい
輸血 ゆけつ
輸尿管 ゆにょうかん
輸送 ゆそう
輸送力 ゆそうりょく
輸精管 ゆせいかん
輸槽船 ゆそうせん
〔賢〕けん・かしこい
賢人 けんじん
賢兄 けんけい
賢者 けんじゃ
賢明 けんめい
〔頼〕たのむ・たよる・たのもしい
頼少 たのみすくない
頼込 たのみこむ
頼信紙 らいしんし
〔整〕せい・ととのう・ととのえる

整地 せいち
整列 せいれつ
整合 せいごう
整合性 せいごうせい
整形 せいけい
整肢 せいし
整斉 せいせい
整風 せいふう
整骨 せいこつ
整流 せいりゅう
整容 せいよう
整除 せいじょ
整理 せいり
整備 せいび
整復 せいふく
整然 せいぜん
整頓 せいとん
整腸剤 せいちょうざい
整数 せいすう
整髪 せいはつ
整綿機 せいめんき
整調 せいちょう
〔橐〕たく
〔融〕ゆう・とかす・とく・とける
融合 ゆうごう
融和 ゆうわ
融点 ゆうてん
融通 ゆうずう・ゆうづう
融雪 ゆうせつ
融解 ゆうかい
融解点 ゆうかいてん
融解熱 ゆうかいねつ
融資 ゆうし
〔頭〕とう・ず・あたま・かしら・がしら・かぶり・こうべ
頭上 ずじょう
頭巾 ずきん
頭文字 かしらもじ
頭目 とうもく
頭抜 ずぬける
頭角 とうかく
頭取 とうどり
頭金 あたまきん
頭注 とうちゅう
頭陀袋 ずだぶくろ
頭株 あたまかぶ

頭骨 とうこつ
頭書 とうしょ
頭脳 ずのう
頭部 とうぶ
頭痛 ずつう
頭寒足熱 ずかんそくねつ
頭蓋 とうがい
頭数 とうすう
頭髪 とうはつ
頭韻 とういん
〔瓢〕ひょう・ひさご・ふくべ
瓢箪鯰 ひょうたんなまず
〔醞〕うん・かもす
醞醸 うんじょう
〔醍〕だい
醍醐味 だいごみ
〔醒〕せい・さます・さめる
醗酵 はっこう
磚茶 だんちゃ
〔奮〕ふん・ふるう
奮立 ふるいたつ
奮迅 ふんじん
奮励 ふんれい
奮発 ふんぱつ
奮起 ふるいおこす・ふんき
奮闘 ふんとう
奮然 ふんぜん
奮戦 ふんせん
〔頬〕きょう・ほほ・ほお・ほっぺた
頬杖 ほおづえ
頬紅 ほおべに
頬髭 ほおひげ
〔遼〕りょう
遼遠 りょうえん
〔殪〕たおす・しぬ
〔霙〕みぞれ・みぞる
〔霖〕りん
〔霏〕ひ
〔霍〕かく
〔頸〕けい・くび
頸動脈 けいどうみゃく
頸椎 けいつい
頸腺 けいせん

〔鬨〕こう・とき・かちどき
〔冀〕き・こいねがう・こいねがわくは
〔叡〕えい
瞠目 どうもく
瞠若 どうじゃく
〔賭〕と・かける・かけ
賭博 とばく
〔曇〕どん・くもらす・くもり・もる
曇天 どんてん
〔鴨〕おう・かも・かもる
鴨居 かもい
〔噤〕きん・つぐむ
〔閻〕えん
閻魔 えんま
閻魔帳 えんまちょう
閼伽 あか
閼伽棚 あかだな
〔踵〕きびす・くびす・かかと
〔嘴〕はし・くちばし
〔蹄〕てい・ひづめ
蹄鉄 ていてつ
〔蹂〕じゅう
蹂躙 じゅうりん
〔鴫〕しぎ
〔螟〕めい
螟虫 ずいむし
〔骸〕がい・から・むくろ
骸骨 がいこつ
〔噪〕そう
〔噯〕あい・おくび
噯気 おくび
〔噺〕はなし
噺家 はなしか
〔嘯〕しょう・うそぶく
〔還〕かん・かえり・かえる
還元 かんげん
還付 かんぷ
還俗 げんぞく
還流 かんりゅう
還暦 かんれき
〔罹〕り・かかる
罹災 りさい

罹病 りびょう
〔嶮〕けん
默屋 だまりや
〔憩〕けい・いこい・いこう
〔積〕せき・つむ・つもり・つもる
積上 つみあげる
積木 つみき
積分 せきぶん
積込 つみこむ
積立 つみたてる
積出 つみだす
積出人 つみだしにん
積出港 つみだしこう
積年 せきねん
積乱雲 せきらんうん
積肥 つみごえ
積重 つみかさなる・つみかさねる
積怨 せきえん
積送 せきそう
積荷 つみに
積降 つみおろし
積悪 せきあく
積雪 せきせつ
積替 つみかえる
積換 つみかえる
積期 つみき
積極 せっきょく
積極的 せっきょくてき
積極性 せっきょくせい
積雲 せきうん
積量 せきりょう
積善 せきぜん
積載 せきさい
積算 せきさん
積層 せきそう
積弊 せきへい
〔穏〕おん・おだやか
穏当 おんとう
穏便 おんびん
穏健 おんけん
〔嶺〕たい・なだれ
頽勢 たいせい
〔篝〕こう・かがり
篝火 かがりび
〔篤〕とく・あつい

篤志 とくし
篤学 とくがく
篤実 とくじつ
篤厚 とっこう
篤信 とくしん
〔築〕ちく・さずく・つく
築山 つきやま
築地 ついじ
築城 ちくじょう
築造 さくぞう
築庭 ちくてい
築堤 ちくてい
築港 ちっこう
〔篠〕しの・しぬ・すず
篠竹 しのだけ
篠笛 しのぶえ
〔篩〕し・ふるい・ふるう
〔篦〕へい・へら
篦棒 べらぼう
〔繁〕はん・しげる・しけみ・しげい
繁文縟礼 はんぶんじょくれい
繁合 しげりあう
繁忙 はんぼう
繁茂 はんも
繁栄 はんえい
繁華 はんか
繁華街 はんかがい
繁盛 はんじょう
繁殖 はんしょく
繁閑 はんかん
繁雑 はんざつ
繁繁 しげしげ
繁簡 はんかん
〔興〕きょ・こう・きょうがる・きょうじる
興亡 こうぼう
興行 こうぎょう
興味 きょうみ
興国 こうこく
興信所 こうしんじょ
興隆 こうりゅう
興廃 こうはい
興業 こうぎょう
興趣 きょうしゅ
興奮 こうふん

興奮剤 こうふんざい
〔盥〕たらい
盥回 たらいまわし
〔儒〕じゅ
儒艮 じゅこん
儒者 じゅしゃ
儒学 じゅがく
儒家 じゅか
儒教 じゅきょう
儒道 じゅどう
〔儕〕さい・せい・ともがら
儕輩 せいはい
〔躾〕しつけ
鴕鳥 だちょう
〔儘〕じん・まま・まんま
〔衡〕こう・くびき
衡平 こうへい
〔衛〕えい・え
衛生 えいせい
衛戍 えいじゅ
衛兵 えいへい
衛星 えいせい
衛星中継 えいせいちゅうけい
衛星国 えいせいこく
衛視 えいし
〔艙〕そう
〔錆〕しょう・さび・さびる
錆止 さびとめ
錆付 さびつく
〔錯〕さく
錯化合物 さくかごうぶつ
錯乱 さくらん
錯角 さっかく
錯覚 さっかく
錯誤 さくご
錯綜 さくそう
〔錵〕にえ
〔錬〕れん・ねる
錬金術 れんきんじゅつ
錬磨 れんま
〔錫〕すず・しゃく
〔鋼〕こう・はがね
鋼玉 こうぎょく
鋼材 こうざい

鋼板 こうばん
鋼索 こうさく
鋼鉄 こうてつ
鋼製 こうせい
鋼管 こうかん
〔銹〕しゅう・さび
〔錐〕すい・きり
錐体 すいたい
錐状 すいじょう
錐揉 きりもみ
〔錦〕きん・にしき
錦木 にしきぎ
錦蛇 にしきへび
錦絵 にしきえ
〔錚〕そう
〔錠〕じょう
錠前 じょうまえ
錠剤 じょうざい
〔録〕ろく
録画 ろくが
録音 ろくおん
〔鋸〕きょ・のこ
鋸屑 のこくず
〔墾〕こん
墾田 こんでん
〔餞〕せん・はなむけ
餞別 せんべつ
〔餡〕あん・あんこ
餡掛 あんかけ
餡蜜 あんみつ
〔館〕かん・たち・たて・やかた
館主 かんしゅ
館長 かんちょう
〔頷〕がん・うなずく・あご
〔膵〕すい
膵腋 すいえき
膵臓 すいぞう
〔膨〕ぼう
膨大 ぼうだい
膨面 ふくれっつら
膨粉 ふくらしこ
膨雀 ふくらすずめ
膨張 ぼうちょう
膨脹 ぼうちょう
〔膳〕ぜん
膳立 ぜんだて
〔彫〕ちょう・ほる
〔鴟〕しび

鴟尾 しび

〔鮃〕へい・ひらめ

〔鮎〕でん・ねん・あゆ・あい

〔鮓〕さ・すし

〔鮑〕ほう・あわび・しおうお

〔獲〕かく・えもの

獲物 えもの

獲得 かくとく

〔穎〕えい・かび

穎脱 えいだつ

〔燄〕えん・ほのお

〔鴛〕えん・おし

鴛鴦 おしどり

〔謀〕ぼう・はかりこと・はかる・たばかる

謀反 むほん

謀判 ぼうはん

謀計 ぼうけい

謀殺 ぼうさつ

謀略 ぼうりゃく

謀議 ぼうぎ

〔諜〕ちょう

諜報 ちょうほう

〔諫〕かん・いさめる

〔諧〕かい

諧謔 かいぎゃく

〔謂〕いう・いわれ

〔諭〕ゆ・さとす

諭告 ゆこく

謡曲 ようきょく

〔諷〕ふう・ふうする

諷刺 ふうし

諷詠 ふうえい

諷意 ふうい

諷誦 ふうじゅ

諷諫 ふうかん

〔諺〕げん・ことわざ

〔諮〕し・はかる

諮問 しもん

諮詢 しじゅん

〔諦〕てい・あきらめる

諦視 ていし

諦観 ていかん

〔諢〕こん

〔諱〕き・いみな

〔憑〕つく・つかれる

憑物 つきもの

〔磨〕ま・する・すれる・みがき・みがく・とぐ

磨水 とぎみず

磨耗 まもう

磨損 まそん

磨滅 まめつ

磨製石器 ませいせっき

瘭疽 ひょうそう

瘰癧 るいれき

〔瘴〕しょう

瘴気 しょうき

〔麇〕び・おおしか

〔凝〕ぎょう・こる・こらす・こごる・こごらす・こり

凝血 ぎょうけつ

凝固 ぎょうこ・こりかたまる

凝固点 ぎょうこてん

凝性 こりしょう

凝屋 こりや

凝視 ぎょうし

凝集 ぎょうしゅう

凝結 ぎょうけつ

凝縮 ぎょうしゅく

〔親〕しん・したしい・したしく・したしむ・おや

親子 おやこ

親子会社 おやこがいしゃ

親王 しんのう

親元 おやもと

親不孝 おやふこう

親友 しんゆう

親切 しんせつ

親日 しんにち

親父 おやじ・しんぷ

親分 おやぶん

親方 おやかた

親心 おやごころ

親玉 おやだま

親任 しんにん

親会社 おやがいしゃ

親交 しんこう

親孝行 おやこうこう

親告 しんこく

親身 しんみ

親近 しんきん

親近感 しんきんかん

親拝 しんぱい

親知 おやしらず

親和 しんわ

親和力 しんわりょく

親炙 しんしゃ

親政 しんせい

親指 おやゆび

親柱 おやばしら

親昵 しんじつ

親馬鹿 おやばか

親書 しんしょ

親展 しんてん

親掛 おやがかり

親授 しんじゅ

親戚 しんせき

親祭 しんさい

親許 おやもと

親族 しんぞく

親密 しんみつ

親裁 しんさい

親等 しんとう

親筆 しんぴつ

親善 しんぜん

親疎 しんそ

親電 しんでん

親睦 しんぼく

親愛 しんあい

親権 しんけん

親閲 しんえつ

親衛 しんえい

親臨 しんりん

親類 しんるい

親譲 おやゆずり

〔辨〕べん・わきまえる・べんじる

〔糖〕とう

糖化 とうか

糖分 とうぶん

糖衣 とうい

糖尿病 とうにょうびょう

燒焦 やけこげ

〔燎〕りょう

燎原 りょうげん

〔欄〕らん・かん

〔燃〕ねん・もえる・もやす

燃上 もえあがる

燃付 もえつく

燃立 もえたつ

燃残 もえのこり

燃料 ねんりょう

燃殻 もえがら

燃盛 もえさかる

燃燒 ねんしょう

〔熾〕し・おこす・おこる

熾烈 しれつ

〔燐〕りん

燐光 りんこう

燐肥 りんぴ

燐鉱 りんこう

燐酸 りんさん

燐酸肥料 りんさんひりょう

〔螢〕けい・ほたる

螢火 ほたるび

螢石 ほたるいし

燈火 とうか・ともしび

燈心 とうしん

燈台 とうだい

燈光 とうこう

燈明 とうみょう

燈油 とうゆ

燈船 とうせん

燈蛾 とうが

燈標 とうひょう

燈影 とうえい

燈籠 とうろう

澪標 みおつくし

〔濃〕のう・こい・こまやか

濃目 こいめ

濃茶 こいちゃ

濃厚 のうこう

濃度 のうど

濃淡 のうたん

濃密 のうみつ

濃紺 のうこん

濃紫 こむらさき

濃緑 こみどり

濃縮 のうしゅく

濃霧 のうむ

〔濁〕だく・にごす・にごらす・にごり・にごる

濁水 だくすい

濁世 じょくせ
濁声 だみごえ
濁点 だくてん
濁音 だくおん
濁酒 にごりざけ
濁流 だくりゅう
〔激〕げき・はげしい
激化 げきか・げっか
激励 げきれい
激昂 げきこう・げっこう
激突 げきとつ
激甚 げきじん
激変 げきへん
激怒 げきど
激烈 げきれつ
激流 げきりゅう
激動 げきどう
激情 げきじょう
激務 げきむ
激越 げきえつ
激痛 げきつう
激減 げきげん
激戦 げきせん
激増 げきぞう
激賛 げきさん
激震 げきしん
激賞 げきしょう
激論 げきろん
激職 げきしょく
激闘 げきとう
〔澱〕でん・よど・よどみ・よどむ
澱粉 でんぷん
〔懊〕おう
懊悩 おうのう
〔懈〕かい・け・げ
〔懐〕かい・ふところ・なつく・なつかしい・なつかしむ
懐中 かいちゅう
懐中物 かいちゅうもの
懐中時計 かいちゅうどけい
懐中電灯 かいちゅうでんとう
懐古 かいこ
懐石料理 かいせきりょうり
懐旧 かいきゅう

懐妊 かいにん
懐炉 かいろ
懐胎 かいたい
懐柔 かいじゅう
懐紙 かいし
懐疑 かいぎ
〔憶〕おく・おもう
憶念 おくねん
憶病 おくびょう
〔獣〕じゅう・けだもの・けもの・しし
獣肉 じゅうにく
獣行 じゅうこう
獣医 じゅうい
獣性 じゅうせい
獣偏 けものへん
獣欲 じゅうよく
獣類 じゅうるい
〔憲〕けん
憲兵 けんぺい
憲法 けんぽう
憲法記念日 けんぽうきねんび
憲政 けんせい
憲章 けんしょう
〔褻〕やつす・やつし・やつれる・やつれ
〔窺〕き・うかがう
窺知 きち
〔褶〕しゅう・ひだ・ひろび・ひらみ
〔壁〕へき・かべ
壁画 へきが
壁面 へきめん
壁書 へきしょ
壁紙 かべがみ
壁掛 かべかけ
壁新聞 かべしんぶん
壁蝨 だに
〔避〕ひ・さける・よける・さく
避妊 ひにん
避暑 ひしょ
避寒 ひかん
避雷針 ひらいしん
避難 ひなん
〔嬢〕じょう・むすめ
隧道 すいどう
〔隣〕りん・となる・となり

隣人 りんじん
隣合 となりあわせ
隣邦 りんぽう
隣国 りんごく
隣室 りんしつ
隣家 りんか
隣接 りんせつ
〔縺〕れん・もつれ・もつれる
縺込 もつれこむ
〔縋〕すがる
縋付 すがりつく
〔縒〕し・より・よる・よれる
〔縛〕ばく・いましめる・しばる
縛上 しばりあげる
縛付 しばりつける
縛帯 ばくたい
〔緻〕ち
緻密 ちみつ
〔縦〕じゅうたて・よしんば・よしや・よし・たとい・たとえ
縦合 たとえ
縦穴 たてあな
縦列 じゅうれつ
縦糸 たていと
縦走 じゅうそう
縦波 たてなみ
縦書 たてがき
縦笛 たてぶえ
縦断 じゅうだん
縦貫 じゅうかん
縦軸 たてじく
縦隊 じゅうたい
縦結 たてむすび
縦横 じゅうおう
縦横無尽 じゅうおうむじん
縦横無礙 じゅうおうむげ
縦線 じゅうせん
縦覧 じゅうらん
〔縫〕ほう・ぬい・ぬう
縫工 ほうこう
縫上 ぬいあがり・ぬいあげ・ぬいあげる
縫方 ぬいかた
縫目 ぬいめ

縫付 ぬいつける
縫代 ぬいしろ
縫込 ぬいこむ
縫出 ぬいだす
縫合 ぬいあわせる・ほうごう
縫糸 ぬいいと
縫返 ぬいかえす
縫取 ぬいとり
縫直 ぬいなおす
縫物 ぬいもの
縫針 ぬいばり
縫揚 ぬいあげ・ぬいあげる
縫模様 ぬいもよう
縫製 ほうせい
〔縞〕こう・しま
縞目 しまめ
縞柄 しまがら
縞馬 しまうま
縞蛇 しまへび
縞瑪瑙 しまめのう
縞織 しまおり
〔縊〕い・くびる・くびれる
縊死 いし
〔緯〕い・ぬき・よこ
緯度 いど
緯線 いせん

十七畫

〔環〕かん・たまき・わ
環形動物 かんけいどうぶつ
環状 かんじょう
環状線 かんじょうせん
環視 かんし
環節 かんせつ
環境 かんきょう
環境庁 かんきょうちょう
環礁 かんしょう
幫助 ほうじょ
幫間 ほうかん
〔擡〕たい・もたげる
〔駻〕かん
駻馬 かんば
駸駸 しんしん

〔駿〕しゅん・すぐる・おおいなり・はやし

駿才 しゅんさい

駿足 しゅんそく

駿馬 しゅんば・しゅんめ

〔薔〕しょう

薔薇 しょうび・ばら

薔薇色 ばらいろ

〔趨〕すう

趨向 すうこう

趨勢 すうせい

〔蕾〕らい・つぼみ・つぼむ

蟇蛙 ひきがえる

〔邁〕まい

邁進 まいしん

〔蕗〕ろ・ふき

〔薯〕しょ・しも

薯蕷 とろろ

〔薨〕こう

〔薇〕び・ぜんまい

〔薊〕かい・けい・あざみ

〔蕭〕しょう

蕭条 しょうじょう

蕭殺 しょうさつ

蕭然 しょうぜん

蕭蕭 しょうしょう

〔戴〕たい・いただく

戴冠 たいかん

〔螫〕せき・さす

〔擤〕かむ

〔擬〕ぎ・なずらい・なずらう・なずらえ・なぞう

擬人法 ぎじんほう

擬古文 ぎこぶん

擬声 ぎせい

擬声語 ぎせいご

擬足 ぎそく

擬似 ぎじ

擬音 ぎおん

擬音語 ぎおんご

擬装 ぎそう

擬態 ぎたい

擬態語 ぎたいご

〔壕〕ごう

〔蟄〕ちつ・うはち

蟄居 ちっきょ

〔擦〕さつ・かすり・こする・さする・すれる・ずれ

擦切 すりきれる

擦付 こすりつける・なすりつける

擦抜 すりぬける

擦粉木 すりこぎ

擦寄 すりよる

擦替 すりかえる

擦傷 すりきず

擦滓 すりかす

〔觳〕く・こしき

〔擱〕かく

擱筆 かくひつ

〔聴〕ちょう・てい・きく・ゆるす

聴力 ちょうりょく

聴取 ちょうしゅ

聴神経 ちょうしんけい

聴許 ちょうきょ

聴視者 ちょうししゃ

聴視覚 ちょうしかく

聴衆 ちょうしゅう

聴診 ちょうしん

聴覚 ちょうかく

聴聞 ちょうもん

聴講 ちょうこう

〔聡〕そう・さとい

〔聯〕れん

聯立 れんりつ

聯合 れんごう

聯合国 れんごうこく

聯合軍 れんごうぐん

聯盟 れんめい

〔艱〕かん・かたし・かだんず

艱難 かんなん

〔鞠〕きく・まり

〔隷〕れい

隷属 れいぞく

檣楼 しょうろう

檣頭 しょうとう

〔橿〕きょう・かし

〔櫛〕しつ・くし

櫛比 しっぴ

〔檜〕ほ・ひのき

〔檐〕えん・のき

〔檀〕だん・まゆみ

檀那寺 だんなでら

檀家 だんか

檀紙 だんし

〔轅〕えん・ながえ

〔輾〕てん

輾転反側 てんてんはんそく

〔覧〕らん・みる

〔醢〕かい・ひしお

〔醜〕しゅうみにくい・しこ

醜女 しゅうじょ・ぶおんな

醜行 しゅうこう

醜名 しこな・じゅうめい

醜男 ぶおとこ

醜状 しゅうじょう

醜美 しゅうび

醜悪 しゅうあく

醜聞 しゅうぶん

醜態 しゅうたい

醜類 しゅうるい

〔翳〕えい・かげ・かげる・かざし・かざす・かすみ・かすむ

〔磯〕き・いそ

磯蚯蚓 いそめ

〔霜〕そう・しも・しもげる

霜月 しもつき

霜取 しもとり

霜夜 しもよ

霜枯 しもがれ・しもがれる

霜柱 しもばしら

霜害 そうがい

霜除 しもよけ

霜降 しもふり

霜焼 しもやけ

〔霞〕か・かすみ・かすむ

鴟尾 しび

〔頻〕ひん・しきりに・しきる

頻出 ひんしゅつ

頻度 ひんど

頻発 ひんぱつ

頻繁 ひんぱん

頻頻 ひんぴん

〔齢〕れい・よわい

瞥見 べっけん

〔瞭〕りょう

瞭然 りょうぜん

〔顆〕か・つぶ

顆粒 かりゅう

〔購〕こう・あがなう

購入 こうにゅう

購入指図書 こうにゅうさしずしょ

購求 こうきゅう

購買 こうばい

購買意欲 こうばいいよく

購読 こうどく

〔嬰〕えい

嬰児 えいじ・みどりご

嬰記号 えいきごう

〔賺〕たん・すかす・だます

〔瞳〕どう・ひとみ

瞳子 どうし

瞳孔 どうこう

嚆矢 こうし

〔嚇〕かく・おどかあ

〔嚏〕てい・くさめ・くさみ・はなひる・くしゃみ

〔闌〕らん・すがれる・たけなわ・たける

〔闃〕げき

〔闇〕あん・やみ・くらがり

闇市 やみいち

闇伊那教 ジャイナきょう

闇価格 やみかかく

闇相場 やみそうば

闇屋 やみや

闇路 やみじ

〔闊〕かつ

闊歩 かっぽ

闊達 かったつ

闊葉樹 かつようじゅ

〔曙〕しょ・あけぼの

曙光 しょこう

〔曖〕あい

曖昧 あいまい

曖昧模糊 あいまいもこ

〔蹈〕とう・ふむ

〔蹌〕そう
〔嬲〕なぶる・たわむれる
嬲物 なぶりもの
〔蟒〕もう・ぼう
螳螂 とうろう
〔螻〕ろう・けら
〔螺〕ら・つふ・にし
螺子 ねじ
螺子釘 ねじくぎ
螺旋 らせん
螺細 らでん
〔蟋〕こおろぎ
〔雖〕いえども
〔嚊〕ひ・かかあ
嚊天下 かかあでんか
〔嶺〕れい・みね・ね
〔嶂〕か・ひび
〔矯〕きょう・ためる
矯正 きょうせい
矯眇 ためつすがめつ
犠打 ぎだ
犠牲 ぎせい
犠牲者 ぎせいしゃ
〔簀〕さく・す
簒奪 さんだつ
〔簇〕ぞく・そう・やじり・むらがる
簇出 そうしゅつ
〔簗〕やな
〔輿〕よ・こし
輿望 よぼう
〔優〕ゆう・すぐれる・やさ・やさしい
優生学 ゆうせいがく
優劣 ゆうれつ
優先 ゆうせん
優先権 ゆうせんけん
優形 やさがた
優男 やさおとこ
優秀 ゆうしゅう
優位 ゆうい
優良 ゆうりょう
優性 ゆうせい
優待 ゆうたい
優美 ゆうび
優柔不断 ゆうじゅうふだん
優婉 ゆうえん
優越 ゆうえつ

優遇 ゆうぐう
優等 ゆうとう
優等生 ゆうとうせい
優勝 ゆうしょう
優勝劣敗 ゆうしょうれっぱい
優雅 ゆうが
優勢 ゆうせい
優賞 ゆうしょう
優曇華 うどんげ
優麗 ゆうれい
〔償〕しょう・つぐなう・まどう
償却 しょうきゃく
償金 しょうきん
償還 しょうかん
〔儲〕ちょ・もうけ・もうかろ
儲口 もうけぐち
儲物 もうけもの
邀撃 ようげき
〔徽〕き
〔聳〕しょう・そびえる・そびやかす
聳立 しょうりつ
聳動 しょうどう
〔錨〕びょう・いかり
錨鎖 びょうさ
〔鍼〕しん・はり
鍼灸 しんきゅう
鍼術 しんじゅつ
〔鍋〕か・なべ
鍋底 なべぞこ
〔鍔〕っば・がく
〔錘〕すい・おもり
〔鍬〕くわ
鍬形虫 くわがたむし
〔鍛〕たん・きたえる
鍛工 たんこう
鍛上 きたえあげる
鍛冶 かじ
鍛冶場 かじば
鍛造 たんぞう
鍛鉄 たんてつ
鍛練 たんれん
鍛錬 たんれん
鍛鋼 たんこう
〔鍍〕と・めっき
鍍金 めっき

〔鎹〕かすがい
〔鍵〕けん・かぎ
鍵子 かぎっこ
鍵盤 けんばん
鍵盤楽器 けんばんがっき
〔鴿〕こう・どばと
〔爵〕しゃく
爵位 しゃくい
〔懇〕こん・ねんごろ
懇切 こんせつ
懇命 こんめい
懇望 こんぼう・こんもう
懇話 こんわ
懇話会 こんわかい
懇意 こんい
懇請 こんせい
懇談 こんだん
懇談会 こんだんかい
懇親 こんしん
懇親会 こんしんかい
懇懇 こんこん
懇願 こんがん
〔谿〕けい・たた
〔餛〕う
餛飩 うどん
〔餬〕こ・かゆ
騰 ろう
〔膿〕のう・うみ・うむ
膿瘍 のうよう
〔膾〕かい・なます
膾炙 かいしゃ
〔臆〕おく・おくする
臆面 おくめん
臆病 おくびょう
臆断 おくだん
臆測 おくそく
臆説 おくせつ
〔謄〕とう・うつす
謄本 とうほん
謄写 とうしゃ
謄写版 とうしゃばん
〔鮭〕けい・さけ
〔鮪〕ゆう・しび・まぐろ
〔鮫〕こう・さめ・みずち

〔鮮〕せん・あざやか・あざやぐ
鮮血 せんけつ
鮮明 せんめい
鮮度 せんど
鮮魚 せんぎょ
〔鮟〕あん
鮟鱇 あんこう
〔鮨〕き・すし
鮨屋 すしや
〔颶〕ぐ・つむじ
〔獰〕どう・にょう
獰悪 どうあく
獰猛 どうもう
〔邂〕かい
邂逅 かいこう
〔螽〕しゅう
螽斯 きりぎりす
〔講〕こう・こうじる・こうずる
講中 こうじゅう・こうちゅう
講和 こうわ
講師 こうし
講座 こうざ
講堂 こうどう
講釈 こうしゃく
講習 こうしゅう
講評 こうひょう
講話 こうわ
講義 こうぎ
講義録 こうぎろく
講読 こうどく
講演 こうえん
講談 こうだん
講壇 こうだん
講親 こうおや
〔謹〕きん・つつしむ・つつしんで
謹呈 きんてい
謹告 きんこく
謹直 きんちょく
謹啓 きんけい
謹賀 きんが
謹慎 きんしん
謹製 きんせい
謹聴 きんちょう
謹厳 きんげん
〔謝〕しゃ・あやまり・あやまる

謝礼 しゃれい

謝肉祭 しゃにくさい

謝状 しゃじょう

謝金 しゃきん

謝恩 しゃおん

謝絶 しゃぜつ

謝罪 しゃざい

謝辞 しゃじ

謝意 しゃい

謝儀 しゃぎ

〔謠〕よう・うたい・うたう

〔謗〕ほう・そしり・そしる

〔謎〕めい・をぞ

謎謎 なぞなぞ

〔諡〕し・おくりな

〔謙〕けん・へりくだる

謙称 けんしょう

謙虚 けんきょ

謙遜 けんそん

謙譲 けんじょう

謙譲語 けんじょうご

〔醤〕しょう・ひしお

醤油 しょうゆ

醤蝦 あみ

〔氈〕せん

〔糜〕び・かゆ

贋札 にせさつ

贋懲 ようちょう

〔療〕りょう

療友 りょうゆう

療法 りょうほう

療治 りょうじ

療養 りょうよう

〔癌〕がん

癌腫 がんしゅ

〔癇〕かん

癇性 かんしょう

癇癖 かんぺき

癇癪 かんしゃく

癇癪玉 かんしゃくだま

癇癪持 かんしゃくもち

齋戒 さいかい

〔糟〕そう・かす

糟粕 そうはく

糟糠 そうこう

〔糞〕ふん・くそ・ばば

糞尿 ふんにょう

糞味噌 くそみそ

糞垂 くそたれ

糞真面目 くそまじめ

〔糠〕ぬか

糠雨 ぬかあめ

糠味噌 ぬかみそ

糠味噌臭 ぬかみそくさい

糠油 ぬかあぶら

糠粃疹 こうひしん

糠喜 ぬかよろこび

糠働 ぬかばたらき

〔糝〕しん

糝粉 しんこ

餬首 かくしゅ

〔甑〕そう・こしき

〔燦〕さん・きらめく

燦然 さんぜん

燦燦 さんさん

燦爛 さんらん

〔燭〕しょく・そく

燭台 しょくだい

燭光 しょっこう

〔燧〕すい・ひうち・ひきり

〔濛〕もう

濛濛 もうもう

〔鴻〕こう・おおとり

鴻鵠 こうこく

〔濤〕とう・なみ

〔濡〕じゅ・ぬらす・ぬれ・ぬれるぬる

濡衣 ぬれぎぬ

濡事 ぬれごと

濡物 ぬれもの

濡鼠 ぬれねずみ

濡縁 ぬれえん

〔濯〕そそぐ・ゆすぐ・すすぎ・すすぐ

〔儒〕だ

〔嚴〕ごん・げん・いかめしい・おごそか・きびしい・いかつい

嚴父 げんぷ

嚴正 げんせい

嚴冬 げんとう

嚴存 げんそん

嚴守 げんしゅ

嚴戒 げんかい

嚴命 げんめい

嚴重 げんじゅう

嚴格 げんかく

嚴峻 げんしゅん

嚴密 げんみつ

嚴肅 げんしゅく

嚴暑 げんしょ

嚴然 げんぜん

嚴寒 げんかん

嚴禁 げんきん

嚴罰 げんばつ

嚴選 げんせん

〔賽〕さい

賽銭 さいせん

〔蹇〕なえぐ

〔竈〕そう・かまど・へっつい

〔襁〕きょう・すき

襁褓 おしめ

〔臀〕でん・しり

臀部 でんぶ

〔臂〕ひ・ひじ

彌生 やよい

彌生時代 やよいじだい

彌次郎兵衛 やじろべえ

彌次喜多 やじきた

彌陀 みだ

彌勒 みろく

〔牆〕しょう・かき

〔嬶〕かかあ

〔翼〕よく・つばさ

翼端 よくたん

翼賛 よくさん

翼翼 よくよく

〔績〕せき・うむ

〔繊〕せん

繊手 せんしゅ

繊毛 せんもう

繊弱 せんじゃく

繊細 せんさい

繊維 せんい

〔縹〕ひょうはなだ

縹色 はなだいろ

〔繃〕ほう

〔縷〕る

〔縲〕るい

縱縞 たてじま

〔縮〕しゅく・ちぢれる・ちぢれ・ちぢむ・ちぢまる

縮上 ちぢみあがる

縮小 しゅくしょう

縮毛 ちぢれげ

縮尺 しゅくしゃく

縮写 しゅくしゃ

縮図 しゅくず

縮刷 しゅくさつ

縮減 しゅくげん

縮緬 ちりめん

縮織 ちぢみおり

十八畫

〔騏〕き

騏驎 きりん

〔騎〕き

騎士 きし

騎士道 きしどう

騎手 きしゅ

騎兵 きへい

騎馬 きば

〔験〕けん・げん・ためす

験算 けんざん

〔騒〕そう・さわぐ・さわがす・さわがしい

騒乱 そうらん

騒音 そうおん

騒動 そうどう

騒然 そうぜん

騒騒 そうぞうしい

騒擾 そうじょう

擾乱 じょうらん

〔藍〕らん・あい

藍本 らんぽん

藍色 あいいろ

藍青色 らんせいしょく

藍紫色 らんししょく

藍碧 らんぺき

薫風 くんぷう

〔藁〕こう・わら

藁半紙 わらばんし

藁草履 わらぞうり

〔薺〕ざい・なずな

〔薩〕さつ・さち
薩摩芋 さつまいも
〔贅〕せい・ふべす
贅六 ぜいろく
贅肉 ぜいにく
贅言 ぜいげん
贅沢 ぜいたく
贅物 ぜいぶつ
贅疣 ぜいゆう
〔贄〕にえ
〔擲〕てき・ちゃく・なげうつ
〔擽〕くすぐる・こそぐる
〔職〕しき・しょく
職人 しょくにん
職人気質 しょくにんかたぎ
職工 しょっこう
職分 しょくぶん
職印 しょくいん
職名 しょくめい
職安 しょくあん
職住近接 しょくじゅうきんせつ
職位 しょくい
職長 しょくちょう
職制 しょくせい
職服 しょくふく
職員 しょくいん
職能 しょくのう
職責 しょくせき
職域 しょくいき
職務 しょくむ
職務給 しょくむきゅう
職務質問 しょくむしつもん
職場 しょくば
職掌 しょくしょう
職階 しょっかい
職階制 しょくかいせい
職業 しょくぎょう
職業安定所 しょくぎょうあんていしょ
職業的 しょくぎょうてき
職業軍人 しょくぎょうぐんじん

職業病 しょくぎょうびょう
職業教育 しょくぎょういく
職業意識 しょくぎょういしき
職歴 しょくれき
職種 しょくしゅ
職漁 しょくりょう
職権 しょっけん
職親 しょくおや
〔鞦〕しゅう・しりがい
鞦韆 ふらhere
〔鞭〕べん・むち・うち・ぶち
鞭毛 べんもう
鞭打 むちうつ
鞭達 べんたつ
〔鞣〕じゅう・なめす
鞣革 なめしがわ
〔難〕なん・かたい・がたい・にくい・むずかしい
難民 なんみん
難行苦行 なんぎょうくぎょう
難色 なんしょく
難攻不落 なんこうふらく
難局 なんきょく
難事 なんじ
難易 なんい
難物 なんぶつ
難所 なんしょ
難点 なんてん
難破 なんぱ
難航 なんこう
難訓 なんくん
難病 なんびょう
難問 なんもん
難船 なんせん
難産 なんざん
難渋 なんじゅう
難路 なんろ
難解 なんかい
難関 なんかん
難儀 なんぎ
難聴 なんちょう
難題 なんだい
〔繭〕けん・まゆ

繭玉 まゆだま
〔藤〕とう・ふじ
藤色 ふじいろ
藤原定家 ふじわらていか
藤原俊成 ふじわらしゅんぜい
藤原道長 ふじわらみちなが
藤原鎌足 ふじわらかまたり
藤袴 ふじばかま
藤細工 とうざいく・ふじざいく
藤棚 ふじだな
〔藩〕はん
藩主 はんしゅ
〔韓〕かん
韓国 かんこく
〔櫃〕き・ひつ
〔檻〕かん・おり
檳榔 びんろう
〔櫂〕とう・かい
〔轆〕ろく
轆轤 ろくろ
〔臨〕りん・のぞむ
臨月 りんげつ
臨本 りんぽん
臨写 りんしゃ
臨休 りんきゅう
臨近 りんきん
臨床 りんしょう
臨界 りんかい
臨海 りんかい
臨海学校 りんかいがっこう
臨時 りんじ
臨時国会 りんじこっかい
臨時記号 りんじきごう
臨席 りんせき
臨書 りんしょ
臨済宗 りんざいしゅう
臨終 りんじゅう
臨場 りんじょう
臨場感 りんじょうかん
臨検 りんけん
臨戦 りんせん

臨模 りんも
臨摹 りんも
臨機応変 りんきおうへん
〔囊〕のう・ふくろ
〔覆〕ふく・おう・おおう・くつがえす・くつがえる
覆土 ふくど
覆水 ふくすい
覆車 ふくしゃ
覆没 ふくぼつ
覆面 ふくめん
覆被 おおいかぶさる・おおいかぶせる
覆滅 ふくめつ
覆隠 おおいかくす
覆轍 ふくてつ
〔醪〕ろう・もろみ
〔礎〕そ・いしずえ
礎石 そせき
〔殯〕ひん・あがり・あらき・かりもがり・かりもがりす
豊年 ほうねん
〔闃〕かく・げき・けき・せめぐ
〔叢〕そう・むら・むらがる
叢林 そうりん
〔斃〕へい・たおす・たおれる
〔題〕だい
題目 だいもく
題名 だいめい
題字 だいじ
題材 だいざい
題知 だいしらず
題意 だいい
〔瞿〕く
〔瞼〕けん・まぶた
〔贈〕ぞう・おくる
贈与 ぞうよ
贈号 ぞうごう
贈呈 ぞうてい
贈位 ぞうい
贈物 おくりもの
贈答 ぞうとう
〔瞬〕しゅん・またたく
瞬時 しゅんじ

瞬間 しゅんかん・またたくま

〔顕〕けん・あらわす・あらわる・あらわれる

顕在 けんざい

顕花植物 けんかしょくぶつ

顕教 けんきょう

顕著 けんちょ

顕微鏡 けんびきょう

顕彰 けんしょう

〔闖〕ちん

闖入 ちんにゅう

〔闘〕とう・たたかう

闘士 とうし

闘牛 とうぎゅう

闘争 とうそう

闘技 とうぎ

闘志 とうし

闘将 とうしょう

闘病 とうびょう

闘球盤 とうきゅうばん

闘魂 とうこん

〔闕〕けつ・かく

〔曜〕よう

曜日 ようび

〔蹣〕まん

〔蹤〕そう

〔嚙〕ごう・かます・かむ

嚙切 かみきる

嚙分 かみわける

嚙付 かぶりつき・かみつく

嚙合 かみあう

嚙砕 かみくだく

嚙殺 かみころす

嚙潰 かみつぶす

嚙締 かみしめる

〔蟯〕ぎょう

蟯虫 ぎょうちゅう

〔蟬〕せん・ぜん・せみ

蟬時雨 せみしぐれ

〔蟠〕はん・はんわだかまる

〔髀〕へい・ひ・もも

〔顎〕がく・あご

顎骨 がっこつ

顎須 あごひげ

嚠喨 りゅうりょう

〔覲〕かん・みる

観世音菩薩 かんぜおんぼさつ

観光 かんこう

観光地 かんこうち

観光客 かんこうきゃく

観光旅行 かんこうりょこう

観兵式 かんぺいしき

観取 かんしゅ

観念 かんねん

観念形態 かんねんけいたい

観念的 かんねんてき

観念論 かんねんろん

観点 かんてん

観音 かんのん

観客 かんきゃく

観梅 かんばい

観葉植物 かんようしょくぶつ

観衆 かんしゅう

観測 かんそく

観照 かんしょう

観戦 かんせん

観察 かんさつ

観劇 かんげき

観賞 かんしょう

観覧 かんらん

〔鵠〕こく・こう・くぐい

〔鵝〕が

鵞口瘡 がこうそう

鵞鳥 がちょう

〔穢〕え・きたない

〔馥〕ふく

馥郁 ふくいく

〔簪〕さん・かんざし

〔簣〕き

〔簞〕たん

〔簡〕かん・ふだ・ふみた

簡体字 かんたいじ

簡明 かんめい

簡易 かんい

簡易裁判所 かんいさいばんしょ

簡便 かんべん

簡単 かんたん

簡単服 かんたんふく

簡約 かんやく

簡素 かんそ

簡素化 かんそか

簡捷 かんしょう

簡略 かんりゃく

簡潔 かんけつ

〔鼬〕こう・いたち

雙子 ふたご

雙葉 ふたば

〔軀〕く・むくろ

軀幹 くかん

〔魍〕もう

魍魎 もうりょう

〔懲〕ちょう・こりる・こらしめろ

懲戒 ちょうかい

懲役 ちょうえき

懲性 こりしょう

懲罰 ちょうばつ

〔鎮〕ちん・しずまる・しずめる

鎮圧 ちんあつ

鎮守 ちんじゅ

鎮定 ちんてい

鎮咳 ちんがい

鎮座 ちんざ

鎮痙剤 ちんけいざい

鎮痛 ちんつう

鎮静 ちんせい

鎮魂 ちんこん

鎮撫 ちんぶ

〔鎖〕さ・じょう・くさり・さす・とざす

鎖末 さまつ

鎖国 さこく

鎖骨 さこつ

〔鎧〕がい・よろい

鎧袖一触 がいしゅういっしょく

〔鎬〕こう・しのぎ

〔鎌〕れん・かま

鎌首 かまくび

鎌倉時代 かまくらじだい

鎌倉彫 かまくらぼり

鎌倉蝦 かまくらえび

鎌鼬 かまいたち

〔鎔〕よう・とかす・とく・とける

〔翻〕ほん・かえす・ひるがえす・ひるがえる

翻刻 ほんこく

翻案 ほんあん

翻訳 ほんやく

翻意 ほんい

〔貘〕ばく

〔朦〕もう

朦朧 もうろう

〔臑〕どう・すね

〔臍〕せい・へそ・ほぞ

臍下 せいか

臍下丹田 せいかたんでん

臍曲 へそまがり

臍緒 へそのお

臍繰 へそくり

〔鯉〕り・こい

鯉口 こいぐち

鯉幟 こいのぼり

〔蟹〕かい・かに

蟹工船 かにこうせん

蟹股 がにまた

〔雛〕す・すう・ひな・ひよこ

〔謳〕おう・うたう

謳文句 うたいもんく

謳歌 おうか

〔謫〕たく

〔謬〕びゅう・あやまる

謬見 びゅうけん

謬説 びゅうせつ

〔麿〕まろ

〔癤〕せつ

顔文字 かおもじ

顔認識 かおにんしき

〔癒〕ゆ・いえる・いやす

〔癰〕よう

〔鯰〕なまず

〔癖〕へき・くせ

〔顔〕がん・かお・かんばせ

顔立 かおだち

顔向 かおむけ

顔合 かおあわせ

顔色 かおいろ・がん
　しょく
顔形 かおかたち
顔見 かおみせ
顔見知 かおみしり
顔役 かおやく
顔面 がんめん
顔負 かおまけ
顔料 がんりょう
顔触 かおぶれ
〔類〕るい・たぐい・
　たぐう
類人猿 るいじんえん
類同 るいどう
類別 るいべつ
類似 るいじ
類例 るいれい
類型 るいけい
類型的 るいけいてき
類書 るいしょ
類推 るいすい
類焼 るいしょう
類義語 るいぎご
類概念 るいがいねん
類語 るいご
類縁 るいえん
〔糧〕りょう・かて
糧米 りょうまい
糧食 りょうしょく
糧秣 りょうまつ
糧道 りょうどう
〔燻〕くん・いぶす・
　いぶり・くゅらす・
　くゆる・ふすべる・
　ふすぶる・ふすぼる
燻製 くんせい
燻銀 いぶしぎん
〔鵜〕てい・う
鵜呑 うのみ
鵜飼 うかい
〔瀆〕とく
瀆職 とくしょく
〔濫〕らん・みだり
濫用 らんよう
濫立 らんりつ
濫作 らんさく
濫発 らんぱつ
濫造 らんぞう
濫掘 らんくつ
濫読 らんどく

濫獲 らんかく
濫觴 らんしょう
〔濾〕ろ・こす
濾波器 ろはき
濾紙 ろし
濾過 ろか
〔鯊〕さ・はぜ・だぼ
　はぜ
〔瀑〕ばく
瀑布 ばくふ
〔瀉〕しゃ・くだす
〔額〕がく・ひたい・
　ぬか
額面 がくめん
額縁 がくぶち
〔襟〕きん・えり
襟元 えりもと
襟足 えりあし
襟垢 えりあか
襟巻 えりまき
襟首 えりくび
襟章 えりしょう
襟髪 えりがみ
〔襖〕ふすま
〔禱〕とう・いのり・
　いのる
〔璧〕へき・たま
〔響〕きょう・ひびく
〔繚〕りょう
繚乱 りょうらん
〔織〕しょく・おる
織女 しょくじょ
織目 おりめ
織田信長 おだのぶな
　が
織込 おりこむ
織出 おりだす
織物 おりもの
織姫 おりひめ
織機 しょっき
〔繕〕ぜん・つくろう
　・つくらう

十九畫

〔騙〕へん・だます・
　だまかす・かたる
騙込 だましこむ
騙合 だましあい
騙討 だましうち

〔藜〕れい・あかざ
〔藷〕しょ・いも
〔壜〕びん
〔蘊〕うん
蘊奥 うんのう
蘊蓄 うんちく
〔鵲〕じゃく・かささ
　ぎ
〔警〕けい・いましめ
　る・いましめ
警手 けいしゅ
警世 けいせい
警句 けいく
警吏 けいり
警戒 けいかい
警戒色 けいかいしょ
　く
警告 けいこく
警官 けいかん
警笛 けいてき
警部 けいぶ
警視庁 けいしちょう
警報 けいほう
警報器 けいほうき
警備 けいび
警鈴 けいれい
警察 けいさつ
警察犬 けいさつけん
警衛 けいえい
警鐘 けいしょう
警護 けいご
警邏 けいら
〔藻〕そう・も
藻草 もぐさ
藻屑 もくず
藻菌類 そうきんるい
藻類 そうるい
〔麓〕ろく・ふもと
〔櫟〕れき・いちい・
　くすぐり・くすぐる
　・くぬぎ
〔攀〕はん・よず・よ
　じる
〔櫓〕ろ・やぐら
櫓太鼓 やぐらだいこ
櫓門 やぐらもん
櫓縄 ろなわ
〔鏨〕ざん・たがね
〔繋〕けい・つながり
　・つながる・つなぎ
〔轍〕てつ・わだち

繋船 けいせん
〔鶫〕とう・つぐみ
〔覇〕は
〔醱〕はつ
〔麗〕れい・うらら・
　うららか・うららけ
　し・うるわし・うる
　わしい・うるわしむ
麗人 れいじん
麗句 れいく
麗筆 れいひつ
麗麗 れいれいしい
〔贋〕がん・にせ
贋作 がんさく
贋物 がんぶつ・にせ
　もの
贋金 にせがね
〔願〕がん・ねがう・
　ねがわくば・ねがわ
　しい
願下 ねがいさげ
願主 がんしゅ
願出 ねがいでる
願事 ねがいごと
願書 がんしょ
願掛 がんかけ
願望 がんぼう
願解 がんほどき
殲滅 せんめつ
〔霧〕む・きり
霧中 むちゅう
霧氷 むひょう
霧雨 きりさめ
霧笛 むてき
〔嚥〕えん・のど
嚥下 えんか・えんげ
〔曝〕ばく・さらす
曝首 しゃれこうべ
曝涼 ばくりょう
〔鯔〕いすか
〔曠〕こう
曠古 こうこ
曠生 こうせい
曠野 あらの
曠職 こうしょく
〔蹶〕けつ
〔蹼〕みずかき
〔蹴〕しゅう・ける
蹴上 けあがり
蹴爪 けずめ・けづめ

蹴込 けこみ
蹴立 けたてる
蹴飛 けとばす
蹴倒 けたおす
蹴球 しゅうきゅう
蹴散 けちらす
蹴落 けおとす
蹴鞠 けまり
〔蹲〕そん・うずくまる・つくばう
蹲踞 そんきょ
〔蟶〕てい
〔蟷〕とう
蟷螂 かまきり
蠅叩 はいたたき
蠅取 はいとり
蠅帳 はいちょう
〔蠍〕かつ・さそり
蠍座 さそりざ
〔蟺〕せん
〔蟻〕ぎ・あり
蟻地獄 ありじごく
蟻食 ありくい
蟻巻 ありまき
蟻塚 ありづか
〔艶〕えん・あでやか・つや・つやめく・つややか
艶文 えんぶん
艶美 えんび
艶笑 えんしょう
艶消 つやけし
艶福 えんぷく
艶聞 えんぶん
艶麗 えんれい
髄質 ずいしつ
〔羆〕ひ・ひぐま
〔羅〕ら
羅列 られつ
羅針盤 らしんばん
羅漢 らかん
〔簸〕は・ひる
〔簾〕れん・すだれ
〔簿〕ぼ・はく
簿記 ぼき
〔簫〕しょう
〔鵯〕ひ・ひつ・ひょ・ひょどり・ひえどり
〔艤〕ぎ

艤装 ぎそう
〔鏈〕れん・くさり
〔鏝〕まん・こて
〔鏤〕る・ろう・ちりばめる
鏤刻 ろうこく
〔鏃〕ぞく・やじり
〔鏡〕きょう・かがみ
鏡台 きょうだい
鏡板 かがみいた
鏡開 かがみびらき
〔鏑〕てき・かぶら
〔鶏〕けい・にわとり・とり・とと・かけ
鶏血石 けいけつせき
鶏卵 けいらん
鶏舎 けいしゃ
鶏冠 とさか
鶏頭 けいとう
鶏糞 けいふん
〔饅〕まん
饅頭 まんじゅう
〔臓〕ぞう
臓物 ぞうもつ
臓腑 ぞうふ
臓器 ぞうき
〔鵬〕ほう・おおとり
〔臘〕りょう・ろう
臘月 ろうげつ
臘石 ろうせき
〔顚〕てん
顚末 てんまつ
〔鯖〕せい・さば
〔鯱〕しゃち・しゃちほこ
鯱立 しゃちほこだち
〔鯣〕するめ
〔鯡〕にしん
〔鯰〕なまず
〔鯛〕ちょうたい
〔鯨〕げい・くじら
鯨飲馬食 げいいんばしょく
〔獺〕たつ・だつ・うそ・かわうそ
〔譚〕たん
譚詩 たんし
譚歌 たんか
〔識〕しき
識見 しきけん

識別 しきべつ
識者 しきしゃ
〔譜〕ふ
譜代 ふだい
譜代大名 ふだいだいみょう
譜表 ふひょう
譜面 ふめん
〔譏〕き・そしる・そしり
〔鶉〕じゅう・うずら
〔靡〕ひ・おごり・なかわ・なびく・なびかす
〔廱〕しゃく
〔離〕り・はなす・はなれる
離日 りにち
離反 りはん
離任 りにん
離合集散 りごうしゅうさん
離村 りそん
離別 りべつ
離乳 りにゅう
離京 りきょう
離党 りとう
離島 はなれじま・りとう
離家 はなれや
離宮 りきゅう
離脱 りだつ
離婚 りこん
離陸 りりく
離郷 りきょう
離散 りさん
離間 りかん
離着陸 りちゃくりく
離業 はなれわざ
離農 りのう
離愁 りしゅう
離隔 りかく
離縁 りえん
離職 りしょく
離離 はなればなれ
〔麀〕おう
麀殺 おうざつ
〔麒〕き
麒麟 きりん
〔壟〕ろう・りょう
壟断 ろうだん

〔韻〕いん
韻文 いんぶん
韻律 いんりつ
〔爆〕ばく・はぜる
爆心 ばくしん
爆圧 ばくあつ
爆死 ばくし
爆竹 ばくちく
爆沈 ばくちん
爆砕 ばくさい
爆風 ばくふう
爆音 ばくおん
爆発 ばくはつ
爆発的 ばくはつてき
爆破 ばくは
爆笑 ばくしょう
爆殺 ばくさつ
爆裂 ばくれつ
爆弾 ばくだん
爆雷 ばくらい
爆傷 ばくしょう
爆撃 ばくげき
爆薬 ばくやく
〔瀞〕せい・とろ
〔瀬〕うい・せ
瀬戸 せと
瀬戸物 せともの
瀬戸際 せとぎわ
瀬切 せぎる
瀬音 せおと
瀬踏 せぶみ
瀬頭 せがしら
〔瀝〕れき・したたり
瀝青 れきせい
〔瀕〕ひん
瀕死 ひんし
〔懶〕らい・らん・なまけ・なまける・ものうい・ものうし・ものぐさ
懶惰 らいだ
懐刀 ふところがたな
懐手 ふところで
〔寵〕ちょう
寵児 ちょうじ
寵愛 ちょうあい
〔襤〕らん
襤褸 ぼろ・らんる
襤褸糞 ぼろくそ
〔襞〕へき・ひだ

〔疆〕きょう
〔韜〕とう
韜晦 とうかい
繩文 じょうもん
〔繰〕そう・くり・くる
繰入 くりいれる
繰下 くりさげ・くりさげる
繰上 くりあげ・くりあげる
繰込 くりこむ
繰広 くりひろげる
繰出 くりだす
繰合 くりあわせる
繰糸 そうし
繰返 くりかえす
繰言 くりごと
繰延 くりのべる
繰替 くりかえる
繰越 くりこす
〔繡〕しゅう

二十畫

〔蘆〕ろ・あし・よし
〔蘇〕そ・す・よみがえる
蘇生 そせい
蘇鉄 そてつ
〔藹〕あい
〔蘂〕ずい・しべ
〔蘭〕りん・い・いぐさ
攙入 ざんにゅう
〔攘〕じょう
攘夷 じょうい
〔馨〕かおる・こうばしい・かぐわしい・かんばしい
〔櫨〕ろ
〔欄〕らん・おばしま
欄干 らんかん
欄外 らんがい
〔礬〕ばん
礬水 どうさ
〔飄〕ひょう・ひるがえす
飄逸 ひょういつ
飄然 ひょうぜん
飄飄 ひょうひょう
〔醵〕きょ

醵出 きょしゅつ
醵金 きょきん
〔醴〕れい・あまざけ
〔醸〕じょうかもす
醸出 かもしだす
醸成 じょうせい
醸造 じょうぞう
〔礫〕れき・こいし・つぶて
礫土 れきど
礫岩 れきがん
〔礦〕こう
〔霰〕さん・あられ
〔齟〕そ・さ・しょ
齟齬 そご
〔鹹〕からい
鹹水 かんすい
鹹味 かんみ
〔矍鑠〕かくしゃく
〔罌〕おう
〔懸〕け・けん・かかる・かける
懸垂 けんすい
懸命 けんめい
懸念 けんねん
懸案 けんあん
懸賞 けんしょう
懸橋 かけはし
懸離 かけはなれる
〔闡〕せん
〔躁〕そう
躁狂 そうきょう
躁病 そうびょう
躁鬱病 そううつびょう
〔蠕〕じゅ・ぜん
蠕動 ぜんどう
〔蠑〕えい
〔犠〕ぎ・いけにえ
〔籍〕しゃ・せき
〔鼯〕ご
鼯鼠 むささび
〔朦〕もう
朦朧 もうどう
〔鐚〕あ・びた
〔鐔〕たん・つば
〔鐘〕しょう・かね
鐘声 しょうせい
鐘乳石 しょうにゅうせき

鐘乳洞 しょうにゅうどう
鐘馗 しょうき
鐘楼 しょうろう
〔鐙〕とう・あぶみ
〔饒〕じょう
饒舌 じょうぜつ
〔饌〕せん・そなう
〔饉〕き・うえ
臙脂 えんじ
〔朧〕ろう・おぼう
朧月夜 おぼろつきよ
朧気 おぼろげ
〔騰〕とう・あがる
騰落 とうらく
騰貴 とうき
〔鰆〕さわら
〔鰈〕ちょう・かれい
〔鰊〕れん・にしん
〔鯷〕てい・しなまず・ひしこ
〔鰯〕いわし
〔鰓〕し・さい・えら
〔鰐〕かく・わに
鰐口 わにぐち
鰐足 わにあし
〔鰒〕ふく・あわび
〔鰉〕こう・ひがい
〔護〕ご・まもる・まもり
護身 ごしん
護岸 ごがん
護送 ごそう
護衛 ごえい
護憲 ごけん
譫言 うわごと
〔譲〕じょう・ゆずり・ゆずる
譲与 じょうよ
譲合 ゆずりあう
譲位 じょうい
譲歩 じょうほ
譲葉 ゆずりは
譲渡 じょうと
〔議〕ぎ・ぎする
議会 ぎかい
議決 ぎけつ
議長 ぎちょう
議事 ぎじ
議事堂 ぎじどう

議事録 ぎじろく
議定書 ぎていしょ
議員 ぎいん
議席 ぎせき
議案 ぎあん
議院 ぎいん
議院内閣制 ぎいんないかくせい
議場 ぎじょう
議論 ぎろん
議題 ぎだい
〔辯〕べん
〔競〕けい・きょう・せる・せり
競市 せりいち
競合 きょうごう・せりあう
競争 きょうそう
競技 きょうぎ
競走 きょうそう
競売 きょうばい・けいばい・せりうり
競歩 きょうほ
競泳 きょうえい
競馬 けいば
競落 せりおとす
競漕 きょうそう
競輪 けいりん
〔糯〕だ・もち
糯米 もちごめ
爐辺 ろへん
爐端 ろばた
〔瀟〕しょう
瀟洒 しょうしゃ
瀟灑 しょうしゃ
瀰漫 びまん
〔懺〕ざん・さん
懺悔 ざんげ
〔齠〕かつ
齠達 かったつ
齠然 かつぜん
〔躄〕いざる
〔譬〕ひ・たとえ・たとえる
譬喩 ひゆ
〔孀〕そう・やもめ
〔響〕きょう・ひびく・ひびかす
響宴 きょうえん
響渡 ひびきわたる

〔繻〕しゅ
繻子 しゅす
繻珍 シチン
〔繽〕ひん

二十一畫

〔齧〕げつ・かじる・かむ
齧付 かじりつく
〔蠢〕しゅん・うごめく・おろか
蠢動 しゅんどう
〔鬘〕からら・かずら
〔攝〕せつ
〔騾〕ら
騾馬 らば
〔驀〕ばく・まっしぐら
驀地 まっしぐら
驀進 ばくしん
〔蘚〕せん・こけ
〔蘭〕らん・あららぎ
蘭学 らんがく
〔欄〕れん
欄子 れんじ
〔欅〕きょ・けやき
〔轟〕ごう・とどろかす・とどろく
轟沈 ごうちん
轟音 ごうおん
轟然 ごうぜん
轟轟 ごうごう
〔殲〕せん
霸王 はおう
霸気 はき
霸者 はしゃ
霸道 はどう
霸業 はぎょう
霸権 はけん
〔露〕ろ・つゆ
露天 ろてん
露天掘 ろてんぼり
露天商 ろてんしょう
露出 ろしゅつ
露出計 ろしゅつけい
露出症 ろしゅつしょう
露台 ろだい
露光計 ろこうけい
露呈 ろてい

露見 ろけん
露命 ろめい
露店 ろてん
露草 つゆくさ
露点 ろてん
露骨 ろこつ
露悪 ろあく
露営 ろえい
露顕 ろけん
〔霹〕へき
霹靂 へきれき
〔顧〕こ・かえりみる
顧問 こもん
顧慮 こりょ
〔贓〕ぞう
〔贔〕ひ
〔囁〕せつ・ささやく
〔囀〕こん・さえずる
〔囊〕のう
〔躊〕ちゅう
躊躇 ちゅうちょ
〔躍〕やく・おどらす・おどる
躍上 おどりあがる
躍込 おどりこむ
躍如 やくじょ
躍起 やっき
躍動 やくどう
躍進 やくしん
躍懸 おどりかかる
〔蠟〕ろう
〔囂〕ごう・かしましい・かしがましい
囂囂 ごうごう
〔囃〕そう・はやす・はやし
囃子 はやし
囃子調 はやしことば
〔巍〕ぎ
〔黯〕あん・くろし
〔籔〕す・そう・やぶ
〔籐〕とう
籐椅子 とういす
〔艦〕かん
艦列 かんれつ
艦長 かんちょう
艦首 かんしゅ
艦隊 かんたい
艦艇 かんてい
〔饐〕い・すえる

〔臙〕おこぜ
〔鰭〕き・ひれ・はた
〔鰥〕かん・やもめ
鰥夫 やもの
〔鰤〕し・ぶり
〔鰰〕はたはた
〔鰯〕いわし・しこいわし
鰯雲 いわしぐも
〔貛〕かん・あなぐま
〔鷂〕はいたか
〔譴〕けん
譴責 けんせき
〔魔〕ま
魔力 まりょく
魔女 まじょ
魔王 まおう
魔手 ましゅ
魔物 まもの
魔法 まほう
魔法瓶 まほうびん
魔性 ましょう
魔界 まかい
魔風 まかぜ
魔除 まよけ
魔球 まきゅう
魔術 まじゅつ
魔縁 まえん
〔鶺〕せき
鶺鴒 せきれい
〔癩〕らい・かったい
癩病 らいびょう
〔麝〕じゃ
麝香 じゃこう
〔辯〕べん
〔齎〕せい・もたらす
〔鶯〕おう・うぐいす
鶯色 うぐいすいろ
〔爛〕らん・ただれる・ただらす
爛漫 らんまん
爛熟 らんじゅく
〔灌〕かん・そそぐ
灌木 かんぼく
灌腸 かんちょう
灌漑 かんがい
〔儸〕しょう
儸伏 しょうふく
〔鶴〕かく・つる
鶴首 かくしゅ

鶴嘴 つるはし
〔饗〕きょう・もてなす
饗応 きょうおう
〔纏〕てん・まとまる・まとめる・まとう・まとい・まつわる
纏足 てんそく

二十二畫

〔鬚〕しゅ・ひげ
鬚根 しゅこん
〔驍〕ぎょう・たけし
〔驕〕きょう・おごる
〔覿〕てき
覿面 てきめん
〔驚〕きょう・けい・おどろく・おどろかす
驚天動地 きょうてんどうち
驚異 きょうい
驚愕 きょうがく
驚嘆 きょうたん
〔轢〕れき・ひく・きしる
轢死 れきし
〔轡〕ひ・くつわ
轡虫 くつわむし
囊底 のうてい
〔鷗〕おう・かもめ・かまめ
〔鑑〕かん・かんがみる
〔黴〕ばい・つちふる
〔霽〕せい・はれる・はらす
〔贖〕しょく・あがなう
贖罪 しょくざい
〔躓〕つまずく
〔躑〕てき
躑躅 つつじ
〔羇〕き
〔籠〕ろう・かご・こもる・こむ
籠写 かごうつし
籠居 ろうきょ
籠城 ろうじょう
籠球 ろうきゅう
籠絡 ろうらく
〔艫〕ろ・とも

〔鑓〕やり	〔籤〕せん・くじ	〔黶〕えん・うなされる・おそわれる	驢馬 ろば
〔鰹〕かつお	籤引 くじびき	〔靄〕あい・もや	〔釃〕し・したむ
鰹節 かつおぶし	籤運 くじうん	〔顰〕びん・しかむ・しかめる・ひそむ・ひそめる	〔籰〕わく
〔鰾〕ひょう・ふえ	〔讌〕えん		〔鑵〕かん・かま
〔鱈〕せつ・たら	讐敵 しゅうてき	顰面 しかめっつら	
鱈子 たらこ	鷦鷯 みそさざい	顰蹙 ひんしゅく	**二十七畫**
鱈場蟹 たらばがに	〔黴〕ばい・かび・かびる	〔齬〕ぎょ・ご	
鱈腹 たらふく		〔齲〕う・むしば	〔顴〕かん・けん
〔鰻〕うなぎ	黴臭 かびくさい	齲歯 うし	〔顳〕しょう・せつ
鰻丼 うなどん	黴菌 ばいきん	〔齦〕けん	〔鑽〕さん・さる・たがね
〔鰺〕そう・あじ	〔鑑〕かん・かがみ	〔鷺〕ろ・さぎ	
〔讃〕さん	鑑札 かんさつ	羈絆 きはん	〔鱸〕すずき
〔彎〕わん・まがる	鑑別 かんべつ	〔鶯〕あく・かく・うそ	〔纜〕らん,ともづな・むやい
〔顫〕せん・ふるう	鑑定 かんてい	〔軈〕やがて	
〔皵〕しや	鑑定人 かんていにん	〔鱧〕れい・はも・はむ	**二十八畫**
〔聾〕ろう・つんぼ・みみしい	鑑査 かんさ	〔鱠〕かい・なます	
	鑑真 がんじん	〔讖〕しん	〔鑿〕のみ・さく
聾桟敷 つんぼさじき	鑑賞 かんしょう	〔讒〕ざん	〔鸚〕おう・うぐいす
聾啞 ろうあ	鑑識 かんしき	讒言 ざんげん	鸚哥 いんこ
〔襲〕しゅう・おそう	〔鑢〕ろ・やすり	〔鷹〕おう・よう・たか	鸚鵡 おうむ
襲用 しゅうよう	〔鑞〕ろう	鷹派 たかは	
襲名 じゅうめい	鑞付 ろうづけ	鷹揚 おうよう	**二十九畫**
襲来 しゅうらい	〔鱒〕そん・ます	〔癲〕てん	
襲掛 おそいかかる	〔鱗〕りん・うろこ・こけ・こけら	癲癇 てんかん	〔鸛〕かん・こうのとり・こうづる
襲撃 しゅうげき		鸊鷉 かいつぶり	
〔灘〕たん・だん・せ・なだ	鱗茎 りんけい		〔鬱〕うつ・ふさぐ
	鱗粉 りんぷん	**二十五畫**	鬱血 うっけつ
〔襷〕たすき	鱗雲 うろこぐも		鬱金 うこん
〔鬻〕しゅく・ひさぐ	〔攣〕れん・つる・つれる	〔鬣〕りょう・たてがみ	鬱屈 うっくつ
		〔顱〕ろ・こうべ	鬱勃 うつぼつ
二十三畫	〔鷲〕わし	〔鼈〕すっぽん	鬱病 うつびょう
	鷲座 わしざ	鼈甲 べっこう	鬱然 うつぜん
〔攪〕かく・さらう	鷲鼻 わしばな	〔籬〕り・まがき・ませ	鬱蒼 うっそう
攪乱 かくらん	〔齏〕せい・あえる	籬垣 ませがき	鬱憤 うっぷん
攪拌 かくはん	〔鷸〕いつ・しぎ・つぶり	〔鱶〕しょう・ひもの・ふか	鬱積 うっせき
〔蘖〕げつ・ひこばえ			鬱鬱 うつうつ
〔靨〕えくぼ	〔纓〕えい	〔鱵〕ちょう・うりょね・せり	
〔躙〕りん・にじる			**三十畫**
躙寄 にじりよる	**二十四畫**	**二十六畫**	
〔蠱〕こ			〔爨〕さん・かしぐ
〔髓〕ずい	〔鬢〕びん	〔驥〕き	
〔髑〕とく・されこ	鬢留 びんどめ	〔驢〕ろ・うさぎうま	
髑髏 されこうべ・しゃれこうべ・どくろ	〔驟〕しゅう・にわか		
	驟雨 しゅうう		
黐竿 もちざお	〔蠹〕と		